首届向全国推荐优秀古籍整理图书

〔宋〕歐陽修 著
洪本健 校箋

歐陽修詩文集校箋

上

上海古籍出版社

本書出版得到國家古籍整理出版專項經費資助

本書校箋得到全國高校古籍整理研究工作委員會資助

潁州西湖會老堂歐陽修石刻像

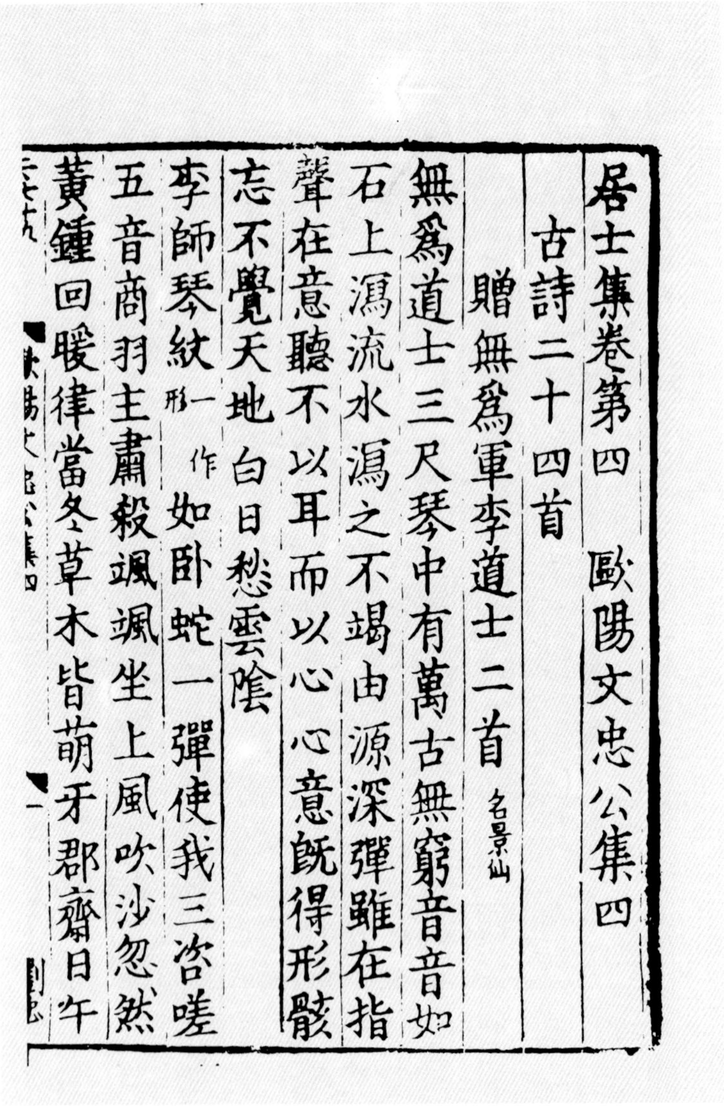
居士集卷第四　歐陽文忠公集四

古詩二十四首

贈無爲軍李道士二首 名景山

無爲道士三尺琴中有萬古無窮音音如石上瀉流水瀉之不竭由源深彈雖在指聲在意聽不以耳而以心心意既得形骸忘不覺天地白日愁雲陰

李師琴紋一作形如卧蛇一彈使我三咨嗟五音商羽主肅殺颯颯坐上風吹沙忽然黄鍾回暖律當冬草木皆萌牙郡齋日午

三七九　歐陽文忠公集四　一　劉志

日本天理大學圖書館藏南宋刻本《歐陽文忠公集》書影

序

譚家健

洪本健教授的煌煌巨著歐陽修詩文集校箋，將由上海古籍出版社出版。這是歐陽修研究的新成果，也是中國古典文學研究的新收穫，值得慶賀。

首先我們回顧一下四十年來歐陽修研究的情況。可以説，已經取得了很好的成績和長足的進步。大致趨向是：由簡略介紹而全面研究，由通俗選本而校注箋釋，由文學爲主而漸及其他領域，由中國大陸而海外，呈現出逐步提高和不斷拓展的態勢。

據不完全統計，評論性著作有五十多部。其中以「歐陽修」、「歐陽修傳」或「評傳」爲書名，全面評介的著作有十七部。作者分别是（以出版先後爲序）：袁行雲（一九六一）、王靜芝（臺灣，一九七一）、張華盛、郭正忠、林子鈞（臺灣）、楊忠、夏漢寧（以上八十年代）、洪本健、劉德清（二部）、海童、盧家明、陳銘（以上九十年代）、鄭吟韜（臺灣）、張興璠、童一秋、王水照（以上二十一世紀）。專題研究著作有二十九部，分别是：（美）劉子健歐陽修的治學與從政（臺灣，一九六三）、又歐陽修——十一世紀的新儒家（香港，一九六七）、張健歐陽修之詩文及文學評論（臺灣，一九七三）、裴普賢歐陽修詩本義研究

（臺灣，一九八一）、朱傳譽主編歐陽修傳記資料（臺灣，一九八五）、蔡世明歐陽修生平與學術（臺灣，一九八〇）、（美）劉若愚歐陽修研究（臺灣，一九八九）、鄭孟彤、黄志輝醉翁藝苑探幽（一九九一）、劉德清歐陽修論稿（一九九一）、陳必祥歐陽修散文藝術論（一九九三）、嚴傑歐陽修年譜（一九九三）、洪本健歐陽修資料彙編（一九九五）、宋柏年歐陽修研究（一九九五）、王更生歐陽修散文研讀（臺灣，一九九六）、管笛醉翁亭記研究（一九九九）、劉文源編廬陵文章耀千古——全國首屆歐陽修學術討論會論文集（一九九九）、陶爾夫晏歐詞論（一九九九）、顧永新歐陽修的文學與學術成就（二〇〇〇）以及歐陽修學術研究（二〇〇三）、車行健詩本義析論——以歐陽修與龔橙詩義論爲中心（二〇〇二）、（韓）黄一權歐陽修散文研究（二〇〇三）、（日）東英壽歐陽修古文研究（日本，二〇〇三）和復古與創新——歐陽修散文與古文復興（二〇〇五）、黄篤書宋代儒宗歐陽修（臺灣，二〇〇五）、蔡清和歐陽修集古録跋尾之研究（臺灣，二〇〇五）、劉德清歐陽修紀年録（二〇〇六）、朱剛、劉寧主編歐陽修與宋代士大夫（二〇〇七）、唐柯主編醉翁神韻——紀念歐陽修千年誕辰文集（二〇〇七）、宋家偉、劉學忠主編千年歐公——歐陽修文化學術研討會論文選編（二〇〇七）。比較研究類著作有四部：方錫胤韓歐文異同研究（臺灣，一九八〇）、李慕如韓歐古文比較研究（臺灣，一九八九）、張仁福中國南北文化之反差——韓歐文風的文化透視（一九九二）、曾子魯韓歐文探勝（一九九三）。

校箋、選譯、賞析類著作，其中歐陽修全集三部，校點者分别爲：李逸安、蔣凡、吕雪菊。另有黄畬歐陽修詞箋注（一九八三）、尚允康編注歐陽修夷陵詩文集注（二〇〇二）、林青校注歸田録（二〇〇三）、王秋生歐陽修蘇軾潁州詩詞詳注輯評（二〇〇四）、沈利華、倪培翔解評歐陽修集（二〇〇六）、李之亮歐陽修集編年箋注八册（二〇〇七）。各種選本甚多，選注者分別有：王瑛、杜維沫、陳新、施培毅、陳蒲清、蔡斌芳、陳曉芬、林冠羣、周濟夫、宋心昌、黄光斗、王水照、王宜瑗、曾棗莊、陳必祥、安越、郭正忠、汪湧豪、汪習波、黄進德、朱亮等，恕不一一列舉書名。

三十年來評論歐陽修的報刊文章數以百計，各種中國文學史、中國散文史皆設專章評介歐陽修，皆可視爲學術成績。

洪本健教授一九四五年出生于福建，一九六二年考入華東師範大學中文系，一九六七年本科畢業，一九八三年碩士畢業，之後留校任教，曾任該校中文系副主任、科研處副處長、文學研究所副所長、華東師範大學出版社社長、文學與藝術學院院長。現任教于上海商學院，爲中國古代散文學會副會長、宋代文學學會理事、歐陽修學術研究中心副主任、中國歐陽修研究會（籌）會長。洪先生長期從事中國古典文學的教學與研究，是較早致力於歐陽修研究的學者，與國內外學術界有較廣泛的聯繫，曾到我國臺灣及日本、韓國開會或講學。已出版的著作有醉翁的世界——歐陽修評傳、宋文六大家活動編年、歐陽修資料彙編、唐宋散文要義、宋代散文評點、解題彙評古文觀止、王安石散文選集等。

歐陽修詩文集校箋是洪本健先生傾注大量心血之作。此書的校勘，以四部叢刊本歐陽文忠公文集爲底本，以日本天理大學附屬天理圖書館所收藏南宋歐集爲主要參考校本，並適當參考其他版本。據悉，我國大陸及臺灣所藏南宋歐集均爲殘本，而日本天理本基本上保持原狀，故彌足珍貴。校勘時，洪先生還參考了國内最新成果：李逸安先生標點的歐陽修全集（中華書局二〇〇一年出版）。需要特别提到的是，日本朋友東英壽教授得知洪先生的迫切需要，即將其影印天理本寄來，對保證本書的校勘質量而言，貢獻甚大。關於箋注，洪先生參考了我在上面列舉過的一些選注本，如施培毅、杜維沫、陳新、陳蒲清、陳必祥、高海夫、王秋生等先生的書。至於李之亮先生的新著歐陽修集編年箋注，二〇〇七年十二月出版。洪先生的書定稿在此之前，故尚未來得及參考吸收。關於作品繫年，洪先生參考了古代學者胡柯的廬陵歐陽文忠公年譜、楊希閔的歐陽文忠公年譜、華孳亨的增訂歐陽文忠公年譜、當代學者嚴傑的歐陽修年譜和劉德清的歐陽修紀年録以及他自己的宋文六大家活動編年的成果，應該説做得比較仔細了。關於集評，是此書的特色所在。歷來關於歐陽修著作的評點很多，近年出版的書有：吴小林唐宋八大家彙評、高海夫主編唐宋八大家文鈔校注集評、王洪主編唐宋散文精華與宋緒連主編唐宋八大家選集歐陽修卷（均有集評）。洪先生自己編的歐陽修資料彙編有大量評點資料，本書從中選取，不可能全録，只能精選。有的名篇評點較多，有的文章則比較少。這些資料對於文學鑒賞和文學研究都是很有幫助的。

在撰寫本書之前，洪先生于一九九〇年出版了醉翁的世界——歐陽修評傳（中州古籍出版社），共十九章，前十五章概述歐陽修生平及政治活動；後四章介紹其文學成就，充分肯定歐氏在北宋古文運動中的領袖地位，具體分析歐陽修散文的貢獻，包括句式、用詞、結構、美學特徵及後世評價等方面，突出其獨特的藝術風格。

一九九三年，洪先生出版了宋文六大家活動編年（華東師範大學出版社），採用編年體，把歐陽修、蘇洵、曾鞏、王安石、蘇軾、蘇轍六位作家的生平經歷和創作活動（包括詩詞文賦），按年編録，起自一〇〇七年歐陽修出生，迄于一一一二年蘇轍辭世。以歐陽修和蘇軾爲重點，在記録六家仕宦經歷的同時，努力反映他們豐富多采的文學創作活動，展現六家之間的互動關係，兼及與他們交往的同輩文人學士和門人後進的密切聯繫。從中可以看出北宋中後期百年間重要文學活動狀況。

一九九五年，洪先生出版了歐陽修資料彙編（中華書局）三册，九十三萬字。該書輯録了自北宋中期至「五四」以前九百年間，六百多位學者所撰寫，散見於七百多種古籍中的有關歐陽修的資料。主要是對歐陽修思想和經歷的評述，對其散文、詩、詞、賦的評論，關於他的學術成就的探討和作品考辨等。依資料作者時代爲序排列。收集比較齊備，網羅相當豐富，是具有很高學術價值的基礎性資料。

除了專著之外，洪先生還在刊物上發表了許多關於中國古代文學的文章，其中專論歐陽修的主要有：論王禹偁對歐陽修思想和創作的影響、歐陽修後期思想平議——兼論其止散青苗錢之觀點、略談歐陽修對道教的排拒和對老莊思想之吸收、略論歐陽修散文的陰柔之美、略論六一風神、論歐陽修散文的句式和虛詞同其情感的關係、歐陽修入主文壇在慶曆而非嘉祐、歐陽修的主盟歷程、歐陽修致仕卒葬未歸江西芻議、歐王散文風格之淺議、從韓柳歐蘇文看唐宋文之差異等。

一九九〇年，徐中玉教授在醉翁的世界——歐陽修評傳序中說，「洪本健同志是一位非常篤實有見的青年學者」，像他「這樣從堅實的基礎功夫做起，是很少有的，我非常讚賞他這種艱苦勤奮的優良學風」。十八年過去了，洪本健先生一步步走來，一步步提高，用他一部又一部的著作，不斷充實歐陽修研究的百花園地，進一步證明徐中玉教授的評價是符合實際的。

二〇〇八年六月

（序言作者是中國社會科學院文學研究所研究員、中國古代散文學會會長）

前言

去年是歐陽修誕生的一千周年，我有幸參加了在吉安、阜陽和臺北三地召開的歐公學術研討會，深深感受到一代文學宗師的人格魅力和巨大影響。與會學者對歐公的政治生涯、學術成就、文學創作展開熱烈的討論並給予高度的評價。無疑，歐陽修是北宋有影響的政治活動家、傑出的文學家和史學家，他在經學、金石學、目録學等方面也卓有建樹，如不少與會代表所指出那樣，是一位百科全書式的學者。

歐公的道德文章，得到了人們由衷的褒揚。最值得讚頌的，我以爲，是歐公那不屈的人格精神。貶官夷陵是歐陽修步入仕途後所面臨的重大挫折與考驗。歐陽修因支持范仲淹而仗義執言，作與高司諫書而得罪遭貶，在與尹師魯第一書中，他寫道：「可嗟世人不見如往時事久矣！往時砧斧鼎鑊皆是烹斬人之物，然世有死不失義，則趨而就之，與几席枕藉之無異。」慷慨激昂的話語中，充滿了爲正義的事業獻出一切而至死不屈不悔的精神。文中又感慨道：「每見前世有名人，當論事時，感激不避誅死，真若知義者，及到貶所，則慼慼怨嗟，有不堪之窮愁形於文字，其心歡戚無異於庸人，雖韓文公不免此累。」他不僅自己不寫，而且勸告同道如余靖也不作「慼慼之文」。就像司馬遷受辱後發憤撰寫史記一樣，貶謫中的歐陽修約好友尹洙共修五代史記（即新五代史），並説：「吾等棄于時，聊欲因此粗伸其心，少希後世之名。」（與尹師魯第二書）

在慶曆革新的風暴中，歐陽修依然高揚不屈的人格精神。慶曆五年（一〇四五），當革新陣營領導人杜衍、范仲淹、韓琦先後被免去樞密使、參知政事、樞密副使的職務時，歐陽修在班班林間鳩寄内詩中告訴夫人薛氏，自己已無所顧忌，作好激烈抗爭的準備：「孤忠一許國，家事豈復恤。」緊接着，他呈上論杜衍范仲淹等罷政事狀，稱「不避羣邪切齒之禍，敢干一人難犯之顔」，言杜、范等乃可用之賢，無可罷之罪。由是，益遭政敵嫉恨，被誣以與甥女有私且欺其財，雖查無其事，仍罷都轉運按察使之職，降知滁州。與韓愈貶官潮州時上表悔罪截然不同，歐陽修在滁州謝上表中，理直氣壯，堅稱無辜，言所以被誣，乃因「攻臣之人，惡臣之甚」，「嘗列諫垣，論議多及於權貴，指目不勝於怨怒」。可謂直訴冤屈，態度强硬，一如既往，毫不妥協。至貶所後，歐公憤然作啼鳥詩云：「我遭讒口身落此，每聞巧舌宜可憎。」又作新霜二首，其二云：「青松守節見臨危，正色凜凜不可犯。」革新者無私無畏的凜然正氣躍然紙上。

歐陽修不屈的人格精神在他晚年所寫的謝提刑張郎中寄筇竹柱杖中仍有鮮明的表現，該詩以「玉光瑩潤錦斕斑，霜雪經多節愈堅」自抒懷抱，自勵志節。韓琦歐陽公墓誌銘云：「公自處二府，益思報稱，毅然守正，不爲富貴易節。凡大謀議大利害，與同官論辨，或在上前，必區判是否，未嘗少有回屈。」

王安石雖與晚年的歐陽修政見有異，但在祭歐陽文忠公文中，仍對歐公不屈的人格、剛正的氣節讚頌不已，謂其「仕宦四十年，上下往復，感世路之崎嶇，雖屯邅困躓，竄斥流離，而終不可掩」；「既壓復起，遂顯於世，果敢之氣，剛正之節，至晚而不衰」。

不屈的歐公富於强烈的批判精神。他憂國憂民，以行道救時爲己任，勇於揭弊，必欲除衆弊而後快。早在景祐三年（一〇三六），歐陽修就作原弊一文，批判「誘民之弊」、「兼併之弊」與「力役之弊」，强調「除弊方能固本」。慶曆二年（一〇四二），作準詔言事上書，謂朝廷有「不慎號令」、「不明賞罰」、「不責功實」之「三大弊」。又陳「兵」、「將」、「財用」、「禦戎之策」與「可任之臣」「五事」，依次批當局「不思實效，但務添多，耗國耗民」；批「選將之路太狹」；批「用兵而費大」；批不知「上兵伐謀，其次伐交」；批不能「進賢而退不肖」。到了慶曆三年（一〇四三）任諫官之後，歐陽修更以職責所在，不斷呈進劄子，就國計民生、外交國防、朝中人事以至後宫恩寵等諸多問題，獻可替否，狠批謬説，痛擊邪佞。自是年四月供職諫院至歲末，即上呈劄子近七十篇。答徐無黨第二書云：「修今歲還京師，職在言責，值天下多事，常日夕汲汲，爲明天子求人間利病。」鎮陽讀書詩云：「開口攬時事，論議争煌煌。」這種敢於言事、勇於揭弊的精神，在慶曆時表現得最爲突出。

對佛老的批判，歐陽修亦着眼於政治層面，痛心疾首於二教對以儒家理念治國治民的干擾和對生産力的破壞，正是因爲大量的農村勞動力遁人寺院道觀，造成生産者減少與消耗者增加的尖鋭矛盾。因釋氏影響之深廣遠甚於老氏，故歐陽修批判的矛頭更多的指向前者，辟佛以捍衛「吾儒」。而在與僧人交往所作的詩文中，作者捍衛儒學的決心和批判釋氏的精神亦盡顯無遺。釋祕演詩集序感歎「奇男子」祕演「狀貌雄傑，其胸中浩然」，而「無所用其能」，只能「隱於浮屠」；釋惟儼文集序以惟儼之「老於浮屠，不見用於世」爲言，指其「雖學於佛，而通儒術」；送慧勤歸餘杭詩借言慧勤之「慕仁義」以頌儒辟佛，謂「始知仁義力，可以治膏肓」……諸如此類的批評與嘲諷，寓規勸諸僧棄佛返儒之意。直至晚年，歐仍將旨在辟佛的本論兩篇收入居士集，表明其辟佛之堅定與不遺餘力。

歐陽修的批判精神還表現在道德層面上，那就是提倡君子風範，批判形形色色的小人行徑。宋史蘇紳傳載紳「鋭於進取，善中傷人」，如「陰中王德用」。歐嘗上呈論蘇紳奸邪不宜侍從劄子，稱「紳之奸邪，天下共惡，視正人端士如仇讎，惟與小人氣類相合」。宋史李淑傳載李淑「傾側險陂」，妒忌宋郊而暗中以言語陷害之，諫官包拯等言其「奸邪」。歐亦有論李淑奸邪劄子、再論李淑劄子抨擊之。在論乞不受吕紹寧所進羨餘錢劄子中，歐痛斥所謂「羨餘錢」「皆刻剥疲民進奉」，力請朝廷「拒而不受」，「防禦奸吏刻剥」。至於新五代史，歐每每於傳論中，感歎晚唐五代以來世風之衰靡、道德之淪喪與士人之墮落。歐陽修重樹禮義廉恥的道德尺規，以别君子小人，意在揚善抑惡，褒正祛邪，弘揚士氣，重振儒風。因之，他對王彦章的忠義讚不絶口，史列死節傳之首，又作王彦章畫像記，並收入居士集中；因之，他欣賞桑懌的智勇雙全，讚揚其不圖私利，光明磊落，德操義行兼有，一心爲民除害，並專門爲這位捐軀疆埸的英雄立傳。

歐公在創作中還體現出可貴的實録精神。班固稱讚司馬遷説：「其文質，其事核，不虚美，不隱惡，故謂之實録。」（漢書司馬遷傳）實録精神的形成，與司馬遷對春秋的學習與效法有着極爲密切的關係。歐陽修熟讀春秋、史紀，諸如「予略考史記所書」（爲君難論下）、「嘗略考春秋、史記本紀、世家、年表」（詩譜補亡後序）等語，常見於歐之筆下，他從先賢那裏稟承了可貴的實録精神。

宋史歐陽修傳謂歐「奉詔修唐書紀、志、表，自撰五代史記，法嚴詞約，多取春秋遺旨」。新唐書與新五代史，歷來多有評論，本文不再贅述。由歐集所載史論觀之，頗受史記實録精神的影響。魏梁解兩次言及「不没其實」，前云：「聖人之於春秋用意深，故能勸戒切，爲言信，然後善惡明。夫欲著其罪於後世，在乎不没其實。」末又云：「春秋之於大惡之君不誅絶之者，不害其褒善貶惡之旨也。惟不没其實以著其罪，而信乎後世，與其爲君而不得掩其惡，以息人之爲惡，能知春秋之此旨，然後知余不黜魏、梁之是也。」曹魏、朱梁雖「負簒弑之惡」，「然實嘗爲君」，故「不絶其爲君」。這裏强調的「不没其實」，就是要尊重事實，尊重歷史，如實反映，據實記載。在這一思想的指導下，歐陽修寫出了正統論、春秋論等系列史論文章。正統論上篇指「秦親得周而一天下，其跡無異禹、湯，而論者黜之」爲「可疑」。下篇駁斥「始皇之不德」使秦「見黜」之説曰：「桀、紂不廢夏、商之統，則始皇未可廢秦也。」均强調要客觀地看待歷史。春秋論中篇指出孔子修春秋，意在「正名以定分，求情而責實」，足見歐對追求歷史真實的重視。

歐陽修在自己的後半生，非常重視集古。當得到劉敞從長安寄來他所朝思暮想之物時，格外興奮。歐集書簡卷五有嘉祐七年作與劉侍讀書云：「惠以古器銘文，發書，驚喜失聲。羣兒曹走問乃翁夜獲何物，其喜若斯。」歐如此熱衷於收集古金石銘文，看重的是「可與史傳正其闕謬」（集古録目序），因爲即使是他所推崇的史記，也難免有疏失。如集古録跋尾卷二後漢孫叔敖碑，云『名饒，字叔敖』，而史記不著其名，而見於他書者亦皆曰『叔敖』而已。微斯碑，後世遂不復知其名『饒』也。此碑世亦罕傳，余以集録，二十年間，求之博且勤，乃得之。然則世之未見此碑者，猶不知爲名『饒』也。謂余集古爲無益，可乎？」其集古之目的十分明確，對集古與考古的高度重視，反映出歐對歷史真實的始終如一堅持不懈的追求。

實録精神也體現在歐陽修碑誌文的創作中。代人上王樞密求先集序書云：「君子之所學也，言以載事而文以飾言，事信言文，乃能表見於後世。」歐作碑誌文，亦遵循這一準則。與杜訢論祁公墓誌書云：「所紀事，皆録實，有稽據。」門生曾鞏謂：「銘誌之著於世，義近于史。」（寄歐陽舍人書）道出了歐對碑誌文創作的認識。歐一生撰寫了大量的碑誌文，以居士集及外集統計，其卷數超過了文章總卷數的三分之一。由於碑誌文文體的局限，爲尊者、賢者、長者諱的情況難以避免，歐公自然也不能例外，但總的説，他的寫作務實求真，不肯率意爲之。書簡卷六有嘉祐四年作與梅聖俞，云：「尋常人家送行狀來，内有不備處，再三去問，蓋不避一時忉忉，所以垂永久也。」作文正范公神道碑銘，不因自身早先以「朋黨」之故，備受打擊，仍如實記下范仲淹與吕夷簡釋憾解仇一節，刻石時爲范家子弟所删除，歐甚不滿，以事繫國家天下公議而堅持實録，毫不動摇。由於撰著客觀真實，故以李燾續資治通鑑長編考之，歐碑誌文被採用的内容甚多；宋史的不少人物傳記亦據歐文而作，端明殿學士蔡公墓誌銘、江鄰幾墓誌銘等篇，宋史幾乎全文照録。自宋以來，歐之碑誌文頗負盛名而未嘗聞有諛墓之譏。

值得充分肯定的是，歐公具有科學的疑古精神。他尊重自古以來所創造的文化財富，善於汲取其精華，但不盲從舊説，而是敢爲衆人之先，迭出新見，在學術上作出傑出的貢獻。以史記言之，歐每加徵引以考訂史事，糾謬補缺，得益良多，但並非一味信從，而注意發現其中的問題。在帝王世次圖序中，他揭出史記五帝本紀的嚴重失誤：「遷所作本紀，出於大戴禮、世本諸書，今依其説，圖而考之：堯、舜、夏、商、周，皆同出於黄帝。堯之崩也，下傳其四世孫舜；舜之崩也，復上傳其四世祖禹。而舜、禹皆壽百歲。稷、契于高辛爲子，乃同父異母之兄弟，今以其世次而下之，湯與王季同世。湯下傳十六世而爲紂，王季下傳一世而爲文王，二世而爲武王，是文王以十五世祖臣事十五世孫紂，而武王以十四世祖伐十四世孫而代之王，何其繆哉！」泰誓論則抓住了史記在記事上的自相矛盾：「司馬遷作周本紀，雖曰武王即位九年祭于文王之墓，然後治兵於盟津，至作伯夷列傳，則又載父死不葬之説，皆不可爲信。」如此疑古，體現出歐陽修勇於探究、善於發現、尊重客觀的科學精神。

在經學研究上，歐陽修的疑古精神震撼了當時，影響了後世。困學紀聞卷八經説引陸游語云：「唐及國初，學者不敢議孔安國、鄭康成，況聖人乎！自慶曆後，諸儒發明經旨，非前人所及，然排繫辭，毁周禮，疑孟子，譏書之胤征、顧命，黜詩之序，不難於議經，況傳注乎！」除「疑孟子」的李覯與司馬光、「譏書之胤征、顧命」的蘇軾外，其他「排」、「毁」、「黜」的行爲均出自歐陽修。歐年最長，早在慶曆前的景祐四年（一〇三七），即作易或問三首，謂繫辭非孔子作。易童子問卷三云：「童子問曰：『繫辭非聖人之作乎？』曰：『何獨繫辭焉，文言、説卦而下，皆非聖人之作，而衆説淆亂，亦非一人之言也。』」關於周禮，歐有問進士策三首，其一云：「三代之政美矣，而周之治迹所以比二代而尤詳見於後世者，周禮著之故也。然漢武以爲瀆亂不驗之書，何休亦云六國陰謀之説，何也？然今考之，實有可疑者。」當然，無論是「排繫辭」，還是「毁周禮」，歐陽修都是以事實爲依據，展開充分的説理。如上引問進士策云：「秦既誹古，盡去古制。自漢以後，帝王稱號、官府制度，皆襲秦故，以至於今，雖有因有革，然大抵皆秦制也，未嘗有意于周禮者，豈其體大而難行乎，其果不可行乎？」關於詩序，歐作詩本義，指毛傳鄭箋主觀曲解之失。歐析舊説之無稽，指河圖洛書爲「怪妄之尤甚者」，以爲「自孔子殁而周衰，接乎戰國，秦遂焚書，六經於是中絶。漢興，蓋久而後出，其散亂磨滅，既失其傳，然後諸儒因得措其異説於其間」（廖氏文集序）。綜上所述，歐敢於疑傳疑經，改變先儒墨守傳注、不敢越雷池半步的舊習，鑽研典籍，獨立思考，多所發明，于宋學之勃興有摧陷廓清之功。

還需提到的是歐公刻苦的著述精神。由司馬遷的「發憤著書」到歐公的「窮而後工」，他們都在逆境中頑强地拼搏，在强烈的使命感和高度的責任感驅使下，不敢懈怠而專心致志地面對「立言」的偉大工作。歐陽修在宦海浮沉中，歷經磨難，而創作五代史記的刻苦精神與司馬遷一脈相承。後來，他雖然官位榮升，政務繁忙，仍筆耕不輟，著述豐碩。歐之「爲文有三多，多看、多做、多商量也」（後山詩話）；歐之爲文又「多在『三上』，乃馬上、枕上、廁上也」（歸田録）。由「三多」與「三上」，可知歐之著述何等勤奮、何等辛勞！寓簡卷八載：「歐陽公晚年，嘗自竄定平生所爲文，用思甚苦。其夫人止之曰：『何自苦如此，尚畏先生嗔耶？』公笑曰：『不畏先生嗔，却怕後生笑。』」南窗紀談載：「歐陽文忠公雖作一二十字小柬，亦必屬稿，其不輕易如此。」可見其寫作態度又是何等嚴謹，何等認真！

歐陽修著述之刻苦，表現爲「立言」之謹慎與精益求精。主持歐集編纂的周必大，對此深有體會，他在歐陽文忠公集後序中寫道：「前輩嘗言公作文，揭之壁間，朝夕改定。今觀手寫秋聲賦凡數本，劉原父手帖亦至再三，而用字往往不同，故別本尤多。」至於居士集，周必大指出，雖經歐公抉擇，「篇目素定，而參校衆本，有增損其辭至百字者，有移易後章爲前章者」。在「首尾浩博，隨得隨刻」的過程中，周必大深感「思公所以增損移易，則雖與公生不同時，殆將如升堂避席，親承指授，或因是稍悟爲文之法」。歐集諸多作品正文間時有雙行夾註「一作某某」的校語，各卷之後又均附有詳細的校記，所校異文數不勝數，除了因後人輾轉抄寫及刻印致誤外，估計多數還是因作者反復修改不斷潤色而有多種稿本所致。

歐文修改之最負盛名者，莫過於將數十字的開頭改爲「環滁皆山也」五字的醉翁亭記。此外，峴山亭記亦改得恰到好處。王銍默記載歐作此篇以示章惇，讀至「元凱銘功于二石，一置茲山，一投漢水」，惇曰：「『一置茲山，一投漢水』亦可，然終是突兀，此壯士編劄斟酒之禮也。惇欲改曰『一置茲山之上，一投漢水之淵』，此美人斟酒之體，合宜中節故也。」歐從善如流，「喜而用之」。袁褧楓窗小牘卷下云：「歐陽文忠公樊侯廟災記真稿舊存余家，其中改竄數處，如『立軍功』三字，稿但曰『起家』；『平生』曰『生平』；『振目』曰『嗔目』；『勇力』曰『威武』……凡定二十三字，書亦遒勁。」一篇不長的文章，從真迹看出有如此之多的改動，令行文更爲生色，可以想見，歐在推敲上下了多少功夫！

居士集與外集中，還能見到同名或同内容而文章兩存的情況。外集有皇祐年間寫的先君墓表，居士集有熙寧三年據之改寫的瀧岡阡表。外集有包括原正統論、明正統論、秦論、魏論、東晉論、後魏論、梁論在内的正統論七首，題下注：「此七論，公後删爲三篇，已載居士集第十六卷。今所載，蓋初本也。」歐陽修以一絲不苟、精益求精的著述精神，爲後世奉獻了洋洋數百萬言的巨著，永遠赢得後人的欽敬。

歐陽修是我十分崇敬的文學大師，還在念初中的時候，無意中看到王安石祭歐陽文忠公文，就對北宋文壇的這位領袖人物留下了不尋常的印象。王安石深情而又有力地讚美歐公説：「其積於中者，浩如江河之停蓄；其發於外者，爛如日星之光輝。其清音幽韻，淒如飄風急雨之驟至；其雄辭閎辯，快如輕車駿馬之奔馳。」我欣賞王安石文句之美，心中更湧起對歐陽修的敬佩之情。隨著年齡的增長，對古文愈加喜愛，其中包括歐陽修的不少名篇。到讀研究生時，我把歐公散文作爲自己的研究對象，且萌生了爲歐公作傳的意願，並於畢業後得到英年早逝的范炯先生大力支持，在中州古籍出版社出版了醉翁的世界——歐陽修評傳。也是讀研時，受吴文治先生編古典文學研究資料彙編柳宗元卷的啟發，我着手編纂歐陽修卷，在中華書局編輯部，特别是劉尚榮先生的熱情指導幫助下，歐陽修資料彙編得以順利出版。此後，我一直有爲歐公詩文作箋注的想法，並爲此作了學術上的一些準備。後來，我向全國高校古委會申報「歐陽修詩文校箋」的課題，獲得批准。恰巧，上海古籍出版社副總編高克勤先生向我約稿，並將歐陽文忠公集中居士集、居士外集的影印件交給了我，他的鼓勵更增添了我的信心，我開始了深知頗爲艱難而心嚮往之的歐公詩文校箋工作。

先説校勘。中華書局已出版李逸安先生校點的歐陽修全集，李先生調查了全國各圖書館歐集版本的館藏情況，以歐陽衡本爲底本，參校南宋以來歐集的衆多版本，還參考了其他相關的類書、專著、筆記，不辭辛勞地校勘，取得很大的成績。考慮到四部叢刊本與最早的周必大刻本屬於一個系統，且爲歷來讀者廣泛使用與認可，故本書以之爲底本，而以日本天理大學附屬天理圖書館所珍藏的南宋本歐集爲主要參校本，並適當參考其他版本，進行校勘。由於我國大陸和臺灣所收藏的南宋本歐集均爲殘本，而存於日本的天理本歐集基本保留了南宋刊本的原形，一百五十三卷中後人補寫的僅有十四卷，故彌足珍貴，在日本被視爲國寶。而我的校勘工作亟需這國寶級文獻的影印本，時任教於日本鹿兒島大學的東英壽先生，從早稻田大學的内山精也先生那裏獲知了這一信息，當即把整整一箱的居士集與外集的影印本寄到了上海。我很難形容自己手捧這一箱極爲珍貴的資料時無比激動和喜悦的心情。東英壽先生是日本研究歐陽修的專家，現執教於九州大學。我想只有認真校箋歐公詩文，才是對日本朋友最好的報答。

比照天理本和叢刊本，雖同出一個系統，但前者早出，最接近周必大組織編纂的原刻本，自然有明顯的優點。居士集卷十二送謝中舍二首，叢刊本卷後無校語，天理本卷後題下校云：「掇英集作『送謝績知餘姚』。『送』一作『寄』。」又有按語云：「詩末句『離觴莫惜更留連』，一作『寄』，恐非。十一卷有謝判官幽谷種花詩，又答謝判官獨遊幽谷見寄，即縝也。」由此，我們得知，謝中舍即謝判官，名縝。而這是無法從叢刊本獲知的訊息。查曾鞏集卷十四有謝司理字序，云：「陳郡謝君名縝。縝，密也，而取字乃本諸此，而字曰通微。」其人即謝中舍、謝判官也。居士集卷四橄欖，叢刊本未注作年，而天理本題下注「皇祐二年」，無疑是正確的。橄欖乃聚星堂唱和詩之一，唱和在皇祐二年，此詩當亦是年作。

以上所舉例子乃見於天理本而未見於叢刊本的内容，是值得研究者重視的，而依據天理本的記載可糾正叢刊本錯誤的地方就更多了。例如：居士集卷三豐樂亭小飲，叢刊本「有酒莫負瑠琉鐘」中的「瑠琉」，當據天理本改作「瑠璃」。同書卷二十一尚書户部郎中贈右諫議大夫曾公神道碑銘，天理本「改葬龍治鄉之源頭」之「治」字，卷後校云：「一作『池』。」考臨川先生文集卷九十二户部郎中贈諫議大夫曾公墓誌銘，謂曾致堯「葬龍池鄉之源頭」，可知作「池」字無誤。而叢刊本「改葬龍治鄉」之「治」字，卷後校却云：「一作『也』。」漏了「池」字偏旁的三點水，這是明顯的誤刻。卷四十峴山亭記，天理本云：「元凱銘功於二石：一置兹山之上，一投漢水之淵。」而叢刊本「二石」作「一石」，更是明顯的差錯。卷四十六準詔言事上書，叢刊本云：「此兵法所謂出其不意者，此取則之上策也。」「取則」亦明顯之誤，天理本作「取勝」是正確的。卷四十七答吴充秀才書，叢刊本云：「夫學者未始不爲道，而至者鮮爲。」「鮮爲」費解，而天理本作「鮮焉」則通矣。卷五十青州求晴祭文，天理本「斯民之若此也」句，卷後校云：「『之』字下有『苦』字。」則此句當爲「斯民之苦若此也」。然而叢刊本卷後校誤作「『之』字下有『若』字」，則此句變爲「斯民之若若此也」，豈不大謬？顯而易見，早出而與原著面貌最爲接近的天理本，對歐集的校勘而言，具有其他版本難以比擬的價值，實在是不能忽視的。

本書中，歐集版本簡稱天理本（日本天理圖書館本）、叢刊本（四部叢刊本）、考異本（明刻曾魯考異本）、備要本（四部備要本）、衡本（清歐陽衡重編刊刻本）等。本書以叢刊本爲底本，故校記中凡書「某：原校：一作某」、「卷後原校：某本作某」者，皆出自底本。其餘則指明出自天理本、考異本等。

再説箋注。歐公詩文作品甚多，居士集與居士外集合計，詩有八百六十多首，文有近四百五十篇，詩文總數達一千三百又十餘首（篇）之多，而宋以來無有箋注本，這給箋注工作帶來不小的難度。當然，選注的工作自上世紀八十年代以來未嘗中斷，據筆者所見，主要有施培毅選注的歐陽修詩選（安徽人民出版社一九八二年出版），杜維沫、陳新選注的歐陽修文選（人民文學出版社一九八二年出版），陳蒲清注譯的歐陽修文選讀（岳麓書社一九八四年出版），陳新、杜維沫選注的歐陽修選集（上海古籍出版社一九八六年出版），陳必祥先生編撰的歐陽修散文選集（上海古籍出版社與三聯書店［香港］有限公司一九九七年聯合出版，承蒙陳先生惠贈），高海夫主編的唐宋八大家文鈔校注集評廬陵文鈔（三秦出版社一九九八年出版），王秋生輯注的歐陽修蘇軾潁州詩詞詳注輯評（黃山書社二〇〇四年出版，承蒙王先生惠贈），這些選本都給筆者提供了有益的參考。在編年方面，嚴傑先生惠贈的歐陽修年譜（南京出版社一九九三年出版）、劉德清先生惠贈的歐陽修紀年録（上海古籍出版社二〇〇六年出版）、李之亮先生的宋代郡守通考、宋代路分長官通考及惠贈的宋代京朝官通考（巴蜀書社二〇〇一及二〇〇三年出版），都給筆者帶來很大的幫助，謹此一并致以誠摯的謝意。

本書的作品繫年均見於各篇的箋注［一］，在年號後加括弧注明紀元年份。其他地方，除推算時間等特殊需要外，年號一般不加注紀元年份。文中的地名、官職名數不勝數，若全注出，會增加很多篇幅，除少數爲説明情況而適當作注外，一般不加注釋。讀者可根據需要，查閲相關工具書。前五十卷箋注，稱居士集爲本集，稱後二十五卷爲外集；後二十五卷箋注，則稱居士外集爲本集，稱前五十卷爲居士集。總之，原文部分注意保持周必大本的原貌。

關於集評，總的原則是精選。有的名篇評語有數十條，則好中選優；有的篇目因評語極少，雖不十分精彩，亦酌情保留。

從上世紀八十年代初開始從事歐公的研究到今天已將近三十年，好在不敢懈怠的筆耕得到許多熱心的扶持和幫助，從當初歐陽修資料彙編的問世，到本書的付梓，得到我國北南兩家著名的古籍出版社的支持，我深感榮幸，由衷感謝兩家出版社，感謝劉尚榮先生和高克勤先生，感謝本書的責編蓋國梁先生。中國古代散文學會會長、中國社會科學院文學研究所譚家健先生十分關心歐陽修學術研究的進展，欣然允諾爲拙著作序，謹此致以深切的謝意。最後需要特別提到的是，全國高校古籍整理研究工作委員會給予項目資助，使本課題的研究得以順利進行，令我永志不忘。書稿完成，有如釋重負之感，但心頭又隱隱覺得不安，由於見識不廣，水準有限，書中定會有諸多疏誤，期盼各位專家和廣大讀者不吝指正。

洪本健二〇〇八年二月於上海錦緑軒

目録

卷二

古詩

卷三

古詩

卷四

古詩

卷五

古詩

卷六

古詩

卷七

古詩

卷八

古詩

卷九

古詩

卷十

律詩

卷十一

律詩

卷十二

律詩

卷十三

律詩

卷十四

律詩

卷十五

賦

卷二十

神道碑銘

卷二十一

神道碑銘

卷二十二

神道碑銘

卷二十三

神道碑銘

卷二十四

墓表

卷二十五

墓表

卷二十六

墓誌銘

卷二十七

墓誌銘

卷二十八

墓誌銘

卷二十九

墓誌銘

卷三十

墓誌銘

卷三十一

墓誌銘

卷三十二

墓誌銘

卷三十三

墓誌銘

卷三十四

墓誌銘

卷三十五

墓誌銘

卷三十六

墓誌銘

卷三十七

墓誌銘

卷三十八

行狀

卷三十九

記

卷四十

記

卷四十一

序

卷四十二

序

卷四十三

序

卷四十四

序

傳

卷四十五

卷五十

祭文

外集

卷一

樂府

古詩

卷二

古詩

卷三

古詩

卷四

古詩 聯句附

聯句

卷五

律詩

卷六

律詩

卷七

律詩

卷八

卷九

論辨

時論

卷十

經旨

卷十一

神道碑銘　墓誌銘

卷十二

墓誌銘　墓表　石槨銘

卷十三

記

卷十九

書

卷二十

策問

謚議

卷二十四

近體賦 官題詩賦

卷二十五

論

策

篇目索引

居士集卷一

古詩三十八首

顏　跖〔一〕

顏回飲瓢水，陋巷卧曲肱〔二〕。盜跖饜人肝，九州恣橫行〔三〕。回仁而短命，跖壽死免兵〔四〕。愚夫仰天呼，禍福豈足憑！跖身一腐鼠，死朽化無形。萬世尚遭戮，筆誅甚刀刑。思其生所得，豺犬飽臭腥。顏子聖人徒，生知自誠明。惟其生之樂，豈減跖所榮？死也至今在，光輝如日星㈠。譬如埋金玉，不耗精與英。生死得失間，較量誰重輕。善惡理如此，毋尤天不平。

【校記】

㊀光輝：原校：一作「輝光」。

【箋注】

〔一〕原未繫年，作年不詳。

〔二〕「顏回」三句：顏回，字子淵，孔子得意門生，卒年三十二。論語雍也：「子曰：『賢哉，回也！一簞食，一瓢飲，在陋巷，人不堪其憂，回也不改其樂。』」

〔三〕「盜跖」三句：莊子盜跖：「孔子與柳下季爲友，柳下季之弟，名曰盜跖。盜跖從卒九千人，横行天下，侵暴諸侯……大山之陽，膾人肝而餔之。」

〔四〕跖壽：史記伯夷列傳：「盜跖日殺不辜……竟以壽終。」

【集評】

〔宋〕黄震：總説處提顏子云：「豈減跖所榮？」跖本無榮，顏本不當與跖較榮辱，而歐公云爾，全用「所」字斡意，蓋跖自以爲榮者。若説「跖之榮」，則非矣。初讀疑之，三味乃見。（黄氏日鈔卷六一）

猛　虎〔一〕

猛虎白日行，心閑貌揚揚。當路擇人肉，羆猪不形相㊀〔二〕。頭垂尾不掉，百獸自然降。暗禍發所忽，有機埋路傍。徐行自踏之，機翻矢穿腸。怒吼震林丘，瓦落兒墮床。已死不敢近，目睛射餘光。虎勇恃其外㊁，爪牙利鉤鋩。人形雖羸弱，智巧乃中藏㊂。恃外可摧折，藏中難測量。英心多決烈，自信不猜防。老狐足姦計，安居穴垣牆㊃。窮冬聽冰渡，思慮豈不長〔三〕。引身入扱中㊄，將死猶跳踉。狐姦固堪笑，虎猛誠可傷。

【校記】

㊀羆：原校：一作「熊」。　㊁勇：原校：一作「猛」。　㊂智巧：原校：一作「巧智」。　㊃安居：原校：一作「身安」。　㊄扱：原本卷後附丁朝佐注：「考字書，『扱』音插，取也、獲也、舉也、引也、收也，義與詩不類。按韓文公城南聯句云：『靸妖藤索絣。』時景通云：『布活套於狐徑，而掎其足，謂之靸。』『靸』、『扱』聲相近，公用『扱』字，義或取此。」天理本卷後校：「梅聖俞有觀扱兔詩，當時尚有此語。」

【箋注】

〔一〕據目録題下注，景祐三年（一〇三六）作。

〔二〕形相：細看。温庭筠南歌子詞：「偷眼暗形相，不如從嫁與，作鴛鴦。」

〔三〕「窮冬」二句：水經注河水一引晉郭緣生述征記：「盟津、河津恒濁，方江爲狹，比淮濟爲闊。寒則冰厚數丈，冰始合，車馬不敢過，要須狐行，云此物善聽，冰下無水乃過，人見狐行方渡。」

仙　草〔一〕

世説有仙草，得之能隱身〔二〕。仙書已怪妄，此事況無文。嗟爾得從誰，不辨僞與真。持行入都市，自謂術通神。白日攫黄金，磊落揀奇珍〔三〕。旁人掩口笑，縱汝暫歡忻。汝方矜所得，謂世盡盲昏。非人不見汝，乃汝不見人。

【箋注】

〔一〕原未繫年，置景祐三年（一〇三六）詩後，當作于是年左右。

〔二〕「世説」二句：天中記卷五七引邯鄲氏笑林：「楚人居貧，讀淮南方，得『螳蜋伺蟬自障葉，可以隱形』，遂於樹下仰取葉。螳蜋執葉伺蟬，以摘之，葉落樹下。樹下先有落葉，不能復分別，掃取數斗歸，一一以葉自障，問其妻曰：『汝見我不？』妻始時恒答言『見』，經日乃厭倦不堪，詒云『不見』。嘿然大喜，齎葉入市，對面取人物，吏遂縛詣縣。縣官受辭，自説本末，官大笑，放而不治。」

〔三〕磊落：衆多委積貌。潘岳閑居賦：「石榴蒲陶之珍，磊落蔓衍乎其側。」

遊龍門分題十五首〔一〕

上山

躡蹻上高山〔二〕，探險慕幽賞。初驚澗芳早，忽望巖扉敞〔三〕。林窮路已迷，但逐樵歌響。

下山

行歌翠微裏，共下山前路。千峰返照外，一鳥投巖去。渡口晚無人，繫舸芳洲樹。

石樓〔四〕

高灘復下灘，風急刺舟難〔五〕。不及樓中客，徘徊川上山㊀。夕陽洲渚遠，唯見白鷗翻。

上方閣〔六〕

聞鍾渡寒水㊁，共步尋雲嶂〔七〕。還隨孤鳥下，却望層林上。清梵遠猶聞〔八〕，日暮空山響㊂。

伊川泛舟

春溪漸生溜〔九〕，演漾迴舟小〔一〇〕。沙禽獨避人，飛去青林杪。

宿廣化寺〔一一〕

横槎渡深澗〔一二〕，披露採香薇。樵歌雜梵響，共向松林歸。日落寒山慘，浮雲隨客衣。

自菩提步月歸廣化寺〔一三〕

春巖瀑泉響，夜久山已寂。明月淨松林，千峰同一色。

八節灘

亂石瀉溪流，跳波濺如雪。往來川上人㊃，朝暮愁灘闊。更待浮雲散，孤舟弄明月。

白傅墳〔一四〕

芳荃奠蘭酌〔一五〕，共吊松林裏。溪口望山椒〔一六〕，但見浮雲起。

晚登菩提上方

野色混晴嵐，蒼茫辨煙樹。行人下山道，猶向都門去〔一七〕。

山　槎〔一八〕

古木卧山腰，危根老盤石。山中苦霜霰，歲久無春色。不如巖下桂，開花獨留客。

石　笋

巨石何亭亭，孤生此巖側。白雲與翠霧，誰見琅玕色。惟應山鳥飛，百轉時來息。

鴛　鴦

畫舷鳴兩槳㊄，日暮芳洲路。泛泛風波鳥，雙雙弄紋羽。愛之欲移舟，漸近還飛去。

魚　罾㊅〔一九〕

春水弄春沙，蕩漾流不極。笭箵苦難滿〔二〇〕，終日沙頭客。向暮卷空罾，棹歌菱浦北㊆。

魚　鷹

日色弄晴川㊇，時時錦鱗躍。輕飛若下韝〔二一〕，豈畏風灘惡？人歸晚渚静，獨傍漁舟落。

【校記】

㊀川上山：原校：一作「山上看」，一作「山上山」。卷後原校：一作「川上看」。　㊁渡：原校：一作「動」。

㊂空：原校：一作「千」。　㊃川上人：原校：一作「寒川上」。　㊄舷：原校：一作「船」。　㊅魚：原校：一

作「漁」。　㊆菱：卷後原校：一作「凌」。　㊇晴：原校：一作「清」。

【箋注】

〔一〕據題下注，明道元年（一〇三二）作。由「春溪漸生溜」、「春巖瀑泉響」等句，知此組詩當寫于是年春天。龍門，又名伊闕，在洛陽南。以有龍門山（西山）和香山（東山）隔伊水（伊川）夾峙如門，故名。時歐陽修爲西京留守推官，與友人楊愈、張谷、陸經來遊。詳見居士外集（後簡稱外集）卷一四送陳經秀才序。

〔二〕躡蹻：穿草鞋行走。史記孟嘗君列傳：「初，馮驩聞孟嘗君好客，躡蹻而見之。」

〔三〕巖扉敞：言龍門兩山間一片空闊。

〔四〕石樓：與八節灘均爲龍門名勝，由白居易構築開鑿。新唐書白居易傳：「構石樓香山，鑿八節灘，自號醉吟先生。」

〔五〕刺舟：撑船。淮南子原道訓：「短袂攘卷，以便刺舟。」

〔六〕上方閣：佛寺。謝絳遊嵩山寄梅殿丞書：「遂緣伊流，陟香山，上上方，飲於八節灘上。」

〔七〕雲嶂：聳入雲霄之高山。張九齡郡南江上别孫侍御：「雲嶂天涯盡，川途海縣窮。」

〔八〕清梵：誦唱佛經之聲。韓翃題僧房：「名香連竹徑，清梵出花臺。」

〔九〕溜：急流。

〔一〇〕演漾：水波蕩漾。阮籍詠懷之七五：「汎汎乘輕舟，演漾靡所望。」

〔一一〕廣化寺：北魏所建龍門八寺之一。

〔一二〕槎：木筏。張華博物志卷三：「年年八月，有浮槎去來不失期。」

〔一三〕菩提：即菩提上方，指上方閣。

〔一四〕白傅墳：白居易墓。在龍門香山北麓。明一統志卷二七謂「李商隱撰碑」。

〔一五〕芳荃：香草名。沈約早發定山：「忘歸屬蘭杜，懷禄寄芳荃。」蘭酌：清香之酒。王勃聖泉宴：「蘭氣熏春酌。」

〔一六〕山椒：山頂。謝莊月賦：「菊散芳於山椒，雁流哀於江瀨。」

〔一七〕都門：指東都洛陽。

〔一八〕山槎：指山上枝杈歧出的古木。

〔一九〕魚罾：用竿支架的魚網。

〔二〇〕笭箵：打魚用的竹編盛器。

〔二一〕下韝：擺脱羈絆。韝，架鷹者縛于兩臂束住衣袖的皮套。

伊川獨遊〔一〕

東郊漸微緑，驅馬忻獨往。梅繁野渡晴，泉落春山響。身閑愛物外，趣遠諧心賞〔二〕。歸路逐樵歌，落日寒川上。

【箋注】

〔一〕據題下注，明道元年（一〇三二）作。

〔二〕心賞：心情歡暢。楊炯李舍人山亭詩序：「唯談笑可以遣平生，唯文詞可以陳心賞。」

三遊洞㊀〔一〕

漾檝泝清川㊁，捨舟緣翠嶺。探奇冒層巘，因以窮人境。弄舟終日愛雲山㊂，徒見青蒼杳靄間。誰知一室煙霞裏，乳竇雲腴凝石髓〔二〕。蒼崖一徑橫查渡〔三〕，翠壁千尋當户起。

昔人心賞爲誰留〔四〕，人去山阿迹更幽。青蘿緑桂何岑寂，山鳥嘐嘐不驚客㊃。松鳴澗底自生風，月出林間來照席。仙境難尋復易迷，山回路轉幾人知？惟應洞口春花落，流出巖前百丈溪。即下牢溪也。

【校記】

㊀題下原校：一本作「夷陵九詠：一、三遊洞，二、下牢溪，三、蝦蟆碚，四、勞停驛，五、龍溪，六、黄溪夜泊，七、黄牛峽祠，八、松門，九、下牢津。」居士集本古律各從其類，今從之。㊁泝：原校：一作「泛」。㊂舟：原校：一作「川」。㊃嘐嘐：卷後原校：夷陵石本作「膠膠」。

【箋注】

〔一〕據題下注，景祐四年（一〇三七）作。荆州府志謂三遊洞「在州治西北二十里，唐白居易與弟行簡及元稹三人遊此，作記刻石，因名爲三遊洞」。白居易有三遊洞序。陸游入蜀記卷六：「繫船與諸子及證師登三遊洞。躡石磴二里，其險處不可着脚。洞大如三間屋，有一穴通人過，然陰黑峻險尤可畏。繚山腹，傴僂自巖下，至洞前，差可行，然下臨溪潭，石壁十餘丈，水聲恐人。又一穴後，有壁可居，鍾乳歲久，垂地若柱，正當穴門……旁石壁上刻云『景祐四年七月十日夷陵歐陽永叔』，下缺一字。又云『判官丁』下又缺數字。丁者寶臣也，字元珍。今『丁』字下二字，亦髣髴可見，殊不類『元珍』字。又，永叔但曰夷陵，不稱令。」

〔二〕「乳竇」句：言洞内鍾乳石滑潤垂立。乳竇，石鍾乳洞。

〔三〕横查渡：斷木爲橋。查，通「槎」。

〔四〕昔人：指白居易等。

下牢溪〔一〕

隔谷聞溪聲，尋溪度横嶺。清流涵白石，静見千峰影㊀。巖花無時歇，翠柏鬱何整。安能戀潺湲，俯仰弄雲景。

【校記】

㊀静：卷後原校：石本作「淨」。

【箋注】

〔一〕據題下注，景祐四年（一〇三七）作。夷陵州志卷二：「下牢溪，在三遊洞之下。」

蝦蟇碚㊀〔一〕

今土人寫作「背」字，音佩。

石溜吐陰崖，泉聲滿空谷。能邀弄泉客，繫舸留巖腹。陰精分月窟〔二〕，水味標茶録㊁〔三〕。共約試春芽，槍旗幾時緑〔四〕？

【校記】

㊀原本卷後附丁朝佐注：「蝦蟇碚詩，諸本皆作『碚』。朝佐考字書無此字。按東坡集決囚經歷詩『忽憶尋蟇培』，其字從土。又南行集，二蘇皆有蝦蟇碚詩，欒城作『培』，東坡作『背』。今秘書正字項安世嘗自蜀來，云土人寫作『背』

字，音佩。」　㈡録：卷後原校：一作「籙」。

【箋注】

〔一〕據題下注，景祐四年（一〇三七）作。陸游入蜀記卷六：「登蝦蟆碚，水品所載第四泉是也。蝦蟆在山麓，臨江，頭鼻吻頷絶類，而背脊皰處尤逼真，造物之巧有如此者。自背上深入，得一洞穴，石色緑潤。泉泠泠有聲，自洞出，垂蝦蟆口鼻間，成水簾入江。」夷陵州志卷二：「蝦蟆碚，在州西六十餘里，江之右有石如蝦蟆，其大數丈，石上出泉。」

〔二〕「陰精」句：謂蟾蜍（俗稱蝦蟆）來自月宫。陰精，月也。中有蟾蜍，因借指月。

〔三〕茶録：疑即文獻通考經籍考卷四五所著録丁謂建安茶録三卷，簡稱茶録。

〔四〕槍旗：成品緑茶之一。由帶頂芽的小葉製成。詳見本集卷七嘗新茶呈聖俞箋注〔五〕。

黄牛峽祠㈠〔一〕

大川雖有神㈡，淫祀亦其俗㈢。石馬繫祠門，山鴉噪叢木。潭潭村鼓隔溪聞，楚巫歌舞送迎神。畫船百丈山前路，上灘下峽長來去。江水東流不暫停，黄牛千古長如故。峽山侵天起青嶂，崖崩路絶無由上。黄牛不下江頭飲，行人惟向舟中望。朝朝暮暮見黄牛㈣，徒使行人過此愁㈤。山高更遠望猶見，不是黄牛滯客舟㈥〔二〕。語曰：「朝見黄牛，暮見黄牛，一朝一暮㈦，黄牛如故。」言江惡難行，久不能過也。

【校記】

㈠峽：原校：一本無「峽」字。　㈡雖有神：原校：一作「固神靈」。　㈢亦其：原校：一作「本風」。

㈣朝朝暮暮：原校：一作「行行終日」。　㈤徒使行：原校：一作「誰使人」。　㈥黄牛：原校：一作「灘中」。

㈦一朝一暮：衡本作「三朝三暮」。

【箋注】

〔一〕據題下注，景祐四年（一〇三七）作。輿地廣記卷二七載夷陵「有黄牛峽，南岸高崖間有石，如人牽牛狀，人黑牛黄」。蘇軾書黄牛廟詩後：「右歐陽文忠公爲峽州夷陵令日所作黄牛廟詩也。軾嘗聞之於公：『予昔以西京留守推官爲館閣校勘，時同年丁寶臣元珍適來京師，夢與予同舟泝江，入一廟中，拜謁堂下。予班元珍下，元珍固辭，予不可。方拜時，神象爲起，鞠躬堂下，且使人邀予上，耳語久之。元珍私念，神亦如世俗待館閣，乃爾異禮耶！既出門，見一馬隻耳。覺而語予，固莫識也。不數日，元珍除峽州判官，已而余亦貶夷陵令，日與元珍處，不復記前夢矣。一日，與元珍泝峽，謁黄牛廟，入門惘然，皆夢中所見。予爲縣令，固班元珍下，而門外鐫石爲馬，缺一耳。相視大驚，乃留詩廟中，有「石馬繫祠門」之句，蓋私識其事也。』」陸游入蜀記卷六：「晚次黄牛廟，山復高峻……傳云：神佐夏禹治水有功，故食于此。門左右各一石馬，頗卑小，以小屋覆之。其右馬無左耳，蓋歐陽公所見也。廟後叢木，似冬青而非，莫能名者……過達洞灘……猶見黄牛峽廟後山。太白詩云：『三朝上黄牛，三暮行太遲，三朝又三暮，不覺鬢成絲。』歐陽公云：『朝朝暮暮見黄牛，徒使行人過此愁。山高更遠望猶見，不是黄牛滯客舟。』蓋諺謂『朝見黄牛，暮見黄牛，一朝一暮，黄牛如故』，故二公皆及之。歐陽公自荆渚赴夷陵而有下牢、三游及蝦蟆碚、黄牛廟詩者，蓋在官府時來遊也。」

〔二〕「不是」句：黄震：「謂江惡舟遲，常見此石在山也。」（黄氏日鈔卷六一）

【集評】

〔清〕方東樹：平叙，以起句作章法，以下發，此新茶、葛鼎同。起二句議，歸宿三句寫。（昭昧詹言卷一二）

千葉紅梨花〔一〕

峽州署中，舊有此花，前無賞者。知郡朱郎中始加欄檻，命坐客賦之。

紅梨千葉愛者誰，白髮郎官心好奇。徘徊繞樹不忍折，一日千匝看無時。夷陵寂寞千山裏，地遠氣偏時節異。愁煙苦霧少芳菲，野卉蠻花鬬紅紫。可憐此樹生此處，高枝絶豔無人顧㊀。春風吹落復吹開，山鳥飛來自飛去。根盤樹老幾經春，真賞今纔遇使君〔二〕。風輕絳雪罇前舞，日暖繁香露下聞。從來奇物産天涯，安得移根植帝家？猶勝張騫爲漢使㊁〔三〕，辛勤西域徙榴花。

【校記】

㊀絶：原校：一作「紅」。　㊁猶勝：卷後原校：石本作「共笑」。

【箋注】

〔一〕據題下注，景祐四年（一〇三七）作。朱郎中，峽州知州朱正基，時爲尚書虞部郎中。見居士集（後簡稱本集）卷三九夷陵縣至喜堂記。

〔二〕真賞：確能賞識。南史王曇首傳：「知音者希，真賞殆絶。」

〔三〕張騫：西漢外交家，出使西域各國，官至大行，封博望侯。前漢書有傳。初學記卷二八引張華博物志：「張騫使西域還，得安石榴、胡桃、蒲桃。」

【集評】

〔清〕方東樹：起二句先點叙。三四句寫。「夷陵」句逆卷跌開。「可憐」以下順布。「根盤」二句合。「風輕」二句夾寫。「從來」四句，僦襯入議收。（昭昧詹言卷一二）

金雞五言十四韻〔一〕

蠻荆鮮人秀，厥美爲物怪。禽鳥得之多，山雞稟其粹。衆綵爛成文，真色不可繪。仙衣霓紛披，女錦花綷縩〔二〕。輝華日光亂，眩轉目睛憊。高田啄秋粟，下澗飲寒瀨。清唳或相呼，舞影還自愛〔三〕。豈知文章累，遂使網羅掛。及禍誠有媒，求友反遭賣〔四〕。有身乃吾患〔五〕，斷尾亦前戒〔六〕。不羣世所驚，甚美衆之害。稻粱雖云厚㊀，樊縶豈爲泰〔七〕？山林歸無期，羽翮日已鎩。用晦有前言〔八〕，書之可爲誡。

【校記】

㊀厚：卷後原校：石本作「享」。

【箋注】

〔一〕據題下注，景祐四年（一〇三七）作。金雞即錦雞、山雞。范成大桂海虞衡志志禽：「錦雞，又名金雞，湖南北亦有之。」陸游老學庵筆記卷四：「（辰、沅、靖州蠻）男未娶者，以金雞羽插髻。」

〔二〕「仙衣」二句：言金雞如披霓裳仙衣，羽毛華麗，展翅有聲。綷縩，衣裙摩擦聲，此指羽毛相擦聲。

〔三〕「舞影」句：劉敬叔異苑卷三：「山雞愛其羽毛，映水則舞。」

〔四〕「豈知」四句：言山雞爲華麗羽毛所累，被人以鳥媒誘捕。文章，錯雜的色彩或花紋。媒，鳥媒，獵人用以招引他鳥。

〔五〕「有身」句：老子：「吾所以有大患者，爲吾有身也；及吾無身，有何患？」

〔六〕斷尾：左傳昭公二十二年：「賓孟適郊，見雄雞自斷其尾，問之，侍者曰：『自憚其犧也。』」

〔七〕樊縶：謂拘縶于籠中。鮑照野鵝賦序：「有獻野鵝於臨川王，世子愍其樊縶，命爲之賦。」

〔八〕「用晦」句：易明夷「用晦而明」，王弼注：「藏明於内，乃得明也；顯明於外，巧所辟也。」

和丁寶臣遊甘泉寺〔一〕 寺在臨江一山上，與縣廨相對。

江上孤峰蔽緑蘿〔二〕，縣樓終日對嵯峨。叢林已廢姜祠在，事迹難尋楚語訛〔三〕。寺有清泉一泓，俗傳爲姜詩泉，亦有姜詩祠。案：詩，廣漢人，疑泉不在此。空餘一派寒巖側，澄碧泓渟涵玉色。野僧豈解惜清泉，蠻俗那知爲勝迹。西陵老令好尋幽㊀〔四〕，時共登臨向此遊。欹危一逕穿林樾〔五〕，盤石蒼苔留客歇。山深雲日變陰晴，澗柏巖松度歲青。谷裏花開知地暖，林間鳥語作春聲。依依渡口夕陽時，却望層巒在翠微。城頭暮鼓休催客，更待横江弄月歸㊁〔六〕。

【校記】

㊀老：原校：一作「縣」。　㊁横江：原校：一作「孤舟」。

【箋注】

〔一〕據題下注，景祐四年（一〇三七）作。丁寶臣字元珍，時爲峽州軍事判官，生平見本集卷二五集賢校理丁君墓表、臨川集卷九一司封員外郎秘閣校理丁君墓誌銘。後篇稱：「君爲峽州軍事判官，與廬陵歐陽公遊，相好也。」甘泉寺，在夷陵西山上。陸游老學庵筆記卷七：「歐陽公謫夷陵時，詩云：『江上孤峰蔽緑蘿，縣樓終日對嵯峨。』蓋夷陵縣治下臨峽江，名緑蘿溪。自此上泝，即上牢關，皆山水清絶處。孤峰者，即甘泉寺山，有孝女泉及祠在萬竹間，亦幽邃可喜，峽人歲時遊觀頗盛。」夷陵州志卷六：「甘泉寺在州治之西，大江右，今廢。後爲姜孝子祠。」

〔二〕「江上」句：入蜀記卷六：「此篇首章云：『江上孤峰蔽緑蘿。』初讀之，但謂孤峰蒙藤蘿耳，及至此，乃知山下爲緑蘿溪也。」

〔三〕「叢林」二句：入蜀記卷六：「以小舟游西山甘泉寺，竹橋石磴，甚有幽趣，有静練、洗心二亭，下臨江山，頗疏豁。法堂之右，小徑數十步，至一泉，曰孝婦泉，謂姜詩妻龐氏也。泉上亦有龐氏祠，然歐陽文忠公不以爲信，故其詩曰：『叢林已廢姜祠在，事迹難尋楚語訛。』」叢林，寺院別稱。大智度論卷三：「僧伽秦言衆，多比丘一處和合，是名僧伽；譬如大樹叢聚，是名爲林。」後漢書列女傳有姜詩妻傳。

〔四〕「西陵」句：西陵老令，作者自稱。西陵，夷陵在三國東吴時的舊稱。

〔五〕欹危：歪斜不平。林樾：密林。

〔六〕弄月：賞月。李白別山僧：「何處名僧到水西，乘舟弄月宿涇溪。」

送京西提點刑獄張駕部〔一〕

太華之松千歲青〔二〕，嘗聞其下多茯苓。地靈山秀草木異，往往變化爲人形。神仙不欲世人採，覆以雲氣常冥冥。臺郎何年得真訣㊀，服餌既久毛骨清。汝陽昔見今十載〔三〕，丹顔益少方瞳明。郡齋政成罇俎樂，高談日接無俗情。詔書忽下褒美績，使車朝出行屬城。職清事簡稱雅意㊁，蠹書古篋晨裝輕㊂。洛陽花色笑春日，錦衣晝歸閭里驚。自云就欲謝官去㊃，烏紗白髮西臺卿〔四〕。他年我亦老嵩少㊄〔五〕，願乞仙粒分餘馨。

【校記】

㊀年：原校：一作「處」。　㊁雅：原校：一作「高」。　㊂蠹書古篋：原校：一作「靈丸滿笥」。　㊃就欲：原校：一作「欲就」。　㊄我：原校：一作「終」。

【箋注】

〔一〕據題下注，寶元元年（一〇三八）作。歐奏議集卷四有慶曆三年所作論盜賊事宜劄子，言及「京西提點刑獄張師錫」，云：「臣舊識師錫，其人恬靜長者。」本集卷九寄題洛陽致政張少卿靜居堂云：「西臺有道氣，自少服靈丸。」與本詩「臺郎何年得真訣，服餌既久毛骨清」及「烏紗白髮西臺卿」所述相似。另，「洛陽花色笑春日，錦衣晝歸閭里驚」，與「洛陽致政張少卿」又相合。吴處厚青箱雜記卷五：「唐路德延有孩兒詩五十韻，盛傳於世。近代洛中致政侍郎張公師錫追次其韻，和成老兒詩，亦五十韻。」然則張駕部當爲張師錫。何以早在寶元時即爲京西提刑，抑或題下所注年代有誤，待考。據宋庠元憲集卷二四制文，師錫曾以尚書虞部員外郎知同州，改尚書比部員外郎。師錫父去華，宋史有傳，稱其「以疾求分司西京。在洛葺園廬，作中隱亭以見志」，子「師錫殿中丞」。

〔二〕太華：西嶽華山，因其西有少華山，故稱太華。

〔三〕「汝陽」句：汝陽（今河南汝南）爲蔡州州治所在。由寶元元年（一〇三八）上溯十年爲天聖六年（一〇二八），時歐隨胥偃赴京，可能途經汝陽，得見張師錫。

〔四〕西臺：陸游老學庵筆記卷六：「唐人本謂御史在長安者爲西臺，言其雄劇，以別分司東都，事見劇談録。本朝都汴，謂洛陽爲西京，亦置御史臺，至爲散地。以其在西京，亦號『西臺』，名同而實異也。」

〔五〕嵩少：嵩山與少室山之並稱。

贈杜默㊀〔一〕

南山有鳴鳳，其音和且清。鳴於有道國，出則天下平。杜默東土秀〔二〕，能吟鳳凰聲。作詩幾百篇，長歌仍短行。携之入京邑，欲使衆耳驚。來時上師堂，再拜辭先生。先生頷首遺，教以勿驕矜。贈之三豪篇，而我濫一名〔三〕。杜子來訪我，欲求相和鳴。顧我文字卑，未足當豪英。豈如子之辭，鏗鍠間鏞笙。淫哇俗所樂，百鳥徒嚶嚶㊁。杜子卷舌去，歸衫翩以輕。京東聚羣盗，河北點新兵。饑荒與愁苦，道路日以盈〔四〕。子盍引其吭，發聲通下情〔五〕。上聞天子聰，次使宰相聽。何必九包禽〔六〕，始能瑞堯庭㊂。子詩何時作，我耳久已傾。願以白玉琴，寫之朱絲繩〔七〕。

【校記】

㊀題下原校：一本注云：「默師太學先生石守道介。」　㊁徒：原校：一作「方」。　㊂瑞：原校：一作「鳴」。

【箋注】

〔一〕　據題下注，康定元年（一〇四〇）作。王闢之澠水燕談録卷七：「濮人杜默師雄，少有逸才，尤長於歌篇，師事石守道。作三豪詩以遺之，稱默爲『歌豪』，石曼卿『詩豪』，永叔『文豪』。而永叔亦有詩曰：『贈之三豪篇，而我濫一名。』默久不第，落魄不調，不護名節，屢以私干歐陽公。公稍異之，默怨懟，作桃花詩以諷，由是士大夫薄其爲人。」東坡題跋卷一評杜默詩：「默之歌少見於世，初不知之，後聞其篇云『學海門前老龍，天子門前大蟲』，皆此等語。甚矣，介之無識也！永叔不欲嘲笑之者，此公惡爭名，且爲介諱也。」厲鶚宋詩紀事卷一七謂默「熙寧末，特奏名，仕新淦尉。」

〔二〕「杜默」句：石介以經術教授于徂徠，杜默爲其學生。

〔三〕「來時」六句：石介三豪詩送杜默師雄并序序云：「本朝八十年，文人爲多。若老師宿儒，不敢論數。近世作者，石曼卿之詩，歐陽永叔之文辭，杜師雄之歌篇，豪於一代矣。師雄學于予，辭歸，作三豪詩以送之。」

〔四〕「京東」四句：言當時内憂外患，危機四伏。據宋史仁宗紀二，康定元年六月「壬寅，遣使體量安撫京東、西。甲辰，增置陝西、河北、河東、京東、西弓手」。

〔五〕「子盍」二句：此爲歐引而進之之辭，意欲杜默反映民生疾苦。

〔六〕九包禽：即九苞禽，爲鳳之别名。鳳爲傳説中的瑞鳥，素有鳴鳳呈祥之説。此句似針對「能吟鳳凰聲」而發。

〔七〕朱絲繩：指琴瑟上的絲弦。

送吕夏卿㈠〔一〕

夏卿父造，字公初，有名進士也。

始吾尚幼學弄筆，羣兒爭誦公初文〔二〕。嗟我今年已白髮，公初相見猶埃塵。傳家尚喜有二子，始知靈珠出淮濱㈡。去年東書來上國，欲以文字驚衆人㈢。駑駘羣馬斂足避，天衢讓路先騏驎㈣。尚書禮部奏高第，斂衣襆硯趨嚴宸〔三〕。曈曈春日轉黄傘，藹藹賦筆摛青雲〔四〕。我時寓直殿廬外〔五〕，衆中迎子笑以忻。明朝失意落人後㈤，我爲沮氣羞出門。得官高要幾千里，猶幸海遠無惡氛㈥。英英帝圃多鸞凰㈦〔六〕，上下羽翼何繽紛！期子當呼丹山鳳，爲瑞相與來及羣〔七〕。

【校記】

㊀題下原校：一本云「送吕先輩赴端州高要尉」。㊁淮濱：原校：一作「海蠙」，一作「淮蠙」。㊂字：卷後原校：一作「學」。㊃讓路：原校：一作「騰踏」。㊄朝：原校：一作「晨」。㊅海遠：原校：一作「遠海」。㊆凰：原校：一作「鳳」。

【箋注】

〔一〕據題下注，慶曆二年（一〇四二）作。吕夏卿，字縉叔，泉州晉江人，是年登第，爲端州高要尉。英宗世，歷史館檢討、同修起居注、知制誥。宋史有傳。據福建通志卷三三，夏卿兄喬卿同年登第。

〔二〕公初：據題下注，爲夏卿父吕造之字。

〔三〕趨嚴宸：參加殿試。宸指皇帝，殿試由其主持。

〔四〕「曈曈」二句：言皇帝駕臨考場，應試者顯身手以登青雲。黄傘，皇帝儀仗之一。

〔五〕「我時」句：歐陽發等述事迹：「慶曆二年御試進士，以『應天以實不以文』爲賦題，公爲擬試賦一道以進，指陳當世缺失，言甚切至。」

〔六〕「英英」句：據宋會要輯稿選舉二之八，慶曆二年及第者有王珪、王安石、韓絳等。

〔七〕「期子」二句：謂期待夏卿成爲衆多英才之一。丹山，古謂産鳳之山。吕氏春秋本味：「流沙之西，丹山之南，有鳳之丸，沃民所食。」

憶山示聖俞〔一〕

吾思夷陵山，山亂不可究。東城一堠餘〔二〕，高下漸岡阜。羣峰迤邐接，四顧無前後。

憶嘗祗吏役〔三〕，鉅細悉經覯。是時秋卉紅，嶺谷堆纈繡〔四〕。林枯松鱗皴，山老石脊瘦。斷徑履頹崖，孤泉聽清溜。深行得平川，古俗見耕耨。澗荒驚麏奔，日出飛雉雊。盤石屢欹眠，緑巖堪解綬㊀。幽尋歎獨往，清興思誰侑〔五〕。其西乃三峽，嶮怪愈奇富。江如自天傾㊁，岸立兩崖鬬。黔巫望西屬〔六〕，越嶺通南奏㊂〔七〕。時時縣樓對，雲霧昏白晝。荒煙下牢戍，百仞寒溪漱。蝦蟆噴水簾，甘液勝飲酎。亦嘗到黄牛㊃，泊舟聽猿狖。巉巉起絶壁，蒼翠非刻鏤。陰巖下攢叢㊄，岫穴忽空透㊅。遥岑聳孤出，可愛欣欲就〔八〕。惟思得君詩，古健寫奇秀。今來會京師，車馬逐塵瞀。頹冠各白髮〔九〕，舉酒無蒨袖〔一〇〕。繁華不可慕，幽賞亦難遘。徒爲憶山吟，耳熱助嘲詬。

【校記】

㊀緑巖：卷後原校：石本作「緑蘿」。　㊁傾：原校：一作「瀉」。　㊂奏：卷後原校：石本作「走」。

㊃到：考異本作「對」。　㊄巖：卷後原校：一作「崖」。　㊅岫：卷後原校：一作「蚧」。

【箋注】

〔一〕如題下注，慶曆元年（一〇四一）作。據朱東潤梅堯臣集編年校注（後簡稱「梅集編年」）卷一一，堯臣是年暮春離鄧州，夏抵許州探望叔父梅詢，而後到京師。時歐在京修崇文總目，摯友相會，遂有此詩。

〔二〕堠：古時記里程的土壇，五里一堠。

〔三〕「憶嘗」句：指嘗爲夷陵縣令。

〔四〕「是時」二句：據胡柯廬陵歐陽文忠公年譜（後簡稱「胡譜」），歐于景祐三年十月抵夷陵。纈繡，形容色彩斑斕。
〔五〕「清興」句：意謂獨發詩興，無人唱和。侑，酬答。
〔六〕黔巫：黔州、巫山一帶，在夷陵西。
〔七〕越嶺：越，南越；嶺，五嶺。此指廣東、廣西一帶，在夷陵南。
〔八〕「時時」十四句：寫夷陵風光，可參閱前三遊洞以下數首詩。
〔九〕「頹冠」句：本卷同年所作聖俞會飲詩，謂堯臣「四十白髮猶青衫」。
〔一〇〕蒨袖：指歌妓。

【集評】

〔清〕闕名：憶山示聖俞殆以（韓愈）南山詩爲法。（靜居緒言）

送唐生㈠〔一〕

京師英豪域，車馬日紛紛。唐生萬里客，一影隨一身。出無車與馬，但踏車馬塵。日食不自飽，讀書依主人。夜夜客枕夢㈡，北風吹孤雲。翩然動歸思，旦夕來叩門㈢終年少人識，逆旅惟我親㈣。來學愧道矒㈤〔二〕，贈歸慚橐貧㈥。勉之期不止，多穫由力耘。指家大嶺北，重湖浩無垠。飛雁不可到，書來安得頻㈦？

【校記】

㈠題下原校：一本作「送唐秀才歸永州」。㈡夢：原校：一作「冷」。㈢來叩：原校：一作「叩我」。㈣逆旅：原校：一作「旅意」。㈤曨：原校：一作「昧」。㈥慚：原校：一作「嗟」。㈦得：原校：一作「能」。

【箋注】

〔一〕原未繫年，當爲康定、慶曆間作。歐康定元年召還京都，復爲館閣校勘，文名頗盛，慶曆初已爲文壇盟主，前來求教者不少，唐生即在其中。據詩中「京師英豪域」、「旦夕來叩門」等語，本詩最遲作于慶曆二年九月作者通判滑州之前。唐生，永州人，事迹不詳。永州在南嶺之北，故詩云「指家大嶺北」。

〔二〕曨：同「瞢」。迷糊不清。

【集評】

〔清〕高步瀛：此等詩猶見盛唐步武。（唐宋詩舉要卷一）

送任處士歸太原〔一〕 時天兵方討趙元昊。

一虜動邊陲，用兵三十萬〔二〕。天威豈不嚴，賊首猶未獻。自古王者師，有征而不戰㈠〔三〕。勝敗繫人謀，得失由廟算。是以天子明，咨詢務周遍。直欲採奇謀㈡，不爲人品限。公車百千輩，下不遺僕賤〔四〕。況於儒學者，延納宜無間。如何任生來，三月不得見？方茲急士時，論擇豈宜慢！任生居太原，白首勤著撰。閉户不求聞，忽來誰所薦。人賢固當用，舉繆不加譴㈢。賞罰兩無文，是非奚以辨？遂令拂衣歸，安使來者勸㈣？嗟吾筆與舌，非職不敢諫〔五〕。

【校記】

㈠不：原校：一作「無」。　㈡探奇：卷後原校：一作「探奇」。　㈢「人賢」二句：原校：一作「賢固當用舉，繆亦不加譴」。　㈣「安使」句下：原校：一本有「其餘苟盡然，所責胡由辨」兩句。

【箋注】

〔一〕據題下注，康定元年（一〇四〇）作。任處士名字、事迹無考。太原（今屬山西）時稱并州，在河東路。

〔二〕「一虜」二句：是年正月，西夏軍侵延州，陷金明寨，宋軍大敗，大將劉平、石元孫被俘。九月，西夏又侵三川寨。時韓琦、范仲淹已赴西綫效力。歐同年十二月有通進司上書，云：「今三十萬之兵，食於西者二歲矣。」一虜，即指西夏元昊，党項族人，又名曩霄，寶元元年稱帝，屢犯宋境。後與宋議和，宋册封爲夏國主，年賜絹、銀、茶等。見宋史外國傳一。

〔三〕「有征」句：謂不戰而勝。晉書樂志下：「言宣帝致討吳方，有征無戰也。」

〔四〕「是以」六句：李燾續資治通鑑長編（後簡稱長編）卷一二八載康定元年七月「布衣吕渭、李元振、姚嗣宗皆上封事，陳方略，召試學士院。壬申，並授幕職官知縣……（八月）壬子，以益州草澤尹績爲試校書郎……元昊反，數上疏言事，丁度、楊偕薦其才，召試學士院而命之」。

〔五〕「嗟吾」二句：據胡譜，康定元年六月，歐還朝，復爲館閣校勘，十月，轉太子中允，同修禮書。時不擔任諫職。

聖俞會飲㈠〔一〕　時聖俞赴湖州。

傾壺豈徒彊君飲，解帶且欲留君談。洛陽舊友一時散〔二〕，千年會合無二三。京師旱久塵土熱，忽值晚雨涼纖纖㈡。滑公井泉釀最美〔三〕，赤泥印酒新開緘。更吟君句勝啖炙，杏花妍媚春酣酣。君詩有「春風酣酣杏正妍」之句。吾交豪俊天下選，誰得衆美如君兼㈢。詩工鑱刻露天骨，將論縱横輕玉鈐〔四〕。遺編最愛孫武説，往往曹杜遭夷芟〔五〕。關西幕府不能辟㈣〔六〕，隴山敗將死可慚㈤〔七〕。嗟余身賤不敢薦，四十白髮猶青衫。吴興太守詩亦好〔八〕，往奏玉琯和英咸㈥〔九〕。杯行到手莫辭醉，明日舉棹天東南㈦〔一〇〕。

【校記】

㈠題下原校：一本作「送梅堯臣赴湖州」。　㈡纖纖：原校：一作「䊹䊹」。　㈢誰：原校：一作「難」。「誰得」句下：原校：一本有「鏗鏘文律金玉寫，森羅武庫戈戟銛」兩句。　㈣府：原校：一作「下」。　㈤山：原校：一作「西」。　敗：原校：一作「大」。　㈥往：原校：一作「助」。　㈦日：原校：一作「發」。

【箋注】

〔一〕據題下注，慶曆元年（一〇四一）作。是年秋，梅堯臣赴監湖州鹽税任，歐贈以本詩。堯臣亦有醉中留別永叔子履（梅集編年卷一一），云：「到君官舍欲取別，君惜我去頻增嘻，便步髯奴呼子履，又令開席羅酒卮。」

〔二〕「洛陽」句：謂天聖、明道間，在西京吟詩作文的友朋，或已身故，如張先、謝絳；或星散各處，如尹洙、尹源等。

〔三〕「滑公井」句：歐康定元年赴滑州，權武成軍節度判官廳公事，故于彼處井水及釀酒事甚熟。

〔四〕「詩工」二句：謂堯臣作詩不凡，又善論兵。天骨，所謂天庭多奇骨，傑魁人也。玉鈐，相傳爲吕尚所遺兵書。

〔五〕「遺編」二句：堯臣嘗注孫子，歐爲作孫子後序，稱堯臣所注，當與曹操、杜牧、陳皞「三家并傳，而後世取其説者，往往於吾聖俞多焉」。

〔六〕「關西」句：康定元年，范仲淹任陝西經略安撫副使，歐推薦堯臣前往效力，未被接受。仲淹欲辟歐爲掌書記，歐辭不就，答陝西安撫使范龍圖辭辟命書云：「尚慮山林草莽，有挺特知義慷慨自重之士，未得出於門下。」蓋爲堯臣鳴也。

〔七〕「隴山」句：慶曆元年春，大將任福奉陝西安撫副使韓琦之命，迎擊謀侵渭州之西夏軍。任福未遵韓琦勿輕敵深入之囑咐，追敵至好水川，六盤山下中埋伏，與衆多部將皆戰死。見長編卷一三一。任福，字祐之，開封人，時知慶州兼環慶路副部署。隴山，一作隴西，指好水川，在今寧夏隆德。

〔八〕「吴興」句：時胡宿知湖州。湖州古稱吴興郡。宿字武平，常州晉陵人。天聖進士。官至樞密副使。能詩，元好問編唐詩鼓吹，嘗誤入宿詩二十餘首。本集卷三四有贈太子太傅胡公墓誌銘，云：「公自爲進士，知名於時。楊文公億得其詩，題於秘閣，歎曰：『吾恨未識此人。』」

〔九〕玉琯：即玉管，用以定律的玉製古樂器，此泛指樂器。英咸：帝嚳之樂六英與黄帝（一説堯）之樂咸池之並稱，泛指古樂。

〔一〇〕東南：湖州在開封東南。

送胡學士知湖州㊀〔一〕

武平天下才，四十滯鉛槧〔二〕。忽乘使君舟，歸榜不可纜㊁。都門春漸動，柳色緑將暗，掛帆千里風，水闊江灩灩。吴興水精宫〔三〕，樓閣在寒鑑。橘柚秋苞繁，烏程春甕釃〔四〕。清談越客醉，屢舞吴娘豔。寄詩毋憚頻㊂，以慰離居念。

【校記】

㊀題下原校：一本云「送胡宿武平學士」。㊁榜：原校：一作「牓」。㊂頻：原校：一作「煩」。

【箋注】

〔一〕據題下注，慶曆元年（一〇四一）作。由「都門春色動」，知胡宿出知湖州在是年春。

〔二〕「四十」句：贈太子太傅胡公墓誌銘：「召試學士院，爲館閣校勘，與修北史。」據墓誌銘，胡宿治平四年（一〇六七）卒。年七十三。逆推之，四十歲任館閣校勘時爲景祐元年（一〇三四）。鉛槧，指校勘。

〔三〕水精宮：亦作水晶宮，湖州一帶的美稱。姜夔惜紅衣詞序：「吴興號水晶宮，荷花甚麗。」

〔四〕烏程：湖州治所。

【集評】

〔清〕高步瀛：清麗。（唐宋詩舉要卷一）

哭曼卿㊀〔一〕

嗟我識君晚，君時猶壯夫〔二〕。信哉天下奇，落落不可拘。軒昂懼驚俗，自隱酒之徒㊁〔三〕。一飲不計斗，傾河竭崑墟〔四〕。作詩幾百篇，錦組聯瓊琚。時時出險語，意外研精粗。窮奇變雲煙，搜怪蟠蛟魚。詩成多自寫，筆法顏與虞。旋棄不復惜，所存今幾餘。往往落人間，藏之比明珠〔五〕。又好題屋壁㊂〔六〕，虹蜺隨卷舒。遺蹤處處在，餘墨潤不枯。胸山頃歲出，我亦斥江湖〔七〕。乖離四五載㊃〔八〕，人事忽焉殊㊄。歸來見京師，心老貌已瓘。但驚何其衰，豈意今也無。才高不少下，闊若與世疏〔九〕。驊騮當少時〔一〇〕，其志萬里塗。一旦老伏櫪，猶思玉山芻〔一一〕。天兵宿西北，狂兒尚稽誅〔一二〕。而令壯士死，痛惜無賢愚〔一三〕。歸魂渦上田，露草荒春蕪〔一四〕。

【校記】

㈠哭：原校：一作「吊石」。　㈡自：原校：一作「似」。　㈢好：原校：一作「愛」。　㈣離：原校：一作「睽」。　㈤焉：原校：一作「有」。

【箋注】

〔一〕據題下注，慶曆元年（一〇四一）作。石延年，字曼卿。本集卷二四石曼卿墓表：「年四十八，康定二年二月四日，以太子中允、秘閣校理卒于京師。」按：康定二年十一月改元慶曆。

〔二〕「嗟我」二句：本集卷四一釋秘演詩集序：「予少以進士遊京師，因得盡交當世之賢豪……其後得吾亡友石曼卿。」據外集卷二三跋觀文王尚書書、本集卷四一蘇氏文集序，天聖時，歐已識謝絳、蘇舜欽、蘇舜元等于京師，其後，方識石延年，而延年早就以詩聞名，故曰「嗟我識君晚」。景祐元年，歐與延年同爲館閣校勘，時延年四十一歲。

〔三〕「信哉」四句：釋秘演詩集序：「曼卿隱於酒，秘演隱於浮屠，皆奇男子也，然喜爲歌詩以自娱。當其極飲大醉，歌吟笑呼，以適天下之樂，何其壯也！」

〔四〕「一飲」二句：歐歸田録卷二：「石曼卿磊落奇才，知名當世，氣貌雄偉，飲酒過人。有劉潛者，亦志義之士也，常與曼卿爲酒敵。聞京師沙行王氏新開酒樓，遂往造焉，對飲終日，不交一言，王氏怪其所飲過多，非常人之量，以爲異人，稍獻肴果，益取好酒，奉之甚謹。二人飲啗自若，傲然不顧，至夕殊無酒色，相揖而去。明日都下喧傳：王氏酒樓有二酒仙來飲，久之乃知劉、石也。」文瑩湘山野録卷下「石曼卿謂館倖清薄」條，亦有延年與釋秘演「高歌褫帶，飲至落景」的記載。

〔五〕「作詩」十二句：歐集詩話：「石曼卿自少以詩酒豪放自得，其氣貌偉然，詩格奇峭。又工于書，筆畫遒勁，體兼顔柳，爲世所珍。余家嘗得南唐後主澄心堂紙，曼卿爲余以此紙書其籌筆驛詩。詩，曼卿平生所自愛者。至今藏之，號爲『三絶』，真余家寶也。」石介有石曼卿詩集序，云：「曼卿之詩，又特震奇秀發，蓋能取古之所未至，託諷物象之表，警時鼓衆，未嘗徒設。雖能文者累數十百言，不能卒其義，獨以勁語蟠泊，會而終於篇，而復氣横意舉，飄出章句之外，學者不可尋其屏閾而依倚之。其詩之豪者歟！曼卿姿宇軒豁，遇事輒詠，前後所爲不可勝計，其遺亡而存者纔三百餘篇。古律不異，分爲二册。」按：蘇舜欽集亦收此文，「三百」作「四百」，宋人多以此文爲石介作。

〔六〕「又好」句：湘山野録卷下「石曼卿謂館俸清薄」條，有延年與釋秘演在繁臺寺閣酒後題壁的記載。

〔七〕「朐山」二句：宋史石延年傳：「太后崩，范諷欲引延年，延年力止之。後諷敗，延年坐與諷善，落職通判海州。」朐山，又名馬耳峰，屬海州。據長編卷一一五，范諷遭彈劾出守兗州在景祐元年十月，則延年貶海州亦當在是年冬，出京可能已是二年了。歐貶夷陵在景祐三年，緊接延年貶官後，故云「頃歲」。

〔八〕「乖離」句：歐、石可能于景祐二年（一〇三五）分别。康定元年（一〇四〇）歐還京師，復爲館閣校勘，與時爲秘閣校理的石延年重逢。

〔九〕「才高」二句：石曼卿墓表：「其視世事蔑若不足爲，及聽其施設之方，雖精思深慮，不能過也。」

〔一〇〕驊騮：周穆王八駿之一。泛指駿馬。

〔一一〕玉山：古時傳説中的仙山。山海經西山經：「又西三百五十里，曰玉山，是西王母所居也。」

〔一二〕「天兵」二句：謂宋軍正在西北作戰，西夏元昊尚待誅戮。

〔一三〕「而令」二句：石曼卿墓表：「曼卿上書言十事，不報。已而元昊反，西方用兵，始思其言，召見，稍用其説……天子方思盡其才，而且病矣。」

〔一四〕「歸魂」二句：石曼卿墓表：「葬於太清之先塋。」太清鄉在延年家鄉宋城東南（今河南永城縣），渦水之北。本集卷五〇祭石曼卿文：「奈何荒煙野蔓，荆棘縱横，風淒露下，走燐飛螢。」

送曇穎歸廬山〔一〕

吾聞廬山久，欲往世俗拘。昔歲貶夷陵，扁舟下江湖。八月到湓口，停帆望香爐〔二〕。香爐雲霧間，杳靄疑有無。忽值秋日明，彩翠浮空虚。信哉奇且秀，不與灊霍俱〔三〕。偶病不時往，中流但踟躕〔四〕。今思尚髣髴，恨不傳畫圖。曇穎十年舊〔五〕，風塵客京都。一旦不辭訣，飄然卷衣裾㊀。山林往不返，古亦有吾儒。西北苦兵戰，江南仍旱枯。新秦又攻寇，京陝募兵夫〔六〕。聖君念蒼生，賢相思良謨。嗟我無一説，朝紳拖舒舒。未能膏鼎鑊〔七〕，又不老菰蒲〔八〕。羡子識所止，雙林歸結廬〔九〕。

【校記】

㊀衣：原校：一作「長」。

【箋注】

〔一〕　據題下注，慶曆元年（一〇四一）作。是年，梅堯臣有送曇穎上人往廬山詩。曇穎，俗姓丘，字達觀，錢塘（今浙江杭州）人。爲南嶽十一世（五燈會元卷一二謂南嶽下十世）谷隱聰禪師法嗣。年十三依龍興寺。長遊京師，與歐陽修爲友。東遊，初住舒州香爐峰，移住潤州，主明州雪竇，又移住金山龍游寺。全宋詩卷一七〇有其小傳。

〔二〕　「八月」二句：于役志爲歐景祐三年貶謫夷陵途中所著日記，内載八月「丙辰，禱小姑山神，至江州」。江州，今江西九江。湓口，湓浦水入長江處，在今九江西。香爐，廬山香爐峰。

〔三〕灊霍：即天柱山。在今安徽潛山西北。漢書武帝紀「登灊天柱山」顔師古注：「應劭曰：『灊音若潛，南嶽霍山在灊，灊，縣名，屬廬江。』文穎曰：『天柱山在灊縣南，有祠。』」

〔四〕「偶病」二句：于役志：「（八月）丁巳，在江州，約陳侍禁遊廬山。余病，呼醫者，不果往。」

〔五〕「曇穎」句：明道元年（一〇三二），歐在洛陽西京留守推官任上，其時當與曇穎相識。至慶曆元年（一〇四一），已十年。

〔六〕「新秦」二句：西北古時屬秦。慶曆元年二月，宋軍大敗于好水川，大將任福陣亡，西夏軍又侵劉璠堡。是時，仁宗「詔京東西、淮南、兩浙、江南東西、荆湖南北路招置宣毅軍，大州兩指揮，小州一指揮，爲就糧禁軍」。（長編卷一三二）

〔七〕膏鼎鑊：外集卷一七與尹師魯書：「往時砧斧鼎鑊，皆是烹斬人之物，然士有死不失義，則趨而就之，與几席枕藉之無異。」

〔八〕老菰蒲：謂歸隱。菰蒲，借指湖澤。張泌洞庭阻風：「空江浩蕩景蕭然，盡日菰蒲泊釣船。」

〔九〕雙林：廬山有東林、西林二寺。

送孔秀才遊河北〔一〕

吾始未識子，但聞楊公賢〔二〕。及子來叩門，手持贈子篇〔三〕。賢愚視所與，不待交子言㊀。子文諧律吕〔四〕，子行潔琅玕〔五〕。行矣慎所遊，惡草能敗蘭。

【校記】

㊀待交子：原校：一作「得交一」。

【箋注】

〔一〕據題下注，慶曆元年（一〇四一）作。孔秀才，不詳。秀才，宋時對讀書應舉者的籠統稱謂。

〔二〕楊公：不詳。

〔三〕贈子篇：當指楊公贈孔秀才之詩或文。

〔四〕律呂：古時校正樂律的器具，喻準則、標準。

〔五〕琅玕：似珠玉的美石。曹植美女篇：「腰佩翠琅玕。」

送黎生下第還蜀〔一〕

黍離不復雅，孔子修春秋。扶王貶吴楚，大法加諸侯〔二〕。妄儒泥於魯，甚者云黜周。大旨既已矣㊀，安能討源流㊁？遂令學者迷，異説相交鉤。黎生西南秀，挾策來東遊㊂。有司不見採，春霜滑歸輈〔三〕。自云喜三傳〔四〕，力欲探微幽㊃。凡學患不彊，苟至將焉廋〔五〕。聖言簡且直，慎勿迂其求。經通道自明，下筆如戈矛。一敗不足恤，後功掩前羞〔六〕。

【校記】

㊀矣：考異本校：家本作「失」。　㊁討：原校：一作「計」。　㊂遊：原校：一作「州」。　㊃力：原校：一作「方」。

【箋注】

〔一〕 據題下注，慶曆二年（一〇四二）作。黎生，黎錞，蜀人。東坡志林卷一：「吾故人黎錞，字希聲。治春秋有家法，歐陽文忠公喜之……黎亦能文守道，不苟隨者也。」錞慶曆二年落第，六年再試，及第。熙寧時爲眉州知州。蘇軾有眉州遠景樓記，稱「今太守黎侯希聲，軾先君子之友人也。簡而文，剛而仁，明而不苛，衆以爲易事」。軾又有寄黎眉州詩云：「治經方笑春秋學，好士今無六一賢。」黎錞生平見朝議大夫黎公墓誌銘（淨德集卷二二）。

〔二〕 「黍離」四句：黍離出自詩王風，毛序謂「閔宗周也」。史記孔子世家：「吴楚之君自稱王，而春秋貶之曰『子』；踐土之會實召周天子，而春秋諱之曰『天王狩於河陽』：推此類以繩當世。」

〔三〕 「有司」二句：指黎錞慶曆二年落第。輈，車。

〔四〕 三傳：即解釋春秋的左傳、公羊傳、穀梁傳。

〔五〕 廋：隱藏。論語爲政：「視其所以，觀其所由，察其所安，人焉廋哉！」

〔六〕 「後功」句：黎錞後于慶曆六年登第，未辜負歐的希望。

居士集卷二

古詩二十首

送楊闢秀才〔一〕

吾奇曾生者，始得之太學。初謂獨軒然，百鳥而一鶚〔二〕。既又得楊生，羣獸出麟角〔三〕。乃知天下才，所識慚未博。楊生初誰師，仁義而禮樂。天姿樸且茂，美不待追琢。始來讀其文，如渴飲醴酪㊀。既坐即之談，稍稍吐鋒鍔。非唯富春秋，固已厚天爵〔四〕。有司選羣材，繩墨困量度。胡爲謹毫分，而使遺磊落〔五〕？至寶異常珍，夜光驚把握〔六〕。駭者棄諸塗，竊拾充吾橐〔七〕。其於獲二生，厥價玉一瑴〔八〕。嗟吾雖得之，氣力獨何弱。帝閽啓巖巖㊁，欲獻前復却。遽令扁舟下，飄若吹霜籜〔九〕。世好競辛鹹，古味殊淡泊㊂。否泰理有時，惟窮見其確。

【校記】

㈠醴：原校：一作「湩」。卷後原校：「『如渴飲醴酪』，諸本同，惟衢本作『湩酪』。朝佐按：列子：『乳湩有餘。』謝承後漢書：『乳爲生湩。』，湩，乳汁也，音種，訛而爲『潼』。史記匈奴傳：『湩酪之美。』今正之。」㈡巖巖：原校：一作「嚴嚴」。㈢泊：原校：一作「薄」。

【箋注】

〔一〕據題下注，慶曆三年（一〇四三）作。外集卷一答楊闢喜雨長句「楊闢」下校云：「一作『子靜』。」則子靜當爲楊闢之字。闢慶曆二年禮部試未中，三年歸，歐贈以本詩。劉敞有送楊闢同年詩，則闢與敞皆慶曆六年及第（據敞墓誌銘）。

〔二〕「吾奇」四句：曾生，曾鞏，字子固，建昌軍南豐人。嘉祐二年進士。歷任多州知州，遷史館修撰，擢中書舍人。宋史有傳。林希曾鞏墓誌（曾鞏集附録）：「始冠遊太學，歐陽公一見其文而奇之。」慶曆元年，歐有與余襄公（書簡卷四）云：「廣文曾生，文識可駭，云嘗學於君子，略能道動靜。」慶曆二年曾應試落第，歐作送曾鞏秀才序，謂「曾生之業，其大者固已魁壘，其於小者亦可以中尺度」。同年，曾有上歐陽學士第二書云：「所深念者，執事每曰：『過吾門者百千人，獨於得生爲喜。』」鶚，俗稱魚鷹，喻有才能者。

〔三〕麟角：喻稀有可貴之人或物。

〔四〕天爵：天然的爵位，指高尚的道德修養。孟子告子上：「仁義忠信，樂善不倦，此天爵也。」

〔五〕「有司」四句：送曾鞏秀才序：「有司斂羣材，操尺度，概以一法，考其不中者而棄之，雖有魁壘拔出之材，其一累黍不中尺度，則棄不敢取。」

〔六〕夜光：夜明珠之類。後漢書西域傳：「土有金銀奇寶，有夜光璧、明月珠。」

〔七〕「駭者」二句：送曾鞏秀才序：「予豈敢求生，而生辱以顧予。是京師之人既不求之，而有司又失之，而獨余得也。」

〔八〕轂：玉一雙。左傳莊公十八年「賜玉五轂」，杜預注：「雙玉爲轂。」

〔九〕籜：竹笋皮。

送孔生再遊河北㊀〔一〕

志士惜白日，高車無停輪。孔生東魯儒〔二〕，年少勇且仁。大軸獻理匭〔三〕，長裾弊街塵。門無黄金聘，家有白髮親。寒風八九月，北渡大河津。玉塞積精甲，金戈耀秋雲。孔生力數斗，其智兼千人。短褐不自暖，高談吐陽春〔四〕。北州多賢侯，待士誰最勤㊁？一見贈雙璧，再見延上賓。丈夫患不遇，豈患長賤貧！

【校記】

㊀生：原校：一本「生」作「監薄」。　㊁待：原校：一作「得」。

【箋注】

〔一〕據題下注，慶曆二年（一〇四二）作。慶曆元年，歐有送孔秀才遊河北詩，彼孔秀才當即此孔生。凡監所置主簿，稱監簿。

〔二〕東魯：原指春秋魯國，此指魯地。

〔三〕「大軸」句：此言孔生呈進對國事的意見書。理匭，理匭使的省稱。唐垂拱時設理匭使，于廟堂置匭，收納臣下意見書。宋仁宗時設理檢使，改匭匣爲檢匣。

〔四〕吐陽春：謂言辭高雅。陽春，古時高雅難學的曲子。宋玉對楚王問：「陽春之曲，和者必寡。」

【集評】

〔元〕劉壎：文忠公得時行道在慶曆、嘉祐、治平間，正宋朝文明極盛時，故發爲詩章，皆中和碩大之聲，無窮愁鬱抑之思，所謂治世之音安以樂，以其時考之則可矣。然亦有奇壯悲吒，如「寒風八九月，北渡大河津。玉塞積隋甲，金戈耀秋雲。」（送孔生遊河北）「馬饑齧雪渴飲水，北風捲地來崢嶸。馬悲躑躅人不行，日莫途遠千山橫。」（馬齧雪）「古柏嶺口踏新雪，馬盂山西看落霞。風雲莫慘失道路，澗谷夜靜聞麏麚。行迷方向但看日，度盡山險方逾沙。」（重贈劉原父）如此等作，可與古人出塞曲相伯仲。信乎能備衆體者矣！（隱居通議卷七）

送慧勤歸餘杭〔一〕

越俗僭宮室，傾貲事雕牆。佛屋尤其侈，耽耽擬侯王。文彩瑩丹漆，四壁金焜煌。上懸百寶蓋，宴坐以方牀。胡爲棄不居，棲身客京坊。辛勤營一室，有類燕巢梁㈠。南方精飲食，菌筍鄙羔羊㈡。飯以玉粒粳，調之甘露漿。一饌費千金，百品羅成行。晨興未飯僧㈢，日昃不敢嘗。乃茲隨北客，枯粟充飢腸。東南地秀絶，山水澄清光㈣。餘杭幾萬家，日夕焚清香。煙霏四面起，雲霧雜芬芳〔二〕。豈如車馬塵，鬢髮染成霜。三者孰苦樂，子奚勤四方㈤。乃云慕仁義，奔走不自遑。始知仁義力，可以治膏肓〔三〕。有志誠可樂㈥，及時宜自彊。人情重懷土，飛鳥思故鄉〔四〕。夜枕聞北雁，歸心逐南檣。歸兮能來否㈦，送子以短章。

【校記】

㊀有：原校：一作「乃」。　㊁菌：原校：一作「箘」。卷後原校云：「衢本、建本、吉本作『箘』，從竹。吉州羅寺丞家京師舊本、蜀本作『菌』，從艹。朝佐按：箘簬，美竹也，菌蕈也。呂氏春秋『越駱之菌』注：竹筍也，本亦從艹，今兩存之。」　㊂飯：卷後原校：一作「供」。　㊃清：原校：一作「鮮」。　㊄奚：原校：一作「兮」。　㊅樂：原校：一作「嘉」。　㊆歸兮：卷後原校：一作「歸去」。

【箋注】

〔一〕據題下注，慶曆三年（一〇四三）作。本集卷一五山中之樂序云：「佛者慧勤，餘杭人也。少去父母，長無妻子，以衣食于佛之徒，往來京師二十年。其人聰明材智，亦嘗學問於賢士大夫。今其南歸，遂將窮極吴越甌閩江湖海上之諸山，以肆其所適。」蘇軾跋文忠公送惠勤詩後：「始予未識歐公，則已見其詩矣。其後屢見公，得勤之爲人，然猶未識勤也。熙寧辛亥，余出倅錢塘，過汝陰見公，屢屬余致謝勤。到官不及月，以臘日見勤於孤山下，則余詩所謂『孤山孤絶誰肯廬，道人有道山不孤』者也。其明年閏七月，公薨於汝陰，而勤亦退老於孤山下，不復出游矣。又明年六月六日，偶至勤舍，出此詩，蓋公之真迹，讀之流涕，而勤請余題其後云。」蘇軾錢塘勤上人詩集叙：「佛者惠勤，從（歐）公遊二十餘年，公常稱之爲聰明才智有學問者，尤長於詩。公薨於汝陰，余哭之於其室。其後見之，語及於公，未嘗不涕泣也。」餘杭，屬杭州。

〔二〕「東南」六句：本集卷四〇有美堂記謂「錢塘兼有天下之美」，「環以湖山，左右映帶，而閩商海賈，風帆浪舶，出入於江濤浩渺、煙雲杳靄之間，可謂盛矣。」宋仁宗賜梅摯知杭州（全宋詩卷三五四）：「地有湖山美，東南第一州。」

〔三〕「始知」二句：含辟佛之意。本集卷一七本論上：「佛所以爲吾患者，乘其闕廢之時而來，此其受患之本也。

補其闕，修其廢，使王政明而禮義充，則雖有佛，無所施於吾民矣。」

〔四〕「飛鳥」句：楚辭哀郢「鳥飛反故鄉兮」王逸注：「思故巢也。」

【集評】

〔宋〕黄震：叙東南宫居、飲食、山水之勝，捨之而從我求仁義。（黄氏日鈔卷六一）

〔清〕闕名：似擬（韓愈）送文暢北遊之詩。（静居緒言）

讀張李二生文贈石先生㊀〔一〕

先生，石介也。

先生二十年東魯，能使魯人皆好學〔二〕。其間張續與李常，剖琢珉石得天璞㊁。大圭雖不假雕琢㊂，但未磨礲出圭角。二生固是天下寶，豈與先生私褚橐〔三〕。先生示我何矜誇，手攜文編謂新作。得之數日未暇讀，意欲百事先屏却㊃。夜歸獨坐南窗下，寒燭青熒如熠爚〔四〕。病眸昏澀乍開緘，燦若月星明錯落㊄。辭嚴意正質非俚㊅〔五〕，古味雖淡醇不薄。千年佛老賊中國㊆，禍福依憑羣黨惡。拔根掘窟期必盡，有勇無前力何犖。乃知二子果可用，非獨詞堅由志確㊇〔六〕。朝廷清明天子聖，陽德彙進羣陰剥〔七〕。大烹養賢有列鼎㊈〔八〕，豈久師門共藜藿㊉。予慚職諫未能薦⑪，有酒且慰先生酌。

【校記】

㊀讀張李二生文贈：原校：一本作「謝張續李常寄」。㊁剖琢珉石：原校：一作「如剖珉石」，一作「如剖衆石」。考異本校：蘇本作「如剖珉石」。㊂琢：原校：一作「鐫」。㊃先：原校：一作「前」。㊄月：原校：一作「日」。㊅質非俚：原校：一作「高且簡」。㊆佛老：原校：一作「老佛」。㊇獨詞：原校：一作「特言」。㊈有列：原校：一作「味別」。㊉「豈久」句下：原校：一本有「先生在魯魯皆化，苟用於朝其利博」兩句。又一本「在」作「居」，「朝」作「時」。⑪予：原校：一作「我」。

【箋注】

〔一〕據題下注，慶曆三年（一〇四三）作。徂徠石先生文集卷一八有慶曆元年五月所作送張績李常序，稱張績字禹功，二十三歲；李常字遵道，二十二歲，皆爲濮人。本詩稱張續，與此有異。陳植鍔謂以古人名、字之意相關考之，似以張績爲是。姑備一說。

〔二〕「先生」二句：石介，字守道，兗州奉符人。兗州古屬魯國。本集卷三四徂徠石先生墓誌銘：「先生自閑居徂徠，後官於南京，常以經術教授。」

〔三〕緒囊：盛書之袋。

〔四〕熠爚：指螢火。

〔五〕「辭嚴」句：送張績李常序稱張、李二生「文如進六軍而作鼓者，嚴猛齊厲，張皇奮施，可式可畏」。

〔六〕「千年」六句：送張績李常序：「孔子之大道，爲異端侵害，不容於世，實二千年，諸公能維而持之，不能排而去之。維之持之，道不絕矣。不去其害，道終病矣……予不自揆度，乃奮獨力，直斥其人而攻之，我寡彼徒衆，反攻予者日以千數……濮人張禹功、李遵道者，其居與予不相遠，耳目接於予固熟，則宜其知予之所爲如是，得禍如是，輒不憚□□，直以身冒予之禍，來山中而助予……是真勇者矣！」

〔七〕「朝廷」二句：指仁宗欲更天下弊事，於慶曆三年增置歐陽修、余靖、王素及蔡襄爲諫官，杜衍、韓琦、范仲淹、富弼受到重用，擔任要職。陽德，謂正直之臣；羣陰，謂邪佞之臣。

〔八〕「大亨」句：易鼎：「大亨以養聖賢。」王弼注：「亨者，鼎之所爲也。」亨，亦作「烹」。

【集評】

［清］方東樹：「千年佛老」四句，此等入學究之氣，不可法。二子必拾唾之文。（昭昧詹言卷一二）

絳守居園池㊀〔一〕

嘗聞紹述絳守居〔二〕，偶來覽登周四隅㊁。異哉樊子怪可吁〔三〕，心欲獨出無古初。窮荒搜幽入有無㊂，一語詰曲百盤紆。孰云己出不剽襲，句斷欲學盤庚書㊃〔四〕。荒煙古木蔚遺墟，我來嗟秖得其餘㊄。柏槐端莊偉丈夫㊅，蒼顏鬱鬱老不枯。靚容新麗一何姝，清池翠蓋擁紅蕖。胡髯虎搏豈足道，記録細碎何區區〔五〕。虙氏八卦畫河圖〔六〕，禹湯皋陶暨唐虞㊆。豈不古奥萬世模，嫉世姣巧習卑汙㊇。以奇矯薄駭羣愚㊈，用此猶得追韓徒〔七〕。我思其人爲躊躇，作詩聊謔爲坐娱。

【校記】

㊀題下原校：一本上有「留題」字。　㊁覽登：原校：一作「登覽」。　㊂有無：原校：一作「無有」。　㊃「句斷」句下：原校：一本有「方言爾雅不訓詁，幾欲舌譯從象胥」兩句。　㊄秖：原校：一作「止」。　㊅槐：宋刻本校：一作「檜」。　㊆陶：原作「阤」，據原校「一作『陶』」改。　㊇巧：原校：一作「好」。　㊈駭羣：卷後原校：一作「駮羣」。

【箋注】

〔一〕 據題下注，慶曆四年（一〇四四）作。是年四月，歐出使河東，計度廢置麟州及盜鑄鐵錢並礬課虧額利害，途經絳州（屬河東路），故有是作。集古録跋尾卷九唐樊宗師絳守居園池記云：「右絳守居園池記，唐樊宗師撰，或云此石宗師自書。嗚呼！元和之際，文章之盛極矣，其怪奇至於如此。」本詩亦體現出作者對怪奇文風之不滿。絳守居園池，平陽府志云：「在州治北，引鼓堆泉爲大池，中建洄漣亭，旁植竹木花柳。唐刺史樊宗師刻石記之。」

〔二〕 紹述：樊宗師之字。宗師歷金部郎中、綿州刺史，徙絳州，有治績。新唐書有傳。

〔三〕 「異哉」句：李肇國史補：「元和之後文章，則學奇于韓愈，學澀于樊宗師。」退之作樊墓誌，稱其爲文不剽襲，觀絳守居園池記，誠然亦太奇澀矣。」

〔四〕 「句斷」句：諷樊文佶屈聱牙，難以卒讀。韓愈進學解：「周誥殷盤，佶屈聱牙。」

〔五〕 「荒煙」八句：記所見絳守居園池的景色，並譏樊記之怪澀不倫。絳守居園池記：「西南有門曰虎豹。左畫虎搏立。萬千力氣。底發。彘匿地。努肩腦口牙快抗。雹火雷風黑山震將合。右胡人鬜……又東騖窮角池。研云曰柏。有柏蒼官青士。擁立與槐朋友……」確實怪澀至極。

〔六〕 虙氏：即伏羲氏。

〔七〕 「以奇」二句：韓愈力矯浮靡之風，出以怪怪奇奇之文。柳宗元謂「索而讀之，若捕龍蛇，搏虎豹，急與之校而力不敢暇」。大概也在這一點上，樊得到韓的賞識。

晉祠㊀〔一〕

古城南出十里間㊁，鳴渠夾路何潺潺㊂。行人望祠下馬謁，退即祠下窺水源㊃。地靈草木得餘潤，鬱鬱古柏含蒼煙㊄〔二〕。并兒自古事豪俠㊅，戰爭五代幾百年。天開地闢真主出〔三〕，猶須再駕方凱旋〔四〕。頑民盡遷高壘削㊆〔五〕，秋草自緑埋空垣㊇。并人昔遊晉水上，清鏡照耀涵朱顔。晉水今入并州裏，稻花漠漠澆平田。廢興髣髴無舊老㊈，氣象寂寞餘山川。惟存祖宗聖功業，干戈象舞被管弦〔六〕。我來覽登爲歎息㊉，暫照白髮臨清泉。鳥啼人去廟門閴，還有山月來娟娟〔七〕。

【校記】

㊀題下原校：一本作「過并州晉祠泉」。㊁古：原校：一作「故」。㊂鳴渠夾路：原校：一作「石渠夾道」。㊃窺：卷後原校：一作「觀」。㊄古：原校：一作「松」。㊅事：原校：一作「重」。豪俠：卷後原校：一作「游俠」。㊆高壘：卷後原校：一作「孤壘」。㊇自緑埋空垣：原校：一作「自緣空塞垣」。㊈舊：原校：一作「故」。㊉覽登：原校：一作「登覽」。

【箋注】

〔一〕如題下注，慶曆四年（一〇四四）作。是年，歐出使河東，路過并州，謁晉祠，遂有此作。梅集編年卷一四有是年作和永叔晉祠詩。晉祠在晉水源頭。據史記晉世家，周成王封其弟「叔虞於唐」，叔虞子燮「爲晉侯」。晉祠爲紀念叔虞而立。

〔二〕「古城」六句：梅詩云：「山根晉水發源處，平若皎鑑潛決疏。漸流漸急不可測，以至淲淲鳴清渠……廟深草樹空扶疏。」

〔三〕「天開」句：謂宋太祖趙匡胤結束五代動蕩局面，統一天下。

〔四〕「猶須」句：言開寶二年、太平興國四年太祖、太宗先後御駕親征，進攻太原，終滅北漢，使歸版圖。

〔五〕「頑民」句：頑民原指不服周朝統治的殷代遺民。并州，五代十國時屬北漢，爲宋所滅最晚，故有此説。

〔六〕象舞：詩周頌維清序：「維清，奏象舞也。」孔穎達疏：「維清詩者，奏象舞之歌樂也。謂文王時有擊刺之法，武王作樂，象而爲舞，號其樂曰象舞。」

〔七〕娟娟：長曲貌。文選鮑照翫月城西門廨中：「始出西南樓，纖纖如玉鈎。末映東北墀，娟娟似娥眉。」

【集評】

〔清〕方東樹：不及太白堯祠。題本不同，太白兼送人。起六句寫。「并兒」以下六句叙。（昭昧詹言卷一二）

登絳州富公嵩巫亭示同行者〔一〕

羣峰擁軒檻，竹樹陰漠漠。公胡苦思山，規構自心作。惟予愛山者㊀〔二〕，初仕即京洛。嵩峰三十六，終日對高閣。陰晴無朝暮㊁，紫氣常浮泊。雄然九州中，氣象壓寥廓。亦嘗步其巔，培塿視四岳㊂〔三〕。其後竄荆蠻〔四〕，始識峽山惡。長江瀉天來，巨石忽開拓。始疑茫昧初，渾沌死鐫鑿〔五〕。神功夜催就，萬仞成一削㊃。尤奇十二峰，隱見入冥邈。人蹤斷攀緣，異物宜所託。顧瞻但徘徊，想像逢綽約〔六〕。嵩山近可愛，泉石吾已諾。終期友幽人㊄，白首老雲壑。荆巫惜遐荒，詭怪杳難貌。至今清夜思，魂夢輒飛愕。偶來玩兹亭，塵眼刮昏膜。況逢秋雨霽，濃翠新染濯。峰端上明月，且可留幽酌。

【校記】

㊀惟予：原校：一作「予亦」。㊁朝暮：卷後原校：石本作「昏朝」。㊂視：原校：一作「覻」。

㊃成：原校：一作「或」。　㊄期：考異本作「朝」。友：考異本校：蘇本作「有」。

【箋注】

〔一〕如題下注，慶曆四年（一〇四四）作。時值歐出使河東期間。富公，富弼。宋史富弼傳：「仲淹坐爭廢后事貶，弼上言：『是一舉而二失也，縱未能復后，宜還仲淹。』不聽，通判絳州。」此爲明道二年事。嵩巫亭在絳州絳守居園池内，以兼得嵩山、巫山之勝而得名，爲富弼所建。全宋詩卷二六五有富弼嵩巫亭詩：「平地烟霄此半分，繡楣丹檻照清汾。風簾暮捲秋空碧，剩見西山數嶺雲。」歐寄題嵩巫亭詩（見外集卷六）與此相同，究竟何人所作，待考。

〔二〕「惟予」句：熙寧二年，歐在青州作留題南樓二絕（本集卷一四）云：「須知我是愛山者，無一詩中不説山。」

〔三〕「初仕」九句：回憶初仕西京洛陽時嵩峰即在身旁及于明道初兩遊嵩山的情景。壓寥廓，詩大雅嵩高：「嵩高維嶽，峻極于天。」

〔四〕「其後」句：指景祐三年貶夷陵事。

〔五〕「渾沌」句：莊子應帝王：「南海之帝爲儵，北海之帝爲忽，中央之帝爲渾沌。儵與忽時相遇於渾沌之地，渾沌待之甚善。儵與忽謀報渾沌之德，曰：『人皆有七竅以視聽食息，此獨無有，嘗試鑿之。』日鑿一竅，七日而渾沌死。」

〔六〕「尤奇」六句：言想像中巫山十二峰之奇險。陸游入蜀記卷六：「巫山峰巒上入霄漢，山脚直插江中，議者謂太華、衡、廬皆無此奇。然十二峰者不可悉見，所見八九峰，唯神女峰最爲纖麗奇峭，宜爲仙真所托。」

水谷夜行寄子美聖俞㊀〔一〕

寒雞號荒林㊁，山壁月倒掛。披衣起視夜，攬轡念行邁㊂。我來夏云初，素節今已屆〔二〕。高河瀉長空，勢落九州外。微風動涼襟，曉氣清餘睡㊃。緬懷京師友，文酒邈高會㊄。其間蘇與梅，二子可畏愛。篇章富縱橫，聲價相磨蓋㊅。子美氣尤雄，萬竅號一噫。有時肆顛狂，醉墨灑霶霈〔三〕。譬如千里馬㊆，已發不可殺。盈前盡珠璣，一一難柬汰。梅翁事清切，石齒漱寒瀨。作詩三十年，視我猶後輩㊇。文詞愈清新，心意雖老大㊈。譬如妖韶女㊉，老自有餘態。近詩尤古硬⑪，咀嚼苦難嘬。初如食橄欖⑫，真味久愈在〔四〕。蘇豪以氣轢⑬，舉世徒驚駭⑭。梅窮獨我知⑮，古貨今難賣⑯〔五〕。二子雙鳳凰，百鳥之嘉瑞。雲煙一翱翔，羽翮一摧鎩〔六〕。安得相從遊，終日鳴噦噦〔七〕。問胡苦思之⑰，對酒把新蟹⑱。

【校記】

㊀題下原校：一本題上有「補成」二字。　㊁寒：原校：一作「晨」。　㊂行：原校：一作「遐」。　㊃氣清餘睡：原校：一作「色清餘曖」。　㊄文：原校：一作「有」。邈：原校：一作「邀」。　㊅磨：原校：一作「摩」。　㊆譬：原校：一作「勢」。馬：原校：一作「足」。　㊇我猶後：原校：一作「後猶無」。　㊈雖：原校：一作「難」。　㊉譬如：歐集詩話引作「有如」。　⑪硬：原校：一作「淡」。　⑫初：詩話引作「又」。　⑬轢：原校：一作「爍」。卷後原校：一作「鑠」。備要本校：一作「礫」。　⑭徒：原校：一作「盡」。　⑮獨我知：原校：一作「我獨奇」。　⑯貨今難賣：原校：一作「物今誰買」。　⑰問胡：原校：一作「相問」。　⑱對酒把：原校：一作「把酒對」。

【箋注】

〔一〕 如題下注，慶曆四年（一〇四四）作。篇末云「對酒把新蟹」，當作于秋日。其時，歐出使河東，返京途經水谷而作是詩。水谷，今山西芮城。大清一統志卷二七解州：「水谷在芮城縣西北二十五里。」或云水谷即水谷口，在今河北完縣西北，誤。此水谷屬定州，在河北路，北鄰契丹。歐考察河東，至絳州，隨即南行抵解州，由此東行回汴京，完全不必轉向河北邊境，再折回京師。是歲，蘇舜欽爲集賢校理，監進奏院。梅堯臣解湖州監税任，歸宣城，旋入京候選。歐集詩話：「聖俞、子美齊名於一時，而二家詩體特異。子美筆力豪雋，以超邁横絶爲奇；聖俞覃思精微，以深遠閑淡爲意。各極其長，雖善論者不能優劣也。余嘗於水谷夜行詩略道其一二云：『子美氣尤雄……古貨今難賣。』語雖非工，謂粗得其髣髴，然不能優劣之也。」梅堯臣讀歐詩後，作偶書寄蘇子美（梅集編年卷一四）云：「吾交有永叔，勁正語多要，嘗評吾二人，放檢不同調。」蘇舜欽集編年校注（傅平驤、胡問陶校注，後簡稱蘇集編年）卷二有答梅聖俞見寄。魏泰臨漢隱居詩話論蘇、梅云：「蘇舜欽以詩得名，學書亦飄逸，然其詩以奔放豪健爲主；梅堯臣亦善詩，雖乏高致，而平淡有工。世謂之蘇梅，其實與蘇相反也。舜欽嘗自歎曰：『平生作詩被人比梅堯臣，寫字被人比周越，良可笑也。』周越爲尚書郎，在天聖、景祐間以書得名，輕俗不近古，無足取也。」

〔二〕「我來」二句：歐出使河東，在四月，故謂夏初；返程時已是七月，故稱素節，即秋天。

〔三〕「子美」四句：莊子齊物論：「夫大塊噫氣，其名爲風。是唯無作，作則萬竅怒呺。」本集卷三一湖州長史蘇君墓誌銘：「時發其憤悶於歌詩，至其所激，往往驚絶。又喜行草書，皆可愛，故其雖短章醉墨，落筆爭爲人所傳。」龔明之中吳紀聞卷二：「子美豪放，飲酒無算。在婦翁杜正獻家，每夕讀書，以一斗爲率。正獻深以爲疑，使子弟密察之。聞讀漢書張子房傳，至良與客狙擊秦皇帝，誤中副車，遽撫案曰：『惜乎擊之不中！』遂滿引一大白。又讀至良曰『始臣起下邳，與上會於留，此天以臣授陛下』，又撫案曰：『君臣相遇，其難如此！』復舉一大白。正獻公知之，大笑曰：『有如此下酒物，一斗誠不爲多也。』」

〔四〕「梅翁」十二句：本集卷三三梅聖俞墓誌銘：「其初喜爲清麗閑肆平淡，久則涵演深遠，間亦琢刻以出怪巧，然氣完力餘，益老以勁。」陸游梅聖俞別集序（渭南文集卷一五）：「歐陽公平生常自以爲不能望先生，推爲詩老。」歐詩話引梅堯臣語曰：「狀難寫之景，如在目前，含不盡之意，見於言外，然後爲至矣。」

〔五〕「古貨」句：蘇舜欽答梅聖俞見寄：「古貴知者稀，流俗豈足顧？」

〔六〕「雲煙」二句：言梅蘇二人窮達迥異。

〔七〕噦噦：文選張衡東京賦：「鑾聲噦噦，和鳴鉠鉠。」薛綜注：「噦噦，和鳴聲。」

【集評】

〔宋〕黃震：「微風動涼襟，曉氣清餘睡。」見平旦氣象，極工。此詩説蘇子美詩雄，梅聖俞詩清。（黃氏日鈔卷六一）

〔清〕趙翼：其（歐）傾倒於二公（蘇、梅）者至矣，而於梅尤所欽服……歐公作詩之旨，亦與梅同，故尤推服也。（甌北詩話卷一一）

〔清〕闕名：廬陵瓣香昌黎，力矯時習，式唐人之作則，爲宋代之正宗……集中如水谷夜行寄子美聖俞詩，意仿薦士之什。（靜居緒言）

病中代書奉寄聖俞二十五兄㈠〔一〕

憶君去年來自越，值我傳車催去闕。是時新秋蟹正肥，恨不一醉與君别〔二〕。今年得疾因酒作㈡，一春不飲氣彌劣。飢腸未慣飽甘脆㈢，九蟲寸白爭爲孽㈣〔三〕。一飽猶能致身患，寵禄豈無神所罰？乃知賦予分有涯，適分自然無夭閼。昔在洛陽年少時，春思每先花亂發。萌芽不待楊柳動，探春馬蹄常踏雪。到今年纔三十九，怕見新花羞白髮。顔侵塞下風霜色，病過鎮陽桃李月。兵閑事簡居可樂，心意自衰非屑屑。日長天暖惟欲睡㈤，睡美尤厭春鳩聒。北潭去城無百步〔四〕，渌水冰銷魚撥剌㈥〔五〕。經時曾未著脚到，好景但聽遊人説。官榮雖厚世味薄，始信衣纓乃羈紲。故人有幾獨思君，安得見君憂暫豁。公廚酒美遠莫致，念君貫飲衣屢脱㈦。郭生書來猶未到〔六〕，想見新詩甚飢渴。少年事事今已去，惟有愛詩心未歇。君閑可能爲我作，莫辭自書藤紙滑。少低筆力容我和㈧，無使難追韻高絶。

【校記】

㈠題下原校：一本無「奉」及下四字。㈡得疾：原校：一作「别病」。㈢「飢腸」句：原校：一作「平生乍得飽甘肥」。㈣九蟲寸白：原校：一作「腹蟲不慣」。㈤睡：原校：一作「眠」。㈥冰銷：卷後原校：一作「涓涓」。㈦貫：原校：一作「慣」。㈧容：原校：一作「留」。

【箋注】

〔一〕如題下注，慶曆五年（一〇四五）作。是春，歐權真定府事，治所在真定，舊稱鎮陽（今河北正定），故詩有「病過鎮陽桃李月」云云。

〔二〕「憶君」四句：慶曆四年七月，歐出使河東回京，八月即以龍圖閣直學士出爲河北都轉運按察使，時梅堯臣解去湖州監税任，方至京師，兩人又要分别。

〔三〕「九蟲」句：謂疾病大發作。九蟲，泛指作祟于人身的種種尸蟲。寸白，寸白蟲，即絛蟲。

〔四〕北潭：鎮陽池苑。沈括夢溪筆談卷二四：「鎮陽池苑之盛，冠於諸鎮，乃王鎔時海子園也。鎔嘗館李正威於此。亭館尚是舊物，皆甚壯麗。鎮人喜大言，矜大其池，謂之潭園，蓋不知昔嘗謂之海子矣。」

〔五〕撥剌：魚尾撥水聲。

〔六〕郭生：郭之美。梅集編年卷一五慶曆五年詩有郭之美忽過云往河北謁歐陽永叔沈子山，云「振衣向河朔，河朔人偉奇」。蔡襄尚書屯田員外郎郭公墓誌銘：「郭君諱之美，字君錫。世居廬陵……景祐元年，年十八，與其父同日登第。仁宗皇帝臨軒，賞其爽異，爲改今名。」據此推算，郭之美欲往真定府訪歐，時二十九歲。宋史藝文志三著録郭之美羅浮山記一卷。

鎮陽殘杏㊀〔一〕

鎮陽二月春苦寒，東風力弱冰雪頑。北潭跬步病不到，即常山宫後池也，州之勝游惟此。何暇騎馬尋郊原。鵰丘新晴暖已動㊁，砌下流水來潺潺。鵰丘水在州西十五里，以長渠引走城中。但聞簷間鳥語變，不覺桃杏開已闌。人生一世浪自苦，盛衰桃杏開落間。西亭昨日偶獨到㊂，猶有一樹當南軒。殘芳爛漫看更好，皓若春雪團枝繁。無風已恐自零落，長條可愛不可攀。猶堪携酒醉其下，誰肯伴我頹巾冠。

【校記】

㊀題下原校：一本有「寄聖俞」字。　㊁鵰：原校：一作「雕」。　㊂到：原校：一作「往」。

【箋注】

〔一〕如題下注，慶曆五年（一〇四五）作。鎮陽，真定府治真定之舊稱。

【集評】

〔清〕方東樹：「西亭」以下正叙，收句夾叙議。（昭昧詹言卷一二）

班班林間鳩寄内〔一〕

班班林間鳩，穀穀命其匹。追天之未雨，與汝勿相失。春原洗新霽，緑葉暗朝日。鳴聲相呼和㊀，應答如吹律㊁。深棲柔桑暖，下啄高田實。人皆笑汝拙，無巢以家室。易安由寡求，吾羡拙之佚。吾雖有室家，出處曾不一㊂。荆蠻昔竄逐，奔走若鞭抶〔二〕。山川瘴霧深，江海波濤颭〔三〕。跬步子所同，淪棄甘共没。投身去人眼，已廢誰復嫉？山花與野草，我醉子鳴瑟。但知貧賤安，不覺歲月忽〔四〕。還朝今幾年，官禄霑兒姪㊃〔五〕。身榮責愈重，器小憂常溢。今年來鎮陽，留滯見春物。北潭新漲渌，魚鳥相聱耴魚乙切㊄〔六〕。我意不在春，所憂空自咄。一官誠易了，報國何時畢！高堂母老矣〔七〕，衰髮不滿櫛。昨日寄書言，新陽發舊疾。藥食子雖勤㊅，豈若我在膝。又云子亦病，蓬首不加髴。書來本慰我，使我煩憂鬱。思家春夢亂，妄意占凶吉。却思夷陵囚，其樂何可述。前年辭諫署，朝議不容乞〔八〕。孤忠一許國，家事豈復恤㊆。横身當衆怒，見者旁可慄〔九〕。近日讀除書，朝廷更輔弼。君恩優大臣，進退禮有秩。小人妄希旨，論議爭操筆。又聞説朋黨，次第推甲乙〔一〇〕。而我豈敢逃，不若先自劾〔一一〕。上賴天子聖，必未加斧鑕㊇。一身但得貶，羣口息啾唧。公朝賢彥衆，避路當揣質㊈〔一二〕。苟能因謫去，引分思藏密〔一三〕。還爾禽鳥性，樊籠免驚怵。子意其謂何，吾謀今已必㊉。子能甘藜藿⑪，我易解簪紱。嵩峰三十六，蒼翠爭聳出。安得携子去，耕桑老蓬蓽。

【校記】

㊀相呼和：原校：一作「呼相諧」。　㊁應答如吹：原校：一作「若呂應嘉」。　㊂「出處」句下：原校：一本有「豈如鳴鳩樂，天性免乖咈」兩句。　㊃官禄：卷後原校：一作「宦禄」。　㊄相聱耴：原校：一作「歡聲逸」。　㊅食：原校：一作「石」。　㊆復：原校：一作「暇」。　㊇必未：原校：一作「未必」。　㊈路：原校：一作「讓」。　㊉「吾謀」句下：原校：一本有「試思憂與樂，便可齊升黜」兩句。　⑪能：原校：一作「如」。

【箋注】

〔一〕　如題下注，慶曆五年（一〇四五）作。是年正月，范仲淹罷參知政事，富弼罷樞密副使，杜衍罷樞密使。二月，罷磨勘、蔭子新法。三月，韓琦罷樞密副使。新政終告夭折。歐以國事爲念，憂心忡忡，遂作此詩。鳩，斑鳩，又作班鳩，詩人以其雌雄和鳴喻夫妻之融洽。陸佃埤雅：「鳩，陰則逐其婦，晴則呼之。語曰：天欲雨，鳩逐婦；既雨，鳩呼婦。」故篇首云：「迨天之未雨，與汝勿相失。」又，鳩不善營巢，有「鳩居鵲巢」之説，故詩中有「人皆笑汝拙」云云。内，指薛夫人，薛奎之女。蘇轍歐陽文忠公夫人薛氏墓誌銘（欒城集卷二五）：「夫人簡肅公之第四女，母曰金城夫人，亦賢婦人也。夫人高明清正，而敏於事，有父母之風。及歸於歐陽氏，治其家事，文忠所以得盡力於朝而不恤其私者，夫人之力也，而世莫知之。初簡肅見文忠公，願以夫人歸焉，未及而薨。及文忠公貶夷陵令，金城以簡肅之志嫁夫人於許州，不數日從公南遷……元祐四年八月戊午終於京師，十一月甲申祔於文忠之塋。」

〔二〕　「荆蠻」二句：與尹師魯書（外集卷一七）：「臨行，臺吏催苛百端，不比催師魯人長者有禮，使人惶迫不知所爲。」

〔三〕 颵：指風浪大。

〔四〕「跬步」八句：歐陽文忠公夫人薛氏墓誌銘：「夫人生于富貴，方年二十，從公涉江湖，行萬里，居小邑，安于窮陋，未嘗有不足之色。」

〔五〕「還朝」二句：歐康定元年（一〇四〇）回京都，復爲館閣校勘，至作本詩時爲河北都轉運按察使，官階由正七品下宣德郎升至從五品下朝散大夫。宋制，中高級文官子弟可享受蔭補出仕的特權。

〔六〕 聱耴：魚鳥羣處貌。

〔七〕「高堂」句：據瀧岡阡表，母鄭氏「享年七十有二」。鄭氏卒于皇祐四年（一〇五二），則慶曆五年（一〇四五）時已六十五歲。

〔八〕「前年」二句：指慶曆三年仁宗增置諫官而歐入選事。

〔九〕「橫身」二句：韓琦故觀文殿學士太子少師致仕贈太子太師歐陽公墓誌銘（安陽集卷五〇）：「（仁宗）收用端鯁，以增諫員，公首被其選……公素稟忠議，遭時遇主，自任言責，無所顧忌，橫身正路，風節凜然。」在論杜衍范仲淹等罷政事狀（奏議集卷一一）中，歐自稱「不避羣邪切齒之禍，敢干一人難犯之顏」。

〔一〇〕「近日」八句：新政失敗，范仲淹等被罷朝職，賈昌朝等當政，諫官劉元瑜、錢明逸希章得象、陳執中等新政反對者之意，上書指責范、歐等爲朋黨。歐陽發等述事迹：「自范文正公之貶，先公與余襄公等坐黨人被逐，朋黨之說遂起，久而不能解，一時名士皆被目爲黨人。」

〔一一〕「而我」二句：歐有自劾乞罷轉運使（河北奉使奏草卷下）云：「奉聖旨依奏，仍令本路提刑田京專切管勾者……豈有親蒙密授經略之旨，身領都大制置之名，而煩朝廷別委他官專切管勾？則臣之不才，不能任事，不待彈劾，可以自知。況臣將及期年，絶無績效，考其常課，已合黜幽……伏望聖慈據臣不才失職之狀，降授一小郡差遣。」據「將及期年」之語，自劾狀當作于慶曆五年八月之前。

〔一二〕 揣質：估量自身之資質。

〔一三〕 引分：猶引咎。韓愈瀧吏：「官不自謹慎，宜即引分往。」

暮春有感〔一〕

幽憂無以銷，春日静愈長。薰風入花骨〔二〕，花枝午低昂。往來採花蜂，清蜜未滿房。春事已爛漫，落英漸飄揚。蛺蝶無所爲，飛飛助其忙。啼鳥亦屢變，新音巧調篁〔三〕。游絲最無事〔四〕，百尺拖晴光。天工施造化，萬物感春陽。我獨不知春，久病卧空堂。時節去莫挽，浩歌自成傷。

【箋注】

〔一〕如題下注，慶曆五年（一〇四五）作。時在鎮陽。

〔二〕花骨：花蕾。

〔三〕調篁：謂調弄歌喉。篁，竹管樂器。

〔四〕游絲：飄動的蛛絲。

【集評】

〔清〕陸次雲：有情無情，物態盡出。（宋詩善鳴集卷上）

洛陽牡丹圖〔一〕

洛陽地脉花最宜，牡丹尤爲天下奇。我昔所記數十種〔二〕，於今十年半忘之。開圖若見故人面，其間數種昔未窺。客言近歲花特異㊀，往往變出呈新枝。洛人驚誇立名字，買種不復論家貲。比新較舊難優劣㊁，爭先擅價各一時。當時絶品可數者，魏紅窈窕姚黃妃。壽安細葉開尚少㊂，朱砂玉版人未知㊃。傳聞千葉昔未有，只從左紫名初馳。四十年間花百變，最後最好潛溪緋〔三〕。今花雖新我未識，未信與舊誰妍媸。當時所見已云絶㊄，豈有更好此可疑㊅。古稱天下無正色，但恐世好隨時移。鞓紅鶴翎豈不美，斂色如避新來姬。何況遠説蘇與賀，有類異世誇嬙施〔四〕。造化無情宜一概，偏此著意何其私！又疑人心愈巧僞，天欲鬬巧窮精微㊆。不然元化朴散久〔五〕，豈特近歲尤澆漓。爭新鬬麗若不已㊇，更後百載知何爲。但應新花日愈好，惟有我老年年衰。

【校記】

㊀言：原校：一作「云」。　㊁難：原校：一作「莫」。　㊂少：原校：一作「早」。考異本校：一作「罕」。

㊃人：原校：一作「猶」。　㊄時：原校：一作「年」。　㊅好：原校：一作「妍」。　㊆天：原校：一作「各」。

㊇新：原校：一作「先」。

【箋注】

〔一〕題下注「慶曆二年」，誤，當爲慶曆五年（一〇四五）作。梅集編年卷一五慶曆五年詩有永叔寄詩八首并祭子漸文一首因采八詩之意警以爲答，云：「北都健兒昨日至，扣門乃得所遺詩。上言病中初有寄，下言我詠蟠桃枝。盛衰開落感殘杏，暮春無事羨游絲。班班鳩鳴忽懷念，一掃十幅無閑辭。洛川花圖多品目，鬬新爭巧始可疑。讀書又憶石夫子，似蠶作繭誠有之。鎮陽歸夢北潭北，吟此八章誰謂癡。」按：「上言」句，指病中代書奉寄聖俞二十五兄；「下言」句，指讀蟠桃詩寄子美；「盛衰」句，指鎮陽殘杏；「暮春」句，指暮春有感；「班班」二句，指班班林間鳩寄內；「洛川」二句，概括本詩「洛人驚誇立名字」、「比新較舊難優劣」、「豈有更好此可疑」等內容，顯然是指本詩；「讀書」二句，指鎮陽讀書；「鎮陽」句，指留題鎮陽潭園。以上即堯臣所謂「永叔寄詩八首」，當皆作于慶曆五年。

〔二〕「我昔」句：歐景祐二年作洛陽牡丹記（外集卷二二），分花品序、花釋名、風俗記三部分，花品序中開列了「特著者」二十四種。

〔三〕「當時」八句：按花品序次第，姚黄第一，魏花（即魏紅，花釋名稱「魏家花者，千葉肉紅花」）第二，細葉壽安第三，潛溪緋第六，朱砂紅第十三，玉板白第二十四。花釋名稱左花（即左紫）爲「千葉紫花」，謂「出民左氏家」。

〔四〕「鞓紅」四句：花品序中鞓紅列第四，鶴翎紅列第十。據花釋名，蘇爲蘇家紅，賀爲賀家紅。嫱、施，古美女毛嫱、西施之並稱。

〔五〕朴散：謂純朴之風散失。

鎮陽讀書〔一〕

春深夜苦短，燈冷焰不長。塵蠹文字細，病眸澀無光。坐久百骸倦，中遭羣慮戕。尋前顧後失，得一念十忘㊀。乃知學在少，老大不可彊。廢書誰與語，歎息自悲傷。因憶石夫子，徂徠有茅堂。前年來京師，講學居上庠〔二〕。青衫綴朝士，面有數畝桑㊁。不耐羣兒嗤，束書歸故鄉〔三〕。却尋茅堂在，高卧泰山傍。聖經日陳前，弟子羅兩廂。大論叱佛老，高聲誦虞唐㊂〔四〕。賓朋足棗栗，兒女飽糟糠。雖云待官闕，便欲解朝裳。有似蠶作繭，縮身思自藏。嗟我一何愚，貪得不自量。平生事筆硯，自可娛文章。開口攬時事，論議爭煌煌。退之嘗有云，名聲暫羶香〔五〕。誤蒙天子知，侍從列班行〔六〕。官榮日已寵㊃〔七〕，事業闇不彰。器小以任大㊄，蹐顛理之常㊅。聖君雖不誅，在汝豈自遑㊆。不能雖欲止，恍若失其方。却欲尋舊學，舊學已榛荒。有類邯鄲步，兩失皆茫茫〔八〕。便欲乞身去，君恩厚須償。又欲求一州，俸錢買歸裝〔九〕。譬如歸巢鳥，將棲少徊翔。自覺誠未晚，收愚老縑緗〔一〇〕。

【校記】

㊀念：原校：一作「而」。　㊁面有：原校：一作「乃棄」。　㊂聲：原校：一作「言」。　㊃官榮：卷後原校：一作「宦榮」。　㊄以：原校：一作「而」。　㊅蹐顛：卷後原校：一作「顛蹐」。　㊆汝：原校：一作「爾」。

【箋注】

〔一〕　如題下注，慶曆五年（一〇四五）作。首句云「春深」，當作于三月。

〔二〕　「因憶」四句：本集卷三四徂徠石先生墓誌銘：「躬耕徂徠之下，葬其五世未葬者七十喪。服除，召入國子監直講。」前年，即慶曆三年。是年四月石介作慶曆聖德頌并序，序云：「臣文學雖不逮韓愈，而亦官太學，領博士職。」

〔三〕　「不耐」二句：徂徠石先生墓誌銘：「作慶曆聖德詩以褒貶大臣，分別邪正，累數百言。詩出，泰山孫明復曰：『子禍始於此矣。』……又歲餘，始去太學，通判濮州。方待次於徂徠，以慶曆五年七月某日，卒於家。」宋史石介傳謂介「出入大臣之門，頗招賓客，預政事，人多指目。不自安，求出，通判濮州」。

〔四〕「大論」二句：徂徠石先生墓誌銘：「其斥佛、老、時文，則有怪説、中國論。曰：『去此三者，然後可以有爲。』……所謂堯、舜、禹、湯、文、武、周公、孔子、孟軻、揚雄、韓愈氏者，未嘗一日不誦於口。」

〔五〕「退之」二句：韓愈答孟郊：「名聲暫羶腥，腸肚鎮煎熠。」

〔六〕「誤蒙」二句：據胡譜，慶曆三年三月，歐知諫院，十月擢同修起居注，十二月以右正言知制誥。

〔七〕「官榮」句：據胡譜慶曆四年十一月，歐以南郊恩進階朝散大夫，封信都縣開國子，食邑五百户。

〔八〕「有類」二句：即言邯鄲學步，見莊子秋水。

〔九〕「又欲」二句：見本卷班班林間鳩寄内箋注〔一二〕。

〔一〇〕「收愚」句：謂收身而從事於學問的探究中。縑緗，書册。

留題鎮陽潭園〔一〕

官雖鎮陽居，身是鎮陽客〔二〕。北園潭上花，安問誰所植。春風無先後，爛漫爭紅白。一花聊一醉，盡醉猶須百。而我病不飲，對花空歎息。朝來不能歸，暮看不忍摘。謂言花縱落，滿地猶可席。不來纔幾時，人事已非昔〔三〕。芳枝結青杏，翠葉新奕奕。落絮風卷盡，春歸不留迹。空餘緑潭水，尚帶餘春色。疑春竟何之〔一〕，意謂追可得。東西繞潭行，蜂鳥已寂寂。惘然無所依，歸駕不停軛。寓興誠可樂，留情豈非惑。至今清夜夢，猶繞北潭北。

【校記】

㊀疑：原校：一作「思」。

【箋注】

〔一〕如題下注，慶曆五年（一〇四五）作。詩云「春歸不留迹」，「尚帶餘春色」，當作于是年初夏。潭園，又稱北潭、北園，見病中代書奉寄聖俞二十五兄箋注〔四〕。

〔二〕「官雖」二句：胡譜慶曆五年：「是春，真定帥田况移秦州，公權府事者三月。」客居之感，蓋源于此。

〔三〕「不來」二句：據長編卷一五四、一五五，時范仲淹、富弼、杜衍、韓琦皆已罷去朝職，故有此歎。

讀蟠桃詩寄子美㊀〔一〕

韓孟於文詞，兩雄力相當㊁。篇章綴談笑，雷電擊幽荒。衆鳥誰敢和㊂，鳴鳳呼其皇〔二〕。孟窮苦纍纍，韓富浩穰穰〔三〕。窮者啄其精，富者爛文章。發生一爲宫，揫斂一爲商。二律雖不同，合奏乃鏘鏘。天之産奇怪，希世不可常。寂寥二百年㊃，至寶埋無光〔四〕。郊死不爲島，聖俞發其藏。患世愈不出，孤吟夜號霜㊄〔五〕。霜寒入毛骨，清響哀愈長㊅。玉山禾難熟，終歲苦飢腸〔六〕。我不能飽之，更欲不自量。引吭和其音，力盡猶勉彊㊆。誠知非所敵，但欲繼前芳〔七〕。近者蟠桃詩，有傳來北方。發我衰病思，藹如得春陽。忻然便欲和，洗硯坐中堂。墨筆不能下，恍恍若有亡。老雞嘴爪硬，未易犯其場。不戰先自却㊇，雖奔未甘降㊈〔八〕。更欲呼子美㊉，子美隔濤江。其人雖憔悴，其志獨軒昂⑪。

氣力誠當對，勝敗可交相。安得二子接，揮鋒兩交鋩。我亦願助勇，鼓旗噪其旁。快哉天下樂，一釂宜百觴。乖離難會合〔九〕，此志何由償！

【校記】

㊀「讀」下：原校：一本有「聖俞」字。卷後原校：「子美」二字上，一有「蘇」字。㊁「兩雄」句下：原校：一本有「偶以怪自戲，作詩驚有唐」兩句。㊂誰：原校：一作「不」。㊃寥：卷後原校：一作「寞」。㊄吟夜號：原校：一作「夜號清」。㊅哀：原校：一作「乃」。㊆「力盡」句下：原校：一本有「嗟我於韓徒，足未及其牆。而子得孟骨，英靈空北邙」四句。㊇先：原校：一作「輒」。㊈奔：原校：一作「然」。㊉更：原校：一作「便」。⑪軒：原校：一作「昂」。

【箋注】

〔一〕如題下注，慶曆五年（一〇四五）作。歸田録卷二：「聖俞自天聖中與余爲詩友，余嘗贈以蟠桃詩，有韓、孟之戲。」即指本詩。題中蟠桃詩指郭子美忽過云往河北謁歐陽永叔沈子山（梅集編年卷一五），詩云：「忽聞人扣門，手把蟠桃枝，問我此蟠桃，緣何結子遲。但笑不復答，問者當自推。」因詩題太長，歐簡稱爲蟠桃詩，謂「近者蟠桃詩，有傳來北方」。子美，即蘇舜欽，時因進奏院祀神事獲罪除名，南下蘇州定居，故云「更欲呼子美，子美隔濤江」。

〔二〕「韓孟」六句：謂韓愈與孟郊均富才力，首創長篇聯句，享譽詩壇，如鳳凰和鳴。愈有雙鳥詩，以雙鳥喻己與孟郊。

〔三〕「孟窮」二句：韓愈薦士：「有窮者孟郊，受材實雄驁。」孟郊戲贈无本二首之一：「詩骨聳東野，詩濤湧退之。」

〔四〕「寂寥」二句：本集卷四一蘇氏文集序：「元和之文始復於古。唐衰兵亂，又百餘年而聖宋興，天下一定，晏然無事。又幾百年，而古文始盛於今。」

〔五〕「郊死」四句：此謂堯臣繼承孟郊詩風，且窮不得志。外集卷二三書梅聖俞稿後：「蓋詩者，樂之苗裔與……唐之時，子昂、李、杜、沈、宋、王維之徒，或得其淳古淡泊之聲，或得其舒和高暢之節，而孟郊、賈島之徒，又得其悲愁鬱堙之氣。由是而下，得者時有而不純焉。今聖俞亦得之。」堯臣有多首效孟郊體詩。然世無韓愈，堯臣未獲知音，只能「孤吟」。本集卷四二梅聖俞詩集序：「奈何使其老不得志，而爲窮者之詩，乃徒發於蟲語物類、羈愁感歎之言？世徒喜其工，不知其窮之久而將老也，可不惜哉！」

〔六〕「玉山」二句：言堯臣仕途偃蹇。韓愈駑驥贈歐陽詹：「飢食玉山禾，渴飲醴泉流。」

〔七〕前芳：指前代韓、孟唱和之事。

〔八〕「老雞」四句：謂梅詩難與匹敵。以鬬雞喻和詩。

〔九〕「乖離」句：時歐在河北，蘇在蘇州，梅在汴京，難以相聚。

初伏日招王幾道小飲〔一〕

北園數畝官牆下〔二〕，嗟我官居如傳舍〔三〕。滹沲北渡馬踏冰㊀〔四〕，西山病歸花已謝。落英不見空繞樹，細草初長猶可藉。空園一鎖不復窺，不覺芳蹊繁早夏。隔牆時時聞好鳥，如得嘉客聽清話㊁。今朝試去繞園尋，緑李橫枝礙行馬。蒲萄憶見初引蔓，翠葉陰陰還滿架㊂。紅榴最晚子已繁㊃，猶有殘花藏葉罅㊄。人生有酒復何求，官事無了須偷暇。古云伏日當早歸，況今著令許休假。能來解帶相就飲，爲子掃月開風榭。

【校記】

㈠踏：原校：一作「蹄」。　㈡嘉：原校：一作「佳」。　㈢陰：原校：一作「成」。　㈣紅榴：原校：一作「榴花」。　㈤殘花：卷後原校：一作「殘紅」。「猶有」句下：原校：一本有「雖無桃李競繁華，固有竹柏資瀟洒」兩句。

【箋注】

〔一〕據題下注，慶曆五年（一〇四五）作。初伏日，夏至後的第三個庚日。王幾道，名復（書簡卷七與王幾道題下注「復」字），歐天聖時在西京結識的朋友。外集卷一七交七首中有王秀才一首，稱「幾道顔之徒，沉深務覃聖」。本集卷三六長壽縣太君李氏墓誌銘云：「太中大夫、尚書屯田郎中、上柱國王公諱利之夫人，曰李氏……有三男三女。及其老也，鼎爲職方員外郎，震太子中舍，復太常博士。三子者皆有才行，而復尤好古有文，聞於當世……其子之友廬陵歐陽修爲之銘。」按：此篇墓誌作於慶曆八年，知王復是年已爲太常博士。

〔二〕北園：即北潭、潭園。

〔三〕「嗟我」句：謂自西京以來歷經仕宦遷徙。

〔四〕滹沲：即滹沲河，流經真定。

白髮喪女師作㈠〔一〕

吾年未四十，三斷哭子腸〔二〕。一割痛莫忍，屢痛誰能當？割腸痛連心，心碎骨亦傷。出我心骨血，灑爲清淚行。淚多血已竭〔三〕，毛膚冷無光。自然鬚與鬢㈡，未老先蒼蒼。

【校記】

㈠題下原校：一本無下四字。　㈡鬚與鬢：原校：一作「鬢與鬚」。

【箋注】

〔一〕如題下注，慶曆五年（一〇四五）作。外集卷八有辭曰哭女師，亦是年作，云「八年幾日兮百歲難期」，可知女師夭折時已八歲。梅集編年卷一五慶曆五年詩有開封古城阻淺聞永叔喪女云：「去年我喪子與妻，君聞我悲嘗俛眉。今年我聞若喪女，野岸孤坐還增思。」堯臣六月二十一日方從汴京出發，赴許昌簽書判官任，女師約卒于是月。

〔二〕「吾年」二句：慶曆五年，歐三十九歲。外集卷一二胥氏夫人墓誌銘：「以疾卒，享年十有七。後五年，其所生子亦卒。」胥夫人明道二年（一〇三三）卒，後五年爲寶元元年（一〇三八）。又，吴充歐陽公行狀（歐集附録卷一）云：「男八人，女三人。長女師，蚤卒。次發，光禄寺丞。次女，蚤卒。次奕……」據此，早夭者依次爲卒于寶元元年的胥夫人所生子（行狀未載）、生于發後而卒于師前的次女、卒于慶曆五年的長女師。

〔三〕「淚多」句：太平御覽卷三八一引王嘉拾遺記曰：「魏文帝所愛美人，姓薛名靈芸，常山人也。芸年十七，容貌絶世。時明帝選良家子入宫，靈芸别父母，歔欷累日，淚下沾衣。至升車就路之時，玉唾壺承淚，壺即紅色，及至京師，壺中之淚凝如血矣。」

永陽大雪〔一〕

清流關前一尺雪〔二〕，鳥飛不度人行絶㊀。冰連溪谷麋鹿死㊁，風勁野田桑柘折。江淮卑濕殊北地，歲不苦寒常疫癘。老農自言身七十，曾見此雪纔三四。新陽漸動愛日輝〔三〕，微和習習東風吹。一尺雪，幾尺泥，泥深麥苗春始肥。老農爾豈知帝力〔四〕，聽我歌此豐年詩。

【校記】

㊀鳥飛：卷後原校：一作「飛鳥」。　㊁連：原校：一作「沍」。天理本校：一作「泫」。

【箋注】

〔一〕如題下注，慶曆五年（一〇四五）作。據胡譜，歐是年貶滁州，十月到任。永陽，滁州舊稱。新唐書地理志稱「滁州永陽郡」。

〔二〕清流關：在滁州西北清流山上，爲江淮地區重要關隘。

〔三〕新陽：初春。愛日：冬日。左傳文公七年：「趙衰，冬日之日也。」杜預注：「冬日可愛。」

〔四〕帝力：帝王的作用或恩德。漢書張耳傳：「且先王亡國，賴皇帝得復國，德流子孫，秋毫皆帝力也。」

送章生東歸〔一〕

窮山荒僻人罕顧㊀，子以一身千里來。問子之勤何所欲，自慚報子無瓊瑰。非徒多難學久廢，世事漸懶由心衰㊁。吳興先生富道德，佹佹弟子皆賢材〔二〕。鄉閭禮讓已成俗，餘風漸被來江淮〔三〕。子年方少力可勉，往與夫子爲顏回。

【校記】

㊀山：原校：一作「廬」。　㊁衰：備要本作「哀」。

【箋注】

〔一〕據題下注，慶曆六年（一〇四六）作。詩云：「吳興先生富道德，佹佹弟子皆賢材。」又云：「往與夫子爲顏回。」章生爲吴興先生弟子無疑，其名字、事迹不詳。湖州，唐時爲吴興郡，在滁州東南。章生赴滁拜訪歐公，東歸湖州時，歐贈以此詩。吴興先生指胡瑗。瑗字翼之，泰州海陵人，慶曆時爲湖州教授。本集卷二五胡先生墓表：「先生之徒最盛，其在湖州之學，弟子去來，常數百人，各以其經轉相傳授。」蔡襄太常博士致仕胡君墓誌：「及爲蘇、湖二州教授，嚴條約，以身先之。雖大暑，必公服終日，以見諸生，設師弟子之禮。解經至有要義，懇懇爲諸生言其所以治己而後治乎人者。」

〔二〕 侁侁弟子：胡君墓誌云「學徒千數」。

〔三〕 「鄉閭」二句：胡先生墓表云：「其教學之法最備，行之數年，東南之士莫不以仁義禮樂爲學。」宋史胡瑗傳：「慶曆中，興太學，下湖州，取其法，著爲令。」

居士集卷三

古詩三十一首

啼鳥〔一〕

窮山候至陽氣生，百物如與時節爭。官居荒涼草樹密，撩亂紅紫開繁英㊀。花深葉暗耀朝日，日暖衆鳥皆嚶鳴㊁。鳥言我豈解爾意，綿蠻但愛聲可聽。南窗睡多春正美，百舌未曉催天明〔二〕。黄鸝顔色已可愛，舌端啞咤如嬌嬰。竹林靜啼青竹笋㊂〔三〕，深處不見惟聞聲。陂田繞郭白水滿，戴勝穀穀催春耕〔四〕。誰謂鳴鳩拙無用，雄雌各自知陰晴〔五〕。雨聲蕭蕭泥滑滑〔六〕，草深苔緑無人行。獨有花上提葫蘆〔七〕，勸我沽酒花前傾。其餘百種各嘲哳，異鄉殊俗難知名。我遭讒口身落此，每聞巧舌宜可憎〔八〕。春到山城苦寂寞，把盞常恨無娉婷。花開鳥語輒自醉㊃，醉與花鳥爲交朋㊄。花能嫣然顧我笑，鳥勸我飲非無情。身閑酒美惜光景，惟恐鳥散花飄零。可笑靈均楚澤畔〔九〕，離騷憔悴愁獨醒。

【校記】

㊀撩亂紅：原校：一作「亂紅殷」。 ㊁日：原校：一作「一」。 ㊂靜啼：原校：一作「啼盡」。 ㊃開：卷後原校：一作「間」。 ㊄交：原校：一作「友」。

【箋注】

〔一〕如題下注，慶曆六年（一〇四六）作。梅集編年卷一六是年詩有和歐陽永叔啼鳥十八韻。葛立方韻語陽秋卷一六：「歐陽永叔先在滁陽，有啼鳥一篇，意味緣巧舌之人謫官，而今反愛其聲。後考試崇政殿，又有啼鳥一篇，似反滁陽之詠，其曰：『提葫蘆，不用沽美酒，宮壺日賜新撥醅，老病足以扶衰朽。』『百舌子，莫道泥滑滑，宮花正好愁雨來，暖日方吹花亂發。』末章云：『可憐枕上五更聽，不似滁州山裏聞。』蓋心中有中外枯菀之不同，則對境之際，悲喜隨之爾。啼鳥之聲，夫豈有二哉？」

〔二〕百舌：即百舌鳥，又名烏鶇，鳴聲圓滑。

〔三〕竹林：鳥名。蔡絛西清詩話：「崇寧間有貢士自同谷來，籠一禽，大如雀，色青，善鳴，曰竹林鳥也。」

〔四〕戴勝：又名布穀，相傳爲勸耕之鳥。

〔五〕「誰謂」二句：見本集卷二班班林間鳩寄内詩箋注〔一〕。

〔六〕泥滑滑：即竹鷄，形似鷓鴣而小，多居竹林，其鳴聲如呼泥滑滑。王安石送項判官詩：「山鳥自呼泥滑滑。」

〔七〕提葫蘆：鳥名，即鵜鶘。

〔八〕「我遣」二句：指遭錢明逸誣陷貶官滁州事，歐對此極爲憤怒，見滁州謝上表（表奏書啓四六集卷一）。

〔九〕靈均：屈原之字。楚辭離騷：「名余曰正則兮，字余曰靈均。」

【集評】

〔清〕方東樹：直叙逐寫。「我遭」以下入議。（昭昧詹言卷一二）

遊瑯琊山〔一〕

南山一尺雪〔二〕，雪盡山蒼然。澗谷深自暖，梅花應已繁。使君厭騎從，車馬留山前。行歌招野叟，共步青林間。長松得高蔭，盤石堪醉眠。止樂聽山鳥，携琴寫幽泉。愛之欲忘返，但苦世俗牽。歸時始覺遠，明月高峰巔。

【箋注】

〔一〕據題下注，慶曆六年（一〇四六）作。醉翁亭記：「環滁皆山也。其西南諸峰，林壑尤美，望之蔚然而深秀者，瑯琊也。」瑯琊山之得名，乃因西晉伐吳，瑯琊王司馬伷率軍駐此故也。

〔二〕南山：瑯琊山在滁西南，故稱。

讀徂徠集〔一〕

徂徠魯東山〔二〕，石子居山阿〔三〕。魯人之所瞻，子與山嵯峨〔四〕。今子其死矣〔五〕，東山復誰過。精魄已埋没，文章豈能磨〔六〕！壽命雖不長，所得固已多。舊稿偶自録〔七〕，滄溟之一蠡。其餘誰付與，散失存幾何？存之警後世，古鑑照妖魔。子生誠多難，憂患靡不罹音羅〔八〕。宦學三十年，六經老研摩。問胡所專心，仁義丘與軻。揚雄韓愈氏，此外豈知他！尤勇攻佛老，奮筆如揮戈。不量敵衆寡，膽大身么麽〔九〕。往年遭母喪，泣血走岷峨。垢面跣雙足，鋤犁事田坡〔一〇〕。至今鄉里化，孝悌勤鑿禾。昨者來太學，青衫踏朝靴。陳詩頌聖德，厥聲續猗那〔一一〕。羔雁聘黄晞，晞驚走鄰家〔一二〕。施爲可怪駭，世俗安委蛇。謗口由此起，中之若飛梭。上賴天子明，不挂網者羅〔一三〕。憶在太學年，大雪如翻波。生徒日盈門，飢坐列雁鵝。弦誦聒鄰里，唐虞賡詠歌。常續最高第，騫游各名科〔一四〕。豈止學者師，謂宜國之皤。夭壽反仁鄙㊀，誰尸此偏頗。不知諏諏者，又忍加詆訶。聖賢要久遠，毁譽暫諠譁。生爲舉世疾，死也魯人嗟㊁。作詩遺魯社，祠子以爲歌。

【校記】

㊀反仁：卷後原校：一作「及仁」。　㊁也：原校：一作「者」。

【箋注】

〔一〕據題下注，慶曆六年（一〇四六）作。宋史石介傳：「有徂徠集行於世。」

〔二〕徂徠：徂徠山。在今山東泰安東南。

〔三〕石子：石介。

〔四〕「魯人」二句：本集卷三四徂徠石先生墓誌銘：「先生非隱者也，其仕嘗位於朝矣。魯之人不稱其官而稱其德，以爲徂徠魯之望，先生魯人之所尊，故因其所居山，以配其有德之稱，曰徂徠先生者，魯人之志也。」

〔五〕「今子」句：墓誌銘：「（介）以慶曆五年七月某日卒於家，享年四十有一。」

〔六〕「文章」句：石介有唐鑑五卷（見徂徠集唐鑑序）、三朝聖政録（有序，亦見徂徠集）、易解五卷（見文獻通考經籍考）、易口義十卷（見宋史藝文志），均佚，今唯存徂徠集二十卷。

〔七〕「舊稿」句：舊稿指徂徠集，爲石介手編，疑編於慶曆三年。（據陳植鍔徂徠石先生文集前言）

〔八〕「子生」二句：石介指斥時政，褒貶大臣，無所諱忌，支持慶曆革新，言辭激切，被政敵視作眼中釘，不得不離開太學；且卒後又被誣爲詐死以北走契丹，欲發棺以驗。詳見墓誌銘及宋史本傳。

〔九〕「問胡」八句：石介怪説中：「周公、孔子、孟軻、揚雄、文中子、韓吏部之道，堯、舜、禹、湯、文、武之道也……反其常，則爲怪矣。」怪説下：「夫堯、舜、禹、湯、文王、武王、周、孔之道，萬世常行不可易之道也。佛、老以妖妄怪誕之教壞亂之……有攻我聖人之道者，吾不可不反攻彼也……雖萬億千人之衆，又安能懼我也！」么麼，卑小。

〔一〇〕「往年」四句：墓誌銘：「遷某軍節度掌書記，代其父官於蜀，爲嘉州軍事判官。丁内外艱，去官，垢面跣足，躬耕徂徠之下，葬其五世未葬者七十喪。」

〔一一〕「陳詩」二句：陳詩，指石介作慶曆聖德詩事，見墓誌銘。猗那，出詩商頌那首句「猗與那與」，該詩爲祭祀商湯的樂歌。

〔一二〕「羔雁」二句：王闢之澠水燕談録卷四：「建安黄晞，慶曆中遊京師，高文苦學，爲世稱重，著書數萬言，自號聱隅子。貧有守，不干科舉，而貌寢氣寒，不自修飾。石守道在太學，率學官生員，厚禮弊，聘爲學正，晞踰垣避之，故歐陽文忠詩曰：『羔雁聘黄晞，晞驚走鄰家。』」

〔一三〕「施爲」六句：墓誌銘：「世俗頗駭其言，由是謗議喧然，而小人尤嫉惡之，相與出力必擠之死……既卒，而姦人有欲以奇禍中傷大臣者，猶指先生以起事……賴天子仁聖，察其誣，得不發棺而保全其妻子。」委蛇，隨順貌。

〔一四〕「常續」二句：澠水燕談録卷七：「濮人李植成伯與張續禹功師徂徠石守道，爲門人高弟。歐陽文忠讀徂徠集詩云：『常續最高弟，騫游各名科。』成伯少名常。嘉祐中，詔舉天下行義之士，發遣詣闕，成伯首被此舉，詔書方下而卒，士大夫惜之。時禹功居曹南，成伯前卒數日，以詩寄禹功，其末句云：『野堂吹落讀殘書。』禹功怪其語不祥，亟往訪之，未至濮，成伯已卒。野堂，成伯讀書堂也。」騫游，孔子弟子閔損子騫、言偃子游，各以德行、文學見稱。

大熱二首〔一〕

四時成萬物，寒暑迭鈞陶〔二〕。壯陽當用事，大夏蒸炎歊〔三〕。造化本無情，怨咨徒爾勞。身微天地闊，四顧無由逃。九門閶闔開〔四〕，萬仞崑崙高。積雪寒凜凜，清風吹寥寥。嗟我雖欲往，而身無羽毛。

陽暉爍四野，萬里纖雲收。羲和困路遠〔五〕，正午當空留。枝條不動影，草木皆含愁。深林虎不嘯，卧喘如吴牛〔六〕。蜩蟬一何微，嗟爾徒啾啾。

【箋注】

〔一〕據題下注，慶曆六年（一〇四六）作。歐是年所作與梅聖俞（書簡卷六），有「不曾上狀，蓋以經夏大暑」之語。

〔二〕鈞陶：以鈞制陶器，喻造成。

〔三〕歊：熱氣。

〔四〕九門閶闔：傳説中的天門。李白梁甫吟：「閶闔九門不可通，以額叩關閽者怒。」

〔五〕羲和：傳説中駕御日車之神，指太陽。

〔六〕「卧喘」句：吴牛畏熱，見月疑日而氣喘，形容酷熱難當。

幽谷泉〔一〕

踏石弄泉流，尋源入幽谷。泉傍野人家，四面深篁竹。溉稻滿春疇，鳴渠繞茅屋。生長飲泉甘，蔭泉栽美木。潺湲無春冬，日夜響山曲㊀。自言今白首，未慣逢朱轂〔二〕。顧我應可怪，每來聽不足。

【校記】

㊀日夜：卷後原校：石本作「夜夜」。

【箋注】

〔一〕據題下注，慶曆六年（一〇四六）作。是年，歐致書韓琦云：「山州窮絶，比乏水泉。昨夏秋之初，偶得一泉於州城之西南豐山之谷中，水味甘冷。」（書簡卷一與韓忠獻王）同年所作豐樂亭記云：「修既治滁之明年，夏，始飲滁水而甘。問諸滁人，得於州南百步之近。其上則豐山聳然而特立；下則幽谷窈然而深藏，中有清泉，滃然而仰出。」翌年又有與梅聖俞（書簡卷六）云豐山「下一徑，穿入竹篠蒙密中，豁然路盡，遂得幽谷」。下有原注云：「泉名幽谷。」劉攽有題歐陽永叔新鑿幽谷泉，王安石有幽谷引，謂「山有木兮谷有泉，公與客兮醉其間」。

〔二〕朱轂：朱輪。貴顯者之車乘。古時二千石以上官皆得乘朱輪，後即借指禄至二千石之官。

百子坑賽龍㊀〔一〕

嗟龍之智誰可拘，出入變化何須臾。壇平樹古潭水黑，沉沉影響疑有無。四山雲霧忽晝合，瞥起直上拏空虚。龜魚帶去半空落，雷輷電走先後驅。傾崖倒澗聊一戲，頃刻萬物皆涵濡。青天却掃萬里静，但見緑野如雲敷〔二〕。明朝老農拜潭側，鼓聲坎坎鳴山隅。野巫醉飽廟門闔㊁，狼藉烏鳥爭殘餘。

【校記】

㊀百：原校：一作「柏」。㊁飽：考異本作「倒」。

【箋注】

〔一〕據題下注，慶曆六年（一〇四六）作。是夏，滁州旱情嚴重（見大熱二首），故有此記賽龍祈雨之詩。百子坑，又作柏子坑，即柏子潭。明一統志卷一八滁州：「柏子潭廟在豐山下柏子坑，舊名會應祠。宋乾德中，知州高寶緒繪五龍像祀之，歲旱禱雨輒應。」

〔二〕「四山」八句：此爲幻想中出現的龍騰雨降場面。拏空虚，言神龍飛騰雲空。涵濡，滋潤。

憎蚊〔一〕

擾擾萬類殊，可憎非一族。甚哉蚊之微，豈足汙簡牘。乾坤量廣大，善惡皆含育。荒茫三五前㊀〔二〕，民物交相黷。禹鼎象神姦〔三〕，蛟龍遠潛伏。周公驅猛獸〔四〕，人始居川陸。爾來千百年，天地得清肅。大患已云除，細微遺不録。蠅虻蚤虱蟣，蜂蝎蚖蛇蝮。惟爾於其間，有形纔一粟。雖微無奈衆，惟小難防毒。嘗聞高郵間，猛虎死凌辱。哀哉露筋女，萬古讎不復〔五〕。水鄉自宜爾，可怪窮邊俗。晨飧下帷幬，盛暑泥駒犢。我來守窮山，地氣尤卑溽。官閑懶所便，惟睡宜偏足。難堪爾類多，枕席厭緣撲。燻簷苦煙埃㊁，燎壁疲照燭。荒城繁草樹，旱氣飛炎熇。羲和驅日車，當午不轉轂。清風得夕涼，如赦脱囚梏。掃庭露青天，坐月蔭嘉木。汝寧無他時㊂，忍此見迫促㊃。翾翾伺昏黑，稍稍出壁屋㊄。填空來若翳，聚隙多可掬。叢身疑陷圍，聒耳如遭哭。猛攘欲張拳，暗中甚飛鏃㊅。手足不自救，其能營背腹？盤飡勞扇拂，立寐僵僮僕。端然窮百計，還坐瞑雙目。於吾固不較，在爾誠爲酷。誰能推物理，無乃乖人欲。騶虞鳳皇麟，千載不一矚。思之不可見，惡者無由逐〔六〕。

【校記】

㊀茫：原校：一作「荒」。　㊁簷：原校：一作「之」。　㊂時：原校：一作「日」。　㊃此見：原校：一作「見此」。　㊄出：卷後原校：一作「去」。　㊅甚：原校：一作「疑」。

【箋注】

〔一〕 據題下注，慶曆六年（一〇四六）作。此隱刺讒害君子之小人。

〔二〕 三五：指三皇五帝。

〔三〕 「禹鼎」句：左傳宣公三年：「昔夏之方有德也，遠方圖物，貢金九牧，鑄鼎象物，百物而爲之備，使民知神、姦。」

〔四〕「周公」句：藝文類聚卷九五：「孟子曰：『周公驅犀象而遠之，天下大悦。』」

〔五〕「嘗聞」四句：極言蚊之毒。據高郵州志載，唐時有一女子，與嫂行郊外，至暮，嫂挽女投宿田舍，女不從，乃露坐草中，遭秋蚊叮咬，血竭露筋而死，後人因號露筋女，立祠敬祀之。

〔六〕「騶虞」四句：感嘆騶虞、鳳皇、麟之類仁獸或仁禽難見而蚊蟲得以肆虐。皮日休相解：「夫以鳳爲禽耶，鳳則仁義之禽也。以騶虞爲獸耶，則騶虞仁義之獸也。」公羊傳哀公十四年：「麟者，仁獸也。」

【集評】

〔宋〕黄震：始以乾坤廣大之語，終以麟鳳不見之語。詠微物，而先以大者言之，文法也。「掃庭露青天，坐月蔭嘉木。汝寧無他時，忍此見迫促。」語意清絶矣。（黄氏日鈔卷六一）

重讀徂徠集〔一〕

我欲哭石子，夜開徂徠編。開編未及讀，涕泗已漣漣。勉盡三四章，收淚輒忻歡。切切善惡戒㊀，丁寧仁義言。如聞子談論，疑子立我前。乃知長在世，誰謂已沉泉㊁。昔也人事乖，相從常苦艱。今而每思子，開卷子在顔。我欲貴子文，刻以金玉聯。金可爍而銷，玉可碎非堅。不若書以紙㊂，六經皆紙傳。但當書百本㊃，傳百以爲千。或落於四夷，或藏在深山㊄〔二〕。待彼謗焰熄㊅，放此光芒懸〔三〕。人生一世中，長短無百年。無窮在其後，萬世在其先。得長多幾何，得短未足憐。惟彼不可朽，名聲文行然。讒誣不須辨，亦止百年間。百年後來者，憎愛不相緣。公議然後出，自然見媸妍。孔孟困一生，毁逐遭百端。後世苟不公，至今無聖賢。所以忠義士，恃此死不難㈦。當子病方革，謗辭正騰喧。衆人皆欲殺，聖主獨保全。已埋猶不信，僅免斲其棺〔四〕。此事古未有，每思輒長嘆。我欲犯衆怒，爲子記此寃。下紓冥冥忿，仰叫昭昭天。書於蒼翠石，立彼崔嵬巔。詢求子世家，恨子兒女頑。經歲不見報，有辭未能詮㈧〔五〕。忽開子遺文，使我心已寬。子道自能久，吾言豈須鐫〔六〕。

【校記】

㈠切切：原校：一作「昭昭」，一作「昭晰」。㈡已：原校：一作「子」。㈢書：原校：一作「傳」。㈣「但當」句：原校：一作「傳十以爲百」。㈤在：原校：一作「於」。㈥焰：原校：一作「艷」。㈦恃此死：原校：一作「輕死此」。㈧詮：原作「銓」，原校云「一作『詮』」，據改。

【箋注】

〔一〕據題下注，慶曆七年（一〇四七）作。前已有讀徂徠集，故題曰「重讀」。

〔二〕「或藏」句：用史記太史公自序「藏之名山」之意。

〔三〕「待彼」二句：徂徠石先生墓誌銘：「友人廬陵歐陽修哭之以詩，以爲待彼謗焰熄，然後先生之道明矣。」

〔四〕「當子」六句：見本卷讀徂徠集箋注〔八〕〔一三〕。關於發棺之事，宋史石介傳云：「詔下京東，訪其存亡。（杜）衍時在兖州，以驗介事語官屬，衆不敢答，掌書記龔鼎臣願以闔族保介必死……提點刑獄呂居簡亦曰：『介果走北，孥戮非酷。不然，國家無故剖人冢墓，何以示後世？且介死，必有親屬門生會葬及棺斂之人，苟召問無異，即令具軍令狀保之，亦足應詔。』於是衆數百保介已死，乃免斲棺。」

〔五〕「我欲」十句：歐欲爲石介撰文刻石以鳴冤，却無法得到介羈管他州的子弟提供家世生平等材料，故未能落筆。

〔六〕「子道」二句：徂徠石先生墓誌銘：「後二十一年，其家始克葬先生於某所。將葬，其子師訥與其門人姜潛、杜默、徐遁等來告曰：『謗焰熄矣，可以發先生之光矣，敢請銘。』某曰：『吾詩不云乎，子道自能久也，何必吾銘！』遁等曰：『雖然，魯人之欲也。』乃爲之銘。」

汝癭答仲儀㊀〔一〕

君嗟汝癭多，誰謂汝土惡。汝癭雖云苦，汝民居自樂。鄉閭同飲食，男女相媒妁。習俗不爲嫌，譏嘲豈知怍。汝山西南險，平地猶磽确㊁〔二〕。汝樹生擁腫㊂，根株浸溪壑。山川固已然，風氣宜其濁。接境化襄鄧，餘風被伊雒〔三〕。思予昔曾遊〔四〕，所見可驚愕。喔咿聞語笑㊃，纍纍滿城郭。傴婦懸甕盎，嬌嬰包卵㲉。無由辨肩頸，有類龜縮殼㊄〔五〕。噫人稟最靈，反不如鳧鶴。駢枝雖形累，小小固可略㊅。癰瘍暫畜聚，決潰終當涸。贅疣附支體，幸或不爲虐。未若此巍然，所生非所託。咽喉繫性命〔六〕，鍼石難砭削㊆。農皇古神聖，爲世名百藥〔七〕。豈不有方書，頑然莫銷爍㊇。溫湯汝靈泉，亦不能湔瀹〔八〕。君官雖謫居〔九〕，政可瘳民瘼㊈。奈何不哀憐，而反恣訶謔㊉。文辭騁新工，醜怪極名貌。汝士雖多奇，汝女少纖弱。翻愁太守宴，誰與唱清角〔一〇〕。乖離南北殊〔一一〕，魂夢山陂邈。握手未知期，寄詩聊一噱⑪。

【校記】

①題下原校：一作「答王素汝癭」。　②磽确：原校：一作「确犖」，一作「磽礐」，一作「确礐」。卷後原校云：「『平地猶确礐』，衢本作『确犖』，吉本作『磽礐』，建本作『确礐』，蜀本、羅氏本作『磽确』。朝佐按：字書『磽』通作『墝』，『确』通作『埆』。『礐磬磽确』，不平也。『犖』，駁牛也。『礐』，石相扣聲。『确犖』、『磽礐』、『确礐』，字各不同，今從蜀本、羅氏本作『磽确』，而以諸本注其下。」　③擁：原校：一作「癰」。　④語笑：卷後原校：一作「笑語」。⑤類：卷後原校：一作「似」。　⑥固：原校：一作「故」。　⑦砭：原校：一作「破」。　⑧爍：原校：一作「鑠」。　⑨瘳：原校：一作「療」。　⑩訶：原校：一作「嘲」。　⑪詩：原校：一作「書」。

【箋注】

〔一〕　據題下注，慶曆七年（一〇四七）作。汝，汝州（治今河南臨汝）。癭，頸瘤。嵇康養生論：「頸處險而癭。」王素字仲儀，真宗朝宰相王旦之子。慶曆三年，與歐同知諫院，論事無所畏避。官至工部尚書。宋史有傳。據王珪王懿敏公素墓誌銘，素嘗知渭州，未幾降知華州，後知江州，未行，改汝州。本詩即作于素知汝州時。素原詩已佚。

〔二〕　磽确：土地堅硬瘠薄。東觀漢記丁綝傳：「昔孫叔敖敕其子，受封必求磽确之地。」

〔三〕「接境」二句：言汝州與襄州（北魏時置，轄境相當今河南方城、舞陽一帶，宋時爲緊靠汝州的唐州、許州部分地區）鄧州（治今河南鄧縣）接境，又與伊水、雒水（即洛水）流經的河南府（治今河南洛陽）爲鄰。

〔四〕「思予」句：歐嘗兩度赴汝州襄城。外集卷一六有景祐二年所作與石推官第二書，云：「僕有妹居襄城，喪其夫，匍匐將往視之。」寶元二年冬，歐又赴襄城暫居。（據胡譜）

〔五〕「傴婦」四句：述癭患者病狀。卵觳，指鳥蛋，形容嬰孩長于頸部的腫瘤。宋朝事實類苑卷六一病癭：「夫頸處險而癭，今汝洛間多，而浙右閩廣山嶺重阻，人鮮病之者。按本草：『海藻昆布，主癭瘤。』注云：『凡海菜，皆療瘤結氣。青苔紫菜亦然。』蓋被海之邦，食其惟錯之味，能療之也。」此揭示汝癭産生原因及療法。癭瘤當即甲狀腺腫大，而海藻類含碘，故能治之。

〔六〕「咽喉」句：蘇軾大臣論：「人之癭，必生於頸而附於咽。」

〔七〕「農皇」二句：農皇即神農氏，傳説中教民稼穡者。賈誼集附録劉師培輯賈子新書佚文輯補：「神農以爲走禽難以久養民，乃求可食之物，嘗百草，察實鹹苦之味，教民食穀。」

〔八〕「温湯」二句：謂汝州温泉也不能療治除去癭瘤。湔瀹，浸洗。

〔九〕「君官」句：宋史王素傳：「知渭州，坐市木河東，有擾民狀，降華州，又奪職徙汝。」

〔一〇〕清角：雅曲名。傅毅舞賦：「揚激徵，騁清角。」

〔一一〕「乖離」句：歐知滁州，在南；王素知汝州，在北。

滄浪亭㊀〔一〕

子美寄我滄浪吟，邀我共作滄浪篇㊁。滄浪有景不可到，使我東望心悠然〔二〕。荒灣野水氣象古㊂，高林翠阜相回環。新篁抽笋添夏影㊃，老枿亂發爭春妍。水禽閑暇事高格，山鳥日夕相啾喧。不知此地幾興廢，仰視喬木皆蒼煙。堪嗟人迹到不遠㊄，雖有來路曾無緣。窮奇極怪誰似子，搜索幽隱探神仙。初尋一逕入蒙密，豁目異境無窮邊㊅。風高月白最宜夜，一片瑩淨鋪瓊田。清光不辨水與月，但見空碧涵漪漣㊆〔三〕。清風明月本無價，可惜祇賣四萬錢〔四〕。又疑此境天乞與㊇，壯士憔悴天應憐㊈〔五〕。鴟夷古亦有獨往，江湖波濤渺翻天㊉。崎嶇世路欲脱去，反以身試蛟龍淵〔六〕。豈如扁舟任飄兀⑪，紅蕖渌浪摇醉眠⑫。丈夫身在豈長棄⑬〔七〕，新詩美酒聊窮年⑭。雖然不許俗客到，莫惜佳句人間傳⑮。

【校記】

①題下原校：一本上云「寄題子美」。　②作：原校：一作「賦」。　③野水氣象古：天理本卷後續校：碑作「古水氣象野」。　④影：原校：一作「景」。　⑤到：卷後原校：一作「去」。　⑥目：天理本作「見」。　⑦「但見」句下：原校：一有「姑蘇臺邊人響絶，夜静往往聞鳴船」兩句。　⑧境：原校：一作「景」。　⑨壯士：天理本卷後續校：碑作「烈士」。　⑩江湖：天理本卷後續校：碑作「湖江」。　⑪如：原校：一作「知」。　⑫蕖：原作「渠」，卷後原校云「一作『蕖』」，據改。又，天理本卷後續校云：「『紅渠渌浪』，碑作『紅蕖緑浪』。」　⑬長棄：天理本卷後續校：碑作「常棄」。　⑭新詩美酒：原校：一作「詩新酒美」。　⑮佳句：天理本卷後續校：「碑作『嘉句』。後有『慶曆丙戌十一月五日自滁寄到，明年春刻』一十七字。」

【箋注】

〔一〕據題下注，慶曆七年（一〇四七）作。據校記⑮，本詩實作于慶曆丙戌（六年）冬，刻石在七年春。蘇舜欽廢居蘇州後，作滄浪亭記與滄浪亭、初晴遊滄浪亭、獨步遊滄浪亭等詩，并邀友人共賦滄浪，故歐有此作。梅堯臣、韓維亦有寄題蘇子美滄浪亭詩（見梅集編年卷一七、南陽集卷八）。

〔二〕東望：蘇州在滁州東南，故云。

〔三〕「荒灣」十八句：大致據滄浪亭記以摹寫想像中的景觀。記云：「一日過郡學，東顧草樹鬱然，崇阜廣水，不類乎城中。並水得微徑於雜花修竹之間，東趨數百步，有棄地，縱廣合五六十尋，三向皆水也。杠之南，其地益闊，旁無民居，左右皆林木相虧蔽。訪諸舊老，云錢氏有國，近戚孫承祐之池館也。坳隆勝勢，遺意尚存，予愛而徘徊，遂以錢四萬得之，構亭北碕，號滄浪焉。前竹後水，水之陽又竹，無窮極，澄川翠幹，光影會合於軒户之間，尤與風月爲相宜。予時榜小舟，幅巾以往，至則灑然忘其歸，觴而浩歌，踞而仰嘯，野老不至，魚鳥共樂，形骸既適則神不煩，觀聽無邪則道以明，返思向之汩汩榮辱之場，日與錙銖利害相磨戛，隔此真趣，不亦鄙哉！」高格，鳥鳴聲。

〔四〕「清風」二句：李白襄陽歌：「清風朗月不用一錢買，玉山自倒非人推。」蘇舜欽滄浪亭記：「有棄地……予愛而徘徊，遂以錢四萬得之。」

〔五〕壯士：指蘇舜欽。

〔六〕「鴟夷」四句：謂范蠡隱于海上，雖避開世事，却有風波之危。史記越王勾踐世家：「范蠡浮海出齊，變姓名，自謂鴟夷子皮。」索隱：「韋昭曰：『鴟夷，革囊也。』或曰生牛皮也。」

〔七〕長棄：蘇舜欽以進奏院祀神宴會遭誣陷，獲罪除名。有與歐陽公書云：「今以監主自盜定罪，減死一等科斷，使除名爲民，與貪吏掊官物入己者一同。」

【集評】

〔清〕方東樹：起樵石鼓，四句敘。「荒灣」以下寫。「不知」以下議。「窮奇」四句敘。「豈如」句，筆勢挽力。（昭昧詹言卷一二）

〔清〕陳衍：案此詩未免辭費，使少陵、昌黎爲之，必多層折而無長語，美陂行、山石可參看也。（宋詩精華録卷一）

寶劍〔一〕

寶劍匣中藏，暗室夜常明㊀〔二〕。欲知天將雨，錚爾劍有聲。神龍本一物〔三〕，氣類感則鳴。常恐躍匣去，有時暫開扃㊁。煌煌七星文〔四〕，照曜三尺冰。此劍在人間，百妖夜收形。姦兇與佞媚，膽破骨亦驚。試以向星月，飛光射攙槍〔五〕。藏之武庫中，可息天下兵。

奈何狂胡兒，尚敢邀金繒！

【校記】

㊀常：原校：一作「長」（「長」字原缺，據天理本補）。備要本作「尚」。　㊁扃：原作「鍋」，原校云「疑止當作『扃』」，據改。

【箋注】

〔一〕原未繫年，置慶曆七年與六年詩間，疑爲慶曆五年（一〇四五）左右作。是年正月，樞密副使韓琦就上年十月與西夏達成和議事上奏仁宗，長編卷一五四載琦言云：「今朝廷歲遺契丹五十萬、夏國二十萬，使二虜日以富强，而國家取之於民，日以朘削。」歐對此種現狀亦十分不滿，讀本詩末四句即可知。

〔二〕「寶劍」二句：西京雜記卷一：「高帝斬白蛇劍，劍上有七采珠、九華玉以爲飾，雜廁五色琉璃爲劍匣，劍在室中，光景猶照於外。」

〔三〕「神龍」句：古時有寶劍爲神龍所化的傳説。如晉書張華傳有劍飛入水，化爲二龍的記載；太平御覽卷三四三引世説云：「王子喬墓中劍作龍鳴虎吼，徑飛上天。」

〔四〕七星文：古寶劍，有七星圖紋。見吴越春秋王僚使公子光傳。

〔五〕攙槍：彗星名。淮南子俶真訓：「古之人處混冥之中……攙槍衡杓之氣，莫不彌靡，而不能爲害。」

秋晚凝翠亭〔一〕　探韻作。

黄葉落空城㊀，青山繞官廨。風雲淒已高，歲月驚何邁。陂田寒未收，野水淺生派。晴林紫榴坼〔二〕，霜日紅梨曬。蕭疏喜竹勁，寂寞傷蘭敗。叢菊如有情，幽芳慰孤介。嘉客日可携，寒醅美新醡音債。登臨無厭頻，冰雪行即届。

【校記】

㊀黄葉落：原校：一作「落葉滿」。

【箋注】

〔一〕據題下注，慶曆六年（一〇四六）作。輿地紀勝卷一二記滁州有凝翠亭。

〔二〕坼：裂開。淮南子本經訓：「天旱地坼。」

菱溪大石㊀〔一〕

新霜夜落秋水淺，有石露出寒溪垠。苔昏土蝕禽鳥啄，出没溪水秋復春。溪邊老翁生長見，疑我來視何殷勤。愛之遠徙向幽谷，曳以三犢載兩輪〔二〕。行穿城中罷市看，但驚可怪誰復珍。荒烟野草埋没久，洗以石竇清泠泉㊁〔三〕。朱欄緑竹相掩映，選致佳處當南軒㊂。南軒旁列千萬峰，曾未有此奇嶙峋。乃知異物世所少，萬金爭買傳幾人。山河百戰變陵谷，何爲落彼荒溪濆？山經地誌不可究〔四〕，遂令異説爭紛紜。皆云女媧初鍛錬㊃，融結一氣凝精純。仰視蒼蒼補其缺，染此紺碧瑩且温㊄〔五〕。或疑古者燧人氏，鑽以出火爲炮燔。苟非神聖親手迹，不爾孔竅誰雕剜㊅〔六〕？又云漢使把漢節，西北萬里窮崑崙。行徑于闐得寶玉，流入中國隨河源〔七〕。沙磨水激自穿穴，所以鐫鑿無瑕痕。嗟予有口莫能辨，歎息但以兩手捫㊆。盧仝韓愈不在世，彈壓百怪無雄文〔八〕。爭奇鬭異各取勝，遂至荒誕無根原。天高地厚靡不有㊇，醜好萬狀奚足論。惟當掃雪席其側，日與嘉客陳清罇。

【校記】

㊀大：原校：一本無「大」字。　㊁泠：天理本作「泠」。　㊂選：原校：一作「邀」。　㊃初鍛：卷後原校：一作「所鍛」。　㊄此：考異本作「以」。　㊅竅：原校：一作「穴」。　㊆息：卷後原校：一作「惜」。　㊇不有：原校：一作「有定」。

【箋注】

〔一〕　如題下注，慶曆六年（一〇四六）作。是年，歐另撰有菱溪石記（本集卷四〇）。翌年所作與梅聖俞（書簡卷六）云：「去年夏中……作亭其（幽谷泉）上，號豐樂，亭亦宏麗。又於州東五里許菱溪上，有二怪石，乃馮延魯家舊物，因移在亭前。」蘇舜欽有和菱磎石歌。

〔二〕「愛之」二句：菱溪石記：「予感夫人物之廢興，惜其可愛而反棄也，乃以三牛曳置幽谷。」

〔三〕石竇清泠泉：指幽谷泉。

〔四〕「山經」句：菱溪石記：「菱溪，按圖與經皆不載。」

〔五〕「皆云」四句：淮南子覽冥訓：「往古之時，四極廢，九州裂，天不兼覆，地不周載……於是女媧鍊五色石以補蒼天。」紺碧，天青色。

〔六〕「或疑」四句：韓非子五蠹：「有聖人作，鑽燧取火，以化腥臊，而民悦之，使王天下，號之曰燧人氏。」炮燔，燒烤食物。

〔七〕「又云」四句：漢書張騫傳：「漢使窮河源，其山多玉石，采來。天子案古圖書，名河所出山曰昆侖云。」

〔八〕「盧仝」二句：盧仝，唐詩人，號玉川子，有月蝕詩，長達一千六百多字，最見其險怪風格。韓愈删約其詞成月蝕詩效玉川子作。盧、韓作詩，皆尚奇崛險異。盧仝賦月蝕詩，譏刺時政，欲除奸佞。韓愈有祭鱷魚文等。

【集評】

〔宋〕陳善：韓文公嘗作赤藤杖歌云：「赤藤爲杖世未窺，臺郎始携自滇池。」「共傳滇神出水獻，赤龍拔鬚血淋漓。」「又云羲和操火鞭，暝到西極睡所遺。」此歌雖窮極物理，然恐非退之極致者。歐陽公遂每每效其體，作菱溪大石云（略）。觀其主意，故欲追倣韓作，然頗覺煩冗，不及韓歌爲渾成爾。（捫蝨新語下集卷二）

〔宋〕黄震：形容佈置，可觀文法。（黄氏日鈔卷六一）

〔清〕方東樹：從韓赤藤杖來，不如坡雪浪石。「皆云」十四句，平叙中入奇，議以代寫。（昭昧詹言卷一二）

送姜秀才遊蘇州〔一〕

憶從太學諸生列，我尚弱齡君秀發〔二〕。同時並薦幾存亡，一夢十年如倏忽〔三〕。壯心君未減青春，多難我今先白髮。山花撩亂鳥綿蠻〔四〕，更盡一罇明日别。

【箋注】

〔一〕據題下注，寶元元年（一〇三八）作。姜秀才，天聖時與歐同爲國子監生，其餘不詳。

〔二〕「憶從」二句：歐陽發等編事迹：「天聖七年（一〇二九），補國子監生。」據胡譜，爲廣文館生。時歐二十三歲。太學，指當時的國子監。慶曆四年始建太學，國子監則成爲掌管全國學校的總機構。

〔三〕「同時」二句：同時並薦，謂以監生身份同時被薦送應舉。由天聖七年至寶元元年，正爲十年。

〔四〕「山花」句：寶元元年春，歐尚在夷陵，三月方赴乾德，故有此景。

送孫秀才〔一〕

高門煌煌爀如赭，勢利聲名爭借假㊀。嗟哉子獨不顧之，訪我千山一羸馬〔二〕。明珠渡水覆舟失，贈我璣貝猶滿把。生携文數十篇見訪，渡江而失。遲遲顧我不欲去，問我無窮慚報寡。時之所棄子獨嚮，無乃與世異取捨㊁。

【校記】

㊀借假：原校：一作「假借」。卷後原校：「爭借假」一作「相假借」。　㊁世：卷後原校：一作「時」。

【箋注】

〔一〕據題下注，慶曆六年（一〇四六）作。孫秀才，生平不詳。

〔二〕「訪我」句：言孫秀才歷盡辛勞來到滁州。

新霜二首〔一〕

天雲慘慘秋陰薄，卧聽北風鳴屋角㊀。平明驚鳥四散飛，一夜新霜羣木落。南山鬱鬱舊可愛〔二〕，千仞巉巖如刻削。林枯山瘦失顏色，我意豈能無寂寞。衰顏得酒猶彊發，可醉豈須嫌酒濁！泉傍菊花方爛漫，短日寒輝相照灼。無情木石尚須老〔三〕，有酒人生何不樂？

荒城草樹多陰暗〔四〕，日夕霜雲意濃淡。長淮漸落見洲渚，野潦初清收瀲灩㊁。蘭枯蕙死誰復吊，殘菊籬根爭豔豔。青松守節見臨危，正色凛凛不可犯。芭蕉芰荷不足數，狼藉徒能污池檻。時行收斂歲將窮㊂，冰雪嚴凝從此漸。咿呦兒女感時節〔五〕，愛惜朱顔屢窺鑑。惟有壯士獨悲歌〔六〕，拂拭塵埃磨古劍〔七〕。

【校記】

㊀嗚：卷後原校：一作「吹」。㊁清：原校：一作「晴」。㊂歲將：卷後原校：一作「歲物」。

【箋注】

〔一〕據題下注，慶曆六年（一〇四六）作。

〔二〕南山：指瑯琊山。

〔三〕「無情」句：秋聲賦：「草木無情，有時飄零，人爲動物，惟物之靈，百憂感其心，萬事勞其形，有動于中，必揺其精。」

〔四〕荒城：指滁州。

〔五〕咿呦：形容啼呼、嗚叫、摩擦等聲，此指人語聲。

〔六〕壯士獨悲歌：荆軻入秦前歌曰：「風蕭蕭兮易水寒，壯士一去兮不復還。」見史記刺客列傳。

〔七〕磨古劍：賈島劍客：「十年磨一劍，霜刃未曾試。今日把示君，誰有不平事？」

豐樂亭小飲〔一〕

造化無情不擇物，春色亦到深山中。山桃溪杏少意思㊀，自趁時節開春風。看花遊女不知醜，古妝野態爭花紅。人生行樂在勉彊㊁，有酒莫負瑠璃鍾㊂〔二〕。主人勿笑花與女，嗟爾自是花前翁。

【校記】

㊀少意思：原校：一作「有誰顧」。　㊁在：原校：一作「當」。　㊂璃：原作「琉」，據天理本改。

【箋注】

〔一〕　據題下注，慶曆七年（一〇四七）作。是年，歐致書梅堯臣云：「去年夏中，因飲滁水甚甘，問之，有一土泉在城東百步許，遂往訪之。乃一山谷中，山勢一面高峰，三面竹嶺回抱。泉上舊有佳木一二十株，乃天生一好景也。遂引其泉爲石池，甚清甘，作亭其上，號豐樂，亭亦弘麗。」（書簡卷六與梅聖俞）詳見本集卷三九豐樂亭記。

〔二〕　瑠璃鍾：鍾，古時盛酒器。晉書崔洪傳：「以瑠璃鍾行酒。」瑠璃，即琉璃。

【集評】

〔清〕陳衍：第六句寫得出，第五句以太守而説遊女之醜，似未得體，當有以易之。（宋詩精華録卷一）

四月九日幽谷見緋桃盛開〔一〕

經年種花滿幽谷，花開不暇把一卮㊀。人生此事尚難必㊁，況欲功名書鼎彝〔二〕。深紅淺紫看雖好㊂，顏色不奈東風吹，緋桃一樹獨後發，意若待我留芳菲。清香嫩蘂含不吐，日日怪我來何遲。無情草木不解語，向我有意偏依依。羣芳落盡始爛漫，榮枯不與衆豔隨。念花意厚何以報，唯有醉倒花東西。盛開比落猶數日，清罇尚可三四携㊃〔三〕。

【校記】

㊀卮：原校：一作「枝」。　㊁「人生」句：卷後原校：一作「世間小事尚如此」。　㊂好：原校：一作「美」。
㊃清：原校：一作「芳」。

【箋注】

〔一〕據題下注，慶曆七年（一〇四七）作。幽谷，見本卷幽谷泉詩箋注〔一〕。緋桃，桃花。
〔二〕鼎彝：古代祭器，上多刻有表彰有功者之文字。
〔三〕三四：猶言再三再四。北齊書崔暹傳：「握手殷勤，至于三四。」

秋懷二首寄聖俞㊀〔一〕

孤管叫秋月，清砧韻霜風〔二〕。天涯遠夢歸㊁，驚斷山千重。羣物動已息，百憂感從中。日月矢雙流〔三〕，四時環無窮。隆陰夷老物〔四〕，摧折壯士胸。壯士亦何爲，素絲悲青銅〔五〕。

羣木落空原，南山高巃嵸〔六〕。巉巖想詩老〔七〕，瘦骨寒愈聳。詩老類秋蟲，吟秋聲百種㊂。披霜掇孤英㊃，泣古吊荒冢。琅玕叩金石㊄，清響聽生悚。何由幸見之，使我滌煩冗。飛鳥下東南㊅，音書無日捧〔八〕。

【校記】

㊀題下原校：一本(作)「擬孟郊體秋懷」。　㊁遠夢歸：原校：一作「歸遠夢」。　㊂吟秋：卷後原校：一作「鳴秋」。　㊃霜：原校：一作「芳」。　㊄琅玕：卷後原校：一作「琅琅」。　㊅下：卷後原校：一作「不」。

【箋注】

〔一〕如題下注，慶曆七年（一〇四七）作。是年，歐仍在滁州；梅堯臣在許州簽書判官任上，九月回至汴京。梅集編年卷一七是年詩有依韻和歐陽永叔秋懷擬孟郊體見寄二首。

〔二〕「孤管」二句：寫悲秋懷人之氛圍。管，管樂器。清砧，搗衣石之美稱，此指搗衣聲。

〔三〕「日月」句：謂光陰似箭。韋莊關河道中詩有「但見時光流似箭」之句。

〔四〕隆陰：隆烈之陰氣。晉書郭璞傳：「升陽未布，隆陰仍積。」老物：老人。歐自嘆衰老之謂。韓愈感春詩之二：「豈如秋霜雖慘冽，摧落老物誰惜之。」

〔五〕「壯士」二句：堯臣同年有九月五日夢歐陽永叔云：「相笑勿問年，青銅早傷神。」青銅，青銅鏡。

〔六〕巃嵸：山勢高峻貌。司馬相如上林賦：「於是乎崇山矗矗，巃嵸崔巍。」

〔七〕詩老：作詩老手，指梅堯臣。

〔八〕「飛鳥」二句：滁州在汴京東南，故堯臣和詩云：「我居西北地，秋無東南風。」同年堯臣有得曾鞏秀才所附滁州歐陽永叔書答意云：「相望未得親，終朝如抱疹。」

【集評】

〔清〕闕名：秋懷詩「披霜掇孤英，泣古吊寒冢」句，清峻峭拔，雅類韓氏。（静居緒言）

希真堂東手種菊花十月始開㊀〔一〕

當春種花唯恐遲，我獨種菊君勿誚。春枝滿園爛張錦，風雨須臾落顛倒。看多易厭情不專，鬬紫誇紅隨俗好。豁然高秋天地肅，百物衰零誰暇吊㊁。君看金蘂正芬敷，曉日浮霜相照耀㊂。煌煌正色秀可餐〔二〕，藹藹清香寒愈峭。高人避喧守幽獨，淑女静容修窈窕㊃。方當摇落看轉佳，慰我寂寥何以報。時携一罇相就飲，如得貧交論久要。我從多難壯心衰，迹與世人殊静躁。種花勿種兒女花㊄〔三〕，老大安能逐年少！

【校記】

㊀東：原校：一本無「東」字。㊁百：原校：一作「萬」。㊂「曉日」句下：原校：一本有「後時寧與竹柏榮，媚世不爭桃李笑」兩句。㊃静：原校：一作「靚」。修：原校：一作「羞」。㊄勿：原校：一作「不」。

【箋注】

〔一〕據題下注，慶曆七年（一〇四七）作。希真堂在滁州州治内，明一統志卷一八滁州「宫室」下列其名。

〔二〕「煌煌」句：陸機日出東南隅行：「鮮膚一何潤，秀色若可餐。」正色，純正之色。

〔三〕兒女花：萱草花，古人以爲它可使人忘憂。孟郊百憂詩：「萱草兒女花，不解壯士憂。」

拒霜花〔一〕

芳菲能幾時，顏色如自愛。鮮鮮弄霜曉，裊裊含風態。蕙蘭殞秋香，桃李媚春醉㊀。時節雖不同，盛衰終一致。莫笑黄菊花，籬根守憔悴。

【校記】

㊀媚：原校：一作「嬌」。

【箋注】

〔一〕據題下注，慶曆七年（一〇四七）作。拒霜花，木芙蓉之别稱，仲秋開花，耐寒不落。宋祁益都方物略記：「添色拒霜花，生彭、漢、蜀州，花常多葉，始開白色，明日稍紅，又明日則若桃花然。」

懷嵩樓晚飲示徐無黨無逸㊀〔一〕

滁山不通車，滁水不載舟。舟車路所窮，嗟誰肯來遊〔二〕。念非吾在此，二子來何求？不見忽三年，見之忘百憂。問其别後學，初若繭緒抽。縱横漸組織，文章爛然浮。引伸無窮極，卒歛以軻丘〔三〕。少進日如此㊁，老退誠可羞。弊邑亦何有，青山繞城樓。泠泠谷中泉〔四〕，吐溜彼山幽㊂。石醜駭溪怪〔五〕，天奇瞰龍湫〔六〕。子初如可樂，久乃歎以愀。云此譬圖畫，暫看已宜收。荒涼草樹間㊃，暮館城南陬。破屋仰見星，窗風冷如鎪〔七〕。歸心中夜起，輾轉卧不周。我爲辦酒肴，羅列蛤與蛑。酒酣微探之，仰笑不頷頭。曰予非此儂〔八〕，又不負譴尤。自非世不容，安事此爲囚。幸以主人故，崎嶇幾摧輈〔九〕。一來勤已多，而況欲久留㊄。我語頓遭屈，顔慚汗交流。川塗冰已壯，霰雪行將稠㊅。羨子兄弟秀，雙鴻翔高秋。嗈嗈飛且鳴〔一〇〕，歲暮憶南州㊆〔一一〕。飲子今日歡，重我明日愁。來貺辱已厚，贈言愧非酬。

【校記】

㊀題下原校：一本作「奉和徐生見示懷嵩樓晚飲」，一本無「見示」字。 ㊁日：卷後原校：一作「且」。 ㊂彼：原校：一作「被」。 ㊃涼：原校：一作「村」。 ㊄久：卷後原校：一作「之」。 ㊅霰：原校：一作「霜」。 ㊆州：卷後原校：一作「洲」。

【箋注】

〔一〕據題下注，慶曆七年（一〇四七）作。詩云「歲暮憶南州」，當作於臘月。懷嵩樓，唐李德裕貶滁時建，原稱贊皇樓，蓋德裕爲贊皇（今屬河北）人也。後改稱懷嵩。王禹偁有北樓感事詩，序云：「唐朱崖李太尉衛公爲滁州刺史，作懷嵩樓，取懷歸嵩洛之意也。」兩浙名賢録文苑傳：「徐無黨，永康人，從歐陽修學古文辭，嘗注五代史，妙得良史筆意。皇祐中以南省第一人登進士第，仕止郡教授而卒。」書簡卷七有與澠池徐宰無黨六首。至和元年，歐作送徐無黨南歸序，另有送徐生至澠池詩，知無黨是年爲澠池宰。無逸字從道，無黨之弟，皇祐初從歐遊於潁州。

〔二〕「滁山」四句：豐樂亭記：「今滁介於江、淮之間，舟車商賈、四方賓客之所不至。」

〔三〕 軻丘：孟軻、孔丘。

〔四〕 谷中泉：指幽谷泉。

〔五〕 石：指菱溪石。

〔六〕 龍湫：上有懸瀑下有深潭者。隋書禮儀志一：「鹿角生於楊樹，龍湫出於荆谷。」

〔七〕 鏤：侵蝕。胡令能王昭君：「胡風似劍鏤人骨，漢月如鈎釣胃腸。」

〔八〕 此儂：當指此地人。儂，人。

〔九〕 摧輈：折毀車轅。孟郊殺氣不在邊：「道險不在山，平地有摧輈。」

〔一〇〕 嗈嗈：鳥類和鳴聲。孫綽遊天台山賦：「聽鳴鳳之嗈嗈。」

〔一一〕 南州：指徐氏兄弟家鄉婺州永康（今屬浙江）。

瑯琊山六題㊀〔一〕

歸雲洞〔二〕

洞門常自起煙霞㊁，洞穴傍穿透溪谷。朝看石上片雲陰，夜半山前春雨足。

瑯琊溪〔三〕

空山雪消溪水漲，遊客渡溪橫古槎〔四〕。不知溪源來遠近，但見流出山中花。

石屏路〔五〕

石屏自倚浮雲外，石路久無人迹行。我來携酒醉其下，卧看千峰秋月明。

班春亭〔六〕

信馬尋春踏雪泥，醉中山水弄清輝。野僧不用相迎送，乘興閑來興盡歸。

庶子泉〔七〕

庶子遺蹤留此地〔八〕，寒巖徙倚弄飛泉。古人不見心可見，一片清光長皎然。

惠覺方丈〔九〕

青松行盡到山門㊂，亂峰深處開方丈〔一〇〕。已能宴坐老山中〔一一〕，何用聲名傳海上。

【校記】

㊀題下原校：一本作「山中六題」，注云「瑯琊山中」。　㊁自：原校：一作「似」。　㊂山：原校：一作「松」。

【箋注】

〔一〕題下注「慶曆七年」，誤，當爲慶曆六年（一〇四六）作。梅集編年卷一六慶曆六年詩有和永叔瑯琊山六詠。歐同年作與梅聖俞（書簡卷六）二通，一云：「遊山六詠等，即欲更立一石。」一云：「得聖俞所寄六詠及桐花、啼鳥等詩。」足證此組詩爲六年所作。

〔二〕歸雲洞：熊祖詒滁州志：「歸雲洞在瑯琊山清風亭西，内有杜符卿紀遊題名及贈僧上詮詩磨崖。洞門刻『歸雲』二字。」

〔三〕瑯琊溪：瑯琊山之溪流，位于歸雲洞下。

〔四〕横古槎：意爲横置樹幹作渡橋。

〔五〕石屏路：登瑯琊山頂所經由南至北的山路，途有歸雲洞、清風亭等。

〔六〕班春亭：江南通志卷三六滁州：「豐樂亭在州城西南瑯琊山……又有醒心亭，在豐樂亭東……又有班春亭。」

〔七〕庶子泉：滁州志：「庶子泉在瑯琊山寺僧堂前，唐大曆中刺史李幼卿所發。李陽冰爲庶子泉銘，其篆畫爲世所寶。」獨孤及瑯琊溪述：「隴西李幼卿，字長夫，以右庶子領滁州，而滁人之饑者粒，流者召，乃至無訟以聽。故居多暇日，常寄傲此山之下。因鑿石引泉，釃其流以爲溪，溪左右建上下坊，作禪房、琴臺以環之，探異好古故也。」

〔八〕庶子：與下「古人」均指李幼卿。

〔九〕惠覺：瑯琊寺方丈，生平不詳。

〔一〇〕方丈：題指寺院住持，此指寺院。

〔一一〕宴坐：坐禪。維摩詰所説經弟子品：「夫宴坐者，不於三界現身意，是爲宴坐。」

居士集卷四

古詩二十四首

贈無爲軍李道士二首㊀〔一〕 名景仙。

無爲道士三尺琴〔二〕，中有萬古無窮音。音如石上瀉流水，瀉之不竭由源深。彈雖在指聲在意，聽不以耳而以心。心意既得形骸忘〔三〕，不覺天地白日愁雲陰。

李師琴紋如卧蛇㊁，一彈使我三咨嗟。五音商羽主肅殺〔四〕，颯颯坐上風吹沙。忽然黄鍾回暖律〔五〕，當冬草木皆萌牙㊂。郡齋日午公事退，荒涼樹石相交加。李師一彈鳳凰聲，空山百鳥停嘔啞。我怪李師年七十，面目明秀光如霞。問胡以然笑語我㊃，慎勿辛苦求丹砂。惟當養其根㊄，自然燁其華㊅〔六〕。又云理身如理琴，正聲不可干以邪。我聽其言未云足，野鶴何事還思家〔七〕。抱琴揖我出門去，獵獵歸袖風中斜。

【校記】

㊀題下卷後原校：石本作「贈宗教李尊師名景仙」。㊁紋：原校：一作「形」。㊂牙：卷後原校：石本作「芽」。㊃問胡以然：原校：一作「試問胡以」，一作「試問胡然」。㊄惟當：卷後原校：石本作「但當」。㊅「自然」句下：原校：一本無上二句。燁：卷後原校：石本作「曄」。

【箋注】

〔一〕據題下注，慶曆七年（一〇四七）作。無爲軍（治所在今安徽無爲）屬淮南路。據「李師年七十」推算，道士李景仙當生於太平興國三年（九七八）左右，生平不詳。歐有試筆琴枕説，云：「余家石暉琴，得之二十年。昨因患兩手中指拘攣，醫者言唯數運動以導其氣之滯者，謂唯彈琴爲可。亦尋理得十餘年已忘諸曲，物理損益相因，固不能窮，至於如此。老莊之徒，多寓物以盡人情，信有以也哉！」

〔二〕三尺琴：琴操稱伏羲作琴，長三尺六寸六分。古琴身多以桐木製成，故又稱三尺桐。

〔三〕「心意」句：晉書阮籍傳：「（籍）善彈琴，當其得意，忽忘形骸。」

〔四〕商羽：陶潛詠荆軻：「商音更流涕，羽奏壯士驚。」孫默十五家詞卷六：「（先生）出其奚囊中諸長調歌之，多商羽之音。秋飈拂林，哀泉動壑，不足喻其崢嶸蕭瑟也。」

〔五〕黄鍾回暖律：古以時令合樂律，黄鍾律與冬至相應。蔡邕獨斷：「律中黄鍾，言陽氣踵黄泉而出。」故稱回暖律。

〔六〕「惟當」二句：韓愈答李翊書：「養其根而竢其實，加其膏而希其光。根之茂者其實遂，膏之沃者其光曄。」

〔七〕野鶴：居林野，性孤高，常喻隱士。劉長卿送方外上人：「孤雲將野鶴，豈向人間住。」

【集評】

〔清〕宋長白：歐陽永叔贈李景仙詩：「無爲道士三尺琴，中有萬古無窮音」；「彈雖在指聲在意，聽不以耳而以心」。題盤車圖詩：「古畫畫意不畫形，梅詩詠物無隱情。忘形得意知者寡，不若見詩如見畫。」梅詩者，謂宛陵曾題也。兩章段落，俱有至詣，琴耶？畫耶？詩耶？其得無聲三昧者耶？（柳亭詩話卷二二）

拜　赦㊀〔一〕

拜赦古州南㊁〔二〕，山火明烈烈。州人共喧喧，兩丱扶白髮〔三〕。丁寧天語深，曠蕩皇恩闊〔四〕。乃知天地施，幽遠無間別。欣欣草木意，喜氣消殘雪。

【校記】

㊀赦：原校：一作「敕」。　㊁赦：原校：一作「敕」。

【箋注】

〔一〕如題下注，慶曆七年（一〇四七）作。胡譜載是年「十二月，以南郊恩，加上騎都尉，進封開國伯，加食邑三百户」。此爲歐貶滁後獲得的恩賞，故以「拜赦」爲題。

〔二〕古州：即滁州。

〔三〕「兩丱」句：謂幼童扶持老者出觀。丱，兒童束髮成兩角貌。詩齊風甫田：「婉兮孌兮，總角丱兮。」

〔四〕「丁寧」二句：歐以南郊恩，獲加封，胡譜慶曆七年引嵇穎行制詞云：「歐陽某詞藻敏麗，風韻俊豪。參列諫垣，蔚有敢言之節；褒陞詞禁，茂昭華國之文。」歐表奏書啓四六集卷一有謝加上騎都尉進封開國伯加食邑三百户表。

彈琴效賈島體〔一〕

古人不可見，古人琴可彈。彈爲古曲聲㊀，如與古人言㊁。琴聲雖可聽，琴意誰能論？橫琴置牀頭，當午曝背眠。夢見一丈夫，嚴嚴古衣冠。登牀取之坐㊂，調作南風弦〔二〕。一奏風雨來㊃，再鼓變雲煙。鳥獸盡嚶鳴〔三〕，草木亦滋蕃。乃知太古時，未遠可追還。方彼夢中樂，心知口難傳㊄。既覺失其人，起坐涕汍瀾。

【校記】

㊀彈爲：原校：一作「琴聞」。　㊁與：原校：一作「聞」。　㊂之坐：原校：一作「我琴」。　㊃雨：原校：一作「南」。　㊄口難：原校：一作「難口」。

【箋注】

〔一〕　此詩原未繫年，置慶曆七年（一〇四七）詩間。歐與梅堯臣音問相通，唱和頻繁，堯臣慶曆七年有鳴琴詩云：「雖傳古人聲，不識古人意，古人今已遠，悲哉廣陵思。」此與本詩前六句意思似有聯繫，疑亦是年作。賈島字閬仙，唐苦吟詩人。其詩風奇險瘦硬。

〔二〕　南風：古代樂曲名，相傳爲虞舜所作。孔子家語辨樂解：「昔者舜彈五弦之琴，造南風之詩。其詩曰：『南風之薰兮，可以解吾民之愠兮；南風之時兮，可以阜吾民之財兮。』」

〔三〕　嚶鳴：鳥相和鳴。詩小雅伐木：「嚶其鳴矣，求其友聲。」

酬學詩僧惟晤〔一〕

詩三百五篇，作者非一人。羈臣與棄妾㊀〔二〕，桑濮乃淫奔〔三〕。其言苟可取㊁，厖雜不全純。子雖爲佛徒㊂，未易廢其言。其言在合理，但懼學不臻。子佛與吾儒㊃，異轍難同輪㊄。子何獨吾慕，自忘夷其身〔四〕。苟能知所歸，固有路自新。誘進或可至，拒之誠不仁。維詩於文章，太山一浮塵。又如古衣裳，組織爛成文㊅〔五〕。拾其裁剪餘，未識衮服尊〔六〕。嗟子學雖勞㊆，徒自苦骸筋㊇。勤勤袖卷軸，一歲三及門。惟求一言榮㊈，歸以耀其倫㊉。與夫榮其膚，不若啓其源⑪。韓子亦嘗謂，收斂加冠巾⑫〔七〕。

【校記】

㊀棄：原校：一作「賤」。㊁苟：原校：一作「或」。㊂雖：原校：一作「之」。㊃佛：原校：一作「之」。㊄同輪：原校：一作「共論」。㊅織：原校：一作「繡」。㊆雖：原校：一作「已」。㊇「徒自」句：原校：一作「自遠涉江津」。㊈惟：原校：一作「何」。㊉耀：原校：一作「輝」。⑪不若啓：原校：一作「豈若習」。⑫加：原校：一作「以」。

【箋注】

〔一〕本詩原未繫年，置慶曆七年（一〇四七）詩間，疑即作於是年左右。宋詩紀事卷九一：「惟晤字冲晦，嘗與契嵩倡和。」查契嵩鐔津文集卷二一，有惟晤、楊蟠與契嵩唱酬之詩。

〔二〕「羈臣」句：謂詩經作品多出於羈旅流竄之臣與棄婦之手。梅聖俞詩集序：「蓋世所傳詩者，多出於古窮人之辭也……內有憂思感憤之鬱積，其興於怨刺，以道羈臣寡婦之所歎，而寫人情之難言。」

〔三〕「桑濮」句：漢書地理志下：「衛地有桑間濮上之阻，男女亦亟聚會，聲色生焉。」阮籍東平賦：「桑間濮上，淫荒所廬。」

〔四〕夷其身：其身爲夷之意。韓愈論佛骨表：「伏以佛者，夷狄之一法耳。」本集卷一七本論上：「佛爲夷狄。」

〔五〕組織：經緯相交，織作布帛。呂氏春秋先己「詩曰：『執轡如組』」高誘注：「組讀組織之組。夫組織之匠，成文於手，猶良御執轡於手而調馬口，以致萬里也。」

〔六〕衮服：古代帝王及上公所穿繪有卷龍的禮服，此借喻儒道。

〔七〕「韓子」二句：韓愈送僧澄觀詩有「我欲收斂加冠巾」句。又，送靈師詩云：「方將斂之道，且欲冠其顛。」意亦相同。

別後奉寄聖俞二十五兄㊀〔一〕

長河秋雨多，夜插寒潮入㊁。歲暮孤舟遲，客心飛鳥急。君老忘卑窮㊂，文字或綴緝。余生苦難阨㊃，世險蹈已習。離合二十年〔二〕，乖睽多聚集。常時飲酒別，今別輒飲泣。君曰吾老矣，不覺兩袖濕。我年雖少君，白髮已揖揖即入反〔三〕。憶初京北門〔四〕，送我馬暫立。自茲遭檻穽㊄〔五〕，一落誰引汲？顛危偶脱死，藏竄甘自縶㊅。但令身尚在㊆，果得手重執。聞來喜迎前〔六〕，貌改驚乍揖。別離纔幾時，舊學廢百十。殘章與斷稿㊇，草草各收拾。空窗語青燈㊈，夜雨聽霰霰㊉〔七〕。明朝解舟南，歸翼縱莫戢。還期明月飲，幸此中秋及。酒酣弄篇章，四坐困供給〔八〕。歡言正喧譁，别意忽於邑。日暮北亭上，濁醪聊共挹⑪。輕橈動翩翩⑫，晚水明熠熠。行心去雖迫⑬，訣語出猶澀。歸來録君詩，卷軸多[illegible]〔九〕。誰云已老矣⑭，意氣何業岌〔一〇〕。惜哉方壯時，千里足常㬪〔一一〕。知之莫予深，力不足呼吸。歎吁偶成篇，聊用綴君什。

【校記】

㈠題下原校：一本作「叙别寄聖俞兼酬進道堂夜話見寄之什」。㈡插：卷後原校：一作「牐」。潮：原校：一作「湖」。㈢老：卷後原校：一作「去」。㈣難阨：卷後原校：一作「艱阨」。阨：原校：一作「拙」。㈤檻穽：卷後原校：一作「陷穽」。㈥縶：原校：一作「蟄」。㈦尚在：卷後原校：一作「幸在」。㈧章：原校：一作「編」。㈨窗：原校：一作「堂」。㈩霰霰：原校：一作「濈濈」。⑪聊：原校：一作「猶」。⑫輕：原校：一作「歸」。⑬行心：原校：一作「貪前」。⑭誰：原校：一作「雖」。

【箋注】

〔一〕題下注「慶曆七年」，誤，當爲慶曆八年（一〇四八）作。是年，歐徙知揚州。夏，梅堯臣由汴京歸宣城，途經揚州，與歐相晤。秋，堯臣從晏殊辟，赴簽書陳州鎮安軍節度判官任，再經揚州，中秋節與歐等賦詩待月，極其歡洽。堯臣北上後，作别後寄永叔詩。本詩「明朝解舟南」八句，所記正是堯臣還家後再來揚州過中秋及分别之事，爲慶曆八年所作無疑。

〔二〕「離合」句：歐、梅由天聖九年（一〇三一）結識於洛陽，至慶曆八年（一〇四八）相會於揚州，已近二十年。

〔三〕揖揖：羣聚衆多貌。詩周南螽斯「螽斯羽，揖揖兮」，毛傳：「揖揖，會聚也。」

〔四〕「憶初」句：據胡譜，慶曆四年八月，歐以龍圖閣直學士出爲河北都轉運按察使，離開汴京。

〔五〕「自茲」句：指慶曆五年遭人誣陷貶滁事。
〔六〕「聞來」句：言慶曆八年夏堯臣自汴京南歸宣城，途經揚州，歐喜迎之。
〔七〕霰霰：雨聲。
〔八〕「酒酣」三句：本集卷一一招許主客詩：「仍約多爲詩準備，共防梅老敵難當。」
〔九〕鱵鱵：簇聚貌。
〔一〇〕嶪岌：高昂。
〔一一〕羃：束縛。

紫石屏歌㊀〔一〕

月從海底來，行上天東南。正當天中時，下照千丈潭㊁。潭心無風月不動，倒影射入紫石巖。月光水潔石瑩淨㊂，感此陰魄來中潛。自從月入此石中，天有兩曜分爲三〔二〕。清光萬古不磨滅，天地至寶難藏緘。天公呼雷公，夜持巨斧隳嶄巖〔三〕。墮此一片落千仞，皎然寒鏡在玉匳㊃。蝦蟆白兔走天上，空留桂影猶杉杉㊄。景山得之惜不得㊅〔四〕，贈我意與千金兼㊆。自云每到月滿時，石在暗室光出簷。大哉天地間，萬怪難悉談。嗟予不度量，每事思窮探。欲將兩耳目所及，而與造化爭毫纖。煌煌三辰行〔五〕，日月尤尊嚴。若令下與物爲比去聲，擾擾萬類將誰瞻？不然此石竟何物，有口欲説嗟如鉗。吾奇蘇子胸㊇〔六〕，羅列萬象中包含。不惟胸寬膽亦大，屢出言語驚愚凡。自吾得此石，未見蘇子心懷慚。不經老匠先指決，有手誰敢施鐫鑱。呼工畫石持寄似㈨，幸子留意其無謙。

【校記】

㈠題下原校：「一本作『月石硯屏歌寄蘇子美』。」宋文鑑題作「紫石屏歌寄蘇子美」。㈡丈：宋文鑑作「尺」。㈢淨：原校：一作「徹」。㈣在：卷後原校：一作「生」。㈤杉杉：原校：一作「毿毿」。㈥景山得之：原校：一作「虢州刺史」。惜：天理本作「借」。㈦與：原校：一作「比」。㈧奇：原校：一作「知」。㈨似：原校：一作「此」。

【箋注】

〔一〕題下注「慶曆七年」，誤，當爲慶曆八年（一〇四八）作。外集卷一五有八年所作月石硯屏歌序，云：「張景山在虢州時，命治石橋。小版一石，中有月形，石色紫而月白，月中有樹森森然，其文黑而枝葉老勁，雖世之工畫者不能爲，蓋奇物也。景山南謫，留以遺予。予念此石古所未有，欲但書事則懼爲不信，因令善畫工來松寫以爲圖。子美見之，當愛歎也。」蘇集編年卷四有舜欽慶曆八年所作和詩月石硯屏歌。梅集編年卷一八亦有慶曆八年詩詠歐陽永叔文石硯屏二首。按：本詩有「呼工畫石」之語，「工」即序所稱「善畫工來松」，堯臣作來嵩，畫真來嵩云：「廣陵太守歐陽公，令爾畫我憔悴容。」來嵩爲廣陵畫工，慶曆七年歐尚在滁州，本詩當爲八年時揚州之作。

〔二〕兩曜：指日、月。任昉爲齊宣德皇后重敦勸梁王令：「四時等契，兩曜齊明。」

〔三〕嶄巖：高峻的山崖。班固西都賦：「超洞壑，越峻崖，蹷嶄巖，鉅石隤。」

〔四〕景山：張昷之字景山，滁州人。大中祥符進士。慶曆間，擢天章閣待制，河北都轉運按察使。後知虢州，又知湖州，徙揚州。以光禄卿致仕。宋史有傳。

〔五〕三辰：日、月、星。左傳桓公二年：「三辰旂旗，昭其明也。」杜預注：「三辰，日、月、星也。」

〔六〕蘇子：蘇舜欽。

【集評】

〔宋〕黄震：文之奇者也。（黄氏日鈔卷五〇）

聚星堂前紫薇花〔一〕

亭亭紫薇花，向我如有意。高煙晚溟濛，清露晨點綴。豈無陽春月，所得時節異。靜女不爭寵〔二〕，幽姿如自喜音戲。將期誰顧眄，獨伴我憔悴。而我不彊飲，繁英行亦墜。相看兩寂寞，孤詠聊自慰。

【箋注】

〔一〕如題下注，皇祐二年（一〇五〇）作。時歐知潁州，常宴賓客於聚星堂。正德潁州志卷一：「歐陽文忠公守潁，倅佐吕正獻，而其先政如晏殊、蔡齊、曾肇、韓琦皆名公，故歐公建堂治内，題曰聚星。有聚星堂詩集。」按：曾肇元祐中方知潁州，韓琦未曾知潁，潁州志有誤。

〔二〕靜女：詩邶風靜女：「靜女其姝，俟我於城隅。」

獲麟贈姚闢先輩〔一〕

世已無孔子，獲麟意誰知？我嘗爲之説，聞者未免非〔二〕。而子獨曰然，有如塤應篪〔三〕。惟麟不爲瑞，其意乃可推。春秋二百年，文約義甚夷㊀。一從聖人没，學者自爲師。崢嶸衆家説，平地生嶮巇。相沿益迂怪，各鬭出新奇。爾來千餘歲㊁，舉世不知迷。焯哉聖人經，照耀萬世疑。自從蒙衆説，日月遭蔽虧〔四〕。常患無氣力，掃除浮雲披。還其自然光，萬物皆見之。子昔已好古，此經手常持。超然出衆見，不爲俗牽卑。近又脱賦格㊂〔五〕，飛黄擺銜羈。聖門開大道，夷路肆騰嬉。便可剿衆説，旁通塞多歧㊃。正途趨簡易㊄，慎勿事嶇崎。著述須待老，積勤宜少時。苟思垂後世，大禹尚胼胝〔六〕。顧我今老矣，兩瞳蝕昏眵㊅〔七〕。大書難久視㊆，心在力已衰。因思少自棄，今縱悔可追。戒我以勉子，臨文但吁嘻㊇。

【校記】

㊀文：原校：一作「辭」。　㊁千餘歲：原校：一作「千載餘」，一作「千歲餘」。　㊂賦：原校：一作「賤」。　㊃旁通：原校：一作「異端」。　㊄趨：原校：一作「常」。　㊅瞳：原校：一作「目」，一作「眼」。　㊆難：卷後原校：一作「雖」。　㊇吁嘻：卷後原校：一作「吁噫」。

【箋注】

〔一〕　據題下注，皇祐元年（一〇四九）作。春秋公羊傳哀公十四年載獲麟事云：「麟者，仁獸也，有王者則至，無王者則不至……西狩獲麟，孔子曰：『吾道窮矣。』」左傳哀公十四年「西狩獲麟」杜預注：「麟者仁獸，聖王之嘉瑞也。時無明王，出而遇獲。仲尼傷周道之不興，感嘉瑞之無應，故因魯春秋而修中興之教，絶筆於『獲麟』之一句，所感而作，固所以爲終也。」姚闢，字子張，是年進士及第。歷項城令、通州通判，與蘇洵同修禮書。書簡卷七有與姚編禮二通。李肇唐國史補卷下：「得第謂之前進士，互相推敬謂之先輩。」

〔二〕「我嘗」二句：本集卷一八春秋或問答春秋何以「終於獲麟」之問曰：「吾不知也。」又曰：「春秋，謹一言而信萬事者也，予厭衆説之亂春秋者也。」

〔三〕「有如」句：塤、篪，二樂器，喻同聲相應。詩小雅何人斯：「伯氏吹塤，仲氏吹篪。」

〔四〕「焯哉」四句：春秋或問：「經不待傳而通者十七八，因傳而惑者十五六。日月，萬物皆仰，然不爲盲者明，而有物蔽之者，亦不得見也。」

〔五〕脱賦格：謂姚闢已中進士。賦格，指科考之程式。

〔六〕「大禹」句：史記李斯列傳：「禹鑿龍門，通大夏，疏九河，曲九防，決渟水致之海，而股無胈，脛無毛，手足胼胝，面目黎黑。」

〔七〕「顧我」二句：歐慶曆八年冬致書王樂道云：「某近以上熱太盛，有見教云：『水火未濟，當行内視之術。』行未逾月，雙眼注痛如割，不惟書字艱難，遇物亦不能正視，但恐由此遂爲廢人。」（書簡卷四）皇祐元年致書韓琦云：「某昨以目疾爲苦，因少私便，求得汝陰。」（書簡卷一）同年有潁州謝上表云：「睛瞳雖存，白黑纔辨……所冀療治有驗，瞻視復完。」可知歐在揚州時已染眼疾。

喜　雨〔一〕

大雨雖霶霈，隔轍分晴陰。小雨散浸淫，爲潤廣且深。浸淫苟不止，利澤何窮已。無言雨大小㈠，小雨農尤喜。宿麥已登實〔二〕，新禾未抽秧㈡。及時一日雨，終歲飽豐穰。夜響流霢霂〔三〕，晨暉霽蒼涼。川原淨如洗，草木自生光。童稚喜瓜芋，耕夫望陂塘。誰云田家苦，此樂殊未央。

【校記】

㊀「無言」句：原校：一作「言雨大小異」。　㊁秧：原校：一作「穗」。

【箋注】

〔一〕據題下注，皇祐二年（一〇五〇）作。由「宿麥」句知作於夏季，時在潁州。

〔二〕宿麥：隔年成熟之麥。漢書武帝紀「遣謁者勸有水災郡種宿麥」顏師古注：「秋冬種之，經歲乃熟，故云宿麥」。

〔三〕霢霂：小雨。詩小雅信南山：「益之以霢霂，既優既渥。」

飛蓋橋翫月㊀〔一〕

天形積輕清〔二〕，水德本虛靜。雲收風波止㊁，始見天水性。澄光與粹容〔三〕，上下相涵映。乃於其兩間，皎皎掛寒鏡〔四〕。餘暉所照耀，萬物皆鮮瑩。矧夫人之靈，豈不醒視聽？而我於此時，翛然發孤詠㊂。紛昏忻洗滌，俯仰恣涵泳㊃。人心曠而閑，月色高愈迥㊄。惟恐清夜闌，時時瞻斗柄〔五〕。

【校記】

㊀題下原校：一本題上有「六月十四日夜」。　㊁波：卷後原校：一作「浪」。　㊂翛：原校：一作「倏」。

㊃「涵泳」下：原校：一本無上二句。　㊄愈：原校：一作「逾」。

【箋注】

〔一〕如題下注，皇祐元年（一〇四九）作。時在潁州。本集卷一一三橋詩題下注云：「皇祐元年新作三橋而名之，既而又爲之詩。」三橋之一曰飛蓋。

〔二〕輕清：太平御覽卷一引三五歷記：「輕清者上爲天，重濁者下爲地，沖和氣者爲人。」

〔三〕「澄光」句：謂天與水。

〔四〕寒鏡：冷月。劉禹錫洞庭秋月行：「孤輪徐轉光不定，游氣濛濛隔寒鏡。」

〔五〕斗柄：北斗第五至第七星像柄，故名。

【集評】

〔宋〕胡仔：歐公作詩，蓋欲自出胸臆，不肯蹈襲前人，亦其才高，故不見牽强之迹耳。如六月十四日夜飛蓋橋玩月云云。（苕溪漁隱叢話後集卷二三）

竹間亭〔一〕

啾啾竹間鳥，日夕相嚶鳴。悠悠水中魚，出入藻與萍。水竹魚鳥家，伊誰作斯亭？翁來無車馬，非與彈弋并〔二〕。潛者入深淵，飛者散縱横。奈何翁屢來，浪使飛走驚。忘爾榮與利，脱爾冠與纓。還來尋魚鳥，傍此水竹行。鳥語弄蒼翠，魚遊翫清澄。而翁乃何爲，獨醉還自醒〔三〕。三者各自適〔四〕，要歸亦同情〔五〕。翁乎知此樂，無厭日來登。

【箋注】

〔一〕據題下注，皇祐二年（一〇五〇）作。外集卷四另有一首竹間亭詩。竹間亭在潁州西湖。陳師道元祐六年爲潁州教授，有次韻蘇公竹間亭絶句：「竹裏高亭燈燭光，今年復得杜襄陽。倏看老蓋千年後，更想霜林百尺强。」

〔二〕彈弋：彈丸與帶絲繩之箭。

〔三〕「獨醉」句：史記屈原賈生列傳引屈原語「衆人皆醉而我獨醒」，詩本此而變其意。

〔四〕三者：指魚、鳥、翁。

〔五〕同情：情意相通。史記吴王濞列傳：「同惡相助，同好相留，同情相成，同欲相趨，同利相死。」

答呂公著見贈㊀〔一〕

晉人歌蟋蟀㊁〔二〕，孔子録於詩。因知聖賢心，豈不惜良時〔三〕。行樂不及早，朱顏忽焉衰。馳光如騕褭〔四〕，一去不可追。今也不彊飲，後雖悔奚爲？三年謫永陽〔五〕，陷穽不知危。種樹滿幽谷，疏泉瀉清池。新陽染山木，撩亂發枯枝。無人歌青春，自釂白玉卮〔六〕。今者荷寬宥㊂，乞州從爾宜㊃〔七〕。西湖舊已聞〔八〕，既見又過之。菡萏間紅緑，鴛鴦浮渺瀰〔九〕。四時花與竹，罇俎動可隨㊄。況與賢者同，薰然襲蘭芝㊅〔一〇〕。醁醽寒且醥〔一一〕，清唱婉而遲㊆。四坐各已醉，臨觴獨何疑。昔人逢麴車，流涎尚垂順〔一二〕。況此杯中趣，久得樂無涯。多憂衰病早，心在良可噫㊇。譬若卧櫪馬〔一三〕，聞鼙尚鳴悲㊈。春膏已動脈㊉〔一四〕，百卉漸葳蕤⑪。丹砂得新方，舊疾庶可治〔一五〕。尚可執鞭弭〔一六〕，周旋以忘疲。

【校記】

㈠題下原校：一本作「奉答通判太博爲予不飲見贈之作」。　㈡晉：卷後原校：一作「昔」。　㈢宥：原校：一作「恩」。　㈣乞：原校：一作「得」。　㈤俎：原校：一作「酒」。　㈥襲：原校：一作「偉」。　㈦遲：原校：一作「奇」。　㈧噫：原校：一作「嘻」。　㈨鼙：原校：一作「鼓」。　㈩已動脈：原校：一作「忽已動」。　⑪「百卉」句：卷後原校：答吕公著見贈「百卉漸萎蕤」，按字書，萎，於危切，草木枯貌。既云「春膏已動脈」，豈有萎枯之理？當作「葳蕤」。葳蕤，草木華垂貌。選詩：「文物共葳蕤。」東都賦：「望翠華之葳蕤。」今改作「葳」。

【箋注】

〔一〕據題下注，皇祐元年（一〇四九）作。吕公著，字晦叔，吕夷簡之子，慶曆進士。時以太常博士通判潁州。熙寧時知開封府，元祐時與司馬光並爲相。宋史有傳。全宋詩録詩十八首，未見贈歐公詩。張邦基墨莊漫録卷八：「（歐）公知潁州，時吕公著爲通判，爲人有賢行，而深自晦默，時人未甚知。公後還朝力薦之，由是漸見進用。」

〔二〕蟋蟀：詩也，列詩經唐風之首。周成王封季弟姬叔虞於唐，其地有晉水，後國號改稱晉，故云「晉人歌蟋蟀」。

〔三〕「因知」二句：方玉潤詩經原始：「蟋蟀，唐人歲暮述懷也。」該詩因歲暮而生時光易逝，當及時行樂之想，故謂孔子録之，有「惜良時」之意。

〔四〕騕褭：駿馬名。淮南子齊俗訓：「夫待騕褭飛兔而駕之，則世莫乘車。」

〔五〕永陽：即滁州。此用唐時之稱。

〔六〕釂：飲酒盡。禮記曲禮上：「長者舉未釂，少者不敢飲。」

〔七〕「今者」二句：歐潁州謝上表：「伏蒙尊號皇帝陛下造化陶鈞，高明覆載，閔其孤拙，未即棄捐，付以善邦，俾從私便。」

〔八〕西湖：潁州美景所在。歐皇祐元年致書韓琦云：「汝陰西湖，天下勝絶，養愚自便，誠得其宜。」（書簡卷一）晚年，又有以「西湖好」起句的採桑子詞十首。蘇軾亦有「未覺杭潁誰雌雄」之嘆，見軾在潁州與趙德麟同治西湖未成改揚州三月十六日湖成德麟有詩見懷次其韻。

〔九〕渺瀰：曠遠貌。白居易代書詩一百韻寄微之：「林晚青蕭索，江平緑渺瀰。」

〔一〇〕「況與」二句：至和中，歐有薦王安石吕公著劄子，謂公著「器識深遠，沉靜寡言，富貴不染其心，利害不移其守。」

〔一一〕醁醽：美酒。醥：酒清澈貌。

〔一二〕「昔人」二句：語出杜甫飲中八仙歌：「汝陽三斗始朝天，道逢麴車口流涎，恨不移封回酒泉。」昔人，汝陽王李璡，唐玄宗侄子。麴車，酒車。

〔一三〕卧櫪馬：曹操步出夏門行：「老驥伏櫪，志在千里。」

〔一四〕「春膏」句：謂因春雨滋潤，水流行地中似脈。春膏，春雨。皇甫冉雜言無錫惠山寺流泉歌：「土膏脈動知春早，隈隩陰深長苔草。」

〔一五〕舊疾：指眼疾等。歐潁州謝上表云：「睛瞳雖存，白黑纔辨。蓋積憂而自損，信處世之多危。」

〔一六〕鞭弭：馬鞭與弓。左傳僖公二十三年：「若不獲命，其左執鞭弭，右屬櫜鞬，以與君周旋。」

送滎陽魏主簿㊀〔一〕

卓犖東都子㊁〔二〕，姓名聞十年。窮冬雪塞空，千里至我門。子足未及閾〔三〕，我衣驚倒顛〔四〕。僕童相視疑㊂，僚吏或不然。俛首鵠鶴啄，進趨鳧雁聯〔五〕。青衫靴兩脚㊃，言色倩以温㊄。於公門豈少，乃獨得公歡。受知固不易，知士誠尤難。我思屈童吏，欲辯難以言。觴豆及嘉節，高堂列羣賢。文章看落筆，論議馳後先。破石出至寶，決高瀉長川。光暉相磨晻〔六〕，浩渺肆波瀾。僚吏愧我歎㊅，僕童恪生顔㊆〔七〕。我顧僚吏嘻，士豈以此觀。此聊爲戲耳，以驚僕童昏㊇〔八〕。士欲見其守，視其居賤貧。欲知其所趨，試以義利干。我始識其面，已窺其肺肝。禮有來必往，木瓜報琅玕〔九〕。十年思見之，一日捨我還。何用慰離居，贈子以短篇。

【校記】

㊀題下原校：一本作「送魏廣」。㊁東：原校：一作「魏」。㊂僕童：原校：一作「童僕」。㊃靴兩：原校：一作「兩靴」。㊄倩：原校：一作「情」。㊅我歎：卷後原校：一作「歎我」。㊆僕童：原校：一作「童僕」。㊇僕童：原校：一作「童僕」。

【箋注】

〔一〕此詩原未繫年，當爲慶曆六年（一〇四六）作。翌年，歐致書晏殊云：「孟春猶寒……有魏廣者，好古守道之士也。其爲人外柔而内剛，新以進士及第，爲滎陽主簿。今因吏役至府下，非有他求，直以卑賤不能自達，欲一趨門仞而已。」（書簡卷二）本詩有「我始識其面」、「姓名聞十年」、「十年思見之」等語，可見作于聞名十年，始見其面之時。歐引介魏廣在慶曆七年正月，時已與魏廣晤面并得知其欲見晏殊。詩云「窮冬雪塞空，千里至我門」，應是慶曆六年季冬。滎陽（今屬河南）在鄭州，魏廣字晉道。

〔二〕東都：洛陽。此用唐時稱號。

〔三〕閾：門檻。左傳襄公二十七年：「床第之言不逾閾。」

〔四〕「我衣」句：見急切匆忙。詩齊風東方既明：「東方既明，顛倒衣裳。」

〔五〕「進趨」句：韓愈藍田縣丞廳壁記：「吏抱成案詣丞……雁鶩行以進。」

〔六〕磨晻：掩映。

〔七〕恪生顏：恭敬之色顯於臉上。

〔八〕驚：通「警」，警戒。

〔九〕「木瓜」句：詩衛風木瓜：「投我以木瓜，報之以瓊琚。」琅玕，似珠玉之美石。

青松贈林子㊀〔一〕 國華

青松生而直，繩墨易爲功㊁〔二〕。良玉有天質，少加磨與礲㊂〔三〕。子誠懷美材㊃，但未遭良工。養育既堅好，英華充厥中。於誰以成之，孟韓荀暨雄〔四〕。

【校記】

㊀題下原校：一本作「贈林國華秘校」。　㊁功：原校：一作「攻」。　㊂加：原校：一作「假」。　㊃「子誠」句：原校：一作「君實有美才」。

【箋注】

〔一〕據題下注，慶曆八年（一〇四八）作。林子，林國華，時爲秘書省校書郎。淳熙三山志卷二六載林國華於慶曆六年中諸科「三禮」。

〔二〕「青松」二句：荀子勸學：「木直中繩。」

〔三〕　磨與礲：即磨礲，磨練也。陸游示友：「學問更當窮廣大，友朋誰與共磨礱。」

〔四〕　「孟韓」句：指孟軻、韓愈、荀況及揚雄。

人日聚星堂燕集探韻得豐字㊀〔一〕

汙池以其下，衆流之所鍾。尺水無長瀾，蛟龍豈其容！顧予誠鄙薄，羣俊枉高蹤〔二〕。得一不爲少，雖多肯辭豐？譬如登圓壇〔三〕，羅列璧與琮。又若饗鈞天〔四〕，左右間笙鏞〔五〕。文章爛照耀，應和相撞舂。而予處其間，眩晃不知從。退之亦嘗云，青蒿倚長松〔六〕。新陽發羣枯〔七〕，生意漸丰茸。暮雪浩方積㊁，酴醅寒更濃。毋言輕此樂，此樂難屢逢。

【校記】

㊀豐：卷後原校：一作「松」。天理本卷後續校：聚星堂唱和：皇祐二年，公知潁州，與呂正獻公而下六人所賦。堂中探字松、石、雪、風、春、酒、寒。修得「松」字，「松」衆本作「豐」，誤。公著得「雪」字，敞得「風」字，廣得「春」字，千之得「石」字，回得「酒」字，無逸得「寒」字。　㊁浩：原校：一作「皓」。

【箋注】

〔一〕　如題下注，皇祐二年（一〇五〇）作。人日，正月初七日。朱弁風月堂詩話卷上：「歐公居潁上，申公呂晦叔作太守，聚星堂燕集，賦詩分韻，公得『松』字，申公得『雪』字，劉原父得『風』字，魏廣得『春』字，焦千之得『石』字，王回得『酒』字，徐無逸得『寒』字。又賦室中物，公得鸚鵡螺杯，中公得癭壺，劉原父得張越琴，魏廣得澄心堂紙，焦千之得金星研，王回得方竹杖，徐無逸得月硯屏風。又賦席間果，公得橄欖，中公得紅焦子，劉原父得温柑，魏廣得鳳棲，焦千之得金橘，王回得荔枝，徐無逸得楊梅。又賦壁間畫像，公得杜甫，中公得李文饒，劉原父得韓退之，魏廣得謝安石，焦千之得諸葛孔明，王回得李白，徐無逸得魏鄭公。詩編成一集，流行于世。當時，四方能文之士及館閣諸公，皆以不與此會爲恨。」按：中公吕公著（字晦叔）時爲通判，非太守。

〔二〕枉高蹤：枉駕光臨。

〔三〕圜壇：古代祭天的圓形高壇，又稱圜丘。

〔四〕饗鈞天：饗以鈞天廣樂。張衡西京賦：「昔者大帝説秦繆公而覲之，饗以鈞天廣樂。」

〔五〕笙鏞：樂器名。鏞，大鐘，打擊樂器。

〔六〕「退之」二句：韓愈醉留東野：「韓子稍姦黠，自慚青蒿倚長松。」

〔七〕新陽：初春。文選謝靈運登池上樓：「初景革緒風，新陽改故陰。」吕延濟注：「春爲陽，秋爲陰也。」

橄欖㈠〔一〕

五行居四時，維火盛南訛〔二〕。炎焦陵木氣，橄欖得之多。酸苦不相入，初爭久方和。霜苞入中州〔三〕，萬里來江波。幸登君子席，得與衆果羅。中州衆果佳，珠圓玉光瑳〔四〕。愧兹微陋質，以遠不見訶。餳飴兒女甜，遺味久則那〔五〕。良藥不甘口，厥功見沉痾〔六〕。忠言初厭之，事至悔若何！世已無採詩，詩成爲君哦。

【校記】

㈠天理本卷後續校：採席間果爲題，修得橄欖，公著得紅蕉子，敞得温柑，廣得鳳棲梨，千之得金橘，回得荔枝，無逸得楊梅。

【箋注】

〔一〕原未繫年，據天理本題下注，皇祐二年（一〇五〇）作。此與前詩當作於同時，見前引風月堂詩話。

〔二〕南訛：南方主夏屬火，炎帝所司，因用以借稱火神。此指南方。

〔三〕霜苞：指剛採摘的橄欖。

〔四〕瑳：玉色鮮潔貌。詩鄘風君子偕老：「瑳兮瑳兮，其之展也。」

〔五〕那：美。國語楚語上：「使富都那竪贊焉。」韋昭注：「富，富於容貌。都，閑也。那，美也。竪，未冠者也。」

〔六〕「良藥」二句：意謂橄欖可入藥，治病有功。

【集評】

〔宋〕魏泰：王禹偁橄欖詩云：「南方多果實，橄欖稱珍奇。北人將就酒，食之先顰眉。皮核苦且澀，歷口復棄遺。良久有回味，始覺甘如飴。」蓋六句説回味。歐陽文忠公曰：「甘苦不相入，初爭久方知。」極快健也，勝前句多矣。（臨漢隱居詩話）

〔宋〕黄震：橄欖詩言忠愛。（黄氏日鈔卷六一）

鸚鵡螺㈠〔一〕

大哉滄海何茫茫，天地百寶皆中藏。牙鬚甲角爭光鋩㈡，腥風怪雨灑幽荒。珊瑚玲瓏巧綴裝，珠宮貝闕爛煌煌㊂。負材自累遭刳腸〔二〕，匹夫懷璧古所傷〔三〕。濃沙剥蝕隱文章㊃，磨以玉粉緣金黄㊄〔四〕。清罇旨酒列華堂，隴鳥回頭思故鄉〔五〕。美人清歌蛾眉揚，一釂凜冽回春陽㊅。物雖微遠用則彰，一螺千金價誰量，豈若泥下追含漿〔六〕。

【校記】

㊀天理本卷後續校：探堂中物爲題，修得鸚鵡螺，公著得癭壺，敞得張越琴，廣得澄心紙，千之得金星石研，回得方竹杖，無逸得月石屏。　㊁鬚：原校：一作「鬣」。　㊂「腥風」五句：原校：一本作「珠宮貝闕爛煌煌。泥居殼室細莫詳，珊瑚玲瓏巧綴妝。腥風怪雨灑幽荒，紅螺行沙夜生光」。　㊃濃沙：原校：一本注：「胡人謂硇砂爲濃沙，出本草。」　㊄緣：原校：一作「釦」。備要本校：一作「鉛」。　㊅回：原校：一作「爲」。

【箋注】

〔一〕　皇祐二年（一〇五〇）作，事亦同前。劉恂嶺表録異：「鸚鵡螺，旋尖處曲而味如鸚鵡，故以此名。殼上青緑斑，大者可受二升。殼内光潔如雲母，裝爲酒杯，奇而可玩。」

〔二〕　刳腸：莊子外物：「仲尼曰：『神龜能見夢於元君，而不能避余且之網，知能七十二鑽而無遺策，不能避刳腸之患。如是，則知有所困，神有所不及也。』」

〔三〕　「匹夫」句：左傳桓公十年：「周諺有之：『匹夫無罪，懷璧其罪。』」杜預注：「人利其璧，以璧爲罪。」

〔四〕　「磨以」句：用玉粉將鸚鵡螺磨光，再緣螺口貼以金箔。

〔五〕　隴鳥：指鸚鵡，因多産於隴西，故稱。禰衡鸚鵡賦：「眷西路而長懷，望故鄉而延佇。」李商隱五言述德抒情詩獻上杜七兄僕射相公：「隴鳥悲丹觜，湘蘭怨紫莖。」

〔六〕含漿：蚌的別名。爾雅釋魚：「蚌，含漿。」郝懿行義疏：「蓋蚌類多蘊伏泥中，含肉而饒漿，故被斯名矣。」

【集評】

〔清〕方東樹：「紅螺」句入。「匹夫」句頓。「濃沙」句寫。「美人」句汁議。（昭昧詹言卷一二）

食糟民〔一〕

田家種糯官釀酒，榷利秋毫升與斗〔二〕。酒沽得錢糟棄物㊀，大屋經年堆欲朽。酒醅瀺灂如沸湯〔三〕，東風來吹酒瓮香。纍纍罌與瓶〔四〕，惟恐不得嘗。官沽味醲村酒薄，日飲官酒誠可樂。不見田中種糯人，釜無糜粥度冬春。還來就官買糟食，官吏散糟以爲德。嗟彼官吏者，其職稱長民〔五〕。衣食不蠶耕，所學義與仁。仁當養人義適宜㊁，言可聞達力可施。上不能寬國之利，下不能飽爾之飢㊂。我飲酒，爾食糟，爾雖不我責，我責何由逃！

【校記】

㊀棄物：原校：一作「不棄」。　㊁適：原校：一作「識」。　㊂爾：原校：一作「民」。

【箋注】

〔一〕原未繫年，當爲皇祐年間知潁州時作。劉敞和永叔食糟民有「翰林仙伯屈主諾」句，主諾，意爲地方長官對下屬意見加以簽署，表示同意，因以借指地方長官。歐至和元年（一〇五四）方還翰林學士，然慶曆三年（一〇四三）即以右正言知制誥；五年仍爲知制誥，知滁州；八年依舊知制誥，徙知揚州。宋承唐制，翰林學士院掌起草制、誥、詔、令，故歐被劉敞戲稱爲「翰林仙伯」，時仍在知潁州任上。

〔二〕榷利：官府憑借專賣以獲利。揚雄法言寡見：「弘羊榷利而國用足。」宋時酒由官府專賣。宋史食貨志：「宋榷酤之法，諸州城內皆置務釀酒，縣鎮鄉閭或許民釀，而定其歲課。若有餘利，所在多請官酤。」

〔三〕瀺灂：水聲。文選高唐賦：「巨石溺溺之瀺灂兮，沫潼潼而高厲。」李善注引埤蒼：「瀺灂，水流聲貌。」此指酒發酵生泡沫時的聲音。

〔四〕罍：小口大腹的盛酒器。

〔五〕長民：爲民之長。禮記緇衣：「長民者，衣服不貳，從容有常，以齊其民，則民德壹。」

送焦千之秀才〔一〕

焦生獨立士，勢利不可恐。誰言一身窮，自待九鼎重。有能揭之行，可謂仁者勇。呂侯相家子㊀〔二〕，德義勝華寵〔三〕。焦生得其隨，道合若膠鞏〔四〕。始生及吾門，徐子喜驚踊〔五〕。曰此難致寶，一失何由踵？自吾得二生㊁，粲粲獲雙珙〔六〕。奈何奪其一，使我意紛氄㊂〔七〕。吾嘗愛生材，抽擢方鬱翁音委勇反㊃〔八〕。猶須老霜雪，然後見森聳。況從主人賢，高行可傾竦〔九〕。讀書趨簡要，害說去雜冗。新文時我寄，庶可蠲煩壅。

【校記】

㊀侯：原校：一作「倅」。　㊁生：原校：一作「子」。　㊂毦：考異本校：按字書無此字。家本作「毦」，宣和本又作「毦」，而以下委勇反音，於此恐皆非，疑是「茸」字或「氄」字訛爾。　㊃翁：原校：一作「蓊」。

【箋注】

〔一〕題下注「皇祐元年」，誤，當爲皇祐二年（一〇五〇）作。京口耆舊傳卷一：「焦千之，字伯强，丹徒人。嚴毅方正，歐陽公修敬待之，常館修家……比修之守潁，呂公公著適通判州事，請於修，延之教子。公著去潁，復携以歸。修以詩送之。」據長編卷一六八，皇祐二年六月，「屯田員外郎呂公著同判吏部南曹」。是年歐有與呂正獻公（書簡卷二）云：「别後人還，兩辱書，暑中喜承寢味多福。某十三日受命，與孫公易地，此月下旬當行。」可知呂公著是在歐七月改知應天府前離潁赴京的。詩云：「呂侯相家子，德義勝華寵。焦生得其隨，道合若膠鞏。」則焦當與呂同行赴京，詩即作於其時。

〔二〕「呂侯」句：呂公著之父呂夷簡曾爲相，故云。

〔三〕華寵：華歆與劉寵，漢時德義之士，生平分别見三國志魏書與後漢書。

〔四〕膠鞏：形容關係緊密牢固。鞏，以革束物，牢固。

〔五〕徐子：指徐無逸。

〔六〕珙：大璧。

〔七〕紛毦：紛亂貌。毦，水苔。類説卷七引諸山記：「酒行命食，或云，毦即水苔也。」水苔當喻亂也。

〔八〕鬱翁：又作「鬱蓊」，草木茂盛貌。文選西京賦：「鬱蓊薆薱，橚爽櫹槮。」薛綜注：「皆草木盛貌也。」此形容人才興盛。

〔九〕傾竦：驚異。應瑒馳射賦：「觀者屏氣息而傾竦，咸側企而騰移。」

伏日贈徐焦二生㈠〔一〕

徐生純明白玉璞，焦子皎潔寒泉冰。清光瑩爾互輝映，當暑自可消炎蒸。平湖緑波漲渺渺，高樹古木陰層層㈡。嗟哉我豈不樂此，心雖欲往身未能。俸優食飽力不用，官閑日永睡莫興㈢。不思高飛慕鴻鵠，反此愁卧償蚊蠅。三年永陽子所見〔二〕，山林自放樂可勝。清泉白石對斟酌，巖花野鳥爲交朋㈣。崎嶇磵谷窮上下，追逐猿狖爭超騰㈤。酒美賓佳足自負，飲酣氣横猶驕矜。奈何乖離纔幾日，蒼顏非舊白髮增。彊歡徒勞歌且舞，勉飲寧及合與升。行指眼眵旋看物㈥〔三〕，坐見樓閣先愁登。頭輕目明脚力健，羨子志氣將飄凌。只今心意已如此，終竟事業知何稱㈦。少壯及時宜努力，老大無堪還可憎〔四〕。

【校記】

㈠題下原校：一本作「徐、焦二生伏日遊西湖，余以病不能往，因以贈之」。㈡樹：原校：一作「樹」。㈢日永：原校：一作「心樂」。㈣鳥：原校：一作「草」。㈤騰：原校：一作「陞」。㈥眵：原校：一作「睫」。㈦知：原校：一作「將」。

【箋注】

〔一〕　據題下注，皇祐元年（一〇四九）作。夏季入伏後四十日，通稱「伏日」。徐焦二生，指徐無逸、焦千之。
〔二〕　三年永陽：據胡譜，歐慶曆五年至七年在知滁州任上。
〔三〕　「行揩」句：表奏書啓四六集卷一有皇祐元年三月所作潁州謝上表云：「罷於衰病……睛瞳雖存，白黑纔辨。」眼哆，眼屎。
〔四〕　無堪：無可取處。庾信爲閻大將軍乞致仕表：「太祖文皇帝扶危濟難，奄有關河，臣實無堪，中涓從事。」

寄生槐㊀〔一〕

檜惟淩雲材〔二〕，槐實凡木賤。奈何柔脆質，累此孤高幹〔三〕。龍鱗老蒼蒼〔四〕，鼠耳光粲粲〔五〕。因緣初莫原，感吒徒自歎。偷生由附託，得勢爭葱蒨〔六〕。方其榮盛時，曾莫見真贗。欲知窮悴節，宜試以霜霰。萌牙起微蘖，辨别乖先見。剪除初非難，長養遂成患。雖然根性殊，常恐枝葉亂。惟應植者深，幸不習而變。含容固有害，剿絶須明斷。惟當審斤斧，去惡無傷善。

【校記】

㊀題下原校：一本題上有「答張推官庭檜」。

【箋注】

〔一〕　據題下注，皇祐二年（一〇五一）作。題下校稱「張推官」，即張洞。晁補之張洞傳（雞肋集卷六二）：「張洞，字仲通，開封祥符人……召試舍人院，擢試將作監主簿。尋舉進士中第，調漣水軍判官，遭親喪，去。再調潁州推官。民劉甲者，彊其弟劉柳二使鞭其婦，既而投杖，夫婦相持而泣。甲怒，逼柳二再鞭之，婦以無罪死。吏當夫極法，知州事歐陽修欲從之。洞曰：『律以教令者爲首。夫爲從，且非其意，不當死。』衆不聽，洞即稱疾不出。不得已，讞於朝，果如洞言，修甚重之。」洞後任棣州知州、江西轉運使等，官至工部郎中。宋史有傳。全宋詩卷五一四録其詩一首，庭檜詩已佚。

〔二〕檜：亦稱「檜柏」、「圓柏」。常緑喬木，高可達二十米，故稱「凌雲材」。

〔三〕「累此」句：槐寄生於檜，故云。

〔四〕龍鱗：喻檜樹樹身枝干斑駁狀。王維春日與裴迪過新昌里訪吕逸人不遇：「閉門著書多歲月，種樹皆老作龍鱗。」

〔五〕鼠耳：狀初生之槐樹葉。藝文類聚卷八八：「槐之生也，季春五日而兔目，十日而鼠耳，更旬而始規，二旬而葉成。」

〔六〕葱蒨：草木青翠而茂盛。謝靈運山居賦：「當嚴勁而葱蒨，承和煦而芬腴。」

韓公閲古堂㊀〔一〕

兵閑四十年〔二〕，士不識金革。水旱數千里，民流誰墾闢？公初來視之，嘻此乃予責。將法多益辦，萬千由十百〔三〕。整齊談笑間㊁，進退有寸尺。曰此易爲耳，在吾繩與墨〔四〕。天成而地出，古所重民食。貯儲非一朝，人命在旦夕。惟茲將奈何，敢不竭吾力！木牛尚可運〔五〕，玉罄猶走糴㊂〔六〕。因難乃見材，不止將有得。公言初未信，終歲考成績。驕墮識恩威，謳吟起羸瘠。貔貅著行伍〔七〕，倉廩飽堆積。文章娱閑暇㊃，傳記尋往昔㊄。英英文與武，粲粲圖四壁〔八〕。酒令列諸將，談鋒摧辯客。周旋顧視間㈥，是不爲無益〔九〕。循吏一州守，將軍萬夫敵〔一〇〕。於公豈止然，事業本夔稷〔一一〕。富壽及黎庶，威名懾夷狄〔一二〕。當歸廟堂上，有位久虛席㈦〔一三〕。大匠不揮斧，衆工隨指畫〔一四〕。從容任羣材，文武各以職。

【校記】

㈠公：原校：一本作「定州」。㈡齊：原校：一作「容」。㈢罄：原校：一作「磬」。㈣娛閑暇：原校：一作「弄閑散」。㈤尋：原校：一作「覿」。㈥周旋：卷後原校：一作「摳衣」。㈦久：原校：一作「況」。

【箋注】

〔一〕據題下注，皇祐元年（一〇四九）作。長編卷一六四慶曆八年四月：「（辛卯）資政殿學士、給事中韓琦知定州。」韓琦，字稚圭，相州安陽人。天聖進士。出將入相，爲宋代著名政治家、軍事家。安陽集有韓琦慶曆八年所作定州閱古堂記，另有閱古堂詩。據大清一統志卷三四，閱古堂在定州（今屬河北）州治後，韓琦知定州時建，自爲之記。

〔二〕「兵閑」：自景德元年（一〇〇四）宋遼訂澶淵之盟罷兵以來，至作本詩時，已四十多年。四十年，乃取整數言之。

〔三〕十百：又作「什伯」。古時軍隊編制，十人爲什，百人爲伯。淮南子兵略訓：「正行伍，連什伯，明旗鼓，此尉之官也。」

〔四〕繩與墨：喻規矩法度。莊子逍遥遊：「吾有大樹，人謂之樗，其大本擁腫而不中繩墨。」韓琦閱古堂：「苟能奉規矩，曷愧大匠斲。」

〔五〕木牛：古時運輸工具。三國志蜀書諸葛亮傳：「亮性長於巧思，損益連弩，木牛流馬，皆出其意。」

〔六〕「玉罄」句：長編卷一八九嘉祐四年六月：「丁丑，詔諸路轉運使凡鄰路鄰州災傷而輒閉糴者以違制坐之。初，諫官吳及言春秋之時，諸侯相傾，竊地專封，固不以天下生靈爲憂。然猶同盟之國有救患分災之義……莊公二十八年，臧孫辰告糴於齊。魯語之文以鬯圭、玉磬如齊，告糴曰：『不腆先君之敝器，敢告滯積以舒執事。』齊人歸其玉而與之糴。」按：「魯語之文」費解。查左傳該處孔穎達疏引何休云：「魯語云：文仲以鬯圭與玉磬如齊。」文仲即魯大夫臧孫辰。如此，則語順矣。

〔七〕貔貅：猛獸，雄爲貔，雌爲貅。史記五帝本紀：「（軒轅）教熊羆貔貅貙虎，以與炎帝戰於阪泉之野。」司馬貞索隱：「此六者猛獸，可以教戰。」貔貅多用以比喻猛士。

〔八〕「英英」二句：據大清一統志卷三四，韓琦摭前代良守將事實凡六十條，繪於閱古堂左右壁。

〔九〕不爲無益：尚書旅獒：「不作無益害有益，功乃成。」

〔一〇〕萬夫敵：或稱「萬人敵」，指精通兵法。史記項羽本紀：「劍一人敵，不足學；學萬人敵。」

〔一一〕夔稷：相傳舜時的樂官、農官，用以喻賢能之大臣。書舜典云：「帝曰：『夔，命汝典樂，教胄子。』」又云：「帝曰：『棄，黎民阻飢，汝后稷，播時百穀。』」

〔一二〕「威名」句：康定慶曆年間，韓琦與范仲淹經略陝西，抵御西夏元昊的進犯，時有民諺云：「軍中有一韓，西賊聞之心骨寒；軍中有一范，西賊聞之驚破膽。」（東都事略卷五九上）

〔一三〕「當歸」二句：據宋史本傳，嘉祐元年，韓琦入朝爲樞密使；三年，拜相。

〔一四〕「大匠」二句：柳宗元梓人傳：「梓人左持引，右執杖，而中處焉。量棟宇之任，視木之能，舉揮其杖曰：『斧！』彼執斧者奔而右；顧而指曰：『鋸！』彼執鋸者趨而左。俄而斤者斫，刀者削，皆視其色，俟其言，莫敢自斷者。」

永州萬石亭〔一〕　寄知永州王顧。

天於生子厚，稟予獨艱哉！超凌驟拔擢，過盛輒傷摧〔二〕。苦其危慮心〔三〕，常使鳴聲哀。投以空曠地，縱横放天才。山窮與水險，下上極沿洄。故其於文章㊂，出語多崔嵬〔三〕。人迹所罕到，遺蹤久荒頽。王君好奇士，後二百年來〔四〕。翦薙發幽薈，搜尋得瓊瑰〔五〕。感物不自貴，因人乃爲材。惟知古可慕，豈免今所咍。我亦奇子厚，開編每徘徊。作詩示同好，爲我銘山隈。

【校記】

㊀題下原校：一本上有「寄題」，注云「柳子厚亭」。　㊁慮：原校：一作「厲」。　㊂於：卷後原校：一作「爲」。

【箋注】

〔一〕據題下注，皇祐元年（一〇四九）作。知永州王顧字公慥，太原人。天聖明道間，歐在西京時與之交遊，稱「公慥之慧，亦大雅之明哲」（書簡卷四與梅聖俞）。時王顧爲判官。梅集編年卷四有王公慥東歸詩，夏敬觀注云：「歐陽修有送王公慥判官詩，又永州萬石亭詩自注：『寄知永州王顧。』本集有永州王公慥寄九巖亭記云此地疑是柳子厚所説萬石亭也一題，則知公慥名顧。」本集卷二四有嘉祐二年（一〇五七）所作河南府司録張君墓表，云「王顧者死亦六七年矣」，則王顧卒於皇祐三年（一〇五一）左右。又云「太原王顧以丹爲隸書」，考書史會要卷六，知王顧以隸書著稱於時。慶曆八年，梅堯臣有逢王公慥太博詩，知其曾爲太常博士。永州，今屬湖南。萬石亭，據柳宗元永州崔中丞萬石亭記，乃唐御史中丞崔能元和時所建。

〔二〕「天於」四句：柳宗元，字子厚，二十一歲登進士第，三十三歲官至禮部員外郎，參與永貞革新。革新失敗後，即貶爲永州司馬，調任柳州刺史，四十七歲時病死於任上。詳見兩唐書柳宗元傳。

〔三〕「苦其」八句：韓愈柳子厚墓誌銘：「貶永州司馬。居閑，益自刻苦，務記覽，爲詞章，汎濫停蓄，爲深博無涯涘，而自肆於山水間。」新唐書柳宗元傳：「既竄斥，地又荒癘，因自放山澤間，其堙厄感鬱，一寓諸文，仿離騷數十篇，讀者咸悲惻。」崔嵬，猶塊壘，胸中鬱結的不平之氣。

〔四〕「王君」二句：本詩作於皇祐元年（一〇四九），上溯二百多年，爲柳宗元任永州司馬之時（貞元二十一年至元和九年，即八〇五至八一四年）。

〔五〕瓊瑰：美石，此喻美物，疑爲與萬石亭有關的碑刻之類。

居士集卷五

古詩一十八首

答原父㊀〔一〕

炎歊鬱然蒸，午景熾方焰。子來清風興，蕭蕭吹几簟㊁。又如沃瓊漿，遽飲不知厭。嗟予學苦晚，白首困鉛槧。危疑奚所質㊂，孔孟久已窆。羣儒窒自私，惟子通且贍〔二〕。幸時丐羸餘，屢得飽飢歉。嚴嚴春秋經㊃，大法誰敢覘㊄〔三〕。三才失綱紀㊅，五代極昏墊〔四〕。盜竊恣胠篋㊆，英雄爭奮劍。興亡兩倉卒，事迹多遺欠㊇。纔能紀成敗，豈暇誅姦僭。聞見患孤寡㊈，是非誰證驗。嘗欣同好惡㊉，遂乞指瑕玷。反蒙華衮褒，如譽嫫母豔〔五〕。救非當在早，已暴何由斂㊀。苟能哀廢痼，其可惜針砭。風舲或許邀，湖緑方瀲灩〔六〕。

【校記】

㈠題下原校：一作「答劉廷評」。 ㈡蕭蕭：卷後原校：一作「肅肅」。 ㈢奚：原校：一作「何」。 ㈣嚴嚴：原校：一作「落落」。 ㈤「大法」句下：原校：一本有「譬猶天之蒼，乃欲學而染」兩句。 ㈥綱紀：原校：一作「紀綱」。 ㈦胠：原校：一作「發」。 ㈧欠：原校：一作「貶」。 ㈨寡：原校：一作「陋」。 ㈩嘗欣：卷後原校：一作「常欣」。 ⑪已暴：原校：一作「暴惡」。

【箋注】

〔一〕據題下注，皇祐二年（一〇五〇）作。劉敞，慶曆六年御試進士爲第二，拜大理寺評事，故詩題一作答劉廷評，廷評乃大理寺評事之省稱。歐修史考古，每有疑惑，常向劉敞討教。五代史記（即新五代史）於皇祐五年成書，此前亦多聽取劉敞之意見。敞詩觀永叔五代史云：「天意晚有屬，先生拔乎彙。是非原正始，簡古斥辭費。哀善傷獲麟，疾邪記有蜚。處心必至公，撥亂豈多諱？何必藏名山，端如避羅罻。」歐此詩即爲答謝劉敞對書稿的稱譽而作。

〔二〕「惟子」句：本集卷三五集賢院學士劉公墓誌銘：「公於學博，自六經、百氏、古今傳記，下至天文、地理、卜醫、數術、浮圖、老莊之説，無所不通。」員興宗九華集卷二〇跋劉原父文：「公是劉子，與歐文誼往返，所以考質訓迪甚至。劉于談詠記載，一曰歐九，二曰歐九，語意簡逸，竊怪永叔抱負如爾，公是何遇之淺也！豈其微學授受，抗顏博喻者，法當如此乎？于是悉取其經小傳、權衡、百工、同道諸篇，觀其破去百氏，離異獨造，光澄演迤，則寖寖乎周末鄒魯之遺音已，其規模不但漢也。嗟乎，是歐陽子所以敬學者歟！」

〔三〕「嚴嚴」二句：此因劉敞詩中有「哀善傷獲麟」二句將五代史記比于春秋而發。

〔四〕「五代」句：外集卷九本論：「前日五代之亂，可謂極矣。五十三年之間，易五姓十三君，而亡國被弑者八，長者不過十餘歲，甚者三四歲而亡。」昏墊，混亂。書益稷：「洪水滔天，浩浩懷山襄陵，下民昏墊。」

〔五〕嫫母：傳説中的醜女。王褒四子講德論：「嫫母倭傀，善譽者不能掩其醜。」

〔六〕「風舲」二句：邀劉敞同遊潁州西湖。舲，有窗户的船。

【集評】

［清］翁方綱：觀歐公答劉廷評詩，蓋嘗以五代史資原父訂證，不獨集古録與有功也。（石洲詩話卷三）

蟲鳴〔一〕

葉落秋水冷㊀，衆鳥聲已停。陰氣入牆壁，百蟲皆夜鳴。蟲鳴催歲寒，唧唧機杼聲。時節忽已换，壯心空自驚。平明起照鏡，但畏白髮生。

【校記】

㊀水：天理本作「冰」。

【箋注】

〔一〕原未繫年，置皇祐二年（一〇五〇）詩間。由末句觀之，當爲中年作品，疑即作於是年左右。

奉答子華學士安撫江南見寄之作㊀〔一〕

百姓病已久，一言難遽陳。良醫將治之，必究病所因。天下久無事，人情貴因循。優游以爲高㊁，寬縱以爲仁。今日廢其小，皆謂不足論。明日壞其大，又云力難振。旁窺各陰拱〔二〕，當職自逡巡。歲月寖隳頽，紀綱遂紛紜。坦坦萬里疆，蚩蚩九州民。昔而安且富，今也迫以貧。疾小不加理，浸淫將遍身。湯劑乃常藥，未能去深根。鍼艾有奇功，暫痛勿吟呻。痛定支體胖，乃知鍼艾神。猛寬相濟理〔三〕，古語六經存。蠹弊革僥倖，濫官絶貪昏㊂。牧羊而去狼，未爲不仁人。俊乂沉下位，惡去善乃伸。賢愚各得職，不治未之聞。此說乃其要，易知行每艱。遲疑與果決，利害反掌間。捨此欲有爲，吾知力徒煩。家至與户到，飽飢而衣寒。三王所不能〔四〕，豈特今所難㊃。我昔忝諫列〔五〕，日常趨紫宸。聖君堯舜心，閔閔極憂勤。子華當來時，玉音耳嘗親。上副明主意，下寬斯人屯㊄。江南彼一方，巨細到可詢㊅。諭以上恩德，當冬反陽春。吾言乃其概，豈止一方云㊆。

【校記】

㊀題下原校：一本無下四字。「奉答子華學士」，一作「答韓絳」。㊁高：原校：一作「政」。㊂官：卷後原校：一作「庸」。㊃特今所：原校：一作「獨今爲」。㊄寬：卷後原校：一作「哀」。㊅詢：原校：一作「論」。㊆豈：原校：一作「非」。

【箋注】

〔一〕題下注「皇祐二年」，誤，當爲皇祐三年（一〇五一）作。韓絳，字子華，開封雍丘人。慶曆進士。歷知成都、開封府，爲樞密副使、參知政事，官至宰相。宋史有傳。長編卷一七一皇祐三年八月：「詔遣使體量安撫諸路……户部判官、太常博士、直集賢院韓絳江南東西路。」梅集編年卷二一有皇祐三年所作韓子華江南安撫詩。本詩不可能作於二年，時韓絳尚未受命安撫江南也。

〔二〕陰拱：漢書黥布傳：「今撫萬人之衆，無一人渡淮者，陰拱而觀其孰勝。」顔師古注：「斂手曰拱。」孰，誰也。言不動搖，坐觀成敗也。」

〔三〕「猛寬」句：左傳昭公二十年：「仲尼曰：『善哉，政寬則民慢，慢則糾之以猛。猛則民殘，殘則施之以寬。寬以濟猛，猛以濟寬，政是以和。』」

〔四〕三王：孟子告子下：「五霸者，三王之罪人也。」趙岐注：「三王，夏禹、商湯、周文王是也。」

〔五〕「我昔」句：胡譜慶曆三年：「三月，召還。癸巳，轉太常丞、知諫院。」按：歐慶曆四年八月出爲河北都轉按察使。此前任諫職凡一年又五個月。

【集評】

〔宋〕黄震：答子華安撫詩，指陳治道之要者也。（黄氏日鈔卷六一）

送張洞推官赴永興經略司㊀〔一〕

自古天下事，及時難必成。爲謀於未然，聽者或莫聽。患至而後圖，智者有不能。未遠前日悔，可爲來者銘。熙熙彼西人，老死織與耕。狂羝一朝叛㊁，烽火四面驚。用兵五六年，首惡竟逃刑〔二〕。仰賴天子聖，乾坤量包并。苗頑不率德，舜羽舞于庭〔三〕。謂此雖異類，有生亦含情。藩籬被觸突，譬若豨與羚。馴擾以芻豢，可呼隨指令。稱藩效臣職，冠帶復人形。四海得休息，瘡痍肉新生。敢問前孰失，恃安而弛兵。酒肴爲善將，循默乃名卿。慮患謂生事，高談笑難行。一方兵遽起，愚智共營營。上煩天子仁，旰食憂吾氓。

謀議及臺皁〔四〕，幽棲訪巖扃〔五〕。小利不足爲，涓流助滄溟。大功難速就，倉卒始改更。徒自益紛擾，何由集功名。乃知深遠畫，施設在安平。今也實其時，鑑前豈非明。嚴嚴經略府，罇俎集豪英。千營飽而嬉，萬馬牧在坰。相公黄閣老〔六〕，與國爲長城〔七〕。張子美而秀，文章博羣經〔八〕。從軍古云樂，知己士所榮。感激報恩義，當來請長纓〔九〕。

【校記】

〔一〕題下原校：一本云「送張推官掌機宜」。　〔二〕羝：原校：一作「氐」。

【箋注】

〔一〕題下注「皇祐二年」，誤，當爲皇祐三年（一〇五一）作。雞肋集卷六二張洞傳云：「晏殊知永興軍，奏管勾機宜文字。」梅集編年卷二一皇祐三年詩有送張推官洞赴晏相公辟。廬陵周益國文忠公集平園續稿卷九有跋歐陽文忠公與張洞書，云：「皇祐三年，(洞)從晏元獻公辟於長安。文忠時守南京，答第一、第二書。其送行長篇，今在居士集第五卷。」此「長篇」即本詩也。永興，即永興軍（治今陝西西安）。

〔二〕「狂羝」四句：指西夏元昊反叛事。見本集卷一送任處士歸太原詩箋注〔二〕。

〔三〕「苗頑」二句：書大禹謨：「苗民逆命……帝乃誕敷文德，舞干羽于兩階，七旬，有苗格。」

〔四〕臺皁：泛指奴僕。左傳昭公七年：「天有十日，人有十等。下所以事上，上所以共神也。故王臣公，公臣大夫，大夫臣士，士臣皁，皁臣輿，輿臣隸，隸臣僚，僚臣僕，僕臣臺。」

〔五〕巖扃：山洞之門，借指隱居之處。杜甫橋陵詩三十韻因呈縣内諸官：「瑞芝産廟柱，好鳥鳴巖扃。」

〔六〕黄閣老：指宰相。晏殊慶曆間官拜宰相兼樞密使。衛宏漢舊儀卷上：「(丞相)聽事閣曰黄閣。」

〔七〕長城：喻指可資倚重者。宋書檀道濟傳：「道濟見收，脱幘投地曰：『乃復壞汝萬里之長城。』」

〔八〕「張子」二句：宋史張洞傳：「洞爲人長大，眉目如畫。自幼開悟，卓犖不羣……誦書日數千言，爲文甚敏，未冠，曄然有聲。」

〔九〕請長纓：漢書終軍傳：「南越與漢和親，乃遣軍使南越，説其王，欲令入朝，比内諸侯。軍自請：『願受長纓，必羈南越王而致之闕下。』」

寄聖俞㊀〔一〕

凌晨有客至自西〔二〕，爲問詩老來何稽。京師車馬曜朝日，何用擾擾隨輪蹄！面顔憔悴暗塵土，文字光彩垂虹霓。空腸時如秋蚓叫㊁，苦調或作寒蟬嘶。語言雖巧身事拙，捷徑耻蹈行非迷。我今俸禄飽餘剩㊂，念子朝夕勤鹽虀。舟行每欲載米送，汴水六月乾無泥。乃知此事尚難必，何況仕路如天梯㊃？朝廷樂善得賢衆，臺閣俊彦聯簪犀〔三〕。朝陽鳴鳳爲時出〔四〕，一枝豈惜容其棲？古來磊落材與知，窮達有命理莫齊。悠悠百年一瞬息，俯仰天地身醯雞〔五〕。其間得失何足校，況與鳬鶩爭稗稊！憶在洛陽年各少㊄，對花把酒傾玻瓈。二十年間幾人在？在者憂患多乖睽。我今三載病不飲，眼眵不辨騧與驪〔六〕。壯心銷盡憶閑處，生計易足纔蔬畦。優游琴酒逐漁釣，上下林壑相攀躋。及身彊健始爲樂㊅，莫待衰病須扶携。行當買田清潁上〔七〕，與子相伴把鋤犂。

【校記】

㈠題下原校：一作「因馬察院至，云見聖俞於城東，輒書長韻奉寄」。㈡空腸：天理本卷後校：碑作「飢腸」。㈢俸禄：卷後原校：一作「禄俸」。㈣天：原校：一作「丹」。㈤年各：原校：一作「各年」。㈥彊：原校：一作「壯」。

【箋注】

〔一〕原繫皇祐二年，誤，當爲皇祐三年（一〇五一）作。皇祐二年，梅堯臣因父喪尚在宣城守制。詩云「京師車馬曜朝日……舟行每欲載米送，汴水六月乾無泥」，當是堯臣返京之後即皇祐三年所作。據梅集編年卷二一，堯臣是年五月抵汴京，歐急於送米，而苦於「汴水六月乾無泥」。該卷有堯臣貸米於如晦詩。或謂詩爲皇祐四年作，該年三月，歐以母鄭氏病故，歸潁州守制，已不在南京，何來汴水「乾無泥」之嘆！詩云「我今三載病不飲，眼眵不辨騧與驪」，據書簡卷四與王文恪公，歐慶曆八年冬於揚州染眼疾，至作詩時，恰爲三年。

〔二〕客：指馬察院，即馬遵。見本集卷四〇真州東園記箋注〔四〕。

〔三〕簪犀：用犀角製的髮簪。舊唐書輿服志：「五品以上金玉鈿飾，用犀爲簪，是爲常服。」韓愈南内朝賀歸呈同官：「豈惟一身榮，珮玉冠簪犀。」聯簪犀，謂俊彦之多。

〔四〕朝陽鳴鳳：詩大雅卷阿：「鳳皇鳴兮，于彼高岡；梧桐生兮，于彼朝陽。」後因以此喻賢才遇時而起。世説新語賞譽：「君兄弟龍躍雲津，顧彦先鳳鳴朝陽。」

〔五〕醯雞：小蟲。莊子田子方：「孔子見老聃，老聃新沐……孔子出，以告顔回曰：『丘之於道也，其猶醯雞與！微夫子之發吾覆也，吾不知天地之大全也。』」

〔六〕「眼眵」句：歐慶曆八年染眼疾，作於皇祐元年的潁州謝上表稱：「晴瞳雖存，白黑纔辨。」詩秦風小戎：「騏騮是中，騧驪是驂。」毛傳：「黄馬黑喙曰騧。」詩魯頌駉：「有驪有黄。」毛傳：「純黑曰驪。」

〔七〕清潁：指潁州。潁州有潁水、清河，見大清一統志卷八九。

【集評】

［清］方東樹：真似退之，尚帶痕迹。凡寄人書，通彼我之情，叙離合之迹，引申觸類，無有言則。此詩前叙彼之才，次言己不能振之，又惜其遇而廣之，抵一篇書。（昭昧詹言卷一二）

有馬示徐無黨〔一〕

吾有千里馬，毛骨何蕭森。疾馳如奔風，白日無留陰。徐驅當大道，步驟中五音。馬雖有四足，遲速在吾心。六轡應吾手，調和如瑟琴。東西與南北，高下山與林。惟意所欲適，九州可周尋。至哉人與馬，兩樂不相侵。伯樂識其外，徒知價千金。王良得其性，此術固已深〔二〕。良馬須善馭，吾言可爲箴。

【箋注】

〔一〕據題下注，至和元年（一〇五四）作。徐無黨，見本集卷三懷嵩樓晚飲示徐無黨無逸箋注〔一〕。是年，歐有送徐無黨南歸序，云：「其文辭日進，如水湧而山出，予欲摧其盛氣而勉其思也。」

〔二〕「伯樂」四句：吕氏春秋觀表：「古之善相馬者……若趙之王良、秦之伯樂九方堙，尤盡其妙矣。」

天辰〔一〕

天形如車輪，晝夜常不息。三辰隨出没〔二〕，曾不差分刻㊀。北辰居其所〔三〕，帝座嚴尊極〔四〕。衆星拱而環，大小各有職㊁。不動以臨之，任德不任力。天辰主下土，萬物由生殖。一動與一静，同功而異域。惟王知法此，所以治萬國。

【校記】

㊀「曾不」句下：原校：一本有「其行一何勤，乾健貴於易」兩句。　㊁大小：原校：一作「小大」。

【箋注】

〔一〕原未繫年，作年不詳。

〔二〕三辰：左傳桓公二年：「三辰旂旗，昭其明也。」杜預注：「三辰，日、月、星也。」

〔三〕北辰：論語爲政：「子曰：『爲政以德，譬如北辰，居其所而衆星拱之。』」爾雅釋天：「北極謂之北辰。」

〔四〕帝座：古星名。屬天市垣。甘德石申星經：「帝座一星在市中，神農所貴，色明潤。」

再和聖俞見答〔一〕

兩畿相望東與西〔二〕，書來三日猶爲稽。短篇投子譬瓦礫，敢辱報之金褭蹄〔三〕。文章至寶被埋没，氣象往往干雲霓。飛黄伯樂不世出㊀〔四〕，四顧驤首空長嘶。嗟哉我豈敢知子㊁，論詩賴子初指迷㊂〔五〕。子言古淡有真味，大羹豈須調以虀〔六〕。憐我區區欲彊學，跛鼈曾不離汙泥。問子初何得臻此，豈能直到無階梯。如其所得自勤苦，何憚入海求靈犀。周旋二紀陪唱和〔七〕，凡翼每并鸞皇棲。有時爭勝不量力，何異弱魯攻彊齊？念子京師苦憔悴，經年陋巷聽朝音潮雞㊃。兒啼妻噤午未飯㊄，得米寧擇秕與稊。石上紫豪家故有㊅〔八〕，剡藤瑩滑如玻璃。追惟平昔念少壯，零落生死嗟分睽。一揮累紙恣奔放，駿若駕駱仍驂驪㊆。腹雖枵虛氣豪横，猶勝謟笑病夏畦〔九〕。名聲不朽豈易得，仕宦得路終當躋。年來無物不可愛，花發有酒誰同携？問我居留亦何事，方春苦旱憂民犂。

【校記】

㊀世：原校：一作「並」。　㊁敢：原校：一作「能」。　㊂詩：原校：一作「經」。　㊃朝：原校：一作「晨」。　㊄噤：原校：一作「嘻」。　㊅豪：原校：一作「毫」。　㊆駿：原校：一作「有」。

【箋注】

〔一〕原繫皇祐二年，誤。當爲皇祐四年（一〇五二）作。由首句「兩畿相望東與西」與末句「方春苦旱憂民犂」，知爲皇祐四年春之事。時歐在南京（據胡譜，三月壬戌方因母喪歸潁），而梅堯臣在汴京監永濟倉。（見梅集編年卷二二）前有寄聖俞詩，接堯臣和詩之後，歐又答以此詩。

〔二〕「兩畿」句：南京（今河南商丘）在汴京東。

〔三〕金裹蹄：鑄金成馬蹄形。漢書武帝紀：「今更黄金爲麟趾裹蹏以協瑞焉。」

〔四〕飛黄：傳説中的神馬名。淮南子覽冥訓：「青龍進駕，飛黄伏皁。」

〔五〕「嗟哉」二句：外集卷二三書梅聖俞稿後：「余嘗問詩於聖俞，其聲律之高下，文語之疵病，可以指而告余也。至其心之得者，不可以言而告也。余亦將以心得意會，而未能至之者也。」

〔六〕「大羹」句：禮記樂記：「大羹不和，有遺味者矣。」鄭玄注：「大羹，肉湆，不調以鹽菜。」
〔七〕「周旋」句：由天聖九年（一〇三一）在洛陽結識堯臣，至皇祐四年（一〇五二），將近二紀。
〔八〕「石上」句：歐有紫石屏，見本集卷四紫石屏歌。
〔九〕「猶勝」句：孟子滕文公下：「脅肩諂笑，病于夏畦。」朱熹集注：「夏畦，夏月治畦之人也。」

感春雜言㊀〔一〕

鳩鳴兮屋上，雀噪兮簷間。百鳥感春陽，有如動機關。雄雌相呼和，日夕聒聒不得閑。砌下兩株樹，枯條有誰攀？春風一夜來，花葉何班班！乃知天巧奪人力，能使枯木生紅顏。奈何人爲萬物靈，不及草木與飛翾〔二〕！自從春來何所覺，但怪睡美不覺白日高南山。行逢百花不着眼，豈念四氣如回環？却思年少憶前事㊁，雖有駔駿難追還〔三〕。奈何來日尚可樂，曾不勉彊相牽扳？渌酒如春波，黄金爲誰慳〔四〕？人生一世中，一步百險艱㊂。俟河之清不可得〔五〕，聊自歌此譏愚頑。

【校記】

㊀題下原校：一本題下有「和呂公著」。 ㊁憶：原校：一作「念」。 ㊂步：原校：一作「笑」。

【箋注】

〔一〕據題下注，皇祐二年（一〇五〇）作。

〔二〕翾：飛貌，借指鳥。范雲詠井：「不甘未應竭，既涸斷來翾。」

〔三〕駔駿：壯馬。顏延之赭白馬賦：「於時駔駿，充階街兮。」

〔四〕「黃金」句：漢書疏廣傳：「廣既歸鄉里，日令家共具設酒食，請族人故舊賓客，與相娛樂。數問其家金餘尚有幾所，趣賣以共具。居歲餘，廣子孫竊謂其昆弟老人廣所愛信者曰：『子孫幾及君時頗立產業基址，今日飲食費且盡。宜從丈人所，勸說君買田宅。』老人即以閑暇時爲廣言此計，廣曰：『吾豈老誖不念子孫哉？顧自有舊田廬，令子孫勤力其中，足以共衣食，與凡人齊。今復增益之以爲贏餘，但教子孫怠墮耳。賢而多財，則損其志；愚而多財，則益其過。且夫富者，衆之怨也；吾既亡以教化子孫，不欲益其過而生怨。又此金者，聖主所以惠養老臣也，故樂與鄉黨宗族共饗其賜，以盡吾餘日，不亦可乎！』」

〔五〕「俟河」句：左傳襄公八年：「子駟曰：周詩有之曰：『俟河之清，人壽幾何？』」

廬山高贈同年劉中允歸南康〔一〕

廬山高哉幾千仞兮，根盤幾百里，巀然屹立乎長江〔二〕。長江西來走其下，是爲揚瀾左里兮㊀〔三〕，洪濤巨浪日夕相舂撞。雲消風止水鏡淨，泊舟登岸而遠望兮，上摩青蒼以晻靄㊁〔四〕，下壓后土之鴻厖〔五〕。試往造乎其間兮，攀緣石磴窺空谾〔六〕。千巖萬壑響松檜，懸崖巨石飛流淙。水聲聒聒亂人耳㊂，六月飛雪灑石矼〔七〕。仙翁釋子亦往往而逢兮，吾嘗惡其學幻而言哤〔八〕。但見丹霞翠壁遠近映樓閣，晨鍾暮鼓杳靄羅幡幢。幽花野草不知其名兮，風吹露濕香澗谷，時有白鶴飛來雙。幽尋遠去不可極，便欲絕世遺紛痝〔九〕。羨君買田築室老其下，插秧盈疇兮釀酒盈缸。欲令浮嵐暖翠千萬狀，坐臥常對乎軒窗。君懷磊砢有至寶〔一〇〕，世俗不辨珉與玒〔一一〕。策名爲吏二十載，青衫白首困一邦。寵榮聲利不可以苟屈兮，自非青雲白石有深趣，其氣兀硉何由降〔一二〕？丈夫壯節似君少，嗟我欲説安得巨筆如長杠！

【校記】

㊀里：原校：一作「蠡」。　㊁青蒼：原校：一作「雲霄」。　㊂耳：考異本校：家本作「語」。

【箋注】

〔一〕據題下注，皇祐三年（一〇五一）作。劉中允，劉渙，與歐陽修同年及第，官至太子中允，歸隱南康（今江西星子）。温國文正司馬公文集卷六五劉道原十國紀年序：「（道原）父渙，字凝之，進士及第，爲潁上令，不能屈節事上官，年五十棄官，家廬山之陽且三十年矣。人服其高，歐陽永叔作廬山高以美之，今爲屯田員外郎致仕云。」按：焕子劉恕，字道原，宋史有傳。苕溪漁隱叢話前集卷二九引王直方詩話：「郭功父少時喜誦文忠公詩。一日，過梅聖俞，曰：『近得永叔書，方作廬山高詩送劉同年，自以爲得意，恨未見此詩。』功父爲誦之。聖俞擊節嘆賞曰：『使吾更作詩三十年，亦不能道其中一句。』功父再誦，不覺心醉，遂置酒又再誦，酒數行，凡誦數十遍，不交一談而罷。明日，聖俞贈功父詩，其略曰：『一誦廬山高，萬景不得藏，設令古畫師，極意未能詳。』」苕溪漁隱曰：「余閲宛陵集，聖俞於此詩自注云：『郭來誦歐陽永叔廬山高。』」堯臣詩爲依韻和郭祥正秘校遇雨宿昭亭見懷，見梅集編年卷二四。石林詩話卷中：「毘陵正素處士張子厚善書，余嘗於其家見歐陽文忠子棐以烏絲欄絹一軸，求子厚書文忠明妃曲兩篇，廬山高一篇。略云：先公平日未嘗矜大所爲文，一日被酒，語棐曰：『吾廬山高，今人莫能爲，惟李太白能之。明妃曲後篇，太白不能爲，惟杜子美能之；至於前篇，則子美亦不能爲，惟我能之也。』因欲别録此三篇也。」

〔二〕巀然：高峻貌。宋祁君山養猿記：「巴陵有君山，在洞庭之中，巀然可居者，地方百里。」

〔三〕揚瀾左里：毛晃禹貢指南卷四：「彭蠡澤……其源東自饒、徽、信州、建昌，南自章貢、南安，西自袁、瑞以至分寧，方數千里之水皆會焉。北過南康，揚瀾左蠡，遂東北流，以趨湖口而入于江。」左蠡，一作左里，即彭蠡湖（今鄱陽湖）。

〔四〕晻靄：雲氣迷濛。徐陵與李那書：「山澤晻靄，松竹參差。」

〔五〕鴻厖：廣大而厚重。陳陶飛龍引：「鴻龐九闕相玉皇，鈞天樂引金華郎。」龐，用同「厖」。

〔六〕空谾：長大的山谷。

〔七〕石矼：石橋。皮日休憶洞庭觀步十韻：「上戍看綿蕝，登村度石矼。」

〔八〕言哤：言語雜亂。國語齊語一：「四民者，勿使雜處，雜處則言哤。」

〔九〕紛痝：紛繁雜亂。柳宗元楊氏子承袁辭序：「凡天之生物也，不類，精麤紛厖，賢愚混同。」痝，通「厖」。

〔一〇〕磊砢：植物多節，喻人有奇特的才能。世説新語賞譽：「庾子嵩目和嶠：『森森如千丈松，雖磊砢有節目，施之大廈，有棟梁之用。』」

〔一一〕珉：似玉之美石。荀子儒行：「君子所以貴玉而賤珉者，何也？」玒：説文：「玉也。」

〔一二〕兀硉：亦作「硉兀」、「硉矹」，突兀高亢。韓愈詠雪贈張籍：「狂教詩硉矹，興與酒陪鰓。」

【集評】

〔宋〕費袞：歐公作廬山高，氣象壯偉，殆與此山爭雄。非公胸中有廬山，孰能至此？（梁溪漫志卷七）

〔宋〕黄震：廬山高詩，文之豪者也。（黄氏日鈔卷六一）

〔清〕胡壽芝：永叔廬山高一首最得意，蓋用險韻，而以長句屈曲達之，遂覺穩峭可喜。然非奇作，何謂出李、杜上？（東目館詩見卷四）

〔清〕陸以湉：歐陽公廬山謡二百九十六字，祇叶十三韻，此詩中奇格也。（冷廬雜識卷三）

送徐生之澠池㊀〔一〕

河南地望雄西京，相公好賢天下稱〔二〕。吹噓死灰生氣焰〔三〕，談笑暖律回嚴凝。曾陪罇俎被顧盼〔四〕，羅列臺閣皆名卿㊁。徐生南國後來秀，得官古縣依崤陵〔五〕。脚靴手板實卑賤，賢俊未可吏事繩。携文百篇赴知己，西望未到氣已增。我昔初官便伊洛，當時意氣尤驕矜。主人樂士喜文學，幕府最盛多交朋㊂。園林相映花百種，都邑四顧山千層。朝行緑槐聽流水，夜飲翠幕張紅燈。爾來飄流二十載〔六〕，鬢髮蕭索垂霜冰。同時並遊在者幾？舊事欲説無人應㊃。文章無用等畫虎〔七〕，名譽過耳如飛蠅。榮華萬事不入眼，憂患百慮來填膺。羨子年少正得路㊄，有如扶桑初日昇〔八〕。名高場屋已得儁，世有龍門今復登。出門相送親與友，何異籬鷃瞻雲鵬〔九〕！嗟吾筆硯久已格，感激短章因子興㊅。

【校記】

㊀徐生：原校：一作「徐無黨」。㊁名卿：原校：一作「才能」。㊂府：卷後原校：一作「下」。㊃應：原校：一作「膺」。㊄年少：原校：一作「少年」。㊅短章：原校：一作「章句」。

【箋注】

〔一〕如題下注，至和元年（一〇五四）作。是年，徐無黨赴澠池任職，歐有「知淮水淺澀，雖深欲相見，但恐阻滯，遂失赴官之期」（書簡卷七）等語。澠池（今屬河南）屬河南府，故篇首有「河南地望雄西京」之語。

〔二〕「相公」句：本集卷二二贈司空兼侍中晏公神道碑銘：「拜觀文殿大學士、知永興軍，充一路都部署安撫使，徙知河南府兼西京留守。」長編卷一七五皇祐五年閏七月條下，有「知永興軍晏殊秩將滿」之語，可知晏殊徙知河南府兼西京留守當在此後。徐無黨至和元年赴澠池任時，晏殊已在西京任上，後因病歸京師，旋卒，時至和二年也。宋史晏殊傳：「殊平居好賢，當世知名之士，如范仲淹、孔道輔，皆出其門。及爲相，益務進賢材。」

〔三〕「吹噓」句：孫樵刻武侯碑陰：「武侯獨憤激不顧，收死灰於蜀，欲噓而再然之。」

〔四〕「曾陪」句：晏殊曾於慶曆元年置酒西園，宴請歐陽修、陸經。歐有晏太尉西園賀雪歌、和晏尚書對雪招飲。

〔五〕崤陵：河南通志卷五二：「崤陵，在澠池縣西四十里。蹇叔曰『崤在二陵』，即此。」

〔六〕「爾來」句：由景祐元年（一〇三四）西京任滿，歐離洛陽，至至和元年（一〇五四），正好二十年。

〔七〕畫虎：謂無用。顔氏家訓雜藝：「蕭子雲改易字體，邵陵王頗行僞字；……朝野翕然，以爲楷式，畫虎不成，多所傷敗。」

〔八〕「有如」句：淮南子天文訓：「日出於暘谷，浴於咸池，拂於扶桑，是謂晨明。」

〔九〕籬鷃：莊子逍遥遊：「有鳥焉，其名爲鵬，背若太山，翼若垂天之雲，摶扶摇羊角而上者九萬里，絶雲氣，負青天，然後圖南，且適南冥也。斥鴳笑之曰：『彼且奚適也？我騰躍而上，不過數仞而下，翱翔蓬蒿之間，此亦飛之至也。而彼且奚適也？』」宋玉對楚王問：「夫蕃籬之鷃，豈能與之料天地之高哉？」鷃，同「鴳」。

葛氏鼎㊀〔一〕

大河昔決東南流，蕭條東郡今遺湫〔二〕。我從故老問其由，云古五鼎藏高丘〔三〕。地靈川秀草木稠，鬱鬱佳氣蒸常浮。惟物伏見數有周，秘藏奇怪神所搜。天昏地慘鬼哭幽，至寶欲出風雲愁㊁。蕩摇山川失維陬〔四〕，九龍大戰驅蛟虬〔五〕。剨然岸裂轟雲騶〔六〕，滑人夜驚鳥嘲啁。婦走抱兒扶白頭，蒼生仰叫黄屋憂〔七〕。聚徒百萬如蚍蜉，千金一掃隨浮漚。天旋海沸動九州，此鼎始出人間留。滑人得之不敢收，奇模古質非今侔。器大難用識者不，以示世俗遭揶揄。明堂會朝饗諸侯〔八〕，饔官百品供王羞㊂〔九〕。調以五味烹全牛，時有用捨吾無求。二三子學雕琳球〔一〇〕，見之始驚中歎愀。披荒斵古爭窮蒐，苦語難出聲咿嚘。馬圖出河龜負疇㊃〔一一〕，自古怪説何悠悠。嗟吾老矣不能休，勉彊作詩慚效尤。

【校記】

㊀題下原校：一本有「歌」字。　㊁雲：卷後原校：一作「雷」。　㊂官：考異本校：宣和本作「食」。

㊃龜：原校：一作「龍」。

【箋注】

〔一〕　本詩原未繫年，列至和元年詩後。歐至和元年有與子華原父小飲坐中寄同州江十學士休復詩，南陽集卷四和永叔小飲懷同州江十學士云：「翰林文章伯，好古名一世。家無金璧儲，所寶書與器……大鼎葛所銘，小鼎澤而粹。」此詩述及歐家有葛氏所銘大鼎，疑歐作本詩亦在至和元年（一〇五四）前後。

〔二〕　東郡：即滑州，北魏時爲兖州東郡治所。

〔三〕　五鼎：古時行祭禮，大夫用五鼎，分盛羊、豕、膚、魚、腊五種供品。見儀禮少牢饋食禮。

〔四〕　維陬：邊隅。素問氣交變大論：「土不及四維。」王冰注：「維，隅也。」史記絳侯周勃世家：「後吴奔壁東南陬，太尉使備西北。」鮑彪注：「陬，隅也。」

〔五〕九龍：葛洪抱朴子金丹：「元君者，大神仙之人也。能調和陰陽，役使鬼神風雨，驂駕九龍十二白虎。」

〔六〕驫：衆馬奔馳貌。郄昂岐邠涇寧四州八馬坊頌碑：「如龍如彪，或寢或吪，驫至特立，仰鳴俯噴，威儀變態，不可詳談。」

〔七〕黄屋憂：天子之憂。黄屋，帝王專用的黄繒車蓋，借指帝王。杜甫晦日尋崔戢李封：「上古葛天民，不貽黄屋憂。」

〔八〕明堂：禮記明堂位：「昔者周公朝諸侯于明堂之位。」宋史禮志四：「夫明堂者，布政之宫，朝諸侯之位，天子之路寢。」

〔九〕饔官：衛湜禮記集説卷一三九：「饔官，主割烹者也。」

〔一〇〕雕琳球：謂作詩，刻意修飾文詞。尚書注疏卷六：「厥貢惟球琳。」孔氏傳：「球、琳，皆玉名。」

〔一一〕「馬圖」句：禮記禮運：「河出馬圖。」鄭玄注：「馬圖，龍馬負圖而出。」書洪範：「天乃錫禹洪範九疇。」孔安國傳：「天與禹，洛出書。神龜負文而出，列於背，有數至於九。」

【集評】

〔清〕方東樹：章法太密，出之費力矣。然深重條曲，老於翦裁。起二句逆入。三四倒叙。「蕩摇」句實叙見出。「滑人」以下，後面虚寫鼎。「明堂」以上，虚説兩層。「二三子」以下作詩，亦兩層。（昭昧詹言卷一二）

太白戲聖俞㈠〔一〕

開元無事二十年㈡〔二〕，五兵不用太白閑〔三〕。太白之精下人間〔四〕，李白高歌蜀道難。蜀道之難難於上青天，李白落筆生雲煙。千奇萬險不可攀，却視蜀道猶平川。宫娃扶來白已醉，醉裏詩成醒不記〔五〕。忽然乘興登名山㈢，龍咆虎嘯松風寒㈣。山頭婆娑弄明月，九域塵土悲人寰㊄〔六〕。吹笙飲酒紫陽家，紫陽真人駕雲車。空山流水空流花㊅，飄然已去凌青霞〔七〕。下看區區郊與島㊆，螢飛露濕吟秋草〔八〕。

【校記】

㊀題下原校：「一作『讀李白集效其體』。」考異本題爲「效太白戲聖俞」。 ㊁無事：原校：一作「太平」。㊂然：原校：一作「來」。 ㊃咆：卷後原校：石本作「跑」。 ㊄九域塵土：原校：一作「下看塵世」。九域：卷後原校：石本作「擾擾」。 ㊅空山：卷後原校：石本作「山中」。 ㊆下看：原校：一作「堪笑」。卷後原校：「看」，石本作「視」。

【箋注】

〔一〕原未繫年，置至和元年詩後，疑爲嘉祐元年（一〇五六）作。是歲，堯臣服母喪期滿，由宣城回到汴京，遂有此戲作。太白，即金星。

〔二〕「開元」句：杜甫憶昔二首之二：「憶昔開元全盛日，小邑猶藏萬家室。稻米流脂粟米白，公私倉廩俱豐食。九州道路無豺虎，遠行不勞吉日出。」

〔三〕太白：史記天官書謂太白星主殺伐，後人多以喻兵戎。李白胡無人：「雲龍風虎盡交回，太白入月敵可摧。」

〔四〕「太白」句：裴敬翰林學士李公墓碑：「或曰太白之精下降，故字太白；故賀監號爲『謫仙』，不其然乎？」

〔五〕「醉裏」句：新唐書李白傳：「帝坐沉香亭子，意有所感，欲得白爲樂章。召入，而白已醉。左右以水頮面，稍解，援筆成文，婉麗精切，無留思。」

〔六〕「忽然」四句：李白夢遊天姥吟留別：「熊咆龍吟殷巖泉，慄深林兮驚層巔……且放白鹿青崖間，須行即騎訪名山。」李白古風西上蓮花山：「西上蓮花山，迢迢見明星……俯視洛陽川，茫茫走胡兵。流血塗野草，豺狼盡冠纓。」

〔七〕「吹笙」四句：李白憶舊遊寄譙郡元參軍：「紫陽之真人，邀我吹玉笙……我醉橫眠枕其股。」李白漢東紫陽先生碑銘：「先生姓胡氏……予與紫陽神交，飽餐素論，十得其九。弟子元丹丘等，咸思鸞鳳之羽儀，想珠玉之雲氣……賢哉仙士，六十而化，光光紫陽，善與時而爲龍蛇，固亦以生死爲晝夜。」

〔八〕「下看」二句：歐集詩話：「孟郊、賈島皆以詩窮至死，而平生尤自喜爲窮苦之句。」孟郊秋懷十五首有「秋露爲滴瀝」、「冷露滴夢破」等句。賈島亦有「螢火白露中」（就峰公宿）、「廢館秋螢出」（泥陽館）等句。

【集評】

〔清〕翁方綱：歐公有太白戲聖俞一篇，蓋擬太白體也。然歐公與太白本不同調，此似非當家之作。（石洲詩話卷三）

邊户〔一〕

家世爲邊户，年年常備胡。兒僮習鞍馬，婦女能彎弧。胡塵朝夕起，虜騎蔑如無。邂逅輒相射，殺傷兩常俱。自從澶州盟〔二〕，南北結歡娛。雖云免戰鬬，兩地供賦租。將吏戒生事，廟堂爲遠圖。身居界河上，不敢界河漁。

【箋注】

〔一〕原未繫年。據胡譜，歐至和二年（一〇五五）冬至嘉祐元年（一〇五六）初出使契丹，疑過邊境時有感而作。

〔二〕澶州盟：指宋真宗景德元年（一〇〇四）御駕親征，抵澶州，却急於求和，與遼方簽訂屈辱的和約，宋每年向遼輸銀十萬兩、絹二十萬匹。見長編卷五八。

梅聖俞寄銀杏㊀〔一〕

鵝毛贈千里，所重以其人。鴨脚雖百個〔二〕，得之誠可珍。問予得之誰，詩老遠且貧〔三〕。霜野摘林實，京師寄時新。封包雖甚微，採掇皆躬親。物賤以人貴，人賢棄而淪。開緘重嗟惜，詩以報殷勤。

【校記】

㊀題下原校：一作「和聖俞銀杏見寄代書之什」。

【箋注】

〔一〕如題下注，至和元年（一〇五四）作。梅集編年卷二四有是年所作代書寄鴨脚子於都下親友詩，卷二五有翌年所作依韻酬永叔示予銀杏詩。

〔二〕鴨脚：黄震黄氏日鈔卷六一：「銀杏名鴨脚，中原所無也。今江南有草名鴨脚，而此果則自名銀杏。」

〔三〕「詩老」句：時梅堯臣丁憂居宣城。宣城屬江南東路，離京師甚遠。

與子華原父小飲坐中寄同州江十學士休復〔一〕

歲晚忽不樂，相過偶乘閑。百年纔幾時，一笑得亦艱。有酒醉嘉客，無錢買嬌鬟。問予官何爲，侍從聯朝班〔二〕。朝廷多賢材，何用蒯與菅〔三〕？白髮垂兩鬢，黄金腰九環。奈何章綬榮，飾此木石頑〔四〕？於國略無補，有慚常在顔。幸蒙二三友，相與文字間。江子獨捨我㊀，高鴻去難攀。秋風動沙苑，郡閣當南山。吟詠日多暇，詔條寬可頒。寒雲雪紛糅㊁，幽鳥春綿蠻〔五〕。勝事日向好，思君何時還。

【校記】

㊀我：原校：一作「是」。　㊁雪：原校：一作「暮」。

【箋注】

〔一〕據題下注，至和元年（一〇五四）作。公是集卷一二有和永叔寒夜會飲寄江十詩，原注云：「永叔出所收古文碑碣及龍頭銅槍示客，以張飲興也。」韓維南陽集卷四有和永叔小飲懷同州江十學士詩，云：「翰林文章伯，好古名一世。家無金璧儲，所寶書與器。北堂冬日明，有馬聯騎至。新樽布几案，二鼎屹先置。」本詩題云「與子華原父小飲」，而韓維字持國，嚴傑歐陽修年譜疑韓詩當爲韓絳子華之詩，誤入韓維集中，言之有理。江休復，字鄰幾，時知同州（治今陝西大荔），事迹見本集卷三三江鄰幾墓誌銘。

〔二〕侍從：胡譜至和元年：「九月辛丑，遷翰林學士。」此爲文學侍從之職。

〔三〕「何用」句：左傳成公九年：「詩曰：『雖有絲麻，無棄菅蒯。雖有姬、姜，無棄蕉萃。』」杜預注：「逸詩也。姬、姜，大國之女。蕉萃，陋賤之人。」柳宗元遊南亭夜還叙志七十韻：「安將蒯及菅，誰慕粱與膏。」蒯、菅，皆爲多年生草本植物。

〔四〕木石：無知覺，自謙之詞。司馬遷報任少卿書：「身非木石，獨與法吏爲伍，深幽囹圄之中，誰可告愬者？」

〔五〕綿蠻：詩小雅綿蠻：「綿蠻黄鳥，止於丘阿。」朱熹集傳：「綿蠻，鳥聲。」

國事頗心灰意冷，萌收身歸田之念，而作此詩。

〔二〕「憶始」句：指至和元年六月初到京師時。

〔三〕「壯年」二句：指景祐時，范仲淹因抨擊權相遭貶，司諫高若訥亦詆誚仲淹爲人，歐怒斥之而被貶夷陵事。

〔四〕「中間」二句：指慶曆時爲諫官支持新政事。

〔五〕「十年」二句：指新政夭折，被貶滁州，後歷知揚州、潁州、應天府，返京任職。由慶曆五年（一〇四五）至至和元年（一〇五四），恰爲十年。

〔六〕「嚴嚴」四句：指爲翰林學士之事。漢書李尋傳「久汙玉堂之署」，王先謙補注引何焯曰：「漢時待詔於玉堂殿，唐時待詔於翰林院，至宋以後，翰林遂並蒙玉堂之號。」葉夢得石林燕語卷七：「玉堂爲學士院之稱……太宗時，蘇易簡爲學士，上乃以紅羅飛白『玉堂之署』四字賜之。」

和劉原父澄心紙㈠〔一〕

君不見曼卿子美真奇才，久已零落埋黃埃。子美生窮死愈貴，殘章斷稿如瓊瑰〔二〕。曼卿醉題紅粉壁〔三〕，壁粉已剥昏煙煤。河傾崑崙勢曲折，雪壓太華高崔嵬。自從二子相繼没，山川氣象皆低摧。君家雖有澄心紙，有敢下筆知誰哉？宣州詩翁餓欲死㈡〔四〕，黃鵠折翼鳴聲哀。有時得飽好言語，似聽高唱傾金罍。二子雖死此翁在，老手尚能工翦裁。奈何不寄反示我，如棄正論求俳詼㈢。嗟我今衰不復昔，空能把卷闔且開㈣。百年干戈流戰血，一國歌舞今荒臺〔五〕。當時百物盡精好，往往遺棄淪蒿萊。君從何處得此紙，純堅瑩膩卷百枚。官曹職事喜閑暇㈤〔六〕，臺閣唱和相追陪。文章自古世不乏，間出安知無

述懷〔一〕

歲律忽其周，陰風慘遼敻。孤懷念時節，朽質驚衰病。憶始來京師〔二〕，街槐緑方映。清霜一以零，衆木少堅勁。物理固如此，人生寧久盛？當時不樹立，後世猶譏評。顧我實孤生，飢寒談孔孟。壯年猶勇爲，刺口論時政〔三〕。中間蒙選擢，官實居諫諍〔四〕。豈知身愈危，惟恐職不稱。十年困風波，九死出檻穽〔五〕。再生君父恩，知報犬馬性。歸來見親識，握手相吊慶。丹心皎雖存，白髮生已迸㊀。慚無羽毛彩，來與鸞皇並。鍛翮追羣翔，孤唳驚衆聽。嚴嚴玉堂署，清禁肅而靜。職業愧論思，文章慚誥命〔六〕。厚顔難久居，歸計無荒逕。偷閑就朋友，笑語雜嘲詠。歡情雖索寞，得酒猶豪横。羣居固可樂，寵禄尤難幸。何日早收身，江湖一漁艇。

【校記】

㊀生：原校：一作「日」。

【箋注】

〔一〕 如題下注，至和元年（一〇五四）作。據長編卷一七六，歐陽修是年服除回京，權判吏部流内銓僅數日，即因小人僞爲修奏乞汰内侍而遭中傷，出知同州，賴吴充、范鎮等辨明，方留京修唐書。後雖遷翰林學士兼史館修撰，然於後來？

【校記】

㈠題下原校：一作「奉賦澄心堂紙」。　㈡餓：原校：一作「飢」。　㈢俳：原作「徘」，據宋刻本改。

㈣空能：卷後原校：一作「徒能」。　㈤喜：原校：一作「樂」。

【箋注】

〔一〕如題下注，至和二年（一〇五五）作。公是集卷一七有詩題云：「去年得澄心堂紙，甚惜之，輒爲一軸，邀永叔諸君各賦一篇，仍各自書藏以爲玩，故先以七言題其首。」此即歐所和之詩。梅集編年卷二五有依韻和永叔澄心堂紙答劉原甫。南陽集卷四有奉同原甫賦澄心堂紙。王直方詩話云：「澄心堂紙乃江南李後主所製，國初亦不甚以爲貴。自劉貢甫首爲題之，又邀諸公賦之，然後世以爲貴重。貢甫詩云：『當時百金售一幅，澄心堂中千萬軸』，『後人聞名寧復得，就令得之當不識。』文忠公詩云：『君不見曼卿子美真奇才……有敢下筆知誰哉？』梅聖俞云：『寒溪浸楮春夜月，敲冰舉簾勻割脂，焙乾堅滑若鋪玉，一幅百金曾不疑。』東坡云：『詩老囊空一不留，一番曾作百金收。』又從宋肇求此紙云：『知君也厭雕肝腎，分我江南數斛愁。』」按：貢甫乃原甫之誤。劉攽，字貢甫，爲劉敞之弟。

〔二〕「子美」二句：本集卷四一蘇氏文集序：「斯文，金玉也，棄擲埋没糞土，不能消蝕。其見遺於一時，必有收而寶之於後世者。雖其埋没而未出，其精氣光怪已能常自發見，而物亦不能掩也。」

〔三〕「曼卿」句：曼卿喜題壁事見本集卷一哭曼卿詩箋注〔六〕。

〔四〕「宣州」句：宣州詩翁指梅堯臣。漢書東方朔傳：「侏儒長三尺餘，奉一囊粟，錢二百四十；臣朔長九尺餘，亦奉一囊粟，錢二百四十。侏儒飽欲死，臣朔餓欲死。」

〔五〕「百年」二句：此言南唐之衰敗。本集卷四〇有美堂記：「及聖宋受命，海内爲一，金陵以後服見誅，今其江山雖在，而頹垣廢址，荒煙野草，過而覽者，莫不爲之躊躇而悽愴。」

〔六〕「官曹」句：時歐爲翰林學士兼史館修撰，編修唐書，故有「喜閑暇」之説。

【集評】

［清］方東樹：歐公閑淡，此極有氣。然有不振處，才氣弱也。不善學之，便成弱旅。如「壁粉」句，即不振也。因紙思用，因用思人。（昭昧詹言卷一二）

居士集卷六

古詩二十五首

奉使契丹道中答劉原父桑乾河見寄之作〔一〕

憶昨初受命，同下紫宸朝。問君當何之，笑指北斗杓。共念到幾時，春風約回鑣〔二〕。所持既異事，前後忽相遼。歲月坐易失㊀，山川行知遥。回頭三千里，雙闕在紫霄。我老倦鞍馬，安能事吟嘲？君才綽有餘，新句益飄飄㊁。前日逢呂郭〔三〕，解鞍憩山腰。僮僕相問喜，馬鳴亦蕭蕭。出君桑乾詩，寄我慰寂寥。又喜前見君，相期駐征軺〔四〕。雖知不久留，一笑樂亦聊。歸路踐冰雪，還家脱狐貂。君行我即至，春酒待相邀。

【校記】

㈠易：原校：一作「若」。　㈡益：原校：一作「亦」。

【箋注】

〔一〕如題下注，至和二年（一〇五五）作。長編卷一八〇載是年八月「辛丑，翰林學士、吏部郎中、知制誥、史館修撰歐陽修爲契丹國母生辰使，四方館使、果州團練使向傳範副之。右正言、知制誥劉敞爲契丹生辰使……癸丑，改命歐陽修、向傳範爲賀契丹登寶位使。龍圖閣直學士、兵部郎中吕公弼爲契丹祭奠使，西上閤門使、英州刺史郭諮副之」。又書簡卷二有至和二年與程文簡公云：「近以被命出疆，初緣持送御容，須一學士，同列五人皆以曾往，遂不敢辭。繼以虜中凶訃，義益難免。」按：歐原爲賀契丹國母生辰使，後以契丹興宗卒，道宗繼位，改任賀契丹登寶位使。桑乾河流經契丹析津府。劉敞發桑乾河詩見公是集卷七。

〔二〕「共念」二句：言與劉敞出使契丹，均至翌年春天方能回返。

〔三〕吕郭：即吕公弼、郭諮。

〔四〕軺：文選左思吴都賦：「吴王乃巾玉輅，軺驌驦，旗魚須。」吕向注：「軺，輕車也。」

書素屏〔一〕

我行三千里，何物與我親？念此尺素屏，曾不離我身。曠野多黄沙，當午白日昏。風力若牛弩，飛沙還射人。暮投山椒館〔二〕，休此車馬勤。開屏置牀頭，輾轉夜向晨。卧聽穹廬外，北風驅雪雲。勿愁明日雪，且擁狐貂温。君命固有嚴，羈旅誠苦辛。但苟一夕安，其餘非所云。

【箋注】

〔一〕如題下注，至和二年（一〇五五）作。此與後二首均作於出使契丹時。素屏，此指不施彩飾的白色小屏風。

〔二〕山椒：山頂。漢武帝李夫人賦：「慘鬱鬱其蕪穢兮，隱處幽而懷傷；釋輿馬於山椒兮，奄修夜之不陽。」

馬齧雪〔一〕

馬飢齧雪渴飲冰㊀，北風卷地來崢嶸㊁。馬悲躑躅人不行㊂，日暮塗遠千山橫。我謂行人止歎聲，馬當勉力無悲鳴。白溝南望如掌平〔二〕，十里五里長短亭㊃。臘雪銷盡春風輕，火燒原頭青草生。遠客還家紅袖迎，樂哉人馬歸有程。男兒雖有四方志，無事何須勤遠征㊄。

【校記】

㊀渴飲：原校：一作「行踏」。㊁來：原校：一作「寒」。㊂悲：考異本作「鳴」。㊃五里長：原校：一作「長亭與」。㊄須：原校：一作「煩」。

【箋注】

〔一〕如題下注，至和二年（一〇五五）作。

〔二〕白溝：即白溝驛，在宋遼邊界宋方一側，屬雄州。

風吹沙㈠〔一〕

北風吹沙千里黄，馬行确犖悲摧藏〔二〕。當冬萬物慘顔色㈡，冰雪射日生光芒㈢。一年百日風塵道，安得朱顔長美好？攬鞍鞭馬行匆遲㈣，酒熟花開二月時。

【校記】

㈠題下原校：一本題上有「北」字。　㈡當：原校：一作「窮」。顔：原校：一作「無」。　㈢生：原校：一作「爭」。　㈣攬鞍鞭：原校：一作「起鞭歸」。

【箋注】

〔一〕　如題下注，至和二年（一〇五五）作。

〔二〕　确犖：路徑多石不平。劉禹錫傷我馬詞：「結爲确犖，融爲坳堂。」摧藏：摧傷，含極度悲傷之意。樂府詩集雜曲歌辭十三焦仲卿妻：「未至二三里，摧藏馬悲哀。」

重贈劉原父㈠〔一〕

憶昨君當使北時，我往別君飲君家。愛君小鬟初買得，如手未觸新開花。醉中上馬不知夜，但見九陌燈火人諠譁。歸來不記與君別，酒醒起坐空咨嗟。自言我亦隨往矣，行即逢君何恨邪！豈知前後不相及，歲月怱怱行無涯㈡。古北嶺口踏新雪〔二〕，馬盂山西看落霞〔三〕。風雲暮慘失道路㊂，碉谷夜靜聞麏麚〔四〕。行迷方嚮但看日，度盡山險方逾沙㊃。客心漸遠誠易感，見君雖晚喜莫加。我後君歸衹十日㊄，君先躍馬未足誇。新年花發見回雁，歸路柳暗藏嬌鴉。而今春物已爛漫㊅，念昔草木冰未芽。人生每苦勞事役，老去尚能憐物華。從今有暇即相過，安得載酒長盈車？

【校記】

㊀題下原校：一作「憶昨呈劉原父」。㊁歲：原校：一作「日」。㊂雲：原校：一作「雪」。㊃逾：原校：一作「行」。㊄衹：原校：一作「纔」。㊅而今：原校：一作「今來」。

【箋注】

〔一〕如題下注，嘉祐元年（一〇五六）作。詩云「而今春物已爛漫」，當是仲春時節，歐與劉敞均已出使歸來。

〔二〕古北嶺：在遼中京道與南京道交界處，彼處有古北館。

〔三〕馬盂山：在遼中京道，位于中京的西面。

〔四〕麏麚：泛指鹿類動物。楚辭招隱士：「白鹿麏麚兮，或騰或倚。」王逸注：「衆獸並遊。麚，一作麚。」

贈沈遵㊀〔一〕并序

予昔於滁州作醉翁亭於瑯琊山，有記刻石，往往傳人間。太常博士沈遵，好奇之士也，聞而往遊焉。愛其山水，歸而以琴寫之，作醉翁吟一調，惜不以傳人者五六年矣。去年冬，予奉使契丹，沈君會予恩、冀之間。夜闌酒半，出琴而作之。予既嘉君之好尚，又愛其琴聲，乃作歌以贈之〔二〕。

羣動夜息浮雲陰，沈夫子彈醉翁吟。醉翁吟，以我名，我初聞之喜且驚。宫聲三疊何泠泠，酒行暫止四坐傾〔三〕。有如風輕日暖好鳥語，夜靜山響春泉鳴。坐思千巖萬壑醉眠處，寫君三尺膝上横〔二〕。沈夫子，恨君不爲醉翁客，不見翁醉山間亭〔四〕。翁歡不待絲與竹，把酒終日聽泉聲。有時醉倒枕溪石，青山白雲爲枕屏。花間百鳥唤不覺，日落山風吹自醒〔五〕。我時四十猶彊力，自號醉翁聊戲客〔三〕。爾來憂患十年間〔六〕，鬢髪未老嗟先白。滁人思我雖未忘，見我今應不能識。沈夫子，愛君一罇復一琴，萬事不可干其心。自非曾是醉翁客，莫向俗耳求知音〔七〕。

【校記】

〔一〕題下原校：一作「贈沈博士歌并序」。〔二〕序前原有「一本序云」四字，今略去，而于題下加「并序」二字。〔三〕「酒行」句下：原校：一本有「爲君屏百慮，各以兩耳聽」兩句。〔四〕翁醉：原校：一作「醉翁」。〔五〕「日落」句下：原校：一本有「沈夫子，君過滁陽今幾時？滁人皆喜醉翁醉，至今人人能道之。長記山間逢太守，籃轝酩酊插花歸」六句。〔六〕「自號」二句下：原校：一本「客」字下作「爾來纔十年，遇酒飲不得。軒裳外飾誠可榮」。〔七〕「自非」二句下：原校：一本末兩句作「高懷所得貴自適，俗耳何用求知音？可笑人生不飲酒，惟知白首戀黄金」。

【箋注】

〔一〕如題下注，嘉祐元年（一○五六）作。公是集卷一六有同永叔贈沈博士詩。

〔二〕三尺：指琴。李白悲歌行：「我有三尺琴，琴鳴酒樂兩相得。」本集卷四贈無爲軍李道士二首之一：「無爲道士三尺琴。」

〔三〕「我時」二句：胡譜慶曆六年：「公年四十，自號醉翁。」

【集評】

〔元〕劉壎：贈沈遵一篇，清婉流麗，自成宮商，蓋學者未之知也……此篇筆力超然，高風遠韻，尚可想見，豈尋常詩人繩墨所能束縛？（隱居通議卷五）

〔清〕方東樹：此獨順題布放，而奇恣轉勝用章法，乃知詩貴精神旺爲妙也。起點叙。次寫。次追叙。後以議收。「我初」三句，低徊欲絕。（昭昧詹言卷一二）

答聖俞㊀〔一〕

人皆喜詩翁，有酒誰肯一醉之？嗟我獨無酒，數往從翁何所爲㊁？翁居南方我北走，世路離合安可期？汴渠千艘日上下，來及水門猶未知〔二〕。五年不見勞夢寐〔三〕，三日始往何其遲。城東賺河有名字，萬家棄水爲汙池。人居其上苟賢者，我視此水猶漣漪。入門下馬解衣帶，共坐習習清風吹。濕薪熒熒煮薄茗，四顧壁立空無遺。萬錢方丈飽則止㊂〔四〕，一瓢飲水樂可涯㊃〔五〕。況出新詩數十首，珠璣大小光陸離。他人欲一不可有㊄，君家筐篋滿莫持。才大名高乃富貴㊅，豈比金紫包愚癡〔六〕！貴賤同爲一丘土，聖賢獨如星日垂㊆。道德内樂不假物，猶須朋友并良時㊇。蟬聲漸已變秋意，得酒安問醇與醨？玉堂官閑無事業〔七〕，親舊幸可從其私。與翁老矣會有幾，當棄百事勤追隨。

【校記】

㊀題下原校：一本題下有「高車見過」。　㊁從：原校：一作「就」。　㊂則止：卷後原校：一作「即止」。

㊃可：原校：一作「何」。　㊄有：原校：一作「得」。　㊅大：原校：一作「多」。　㊆獨：原校：一作「長」。

㊇猶：原校：一作「所」。

【箋注】

〔一〕　如題下注，嘉祐元年（一〇五六）作。是年端午過後，梅堯臣抵汴京，歐至城東探望之。堯臣作高車再過謝永叔内翰（梅集編年卷二六）云：「世人重貴不重舊，重舊今見歐陽公。昨朝喜我都門入，高車臨岸進船篷。」歐作此詩答之。

〔二〕　水門：汴京水門甚多，有汴河水門、蔡河水門等，汴河又有上流、下流水門，見東京夢華録。

〔三〕　「五年」句：皇祐三年（一〇五一），梅堯臣服除，離宣城，赴汴京，應學士院召試。堯臣舟行汴河，必經南京，當與留守南京的歐陽修相會。自彼時至嘉祐元年，正好五年。

〔四〕　方丈：指方丈之食。極言肴饌之豐盛。孟子盡心下：「食前方丈，侍妾數百人，我得志，弗爲也。」趙岐注：「極五味之饌食，列於前，方一丈。」

〔五〕　「一瓢」句：見本集卷一顔跖詩箋注〔二〕。

〔六〕　金紫：金魚袋及紫衣，爲唐宋的官服和佩飾，因以指代貴官。元稹贈太保嚴公行狀：「階崇金紫，爵極國公。」

〔七〕　玉堂：見本集卷五述懷詩箋注〔六〕。

感興五首〔一〕　齋於醴泉宫作。

奉祠嚴秘館，攝事罄精誠。歲晏悲木落，天寒聞鶴鳴。念昔丘壑趣，豈知朝市情？弱齡嬰仕宦，壯節慕功名。多病慚厚禄，早衰歎餘生。未知犬馬報，安得遂歸耕？

懷禄不知慚，人雖不吾責。貧交重意氣，握手猶感激。煌煌腰間金，兩鬢颯已白。有生天地間，壽考非金石〔二〕。古人報一飯〔三〕，君子不苟得〔四〕。憂來自悲歌，涕淚下沾臆。

清夜雖云長，白日亦易晚。循環百刻中〔五〕，勢若丸走坂〔六〕。盈虧自相補，得失何足算。餐霞可延年〔七〕，飲酒誠自損。未知辛苦長，孰若適意短。二者一何偷，百年皆不免。顔回不著述，後世存愈遠〔八〕。聖賢非虚名，惟善爲可勉。

仕宦希寸禄，庶無飢寒迫。讀書事文章㈠，本以代耕織。學成頗自喜，禄厚愈多責。挾山以超海，事有非其力〔九〕。君子貴量能，無輕食人食。

唧唧復唧唧，夜歎曉未息。蟲聲急愈尖，病耳聞若刺。壯士易爲老，良時難再得。日月相隨東，天行自西北。三者不相謀，萬古無窮極。安知人間世，歲月忽已易。

【校記】

㊀事：原校：一作「爲」。

【箋注】

〔一〕如題下注，嘉祐元年（一〇五六）作。本集卷一五鳴蟬賦序云：「嘉祐元年夏，大雨水，奉詔祈晴於醴泉宮。」本詩題下亦注「齋於醴泉宮作」。按：應作醴泉觀。歐避父諱，改「觀」爲「宮」。又，胡譜載是年「六月甲子，奉敕祈晴醴泉觀」。本組詩即作於其時。梅集編年卷二六有依韻奉和永叔感興五首。

〔二〕「壽考」句：古詩十九首迴車駕言邁：「人生非金石，豈能長壽考？」

〔三〕「古人」句：漢韓信少貧，有漂母見其饑，飯之。後信爲楚王，賜漂母千金。事見史記淮陰侯列傳。

〔四〕「君子」句：論語集解義疏卷七憲問「見利思義」，馬融注：「義然後取，不苟得也。」

〔五〕百刻：古代以刻漏計時，一晝夜分百刻。李德裕懷山居邀松陽子同作：「晝夜百刻中，愁腸幾回絶。」

〔六〕「勢若」句：漢書蒯通傳：「必相率而降，猶如阪上走丸也。」

〔七〕餐霞：以霞爲餐，指修仙學道。漢書司馬相如傳下：「呼吸沆瀣兮餐朝霞。」

〔八〕「顔回」二句：本集卷四三送徐無黨南歸序：「若顔回者，在陋巷，曲肱饑卧而已，其羣居則默然終日如愚人。然自當時羣弟子皆推尊之，以爲不敢望而及，而後世更百千歲，亦未有能及之者。」

〔九〕「挾山」二句：孟子梁惠王上：「挾太山以超北海，語人曰：『我不能。』是誠不能也。」

吴學士石屏歌㊀〔一〕

晨光入林衆鳥驚，腷膊羣飛鴉亂鳴〔二〕。穿林四散投空去，黄口巢中飢待哺。雌者下啄雄高盤，雄雌相呼飛復還㊁。空林無人鳥聲樂，古木參天枝屈蟠。下有怪石横樹間㊂，煙埋草没苔蘚斑。借問此景誰圖寫？乃是吴家石屏者。虢工刳山取山骨〔三〕，朝鑱暮斵非一日㊃，萬象皆從石中出。吾嗟人愚不見天地造化之初難㊄，乃云萬物生自然。豈知鐫鑱刻畫醜與妍，千狀萬態不可殫，神愁鬼泣晝夜不得閑㊅。不然安得巧工妙手憊精竭思不可到，若無若有縹緲生雲煙。鬼神功成天地惜，藏在虢山深處石〔四〕。惟人有心無不獲㊆〔五〕，天地雖神藏不得㊇。又疑鬼神好勝憎吾儕，欲極奇怪窮吾才，乃傳張生自西來㊈〔六〕。吴家學士見且咍，醉點紫毫淋墨煤〔七〕。君才自與鬼神鬬，嗟我老矣安能陪！

【校記】

㊀題下原校：一作「和張生鴉樹屏」，一無「和」字。㊁雄雌：卷後原校：一作「雌雄」。㊂樹：原校：一作「其」。㊃斵：卷後原校：一作「琢」。㊄造化：原校：一作「造物」。㊅晝：原校：一作「日」。㊆「惟人」句下：原校：一作「乃知人爲天地賊」。㊇地雖神：原校：一作「公有物」。㊈乃：原校：一作「故」。

【箋注】

〔一〕如題下注，嘉祐元年（一〇五六）作。吴學士，吴充，字沖卿。未冠，舉進士及第。歷陝州知州、河東轉運使、樞密使，官至同中書門下平章事。宋史有傳。梅集編年卷二六和吴沖卿學士石屏原注云：「時在唐書局，與歐陽永叔、王原叔、范景仁會食，得所示詩。」朱東潤注謂堯臣「其時尚未入唐書局，僅以會食偶至」。可知本詩乃歐與梅堯臣、王洙、范鎮會食唐書局時所作。梅詩云：「吴夫子，佩銀龜，乘天馬，索怪奇。忽得虢略一片石，其中白色圓如規，又有樹與烏，畫手雖妙何能爲。吴乃持問歐陽公，比公囊獲尤可疑，疑不爲辨賦以詩，詩辭粲粲明星垂。」

〔二〕膈膊：形容飛鳥撲翅的象聲詞。韓愈、孟郊鬬雞聯句：「膈膊戰聲喧，繽翻落羽皠。」

〔三〕虢：虢州（治今河南靈寶）。山骨：指石。韓愈石鼎詩：「巧匠斲山骨，刳中事煎烹。」

〔四〕虢山：在虢州境内的盧氏縣（今屬河南）。

〔五〕「惟人」句：本集卷四一集古録目序：「凡物好之而有力，則無不至也。」

〔六〕張生：疑即張昷之，字景山，嘗爲虢州刺史。本集卷四紫石屏歌云：「景山得之惜不得，贈我意與千金兼。」

〔七〕紫毫：紫毫筆。淋墨煤：指濡墨作詩。

初食車螯㊀〔一〕

纍纍盤中蛤，來自海之涯。坐客初未識，食之先歎嗟。五代昔乖隔，九州如剖瓜。東南限淮海，邈不通夷華。於時北州人㊁，飲食陋莫加。雞豚爲異味，貴賤無等差。自從聖人出，天下爲一家〔二〕。南産錯交廣〔三〕，西珍富邛巴〔四〕。水載每連舳，陸輸動盈車。溪潛細毛髮〔五〕，海怪雄鬚牙。豈惟貴公侯，閭巷飽魚鰕。此蛤今始至，其來何晚邪。螯蛾聞二名，車螯，一名車蛾。久見南人誇。璀璨殻如玉，斑斕點生花。含漿不肯吐，得火遽已呀〔六〕。共食惟恐後，爭先屢成譁。但喜美無厭㊂，豈思來甚遐。多慚海上翁，辛苦斲泥沙。

【校記】

㊀題下原校：一本題上云「京師」。　㊁於：原校：一作「于」。　㊂喜：卷後原校：一作「知」。

【箋注】

〔一〕如題下注，嘉祐元年（一〇五六）作。梅集編年卷二六有永叔請賦車螯，南陽集卷四有又賦京師初食車螯，臨川集卷一〇有車螯二首。車螯，蛤的一種。璀璨如玉，有斑點，爲海味珍品。賈思勰齊民要術炙法：「炙車螯，炙如蠣。」

〔二〕「自從」二句：言趙匡胤統一天下。

〔三〕交廣：泛指五嶺以南地區，即今廣東、廣西一帶。

〔四〕邛巴：今四川一帶。

〔五〕溪潛：指内陸淡水水産。

〔六〕「璀璨」四句：本草綱目卷四六：「車螯，其殼色紫，璀璨如玉，斑點如花。海人以火炙之，則殼開，取肉食之。」

送裴如晦之吴江㊀〔一〕

雞鳴車馬馳，夜半聲未已。皇皇走聲利，與日爭寸晷。而我獨何爲，閑宴奉君子。京師十二門〔二〕，四方來萬里。顧吾坐中人，暫聚浮雲爾。念子一扁舟，片帆如鳥起。文章富千箱，吏禄求斗米。白玉有時沽〔三〕，青衫豈須恥？人生足憂患，合散乃常理。惟應當歡時，飲酒如飲水。

【校記】

㊀題下原校：一本無下三字，注云「席上分得『已』字」。

【箋注】

〔一〕 如題下注，嘉祐元年（一〇五六）作。是年，裴如晦知吳江（今屬江蘇）。如晦名煜，臨川（今屬江西）人。慶曆六年（一〇四六）進士。嘉祐七年爲太常博士、秘閣校理，後歷知揚州、蘇州，入判三司都磨勘司，官至翰林學士。見長編卷一九七、江西通志卷四九、八〇。龔頤正芥隱筆記：「荆公在歐公座，分韻送裴如晦知吳江，以『黯然消魂，唯別而已』分韻，時客與公八人：荆公、子美、聖俞、平甫、老蘇、姚子張、焦伯强也。」按：蘇舜欽已歿，云子美與會有誤。王安石弟安國，字平甫。姚闢，字子張。焦千之，字伯强。梅集編年卷二六有永叔席上分韻送裴如晦得黯字。王安石得「然」字，臨川集卷二〇有送裴如晦宰吳江。蘇洵得「而」字，僅有殘句「談詩究乎而」，見芥隱筆記。

〔二〕 十二門：古京城四面各有三座城門，凡十二門。宋李覯送毘師西遊：「望望王城十二門。」據孟元老東京夢華録卷一，此十二門爲南薰門、新鄭門、新宋門、封邱門、陳州門、戴樓門、新曹門、萬勝門、固子門、陳橋門、新酸棗門、衛州門。

〔三〕 白玉：論語子罕：「子貢曰：『有美玉於斯，韞匵而藏諸？求善賈而沽諸？』子曰：『沽之哉，沽之哉！我待賈者也。』」

盤車圖㊀〔一〕

淺山嶙嶙，亂石矗矗，山石磽聱車碌碌〔二〕。山勢盤斜隨澗谷，側轍傾轅如欲覆。出乎兩崖之隘口，忽見百里之平陸。坡長坂峻牛力疲，天寒日暮人心速。楊褒忍飢官太學㊁〔三〕，得錢買此纔盈幅。愛其樹老石硬，山回路轉，高下曲直，横斜隱見，妍媸嚮背各有態，遠近分毫皆可辨。自言昔有數家筆㊂，畫古傳多名姓失㊃。後來見者知謂誰？乞詩梅老聊稱述〔四〕。古畫畫意不畫形，梅詩詠物無隱情。忘形得意知者寡，不若見詩如見畫〔五〕。乃知楊生真好奇，此畫此詩兼有之。樂能自足乃爲富㊄，豈必金玉名高貲？朝看畫，暮讀詩，楊生得此可不飢。

【校記】

㊀題下原校：一本上題「和聖俞」，下注「呈楊直講」。㊁褒：原校：一作「生」。㊂昔：原校：一作「古」。㊃古：原校：一作「久」。㊄乃：原校：一作「即」。

【箋注】

〔一〕如題下注，嘉祐元年（一〇五六）作。梅集編年卷二六有觀楊之美盤車圖。苕溪漁隱叢話前集卷三〇引西清詩話：「唐人有盤車圖，畫重岡複嶺，一夫馳車山谷間。永叔賦詩：『坡長坂峻牛力疲，天寒日暮人心速。』」宋人繪盤車圖，今藏故宫博物院繪畫館。

〔二〕磽聱：多石，高低不平。

〔三〕楊褒：字之美，官國子監直講。集古録跋尾卷五唐薛稷書：「昨日見楊褒家所藏薛稷書，君謨以爲不類，信矣……褒於書畫，好而不知者也。」澠水燕談録卷八：「華陽楊褒好古博物，家雖貧，尤好書畫奇玩，充實中橐。」忍飢官太學：杜甫醉時歌：「諸公袞袞登臺省，廣文先生官獨冷；甲第紛紛厭粱肉，廣文先生飯不足。」

〔四〕「自言」四句：謂楊褒不知盤車圖作者爲誰，嘗向梅堯臣請教。堯臣觀楊之美盤車圖云：「古絲昏晦三尺絹，畫此當是展子虔，坐中識別有公子，意思往往疑魏賢。」按：展子虔爲隋代著名畫家。魏賢當作衛賢，爲南唐畫家，擅繪樓觀、殿宇及山村的盤車、水磨。盤車圖當爲唐董蕚作。新唐書藝文志雜藝術類「董蕚畫盤車圖」下注云：「開元人，字重照。」

〔五〕「古畫」四句：苕溪漁隱叢話前集卷三〇引王直方詩話，謂此及東坡韓幹馬圖詩云：「余以爲若論詩畫，于此盡矣。每誦數過，殆欲常以爲法也。」夢溪筆談卷一七謂「此真爲識畫也」。

【集評】

〔清〕方東樹：先寫逆捲，題畫老法。坡公倫此，作韓十五馬。「愛其樹老」五句删。（昭昧詹言卷一二）

答梅聖俞莫登樓㊀〔一〕　在禮部貢院鎖試進士，上元夜作。

莫登樓，樂哉都人方競遊，樓闕夜氣春煙浮。玉輪東來從海陬〔二〕，纖靄洗盡當空留。燈光月色爛不收，火龍啣山祝千秋。緣竿踏索雜幻優，鼓喧管咽耳欲咻〔三〕。清風嫋嫋夜悠悠，瑩蹄文角車如流㊁〔四〕。婭姹扶欄車兩頭〔五〕，髫髦垂鬟嬌未羞〔六〕。念昔年少追朋儔，輕衫駿馬今則不。中年病多昏兩眸，夜視曾不如鵂鶹〔七〕。足雖欲往意已休，惟思睡眠擁衾裯。人心利害兩不謀，春陽稍愆天子憂。安得四野陰雲油，甘澤以時豐麥麰，遊騎踏泥非我愁。

【校記】

㊀梅：原校：一作「和」，無「梅」字。　㊁瑩蹄文：原校：一作「輪蹄文」。天理本卷後校：一作「輪蹄交」。

【箋注】

〔一〕 如題下注，本詩與後七首均爲嘉祐二年（一〇五七）作。歸田録卷二：「嘉祐二年，余與端明韓子華、翰長王禹玉、侍讀范景仁、龍圖梅公儀同知禮部貢舉，辟梅聖俞爲小試官。凡鎖院五十日，六人者相與唱和，爲古律歌詩一百七十餘篇，集爲三卷……前此爲南省試官者，多窘束條制，不少放懷。余六人者，歡然相得，羣居終日，長篇險韻，衆製交作，筆吏疲於寫録，僮史奔走往來，間以滑稽嘲謔，形於風刺，更相酬酢，往往烘堂絶倒，自謂一時盛事，前此未之有也。」梅堯臣莫登樓見梅集編年卷二七。苕溪漁隱叢話前集卷二九引蔡寬夫詩話：「故事，春試進士皆在南省中東廂。刑部有樓，甚宏壯，旁視宣德門，直抵州橋。鎖院每以正月五日，至元夕，例未引試，考官往往竊登樓以望御路燈火之盛。宋宣獻公在翰林時，上元以修史促成書，特免扈從，嘗賦詩云：『屬書不得陪春豫，結客何妨事夜遊，還勝南宫假宗伯，重扉深鎖暗登樓』，蓋謂此也。至嘉祐中，歐陽文忠公知舉，梅聖俞作莫登樓詩，諸公相與唱和，自是遂爲禮闈一盛事。」王珪有和聖俞莫登樓，見華陽集卷一。

〔二〕 玉輪：月之别名。元稹月三十韻：「絳河冰鑑朗，黄道玉輪巍。」

〔三〕 「燈光」四句：東京夢華録卷六「元宵」條下載：「開封府絞縛山棚，立木正對宣德樓。遊人已集御街兩廊下，奇術異能，歌舞百戲，鱗鱗相切，樂聲嘈雜十餘里。擊丸蹴踘，踏索上竿……燈山上綵，金碧相射，錦綉交輝……左右門上，各以草把縛成戲龍之狀，用青幕遮籠，草上密置燈燭數萬盞，望之蜿蜒，如雙龍飛走。」

〔四〕 瑩蹄文角：世説新語汰侈：「王君夫有牛名八百里駮，常瑩其蹄角。」

〔五〕 婭姹：嬌嬈多姿，此借指美女。張鷟遊仙窟：「然後逶迤迴面，婭姹向前。」

〔六〕 髧髦：古時小兒髮式，語出詩鄘風柏舟：「髧彼兩髦。」髧，髮垂貌。

〔七〕 鵂鶹：鴟鴞的一種。莊子秋水：「鴟鵂夜撮蚤，察毫末，晝出瞋目而不見丘山，言殊性也。」鴟鵂即鵂鶹，太平御覽卷二七引莊子此段語，鴟鵂作「鵂鶹」。

答聖俞莫飲酒〔一〕

此已下皆貢院中作。

子謂莫飲酒，我謂莫作詩。花開木落蟲鳥悲，四時百物亂我思。朝吟摇頭暮蹙眉，雕肝琢腎聞退之㊀〔二〕。此翁此語還自違，豈如飲酒無所知。自古不飲無不死，惟有爲善不可遲㊁。功施當世聖賢事，不然文章千載垂㊂。其餘酩酊一罇酒，萬事崢嶸皆可齊〔三〕。腐腸糟肉兩家説〔四〕，計較屑屑何其卑！死生壽夭無足道，百年長短纔幾時。但飲酒，莫作詩，子其聽我言非癡。

【校記】

㊀雕肝琢腎：卷後原校：一作「雕琢肝腎」。　㊁遲：原校：一作「遺」。　㊂然：考異本作「愁」。

【箋注】

〔一〕嘉祐二年（一〇五七）作。梅堯臣莫飲酒詩，見梅集編年卷二七。同卷有堯臣見本詩之後所作的依韻和永叔勸飲酒莫吟詩雜言。

〔二〕「雕肝」句：韓愈贈崔立之評事：「勸君韜養待徵詔，不用雕琢愁肝腎。」「韜養」云云，韓愈並未踐行，故下句云「此翁此語還自違」。

〔三〕「其餘」二句：六藝之一録卷三四〇「鍾離景伯」條下載：孔武仲觀鍾離中散草書帖詩云：「萬事崢嶸置豪末，三杯縱逸如張顛。」

〔四〕腐腸糟肉：指美酒佳肴。枚乘七發：「甘脆肥醲，命曰腐腸之藥。」或稱其美味，或言其有害，故云「兩家説」。

思白兔雜言戲答公儀憶鶴之作〔一〕

君家白鶴白雪毛㊀，我家白兔白玉毫。誰將贈兩翁，謂此二物皎潔勝瓊瑤〔二〕。已憐野性易馴擾，復愛仙格何孤高。玉兔四蹄不解舞，不如雙鶴能清皞。低垂兩翅趁節拍㊁，婆娑弄影誇嬌饒㊂。兩翁念此二物者，久不見之心甚勞。京師少年殊好尚，意氣横出爭雄豪。清罇美酒不輒飲，千金爭買紅顔韶㊃〔三〕。莫令少年聞我語，笑我乖僻遭譏嘲。或被偷開兩家籠，縱此二物令逍遥。兔奔滄海却入明月窟，鶴飛玉山千仞直上青松巢〔四〕。索然兩衰翁，何以慰無憀？纖腰緑鬢既非老者事，玉山滄海一去何由招？

【校記】

㊀白鶴白雪毛：卷後原校：石本作「雙鶴輕霜毛」。㊁節拍：原校：一作「拍節」。㊂嬌饒：卷後原校：一作「妖饒」。㊃爭買：卷後原校：石本作「鬭買」。

【箋注】

〔一〕嘉祐二年（一〇五七）作。宋史梅摯傳：「梅摯，字公儀，成都新繁人。進士，起家大理評事、知藍田上元縣，徙知昭州，通判蘇州……同知貢舉。請知杭州，帝賜詩寵行。累遷右諫議大夫，徙江寧府，又徙河中，卒。摯性淳静，不爲矯厲之行，政迹如其爲人。平居未嘗問生業，喜爲詩，多警句。有奏議四十餘篇。」梅集編年卷二七有和公儀龍圖憶小鶴、和永叔内翰思白兔答憶鶴雜言。華陽集卷一有和永叔思白兔戲答公儀憶鶴雜言。

〔二〕瓊瑶：詩衛風木瓜：「投我以木瓜，報之以瓊瑶。」毛傳：「瓊瑶，美玉。」

〔三〕韶：美好。鮑照發後渚：「華志分馳年，韶顔慘驚節。」

〔四〕玉山：山海經西山經：「又西三百五十里，曰玉山，是西王母所居也。」

戲答聖俞〔一〕

鶴行而啄，青玉觜，枯松脚；　兔蹲而纍〔二〕，尖兩耳，攢四蹄。往往於人家高堂淨屋曾見之㊀，錦裝玉軸掛壁垂。乍見拭目猶驚疑，羽毛毿褷眼睛活〔三〕，若動不動如風吹。主人矜誇百金買，云此絶筆人間奇。畫師畫生不畫死，所得百分三二爾，豈如翫物翫其真。凡物可愛惟精神，況此二物物之珍。月光臨靜夜，雪色凌清晨。二物於此時，瑩無一點纖埃塵。不惟可醒醉翁醉，能使詩老詩思添清新。醉翁謂詩老，子勿誚我愚。老弄兔兒憐鶴雛，與子俱老其衰乎！奈何反捨我，欲向東家看舞姝㊁？須防舞姝見客笑，白髮蒼顏君自照〔四〕。

【校記】

㊀屋：原校：一作「室」。　㊁向：原校：一作「去」。

【箋注】

〔一〕嘉祐二年（一〇五七）作。梅集編年卷二七有和永叔内翰戲答。

〔二〕纍：被拘囚。梅和永叔内翰戲答有「拘之以籠縻以索」之語。

〔三〕毿褷：同「毿纚」。毛羽下垂貌。文選揚雄甘泉賦：「蠖略蕤綏，灕虖毿纚。」李善注：「灕虖毿纚，龍翰下垂之貌也。」

〔四〕「奈何」四句：和永叔内翰戲答：「從他舞姝笑我老，笑終是喜不是惡。」

和梅龍圖公儀謝鷴〔一〕

有詩鶴勿喜，無詩鷴勿悲。人禽固異性，所趣各有宜。朝戲青竹林，暮棲高樹枝。呷呦山鹿鳴〔二〕，格磔野鳥啼〔三〕。聲音不相通，各以類自隨。使鶴居籠中，垂頭以聽詩㊀。鶢鶋享鍾鼓〔四〕，魚鳥見西施。鷴鶴不宜爭，所爭良可知。蚍蜉與蟻子，爲物固已微。當彼兩交鬭，勇如聞鼓鼙。有心皆好勝，未免爭是非。於我一何薄，於彼一何私。欄檻啄花卉，叫號驚睡兒。跳踉兩脚長，落泊雙翅垂。何足充翫好，於何定妍媸。鷴口不能言，夜夢以告之。主人起謝鷴，從我今幾時。僮奴謹守護，出入煩提携。逍遥遂棲息，飲啄安雄雌。花底弄日影，風前理毛衣。豈非主人恩，報效爾宜思。主人今白髮，把酒無翠眉〔五〕。養鶴鷴又妬，我言堪解頤。

【校記】

㊀以：原校：一作「似」。

【箋注】

〔一〕嘉祐二年（一〇五七）作。梅集編年卷二七有謝鷴和公儀、送白鷴與永叔依韻和公儀詩。徐珂清稗類鈔動物：「鷴，通稱白鷴。似山雞而色白，有黑文，尾長三四尺，嘴及爪皆赤色。長江以南産生最多。」梅摯謝鷴詩，今已佚。

〔二〕咿呦：形容啼呼、鳴叫等的象聲詞。韓愈孟郊征蜀聯句：「迫脅聞雜驅，咿呦叫冤跀。」

〔三〕格磔：鳥鳴聲。錢起江行無題詩之二六：「祇知秦塞遠，格磔鷓鴣啼。」

〔四〕鶢鶋：海鳥。文選左思吴都賦：「鶢鶋避風。」劉逵注：「鶢鶋，鳥也，似鳳。」國語卷四：「海鳥曰爰居，止於魯東門之外三日。臧文仲使國人祭之。」韋昭注：「文仲不知，以爲神也。」歐表奏書啓四六集卷六謝石秀才啓：「爲鼷鼠而抉機，僅成輕發；養鶢鶋而奏曲，徒使眩悲。」

〔五〕翠眉：指美女。江淹麗色賦：「夫絶世而獨立者，信東方之佳人，既翠眉而瑶質，亦盧瞳而頳脣。」

和聖俞感李花〔一〕

昨日摘花初見桃，今日摘花還見李㊀。晴風暖日苦相催，春物所餘知有幾？中年多病壯心衰，對酒思歸未得歸。不及牆根花與草，春來隨處自芳菲。

【校記】

㊀花：卷後原校：一作「桃」。

【箋注】

〔一〕嘉祐二年（一〇五七）作。梅集編年卷二七有感李花詩，原注「二月九日」。

折刑部海棠戲贈聖俞二首〔一〕

摇摇牆頭花，笑笑弄顔色〔二〕。荒涼衆草間，露此紅的皪〔三〕。草木本無情，及時如自得。青春不可恃，白日忽已昃。繞之重吟哦，歸坐成歎息。人生浪自苦，得酒且開釋。不見宛陵翁，作詩頭早白。

搖搖牆頭花，豔豔爭青娥〔四〕。朝見開尚少，暮看繁已多。不惜花開繁，所惜時節過。昨日枝上紅，今日隨流波。物理固如此，去來知奈何㊀。達人但飲酒，壯士徒悲歌。

【校記】

㊀去：一作「古」。

【箋注】

〔一〕嘉祐二年（一〇五七）作。梅集編年卷二七有刑部廳海棠見贈依韻答永叔二首。

〔二〕笑笑：花盛開貌。包融賦得岸花臨水發：「笑笑傍溪花，叢叢逐岸斜。」

〔三〕的皪：光亮、鮮明貌。司馬相如上林賦：「明月珠子，的皪江靡。」

〔四〕爭青娥：比美。青娥，美少女。王建白紵歌之二：「城頭烏棲休擊鼓，青娥彈瑟白紵舞。」

刑部看竹效孟郊體〔一〕

花妍兒女姿，零落一何速！竹色君子德〔二〕，猗猗寒更緑〔三〕。京師多名園，車馬紛馳逐。春風紅紫時，見此蒼翠玉〔四〕。凌亂迸青苔，蕭疏拂華屋。森森日影閑，濯濯生意足〔五〕。幸此接清賞，寧辭薦芳醁〔六〕。黃昏人去鎖空廊㊀，枝上月明春鳥宿㊁。

【校記】

㈠黃昏人去：原校：一作「黃昏寂寂」，一作「寂寂人去」。　㈡春：原校：一作「看」。

【箋注】

〔一〕嘉祐二年（一〇五七）作。梅集編年卷二七有刑部廳看竹效孟郊體和永叔。孟郊，字東野，唐苦吟詩人。其詩風苦澀寒峭。

〔二〕「竹色」句：古人常以君子稱竹。晉書王徽之傳：「嘗寄居空宅中，便令種竹。或問其故，徽之但嘯詠，指竹曰：『何可一日無此君邪？』」

〔三〕猗猗：詩衛風淇奧：「瞻彼淇奧，緑竹猗猗。」毛傳：「猗猗，美盛貌。」

〔四〕蒼翠玉：竹也。古人詩中常以竹比玉。劉禹錫庭竹：「露滌鉛粉節，風摇碧玉枝。」

〔五〕濯濯：明淨貌。晉書王恭傳：「恭美姿儀，人多愛悦，或目之云：『濯濯如春月柳。』」

〔六〕薦芳醁：飲美酒。芳醁，美酒。王融修理六根篇頌：「肥馬輕裘，蕙肴芳醁。」

居士集卷七

古詩二十二首

贈沈博士歌㊀〔一〕 遵

沈夫子，胡爲醉翁吟？醉翁豈能知爾琴？滁山高絶滁水深，空巖悲風夜吹林。山溜白玉懸青岑㊁〔二〕，一瀉萬仞源莫尋。醉翁每來喜登臨，醉倒石上遺其簪。雲荒石老歲月侵，子有三尺徽黄金㊂〔三〕，寫我幽思窮崎嶔〔四〕。自言愛此萬仞水，謂是太古之遺音。泉淙石亂到不平，指下嗚咽悲人心。時時弄餘聲，言語軟滑如春禽。嗟乎沈夫子，爾琴誠工彈且止！我昔被謫居滁山，名雖爲翁實少年㊃〔五〕。坐中醉客誰最賢？杜彬琵琶皮作弦。自從彬死世莫傳，玉連鎖聲入黄泉㊄〔六〕。死生聚散日零落，耳冷心衰翁索莫。國恩未報慚禄厚，世事多虞嗟力薄。顔摧鬢改真一翁，心以憂醉安知樂㈥？沈夫子謂我：翁言何苦悲？人生百年間，飲酒能幾時？攬衣推琴起視夜，仰見河漢西南移〔七〕。

【校記】

㈠題下原校：一作「醉翁吟」。㈡山：原校：一作「泉」。㈢徽：原校：一作「暉」。㈣名雖：原校：一作「雖名」。㈤玉連鎖：原作「玉練鎖」，校云：「東坡詩云『新客從翻玉連鎖』，練，疑當作『連』。」按：蘇軾詩集卷六宋叔達家聽琵琶「新曲從翻玉連鎖」句，王註厚曰：「玉連鎖，今曲名。」次公曰：「歐陽贈沈博士歌云：杜彬琵琶皮作弦，自從彬死世莫傳，玉連鎖聲入黄泉。」當以「連」爲是，因據改。㈥以：原校：一作「已」。

【箋注】

〔一〕如題下注，嘉祐二年（一〇五七）作。沈博士名遵，是年通判建州。梅集編年卷二七是年詩有送建州通判沈太博。上一年，歐有贈沈遵詩，見前卷。

〔二〕山溜：山間向下傾注的細流。陸機招隱詩：「山溜何泠泠，飛泉漱鳴玉。」

〔三〕三尺徽黄金：三尺，琴也。琴以黄金爲徽。徽，琴徽，琴面上指示音節的標識。文選嵇康琴賦：「弦以園客之絲，徽以鍾山之玉。」

〔四〕崎嶔：坎坷。劉敞種蔬之一：「聊以資素飽，身世實崎嶔。」

〔五〕「我昔」二句：贈沈遵：「我時四十猶强力，自號醉翁聊戲客。」

〔六〕「坐中」四句：吴曾能改齋漫録卷五杜彬琵琶皮作弦：陳無己詩話：「歐陽公謫滁陽，聞其倅杜彬善琵琶，酒間請之，正色盛氣而謝不能，公亦不復强也。後彬置酒，數行，遽起還内，漸聞絲聲，且作且止而漸近。久之，抱器而出，手不絶彈，盡暮而罷。公喜甚，過所望也。故公詩云：『坐中醉客誰最賢？杜彬琵琶皮作弦。自從彬死世莫傳。』皮弦，世未有也。」以上皆陳説。葉少藴避暑録云：「文忠在滁州，通判杜彬善彈琵琶，故其詩云：『坐中醉客誰最賢？

杜彬琵琶皮作弦。』此詩既出，彬頗病之，祈公改去姓名，而人已傳，卒不得諱。」又云：「琵琶以下撥重爲難，猶琴之用指深，故本色有轢弦護索之稱。文忠嘗問彬琵琶之妙，亦以此對。乃取使教他樂工試爲之，下撥弦皆斷，因笑曰：『如公之弦，無乃皮爲之邪？』故有『皮作弦』之句。而好事者遂傳彬真以皮爲弦，其實非也……」以上皆葉説。余按：陶岳五代史補云：「馮道之子能彈琵琶，以皮爲弦。世宗令彈，深喜之，因號琵琶爲『繞殿雷』。」乃知以皮爲弦，古有其法，而杜彬得之。葉爲妄辨，無可疑者。且文忠公詩云：「我昔被謫居滁州，（中略）玉連鎖聲入黄泉。」則公作此詩時，杜彬已死，之後，葉安得有「祈公改去姓名」之説哉！余以意料之，當是葉只據兩句而遂爲此説，又不考五代史補，偶忘馮氏舊事耳。不然，何舛誤之甚也！胡仔苕溪漁隱叢話後集卷一〇：「暇日因閲酉陽雜俎，云：『開元中，段師能彈琵琶用皮弦，賀懷智破撥彈之，不能成聲。』因思永叔、無已皆不見此説，何也？程大昌演繁露卷一琵琶皮弦：『元稹琵琶歌：「須聲少得似雷吼，纏弦不敢彈羊皮。」又曰：「鵾弦鐵撥響如雷。」房千里大唐雜録載：「春州土人彈小琵琶，以狗腸爲弦，聲甚淒楚。」合三物觀之，以皮造弦，不爲無證。若詳求元語，恐是羊皮爲質，而練絲纏裹其上，資皮爲勁，而其聲還出於絲，故歐公亦曰「玉連鎖聲」也。』」

〔七〕河漢西南移：指夜已深。曹丕燕歌行：「明月皎皎照我床，星漢西流夜未央。」

和聖俞李侯家鴨脚子〔一〕

鴨脚生江南，名實未相浮。絳囊因入貢，銀杏貴中州〔二〕。致遠有餘力，好奇自賢侯〔三〕。因令江上根，結實夷門秋〔四〕。始摘纔三四，金奩獻凝旒〔五〕。公卿不及識，天子百金酬。歲久子漸多，纍纍枝上稠。主人名好客，贈我比珠投。博望昔所徙，蒲萄安石榴〔六〕。想其初來時，厥價與此侔。今也遍中國，籬根及牆頭。物性久雖在，人情逐時流。惟當記其始，後世知來由。是亦史官法，豈徒續君謳？京師無鴨脚樹，駙馬都尉李和文自南方移植于其第。

【箋注】

〔一〕如題下注，嘉祐二年（一〇五七）作。原唱爲梅集編年卷二七永叔内翰遺李太博家新生鴨脚。詩後，夏敬觀引歐詩注并云：「和文，李遵勗也。李評字持正，遵勗孫，端愿子。遵勗尚萬壽長公主。少涉書傳，嘗以主遺奏召試學士院，改殿中丞，意不滿，辭之。後二年，再召試，復止遷一官，愈不悦。職官志：殿中丞，有出身轉太常博士。是其後二年召試所遷之官也。」按：李侯，李遵勗。鴨脚子即銀杏，見本集卷五梅聖俞寄銀杏箋注〔二〕。

〔二〕「鴨脚」四句：吴景旭歷代詩話卷五六鴨脚引此謂：「銀杏，一名鴨脚子，謂其葉頗似鴨脚也。江南人共呼爲白菓。此菓北地不能種，故永叔云爾。」

〔三〕賢侯：指李遵勗。

〔四〕夷門：戰國魏都城的東門，爲大梁（開封）的别稱。

〔五〕凝旒：帝王代稱。王禹偁對雪感懷呈翟使君馮中允同年：「催班臨秘殿，稱賀拱凝旒。」

〔六〕「博望」二句：言張騫通西域後，葡萄、安石榴方傳入中土。史記大宛列傳：「（張）騫以校尉從大將軍擊匈奴，知水草處，軍得以不乏，乃封騫爲博望侯。」

送吴生南歸㊀〔一〕

自我得曾子，於兹二十年〔二〕。今又得吴生，既得喜且歎。古士不並出，百年猶比肩。區區彼江西，其産多材賢。吴生初自疑，所擬豈其倫〔三〕。我始見曾子，文章初亦然。崑崙傾黄河〔四〕，渺漫盈百川。決疏以道之㊁，漸斂收横瀾。東溟知所歸，識路到不難。吴生始見我，袖藏新文篇㊂。忽從布褐中，百寶寫我前㊃。明珠雜璣貝，磊砢或不圓〔五〕。問生久懷此，奈何初無聞？吴生不自隱，欲吐羞俛顔：少也不自重，不爲鄉人憐。中雖知自悔，學問苦賤貧。自謂久而信，力行困彌堅。今來決疑惑，幸冀蒙洗湔〔六〕。我笑謂吴生，爾其聽我言：世所謂君子，何異於衆人？衆人爲不善，積微成滅身㊄〔七〕。君子能自知，改過不逡巡。惟於斯二者，愚智遂以分。顔回不貳過㊅〔八〕，後世稱其仁。孔子過而更〔九〕，日月披浮雲〔一〇〕。子路初來時，雞冠佩豭豚㊆〔一一〕。斬蛟射白額，後卒爲名臣〔一二〕。子既悔其往，人誰禦其新？醜夫祀上帝㊇，孟子豈不云〔一三〕。臨行贈此言，庶可以書紳〔一四〕。

【校記】

㊀題下原校：一作「送吴孝宗，字子京」。㊁道：原校：一作「導」。㊂篇：原校：一作「編」。㊃寫：原校：一作「瀉」。我前：卷後原校：一作「在前」。㊄積微：考異本作「積聚」。㊅顔回：卷後原校：一作「顔子」。㊆雞冠：卷後原校：一作「冠雞」。㊇祀：卷後原校：一作「事」。

【箋注】

〔一〕據題下注，嘉祐五年（一〇六〇）作。能改齋漫録卷一四吴子經言似莊子云：「吴子經名孝宗，臨川人，荆公之舅，歐陽文忠公集所載五言古詩送吴生者，即子經也。」臨川集卷九四臨川吴子善墓誌銘云：「某謂其父爲諸舅，甚知其所爲，故於其弟子經孝宗之求志以葬也，爲道而不辭。」魏泰東軒筆録卷一二：「吴孝宗，字子經，撫州人。少落拓，不護細行，然文辭俊拔，有大過人者。嘉祐初，始作書謁歐陽文忠公，且贊其所著法語十餘篇。文忠讀而駭歎，問之曰：『子之文如此，而我不素知之，且王介甫、曾子固皆子之鄉人，亦未嘗稱子，何也？』孝宗具言少無鄉曲之譽，故不見禮於二公。文忠尤憐之，於其行，贈之詩曰（即本詩，略）。孝宗至熙寧間始以進士得第，一命爲主簿而卒。既嘗忤王荆公，無復薦引之者。家貧無子，其書亦將散落而無傳矣，故盡録文忠之詩，亦庶以見其迹也。」

〔二〕「自我」二句：慶曆元年（一〇四一），曾鞏入太學，有上歐陽學士第一書。自彼時至作本詩，正二十年。

〔三〕「所擬」句：禮記曲禮：「擬人必于其倫。」

〔四〕「崑崙」句：水經注卷一：「余考羣書，咸言河出崑崙。」

〔五〕磊砢：形容植物多節，喻人有奇特的才能。世説新語賞譽：「庾子嵩目和嶠：『森森如千丈松，雖磊砢有節目，施之大厦，有棟梁之用。』」

〔六〕洗湔：洗滌，清除。韓愈示爽：「才短難自力，懼終莫洗湔。」

〔七〕積微：新五代史伶官傳序：「夫禍患常積於忽微，而智勇多困於所溺，豈獨伶人也哉！」

〔八〕「顔回」句：論語雍也：「哀公問：『弟子孰爲好學？』孔子對曰：『有顔回者，好學，不遷怒，不貳過。』」

〔九〕「孔子」句：論語述而：「子曰：『德之不修，學之不講，聞義不能徙，不善不能改，是吾憂也。』」

〔一〇〕「日月」句：論語子張：「子貢曰：『君子之過也，如日月之食焉：過也，人皆見之；更也，人皆仰之。』」

〔一一〕「子路」二句：史記仲尼弟子列傳：「子路性鄙，好勇力，志伉直，冠雄雞，佩豭豚，陵暴孔子。孔子設禮稍誘子路，子路後儒服委質，因門人請爲弟子。」裴駰集解：「冠以雄雞，佩以豭豚。二物皆勇，子路好勇，故冠帶之。」

〔一二〕「斬蛟」二句：周處少時横行鄉里，鄉人視處與南山虎、長橋蛟爲三害。處後改過，殺虎斬蛟，入吳，官至御史中丞。見晉書周處傳。白額，白額虎。

〔一三〕「醜夫」二句：孟子離婁下：「雖有惡人，齋戒沐浴，則可以祀上帝。」

〔一四〕書紳：論語衛靈公上：「子張書諸紳。」朱熹集注：「紳，大帶之垂者，書之，欲其不忘也。」

【集評】

［宋］黄震：論改過甚暢。（黄氏日鈔卷五〇）

樂哉襄陽人送劉太尉從廣赴襄陽㊀〔一〕

嗟爾樂哉襄陽人，萬屋連甍清漢濱〔二〕。語言輕清微帶秦，南通交廣西峨岷。羅縠纖麗藥物珍〔三〕，枇杷甘橘薦清罇。磊落金盤爛璘璘，槎頭縮項昔所聞〔四〕。黄橙擣虀香復辛㊁，春雷動地竹走根。錦苞玉筍味爭新〔五〕，鳳林花發南山春〔六〕。掩映谷口藏山門，樓臺金碧瓦鱗鱗。峴首高亭倚浮雲〔七〕，漢水如天瀉沄沄〔八〕。斜陽返照白鳥羣，兩岸桑柘雜耕耘。文王遺化已寂寞〔九〕，千載誰復思其仁！荆州漢魏以來重，古今相望多名臣〔一〇〕。嗟爾樂哉襄陽人，道扶白髮抱幼孫。遠迎劉侯朱兩輪㊂，劉侯年少氣甚淳。詩書學問若寒士，罇俎談笑多嘉賓。往時邢洺有善政㊃〔一一〕，至今遺愛留其民。誰能持我詩以往，爲我先賀襄陽人。

【校記】

㊀從廣：原校：一作「景元」。題下原校：一本無下三字，「景元」蓋字。　㊁黄橙擣：原校：一作「橙擣新」。

㊂朱兩：原校：一作「望朱」。　㊃洺：原校：一作「臺」。

【箋注】

〔一〕據題下注，嘉祐二年（一〇五七）作。宋史劉從廣傳：「從廣，字景元。少出入禁中，侍仁宗左右，太后愛之，如家人子……娶荆王元儼女，爲滁州防禦使，時年十七……十年不遷，特拜宣州觀察使，同勾當三班院。請補外自效，以知洺州……徙邢州……出知襄州。徙真定府路馬步軍副都總管，卒，贈昭慶軍節度使，謚良惠。從廣性謹飭，然喜交士大夫，時頗稱之。」襄陽（今湖北襄樊），襄州州治所在，後爲京西南路治所。宋史地理志一稱「襄陽爲汴南巨鎮」。

〔二〕漢：漢水。襄陽位於漢水之濱。

〔三〕羅縠：一種疏細的絲織品。吴越春秋勾踐陰謀外傳：「飾以羅縠，教以容步。」

〔四〕槎頭縮項：指槎頭鯿，即鯿魚。縮項，弓背，色青，味鮮美，以産漢水者最著名。孟浩然峴潭作：「試垂竹竿釣，果得槎頭鯿。」杜甫解悶之六：「即今耆舊無新語，漫釣槎頭縮頸鯿。」

〔五〕錦苞：竹籜的美稱。陸龜蒙奉和襲美公齋四詠次韻新竹：「徐觀穉龍出，更賦錦苞零。」

〔六〕鳳林：據元豐九域志卷一，襄陽有大安、鳳林、峴首等鎮。吕岩劍畫此詩於襄陽雪中：「峴山一夜玉龍寒，鳳林千樹梨花老。」

〔七〕峴首高亭：當指峴山亭。

〔八〕沄沄：水流洶湧貌。楚辭九思哀歲：「流水兮沄沄。」

〔九〕文王：周文王。史記周本紀：「文王遵后稷、公劉之業，則古公、公季之法，篤仁，敬老，慈少。禮下賢者，日中不暇食以待士，士以此多歸之。」

〔一〇〕「荆州」二句：據大清一統志卷二六九，荆州府名宦：漢有蕭育等，三國有張飛、陸遜等，晉有桓冲等，南北朝有劉義慶等，唐有李靖、張九齡、元結等，宋有張齊賢等。

〔一一〕「往時」句：宋史劉從廣傳：「漳水溢，從廣穿隋故渠，以殺水勢，洺人便之。徙邢州，籍鄉軍之罷老者，聽引子弟自代，著爲令。」

【集評】

〔宋〕黄震：先序襄陽之勝，而勉以德化，其文騷以婉。（黄氏日鈔卷六一）

奉酬揚州劉舍人見寄之作㈠〔一〕 原父

別君今幾時〔二〕，歲月如插羽〔三〕。悠悠寢與食，忽忽朝復暮。紛紛竟何爲，凜凜還自懼。朝廷無獻納，倉廩徒耗蠹。風霜苦見侵，衰病日增故。江湖豈不思，懇悃布已屢〔四〕。美哉廣陵公〔五〕，風政傳道路。優游侍從臣，左右天子顧。君來一何遲，我請亦有素。何當兩還分，尚冀一相遇。把手或未能，尺書幸時寓。

【校記】

㈠題下原校：一作「酬劉原父見寄」。

【箋注】

〔一〕如題下注，嘉祐二年（一〇五七）作。劉敞至和元年同修起居注，未一月，擢知制誥。（據長編卷一七七）嘉祐元年，出使契丹還，求知揚州。（據本集卷三五集賢院學士劉公墓誌銘）因其知制誥，故稱劉舍人。梅集編年卷二七有依韻和永叔内翰酬寄揚州劉原甫舍人。

〔二〕「別君」句：劉敞嘉祐元年出知揚州，歐與之分別。

〔三〕插羽：古時軍書插羽毛以示迅急，此喻時之飛逝。

〔四〕「江湖」二句：歐屢請補外，書簡卷五有是年所作與劉侍讀原父，云：「某以衰病，當此煩冗，已三請江西。」

〔五〕廣陵公：指劉敞。敞知揚州，廣陵乃揚州舊稱。

西齋手植菊花過節始開偶書奉呈聖俞〔一〕

秋風吹浮雲，寒雨灑清曉。鮮鮮牆下菊，顔色一何好。好色豈能常，得時仍不早。文章損精神，何用覷天巧〔二〕？四時悲代謝，萬物惜凋槁。豈知寒鑑中，兩鬢甚秋草〔三〕。東城彼詩翁，學問同少小㊀。風塵世事多，日月良會少。我有一罇酒，念君思共倒。上浮黄金蘂〔四〕，送以清歌裊。爲君發朱顔，可以却君老。

【校記】

㊀少：原校：一作「年」。

【箋注】

〔一〕如題下注，嘉祐二年（一〇五七）作。梅集編年卷二七有依韻和永叔内翰西齋手植菊花過節始開偶書見寄。

〔二〕天巧：不假雕飾，自然工巧。韓愈答孟郊：「規模背時利，文字覷天巧。」

〔三〕「豈知」二句：庾信塵鏡：「何須照兩鬢，終是一秋蓬。」

〔四〕黄金蘂：指菊花。梅堯臣殘菊：「零落黄金蕊，雖枯不改香。」

於劉功曹家見楊直講褒女奴彈琵琶戲作呈聖俞〔一〕

大弦聲遲小弦促㊀，十歲嬌兒彈啄木〔二〕。啄木不啄新生枝，惟啄槎牙枯樹腹㊁。花繁蔽日鎖空園，樹老參天杳深谷。不見啄木鳥，但聞啄木聲。春風和暖百鳥語，山路磽确行人行〔三〕。啄木飛從何處來，花間葉底時丁丁〔四〕。林空山静啄愈響，行人舉頭飛鳥驚㊂。嬌兒身小指撥硬，功曹廳冷弦索鳴。繁聲急節傾四坐，爲爾飲盡黄金觥。楊君好雅心不俗，太學官卑飯脱粟。嬌兒兩幅青布裙，三脚木牀坐調曲。奇書古畫不論價，盛以錦囊裝玉軸㊃〔五〕。披圖掩卷有時倦，卧聽琵琶仰看屋。客來呼兒旋梳洗，滿額花鈿貼黄菊〔六〕。雖然可愛眉目秀，無奈長飢頭頸縮。宛陵詩翁勿誚渠，人生自足乃爲娱，此兒此曲翁家無。

【校記】

㊀促：考異本作「速」。　㊁槎牙：原校：一作「牙槎」。　㊂「行人」句：卷後原校：一作「衆鳥啁啾飛且驚」。　㊃盛以錦囊：卷後原校：一作「古錦裁囊」。

【箋注】

〔一〕　如題下注，嘉祐二年（一〇五七）作。劉功曹，劉敞。據本集集賢院學士劉公墓誌銘，敞嘗判吏部南曹尚書考功，故稱。楊褒事迹見本集卷六盤車圖箋注〔三〕。梅集編年卷二七有依韻和永叔戲作。兩宋名賢小集公是集有奉同永叔於劉功曹家聽楊直講女奴彈啄木見寄之作。

〔二〕　啄木：曲調名。陶宗儀輟耕録卷二七：「有一曲入數調者，如啄木兒……黄鶯兒、金盞兒之類是也。」

〔三〕　磽确：多石而堅硬。楊億宣陽觀賽雨文：「水泉枯乾，山田磽确。」

〔四〕丁丁：象聲詞。詩小雅伐木「伐木丁丁」，毛傳：「丁丁，伐木聲也。」後泛指某些聲音，此指啄木聲。

〔五〕「楊君」六句：宋朝事實類苑卷六二：「華陽楊褒好古博物，家雖甚貧，而書畫奇玩充實中橐。家姬數人，布裙糲食，而歌舞絶妙。故歐陽公贈之詩曰：『三脚木床坐調曲。』蓋言褒之貧乏也。」脱粟，糙米。晏子春秋雜下第六：「晏子相景公，食脱粟之食。」

〔六〕花鈿：用金翠珠寶製成的花形首飾。沈約麗人賦：「陸離羽佩，雜錯花鈿。」

【集評】

〔宋〕葛立方：歐陽永叔見楊直講女奴彈琵琶云：「嬌兒兩幅青布裙，三脚木牀坐調曲。雖然可愛眉目秀，無奈長飢頭項縮。」梅聖俞和篇亦云：「不肯那錢買珠翠，任從堆插階前菊。功曹時借乃許出，他日求官龜殼縮。」亦可以想見風采矣。永叔倒殘壺得酒，於筐筥間得枯魚，强飲疾醉之時，亦有小婢鳴弦佐酒。所謂「小婢立我前，赤脚兩髻丫。軋軋鳴雙弦，正如䲔嘔啞。」議者謂亦與楊家嬌兒不遠。余謂永叔作此詩時，已爲内相。觀其所作長短句，皆富豔語，不應當以此汙尊俎，永叔特自謙之詞爾。梅聖俞嘗和其詩云：「公家八九姝，鬒髮如盤鴉。朱唇白玉膚，參年始破瓜。」則永叔所言赤脚者，非誠語無疑矣。（韻語陽秋卷一五）

〔清〕方東樹：閑淡可愛。起句點。次句冒寫，以下只寫此句。「嬌兒身小」句束，横截作章法。收入議。（昭昧詹言卷一二）

長句送陸子履學士通判宿州〔一〕

古人相馬不相皮，瘦馬雖瘦骨法奇。世無伯樂良可嗤，千金市馬惟市肥〔二〕。騏驥伏櫪兩耳垂，夜聞秋風仰秣嘶〔二〕。一朝絡以黄金羈，且刷吴越暮燕陲〔三〕。丈夫可憐憔悴時，世俗庸庸皆見遺。子履自少聲名馳〔三〕，落筆文章天下知〔四〕。開懷吐胸不自疑，世路迫窄多穽機〔五〕。鬢毛零落風霜摧，十年江湖千首詩〔六〕。歸來京國舊遊非，大笑相逢索酒卮。酒酣猶能弄蛾眉〔七〕，山川摇落百草腓。愛君不改青松枝，念君明當整驂騑。贈以瑶華期早歸〔八〕，豈惟朋友相追隨，坐使臺閣生光輝。

【校記】

㈠宿州：原校：一本作「亳州」，非。　㈡市：原校：一作「其」。　㈢刷：原校：一作「發」。

【箋注】

〔一〕如題下注，嘉祐二年（一〇五七）作。陸子履，陸經。一稱陳經，以其母再嫁陳見素，故冒姓陳。據長編卷一三四、一三三、一八〇載，景祐二年，見素卒，經復姓陸。慶曆元年，爲集賢校理。三年，貶監汝州酒税。治平時，知潁州（此據本集卷四〇仁宗御飛白記）。熙寧五年，判太常寺。十年，知河中府，召直史館。梅集編年卷二七有送陸子履學士通判宿州。宿州（今屬安徽）在淮南路。

〔二〕仰秣：荀子勸學：「伯牙鼓琴而六馬仰秣。」楊倞注：「仰首而秣，聽其聲也。」

〔三〕「子履」句：據外集卷一四送陳經秀才序，陸經早在明道元年就與歐等交往，遊龍門，賦詩飲酒，知名於西京。

〔四〕「落筆」句：宣和書譜卷六：「陸經字子履，越人也……前輩高文必求經爲之書，故經之石刻殆遍天下。」

〔五〕「世路」句：據長編卷一三九，陸經慶曆三年因奏事遭責，由集賢校理貶監汝州酒税。又據卷一五三，慶曆四年，監察御史劉元瑜劾奏陸經「杖死爭田寡婦李氏并貸民錢，又數與僚友燕聚，語言多輕肆……請重置於法，勿以赦論……并以經前與進奏院祠神會，坐之，責授袁州別駕。」

〔六〕十年江湖：趙抃清獻集卷六奏劄乞牽復陸經舊職：「臣伏見大理寺丞陸經，頃因鄉里借錢并與官員聚會等，公事勘斷，止得杖一百……當時有勘官王翼，於事外上言誣搆，遂貶。經袁州十年，江淮六次恩赦，子母萬里，今始生還。」

〔七〕弄蛾眉：指扮演美女模樣。弄，古代百戲樂舞中扮演脚色或表演節目。如唐時有「弄参軍」，宋時有「弄懸絲傀儡」等。

〔八〕瑶華：詩文的美稱。儲光羲酬李處士山中見贈：「引領遲芳信，果枉瑶華篇。」

送公期得假歸絳〔一〕

風吹積雪銷太行，水暖河橋楊柳芳。少年初仕即京國〔二〕，故里幾歸成鬢霜。山行馬瘦春泥滑，野飯天寒餳粥香〔三〕。留連芳物佳節過㈠，束帶還來朝未央㈡。

【校記】

㈠芳：原校：一作「風」。　㈡還來：卷後原校：一作「歸來」。

【箋注】

〔一〕據題下注，嘉祐三年（一〇五八）作。由首二句觀之，當寫於春季。薛仲孺，字公期，歐陽修岳父薛奎之嗣子。本集卷四四薛簡肅公文集序：「公有子直孺，早卒，無後，以其弟之子仲孺公期爲後。」絳，絳州。薛奎，絳州正平（今山西新絳）人，葬於絳州。梅集編年卷二八有送薛公期比部歸絳州展墓。

〔二〕「少年」句：歐外制集卷三大理寺丞薛仲孺可太子右贊善大夫制：「敕具官薛仲孺：爾之伯父奎，爲吾大臣，參議國政，剛直之節，見於臨事。殁而無嗣，吾甚哀之。爾幼以奉廕而登仕籍，今由累歲遂升于朝。」仲孺後嘗爲駕部員外郎、虞部郎中。（據臨川集卷五〇）。

〔三〕 餳粥：甜粥。白居易贈舉之僕射：「雞毬餳粥屢開筵，談笑謳吟閑管弦。」

【集評】

〔宋〕樓鑰：歐公有送公期得假歸絳詩：「山行馬瘦春泥滑，野飯天寒餳粥香。」最爲人膾炙。簡肅公，絳人也。公爲之婿，稱其清德直節，家法嚴，子弟多賢材，公期豈其人耶！（攻媿集卷七一跋游嗣祖所藏帖歐公與薛公期駕部帖）

〔清〕方東樹：往返曲折，總是古文章法。此爲通人。逆起。三四點。五六正面。收二句棱，後面。（昭昧詹言卷一二）

送宋次道學士赴太平州㊀〔一〕 敏求

古堤老柳藏春煙㊁，桃花水下清明前。江南太守見之笑，擊鼓插旗催解船㊂。侍中令德宜有後，學士清才方少年〔二〕。文章秀粹得家法〔三〕，筆畫點綴多餘妍㊃。藏書萬卷復强記，故事累朝能口傳〔四〕。來居侍從乃其職，遠置州郡誰謂然㊄。交游一時盡英俊㊅，車馬兩岸來聯翩。船頭朝轉暮千里，有酒胡不爲留連㊆？

【校記】

㊀赴：原校：一作「知」。 ㊁老柳藏：原校：一作「楊柳排」。 ㊂「擊鼓」句：原校：一作「打鼓插旗催發船」。 ㊃餘：原校：一作「逾」。 ㊄謂：天理本校：「本多作『爲』。」疑「本」上漏「各」字。 ㊅英：原校：一作「豪」。 ㊆不爲：原校：一作「爲不」。

【箋注】

〔一〕據題下注，嘉祐三年（一〇五八）作。宋次道，宋敏求。琬琰集删存卷二范鎮宋諫議敏求墓誌銘：「公諱敏求，字次道，趙州平棘人……王文安公、宋景文公刊修唐書，以公嘗爲續唐録，習唐故事，奏充編修官，復校勘。以嫡孫丁鄭國憂，仍詔在家修書，後爲集賢校理，通判西京留守司、知太平州，五遷太常博士。」太平州（治今安徽當塗）屬江南東路。

〔二〕「侍中」二句：據宋史本傳，宋綬（敏求父）卒贈司徒兼侍中。據蘇頌龍圖閣直學士修國史宋公神道碑，敏求天聖三年以父蔭爲秘書省正字，寶元二年召試學士院，賜進士第，時年方二十一歲。

〔三〕得家法：宋史宋綬傳：「博通經史百家，其筆札尤精妙。朝廷大議論，多綬所財定。楊億稱其文沉壯淳麗，曰：『吾殆不及也。』」

〔四〕「藏書」二句：宋諫議敏求墓誌銘：「公約清惇純，而敏於記學。其爲文章、訓辭、誥命，皆有程範。朝廷典故、士大夫疑議，必就取正而後決。宋元憲公在河南，每咨以故實。歐陽文忠公致手簡通問，則自處淺陋，而以鴻博名公。家藏書三萬卷，日集子孫討論翻繹，以爲娛樂。」

謝觀文王尚書惠西京牡丹〔一〕　舉正

京師輕薄兒，意氣多豪俠。爭誇朱顔事年少㈠，肯慰白髮將花插。尚書好事與俗殊㈡，憐我霜毛苦蕭颯。贈以洛陽花滿盤㈢，鬬麗爭奇紅紫雜。兩京相去五百里，幾日馳來足何捷。紫檀金粉香未吐，緑蕚紅苞露猶浥〔二〕。謂我嘗爲洛陽客，頗向此花曾涉獵。憶昔進士初登科，始事相公沿吏牒。河南官屬盡賢俊，洛城池籞相連接㈣。我時年纔二十餘，每到花開如蛺蝶〔三〕。姚黄魏紅腰帶鞓，潑墨齊頭藏緑葉。鶴翎添色又其次，此外雖妍猶婢妾〔四〕。爾來不覺三十年，歲月纔如熟羊胛〔五〕。無情草木不改色，多難人生自摧拉〔六〕。見花了了雖舊識，感物依依幾抆睫。念昔逢花必沽酒，起坐歡呼屢傾榼。而今得酒復何爲㈤，愛花繞之空百匝。心衰力懶難勉彊㈥，與昔一何殊勇怯。感公意厚不知報，墨筆淋漓口徒囁。

【校記】

㈠事：卷後原校：一作「競」。　㈡事：考異本校：家本作「士」。　㈢贈以：原校：一作「寄贈」。

㈣池：原校：一作「苑」。　㈤復：卷後原校：一作「亦」。　㈥力懶：卷後原校：一作「力乏」。

【箋注】

〔一〕據題下注，嘉祐三年（一〇五八）作。王尚書，王舉正，真定（今河北正定）人，時知河南府。宋史王舉正傳：「舉正，字伯仲。幼嗜學，厚重寡言……及狄青爲樞密使，又言青出兵伍，不可爲執政，力爭不能奪，因請解言職。帝稱其得風憲體，遣賜就第，賜白金三百兩。除觀文殿學士、禮部尚書，知河南府。入兼翰林侍讀學士……以太子少傅致仕，卒，贈太子太保，謚安簡。」

〔二〕「兩京」四句：外集卷二二洛陽牡丹記風俗記：「洛陽至東京六驛，舊不進花，自今徐州李相迪爲留守時始進御，歲遣衙校一員，乘驛馬，一日一夕至京師。所進不過姚黃、魏花三數朵，以菜葉實竹籠子藉覆之，使馬上不動搖，以蠟封花蒂，乃數日不落。」

〔三〕「憶昔」六句：追憶初官西京生涯。參閱歐詩遊龍門分題十五首、七交七首等。沿吏牒，即沿牒，謂官吏隨選補之文牒而調遷。文選江淹雜體詩效顔延年侍宴：「測恩躋踰逸，沿牒懵浮淺。」李善注：「漢書：長安令楊興説將軍史高曰：『匡衡無階朝廷，隨牒在遠方。』」

〔四〕「姚黄」四句：列出諸多超出尋常的牡丹名品，參閲洛陽牡丹記與洛陽牡丹圖詩。

〔五〕「爾來」二句：由歐初仕西京的天聖八年（一〇三〇），至作本詩時的嘉祐三年（一〇五八），近三十年。苕溪漁隱叢話卷三六引西清詩話云：「歐公謝人寄牡丹詩：『邇來不覺三十年，歲月纔如熟羊胛。』用史載海東有國曰骨利幹，地近扶桑，國人初夜煮羊胛，方熟，而日已出，言其疾也。」

〔六〕「無情」二句：本集卷一五秋聲賦：「嗟乎！草木無情，有時飄零。人爲動物，惟物之靈。百憂感其心，萬事勞其形，有動于中，必摇其精……奈何以非金石之質，欲與草木而争榮？」摧拉，摧折、摧毁。

【集評】

〔清〕方東樹：「念昔」數語，即此花以追往事，詩人情思之常。「河南官屬」四字用孔融傳。（昭昧詹言卷一二）

送朱職方提舉運鹽㈠〔一〕

齊人謹鹽策㈡，伯者之事爾〔二〕。計口收其餘，登耗以生齒〔三〕。民充國亦富，粲若有條理。惟非三王法㈢，儒者猶爲恥〔四〕。後世益不然，榷奪由漢始〔五〕。權量自持操，屑屑已甚矣〔六〕。穴竈如蜂房〔七〕，熬波銷海水。豈知戴白民〔八〕，食淡有至死。物艱利愈厚，令出姦隨起。良民陷盜賊，峻法難禁止。問官得幾何，月課煩笞箠。公私兩皆然，巧拙可知已〔九〕。英英職方郎〔一〇〕，文行粹而美。連年宿與泗，有政皆可紀〔一一〕。忽來從辟書，感激赴知己。閔然哀遠人，吐策獻天子。治國如治身，四民猶四體。奈何窒其一，無異鈦厥趾。工作而商行㈣，本末相表裏。臣請通其流，爲國掃泥滓。金錢歸府藏，滋味飽閭里。

利害難先言，歲月可較比〔一二〕。鹽官皆謂然，丞相曰可喜。適時乃爲才，高論徒譎詭。夷吾苟今出㊄〔一三〕，未以彼易此。隋堤樹毿毿〔一四〕，汴水流瀰瀰〔一五〕。子行其勉旃，吾黨方傾耳。

【校記】

㊀題下原校：一本云「表臣」。㊁謹：原校：一作「建」。㊂惟：原校：一作「雖」。㊃而商行：原校：一作「與商賈」。㊄今：原校：一作「復」。

【箋注】

〔一〕如題下注，嘉祐三年（一〇五八）作。長編卷一八六嘉祐二年十一月：「癸酉朔，置江淮南荆湖制置司勾當運鹽公事一員。初，三司言商旅於榷貨務入見錢算東南鹽，歲課四百萬緡，諸路般運不足而課益虧，請選官置司以主之。」注云：「歐陽修有詩可考。」按：當指本詩。梅集編年卷二八有送朱表臣職方提舉運鹽。朱處仁，字表臣，時以職方員外郎提舉東南鹽運。長編卷一九一嘉祐五年五月：「甲寅，以淮南、江浙、荆湖、福建等路提舉運鹽公事、職方員外郎朱處仁爲屯田郎中。」然則處仁提舉運鹽兩年又數月矣。歐貶夷陵時，朱氏爲峽州推官，兩人頗多唱和。梅集編年卷一一有慶曆元年詩送櫟陽宰朱表臣，卷二六有嘉祐元年詩泗守朱表臣都官創北園、同朱表臣及諸君游樊氏園等，卷二九有嘉祐四年詩寄題朱表臣職方真州新園。蘇集編年卷七歙州黟縣令朱君墓誌銘：「沛國朱處仁表臣，少從予游，長又同登進士第。表臣宦於楚，予適越，遇表臣……表臣遂狀其世曰：先君諱咸熙……四子：長即處仁，泗州判官，監楚州；次處約，登進士甲科，知南安軍上猶縣；處中、處厚皆夭。」長編卷一八五嘉祐二年三月：「淮南轉運司言淮水自夏秋暴漲，浸泗州城，知州朱處仁、通判蔡選並有固護之勞，降詔獎諭。」綜上所述，朱處仁景祐元年登進士第，歷任峽州推官、櫟陽縣令、泗州判官、楚州通判、泗州知州、提舉運鹽等職。寄題朱表臣職方真州新園云：「朝廷正急才，何得言歸老。」知嘉祐四年朱氏在真州營建新園，以作歸老之計。

〔二〕「齊人」二句：史記齊太公世家：「太公至國，修政，因其俗，簡其禮，通商工之業，便魚鹽之利，而人民多歸齊，齊爲大國。」又，後文有桓公「得管仲」，「連五家之兵，設輕重魚鹽之利」，「于是始霸」的記載。

〔三〕登耗：猶增減。文獻通考田賦考序：「而王畿之内，復有公卿大夫采地禄邑……其土壤之肥磽，生齒之登耗，視之如其家。」

〔四〕「惟非」二句：孟子告子下：「五霸者，三王之罪人也。」趙岐注：「三王，夏禹、商湯、周文王是也。」孟子梁惠王上：「齊宣王問曰：『齊桓、晉文之事，可得聞乎？』孟子對曰：『仲尼之徒無道桓、文之事者，是以後世無傳焉，臣未之聞也。無以，則王乎？』」

〔五〕「榷奪」句：指漢武帝時，用桑弘羊爲治粟都尉，由政府實行鹽、鐵、酒類專賣，剥奪商人利益。見漢書食貨志。

〔六〕屑屑：勞瘁匆迫貌。漢書王莽傳：「晨夜屑屑，寒暑勤勤。」

〔七〕穴竈：煎鹽的洞竈。

〔八〕戴白：漢書嚴助傳：「戴白之老，不見兵革。」顔師古注：「戴白，言白髮在首。」

〔九〕巧拙：巧謂齊之法，拙謂漢後之法。

〔一〇〕職方郎：指朱表臣，時爲職方員外郎。

〔一一〕「連年」二句：朱表臣守泗政績見箋注〔一〕。

〔一二〕「治國」十二句：概述表臣上書的内容。釱厥趾，漢書食貨志：「敢私鑄鐵器鬻鹽者，釱左趾。」顔師古注：「釱，足鉗也。」

〔一三〕夷吾：管仲，字夷吾，齊桓公之相。事見史記管晏列傳。

〔一四〕毶毶：垂拂紛披貌。施肩吾春日錢塘雜興：「酒姥溪頭桑裊裊，錢塘郭外柳毶毶。」

〔一五〕瀰瀰：水滿貌。詩邶風新臺：「新臺有泚，河水瀰瀰。」

嘗新茶呈聖俞〔一〕

建安三千里〔二〕，京師三月嘗新茶㊀。人情好先務取勝，百物貴早相矜誇。年窮臘盡春欲動，蟄雷未起驅龍蛇㊁。夜聞擊鼓滿山谷，千人助叫聲喊呀。萬木寒癡睡不醒，惟有此樹先萌芽。乃知此爲最靈物㊂，宜其獨得天地之英華㊃〔三〕。終朝採摘不盈掬，通犀銙小圓復窊〔四〕。鄙哉穀雨槍與旗〔五〕，多不足貴如刈麻。建安太守急寄我〔六〕，香蒻包裹封題斜〔七〕。泉甘器潔天色好，坐中揀擇客亦嘉㊄。新香嫩色如始造，不似來遠從天涯。停匙側盞試水路，拭目向空看乳花㊅。可憐俗夫把金錠㊆，猛火炙背如蝦蟆〔八〕。由來真物有真賞，坐逢詩老頻咨嗟。須臾共起索酒飲，何異奏雅終淫哇〔九〕。

【校記】

㊀三月：卷後原校：一作「二月」。㊁雷未起驅龍：原校：一作「龍未起驅蟲」。㊂此爲：卷後原校：一作「草木」。㊃宜：原校：一作「疑」。㊄嘉：原校：一作「佳」。㊅向空：卷後原校：一作「向檐」。㊆錠：原校：一作「挺」，一作「鋌」。茶録多用「挺」字，爲古。按集韻「錠」字去聲，訓鐙；「鋌」字上聲，訓銅鐵樸。

【箋注】

〔一〕如題下注，此詩及後一首均爲嘉祐三年（一〇五八）作。梅堯臣次韻和與次韻和再拜二首，見梅集編年卷二八。歐歸田録卷二：「茶之品莫貴於龍鳳，謂之團茶，凡八餅重一斤。慶曆中，蔡君謨爲福建路轉運使，始造小片龍茶以進，其品絶精，謂之小團，凡二十餅重一斤，其價直金二兩，然金可有而茶不可得。每因南郊致齋，中書、樞密院各賜一餅，四人分之，宮人往往縷金花於其上，蓋其貴重如此。」此即建安名品新茶。蔡襄寄贈歐公者，當亦佳品也。

〔二〕建安：福建路建州治所，今福建建甌。趙汝礪北苑別録：「建安之東三十里，有山曰鳳凰，其下直北苑，旁聯諸焙，厥土赤壤，厥茶惟上上。太平興國中初爲御焙，歲模龍鳳，以羞貢篚，蓋表珍異。」

〔三〕「年窮」八句：北苑別録開焙：「驚蟄節萬物始萌，每歲常以前三日開焙，遇閏則反之，以其氣候少遲故也。」又，採茶：「採茶之法，須是侵晨，不可見日。侵晨則夜露未晞，茶芽肥潤；見日則爲陽氣所薄，使芽之膏腴内耗，至受水而不鮮明。故每日常以五更撾鼓，集羣夫於鳳凰山，監採官人給一牌入山，至辰刻復鳴鑼以聚之，恐其逾時貪多務得也。」姚範援鶉堂筆記卷四〇：「擊鼓助喊，紀實也。茶之先萬木而萌芽者，正以此，故云『最靈』。聞之閩人，今時尚如此。」

〔四〕「終朝」二句：言早春之茶少而名貴。「通犀」句描茶之形狀。北苑別録造茶：「凡茶之初出，研盆盪之欲其匀，揉之欲其膩，然後入圈製銙，隨笪過黄，有方銙，有花銙。」通犀銙，飾有通犀的腰帶上的扣板，此指銙茶，以其形似帶銙也。窊，凹陷。

〔五〕槍與旗：熊蕃宣和北苑貢茶録：「凡茶芽數品，最上者曰小芽，如雀舌鷹爪，以其勁直纖鋭，故號芽茶。次曰中芽，乃一芽帶一葉者，號一槍一旗。次曰大芽，乃一芽帶兩葉者，號一槍兩旗。其帶三葉四葉者，皆漸老矣。」

〔六〕建安太守：指蔡襄。據本集卷三五端明殿學士蔡公墓誌銘，蔡襄慶曆時嘗知福州，後爲福建路轉運使，嘉祐時又以樞密直學士知泉州，徙知福州。福州、建州相鄰，建州北苑以産茶而聞名，蔡襄有北苑十詠。

〔七〕蒻：嫩香蒲。

〔八〕「泉甘」八句：宋人飲茶十分考究，蔡襄茶録上篇爲論茶，下篇爲論茶器。黄儒品茶要録：「然士大夫間爲珍藏精試之具，非會雅好珍，未嘗輒出。其好事者，又嘗論其采製之出入，器用之宜否，較試之湯火，圖於縑素，傳玩於時。」乳花，烹茶時泛起的乳白色泡沫。李德裕故人寄茶：「碧流霞脚碎，香泛乳花輕。」金錠，指黄色茶磚。

〔九〕「須臾」二句：以先茶後酒自嘲雅而後俗。漢書司馬相如傳：「揚雄以爲靡麗之賦，勸百而諷一，猶騁鄭衛之聲，曲終而奏雅，不已戲乎！」淫哇，淫邪之聲。嵇康養生論：「目惑玄黄，耳務淫哇。」

次韻再作㊀〔一〕

吾年向老世味薄，所好未衰惟飲茶。建溪苦遠雖不到，自少嘗見閩人誇。每嗤江浙凡茗草，叢生狼藉惟藏蛇。今江浙茶園俗言多蛇。豈如含膏入香作金餅㊁，蜿蜒兩龍戲以呀〔二〕。其餘品第亦奇絶㊂，愈小愈精皆露芽。泛之白花如粉乳〔三〕，乍見紫面生光華。手持心愛不欲碾，有類弄印幾成窊。論功可以療百疾，輕身久服勝胡麻㊃〔四〕。我謂斯言頗過矣，其實最能祛睡邪。茶官貢餘偶分寄㊄，地遠物新來意嘉。親烹屢酌不知厭，自謂此樂真無涯㊅。未言久食成手顫，已覺疾飢生眼花㊆。客遭水厄疲捧椀，口吻無異蝕月蟆〔五〕。僮奴傍視疑復笑㊇，嗜好乖僻誠堪嗟。更蒙酬句怪可駭〔六〕，兒曹助噪聲哇哇。

【校記】

㊀題下原校：一本云「茶歌」。　㊁豈如：卷後原校：一作「豈知」。　㊂亦：卷後原校：一作「各」。　㊃勝：原校：一作「如」。　㊄偶：卷後原校：一作「忽」。　㊅真：原校：一作「誠」。　㊆飢：原校：一作「病」。　㊇復：卷後原校：一作「且」。

【箋注】

〔一〕　如題下注，嘉祐三年（一〇五八）作。

〔二〕「豈如」二句：蔡襄北苑十詠造茶序云：「其年改造新茶十斤，尤極精好，被旨號爲上品龍茶，仍歲貢之。」金餅，即指小龍團茶。

〔三〕「泛之」句：言烹茶泛起泡沫。見前詩箋注〔八〕。

〔四〕胡麻：葛洪抱朴子仙葯：「巨勝一名胡麻，餌服之不老，耐風濕補衰老也。」

〔五〕「口吻」句：韓愈月蝕詩效玉川子作：「嘗聞古老言，疑是蝦蟆精。徑圓千里納女腹，何處養女百醜形？」

〔六〕「更蒙」句：梅詩次韻和永叔嘗新茶有「石瓶煎湯銀梗打，粟粒鋪面人驚嗟，詩腸久飢不禁力，一啜入腹鳴咿哇」等語，所謂「怪可駭」也。

樂郊詩㊀〔一〕　爲劉原甫作。

樂郊何所樂？所樂從公遊。三日公不出，其民蹙然愁。一聞車馬音，從者如雲浮〔二〕。吾問鄆之人，無乃失業不？云惟安其業，然後樂其休。樂郊何所有？胡不考公詩。有山在其東，有水出逶夷㊁。有臺以臨望，有沼以游嬉。俯仰迷上下，朱欄映清池。草木非一種，青紅隨四時〔三〕。其餘雖瑣屑，處置各有宜。樂郊何以名？吾爲本其意。自古賢哲人，所存非一世。當時偶然迹，來者因不廢。鄆非公久留，公去民孰賴？此亭公所登，此樹公所憩。俾民百年思，豈取一日醉！

【校記】

㊀題下原校：一本注「原父鄆州東園也」。

㊁逶夷：原本卷後附丁朝佐注：「樂郊詩有『水出逶夷』，『夷』，平

也，傷也，與『逶』字不類。按説文『逶迤』，斜去貌；集韻『委曲』，自得貌；詩作『委蛇』；漢書作『逶蛇』。恐合作『逶迤』，而蜀本、建本、羅氏本誤作『逶夷』。」按：容齋五筆卷九委蛇字之變謂委蛇「二字凡十二變」，「逶夷」亦其中一變，「朝佐不暇尋繹之爾。」

【箋注】

〔一〕 如題下注，嘉祐三年（一〇五八）作。長編卷一八七是年八月有「知鄆州劉敞言」云云，知是年敞在鄆州。公是集卷七有詩題云：「樂郊陳漁臺下，柏林中，結茅作小亭，命曰幽素，本懿臣刑部之書也，謝且戲之。」梅集編年卷二八有和劉原父舍人樂郊詩，原注：「其叙及詩注略云：出東城門，得故時游樂廢園，葺之爲堂於終曰燕譽，爲臺曰陳漁在其右，爲榭曰博野在其左。博野之側皆紋篠楸梧，命曰梧竹塢。陳漁之下引盧泉水注，命之曰芹藻池。燕譽之北爲亭曰玩芳，所種花皆廣陵芍藥之類，頗得觀覽之勝。命其地曰樂郊。」

〔二〕 「樂郊」六句：典出孟子梁惠王下：「今王鼓樂於此，百姓聞王鐘鼓之聲、管籥之音，舉欣欣然有喜色而相告曰：『吾王庶幾無疾病與，何以能鼓樂也！』今王田獵於此，百姓聞王車馬之音，見羽旄之美，舉欣欣然有喜色而相告曰：『吾王庶幾無疾病與！何以能田獵也！』此無他，與民同樂也。」

〔三〕 「有臺」六句：劉敞東平樂郊池亭記：「鄆故有負城之園，其廢蓋久……據舊造新……堂曰燕譽，臺曰陳漁，池曰芹藻，榭曰博野，塢曰吾竹，亭曰玩芳，館曰樂游……地曰樂郊，所以與上下同樂者也。其草木之籍，松、梧、槐、柏、榆、柳、李、梅、梨、棗、樗柿、安榴、來檎、木瓜、櫻桃、葡萄、太山之竹、汶丘之篠、嶧陽之桐、雍門之荻、蒲圃之檟。孔林之香草奇藥，同族異名。洛之牡丹、吳之芍藥、芙蓉、菱芡、亭、蘭、菊、荇、茆，可玩而食者甚衆。」

洗兒歌㊀〔一〕 爲聖俞作。

月暈五色如虹蜺，深山猛虎夜生兒。虎兒可愛光陸離㊁，開眼已有百步威〔二〕。詩翁雖老神骨秀，想見嬌嬰目與眉。木星之精爲紫氣〔三〕，照山生玉水生犀。兒翁不比他兒翁㊂，三十年名天下知〔四〕。材高位下衆所惜〔五〕，天與此兒聊慰之。翁家洗兒衆人喜，不惜金錢散閭里㊃。宛陵他日見高門，車馬煌煌梅氏子。

【校記】

㊀題下原校：一本云：「前日送酒，遂助洗兒，輒成短歌，更資一笑，呈聖俞。」　㊁愛：原校：一作「憐」。

㊂兒：原校：一作「此」。　㊃不：原校：一作「莫」。閭：原校：一作「鄰」。

【箋注】

〔一〕如題下注，嘉祐三年（一〇五八）作。梅集編年卷二八有是年所作依韻答永叔洗兒歌：「我慚暮年又舉息，不可不令朋友知。開封大尹憐最厚，持酒作歌來慶之。」據胡譜，是年六月，歐加龍圖閣學士，權知開封府。舊俗，嬰兒出生後三日或滿月時替其洗身，稱「洗兒」。王建宮詞之七一：「妃子院中初降誕，内人爭乞洗兒錢。」

〔二〕百步威：韓愈猛虎行：「正晝當谷眠，眼有百步威。」

〔三〕「木星」二句：廣博物志卷二引録異記：「歲星之精墜于荆山，化而爲玉。」歲星即木星。紫氣，古以爲祥瑞之氣。史記老子韓非列傳司馬貞索隱引劉向列仙傳：「老子西游，關令尹喜望見有紫氣浮關，而老子果乘青牛而過也。」

〔四〕「三十」句：外集卷三寶元二年詩答梅聖俞寺丞見寄追憶西京歲月云：「文會忝予盟，詩壇推子將。」由天聖明道間至作本詩時已近三十年。

〔五〕位下：據本集卷三三梅聖俞墓誌銘，梅堯臣至嘉祐元年乃得國子監直講，時已五十五歲。

【集評】

［宋］黄震：爲聖俞作，簡而勁。（黄氏日鈔卷六一）

鳴鳩〔一〕

崇政殿後考試所作。

天將陰，鳴鳩逐婦鳴中林，鳩婦怒啼無好音。天雨止，鳩呼婦歸鳴且喜，婦不亟歸呼不已㊀〔二〕。逐之其去恨不早，呼不肯來固其理。吾老病骨知陰晴，每愁天陰聞此聲。日長思睡不可得，遭爾聒聒何時停？衆鳥笑鳴鳩，爾拙固無匹。不能娶巧婦，以共營家室。寄巢生子四散飛〔三〕，一身有婦長相失。夫婦之恩重太山，背恩棄義須臾間。心非無情不得已，物有至拙誠可憐。君不見人心百態巧且艱，臨危利害兩相關。朝爲親戚暮仇敵，自古常嗟交道難。

【校記】

㊀亟歸：原校：一作「急還」。

【箋注】

〔一〕如題下注，此詩及後三首，均爲嘉祐四年（一〇五九）作。是年二月，歐與韓絳、江休復充御試進士詳定官。長編卷一八九載，是年二月「癸巳，御崇政殿，試禮部奏名進士及明經諸科，及特奏名進士、諸科」。梅集編年卷二九和永叔六篇序云：「嘉祐四年春，御試進士，翰林學士歐陽永叔、韓子華、集賢校理江鄰幾同爲詳定官，有詩六篇，出而使予和焉。」此六篇指本卷的代鳩婦言、看花呈子華内翰、啼鳥和卷一三的詳定幕次呈同舍、禁中見鞓紅牡丹、和江鄰幾學士桃花，未包括本詩。然本詩内容與後一首實有關聯。劉敞和詩見公是集卷一六。鳴鳩即斑鳩。吕氏春秋季春：「鳴鳩拂其羽，戴任降于桑。」高誘注：「鳴鳩，班鳩也。」

〔二〕「天將陰」六句：劉敞和永叔鳴鳩詩：「晴鳩歡求雌，雨鳩鬧逐婦。」另參本集卷二班班林間鳩寄内箋注〔一〕。

〔三〕寄巢：詩召南鵲巢：「維鵲有巢，維鳩居之。」毛傳：「鳲鳩不自爲巢，居鵲之成巢。」

代鳩婦言㊀〔一〕

斑然錦翼花蔟蔟，雄雌相隨樂不足。抱雛出卵翅羽成，豈料一朝還反目。人言嫁雞逐雞飛〔二〕，安知嫁鳩被鳩逐？古來有盛必有衰，富貴莫忘貧賤時。女棄父母嫁曰歸㊁，中道捨君何所之？天生萬物各有類，誰謂鳥獸爲無知。雖無仁義有情愛，苟聞此言寧不悲！

【校記】

㊀題下校：原校：一本注「聞士有欲棄妻者作」。　㊁嫁：原校：一作「婦」。

【箋注】

〔一〕嘉祐四年（一〇五九）作。

〔二〕「人言」句：莊綽雞肋編卷下：「杜少陵新婚別云：『雞狗亦得將。』世謂諺云『嫁得雞，逐雞飛；嫁得狗，逐狗走』之語也。」

看花呈子華内翰㊀〔一〕 崇政殿後考試作。

老雖可憎還可嗟，病眼眵昏愁看花〔二〕。不知花開桃與李，但見紅白何交加。春深雨露新洗濯，日暖金碧相輝華。浮香著物收不得，含意欲吐情無涯。可愛疏簾靜相對，最宜落日初西斜。時傾賜壺共斟酌，及此蜂鳥方諠譁。凡花易見不足數，禁籞難到堪歸誇〔三〕。老病對此不知厭㊁，年少何用苦思家㊂。

【校記】

㊀「呈」下：原校：一本有「韓」。　㊁老病：卷後原校：一作「老翁」。　㊂年少：卷後原校：一作「少年」。

【箋注】

〔一〕嘉祐四年（一〇五九）作。韓絳，字子華，生平見本集卷五奉答子華學士安撫江南見寄之作箋注〔一〕。

〔二〕眵昏：目多眵而昏花。韓愈短燈檠歌：「夜書細字綴語言，兩目眵昏頭雪白。」

〔三〕禁籞：禁苑。楊炯送并州旻上人詩序：「風烟淒而禁籞寒，草木落而城隍晚。」

啼鳥〔一〕 崇政殿後考試舉人卷子作。

提葫蘆〔二〕，提葫蘆，不用沽美酒。宮壺日賜新撥醅㊀〔三〕，老病足以扶衰朽。百舌子〔四〕，百舌子，莫道泥滑滑〔五〕。宮花正好愁雨來，暖日方催花亂發。苑樹千重緑暗春，珍禽綵羽自成羣。花間祇慣迎黄屋㈡〔六〕，鳥語初驚見外人。千聲百囀忽飛去㈢，枝上自落紅紛紛。畫簾陰陰隔宮燭，禁漏杳杳深千門〔七〕。可憐枕上五更聽，不似滁州山裏聞。

【校記】

㈠宮：原校：一作「官」。　㈡間：天理本作「開」。　㈢去：原校：一作「來」。

【箋注】

〔一〕嘉祐四年（一〇五九）作。參見本集卷三啼鳥箋注〔一〕。

〔二〕提葫蘆：見啼鳥箋注〔七〕。

〔三〕撥醅：未濾過的重釀酒，亦泛指酒。温庭筠醉歌：「錦袍公子陳杯觴，撥醅百甕春酒香。」

〔四〕百舌子：見啼鳥箋注〔二〕。

〔五〕泥滑滑：見啼鳥箋注〔六〕。

〔六〕黄屋：見本集卷五葛氏鼎箋注〔七〕。

〔七〕禁漏：宮中計時漏刻。此指漏刻發出的聲響。馮延巳採桑子詞：「畫堂燈暖簾櫳捲，禁漏丁丁，雨罷寒生，一夜西窗夢不成。」

和聖俞唐書局後叢莽中得芸香一本之作用其韻㈠〔一〕

有芸黄其華〔二〕，在彼衆草中。清香濯曉露，秀色摇春風。幸依華堂陰，一顧曾不蒙。

大雅彼君子，偶來從學宮〔三〕。文章高一世，論議伏羣公㊁。多識由博學，新篇匪雕蟲。唱酬爛衆作，光輝發幽叢㊂。在物苟有用，得時寧久窮。可嗟凡草木，糞壤自青紅。

【校記】

㊀聖俞：原校：一本二字作「人」。　㊁論議：原校：一作「議論」。　㊂光輝：卷後原校：一作「光耀」。

【箋注】

〔一〕如題下注，嘉祐四年（一〇五九）作。原唱見梅集編年卷二九。梅集編年卷二八次韻和酬裴寺丞喜子修書云：「既除太史來爲尹，遂用邦才來補訛。」朱東潤補注云：「嘉祐三年六月，歐陽修權知開封府，薦堯臣入唐書局。」芸香係多年生草本植物，下部爲木質，又稱芸香樹。花葉香氣濃，有驅蟲之效，故梅原唱云：「天喜書將成，不欲有蠹蟲，是産茲弱本，蒨爾發荒叢。」

〔二〕芸：即芸香。

〔三〕「大雅」二句：言梅堯臣入唐書局。

答劉原父舍人見過後中夜酒定復追昨日所覽雜記并簡梅聖俞之作〔一〕

君子忽我顧㊀，貧家復何有？虛堂來清風，佳果薦濁酒㊁。簡編記遺逸，論議相可否。欲知所書人，其骨多已朽〔二〕。前者既已然，後來寧得久？所以昔人云，杯行莫停手〔三〕。

【校記】

㈠我顧：原校：一作「顧我」。　㈡佳果：卷後原校：一作「佳景」。

【箋注】

〔一〕如題下注，嘉祐四年（一○五九）作。公是集卷一九有同梅二十五飲永叔家觀所抄集近事詩。梅集編年卷二九有謹賦：「避暑就高臺，不如就賢人，賢人若冰雪，論道通鬼神。自言信手書，字字事有因，往往得遺逸，烜赫見名臣。」

〔二〕「簡編」四句：本集卷四四歸田録序云：「歸田録者，朝廷之遺事，史官之所不記，與夫士大夫笑談之餘而可録者，録之以備閑居之覽也。」此所云「簡編記遺逸」，劉敞詩題所謂「抄集近事」，嚴傑歐陽修年譜疑指歐始撰歸田録，可供參考。

〔三〕「所以」二句：韓愈岳陽樓别竇司直：「杯行無留停，高柱送清唱。」

居士集卷八

古詩二十一首

有贈余以端溪緑石枕與蘄州竹簟皆佳物也余既喜睡而得此二者不勝其樂奉呈原父舍人聖俞直講㊀〔一〕

端溪琢出缺月樣，蘄州織成雙水紋㊁〔二〕。呼兒置枕展方簟，赤日正午天無雲。黄琉璃光緑玉潤，瑩淨冷滑無埃塵㊂。憶昨開封暫陳力，屢乞殘骸避煩劇。聖君哀憐大臣閔㊃，察見衰病非虛飾。猶蒙不使如罪去㊄，特許遷官還舊職〔三〕。選材臨事不堪用㊅，見利無慚惟苟得。一從僦舍居城南㊆，官不坐曹門少客㊇。自然唯與睡相宜，以懶遭閑何愜適㊈！從來羸茶苦疲困，況此煩歊正炎赫〔四〕。少壯喘息人莫聽，中年鼻鼾尤惡聲。癡兒掩耳謂雷作，竈婦驚窺疑釜鳴。蒼蠅蠛蠓任緣撲，蠹書懶架拋縱横⑩。神昏氣濁一如此，言語思慮何由清？嘗聞李白好飲酒⑪，欲與鐺杓同生死⑫〔五〕。我今好睡又過之，身與二物爲三爾。江西得請在旦暮，收拾歸裝從此始。終當卷簟携枕去，築室買田清潁尾〔六〕。

【校記】

①天理本卷後校：碑本題作「有贈予以端溪石枕蘄竹簟者因呈原父聖俞一首」。②水：原校：一作「錦」。③埃：原校：一作「纖」。④哀憐：卷後原校：一作「矜憐」。⑤如：原校：一作「加」。⑥臨事：卷後原校：一作「任事」。⑦舍：原校：一作「屋」。⑧門：原校：一作「閑」。⑨遭：原校：一作「投」。⑩蠹：原校：一作「詩」。⑪嘗聞：卷後原校：一作「昔時」。好飲：卷後原校：一作「愛飲」。⑫生死：原校：一作「死生」。

【箋注】

〔一〕如題下注，嘉祐四年（一〇五九）作。梅集編年卷二九有次韻和永叔石枕與笛竹簟，臨川集卷五有次韻信都公石枕蘄簟。端溪（今廣東德慶）以産端硯聞名。蘄州（今湖北蘄春），以産竹著稱。

〔二〕雙水紋：竹席花紋之一種。錢惟演苦熱：「赫日烘霞鬬曉光，雙文桃簟碧牙床。」

〔三〕「憶昨」六句：歐於嘉祐三年六月權知開封府，時有辭開封府劄子，云：「臣素以文辭專學，治民臨政既非所長，加以早衰多病，精力不彊，竊慮隳官敗事，上誤聖知。」嘉祐四年正月，又呈上乞洪州第二劄子、乞洪州第三狀、乞洪州第四劄子，懇乞解去繁劇，差知洪州，故詩末云：「江西得請在旦暮，收拾歸裝從此始。」據胡譜，二月，免開封，轉給事中、同提舉在京諸司庫務。制詞云：「可特授給事中，依前知制誥、史館修撰，充翰林學士兼龍圖閣學士，提舉在京諸司庫務，仍舊刊修唐書，兼判秘閣秘書省，散官勳封賜如故。」可知歐除免知開封外，所有舊職均已恢復，而被特授給事中，即「特許遷官」也。

〔四〕「一從」六句：書簡卷三有嘉祐四年所作與趙康靖公云：「某昨衰病屢陳，蒙恩許解府事，雖江西之請未獲素心，而疲憊得以少休，豈勝感幸！卜居城南，粗亦自便。自在府中數月，以几案之勞，凭損左臂，積氣留滯，疼痛不可忍，命醫理之，迄今未愈。」言「官不坐曹」，蓋修唐書故也。羸茶，瘦弱疲憊。梅堯臣種藥：「豈唯識草木，庶用補羸茶。」

〔五〕「嘗聞」二句：李白襄陽歌：「舒州勺，力士鐺，李白與爾同死生。」

〔六〕清潁：見本集卷五寄聖俞箋注〔七〕。

夜聞風聲有感奉呈原父舍人聖俞直講〔一〕

夜半羣動息，有風生樹端。颯然飄我衣，起坐爲長歎。苦暑君勿厭，初涼君勿歡。暑在物猶盛，涼歸歲將寒。清霜忽以飛㊀，零露亦漙漙〔二〕。霜露本無情㊁，豈肯私蕙蘭？不獨草木爾，君形安得完！櫛髮變新白，鑑容銷故丹㊂。風埃共侵迫㊃，心志亦摧殘〔三〕。萬古一飛隼〔四〕，兩曜雙跳丸〔五〕。擾擾賢與愚，流沙逐驚湍。其來固如此，獨久知誠難。服食爲藥誤〔六〕，此言真不刊。但當飲美酒，何必被輕紈！

【校記】

㊀以飛：卷後原校：一作「已飛」。　㊁霜露：原校：一作「四時」。　㊂銷：原校：一作「無」。　㊃共：卷後原校：一作「苦」。

【箋注】

〔一〕如題下注，嘉祐四年（一〇五九）作。詩云「清霜忽以飛，零露亦漙漙」，知作於秋季。梅集編年卷二九有次韻和永叔夜聞風聲有感，公是集卷九有奉和永叔夜聞風聲有感用其韻。

〔二〕漙漙：露多貌。詩鄭風野有蔓草：「野有蔓草，零露漙兮。」毛傳：「漙漙然，盛多也。」

〔三〕「不獨」六句：本集卷一五秋聲賦：「人爲動物，惟物之靈，百憂感其心，萬事勞其形，有動於中，必搖其精。而況思其力之所不及，憂其智之所不能，宜其渥然丹者爲槁木，黟然黑者爲星星。」

〔四〕「萬古」句：言時間飛逝。詩小雅采芑：「鴥彼飛隼，其飛戾天。」毛傳：「隼，鷂屬，急疾之鳥也。」

〔五〕「兩曜」句：韓愈秋懷詩之九：「憂愁費晷景，日月如跳丸。」兩曜，日月。

〔六〕「服食」句：古詩十九首驅車上東門：「服食求神仙，多爲藥所誤。」服食，服用丹藥，爲道家養生術之一。

答梅聖俞大雨見寄〔一〕

夕雲若頹山，夜雨如決渠。俄然見青天，焰焰升蟾蜍〔二〕。倏忽陰氣生，四面如吹噓。狂雷走昏黑，驚電照夔魖〔三〕。搜尋起龍蟄，下擊墓與墟。雷聲每軒轟〔四〕，雨勢隨疾徐。初若浩莫止，俄收闃無餘。但掛千丈虹，紫翠橫空虛。頃刻百變態，晦明誰卷舒？豈知下土人，水潦没襟裾。擾擾泥淖中，無異鴨與猪。嗟我來京師，庇身無弊廬。閑坊僦古屋，卑陋雜里閭。鄰注湧溝竇，街流溢庭除。出門愁浩渺，閉户恐爲瀦。牆壁豁四達，幸家無貯儲。蝦蟆鳴竈下，老婦但欷歔。九門絶來薪〔五〕，朝爨欲毁車。壓溺委性命〔六〕，焉能顧圖書！乃知生堯時，未免憂爲魚〔七〕。梅子猶念我，寄聲憂我居。慰我以新篇，琅琅比瓊琚㊀。官閑行能薄，補益愧空疏。歲月行晚矣，江湖盍歸歟？吾居傳郵爾〔八〕，此計豈躊躇！

【校記】

㊀琅琅：考異本作「琅玕」。

【箋注】

〔一〕　如題下注，嘉祐二年（一〇五七）作。梅集編年卷二七有嘉祐二年七月九日大雨寄永叔内翰，云：「霹靂夜復作，蝦蟆尚聽鳴，輦道有白水，都人無陸行……獨知歐陽公，直南望滔滔，遣奴揭厲往，答言頗力勞。正取舊戽斗，自課僮僕操，明日苟不已，挈家仍避逃。」書簡卷六是年所作與梅聖俞云：「自入夏，閭巷相傳，以謂今秋水當不減去年。初以爲訛言，今乃信然。兩夜家人皆戽水，并乃翁達旦不寐。街衢浩渺，出入不得。更三數日不止，遂復謀逃避之處。住京况味，其實如此，奈何奈何！」

〔二〕　焰焰：明亮貌。王轂苦熱行：「祝融南來鞭火龍，火旗焰焰燒天紅。」蟾蜍：月亮之代稱。杜甫八月十五夜月詩之二：「刁斗皆催曉，蟾蜍且自傾。」

〔三〕　夔魖：泛指神話傳説中的山怪。文選張衡東京賦：「殘夔魖與罔象，殪野仲而殲游光。」薛綜注：「夔，木石之怪，如龍有角，鱗甲光如日月，見則其邑大旱。説文曰：『魖，耗鬼也。』罔象，木石之怪……野仲、游光，惡鬼也。」

〔四〕　軒轟：車輪滾動聲，此形容雷聲。文苑英華卷一七謝觀初雷起蟄賦有「軒轟而作」之語。

〔五〕　九門：古宫室制度，天子設九門，故借指京城。韓愈賀雨表：「中使才出于九門，陰雲已垂于四野。」

〔六〕　「壓溺」句：禮記檀弓上：「死而不吊者三：畏、壓、溺。」按：壓、溺乃死於非命，不吉。

〔七〕　「乃知」二句：史記五帝本紀：「堯又曰：『嗟，四嶽，湯湯洪水滔天，浩浩懷山襄陵，下民其憂，有能使治者？』」左傳昭公元年：「劉子曰：『美哉禹功，明德遠矣。微禹，吾其魚乎！』」

〔八〕傳郵：傳舍、旅館，暫時之居。漢書蓋寬饒傳：「富貴無常，忽則易人，比如傳舍，閱人多矣。」

答聖俞白鸚鵡雜言〔一〕

憶昨滁山之人贈我玉兔子〔二〕，粵明年春玉兔死㊀。日陽晝出月夜明，世言兔子望月生。謂此瑩然而白者，譬夫水之爲雪而爲冰，皆得一陰凝結之純精〔三〕。常恨處非大荒窮北極寒之曠野，養違其性夭厥齡。豈知火維地荒絶〔四〕，漲海連天沸天熱㊁。黄冠黑距人語言，有鳥玉衣尤皎潔〔五〕。乃知物生天地中，萬殊難以一理通。海中洲島窮人迹㊂，來市廣州纔八國。其間注輦來最稀㊃〔六〕，此鳥何年隨海舶？誰能遍歷海上峰，萬怪千奇安可極？兔生明月月在天〔七〕，玉兔不能久人間。況爾來從炎瘴地〔八〕，豈識中州霜雪寒！渴雖有飲飢有啄，羈紲終知非爾樂。天高海闊路茫茫㊄，嗟爾身微羽毛弱。爾能識路知所歸，吾欲開籠縱爾飛。俾爾歸託宛陵詩〔九〕，此老詩名聞四夷。

【校記】

㊀「兔」下：原校：一有「子」字。　㊁「沸天」之「天」：原校：一作「火」，一作「炎」。　㊂洲：原校：一作「州」。　㊃稀：原校：一作「遠」。　㊄路：原校：一作「終」。

【箋注】

〔一〕據題下注，嘉祐四年（一〇五九）作。梅集編年卷二七有嘉祐二年詩賦永叔家白鸚鵡雜言，何以相差兩年，姑存疑待考。

〔二〕「憶昨」句：外集卷四白兔：「天冥冥，雲濛濛，白兔擣藥姮娥宮。玉關金鎖夜不閉，竄入滁山千萬重。滁泉清甘瀉大壑，滁草軟翠搖輕風。渴飲泉，困棲草，滁人遇之豐山道。網羅百計偶得之，千里持爲翰林寶。」按：此詩作於至和二年。翰林者，歐公自謂也。

〔三〕「皆得」句：月亮稱陰精。漢丁鴻日食上封事：「月者陰精，盈毁有常。」

〔四〕火維：指南方，以南方屬火故也。歐陽玄辟雍賦：「南窮火維之陬，北際冰天之澨。」

〔五〕「黄冠」二句：寫白鸚鵡。范成大桂海禽志：「白鸚鵡，大如小鵝，亦能言，羽毛玉雪。」

〔六〕注輦：古國名。故地在今印度科羅曼德耳海岸。大中祥符八年遣使來宋通好。見宋史外國傳五注輦。

〔七〕「兔生」句：傅咸拟天問：「月中何有？玉兔擣藥。」

〔八〕「況爾」句：梅堯臣賦永叔家白鸚鵡雜言：「胡人望氣海上來，獻於公所奇公才。」

〔九〕詫：誇耀。史記司馬相如列傳：「田罷，子虛過詫烏有先生，而亡是公在焉。」裴駰集解引郭璞曰：「詫，誇也。」

【集評】

〔宋〕黄震：先將白兔説，擺兩陣方合説，又三節而終焉。文法最可觀。（黄氏日鈔卷六一）

清明前一日韓子華以靖節斜川詩見招遊李園既歸遂苦風雨三日不能出窮坐一室家人輩倒殘壺得酒數杯泥深道路無人行去市又遠索於筐筥得枯魚乾鰕數種彊飲疾醉昏然便寐既覺索然因書所見奉呈聖俞㊀〔一〕

少年喜追隨，老大厭諠譁。慚愧二三子，邀我行看花。花開豈不好，時節亦云嘉。因病既不飲，衆歡獨成嗟㊁。管弦暫過耳，風雨愁還家。三日不出門，堆麽類寒鴉〔二〕。妻兒强我飲，飣餖果與瓜〔三〕。濁酒傾殘壺，枯魚雜乾鰕。小婢立我前，赤脚兩髻丫。軋軋鳴雙弦，正如艣嘔啞。坐令江湖心，浩蕩思無涯。寵禄不知報，鬢毛今已華。有田清潁間，尚可事桑麻。安得一黄犢，幅巾駕柴車〔四〕。

【校記】

㊀得酒：卷後原校：得濁酒。筥：原校：一作「篋」。　㊁成：原校：一作「我」。

【箋注】

〔一〕如題下注，嘉祐四年（一〇五九）作。梅集編年卷二九次韻和酬永叔有「前日是清明」等句，即和本詩。韓子華，韓絳。斜川詩，指陶淵明游斜川詩。李園，疑即北李園池。書簡卷五有是年所作與劉侍讀，云：「昨日奉見後，遂之北李園池，見木陰葱翠，節物已移。」

〔二〕 堆阨：困頓貌。黄庭堅戲呈聞善：「堆阨病鶴怯雞羣，見酒特地生精神。」

〔三〕 飣餖：堆叠。韓愈喜侯喜至贈張籍張徹：「呼奴具盤飧，飣餖魚菜贍。」此處爲「雜湊」意。

〔四〕 「幅巾」句：書簡卷七與王主簿：「近買田潁上，思幅巾與二三君往來田間間，其樂尚可終此餘年爾。」

奉答原甫見過寵示之作〔一〕

不作流水聲〔二〕，行將二十年。吾生少賤足憂患，憶昔有罪初南遷〔三〕。飛帆洞庭入白浪，墮淚三峽聽流泉。援琴寫得入此曲，聊以自慰窮山間。中間永陽亦如此〔四〕，醉卧幽谷聽潺湲。自從還朝戀榮禄㊀〔五〕，不覺鬢髮俱凋殘。耳衰聽重手漸顫〔六〕，自惜指法將誰傳？偶欣日色曝書畫，試拂塵埃張斷弦。嬌兒癡女繞翁膝，爭欲彊翁聊一彈。紫微閣老適我過〔七〕，愛我指下聲泠然。戲君此是伯牙曲㊁，自古常歎知音難。君雖不能琴，能得琴意斯爲賢㊂。自非樂道甘寂寞，誰肯顧我相留連？興闌束帶索馬去，却鎖塵匣包青氈。

【校記】

㊀榮：原校：一作「寵」。　㊁戲：原校：一作「語」。　㊂琴：原校：一作「其」。

【箋注】

〔一〕 據題下注，嘉祐五年（一〇六〇）作。

〔二〕流水：高山流水，古琴曲名。此泛指琴曲。

〔三〕「憶昔」句：指景祐三年貶官夷陵事。

〔四〕「中間」句：指慶曆五年貶官滁州事。永陽，滁州舊稱。

〔五〕還朝：據胡譜，至和元年五月，歐陽修服除，「除舊官職，赴闕」。

〔六〕「耳衰」句：嘉祐五年歐有乞洪州第六狀，云：「兩目昏暗，已逾十年。近又兩耳重聽，如物閉塞。前患左臂疼痛，舉動無力，今年以來，又患右手指節拘攣。」

〔七〕紫微閣老：指劉敞。鐵圍山叢談卷三：「入紫微爲舍人。」時敞爲起居舍人，故稱「紫微閣老」。

【集評】

〔清〕方東樹：起追叙。（昭昧詹言卷一二）

會飲聖俞家有作兼呈原父景仁聖從〔一〕

憶昨九日訪君時，正見階前兩叢菊〔二〕。愛之欲繞行百匝，庭下不能容我足。折花却坐時嗅之，已醉還家手猶馥。今朝我復到君家，兩菊階前猶對束。枯莖槁葉苦風霜，無復滿叢金間緑〔三〕。京師誰家不種花，碧砌朱欄敞華屋。奈何來對兩枯株，共坐窮簷何局促！詩翁文字發天葩〔四〕，豈比青紅凡草木？凡草開花數日間，天葩無根長在目。遂令我每飲君家，不覺長瓶卧牆曲。坐中年少皆賢豪，莫怪我今雙鬢禿。須知朱顔不可恃，有酒當歡且相屬㊀。

【校記】

〔一〕歡：原校：一作「飲」。

【箋注】

〔一〕如題下注，嘉祐四年（一〇五九）作。梅集編年卷二九有次韻和永叔飲余家詠枯菊，又有十一月二十三日歐陽永叔劉原甫范景仁何聖徒見訪之什。公是集卷一八有和永叔十二韻。范鎮，字景仁，成都華陽（今四川成都）人。歷起居舍人、知諫院、集賢殿修撰、知制誥、翰林學士兼侍讀，累封蜀郡公。宋史有傳。何郯，字聖從，梅詩誤作「聖徒」。本陵州人，徙成都。景祐進士。歷監察御史、知河南府等職，以尚書右丞致仕。宋史有傳。

〔二〕「憶昨」二句：梅堯臣次韻和永叔飲余家詠枯菊：「今年重陽公欲來，旋種中庭已開菊，黄金碎翦千萬層，小樹婆娑嘉趣足。」

〔三〕「今朝」四句：梅堯臣次韻和永叔飲余家詠枯菊：「自兹七十有三日，公又連鑣入余屋，階旁猶見舊枯叢，根底青芽歎催促。」按：自九月九日首訪聖俞，過七十三日，歐「復到」聖俞家，正是十一月二十三日。

〔四〕天葩：非凡之花，喻秀逸之詩文。韓愈醉贈張秘書：「東野動驚俗，天葩吐奇芬。」

依韻奉酬聖俞二十五兄見贈之作〔一〕

與君結交遊，我最先衆人。我少既多難，君家常苦貧。今爲兩衰翁，髮白面亦皴。念君懷中玉，不及市上珉〔二〕。珉賤易爲價，玉棄久埋塵。惟能吐文章，白虹射星辰〔三〕。幸同居京城，遠不隔重闉〔四〕。朝罷二三公，隨我如魚鱗〔五〕。君聞我來喜，置酒留逡巡。不待主人請，自脱頭上巾。歡情雖漸鮮，老意益相親。窮達何足道，古來兹理均。

【箋注】

〔一〕如題下注，嘉祐四年（一〇五九）作。原唱即十一月二十三日歐陽永叔劉原甫范景仁何聖徒見訪之什。

〔二〕珉：見本集卷五廬山高贈同年劉中允歸南康箋注〔一一〕。

〔三〕白虹：日月周圍的白色暈圈。後漢書郎顗傳：「凡日旁氣，色白而純者，名爲白虹。」

〔四〕重闉：多重宫門或城門。楊炯渾天賦：「列長垣之百堵，啓閶闔之重闉。」

〔五〕魚鱗：依次相接之意。漢書劉向傳：「今王氏一姓乘朱輪華轂者二十三人，青紫貂蟬充盈幄内，魚鱗左右。」顏師古注：「言在帝之左右，相次若魚鱗也。」

小飲坐中贈别祖擇之赴陝府〔一〕 無擇

明日君當千里行，今朝始共一罇酒。豈惟明日難重持，試思此會何嘗有？京師九衢十二門〔二〕，車馬煌煌事奔走㊀。花開誰得屢相過，盞到莫辭頻舉手。歡情落寞酒量減㊁，置我不須論老朽。奈何公等氣方豪，雲夢正當吞八九〔三〕。擇之名聲重當世，少也多奇晚方偶〔四〕。西州政事藹風謡〔五〕，右掖文章焕星斗〔六〕。待君歸日我何爲，手把鋤犁汝陰叟〔七〕。

【校記】

㈠煌煌：卷後原校：一作「皇皇」。　㈡寞：卷後原校：一作「莫」。

【箋注】

〔一〕如題下注，嘉祐四年（一〇五九）作。是年，祖無擇出守陝郡，有書局之會，歐置酒餞行，遂作此詩。書簡卷五有是年所作與祖龍學，云：「書局之會，幸出偶爾，遂成鄙句，兼邀坐客同賦，雖老拙非工，而諸君盛作，亦聊記一時之事，謹以附遞致誠。當擇之西行，猶在齋禁，不得瞻違，實深爲恨。」此云「齋禁」，當指四月「癸酉孟夏，薦饗，並攝太尉行事」（胡譜）。祖無擇，字擇之，上蔡（今屬河南）人。景祐進士。少從穆修學古文，又從孫復受春秋。歷知南安軍、提點淮南、荆湖北路刑獄、廣東轉運使、知制誥、知開封府等職，元豐時主管西京御史臺。宋史有傳。無擇龍學文集卷五載有本詩及無擇、吴奎、劉敞、范鎮、江休復、梅堯臣的和詩。龍學次韻和云：「前日西行别翰林，爲我開尊飲之酒。高冠滿坐皆賢豪，談笑喧呼時各有。」陝府，陝州，州治陝縣（今屬河南）。

〔二〕九衢：指汴京御街等四通八達的道路。十二門：據東京夢華録記載，汴京外城有十二座城門，見本集卷六送裴如晦之吴江箋注〔二〕。

〔三〕「雲夢」句：司馬相如子虛賦：「吞若雲夢者八九，其於胸中曾不蔕芥。」

〔四〕晚方偶：曾慥高齋詩話：「祖無擇晚娶徐氏，有姿色……歐公嘗作詩曰『無擇聲名重當世，早歲多奇晚乃偶』，蓋謂此也。」

〔五〕西州：指無擇赴任之陝府。藹風謡：盛傳於反映風土民情的歌謡中。獨孤及故江陵尹兼御史大夫吕諲謚議：「其恩惠被於物，其風謡存乎人。」

〔六〕右掖：唐時指中書省，因其在宮中右邊，故稱。無擇嘗同修起居注、知制誥，職屬中書省。

〔七〕汝陰：即潁州。太平寰宇記卷一一潁州：「潁州汝陰郡，今理汝陰縣……兩漢爲汝南郡之汝陰縣，魏于此立汝陰郡。」

奉答聖俞達頭魚之作〔一〕

吾聞海之大，物類無窮極。蟲鰕淺水間，蠃蜆如山積〔二〕。毛魚與鹿角，一龠數千百㊀〔三〕。收藏各有時，嗜好無南北。其微既若斯㊁，其大有莫測㊂。波濤浩渺中，島嶼生頃刻。俄而没不見，始悟出背脊㊃。有時隨潮來，暴死疑遭謫。海人相呼集，刀鋸爭剖析㊄。骨節駭專車〔四〕，鬚芒侔劍戟㊅。腥聞數十里，餘臭久乃息。始知百川歸，固有含容德。潛奇與秘寶，萬狀不一識㊆。嗟彼達頭微，誰傳到京國㊇？乾枯少滋味，治平聲洗費炮炙。聊茲知異物，豈足薦佳客？一旦辱君詩㊈，虛名從此得。京師人不識此魚，滄州向防禦見寄，以分聖俞，辱以詩答。

【校記】

㊀龠：原校：一作「拾」。 ㊁微：原校：一作「小」。 ㊂其大有：原校：一作「其大固」，一作「大者固」。

㊃始悟：原校：一作「久始」。 ㊄剖：原校：一作「斫」。 ㊅芒：原校：一作「牙」。 ㊆狀：原校：一作「物」。 ㊇誰傳到：原校：一作「偶傳到」，一作「偶傳入」。 ㊈辱：原校：一作「得」。

【箋注】

〔一〕據題下注，嘉祐三年（一〇五八）作。書簡卷六有上年所作與梅聖俞，云：「北州人有致達頭魚者，素未嘗聞其名，蓋海魚也。其味差可食，謹送少許，不足助盤飧，聊知異物爾。」致書與作詩不在同年，蓋因歐書在前，梅詩在後，歐之答詩又在其後，疑書在歲末發出，而詩在次年作也。梅集編年卷二九有北州人有致達頭魚于永叔者素未聞其名蓋海魚也分以爲遺聊知異物耳因感而成詠，此詩編入嘉祐四年，疑有誤，當爲三年作。

〔二〕 蠃：同「螺」。國語吴語：「其民必移就蒲蠃於東海之濱。」韋昭注：「蠃，蚌蛤之屬。」

〔三〕「毛魚」二句：言小魚甚多。龠，古量器名。漢書律曆志上：「量者，龠、合、升、斗、斛也，所以量多少也。」

〔四〕 專車：占滿一車。國語魯語下：「吴伐越，墮會稽，獲骨焉，節專車。」韋昭注：「骨一節，其長專車。專，擅也。」吴曾祺國語韋解補證：「專車，滿一車。」

送刁紡推官歸潤州㊀〔一〕

翹翹名家子〔二〕，自少能慷慨。嘗從幕府辟，躍馬臨窮塞。是時西邊兵，屢戰輒奔潰㊁。歸來買良田，俯首學秉耒。家爲白酒醇，門掩青山對。優遊可以老，世利何足愛〔三〕！奈何從所知，又欲向并代？主人忽南遷，此計亦中悔㊂。彼在吾往從㊃，彼去吾亦退。與人交若此，可以言節概。

【校記】

㊀「推官」下：原校：一本無二字。　㊁屢戰輒：原校：一作「無功屢」。　㊂亦：原校：一作「乃」。　㊃往：原校：一作「乃」。

【箋注】

〔一〕 如題下注，嘉祐四年（一〇五九）作。梅集編年卷二九有送刁經臣歸潤州兼寄曇師，朱東潤補注：「刁紡即刁經臣，堯臣繼配刁氏兄弟輩。」張方平宋故太中大夫尚書刑部郎中分司西京上柱國賜紫金魚袋累贈某官刁公（湛）墓誌銘：「公諱闕字闕……其先渤海人……考諱衎……子五人：繹、約，并太常博士；紓，某官；紡，某官；幼，早亡。」可知紡爲刁衎之孫。據宋史刁衎傳，紡父名湛。潤州，治今江蘇鎮江。

〔二〕「翹翹」句：刁紡祖刁衎，南唐時蔭補爲官，以文翰入侍李煜。入宋，官至兵部郎中。太宗時議禁淫刑酷法，定天下酒税額。真宗時預修册府元龜。士大夫多推重之。父刁湛，官刑部郎中。故稱紡爲「名家子」。

〔三〕「歸來」六句：梅堯臣寄題刁經臣潤州園亭：「新作城邊圃，陂原上下斜，竹多劉裕宅，松接戴顒家。山色不須買，江流何處涯，但邀東海月，莫聽五更鴉。」

夜坐彈琴有感二首呈聖俞〔一〕

吾愛陶靖節，有琴常自隨。無弦人莫聽，此樂有誰知〔二〕？君子篤自信，衆人喜隨時。其中苟有得，外物竟何爲〔三〕？寄謝伯牙子，何須鍾子期〔四〕！

鍾子忽已死，伯牙其已乎！絶弦謝世人，知音從此無。瓠巴魚自躍，此事見於書㊀〔五〕。師曠嘗一鼓，羣鶴舞空虚〔六〕。吾恐二三説，其言皆過歟。不然古今人，愚智邈已殊。奈何人有耳，不及鳥與魚？

【校記】

㊀見於書：卷後原校：一作「載諸書」。

【箋注】

〔一〕原未繫年，當與前詩同爲嘉祐四年（一〇五九）作。梅集編年卷二九次韻和永叔夜坐鼓琴有感二首，編在嘉祐四年。公是集卷一五有和永叔夜坐鼓琴二首。

〔二〕「吾愛」四句：陶潛歸去來兮辭：「悦親戚之情話，樂琴書以消憂。」晉書陶潛傳：「（潛）性不解音，而蓄素琴一張，弦徽不具，每朋酒之會，則撫而和之，曰：『但識琴中趣，何勞弦上聲。』」

〔三〕外物：身外之物。抱朴子内篇卷二道意：「明德惟馨，無憂者壽……自然之理，外物何爲？」

〔四〕「寄謝」三句：吕氏春秋本味記伯牙善鼓琴，子期爲知音；子期死，伯牙便終身不復鼓琴。此反其意，謂無須子期，伯牙自可鼓琴爲樂。

〔五〕「瓠巴」二句：列子湯問：「瓠巴鼓琴，而鳥舞魚躍。」

〔六〕「師曠」二句：初學記卷一六引韓子：「師曠鼓琴，有玄鶴銜珠於中庭舞。」

二月雪〔一〕

寧傷桃李花㊀，無損杞與菊。杞菊吾所嗜，惟恐食不足。花開少年事，不入老夫目。老夫無遠慮，所急在口腹。風晴日暖雪初銷，踏泥自採籬邊緑。

【校記】

㊀傷：卷後原校：一作「損」。

【箋注】

〔一〕如題下注，嘉祐五年（一〇六〇）作。梅集編年卷三〇有次韻永叔二月雪。

歸田四時樂春夏二首〔一〕 秋冬二首，命聖俞分作。

春風二月三月時，農夫在田居者稀。新陽晴暖動膏脈〔二〕，野水泛灩生光輝。鳴鳩聒聒屋上啄，布穀翩翩桑下飛。碧山遠映丹杏發，青草暖眠黃犢肥。田家此樂知者誰，吾獨知之胡不歸〔三〕？吾已買田清潁上，更欲臨流作釣磯。

南風原頭吹百草，草木叢深茅舍小。麥穗初齊稚子嬌〔四〕，桑葉正肥蠶食飽。老翁但喜歲年熟，餉婦安知時節好？野棠梨密啼晚鶯㊀，海石榴紅囀山鳥。田家此樂知者誰，我獨知之歸不早。乞身當及彊健時，顧我蹉跎已衰老。

【校記】

㊀晚鶯：卷後原校：一作「曉鶯」。

【箋注】

〔一〕如題下注，嘉祐三年（一〇五八）作。書簡卷六有是年所作與梅聖俞，云：「經節陰雨，猶幸且晴，不審尊侯何似。閑作歸田樂四首，祇作得二篇，後遂無意思。欲告聖俞續成之，亦一時盛事。」堯臣遂有續永叔歸田樂秋冬二首（梅集編年卷三〇）。歐得梅詩，又作一簡云：「承寵惠二篇，欽誦感愧。思之，正如雜劇人，上名下韻不來，須勾副末接續爾。呵呵！家人見誚，好時節將詩去人家厮攪，不知吾輩用以爲樂爾。」王直方詩話稱：「真所謂一時之雅戲也。」

〔二〕膏脈：肥沃的土壤。宋祁春雪：「持杯一相勞，膏脈趁春耕。」

〔三〕 胡不歸：陶淵明歸去來兮辭：「歸去來兮，田園將蕪胡不歸！」

〔四〕 稚子：指小雞。杜甫絶句漫興九首之七：「筍根稚子無人見，沙上鳧雛傍母眠。」

【集評】

〔宋〕黄震：有味，殆田園雜興之祖歟！（黄氏日鈔卷六一）

明妃曲和王介甫作〔一〕

胡人以鞍馬爲家，射獵爲俗。泉甘草美無常處㊀，鳥驚獸駭爭馳逐〔二〕。誰將漢女嫁胡兒，風沙無情貌如玉。身行不遇中國人，馬上自作思歸曲〔三〕。推手爲琵却手琶〔四〕，胡人共聽亦咨嗟。玉顔流落死天涯，琵琶却傳來漢家㊁。漢宫爭按新聲譜㊂，遺恨已深聲更苦。纖纖女手生洞房，學得琵琶不下堂。不識黄雲出塞路，豈知此聲能斷腸！

【校記】

㊀無常處：卷後原校：石本作「隨山川」。 ㊁琵琶：原校：一作「此曲」。 ㊂漢宫：卷後原校：一作「漢家」。

【箋注】

〔一〕 如題下注，本詩與再和明妃曲均爲嘉祐四年（一〇五九）作。是年，王安石作明妃曲二首（臨川集卷四）梅堯臣、司馬光、劉敞、曾鞏等皆有和詩。歐作本詩，甚自負，見本集卷五廬山高贈同年劉中允歸南康箋注〔一〕。明妃即王昭君，名嬙，漢元帝時宮女。竟寧元年，漢與匈奴和親，昭君遠嫁呼韓邪單于。見漢書匈奴傳下。晉避司馬昭諱，改稱昭君爲明君或明妃。

〔二〕「胡人」四句：漢書晁錯傳：「胡人食肉飲酪，衣皮毛，非有城郭田宅之歸，居如飛鳥走獸，於廣野美草甘水則止，草盡水竭則移。」胡人指匈奴。

〔三〕「馬上」句：石崇王明君詞序：「昔公主嫁烏孫，令琵琶馬上作樂以慰其道路之思，其送明君亦必爾也。」思歸曲，指樂府詩集卷五九存昭君怨詩一首，其詞云：「父兮母兮，道里悠長。嗚呼哀哉，憂心惻傷！」

〔四〕「推手」句：釋名釋樂器：「琵琶本出於胡中，馬上所鼓也。推手前曰琵，引手却曰琶，象其鼓時，因以爲名也。」

【集評】

〔宋〕費袞：古今人作明妃曲多矣，皆道其思歸之意。歐陽公作兩篇，語固傑出，然大概亦歸于幽怨……要當言其志在爲國和戎，而不以身之流落爲念，則詩人之旨也。（梁溪漫志卷七）

〔清〕陸次雲：此詩久已膾炙，自是不祧。和介甫，勝介甫作。（宋詩善鳴集卷上）

〔清〕姚範：「纖纖女手生洞房，學得琵琶不下堂。不識黃雲出塞路，豈知此聲能斷腸」四句，頗具唐人風旨。（援鶉堂筆記卷四〇）

〔清〕方東樹：思深，無一處是恒人胸臆中所有。以後一層作起。「誰將」句逆入明妃。「推手」句插韻，太白。「玉顔」二句，逆入琵琶。收四語又用他人逆襯。一層層不猶人，所以爲思深筆折也。此逆捲法也。（昭昧詹言卷一二）

盆池〔一〕

西江之水何悠哉〔二〕，經歷灘石險且回〔三〕。餘波拗怒猶涵去澹㊀〔四〕，奔濤擊浪常喧陘㈡〔五〕。有時夜上滕王閣，月照淨練無纖埃㈢〔六〕。楊闌左里在其北㈣〔七〕，無風浪起傳古來。老蛟深處厭窟穴，蛇身微行見者猜。呼龍瀝酒未及祝，五色粲爛高崔嵬㈤。忽然遠引千丈去，百里水面中分開。收蹤滅跡莫知處，但有雨雹隨風雷。千奇萬變聊一戲，豈顧溺死爲可哀㈥。輕人之命若螻塏㈦，不止山嶽將傾頽。此外魚鰕何足道，厭飫但覺腥盤杯。壯哉豈不快耳目，胡爲守此空牆隈？陶盆斗水仍下漏，四岸久雨生莓苔。游魚撥撥不盈寸㈧〔八〕，泥潛日炙愁暴鰓。魚誠不幸此跼促㈨，我能決去反徘徊㈩。

【校記】

㈠猶：原校：一作「獨」。　㈡擊浪：考異本作「驚浪」。　㈢練：原校：一作「緑」。　㈣楊闌左里：卷後原校：一作「揚瀾左蠡」。　㈤粲：原校：一作「照」。　㈥豈：原校：一作「肯」。　㈦輕人之命：卷後原校：石本作「奈何人命」。　㈧撥撥：考異本作「潑潑」。　㈨魚誠：卷後原校：石本作「魚生」。幸此：卷後原校：石本作「幸遭」。　㈩能決去反：卷後原校：石本作「可決去猶」。

【箋注】

〔一〕　如題下注，嘉祐四年（一〇五九）作。是年，作者多次上奏，乞知洪州，謂王拱辰曰：「南去有期，心欲飛動。」（書簡卷三與王懿恪公）然未能如願，故詩中有「胡爲守此空牆隈」之嘆。

〔二〕　西江：長江中下游又稱西江。元稹相憶淚：「西江流水到江州，聞道分成九道流。」

〔三〕　灨石：贛江中石灘名。陳書高祖紀上：「南康灨石舊有二十四灘，灘多巨石，行旅者以爲難。」

〔四〕　涵澹：亦作「涵淡」。水激蕩貌。劉禹錫平齊行之二：「千鈞猛簴順流下，洪波涵淡浮熊羆。」

〔五〕喧豗：形容轟響。李白蜀道難：「飛湍瀑流爭喧豗，砯崖轉石萬壑雷。」

〔六〕淨練：語出謝朓晚登三山還望京邑：「餘霞散成綺，澄江靜如練。」

〔七〕楊闌左里：楊闌，一作「揚瀾」。見廬山高贈同年劉中允歸南康箋注〔三〕。

〔八〕撥撥：魚游動或跳動貌。白居易泛渭賦：「魚樂兮泉底，鬐撥撥兮尾瀲瀲。」

再和明妃曲〔一〕

漢宮有佳人㈠，天子初未識。一朝隨漢使，遠嫁單于國。絶色天下無，一失難再得。雖能殺畫工，於事竟何益〔二〕？耳目所及尚如此，萬里安能制夷狄！漢計誠已拙，女色難自誇㈡。明妃去時淚，灑向枝上花。狂風日暮起，飄泊落誰家？紅顏勝人多薄命，莫怨春風當自嗟。

【校記】

㈠佳：原校：一作「美」。　㈡女：原校：一作「美」。

【箋注】

〔一〕嘉祐四年（一〇五九）作。

〔二〕「漢宮」八句：西京雜記卷二：「元帝後宮既多，不得常見，乃使畫工圖形，案圖召幸之。諸宮人皆賂畫工，多者十萬，少者亦不減五萬，獨王嬙不肯，遂不得見。後匈奴入朝，求美人爲閼氏，於是上案圖以昭君行。及去召見，貌爲後宮第一，善應對，舉止閑雅。帝悔之，而名籍已定。帝重信於外國，故不復更人。乃窮案其事，畫工皆棄市，籍其家資皆巨萬。」

【集評】

〔清〕胡壽芝：歐陽文忠明妃曲最佳者「耳目所及尚如此，萬里安能制夷狄」，從欒天續古詩「閨房猶復爾，邦國當何如」化出。用在篇腹，人益難憶及已。（東目館詩見卷三）

奉送原甫侍讀出守永興㈠〔一〕

酌君以荊州魚枕之蕉〔二〕，贈君以宣城鼠須之管〔三〕。酒如長虹飲滄海〔四〕，筆若駿馬馳平坂。愛君尚少力方豪㈡，嗟我久衰歡漸鮮。文章驚世知名早㈢〔五〕，意氣論交相得晚〔六〕。魚枕蕉，一舉十分當覆盞；鼠須管，爲物雖微情不淺。新詩醉墨時一揮，別後寄我無辭遠。

【校記】

㈠題下原校：一作「奉送永興安撫劉侍讀」。　㈡尚：原校：一作「年」。　㈢知：原校：一作「聞」。

【箋注】

〔一〕　如題下注，嘉祐五年（一〇六〇）作。本集卷三五集賢院學士劉公墓誌銘：「公既騄屈廷臣之議，議者已多仄目；既而又論吕溱過輕而責重，與臺諫異，由是言事者亟攻之。公知不容於時矣，會永興闕守，因自請行，即拜翰林侍讀學士，充永興軍路安撫使，兼知永興軍府事。」長編卷一九二嘉祐五年十二月「及敞至永興」下注：「敞以九月丁亥朔除侍讀、知永興，十二月初始到任。」永興軍，治所在京兆府（今陝西西安）。

〔二〕魚枕之蕉：以魚頭骨製成、狀如芭蕉的酒杯。魚枕，亦作「魚魫」。彭乘續墨客揮犀：「南海魚有石首者，蓋魚魫也。取其石，治以爲器，可載飲食，如遇蠱毒，器必暴裂，其效甚著。」

〔三〕鼠須之管：鼠鬚筆。王羲之筆經：「世傳張芝、鍾繇用鼠鬚筆，筆鋒勁强有鋒芒。」

〔四〕「酒如」句：太平御覽卷一四引異苑：「晉陵薛願，義熙初，有虹飲其釜中，吸響便竭。願輦酒灌之，隨投便竭，吐金滿器。」

〔五〕「文章」句：宋史劉敞傳：「舉慶曆進士，廷試第一。編排官王堯臣，其内兄也，以親嫌自列，乃以爲第二。」

〔六〕「意氣」句：皇祐元年歐知潁州，始與劉敞交游。公是集卷一〇有初卜潁州城西新居詩，時敞丁父憂居潁守制。

【集評】

〔宋〕胡仔：苕溪漁隱曰：永叔送原甫出守永興詩云（略）。黄魯直送王郎詩云：「酌君以蒲城桑落之酒，泛君以湘累秋菊之英，贈君以黟川點漆之墨，送君以陽關墮淚之聲。酒澆胸中之磊落，菊製短世之頽齡，墨以傳千古文章之印，歌以寫從來兄弟之情。」近時學者以謂此格獨魯直爲之，殊不知永叔已先有也。（苕溪漁隱叢話前集卷二九）

〔清〕宋長白：歐陽公送劉原父詩「魚枕蕉，一舉十分當覆盞；鼠鬚管，爲物雖微意不淺」，當作上三下三中四字讀，亦創格也。（柳亭詩話卷二一）

哭聖俞〔一〕

昔逢詩老伊水頭，青衫白馬渡伊流。灘聲八節響石樓，坐中辭氣凌清秋〔一〕。一飲百盞不言休，酒酣思逸語更遒〔二〕。河南丞相稱賢侯，後車日載枚與鄒〔三〕。我年最少力方優〔四〕，明珠白璧相報投。詩成希深擁鼻謳〔五〕，師魯卷舌藏戈矛〔六〕。三十年間如轉眸〔七〕，屈指十九歸山丘〔八〕。凋零所餘身百憂，晚登玉墀侍珠旒〔九〕。詩老虀鹽太學愁〔一〇〕，乖離會合謂無由，此會天幸非人謀〔一一〕。頷鬚已白齒根浮，子年加我貌則不。歡猶可彊閑屢偷，不覺歲月成淹留。文章落筆動九州，釜甑過午無饋餾〔一二〕。良時易失不早收，篋櫝瓦礫遺琳璆㈡〔一三〕。薦賢轉石古所尤〔一四〕，此事有職非吾羞。命也難知理莫求，名聲赫赫掩諸幽。翩然素旐歸一舟，送子有淚流如溝。

【校記】

㈠清：原校：一作「高」。　㈡櫝：原校：一作「櫝」。

【箋注】

〔一〕如題下注，嘉祐五年（一〇六〇）作。本集卷三三梅聖俞墓誌銘：「嘉祐五年，京師大疫。四月乙亥，聖俞得疾……居八日，癸未，聖俞卒。」公是集卷一八有同永叔哭聖俞。

〔二〕「昔逢」六句：外集卷二書懷感事寄梅聖俞：「三月入洛陽，春深花未殘。龍門翠鬱鬱，伊水清潺潺。逢君伊水畔，一見已開顏。不暇謁大尹，相攜步香山。」八節灘、石樓，見遊龍門分題十五首。

〔三〕「河南」二句：東軒筆録卷三：「錢文僖公惟演生貴家，而文雅樂善出天性，晚年以使相留守西京，時通判謝絳、掌書記尹洙、留府推官歐陽修，皆一時文士，游宴吟詠，未嘗不同。」枚與鄒，枚乘與鄒陽，西漢文士、梁孝王門客，漢書均有傳。

〔四〕我年最少：天聖九年，西京幕府中，歐陽修二十五歲（據胡譜），而謝絳已三十七歲（據本集尚書兵部員外郎知制誥謝公墓誌銘），張谷亦三十七歲（據本集尚書屯田員外郎張君墓表），張汝士三十五歲（據本集河南府司録張君墓表），尹洙三十一歲（據安陽集故崇信軍節度副使檢校尚書工部員外郎尹公墓表），梅堯臣三十歲（據本集梅聖俞墓誌銘）。

〔五〕擁鼻謳：晉書謝安傳：「安本能爲洛下書生詠，有鼻疾，故其音濁，名流愛其詠而弗能及，或手掩鼻以效之。」後指以雅音曼聲吟詠。

〔六〕「師魯」句：書簡卷六與梅聖俞：「師魯之辯，亦仲尼、孟子之功也。」戈矛，喻能言善辯。

〔七〕三十年：由天聖九年（一〇三一）至嘉祐五年（一〇六〇），首尾三十年。

〔八〕「屈指」句：謝絳、張谷、張汝士、尹洙等均已謝世。

〔九〕「晚登」句：據胡譜，歐嘉祐五年爲翰林侍讀學士，此前已是朝中大臣，故云。

〔一〇〕「詩老」句：時堯臣官國子監直講。韓愈送窮文：「太學四年，朝虀暮鹽。」

〔一一〕此會：指嘉祐元年堯臣抵京，後就職國子監，歐、梅得以相聚。

〔一二〕饙餾：韓愈南山詩：「或如火熺焰，或若氣饙餾。」錢仲聯集釋引祝充曰：「饙餾，蒸飯。」本詩指飯食。

〔一三〕篋櫝：竹箱木櫝，此謂以之收藏。琳璆：亦作「璆琳」，泛指美玉。爾雅釋地：「西北之美者，有崑崙虛之璆琳、琅玕焉。」

〔一四〕轉石：漢書劉向傳：「用賢則如轉石，去佞則如拔山。」

居士集卷九

古詩三十首

寄題劉著作羲叟家園效聖俞體〔一〕

嘉子治新園，乃在太行谷。山高地苦寒，當樹所宜木。羣花媚春陽，開落一何速。凜凜心節奇，惟應松與竹。毋栽當暑槿，寧種深秋菊。菊死抱枯枝，槿豔隨昏旭〔二〕。黄楊雖可愛，南土氣常燠。未知經雪霜，果自保其緑。顏色苟不衰，始知根性足。此外衆草花，徒能悦凡目。千金買姚黄〔三〕，慎勿同流俗。

【箋注】

〔一〕原未繫年。梅集編年卷二九有嘉祐四年（一〇五九）詩寄題劉仲叟澤州園亭（夏敬觀校：「叟」當作「更」）。

本詩「效聖俞體」，當同年作。琬琰集刪存卷二范鎮羲叟檢討墓誌銘：「羲叟字仲更，澤州晉城人……嘗舉進士，廷試不第。慶曆初，今翰林歐陽公使河東，表君有歆、向之學，一命，試大理評事……預修唐書律曆天文五行志，尋充編修官……嘉祐二年以母喪罷，有詔就第編修……以病卒，年四十四，實五年八月壬戌也。」

〔二〕槿豔：槿花之豔。槿花雖美，但易衰謝。孟郊審交：「小人槿花心，朝在夕不存。」

〔三〕「千金」句：外集卷二三洛陽牡丹記花品序置姚黃於第一。

西齋小飲贈別陝州沖卿學士〔一〕　分得黃字爲韻。

今日胡不樂，衆賓會高堂㊀。坐中瀛洲客〔二〕，新佩太守章。豈無芳罇酒，笑語共一觴。亦有嘉菊叢㊁，新苞弄微黃。所嗟時易晚，節物已淒涼。羣鷺方盛集，離鴻獨高翔。山川正搖落，行李怯風霜〔三〕。君子樂爲政，朝廷須俊良。歸來紫微閣〔四〕，遺愛在甘棠〔五〕。

【校記】

㊀賓：卷後原校：一作「賢」。　㊁嘉：原校：一作「佳」。

【箋注】

〔一〕如題下注，嘉祐五年（一〇六〇）作。吳充，字沖卿，是年知陝州，歐設宴餞別於西齋。公是集卷一三有永叔西齋送沖卿知陝府。琬琰集刪存卷二李清臣吳正憲公充墓誌銘：「徙三司户部判官，遷尚書祠部員外郎，知陝州。」陝州，州治陝縣（今屬河南）。

〔二〕瀛洲客：指吳充。唐太宗置文學館，命杜如晦、房玄齡等十八名文官爲學士，輪流宿於館中。又命閻立本畫像，褚亮作贊，號「十八學士」。時人慕之，謂「登瀛州」。見新唐書褚亮傳。

〔三〕行李：行旅。蔡琰胡笳十八拍：「追思往日兮行李難，六拍悲來兮欲罷彈。」

〔四〕紫微閣：中書省之代稱。舊唐書職官志二「中書省」下云：「開元元年，改爲紫微省。」

〔五〕甘棠：史記燕召公世家：「周武王之滅紂，封召公於北燕……召公巡行鄉邑，有棠樹，決獄政事其下，自侯伯至庶人各得其所，無失職者。召公卒，而民人思召公之政，懷棠樹不敢伐，歌詠之，作甘棠之詩。」後甘棠用以頌良吏之美政與遺愛。

奉答原甫九月八日見過會飲之作〔一〕

老大惜時節，少年輕別離。我歌君當和，我酌君勿辭。豔豔庭下菊，與君吟繞之。擷其黄金蘂，泛此白玉卮。君勿愛此花，問君此何時。秋風日益高，霜露漸離披〔二〕。芳歲忽已晚，朱顔從此衰。念君將捨我，車馬去有期〔三〕。君行一何樂，我意獨不怡。飛兔不戀羣〔四〕，奔風誰能追？老驥但伏櫪，壯心良可悲〔五〕。

【箋注】

〔一〕如題下注，嘉祐五年（一〇六〇）作。書簡卷三嘉祐六年所作與王懿敏公云：「弊齋有菊數叢，去歲自開便邀諸公，比過重陽，凡作數會。」九月八日會飲，當即此「數會」之一，爲賞菊也，詩云：「豔豔庭下菊，與君吟繞之。」公是集卷二六有九月八日晚會永叔西齋。

〔二〕離披：紛紛下落貌。楚辭九辯：「白露既下百草兮，奄離披此梧楸。」

〔三〕「念君」二句：劉敞是年九月除侍讀、知永興。見本集卷八奉送原甫侍讀出守永興箋注〔一〕。

〔四〕飛兔：駿馬名。吕氏春秋離俗：「飛兔、要褭，古之駿馬也。」

〔五〕「老驥」二句：語本曹操步出夏門行：「老驥伏櫪，志在千里。烈士暮年，壯心不已。」

予作歸雁亭於滑州後十有五年梅公儀來守是邦因取余詩刻于石又以長韻見寄因以答之㈠〔一〕

風吹城頭秋草黄，仰見鳴雁初南翔㈡。秋草風吹春復緑，南雁北飛聲肅肅。城下臺邊桃李蹊，憶初披荒手植之。雪消冰解草木動，因記鴻雁將歸時㈢。爾來十載空遺迹，飛雁年年自南北。臺傾餘址草荒涼，樹老無花春寂歷〔二〕。東州太守詩尤美〔三〕，組織文章爛如綺。長篇大句琢方石，一日都城傳百紙。我思古人無不然，慷慨功名垂百年㈣。沉碑身後念陵谷，把酒泣下悲山川〔四〕。一時留賞雖邂逅，後世傳之因不朽。

【校記】

㈠題下原校：一作「和滑州公儀龍圖歸雁亭長句」。㈡見：卷後原校：一作「看」。㈢因記鴻：原校：一作「欲記南」。㈣慷慨：原校：一作「感慨」。

【箋注】

〔一〕如題下注，嘉祐元年（一〇五六）作。書簡卷七慶曆三年所作與王待制云：「自去年閏月來東郡以就禄養，幸如所欲。」按：慶曆二年閏月爲九月。東郡即滑州（治今河南滑縣東），該地北魏時屬兗州東郡。歐至滑州後建歸雁亭，并作歸雁亭、滑州歸雁亭詩。大清一統志卷一五八：「歸雁亭在滑縣城內，臨河。」由慶曆二年（一〇四二）至嘉祐元年（一〇五六），恰爲十五年。梅摯，字公儀，嘉祐元年在知滑州任上。本集卷三另有寄題梅龍圖滑州溪園詩。

〔二〕寂歷：寂靜、冷清。江淹燈賦：「冬膏既凝，冬箭未度，悁連冬心，寂歷冬暮。」

〔三〕「東州」句：宋史梅摯傳：「喜爲詩，多警句。」

〔四〕「我思」四句：古人指以平吳而成晉業的羊祜、杜預。本集卷四〇峴山亭記：「傳言叔子嘗登茲山，慨然語其屬，以謂此山常在，而前世之士皆已湮滅於無聞，因自顧而悲傷，然獨不知茲山待己而名著也。元凱銘功於二石，一置茲山之上，一投漢水之淵。是知陵谷有變，而不知石有時而磨滅也。」詳見該篇箋注〔六〕〔七〕。

【集評】

〔清〕方東樹：「城下」句逆捲。「因記」句逆捲。順逆之中，插此句作章法，亦制勝法，此可爲成式。（昭昧詹言卷一二）

寄題洛陽致政張少卿靜居堂〔一〕

洛人皆種花，花發有時闌。君家獨種玉，種玉產琅玕。子弟守家法，名聲聳朝端〔二〕。歲時歸拜慶，閭里亦相歡。西臺有道氣，自少服靈丸〔三〕。春酒養眉壽，童顏如渥丹。清談不倦客，妙思喜揮翰。壯也已吏隱，興餘方掛冠。臨風想高誼，懷祿愧盤桓。

【箋注】

〔一〕據題下注，嘉祐六年（一〇六一）作。張少卿即張師錫，見本集卷一送京西提點刑獄張駕部箋注〔一〕。梅集編年卷二八有寄題西洛致仕張比部靜居院四堂，安陽集卷二有寄題西京致政張郎中靜居院，臨川集卷一三有張氏靜居院。

〔二〕「君家」四句：張師錫喜子及第：「御榜今朝至，見名心始安。爾能俱中第，吾遂可休官。賀客留連飲，家書反覆看。世科誰不繼，得慰二親難。」王安石張氏靜居院：「不聞喜教子，滿屋青紫朱。」

〔三〕「西臺」二句：西臺，見本集卷一送京西提點刑獄張駕部箋注〔四〕。韓琦寄題西京致政張郎中靜居院：「藥品稽神仙，門法尚忠正。肌膚松菊香，自注：君餌松菊已效，故云。庭砌芝蘭盛。」

鬼　車〔一〕

嘉祐六年秋，九月二十有八日，天愁無光月不出。浮雲蔽天衆星没，舉手嚮空如抹漆。天昏地黑有一物，不見其形，但聞其聲。其初切切凄凄，或高或低，乍似玉女調玉笙，衆管參差而不齊。既而咿咿呦呦，若軋若抽，又如百兩江州車，回輪轉軸聲啞嘔。鳴機夜織錦江上，羣雁驚起蘆花洲。吾謂此何聲，初莫窮端由。老婢撲燈呼兒曹，云此怪鳥無匹儔。其名爲鬼車，夜載百鬼凌空遊。其聲雖小身甚大，翅如車輪排十頭。凡鳥有一口，其鳴已啾啾。此鳥十頭有十口，口插一舌連一喉㊀。一口出一聲，千聲百響更相酬。昔時周公居東周，厭聞此鳥憎若讎。夜呼庭氏率其屬，彎弧俾逐出九州〔二〕。射之三發不能中，天遣天狗從空投。自從狗嚙一頭落，斷頸至今青血流。爾來相距三千秋，晝藏夜出如鵂鶹〔三〕。每逢陰黑天外過，乍見火光驚輒墮。有時餘血下點污烏卧反，所遭之家家必破。我聞此語驚且疑，反祝疾飛無我禍。我思天地何茫茫，百物巨細理莫詳。吉凶在人不在物，一蛇兩頭反爲祥〔四〕。却呼老婢炷燈火，捲簾開户清華堂。須臾雲散衆星出，夜靜皎月流清光。

【校記】

㈠「連一」之「一」：原校：一作「十」。

【箋注】

〔一〕據題下注，嘉祐六年（一〇六一）作。鬼車，傳説中的一種怪鳥。周密齊東野語卷一九鬼車鳥：「鬼車俗稱九頭鳥，陸長源辨疑志又名渠逸鳥。世傳此鳥昔有十首，爲犬噬其一，至今血滴人家，能爲災咎。故聞之者必叱犬滅燈，以速其過。澤國風雨之夕，往往聞之。六一翁有詩，曲盡其悲哀之聲，然鮮有睹其形者。」

〔二〕「夜呼」三句：周禮秋官庭氏：「庭氏掌射國中之夭鳥。若不見其鳥獸，則以救日之弓與救月之矢射之。」鄭玄注：「庭氏，主射妖鳥，令國中絜清如庭者也。」

〔三〕鵂鶹：鴟鴞的一種。莊子秋水：「鴟鵂夜撮蚤，察毫末，晝出瞋目，而不見丘山，言殊性也。」鵂鶹古時被視爲不祥之鳥。梁書侯景傳：「所居殿常有鵂鶹鳥鳴，景惡之，每使人窮山野討捕焉。」

〔四〕「吉凶」二句：賈誼新書春秋：「孫叔敖之爲嬰兒也，出游而還，憂而不食。其母問其故，泣而對曰：『今日吾見兩頭蛇，恐去死無日矣。』其母曰：『今蛇安在？』曰：『吾聞見兩頭蛇者死，吾恐他人又見，吾已埋之也。』其母曰：『無憂，汝不死。吾聞之，有陰德者，天報以福。』」

【集評】

［宋］黄震：先序其聲之怪，次述老婢撲燈之説，以言其所以爲怪，終之不足怪，而呼婢炷燈焉，且亂之曰：「須臾雲散衆星出，夜静皎月流清光。」曲盡文章之妙矣。（黄氏日鈔卷六一）

感二子〔一〕

黄河一千年一清〔二〕，岐山鳴鳳不再鳴〔三〕㊀。自從蘇梅二子死，天地寂默收雷聲。百蟲坏户不啓蟄〔四〕，萬木逢春不發萌。豈無百鳥解言語，喧啾終日無人聽。二子精思極搜抉，天地鬼神無遁情。及其放筆騁豪俊，筆下萬物生光榮。古人謂此覷天巧〔五〕，命短疑爲天公憎。昔時李杜爭横行〔六〕，麒麟鳳凰世所驚。二物非能致太平，須時太平然後生。開元天寶物盛極，自此中原疲戰爭〔七〕。英雄白骨化黄土，富貴何止浮雲輕〔八〕？唯有文章爛日星〔九〕，氣凌山岳常崢嶸。賢愚自古皆共盡，突兀空留後世名。

【校記】

㊀再：原校：一作「載」。

【箋注】

〔一〕題注「嘉祐□年」。考異本注嘉祐六年（一〇六一）作，梅聖俞墓誌銘亦同年作，此詩當寫於是年。二子，蘇舜欽、梅堯臣。

〔二〕「黄河」句：王嘉拾遺記卷一：「黄河千年一清。」

〔三〕岐山鳴鳳：文選何晏景福殿賦：「故能翔岐陽之鳴鳳，納虞氏之白環。」李善注：「國語：周内史過曰：『周之興也，鸑鷟鳴於岐山。』」鸑鷟，鳳之别名也。

〔四〕啓蟄：禮記月令載仲春之月「日夜分，雷乃發聲，始電，蟄蟲咸動，啓户始出」。左傳桓公五年：「凡祀，啓蟄而郊。」

〔五〕「古人」句：韓愈答孟郊：「規模背時利，文字覷天巧。」

〔六〕李杜：李白、杜甫。

〔七〕「開元」二句：唐至開天，盛極而衰，出現安史之亂。

〔八〕「富貴」句：語出論語述而：「不義而富且貴，於我如浮雲。」

〔九〕爛日星：史記屈原賈生列傳：「屈平之作離騷……雖與日月爭光可也。」

讀書〔一〕

吾生本寒儒〔二〕，老尚把書卷。眼力雖已疲，心意殊未倦。正經首唐虞〔三〕，僞説起秦漢〔四〕。篇章異句讀，解詁及箋傳。是非自相攻，去取在勇斷〔五〕。初如兩軍交㊀，乘勝方酣戰㊁。當其旗鼓催，不覺人馬汗。至哉天下樂，終日在几案㊂。念昔始從師，力學希仕宦。豈敢取聲名，惟期脱貧賤。忘食日已晡，燃薪夜侵旦。謂言得志後㊃，便可焚筆硯。少償辛苦時，惟事寢與飯〔六〕。歲月不我留，一生今過半。中間嘗忝竊，内外職文翰〔七〕。官榮日清近，廩給亦豐羨〔八〕。人情慎所習，酖毒比安宴。漸追時俗流，稍稍學營辦。杯盤窮水陸〔九〕，賓客羅俊彦。自從中年來，人事攻百箭。非惟職有憂，亦自老可歎。形骸苦衰病，心志亦退懦。前時可喜事，閉眼不欲見。惟尋舊讀書，簡編多朽斷㊄〔一〇〕。古人重溫故，官事幸有間。乃知讀書勤，其樂固無限。少而干祿利，老用忘憂患。又知物貴久，至寶見百鍊。紛華暫時好，俯仰浮雲散。淡泊味愈長，始終殊不變。何時乞殘骸，萬一免罪譴。買書載舟歸，築室潁水岸㊅。平生頗論述，銓次加點竄。庶幾垂後世，不默死芻豢〔一一〕。信哉蠹書魚，韓子語非訕〔一二〕。

【校記】

㊀軍：原校：一作「兵」。　㊁方：原校：一作「多」。　㊂几：原校：一作「書」。　㊃志：原校：一作「意」。　㊄簡編：原校：一作「編簡」。　㊅室：原校：一作「屋」。

【箋注】

〔一〕據題下注，嘉祐六年（一〇六一）作。據胡譜，是歲閏八月，歐由樞密副使轉參知政事。官職榮升，但如本詩所云「形骸苦衰病，心志亦退懦」。書簡卷二是年所作與韓獻肅公云：「竊冒寵榮，不知爲樂，但覺其勞與負愧爾。」同卷同年所作與吳正獻公云：「某以孤拙之姿，不求合世，加以衰病，心在江湖久矣。」卷五亦是年所作與劉侍讀嘆曰：「思有所爲，則方以妄作紛紜爲戒；循安常理，又顧碌碌可羞，不知何以教之？」

〔二〕「吾生」句：據本集卷二五瀧岡阡表載，歐「生四歲而孤」，「父爲吏廉」，「故其亡也，無一瓦之覆、一壠之植」。

〔三〕正經：儒家經典。葛洪抱朴子百家：「正經爲道義之淵海，子書爲增深之川流。」唐虞：唐堯、虞舜，此指尚書中的堯典、舜典。葉適習學紀言卷四七：「以經爲正，而不汨於章讀箋詁，此歐陽氏讀書法也。」

〔四〕「僞説」句：本集卷四八問進士策四首之二：「自秦漢已來，諸儒所述，荒虚怪誕，無所不有。推其所自，抑有漸乎？」

〔五〕「篇章」四句：本集卷一八春秋或問之二：「經不待傳而通者十七八，因傳而惑者十五六。日月，萬物皆仰，然不爲盲者明，而有物蔽之者，亦不得見也。聖人之意皎然乎經，惟明者見之，不爲他説蔽者見之也。」本集卷一八春秋論上：「事有不幸出於久遠而傳乎二説，則奚從？曰：從其一之可信者。然則安知可信者而從之？曰：從其人而信之可也。衆人之説如彼，君子之説如此，則捨衆人而從君子。君子博學而多聞矣，然其傳不能無失也。君子之説如彼，聖人之説如此，則捨君子而從聖人。」

〔六〕「念昔」十句：本集卷四七與荆南樂秀才書：「僕少孤貧，貪禄仕以養親，不暇就師窮經，以學聖人之遺業。而涉獵書史，姑隨世俗作所謂時文者，皆穿蠹經傳，移此儷彼，以爲浮薄，惟恐不悦於時人，非有卓然自立之言如古人者。」

〔七〕「内外」句：趙彦衛雲麓漫鈔卷五：「至唐置翰林學士，以文章侍從，而本朝因之。翰林學士司麻制批答等爲内制，中書舍人六員分房行詞爲外制云。」歐集中有内制集與外制集。

〔八〕「官榮」二句：據胡譜，是年，歐進封開國公，加食邑五百户，食實封二百户。

〔九〕「杯盤」句：晉書石崇傳：「絲竹盡當時之選，庖膳窮水陸之珍。」

〔一〇〕「簡編」句：史記孔子世家：「孔子晚而喜易，序彖、繫、象、説卦、文言。讀易，韋編三絶。」

〔一一〕芻豢：禮記月令「共寢廟之芻豢」孔穎達疏：「言芻乃是牛羊，而又云豢，則是犬豕也……宗廟備六牲，故云芻豢也。」

〔一二〕「信哉」二句：韓愈雜詩：「古史散左右，詩書置後前。豈殊蠹書蟲，生死文字間。」

【集評】

〔宋〕黄震：始言讀書之樂，中言仕宦不暇讀，而終之以乃知讀書之樂無限。前後照映，文亦甚妙。（黄氏日鈔卷六一）

鵯鵊詞〔一〕 效王建作。

龍樓鳳闕鬱崢嶸㈠〔二〕，深宮不聞更漏聲。紅紗蠟燭愁夜短，緑窗鵯鵊催天明。一聲兩聲人漸起，金井轆轤聞汲水。三聲四聲促嚴妝，紅靴玉帶奉君王。萬年枝軟風露濕〔三〕，上下枝間聲轉急。南衙促仗三衛列㈡〔四〕，九門放鑰千官入。重城禁籞鎖池臺㈢，此鳥飛從何處來？君不見潁河東岸村陂闊㈣，山禽野鳥常嘲哳㈤。田家惟聽夏雞聲，鵯鵊，京西村人謂之夏雞。夜夜壠頭耕曉月。可憐此樂獨吾知，眷戀君恩今白髮。

【校記】

㈠闕：原校：一作「閣」。　㈡促仗：卷後原校：「碑本『促』作『捉』，似重磨再刻。按唐書儀衛志：『三衛番上，分爲五仗。』又云：『帶刀捉仗，列坐于東西廊，號曰內仗。』又云：『內外諸門，以排道人帶刀捉仗而立，號曰立門仗。』成都、眉州、綿州、衢州、大杭本並作『促』，吉州本及時賢文纂並作『捉』。」　㈢鎖：卷後原校：碑作「瑣」。

㈣村：原校：一作「春」。　㈤常：原校：一作「時」。

【箋注】

〔一〕據題下注，嘉祐六年（一〇六一）作。鵯鵊，春分始見之鳥，凌晨先雞而鳴，農人以爲耕田之候。歐集詩話：「王建宮詞一百首，多言唐宮禁中事，皆史傳小説所不載者，往往見於其詩。」

〔二〕龍樓鳳闕：帝王宮殿。王嘉拾遺記卷七：「青槐夾道多塵埃，龍樓鳳闕望崔嵬。」

〔三〕萬年枝：又稱萬年樹，即冬青。何晏景福殿賦：「綴以萬年，綷以紫榛。或以嘉名取寵，或以美材見珍。」

〔四〕 南衙：新唐書兵志：「夫所謂天子禁兵者，南北衙爲兵也。」三衛：新唐書儀衛志上：「凡朝會之仗，三衛番上，分爲五仗，號衙内五仗。」歸田録卷三：「唐制：三衛官有司階、司戈、執干、執戟，謂之四色官。今三衛廢，無官屬，惟金吾有一人，每日於正衙放朝喝，不坐直，謂之四色官，尤可笑也。」

【集評】

〔清〕方東樹：小題感寄思君之意，此風人之旨，杜公慣用，然此不甚覺。蓋此以和平微婉出之，不似杜之血淚也。「可憐此樂」七字，用意深婉，不似今人一味説出。（昭昧詹言卷一二）

〔清〕高步瀛：語意深婉，情韻俱佳。又云：方植之以此詩寄思君之意，吴北江謂此乃侍從内廷不得意而思歸田里之作。以詩意及事迹考之，則吴説是也。（唐宋詩舉要卷三）

初食雞頭有感㊀〔一〕

六月京師暑雨多，夜夜南風吹芡嘴。凝祥池鎖會靈園，僕射荒陂安可擬！〔二〕京師賣五岳宫及鄭州雞頭最爲佳。爭先園客採新苞，剖蚌得珠從海底。都城百物貴新鮮㊁，厥價難酬與珠比。金盤磊落何所薦，滑臺撥醅如玉醴〔三〕。自慚竊食萬錢厨〔四〕，滿口飄浮嗟病齒。却思年少在江湖，野艇高歌菱荇裏。香新味全手自摘，玉潔沙磨軟還美。一瓢固不羨五鼎〔五〕，萬事適情爲可喜。何時遂買潁東田㊂，歸去結茅臨野水？

【校記】

㈠題下原校：一本無「有感」字。　㈡都城：卷後原校：一作「都人」。　㈢遂：原校：一作「益」。

【箋注】

〔一〕據題下注，嘉祐六年（一〇六一）作。雞頭，芡之別名。呂氏春秋恃君覽：「夏日則食菱芡。」高誘注：「芡，雞頭也。」

〔二〕「凝祥池」二句：凝祥池在汴京城南會靈觀。玉海卷一七一祥符凝祥池：「（祥符）八年五月癸巳，詔會靈觀池名凝祥。」王直方詩話：「京師芡實最盛於會靈觀之凝祥池……僕射坡在鄭州，世亦稱其芡實也。」

〔三〕滑臺：滑州之治所（今河南滑縣東）。

〔四〕萬錢廚：晉書何曾傳：「性奢豪，務在華侈……食日萬錢，猶曰『無下箸處』。」

〔五〕一瓢：論語雍也：「一簞食，一瓢飲，在陋巷，人不堪其憂，回也不改其樂。」五鼎：漢書主父偃傳：「丈夫生不五鼎食，死則五鼎烹耳。」

【集評】

〔清〕方東樹：小詩小題，不如坡荔枝、山谷野菜。（昭昧詹言卷一二）

雙井茶〔一〕

西江水清江石老，石上生茶如鳳爪。窮臘不寒春氣早，雙井芽生先百草。白毛囊以紅碧紗，十斤茶養一兩芽。長安富貴五侯家〔二〕，一啜猶須三日誇。寶雲日注非不精〔三〕，爭新棄舊世人情。豈知君子有常德，至寶不隨時變易。君不見建溪龍鳳團〔四〕，不改舊時香味色。

【箋注】

〔一〕據題下注，嘉祐六年（一〇六一）作。洪州雙井盛産茶葉。歸田録卷一：「臘茶出於劍建，草茶盛於兩浙。兩浙之品，日注爲第一。自景祐已後，洪州雙井白芽漸盛，近歲製作尤精，囊以紅紗，不過一二兩，以常茶十數斤養之，用辟暑濕之氣，其品遠出日注上，遂爲草茶第一。」

〔二〕五侯家：泛指權貴豪門。韓翃寒食：「日暮漢宮傳蠟燭，輕煙散入五侯家。」

〔三〕寶雲、日注：茶名。西湖志纂卷七：「寶雲茶塢，在寶雲山，宋時種茶之所。」西湖遊覽志餘卷二四：「杭州茶，寶雲山産者，名寶雲茶。」蘇軾和錢安道寄惠建茶：「粃糠團鳳友小龍，奴隸日注臣雙井。」

〔四〕建溪龍鳳團：茶之精品。見本集卷七嘗新茶呈聖俞箋注〔一〕。

贈李士寧〔一〕

蜀狂士寧者，不邪亦不正。混世使人疑，詭譎非一行〔二〕。平生不把筆，對酒時高詠。初如不著意，語出多奇勁〔三〕。傾財解人難，去不道名姓㈠。金錢買酒醉高樓㈡，明月空床眠不醒㈢。一身四海即爲家，獨行萬里聊乘興。既不採藥賣都市〔四〕，又不點石化黄金。進不干公卿，退不隱山林。與之游者㈣，但愛其人，而莫見其術㈤，安知其心？吾聞有道之士游心太虚，逍遥出入㈥，常與道俱㈦。故能入火不熱㈧，入水不濡。嘗聞其語㈨，而未見其人也，豈斯人之徒與？不然言不純師，行不純德㈩〔五〕，而滑稽玩世⑪，其東方朔之流乎〔六〕！

【校記】

㈠「平生不把筆」六句：原校：一無上六句。　㈡金：原校：一作「千」。　㈢空床：原校：一作「清風」。　㈣與之游者：原校：一本四字作「世之人」。　㈤莫：原校：一作「不」。　㈥「吾聞」二句：原校：一本二句止作「逍遥太虚」。　㈦常：原校：一作「動」。　㈧熱：原校：一作「爇」。　㈨嘗聞其語：原校：一作「吾雖聞其語矣」。　⑩德：原校：一作「表」。　⑪而：原校：一本無「而」字。玩：原校：一作「傲」。

【箋注】

〔一〕　據題下注，治平四年（一〇六七）作。司馬光涑水紀聞卷一六：「李士寧者，蓬州人，自言學多詭數，善爲巧發奇中。目不識書，而能口占作詩，頗有才思，而詞理迂誕，有類讖語，專以妖妄惑人。周游四方，及京師，公卿貴人多重之。人未嘗見其經營及有囊橐，而資用常饒。猝有賓客十數，珍饌立具，皆以爲有歸錢術。」東坡志林卷二冲退處士，記章察與李士寧游青城，士寧與語，能知其夢中事；又稱士寧「語默不常，或以爲得道者，百歲乃死。嘗見余成都曰：『子甚貴，當策舉首。』已而果然」。王銍默記卷下記有「李士寧緣以金鈒龍刀遺世居坐罪」一事。魏泰東軒筆録卷五：「李士寧者，蜀人，得導氣養生之術，又能言人休咎。」

〔二〕　「蜀狂」四句：王安石送李士寧道人：「杳杳人傳多異事，冥冥誰識此高風！」王荆公詩注卷三八贈李士寧道人，李壁注：「『誰識此高風』，言至人難識也。」

〔三〕　「初如」二句：邵博聞見後録卷一七：「士寧贈荆公詩，多全用古人句。荆公問之，則曰：『意到即可用，不必皆自己出。』又問：『古有此律否？』士寧笑曰：『孝經，孔子作也，每章必引古詩。孔子豈不能自作詩者？亦所謂意到即可用，不必皆自己出也。』荆公大然之。」

〔四〕　採藥：劉攽送李士寧山人：「曾愧丹砂爲狡獪，更談滄海變桑田。」原注：「子妻常病，山人自其家取藥見遺。山人妻能采藥也。」

〔五〕「不然」二句：漢書東方朔傳贊：「揚雄亦以爲朔言不純師，行不純德，其流風遺書蔑如也。」顔師古注：「言辭義淺薄，不足稱也。」

〔六〕東方朔：西漢大臣、文學家。性詼諧滑稽，善辭賦。史記、漢書有傳。

【集評】

〔宋〕黄震：文宏放。（黄氏日鈔卷六一）

明妃小引〔一〕

漢宮諸女嚴妝罷，共送明妃溝水頭。溝上水聲來不斷，花隨水去不回流。上馬即知無返日，不須出塞始堪愁。

【箋注】

〔一〕原未繫年，置治平四年（一〇六七）與熙寧元年（一〇六八）詩間，或即治平、熙寧之際所作。明妃，詳見本集卷八明妃曲和王介甫作箋注〔一〕。

感事四首〔一〕

老者覺時速，閑人知日長。日月本無情，人心有閑忙。努力取功名，斷碑埋路傍。逍遥林下士，丘壠亦相望。長生既無藥，濁酒且盈觴。

空山一道士，辛苦學延齡。一旦隨物化，反言仙已成。開壙見空棺，謂已超青冥。尸解如蛇蟬㊀〔二〕，换骨蜕其形。既云須變化，何不任死生！

仙境不可到，誰知仙有無？或乘九斑虬〔三〕，或駕五雲車〔四〕。朝倚扶桑枝〔五〕，暮遊崑崙墟〔六〕。往來幾萬里，誰復遇諸塗？富貴不還鄉，安事富貴歟！神仙人不見，魑魅與爲徒。人生不免死，魂魄入幽都。仙者得長生，又云超太虚。等爲不在世，與鬼亦何殊？得仙猶若此，何況不得乎！寄謝山中人，辛勤一何愚！

莫笑學仙人，山中苦岑寂。試看青松鶴，何似朱門客？朱門炙手熱，來者無時息。何嘗問寒暑，豈暇謀寢食？彊顔悦憎怨，擇語防仇敵。衆欲苦無厭㊁，有求期必獲。敢辭一身勞，豈塞天下責？風波卒然起，禍患藏不測〔七〕。神仙雖杳茫，富貴竟何得！

【校記】

㊀尸：原校：一作「或」。　㊁苦：卷後原校：一作「貪」。

【箋注】

〔一〕　原未繫年，置治平四年（一〇六七）與熙寧元年詩間，疑即治平四年作。第四首云「風波卒然起，禍患藏不測」，似指蔣之奇以飛語誣劾帷薄事，時爲治平四年春。

〔二〕尸解：謂道徒遺其形骸而仙去。王充論衡道虚：「所謂尸解者，何等也？謂身死精神去乎，謂身不死得免去皮膚也？如謂身死精神去乎，是與死無異，人亦仙人也；如謂不死免去皮膚乎，諸學道死者骨肉俱在，與恒死之尸無以異也。」

〔三〕九斑虬：傳説中彩色斑斕的龍。類説卷一紫蘭室女：「王母乘紫雲車，駕九色斑龍。」

〔四〕五雲車：庾信道士步虚詞之六：「東明九芝蓋，北燭五雲車。」倪璠注引漢武帝内傳：「漢武帝好仙道，七月七日夜漏七刻，王母乘雲車而至于殿。」

〔五〕扶桑：山海經海外東經：「湯谷上有扶桑，十日所浴，在黑齒北。」郭璞注：「扶桑，木也。」

〔六〕崑崙墟：山海經海内北經：「西王母梯几而戴勝杖，其南有三青鳥，爲西王母取食。在崑崙墟北。」郭璞注：「墟，山下基也。」

〔七〕「敢辭」四句：治平四年二月，以蔣之奇飛語誣劾故，歐連上三表三札子（表奏書啓四六集卷四），乞罷政事，後出知亳州。

【集評】

〔宋〕黄震：闢學者之妄，甚精切，如曰：「一旦隨物化，反言仙已成。」如曰：「等爲不在世，與鬼亦何殊？」

新春有感寄常夷甫〔一〕

余生本羈孤，自少已非壯。今而老且病，何用苦惆悵？誤蒙三聖知〔二〕，貪得過其量。恩私未知報，心志已凋喪。軒裳德不稱〔三〕，徒自取譏謗。豈若常夫子，一瓢安陋巷。身雖草莽間，名在朝廷上。惟余服德義，久已慕恬曠。矧亦有吾廬，東西正相望。不須駕柴車，自可策藜杖。坐驚顔鬢日摧頽，及取新春歸去來。共載一舟浮野水，焦陂四面百花開〔四〕。

【箋注】

〔一〕　如題下注，熙寧元年（一〇六八）作。是春，歐有亳州乞致仕第一表：「伏念臣生也多屯……徒以荷三朝之誤知……既不能遇事發憤，慨然有所建明；又不能與世浮沉，默爾以爲阿徇。每多言而取怨，積衆怒以難當……而風霜所迫，鬢髮凋殘，憂患已多，精神耗盡……伏望皇帝陛下，特軫睿慈，俯從人欲，許還官政，俾返田廬。」其意與本詩相同。宋史常秩傳：「常秩字夷甫，潁州汝陰人。舉進士不中，廢居里巷，以經術著稱……歐陽修、胡宿、呂公著、王陶、沈遘、王安石皆稱薦之，翕然名重一時。」秩隱居潁州，熙寧元年，歐致書云：「必得幅巾衡巷，以從長者之游，償其素願，然後已也。」（書簡卷五與常待制）

〔二〕　三聖：指宋仁宗、英宗、神宗。

〔三〕　軒裳：指官位爵禄。李白潁陽别元丹丘之淮陽：「本無軒裳契，素以烟霞親。」

〔四〕　焦陂：亦作椒陂、焦坡。正德潁州志卷一：「椒陂塘在州南六十里，廣十餘頃，溉田萬畝。唐刺史柳寶積教民置陂潤田，引水入塘，灌溉倍之。」

昇天檜〔一〕

青牛西出關，老聃始著五千言〔二〕。白鹿去昇天，爾來忽已三千年。當時遺迹至今在，隱起蒼檜猶依然。惟能乘變化，所以爲神仙。驅鸞駕鶴須臾間，飄忽不見如雲煙。奈何此鹿起平地，更假草木相攀緣？乃知神仙事茫昧，真僞莫究徒自傳㈠。雪霜不改終古色，風雨有聲當夏寒。境清物老自可愛，何必詭怪窮根源！

【校記】

㊀自傳：卷後原校：一作「相傳」。

【箋注】

〔一〕如題下注，熙寧元年（一〇六八）作。時歐在亳州。集古録跋尾卷一〇太清東闕題名：「熙寧元年二月十八日，余率僚屬謁太清諸殿，徘徊兩闕之下，周視八檜之異，窺九井禹步之奇，酌其水以烹茶而歸。」本詩即其時作。江南通志卷三六：「昇天檜在亳州西，相傳老子乘白鹿緣此樹昇天。」

〔二〕「青牛」二句：史記老子韓非列傳：「於是老子廼著書上下篇，言道德之意五千餘言而去，莫知其所終。」司馬貞索隱引漢劉向列仙傳：「老子西游，關令尹喜望見有紫氣浮關，而老子果乘青牛而過也。」關，指函谷關。老聃即老子。老氏，名聃；一説老子爲李耳，「聃」爲謚號。

憶焦陂㊀〔一〕

焦陂荷花照水光，未到十里聞花香。焦陂八月新酒熟，秋水魚肥鱠如玉。清河兩岸柳鳴蟬，直到焦陂不下船。笑向漁翁酒家保，金龜可解不須錢〔二〕。明日君恩許歸去，白頭酣詠太平年。

【校記】

㊀題下原校：一本無「憶」字，注「汝陰作」。

【箋注】

〔一〕據題下注，熙寧元年（一〇六八）作。焦陂，見本卷新春有感寄常夷甫箋注〔四〕。

〔二〕「金龜」句：李白對酒憶賀監詩序：「太子賓客賀公，於長安紫極宫一見余，呼余爲『謫仙人』，因解金龜，換酒爲樂。」

贈許道人〔一〕

洛城三月亂鶯飛，潁陽山中花發時〔二〕。往來車馬遊山客，貪看山花踏山石。紫雲仙洞鎖雲深〔三〕，洞中有人人不識。飄飄許子旌陽後〔四〕，道骨仙風本仙胄。多年洗耳避世喧〔五〕，獨卧寒巖聽山溜。至人無心不算心〔六〕，無心自得無窮壽。忽來顧我何殷勤，笑我白髮老紅塵。子歸爲築巖前室，待我明年乞得身。

【箋注】

〔一〕據題下注，熙寧元年（一〇六八）作。時在知亳州任上。許道人，許昌齡。宋朝事實類苑卷四四許昌齡：「潁陽石唐山，一峰特峙，勢雄秀，獨岐遥通絶頂，有石室，邢和璞算心處也。治平中，許昌齡者，安世諸父，蚤得神仙術，杖策來居，天下傾焉。後游太清宫，時歐陽文忠公守亳社，公生平不肯信老、佛，聞之，邀致州舍與語，豁然有悟，贈之詩曰（即又寄許道人，略）。公集中許道人、石唐山隱者，皆昌齡也。」

〔二〕潁陽：在河南府，今屬河南。

〔三〕「紫雲」句：謝絳游嵩山寄梅殿丞書：「出潁陽北門，訪石堂山紫雲洞，即邢和璞著書之所。山徑極險，捫蘿而上者七八里。上有大洞，蔭數畝，水泉出焉。」

〔四〕 旌陽：指晉仙人許遜。曾任蜀旌陽縣令，故稱。遜因晉室亂而棄官東歸，相傳其煉丹而成仙。太平廣記卷一四引十二真君傳許真君可參閱。許昌齡爲許遜後人。

〔五〕 洗耳：皇甫謐高士傳許由：「堯讓天下於許由……由於是遁耕於中岳潁水之陽，箕山之下，終身無經天下色。堯又召爲九州長，由不欲聞之，洗耳於潁水濱。」

〔六〕 算心：算心術。河南通志卷七〇：「邢和璞，不知何許人，善算心術，凡人心之所計，布算而知之。」陸龜蒙和傷史拱山人：「常依淨住師冥目，兼事容成學算心。」

送龍茶與許道人〔一〕

潁陽道士青霞客〔二〕，來似浮雲去無蹟。夜朝北斗太清壇㊀，不道姓名人不識。我有龍團古蒼璧，九龍泉深一百尺〔三〕。憑君汲井試烹之，不是人間香味色。

【校記】

㊀清：原校：一作「虛」。

【箋注】

〔一〕 據題下注，熙寧元年（一〇六八）作。許道人，見前篇箋注〔一〕。龍茶，即龍團茶。歸田録卷二：「茶之品，莫貴於龍鳳，謂之團茶。」

〔二〕 青霞客：指隱居修道之人。陳子昂暉上人房餞齊少府使入京府序：「朝廷子入，期富貴于崇朝。林嶺吾棲，學神仙而未畢。青霞路絶，朱紱途遥。」

〔三〕 九龍泉：太平寰宇記卷二八：「九龍泉在（馮翊）縣東南八里，有九穴同爲一注，因名『九龍』，今謂之『鵝鴨池』。甘泉出遺谷中，其水尤美。」馮翊縣（今陝西大荔）同州州治所在。邵雍有詠此泉之九龍泉詩，見兩宋名賢小集卷五八。又蔡襄端明集卷七公綽示及生日以九龍泉爲壽依韻奉答「壽杯仍是九龍泉」自注：「九龍，惠山別名。」則九龍泉指無錫惠山泉。按：蔡詩作於治平三年（一〇六六），與本詩作年相近。歐、蔡頗多交往，蔡襄又「始造小片龍茶以進，其品絶精，謂之小團」（歸田録卷二），歐嘗得御賜。綜而觀之，此九龍泉當指惠山泉也。

馴鹿〔一〕

朝渴飲清池，暮飽眠深栅。慚愧主人恩，自非殺身難報德。主人施恩不待報，哀爾胡爲網羅獲？南山藹藹動春陽，吾欲縱爾山之傍。巖崖雪盡飛泉溜，澗谷風吹百草香。飲泉齧草當遠去，山後山前射生户〔二〕。

【箋注】

〔一〕原未繫年。後有射生户詩，疑作於初至青州時，則本詩爲熙寧元年（一〇六八）知青州後作。

〔二〕射生户：獵户。韓琦侄殿中丞公彦墓誌銘：「公彦乃籍邑之射生户者，使各占其地，遇盜發，則與當捕之吏共捕之。」

留題齊州舜泉〔一〕

岸有時而爲谷，海有時而爲田，虞舜已殁三千年。耕田浚井雖鄙事，至今遺迹存依然。歷山之下有寒泉〔二〕，向此號泣于旻天〔三〕。無情草木亦改色，山川慘淡生雲煙。一朝垂衣正南面，皋夔稷契來聯翩〔四〕。功高德大被萬世，今人過此猶留連。齊州太守政之暇〔五〕，鑿渠開沼疏清漣。遊車擊轂惟恐後，衆卉亂發如爭先。豈徒邦人知樂此，行客亦爲留征軒。

【箋注】

〔一〕如題下注，熙寧元年（一〇六八）作。胡譜載是年「八月乙巳，轉兵部尚書，改知青州，充京東東路安撫使」。歐連上劄子辭免，未允，遂離亳州（今屬安徽）赴青州（今屬山東），路經齊州（今山東濟南），而作本詩及曉發齊州道中二首。明一統志卷二二濟南府：「舜泉，在府城内舜祠下，又名舜井。」

〔二〕「歷山」句：史記五帝本紀：「舜耕歷山。」張守節正義引括地志：「歷山南有舜井。」

〔三〕「向此」句：謂舜早年經歷悲慘。史記五帝本紀：「舜父瞽叟盲，而舜母死，瞽叟更娶妻而生象，象傲。瞽叟愛後妻子，常欲殺舜，舜避逃；及有小過，則受罪。」

〔四〕「一朝」二句：本集卷一七朋黨論：「及舜自爲天子，而皋、夔、稷、契等二十二人并列於朝，更相稱美，更相推讓，凡二十二人爲一朋，而舜皆用之，天下亦大治。」詳見朋黨論箋注〔六〕。

〔五〕齊州太守：王廣淵。宋史本傳：「神宗立，言者劾其漏泄禁中語，出知齊州，改京東轉運使。」據長編拾補卷一及卷四，廣淵治平四年六月知齊州，熙寧二年十二月爲京東路轉運使。

山齋戲書絶句二首〔一〕

蜜脾未滿蜂採花〔二〕，麥壠已深鳩喚雨㊀〔三〕。正是山齋睡足時，不覺花間日亭午。

經春老病不出門，坐見羣芳爛如雪。正當年少惜花時，日日春風吹石裂。

【校記】

㊀唤：原校：一作「叫」。

【箋注】

〔一〕據題下注，熙寧三年（一〇七〇）作。時在青州任上。

〔二〕蜜脾：蜜蜂營造的釀蜜之房。其形如脾，故稱。李商隱閨情詩：「紅露花房白蜜脾，黄蜂紫蝶兩參差。」

〔三〕鳩唤雨：俗謂鳩鳴爲雨候，故云。

嘲少年惜花〔一〕

紛紛紅蘂落泥沙㊀，少年何用苦咨嗟。春風自是無情物，肯爲汝惜無情花？今年花落明年好，但見花開人自老。人老不復少，花開還更新㊁。使花如解語〔二〕，應笑惜花人。

【校記】

㊀紅蘂：卷後原校：一作「紅紫」。　㊁更：原校：一作「復」。

【箋注】

〔一〕題下注「熙寧□年」，爲歐晚年之作。

〔二〕解語：王仁裕開元天寶遺事解語花：「太液池有千葉白蓮數枝盛開，帝與貴戚宴賞焉。左右皆嘆羡久之。帝指貴妃示于左右曰：『爭如我解語花？』」

出郊見田家蠶麥已成慨然有感〔一〕

誰謂田家苦，田家樂有時。車昌遮切鳴繅白繭㊀，麥熟囀黃鸝。田家此樂幾人知？幸獨知之未許歸。逢時得寵已逾分，報國無能徒爾爲。收取玉堂揮翰手，却尋南畝把鋤犁。

【校記】

㊀繅：卷後原校：一作「繰」。

【箋注】

〔一〕題下注「熙寧□年」，據「幸獨知之未許歸」，當作於青州，即熙寧三年（一〇七〇）七月改知蔡州前。

射生户〔一〕 予初至州，獵户有獻狼豹者。

射生户，前日獻一豹，今日獻一狼。豹因傷我牛，狼因食我羊。狼豹誠爲害人物，縣官賞之縑五匹。射生户，持縑歸。爲人除害固可賞，貪功趨利爾勿爲。弦弓毒矢無妄發㊀，恐爾不識麒麟兒〔二〕。

【校記】

㊀弦：衡本作「强」。

【箋注】

〔一〕題下注「熙寧□年」，據「予初至州」之語，疑作於熙寧元年（一〇六八）十月知青州後。胡譜載，是年「九月丙申，至青」，誤。據青州謝上表，歐於十月二十七日到任。

〔二〕「弦弓」二句：謂勿傷瑞獸。古人以麒麟爲瑞獸，管子封禪：「今鳳凰麒麟不來，嘉穀不生。」

戲石唐山隱者〔一〕

石唐仙室紫雲深〔二〕，潁陽真人此算心〔三〕。真人已去升寥廓，歲歲巖花自開落。我昔曾爲洛陽客，偶向巖前坐盤石。四字丹書萬仞崖，神清之洞鎖樓臺〔四〕。雲深路絶無人到，鸞鶴今應待我來。

【箋注】

〔一〕題下注「熙寧□年」，蔡絛西清詩話石唐山隱者謂「歐公歸汝陰，臨薨」以本詩寄許昌齡。此説難以確信。當與本卷贈許道人同爲熙寧元年（一〇六八）在亳州時作。石唐山隱者即許昌齡，見贈許道人箋注〔一〕。

〔二〕紫雲：紫雲洞。見贈許道人箋注〔三〕。

〔三〕潁陽真人：即許昌齡。算心：見贈許道人箋注〔五〕。

〔四〕「我昔」四句：明道元年，歐與友人兩游嵩山。九月十六日，歐與謝絳、尹洙等訪石唐山紫雲洞，見峰勢危絶，峭壁有若四字云「神清之洞」，體法雄妙。諸人疑古苔蘚自成文，莫得究其本末。詳見謝絳游嵩山寄梅殿丞書。

居士集卷十

律詩六十首

送王汲宰藍田〔一〕

喧喧動車馬，共出古都門〔二〕。落日催行客，東風吹酒罇。樹摇秦甸緑〔三〕，花入輞川繁〔四〕。若遇西來旅，時應問故園㊀。

【校記】

㊀問：原校：一作「望」。

【箋注】

〔一〕據題下注，景祐元年（一〇三四）作。本集卷二九太子中舍王君墓誌銘：「君諱汲，字師黯……男曰尚恭、尚喆、尚辭。初，天聖明道之間，予爲西京留守推官，時王君寓家河南。其二子始習業國子學，日從諸生請學於予，較其藝，常爲諸生先，而尚恭尤謹飭，儼然有儒者法度。予固奇王君之有是子也，以故與君游……（君）令政有稱，遷理之丞。藍田、夏、雒，三邑皆聞。」藍田，今屬陝西。

〔二〕古都：指洛陽。

〔三〕甸：區域。謝脁和伏武昌登孫權故城：「鵲起登吴山，鳳翔臨楚甸。」

〔四〕輞川：即輞谷水，在今陝西藍田南，王維置別業於此。

徽安門曉望〔一〕

都門收宿霧〔二〕，佳氣鬱葱葱〔三〕。曉日寒川上，青山白霧中㊀。樓臺萬瓦合，車馬九衢通。恨乏登高賦〔四〕，徒知京邑雄。

【校記】

㊀霧：原校：一作「露」。

【箋注】

〔一〕原未繫年，置景祐元年（一〇三四）詩後，當爲初仕西京時作。宋史地理志一：西京「京城周五十二里……北二門：東曰安喜，西曰徽安」。

〔二〕宿霧：夜霧。陶潛詠貧士：「朝霞開宿霧，衆鳥相與飛。」

〔三〕佳氣：美好的雲氣。班固白虎通封禪：「德至八方則祥風至，佳氣時喜。」

〔四〕「恨乏」句：韓詩外傳卷七：「孔子遊於景山之上，子路、子貢、顔淵從。孔子曰：『君子登高必賦，小子願者何？』」

送孟都官知蜀州〔一〕

名郎出粉闈〔二〕，佳郡古關西〔三〕。幾驛秦亭盡，千山蜀鳥啼。朱輪照耕野〔四〕，緑芋覆秋畦。向闕應東望，雲深隴樹迷。

【箋注】

〔一〕原未繫年，亦任職西京時作。都官爲尚書省刑部都官司郎中、員外郎的省稱。蜀州在益州路。孟都官生平不詳。

〔二〕粉闈：尚書省之别稱。闈，宫中小門。李山甫送職方王郎中吏部劉員外自太原鄭相公幕繼奉徵書歸省署：「此生常掃朱門者，每向人間夢粉闈。」

〔三〕佳郡：指蜀州。關西：潼關以西地區。

〔四〕朱輪：見本集卷三幽谷泉箋注〔二〕。

南征回京至界上驛先呈城中諸友〔一〕

朝雲來少室〔二〕，日暮向箕山〔三〕。本以無心出，寧隨倦客還〔四〕。春歸伊水緑〔五〕，花晚洛橋閑〔六〕。誰有餘罇酒，相期一解顔？

【箋注】

〔一〕如題下注，明道二年（一〇三三）作。胡譜載歐是年「正月，以吏事如京師，因省叔父於漢東。三月，還洛」。與詩中「春歸」二句時間正合。

〔二〕少室：嵩山（在河南登封北）有東西二山，東名太室，西名少室。

〔三〕箕山：在今河南登封東南。

〔四〕「本以」二句：語仿陶潛歸去來兮辭「雲無心以出岫，鳥倦飛而知還。」

〔五〕伊水：在河南府境内，經洛陽南併入洛水。

〔六〕洛橋：洛陽天津橋建洛水上，故稱。

逸老亭㊀〔一〕

上相此忘榮〔二〕，怡然物外情。池光開小幌，山翠入重城〔三〕。野鳥窺華袞〔四〕，春壺勞耦耕〔五〕。枕前雙雁没，雨外一川晴㊁。解組金龜重〔六〕，調琴赤鯉驚〔七〕。雖懷安石趣〔八〕，豈不爲蒼生㊂！

【校記】

㊀題下原校：一本注「彭城公白蓮莊」。　㊁外：卷後原校：一作「後」。　㊂爲：原校：一作「念」。

【箋注】

〔一〕原未繫年，亦任職西京時作。本集卷一一有過錢文僖公白蓮莊詩，知白蓮莊爲錢氏莊園。據題下原校，逸老亭當在白蓮莊内。長編卷一一三載，錢惟演明道二年九月被免去同平章事、判河南府的職務，赴本鎮崇信軍（在隨州）。

從「雖懷」二句看，錢氏尚在洛陽，故本詩當作於明道二年九月前。

〔二〕上相：對宰相的尊稱。史記酈生陸賈列傳：「足下位爲上相，食三萬户侯，可謂極富貴無欲矣。」

〔三〕重城：外城中又建内城，故稱。

〔四〕華衮：王公貴族的華麗禮服。

〔五〕耦耕：二人並耕。此泛指農事。論語微子：「長沮、桀溺耦而耕。」陶潛辛丑歲七月赴假還江陵夜行塗口：「商歌非吾事，依依在耦耕。」

〔六〕解組：謂辭免官職。梅堯臣和酬裴君見過：「我昨謝銅章，解組猶脱屣。」金龜：黄金鑄的龜紐官印，泛指高官之印。曹植王仲宣誄：「金龜紫綬，以彰勳則。」

〔七〕赤鯉：傳説中爲鼓琴仙人所騎赤色鯉魚。干寶搜神記卷一：「琴高，趙人也。能鼓琴。爲宋康王舍人。行涓彭之術，浮游冀州、涿郡間二百餘年。後辭入涿水中，取龍子。與諸弟子期之曰：『明日皆潔齋，候於水旁，設祠屋。』果乘赤鯉魚出，來坐祠中。」

〔八〕安石：謝安，字安石，東晉大臣，官至司徒。安石趣，指隱居田園之志。晉書謝安傳：「安雖受朝寄，然東山之志始末不渝，每形於言色。」

廣愛寺〔一〕

都人布金地，紺宇巋然存〔二〕。山氣蒸經閣，鐘聲出國門。老杉春自緑，古壁雨先昏。應有幽人屐〔三〕，來留石蘚痕。

【箋注】

〔一〕原未繫年，亦任職西京時作。廣愛寺，在洛陽。尹洙題楊少師書後：「周太子少師楊公凝式墨蹟多在洛城佛寺中。今存者廣愛、長壽、天宮、甘露、興教凡五處，皆題於壁。」

〔二〕紺宇：佛寺之别稱。唐王勃益州德陽縣善寂寺碑：「朱軒夕朗，似遊明月之宮；紺宇晨融，若對流霞之闕。」

〔三〕幽人：隱士。後漢書逸民傳序：「光武側席幽人，求之若不及。」

吊黄學士三首〔一〕 名鑑。

麗正讎書久〔二〕，蘭臺約史成〔三〕。迎親就江水，厭直出承明〔四〕。世德無雙譽，詩豪第一評。風流今頓盡，響像憶平生。

沈約多清瘦〔五〕，文園仍病痟〔六〕。共疑天上召，更欲水邊招。金馬人相吊〔七〕，長沙物易妖〔八〕。秋風吹越樹，歸旐自飄飄。

自古蘭衰早，因令蕙歎深。書遺茂陵稿〔九〕，病作越鄉吟㊀〔一〇〕。蒿里無春色〔一一〕，閩山蔽夕陰。空嗟埋玉樹〔一二〕，齎志永沉沉。

【校記】

㊀鄉：卷後原校：一作「山」。

【箋注】

〔一〕如題下注，明道元年（一〇三二）作。長編卷一一四是年八月載：「知制誥李淑言太常博士、直集賢院黄鑑嘗同修三朝寶訓，書垂就而死，請録其嗣。」黄鑑，字唐卿，建州浦城（今屬福建）人。大中祥符進士，補桂陽監判官，爲國子監直講。累遷太常博士，爲國史院編修官，擢直集賢院，通判蘇州，卒。宋史有傳。黄鑑嘗任館職，故稱學士。

〔二〕麗正：即麗正書院，又稱集賢殿書院，唐始置。宋戴埴鼠璞卷上：「今行在内南門名曰麗正。本取重離麗正之義……麗正書院，開元五年建，十三年改爲集賢院。」

〔三〕蘭臺：漢宫内收藏典籍之處。漢書百官公卿表上：「御史大夫……有兩丞，秩千石。一曰中丞，在殿中蘭臺，掌圖籍秘書。」

〔四〕承明：即承明廬，漢承明殿旁屋，侍臣值宿所居。

〔五〕沈約：字休文，南朝梁大臣、文學家、史學家。梁書有傳。沈約老病，百餘日中腰帶數移孔，甚清瘦。

〔六〕文園：指司馬相如。相如嘗任孝文園令，有消渴病。痟，消渴病。

〔七〕金馬：金馬門，漢時學士待詔之處。高似孫緯略卷七：「待詔金馬門，漢盛選也。」後以稱翰林院或翰林學士。

〔八〕「長沙」句：史記屈原賈生列傳：「賈生爲長沙王太傅……聞長沙卑濕，自以壽不得長，又以適去，意不自得。」妖，通「夭」。黄鑑卒時，年未及四十。

〔九〕「書遺」句：司馬相如既病免，家居茂陵。未死時，爲一卷書，言封禪事。死後，書上，天子異之。事見史記司馬相如列傳。

〔一〇〕「病作」句：戰國時越人莊舄仕楚，爵至執珪，雖富貴，不忘故國，病中吟越歌以寄鄉思。見史記張儀列傳。

〔一一〕蒿里：指墓地。漢書廣陵厲王劉胥傳：「蒿里召兮郭門閲，死不得取代庸，身自逝。」顔師古注：「蒿里，死人里。」

〔一二〕玉樹：指佳子弟。世説新語言語：「謝太傅問諸子姪：『子弟亦何預人事，而正欲使其佳？』諸人莫有言者。車騎答曰：『譬如芝蘭玉樹，欲使其生於階庭耳。』」又，同書傷逝：「庾文康亡，何揚州臨葬，云：『埋玉樹著土中，使人情何能已已！』」

雨後獨行洛北〔一〕

北闕望南山〔二〕，明嵐雜紫煙〔三〕。歸雲向嵩嶺，殘雨過伊川。樹繞芳堤外，橋横落照前。依依半荒苑，行處獨聞蟬。

【箋注】

〔一〕據題下注，明道元年（一〇三二）作。

〔二〕南山：指龍門山與香山。

〔三〕「明嵐」句：謂山林中霧氣在陽光下呈現出不同的光彩。劉長卿望龍山懷道士許法稜：「嵐煙瀑水如向人，終日迢迢空在眼。」

陪府中諸官遊城南㊀〔一〕

一雨郊圻迥〔二〕，新秋榆棗繁。田荒溪溜入，禾熟雀聲喧。燒出空槎腹〔三〕，人耕廢廟垣。閑追向城客，落日隱高原。

【校記】

㊀題下原校：一本注「西京作」。

【箋注】

〔一〕據題下注，明道元年（一〇三二）作。府，指河南府。

〔二〕郊圻：郊野。高適同陳留崔司戶早春宴蓬池：「同官載酒出郊圻，晴日東馳雁北飛。」

〔三〕燒：燒田，一種耕作法。空槎腹：此指中空的樹幹。

【集評】

〔清〕陸次雲評本詩云：昔人謂永叔詩似昌黎，大約謂其五、七言古耳。至於近體，有另竪骨脊之處。（宋詩善鳴集卷上）

智蟾上人遊南嶽〔一〕

終日念雲壑，南歸心浩然。青山入楚路，白水望湖田。野渡惟浮鉢〔二〕，山家少施錢。到時春尚早，收茗緑巖前。

【箋注】

〔一〕據題下注，天聖九年（一〇三一）作。梅集編年卷四有景祐元年（一〇三四）詩送蟾上人遊南岳，與本詩似送同一人，但時間相差三年。智蟾上人生平不詳。南岳，衡山。

〔二〕浮鉢：持鉢遊走。

送左殿丞入蜀㊀〔一〕

傳聞蜀道難，行客若登天〔二〕，紫竹深無路，黄花忽見川。聞禽嗟異域，問俗訪耆年。欲識京都遠，惟應望日邊〔三〕。

【校記】

㊀丞：原校：一作「直」。

【箋注】

〔一〕原未繫年，疑天聖明道間作。左殿丞，生平不詳。殿丞，一作「殿直」，爲左右班殿直通稱，武階名，屬三班小使臣階列。

〔二〕「傳聞」二句：李白蜀道難：「蜀道之難，難於上青天。」

〔三〕「欲識」二句：世説新語夙惠：「（晉元帝）問明帝：『汝意謂長安何如日遠？』答曰：『日遠。不聞人從日邊來，居然可知。』元帝異之。明日，集羣臣宴會，告以此意，更重問之。乃答曰：『日近。』元帝失色，曰：『爾何故異昨日之言邪？』答曰：『舉目見日，不見長安。』」

秋郊曉行㊀〔一〕

寒郊桑柘稀，秋色曉依依。野燒侵河斷〔二〕，山鴉向日飛。行歌採樵去，荷鍤刈田歸㊁。秫酒家家熟㊂，相邀白竹扉。

【校記】

㊀行：原校：一作「望」。　㊁刈：原校：一作「治」。　㊂秫：原校：一作「村」。

【箋注】

〔一〕原未繫年，疑爲天聖、明道時作。

〔二〕野燒：秋後燃燒田野上枯草等以肥田。

被牒行縣因書所見呈僚友㈠〔一〕

周禮恤凶荒〔二〕，軺車出四方〔三〕。土龍朝祀雨〔四〕，田火夜驅蝗。木落孤村迥，原高百草黄。亂鴉鳴古堞，寒雀聚空倉。桑野人行饁〔五〕，魚陂鳥下梁〔六〕。晚煙茅店月，初日棗林霜〔七〕。墐户催寒候〔八〕，叢祠禱歲穰。不妨行覽物，山水正蒼茫。

【校記】

㈠呈僚友：卷後原校：一作「呈諸僚友」。

【箋注】

〔一〕如題下注，明道元年（一〇三二）作。是年秋季，歐赴河南府屬縣視察災情。胡譜是年載：「公又嘗行縣，視旱蝗。」

〔二〕「周禮」句：周禮地官大司徒：「以荒政十有二聚萬民。」

〔三〕軺車：使節所乘之車。王昌齡送鄭判官：「東楚吴山驛樹微，軺車銜命奉恩輝。」

〔四〕土龍：泥塑之龍。淮南子説山訓：「聖人用物……若爲土龍以求雨。」

〔五〕饁：詩豳風七月：「同我婦子，饁彼南畝。」朱熹集傳：「饁，餉田也。」

〔六〕「魚陂」句：言魚池乾涸，梁上無人，鳥飛其上。魚陂，魚池。梁，魚梁，斷水捕魚的堰。

〔七〕「晚煙」二句：化用温庭筠商山早行「雞聲茅店月，人迹板橋霜。」

〔八〕墐户：詩豳風七月：「塞向墐户。」

緱氏縣作〔一〕

亭候徹郊畿〔二〕，人家嶺坂西。青山臨古縣，緑竹繞寒溪。道上行收穗，桑間晚溉畦。東皋有深趣，便擬卜幽棲〔三〕。

【箋注】

〔一〕據題下注，明道元年（一〇三二）作。緱氏爲古縣，秦時置，在河南府偃師縣（今屬河南）南。本詩及後一首均爲歐巡行河南府屬縣時作。

〔二〕亭候：亦作「亭堠」，古時邊境上的崗亭、土堡，用以監察敵情。徹：列。方言第三：「班、徹，列也。」

〔三〕「東皋」二句：陶潛歸去來兮辭：「登東皋以舒嘯，臨清流而賦詩。」

又行次作〔一〕

秋色滿郊原，人行禾黍間。雉飛横斷澗，燒響入空山〔二〕。野水蒼煙起，平林夕鳥還。嵩嵐久不見，寒碧更孱顔㊀〔三〕。

【校記】

㊀寒碧：卷後原校：一作「凝碧」。

【箋注】

〔一〕據題下注，明道元年（一〇三二）作。

〔二〕燒響：放火燒野草以肥田而發出的響聲。

〔三〕孱顔：險峻貌。李商隱荆山：「壓河連華勢孱顔。」

送梅秀才歸宣城〔一〕

從學方年少，還家罄橐金。久爲江北客，能作洛生吟〔二〕。罷亞霜前稻〔三〕，鉤輈竹上禽〔四〕。歸帆何處落，應拂野梅林。

【箋注】

〔一〕原未繫年。梅集編年卷三有明道二年（一〇三三）詩送弟良臣歸宣城，本詩當亦是年作，梅秀才即梅良臣。良臣爲堯臣同曾祖弟，梅集編年卷二聯句附朱東潤補注引宣城梅氏家譜：梅遠生子簡、超。簡生朝，朝生誠，誠生良臣；超生邈，邈生讓，讓生堯臣。

〔二〕洛生吟：洛下書生的吟詠，音色重濁。劉義慶世説新語雅量：「（謝安）望階趨席，方作洛生詠，諷『浩浩洪流』。」

〔三〕罷亞：原爲稻名，此狀稻多貌。

〔四〕鉤輈：鷓鴣鳴聲。韓愈杏花：「鷓鴣鉤輈猿叫歇，杳杳深谷攢青楓。」

鞏縣陪祭獻懿二后回孝義橋道中作〔一〕

落日漢陵道，初寒慘暮飆〔二〕。遥看山口火，暗渡洛川橋。不見新園樹，空聞引葬簫。

林鴉棲已定，猶此倦征鑣㊀〔三〕。

【校記】

㊀猶：原校：一作「獨」。

【箋注】

〔一〕如題下注，明道二年（一〇三三）作。長編卷一一三載是年十月「丁酉，祔葬章獻明肅皇太后、章懿皇太后於永定陵」，可知詩爲十月作。宋史仁宗紀亦書十月丁酉，胡譜作九月，誤。鞏縣，屬河南府，爲北宋皇陵所在。獻、懿二后指真宗劉皇后與仁宗生母李宸妃，宋史有傳。孝義橋在偃師縣東（據元和郡縣志卷六）。

〔二〕暮飆：晚風。酈道元水經注穀水：「微飆暫拂，則芳溢於六空。」

〔三〕征鑣：遠行的乘騎。鑣，乘騎。謝靈運從遊京口北固應詔：「昔聞汾水遊，今見塵外鑣。」

【集評】

〔元〕劉壎：鞏縣陪祭有曰：「落日漢陵道，初寒慘暮飆。」……殊似少陵。（隱居通議卷七）

送謝學士歸闕〔一〕

供帳拂朝煙〔二〕，征鞍去莫攀。人醒風外酒，馬度雪中關。舊府誰同在，新年獨未還。
遙應行路者，偏識綵衣斑〔三〕。

【箋注】

〔一〕如題下注，明道二年（一〇三三）作。是年，河南府通判謝絳任滿回汴京，歐作此詩送之。謝絳，字希深，嘗直集賢院，故稱謝學士。長編卷一一四記景祐元年三月「開封府判官謝絳」上疏，後注云：「絳爲府判，乃二月丙午也。」據本集卷二六謝公墓誌銘與宋史本傳，絳通判河南府，還權開封府判官，離洛赴京，當在明道二年末，故詩有「馬度雪中關」、「新年獨未還」之語。

〔二〕供帳：陳設供宴會用的帷帳等，此指爲謝絳送行。班固東都賦：「爾乃盛禮興樂，供帳乎雲龍之庭。」

〔三〕「遥應」二句：宋史本傳：「（父）濤官西京，且老矣，（絳）因請便養，通判河南府。」按：謝濤爲太子賓客分司西京（其墓誌銘見外集卷一二），故謝絳求職洛陽。詩用綵衣娱親之典，寫其孝心。

河南王尉西齋〔一〕

寒齋日蕭索〔二〕，天外敞簷楹。竹雪晴猶覆，山窗夜自明。禽歸窺野客，雲去入重城。欲就陶潛飲，應須載酒行〔三〕。

【箋注】

〔一〕據題下注，明道元年（一〇三二）作。梅集編年卷三明道二年詩亦有河南王尉西齋。王尉，尉爲其職也，生平不詳。

〔二〕「寒齋」句：梅詩云：「官舍古城隅，西齋何寂寂。」

〔三〕「欲就」二句：陶潛五柳先生傳：「性嗜酒，家貧不能常得，親舊知其如此，或置酒而招之。」

張主簿東齋〔一〕

官舍掩寒扉，聊同隱者棲。溪流穿竹過㊀〔二〕，山鳥入城啼。賓主高談勝㊁〔三〕，心冥外物齊〔四〕。惟應朝枕夢，長厭隔鄰雞㊂。

【校記】

㊀過：原校：一作「迥」。　㊁主：卷後原校：一作「至」。　㊂鄰：原校：一作「林」。

【箋注】

〔一〕據題下注，明道元年（一〇三二）作。張主簿，張谷，字應之，開封尉氏人，時爲河南縣主簿，生平見本集卷二四尚書屯田員外郎張君墓表。外集卷一三另有東齋記可參閱。梅集編年卷三明道二年詩有河南張應之東齋。

〔二〕「溪流」句：東齋記：「張應之居縣署，亦理小齋……傍有小池，竹樹環之。」梅詩云：「昔我居此時，鑿池通竹圃。」

〔三〕「賓主」句：東齋記：「應之時時引客坐其（按指竹樹）間，飲酒言笑，終日不倦，而某嘗從應之於此。」

〔四〕「心冥」句：莊子齊物論：「天地與我並生，而萬物與我爲一。」

留守相公禱雨九龍祠應時獲澍呈府中同僚〔一〕

古木鬱沉沉，祠亭相衮臨〔二〕。雷驅山外響，雲結日邊陰。霡霂來初合〔三〕，依微勢稍深〔四〕。土膏潛動脉〔五〕，野氣欲成霖。隴上連雲色，田間擊壤音〔六〕。明光應奏瑞〔七〕，黄屋正焦心。帝邑三川美〔八〕，離宫萬瓦森。廢溝鳴故苑，紅蘤發青林〔九〕。南畝猶須勸，餘春尚可尋。應容後車客㊀，時作洛生吟〔一〇〕。

【校記】

㊀後車：原校：一作「車後」。

【箋注】

〔一〕據題下注，明道元年（一〇三二）作。留守相公，指錢惟演，時以同平章事判河南府兼西京留守。獲澍，得雨。外集卷六另有賀九龍廟祈雪有應詩。

〔二〕相衮：相承，相沿。此句言先後來到祠與亭。

〔三〕霡霂：小雨。詩小雅信南山：「益之以霡霂，既優既渥。」

〔四〕依微：細微。韋應物長安道：「春雨依微春尚早，長安貴遊愛芳草。」

〔五〕土膏：土中適合植物生長的養分。皇甫冉雜言無錫惠山寺流泉歌：「土膏脉動知春早，隈隩陰深長苔草。」

〔六〕擊壤：藝文類聚卷一一引晉皇甫謐帝王世紀：「（帝堯之世）天下大和，百姓無事，有五十老人擊壤於道。」後以「擊壤」頌太平盛世。

〔七〕明光：漢宫名，泛指朝廷宫殿。

〔八〕三川：指西京洛陽。顔延之北使洛陽：「前登陽城路，日夕望三川。」

〔九〕蘤：古「花」字。

〔一〇〕「應容」二句：曹丕與朝歌令吴質書：「從者鳴笳以啓路，文學託乘於後車。」洛生吟，見本卷送梅秀才歸宣城箋注〔二〕。

春日獨遊上林院後亭見櫻桃花奉寄希深聖俞仍酬遞中見寄之什〔一〕

昔日尋春地，今來感歲華。人行已荒徑，花發半枯楂〔二〕。高樹林端出，殘陽水外斜。聊持一罇酒，徙倚憶天涯。

【箋注】

〔一〕據題下注，景祐元年（一〇三四）作。河南府志：「上林苑在府城外，漢置。」梅集編年卷二依韻和永叔同遊上林院後亭見櫻桃花悉已披謝注引夏敬觀曰：「此云上林院，當是漢苑舊址，至宋乃爲寺院也。」

〔二〕楂：樹的杈枝。盧照鄰行路難：「君不見長安城北渭橋邊，古木横楂卧古田。」

獨至香山憶謝學士㊀〔一〕

伊水弄春沙，山臨水上斜。曾爲謝公客，遍入梵王家㊁〔二〕。陰澗初生草，春巖自落花。却尋題石處，歲月已堪嗟。

【校記】

㊀學士：原校：一作「希深」。　㊁遍：原校：一作「偏」。

【箋注】

〔一〕據題下注，景祐元年（一〇三四）作。是春，謝絳已赴開封任判官，故作詩憶之。香山，龍門東山。

〔二〕梵王家：佛寺。陳翥曲江亭望慈恩寺杏園花發：「曲江晴望好，近接梵王家。」

春晚同應之偶至普明寺小飲作〔一〕

偶來林下徑，共酌竹間亭。積雨添方沼㊀，殘花點緑萍。野陰侵席潤，芳氣襲人醒。禽鳥休驚顧，都忘兀爾形〔二〕。

【校記】

㊀方：原校：一作「芳」。

【箋注】

〔一〕原未繫年，當作於明道年間。景祐元年三月，歐「西京秩滿，歸襄城」（胡譜），題云「春晚」，則本詩最晚作於明道二年（一〇三三）。張谷，字應之。温國文正司馬公文集卷六五洛陽耆英會序：「昔白樂天在洛與高年者八人遊，時人慕之，爲九老圖傳於世。宋興，洛中諸公繼而爲之者，凡再矣，皆圖形普明僧舍。普明，樂天之故地也。」外集有明道元年所作初秋普明寺竹林小飲餞梅聖俞詩。

〔二〕兀爾：寂靜貌。白居易首夏：「兀爾水邊坐，翛然橋上行。」

黃河八韻寄呈聖俞〔一〕

河水激箭險〔二〕，誰言航葦遊〔三〕？堅冰馳馬渡㊀，伏浪卷沙流〔四〕。樹落新摧岸，湍驚忽改洲。鑿龍時退鯉〔五〕，漲潦不分牛〔六〕。萬里通槎漢〔七〕，千帆下漕舟〔八〕。怨歌今罷築，故道失難求〔九〕。灘急風逾響，川寒霧不收。詎能窮禹迹〔一〇〕，空欲問張侯〔一一〕。

【校記】

㊀馳馬：卷後原校：一作「無馬」。

【箋注】

〔一〕如題下注，明道二年（一〇三三）作。外集卷一有同年所作鞏縣初見黃河。梅集編年卷二明道元年詩有依韻和歐陽永叔黃河八韻，當編入二年爲妥。

〔二〕「河水」句：慎子：「河下龍門，其流，駛如竹箭，駟馬追之不及。」

〔三〕「誰言」句：詩衛風河廣：「誰謂河廣？一葦杭之。」

〔四〕「堅冰」二句：寫冬、夏二季黃河景象。伏，伏日。

〔五〕鑿龍：開鑿龍門。水經注河水引魏土地記：「梁山北有龍門山，大禹所鑿，通孟津河，口廣八十步，巖際鐫迹遺功尚存。」退鯉：三秦記：「江海魚集龍門下，登者化龍，不登者點額暴腮。」

〔六〕不分牛：莊子秋水：「秋水時至，百川灌河，涇流之大，兩涘渚崖之間，不辨牛馬。」

〔七〕「萬里」句：張華博物志卷一：「舊説云，天河與海通。近世有人居海濱者，年年八月，有浮槎去來不失期。」漢，天河。

〔八〕 漕舟：運漕糧的船。時黄河爲漕運通道。

〔九〕「怨歌」二句：宋時黄河多次决口，封堵未見成效。天聖六年，又决口于澶州王楚埽。後停止封堵，明道二年，「徙大名之朝城縣於杜婆村，廢鄆州之王橋渡、淄州之臨河鎮以避水」（宋史河渠志黄河）。罷築，停止築堤堵口。故道，决口前的舊河道。

〔一〇〕 禹迹：大禹治水，足迹遍九州，詳見史記夏本紀。

〔一一〕 張侯：張騫，封博望侯。據漢書本傳載，騫爲「漢使窮河源」。

和應之同年兄秋日雨中登廣愛寺閣寄梅聖俞〔一〕

經年都洛與君交㊀，共許詩中思最豪。舊社更誰能擁鼻〔二〕，新秋有客獨登高〔三〕。徑蘭欲謝悲零露，籬菊空開乏凍醪〔四〕。縱使河陽花滿縣，亦應留滯感潘毛〔五〕。

【校記】

㊀經年：卷後原校：一作「終年」。

【箋注】

〔一〕 據題下注，明道二年（一〇三三）作。是年，梅堯臣在河陽縣主簿任上。應之，張應之。外集卷一四張應之字序：「余與君同以進士登於科。」廣愛寺，見本卷廣愛寺詩箋注〔一〕。

〔二〕 舊社：指洛社。天聖九年，歐至西京，與梅堯臣、張谷等日相遊樂吟詠，結爲「洛社」。外集卷六酬孫延仲龍圖：「洛社當年盛莫加，洛陽耆老至今誇。」擁鼻：見本集卷八哭聖俞詩箋注〔五〕。

〔三〕 獨登高：指張谷登廣愛寺閣。

〔四〕凍醪：冬季釀造、及春而成的酒。

〔五〕「縱使」二句：謂堯臣爲河陽主簿，當感慨鬢髮初白而官職卑微。據潘岳閑居賦，岳嘗爲河陽令，於縣中滿種桃李。又，潘岳秋興賦序云：「余春秋三十有二，始見二毛。」是年，堯臣恰爲三十二歲。

晚過水北〔一〕

寒川消積雪，凍浦漸通流。日暮人歸盡，沙禽上釣舟。

【箋注】

〔一〕原未繫年，當爲明道、景祐間作。寫初春景象，水北似指洛水之北。

罷官西京回寄河南張主簿〔一〕

歸客下三川〔二〕，孤郵暫解鞍〔三〕。鳥聲催暮急，山氣欲晴寒。已作愁霖詠〔四〕，猶懷祖帳歡〔五〕。更聞溪溜響，疑是石樓灘〔六〕。

【箋注】

〔一〕如題下注，景祐元年（一〇三四）作。胡譜載是年「三月，西京秩滿，歸襄城」。本詩即作於其時。張主簿即張谷，時爲河南縣主簿。

〔二〕下：離開。戰國策秦策一：「歸至家，妻不下紝，嫂不爲炊，父母不與言。」三川：指洛陽。

〔三〕　孤郵：孤身至驛站。
〔四〕　愁霖：久雨。曹子建集卷三有愁霖賦，稱「神結轍以盤桓兮，馬躑躅以悲鳴」。
〔五〕　祖帳歡：指洛陽友人爲自己餞行的情景。
〔六〕　石樓灘：指八節灘。明道元年，歐與楊愈、張谷等同遊龍門。外集卷一四送陳經秀才序有當時「上香山石樓，聽八節灘」的記載。

寄西京張法曹〔一〕

幕府三年客，羣居幾日親。初分闕口路㊀，猶見洛陽人。壠麥晴將秀〔二〕，田花晚自春。向家行漸近，豈復倦征輪？

【校記】

㊀闕：原校：一作「關」。

【箋注】

〔一〕　如題下注，景祐元年（一〇三四）作。時在歸襄城途中。張法曹，張先，字子野，時爲河南法曹參軍。生平見本集卷二七張子野墓誌銘。
〔二〕　秀：禾類植物開花抽穗。

離彭婆值雨投臨汝驛回寄張九屯田司録〔一〕

投館野花邊，羸驂晚不前。山橋斷行路，溪雨漲春田。樹冷無棲鳥，村深起暮煙。洛陽山已盡，休更望伊川〔二〕。

【箋注】

〔一〕如題下注，景祐元年（一〇三四）作。彭婆屬河南府，臨汝屬汝州，均在由洛陽至襄城的路上。張九屯田司録，生平不詳。

〔二〕「洛陽」二句：伊川即伊水，從龍門東西兩山中流過，不見山，則更不見水，故云。

朱家曲　并引㊀〔一〕

朱家曲，自許縣北門上赤坂岡，分道西行，入小路三十里，有村市臨古河，商賈之販京師者，舟車皆會此。居民繁雜，宛然如江鄉。予以事偶至此，宿旅邸，明日遂赴京師。

行人傍衰柳，路向古河窮。桑柘田疇美，漁商市井通。薪歌晚入浦，舟子夜乘風。旅舍孤煙外，天京王氣中〔二〕。山川許國近〔三〕，風俗楚鄉同〔四〕。宿客雞鳴起，驅車猶更東〔五〕。

【校記】

㊀并引：題下原校：「一本有『并引』字。」據補。

【箋注】

〔一〕原未繫年，當亦景祐元年（一〇三四）作。後詩題中的椹澗與朱家曲皆位於由襄城至汴京的路上。是年三月，歐抵襄城，而後離襄赴京，故詩序中有「遂赴京師」之語。

〔二〕「天京」句：朱家曲屬開封府，故云。

〔三〕「山川」句：朱家曲與許州（治所今河南許昌）相鄰，許州古時爲許國所在地。

〔四〕「風俗」句：楚國疆域北到今河南南陽，離朱家曲亦不遠，故兩地風俗相近。

〔五〕「驅車」句：開封在朱家曲東北。

行至椹澗作〔一〕

霜後葉初鳴，羸驂繞澗行。川原人遠近，禾黍日晴明。病質驚殘歲，歸塗厭暮程㊀。空林聚寒雀，疑已作春聲〔二〕。

【校記】

㊀厭：原校：一作「壓」。

【箋注】

〔一〕據題下注，景祐元年（一〇三四）作。是年，歐由襄赴京，已是五月（據胡譜）。此詩作於寒冬，疑是歐自京赴襄探視，返程途經椹澗（屬許州）而作，故時爲「殘歲」，亦即歲末。「歸塗」句，言由襄城歸京師。

〔二〕春聲：春天之聲響。元稹和樂天早春見寄：「雨香雲淡覺微和，誰送春聲入棹歌？」

送謝希深學士北使〔一〕

漢使入幽燕〔二〕，風煙兩國間。山河持節遠，亭障出疆閑。征馬聞笳躍，雕弓向月彎。

禦寒低便面〔三〕，贈客解刀環。鼓角雲中壘，牛羊雪外山。穹廬鳴朔吹〔四〕，凍酒發朱顔㊀。塞草生侵磧，春榆緑滿關。應須雁北嚮，方值使南還〔五〕。

【校記】

㊀發：原校：一作「啓」。

【箋注】

〔一〕如題下注，景祐元年（一〇三四）作。長編卷一一五載是年八月壬申，「度支判官、兵部員外郎、直集賢院謝絳爲契丹生辰使……（十月）癸未，户部員外郎兼侍御史知雜事楊偕爲契丹生辰使，謝絳以父疾辭也」。本詩當作於十月改命楊偕之前。

〔二〕幽燕：今河北北部及遼寧一帶，唐以前屬幽州，戰國時屬燕國，故稱。宋時，爲契丹所據。

〔三〕便面：用以遮面的扇狀物。漢書張敞傳：「然敞無威儀，時罷朝會，過走馬章臺街，使御吏驅，自以便面拊馬。」顔師古注：「便面，所以障面，蓋扇之類也。」

〔四〕穹廬：漢書匈奴傳下：「匈奴父子同穹廬卧。」顔師古注：「穹廬，旃帳也。其形穹隆，故曰穹廬，隨水草畜牧。」朔吹：北風。張正見寒樹晚蟬疏：「寒蟬噪楊柳，朔吹犯梧桐。」

〔五〕「應須」二句：謂須待來年春季南歸，因雁爲候鳥，每年秋分後南飛，春分後北飛。

【集評】

〔元〕劉壎：送謝希深北使有曰：「鼓角雲中壘，牛羊雪外山。」如此等語，殊似少陵。（隱居通議卷七）

送賈推官赴絳州〔一〕

白雲汾水上〔二〕，人北雁南飛。行李山川遠〔三〕，風霜草木腓〔四〕。郡齋賓榻掛，幕府羽書稀。最有題輿客〔五〕，偏思玉麈揮。

【箋注】

〔一〕據題下注，景祐二年（一〇三五）作。時歐在館閣校勘任上。賈推官，生平不詳。絳州，治今山西新絳。

〔二〕汾水：由北向南流經河東路後匯入黃河的水流。絳州在河東路的西南端，汾水由其境内流過。

〔三〕行李：行旅。見本集卷九西齋小飲贈别陝州沖卿學士箋注〔三〕。

〔四〕腓：草木枯萎。詩小雅四月：「百卉具腓。」

〔五〕題輿客：指受人景仰的賢達。太平御覽卷二六三引三國吴謝承後漢書云，東漢時豫州刺史周景，辟陳蕃（字仲舉）爲别駕，蕃辭不就。景題别駕輿曰：「陳仲舉座也。」不復更辟。蕃惶懼，起視職。

送張如京知安肅軍〔一〕

相逢舊從事〔二〕，新命忽臨戎。界上山河壯，軍中鼓角雄。朔風馳駿馬，塞雪射驚鴻。試取封侯印，何如筆硯功〔三〕。

【箋注】

〔一〕據題下注，景祐二年（一〇三五）作。張如京，張亢，字公壽。亢進士及第，爲廣安軍判官、應天府推官，改大理寺丞、簽書西京判官事，通判鎮戎軍，歷知安肅軍、渭州、鄜州、瀛州等，馭軍嚴明。宋史有傳。長編卷一一五景祐元年十二月：「屯田員外郎張亢者，奎弟也。豪邁有奇節，嘗通判鎮戎軍，上言趙德明死，其子元昊喜誅殺，勢必難制，宜亟防邊，論西北攻守之計，章十上。上欲用之，會丁母憂。或傳契丹聚兵幽、涿間，河北皆警。癸酉，命亢爲如京使、知安肅軍。」按：亢景祐元年末受命，本詩當作於二年初亢出知安肅軍前。安肅軍（治今河北徐水）位於河北路邊境，與契丹相鄰，故詩云「新命忽臨戎」。

〔二〕「相逢」句：張如京嘗爲西京簽判，故云。

〔三〕「試取」二句：後漢書班超傳：「（超）家貧，常爲官傭書以供養。久勞苦，嘗輟業投筆歎曰：『大丈夫無他志略，猶當效傅介子、張騫立功異域，以取封侯，安能久事筆研間乎？』左右皆笑之，超曰：『小子安知壯士志哉！』」

【集評】

〔元〕劉壎：送張如京如安肅軍有曰：「界上山河壯，軍中鼓角雄。」……殊似少陵。（隱居通議卷七）

送威勝軍張判官〔一〕

北地不知春，惟看榆葉新。岑牟多武士〔二〕，玉麈重嘉賓〔三〕。野燐驚行客㊀，烽煙入遠塵㊁。繫書沙上雁〔四〕，時寄日邊人〔五〕。

【校記】

㊀燐：原校：一作「燒」。　㊁遠：原校：一作「暮」。

【箋注】

〔一〕據題下注，景祐二年（一〇三五）作。威勝軍屬河東路，治今山西沁縣南。梅集編年卷四景祐元年詩有張修赴威勝軍判官，知張判官名修。

〔二〕岑牟：古時鼓角吏所戴的帽子，借代鼓角吏。

〔三〕玉麈：東晉士大夫清談時常執之，此指士論。

〔四〕「繫書」句：典出漢書蘇武傳：「匈奴與漢和親，漢求武等，匈奴詭言武死。後漢使復至匈奴，常惠請其守者與俱，得夜見漢使，具自陳道。教使者謂單于，言天子射上林中，得雁，足有繫帛書，言武等在某澤中。使者大喜，如惠語以讓單于。單于視左右而驚，謝漢使曰：『武等實在。』」

〔五〕日邊人：歐自指，以在京師任職故也。日邊，比喻京師附近或帝王左右。

送同年史褒之武功尉〔一〕

久作遊邊客，常悲入塞笳。今茲一尉遠，猶困折腰嗟〔二〕。白馬關中道，青天棧外家㊀。過秦應吊古，惟有故山斜〔三〕。

【校記】

㊀天：原校：一作「煙」。

【箋注】

〔一〕原未繫年，約爲景祐元年（一〇三四）作。稱史褒「同年」，知亦天聖八年進士，生平不詳。武功，屬陝西路，在今陝西武功西北。

〔二〕折腰：用陶淵明不爲五斗米折腰典。謂無奈赴遠方爲小官。

〔三〕故山：舊山，喻家鄉。應瑒別詩：「朝雲浮四海，日暮歸故山。」

送祝熙載之東陽主簿〔一〕

吴江通海浦〔二〕，晝舸候潮歸。疊鼓山間響〔三〕，高帆鳥外飛。孤城秋枕水，千室夜鳴機。試問還家客，遼東今是非〔四〕？

【箋注】

〔一〕如題下注，景祐元年（一〇三四）作。梅集編年卷四是年詩有祝熙載赴任東陽，原注「李都尉客」。夏敬觀注：「李都尉當是李遵勗，爲駙馬都尉。」按樂全集卷一有送祝生東陽簿，稱「之子東南美，聲光滿貴游」。文恭集卷三有送祝熙載赴金華主簿，謂「宸廷唱第瑶光近，仙簡刊名玉字新」，知熙載於景祐元年登第。吴郡志卷二八亦載熙載是年登第。東陽，古郡名，在婺州（治所金華）今屬浙江。

〔二〕吴江：在蘇州（舊稱吴郡），今屬江蘇。

〔三〕疊鼓：小擊鼓。文選謝朓鼓吹曲：「凝笳翼高蓋，疊鼓送華輈。」李善注：「小擊鼓謂之疊。」

〔四〕「試問」二句：此借用遼東人丁令威得仙化鶴歸里事。歐有採桑子詞亦用此典：「歸來恰似遼東鶴，城郭人民，觸目皆新，誰識當年舊主人？」還家客即祝熙載，當就其京師登第回吴郡而言。

鄭十一先輩赴四明幕㊀〔一〕

梁漢褒斜險，夫君畏遠遊〔二〕。家臨越山下〔三〕，帆入海潮頭。岸柳行稍盡，江蓴歸漸秋〔四〕。故鄉看衣錦，寧羡李膺舟〔五〕。

【校記】

㊀題下原校：一本注「初授洋川，辭不行」。

【箋注】

〔一〕如題下注，景祐元年（一〇三四）作。梅集編年卷四是年詩有明州推官鄭先輩。四明，即明州（今浙江寧波）。先輩，見本集卷四獲麟贈姚闢先輩詩箋注〔二〕。鄭十一，鄭戩。梅集編年卷四本詩前又有鄭戩及第東歸後赴洋州幕詩，知戩初授洋川，未赴，後改赴四明幕。

〔二〕「梁漢」二句：據題下「一本注」，鄭先輩初授洋川，辭不赴，與此意合。褒斜，古道，因取道褒水、斜水兩河谷得名。梁，梁州，古九州之一，在漢時即以州內的褒斜之險聞名。其地宋時爲興元府，與洋川（即洋水）所流經的洋州相鄰，同屬利州路。

〔三〕越：古越國，建都會稽（今浙江紹興）。

〔四〕蓴：即蒓菜。晉張翰因見秋風起而思蓴羹鱸膾，遂命駕而歸。劉長卿早春贈別趙居士還江左：「歸路隨楓林，還鄉念蓴菜。」

〔五〕「故鄉」二句：許渾將爲南行陪尚書崔公宴海榴堂：「賓館盡開徐穉榻，客帆空戀李膺舟。」據後漢書黨錮傳，漢桓帝時，朝廷日亂，膺爲司隸校尉，獨持風裁，享有盛名，士人以被其容接爲榮。

送丁元珍峽州判官㊀〔一〕

爲客久南方，西遊更異鄉〔二〕。江通蜀國遠〔三〕，山閉楚祠荒〔四〕。油幕無軍事〔五〕，清猿斷客腸〔六〕。惟應陪主諾〔七〕，不費日飛觴。

【校記】

㈠題下原校：一作「送朱處仁」。

【箋注】

〔一〕如題下注，景祐元年（一〇三四）作。本集卷二五集賢校理丁君墓表：「君諱寶臣，字元珍，姓丁氏，常州晉陵人也。景祐元年舉進士及第，爲峽州軍事判官。」峽州，州治夷陵（今湖北宜昌）。

〔二〕「爲客」二句：丁寶臣久居江南，峽州遠在西面的荆湖北路，故云「西遊」。

〔三〕「江通」句：峽州由長江西通蜀地。本集卷三九峽州至喜亭記：「夷陵爲州，當峽口，江出峽，始漫爲平流。」

〔四〕「山閉」句：夷陵舊屬楚地，多山閉塞。本集卷三九夷陵縣至喜堂記：「夷陵者，楚之西境，昔春秋書荆以狄之，而詩人亦曰蠻荆，豈其陋俗自古然歟？」

〔五〕油幕：塗油的帳幕。司空曙送人歸黔府：「油幕曉開飛鳥絶，翩翩上將獨趨風。」

〔六〕「清猿」句：水經注江水三峽：「故漁者歌曰：『巴東三峽巫峽長，猿鳴三聲淚沾裳！』」清，謂猿之啼聲淒清。

〔七〕主諾：古時指地方長官對下屬意見簽署同意，亦用以爲長官的代稱。張説出湖寄趙冬曦：「湘浦未賜環，荆門猶主諾。」

送楚建中潁州法曹〔一〕

冠蓋盛西京，當年相府榮〔二〕。曾陪鹿鳴宴〔三〕，徧識洛陽生㈠。共歎長沙謫〔四〕，空存許劭評〔五〕。堪嗟桃李樹，何日見陰成！

【校記】

㈠徧：原校：一作「偏」。

【箋注】

〔一〕據題下注，景祐元年（一〇三四）作。楚建中，字正叔，洛陽人。歷任提點京東刑獄、度支副使、天章閣待制、陝西都轉運使等職，以正議大夫致仕。宋史有傳。潁州，治今安徽阜陽。法曹，州府掌議法、斷刑等職的曹官。

〔二〕相府：指西京錢相惟演幕府。

〔三〕鹿鳴宴：鄉舉考試後，州縣長官宴請中舉者，或放榜次日，宴主考、執事人員及新舉人，歌詩小雅鹿鳴，作魁星舞，故名。

〔四〕長沙謫：以漢文帝時賈誼被謫爲長沙王太傅喻明道二年錢惟演貶漢東。

〔五〕許劭：東漢末名士，少峻名節，好評論人物，爲時所重。嘗直面評曹操云：「君清平之姦賊，亂世之英雄。」後漢書有傳。

送王尚恭隰州幕〔一〕

去國初游宦〔二〕，從軍苦寂寥。愁雲帶城起㈠，畫角向山飄。秋勁方馳馬，春寒正襲貂。遥知爲客恨，應賴酒杯消。

【校記】

㊀帶：原校：一作「傍」。

【箋注】

〔一〕如題下注，景祐元年（一〇三四）作。本集卷二九太子中舍王君墓誌銘：「君諱汲，字師黯……男曰尚恭、尚喆、尚辭。初，天聖、明道之間，予爲西京留守推官，時王君寓家河南，其二子始習業國子學，日從諸生請學於予。較其藝，常爲諸生先，而尚恭尤謹飭，儼然有儒者法度……其後，二子者果皆以進士中第，予亦罷去。」范忠宣集卷一四朝議大夫王公墓誌銘：「尚恭字安之，少力學，與弟尚喆偕游庠序……景祐元年，兄弟同登進士科。」隰州屬河東路，治今山西隰縣。幕，指爲幕職官。

〔二〕去國：尚恭「寓家河南」，爲西京所在，故云。國，京都。

送王尚喆三原尉〔一〕

初仕便西轅〔二〕，驪駒兩佩環。山河識天府〔三〕，風雨度函關〔四〕。桑柘千疇富，人煙萬井閑〔五〕。欲爲京洛詠，應苦簿書間。

【箋注】

〔一〕如題下注，景祐元年（一〇三四）作。三原爲陝西路耀州之屬縣，在今陝西三原東北。

〔二〕西轅：西行。

〔三〕天府：此指三原所在的秦地。戰國策秦策載蘇秦説惠王語云：「大王之國，地勢形便，此所謂『天府』。」

〔四〕函關：函谷關，在今河南靈寶東北，入秦經過此地。

〔五〕萬井：古以地方一里爲井，萬井爲一萬平方里。

送餘姚陳寺丞〔一〕 最

銅墨佩腰間〔二〕，中流望若仙㊀。鳴蟬汴河柳，畫鷁越鄉船〔三〕。下瀨逢江雁〔四〕，瞻氛落海鳶。山川仍客思，盡入隱侯篇〔五〕。

【校記】

㊀若：原校：一作「似」。

【箋注】

〔一〕原未繫年，當爲景祐元年（一〇三四）作。梅集編年卷四是年詩有餘姚陳寺丞。餘姚爲越州屬縣，今屬浙江。寺丞，朝廷九寺正副長官之助理，參領本寺事務。陳最，生平不詳。

〔二〕銅墨：銅印黑綬。漢書西域傳下有「奪金印紫綬，更與銅墨」的記載。

〔三〕畫鷁：船的別稱。淮南子本經訓：「龍舟鷁首，浮吹以娱。」高誘注：「鷁，大鳥也。畫其像著船頭，故曰鷁首。」

〔四〕瀨：淮南子本經訓：「抑減怒瀨，以揚激波。」高誘注：「瀨，急流也。」

〔五〕隱侯：南朝梁沈約的謚號，約善詩文。

送廖八下第歸衡山〔一〕

曾作關中客〔二〕，嘗窺百二疆〔三〕。自言秦隴水㊀〔四〕，能斷楚人腸〔五〕。失意倦京國，羈愁成鬢霜。何如伴征雁，日日向衡陽〔六〕。

【校記】

〔一〕隴：原校：一作「嶺」。

【箋注】

〔一〕如題下注，景祐元年（一〇三四）作。梅集編年卷四是年詩有廖秀才歸衡山縣。歐嘉祐六年（一〇六一）作廖氏文集序，謂「衡山廖倚與余遊三十年」。由其時上溯三十年，爲明道時。廖八當即廖倚，景祐元年落第，歐贈以此詩。衡山，近衡陽，今屬湖南。

〔二〕關中：古時所指範圍不一，聯繫下文「百二」、「秦隴」，當指春秋、戰國時秦國一帶地方。

〔三〕百二：以二敵百，喻山河險固之地。史記高祖本紀：「秦，形勝之國，帶河山之險，縣隔千里，持戟百萬，秦得百二焉。」裴駰集解引蘇林曰：「得百中之二焉。秦地險固，二萬人足當諸侯百萬人也。」

〔四〕秦隴：秦嶺、隴山。

〔五〕楚人：指廖倚，其家鄉衡山，地屬古楚國。

〔六〕「何如」二句：衡陽有回雁峰，傳説雁南飛至此而止。王勃滕王閣序：「雁陣驚寒，聲斷衡陽之浦。」

夏侯彥濟武陟尉〔一〕

風煙地接懷〔二〕，井邑富田垓。河近聞冰坼〔三〕，山高見雨來。官閑同小隱〔四〕，酒美足銜杯。好去東籬菊〔五〕，迎霜正欲開。

【箋注】

〔一〕如題下注，景祐元年（一〇三四）作。梅集編年卷四是年詩有夏侯彦濟武陟主簿。武陟（在今河南焦作東南），屬懷州。夏侯彦濟生平不詳。

〔二〕「風煙」句：武陟與州治懷州相鄰，故云。

〔三〕「河近」句：武陟在黄河北岸。冰坼，此指冰裂聲。坼，裂開。

〔四〕小隱：謂隱居山林。王康琚反招隱：「小隱隱陵藪，大隱隱朝市。」

〔五〕東籬菊：陶潛飲酒：「採菊東籬下，悠然見南山。」

遠　山〔一〕

山色無遠近，看山終日行。峰巒隨處改，行客不知名。

【箋注】

〔一〕原未繫年，疑景祐四年（一〇三七）作於自許州還夷陵途中，説見本卷末望州坡詩。

宋宣獻公挽詞三首〔一〕

望繫朝廷重，文推天下工〔二〕。清名畏楊綰〔三〕，故事問胡公〔四〕。物議垂爲相，風流頓已窮。仁言博哉利，獻替有遺忠〔五〕。

識度推明哲，風猷藹縉紳〔六〕。何言止中壽〔七〕，遂不秉洪鈞〔八〕？翰墨時爭寶〔九〕，詞章晚愈新。哭哀文伯母〔一〇〕，悲感路傍人。

結髮逢明主㊀，馳聲著兩朝〔一一〕。奠楹先有夢〔一二〕，升屋豈能招〔一三〕？贈服三公衮〔一四〕，兼榮七葉貂〔一五〕。春風笳鼓咽，松柏助蕭蕭。

【校記】

㊀髮：原校：一作「綬」。

【箋注】

〔一〕如題下注，康定元年（一〇四〇）作。宋宣獻公，宋綬。綬字公垂，趙州平棘（今河北趙縣）人。賜同進士出身，判三司憑由司，擢知制誥、翰林學士兼侍讀，官至參知政事。康定元年卒，謚宣獻。宋史有傳。

〔二〕「文推」句：宋史本傳：「（綬）博通經史百家，其筆札尤精妙。朝廷大議論，多綬所財定。楊億稱其文沈壯淳麗，曰：『吾殆不及也。』」

〔三〕楊綰：字公權，唐華州華陰人。第進士，補太子正字，擢右拾遺。天寶亂，見肅宗於行在，拜起居舍人、知制誥，歷禮部侍郎、國子祭酒，官至同中書門下平章事。平生儉約，不及榮利，正道直行，德高望重，世人欽仰之。兩唐書皆有傳。

〔四〕胡公：胡廣，字伯始，東漢南郡華容（今湖北監利北）人。舉孝廉，試以章奏，安帝以爲天下第一。後任司空、司徒、太尉，官至太傅。博物洽聞，熟習典章，故時諺云：「萬事不理問伯始。」後漢書有傳。

〔五〕獻替：獻可替否。謂對國君進諫，勸善規過。語出左傳昭公二十年：「君所謂可而有否焉，臣獻其否以成其可。君所謂否而有可焉，臣獻其可以去其否。」

〔六〕風猷：風采品格。藹：映照。

〔七〕中壽：呂氏春秋安死：「中壽不過六十。」宋綬（九九一——一〇四〇）終年僅五十歲。

〔八〕秉洪鈞：執掌國家大政。李德裕離平泉馬上作：「十年紫殿掌洪鈞，出入三朝一品身。」

〔九〕「翰墨」句：長編卷一二九：「（綬）筆札尤精好，上嘗取所書千字文，及卒，多收其字帖藏禁中。」

〔一〇〕「哭哀」句：長編卷一二九：「宋綬卒，母尚無恙。綬始得疾，不視事，母問之，則曰：『小瘳矣。』又通賓客，省問若且安者，冀以紓母憂。然修理後事甚詳，雖家人不知也。」

〔一一〕「結髮」二句：宋綬蔭補太祝，年十五，召試中書，真宗愛其文，遷大理評事，聽於秘閣讀書。大中祥符元年（一〇〇八），復試學士院，爲集賢校理。後賜同進士出身，遷大理寺丞。及祀汾陰，召赴行在。事見宋史本傳。「明主」指真宗，「兩朝」指真、仁朝。

〔一二〕奠楹：死亡的婉詞，語出禮記檀弓上：「『予疇昔之夜夢坐奠於兩楹之間，而天下其孰能宗予？予殆將死也。』蓋寢疾七日而没。」

〔一三〕升屋：意謂升屋招魂。王充論衡明雩：「升屋之危，以夜招復。」

〔一四〕「贈服」句：據長編卷一二九，宋綬卒，贈司徒兼侍中。唐宋沿東漢之制，以太尉、司徒、司空爲三公，故云。

〔一五〕七葉貂：漢時中常侍冠上插貂尾爲飾，金日磾一家，歷七朝，世代皆侍中，後因以喻世代顯貴。綬父皋，尚書度支員外郎，直集賢院；後綬爲集賢校理，與父同職，故有此喻。

初出真州泛大江作〔一〕

孤舟日日去無窮，行色蒼茫杳靄中。山浦轉帆迷向背〔二〕，夜江看斗辨西東。滮田漸下雲間雁〔三〕，霜日初丹水上楓。蓴菜鱸魚方有味，遠來猶喜及秋風〔四〕。

【箋注】

〔一〕如題下注，景祐三年（一〇三六）作。是年，范仲淹言事忤吕夷簡，落職知饒州。歐因替仲淹鳴不平，切責司諫高若訥，五月戊戌，降爲峽州夷陵縣（今湖北宜昌）令。歐自京師沿汴絶淮溯江，赴貶所。其所著于役志載七月「丙戌，至於真州」，休息十數日，即離真州，泛江西行。真州，今江蘇儀徵。

〔二〕山浦：山麓近水處。鮑照代陽春登荆山行：「日氣映山浦，暄霧逐風收。」

〔三〕滮田：水田。語本詩小雅白華：「滮池北流，浸彼稻田。」

〔四〕「蓴菜」二句：用晉書張翰傳「翰見秋風起，乃思吴中菰菜、蓴羹、鱸魚膾」之典。

【集評】

〔宋〕趙與虤：歐陽文忠公詩：「山浦轉帆迷向背，夜江看斗辨西東。」東坡亦云：「山水照人迷向背，只尋孤塔認西東。」身游山水間，果有兹理，二公善於形容矣。（娱書堂詩話卷下）

江行贈雁〔一〕

雲間征雁水間棲㊀〔二〕，矰繳方多羽翼微〔三〕。歲晚江湖同是客，莫辭伴我更南飛。

【校記】

㊀征雁：卷後原校：一作「秋雁」。

【箋注】

〔一〕如題下注，景祐三年（一〇三六）作。與前首皆爲是年秋作於江行途中。

〔二〕征雁：多指秋季南飛的雁。劉潛從軍行：「木落雕弓燥，氣秋征雁肥。」

〔三〕矰繳：繫有絲繩、弋射飛鳥的短箭。淮南子説山「好弋者先具矰與繳」注：「矰，短矢；繳，所以繫者。」

松門㊀〔一〕

島嶼松門數里長，懸崖對起碧峰雙。可憐勝境當窮塞㊁〔二〕，翻使留人戀此邦㊂。亂石驚灘喧醉枕，淺沙明月入船窗。因遊始覺南來遠，行盡荆江見蜀江〔三〕。

【校記】

㊀題下原校：已下五首一本屬「夷陵九詠」。　㊁境：原校：一作「景」。　㊂留：原校：一作「流」。

【箋注】

〔一〕據題下注，本詩與後四首均爲景祐四年（一〇三七）作於夷陵（今湖北宜昌）。松門，指松門溪。夷陵，清代改稱東湖。東湖縣志卷八：「松門溪在平善壩稍西里許，山水清遠，林木深邃，爲峽中勝地。歐陽修常游此，有詩。」

〔二〕窮塞：荒遠的邊塞。陳子昂爲金吾將軍陳令英請免官表：「制曰：卿出鎮窮塞，作牧薊門，雖無破陣之功，終有捍城之效。」

〔三〕「行盡」句：夷陵地屬荆蜀交界處，故云。

下牢津〔一〕

依依下牢口〔二〕，古戍鬱嵯峨〔三〕。入峽江漸曲，轉灘山更多。白沙飛白鳥，青障合青蘿㊀〔四〕。遷客初經此㊁，愁詞作楚歌。

【校記】

㊀障：原校：一作「嶂」。　㊁初：原校：一作「嘗」，一作「多」。

【箋注】

〔一〕景祐四年（一〇三七）作。陸游入蜀記卷六：「過下牢關。夾江千峰萬嶂……奇怪不可盡狀。初冬草木皆青蒼不凋，西望重山如闕，江出其間，則所謂下牢溪也。歐陽文忠公有下牢津詩云：『入峽江漸曲，轉灘山更多。』即此也。」津，渡口。

〔二〕下牢口：即下牢津。

〔三〕古戍：古城堡、古營壘。鬱：特出、卓然。文選曹植贈徐幹詩：「文昌鬱雲興，迎風高中天。」李善注引廣雅：「鬱，出也。」

〔四〕障：通「嶂」。謝靈運晚出西射堂：「連嶂疊巘崿，青翠杳深沉。」

龍　溪〔一〕

潺潺出亂峰，演漾緑蘿風〔二〕。淺瀨寒難涉〔三〕，危槎路不通〔四〕。朝雲起潭側，飛雨遍江中。更欲尋源去㊀，山深不可窮。

【校記】

㊀去：原校：一作「上」。

【箋注】

〔一〕景祐四年（一〇三七）作。龍溪位於夷陵何處，無考。

〔二〕演漾：飄摇貌。張籍登樓寄胡家兄弟：「獨上西樓盡日閑，林煙演漾鳥蠻蠻。」

〔三〕瀨：淺水沙石灘。漢書司馬相如傳下：「東馳土山兮，北揭石瀨。」顔師古注：「石而淺水曰瀨。」

〔四〕危槎：高的樹杈。許渾歲暮自廣江至新興往復中題峽山寺四首之二：「灘漲危槎没，泉衝怪石崩。」

勞停驛〔一〕

孤舟轉山曲，豁爾見平川。樹杪帆初落，峰頭月正圓。荒煙幾家聚，瘦野一刀田〔二〕。行客愁明發〔三〕，驚灘鳥道前。

【箋注】

〔一〕景祐四年（一〇三七）作。勞停驛位於夷陵何處，無考。

〔二〕刀：形容田地小而不規整。

〔三〕明發：早晨起程。陸機招隱詩之二：「明發心不夷，振衣聊躑躅。」

黄溪夜泊〔一〕

楚人自古登臨恨，暫到愁腸已九回〔二〕。萬樹蒼煙三峽暗，滿川明月一猿哀。非鄉況復驚殘歲，慰客偏宜把酒杯。行見江山且吟詠㊀，不因遷謫豈能來？

【校記】

㊀江山：原校：一作「山河」。

【箋注】

〔一〕景祐四年（一〇三七）作。據「非鄉」句，作於年末。黄溪，無考。

〔二〕「楚人」二句：宋玉九辯：「憭慄兮若在遠行，登山臨水兮送將歸。」暫，剛剛。白居易和高僕射罷節度授少保分司喜游山水之作：「暫辭八座罷雙旌，便作登山臨水行。」司馬遷報任少卿書：「是以腸一日而九回，居則忽忽若有所亡。」

【集評】

〔清〕陸次雲：以見江山爲慰，遷謫人善自遣心之法。（宋詩善鳴集卷上）

望州坡〔一〕

聞説夷陵人爲愁，共言遷客不堪遊。崎嶇幾日山行倦，却喜坡頭見峽州。

【箋注】

〔一〕題下注「景祐三年」，則爲貶夷陵途中所作，然與詩意未合，當爲景祐四年（一〇三七）作。歐貶夷陵，全走水路，書簡卷九有景祐三年所作與薛少卿：「泝汴絶淮，泛大江，凡五千里，一百一十程，纔至荆南……今至此，嚮夷陵，江水極善，亦不越三四日可到。」而據本詩「崎嶇」句，則是陸行赴夷陵。胡譜景祐四年：「三月，謁告至許昌，娶薛簡肅公女。是夏，叔父都官卒。九月，還夷陵。」據此，本詩當爲是年九月陸行還夷陵時所作。陸游入蜀記第五：「歐陽文忠公有枝江山行五言二十四韻，蓋文忠赴夷陵時，自此陸行至峽州，故其望州坡云：『崎嶇幾日山行倦，却喜坡頭見峽州。』」嚴傑歐陽修年譜據枝江山行詩之「登高近佳節」句，謂：「知時近重陽。檢于役志最後一日所記：九月壬辰（十七日），次公安渡。可見舟尚未抵江陵，距夷陵甚遠。然則山行確在景祐四年，而非三年。」所言甚是

居士集卷十一

律詩五十七首

初至夷陵答蘇子美見寄〔一〕

三峽倚岧嶤〔二〕，同遷地最遥㊀〔三〕。物華雖可愛，鄉思獨無聊。江水流青嶂，猿聲在碧霄。野篁抽夏笋，叢橘長春條。未臘梅先發，經霜葉不凋。江雲愁蔽日㊁，山霧晦連朝。斫谷爭收漆，梯林鬭摘椒〔四〕。巴賨船賈集㊂〔五〕，蠻市酒旗招。時節同荆俗，民風載楚謡。俚歌成調笑㊃，擦鬼聚喧囂㊄。夷陵之俗多淫奔，又好祠祭，每遇祠時，里民數百，共餕其餘，里語謂之擦鬼，因此多成鬭訟。得罪宜投裔，包羞分折腰〔六〕。光陰催晏歲，牢落慘驚飆〔七〕。白髮新年出，朱顔異域銷。縣樓朝見虎，官舍夜聞鴞。寄信無秋雁〔八〕，思歸望斗杓。須知千里夢，長繞洛川橋。

【校記】

㈠同：原校：一作「南」。 ㈡愁：原校：一作「懸」。 ㈢巴賨船賈集：原校：一作「巴江船賈至」。 ㈣俚歌：卷後原校：石本作「祠歌」。 ㈤摖：原校：一作「攃」。 卷後原校：「摖，石本作『祭』，注文却引攃鬼事。」卷後附丁朝佐語：「按類篇，摖，初葛切，挑取也，推也，有推食之義。 蜀去峽近，故能知其方言。 又，吉州羅寺丞家京師舊本亦作『攃』。 按集韻，攃，桑葛切，散之也，有散福之義，二義皆通。 今改作『摖』，一作『攃』。 若作『祭』字，別無意義，本注豈應復言里俗謂之祭鬼也？」

【箋注】

〔一〕如題下注，景祐三年（一〇三六）作。 長編卷一一八載是年五月，范仲淹以忤宰相呂夷簡遭貶，歐與尹洙亦以「朋黨」而遭貶。 時蘇舜欽因父喪居長安守制，即上乞納諫書，爲仲淹等鳴不平，又作慰勉之詩，題曰「聞京尹范希文謫鄱陽，尹十二師魯以黨人貶郢中，歐陽九永叔移書責諫官不論救而謫夷陵令，因成此詩以寄，且慰其遠邁也」，歐即答以此詩。

〔二〕岧嶢：高峻。 曹植九愁賦：「踐蹊隧之危阻，登岧嶢之高岑。」

〔三〕「同遷」句：仲淹貶饒州（治今江西波陽），尹洙貶郢州（治今湖北武昌），歐貶夷陵（今湖北宜昌），離京都最遠。

〔四〕梯林：攀登山林。 杜甫奉贈太常張卿垍二十韻：「青雲不可梯。」椒：木名，即花椒。

〔五〕巴賨：指巴中地帶。 揚雄蜀都賦：「東有巴賨，綿亘百濮。」

〔六〕包羞：易否：「六三，包羞。 象曰：『包羞，位不當也。』」孔穎達疏：「位不當所包承之事，惟羞辱已。」分折腰：應分爲見官折腰之縣令。 外集卷一七回丁判官書：「故修得罪也，與之一邑……幸至其所，則折身下首以事上官，吏人連呼姓名，喝出使拜，起則趨而走。 設有大會，則坐之壁下，使與州校役人爲等伍，得一食，未徹俎而先走出。 上官遇之，喜怒訶詰，常斂手慄股以伺顔色，冀一語之温和不可得。」

〔七〕牢落：孤寂、無聊。 陸機文賦：「心牢落而無偶，意徘徊而不能揥。」

〔八〕「寄信」句：用雁足傳書典，見漢書蘇武傳。

冬至後三日陪丁元珍遊東山寺㊀〔一〕

幕府文書日已稀㊁，清罇歲晏喜相携。寒山帶郭穿松路，瘦馬尋春踏雪泥。翠蘚蒼崖森古木，緑蘿盤石暗深溪。爲貪賞物來猶早，迎臘梅花吐未齊。

【校記】

㊀冬至後：原作「冬後」，卷後原校：「石本作『冬至後』。」目録亦是，據改。　㊁幕府：卷後原校：一作「幕下」。

【箋注】

〔一〕據題下注，景祐三年（一〇三六）作。陸游入蜀記卷四：「東山寺，亦見歐陽公詩，距望京門五里。寺外一亭，臨小池，有山如屏環之，頗佳。」夷陵州志卷六：「東山寺，在州東五里，唐建，今廢。」

送前巫山宰吴殿丞〔一〕　字照鄰。

俊域當年仰下風，天涯今日一罇同。高文落筆妙天下，清論揮犀服坐中〔二〕。江上掛帆明月峽〔三〕，雲間謁帝紫微宫〔四〕。山城寂寞少嘉客，喜見瓊枝慰病翁㊀〔五〕。

【校記】

㊀枝：原校：一作「林」。

【箋注】

〔一〕據題下注，景祐三年（一〇三六）作。梅集編年卷二二皇祐四年詩有送吴照鄰都官還江南，卷二八嘉祐三年詩有送吴照鄰都官通判成都，可知吴照鄰歷任縣令、通判等職。巫山（今屬重慶），屬夔州。殿丞，殿中省丞之簡稱。

〔二〕揮犀：猶揮麈，謂清談。

〔三〕明月峽：方輿勝覽卷二九：「明月峽，在夷陵，倚江干崖面，其白如月，又如扇。」夷陵州志卷二謂「在州西二十里懸崖間」。

〔四〕紫微宫：即紫微垣，星官名。宋史天文志二：「紫微垣東蕃八星，西蕃七星，在北斗北，左右環列，翊衛之象也。一曰大帝之坐，天子之常居也，主命、主度也。」

〔五〕瓊枝：喻賢才，指吴照鄰。李德裕訪韋楚老不遇：「今來招隱逸，恨不見瓊枝。」

龍興寺小飲呈表臣元珍〔一〕

平日相從樂會文，博梟壺馬占朋分〔二〕。罰籌多似昆陽矢〔三〕，酒令嚴於細柳軍〔四〕。

蔽日雪雲猶靉靆〔五〕，欲晴花氣漸氛氳㊀〔六〕。一鐏萬事皆毫末，蜾臝螟蛉豈足云？

【校記】

㊀氛氳：卷後原校：一作「氤氳」。

【箋注】

〔一〕據題下注，景祐三年（一〇三六）作。夷陵州志卷六：「龍興寺，在州北六十里，唐建。」表臣，朱處仁之字。據蘇舜欽歙州黟縣令朱君墓誌銘，處仁爲墓主朱咸熙長子，少從舜欽游，長又同登進士第。其仕歷詳見本集卷七送朱職方提舉運鹽箋注〔一〕。

〔二〕「博梟」句：博梟壺馬均爲角勝負之游戲。博梟以五木爲子，分別刻梟、盧、雉、犢、塞爲勝負之采，梟爲勝采。壺馬當出禮記投壺：「請爲勝者立馬。」鄭玄注：「馬，勝筭也。」

〔三〕昆陽：指劉秀殲滅王莽主力的昆陽之戰。見後漢書光武帝紀。

〔四〕細柳軍：漢文帝時，周亞夫爲將軍，屯軍細柳。帝至細柳勞軍，因無軍令而不得入。見軍營紀律嚴明。事載史記絳侯世家。

〔五〕靉靆：雲盛貌。潘尼逸民吟：「朝雲靉靆，行露未晞。」

〔六〕氛氲：文選謝惠連雪賦：「霰淅瀝而先集，雪紛糅而遂多，其爲狀也，散漫交錯，氛氲蕭索。」李善注引王逸楚辭注：「氛氲，盛貌。」

縣舍不種花惟栽楠木冬青茶竹之類因戲書七言四韻〔一〕

結綬當年仕兩京〔二〕，自憐年少體猶輕。伊川洛浦尋芳遍，魏紫姚黄照眼明〔三〕。客思病來生白髮，山城春至少紅英。芳叢密葉聊須種，猶得蕭蕭聽雨聲。

【箋注】

〔一〕據題下注，景祐四年（一〇三七）作。

〔二〕仕兩京：據胡譜，歐天聖八年爲西京留守推官，景祐元年如京師（東京），爲館閣校勘。

〔三〕魏紫姚黃：兩種牡丹花名。魏紫即魏花。見外集卷二二洛陽牡丹記花釋名。

至喜堂新開北軒手植楠木兩株走筆呈元珍表臣㊀〔一〕

爲憐碧砌宜佳樹，自斸蒼苔選緑叢〔二〕。不向芳菲趁開落㊁，直須霜雪見青葱。披條泫轉清晨露㊂〔三〕，響葉蕭騷半夜風〔四〕。時掃濃陰北窗下，一枰閑且伴衰翁。

【校記】

㊀至喜：原校：一作「虚白」。㊁趁：原校：一作「赴」。㊂泫轉：卷後原校：石本作「滴瀝」。

【箋注】

〔一〕據題下注，景祐四年（一〇三七）作。至喜堂，見本集卷三九夷陵縣至喜堂記。楠木爲常緑大喬木，故云「不向芳菲趁開落，直須霜雪見青葱」。

〔二〕斸：掘。張碧農父：「運鋤耕斸侵星起，隴畝豐盈滿家喜。」

〔三〕泫：下滴。謝靈運從斤竹澗越嶺溪行：「巖下雲方合，花上露猶泫。」

〔四〕蕭騷：形容風吹樹木之聲。齊己小松：「後夜蕭騷動，空階蟋蟀聽。」

戲答元珍㊀〔一〕

春風疑不到天涯，二月山城未見花。殘雪壓枝猶有橘，凍雷驚筍欲抽芽〔二〕。夜聞歸雁生鄉思，病入新年感物華㊁〔三〕。曾是洛陽花下客，野芳雖晚不須嗟。

【校記】

㊀題下原校：一本下云「花時久雨之什」。㊁夜聞歸雁生鄉思，病入新年：原校：一作「鳥聲漸变知芳節，人意無聊」。

【箋注】

〔一〕據題下注，景祐四年（一〇三七）作。歐於此詩甚自得，筆説峽州詩説：「『春風疑不到天涯，二月山城未見花』，若無下句，則上句何堪？既見下句，則上句頗工。文意難評，蓋如此也。」

〔二〕凍雷：春雷。因天氣未暖，尚未解凍，故云。

〔三〕物華：自然景物。柳惲贈吴均詩之一：「離念已鬱陶，物華復如此。」

【集評】

〔元〕方回：歐公自謂得意，蓋「春風疑不到天涯」一句，未見其妙。若可驚異，第二句云「二月山城未見花」，即先問後答，明言其所謂也。以後句句有味。（瀛奎律髓卷四）

〔清〕紀昀：起得超妙，不減柳州。（瀛奎律髓刊誤卷四）

〔清〕陳衍：結韻用高一層意自慰。又，黄溪夜泊結韻云：「行見江山且吟詠，不因遷謫豈能來？」亦是。（宋詩精華録卷一）

初晴獨遊東山寺五言六韻〔一〕

日暖東山去，松門數里斜〔二〕。山林隱者趣，鐘鼓梵王家〔三〕。地僻遲春節，風晴變物華㊀。雲光漸容與〔四〕，鳥哢已交加㊁〔五〕。冰下泉初動，煙中茗未芽。自憐多病客，來探欲開花。

【校記】

㊀變：原校：一作「別」。㊁交：卷後原校：一作「嘐」。

【箋注】

〔一〕據題下注，景祐四年（一〇三七）作。丁寶臣有和詩，見宋詩紀事卷一三。東山寺，見本卷冬至後三日陪丁元珍遊東山寺箋注〔一〕。

〔二〕松門：見本集卷一〇松門詩箋注〔一〕。

〔三〕梵王家：佛寺。陳翥曲江亭望慈恩寺杏園花發：「曲江晴望好，近接梵王家。」

〔四〕容與：從容卷舒貌。

〔五〕哢：鳥鳴。陶潛癸卯歲始春懷古田舍詩之一：「鳥哢歡新節，泠風送餘善。」

夷陵歲暮書事呈元珍表臣㊀〔一〕

蕭條雞犬亂山中，時節崢嶸忽已窮㊁〔二〕。遊女髻鬟風俗古，野巫歌舞歲年豐。夷陵俗朴陋㊂，惟歲暮祭鬼，則男女數百相從而樂飲，婦女競爲野服以相遊嬉。平時都邑今爲陋，敵國江山昔最雄。三國時，吴蜀戰爭於此。荆楚先賢多勝迹，不辭携酒問鄰翁。處士何參居縣舍西，好學，多知荆楚故事。

【校記】

㊀元珍表臣：原校：一本作「元珍判官表臣推官」。㊁忽：原校：一作「歲」。㊂「夷陵俗」下：原校：一本有「古」字。

【箋注】

〔一〕據題下注，景祐三年（一〇三六）作。

〔二〕崢嶸：形容歲月逝去。文選鮑照舞鶴賦：「歲崢嶸而愁暮，心惆悵而哀離。」李善注：「歲之將盡，猶物之高。」

【集評】

〔清〕紀昀：五、六沉着。（瀛奎律髓刊誤卷四）

〔清〕高步瀛：興會飆舉，歐詩之有氣概者。（唐宋詩舉要評語卷六）

夷陵書事寄謝三舍人㊀〔一〕

春秋楚國西偏境〔二〕，陸羽茶經第一州〔三〕。紫籜青林長蔽日，緑叢紅橘最宜秋。道塗處險人多負，邑屋臨江俗善泅。臘市漁鹽朝暫合㊁，淫祠簫鼓歲無休〔四〕。風鳴燒入空城響〔五〕，雨惡江崩斷岸流。月出行歌聞調笑，花開啼鳥亂鈎輈㊂〔六〕。黄牛峽口經新歲〔七〕，白玉京中夢舊遊〔八〕。曾是洛陽花下客，欲誇風物向君羞㊃。

【校記】

㊀題下原校：一作「代書寄舍人三丈」。㊁漁：原校：一作「魚」。㊂「花開」句下：原校：一本有「訟庭晝地通人語，邑政觀風問俚謳。土俗雖輕人自樂，山川信美客偏愁」四句。㊃君：卷後原校：一作「春」，石本同。

【箋注】

〔一〕據題下注，景祐四年（一〇三七）作。謝三舍人即謝絳，時在汴京。歐書簡卷七與謝舍人稱絳「舍人三丈」。絳嘗爲知制誥，實掌中書舍人之職，故稱舍人。

〔二〕「春秋」句：本集卷三九夷陵縣至喜堂記：「夷陵者，楚之西境，昔春秋書荆以狄之。」

〔三〕「陸羽」句：陸羽茶經卷下第八茶之出，將峽州置于篇首，云：「山南以峽州上。」注：「峽州生遠安、宜都、夷陵三縣山谷。」

〔四〕「淫祠」句：太平寰宇記卷一四七峽州「風俗」條下云：「其信巫鬼，重淫祀，與蜀同風。」

〔五〕燒：指燒田之聲。燒田，放火燒野草以肥田。管子輕重甲：「齊之北澤燒，火光照堂下。」空城：荒涼之城。漢書燕剌王劉旦傳：「歸空城兮狗不吠，雞不鳴。」

〔六〕鉤輈：鷓鴣鳴聲。韓愈杏花：「鷓鴣鉤輈猿叫歇。」

〔七〕黃牛峽：見本集卷一黃牛峽祠箋注〔一〕。

〔八〕白玉京：指天帝所居之處。李白經亂離後天恩流夜郎憶舊遊書懷：「天上白玉京，十二樓五城。」

戲贈丁判官㊀〔一〕

西陵江口折寒梅〔二〕，爭勸行人把一杯㊁。須信春風無遠近，維舟處處有花開。

【校記】

㈠戲：原校：一作「寄」。　㈡一：原校：一作「酒」。

【箋注】

〔一〕　據題下注，景祐四年（一〇三七）作。丁判官即丁寶臣。

〔二〕　西陵江：袁崧宜都記有「自西陵泝江西北行三十里入峽……西陵江南岸有山」等記載。按：宜都屬峽州，位於夷陵東南。

寄梅聖俞㈠〔一〕

青山四顧亂無涯㈡，雞犬蕭條數百家。楚俗歲時多雜鬼〔二〕，蠻鄉言語不通華㈢。繞城江急舟難泊，當縣山高日易斜。擊鼓踏歌成夜市〔三〕，邀龜卜雨趁燒畬㈣〔四〕。叢林白晝飛妖鳥，庭砌非時見異花。惟有山川爲勝絶，寄人堪作畫圖誇。

【校記】

㈠題下原校：一本注「夷陵作」。　㈡青：原校：一作「春」。　㈢鄉：原校：一作「風」。　㈣燒：原校：一作「春」。

【箋注】

〔一〕　據題下注，景祐四年（一〇三七）作。

〔二〕「楚俗」句：見本卷夷陵書事寄謝三舍人箋注〔四〕。

〔三〕踏歌：亦作「蹋歌」。連手而歌，踏地以爲節拍。儲光羲薔薇篇：「連袂蹋歌從此去，風吹香去逐人歸。」

〔四〕燒畬：杜甫秋日夔府詠懷奉寄鄭監李賓客一百韻：「煮井爲鹽速，燒畬度地偏。」仇兆鰲注：「農書：荊楚多畬田……杜田曰：楚俗，燒榛種田曰畬。」

【集評】

〔清〕紀昀：通體穩稱七言長律之工者。收得好，再入悲感，便落窠臼。（瀛奎律髓刊誤卷四）。

離峽州後回寄元珍表臣㊀〔一〕

經年遷謫厭荊蠻〔二〕，惟有江山興未闌。醉裏人歸青草渡〔三〕，夢中船下武牙灘〔四〕。野花零落風前亂㊁，飛雨蕭條江上寒。荻笋時魚方有味，恨無佳客共杯盤。

【校記】

㊀元珍表臣：原校：一本作「元珍判官表臣推官」。　㊁落：原校：一作「亂」。亂：原校：一作「舞」。

【箋注】

〔一〕如題下注，寶元元年（一〇三八）作。據胡譜，是年三月，歐離峽州赴乾德。

〔二〕荊蠻：楚地，此指峽州。

〔三〕青草渡：夷陵州志卷二：「青草灘，在州南江左十五里，地生蕪草，故名。」

〔四〕武牙灘：即虎牙灘。張淏雲谷雜記卷二：「南史避唐諱，『虎』字悉改爲『武』……故『虎』、『武』並行。」夷陵州志：「虎牙山，在縣北五十里，大江北岸，與荆門山相對，狀如虎牙。」

再至西都㊀〔一〕

伊川不到十年間〔二〕，魚鳥今應怪我還㊁。浪得浮名銷壯節，羞將白髮見青山㊂。野花向客開如笑㊃，芳草留人意自閑。却到謝公題壁處㊄〔三〕，向風清淚獨潸潸㊅。

【校記】

㊀題下原校：一作「寄謝希深」。㊁怪我：原校：一作「我自」。㊂將：原校：一作「看」。見：原校：一作「對」。㊃野花向客開如：原校：一作「異花向我情猶」。㊄却到：原校：一作「行至」。㊅向風清淚獨：原校：一作「臨風清淚落」。

【箋注】

〔一〕如題下注，慶曆四年（一〇四四）作。據胡譜，是年四月，歐出使河東，途經西京洛陽，遂有本詩。

〔二〕「伊川」句：據胡譜，景祐元年（一〇三四），歐以秩滿而離西京。至慶曆四年（一〇四四），已有十年，故云。

〔三〕謝公：謝絳。已卒於寶元二年（一〇三九），見本集卷二六尚書兵部員外郎知制誥謝公墓誌銘。

過錢文僖公白蓮莊〔一〕

城南車馬地，行客過徘徊。野水寒猶入，餘花晚自開。命賓曾授簡，開府最多才〔二〕。

今日西州路〔三〕，何人更獨來！

【箋注】

〔一〕同上篇，作於慶曆四年（一〇四四）途經洛陽時。錢文僖公，錢惟演之謚號。白蓮莊，嘗爲白居易所有。邵博邵氏聞見録卷一〇：「洛城之南東午橋，距長夏門五里，蔡君謨爲記，蓋自唐已來爲遊觀之地。裴晉公緑野莊今爲文定張公別墅。白樂天白蓮莊今爲少師任公別墅。池臺故基猶在。」

〔二〕「開府」句：本集卷二四河南府司録張君墓表：「初，天聖、明道之間，錢文僖公守河南。公王家子，特以文學仕至貴顯，所至多招集文士，而河南吏屬，適皆當世賢材知名士，故其幕府號爲天下之盛。」

〔三〕西州路：晉書謝安傳：「羊曇者，太山人，知名士也，爲安所愛重。安薨後，輟樂彌年，行不由西州路。」羊曇，謝安之外甥。西州路，表感舊興悲悼亡之情。

謝公挽詞三首〔一〕

始見行春旆〔二〕，俄聞引葬簫。笑言猶在耳，魂魄遂難招。天象奎星暗，辭林玉樹凋〔三〕。朔風吹霰雪，銘旐共飄飄〔四〕。

前日賓齋宴，今晨奠柩觴。死生公自達，存没世徒傷。舊國難歸葬，餘貲不給喪〔五〕。平生公輔志〔六〕，所得在文章㊀。

樂事與良辰，平生愛洛濱。泉臺一閉夜，蒿里不知春〔七〕。翰墨猶新澤，圖書已素塵。堪憐寢門哭，猶有舊時賓〔八〕。

【校記】

㈠所：原校：一作「可」。

【箋注】

〔一〕如題下注，康定元年（一〇四〇）作。據本集謝公墓誌銘，謝絳寶元二年十一月卒，康定元年八月葬。

〔二〕行春：官員春日出巡。後漢書鄭弘傳：「弘少爲鄉嗇夫，太守第五倫行春，見而深奇之，召署督郵，舉孝廉。」李賢注：「太守常以春行所主縣，勸人農桑，振救乏絶。」

〔三〕「天象」二句：謂謝絳逝世乃文壇一大損失。初學記卷二一引孝經援神契：「奎主文章。」宋均注：「奎星屈曲相鉤，似文字之畫。」

〔四〕銘旐：即銘旌，豎於靈柩前標志死者官職、姓名之旗幡。

〔五〕「舊國」二句：謝公墓誌銘：「自皇考以上三代，皆葬杭州之富陽。公以寶元二年四月丁卯來治鄧，其年十一月己酉以疾卒於官。以遠不克歸於南，即以明年八月，得州之西南某山之陽，遂以葬……卒之日，廩無餘粟，家無餘貲。」

〔六〕公輔志：謂安邦治國之志向。古時三公四輔爲天子之佐。

〔七〕蒿里：墓地。見本集卷一〇弔黃學士三首箋注〔一一〕。

〔八〕「堪憐」二句：王安石兵部員外郎知制誥謝公行狀：「卒之日，歐陽公入哭其堂。」

愁牛嶺〔一〕

邦人盡説畏愁牛㈠，不獨牛愁我亦愁。終日下山行百轉㈡，却從山脚望山頭。

【校記】

㊀盡：原校：一作「自」。愁牛：原校：一作「牛愁」。㊁下：原校：一作「繞」。

【箋注】

〔一〕原未繫年。愁牛嶺亦無考。

寄子山待制二絶㊀〔一〕

留滯西山獨可嗟，殘春過盡始還家〔二〕。落花縱有那堪醉㊁，何況歸時無落花！

聞君屢醉賞紅英，落盡殘花酒未醒。嗟我落花無分看，莫嫌狼藉掃中庭。

【校記】

㊀題下原校：一本後篇作「別鎮陽寄沈待制」。卷後原校：京本作「今日報鎮陽守有行日某不久可出局先寄子山待制四兄二絶」。㊁醉：原校：一作「看」，一作「愛」。

【箋注】

〔一〕據題下注，慶曆五年（一〇四五）作。子山，沈邈之字。邈信州弋陽人。慶曆三年，與張昷之、王素同爲諸路轉運使加按察使之首選者，使京東（長編卷一四四）。後入爲侍御史知雜事（長編卷一五一），擢天章閣待制、知澶州，徙河北都轉運使，又徙陝西，歲中，加刑部郎中、知延州，卒。宋史有傳。

〔二〕「留滯」二句，據胡譜，慶曆四年八月，歐爲河北都轉運按察使，駐地大名（今河北大名東）。五年春，因真定帥田況移秦州，歐至真定（今河北正定南），權知府事三月。是年夏所作與尹師魯書云：「修一春在外，四月中還家，則母、病妻皆卧在床。」故云「留滯」。西山，在真定府境内，此用以指代真定府。

寄秦州田元均〔一〕

由來邊將用儒臣㊀，坐以威名撫漢軍〔二〕。萬馬不嘶聽號令，諸蕃無事著耕耘㊁。夢回夜帳聞羌笛，詩就高樓對隴雲㊂。莫忘鎮陽遺愛在㊃〔三〕，北潭桃李正氛氳㊄〔四〕。

【校記】

㊀由：原校：一作「近」。　㊁著：原校：一作「樂」。　㊂隴：原校：一作「暮」。　㊃忘：原校：一作「望」。在：原校：一作「地」。　㊄「北潭」句：原校：一作「春深桃李正絪緼」。

【箋注】

〔一〕如題下注：慶曆五年（一〇四五）作。據校記㊄，本詩當作於是年暮春。田況，字元均，於上年十二月由真定徙知秦州（長編卷一五三）。秦州（今甘肅天水）屬陝西路。況後徙渭州、益州，歷翰林學士、三司使，擢樞密副使，拜樞密使，以太子少傅致仕。宋史有傳，稱其「有文武才略」。

〔二〕「由來」二句：寇準、范仲淹、韓琦等均爲文人治軍，威名顯赫。秦州爲邊區，田況掌一州軍政。

〔三〕鎮陽遺愛：田況慶曆四年八月任真定府定州路安撫使（長編卷一五一），十二月徙知秦州。鎮陽爲真定之舊稱。

〔四〕北潭：見本集卷二病中代書奉寄聖俞二十五兄箋注〔四〕。氛氳：見本卷龍興寺小飲呈表臣元珍箋注〔六〕。

【集評】

〔宋〕蘇軾：七言之偉麗者，杜子美云：「旌旗日暖龍蛇動，宮殿風微燕雀高。」……爾後寂寞無聞焉。直至歐陽永叔「滄波萬古流不盡，白鶴雙飛意自閑」、「萬馬不嘶聽號令，諸蕃無事樂耕耘」，可以並驅爭先矣。（東坡題跋卷三評七言麗句）

〔清〕陸以湉：若「萬馬不嘶聽號令，諸蕃無事樂耕耘」……亦調高響逸。東坡才氣雖大，若論風格，恐猶遜一籌耳。（冷廬雜識卷六歐陽公七律）

送沈待制陝西都運〔一〕 邈

幾歲瘡痍近息兵〔二〕，經營方喜得時英㊀。從來漢粟勞飛輓〔三〕，當使秦人自戰耕。道左旌旗諸將列，馬前弓劍六蕃迎㊁。知君材力多閑暇，剩聽陽關醉後聲〔四〕。

【校記】

㊀方喜：卷後原校：一作「方務」。　㊁弓：原校：一作「冠」。

【箋注】

〔一〕如題下注，慶曆五年（一〇四五）作。是年，沈邈爲陝西路都轉運使。長編卷一五七慶曆五年十二月甲戌條注：「沈邈以五年十一月三日自陝西都漕知延州。」

〔二〕「幾歲」句：自寶元元年（一〇三八）西夏元昊反宋自立後，宋、夏關係緊張，西夏軍多次入侵邊境，宋軍屢敗。至慶曆四年，宋、夏媾和。宋册元昊爲夏國主，歲給銀、絹、茶，邊境始趨安寧。見宋史仁宗紀。

〔三〕飛輓：飛芻輓粟。漢書主父偃傳：「又使天下飛芻輓粟。」顔師古注：「運載芻稾，令其疾至，故曰飛芻也。」

輓謂引車船也。」

〔四〕陽關：古曲陽關三疊之省稱。

【集評】

〔清〕紀昀：第二句頗凡庸，後六句精神飽滿。（瀛奎律髓刊誤卷四）

欒城遇風效韓孟聯句體〔一〕

歲暮氛霾惡，冬餘氣候爭。吹噓回暖律〔二〕，號令發新正〔三〕。遠響來猶漸，狂奔勢益横。頹城鏖戰鼓，掠野過陰兵〔四〕。掃蕩無餘靄，顛摧鮮立莖。五山摇岌嶪〔五〕，九鼎沸煎烹。玉石焚岡裂，波濤卷海傾。遥聽午合市〔六〕，爭呼夜驚營。慘極雲無色，陰窮火自生〔七〕。電鞭時砉劃，雷軸助喧轟〔八〕。孔竅千聲出，陰幽百怪呈。狐妖憑莽蒼，鬼焰走青熒。奮怒神增悚，中休耳暫清。胡兵占月暈〔九〕，江客候鼉鳴〔一〇〕。飄葉千艘失，飛空萬瓦輕。獵豪添馬健，舶穩想帆征。畏壓頻移席，陰祈屢整纓。凍消初醒蟄，枯活欲抽萌。病體愁山館，春寒賴酒鐺〔一一〕。雞號天地白，登壠看晴明。

【箋注】

〔一〕據題下注，慶曆五年（一〇四五）作。欒城（今河北欒城西）屬真定府。

〔二〕暖律：古以時令合樂律，温暖之節候稱暖律。羅隱歲除夜：「厭寒思暖律，畏老惜殘更。」

〔三〕新正：農曆新年正月。白居易歲假内命酒贈周判官蕭協律：「共知欲老流年急，且喜新正假日頻。」

〔四〕陰兵：神兵、鬼兵。盧仝冬行詩之三：「野風結陰兵，千里鳴刀槍。」

〔五〕岌嶪：文選張衡西京賦：「疏龍首以抗殿，狀巍峨以岌嶪。」張銑注：「岌嶪，高壯貌。」

〔六〕合市：猶互市。後漢書南匈奴傳：「今北匈奴見南單于來附，懼謀其國，故數乞和親，又遠驅牛馬與漢合市。」王先謙補注引胡三省曰：「合市，與漢和合爲市也。」

〔七〕「陰窮」句：周易集解卷一五引陸績曰：「陰窮則變爲陽。」而火屬陽，故陰窮而火生。

〔八〕「電鞭」二句：電鞭雷軸，謂閃電雷聲。漢書揚雄傳上：「奮電鞭，驂雷輜。」顔師古注：「淮南子云：『電以爲鞭策，雷以爲車輪。』故雄用此言也。」

〔九〕月暈：孟浩然彭蠡湖中望廬山：「太虚生月暈，舟子知天風。」

〔一〇〕鼉鳴：皇甫松大隱賦：「雉雊霧旦，鼉鳴雨天。」埤雅釋魚引晉安海物記：「鼉宵鳴如鼓。」

〔一一〕鐺：古之温器，三足，用以温熱酒、茶等。李白襄陽歌：「舒州杓，力士鐺，李白與爾同死生。」

過中渡二首〔一〕

中渡橋邊十里堤，寒蟬落盡柳條衰㊀。年年塞下春風晚，誰見輕黄弄色時？

得歸還自歎淹留，中渡橋邊柳拂頭。記得來時橋上過〔二〕，斷冰殘雪滿河流。

【校記】

㊀蟬：原校：一作「梅」。

【箋注】

〔一〕如題下注，慶曆五年（一〇四五）作。時歐權真定府事，三月期滿，「得歸」，途經中渡橋。大清一統志卷二八正定府志：「中渡橋，舊在正定縣東南五里，跨滹沱河上。」

〔二〕「記得」句：據胡譜，來時當爲正月。

自河北貶滁州初入汴河聞雁〔一〕

陽城淀裏新來雁㈠〔二〕，趁伴南飛逐越船㈡。野岸柳黄霜正白，五更驚破客愁眠。

【校記】

㈠來：卷後原校：一作「秋」。　㈡趁伴南飛逐：原校：一作「何事來隨南」。

【箋注】

〔一〕如題下注，慶曆五年（一〇四五）作。長編卷一五七慶曆五年八月：「甲戌，降河北都轉運按察使、龍圖閣直學士、右正言歐陽修爲知制誥、知滁州。」此次南遷，歐由河北先舟行至汴河口，再沿汴河南下。

〔二〕陽城：今屬山西，宋時屬澤州，汴河口在其東南。

自勉〔一〕

引水澆花不厭勤，便須已有鎮陽春。官居處處如郵傳〔二〕，誰得三年作主人〔三〕？

【箋注】

〔一〕據題下注，慶曆五年（一〇四五）作。時在權知真定府事任上。

〔二〕郵傳：傳舍、驛館。王禹偁商於驛記後序：「吳、越、江淮、荆、湘、交、廣，郡吏上計，皇華宣風，憧憧往來，皆出是郡，蓋半天下矣。故郵傳之盛，甲於它州。」

〔三〕三年：宋史選舉志四：「每任以周三年爲限。」

席上送劉都官〔一〕

都城車馬日喧喧㊀，雖有離歌不慘顏。豈似客亭臨野岸，暫留罇酒對青山。天街樹緑騰歸騎，玉殿霜清綴曉班。莫忘西亭曾醉處，月明風溜響潺潺。

【校記】

㊀城：原校：一作「門」。

【箋注】

〔一〕據題下注，慶曆五年（一〇四五）作。劉都官，不詳。天街，京都的街道，由此可知，是年，其赴京師任職。此詩當作於歐八月貶滁前，時在大名府河北都轉運使任上。據「天街」二句，時屬秋季。

寄劉都官〔一〕

別後山光寒更緑，秋深酒美色仍清。繞亭黄菊同君種，獨對殘芳醉不成。

【箋注】

〔一〕原未繫年，當亦慶曆五年（一〇四五）作。前篇爲贈別，此篇叙別後，時節已是深秋。

書王元之畫像側〔一〕 在瑯琊山。

偶然來繼前賢迹，信矣皆如昔日言。諸縣豐登少公事，一家飽暖荷君恩。想公風采常如在，顧我文章不足論。名姓已光青史上，壁間容貌任塵昏。公貶滁州，謝上表云：「諸縣豐登，苦無公事；一家飽暖，共荷君恩。」

【箋注】

〔一〕據題下注，慶曆六年（一〇四六）作。王禹偁，字元之，濟州鉅野（今山東巨野）人。太平興國進士。端拱初，召試，直史館，上御戎十策。遷知制誥。爲徐鉉雪誣，坐貶商州團練副使。至道初，兼翰林學士，坐訕謗罷知滁州。真宗即位，預修太祖實録，以直書史事，降知黄州。性剛直，作三黜賦以明志。宋史有傳。魏泰東軒筆録卷四：「王禹偁在太宗末年以事謫守滁州，到任謝表略曰：『諸縣豐登，苦無公事；一家飽暖，全荷君恩。』禹偁有遺愛，滁州懷之，畫其像於堂以祠焉。慶曆中，歐陽修責守滁州，觀禹偁遺像而作詩……蓋用其表中語也。」

送京西提刑趙學士〔一〕

題輿嘗屈佐留京〔二〕，攬轡今行按屬城㊀。楚館尚看淮月色〔三〕，嵩雲應過虎關迎〔四〕。春寒酒力風中醒，日暖梅香雪後清。野俗經年留惠愛，莫辭臨別醉冠傾。

【校記】

〔一〕行：原校：一作「來」。

【箋注】

〔一〕據題下注，慶曆六年（一〇四六）作。趙學士即趙良規。胡譜慶曆五年制詞載歐「差知滁州軍州，兼管内勸農使，替趙良規。」外集卷七卷後校答原甫提刑學士篇名下云：「慶曆五年冬，公守滁州，而前政趙良規帶秘閣校理移京西提刑，即其人也。」歐於五年十月到任，趙離滁當在六年初，詩即作於彼時。趙良規字元甫，進士及第，爲集賢校理兼宗正丞，出通判蘄州，徙河南府，知泰、滁二州，歷京西、陜西路提點刑獄，官至尚書工部侍郎。宋史有傳。

〔二〕「題輿」句：謂良規出仕之初在京任宗正丞，爲人之佐。題輿，見本集卷一〇送賈推官赴絳州箋注〔六〕。

〔三〕「楚館」句：滁州所在江淮一帶舊屬楚地。

〔四〕「嵩雲」句：虎關，即虎牢關（在今河南滎陽），與嵩山皆在京西路。

寄題宜城縣射亭〔一〕

作邑三年事事勤，宜城風物自君新。已能爲政留遺愛，何必栽花遺後人？藹若芝蘭芳可襲，温如金玉粹而純。友朋欣慕自如此，何況斯民父母親！

【箋注】

〔一〕據題下注，慶曆六年（一〇四六）作。疑此寄宜城縣（今屬湖北）令連庠也。本集卷二四有慶曆八年閏正月一日所作連處士墓表，云：「處士諱舜賓，字輔之……其二子教以學者，後皆舉進士及第。今庶爲壽春令，庠爲宜城令。」觀詩意，宜城令在職已三年，似將離任，而連庠一年多後尚在任，姑存疑。射亭，習射之亭。宋史禮志一七：「其日初筵，提舉學事、知州軍、通判帥應赴鄉飲酒官貢士詣射亭，執弓矢，揖人射。」

豐樂亭遊春三首〔一〕

緑樹交加山鳥啼㈠，晴風蕩漾落花飛㈡。鳥歌花舞太守醉，明日酒醒春已歸㈢。

春雲淡淡日輝輝，草惹行襟絮拂衣。行到亭西逢太守，籃輿酩酊插花歸〔二〕。

紅樹青山日欲斜，長郊草色緑無涯。遊人不管春將老㈣，來往亭前踏落花㈤。

【校記】

㈠交加山：原校：一作「新陰野」。　㈡晴風蕩漾落：原校：一作「晚晴斜日雜」。　㈢日：原校：一作「月」。已：原校：一作「色」。　㈣老：原校：一作「盡」。　㈤來往：原校：一作「空繞」。

【箋注】

〔一〕　據題下注，慶曆七年（一〇四七）作。是春，歐致書梅堯臣云：「某此愈久愈樂，不獨爲學之外有山水琴酒之適而已，小邦爲政期年，初有所成，固知古人不忽小官，有以也。」（書簡卷六）豐樂亭，見本集卷三豐樂亭小飲箋注〔一〕。

〔二〕　籃輿：胡三省通鑑釋文辯誤卷二元和五年條「先備籃輿，即日遣之」下注：「史炤釋文曰：『籃，竹也，以爲輿。』余按：籃輿以竹爲之，非竹名也。籃輿謂之擔子，東南只謂之轎子。」插花歸：杜牧九日齊山登高：「人世難逢開口笑，菊花須插滿頭歸。」

謝判官幽谷種花〔一〕

淺深紅白宜相間㈠，先後仍須次第栽。我欲四時携酒去，莫教一日不花開。

【校記】

㈠淺深紅白：卷後原校：一作「深紅淺白」。

【箋注】

〔一〕題下注「同前（慶曆七年）。一云『六年』」，當作於此二年間。幽谷發現於慶曆六年夏秋間（見書簡卷一與韓忠獻王），則此詩最早作於彼時。蔡絛西清詩話：「歐公守滁陽，築醒心、醉翁兩亭於瑯琊幽谷，且命幕客謝某者雜植花卉其間。謝以狀問名品，公即書紙尾云（本詩略），其清放如此。」趙令畤侯鯖録卷一亦有相同記載。謝判官名縝，字通微。梅集編年有慶曆五年詩，題云：「方在許昌幕，内弟滁州謝判官有書邀余詩送，近聞歐陽永叔移守此郡，爲我寄聲也。」夏敬觀注：「宛陵文集第三十一卷有酧別謝通微判官兼懷歐陽永叔二首。謝通微當是希深從兄弟。」曾鞏謝司理字序：「陳郡謝君名縝。縝，密也，而取字乃本諸此，而字曰通微。」

畫眉鳥㈠〔一〕

百囀千聲隨意移㈡，山花紅紫樹高低。始知鎖向金籠聽，不及林間自在啼。

【校記】

㈠題下原校：一作「郡齋聞百舌」。　㈡隨：原校：一作「任」。

【箋注】

〔一〕原未繫年。梅集編年有慶曆八年詩和永叔郡齋聞百舌。是年閏正月，歐徙揚州，二月至郡。（胡譜）本詩當爲此前在滁州作，應作於慶曆七年（一〇四七）。

懷嵩樓新開南軒與郡僚小飲〔一〕

繞郭雲煙匝幾重㊀，昔人曾此感懷嵩〔二〕。霜林落後山爭出，野菊開時酒正濃。解帶西風飄畫角，倚欄斜日照青松。會須乘醉攜嘉客，踏雪來看羣玉峰〔三〕。

【校記】

㊀郭雲煙：原校：一作「閣煙雲」。

【箋注】

〔一〕據題下注，慶曆七年（一〇四七）作。懷嵩樓，見本集卷三懷嵩樓晚飲示徐無黨無逸箋注〔一〕。

〔二〕昔人：指李德裕。

〔三〕羣玉峰：穆天子傳卷二有「羣玉之山」，相傳爲西王母所居，此借言滁山之美。

【集評】

〔清〕陳衍：「霜林」二句，極爲放翁所揣摩。（宋詩精華録評語卷一）

送張生〔一〕

一别相逢十七春，頽顔衰髮互相詢。江湖我再爲遷客〔二〕，道路君猶困旅人〔三〕。老驥骨奇心尚壯，青松歲久色逾新。山城寂寞難爲禮㊀，濁酒無辭舉爵頻。

【校記】

㊀禮：原校：一作「客」。

【箋注】

〔一〕據題下注，慶曆七年（一〇四七）作。由首句知歐天聖八年（一〇三〇）與張生相識，時歐赴禮部試，疑張生亦赴試。京師一別至今，故有「江湖」二句之嗟嘆。

〔二〕「江湖」句：謂先謫夷陵，後貶滁州也。

〔三〕困旅人：謂尚未及第。

田　家〔一〕

緑桑高下映平川，賽罷田神笑語喧〔二〕。林外鳴鳩春雨歇，屋頭初日杏花繁。

【箋注】

〔一〕原未繫年，當爲慶曆七年（一〇四七）左右于滁州作。

〔二〕賽：祭祀酬神。謝朓有賽敬亭山廟喜雨詩。

別　滁〔一〕

花光濃爛柳輕明，酌酒花前送我行。我亦且如常日醉㊀，莫教弦管作離聲〔二〕。

【校記】

㊀且：原校：一作「祇」。

【箋注】

〔一〕如題下注，慶曆八年（一〇四八）作。據胡譜，是年閏正月歐徙知揚州，二月至郡。揚州謝上表云：「已於今月二十二日赴任訖者。」滁、揚相鄰，路途非遥，歐當於二月啓程，詩即是時作。

〔二〕弦管作離聲：吴曾能改齋漫録卷六引本詩「我亦」二句云：「按吴越春秋：『勾踐伐吴，乃命國中與之訣，而國人悲哀，皆作離別之聲。』」

【集評】

〔清〕陳衍：末二語直是樂天。（宋詩精華録評語卷一）

答謝判官獨遊幽谷見寄〔一〕

聞道西亭偶獨登〔二〕，悵然懷我未忘情。新花自向遊人笑，啼鳥猶爲舊日聲。因拂醉題詩句在，應憐手種樹陰成。須知別後無由到，莫厭頻携野客行。

【箋注】

〔一〕據題下注，慶曆八年（一〇四八）作。時歐在揚州。謝判官，謝縝，見本卷謝判官幽谷種花箋注〔一〕。

〔二〕西亭：當指位於州城西南之豐樂亭。豐樂亭記：「其上豐山聳然而特立，下則幽谷窈然而深藏。」謝判官所遊幽谷即在亭下。

招許主客〔一〕

欲將何物招嘉客，惟有新秋一味涼。更掃廣庭寬百畝㊀，少容明月放清光㊁。樓頭破鑑看將滿〔二〕，甕面浮蛆撥已香〔三〕。仍約多爲詩準備㊂，共防梅老敵難當。

【校記】

㊀更：原校：一作「静」。寬：原校：一作「開」。　㊁放：原校：一作「吐」。　㊂仍：原校：一作「更」。

【箋注】

〔一〕　如題下注，慶曆八年（一〇四八）作。是年秋，梅堯臣從晏殊辟，由宣城赴簽書陳州鎮安軍節度判官任，路經揚州。歐於中秋夜盛宴款待堯臣，并邀主客員外郎、江浙荆淮發運副使許元作陪，乃有此詩。梅集編年卷一八有依韻和歐陽永叔中秋邀許發運。許元，字子春，宣州宣城人，生平見本集卷三三尚書工部郎中充天章閣待制許公墓誌銘。

〔二〕　破鑑：破鏡，喻殘月。

〔三〕　浮蛆：浮於酒面上之泡沫或膏狀物。陶穀清異録酒漿：「舊聞李太白好飲玉浮梁，不知其果何物。余得吴婢，使釀酒，因促其功。答曰：『尚未熟，但浮梁耳。』試取一盞至，則浮蛆酒脂也。乃悟太白所飲蓋此耳。」

【集評】

〔清〕陳衍：「少容」若作「多容」最佳，第七句「多」字可改。（宋詩精華録卷一）

金鳳花〔一〕

憶繞朱欄手自栽㈠，緑叢高下幾番開㈡。中庭雨過無人迹，狼籍深紅點緑苔。

【校記】

㈠手：原校：一作「喜」。　㈡緑：原校：一作「繁」。

【箋注】

〔一〕本詩及後四首，均未繫年，而置於慶曆八年（一〇四八）詩間，疑即是年作於揚州。金鳳花即鳳仙花。王象晉羣芳譜花譜：「鳳仙……開花頭翅羽足俱翹然如鳳狀，故又有金鳳之名。」

鷺鷥〔一〕

風格孤高塵外物，性情閑暇水邊身。盡日獨行溪淺處，青苔白石見纖鱗〔二〕。

【箋注】

〔一〕約慶曆八年（一〇四八）作。鷺鷥，即白鷺。本草綱目禽一鷺：「水鳥也。林棲水食，羣飛成序，潔白如雪，頸細而長，脚青善翹，高尺餘，解指短尾，喙長三寸，頂有長毛十數莖。」

〔二〕纖鱗：魚。左思招隱詩之一：「石泉漱瓊瑶，纖鱗或浮沉。」

野　鵲〔一〕

鮮鮮毛羽耀朝輝，紅粉墻頭緑樹枝。日暖風輕言語軟，應將喜報主人知〔二〕。

【箋注】

〔一〕約慶曆八年（一〇四八）作。

〔二〕「應將」句：相傳鵲鳴聲兆喜。宋之問發端州初入西江：「破顔看鵲喜，拭淚聽猿啼。」

木芙蓉〔一〕

種處雪消春始動，開時霜落雁初過。誰栽金菊叢相近，織出新番蜀錦窠〔二〕？

【箋注】

〔一〕約慶曆八年（一〇四八）作。木芙蓉，俗稱芙蓉或芙蓉花。韓愈有同名詩。

〔二〕錦窠：錦上之界格花紋，喻排列有序之華美物品。元稹早春登龍山静勝寺贈幕中諸公：「山茗粉含鷹觜嫩，海榴紅綻錦窠匀。」

樵　者〔一〕

雲際依依認舊林，斷崖荒磴路難尋。西山望見朝來雨〔二〕，南澗歸時渡處深。

【箋注】

〔一〕約慶曆八年（一〇四八）作。

〔二〕西山：與下句「南澗」均未知所指。

詠　雪〔一〕

至日陽初復〔二〕，豐年瑞遽臻。飄飄初未積，散漫忽無垠。萬木青煙滅，千門白晝新。往來衢更合，高下著何勻。望好登長榭，平堪走畫輪〔三〕。馬寒毛縮蝟〔四〕，弓勁力添鈞。客醉看成眩，兒嬌咀且顰㊀。虛堂明永夜，高閣照清晨。樹石詩翁對，川原獵騎陳。凍狐迷舊穴，飢雀噪空囷。此土偏宜稼，而予濫長人〔五〕。應須待和暖，載酒共行春〔六〕。

【校記】

㊀嬌：原校：一作「驕」。

【箋注】

〔一〕據題下注，慶曆八年（一〇四八）作。

〔二〕「至日」句：古人謂天地間有陰陽二氣，每年至冬至日，則陰氣盡而陽氣開始復生。至日，此指冬至。

〔三〕畫輪：彩飾之車輪，亦指裝飾華麗的車子。鄭嵎津陽門：「畫輪寶軸從天來，雲中笑語聲融怡。」

〔四〕縮蝟：如刺猬般收縮。蝟，今作「猬」。

〔五〕長人：官長。墨子雜守：「有長人，有謀士。」

〔六〕行春：見本卷謝公挽詞三首箋注〔二〕。

送楊先輩登第還家〔一〕

解榻方欣待俊英〔二〕，掛帆千里忽南征。錦衣白日還家樂，鶴髮高堂獻壽榮㈠。殘雪楚天寒料峭，春風淮水浪崢嶸。知君歸意先飛鳥，莫惜停舟酒屢傾㈡。

【校記】

㈠高堂：卷後原校：一作「高年」。　㈡屢傾：原校：一作「餞行」。

【箋注】

〔一〕如題下注，皇祐元年（一〇四九）作。據胡譜，是年正月，歐移知潁州，二月至郡。長編卷一六六載三月「癸丑賜進士馮京等二百七十四人及第」，而詩云「春風淮水」，則楊先輩登第後路過潁州并還家當在三月，本詩即其時作於潁州。楊先輩，不詳。先輩，見本集卷四獲麟贈姚闢先輩箋注〔一〕。

〔二〕解榻：東漢豫章太守陳蕃，素不接待賓客，唯爲南州高士徐穉特設一榻，穉走後即掛起。事見後漢書徐穉傳。

初至潁州西湖種瑞蓮黃楊寄淮南轉運呂度支發運許主客㊀〔一〕

平湖十頃碧琉璃，四面清陰乍合時。柳絮已將春去遠，海棠應恨我來遲〔二〕。啼禽似與遊人語㊁，明月閑撑野艇隨㊂。每到最佳堪樂處，却思君共把芳卮。

【校記】

㊀初至潁州西湖：原校：一作「到潁治事之明日行西湖上」。種瑞蓮黃楊：一作「因與郡官小酌其上聊書所見」。

㊁啼：原校：一作「鳴」。㊂明：原校：一本作「好」。野：原校：一作「小」。

【箋注】

〔一〕如題下注，皇祐元年（一〇四九）作。潁州屬京西路，治所汝陰（今安徽阜陽）。明一統志卷七：「西湖，在潁州西北二里，長十里，廣二里，景象甚佳。」瑞蓮，多指雙頭或并蔕蓮。皇甫湜吉州刺史廳壁記：「瑞蓮猗猗，合蔕公池。」呂度支，名公弼。王安禮王魏公集卷七呂公行狀：「文靖公薨，（公弼）以恩遷度支員外郎。服除，又爲鹽鐵判官，爲淮南轉運使，賜紫金魚袋。召爲三司度支判官，遷兵部員外郎，糾察在京刑獄，拜直史館，爲河北轉運使。」按：呂夷簡即文靖公，卒于慶曆四年九月（長編卷一五二），公弼丁憂三年，「服除，又爲鹽鐵判官，爲淮南轉運使」，當在慶曆、皇祐間。公弼爲河北轉運使在皇祐二年（宋會要輯稿選舉三三之七），皇祐元年當仍在淮南轉運任上。許主客，許元，見本卷招許主客箋注〔一〕。

〔二〕「柳絮」二句：趙令畤侯鯖録卷一：「歐公閑居汝陰時，一妓甚韻，文公歌詞盡記之。筵上戲約，他年當來作守。後數年，公自維揚果移汝陰，其人已不復見矣。視事之明日，飲同官湖上，種黃楊樹子，有詩留擷芳亭云：『柳絮已將春去遠，海棠應恨我來遲。』後三十年，東坡作守，見詩笑曰：『杜牧之緑葉成陰之句耶？』」

三橋詩〔一〕

皇祐元年，新作三橋而名之，既而又爲之詩。

朱欄明緑水，古柳照斜陽。何處偏宜望，清漣對女郎〔二〕。青漣，閣名，後改作去思堂。

右宜遠

鳴騶入遠樹〔三〕，飛蓋渡長橋。水闊鷺雙起，波明魚自跳。

右飛蓋

輕舟轉孤嶼，幽浦漾平波。回看望佳處，歸路逐漁歌。

右望佳

【箋注】

〔一〕如題下小序所示，皇祐元年（一〇四九）作。

〔二〕「清漣」句：正德潁州志卷一：「宋晏元獻公以使相出知潁州，作屋北渚之北，臨西溪，以爲出祖所。初名清漣閣，嘗手植雙柳閣前，既代，民不能忘，更題曰去思，後又更曰雙柳閣。」女郎，女郎臺。酈道元水經注卷二二：「潁水又東經汝陰縣故城北……城外東北隅，有舊臺，翼城若丘，俗謂之女郎臺。雖經頹毀，猶自廣崇，上有一井。疑故陶丘鄉。」

〔三〕鳴騶：隨從顯貴出行并傳呼喝道之騎卒。孔稚珪北山移文：「及其鳴騶入谷，鶴書起隴，形馳魄散，志變神動。」

答通判呂太博〔一〕

千頃芙蕖蓋水平，邵伯荷花，四望極目。揚州太守舊多情。畫盆圍處花光合，予嘗採蓮千朵，插以畫盆，圍繞坐席㊀。紅袖傳來酒令行〔二〕。又嘗命坐客傳花，人摘一葉，葉盡處飲，以爲酒令。舞踏落暉留醉客，歌遲檀板換新聲。如今寂寞西湖上，雨後無人看落英。

【校記】

㊀插以：卷後原校：一作「插之」。

【箋注】

〔一〕據題下注，皇祐元年（一〇四九）作。通判呂太博指潁州通判、太常博士呂公著。宋史本傳：「呂公著字晦叔，幼嗜學，至忘寢食。父夷簡器異之……登進士第，召試館職，不就。通判潁州，郡守歐陽修與爲講學之友。」公著元祐時官至宰相，卒贈申國公。

〔二〕「千頃」四句：葉夢得避暑録話卷上：「歐陽文忠公在揚州作平山堂，壯麗爲淮南第一。堂據蜀岡，下臨江南數百里，真、潤、金陵三州，隱隱若可見。公每暑時，輒凌晨携客往游，遣人走邵伯取荷花千餘朵，以畫盆分插百許盆，與客相間。遇酒行，即遣妓取一花傳客，以次摘其葉，盡處則飲酒，往往侵夜載月而歸。余紹聖初始登第，嘗以六七月之間館於此堂者幾月……寺有一僧，年八十餘，及見公，猶能道公時事甚詳。」

祈雨曉過湖上〔一〕

清晨驅馬思悠然，渺渺平湖碧玉田。曉日未昇先起霧，緑陰初合自生煙㊀。身閑始覺時光好，春去猶餘物色妍。更待四郊甘雨足，相隨簫鼓樂豐年。

【校記】

㊀陰：原校：一本作「雲」。

【箋注】

〔一〕據題下注，皇祐二年（一〇五〇）作。由「春去」句知作於初夏。湖即潁州西湖。

居士集卷十二

律詩五十六首

送謝中舍二首㊀〔一〕

滁南幽谷抱山斜㊁，我鑿清泉子種花。故事已傳遺老説㊂，世人今作畫圖誇㊃。金閨引籍子方壯〔二〕，白髮盈簪我可嗟。試問弦歌爲縣政㊄〔三〕，何如罇俎樂無涯。

喜聞嘉譽藹淮壖〔四〕，又看吴帆解畫船㊅〔五〕。隴畝遺民談舊政，江山餘思入新篇。人生白首吾今爾㊆，仕路青雲子勉旃㊇。舉棹南風吹酒醒，離觴莫惜少留連㊈。

【校記】

㊀天理本卷後校：掇英集作「送謝縝知餘姚」。「送」一作「寄」。案：詩末句「離觴莫惜更留連」，一作「寄」，恐非。

十一卷有謝判官幽谷種花詩，又，答謝判官獨遊幽谷見寄，即縝也。　㊁南：原校：一作「陽」。　㊂已傳遺：原校：一作「留傳父」。　㊃今：原校：一作「分」。　㊄政：原校：一作「意」。　㊅看吴：原校：一作「送征」。　㊆人生白首：原校：一作「憂傷白髮」。　㊇路：原校：一作「宦」。　㊈少：原校：一作「更」。

【箋注】

〔一〕據題下注，皇祐元年（一〇四九）作。謝中舍，謝縝，見前卷謝判官幽谷種花箋注〔一〕。中舍，太子中舍人，官階名。

〔二〕金閨引籍：文選謝朓始出尚書省：「既通金閨籍，復酌瓊筵醴。」李善注：「金閨，即金門也。解嘲曰：『歷金門，上玉堂。』應劭漢書注曰：『籍者，爲二尺竹牒，記其年紀、名字、物色，懸之宫門，案省相應，乃得入也。』」

〔三〕弦歌爲縣政：論語陽貨：「子之武城，聞弦歌之聲。」朱熹集注：「時子游爲武城宰，以禮樂爲教，故邑人皆弦歌也。」

〔四〕壖：河邊地。史記河渠書：「五千頃故盡河壖棄地，民茭牧其中耳。」裴駰集解引韋昭曰：「謂緣河邊地也。」

〔五〕「又看」句：言謝縝知餘姚。

酬張器判官泛溪㊀〔一〕

園林初夏有清香，人意乘閑味愈長。日暖魚跳波面靜，風輕鳥語樹陰涼。野亭飛蓋臨芳草，曲渚迴舟帶夕陽。所得平時爲郡樂，況多嘉客共銜觴。

【校記】

㈠泛溪：卷後原校：一作「示泛溪之什」。

【箋注】

〔一〕原未繫年，當爲皇祐元年（一〇四九）作。梅集編年卷二一皇祐三年詩有送張著作器宰蘄水，歐書簡卷四同年有與張職方，云：「方知已授蘄春。」蘄水屬蘄州（治所蘄春），可知張職方即張器。書簡又有皇祐二年七月赴知應天府任途中所作與張職方，云：「相聚逾年，別來豈勝思戀！」知詩當作於元年。

西園石榴盛開〔一〕

荒臺野徑共躋攀〔二〕，正見榴花出短垣。緑葉晚鶯啼處密，紅房初日照時繁〔三〕。最憐夏景鋪珍簟，尤愛晴香入睡軒。乘興便當携酒去，不須旌騎擁車轅。

【箋注】

〔一〕原未繫年，置皇祐元年（一〇四九）詩間，疑亦是年或二年作。西園，在潁州，其處有西溪，外集卷四西園詩有「落日叩溪門，西溪復何所」之語。

〔二〕荒臺：疑指女郎臺，見前卷三橋詩箋注〔二〕。

〔三〕紅房：喻石榴花。石榴夏季開花，呈朱紅色。

西湖戲作示同遊者㈠〔一〕

菡萏香清畫舸浮㈡〔二〕，使君寧復憶揚州㈢？都將二十四橋月〔三〕，換得西湖十頃秋〔四〕。

【校記】

㊀題下原校：一作「初泛西湖」。　㊁菡萏香清：原校：一作「緑芰紅蓮」。　㊂寧：原校：一作「不」。

【箋注】

〔一〕如題下注：皇祐元年（一〇四九）作。據題下校，作於初泛西湖時。侯鯖録卷一：「歐陽公自維揚移守汝陰，作西湖詩云：『緑芰紅蓮畫舸浮……』東坡復自潁移維揚，作詩寄予曰『二十四橋亦何有，換此十頃玻璃風』，使歐公詩也。」

〔二〕菡萏：荷花。詩陳風澤陂：「彼澤之陂，有蒲菡萏。」

〔三〕二十四橋：杜牧寄揚州韓綽判官：「二十四橋明月夜，玉人何處教吹簫？」

〔四〕西湖十頃：杜牧懷鍾陵舊遊四首之三：「十頃平湖堤柳合，岸秋蘭芷緑纖纖。」

夢中作〔一〕

夜涼吹笛千山月，路暗迷人百種花。棋罷不知人換世〔二〕，酒闌無奈客思家。

【箋注】

〔一〕原未繫年，當亦皇祐元年（一〇四九）作。蘇軾書李岩老棋：「南嶽李岩老好睡。衆人飽食下棋，岩老輒就枕，數句一展轉。云：『我始一局，君幾局矣？』東坡曰：『李岩老常用四脚棋盤，只着一色黑子。昔與邊韶敵手，今被陳摶爭先。着時似有輸贏，着了並無一物。歐陽公夢中作詩云（本詩略），殆是謂也。』」

〔二〕「棋罷」句：任昉述異記卷上：「信安郡石室山，晉時王質伐木，至，見童子數人，棋而歌，質因聽之。童子以一物與質，如棗核，質含之，不覺飢。俄頃，童子謂曰：『何不去？』質起，視斧柯爛盡，既歸，無復時人。」

【集評】

〔宋〕洪邁：此歐陽公絶妙之句，然以四句各一事，似不相貫穿，故名之曰夢中作。（容齋五筆卷一〇）

〔清〕陳衍：此詩當真是夢中作，如有神助。（宋詩精華録卷一）

秀才歐世英惠然見訪於其還也聊以贈之〔一〕

相逢十年舊，暫喜一罇同。昔日青衫令，今爲白髮翁〔二〕。俟時君子守㈠，求士有司公。況子之才美㈡，焉能久困窮〔三〕？

【校記】

㈠守：原校：一作「處」。　㈡之才美：卷後原校：一作「才之美」。

【箋注】

〔一〕如題下注，皇祐元年（一〇四九）作。時歐知潁州。詩云「相逢十年舊」，十年前爲寶元二年（一〇三九），歐在光化軍乾德縣令任上（胡譜）。本集卷二四永春縣令歐君墓表：「君諱慶……乾德人。修嘗爲其縣令……君有子世英，爲鄧城縣令。」該篇箋注〔一〕、〔四〕可參閱。

〔二〕「今爲」句：書簡卷二與晏元獻公（皇祐元年）：「某年方四十有三，而鬢鬚皆白。」

〔三〕「俟時」四句：是年春有科考（長編卷一六六），據詩意，疑歐世英科場失利，由京師來潁，歐慰勉之。

送楊君之任永康〔一〕

劍峰雲棧未嘗行，圖畫曾看已可驚。險若登天懸鳥道，下臨無地瀉江聲〔二〕。折腰莫以微官恥，爲政須通異俗情。況子多才兼美行，薦章期即達承明〔三〕。

【箋注】

〔一〕原未繫年，置皇祐元年、二年詩間，約即其時作。楊君，不詳。永康，一在兩浙路婺州；一爲成都府路永康縣；一在廣南西路邕州。由「劍峰雲棧」、「險若登天」等觀之，乃屬蜀道之行，此永康當在成都府路，治今四川都江堰。

〔二〕下臨無地：王勃滕王閣序：「飛閣流丹，下臨無地。」

〔三〕承明：指朝廷。劉向說苑修文：「守文之君之寢曰左右之路寢，謂之承明何？曰：承乎明堂之後者也。」

紀德陳情上致政太傅杜相公二首㊀〔一〕

儉節清名世絶倫〔二〕，坐令風俗可還淳。貌先年老因憂國，事與心違始乞身〔三〕。四海儀刑瞻舊德，一罇談笑作閑人。鈐齋幸得親師席〔四〕，東向時容問治民。

事國一心勤以瘁㊁，還家五福壽而康〔五〕。風波已出憑忠信，松柏難凋耐雪霜。昔日青衫遇知己〔六〕，今來白首再升堂。里門每入從千騎，賓主俱榮道路光。

【校記】

㊀題下原校：一云「與丞相太傅杜公唱和一十二首，自此而下」。卷後原校：京本作：「某啓。謹吟成紀德陳情拙詩二章，拜獻太傅相公。雖不足游揚大君子之盛美，亦聊伸門下小子區區感遇之心。干冒台嚴，伏惟俯賜采覽。」

㊁以：原校：一作「且」。

【箋注】

〔一〕據題下注，皇祐二年（一〇五〇）作。是年，歐由潁州改知應天府兼南京留守司事（胡譜）。本集卷三一太子太師致仕杜祁公墓誌銘：「公享年八十，官至尚書左丞。方其六十有九，歲且盡，即上書告老，明年，以太子少師致仕。累遷太子太保、太傅、太師，封祁國公於其家。」外集卷二三跋杜祁公書：「余以尚書禮部郎中、龍圖閣直學士留守南都，公已罷相致仕於家者數年矣。余歲時率僚屬問候起居。」按：杜衍卒於嘉祐二年（一〇五七），享年八十。致仕時年七十，當爲慶曆七年（一〇四七）。歐作本詩時，杜已致政三年。歐慶曆及皇祐時問候致政相公杜衍之書簡五通，今存歐集中。

〔二〕「儉節」句：孫升孫公談圃卷上：「杜祁公爲人清約，平生非賓客不食羊肉。時朝多恩賜，請求無不從，祁公尤抑倖，所請即封還。其有私謁，上必曰：『朕無不可，但這白鬚老子不肯。』」宋史杜衍傳：「衍清介不殖私産，既退，寓南都凡十年，第室卑陋，才數十楹，居之裕如也。」

〔三〕「貌先」二句：葉夢得石林詩話卷上：「杜正獻公自少清羸，若不勝衣，年過四十，鬚髮即盡白。雖立朝孤峻，凛然不可屈，而不爲奇節危行，雍容持守，不以有所不爲爲賢，而以得其所爲爲幸。歐陽文忠公素出其門。公謝事居宋，文忠適來爲守，相與歡甚。公不甚飲酒，惟賦詩唱酬，是時年已八十（按：此誤記，當爲七十有三），然憂國之意，猶慷慨不已，每見於色。歐公嘗和公詩，有云：『貌先年老因憂國，事與心違始乞身。』公得之大喜，常自諷誦。當時以爲不惟曲盡公志，雖其形貌亦在摹寫中也。」

〔四〕鈴齋：州郡長官辦事之處。韓翃贈鄆州馬使君：「他日鈴齋內，知君亦賦詩。」

〔五〕五福：書洪範：「五福：一曰壽，二曰富，三曰康寧，四曰攸好德，五曰考終命。」

〔六〕「昔日」句：跋杜祁公書：「公當景祐中爲御史中丞，時余以鎮南軍掌書記爲館閣校勘，始登公門，遂見知奬。」

太傅杜相公索聚星堂詩謹成㊀〔一〕

楚肆固知難衒玉〔二〕，丘門安敢輒論詩？藏之十襲真無用〔三〕，報以雙金豈所宜㊁〔四〕。已恨語言多猥冗，況因杯杓正淋漓㊂。願投几格資咍噱，欲展須於欲睡時。

【校記】

㊀題下原校：一本云：「太傅相公寵答佳篇，仍索拙詩副本，謹吟成四韻，以叙鄙懷。」卷後原校：京本作：「某啓。伏蒙太傅相公寵答佳篇，仍索拙詩副本，謹吟成四韻，以叙鄙懷，兼伸感慰。」　㊁所：原校：一作「自」。　㊂杓：原校：一作「酌」。

【箋注】

〔一〕　據題下注，皇祐二年（一〇五〇）作。聚星堂，見本集卷四聚星堂前紫薇花箋注〔一〕。

〔二〕　「楚肆」句：韓非子和氏：「楚人和氏得玉璞楚山中。奉而獻之厲王。厲王使玉人相之，玉人曰：『石也。』王以和爲誑，而刖其左足。及厲王薨，武王即位，和又奉其璞而獻之武王。武王使玉人相之，又曰：『石也。』王又以和爲誑，而刖其右足。武王薨，文王即位……王乃使玉人理其璞，而得寶焉，遂命曰『和氏之璧。』」按：此句用和氏獻玉之典，與次句意同，乃自謙也。

〔三〕　十襲：藝文類聚卷六引闞子：「宋之愚人，得燕石於梧臺之東，歸而藏之以爲寶。周客聞而觀焉。主人齋七日，端冕玄服以發寶，革匱十重，緹巾十襲。客見之，掩口而笑曰：『此特燕石也，其與瓦甓不殊。』」

〔四〕雙金：喻兩篇詩文。

和太傅杜相公寵示之作㊀〔一〕

平生孤拙荷公知，敢向公前自衒詩？憂患飄流誠已甚，文辭衰落固其宜。非高僅比巴音下〔二〕，少味還同魯酒漓〔三〕。兩辱嘉篇永爲寶，豈惟榮耀詫當時！

【校記】

㊀題下原校：一本：「屢賜嘉篇褒借，謹依元韻，聊述愧佩之意。」卷後原校：京本作：「某啓。伏蒙累賜嘉篇，過形褒借，在於庸拙，何以當之？謹依元韻，課成一首，聊述愧佩之意。」

【箋注】

〔一〕據題下注，皇祐二年（一〇五〇）作。

〔二〕巴音：楚地樂曲，此指流俗之音。王禹偁唱山歌：「滁民帶楚俗，下里同巴音。」

〔三〕魯酒：薄酒、淡酒。庾信哀江南賦序：「楚歌非取樂之方，魯酒無忘憂之用。」

太傅杜相公有答兗州待制之句其卒章云獨無風雅可流傳因輒成㊀〔一〕

南都已見成新集〔二〕，東魯休嗟未作詩〔三〕。霖雨曾爲天下福，甘棠何止郡人思〔四〕？元劉事業時無取，姚宋篇章世不知〔五〕。二美惟公所兼有，後生何者欲攀追？

【校記】

㊀因輒成：原校：一本作「因成四韻」。

【箋注】

〔一〕據題下注，皇祐二年（一〇五〇）作。杜衍全詩及兗州待制均已無考。

〔二〕「南都」句：杜衍慶曆七年以太子少師致仕，退居南都（今河南商丘）。新集，不詳。兩宋名賢小集收杜祁公摭稿一卷，原集無考。

〔三〕東魯：此指兗州（春秋魯地，今屬山東）。長編卷一五四慶曆五年正月：「丙戌，工部侍郎、平章事兼樞密使杜衍罷爲尚書左丞、知兗州。」

〔四〕甘棠：見本集卷九西齋小飲贈别陝州沖卿學士箋注〔五〕。

〔五〕「元劉」二句：元稹、劉禹錫，唐代著名詩人，姚崇、宋璟，同爲開元名相：各有專長，兩唐書皆有傳。

依韻答杜相公寵示之作㊀〔一〕

醉翁豐樂一閑身，憔悴今來汴水濱〔二〕。每聽鳥聲知改節，因吹柳絮惜殘春。蓋經春罕見花也。平生未省降詩敵，近數和難韻，甚覺牽彊。到處何嘗訴酒巡〔三〕？壯志銷磨都已盡，看花翻作飲茶人〔四〕。

【校記】

㊀題下原校：一本云：「伏蒙寵示佳篇，以不赴東園之會。某亦經春多病，誠有可嗟。謹依元韻，輒紓鄙素。」一本於「經春多病」下文有「略無少暇」四字。卷後原校：京本作：「某啓。伏蒙寵示佳篇，以不赴東園之會爲恨。某亦今春多病，略無少暇，誠有可嗟。謹依元韻，輒紓鄙素。」

【箋注】

〔一〕據題下注，皇祐三年（一〇五一）作，時在南京。

〔二〕汴水濱：汴河流經南京，故云。

〔三〕訴：辭酒。韋莊對梨華贈皇甫秀才：「且戀殘陽留綺席，莫推細袖訴金卮。」

〔四〕「看花」句：李白餞校書叔雲：「看花飲美酒，聽鳥臨晴山。」賞花理當飲酒，却爲「飲茶人」，故云「翻作」。

依韻和杜相公喜雨之什㊀〔一〕

歲時豐儉若循環，天幸非由拙政然㊁。一雨雖知爲美澤，三登猶未補凶年㊂〔二〕京東累歲不熟。桑陰蔽日交垂路，麥穗含風秀滿田。千里郊原想如畫，正宜携酒望晴川。

【校記】

㊀卷後題下原校：京本作：「某啓。伏蒙太傅相公寵示喜雨之什，過形獎誘，感愧何勝！謹依元韻奉和，少伸鄙悰。」　㊁由：原校：一作「因」。　㊂猶未：原校：一作「未足」。

【箋注】

〔一〕據題下注，皇祐三年（一〇五一）作。

〔二〕三登：言五穀一年三熟。酈道元水經注耒水：「有温泉，在郴縣之西北，左右有田數十頃……温水所溉，年可三登。」

謝太傅杜相公寵示嘉篇㈠〔一〕

凜凜節奇霜澗柏，昭昭心瑩玉壺冰〔二〕。正身尚可清風俗，當暑何須厭鬱蒸？麈柄屢揮容請益㈡，龍門雖峻忝先登〔三〕。立朝行己師資久，寧止篇章此服膺？

【校記】

㈠卷後題下原校：京本作：「某啓。伏蒙寵示嘉篇，謹課成七言四韻以叙謝。」　㈡容：原校：一作「曾」。

【箋注】

〔一〕據題下注，皇祐三年（一〇五一）作。

〔二〕「昭昭」句：王昌齡芙蓉樓送辛漸：「洛陽親友如相問，一片冰心在玉壺。」

〔三〕「龍門」句：見本卷紀德陳情上致政太傅杜相公二首箋注〔六〕。

答杜相公寵示去思堂詩㈠〔一〕

當年丞相倦洪鈞，弭節初來潁水濱〔二〕。惟以琴罇樂嘉客，能將富貴比浮雲〔三〕。西溪水色春長緑，北渚花光暖自薰㊁。去思堂在北渚之北，臨西溪。溪，晏公所開也。得載公詩播人口〔四〕，去思從此四夷聞。

【校記】

㊀卷後題下原校：京本作：「某啓。伏蒙寵示去思堂詩，曲有褒揚，形于雅韻，有以見大君子樂善之心，而小子蒙幸之厚也。謹課七言四韻叙謝。」　㊁暖：原校：一作「老」。

【箋注】

〔一〕據題下注，皇祐三年（一〇五一）作。去思堂，見本集卷一一三橋詩「清漣」句下原注。

〔二〕「當年」二句：據本集卷二二晏公神道碑銘，慶曆四年秋，晏殊罷相，以工部尚書知潁州。洪鈞，喻國家政權。李德裕離平泉馬上作：「十年紫殿掌洪鈞，出入三朝一品身。」弭節，駐車。楚辭離騷：「吾令羲和弭節兮，望崦嵫而勿迫。」洪興祖補注：「弭，止也。」

〔三〕「能將」句：論語述而：「不義而富且貴，於我如浮雲。」

〔四〕公詩：指杜衍去思堂詩。

答太傅相公見贈長韻㊀〔一〕

蹤迹本羈單，登門二十年〔二〕。平生任愚拙，自進恥因緣。憂患經多矣，疲駑尚勉旃。凋零鶯谷友〔三〕，修與尹師魯、蘇子美同出門下。憔悴雁池邊〔四〕。忽忽良時失，區區俗慮闐。公齋每偷暇，師席屢攻堅。善誨常無倦㊁，餘談亦可編。每接公論議，皆立朝行己之節。至於談笑之間，亦多記朝廷故事。皆可紀録，以貽後生。仰高雖莫及〔五〕，希驥豈非賢〔六〕？報國如乖願，歸耕寧買田。期無辱知己，肯逐利名遷？

【校記】

㊀卷後題下原校：京本作：「某啓。伏蒙寵示長篇，過褒後學，其爲榮幸，何勝言！輒述鄙懷，聊叙感慨，牽隨高韻，文不盡誠，仰浼台慈，實深愧懼。」按：「牽」字原缺，據天理本補上。㊁常：原校：一作「當」。

【箋注】

〔一〕據題下注，皇祐三年（一〇五一）作。

〔二〕「登門」句：見本卷紀德陳情上致政太傅杜相公二首箋注〔六〕。

〔三〕「凋零」句：謂好友尹與蘇已逝。詩小雅伐木：「伐木丁丁，鳥鳴嚶嚶。出自幽谷，遷于喬木。嚶其鳴矣，求其友聲。」

〔四〕雁池：三輔黄圖甘泉宫：「梁孝王好營宫苑囿之樂，作曜華宫，築兔園，園中有百靈山……又有雁池，池間有鶴洲、鳧渚……珍禽怪獸畢有。」

〔五〕仰高：詩小雅車舝：「高山仰止，景行行止。」

〔六〕希驥：謂仰慕才俊。後漢書趙壹傳：「仰高希驥，歷年滋多。」李賢注：「法言曰：『希驥之馬，亦驥之乘；希顔之士，亦顔之徒。』希，慕也。」

借觀五老詩次韻爲謝㊀〔一〕

脱遺軒冕就安閑，笑傲丘園縱倒冠〔二〕。白髮憂民雖種種〔三〕，丹心許國尚桓桓〔四〕。

鴻冥得路高難慕〔五〕，松老無風韻自寒。聞說優游多唱和，新篇何惜盡傳看㈡。

【校記】

㈠題下原校：一本注云「即丞相杜公、太子賓客王渙、光禄卿畢世長、兵部郎中朱貫、尚書郎馮平」。㈡盡：原校：一作「爲」。盡傳：原校：一作「畫圖」。

【箋注】

〔一〕據題下注，皇祐三年（一〇五一）作。王闢之澠水燕談録卷四：「慶曆末，杜祁公告老，退居南京，與太子賓客致仕王渙、光禄卿致仕畢世長、兵部郎中、分司朱貫、尚書郎致仕馮平爲『五老會』，吟醉相歡，士大夫高之。祁公以故相耆德，尤爲天下傾慕，兵部詩云：『九老且無元老貴，莫將西洛一般看。』五人年皆八十餘，康寧爽健，相得甚歡，故祁公詩云：『五人四百有餘歲，俱稱分曹與挂冠。』而畢年最高，時已九十餘，故其詩云：『非才最忝預高年。』是時，歐陽文忠公留守睢陽，聞而歎慕，借其詩觀之，因次韻以謝，卒章云：『聞說優游多唱和，新詩何惜借傳看。』」五老詩見宋詩紀事卷八。

〔二〕倒冠：棄官歸隱。杜牧晚晴賦：「若予者則爲何如？倒冠落珮兮，與世闊疏。敖敖休休兮，真徇其愚而隱居者乎！」

〔三〕種種：左傳昭公三年：「余髮如此種種，余奚能爲。」杜預注：「種種，短也。」

〔四〕桓桓：書牧誓：「勗哉夫子！尚桓桓。」孔傳：「桓桓，武貌。」

〔五〕鴻冥：「鴻飛冥冥」之省。揚雄法言問明：「治則見，亂則隱。鴻飛冥冥，弋人何慕焉？」李軌注：「君子潛神重玄之域，世網不能制禦之。」

答杜相公惠詩㈠〔一〕

藥苗本是山家味㈡，茶具偏於野客宜。敢以微誠將薄物，少資清興入新詩。言無俗韻精而勁，筆有神鋒老更奇〔二〕。二寶收藏傳百世㊂〔三〕，豈惟榮耀詫當時！

【校記】

㊀題下原校：一本云：「近以藥苗茶具爲獻，伏蒙報以嘉篇云云，謹於別韻，課成一首。」卷後原校：京本作：「某啓。近以藥苗茶具爲獻，伏蒙報以嘉篇，而清韻孤高，無容攀企，牽强累日，終不能成，智力俱疲，不知自止。謹於別韻，課成一首，伏惟采覽。」　㊁山：原校：一作「仙」。　㊂百：原校：一作「在」。

【箋注】

〔一〕據題下注，皇祐三年（一〇五一）作。

〔二〕「言無」二句：周必大跋杜祁公詩（廬陵周益國文忠公集省齋文稿卷一九）：「右杜祁公酬九華吴殿院鼠鬚筆古、律詩各一篇……仁録本傳云：『晚年喜爲草書。』而歐陽公與公詩亦云：『言無俗韻精而勁，筆有神鋒老更奇。』皆紀實也。」

〔三〕二寶：指「言」與「筆」。

去思堂手植雙柳今已成陰因而有感〔一〕

曲欄高柳拂層簷，却憶初栽映碧潭。人昔共遊今孰在〔二〕，樹猶如此我何堪〔三〕！壯心無復身從老㊀，世事都銷酒半酣。後日更來知有幾，攀條莫惜駐征驂。

【校記】

㊀從：卷後原校：一作「徒」。

【箋注】

〔一〕如題下注，至和元年（一〇五四）作。時歐服母喪，居潁州。由「後日」句知將離潁赴闕。去思堂，見本集卷一二三橋詩「清漣」句下原注。

〔二〕「人昔」句：皇祐初歐知潁州時共遊者，如吕公著、焦千之、魏廣等，皆不在潁。

〔三〕「樹猶」句：世説新語言語：「桓公北征，經金城，見前爲琅玡時種柳，皆已十圍，慨然曰：『木猶如此，人何以堪！』攀枝執條，泫然流淚。」

和陸子履再遊城西李園〔一〕

京師花木類多奇，常恨春歸人不歸。車馬喧喧走塵土，園林處處鎖芳菲。殘紅已落香猶在，羈客多傷涕自揮。我亦悠然無事者，約君聯騎訪郊圻〔二〕。

【箋注】

〔一〕據題下注，至和二年（一〇五五）作，時爲初夏。原唱已佚。陸子履，陸經，生平見本集卷七長句送陸子履學士通判宿州箋注〔一〕。本詩又見臨川集卷二三，題爲次韻再遊城西李園，究係何人所作，待考。李園，見本集卷八清明風雨三日不出因書所見呈聖俞箋注〔一〕。

〔二〕郊圻：郊野、郊外。高適同陳留崔司户早春宴蓬池：「同官載酒出郊圻，晴日東馳雁北飛。」

内直對月寄子華舍人持國廷評㊀〔一〕

禁署沉沉玉漏傳㊁〔二〕，月華雲表溢金盤。纖埃不隔光初滿，萬物無聲夜向闌。蓮燭燒殘愁夢斷，蕙爐薰歇覺衣單。水精宮鎖黃金闕〔三〕，故比人間分外寒。

【校記】

㊀題下原校：一作「呈原文」。　㊁署：原校：一作「省」。

【箋注】

〔一〕據題下注，至和二年（一〇五五）作。是年，歐爲翰林學士兼史館修撰（上年任命，見胡譜），參與學士院内值勤。韓絳字子華，慶曆進士，時知制誥（長編卷一七九），故稱舍人。韓維，絳弟，字持國，以蔭入官，時爲大理評事（長編卷一八〇），簡稱廷評。韓維有和詩，見南陽集卷八。

〔二〕玉漏：計時漏壺之美稱。蘇味道正月十五夜詩：「金吾不禁夜，玉漏莫相催。」

〔三〕水精宮：亦作「水晶宮」，喻月宮。毛文錫月宮春詞：「水晶宮裏桂花開，神仙探幾回。」

答子華舍人退朝小飲官舍㊀〔一〕

玉階朝罷卷晨班，官舍相留一笑間。與世漸疏嗟已老㊁，得朋爲樂偶偷閑。紅箋搦管吟紅藥〔二〕，緑酒盈樽舞緑鬟。自是風情年少事，多慚白髮與蒼顏。

【校記】

㊀題下原校：一作「和子華朝退，寒甚，陪諸公飲」。㊁嗟已老：原校：一作「緣老態」。

【箋注】

〔一〕據題下注，至和二年（一〇五五）作。

〔二〕紅藥：亦作「紅葯」。芍葯花。謝朓直中書省：「紅藥當階翻，蒼苔依砌上。」

內直晨出便赴奉慈齋宮馬上口占㊀〔一〕

凌晨更直九門開，驅馬悠悠望禁街。霜後樓臺明曉日，天寒煙霧著宮櫰〔二〕。山林未去猶貪寵，罇酒何時共放懷？已覺蕭條悲晚歲，更憐衰病怯清齋〔三〕。

【校記】

㊀宮：原校：一作「宿」。「口占」下：原校：一本云「呈子華子履」。

【箋注】

〔一〕據題下注，至和二年（一〇五五）作。長編卷一一三明道二年八月：「壬寅，名章獻明肅太后、章懿太后新廟曰奉慈。」韓維和詩見南陽集卷八。

〔二〕櫰：木名。爾雅釋木：「櫰，槐大葉而黑。」

〔三〕清齋：舉行祭祀或典禮前潔身靜心以示誠敬。舊唐書禮儀志四：「其太尉行事前一日，於致齋所具羽儀鹵簿，公服引入，親授祝版，乃赴清齋所。」

景靈朝謁從駕還宮〔一〕

琳館清晨藹瑞氛〔二〕，玉旒朝罷奏韶鈞〔三〕。緑槐夾路飛黄蓋，翠輦鳴鞘向紫宸㊀〔四〕。金闕日高猶泫露，綵旗風細不驚塵。自慚白首追時彦，行近儲胥忝侍臣〔五〕。

【校記】

㊀向：原校：一作「入」。

【箋注】

〔一〕如題下注，至和元年（一〇五四）作。胡譜載是年「十月乙巳，朝饗景靈宮天興殿，攝侍中，捧盤取水」。宋史真宗紀三載大中祥符五年十二月「戊辰，作景靈宮」。李濂汴京遺蹟志卷八：「景靈宮有二，在城内端禮街東西……奉藝祖以下御容在内。」劉敞、韓維和詩見公是集卷二三、南陽集卷八。

〔二〕琳館：仙宮，此爲宮殿之美稱。

〔三〕韶鈞：韶樂與鈞天廣樂。韓愈送惠師：「微風吹木石，澎湃聞韶鈞。」

〔四〕鳴鞘：李白行行且遊獵篇：「金鞭拂雪揮鳴鞘，半酣呼鷹出遠郊。」王琦注引廣韻：「鞘，鞭鞘也。」紫宸：宋史地理志一載東京「大慶殿北有紫宸殿，視朝之前殿也」。宋史太祖紀一載建隆二年六月「辛丑，見百官於紫宸殿門」。

〔五〕儲胥：漢宮館名。後泛指帝王宮殿。張衡西京賦：「既新作於迎風，增露寒與儲胥。」

憶滁州幽谷〔一〕

滁南幽谷抱千峰㊀，高下山花遠近紅。當日辛勤皆手植，而今開落任春風。主人不覺悲華髮，野老猶能説醉翁〔二〕。誰與援琴親寫取㊁，夜泉聲在翠微中〔三〕。

【校記】

㊀滁南：原校一作：「豐山」。　㊁取：卷後原校：一作「去」。

【箋注】

〔一〕原未繫年。詩中「誰與」二句，引沈遵援琴作醉翁吟事，當與本集卷六贈沈遵、卷七贈沈博士歌作於同時，即嘉祐元年（一〇五六）或二年。

〔二〕「主人」二句：贈沈遵：「滁人皆喜醉翁醉，至今人人能道之……爾來憂患十年間，鬢髮未老嗟先白。」

〔三〕「誰與」二句：贈沈遵序：「予昔於滁州作醉翁亭於瑯琊山，有記刻石，往往傳人間。太常博士沈遵，好奇之士也，聞而往遊焉。愛其山水，歸而以琴寫之……去年冬，予奉使契丹，沈君會予恩、冀之間。夜闌酒半，出琴而作之。」

和韓學士襄州聞喜亭置酒㊀〔一〕

巀嶭高城漢水邊〔二〕，登臨誰與共躋攀？清川萬古流不盡，白鳥雙飛意自閑。可笑沉碑憂岸谷〔三〕，誰能把酒對江山㊁？少年我亦曾遊目〔四〕，風物今思一夢還。

【校記】

㊀題下原校：一作「和欽聖學士聞喜置酒即事」。㊁誰能：卷後原校：一作「惟當」。

【箋注】

〔一〕原未繫年。書簡卷八有嘉祐二年作答韓欽聖，云：「辱寵惠佳篇，欽誦不已。旦夕和得，遞中附上……嘗説襄陽山水，一經真賞，果如鄙言否？」梅集編年卷二七嘉祐二年（一〇五七）詩有和韓欽聖學士襄陽聞喜亭，可知本詩當作於是年。韓宗彦字欽聖，韓億孫，生平附宋史韓億傳後。襄州州治襄陽（今湖北襄樊）。明一統志卷六〇襄陽府：「聞喜亭，在府治，唐太守裴坦建，趙璘撰記，宋歐陽修有詩。」

〔二〕巀嶭：文選司馬相如上林賦「九嵕巀嶭」李善注引郭璞曰：「巀嶭，高峻貌也。」

〔三〕「可笑」句：本集卷四〇峴山亭記：「元凱（杜預字）銘功於二石，一置兹山之上，一投漢水之淵。是知陵谷有變，而不知石有時而磨滅也。」

〔四〕「少年」句：歐幼年喪父，時叔父歐陽曄任隨州推官，母鄭氏携歐往依之，遂家于隨多年。隨州與襄州毗鄰，故歐少年時「曾游目」襄州。

寄題梅龍圖滑州溪園㊀〔一〕

聞説溪園景漸佳，遥知清興已無涯㊁。飲闌歸騎多乘月㊂，雪後尋春自探花。百囀黄鸝消永日，雙飛白鳥避鳴笳。平生喜接君酬唱㊃，不得罇前詠落霞。

【校記】

㊀溪園：原校：一作「西溪」。㊁遥知：卷後原校：一作「羨君」。㊂多：原校：一作「去」。㊃平生喜接君酬：原校：一作「嗟予每許陪高」。

【箋注】

〔一〕據題下注，嘉祐元年（一〇五六）作。梅龍圖，梅摯，爲龍圖閣學士，時知滑州。

奉使道中五言長韻〔一〕

初旭瑞霞烘㊀，都門祖帳供。親持使者節，曉出大明宮〔二〕。城闕青煙起，樓臺白霧中。繡韉驕躍躍㊁，貂袖紫蒙蒙。朔野驚飆慘，邊城畫角雄。過橋分一水〔三〕，回首羨南鴻。地里山川隔㊂，天文日月同。兒童能走馬，婦女亦腰弓。度險行愁失，盤高路欲窮㊃。山深聞喚鹿，林黑自生風㊄。松壑寒逾響，冰溪咽復通㊅。望平愁驛迥，野曠覺天穹。駿足來山北，輕禽出海東。合圍飛走盡，移帳水泉空。講信鄰方睦，尊賢禮亦隆。斫冰燒酒赤㊆〔四〕，凍膾縷霜紅㊇。白草經春在〔五〕，黄沙盡日濛。新年風漸變，歸路雪初融。祗事須彊力〔六〕，嗟予乃病翁。深慚漢蘇武〔七〕，歸國不論功。

【校記】

㈠旭：原校：一作「日」。　㈡鞹：原校：一作「鞍」。　㈢里：卷後原校：一作「理」。　㈣「度險」二句：原校：一作「斗絶誇天險，高盤畏路窮。」　㈤生：原校：一作「成」。　㈥冰溪：原校：一作「溪流」。　㈦斫：原校：一作「研」。　㈧凍：原校：一作「斫」。

【箋注】

〔一〕如題下注，至和二年（一〇五五）作。見本集卷六奉使契丹道中答劉原父桑乾河見寄之作箋注〔一〕。

〔二〕大明宮：唐皇宮，內有宣政、紫宸等殿。此借言宋皇宮。

〔三〕一水：當指巨馬河，北爲契丹南爲宋。

〔四〕燒酒赤：吴自牧夢粱録卷一三：「孝仁坊口，水晶紅白燒酒曾經宣唤，其味香軟，入口便消。」

〔五〕白草：漢書西域傳上鄯善國：「國出玉，多葭葦、檉柳、胡桐、白草。」顔師古注：「白草似莠而細，無芒，其乾熟時正白色，牛馬所嗜也。」王先謙補注：「冬枯而不萎，性至堅韌。」

〔六〕祇事：拜祭神靈。漢書宣帝紀：「屢獲天福，祇事不怠。」

〔七〕蘇武：漢使，留居匈奴十九年，持節不屈。漢書有傳。

奉使契丹初至雄州㈠〔一〕

古關衰柳聚寒鴉，駐馬城頭日欲斜㈡。猶去西樓二千里〔二〕，行人至此莫思家。

【校記】

㈠題下原校：一作「過塞」。　㈡「駐馬」句：原校：一作「駐馬關頭見落霞」。

【箋注】

〔一〕如題下注，至和二年（一〇五五）作。雄州（今河北雄縣），以巨馬河爲界，北鄰契丹。

〔二〕西樓：在契丹國都上京。遼史地理志一：「周廣順中，胡嶠記曰：『上京西樓有邑屋。』」

【集評】

〔清〕陸次雲：有「行人到此莫思家」之意，方能奉使不辱。（宋詩善鳴集卷上）

奉使契丹回出上京馬上作〔一〕

紫貂裘暖朔風驚，潢水冰光射日明〔二〕。笑語同來向公子〔三〕，馬頭今日向南行。

【箋注】

〔一〕題注「至和二年」，誤。當爲嘉祐元年（一〇五六）作。胡譜至和二年：「十二月庚戌，宿虜界松山。」劉敞柳河詩明抄本等題作「十二月二十七日宿柳河，聞永叔是日宿松山，作七言寄之……」松山屬契丹中京道。十二月二十七日歐在松山，尚未至上京（今內蒙古巴林左旗南），奉使回，出上京，定然已是嘉祐元年。

〔二〕潢水：亦作潢河，今內蒙古西拉木倫河，流經上京道。

〔三〕向公子：向傳範，字仲模，尚書左僕射向敏中之子。累知相、恩、邢、陝等州，以密州觀察使卒，謚曰惠節。另見本集卷六奉使契丹道中答劉原父桑乾河見寄之作箋注〔一〕。

送渭州王龍圖〔一〕

漢軍十萬控山河㈠，玉帳優遊暇日多。夷狄從來懷信義，廟堂今不用干戈〔二〕。吟餘畫角吹殘月，醉裏紅燈炫綺羅。此樂直須年少壯，嗟余心志已蹉跎。

【校記】

㊀單：原校：一作「兵」。

【箋注】

〔一〕題注「至和二年」，誤。當爲皇祐三年（一〇五一）作。是年，王素知渭州（治今甘肅平涼）。王珪王懿敏公墓誌銘：「丁太夫人憂，服除，知兗州。復以天章閣待制知渭州，即除龍圖閣直學士、兵部郎中。」按：長編卷一七一皇祐三年八月注：「四月辛丑，素自兗州知渭州。」又，據長編卷一八〇，至和二年知渭州者爲任顓。

〔二〕「夷狄」二句：據宋史仁宗紀，慶曆三年，封册元昊爲夏國主，歲賜絹茶；八年，封元昊子諒祚爲夏國主：宋、夏間已無戰事。

李留後家聞箏坐上作〔一〕

余少時，嘗聞一鈞容老樂工箏聲〔二〕，與時人所彈絕異，云是前朝教坊舊聲，其後不復聞。至此始復一聞也。

不聽哀箏二十年，忽逢纖指弄鳴弦。綿蠻巧囀花間舌〔三〕，嗚咽交流冰下泉〔四〕。常謂此聲今已絕，問渠從小自誰傳？樽前笑我聞彈罷，白髮蕭然涕泫然。

【箋注】

〔一〕原未繫年。當作於至和元年（一〇五四）、二年間。至和元年六月，歐返京師（胡譜）。二年六月，李端懿離京赴鄆州（見下篇）。詩即作於此一年間。李留後，即李端懿，字元伯，駙馬都尉李遵勗之子，時爲鎮潼軍節度觀察留後。生平詳見本集卷三二鎮潼軍節度觀察留後李公墓誌銘及宋史本傳。

〔二〕鈞容：「鈞容直」之省稱。宋史樂志一七：「鈞容直，亦軍樂也。太平興國三年，詔籍軍中之善樂者，命曰引龍直。每巡省遊幸，則騎導車駕而奏樂……淳化四年，改名鈞容直，取鈞天之義。」

〔三〕緜蠻：詩小雅緜蠻：「緜蠻黄鳥，止於丘阿。」毛傳：「緜蠻，小鳥貌。」

〔四〕「嗚咽」句：白居易琵琶行：「幽咽泉流冰下難。」

送鄆州李留後〔一〕

北州遺頌藹嘉聲〔二〕，東土還聞政有成〔三〕。組甲光寒圍夜帳，彩旗風暖看春耕。金釵墜鬢分行立，玉麈高談四坐傾。富貴常情誰不羨，愛君風韻有餘清〔四〕。

【箋注】

〔一〕原未繫年。長編卷一八〇載至和二年（一〇五五）六月「乙卯，鎮潼軍留後李端懿知鄆州」。此詩當爲是年作。鄆州，州治須城（今山東東平）。

〔二〕「北州」句：李端懿嘗知冀州（治今河北冀縣）。宋史本傳稱端懿在冀州「爲政循法度，民愛其不擾」。冀州屬河北東路，故稱「北州」。

〔三〕東土：指鄆州。

〔四〕餘清：餘留的清涼之氣。杜甫江陵節度使陽城郡王新樓成王請嚴侍御判官賦七字句同作：「仗鉞褰帷瞻具美，投壺散帙有餘清。」

【集評】

〔宋〕闕名：永叔送李留後知鄆州詩，乃士君子之處富貴，非庸鄙有力者所可爲。（桐江詩話）

〔明〕瞿佑：（歐）公語人云：「人開口好言富貴，如此詩所詩，清而不俗，非善處富貴者不能也。」（歸田詩話卷中）

〔明〕胡應麟：熙、豐以還，亦有作崑調者，歐陽公「組甲光寒圍夜帳，彩旗風暖看春耕」……是也。（詩藪雜編卷五）

〔清〕紀昀：亦應酬之作。起二句庸俗惡套，三、四較可。（瀛奎律髓刊誤卷二四）

子華學士儤直未滿遽出館伴病夫遂當輪宿輒成拙句奉呈〔一〕

萬釘寶帶爛腰鐶，賜宴新陪一笑歡㊀。金馬並遊年最少〔二〕，玉堂初直夜猶寒。自嗟零落凋顏鬢㊁，晚得飛翔接羽翰〔三〕。今日遽聞催遞宿，不容多病養衰殘。

【校記】

㊀賜：原校：一作「錫」。　㊁零：原校：一作「流」。

【箋注】

〔一〕據題下注，嘉祐二年（一〇五七）作。韓絳字子華，爲翰林學士。儤直，連日值宿。王禹偁贈浚儀朱學士：「何時儤直來相伴，三人承明興漸闌。」據長編卷一八五、一八六，嘉祐二年，契丹、西夏多次遣使來京，韓絳當受命館伴來使。

〔二〕金馬：金馬門，學士待詔之處。見本集卷一〇吊黄學士三首箋注〔七〕。韓絳與歐皆爲翰林學士。絳時年四十有六（據琬琰集删存韓獻肅公忠弼之碑）。

〔三〕 羽翰：翅膀。孟郊出門行之二：「參辰出没不相待，我欲横天無羽翰。」

禮部貢院閲進士就試㈠〔一〕

紫案焚香暖吹輕，廣庭清曉席羣英。無譁戰士銜枚勇，下筆春蠶食葉聲〔二〕。鄉里獻賢先德行，朝廷列爵待公卿。自慚衰病心神耗，賴有羣公鑒裁精㈡。

【校記】

㈠題下原校：自此而下二十首，皆禮部貢院唱和。一本云「凡二十二首」，蓋二首見外集。㈡裁：原校：一作「擇」，又作「識」。

【箋注】

〔一〕 據題下注及校，自此而下二十首皆嘉祐二年（一〇五七）作。是年，歐知貢舉，見本集卷六答梅聖俞莫登樓詩箋注〔一〕。

〔二〕 「無譁」二句：王直方詩話歐梅貢舉詩：「歐陽知貢舉日，有詩曰：『無譁戰士銜枚勇，下筆春蠶食葉聲。』絶爲奇妙。故聖俞作詩云：『食葉蠶聲句偏美，當時曾記賦初成。』」按：聖俞詩爲較藝贈永叔和禹玉。

【集評】

〔清〕陳衍：三、四寫舉子在闈中作文情狀。（宋詩精華録卷一）

和梅聖俞元夕登東樓〔一〕

遊豫恩同萬國歡，新年佳節候初還。華燈爍爍春風裏，黄傘亭亭瑞霧間。可愛清光澄夜色，遥知喜氣動天顔〔二〕。自憐曾預稱觴列㊀〔三〕，獨宿冰廳夢帝闗〔四〕。

【校記】

㊀預：原校：一作「與」。

【箋注】

〔一〕嘉祐二年（一〇五七）作。聖俞原唱爲上元從主人登尚書省東樓，又有自和、又和，凡三首（見梅集編年卷二七），故歐亦有本詩及再和、又和詩三首。

〔二〕「遊豫」六句：宋史禮志一六：「自唐以後，常於正月望夜，開坊市門然燈。宋因之，上元前後各一日，城中張燈，大内正門結綵爲山樓影燈，起露臺，教坊陳百戲。天子先幸寺觀行香，遂御樓，或御東華門及東西角樓，飲從臣。四夷蕃客各依本國歌舞列於樓下。東華、左右掖門、東西角樓、城門大道、大宫觀寺院，悉起山棚，張樂陳燈，皇城雉堞亦徧設之。其夕，開舊城門達旦，縱士民觀。」

〔三〕「自憐」句：言上元夜嘗預帝飲從臣之宴。稱觴，此指舉杯爲皇帝祝酒。謝脁三日侍華光殿曲水宴代人應詔詩之九：「降席連綏，稱觴接武。」

〔四〕獨宿冰廳：言考官因鎖院不得外出。趙璘因話録卷五：「祠部呼爲冰廳，言其清且冷也。」按：趙璘，唐人，此記唐故事。

再和

禁城車馬夜喧喧，閑繞危欄去復還㊀。遥望觚稜煙靄外〔一〕，似聞天樂夢魂間。豈無鐏酒當佳節，況有朋歡慰病顔。待得歸時花在否？春禽簷際已關關〔二〕。

【校記】

㊀欄：原校：一作「樓」。

【箋注】

〔一〕觚稜：王觀國學林觚角：「所謂觚稜者，屋角瓦脊成方角稜瓣之形，故謂之觚稜。」亦借指宫闕。班固西都賦：「設璧門之鳳闕，上觚稜而棲金爵。」

〔二〕關關：詩周南關雎：「關關雎鳩，在河之洲。」毛傳：「關關，和聲也。」

又和

憑高寓目偶乘閑，袨服遊人見往還〔一〕。明月正臨雙闕上，行歌遥聽九衢間。黄金絡馬追朱幰㊀〔二〕，紅燭籠紗照玉顔。與世漸疏嗟老矣㊁，佳辰樂事豈相關？

【校記】

㊀絡：原校：一作「束」。朱：卷後原校：一作「珠」。　㊁漸：原校：一作「已」。

【箋注】

〔一〕袨服：文選左思蜀都賦：「都人士女，袨服靚粧。」劉逵注引蘇林曰：「袨服，謂盛服也。」

〔二〕幰：車帷。潘岳藉田賦：「微風生於輕幰兮，纖埃起於朱輪。」

憶鶴呈公儀㊀〔一〕

一笑相歡樂得朋㊁，誦君雙鶴句尤清。高懷自喜凌雲格，俗耳誰思警露聲〔二〕？所好與時雖異趣，累心於物豈非情？歸休約我携琴去，共看婆娑舞月明。

【校記】

㊀題下原校：一作「和公儀憶鶴」。　㊁歡：原校：一作「從」。

【箋注】

〔一〕嘉祐二年（一〇五七）作。梅摯字公儀。是年，歐有與梅龍圖（書簡卷五）言及禮部唱和詩，云：「編次得成三卷，共一百七十三首，亦有三兩首不齊整者，且删去。」梅摯憶鶴詩已佚。

〔二〕警露聲：藝文類聚卷九〇引風土記曰：「鳴鶴戒露。此鳥性警，至八月白露降，流於草上，滴滴有聲，因即高鳴相警，移徙所宿處，慮有變害。」

答王禹玉見贈㊀〔一〕

昔時叨入武成宮〔二〕，曾看揮毫氣吐虹。夢寐閑思十年舊㊁，笑談今此一罇同。喜君新賜黄金帶，顧我宜爲白髮翁。自古薦賢爲報國，幸依精識士稱公。

【校記】

㊀題下原校：一作「和禹玉書事」。　㊁舊：原校：一作「事」。

【箋注】

〔一〕嘉祐二年（一〇五七）作。王珪字禹玉，成都華陽（今屬四川）人。慶曆進士。通判揚州，召直集賢院，進知制誥，爲翰林學士、知開封府，拜參知政事，官至宰相。著有華陽集。宋史有傳。歸田録卷二：「嘉祐二年，余與端明韓子華、翰長王禹玉、侍讀范景仁、龍圖梅公儀同知禮部貢舉……禹玉，余爲校理時，武成王廟所解進士也，至此新入翰林，與余同院，又同知貢舉。故禹玉贈余云『十五年前出門下，最榮今日預東堂』。余答云『昔時叨入武成宮……顧我宜爲白髮翁』也。」按：禹玉詩爲呈永叔書事，見華陽集卷三。

〔二〕武成宮：即武成王廟。見本集卷四八武成王廟問進士策二首箋注〔一〕。

答王内翰范舍人㊀〔一〕

相從一笑歡無厭，屢獲新篇喜可涯。自昔居前誚糠秕，幸容相倚愧蒹葭〔二〕。白麻詔令追三代㈡〔三〕，青史文章自一家㈢。我亦諫垣新忝命〔四〕，君恩未報髮先華。禹玉新除學士，景仁新兼修撰。

【校記】

㈠題下原校：一本云「叙懷謝景仁禹玉」。㈡「白麻」句下：原校：一本注「禹玉年前方入翰林」。㈢「青史」句下：原校：一本注「景仁修撰又同書局」。

【箋注】

〔一〕嘉祐二年（一〇五七）作。王內翰，王珪。范舍人，范鎮，嘗爲起居舍人，見本集卷八會飲聖俞家有作兼呈原父景仁聖從箋注〔一〕。

〔二〕「幸容」句：世説新語容止：「魏明帝使后弟毛曾與夏侯玄共坐，時人謂『蒹葭依玉樹』。」

〔三〕「白麻」句：王珪新入翰林，得以起草追封三代的詔書。

〔四〕「我亦」句：據胡譜，嘉祐二年正月「乙巳，磨勘，轉右諫議大夫」。制詞云：「姑用歲勞，升爲諫長。」

戲答聖俞持燭之句〔一〕

辱君贈我言雖厚，聽我酬君意不同。病眼自憎紅蠟燭〔二〕，何人肯伴白鬚翁？花時浪過如春夢，酒敵先甘伏下風。惟有吟哦殊不倦，始知文字樂無窮。

【箋注】

〔一〕嘉祐二年（一〇五七）作。梅集編年卷二七有戲答持燭之句依韻和永叔。

〔二〕病眼：書簡卷四與李留後（嘉祐二年）：「某昏花日甚，書字如隔雲霧，亦冀一閑處將養爾。」

小　桃㊀〔一〕

雪裏花開人未知，摘來相顧共驚疑。便當索酒花前醉，初見今年第一枝。

【校記】

㊀題下原校：一作「和公儀正月桃」。

【箋注】

〔一〕嘉祐二年（一〇五七）作，時爲正月。陸游老學庵筆記卷四：「歐陽公、梅宛陵、王文恭集，皆有小桃詩……初但謂桃花有一種早開者耳。及游成都，始識所謂小桃者，上元前後即著花，狀如垂絲海棠。曾子固雜識云：『正月二十間，天章閣賞小桃。』正謂此也。」梅詩見梅集編年卷二七，王詩見華陽集卷四。

戲　書〔一〕

支離多病歎衰顔，賴得羣居一笑歡㊀。人老思家甚年少，身閑泥酒過春寒〔二〕。來時御柳天街凍㊁，歸去梨花禁籞殘。縱使開門佳節晚，未妨雙鶴舞霜翰㊂〔三〕。

【校記】

㊀得：原校：一作「有」。㊁柳：原校：一作「水」。㊂「縱使」二句：原校：一作「朝鎖漢臺空悵望，欲將春恨託飛翰」。

【箋注】

〔一〕嘉祐二年（一〇五七）作。

〔二〕泥酒：嗜酒。韓偓有憶詩：「愁腸泥酒人千里，淚眼倚樓天四垂。」

〔三〕霜翰：指白色羽翼。

春雪㊀〔一〕

逗曉風聲惡㊁〔二〕，褰簾雪勢斜。應憐未歸客，故勒欲開花。病思寒添睡，春愁夢在家。誰能慰寂寞，惟有酒如霞。

【校記】

㊀題下原校：一本上有「和聖俞」字。㊁曉：原校：一作「户」。

【箋注】

〔一〕嘉祐二年（一〇五七）作。梅集編年卷二七有二月五日雪，即歐所和之詩。

〔二〕逗曉：破曉。梅堯臣九月都下對雪寄永叔師魯：「陰風中夜鳴，密雪逗曉集。」

和梅公儀嘗茶〔一〕

溪山擊鼓助雷驚，逗曉靈芽發翠莖〔二〕。摘處兩旗香可愛〔三〕，貢來雙鳳品尤精〔四〕。寒侵病骨惟思睡，花落春愁未解酲。喜共紫甌吟且酌，羨君蕭洒有餘清。

【箋注】

〔一〕嘉祐二年（一〇五七）作。梅集編年卷二〇有嘗茶和公儀，華陽集卷二有和公儀飲茶。

〔二〕「溪山」二句：見本集卷七嘗新茶呈聖俞箋注〔三〕。

〔三〕旗：茶芽方舒展成葉之謂。

〔四〕雙鳳：當指龍鳳茶。歸田録卷二：「茶之品，莫貴於龍鳳，謂之團茶。凡八餅重一斤。慶曆中，蔡君謨爲福建路轉運使，始造小片龍茶以進。」

和較藝書事㊀〔一〕

相隨懷詔下天閽〔二〕，一鎖南宮隔幾旬〔三〕。玉麈清談消永日，金罇美酒惜餘春。杯盤餳粥春風冷，池館榆錢夜雨新〔四〕。猶是人間好時節，歸休過我莫辭頻。

【校記】

㊀題下原校：一作「奉答禹玉再示之作」。

【箋注】

〔一〕嘉祐二年（一〇五七）作。華陽集卷三有較藝書事、較藝書事再呈永叔并同院諸公，梅集編年卷二七有較藝贈永叔和禹玉。

〔二〕天閽：皇宮之門。蔣防藩臣戀魏闕：「恩波懷魏闕，獻納望天閽。」

〔三〕南宮：尚書省之別稱。後漢書鄭弘傳：「建初，爲尚書令……弘前後所陳有補益王政者，皆著之南宮，以爲故事。」因進士試多在禮部舉行，故又稱禮部爲南宮。

〔四〕「杯盤」二句：苕溪漁隱叢話前集卷二三引此二句及「多病正愁餳粥冷」等，云：「皆清明寒食詩也。」

和公儀贈白鷴㊀〔一〕

梅公憐我鬢如雪，贈以雙禽意有云㊁。但見尋常思白兔，便疑不解醉紅裙〔二〕。吟齋雖喜留閑客，野性寧忘在嶺雲。我有銅臺方尺瓦〔三〕，慚非玉案欲酬君。

【校記】

㊀和：原校：一作「戲答」。白：原校：一本無「白」字。　㊁禽：原校：一作「鷴」。

【箋注】

〔一〕與後一首同爲嘉祐二年（一〇五七）作。梅集編年卷二七有送白鷴與永叔依韻和公儀。華陽集卷三有和公儀送白鷴于永叔。白鷴，鳥名，又稱銀雉。本草綱目卷四八「白鷴」條下云：「李昉命爲『閑客』。」

〔二〕「便疑」句：韓愈醉贈張秘書：「不解文字飲，惟能醉紅裙。」

〔三〕銅臺方尺瓦：何薳春渚紀聞銅雀臺瓦：「相州，魏武故都。所築銅雀臺，其瓦初用鉛丹雜胡桃油搗治火之，取其不滲，雨過即乾耳。後人於其故基，掘地得之，鑱以爲研，雖易得墨而終乏温潤，好事者但取其高古也。」

再　和用其韻。㊀

佳翫能令百事忘，豈惟閑伴倒餘缸〔一〕。珍奇來自海千里〔二〕，皎潔明如璧一雙。日暖朝籠青石砌，春寒夜宿碧紗窗。蠻煙瘴霧雖生處，何必區區憶陋邦！

【校記】

㊀題下原校：一作「依韻再答公儀白鷴」。

【箋注】

〔一〕「豈惟」句：梅堯臣送白鷴與永叔依韻和公儀：「致鷴猶恐鷴飢渴，細織筠籠小瓦缸。」

〔二〕「珍奇」句：據梅堯臣謝鷴和公儀，白鷴原「在南方」。

和聖俞春雨〔一〕

簷瓦蕭蕭雨勢疏，寂寥官舍與君俱。身遭鎖閉如鸚鵡，病識陰晴似鵓鴣〔二〕。年少自愁花爛漫，春寒偏著老肌膚。莫嫌來往傳詩句，不爾須當泥酒壺。

【箋注】

〔一〕嘉祐二年（一〇五七）作。梅集編年卷二七有春雨呈主文。華陽集卷三有和聖俞春雨。

〔二〕「病識」句：梅堯臣次韻和長文禖祀郊外見寄并呈韓子華：「鵓鴣知雨在山中。」鵓鴣，即鵓鳩。天將雨時其鳴甚急。

出省有日書事〔一〕

凌晨小雨壓塵輕，閑憶登高望禁城。樹色連雲春泱漭〔二〕，風光著草日晴明。看榆吐莢驚將落，見鵲移巢忽已成。誰向兒童報歸日，爲翁寒食少留餳㊀。

【校記】

㊀少：原校：一作「且」。

【箋注】

〔一〕嘉祐二年（一〇五七）作。梅集編年卷二七有出省有日書事和永叔，華陽集卷三有和永叔出省有日書事。據末二句，出省當在清明前後。

〔二〕泱漭：廣大貌。史記司馬相如列傳：「東西南北，馳騖往來，出乎椒丘之闕，行乎洲淤之浦，徑乎桂林之中，過乎泱莽之野。」

和較藝將畢㊀〔一〕

槐柳來時緑未勻，開門節物一番新。踏青寒食追遊騎，賜火清明忝侍臣〔二〕。拂面蜘蛛占喜事，入簾蝴蝶報家人〔三〕。在李賀詩。莫嗔年少思歸切，白髮衰翁尚惜春。

【校記】

㈠「和」下：原校：一本有「禹玉」字。

【箋注】

〔一〕嘉祐二年（一〇五七）作。華陽集卷三有較藝將畢呈諸公，梅集編年卷二七有較藝將畢和禹玉。

〔二〕「賜火」句：宋敏求春明退朝録卷中：「唐時惟清明取榆柳火以賜近臣、戚里，本朝因之。」

〔三〕「拂面」二句：詩豳風東山：「伊威在室，蠨蛸在户。」蠨蛸，一名喜蛛，一種長脚的小蜘蛛。陸璣曰：「此蟲來著人衣，當有親客至，有喜也。」蔡肇次韻上呈樗年主簿鄉兄：「蜘蛛拂面歸有祥。」吴曾能改齋漫録卷七蜘蛛蝴蝶占喜引李賀詩「東家蝴蝶西家飛，白騎少年今日歸」云：「賀蓋用李淳風占怪書云：『蛺蝶忽入人宅舍及帳幕内者，主行人即返。』又云：『生貴子，吉。』」

喜定號和禹玉内翰㈠〔一〕用其韻。

衡鑒慚叨選，英豪此所鍾。古今參雅鄭〔二〕，善惡雜皋共〔三〕。揮翰飄飄思，懷奇落落胸〔四〕。披文驚可畏，奏下始開封。但喜真才得，寧虞橫議攻㈡〔五〕？欲知儒學盛，首善本三廱〔六〕。

【校記】

㊀題下原校：一作「和禹玉喜定號」。　㊁寧：原校：一作「何」。

【箋注】

〔一〕嘉祐二年（一〇五七）作。華陽集卷一有喜定號詩，梅集編年卷二七有定號依韻和禹玉。水心集卷一八校書郎王公夷仲墓誌銘：「進士試御前，考官定號名來上。所謂高第者，天子常親擢賜之。」

〔二〕雅鄭：高雅與低劣。文心雕龍體性：「然才有庸俊，氣有剛柔，學有淺深，習有雅鄭。」

〔三〕皋共：皋陶與共工。論語顏淵：「舜有天下，選於衆，舉皋陶，不仁者遠矣。」書舜典：「流共工于幽州。」按：共工爲堯臣，與驩兜、三苗、鯀并稱「四凶」。

〔四〕懷奇：韓愈試大理評事王君墓誌銘：「君諱適，姓王氏，好讀書，懷奇負氣，不肯隨人。」

〔五〕「但喜」二句：書簡卷三與王懿敏公（嘉祐二年）：「某昨被差入省，便知不靜。緣累舉科場極弊，既痛革之，而上位不主，權貴人家與浮薄子弟多在京師，易爲摇動，一旦喧然，初不能遏。然所得頗當實材，既而稍稍遂定。」試榜出，時所推譽，皆不在選，囂薄之士，羣聚詆斥歐陽修。事見長編卷一八五。

〔六〕首善：指京師。史記儒林列傳：「故教化之行也，建首善自京師始，由内及外。」廱，通「壅」，阻塞。此言京師人才極盛。

和出省㊀〔一〕

國朝之制：禮部考定卷子，奏上字號，差臺官一人拆封出榜。

僮奴襆被莫相催㊁，待報霜臺御史來〔二〕。晴陌便當聯騎去㊂，春風任放百花開。文章紙貴爭馳譽㊃，朝野人言慶得才〔三〕。共向丹墀侍臨選㊄，莫驚鱗鬣化風雷〔四〕。

【校記】

㊀題下原校：一作「和公儀上馬有作」。　㊁僮奴：原校：一作「奴僮」。　㊂聯騎：卷後原校：一作「連騎」。　㊃爭：原校：一作「看」。　㊄待：原校：一作「待」。

【箋注】

〔一〕嘉祐二年（一〇五七）作。華陽集卷三有和公儀上馬，梅集編年卷二七有上馬和公儀。出省在是年清明前後，見出省有日書事箋注〔一〕。

〔二〕「待報」句：據題下注，禮部考需「臺官一人拆封出榜」。霜臺，御史臺之別稱。御史職司彈劾，爲風霜之任，故稱。

〔三〕「朝野」句：曾鞏、蘇軾、蘇轍等俱於嘉祐二年登第。是榜得人之盛，號稱一時。

〔四〕鱗鬣：龍之鱗片與鬣毛，爲龍之代稱，喻才俊之士。三國志蜀志諸葛亮傳：「諸葛孔明者，臥龍也。」

居士集卷十三

詩五十五首

送鄭革先輩賜第南歸㊀〔一〕

少年鄉譽歎才淹〔二〕，六十猶隨貢士函〔三〕。握手親朋驚白髮，還家閭里看青衫。閣涵空翠連衡皐，門枕寒江落楚帆。試問塵埃勤斗禄，何如琴酒老雲巖！

【校記】

㊀題下原校："一本注：'革以累舉年老，恩賜出身。'"

【箋注】

〔一〕據題下注，嘉祐二年（一〇五七）作。鄭革，是年試於禮部，恩賜出身。由本詩可知，鄭氏家在衡山（今屬湖南）一帶。

〔二〕　才淹：謂有才而不得録用或升遷。白居易酬張太祝晚秋卧病見寄詩：「高才淹禮寺，短羽翔禁林。」

〔三〕　貢士：解試（鄉試、漕試或太學試）合格貢送禮部之舉人。

和原父揚州六題㊀〔一〕

時會堂二首〔二〕造貢茶所也。

積雪猶封蒙頂樹〔三〕，驚雷未發建溪春〔四〕。中州地暖萌芽早，入貢宜先百物新〔五〕。

憶昔嘗修守臣職〔六〕，余嘗守揚州，歲貢新茶。先春自探兩旗開〔七〕。誰知白首來辭禁，得與金鑾賜一杯。

自東門泛舟至竹西亭登崑丘入蒙谷戲題春貢亭〔八〕

崑丘蒙谷接新亭，畫舸悠悠春水生。欲覓揚州使君處，但隨風際管弦聲。

竹西亭

十里樓臺歌吹繁，揚州無復似當年〔九〕。古來興廢皆如此，徒使登臨一慨然。

崑丘臺

訪古高臺半已傾，春郊誰從綵旗行㊁。喜聞車馬人同樂，慣聽笙歌鳥不驚。

蒙谷

一徑崎嶇入谷中，翠條紅刺罥春叢〔一〇〕。花深時有人相應，竹密初疑路不通。

【校記】

㊀六：原校：一作「五」。　㊁誰：原校：一作「隨」。

【箋注】

〔一〕據題下注，嘉祐二年（一〇五七）作。時劉敞知揚州。敞有詩，題云：「丙申（嘉祐元年）閏月，領揚州，與京師諸公別，戊戌（嘉祐三年）十一月受詔還閣，首尾僅三年爾……」見兩宋名賢小集卷五六。原唱時會堂二首、崑丘臺載公是集卷二九，自東門泛舟至竹西亭登崑丘入蒙谷戲題二首載卷二八。

〔二〕時會堂：苕溪漁隱叢話後集卷一一：「歐公和劉惇父揚州時會堂絶句……注云：『時會堂，造茶所也。』余以陸羽茶經考之，不言揚州出茶，惟毛文錫茶譜云：『揚州禪智寺，隋之故宫，寺枕蜀岡，其茶甘香，味如蒙頂焉。』第不知入貢之因起於何時，故不得而誌之也。」

〔三〕蒙頂：毛晃禹貢指南卷二：「蒙山，在蜀郡青衣縣。其上出茶，俗呼蒙頂茶。」

〔四〕建溪：流經建州（治今福建建甌），其地北苑以産茶而聞名。張芸叟畫墁録：「有唐茶品以陽羨爲上供，建溪北苑未著也……迨至本朝，建溪獨盛。」

〔五〕「入貢」句：劉敞時會堂二首之一：「自爲東藩欲貢新。」

〔六〕「憶昔」句：胡譜慶曆八年：「閏正月乙卯，轉起居舍人，依舊知制誥，徙知揚州。二月庚寅，至郡。」

〔七〕兩旗：王得臣麈史卷二：「閩人謂茶芽未展爲槍，展則爲旗，至二旗則老矣。」

〔八〕竹西亭等：明一統志卷一二揚州府載：「竹西亭，在府城東北五里。」又載：「崑崙岡，在府城西北八里，劉宋鮑照賦『軸以崑岡』是也。」按：崑崙岡，又稱崑岡，即崑丘。江南通志卷三三：「崑丘臺，在江都縣禪智寺側，宋歐陽修築。府志云：臺名取鮑照『軸以崑岡』之句。」同卷云：「春貢亭，在甘泉縣蜀岡。宋時揚州貢茶皆出蜀岡，因名。」卷一四又云：「蒙谷，在（揚州）府東北，竹西亭北。」

〔九〕「十里」二句：杜牧題揚州禪智寺：「誰知竹西路，歌吹是揚州。」按：禪智寺一名竹西寺。

〔一〇〕罥：纏繞。文選鮑照蕪城賦：「澤葵依井，荒葛罥途。」吕延濟注：「罥，繞。」

内直奉寄聖俞博士〔一〕

千門鑰入斷人聲㊀，樓閣沉沉夜氣生㊁。獨直偏知宮漏永，稍寒尤覺玉堂清㊂。霜雲映月鱗鱗色〔二〕，風葉飛空摵摵鳴〔三〕。犬馬力疲恩未報，坐驚時節已崢嶸〔四〕。

【校記】

㊀鑰：原校：一作「鎖」。　㊁閣：原校：一本作「闕」。　㊂尤：原校：一作「猶」。

【箋注】

〔一〕題下原注「至和□年」。詩云「稍寒尤覺玉堂清」，玉堂，指翰林院。歐至和元年（一〇五四）九月遷翰林學士（胡譜），内直當在此後。詩應作於元年或二年之秋季。

〔二〕鱗鱗：明亮貌。張謂九日宴：「秋葉風吹黄颯颯，晴雲日照白鱗鱗。」

〔三〕摵摵：文選盧諶時興詩：「摵摵芳草零，榮榮芬華落。」吕延濟注：「摵摵，葉落聲也。」

〔四〕崢嶸：見本集卷一一夷陵歲暮書事呈元珍表臣箋注〔一〕。

送梅龍圖公儀知杭州〔一〕

萬室東南富且繁㊀〔二〕，羨君風力有餘閑。漁樵人樂江湖外㊁，談笑詩成罇俎間〔三〕。日暖梨花催美酒，天寒桂子落空山。郵筒不絶如飛翼㊂〔四〕，莫惜新篇屢往還㊃。

【校記】

㊀富且：原校：一作「號富」。　㊁外：原校：一作「上」。　㊂「郵筒」句：原校：一作「雖然不得陪佳賞」。

㊃「莫惜」句：原校：一作「應有新篇慰病顔」。

【箋注】

〔一〕　如題下注，嘉祐二年（一〇五七）作。本集卷四〇有美堂記：「嘉祐二年，龍圖閣直學士、尚書吏部郎中梅公出守於杭。」

〔二〕　「萬室」句：有美堂記：「今其（杭）民幸富完安樂，又其俗習工巧，邑屋華麗，蓋十餘萬家。」

〔三〕　「談笑」句：宋史梅摯傳：「平居未嘗問生業，喜爲詩，多警句。」

〔四〕　郵筒：封寄書信的竹筒。王讜唐語林卷二載白居易爲杭州刺史，「時吴興守錢徽、吴郡守李穰皆文學士，悉生平舊友，日以詩酒寄興……每以筒竹盛詩來往」。

送沈學士知常州〔一〕　康

舊館芸香鎖寂寥，齋舲東下入秋濤〔二〕。江晴風暖旌旗揚，木落霜清鼓角高。吟就綵箋賓已醉，舞翻紅袖飲方豪。平生粗得爲州樂，因羨君行首重搔。

【箋注】

〔一〕題下原注「同前」（嘉祐二年），誤，當爲三年（一〇五八）作。長編卷一八七載，嘉祐三年二月「丙辰，詔新提點江南東路刑獄沈康知常州」。沈康嘗任館閣校勘（長編卷一七七）、集賢校理權管勾南京留司御史臺（同上卷一八九）等職。常州，今屬江蘇。

〔二〕齋舲：即齋艦。宋時較大的艦船多以「齋」爲名。强至代上元屯田狀：「近遇齋舲，俯經敝邑。」

聖俞在南省監印進士試卷有兀然獨坐之歎因思去歲同在禮闈慨然有感兼簡子華景仁〔一〕

南宮官舍苦蕭條，常憶羣居接俊僚〔二〕。古屋醉吟燈黯黯，畫廊愁聽雨蕭蕭。殘春共約無虛擲，一歲那知忽復銷？顧我心情又非昨，祗思相伴老漁樵㊀。

【校記】

㊀相伴：卷後原校：一作「相逐」。

【箋注】

〔一〕如題下注，嘉祐三年（一〇五八）作。「同在禮闈」爲二年，故云「去歲」。梅集編年卷二八有次韻和永叔詩。子華，韓絳之字。景仁，范鎮之字。

〔二〕「南宮」二句：述「同在禮闈」事。南宮，指尚書省，見前卷和較藝書事箋注〔三〕。

奉答聖俞歲日書事〔一〕

積雪照清晨，東風冷著人。年光向老速㊀，物意逐時新。貰酒閑邀客〔二〕，披裘共探春㊁。猶能自勉彊㊂，顧我莫辭頻。

【校記】

㊀向：原校：一作「隨」。　㊁共：原校：一作「自」。　㊂自：原校：一作「略」。

【箋注】

〔一〕如題下注，嘉祐四年（一〇五九）作。歲日，元旦。聖俞原詩爲嘉祐己亥歲旦呈永叔内翰，見梅集編年卷二九。

〔二〕貰：賒欠。史記高祖本紀：「常從王媼、武負貰酒。」裴駰集解引韋昭曰：「貰，賒也。」

夜聞春風有感奉寄同院子華紫微長文景仁〔一〕

閏後春深雪始銷〔二〕，東風凌鑠勢方豪。陽生草木黃泉動，冰破江湖白浪高。未報國恩嗟病骨，可憐身事一漁舠〔三〕。少年自與芳菲競，莫笑衰翁擁弊袍。

【箋注】

〔一〕　據題下注，嘉祐四年（一〇五九）作。韓絳亦翰林學士，故稱「同院」。吴奎（字長文）、范鎮乃中書舍人，擬唐官稱，爲紫微舍人，簡稱「紫微」。

〔二〕「閏後」句：歐陽發等述事迹：「嘉祐三年閏十二月，京師大雪。」

〔三〕　漁舠：刀形小漁船。陸龜蒙秋賦有期因寄襲美：「煙霞鹿弁聊懸著，鄰里漁舠暫解還。」

病告中懷子華原父〔一〕

狂來有意與春爭，老去心情漸不能。世味惟存詩淡泊，生涯半爲病侵陵。花明曉日繁如錦，酒撥浮醅緑似澠〔二〕。自是少年豪横過，而今癡鈍若寒蠅。

【箋注】

〔一〕　據題下注，嘉祐四年（一〇五九）作。是年，歐屢因疾在告。書簡卷五與劉侍讀：「某腹疾猶未平，衰年已覺難支，以不敢常食，遂且在告。」卷二與吴正肅公：「某叅假方三日，左眼瞼上生一瘡，疼痛，牽連右目，不可忍。旦夕未止，又須在告。」劉敞，字原父。

〔二〕　浮醅：酒面浮沫。左傳昭公十二年：「齊侯舉矢曰：『有酒如澠，有肉如陵。』」杜預注：「澠水出齊國臨淄縣北，入時水。」

奉酬長文舍人出城見示之句〔一〕

春分臘雪未全銷，凜冽春寒氣尚驕。攝事初欣迎社燕〔二〕，尋芳因得過溪橋。清浮酒蟻醅初撥〔三〕，暖入鶯篁舌漸調㊀。興味愛君年尚少〔四〕，莫嫌齋禁暫無憀㊁。

【校記】

㊀篁：卷後原校：一作「簧」。 ㊁莫嫌：卷後原校：一作「莫懷」。齋禁：原校：一作「齋館」。憀：卷後原校：一作「寥」。

【箋注】

〔一〕據題下注，嘉祐四年（一〇五九）作，時爲春分日。吴奎，卒謚正肅。是年，歐有與吴正肅公（書簡卷二）云：「承奉祠齋宿，喜體候清休……承惠佳篇，甚釋病思，和得納上。」梅集編年卷二九有次韻和長文社日禖祀出城。

〔二〕攝事：即攝社日禖祀之事。 社燕：燕子春社時來，秋社時去，故稱。羊士諤郡樓晴望：「地遠秦人望，天晴社燕飛。」

〔三〕酒蟻：酒面之浮沫。蕭翼答辨才：「酒蟻頃還泛，心猿躁似調。」

〔四〕年尚少：據彭城集卷三七吴公墓誌銘，吴奎生於大中祥符三年，小歐三歲，時年五十。

唐崇徽公主手痕和韓内翰〔一〕

故鄉飛鳥尚啁啾〔二〕，何況悲笳出塞愁。青塚埋魂知不返〔三〕，翠崖遺迹爲誰留？玉顔自古爲身累，肉食何人與國謀〔四〕？行路至今空歎息，巖花澗草自春秋。

【箋注】

〔一〕 據題下注，嘉祐四年（一〇五九）作。兩宋名賢小集公是集有詩，題爲：「汾州有唐大曆中崇徽公主嫁回鶻時手迹，在石壁上，李山甫作七言詩，并刻之。子華、永叔内翰皆繼其韻，亦同賦。」按：韓絳詩已佚。集古録跋尾卷八唐崇徽公主手痕詩云：「李山甫撰。崇徽公主者，僕固懷恩女也。懷恩在肅宗時，先以二女嫁回紇：其一嫁毗伽可汗少子，後號登里可汗者是也；其一不知所嫁何人。唐書懷恩傳及回紇傳皆不載。惟懷恩所上書自陳六罪，有云『二女遠嫁，爲國和親』，以此知其又嘗嫁一女爾。此所謂崇徽公主者，懷恩幼女也。懷恩既反，引羌渾奴剌爲邊患，永泰中，病死於靈武。其從子名臣，以千騎降唐。大曆四年，始以懷恩幼女爲公主，又嫁回紇，即此也。」

〔二〕 啁啾：鳥鳴聲。王維黄雀癡：「到大啁啾解游颺，各自東西南北飛。」

〔三〕 青塚：指漢王昭君墓。在今内蒙古自治區呼和浩特市南。杜甫詠懷古迹：「一去紫臺連朔漠，獨留青塚向黄昏。」仇兆鰲注：「歸州圖經：邊地多白草，昭君塚獨青。」

〔四〕 「肉食」句：左傳莊公十年：「肉食者鄙，未能遠謀。」

【集評】

〔宋〕朱熹：歐公文字鋒刃利，文字好，議論亦好，嘗有詩云：「玉顔自古爲身累，肉食何人爲國謀？」以詩言之，是第一等好詩；以議論言之，是第一等議論。（朱子語類卷一三九）

〔清〕趙翼：「玉顔自昔爲身累，肉食何人與國謀？」此何等議論，乃鎔鑄於十四字中，自然英光四射。（甌北詩話卷一一）

答和閤老劉舍人雨中見寄〔一〕

花間鳥語愁泥滑〔二〕，屋上鳩鳴厭雨多〔三〕。坐見殘春一如此㈠，可憐吾意已蹉跎。蕭條兩鬢霜後草，瀲灩十分金卷荷。此物猶能慰衰老㈢，稍晴相約屢相過。

【校記】

㈠殘：原校：一作「芳」。　㈡老：原校：一作「病」。

【箋注】

〔一〕如題下注，嘉祐五年（一〇六〇）作。閣老劉舍人，劉敞。丁晉公談録：「中書舍人是閣老。」公是集卷二五有奉和永叔雨中見寄。

〔二〕「花間」句：見本集卷三啼鳥詩箋注〔六〕。

〔三〕「屋上」句：鳩鳴爲雨候。陸佃埤雅卷六：「禽經曰：『暮，鳩鳴即小雨。』」

寄閣老劉舍人〔一〕

夢寐江西未得歸〔二〕，誰憐蕭颯鬢毛衰？莓苔生壁圖書室，風雨閉門桃李時。得酒雖能陪笑語㈠，老年其實厭追隨。明朝雨止花應在，又踏春泥向鳳池〔三〕。

【校記】

㈠笑語：卷後原校：一作「語笑」。

【箋注】

〔一〕如題下注，嘉祐五年（一〇六〇）作。梅集編年卷三〇是年所作次韻和永叔雨中寄原甫舍人即和本詩。

〔二〕「夢寐」句：嘉祐二年至五年，歐七上奏書乞知洪州（見表奏書啓四六集卷二），未能如願。

〔三〕鳳池：即鳳凰池，禁苑中池沼。魏晉南北朝時設中書省於禁苑，故以鳳凰池稱中書省。晉書荀勗傳：「勗久在中書，專管機事。及失之，甚罔罔悵悵。或有賀之者，勗曰：『奪我鳳凰池，諸君賀我邪！』」

詳定幕次呈同舍〔一〕

嘉祐四年，御試進士，時詳定卷子幕次在崇政殿後。

來時宫柳緑初匀，坐見紅芳幾番新。蜂蜜滿房花結子，還家何處覓殘春？

【箋注】

〔一〕如題下注，嘉祐四年（一〇五九）作。據胡譜，是年二月，充御試進士詳定官。梅集編年卷二九和永叔六篇序云：「嘉祐四年春，御試進士，翰林學士歐陽永叔、韓子華、集賢校理江鄰幾同爲詳定官，有詩六篇，出而使予和焉。」此爲六篇之首篇。

禁中見鞓紅牡丹〔一〕

洛中花之奇者也。

盛遊西洛方年少，晚落南譙號醉翁〔二〕。白首歸來玉堂署㊀，君王殿後見鞓紅。

【校記】

㊀署：原校：一作「上」。

【箋注】

〔一〕同上，嘉祐四年（一〇五九）作。此爲聖俞所和之第四篇。

〔二〕南譙：滁州。據舊唐書地理志三，南朝梁在漢全椒縣地僑置南譙州，北齊移治新昌郡，隋改爲滁州。

和江鄰幾學士桃花 用其韻。時在崇政殿後詳定幕次。

草上紅多枝上稀，芳條緑蕚憶來時㈠。見桃著子始歸後㈡，誰道仙花開落遲？

【校記】

㈠條：原校：一作「苞」。　㈡後：卷後原校：一作「去」。

【箋注】

〔一〕同上，嘉祐四年（一〇五九）作。此爲聖俞所和之第五篇。江鄰幾名休復，其墓誌銘見本集卷三三。

送襄陵令李君〔一〕

緑髮襄陵新長官〔二〕，面顔雖老渥如丹。君服何首烏，鬚髮皆黑，顔容如少時。折腰聊爲五斗屈〔三〕，把酒猶能一笑歡。紅棗林繁欣歲熟，紫檀皮軟禦春寒。民淳政簡居多樂，無苦思歸欲掛冠。

【箋注】

〔一〕據題下注，嘉祐四年（一〇五九）作。襄陵，在晉州（今山西臨汾）西南。李君，李彦輔，字公佐。梅集編年卷三〇送襄陽李令彦輔原注：「李，宋丞相妹婿，永叔少居隨州，常住其家。」故該詩稱「公相爲近親，翰林爲故人」。宋序李公佐歸漢東（元憲集卷五）注：「予之妹婿。」外集卷一三李秀才東園亭記：「修友李公佐有亭……在其居之東園……予爲童子，與李氏諸兒戲其家。」

〔二〕 緑髮：烏墨有光澤之髮。李白游泰山之三：「偶然值青童，緑髮雙雲鬟。」

〔三〕 「折腰」句：晉書陶潛傳：「郡遣督郵至縣，吏白應束帶見之，潛歎曰：『吾不能爲五斗米折腰，拳拳事鄉里小人邪！』」

景靈宮致齋㊀〔一〕

攝事衰年力不彊，誰憐岑寂卧齋坊㊁〔二〕？青苔點點無人迹，緑葉陰陰覆砌涼。玉宇清風來處遠，仙家白日靜中長。却視九衢車馬客，自然顔鬢易蒼蒼。

【校記】

㊀卷後題下原校：石本序云：「某啓。景靈致齋書事，奉懷審官糾察太學史院五君子。伏惟采覽。某上。」

㊁坊：原校：一作「房」。

【箋注】

〔一〕 如題下注，嘉祐四年（一〇五九）作。胡譜載，是年「十月壬申，車駕朝饗景靈宮。癸酉，祫饗太廟，並攝侍中行事」。梅集編年卷二八有依韻和永叔景靈致齋見懷。

〔二〕 岑寂：文選鮑照舞鶴賦：「去帝鄉之岑寂，歸人寰之喧卑。」李善注：「岑寂，猶高靜也。」

夏享太廟攝事齋宮聞鶯寄原甫〔一〕

四月田家麥穗稠，桑枝生椹鳥啁啾。鳳城緑樹知多少〔二〕，何處飛來黃栗留〔三〕？田家謂麥熟時鳴者爲黃栗留，出詩義。

【箋注】

〔一〕如題下注，嘉祐四年（一〇五九）作。胡譜是年載：「四月丁卯，奏告今冬太廟親行祫饗之禮。癸酉孟夏薦饗，並攝太尉行事。」公是集卷二九有和永叔宿齋太廟聞鶯二韻。

〔二〕鳳城：京都之美稱。沈佺期奉和立春遊苑迎春：「歌吹銜恩歸路晚，棲烏半下鳳城來。」

〔三〕黃栗留：即黃鸝。詩周南葛覃「黃鳥于飛」，陸璣疏：「黃鳥，黃鸝留也。或謂之黃栗留……當葚熟時，來在桑間。故里語曰：『黃栗留看我麥黃葚熟。』應是應節趨時之鳥。」

送王平甫下第〔一〕 安國

歸袂搖搖心浩然〔二〕，曉船鳴鼓轉風灘。朝廷失士有司恥，貧賤不憂君子難〔三〕。執手聊須爲醉別㊀，還家何以慰親歡？自慚知子不能薦㊁，白首胡爲侍從官〔四〕！

【校記】

㊀醉：原校：一作「酒」。　　㊁不：原校：一作「未」。

【箋注】

〔一〕如題下注，嘉祐四年（一〇五九）作。王安石王平甫墓誌：「君臨川王氏，諱安國，字平甫……自丱角未嘗從人受學，操筆爲戲，文皆成理。年十二，出其所爲銘、詩、賦、論數十篇，觀者驚焉。自是遂以文學爲一時賢士大夫譽歎。蓋於書無所不該，於詞無所不工，然數舉進士不售。」安國卒於熙寧七年（一〇七四），年四十七（據墓誌），嘉祐四年下第時，年三十二。

〔二〕「歸袂」句：孟子公孫丑下：「予然後浩然有歸志。」

〔三〕「貧賤」句：論語衛靈公：「君子憂道不憂貧。」

〔四〕侍從官：歐爲翰林學士，係皇帝文學侍從。又，當年二月，「免開封，轉給事中」，范鎮撰制詞云：「給事中日上朝謁，平尚書奏事。近世所職雖異，而其親近左右，爲最要密。」（胡譜）

【集評】

〔宋〕葛立方：律詩中間對聯，兩句意甚遠，而中實潛貫者，最爲高作……歐陽永叔送王平甫下第詩云：「朝廷失士有司恥，貧賤不憂君子難。」送張道州詩云：「身行南雁不到處，山與北人相對愁。」如此之類，與規規然在於媲青對白者，相去萬里矣。（韻語陽秋卷一）

〔清〕陸次雲：此真宋詩，讀之不覺其淡，不覺其平，不覺其腐，要是歐陽公筆力異人。（宋詩善鳴集評語卷上）

對雪十韻〔一〕

對雪無佳句，端居正杜門。人閑見初落㈠，風定不勝繁。可喜輕明質，都無剪刻痕。鋪平失池沼，飄急響窗軒。惜不摇嘉樹，衝宜走畫轅。寒欺白酒嫩，暖愛紫貂温㈡。遠靄銷如洗，愁雲晚更屯。兒吟鶵鳳語，翁坐凍鴟蹲。病思驚殘歲，朋歡賴酒罇㈢。稍晴春意動，誰與探名園？

【校記】

㈠初：原校：一作「初見」。　㈡暖：原校：一作「老」。　㈢酒：原校：一作「一」。

【箋注】

〔一〕如題下注，嘉祐四年（一〇五九）作。梅集編年卷二九有次韻和永叔對雪十韻，公是集卷二六有和永叔對雪十韻。

和武平學士歲晚禁直書懷五言二十韻〔一〕　用其韻。

多病淹殘歲，初寒卧直廬。朝廷務清静，鈴索少文書〔二〕。嚮學今爲盛，優賢古莫如。靚深嚴禁署㈠〔三〕，閑宴樂羣居。賜馬聯金絡〔四〕，清塵侍玉輿〔五〕。討論三代盛，獻納萬機餘。號令存寬大，文章復古初。笑談揮翰墨，俄頃列瓊琚〔六〕。夜漏銷宫燭，春暉上玉除。歌詩唐李杜，言語漢嚴徐〔七〕。自顧追時彦，多慚不鄙予。無鹽煩刻畫〔八〕，寒谷借吹噓〔九〕。朋友飛雝鷺〔一〇〕，君臣在藻魚〔一一〕。貪榮同衛鶴〔一二〕，取笑類黔驢〔一三〕。皎皎心雖在，蕭蕭髮已疏。未知論報效，安得遂樵漁？雲破西山出，江横畫閣虚。餘生歎勞止，搔首念歸歟。引綬誇民吏，椎牛會里閭〔一四〕。一麾終得請，此計豈躊躇㈡〔一五〕！

【校記】

㈠署：原校：一作「闥」。　㈡躊躇：卷後原校：一作「踟躕」。

【箋注】

〔一〕據題下注，嘉祐四年（一〇五九）作。胡宿，字武平，翰林學士，生平見本集卷三四贈太子太傅胡公墓誌銘。胡宿文恭集卷五有歲晚禁直呈承旨侍郎同院五學士。

〔二〕鈴索：唐制，翰林院禁署嚴密，內外不得隨意出入，須掣鈴索打鈴以傳呼或通報。見楊慎藝林伐山鈴索。韓偓雨後月中玉堂閑坐：「夜久忽聞鈴索動，玉堂西畔響丁東。」

〔三〕靚深：幽靜深邃。揚雄甘泉賦：「帷弸環其拂汨兮，稍暗暗而靚深。」

〔四〕金絡：即金絡頭，金飾之馬籠頭。何遜學古詩之一：「玉羈瑪瑙勒，金絡珊瑚鞭。」

〔五〕玉輿：玉飾之車，多指帝王之車。宋玉高唐賦：「王乃乘玉輿，駟倉螭，垂旒旌，旆合諧。」

〔六〕瓊琚：喻佳作。韋應物善福精舍答韓司録清都觀會宴見憶：「忽因西飛禽，贈我以瓊琚。」

〔七〕嚴徐：嚴安、徐樂。漢武帝時，二人上書言事，皆拜郎中。見史記平津侯主父列傳。

〔八〕無鹽：戰國齊宣王后鍾離春，無鹽人，有德而貌丑。見劉向列女傳齊鍾離春。

〔九〕寒谷：一名黍谷。劉向七略別録諸子略：「鄒衍在燕，有谷地美而寒，不生五穀，鄒子居之，吹律而温至黍生，至今名黍谷。」王充論衡定賢：「鄒衍吹律，寒谷更温，黍穀育生。」

〔一〇〕雝鷺：詩周頌振鷺：「振鷺于飛，于彼西雝。」陳奐傳疏：「詩以鷺之在澤，興客之朝周，賓位在西，故曰西。」

〔一一〕藻魚：魚游藻中，喻君臣之密切。

〔一二〕衛鶴：意指濫叨封爵。左傳閔公二年：「冬十二月，狄人伐衛。衛懿公好鶴，鶴有乘軒者。將戰，國人受甲者皆曰：『使鶴，鶴實有禄位，余焉能戰！』」

〔一三〕黔驢：謂徒有其表，技能低下者。見柳宗元三戒黔之驢。

〔一四〕　椎牛：謂擊殺牛。韓詩外傳卷七：「是故椎牛而祭墓，不如雞豚之逮親存也。」

〔一五〕　「一麾」二句：謂堅決乞請外任。一麾，一面旌麾，出爲外任之代稱。杜牧即事：「莫笑一麾東下計，滿江秋浪碧參差。」

答西京王尚書寄牡丹〔一〕

新花來遠喜開封，呼酒看花興未窮。年少曾爲洛陽客，眼明重見魏家紅〔二〕。却思初赴青油幕〔三〕，自笑今爲白髮翁。西望無由陪勝賞，但吟佳句想芳叢。

【箋注】

〔一〕　如題下注，嘉祐六年（一〇六一）作。王尚書，王拱辰，以積官至吏部尚書，故稱。時在知河南府任上，寄牡丹以遺歐。是年，歐作與王懿恪公（書簡卷三）云：「承見寄絶品，雖有已凋者，然所存不勝其麗。見之，病目開豁，勉强飲數酌以當佳會。」與詩意相合。

〔二〕　魏家紅：外集卷二二洛陽牡丹記花釋名：「魏家花者，千葉肉紅花，出於魏相仁溥家。」

〔三〕　「却思」句：言當初入西京錢惟演幕府。

應制賞花釣魚〔一〕

絳闕晨霞照霧開〔一〕，輕塵不動翠華來〔二〕。魚游碧沼涵靈德，花馥清香薦壽杯。夢聽鈞天聲杳默〔三〕，日長化國景徘徊〔四〕。自慚擊壤音多野〔五〕，帝所賡歌亦許陪。

【校記】

㈠霞：原校：一作「光」。

【箋注】

〔一〕如題下注，嘉祐六年（一〇六一）作。是年，歐作與吴正肅公（書簡卷二）云：「前日賞花釣魚，獲侍清宴，自景祐三年逮今二十六年，獲見盛事，獨恨長文不在爾。」胡譜載，是年「三月戊申，侍上幸後苑，賞花華景亭，釣魚涵曦亭，遂宴太清樓」。邵氏聞見後録卷一七：「嘉祐六年三月，仁皇帝幸後苑，召宰執、侍從、臺諫、館閣以下賞花釣魚，中觴，上賦詩：『晴旭暉暉花盡開，氤氳花氣好風來。游絲罥絮縈行仗，墮蘂飄香入酒杯。魚躍紋波時潑刺，鶯流深樹久徘徊。青春朝野方無事，故許歡遊近侍陪。』宰相韓琦、樞密曾公亮、參政張昇孫抃、副樞歐陽修陳旭以下皆和。」

〔二〕翠華：天子儀仗中以翠羽爲飾之旗幟或車蓋。司馬相如上林賦：「建翠華之旗，樹靈鼉之鼓。」

〔三〕鈞天：見本集卷四人日聚星堂燕集探韻得豐字箋注〔四〕。

〔四〕化國：謂以德教化其國。譚峭化書稚子：「化國者不知爲國所化，化天下者不知爲天下所化。」

〔五〕擊壤：原爲古歌名，後用以頌太平盛世。論衡藝增：「論語曰：『大哉，堯之爲君也！蕩蕩乎民無能名焉。』傳曰：『有年五十擊壤於路者，觀者曰：大哉，堯德乎！擊壤者曰：吾日出而作，日入而息，鑿井而飲，耕田而食；堯何等力！』」

清明賜新火〔一〕

魚鑰侵晨放九門〔二〕，天街一騎走紅塵。桐華應候催佳節〔三〕，榆火推恩忝侍臣〔四〕。

多病正愁餳粥冷，清香但愛蠟煙新。自憐慣識金蓮燭，翰苑曾經七見春〔五〕。

【箋注】

〔一〕據題下注，嘉祐六年（一〇六一）作。蔡絛鐵圍山叢談卷二：「國朝之制，待制、中書舍人以上皆座狨。雜學士以上，遇禁煙節至清明日，則賜新火。」

〔二〕魚鑰：魚形之鎖。梁簡文帝秋閨夜思：「夕門掩魚鑰，宵牀悲畫屏。」

〔三〕「桐華」句：白居易桐花：「春令有常候，清明桐始發。」

〔四〕榆火：周禮夏官司爟「四時變國火」，鄭玄注：「鄭司農說以鄹子曰：『春取榆柳之火。』」

〔五〕「翰苑」句：歐至和元年（一〇五四）九月遷翰林學士（胡譜），由翌年春至是，正爲七年。

明堂慶成〔一〕

辰火天文次〔二〕，皋門路寢閟〔三〕。奉親昭孝德，惟帝饗精誠。禮以三年講〔四〕，時因萬物成。九筵嚴太室〔五〕，六變導和聲〔六〕。象魏中天起〔七〕，風雷大號行。歡呼響山岳，流澤浹根莖。寶墨飛雲動，金文耀日晶〔八〕。從臣才力薄，無以頌休明。

【箋注】

〔一〕如題下注，嘉祐七年（一〇六二）作。胡譜載，是年九月「辛亥，大饗明堂」。宋史禮志四明堂引仁宗皇祐二年三月謂輔臣語云：「夫明堂者，布政之宮，朝諸侯之位，天子之路寢，乃今之大慶殿也。」

〔二〕辰火：左傳昭公元年：「后帝不臧，遷閼伯於商丘，主辰。」杜預注：「辰，大火也。」

〔三〕皋門：周禮天官閽人「閽人掌守王宮中門之禁」，鄭玄注：「鄭司農云：『王有五門，外曰皋門，二曰雉門，三曰庫門，四曰應門，五曰路門。』」路寢：詩魯頌閟宮：「松桷有舄，路寢孔碩。」毛傳：「路寢，正寢也。」

〔四〕「禮以」句：宋史禮志十：「宗廟之禮……三年一祫，以孟冬。」

〔五〕九筵：周禮考工記匠人：「周人明堂，度九尺之筵，東西九筵、南北七筵。」 太室：書洛誥：「王入太室裸。」孔傳：「太室，清廟。」

〔六〕六變：古時祭百神，樂章變六次祭典始成。詳見周禮春官大司樂「凡六樂者……可得而禮矣」一段。

〔七〕象魏：周禮天官太宰「乃縣治象之法於象魏」，鄭玄注引鄭司農曰：「象魏，闕也。」賈公彦疏：「鄭司農云『象魏，闕也』者，周公謂之象魏，雉門之外，兩觀闕高魏魏然，孔子謂之觀。」中天：天運正中，喻盛世。後漢書劉陶傳：「伏惟陛下年隆德茂，中天稱號。」

〔八〕「寶墨」二句：歸田録卷二：「皇祐二年、嘉祐七年季秋大享，皆以大慶殿爲明堂……明堂額御篆以金填字，門牌亦御飛白，皆皇祐中所書。神翰雄偉，勢若飛動。余詩云『寶墨飛雲動，金文耀日晶』者，謂二牌也。」

羣玉殿賜宴㈠〔一〕

至治臻無事，豐年樂有成。圖書開秘府，宴飫集羣英㈡。論道皇墳奥〔二〕，貽謀寶訓明㈢。九重多暇豫〔三〕，八體極研精〔四〕。筆力千鈞勁，豪端萬象生。飛箋金灑落，拜賜玉鏘鳴。盛際崇儒學，愚臣濫寵榮。惟能同舞獸〔五〕，聞樂識和聲。

【校記】

㈠題下原校：一本作「謝上賜飛白書」。 ㈡飫：原校：一作「飲」。 ㈢謀：原校：一作「謨」。

【箋注】

〔一〕 如題下注，嘉祐七年（一〇六二）作。胡譜載，是年「十二月丙申，上幸龍圖、天章閣，召輔臣至待制、三司副使以上、臺諫官、皇子、宗室、駙馬都尉、管軍，觀三聖御書。又幸寶文閣，親飛白書，分賜羣臣。公得雙幅大書『歲』字，下有御押，加以御寶。王珪夾題八字云『嘉祐御札賜歐陽修』，仍於絹尾書『翰林學士臣王珪奉聖旨題賜名』。又出御製觀書詩一首，令羣臣屬和。遂宴羣玉殿。」邵氏聞見後録卷一：「仁皇帝以嘉祐七年十二月丙申幸天章閣，召兩府、兩制、臺諫等觀三朝御書，置酒賦詩於羣玉殿。庚子，再幸天章閣，召兩府以下觀瑞物十三種……觀太宗、真宗御集，面書飛白，命翰林學士王珪題姓名，遍賜之。又幸羣玉殿，置酒作樂，親諭以前日之燕草創，故再爲之，無惜盡醉。」東齋記事卷一載十二月二十三日「置酒羣玉殿」後云：「至二十六日，温州進柑子，復置會，自臺諫、三館臣僚悉預，因宣諭前日太草草，故再爲此會，其禮數一如前，但不賦詩矣。」

〔二〕 皇墳：傳説三皇時代的典籍。韓愈醉贈張秘書：「險語破鬼膽，高詞媲皇墳。」

〔三〕 九重：指宫禁。盧綸秋夜即事：「九重深鎖禁城秋，月過南宫漸映樓。」

〔四〕 「八體」句：贊仁宗書法。楷書出現後，有古文、大篆、小篆、隸書、飛白、八分、行書、草書八體，見張懷瓘書斷。仁宗尤擅飛白體。

〔五〕 舞獸：謂百獸隨樂起舞。書舜典：「夔曰：『於！予擊石拊石，百獸率舞。』」

永昭陵挽詞三首〔一〕 仁宗

與子雖天意，知人昔帝難。一言謀早定，九鼎勢先安〔二〕。大舜仁由性，成湯治以寬〔三〕。孤臣恩未報，清血但汍瀾〔四〕。

干戈不用臻無事，朝野多歡樂有年。便坐看揮飛白筆〔五〕，侍臣新和柏梁篇〔六〕。衣冠忽見藏原廟〔七〕，簫鼓愁聞向洛川㊀〔八〕。寂寞秋風羣玉殿，還同恍惚夢鈞天。

行殿沉沉晝翣重〔九〕，淒涼挽鐸出深宮。攀號不悟龍胡遠〔一〇〕，侍從猶穿豹尾中〔一一〕。日薄山川長起霧，天寒松柏自生風。斯民四十年涵煦〔一二〕，耕鑿安知荷帝功！

【校記】

㊀簫：原校：一作「笳」。

【箋注】

〔一〕如題下注，嘉祐八年（一〇六三）作。長編卷一九八載，是年三月「辛未晦，上暴崩於福寧殿」。又載，十月「甲午，葬仁宗神文聖武明孝皇帝於永昭陵」。

〔二〕「與子」四句：仁宗趙禎晚年無子，於嘉祐七年立皇侄、濮安懿王子宗實爲皇子，賜名曙。翌年，仁宗崩，趙曙繼位，是爲英宗。事見長編卷一九七、一九八。此言因謀定儲君，而保持國政安穩。

〔三〕「大舜」二句：言仁宗仁愛寬容。宋史仁宗紀一：「天性仁孝寬裕，喜愠不形於色。」孟子盡心上：「孟子曰：『堯舜，性之也。』」趙岐注：「性之，性好仁，自然也。」史記殷本紀：「湯出，見野張網四面，祝曰：『自天下四方皆入吾網。』湯曰：『嘻，盡之矣！』乃去其三面，祝曰：『欲左，左。欲右，右。不用命，乃入吾網。』諸侯聞之，曰：『湯德至矣，及禽獸。』」

〔四〕清血：指眼淚。杜牧杜秋娘：「清血灑不盡，仰天知問誰？」

〔五〕「便坐」句：仁宗喜飛白體，嘗書以賜羣臣。見前篇。歸田録卷一：「仁宗萬機之暇，無所玩好，惟親翰墨，而飛白尤爲神妙。」

〔六〕柏梁篇：泛指應制之作。王維奉和聖製重陽節宰臣及羣官上壽應制：「四海方無事，三秋大有年……無窮菊花節，長奉柏梁篇。」

〔七〕原廟：史記高祖本紀：「及孝惠五年，思高祖之悲樂沛，以沛宮爲高祖原廟。」裴駰集解：「謂『原』者，再也。先既已立廟，今又再立，故謂之原廟。」

〔八〕「簫鼓」句：北宋皇陵在鞏縣，洛水流經其地，故云。

〔九〕行殿：可移動之宮殿。指一種安穩的大車。晉法顯佛國記：「作四輪像車，高三丈餘，狀如行殿。」此指喪車。畫翣：出殯時用之彩畫棺飾。禮記喪大記：「飾棺：君龍帷，三池……黼翣二，黻翣二，畫翣二。」孔穎達疏：「翣形似扇，以木爲之，在路則障車，入椁則障柩也。」

〔一〇〕「攀號」句史記封禪書：「黄帝采首山銅，鑄鼎於荆山下。鼎既成，有龍垂胡髯下迎黄帝。黄帝上騎，羣臣後宫從上者七十餘人，龍乃上去。餘小臣不得上，乃悉持龍髯，龍髯拔，墮，墮黄帝之弓。百姓仰望黄帝既上天，乃抱其弓與胡髯號。」

〔一一〕豹尾：天子屬車之飾物，亦用於天子鹵簿儀仗。蔡邕獨斷下：「秦滅九國，兼其車服……最後一車懸豹尾。」

〔一二〕四十年：仁宗即位於乾興元年（一〇二二），崩於嘉祐八年（一〇六三），在位四十二年，此舉整數言之。

續作永昭陵挽詞五首〔一〕

王者居尊本無外，由來天下以爲家。六龍白日乘雲去〔二〕，何用金錢買道車？

苦霧霏霏著彩旗，猶排吉仗雜凶儀。常時鳳輦行遊處，今日龍輴慟哭隨〔三〕。

都人擾擾塞康莊，西送靈車過苑牆。金鼎藥成龍已去〔四〕，人間惟有鼠拖腸〔五〕。

素幕悠悠逗曉風，行隨哀挽出深宫。妃嬪莫向蒼梧望〔六〕，雲覆昭陵洛水東。

叨陪法從最多年〔七〕，慣聽梨園奏管弦。從此無因瞻黼坐〔八〕，惟應魂夢到鈞天〔九〕。

【箋注】

〔一〕如題下注，嘉祐八年（一〇六三）作。

〔二〕六龍：天子車駕之代稱。李白上皇西巡南京歌之四：「誰道君王行路難，六龍西幸萬人歡。」

〔三〕龍輴：禮記檀弓上：「天子之殯也，菆塗龍輴以椁。」鄭玄注：「天子殯以輴車，畫轅爲龍。」

〔四〕「金鼎」句：見前篇箋注〔一〇〕。鮑照代淮南王：「琉璃作盌牙作盤，金鼎玉匕合神丹。」

〔五〕鼠拖腸：喻冷落失意。劉敬叔異苑卷三：「昔仙人唐昉，拔宅升天，雞犬皆去，唯鼠墜下，不死，而腸出數寸，三年易之。」王禹偁南郊大禮詩之六：「惆悵昔年曾侍從，而今翻似鼠拖腸。」

〔六〕蒼梧：史記五帝本紀：「（舜）踐帝位三十九年，南巡狩，崩於蒼梧之野。」

〔七〕法從：漢書揚雄傳上：「又是時趙昭儀方大幸，每上甘泉，常法從，在屬車間豹尾中。」顏師古注：「法從者，以言法當從耳，非失禮也。一曰從法駕也。」

〔八〕黼坐：又作「黼座」。帝座。天子座後設黼扆，故名。借指天子。林逋送范希文寺丞：「黼座垂精正求治，何時條對召公車。」

〔九〕「惟應」句：史記趙世家：「趙簡子疾，五日不知人……居二日半，簡子寤。語大夫曰：『我之帝所甚樂，與百神遊於鈞天，廣樂九奏萬舞，不類三代之樂，其聲動人心。』」

赴集禧宮祈雪追憶從先皇駕幸泫然有感〔一〕

琳闕岧岧倚瑞煙〔二〕，憶陪遊豫入新年〔三〕。雲深曉日開宮殿，水闊春風颺管弦。千騎清塵回輦路，萬家明月放燈天。一朝人事淒涼改，惟有靈光獨巋然〔四〕。

【箋注】

〔一〕 據題下注，嘉祐八年（一〇六三）作。宋史仁宗紀四載皇祐五年六月「丙戌，作集禧觀成」。李濂汴京遺蹟志卷一〇引宋朝會要：「大中祥符八年五月，詔會靈觀池以凝祥爲名，園以奉靈爲名，觀以奉五岳帝。仁宗時，觀火，既重建，改名曰集禧。」先皇，仁宗皇帝。歐嘉祐八年有答李學士（書簡卷八）云：「自遭罹國恤，哀摧殆無以生。伏惟感慕攀號，何以堪處。」

〔二〕 岧岧：高貌。張衡西京賦：「干雲霧而上達，狀亭亭以岧岧。」

〔三〕 「憶陪」句：歸田録卷二：「嘉祐八年上元夜，賜中書、樞密院御筵於相國寺羅漢院。國朝之制，歲時賜宴多矣，自兩制以上皆與，惟上元一夕，祇賜中書、樞密院，雖前兩府見任使相，皆不得與也。是歲，昭文韓相、集賢曾公、樞密張太尉皆在假不赴，惟余與西廳趙侍郎、副樞胡諫議吴諫議四人在席。」按：由「千騎」二句觀之，時在上元節，歐「陪遊豫」也。

〔四〕 靈光：喻帝王（此指仁宗）之德澤。漢書鼂錯傳：「五帝神聖……德澤滿天下，靈光施四海。」

夜宿中書東閣〔一〕

翰林平日接羣公，文酒相歡慰病翁。白首歸田徒有約㊀，黄扉論道愧無功〔二〕。攀髯路斷三山遠〔三〕，憂國心危百箭攻〔四〕。今夜靜聽丹禁漏，尚疑身在玉堂中。

【校記】

㊀徒：原校：墨蹟作「空」。

【箋注】

〔一〕 如題下注，嘉祐八年（一〇六三）作。中書，中書省，其東閣爲宰執辦公處。周必大題六一先生夜宿中書東閣詩：「右歐陽公嘉祐八年冬末詩。按昭陵以是年春晏駕，十月復土，時厚陵再屬疾，兩宮情意未通，故有『攀髯路斷』、『憂國心危』之句云。」按：昭陵指仁宗，厚陵指英宗。

〔二〕「白首」二句：熙寧四年，歐有寄韓子華詩，序云：「余與韓子華、長文、禹玉同直玉堂，嘗約五十八歲致仕，子華書於柱上。其後薦蒙恩寵，世故多艱，歷仕三朝，備位二府，已過限七年，方能乞身歸老。」黄扉，丞相、三公、給事中等高官辦事處，以黄色塗門，故稱。南史梁武陵王紀傳：「武帝諸子罕登公位，唯紀以功業顯著，先啓黄扉。」

〔三〕攀髯：謂仁宗駕崩。見本卷永昭陵挽詞三首箋注〔一〇〕。三山：史記封禪書：「自（齊）威、宣、燕昭使人入海求蓬萊、方丈、瀛洲。此三神山者，其傅在勃海中，去人不遠。」

〔四〕「憂國」句：長編卷一九九嘉祐八年：「方帝疾甚時，云爲多乖錯，往往觸忤太后，太后不能堪。左右讒間者或陰有廢立之議。」同卷又引司馬光上皇太后疏曰：「方今仁宗新棄四海，皇帝久疾未平，天下之勢危於卵累，惟恃兩宮和睦以自安，如天覆而地載也，豈可效常人之家，爭語言細故，有絲毫之隙，以爲宗廟社稷之憂哉！」

送王學士赴兩浙轉運㊀〔一〕

漢家財利析秋毫，暫屈清才豈足勞。邑屋連雲盈萬井，舳艫銜尾列千艘〔二〕。春寒欲盡黄梅雨，海浪高翻白鷺濤。平昔壯心今在否，江山猶得助詩豪。

【校記】

㊀題下原校：京本作「送王勝之兩浙運使」。

【箋注】

〔一〕如題下注，嘉祐八年（一〇六三）作。王學士，王益柔，字勝之，王曙之子。生平見本集卷二九少府監分司西京裴公墓誌銘箋注〔八〕。益柔赴兩浙轉運之職前，曾往歐府辭行。是年，歐有與王龍圖（書簡卷五）云：「前日辱訪別，但多愧荷……承已登舟，節氣遂爾寒凝，惟希加愛爲禱。」

〔二〕「邑屋」二句：本集卷四〇有美堂記：「（錢塘）邑屋華麗，蓋十餘萬家。環以湖山，左右映帶。而閩商海賈，風帆浪舶，出入於江濤浩渺、煙雲杳靄之間，可謂盛矣。」

早　朝〔一〕

閶闔初開瑞霧中，丹霞曉日上蒼龍〔二〕。鳴鞭響徹廊千步〔三〕，佩玉聲趨戟百重。雪後朝寒猶凜冽，柳梢春意已丰茸。少年自結芳菲侶，老病惟添睡思濃。

【箋注】

〔一〕據題下注，治平元年（一〇六四）作。

〔二〕蒼龍：原爲漢代宮闕名，此泛指宮闕。文選陸倕石闕銘：「蒼龍玄武之製，銅雀鐵鳳之工。」李善注：「三輔舊事曰：「未央宮東有蒼龍闕，北有玄武闕。」」

〔三〕鳴鞭：古時皇帝儀仗之一，鞭形，揮而作響，使人肅靜。宋史儀衛志二：「上皇日常朝殿，差御龍直四十三人，執仗排立，並設繖扇，鳴鞭。」

下　直〔一〕

宮柳街槐綠未齊，春陰不解宿雲低。輕寒漠漠侵駝褐〔二〕，小雨班班作燕泥。報國無功嗟已老，歸田有約一何稽㊀〔三〕！終當自駕柴車去，獨結茅廬潁水西。

【校記】

㊀約：原校：一作「計」。

【箋注】

〔一〕據題下注，治平元年（一〇六四）作。是年，歐在參知政事任上。直，謂内閣當值。

〔二〕駝褐：駝毛織成的衣服。孫光憲北夢瑣言：「（昭宗）宴於壽春殿，茂貞肩輿，衣駝褐，入金鑾門，易服赴宴。」

〔三〕「歸田」句：見夜宿中書東閣箋注〔二〕。

齋宫尚有殘雪思作學士時攝事于此嘗有聞鶯詩寄原父因而有感四首〔一〕

雪壓枯條脉未抽，春寒慘慄作春愁。却思緑葉清陰下，來此曾聞黄栗留〔二〕。

老來何與青春事，閑處方知白日長。自恨乞身今未得〔三〕，齒牙浮動鬢蒼浪〔四〕。

兩京平日接英髦，不獨詩豪酒亦豪。休把青銅照雙鬢，君謨今已白刁騷〔五〕。

詩篇自覺隨年老，酒力猶能助氣豪。興味不衰惟此爾，其餘萬事一牛毛。

【箋注】

〔一〕據題下注，治平元年（一〇六四）作。聞鶯詩即嘉祐四年所作夏享太廟攝事齋宮聞鶯寄原甫詩，在本卷。

〔二〕「來此」句：聞鶯詩有「何處飛來黄栗留」句。

〔三〕「自恨」句：是年有與韓忠獻王（書簡卷一）云：「某衰病，最宜先去者，尚此遲疑……昔人歎好事難必成，皆此類也。」

〔四〕「齒牙」句：是年有與吳正獻公（書簡卷二）云：「苦殘衰，齒牙摇脱，飲食艱難。」

〔五〕君謨：蔡襄之字。刁騷：頭髮稀落貌。

攝事齋宮偶書㊀〔一〕

齋宮岑寂偶偷閑，猶覺閑中興未闌。美酒清香銷晝景，冷風殘雪作春寒。丹心未死惟憂國〔二〕，白髮盈簪盍掛冠？誰爲寄聲清潁客，此生終不負漁竿。

【校記】

㊀題下原校：一作「齋夕感事」。

【箋注】

〔一〕據題下注，治平元年（一〇六四）作。

〔二〕「丹心」句：是年，歐有與吳正肅公（書簡卷二）云：「入今年來，兩目昏甚，屯滯百端。直以京師饑疫，復此水患，上心憂勞，正當竭力，未敢請外。其如無所裨補，其責愈深，奈何奈何！」足見憂國之心。

早朝感事〔一〕

疏星牢落曉光微〔二〕，殘月蒼龍闕角西〔三〕。玉勒爭門隨仗入，牙牌當殿報班齊〔四〕。羽儀雖接鴛兼鷺，野性終存鹿與麛㊀〔五〕。笑殺汝陰常處士㊁，十年騎馬聽朝音潮雞〔六〕。

【校記】

㊀麛：卷後原校：石本作「麑」。　㊁汝陰常處士：原校：墨蹟作「雲林高卧客」。

【箋注】

〔一〕據題下注，治平元年（一〇六四）作。

〔二〕牢落：同「寥落」。韓愈天星送楊凝郎中賀正：「天星牢落雞喔咿。」

〔三〕「殘月」句：王得臣麈史卷中：「永叔早朝詩曰『月在蒼龍闕角西』，甚美。然予按漢之四闕，南曰朱雀，北曰玄武，東曰蒼龍，西曰白虎。今永叔詩意，蓋以當前門闕狀蒼龍，故云月在西也。蓋不用漢闕耳。」

〔四〕「玉勒」二句：周必大二老堂詩話報班齊：「歐公詩云：『玉勒爭門隨仗入，牙牌當殿報班齊。』或疑其不然。今朝殿爭門者，往往隨仗而入，及在廷排立既定，駕將御殿，閤門持牙牌，刻『班齊』二字，候班齊，小黃門接入，上先坐後幄。黃門復出揚聲云：『人齊未？』行門當頭者應云：『人齊。』上即出，方轉照壁，衛士即鳴鞭。然此乃是駕出時，常日則不同。」玉勒，玉飾之馬銜，指朝官所乘之馬。仗，皇帝之儀衛。春明退朝録卷中：「閤門有舊入閤圖，頗約其禮而簡便之。凡文武官百人，執仗四百人，其五龍、五鳳、五嶽、五星旗、御馬，皆立殿門之外。」詳見宋史儀衛志一。

〔五〕「羽儀」二句：謂身在朝中而心在山林。鴛、鷺，止有班，立有序，以喻朝官。錢起陪南省諸公宴殿中李監宅：「壺觴開雅宴，鴛鷺眷相隨。」鹿麛，在鄉野。盧綸山中一絶：「陽坡軟草原如織，閑與鹿麛相伴眠。」

〔六〕「笑殺」二句：汝陰即潁州。常處士，常秩。王闢之澠水燕談録卷一〇：「潁上常夷甫處士，以行義爲士大夫所推，近臣屢薦之，朝廷命之官，不起。歐陽公晚治第於潁，久參政柄，將乞身以去。顧未得謝，而思潁之心日切，嘗有詩曰：『笑殺汝陰常處士，十年騎馬聽朝雞。』後，公既還政，而處士被召赴闕，爲天章閣待制，日奉朝請。有輕薄子改公詩以戲之曰：『却笑汝陰歐少保，新來處士聽朝雞。』」常秩，字夷甫，宋史有傳，王安石有寶文閣待制常公墓表。十年，謂歐至和元年（一〇五四）回京任職，至是，正十年。

集禧謝雨〔一〕

十里長街五鼓催，泥深雨急馬行遲。卧聽竹屋蕭蕭響，却憶滁州睡足時。

【箋注】

〔一〕據題下注，治平元年（一〇六四）作。胡譜載，是年「四月甲午，奉敕祈雨社稷」。本詩作於得雨之後。集禧，集禧宫，見本集卷一三赴集禧宫祈雪追憶從先皇駕幸泫然有感箋注〔一〕。

下直呈同行三公〔一〕

午漏聲初轉〔二〕，歸鞍路偶同。天清黄道日，街闊緑槐風。萬國舟車會，中天象魏雄〔三〕。戢戈清四海〔四〕，論道屬三公。自愧陪羣彦，從來但樸忠。時平容竊禄，歲晚歎衰翁。買地淮山北，垂竿潁水東。稻粱雖可戀，吾志在冥鴻〔五〕。

【箋注】

〔一〕據題下注，治平元年（一〇六四）作。同行三公，不詳。

〔二〕漏：古計時器，即漏壺。

〔三〕「中天」句：見本卷明堂慶成箋注〔七〕。

〔四〕戢戈：息兵。錢起送王使君赴太原行營：「太白明無象，皇威未戢戈。」

〔五〕「吾志」句：謂志在避世隱居。揚雄法言問明：「鴻飛冥冥，弋人何篡焉。」李軌注：「君子潛神重玄之域，世網不能制禦之。」

東閤雨中〔一〕

直閤時偷暇，幽懷坐獨哦。緑苔人迹少，黃葉雨聲多。雲結愁陰重，風傳禁漏過。瑤圖新嗣聖〔二〕，玉塞久包戈〔三〕。相府文書簡，豐年氣候和。還將鳳池句，聊雜野人歌。

【箋注】

〔一〕據題下注，治平元年（一〇六四）作。東閤，中書東閤。

〔二〕瑤圖：帝王世系。徐陵檄周文：「主上恭膺寶歷，嗣奉瑤圖。既稟聖人之材，兼富神武之略。」新嗣聖：謂英宗繼位。

〔三〕玉塞：玉門關之別稱。包戈：謂偃武修文。禮記樂記下：「武王克殷返商……倒載干戈，包之以虎皮。」孔穎達疏：「或以虎皮有文，欲以見文止武也。」

四月十七日景靈宮奉迎仁宗皇帝御容有感〔一〕

行殿峨峨出緑槐，琳房芝闕聳崔嵬㊀。管弦飄落人間去，幢節疑從天上來〔二〕。基業百年傳聖子，黔黎四紀樂春臺〔三〕。孤臣不得同鍼虎〔四〕，未死心先冷若灰。

【校記】

㊀聳：原校：一作「竦」。

【箋注】

〔一〕如題下注，治平二年（一〇六五）作。胡譜載，是年「四月辛丑，景靈宮奉安仁宗御容，車駕行酌獻之禮，攝侍中」。長編卷二〇四載奉安仁宗御容在四月丙午（十七日），與詩題合，辛丑爲十二日，胡譜有誤。

〔二〕幢節：旗幟儀仗。新唐書韋昭度傳：「拜昭度兼行營招撫使，乃建幢節行城下。」

〔三〕春臺：春日登眺覽勝之處。老子：「荒兮其未央，衆人熙熙，如享太牢，如登春臺。」

〔四〕鍼虎：秦穆公時賢臣。左傳文公六年：「秦伯任好卒，以子車氏之三子奄息、仲行、鍼虎爲殉，皆秦之良也。」

居士集卷十四

律詩六十五首

馬上默誦聖俞詩有感㊀〔一〕

興來筆力千鈞勁㊁，酒醒人間萬事空㊂。蘇梅二子今亡矣〔二〕，索寞滁山一醉翁㊃。

【校記】

㊀題下原校：一作「偶題」。 ㊁勁：原校：一作「重」。 ㊂酒醒：原校：一作「醉後」。 ㊃索寞滁山一醉：原校：一作「惆悵滁陽一病」。

【箋注】

〔一〕據題下注，治平二年（一〇六五）作。

〔二〕「蘇梅」句：蘇舜欽卒於慶曆八年（湖州長史蘇君墓誌銘），梅堯臣卒於嘉祐五年（梅聖俞墓誌銘）。

定力院七葉木〔一〕

伊洛多佳木，娑羅舊得名。常於佛家見，宜在月宮生〔二〕。鈿砌陰鋪靜〔三〕，虛堂子落聲。夜風疑雨過，朝露炫霞明。車馬王都盛，樓臺梵宇閎。惟應靜者樂，時聽野禽鳴。

【箋注】

〔一〕據題下注，治平二年（一〇六五）作。周臣宋東京考：「定力院在蔡河東水門北。」七葉木，即七葉樹，葉子對生，掌狀復葉，花白色，著名觀賞植物。

〔二〕「娑羅」三句：娑羅，梵語譯音，即柳安。附會爲七葉樹或月中桂樹。洪邁容齋四筆娑羅樹：「世俗多指言月中桂爲娑羅樹，不知所起。」

〔三〕鈿砌：金玉鑲嵌之臺階。黃滔館娃宮賦：「丹楹刻桷之殊制，鈿砌文軒之詭狀。」

秋陰〔一〕

秋陰積不散，夜氣凜初清。雨冷侵燈暈，風愁送葉聲。國恩慚未報，歲晚念餘生〔二〕。却憶滁州睡，村醪自解酲。

【箋注】

〔一〕據題下注，治平二年（一〇六五）作。

〔二〕「國恩」二句：歐是年有與王龍圖（書簡卷五）云：「某竊位於此，已六七年，白首碌碌，初無補報，而罪責無量，謗咎獨歸。自春首已來，得淋渴疾，癯瘠昏耗，僅不自支。他人視之，若不堪處，況以殘骸勉强，情緒可知。」

秋懷〔一〕

節物豈不好，秋懷何黯然！西風酒旗市，細雨菊花天。感事悲雙鬢，包羞食萬錢㊀〔二〕。鹿車終自駕〔三〕，歸去潁東田。

【校記】

㊀包羞：原校：一作「貪榮」。

【箋注】

〔一〕據題下注，治平二年（一〇六五）作。

〔二〕包羞：易否：「六三，包羞。象曰：『包羞，位不當也。』」孔穎達疏：「以失位不當所包承之事，唯羞辱已。」食萬錢：晉書何曾傳：「（曾）性奢豪，務在華侈……食日萬錢，猶曰：『無下箸處。』」

〔三〕鹿車：應劭風俗通：「鹿車窄小，裁容一鹿也。」後漢書鮑宣妻傳：「妻乃悉歸侍御服飾，更著短布裳，與宣共挽鹿車歸鄉里。」

【集評】

〔元〕方回：歐陽公於自然之中，或壯健，或流麗，或全雅淡，有德者之言，自不同也。三、四全不吃力，俗間有云：「香橙螃蟹月，新酒菊花天。」本此。（瀛奎律髓卷一二）

〔清〕高步瀛：「西風酒旗市，細雨菊花天。」名雋。（唐宋詩舉要卷四）

初　寒〔一〕

多病淹殘歲，初寒悄獨吟。雲容乍濃淡，秋色半晴陰。籬菊催佳節，山泉響夜琴。自能知此樂，何必戀腰金〔二〕！

【箋注】

〔一〕據題下注，治平二年（一〇六五）作。時爲秋季，由「籬菊」句觀之，已近重陽。

〔二〕腰金：古代朝官之腰帶，依品級鑲以不同之金飾。金，亦指金印或金魚袋。岑文本三元頌：「腰金鳴玉，執贄奉璋。」

寄渭州王仲儀龍圖㊀〔一〕

羨君三作臨邊守〔二〕，慣聽胡笳不慘然。弓勁秋風鳴白角〔三〕，帳寒春雪壓青氈。威行四境烽煙斷，響入千山號令傳。翠幕紅燈照羅綺，心情何似十年前〔四〕！

【校記】

㊀題下原校：一作「送王素之渭州」。

【箋注】

〔一〕據題下注，治平二年（一〇六五）作。王素，字仲儀，時爲龍圖閣直學士、知渭州。王珪王懿敏公墓誌銘：「治平元年秋，敵寇靜邊寨……天子西憂，以端明殿學士又知渭州。」

〔二〕「羨君」句：王素三知渭州，分別在慶曆四年（長編卷一五〇）、皇祐三年（長編卷一七一）與治平元年。

〔三〕白角：白色牛角。穆天子傳卷四：「爰有黑牛白角。」

〔四〕「心情」句：王素上次知渭州爲皇祐三年至至和元年（一〇五四），至是已十年有餘。

崇政殿試賢良晚歸〔一〕

槐柳依依禁籞長〔二〕，初寒人意自淒涼。鳳城斜日留殘照〔三〕，玉闕浮雲結夜霜。老負漁竿貪國寵，病須罇酒送年光。歸來解帶西風冷，衣袖猶霑玉案香。

【箋注】

〔一〕據題下注，治平二年（一〇六五）作。長編卷二〇六載，是年九月「己巳，策制舉人」。宋史地理志一京城：「宮後有崇政殿。」下注：「舊名簡賢講武，太平興國二年改今名。」高承事物紀原學校貢舉：「漢、唐逮宋，取士之制，有賢良方正、茂才異等六科，謂之制舉，亦曰大科，通謂之賢良。」

〔二〕禁籞：禁苑周圍之藩籬，指禁苑。楊炯送并州旻上人詩序：「風煙淒而禁籞寒，草木落而城隍晚。」

〔三〕鳳城：京都之美稱。沈佺期奉和立春遊苑迎春：「歌吹銜恩歸路晚，棲烏半下鳳城來。」

聞潁州通判國博與知郡學士唱和頗多因以奉寄知郡陸經通判楊褒〔一〕

一自蘇梅閉九泉〔二〕，始聞東潁播新篇㊀。金罇留客使君醉㊁，玉麈高談別乘賢〔三〕。十里秋風紅菡萏，一溪春水碧漪漣。政成事簡何爲樂㊂，終日吟哦雜管弦。

【校記】

㊀東潁：卷後原校：一作「西潁」。　㊁使：原作「史」，原校云「一作『使』」，據改。　㊂何爲樂：卷後原校：一作「還多暇」。

【箋注】

〔一〕據題下注，治平二年（一〇六五）作。楊褒，見本集卷六盤車圖詩箋注〔三〕。陸經，見本集卷七長句送陸子履學士通判宿州箋注〔一〕。

〔二〕蘇梅：蘇舜欽、梅堯臣。

〔三〕別乘：別駕之別稱。漢別駕爲州刺史之佐吏，其職守與宋州府副長官即通判相當，故此借稱楊褒。

南郊慶成〔一〕

祀教民昭孝，天惟德是親〔二〕。太宮嚴大饗，吉土兆精禋〔三〕。禮樂三王盛〔四〕，梯航萬國賓〔五〕。恩霑羣動洽，慶與一陽新〔六〕。奉册尊長樂〔七〕，均釐及衆臣。不須雲物瑞，和氣浹人神。

【箋注】

〔一〕如題下注，治平二年（一〇六五）作。胡譜載，是年十一月「壬申，祀南郊，攝司空行事」。南郊，帝王祭天之大禮。詳見宋史禮志二。

〔二〕「天惟」句：左傳僖公五年：「臣聞之，鬼神非人實親，惟德是依。故周書曰：『皇天無親，惟德是輔。』」

〔三〕精禋：國語周語上：「精意以享，禋也。」禋，升煙祭天以求福。詩大雅生民：「克禋克祀，以弗無子。」鄭玄箋：「乃禋祀上帝於郊禖，以祓除其無子之疾而得其福也。」

〔四〕三王：一般指夏禹、商湯、周武王。穀梁傳隱公八年：「盟詛不及三王。」范寧注：「三王，謂夏、殷、周也。夏后有鈞臺之享，商湯有景亳之命，周武有盟津之會。」

〔五〕梯航：「梯山航海」之省語，謂長途跋涉。唐玄宗賜新羅王：「玉帛遍天下，梯杭歸上都。」杭，通「航」。

〔六〕一陽新：易復「后不省方」孔穎達疏：「冬至一陽生，是陽動用而陰復於靜也。」

〔七〕奉册：宋史禮志二：「仁宗天聖二年，詔加真宗謚，上謂輔臣曰：『郊祀重事，朕欲就禁中習儀，其令禮官草具以聞。』先郊三日，奉謚册寶於太廟……神宗元豐六年十一月二日，帝將親郊，奉仁宗、英宗徽號册寶於太廟。」

和昭文相公上巳宴〔一〕

一雨初消九陌塵，秉蘭修禊及芳辰〔二〕。恩深始錫龍池宴〔三〕，節正須知鳳曆新㈠。是歲始頒明天新曆，三月三日丁巳。紅琥珀傳杯瀲灩，碧琉璃瑩水𤅢淪〔四〕。上林未放花齊發〔五〕，留待鳴鞘出紫宸〔六〕。

【校記】

㈠須：原校：一作「方」。

【箋注】

〔一〕如題下注，治平三年（一〇六六）作。胡譜載是年「三月三日，賜上巳宴」。昭文相公，韓琦。琦於嘉祐六年八月進拜刑部尚書、同中書門下平章事、昭文館大學士（李清臣韓忠獻公琦行狀），故稱。安陽集卷一〇有丙午上巳瓊林苑賜筵詩。

〔二〕秉蘭修禊：世說新語企羨：「王右軍得人以蘭亭集序方金谷詩序。」劉孝標注引王羲之臨河敘曰：「永和九年，歲在癸丑，暮春之初，會於會稽山陰之蘭亭，修禊事也。」修禊，上巳日水邊嬉戲，以祓除不祥。

〔三〕龍池：唐玄宗於隆慶坊建興慶宮，龍池包容於內。王維有大同殿生玉芝龍池上有慶雲百官共睹聖恩便賜宴樂敢書即事詩。

〔四〕奫淪：柳宗元招海賈文：「其外大泊泙奫淪，終古迴薄旋天垠。」集注引張敦頤曰：「奫淪，水深廣貌。」

〔五〕上林：漢有上林苑，此指瓊林苑。

〔六〕紫宸：宋史地理志一京城：「大慶殿北有紫宸殿，視朝之前殿也。」

三日赴宴口占〔一〕

賜飲初逢禊節佳〔二〕，昆池新漲碧無涯〔三〕。九門寒食多遊騎，三月春陰正養花。共喜流觴修故事〔四〕，自憐雙鬢惜年華。鳳城殘照歸鞍晚，禁籞無風柳自斜。

【箋注】

〔一〕如題下注，治平三年（一〇六六）作。赴宴，即赴上巳宴，見上篇。

〔二〕禊節：即上巳節。

〔三〕昆池：昆明池，漢武帝於長安近郊所鑿，至宋已湮没。此借指皇家池苑。

〔四〕流觴：王羲之蘭亭集序：「又有清流激湍，映帶左右，引以爲流觴曲水。」

讀楊蟠章安集㊀〔一〕

蘇梅久作黄泉客，我亦今爲白髮翁。卧讀楊蟠一千首，乞渠秋月與春風。

【校記】

㊀「安」下：原校：一本有「詩」字。

【箋注】

〔一〕據題下注，治平三年（一〇六六）作。宋史楊蟠傳：「楊蟠字公濟，章安人也。舉進士，爲密、和二州推官。歐陽修稱其詩。蘇軾知杭州，蟠通判州事，與軾唱酬居多。平生爲詩數千篇，後知壽州卒。」宋史藝文志著録「楊蟠詩二十卷」。

蘇主簿挽歌〔一〕 洵

布衣馳譽入京都，丹旐俄驚反舊閭㊀〔二〕。諸老誰能先賈誼〔三〕，君王猶未識相如〔四〕。

三年弟子行喪禮〔五〕，千兩鄉人會葬車〔六〕。我獨空齋掛塵榻㊁〔七〕，遺編時閱子雲書〔八〕。

【校記】

㊀驚：原校：一作「聞」。　㊁我獨：原校：一作「獨我」。

【箋注】

〔一〕如題下注，治平三年（一〇六六）作。本集卷三四故霸州文安縣主簿蘇君墓誌銘：「爲太常因革禮一百卷，書成方奏，未報而君以疾卒，實治平三年四月戊申也。」是春，歐聞蘇洵染疾，數致書問候。見書簡卷七。洵卒，撰挽辭銘誄者甚衆，張方平文安先生墓表云：「朝野之士爲誄者百一十有三人。」

〔二〕「布衣」二句：蘇君墓誌銘：「當至和、嘉祐之間，與其二子軾、轍偕至京師，翰林學士歐陽修得其所著書二十二篇，獻諸朝。書既出，而公卿士大夫爭傳之……而君以疾卒……天子聞而哀之，特贈光禄寺丞，敕有司具舟載其喪歸於蜀。」丹旐，出喪時所用紅色銘旌。何遜王尚書瞻祖日：「昱昱丹旐振，亭亭素蓋上。」

〔三〕「諸老」句：史記屈原賈生列傳：「賈生年二十餘，最爲少。每詔令議下，諸老先生不能言，賈生盡爲之對，人人各如其意所欲出。諸生於是乃以爲能，不及也。」

〔四〕「君王」句：史記司馬相如列傳：「客遊梁。梁孝王令與諸生同舍，相如得與諸生遊士居數歲，乃著子虛之賦。會梁孝王卒，相如歸，而家貧，無以自業……居久之，蜀人楊得意爲狗監，侍上。上讀子虛賦而善之，曰：『朕獨不得與此人同時哉！』得意曰：『臣邑人司馬相如自言爲此賦。』上驚，乃召問相如。」

〔五〕「三年」句：史記孔子世家：「孔子葬魯城北泗上，弟子皆服三年。三年心喪畢，相訣而去。」

〔六〕「千兩」句：漢書樓護傳：「樓護字君卿，結交士大夫，無所不傾，甚交士，長者尤見親。母死，送葬者致車二三千兩。」

〔七〕掛塵榻：陳蕃爲豫章太守，專爲徐穉設一榻。穉去，榻即掛起。見後漢書徐穉傳。

〔八〕「遺編」句：謂蘇洵已逝而其書尚在。子雲，揚雄之字。雄著有太玄、法言等，此借喻蘇洵之著述。

寄題沙溪寶錫院㊀〔一〕

爲愛江西物物佳，作詩嘗向北人誇。青林霜日換楓葉㊁，白水秋風吹稻花。釀酒烹雞留醉客，鳴機織苧遍山家㊂。野僧獨得無生樂〔二〕，終日焚香坐結跏〔三〕。

【校記】

㊀錫：原校：碑本作「積」。卷後原校云：「寶積去沙溪十五里，詩刻猶在，而諸本皆作寶錫，今兩存之。」

㊁換：原校：一作「染」。　㊂織：原校：墨蹟作「緝」。

【箋注】

〔一〕據題下注，嘉祐五年（一〇六〇）作。寶錫院在吉州永豐縣沙溪。

〔二〕無生：佛教謂萬物無生無滅。王維登辨覺寺：「空居法雲外，觀世得無生。」

〔三〕結跏：亦作「結跏趺坐」。佛教徒坐禪法，即交迭左右足背於左右股上而坐。楊衒之洛陽伽藍記景林寺：「淨行之僧，繩坐其内，餐風服道，結跏數息。」

宋司空挽辭㊀〔一〕

文章天下無雙譽，伯仲人間第一流〔二〕。出入兩朝推舊德〔三〕，周旋三事著嘉謀〔四〕。

從容進退身名泰，寵錫哀榮禮數優㊁。棠棣從來敦友愛，九原相望接松楸〔五〕。

【校記】

㊀「司空」：原校：一作「元憲公」。　㊁哀：原校：一作「褒」。

【箋注】

〔一〕如題下注，治平三年（一〇六六）作。宋司空，宋庠。庠初名郊，字伯庠，後改字公序。安州安陸（今屬湖北）人。天聖二年進士第一。歷三司户部判官、知制誥等，爲翰林學士。除參知政事，改樞密使，拜相。以司空致仕，卒謚元憲。宋史有傳。據華陽集卷三六宋元憲公神道碑，庠治平三年四月卒，贈太尉兼侍中。

〔二〕「文章」二句：宋史宋庠傳：「庠自應舉時，與祁俱以文學名擅天下。」宋祁傳：「祁字子京，與兄庠同時舉進士，禮部奏祁第一，庠第三。章獻太后不欲以弟先兄，乃擢庠第一，而置祁第十。人呼曰『二宋』。」

〔三〕兩朝：指仁宗、英宗朝。

〔四〕三事：書大禹謨：「六府三事允治。」孔穎達疏：「正身之德，利民之用，厚民之生，此三事惟當諧和之。」

〔五〕「棠棣」二句：詩小雅常棣言兄弟應相互友愛。「常棣」亦作「棠棣」。宋祁已在宋庠卒前五年，即嘉祐六年去世（范鎮宋景文公祁神道碑）。庠與兄同葬許州陽翟縣之三封鄉。松楸，墓地多植此二樹，因以代稱墳墓。

感事〔一〕

治平丁未正月二十有六日。

故園三徑久成荒㊀〔二〕，賢路胡爲此坐妨〔三〕。病骨瘦便花蘂暖，嘉祐八年，于闐國王遣使來朝貢。恩賜宰臣已下于闐所獻花蘂布，柔韌潔白如凝脂，而禦風甚温，不减駞褐也。煩心渴喜鳳團香。先朝舊例，兩府輔臣歲賜龍茶一斤而已。余在仁宗朝作學士兼史館修撰，嘗以史院無國史，乞降一本以備檢討，遂命天章閣録本付院。仁宗因幸天章，見書吏方録國史，思余上言，亟命賜黄封酒一瓶、果子一合、鳳團茶一斤。押賜中使語余云：「上以學士校新寫國史不易，遂有此賜。」然自後月一賜，遂以爲常。後余忝二府，猶賜不絶。號弓但灑孤臣血〔四〕，憂國空餘兩鬢霜。何日君恩憫衰朽，許從初服返耕桑〔五〕？

【校記】

〔一〕久：原作「人」，據天理本改。

【箋注】

〔一〕如題下注，治平四年（一〇六七）作。是年正月丁巳，英宗卒。（長編卷二〇九）歐代撰英宗遺制。（在本集卷一九）宋會要輯稿禮二九之四七：「治平四年正月八日，英宗崩於福寧殿……十一日，命宰臣韓琦撰陵名及哀册文，曾公亮撰謚册文，參知政事歐陽修書册寶。」

〔二〕三徑：陶潛歸去來兮辭：「三徑就荒，松菊猶存。」文選李善注：「三輔決録曰：『蔣詡字元卿，舍中竹下開三徑，唯求仲、羊仲從之，皆挫廉逃名不出。』」

〔三〕「賢路」句：謂勿因己爲官而影響他人仕進。史記萬石君列傳：「願歸丞相侯印，乞骸骨歸，避賢者路。」

〔四〕號弓：指帝王之死。見本集卷一三永昭陵挽詞三首箋注〔一〇〕。

〔五〕初服：楚辭離騷：「進不入以離尤兮，退將復修吾初服。」蔣驥注：「初服，未仕時之服也。」

大行皇帝靈駕發引挽歌辭〔一〕

享國年雖近〔二〕，斯民澤已深。儉勤成禹聖〔三〕，仁孝本虞心〔四〕。方慶逢千載，俄驚遏八音〔五〕。天愁嵩嶺外，雲慘洛川潯。仗動千官衛，神行萬象陰。孤臣恩未報，清血但盈襟〔六〕。

文景孜孜儉與恭〔七〕，慨然思就太平功。興隆學校皇家盛，放斥嬪嬙永巷空〔八〕。威懾黠羌方問罪㊀〔九〕，丹成仙鼎忽遺弓〔一〇〕。霜清日薄簫笳咽，萬國悲號慘澹中。

千齡應運叶天人，四海方欣政日新。忽見九門陳羽衛，猶疑五載欲時巡。觚稜月暗翔金鳳〔一一〕，輦道霜清卧石麟。白首舊臣瞻畫翣〔一二〕，秋風淚灑屬車塵。

【校記】

㊀懾：原校：一作「攝」。黠羌：卷後原校：一作「戎羌」。

【箋注】

〔一〕如題下注，治平四年（一〇六七）作。歐治平四年閏三月作進永厚陵挽歌辭三首引狀（表奏書啓四六集卷四），云：「伏見大行皇帝將來八月遷坐於永厚陵，中外羣臣咸進挽歌辭。臣以非才，久竊重任。遭遇先帝，蒙被聖知，恩極昊天，未知論報，痛深喪考，徒切攀號。臣今謹撰成大行皇帝靈駕發引日挽歌辭三首，謹隨狀上進。」

〔二〕「享國」句：宋史英宗紀：治平四年正月「丁巳，帝崩於福寧殿，壽三十六」。按：英宗在位五年。

〔三〕「儉勤」句：史記夏本紀：「禹爲人敏給克勤……薄衣食，致孝於鬼神。卑宮室，致費於溝減。陸行乘車，水行乘船，泥行乘橇，山行乘檋。左準繩，右規矩，載四時，以開九州，通九道，陂九澤，度九山。」宋史英宗紀：「（帝）服御儉素如儒者。」

〔四〕「仁孝」句：虞，虞舜。史記五帝本紀載舜爲「盲者子。父頑，母嚚，弟傲，能和以孝，烝烝治，不至姦」。又云：「舜年二十以孝聞。」宋史英宗紀：「帝天性篤孝。」

〔五〕 遏八音：書舜典：「帝乃殂落，百姓如喪考妣。三載，四海遏密八音」。

〔六〕 清血：見本集卷一三永昭陵挽詞三首箋注〔四〕。

〔七〕 「文景」句：漢書景帝紀：「漢興，掃除煩苛，與民休息。至於孝文，加之以恭儉。孝景遵業五六十載之間，至於移風易俗，黎民醇厚。周云成康，漢言文景，美矣。」

〔八〕 「放斥」句：長編卷二〇一治平元年四月：「癸未，放宮人三百三十五人。」又，卷二〇五治平二年七月：「丙子，放宮人百八十人。」永巷，宮中長巷。爾雅釋宮「宮中衖謂之壼」邢昺疏引三國魏王肅曰：「今後宮稱永巷，是宮內道名也。」

〔九〕 「威懾」句：羌，古時泛稱西北少數民族，此指西夏諒祚政權。治平三年，西夏軍攻大順、柔遠等城，環慶經略安撫使蔡挺擊敗之。宋遣使以違約數寇責夏國，諒祚謝罪。見長編卷二〇八。

〔一〇〕 遺弓：帝王死亡之委婉語。典出史記封禪書。見永昭陵挽詞三首箋注〔一〇〕。

〔一一〕 觚稜：見本集卷一二再和梅聖俞元夕登東樓箋注〔一〕。

〔一二〕 晝翣：見永昭陵挽詞三首箋注〔九〕。

奉答子履學士見贈之作〔一〕

誰言潁水似瀟湘，一笑相逢樂未央〔二〕。歲晚君尤耐霜雪，興闌吾欲返耕桑。銅槽旋壓清罇美〔三〕，玉麈閑揮白日長。豫約詩筒屢來往㊀，兩州雞犬接封疆〔四〕。

【校記】

㊀詩：原校：一作「書」。

【箋注】

〔一〕據題下注，治平四年（一〇六七）作。是年，歐一再乞罷政事，三月，乃得出知亳州。（胡譜）陸經時爲潁州守，亳、潁連壤，兩人常有詩篇往來。

〔二〕「一笑」句：王維齊州送祖三：「相逢方一笑，相送還成泣。」

〔三〕銅槽：榨酒之器具。羅隱江南行：「水國多愁又有情，夜槽壓酒銀船滿。」

〔四〕「豫約」二句：白居易醉封詩筒寄微之：「爲向兩州郵吏道，莫辭來去遞詩筒。」道德經下篇：「鄰國相望，雞犬相聞，老死不相往來。」

送道州張職方〔一〕

桂籍青衫憶共遊〔二〕，憐君華髮始爲州。身行南雁不到處，山與北人相對愁〔三〕。莫爲高才輕遠俗，當令遺老識賢侯。三年解組來歸日〔四〕，吾已先耕潁水頭。

【箋注】

〔一〕如題下注，治平四年（一〇六七）作。道州，屬荆湖南路，治今湖南道縣。張職方，張器。道州志：「張器，（治平）四年任。」歐有與張職方三通。（書簡卷四）職方，爲職方郎中或員外郎之簡稱。皇祐元年歐知潁州時，張器爲判官。見本集卷一二酬張器判官泛溪。

〔二〕桂籍：科舉登第人名籍。徐鉉：「廬陵別朱觀先輩：『桂籍知名有幾人，翻飛相續上青雲。』」

〔三〕「身行」二句：此聯爲葛立方所激賞，見本集卷一三送王平甫下第詩評語。

〔四〕解組：辭官。組，佩印之綬帶，爲作官之代稱。梁書謝朏傳：「雖解組昌運，實避昏時。」

再至汝陰三絶〔一〕

黄栗留鳴桑葚美〔二〕，紫櫻桃熟麥風涼。朱輪昔愧無遺愛〔三〕，白首重來似故鄉。

十載榮華貪國寵〔四〕，一生憂患損天真〔五〕。潁人莫怪歸來晚，新向君前乞得身。

水味甘於大明井〔六〕，魚肥恰似新開湖〔七〕。十四五年勞夢寐，此時才得少踟躕。余時將赴亳社，恩許枉道過潁也。

【箋注】

〔一〕如題下注，治平四年（一〇六七）作。是年，歐有亳州乞致仕第一劄子云：「伏蒙陛下矜憫孤危，保全晚節，許解政事，得從外補。臣於此時，遂乞守亳，蓋以去潁最近，便於私營。及入辭之日，亦具奏陳，乞枉道至潁，修葺故居。幸蒙聖恩，皆賜允許。」此即作於赴亳過潁之時。汝陰即潁州。

〔二〕黄栗留：黄鸝。見本集卷一三夏享太廟攝事齋宫聞鶯寄原甫箋注〔三〕。

〔三〕「朱輪」句：此謙言皇祐元年至二年知潁時未留下政績。見本集卷三幽谷泉箋注〔二〕。

〔四〕十載榮華：歐至和元年（一〇五四）返京，至是已十年多，官至參知政事。十年，乃言整數；後一首「十四五年」，言實數也。

〔五〕天真：莊子漁父：「禮者，世俗之所爲也；真者，所以受於天也，自然不可易也。故聖人法天貴真，不拘於俗。」

〔六〕大明井：在揚州。皇祐元年，歐有與韓忠獻王（書簡卷一）云：「廣陵嘗得明公鎮撫，民俗去思未遠，幸遵遺矩，莫敢有逾。獨平山堂占勝蜀岡，江南諸山一目千里，以至大明井、瓊花二亭，此三者，拾公之遺，以繼盛美爾。」下有注云：「大明井曰美泉亭，瓊花曰無雙亭。」外集卷一三大明水記：「伯芻以揚子江爲第一……揚州大明寺井第五。」

〔七〕 新開湖：據隆平集卷一九，在高郵軍，離揚州不遠。

郡齋書事寄子履〔一〕

使君居處似山中，吏散焚香一室空。雨過紫苔惟鳥迹，夜涼蒼檜起天風。白醪酒嫩迎秋熟㊀，紅棗林繁喜歲豐。寄語瀛洲未歸客〔二〕，醉翁今已作仙翁。

【校記】

㊀秋熟：卷後原校：一作「秋色」。

【箋注】

〔一〕 據題下注，治平四年（一〇六七）作。是年，歐在知亳州任上，有與吳正獻公（書簡卷二）云：「赴職以來，日享安逸。」又有與曾舍人（書簡卷七）云：「亳之佳處人所素稱者，往往過實，其餘不及陳、潁遠甚。然俯仰年歲間，如傳郵爾，初亦不以爲佳，蓋自便其近潁爾。」葉夢得避暑録話卷上：「（歐公）晚罷政事，守亳，將老矣，更罹憂患，遂有超然物外之志，在郡不復事事，每以閑適飲酒爲樂。時陸子履知潁州，公客也，潁且其所卜居，嘗以詩寄之，頗道其意，末云：『寄語瀛洲未歸客，醉翁今已作仙翁。』」

〔二〕 瀛洲：史記秦始皇本紀：「齊人徐市等上書，言海中有三神山，名曰蓬萊、方丈、瀛洲，仙人居之。」據舊唐書卷七二，唐太宗設文學館，學士有幸入選稱「登瀛洲」。陸經以翰林學士居外任，故稱其爲「瀛洲未歸客」。

答子履學士見寄〔一〕

潁亳相望樂未央，吾州仍得治仙鄉〔二〕。夢回枕上黄粱熟〔三〕，身在壺中白日長〔四〕。每恨老年才已盡，怕逢詩敵力難當。知君欲别西湖去，乞我橋南菡萏香。

【箋注】

〔一〕　如題下注，治平四年（一〇六七）作。是年，有答陸學士（書簡卷八）云：「竊承代歸有期，依依之意，愚當與潁民同也。」蓋陸經守潁任滿，故詩中有「知君欲别西湖去」之語。

〔二〕　仙鄉：亳州傳爲道教始祖老子故里，故稱仙鄉。參閲本集卷九昇天檜詩箋注〔一〕。

〔三〕　「夢回」句：沈既濟枕中記：「盧生於邯鄲客店中遇道者吕翁。生自歎窮困，翁乃授之枕，使入夢。生夢中歷盡榮華富貴。及醒，主人炊黄粱尚未熟。」

〔四〕　「身在」句：葛洪神仙傳卷九：「壺公者，不知其姓名……時汝南有費長房者，爲市掾，忽見公從遠方來，入市賣藥，人莫識之……常懸一空壺於屋上，日入之後，公跳入壺中，人莫能見。唯長房於樓上見之，知非常人也，因向學道。公語房曰：『見我跳入壺中時，卿便可效我跳，自當得入。』長房依言，果不覺已入。入後不復見壺，唯見仙宫世界，樓觀重門閣道，公左右侍者數十人。」

寄棗人行書贈子履學士〔一〕

秋來紅棗壓枝繁，堆向君家白玉盤。甘辛楚國赤萍實〔二〕，磊落韓嫣黄金丸〔三〕。聊效詩人投木李，敢期佳句報琅玕〔四〕。嗟予久苦相如渴〔五〕，却憶冰梨熨齒寒。

【箋注】

〔一〕據題下注，治平四年（一〇六七）作。

〔二〕萍實：喻甘美之水果。劉向説苑辨物：「楚昭王渡江，有物大如斗，直觸王舟，止於舟中。昭王大怪之，使聘問孔子。孔子曰：『此名萍實，令剖而食之，惟霸者能獲之，此吉祥也。』」

〔三〕金丸：葛洪西京雜記卷四：「韓嫣好彈，常以金爲丸，所失者日有十餘。長安爲之語曰：『苦饑寒，逐金丸。』京師兒童每聞嫣出彈，輒隨之，望丸之所落，輒拾焉。」此以金丸喻金黄色果實。

〔四〕「聊效」二句：詩衛風木瓜：「投我以木李，報之以瓊玖。」瓊玖泛指寶石。書禹貢：「厥貢惟球、琳、琅玕。」孔傳：「琅玕，石而似玉。」

〔五〕「嗟予」句：歐治平二年有與王龍圖（書簡卷五）云：「自春首以來，得淋渴疾，癯瘠昏耗，僅不自支。」史記司馬相如列傳：「相如口吃而善著書，常有消渴疾。」

贈隱者〔一〕

五岳嵩當天地中，聞君仍在最高峰。山藏六月陰崖雪，潭養千年蜕骨龍〔二〕。物外自應多至樂，人間何事忽相逢？ 飲罷飄然不辭決，孤雲飛去杳無蹤。

【箋注】

〔一〕據題下注，治平四年（一〇六七）作。隱者爲許昌齡。見本集卷九贈許道人詩箋注〔一〕。

〔二〕蛻骨龍：初學記卷三〇引曹植神龜賦：「蛇折鱗於平皋，龍蛻骨於深谷。」陳大章詩傳名物集覽卷六：「龍千年一蛻骨。」

戲書示黎教授〔一〕

古郡誰云亳陋邦〔二〕，我來仍值歲豐穰。烏銜棗實園林熟㊀，蜂採檜花村落香〔三〕。世治人方安壠畝，興闌吾欲反耕桑。若無潁水肥魚蟹，終老仙鄉作醉鄉〔四〕。

【校記】

㊀熟：原校：一本作「密」。

【箋注】

〔一〕據題下注，治平四年（一〇六七）作。後有七言二首答黎教授詩云「莫嫌學舍官閑冷」，黎教授當爲亳州學官，餘未詳。

〔二〕「古郡」句：史記殷本紀：「成湯，自契至湯八遷。湯始居亳，從先王居，作帝誥。」

〔三〕「蜂採」句：陸游老學庵筆記卷三：「亳州太清宮檜至多。檜花開時，蜜蜂飛集其間，不可勝數。作蜜極香而味帶微苦，謂之檜花蜜，真奇物也。歐陽公守亳時，有詩曰：『蜂採檜花村落香。』則亦不獨太清而已。」

〔四〕仙鄉：亳爲仙鄉。見本卷答子履學士見寄箋注〔二〕。

書懷㊀〔一〕

齒牙零落鬢毛疏，潁水多年已結廬〔二〕。解組便爲閑處士，新花莫笑病尚書〔三〕。青衫仕至千鍾禄，白首歸乘一鹿車。況有西鄰隱君子㊁，輕蓑短笠伴春鋤㊂。常夷甫也。

【校記】

㊀題下原校：一作「思潁寄常處士」。　㊁況：原校：一作「幸」。　㊂輕蓑短：原校：一作「披蓑帶」。春鋤：卷後原校：一作「春鋤」。

【箋注】

〔一〕據題下注，治平四年（一〇六七）作。

〔二〕「潁水」句：歐皇祐元年知潁州，三年約堯臣買田於潁，四年以母喪歸潁守制，潁州早有居所。治平四年有與曾舍人鞏（書簡卷七）云：「敝廬地勢，喧靜得中，仍不至狹隘，但易故而新，稍增廣之，可以自足矣。」

〔三〕病尚書：是年，歐以刑部尚書知亳州，故云。

渦河龍潭〔一〕

碧潭風定影涵虛，神物中藏岸不枯。一夜四郊春雨足，却來閑卧養明珠〔二〕。

【箋注】

〔一〕原未繫年。渦河流經亳州，此詩當爲歐知亳州時作。歐治平四年五月至亳，熙寧元年八月改知青州。（胡譜）詩云「一夜四郊春雨足」，當爲熙寧元年（一〇六八）春作。

〔二〕養明珠：莊子列禦寇：「夫千金之珠，必在九重之淵，而驪龍頷下。」

遊太清宫出城馬上口占〔一〕

擁旆西城一據鞍，耕夫初識勸農官〔二〕。鴉鳴日出林光動，野闊風摇麥浪寒。漸暖緑楊纔弄色，得晴丹杏不勝繁。牛羊雞犬田家樂，終日思歸盍掛冠？

【箋注】

〔一〕如題下注，熙寧元年（一〇六八）作。是年二月十八日，歐率僚屬往遊太清宫。見本集卷九昇天檜箋注〔一〕。

〔二〕勸農官：歐出知亳州，制詞云：「可特授行刑部尚書、充觀文殿學士、知亳州軍州事、兼管内河堤勸農使及管勾開治溝洫河道事。」（胡譜）

太清宫燒香〔一〕

清晨琳闕聳巑岏〔二〕，弭節齋坊暫整冠。玉案拜時香裊裊，畫廊行處佩珊珊。壇場夜雨蒼苔古〔三〕，樓殿春風碧瓦寒。我是蓬萊宫學士〔四〕，朝真便合列仙官。

【箋注】

〔一〕如題下注，熙寧元年（一〇六八）作。

〔二〕巑岏：聳立貌。江淹待罪江南思北歸賦：「究烟霞之繚繞，具林石之巑岏。」

〔三〕壇場：設壇行祭祀等典禮之場所。史記封禪書：「諸祠各增廣壇場，珪幣俎豆，以差加之。」

〔四〕「我是」句：蓬萊乃道家藏書之所，爲館閣雅稱。歐嘗任職三館秘閣，故云。

謝提刑張郎中寄筇竹柱杖〔一〕

玉光瑩潤錦斕斑，霜雪經多節愈堅。珍重故人相贈意，扶持衰病過殘年。

【箋注】

〔一〕據題下注，治平四年（一〇六七）作。提刑，提點刑獄公事。張郎中，生平不詳。戴凱之竹譜：「筇竹高節實中，爲杖之極。廣志云出南廣邛都縣。」

七言二首答黎教授〔一〕

撥甕浮醅新釀熟〔二〕，得霜寒菊始開齊。養丹道士顏如玉，愛酒山公醉似泥〔三〕。不惜蘂從蜂採去，尚餘香有蝶來棲。莫嫌學舍官閑冷，猶得芳罇此共携。

共坐欄邊日欲斜，更將金蘂泛流霞〔四〕。欲知却老延齡藥，百草枯時始見花。

【箋注】

〔一〕據題下注，治平四年（一〇六七）作。黎教授，見本卷戲書示黎教授箋注〔一〕。

〔二〕撥甕浮醅：即撥醅，舀取未濾過之酒。白居易醉吟先生傳：「吟罷自哂，揭甕撥醅，又飲數杯，兀然而醉。」

〔三〕山公：晉山簡性嗜酒，鎮守襄陽，常遊高陽池，飲輒大醉。李白襄陽歌：「笑殺山公醉似泥。」

〔四〕金蘂：菊之異名。蕭統七契：「玉樹始落，金蘂初榮。」

又寄許道人〔一〕

緑髪方瞳瘦骨輕㊀，飄然乘鶴去吹笙〔二〕。郡齋獨坐風生竹，疑是孫登長嘯聲〔三〕。

【校記】

㊀方：原校：一作「青」。

【箋注】

〔一〕據題下注，熙寧元年（一〇六八）作。許道人，許昌齡，見本集卷九贈許道人詩箋注〔一〕。

〔二〕「飄然」句：劉向列仙傳卷上：「王子喬者，周靈王太子晉也。好吹笙，作鳳凰鳴。遊伊洛之間，道士浮丘公接以上嵩高山三十餘年。後求之於山上，見桓良曰：『告我家，七月七日待我於緱氏山巔。』至時，果乘白鶴駐山頭，望之，不得到。舉手謝時人，數日而去，亦立祠於緱氏山下及嵩高首焉。」

〔三〕孫登長嘯：晉書阮籍傳：「籍嘗於蘇門山遇孫登，與商略終古及栖神導氣之術，登皆不應，籍長嘯而退。至半嶺，聞有聲若鸞鳳之音，響乎巖谷，乃登之嘯也。」

扶溝知縣周職方録示白鶴宫蘇才翁子美贈黄道士詩并盛作三絶見索拙句輒爲四韻奉酬〔一〕

能棋好飲一道士〔二〕，醉墨狂吟二謫仙〔三〕。道士不聞乘白鶴，謫仙今已掩黄泉〔四〕。

古來豪傑皆如此，誰拂塵埃爲惘然？華髮郎官才調美〔五〕，更將新句續遺篇。

【箋注】

〔一〕據題下注，熙寧元年（一〇六八）作。阮閱詩話總龜前集卷一六：「畿邑扶溝有白鶴觀，向才翁、子美壁間留題二絶，周元郎中知是邑，愛之，作詩紀其美。公卿和者，韓衛公詩最佳。」安陽集卷一四有扶溝宰周源來求二蘇兄弟留題白鶴觀詩。温國文正司馬公文集卷一一有蘇才翁子美有贈扶溝白鶴觀黄道士詩紀于屋壁歲久漫滅今縣宰周同年得完本於民間抵予求詩。由上可知周職方名源（或作元），爲職方郎中，寶元元年與司馬光同登進士第。扶溝（今屬河南），在京畿路。才翁、子美，蘇氏昆仲舜元、舜欽之字。

〔二〕道士：即白鶴觀黄道士。

〔三〕二謫仙：即蘇氏昆仲。宋史本傳謂舜欽「時發憤懣於歌詩，其體豪放，往往驚人。善草書，每酣酒落筆，爭爲人所傳……兄舜元……爲歌詩亦豪健，尤善草書」。

〔四〕「謫仙」句：舜欽卒於慶曆八年。（湖州長史蘇君墓誌銘）舜元曾任扶溝縣主簿，卒於至和元年。（蔡襄蘇才翁墓誌銘）

〔五〕華髮郎官：指扶溝知縣周源，其爲職方郎中。

曉發齊州道中二首〔一〕 後一首五言。

東州幾日倦征軒〔二〕，千騎驂驔白草原〔三〕。雁入寒雲驚曉角，雞鳴蒼海浴朝暾㈠〔四〕。國恩未報身先老，客思無憀歲已昏㈡。誰得平時爲郡樂，自憐痟渴馬文園〔五〕。

歲晚勞征役㈢，三齊舊富閑〔六〕。人行桑下路，日上海邊山㈣。軒冕非吾志，風霜犯客顏。惟應思潁夢，先過穆陵關〔七〕。

【校記】

㊀蒼：原校：一作「滄」。　㊁繆：原校：一作「聊」。　㊂歲晚勞征役：原校：一作「晚歲倦征軒」。

㊃上：原校：一作「出」。

【箋注】

〔一〕如題下注，熙寧元年（一〇六八）作。見本集卷九留題齊州舜泉箋注〔一〕。

〔二〕東州：齊州一帶，屬京東東路，故稱。

〔三〕騄驔：馬奔跑貌。車轂驄馬：「意欲騄驔走，先作野遊盤。」

〔四〕朝暾：初升之太陽。隋書音樂志下：「扶木上朝暾，嵫山沉暮景。」

〔五〕馬文園：即司馬相如。史記司馬相如傳稱相如「常有消渴疾」，嘗「拜爲孝文園令」。

〔六〕三齊：史記項羽本紀：「（田榮）并王三齊。」裴駰集解引漢書音義：「齊與濟北、膠東。」按：秦亡，項羽以齊國故地分立齊、濟北、膠東三國，皆在今山東東部。

〔七〕穆陵關：在青州南部，今山東臨朐東南一百里大峴山上，形勢險要。蘇軾超然臺記云「西望穆陵，隱然如城郭」，即指此。

表海亭〔一〕

望海亭亭古堞間㊀，獨憑危檻俯人寰。苦寒冰合分流水㊁，南洋、北洋河也。一在州中，一在城外。欲雪雲垂四面山。州城四面皆山，東西二面山差遠，唯此亭高，盡見之。髀肉已消嗟病骨〔二〕，凍醪猶可慰愁顏〔三〕。潁田二頃春蕪没，安得柴車自駕還？

【校記】

㈠亭亭：卷後原校：一作「高亭」。　㈡分：原校：一作「雙」。

【箋注】

〔一〕據題下注，熙寧元年（一〇六八）作。據青州謝上表，歐於是年十月二十七日到任，詩即作於冬季。表海亭在青州。左傳襄公二十九年記季札聞齊樂，曰：「美哉，泱泱乎，大風也哉！表東海者，其大公乎！國未可量也。」杜預注：「大公封齊，爲東海之表式。」表海亭即得名於此。

〔二〕「髀肉」句：三國志蜀志先主傳裴松之注引九州春秋：「（劉備）嘗於（劉）表坐起至厠，見髀裏肉生，慨然流涕。還坐，表怪問備，備曰：『吾嘗身不離鞍，髀肉皆消。今不復騎，髀裏肉生。日月若馳，老將至矣，而功業不建，是以悲耳。』」

〔三〕凍醪：釀於冬及春日而成之酒。亦稱春酒。杜牧寄内兄和州崔員外十二韻：「雨侵寒牖夢，梅引凍醪傾。」

歲晚書事〔一〕

一麾新命古三齊，白首滄洲願已違〔二〕。軒冕從來爲外物，山川信美獨思歸〔三〕。長天極目無飛鳥，積雪生光射落暉。臘候已窮春欲動〔四〕，勸耕猶得覽郊圻。

【箋注】

〔一〕據題下注，熙寧元年（一〇六八）作。

〔二〕滄洲：濱水之地，用以稱隱士居處。阮籍爲鄭冲勸晉王箋：「然後臨滄洲而謝支伯，登箕山以揖許由。」

〔三〕「山川」句：是年，歐有與直講都官（書簡卷九）云：「某昨辭青不獲，勉策病軀東來。而東州土俗深厚，歲豐盜訟亦稀，甚爲養拙之幸，而獨苦衰朽老疾日增爾。歸計遷延，更須年歲也。」

〔四〕臘候：寒冬時節。皇甫冉送令狐明府：「行當獵候晚，共惜歲陰長。」

謁廟馬上有感〔一〕

旌旆曉悠悠，行驚歲已遒。霜雲依日薄，野水帶冰流。富庶齊三服〔二〕，山川禹九州〔三〕。自憐思潁意，無異旅人愁。

【箋注】

〔一〕據題下注，熙寧元年（一〇六八）作。

〔二〕「富庶」句：歐青州謝上表：「全齊舊壤，負海奥區，民俗富完，而鑿井耕田，各安其業。」服，王畿之外圍。書益稷：「弼成五服，至于五千。」孔傳：「五服，侯、甸、綏、要、荒服也。服，五百里。」

〔三〕禹九州：相傳禹治水後分全國爲九州。書禹貢將青州列爲九州之一。

毬場看山〔一〕

爲愛南山紫翠峰，偶來仍值雪初融。自嫌前引朱衣吏〔二〕，不稱閑行白髮翁。向老光陰雙轉轂〔三〕，此身天地一飄蓬。何時粗報君恩了，去逐冥冥物外鴻？

【箋注】

〔一〕據題下注，熙寧元年（一〇六八）作。毬場，古時擊毬游戲的場地。

〔二〕朱衣吏：貴戚大臣外出時前導之吏，着朱衣。新唐書賈餗傳：「舊制，兩省官出使，得朱衣吏前導。」

〔三〕轉轂：飛轉的車輪，喻歲月飛逝。賈島古意：「碌碌復碌碌，百年雙轉轂。」

殘　臘㊀〔一〕

臘雪初銷上古臺㊁，桑郊向日彩旗開。山橫南陌城中見，春逐東風海上來。老去每驚新歲換，病多能使壯心摧〔二〕。自嗟空有東陽瘦〔三〕，覽物慚無八詠才〔四〕。

【校記】

㊀臘：原校：一作「雪」。　㊁銷：原校：一作「融」。

【箋注】

〔一〕據題下注，熙寧元年（一〇六八）作。

〔二〕「老去」二句：是年，歐有與王文恪公（書簡卷四）云：「某衰病難名，凡老患，或耳或目，不過一二，諸老之疾，併在一身。」

〔三〕東陽瘦：梁書沈約傳：「（約）永明末，出守東陽……百日數旬，革帶常應移孔；以手握臂，率計月小半分。」

〔四〕八詠：沈約守東陽時，建元暢樓，并作登臺望秋月等詩八首，稱「八詠詩」。亦省稱「八詠」。

歲暮書事〔一〕

東州負海圻〔二〕，風物老依依〔三〕。歲熟鴉聲樂，天寒雁過稀。跨鞍驚髀骨〔四〕，數帶減腰圍〔五〕。却羨常夫子〔六〕，終年獨掩扉。

【箋注】

〔一〕據題下注，熙寧元年（一〇六八）作。

〔二〕東州：指青州（今屬山東）。負海圻：青州臨海，故云。圻，同「垠」。

〔三〕依依：隱約貌。陶潛歸園田居：「曖曖遠人村，依依墟里烟。」

〔四〕「跨鞍」句：見本卷表海亭箋注〔二〕。

〔五〕「數帶」句：見前篇殘臘箋注〔三〕。

〔六〕常夫子：常秩。

聞沂州盧侍郎致仕有感〔一〕

少年相與探花開〔二〕，老病惟愁節物催。蹉跎歸計荒三徑〔三〕，牢落生涯泥一杯〔四〕。潁上先生招不起〔五〕，沂州太守亦歸來。自愧國恩終莫報，尚貪榮禄此徘徊。

【箋注】

〔一〕據題下注，熙寧元年（一〇六八）作。沂州（治今山東臨沂）屬京東路。盧侍郎，盧士宗。宋史本傳云：「盧士宗字公彦，濰州昌樂人……進龍圖閣直學士、知審刑院、通進銀臺司……出知青州……改沂州。熙寧初，以禮部侍郎致仕。」

〔二〕「少年」句：歐與盧士宗當爲少年相識，二者交往事不詳。

〔三〕荒三徑：見本卷感事詩箋注〔二〕。

〔四〕牢落：孤寂。陸機文賦：「心牢落而無偶，意徘徊而不能揥。」

〔五〕潁上先生：指常秩。據長編卷二〇五，治平二年六月，試將作監主簿常秩爲忠武軍節度使推官、知長社縣，秩辭不赴。

春晴書事〔一〕

莫笑青州太守頑〔二〕，三齊人物舊安閑。晴明風日家家柳，高下樓臺處處山。嘉客但當傾美酒，青春終不換頹顔。惟慚未報君恩了，昨日盧公衣錦還〔三〕。

【箋注】

〔一〕據題下注，熙寧二年（一〇六九）作。

〔二〕青州太守：歐公自指。

〔三〕「昨日」句：盧公，盧士宗。見前篇聞沂州盧侍郎致仕有感箋注〔一〕。

遊石子澗〔一〕

富相公創亭。

巀嶭高亭古澗隈〔二〕，偶攜嘉客共徘徊㈠。席間風起聞天籟〔三〕，雨後山光入酒杯㈡。泉落斷崖春壑響，花藏深崦過春開㈢〔四〕。麏麚禽鳥莫驚顧㈣，太守不將車騎來。

【校記】

㈠共：原校：一作「此」。　㈡「席間」二句：原校：一作「朝廷元老今華袞，巖壁遺文已緑苔」。　㈢「泉落」二句：原校：一作「新雨亂泉逢石響，過春深谷尚花開」。　㈣麏麚：原校：一作「林間」。

【箋注】

〔一〕據題下注，熙寧二年（一〇六九）作。山東通志卷六青州府益都縣條下云：「石子澗，在縣城西南隅。一名瀑水澗，水經注所謂石井也。」據長編卷一六〇，富弼知青州在慶曆七年五月。齊乘卷四古迹：「富相亭，府南瀑布澗側，富文忠公知青州所建。」

〔二〕巀嶭：見本集卷一二和韓學士襄州聞喜亭置酒箋注〔二〕。

〔三〕天籟：自然界之聲響，如風聲、鳥聲、流水聲等。莊子齊物論：「女聞人籟而未聞地籟，女聞地籟而未聞天籟夫！」

〔四〕崦：山。顧非熊寄陸隱君：「定拟秋涼過南崦，長松石上聽泉聲。」

讀易〔一〕

莫嫌白髮擁朱輪，恩許東州養病臣。飲酒橫琴銷永日，焚香讀易過殘春。昔賢軒冕如遺屣〔二〕，世路風波偶脱身。寄語西家隱君子〔三〕，奈何名姓已驚人。

【箋注】

〔一〕據題下注，熙寧二年（一〇六九）作。時知青州。由「焚香」句知作於暮春時節。

〔二〕「昔賢」句：孟子盡心上：「舜視棄天下，猶棄敝蹝。」朱熹集注：「蹝，草履也。」廣韻去寘「屣」下引孟子：「舜去天下如脱敝屣。」

〔三〕西家隱君子：指常秩。本卷書懷，一作思潁寄常處士，有「况有西鄰隱君子」之句。

水磨亭子〔一〕

多病山齋厭鬱蒸〔二〕，經時久不到東城。新荷出水雙飛鷺，喬木成陰百囀鶯。載酒未妨佳客醉，憑高仍見老農耕。史君自有林泉趣〔三〕，不用絲篁亂水聲。

【箋注】

〔一〕據題下注，熙寧二年（一〇六九）作。時知青州。

〔二〕鬱蒸：素問五運行大論：「其令鬱蒸。」王冰注：「鬱，盛也；蒸，熱也。言盛熱氣如蒸。」

〔三〕史君：使君。史，通「使」。范仲淹絳州園池：「絳臺史君府，亭閣參園圃。」

寄題相州榮歸堂㊀〔一〕

白首三朝社稷臣〔二〕，壺漿夾道擁如雲。金貂爭看真丞相〔三〕，竹馬猶迎舊使君〔四〕。

豈止軒裳誇故里，已將鐘鼎勒元勳。不須授簡罇前客，好學平津自有文〔五〕。

【校記】

㊀題下原校：一本：此篇已下係酬答安陽韓侍中五詠。

【箋注】

〔一〕題下注此詩及後四首皆熙寧三年作，誤。當爲熙寧四年（一〇七一）作。是年，歐有與韓忠獻王（書簡卷一）云：「昨承寵示歸榮等五篇刻石，俾遂拭目，豈勝榮幸！唐世勳德鉅公爲不少，而雄文逸翰，兼美獨擅，孰能臻於斯也？某以朽病之餘，事事衰退，然猶不量力，不覺勉彊者，竊冀附託以爲榮爾。見索拙惡，不能藏默，謹以録呈。」可見五首詩皆爲是年酬答韓琦「五篇刻石」之作。韓琦榮歸堂見安陽集卷三。

〔二〕「白首」句：相州晝錦堂記稱頌韓琦曰：「至於臨大事，決大議，垂紳正笏，不動聲氣，而措天下於泰山之安，可謂社稷之臣矣。」三朝，謂仁、英、神宗朝。

〔三〕金貂：漢時侍中之冠飾。宋前期侍中爲使相與宰相所帶官階。韓琦爲侍中。

〔四〕「竹馬」句：宋史韓琦傳：「熙寧元年七月，復請判相州以歸。」按：韓琦嘗於至和二年知相州（長編卷一七八），又於治平四年判相州（宋史神宗紀一）。竹馬，兒童游戲時當馬騎的竹竿。後漢書郭伋傳：「始至行部，到西河美稷，有童兒數百，各騎竹馬，道次迎拜。」

〔五〕平津：漢時有平津邑，武帝封丞相公孫弘爲平津侯。後以泛指丞相等高官。

晝錦堂〔一〕

昔憩甘棠長舊圍〔二〕，重來城郭歎人非。隨車仍是爲霖雨〔三〕，被衮何如衣錦歸？公前出自西樞，以武康之節鎮相臺。今罷鈞軸，以司徒侍中再鎮。

【箋注】

〔一〕熙寧四年（一〇七一）作。韓琦詩見安陽集卷二。

〔二〕甘棠：見本集卷九西齋小飲贈別陝州沖卿學士箋注〔五〕。圍：指棠樹之樹圍。

〔三〕隨車：後漢書鄭弘傳「政有仁惠，民稱蘇息」李賢注引謝承後漢書：「弘消息繇賦，政不煩苛。行春天旱，隨車致雨。」此喻官吏施仁政，解民憂。

觀魚軒〔一〕

當年下澤驅羸馬〔二〕，今見犀兵擁碧油〔三〕。位望愈隆心愈靜，每來臨水翫游鯈〔四〕。

【箋注】

〔一〕熙寧四年（一〇七一）作。韓琦詩見安陽集卷一三。

〔二〕下澤：即下澤車。宜於沼澤地行駛之短轂輕便車。後漢書馬援傳：「吾從弟少游常哀吾慷慨多大志，曰：『士生一世，但取衣食足，乘下澤車，御款段馬，爲郡掾吏，守墳墓，鄉里稱善人，斯可矣。』」李賢注：「周禮曰：『車人爲車，行澤者欲短轂，行山者欲長轂，短轂則利，長轂則安』也。」

〔三〕犀兵：强兵。梅堯臣送王樂道太丞應瀛州辟：「韓公守武垣，犀兵若屯雲。」碧油：青緑色之軍帳。楊巨源和汴州令狐相公白菊：「今來碧油下，知自白雲鄉。」

〔四〕游鯈：莊子秋水：「莊子與惠子游於濠梁之上。莊子曰：『鯈魚出游從容，是魚之樂也。』惠子曰：『子非魚，安知魚之樂？』莊子曰：『子非我，安知我不知魚之樂？』」此喻別有會心，自得其樂。

狎鷗亭〔一〕

險夷一節如金石，勳德俱高映古今。豈止忘機鷗鳥信〔二〕，陶鈞萬物本無心〔三〕。

【箋注】

〔一〕熙寧四年（一〇七一）作。韓琦詩見安陽集卷一三。李頎古今詩話：「韓魏公自中書出守相州，於居第作狎鷗亭。永叔以詩寄曰：『豈止忘機鷗鳥信，鈞陶萬物本無心。』魏公喜曰：『余在中書，進退升黜，未嘗置心於其間。永叔可謂知我。』」

〔二〕「豈止」句：列子黃帝：「海上之人有好漚鳥者，每旦之海上，從漚鳥游，漚鳥之至者百住而不止。其父曰：『吾聞漚鳥皆從汝游，汝取來，吾玩之。』明日之海上，漚鳥舞而不下也。」漚，通「鷗」。此言人無巧詐之心，異類可以親近。韓琦狎鷗亭：「羣鷗只在輕舟畔，知我無心自不飛。」

〔三〕陶鈞：陶冶、造就。宋書文帝紀：「將陶鈞庶品，混一殊風。」

休逸臺〔一〕

清談終日對清罇，不似崇高富貴身。已有山川資勝賞，更將風月醉嘉賓。

【箋注】

〔一〕熙寧四年（一〇七一）作。安陽集卷二休逸臺：「牙城之北即大圃，中有廢臺名抱螺……此爲游覽最佳處，遂施畚築完陂陀……榜以『休逸』豈獨尚，與衆共樂乘春和。主人間復命賓酌，樽前隨分弦且歌。」

青州書事〔一〕

年豐千里無夜警，吏退一室焚清香㊀。青春固非老者事，白日自爲閑人長。禄厚豈惟慚飽食，俸餘仍足買輕裝㊁。君恩天地不違物〔二〕，歸去行歌潁水傍。

【校記】

㊀吏：原校：一作「公」。　㊁足：原校：一作「得」。

【箋注】

〔一〕據題下注，熙寧二年（一〇六九）作。是年，歐有與常待制（書簡卷五）云：「歲物豐盛，盜訟稀簡，粗足偷安。冬春之交，得遂西首，獲親長者之游，不勝至樂。」其意與本詩略同。

〔二〕不違物：不違物理，通達人情。

留題南樓二絶㊀〔一〕

偷得青州一歲閑，四時終日面孱顔㊁〔二〕。須知我是愛山者，無一詩中不説山。

醉翁到處不曾醒，問向青州作麽生〔三〕？公退留賓誇酒美，睡餘欹枕看山横。

【校記】

㈠題下原校：一本前一首題作「偶書」。　㈡四時：原校：一作「案頭」。

【箋注】

〔一〕據題下注，熙寧二年（一〇六九）作。

〔二〕孱顔：高峻貌，此指高山。李華含元殿賦：「崢嶸孱顔，下視南山。」

〔三〕作麽生：做什么。裴休傳心法要卷下：「分明向你道爾焰識，你作麽生擬斷他？」

答和王宣徽㈠〔一〕

相逢莫怪我皤然，出處參差四紀間〔二〕。有道方令萬物遂，無能擬乞一身閑。花前獨酌罇前月，淮上扁舟枕上山。此樂想公應未暇，且持金盞醉紅顔。

【校記】

㈠題下原校：一作「答王宣徽見贈」。

【箋注】

〔一〕原未繫年，置熙寧二年至四年詩間。歐熙寧三年七月改知蔡州，九月至蔡（胡譜）。據「淮上扁舟」句，時歐初至蔡州，則本詩當作於熙寧三年（一〇七〇）。王宣徽，王拱辰，宋史本傳載其「熙寧元年，復以北院使召還」。長編卷二一〇又載熙寧三年四月「王拱辰已爲宣徽使」。知時任宣徽北院使。

〔二〕「出處」句：歐與王拱辰皆天聖八年（一〇三〇）登進士第，至熙寧三年（一〇七〇）已有四十一年，故云「參差四紀間」。

答和呂侍讀〔一〕

昔日題輿愧屈賢〔二〕，今來還見擁朱轓〔三〕。笑談二紀思如昨〔四〕，名望三朝老更尊〔五〕。野徑冷香黃菊秀〔六〕，平湖斜照白鷗翻〔七〕。此中自有忘言趣〔八〕，病客猶堪奉一罇。

【箋注】

〔一〕如題下注，熙寧四年（一〇七一）作。呂侍讀，呂公著。長編卷二一〇熙寧三年四月：「戊辰，詔：『御史中丞呂公著……可翰林侍讀學士、知潁州。』」據胡譜，歐熙寧四年六月致仕，七月歸潁州。詩作於歸潁之後。

〔二〕「昔日」句：皇祐元年，歐知潁州，呂公著時爲通判。題輿，州郡副職之美稱。見本集卷一〇送賈推官赴絳州箋注〔五〕。

〔三〕朱轓：車乘兩旁之紅色障泥，指官員所乘之車。漢書景帝紀：「令長吏二千石車朱兩轓。」二千石爲漢太守，借指宋知州。

〔四〕二紀：由皇祐元年（一〇四九）至熙寧四年（一〇七一），凡二十三年，近二紀。

〔五〕三朝：仁宗、英宗、神宗朝。

〔六〕「野徑」句：暗用陶潛歸去來兮辭「三徑就荒，松菊猶存」意。

〔七〕「平湖」句：列子黃帝載「海上之人有好漚（同「鷗」）者」，後以狎鷗指隱逸。李白江上吟：「仙人有待乘黃鶴，海客無心隨白鷗。」

〔八〕「此中」句：莊子外物：「言者所以在意，得意而忘言。」陶潛飲酒：「此中有真意，欲辨已忘言。」

奉答子履學士見寄之作〔一〕

憶昨初爲亳守行，暫休車騎汝陰城〔二〕。喜君再共罇俎樂，憐我久懷丘壑情〔三〕。累牘已嘗陳素志，新春應許遂歸耕〔四〕。老年雖不堪東作〔五〕，猶得酣歌詠太平。

【箋注】

〔一〕據題下注，熙寧三年（一〇七〇）作。

〔二〕「憶昨」二句：胡譜治平四年：「三月壬申，除觀文殿學士，轉刑部尚書、知亳州……陛辭，乞便道過潁少留，許之。」汝陰即潁州。

〔三〕丘壑：謂隱逸。謝靈運齋中讀書：「昔余遊京華，未嘗廢丘壑。」

〔四〕「累牘」二句：是年，歐有與常待制（書簡卷五）云：「某累牘懇至，而上恩未愈，素願雖稽，終當如志。」按：次年六月歐得以致仕，七月歸潁（胡譜），終「遂歸耕」之願。

〔五〕東作：書堯典：「寅賓出日，平秩東作。」孔傳：「歲起於東，而始就耕，謂之東作。」

謝景平挽詞〔一〕

憶見奇童髧兩髦〔二〕，遽驚名譽衆推高。東山子弟家風在〔三〕，西漢文章筆力豪〔四〕。方看凌雲馳騄驥〔五〕，已嗟埋玉向蓬蒿〔六〕。追思陽夏曾遊處〔七〕，撫事傷心涕滿袍。

【箋注】

〔一〕據題下注，熙寧四年（一〇七一）作。王安石秘書丞謝師宰墓誌銘：「君姓謝氏，諱景平，字師宰，尚書兵部員外郎、知制誥、陽夏公、贈禮部尚書諱絳之子……以祖父廕試秘書省校書郎，守將作監主簿。既而中進士第，僉書崇信軍節度判官廳公事，監楚州西河轉般倉。累官至秘書丞。年三十三，以治平元年十二月庚申卒……其兄以某年某月某日葬君鄧州穰縣五隴山南。」景平葬年未寫明，當即熙寧四年。

〔二〕「憶見」句：歐與景平之父謝絳過從甚密，寶元二年謝絳卒時，歐往吊喪，時景平年僅八歲。此憶及景平兒童時之模樣。

〔三〕東山子弟：即謝家子弟。東山，指晉太傅謝安。安早年嘗辭官隱居會稽東山，經朝廷屢次征聘，方從東山復出。藝文類聚卷八一引裴啓語林：「謝太傅問諸子侄曰：『子弟何預人事，而政欲使其佳？』諸人莫有言者，車騎（謝玄）答曰：『譬如芝蘭玉樹，欲使生於階庭耳。』」

〔四〕「西漢」句：歐皇祐五年有與梅聖俞（書簡卷六）云：「謝景平文字，下筆便佳，他日當有立於世。」宋史謝絳傳：「景平好學，著詩書傳説數十篇。」

〔五〕騄驥：文選張衡南都賦：「騄驥齊鑣，黄閒機張。」李善注：「騄驥，駿馬之名也。」

〔六〕埋玉：埋葬有才華者。語本世説新語傷逝：「庾文康亡，何揚州臨葬云：『埋玉樹箸土中，使人情何能已已？』」

〔七〕陽夏：謝絳。本集卷二六尚書兵部員外郎知制誥謝公墓誌銘載絳爲「陽夏縣開國男」。

答資政邵諫議見寄二首〔一〕

豪横當年氣吐虹〔二〕，蕭條晚節鬢如蓬。欲知潁水新居士，即是滁山舊醉翁。所樂藩籬追尺鷃㊀，敢言寥廓逐冥鴻〔三〕？期公歸輔巖廊上〔四〕，顧我無忘畎畝中。

欲知歸計久遷延，三十篇詩二十年〔五〕。受寵不思身報效，乞骸惟冀上哀憐。相如舊苦中痟渴〔六〕，陶令猶能一醉眠〔七〕。材薄力殫難勉强，豈同高士愛林泉？

【校記】

〔一〕尺：原校：一作「斥」。

【箋注】

〔一〕據題下注，熙寧四年（一〇七一）作。邵諫議，邵亢。亢字興宗，丹陽（今屬江蘇）人。召試秘閣，授潁州團練推官。入爲國子監直講、館閣校勘、同知太常禮院。擢同修起居注，遷右諫議大夫。神宗立，遷龍圖閣直學士，進樞密直學士、知開封府，拜樞密副使。以資政殿學士出知越州，歷鄭、鄆、亳三州，卒謚安簡。宋史有傳。王珪邵安簡公墓誌銘載邵亢熙寧五年春徙亳州，可知四年時亢在知鄆州任上。

〔二〕氣吐虹：曹植七啓：「慷慨則氣成虹蜺。」

〔三〕「所樂」二句：莊子逍遥遊：「有鳥焉，其名爲鵬，背若太山，翼若垂天之雲，摶扶摇羊角而上者九萬里，絶雲氣，負青天，然後圖南，且適南冥也。斥鴳笑之曰：『彼且奚適也？我騰躍而上，不過數仞而下，翱翔蓬蒿之間，此亦飛之至也。而彼且奚適也？』」

〔四〕「期公」句：邵亢時知鄆州，故有期其歸返朝廷之語。巖廊，高峻之廊廡，借指朝廷。漢書董仲舒傳：「蓋聞虞舜時，游於巖廊之上，垂拱無爲，而天下太平。」

〔五〕「欲知」二句：本集卷四四思潁詩後序：「皇祐元年春，予自廣陵得請來潁，愛其民淳訟簡而物産美，土厚水甘而風氣和，於時慨然已有終焉之意也。爾來俯仰二十年間，歷事三朝，竊位二府，寵榮已至而憂患隨之，心志索然而筋骸憊矣。其思潁之念未嘗少忘於心，而意之所存，亦時時見於文字也。」同卷續思潁詩序：「初陸子履以余自南都至在中書所作十有三篇爲思潁詩，以刻於石，今又得在亳及青十有七篇以附之。」

〔六〕「相如」句：司馬相如患有消渴症，此用以自喻。

〔七〕陶令：陶潛。

居士集卷十五

賦五首雜文五首附

黄楊樹子賦〔一〕并序

夷陵山谷間，多黄楊樹子㈠。江行過絶險處，時時從舟中望見之。鬱鬱山際，有可愛之色。獨念此樹生窮僻，不得依君子封殖備愛賞，而樵夫野老又不知甚惜㈡，作小賦以歌之。

若夫漢武之宫，叢生五柞〔二〕；景陽之井〔三〕，對植雙桐。高秋羽獵之騎〔四〕，半夜嚴妝之鍾〔五〕。鳳蓋朝拂〔六〕，銀牀暮空〔七〕。固已葳蕤近日〔八〕，的皪含風㈢〔九〕，婆娑萬户之側，生長深宫之中。豈知緑蘚青苔，蒼崖翠壁，枝蓊鬱以含霧㈣，根屈盤而帶石。落落非松〔一〇〕，亭亭似柏，上臨千仞之盤薄，下有驚湍之濆激㊄。澗斷無路，林高暝色，偏依最險之處，獨立無人之迹。江已轉而猶見㊅，峰漸回而稍隔。嗟乎！日薄雲昏，煙霏露滴㊆。負勁節以誰賞，抱孤心而誰識？徒以竇穴風吹，陰崖雪積，哢山鳥之嘲哳〔一一〕，裊驚猿之寂歷〔一二〕。無遊女兮长攀，有行人兮暫息。節既晚而愈茂，歲已寒而不易。乃知張騫一見，須移海上之根〔一三〕；陸凱如逢，堪寄隴頭之客〔一四〕。

【校記】

㊀樹子：卷後原校：一無「子」字。㊁又：原校：一無「又」字。㊂的皪：原校：一作「灼爍」。㊃霧：原校：一作「露」。㊄濆：卷後原校：當作「噴」。㊅已：原校：一作「有」。㊆霏：原校：一作「飛」。

【箋注】

〔一〕據題下注，景祐三年（一〇三六）作。是年，歐貶夷陵。與尹師魯第二書云：「十月二十六日到縣。」本篇即冬季所作。黃楊，常緑灌木或小喬木，木質致密，木材堅實。

〔二〕「若夫」二句：漢武帝有離宮，名五柞，故址在今陝西周至東南。漢書五帝紀：「行幸盩厔五柞宮。」顏師古注引張晏曰：「有五柞樹，因以名宮也。」

〔三〕景陽之井：南朝陳景陽殿之井。陳後主聞隋兵至，與寵妃張麗華投此井中，爲隋兵所執。事見陳書後主紀及張貴妃傳。

〔四〕「高秋」句：武帝喜羽獵，揚雄羽獵賦述其「廣開上林」時，有「然至羽獵，甲車戎馬，器械儲偫，禁禦所營，尚泰奢麗詩詡」等描寫。

〔五〕「半夜」句：南齊書卷二〇載南朝齊武帝「置鐘於景陽樓上，宮人聞鐘聲，早起裝飾，至今此鐘唯應五鼓及三鼓也」。

〔六〕鳳蓋：飾有鳳凰圖案的傘蓋，皇帝儀仗之一。

〔七〕銀牀：杜甫冬日洛城北謁玄元皇帝廟：「風箏吹玉柱，露井凍銀牀。」仇兆鰲注：「朱注：舊以銀牀爲井欄。名義考：銀牀乃轆轤架，非井欄也。」

〔八〕葳蕤：草木茂盛枝葉下垂貌。近日：意爲接近帝王。

〔九〕的皪：光亮、鮮明貌。左思魏都賦：「丹藕凌波而的皪，緑芰泛濤而浸潭。」

〔一〇〕落落：稀疏，零落。杜篤首陽山賦：「長松落落，卉木蒙蒙。」

〔一一〕哢：鳥鳴。嘲哳：形容鳥鳴聲。柳宗元苦竹橋：「差池下煙日，嘲哳鳴山禽。」

〔一二〕「梟驚」句：謂驚猿之聲悠長而歸於零落。寂歷，凋零疏落。

〔一三〕海上：指僻遠之地。荀子王制「北海則有走馬吠犬焉」，楊倞注：「海，謂荒晦絶遠之地，不必至海水也。」張騫出使之西域，即「荒晦絶遠之地」。

〔一四〕「陸凱」二句：太平御覽卷九七〇引南朝宋盛弘之荆州記：「陸凱與范曄相善，自江南寄梅花一枝詣長安與曄，并贈花詩曰：『折花逢驛使，寄與隴頭人。江南無所有，聊贈一枝春。』」

【集評】

〔清〕儲欣：公謫令夷陵時賦此，託物比類，其詞甚文。（六一居士全集録評語卷一）

〔清〕李調元：詞氣質直，雖是宋派，其格律則猶唐人之遺。（賦話卷五）

鳴蟬賦〔一〕并序

嘉祐元年夏，大雨水，奉詔祈晴于醴泉宮〔二〕，聞鳴蟬有感而賦云。

肅祠庭以祇事兮，瞻玉宇之崢嶸㈠。收視聽以清慮兮，齋予心以薦誠。因以靜而求動兮㈡，見乎萬物之情。於時朝雨驟止，微風不興。四無雲以青天，雷曳曳其餘聲㈢。乃席芳葯〔三〕，臨華軒。古木數株，空庭草間㈣，爰有一物，鳴于樹顛。引清風以長嘯，抱纖柯而永歎。嘒嘒非管〔四〕，泠泠若弦〔五〕。裂方號而復咽，淒欲斷而還連。吐孤韻以難律，含五音之自然。吾不知其何物，其名曰蟬。豈非因物造形能變化者邪？出自糞壤慕清虛者邪？凌風高飛知所止者邪？嘉木茂樹喜清陰者邪？呼吸風露能尸解者邪〔六〕？綽約雙鬢修嬋娟者邪〔七〕？其爲聲也，不樂不哀，非宮非徵，胡然而鳴，亦胡然而止。

吾嘗悲夫萬物莫不好鳴。若乃四時代謝，百鳥嚶兮〔八〕；一氣候至，百蟲驚兮。嬌兒姹女，語鸝庚兮〔九〕；鳴機絡緯，響蟋蟀兮〔一〇〕。轉喉哢舌，誠可愛兮；引腹動股，豈勉彊而爲之兮？至於污池濁水，得雨而聒兮；飲泉食土，長夜而歌兮㈤〔一一〕。彼蝦蟆固若有欲，而蚯蚓又何求兮？其餘大小萬狀，不可悉名，各有氣類，隨其物形㈥，不知自止，有若爭能。忽時變以物改，咸漠然而無聲。

嗚呼！達士所齊，萬物一類〔一二〕，人於其間，所以爲貴。蓋已巧其語言，又能傳於文字。是以窮彼思慮，耗其血氣，或吟哦其窮愁，或發揚其志意。雖共盡於萬物，乃長鳴於百世，予亦安知其然哉？聊爲樂以自喜。方將考得失㈦，較同異，俄而陰雲復興，雷電俱擊，大雨既作，蟬聲遂息㈧。

【校記】

㈠嶸：卷後原校：石本作「峵」。㈡因：原校：一作「默」。求：原校：一作「覩」。㈢曳曳：原校：一作「隱隱」。㈣空：原校：一作「荒」。㈤長：原校：一無「長」字。㈥「形」下：原校：一有「而」字。㈦方將：原校：一作「吾方」。㈧篇末原校：一本賦後有跋云：「予因學書，起作賦草。他兒一視而過，獨小子棐守之不去。此兒他日必能爲吾此賦也，因以予之。」

【箋注】

〔一〕如小序所示，嘉祐元年（一〇五六）夏作。長編卷一八二載是年五月「丁未，遣官祈晴，以晝夜大雨，權增京城裏外巡檢」。又載六月「乙亥，雨壞太社、太稷壇……時京師自五月大雨不止。水冒安上門，關折，壞官司廬舍數萬區，城中繫栰渡人」。胡譜載是年「六月甲子，奉敕祈晴醴泉觀」。梅詩編年卷二六依韻奉和永叔感興五首之一有「既祈致日出」之語。

〔二〕醴泉宮：即醴泉觀，歐避父諱，改稱「宮」。長編卷一八一至和二年十二月：「壬子，新修醴泉觀成，即祥源觀也，因火更其名。」

〔三〕芳葯：芳香的白芷。孟郊納涼聯句：「未能飲淵泉，立滯叫芳葯。」陸龜蒙采葯賦序：「葯，白芷也。香草美人得比之。」

〔四〕嘒嘒：蟬鳴聲。詩小雅小弁：「菀彼柳斯，鳴蜩嘒嘒。」毛傳：「蜩，蟬也。嘒嘒，聲也。」

〔五〕泠泠：形容聲音清越、悠揚。陸機招隱詩之二：「山溜何泠泠，飛泉漱鳴玉。」

〔六〕尸解：謂道徒遺形骸而仙去。晉書葛洪傳：「而洪坐至日中，兀然若睡而卒……視其顏色如生，體亦柔軟，舉尸入棺，甚輕，如空衣，世以爲尸解得仙云。」
〔七〕 綽約：柔婉美好貌。莊子逍遥游：「肌膚若冰雪，綽約若處子。」修嬋娟：造就美好的姿态。
〔八〕 嚶：鳥鳴聲。詩小雅伐木：「嚶其鳴矣，求其友聲。」
〔九〕 鸝庚：又作鸝鶊，黄鶯的别名。黄鶯之聲悦耳，猶「嬌兒姹女」之語。
〔一〇〕 「鳴機」二句：詩豳風七月「六月莎雞振羽」毛傳：「莎雞羽成而振訊之。」陸璣疏：「促織曰莎雞，曰絡緯，曰蛬，曰蟋蟀。」
〔一一〕 「飲泉」二句：寫蚯蚓。荀子勸學：「螾無爪牙之利，筋骨之强，上食埃土，下飲黄泉，用心一也。」按：螾即蚯蚓。俞琰席上腐談卷上：「崔豹古今注云：『蚯蚓一名曲蟮，善長吟於地下，江東人謂之歌女。』謬矣。按，月令：『螻蟈鳴，蚯蚓出。』蓋與螻蟈同處，鳴者螻蟈，非蚯蚓也。吴人呼螻蟈爲螻蛄。故諺云：『螻蟈叫得腸斷，曲蟮乃得歌名。』」
〔一二〕 「達士」二句：莊子齊物論：「天地與我並生，而萬物與我爲一。」

秋聲賦〔一〕

歐陽子方夜讀書㊀，聞有聲自西南來者〔二〕，悚然而聽之，曰：異哉！初淅瀝以蕭颯〔三〕，忽奔騰而砰湃，如波濤夜驚，風雨驟至㊁。其觸於物也㊂，鏦鏦錚錚，金鐵皆鳴。又如赴敵之兵，銜枚疾走〔四〕，不聞號令，但聞人馬之行聲㊃。余謂童子：「此何聲也？汝出視之。」童子曰：「星月皎潔㊄，明河在天，四無人聲，聲在樹間。」

余曰：「噫嘻，悲哉㊅！此秋聲也，胡爲而來哉？蓋夫秋之爲狀也，其色慘淡，煙霏雲斂；其容清明，天高日晶；其氣慄冽，砭人肌骨；其意蕭條，山川寂寥〔五〕。故其爲聲也，淒淒切切，呼號憤發。豐草緑縟而爭茂，佳木葱蘢而可悦，草拂之而色變，木遭之而葉脱。其所以摧敗零落者⑦，乃其一氣之餘烈⑧。夫秋，刑官也，於時爲陰〔六〕；又兵象也，於行用金〔七〕。是謂天地之義氣，常以肅殺而爲心〔八〕。天之於物⑨，春生秋實。故其在樂也，商聲主西方之音〔九〕，夷則爲七月之律〔一〇〕。商，傷也，物既老而悲傷；夷，戮也，物過盛而當殺。嗟乎！草木無情⑩，有時飄零⑪。人爲動物，惟物之靈⑫〔一一〕。百憂感其心，萬事勞其形，有動于中，必摇其精。而況思其力之所不及⑬，憂其智之所不能⑭，宜其渥然丹者爲槁木〔一二〕，黝然黑者爲星星⑮〔一三〕。奈何以非金石之質〔一四〕，欲與草木而爭榮⑯？念誰爲之戕賊，亦何恨乎秋聲！

童子莫對，垂頭而睡，但聞四壁蟲聲唧唧，如助余之歎息⑰。

【校記】

①「方」下：原校：一無「方」字。墨蹟止作「余」，無上四字。　②風雨驟：原校：一作「風驟雨而」。　③於：原校：一無「於」字。　④聲：原校：墨蹟無「聲」字。　⑤星月：原校：一作「月星」。　⑥哉：原校：一作「夫」。　⑦者：原校：墨蹟無「者」字。　⑧一：原校：一無「一」字。　⑨「天之於物」上：原校：墨蹟有「大哉」字。　⑩「草木」下：原校：一有「之」字。　⑪「有時」下：原校：一有「而」字。　⑫「人爲」二句：原校：一作「人惟動物，爲物之靈」。　⑬「不」下：原校：一有「能」字。　⑭「能」下：原校：一有「行」字。　⑮黝：原校：一本作「黟」。墨蹟同。　⑯「欲」上：原校：一有「而」字。　⑰如：原校：一作「似」。

【箋注】

〔一〕 據題下注，嘉祐四年（一〇五九）作。是年，歐致書王素云：「自去歲秋冬已來，益多病，加以目疾，復左臂舉動不得。三削請洪，諸公畏物議，不敢放去，意謂寧俾爾不便，而無爲我累，奈何奈何！然且告他只解府事必可得。不過月十日，且得作閑人爾，少緩湯火煎熬。有無限鄙懷，不能具述。」（書簡卷三與王懿敏公）又致書趙槩云：「今夏暑毒，非常歲之比，壯者皆苦不堪，況早衰多病者可知。自盛暑中忽得喘疾，在告數十日。近方入趨，而疾又作，動輒伏枕，情緒無悰，深思外補，以遂初心。而唐書不久終篇，用是更少盤桓。侍祠既畢，當即決去，形容、心志皆難勉强矣。」（書簡卷三與趙康靖公）是歲二月，歐免知開封府，然懇乞江西，未能如願。唐劉禹錫、李德裕有同名賦，皆不如本篇著名。

〔二〕 西南來者：指秋風。太平御覽卷九引易緯「立秋涼風至」注：「西南方風。」

〔三〕 淅瀝：象聲詞，此形容風雨聲。李商隱到秋：「扇風淅瀝簟流灕，萬里南雲滯所思。」

〔四〕 銜枚：枚，形如筷子，橫銜口中，行軍時防出聲。周禮夏官大司馬：「羣司馬振鐸，車徒皆作，遂鼓行，徒銜枚而進。」

〔五〕 「蓋夫」九句：本宋玉九辯：「悲哉，秋之爲氣也！蕭瑟兮草木摇落而變衰，憭慄兮若在遠行，登山臨水兮送將歸。泬寥兮天高而氣清，寂寥兮收潦而水清。」

〔六〕 「夫秋」三句：據周禮，司寇爲秋官，掌刑獄。古以四時配陰陽，春夏爲陽，秋冬爲陰。

〔七〕 「又兵象」二句：漢書刑法志「秋治兵以獮」顔師古注：「治兵，觀威武也。獮，應殺氣也。」古以五行配四季，秋屬金。禮記月令：「某日立秋，盛德在金。」

〔八〕 「是謂」二句：禮記鄉飲酒義：「天地嚴凝之氣，始於西南而盛於西北，此天地之尊嚴氣也，此天地之義氣也。」葛洪抱朴子用刑：「蓋天地之道，不能純和，故青陽闡陶育之和，素秋立肅殺之威。」

〔九〕 商聲：古以五聲與四方相配，商配西。曹植離繳雁賦：「白露淒以飛揚兮，秋風發乎西商。」

〔一〇〕 「夷則」句：古以十二律配十二月，七月爲夷則。禮記月令：「孟秋之月，其音商，律中夷則。」

〔一一〕 「人爲」二句：外集卷三贈學者：「人稟天地氣，乃物中最靈。」

〔一二〕渥然丹者：詩秦風終南：「顏如渥丹。」渥丹，潤澤光豔的朱砂，形容面色紅潤。

〔一三〕星星：喻斑白之髮。左思白髮賦：「星星白髮，生於鬢垂。」

〔一四〕「非金石」句：古詩十九首回車駕言邁：「人生非金石，豈能長壽考？」

【集評】

〔宋〕樓昉：模寫之工，轉折之妙，悲壯頓挫，無一字塵涴。（崇古文訣卷一八）

〔元〕劉壎：清麗激壯，摹寫天時，曲盡其妙。（隱居通議卷五）

〔明〕茅坤：蕭瑟可誦，雖不及漢之雅，而詞緻清亮。（歐陽文忠公文鈔評語卷三二）

〔清〕何焯：雖非楚人之辭，然於體物自工。至後乃推論人事，初非純用議論也。譏之者只是不識，公於文章，變而不失其正爾。（義門讀書記卷三九）

〔清〕林雲銘：物之飄零者，在目前有聲之秋；人之戕賊者，在意中無聲之秋，尤堪悲矣。篇中感慨處帶出警悟，自是神品。（古文析義評語卷一四）

〔清〕朱宗洛：首一段摹寫秋聲，工而切矣，却不放出「秋」字，於空中想像形容，此實中帶虛之法也。次段先就童子口中摹寫一番，然後接出秋聲，振起全篇，此文家頓挫搖曳之法也。三段實寫「聲」字，却不徑就「聲」字說，先用「其色」、「其容」、「其氣」、「其意」等作陪，此四面旁襯之法也。四段就「秋」字發揮，即帶起下段，此前後相生法也。五段是作賦本旨，末段是用小波點綴，收束前後感慨，尤見情文絕勝。（古文一隅評語卷下）

病暑賦〔一〕　和劉原父作。

吾將東走乎泰山兮，履崔嵬之高峰。蔭白雲之搖曳兮，聽石溜之玲瓏。松林仰不見白日㊀，陰壑慘慘多悲風。邈哉不可以坐致兮，安得仙人之術解化如飛蓬〔二〕？吾將西登乎崑崙兮〔三〕，出於九州之外。覽星辰之浮沒，視日月之隱蔽。披閶闔之清風〔四〕，飲黃流之巨派㊁〔五〕。羽翰不可以插余之兩腋兮，畏舉身而下墜。既欲泛乎南溟兮〔六〕，瘴毒流膏而鑠骨。何異避喧之趨市兮㊂，又如惡影之就日㊃。又欲臨乎北荒兮〔七〕，飛雪層冰之所聚。鬼方窮髮無人迹兮㊄〔八〕，乃龍蛇之雜處。四方上下皆不得以往兮，顧此大熱吾不知夫所逃。萬物並生於天地，豈余身之獨遭？任寒暑之自然兮，成歲功而不勞。惟衰病之不堪兮，譬燎枯而灼焦。矧空廬之湫卑兮㊅〔九〕，甚龜蝸之跼縮〔一〇〕。飛蚊幸余之露坐兮，壁蝎伺余之入屋㊆〔一一〕。賴有客之哀余兮，贈端石與蘄竹〔一二〕。得飽食以安寢兮㊇，瑩枕冰而簟玉。知其無可奈何而安之兮，乃聖賢之高躅〔一三〕。惟冥心以息慮兮，庶可忘於煩酷。

【校記】

㊀林：原校：一作「竹」。　㊁流：原校：一作「河」。　㊂之：原校：一作「而」。　㊃又如：卷後原校：一作「又同」。　㊄髮：原校：一作「徼」。　㊅空廬：卷後原校：一作「室廬」。　㊆「飛蚊」二句：原校：一作「蠅蚊幸余之虛坐兮，蝨蝎伺余於壁屋」。　㊇以安：原校：一作「與晝」。

【箋注】

〔一〕據題下注，嘉祐四年（一〇五九）作。劉敞公是集卷一有病暑賦，此爲和作。

〔二〕 解化：解脱轉化。飛蓬：枯後根斷遇風飛旋的蓬草。商君書禁使：「飛蓬遇飄風而行千里，乘風之勢也。」

〔三〕 崑崙：山名。在今新疆西藏之間，極高峻。莊子天地：「黄帝遊乎赤水之北，登乎崑崙之丘。」

〔四〕 閶闔之清風：指西風。史記律書：「閶闔風居西方。閶者，倡也；闔者，藏也。言陽氣道萬物，闔黄泉也。」

〔五〕 黄流：黄河。

〔六〕 南溟：亦作「南冥」，南方大海。莊子逍遥遊：「是鳥也，海運則將徙於南冥。南冥者，天池也。」

〔七〕 北荒：北方極荒遠之區。見山海經大荒北經。

〔八〕 鬼方：極遠的地方。詩大雅蕩：「内奰於中國，覃及鬼方。」毛傳：「鬼方，遠方也。」窮髮：傳説中古國名。原義爲不毛之地。

〔九〕 湫卑：低矮狹小。左傳昭公三年：「初，景公欲更晏子之宅，曰：『子之宅近市，湫隘囂塵，不可以居，請更諸爽塏者。』」

〔一〇〕 龜蝸：龜殼和蝸房。喻極狹小之居室。跼縮：迫仄，狹小。

〔一一〕 壁蝎：壁虎。亦稱蝎虎。

〔一二〕 「賴有客」二句：同年歐作有贈端溪緑石枕蘄州竹簟呈原父聖俞詩，云：「呼兒置枕展方簟，赤日正午天無雲。黄琉璃光緑玉潤，瑩淨冷滑無埃塵。」

〔一三〕 高躅：崇高品行。顔真卿臨淮武穆王李公神道碑銘：「體渾元之正性，秉弘毅之高躅。」

【集評】

〔宋〕黄震：病暑賦、憎蒼蠅賦之佈置，皆當成誦。（黄氏日鈔卷六一）

憎蒼蠅賦〔一〕

蒼蠅蒼蠅，吾嗟爾之爲生，既無蜂蠆之毒尾〔二〕，又無蚊虻之利觜〔三〕，幸不爲人之畏，胡不爲人之喜？爾形至眇，爾欲易盈，杯盂殘瀝，砧几餘腥，所希杪忽〔四〕，過則難勝。苦何求而不足，乃終日而營營？逐氣尋香，無處不到，頃刻而集，誰相告報？其在物也雖微，其爲害也至要。

若乃華榱廣廈〔五〕，珍簟方牀，炎風之燠，夏日之長，神昏氣蹷，流汗成漿，委四支而莫舉〔六〕，眊兩目其茫洋〔七〕，惟高枕之一覺，冀煩歊之暫忘〔八〕。念於爾而何負，乃於吾而見殃。尋頭撲面，入袖穿裳，或集眉端，或沿眼眶，目欲瞑而復警，臂已痺而猶攘。於此之時，孔子何由見周公於髣髴〔九〕，莊生安得與蝴蝶而飛揚〔一〇〕？徒使蒼頭丫鬟〔一一〕，巨扇揮颺，咸頭垂而腕脱，每立寐而顛僵。此其爲害者一也。

又如峻宇高堂，嘉賓上客，沽酒市脯，鋪筵設席，聊娱一日之餘閑，奈爾衆多之莫敵！或集器皿，或屯几格。或醉醇酎，因之没溺；或投熱羹，遂喪其魄。諒雖死而不悔，亦可戒夫貪得。尤忌赤頭，號爲景迹〔一二〕，一有霑汙，人皆不食。奈何引類呼朋，摇頭鼓翼，聚散倏忽，往來絡繹。方其賓主獻酬，衣冠儼飾，使吾揮手頓足，改容失色。於此之時，王衍何暇於清談〔一三〕，賈誼堪爲之太息〔一四〕！此其爲害者二也。

又如醯醢之品〔一五〕，醬臡之制〔一六〕，及時月而收藏，謹缾罌之固濟〔一七〕，乃衆力以攻鑽，極百端而窺覬。至於大胾肥牲、嘉肴美味〔一八〕，蓋藏稍露於罅隙，守者或時而假寐，纔稍怠於防嚴，已輒遺其種類。莫不養息蕃滋，淋漓敗壞。使親朋卒至，索爾以無歡；臧獲懷憂〔一九〕，因之而得罪。此其爲害者三也。

是皆大者，餘悉難名。嗚呼！「止棘」之詩〔二〇〕，垂之六經，於此見詩人之博物，比興之爲精。宜乎以爾刺讒人之亂國，誠可嫉而可憎。

【校記】

㊀丫髻：卷後原校：一作「丫髮」。

【箋注】

〔一〕據題下注，治平三年（一〇六六）作。邵博聞見後録卷三〇：「歐陽公云：『予作憎蠅賦，蠅可憎也。尤不堪蚊子，自遠嚶喝來咬人也。』」葉夢得避暑録話卷上：「歐陽文忠滁州之貶，作憎蠅賦；晚以濮廟事亦厭言者屢困不已，又作憎蚊賦……皆不能無芥蔕於中而發於言，欲茹之不可。」按：憎蠅賦非貶滁時作，乃寫於濮廟事起之年。憎蚊賦未見於歐集。歐有憎蚊詩，收入本集卷三，爲慶曆六年作。顯然，葉氏將憎蚊詩誤作賦，又將詩賦作年顛倒了。本賦云：「奈何引類呼朋，摇頭鼓翼，聚散倏忽，往來絡繹。」似有因濮廟事厭言者羣起而攻，「屢困不已」之意。一詩一賦，均作於因政見之異而遭貶謫或受攻擊之時，恐非偶然。

〔二〕 蠆：蝎子一類的毒蟲。左傳僖公二十二年：「君其無謂邾小，蜂蠆有毒，而況國乎！」

〔三〕 觜：鳥嘴。此泛指嘴。

〔四〕 杪忽：亦作「杪曶」。極小的量度单位。形容甚少，甚微。後漢書律曆志中：「夫數出於杪曶，以成毫氂，毫氂積累，以成分寸。」

〔五〕 華榱：雕畫的屋椽。漢書司馬相如傳上：「華榱璧璫，輦道纚屬」。

〔六〕 委四支：四肢疲憊。委，懈倦，疲憊。元稹韋氏館與周隱客杜歸和泛舟：「神恬津藏滿，氣委支節柔。」

〔七〕 眊：眼睛失神模糊。孟子離婁上：「胸中不正，則眸子眊焉。」趙岐注：「眊者，蒙蒙目不明之貌。」

〔八〕 煩歊：炎熱。吴少微和崔侍御日用游開化寺閣：「館次厭煩歊，情懷尋寂寞。」

〔九〕 「孔子」句：論語述而：「甚矣，吾衰也！久矣，吾不復夢見周公！」

〔一〇〕 「莊生」句：莊子齊物論：「昔者莊周夢爲胡蝶，栩栩然胡蝶也，自喻適志與！不知周也。俄然覺，則蘧蘧然周也。不知周之夢爲胡蝶與，胡蝶之夢爲周與？」

〔一一〕 蒼頭丫髻：僕人。漢書鮑宣傳：「使奴從賓客漿酒霍肉，蒼頭廬兒皆用致富。」顔師古注引孟康曰：「漢名奴爲蒼頭，非純黑，以別於良人也。」丫髻，梳丫形髮髻者，指童僕。

〔一二〕 景迹：赤頭蠅的別名。

〔一三〕 王衍：西晉人。好老莊玄言，清談虚無，遇義理不當，隨即更改，時稱「口中雌黄」。晉書有傳。

〔一四〕 賈誼：西漢人，年輕時官至太中大夫。遭忌，貶長沙王太傅，後憂時傷懷，抑鬱而終。所作陳政事疏有「臣竊惟事勢……可爲長太息者六」等語。史記有傳。

〔一五〕 醓醢：用魚肉等製成的醬。禮記郊特牲：「醓醢之美，而煎鹽之尚，貴天産也。」孫希旦集解：「曰『醓醢』者，醢必資醓以成也。」

〔一六〕 臡：有骨的肉醬。亦泛指肉醬。儀禮公食大夫禮：「昌本南，麋臡。」鄭玄注：「三臡亦醢也。」鄭司農曰：或曰麋臡，醬也。有骨爲臡，無骨爲醢。」

〔一七〕 「謹缾罌」句：謂盛食物的容器應小心地密封好。固濟，粘結。李時珍本草綱目金石三五色石脂：「此物性粘，固濟爐鼎甚良。」

〔一八〕胾：大塊的肉。史記絳侯世家：「召條侯賜食，獨置大胾。」裴駰集解引韋昭曰：「胾，大臠也。」

〔一九〕臧獲：奴婢的賤稱。揚雄方言卷三：「荆、淮、海、岱、雜齊之間罵奴曰『臧』，罵婢曰『獲』。」

〔二〇〕「止棘」之詩：詩小雅青蠅：「營營青蠅，止于棘。讒人罔極，交亂四國。」

【集評】

〔元〕劉壎：用事寫情，俱無遺憾。（隱居通議卷五）

〔明〕茅坤：極力摹寫，已屬透矣，但有俗韻。（歐陽文忠公文鈔評語卷三二）

雜文五首

醉翁吟〔一〕并序

余作醉翁亭于滁州〔二〕，太常博士沈遵〔三〕，好奇之士也，聞而往遊焉〔四〕。愛其山水，歸而以琴寫之，作醉翁吟三叠〔五〕。去年秋〔六〕，余奉使契丹，沈君會余恩、冀之間〔七〕。夜闌酒半〔八〕，援琴而作之，有其聲而無其辭，乃爲之辭以贈之〔九〕。其辭曰：

始翁之來〔一〇〕，獸見而深伏，鳥見而高飛。翁醒而往兮，醉而歸。朝醒暮醉兮，無有四時。鳥鳴樂其林，獸出遊其蹊。咿嚶啁哳於翁前兮〔二〕，醉不知㊂。有心不能以無情兮，有合必有離。水潺潺兮，翁忽去而不顧；山岑岑兮〔三〕，翁復來而幾時？風嫋嫋兮山木落〔四〕，春年年兮山草菲。嗟我無德於其人兮，有情於山禽與野麋。賢哉沈子兮，能寫我心而慰彼相思。

【校記】

㊀題下原校：一作「醉翁述」。㊁「余作」句：原校：一作「余於滁作醉翁亭」。㊂「遵」下：原校：一有「者」字。㊃聞而：原校：一止作「嘗」。㊄作：卷後原校：一作「爲」。㊅秋：原校：一無「秋」字。㊆君：原校：一作「子」。余：原校：一作「于」。一有「於」字。㊇夜闌酒半：原校：一無此四字。㊈贈：原校：一作「遺」。㊉「始翁」句：原校：一作「翁之來兮」。⑪「醉」下：原校：一有「而」字。

【箋注】

〔一〕據題下注，嘉祐元年（一〇五六）作。蘇軾醉翁操引云：「琅邪幽谷，山水奇麗，泉鳴空澗，若中音會。醉翁喜之，把酒臨聽，輒欣然忘歸。既去十餘年，而好奇之士沈遵聞之，往游焉。以琴寫其聲，曰醉翁操，節奏疏宕而音指華暢，知琴者以爲絶倫。然有其聲而無其辭，翁雖爲作歌，而與琴聲不合。又依楚辭作醉翁引，好事者亦倚其辭以製曲，雖粗合均度，而琴聲爲辭所繩約，非天成也。後三十餘年，翁既捐館舍，而遵亦殁久矣。有廬山玉澗道人崔閑，特妙于琴，恨此曲之無詞，乃譜其聲，而請于東坡居士以補之云。」本集有古詩贈沈遵與贈沈博士歌，可參閱。

〔二〕咿嚶啁哳：象聲詞，形容鳥獸的聲音。

〔三〕岑岑：高貌。白居易池上作：「華亭雙鶴白矯矯，太湖四石青岑岑。」

〔四〕嫋嫋：微風吹拂貌。楚辭九歌湘夫人：「嫋嫋兮秋風，洞庭波兮木葉下。」

山中之樂㈠〔一〕并序

佛者慧勤，餘杭人也。少去父母，長無妻子。以衣食于佛之徒，往來京師二十年。其人聰明材智，亦嘗學問于賢士大夫。今其南歸，遂將窮極吴越甌閩江湖海上之諸山，以肆其所適。予嘉其嘗有聞於吾人也，於其行也㈡，爲作山中之樂三章㈢，極道山林間事，以動蕩其心意，而卒反之於正。其辭曰：

江上山兮海上峰，藹青蒼兮杳巑叢〔二〕。霞飛霧散兮邈乎青空，天鑱鬼削兮壁立於鴻蒙〔三〕。崖懸磴絶兮險且窮，穿雲渡水兮忽得路㈣，而不知其深之幾重。中有平田廣谷兮與世隔絶，猶有太古之遺風。泉甘土肥兮鳥獸雝雝〔四〕，其人麋鹿兮既壽而豐。不知人間之幾時兮，但見草木華落爲春冬。嗟世之人兮，曷不歸來乎山中？山中之樂不可見，今子其往兮誰逢？其一

丹莖翠蔓兮巖壑玲瓏，水聲聒聒兮花氣濛濛。石巉巉兮横路㈤〔五〕，風颯颯兮吹松。雲冥冥兮雨霏霏，白猿夜嘯兮青楓。朝日出兮林間，澗谷紛兮青紅㈥。千林靜兮秋月。百草香兮春風。嗟世之人兮，曷不歸來乎山中？山中之樂不可得，今子其往兮誰從？其二

梯崖構險兮佛廟仙宮〔六〕，耀空山兮鬱穹隆〔七〕。彼之人兮，固亦目明而耳聰㈦。寵辱

不干其慮兮，仁義不被其躬。蔭長松之蓊蔚兮㊇〔八〕，藉纖草之丰茸。苟其中以自足兮，忘其服胡而顛童〔九〕。自古智能魁傑之士兮，固亦絶世而逃蹤。惜天材之甚良兮，而自棄於無庸㊈。嗟彼之人兮，胡爲老乎山中？山中之樂不可久，遲子之返兮誰同？其三

【校記】

㊀題下原校：一本題下云「三章送慧勤上人」。㊁於其行也：原校：一本無四字。㊂「三章」下：原校：一本有「以送之，既」。㊃兮：原校：一無「兮」字。㊄横：原校：一作「當」。㊅兮：原作「以」，據宋文鑑改。㊆固：原校：一無「固」字。㊇長：原校：一作「喬」。㊈而：原校：一無「而」字。

【箋注】

〔一〕原未繫年。本集卷二有送慧勤歸余杭詩，慶曆三年（一〇四三）作。本文有「今其南歸……爲作山中之樂三章」等語，當亦是年作。

〔二〕巑叢：高聳林立。

〔三〕鴻蒙：指高空。劉基通天臺賦：「矗鴻蒙以建標兮，拖甘泉以爲袪。」

〔四〕雝雝：鳥和鳴聲。詩邶風匏有苦葉：「雝雝鳴雁。」

〔五〕巉巉：形容山石突兀重疊。孫樵龍多山録：「屹石巉巉，别爲東巖。」

〔六〕梯崖：攀登山崖。梯，攀登。杜甫奉贈太常張卿垍二十韻：「碧海真難涉，青雲不可梯。」

〔七〕穹隆：文選陸倕石闕銘：「鬱崛重軒，穹隆反宇。」李周翰注：「鬱崛、穹隆，壯大貌。」

〔八〕蓊蔚：草木茂盛貌。文選張衡南都賦：「晻曖蓊蔚，含芬吐芳。」李善注：「晻曖蓊蔚，言草木闇瞑茂盛也。」

〔九〕服胡而顛童：衣緇而剃髮，指佛教徒。

【集評】

〔宋〕周必大：六一先生送佛者慧勤三章，雖極道山中之樂而謂不可久者，蓋惜其才之甚良，自棄於無用，欲反之正耳。（廬陵周益國文忠公集省齋文稿卷一九豐城府君便山處士唱酬詩卷）

〔宋〕李塗：望其出佛而歸儒，持論甚正，從退之送文暢序來。（文章精義）按：文章精義作者，王水照編歷代文話謂當爲李淦。

〔清〕儲欣：倣騷而未至，然固公闢佛之文也，不可不存。（六一居士全集録評語卷一）

雜說三首〔一〕并序㊀

夏六月，暑雨既止，歐陽子坐於樹間，仰視天與月星行度㊁，見星有殞者。夜既久，露下，聞草間蚯蚓之聲益急。其感于耳目者，有動乎其中，作雜說。

蚓食土而飲泉，其爲生也，簡而易足。然仰其亢而鳴，若號若呼，若嘯若歌㊂，其亦有所求邪〔二〕？抑其求易足而自鳴其樂邪？苦其生之陋而自悲其不幸邪㊃？將自喜其聲而鳴其類邪？豈其時至氣作，不自知其所以然而不能自止者邪？何其聒然而不止也！吾於是乎有感㊄。

星殞于地，腥礦頑醜〔三〕，化爲惡石。其昭然在上而萬物仰之者，精氣之聚爾。及其斃也，瓦礫之不若也。人之死，骨肉臭腐，螻蟻之食爾〔四〕。其貴乎萬物者，亦精氣也〔五〕。其精氣不奪于物，則蘊而爲思慮，發而爲事業，著而爲文章，昭乎百世之上而仰乎百世之下，非如星之精氣，隨其斃而滅也，可不貴哉！而生也利慾以昏耗之，死也臭腐而棄之，而惑者方曰⑥：「足乎利慾，所以厚吾身⑦。」吾於是乎有感。

天西行，日月五星皆東行。日一歲而一周。月疾於日⑧，一月而一周。天又疾於月，一日而一周。星有遲有速，有逆有順。是四者，各自行而若不相爲謀，其動而不勞，運而不已，自古以來，未嘗一刻息也。是何爲哉？夫四者，所以相須而成晝夜、四時、寒暑者也。一刻而息，則四時不得其平，萬物不得其生，蓋其所任者重矣。人之有君子也，其任亦重矣。萬世之所治，萬物之所利。故曰「自彊不息」〔六〕，又曰「死而後已」者〔七〕，其知所任矣⑨。然則君子之學也⑩，其可一日而息乎！吾於是乎有感⑪。

【校記】

①并序：題下原校：「一有『并序』二字。」據補。　②天與月星：原校：一作「日月星辰」。　③若嘯若歌：原校：一作「若歌若嘯」。　④苦：原校：一作「抑歎」。　⑤「有感」下：原校：一本此屬次篇。　⑥而：原校：一無「而」字。　⑦所：原校：一無「所」字。　⑧疾於日：原校：一本無三字。　⑨任矣：卷後原校：此下一有「乎」字。　⑩學也：卷後原校：此上一有「於」字。　⑪「有感」下：原校：一本此屬首篇。

【箋注】

〔一〕原未繫年。或以全篇格調昂揚，謂爲作者早年之作，恐欠妥。本篇似受韓愈雜説四首之啓發而寫，深切寄托人生之感慨與理想。不能排除早年之外歐有格調清新意氣昂揚之作。查歐集，本文之外，僅有作於嘉祐四年的秋聲賦與熙寧三年的詩譜補亡後序，自稱歐陽子，故將本文定爲中年之後的作品較合適。

〔二〕「蚓食土」七句：見本卷鳴蟬賦箋注〔一一〕。

〔三〕礦頑：二字均爲堅硬之意。曹寅巫山石歌：「嗟哉石，頑而礦。」

〔四〕「螻蟻」句：莊子列禦寇：「在上爲烏鳶食，在下爲螻蟻食。」

〔五〕「其貴」二句：莊子知北遊：「人之生，氣之聚也。聚則爲生，散則爲死。」

〔六〕「故曰」句：語出易乾卦：「天行健，君子以自强不息。」

〔七〕「又曰」句：語出諸葛亮後出師表：「鞠躬盡瘁，死而後已。」

【集評】

〔明〕茅坤：中多近道之言。（歐陽文忠公文鈔評語卷三二）

〔清〕儲欣：會心豈必在邈乎？録之，以見公自任之重如此。（六一居士全集録評語卷一）

居士集卷十六

論三首 或問一首附

正統論序論〔一〕

臣修頓首死罪言：伏見太宗皇帝時，嘗命薛居正等撰梁、唐、晉、漢、周事爲五代史㊀，凡一百五十篇〔二〕，又命李昉等編次前世年號爲一篇㊁〔三〕，藏之秘府。而昉等以梁爲僞。梁爲僞㊂，則史不宜爲帝紀㊃，而亦無曰五代者㊄，於理不安。今又司天所用崇天曆㊅〔四〕，承後唐，書天祐至十九年，而盡黜梁所建號〔五〕。援之於古，惟張軌不用東晉太興而虛稱建興〔六〕，非可以爲後世法。蓋後唐務惡梁而欲黜之㊆，曆家不識古義，但用有司之傳，遂不復改。至於昉等，初非著書，第採次前世名號，以備有司之求，因舊之失，不專是正，乃與史官戾不相合，皆非是。

臣愚因以謂正統㊇，王者所以一民而臨天下。三代用正朔〔七〕，後世有建元之名〔八〕。然自漢以來，學者多言三代正朔㊈，而怪仲尼嘗修尚書、春秋，與其學徒論述堯、舜、三代間事甚詳，而於正朔尤大事，乃獨無明言，頗疑三代無有其事。及於春秋得「十月隕霜殺菽」〔九〕，二月「無冰」〔一〇〕，推其時氣，乃知周以建子爲正㊉，則三代固嘗改正朔。而仲尼曰「行夏之時」〔一一〕，又知聖人雖不明道正朔之事，其意蓋非商、周之爲，云其興也，新民耳目，不務純以德，而更易虛名，至使四時與天不合，不若夏時之正也。及秦又以十月爲正〔一二〕。漢始稍分後元、中元〔一三〕，至于建元〔一四〕，遂名年以爲號。由是而後⑪，直以建元之號加於天下而已，所以同萬國而一民也。而後世推次，以爲王者相繼之統。若夫上不戾於天，下可加於人，則名年建元，便於三代之改歲。然而後世僭亂假竊者多，則名號紛雜，不知所從，於是正閏真僞之論作〔一五〕，而是非多失其中焉。

然堯、舜、三代之一天下也，不待論說而明。自秦昭襄訖周顯德，千有餘年〔一六〕，治亂之迹不可不辨，而前世論者，靡有定說。伏惟大宋之興，統一天下，與堯、舜、三代無異。臣故曰不待論說而明。謹採秦以來訖于顯德終始興廢之迹，作正統論。臣愚不足以知，願下學者考定其是非而折中焉。

【校記】

㈠唐：原校：一作「後唐」。　㈡篇：原校：一作「卷」。　㈢爲：原校：一無此字。　㈣「則史」句下：原校：一本有「而後唐之事，當續劉昫唐史爲一書，或比二漢，離爲前後」二十二字。「前」，一作「先」。　㈤而：原校：一作「則」。　㈥今又：原校：一作「又今」。　㈦「梁」下：原校：一有「甚」字。　㈧以謂正統：卷後原校：「慶曆文粹『統』字下有『者』字。」　㈨正朔：原校：一作「改正朔之事」。　⑩「正」下：原校：一有「月」字。　⑪由是而後：原校：一無此四字，而有「太初之元年，復用夏正，其後遂不復改」十五字。

【箋注】

〔一〕 據題下注，正統論三篇康定元年（一〇四〇）作。本卷末有丁朝佐校語：「考正統論，初有原正統、明正統、秦、魏、東晉、後魏、梁論凡七篇，又有正統後論二篇、或問一篇、魏梁解一篇、正統辨二篇，當編定居士集時，刪原正統等論爲上、下篇，而繼以或問、魏梁解，餘篇雖削去，而傳於世，今附外集。」據此，或問當與正統論三篇同爲康定元年作。

〔二〕「伏見」三句：晁公武郡齋讀書志卷五五代史一百五十卷條後云：「右皇朝薛居正等撰。開寶中，詔修梁、唐、晉、漢、周書，盧多遜、扈蒙、張澹、李昉、劉兼、李穆、李九齡同修，居正監修。」按：此書後世稱舊五代史。開寶六年始修，七年成書，太祖尚在世，非太宗時也。薛居正，字子平，開封浚儀人。歷仕後晉、漢、周。入宋遷户部侍郎，官至平章事。宋史有傳。

〔三〕「又命」句：宋史藝文志二著録「李昉歷代年號一卷」。

〔四〕 司天：司天監。掌察天文變化，以占吉凶等。宋初沿唐制，稱司天臺。太宗端拱元年九月，始見有司天監之稱（宋會要輯稿職官三一之一）。崇天曆：宋史藝文志六有崇天曆經二卷、崇天曆立成四卷。據宋史律曆志四，崇天曆成於天聖元年八月。

〔五〕「書天祐」二句：天祐（九〇四至九〇七）爲唐哀帝年號。天祐四年唐亡。朱温後梁代之，年號開平。末帝朱友貞龍德三年（九二三），梁亡。「書天祐至十九年」，即從天祐元年（九〇四）至龍德三年（九二三），皆用天祐年號，而「盡黜梁所建號」，即開平、乾化、鳳曆、貞明與龍德。

〔六〕「惟張軌」句：晉愍帝建興四年（三一六），西晉亡。三一七年，琅邪王睿即晉王位於建康，改元建武，史稱東晉。三一八年，晉王睿稱帝，改元大（太）興，惟河西張軌仍用建興年號。張軌，字士彥，安定烏氏人，西晉涼州刺史，多次發兵勤王。所守之涼州成爲河西地區的政治中心。晉書有傳。

〔七〕正朔：禮記大傳：「改正朔，易服色。」孔穎達疏：「改正朔者，正，謂年始；朔，謂月初，言王者得政示從我始，改故用新，隨寅丑子所損也。周子、殷丑、夏寅，是改正也；周半夜、殷雞鳴、夏平旦，是易朔也。」

〔八〕建元：開國後第一次立年號。後漢書光武帝紀上：「於是建元爲建武，大赦天下。」

〔九〕「十月」句：見左傳定公元年。

〔一〇〕二月「無冰」：見左傳成公元年。

〔一一〕「而仲尼」句：孔叢子卷上：「顔回問爲邦，夫子曰：『行夏之時。』」

〔一二〕「及秦」句：史記秦始皇本紀：「始皇推終始五德之傳，以爲周得火德，秦代周德，從所不勝。方今水德之始，改年始，朝賀皆自十月朔。」張守節正義：「周以建子之月爲正，秦以建亥之月爲正，故其年始用十月而朝賀。」

〔一三〕「漢始」句：漢文帝在位第十七年（前一六三）和景帝在位第十四年（前一四三）均稱後元年，景帝在位第八年（前一四九）爲中元年。

〔一四〕建元：漢武帝年號（前一四〇至前一三五）。立年號自此始。

〔一五〕正閏：正統與非正統。皇甫湜有東晉元魏正閏論。

〔一六〕「自秦昭」二句：自秦昭王即位的前三〇六年至周顯德元年即九五四年，歷一千二百六十年。

正統論上

傳曰：「君子大居正〔一〕。」又曰：「王者大一统〔二〕。」正者，所以正天下之不正也；

統者，所以合天下之不一也。由不正與不一，然後正統之論作。

堯、舜之相傳，三代之相代，或以至公，或以大義〔三〕，皆得天下之正，合天下於一，是以君子不論也，其帝王之理得而始終之分明故也。及後世之亂，僭僞興而盜竊作，由是有居其正而不能合天下於一者，周平王之有吳、徐是也〔四〕；有合天下於一而不得居其正者，前世謂秦爲閏是也〔五〕。由是正統之論興焉。

自漢而下，至于西晉，又推而下之，爲宋、齊、梁、陳。自唐而上，至於後魏〔六〕，又推而上之，則爲夷狄〔七〕。其帝王之理舛，而始終之際不明，由是學者疑焉，而是非又多不公。自周之亡迄于顯德〔八〕，實千有二百一十六年之間，或理或亂，或取或傳，或分或合，其理不能一概。大抵其可疑之際有三：周、秦之際也，東晉、後魏之際也，五代之際也。秦親得周而一天下，其迹無異禹、湯，而論者黜之，其可疑者一也。以東晉承西晉則無終〔九〕，以隋承後魏則無始〔一〇〕，其可疑者二也。五代之所以得國者雖異，然同歸於賊亂也，而前世議者獨以梁爲僞〔一一〕，其可疑者三也。夫論者何？爲疑者設也。堯、舜、三代之始終，較然著乎萬世而不疑，固不待論而明也。後世之有天下者，帝王之理或舛，而始終之際不明，則不可以不疑。故曰由不正與不一，然後正統之論作也。

然而論者衆矣，其是非予奪，所持者各異，使後世莫知夫所從者，何哉？蓋於其可疑之際㈠，又挾自私之心，而溺於非聖之學也㈡。

自西晉之滅，而南爲東晉、宋、齊、梁、陳，北爲後魏、北齊、後周、隋。私東晉者曰隋得陳，然後天下一，則推其統曰晉、宋、齊、梁、陳、隋。私後魏者曰統必有所受㈢，則推其統曰唐受之隋，隋受之後周，後周受之後魏。至其甚相戾也，則爲南史者，詆北曰虜；爲北史者，詆南曰夷。此自私之偏説也。

自古王者之興，必有盛德以受天命，或其功澤被于生民，或累世積漸而成王業，豈偏名於一德哉？至於湯、武之起，所以救弊拯民，蓋有不得已者，而曰五行之運有休王〔一二〕，一以彼衰，一以此勝，此曆官、術家之事。而謂帝王之興必乘五運者，繆妄之説也，不知其出於何人。蓋自孔子殁，周益衰亂，先王之道不明，而人人異學，肆其怪奇放蕩之説。後之學者，不能卓然奮力而誅絶之，反從而附益其説，以相結固。故自秦推五勝以水德自名〔一三〕，由漢以來，有國者未始不由於此説。此所謂溺於非聖之學也。

惟天下之至公大義，可以祛人之疑，而使人不得遂其私。夫心無所私，疑得其決，則是非之異論息而正統明。所謂非聖人之説者，可置而勿論也。

【校記】

㊀其：原校：一作「其於」。　㊁溺：原校：一作「入」。　㊂受：原校：一作「授」，下同。

【箋注】

〔一〕「傳曰」二句：春秋公羊傳隱公三年：「故君子大居正。宋之禍，宣公爲之也。」

〔二〕「又曰」二句：春秋公羊傳隱公元年：「何言乎王正月，大一統也。」

〔三〕「堯、舜」四句：至公，謂堯、舜傳賢而不傳子；大義，謂商湯推翻夏桀，周武討伐商紂，吊民伐罪，爲正義之舉。

〔四〕「周平王」句：謂吴、徐之僭僞使平王雖居正而不能一統。祝泌觀物篇解卷五：「平王東遷，無功以復王業……威令不逮一小國。」

〔五〕「前世」句：資治通鑑卷六九：「秦焚書坑儒，漢興，學者始推五德生勝，以秦爲閏，位在木火之間，霸而不王，於是正閏之論興矣。」

〔六〕後魏：指北魏。

〔七〕夷狄：指西晉末年至北魏統一北方期間少數民族（如匈奴、鮮卑、羯、氐、羌等）先後在北方和巴蜀建立的割據政權。

〔八〕「自周」句：指自前二五六年周爲秦所滅至九六〇年即後周顯德七年。

〔九〕「以東晉」句：東晉上承西晉，下爲宋、齊、梁、陳，却滅於北朝之隋，故曰「無終」。

〔一〇〕「以隋」句：隋承後周、後魏，後魏係鮮卑族政權，上無所承，故曰「無始」。

〔一一〕「而前世」句：薛居正等撰舊五代史，多處稱「僞梁」。如李專美傳云：「僞梁貞明中，河南尹張全義以專美名族之後，奏爲陸渾尉。」

〔一二〕「而曰」句：古以五行分主四時，輪流用事，當令則王，不當令則廢休，稱爲五行休王。揚雄太玄：「五行用事者王，王所生相，故王廢，勝王囚，王所勝死。」

〔一三〕五勝：史記曆書：「而亦頗推五勝，而自以爲獲水德之瑞。」裴駰集解引漢書音義曰：「五行相勝，秦以周爲火，用水勝之也。」

【集評】

〔清〕孫琮：正統兩論亦須合看。上篇虛論其理，下篇實論其事；上篇發其端，下篇暢其義；上篇總闢羣議，下篇細駁衆論：此上下篇之合也。至上篇前半幅主意，只是發明作論之由在於不正不一；下半篇主意，只在窮究羣議之失而獨斷以己説：此上下篇之意也。歐公文字可合可分，其妙如此。（山曉閣選宋大家歐陽廬陵全集評語卷二）

〔清〕何焯：古今論正統者，當以公爲第一。特下篇稍有冗語，未盡削耳。居正者，實也；一統者，名也。二者不可得兼，以居正爲治世之本，一統爲傳世之號，分而言之可也。既冠之以正，而蘇子又曰正統者，猶曰有天下云爾，則又失之偏矣。（義門讀書記卷三八）

正統論下

凡爲正統之論者，皆欲相承而不絶，至其斷而不屬，則猥以假人而續之，是以其論曲而不通也。

夫居天下之正，合天下於一，斯正統矣，堯、舜、夏、商、周、秦、漢、唐是也。始雖不得其正，卒能合天下於一，夫一天下而居上〔一〕，則是天下之君矣，斯謂之正統可矣，晉、隋是也。天下大亂，其上無君，僭竊並興，正統無屬。當是之時，奮然而起，並爭乎天下，有功者彊，有德者王，威澤皆被于生民，號令皆加乎當世。幸而以大并小，以彊兼弱，遂合天下於一，則大且彊者謂之正統，猶有説焉。不幸而兩立不能相并〔二〕，考其迹，則皆正，較其義，則均焉，則正統者將安予奪乎？東晉、後魏是也。其或終始不得其正，又不能合天下於一，則可謂之正統乎？魏及五代是也。然則有不幸而丁其時，則正統有時而絶也。故正統之序，上自堯、舜，歷夏、商、周、秦、漢而絶，晉得之而又絶，隋、唐得之而又絶，自堯、舜以來，三絶而復續。惟有絶而有續，然後是非公，予奪當，而正統明。

然諸儒之論，至於秦及東晉、後魏、五代之際，其説多不同。其惡秦而黜之以爲閏者誰乎？是漢人之私論，溺於非聖曲學之説者也。其説有三，不過曰滅棄禮樂，用法嚴苛，與其興也不當五德之運而已〔一〕。五德之説，可置而勿論。其二者特始皇帝之事爾，然未原秦之本末也。昔者堯傳於舜，舜傳於禹。夏之衰也，湯代之王；商之衰也，周代之王；周之衰也，秦代之王。其興也，或以德，或以功，大抵皆乘其弊而代之。初，夏世衰而桀爲昏暴，湯救其亂而起，稍治諸侯而誅之，其書曰「湯征自葛」是也〔二〕。其後卒以攻桀而滅夏〔三〕。及商世衰而紂爲昏暴，周之文、武救其亂而起，亦治諸侯而誅之，其詩所謂崇、密是也。其後卒攻紂而滅商〔四〕。推秦之興，其功德固有優劣，而其迹豈有異乎？秦之紀曰：其先大業，出於顓頊之苗裔〔五〕，至孫伯翳，佐禹治水有功，唐、虞之間，賜姓嬴氏〔六〕。及非子爲周養馬有功，秦仲始爲命大夫〔七〕。而襄公與立平王，遂受岐、豐之賜〔八〕。當是之時，周衰固已久矣，亂始於穆王〔九〕，而繼以厲、幽之禍〔一〇〕，平王東遷，遂同列國。而齊、晉大侯，魯、衛同姓，擅相攻伐，共起而弱周，非獨秦之暴也。秦於是時，既平犬夷，因取周所賜岐、豐之地。而繆公以來，始東侵晉，地至于河，盡滅諸戎，拓國千里〔一一〕。其後關東諸侯，强僭者日益多，周之國地日益蹙，至無復天子之制，特其號在爾。秦昭襄王五十二年，周之君臣稽首自歸於秦〔一二〕。至其後世，遂滅諸侯而一天下。此其本末之迹也。其德雖不足，而其功力尚不優於魏、晉乎？始秦之興，務以力勝。至於始皇，遂悖棄先王之典禮，又自推水德，益任法而少恩，其制度文爲㊂，皆非古而自是，此其所以見黜也。夫始皇之不德，不過如桀、紂，桀、紂不廢夏、商之統，則始皇未可廢秦也。

其私東晉之論者曰：周遷而東，天下遂不能一。然仲尼作春秋，區區於尊周而黜吴、楚者〔一三〕，豈非以其正統之所在乎？晉遷而東，與周無異，而今黜之，何哉？曰：是有説焉，較其德與迹而然耳。周之始興，其來也遠。當其盛也，規方天下爲大小之國，衆建諸侯，以維王室，定其名分，使傳子孫而守之，以爲萬世之計。及厲王之亂，周室無君者十四年〔一四〕，而天下諸侯不敢僥倖而窺周。於此然後見周德之深，而文、武、周公之作，真聖人之業也。況平王之遷，國地雖蹙，然周德之在人者未厭，而法制之臨人者未移。平王以子繼父，自西而東，不出王畿之内㊃，則正統之在周也，推其德與迹可以不疑。夫晉之爲晉，與乎周之爲周也異矣。其德法之維天下者，非有萬世之計，聖人之業也，直以其受魏之禪而合天下於一〔一五〕，推較其迹，可以曰正而統耳。自惠帝之亂〔五〕，至于愍、懷之間，晉如綫爾〔一六〕。惟嗣君繼世，推其迹曰正焉可也。建興之亡，晉於是而絶矣。夫周之東也，以周而東。晉之南也，豈復以晉而南乎？自愍帝死賊庭，琅邪起江表〔一七〕，位非嗣君，正非繼世，徒以晉之臣子，有不忘晉之心，發於忠義而功不就，可爲傷已！若因而遂竊正統之號，其可得乎？春秋之説，「君弒而賊不討」，則以爲無臣子也〔一八〕。使晉之臣子遭乎聖人，適當春秋之誅，況欲干天下之統哉？若乃國已滅矣，以宗室子自立於一方，卒不能復天下於一，則晉之琅邪，與夫後漢之劉備、五代漢之劉崇何異〔一九〕？備與崇未嘗爲正統，則東晉可知焉耳。

其私後魏之論者曰：魏之興也，其來甚遠。自昭成建國改元〔二〇〕，承天下衰弊，得奮其力，並爭乎中國。七世至于孝文〔二一〕，而去夷即華，易姓建都，遂定天下之亂，然後修禮樂，興制度而文之。考其漸積之基，其道德雖不及於三代，而其爲功，何異王者之興？今特以其不能并晉、宋之一方，以小不備而黜其大功，不得承百王之統者，何哉？曰：質諸聖人而不疑也。今爲魏説者，不過曰功多而國彊耳〔六〕。此聖人有所不與也。春秋之時，齊桓、晉文可謂有功矣。吴、楚之僭，迭彊於諸侯矣。聖人於春秋，所尊者周也。然則功與彊，聖人有所不取也。論者又曰：秦起夷狄〔七〕，以能滅周而一天下，遂進之。魏亦夷狄，以不能滅晉、宋而見黜㈧。是則因其成敗而毁譽之，豈至公之篤論乎？曰：是不然也，各於其黨而已〔二二〕。周、秦之所以興者，其説固已詳之矣。當魏之興也，劉淵以匈奴，慕容以鮮卑，苻生以氐，弋仲以羌，赫連、秃髮、石勒、季龍之徒，皆四夷之雄者也〔二三〕。其力不足者弱，有餘者彊，其最彊者苻堅〔二四〕。當堅之時，自晉而外天下莫不爲秦。休兵革、興學校，庶幾刑政之方，不幸未幾而敗亂。其又彊者曰魏，自江而北，天下皆爲魏矣，幸而傳數世而後亂。以是而言，魏者纔優於苻堅而已，豈能干正統乎？

五代之得國者，皆賊亂之君也。而獨僞梁而黜之者，因惡梁者之私論也。唐自僖、昭以來〔二五〕，不能制命於四海，而方鎮之兵作。已而小者并於大，弱者服於彊。其尤彊者，朱氏以梁，李氏以晉〔二六〕，共起而窺唐，而梁先得之。李氏因之借名討賊，以與梁爭中國，而卒得之，其勢不得不以梁爲僞也。而繼其後者，遂因之，使梁獨被此名也。夫梁固不得爲正統，而唐、晉、漢、周何以得之〔二七〕？今皆黜之，而論者猶以漢爲疑，以謂契丹滅晉，天下無君，而漢起太原，徐驅而入汴，與梁、唐、晉、周其迹異矣，而今乃一概，可乎？曰：較其心迹，小異而大同爾。且劉知遠，晉之大臣也。方晉有契丹之亂也，竭其力以救難，力所不勝而不能存晉，出於無可奈何，則可以少異乎四國矣。漢獨不然，自契丹與晉戰者三年矣，漢獨高拱而視之，如齊人之視越人也，卒幸其敗亡而取之。及契丹之北也，以中國委之許王從益而去〔二八〕。從益之勢，雖不能存晉，然使忠於晉者得而奉之，可以冀於有爲也。漢乃殺之而後入。以是而較其心迹，其異於四國者幾何？ 矧皆未嘗合天下於一也。其於正統，絶之何疑！

【校記】

㈠上：衡本、備要本作「正」。 ㈡并：原校：一作「兼」。 ㈢文爲：原校：一作「云爲」，一作「文章」。 ㈣「不出」句下：原校：一本注：「西周之地八百里，東周六百里，以井田之法計之，通爲千里之方。」按：「井」原作「并」，據天理本改。 ㈤「自惠帝」句下：原校：一有「晉政已亡」四字。 ㈥曰：原校：一作「於」。 ㈦夷：卷後原校：一作「戎」。 ㈧滅：原校：一作「并」。

【箋注】

〔一〕五德之運：史記張丞相列傳：「推五德之運，以爲漢當水德之時，尚黑如故。」文選班固典引：「肇命民主，五德初始。」蔡邕注：「五德，五行之德。自伏羲已下，帝王相代，各據其一行。始於木，終於水，則復始也。」

〔二〕「其書」句：書胤征：「葛伯不祀，湯始征之。」孔安國傳：「葛國，伯爵也，廢其土地山川及宗廟神祇，皆不祀，湯始伐之，伐始於葛。」

〔三〕「其後」句：史記夏本紀：「湯修德，諸侯皆歸湯，湯遂率兵以伐夏桀。桀走鳴條，遂放而死。」

〔四〕「及商」五句：詳見史記殷本紀「西伯歸，乃陰修德行善，諸侯多叛紂而往歸西伯……周武王遂斬紂頭」一段。崇、密，殷商時諸侯國，文王嘗伐之。詩大雅皇矣：「密人不恭，敢距大邦，侵阮徂共。王赫斯怒，爰整其旅，以按徂旅……以伐崇墉。」

〔五〕「秦之紀」三句：史記秦本紀：「秦之先，帝顓頊之苗裔孫曰女修。女修織，玄鳥隕卵，女修吞之，生子大業。」

〔六〕「至孫」四句：秦本紀：「大業……生大費，與禹平水土……佐舜調馴鳥獸，鳥獸多馴服，是爲柏翳。舜賜姓嬴氏。」

〔七〕「及非子」二句：據秦本紀，秦之後裔非子「好馬及畜，善養息之」，周孝王「召使主馬于汧渭之間，馬大蕃息」。後歷數代，而有秦仲。「周宣王即位，乃以秦仲爲大夫，誅西戎。」

〔八〕「而襄公」二句：秦本紀：「秦襄公將兵救周，戰甚力，有功。周避犬戎難，東徙雒邑，襄公以兵送周平王。平王封襄公爲諸侯，賜之岐以西之地。曰：『戎無道，侵奪我岐、豐之地，秦能攻逐戎，即有其地。』與誓，封爵之。」

〔九〕「亂始」句：據史記周本紀，穆王欲征犬戎，大臣諫之，不聽。「王遂征之，得四白狼四白鹿以歸。自是荒服者不至」。

〔一〇〕厲幽：周厲王、幽王。厲王横征暴斂，鉗制言論，引起暴動，出逃至彘。幽王偏聽褒姒讒言，廢申后母子，失信諸侯，被犬戎殺死。詳見周本紀。

〔一一〕「而繆公」五句：繆公，即秦穆公。在位時，他任用百里奚、蹇叔、由余等，伐戎擊晉，闢地千里。詳見秦本紀。

〔一二〕「秦昭襄王」二句：秦本紀：「(昭襄王)五十一年，將軍摎攻韓……攻趙……攻西周。西周君走來自歸，頓首受罪，盡獻其邑三十六城，口三萬……五十二年，周民東亡，其器九鼎入秦。周初亡。」

〔一三〕「然仲尼」二句：春秋以王、天王、天子稱周王。吳、楚雖自立爲王，但春秋仍以實際封爵稱其吳子、楚子。

〔一四〕「及厲王」二句：周本紀：「厲王出奔於彘……召公、周公二相行政，號曰『共和』。共和十四年，厲王死于彘。太子靜長於召公家，二相乃共立之爲王，是爲宣王。」

〔一五〕「直以」句：咸熙二年，魏禪位于晉，司馬炎即帝位。見三國志陳留王紀。

〔一六〕「自惠帝」三句：晉惠帝司馬衷在位時，賈后專權，引發諸王間大混戰。惠帝死，其弟司馬熾立，爲懷帝。内訌長達十六年，史稱「八王之亂」。後匈奴族劉曜攻陷洛陽，懷帝被俘，遇害。其侄司馬鄴，繼位于長安，爲愍帝，年號建興。劉曜攻下長安後，愍帝亦被俘，遇害。詳見晉書惠帝紀、懷帝紀、愍帝紀。

〔一七〕「琅邪」句：琅邪，琅邪王司馬睿，爲安東將軍，都督揚州江南諸軍事。愍帝遇害後，睿在江南稱帝，爲東晉開創者。後王敦謀反，睿憂憤而死。見晉書元帝紀。

〔一八〕「春秋」三句：公羊傳隱公十一年：「春秋君弑，賊不討，不書葬，以爲無臣子也。」

〔一九〕劉崇：五代時人，劉知遠從弟。知遠建後漢，崇爲北京留守。後漢爲後周所滅，崇即位太原，改名旻，沿稱漢，史謂北漢。後爲周世宗所敗，憂病而死。見新五代史劉旻傳。

〔二〇〕昭成：指北魏道武帝拓跋珪之祖父拓跋什翼犍。三三八年，什翼犍爲代王，改元建國。道武帝即位後，追尊其爲高祖昭成皇帝。見北史魏本紀一。

〔二一〕孝文：北魏孝文帝拓跋宏，亦即元宏。推行改革，改變鮮卑風俗，參照南朝建典章制度，實行漢化，改拓跋爲漢姓元，由平城遷都洛陽。見北史魏本紀三。

〔二二〕「各於」句：論語里仁上：「子曰：『人之過也，各於其黨。觀過，斯知仁矣。』」

〔二三〕「劉淵」六句：劉淵，字元海，十六國時漢國的建立者。匈奴族。永嘉二年稱帝，建都平陽。見晉書劉元海載記。慕容，指鮮卑族慕容氏政權。慕容皝稱燕王，都龍城，爲前燕；皝子慕容垂稱帝，都中山，爲後燕。見晉書二人載記。苻生，氐族，前秦皇帝，都長安。見晉書苻生載記。弋仲，後秦建立者姚萇之父，羌族首領。見晉書姚弋仲載記。赫連，赫連勃勃，匈奴族鐵弗部人，夏國建立者，都統萬。見晉書赫連勃勃載記。秃髮，秃髮烏孤，鮮卑族，南凉建立者，都西平。見晉書秃髮烏孤載記。石勒，羯族，後趙建立者，都襄國。見晉書石勒載記。季龍，石虎字，石勒之侄。勒死，殺太子石弘，自即帝位，遷都于鄴。見晉書石季龍載記。

〔二四〕苻堅：氐族，前秦皇帝。殺苻生自立，先後攻滅前燕、前凉和代，統一北方大部分地區，又取東晉梁、益等州。調數十萬大軍南下，企圖一舉滅東晉，兵敗淝水，後爲姚萇所殺。見晉書苻堅載記。

〔二五〕僖、昭：唐僖宗李儇、唐昭宗李曄。見兩唐書僖宗紀、昭宗紀。

〔二六〕「朱氏」二句：朱氏，朱温。參加黄巢起義後，叛變降唐，鎮壓起義軍，進封梁王，繼而代唐自立，史稱後梁。見新、舊五代史梁太祖紀。李氏，指李克用、李存勖父子。克用率沙陀兵鎮壓黄巢起義，進封晉王，與朱温長期交戰。後存勖建後唐，攻滅後梁。見新唐書沙陀傳、舊五代史唐武皇紀與新、舊五代史唐莊宗紀。

〔二七〕晉：後晉，沙陀部人石敬瑭所建。敬瑭原爲後唐河東節度使，勾結契丹滅後唐而稱帝。見新、舊五代史晉高祖紀。漢：後漢，沙陀部人劉知遠所建立。知遠爲後晉河東節度使，契丹滅後晉，知遠于太原稱帝。見新、舊五代史漢高祖紀。周：後周，後漢鄴都留守郭威滅後漢後所建。見新、舊五代史周太祖紀。

〔二八〕「及契丹」二句：契丹滅晉，封後唐明宗李嗣源第四子許王李從益爲彰信軍節度使，從益不受。契丹北去，委中原于從益。後劉知遠率軍南下，從益被殺。見舊五代史許從益傳、新五代史唐明宗家人傳。

【集評】

［明］歸有光：統猶絲之有緒，王者一四海，其子孫雖衰，廟祀未絶，統固在也。故孔子作春秋，必書「春王正月」，以周衰而統未絶也；朱子作綱目，必帝蜀而寇魏、吴，以漢衰而統未絶也。歐公辯秦不當爲閏，梁不得獨僞，固是。若以東晉爲非統，而欲黜之，議不無有未當焉。（歐陽文忠公文選評語卷四）

［清］孫琮：一篇主意只在正統有絶續一句。世之論者欲其有續而無絶，故牽引支離而不得其説；永叔之論有絶而有續，故可否予奪而是非明白。中間一段論秦爲正統，是有續而無絶也；一段論東晉不得與正統，是有絶而無續也；一段論後魏之非正統，無續亦無絶也；後幅論梁之非僞、漢之當黜，是有續而亦有絶也。通篇皆是發明此意，而行文特横縱異常。（山曉閣選宋大家歐陽廬陵全集評語卷二）

或　問

或問：「子於史記本紀〔一〕，則不僞梁而進之，於論正統，則黜梁而絶之。君子之信乎後世者，固當如此乎？」曰：孔子固嘗如此也。平、桓、莊之王，於春秋則尊之，書曰「天王」〔二〕，於詩則抑之，下同於列國〔三〕。孔子之於此三王者，非固尊於彼而抑於此也，其理當然也。梁，賊亂之君也。欲干天下之正統，其爲不可，雖不論而可知。然謂之僞，則甚矣。彼有梁之土地，臣梁之吏民，立梁之宗廟社稷，而能殺生賞罰以制命於梁人，則是梁之君矣，安得曰僞哉？故於正統則宜絶，於其國則不得爲僞者，理當然也。豈獨梁哉？魏及東晉、後魏皆然也。堯、舜、桀、紂，皆君也，善惡不同而已。凡梁之惡，余於史記不没其實者，論之詳矣。

或者又曰：「正統之説，不見於六經，不道於聖人，而子論之，何也？」曰：孔、孟之時，未嘗有其説，則宜其不道也。後世不勝其説矣，其是非予奪，人人自異，而使學者惑焉，莫知夫所從。又有偏王一德之説㈠，而益之五勝之術㈢〔四〕，皆非聖之曲學也。自秦、漢以來，習傳久矣。使孔、孟不復出則已，其出而見之，其不爲之一辨而止其紛紛乎？此余之不得已也。嗚呼，堯、舜之德至矣！夏、商、周之起，皆以天下之至公大義。自秦以後，德不足矣，故考其終始，有是有非，而參差不齊，此論之所以作也。德不足矣，必據其迹而論之，所以息爭也。

或者又曰：「論必據迹，則東周之時，吳、徐、楚皆王矣，是正而不統也，子獨不論，何也？」曰：東周正統以其不待較而易知，是以不論也。若東晉、後魏，則兩相敵而予奪難，故不可以不論。吳、徐、楚非周之敵，雖童子之學，猶知予周也，何必論哉！

【校記】

㈠王：衡本、備要本作「主」。　㈡益之：卷後原校：此下一有「以」字。

【箋注】

〔一〕史記：指五代史記，即新五代史。

〔二〕「平、桓」三句：春秋稱周王爲「天王」。左傳隱公三年：「三月庚戌，天王崩。」杜預注：「周平王也。」又，桓公十五年：「三月乙未，天王崩。」注：「桓王也。」

〔三〕「於詩」二句：如詩衛風木瓜，毛序云：「美齊桓公也。」而王風君子于役，毛序云：「刺平王也。」

〔四〕五勝：五行相勝。鶡冠子度萬「五勝無以成勢」陸佃注：「五勝，五行之勝。」

居士集卷十七

論六首

本論上〔一〕

佛法爲中國患千餘歲〔二〕，世之卓然不惑而有力者，莫不欲去之。已嘗去矣，而復大集，攻之暫破而愈堅，撲之未滅而愈熾，遂至於無可奈何。是果不可去邪？蓋亦未知其方也。夫醫者之於疾也，必推其病之所自來，而治其受病之處。病之中人，乘乎氣虚而入焉。則善醫者不攻其疾，而務養其氣，氣實則病去，此自然之效也。故救天下之患者，亦必推其患之所自來，而治其受患之處。佛爲夷狄〔三〕，去中國最遠，而有佛固已久矣。堯、舜、三代之際，王政修明，禮義之教充於天下，於此之時，雖有佛，無由而入。及三代衰，王政闕㈡，禮義廢，後二百餘年而佛至乎中國。由是言之，佛所以爲吾患者，乘其闕廢之時而來，此其受患之本也。補其闕，修其廢，使王政明而禮義充，則雖有佛無所施於吾民矣，此亦自然之勢也。

昔堯、舜、三代之爲政，設爲井田之法〔四〕，籍天下之人，計其口而皆授之田，凡人之力能勝耕者，莫不有田而耕之，斂以什一，差其征賦，以督其不勤。使天下之人，力皆盡於南畝，而不暇乎其他。然又懼其勞且怠而入於邪僻也，於是爲製牲牢酒醴以養其體〔五〕，弦匏俎豆以悦其耳目㈢〔六〕。於其不耕休力之時，而教之以禮。故因其田獵而爲蒐狩之禮〔七〕，因其嫁娶而爲婚姻之禮，因其死葬而爲喪祭之禮，因其飲食羣聚而爲鄉射之禮〔八〕。非徒以防其亂，又因而教之，使知尊卑長幼，凡人之大倫也㈣。故凡養生送死之道，皆因其欲而爲之制。飾之物采而文焉，所以悦之，使其易趣也。順其情性而節焉，所以防之，使其不過也。然猶懼其未也，又爲立學以講明之。故上自天子之郊，下至鄉黨，莫不有學，擇民之聰明者而習焉，使相告語而誘勸其愚墮。嗚呼，何其備也！蓋三代之爲政如此㈤，其慮民之意甚精，治民之具甚備，防民之術甚周，誘民之道甚篤。行之以勤而被於物者洽㈥，浸之以漸而入於人者深。故民之生也，不用力乎南畝，則從事於禮樂之際，不在其家，則在乎庠序之間。耳聞目見，無非仁義㈦，樂而趣之，不知其倦㈧。終身不見異物，又奚暇夫外慕哉？故曰雖有佛無由而入者，謂有此具也。

及周之衰，秦并天下，盡去三代之法，而王道中絶。後之有天下者，不能勉彊，其爲治之具不備㊈，防民之漸不周。佛於此時，乘間而出。千有餘歲之間，佛之來者日益衆，吾之所爲者日益壞。井田最先廢，而兼并游惰之姦起，其後所謂蒐狩、婚姻、喪祭、鄉射之禮，凡所以教民之具，相次而盡廢。然後民之姦者，有暇而爲他；其良者，泯然不見禮義之及己。夫姦民有餘力，則思爲邪僻；良民不見禮義，則莫知所趣。佛於此時，乘其隙㊀，方鼓其雄誕之說而牽之㊁，則民不得不從而歸矣。又况王公大人往往倡而驅之，曰佛是真可歸依者，然則吾民何疑而不歸焉？幸而有一不惑者，方艴然而怒曰〔九〕：「佛何爲者，吾將操戈而逐之㊂。」又曰：「吾將有說以排之㊂。」夫千歲之患遍於天下，豈一人一日之可爲？民之沉酣入於骨髓，非口舌之可勝。

然則將奈何？曰：莫若修其本以勝之。昔戰國之時，楊、墨交亂，孟子患之而專言仁義，故仁義之說勝，則楊、墨之學廢〔一〇〕。漢之時，百家並興，董生患之〔一一〕，而退修孔氏，故孔氏之道明而百家息㊃。此所謂修其本以勝之之效也。今八尺之夫，被甲荷戟，勇蓋三軍，然而見佛則拜，聞佛之說則有畏慕之誠者，何也？彼誠壯佼，其中心茫然無所守而然也。一介之士，眇然柔懦，進趨畏怯，然而聞有道佛者則義形於色㊄，非徒不爲之屈，又欲驅而絶之者，何也？彼無他焉，學問明而禮義熟，中心有所守以勝之也。然則禮義者，勝佛之本也。今一介之士知禮義者，尚能不爲之屈，使天下皆知禮義，則勝之矣。此自然之勢也。

【校記】

㈠原卷後附丁朝佐校語：「考本論初有上、中、下篇，此卷所載，即中、下二篇。其上篇，編居士集時雖削去，而傳於世，今附外集。」　㈡闕：卷後原校：一作「缺」，下同。　㈢弦：原校：一作「笙」。　㈣「倫」下：原校：一有「者」字。　㈤「蓋」下：原校：一有「堯、舜」二字。　㈥者洽：卷後原校：一作「者廣」。　㈦「義」下：原校：一有「禮」字。　㈧耳聞目見，無非仁義禮樂而趣之，不知其倦：卷後原校：一無此十七字。　㈨其爲：卷後原校：一作「而爲」。　㈩於此時，乘其隙：原校：一無此六字。　⑪牽：原校：一作「率」。　⑫而：卷後原校：一作「以」。　⑬「吾將」句下：原校：一有「何其不思之甚也」七字。　⑭「家」下：原校：一有「自」字。　⑮者：原校：一無此字。

【箋注】

〔一〕　據題下注，本論上、下二篇皆慶曆二年（一〇四二）作。

〔二〕　「佛法」句：佛教約在東漢哀帝時傳入中土。三國志魏志卷三〇裴松之引魏略：「西戎傳曰：『昔漢哀帝元壽元年，博士弟子景廬受大月氏王使伊存口授浮屠經……浮屠所載臨蒲塞、桑門、伯聞、疏問、白疏問、比丘、晨門，皆弟子號也。』」由元壽元年（前二年）至慶曆二年（一〇四二），歷千有餘年。

〔三〕　「佛爲」句：後漢紀明帝紀下：「浮屠者，佛也。西域天竺有佛道焉。佛者，漢言覺，將悟羣生也。」按：覺，佛教徒對佛祖釋迦牟尼的尊稱。釋氏，中印度迦毘羅國淨飯王長子。

〔四〕井田之法：穀梁傳宣公十五年：「古者三百步爲里，名曰井田。井田者，九百畝，公田居一。」范寧注：「出除公田八十畝，餘八百二十畝，故井田之法，八家共一井，八百畝。餘二十畝，家各兩畝半，爲廬舍。」

〔五〕牲牢：詩小雅瓠葉序：「上棄禮而不能行，雖有牲牢饔餼，不肯用也。」鄭玄箋：「牛羊豕爲牲，繫養者曰牢。」

〔六〕弦匏：借指弦歌之聲。陸龜蒙野廟碑：「升階級，坐堂筵，耳弦匏，口粱肉，載車馬，擁徒隸者，皆是也。」俎豆：謂祭祀。論語衛靈公：「俎豆之事則嘗聞之矣，軍旅之事未之學也。」

〔七〕蒐狩：春獵爲蒐，冬獵爲狩，泛指狩獵。穀梁傳昭公八年：「因蒐狩以習用武事，禮之大者也。」

〔八〕鄉射之禮：周禮地官鄉大夫：「退而以鄉射之禮五物詢衆庶。」孫詒讓正義：「退，謂王受賢能之書事畢，鄉大夫與鄉老則退各就其鄉學之庠而與鄉人習射，是爲鄉射之禮。」

〔九〕艴然：孟子公孫丑上：「曾西艴然不悦。」趙岐注：「艴然，愠怒色也。」

〔一〇〕楊、墨：楊朱、墨翟。楊朱，戰國時思想家，其史料散見於孟子、莊子、荀子、韓非子、吕氏春秋、淮南子諸書。墨翟，春秋、戰國之際思想家，墨家學派的創始者，今傳有墨子五十三篇。

〔一一〕董生：董仲舒，西漢思想家。創「三綱」、「五常」體系，其罷黜百家，獨尊儒術之説，爲漢武帝所採納。有春秋繁露、舉賢良對策。漢書有傳。

【集評】

〔宋〕黄震：佛法之害政，昌黎之説盡之；攻佛教之害人心，晦庵之説盡之；不能明言其所以害，而徒疾聲大呼以泄其憤，石徂徠之怪説盡之。歐陽公所謂上續昌黎斯文之傳者，正以辟佛一事。然本論不過就昌黎改易新説，而適以消剛爲柔，如閉關息兵，惟敵之縱，而自我修政事者爾。嗚呼！殆所謂能言距楊、墨者，皆聖人之徒歟？（黄氏日鈔卷六一）

〔明〕徐文昭：釋迦生於周定王時，與孔子、老聃并出，則三教乃天地一劫處，況達摩以下，有一片直見本性處，所以雖魁奇俊悟之士，咸宗其教。歐公言「修本以勝之」是已，然僅區區於禮儀之習，其何能勝？（引自歐陽文忠公文選評

語卷四）

［清］儲欣：韓子云：「明先王之道以道之。」公此文只暢發他這一句。（唐宋八大家類選評語卷四）

［清］林紓：以文字論，本論即追蹤於原道，「原」即「本」也。二公因文見道，故集中必有此種文字。此篇格局較原道爲稍平衍，然不肯道佛之壞處，但説先王之道陵夷衰微，故佛得乘間而入。本既動摇，則佛氏因而陷入，故不知者相從而靡。説得和平近理之至。「知方」二字，即是知本之作用。連用兩「所自來」三字，斥辟佛者之不知本也。有本則足以禦佛；無本，即由間隙中侵入佛教：弊在王政禮義廢，即其本廢闕也。本既廢闕，而佛昌矣。（古文辭類纂選本評語卷一）

［清］陳曾則：歐陽公更進而爲探本之論，然終未出昌黎意外。文整齊猶韓，而雄放之氣遜之。（古文比評語卷四）

本論下

昔荀卿子之説，以爲人性本惡，著書一篇，以持其論〔一〕。予始愛之，及見世人之歸佛者，然後知荀卿之説繆焉。

甚矣，人之性善也！彼爲佛者，棄其父子，絶其夫婦，於人之性甚戾〔二〕，又有蠶食蟲蠹之弊，然而民皆相率而歸焉者，以佛有爲善之説故也。嗚呼！誠使吾民曉然知禮義之爲善，則安知不相率而從哉！奈何教之諭之之不至也！佛之説，熟於人耳、入乎其心久矣，至於禮義之事，則未嘗見聞。今將號於衆曰「禁汝之佛而爲吾禮義」，則民將駭而走矣。莫若爲之以漸，使其不知而趣焉可也。蓋鯀之治水也障之，故其害益暴；及禹之治水也導之，則其患息〔三〕。蓋患深勢盛則難與敵，莫若馴致而去之易也㊀。今堯、舜、三代之政，其説尚傳，其具皆在，誠能講而修之，行之以勤而浸之以漸，使民皆樂而趣焉，則充行乎天下，而佛無所施矣。傳曰「物莫能兩大」〔四〕，自然之勢也，奚必曰「火其書」而「廬其居」哉〔五〕！

昔者戎狄蠻夷，雜居九州之間，所謂徐戎、白狄、荆蠻、淮夷之類是也〔六〕。三代既衰，若此之類並侵於中國，故秦以西戎據宗周〔七〕，吴、楚之國㊁，皆僭稱王〔八〕。春秋書用鄫子〔九〕，傳記被髮於伊川〔一〇〕，而仲尼亦以不左衽爲幸〔一一〕。當是之時，佛雖不來，中國幾何其不夷狄也！以是而言，王道不明而仁義廢，則夷狄之患至矣。及孔子作春秋，尊中國而賤夷狄，然後王道復明。方今九州之民，莫不右衽而冠帶，其爲患者，特佛爾。其所以勝之之道，非有甚高難行之説也，患乎忽而不爲爾。夫郊天祀地與乎宗廟社稷朝廷之儀，皆天子之大禮也，今皆舉而行之。至於所謂蒐狩、婚姻、喪祭、鄉射之禮，此郡縣有司之事也，在乎講明而頒布之爾。然非行之以勤，浸之以漸，則不能入於人而成化。自古王者之政，必世而後仁〔一二〕。今之議者將曰：「佛來千餘歲，有力者尚無可奈何，何用此迂緩之説爲？」是則以一日之功不速就，而棄必世之功不爲也，可不惜哉！昔孔子歎爲俑者不仁〔一三〕，蓋歎乎啓其漸而至於用殉也㊂。然則爲佛者，不猶甚於作俑乎！當其始來，未見其害，引而內之。今之爲害著矣，非待先覺之明而後見也，然而恬然不以爲怪者何哉？夫物極則反，數窮則變，此理之常也。今佛之盛久矣，乘其窮極之時，可以反而變之，不難也。

昔三代之爲政，皆聖人之事業，及其久也，必有弊。故三代之術，皆變其質文而相救。就使佛爲聖人，及其弊也，猶將救之，況其非聖者乎！夫姦邪之士見信於人者，彼雖小人，必有所長以取信，是以古之人君惑之，至於亂亡而不悟。今佛之法，可謂姦且邪矣。蓋其爲説，亦有可以惑人者㊃。使世之君子，雖見其弊而不思救，豈又善惑者歟？抑亦不得其救之之術也？救之，莫若修其本以勝之。捨是而將有爲，雖賁育之勇〔一四〕，孟軻之辯，太公之陰謀〔一五〕，吾見其力未及施，言未及出，計未及行，而先已陷於禍敗矣。何則？患深勢盛難與敵，非馴致而爲之莫能也。故曰修其本以勝之，作本論。

【校記】

㊀「去」下：原校：一有「其害」二字。　㊁國：原校：一作「君」。　㊂蓋歎：卷後原校：一作「蓋傷」。

㊃「亦有」句：卷後原校：一作「亦有所長而可以惑人者」。

【箋注】

〔一〕「昔荀卿子」四句：荀子謂「人之性惡，其善者僞也」，見荀子性惡。荀子名況，又稱荀卿，漢時避宣帝諱，稱孫卿，戰國末趙國人，思想家。漢書藝文志著録孫卿子三十三篇，今有荀子傳世。

〔二〕「彼爲」四句：語本韓愈原道：「棄而君臣，去而父子，禁而相生養之道，以求其所謂清淨寂滅者……滅其天常，子焉而不父其父，臣焉而不君其君，民焉而不事其事。」

〔三〕「蓋鯀」四句：史記夏本紀載「鯀治水。九年而水不息，功用不成」。「禹傷先人父鯀功之不成受誅，乃勞身焦思……以開九州，通九道，陂九澤，度九山」，終獲成功。

〔四〕「傳曰」句：左傳莊公二十二年：「山嶽則配天，物莫能兩大。」

〔五〕「奚必」句：原道：「然則如之何而可也？曰：不塞不流，不止不行。人其人，火其書，廬其居。」

〔六〕徐戎：古族名。東夷之一。書費誓：「徂茲淮夷，徐戎并興。」孔傳：「今往征此淮浦之夷，徐州之戎并起爲寇。」白狄：亦作白翟，古少數民族之一。左傳僖公三十三年：「晉侯敗狄於箕，郤缺獲白狄子。」杜預注：「白狄，狄別種也。」據史記匈奴列傳，白翟「居於河西圁、洛之間」。荆蠻：古中原人對楚越或南人的稱呼。左傳昭公二十六年：「茲不穀震盪播越，竄在荆蠻，未有攸厎。」淮夷：古居於淮河流域的部族。史記周本紀：「召公爲保，周公爲師，東伐淮夷，殘奄，遷其君薄姑。」

〔七〕「故秦」句：史記秦本紀：「（穆公）三十七年，秦用由余伐戎王，益國十二，開地千里，遂霸西戎……（昭襄王）五十二年，周民東亡，其器九鼎入秦。周初亡。」

〔八〕「吴、楚」二句：史記吴太伯世家：「壽夢立而吴始益大，稱王。自太伯作吴，五世而武王克殷，封其後爲二：其一虞，在中國；其一吴，在夷蠻。十二世而晉滅中國之虞。中國之虞滅二世，而夷蠻之吴興。大凡從太伯至壽夢十九世。」史記楚世家：「當周夷王之時，王室微，諸侯或不朝，相伐。熊渠甚得江漢間民和，乃興兵伐庸、楊粤，至于鄂。熊渠曰：『我蠻夷也，不與中國之號謚。』乃立其長子康爲句亶王，中子紅爲鄂王，少子執疵爲越章王，皆在江上楚蠻之地。」

〔九〕「春秋」句：左傳僖公十九年：「己酉，邾人執鄫子用之。」杜預注：「直書『用之』，言若用畜産也。」

〔一〇〕「傳記」句：左傳僖公二十二年：「初，平王之東遷也，辛有適伊川，見被髮而祭於野者，曰：『不及百年，此其戎乎！其禮先亡矣。』」杜預注：「被髮而祭，有象夷狄。」

〔一一〕「而仲尼」句：論語憲問：「子曰：『管仲相桓公，霸諸侯，一匡天下，民到於今受其賜。微管仲，吾其被髮左衽矣。』」

〔一二〕「自古」二句：論語子路：「子曰：『如有王者，必世而後仁。』」何晏集解引孔安國曰：「三十年曰世。」

〔一三〕「昔孔子」句：孟子梁惠王上：「仲尼曰：『始作俑者，其無後乎？』爲其象人而用之也。」

〔一四〕賁育：孟賁、夏育，戰國時勇士。韓非子守道：「戰士出死，而願爲賁育。」

〔一五〕「太公」句：太公，太公望，本姓姜氏，從其封姓，曰呂尚。史記齊太公世家：「周西伯昌之脱羑里歸，與呂尚陰謀修德以傾商政，其事多兵權與奇計，故後世之言兵及周之陰權，皆宗太公爲本謀。周西伯政平，及斷虞芮之訟，而詩人稱西伯受命曰文王。伐崇、密須、犬夷，大作豐邑。天下三分，其二歸周者，太公之謀計居多。」

【集評】

〔清〕儲欣：較前篇未見進一解，但抽出前篇「勤」、「漸」而更言之，意加暢矣。（六一居士全集録評語卷一）

朋黨論㈠〔一〕　在諫院進。

臣聞朋黨之説自古有之〔二〕，惟幸人君辨其君子小人而已。

大凡君子與君子以同道爲朋，小人與小人以同利爲朋，此自然之理也㈡。然臣謂小人無朋，惟君子則有之，其故何哉？小人所好者禄利也，所貪者財貨也。當其同利之時，暫相黨引以爲朋者，僞也。及其見利而爭先，或利盡而交疏，則反相賊害，雖其兄弟親戚不能相保㈢。故臣謂小人無朋，其暫爲朋者，僞也。君子則不然，所守者道義，所行者忠信，所惜者名節。以之修身，則同道而相益；以之事國，則同心而共濟，終始如一。此君子之朋也。故爲人君者，但當退小人之僞朋，用君子之真朋，則天下治矣。

堯之時，小人共工、驩兜等四人爲一朋〔三〕，君子八元、八凱十六人爲一朋〔四〕。舜佐堯退四凶小人之朋，而進元、凱君子之朋，堯之天下大治〔五〕。及舜自爲天子，而皋、夔、稷、契等二十二人並列于朝〔六〕，更相稱美，更相推讓〔七〕，凡二十二人爲一朋，而舜皆用之，天下亦大治。書曰：「紂有臣億萬㊃，惟億萬心；周有臣三千，惟一心〔八〕。」紂之時，億萬人各異心，可謂不爲朋矣，然紂以亡國。周武王之臣三千人爲一大朋，而周用以興。後漢獻帝時，盡取天下名士囚禁之，目爲黨人〔九〕。及黄巾賊起，漢室大亂，後方悔悟，盡解黨人而釋之，然已無救矣〔一〇〕。唐之晚年，漸起朋黨之論〔一一〕。及昭宗時，盡殺朝之名士〔一二〕，或投之黄河㊄，曰：「此輩清流，可投濁流〔一三〕。」而唐遂亡矣。

夫前世之主，能使人人異心不爲朋，莫如紂；能禁絶善人爲朋，莫如漢獻帝；能誅戮清流之朋，莫如唐昭宗之世。然皆亂亡其國㊅。更相稱美推讓而不自疑，莫如舜之二十二臣，舜亦不疑而皆用之。然而後世不誚舜爲二十二人朋黨所欺，而稱舜爲聰明之聖者，以辨君子與小人也㊆。周武之世，舉其國之臣三千人共爲一朋，自古爲朋之多且大莫如周，然周用此以興者，善人雖多而不厭也。

夫興亡治亂之迹，爲人君者可以鑒矣㊇。

【校記】

㊀題下原校：一本以「論」爲「議」。㊁此自然之理也：原校：一無此六字。㊂兄弟：原校：一作「弟兄」。㊃紂：卷後原校：一作「受」。㊄或：原校：一作「咸」。㊅「皆」下：原校：一有「以」字。㊆「以」下：卷後原校：一有「能」字。㊇「爲人」句下：原校：一有「作朋黨議」四字。

【箋注】

〔一〕如題下注，慶曆四年（一〇四四）作。長編卷一四八慶曆四年四月：「戊戌，上謂輔臣曰：『自昔小人多爲朋黨，亦有君子之黨乎？』范仲淹對曰：『臣在邊時，見好戰者自爲黨，而怯戰者亦自爲黨，其在朝廷，邪正之黨亦然，唯聖心所察爾。苟朋而爲善，於國家何害也？』初，呂夷簡罷相，夏竦授樞密使，復奪之，代以杜衍，同時進用富弼、韓琦、范仲淹在二府，歐陽修等爲諫官。石介作慶曆聖德詩，言進賢退姦之不易。姦，蓋斥夏竦也，竦銜之。而仲淹等皆修素所厚善，修言事一意徑行，略不以形迹嫌疑顧避。竦因與其黨造爲黨論，目衍、仲淹及修爲黨人。修乃作朋黨論上之。」王禹偁著有朋黨論，云：「夫朋黨之來遠矣，自堯、舜時有之。八元、八凱，君子之黨也；四凶族，小人之黨也。」歐甚欽仰王禹偁，從本篇中可看出王文的影響。

〔二〕「臣聞」句：韓非子孤憤：「朋黨比周以弊主。」戰國策趙策二：「臣聞明主絶疑去讒，屏流言之迹，塞朋黨之門。」

〔三〕「小人」句：左傳文公十八年：「舜臣堯，賓於四門，流四凶族渾敦、窮奇、檮杌、饕餮，投諸四裔，以禦魑魅。」史記五帝本紀：「昔帝鴻氏有不才子，掩義隱賊，好行凶慝，天下謂之渾沌。少皞氏有不才子，毀信惡忠，崇飾惡言，天下謂之窮奇。顓頊氏有不才子，不可教訓，不知話言，天下謂之檮杌。此三族世憂之。至於堯，堯未能去。縉雲氏有不才子，貪於飲食，冒於貨賄，天下謂之饕餮。」集解引賈逵曰：「帝鴻，黄帝也。不才子，其苗裔讙兜也。」窮奇，集解引服虔曰：「謂共工氏也。其行窮而好奇。」集解又引賈逵曰：「檮杌，頑凶無疇匹之貌，謂鯀也。」饕餮，張守節正義：「謂三苗也。言貪飲食，冒貨賄，故謂之饕餮。」

〔四〕「君子」句：左傳文公十八年：「昔高陽氏有才子八人：蒼舒、隤敳、檮戭、大臨、尨降、庭堅、仲容、叔達，齊聖廣淵，明允篤誠，天下之民謂之『八愷』。高辛氏有才子八人：伯奮、仲堪、叔獻、季仲、伯虎、仲熊、叔豹、季狸，忠肅共懿，宣慈惠和，天下之民謂之『八元』。此十六族也，世濟其美，不隕其名。」

〔五〕「舜佐」三句：左傳文公十八年：「舜臣堯，舉八愷，使主后土，以揆百事，莫不時序，地平天成；舉八元，使布五教於四方，父義、母慈、兄友、弟共、子孝，内平外成……舜臣堯，賓於四門，流四凶族渾敦、窮奇、檮杌、饕餮，投諸四裔，以禦魑魅。是以堯崩而天下如一，同心戴舜以爲天子，以其舉十六相，去四凶也。」

〔六〕「而皋」句：據尚書虞夏書堯典，皋陶「作士」，夔「典樂」，稷「播時百穀」，契「作司徒」。史記五帝本紀：「舜曰：『嗟！女二十有二人，敬哉，惟時相天事。』」裴駰集解引馬融曰：「稷、契、皋陶皆居官久，有成功，但述而美之，無所復敕。禹及垂已下，皆初命，凡六人，與上十二牧四嶽，凡二十二人。」張守節正義：「相，視也。舜命二十二人各敬行其職，惟在順時，視天所宜而行事也。」

〔七〕「更相」二句：史記五帝本紀：「舜曰：『嗟，然！禹，汝平水土，維是勉哉！』禹拜稽首，讓於稷、契與皋陶……以益爲朕虞。益拜稽首，讓於諸臣朱虎、熊羆……舜曰：『嗟！四嶽，有能典朕三禮？』皆曰伯夷可……伯夷、讓夔、龍。」

〔八〕「書曰」五句：尚書周書泰誓上：「受有臣億萬，惟億萬心；予有臣三千，惟一心。」受，商紂名。

〔九〕「後漢」三句：漢桓帝時，宦官專權，李膺等二百餘名士被目爲「黨人」，遭逮捕。靈帝時，竇武、陳蕃以誅宦官謀泄被殺。李膺、范滂等「百餘人皆死獄中」，諸州郡「死、徙、廢、禁者六七百人」。史稱黨錮之禍。本文誤作獻帝時事。見後漢書黨錮列傳。

〔一〇〕「及黄巾」五句：後漢書黨錮列傳：「中平元年，黄巾賊起，中常侍吕彊言於帝曰：『黨錮久積，人情多怨。若久不赦宥，輕與張角合謀，爲變滋大，悔之無救。』帝懼其言，乃大赦黨人，誅徙之家，皆歸故郡。」

〔一一〕「唐之」二句：唐穆宗、宣宗時，朝中以牛僧孺、李宗閔爲首的牛黨，與以李德裕爲首的李黨勢同水火，激烈相爭，延續近四十年。史稱「牛李黨爭」。見舊唐書牛僧孺傳、李宗閔傳、李德裕傳。

〔一二〕「及昭宗」二句：新五代史唐六臣傳：「初，唐天祐三年，梁王欲以嬖吏張廷範爲太常卿，唐宰相裴樞以謂太常卿唐常以清流爲之，廷範乃梁客將，不可。梁王由此大怒，曰：『吾常語裴樞純厚，不陷浮薄，今亦爲此邪！』是歲四月，彗出西北……宰相柳璨希梁王旨，歸其譖於大臣。於是左僕射裴樞、獨孤損，右僕射崔遠、守太保致仕趙崇、兵部侍郎王贊、工部尚書王溥、吏部尚書陸扆，皆以無罪貶，同日賜死於白馬驛。凡搢紳之士，與唐而不與梁者，皆誣以朋黨，坐貶死者數百人，而朝廷爲之空。」按：梁王及下條中太祖爲朱全忠。天祐係唐昭宣帝年號，本文誤作昭宗。

〔一三〕「或投」三句：舊五代史梁書李振傳：「天祐中，唐宰相柳璨希太祖旨，譖殺大臣裴樞、陸扆等七人於滑州白馬驛。時振自以咸通、乾符中嘗應進士舉，累上不第，尤憤憤，乃謂太祖曰：『此輩自謂清流，宜投於黃河，永爲濁流。』太祖笑而從之。」

【集評】

〔宋〕呂祖謙：議論出人意表。大凡作文，妙處須出意外。（古文關鍵卷上）

〔明〕茅坤：破千古人君之疑。（歐陽文忠公文鈔評語卷一四）

〔清〕儲欣：泰誓數紂之罪曰：「朋家作仇。」夫子曰：「君子羣而不黨。」「朋黨」二字豈可施之君子哉？永叔獨謂「小人無朋，惟君子有之」，是翻案文字，亦其開導人主，不得已而出於此也。前半正意已盡，後只博引以足之，是一作法。（六一居士全集録評語卷一）

〔清〕沈德潛：反反覆覆説小人無朋，君子有朋，末歸到人君能辨君子小人，見人君能辨，但問其君子小人，不問其黨不黨也。因諫院所進文，故格近於方嚴。（唐宋八大家文讀本評語卷一〇）

〔清〕余誠：此論原爲傾陷君子而發，自不得不側重君子立言，然妙在語似翻新出奇，而義實大中至正，故能感悟人主而爲萬世不磨之論。前半極言人君宜辨君子小人，後半歷引治亂興亡之迹作證，以人君不能辨君子小人多由於未明治亂興亡之迹也。前後本屬一意貫注，而篇首以「自古」句伏後半篇，篇末以「其能辨」句抱前半篇，起伏照應，尤見緊密。（重訂古文釋義新編評語卷八）

［清］過珙：「朋」字説得開天闢地，而小人曾不得一側足其間，此正破漢、唐、宋黨錮之禍，無足爲君子病，而反足爲君子重。立論極是有識，宜仁宗之終爲感悟也。（詳定古文評注全集評語卷八）

魏梁解㊀〔一〕

予論正統，辨魏、梁不爲僞㊁。議者或非予大失春秋之旨㊂〔二〕，以謂魏、梁皆負簒弑之惡，當加誅絶，而反進之，是奬簒也，非春秋之志也。予應之曰：是春秋之志耳。魯桓公弑隱公而自立者〔三〕，宣公弑子赤而自立者〔四〕，鄭厲公逐世子忽而自立者〔五〕，衛公孫剽逐其君衎而自立者〔六〕，聖人於春秋皆不絶其爲君。此予所以不黜魏、梁者㊃，用春秋之法也。

魏、梁之惡，三尺童子皆知可惡，予不得聖人之法爲據依，其敢進而不疑乎？然則春秋亦奬簒乎？曰：惟不絶四者之爲君，於此見春秋之意也。聖人之於春秋用意深，故能勸戒切，爲言信，然後善惡明。夫欲著其罪於後世，在乎不没其實。其實嘗爲君矣，書其爲君；其實簒也，書其簒。各傳其實，而使後世信之，則四君之罪，不可得而揜耳。使爲君者不得揜其惡，則人之爲惡者，庶乎其息矣。是謂用意深而勸戒切，爲言信而善惡明也。

凡惡之爲名，非徒君子嫉之，雖爲小人者，亦知其可惡也。而小人常至於爲惡者，蓋以人爲可欺，與夫幸人不知而可揜耳。夫位莫貴乎國君，而不能逃大惡之名，所以示人不可欺，而惡不可揜也。就使四君因聖人誅絶而其惡彰焉，則後世之爲惡者，將曰彼不幸遭逢聖人黜絶而不得爲君㈤，遂彰其惡耳，我無孔子，世莫我黜，則冀人爲可欺而惡可揜也。如此，則僥倖之心啓矣。惟與其爲君使不得揜其惡者，春秋之深意也。桀、紂，不待貶其爲王，而萬世所共惡者也。今匹夫之士比之顔、閔則喜〔七〕，方之桀、紂則怒，是大惡之君不及一善之士也。

春秋之於大惡之君不誅絶之者，不害其褒善貶惡之旨也。惟不没其實以著其罪，而信乎後世，與其爲君而不得揜其惡，以息人之爲惡，能知春秋之此旨，然後知予不黜魏、梁之是也㈥。

【校記】

㈠解：原校：一作「論」。㈡辨魏、梁：原校：一作「不黜魏而辨梁」，注「曹魏、朱梁」。㈢予：原校：一作「其」。㈣㈥不黜：卷後原校：一作「不絶」。㈤而：原校：一作「之」。

【箋注】

〔一〕原未繫年。篇首云：「予論正統，辨魏、梁不爲僞。議者或非予大失春秋之旨……予應之曰……」正統論三篇康定元年（一〇四〇）作，本文亦作於是年。見前卷正統論序論箋注〔一〕。

〔二〕「議者」句：宋史章望之傳：「歐陽修論魏、梁爲正統，望之以爲非，著明統三篇。」

〔三〕「魯桓公」句：左傳隱公十一年：「十一月，公祭鍾巫，齊于社圃，館于寪氏，壬辰，羽父使賊弒公於寪氏，立桓公而討寪氏，有死者。不書葬，不成喪也。」杜預注：「桓弒隱篡立，故喪禮不成。」

〔四〕「宣公」句：史記魯周公世家：「十八年二月，文公卒。文公有二妃：長妃齊女爲哀姜，生子惡及視；次妃敬嬴，嬖愛，生子俀。俀私事襄仲，襄仲欲立之……冬十月，襄仲殺子惡及視而立俀，是爲宣公。哀姜歸齊，哭而過市，曰：『天乎！襄仲爲不道，殺適立庶！』」春秋公羊傳文公十八年闡釋春秋「冬十月，子卒」句云：「『子卒』者孰謂？謂子赤也。何以不日？隱之也。何隱爾？弒也。弒則何以不日？不忍言也。」按：子赤即哀姜所生嫡長子。

〔五〕「鄭厲公」句：史記鄭世家：「初，祭仲甚有寵於莊公，莊公使爲卿；公使娶鄧女，生太子忽，故祭仲立之，是爲昭公。莊公又娶宋雍氏女，生厲公突。雍氏有寵於宋。宋莊公聞祭仲之立忽，乃使人誘召祭仲而執之，曰：『不立突，將死。』亦執突以求賂焉。祭仲許宋，與宋盟。以突歸，立之。昭公忽聞祭仲以宋要立其弟突，九月丁亥，忽出奔衛。己亥，突至鄭，立，是爲厲公。」

〔六〕「衛公孫剽」句：左傳襄公十四年載衛獻公衎被逐事，云：「衛人立公孫剽，孫林父、甯殖相之，以聽命於諸侯。」史記衛康叔世家亦有記載。

〔七〕顏、閔：孔子弟子顏回、閔損。回字子淵，以德行稱，被尊爲「復聖」；損字子騫，性孝友，在孔門亦以德行稱。

爲君難論上〔一〕

語曰爲君難者，孰難哉？蓋莫難於用人。夫用人之術，任之必專，信之必篤，然後能盡其材，而可共成事。及其失也，任之欲專，則不復謀於人而拒絕羣議，是欲盡一人之用，而先失衆人之心也。信之欲篤，則一切不疑而果於必行，是不審事之可否，不計功之成敗也。夫違衆舉事，又不審計而輕發，其百舉百失而及於禍敗，此理之宜然也。然亦有幸而成功者，人情成是而敗非，則又從而贊之，以其違衆爲獨見之明，以其拒諫爲不惑羣論，以其偏信而輕發爲决於能斷。使後世人君慕此三者以自期，至其信用一失而及於禍敗，則雖悔而不可及。此甚可歎也。

前世爲人君者，力拒羣議，專信一人，而不能早悟以及於禍敗者多矣，不可以遍舉，請試舉其一二。昔秦苻堅地大兵彊，有衆九十六萬，號稱百萬，蔑視東晉，指爲一隅，謂可直以氣吞之耳〔二〕。然而舉國之人，皆言晉不可伐，更進互説者不可勝數。其所陳天時人事，堅隨以强辯折之，忠言讜論皆沮屈而去。如王猛、苻融老成之言也，不聽〔三〕；太子宏、少子詵至親之言也，不聽〔四〕；沙門道安，堅平生所信重者也，數爲之言，不聽〔五〕。惟聽信一將軍慕容垂者〔六〕。垂之言曰：「陛下内斷神謀足矣，不煩廣訪朝臣，以亂聖慮。」堅大喜曰：「與吾共定天下者，惟卿爾。」於是决意不疑，遂大舉南伐〔七〕。兵至壽春，晉以數千人擊之，大敗而歸，比至洛陽，九十六萬兵亡其八十六萬〔八〕。堅自此兵威沮喪，不復能振，遂至於亂亡。

近五代時〔一〕，後唐清泰帝患晉祖之鎮太原也，地近契丹，恃兵跋扈，議欲徙之於鄆州〔九〕。舉朝之士皆諫，以爲未可。帝意必欲徙之，夜召常所與謀樞密直學士薛文遇問之，以決可否。文遇對曰：「臣聞作舍道邊，三年不成，此事斷在陛下，何必更問羣臣？」帝大喜曰：「術者言我今年當得一賢佐助我中興，卿其是乎！」即時命學士草制，徙晉祖於鄆州。明旦宣麻，在廷之臣皆失色〔一〇〕。後六日而晉祖反書至，清泰帝憂懼不知所爲，謂李崧曰：「我適見薛文遇，爲之肉顫，欲自抽刀刺之。」崧對曰：「事已至此，悔無及矣。」但君臣相顧涕泣而已〔一一〕。

由是言之，能力拒羣議專信一人，莫如二君之果也，由之以致禍敗亂亡，亦莫如二君之酷也。方苻堅欲與慕容垂共定天下，清泰帝以薛文遇爲賢佐助我中興，可謂臨亂之君各賢其臣者也。或有詰予曰：「然則用人者，不可專信乎？」應之曰：「齊桓公之用管仲，蜀先主之用諸葛亮，可謂專而信矣，不聞舉齊、蜀之臣民非之也。蓋其令出而舉國之臣民從，事行而舉國之臣民便，故桓公、先主得以專任而不貳也。使令出而兩國之人不從，事行而兩國之人不便，則彼二君者，其肯專任而信之，以失衆心而斂國怨乎？」

【校記】

〔一五〕：原作「三」，據天理本改。

【箋注】

〔一〕　據題下注，本文及下篇均慶曆二年（一〇四二）作。

〔二〕　「昔秦」六句：苻堅，見前卷正統論下箋注〔二四〕。晉書苻堅載記載堅欲伐晉，羣臣諫阻，堅曰：「（晉）雖有長江，豈能固乎？以吾之衆旅，投鞭於江，足斷其流。」又曰：「今有勁卒百萬，文武如林，鼓行而摧遺晉，若商風之隕秋籜。」

〔三〕　「如王猛」二句：晉書苻堅載記王猛：「及（猛）疾篤，堅親臨省病，問以後事，猛曰：『晉雖僻陋吴越，乃正朔相承，親仁善鄰，國之寶也。臣没之後，願不以晉爲圖。』」王猛，字景略，北海劇人。博學，好兵書，爲苻堅重用，比之諸葛孔明，官至丞相。晉書載記苻融：「堅既有意荆揚，時慕容垂、姚萇等常説堅以平吴封禪之事，堅謂江東可平，寢不暇旦。融每諫曰：『知足不辱，知止不殆，窮兵極武，未有不亡。且國家，戎族也，正朔會不歸人。江東雖不絶如綖，然天之所相，終不可滅。』堅曰：『帝王歷數豈有常哉，惟德之所授耳！汝所以不如吾者，正病此不達變通大運。劉禪可非漢之遺祚？然終爲中國之所併。吾將任汝以天下之事，奈何事事折吾，沮壞大謀！汝尚如此，況於衆乎！』堅之將入寇也，融又切諫……堅弗納。」苻融，字博休，苻堅少弟。有文才謀略，封陽平公，後死於淝水之戰。

〔四〕　「太子」二句：晉書苻堅載記：「堅少子中山公詵有寵於堅，又諫曰：『臣聞季梁在隨，楚人憚之；宫之奇在虞，晉不闚兵，國有人焉故也。及謀之不用，而亡不淹歲。前車之覆軌，後車之明鑑。陽平公，國之謀主，而陛下違之；晉有謝安、桓冲，而陛下伐之。是行也，臣竊惑焉。』堅曰：『國有元龜，可以決大謀；朝有公卿，可以定進否。孺子言焉，將爲戮也。』」宏，苻堅長子，立爲太子。淝水敗後奔晉，歷位輔國將軍，後爲桓玄所殺。詵，苻堅少子，堅爲姚萇縊死後，自殺。

〔五〕　「沙門」四句：苻堅載記：「（堅）命沙門道安同輦……顧謂安曰：『朕將與公南游吴越，整六師而巡狩，謁虞陵於疑嶺，瞻禹穴於會稽，泛長江，臨滄海，不亦樂乎！』安曰：『……詩云：「惠此中國，以綏四方。」苟文德足以懷遠，可不煩寸兵而坐賓百越。』……堅不納。」道安，東晉高僧，俗姓衛，常山人，性聰敏，爲苻堅所欽敬。見魏書釋老志。

〔六〕　慕容垂：字道明，昌黎棘城人。前燕國君慕容皝子，封吴王，因受排擠而投奔前秦。前秦滅前燕，伐晉，敗於淝水。垂乘機恢復燕國，史稱後燕。見晉書慕容垂載記。

〔七〕「垂之言」九句：見苻堅載記。載記於「以亂聖慮」之下記垂之言云：「昔晉武之平吳也，言可者張、杜數賢而已。若採羣臣之言，豈能建不世之功？」

〔八〕「兵至」五句：此即淝水之戰。詳見晉書謝玄傳及苻堅載記。

〔九〕「近五代」五句：後唐廢帝李從珂，爲明宗養子，封潞王，逐愍帝（明宗子從厚）自立，改元清泰。廢帝視河東節度使石敬瑭爲最大威脅，于清泰三年五月下詔徙敬瑭爲天平節度使。敬瑭拒不從命，求契丹出兵，遂滅唐建晉。見新五代史唐廢帝紀及晉高祖紀與舊五代史唐末帝紀。

〔一〇〕「帝意」十五句：舊五代史唐末帝紀：「會薛文遇獨宿於禁中，帝召之，諭以太原之事。文遇奏曰：『臣聞作舍於道，三年不成。國家利害，斷自宸旨。以臣料之，石敬瑭除亦叛，不除亦叛，不如先事圖之。』帝喜曰：『聞卿此語，豁吾憤氣。』先是，有人言國家明年合得一賢佐主謀，平定天下，帝意亦疑賢佐者屬在文遇，即令手書除目，子夜下學士院草制。翼日宣制之際，兩班失色。」詩小雅小旻：「如彼築室於道謀，是用不潰於成。」

〔一一〕「後六日」十句：舊五代史唐末帝紀：「居六七日，敬瑭上章云：『明宗社稷，陛下纂承，未契輿情，宜推令辟。』」又：「帝以李崧與范延光相善，召入謀之。薛文遇不知而繼至，帝變色，崧躡文遇足，乃出。帝曰：『我見此物肉顫，適擬抽刀刺之。』崧曰：『文遇小人，致誤大事，刺之益丑。』崧因請帝歸京。」李崧，後唐時直樞密院，遷户部侍郎、端明殿學士。後晉時官至中書侍郎、同中書門下平章事兼樞密使。後爲後漢高祖所殺。

【集評】

〔宋〕黄震：謂用人聽言專决之失，在於違衆，足以指萬世人主之迷。（黄氏日鈔卷六一）

〔清〕孫琮：此篇專爲偏信獨任者説法，妙在前幅寫得婉曲，中幅寫得正大，後幅寫得雄勁。如一起提出用人，下先説一段信任之得，轉出一段信任之失來，又從信任而失中，轉出一段幸而成功來，跌出禍敗之甚一段。只此四段，何等婉曲。中間並引兩證，累累數百言，何等正大。後幅重將二君提唱一段，轉出齊、蜀之民不非管、葛，爲一篇之補救，又何等雄勁。（山曉閣選宋大家歐陽廬陵全集評語卷一）

〔清〕何焯：能燭理則可以知人矣，能知人則可以用人矣。（義門讀書記卷三八）

[清]愛新覺羅玄燁：文氣峻決，是極有斷制之作。（引自唐宋文醇評語卷二六）

爲君難論下

嗚呼！用人之難難矣，未若聽言之難也。夫人之言非一端也，巧辯縱横而可喜，忠言質樸而多訥，此非聽言之難，在聽者之明暗也。諛言順意而易悦，直言逆耳而觸怒，此非聽言之難，在聽者之賢愚也。是皆未足爲難也。若聽其言則可用，然用之有輒敗人之事者；聽其言若不可用，然非如其言不能以成功者，此然後爲聽言之難也。請試舉其一二。

戰國時，趙將有趙括者，善言兵，自謂天下莫能當。其父奢，趙之名將，老於用兵者也，每與括言，亦不能屈。然奢終不以括爲能也，歎曰：「趙若以括爲將，必敗趙事。」其後奢死，趙遂以括爲將。其母自見趙王，亦言括不可用。趙王不聽，使括將而攻秦。括爲秦軍射死，趙兵大敗，降秦者四十萬人，坑於長平。蓋當時未有如括善言兵，亦未有如括大敗者也〔一〕。此聽其言可用，用之輒敗人事者，趙括是也。

秦始皇欲伐荆，問其將李信：「用兵幾何？」信方年少而勇，對曰：「不過二十萬足矣。」始皇大喜。又以問老將王翦，翦曰：「非六十萬不可。」始皇不悦，曰：「將軍老矣，何其怯也！」因以信爲可用，即與兵二十萬，使伐荆。王翦遂謝病，退老於頻陽。已而信大爲荆人所敗，亡七都尉而還。始皇大慚，自駕如頻陽謝翦，因强起之。翦曰：「必欲用臣，非六十萬不可。」於是卒與六十萬而往，遂以滅荆〔二〕。夫初聽其言若不可用，然非如其言不能以成功者，王翦是也。

且聽計於人者宜如何？聽其言若可用，用之宜矣，輒敗事；聽其言若不可用，捨之宜矣，然必如其説則成功。此所以爲難也。予又以謂秦、趙二主〔三〕，非徒失於聽言，亦由樂用新進，忽棄老成，此其所以敗也。大抵新進之士喜勇鋭，老成之人多持重。此所以人主之好立功名者，聽勇鋭之語則易合，聞持重之言則難入也。

若趙括者，則又有説焉。予略考史記所書，是時趙方遣廉頗攻秦。頗，趙名將也。秦人畏頗，而知括虚言易與也，因行反間於趙曰：「秦人所畏者，趙括也，若趙以爲將，則秦懼矣。」趙王不悟反間也，遂用括爲將以代頗〔四〕。藺相如力諫，以爲不可〔五〕。趙王不聽，遂至於敗。由是言之，括虚談無實而不可用，其父知之，其母亦知之，趙之諸臣藺相如等亦知之，外至敵國亦知之，獨其主不悟爾。夫用人之失，天下之人皆知其不可，而獨其主不知者，莫大之患也。前世之禍亂敗亡由此者，不可勝數也。

【箋注】

〔一〕「戰國」二十五句：趙括事詳見史記廉頗藺相如列傳「趙括自少時學兵法……趙王亦以括母先言，竟不誅也」一段。

〔二〕「秦始皇」二十九句：王翦事詳見史記白起王翦列傳。

〔三〕秦、趙二主：即上文所舉秦始皇與趙孝成王。

〔四〕「是時」十二句：史記廉頗藺相如列傳：「趙惠文王卒，子孝成王立。七年，秦與趙兵相距長平，時趙奢已死，而藺相如病篤，趙使廉頗將攻秦，秦數敗趙軍，趙軍固壁不戰。秦數挑戰，廉頗不肯。趙王信秦之間。秦之間言曰：『秦之所惡，獨謂馬服君趙奢之子趙括爲將耳。』趙王因以括爲將，代廉頗。」

〔五〕「藺相如」二句：廉頗藺相如列傳：「藺相如曰：『王以名使括，若膠柱而鼓瑟耳。括徒能讀其父書傳，不知合變也。』趙王不聽，遂將之。」

【集評】

〔宋〕呂祖謙：子由君術論正是此意。（古文關鍵卷上歐文評語）

〔明〕茅坤：聽言之難。以上二篇並引傳記原文以爲議論，而於中略點綴數言，自是一體。若史遷之傳伯夷，却又通篇以議論爲敘事，正與此互相發明。（歐陽文忠公文鈔評語卷一二）

〔清〕姚鼐：歐公之論，平直詳切。陳悟君上，此體爲宜。（引自諸家評點古文辭類纂評語卷三）

居士集卷十八

經旨十一首 辯一首附

易或問三首㈠〔一〕

或問：「大衍之數〔二〕，易之緼乎㈡〔三〕？」學者莫不盡心焉。」曰：「大衍，易之末也，何必盡心焉也㈢。易者，文王之作也〔四〕，其書則六經也㈣，其文則聖人之言也，其事則天地、萬物、君臣、父子、夫婦、人倫之大端也。大衍，筮占之一法耳㈤〔五〕，非文王之事也。」「然則不足學乎？」曰：「得其大者可以兼其小，未有學其小而能至其大者也，知此然後知學易矣。六十四卦，自古用焉〔六〕。夏、商之世，筮占之説略見于書。文王遭紂之亂，有憂天下之心，有慮萬世之志，而無所發，以謂卦爻起於奇耦之數㈥〔七〕，陰陽變易〔八〕，交錯而成文，有君子、小人、進退、動靜、剛柔之象〔九〕，而治亂、盛衰、得失、吉凶之理具焉〔一〇〕，因假取以寓其言，而名之曰『易』。至其後世，用以占筮⑦。孔子出於周末，懼文王之志不見于後世，而易專爲筮占用也⑧，乃作彖、象，發明卦義〔一一〕，必稱聖人、君子、王后以當其事，而常以四方萬國、天地萬物之大以爲言，蓋明非止於卜筮也，所以推原本意而矯世失，然後文王之志大明，而易始列乎六經矣〔一二〕。易之淪于卜筮，非止今世也，微孔子，則文王之志没而不見矣。夫六爻之文，占辭也⑨；大衍之數，占法也，自古所用也⑩。文王更其辭而不改其法，故曰大衍非文王之事也。所謂辭者，有君子、小人、進退、動靜、剛柔之象，治亂、盛衰、得失、吉凶之理，學者專其辭於筮占⑪，猶見非於孔子，況遺其辭而執其占法，欲以見文王作易之意，不亦遠乎！凡欲爲君子者，學聖人之言；欲爲占者，學大衍之數，惟所擇之焉耳⑫。」

或問：「繫辭果非聖人之作，前世之大儒君子不論，何也？」曰：「何止乎繫辭。舜之塗廩、浚井，不載於六經，不道於孔子之徒，蓋俚巷人之語也。及其傳也久，孟子之徒道之。事固有出於繆妄之説〔一三〕。其初也，大儒君子以世莫之信，置而不論。及其傳之久也，後世反以謂更大儒君子而不非，是實不誣矣。由是曲學之士〔一四〕，溺焉者多矣。自孔子殁，周益衰，王道喪而學廢，接乎戰國，百家之異端起。『十翼』之説〔一五〕，不知起於何人，自秦、漢以來，大儒君子不論也。」或者曰：「然則何以知非聖人之作也？」曰：「大儒君子之於學也，理達而已矣。中人已下，指其迹、提其耳而譬之〔一六〕，猶有惑焉者，溺於習聞之久，曲學之士喜爲奇説以取勝也。何謂『子曰』者？講師之言也〔一七〕，吾嘗以譬學者矣。『元者，善之長；亨者，嘉之會；利者，義之和；貞者，事之幹』，此所謂文言也〔一八〕。方魯穆姜之道此言也，在襄公之九年〔一九〕，後十有五年而孔子生〔二〇〕。左氏之傳春秋也，固多浮誕之辭，然其用心，亦必欲其書之信後世也。使左氏知文言爲孔子作也，必不以追附穆姜之説而疑後世，蓋左氏者，不意後世以文言爲孔子作也。孟子曰：『盡信書，不如無書。』孟子豈好非六經者，黜其雜亂之説，所以尊經㊂〔二一〕。」

或問㊃：「大衍，筮占之事也，其於筮占之説，無所非乎？」曰：「其法是也，其言非也。用蓍四十有九〔二二〕，分而爲二，掛一〔二三〕，揲四〔二四〕，歸奇，再扐〔二五〕，其法是也。象兩，象三〔二六〕，至于乾、坤之策，以當萬物之數者〔二七〕，其言皆非也。傳曰『知者創物』，又曰『百工之事，皆聖人之作也〔二八〕』。筮者，上古聖人之法也。其爲數也，出於自然而不測，四十有九是也〔二九〕。其爲用也，通於變而無窮，七八九六是也〔三〇〕。惟不測與無窮，故謂之神，惟神，故可以占。今爲大衍者，取物合數以配蓍。是可測也，以九六定乾、坤之策〔三一〕，是有限而可窮也，矧占之而不效。夫奇耦，陰陽之數也；陰陽，天地之正气也〔三二〕。二氣升降，有進退而無老少〔三三〕。且聖人未嘗言，而雖繫辭之厖雜，亦不道也。」問者曰：「然則九六何爲而變？」曰：「夫蓍四十有九，無不用也。昔之言大衍者，取四揲之策，而捨掛扐之數〔三四〕，兼知掛扐之多少⑮，則九六之變可知矣。蓍數無所配合，陰陽無老少，乾坤無定策，知此，然後知筮占矣。嗚呼！文王無孔子，易其淪於卜筮乎？易無王弼〔三五〕，其淪於異端之説乎？因孔子而求文王之用心，因弼而求孔子之意，因予言而求弼之得失，可也。」

【校記】

㊀原卷後校語云：「初公作易或問三篇，第二篇論卦爻彖象，其後删去，别作一篇論繫辭，此卷所載是也。元論卦爻彖象一篇，諸本皆不載，恐遂棄遺，今編入外集第十卷。」㊁緼：原校：一作「數」。㊂焉：原校：一無此字。㊃六：原校：一無此字。㊄筮占：原校：一作「卜筮」。㊅謂：原校：一作「爲」。㊆占：原校：一作「卜」。㊇筮占：原校：一作「卜筮」。㊈「占辭也」下：原校：一有「文王之作也」五字。㊉自：原校：一作「皆」。⑪筮占：原校：一作「卜筮」。⑫之：原校：一無此字。⑬「經」下：原校：一有「也」字。⑭「問」下：原校：一有「曰」字。⑮「多少」下：原校：一又有「多少」字。

【箋注】

〔一〕據題下注，景祐四年（一〇三七）作。歐試筆繫辭説：「予謂繫辭非聖人之作，初若可駭。余爲此論，迨今二十五年矣，稍稍以余言爲然也。六經之傳，天地之久，其爲二十五年者，將無窮而不可以數計也。予之言，久當見信於人矣，何必汲汲較是非於一世哉！」「余爲此論」，即指景祐四年作本文及易或問（外集卷一〇）。

〔二〕 大衍之數：易繫辭上：「大衍之數五十，其用四十有九。」韓康伯注引王弼曰：「演天地之數，所賴者五十也，其用四十有九，則其一不用也。不用而用，以之通，非數而數，以之成，斯易之太極也。」

〔三〕 緼：通「藴」。深奥。易繫辭上：「乾坤其易之緼邪！」韓康伯注：「緼，淵奥也。」

〔四〕 「易者」二句：司馬遷報任安書：「文王拘而演周易。」

〔五〕 筮：占卦。易蒙：「初筮告，再三瀆，瀆則不告。」王弼注：「筮者，决疑之物也。」南史劉休傳：「後宫孕者，帝使筮其男女，無不如占。」

〔六〕 「六十四卦」二句：史記周本紀：「西伯蓋即位五十年。其囚羑里，蓋益易之八卦爲六十四卦。」張守節正義：乾鑿度云：「垂黄策者羲，益卦演德者文，成命者孔也。」易正義云伏羲制卦，文王卦辭，周公爻辭，孔十翼也。

〔七〕 「以謂」句：易繫辭下：「陽卦奇，陰卦耦。」李鼎祚集解引虞翻：「陽卦一陽，故奇。陰卦二陰，故耦。」

〔八〕 「陰陽」二句：陰陽交相爲變。京氏易傳釋震：「陰陽交互，陽爲陰，陰爲陽，陰陽二氣盪而爲象。」又釋大過：「陰陽交互，反歸於本曰歸魂，降隨卦。」

〔九〕 「有君子」句：易明夷：「明夷，利艱貞。」李鼎祚集解引鄭玄注：「夷，傷也。日出地上，其明乃光，至其入地，明則傷矣，故謂之明夷。日之明傷，猶聖人君子有明德而遭亂世，抑在下位，則宜自艱，無幹事政，以避小人之害也。」易遯鄭玄注：「遯，逃去之名也。艮爲門闕，乾有建德，互體有巽，巽爲進退，君子出門，行有進退逃去之象。」易繫辭上：「動静有常，剛柔斷矣。」易艮：「象曰：艮，止也。時止則止，時行則行，動静不失其時，其道光明。」易屯：「彖曰：屯，剛柔始交而難生。」

〔一〇〕 「而治亂」句：易繫辭上：「八卦定吉凶，吉凶生大業。」易祓總義曰：「八卦既列，凡天地之消長、古今之治亂、人事之得失，皆不逃乎吉凶所定，此吉凶所以生大業也。」

〔一一〕 「乃作」二句：史記孔子世家：「孔子晚而喜易，序彖、繫、象、説卦、文言。」彖，張守節正義：「上彖，卦下辭；下彖，爻卦下辭。易正義曰：『夫子所作，統論一卦之義，或説其卦德，或説其卦義，或説其卦名。』莊氏云「彖，斷也，言斷定一卦之義」也。』」象，張守節正義：「上象，卦辭；下象，爻辭。易正義云：『萬物之體自然，各有形象，聖人設卦以寫萬物之象，今夫子釋此卦之象也。』」

〔一二〕「而易」句：莊子天運：「孔子謂老聃曰：『丘治詩、書、禮、樂、易、春秋六經，自以爲久矣，孰知其故矣。』」

〔一三〕「舜之」七句：孟子萬章上：「父母使舜完廩，捐階，瞽叟焚廩；使浚井，出，從而揜之。」歐謂此爲俚巷傳語，誤收孟子中，繆妄而不可信。

〔一四〕曲學：史記儒林列傳：「固曰：『公孫子，務正學以言，無曲學以阿世。』」

〔一五〕十翼：孔穎達周易正義論夫子十翼：「其彖、象等十翼之辭，以爲孔子所作，先儒更無異論，但數十翼亦有多家。既文王易經本分爲上、下二篇，則區域各別，彖、象釋卦，亦當隨經而分，故一家數十翼云：上彖一、下彖二、上象三、下象四、上繫五、下繫六、文言七、説卦八、序卦九、雜卦十。鄭學之徒，並同此説，故今亦依之。」按：歐疑十翼中繫辭等非孔子所作，今人多謂十翼非出自一時一人之手。

〔一六〕指其迹、提其耳：詩大雅抑：「於乎小子，未知臧否！匪手携之，言示之事。匪面命之，言提其耳。」

〔一七〕「何謂」二句：外集卷一〇易或問：「或問曰：今之所謂繫辭者，果非聖人之書乎？曰：是講師之傳，謂之大傳，其源蓋出於孔子，而相傳於易師也。」

〔一八〕文言：指易乾文言。「元者」八句載於其中。

〔一九〕「方魯」二句：左傳襄公九年載穆姜曰：「元，體之長也。亨，嘉之會也。利，義之和也。貞，事之幹也。體仁足以長人，嘉德足以合禮，利物足以和義，貞固足以幹事。」

〔二〇〕「後十」句：魯襄公九年（前五六四）之後十五年，爲襄公二十四年（前五四九年）。孔子生於襄公二十二年（前五五一），歐所記略有出入。既然孔子出生時，穆姜已卒，則文言數句非孔子之語明矣。

〔二一〕「孟子」五句：孟子盡心下：「孟子曰：盡信書則不如無書，吾於武成，取二三策而已矣。仁人無敵於天下，以至仁伐至不仁，而何其血之流杵也。」朱熹集注：「武成言武王伐紂，紂之前徒倒戈，攻於後以北，血流漂杵。孟子言此則其不可信者，然書本意乃謂商人自相殺，非謂武王殺之也。孟子之設是言，懼後世之惑，且長不仁之心耳。」

〔二二〕蓍：詩曹風下泉：「洌彼下泉，浸彼苞蓍。」朱熹集傳：「蓍，筮草也。」

〔二三〕掛：易繫辭上：「大衍之數五十，其用四十有九。分而爲二以象兩，掛一以象三。」掛，朱熹本義：「懸其一於左手小指之間也。」

〔二四〕 揲：持物於手，按等分之數分組數之。易繫辭上：「揲之以四以象四時。」孔穎達疏：「分揲其蓍，皆以四四爲數，以象四時。」朱熹本義：「揲，間而數之也。」

〔二五〕「歸奇」二句：易繫辭上：「歸奇於扐以象閏，五歲再閏，故再扐而後掛。」朱熹本義：「奇，所揲四數之餘；扐，勒於左手中、三指之兩間也；閏，積月之餘日而成月者也。五歲之間，再積日而再成月，故五歲之中，凡有再閏，然後别起積分如一；掛之後，左右各一揲而一扐，故五者之中，凡有再扐，然後别起一掛也。」

〔二六〕「象兩」二句：易繫辭上：「分而爲二以象兩，掛一以象三。」象，象徵。象兩，李鼎祚集解引崔憬：「象兩儀也。」象三，集解引孔穎達：「象三才。」

〔二七〕「至于」二句：易繫辭上：「乾之策二百一十有六，坤之策百四十有四，凡三百有六十，當期之日。二篇之策，萬有一千五百二十，當萬物之數也。」

〔二八〕「傳曰」三句：傳指周禮，語見冬官考工記。

〔二九〕「其爲」三句：易繫辭上：「大衍之數五十，其用四十有九。」朱熹本義：「大衍之數五十，蓋以河圖中宮天五乘地十而得之。至用以筮，則又止用四十有九，蓋皆出於理勢之自然，而非人之知力所能損益也。」

〔三〇〕「其爲」三句：林栗周易經傳集解卷三三：「七與八、九與六，合之爲十五，衍之爲五十，易之數也。不言七八九六，而言錯綜者，錯而爲四，綜而爲一。七八九六謂之錯，十五、五十謂之象，而後有滋滋，而後有數數，極乎此者，遂能定天下之象，是以尚其象也。其變無所不通，其象無所不具，非天下之至變，其孰能與於此也！」

〔三一〕「以九六」句：易繫辭上：「大衍之數五十。」李鼎祚集解引崔憬：「乾爲老陽，其數九……坤爲老陰，其數六。」

〔三二〕「陰陽」二句：鶡冠子夜行：「陰陽，氣也。」

〔三三〕「有進退」句：子夏易傳卷一：「陽極則陰生其中，陰極則陽復其中。至於交會，則有進退之事。」張次仲周易玩辭困學記卷一三：「卦之始畫，有陰陽之象，而無老少之名。」

〔三四〕 掛扐之數：掛數與扐數之合稱。朱熹周易本義筮儀：「掛扐之數五四爲奇，九八爲耦。」

〔三五〕 王弼：字輔嗣，三國魏山陽人。正始時官至尚書郎。卒年二十四。所著周易注，孔穎達奉詔作五經正義時，據以爲本，爲唐代易學之正統。後世之義理學派，皆以其爲宗。三國志魏志鍾會傳附有王弼小傳。

明用〔一〕

乾之六爻曰〔二〕：「初九〔三〕，潛龍勿用〔四〕。九二，見龍在田〔五〕。九三，君子終日乾乾〔六〕，夕惕若，厲無咎〔七〕。九四，或躍在淵〔八〕。九五，飛龍在天〔九〕。上九，亢龍有悔〔一〇〕。」又曰「用九，見羣龍無首，吉」者〔一一〕，何謂也？謂以九而名爻也。乾爻七、九，九變而七無爲，易道占其變，故以其所占者名爻，不謂六爻皆常九也〔一二〕。曰「用九」者，釋所以不用七也。及其筮也，七常多而九常少，有無九者焉。此不可以不釋也。曰「羣龍無首，吉」者，首，先也，主也，陽極則變而之他，故曰「無首」也。凡物極而不變則弊，變則通，故曰「吉」也。物無不變，變無不通，此天理之自然也，故曰「天德不可爲首」〔一三〕，又曰「乃見天則」也〔一四〕。

坤之六爻曰：「初六，履霜，堅冰至〔一五〕。六二，直方大〔一六〕，不習無不利〔一七〕。六三，含章可貞〔一八〕，或從王事，無成有終〔一九〕。六四，括囊〔二〇〕，無咎無譽。六五，黃裳元吉〔二一〕。上六，龍戰于野，其血玄黃〔二二〕。」又曰「用六，利永貞」者〔二三〕，何謂也？謂以六而名爻也。坤爻八六，六變而八無爲，亦以其占者名爻，不謂六爻皆常六也〔二四〕。曰「用六」者，釋所以不用八也。及其筮也，八常多而六常少，有無六者焉。此不可以不釋也。陰柔之動，或失於邪，故曰「利永貞」也〔二五〕。

陰陽反復，天地之常理也〔二六〕。聖人於陽，盡變通之道〔二七〕；於陰，則有所戒焉〔二八〕。六十四卦，陽爻皆七九，陰爻皆六八，於乾、坤而見之，則其餘可知也。

【箋注】

〔一〕據題下注，景祐四年（一〇三七）作。

〔二〕六爻：易六十四卦，每卦六畫，故稱。如乾卦之䷀，坤卦之䷁。易乾文言：「六爻發揮，旁通情也。」

〔三〕初九：孔穎達正義：「居第一之位，故稱初；以其陽爻，故稱九。」按：周易占筮用「九」、「六」之數，「九」代表陽，「六」代表陰。

〔四〕「潛龍」句：李鼎祚集解引沈驎士曰：「稱龍者，假象也。天地之氣有升降，君子之道有行藏，龍之爲物，能飛能潛，故借龍比君子之德也。初九既尚潛伏，故言勿用。」

〔五〕「見龍」句：集解引鄭玄曰：「二于三才爲地道，地上即田，故稱田也。」王弼周易注：「出潛離隱，故曰見龍；處於地上，故曰在田。」

〔六〕終日乾乾：正義：「言每恒終竟此日，健健自强，勉力不有此息。」

〔七〕「夕惕」二句：子夏易傳：「夕猶惕然……雖危何咎！」

〔八〕「九四」二句：正義：「言九四陽氣漸進，似若龍體，欲飛猶疑或也。」乾文言：「或之者，疑之也。」按：疑，乃審時度勢、待機而進之意。

〔九〕「九五」二句：集解引鄭玄曰：「五於三才爲天道，天者清明無形而龍在焉，飛之象也。」

〔一〇〕「亢龍」句：集解引王肅曰：「窮高曰亢。知進忘退，故悔也。」

〔一一〕「又曰」句：朱熹本義：「用九，言凡筮得陽爻者，皆用九，而不用七，蓋諸卦百九十二陽爻之通例也。」集解引王弼曰：「九，天之德也。能用天德，乃見羣龍之義焉。夫以剛健而居人之首，則物之所不與也。以柔順而爲不正，則佞邪之道也。故乾吉在無首，坤利在永貞矣。」歐易童子問卷一：「陽過乎亢，則災數至九而必變，故曰『見羣龍無首，吉』。」

〔一二〕「乾爻」五句：意爲凡筮得陽爻，其數或七或九，九可變，七不變，故而易筮法原則爲陽爻用九不用七，即占其變爻。

〔一三〕天德：指陽剛之德。正義：「生德剛健，當以柔和接待於下，不可更懷尊剛爲物之首，故云『天德不可爲首』也。」歐易童子問：「物極則反，數窮則變，天道之常也，故曰『天德不可爲首』也。」

〔一四〕天則：集解引何妥曰：「陽消，天氣之常；天象法則，自然可見。」

〔一五〕「初六」三句：正義：「初六陰氣之微，似若初寒之始，但履踐其霜；微而積漸，故堅冰乃至。」

〔一六〕直方大：正義：「生物不邪謂之直也，地體安靜是其方也，無物不載是其大也。」

〔一七〕「不習」句：王弼周易注：「不假營修而功自成，故不習焉而無不利。」

〔一八〕「含章」句：集解引虞翻曰：「貞，正也。以陰包陽，故『含章』。」正義：「章，美也。既居陰極，能自降退，不爲事始，唯内含章美之道，待命乃行，可以得正。」

〔一九〕「或從」二句：周易程氏傳：「或從上之事，不敢當其成功，惟奉事以守其終耳。」

〔二〇〕括囊：正義：「括，結也；囊，所以貯物。以譬心，藏知也。閉其知而不用，故曰括囊。」

〔二一〕「黄裳」句：正義：「黄是中之色，裳是下之飾，坤是臣道，五居君位，是臣之極貴者也；能以中和通於物理，居於臣職，故云『黄裳元吉』。元，大也；以其德能如此，故得大吉也。」

〔二二〕「龍戰」二句：正義：「陽謂之龍，上六是陰之至。極陰盛似陽，故稱龍焉。盛而不已，固陽之地，陽所不堪，故陽氣之龍與之交戰，即説卦云『戰乎乾』是也。戰於卦外，故曰『于野』。陰陽相傷，故『其血玄黄』。」

〔二三〕「又曰」句：本義：「用六，言凡筮得陰爻者，皆用六而不用八，亦通例也。以此卦純陰而居首，故發之。遇此卦而六爻俱變者，其占如此辭。」正義：「六是柔順，不可純柔，故利在『永貞』。永，長也；貞，正也，言長能貞正也。」

〔二四〕「坤爻」四句：意爲凡筮得陰爻，其數或八或六，六可變，八不變，故而筮法原則是用六不用八，亦即占其變爻。

〔二五〕「陰柔」三句：歐易童子問卷一：「陰柔之動，多入於邪，聖人因其變以戒之，故曰『利永貞』。」

〔二六〕「陰陽」二句：繫辭上：「一陰一陽之謂道。」

〔二七〕「聖人」二句：如易乾卦云：「乾道變化。」又，尚節之周易尚氏學云：「蓋天之體，以健爲用；而天之德，莫大於四時。元亨利貞，即春夏秋冬，即東南西北。震元、離亨、兑利、坎貞，往來循環，不忒不窮，周易之名，即以此也。」

〔二八〕「於陰」二句：如易坤卦云：「陰雖有美，含之以從王事，弗敢成也。」

【集評】

〔清〕愛新覺羅弘曆：朱子謂，用九用六，歐公之説得之。此文云「不謂六爻皆常九」，則本陸績「九已在二，初即非九」之義。文體絶似明初制義，蓋制義本是宋人經義之變，説經之文理當如是。（唐宋文醇評語卷二二）

春秋論上〔一〕

事有不幸出於久遠而傳乎二説，則奚從？曰：從其一之可信者。然則安知可信者而從之？曰：從其人而信之可也。衆人之説如彼，君子之説如此，則捨衆人而從君子。君子博學而多聞矣，然其傳不能無失也。君子之説如彼，聖人之説如此，則捨君子而從聖人。此舉世之人皆知其然，而學春秋者獨異乎是。

孔子，聖人也，萬世取信，一人而已。若公羊高、穀梁赤、左氏三子者，㈠〔二〕，博學而多聞矣，其傳不能無失者也。孔子之於經，三子之於傳，有所不同，則學者寧捨經而從傳，不信孔子而信三子，甚哉其惑也！經於魯隱公之事，書曰「公及邾儀父盟于蔑」〔三〕，其卒也，書曰「公薨」〔四〕，孔子始終謂之公。三子者曰：「非公也，是攝也〔五〕。」學者不從孔子謂之「公」，而從三子謂之「攝」。其於晉靈公之事〔六〕，孔子書曰：「趙盾弑其君夷皋〔七〕。」三子者曰：「非趙盾也，是趙穿也〔八〕。」學者不從孔子信爲趙盾，而從三子信爲趙穿。其於許悼公之事〔九〕，孔子書曰：「許世子止弑其君買〔一〇〕。」三子者曰：「非弑之也，買病死而止不嘗藥耳〔一一〕。」學者不從孔子信爲弑君，而從三子信爲不嘗藥。其捨經而從傳者何哉？經簡而直，傳新而奇，簡直無悅耳之言，而新奇多可喜之論㈡，是以學者樂聞而易惑也。予非敢曰不惑，然信於孔子而篤者也。經之所書，予所信也；經所不言，予不知也。

難者曰：「子之言有激而云爾。夫三子者，皆學乎聖人，而傳所以述經也。經文隱而意深，三子者從而發之，故經有不言，傳得而詳爾，非爲二說也。」予曰：「經所不書，三子者何從而知其然也？」曰：「推其前後而知之，且其有所傳而得也。國君必即位，而隱不書即位，此傳得知其攝也。弒君者不復見經，而盾復見經〔一二〕，此傳得知弒君非盾也。君弒賊不討，則不書葬〔一三〕，而許悼公書葬〔一四〕，此傳得知世子止之非實弒也。經文隱矣，傳曲而暢之。學者以謂三子之説，聖人之深意也，是以從之耳，非謂捨孔子而信三子也。」予曰：「然則妄意聖人而惑學者，三子之過而已。使學者必信乎三子，予不能奪也。使其惟是之求，則予不得不爲之辨。」

【校記】

㊀氏：原校：一本「氏」作「丘明」。　㊁而：原校：一無此字。多：原校：一作「有」。

【箋注】

〔一〕據題下注，春秋論三篇，皆景祐四年（一〇三七）作。

〔二〕公羊高：舊稱爲公羊傳的作者，戰國時齊人。據唐徐彦公羊傳疏引戴宏序，謂公羊傳由漢景帝時公羊壽與胡母生（子都）「著于竹帛」。穀梁赤：舊稱爲穀梁傳的作者，戰國時魯人。左氏：左丘明，舊稱爲左傳的作者，春秋時魯人。

〔三〕「經於」二句：事見春秋隱公元年三月。杜預注：「附庸之君未王命，例稱名。能自通於大國，繼好息民，故書字貴之。邾，今魯國鄒縣也。蔑，姑蔑，魯地，魯國卞縣南有姑城。」

〔四〕公薨：春秋隱公十一年：「冬十有一月壬辰，公薨。」按：魯隱公繼位十一年後爲其弟允（魯桓公）所弒。

〔五〕「三子」三句：左傳隱公元年：「不書即位，攝也。」公羊傳隱公元年：「公何以不言即位？成公意也。何成乎公之意？公將平國而反之桓。」穀梁傳隱公元年：「何以不言即位？成公志也。焉成之？言公之不取爲公也。

公之不取爲公，何也？將以讓桓也。」

〔六〕晉靈公：春秋晉國國君，名夷皋，前六二〇至前六〇七年在位，爲當時著名的暴君。左傳宣公二年有「晉靈公不君」的記載。

〔七〕「孔子」二句：春秋宣公二年：「秋九月乙丑，晉趙盾弒其君夷皋。」趙盾，即趙宣子。時爲晉國執政，避靈公殺害而出走，未出境，其族人趙穿殺死靈公。趙盾即歸朝擁立晉成公，繼續執政。事見左傳宣公二年。

〔八〕「三子」三句：左傳宣公二年：「(九月)乙丑，趙穿攻靈公于桃園。」穀梁傳宣公二年：「穿弒也，盾不弒，而曰盾弒，何也？以罪盾也。」公羊傳宣公六年：「親弒君者，趙穿也。」

〔九〕許悼公：春秋許國國君，名買。前五四六至前五二三年在位。

〔一〇〕「孔子」二句：春秋昭公十九年：「夏五月戊辰，許世子止弒其君買。」杜預注：「加弒者，責止不捨藥物。」

〔一一〕「三子」三句：左傳昭公十九年：「夏，許悼公瘧。五月戊辰，飲大子止之藥，卒。大子奔晉。書曰：『弒其君。』君子曰：『盡心力以事君，捨藥物可也。』」杜預注：「止獨進藥，不由醫。藥物有毒，當由醫，非凡人所知。譏止不捨藥物，所以加弒君之名。」穀梁傳昭公十九年：「日弒，正卒也。正卒，則止不弒也。」又：「許世子不知嘗藥，累及許君也。」公羊傳昭公十九年：「賊未討，何以書葬？不成于弒也。曷爲不成于弒？止進藥而藥殺也。止進藥而藥殺，則何爲加弒焉爾？譏子道之不盡也。其譏子道之不盡奈何？曰樂正子春之視疾也，復加一飯，則脱然愈；復損一飯，則脱然愈；復加一衣，則脱然愈；復損一衣，則脱然愈。止進藥而藥殺，是以君子加弒焉爾。」

〔一二〕「而盾」句：春秋宣公六年又有關於趙盾的記載：「春，晉趙盾、衛孫免侵陳。」

〔一三〕「君弒」二句：公羊傳隱公十一年：「春秋君弒賊不討，不書葬，以爲無臣子也。」

〔一四〕「而許悼公」句：春秋昭公十九年：「冬，葬許悼公。」

【集評】

〔宋〕黄震：謂學者不信經而信傳，「不信孔子而信三子」。隱公非攝，趙盾非弒，許世子止非不嘗藥，亂之者，三子

也。起隱公，止獲麟，皆因舊史而修之，義不在此也。卓哉之見，讀春秋者，可以三隅反矣。（黄氏日鈔卷六一）

［明］歸有光：凡作辯論文字，須設爲問難，而以己意分解。如此，非惟説理明透，而文字亦覺精神。如歐陽永叔春秋論、王陽明元年春王正月論是也。（古文舉例評語）

［清］儲欣：前半虚言其概，後半實舉彼説而辨之，然且不深辨者，以有中、下二篇在也。（唐宋八大家類選評語卷四）

［清］浦起龍：此是三論總冒，「信孔子而篤」五字，揭出宗旨，後綴難者之言，以不了緣作提綱勢，篇法奇。（古文眉詮評語卷五八）

春秋論中

孔子何爲而修春秋？正名以定分，求情而責實，别是非，明善惡，此春秋之所以作也。

自周衰以來，臣弑君，子弑父，諸侯之國相屠戮而爭爲君者，天下皆是也。當是之時，有一人焉〔一〕，能好廉而知讓，立乎爭國之亂世，而懷讓國之高節，孔子得之，於經宜如何而别白之？宜如何而褒顯之？其肯没其攝位之實，而雷同衆君誣以爲公乎？所謂攝者，臣行君事之名也。伊尹、周公、共和之臣嘗攝矣〔二〕，不聞商、周之人謂之王也。使息姑實攝而稱號無異於正君，則名分不正而是非不别。夫攝者，心不欲爲君而身假行君事，雖行君事而其實非君也。今書曰「公」，則是息姑心不欲之，實不爲之，而孔子加之，失其本心，誣以虚名，而没其實善。夫不求其情，不責其實，而善惡不明如此，則孔子之意疏，而春秋繆矣。

春秋辭有同異，尤謹嚴而簡約，所以別嫌明微，慎重而取信，其於是非善惡難明之際，聖人所盡心也。息姑之攝也，會盟、征伐、賞刑、祭祀皆出於己，舉魯之人皆聽命於己，其不爲正君者幾何？惟不有其名爾。使其名實皆在己，則何從而知其攝也？故息姑之攝與不攝，惟在爲公與不爲公，別嫌明微，繫此而已。且其有讓桓之志，未及行而見殺〔三〕。其生也，志不克伸；其死也，被虚名而違本意。則息姑之恨，何申於後世乎！其甚高之節，難明之善，亦何望於春秋乎！今説春秋者，皆以名字、氏族、與奪爲輕重，故曰「一字爲褒貶〔四〕」。且「公」之爲字，豈不重於名字、氏族乎？孔子於名字、氏族，不妄以加人，其肯以「公」妄加於人而没其善乎〔一〕？以此而言，隱實爲攝，則孔子決不書曰「公」，孔子書爲「公」，則隱決非攝。

難者曰：「然則何爲不書即位？」曰：「惠公之終〔五〕，不見其事〔六〕，則隱之始立，亦不可知。孔子從二百年後，得其遺書而修之〔七〕，闕其所不知，所以傳信也。」難者又曰：「謂爲攝者，左氏耳。公羊、穀梁皆以爲假立以待桓也，故得以假稱公。」予曰：「凡魯之事出於己，舉魯之人聽於己，生稱曰『公』，死書曰『薨』，何從而知其假？」

【校記】

〔一〕善：原校：一作「實」。

【箋注】

〔一〕一人：指魯隱公，名息姑，爲魯惠公長庶子。惠公嘗娶宋女，生子允。登宋女爲夫人，以允爲太子。及惠公卒，爲允少故，魯人共令息姑攝政，不言即位，是爲隱公。見史記魯周公世家。

〔二〕伊尹：商初大臣。助湯滅夏桀。佐外丙、仲壬二王。太甲立，壞法制，不理國政，尹放逐之；三年後太甲悔過，尹接其回朝復位。見史記殷本紀。周公：名旦，周武王之弟。武王卒，成王年幼，由周公攝政。成王長，周公反政成王。見史記周本紀。共和之臣：指召公、周公。召公即召穆公，名虎；周公爲周定公。周厲王暴虐，被推翻，召公、周公二相行政，號曰「共和」。後宣王即位，二相輔之。亦見周本紀。一説共伯名和，爲西周共國國君，厲王出奔彘，諸侯奉和以行天子事，號曰「共和」元年。厲王死，共伯歸政於王子靖，亦即宣王。見史記正義。

〔三〕「且其」二句：羽父爲謀魯國太宰之職，請隱公殺桓公。隱公不從，且謂將讓位於桓。羽父懼，反譖隱公於桓公，而請弒之。羽父遂使人殺隱公而立桓公。見左傳隱公十一年。

〔四〕「故曰」句：語見杜預春秋左傳序。

〔五〕惠公：魯國國君，隱公與桓公之父，前七六八至七二三年在位。史記魯周公世家：「孝公卒，子弗湟立，是爲惠公。」弗湟，索隱曰：「系本作『弗皇』，年表作『弗生』。」

〔六〕「不見」句：言惠公死亡之情況未見史書記載。

〔七〕「孔子」二句：孔子生於前五五一年，卒于前四七九年，相傳春秋爲其晚年之作。著書時，距春秋所起之隱公元年（前七二二），已有二百餘年。

【集評】

〔清〕浦起龍：此詳首篇魯隱之案，據經之書公，决隱之非攝，愈曲愈爽。（古文眉詮評語卷五八）

春秋論下

弑逆，大惡也，其爲罪也莫贖，其於人也不容，其在法也無赦。法施於人，雖小必慎，況舉大法而加大惡乎？既輒加之，又輒赦之，則自侮其法而人不畏。春秋用法，不如是之輕易也。

三子説春秋書趙盾以不討賊，故加之大惡〔一〕，既而以盾非實弑，則又復見于經〔二〕，以明盾之無罪，是輒加之而輒赦之爾。以盾爲無弑心乎，其可輕以大惡加之？以盾不討賊，情可責而宜加之乎，則其後頑然未嘗討賊。既不改過以自贖，何爲遽赦，使同無罪之人？其於進退皆不可，此非春秋意也。趙穿弑君，大惡也。盾不討賊，不能爲君復讎，而失刑於下。二者輕重，不較可知。就使盾爲可責，然穿焉得免也？今免首罪爲善人，使無辜者受大惡，此決知其不然也。春秋之法，使爲惡者不得幸免〔三〕，疑似者有所辨明，所謂是非之公也㈠。

據三子之説，初靈公欲殺盾，盾走而免〔四〕。穿，盾族也，遂弑。而盾不討，其迹涉於與弑矣〔五〕。此疑似難明之事，聖人尤當求情責實以明白之。使盾果有弑心乎，則自然罪在盾矣，不得曰爲法受惡而稱其賢也〔六〕。使果無弑心乎，則當爲之辨明。必先正穿之惡，使罪有所歸，然後責盾縱賊，則穿之大惡不可幸而免，盾之疑似之迹獲辨，而不討之責亦不得辭。如此，則是非善惡明矣。今爲惡者獲免，而疑似之人陷于大惡，此決知其不然也。若曰盾不討賊，有幸弑之心，與自弑同，故寧捨穿而罪盾。此乃逆詐用情之吏矯激之爲爾，非孔子忠恕、春秋以王道治人之法也。孔子患舊史是非錯亂而善惡不明，所以修春秋，就令舊史如此，其肯從而不正之乎？其肯從而稱美，又教人以越境逃惡乎？此可知其繆傳也。

問者曰：「然則夷皋孰弑之？」曰：「孔子所書是矣，趙盾弑其君也。今有一人焉，父病，躬進藥而不嘗。又有一人焉，父病而不躬進藥。而二父皆死。又有一人焉，操刃而殺其父。使吏治之，是三人者，其罪同乎？」曰：「雖庸吏猶知其不可同也。躬藥而不知嘗者，有愛父之孝心而不習於禮〔七〕，是可哀也，無罪之人爾。不躬藥者，誠不孝矣，雖無愛親之心，然未有殺父之意，使善治獄者，猶當與操刃殊科，况以躬藥以孝，反與操刃同其罪乎？此庸吏之不爲也。然則許世子止實不嘗藥，則孔子決不書曰『弑君』，孔子書爲『弑君』，則止決非不嘗藥。」

難者曰：「聖人借止以垂教爾。」對曰：「不然。夫所謂借止以垂教者，不過欲人之知嘗藥耳。聖人一言明以告人，則萬世法也，何必加孝子以大惡之名，而嘗藥之事卒不見于文㈡，使後世但知止爲弑君，而莫知藥之當嘗也。教未可垂而已陷人於大惡矣，聖人垂教，不如是之迂也。果曰責止，不如是之刻也。」難者曰：「然則盾曷爲復見于經？許悼公曷爲書葬？」曰：「弑君之臣不見經，此自三子說爾，果聖人法乎？悼公之葬，且安知其不討賊而書葬也？自止以弑見經，後四年，吴敗許師〔八〕，又十有八年，當定公之四年，許男始見于經而不名〔九〕。許之書于經者略矣，止之事迹，不可得而知也。」難者曰：「三子之說，非其臆出也，其得於所傳如此。然則所傳者皆不可信乎？」曰：「傳聞何可盡信？公羊、穀梁以尹氏卒爲正卿，左氏以君氏卒爲隱母〔一〇〕，一以爲男子，一以爲婦人。得於所傳者蓋如是，是可盡信乎？」

【校記】

㈠「所謂」上：原校：一有「此」字。　㈡而：卷後原校：一作「又」。

【箋注】

〔一〕「三子」二句：左傳宣公二年：「太史書曰：『趙盾弑其君。』以示於朝。宣子曰：『不然。』對曰：『子爲正卿，亡不越竟，反不討賊，非子而誰？』」穀梁傳宣公二年：「史狐書賊曰：『趙盾弑公。』盾曰：『天乎！天乎！予無罪！孰謂盾而忍弑其君者乎？』史狐曰：『子爲正卿，入諫不聽，出亡不遠。君弑，反不討賊，則志同，志同則書重。非子而誰？』」公羊傳宣公六年：「新弑君者趙穿，則曷爲加之趙盾？不討賊也。」

〔二〕「則又」句：見春秋論上箋注〔一二〕。

〔三〕「春秋」二句：春秋集義卷三引胡安國曰：「春秋之法，誅首惡。」

〔四〕「初靈公」二句：左傳宣公二年：「晉靈公不君……宣子驟諫，公患之，使鉏麑賊之。晨往，寢門闢矣，盛服將朝，尚早，坐而假寐。麑退，嘆而言曰：『不忘恭敬，民之主也。賊民之主，不忠。棄君之命，不信。有一於此，不如死也。』觸槐而死。秋九月，晉侯飲趙盾酒，伏甲將攻之。其右提彌明知之，趨登曰：『臣侍君宴，過三爵，非禮也。』遂扶以下，公嗾夫獒焉。明搏而殺之。盾曰：『棄人用犬，雖猛何爲。』鬭且出，提彌明死之。」公羊傳宣公六年記提彌明搏殺獒之後：「宮中甲鼓而起，有起于甲中者，抱趙盾而乘之。趙盾顧曰：『吾何以得此于子？』曰：『子某時所食活我于暴桑下者也。』趙盾曰：『子名爲誰？』曰：『吾君孰爲介？子之乘矣，何問吾名！』趙盾驅而出。」

〔五〕「穿，盾族」五句：左傳宣公二年：「（九月）乙丑，趙穿攻靈公於桃園。宣子未出山而復。」杜預注：「穿，趙盾之從父昆弟子。盾出奔，聞公弑而還。」公羊傳宣公六年：「趙穿緣民衆不説，起弑靈公，然後引趙盾而入，與之立于朝，而立成公黑臀。」

〔六〕爲法受惡：左傳宣公二年：「孔子曰：『董狐，古之良史也，書法不隱。趙宣子，古之良大夫也，爲法受惡。惜也，越竟乃免。』」杜預注：「善其爲法受屈。越竟，則君臣之義絶，可以不討賊。」

〔七〕不習於禮：禮曲禮下：「君有疾飲藥，臣先嘗之；親有疾飲藥，子先嘗之。」

〔八〕「後四年」二句：春秋昭公六年：「（七月）戊辰，吳敗頓、胡、沈、蔡、陳、許之師於雞父。」

〔九〕「又十有八年」三句：春秋定公四年：「三月，公會劉子、晉侯、宋公、蔡侯、衛侯、陳子、鄭伯、許男、曹伯、莒子、邾子、頓子、胡子、滕子、薛伯、杞伯、小邾子、齊國夏於召陵，侵楚。」

〔一〇〕「公羊」二句：春秋隱公三年：「夏四月辛卯，君氏卒。」杜預注：「隱不敢從正君之禮，故亦不敢備禮於其母。」公羊傳隱公三年：「尹氏者何？天子之大夫也。其稱尹氏何？貶。」穀梁傳隱公三年：「尹氏者何也？天子之大夫也。」左傳隱公三年：「夏，君氏卒。聲子也……不書姓，爲公故，曰君氏。」按：君氏爲隱公之母聲子，惠公繼室也；公羊、穀梁以之爲周大夫尹氏。

【集評】

〔明〕歸有光：趙盾正案，許止翻案，洗發辨析。（歐陽文忠公文選評語卷四）

〔清〕儲欣：此二獄關係甚大，公論出，千古無寃人。（唐宋八大家類選評語卷四）

〔清〕沈德潛：前半論趙盾實弑君，後半論許世子非不嘗藥，申解首篇趙盾、許世子二事。筆鋒所到，斬盡葛藤，誅亂賊於既死，此文有焉。（唐宋八大家文讀本評語卷一〇）

春秋或問〔一〕

或問：「春秋何爲始於隱公而終於獲麟㊀〔二〕？」曰：「吾不知也。」問者曰：「此學者之所盡心焉，不知何也？」曰：「春秋起止㊁，吾所知也。子所問者，始終之義，吾不知也，吾無所用心乎此㊂。昔者，孔子仕於魯。不用，去之諸侯。又不用，困而歸〔三〕。且老，始著書。得詩自關雎至于魯頌〔四〕，得書自堯典至于費誓，得魯史記自隱公至于獲麟〔五〕，遂删修之。其前遠矣，聖人著書足以法世而已，不窮遠之難明也，故據其所得而修之。孔子非史官也㊃，不常職乎史，故盡其所得修之而止耳。魯之史記，則未嘗止也，今左氏經可以見矣〔六〕。」曰：「然則始終無義乎？」曰：「義在春秋，不在起止。春秋謹一言而信萬世者也。予厭衆説之亂春秋者也。」

或問：「子於隱攝，盾、止之弑，據經而廢傳。經簡矣，待傳而詳，可廢乎？」曰：「吾豈盡廢之乎？夫傳之於經勤矣，其述經之事，時有賴其詳焉，至其失，傳則不勝其戾也。

其述經之意，亦時有得焉，及其失也，欲大聖人而反小之，欲尊經而反卑之。取其詳而得者，廢其失者，可也；嘉其尊大之心，可也；信其卑小之說，不可也。」問者曰：「傳有所廢，則經有所不通，奈何？」曰：「經不待傳而通者十七八，因傳而惑者十五六。日月，萬物皆仰，然不爲盲者明，而有物蔽之者，亦不得見也。聖人之意皎然乎經，惟明者見之，不爲他說蔽者見之也。」

【校記】

㈠爲：原校：一無此字。㈡「春秋」下：原校：一有「之」字。㈢「此」下：原校：一有「也」字。

㈣也：原校：一無此字。

【箋注】

〔一〕據題下注，景祐四年（一〇三七）作。

〔二〕「春秋」句：春秋終於哀公十四年。是年，春秋書曰：「春，西狩獲麟。」此爲春秋之絶筆。

〔三〕「昔者」六句：史記孔子世家：「孔子之去魯，凡十四歲而反乎魯。」孔子於定公十四年五十六歲時「去魯」，則「反乎魯」已七十歲矣。

〔四〕「得詩」句：孔子世家：「古者詩三千餘篇，及至孔子，去其重，取可施於仁義……故曰『關雎之亂以爲風始……清廟爲頌始』。」

〔五〕「得魯史記」句：孔子世家：「乃因史記作春秋，上至隱公，下訖哀公十四年。」魯史記，指魯史官所記魯及春秋各國之史實。

〔六〕「魯之史記」三句：春秋止於哀公十四年，而左傳止於二十七年。左傳哀公十四年「西狩獲麟」後，杜預注：「自此以下至十六年，皆魯史記之文，弟子欲存孔子卒，故并録以續孔子所修之經。」

【集評】

〔清〕金聖嘆：行筆似最蕭散，却是最精細文字，其中有惜墨如金之法，逐段逐句逐字細細讀，當自得之。春秋始終，設果無義，則游、夏二子，何至一辭莫贊？其事甚大甚深，且姑存而俟之。（評註才子古文卷一二）

〔清〕孫琮：此篇直是兩篇文字，上篇論春秋之始終，下篇論春秋之經傳，然兩篇只是一意，教人以讀書之法。上篇説不知春秋之始終，惟知春秋之起止，此所謂讀書貴得大意也；下篇説尊經以合傳，不可强經以從傳，此所謂讀書貴有定識也。即此兩義，非善讀書人不能道。（山曉閣選宋大家歐陽廬陵全集評語卷二）

泰誓論〔一〕

書稱商始咎周以乘黎〔二〕。乘黎者西伯也，西伯以征伐諸侯爲職事〔三〕，其伐黎而勝也，商人已疑其難制而惡之㈠〔四〕。使西伯赫然見其不臣之狀，與商並立而稱王，如此十年〔五〕，商人反晏然不以爲怪，其父師老臣如祖伊、微子之徒，亦默然相與熟視而無一言，此豈近於人情邪〔六〕？由是言之，謂西伯受命稱王十年者，妄説也。

以紂之雄猜暴虐，嘗醢九侯而脯鄂侯矣，西伯聞之竊歎，遂執而囚之〔七〕，幾不免死。至其叛己不臣而自王，乃反優容而不問者十年，此豈近於人情邪？由是言之，謂西伯受命稱王十年者，妄説也。

孔子曰：「三分天下有其二，以服事商〔八〕。」使西伯不稱臣而稱王，安能服事於商乎？且謂西伯稱王者，起於何説？而孔子之言，萬世之信也。由是言之，謂西伯受命稱王十年者，妄説也。

伯夷、叔齊，古之知義之士也，方其讓國而去，顧天下皆莫可歸，聞西伯之賢，共往歸之〔九〕。當是時，紂雖無道，天子也。天子在上，諸侯不稱臣而稱王，是僭叛之國也，然二子不以爲非，依之久而不去，至武王伐紂，始以爲非而棄去〔一〇〕。彼二子者，始顧天下莫可歸，卒依僭叛之國而不去，不非其父而非其子，此豈近於人情邪？由是言之，謂西伯受命稱王十年者，妄説也。

書之泰誓稱「十有一年」，説者因以謂自文王受命九年，及武王居喪二年，並數之爾〔一一〕。是以西伯聽虞、芮之訟〔一二〕，謂之受命，以爲元年。此又妄説也。古者人君即位，必稱元年，常事爾，不以爲重也〔一三〕。後世曲學之士説春秋，始以改元爲重事〔一四〕。然則果常事歟，固不足道也；果重事歟，西伯即位已改元矣，中間不宜改元而又改元。至武王即位，宜改元而反不改元，乃上冒先君之元年，並其居喪稱十一年。及其滅商而得天下，其事大於聽訟遠矣，又不改元。由是言之，謂西伯以受命之年爲元年者，妄説也。

後之學者，知西伯生不稱王，而中間不再改元，則詩、書所載文、武之事〔一五〕，粲然明白而不誣矣。或曰：然則武王畢喪伐紂，而泰誓曷謂稱十有一年？對曰：畢喪伐紂，出於諸家之小説，而泰誓，六經之明文也。昔者孔子當衰周之際，患衆説紛紜以惑亂當世，於是退而修六經，以爲後世法。及孔子既歿，去聖稍遠，而衆説復興，與六經相亂。自漢以來，莫能辨正。今有卓然之士，一取信乎六經，則泰誓者武王之事也，十有一年者武王即位之十有一年爾，復何疑哉？司馬遷作周本紀，雖曰武王即位九年，祭於文王之墓，然後治兵于盟津〔一六〕，至作伯夷列傳，則又載父死不葬之説〔一七〕，皆不可爲信。是以吾無取焉，取信于書可矣。

【校記】

㊀惡：原校：一作「患」。

【箋注】

〔一〕據題下注，景祐四年（一〇三七）作。泰誓，書之篇名，爲武王於孟津伐紂之誓師令。

〔二〕「書稱」句：書西伯戡黎：「西伯既戡黎，祖伊恐，奔告于王。」西伯，周文王。戡，勝也。黎，殷之屬國。漢書地理志上黨郡壺關下注引應劭曰：「黎，侯國也，今黎亭是。」黎，又名耆。竹書紀年：「帝辛三十四年，周師取耆及邘。」祖尹，殷大臣，賢臣祖己之後。書西伯戡黎序：「周人乘黎。」孔傳：「乘，勝也。」

〔三〕「西伯」句：史記殷本紀：「西伯出而獻洛西之地，以請除炮格之刑。紂乃許之，賜弓矢斧鉞，使得征伐，爲西伯。」

〔四〕「商人」句：殷本紀：「西伯滋大，紂由是稍失權重。王子比干諫，弗聽。」

〔五〕「與商」二句：史記周本紀：「詩人道西伯，蓋受命之年稱王而斷虞芮之訟。後十年而崩，謚爲文王。」

〔六〕「其父師」三句：言商人並非「不以爲怪」。周本紀：「西伯陰行善……諸侯聞之，曰『西伯蓋受命之君』。明年，伐犬戎。明年，伐密須。明年，敗耆國。殷之祖伊聞之，懼，以告帝紂。紂曰：『不有天命乎？是何能爲！』」史記宋微子世家：「微子開者，殷帝乙之首子而帝紂之庶兄也。紂既立，不明，淫亂於政，微子數諫，紂不聽。及祖伊以周西伯昌之修德，滅阢國（索隱：阢音耆，耆即黎也），懼禍至，以告紂，紂曰：『我生不有命在天乎？是何能爲！』於是微子度紂終不可諫，欲死之，及去，未能自決……遂亡。」父師，即太師，上古三公之一。書微子：「微子若曰：『父師、少師，殷其弗或亂正四方。』孔傳：『父師，太師。』」

〔七〕「嘗醢」三句：殷本紀：「九侯有好女，入之紂。九侯女不憙淫，紂怒，殺之，而醢九侯。鄂侯爭之彊，辨之疾，並脯鄂侯。西伯昌聞之，竊歎。崇侯虎知之，以告紂，紂囚西伯羑里。」

〔八〕「孔子」三句：論語泰伯：「三分天下有其二，以服事殷。周之德，可謂至德也已矣。」

〔九〕「伯夷」六句：史記伯夷列傳：「伯夷、叔齊，孤竹君之二子也。父欲立叔齊，及父卒，叔齊讓伯夷。伯夷曰：『父命也。』遂逃去。叔齊亦不肯立而逃之。國人立其中子。於是伯夷、叔齊聞西伯昌善養老，盍往歸焉。」

〔一〇〕「至武王」二句：伯夷列傳：「西伯卒，武王載木主，號爲文王，東伐紂。伯夷、叔齊叩馬而諫曰：『父死不葬，爰及干戈，可謂孝乎？以臣弑君，可謂仁乎？』……武王已平殷亂，天下宗周，而伯夷、叔齊恥之，義不食周粟，隱於首陽山，采薇而食之。」

〔一一〕「書之泰誓」四句：書泰誓：「惟十有一年，武王伐殷。」孔傳：「周自虞芮質厥成，諸侯并附，以爲受命之年。至九年，而文王卒。武王三年服畢，觀兵孟津，以卜諸侯伐紂之心。」

〔一二〕西伯聽虞、芮之訟：詩大雅緜「虞芮質厥成」毛傳：「虞、芮之君相與爭田，久而不平，乃相謂曰：『西伯，仁人也。盍往質焉。』乃相與朝周。入其境，則耕者讓畔，行者讓路。入其邑，男女異路，班白者不提挈。入其朝，士讓爲大夫，大夫讓爲卿。二國之君感而相謂曰：『我等小人，不可以履君子之庭。』乃相讓，以其所爭田爲閑田而退。天下聞之而歸者四十餘國。」虞、芮，二古國名。虞在今山西平陸東北，芮在今山西芮城西。另見箋注〔五〕。

〔一三〕「古者」四句：劉敞春秋權衡卷八：「元年者，公羊以謂諸侯不得改元，春秋王魯，故託稱元，非也。元者，始爾。君之始年，謂之元年，猶歲之初月，謂之正月，非有天子諸侯之辨也。」

〔一四〕「後世」三句：册府元龜卷一五四引清泰元年詔曰：「改元重事，告廟常規，凡在班行，宜思策勵。」

〔一五〕「則詩、書」句：詩大雅有文王、大明、緜、文王有聲，書有泰誓、牧誓，均載文王、武王之事。

〔一六〕「司馬遷」四句：周本紀：「武王即位……九年，武王上祭於畢。東觀兵，至於盟津。」集解引馬融曰：「畢，文王墓地名也。」

〔一七〕「至作」三句：見箋注〔一〇〕。

【集評】

〔宋〕吕祖謙：鋪叙不困，解説分明。（古文關鍵卷上）

〔宋〕黄震：謂十一年伐紂，即武王即位之十一年，無文王稱王改元之説，一惟取信於經。（黄氏日鈔卷六一）

〔明〕歸有光：歐陽文忠泰誓論凡七段，首六段六繳語相同。此種文法於論體最切，陳止齋山西諸將孰優論即是學此。（古文舉例叠用繳語第五十八）

〔清〕何焯：明辨不冗。（義門讀書記卷三八）

縱囚論〔一〕

信義行於君子，而刑戮施於小人。刑入於死者，乃罪大惡極，此又小人之尤甚者也。寧以義死，不苟幸生，而視死如歸，此又君子之尤難者也。方唐太宗之六年，録大辟囚三百餘人，縱使還家，約其自歸以就死〔二〕，是以君子之難能，期小人之尤者以必能也。其囚及期而卒自歸無後者，是君子之所難，而小人之所易也。此豈近於人情？

或曰：「罪大惡極，誠小人矣，及施恩德以臨之，可使變而爲君子。蓋恩德入人之深而移人之速，有如是者矣。」曰：「太宗之爲此，所以求此名也。然安知夫縱之去也，不意其必來以冀免，所以縱之乎？又安知夫被縱而去也，不意其自歸而必獲免，所以復來乎？夫意其必來而縱之，是上賊下之情也；意其必免而復來，是下賊上之心也。吾見上下交相賊以成此名也，烏有所謂施恩德與夫知信義者哉！不然，太宗施德於天下，於茲六年矣，不能使小人不爲極惡大罪，而一日之恩，能使視死如歸而存信義，此又不通之論也。」

「然則何爲而可？」曰：「縱而來歸，殺之無赦，而又縱之，而又來，則可知爲恩德之致爾。然此必無之事也。若夫縱而來歸而赦之，可偶一爲之爾，若屢爲之，則殺人者皆不死，是可爲天下之常法乎？不可爲常者，其聖人之法乎？是以堯、舜、三王之治，必本於人情，不立異以爲高，不逆情以干譽〔三〕。」

【箋注】

〔一〕據題下注，康定元年（一〇四〇）作。

〔二〕「方唐太宗」四句：舊唐書太宗紀：「貞觀六年十二月辛未，親録囚徒歸死罪者二百九十人于家，令明年秋末就刑。其後，應期畢至，詔悉原之。」新唐書刑法志謂囚爲三百九十人，云：「縱之還家，期以明年秋即刑。及期，囚皆詣朝堂，無後者，太宗嘉其誠信，悉原之。然嘗謂羣臣曰：『吾聞語曰，一歲再赦，好人喑啞。吾有天下，未嘗數赦者，不欲誘民於幸免也。』」資治通鑑卷一九四貞觀七年九月條，謂「去歲所縱天下死囚，凡三百九十人，無人督帥，皆如期自詣朝堂。無一人亡匿者，上皆赦之」。考異曰：「四年實録云天下斷死罪止二十九人，今年實録乃有二百九十九人，何頓多如此！事已可疑。」

〔三〕「是以」四句：歐濮議爲後或問下：「聖人之以人情而制禮也，順適其性而爲之節文爾。有所强焉，不爲也；有所拂焉，不爲也；況欲反而易之，其可得乎……夫惟仁義能曲盡人情，而善養人之天性，以濟於人事，無所不可也。」

【集評】

〔宋〕吕祖謙：文最緊，曲折辨論，驚人險語，精神聚處，詞盡意未盡。此篇反覆，有血脈。（古文關鍵卷上）

〔宋〕黄震：「上下相賊」字恐太甚，要是三代後盛事。若夫聖人「不立異以爲高，不逆情以干譽」，則至論也。（黄氏日鈔卷六一）

〔明〕歸有光：人於結束處多忽略，謂文之用工不在於尾。殊不知一篇命脈歸束在此，須要言有盡而意無窮，三歎而有餘音，方爲妙手。如歐陽永叔縱囚論，可以爲式。（古文舉例結意有餘第五十九）

〔清〕張伯行：只「求名」兩字，勘破太宗之心，便將一段佳話盡情抹倒。行文老辣，不肯放鬆一字，真酷吏斷獄手。（唐宋八大家文鈔評語卷五）

〔清〕過珙：深文刻筆。辨駁處，令人幾無處躲閃，似近於刻。然本於人情之論，則又至恕也。歐公嘗自言：「道勝者文不難自至。」良然。（詳訂古文評註全集評語卷八）

〔清〕唐介軒：王道必本人情，破的之論。首從君子小人起意，發出小惠之不可行遠。詞嚴義正，顛撲不破。（古文翼卷七）

怪竹辯〔一〕

謂竹爲有知乎，不宜生於廡下；謂爲無知乎，乃能避檻而曲全其生。其果有知乎？則有知莫如人，人者萬物之最靈也〔二〕，其不知於物者多矣。至有不自知其一身者，如駢拇、枝指、懸疣、附贅，皆莫知其所以然也〔三〕。以人之靈，而不自知其一身，使竹雖有知，必不能自知其曲直之所以然也。

竹果無知乎？則無知莫如枯草死骨，所謂蓍龜者是也。自古以來，大聖大智之人有所不知者，必問於蓍龜而取決〔四〕，是則枯草死骨之有知，反過於聖智之人所知遠矣。以枯草死骨之如此，則安知竹之不有知也？遂以蓍龜之神智，而謂百物皆有知，則其他草木瓦石，叩之又頑然皆無所知。然則竹未必不無知也。

由是言之，謂竹爲有知不可，謂爲無知亦不可，謂其有知、無知皆不可知，然後可。萬物生於天地之間，其理不可以一概。謂有心然後有知乎，則蚓無心〔五〕；謂凡動物皆有知乎，則水亦動物也。人獸生而有知，死則無知矣；蓍龜生而無知，死然後有知也。是皆不可窮詰。故聖人治其可知者，置其不可知者，是之謂大中之道〔六〕。

【箋注】

〔一〕據題下注，康定元年（一〇四〇）作。

〔二〕「人者」句：書泰誓：「惟人，萬物之靈。」

〔三〕「至有」三句：莊子駢拇：「駢拇枝指，出乎性哉！而侈於德。附贅縣疣，出乎形哉！而侈於性。」

〔四〕「自古」三句：史記龜策列傳：「太史公曰：自古聖王將建國受命，興動事業，何嘗不寶卜筮以助善！唐虞以上，不可記已。自三代之興，各據禎祥。塗山之兆從而夏啓世，飛燕之卜順故殷興，百穀之筮吉故周王。王者決定諸疑，參以卜筮，斷以蓍龜，不易之道也。」

〔五〕蚓無心：吳淑事類賦卷三〇「蚯蚓無心」引淮南子曰：「食水者善游能寒，食土者無心不惠。」

〔六〕大中之道：柳宗元斷刑論下：「當也者，大中之道也。」

【集評】

〔清〕孫琮：「治其可知，置其不可知」，此是第一種識力，通篇只將「有知」、「無知」兩路夾翻，然後轉出「皆不可知」，一語斷定。非惟第一種識力，亦是第一種筆力。（山曉閣選宋大家歐陽廬陵全集評語卷四）

〔清〕儲欣：意趣深得蒙莊。（六一居士全集録評語卷一）

居士集卷十九

詔册七首

請皇太后權同聽政詔㈠〔一〕

門下〔二〕：朕承大行之遺命，嗣列聖之丕基。踐祚之初，銜哀罔極，遂罹疾恙，未獲痊和，而機政之繁，裁決或壅。皇太后母儀天下，子育朕躬，輔佐先朝，練達庶務。因請同於聽覽，蒙曲賜於矜從，俾緩憂勤，冀速康復。候將來聽政日㈡，皇太后權同處分，文武百官並放朝參，候朕平愈日如故。故兹詔示，想宜知悉。

【校記】

㈠卷後原校云：「此卷皆任參知政事日中書所用之文。公家定本元又有濮王典禮奏，今既載之濮議，更不重出。」

㈢候：卷後原校：一作「俟」。

【箋注】

〔一〕據題下注，嘉祐八年（一〇六三）作。皇太后即仁宗曹皇后。宋史后妃傳上：「慈聖光獻曹皇后，真定人，樞密使周武惠王彬之孫也。明道二年，郭后廢，詔聘入宮。景祐元年九月，册爲皇后……英宗方四歲，育禁中，后拊鞠周盡；迨入爲嗣子，贊策居多。帝夜暴疾崩，后悉斂諸門鑰置於前，召皇子入。及明，宰臣韓琦等至，奉英宗即位，尊后爲皇太后。帝感疾，請權同處分軍國事，御内東門小殿聽政。」宋史英宗紀：「（嘉祐）八年，仁宗崩。夏四月壬申朔，皇后傳遺詔，命帝嗣皇帝位……乙亥，帝不豫。遣韓贄等告即位于契丹。丙子，尊皇后曰皇太后。己卯，詔請皇太后同聽政。壬午，皇太后御小殿垂簾，宰臣覆奏事。」

〔二〕門下：即中書門下。宋會要輯稿職官一之一七：「中書門下在朝堂西，榜曰『中書』，爲宰相治事之所，印文行敕曰『中書門下』。」

皇太后還政議合行典禮詔〔一〕

敕中書門下：朕頃以嗣承大統，方執初喪，過自摧傷，遂嬰疾恙。皇太后尊居母道，時遘家艱，閔余哀荒，俯徇誠請，勉同聽覽，用適權宜。賴保護之勤劬，獲清明而康復。恭惟坤德之至靜，實厭事機之久煩。殆此彌年，荐承諄誨，顧實繁於庶政，難重浼於睿慈。然而方國多虞，則共濟天下之務；惟時無事，亦宜享天下之安。先民有言：「無德不報〔二〕。」雖日以三牲之養，未足盡於予心；而刑于四海之風〔三〕，必務先於孝治。惟是事親之禮，蓋存有國之規，當極尊崇，以稱朕意。應合行儀範等事，令中書門下、樞密院參議以聞。故兹詔示，想宜知悉。

【箋注】

〔一〕題下注「嘉祐八年」，誤，當爲治平元年（一〇六四）作。長編卷二〇一治平元年：「（五月）戊申，皇太后出手書還政。是日，遂不復處分軍國事。」宋史英宗紀亦載，治平元年五月「戊申，皇太后還政」。按：嘉祐八年四月，曹皇后垂簾聽政，至治平元年五月撤簾還政，已一年有餘，故文中有「殆此彌年」之語。

〔二〕「先民」二句：詩大雅抑：「無言不讎，無德不報。」

〔三〕刑于四海：孝經天子章：「德教加于百姓，刑于四海。」鄭玄注：「形，見也。」按：刑，通「形」。

賜大宗正司詔〔一〕

敕：夫明德以親九族，正家而刑萬邦〔二〕。古先哲王，罔不由此。朕嗣守丕業，率循舊章。惟皇屬之敦和，命宗正而董正㊀。而累聖承繼，百年盛隆，荷宗社之慶靈，茂本支而蕃衍。念其性本於仁厚，宜廣學以勤修；顧其日益於衆多，必增員而統理。故外已詔於儒學，各選於經師〔三〕；而内仍擇於親賢，共司於屬籍。庶乎協贊其職，并修厥官。糾乃非違，先以正而爲率；勉夫怠墮，惟其善而是從。式孚于休〔四〕，以副予意。

【校記】

㊀宗正：天理本作「宗臣」。

【箋注】

〔一〕據題下注，治平元年（一〇六四）作。宋史職官志四大宗正司條下云：「景祐三年始制司……掌糾合族屬而訓之以德行、道藝，受其詞訟而糾正其愆違，有罪則先劾以聞；法例不能決者，同上殿取裁。」

〔二〕「夫明德」二句：書堯典：「克明俊德，以親九族。九族既睦，平章百姓。百姓昭明，協和萬邦，黎民於變時雍。」

〔三〕經師：漢代講授經書的學官。此泛指傳授經書的大師或師長。袁宏後漢紀靈帝紀上：「蓋聞經師易遇，人師難遭。」

〔四〕式孚：詩大雅下武：「成王之孚，下土之式。」毛傳：「式，法也。」鄭玄箋：「王道尚信，則天下以爲法，勤行之。」

賜夏國詔書〔一〕

朕嗣守丕圖，日新庶政，方推大信，以協萬邦，思與藩屏之臣，永遵帶礪之約〔二〕。矧勤王而述職，固奕世以推誠。而近年以來，將命之使，或不體朝廷之意，或罔循規矩之常，多於臨時，率爾改作，既官司之有守，致事體以難從。且下修奉上之儀，本期效順；而君有錫臣之寵，所以隆恩。豈宜一介於其間，輒以多端而生事？在國家之撫御，固廓爾以無疑；想忠孝之傾輸，亦豈欲其如此？故特申於旨諭，諒深認於眷懷。今後所遣使人，更宜精擇，不令妄舉，以紊彝章。所有押賜、押伴使臣等，亦已嚴行戒勵，苟有違越，必置典刑。載惟信誓之文，炳若丹青之著〔三〕，事皆可守，言貴弗違。毋開間隙之萌，庶敦悠久之好。

【箋注】

〔一〕據題下注，治平元年（一〇六四）作。長編卷二〇二治平元年九月：「先是夏國賀登極進奉人吴宗等至順天門，欲佩魚及以儀物自從。引伴高宜禁之，不可，留止廐置一夕，絶供饋。宗出不遜語，宜折之如故事，良久乃聽入。及賜食殿門，愬於押伴張覲，詔令還赴延州與宜辨。宜者，延州所遣也。程戡授詔通判詰之，宗曰：『引伴謂當用一百萬兵，遂入賀蘭穴，此何等語也？』通判曰：『聞使人目國主爲少帝，故引伴有此對，是失在使人，不在引伴。』宗沮服，遂不復辨。庚午，賜諒祚詔，戒以自今宜精擇使人，毋俾生事。」宋史英宗紀載治平元年九月「庚午，詔夏國精擇使人，戒勵毋紊彝章」。

〔二〕帶礪：史記高祖功臣侯者年表：「封爵之誓曰：『使黄河如帶，泰山若厲。國以永寧，爰及苗裔。』」裴駰集解引漢應劭曰：「封爵之誓，國家欲使功臣傳祚無窮。帶，衣帶也；厲，砥石也。河當何時如衣帶，山當何時如厲石，言如帶厲，國乃絶耳。」後因以「帶厲」爲受皇家恩寵，與國同休之典。按：帶礪亦作「帶厲」。

〔三〕丹青：因其色艷而不易泯滅，故以比喻始終不渝。後漢書公孫述傳：「陳言禍福，以明丹青之信。」

英宗遺制〔一〕

詔内外文武百僚等：朕蒙先帝之遺休，荷高穹之眷命，獲主大器，于兹五年。樂與羣公，講求至治。先身以儉，冀臻四海之富康；勵志之勤，未嘗一日而暇逸。而憂勞積慮，疾恙踰時，有加無瘳，遂至大漸。皇太子頊㊀，睿哲之性，天資夙成，儲兩之明〔二〕，人望攸屬，可於柩前即皇帝位。尊皇太后為太皇太后，皇后爲皇太后。諸軍賞給，並取嗣君處分。喪服以日易月〔三〕。山陵制度，務從儉約。在外羣臣，止於本處舉哀，不得擅離治所，成服三日而除。應緣邊州鎮，皆以金革從事，不用舉哀。於戲！死生之理，聖智所同。惟賴宗社之靈，臣鄰協德〔四〕，輔我元子，永康王家。咨爾多方，當體予意。主者施行。

【校記】

㊀頊：天理本無此字，「太子」下注「御名」二字。

【箋注】

〔一〕據題下注，治平四年（一〇六七）作。長編卷二〇九治平四年正月：「丁巳，帝崩於福寧殿。神宗即位，時年二十。百官入福寧殿發哀，聽遺制。」

〔二〕儲兩：儲貳，即太子。魏書肅宗紀：「自潘充華有孕椒宮，冀誕儲兩，而熊羆無兆，維虺遂彰。」

〔三〕「喪服」句：唐會要卷三七：「（貞觀）二十三年五月，禮部尚書許敬宗奏言：『伏奉遺詔，臣下喪服以日易月，皆從三十六日之限。』」

〔四〕臣鄰：書益稷：「臣哉鄰哉，鄰哉臣哉。」孔傳：「鄰，近也。言君臣道近，相須而成。」本謂君臣應相親近，後泛指臣庶。

尊皇太后册文〔一〕

維治平二年歲次乙巳，十一月丁巳朔十有六日壬申，嗣皇帝臣曙謹稽首再拜言曰㊀：

臣聞昔者明王之以孝治天下者，非家至而日見也，蓋有要道焉。推所以行於己者爲天下率，盡所以奉其親者爲天下先，而四海靡然而承風矣。洪惟有宋，受命造邦，百年四聖〔二〕，而小子獲承之，以繼我仁考之遺休餘烈。方與羣公卿士，夙夜以思，勉其不逮，庶幾如我仁考付畀之意，以申罔極欲報之心。此固慄慄祗懼，不敢遑寧者已。顧惟眇末之質，提携鞠育，慈仁咻煦，至于有成，自我聖母〔三〕。嗣位之始，哀迷在疚，而憂勞艱難，一日萬務，協和綏靖，保佑扶持，功施邦家，亦惟我聖母〔四〕。永惟至恩大德，無物可稱。是以稽參典禮，率籲羣心，合志一辭，懇懇惓惓，不勝大願。謹遣攝太尉具官臣韓琦、司徒具官臣胡宿㈢，奉玉册金寶，上尊號曰皇太后。恭惟皇太后聖善明哲，柔閑静專。粤自正位中宫，内助先帝〔五〕，陰禮修而教行，儉德著而下化，遂及萬國，先於正家。逮夫玉几受遺，遭時多難，勉徇勤請，權同聽決。而明識遠慮，動懷謙畏，深鑒漢家母后之失，訖不踐於外朝。及歸政沖人〔六〕，合於易之進退不失其正之聖〔七〕。是惟全節鉅美，固已超出前古，而垂法後世。宜乎盛烈播于聲詩，尊名光於典册。惟末小子，獲奉温凊〔八〕。嗚呼！殫九州之富以爲養，未足盡於孝心；享萬壽之福而無疆，期永承於慈訓。臣曙誠歡誠抃。稽首再拜。謹言。

【校記】

㊀曙：原作「頊」，據宋會要輯稿改。下文「曙」，同此。天理本無「頊」字，「臣」下注「御名」二字。按治平爲英宗年號，當作「曙」。頊，神宗名也。　㊁司徒：卷後原校：二字上有「攝」字。

【箋注】

〔一〕如篇首所示，治平二年（一〇六五）作。長編卷二〇六治平二年十一月：「壬申，祀天地于圜丘……御文德殿，發寶册，上皇太后。」宋史英宗紀載，治平二年十一月「壬申，有事南郊，大赦。上皇太后册」。

〔二〕「百年」句：北宋由建隆元年（九六〇）至嘉祐八年（一〇六三）百餘年間，歷太祖、太宗、真宗、仁宗四朝。

〔三〕「顧惟」五句：宋史后妃傳上仁宗曹皇后：「英宗方四歲，育禁中，后拊鞠周盡；迨入爲嗣子，贊策居多。」咻煦，呵氣使温暖，形容温和、仁慈。

〔四〕「嗣位」八句：宋史后妃傳上仁宗曹皇后：「帝感疾，請權同處分軍國事，御内東門小殿聽政。大臣日奏事有疑未決者，則曰『公輩更議之』，未嘗出己意。頗涉經史，多援以決事。中外章奏日數十，一一能紀綱要。檢柅曹氏及左右臣僕，毫分不以假借，宫省肅然。」

〔五〕「内助」句：宋史后妃傳上仁宗曹皇后：「慶曆八年閏正月，帝將以望夕再張燈，后諫止。後三日，衛卒數人作亂，夜越屋叩寢殿。后方侍帝，聞變遽起。帝欲出，后閉閤擁持，趣呼都知王守忠使引兵入。賊傷宫嬪殿下，聲徹帝所，宦者以乳嫗歐小女子紿奏，后叱之曰：『賊在近殺人，敢妄言耶！』后度賊必縱火，陰遣人挈水踵其後，果舉炬焚簾，水隨滅之。是夕，所遣宦侍，后皆親剪其髮，諭之曰：『明日行賞，用是爲驗。』故爭盡死力，賊即禽滅。」

〔六〕沖人：年幼之人。多爲古帝王自稱的謙詞。書盤庚下：「肆予沖人，非廢厥謀。」孔傳：「沖，童。」孔穎達疏：「沖、童，聲相近，皆是幼小之名。自稱童人，言己幼小無知，故爲謙也。」

〔七〕「合於」句：易乾：「文言：知進退存亡，而不失其正者，其唯聖人乎！」

〔八〕温清：冬温夏清之省稱。冬天温被使暖，夏日扇席使凉，爲侍奉父母之禮。宋書謝瞻傳：「所生母郭氏久嬰痼疾，晨昏温清，嘗藥捧膳，不闕一時。」

居士集卷二十

碑　銘

金部郎中贈兵部侍郎閻公神道碑銘并序〔一〕

惟閻氏世家于鄆。其先曰太原王寶〔二〕，以武顯於梁、晉之間，實佐莊宗〔三〕，戰河上，取常山，功書史官，爵有王土。鄆之諸閻，皆王後也。周廣順二年〔四〕，以鄆州之鉅野、鄆城爲濟州，閻氏今爲濟州鉅野人也。

公生漢、晉之間，遭世多虞，雖出將家而不喜戰鬬，獨好學，通三禮〔五〕，頗習子、史，爲文辭。是時，鉅野大賊有衆千餘人，以公鄉里儒者，掠致賊中，問以謀略。公毅然未嘗有所言，而爲人狀貌奇偉，舉止嚴重，有威儀，賊皆憚之，莫敢害。賊平，公還鄉里，以三禮教授弟子。大宋受命，天下將平，公乃出。以三禮舉中建隆某年某科，歷漢州之金堂、虢州之湖城二縣尉，遷濮州濮陽令，皆有吏績。

太宗皇帝遣使者行視天下，使者還，言公可用。召見奏事，語音譽然，殿中皆聳動。太宗奇之，拜太子洗馬、知岳州〔一〕。吴越忠懿王再朝京師，籍其所有浙東、西之地，納之有司〔六〕。天子以爲新附之邦，乃以禁兵千人屬公安撫其人，遂知蘇州〔二〕。五代之際，江海之間分爲五〔七〕，大者竊名號，其次擅征伐，故皆峻刑法，急聚斂，以制命於其民。越雖名爲臣屬之邦，然閡於江淮，與中國隔不相及者久矣。公以齊魯之人，悉能知越風俗，而揉以善政，或摩以漸，或革以宜，推凡上之所欲施，寬凡民之所不堪，恩涵澤濡，民以蘇息。政成召還，以國子博士知濟州，又知晉州。入拜尚書水部員外郎、廣平郡王府翊善〔八〕，賜緋衣銀魚。居六年，廣平封陳王出閤，公以司門員外郎求知黄州。陳王徙封許，乃詔公還，遷庫部員外郎，賜金紫，侍講許王府。王薨〔九〕，公出知棣州。居歲餘，以淮陽近鉅野，乃求知淮陽軍。

公雖居許王府，而真宗素知其賢，數詔訪以經術，謂之閤君子。真宗即位，問公何在，左右具言所以然，即時召之。已在道，拜金部郎中、知青州。其後，鄆州守臣某臨遣，對殿上，真宗問鄆去青遠近，守臣對若干，真宗曰：「爲吾告之，將召也。」已而見召，行至鉅野，遇疾。使者臨問慰賜，滿百日，賜告下濟州，伺疾少間，趨就道㊂。已而疾病㊃，以某年某月某日薨于濟州，享年七十有七。贈兵部侍郎，葬于鉅野大徐村㊄。

公諱象，字某。曾祖諱某，某官。祖諱某，某官。考諱某㊅，某官。公娶孫氏，封富春縣君，用子貴，追封泗水縣太君。子男三人：長曰某，某官；次曰某，某官；次曰某，某官。女三人，皆適士族。孫五人，一早亡，次皆已仕。曾孫十人，仕者五人。

嗚呼！士患不逢時；時逢矣，患人主之不知；知矣而不及用者，命也。惟公履道純正，生於多艱，而卒遇太平，以奮其身，又遭人主之知，嘗用矣，而不暇於大用以歿。歿而無章焉，則其遂不見於後世乎！景祐五年冬，其子光祿君自光化罷還鄉閭，乃謀刻其先德於墓之碑，而以其辭屬修。詞曰：

閻世將家，大纛高牙。有封太原，王功桓桓〔一〇〕。公不勇力，而勇於學。奮身逢時，卒有成業。不大其榮，繼世而卿。挻其後世㊆，多有孫曾。有墓于里，有碑其隧。鄉人無傷，鄉之君子。

【校記】

㈠「岳州」下：原校：一有「遷殿中丞、知均州」，一作「鄆州」。 ㈡「蘇州」下：原校：一有「又知婺州」。

㊂趨：原校：一作「趣」。 ㊃病：原校：一作「亟」，一作「革」。 ㊄「大」下：原校：一有「閻」字。 ㊅考：

原校：一作「父」。　㈦挺：原校：一作「挺」。

【箋注】

〔一〕如題下注，寶元元年（一〇三八）作。本篇乃景祐五年（即寶元元年，是年十一月改元）冬，墓主閻象之子自光化還鄉之際，歐從其請而作。時歐爲光化軍乾德縣令。

〔二〕寶：閻寶，字瓊美，鄆州人。後梁時爲邢洺節度使。以邢州降晉，李存勗以之爲檢校太尉、同平章事，遥領天平軍節度使。從李嗣源援幽州，敗契丹。梁晉胡柳之戰，助李存勗破敵。又爲招討使討張文禮。卒年六十。追封太原郡王。新舊五代史有傳。

〔三〕莊宗：即後唐莊宗李存勗。

〔四〕廣順：後周太祖郭威年號（九五一至九五三）。

〔五〕三禮：周禮、儀禮、禮記之合稱。

〔六〕「吴越忠懿王」三句：吴越忠懿王，錢俶。宋史太宗紀一載太平興國三年五月，「錢俶獻其兩浙諸州，凡得州十三、軍一、縣八十六、户五十五萬六百八十、兵一十一萬五千三十六」。

〔七〕「五代」二句：五代時，江海間分爲五，指南唐、吴越、南漢、楚及南平。

〔八〕「入拜」句：據宋史姚坦傳，太平興國八年，國子博士閻象爲廣平郡王府翊善。廣平郡王，即宋太宗第二子趙元僖。後進封陳王、許王。卒贈皇太子。宋史有傳。

〔九〕王蕘：據宋史宗室傳二載，元僖卒于淳化三年十一月。傳元僖爲嬖妾所惑，侍講、庫部員外郎閻象，坐輔道無狀，削兩任免。

〔一〇〕桓桓：威武貌。書牧誓：「勗哉夫子！尚桓桓。」

太子太師致仕贈司空兼侍中文惠陳公神道碑銘并序〔一〕

潁川公既葬于新鄭，其子尚書主客郎中述古等七人〔二〕，具公之行事及太常之狀、祁伯之銘以來告曰：「唯陳氏世有顯人。我先正文惠公，歷事太宗、真宗而相今天子，其出處始終之大節，可考不誣如此。故敢請以墓隧之碑。」予爲考其世次，得其所以基于初、盛于中、有于終而大施于其後者，曰：信哉！陳氏載德，晦顯以時。其畜厚來遠，故能發大而流長。

自公五世以上，爲博州人。皇高祖翔，當五代時，爲王建掌書記〔三〕，建欲帝蜀，以逆順禍福譬之，不聽，棄官于閬州之西水㊀，遂爲西水人〔四〕。皇曾祖齊國公諱詡、皇祖楚國公諱昭汶、皇考秦國公諱省華〔五〕，皆開府儀同三司、太師、尚書令兼中書令。自翔已下，三世不顯于蜀。至秦公，始事聖朝，爲左諫議大夫。其配曰燕國太夫人馮氏〔六〕。

公其次子也，諱堯佐，字希元。舉進士及第，累遷太常丞、知開封府録事參軍。用理獄有能績，遷府推官。以言事切直，貶通判潮州〔七〕。自潮還，獻詩數百篇，而大臣亦薦其文學，得直史館，知壽、廬二州，提點府界諸縣公事。丁秦公憂，服除，判三司都勾院、兩浙轉運使，徙京西、河東、河北三路，糾察在京刑獄。天禧三年，編次御試進士，坐誤差其第，貶監鄂州茶場。未至，丁燕國太夫人憂。明年，河決滑州，天子念非公不可塞，乃起公知滑州〔八〕。乾興元年，作永定陵〔九〕，徙公京西轉運使以辦其事。入爲三司户部副使，徙副度支，拜知制誥，兼史館修撰，同知天聖二年貢舉，知通進銀臺司，遷龍圖閣直學士、知河南府，徙并州〔一〇〕，知審官院、開封府，拜翰林學士，兼龍圖閣學士。七年，拜樞密副使。其年八月，參知政事。居三歲間，凡三請罷。明道二年，罷知永興軍，行過鄭州，爲狂人所誣。御史中丞范諷辨公無罪〔一一〕，徙知廬州，又徙同州，復徙永興〔一二〕，又徙鄭州。累官至户部侍郎。景祐四年四月，召拜同中書門下平章事。

公爲人剛毅篤實，好古博學。居官無大小，所至必聞㊁。潮州惡溪，鰐魚食人不可近，公命捕得，鳴鼓于市，以文告而戮之，鰐患屏息㊂〔一三〕。潮人歎曰：「昔韓公諭鰐而聽，今公戮鰐而懼，所爲雖異，其能使異物醜類革化而利人一也。吾潮間三百年而得二公，幸矣。」在潮修孔子廟、韓公祠，率其州民之秀者就于學。

知壽州，遭歲大饑，公自出米爲糜以食餓者，吏民以公故，皆爭出米，其活數萬人。公曰：「吾豈以是爲私惠邪？蓋以令率人，不若身先而使其從之樂也。」

錢塘江堤以竹籠石，而潮嚙之，不數歲輒壞而復理。公歎曰：「堤以捍患，而反病民。」乃議易以薪土。而害公政者言于朝，以爲非便。是時，丁晉公參知政事〔一四〕，主言者以黜公，公爭不已，乃徙公京西。而籠石爲堤，數歲功不就，民力大困。卒用公議，堤乃成。

河東地寒而民貧，奏除石炭税，減官冶鐵課歲數十萬以便民，曰：「轉運，征利之官也。利有本末，下有餘則上足，吾豈爲俗吏哉！」太行山當河東、河北兩路之界，公以謂曶自前世爲險國，常先叛而後服者，恃此也。其在河東，鑿澤州路，後徙河北，鑿懷州路，而太行之險通。行者德公以爲利，公曰：「吾豈爲今日利哉！」

河決，壞滑州，水力悍甚，每埽下，湍激并人以没，不見蹤迹者不可勝數。公躬自暴露，晝夜督促，創爲木龍，以巨木駢齒浮水上下，殺其暴，堤乃成，又爲長堤以護其外。滑人得復其居，相戒曰：「不可使後人忘我陳公。」因號其堤爲陳公堤。

開封府治京師，公以謂治煩之術，任威以擊彊，盡察以防姦，譬於激水而欲其澄也。故公爲政，一以誠信。每歲正月，夜放燈，則悉籍惡少年禁錮之[四]。公召少年，諭曰：「尹以惡人待汝，汝安得爲善？吾以善人待汝，汝其爲惡邪？」因盡縱之，凡五夜，無一人犯法者。

太常博士陳詁知祥符縣[一五]，縣吏惡其明察，欲中以事，而詁公廉，事不可得，乃欲以奇動京師，自録事已下，空一縣皆逃去，京師果諠言詁政苛暴。是時章獻明肅太后猶聽政，怒詁，欲加以罪。公爲樞密副使，力爭之，以謂罪詁則姦人得計而沮能吏，詁由是獲免。

公十典大州，六爲轉運[五]，常以方嚴肅下[六]，使人知畏而重犯法，至其過失，則多保佑之，故未嘗按黜一下吏。

公貶潮州，其所言事，蓋人臣所難言者。其平生奏疏尤多，悉焚其稿。其他文章，有文集三十卷，又有野廬編、潮陽編、愚丘集〔一六〕，多慕韓愈爲文。與修真宗實録，又修國史。故事，知制誥者常先試其文辭，天子以公文學天下所知，不復命試，自國朝以來，不試而知制誥者，惟楊億及公二人而已〔一七〕。

公居官，不妄進取。爲太常丞者十三年不遷，爲起居郎者七年不遷。自議錢塘堤爲丁晉公所絀，後晉公益用事，專威福。故人子弟以公久于外，多勉以進取，公曰：「惟久然後見吾守。」如是十五年。今天子即位，晉公事敗投海外〔一八〕，公乃見召用。

公初作相，以唐劉蕡所對策進曰〔一九〕：「天下治亂，自朝廷始，朝廷賞罰，自近始。凡蕡之所究言者，皆當今之弊。此臣所欲言，而陛下之所宜行，且臣等之職也。」天子嘉納之。公在相位不久，其年冬雷地震，星象數變。公言王隨位在臣上而病不任事〔二〇〕，程琳等位皆在下〔二一〕，乃引漢故事以災異自責，求罷，章凡四上。明年三月，拜淮康軍節度使、檢校太傅、同中書門下平章事，判鄭州。康定元年五月，以太子太師致仕，詔大朝會立宰相班，遂居于鄭。其起居飲食，康寧如少者。後四年，年八十有二，以疾卒于家。

公居家，以儉約爲法，雖已貴，常使其子弟親執賤事。曰：「孔子固多能鄙事〔二二〕。」

作爲善箴，以戒子孫。臨卒，口占數十言，自誌其墓〔二三〕。公前娶曰杞國夫人宋氏，後娶曰沂國夫人王氏。子男十人：長曰述古〔二四〕，次曰比部員外郎求古〔二五〕，主客員外郎學古，虞部員外郎道古〔二六〕，大理評事、館閣校勘博古〔二七〕，殿中丞修古，秘書省正字履古，光禄寺丞游古，大理寺丞襲古，太常寺太祝象古。

秦公三子。長曰堯叟〔二八〕，爲樞密使、同中書門下平章事。季曰堯咨〔二九〕，爲武信軍節度使。皆舉進士第一人及第㊆。三子已貴，秦公尚無恙，每賓客至其家，公及伯、季侍立左右，坐客蹴踖不安，求去，秦公笑曰：「此學子輩耳㊇。」故天下皆以秦公教子爲法，而以陳氏世家爲榮。

公之孫四十人。曾孫二人。合伯、季之後，若子、若孫、若曾孫六十有八人。女若孫、曾五十有四人。而仕于朝者，多以材稱於時㊈。嗚呼！可謂盛矣。銘曰：

陳氏高節，在污全潔。閟德潛光，有俟而發。其發惟時，自公啓之。英英伯季，踵武偕來。相車崇崇，武節之雄。高幢巨轂，四世六公〔三〇〕。惟世有封，秦楚及齊〔三一〕。尚書中書，儀同太師。祖考在前，孫曾盈後。公居于中，伯季左右。惟勤其始，以享其終。惟能其約，以有其豐。休庸顯問，播美家邦。有遠其貽，有大其繼。刻詩垂聲，以質來裔。

【校記】

〔一〕棄官：卷後原校：此下一有「家」字。〔二〕「所至」句下：原校：一有「其仁足以庇民，智足以利物，忠足以事上，誠足以信于人」。〔三〕鍔：原校：一作「其」。〔四〕「則悉」句下：原校：一本有「歲以爲常」。〔五〕「轉運」下：原有「副使」二字，並注云：「一無『副』字，一無『副使』字。」按宋史陳堯佐傳，堯佐嘗爲兩浙轉運副使、京西轉運使。轉運含使、副，故「副使」當按原注删去。〔六〕方嚴肅下：原校：一作「方嚴清肅莅下」。〔七〕人：原校：一無「人」字。第：原校：一無「第」字。〔八〕學：原校：一作「兒」。〔九〕於時：原校：一無「於時」。

【箋注】

〔一〕如題下注，慶曆四年（一〇四四）作。長編卷一五二載是年十月「贈司空、兼侍中，謚文惠陳堯佐卒」。

〔二〕「其子」句：此云子「述古等七人」，後文云「子男十人」，有述古、博古等，而宋史陳堯咨傳曰：「子述古，太子賓客致仕；博古，篤學能文，爲館閣校勘，早卒。」述古、博古之父爲堯佐，抑或堯咨？待考。

〔三〕王建：字充圖，許州舞陽人。唐末崛起，五代時自立爲帝，定都成都，史稱其國號爲前蜀。新舊五代史有傳。

〔四〕「棄官」二句：宋史陳堯佐傳：「高祖翔爲蜀新井令，因家焉，遂爲閬州閬中人。」按：西水、新井均屬閬州。

〔五〕省華：陳省華，字善則，嘗事孟昶爲西水尉。入宋爲隴城主簿，後官至權知開封府，卒贈太子少師。詳見陳堯佐傳。

〔六〕馮氏：堯佐母。事迹見陳堯叟傳。

〔七〕「舉進士」六句：陳堯佐傳：「堯佐進士及第，歷魏縣中牟尉，爲海喻一篇。人奇其志，以試秘書省校書郎知朝邑縣。會其兄堯叟使陝西，發中人方保吉罪。保吉怨之，誣堯佐以事，降本縣主簿，徙下邽，遷秘書郎。知真源縣、開封府司録參軍事，遷府推官，坐言事忤旨，降通判潮州。」

〔八〕「明年」四句：長編卷九六天禧四年十月：「己丑，以前起居郎、直史館陳堯佐免持服知滑州。時三司使李士衡言：『滑州方召徒築堤，堯佐素幹事，望專委之。』故有是命。」

〔九〕「乾興」二句：真宗卒于乾興元年二月，七月其陵定名曰永定。見長編卷九八、九九。

〔一〇〕徙并州：陳堯佐傳：「徙并州，每汾水暴漲，州民輒憂擾。堯佐爲築堤，植柳數萬本，作柳溪，民賴其利。」

〔一一〕「行過」三句：陳堯佐傳：「過鄭，爲郡人王文吉以變事告，下御史中丞范諷劾治，而事乃辨。」

〔一二〕「復徙」句：陳堯佐傳：「復徙永興軍。初太后遣宦者起浮圖京兆城中，前守姜遵盡毁古碑碣充磚甓用。堯佐奏曰：『唐賢臣墓石，今十亡七八矣，子孫深刻大書，欲傳之千載，迺一旦與瓦礫等，誠可惜也。其未毁者，願敕州縣完護之。』」

〔一三〕「潮州」六句：陳堯佐傳：「民張氏子與其母濯于江，鰐魚尾而食之，母弗能救。堯佐聞而傷之，命二吏拏小舟，操網往捕。鰐至暴，非可網得，至是鰐弭受網，作文示諸市而烹之，人皆驚異。」

〔一四〕丁晉公：丁謂，字謂之，後改字公言，蘇州長洲人，淳化進士。歷知鄆州、三司使、參知政事，累官同中書門下平章事、昭文館大學士，封晉國公。憸狡專權，逐寇準、李迪。仁宗即位後，累貶崖州司户參軍，授秘書監致仕。宋史有傳。

〔一五〕陳詁：字天經，晉江人。大中祥符元年進士。歷同知太常禮院、祠部員外郎，出知祥符縣，官至兵部員外郎，卒贈兵部尚書。長編卷九九、一〇三、一〇七有相關記載。

〔一六〕「有文集」二句：宋史藝文志著録陳堯佐愚丘集一卷、潮陽新編一卷、承明集十卷、别集十六卷。

〔一七〕「自國朝」三句：葉夢得石林燕語卷六：「國初知制誥，必召試而後除，唐故事也。歐陽文忠記不試而除者惟三人：陳文惠、楊文公與文忠，此乃異禮。自是繼之者，惟元祐間蘇子瞻一人而已。」按：葉夢得避暑録話卷下又云：「梁周翰、薛映、梁鼎亦或不試而用。歐陽文忠公記……三人者誤也。」當以此爲是，歐乃誤記也。

〔一八〕「今天子」二句：今天子指仁宗。仁宗即位，丁謂事敗，在乾興元年。

〔一九〕劉蕡：字去華，昌平人。唐文宗即位，引諸儒百人策對于庭。蕡痛斥時病，深爲考官馮宿等歎服。然宿等因畏宦官而不敢取。文云「劉蕡所對策」，即指此也。事見兩唐書劉蕡傳。

〔二〇〕王隨：字子正，河南府人。咸平進士。天聖間，由知河南府召爲御史中丞；明道時，拜參知政事；景祐中，知樞密院事，旋拜相。以疾在告，詔五日一朝，入中書視事。以無所建樹，及屢與同僚忿爭而罷相。卒謚文惠。宋史有傳。

〔二一〕程琳：生平見本集卷二一鎮安軍節度使同中書門下平章事贈太師中書令程公神道碑銘。

〔二二〕「孔子」句：論語子罕：「太宰問於子貢曰：『夫子聖者歟？何其多能也？』子貢曰：『固天縱之將聖，又多能也。』子聞之，曰：『太宰知我乎！吾少也賤，故多能鄙事。君子多乎哉？不多也。』」

〔二三〕「臨卒」三句：王闢之澠水燕談録卷二：「陳文惠將終前一日，自爲墓誌曰：『宋有潁川先生堯佐，字希元，道號知餘子，年八十不爲夭，官一品不爲賤，使相納禄不爲辱，三者粗備，歸息於先秦國大夫、仲兄丞相棲神之域，吾何恨哉！』」

〔二四〕述古：鄭獬鄖溪集卷四有治平四年作三司鹽鐵副使衛尉少卿陳述古可光禄卿充河北都轉運使制。

〔二五〕求古：宋會要輯稿職官六一之一二：「神宗熙寧元年五月七日，以駕部郎中陳求古换宫苑使，遥領團練使。不得爲例。求古累歷知州，有治聲。翰林學士鄭獬應詔舉官，力薦之，故有是命。」

〔二六〕道古：宋會要輯稿職官六五之二一：「（嘉祐六年）七月一日，光禄寺丞、知蘇州長洲縣夏噩特勒停……以本路提點刑獄陳道古惡其輕傲，捃其事而按發之。」

〔二七〕博古：宋會要輯稿選舉一四之一二：「（嘉祐六年六月十五日）是時，陳堯佐爲宰相，韓億爲樞密副使。既而解榜出，堯佐子博古爲解元，億子孫四人皆無落者，衆議喧然。」

〔二八〕堯叟：陳堯叟，字唐夫。端拱二年，舉進士第一，授光禄寺丞、直史館，累遷至同平章事，充樞密使。以疾辭位，拜右僕射、知河陽。宋史有傳。

〔二九〕堯咨：陳堯咨，字嘉謨。咸平時舉進士第一，授將作監丞，通判濟州。歷任右諫議大夫、知河南府、權知開封府等職。卒贈太尉，謚康肅。宋史有傳。

〔三〇〕「四世」句：堯佐曾祖詡、祖昭汶、父省華皆贈太師，兄堯叟加檢校太尉，堯佐以太子太師致仕并贈司空，弟堯咨贈太尉，故云「四世六公」。

〔三一〕「惟世」二句：陳氏有封國者，爲秦國公省華、楚國公昭汶與齊國公詡。

【集評】

［清］儲欣：陳翔棄官居西水，三世之後家門榮盛，莫之與京。天所以報清節者厚矣。銘詞大發此意，此史識也。（六一居士全集録評語卷二）

資政殿學士户部侍郎文正范公神道碑銘并序〔一〕

皇祐四年五月甲子，資政殿學士、尚書户部侍郎、汝南文正公薨于徐州，以其年十有二月壬申，葬于河南尹樊里之萬安山下。公諱仲淹，字希文。五代之際，世家蘇州，事吴越。太宗皇帝時，吴越獻其地，公之皇考從錢俶朝京師，後爲武寧軍掌書記以卒。公生二歲而孤，母夫人貧無依，再適長山朱氏〔二〕。既長，知其世家，感泣去之南都。入學舍，埽一室，晝夜講誦，其起居飲食，人所不堪，而公自刻益苦〔三〕。居五年，大通六經之旨，爲文章論説必本於仁義。祥符八年，舉進士，禮部選第一，遂中乙科，爲廣德軍司理參軍，始歸迎其母以養。及公既貴，天子贈公曾祖蘇州粮料判官諱夢齡爲太保，祖秘書監諱贊時爲太傅，考諱墉爲太師，妣謝氏爲吴國夫人。

公少有大節，於富貴、貧賤、毁譽、歡戚，不一動其心，而慨然有志於天下，常自誦曰：「士當先天下之憂而憂，後天下之樂而樂也〔四〕。」其事上遇人，一以自信，不擇利害爲趨捨。其所有爲，必盡其方，曰：「爲之自我者當如是，其成與否，有不在我者，雖聖賢不能必，吾豈苟哉！」天聖中，晏丞相薦公文學，以大理寺丞爲秘閣校理。以言事忤章獻太后旨，通判河中府〔一五〕。久之，上記其忠，召拜右司諫。當太后臨朝聽政，時以至日大會前殿，上將率百官爲壽。有司已具，公上疏言天子無北面，且開後世弱人主以彊母后之漸，其事遂已。又上書請還政天子，不報。及太后崩，言事者希旨，多求太后時事，欲深治之。初，太后有遺命，立楊太妃代爲太后。公諫曰：「太后，母號也，自古無代立者〔六〕。」由是罷其册命。是歲，大旱蝗，奉使安撫東南〔七〕。使還，會郭皇后廢，率諫官、御史伏閤爭，不能得，貶知睦州〔八〕，又徙蘇州。歲餘，即拜禮部員外郎、天章閣待制，召還，益論時政闕失，而大臣權倖多忌惡之。居數月，以公知開封府。開封素號難治，公治有聲，事日益簡〔九〕。暇則益取古今治亂安危爲上開説，又爲百官圖以獻，曰：「任人各以其材而百職修，堯、舜之治，不過此也。」因指其遷進遲速次序，曰：「如此而可以爲公，可以爲私，亦不可以不察。」由是吕丞相怒，至交論上前，公求對，辨語切，坐落職知饒州〔一〇〕。明年，吕公亦罷。公徙潤州，又徙越州。

而趙元昊反河西〔一一〕，上復召相吕公。乃以公爲陝西經略安撫副使，遷龍圖閣直學士〔一二〕。是時，新失大將，延州危〔一三〕。公請自守鄜延扞賊，乃知延州。元昊遣人遺書以求和，公以謂無事請和，難信，且書有僭號，不可以聞，乃自爲書，告以逆順成敗之説，甚辯。坐擅復書，奪一官，知耀州〔一四〕。未逾月，徙知慶州。既而四路置帥，以公爲環慶路經略安撫招討使、兵馬都部署〔一五〕，累遷諫議大夫、樞密直學士。

公爲將，務持重，不急近功小利。於延州築青澗城，墾營田，復承平、永平廢寨，熟羌歸業者數萬户。於慶州城大順以據要害㈡，又城細腰、胡蘆，於是明珠、滅臧等大族，皆去賊爲中國用〔一六〕。自邊制久隳，至兵與將常不相識。公始分延州兵爲六將，訓練齊整，諸路皆用以爲法〔一七〕。公之所在，賊不敢犯。人或疑公見敵應變爲如何，至其城大順也，一旦引兵出，諸將不知所向，軍至柔遠，始號令告其地處，使往築城。至於版築之用，大小畢具，而軍中初不知〔一八〕。賊以騎三萬來爭，公戒諸將：「戰而賊走，追勿過河。」已而賊果走，追者不渡，而河外果有伏。賊失計㈢，乃引去。於是諸將皆服公爲不可及。公待將吏，必使畏法而愛己。所得賜賚，皆以上意分賜諸將，使自爲謝。諸蕃質子，縱其出入，無一人逃者。蕃酋來見，召之卧内，屏人徹衛，與語不疑。公居三歲，士勇邊實，恩信大洽，乃決策謀取橫山，復靈武，而元昊數遣使稱臣請和，上亦召公歸矣。初，西人籍爲鄉兵者十數萬，既而黥以爲軍，惟公所部，但刺其手，公去兵罷，獨得復爲民。其於兩路，既得熟羌爲用，使以守邊，因徙屯兵就食内地，而紓西人饋輓之勞。其所設施，去而人德之，與守其法不敢變者，至今尤多。

自公坐吕公貶，羣士大夫各持二公曲直，吕公患之，凡直公者，皆指爲黨，或坐竄逐。及吕公復相，公亦再起被用，於是二公歡然相約戮力平賊〔一九〕。天下之士，皆以此多二公，然朋黨之論遂起而不能止㊃。上既賢公可大用，故卒置羣議而用之。慶曆三年春，召爲樞密副使，五讓不許，乃就道〔二〇〕。既至數月，以爲參知政事〔二一〕，每進見，必以太平責之。公歎曰：「上之用我者至矣，然事有先後，而革弊於久安，非朝夕可也。」既而上再賜手詔，趣使條天下事，又開天章閣，召見賜坐，授以紙筆，使疏于前。公惶恐避席，始退而條列時所宜先者十數事上之〔二二〕。其詔天下興學，取士先德行不專文辭，革磨勘例遷以别能否，減任子之數而除濫官，用農桑考課守宰等事。方施行，而磨勘、任子之法，僥倖之人皆不便，因相與騰口，而嫉公者亦幸外有言，喜爲之佐佑。會邊奏有警，公即請行，乃以公爲河東、陝西宣撫使〔二三〕。至則上書願復守邊，即拜資政殿學士、知邠州，兼陝西四路安撫使。其知政事，纔一歲而罷，有司悉奏罷公前所施行，而復其故。言者遂以危事中之，賴上察其忠，不聽〔二四〕。

是時，夏人已稱臣〔二五〕，公因以疾請鄧州。守鄧三歲，求知杭州，又徙青州〔二六〕。公益病，又求知潁州，肩舁至徐，遂不起，享年六十有四。方公之病，上賜藥存問。既薨，輟朝一日，以其遺表無所請，使就問其家所欲㊄，贈以兵部尚書，所以哀恤之甚厚〔二七〕。

公爲人外和内剛，樂善泛愛〔二八〕。喪其母時尚貧，終身非賓客食不重肉〔二九〕，臨財好施，意豁如也。及退而視其私，妻子僅給衣食。其爲政，所至民多立祠畫像。其行己臨事，自山林處士、里閭田野之人㊅，外至夷狄，莫不知其名字〔三〇〕，而樂道其事者甚衆。及其世次、官爵，誌于墓、譜于家、藏于有司者，皆不論著，著其繫天下國家之大者，亦公之志也歟！銘曰：

范於吴越，世實陪臣〔三一〕。俶納山川，及其士民。范始來北，中間幾息。公奮自躬，與時偕逢。事有罪功，言有違從。豈公必能，天子用公。其艱其勞，一其初終。夏童跳邊〔三二〕，乘吏怠安㊆。帝命公往，問彼驕頑。有不聽順，鋤其穴根。公居三年，怯勇隳完。兒憐獸擾，卒俾來臣㊇。夏人在廷，其事方議。帝趣公來，以就予治。公拜稽首，茲惟難哉㊈！初匪其難，在其終之。羣言營營，卒壞于成。匪惡其成，惟公是傾。不傾不危，天子之明。存有顯榮，殁有贈謚。藏其子孫，寵及後世。惟百有位，可勸無怠。

【校記】

㊀「河中府」下：原校：一有「陳州」。　㊁「於慶州」句下：原校：一本有「奪賊地而耕之」六字。　㊂「賊」下：原校：一有「既」字。　㊃「自公坐吕公貶」十二句：原校後編者云：按司馬文正公紀聞：「景祐中，吕許公執

政。范文正公知開封，屢攻吕短，坐落職知饒州。康定元年，復舊職，知永興。會許公復相，言於仁宗曰：『仲淹賢者，朝廷將用之，豈可但除舊職？』即除龍圖閣直學士、陝西經略安撫副使。上以許公爲長者，天下亦以許公不念舊惡。」又，蘇文定公龍川志：「范文正自饒州還朝，出領西事，恐申公不爲之地，無以成功，乃爲書自咎，解仇而去。故歐陽公作文正碑，有二公晚年歡然相得之語，後生不知，皆咎歐陽公。予見張公安道言之，乃信。」又，邵氏聞見録：「當時，文正子堯夫不以爲然，從歐陽公辯，不可得，則自削去『歡然』、『戮力』等語。公不樂，謂蘇明允曰：『范公碑爲其子弟擅於石本改動文字，令人恨之。』」故今羅氏本於「坐落職知饒州」下，無「明年吕公亦罷」六字；「爲陝西經略安撫副使」上，無「上復召相吕公」六字；又無「自公坐吕公貶」已下，至「故卒置羣議而用之」一段。以此觀之，諸家本乃當時定本也。羅氏本，堯夫改本也。今從衆，而載堯夫所改如此。陳無己談叢叙二公曲折，未必盡然。吕公薨，范公雖有祭文，蓋交際常禮，今載集中，詞意亦平平。無己謂「歸重而自訟」，過矣。㊄「欲」下：原校：一有「爲」。㊅山林：原校：一作「揝紳」。㊆怠：原校：一作「殆」。㊇來：卷後原校：一作「徠」。㊈難：原校：一作「艱」。

【箋注】

〔一〕如題下注，至和元年（一〇五四）作。范仲淹皇祐四年（一〇五二）五月卒，秋，歐即有與孫威敏公（書簡卷七）云：「昨日范公宅得書，以埋銘見托。哀苦中，無心緒作文字，然范公之德之才豈易稱述，至於辨讒謗，判忠邪，上不損朝廷事體，下不避怨仇側目，如此下筆，抑又艱哉！某平生孤拙，荷范公知獎最深，適此哀迷，别無展力，將此文字，是其職業，當勉力爲之。」皇祐五年，歐又有與姚編禮（同前）云：「希文得美謚，雖無墓誌，亦可。況是富公作，必不泯滅。修亦續後爲他作神道碑，中懷亦自有千萬端事待要舒寫，極不憚作也。只是劣性剛褊，平生喫人一句言語不得，居喪犯禮，名教所重，況更有纖毫。譬如常事，亦常不欲人擬議，況此乎！然而不失爲他紀述，只是遲着十五個月爾。」按：歐遭母喪，不便動筆，至和元年五月，除去喪服後方撰本文，時距致書姚闢，當有十五個月矣。又，至和元年，歐有與韓忠獻王書三通（書簡卷一），言及撰碑文事，其一云：「范公人之云亡，天下歎息。昨其家以銘見責，雖在哀苦，義所難辭，然極難爲文也。」其二云：「近自服除，雖勉牽課，百不述一二，今遠馳以干視聽。惟公於文正契至深厚，出入同於盡瘁，竊慮有紀述未詳及所差誤，敢乞指諭教之。此繫國家天下公議，故敢以請。」其三云：「范公碑如所教，悉已改正。」至和二年，歐又有與澠池徐宰（書簡卷七），論及碑文，云：「大抵某之碑，無情之語平；富之誌，嫉惡之心勝。後世得此二文，雖不同，以此推之，亦不足怪也。」

〔二〕「公生」三句：宋史范仲淹傳：「仲淹二歲而孤，母更適長山朱氏，從其姓，名說。」

〔三〕「晝夜」四句：范仲淹傳：「晝夜不息，冬月憊甚，以水沃面；食不給，至以糜粥繼之，人不能堪，仲淹不苦也。」

〔四〕「常自誦」三句：語出范仲淹岳陽樓記。

〔五〕「天聖」五句：司馬光涑水紀聞卷一〇：「晏丞相殊留守南京，仲淹遭母憂，寓居城下。晏公請掌府學，仲淹常宿學中，訓督學者，皆有法度，勤學恭謹，以身先之……服除，至京師，上宰相書，言朝廷得失及民間利病，凡萬餘言，王曾見而偉之。時晏殊亦在京師，薦一人爲館職，曾謂殊曰：『公知范仲淹，舍不薦，而薦斯人乎？已爲公置不行，宜更薦仲淹也。』殊從之，遂除館職。頃之，冬至立仗，禮官定議，欲媚章獻太后，請天子帥百官獻壽於庭，仲淹奏以爲不可。晏殊大懼，召仲淹，怒責之，以爲狂。仲淹正色抗言曰：『仲淹受明公誤知，常懼不稱，爲知己羞，不意今日更以正論得罪於門下也。』殊慚無以應。」按：仲淹以言事忤章獻太后而遭貶事，見長編卷一〇八天聖七年十一月癸亥條。仲淹上疏言天子不可率百官朝正太后，碑云「其事遂已」，有誤。蘇軾范文正諫止朝正云：「歐陽文忠公撰范文正神道碑，載章獻太后臨朝，仁宗欲率百官朝正太后，范公力爭乃罷。其後軾先君奉詔修太常因革禮，求之故府，而朝正案牘具在。考其始末，無諫止之事，而有已行之明驗。先君質之於文忠公。曰：『文正公實諫而卒不從，墓碑誤也，當以案牘爲正耳。』」

〔六〕「太后」六句：范仲淹傳：「太后遺誥以太妃楊氏爲皇太后，參決軍國事。仲淹曰：『太后，母號也，自古無因保育而代立者。今一太后崩，又立一太后，天下且疑陛下不可一日無母后之助矣。』」

〔七〕「是歲」三句：范仲淹傳：「歲大蝗旱，江、淮、京東滋甚。仲淹請遣使循行，未報。乃請間曰：『宮掖中半日不食，當何如？』帝惻然，迺命仲淹安撫江、淮，所至開倉振之，且禁民淫祀，奏蠲廬舒折役茶、江東丁口鹽錢，且條上救敝十事。」

〔八〕「會郭皇后」四句：郭皇后因尚氏、楊氏二美人爭寵，屢與忿爭。尚美人于仁宗前語侵郭后，后忿而批其頰，誤批仁宗頸上。仁宗大怒，有廢后意。吕夷簡因與郭后有私憾，極力慫恿仁宗廢后。范仲淹與御史中丞孔道輔等十多人伏閤諫諍，夷簡謂臺諫伏閤請對非太平美事，仁宗遂貶仲淹知睦州，道輔知泰州。詳見長編卷一一三明道二年十二月甲寅條。

〔九〕「公治」二句：王偁東都事略卷五九：「知開封府，仲淹明敏通照，決事如神。京師謡曰：『朝廷無憂有范君，京師無事有希文。』」

〔一〇〕「又爲」十五句：長編卷一一八景祐三年五月：「丙戌，天章閣待制、權知開封府范仲淹落職知饒州。仲淹言事無所避，大臣權倖多惡之。時吕夷簡執政，進者往往出其門，仲淹言：『官人之法，人主當知其遲速升降之序，其進退近臣，不宜全委宰相。』又上百官圖，指其次第曰：『如此爲序遷，如此爲不次，如此則公，如此則私，不可不察也。』夷簡滋不悦。帝嘗以遷都事訪諸夷簡，夷簡曰：『仲淹迂闊，務名無實。』仲淹聞之，爲四論以獻，一曰帝王好尚，二曰選賢任能，三曰近名，四曰推委，大抵譏指時政。又言：『漢成帝信張禹，不疑舅家，故終有王莽之亂，臣恐今日朝廷亦有張禹壞陛下家法，以大爲小，以易爲難，以未成爲已成，以急務爲閑務者，不可不早辨也。』夷簡大怒，以仲淹語辨於帝前，且訴仲淹越職言事，薦引朋黨，離間君臣。仲淹亦交章對訴，辭愈切，由是降黜。」

〔一一〕「而趙元昊」句：寶元元年十月，西夏元昊築壇受册，自號大夏皇帝。事見長編卷一二二。

〔一二〕「乃以」二句：長編卷一二六康定元年三月：「吏部員外郎、知越州范仲淹復天章閣待制，知永興軍，始用韓琦之言也。」卷一二七康定元年四月：「范仲淹未至永興，癸丑，改爲陝西都轉運使。」同卷康定元年五月：「吏部員外郎、天章閣待制范仲淹爲龍圖閣直學士，（與韓琦）並爲陝西經略安撫副使，同管勾都部署司事。」

〔一三〕「是時」三句：康定元年正月，西夏軍攻破金明寨，圍延州。宋大將劉平、石元孫等馳援，被困于三川口，兵敗被俘。事見長編卷一二六。

〔一四〕「元昊」十一句：范仲淹傳：「元昊歸陷將高延德，因與仲淹約和，仲淹爲書戒喻之。會任福敗於好水川，元昊答書語不遜，仲淹對來使焚之。大臣以爲不當輒通書，又不當輒焚之，宋庠請斬仲淹，帝不聽。降本曹員外郎、知耀州。」

〔一五〕「既而」三句：慶曆元年十月，始分陝西爲秦鳳、涇原、環慶、鄜延四路，韓琦、王沿、范仲淹、龐籍分任各路馬步軍都部署、經略安撫緣邊招討使。見長編卷一三四。

〔一六〕「又城」三句：長編卷一三八慶曆二年十月：「後二歲，遂築細腰、葫蘆諸寨。」明珠、滅臧爲西北地區部族，「去賊」，謂其脱離元昊。

〔一七〕「自邊制」五句：長編卷一二八康定元年八月：「（庚戌）先是詔分邊兵，部署領萬人，鈐轄領五千人，都監領三千人，有寇則官卑者先出。仲淹曰：『不量賊衆而出戰，以官爲先後，取敗之道也。』爲分州兵爲六將，將三千人，分部教之，量賊衆寡，使更出禦賊，賊不敢犯。既而諸路皆取法焉。」

〔一八〕「人或」十句：長編卷一三六慶曆二年五月：「西北馬鋪寨，當後橋川口，深在賊腹中，范仲淹欲城之，度賊必爭，密遣子純祐與蕃將趙明先據其地，引兵隨其後。諸將初不知所向，行至柔遠，始號令之，版築畢具，旬日城成，是歲三月也。尋賜名大順。」

〔一九〕「自公」九句：避暑録話卷上：「歐文忠作范文正神道碑，累年未成。范丞相兄弟數趣之，文忠以書報曰：『此文極難作。敵兵尚强，須字字與之對壘。』蓋是時吕許公客尚衆也。余嘗于范氏家見此帖。其後，碑載初爲西帥時與許公釋憾事，曰：『二公歡然相約平賊。』丞相得之，曰：『無是，吾翁未嘗與吕公平也。』請文忠易之。文忠怫然曰：『此吾所目擊，公等少年，何從知之？』丞相即自刊去二十餘字，乃入石。既以碑獻文忠，文忠却之曰：『非吾文也。』」按：邵博邵氏聞見後録卷二一亦載此事，且云：「歐陽公殊不樂，爲蘇明允云：『范公碑爲其子弟擅于石本改動文字，令人恨之。』」張邦基墨莊漫録卷八引碑叙范、吕釋憾事後曰：「希文子純仁大以爲不然，刻石時輒削去此一節，云：『我父至死未嘗解仇。』（歐）公亦歎曰：『我亦得罪於吕丞相者，惟其言公，所以信於後世也。吾嘗聞范公自言平生無怨惡於一人，兼其與吕公解仇書見在范集中。豈有父自言無怨惡於一人，而其子不使解仇於地下？父子之性相遠如此！』」

〔二〇〕「慶曆」四句：長編卷一四〇載此爲慶曆三年四月甲辰之事，非春季也。

〔二一〕「以爲」句：據長編卷一四二，任命仲淹爲參知政事，在慶曆三年八月丁未。

〔二二〕「既而」八句：事在慶曆三年九月，見長編卷一四三。仲淹所陳十事爲明黜陟、抑僥倖、精貢舉、擇官長、均公田、厚農桑、修武備、減徭役、覃恩信、重命令。

〔二三〕「方施行」九句：長編卷一五〇慶曆四年六月：「始范仲淹以忤呂夷簡，放逐者數年，士大夫持二人曲直，交指爲朋黨。及陝西用兵，天子以仲淹士望所屬，拔用護邊。及夷簡罷，召還倚以爲治，中外想望其功業，而仲淹亦感激眷遇，以天下爲己任，遂與富弼日夜謀慮，興致太平。然規摹闊大，論者以爲難行。及按察使多所舉劾，人心不自安；任子恩薄，磨勘法密，僥倖者不便，於是謗毁浸盛，而朋黨之論，滋不可解。然仲淹、弼守所議弗變。先是石介奏記於弼，責以行伊、周之事，夏竦怨介斥己，又欲因是傾弼等，乃使女奴陰習介書，久之，習成，遂改伊、周曰伊、霍，而僞作介爲弼撰廢立詔草，飛語上聞。帝雖不信，而仲淹、弼始恐懼，不敢自安於朝，皆請出按西北邊，未許。適有邊奏，仲淹固請行，乃使宣撫陝西、河東。」

〔二四〕「即拜」九句：長編卷一五四慶曆五年正月：「乙酉，右諫議大夫、參知政事范仲淹爲資政殿學士、知邠州，兼陝西四路緣邊安撫使。樞密副使富弼爲資政殿學士、京東西路安撫使、知鄆州。仲淹、弼既出使，讒者益甚，兩人在朝所施爲，亦稍沮止，獨杜衍左右之，上頗惑焉……右正言錢明逸希得象等意，言弼更張綱紀，紛擾國經，凡所推薦，多挾朋黨，心所愛者，盡意主張，不附己者，力加排斥，傾朝共畏，與仲淹同。又言仲淹去年受命宣撫河東、陝西，聞有詔戒勵朋黨，心懼彰露，稱疾乞醫，纔見朝廷别無行遣，遂拜章乞罷政事，知邠州，欲固己位以弭人言，欺詐之迹甚明，乞早廢黜，以安天下之心，使姦詐不敢效尤，忠實得以自立。明逸疏奏，即降詔罷仲淹、弼。是夕，併鎖學士院草制罷衍，而衍不知也。」

〔二五〕「是時」二句：慶曆四年五月，元昊稱臣，去帝號，稱夏國主。見長編卷一四九。

〔二六〕「公因」四句：范仲淹傳：「以疾請鄧州，進給事中。徙荆南，鄧人遮使者請留，仲淹亦願留鄧，許之。尋徙杭州，再遷户部侍郎，徙青州。」

〔二七〕「所以」句：據長編卷一七二，皇祐四年五月，仲淹卒。既葬，仁宗親篆其碑曰「褒賢之碑」。

〔二八〕「樂善」句：范文正公集言行拾遺事録卷一云：「公守邠州，暇日帥僚屬登樓，置酒未舉觴，見衰絰數人，乃營理喪具者。公亟令詢之，乃寄居士人，卒於邠州，將出殯近郊，賵歛棺槨皆未具。憮然，即徹宴席，厚賙給之，使畢其事。坐客感歎，有泣下者。」又云：「吴遵路丁母喪，廬墓側，蔬食終制。既殁，家無長物，公分俸賙其家。」

〔二九〕「終身」句：言行拾遺事録卷一云：「公既貴，常以儉約率家人。」又云：「公子純仁娶婦將歸，或傳婦以羅爲帷幔，公聞之不悦，曰：『羅綺豈帷幔之物耶？吾家素清儉，安得亂吾家法？敢持歸吾家，當火於庭。』」又云：「公遇夜就寢，即自計一日食飲奉養之費及所爲之事，果自奉之費與所爲之事相稱，則鼾鼻熟寐，或不然，則終夕不能安眠，明日必求所以稱之者。」

〔三〇〕「外至」二句：澠水燕談録卷二：「范文正公以龍圖閣直學士帥邠、延、涇、慶四郡，威德著聞，夷夏聳服，屬户蕃部率稱曰『龍圖老子』，至於元昊，亦以是呼之。」

〔三一〕陪臣：諸侯大夫對天子自稱陪臣，仲淹之父，五代時「事吴越」，故云。

〔三二〕夏童：指西夏元昊。童爲蔑稱。

【集評】

〔明〕歸有光：歐陽碑文正公，僅千四百言，而生平已盡；蘇長公狀司馬温公，幾萬言，而似有餘旨。蓋歐所長在史家，蘇則長於策論。兩公短長處，學者不可不知也。（歐陽文忠公文選評語卷八）

〔清〕儲欣：此碑蓋惜公有志于天下而終以不就也。其爲司諫，爲待制，既以忤時屢仆矣；及爲將三歲，而以議和召歸；知政事纔一歲，而以僥幸小人罷出。然則公之志其得施于天下者有幾哉？即其備員將相，稍展尺寸，而保全終始者，皆人主知公之深，而非小人之肯悔禍于公也。讀銘詞而思其旨，感慨繫之矣。（六一居士全集録評語卷二）

〔清〕何焯：叙范、吕本末，斟酌稱量，特微而顯，公文之至者。（義門讀書記卷三九）

〔清〕沈德潛：公有志於平治天下，而屢起屢仆，以小人妒嫉之者衆，非天子知之深，幾不能保全始終矣。銘詞中益露其旨，無限惋惜，無限徘徊，令讀者於言外得之。義田贍窮族，亦事之敦本者，而文中未及，以公施於天下者大，濟一族者姑舍旃也。此歐公識重輕能裁割處。（唐宋八大家文讀本評語卷一二）

居士集卷二十一

碑銘四

尚書户部郎中贈右諫議大夫曾公神道碑銘并序〔一〕〔一〕

公諱致堯，字某〔二〕，撫州南豐人也。少知名江南〔二〕，當李氏時〔三〕，不就鄉里之舉。李氏亡，太平興國八年，舉進士及第〔三〕，爲符離主簿，累遷光禄寺丞、監越州酒税。數上書言事，獻文章。太宗奇之，召拜著作佐郎、直史館〔四〕，使行視汴河漕運，稱旨，遷秘書丞，爲兩浙轉運使。

諫議大夫魏庠知蘇州〔五〕，恃舊恩，多不法，吏莫敢近，公劾其狀以聞〔四〕。太宗驚曰：「是敢治魏庠，可畏也！」卒爲公罷庠。洛苑使楊允恭以言事見幸〔六〕，無不聽，事有下公，常廥不行。允恭以訴，太宗遣使問公㊄，公具言其不可㊅。公既繩其大而人所難者，至其小易，則務爲寬簡。歲終，其課爲最，徙知壽州。壽近京師，諸豪大商交結權貴㊆，號爲難治。公居歲餘，諸豪斂手，莫敢犯公法㊇，人亦莫見其以何術而然也㊈〔七〕。公於壽，尤有惠愛。既去，壽人遮留數日，以一騎從二卒逃去，過他州，壽人猶有追之者。再遷主客員外郎、判三司鹽鐵勾院。

是時，李繼捧以銀、夏五州歸朝廷〔八〕，其弟繼遷亡入磧中爲寇〔九〕。太宗遽遣繼捧往招之，至則誘其兄以陰合，卒復圖而囚之〔一〇〕。自陝以西，既苦兵矣。真宗初即位，益欲來以恩德，許還其地，使聽約束。公獨以謂繼遷反覆，不可予㊉。繼遷已得五州〔一一〕，後二年，果叛，圍靈武〔一二〕。議者又欲予之，公益爭以爲不可。言雖不從，真宗知其材，將召以知制誥，而大臣有不可者，乃已，出爲京西轉運使。

王均伏誅〔一三〕，奉使安撫西川，誤留詔書于家。其副潘惟岳教公上言「渡吉柏江，舟破亡之」以自解⑪〔一四〕。公曰：「爲臣而欺其君，吾不能爲也。」乃上書自劾，釋不問。其後惟岳入見禁中⑫，道蜀事，具言公所自劾者，真宗嗟歎久之。

繼遷兵既久不解，丞相張齊賢經略環、慶以西〔一五〕，署公判官以從。公曰：「西兵十萬⑬，皆屬王超〔一六〕。超材既不可專任⑭，而兵多勢重，非易可指麾。若不得節度諸將，事必不集。」真宗難其言，爲詔陝西聽經略使得自發兵而已⑮。公度言終不合，乃辭行。會召賜金紫，公謝曰：「臣嘗言丞相某，事未效，不敢受賜。」由是貶黄州團練副使〔一七〕。公已貶，而王超兵敗，繼遷破清遠軍〔一八〕，朝廷卒亦棄靈州。

公貶逾年，復爲户部員外郎，知泰州。丁母憂，服除，拜吏部員外郎，知泉州，徙知蘇州，又徙知揚州。上疏論事，語斥大臣尤切，當時皆不悦，又徙知鄂州〔一九〕。坐知揚州誤入添支俸多一月⑯，雖嘗自言，猶貶監江寧府酒税〔二〇〕。用封禪恩，累遷户部郎中。大中祥符五年五月某日⑰〔二一〕，卒于官，享年六十有六。遺戒無以佛汚我，家人如其言。

公之曾祖諱某，某官。曾祖妣某氏，某縣君。祖諱某，某官。祖妣某氏，某縣君。考諱某，某官。妣某氏，某縣君。子男七人，曰某⑱。女若干人。用其子易占恩，再遷右諫議大夫⑲。初葬南豐之東園，水壞其墓，某年月日，改葬龍池鄉之源頭⑳。慶曆六年夏，其孫鞏稱其父命以來請曰㉑：「願有述。」遂爲之述，曰：

維曾氏始出於鄫，鄫爲姒姓之國，微不知其始封。春秋之際，莒滅鄫，而子孫散亡，其在魯者，自别爲曾氏〔二二〕。蓋自鄫遠出於禹，歷商、周千有餘歲，常微不顯。及爲曾氏，而藏、參、元、西始有聞于後世〔二三〕，而其後又晦，復千有餘歲而至於公㉒。夫晦顯常相反覆㉓，而世德之積者久，則其發也，宜非一二世而止，矧公之有不得盡施，而有以遺其後世乎？是固不宜無銘者已。公當太宗、真宗時，言事屢見聽用，自言西事不合而出，遂以卒于外。然在外所言⑭，如在朝廷而任言責者⑮，至其難言，則人有所不敢言者。予於其論議，既不能盡載，而亦有所不得載也，取其初不見用、久而益可思者，特詳焉⑯，所以見公之志也。銘曰：

公於事明，由學而知。先知逆決⑰，有若蓍龜。告而不欺，不顧從違。初雖不信，後必如之。公所論議⑱，敢人之難。古稱君子，有德有言〔二四〕。德畜不施，言猶可聞。銘而不朽，公也長存。

【校記】

㈠神道碑：原校：一作「墓誌」。　㈡「少知名」句：原校：一本作「少有大志，以文行知名」。　㈢「舉」上：原校：一有「始」字。　㈣「公」下：原校：一本有「曰此吾職也」。　㈤「遣使」下：卷後原校：一有「者」字。　㈥「公具言」句：原校：一本下有「事卒不行」。　㈦商：原校：一作「姓」。貴：原校：一本作「豪」，又有「恃其聲勢」。　㈧莫：原校：一作「不」。　㈨「人亦」句：原校：一本下有「夫敢以法加諸豪，乃强吏之所能爾。使諸豪不敢干其法，此爲法之本意，而人之難也。故」。　㈩「反覆」下：原校：一有「如此」字。　⑪岳：原校：一作「吉」。「以」上：原校：一有「可」字。　⑫岳：原校：一作「吉」。　⑬十萬：卷後原校：一作「數十萬」。　⑭「專任」下：原校：一有「以事」。　⑮而已：原校：一無「而已」。　⑯「揚州」下：原校：一有「日」字。　⑰某日：卷後原校：一本書「二十日」。　⑱曰某：原校：一本「曰某」二字作「某等」。　⑲再遷：卷後原校：一作「再贈」。　⑳池：原作「治」，注曰「一作『津』」，卷後校云「一作『也』」。天理本卷後校云「一作『池』」（按「也」顯係「池」之誤刻），據改之。臨川集户部郎中贈諫議大夫曾公墓誌銘亦云致堯「葬龍池鄉之源頭」。源：原校：一作「原」。　㉑「以」下：原校：一有「公之事」。　㉒「復千」句：原校：一作「千有餘歲而久顯於公焉」。　㉓覆：原校：一作「復」。　㉔「然在」句：原校：一本作「然其在外所言尤多」。　㉕者：原校：一本無「者」。　㉖「特」上：原校：一本有「將」。　㉗「先知」句：原校：一本作「逆決臧否」。　㉘論議：原校：一作「議論」。

【箋注】

〔一〕如題下注，慶曆六年（一〇四六）作。曾公，曾致堯，曾鞏之祖父。據本文，是年夏，鞏奉父易占之命來請歐撰先祖碑銘。本集卷四七與曾鞏論氏族書云：「示及見托撰次碑文事。修於人事多故，不近文字久矣，大懼不能稱述世德之萬一，以滿足下之意。」曾鞏集卷一六有慶曆七年所作寄歐陽舍人書，係答謝之文，内有「去秋人還，蒙賜書及所撰先大父墓碑銘」等語。王安石嘗爲致堯銘墓，户部郎中贈諫議大夫曾公墓誌銘見臨川集卷九二。曾致堯，宋史有傳。

〔二〕「公諱」二句：户部郎中贈諫議大夫曾公墓誌銘：「曾致堯字正臣。」

〔三〕李氏：指李璟父子，爲五代時南唐國主。

〔四〕「太平興國」八句：宋史曾致堯傳：「太平興國八年進士，解褐符離主簿、梁州録事參軍，三遷著作佐郎、直史館。」

〔五〕魏庠：仕于太宗、真宗兩朝的官員。淳化初爲衛尉少卿，四年以右諫議大夫同知給事中。咸平間爲御史中丞、刑部侍郎。大中祥符時官至禮部侍郎。見長編卷三一、三四、四五、五四、七〇。魏庠知蘇州在淳化四年。見李之亮宋代郡守通考。

〔六〕楊允恭：漢州綿竹人。太平興國中，以殿直掌廣州市舶。淳化時，爲西京作坊使。真宗即位，改西京左藏庫使，官至荆湖、江、浙都巡檢使。宋史有傳。

〔七〕「壽近」七句：曾公墓誌銘：「壽俗挾貲自豪，陳氏、范氏名天下。聞公至，皆迎自戢，公亦盡歲無所罰。」

〔八〕「是時」二句：長編卷二三謂李繼捧以其所管四州八縣歸于朝廷，見太平興國七年五月己酉條。李繼捧，西夏李克睿之子，爲西夏王。太平興國七年，率族人入朝，宋授之爲彰德軍節度使，管理西北邊事，賜姓名趙保忠。五州，指夏、銀、綏、宥、靜。

〔九〕「其弟」句：宋史夏國傳上：「初，繼捧之入也，弟繼遷出奔，及是，數來爲邊患。」繼遷，繼捧族弟，太宗賜姓名趙保吉，于宋叛服不常，咸平時攻取靈州。後攻西蕃，大敗，中流矢，卒。

〔一〇〕「太宗」三句：宋史夏國傳上：「（淳化）五年，繼遷攻靈州，遣侍衛馬軍都指揮使李繼隆討之。保忠（即李繼捧）先挈其母與妻子壁野外。乃上言與繼遷解怨，獻馬五十匹，乞罷兵。帝覽奏，立遣中使督繼隆進軍。及兵壓境，保忠反爲繼遷所圖，欲併其衆，縛牙校趙光祚，襲其營帳。保忠方寢，聞難作，單騎走還城，爲大校趙光嗣閉於別室，旦開門迎繼隆，乃執保忠送闕下。」

〔一一〕「繼遷」句：據長編卷四二，至道三年十二月，繼遷歸順授官。宋史夏國傳上：「繼遷復表歸順，真宗乃授夏州刺史、定難軍節度、夏銀綏宥靜等州觀察處置押蕃落等使。」

〔一二〕「後二年」三句：宋史夏國傳上：「（咸平）五年三月，繼遷大集蕃部，攻陷靈州，以爲西平府。」

〔一三〕王均：真宗時爲益州神衛都虞侯。咸平三年正月，部卒趙延順殺鈐轄符昭壽，逐知州柳晁，王均被擁爲帥，建號大蜀，攻略漢州等地，有衆數萬人，十月，兵敗被殺。見長編卷四六、四七。

〔一四〕潘惟岳：據原校，一作「潘惟吉」。宋史潘美傳載美從子惟吉，累資爲天雄軍駐泊都監，與致堯爲同時人，疑即其人。

〔一五〕「丞相」句：宋史張齊賢傳：「（咸平）四年，李繼遷陷清遠軍，命爲涇、原等州軍安撫經略使。」齊賢，字師亮，曹州寃句人。太平興國進士。歷任江南西路轉運使、樞密副使、參知政事，淳化二年、咸平元年兩度爲相。

〔一六〕王超：趙州人。太宗時累遷至殿前都虞侯。真宗時爲侍衛馬步軍都虞侯，契丹入犯，帥鎮、定、高陽關三路，大敗之。後以累失戰機罷三路帥。宋史有傳。

〔一七〕「會召賜」六句：曾致堯傳：「既受命，因抗疏自陳，願不受章紱之賜，詞旨狂躁。詔御史府鞫其罪，黜爲黄州副使，奪金紫。」據曾公墓誌銘，「丞相某」指向敏中。

〔一八〕「繼遷」句：宋史夏國傳上：「（咸平四年）清遠軍監軍段義叛，城遂陷。」

〔一九〕「上疏」四句：曾公墓誌銘：「公常謂選舉舊制非是，請得論改之。陳省華子堯咨受請殿上爲姦，以第畀舉人敗。省華、堯咨有邪巧材，朝廷皆患而方幸，無敢斥之者。公入十餘疏辯之，移知蘇州。至五日，移知揚州……公疏言：『……陛下始即位，以爵禄得君子。近年以來，以爵禄蓄盜賊。』大臣愈不懌，移知鄂州。」

〔二〇〕「坐知」三句：曾致堯傳：「坐知揚州日冒請一月奉，降掌昇州榷酤。」按：江寧府宋初爲昇州。傳云「冒請」，碑云「誤入」，乃爲尊者諱也。

〔二一〕某日：曾公墓誌銘作「丁亥」。

〔二二〕「曾氏」八句：世本謂曾「系出姒姓，夏少康封少子曲列於鄫，後爲莒滅，鄫太子巫仕魯，去邑爲曾氏」。

〔二三〕蔵、參、元、西：即曾點、曾參、曾元、曾西。蔵，備要本作「蒧」，古「點」字。曾點，字皙，孔子弟子，見論語先進。曾參，點之子，字子輿，孔子弟子，其學傳于子思，子思傳于孟子。曾元，參之子，見禮記檀弓上。據萬姓統譜卷五七「曾元，參子；曾西，參孫」之記載，曾西，疑爲元之子。

〔二四〕「古稱」二句：論語憲問：「子曰：『有德者必有言。』」曾公墓誌銘：「致堯頗好纂録，所著有仙鳧羽翼三十卷、廣中台志八十卷、清邊前要五十卷、西陲要紀十卷、爲臣要紀三卷、直言集五卷、文集十卷，傳於世，尤長於歌詩云。」按：曾致堯傳載清邊前要爲三十卷，爲臣要紀爲一十五篇，未載直言集、文集。

【集評】

〔清〕何焯：文特遒勁。（義門讀書記卷三九）

〔清〕陳曾則：以二篇（指本文與曾公墓誌銘）比而觀之，歐陽叙事簡淨，不如荆公之兀傲。（古文比卷三）

尚書度支郎中天章閣待制王公神道碑銘并序〔一〕

公諱質，字子野，其先大名莘人。自唐同光初〔二〕，公之皇曾祖魯公舉進士第〔三〕，顯名當時，官至右拾遺，歷晉、漢、周〔一〕。而皇祖晉公〔四〕，益以文章有大名，逮事太祖、太宗，官至兵部侍郎。當真宗時，伯父文正公居中書二十餘年〔五〕，天下稱爲賢宰相。今天子慶曆三年，公與其弟素〔六〕，皆待制天章閣。自同光至慶曆，蓋百有二十餘年〔七〕，王氏更四世，世有顯人〔二〕，或以文章，或以功德。

公生累世富貴，而操履甚於寒士。性篤孝悌，厚於朋友，樂施與以賙人，而妻子常不自給。視榮利淡若無意。平居苦疾病，退然如不自勝，及臨事，介然有仁者之勇〔三〕，君子之剛。樂人之善，始自己出。初，范仲淹以言事貶饒州，方治黨人甚急，公獨扶病率子弟餞于東門，留連數日。大臣有以讓公曰：「長者亦爲此乎？何苦自陷朋黨？」公徐對曰：「范公天下賢者，顧某何敢望之？然若得爲黨人，公之賜某厚矣〔八〕。」聞者爲公縮頸。其爲待制之明年，出守于陝。又明年，小人連搆大獄，坐貶廢者十餘人，皆公素所賢者〔九〕。聞之悲憤歎息，或終日不食〔四〕，因數劇飲大醉。公既素病，益以酒，遂卒。

公初以廕補太常寺太祝、監都進奏院。獻其文章，召試，賜進士及第，校勘館閣書籍，遂爲集賢校理。通判蘇州，州守黄宗旦負材自喜〔一〇〕，頗以新進少公。議事則曰：「少年乃與丈人爭事耶？」公曰：「受命佐君，事有當爭，職也。」宗旦雖屢屈折，而政常得無失，稍德公助已，爲之加禮。宗旦得盜鑄錢者百餘人以詫公〔五〕，公曰：「事發無迹，何從得之？」曰：「吾以術鉤出之㈥。」公愀然曰：「仁者之政，以術鉤人置之死，而又喜乎？」宗旦慚服，悉緩出其獄，始大稱公曰：「君子也。」判尚書刑部、吏部南曹，知蔡州〔一一〕。始至，發大姦吏一人，去之。繩諸豪猾以法。與轉運使爭曲直。事有下而不便者，皆格不用。既去其害政者，然後崇學校，一以仁恕臨下。其政知寬猛，必使吏畏而民愛。其爲他州，州率大而難治，必常有善政，皆用此。

入爲開封府推官㈦，已而其兄雍爲三司判官，公曰：「省、府皆要職，吾豈可兄弟居之？」求知壽州〔一二〕，徙廬州。盜有殺其徒而并其財者，獲之，置于法〔一三〕。大理駁曰：「法當原。」公以謂盜殺其徒而自首者原之，所以疑壞其黨而開其自新。若殺而不首，既獲而亦原，則公行爲盜。而第殺一人，既得兼其財，又可以贖罪，不獲則肆爲盜㈧，獲則引以自原，如此，盜不可止，非法意。疏三上，不能爭。公歎曰：「吾不勝法吏矣。」乃上書自劾，請不坐佐吏。公坐貶監靈仙宫〔一四〕。其後議者更定不首之罪㈨，卒用公言爲是㈩，而公貶猶不召。資政殿學士鄭戩、翰林學士葉清臣訟公無罪〔一五〕，始起知泰州⑪〔一六〕，遷荆湖北路轉運使〔一七〕。當用兵西方急於財用之時⑫，獨不進羨餘⑬，其賦斂近寬平⑭，治以常法。故他路不勝其弊，而荆湖之人自若⑮〔一八〕。權知荆南府，民有訟婚者，訴曰：「貧無貲，故後期。」問其用幾何，以俸錢與之，使婚。獲盜竊人衣者，曰：「迫於飢寒而爲之⑯。」

公爲之哀憐，取衣衣之，遣去。荆人比公爲子産〔一九〕。

召爲史館修撰〔二〇〕，遂拜天章閣待制，判吏部流内銓，號爲稱職，而於選法未嘗有所更易。人或問之，公曰：「選法具備，如權衡，在執者不欺其輕重耳，何必屢更其法⑰？」是歲，天子開天章閣，召大臣問天下事，以手詔責范公等⑱。而議事者爭言天下利害，務欲更革諸事。公獨無一言，問之，則曰：「吾病，未能也。」

公於榮利既薄，臨禍福，不爲喜懼，其視世事，若無一可以動其心者，惟以天下善人君子亨否爲己休戚，遂以此卒。此其爲志豈小哉？豈有病而不能者哉⑲？公誠素病，而任之以事，所至必皆有爲。使其壽且不死而用，其必有所爲⑳，豈其不欲空言而已者哉㉑！嗚呼！公享年四十有五㉒。官至度支郎中，階朝奉大夫，勳上護軍，爵平晉男。娶周氏，某縣君，生子某〔二一〕。曾祖諱某㉓，祖諱某㉔，皆贈太師、尚書、中書令。考諱某㉕，官至兵部郎中，有賢行，贈户部尚書。公以某年某月某日卒于陜㉖〔二二〕，某年某月某日葬于某所先塋之次。銘曰：

仕不爲利，以行其仁。處豐自薄，而清厥身。其仁誰思，不在吏民。其清孰似㉗，以遺子孫㉘。銘以昭之，以告後人。

【校記】

㊀「歷」下：原校：一有「仕」字。　㊁世：原校：一作「代」。　㊂「介然」下：原校：一有「不可回奪」字。　㊃「或終」句下：原校：一本有「語于人曰：善人若此，吾不樂在世矣」。　㊄詑：原校：一作「託」。　㊅「術」下：原校：一有「陰」字。　㊆入爲：卷後原校：二字一作「又嘗爲」。　㊇「公行爲盜」至「肆爲盜」：原校：一本：「公行爲盜以相殺，兼其財，不獲，則爲盜。」　㊈「其後」句：原校：一作「其後韓某知審刑院，議正首之罪」。　㊉言：原校：一作「議」。　⑪泰：原校：一本作「秦」。　⑫「當用」之「用」：原校：一作「治」。　⑬之時獨：卷後原校：三字一作「而」。　⑭近寬：卷後原校：二字上一有「務」字。　⑮自若：原校：一作「獨若平日」。　⑯「迫於」上：原校：一本有「平生不爲過」。　⑰法：原校：一作「器」。　⑱「是歲」四句：原校：一本作「是時，天子感悟黨人説，進用范公等在左右」。　⑲有：原校：一作「以」。　⑳而用，其必有所爲：原校：一本：「而任之大用，其必大有爲於事。」必：原校：一作「如」。　㉑已：原校：一本作「無益」。　㉒公享年：原校：一作「公年止」。　㉓某：卷後原校：一本作「徹」。　㉔某：卷後原校：一本作「祐」。　㉕某：卷後原校：一本作「旭」。　㉖某年某月某日：卷後原校：一本作「慶曆五年七月二十六日」。　㉗似：原校：一作「嗣」。　㉘「以遺」句下：原校：一有「生雖有止，歿也長存」。

【箋注】

〔一〕據題下注，至和元年（一〇五四）作。蘇集編年卷九有慶曆五年所撰朝奉大夫尚書度支郎中充天章閣待制知陝州軍府事平晉縣開國男食邑三百户上護軍賜紫金魚袋王公行狀。王質，宋史有傳。

〔二〕同光：五代時後唐莊宗李存勗年號。

〔三〕皇曾祖魯公：即王徹。本集卷二二太尉文正王公（旦）神道碑銘：「皇祖諱徹，左拾遺，追封魯國公。」按：王旦爲王質伯父，旦之祖即質之曾祖。

〔四〕皇祖晉公：即王祐。王公（旦）神道碑銘：「皇考諱祐，尚書兵部侍郎，追封晉國公。」按：旦之父即質之祖。

〔五〕伯父文正公：即王旦。

〔六〕弟素：王素，字仲儀，王旦季子，王質從弟。慶曆時與歐陽修同知諫院，擢天章閣待制。兩知開封府，以吏才爲時所稱；又兩知渭州，治邊亦顯才幹。官至工部尚書。詳見華陽集卷三七王懿敏公素墓誌銘。王素，宋史有傳。

〔七〕「自同光」二句：自同光元年（九二三）至慶曆八年（一〇四八），有一百二十六年。

〔八〕「范仲淹」十二句：長編卷一一八景祐三年四月：「丙戌，天章閣待制、權知開封府范仲淹，落職知饒州……侍御史韓瀆希夷簡意，請以仲淹朋黨榜朝堂，戒百官越職言事，從之。時治朋黨方急，士大夫畏宰相，少肯送仲淹者。天章閣待制李紘、集賢校理王質，皆載酒往餞。質又獨留語數夕。或以誚質，質曰：『希文賢者，得爲朋黨幸矣。』」

〔九〕「小人」三句：指慶曆四年夏竦誣富弼使石介撰廢立詔草，欲陷害之；王拱辰借進奏院祀神事，傾陷蘇舜欽等人。見長編卷一五〇、一五三。

〔一〇〕黄宗旦：字叔才，晉江人。咸平進士。晚直史館，後以刑部郎中出知襄州，卒。見福建通志卷五一。

〔一一〕知蔡州：蘇舜欽王公行狀：「知蔡州。蔡之圭田頗瘠，民歲輸租，甚苦之。公至郡，悉蠲除不取。俗舊祠吴元濟，公曰：『安有逆醜而廟食者乎？長吏不能革舊俗之濫，民何觀焉！』於是毁元濟之像，以狄梁公、李太尉有功于唐，而德及蔡人，遂建二公之祠，號雙廟，率羣吏往拜而祀之。」

〔一二〕「求知」句：王公行狀：「出知壽州。郡素號多訟，而邑所部送囚，雖重辟，往往僞竄其名以上。公摘其濫姦，擒邑吏坐鞭而黥之，自是肅然。又多豪姓，五等之籍久廢，每斂率無科，吏以賂爲輕重。公將定其籍，不關吏手，吏竊相笑語曰：『是烏能周知吾民之産乎？』公一日會官吏坐府中，自爲檄，召隱豪而諭之，皆稽首歎服。餘之登耗，纖悉無差，一府震駭，號爲神明。」

〔一三〕「盜有」三句：王公行狀：「巨盜張雄殺其黨，并所貲而遁，邏者獲之，公以法誅之。」

〔一四〕「公坐」句：王公行狀：「遂左降監舒州靈仙觀。」

〔一五〕鄭戩：字天休，蘇州吴縣人。天聖進士。通判越州，以右正言知制誥，權知開封府，擢樞密副使，遷吏部侍郎，拜奉國軍節度使，卒謚文肅。宋史有傳。葉清臣：字道卿，蘇州長洲人。天聖進士。歷任兩浙轉運副使、權三司使，出知河陽，卒。知永興軍時，修復三白渠，溉田六千頃。宋史有傳。

〔一六〕「始起」句：王公行狀：「今資政殿學士、給事中韓公琦知審刑院，上言前法頗濫，因申明舊制，請盜殺其徒，不首不原，朝廷從之，如公往者之議。又今資政殿大學士鄭公戩、翰林侍讀學士葉公清臣，皆薦公才可大用，而以非辜久黜，遂起知泰州。」

〔一七〕「遷荆湖北路」句：王公行狀：「歲中，改度支郎中，入朝，授荆湖北路轉運使，賜三品服。」

〔一八〕「當用兵」六句：王公行狀：「自西方用武，領是職者，務先掊下以爲事，又爭以羡餘爲名，貢予朝以助軍需，其實誅于民也。朝廷往往擢之好官，號爲稱職。公深嫉之，常賦之外，無一毫横斂，遠民賴焉。」

〔一九〕子産：即公孫僑。春秋鄭國人。時晉、楚爭霸，鄭國弱小，子産執政多年，政績卓著。事迹見左傳及史記鄭世家與循吏列傳。

〔二〇〕「召爲」句：王公行狀：「富公弼爲資政殿學士，常帶史館修撰，平生未嘗識公面而素慕之，薦公有賢業而恬不喜進，願召還代修撰，從之。」

〔二一〕「娶周氏」三句：王公行狀：「娶周氏，封褒信縣君，故禮部侍郎起之女。男三人：曰毖，將作監主簿；曰規，前明州奉化縣主簿；曰復，將作監主簿。女二人：長適太常寺太祝范純仁，資政殿學士仲淹之子；次尚幼。」

〔二二〕「公以」句：據王公行狀，王質卒于慶曆五年七月二十六日。

【集評】

〔明〕茅坤：中多嗚咽，故轉語亟處多，而情事淒然。（歐陽文忠公文鈔評語卷二三）

〔清〕儲欣：以天下善人君子得志不得志爲己忻戚，不愧文正家兒。（六一居士全集録評語卷二）

袁州宜春縣令贈太師中書令兼尚書令冀國公程公神道碑銘并序〔一〕

上即位之十有六年，今鎮安軍節度使、檢校太師、同中書門下平章事程公(一)，自三司使、吏部侍郎爲參知政事〔二〕，乃詔有司寵其祖考，於是贈其皇考故袁州宜春縣令爲太子少師。公在政事，遷尚書左丞，又贈太子太師；其爲資政殿學士、工部尚書，又贈太師、中書令；其爲宣徽北院使、武昌軍節度使㊁，又贈兼尚書令；其爲武勝軍節度使、同中書門下平章事，追封定國公；徙鎮鎮安㊂，又追封冀國公。

惟冀國公諱某㊃〔三〕，字某。少舉明經，仕不得志。退居于家，畜德不施，貽其後世。而相國太師〔四〕，實爲之子，初以文學舉進士高第，歷館閣，掌制命。俊德偉望，顯于朝廷，遂爲中丞，執國之憲。尹正京邑，有聲蜀都，乃由三司，入與大政。公亦自太常博士累贈兵部侍郎，遂遷太師、中書、尚書令，位皆一品。有國定冀，以啓其封。雖發不自躬，而其施益遠，晦於一時，而顯於百世。蓋夫享于身者，有時而止；施于後者，其耀無窮。表于其鄉，以勸爲善，可謂仁人之利博矣。

惟程氏之先，自重黎歷夏、商、周〔五〕，而程伯休父始見於詩書〔六〕，其後世遠而分。至唐定氏族，而程氏之望分爲七。中山之程，蓋出於魏安鄉侯昱之後也〔七〕。公世爲中山博野人。曾祖諱某。祖諱某㊄〔八〕，贈太師。祖妣齊氏，吴國夫人。考諱某㊅〔九〕，贈太師、中書令。妣吴氏，秦國夫人。當唐末五代，天下亂於兵，程氏再世不仕㊆。後唐長興三年，公之皇考以神童舉，官至太子贊善大夫。宋興於今百年㊇，而程氏亦再顯。太平興國初，公之從祖羽〔一〇〕，佐太宗自晉王即皇帝位，爲文明殿學士，官至兵部侍郎。今相國太師出入將相，爲時名臣。子孫蕃昌，世族昭著。推其所自來者遠矣。

初，公與其仲父象明同舉春秋〔一一〕，皆中第。是時，從祖以給事中知開封府〔一二〕，召公及象明謂曰：「吾新被寵天子，待罪于此，不欲子弟並登科（九）。」使其自擇去就。公因讓其從父，自引去，從祖頗賢之。其後累舉不中，從祖謂曰：「由我困汝。」退而使人察公，無悔色，由是大嗟異之，以爲不可及。太平興國五年，遂以明經中第，爲虔州贛縣尉、蔡州上蔡主簿、袁州宜春令，所至皆有惠愛。

公事母至孝，與其兄弟怡怡，爲鄉里所稱。而仕宦不求名譽，爲贛縣尉七年不代，既罷宜春，遂不復仕。退居于蔡州，淳化三年七月某日（一〇），以疾卒于家，享年四十有九。以天聖十年十一月某日（一一），葬于鄭州管城縣馬亭鄉之北田村。夫人楚氏，追封晉國夫人。子男五人：長曰瓘，官至太常博士；次曰瑗、曰琬，皆早卒；次曰琳，相國太師也；次曰琰，國子博士。女一人，適某人。諸孫九人。銘曰：

遠矣程侯，顓頊之苗。始自重黎，歷夏、商、周。惟伯休父，聲詩孔昭。世不絕聞，盛于有唐。程分爲七，三祖安鄉。廣平、中山，以暨濟陽。中山之程，出自靈洗〔一三〕。實昱裔孫，仕于陳季。陳滅散亡，播而北遷。公世中山，爲博野人。道德家潛，孝悌邦聞。不耀自躬，以貽後昆。惟後有人，將相文武。有國寵章，覆其考祖。定冀之封，實開土宇。程世其隆，公多孫子。有畜其源，發而孰禦。刻銘高原，以示來者。

【校記】

㈠「今」上：原校：一有「以」字。 ㈡北：原校：一作「南」。 ㈢「徙鎮」句：原校：一作「徙鎮安軍」。 ㈣惟冀國：原校：一無此三字。公諱某：卷後原校：一作「公諱元白」。 ㈤祖諱某：卷後原校：一作「祖諱新」。 ㈥考諱某：卷後原校：一作「考諱贊明」。 ㈦再世：卷後原校：一作「累世」。 ㈧「宋興」下：原校：一本有「天下一」。 ㈨「科」下：原校：一有「選」字。 ㈩某日：原校一作「甲子」。 ⑪某日：原校：一作「甲子」。

【箋注】

〔一〕據題下注，至和二年（一〇五五）作。墓主程元白係程琳之父。宜春，今屬江西。至和元年，歐致書程琳云：「伏承台誨，欲使撰述先公神道碑，豈勝愧恐！某才識卑近，豈足以鋪列世德之清芬。然蒙顧有年，義不得辭。其如大懼不稱所使，以辱執事，是用進退惕然。餘當詣節下受教，舟船荷德無已。」（書簡卷二與程文簡公）同年，又有一簡云：「所要碑文，今已牽課，衰病無悰，言無倫理，不足以揚先烈，愧汗而已。」（同上）

〔二〕「上即位」三句：仁宗乾興元年（一〇二二）登基，即位十六年爲景祐四年（一〇三七）。是年，程琳爲參知政事。宋史宰輔表二載，景祐四年程琳自吏部侍郎除參知政事。

〔三〕某：據下篇程公（琳）神道碑銘，當爲元白。

〔四〕相國太師：即程琳，詳見下篇。

〔五〕重黎：顓頊高陽氏之後。史記楚世家：「高陽生稱，稱生卷章，卷章生重黎。」

〔六〕休父：重黎氏後代，封國于程，周宣王時爲大司馬。史記太史公自序：「重黎氏世序天地。其在周，程伯休甫其後也。」裴駰集解引應劭曰：「封爲程國伯，休甫，字也。」詩大雅常武等有關于程伯休父的記叙。甫，同「父」。

〔七〕昱：程昱，字仲德，三國魏人。累遷兗州都督，文帝時爲衛尉，封安鄉侯。三國志有傳。

〔八〕某：據下篇，當爲新。

〔九〕某：據下篇，當爲贊明。

〔一〇〕羽：程羽。宋史程羽傳：「程羽，字沖遠……性淳厚，蒞事恪謹。時太宗尹京，頗以長者待之。及即位，拜給事中，知開封府。未幾，出知成都府，爲政寬簡，蜀人便之。入朝，拜禮部侍郎……爲文明殿學士……拜兵部侍郎。」據長編卷二一，羽爲文明殿學士，在太平興國五年正月。

〔一一〕象明：事迹不詳。

〔一二〕「從祖」句：長編卷一七載開寶九年十月丙辰，「以開封府判官、著作郎陸澤程羽爲給事中、權知開封府。」

〔一三〕靈洗：程靈洗，字玄滌，仕南朝陳，以功授都督、南豫州刺史，卒贈鎮西將軍，謚忠壯。南史有傳。

【集評】

〔宋〕邵博：程文簡公父元白，官止縣令，以文簡貴，贈太師，類無可書。歐陽公追作神道碑，至九百餘言，世以爲難。（邵氏聞見後録卷一六）

鎮安軍節度使同中書門下平章事贈太師中書令程公神道碑

銘并序〔一〕

惟文簡公既葬之二年，其子嗣隆泣而言于朝曰〔二〕：「先臣幸得備位將相，官、階、品皆第一，爵、勳皆第二，請得立碑如令。」於是天子曰：「噫！惟爾父琳，有勞于我國家，余其可忘？」乃大書曰「旌勞之碑」，遣中貴人即賜其家，曰：「以此名爾碑。」又詔史臣修曰：「汝爲之銘。」臣修與文簡公故往來，知其人，又嘗誌其墓〔三〕，又嘗述其世德于冀公太師之碑〔四〕，得其世次、官封、功行最詳，乃不敢辭。

惟公字天球，姓程氏。曾祖諱新，贈太師。曾祖妣吴國夫人齊氏。祖諱贊明，贈太師、中書令。祖妣秦國夫人吴氏。考諱元白，袁州宜春令，贈太師、中書令兼尚書令、冀國公。妣晉國夫人楚氏。公舉大中祥符四年服勤詞學高第，試秘書省校書郎、泰寧軍節度推官，改著作佐郎、知并州壽陽縣，秘書丞、監左藏庫。天禧中，詔選文學履行，召試，直集賢院〔五〕。今天子即位，遷太常博士、三司户部判官。會修真宗實録，而起居注闕，命公追修大中祥符八年已後，書成，遂修起居注。遷祠部員外郎、提舉諸司庫務，以本官知制誥，同判吏部流内銓。

契丹嘗遣使賀上即位，命公迓之，使者妄有所言，公折以理，遂屈服〔六〕。其後又遣使賀天聖五年乾元節，天子思公前嘗折其使，乃以公爲館伴使。使者果言契丹見中國使者坐殿上，位次高，而中國見契丹使者位下，當遷。議者以爲小故，可許，雖天子亦將許之。公爭以謂契丹所以與中國好者，守先帝約也，一切宜用故事，若許其小，將啓其大。天子是之，乃止〔七〕。

歲中〔八〕，遷右諫議大夫、權御史中丞。丞相張文節公少所稱許〔九〕，而最知公。方除中丞，文節當執筆，喜曰：「不辱吾筆矣。」明年，拜樞密直學士、知益州〔一〇〕。公性方重，寡言笑，凡所處畫，常先慮謹備，所以條目巨細甚悉，至臨事簡嚴，僚吏莫能窺其際。嘗夜張燈會五門，大集州民，而城中火起，吏如公教不以白，而隨即救止。終宴，民去，始稍知火。監軍得告者言軍謀變〔一一〕，懼而入白，公笑曰：「豈有是哉？」監軍惶惑不敢去，公曰：「軍中動靜，吾自知之，苟有謀者，不能隱也。」已而卒無事。其他多類此。蜀妖人自名李冰神子，署官屬吏卒，以恐蜀人，公捕斬之，而謗者言公妄殺人，蜀且亂。天子遣人馳視之，使者還言蜀人便公政，方安樂，而誅妖人，所以止亂〔一二〕。由是天子益知公賢，召爲給事中、知開封府〔一三〕。前爲府者，苦其治劇，或不滿歲罷㊀，不然，被謗譏，或以事去。獨公居數歲，久而治益精明，盜訟稀少，獄屢空，詔書數下褒美。遷工部侍郎、龍圖閣學士㊁，守御史中丞。久之㊂，天子思其治，召爲翰林學士㊃，復知開封府。

明年，爲三司使。不悦苟利，不貪近功。時議者患民税多目，吏得爲姦，欲除其名而合爲一。公以謂合而没其名，一時之便，後有興利之臣必復增之，是重困民也。議者莫能奪。其於出入尤謹，禁中時有所取，未嘗肯予。宦官怒，言：「陛下雖有欲㊄，物在程某，何可得？」公曰：「臣所以爲陛下惜爾。」天子以爲然〔一四〕。累遷吏部侍郎〔一五〕。

景祐四年，以本官參知政事㊅〔一六〕。公益自信不疑，宰相有所欲私，輒衆折之，其語至今士大夫能道也。初，范仲淹以言事忤大臣，貶饒州。已而上悔悟，欲復用之，稍徙知潤州。而惡仲淹者遽誣以事，語入，上怒，亟命置之嶺南。自仲淹貶而朋黨之論起，朝士牽連，出語及仲淹者皆指爲黨人，公獨爲上開説，上意解而後已。是時，元昊叛河西，朝廷多故，公在政事，補益尤多。而小人僥倖皆不便，遂以事中之，坐貶爲光禄卿，知潁州〔一七〕。已而徙知青州，又徙大名府。居一歲中，遷户部吏部二侍郎、尚書左丞、資政殿學士〔一八〕。北京建，遂以爲留守〔一九〕。宦者皇甫繼明方用事，主治行宫，務廣制度以市恩，公爲裁抑之，與繼明章交上。天子遣一御史往視之，還，直公，天子爲罷繼明，獨委公以建都事〔二〇〕。

公自知政事，以論議不私見嫉，被貶斥，已稍復見用㊆，遂與繼明爭曲直，由是益不妄合於世。雖不復大用，而契丹方遣使數有所求，兵誅元昊未克，西北宿重兵，公於是時，天子常委以河北、陝西之重，留守北京凡四年。遷工部尚書、資政殿大學士、河北安撫使〔二一〕。慶曆六年，拜武昌軍節度使、陝西安撫使、知永興軍府事〔二二〕。明年，加宣徽北院使、鄜延路經略使馬步軍都部署、判延州，仍兼陝西安撫使〔二三〕。皇祐元年，加同中書門下平章事，留守北京〔二四〕。其於二方，威惠信著，尤知夷狄情僞、山川險易、行師制敵之要。其在延州，夏人數百驅畜産至界上請降，言契丹兵至衙頭矣，國且亂，願自歸。公曰：「契丹兵至元昊帳下，當舉國取之，豈容有來降者乎〔一八〕？聞夏人方捕叛族，此其是乎？不然，誘我也。」拒而不受。已而夏人果以兵數萬臨界上，公戒諸堡塞無得數出兵〔一九〕，夏人以爲有備，引去，自此不復窺邊〔二五〕。

公於河北最久，民愛之，爲立生祠。明年，改武勝軍節度使〔二六〕，猶在北京。又改鎮安軍節度使〔二七〕，在鎮四年，猶上書〔二〇〕：「鎮安一郡爾，不足以自效，願復守邊。」書未報，得疾，以至和三年閏三月七日己丑薨于陳州之正寢〔二一〕，享年六十有九。天子輟視朝二日，贈中書令，謚曰文簡〔二二〕。明年，祫享太廟，推恩，加贈公太師、尚書令。公累階至開府儀同三司，勳上柱國，廣平郡爵公〔二三〕，封户七千四百，而實封二千一百，賜號推誠保德守正翊戴功臣。娶陳氏，封衛國夫人〔二四〕。子男四人：曰嗣隆，太常博士；嗣弼〔二八〕，殿中丞；嗣恭〔二九〕，太常博士；嗣先，大理寺丞。女五人，皆適良族。

謹按程氏之先，出自重黎。至休父，爲周司馬，國於程，其後子孫遂以爲氏。自秦、漢以來，世有其人，程氏必顯，而各以其所居著姓，後世因之，至唐尤盛。號稱中山程氏者，皆祖魏安鄉侯昱〔三〇〕。公，中山博野人也，世有積德，至公始大顯聞。臣修以謂古者功德之臣，進受國寵，退而銘於器物，非獨私其後世，所以不忘君命，示國有人，而詩人又播其事，聲於詠歌，以揚無窮。今去古遠，爲制不同，而猶有幽堂之石、隧道之碑，得以紀德昭烈，而又幸蒙天子書而名之，其所以照臨程氏，恩厚寵榮，出古遠甚。而臣又得刻銘其下，銘，臣職也，懼不能稱。銘曰：

程以國氏，世遠支分。因居著姓，各以其人。公世中山，在昔有聞。克大自公，厥聲以振。乃秉國鈞，乃授將鉞。出入其勤，險夷一節。帝曰：「噫歎！余有勞臣。何以旌之？有爛其文。惟此勞臣，實余同德。憂國在心，匪勞以力。二方有事，諸將無功。俾我舊老，不遑居中。間息近藩〔三一〕，庶休厥躬。有請未報⑮，奄云其終〔三二〕。殁而後已，茲可謂忠。」惟帝之褒，其言其簡。銘以述之，萬世丕顯。

【校記】

㈠不：原校：一無「不」字。　㈡「閣」下：原校：一有「直」字。　㈢久之：卷後原校：一作「頃之」。

㈣「翰林」下：原校：一有「侍讀」字。　㈤有：原校：一作「所」。　㈥「參知政事」下：原校：一有「遷尚書左丞」。　㈦「已」下：卷後原校：一有「而」字。　㈧乎：卷後原校：一無「乎」字。　㈨堡塞：卷後原校：一作「堡寨」。數：原校：一作「輒」。　⑩「書」下：原校：一有「言」字。　⑪至和三年：原校：一作「嘉祐元年」。卷後原校云：「諸本作至和三年閏三月薨，惟羅氏本作嘉祐元年。朝佐按：仁宗實録：『至和三年九月，下詔改嘉祐元年。』則閏三月固宜繫之至和。但史官例書新元，則至和合盡二年，羅氏本亦有所據。」　⑫「謚曰」句下：原校：一本有「以嘉祐二年十月十八日葬河南府伊闕縣神陰鄉張劉里」。　⑬廣平郡：卷後原校：三字上脱「開國」二字。

⑭衛：原校：一作「陳」。　⑮請未：原校：一作「啚其」。

【箋注】

〔一〕　如題下注，嘉祐四年（一〇五九）作。嘉祐二年，歐已撰文簡程公墓誌銘（見本集卷三〇）。程琳卒于嘉祐元年，次年葬。本文作于「既葬之二年」，應爲嘉祐四年。墓誌銘云：「其孤嗣隆以狀上……乃謚曰文簡……其孤又以請于太史，而史臣修曰：『禮宜銘。』」本文亦云，天子「詔史臣修曰：『汝爲之銘。』」可見乃奉旨成文。費袞梁溪漫志卷八：「聞見後録又云：某公在章獻明肅垂箔日，密進唐武氏七廟圖，后怒，抵之地，曰：『某不作負祖宗事。』仁皇帝解之曰：『某但欲爲忠耳。』后既上賓，仁皇帝每曰：『某心行不佳。』後竟除平章事，蓋仁皇帝盛德大度，不念舊惡故也。自某公死，某公爲碑誌，極其稱贊，天下無復知其事者矣，某公受潤筆帛五千端云。予按潁濱龍川略志載進七廟圖，乃程文簡也。夫善惡之實，公議不能掩，所謂『史官不記，天下亦皆記之』矣。然程公墓誌、神道碑皆歐陽公所爲，凡碑、誌等文，或被旨而作，或因其子孫之請，揚善掩惡，理亦宜然。至于是是非非，則天下自有公論。歐陽公一世正人，而謂受潤筆帛五千端，人不信也。」姚範援鶉堂筆記卷四七「某公蓋謂歐陽也」下，方東樹有按語云：「小説之書，多不可信，往往承虚誣衊盛德……邵氏此段恐亦類此。雖昌黎作韓宏碑不無『曲筆諛墓』之譏，而歐公恐未必爾。學者慎言之可也。考歐公此文，稱奉詔爲銘，又嘗與文簡往來，則固不得載此事。其家或有所酬遺，亦人情之常。若以五千端帛而曲筆，非歐公之行也。」程琳，宋史有傳。

〔二〕　嗣隆：程琳長子，程公墓誌銘稱其官「太常博士」。宋會要輯稿選舉九之一一：「（嘉祐）二年五月九日，賜將作監丞程嗣隆同進士出身。嗣隆，使相琳之子，以恩陳乞，召試命之。」

〔三〕　「又嘗誌」句：指嘉祐二年爲程琳撰墓誌銘。

〔四〕　「又嘗述」句：指至和二年爲程琳之父元白撰神道碑銘，見前篇。

〔五〕　直集賢院：據長編卷九七，秘書丞程琳直集賢院，在天禧五年正月。

〔六〕　「契丹」五句：長編卷九八乾興元年六月：「（丁巳）太常博士、直集賢院、同修起居注程琳，接伴契丹吊慰使者。使者將致問於皇太后，琳謂曰：『昔先帝嘗與承天太后通使，今皇太后乃嫂也，禮不通問。』使者語屈。」

〔七〕　「其後」十七句：長編卷一〇五天聖五年四月：「辛巳，契丹遣林牙昭德節度使蕭蘊、政事舍人杜防賀乾元節。知制誥程琳爲館伴使。蘊出位圖，指曰：『中國使者至契丹，坐殿上，位高。今契丹使至中國，位下，請升之。』琳曰：『此真宗皇帝所定，不可易。』防又曰：『大國之卿當小國之卿，可乎？』琳又曰：『南北朝安有大小之異？』防不能對。上令與宰相議，或曰：『此細事，不足爭。』將許之。琳曰：『許其小，必啓其大。』固爭不可，蘊乃止。」宋史程琳傳：「防曰：『大國之卿，可以當小國之君。』琳曰：『南北雖兩朝，無大小之異，卿嘗坐我殿上，我顧小國耶？』防無以對。」

〔八〕 歲中：據長編卷一〇五，當爲天聖五年九月。

〔九〕 張文節公：即張知白，字用晦，滄州清池人。端拱進士。歷知劍州、權管勾京東轉運使事等，擢參知政事。因與王欽若不合，辭位，出知大名府。仁宗即位，召爲樞密副使。天聖三年拜相，卒于位，謚文節。宋史有傳。

〔一〇〕「明年」三句：長編卷一〇六天聖六年三月：「（辛酉）權御史中丞程琳爲樞密直學士，知益州。」

〔一一〕 告者言軍謀變：長編卷一〇九：「或告振武軍變。」

〔一二〕「蜀妖人」十一句：長編卷一〇九：「有妖人自名李冰神子，置官屬吏卒，聚徒百餘。琳捕其首斬之，而配其社人於内地道路。或以爲寃，事聞朝廷，遣内侍張懷德馳視。懷德視蜀，既無事，還奏。」按：此與「告者言軍謀變」事皆發生于天聖八年十月韓億來代程琳知益州前。

〔一三〕「召爲」句：長編卷一一〇天聖九年九月：「己巳，樞密直學士、右諫議大夫程琳爲給事中、權知開封府。」

〔一四〕「明年」二十三句：長編卷一一四景祐元年五月：「乙丑，翰林侍讀學士兼龍圖閣學士、工部侍郎、權知開封府程琳爲三司使……先是三司併合田賦沿納諸名品爲一物，琳謂借使牛皮、食鹽、池錢合爲一，穀、麥、黍、豆合爲一，易於勾校可也。然後世有興利之臣，復用舊名增之，是重困民無已時也。琳在三司，尤謹出入，禁中有所取，輒覆奏罷之。内侍表言琳顓，琳聞之，自直於上曰：『三司賦財皆朝廷有也，臣爲陛下惜耳，於臣何有？』上然之。」

〔一五〕「累遷」句：長編卷一一九景祐三年八月：「辛未，三司使、刑部侍郎程琳爲吏部侍郎。」

〔一六〕「景祐」二句：據長編卷一二〇，程琳爲參知政事，在景祐四年四月。

〔一七〕「遂以」三句：程琳傳：「故樞密副使張遜第在武成坊，其曾孫偕才七歲，宗室女生也，貧不自給。乳媪擅出券鬻第，琳欲得之，使開封府吏密諭媪，以偕幼，宜得御寶許鬻乃售。乳媪以宗室女故，入宫見章惠太后。既得御寶，琳乃市取之。又令吏市材木，買婦女。已而吏以贓敗，御史按劾得狀，降光禄卿，知潁州。」碑不書此事，乃爲墓主諱也。

據長編卷一二五，琳知潁州，在寶元二年十一月。

〔一八〕「遷户部」句：長編卷一二一寶元元年三月：「庚子，吏部侍郎、參知政事程琳加尚書左丞。」

〔一九〕「北京」二句：長編卷一三六慶曆二年五月：「己未，以知天雄軍程琳知大名府兼北京留守司。」

〔二〇〕「宦者」十句：長編卷一三七慶曆二年閏九月：「先是營建北京，内侍皇甫繼明主營宫室，欲侈大其制以要賞。知大名府程琳以爲方事邊，又欲事土木以困民，不可。既而繼明數有論奏，上遣侍御史魚周詢按視，罷繼明，歸闕，命琳獨主其事。」

〔二一〕「遷工部」句：長編卷一五五慶曆五年五月：「壬戌，資政殿學士、工部尚書、知大名府程琳爲資政殿大學士。」此下原注：「琳兼河北安撫使，在七月戊子。」

〔二二〕「慶曆」二句：長編卷一五八慶曆六年二月：「河北安撫使、資政殿大學士、工部尚書、知大名府程琳爲武昌節度使、陝西安撫使、知永興軍。」

〔二三〕「明年」三句：長編卷一六〇慶曆七年五月：「壬午，以武昌節度使、知永興軍程琳爲宣徽北院使、判延州，兼鄜延路經略使，仍爲陝西安撫使。」

〔二四〕「皇祐」三句：長編卷一六六皇祐元年二月：「宣徽北院使、武昌節度使、判延州程琳請代，己卯，加同平章事，再判延州。」同卷皇祐元年三月：「判延州、武昌節度使、同平章事程琳爲河北安撫使、判大名府兼北京留守司。」

〔二五〕「已而」五句：長編卷一六六皇祐元年二月：「賊果將騎三萬臨境上，以捕降者爲辭。琳先諜知之，閉壁倒旗，戒諸將勿動。賊以爲有備，遂引去。」

〔二六〕「明年」二句：長編卷一六九皇祐二年十月：「（丙辰）武昌節度使、同平章事、判大名府程琳爲武勝節度使。」

〔二七〕「又改」句：長編卷一七二皇祐四年三月：「（壬子）武勝節度使、同平章事、判大名府程琳爲鎮安節度使，赴本鎮。」

〔二八〕嗣弼：字夢符。以父任，爲秘書省正字，歷官至光州知州。生平見范太史集卷三八朝議大夫致仕程公墓誌銘。

〔二九〕嗣恭：宋會要輯稿選舉三三之二〇：「（紹聖）四年七月十九日，光禄卿程嗣恭爲直秘閣、知揚州。」

〔三〇〕「謹按」十四句：見前篇冀國公程公神道碑銘箋注〔五〕〔六〕〔七〕。

〔三一〕近藩：指程琳爲臨近京城的鎮安軍節度使。

〔三二〕「有請」二句：即前文所云「願復守邊」，未報而卒。

【集評】

〔清〕儲欣：天球公直臣又勞臣也，天子旌其勞，此碑詳記其勞，而尤賢其直。但看開説朋黨一節，其補益國家豈是小小？而二府政地，貶不復入，此作者所三致意也。（六一居士全集録評語卷二）

〔清〕何焯：銘皆發明「勞」字。（義門讀書記卷三九）

居士集卷二十二

碑銘二首

太尉文正王公神道碑銘并序〔一〕

至和二年七月乙未，樞密直學士、右諫議大夫王素奏事殿中〔二〕，已而泣且言曰：「臣之先臣旦，相真宗皇帝十有八年，今臣素又得待罪侍從之臣。惟是先臣之訓，其遺業餘烈，臣實無似，不能顯大，而墓碑至今無辭以刻。惟陛下哀憐，不忘先帝之臣，以假寵於王氏，而勗其子孫。」天子曰：「嗚呼！惟汝父旦，事我文考真宗，叶德一心，克終厥位，有始有卒，其可謂全德元老矣。汝素以是刻于碑。」素拜稽首出〔三〕。明日，有詔史館修撰歐陽修曰：「王旦墓碑未立，汝可以銘。」臣修謹按：

故推誠保順同德守正翊戴功臣、開府儀同三司、守太尉、充玉清昭應宫使、上柱國、太原郡開國公、贈太師尚書令兼中書令、追封魏國公、謚曰文正王公㈡諱旦，字子明，大名莘人也。皇曾祖諱言，滑州黎陽令，追封許國公。皇祖諱徹，左拾遺，追封魯國公。皇考諱祐㈢，尚書兵部侍郎，追封晉國公。皆累贈太師、尚書令兼中書令。曾祖妣姚氏，魯國夫人。祖妣田氏，秦國夫人。妣任氏，徐國夫人；邊氏，秦國夫人。公之皇考，以文章自顯漢、周之際〔三〕，逮事太祖、太宗，爲名臣。嘗諭杜重威使無反漢〔四〕，拒盧多遜害趙普之謀〔五〕，以百口明符彦卿無罪，故世多稱王氏有陰德。公之皇考，亦自植三槐于庭，曰：「吾之後世，必有爲三公者，此其所以志也〔六〕。」

公少好學有文。太平興國五年，進士及第，爲大理評事、知臨江縣㈣〔七〕，監潭州銀場，再遷著作佐郎，與編文苑英華〔八〕。遷殿中丞，通判鄭、濠二州〔九〕。王禹偁薦其材，任轉運使，驛召至京師，辭不受。獻其所爲文章，得試，直史館，遷右正言、知制誥，知淳化三年禮部貢舉〔一〇〕，遷虞部員外郎、同判吏部流内銓、知考課院。右諫議大夫趙昌言參知政事，公以婿避嫌，求解職〔一一〕。太宗嘉之，改禮部郎中、集賢殿修撰。昌言罷，復知制誥，仍兼修撰、判院事，召賜金紫。久之，遷兵部郎中，居職。真宗即位，拜中書舍人，數日，召爲翰林學士，知審官院、通進銀臺封駁事。

公爲人嚴重，能任大事，避遠權勢，不可干以私，由是真宗益知其賢。錢若水名能知人，常稱公曰：「真宰相器也！」若水爲樞密副使，罷，召對苑中，問誰可大用者，若水言公可㊄。真宗曰：「吾固已知之矣〔一二〕。」咸平三年，又知禮部貢舉。居數日，拜給事中、知樞密院事。明年，以工部侍郎參知政事，再遷刑部侍郎。景德元年，契丹犯邊，真宗幸澶州。雍王元份留守東京，得暴疾，命公馳自行在，代元份留守〔一三〕。二年，遷尚書左丞。三年，拜工部尚書、同中書門下平章事、集賢殿大學士、監修國史。是時，契丹初請盟〔一四〕，趙德明亦納誓約〔一五〕，願守河西故地，二邊兵罷不用，真宗遂欲以無事治天下。公以謂宋興三世，祖宗之法具在，故其爲相，務行故事，慎所改作。進退能否，賞罰必當。真宗久而益信之，所言無不聽，雖他宰相大臣有所請，必曰：「王某以謂如何？」事無大小，非公所言不決〔一六〕。公在相位十餘年，外無夷狄之虞，兵革不用，海内富實，羣工百司，各得其職。故天下至今稱爲賢宰相。

公於用人，不以名譽，必求其實，苟賢且材矣㊅，必久其官，而衆以爲宜某職然後遷㊆，其所薦引，人未嘗知〔一七〕。寇準爲樞密使，當罷，使人私公㊇，求爲使相。公大驚曰：「將相之任，豈可求邪？且吾不受私請。」準深恨之。已而制出，除準武勝軍節度使、同中書門下平章事。準入見，泣涕曰：「非陛下知臣，何以至此？」真宗具道公所以薦準者，準始愧歎，以爲不可及〔一八〕。故參知政事李穆子行簡有賢行，以將作監丞居于家〔一九〕。真宗召見，慰勞之，遷太子中允。初遣使者召之㊈，不知其所止，真宗命至中書問王某，然後人知行簡，公所薦也。公自知制誥至爲相，薦士尤多。其後公薨，史官修真宗實録，得内出奏章，乃知朝廷之士多公所薦者。

公與人寡言笑，其語雖簡，而能以理屈人。默然終日，莫能窺其際〔二〇〕。及奏事上前，羣臣異同，公徐一言以定。今上爲皇太子，太子諭德見公，稱太子學書有法。公曰：「諭德之職，止於是邪？」趙德明言民飢，求糧百萬斛。大臣皆曰：「德明新納誓而敢違，請以詔書責之。」真宗以問公，公請敕有司具粟百萬於京師，詔德明來取，真宗大喜。德明得詔書，慚且拜曰：「朝廷有人〔二一〕！」大中祥符中，天下大蝗，真宗使人於野得死蝗以示大臣，明日，他宰相有袖死蝗以進者，曰：「蝗實死矣，請示于朝，率百官賀。」公獨以爲不可〔二二〕。後數日，方奏事，飛蝗蔽天，真宗顧公曰：「使百官方賀，而蝗如此，豈不爲天下笑邪？」宦者劉承規以忠謹得幸㊉，病且死，求爲節度使。真宗以語公曰：「承規待此以瞑目。」公執以爲不可，曰：「他日將有求爲樞密使者，奈何？」至今内臣官不過留後〔二三〕。公任事久，人有謗公於上者，公輒引咎，未嘗自辨。至人有過失，雖人主盛怒，可辨者辨之，必得而後已。榮王宮火，延前殿，有言非天災，請置獄劾火事，當坐死者百餘人。公獨請見，曰：「始失火時，陛下以罪己詔天下，而臣等皆上章待罪，今反歸咎於人，何以示信？且火雖有迹，寧知非天譴邪？」由是當坐者皆免〔二四〕。日者上書言宮禁事，坐誅，籍其家，得朝士所與往還占問吉凶之説㊁。真宗怒，欲付御史問狀。公曰：「此人之常情，且語不及朝廷，不足罪。」真宗怒不解，公因自取嘗所占問之書進曰：「臣少賤時，不免爲此，必以爲罪，願并臣付獄。」真宗曰：「此事已發，何可免？」公曰：「臣爲宰相，執國法，豈可自爲之，幸於不發而以罪人？」真宗意解。公至中書，悉焚所得書。既而真宗悔，復馳取之，公曰：「臣已焚之矣。」由是獲免者衆。

公累官至太保，以病求罷，入見滋福殿。真宗曰：「朕方以大事託卿，而卿病如此㊂。」因命皇太子拜公。公言皇太子盛德，必任陛下事，因薦可爲大臣者十餘人。其後不至宰相者，李及、凌策二人而已，然亦皆爲名臣〔二五〕。公屢以疾請，真宗不得已，拜公太尉兼侍中，五日一朝視事，遇軍國大事，不以時入參決〔二六〕。公益惶恐，因臥不起，以疾懇辭。冊拜太尉、玉清昭應宮使。自公病，使者存問，日常三四，真宗手自和藥賜之。疾亟，遽幸其第，賜以白金五千兩，辭不受〔二七〕。以天禧元年九月癸酉薨于家，享年六十有一。真宗臨哭〔二八〕，輟視朝三日，發哀于苑中。其子弟、門人、故吏，皆被恩澤〔二九〕。即以其年十一月庚申，葬公於開封府開封縣新里鄉大邊村。

公娶趙氏，封榮國夫人，後公五年卒。子男三人：長曰司封郎中雍〔三〇〕，次曰贊善大夫沖〔三一〕，次曰素。女四人：長適太子太傅韓億⑬〔三二〕，次適兵部員外郎、直集賢院蘇耆〔三三〕，次適右正言范令孫〔三四〕，次適龍圖閣直學士、兵部郎中呂公弼⑭〔三五〕。

公事寡嫂謹〔三六〕，與其弟旭相友悌尤篤⑮〔三七〕，任以家事，一無所問，而務以儉約率勵子弟，使在富貴不知爲驕侈⑯〔三八〕。兄子睦欲舉進士，公曰：「吾常以大盛爲懼⑰，其可與寒士爭進？」至其薨也，子素猶未官〔三九〕，遺表不求恩澤。有文集二十卷〔四〇〕。乾興元年，詔配享真宗廟庭〔四一〕。

臣修曰：景德、祥符之際盛矣。觀公之所以相，而先帝之所以用公者，可謂至哉！是以君明臣賢，德顯名尊，生而俱享其榮，殁而長配於廟，可謂有始有卒，如明詔所褒。昔者烝民、江漢，推大臣下之事，所以見任賢使能之功，雖曰山甫、穆公之詩，實歌宣王之德也〔四二〕。臣謹考國史、實録，至於搢紳、故老之傳，得公終始之節，而録其可紀者，輒聲爲銘詩⑱，昭示後世，以彰先帝之明⑲，以稱聖恩褒顯王氏，流澤子孫，與宋無極之意。銘曰：

烈烈魏公，相我真宗。真廟翼翼，魏公配食。公相真宗，不言以躬。時有大事，事有大疑。匪卜匪筮，公爲蓍龜〔四三〕。公在相位，終日如默。問其夷狄，包裹兵革。問其卿士，百工以職。問其庶民，耕織衣食。相有賞罰⑳，功當罪明。相所黜升㉑，惟否惟能。執其權衡，萬物之平。孰不事君，胡能必信？孰不爲相，其誰有終？公薨于位，太尉之崇。天子孝思，來薦清廟。侑我聖考，惟時元老。天子念功，報公之隆。春秋從享，萬祀無窮。作爲詩歌，以詒廟工。

【校記】

〔一〕「出」上：原校：一有「泣而」。　〔二〕「上柱國」下二十四字：原校：一作「上柱國、魏國公、食邑一萬三千户、食實封六千五百户、贈太師、尚書令」。　〔三〕祐：原作「祜」，備要本、衡本作「祐」，據改。　〔四〕臨：原校：一作「平」。　〔五〕「可」下：原校：一有「用」字，一有「大用」二字。　〔六〕材：原校：一作「能」。　〔七〕而：原校：一無「而」字。　〔八〕私：原校：一作「告」。　〔九〕之：原校：一無「之」字。　〔一〇〕規：原校：一作「珪」。下文「規」校同。　〔一一〕占：原校：一作「書」。　〔一二〕病：原校：一作「疾」。　〔一三〕太：原校：一作「少」。　〔一四〕「呂公弼」下：原校：一本有「諸孫十四人」。　〔一五〕相：原校：一無「相」字。　〔一六〕侈：原校：一作「後」。　〔一七〕大：原校：一作「太」。　〔一八〕聲：原校：一無「聲」字。　〔一九〕「以」上：原校：一無上四字。　〔二〇〕有：原校：一作「所」。　〔二一〕所：原校：一作「有」。

【箋注】

〔一〕　如題下注，至和二年（一〇五五）作。時歐以史館修撰，奉詔而作本文。曾慥高齋漫録：「歐公作王文正墓碑，其子仲儀諫議，送金酒盤醆十副，注子二把，作潤筆資。歐公辭不受。戲云：『正欠捧者耳。』蓋仲儀初不知薛夫人嚴而不容故也。」墓主王旦，宋史有傳。

〔二〕　王素：王旦季子，見前卷尚書度支郎中天章閣待制王公神道碑銘箋注〔六〕。

〔三〕　「公之」二句：宋史王祐傳：「祐少篤志詞學，性倜儻，有俊氣。晉天福中，以書見桑維翰，稱其藻麗，由是名聞京師。」

〔四〕「嘗諭」句：王祐傳：「鄴帥杜重威辟爲觀察支使。漢初，重威移鎮睢陽，反側不自安，祐嘗勸之，使無反漢，不聽。」

〔五〕「拒盧多遜」句：王祐傳：「初，祐掌制誥，會盧多遜爲學士，陰傾趙普，多遜累諷祐比己，祐不從。一日，以宇文融排張説事勸釋之，多遜滋不悦。」

〔六〕「以百口」八句：王祐傳：「符彦卿鎮大名，頗不治，太祖以祐代之，俾察彦卿動静，謂曰：『此卿之故鄉，所謂晝錦堂者也。』祐以百口明彦卿無罪，且曰：『五代之君，多因猜忌殺無辜，故享國不永，願陛下以爲戒。』彦卿由是獲免，故世謂祐有陰德。」葉夢得石林燕語卷七：「太祖與符彦卿有舊，常推其善用兵，知大名十餘年。有告謀叛者，亟徙之鳳翔，而以王晉公祐爲代，且委以密訪其事，戒曰：『得實，吾當以趙普所居命汝。』面授旨，徑使上道。祐到，察知其妄，數月無所聞。驛召面問，因力爲辯曰：『臣請以百口保之。』太祖不樂，徙祐知襄州，彦卿竟亦無他。祐後創居第於曹門外，手植三槐於庭曰：『吾雖不爲趙普，後世子孫必有登三公者。』已而，魏公果爲太保。歐陽文忠作王魏公神道碑（按：王旦追封魏國公，此碑即指本文），略載此語，而國史本傳不書。余嘗親見其家子弟言之。」

〔七〕「爲大理」句：王素王文正公遺事：「公初登第，爲岳州平江宰。」司馬光涑水紀聞卷七謂王旦「太平興國中一舉登進士第，除大理評事、知岳州平江縣事」。查宋史地理志四，荆湖北路所轄岳州有平江縣。本文原校亦謂「『臨』一作『平』」，疑當作「平」。

〔八〕「監潭州」三句：王旦傳：「監潭州銀場，何承矩典郡，薦入爲著作佐郎，預編文苑英華詩類。」

〔九〕「通判」句：王旦傳：「通判鄭州，表請天下建常平倉，以塞兼併之路，徙濠州。」

〔一〇〕「知淳化」句：長編卷三三淳化三年正月：「辛丑，命翰林學士承旨蘇易簡等同知貢舉。」王旦傳：「（淳化）二年，拜右正言、知制誥……明年與蘇易簡同知貢舉。」

〔一一〕「右諫議」三句：王旦傳：「趙昌言爲轉運使，以威望自任，屬吏屏畏，入旦境，稱其善政，以女妻之。」涑水紀聞卷七：「（淳化）四年，同判吏部流内銓，知考課院，會妻父趙昌言參知政事，旦上奏，以知制誥中書屬官，引唐獨孤郁避權德輿事，固求解職，上嘉而許之。」趙昌言字仲謨，一作幼謨，汾州孝義人。太平興國進士。歷任青州知州、樞密副使、參知政事，後歷知北邊州軍。李沆、王旦、王禹偁皆爲其所識拔。宋史有傳。

〔一二〕「若水」七句：王旦傳：「若水罷樞務，得對苑中，訪近臣之可用者。若水言旦有德望，堪任大事。帝曰：『此固朕心所屬也。』」錢若水字澹成，一字長卿，河南新安人。雍熙進士。歷同知樞密院事、判吏部流内銓、知開封府，出知天雄軍兼兵馬部署，巡撫陝西，拜并、代經略使，知并州事。有器識，喜汲引後進。宋史有傳。

〔一三〕「雍王」四句：王旦傳：「契丹犯邊，從幸澶州，雍王元份留守東京，遇暴疾，命旦馳還，權留守事，旦曰：『願宣寇準，臣有所陳。』準至，旦奏曰：『十日之間，未有捷報時，當如何？』帝默然，良久曰：『立皇太子。』旦既至京，直入禁中，下令甚嚴，使人不得傳播。」雍王趙元份，太宗第四子，初名德嚴，封冀王。真宗即位，改雍王，卒年三十七。宋史有傳。

〔一四〕「契丹」句：指景德元年契丹與宋訂澶淵之盟事，見長編卷五八。

〔一五〕「趙德明」句：景德三年，西夏趙德明與宋修好，受封西平王。見宋史夏國傳上。

〔一六〕「真宗」七句：宋朝事實類苑卷七「王文正」條引真宗語云：「王某在朕左右多年，朕察之無毫髮之私。自東封後，朕諭王某，令小事可一面奉行，卿等（指王曾、張知白、陳彭年）當謹奉之。」

〔一七〕「其所」二句：涑水紀聞卷六：「真宗時，王文正旦爲相，賓客雖滿座，無敢以私干之者。既退，且察其可與言者及素知名者，使吏問其居處。數月之後，召與語，從容久之，詢訪四方利病，或使疏其所言而獻之，觀其才之所長，密籍記其名。他日，其人復來，則謝絶不復見也。每有差除，旦先密疏三四人姓名請於上，上所用者，輒以筆點其首，同列皆莫之知。」王文正公遺事：「公在兩府三十年，陰薦天下士，有終身不知者。」

〔一八〕「寇準」十八句：王文正公遺事：「寇萊公準在樞府，上欲罷之，萊公已知，乃使人告公曰：『遭逢最久，今出，欲一使相，望同年主之。』公大驚曰：『將相之任，極人臣之貴，苟朝廷有所授，亦當懇辭，豈得以此私干於人耶？』亟往白之，萊公不樂。後上議寇準，令出與一甚官，公曰：『寇準未三十歲已登樞府，太宗甚器之，準有才望，與之使相，令當方面，其風采足以爲朝廷之光。』上然之。翌日降制，萊公捧使相告謝於上前，感激流涕，曰：『苟非陛下主張，臣安得有此命？』上曰：『王某知卿。』具道公之言。萊公出，謂人曰：『王同年器識，非準所可測。』公薨之時，萊公不在都下，後入朝，白於上前，來致奠，哀慟久之。」

〔一九〕「故參知」二句：考宋史李穆傳，云「子惟簡，以父任將作監丞，多材藝，性沖澹，不樂仕進。去官家居二十餘年，人多稱之」，則事迹與本文相合，唯名曰惟簡。本文及王文正公遺事均作行簡，宋史恐誤。李穆字孟雍，開封府陽武人。後周時爲右拾遺，入宋，以殿中侍御史選爲洋州通判，歷知制誥、中書舍人、知開封府，官至參知政事。

〔二〇〕「公與人」五句：何良俊何氏語林卷一三：「王魏公當國時，玉清宮初成，丁崖相令大具酒食，列幕次，以飲食游者。後游者多詣丁，訴玉清飲食官視不謹，多薄惡，不可食。丁至中書言於魏公，公不答，丁三四言，終無所云。丁色變，問：『相公何以不答？』公曰：『此地不是與人理會饅頭夾子處。』」

〔二一〕「趙德明」十二句：王文正公遺事：「趙德明上表矯以民饑，乞糧數百萬。上以其奏示輔臣，衆皆怒曰：『德明方納款，而敢渝誓約，妄有干請，乞降詔責之。』公從容進曰：『未曾將却物去，何責之有？』上曰：『卿意如何？』對曰：『臣欲降一手詔與德明，言爾土災饑，朝廷撫御遠方，固當賑救。然極邊芻粟，屯戍者衆，自要支持。已敕在京積芻粟百萬，令德明自遣衆飛挽。』上喜曰：『此真廟算也。』諸公皆曰：『王某之言，臣等皆思慮不至。』德明受詔，望闕再拜曰：『朝廷有人，不合如此。』」

〔二二〕「公獨」句：王文正公遺事：「歲有蝗蟲遍於田野，上有憂色。一日，出蝗數種以示二府：『朕令人出郊野遍看，有自死者。』至翌日，有執政袖蝗蟲以對曰：『臣遣人往視，實死也，乞下朝堂示百官，擇日稱賀。』公曰：『蝗爲災之弭幸矣，又何賀焉？』乃力請之，公不答。後數日，二府間上顧，公曰：『若方稱賀而蝗過，爲之奈何？』諸臣進而拜曰：『王某遠識，非臣等所及。』公斂容而已。」

〔二三〕「宦者」十句：王文正公遺事：「內殿劉承規病，上諭政府曰：『承規忠勤，宣力不少，令人告朕，乞一節度使。』公曰：『陛下所守者祖宗典故，乞令有司檢詳，有則可除。』翌日，上曰：『承規言死在朝夕，願聞在廷之告，則瞑目無恨矣。』公曰：『今承規若有此命，後有邀朝廷乞登樞府者奈何？必不可。』遂改殿使，除節度觀察留後、上將軍致仕。上言：『承規得此命亦喜。』公曰：『帶殿使領留後，亦遥郡矣。專秉旄鉞，臣恐於久未便。』」按：劉承規字大方，楚州山陽人。事太祖、太宗、真宗三朝，以檢校太傅、左驍衛上將軍、安遠軍節度觀察留後致仕。宋史有傳。

〔二四〕「榮王」十五句：王旦傳：「宮禁火災，旦馳入。帝曰：『兩朝所積，朕不妄費，一朝殆盡，誠可惜也。』旦對曰：『陛下富有天下，財帛不足憂，所慮者，政令賞罰之不當。臣備位宰府，天災如此，臣當罷免。』繼上表待罪，帝乃降詔罪己，許中外封事言得失。」榮王趙元儼，爲太宗第八子，真宗時進封榮王。坐侍婢縱火，延燔禁中，降封端王。仁宗時，封荆王，卒贈燕王。宋史有傳。

〔二五〕「公累官」十三句：王文正公遺事：「公病，堅求罷免。一日，得對於滋福殿，上召皇太子出，曰：『拜相公。』上曰：『朕覺多病，方將以大事托卿，而卿又病。』公因叙述祖宗創業積累之盛：『臣熟觀皇太子，必能上副天意，無煩過慮。』因言二府須是常得人，乃薦可用者十餘人，後皆至大府，其間不踐二府者獨李伋、凌策。」按：李伋，本文及宋史均作李及。及字幼幾，鄭州人。歷知隴州、延州、杭州、河南府等，召拜御史中丞，以清介簡嚴著稱。凌策，字子奇，宣州涇人。雍熙進士。歷知蜀州、青州、揚州，爲淮南東路安撫使、江南轉運使，官至工部侍郎。宋史凌策傳載王旦言：「策涖事和平，可寄方面。」又言：「策性淳質和，臨事彊濟。」並謂「上深然之」。

〔二六〕「不以時」句：涑水紀聞卷六：「王旦疾久不愈，上命肩輿入禁中，使其子雍與直省吏扶之，見於延和殿，勞勉數四。」

〔二七〕「疾亟」四句：王文正公遺事：「公疾革，上臨視，賜白金五千兩，召楊文公於床前作讓表，公覽，乃自書四句曰：『已懼多藏，况無用處。見謀散施，以息災殃。』」

〔二八〕「真宗」句：王文正公遺事載，楊億於王旦臨終時爲其作讓表，章獻太后與人曰：「上見公表，泣下久之。」又載：「張徐公耆出鎮河陽，禮有曲宴，上令撤樂，宣示坐中曰：『王某在殯，朕不忍聽。』慘怛者久之。公薨，上令内司賓取公筆硯一副，言只要王某使舊者，欲與皇太子。」

〔二九〕「其子弟」二句：王文正公遺事：「公薨，諸子白衣者尚數人。公病革，命楊文公撰遺表，語文公曰：『但叙述遭逢，望保聖躬，日親庶政，進賢用士，不可以將盡之意，更以宗親爲托。』後推恩延賞，皆出於朝廷。」

〔三〇〕雍：據王文正公遺事，雍嘗爲太子中允、勾當專勾司，同判太常寺。王旦傳稱「雍，國子博士」。

〔三一〕沖：王旦傳稱「沖，左贊善大夫」。

〔三二〕韓億：字宗魏，開封雍丘人。咸平進士。真宗朝以王旦之婿避嫌，數任外官。旦卒，始召入。仁宗時，官至參知政事。宋史有傳。王文正公遺事：「公之婿韓公例當遠，公私以語其女曰：『爾勿憂，此一小事也。』一日，召女曰：『韓郎知洋州。』女曰：『何往入川？』公曰：『爾歸吾家，且不失所，吾若有所求，他日使人指韓郎婦翁，奏免遠適，累其遠大也。』後韓公聞之曰：『公待我厚也。』如此而韓終踐二府，以東宮二品官終老於家。」

〔三三〕 蘇耆：字國老，蘇舜欽之父。蘇集編年卷七先公墓誌銘：「未冠，謁文正王公旦，公器之，以息女歸。……出知湖之烏程，以文正公當國，凡五載，未嘗求代遷。」王文正公遺事：「公之婿蘇耆應進士舉，唱第之日，格在諸科，故樞相陳文惠堯叟奏上曰：『蘇耆是故蘇易簡男，王某女婿。』上顧公曰：『卿女婿也？』公不對。乃斂身少却，願且修學。及出，陳公語公曰：『相公何不一言？則耆及第矣。』公笑曰：『上親臨軒試天下士，至公也。某爲冢宰，自薦親屬於冕旒之前，士子盈庭，得不失體？』陳公愧謝之。」

〔三四〕 范令孫：生平不詳。

〔三五〕 吕公弼：字寶臣，以父吕夷簡蔭補官，賜進士出身。仁宗朝歷河北轉運使、權知開封府、知成都府。英宗時任樞密副使，神宗時爲樞密使。宋史有傳。

〔三六〕「公事」句：王文正公遺事：「公之兄早亡，事嫂有禮，歸朝見則於堂廡間，榮國夫人日伴食。」

〔三七〕「与其弟」句：王文正公遺事：「公之子雍授官，家人欲制公服，公不許，曰：『且令着衫。』後公之弟賜緋魚，子方得衣緑。公因語其弟曰：『我向不欲小子輩與叔同服色。』公弟拜謝曰：『我兄友愛之意如此。』」旭，王旭，字仲明，知雍丘縣，三遷至殿中丞。自王旦居宰府，旭以嫌不任職，後出知潁州。旦卒，由兵部郎中出知應天府。生平附宋史王祐傳後。

〔三八〕「而務」二句：王文正公遺事：「公每見家人服飾似過，則瞑目曰：『吾門素風一至於此。』亟令減損，故家人或有一衣稍華，出，於車中遽易之，不敢令公見。」又云：「有貨玉帶者，持以及門，弟因呈公，公曰：『如何？』弟曰：『甚佳。』公命繫之，曰：『還見佳否？』弟曰：『繫之安得自見？』公曰：『玉亦石也，得不重乎？自負重而使觀者稱好，無亦勞我？我腰間不稱此物，亟還之。』故平生所服，止於賜帶。」又云：「公歸餐，必召諸子，使之席地聚食，乃語左右曰：『剩與菜吃，此輩生長公相家，已驕矣，不可使不知淡薄之味。』」又云：「上宣示曰：『聞卿居第甚陋，朕密令計之，官爲修營其間，更繫卿意增損之。』公頓首曰：『臣所居，乃先父舊廬，當日止庇風雨，臣今完葺過已甚矣，每思先父，常有愧色，豈更煩朝廷？』上再三諭之，公力辭，乃止。」

〔三九〕「至其」二句：王旦卒于天禧元年（一〇一七），時王素十一歲，尚未有官職。涑水紀聞卷七言王旦「身没之日，諸子猶有褐衣者」。

〔四〇〕「有文集」句：宋史藝文志七著録王旦集二十卷。

〔四一〕「乾興」二句：長編卷九九乾興元年十一月：「戊辰，以李沆、王旦、李繼隆配饗真宗廟廷。」

〔四二〕「昔者」五句：烝民、江漢，屬詩經大雅。朱熹詩集傳曰：「宣王命樊侯仲山甫築城於齊，而尹吉甫作詩以送之。」又曰：「宣王命召穆公平淮南之夷，詩人美之。」宣王，名靜，周厲王之子，在位其間，周朝有中興氣象。

〔四三〕「時有」四句：吴處厚青箱雜記卷一：「世傳真宗任旦爲相，常倚以決事。故歐陽少師撰旦神道碑銘曰：『國有大事，事有大疑。匪卜匪筮，公爲蓍龜。』公雖荷真宗眷委之重，每慎密遠權以自防，故君臣之間，略無纖隙可窺。」王旦善察人，有預見之明。王文正公遺事：「公嘗與楊文公評品人物，文公曰：『丁謂久遠果如何？』公曰：『才則才矣，語道未可，他日在上位，使有德助之，庶保終吉。若獨當權，必爲身累。』後丁公果被流竄。」

【集評】

〔宋〕洪邁：祥符以後，凡天書、禮文、宫觀、典册、祭祀、巡幸、祥瑞、頌聲之事，王文正公旦實爲參政、宰相，無一不預，官自侍郎至太保。公心知得罪於清議，而固戀患失，不能決去。及其臨終，乃欲削髮僧服以斂，何所補哉！魏野贈詩所謂「西祀東封今已了，好來相伴赤松游」，可謂君子愛人以德，其箴戒之意深矣。歐陽公神道碑悉隱而不書，蓋不可書也。雖持身公清，無一可議，然特張禹、孔光、胡廣之流云。（容齋隨筆卷四）

觀文殿大學士行兵部尚書西京留守贈司空兼侍中晏公神道碑銘

并序〔一〕

至和元年六月，觀文殿大學士、行兵部尚書、西京留守、臨淄公以疾歸于京師。八月，疾少間，入見。天子曰：「噫！予舊學之臣也。」乃留侍講邇英閣，詔五日一朝前殿。明年正月，疾作，不能朝。敕太醫朝夕往視〔一〕。有司除道，將幸其家。公歎曰：「吾無狀，乃以疾病憂吾君。」即馳奏曰：「臣疾少間，行愈矣。」乃止。其月丁亥，以公薨聞，天子震悼，亟臨其喪，以不即視公爲恨〔二〕。贈公司空兼侍中，謚曰元獻。有司請輟視朝一日，詔特輟二日。以其年三月癸酉，葬公于許州陽翟縣麥秀鄉之北原。既葬，賜其墓隧之碑首曰「舊學之碑」。既又敕史臣修考次公事，具書于碑下。

臣修伏讀國史，見真宗皇帝時天下無事，天子方推讓功德，祠祀天地山川，講禮樂以文頌聲，而儒學文章俊賢偉異之人出。公世家江西之臨川。年始十四，一日起田里，進見天子，時方親閱天下貢士，會廷中者千餘人，與夫宫臣、衛官，擁列圜視。公不動聲氣，操筆爲文辭，立成以獻。天子嘉賞，賜同進士出身，遂登館閣，掌書命，以文章爲天下所宗。逮陛下養德東宫，先帝選用臣屬，即以公遺陛下〔三〕。由王官、宫臣，卒登宰相，凡所以輔道聖德，憂勤國家，有舊有勞，自始至卒，五十餘年。公既薨，而先帝之名臣與陛下東宫之舊人，皆無在者，宜其褒寵優異，比公甘盤〔四〕。臣修幸得執筆史官，奉明詔，謹昧死上臨淄公事。曰：

公諱殊，字同叔，姓晏氏。其世次晦顯，徙遷不常。自其高祖諱墉，唐咸通中舉進士〔五〕，卒官江西，始著籍于高安，其後三世不顯。曾祖諱延昌，又徙其籍于臨川。祖諱部，追封英國公。考諱固，追封秦國公。自曾祖已下，皆用公貴，累贈開府儀同三司、太師、中書令兼尚書令。曾祖妣張氏，陳國太夫人。祖妣傅氏，許國太夫人。妣吳氏，唐國太夫人㈡。

公生七歲，知學問㈢，爲文章，鄉里號爲神童。故丞相張文節公安撫江西㈣〔六〕，得公以聞。真宗召見，既賜出身，後二日，又召試詩、賦、論，公徐啓曰：「臣嘗私習此賦，不敢隱。」真宗益嗟異之，因試以他題。以爲秘書省正字，置之秘閣，使得悉讀秘書，命故僕射陳文僖公視其學〔七〕。明年，獻其所爲文，召試中書，遷太常寺奉禮郎〔八〕。封祀太山，推恩，遷光禄寺丞，數月，充集賢校理。明年，遷著作佐郎。丁父憂，去官。已而真宗思之，即其家起復，命淮南發運使具舟送之京師㈤，從祀太清宮，賜緋衣銀魚，同判太常禮院。又丁母憂，求去官服喪，不許。今天子始封昇王，公以選爲府記室參軍，再遷左正言、直史館〔九〕。今天子爲皇太子，以户部員外郎充太子舍人，賜金紫，知制誥，判集賢院，遷翰林學士，充景靈宮判官、太子左庶子〔一〇〕，兼判太常寺、知禮儀院。公既以道德文章佐佑東宮，真宗每所諮訪，多以方寸小紙細書問之，由是參與機密，凡所對，必以其稿進，示不洩。其後悉閲真宗閣中遺書，得公所進稿，類爲八十卷，藏之禁中，人莫之見也。

初，真宗遺詔，章獻明肅太后權聽軍國事〔一一〕。宰相丁謂、樞密使曹利用各欲獨見奏事，無敢決其議者。公建言：「羣臣奏事太后者，垂簾聽之，皆毋得見。」議遂定〔一二〕。乾興元年，拜右諫議大夫兼侍讀學士，遷給事中、景靈宮副使〔一三〕，判吏部流内銓，以易侍講崇政殿。遷禮部侍郎、知審官院，爲樞密副使〔一四〕，遷刑部侍郎。上疏論張耆不可爲樞密使，由是忤太后旨，坐以笏擊其僕，誤折其齒罷。留守南京，大興學校，以教諸生。自五代以來，天下學廢，興自公始〔一五〕。召拜御史中丞，改兵部侍郎，兼秘書監、資政殿學士、翰林侍讀學士〔一六〕，知天聖八年禮部貢舉〔一七〕。明年，爲三司使，復爲樞密副使，未拜，改參知政事〔一八〕，遷尚書左丞。太后謁太廟，有請服衮冕者〔一九〕，太后以問公，公以周官后服對。太后崩，大臣執政者皆罷，公爲禮部尚書、知亳州㊅〔二〇〕，徙知陳州，遷刑部尚書。復召爲御史中丞〔二一〕，又爲三司使〔二二〕，知樞密院事，拜樞密使〔二三〕，再加檢校太尉、同中書門下平章事〔二四〕。慶曆三年三月，遂以刑部尚書居相位，充集賢殿大學士，兼樞密使〔二五〕。自公復召用，而趙元昊反〔二六〕，師出陝西，天下弊於兵。公數建利害，請罷監軍，無以陣圖授諸將，使得應敵爲攻守，及制財用爲出入之要㊆，皆有法。天子悉爲施行，自宮禁先，以率天下，而財賦之職悉歸有司，卒能以謀臣元昊，使聽約束，乃還其王號〔二七〕。

公爲人剛簡，遇人必以誠，雖處富貴如寒士，罇酒相對，歡如也〔二八〕。得一善，稱之如己出，當世知名之士，如范仲淹、孔道輔等，皆出其門。及爲相，益務進賢材〔二九〕。當公居相府時，范仲淹、韓琦、富弼皆進用，至於臺閣，多一時之賢〔三〇〕。天子既厭西兵，閔天下困弊，奮然有意，遂欲因羣材以更治，數詔大臣條天下事。方施行，而小人權倖皆不便〔三一〕。明年秋，會公以事罷，而仲淹等相次亦皆去，事遂已〔三二〕。公既罷，以工部尚書知潁州〔三三〕，徙知陳州〔三四〕，又徙許州，三遷户部尚書，拜觀文殿大學士、知永興軍，充一路都部署、安撫使。徙知河南府兼西京留守，累進階至開府儀同三司，勳上柱國，爵臨淄公，食邑萬二千户，實封三千七百户。

公享年六十有五。自少篤學，至其病亟，猶手不釋卷。有文集二百四十卷。嘗奉敕修上訓及真宗實録，又集類古今文章，爲集選二百卷〔三五〕。其爲政敏㈧，而務以簡便其民。其於家嚴，子弟之見有時，事寡姊孝謹，未嘗爲子弟求恩澤。其在陳州，上問宰相曰：「晏某居外，未嘗有所請，其亦有所欲邪？」宰相以告公。公自爲表，問起居而已。故其薨也，天子尤哀悼之，賜予加等，以其子承裕爲崇文院檢討㈨，孫及甥之未官者九人，皆命以官。

公初娶李氏，工部侍郎虚己之女〔三六〕；次孟氏，屯田員外郎虚舟之女〔三七〕，封鉅鹿郡夫人；次王氏，太師、尚書令超之女〔三八〕，封榮國夫人。子八人〔三九〕：長曰居厚，大理評事，早卒；次承裕，尚書屯田員外郎；宣禮，贊善大夫；崇讓，著作佐郎；明遠、祗德，皆大理評事；幾道、傳正，皆太常寺太祝。女六人，長適户部侍郎、同中書門下平章事富弼〔四〇〕，次適禮部侍郎、三司使楊察〔四一〕，其四尚幼。孫十有二人㈠。公既樂善而稱爲知人，士之顯于朝者，多公所薦達，至擇其女之所從，又得二人者如此，可謂賢也已㈡。

銘曰：

有姜之裔，齊爲晏氏。齊在春秋，晏顯諸侯。傳載桓子，嬰稱于丘〔四二〕。其後無聞，不亡僅存。有煒自公，厥聲以振。公之顯聲，實相天子。天子曰：「噫，予考真宗，唯多名臣，以臻盛隆。汝初事我，王官東宫。以暨相予，始卒一躬。輔我以德，有勞于邦。」公疾在外，來歸自洛。天子曰：「留，汝予舊學。凡今在庭，莫如汝舊。孰以畀予？唯予聖考。今既亡矣，孰爲予老？何以贈之，司空侍中。禮則有加，予思何窮！」有篆其文，在其碑首。天子之褒，史臣有詔。銘以述之，永昭厥後。

【校記】

㈠敕：原校：一作「飭」。　㈡唐：原校：一作「越」。　㈢知學問：原校：一作「始學知」。　㈣西：原校：一作「南」。　㈤之：原校：一作「至」。　㈥「公」上：原校：一有「以」字。　㈦爲：原校：一無「爲」字。㈧其：原校：一作「公」。　㈨承：原校：一作「成」，下同。　㈩二：原校：一作「三」。　⑪「可謂」句上：原校：一有「嗚呼」字。

【箋注】

〔一〕如題下注，至和二年（一〇五五）作。晏殊是年正月卒，三月葬。如文中所云，「既葬」，歐奉敕撰本文。

〔二〕「明年」十八句：王銍默記卷上：「晏元獻自西京以久病請歸京師，留置講筵。病既革，上將臨問之。甥楊文仲謀謂：『凡問疾大臣者，車駕既出，必携紙錢。蓋已膏肓，或遂不起，即以吊之，免萬乘再臨也。』遂奏：『臣病稍安，不足仰煩臨問。』仁宗然之，實久病，忌携奠禮以行。然後數日即薨。故歐公作神道碑言：『明年正月，疾作，不能朝……上以不即視公爲恨。』蓋此意也。」

〔三〕「逮陛下」三句：墨客揮犀卷一〇：「（晏元獻公）爲館職，時天下無事，許臣僚擇勝燕飲。當時侍從文館士人大夫爲燕集，以至市樓酒肆，往往皆供帳爲游息之地。公是時貧甚，不能出，獨家居，與昆弟講習。一日，選東宫官，忽自中批除晏殊。執政莫喻所因，次日進覆，上諭之曰：『近聞館閣臣僚，無不嬉游燕賞，彌日繼夕。惟殊杜門與兄弟讀書，如此謹厚，正可爲東宫官。』公既受命得對，上面諭除授之意。公語言質野，則曰：『臣非不樂燕游者，直以貧，無可爲之。臣若有錢，亦須往，但無錢不能出耳。』上益嘉其誠實，知事君體，眷注日深。」

〔四〕甘盤：商王武丁之大臣，以賢明著稱。相傳與傅説輔佐武丁成就中興偉業。見尚書注疏卷一五。

〔五〕咸通：唐懿宗李漼年號（八六〇至八七四）。

〔六〕張文節公：即張知白。知白字用晦，滄州清池人。端拱進士。歷任尚書工部郎中、參知政事、樞密副使等。天聖三年拜相。卒謚文節。宋史有傳。

〔七〕「真宗召見」十三句：長編卷六〇景德二年五月：「撫州進士晏殊，年十四……以俊秀聞，特召試。殊試詩、賦各一首……屬辭敏贍，上深歎賞……乃賜殊進士出身……後二日，復召殊試詩、賦、論，殊具言賦題嘗所私習，上益愛其淳，直改試他題。既成，數稱善，擢秘書省正字、秘閣讀書，仍命直史館陳彭年視其所學及檢察其所與游者。」按：陳彭年，字永年，建昌軍南城人。雍熙進士。歷仕州縣，後爲翰林學士、同修國史，官至參知政事。卒謚文僖。宋史有傳。

〔八〕「遷太常」句：東軒筆録卷三：「曾諫議致堯性剛介，少許可。一日，在李侍郎虚己坐上，見晏元獻公。晏，李之婿也，初爲奉禮郎。曾熟視之曰：『晏奉禮他日貴甚，但老夫耄矣，不及見子爲相也。』」

〔九〕「今天子」三句：今天子，仁宗也。長編卷九一天禧二年二月：「丁卯，以昇州爲江寧府，置軍曰建康，命壽春郡王爲節度使加太保，封昇王……戊辰，以壽春郡王友張士遜、崔遵度並爲昇王府諮議參軍，左正言、直史館晏殊爲記室參軍。」按：仁宗初名受益，宋史仁宗紀：「受益大中祥符八年封壽春郡王。」

〔一〇〕「今天子爲」七句：長編卷九二天禧二年八月：「甲辰，立昇王受益爲皇太子，改名禎……庚戌……右正言、直史館晏殊兼舍人，賜金紫。」宋史晏殊傳：「爲昇王府記室參軍。歲中，遷尚書户部員外郎，爲太子舍人，尋知制誥，判集賢院。久之，爲翰林學士，遷左庶子。」

〔一一〕「真宗」二句：長編卷九八乾興元年二月：「（甲寅）上不豫浸劇……上每言：『皇后所行，造次不違規矩，朕無憂也。太子動息，后必躬親調護。』……戊午，上崩於延慶殿，仁宗即皇帝位，遺詔尊皇后爲皇太后……軍國事兼權取皇太后處分。」

〔一二〕「宰相」七句：長編卷九八乾興元年二月：「癸亥，太后忽降手書，處分盡如謂所議，蓋謂不欲令同列預聞機密，故潛結（雷）允恭，使白太后，卒行其意。及學士草詞，允恭先持示謂，閲訖乃進。」此下原注云：「歐陽修作晏殊神道碑云：『丁謂、曹利用各欲獨見奏事，無敢決其議。殊建言羣臣奏事太后者，垂簾聽之，皆無得見，議遂定。』附傳、正傳俱無此，今亦不取。」按：長編不取，而宋史却照樣録入晏殊傳中。丁謂，字謂之，蘇州長洲人。淳化進士。累官同中書門下平章事，封晉國公。機敏險狡，營建宫觀，僞造祥瑞，迎合真宗，排擊寇準。仁宗即位後，因其欺罔及與宦官交通，貶崖州司户參軍。曹利用，字用之，趙州寧晉人。嘗從真宗親征澶州，奉使契丹軍，折其割地之請。天禧時任樞密使，旋加同平章事。仁宗即位，又加左僕射兼侍中。因恃功肆威，結怨者衆。坐從子犯法，罷知隨州，自縊死。二人宋史均有傳。

〔一三〕「乾興」三句：長編卷九九乾興元年七月：「癸酉，以翰林學士、左諫議大夫、知制誥晏殊爲給事中。及上即位，殊已進官，太后謂東宫舊臣恩不稱，特加命焉。」卷一〇〇天聖元年二月：「景靈宫有真宗御容，將奉安於西京應天院。丁酉，命馮拯爲禮儀使。凡奉安御容多以宰相或近臣爲禮儀使。」

〔一四〕「爲樞密」句：長編卷一〇三天聖三年十月：「辛酉，翰林學士、禮部侍郎晏殊爲樞密副使。」

〔一五〕「上疏」九句：長編卷一〇五天聖五年正月：「庚申，降樞密副使、刑部侍郎晏殊知宣州。先是太后召張耆爲樞密使，殊言：『樞密與中書兩府同任天下大事，就令乏賢，亦宜使中材處之，耆無它勳勞，徒以恩倖極寵榮天下，已有私徇非材之議，奈何復用爲樞密使也？』太后不悦。於是從幸玉清昭應宫，從者持笏後至，殊怒，撞以笏，折其齒。監察御史曹修古、王沿等劾奏殊身任輔弼，百僚所法，而忿躁，無大臣體……請正典刑，以允公議。殊坐是免，尋改知應天府。殊至應天，乃大興學。范仲淹方居母喪，延以教諸生。自五代以來，天下學廢，興自殊始。」按：張耆，字元弼，開封人。年十一，給事真宗藩邸。真宗即位，授西頭供奉官，累遷左僕射、護國軍節度，封徐國公。耆爲人有智數，章獻太后微時嘗寓其家，耆事之甚謹。及太后預政，寵遇最厚。宋史有傳。「坐以笏擊其僕」三句，何焯評曰：「明著其事者，見罷之非罪爾。」（義門讀書記卷三九）

〔一六〕「改兵部」二句：長編卷一〇七天聖七年二月：「（丁卯）御史中丞兼刑部侍郎晏殊，爲兵部侍郎、資政殿學士、翰林侍讀學士兼秘書監。」

〔一七〕「知天聖」句：據長編卷一〇九，命晏殊權知禮部貢舉在天聖八年正月丙寅。

〔一八〕「復爲」三句：長編卷一一一明道元年八月：「辛丑，以三司使、兵部侍郎晏殊爲樞密副使……丙午，以樞密副使晏殊爲參知政事。」

〔一九〕「太后」二句：本集卷二六簡肅薛公墓誌銘：「明道二年，莊獻明肅太后欲以天子衮冕見太廟，臣下依違不决。」宋史程琳傳：「章獻太后時，嘗上武后臨朝圖，人以此薄之。」

〔二〇〕「公爲」句：長編卷一一二明道二年四月：「（己未）尚書右丞、參知政事晏殊，罷爲禮部尚書、知江寧府，尋改亳州。」

〔二一〕「復召」句：長編卷一一二寶元元年四月：「（乙亥）刑部尚書、知陳州晏殊以本官兼御史中丞，充理檢使。」

〔二二〕「又爲」句：長編卷一二二寶元元年十二月：「甲戌，刑部尚書兼御史中丞晏殊復爲三司使。」

〔二三〕拜樞密使：長編卷一二八康定元年九月：「戊辰，刑部尚書、知樞密院事晏殊，爲檢校太傅，充樞密使。」

〔二四〕「再加」句：據長編卷一三七，晏殊同平章事在慶曆二年七月。

〔二五〕「慶曆」四句：長編卷一四〇慶曆三年三月：「刑部尚書、同平章事晏殊依前官平章事，兼樞密使。」

〔二六〕趙元昊反：西夏首領趙元昊反宋自立，事見長編卷一二二。

〔二七〕「乃還」句：慶曆四年十月，西夏稱臣，宋册元昊爲夏國主，歲給銀、絹、茶。事見長編卷一五二。

〔二八〕「遇人」四句：避暑録話卷上：「晏元獻公雖早富貴，而奉養極約，惟喜賓客，未嘗一日不燕飲，而盤饌皆不預辦，客至旋營之。頃有蘇丞相子容嘗在公幕府中，見每有嘉客必留，但人設一空案、一杯。既命酒，果實蔬茹漸至，亦必以歌樂相佐，談笑雜出。數行之後，案上已燦然矣。」

〔二九〕「當世」五句：石林燕語卷九：「晏元獻公喜推引士類，前世諸公爲第一。爲樞府時，范文正公始自常調薦爲秘閣校勘。後爲相，范公入拜參知政事，遂與同列。孔道輔微時，亦嘗被薦。後元獻再爲御史中丞，復入爲樞府，道輔實代其任。富韓公，其婿也。吕申公薦報聘契丹，公時在樞府，亦從而薦之，不以爲嫌。」按：孔道輔，字原魯，孔子四十五世孫。以剛毅諒直聞名，官至御史中丞。生平見臨川集卷九一給事中贈尚書工部侍郎孔公墓誌銘。宋史有傳。

〔三〇〕「當公」四句：慶曆三年三月，吕夷簡罷相，晏殊爲宰相兼樞密使。時富弼爲樞密副使。四月，自陝西邊防召回韓琦、范仲淹，並爲樞密副使。事見長編卷一四〇。

〔三一〕「天子」七句：見本集卷二〇文正范公神道碑銘箋注〔二二〕、〔二三〕。

〔三二〕「明年」四句：長編卷一五二慶曆四年九月：「庚午，刑部尚書、平章事兼樞密使晏殊罷爲工部尚書、知潁州。殊初入相，擢歐陽修等爲諫官，既而苦其論事煩數，或面折之。及修出爲河北都轉運使，諫官奏留修，不許。孫甫、蔡襄遂言章懿誕生聖躬，爲天下主，而殊嘗被詔誌章懿墓，没而不言。又奏論殊役官兵治僦舍以規利。殊坐是黜。」晏殊罷相後，范仲淹、富弼、杜衍等亦先後遭貶，慶曆新政遂告夭折。見文正范公神道碑銘箋注〔二四〕。

〔三三〕「公既罷」二句：蘇轍龍川别志：「章懿之崩，李淑護葬，晏殊撰志文，只言『生女一人，早卒，無子』。仁宗憾之，及親政，内出志文以示宰相曰：『先后誕育朕躬，殊爲侍從，安得不知？乃言生一公主，又不育，此何意也？』吕文靖曰：『殊固有罪，然宫省事秘，臣備位宰相，是時雖略知之，而不得其詳。殊之不審，理容有之。然方章獻臨御，若明言先后實生聖躬，事得安否？』上默然良久，命出殊守金陵。明日，以爲遠，改守南都……及殊作相，八王疾革，上親往問，王曰：『叔久不見官家，不知今誰作相？』上曰：『晏殊也。』王曰：『此人名在圖讖，胡爲用之？』上歸閲讖，得成敗之語，并記志文事，欲重黜之。宋祁爲學士，當草白麻，爭之。乃降二官，知潁州，詞曰：『廣營産以殖貲，多役兵而規利。』以他罪罪之。殊免深譴，祁之力也。」李心傳舊聞證誤卷二：「按國史，明道二年三月，章獻崩。四月乙未，宰相李言爲是。

燕王薨。九月，晏公乃罷相，實用蔡君謨、孫之翰章疏也。『殖私』、『規利』亦章疏中語。文定所記二事皆誤。」按：當以

呂夷簡判澶州，執政晏殊等五人皆遷一官罷，恐非緣志文事也。是時，許公例罷去，安得救解元獻耶？慶曆四年正月，

〔三四〕「徙知」句：長編卷一六七皇祐元年七月：「癸卯，禮部尚書、知陳州晏殊爲刑部尚書、觀文殿學士。」

〔三五〕「又集」二句：晏殊傳：「刪次梁、陳以後名臣述作，爲集選一百卷。」

〔三六〕虛己：李虛己，字公受，建安人。太平興國進士。歷提點荆湖南路刑獄、淮南轉運副史、權御史中丞等，

官至工部侍郎。宋史有傳。

〔三七〕虛舟：孟虛舟，生平不詳。

〔三八〕超：王超，趙州人。太宗時，累遷河西軍節度、殿前都虞侯；真宗時，帥三路軍戰契丹。卒贈尚書令，追

封魯國公，謚武康。宋史有傳。

〔三九〕子八人：晏殊傳：「子知止，爲朝請大夫。」按：八人中無知止其人。幾道，字叔原，號小山，以文學知名。

〔四〇〕「長適」句：石林燕語卷九：「晏元獻公嘗屬范文正公擇婿。久之，文正言有二人，其一富高，一張爲善。

公曰：『二人孰優？』曰：『富君器業尤遠大。』遂納富，即富公也，時猶未改名。以宰相得宰相，衣冠以爲盛世事。爲善

亦安道舊名。」按：富高、張爲善係富弼、張方平之舊名。

〔四一〕「次適」句：楊察字隱甫，合肥人。景祐進士。歷江南東路轉運使、右正言、知制誥、權御史中丞、權知開

封府等職，官至三司使。宋史有傳。高晦叟珍席放談卷下：「富文忠、楊隱甫皆晏元獻公婿也。公在二府日，二人已升

貴仕。富每詣謁，則書室中會話竟日，家膳而去。楊或來見，坐堂上置酒從容，出姬侍奏弦管、按歌舞以相娛樂。人以是

知公待二婿之重輕也。二婿之功名、年位，亦自不相倫矣。」

〔四二〕「齊在」四句：晏氏仕齊，顯於諸侯。桓子，晏嬰之父，名弱父，齊大夫。左傳載其事甚多，如宣公十四年

有「冬，公孫歸父會齊侯於穀，見晏桓子，與之言魯樂」等記載。晏嬰，字平仲，仕靈、莊、景公三朝，爲齊名相，得到孔丘

的贊揚。論語公冶長：「子曰：『晏平仲善與人交，久而敬之。』」

【集評】

〔清〕儲欣：慶曆之盛，衆賢在朝，臨淄公力也。公固一代偉人，而碑文亦刻畫端雅。（六一居士全集録評語卷二）

〔清〕沈德潛：通體從舊學作意。晏元獻無甚顯功，然能使衆賢聚於朝廷，則薦賢爲國之功不可泯也。奉詔撰文自應端重醇正，得雅、頌之遺。（唐宋八大家文讀本評語卷一二）

居士集卷二十三

碑銘二首

忠武軍節度使同中書門下平章事武恭王公神道碑銘并序〔一〕

惟王氏之先爲常山真定人，後世葬河南密㊀，而密分入于管城，遂爲鄭州管城人，其封國仍世于魯〔二〕。惟魯武康公事太宗皇帝〔三〕，秉節治戎，出征入衛，乃受遺詔，輔真宗，有勞有勤，報恤追崇，以有兹魯國〔四〕，是生魯武恭公。

公少以父任爲西頭供奉官。至道二年，遣五將討李繼遷〔五〕，公從武康公出鐵門，爲先鋒，殺獲甚衆〔六〕。軍至烏白池，諸將失期，不得進，公告其父曰：「歸師過險㊁，爭必亂。」乃以兵前守隘，號其軍曰㊂：「亂行者斬。」由是士卒無敢先後，雖武康公亦爲之按轡。追兵望其軍整，不敢近。武康公歎曰：「王氏有子矣。」後以御前忠佐爲軍頭巡檢。邢、洺男子張洪霸聚盜二州間，歷年，吏不能捕㊃。公以氈車載勇士爲婦人服，盛飾誘之邯鄲道中，賊黨爭前邀劫，遂皆就擒，由是知名〔七〕。

公以將家子宿衛真宗〔八〕，爲内殿直、殿前左班都虞候、捧日左廂都指揮使〔九〕，累遷英州團練使。今天子即位，改博州團練使、知廣信軍〔一〇〕，徙知冀州，遷康州防禦使〔一一〕，歷龍神衛、捧日、天武四廂都指揮使，侍衛親軍步軍馬軍殿前都虞候〔一二〕，步軍副都指揮使，桂、福二州觀察使〔一三〕。是時，章獻太后猶臨朝，有詔補一軍吏。公曰：「補吏，軍政也。敢挾詔書以干吾軍！」亟請罷之。太后固欲與之，公不奉詔，乃止。及太后上仙〔一四〕，有司請衛士坐甲，公以爲故事無爲太后喪坐甲，又不奉詔。於是天子知公可任大事㊄。明道二年，拜檢校太保、簽署樞密院事，遂爲副使〔一五〕。明年，以奉國軍留後同知院事〔一六〕。又明年，領安德軍節度使〔一七〕。又明年，加檢校太尉、宣徽南院使〔一八〕。公爲將，善撫士，而識與不識，皆喜爲之稱譽。其狀貌雄偉動人，雖里兒、巷婦，外至夷狄，皆知其名氏〔一九〕。御史中丞孔道輔等因事以爲言，乃罷公樞密，拜武寧軍節度使〔二〇〕。言者不已，即以爲右千牛衛上將軍、知隨州〔二一〕。士皆爲之懼，公舉止言色如平時，惟不接賓客而已。久之，徙知曹州㊅。而孔道輔卒，客有謂公曰：「此害公者也。」公愀然曰：「孔公以職言事，豈害我者？可惜朝廷亡一直臣。」於是言者終身以爲愧，而士大夫服公爲有量。

慶曆二年，起公爲保静軍留後、知青州。未行，而契丹聚兵幽、涿，遣使者有所求，自河以北皆警，乃拜公保静軍節度使、知澶州〔二二〕。契丹使者過澶州〔二三〕，見公，喜曰：「聞公名久矣，乃得見於此邪。」公爲言已衰老，中國多賢士大夫，因指坐客，歷陳其世家，使者竦聽。是歲，徙真定府、定州等路都部署，改宣徽南院使、判成德軍，未行，徙判定州，兼三路都部署〔二四〕。公治其軍，無撓其私，亦不貸其過〔二五〕。居頃之，士皆可用。契丹使人覘其軍，或勸公執而戮之，公曰：「吾軍整而和，使覘者得吾實以歸，是屈人兵以不戰也。」明日，大閲于郊，公執桴鼓誓師，號令簡明，進退坐作，肅然無聲，乃下令曰：「具糗糧，聽鼓聲，視吾旗所鄉。」契丹聞之震恐。會復議和，兵解，徙知陳州。道過京師，天子遣中貴人問公欲見否，公謝曰：「備邊無功，幸得蒙恩徙内地，不敢見。」

明年，徙河陽，不行，以宣徽使奉朝請，已而出判相州。六年，拜同中書門下平章事、判澶州〔二六〕。明年，徙鄭州，封祁國公〔二七〕。又明年，乞骸骨，不許，以爲會靈觀使，已而復判鄭州，徙澶州，除集慶軍節度使，徙封冀國公〔二八〕。皇祐三年，遂以太子太師致仕，大朝會，許綴中書門下班〔二九〕。居一歲，天子思之，起爲河陽三城節度使、同中書門下平章事、判鄭州〔三〇〕。六年，以本官爲樞密使〔三一〕，徙封魯國公。既而上以富公弼爲宰相〔三二〕。是歲契丹使者來，公與之射。使者曰：「天子以公典樞密，而用富公爲相，得人矣。」語聞，上喜，賜公御弓一，矢五十。公善射，至老不衰。嘗侍上射〔三三〕，辭曰：「幸得備位大臣，舉止爲天下所視，臣老矣，恐不能勝弓矢。」上再三諭之，乃手二矢再拜，一發中之。遂將釋，復位，上固勉之，再發又中〔三四〕。由是左右皆歡呼，賜以襲衣、金帶。

自寶元、慶曆之間，元昊叛河西，兵出久無功㊆，士大夫爭進計策，多所改作。公笑曰：「奈何紛紛？兵法不如是也。使士知畏愛，而怯者勇，勇者不驕。以吾可勝，因敵而勝之爾，豈多言哉！」其在樞密，亦嘗自請臨邊，不許，凡大謀議，必以咨之。其在外，則遣中貴人詔問，其言多見施用〔三五〕。

公自致仕，復起掌樞密，凡三歲，以老求去位，至六七。上爲之不得已，以爲景靈宮使，徙忠武軍節度使，又以爲同羣牧制置使，五日一朝，給扶者以子若孫一人〔三六〕。是歲，公年七十有八矣。明年二月辛未，以疾薨于家。詔輟視朝二日，發哀于苑中，贈太尉、中書令。其遺言曰：「臣有俸禄，足以具死事，不敢復累朝廷，願無遣使者護喪，無厚賻贈。」天子惻然，哀其志，以黃金百兩、白金三千兩賜其家，固辭，不許。以其年五月甲申葬于管城。明年，有詔史臣刻其墓碑。

臣愚以謂自國家西定河湟，北通契丹，罷兵不用，幾四十年。一日元昊叛，幽、燕亦犯約，二邊騷動，而老臣宿將無在者。公於是時，屹然爲中國鉅人、名將，雖未嘗躬矢石，攻堅摧敵，而恩信已足撫士卒，名聲已足動四夷〔三七〕。遂登朝廷，典掌機密，以老還仕，復起于家，保有富貴，享終壽考。雖古之將帥，及于是者，其幾何人！至於出入勤勞之節，與其進退綢繆君臣之恩意，可以褒勸後世，如古詩書所載，皆應法可書㈧。

謹按魯武恭公，諱德用，字元輔。曾祖諱方，追封蔣國公；祖諱玄，追封邗國公㈨，皆贈中書令。父諱超，建雄軍節度使，贈尚書令㈩，追封魯國公，謚曰武康。公娶宋氏，武勝軍節度使延渥之女〔三八〕，初爲安定郡夫人，追封榮國公夫人。五男，四女。男曰咸熙，東頭供奉官，蚤卒；次曰咸融，西京左藏庫使、果州團練使〔三九〕；次曰咸庶㈡，内殿崇班，早卒；次曰咸英，供備庫副使；次曰咸康，内殿承制。銘曰：

魯始錫封，以褒武康。爰暨武恭，乃克有邦〔四〇〕。桓桓武恭，其容甚飭。偉其名聲，以動夷狄。公治軍旅，不寬不煩。恩均令齊，千萬一人。公在朝廷，出守入衛。乃登大臣，與國謀議。公曰：「老矣，乞臣之身。」帝曰：「休哉，汝予舊臣。」亟其强起，秉我樞鈞。禮不筋力〔四一〕，老予敢侮？公來在庭，拜毋蹈舞。若子與孫，助其與俯。凡百有位，誰其敢儔？惟時黄耇，天子之優。富貴之隆，亦有能保。孰享其終，如公壽考。公有世德，載勳旂常。刻銘有詔，俾嗣其芳。

【校記】

㊀密：卷後原校：此下一有「縣」字。㊁過險：卷後原校：一作「遇險」。㊂號其軍：卷後原校：一作「號令其軍」。㊃能捕：卷後原校：一作「敢捕」。㊄知：原校：一作「以」。㊅知：原校：一作「公」。㊆出：原校：一無「出」字。㊇書：原校：一作「紀」。㊈邗：原校：一作「邢」。㊉「贈尚書令」下：原校：一有「中書令」。⑪庶：原校：一作「度」。

【箋注】

〔一〕如題下注，嘉祐三年（一〇五八）作。武恭王公，王德用。據文中所記，德用嘉祐二年二月卒，五月葬。明年，有詔撰碑，歐奉詔而作本文。臨川集卷九〇有魯國公贈太尉中書令王公行狀（下簡稱王公行狀）。

〔二〕「其封國」句：王德用與其父王超均封爲魯國公，故云「仍世于魯」。

〔三〕魯武康公：即德用之父王超，見前篇箋注〔三八〕。

〔四〕「乃受」五句：宋史王超傳：「真宗嗣位，以翊戴功，加檢校太傅、領天平軍節度……契丹入邊，與戰于遂城西，俘馘二萬計，斬其裨王騎將十五人，手詔褒美。」

〔五〕「至道」二句：至道二年，西夏李繼遷叛宋，太宗派兵征討。長編卷四〇至道二年九月：「己卯，夏州、延州行營言兩路合勢破賊於烏白池，斬首五千級，生擒二千餘人……賊首李繼遷遁去。先是，上部分諸將攻討：李繼隆自環州，范廷召自延州，王超自夏州，步軍都虞候、容州觀察使潁川丁罕自慶州，西京作坊使、錦州刺史張守恩自鄜州，凡五路率兵抵烏白池。」按：李繼遷，銀州人，祖先爲拓跋氏，唐時賜姓李。宋時爲夏國主，淳化二年，請降于宋。太宗以爲銀州觀察使，賜姓名趙保吉。至道三年，又爲定難軍節度使。咸平四年攻宋，破定州、懷遠縣，陷清遠軍。五年，破靈州，以爲西平府。尋爲西蕃所敗，中流矢，卒。子德明、孫元昊相繼爲夏國主。見宋史外國傳夏國。

〔六〕「公從」三句：宋史王德用傳：「至道二年，分五路出兵擊李繼遷，超率兵六萬出綏、夏。德用年十七，爲先鋒，將萬人戰鐵門關，斬首十三級，俘掠畜産以萬計。」

〔七〕「後以」九句：王公行狀：「咸平二年，遷内殿崇班。三年，換御前忠佐馬軍副都頭。景德二年，爲馬軍都頭。大中祥符元年，爲邢、洺、磁、相巡檢提舉捉賊。男子張鴻霸聚黨界中爲盗，朝廷以名捕久之不得。公以氈車載壯士僞服爲婦人，誘之於野。於是鴻霸與其黨三十二人皆得，朝廷以爲能。」

〔八〕「公以」句：王闢之澠水燕談録卷二：「真宗上仙，時雖仲春而大雪苦寒，莊獻太后詔賜坐甲衛士酒，獨王德用令所轄禁旅不得飲。后以問德用，德用曰：『衛士荷先帝恩德厚矣，今率土崩心，安忍縱飲；矧嗣君尚少，未親萬機，不幸一夫酗酒，奮臂狂呼，得不動人心耶？』后大歎賞，自是有意大用。」

〔九〕「爲内」句：王公行狀：「（大中祥符）八年，遷散員内殿直都虞候。天禧四年，爲殿前左班都虞候。」據行狀，德用爲捧日左廂都指揮使在乾興元年。

〔一〇〕「今天子」二句：今天子指宋仁宗，其即位在乾興元年。據行狀，廣信軍爲康信軍，德用任此職，在天聖三年。

〔一一〕「徙知」二句：據行狀，時爲天聖五年。

〔一二〕「侍衛」句：據行狀，時爲天聖六年。

〔一三〕「桂、福」句：據行狀，德用爲桂州、福州觀察使，分别在天聖十年、明道元年。按：天聖十年十一月改元明道。

〔一四〕「及太后」句：明道二年，劉太后卒，謚曰章獻明肅。

〔一五〕「明道」三句：長編卷一一二明道二年四月：「（己未）福州觀察使王德用爲檢校太保、簽書樞密院事……德用謝曰：『臣武人，幸得以驅馳自效，賴陛下威靈，待罪行間足矣。且臣不學，不足以當大任。』帝遣使者趣入院。」又，卷一一三明道二年十月：「（戊午）簽書樞密院事王德用爲樞密副使。」

〔一六〕「以奉國軍」句：長編卷一一六景祐二年二月：「（戊辰）樞密副使、檢校太保王德用爲奉國留後、同知樞密院事。」又，卷一一九景祐三年十二月：「丁卯，奉國留後、同知樞密院事王德用知樞密院事。」

〔一七〕「領安德軍」句：長編卷一二〇景祐四年四月：「庚午，奉國留後、知樞密院事王德用爲武定節度使……尋改德用爲安德節度使。」

〔一八〕「加檢校」句：長編卷一二一寶元元年三月：「辛丑，安德節度使、知樞密院事王德用爲宣徽南院使、定國節度使，依前知樞密院事。」

〔一九〕「其狀貌」四句：澠水燕談録卷二：「王武恭公德用，寬厚善撫士，其貌魁偉而面色正黑，雖匹夫下卒、閭巷小兒，外至遠夷君長，皆知其名，識與不識，稱之曰『黑王相公』。」孫升孫公談圃卷上：「王德用號『黑王相公』。年十九，從父討西夏，威名大震。西人兒啼，即呼『黑大王來』以懼之。」

〔二〇〕「御史」三句：長編卷一二三寶元二年五月：「宣徽南院使、定國節度使、知樞密院事王德用，狀貌雄毅，面黑，而頸以下白皙，人皆異之。其居第在泰寧坊，直宮城北隅。開封府推官蘇紳嘗疏德用宅枕乾岡，貌類藝祖帝，匿其疏不下。御史中丞孔道輔繼言之，語與紳同，且謂德用得士心，不宜久典機密。壬子，罷爲武寧節度使，赴本鎮。德用尋以居第獻。」

〔二一〕「即以」句：孫公談圃卷上：「德用在朝，屢引年，仁宗惜其去……孔道輔上言：『德用狀類藝祖，宅枕乾岡。』即出知隨州，謝表云：『狀類藝祖，父母所生；宅枕乾岡，先朝所賜。』時人莫不多其言。」

〔二二〕「慶曆」七句：長編卷一三五慶曆二年二月：「辛丑，以新知澶州、保靜軍留後王德用爲保靜軍節度使。契丹將渝盟，上起德用於曹州，復留後，知青州。不數日，改澶州。入見上，流涕言：『臣前被大罪，陛下幸赦而不誅。今不足辱命。』上慰勞曰：『河北方警，藉卿威名鎮撫爾。』又賜手詔以遣之，即拜節度使。」

〔二三〕契丹使者：據王公行狀，爲劉六符。

〔二四〕「改宣徽」四句：長編卷一三六慶曆二年五月：「真定府、定州路都部署、保靜節度使王德用入朝奏事，命爲宣徽南院使、判成德軍。未行，改判定州，兼三路都部署，徙判定州。」王公行狀云：「以契丹使使求周世宗所取三關故地，聚兵幽薊，爲若侵邊者，乃移公判定州，兼三路都部署。」

〔二五〕「公治」三句：司馬光涑水紀聞卷四：「叔禮爲余言，昔通判定州，佐王德用。是時，契丹主在燕京，朝廷發兵屯定州者幾六萬，居逆旅及民家，闤塞城市，未有一人敢喧嘩暴横者。將校相誡曰：『吾輩各當務斂士卒，勿令擾我菩薩。』一旦，倉中給軍糧，軍士以所給米黑喧嘩紛擾，監官懼，逃匿。有四卒以黑米見德用，德用曰：『汝從我，當自入倉視之。』乃往，召專副問曰：『昨日，我不令汝給二分黑米、八分白米乎？』曰：『然。』『然則汝何不先給白米？此輩見所給米腐黑，以爲所給盡如是，故喧嘩耳。』專副對曰：『然，某之罪也。』德用叱從者杖專副人二十，又呼四卒謂曰：『黑米亦公家之物，不給與汝曹，當棄之乎？汝何敢乃爾喧嘩！』四卒相顧曰：『向者不知有八分白米故耳，某等死罪。』德用又叱：『如此，欲求決配乎？』指揮使者拜流汗，乃舍之。倉中肅然，僚佐皆服其能處事。」

〔二六〕「拜同」句：長編卷一五八慶曆六年二月：「宣徽南院使、保靜節度使、判相州王德用加同平章事。」

〔二七〕封祁國公：長編卷一六一慶曆七年十二月：「戊申，加恩百官……保靜節度使、同平章事王德用（封）祁國公。」

〔二八〕「除集慶軍」二句：據王公行狀，時爲皇祐二年。

〔二九〕「皇祐」四句：據長編卷一七〇，時爲是年四月辛丑。

〔三〇〕「起爲」句：長編卷一七二皇祐四年六月：「丁亥，太子太師致仕王德用爲河陽三城節度使、同平章事、判鄭州。時將相王姓者數人，而閭閻婦女小兒皆號德用黑王相公。德用雖致仕，乾元節上壽，預班廷中，契丹使語譯者曰：『黑王相公乃復起耶？』帝聞之，遂更付以方鎮。」

〔三一〕「六年」二句：長編卷一七六至和元年三月：「（戊辰）河陽三城節度使、同平章事、判鄭州王德用爲樞密使。」按：皇祐六年三月改元至和。

〔三二〕「既而」句：據長編卷一八〇，富弼爲相在至和二年六月。

〔三三〕嘗侍上射：王德用傳謂「侍射瑞聖園」。

〔三四〕「再發」句：王德用傳：「帝笑曰：『德用欲中即中爾，孰謂老且衰乎？』」

〔三五〕「其言」句：王德用傳：「帝嘗遣使問邊事，德用曰：『咸平、景德中，賜諸將陣圖，人皆死守戰法，緩急不相救，以至于屢敗。誠願不以陣圖賜諸將，使得應變出奇，自立異效。』帝以爲然。」

〔三六〕「以爲」五句：長編卷一八四嘉祐元年十一月：「辛巳，樞密使、河陽三城節度使、同平章事王德用罷樞密使，爲忠武節度使、同平章事、景靈宮使。先是，御史趙抃累章言德用貪墨無厭，縱其子納賂，差除多涉私徇，加之羸病，拜起艱難，失人臣禮，乞加貶黜。而德用亦自求去位至五六，乃從之。尋罷景靈宮使，爲同羣牧制置使。聽五日一朝會，子若孫一人扶之。」

〔三七〕「雖未」四句：王德用傳：「德用將家子，習知軍中情僞，善以恩撫下，故多得士心。雖屢臨邊境，未嘗親矢石，督攻戰，而名聞四夷，雖閭閻婦女小兒，皆呼德用曰『黑王相公』。」

〔三八〕延渥：即宋偓，河南洛陽人。初名延渥，開寶初，太祖改爲偓。後周時，爲滑州節制，移鎮鄧州。宋初，加檢校太師，隨太祖征討李重進，以功爲保信軍節度，改忠武軍節度，封邢國公，卒謚莊惠。宋史有傳。

〔三九〕「次曰」二句：王德用傳：「德用諸子中，咸融最鍾愛，晚年頗縱之，多不法，後更折節自飭，官至左藏庫使、眉州防禦使。」

〔四〇〕「乃克」句：謂享有實封。

〔四一〕「禮不」句：禮記曲禮上：「貧者不以貨財爲禮，老者不以筋力爲禮。」䈥，同「筋」。

【集評】

〔明〕徐文昭：武恭之用兵，如棘門、細柳之軍，謹以密；歐文之用筆也，亦如李廣、程不識之兵，整以暇。（引自歐陽文忠公文選評語卷八）

〔清〕儲欣：武恭公非有疆埸戰伐，而名重如山，此碑詳其聲名之所由起，而歷序契丹之服其聲名而有光本朝。凡大著作雖千端萬緒，只是一個意思。（六一居士全集録評語卷二）

贈刑部尚書余襄公神道碑銘并序〔一〕

始興襄公既葬于曲江之明年，其子仲荀走于亳以來告曰：「余氏世爲閩人，五代之際，逃亂于韶。自曾、高以來，晦迹嘉遁，至于博士府君〔二〕，始有禄仕，而襄公繼之以大。曲江僻在嶺表，自始興張文獻公有聲于唐〔三〕，爲賢相，至公復出，爲宋名臣。蓋余氏徙韶，歷四世始有顯仕，而曲江寂寥三百年，然後再有聞人。惟公位登天臺，正秩三品，遂有爵土，開國鄉州，以繼美前哲，而爲韶人榮，至於褒、恤、贈、謚，始終之寵盛矣。蓋褒有詔，恤有物，贈有告，而謚行、考功有議有狀，合而誌之以閟諸幽有銘，可謂備矣。惟是螭首龜趺，揭于墓隧，以表見於後世而昭示其子孫者，宜有辭而闕焉，敢以爲請。」謹按：

余氏，韶州曲江人。曾祖諱某㊀，祖諱某㊁，皆不仕。父諱某㊂〔四〕，太常博士，累贈太常少卿。公諱靖，字安道。官至朝散大夫，守工部尚書、集賢院學士，知廣州軍州事，兼廣南東路兵馬鈐轄、經略安撫使㊃，柱國，始興郡開國公，食邑二千六百户，食實封二百户。治平元年，自廣朝京師，六月癸亥，以疾薨于金陵。天子惻然，輟視朝一日，賻以粟帛，贈刑部尚書，謚曰襄。明年七月某甲子㊄〔五〕，返葬于曲江之龍歸鄉成山之原㊅。

公爲人質重剛勁，而言語恂恂，不見喜怒。自少博學强記，至於歷代史記、雜家、小説、陰陽、律曆，外暨浮屠、老子之書，無所不通。天聖二年舉進士，爲贛縣尉，書判拔萃，改將作監丞、知新建縣，再遷秘書丞，刊校三史，充集賢校理〔六〕。天章閣待制范公仲淹以言事觸宰相得罪，諫官、御史不敢言，公疏論之，坐貶監筠州酒税〔七〕，稍徙泰州。已而天子感悟〔八〕，亟復用范公，而因之以被斥者皆召還，惟公以便親乞知英州〔九〕，遷太常博士。丁母憂，服除，遂還爲集賢校理，同判太常禮院。

景祐、慶曆之間，天下怠於久安，吏習因循，多失職。及趙元昊以夏叛，師出久無功，縣官財屈而民重困。天子赫然思振頽弊以修百度，既已更用二三大臣，又增置諫官四員，使言天下事，公其一人也，即改右正言供職〔一〇〕。公感激奮勵，遇事輒言，無所迴避，姦諛權倖屏息畏之，其補益多矣，然亦不勝其怨嫉也。慶曆四年，元昊納誓請和，將加封册，而契丹以兵臨境上，遣使言爲中國討賊，且告師期，請止毋與和。朝廷患之，欲聽，重絶夏人而兵不得息；不聽，生事北邊。議未決。公獨以謂中國厭兵久矣，此契丹之所幸，一日使吾息兵養勇，非其利也，故用此以撓我爾，是不可聽。朝廷雖是公言，猶留夏册不遣㊆，而假公諫議大夫以報〔一一〕。公從十餘騎馳出居庸關，見虜於九十九泉，從容坐帳中辯言㊇，往復數十，卒屈其議，取其要領而還。朝廷遂發夏册，臣元昊。西師既解嚴，而北邊亦無事。是歲，以本官知制誥、史館修撰。而契丹卒自攻元昊，明年，使來告捷，又以公往報。坐習虜語，出知吉州〔一二〕。怨家因之中以事，左遷將作少監，分司南京〔一三〕。公怡然還鄉里，闔門謝賓客，絶人事，凡六年。天子每思之，欲用者數矣，大臣有不喜者，第遷光禄少卿于家，又以爲某衛將軍、壽州兵馬鈐轄㊈，辭不拜。

皇祐二年祀明堂，覃恩遷衛尉卿。明年，知虔州，丁父憂，去官。而蠻賊儂智高陷邕州，連破嶺南州縣，圍廣州〔一四〕。乃即廬中起公爲秘書監、知潭州，即日疾馳。在道，改知桂州、廣南西路經略安撫使〔一五〕。公奏曰：「賊在東而徙臣西，非臣志也。」天子嘉之㊉，即詔公經制廣東、西賊盜㊁〔一六〕。乃趨廣州，而智高復西走邕州。自智高初起，交趾請出兵助討賊，詔不許。公以謂智高，交趾叛者，宜聽出兵，毋沮其善意。累疏論之，不報。至是，公曰：「邕州與交趾接境，今不納，必忿而反助智高。」乃以便宜趣交趾會兵，又募儂、黄諸姓酋豪，皆縻以職，與之誓約，使聽節制〔一七〕。或疑其不可用，公曰：「使不與智高合，足矣。」及智高入邕州，遂無外援。既而宣撫使狄青會公兵，敗賊於歸仁，智高走入海㊂，邕州平〔一八〕。公請復終喪，不許。諸將班師，以智高尚在，請留公廣西，委以後事。遷給事中，諫官、御史列疏言公功多而賞薄，再遷尚書工部侍郎〔一九〕。公留廣西逾年，撫緝完復，嶺海肅然。又遣人入特磨，襲取智高母及其弟一人，俘于京師，斬之〔二〇〕。拜集賢院學士，久之，徙知潭州，又徙青州，再遷吏部侍郎。嘉祐五年，交趾寇邕州，殺五巡檢。天子以謂恩信著於嶺外而爲交趾所畏者，公也，驛召以爲廣西體量安撫使，悉發荆湖兵以從。公至，則移檄交趾，召其臣費嘉祐詰責之。嘉祐皇恐，對曰：「種落犯邊，罪當死，願歸取首惡以獻㊂。」即械五人送欽州，斬于界上〔二一〕。公還，邕人遮道留之不得。明年，以尚書左丞知廣州。英宗即位，拜工部尚書，代還，道病卒，享年六十有五。

公經制五管〔二二〕，前後十年，凡治六州，所至有惠愛，雖在兵間，手不釋卷。有文集二十卷〔二三〕、奏議五卷、三史刊誤四十卷〔二四〕。娶林氏〔二五〕，封魯郡夫人。子男三人：伯莊，殿中丞，早卒；仲荀〔二六〕，今爲屯田員外郎；叔英，太常寺太祝㈣。女六人，皆適士族㈤〔二七〕。孫四人㈥〔二八〕。孫女五人。銘曰：

余遷曲江，仍世不顯。奮自襄公，有聲甚遠。始興開國，襲美于前。兩賢相望〔二九〕，三百年間。偉歟襄公，惟邦之直。始登于朝，官有言責。左右獻納，姦諛屏息。慶曆之治，實多補益。逢時有事，奔走南北。功書史官，名在夷狄。出入艱勤，險夷一德。小人之讒，公廢于里。一方有警，公起于家。威行信結，嶺海幽遐。公之在焉，帝不南顧。胡召其還，殞于中路。返柩來歸，韶人負土。伐石刻辭，立于墓門。以貽來世，匪止韶人。

【校記】

㈠某：卷後原校：一本作「從」。　㈡某：卷後原校：一本作「榮」。　㈢某：卷後原校：一本作「慶」。

㈣「鈐」上：卷後原校：一有「都」字。　㈤某甲子：卷後原校：一作「乙酉」。　㈥成山：原校：一作「成家山」。

㈦「猶」上：卷後原校：一有「然」字。　㈧言：原校：一作「折」。　㈨某：原校：一本作「右領軍」。某衛將軍：卷後原校：一作「雅州刺史」。　㈩嘉之：卷後原校：一作「喜之」。　⑪廣東、西：卷後原校：一作「廣南東、西」。　⑫海：卷後原校：一作「峒」。　⑬歸：原校：一本作「留」。　⑭太常寺太祝：卷後原校：一作「大理評事」。　⑮皆適士族：卷後原校：一作「長適職方員外郎郭師愈，次適屯田員外郎孫邵，次適宿州觀察支使周熊，次適秘書省校書郎章惇裕，次適越州上虞縣主簿張元淳，二尚幼」。　⑯孫四人：「孫」下，原校云，一本有「男」。卷後原校：一作「七人：嗣恭、嗣昌，皆大理評事；嗣隆，太常寺奉禮郎；嗣徽、嗣光、嗣立、嗣京，未仕」。按：天理本卷後注謂本篇卷後校乃「石本所書，較集本加詳，蓋刻時所增」。

【箋注】

〔一〕如題下注，治平四年（一〇六七）作。余靖卒于治平元年六月，葬于二年七月。本文稱「既葬于曲江之明年，其子仲荀走于亳」以請銘，「明年」當爲三年，然歐四年三月知亳州，五月底方到任，故本文寫作只能在四年五月以後，而不能在此前。余靖，宋史有傳。蔡襄端明集卷四〇有工部尚書集賢院學士贈刑部尚書謚曰襄余公墓誌銘。

〔二〕博士府君：余靖父爲太常博士，故稱。

〔三〕張文獻公：張九齡，字子壽，唐韶州曲江人，官至宰相。兩唐書皆有傳。

〔四〕「曾祖」四句：據蔡襄余公墓誌銘，曾祖名從，祖名營，父名慶。

〔五〕某甲子：據余公墓誌銘，爲二十七日。

〔六〕「刊校」三句：宋史余靖傳：「數上書論事，建言班固漢書舛謬，命與王洙并校司馬遷、范曄二史。書奏，擢集賢校理。」

〔七〕「公疏」三句：余公墓誌銘：「公即上疏，曰：『古之帝王逐諫臣，終爲盛德之累。仲淹宜在朝，不宜遠謫。』坐是落職監筠州稅。」歐集于役志：「景祐三年丙子歲，五月九日丙戌，希文出知饒州……壬辰，安道貶筠州。」

〔八〕「已而」句：據長編卷一二〇，景祐四年十二月京師地震，直史館葉清臣上疏，請仁宗「深自咎責，詳延忠直敢言之士」。書奏數日，范仲淹徙知潤州，余靖徙監泰州稅。

〔九〕「惟公」句：長編卷一二三寶元二年六月甲申：「徙監泰州酒稅、秘書丞余靖知英州。」

〔一〇〕「天子」六句：慶曆三年三月，仁宗欲更天下弊事，而增置諫官，王素、歐陽修、余靖入選。四月，蔡襄亦知諫院。事見長編卷一四〇。

〔一一〕「而假」句：慶曆四年八月戊戌，余靖假右諫議大夫、史館修撰，爲回謝契丹使，告知契丹以元昊效順本朝，無煩出師。事見長編卷一五一。

〔一二〕「明年」五句：長編卷一五五慶曆五年五月：「知制誥余靖前後三使契丹，益習外國語，嘗對契丹主爲蕃語詩，侍御史王平、監察御史劉元瑜等劾奏靖失使者體，請加罪。元瑜又言靖知制誥，不當兼領諫職。庚午，出靖知吉州。」遼史拾遺卷二四引中山詩話：「余靖尚書使契丹，爲北語詩云：『夜筵設羅侈盛也臣拜洗受賜也，兩朝厥荷通好也情幹勤厚重也。微臣稚魯拜舞也祝若統福祐也，聖壽鐵擺嵩高也俱可忒無極也。』契丹主大笑，遂爲釂觴。」

〔一三〕「怨家」三句：余靖傳：「靖爲諫官時，嘗劾奏太常博士茹孝標不孝，匿母喪，坐廢。靖既失勢，孝標詣闕言靖少遊廣州，犯法受榜。靖聞之不自得，求侍養去。改將作少監，分司南京，居曲江。」涑水紀聞卷一〇：「茹孝標喪服未除，入京師，私營身計，靖上言：『孝標冒哀求仕，不孝。』孝標由是獲罪，深恨靖。」

〔一四〕「而蠻賊」三句：儂智高，廣源州蠻首領。皇祐四年五月，起兵反宋，破邕州，自稱仁惠皇帝，沿江而下，攻陷橫、貴、龔、藤、梧、封、康、端等州，又包圍廣州。事見長編卷一七二。

〔一五〕「乃即」四句：長編卷一七二皇祐四年六月：「乙亥，起復前衛尉卿余靖爲秘書監、知潭州……既即喪次命靖，後七日，改爲廣南西路安撫使、知桂州。」

〔一六〕「即詔」句：長編卷一七三皇祐四年七月：「丙午，命知桂州余靖經制廣南東、西路盜賊。時諫官賈黯言：『靖及楊畋皆許便宜從事，若兩人指蹤不一，則下將無所適從。又靖專制西路，若賊東嚮，則非靖所統，無以使衆。不若併付靖經制兩路。』而靖亦自言賊在東而使臣西，非臣志也。上從其言，故有是命。」

〔一七〕「乃以」五句：余靖傳：「智高西走邕州，靖策其必結援交趾而脅諸峒以自固，乃約李德政會兵擊賊於邕州，備萬人糧以待之；而詔亦給緡錢二萬助德政興師，且約賊平更賞以緡錢二萬。又募儂、黃諸姓酋長，皆縻以職，使不與智高合。」按：李德政受宋封爲安南都護、交趾郡王。宋史外國傳四載：「德政率兵二萬由水路欲入助王師，朝廷優其賜而却其兵。」

〔一八〕「既而」四句：皇祐四年九月，樞密副使狄青爲宣徽南院使、荆湖北路宣撫使、提舉廣南東、西路經制賊盜事。五年正月，狄青合孫沔、余靖兩將之兵，度崑崙關，大敗儂智高於歸仁，收復邕州，智高夜遁，不知所終。事見長編卷一七三、一七四。

〔一九〕「諫官」二句：余靖傳：「御史梁蒨言賞薄，又遷尚書工部侍郎。」

〔二〇〕「又遣」四句：長編卷一七五皇祐五年十二月：「丁酉，廣西安撫司言，捕獲儂智高母阿儂及智高弟智光、子繼宗、繼封，詔護送京師。阿儂有智謀，智高攻陷城邑，多用其策，僭號皇太后。天資慘毒，嗜小兒，每食必殺小兒。智高敗走，阿儂入保特磨，依其夫儂夏卿，收殘衆約三千餘人，習騎戰，復欲入寇。余靖督部吏黃汾、黃獻珪、石鑑、進士吳舜舉發峒兵入特磨掩襲，并智高弟、子皆獲之。」

〔二一〕「嘉祐五年」十七句：長編卷一九二嘉祐五年八月：「乙亥，吏部侍郎、集賢院學士余靖爲廣南西路體量安撫使，如京使賈師熊副之。靖至廣西，移檄交趾，召其用事臣費嘉祐詰責之。嘉祐對以近邊種落相侵，誤犯官軍，願悉推治，還所掠及械罪人以自贖。靖信其詐，厚賂遣去。嘉祐既歸，遂不復出。」此下注云：「神道碑云『即械五人送欽州，戮于界上』，蓋飾説也。今從本傳。」按：余公墓誌銘亦謂「械致五人，莅刑于欽州」，與本文同，然是否屬實，無考。

〔二二〕五管：又稱嶺南五管。唐永徽後分嶺南道爲廣州、桂州、容州、邕州、交州五都督府，由廣府都督統攝，故有五管之稱。

〔二三〕「有文集」句：宋史藝文志七：「余靖集二十卷，又諫草三卷。」又，藝文志二著録余靖國信語録一卷。

〔二四〕「三史刊誤」句：藝文志二著録余靖漢書刊誤三十卷。

〔二五〕娶林氏：余公墓誌銘：「娶林氏，贈尚書工部侍郎從周之女。」

〔二六〕仲荀：余公墓誌銘：「仲荀，太常博士。」

〔二七〕「女六人」二句：余公墓誌銘：「女六人：長適尚書屯田員外郎郭師愈，次秘書丞孫邵，次建州司法參軍周熊，次秘書省校書郎章惇裕，二尚幼。」

〔二八〕孫四人：余公墓誌銘：「孫四人：嗣恭、嗣昌，皆太常寺奉禮郎，嗣隆、嗣徽，未仕。」

〔二九〕兩賢：指張九齡和余靖。

【集評】

〔清〕儲欣：襄公大節，在救范文正；而功勞可書，在平儂智高及交趾。（六一居士全集録評語卷二）

〔宋〕歐陽修 著
洪本健 校箋

歐陽修詩文集校箋

中

上海古籍出版社

居士集卷二十四

墓表八首

石曼卿墓表〔一〕

曼卿，諱延年，姓石氏，其上世爲幽州人。幽州入于契丹，其祖自成始以其族閒走南歸，天子嘉其來㈠，將禄之，不可，乃家于宋州之宋城。父諱補之，官至太常博士。幽燕俗勁武，而曼卿少亦以氣自豪，讀書不治章句，獨慕古人奇節偉行非常之功，視世俗屑屑，無足動其意者。自顧不合於時，乃一混以酒㈡〔二〕，然好劇飲㈢，大醉，頹然自放，由是益與時不合〔三〕而人之從其遊者，皆知愛曼卿落落可奇，而不知其才之有以用也。年四十八，康定二年二月四日，以太子中允、秘閣校理卒于京師。

曼卿少舉進士，不中㊃。真宗推恩，三舉進士，皆補奉職〔四〕。曼卿初不肯就，張文節公素奇之〔五〕，謂曰：「母老，乃擇禄耶？」曼卿矍然起就之，遷殿直，久之，改太常寺太祝、知濟州金鄉縣，歎曰：「此亦可以爲政也。」縣有治聲。通判乾寧軍㊄，丁母永安縣君李氏憂，服除，通判永静軍，皆有能名。充館閣校勘，累遷大理寺丞，通判海州〔六〕，還爲校理。莊獻明肅太后臨朝㊅〔七〕，曼卿上書，請還政天子。其後太后崩，范諷以言見幸〔八〕，引嘗言太后事者，遽得顯官，欲引曼卿，曼卿固止之，乃已。

自契丹通中國，德明盡有河南，而臣屬遂務休兵養息天下，然内外弛武三十餘年〔九〕，曼卿上書言十事，不報。已而元昊反，西方用兵，始思其言，召見，稍用其説，籍河北、河東、陝西之民㊆，得鄉兵數十萬〔一〇〕。曼卿奉使籍兵河東，還，稱旨，賜緋衣銀魚，天子方思盡其才，而且病矣。既而聞邊將有欲以鄉兵扞賊者，笑曰：「此得吾粗也。夫不教之兵，勇怯相雜，若怯者見敵而動，則勇者亦牽而潰矣。今或不暇教，不若募其敢行者，則人人皆勝兵也㊇。」其視世事，蔑若不足爲，及聽其施設之方，雖精思深慮，不能過也。

狀貌偉然，喜酒自豪，若不可繩以法度〔一一〕，退而質其平生，趣舍大節無一悖于理者㊈。遇人無賢愚，皆盡忻歡㊉。及間而可不天下是非善惡，當其意者無幾人。其爲文章，勁健稱其意氣〔一二〕。有子濟、滋。天子聞其喪，官其一子〔一三〕，使禄其家。既卒之三十七日，葬于太清之先塋〔一四〕。其友歐陽修表於其墓曰：

嗚呼曼卿！寧自混以爲高，不少屈以合世，可謂自重之士矣。士之所負者愈大，則其自顧也愈重，自顧愈重，則其合愈難。然欲與共大事，立奇功，非得難合自重之士不可爲也⑪。古之魁雄之人，未始不負高世之志，故寧或毀身汚迹，卒困於無聞，或老且死而幸一遇，猶克少施於世。若曼卿者，非徒與世難合，而不克所施，亦其不幸不得至乎中壽，其命也夫！其可哀也夫！

【校記】

㊀嘉：原校：一作「喜」。㊁以：原校：一作「于」。㊂然：卷後原校：一無「然」字。㊃「中」下：原校：一有「第」字。㊄「通判」上：原校：一有「用薦者」三字。㊅「太后」上：原校：一有「皇」字。㊆河北：原校：一無二字。㊇「則」上：原校：一有「用」字。㊈趣：原校：一作「取」。㊉忻歡：原校：一作「歡忻」。⑪得：原校：一無「得」字。

【箋注】

〔一〕文云石延年卒于康定二年二月四日，既卒之三十七日葬，文即當年作。是年十一月改元慶曆，故如題下注，慶曆元年（一〇四一）作。湘山野録卷下：「歐公撰石曼卿墓表，蘇子美書，邵餗篆額。山東詩僧秘演力幹，屢督歐，俾速撰。文方成，演以銀二兩置食于相藍南食殿。礱訖，白歐公，寫名之日，爲具召館閣諸公，觀子美書。書畢，演大喜曰：『吾死足矣。』飲散，歐、蘇囑演曰：『鐫訖，且未得打。』竟以詞翰之妙，演不能却。歐公忽定力院見之，問寺僧曰：『何得？』僧曰：『半千買得。』歐怒，回詬演曰：『吾之文反與庸人半千鬻之，何無識之甚！』演滑稽特精，徐語公曰：『學士已多他三百八十三矣。』歐愈怒曰：『是何？』演曰：『公豈不記作省元時，庸人竞摹新賦，叫于通衢，復更名呼云：「兩文來買歐陽省元賦」，今一碑五百，價已多矣。』歐因解頤。徐又語歐曰：『吾友曼卿不幸早世，固欲得君之文張其名，與日星相磨；而又窮民售之，頗濟其乏，豈非利乎？』公但笑而無説。」

〔二〕乃一混以酒：見本集卷一哭曼卿箋注〔四〕。

〔三〕益與時不合：本集卷四一釋秘演詩集序：「曼卿爲人，廓然有大志，時人不能用其材，曼卿亦不屈以求合，無所放其意，則往往從布衣野老，酣嬉淋漓，顛倒而不厭。」

〔四〕「曼卿少舉進士」五句：沈括夢溪筆談卷二三：「石曼卿初登科，有人訟科場，覆考落數人，曼卿是其數。時方期集於興國寺，符至，追所賜敕牒靴服，數人皆啜泣而起，曼卿獨解靴袍還使人，露體戴幞頭，復坐語笑，終席而去。次日，被黜者皆授三班借職。曼卿爲一絶句曰：『無材且作三班借，請俸爭如録事參。從此罷稱鄉貢進，且須走馬東西南。』」

〔五〕張文節公：張知白。見本集卷二一鎮安軍節度使同中書門下平章事贈太師中書令程公神道碑銘箋注〔九〕。

〔六〕通判海州：孔平仲談苑卷二：「（石曼卿）以館職通判海州，官滿，載私鹽兩船至壽春，托知州王子野貨之。時禁網寬賒，曼卿亦不爲人所忌，於是市中公然賣『學士鹽』。」

〔七〕莊獻明肅太后：即真宗劉皇后。據宋史仁宗本紀，明道二年三月「甲午，皇太后崩」，四月「癸亥，上大行太后謚曰莊獻明肅」，至慶曆四年十一月，始改「莊獻明肅皇太后曰章獻明肅」。

〔八〕范諷：字補之，齊州人，官至權三司使，宋史有傳。

〔九〕「自契丹」四句：指澶淵結盟罷兵後，契丹與宋維持和平局勢。德明，西夏主，元昊父，宋封爲西平王。德明占有西北地區黄河以南之地。見宋史外國傳一夏國上。

〔一〇〕「曼卿上書」九句：長編卷一二七康定元年四月：「（丁亥）大理寺丞、秘閣校理石延年往河東路同計置催促糧草。明道中，延年嘗建言：『天下不識戰三十餘年，請選將練兵，爲二邊之備。』不報。及西邊數警，始召見，命副吴遵路使河東，時方用延年之説，藉鄉丁爲兵故也。」王闢之澠水燕談録卷四：「康定中，河西用兵，石曼卿與安道（遵路字）奉使河東……一日，安道曰：『朝廷不以遵路不才，得與曼卿並命。今一道兵馬糧餽雖已留意，而切懼愚不能燭事。以曼卿之才，如略加之意，則事無遺舉矣。』曼卿笑曰：『國家大事，安敢忽邪！延年已熟計之矣。』因徐舉將兵之勇怯、芻糧之多寡、山川之險易、道路之通塞，纖悉具備，如宿所經慮者。安道乃大驚服，以爲天下之奇才，且歎其不可及也。」

〔一一〕「喜酒」二句：程俱麟臺故事卷五：「故刑部胡尚書嘗云：『祖宗時，館職暑月許開角門，于大慶殿廊納涼。因石曼卿被酒，扣殿求對，尋有約束，自後不復開矣。』」

〔一二〕「其爲」二句：澠水燕談録卷七：「石曼卿，天聖、寶元間以歌詩豪於一時。」

〔一三〕官其一子：長編卷一〇〇慶曆元年二月：「録故太子中允、秘閣校理石延年子濟爲太廟齋郎。延年與天章閣待制吳遵路同使河東，及卒，遵路爲言於朝，特恤之。」

〔一四〕太清：鄉名，屬亳州永城縣（今屬河南）。

【集評】

〔明〕歸有光：歐陽公深知曼卿，如印在心，不覺筆下描畫得欲哭欲笑。（歐陽文忠公文選評語卷一〇）

〔清〕王昊：曼卿之才，無所表見，只於縱酒豪放中摹寫英雄之概，而曼卿才之有用，已若歷歷可指數。文章從虚見實，惟永叔能之。（引自山曉閣選宋大家歐陽廬陵全集評語卷四）

〔清〕孫琮：此篇妙在寫曼卿儒者，却又是豪傑；寫曼卿豪傑，却又是儒者。如前幅説慕古人奇節，不治章句，何等豪傑；中幅説爲母就禄，治有政聲，明于進退，又純是儒者；後幅説上書言兵事，籍鄉兵捍敵，又何等豪傑；末幅説精思深慮、生平趣舍、是非好惡，皆當於理，則又純是儒者。非歐公與曼卿至交，未易曲盡其爲人如此。（同上）

〔清〕方苞：章法極變化，語亦不蔓。（引自諸家評點古文辭類纂評語卷四五）

〔清〕浦起龍：負奇難合等句作骨，健筆足以配豪氣。籍鄉兵一事，無益且有害，嘗見於歐公文，可互觀之。（古文眉詮評語卷六二）

尚書屯田員外郎李君墓表〔一〕

漢水東至乾德，匯而南，民居其衝，水悍暴而岸善崩，然其民尤富完。其下南山之材㈠，治室屋聚居，蓋數千家，皆安然易漢而自若者，以有石堤爲可恃也。景祐五年，余始爲其縣令，既行漢上，臨石堤，問其長老，皆曰：「吾李君之作也。」於是喟然而歎，求李君者，得其孫厚。厚舉進士，好學，能自言其世云。

李氏，貝州清河人。君舉進士，中淳化三年乙科。鎮州真定主簿齊化基爲吏〔二〕，以强察自喜，惡君廉直不爲屈，多求事可釀爲罪者，責君理之。君辨愈明，不可汚。卒服其能，反薦之，遷威虜軍判官。秩滿㈡，河北轉運使又薦爲冀州軍事判官。逾年㈢，吏部考籍㈣，凡四較考者，外皆召還，公考當召。是時，契丹侵邊，冀州獨乞留君督軍餉，課爲最多，遷大理寺丞，乘傳治壁州疑獄㈤。既還，轉運使又請通判冀州，督旁七縣軍餉，課尤多而民不勞。遭歲饑，悉出庾粟以貸民，且曰：「凶，豐甚必復。使豐而歸諸庾，是化吾朽積而爲新，乃兩利也。」轉運使以爲然，因請君益貸貝、魏、滄、棣諸州㈥。後歲果豐，饑民德君，粟歸諸庾無後者，蓋賴而活者數十萬家。轉運使上冀人言㈦，乞留，許留一歲，就拜殿中丞。歲滿將去，冀民夜私入其府，塹其居，若不可出。君諭之，乃得去。

通判河南㈧，未行，契丹兵指邢、洺〔三〕，天子擇吏之能者，改君通判邢州。其守趙守一當守邢以扞寇㈨〔四〕，辭不任邢事，天子曰：「李某佐汝，可無患。」守一至邢，悉以州事任君。御史中丞王嗣宗辟推直官〔五〕，遂薦爲御史，以疾不拜，求知光化軍，作所謂石堤者。孫何薦其材〔六〕，拜三司户部判官，改知建州，皆以疾辭。又求知漢陽軍，居三歲，而漢陽之獄空者二歲。卒以疾解，退居于漢旁。大中祥符六年五月某日卒于家，遂葬縣東遵教鄉之友于村。子孫因留家焉。

君諱仲芳，字秀之，享年五十有三㈩，官至尚書屯田員外郎。君爲人，敦敏而材，以疾中止(一一)。余聞古之有德於民者，殁則鄉人祭於其社。今民既不能祠君于漢之旁(一二)，而其墓幸在其縣，余，令也，又不表以示民，嗚呼！其何以章乃德？俾其孫刻石于隧，以永君之揚(一三)。

【校記】

㈠南山：原校：一作「山南」。　㈡秩滿：原校：一無二字。　㈢逾年：原校：一無二字。　㈣考：原校：一無此字。　㈤治：原校：一作「理」。　㈥棣：此處原有字，塗去，據天理本補。備要本、衡本作「冀」。　㈦「轉運使」上：原校：一本有「居三年」。　㈧「河南」上：原校：一有「府」字。　㈨其守：原校：一無二字。　㈩三：原校：一作「二」。　(一一)「以疾」句下：原校：一有「善不享其厚，用不既其能」字。　(一二)之：原校：一無「之」字。　(一三)揚：原校：一作「賜」。

【箋注】

〔一〕如題下注，寶元元年（一〇三八）作。文中云「景祐五年」，乃作文之時，即十一月前，尚未改元寶元也。李君，李仲芳。大清一統志卷二七一：「李仲芳墓在光化縣舊城東門外友于村。」

〔二〕齊化基：真宗時官員。據長編卷五三、七〇，咸平五年化基知萊州時獻白鷹，詔還之。大中祥符元年知晉州時坐貪暴，削籍黥面，流崖州。

〔三〕契丹兵指邢、洺：邢州、洺州均屬河北西路。長編卷五七景德元年八月：「丁酉，上謂輔臣曰：『累得邊奏，契丹已謀南侵。』」寇準景德元年閏九月作上真宗議澶淵事宜，有「或恐萬一定州兵馬被犬戎于鎮、定間下寨，抽挪不起，邢、洺之北游騎侵掠」等語。

〔四〕趙守一：生平不詳。

〔五〕王嗣宗：字希阮，汾州人。開寶進士。官至樞密副使。宋史有傳。

〔六〕孫何：字漢公，蔡州汝陽人。淳化進士。歷兩浙轉運使等，遷知制誥，掌三班院。宋史有傳。

【集評】

〔明〕茅坤：串情如匹練。（歐陽文忠公文鈔卷三〇）

〔清〕儲欣：因石堤而表章作堤之人，是公之厚，而李君亦髣髴有古循吏風。（六一居士全集録卷二）

內殿崇班薛君墓表〔一〕

公諱塾，字宗道，姓薛氏，資政殿學士、兵部尚書簡肅公之弟〔二〕。薛之世德終始，有簡肅公之誌與碑〔三〕。公官至內殿崇班，以某年某月某日，卒官于蜀州。其子仲孺以其喪歸葬于絳州之正平〔四〕，先葬而來乞銘以誌。予幸嘗紀次簡肅公之德〔五〕，而又得銘公。

其銘曰〔六〕：「公躬直清，官以材稱。惟賢是似，不愧其兄。」

既葬，而仲孺又來請曰：「銘之藏，誠以永吾先君于不朽㊀，然不若碣于隧，以表見于世之昭昭也。」予惟薛氏於絳爲著姓，簡肅公於公爲兄弟，而公之世德，予既見之銘，而其子又欲碣以昭顯于世，可謂孝矣。然予考古所謂賢人、君子、功臣、烈士之所以銘見于後世者，其言簡而著。及後世衰，言者自疑於不信，始繁其文，而猶患於不章，又備其行事，惟恐不爲世之信也。若薛氏之著于絳，簡肅公之信于天下，而予之銘公不愧於其兄，則公之銘不待繁言而信也。然其行事終始，予亦不敢略而誌諸墓矣。今之碣者，無以加焉，則取其可以簡而著者書之，以慰其子之孝思，而信于絳之人云。

【校記】

㊀誠：原校：一作「者」。按：如此當屬上，作「銘之藏者」。

【箋注】

〔一〕據題下注，慶曆元年（一〇四一）作。外集卷一一内殿崇班薛君墓誌銘謂薛塾葬於慶曆元年十二月二十一日。本文云「既葬，而仲孺又來請」「碣于隧」，則文當作于十二月下旬。

〔二〕簡肅公：薛奎，卒謚簡肅，歐陽修繼室薛氏之父。生平見本集卷二六簡肅薛公墓誌銘。

〔三〕簡肅公之誌與碑：薛奎誌，歐撰；碑不詳。

〔四〕仲孺：本卷龍武將軍薛君墓表記薛奎「有子直孺，早卒，無後，以其弟之子仲孺爲後。」

〔五〕「予幸嘗」句：即指爲岳父薛奎銘墓。

〔六〕其銘：指爲薛塾所撰内殿崇班薛君墓誌銘。

【集評】

〔明〕茅坤：此篇公以先爲誌，故不欲復爲表，於以婉其文如此。（歐陽文忠公文鈔卷三〇）

連處士墓表〔一〕

連處士㊀，應山人也。以一布衣終于家，而應山之人至今思之。其長老教其子弟，所以孝友、恭謹、禮讓而温仁，必以處士爲法，曰：「爲人如連公，足矣。」其矜寡孤獨凶荒饑饉之人皆曰：「自連公亡，使吾無所告依而生以爲恨。」嗚呼！處士居應山，非有政令恩威以親其人，而能使人如此，其所謂行之以躬，不言而信者歟？

處士諱舜賓，字輔之，其先閩人。自其祖光裕嘗爲應山令，後爲磁、郢二州推官，卒而反葬應山，遂家焉。處士少舉毛詩，一不中，而其父正以疾廢于家，處士供養左右十餘年，因不復仕進。父卒，家故多貲，悉散以賙鄉里，而教其二子以學，曰：「此吾貲也。」歲饑，出穀萬斛以糶，而市穀之價卒不能增，及旁近縣之民皆賴之。盜有竊其牛者，官爲捕之甚急，盜窮，以牛自歸，處士爲之愧謝曰：「煩爾送牛。」厚遺以遣之。嘗以事之信陽，遇盜於西關，左右告以處士，盜曰：「此長者，不可犯也。」捨之而去。處士有弟居雲夢，往省之，得疾而卒，以其柩歸應山。應山之人去縣數十里迎哭，爭負其柩以還，過縣市，市人皆哭，爲之罷市三日，曰：「當爲連公行喪㊁。」

處士生四子，曰庶、庠、庸、膺〔二〕。其二子教以學者，後皆舉進士及第。今庶爲壽春令，庠爲宜城令。處士以天聖八年十二月某日卒，慶曆二年某月日，葬于安陸蔽山之陽㊂。自卒至今二十年，應山之長老識處士者，與其縣人嘗賴以爲生者，往往尚皆在，其子弟後生聞處士之風者，尚未遠，使更三四世至于孫曾，其所傳聞，有時而失，則懼應山之人不復能知處士之詳也，乃表其墓，以告于後人㊃。八年閏正月一日，廬陵歐陽修述。

【校記】

㊀連處士：卷後原校：此下一有「者」字。　㊁當爲連公：原校：一作「當與處士」。　㊂「葬于」句：原卷後云：「羅氏本『葬安陸蔽山之原』，諸本以『陸』爲『陵』。朝佐按：安州安陸郡，其倚郭有安陸縣，應山乃鄰邑。今從羅本。」　㊃人：原校：一作云。

【箋注】

〔一〕　如篇末所示，作于慶曆八年（一〇四八）。是年閏正月，歐陽修尚在滁州。墓主連舜賓，長子連庶爲壽春令，壽春與滁州相近，本文當從庶之請而作。王得臣麈史卷中：「處士舜賓，字輔之，爲鄉里所悅服。歲飢，出穀萬斛，損價以糶，惠及傍邑。有盜其牛者，官捕甚急。盜窮，自歸處士愧謝，厚遺以遣之。故歐陽文忠公表其墓，具述其事。」大清一統志卷二六七：「連舜賓墓在應山縣南。」

〔二〕庶、庠：麈史卷中：「應山二連，伯氏庶，字君錫；仲氏庠，字元禮。少從學於二宋，相繼登科。君錫爲人清修孤潔，故當官，人號爲『連底清』。元禮加以肅，人號爲『連底凍』……二宋，謂元憲、景文。」按：連庶舉進士，調商水尉、壽春令。興學秀民，以勸風俗。累遷職方員外郎。連庠敏於政事，號良吏，終都官郎中。宋史連庶傳：「庶始與庠在鄉里，時宋郊兄弟、歐陽修皆依之。及二宋貴達，不可其志，退居二十年。守道好修，非其人不交，非其義秋毫不可污也。庶既死，宋郊之孫義年爲應山令，緣邑人之意，作堂於法興僧舍，繪二宋及庶、庠之像祠事之。」書簡卷八有答連職方庶五通、答連郎中庠二通。天聖中致連庶簡云：「小生學非師授，性且冥惷，仰賴良交，時賜教誘。」連庶傳稱歐陽修「依之」，誠然。

【集評】

〔明〕茅坤：表處士，並從里人之感欷處着色，自是一法。長厚之行，長厚之言。（歐陽文忠公文鈔評語卷三〇）

尚書屯田員外郎張君墓表〔一〕

君諱谷，字應之，世爲開封尉氏人。曾祖節，祖遇，皆不仕。父炳，爲鄭州原武縣主簿，因留家焉，今爲原武人也。君舉進士及第，爲河陽、河南主簿，蘇州觀察推官，開封府士曹參軍，遷著作佐郎、知陽武縣，通判眉州，累遷屯田員外郎，復知陽武縣〔二〕。以疾致仕，卒于家，享年五十有九。

君爲人剛介〔一〕，好學問，事父母孝，與朋友信。其爲吏潔廉，所至有能稱。其在河南時〔三〕，予爲西京留守推官〔四〕，與謝希深、尹師魯同在一府〔五〕。其所與遊，雖他掾屬賓客，多材賢少壯，馳騁於一時，而君居其間，年尚少，獨苦羸，病肺唾血者已十餘年〔六〕。幸其疾少間㊁，輒亦從諸君飲酒〔七〕。諸君愛而止之㊂，君曰：「我豈久生者邪？」雖他人視君，亦若不能勝朝夕者。其後同府之人皆解去，而希深、師魯與當時少壯馳騁者喪其十八九〔八〕，而君癯然唾血如故，後二十年始以疾卒。君雖病羸，而力自爲善，居官爲吏，未嘗廢學問，多爲賢士大夫所知。乃知夫康强者不可恃以久，而羸弱者未必不能生。雖其遲速長短相去幾何，而彊者不自勉，或死而泯没於無聞；弱者能自力，則必有稱於後世。君其是已。

君嘗謂予曰：「吾旦暮人耳，無所取於世也，尚何區區於仕哉？然吾常哀禄之及於親者薄，若幸得不死而官登于朝，冀竊國家褒贈之寵以榮其親，然後歸病于原武之廬足矣。」乃益買田治室於原武以待。君自河南、蘇州累爲名公卿所薦，乃遷著作爲郎官，贈其父太子中允㊃，母宋氏京兆縣太君㊄。於是遂致仕，歸于原武，營其德政鄉之張固村原，將葬其親。卜以皇祐五年十一月某日用事，前四日，君亦卒，遂以某日從葬于原上。

予與君遊久，記其昔所謂予者，且哀君之賢而不幸，又嘉君之志信而有成。於其葬也，不及銘，乃表於其墓。

君娶祝氏㈥，封華陽縣君。有子曰損，試將作監主簿。至和二年三月七日，翰林學士、尚書吏部郎中、知制誥、充史館修撰歐陽修撰。

【校記】

㈠介：原校：一作「毅」。　㈡幸其疾：卷後原校：三字上一有「時」字。　㈢愛：原校：一作「惜」。
㈣允：原校：一作「舍」。　㈤宋氏京兆：原校：一作「司氏永安」。　㈥祝：原校：一作「竹」。

【箋注】

〔一〕如篇末所示，至和二年（一〇五五）作。張君，張谷，原字仲谷，歐陽修改爲今字，見外集卷一四張應之字序。

〔二〕「復知」句：黄宗羲答張爾公論茅鹿門批評八家書（南雷文案卷四）：「鹿門云：『宋制，以觀察推官徙參軍，而知陽武縣，又以通判眉州，入爲員外郎，而復知陽武，可見當時重令職如此。』按宋制，未改京朝官，謂之縣令，已改京朝官，方謂之知某縣。張谷初知陽武，其京朝官是著作佐郎；再知陽武，其京朝官是屯田員外郎。知縣雖同，而京朝官之崇卑則異，俱未嘗入朝也。鹿門不明宋制耳。」

〔三〕「其在」句：指張谷爲河南主簿時。

〔四〕「予爲」句：據胡譜，天聖九年（一〇三一）三月，歐至洛陽爲西京留守推官，景祐元年（一〇三四）三月任滿離職，居洛凡三年。

〔五〕「與謝希深」句：謝絳字希深，時爲河南府通判，見本集卷二六知制誥謝公墓誌銘。尹洙字師魯，時知河南府伊陽縣，見本集卷二八尹師魯墓誌銘。歐與謝、尹、張谷俱爲西京留守錢惟演掾屬。

〔六〕「獨苦羸」二句：外集卷一三東齋記亦有張谷「素病羸」、「病咳血」的記載。

〔七〕「輒亦從」句：東齋記：「傍有小池，竹樹環之，應之時時引客坐其間，飲酒言笑，終日不倦。」

〔八〕「而希深」句：當時西京交游者多已逝世，如張汝士卒于明道二年（一〇三三），謝絳、張先卒于寶元二年（一〇三九），尹洙卒于慶曆七年（一〇四七），所謂「喪其十八九」矣。

【集評】

〔明〕茅坤：通篇交情上相累欷。（歐陽文忠公文鈔評語卷三〇）

〔清〕儲欣：是交游故舊之文。表張君而觸及希深、師魯諸人，別有感慨。（六一居士全集録評語卷二）

龍武將軍薛君墓表〔一〕

薛姓居河東者，自唐以來族最盛。宋興百年，而薛姓五顯。資政殿學士、尚書户部侍郎、贈兵部尚書簡肅公，當天聖中參輔大政〔二〕，以亮直剛毅爲時名臣。公，絳州正平人也。有子直孺，早卒，無後，以其弟之子仲孺爲後。然其兄弟五人及其諸子〔三〕，皆用公廕禄仕，以忠厚孝謹多材能爲絳大族。

君諱某㊀〔四〕，字某㊁，簡肅公之兄也。少有高節，仕而不得志，退老于家，以德行文學爲鄉善人。君少好學，工爲文辭㊂，應有司格，既而曰㊃：「是豈足學也哉？」乃棄而不爲。其後簡肅公貴顯，以恩例補君右班殿直。君篤愛其弟，不得已，爲强起就職。居頃之，卒棄去，遂不復仕。君居鄉里，孝悌於其家，忠信於其朋友，禮讓於其長老。鄉里之人始而愛，久而化，既殁而猶思焉。

君以天聖二年十一月某日以疾卒于家㈤，享年六十有九，以某年某月某日葬于正平縣清原鄉之周村原㈥。曾祖景，贈太保。祖温瑜，贈太傅。父光化，贈太師。母曰鄭國夫人費氏。子男二人：長曰長孺，今爲尚書虞部員外郎、知絳州軍州事㈦；次曰良孺〔五〕，殿中丞㈧。女三人㈨。君以子恩，累贈右龍武軍將軍；夫人鄭氏，正平縣太君。

君卒之若干年⑩，其子始以尚書郎來守是州〔六〕。予，薛氏婿也，且嘉君之隱德以終而有後，乃爲表于其墓，既又作詩以遺之，曰：

伊絳之人，其出如雲。往于周原，從我邦君。周原有墓，鬱鬱其松。絳無居人，惟邦君是從。來以春秋，執事必躬。邦君在絳，禮我耆艾。惟父之執，其恭敢怠？邦君有政，惠我後生。從民上冢，閭里之榮。嗟我絳人，孝慈友悌。爲善有後，惟邦君是視⑪。

【校記】

㈠某：衡本傅增湘校（下簡稱「傅校」）：石本作「睦」。㈡某：傅校：石本作「睦之」。㈢「工爲」句下：傅校：石本有「再舉進士，常爲州第一」九字。㈣「應有」二句：傅校：石本作「已而歎曰：『進士以文辭應有司格』」十三字。㈤十一月某日：傅校：石本作「十二月甲子」。㈥某年某月某日：傅校：石本作「其月二十七日」。清原鄉：卷後原校：「原」一作「源」。㈦虞部：傅校：石本作「比部」。㈧殿中丞：傅校：石本作「太子中舍」。㈨三：傅校：石本作「五」。⑩若干：傅校：石本作「三十一」。⑪「惟邦君」句下：傅校：石本有「至和二年十月十五日翰林學士、尚書吏部郎中、知制誥、史館修撰、刊修唐書歐陽修撰」三十四字。

【箋注】

〔一〕 據題下注，至和元年（一〇五四）作。而石本云二年作，待考。薛君名睦。

〔二〕 「當天聖」句：長編卷一〇七天聖七年二月：「（丁卯）龍圖閣學士、右諫議大夫、權三司使事薛奎爲參知政事。奎入謝，上諭奎曰：『先帝常以卿爲可任，今用卿，先帝意也。』」

〔三〕 兄弟五人：外集卷一一内殿崇班薛君墓誌銘：「公諱塾……簡肅公之弟……太師諱化光之廟爲第五子。」按：化光爲薛奎之父，塾爲化光第五子，亦即薛奎幼弟。奎兄弟五人。

〔四〕 某：當爲睦。據後文，睦有子長孺，生平見本集卷三四尚書駕部員外郎致仕薛君墓誌銘。該文稱長孺爲「右班殿直、贈左驍衛大將軍諱睦之子」。

〔五〕 良孺：生平見本集卷三四國子博士薛君墓誌銘。

〔六〕 「君卒」二句：尚書駕部員外郎致仕薛君墓誌銘：「會簡肅公夫人薨，葬於絳州，即起君知州事以辦葬。」歐皇祐元年（一〇四九）有祭金城夫人文，金城夫人即薛奎妻、薛長孺之嬸母。然則長孺以尚書虞部員外郎知絳州軍州事，即在皇祐元年，距薛睦去世之天聖二年（一〇二四）已有二十五年矣。

永春縣令歐君墓表〔一〕

君諱慶，字貽孫，姓歐氏。其上世爲韶州曲江人，後徙均州之鄖鄉，又徙襄州之穀城。乾德二年，分穀城之陰城鎮爲乾德縣，建光化軍，歐氏遂爲乾德人。

修嘗爲其縣令，問其故老鄉閭之賢者，皆曰有三人焉。其一人曰太傅、贈太師、中書令鄧文懿公〔二〕，其一人曰尚書屯田郎中戴國忠〔三〕，其一人曰歐君也。三人者學問出處，未嘗一日不同，其忠信篤於朋友，孝悌稱於宗族，禮義達于鄉閭。乾德之人初未識學者，見此三人，皆尊禮而愛親之。既而皆以進士舉于鄉里〔一〕，而君獨黜于有司。後二十年，始以同三禮出身爲潭州湘潭主簿、陳州司法參軍，監考城酒税，遷彭州軍事推官，知泉州永春縣事。而鄧公已貴顯于朝，君尚爲州縣吏，所至上官多鄧公故舊，君絶口不復道前事，至終其去，不知君爲鄧公友也。君爲吏廉貧，宗族之孤幼者，皆養于家。居鄉里，有訟者多就君決曲直，得一言，遂不復爭，人至于今傳之。

嗟夫！三人之爲道，無所不同，至其窮達，何其異也！而三人者未嘗有動於其心，雖乾德之人稱三人者，亦不以貴賤爲異，則其幸不幸，豈足爲三人者道哉！然而達者昭顯于一時，而窮者泯没於無述，則爲善者何以勸？而後世之來者何以考德於其先？故表其墓以示其子孫。

君有子世英，爲鄧城縣令〔四〕；世勣，舉進士。君以天聖七年卒，享年六十有四，葬乾德之西北廣節山之原〔二〕。

【校記】

〔一〕里：原校：一無「里」字。　〔二〕「原」下：原校：一有「云」字。

【箋注】

〔一〕題下注「天聖□年」，誤。文云：「歐氏遂爲乾德人。修嘗爲其縣令。」按：據胡譜，歐爲乾德縣令，在寶元元年、二年，本文絶不可能作于天聖年間。本集卷一二有皇祐元年所作秀才歐世英惠然見訪於其還也聊以贈之詩，是時世英仍爲「秀才」，尚未及第。本文稱「有子世英，爲鄧城縣令」，則最早作于皇祐五年科考之後。

〔二〕鄧文懿公：即張士遜。士遜字順之，光化軍乾德人。淳化進士。幾度爲相，封鄧國公，卒謚文懿。宋史有傳。

〔三〕戴國忠：湖廣通志卷四九：「戴國忠，光化人，慶曆中進士。」胡宿太傅致仕鄧國公張公行狀言士遜「與濟北戴國忠、廬陵歐陽慶學于酇城」。按：酇城爲光化之舊稱。歐陽慶當爲歐慶之誤。

〔四〕「有子」二句：沈遘西溪集卷六有秘書丞歐世英可太常博士制。

【集評】

〔明〕茅坤：以三人同里、同志行，特不同遇處相感慨。（歐陽文忠公文鈔評語卷三〇）

〔清〕儲欣：窮達相形而懼窮者之無述，此等文字足以發潛德之幽光。（六一居士全集録評語卷二）

河南府司録張君墓表〔〇〕〔一〕

故大理寺丞、河南府司録張君，諱汝士，字堯夫，開封襄邑人也。明道二年八月壬寅，以疾卒于官，享年三十有七。卒之七日，葬洛陽北邙山下。其友人河南尹師魯誌其墓，而廬陵歐陽修爲之銘〔二〕。以其葬之速也，不能刻石，乃得金谷古塼，命太原王顧以丹爲隸書〔三〕，納于壙中。嘉祐二年某月某日，其子吉甫、山甫改葬君于伊闕之教忠鄉積慶里。君之始葬北邙也，吉甫纔數歲，而山甫始生，余及送者相與臨穴，視窆且封，哭而去。今年春，余主試天下貢士〔四〕，而山甫以進士試禮部，乃來告以將改葬其先君，因出銘以示余，蓋君之卒，距今二十有五年矣。

初，天聖、明道之間，錢文僖公守河南〔五〕。公，王家子，特以文學仕至貴顯，所至多招集文士。而河南吏屬，適皆當世賢材知名士，故其幕府號爲天下之盛，君其一人也。文僖公善待士，未嘗責以吏職，而河南又多名山水㊁，竹林茂樹㊂，奇花怪石，其平臺清池上下，荒墟草莽之間，余得日從賢人長者賦詩飲酒以爲樂〔六〕。而君爲人靜默修潔，常坐府治事，省文書，尤盡心於獄訟。初以辟爲其府推官㊃，既罷，又辟司録，河南人多賴之，而守尹屢薦其材〔七〕。君亦工書，喜爲詩，間則從余遊。其語言簡而有意，飲酒終日不亂，雖醉未嘗頹墮。與之居者，莫不服其德。故師魯誌之曰：「飭身臨事，余嘗愧堯夫，堯夫不余愧也。」

始君之葬，皆以其地不善，又葬速，禮不備㊄。君夫人崔氏，有賢行，能教其子。而二子孝謹，克自樹立，卒能改葬君，如吉卜，君其可謂有後矣。自君卒後，文僖公得罪，貶死漢東〔八〕，吏屬亦各引去。今師魯死且十餘年〔九〕，王顧者死亦六七年矣，其送君而臨穴者及與君同府而遊者十蓋八九死矣，其幸而在者，不老則病且衰，如予是也。嗚呼！盛衰生死之際，未始不如是，是豈足道哉？惟爲善者能有後，而託於文字者可以無窮。故於其改葬也，書以遺其子，俾碣于墓，且以寫余之思焉。吉甫今爲大理寺丞、知緱氏縣，山甫始以進士賜出身云。翰林學士、右諫議大夫、史館修撰歐陽修撰。

【校記】

㈠表：原校：一作「碣」。㈡名：原校：一無「名」字。㈢竹林：原校：一作「葱竹」。㈣推官：原校：一作「察推」。㈤「禮」上：原校：一有「其」字。

【箋注】

〔一〕如題下注，嘉祐二年（一〇五七）作。張君，張汝士。

〔二〕「其友人」二句：外集卷一二有尹誌歐銘的河南府司録張君墓誌銘。

〔三〕王顧：見本集卷四永州萬石亭箋注〔一〕。

〔四〕「今年」三句：長編卷一八五嘉祐二年正月：「癸未，翰林學士歐陽修權知貢舉。」

〔五〕「初天聖」二句：錢惟演卒謚文僖。其于天聖九年正月判河南府，明道二年九月離職赴隨州。

〔六〕「文僖公」八句：邵伯温邵氏聞見録卷八：「謝希深、歐陽永叔官洛陽時，同游嵩山。自潁陽歸，暮抵龍門香山。雪作，登石樓望都城，各有所懷。忽於煙靄中有策馬渡伊水來者，既至，乃錢相遣廚傳歌妓至。吏傳公言曰：『山行良勞，當少留龍門賞雪，府事簡，無遽歸也。』錢相遇諸公之厚類此。」

〔七〕「而君」九句：河南府司録張君墓誌銘：「堯夫内淳固，外曠簡，不妄與人交。」外集卷一七交七首，内有河南府張推官，亦可參看。

〔八〕「文僖公」二句：長編卷一一三明道二年九月：「丙寅，崇信節度使、同平章事、判河南府錢惟演，落平章事，赴本鎮。初惟演欲爲自安計，首建二后並配議，既與劉美爲親，又爲其子曖娶郭皇后妹，至是又欲與章懿太后族爲婚。御史中丞范諷劾奏惟演不當擅議宗廟，又言惟演在章獻時權寵太盛，與后家連姻，請行降黜。」據長編卷一一五，惟演景祐元年七月卒于隨州。元豐九域志卷一：「隨州漢東郡，崇信軍節度，治隨縣。」

〔九〕「今師魯」句：尹洙卒于慶曆七年（一〇四七）（據安陽集卷四七故崇信軍節度副使檢校尚書工部員外郎尹公墓表），至嘉祐二年（一〇五七），爲十年有餘。

【集評】

〔明〕歸有光：於文章中爲國風，於墓表中爲絕調。（歐陽文忠公文選評語卷一〇）

〔清〕錢謙益：此倣韓公馬少監誌，而無痕迹可尋，迺倣之之至也。（引自唐宋八家古文精選歐陽文評語）

〔清〕孫琮：銘誌著於二十五年以前，而此表作於二十五年以後，蓋銘誌以傳其事，此表以寫其思也，正自着一實筆不得。兹篇起手提出改葬，以明此表所由作。以下一段述司録始葬，一段述司録受知於文僖，一段述司録行事，而以師魯之誌證之。追溯情事，都從虚處想象，因以改葬爲有後作結。末復將文僖、吏屬、王顧、師魯併送葬諸人，一齊説來，見其零落殆盡。嗚咽感慨，如泣如訴，總以見此表之不可以已，而文情淒惻，比之秋夜聞雨，寒潭滴溜，慘澹更覺十倍。（山曉閣選宋大家歐陽廬陵全集評語卷四）

〔清〕林雲銘：的是一篇改葬墓表。上半篇步步埋伏，下半篇步步照應，中間叙其出身之正，吏事之勤，持己之莊，及其妻能教子，子能樹立，隨發出感慨，轉入文字可以無窮，亦自知是文之不朽也。讀來如雲氣空濛，絕無縫綴之迹。（古文析義評語卷一四）

〔清〕方苞：空明澄澈，無一滯筆。（引自諸家評點古文辭類纂評語卷四五）

居士集卷二十五

墓表六首

尚書屯田員外郎贈兵部員外郎錢君墓表〔一〕

君諱冶，字良範，姓錢氏。世爲彭城人，後徙吴興，自君之七世祖寶，又徙常州之武進。曾祖諱某，祖諱某，父諱某。當唐末五代，錢氏起餘杭，據浙東、西爲吴越王〔二〕。於是時，常州或屬江南，或屬吴越，而武進錢氏獨不顯，方以儒學廉讓行于鄉里，連三世不仕。宋興，取江南，常州歸于有司。君始以州進士舉，中景德二年甲科，試秘書省校書郎。爲揚州廣陵、潮州海陽縣令，遷寧國軍節度推官、監黄州麻城茶場，遂知縣事。遷著作佐郎，知蘄州蘄水、懷安軍金堂縣，又遷秘書丞，知泰州如皋縣。再遷屯田員外郎，通判宣州，未行。明道二年六月十一日，以疾卒于家，享年五十有二。

君少好學，能爲文辭。家貧，其母賢，嘗躬織紝以資其學問。每夜讀書〔一〕，母爲滅燭止之，君陽卧，母且睡，輒復起讀。州舉進士第一〔二〕，試禮部高第，遂中甲科。爲吏長於決獄，歷六縣，皆有能政。

潮州自五代時，劉氏暴殘其民〔三〕，君爲海陽經年，民歸業者千餘户，由是海陽升爲大縣。潮之大姓某氏火，迹其來自某家，吏捕訊之，某家號寃不服。太守刁湛曰〔四〕：「獄非錢君不可。」君問大姓，得火所發牀足，驗之，疑里仇家物。因率吏入仇家，取牀，折足合之，皆是。仇人即服曰：「火自我出，然故遺其迹某家者，欲自免也。」某家誠寃。」君即日出某家獄，致仇人以法，舉州稱爲神明〔三〕。其佐宣州，數決大獄，及旁近郡獄有疑者，皆歸決於君。工部侍郎凌策知宣州〔五〕，尤稱君文學，曰：「吏事不足汚子，當以文章居臺閣。」欲薦其文，未及而策卒〔六〕。初，宣州官歲市茶于涇縣，命君主之。策子不肖，以惡茶數千斤入于官，君立焚之，以白策，策益以此知君。策卒，君歎曰：「世無知我者矣。」

在麻城，以茶課歲增五倍，遂遷著作。金堂故多盜，君以伍保籍民，察其出入，凡爲盜者，許其徒告以贖罪，盜遂止。會甘露降其縣，明年，麥禾大稔，麥一莖五岐，禾一莖五穗者，縣人以爲君政所致，謂之錢公三瑞。君歎曰：「吾知治民爾，瑞豈吾致哉！」縣人爲君立生祠。如臯民不農桑，以鹽爲生，君曰：「使民足以衣食，鹽猶農也。」乃悉求鹽利害爲條目㈣，民便其利而鹽最增積，以石數者至四十五萬。君在如臯，時年五十。或歎其仕不達，君曰：「使吾政行於民，是達也。」蔡文忠公爲御史中丞〔七〕，數欲引君爲御史，會君卒。君平生所爲文章三百餘篇，號曰晦書。

君之皇考，贈殿中丞。母諸葛氏，封萬年縣太君，徙封福昌。娶蔣氏，初封樂安縣君，又封福清〔八〕。子男五人，曰公餗、公瑾、公輔、公儀、公佐。蔣氏有賢行㈤〔九〕，自君之卒，日以君所爲勗其五子以學。蔣氏後君二十年以卒〔一〇〕，卒時，公瑾、公輔皆以進士及第，公瑾爲新鄭尉，公輔以文章知名當世，爲太常丞、集賢校理〔一一〕。錢氏自其祖實徙武進，其居與葬，皆在其縣之遵教鄉敦行里。慶曆三年九月庚申㈥，公餗等葬君于其居之東北原皇里水之北。至和二年三月壬午㈦，以蔣夫人從。歐陽修曰：

錢姓出陸終，蓋顓頊之苗裔。始以士爲周官，久而以爲姓〔一二〕。自三代以來，無甚顯者。至唐末，錢氏多居東南。及鏐乘亂世，起餘杭，有地十三州，號兼吴越而王者幾百年，而武進錢氏獨以隱德累世不顯，豈以力者如彼，而以德者如此哉！豈其盛衰遲速之理，固有不同哉！武進之錢，自實七世，至君有聞，又有賢子，不墜益彰，其勢孰止？蓋恃力者雖盛而必衰，以德者愈遲而終顯。立石刻辭，其示彌遠。

【校記】

㈠「讀書」下：原校：一有「不止」字。　㈡「州舉」句上：原校：一有「年二十三」字。　㈢爲：原校：一無此字。　㈣悉求：卷後原校：一作「多求」。　㈤賢行：卷後原校：一作「節行」。　㈥三：原校：一作「二」。
㈦「至和」句下：原校：一無上八字。

【箋注】

〔一〕如題下注，至和二年（一〇五五）作。錢君，錢冶。文云錢冶葬後，「至和二年三月壬午，以蔣夫人從」，文當作于是時。

〔二〕「當唐末」三句：錢鏐據有浙東、西之地，唐封其爲越王，又封爲吴王。又受後梁封爲吴越王。事見新五代史吴越世家。

〔三〕「潮州」二句：五代時劉隱、劉巖兄弟在南方建立南漢政權。劉巖廣聚珍寶，大興土木，横征暴歛，殘害百姓。事見新五代史南漢世家。

〔四〕刁湛：刁衎之子，嘗爲殿中丞、知潮州。生平見樂全集卷三九宋故太中大夫尚書刑部郎中分司西京上柱國賜紫金魚袋累贈某官刁公墓誌銘。

〔五〕凌策：見本集卷二二太尉文正王公神道碑銘箋注〔二五〕。

〔六〕策卒：據宋史凌策傳，策卒于天禧二年（一〇一八）。

〔七〕蔡文忠公：蔡齊，字子思，其先洛陽人。舉進士第一，官至參知政事，卒謚文忠。齊性謙退，不妄言，所薦龐籍、楊偕等，後率爲名臣。宋史有傳。其行狀在本集卷三八，可參閱。

〔八〕「娶蔣氏」三句：蔣氏生平見臨川集卷九九永安縣太君蔣氏墓誌銘。

〔九〕「蔣氏」句：永安縣太君蔣氏墓誌銘：「太君年二十一歸于錢氏，與兵部君致其孝。兵部君没，太君進諸子於學，惡衣惡食，御之不愠，均親嫡庶，有鳲鳩之德，終不以貧故使諸子者趨於利以適己。既其子官於朝，豐顯矣，里巷之士以爲太君榮，而家人卒亦不見其喜焉。自其嫁至於老，中饋之事親之惟謹。自其老至於没，紉縫之勞猶不廢。子婦嘗諫止之，曰：『吾爲婦，此固其職也。』子婦化服，循其法。」

〔一〇〕「蔣氏後君」句：錢治卒于明道二年（一〇三三），據蔣氏墓誌銘，蔣氏卒于至和元年（一〇五四），在二十年之後。

〔一一〕「公輔」二句：錢公輔字君倚，仁宗、神宗朝兩度知制誥。宋史有傳。

〔一二〕「錢姓」四句：萬姓統譜卷二七：「錢，彭城。顓頊曾孫陸終生彭祖，祖孫孚，爲周錢上士，以官爲氏。」

太常博士周君墓表〔一〕

有篤行君子曰周君者，孝於其親，友於其兄弟。居父母喪〔二〕，與其兄某、弟某居于倚廬，不飲酒食肉者三年，其言必戚，其哭必哀，除喪而癯然不能勝人事者，蓋久而後復。自孔子在魯，而魯人不能行三年之喪，其弟子疑以爲問〔三〕，則非魯而他國可知也。孔子歿，而其後世又可知也。今世之人，知事其親者多矣，或居喪而不哀者有矣；生能事而死能哀，或不知喪禮者有矣；或知禮而以謂喪主於哀而已，不必合於禮者有矣。如周君者，事生盡孝，居喪盡哀，而以禮者也。禮之失久矣，喪禮尤廢也。今之居喪者，惟仕宦、婚嫁、聽樂不爲，此特法令之所禁爾。其衰麻之數、哭泣之節、居處之别、飲食之變，皆莫知夫有禮也。在上位者不以身率其下，在下者無所望於其上，其遂廢矣乎！故吾於周君有所取也。

君諱堯卿，字子俞，道州永明縣人也㈠。天聖二年舉進士，累官至太常博士。歷連、衡二州司理參軍㈡，桂州司録，知高安、寧化二縣〔四〕，通判饒州，未行，以慶曆五年六月朔日卒于朝集之舍〔五〕，享年五十有一。皇祐五年某月日，葬于道州永明縣之紫微岡。曾祖諱某。祖諱某。父諱某，贈某官。母唐氏，封某縣太君。娶某氏，封某縣君。

君學長於毛、鄭詩，左氏春秋〔六〕。家貧不事生産，喜聚書。居官禄雖薄，常分俸以賙宗族朋友。人有慢己者，必厚爲禮以愧之。其爲吏，所居皆有能政。有文集二十卷。君有子七人：曰諭，鼎州司理參軍；曰詵，湖州歸安主簿；曰謐、曰諷、曰謜、曰説、曰誼，皆未仕。

嗚呼！孝非一家之行也，所以移於事君而忠，仁於宗族而睦，交於朋友而信，始於一鄉，推之四海，表于金石，示之後世而勸。考君之所施者，無不可以書也，豈獨俾其子孫之不隕也哉！

【校記】

㈠原卷後云：「周君墓表諸本皆作『君諱某，字某，某州某縣人』。朝佐竊謂篤行君子正賴公文以傳遠，豈可逸其名字、鄉里？乃爲考春陵志，悉書之。」　㈡連：原校：一作「道」。

【箋注】

〔一〕　如題下注，皇祐五年（一〇五三）作。是年，周堯卿葬，文即作于是時。周必大廬陵周益國文忠公集平園續稿卷三五彭孝子千里墓表：「予聞仁宗朝有太常博士周君，居父喪，倚廬三年，不飲酒，不食肉，言必戚，哭必哀；喪母癯然，蓋久而後復。當時歐陽文忠公爲作墓表，極論今喪禮之廢，推爲篤行君子。惜乎歲久，石本莫傳。而京、浙、閩、蜀所刻公集，概書曰某州某縣人，三代諱某，此猶可也。併其人亦曰名某字某，如此則其子孫切切顯親之志荒矣，亦豈公表於金石，垂勸來世之意耶？予每歎息於斯。及考誌文，知其爲天聖二年進士，然是歲周姓登科者不一，莫知孰是。又考其宦游，多歷湖、廣，而墓在道州之永明，竊意爲道之賢者也。亟求舂陵郡志視之，本郡果有周堯卿，字子俞，行義與公所書合，於是刻之定本，使其名字昭昭於無窮，予心庶幾焉。」按：周必大於歐集之整理居功至偉，于此可見一斑。周堯卿，宋史有傳。

〔二〕　居父母喪：宋史周堯卿傳：「始，堯卿年十二喪父，憂戚如成人，見母則抑情忍哀，不欲傷其意。母知而異之，謂族人曰：『是兒愛我如此，多知孝養矣。』卒能如母之言。及母喪，倚廬三年，席薪枕塊，雖疾病，不飲酒食肉。」

〔三〕　「自孔子」三句：論語陽貨：「宰我問：『三年之喪，期已久矣。君子三年不爲禮，禮必壞；三年不爲樂，樂必崩。舊穀既没，新穀既升，鑽燧改火，期可已矣。』子曰：『食夫稻，衣夫錦，於女安乎？』曰：『安。』『女安，則爲之！夫君子之居喪，食旨不甘，聞樂不樂，居處不安，故不爲也。今女安，則爲之！』宰我出。子曰：『予之不仁也！子生三年，然後免於父母之懷。夫三年之喪，天下之通喪也。予也有三年之愛於其父母乎？』」

〔四〕　「知高安」句：周堯卿傳：「知高安、寧化二縣，提點刑獄楊紘入境，有被刑而耘苗者，紘就詢其故，對曰：『貧以利故，爲人直其枉，令不我欺而我欺之，我又何怨？』紘至縣，以所聞薦。」

〔五〕　「通判饒州」三句：周堯卿傳：「後通判饒州，積官至太常博士。范仲淹薦經行可爲師表，未及用，以慶曆五年卒。」朝集之舍，指朝集院，接待朝官以上還京師聽候除授新職任者住所。詳見王林燕翼詒謀録卷五。

〔六〕　「君學」二句：周堯卿傳：「爲學不專於傳注，問辨思索，以通爲期。長於毛、鄭詩及左氏春秋。其學詩，以孔子所謂『詩三百，一言以蔽之，曰：思無邪』，孟子所謂『説詩者以意逆志，是爲得之』，考經指歸，而見毛、鄭之得失。曰：『毛之傳欲簡，或寡於義理，非一言以蔽之也。鄭之箋欲詳，或遠於性情，非以意逆志也。是可以無去取乎？』其學春秋，由左氏記之詳，得經之所以書者，至三傳之異同，均有所不取。曰『聖人之意豈二致耶？』」

【集評】

［明］茅坤：變調。以孝行一節立其總概，相爲感慨始終。（歐陽文忠公文鈔評語卷三〇）

［清］劉大櫆：孝行所叙止兩行已盡，故以不能行三年之喪，至舉世廢禮，反復感歎，對面托出周君，才成一篇文字。（引自諸家評點古文辭類纂卷八）

右班殿直贈右羽林軍將軍唐君墓表〔一〕

嘉祐四年冬，天子既受祫享之福，推恩羣臣，並進爵秩〔二〕，既又以及其親，若在若亡，無有中外遠邇。於是天章閣待制、尚書户部員外郎唐君〔三〕，得贈其皇考驍衛府君爲右羽林軍將軍㈠。

府君諱拱，字某㈡。其先晉原人，後徙爲錢塘人。曾祖諱休復，唐天復中舉明經，爲建威軍節度推官㈢。祖諱仁恭，仕吴越王，爲唐山縣令，累贈諫議大夫。父諱謂㈣，官至尚書職方郎中，累贈禮部尚書。府君以父廕，補太廟齋郎。改三班借職，再遷右班殿直㈤，監舒州孔城鎮、澧州酒税，巡檢泰州鹽場，漳州兵馬監押。乾興元年七月某日，以疾卒于官〔四〕，享年四十有六。

府君孝悌於其家，信義於其朋友，廉讓於其鄉里。其居於官，名公鉅人皆以爲材，而未及用也。享年不永，君子哀之。有子曰介，字子方，舉進士。皇祐中，嘗爲御史，以言事切直貶春州别駕。當是時，子方之風悚動天下〔五〕。已而天子感悟，貶未至而復用之〔六〕。今列侍從，居諫官。自子方爲秘書丞，始贈府君爲太子右清道率府率；其爲尚書主客員外郎、殿中侍御史裏行，又贈府君爲右監門衛將軍；其爲尚書工部員外郎、直集賢院、權開封府判官，又贈府君爲右屯衛將軍；其遷户部員外郎、河東轉運使，又贈府君爲驍衛將軍。蓋自登于朝以至榮顯，遇天子有事于天地、宗廟，推恩必及焉。

府君初娶博陵崔氏，贈仙游縣太君；後娶崔氏，贈清河縣太君，皆衛尉卿仁冀之女〔七〕。生一男，介也。五女：長適太子中舍盧圭；次適歐陽昊，早卒；次適横州推官高定；次適進士陸平仲；次適著作佐郎陳起。慶曆三年八月某日，以府君及二夫人之喪，合葬于江陵龍山之東原。後十有七年，廬陵歐陽修乃表於其墓。曰：

嗚呼！余於此，見朝廷所以褒寵勸勵臣子之意，豈不厚哉！又以見士之爲善者，雖堙没幽鬱，其潛德隱行必有時而發，而遲速顯晦在其子孫。然則爲人之子者，其可不自勉哉？蓋古之爲子者，禄不逮養，則無以及其親矣；今之爲子者，有克自立，則尚有榮名之寵焉。其所以教人之孝者，篤於古也深矣。子方進用於時，其所以榮其親者，未知其止也，姑立表以待焉。

【校記】

㈠軍：原校：一無「軍」字。　㈡某：原校：一無「某」字。　㈢威：原校：一作「武」。　㈣謂：卷後原校：一作「渭」。　㈤遷：原校：一作「轉」。

【箋注】

〔一〕如題下注，嘉祐四年（一〇五九）作。書簡卷六有是年所作與梅聖俞，云：「忽辱惠教，兼得唐子方家行狀，謹當牽課，然少寬數日爲幸。其如行狀中泛言行己，殊不列事迹，或有記得者，幸更得數件，則甚喜。又云有尹師魯所作墓誌，亦得一本，尤幸也。」按：歐撰墓文，不欲「泛言」，看重「事迹」。唐君，唐拱。今檢尹洙河南集，未見爲唐拱所作墓誌。

〔二〕「嘉祐四年」四句：長編卷一九〇嘉祐四年十月：「癸酉，祫於太廟，大赦……戊寅，文武百官並以祫享赦書加恩。」

〔三〕唐君：唐拱之子唐介，字子方，江陵人，官至參知政事。宋史有傳。

〔四〕「以疾卒」句：宋史唐介傳：「父拱，卒漳州，州人知其貧，合錢以賻，介年尚幼，謝不取。」

〔五〕「皇祐中」五句：皇祐三年十月丁酉，殿中侍御史裏行唐介，責授春州別駕。先是介謂張堯佐除宣徽等四使不當，仁宗以除擬出自中書諭之。介又言當責執政，并劾文彥博知益州日，作間金奇錦，緣閹侍入獻宮掖而擢爲宰相。彥博顯用堯佐，意在陰結貴妃，爲謀身之計。仁宗聞之，甚怒，貶唐介。介自是以直聲聞天下。事見長編卷一七〇。

〔六〕「已而」二句：宋史唐介傳：「（介）貶春州別駕，王舉正言以爲太重，帝旋悟，明日取其疏入，改置英州，而罷彥博相，吴奎亦出。又慮介或道死，有殺直臣名，命中使護之。梅堯臣、李師中皆賦詩激美，由是直聲動天下，士大夫稱真御史，必曰唐子方而不敢名。」

〔七〕仁冀：崔仁冀，字子遷，錢塘人。據長編卷一六、二二，仁冀初仕吴越王錢俶。歸宋後，任淮南節度副使、衛尉卿等職。

【集評】

［明］茅坤：撰次封君墓表，此爲最調。（歐陽文忠公文鈔評語卷三〇）

胡先生墓表〔一〕

先生諱瑗，字翼之，姓胡氏。其上世爲陵州人㊀，後爲泰州如皋人㊁〔二〕。

先生爲人師，言行而身化之〔三〕，使誠明者達，昏愚者勵，而頑傲者革。故其爲法嚴而信，爲道久而尊。師道廢久矣，自明道、景祐以來㊂，學者有師，惟先生暨泰山孫明復、石守道三人〔四〕。而先生之徒最盛〔五〕，其在湖州之學，弟子去來常數百人，各以其經轉相傳授。其教學之法最備〔六〕，行之數年，東南之士莫不以仁義禮樂爲學。慶曆四年，天子開天章閣，與大臣講天下事，始慨然詔州縣皆立學〔七〕。於是建太學於京師，而有司請下湖州，取先生之法以爲太學法，至今爲著令。後十餘年，先生始來居太學，學者自遠而至，太學不能容，取旁官署以爲學舍㊃〔八〕。禮部貢舉，歲所得士，先生弟子十常居四五。其高第者知名當時，或取甲科㊄，居顯仕，其餘散在四方，隨其人賢愚，皆循循雅飭，其言談舉止，遇之不問可知爲先生弟子㊅。其學者相語稱先生，不問可知爲胡公也。

先生初以白衣見天子，論樂，拜秘書省校書郎㊆〔九〕，辟丹州軍事推官〔一〇〕，改密州觀察推官。丁父憂〔一一〕，去職。服除，爲保寧軍節度推官，遂居湖學。召爲諸王宮教授，以疾免。已而以太子中舍致仕，遷殿中丞於家。皇祐中，驛召至京師議樂〔一二〕，復以爲大理評事兼太常寺主簿，又以疾辭。歲餘，爲光禄寺丞、國子監直講，迺居太學。遷大理寺丞，賜緋衣銀魚。嘉祐元年，遷太子中允，充天章閣侍講，仍居太學。已而病不能朝，天子數遣使者存問，又以太常博士致仕〔一三〕。東歸之日，太學之諸生與朝廷賢士大夫送之東門，執弟子禮，路人嗟歎以爲榮。以四年六月六日卒于杭州〔一四〕，享年六十有七。以明年十月五日，葬于烏程何山之原。其世次、官邑與其行事，莆陽蔡君謨具誌于幽堂㈧。

嗚呼！先生之德在乎人，不待表而見於後世，然非此無以慰學者之思，乃揭于其墓之原。六年八月三日，廬陵歐陽修述。

【校記】

㈠陵州：原校：一作「京兆」。　㈡如皋：原校：一作「海陵」。　㈢明道、景祐：原作「景祐、明道」，卷後原校云「一作『明道、景祐』」，據改。　㈣署：原校：一作「宇」。　㈤取：原校：一作「中」。　㈥遇之：原校：一無二字。　㈦「拜」下：原校：一有「試」字。　㈧具：天理本校：一作「且」。

【箋注】

〔一〕　如題下注，嘉祐六年（一〇六一）作，此亦文末所示。胡先生，胡瑗，宋史有傳。

〔二〕「其上世」二句：蔡襄端明集卷三七太常博士致仕胡君墓誌：「胡氏世居長安，詢爲唐兵部尚書。其孫韜因亂留蜀，爲僞蜀陵州刺史。蜀平，歸京師，終衛尉卿，於君爲曾祖。生泰州司寇參軍諱修己，卒葬海陵。」

〔三〕「先生」二句：黄震黄氏日抄卷一五：「安定胡先生明體用之學。師道之立，自先生始。然其始讀書泰山，十年不歸，及既教授，猶夙夜勤瘁，二十餘年，人始信服。」

〔四〕孫明復：名復，晉州平陽人。生平見本集卷二七孫明復墓誌銘。石守道：名介，兖州奉符人。生平見本集卷三四徂徠石先生墓誌銘。

〔五〕「而先生」句：太常博士致仕胡君墓誌：「及爲蘇、湖二州教授……學徒千數，日月括劘。」呂希哲呂氏雜記卷上：「胡安定先生自慶曆中教學於蘇、湖間二十餘年，束脩弟子前後以數千計。」

〔六〕「其教學」句：呂氏雜記卷上：「安定先生之治學校，雖規矩備設而不盡用焉，以德教爲主。」

〔七〕「慶曆四年」四句：慶曆四年，范仲淹等欲復古勸學，數言興學校。宋祁等奏請宜使士皆土著而教之於學校。仁宗遂於三月乙亥下詔，令州縣皆立學。事見長編卷一四七。

〔八〕「先生始來」四句：胡君墓誌：「後爲太學，四方歸之。庠舍不能容，旁拓步軍居署以廣之。」

〔九〕「先生初以」三句：宋史胡瑗傳：「景祐初，更定雅樂，詔求知音者。范仲淹薦瑗，白衣對崇政殿。與鎮東軍節度推官阮逸同較鐘律，分造鐘磬各一虡……授瑗試秘書省校書郎。」據長編卷一一八，胡瑗白衣對崇政殿事在景祐三年二月丙辰。

〔一〇〕「辟丹州」句：胡君墓誌：「康定初，元昊寇邊，陝西帥以辟爲丹州推官……在丹州，實與帥府事。建議更陳法，治兵器，開廢地爲營田，募土人爲兵，給錢使自市勁馬，漸以代東兵之不任戰者。雖軍校蕃酋、亭障廝役，以事見，輒飲之酒，訪被邊利害，以資帥府。」按：陝西帥指陝西安撫使韓琦。

〔一一〕丁父憂：胡君墓誌：「丁父憂，舉其族之亡於遠者九喪歸葬。」

〔一二〕「皇祐中」二句：胡瑗傳：「皇祐中，更鑄太常鐘磬，驛召瑗、逸，與近臣、太常官議于秘閣，遂典作樂事。」

〔一三〕「已而病」三句：胡君墓誌：「既疾，上數遣中貴人就問安否，蓋亦有所待矣。比去京，諸生詣闕下乞留者累日。」長編卷一八九嘉祐四年正月：「太子中允、天章閣侍講、管勾太常胡瑗病不能朝。戊申，授太常博士，致仕。」

〔一四〕 卒於杭州：江休復嘉祐雜誌：「胡瑗字翼之卒，凶訃至京，錢公輔學士與太學生徒百餘人，詣興國戒壇院舉哀，又自陳以師喪給假二日，近時無此事。」

【集評】

〔明〕茅坤：胡安定生平所著見者，師道一節，故通篇摹寫盡在此。（歐陽文忠公文鈔評語卷三〇）

〔清〕何焯：極鄭重而又不失于夸大，此歐公之文所以情味獨至也。（義門讀書記卷三八）

〔清〕沈德潛：文體樸茂。作文必尋一事作主，如歐公於蘇子美，則以不遇爲主；於石守道，則以剛介爲主；於蘇明允，則以能文爲主；於梅聖俞，則以能詩爲主；而此篇則以師道爲主。蓋主意爲幹，而枝葉從之，所以能一線貫穿也。（唐宋八大家文讀本評語卷一四）

〔清〕劉大櫆：叙安定之善於教學，而摹寫其弟子之盛且賢，淋漓生色，末及東歸而諸生執弟子禮，以爲餘波。（引自諸家評點古文辭類纂評語卷四五）

瀧岡阡表〔一〕

嗚呼！惟我皇考崇公卜吉于瀧岡之六十年〔二〕，其子修始克表於其阡，非敢緩也，蓋有待也。

修不幸，生四歲而孤。太夫人守節自誓，居窮㊀，自力於衣食，以長以教，俾至于成人〔三〕。太夫人告之曰：「汝父爲吏廉，而好施與，喜賓客，其俸禄雖薄，常不使有餘，曰：『毋以是爲我累。』故其亡也，無一瓦之覆，一壠之植㊁，以庇而爲生。吾何恃而能自守邪？

吾於汝父，知其一二，以有待於汝也。自吾爲汝家婦，不及事吾姑，然知汝父之能養也；汝孤而幼，吾不能知汝之必有立，然知汝父之必將有後也。吾之始歸也，汝父免於母喪方逾年，歲時祭祀，則必涕泣曰：『祭而豐不如養之薄也。』間御酒食，則又涕泣曰：『昔常不足而今有餘㊂，其何及也！』吾始一二見之㊃，以爲新免於喪適然耳。既而其後常然，至其終身未嘗不然。吾雖不及事姑，而以此知汝父之能養也。汝父爲吏，嘗夜燭治官書，屢廢而歎。吾問之，則曰：『此死獄也，我求其生不得爾。』吾曰：『生可求乎？』曰：『求其生而不得，則死者與我皆無恨也㊄，矧求而有得邪？以其有得㊅，則知不求而死者有恨也。夫常求其生猶失之死，而世常求其死也㊆。』回顧乳者劍汝而立于旁㊇〔四〕，因指而歎曰：『術者謂我歲行在戌將死，使其言然，吾不及見兒之立也，後當以我語告之。』其平居教他子弟，常用此語，吾耳熟焉，故能詳也。其施於外事，吾不能知；其居于家，無所矜飾，而所爲如此，是真發於中者邪！嗚呼！其心厚於仁者邪！此吾知汝父之必將有後也。汝其勉之！夫養不必豐，要於孝；利雖不得博於物，要其心之厚於仁。吾不能教汝，此汝父之志也。」修泣而志之，不敢忘。

先公少孤力學，咸平三年進士及第，爲道州判官，泗、綿二州推官，又爲泰州判官〔五〕。享年五十有九，葬沙溪之瀧岡。太夫人姓鄭氏，考諱德儀，世爲江南名族。太夫人恭儉仁愛而有禮，初封福昌縣太君，進封樂安、安康、彭城三郡太君。自其家少微時⑨，治其家以儉約，其後常不使過之，曰：「吾兒不能苟合於世，儉薄所以居患難也。」其後修貶夷陵，太夫人言笑自若，曰：「汝家故貧賤也⑩，吾處之有素矣，汝能安之，吾亦安矣。」

自先公之亡二十年，修始得禄而養〔六〕。又十有二年，列官于朝，始得贈封其親〔七〕。又十年，修爲龍圖閣直學士、尚書吏部郎中⑪，留守南京〔八〕，太夫人以疾終于官舍⑫〔九〕，享年七十有二。又八年，修以非才，入副樞密，遂參政事〔一〇〕。又七年而罷〔一一〕。自登二府，天子推恩，褒其三世，故自嘉祐以來⑬，逢國大慶，必加寵錫。皇曾祖府君累贈金紫光禄大夫、太師、中書令，曾祖妣累封楚國太夫人。皇祖府君累贈金紫光禄大夫、太師、中書令兼尚書令，祖妣累封吳國太夫人〔一二〕。皇考崇公累贈金紫光禄大夫、太師、中書令兼尚書令，皇妣累封越國太夫人。今上初郊〔一三〕，皇考賜爵爲崇國公，太夫人進號魏國⑭。

於是小子修泣而言曰：「嗚呼！爲善無不報，而遲速有時，此理之常也。惟我祖考，積善成德，宜享其隆，雖不克有於其躬，而賜爵受封，顯榮褒大，實有三朝之錫命。是足以表見於後世，而庇賴其子孫矣。」乃列其世譜，具刻于碑。既又載我皇考崇公之遺訓，太夫人之所以教而有待於修者，並揭于阡，俾知夫小子修之德薄能鮮，遭時竊位，而幸全大節，不辱其先者，其來有自。

熙寧三年歲次庚戌四月辛酉朔十有五日乙亥，男推誠保德崇仁翊戴功臣、觀文殿學士、特進、行兵部尚書、知青州軍州事兼管内勸農使、充京東東路安撫使、上柱國、樂安郡開國公，食邑四千三百户、食實封一千二百户修表〔一四〕。

【校記】

㈠窮：原校：一作「貧」。　㈡植：原校：碑本作「殖」。　㈢常：原校：一作「吾」。　㈣吾始：卷後原校：石本作「始吾」。　㈤也：原校：一無「也」字。　㈥有：原校：一本作「求而」。　㈦世：原校：一作「況」。　㈧劍：原校：一作「抱」。　㈨微：原校：一作「賤」。　㈩汝家故貧賤也：原校：碑本無六字。　⑪尚書：原校：一無「尚書」字。　⑫終：原校：一作「卒」。　⑬故：原校：一作「蓋」。　⑭魏：原校：一作「韓」。

【箋注】

〔一〕如篇末所示，熙寧三年（一〇七〇）作。皇祐五年（一〇五三），歐陽修四十七歲時撰有先君墓表（載外集卷一二），本文即據之修改而成，時已六十四歲。曾敏行獨醒雜志卷二：「兩府例得墳院，歐陽公既參大政，以素惡釋氏，久而不請。韓公爲言之，乃請瀧岡之道觀。又以崇公之諱，因奏改爲西陽宮，今隸吉之永豐。後公罷政，出守青社，自爲阡表，刻碑以歸。」羅大經鶴林玉露甲編卷一仕宦歸故鄉謂「青州石鐫阡表，石緑色，高丈餘，光可鑑，阡近沙山太守廟」。明一統志卷五六吉安府：「瀧岡，在鳳凰山，宋歐陽修父母墓在焉。修有瀧岡阡表。」

〔二〕「惟我」句：歐陽修之父歐陽觀，字仲賓，追封崇國公。吴充爲歐陽修作行狀，韓琦作墓誌銘，蘇轍作神道碑，均稱歐陽觀「追封鄭國公」，當是後來改封。本文作于熙寧三年（一〇七〇），距觀葬瀧岡的大中祥符三年（一〇一〇）已六十年。

〔三〕「生四歲」六句：歐陽發等述先公事迹：「先公四歲而孤，家貧無資，太夫人以荻畫地，教以書字，多誦古人篇章，使學爲詩。」吴充歐陽公行狀：「皇考之捐館舍，公纔四歲，太夫人守節自誓，而教公以讀書爲文。及公成人，太夫人自力衣食，不以家事累公，使專務爲學。」

〔四〕「回顧」句：洪邁容齋隨筆卷五：「曲禮記童子事曰：『負劍辟咡詔之。』鄭氏注云：『負，謂置之於背。劍，謂挾之於旁。辟咡詔之，謂傾頭與語。口旁曰咡。』歐陽公作其父瀧岡阡表云：『回顧乳者劍汝而立於旁。』正用此義。今廬陵石刻猶存，衢州所刊六一集，已得其真。或者不曉，遂易『劍』爲『抱』，可嘆也！」

〔五〕「先公」五句：王明清揮麈後録卷六引龍衮江南野録載歐陽觀傳云：「歐陽觀本廬陵人，家世冠冕，一祖兄弟，自江南至今，凡擢進士第者六七人。觀少有辭學，應數舉，屢陷魁薦。咸平三年登第，授道州軍州推官。考滿，以前官遷于泗州，當淮、汴之口，天下舟航漕運鱗萃之所。因運使至，觀傲睨不即見；郡守設食，召之不赴，因爲所彈奏殆于職務，遂移西渠州，迨成資而卒于任所。」

〔六〕「自先公」二句：天聖八年（一〇三〇），歐陽修進士及第，爲西京留守推官，距父觀卒葬的大中祥符三年（一〇一〇），恰爲二十年。

〔七〕「又十有二年」三句：胡譜慶曆元年：「十一月丙寅，祀南郊，攝太常博士，引終獻。十二月，加騎都尉。」歐自此始獲贈封資格。此時距天聖八年已有十二年。

〔八〕「又十年」三句：由慶曆元年（一〇四一）至皇祐二年（一〇五〇），首尾十年。據胡譜，皇祐二年七月，龍圖閣直學士、知潁州歐陽修改知應天府兼南京留守司事；十月，轉吏部郎中。

〔九〕「太夫人以疾」句：胡譜皇祐四年：「三月壬戌，丁母夫人憂。」

〔一〇〕「又八年」四句：由皇祐四年（一〇五二）過八年爲嘉祐五年（一〇六〇）。據胡譜，是年十一月，歐爲樞密副使；翌年閏八月爲參知政事。

〔一一〕「又七年」句：由嘉祐五年過七年爲治平四年（一〇六七）。據胡譜，是年三月，歐罷參政之職，除觀文殿學士，轉刑部尚書，知亳州。

〔一二〕「皇曾祖」四句：據外集卷二一歐陽氏譜圖序，歐陽修曾祖名郴，字可封，夫人劉氏；祖名偃，夫人李氏。

〔一三〕 今上初郊：今上指神宗趙頊。熙寧元年十一月丁亥，神宗初郊，大赦，羣臣進秩有差。見宋史神宗紀。

〔一四〕「男推誠」二句：據胡譜，歐陽修嘉祐元年進封樂安郡開國侯，嘉祐六年進封開國公。治平二年加上柱國，四年進階特進，除觀文殿學士，改賜推誠保德崇仁翊戴功臣。熙寧元年轉兵部尚書，改知青州軍州事，兼管內勸農使，充京東東路安撫使；在原食邑三千八百户、食實封一千户之上，加食邑五百户、食實封二百户。

【集評】

〔明〕茅坤：幼孤而欲表父之德也於其母之言，故爲得體。（歐陽文忠公文鈔評語卷三〇）

〔明〕孫鑛：不事藻飾，但就真意寫出，而語語精絶，即閒語無不入妙，筆力渾勁，無痕迹可求。歐公文當以此爲第一。（引自山曉閣選宋大家歐陽廬陵全集評語卷三）

〔清〕林雲銘：開口便擒「有待」二字，隨接以太夫人教言。其有待處即決於乃翁素行，因以死後之貧驗其廉，以思親之久驗其孝，以治獄之歎驗其仁，或反跌，或正叙，瑣瑣曲盡，無不極其斡旋。中叙太夫人，將治家儉薄一節重發，而諸美自見。末叙歷官贈封，以贊歎語結之。句句歸美先德，且以自己功名皆本於父母之垂裕，深得立言之體。（古文析義評語卷一四）

〔清〕過珙：以「有待」句爲主，却將「能養」、「有後」兩段實發有待意，逐層相生，逐層結應，篇法累累如貫珠。其文情懇摯纏綿，讀之真覺言有盡而意無窮。（古文評注評語卷八）

集賢校理丁君墓表〔一〕

君諱寶臣，字元珍，姓丁氏，常州晉陵人也。景祐元年，舉進士及第，爲峽州軍事判官，淮南節度掌書記〔二〕，杭州觀察判官〔三〕。改太子中允、知剡縣，徙知端州，遷太常丞、博士〔四〕。坐海賊儂智高陷城失守，奪一官，徙置黄州〔五〕。久之，復得太常丞、監湖州酒税〔六〕，又復博士、知諸暨縣，編校秘閣書籍，遂爲校理、同知太常禮院〔七〕。

君爲人，外和怡而内謹立，望其容貌進趨，知其君子人也。居鄉里，以文行稱。少孤，與其兄篤於友悌。兄亡，服喪三年〔八〕，曰：「吾不幸幼失其親，兄吾父也。」慶曆中，詔天下大興學校，東南多學者，而湖、杭尤盛〔九〕。君居杭學，爲教授，以其素所學問而自修於鄉里者教其徒，久而學者多所成就。其後天子患館閣職廢，特置編校八員，其選甚精，乃自諸暨召居秘閣。君治州縣，聽決精明，賦役有法，民畏信而便安之。其始治剡也如此，後治諸暨，剡鄰邑也，其民聞其來，歡曰：「此剡人愛而思之，謂不可復得者也。今吾民乃幸而得之。」而君亦以治剡者治之，由是所至有聲。及居閣下，淡然不以勢利動其心，未嘗走謁公卿，與諸學士羣居恂恂，人皆愛親之。蓋其召自諸暨也㊀，以材行選，及在館閣，久而朝廷益知其賢，英宗每論人物，屢稱之。

國家自削除僭僞，東南遂無事，偃兵弛備者六十餘年矣〔一〇〕，而嶺外尤甚。其山海荒闊，列郡數十，皆爲下州〔一一〕，朝廷命吏，常以一縣視之，故其守無城，其戍無兵。一日，智高乘不備，陷邕州，殺將吏，有衆萬餘人，順流而下，潯、梧、封、康諸小州，所過如破竹。吏民皆望而散走，獨君猶率羸卒百餘拒戰，殺六七人，既敗，亦走。初，賊未至，君語其下曰：「幸得兵數千人，伏小湘峽，扼至險，以擊驕兵，可必勝也。」乃請兵於廣州，凡九請，不報。又嘗得賊覘者一人，斬之。賊既平，議者謂君文學，宜居臺閣備侍從以承顧問，而眇然以一儒者守空城，提百十飢羸之卒，當萬人卒至之賊，可謂不幸〔一二〕。而天子亦以謂縣官不素設備，而責守吏不以空手捍賊，宜原其情。故一切輕其法，而君以嘗請兵不得，又能拒戰殺賊，則又輕之。故他失守者皆奪兩官，而君奪一官。已而知其賢，復召用。

後十餘年，御史知雜蘇寀受命之明日〔一三〕，建言請復治君前事，奪其職而黜之。天子知君賢，不可以一眚廢，而先帝已察其罪而輕之矣，又數更大赦，且罪無再坐，然猶以御史新用，故屈君，使少避而不傷之也。乃用其校理歲滿所當得者，即以君通判永州。方待闕於晉陵，以治平四年四月某甲子，暴中風眩，一夕卒〔一四〕，享年五十有八。累官至尚書司封員外郎，階朝奉郎，勳上輕車都尉。

曾祖諱某㈡，祖諱某㈢，皆不仕。父諱某㈣〔一五〕，贈尚書工部侍郎。母張氏，仙游縣太君。君娶饒氏，封晉陵縣君，先卒。子男四人：曰隅、曰除、曰隮，皆舉進士；曰恩兒，才一歲。女一人，適著作佐郎、集賢校理胡宗愈〔一六〕。君既卒，天子憫然推恩，録其子隅爲太廟齋郎。

君之平生，履憂患而遭困阨，處之安焉，未嘗見戚戚之色。其於窮達、壽夭，知有命，固無憾於其心。然知君之賢，哀其志而惜其命止於斯者，不能無恨也〔一七〕。於是相與論著君之大節，伐石紀辭，以表見於後世，庶幾以慰其思焉。熙寧元年六月十四日，廬陵歐陽修述。

【校記】

㊀也：卷後原校：一作「已」。　㊁某：卷後原校：一本作「輝」。　㊂某：卷後原校：一本作「諒」。

㊃某：卷後原校：一本作「柬之」。

【箋注】

〔一〕如篇末所示，熙寧元年（一〇六八）作。歐陽修與墓主丁寶臣交往甚早。寶臣景祐二年即致書歐，舉薦孫侔，歐謂「丁元珍愛我而過譽」（答孫正之第一書）。景祐三年，歐貶夷陵，與時任峽州軍事判官的丁寶臣過從甚密，頗多唱酬。書簡卷八有與丁學士短簡三通。寶臣卒，歐作祭文，又撰墓表。（均見本集）王安石亦作祭文、墓誌銘（臨川集卷八五、九二）。曾鞏與寶臣嘗同任職館閣，有丁元珍挽詞（曾鞏集卷六）。

〔二〕「淮南」句：王安石司封員外郎秘閣校理丁君墓誌銘：「又爲淮南節度掌書記。或誣富人以博，州將，貴人也，猜而專，吏莫敢議，君獨力爭正其獄。」按：王安石進士及第，爲淮南簽書判官，時丁寶臣爲節度掌書記，故安石自稱「吾僚也」，謂寶臣爲「方吾少時，輔我以仁義者」（丁君墓誌銘）。祭丁元珍學士文云：「我初閉門，屈首書詩。一出涉世，茫無所知。援挈覆護，免于阽危。雖培浸灌，使有華滋。微吾元珍，我始弗殖。」

〔三〕「杭州」句：丁君墓誌銘：「又爲杭州觀察判官，用舉者兼州學教授。」

〔四〕「改太子」三句：丁君墓誌銘：「又用舉者遷太子中允、知越州剡縣。蓋其始至，流大姓一人，而縣遂治，卒除弊興利甚衆，人至今言之。於是再遷爲太常博士，移知端州。」

〔五〕「坐海賊」三句：儂智高起兵反宋事見本集卷二三贈刑部尚書余襄公神道碑銘箋注〔一四〕。丁君墓誌銘：「儂智高反，攻至其治所。君出戰，能有所捕斬，然卒不勝，乃與其州人皆去而避之，坐免一官，徙黄州。」長編卷一七二皇祐四年五月：「癸亥，智高入端州，知州、太常博士丁寶臣棄城走。寶臣，晉陵人也。」此下注云：「歐陽修、王安石作寶臣墓碑，皆稱寶臣嘗出戰，有所斬捕，卒不勝，乃去。蓋飾説也，今不取。」歐舉丁寶臣狀（奏議集卷一六）云：「丁寶臣前任知端州日，因遭儂智高事停官，叙理監當。方智高攻刼嶺南，州縣例以素無備禦，官吏各至奔逃。如聞當時獨寶臣曾捉得智高探事人，便行斬決，及曾鬭敵。朝廷以其如此，故他人皆奪兩官，獨寶臣只奪一官。」

〔六〕「復得」句：此當在嘉祐四年前。前引舉丁寶臣狀，作于嘉祐四年，發端有「竊見太常丞、湖州監酒務丁寶臣」云云。

〔七〕「編校」二句：寶臣入秘閣在治平元年。丁君墓誌銘：「英宗即位，以尚書屯田員外郎，編校秘閣書籍，遂爲校理、同知太常禮院。」曾鞏集卷一三相國寺維摩院聽琴序載曾鞏治平三年與丁寶臣同游相國寺，並稱寶臣爲同舍之士，則是年寶臣仍在館閣。

〔八〕「與其兄」三句：寶臣兄宗臣，字元規，官至屯田員外郎，至和元年卒。生平見胡宿文恭集卷三七故尚書都官員外郎丁公墓誌銘。寶臣爲兄服喪，當在至和元年至嘉祐元年（一〇五四—一〇五六）。

〔九〕「慶曆」四句：見本卷胡先生墓表箋注〔五〕。

〔一〇〕「偃兵」句：自景德元年（一〇〇四）宋、遼訂澶淵之盟而罷兵，至作本文時的熙寧元年（一〇六八），已六十餘年。

〔一一〕「列郡」二句：嶺外（即廣南東、西路）各郡，均列爲下州。見宋史地理志六。

〔一二〕「而眇然」四句：丁君墓誌銘：「夫驅未嘗教之卒，臨不可守之城，以戰虎狼百倍之賊，議今之法，則獨可守死爾，論古之道，則有不去以死，有去之以生。吏方操法以責士，則君之流離窮困，幾至老死，尚以得罪於言者，亦其理也。」

〔一三〕「御史」句：蘇寀，字公佐，磁州滏陽人。歷任大理詳斷官、御史臺推直官、糾察在京刑獄、知審刑院等。宋史有傳。東軒筆録卷一〇：「丁寶臣守端州，儂智高入境，寶臣棄州遁，坐廢累年。嘉祐末，大臣薦，得編校館閣書籍。久之，除集賢校理。是時蘇寀新得御史知雜，首採其端州棄城事，遂出寶臣通判永州，士大夫皆惜其去。王存有詩云：『病鸞方振翼，饑隼乍離韝。』蓋謂是也。」

〔一四〕一夕卒：丁君墓誌銘稱「治平四年四月四日卒」。

〔一五〕「曾祖」四句：丁君墓誌銘載曾祖名輝，祖名諒，父名柬之。

〔一六〕胡宗愈：字完夫，胡宿從子。官至吏部尚書。宋史有傳。

〔一七〕「君之平生」十句：王安石祭丁元珍學士文：「以忠出怨，以信行仁，至於白首，困厄窮屯。又從躋之，使以躓死，豈伊人尤，天實爲此！」

【集評】

〔宋〕劉克莊：（歐）公于元珍流落放絀，惻然慰藉。晚爲表墓，書端州之事，則又歎其以儒者守空城，提羸卒力戰，戰敗而後去，天子察南方素無備，不責守吏以空手捍賊。其詞抑揚頓挫，讀者感動不言。元珍履憂患，遭困厄，處之而安，非惟見元珍之賢，亦可見公之交誼矣。（後村先生大全集卷一〇三跋歐陽文忠公帖）

〔明〕歸有光：元珍失守端州一節，生平瑕指處，看歐公曲意摹畫周旋處。（歐陽文忠公文選評語卷一〇）

〔清〕吴汝綸：荆公所爲墓誌，代發不平之鳴；此則立言含蓄，尤爲得體。蓋性氣不同，而年之老與壯亦異也。（引自諸家評點古文辭類纂評語卷四五）

〔清〕陳曾則：以二篇（指歐、王爲丁寶臣所作墓表與墓誌銘）比而觀之，介甫文筆勁悍有力，然不及歐陽叙事之周到。（古文比評語卷三）

居士集卷二十六

墓誌四首

尚書虞部員外郎尹公墓誌銘〔一〕

公諱仲宣，姓尹氏。尹氏世居太原，無顯者。由公之父贈刑部侍郎諱文化〔二〕，始舉毛詩，登某科㈠，以材敏稱於當時㈡，仕至尚書都官郎中。於今人士語尹氏者，往往能稱其名字，由是始有聞人。刑部葬其父於河南，今爲河南人。

公舉周易，咸平三年中第〔三〕。歷梓州銅山、鳳翔麟游二主簿，京兆府司理參軍，潞州襄垣主簿，遷汝州梁、懷州武陟二令㈢，又遷蜀州軍事判官。薦其能者數十人㈣，拜大理寺丞、太子中舍、殿中丞、國子博士、尚書虞部員外郎。歷知汝州之葉、鄭州之滎陽㈤，又知大寧監，通判華州，又知資州，皆有政績㊅。最後知鄆州，至州之三日，晨起衣冠，得疾，卒㊆〔四〕，實景祐四年三月七日也，年七十一。以五年十一月二十八日，葬壽安〔五〕。母鄭氏，德興縣太君。妻張氏，壽安縣君〔六〕。子七人：源、洙、湘、沖、淑、沂、泳〔七〕。諸孫十餘人。

公既卒，許州進士朱生遊資州㊇，資人家家能道公之遺事㊈，及聞公喪，皆巷哭，其吏與民各以其類之浮屠發哀受吊〔八〕。朱生既得公善十餘事⑩，爲作遺愛録，以遺資人〔九〕。朱生未嘗識公者，而言若兹，信矣。嗚呼！善人之爲善也，生不赫赫於當時，則其遺風餘思在乎人者，必有時而著。公生而爲善，殁也見思⑪。銘者，所以名其善功以昭後世也⑫。銘曰：

物塞而通，必艱其初。至于大亨，乃燁而敷。尹氏之先，久窒不耀。自公再世，始發其奧。公不墜德，有善在人。孰當其興，在子與孫⑬。

【校記】

㊀某：原校：一無此字。　㊁「以」上：原校：一有「能」字。　㊂「梁」下：原校：一有「縣」字。　㊃數十：原校：一作「十數」。　㊄「滎陽」下：原校：一有「縣」字。卷後原校：一有「二縣」兩字。　㊅政：原校：一作「能」。　㊆「卒」上：原校：一有「及寢而」三字。卷後原校：「及寢」一作「反寢」。　㊇朱生：卷後原校：

一作「朱公佐」。　⑨人：原校：一作「州」。　⑩善：卷後原校：此下一有「政」字。　⑪「歿也」句：原校：一作「歿也見稱，斯可知也已」。　⑫「也」下：原校：一有「夫」字。　⑬在子與孫：原校：一作「在予子孫」。

【箋注】

〔一〕如題下注，景祐五年（一〇三八）作。墓主尹仲宣葬于是年十一月（當月改元寶元），文即是年所作。蔡襄爲仲宣所作墓表見端明集卷三七。

〔二〕文化：蔡襄尚書虞部員外郎尹公墓表：「考文化，仕至尚書都官郎中，以才能名當時，累贈刑部侍郎。」

〔三〕「咸平」句：尹公墓表：「咸平三年明經登第。」

〔四〕「最後」五句：尹公墓表：「公始至郢州，以書語其子洙曰：『吾州土風和，民俗厚，所治有池臺樹石觀游之美，可以休吾心焉，終此觀吾老矣。』署事始三日，早作被疾，比呼醫至，已大劇，志莫克遂，可悲也已。」

〔五〕葬壽安：尹公墓表：「從葬祖考之兆。」

〔六〕「妻張氏」二句：尹公墓表：「夫人張氏，壽安縣君，以賢德稱於内外族，前公七年卒。」

〔七〕「子七人」二句：尹公墓表「泳」作「澄」，并謂「源、洙、澄皆中進士科，湘以廕補官，沖、淑並早亡，沂尚幼」。尹源生平見本集卷三一太常博士尹君墓誌銘；尹洙生平見本集卷二八尹師魯墓誌銘。

〔八〕「公既卒」六句：尹公墓表：「許州進士朱公祐嘗游資州，當是時，公初卒，資州聞之，鄽巷傳道，老稚相扶攜涕泣，入浮屠宫哀號吊問，道交踵，往來數日而後已。」

〔九〕「朱生」三句：尹公墓表：「公祐於公父子間無平生之舊，美公愛於資，遂記之以傳於人，曰遺愛録云。」

【集評】

〔清〕儲欣：政績不一填實，只據朱生所聞所作，以見資州之政，遺愛在人。亦如史記載子産卒一段，讀之，每欲廢書而嘆。師魯爲文簡奥，得此誌，定相視莫逆矣。（六一居士全集録評語卷三）

尚書兵部員外郎知制誥謝公墓誌銘〔一〕

朝散大夫、行尚書兵部員外郎、知制誥、知鄧州軍州事兼管内勸農使、上輕車都尉、陽夏縣開國男，食邑三百户，賜紫金魚袋謝公，諱絳，字希深。其先出於黄帝之後，任姓之别爲十族，謝其一也〔二〕。其國在南陽宛，三代之際，以微不見，至詩嵩高，始言周宣王使召公營謝邑以賜申伯〔三〕。蓋謝先以失國，其子孫散亡，以國爲姓。歷秦、漢、魏益不顯，至晉、宋間，謝氏出陳郡者始爲盛族〔四〕。公之皇考曰太子賓客諱濤〔五〕，其爵陳留伯；至公開國，又爲陽夏男，皆在陳郡，故用其封，復因爲陳郡人。然其官邑、卒葬，隨世而遷。其譜自八世而下可見，曰八代祖汾，爲河南緱氏人；至五代祖希圖，始遷而南，或葬嘉興，或葬麗水；自皇考已上三代〔六〕，皆葬杭州之富陽。

公以寶元二年四月丁卯來治鄧，其年十一月己酉，以疾卒于官。以遠不克歸于南，即以明年八月，得州之西南某山之陽，遂以葬。公享年四十有五。初娶夏侯氏，先卒，今舉以祔。後娶高氏，文安縣君。三男六女：男某，皆將作監主簿〔七〕；女一早亡，五尚幼。

公之卒，其客歐陽修吊而哭于位，退則歎曰：「初，賓客之薨，修獲銘其德〔八〕，納諸富陽之原。今又哭公之喪，哭者在位，莫如修舊，蓋嘗銘其世矣。」乃論次其終始〔九〕，曰：

公年十五起家，試秘書省校書郎，復舉進士中甲科，以奉禮郎知潁州汝陰縣，遷光禄寺丞。上書論四民失業〔九〕。楊文公薦其材，召試，充秘閣校理〔一〇〕，再遷太常丞、通判常州。丁母晉陵郡君許氏憂，服除，遷太常博士。用鄭氏經、唐故事，議昭武皇帝非受命祖，不宜配享感生帝〔一一〕。天聖中，天下水旱而蝗，河決，壞滑州。又上書，用洪範五行、京房傳，推災異所以爲天譴告之意，極陳時所闕失，無所諱〔一二〕。與修真宗國史，遷祠部員外郎，直集賢院，通判河南府〔一三〕。移書丞相，言歲凶，嵩山宫宜罷勿治。又上書論妖人、方術士不宜出入禁中，請追所賜先生、處士號〔一四〕。歲滿，權開封府判官，再遷兵部員外郎，爲三司度支判官。上書，論法禁密花透背㈡，詔書云自内始，今内人賜衣，復下有司取之，是爲法而自戾，無以信天下。又言後苑作官市龜筒，亦禁物，民間非所有，有之爲犯法，因請罷内作諸器。皆以其職言。又言有司多求上旨㈢，從中出而數更㈣，且謂號令數變則虧國體，利害偏聽則惑聰明，請者務欲各行，而守者患於不一，請凡詔令皆由中書、樞密院，然後行。郭皇后廢〔一五〕，上書，用詩白華引申后、褒姒以爲戒。景祐元年，丁父憂，服除㈤，召試知制誥，判流内銓。諫者言李照新定樂不可用〔一六〕，下其議，議者久不決。公爲兩議曰：「宋樂用三世矣，照之法不合古，吾從舊。」乃署其一議曰：「從新樂者異署。」議者皆從公署。

公爲人肅然自修，平居温温，不妄喜怒。及其臨事敢言，何其壯也！雖或聽或否，或論高而不能行，或後果如其言，皆傅經據古，切中時病。三代已來，文章盛者稱西漢，公於制誥，尤得其體，世所謂常、楊、元、白〔一七〕，不足多也。公既以文知名〔一八〕，至於爲政，無所不達，自汝陰已有能名，佐常州，至今常人思之。錢思公守河南，悉以事屬之。是時，莊獻明肅太后、莊懿太后起二陵於永安〔一九〕，至於鐵石畚鍤，不取一物於民而足。修國子學，教諸生，自遠而至者百餘人，舉而中第者十八九。河南人聞公喪，皆出涕，諸生畫像於學而祠之。初，吏部擬官，以圭田有無爲均。公取州縣田，覆其實者，準其方之物賈㈥，差爲多少，揭之省中，它有名而無實者皆不用，人以爲便。天下之吏有定職而無定員，故選者常患其多而久積，吏緣以姦。至公爲之選，而集者有不逾旬而去，天下皆稱其平。其遇事尤劇㈦，尤若簡而有餘。及求知鄧州〔二〇〕，其治益以寬靜爲本，州遂無事。先時，有妖僧者，以僞言誘民男女數百人，往往晝夜爲會，凡六七年不廢。公則取其首惡二人置之法，餘一不問。民始知公法可畏而安於不苛。南陽堰引湍水溉公田，水之來遠而少能及民，而堰壩敕列反墩破。公議復召信臣故渠，以罷鄧人歲役，而以水與民，大興學舍，皆未就而卒〔二一〕。

始公來鄧，食其廩者四十餘人，或疑其多，及其喪，爲之制服，其治衣櫛，纔二婢，至三從孤弟妹，皆聚而食之。卒之日，廩無餘粟，家無餘貲，入哭其堂，椸無新衣。然平生喜賓客談宴㈧，怡怡如也。自少而仕，凡三十年間，自守不回，而外亦不爲甚異，此其始終大節也㈨。銘曰：

壽吾不知，命繫其偶。不俾其隆，安歸其咎？惟德之明，惟仁之茂。惟力之爲，而公之有。

【校記】

㈠終始：卷後原校：一作「始終」。　㈡法：原校：一作「詔」。　㈢多：原校：一無此字。　㈣「從」上：原校：一有「多」字。　㈤「丁父憂」二句：原校：一本（作）「賓客薨于京師，以喪南歸，三年」。　㈥賈：原校：一作「價」。　㈦「劇」下：原校：一有「處」字。　㈧「平生」下：原校：一有「好施宗族」。　㈨也：原校：一無「也」字，下有「昔太史公世稱其文善以多爲少，今予不能，乃不暇具書公之事，而特著其大者略書之。噫！公之事何多歟！　繁予文而不克就，使公而壽，且用極其材，則凡今所書，又有不暇書而又著其尤大者爾。將葬，其嗣子某來乞銘」。

【箋注】

〔一〕　如題下注，康定元年（一〇四〇）作。文云墓主寶元二年十一月卒，「明年八月」葬，「明年」爲康定元年。本集卷四九有祭謝希深文。臨川集卷九〇有尚書兵部員外郎知制誥謝公行狀。謝絳，宋史有傳。

〔二〕　「其先」三句：國語晉語四：「凡黄帝之子，二十五宗，其得姓者十四人爲十二姓。姬、酉、祁、己、滕、箴、任、荀、僖、姞、儇、依是也。」羅泌路史卷一四：「禺陽最少，受封于任，爲任姓。謝、章、舒、洛、昌、契、終、泉、卑、遇，皆任分也，後各以國令氏。」

〔三〕「至詩」二句：詩大雅崧高：「亹亹申伯，王纘之事。于邑于謝，南國是式。」孔穎達疏：「申伯先封于申，本國近謝；今命爲州牧，故改邑於謝。」

〔四〕「至晉」二句：東晉陳郡謝氏家族爲盛族，有謝安、謝石等名人。

〔五〕「公之皇考」句：謝絳父謝濤，字濟之，累官至太子賓客，生平詳見外集卷一二太子賓客分司西京謝公墓誌銘。

〔六〕「自皇考」句：太子賓客分司西京謝公墓誌銘：「曾祖延徽，處州麗水縣主簿；祖懿文，杭州鹽官令；父崇禮，泰寧軍節度掌書記。」

〔七〕「男某」二句：宋史謝絳傳：「子景初、景温、景平、景回。景平好學，著詩書傳説數十篇，終秘書丞。景回早卒。」按：絳有四子，然景回早卒，故文云「三男」。景温字師直，官至權刑部尚書，其傳附謝絳傳後。

〔八〕「賓客」二句：歐陽修景祐二年撰太子賓客分司西京謝公墓誌銘。

〔九〕「上書」句：謝絳傳：「嘗論四民失業，累數千言。」

〔一〇〕「楊文公」三句：謝絳傳：「楊億薦絳文章，召試，擢秘閣校理、同判太常禮院。」

〔一一〕「議昭武皇帝」二句：謝絳上仁宗論宣祖配侑（載趙汝愚編宋朝諸臣奏議卷八六）篇末注：「乾興元年十一月上，時同判太常禮院。」昭武皇帝，謝絳傳稱宣祖。據宋史太祖紀，太祖趙匡胤父名弘殷，爲宣祖。太祖，宣祖仲子也。長編卷九九載有謝絳上議狀事。感生帝，古時謂王者之先祖皆感太微五帝之精以生，因以稱其祖所感生之帝。周書武帝紀上：「甲寅，祠感生帝於南郊。」

〔一二〕「又上書」五句：上書内容詳見宋史謝絳傳。

〔一三〕「與修」四句：謝絳傳：「會修國史，以絳爲編修官，史成，遷祠部員外郎、直集賢院。時濤官西京，且老矣，因請便養，通判河南府。」

〔一四〕「又上書」二句：謝絳傳：「絳雖在外，猶數論事。奏言：『近歲不逞之徒，託言數術，以先生、處士自名，禿巾短褐，内結權倖，外走州邑，甚者矯誣詔書，傲忽官吏。請嚴禁止。嘗以墨敕賜封號者，追還之。』」

〔一五〕郭皇后廢：事見長編卷一一三明道二年十二月乙卯條。

〔一六〕「諫者」句：據長編卷一二二載，寶元元年，右司諫韓琦言李照所造樂，不合古法，皆率己意，别爲律度，乃詔太常舊樂悉仍舊制，李照所造勿復施用。按：李照以知音聞，景祐中有李照樂。見宋史樂志一。

〔一七〕常、楊、元、白：指唐常衮、楊綰、元稹、白居易。四人嘗爲中書舍人，兩唐書有傳。

〔一八〕以文知名：王安石謝公行狀：「公以文章貴朝廷，藏於家凡八十卷。」

〔一九〕「莊獻」句：長編卷一一三明道二年十月：「丁酉，祔葬章獻明肅皇太后、章懿皇太后於永定陵。」按：章獻乃由莊獻改之，見石曼卿墓表箋注〔七〕。仁宗生母李宸妃卒後，追册爲皇太后，謚莊懿，後改章懿。

〔二〇〕求知鄧州：長編卷一二三寶元二年二月：「戊辰，兵部員外郎、知制誥謝絳知鄧州，絳請之也。」

〔二一〕「南陽堰」八句：長編卷一二三寶元二年二月：「距（鄧）州百二十里，有美陽堰，引湍水溉公田。水來遠而少，利不及民。瀕堰築薪土爲防，俗謂之墩者，大小又數十，歲數壞，輒調民增築。姦人蓄薪茭，以時其急，往往盜決堰墩，百姓苦之。絳按召信臣六門堰故迹，距城三里，壅水注鉗盧陂溉田至三萬頃，請復修之，可罷州人歲役，以水與民，未就而卒。」按：南陽堰，謝公行狀及謝絳傳均作美陽堰。

【集評】

〔清〕儲欣：前後以昌言善政美陽夏，中插制誥文章，作前後過脈，法度井然，結尾高節至行，倍爲陽夏生色。（六一居士全集録評語卷三）

〔清〕愛新覺羅弘曆：首叙世次本末，次叙立身終始。於中，首叙立言，次叙立政，次叙立德。鬱乎其相章，焕乎其相輝也。（唐宋文醇評語卷三二）

資政殿學士尚書户部侍郎簡肅薛公墓誌銘〔一〕

明道二年，尚書禮部侍郎、參知政事、河東公以疾告歸其政，天子曰：「吾不可以數煩公。」乃詔優公不朝，而使視事如故。居歲中，數以告，乃得還第。又數以告，然後拜公爲資政殿學士、户部侍郎、判尚書都省，罷其政事〔二〕。景祐元年八月庚申，公薨于家，年六十有八，贈兵部尚書。

公諱奎，字宿藝，姓薛氏。薛氏之先，出於黄帝之後任姓，任姓之别爲十族，薛者奚仲之始封也〔三〕。其後奚仲去，遷邳，而仲虺留居薛〔四〕。春秋之際，以國見經，而其子孫後以爲氏。此其譜也。隋、唐之間，薛姓居河東者爲最盛。公，絳州正平人也。曾王父贈太保，諱某；大王父贈太傅，諱某；王父殿中丞贈太師，諱某〔五〕。三世皆不顯，而以公貴。初，太宗皇帝伐并州，太師以策干行在，不見用，罷。公生十餘歲，已能屬文辭，太師顧曰：「是必大吾門，吾復何爲？」乃不復事生業，務施貸以賙鄉閭，曰：「吾有子矣，後何患？」後五十年，公始佐今天子參政事，爲世名臣，如其言。

公爲人敦篤忠烈，果敢明達。初舉進士〔六〕，爲州第一，讓其里人王嚴，而居其次，於是鄉里皆稱之。淳化三年，再舉乃中，授秘書省校書郎、隰州軍事推官。始至，取州獄已成書，活寃者四人。徙儀州推官〔七〕，士爭薦其能。丁太夫人憂，服除，用薦者拜大理寺丞、知興化軍莆田縣，悉除故時王氏無名租〔八〕，莆田人至今以爲德。遷殿中丞、知河南長水縣，徙知興州。州舊鑄鐵錢，用功多，人以爲苦。公乃募民有力者，弛其山，使自爲利，而收其鐵租以鑄，悉罷役者，人用不勞〔九〕。遷太常博士，御史中丞向敏中薦公材中御史〔一〇〕，就拜監察御史。召爲殿中侍御史，判三司都磨勘司，賜緋衣銀魚。出爲陝西轉運副使〔一一〕，坐舉人免官。居數月，通判陝府。歲餘，召還臺，安撫河北，稱旨，改尚書户部員外郎、淮南轉運使、江淮制置發運使。開揚州河，廢其三堰，以便漕船，歲以八百萬石食京師，其後罕及其多。轉吏部員外郎，丁太師憂，去職，不許。居二歲，入爲三司户部副使，與三司使李士衡爭事省中〔一二〕，士衡扳時權貴人爲助。公拜户部郎中、直昭文館，出知延州。遷吏部郎中，入爲龍圖閣待制、知開封府，遷右諫議大夫、御史中丞。

契丹使蕭從順來朝，是時，莊獻明肅太后垂簾聽政，從順舉止多不遜，以謂南使至契丹者皆見太后，遂請見之。朝議患之，未有以決。公獨以理折之，從順乃止〔一三〕。而嫉公者讒其漏禁中語，由是拜集賢院學士，出知并州，改知秦州。秦州宿重兵，兵嘗慊食，公爲勤儉積畜，教民水種。歲中，遷樞密直學士、知益州。而秦之餘粟積者三百萬，征算之衍者三十萬，覈民舊隱田數百頃，所得芻粟又十餘萬，秦州之民與其蕃落數千人㈠，詣轉運使請留，不果。公在開封，以嚴爲治，肅清京師。京師之民至私以俚語目公，且相戒曰：「是不可犯也。」囹圄爲之數空，而至今之人猶或目之。及居蜀，尤有善政〔一四〕。民有得僞蜀時中書印者，夜以錦囊掛之西門，門者以白㈡，蜀人隨之者萬計，皆恂恂出異語㈢，且觀公所爲。公顧主吏藏之，略不取視，民乃止。老媪告其子不孝者，子訴貧不能養。公取俸錢與之，曰：「用此爲生以養。」母子遂相慈孝。里富人三女皆孤，民或妄爭其産，公析其貲爲三，爲嫁其女，於是人皆以公爲仁恩。蜀人喜亂而易摇，公既鎮以無事，又能順其風俗，從容宴樂。及其臨事，破姦發伏，逆見隨決，如逢蒙之射而方朔之占〔一五〕，無一不中。蜀人愛且畏之㊃，以比張尚書詠而不苛〔一六〕。開封，天子之畿，益州，蜀一都會，皆世號尤難理者，而公尤有名，其猛寬之政，前後異施，可謂知其方矣〔一七〕。

入拜龍圖閣直學士、權三司使，遂拜參知政事〔一八〕。公入謝，上曰：「先帝嘗言卿可用，吾今用卿矣。」公益感激自勵，而素剛毅，守節不苟合，既與政，尤挺立無所牽隨。然遂欲繩天下，無細大，一入於規矩。往往不可其意，則歸卧于家，歎息憂愧，輒不食。家人笑其何必若此，公曰：「吾慚不及古人，而懼後世譏我也㊄。」公嘗使契丹，與其君臣語，而以論議服其坐中。其後契丹使來，必問公所在，及聞已用，乃皆喜曰：「是得人矣。」邊吏得諜者，言契丹欲棄約舉兵。上亟召大臣議，或欲選將增兵。公曰：「契丹畏誓而貪利，且無隙以開其端，其必不動，不宜失持重之勢而使其可窺。」已而卒無事。他日，上顧公曰：「果如公言。」於是益重之。明道二年，莊獻明肅太后欲以天子衮冕見太廟，臣下依違不決，公獨爭之，曰：「太后必若王服見祖宗，若何而拜乎？」太后不能奪，爲改他服〔一九〕。

太后崩，上見羣臣，泣曰：「太后疾不能言，而猶數引其衣，若有所屬，何也？」公遽曰：「其在衮冕也。然服之豈可見先帝乎？」上大悟，卒以后服葬〔二〇〕。於是益以公爲果可用也㊅。

公先娶潘氏，早卒；後娶趙氏，今封金城郡夫人。子男一人直孺〔二一〕，大理寺丞。女五人：長適故職方員外郎張奇〔二二〕；其次適故開封府士曹參軍喬易從〔二三〕，早亡；次適太原王拱辰〔二四〕，早亡；次適廬陵歐陽修；次又適王氏。公既貴，贈其曾祖而下三室，曰太保、太傅、太師。追封曾祖妣某氏某夫人，祖妣某氏某夫人，妣某氏某夫人。公性孝慈，雖在大位，家人勤儉，不知爲驕奢，諸子幼孤，撫養不異。平生所爲文章四十卷㊆〔二五〕，直而有氣，如其爲人。五年某月某甲子，其孤直孺奉其柩自京師葬于絳州，以某年某月某甲子即事。先期，狀公之功行上之太常，太常議曰：「謚法：一德不懈曰簡，執心決斷曰肅。今其狀應法。」乃謚曰簡肅。銘曰：

薛夏之封，以國爲姓。其後河東，隋、唐最盛。公世載德，實河東人。必大其門，太師之云。公之從事，以難爲易。參于大政，不撓不牽。屢決大議，有言炳然。公不爲相，告病還家。賵賻之榮〔二六〕，尚書是加。公有敏德，焯其行事。公有令名，有司之謚。事告之史，謚傳子孫。又刻銘章，納于墓門。

【校記】

㈠蕃：原校：一作「夷」。　㈡門：原校：一作「闇」。　㈢恂恂：原校：一作「詢詢」。　㈣蜀人：原校：一作「其後」。　㈤譏：卷後原校：一作「議」。　㈥也：原校：一無「也」字，下有「而不至乎大用終焉」。㈦四：原校：一作「二」。

【箋注】

〔一〕如題下注，寶元元年（一〇三八）作。文云薛奎葬于景祐五年，是年十一月改元寶元，文即是年作。本集有祭薛尚書文。薛奎，宋史有傳。

〔二〕「然後」二句：長編卷一一三明道二年十一月：「禮部侍郎、參知政事薛奎罷爲資政殿學士、户部侍郎、判都省。始，莊獻崩，二府大臣皆罷去，奎獨留，帝且倚以爲相，而奎得喘疾，數辭位，有詔免朝謁，視事如故，又數賜告還第。久之乃罷。」

〔三〕「薛氏」四句：元和姓纂卷五：「黄帝廿五子，十二人各以德爲姓，一爲任氏。六代至奚仲，封薛。」

〔四〕「其後」三句：左傳定公元年：「薛之皇祖奚仲，居薛以爲夏車正。奚仲遷于邳，仲虺居薛，以爲湯左相。」杜預注：「奚仲爲夏禹掌車服大夫。仲虺，奚仲之後。」

〔五〕「曾王父」六句：據龍武將軍薛君墓表、國子博士薛君墓誌銘，薛奎曾祖名景，祖名温瑜，父名化光。

〔六〕「初舉」句：洪瑩宋名臣言行録：「薛簡公奎初舉進士，贄謁馮魏公，首篇有『囊書空自負，早晚達明君』之句，馮掩卷謂之曰：『不知秀才所負何事？』讀至第三篇春詩云：『千林如有喜，一氣自無私。』乃曰：『秀才所負如此。』」

〔七〕「徙儀州」句：宋史薛奎傳：「徙儀州推官，嘗部丁夫運糧至鹽州，會久雨，粟麥潰腐，奎白轉運盧之翰，請縱民還州而償所失。之翰怒，欲劾奏之。奎徐曰：『用兵久，人疲轉餉，今幸兵食有餘，安用此陳腐以困民哉！』之翰意解，凡民所失，悉奏除之。」

〔八〕「悉除」句：薛奎傳：「知莆田縣。請蠲南閩時稅鹹魚、蒲草錢。」故時王氏，指五代時據有閩地的王氏政權。見新五代史閩世家。

〔九〕「州舊鑄」九句：薛奎傳：「州有錢監，歲調兵三百人采鐵，而歲入不償費。奎奏聽民自采，而所輸輒倍之。」

〔一〇〕向敏中：字常之，開封人。太平興國進士。歷任户部推官、淮南轉運副使、廣南東路轉運使等，以廉潔著稱，官至參知政事、同平章事。宋史有傳。

〔一一〕出爲句：薛奎傳載奎在陝西時事：「趙德明言延州蕃落侵其地黑林平，下詔按驗。奎閱郡籍，德明嘗假道黑林平，移文録示之，德明遂伏。」

〔一二〕李士衡：名一作仕衡，字天均，秦州成紀人。太平興國進士。真宗朝司財賦二十年，官至三司使。仁宗朝爲同州觀察使。宋史有傳。

〔一三〕「公獨」三句：薛奎傳：「奎時館伴，折之曰：『皇太后垂簾聽政，雖本朝羣臣，亦未嘗見也。』從順乃已。」

〔一四〕「公在」十句：范鎮東齋記事卷三：「仁皇初，薛簡肅公知開封府，上新即大位，莊獻臨朝，一切以嚴治，人謂之薛出油。其後移知成都，歲豐人樂，隨其俗，與之嬉遊，作何處春遊好詩十首，自號薛春遊，欲换前所稱也。」

〔一五〕逢蒙：古之善射者。孟子離婁下：「逢蒙學射于羿，盡羿之道，思天下惟羿爲愈己，遂殺羿。」方朔，即漢東方朔，性詼諧滑稽，善辭賦。其人其事見史記滑稽列傳。

〔一六〕張尚書：張詠，字復之，濮州鄄城人。太平興國進士。累遷荆湖北路轉運使，太宗聞其强幹，召入朝，擢樞密直學士兼掌三班院。出知益州，恩威並用。卒謚文定。宋史有傳。

〔一七〕「益州」七句：東齋紀事卷四：「蜀人正月二日三日上塚，知府亦爲之出城置會。是時，薛公奎以是日會於大東門外，有戍卒叩鄭龍腦家求富貴，鄭即以銀匙、筯一把與之。既出，隨以告人。至第二巷尾客店，升屋放火，殺傷人。相次都監至，捕者益多，卒自知不免，即下就擒。都監往白薛公，公指揮只於擒獲處令人斬却。民以爲神斷。不然，妄相攀引，旬月間未能了得，又安知其徒黨反側之心也。」薛奎傳述此事曰：「嘗夜燕，有戍卒殺人，人皆奔走，奎密遣捕殺之，坐客莫有知者。臨事持重明決，多此類也。」

〔一八〕遂拜參知政事：長編卷一〇七天聖七年二月：「（丁卯）龍圖閣學士、右諫議大夫、權三司使事薛奎爲參知政事。」

〔一九〕「明道」九句：文瑩續湘山野録：「明肅太后欲謁太廟，詔禮官草儀。時學臣皆以周官后服進議，佞者密請曰：『陛下垂簾聽大政，號兩宮，尊稱、山呼及輿御，皆王者制度，入太室豈當以后服見祖宗邪？』遂下詔服袞冕。諫疏交上，復宰臣執議，俱不之聽。不得已將誕告，賴薛簡肅公以關右人語氣明直，不文其談，簾外口奏曰：『陛下大謁之日，還作漢兒拜邪，女兒拜邪？』明肅無答。是夕報罷。」陳鵠西塘集耆舊續聞卷三引此九句之後云：「則是太后不以袞冕謁廟。而宋景公奏議乃云：『太后晚節，恪於還政，弗及永圖。厭内闈之靚閑，樂外朝之焜照。執鎮圭，乘大輅，垂十二旒之冕，被十二章之衮，率百官，陳萬騎，跪奉幣瓚，歷見祖宗：古今未聞，典禮不載，此亦一眚之咎所共知也。』蓋是時有旨，差赴編修明道參謝宗廟記所檢討校勘，故宋公奏議如此。然則墓誌又不足據。」

〔二〇〕卒以后服葬：此事亦見長編卷一一二，時爲明道二年三月。

〔二一〕直孺：薛奎子直孺，字質夫，後奎六年而卒。生平見本集卷二八薛質夫墓誌銘。

〔二二〕張奇：生平不詳。

〔二三〕喬易從：生平不詳。

〔二四〕王拱辰：字君貺，開封咸平人。天聖八年進士第一。累遷權知開封府，拜御史中丞。至和時爲三司使。元豐時判大名，爲武安軍節度使。哲宗立，徙節彰德，卒謚懿恪。宋史有傳。由文中可知，拱辰兩爲薛家婿。邵氏聞見録譏歐陽修「舊女婿爲新女婿，大姨夫作小姨夫」，實屬張冠李戴。

〔二五〕「平生」句：本集卷四四薛簡肅公文集序謂薛奎「平生所爲文至八百餘篇」，「而往往流散於人間」，「蓋自公薨後三十年，始克類次而集之爲四十卷」。文獻通考經籍考卷六二著録薛簡肅公文集四十卷。

〔二六〕賵賻：助葬用財物。公羊傳隱公元年：「賵者何？喪事有賵，賵者，蓋以馬，以乘馬束帛。車馬曰賵，貨財曰賻。」

【集評】

〔清〕儲欣：紀律森嚴。（六一居士全集録評語卷三）

〔清〕愛新覺羅弘曆：歐公叙事以簡爲貴如此。叙子女處直曰「次適廬陵歐陽修」，餘不著一句，何等嚴重。祭辞尚書文又甚詳明。誌言天下之公，祭盡一身之私也。（唐宋文醇評語卷三二）

贈尚書度支員外郎張君墓誌銘〔一〕

君諱思，字希聖，青州人也。曾祖諱庭實，不仕。祖諱昂，贈尚書職方郎中。父諱從化，尚書駕部員外郎，贈秘書少監。母河南縣太君朱氏。

君天禧四年舉進士及第，爲濰州司理參軍、青州益都縣主簿、開封府倉曹參軍，改秘書省著作佐郎、知益都縣。再遷秘書丞、太常博士，通判閬州，權知興元府。景祐四年九月十七日，以疾卒于官，享年六十有四。

君世以明經仕宦，至君，始爲辭章舉進士〔二〕。官雖卑，事親能盡其養，不知其禄之薄也。退與妻子惡衣蔬食，無難色。居親喪，盡哀，葬其家三十餘喪，鄉里稱其孝。爲吏所至有能名。京東歲大飢，所在盜賊起，獨君所治益都無盜，而賑恤飢人，比他縣尤多。安撫使以爲言，詔書褒美。在閬州，治嘉陵江石堤，民至今賴之。

君爲博士時，其弟愈猶爲布衣。君嘗歎曰：「吾年四十有七，始以進士及第，今且老，吾志其衰矣。」顧其三子曰：「是必大吾門。」因獨念其弟愈，先君之所愛也，乃欲致其仕以冀一子恩，得以命其弟，顧貧，未能去禄仕，每以爲恨。已而其子唐卿舉進士第一，君聞之喜且泣曰：「吾志其就矣。」乃上書求致仕，且欲官其弟愈，未及而卒。

君娶王氏，馮翊縣君，後君二十二年以卒。子男三人：唐卿，將作監丞，通判陝府；唐輔，孟州濟源縣尉，皆早卒〔三〕。唐民，今爲秘書丞〔四〕。女二人，長適屯田員外郎任沆，次早卒。孫男二人，曰危行、果行。孫女二人，皆尚幼。君以子恩贈尚書度支員外郎，夫人王氏亦以子恩封長壽縣太君。以嘉祐四年十月十二日，葬君、夫人于青州益都縣仁德鄉之南原〔五〕。銘曰：

張有世序，是爲青人。君治益都，有政于民。仕也四方，昌其子孫。終必返本，斯之謂仁。鄉人之思，封樹長存。

【箋注】

〔一〕如題下注，嘉祐四年（一〇五九）作。張思葬于是年十月十二日，文當作于此前。余靖武溪集卷二〇有宋故贈度支員外郎張府君墓表，該文引張思之子唐民語云：「幸蒙相國韓公、翰林歐陽、吴二公、紫微范公見貺誌銘，御史邢君筆於方石，納諸幽室。」本集卷四二有慶曆二年歐所作送張唐民歸青州序。

〔二〕「始爲」句：宋故贈度支員外郎張府君墓表：「府君少而業文，晚乃得第。」

〔三〕「唐卿」六句：張府君墓表：「元子唐卿舉進士，果爲天下第一；仲曰唐輔，亦同時得第。」據長編卷一一四、一二〇，張唐卿爲景祐元年進士第一人，通判陝州，未幾，丁父憂，毁瘠嘔血而卒。

〔四〕「唐民」二句：張府君墓表：「其季則祕丞君，復以召試成名，致位於朝。及居母喪，竭力以圖窀穸之事，環走數千里，負載數柩，歸葬舊鄉。又能以誠感當世賢相名卿之文以誌其墓，張氏真有子哉！」送張唐民歸青州序：「秀才張生居青州，其母賢而知書。三子喪其二，獨生最賢，行義聞於鄉，而好學，力爲古文，是謂卓然而不惑者也。」

〔五〕「葬君」句：張府君墓表：「今葬於廣固之仁德鄉先塋之東。」

居士集卷二十七

墓誌五首

翰林侍讀學士給事中梅公墓誌銘〔一〕

翰林侍讀學士、給事中梅公既卒之明年㈠，其孤及其兄之子堯臣來請銘以葬〔二〕，曰：「吾叔父病且亟矣，猶卧而使我誦子之文。今其葬，宜得子銘以藏。」公之名，在人耳目五十餘年。前卒一歲，予始拜公於許〔三〕，公雖衰且病㈡，其言談詞氣尚足動人。嗟予不及見其壯也㈢，然嘗聞長老道公咸平、景德之初，一遇真宗，言天下事合意〔四〕，遂以人主爲知己，當時搢紳之士望之若不可及㈣。已而擯斥流離〔五〕，四十年間，白首翰林，卒老一州。嗟夫！士果能自爲材邪？惟世用不用爾。故予記公終始，至於咸平、景德之際，尤爲詳焉，良以悲其志也。

公諱詢，字昌言，世家宣城。年二十六進士及第，試校書郎、利豐監判官，遷將作監丞、知杭州仁和縣，又遷著作佐郎，舉御史臺推勘官，時亦未之奇也。咸平三年，與考進士於崇政殿，真宗過殿廬中，一見以爲奇材〔六〕，召試中書，直集賢院，賜緋衣銀魚。是時，契丹數寇河北，李繼遷急攻靈州，天子新即位，鋭於爲治。公乃上書請以朔方授潘羅支，使自攻取，是謂以蠻夷攻蠻夷。真宗然其言，問誰可使羅支者，公自請行。天子惜之，不欲使蹈兵間，公曰：「苟活靈州而罷西兵，何惜一梅詢！」天子壯其言，因遣使羅支，未至而靈州没于賊。召還，遷太常丞、三司户部判官。數訪時事㊄，於是屢言西北事。時邊將皆守境㊅，不能出師，公請大臣臨邊督戰㊆，募遊兵擊賊㊇，論傅濳、楊瓊敗績當誅㊈〔七〕，而田紹斌、王榮等可責其效以贖過〔八〕，凡數十事，其言甚壯。天子益器其材，數欲以知制誥，宰相有言不可者㊉，乃已〔九〕。其後繼遷卒爲潘羅支所困，而朝廷以兩鎮授德明，德明頓首謝罪，河西平〔一〇〕。天子亦再幸澶淵，盟契丹而河北之兵解⑪，天下無事矣。

公既見疏不用，初坐斷田訟失實，通判杭州，徙知蘇州，又徙兩浙轉運使⑫，還判三司開拆司，遷太常博士。用封禪恩，遷祠部員外郎。又坐事，出知濠州〔一一〕。以刑部員外郎爲荆湖北路轉運使，坐擅給驛馬與人奔喪而馬死⑬，奪一官，通判襄州〔一二〕，徙知鄂州，又徙蘇州〔一三〕。天禧元年，復爲刑部員外郎、陝西轉運使。靈州弃已久，公與秦州曹瑋得胡蘆河路可出兵㈣〔一四〕，無沙行之阻而能徑趨靈州㈤，遂請瑋居環慶以圖出師，會瑋入爲宣徽使，不克而止。遷工部郎中，坐朱能反，貶懷州團練副使㈥〔一五〕，再貶池州㈦〔一六〕。天聖元年，拜度支員外郎、知廣德軍，徙知楚州，遷兵部員外郎、知壽州〔一七〕，又知陝府。六年，復直集賢院，又遷工部郎中，改直昭文館、知荆南府。召爲龍圖閣待制〔一八〕，糾察在京刑獄，判流内銓。改龍圖閣直學士、知并州〔一八〕，未行，遷兵部郎中、樞密直學士以往，就遷右諫議大夫，入知通進銀臺司，復判流内銓。改翰林侍讀學士、羣牧使，遷給事中、知審官院〔一九〕。以疾出知許州〔二〇〕。康定二年六月某日，卒于官。

公好學有文，尤喜爲詩㈧。爲人嚴毅修潔〔二一〕，而材辯敏明。少能慷慨，見奇真宗。自初召試，感激言事，自以謂君臣之遇。已而失職，逾二十年，始復直於集賢㈨。比登侍從，而門生故吏、曩時所考進士，或至宰相，居大官，故其視時人，常以先生長者自處，論事尤多發憤。其在許昌，繼遷之孫復以河西叛，朝廷出師西方〔二二〕，而公已老，不復言兵矣。享年七十有八以終㈩。

梅氏遠出梅伯〔二三〕，世久而譜不明。公之皇曾祖諱超，皇祖諱遠，皆不仕。父諱邈，贈刑部侍郎。夫人劉氏，彭城縣君。子五人：長曰鼎臣，官至殿中丞；次曰寶臣，皆先公卒㉑。次曰得臣，太子中舍；次曰輔臣，前將作監丞；次曰清臣，大理評事。公之卒，天子贈賻優恤㉒，加得臣殿中丞、清臣衛尉寺丞㉓。明年八月某日㉔，葬公宣州之某縣某鄉某原㉕。銘曰：

士之所難，有藴無時。偉歟梅公，人主之知。勇無不敢，惟義之爲。困于翼飛，中垂以歛。一失其塗，進退而坎。理不終窮，既晚而通。惟其壽考，福禄之隆㉖。

【校記】

㈠給事中：原校：一云「行給事中、知許州、上柱國、南昌郡開國公、食邑三千三百户、實封六百户、賜紫金魚袋。」

㈡且：原校：一無此字。　㈢見其：卷後原校：一作「識其」。　㈣之士：原校：一無此二字。　㈤「數訪」句下：原校：一有「使得以書論」。　㈥時邊將：卷後原校：三字上有「是」字。　㈦「請」下：原校：一有「出」字。　㈧「募遊兵」句下：原校：一有「論曹瑋、馬知節才可用。又」十字。　㈨「當誅」下：原校：一有「以王刑」三字。天理本作「以正刑」。　㈩不：原校：一作「未」。　⑪「盟契丹」上：原校：一有「以金帛」三字。　⑫「使」上：原校：一有「副」字。　⑬與：原校：一作「假」。　⑭「路」下：原校：一有「無沙」二字。　⑮無沙行之阻而能徑：原校：一無此八字。　⑯貶：原校：一作「左遷」。　⑰貶：原校：一作「改」。　⑱好學有文，尤：原校：一無此五字。　⑲「始復」句：原校：一作「始復直集賢院」。　⑳以終：原校：一無此二字。　㉑皆：原校：一無「皆」字。　㉒優恤：原校：一無此二字。　㉓加：原校：一作「拜」。　㉔八：原校：一作「九」。　㉕「葬公」句：原校：一作「葬于宣城縣長安鄉西山里」。　㉖隆：原校：一作「終」。

【箋注】

〔一〕如題下注，慶曆二年（一○四二）作。梅詢是年八月葬，文當作于葬前。臨川集卷八八有翰林侍讀學士知許州軍州事梅公神道碑。梅詢，宋史有傳。

〔二〕其孤：梅詢有三子健在，此當爲長者得臣。其兄：即梅讓，生平見本集卷三一太子中舍梅君墓誌銘。

〔三〕「前卒」二句：據胡譜，康定元年（一○四○）春，歐陽修由襄城赴滑州武成軍節度判官任。此行途經許州，拜見梅詢，當在其時。

〔四〕「然嘗聞」三句：長編卷五○載梅詢屢上書真宗，言西邊利害，咸平四年，真宗以詢爲西凉安撫副使。卷五二載咸平五年，真宗依梅詢奏請，遣使往河北募兵。

〔五〕「已而」句：指梅詢斷田訟失實，降通判杭州，及坐議天書，出知濠州等事。見宋史本傳。

〔六〕「真宗」三句：宋史本傳：「真宗過殿廬，奇其占對詳敏。」

〔七〕傅潛：冀州衡水人。太宗時，有戰功，爲雲州防禦使。真宗即位，領忠武軍節度使，又爲鎮、定、高陽關三路行營都部署。契丹入犯，潛畏懦怯戰，閉門自守。真宗親征，仍逗留不發，百官議法當斬，真宗下詔奪其官，流放房州。宋史有傳。楊瓊：汾州西河人。太宗時，屢立戰功。真宗時，以鄜州觀察使充靈、環十州軍副都部署兼安撫副使。遇敵怯戰不前，未嘗交一鋒。事聞于上，繫獄治罪，削官流放崖州。宋史有傳。

〔八〕田紹斌：汾州人。太祖、太宗時，以驍勇善戰，屢獲獎賞。真宗即位，爲環慶靈州清遠軍部署，又爲鎮、定、高陽關路押先鋒，隸傅潛。紹斌馳書與潛，謂當背城而戰，慎勿追擊。潛畏敵不戰，紹斌與其併獲罪，免官。宋史有傳。王榮：定州人。太宗時，爲右羽林軍大將軍。咸平二年，真宗北征，召爲貝冀行營副都部署。次年，援送糧草爲敵所劫，營部大亂，衆亡殆盡。法當誅，恕死，除名配均州。宋史有傳。

〔九〕「宰相」三句：長編卷四八咸平四年三月：「辛卯，禮部郎中薛映、兵部員外郎梁鼎、左司諫楊億並知制誥。上初欲用著作佐郎、直集賢院梅詢，命中書召試映、鼎及詢等。宰相李沆素不喜洵，言於上曰：『梅詢險薄，用之恐不協羣議。』上曰：『如此則何人可？』沆曰：『楊億有盛名。』上乃驚喜曰：『幾忘此人！』仍以億望實素著，但召映、鼎就試，翌日與億並命。」

〔一〇〕「其後」四句：宋史紀事本末載咸平六年十月，「李繼遷轉攻西蕃，取西涼府。都首領潘羅支僞降，集六谷蕃部合擊繼遷，繼遷大敗，中流矢死。子德明立。契丹封德明西平王……景德三年，李德明奉表歸款」。

〔一一〕「用封禪恩」四句：趙令畤侯鯖録卷七：「梅詢侍讀嘗從真宗東封，因卜命於岳神，夢三牛鬬於亭，有稱相公通謁者，雖異之，而不曉其兆。既而得濠梁守，州廨有三石牛。後呂許公夷簡以殿中丞來倅，詢見之，疑若所夢謁者，於是委遇至厚。不數年，許公大拜，梅爲發運使，按部至濠上，作詩寄許公云：『十五年前忝一麾，公餘嘗得預言詩。玉階跬步爲霖旱，雲路風波得志遲。』」宋史本傳亦云：「在濠州，夢人告曰：『呂丞相至矣。』既而呂夷簡通判州事，故待之甚厚。其後援詢於廢斥中，以至貴顯，夷簡力也。」據長編卷七二，大中祥符二年八月，梅詢出知濠州。本傳謂詢「坐議天書，出知濠州」。

〔一二〕「坐擅給」三句：長編卷八一大中祥符六年九月：「（壬寅）荆湖北路轉運使梅詢削一任，通判襄州，坐擅發驛馬與廣州邵煜子，令省親疾，而馬死故也。」

〔一三〕又徙蘇州：據長編九〇，至天禧元年，梅詢尚在知蘇州任上。

〔一四〕曹瑋：名將曹彬之子，字寶臣。沉勇有謀，通春秋三傳，用士得其死力，累遷鎮國軍節度觀察留後、簽書樞密院事。後爲真定府、定州都總管，改彰武軍節度使。卒謚武穆。宋史有傳。

〔一五〕「坐朱能反」二句：長編卷九六天禧四年九月：「壬戌，知永興軍府、給事中、集賢院學士朱巽，陝西轉運使、工部郎中、直集賢院梅詢並削一任，巽爲護國節度副使，詢爲懷州團練副使，並不署州事……巽等嘗薦舉朱能，及不察姦妄，致害制使，故責之。」按：永興軍巡檢朱能嘗交結内侍都知周懷政，詐稱天書降。天禧四年，懷政密謀奉真宗爲太上皇，傳位太子。事敗，被處死。天書妖妄事發，真宗遣入内供奉官盧守明馳驛永興，捕朱能。能殺守明以叛，終因勢窮蹙，自縊死。事亦見長編卷九六。

〔一六〕再貶池州：宋史本傳：「又以善寇準，徙池州。」按：天禧元年，朱能挾周懷政詐爲天書，寇準上其書而拜相。朱能事發，準被貶。見宋史寇準傳。

〔一七〕「遷兵部」句：長編卷一〇四天聖四年十月：「（丙申）或言知楚州、度支員外郎梅詢有吏幹，嘗坐事廢黜，今可用也。乃徙詢知壽州，加兵部員外郎。」

〔一八〕「召爲」句：長編卷一〇九載天聖八年八月戊申，工部郎中、龍圖閣待制梅詢爲契丹生辰使。卷一一〇又載天聖九年六月，契丹主耶律隆緒卒，龍圖閣待制梅詢爲國母吊慰使。

〔一九〕「遷給事中」句：長編卷一二二寶元元年六月：「戊辰，資政殿大學士宋綬知審官院。初，翰林侍讀學士梅詢知審官院，虞部員外郎潘若沖求爲白波發運判官。詢怒其求不已，因忿詈之，若沖亦出不遜語，詢即以其事聞。乃降若沖小處差遣，而詢亦代去。」

〔二〇〕「以疾」句：長編卷一二四寶元二年八月：「癸亥，翰林侍讀學士、給事中梅詢知許州，詢以足疾請外補也。」

〔二一〕爲人嚴毅修潔：司馬光涑水紀聞卷三：「梅侍讀詢晚年尤躁於禄位……詢年七十餘，又病足，常撫其足而詈之曰：『是中有鬼，令我不至兩府者汝也。』」本傳亦謂詢「卞急好進，而侈於奉養，至老不衰」。皆與歐所云「嚴毅修潔」有異，墓誌恐有溢美之詞。

〔二二〕「繼遷」二句：據長編卷一二六，繼遷之孫元昊，康定元年，入侵延州，宋軍大敗，朝廷命韓琦、范仲淹出守陝西。

〔二三〕「梅氏」句：鄧名世古今姓氏書辯證卷五：「梅伯爲紂所醢，武王封伯元孫黄梅，號曰忠侯，以梅爲氏。」按：相傳梅伯爲商紂臣，因多次進諫，爲紂所害。

【集評】

〔明〕茅坤：直叙逼太史公。（歐陽文忠公文鈔評語卷二六）

〔清〕儲欣：天子鋭於爲治，而梅公見器；及天下無事而見疏。非公之才變於其初，而所遭之時異也。（六一居士全集録評語卷三）

〔清〕張裕釗：此文尤近史公，聲響節奏無一不合。（諸家評點古文辭類纂評語卷四六）

尚書都官員外郎歐陽公墓誌銘〔一〕

公諱曄，字日華，於檢校工部尚書諱託、彭城縣君劉氏之室爲曾孫，武昌縣令諱郴、蘭陵夫人蕭氏之室爲孫㊀，贈太僕少卿諱偃、追封潘原縣太君李氏之室爲第三子〔二〕，於修爲叔父。修不幸幼孤，依于叔父而長焉〔三〕。嘗奉太夫人之教曰：「爾欲識爾父乎？視爾叔父，其狀貌起居言笑皆爾父也。」修雖幼，已能知太夫人言爲悲㊁，而叔父之爲親也。

歐陽氏世家江南，僞唐李氏時爲廬陵大族。李氏亡，先君昆弟同時而仕者四人，獨先君早世，其後三人皆登于朝以殁〔四〕。公咸平三年舉進士甲科㊂，歷南雄州判官、隨閬二州推官、江陵府掌書記，拜太子中允、太常丞、博士、尚書屯田、都官二員外郎，享年七十有九，最後終于家。以慶曆四年三月十日，葬于安州應城縣高風鄉彭樂村。於其葬也，其素所養兄之子修泣而書曰：嗚呼！叔父之亡，吾先君之昆弟無復在者矣。其長養教育之恩既不可報，而至於狀貌起居言笑之可思慕者，皆不得而見焉矣。惟勉而紀吾叔父之可傳于世者，庶以盡修之志焉。

公以太子中允監興國軍鹽酒稅，太常丞知漢州雒縣，博士知端州桂陽監，屯田員外郎知黄州，遷都官知永州，皆有能政。坐舉人奪官，復以屯田通判歙州，以本官分司西京，許家于隨，復遷都官于家，遂致仕。景祐四年四月九日卒。

公爲人嚴明方質，尤以潔廉自持。自爲布衣，非其義不輒受人之遺，少而所與親舊，後或甚貴，終身不造其門。其涖官臨事，長於決斷。初爲隨州推官，治獄之難決者三十六㊃。大洪山奇峰寺聚僧數百人〔五〕，轉運使疑其積物多而僧爲姦利，命公往籍之㊄。僧以白金千兩餽公，公笑曰：「吾安用此？然汝能聽我言乎？今歲大凶，汝有積穀六七萬石，能盡以輸官而賑民，則吾不籍汝。」僧喜曰：「諾。」飢民賴以全活。陳堯咨以豪貴自驕㊅〔六〕，官屬莫敢仰視。在江陵用私錢詐爲官市黄金，府吏持帖，强僚佐署。公呵吏曰：「官市金當有文符。」獨不肯署。堯咨雖憚而止，然諷轉運使出公，不使居府中。鄂州崇陽，素號難治，乃徙公治之，至則決滯獄百餘事。縣民王明與其同母兄李通爭産累歲，明不能自理，至貧爲人賃舂。公折之一言，通則具伏，盡取其産鉅萬歸于明㊆，通退而無怨言。桂陽民有爭舟而相毆至死者，獄久不決。公自臨其獄，出囚坐庭中，去其桎梏而飲食之，食訖，悉勞而還于獄，獨留一人于庭。留者色動惶顧，公曰：「殺人者汝也。」囚不知所以然。公曰：「吾視食者皆以右手持匕，而汝獨以左，今死者傷在右肋，此汝殺之明也。」囚即涕泣曰：「我殺也，不敢以累他人。」公之臨事明辨，有古良吏決獄之術，多如此。所居，人皆愛思之。

公娶范氏，封福昌縣君。子男四人：長曰宗顔，次曰宗閔，其二早亡。女一人，適張氏，亦早亡。銘曰：

公之明足以決於事，愛足以思於人，仁足以施其族，清足以潔其身。而銘之以此，足以遺其子孫。

【校記】

㈠蘭陵夫人：原校：一作「蘭陵郡」，無「夫人」字。㈡悲：原校：一作「哀」。㈢「公」下：原校：一有「以」字。㈣「六」下：原校：一有「人」字。㈤「命公」句下：原校：一有「官爲出入」四字。㈥「陳堯咨」句下：原校：一有「所居爲不法」五字。㈦「歸」上：原校：一有「一」字。

【箋注】

〔一〕如題下注，慶曆四年（一〇四四）作。歐陽曄葬于是年三月十日，文當作于此前。同年，歐陽修有祭叔父文，見本集卷四九。

〔二〕「於檢校」三句：歐陽曄曾祖託、祖郴、父偃生平，見外集卷二一歐陽氏譜圖序。

〔三〕「修不幸」二句：胡譜大中祥符三年：「是歲，鄭公終於泰州軍事判官，公叔父曄時任隨州推官，因卜居焉。公母夫人鄭氏，年方二十九，携公往依之，遂家于隨。」

〔四〕「李氏亡」四句：據歐陽氏譜圖序，歐陽觀昆弟同時而仕者四人，分別是淳化三年登第的歐陽載與同爲咸平三年登第的歐陽觀、歐陽曄、歐陽潁。序中「工部府君諱載」條下云：「歐陽氏自江南歸朝，以進士登科者，自府君始。」載官至尚書工部郎中，曄官至尚書都官員外郎，潁官至尚書職方郎中。

〔五〕奇峰寺：祝穆方輿勝覽卷三二隨州：「大洪山，在州西南隅，乃慈悲盧尊者道場，舊爲奇峰寺，今爲保壽院。」

山崛起一方，巉然雲間。」

〔六〕陳堯咨：見本集卷二〇太子太師致仕贈司空兼侍中文惠陳公神道碑銘箋注〔二五〕。

【集評】

〔清〕沈德潛：孤子爲叔父草志，自應有此纏綿悽惋之情。後叙理民折獄四事，簡而有法，詳略得宜。（唐宋八大家文讀本評語卷一三）

江寧府句容縣令贈尚書兵部員外郎王公墓誌銘〔一〕代恕

王氏世家開封陳留之通許鎮，咸平中，分通許爲咸平縣，故王氏今爲開封咸平人。公諱某〔二〕，字某。曾祖諱丕，祖諱祚，父諱鋭，世以貲雄里中，不樂仕宦而好施，其有以賙人之急。及公而貲益衰，乃歎曰：「吾聞施於爲政，其利可以賙天下，貲安足道哉！」乃慨然以孔氏尚書舉於有司，累不中，因就他選，曰：「可以爲政，何擇焉？」初任萊州萊陽主簿，會令坐事解去，公署令事，告其民曰：「令欲爲法簡而利民博者當何爲？去其甚惡可也。」乃縛故吏唐權，條其宿惡上于州，杖其脊而還之。縣之姦豪，皆斂色屏氣，指權相戒不可犯公法。公曰：「使我爲令期年，不獨善人不懼惡人，可使惡人爲善也。」已而河決東平，公部縣丁夫數千，召權署隊長，權喜曰：「公許我自新矣。」卒以丁夫治河爲諸縣最。歷婺州蘭溪尉、陳州項城主簿，會歲旱蝗，州守風吏按田者言旱不爲災，公與守爭至三四，民得復，乃已。改潁州司法參軍，州民藥氏爲盜，會赦，出入里閭，操弓矢，爲民害。有朱氏者，募客二人，謀殺之，法當死。公曰：「爲法所以輔善而禁惡也，今殺良民爲惡盜報仇，豈法意邪？」乃狀列之，朱氏得減死。改華州司法，遷蘇州之吴江、江寧之句容二縣令，遂老于京師。以某年某月某日卒于家，享年六十有九。

公好學善書，喜賓客，務賙人緩急。而爲性寬靜沉默㊀，左右丞史有不如意，未嘗笞責，諸子問之，則曰：「刑法豈爲喜怒設邪？」公初娶趙氏，永安郡太君；後娶李氏，陳留郡太君〔三〕。子男十人，二早卒。女二人㊁，一卒于家㊂，一適朱氏。慶曆四年九月庚申，葬于開封尉氏蔣成鄉柏子原之新塋。於其葬也，長子拱璧，右侍禁；次拱之，左班殿直；次拱德，衛州獲嘉縣令；次拱安，右班殿直；次拱己，守將作監主簿；次拱式，尉氏縣尉；次拱辰〔四〕，右諫議大夫、權御史中丞；次拱著，歙州司户參軍。以中丞之貴累贈尚書兵部員外郎。將葬，中丞君泣而語其伯仲曰：「吾家通許，世有陰德于人而無興者，至吾先君不有于其躬而以貽後世。小子不佞，幸得備員御史府，進退大夫之後。小子何有焉？然懼乎後世徒見王氏之興，而不知吾世積漸之所以來者若此，其可無銘？」乃來求銘。銘曰：

公世以貲，施德于人。至公貲衰，乃施于官。有子之一，足大公門。矧公多子，多子多孫。惟彼世德，如流有源。其來者遠，愈積益蕃。銘昭其昧，以永厥存。

【校記】

㈠「而爲」句下：原校：一有「及於吏事，敢於所爲，不屈其守」。㈡二：原校：一作「一」。㈢一：原校：一無「一」字。

【箋注】

〔一〕如題下注，慶曆四年（一〇四四）作。王公葬于是年九月庚申，文當作于此前。時王拱辰爲御史中丞，爲葬父求銘于歐陽修。句容縣，今屬江蘇。河南通志卷四九：「王代恕墓在尉氏縣城北蔣城鄉。」

〔二〕公諱某：據題下注，王公名代恕。

〔三〕「後娶」二句：宋祁爲李氏銘墓。景文集卷六〇隴西郡君李氏墓誌銘：「慶曆元年，翰林學士太原王拱辰以著令白于朝，得隴西郡追君其母李氏夫人。明年，以丙寅制書改陳留郡。」

〔四〕拱辰：王拱辰，字君貺。見前卷資政殿學士尚書户部侍郎簡肅薛公墓誌銘箋注〔二四〕。

張子野墓誌銘〔一〕

吾友張子野既亡之二年，其弟充以書來請曰：「吾兄之喪，將以今年三月某日葬于開封，不可以不銘，銘之莫如子宜。」嗚呼！予雖不能銘，然樂道天下之善以傳焉，況若吾子野者，非獨其善可銘，又有平生之舊、朋友之恩與其可哀者，皆宜見於予文，宜其來請於予也。

初，天聖九年，予爲西京留守推官，是時，陳郡謝希深、南陽張堯夫與吾子野〔二〕，尚皆無恙。於時一府之士，皆魁傑賢豪，日相往來，飲酒歌呼，上下角逐，爭相先後以爲笑樂〔三〕，而堯夫、子野退然其間，不動聲氣，衆皆指爲長者〔四〕。予時尚少，心壯志得，以爲洛陽東西之衝，賢豪所聚者多，爲適然耳。其後去洛，來京師〔五〕，南走夷陵〔六〕，並江漢〔七〕，其行萬三四千里，山砠水厓，窮居獨遊，思從曩人，邈不可得。然雖洛人至今皆以謂無如嚮時之盛，然後知世之賢豪不常聚，而交遊之難得爲可惜也。初在洛時，已哭堯夫而銘之〔八〕；其後六年，又哭希深而銘之〔九〕；今又哭吾子野而銘㊀。於是又知非徒相得之難，而善人君子欲使幸而久在於世，亦不可得㊁。嗚呼，可哀也已！

子野之世，曰贈太子太師諱某，曾祖也；宣徽北院使、樞密副使、累贈尚書令諱遜〔一〇〕，皇祖也；尚書比部郎中諱敏中，皇考也。曾祖妣李氏，隴西郡夫人；祖妣宋氏，昭應郡夫人，孝章皇后之妹也〔一一〕；妣李氏，永安縣太君。

子野家聯后姻，世久貴仕，而被服操履甚於寒儒。好學自力，善筆札。天聖二年舉進士，歷漢陽軍司理參軍、開封府咸平主簿、河南法曹參軍。王文康公、錢思公、謝希深與今參知政事宋公〔一二〕，咸薦其能，改著作佐郎，監鄭州酒稅，知閬州閬中縣，就拜秘書丞。秩滿，知亳州鹿邑縣。寶元二年二月丁未，以疾卒于官，享年四十有八。子伸，郊社掌坐，次從，次幼未名。女五人，一適人矣。妻劉氏，長安縣君。

子野爲人，外雖愉怡，中自刻苦，遇人渾渾，不見圭角，而志守端直，臨事敢決㊂，平居酒半，脱冠垂頭，童然禿且白矣。予固已悲其早衰，而遂止於此，豈其中亦有不自得者邪？子野諱先，其上世博州高堂人，自曾祖已來，家京師而葬開封，今爲開封人也。銘曰：

嗟夫子野，質厚材良。孰屯其亨，孰短其長？豈其中有不自得，而外物有以戕？開封之原，新里之鄉，三世于此，其歸其藏。

【校記】

㈠「銘」下：原校：一有「之」字。　㈡「得」下：原校：一有「也」。　㈢敢：原校：一作「果」。

【箋注】

〔一〕如題下注，康定元年（一〇四〇）作。張先卒于寶元二年（一〇三九），其弟求銘于「既亡之二年」，即次年，爲康定元年。周密齊東野語卷一五：「本朝有兩張先，皆字子野。其一博州人，天聖三年進士，歐陽公爲作墓志；其一天聖八年進士，則吾州人也。」按：周密濟南人，後寓居湖州，故稱天聖八年登第、有張三影之稱的湖州烏程著名詞人張先爲「吾州人」。

〔二〕謝希深：謝絳字希深，陳郡人。見本集卷二六尚書兵部員外郎知制誥謝公墓誌銘。張堯夫：張汝士字堯夫，開封襄邑人。見本集卷二四河南府司録張君墓表。

〔三〕「於時」六句：魏泰東軒筆録卷三：「錢文僖公惟演生貴家，而文雅樂善出天性，晚年以使相留守西京，時通判謝絳、掌書記尹洙、留守推官歐陽修皆一時文士，游宴吟詠，未嘗不同。洛下多水竹奇花，凡園囿之勝，無不到者。」王闢之澠水燕談録卷四也有歐陽修與友人「率嘗賦詩飲酒，間以談戲，相得尤樂。凡洛中山水園庭、塔廟佳處，莫不遊覽」的記載。

〔四〕長者：外集卷一七交七首中，有河南府張推官，稱「堯夫大雅哲，稟德實温粹。」

〔五〕來京師：據胡譜，景祐元年三月，歐陽修西京任滿。五月，赴京都，由王曙推薦，召試學士院。

〔六〕南走夷陵：指景祐三年因切責司諫高若訥而貶官夷陵。

〔七〕並江、漢：指寶元元年由夷陵沿長江、漢水赴光化軍乾德縣爲縣令。

〔八〕「初在」二句：明道二年（一〇三三），張汝士卒于洛陽，歐陽修作河南府司録張君墓誌銘（見外集卷一二）。

〔九〕「其後」二句：寶元二年（一〇三九），即張汝士卒後六年，謝絳亦卒，次年葬，歐陽修作尚書兵部員外郎知制誥謝公墓誌銘。

〔一〇〕遜：張遜。博州高唐人。歷任嬀州刺史、度支使、宣徽北院使、樞密副使等職，宋史有傳。

〔一一〕孝章皇后：宋太祖皇后宋氏，河南洛陽人。至道元年卒，謚孝章。見宋史后妃傳。

〔一二〕王文康公：王曙，字晦叔，河南人。歷河北轉運使等職，知河南府，遷吏部。召爲樞密使，拜同中書門下平章事。卒謚文康。宋史有傳。錢思公：錢惟演卒謚文墨，改謚思。慶曆時又改謚文僖。宋公：宋庠，初名郊，字伯庠，後改字公序，安州安陸人。天聖二年進士第一。歷三司户部判官、知制誥、權判吏部流内銓，爲翰林學士。寶元二年，任參知政事，皇祐初拜相。卒謚元憲。宋史有傳。

【集評】

［明］歸有光：工於寫情，略於序事，極淋漓騷鬱之致。（歐陽文忠公文選評語卷九）

［清］孫琮：此篇大意有二：一是因朋友舊交宜銘，一是悲其可哀宜銘。一起挈出大意，下文分寫兩段，曲暢其意，

末幅重寫可哀，以志痛惜。文字最有格局。（山曉閣選宋大家歐陽廬陵全集評語卷四）

〔清〕儲欣：賢豪不常聚，善人君子不久存，悲激之音，千秋絶調。公於故人黄夢升、張堯夫、子野表志三篇，大致髣髴，皆哀其賢而不遇，且早夭也。然夢升之辭尤悲，堯夫則喜其有後。子野家聯后姻，又以名公卿之薦，改京朝官，非連蹇仕途者比，故悲其早衰而曰：「豈其中有不自得者耶？」此最斟酌有分寸處。（六一居士全集録評語卷二）

〔清〕浦起龍：全以平生朋友盛衰聚散提挈綱維。名一人，而一時名賢勝概，可指道其流風，廬陵獨絶也。（古文眉詮評語卷六一）

〔清〕鮑振方：廬陵之張子野、尹師魯誌，皆以其名之重而不書官；書官，輕之也。（金石訂例卷三）

孫明復先生墓誌銘〔一〕并序

先生諱復，字明復，姓孫氏，晉州平陽人也。少舉進士不中，退居泰山之陽，學春秋，著尊王發微。魯多學者，其尤賢而有道者石介〔二〕，自介而下，皆以弟子事之。先生年逾四十，家貧不娶，李丞相迪將以其弟之女妻之㊀。先生疑焉，介與羣弟子進曰：「公卿不下士久矣，今丞相不以先生貧賤而欲託以子，是高先生之行義也，先生宜因以成丞相之賢名。」於是乃許〔三〕。孔給事道輔爲人剛直嚴重〔四〕，不妄與人，聞先生之風，就見之。介執杖屨侍左右，先生坐則立，升降拜則扶之，及其往謝也亦然。魯人既素高此兩人，由是始識師弟子之禮，莫不歎嗟之，而李丞相、孔給事亦以此見稱於士大夫。其後介爲學官，語于朝曰：「先生非隱者也，欲仕而未得其方也。」

慶曆二年，樞密副使范仲淹、資政殿學士富弼言其道德經術宜在朝廷〔五〕，召拜校書郎、國子監直講〔六〕。嘗召見邇英閣説詩，將以爲侍講〔二〕，而嫉之者言其講説多異先儒，遂止〔七〕。七年，徐州人孔直溫以狂謀捕治，索其家得詩，有先生姓名，坐貶監虔州商稅〔八〕。徙泗州，又徙知河南府長水縣，簽署應天府判官公事〔九〕，通判陵州。翰林學士趙槩等十餘人上言〔一〇〕，孫某行爲世法，經爲人師，不宜棄之遠方，乃復爲國子監直講〔一一〕。居三歲，以嘉祐二年七月二十四日以疾卒于家，享年六十有六，官至殿中丞。先生在太學時爲大理評事，天子臨幸，賜以緋衣銀魚。及聞其喪，惻然，予其家錢十萬，而公卿大夫、朋友、太學之諸生相與吊哭，賻治其喪。於是以其年十月二十七日，葬先生於鄆州須城縣盧泉鄉之北扈原〔三〕。

先生治春秋，不惑傳注，不爲曲説以亂經。其言簡易，明於諸侯、大夫功罪，以考時之盛衰，而推見王道之治亂，得於經之本義爲多。方其病時，樞密使韓琦言之天子，選書吏，給紙筆，命其門人祖無擇〔一二〕，就其家得其書十有五篇，録之藏于秘閣。先生一子大年，尚幼。銘曰：

聖既殁經更戰焚〔四〕，逃藏脱亂僅傳存〔五〕。衆説乘之汩其原，怪迂百出雜僞真。後生牽卑習前聞，有欲患之寡攻羣。往往止燎以膏薪，有勇夫子闢浮雲。刮磨蔽蝕相吐吞，日月卒復光破昏。博哉功利無窮垠，有考其不在斯文。

【校記】

㈠女：原校：一作「子」。　㈡「將」上：原校：一有「且」字。　㈢盧：原校：一作「靈」。　㈣「聖既殁」句：原校：一作「聖人既没經更焚」。　㈤傳：原校：一作「得」。

【箋注】

〔一〕如題下注，嘉祐二年（一〇五七）作。孫復是年七月卒，十月葬，文當作于其間。書簡卷五有是年所作與王龍圖云：「近亦有一二家作誌。裴少監家當自寄去。明復當歸葬于故里，亦可就得之。」孫復，宋史入儒林傳。

〔二〕石介：生平見本集卷三四徂徠石先生墓誌銘。

〔三〕「先生年逾四十」十句：澠水燕談録卷二：「孫明復先生退居太山之陽，枯槁憔悴，鬢髮皓白，著春秋尊王發微十五篇，爲春秋學者，未有過之者也。故相李文定公守兖，就見之，歎曰：『先生年五十，一室獨居，誰事左右？不幸風雨飲食生疾奈何？吾弟之女甚賢，可以奉先生箕箒。』先生固辭，文定公曰：『吾女不妻先生，不過爲一官人妻，先生德高天下，幸壻李氏，榮貴莫大於此。』先生曰：『宰相女不以妻公侯貴戚，而固以嫁山谷衰老、藜藿不充之人，相國之賢，古無有也，予不可不成相國之賢。』遂妻之。」李迪字復古，濮州鄄城人。景德二年進士第一。天禧時，拜給事中、參知政事，旋爲相。因與丁謂不和，出知鄆州。仁宗親政後復相，以太子太傅致仕。宋史有傳。

〔四〕孔給事道輔：孔道輔字原魯，孔子四十五世孫。歷知兖州仙源縣事、吏部流内銓、留守南京、御史中丞、龍圖閣直學士等職，剛直不阿，遇事無所避，名聞當時。生平見臨川集卷九一給事中尚書工部侍郎孔公墓誌銘及宋史本傳。

〔五〕「慶曆」二句：范仲淹、富弼薦孫復事，見長編卷一三八。仲淹一貫重視人才的培養。天聖時，應晏殊之請，主持應天府學，孫復其時即得仲淹扶掖。東軒筆録卷一四：「范文正公在睢陽掌學，有孫秀才者索遊上謁，文正贈錢一千。明年，孫生復道睢陽謁文正，又贈十千，因問何爲汲汲於道路，孫秀才戚然動色曰：『老母無以養，若日得百錢，則甘旨足矣。』文正曰：『吾觀子辭氣，非乞客也。二年僕僕，所得幾何，而廢學多矣。吾今補子爲學職，月可得三千以供養，子能安於爲學乎？』孫生再拜大喜，於是授以春秋，而孫生篤學，不舍晝夜，行復修謹，文正甚愛之。明年，文正去睢陽，孫亦辭歸。後十年，聞泰山下有孫明復先生，以春秋教授學者，道德高邁，朝廷召至太學，乃昔日索遊孫秀才也。文正歎曰：『貧之爲累亦大矣，倘因循索米至老，則雖人有如孫明復者，猶將汩没而不見也。』」

〔六〕「召拜」句：據長編卷一三八，以泰山處士孫復爲試校書郎、國子監直講，在慶曆二年十一月甲申。歐外制集卷三有孫復可秘書省校書郎國子監直講制，稱孫復「深經術，荏德行，躬耕田畝，以給歲時。東州士人，皆師尊之」。

〔七〕「嘗召見」四句：長編卷一四九慶曆四年五月：「壬申，幸國子監……賜直講、大理評事孫復五品服……尋詔復爲邇英閣祗候說書。楊安國言其講說多異先儒，乃罷之。」

〔八〕「七年」五句：孔直温，徐州人，爲舉子，挾妖法，誘軍士爲變，事泄受誅。見長編卷一五七，時爲慶曆五年十一月，歐云「七年」，有誤。該卷云：「國子監直講孫復，責監虔州稅。孔直温敗，索其家，得遺復詩故也。」

〔九〕「簽署」句：長編卷一七〇皇祐三年五月：「太子中舍、知長水縣孫復簽書南京留守判官事、兼南京國子監說書。初，知諫院吴奎等言：『復坐狂人孔直温贈詩，由國子監直講謫降，再更大赦，未復舊資。况復素不與直温相識，若遂沉棄，恐知名士爲姦徒所誣，則善良難以自立。』故稍遷敘之。」

〔一〇〕趙槩：字叔平，應天虞城人。天聖進士。累遷知制誥，爲翰林學士，拜御史中丞。嘉祐時，爲樞密副使、參知政事。熙寧時，以太子少師致仕。宋史有傳。

〔一一〕「乃復爲」句：據下文「居三歲，以嘉祐二年七月二十四日以疾卒」，復爲國子監直講，當在至和元年。

〔一二〕祖無擇：字擇之，上蔡人。景祐進士。知袁州時首建學官。英宗朝知制誥，權知開封府。元豐時，主管西京御史臺，移知信陽軍。宋史本傳稱：「無擇爲人好義，篤於師友，少從孫明復學經術，又從穆修爲文章。兩人死，力求其遺文彙次之，傳於世。」

【集評】

〔明〕唐順之：一生大事，或捉在前，或綴在後，銘詞擬樊宗師。（引自歐陽文忠公文鈔評語卷二九）

〔清〕何焯：如此古雅峻潔，何必減班孟堅。（義門讀書記卷三九）

〔清〕王元啓：首一節叙得瑰瑋動人，末節發明先生經學處，語語精貼著肯，銘尤奇崛。（讀歐記疑卷一）

〔清〕林紓：泰山始終以經術顯，誌亦還他説經之長，通篇一律到底，嚴淨無倫。（古文辭類纂選本評語卷八）

居士集卷二十八

墓誌六首

蔡君山墓誌銘〔一〕

予友蔡君謨之弟曰君山〔二〕，爲開封府太康主簿，時予與君謨皆爲館閣校勘〔三〕，居京師，君山數往來其兄家，見其以縣事決於其府。府尹吳遵路素剛〔四〕，好以嚴憚下吏，君山年少位卑，能不懾屈而得盡其事之詳，吳公獨喜，以君山爲能。予始知君山敏於爲吏，而未知其他也。

明年，君謨南歸拜其親。夏，京師大疫，君山以疾卒于縣〔五〕。其妻程氏，一男二女皆幼，縣之人哀其貧，以錢二百千爲其賻，程氏泣曰：「吾家素以廉爲吏，不可以此汙吾夫。」

拒而不受。於是又知君山能以惠愛其縣人，而以廉化其妻妾也。

君山間嘗語予曰：「天子以六科策天下士〔六〕，而學者以記問應對爲事，非古取士之意也。吾獨不然，乃晝夜自苦爲學〔七〕。」及其亡也，君謨發其遺稿〔八〕，得十數萬言，皆當世之務。其後踰年，天子與大臣講天下利害爲條目〔九〕，其所改更，於君山之稿，十得其五六。於是又知君山果天下之奇才也。

君山景祐中舉進士，初爲長谿縣尉。縣媼二子漁於海而亡，媼指某氏爲仇，告縣捕賊。縣吏難之，皆曰：「海有風波，豈知其不水死乎？且雖果爲仇所殺，若屍不得，則於法不可理。」君山獨曰：「媼色有冤，吾不可不爲理。」乃陰察仇家，得其迹，與媼約曰：「吾與汝宿海上，期十日不得屍，則爲媼受捕賊之責。」凡宿七日，海水潮，二屍浮而至，驗之，皆殺也，乃捕仇家伏法。民有夫婦偕出，而盜殺其守舍子者，君山亟召里民畢會，環坐而熟視之，指一人曰：「此殺人者也。」訊之，果伏，衆莫知其以何術得也。長谿人至今喜道君山事多如此，曰：「前史所載能吏，號如神明，不過此也。」自天子與大臣條天下事，而屢下舉吏之法，尤欲官無小大，必得其材，方求天下能吏，而君山死矣，此可爲痛惜者也。

君山諱高，享年二十有八，以某年某月某日卒〔一〇〕。今年，君謨又歸迎其親，自太康取其柩以歸，將以某年某月某日葬于某所，且謂予曰：「吾兄弟始去其親而來京師，欲以仕宦爲親榮，今幸還家，吾弟獨以柩歸。甚矣，老者之愛其子也！何以塞吾親之悲？子能爲我銘君山乎？」乃爲之銘曰：

嗚呼！吾聞仁義之行于天下也，可使父不哭子，老不哭少㈠。嗟夫君山，不得其壽。父母七十，扶行送柩㈡。退之有言，死孰謂夭〔二〕？子墓予銘，其傳不朽。庶幾以此，慰其父母。

【校記】

㈠少：原校：一作「幼」。　㈡行：原校：一作「杖」。

【箋注】

〔一〕據題下注，慶曆三年（一〇四三）作。端明集卷三六有祭弟文。蔡君山名高。

〔二〕蔡君謨：蔡襄字君謨，慶曆時與歐陽修同爲諫官，交誼甚篤。其生平見本集卷三五端明殿學士蔡公墓誌銘。

〔三〕「時予」句：歐、蔡皆爲館閣校勘在康定元年。胡譜康定元年庚辰：「六月辛亥，召還。復充館閣校勘。」蔡襄祭弟文：「去年，吾忝對讎，麗名書府。」文作于慶曆元年（一〇四一），則襄爲館閣校勘在康定元年（一〇四〇）。全宋詩録有蔡高詩謁館閣校勘歐陽公。

〔四〕吴遵路：字安道，潤州丹陽人。大中祥符進士。累遷尚書司封員外郎，爲淮南轉運副使，權知開封府，徙陝西都轉運使，遷龍圖閣直學士、知永興軍，卒于任。宋史本傳稱其「權知開封府，馭吏嚴肅，屬縣無追逮。」

〔五〕「明年」五句：明年指慶曆元年。是年，蔡襄作祭弟文云：「今年夏四月，吾謁告歸覲，別汝於國門之外。」

又云：「吾至家始五日，得汝訃音，以六月七日感疾終於官。」據端明殿學士蔡公墓誌銘，蔡襄治平四年（一〇六七）卒，終年五十六歲，當生于大中祥符五年（一〇一二）。由祭弟文「吾年十五，再就鄉舉，汝時十三」之語，可知蔡高小其兄二歲，當生于大中祥符七年（一〇一四），而文言高終年二十八歲，則卒于慶曆元年（一〇四一）也。

〔六〕「天子」句：宋史選舉志二：「仁宗初，詔曰：『朕開數路以詳延天下之士，而制舉獨久不設，意者吾豪傑或以故見遺也，其復置此科。』於是增其名，曰：賢良方正能直言極諫科，博通墳典明於教化科，才識兼茂明於體用科，詳明吏理可使從政科，識洞韜略運籌帷幄科，軍謀宏遠材任邊寄科，凡六，以待京、朝之被舉及起應選者。」

〔七〕「乃書夜」句：祭弟文：「吾於汝，愛爲兄弟，而學業爲朋友。每聚議通夕，若出入經、史、記、傳，浩博貫穿，吾不在汝右。」

〔八〕「君謨」句：祭弟文：「汝有遺文，吾當録次，以傳於後。」

〔九〕「其後」二句：指慶曆三年仁宗召見范仲淹等囑條對當世急務事。見本集卷二〇資政殿學士户部侍郎文正范公神道碑銘。

〔一〇〕「以某年」句：據祭弟文，蔡高卒于慶曆元年六月七日。

〔一一〕「退之」二句：韓愈李元賓墓銘：「生而不淑，孰謂其壽？死而不朽，孰謂之夭？」

【集評】

〔明〕茅坤：情詞嗚咽。（歐陽文忠公文鈔評語卷二八）

〔清〕何焯：「吾兄弟始去其親而來京師」至「何以塞吾親之悲」，亦用歐陽詹哀詞之意，永叔之于韓，其尊信蓋亞于六經云。（義門讀書記卷三九）

〔清〕王元啓：首二節，一言其能，一言其廉，用兩層布設作襯，歸重第三節著書切當世之務，以見其才之奇。第四節叙其政蹟，第五節因天子屢下舉吏之法，爲君山深致其惜。通體精切，無一語可移贈他人。（讀歐記疑卷一）

黃夢升墓誌銘㊀〔一〕

予友黃君夢升，其先婺州金華人，後徙洪州之分寧。其曾祖諱元吉，祖諱某，父諱中雅〔二〕，皆不仕〔三〕。黃氏世爲江南大族，自其祖父以來，樂以家貲賑鄉里，多聚書以招四方之士㊁〔四〕。夢升兄弟皆好學，尤以文章意氣自豪。

予少家隨㊂〔五〕，夢升從其兄茂宗官于隨〔六〕，予爲童子，立諸兄側㊃，見夢升年十七八，眉目明秀㊄，善飲酒談笑，予雖幼，心已獨奇夢升㊅。後七年㊆，予與夢升皆舉進士於京師㊇〔七〕。夢升得丙科〔八〕，初任興國軍永興主簿，怏怏不得志，以疾去㊈。久之，復調江陵府公安主簿，時予謫夷陵㊉〔九〕，遇之于江陵。夢升顏色憔悴，初不可識⑪，久而握手噓嚱，相飲以酒⑫，夜醉起舞，歌呼大噱⑬。予益悲夢升志雖衰，而少時意氣尚在也。後二年⑭，予徙乾德令〔一〇〕，夢升復調南陽主簿，又遇之于鄧。間常問其平生所爲文章幾何，夢升慨然歎曰⑮：「吾已諱之矣。窮達有命，非世之人不知我⑯，我羞道於世人也⑰。」求之，不肯出，遂飲之酒⑱，復大醉，起舞歌呼，因笑曰⑲：「子知我者⑳！」乃肯出其文。讀之㉑，博辨雄偉，其意氣奔放㉒，猶不可禦㉓，予又益悲夢升志雖困，而獨其文章未衰也㉔。是時謝希深出守鄧州㉕，尤喜稱道天下士，予因手書夢升文一通，欲以示希深㉖。未及，而希深卒〔一一〕，予亦去鄧。後之守鄧者皆俗吏㉗，不復知夢升。夢升素剛，不苟合，負其所有，常怏怏無所施㉘，卒以不得志死于南陽。

夢升諱注，以寶元二年四月二十五日卒㉙〔一二〕，享年四十有二。其平生所爲文，曰破碎集、公安集、南陽集，凡三十卷㉚。娶潘氏，生四男二女㉛。將以慶曆四年某月某日㉜，葬于董坊之先塋㉝，其弟渭泣而來告曰：「吾兄患世之莫吾知㉞，孰可爲其銘？」予素悲夢升者，因爲之銘曰㉟：

予嘗讀夢升之文㊱，至於哭其兄子庠之詞曰「子之文章〔一三〕，電激雷震，雨雹忽止，闃然滅泯」，未嘗不諷誦歎息而不已㊲。嗟夫夢升，曾不及庠。不震不驚，鬱塞埋藏。孰與其有㊳，不使其施？吾不知所歸咎，徒爲夢升而悲。

【校記】

㈠原卷後附有別本南陽主簿黃君墓誌銘全文，注云：「右黃夢升墓銘，公年三十八所作，真蹟今藏興國軍吳氏。字畫端麗，雖似淨本，然亦間有塗改。校今衆本，凡增損異同七十餘字，疑公後嘗修潤，或傳寫差訛。今録示後人，併以元帖并山谷跋附焉。」按：此注所云「凡增損異同七十餘字」，多已見原篇中校文；尚有未見原篇中者，今以別本所載補出于校記中。　㈡「招」下：原校：一有「延」字。　㈢「隨」下：原校：一有「州」字。　㈣「予爲」二句：原校：一作「予時爲童子」，無下四字。　㈤「眉目」句：別本作「眉明秀」。　㈥「心已」句：原校：一作「已能知夢升爲可奇，其」。　㈦七：原校：一作「八九」。　㈧予與夢升：別本作「與予」。　㈨「疾」下：原校：一有

「解」字。⑩時予：原校：一作「予時」。⑪可：別本作「能」。⑫飲：原校：一作「勞」。⑬大噱：原校：一作「自若」。⑭後二年：卷後原校：一作「後又二年」。⑮歎：別本無此字。⑯之：別本無此字。⑰「我」上：原校：一有「乃」字。⑱之：卷後原校：一作「以」。⑲「因」下：原校：一有「大」字。⑳「子知」句：原校：一作「獨子知我」。別本「知我」下有「者也」二字。㉑讀之：原校：一無二字。別本改「讀之」爲「其」字。㉒其：原校：一無此字。㉓「猶」下：原校：一有「若」字。㉔獨其：原校：一無二字。卷後原校：「獨其文章未衰也」，一作「文章獨未衰」。㉕出：別本無此字。㉖欲以：原校：一本改「欲以」字爲「將」。㉗俗吏：原校：一作「庸人」。㉘怏怏無所施：原校：一作「憒憒無所發」。㉙二十五：別本作「某」。㉚三十：別本作「若干」。㉛娶潘氏，生四：原校：一作「其娶温氏，生三」。別本「三」作「四」。㉜慶曆四：別本作「某」。㉝「葬于」句：原校：一作「葬于先塋之側」。㉞吾：別本無此字。㉟因爲：卷後原校：一作「乃爲」。㊱「讀」上：別本有「喜」字。㊲未嘗：別本作「未始」。㊳與：原校：一作「予」。

【箋注】

〔一〕據題下注，慶曆三年（一〇四三）作。黄注，字夢升。本卷末附有與黄渭小簡：「修啓：多事不及周謹。鄙文或可刊石，望只依首尾，不須添他語，亦不必平立，及不用官銜，惟書刻人，欲署姓名無妨。墨本乞三五紙。乍別保愛。修再拜。」黄庭堅跋歐陽文忠公撰七叔祖主簿墓誌後：「叔祖夢升學問文章、五兵從横制作之意，似徐陵、庾信。使同時遇合，未知孰先孰後也。夢升既乖牾不逢，嘗以文哭世父長善云：『高明之家，尚爲鬼瞰，子之文章，豈無物憾？』蓋自道也。」（宋黄文節公全集別集卷六）

〔二〕「其曾祖」三句：據山谷集載黄氏世系圖，曾祖諱贍，祖諱元吉，父諱中雅。

〔三〕皆不仕：據黄庭堅叔父和叔墓碣，黄贍「以策干江南李氏不用，用爲著作佐郎、知分寧縣」，「故湖南馬氏亦授以兵馬副使」，非不仕者。

〔四〕「多聚書」句：叔父和叔墓碣：「元吉，豪傑士也，買田聚書……始築書館於櫻桃洞、芝臺兩館，遊士來學者，常數十百人，故諸子多以學問文章知名。」

〔五〕　予少家隨：外集卷二三記舊本韓文後：「予少家漢東。」按：隨州在漢水之東。宋史地理志一：「隨州，上，漢東郡，崇信軍節度。」

〔六〕　茂宗：據叔父和叔墓碣，茂宗爲夢升堂兄，字昌裔，高材篤行，爲翰林學士胥偃賞識，登科授崇信軍節度判官。

〔七〕　「後七年」三句：歐陽修兩次赴禮部試，天聖五年試而未中，八年試而及第，時黄注分别爲二十九歲與三十二歲，距初識之時的十七八歲，均不止七年，恐歐誤記。據後文，黄注當爲寶元三年卒，年四十二，則生於咸平二年（九九九），天聖八年（一〇三〇）時已三十二歲。

〔八〕　丙科：宋史選舉志一載景德四年所定親試進士條制：「其考第之制凡五等：學識優長、詞理精絶爲第一；才思該通、文理周率爲第二；文理俱通爲第三；文理中平爲第四；文理疏淺爲第五。然後臨軒唱第，上二等曰及第，三等曰出身，四等、五等曰同出身。」丙科即指同出身。

〔九〕　「時予」句：時爲景祐三年。

〔一〇〕　「後二年」二句：時爲寶元元年。據胡譜，歐陽修景祐四年十二月移光化軍乾德縣令。寶元元年三月，赴乾德。

〔一一〕　「是時」六句：本集卷二六尚書兵部員外郎知制誥謝公墓誌銘：「公以寶元二年四月丁卯來治鄧。其年十一月己酉，以疾卒於官。」

〔一二〕　「以寶元」句：高步瀛唐宋文舉要此句有箋注云：「二年當作三年。考謝希深於寶元二年四月來鄧，十一月卒于官，永叔去鄧亦在是年之冬。夢升若卒于二年四月，是希深尚未卒，永叔亦未去鄧也。明年二月丙午，改元康定，實即寶元三年，後人未深考，疑寶元無三年，乃改三爲二，事實皆不合矣。孫（謙益）附真蹟有一本作三年者是也，當從之。」高氏所言甚是。

〔一三〕　庠：涑水紀聞卷九：「黄庠，洪州人。文章精贍，取國子監進士解，貢院奏名皆第一，聲譽赫然，天下之士皆服爲之下。及就殿試，病不能執筆，有詔復舉就殿試，未及期而卒。」宋史文苑傳：「黄庠字長善，洪州分寧人。博學彊記，超敏過人。初至京師，就舉國子監、開封府、禮部，皆爲第一。比引試崇政殿，以疾不時入，天子遣内侍即邸舍撫問，賜以藥劑。是時庠名聲動京師，所作程文，傳誦天下，聞于外夷，近世布衣罕比也。歸江南五年，以病卒。」

【集評】

〔明〕徐文昭：從生平交遊感慨爲誌，令人可歌可舞，欲泣欲笑。（引自歐陽文忠公文選評語卷九）

〔清〕孫琮：讀黄夢升墓誌，恰如與故友一番話舊。前幅述其髫年相與，中幅記其飲酒悲歌，恍然風雨聯床通宵話舊時也。篇中極悲夢升，又是極表夢升。如説意氣尚在，文章未衰，皆是極力表出，不徒作欷噓浩歎語也。（山曉閣選宋大家歐陽廬陵全集評語卷四）

〔清〕何焯：「尤以文章意氣自豪」，通篇以此四字爲眼目。（義門讀書記卷三九）

〔清〕沈德潛：以抱才之人而屈於下位，不遇知己，宜感憤激昂而不能自已也。中寫醉酒起舞處，筆筆有神。（唐宋八大家文讀本評語卷一三）

〔清〕劉大櫆：歐公敘事之文，獨得史遷風神，此篇遒宕古逸，當爲墓誌第一。（引自諸家評點古文辭類纂評語卷四六）

〔清〕吴汝綸：此文音節之美，句句可歌。（引自諸家評點古文辭類纂評語卷四六）

大理寺丞狄君墓誌銘〔一〕

距長沙縣西三十里新陽鄉梅溪村㊀，有墓曰狄君之墓者，迺予所記穀城孔子廟碑所謂狄君栗者也〔二〕。始君居穀城，有善政，嘗已見於予文〔三〕。及其亡也，其子遵誼泣而請曰：「願卒其詳而銘之，以終先君死生之賜。」烏虖！予哀狄君者，其壽止於五十有六，其宦止於一卿丞。蓋其生也，以不知於世而止於是，若其歿而又無傳，則後世遂將泯没，而爲善者何以勸焉？此予之所欲銘也。

君字仲莊，世爲長沙人。幼孤，事母，鄉里稱其孝。好學自立㊁，年四十，始用其兄棐蔭〔四〕，補英州真陽主簿。再調安州應城尉，能使其縣終君之去無一人爲盜。薦者稱其材任治民，乃遷穀城令。漢旁之民，惟鄧、穀爲富縣，尚書銓吏常邀厚賂以售貪令，故省中私語㊂，以一二數之，惜爲奇貨，而二邑之民未嘗得廉吏，其豪猾習以賕賄污令而爲自恣。至君㊃，一切以法繩之，姦民、大吏不便君之政者，往往訴於其上，雖按覆，率不能奪君所爲。其州所下文符，有不如理，必輒封還。州吏亦切齒，求君過失不可得，君益不爲之屈。其後民有訟田而君誤斷者，訴之，君坐被劾。已而縣籍彊壯爲兵，有告訟田之民隱丁以規避者，君笑曰：「是嘗訴我者，彼寃民能自伸，此令之所欲也㊄，吾豈挾此而報以罪邪？」因置之不問，縣民繇是知君爲愛我。是歲，西北初用兵〔五〕，州縣既大籍彊壯，而訛言相驚㊅，云當驅以備邊。縣民數萬聚邑中，會秋，大雨霖，米踴貴絶粒。君發常平粟賑之，有司劾君擅發倉廩，君即具伏，事聞，朝廷亦原之。又爲其民正其税籍之失，而吏得歲免破産之患。

逾年，政大洽，乃修孔子廟，作禮器，與其邑人春秋釋奠而興于學〔六〕。時予爲乾德令〔七〕，嘗至其縣，與其民言，皆曰：「吾邑不幸，有生而未識廉吏者，而長老之民所記纔一人，而繼之者今君也。」問其一人者，曰張及也〔八〕。推及之歲至于君，蓋三十餘年，是謂一世矣。嗚呼！使民更一世而始得一良令，吏其可不慎擇乎？君其可不惜其殁乎？其政之善者，可遺而不録乎？

君用穀城之績，遷大理寺丞、知新州，至則丁母夫人鄭氏憂。服除，赴京師，道病，卒于宿州，實慶曆五年七月二十四日也。曾祖諱崇謙，連州桂陽令。祖諱文蔚，全州清湘令。父諱杞〔九〕，不仕。君娶滎陽鄭氏，生子男二人，遵誼、遵微，皆舉進士㊆。女四人，長適進士胡純臣，其三尚幼。其銘曰㊇：

彊而仕，古之道。終中壽，不爲夭。善在人，宜有後。銘于石，著不朽。

【校記】

㊀「距長沙」句：原校：一作「距某縣東南若干里某原」。㊁好：原校：一作「力」。㊂「私語」下：原校：一有「鄧、穀」二字。㊃至君：卷後原校：一作「君至」。㊄「此令」下：原校：一有「養民」。㊅驚：原校：一作「警」。㊆皆舉進士：原校：一無四字。㊇其：原校：一無「其」字。

【箋注】

〔一〕如題下注，慶曆五年（一〇四五）作。狄栗卒于是年七月，文當作于此後。

〔二〕予所記穀城孔子廟碑：指襄州穀城縣夫子廟記一文，見本集卷三九。

〔三〕「嘗已見」句：襄州穀城縣夫子廟記有「穀城令狄君栗爲其邑，未逾時，修文宣王廟……縣政久廢，狄君居之，期月稱治」等記載。

〔四〕棐：狄棐，字輔之，潭州長沙人。咸平進士。累遷至龍圖閣直學士、權判吏部流内銓，又知陝州、河中府等。生平見臨川集卷八九尚書工部侍郎樞密直學士狄公神道碑，宋史有傳。

〔五〕「是歲」二句：當指景祐三年西夏趙元昊盡有河西舊地，將謀入寇之事。見長編卷一一九。

〔六〕「乃修」三句：詳見襄州穀城縣夫子廟記。

〔七〕「時予」句：據胡譜，寶元元年，歐陽修在乾德令任上。

〔八〕張及：厲鶚宋詩紀事卷七有張及小傳云：「及字子元，景德二年進士。仁宗朝，主管三司鹽鐵，出爲淮南轉運使。」按：由狄栗任穀城令時的寶元元年（一〇三八），上溯三十餘年，恰與景德二年（一〇〇五）相近，文中張及，當即此人。

〔九〕「父諱」二句：尚書工部侍郎樞密直學士狄公神道碑載狄棐曾祖、祖之名與本文同，而稱父名希顔，爲徐州録事參軍，與本文異，由此知棐爲栗之堂兄。

【集評】

〔明〕茅坤：逸調。（歐陽文忠公文鈔評語卷二八）

〔清〕林紓：文人有自高位置，而人讀之不覺者，如此篇是也。狄仲莊葬久矣，想此時遵誼兄弟新舉進士至京師，請補銘其死父，此亦常事，若如此説，便成一無意味。文入手，先叙其已葬，繼惜其無傳。三用「止」字，謂年止、名位止，而人又不知，則不止于是者，皆止于是。説得無限憤懣，忽着上一個「傳」字，則足傳其人爲誰？己也。欲銘之意，即恃己之可以傳此君，故欲銘之。可見以上年「止于五十有六」，官「止于卿丞」，皆不足爲止境，有己以傳之，則萬不至于無傳。可知能文章、蓄道德之關係死人爲不少。看似平平，而語氣實足凌跨一切矣。以下始徐徐入狄君之德政，夾入選官之積弊、贓吏之殘民，襯起狄君惠政，較爲生色。事頗猥瑣，而行以妙筆，都有關係。尤妙從猥瑣中找出一張及，爲狄君之前馬，言三十年才見兩廉吏。三用「乎」字，爲躊躇滿志之筆，實誌銘中所未見之逸調，茅氏之言當也。銘則平平無奇，所重在叙事之工。（古文辭類纂選本評語卷八）

薛質夫墓誌銘〔一〕

故大理寺丞薛君直孺，字質夫，資政殿學士、贈禮部尚書簡肅公之子，母曰金城夫人趙氏㈠。質夫生四歲〔二〕，爲殿直。公爲參知政事，拜大理評事，遷將作監丞。景祐元年，公薨〔三〕，天子推恩於其孤，拜大理寺丞。公以忠直剛毅顯于當世，質夫爲名臣子，能純儉謹飭，好學自立，以世其家。公葬絳州，質夫自京師杖而行哭至于絳州，行路之人皆哀嗟之。

質夫少多病，後公六年以卒，享年二十有四。初娶向氏，某人之孫，某人之女；再娶王氏，某人之孫，某人之女，皆無子。簡肅公之世，於是而絶。嗚呼！孟子曰：「不孝有三，無後爲大〔四〕。」此爲舜娶妻而言耳〔五〕，非萬世之通論也。不娶而無後，罪之大者可也；娶而無子，與夫不幸短命未及有子而死以正者，其人可以哀，不可以爲罪也。故曰孟子之言非通論，爲舜而言可也。質夫再娶皆無子，不幸短命而疾病以死，其可哀也，非其罪也。自古賢人君子㈡，未必皆有後，其功德名譽垂世而不朽者，非皆因其子孫而傳也。伊尹、周公、孔子、顔回之道，著于萬世，非其家世之能獨傳，乃天下之所傳也。有子莫如舜，而瞽不得爲善人，卒爲頑父〔六〕。是爲惡者有後而無益，爲善雖無後而不朽。然則爲善者可以不懈，爲簡肅公者可以無憾也。使簡肅公無憾，質夫無罪，全其身，終其壽考，以從其先君于地下，復何道哉！

某娶簡肅公之女〔七〕，質夫之妹也。常哀質夫之賢而不幸，傷簡肅公之絶世，閔金城夫人之老而孤，故爲斯言，庶幾以慰其存亡者已。悲夫！銘曰：

死而有祀，四世之間〔八〕。死而不朽，萬世之傳。簡肅之德，質夫之賢。雖其閟矣，久也其存。

【校記】

〔一〕「金城」下：原校：一有「郡」字。　〔二〕賢：原校：一作「聖」。

【箋注】

〔一〕如題下注，寶元二年（一〇三九）作。

〔二〕質夫生四歲：直孺寶元二年二十四歲時卒，生年當爲大中祥符九年（一〇一六），四歲爲天禧三年（一〇一九）。

〔三〕「景祐」二句：薛奎卒于景祐元年八月庚申，見本集卷二六簡肅薛公墓誌銘。

〔四〕「孟子」三句：語見孟子離婁上。

〔五〕舜娶妻：據史記五帝本紀，舜母卒，父瞽另娶而生象，憎舜，欲置之死地。堯以二女妻舜。

〔六〕頑父：書堯典：「師錫帝曰：『有鰥在下，曰虞舜。』帝曰：『俞！予聞。如何？』岳曰：『瞽子。父頑，母嚚，弟傲。』」

〔七〕「某娶」句：歐娶薛奎之女在景祐四年，見胡譜。

〔八〕「死而」二句：禮記大傳：「宗其繼高祖者，五世則遷者也。」

【集評】

〔清〕王元啓：人各有其不同乎人之處，此不同人之處，即文字波瀾所由生也。爲質夫誌，衹合就無後發論，如昌黎誌李千墓，衹就服食一事發論，即其例也。（讀歐記疑卷一）

隴城縣令贈太常博士呂君墓誌銘〔一〕

君諱士元〔一〕，字佐堯，江寧人也。咸平二年舉明經，爲潭州醴陵尉，廬州司理參軍，寧州彭原、廣州四會縣令。又爲湖州司理、泗州録事參軍，吉州太和、秦州隴城縣令。以疾卒于官，享年六十有五。娶閻氏，生子四人：曰淵、曰溱、曰淙、曰淇〔二〕。閻氏年七十三，後君十五年以卒。子淙，後其母三月卒。以慶曆八年十二月二十日，以閻氏之喪合葬于揚州江都縣東興鄉馬坊村先塋之次。

君爲人剛介有節，長於爲政。醴陵、太和皆大邑，民喜鬬訟，往往因事中吏以法，吏多不免。而君日與長吏爭曲直，下爲邑民伺候，終無毫髮過失可得，而民卒愛思之。四會近海，俗雜蠻夷，君尤知其人之利害，事所經決，後有欲輒改更者，民必自言于廷曰：「此呂君所決，豈可動邪？」後人亦莫能改也。

君仕三十餘年，以一縣令之禄，衣食其族四十餘口，雖薄而必均。夫人閻氏，尤能爲勤儉。子淵、溱皆舉進士，溱有賢材，以文學選中第一〔三〕，今淵爲秘書丞，溱著作郎、直集賢院。以溱官得封贈，贈君太常博士，母夫人封天長縣太君。

嗚呼！吕君官雖卑，惠於其民，足以爲政；禄雖薄，周於其族，足以爲仁；身雖不顯，而有子以大其門，足以彰爲善之效。君之皇祖諱裕〔四〕，贈兵部尚書㈡。皇考諱文膺，官至太子左贊善大夫。自宋興百年間，吕姓之族五顯于世，君之叔父刑部侍郎、集賢院學士文仲實爲先朝名臣〔五〕，而今君有賢子又將顯吕氏之族于後。於其葬也，是宜銘以誌。其銘曰㈢：

善無不報，報不必同。或在其後，或及其躬。積久發遲，逾遠彌昌㈣。如其不信，考此銘章。

【校記】

㈠君：原校：一本上有「吕」字。　㈡兵：原校：一作「工」。　㈢銘：原校：一作「墓」。　㈣逾：原校：一作「愈」。

【箋注】

〔一〕如題下注，慶曆八年（一〇四八）作。吕君，吕士元。是年十二月，吕士元與妻閻氏合葬，文即作于其時。隴城縣，治今甘肅天水西南。

〔二〕溱：吕溱，字濟叔，揚州人。累遷同修起居注，坐預進奏院宴飲，出知蘄州。進知制誥，出知杭州，入爲翰林學士。加龍圖閣直學士、知開封府。神宗時，改樞密直學士、提舉醴泉觀。卒贈禮部侍郎。宋史有傳。

〔三〕「溱有」二句：宋史吕溱傳：「進士第一……溱精識過人，辨訟立斷，豪惡斂迹……溱開敏，善議論，一時名輩皆推許。」

〔四〕皇祖諱裕：宋史吕文仲傳：「父裕，僞唐歙州録事參軍。」

〔五〕文仲：吕文仲字子臧。累遷兵部員外郎，同判流内銓，拜工部郎中，充翰林侍讀學士，授御史中丞，官至刑部侍郎。宋史有傳。

尹師魯墓誌銘〔一〕

師魯河南人，姓尹氏，諱洙。然天下之士識與不識皆稱之曰師魯，蓋其名重當世。而世之知師魯者，或推其文學，或高其議論，或多其材能〔二〕。至其忠義之節，處窮達，臨禍福，無愧於古君子，則天下之稱師魯者未必盡知之〔三〕。

師魯爲文章，簡而有法〔四〕。博學彊記，通知古今㊀〔五〕，長於春秋。其與人言，是是非非，務窮盡道理乃已，不爲苟止而妄隨，而人亦罕能過也〔六〕。遇事無難易，而勇於敢爲㊁，其所以見稱於世者，亦所以取嫉於人，故其卒窮以死〔七〕。

師魯少舉進士及第〔八〕，爲絳州正平縣主簿、河南府户曹參軍、邵武軍判官。舉書判拔萃，遷山南東道掌書記、知伊陽縣〔九〕。王文康公薦其才，召試，充館閣校勘，遷太子中允〔一〇〕。天章閣待制范公貶饒州，諫官、御史不肯言，師魯上書，言仲淹臣之師友，願得俱貶。貶監郢州酒税，又徙唐州〔一一〕。遭父喪，服除，復得太子中允、知河南縣〔一二〕。趙元昊反，陝西用兵，大將葛懷敏奏起爲經略判官〔一三〕。師魯雖用懷敏辟，而尤爲經略使韓公所深知。其後諸將敗於好水，韓公降知秦州，師魯亦徙通判濠州〔一四〕。久之，韓公奏，得通判秦州。遷知涇州，又知渭州兼涇原路經略部署〔一五〕。坐城水洛與邊臣異議㊂，徙知晉州。又知潞州〔一六〕，爲政有惠愛，潞州人至今思之。累遷官至起居舍人、直龍圖閣。

師魯當天下無事時獨喜論兵，爲叙燕、息戍二篇行于世〔一七〕。自西兵起，凡五六歲，未嘗不在其間，故其論議益精密㊃，而於西事尤習其詳。其爲兵制之説，述戰守勝敗之要，盡當今之利害〔一八〕。又欲訓土兵代戍卒，以減邊用，爲禦戎長久之策〔一九〕。皆未及施爲，而元昊臣〔二〇〕，西兵解嚴，師魯亦去而得罪矣。然則天下之稱師魯者，於其材能，亦未必盡知之也。

初，師魯在渭州，將吏有違其節度者，欲按軍法斬之而不果㊄〔二一〕。其後吏至京師，上書訟師魯以公使錢貸部將㊅，貶崇信軍節度副使，徙監均州酒税〔二二〕。得疾，無醫藥，舁至南陽求醫。疾革，隱几而坐㊆，顧稚子在前，無甚憐之色，與賓客言，終不及其私。享年四十有六以卒〔二三〕。

師魯娶張氏，某縣君〔二四〕。有兄源，字子漸，亦以文學知名，前一歲卒〔二五〕。師魯凡十年間，三貶官，喪其父，又喪其兄。有子四人，連喪其三。女一適人，亦卒。而其身終以貶死。一子三歲〔二六〕，四女未嫁，家無餘貲，客其喪于南陽不能歸。平生故人無遠邇皆往賻之⑧〔二七〕，然後妻子得以其柩歸河南，以某年某月某日葬于先塋之次。余與師魯兄弟交，嘗銘其父之墓矣〔二八〕，故不復次其世家焉。銘曰：

藏之深，固之密。石可朽，銘不滅〔二九〕。

【校記】

㈠古今：原作「今古」，據原校及論尹師魯墓誌改。㈡而：原校：一無此字。㈢臣：原校：一作「將」。

㈣益：原校：一作「亦」。㈤不：原校：一作「未」。㈥訟師魯以公使錢貸部將：原校：一作「訟師魯自盜」。

㈦隱：原校：一作「憑」。㈧邇：原校：一作「近」。

【箋注】

〔一〕　如題下注，慶曆八年（一〇四八）作。據韓琦故崇信軍節度副使檢校尚書工部員外郎尹公墓表（安陽集卷四七），尹洙卒于慶曆七年四月十日，如本文所云，「客其喪于南陽不能歸」，「後妻子得以其柩歸河南」，故歐之祭文（見本集卷四九）與墓誌銘皆爲次年作。書簡卷七與尹材：「墓銘刻石時，首尾更不要留官銜、題目及撰人、書人、刻字人等姓名，祇依此寫。晉以前碑，皆不著撰人姓名，此古人有深意，況久遠自知。篆蓋祇著『尹師魯墓』四字。」同卷答孔嗣宗云：「尹君誌文，前所辨釋詳矣。某於師魯，豈有所惜，而待門生、親友勤勤然以書之邪？幸無他疑也。餘俟他時相見可道，不欲忉忉於筆墨。」外集卷二三論尹師魯墓誌云：「修見韓退之與孟郊聯句，便似孟郊詩；與樊宗師作誌，便似樊文。慕其如此，故師魯之誌用意特深而語簡，蓋爲師魯文簡而意深。又思平生作文，惟師魯一見，展卷疾讀，五行俱下，便曉人深處。固謂死者有知，必受此文，所以慰吾亡友爾，豈恤小子輩哉！」韓琦與文正范公論師魯行狀書（安陽集卷三七）：「某憶公前書道師魯將亡時，公亟往而謂曰：『師魯平生節行，當請歐陽永叔與相知者爲文字，垂于不朽。』師魯舉手叩頭曰：『盡矣，某復何言？』」外集卷一九與杜訢論祁公墓誌書：「尹氏子卒請韓太尉別爲墓表。以此見朋友、門生、故吏，與孝子用心常異，修豈負知己者！」又，外集卷二三後編校者云：「此卷論尹師魯墓誌即辨誌也。遂寧府有石刻，載師魯妻初怒誌文簡略，新進士孔嗣宗請諸潁州，與公辨論，凡留半月，公爲添換，并遺辨誌。又答嗣宗兩帖，與今本書簡第七卷同，但增一節云：『此不當辨，爲世人多云云，恐尹氏惑之，使其妻子不足，故須委曲。近曾録寄范公，今録奉呈，爲語尹氏。』凡三十九字。據此，則所謂添换尚或可疑，姑附於此。」尹洙，宋史有傳。

〔二〕「然天下」六句：論尹師魯墓誌：「誌言天下之人，識與不識，皆知師魯文學、議論、材能，則文學之長、議論之高、材能之美，不言可知。又恐太略，故條析其事，再述於後。」

〔三〕「至其」五句：論尹師魯墓誌：「其大節乃篤於仁義，窮達禍福，不愧古人，其事不可遍舉，故舉其要者一兩事以取信。如上書論范公，而自請同貶，臨死而語不及私，則平生忠義可知也，其臨窮達禍福不愧於心，又可知也。」

〔四〕「師魯」二句：論尹師魯墓誌：「述其文，則曰『簡而有法』，此一句在孔子六經，惟春秋可當之，其他經，非孔子自作文章，故雖有法而不簡也。修於師魯之文不薄矣，而世之無識者，不考文之輕重，但責言之多少，云師魯文章不合祇著一句道了。」

〔五〕「通知」句：論尹師魯墓誌：「既述其文，則又述其學曰『通知古今』，此語若必求其可當者，惟孔、孟也。」

〔六〕「其與」五句：論尹師魯墓誌：「既述其學，又述其議論云，是是非非，務盡其道理，不苟止而妄隨，亦非孟子不可當其語。」

〔七〕「遇事」五句：論尹師魯墓誌：「既述其議論，又述其材能，備言師魯歷貶，自兵興便在陝西，尤深知西事，未及施爲，而元昊臣，師魯得罪，使天下人盡知師魯材能。」

〔八〕　進士及第：韓琦尹公墓表：「天聖二年，登進士第。」

〔九〕「舉書判」二句：長編卷一〇九天聖八年六月：「乙巳，御崇政殿試書判拔萃科及武舉人。戊申，以書判拔萃人……安德節度推官河南尹洙爲武勝節度掌書記、知河陽縣。」按：河陽縣爲伊陽縣之誤。武勝軍即鄧州，屬山南東道。

〔一〇〕「王文康公」四句：長編卷一一四附注謂歐陽修、尹洙「得館職，據會要，皆王曙所薦。」按：尹洙爲館閣校勘在景祐元年九月，而王曙卒于八月，蓋曙先薦之也。

〔一一〕「天章閣」七句：尹公墓表：「時文正范公治開封府，每奏事，見上論時政，指丞相過失，貶知饒州。余公安道上疏論救，坐以朋黨，貶監筠州酒税。公慨然上書曰：『臣以仲淹忠諒有素，義兼師友，以靖比臣，臣當從坐。』貶崇信軍節度掌書記、監郢州商税。」

〔一二〕「遭父喪」三句：尹公墓表：「丁父憂，服除，知河南府長水縣。」

〔一三〕「趙元昊」三句：長編卷一二六康定元年三月：「癸酉，太子中允、知長水縣尹洙權簽書涇原、秦鳳經略安撫司判官事，從葛懷敏之辟也。」原注曰：「洙先從葛懷敏辟，但爲涇原、秦鳳兩路經略安撫判官。其後，夏竦、韓、范復辟洙，始爲陝西路經略安撫判官。」葛懷敏，真定人，以父廕補官，歷同提點益州路刑獄，襄、鄧都巡檢等職。陝西用兵，起爲涇原路馬步軍副總管。范仲淹言其不知兵，後在與西夏戰鬬中敗死。宋史有傳。

〔一四〕「其後」三句：慶曆元年二月，元昊侵渭州，韓琦命大將任福據險設伏，截敵歸路。任福爲敵所誘，違令出擊，大敗于好水川。四月，韓琦降爲右司諫、知秦州。尹洙因擅發兵增援，降通判濠州。事見長編卷一三一。

〔一五〕「久之」五句：長編卷一三七慶曆二年閏九月：「壬午，太子中允、集賢校理、通判秦州尹洙直集賢院。」長編卷一三九慶曆三年正月：「戊寅，太子中允、直集賢院、通判秦州尹洙爲太常丞、知涇州。」長編卷一四二慶曆三年七月：「甲戌，以太常丞、直集賢院、知涇州尹洙爲右司諫、知渭州兼管勾涇原路安撫都部署司事。」

〔一六〕「坐城」三句：宋史尹洙傳：「會鄭戩爲陝西四路都總管，遣劉滬、董士廉城水洛，以通秦、渭援兵。洙以爲前此屢困于賊者，正由城砦多而兵勢分也。今又益城，不可，奏罷之。時戩已解四路，而奏滬等督役如故。洙不平，遣人再召滬，不至；命張忠往代之，又不受。於是諭狄青械滬、士廉下吏。戩論奏不已，卒徙洙慶州而城水洛。又徙晉州，遷起居舍人、直龍圖閣、知潞州。」

〔一七〕「爲叙燕」句：叙燕、息戍爲尹洙論邊防之文章，載河南集卷二，宋史本傳均全文引録。

〔一八〕「其爲」三句：尹洙有兵制一文，載河南集卷三。

〔一九〕「又欲」三句：詳見尹洙乞募士兵劄子（河南集卷一九）。

〔二〇〕元昊臣：慶曆四年五月，元昊稱臣。事見長編卷一四九。

〔二一〕「師魯在」三句：指因城水洛逮劉滬、董士廉，欲重懲而未果事。

〔二二〕「其後」四句：宋史本傳：「會士廉詣闕上書訟洙，詔遣御史劉湜就鞫，不得他罪。而洙以部將孫用由軍校補邊，自京師貸息錢到官，亡以償。洙惜其才可用，恐以犯法罷去，嘗假公使錢爲償之，又以爲嘗自貸，坐貶崇信軍節度副使，天下莫不以爲湜文致之也。徙監均州酒税。」

〔二三〕「得疾」十句：范文正公尺牘卷中與韓魏公：「師魯去赴均州時，已覺疾作，至均寢食或進或退，僅百餘日，得提刑司文字，舁疾來鄧，以存没見託，至五日而啓手足，苦痛苦痛！至終不亂，初相見時，却且著灸，不談後事，疾勢漸危，遂中夜詣驛看他，告伊云：『足下平生節行用心，待與韓公、歐陽公各做文字，垂于不朽。』他舉手叩頭。又告伊云：『待與諸公分俸贍家，不令失所。』他又舉手云：『渭州有二兒子。』即就枕，更不他語。來日與趙學士看他，云『夜來示諭並記得，已相别矣。』顧家人則云：『我自了當，不復管汝。』略無憂戚。又兩日，猶能扶行，忽索灌漱訖，憑案而化。」

〔二四〕「師魯娶」二句：尹公墓表：「娶張氏，鹿邑縣君。」

〔二五〕「有兄」四句：兄尹源生平，見本集卷三一太常博士尹君墓誌銘。

〔二六〕一子三歲：尹公墓表：「其幼曰構，今方十歲，時在至和元年，上距慶曆八年凡七年，故正十歲也。」歐奏議集卷一六有嘉祐四年所作乞與尹構一官狀。

〔二七〕「平生」句：邵氏聞見録卷一六：「皇祐初，洛陽南資福院有僧録義琛者，素出入尹師魯門下。師魯自平涼帥謫崇信軍節度副使、均州監酒，過洛，義琛見之曰：『鄉里門徒數人，欲一望見龍圖。』有頃，諸人出，一喏而去，皆洛中大豪，義琛已密約貸錢，爲師魯買洛城南宫南村負郭美田三十頃，師魯初不知。後義琛復以歲所得地利償諸人。至師魯卒，喪歸洛，義琛哭柩前，納其券於師魯家。師魯素貧，子孫賴此以生。」

〔二八〕「嘗銘」句：歐嘗爲尹洙父仲宣銘墓，見本集卷二六。

〔二九〕「藏之深」四句：論尹師魯墓誌：「不必號天叫屈，然後爲師魯稱寃也。故於其銘文，但云『藏之深，固之密。石可朽，銘不滅』，意謂舉世無可告語，但深藏牢埋此銘，使其不朽，則後世必有知師魯者。其語愈緩，其意愈切，詩人之意也。而世之無識者，乃云銘文不合不講德，不辯師魯以非罪。蓋爲前言其窮達禍福無愧古人，則必不犯法，況是仇人所告，故不必區區曲辯也。今止直言所坐，自然知非罪矣。」

【集評】

〔明〕茅坤：歐最得意友，亦歐公最着意之文。（歐陽文忠公文鈔評語卷二九）

〔清〕儲欣：精密而淒愴。讀公所自疏，知此文用意之深，用法之精。公於他交遊志銘未盡如此，宜俗人之沾沾動其喙也。然文學、議論、材能、忠義，有其一亦足以傳，而師魯身兼四科，公之表章可謂不遺餘力。此有何難曉而譁然議之？瞽者無以與于日月之明，悲夫！（六一居士全集録評語卷三）

〔清〕沈德潛：叙忠義之節，或顯言，或隱言。際盛明世而未竟其用，真可惜也。文學、議論、材能皆師魯所有，然只作陪襯，彌見節之可貴。若四項平列，不分輕重，便是近人文字矣。（唐宋八大家文讀本評語卷一三）

〔清〕陸以湉：歐陽公作尹師魯墓誌銘，即似尹之文簡而意深。（冷廬雜識卷二）

居士集卷二十九

墓誌六首

尚書主客郎中劉君墓誌銘并序〔一〕

君諱立之，字斯立，姓劉氏，吉州臨江人也。曾祖諱逵，祖諱琠，當五代時，避亂皆不仕〔二〕。父諱式，官至尚書工部員外郎，掌三司磨勘十餘年，能其職，世以其官名其家〔三〕。君少孤，能自立〔四〕。舉進士〔五〕，爲福州連江尉、睦州青溪主簿、宣州南陵令〔六〕，改大理寺丞、知婺州金華縣〔七〕，太子中舍、知梓州中江縣〔八〕，通判瀘州。瀘州接西南夷，常用武人爲守，而夷數怨叛。議者以謂武人不習夷情以生患，宜得能吏通判州事，君始以材選。至則爲明約束，止侵欺，曰：「必使信自我始。」夷人安之。凡君之所更立，至今用以爲法㈠，而夷亦至今不叛〔九〕。通判常州，知高郵軍〔一〇〕，累遷殿中丞、國子博士、尚書虞部、比部員外郎，知潤州，皆有能政。以能選爲提點福建路刑獄〔一一〕，察獄之寃死者，奏黜知泉州蘇壽與其通判張太沖，福建七州皆震悚㈡。御史考其課，爲天下第一〔一二〕。遷司勳員外郎、開封府判官、荆湖北路轉運使，坐舉官免〔一三〕。杜衍、李若谷、范仲淹等皆言，方天下多事時㈢，如劉某者不宜久居于家㈣，乃復起爲比部員外郎、知漣水軍㈤〔一四〕。

言事者以謂自元昊反，一方用兵而天下之民弊，財絀於上而盜起於下，然州縣吏猶習故態，苟簡弛壞如無事時㈥。於是大選轉運使以按察諸路〔一五〕，君以選爲荆湖北路轉運使。他路繩吏或過急，而被按劾者多不服，君所舉察簡，而賢否無不當㈦。是時廣西、湖南、夔峽諸蠻皆叛亂，君所部下溪、辰州彭氏蠻，亦折誓柱，招集亡命，移書州縣，州縣使人往者㈧，輒囚辱侮慢㈨。辰、鼎、澧三州守吏㈩，皆言蠻叛有迹，請加兵。詔書問君，君曰：「蠻道辰溪落鶴，水悍激，可下不可上，其必不敢輒出，而辰州土丁勝兵者三萬人，宜積粟利兵爲備而已。」因言蠻類雖人，宜鳥獸畜。其小嘲啾抵觸⑪，驅而遠之耳。若必擾伏制從，至戾其性，則噪呼跑虓，駭起而奔突，乃欲力追而捕之，則散漫山林，我弊而彼逸。凡湖、廣之患，皆如此也。天子以其言然，下三州毋得妄動，一聽君所爲，而蠻亦卒無事〔一六〕。

復爲司勳員外郎、判三司度支句院，改鹽鐵判官，假太常少卿接伴契丹使者，遂送之。明年，遂使於契丹〔一七〕。還，言澶、魏築河堤，非其時，必難成，雖成必決，不如因其所趣而導之利，後河果決商胡。

君仕宦四十年，不營産業。自復爲司勳員外郎，遂不復求磨勘，凡三遷，皆爲知者所薦。爲人沉敏少言笑，與人寡合，而喜薦士，士由君薦者多爲聞人，天章閣待制杜杞、田瑜是也〔一八〕。轉運、鹽鐵，皆掌財賦，而君常以民爲先，其調率有可免，免之；其不得已必爲處畫㈢，使吏不能因緣，而民不重費㈢。其守官不爲勢牽㈣，不爲利奪㈤。爲青溪主簿，時知州事李階、通判朱正辭者皆號强吏㈥，喜負其能以折辱下士，士皆承望奔走不暇，獨君數以事爭，而二人者常輒屈。其始皆怒，後卒歎服，共薦之〔一九〕。其通判瀘州，州有鹽井，蜀大姓王蒙正請歲倍輸以自占，蒙正與莊獻明肅太后連姻㈦，轉運使等皆不敢與奪。君曰：「倍輸於國家猶秋毫耳，奈何使貧民失業？」遂執不與〔二〇〕。鄂州官歲市茶五百萬斤㈧，君爲轉運使，時三司請益市一百萬㈨，君上言曰：「鄂人利茶以爲生，今官市之多，反以茶爲病，縱不能減，奈何增之？」天子爲君許寬一年，君曰：「事苟可行，何必一年？如其不可，雖寬十年不可也。」爭之不已，後卒爲君罷之〔二一〕。君在鹽鐵，次當舉官掌某事㈩，三司使欲用其私人，以空名狀請君署，君不肯署，而求舉者姓名，三司使不悦，卒命他判官舉之。其後三司使竟坐所舉罷〔二二〕。

慶曆八年五月，遷主客郎中、益州路轉運使。其年十一月七日卒于官〔二三〕，享年六十有四。夫人臨沂縣君王氏，贈尚書右僕射礪之女，先君若干年卒〔二四〕。五子：元卿、真卿，亦早亡；敞，今爲大理評事；攽，鳳翔府推官，皆賢而有文章；放，太廟齋郎，尚幼。四女，三適人〔二五〕，一尚幼。以某年某月某日葬于某縣某鄉某原〔二六〕。銘曰：

劉氏顯晦，以時亂治。有聲王朝，自君再世。惟德之貽，是將又大。曷知其然，君實有子。

【校記】

〔一〕用：原校：一作「因」。　〔二〕悚：原校：一作「慄」。　〔三〕「方天下」句：原校：一作「方今天下多事」。

〔四〕家：原校：一作「外」。　〔五〕起爲：卷後原校：一作「起君爲」。　〔六〕壞：原校：一作「曼」。天理本作「慢」。

〔七〕而：原校：一作「其」。　〔八〕者：原校：一無「者」字。　〔九〕囚辱侮慢：原校：一作「侮慢辱囚」。　〔一〇〕辰、鼎、澧：原校：一作「鼎、澧、辰」。　〔一一〕抵：原作「抾」，李逸安點校歐陽修全集，謂乃「扺」字之訛，「扺」同「抵」，據改。

〔一二〕「已」下：原校：一有「費」字。　〔一三〕費：原校：一作「困」。　〔一四〕牽：原校：一作「奪」。　〔一五〕奪：原校：一作「牽」。　〔一六〕「皆」下：原校：一有「世」字。　〔一七〕「太后」上：原校：一有「皇」字。　〔一八〕百：原校：一作「十」。

〔一九〕益：原校：一無「益」字。　〔二〇〕掌某事：原校：一作「某人爲」。

【箋注】

〔一〕據題下注，皇祐二年（一〇五〇）作。墓主劉立之之子劉敞、劉攽爲歐陽修之友，敞與修交往密切，詩歌唱酬甚多。此篇當應二劉之請而作。敞有先考益州府君行狀，載公是集卷五一。

〔二〕「曾祖」四句：公是集卷五一先祖磨勘府君家傳：「劉氏之先出楚元王，世爲彭城人。西晉末避兵亂，遷江南，其後又遷廬陵……自廬陵遷新喻者曰遜，遜生超，超生逵，逵生琠，琠贈大理評事，凡四世。自唐末更五代，頗假版仕州郡，而未嘗有顯者。」

〔三〕「父諱」五句：劉式字叔度，少有志操，好學問。以明經舉第一，張洎、徐鉉等皆稱譽之，任廬陵尉。入宋，拜商水尉，歷大理寺丞、留判三司都磨勘司，累遷工部員外郎，卒年四十有九。宋史有傳。

〔四〕「君少孤」二句：先考益州府君行狀（後簡稱先考行狀）：「公於尚書（劉式）爲中子，十三歲則丁尚書憂……讀書學問，未嘗煩教督，又自約敕，不輕與人往還，不多言笑。」

〔五〕舉進士：先考行狀：「祥符初，以進士及第，年二十四。」

〔六〕「爲福州」句：先考行狀：「授福州連江縣尉，職典盜賊、刑獄，所發擿縱舍，窮極情僞，未嘗小愧於心。民有鄰里爭田者，訟之歷十餘歲不決，即舉其事屬公，公立辨其奸，吏大驚，以爲神。其後公替歸，所訟得田者私候公於建州，屏人請曰：『聞公北還，某有善香數斤，願以爲壽。』發視之，白金也。公笑不取，曰：『吾豈以公事祈報私耶？』命之去。調睦州清溪主簿。民至今傳以爲，自清溪入宋，朝吏廉潔愛民者，未有如公。改宣州南陵令。」

〔七〕「改大理」句：先考行狀：「改大理寺丞，知婺州金華縣……善善惡惡，貧弱者得職。胡則以太常少卿丁憂居杭州，其鄉人所親有犯法者，公持之。則欲爲之請，自杭州來見公。既見，但叙平生，卒不敢言而去。」

〔八〕「太子」句：先考行狀：「改太子中舍，移梓州中江縣。歲調民數千治隄，縣前多不如實。公較之，省其工半，而築作精堅倍他歲。李若谷知梓州，條公所行事下他縣，使爲法。」

〔九〕「通判」十五句：先考行狀：「瀘州在西南徼上，與戎夷接境，自前世以武人爲守，苟置勇力，不習吏事，聽訟決獄，不得其情，故盜賊時時亂邊。天子憂之，議增置通判，使轉運使上其人。時任布爲轉運使，以公治中江之狀聞，故公得之。公在瀘州，始盡去舊弊，峻其防禁，事事有守，吏不得因緣爲欺，蠻夷亦無由與吏爲怨，百姓便之。其後皆遵用以爲故事。」

〔一〇〕 知高郵軍：先考行狀：「高郵，故揚州，太祖時置軍。自社稷、孔子廟、城郭、門户、倉廩、郵亭，因循不中儀制，歷六七十年。公補舊造新，大小皆繕修，一瓦之用，不以勞民，而事畢立……明道元年，江淮大旱，蝗蟲起，揚、楚間尤甚。公悉心撫輯，使富人出粟以分貧乏，然猶有羣輩持仗爲盜者，捕得皆當死，公哀其情無他，悉笞遣之，前後數十百人。」

〔一一〕「知潤州」三句：先考行狀：「知潤州。前守三四公，死徙相繼，獄訟或數歲不決，帳籍當上尚書省，吏稽緩，亦往往出歲，因恣爲欺謾。公下車數日間，舊訟盡決平之，帳籍盡條正之。轉運使王夷簡上狀，於是復置諸路提點刑獄，就除公福建路。」

〔一二〕「察獄」五句：先考行狀：「在福建三年，察大寃濫，除盜賊，舉故事而已，不輕出教令。奏貶知泉州蘇壽、通判張太沖，以鞫獄入人死。屬部莫不聳動。轉司勳員外郎，入朝。御史中丞考天下提點刑獄，課爲第一。」

〔一三〕「遷司勳」二句：先考行狀：「拜開封府判官。公既明習法令，通達政事，每進見，有所請讞平處，上常以爲是。寶元初，除荆湖北路轉運使……丁太夫人憂，解官。時張詰爲河南澠池令，鞫獄故不實，流嶺南。詰者，公福建時部吏，公嘗薦之，故公亦坐免。服除，寄居毗陵。」

〔一四〕「杜衍」四句：先考行狀：「故丞相杜公衍、參知政事李公若谷、參知政事范公仲淹皆奏言：『西邊未寧，宜進用材幹通敏之士。如劉某者，不當在散地。』由是復召爲比部員外郎、知漣水軍。作大浦牐，通淮潮城中，以便往來。詔書褒美，蘇舜欽刻石記之。」李若谷，字子淵，徐州豐人。歷知潭、滑、延、壽、并州，以龍圖閣學士知開封府。官至參知政事。宋史有傳。

〔一五〕「於是」句：據先考行狀，大選轉運使在慶曆三年。

〔一六〕「天子」四句：先考行狀：「奏入，詔書並下辰、鼎、澧三長郡吏，令兵事稟公，毋得妄動。蠻亦終不敢失貢職。」「諸蠻叛亂」事見長編卷一四六、一四七。歐奏議集卷九有慶曆四年作論湖南蠻賊可招不可殺劄子、再論湖南蠻賊宜早招降劄子，可參閲。

〔一七〕「復爲」六句：先考行狀：「慶曆五年，復拜司勳員外郎。六年，判三司度支勾院、鹽鐵判官。」長編卷一六一載慶曆七年八月，「鹽鐵判官、司勳員外郎劉立之爲契丹正旦使」。

〔一八〕「士由」二句：先考行狀：「爲司勳前後凡十五年，多所稱舉。已顯者，今樞密直學士孫沔、天章閣待制杜杞、田瑜，本以屬吏進。其餘在臺閣者甚衆。」孫沔，字元規，會稽人。天禧進士，官至樞密副使。杜杞，字偉長，常州無錫人。生平見本集兵部員外郎天章閣待制杜公墓誌銘。田瑜，字資忠，河南壽安人。官至龍圖閣直學士、知青州。三人宋史皆有傳。

〔一九〕「爲青溪」九句：先考行狀：「是時李階知州事，朱正辭貳之。兩人皆精悍，負其材能，於吏事刻深，待屬縣多易，屬縣亦憚之，奔走趨向，不敢不如意。及公至，以法令從事，符下不便者，按其故辨之，不爲少屈。兩人初忿，後無如之何。數自絀所見，遂更爲相知，薦公於朝。」

〔二〇〕「州有」八句：先考行狀：「王蒙正以財雄巴蜀，而與莊獻太后有連，自請占鹽井利，每歲倍輸。事下轉運使，轉運使不敢抗，因以屬州。蒙正多齎金帛，挾太后指以請。公不肯，曰：『井鹽非王氏之舊，欲奪貧民以厚豪族，雖歲加數倍之輸，於朝廷猶秋毫耳，而貧民必有失業者，非王政也。』事遂止。」

〔二一〕「爭之」二句：先考行狀：「奏益堅，爲三司所抑。及替還，見上面奏，竟免之。」

〔二二〕「其後」句：先考行狀：「既而奏上，多非其人。議者紛然，三司使亦由此罷。」據長編卷一五九，三司使爲王拱辰。

〔二三〕「其年」句：先考行狀異此，謂「其年十一月二十六日薨於位」。

〔二四〕「夫人」三句：先考行狀：「夫人臨沂縣君王氏，屯田郎中、贈尚書右僕射礪女。夫人初歸，家尤貧，能與公協志，上事姑，下收宗族叔妹，無不安悦……太夫人既終，夫人思慕成疾，歲餘亦不起，年五十三，康定元年五月十二日也。」

〔二五〕三適人：先考行狀：「長女嫁廣德軍判官杜舜元，早亡。次嫁御史臺主簿張諷。次嫁將作監主簿徐縝。」

〔二六〕某縣某鄉：王元啓讀歐記疑卷一：「考原父先墓在祥符縣魏陵鄉。」

【集評】

〔明〕顧錫疇：嚴整。（歐陽文忠公文選評語卷八）

〔清〕王元啓：此文不立間架，自祖父世系、歷官行事、卒葬月日、壽年、妻子、男女、葬處，皆一往順叙。其行事，則擇其有關天下國家之大者，附書一二於歷官之次。其關一己之持守者，則總爲瑣屑節行，類叙於不求磨勘之後。針縷井然，昔人所以服其作法之嚴整。（讀歐記疑卷二）

翰林侍讀學士右諫議大夫楊公墓誌銘〔一〕

慶曆八年春，翰林侍讀學士、右諫議大夫楊公年六十有九告老，即以工部侍郎致仕，歸于常州。其行也，天子召見宴勞，賜以不拜。公卿大夫咸出餞于東門，瞻望咨嗟，相與言曰：「楊公歸哉，於公計爲可榮，於國家計爲可惜。」其明年九月十三日，公疾革，出其兵論一篇，示其子忱、慥〔二〕，而授以言曰：「臣子雖死不敢忘其君父者㊀，天下之至恩大義也。今臣偕不幸，猶以垂閉之口，言天下莫大之憂、爲陛下無窮之慮者，其事有五，以畢臣志，死無所恨。惟陛下用臣言，不必哀臣死也。」言訖而卒，不及其私。忱、慥以其語並其兵論以聞，天子震悼，顧有司問可以寵公者，有司舉故事以對，天子曰：「此何足以慰吾思？」乃詔特贈公兵部侍郎。

公少師事种放學問〔三〕，爲文章長於議論。好讀兵書，知古兵法，以謂士不兼文武不足任大事。當四方無事時，數上書言邊事。後二十餘年，元昊叛河西，契丹舉衆違約，三邊皆警〔四〕，天下弊於兵。公於此時，耗精疲神，日夜思慮，創作兵車陣圖、刀楯之屬，皆有法。天子以步卒五百，如公之法試于庭，以爲可用，而世多非其刀楯。修嘗奉使河東，得邊將王吉言，元昊出兔毛川爲吉所敗者，用楊公刀楯也㊁〔五〕。蓋世未嘗用其術爾。然公素剛少合㊂，而議者不一，故不得盡用其言。夏竦經略陝西，請益置土兵。公言竦據内地，無破賊之謀，而坐請益兵，蓋虞敗事，則欲以兵少爲解。竦復論公不忠，沮計，公不能忍，以語詆之〔六〕。其後三路農民壯者，咸墨爲兵，公又言兵在精不在衆，衆而不練，則不整而易敗，困國而難供。時自將相大臣議者皆務多兵，獨公之論能如此。劉平兵敗〔七〕，元昊圍延州甚急，而救兵不至。公在河中，乃僞爲書馳告延州「救兵十萬至矣」，因命旁郡縣具芻糧、什器，如其數以俟。已而元昊亦解去。後公守并州，即詔公爲并代麟府路經略、安撫、招討等使，兼兵馬都部署。公執敕告其羣吏曰：「天子用我矣，然任其事，必圖其效，欲責其效，必盡其方。」乃列六事以請，曰：「能用臣言則受命，不然則已。」朝廷難之，公論不已，坐是徙知邢州〔八〕。公志之不就，皆此類也。

公嘗爲御史，章獻太后兄子劉從德爲團練使以卒，其門人、親戚、厮養，用從德拜官爵者數十人，馬季良以劉氏壻爲龍圖閣直學士〔九〕。公上書，言漢吕太后王禄、産欲彊其族，而反以覆宗〔一〇〕；唐武三思、楊國忠之禍，不獨其身，幾亡其國〔一一〕。太后大怒，貶監舒州酒税㊃〔一二〕。居二歲，復召爲御史，言事愈切。

公祥符元年進士及第，以上書言事，真宗奇之。召試，不赴，拜著作佐郎，累官至工部侍郎，爲天章閣待制、龍圖閣樞密直學士，遂侍講于翰林。嘗爲審刑院詳議官，知淮陽、江陰軍，三司度支判官，知御史雜事，判吏部流内銓，三司度支副使，河北、河東都轉運使，知河中府、陜、并、邢、滄、杭五州〔一三〕，所至皆有能績㊄。爲人廉潔剛直㊅，少屈而難犯。其仁心愛物，至其有所能容，人多所不及也。

公諱偕㊆，字次公。曾祖諱偉。祖諱某。父諱守慶。初娶張氏；又娶李氏；又娶李氏㊇；又娶王氏，太原郡君㊈。公卒之明年秋，其子忱以其喪歸于河南㊉。又明年二月十七日，葬於洛陽縣宣武管平洛鄉之先塋。

公有文集十卷、兵書十五卷。讀其書，可以見公之志；考其始終之節，可以知公之心。嗚呼！可謂忠矣。修爲諫官時，嘗與公爭議于朝者⑪〔一四〕，而且未嘗識公也。及其葬也，其子不以銘屬於他人而以屬修者，豈以修言爲可信也歟？然則銘之其可不信？銘曰：

遠矣楊氏，有來其始⑫。赤泉侯功〔一五〕，與漢俱起。震官太尉〔一六〕，四世以公〔一七〕。於陵正直，僕射於唐〔一八〕。師復理卿〔一九〕，振左拾遺〔二〇〕。文蔚獲嘉〔二一〕，其後益衰。避亂中州，曾祖始南⑬。祖屈僞邦，令於烏江。又適南粤，皇考是生。晦顯有時⑭，發於皇明。在考司馬，始仕坊州。遂家中部⑮〔一二〕，道德之優。司馬四子，唯公克大。非徒大之，將又長之。世有官族，孰無繫譜？或絶於微，或亡其序。不絶不亡，由屢有人。誰如楊世，愈久而蕃。次第弗迷⑯，昭穆綿聯。公其歸此⑰，安千萬年。

【校記】

①「臣子」上：原校：一有「臣聞」二字。　②刀：此字原缺。原校「楯」上曰「一有『刀』」，據補。　③剛：原校：一作「剛直」。　④舒州：卷後原校：一作「徐州」。　⑤績：原校：一作「稱」。　⑥潔：原校：一作「平」。　⑦諱偕：原缺。原校「公」下曰「一有『諱偕』二字」，據補。　⑧「又娶」二句：原校：一無此八字。　⑨「太原郡君」下：原校：一有「六孫：景略、景亮、景謨、景道、景直、景彦」十四字，「直」一作「宣」。　⑩以其喪歸于河南：卷後原校：一無「其」、「于」二字。　⑪議：原校：一作「言」。　⑫有來其：原校：一作「其來有」。　⑬始：原校：一作「遷」。　⑭晦顯：原校：一作「顯晦」。　⑮中：原校：一作「内」。　⑯次第：原校：一作「後嗣」。　⑰此：原校：一作「乎」。

【箋注】

〔一〕如題下注，皇祐三年（一〇五一）作。楊偕卒於皇祐元年，二年喪歸河南，三年二月葬於洛陽縣，文作於葬前。偕，宋史有傳。

〔二〕忱、慥：宋史楊偕傳：「子忱、慥，皆有雋才，蚤卒。」楊忱生平見王安石大理寺丞楊君墓誌銘。

〔三〕「公少」句：楊偕傳：「偕少從种放學於終南山。」种放字明逸，號雲溪醉侯，洛陽人。隱居終南山，以講習爲業。咸平時，召對，授左司諫，直昭文館。常往返山林與朝廷之間，累遷工部侍郎。著有蒙書等。卒贈工部尚書。宋史有傳。

〔四〕「元昊」三句：康定、慶曆時，西夏侵邊，屢敗宋軍。慶曆元年，契丹亦謀南侵；二年，遣使來致書求割關南十縣地。事見長編卷一三四、一三五。三邊，指邊疆。漢時，幽、并、涼三州位於邊境，稱「三邊」。

〔五〕「公於」十三句：楊偕傳：「偕在并州日，嘗論八陣圖及進神楯、劈陣刀，其法外環以車，內比以楯。至是，帝命以步卒五百，如其法布陣於庭，善之，乃下其法於諸路。其後王吉果用偕刀楯敗元昊於兔毛川。」

〔六〕「夏竦」十一句：楊偕傳：「夏竦爲陝西經略使，請增置士兵，易戍兵歸衛京師。偕言：『方關中財用乏，復增土兵，徒耗國用。今賊勢方盛，雖大增土兵，亦未能減戍兵東歸，第竦懼敗事，欲以兵少爲解爾。』竦復奏偕不忠，沮邊計，偕爭愈力。」

〔七〕劉平兵敗：劉平字士衡，開封祥符人。時爲鄜延路副總管兼鄜延、環慶路同安撫使。元昊犯延州，平素輕敵，遂督騎兵晝夜兼行，急趨延州，步軍繼進。遇敵力戰被執，没於興州。事在康定元年，詳見長編卷一二六。劉平，宋史有傳。

〔八〕「乃列」七句：楊偕傳：「偕列六事於朝：一、罷中人預軍事；二、徙麟州；三、以便宜從事；四、出冗師；五、募武士；六、專捕援。且曰：『能用臣言則受命，不然則已。』朝廷不從，偕累奏不已，乃罷知邢州。」

〔九〕「章獻」四句：劉從德爲章獻劉后兄劉美之子，因太后的關係，十四歲即爲供備庫副使。其弟從廣，剛出生即補西頭供奉官。宋史劉從德傳：「太后臨朝，從德以崇儀使真拜恩州刺史，改和州，又遷蔡州團練使，出知衛州，改恩州兵馬都總管，知相州。從德齒少無才能，特以外家故，恩寵無比……從德病，召還，道卒，年二十四。贈保寧軍節度使，封榮國公，謚康懷。太后悲憐之尤甚，録内外姻戚門人及僮隸數十人。從德娣婿龍圖閣直學士馬季良、母越國夫人錢氏兄惟演子集賢校理曖及蒙正皆遷二官。尚書屯田員外郎戴融嘗佐從德衛州，以爲三司度支判官。」

〔一〇〕「言漢」二句：吕后佐漢高祖定天下。惠帝即位，吕后爲太后；惠帝卒，吕后聽政，立兄子禄、産等爲王，勢焰非常。吕后死，諸吕即被殺。見史記吕后本紀。

〔一一〕「唐武三思」三句：武則天當政時，其侄武三思參預國政。中宗復位，他又助韋后把持朝政，爲太子重俊所殺。後李隆基起兵，武氏、韋氏族人多被殺。楊國忠爲楊貴妃堂兄，權傾一時。安禄山以誅楊爲名發動叛亂，唐玄宗逃至馬嵬驛，軍士殺楊國忠，逼楊貴妃自縊。以上事件均見兩唐書。

〔一二〕「太后」二句：楊偕傳：「與曹修古連疏，言劉從德遺奏恩太濫，貶太常博士、監舒州稅。」

〔一三〕并：并州。據楊偕傳，偕知并州時，「有中官預軍事素横，前帥優遇之。偕至，一繩以法，命率所部兵從副總管赴河外，戒曰：『遇賊將戰，一稟副總管節度。』中人不服，捧檄訴。偕叱曰：『汝知違主帥命即斬首乎？』監軍怖汗，不覺墮笏，翌日告疾，未幾遂卒。於是軍政肅然」。

〔一四〕「修爲」二句：長編卷一四二慶曆三年八月：「元昊乞和而不稱臣，（楊）偕以謂連年出師，國力日蹙，宜權許之，徐圖誅滅之計。諫官王素、歐陽修、蔡襄累章劾奏：『偕職爲從官，不思爲國討賊，而助元昊不臣之請，罪當誅。陛下未忍加戮，請出之，不宜留處京師。』帝以其章示偕，偕不自安，故求外補。」

〔一五〕赤泉侯：西漢楊喜，華陰人，隨高祖起兵，因與他人共斬項羽立功，封赤泉侯。見史記項羽本紀。

〔一六〕震：楊震，字伯起，東漢弘農華陰人。八世祖爲赤泉侯楊喜。震博覽羣經，歷任荆州刺史、涿郡太守、司徒、太尉等職。以安帝乳母王聖及中常侍樊豐等貪侈驕横，數上疏切諫，被誣罷官，自殺。後漢書有傳。

〔一七〕「四世」句：後漢書楊震傳：「自震至彪，四世太尉。」按：彪爲震之曾孫。

〔一八〕「於陵」二句：楊於陵，字達夫。漢楊震第五子奉之後。於陵操守嚴正，歷任華州刺史、京兆尹、户部尚書等職，官至左僕射，卒贈司空。兩唐書有傳。

〔一九〕師復：楊師復，於陵子，位終大理卿。見兩唐書楊於陵傳。

〔二〇〕振：楊振，師復子，官左拾遺。見舊唐書楊於陵傳。

〔二一〕文蔚：不詳。

〔二二〕「在考」三句：楊偕傳：「父守慶，仕廣南劉氏，歸朝，爲坊州司馬，因家焉。」

【集評】

〔清〕儲欣：楊次公知兵可傳，文亦離奇，誌銘中一變格也。（六一居士全集録評語卷三）

〔清〕王元啓：專就事蹟之不同乎人處著筆。入首錯舉五六事，皆關兵政，并及爲御史時言事之切，楊公大節已竟。至其畢生履歷，則於篇末及之，纔止百餘字，其中叙次又極變化有法。其世系悉載銘辭。韓公誌施士丐、竇牟墓，皆如

此。（讀歐記疑卷一）

供備庫副使楊君墓誌銘〔一〕

君諱琪，字寶臣，姓楊氏，麟州新秦人也。新秦近胡〔二〕，以戰射爲俗，而楊氏世以武力雄其一方。其曾祖諱弘信〔三〕，爲州刺史。祖諱重勳，又爲防禦使。太祖時，爲置建寧軍於麟州，以重勳爲留後，後召以爲宿州刺史、保靜軍節度使〔四〕，卒贈侍中。父諱光扆，以西頭供奉官監麟州兵馬，卒于官。君其長子也。君之伯祖繼業〔一〕〔五〕，太宗時爲雲州觀察使，與契丹戰殁，贈太師、中書令。繼業有子延昭〔六〕，真宗時爲莫州防禦使。父子皆爲名將，其智勇號稱無敵，至今天下之士至於里兒野豎，皆能道之。

君生於將家，世以武顯，而獨好儒學，讀書史。爲人材敏，謙謹沈厚，意恬如也。初以父卒于邊，補殿侍。後用其從父延昭任，爲三班奉職。累官至供備庫副使，階銀青光禄大夫，爵原武伯。李溥爲發運使〔七〕，以峻法繩下吏，凡溥所按行，吏皆先戒以備，而溥至多不免，其黜廢者數百人。其聞溥來，輒惶懼自失，至有投水死者。君時年最少，爲奉職，監大通堰，去溥治所尤近。溥嘗夜拏輕舟猝至，按其文簿，視其職事，如素戒以備者，溥稱其才。君所歷官，無不稱職，其後同提點河東、京西、淮南三路刑獄公事，君歎曰：「吾本武人，豈足以知士大夫哉？然其職得以薦士，亦吾志也。」其所舉者二百餘人，往往爲世聞人。嘗坐所舉一人罰金，君喜曰：「古人拔士，十或得五，而吾所薦者多矣，其失者一而已。」

君少喪父，事其母韓夫人，以孝聞。後以恩贈其父左驍衛將軍㈡，母夫人南陽縣太君。初娶慕容氏，又娶李氏。有子曰畋〔八〕，賢而有文武材，今爲尚書屯田員外郎、直史館。君以皇祐二年六月壬戌卒于淮南，年七十有一。皇祐三年十月甲申，畋以其喪合慕容氏之喪，葬于河南洛陽杜澤原。銘曰：

楊世初微自河西㈢，彎弓馳馬耀邊陲㈣。桓桓侍中國屏毗〔九〕，太師、防禦傑然奇〔一〇〕。名聲累世在羌夷，時平文勝武力衰。温温供備樂有儀〔一一〕，好賢舉善利豈私？愷悌君子神所宜。康寧壽考順全歸，有畋爲子後可知。

【校記】

㈠繼業：考異本作「業」，且校云：「蘇及家本無『繼』字。」按繼業爲北漢名將，歸宋後名業，宋史有楊業傳。

㈡其：原校：一無此字。　㈢世：考異本校：「家本作『氏』。」　㈣耀：原校：一作「躍」。

【箋注】

〔一〕　如題下注，皇祐三年（一〇五一）作。墓主楊琪是年十月葬，文當作於此前。

〔二〕「新秦」句：新秦（今陝西神木北）爲麟州治所。麟州與西夏相鄰，故云。

〔三〕弘信：宋史楊業傳：「父信，爲漢麟州刺史。」按：楊業（即楊繼業）爲楊琪伯祖，其父即楊琪曾祖，傳稱「父信」，與本文作「弘信」有異，待考。

〔四〕「太祖」四句：長編卷八乾德五年十二月：「己巳，置建寧軍於麟州，庚午，以防禦使楊重勳爲留後。」據卷一三，重勳徙爲保靜軍節度使在開寶五年九月。

〔五〕繼業：一名業，麟州人。善騎射，事北漢劉崇，累遷至建雄軍節度使。北漢亡，歸宋，敗契丹軍，威鎮邊境，以功遷雲州觀察使。雍熙時，爲雲、應路行營副都部署，拔雲、應、寰、朔四州。未幾，護四州之民内遷，大戰契丹軍，因失援重傷被擒，不食三日而死。詳見楊業傳。

〔六〕延昭：繼業子。歷任保州緣邊都巡檢使、莫州刺使、寧邊軍部署等職，防守契丹，屢立戰功。號令嚴明，身先士卒。守邊二十餘年，契丹憚之，呼爲楊六郎。宋史有傳。

〔七〕李溥：河南人。初爲三司小吏，以條對財賦顯能，爲太宗拔用。景德中，制置江、淮等路茶鹽礬税兼發運事。後以貪贓罷官。仁宗朝，起知淮陽軍，歷光、黄二州，復以贓敗。宋史有傳。

〔八〕畋：楊畋，字樂道。進士及第，授秘書省校書郎、并州録事參軍。歷提點湖南刑獄、荆湖南路兵馬鈐轄，爲尚書屯田員外郎、直史館、知隨州。儂智高反，爲廣南東、西路體量安撫，經制賊盜。因戰事失利，降知邠州。復起居舍人，入爲三司户部副使。後進龍圖閣直學士、知諫院。卒贈右諫議大夫。宋史有傳。

〔九〕桓桓侍中：據前文，楊琪祖父重勳卒贈侍中。

〔一〇〕太師、防禦：據宋史太宗紀及楊業傳，楊琪伯祖繼業卒贈太尉，非太師；從父延昭爲莫州防禦使。

〔一一〕供備：楊琪爲供備庫副使。

太子中舍王君墓誌銘〔一〕

王君之皇考曰贈衛尉少卿諱某。皇妣曰南充縣太君胥氏。皇祖諱某。皇曾祖諱某。

君諱汲，字師黯。娶胡氏，安定縣君㈠。子男三人，女五人。男曰尚恭、尚喆、尚辭。初，天聖、明道之間，予爲西京留守推官。時王君寓家河南，其二子始習業國子學，日從諸生請學於予，較其藝，常爲諸生先，而尚恭尤謹飭，儼然有儒者法度。予固奇王君之有是子也，以故與君游，而君性簡質，重然諾，臨事而敏，與之游者必愛其爲人。其後，二子者果皆以進士中第〔二〕，予亦罷去，不復遇王君且七年矣，而尚恭來請曰：「不幸吾先人之亡，將以今年某月甲子，葬于河南某縣某鄉之某原，宜得銘于石，以誌諸後世。」乃爲次其世而作銘以遺之云㈡：

惟王氏之先，長安萬年。四代之祖，刺史壁州。遭巢猾唐〔三〕，得果而留。卒葬西充，爲鄉壁公〔四〕。王、孟有蜀，或家或禄〔五〕。三世不遷，自君東還。始家河南，廣文之生。舉三不中，任仕以兄。主簿之卑，試原武、密〔六〕。晉城是令〔七〕，政專自出。令政有稱，遷理之丞。藍田、夏、雒，三邑皆聞〔八〕。壽五十九，終中舍人。在雒逢饑，餔粟不殍。褒功勸吏，天子有詔。雒人染癘，躬之不避。以死勤民，在法宜祀。刻詩同藏，惟世之揚。

【校記】

㈠「安定縣君」上：原校：一有「曰」字。

㈡「乃爲」句上：原校：一有「予嘗嘉尚恭，而從王君遊」十字。

【箋注】

〔一〕 如題下注，康定元年（一〇四〇）作。文云「予亦罷去」，指景祐元年（一〇三四）任滿離西京。是年，墓主王汲爲藍田丞，本集卷一〇有送王汲宰藍田詩。文又云「不復遇王君且七年」，自景祐元年起，七年爲康定元年，歐爲王汲銘墓即在其時。尹洙河南集卷一三有故朝奉郎太子中舍知漢州雒縣事騎都尉王君墓碣銘。

〔二〕「二子」句：歐景祐元年作送王尚恭隰州幕、送王尚喆三原尉二詩（見本集卷一〇），有「去國初遊宦」、「初仕便西轅」之句，可知二子皆於是年登第。

〔三〕 巢：黄巢。

〔四〕「卒葬」二句：尹洙王君墓碣銘：「五代祖迺，唐季爲壁州刺史，世亂不得歸，遂葬果州西充丹圖山下，里人呼爲壁公墓。」

〔五〕「王、孟」二句：指五代前蜀王建、後蜀孟知祥。王君墓碣銘：「曾祖福，事王蜀，爲其合州刺史。」

〔六〕「始家」六句：王君墓碣銘：「時君始來京師，爲廣文生，數舉不得第。（兄）湛調鄭州原武、河南密縣主簿。」廣文，廣文館，隸國子監。

〔七〕 晉城是令：王君墓碣銘：「天聖八年，詔舉郡諸曹、縣主簿尉堪爲令者，公得以擢爲澤州晉城縣令。」

〔八〕「令政」四句：王君墓碣銘：「明道二年，詔舉郡縣吏有治實者，本路轉運使蘇耆以君名聞，即召還，改大理寺丞、知京兆府藍田縣事，遷太子中舍、知陝州夏縣事。縣近山，頗爲水患，又城池久壞，奸盜出入無限制。君請於府，築堤新城，人皆便之。移漢州雒縣。會兩州大饑，君率富室入粟數萬以濟貧民，敕書褒諭焉。」

【集評】

〔清〕王元啓：世系、遷徙、履歷、行治，悉于銘辭見之。（讀歐記疑卷一）

尚書工部郎中歐陽公墓誌銘〔一〕

歐陽氏世爲廬陵人，廬陵於五代時屬僞吴〔二〕，故歐陽氏在五代無聞者。

淳化三年，修仲父府君始以進士中乙科[一]〔三〕，其後爲御史，有能名。真宗嘗自擇御史，府君以秘書丞見[二]。見者數人皆進，自稱薦，惟恐不用。府君獨立墀下，無所説[三]。明日[四]，拜監察御史。中丞王嗣宗指曰〔四〕：「是獨立墀下者，真御史也。」絳州守齊化基犯法[五]〔五〕，制劾其事。化基，嗣宗素所惡者，諷之，欲使蔓其獄。府君曰[六]：「如詔而已[七]。」嗣宗怒，及獄上奏，用他吏覆之，索其家[八]，得銅器十數[九]。府君坐鞫獄不盡，免官。明年，復得御史、監蘄州税。又明年，遷殿中侍御史、左巡使[一〇]。居二歲，奏事殿中，真宗識之，勞曰：「御史久矣，亦勞乎！」問何所欲，府君謝不任職而已[一一]。後數日，真宗語宰相與轉運使，宰相疑其有求而不先白己，對以員無闕。復使與一大郡，宰相召至中書，問御史家何在，欲郡孰爲便？對曰：「無不便。」宰相怒，與海州，又移睦州。

天禧元年，入遷侍御史。二年，出知泗州。先是，京師歲旱，有浮圖人斷臂禱雨[一二]〔六〕，官爲起寺於龜山[一三]，自京師王公大臣，皆禮下之，其勢傾動四方[一四]。又誘民男女投淮水死，曰：「佛之法，用此得大利。」而愚民歲死淮水者幾百人[一五]。至其臨溺時，用其徒倡呼前後，擁之以入，至有自悔欲走者[一六]，叫號不得免[一七]。府君聞之，驚曰[一八]：「害有大於此邪[一九]！」盡捕其徒，詰其姦民，誅數人[二〇]，遣還鄉里者數百人，遂毁其寺[二一]〔七〕。

入轉尚書司封員外郎、三司户部判官。六年，爲廣南東路轉運使。前爲使者以市舶物代俸錢，其利三倍，府君歎曰〔二二〕：「利豈吾欲邪！」使直以錢爲俸。今上即位〔八〕，就轉工部郎中，秩滿，以一弊舟還，無一海上物。歸朝，賜金紫，爲兩浙路轉運使，以足疾求知江州。天聖四年，又求分司，未得命，以其年二月某日卒于江州之廨，享年六十有八。以某年某月某日葬某所。

曾祖諱某。祖諱某，僞唐吉州軍事判官〔二三〕。父諱某，僞唐屯田員外郎〔九〕。娶米氏，封金壇縣君，先府君以卒。嗣子鑒爲右侍禁、武昌巡檢〔二四〕。女二人，長適某，次未嫁。府君諱載，字則之，性方直嚴謹〔二五〕，治身儉薄，簡言語，爲政務清淨。平居斂色而坐〔二六〕，如對大賓，終日不少懈弛〔二七〕，人用憚之。薦舉下吏，人未嘗知〔二八〕，後有知者來謝，皆拒不納。所至官舍，未嘗窺園圃，至果爛墮地，家人無敢取者，其清如此。銘曰：

唐隳盜猖，土裂四方〔二九〕。鍾氏於洪，入州自王〔三〇〕。傳死子時，敗臣於楊〔一〇〕。自梁迄周，廬陵僞邦。歐陽是家，世以不章〔三一〕。違命之侯，廬陵王土〔一一〕。歐陽有聞，始我仲父〔一二〕。以貢中科，來者繼武。仲父之材，御史其能。廉清儉恭，直躬以行。銘以藏之，子孫之承。

【校記】

〔一〕「淳化」二句：原校：一作「太宗時，修仲父府君始以進士中淳化三年乙科」。〔二〕「見」上：原校：一有「召」字。〔三〕無所説：原校：一作「無言」。〔四〕明：原校：一作「翌」。〔五〕「絳州」上：原校：一有「會」字。〔六〕「府君」下：原校：一有「遽拒」二字。〔七〕如詔：原校：一作「如制所劾」。〔八〕「索」上：原校：一有「他吏」二字。〔九〕「銅器」上：原校：一有「金塗」二字。〔一〇〕左巡使：卷後原校：三字上有「充」字。〔一一〕任：原校：一作「稱」。〔一二〕有浮圖人斷：原校：一作「有僧某者，用浮屠術斷一」。〔一三〕「龜山」上：原校：一有「淮上」二字。〔一四〕動：原校：一無「動」字。〔一五〕幾百：原校：一作「常數十」。〔一六〕者：原校：一無「者」字。〔一七〕「叫號」句：原校：一作「而叫號不得免者」。〔一八〕驚：原校：一作「大駭」。〔一九〕大：原校：一作「甚」。〔二〇〕數：原校：一作「十餘」。〔二一〕遂：原校：一作「而」。〔二二〕「前爲」三句：原校：一作「嶺南舊以市舶司物代轉運使俸錢，其利三倍。前爲使者相襲，久而不變。府君至，則歎曰」。〔二三〕僞唐：卷後原校：一作「南唐」，下同。〔二四〕「爲」上：原校：一有「今」字。〔二五〕「性方直」句下：原校：一有「美儀容」。〔二六〕斂色而：原校：一作「常正依獨」。〔二七〕不少懈：原校：一作「色不少」。〔二八〕未嘗：原校：一作「不之」。〔二九〕土裂四：原校：一作「食有一」。〔三〇〕入：原校：一作「八」。〔三一〕章：原校：一作「彰」。

【箋注】

〔一〕據題下注，嘉祐二年（一〇五七）作。歐陽公，歐陽載。

〔二〕僞吴：指五代十國之吴。唐末楊行密封吴王，都揚州，據二十七州之地。後爲南唐所取代。

〔三〕仲父：即歐陽載。據外集卷二一歐陽氏譜圖序，歐陽修父觀與歐陽載爲從兄弟。

〔四〕王嗣宗：字希阮，汾州人。開寶進士。歷秦州司寇參軍、河北轉運副使、京西轉運使、三司户部使，出知并州兼并代部署。召拜御史中丞，知永興軍，授樞密副使。宋史有傳。

〔五〕齊化基：時爲絳州知州。據長編卷五三、七〇，化基、咸平五年知萊州時嘗獻白鷹，詔還之；大中祥符元年知晉州時坐貪暴，削籍黥面流崖州。

〔六〕「有浮圖」句：長編卷九一天禧二年二月：「辛巳，徙泗、濠州路巡檢廨於龜山。先是，斷臂僧智悟集鄉里凶黠者爲童行，總千餘人，凌毆平民，恣爲不道。上知其事，命内侍任守忠取新隸者盡逐去，因徙官察視焉。」

〔七〕「盡捕」五句：歐陽氏譜圖序：「工部府君諱載……知泗州，毁龜山佛寺，誅妖僧數十人。」

〔八〕今上即位：今上指宋仁宗。仁宗即位於乾興元年。

〔九〕「曾祖」五句：據歐陽氏譜圖序，歐陽載曾祖爲歐陽託；祖爲歐陽郴，仕南唐，爲武昌令、吉州軍事衙推官；父爲歐陽儀，仕南唐，官至屯田郎中。

〔一〇〕「鍾氏」四句：新五代史鍾傳傳：「鍾傳，洪州高安人也。事州爲小校，黄巢攻掠江、淮，所在盗起，往往據州縣。傳以州兵擊賊，頻勝，遂逐觀察使，自稱留後。唐以洪州爲鎮南軍，拜傳節度使……傳居江西三十餘年，累拜太保、中書令，封南平王。天祐三年，傳卒，子匡時自稱留後，請命於唐……已而傳養子延規與匡時爭立，乞兵於楊渥，渥遣秦裴等攻匡時，匡時敗，被執歸廣陵。」

〔一一〕「違命」三句：意爲李煜降宋之後，廬陵始成大宋疆土。據宋史世家一載，南唐李煜兵敗被俘，太祖下詔封其爲右千牛衛上將軍、違命侯。

〔一二〕「歐陽」二句：歐陽氏譜圖序：「歐陽氏自江南歸朝，以進士登科者，自載始。」

【集評】

〔清〕王元啓：叙公清介自守處，至今面目如生，語語刻削入骨。（讀歐記疑卷一）

少府監分司西京裴公墓誌銘〔一〕

君諱德谷㊀，字某，姓裴氏，河中萬泉人也。其九世祖耀卿爲唐名臣〔二〕。曾祖諱某。祖諱某，贈左千牛衛大將軍。父諱濟〔三〕，以智勇事太宗皇帝，從李繼隆擊契丹於唐河〔四〕，屢立戰功，守鎮定十餘年，威惠著於北邊。咸平中，李繼遷叛河西〔五〕，以内客省使、順州防禦使守靈州，繼遷連歲攻之，城守堅不能下。繼遷擊破清遠軍，而糧道絶，救兵不至，城乃陷，遂殁於賊〔六〕。贈鎮江軍節度使，累贈尚書令兼中書令，追封吴國公。方其殁也，詔録其子孫〔七〕，君以長子自四門助教拜太子右贊善大夫，累官至少府監，階朝奉大夫，勳上柱國，爵開國侯。以老分司西京，許居於京師，某年某月某日以疾卒于家，享年七十有六。

君爲人質重寬易，居父喪盡哀，宗族稱其孝。得父金帛，悉分諸弟，不有其一錢。其爲吏廉清不擾，歷監藥蜜庫店宅務、泗州糧料院、宿州酒税㊁。知明州奉化、興元南鄭二縣，同判吏部南曹，通判南京留守司，知蓬、絳、解、虢、澤、沂六州，皆有能政。喜自晦默，如不能言。予嘗問其解之鹽池，君解析纖密，自前世功利、沿革、損益㊂，條布如在目前。寶元中，嘗上書論茶鹽利害，多所施行。其聽獄訟敏決，數得疑獄，皆强吏所不能辨者。及平居議法，必以仁恕爲本。

君初名德昌，前娶康氏；後娶趙氏，封平原郡君，有賢行。子男三人：士倫、士林，大理寺丞；士傑，衛尉寺丞。女八人：長適右侍禁張用之，次適大理寺丞薛寅、集賢校理孫錫、大理寺丞丁某、殿中丞孫祖慶、庫部員外郎張承懿、集賢校理王益柔〔八〕。以某年某月某日，葬君於河南登封縣之某原，其孤士傑來請銘以葬。銘曰：

裴始絳人，於唐顯聞〔九〕。偉歟文獻，八世有孫〔一〇〕。守節蹈義，厥聲以振。忍生而恥，亦終以死〔一一〕。死義之榮，令名不已。豈惟令名，報德之隆。延延裴氏，其賴無窮。少府之賢，寬恭信厚。保身承家，多其禄壽。壽豐於躬，禄及其嗣。爰告後人，俾知所自。

【校記】

㊀德谷：原作「德裕」，「裕」下原校云「一作谷」，據改。按宋史裴濟傳載，濟有三子，長名德谷。㊁泗：原校：一作「明」。㊂沿革：備要本作「因革」。

【箋注】

〔一〕如題下注，嘉祐二年（一〇五七）作。書簡卷五有是年所作與王龍圖，云：「近亦有一二家作誌，裴少監家當自寄去。」

〔二〕耀卿：裴耀卿，字焕之。絳州稷山人。歷濟州刺史、京兆尹，拜黄門侍郎、同中書門下平章事。天寶初，進尚書左僕射，俄改右僕射。卒謚文獻。兩唐書有傳。

〔三〕濟：裴濟，字仲溥，絳州聞喜人。歷天威軍兵馬監押、定州都監、知定州、知靈州兼都部署等職，甚有聲望。咸平中，清遠軍陷，與夏人力戰而死。宋史有傳。

〔四〕李繼隆：字霸圖。潞州上黨人。太祖時，平江南有功，從幸西洛，爲御營前後巡檢使。太宗時，李繼遷叛，率兵擊之，多有斬獲。歷任滄州都部署、定州都部署，戰契丹，屢立功。爲靈、環十州都部署。真宗時，爲鎮安軍節度，加同中書門下平章事，改山南東道節度，判許州。從真宗赴澶淵，爲駕前東西排陣使。還京，加開府儀同三司。旋卒，贈中書令。宋史有傳。

〔五〕「咸平」二句：見本集卷二三忠武軍節度使同中書門下平章事武恭王公神道碑銘箋注〔五〕。

〔六〕「繼遷」五句：宋史裴濟傳：「清遠軍陷，夏人大集，斷饟道，孤軍絶援，濟刺指血染奏，求救甚急，兵不至，城陷，死之。」

〔七〕「方其」二句：據裴濟傳，濟歿，三子德谷、德基、德豐「並優進秩」。

〔八〕孫錫：字昌齡。天聖進士。嘗爲開封府推官，歷知太平州、宣州、舒州，官至尚書度支郎中。生平見王安石宋尚書司封郎中孫公墓誌銘。王益柔：字勝之，王曙子，用蔭至殿中丞。以范仲淹薦，爲集賢校理。預蘇舜欽奏邸會，醉作傲歌，黜監復州酒。還開封府推官、鹽鐵判官，出爲兩浙、京東西轉運使。後遷龍圖閣直學士，知蔡揚亳州、江寧應天府，卒。宋史有傳。

〔九〕「裴始」二句：唐裴耀卿爲絳州人。

〔一〇〕「偉歟」二句：裴耀卿卒謚文獻，其八世孫爲裴濟。

〔一一〕「守節」四句：言裴濟爲國捐軀。

居士集卷三十

墓誌四首

翰林侍讀學士右諫議大夫贈工部侍郎張公墓誌銘并序〔一〕

翰林侍讀學士、朝散大夫、右諫議大夫、上柱國、清河縣伯張公諱錫，字既之。其先京兆長安人也。其祖山甫從唐僖宗入蜀〔二〕，留不返，蜀遭王、孟再亂〔三〕，絶於中國。中國更五代，天下爲宋而蜀平，張氏留蜀，蓋亦已五世矣，始得去爲漢陽人。又二世，而張氏遂以大顯。

公爲人清方敏默，爲善不倦〔四〕，而喜自晦斂，若不欲人知，其遇人怡怡，若無所不可。及視其發施於事者，其義有可畏，其守有不可奪，其能有不可及，既已，則若未嘗有所爲者。少喜讀書，至其疾革，猶不釋手，自經、史、子、集、百家之説，無不記覽通達，而絶口不道於人。故其晚始侍讀於中㈠。上嘗歎曰：「自吾得張錫，日益有所聞。」以飛白爲「博學」二字賜之，曰：「錫老矣，恨得之晚也〔五〕。」

公初舉進士，中大中祥符元年甲科，試秘書省校書郎，知南昌縣。遷萍鄉令，改著作佐郎，又知安遠縣。徙知新州，興學校以教新人，新人有進士㈡，自公始。再遷太常博士、監染院。詔選能吏治畿縣，公以選知東明。前爲令者，闔門重簾，以壅隔廢治。公至，則闢門去簾，告其人曰：「吾所治者三而已：彊恃力、富恃資、刑恃贖者，吾所先也。」其人以謂公言簡必信，法簡必嚴，於是豪勢者屈而善弱者伸，縣以大治。工部侍郎李及薦公材堪御史〔六〕，上曰：「李及清慎人，未嘗妄有所舉，此可信也。」乃以爲監察御史㈢。故相丁謂貶崖州〔七〕，至是，議徙内地。公疏言：「謂姦邪弄國，罪當死，無可憐，且大臣竄逐，本與天下棄之，今復内還，是違天下意。」由是止，徙道州。玉清昭應宮災，坐火事劾當死者百餘人，公疏言：「天災可畏，不可反以罪人而重天怒，願益修德以塞譴。」人乃獲免〔八〕。

公於御史，自監察歷殿中侍御史、侍御史知雜事。於尚書，爲員外郎、郎中，累官至諫議大夫。於外，爲荆湖北路、京東、河北轉運使，江淮、兩浙、荆湖發運制置使㈣，利夔路安撫使，知河中府、滑州。於三司，爲鹽鐵判官、判勾院，歷鹽鐵、度知、户部副使。又嘗權知諫院，判三班審官院、太常寺、國子監。於侍從，爲天章閣待制、龍圖閣直學士、翰林侍讀學士。雖其自晦㊄，其所居，人皆以爲宜。其在京東，籍淄、青、齊、濮、濟、鄆六州之人冒耕河壖地，收租緡絹歲二十八萬，而六州之民爭訟遂息。其後言利者，請税天下橋渡以佐軍，公建言津梁利人而反税之以爲害，卒爭罷之。平居退讓，未嘗肯爲人先。妖賊王則反貝州〔九〕，兵圍久不克，而自河以北，軍餉調發益急，轉運使受命者以疾留不行。公自滑州權河北轉運使，命至，即日馳城下，軍須皆如其期。其於取舍緩急常如此。

公居家有常法，雖貴顯，衣服飲食如少賤時。事母至孝。與族兄甚相友愛，人以爲同産。平生所爲文章，有集十卷㊅。

公以皇祐元年七月十日遇疾，卒於京師，享年六十有八。上聞震悼，以白金三百兩賜其家，特贈工部侍郎㊆。曾祖諱惟序，不仕。祖諱文翼，復州録事參軍，贈太子中舍。父諱龜從，贈右諫議大夫。母南陽郡太君鄧氏。自皇祖中舍君家於漢陽，遂葬之。至公，始葬汝州之襄城某鄉某原㊇，實五年閏七月十七日也。

公初娶程氏；再娶孫氏，封樂安郡君，先公五十日而卒。公子五人：曰子駿、子充、子雲、子諒、子真，子真、子充㊈，皆早卒。於公之葬也㊉，子駿子雲皆爲大理評事，子諒大理寺丞。有孫十人。女三人，長適虞部員外郎杜樞〔一〇〕，次早卒，幼適大理寺丞王綷。銘曰：

自足乎其中，不求乎其外，斯惟公之善晦。仁能勇於必爲，善有應而無遠，故公晦其終顯。難於自進，以晚見嗟，而壽胡不俾其遐？嗚呼，其奈何！

【校記】

㈠其：原校：一無此字。　㈡人：卷後原校：一作「之」。　㈢乃以爲：卷後原校：一作「乃以公爲」。　㈣淮：原校：一作「南」字。　㈤雖其：原校：一作「其雖」。　㈥「平生」二句：原缺，而爲「同産」下校語，據補。　㈦「工部」上：卷後原校：一有「尚書」字。　㈧某鄉某原：原校：一作「彰孝鄉保豐原」。　㈨子雲：原校：一作「子瑾」，下同。　㈩葬：原校：一作「終」。

【箋注】

〔一〕如題下注，皇祐五年（一〇五三）作。墓主張錫葬於是年閏七月，文當作於此前。張錫，宋史有傳。

〔二〕山甫：張錫曾祖。見宋史張錫傳。

〔三〕王、孟再亂：指王建、孟知祥兩次動亂割據。

〔四〕「公爲人」二句：張錫傳：「錫淳重清約，雖貴，奉養如少賤時。讀書老而彌篤。初舉廣文館進士，考官任隨以爲第一，及隨死，無子，錫屢賙其家。」

〔五〕「故其」八句：長編卷一六七皇祐元年七月：「翰林侍讀學士、右諫議大夫張錫嘗講書禁中，上歎其博學，飛白書『博學』二字賜之，因問治道，錫對曰：『節嗜欲者治身之本，審刑罰者治國之本。』時貴妃方寵幸，故錫以此諷。上改容曰：『卿言甚嘉，朕恨用卿晚也。』」

〔六〕李及：見本集卷二二太尉文正王公神道碑銘箋注〔二五〕。

〔七〕丁謂：見本集卷二二觀文殿大學士行兵部尚書西京留守贈司空兼侍中晏公神道碑銘箋注〔一二〕。

〔八〕「玉清昭應宫」七句：長編卷一〇八載天聖七年六月「丁未，大雷雨，玉清昭應宫災。宫凡三千六百一十楹，獨長生崇壽殿存焉」。又載七月乙丑「翰林學士兼侍讀學士、中書舍人、同修國史宋綬落學士。綬領玉清昭應宮判官而宮災，故責之……初太后怒守衛者不謹，悉下御史獄，欲誅之……監察御史張錫言：『若反以罪人，恐重貽天怒。』言者既衆，上及太后皆感悟，遂薄守衛者罪」。

〔九〕王則：涿州人。投宣毅軍，爲小校，信奉彌勒教。慶曆七年十一月，擬聯合德、齊等州教徒，於次年起義。事泄，提前於冬至日在貝州發動兵變，被推爲東平王。次年，明鎬、文彦博率大軍圍攻，隧地破城，王則被俘而死。見長編卷一六一、一六二。

〔一〇〕杜樞：杜杞弟。事迹附宋史杜杞傳。

【集評】

〔明〕茅坤：通篇以晦爲案。（歐陽文忠公文鈔評語卷二六）

〔清〕儲欣：修潔。（六一居士全集録評語卷三）

兵部員外郎天章閣待制杜公墓誌銘〔一〕

慶曆三年，盜起京西，掠商、鄧、均、房，叛兵燒光化軍，逐守吏，吏不能捕。天子患之，問宰相誰可任者〔二〕，宰相言度支判官、尚書虞部員外郎杜某，名家子，學通知古今㊀，宜可用，乃以君爲京西轉運按察使〔三〕。居數月，賊平，叛兵誅死〔四〕。

明年，廣西歐希範誘白崖山蠻蒙趕襲破環州，陷鎮寧、帶溪、普義，有衆數千〔五〕，以攻桂管。宰相又言前時杜某守横州，言蠻事可聽，宜知蠻利害。天子驛召君，見便殿，所對合意，即除君刑部員外郎、直集賢院、廣南西路轉運按察安撫等使〔六〕。君至宜州，得州人吴香及獄囚歐世宏，脱其械，使入賊峒，説其酋豪，君乘其怠急擊之，破其五峒，斬首數百級。復取環州，因盡焚其山林積聚〔七〕，希範窮迫，走荔波洞，蒙趕率僞將相數十人以其衆降。君與將佐謀曰：「夫蠻，習險恃阻，如捕猩猱，而吾兵以苦暑難久，是進退、遲速皆不可爲，故常務捐厚利以招之。蓋威不足以制，則恩不能以懷，此其所以數叛也。今吾兵雖幸勝，然蠻特敗而來耳，豈真降者邪？啖之以利，後必復動。」乃慨然歎曰：「蠻知利而不知威久矣，吾將先威而後信，庶幾信可立也㊁。」乃擊牛爲酒，大會環州，戮其坐中者六百餘人㊂，而釋其尫病、脅從與其非因敗而降者百餘人。後三日，兵破荔波，擒希範至，并戮而醢之，以醢賜諸溪峒〔八〕。於是叛蠻無噍類，而君威震南海。言事者論君殺降，爲國失信於蠻貊〔九〕，天子置之不問，詔書諭君，賜以金帛，君即上書引咎。

六年，徙爲兩浙轉運使。築錢塘堤，自官浦至沙陘，以除海患。明年，又徙河北轉運使。召見，奏事移刻，天子益知其材，賜金紫服以遣之。是歲夏，拜天章閣待制，充環慶路兵馬都部署、經略安撫使、知慶州。君言：「殺降，臣也，宜得罪。將吏惟臣所使，其勞未録，不敢先受命。」天子爲君悉録將吏，賞之，乃受命。自元昊稱臣聽誓〔一〇〕，而數犯約抄邊㊃，邊吏避生事，縱不敢爭。君始至，其酋孟香率千餘人内附，事聞，詔君如約。君言如約當還，而孟香得罪夏人，勢無還理，遣之必反爲邊患。議未決，夏人以兵入界，求孟香，孟香散走自匿。夏兵驅殺邊户，掠奪羊馬〔五〕，而求孟香益急。朝議責君亟索而還之，君言夏人違誓舉兵，孟香不可與。因移檄夏人，不償所掠，則孟香不可得。夏人不肯償所掠，君亦不與孟香，夏人後亦不復敢動。君治邊二歲，有威愛。

皇祐二年五月甲子，疾卒於官，享年四十有六。天子震悼，賻恤其家，以其子炤爲秘書省校書郎〔六〕。

君以蔭補將作監主簿，累官至尚書兵部員外郎，階朝奉郎，勳護軍。嘗以太子中舍知建陽縣〔七〕，除民無名租，歲以萬計。閩俗貪嗇，有老而生子者，父兄多不舉，曰：「是將分吾貲。」君上書請立伍保，俾民相察，置之法，由是生子得免。閩人久之以君爲德，多以君姓字名其子，曰：「生汝者杜君也。」

君諱杞，字偉長，世爲金陵人。其曾伯祖昌業〔一一〕，仕江南李氏，爲江州節度使。江南國滅，杜氏北遷，今爲開封府開封人也。曾祖諱某，贈給事中。祖諱鎬〔一二〕，官至龍圖閣學士、尚書禮部侍郎。父諱某〔一三〕，贈尚書工部侍郎。君初娶蔣氏，封某縣君；後娶徐氏，封東海縣君。女六人，其二適人，四尚幼。子男一人，炤也。

杜氏自君皇祖侍郎，以博學爲世儒宗〔一四〕，故其子孫皆守儒學而多聞人。君尤博覽强記，其爲文章多論當世利害，甚辯，有文集十卷、奏議集十二卷。其居官以精敏明幹，所至有聲。君學問之餘，兼喜陰陽數術之説，常自推其數曰：「吾年四十六死矣㈧。」其親戚朋友莫不聞其説，至其歲，果然。嗚呼！可謂異矣。所謂命者，果有數邪？其果可以自知邪？皇祐六年某月日，其兄駕部員外郎植與其孤葬君于某縣某鄉某原〔一五〕。銘曰：

其敏以達，其果以決。其守不奪，其摧不折。其終一節，兹謂不没。

【校記】

㈠「學」上：原校：一有「好」字。　㈡也：原校：一無此字。　㈢其：原校：一作「之」。　㈣抄：原校：一作「撓」。　㈤羊：原校：一作「牛」。　㈥「秘書省校書郎」上：原校：一有「守」字。　㈦知建陽縣：原卷後云：「『知建安縣』，建本、吉本同，而蜀本、衢本作『建昌』，羅氏本作『建陽』。朝佐按：仁宗實録杜杞傳作『建陽』，今從之。」　㈧四十六：卷後原校：一作「四十有六」。

【箋注】

〔一〕如題下注，至和元年（一〇五四）作。文稱杜杞葬於皇祐六年，是年三月改元至和，文當作於三月前。王元啓云：「篇中只稱杜君，標題『公』字亦當作『君』。」（讀歐記疑卷一）臨川集卷八五有祭杜慶州杞文。杜杞，宋史有傳。

〔二〕「慶曆」八句：慶曆三年，張海與郭邈山等率饑民千餘人在商山起義，後轉戰襄、鄧、唐、汝等十餘州。長編卷一四二慶曆三年八月：「辛酉，詔陝西比有賊張海、郭邈山羣行剽劫，州縣不能制，其令左班殿直曹元喆、張宏、三班借職黎遂領禁兵往捕之。」卷一四三慶曆三年九月：「羣盜張海等方熾，庚午，以監察御史蔡稟爲京西安撫往督捕之。」又，卷一四四有同年十月張海等至光化軍，動亂中居民遭焚掠的記載。是年，宰相爲章得象、吕夷簡、晏殊。據宋史宰輔表，三月戊子，呂夷簡自司空、平章軍國重事以疾授司徒、監修國史與議軍國大事，四月甲子又罷與議軍國大事，九月戊辰以太尉致仕，則宰相實爲章得象、晏殊。

〔三〕「乃以」句：長編卷一四四慶曆三年十月：「癸卯，以權發遣度支判官、虞部員外郎杜杞爲京西轉運按察使兼體量安撫，執政言其才可使督治盜賊也。」

〔四〕「居數月」三句：長編卷一四五慶曆三年十二月有「張海等相繼殲屻，擒捕餘黨殆盡，關輔遂安堵矣」的記載。

〔五〕「明年」四句：長編卷一四六慶曆四年：「蠻區希範者，思恩人也。狡黠，頗知書……率其族人及白崖山酋蒙趕、荔波洞蠻謀爲亂……正月甲子，率衆五百破環州，劫州印，焚其積聚，以環州爲武城軍；又破帶溪寨，下鎮寧州及普義寨，有衆一千五百。」

〔六〕「天子」四句：長編卷一四八慶曆四年四月：「丁酉，京西轉運按察使、虞部員外郎杜杞爲刑部員外郎、直集賢院、廣南西路轉運按察使兼安撫使。寶元初，朝廷出兵討安化叛蠻，杞時知横州，言：『嶺南諸郡無城郭，甲兵之備，牧守非才。横爲邕、欽、廉三郡咽喉，地勢阻險，可以屯兵，應援三郡。賊或奔衝，足爲控扼。邕管内制廣源，外控交趾，願擇文臣達權變、練嶺外事者，以爲牧守，使經制邊事。』於是執政請用杞平區希範，乃自京西召見，遷秩而遣之。」

〔七〕「君至」十句：長編卷一五五慶曆五年三月：「甲子，廣西轉運使杜杞言宜州蠻賊平。杞初行至真州，先遣急遞以檄諭蠻賊，聽其自新，比至宜州，蠻無至者。杞得州校吴香及獄囚區世宏，脱其械，與衣帶，使入峒説諭，不聽。乃勒兵攻破白崖、黄泥、九居山寨及五峒，焚毁積聚，斬首百餘級，復環州。」

〔八〕「乃擊牛」九句：宋史蠻夷傳三：「轉運使杜杞大引兵至環州，使攝官區曄、進士曾子華、宜州校吴香誘趕等出降，殺馬牛具酒，紿與之盟，置曼陁羅花酒中，飲者皆昏醉，稍呼起問勞，至則推仆後廡下。比暮，衆始覺，驚走，而門有守兵不得出，悉擒之。後數日，又得希範等，凡獲二百餘人，誅七十八人，餘皆配徙。仍醢希範，賜諸溪峒，繢其五藏爲圖，傳於世，餘黨悉平。」

〔九〕「言事」二句：宋史杜杞傳：「御史梅摯劾杞殺降失信，詔戒諭之。」

〔一〇〕元昊稱臣聽誓：事在慶曆三年，見長編卷一三九。

〔一一〕昌業：宋史杜鎬傳：「父昌業，南唐虞部員外郎。」據此，昌業當爲杜杞曾祖，而非曾伯祖，與本文異。宋史恐有誤。

〔一二〕鎬：杜鎬，字文周。南唐時舉明經，爲集賢校理。入宋，爲國子監丞、崇文院檢討，累遷至龍圖閣學士、禮部侍郎。詳見宋史本傳。

〔一三〕父諱某：宋史杜鎬傳稱鎬卒，「録其子渥爲大理寺丞及三孫官」。據此，以鎬爲杞之祖，渥當爲杞之父。

〔一四〕「以博學」句：杜鎬傳：「鎬博聞强記，凡所檢閲，必戒書吏云：『某事，某書在某卷，幾行。』覆之，一無差誤。每得異書，多召問之，鎬手疏本末以聞，顧遇甚厚。士大夫有所著撰，多訪以古事，雖晚輩、卑品請益，應答無倦。年踰五十，猶日治經史數十卷，或寓直館中，四鼓則起誦春秋。」

〔一五〕其兄：杜杞傳：「兄植，以文雅知名，累任監司，終少府監。」

【集評】

〔明〕茅坤：崛。杜公以兵略顯，故誌中獨詳，而少所歷它官皆略矣。（歐陽文忠公文鈔評語卷二七）

尚書比部員外郎陳君墓誌銘〔一〕

故尚書比部員外郎陳君，卜以至和二年正月某日，葬于京兆府萬年縣洪固鄉神禾原。其素所知秘書丞李詡與其孤安期〔二〕，謀將乞銘於廬陵歐陽修。安期曰「吾不敢」，詡曰「我能得之」，乃相與具書、幣，遣君之客賈繹〔三〕，自長安走京師以請。蓋君以至和元年五月某日卒于長安，享年四十有六，其仕未達，而所爲未有大見于時也。然詡節義可信之士，以詡能報君，而君能知詡，則君之爲人可知也已。

君諱漢卿，字師黯，世居閬中。其先博州人，因事僞蜀爲縣令，遂留家焉〔四〕，其曾叔祖省華〔五〕，官至諫議大夫，生堯叟、堯佐、堯咨，先後爲將相〔六〕。而君自曾祖而下，三世不顯。曾祖諱省恭，不仕。祖諱堯封〔七〕，舉進士，爲虢縣主簿。王均亂蜀〔八〕，詣闕上書，獻破賊策，不報，遂退老于嵩山。父諱淵，亦舉進士，官至大理寺丞，與其兄漸所謂金龜子者〔九〕，皆以文學知名。

君生一歲而孤。年十三，與其母入蜀，過鳳翔，謁其府尹，而吏少君，不爲之通。君直入，伏庭下，曰：「陳某請見。」因責尹慢士，戒吏不謹。尹慚，笞吏以謝君。

君用叔祖堯咨蔭補將作監主簿，累遷大理寺丞、監沙苑監、權知渭南縣。民有兄弟爭田者，吏常直其兄，而弟訟不已。君爲往視其田，辨其券書，而以田與弟。其兄謝曰：「我悔欲歸弟以田者數矣，直懼笞而不敢耳。」弟曰：「我田故多，然恥以不直訟兄，今我直矣，願以田與兄。」兄弟相持慟哭，拜而去。由是縣民有事，多相持詣君，得一言以決曲直。又知登封縣，縣有惡盜十人，已謀未發，而尉方以事出，君募少年，選手力，夜往捕，獲之。明日召尉歸，以賊與之，曰：「得是，可以論賞。」賞未及下而尉卒。尉，河南儒者魏景山也〔一〇〕，老而且貧，君爲主其喪事，買田宅於汝州，以活其妻子。通判嘉州，治田訟三十年不決者，一日決之。秩滿，嘉人詣轉運使，乞留不得。時文丞相守成都〔一一〕，薦其材，而薦者十有五人。通判河中府，府有妖獄二百餘人，君方以公事之他州，提點刑獄司疑獄有寃，召君還視之，獨留其一人，餘皆釋之。累遷尚書虞部員外郎，天子享明堂，推恩，遂遷比部。通判寧州，決疑獄，活一家五人。

君好學，重氣節，嘗有負其錢數千萬，輒毁其券棄之。與人交，久而益篤。喜爲歌詩，至於射藝、書法、醫藥，皆精妙。尤好古書、奇畫，每傾貲購之，嘗自爲録，藏於家〔二〕。其材能好尚。皆可嘉也。母曰仁壽縣太君王氏。初娶王氏，生一子，安期也〔三〕。後娶又曰王氏。銘曰：

在蜀僞時，處昏不迷，惟陳最微。蜀亡而東，高明顯融，莫如陳宗。惟陳有聲，自其高曾，君世不興。惟興與伏，有俟而畜，其周必復。實始自君，昌其子孫，考銘有文。

【箋注】

〔一〕 如題下注，至和二年（一〇五五）作。墓主陳漢卿葬於是年正月，文當作於葬前。大清一統志卷一七九：「陳漢卿墓在咸寧縣南鴻固鄉神禾原。」

〔二〕 李詡：生平不詳。文稱詡「節義可信之士」，本集卷四七有答李詡第一書、第二書，或即其人。安期：漢卿子，生平不詳。

〔三〕 賈繹：生平不詳。

〔四〕 「其先」三句：本集卷二〇太子太師致仕贈司空兼侍中文惠陳公神道碑銘：「自公五世以上，爲博州人。

皇高祖翔，當五代時，爲王建掌書記。建欲帝蜀，以逆順禍福譬之，不聽，棄官於閬州之西水，遂爲西水人。」宋史陳堯佐傳：「高祖翔，爲蜀新井令，因家焉，遂爲閬中人。」

〔五〕省華：陳省華，字善則，爲後蜀西水尉。入宋，授隴城主簿，累遷至權知開封府，轉光禄卿，拜左諫議大夫，卒贈太子太師。見陳堯佐傳。

〔六〕「生堯叟」二句：堯叟、堯咨均舉進士第一。堯叟字唐夫，官至同平章事；堯咨字嘉謨，官至節度使；堯佐字希元，生平詳見文惠陳公神道碑銘。三人宋史皆有傳。

〔七〕堯封：宋史陳漸傳：「（堯佐）從子漸，字鴻漸，少以文學知名於蜀。淳化中，與其父堯封皆以進士試廷中，太宗擢漸第，輒辭不就，願擢其父，許之。」

〔八〕王均亂蜀：王均任神衛都虞侯於益州，咸平三年，部卒趙延順殺鈐轄符昭壽，逐知州牛冕，擁王均爲帥，建號大蜀，攻略漢州等地。宋將雷有終率兵鎮壓，王均兵敗自殺。事見長編卷四六、四七。

〔九〕金龜子：陳漸傳：「時學者罕通揚雄太玄經，漸獨好之，著書十五篇，號演玄……有文集十五卷，自號金龜子。」

〔一〇〕魏景山：生平不詳。

〔一一〕文丞相：文彦博，字寬夫，汾州介休人。天聖進士。歷仕四朝，爲將相五十年。宋史有傳。其知成都府在慶曆四年十一月至七年三月。

〔一二〕「尤好」四句：蘇軾詩集卷一六有詩題曰：「僕曩於長安陳漢卿家，見吴道子畫佛……」李復潏水集卷七題張元禮所藏楊契丹吴道玄畫：「此畫乃朝元圖草木爾，昔年於長安陳漢卿比部家亦見有吴生親畫朝元本。」

【集評】

〔明〕茅坤：誌錯落可誦。（歐陽文忠公文鈔評語卷二七）

〔清〕王元啓：從君能知詡起案，壁壘一新，惜篇末竟不一語迴顧……敘爭田一段，文特濃至。（讀歐記疑卷一）

鎮安軍節度使同中書門下平章事贈中書令謚文簡程公墓誌銘〔一〕

嘉祐元年閏三月己丑，鎮安軍節度使、檢校太師、同中書門下平章事、使持節陳州諸軍事、陳州刺史程公薨於位，以聞，詔輟視朝二日，贈公中書令〔二〕。於是其孤嗣隆以狀上，考功移於太常，而博士起曰「法宜謚」。乃謚曰文簡。明年十月十八日，葬公於河南伊闕之某鄉某原㊀。其孤又以請於太史，而史臣修曰「禮宜銘」，乃考次公之世族、官封、爵號、卒葬時日，與其始終之大節，合而誌於其墓，且銘之曰：

惟程氏遠有世序，自重黎以來，其後居中山者，出於魏安鄉侯昱之後。公諱琳，字天球，中山博野人也。曾祖贈太師諱新，曾祖妣吴國夫人齊氏。祖贈太師、中書令諱贊明，祖妣秦國夫人吴氏。考袁州宜春令、贈太師、中書令兼尚書令㊁、冀國公諱元白，妣晉國夫人楚氏。

公以大中祥符四年舉服勤辭學高第，爲泰寧軍節度掌書記㊂，改著作佐郎、知壽陽縣，秘書丞、監左藏庫。天僖中，詔舉辭學履行，召試，直集賢院。今天子即位〔三〕，遷太常博士、三司户部判官。是時，契丹所遣使者數出不遜語生事，而主者應對多失辭，上患之。已而契丹來賀即位，乃選公爲接伴使，而契丹使者言太后當遣使通書，公遽以禮折之，乃已。史官修真宗實録，而起居注闕，命公修大中祥符八年以後起居注㈣，遂修起居注。遷祠部員外郎、提舉在京諸司庫務，以本官知制誥、同判吏部流内銓。天聖五年，館伴契丹賀乾元節使。使者言中國使至契丹，坐殿上，位次高；而契丹使來，坐次下，當陛，語甚切不已。而上與大臣皆以爲小故不足爭，將許之。公以謂許其小必啓其大，力爭以爲不可，遂止。河決滑州，初議者言可塞，役既作，而後議者以爲不可，乃命公往視之，公言可塞，遂塞之。歲中，遷右諫議大夫、權御史中丞。

明年，拜樞密直學士、知益州。蜀人輕而喜亂，公常先制於無事，至其臨時，如不用意，而略其細，治其大且甚者不過一二，而蜀人安之，自僚吏皆不能窺其所爲。正月，俗放燈，吏民夜會聚，遨嬉盛天下。公先戒吏爲火備，有失火者，使隨救之，勿白以動衆。既而大宴五門，城中火，吏救止，卒宴，民皆不知。蓋其他設施多類此。軍士見監軍，告其軍有變㈤，監軍入白，公笑遣之，惶恐不敢去，公曰：「軍中動静，吾自知之，苟有謀者，不待告也，可使告者來。」監軍去而告者卒不敢來，公亦不問，遂止。蜀州妖人有自號李冰神子者，署官屬吏卒，聚徒百餘人，公命捕置之法，而讒之朝者言公妄殺人，蜀人恐且亂矣。上遣中貴人馳視之，使者入其境，居人、行旅爭道公善。使者問殺妖人事，其父老皆曰：「殺一人可使蜀數十年無事。」使者問其故，對曰：「前亂蜀者，非有智謀豪傑之才，乃里閭無賴小人爾，惟不制其始，遂至於亂也。」使者視蜀既無事，又得父老語，還白，於是上益以公爲能。遷給事中、知開封府。

禁中大火，延兩宮，宦者治獄，得縫人火斗，已誣伏而下府，命公具獄。公立辨其非，禁中不得入，乃命工圖火所經，而後宮人多，所居隘，其烓竈近版壁，歲久燥而焚，曰：「此豈一日火哉？」乃建言此殆天災也，不宜以罪人。上爲緩其獄，故卒得無死者〔四〕。公在府決事神速，一歲中獄常空者四五。遷工部侍郎、龍圖閣直學士、守御史中丞。是歲，以翰林侍讀學士復知開封府。明年，爲三司使，治財賦，知本末，出入有節，雖一金不可妄取㈥。累遷吏部侍郎。景祐四年，以本官參知政事。司天言日食明年正旦，請移閏月以避之。公以謂天有所譴，非移閏可免，惟修德政而已，乃止。范仲淹以言事忤大臣，貶饒州。已而上悔悟，欲復用之，稍徙知潤州，而惡仲淹者復誣以事。語入，上怒，亟命置之嶺南。自仲淹貶而朋黨之論起，朝士牽連出語及仲淹㈦，皆指爲黨人。公獨爲上開説，明其誣枉，上意解而後已。

公爲人剛決明敏，多識故事，議論慨然。及知政事，益奮勵，無所回避。宰相有所欲私，輒以語折之，至今人往往能道其語。而小人僥倖多不得志，遂共以事中之，坐貶光禄卿、知潁州。已而上思之，徙知青州，又徙大名府。居一歲間，遷户部、吏部二侍郎，尚書左丞、資政殿學士。北京建，與宦者皇甫繼明爭治行宫事，章交上，上遣一御史視其曲直。御史直公，遂罷繼明。是時，繼明方信用，其勢傾動中外，自朝廷大臣，莫不屈意下之。而公被中傷，方起未復，而獨與之爭，雖小故，不少假也。故議者不以公所直爲難，而以能不爲繼明屈爲難也。遷工部尚書、資政殿大學士、河北安撫使。

慶曆六年，拜武昌軍節度使、陝西安撫使、知永興軍府事。明年，加宣徽北院使、判延州。夏人以兵三萬臨界上，前三日，公諜知其來，戒諸堡寨按兵閉壁。虜至，以爲有備，引去。訖公去，不復窺邊。趙元昊死，子諒祚立，方幼，三大將共治其國，言事者謂可除其諸將，皆以爲節度使，使各有其所部，以分弱其勢，可遂無西患。事下公，公以謂幸人之喪，非所以示大信撫夷狄，而諒祚雖幼，君臣和，三將無異志。雖欲有爲，必無功而反生事，不如因而撫之，上以爲然〔五〕。皇祐元年，加同中書門下平章事，復判大名府，兼北京留守。自元昊反河西，契丹亦犯約求地，二邊兵興，連歲不解。而公方入與謀議，更守西北二方，尤知夷狄虛實情僞、山川要害，所以行師制勝、營陣出入之法，於河北尤詳。其奏議頗多，雖不能盡用，其指畫規爲之際，有可喜也。再居大名，前後十年，威惠信於其人，人爲立生祠〔六〕。

公自罷政事，益不妄與人合，亦卒不復用。既徙鎮安，居三歲，上書曰：「臣雖老，尚能爲國守邊。」未報，而得疾，享年六十有九。

公累階開府儀同三司，勳上柱國，開國廣平郡爵公，食户七千四百，而實封二千一百，賜號推誠保德守正翊戴功臣。娶陳氏，封衛國夫人。子男四人：曰嗣隆，太常博士；嗣弼，殿中丞；嗣恭，太常博士；嗣先，大理寺丞。女五人：長適職方員外郎榮諲〔七〕，次適秘書丞韓縝〔八〕，次適都官員外郎晁仲約㈧〔九〕，次適大理寺丞吴得，次適將作監主簿王偁。孫三人：長曰伯孫，次曰公孫，皆太常寺太祝；次曰昌孫，守秘書郎㈨。有文集、奏議六十卷。

公平生寡言笑，慎於知人，既已知之，久而益篤。喜飲酒引滿，然人罕得其歡〔一〇〕。而與余尤相好也。銘曰：

君子之守，志於不奪。不學而剛，有摧必折。毅毅程公，其剛不屈。公在政事，有謇其言。直雖不容，志豈不完。謂公不顯，公位將相。豈無謀謨，胡不以訪？老於輔藩㈩，白首猶壯。公雖在外，邦國之光。奄其不存，士夫曷望？吉卜之從，兆此新岡。惟其休聲，逾遠彌長⑪。

【校記】

㊀某鄉某原：原校：一作「神陰鄉張留里」。　㊁兼：原缺，而於「中書令」下校云：「一有『兼』字。」據補。㊂掌書記：原校：一作「推官」。　㊃八年以後起居注：卷後原校：此下一有「二十卷」三字。　㊄告其軍：卷後原校：一作「告某軍」。　㊅可：原校：一作「敢」。　㊆「出語」上：原校：一有「一」字。　㊇約：原校：一作「綽」。　㊈秘：原校：一作「校」。　㊉輔藩：原校：一作「藩輔」。　⑪逾：原校：一作「愈」。

【箋注】

〔一〕 如題下注，嘉祐二年（一〇五七）作。程琳葬於是年十月，文當作於此前。贈太師中書令程公神道碑銘，已見本集卷二一。本文內容與之相同者，可參閱該篇箋注。

〔二〕 贈公中書令：長編卷一八二嘉祐元年閏三月：「鎮安軍節度使、同平章事程琳既歸本鎮，上書言臣雖老，尚能爲國守邊。未報，得疾。遽卒。丁酉，贈中書令，謚文簡。」

〔三〕 今天子：指仁宗。

〔四〕 「禁中」十九句：長編卷一一一明道元年八月有關於此事的記載。

〔五〕 「趙元昊」十九句：長編卷一六四慶曆八年四月：「己巳朔，封曩霄子諒祚爲夏國主……諒祚生甫三月，諸將未和，議者謂可因此時皆以節度使命諸將，使各統所部，以分弱其勢，冀絶後患。判延州程琳言，幸人之喪，非所以示外國，不如因而撫之。或請乘隙舉兵，知慶州孫沔亦言伐喪非中國體。上納其言，遂趣有司行册禮。」

〔六〕 「再居」四句：宋史程琳傳：「拜同中書門下平章事、判大名府。琳持重不擾，前後守魏十年，度要害，繕壁壘，增守禦備。植雜木數萬，曰：『異時樓櫓之具，可不出於民矣。』人愛之，爲立生祠。」

〔七〕 榮諲：字仲思，濟州任城人。以集賢殿修撰知洪州，累官秘書監。宋史有傳。

〔八〕 韓縝：字玉汝，韓億子。哲宗時，拜尚書右僕射，兼中書侍郎。琬琰集删存卷三有韓太保縝傳，宋史亦有傳。

〔九〕 晁仲約：嘗爲高郵知軍。王倫起事，過淮南，仲約度不能禦，諭富民出金帛，具牛酒，往迎之。歐奏議集卷六論江淮官吏劄子，謂「晁仲約等乞重行朝典，乞不寬恕」。

〔一〇〕「喜飲酒」二句：彭乘墨客揮犀卷八：「程丞相性嚴毅，無所推下。出鎮大名，每晨起，據案決事，左右皆惴恐，無敢喘息。及開宴，召僚佐飲酒，則笑歌歡譃，釋然無間。於是人畏其剛果，而樂其曠達。」

【集評】

〔明〕歸有光：墓誌與碑銘，其書不書互見，而此尤覺整雅。（歐陽文忠公文選評語卷八）

〔明〕茅坤：叙事直而多大體。（歐陽文忠公文鈔評語卷二四）

〔清〕儲欣：序鎮蜀處尤核而健。（六一居士全集録評語卷三）

居士集卷三十一

墓誌五首

太子太師致仕杜祁公墓誌銘〔一〕

故太子太師致仕、祁國公、贈司徒兼侍中杜公諱衍，字世昌，越州山陰人也。其先本出於堯之後，歷三代，常爲諸侯。後徙其封于杜，而子孫散適他國者，以杜爲氏〔二〕。自杜赫爲秦將軍〔三〕，後三世，御史大夫周及其子建平侯延年仍顯於漢〔四〕。又九世，當陽侯預顯於晉〔五〕。又十有四世，岐國公佑顯於唐〔六〕。又九世而至于祁公。其爲家有法，其吉凶、祭祀、齋戒日時幣祝從事，一用其家書〔七〕。自唐滅，士喪其舊禮，而一切苟簡，獨杜氏守其家法，不遷於世俗。蓋自春秋諸侯之子孫，歷秦、漢千有餘歲，得不絶其世譜，而唐之盛時，公卿家法存於今者，惟杜氏。

公自曾、高以來，以恭儉孝謹稱鄉里。至公爲人，尤潔廉自剋〔一〕〔八〕。其爲大臣，事其上以不欺爲忠，推於人以行己取信〔九〕。故其動静纖悉，謹而有法。至考其大節，偉如也〔二〕〔一〇〕。

公享年八十，官至尚書左丞。方其六十有九，歲且盡，即上書告老，明年以太子少師致仕〔一一〕。累遷太子太保、太傅、太師，封祁國公於其家〔一二〕。天子祀明堂，遣使者召公陪祠，將有所問，以疾不至〔一三〕。而歲時存問、勞賜不絕。

公少舉進士高第，爲揚州觀察推官，知平遥縣，通判晉州，知乾州〔一四〕。遷河東、京西路提點刑獄，知揚州，河東、陝西路轉運使〔一五〕。入爲三司户部副使，拜天章閣待制，知荆南府。未行，以爲河北路都轉運使，遂知天雄軍〔一六〕。召爲御史中丞，判流内銓，知審官院〔一七〕，拜樞密直學士，知永興軍〔一八〕。徙知并州，遷龍圖閣學士〔一九〕，復知永興軍〔二〇〕，權知開封府〔二一〕。康定元年，以刑部侍郎同知樞密院事〔二二〕，即拜副使〔二三〕。慶曆三年，遷吏部侍郎、樞密使〔二四〕。明年，以本官同中書門下平章事〔二五〕。

公治吏事，如其爲人。其聽獄訟，雖明敏而審覈愈精，故屢決疑獄，人以爲神。其簿書出納，推析毫髮，終日無倦色，至爲條目，必使吏不得爲姦而已。及其施於民者，則簡而易行。始居平遥，嘗以吏事適他州，而縣民爭訟者皆不肯決，以待公歸。知乾州未滿歲，安撫使察其治行，以公權知鳳翔府〔二六〕。二邦之民爭於界上，一曰「此我公也，汝奪之」，一曰「今我公也，汝何有焉」。夏人初叛命〔二七〕，天下苦於兵，而自陝以西尤甚，吏緣侵漁，調發督迫，至民破産不能足，往往自經、投水以死。於是時，公在永興，語其人曰：「吾不能免汝，然可使汝不勞爾。」乃爲之區處計較，量物有無貴賤、道里遠近，寬其期會，使以次輸送〔三〕。由是物不踴貴，車牛芻秣，宿食來往如平時，而吏束手無所施，民比他州費省十六七。至於繕治城郭器械，民皆不知。開封治京師，常撓於權要，有干其法而能不爲之屈者，世皆以爲難，至公能使權要不敢有所干。凡其爲治，以聽斷盜訟爲能否爾，獨公始有餘力省其民事，如治他州，而畿赤諸縣之民皆被其惠。開封比比出能吏，而兼於民政者，惟公一人。

吏部審官，主天下吏員，而居職者類以不久遷去，故吏得爲姦。公始視銓事，一日，選者三人爭某闕，公以問吏，吏受丙賕，對曰：「當與甲。」乙不能爭，遂授他闕〔四〕。居數日，吏教丙訟甲負某事，不當得。公悟，召乙問之，乙謝曰：「業已得他闕，不願爭。」公不得已，與丙而笑曰：「此非吏罪，乃吾未知銓法爾。」因命諸曹各具格式科條以白，問曰：「盡乎？」曰：「盡矣。」明日，敕諸吏無得升堂，使坐曹聽行文書而已，由是吏不得與銓事，與有賢名，不久見用去矣，姑少待之。」

慶曆之初，上厭西兵之久出而民弊，亟用今丞相富公、樞密韓公及范文正公，而三人者遂欲盡革衆事以修紀綱㊄，而小人權倖皆不悦，獨公與相佐佑。而公尤抑絶僥倖，凡内降與恩澤者，一切不與〔二八〕，每積至十數，則連封而面還之，或詰責其人，至慚恨涕泣而去。上嘗謂諫官歐陽修曰：「外人知杜某封還内降邪？吾居禁中，有求恩澤者，每以杜某不可告之而止者，多於所封還也。其助我多矣，此外人及杜某皆不知也。」然公與三人者，卒皆以此罷去〔二九〕。

公多知本朝故實，善決大事。初邊將議欲大舉以擊夏人，雖韓公亦以爲可舉，公爭以爲不可。大臣至有欲以沮軍罪公者，然兵後果不得出〔三〇〕。契丹與夏人爭銀甕族，大戰黄河外，而雁門、麟、府皆警，范文正公安撫河東，欲以兵從。公以爲契丹必不來，兵不可妄出。范公怒，至以語侵公，公不爲恨。後契丹卒不來〔三一〕。一一公皆世俗指公與爲朋黨者，其論議之際蓋如此。及三人者將罷去，公獨以爲不可，遂亦罷㊅，以尚書左丞知兗州〔三二〕。歲餘，乃致仕〔三三〕。

公自布衣至爲相，衣服飲食無所加，雖妻子亦有常節〔三四〕。家故饒財，諸父分産，公以所得悉與昆弟之貧者。俸禄所入，分給宗族，賙人急難。至其歸老，無屋以居，寓於南京驛舍者久之〔三五〕。自少好學，工書畫〔三六〕，喜爲詩，讀書雖老不倦。推奬後進，今世知名士多出其門〔三七〕。居家見賓客，必問時事，聞有善，喜若已出；至有所不可，憂見於色。或夜不能寐，如任其責者〔三八〕。凡公所以行之終身者，有能履其一，君子以爲人之所難，而公自謂不足以名後世，遺戒子孫，無得紀述。嗚呼！豈所謂任重道遠，而爲善惟日不足者歟㊆！

曾祖太子少保諱某㊇，贈太師。祖鴻臚卿諱叔詹，追封吴國公。父尚書度支員外郎諱遂良，追封韓國公。皆贈太師、中書令兼尚書令。娶相里氏㊈〔三九〕，封晉國夫人。子男曰詵，大理評事；訢，太常博士；訥，將作監主簿；詒，秘書省正字。三子早卒。女，長適集賢校理蘇舜欽，次適秘閣校理李綖，次適單州團練推官張遵道。公以嘉祐二年二月五日卒于家。其子訢以其年十月十八日，葬公于應天府宋城縣之仁孝原。銘曰：

翼翼祁公，率履自躬。一其初終，惟德之恭。公在於位，士知貪廉。退老于家，四方之瞻。豈惟士夫，天子曰咨。爾曲爾直，繩之墨之。正爾方圓，有矩有規。人莫之踰，公無爾欺。予左予右，惟公是毗。公雖告休，受寵不已。宫臣國公，即命于第。奕奕明堂，萬邦從祀。豈無臣工，爲予執法。何以召之，惟公舊德。公不能來，予其往錫。君子愷悌，民之父母。公雖百齡，人以爲少。不俾黃耇，喪予元老。寵禄之隆，則有止期。惟其不已，既去而思。銘昭于遠，萬世之詒。

【校記】

㊀剋：原校：一作「刻」。　㊁「至考」二句：原校：一作「至考其始終之大節，雖古君子，有不能及也。其立於朝廷，天下國家以爲重。退而老也，久而天子益思之」。　㊂以次：原校：一作「得次第」。　㊃遂：原校：一作「乃」。　㊄遂：卷後原校：一作「乃」。　㊅遂：原校：一作「故」。　㊆日：原校：一無此字。　㊇保：原校：一作「師」。　㊈相里氏：原卷後編者云：「衢、閩、蜀本皆作『娶相里氏』，司馬公記聞亦然，惟羅氏并吉本以爲『李氏』。近歲吉州教授林仲熊遂入纂誤，非也。」

【箋注】

〔一〕　如題下注，嘉祐二年（一〇五七）作。是年二月，杜衍卒，歐有祭杜祁公文（見本集卷五〇）。書簡卷六是年所作與梅聖俞云：「兩日不出，方爲杜公作銘。」按：衍葬于十月，簡中有「漸涼」之語，知本文當作于秋季。外集卷一九與杜訢論祁公墓誌書云：「所要文字，終不曾得的實葬日，以謂卜日尚遠，遂未曾銓次，忽辱見索，亦莫知葬期遠近……如葬期逼，乞且令韓舍人將行狀添改作誌文。修雖遲緩，當自作文一編記述。平生知己，先相公最深，別無報答，只有文字是本職，固不辭，雖足下不見命，亦自當作……若葬期未有日，可待，即尤好也。然亦只月十日可了。」書簡卷五與王龍圖云：「杜公清節篤行，每恨文字不稱，不意勝之見愛如此。」

〔二〕　「其先」六句：元和姓纂卷六：「杜，祁姓，帝堯裔孫劉累之後。在周爲唐杜。成王滅唐，遷封於杜。杜爲宣王所滅，杜氏分散。」

〔三〕　杜赫：史記秦始皇本紀：「於是六國之士，有寧越、徐尚、蘇秦、杜赫之屬爲之謀。」司馬貞索隱引吕氏春秋：「杜赫以安天下説周昭文君。」高誘注：「杜赫，周人也。」

〔四〕周：杜周，西漢人，爲中丞十餘年，官至御史大夫。延年：杜周子，爲諫議大夫，告發上官桀逆謀，以功封建平侯，卒謚敬。杜周父子，漢書有傳。

〔五〕預：杜預，字元凱，京兆杜陵人。任晉鎮南大將軍，以滅吴功，封當陽侯。多謀略，人稱杜武庫。有春秋左氏經傳集解。晉書有傳。

〔六〕佑：杜佑，字君卿，京兆萬年人。貞元末，爲檢校司徒同平章事，後任度支鹽鐵使，封岐國公。著通典二百卷。兩唐書有傳。

〔七〕家書：指杜氏四時祭享禮，一卷。陳振孫直齋書録解題云：「丞相山陰杜衍世昌撰。」馬端臨文獻通考經籍考卷一五及宋史藝文志三亦著録，藝文志稱四時祭享儀。

〔八〕「至公」二句：孫升孫公談圃卷上：「杜祁公爲人清約，平生非賓客不食羊肉。時朝多恩賜，請求無不從。祁公尤抑倖，所請即封還。其有私謁，上必曰：『朕無不可，但這白鬚老子不肯。』」

〔九〕「事其上」二句：本集卷五〇祭杜祁公文：「進不知富貴之爲樂，退不忘天下以爲心。故行於己者老益篤，而信於人者久愈深。」

〔一〇〕「至考」二句：宋史杜衍傳：「論曰：李迪、王曾、張知白、杜衍，皆賢相也……知白、衍勁正清約，皆能靳惜名器，裁抑僥幸，凛然有大臣之概焉。」

〔一一〕「方其」四句：長編卷一六〇慶曆七年正月：「戊子，尚書左丞、知兖州杜衍爲太子太師，致仕。衍時年方七十，正旦日上表願還印綬。宰相賈昌朝素不喜衍，遽從其請。」

〔一二〕「累遷」二句：長編卷一六七皇祐元年七月：「(癸卯)太子少師致仕杜衍爲太子太保。」卷一七五皇祐五年八月：「壬子，太子太傅致仕杜衍爲太子太師、資政殿大學士。」杜衍傳：「又進太子太師。知制誥王洙謁告歸應天府，有詔撫問，封祁國公。」

〔一三〕「天子」四句：長編卷一六九皇祐二年九月：「丙申，詔太子太保致仕杜衍……陪祀明堂，令應天府以禮敦遣，仍於都亭驛、錫慶院優備供帳、几杖待其至。衍手疏以疾辭……遣中使齎賜醫藥。」文瑩湘山野録卷上：「皇祐中，明堂大享，時世室亞獻無宮僚，惟杜祁公衍以太子太師致仕南京，仁宗詔公歸以侍祠。公已老，手染一疏以求免。

但直致數句，更無表章鋪叙之飾，止以奇牒妙墨臨帖行書親寫陳奏：『臣衍向者甫及年期，還上印紱，天慈極深，曲循私欲。今犬馬之齒七十有三，外雖支持，中實衰弊。且明堂大享千載難逢，臣子豈不以捧璋侍祭爲榮遇，臣但恐顛倒失容，取戾非淺。伏望陛下察臣非矯，免預大禮，無任屏營。』」按：故篇末銘語有「公雖告休……予其往錫」一段贊語。

〔一四〕「公少」五句：杜衍傳：「衍總髮苦志厲操，尤篤於學。擢進士甲科，補揚州觀察推官，改秘書省著作佐郎、知平遥縣。使者薦之，通判晉州。詔舉良吏，擢知乾州。」

〔一五〕「遷河東」三句：杜衍傳：「以太常博士提點河東路刑獄，遷尚書祠部員外郎……徙京西路，又徙知揚州……徙河東轉運副使、陝西轉運使。」長編卷一〇六天聖六年二月：「辛未，以知揚州、祠部員外郎杜衍爲刑部員外郎。先是，衍提點河東路刑獄，寧化軍守將鞫人死罪不以實，衍復正之。守將不伏，訴於朝，詔爲置獄，果不當死。於是有司言法當賞衍，特遷之。」

〔一六〕「入爲」六句：杜衍傳：「召爲三司户部副使，擢天章閣待制、知江陵府。未行，會河北乏軍費，選爲都轉運使，遷工部郎中，不增賦於民而足。還，爲樞密直學士。求補外，以右諫議大夫知天雄軍。」據長編卷一一〇，杜衍爲天章閣待制在天聖九年閏十月。據卷一一一，爲河北都轉運使在明道元年正月。

〔一七〕「召爲」三句：長編卷一一六景祐二年二月：「樞密直學士、右諫議大夫、知天雄軍杜衍爲御史中丞。」同卷載，以御史中丞杜衍權判吏部流内銓，在同年三月。杜衍傳：「兼判吏部流内銓……數月，聲動京師。改知審官院，其裁制如判銓時。」

〔一八〕「拜樞密」二句：長編卷一一八景祐三年三月：「御史中丞杜衍罷爲工部侍郎、樞密直學士、知永興軍。」

〔一九〕「徙知」二句：長編卷一二三寶元元年十二月：「知并州、樞密直學士杜衍加龍圖閣直學士，以太原要重，藉衍鎮撫故也。」

〔二〇〕「復知」句：長編卷一二四寶元二年八月：「徙知并州、龍圖閣學士、工部侍郎杜衍知永興軍，加刑部侍郎。」

〔二一〕「權知」句：長編卷一二六康定元年三月：「龍圖閣學士、刑部侍郎、知永興軍杜衍權知開封府。」

〔二二〕「康定」二句：長編卷一二八康定元年八月：「戊申，龍圖閣學士、刑部侍郎、權知開封府杜衍同知樞密院事。」

〔二三〕「即拜」句：長編卷一二八康定元年九月：「（戊辰）刑部侍郎杜衍……爲樞密副使。」

〔二四〕「慶曆」二句：長編卷一四〇慶曆三年四月：「乙巳，樞密副使、吏部侍郎杜衍依前官充樞密使。」

〔二五〕「明年」二句：長編卷一五二慶曆四年九月：「甲申，樞密使、吏部侍郎杜衍依前官平章事兼樞密使。」

〔二六〕「知乾州」三句：長編卷一〇四天聖四年四月：「衍，山陰人，天禧末，知乾州。時陳堯咨安撫陝西，有詔藩府乃賜燕，堯咨至乾州，以衍賢，特賜宴，仍奏徙衍權知鳳翔府。」

〔二七〕「夏人」句：指寶元二年正月西夏趙元昊表請稱帝改元事，見長編卷一二三與宋史仁宗紀二。

〔二八〕「而公」三句：湘山野録續録：「杜祁公衍在中書，奏『武臣帶軍職若四廂都虞侯等出領藩，不惟遣使額重，而又供給優厚。在祖宗時，蓋邊臣俸給不足用，故以此優之，俾集邊事。今四鄙寧肅，帶此職者皆近戚紈綺，欲乞并罷』。仁宗深然之，許爲著令，條告中外。方三日，一近姻之要者懇圍掖，上不得已，忽批一內降，某人特與防禦使、四廂都虞侯、知南京，餘人不得援例。次日祁公執奏：『臣近奉聖詞，玉音未收，昨日何忽又降此批？』仁宗降玉色諭云：『卿止勉行此一批，蓋事有無可奈何者。』祁公正色奏曰：『但道杜衍不肯。』竟罷之。」

〔二九〕「然公」二句：指慶曆五年杜衍與富弼、韓琦、范仲淹先後被罷朝職事，見長編卷一五四、一五五。

〔三〇〕「邊將」五句：長編卷一二九康定元年十二月：「乙巳，詔鄜延、涇原兩路取正月上旬同進兵入討西賊。上與兩府大臣共議，始用韓琦等所畫攻策也。樞密副使杜衍獨以爲僥倖出師，非萬全計，爭論久之，不聽，遂求罷，亦不聽。」原注云：「歐陽修墓誌曰『大臣有欲以沮軍罪衍者』，不知大臣謂誰，當考。」

〔三一〕「契丹」十一句：長編卷一五〇慶曆四年六月：「仲淹疑契丹入寇，欲大發兵爲備，杜衍謂契丹必不來，兵不可妄出。仲淹爭議帝前，詆衍語甚切。仲淹嘗以父行事衍，衍不以爲恨。既退，仲淹猶力爭……然兵卒不發。」

〔三二〕「及三人」四句：長編卷一五四慶曆五年正月：「（乙酉）仲淹、弼既出使，讒者益甚，兩人在朝所施爲，亦稍沮止，獨杜衍左右之，上頗惑焉……自蘇舜欽等斥逐，衍迹危矣，陳執中在中書，又數與衍異議……上入其言，故與仲淹、弼俱罷。衍爲宰相，纔百二十日也。丙戌，工部侍郎、平章事、兼樞密使杜衍罷爲尚書左丞，知兗州。」

〔三三〕「歲餘」二句：杜衍傳：「慶曆七年，衍甫七十，上表請還印綬，乃以太子少師致仕。」

〔三四〕「公自」三句：祭杜祁公文：「士之進顯於榮禄者，莫不欲安享於豐腴。公爲輔弼，飲食起居，則陋巷之士、環堵之儒。他人不堪，公處愉愉。」歸田録卷一：「杜祁公爲人清儉，在官未嘗燃官燭，油燈一炷，熒然欲滅，與客相對清談而已。」朱熹宋名臣言行録前集卷七：「公享客多用髹器，客有面稱嘆曰：『公爲相，清貧乃爾耶！』公命侍人盡取白金燕器陳於前曰：『衍非乏此，雅不好耳。』」

〔三五〕「至其」三句：葉夢得石林燕語卷一〇：「杜祁公罷相，居南京，無宅，假驛舍，居之數年，訖公薨，卒不遷。」杜衍傳：「衍清介不殖私産，既退，寓南都凡十年，第室卑陋，才數十楹，居之裕如也。出入從者十許人，烏帽、皂綈袍、革帶。」

〔三六〕工書畫：外集卷二三跋杜祁公書：「公筆法，爲世楷模，人人皆寶而藏之。」蔡寬夫詩史謂杜衍「年過七十，謝事，始學草書，遂盡其妙。今使人每見之，其英特爽秀，無所降屈之氣，猶可想見」。陶宗儀書史會要卷六亦謂衍「好翰墨，至暮年以草書爲得意。喜與婿蘇舜欽論書。韓琦嘗以詩謝其書云：『因書乞得字數幅，伯英筋骨羲之膚。』其爲當時所重如此」。

〔三七〕「推奬」二句：杜衍喜薦賢士，如長編卷一三五慶曆二年正月云：「京兆府布衣雷簡夫，隱居不仕，樞密使杜衍薦之。」卷一三七慶曆二年九月云：「太常博士孫甫爲秘閣校理，樞密副使杜衍所薦也。」范仲淹、歐陽修等皆獲杜衍奬掖。

〔三八〕「居家」八句：祭杜祁公文：「公居於家，心在於國，思慮精深，言辭感激，或達旦不寐，或憂形於色，如在朝廷而有官責。」

〔三九〕娶相里氏：石林燕語卷一〇：「公薨，夫人相里氏以絶俸不能自給，始盡出其篋中所有，易房服錢二千。公本遺腹子，其母後改適河陽人。公爲前母子不容，因逃河陽，依其母，傭書於濟源。富人相里氏一見奇之，遂妻以女云。」

【集評】

〔宋〕朱熹：韓千變萬化，無心變。歐有心變，杜祁公墓誌説一件未了，又説一件。（朱子語類卷一三九）

［明］唐順之：此文之密，豈班孟堅下哉？（引自歐陽文忠公文鈔評語卷二四）

［清］浦起龍：此亦誌墓大篇最雅潔者，不多涉議論激宕，是爲正體。（古文眉詮評語卷六一）

［清］王元啓：此誌第一節述杜氏世譜家法，第二節述公爲人大略，第三節述公壽考恩榮，第四節叙歷官。自「公治吏事」以下至「歲餘致仕」爲第五節，叙政蹟。自「布衣」至「爲善惟日不足」爲第六節，又叙其瑣行。第七節叙前後世系，第八節叙卒葬月日。（讀歐記疑卷一）

太常博士尹君墓誌銘并序〔一〕

君諱源，字子漸〔二〕，姓尹氏，與其弟洙師魯俱有名於當世〔三〕。其論議文章，博學彊記，皆有以過人〔四〕。而師魯好辯，果於有爲。子漸爲人剛簡，不矜飾，能自晦藏，與人居，久而莫知，至其一有所發，則人必驚伏。其視世事若不干其意，已而摧其情僞，計其成敗，後多如其言。其性不能容常人，而善與人交，久而益篤。自天聖、明道之間，予與其兄弟交〔五〕，其得於子漸者如此。

其曾祖諱誼，贈光禄少卿。祖諱文化，官至都官郎中，贈刑部侍郎。父諱仲宣，官至虞部員外郎，贈工部郎中〔六〕。子漸初以祖蔭補三班借職，稍遷左班殿直。天聖八年，舉進士及第，爲奉禮郎，累遷太常博士，歷知芮城、河陽二縣，簽署孟州判官事，又知新鄭縣，通判涇州、慶州，知懷州，以慶曆五年三月十四日卒于官。

趙元昊寇邊，圍定川堡，大將葛懷敏發涇原兵救之〔七〕。君遺懷敏書曰：「賊舉其國而來㊀，其利不在城堡，而兵法有不得而救者，且吾軍畏法，見敵必赴，而不計利害，此其所以數敗也。宜駐兵瓦亭，見利而後動。」懷敏不能用其言，遂以敗死。劉渙知滄州，杖一卒，不服，渙命斬之以聞㊁，坐專殺，降知密州。君上書爲渙論直，得復知滄州〔八〕。

范文正公常薦君材可以居館閣，召試，不用，遂知懷州〔九〕，至朞月，大治。是時，天子用范文正公與今觀文殿學士富公、武康軍節度使韓公，欲更置天下事，而權倖小人不便，三公皆罷去〔一〇〕，而師魯與時賢士多被誣枉得罪㊂〔一一〕。君歎息憂悲發憤，以謂生可厭而死可樂也㊃，往往被酒，哀歌泣下，朋友皆竊怪之。已而以疾卒，享年五十〔一二〕。至和元年十有二月十三日，其子材葬君于河南府壽安縣甘泉鄉龍澗里㊄。其平生所爲文章六十篇〔一三〕，皆行於世。子男四人，曰材、植、機、桴。

嗚呼！師魯常勞其智於事物，而卒蹈憂患以窮死〔一四〕。若子漸者，曠然不有累其心，而無所屈其志，然其壽考亦以不長。豈其所謂短長得失者，皆非此之謂歟？其所以然者，不可得而知歟？銘曰：

有韞於中不以施，一憒樂死其如歸。豈其志之將衰？不然，世果可嫉其如斯！

【校記】

㊀其：原校：一無此字。　㊁聞：原校：一作「徇」。　㊂「時」上：考異本有「一」字，且校云：「從家本添入。」　㊃以：原校：一無此字。　㊄龍：原校：一作「龕」。

【箋注】

〔一〕如題下注，至和元年（一〇五四）作。尹源葬於是年十二月，文當作於此前。本集卷四九有祭尹子漸文。尹源，宋史有傳。

〔二〕字子漸：外集卷一四尹源字子漸序稱尹源原字子淵，特改爲子漸，「欲君之漸進不已，而至深遠博大之無際也。」

〔三〕「與其弟」句：本集卷二六尚書虞部員外郎尹公墓誌銘：「公諱仲宣，姓尹氏……子七人：源、洙……」宋史尹焞傳：「曾祖仲宣七子，而二子有名：長子源字子漸，是爲河内先生；次子洙字師魯，是爲河南先生」。

〔四〕「其論議」三句：外集卷二書懷感事寄梅聖俞：「子漸口若訥，誦書坐千言。」

〔五〕「自天聖」二句：時尹源知河陽縣。

〔六〕「祖諱」六句：仲宣生平見尹公墓誌銘。該文云：「公之父贈刑部侍郎諱文化，始舉毛詩，登某科，以材敏稱於當時，仕至尚書都官郎中。」

〔七〕「趙元昊」三句：慶曆二年閏九月，趙元昊侵邊，涇原副都部署葛懷敏率軍入定川寨，爲西夏軍所圍困，突圍中戰死，宋軍大敗。事見長編卷一三七。

〔八〕「劉渙」八句：樂全集卷二五論劉煥移郡奏：「臣聞滄州劉煥近因改斷軍人事，爲轉運司劾奏，已改知密州。」長編卷一五一載慶曆四年八月甲寅，「工部郎中、直昭文館、知滄州劉煥爲吉州刺史、知保州」。煥字仲章，有才略。仁宗親政，擢爲右正言。郭后廢，渙與孔道輔、范仲淹等伏閤諫諍。歷任陝西轉運使、知滄州等職，累遷至鎮寧軍觀察留後。熙寧時爲工部尚書致仕。宋史有傳。

〔九〕「范文正公」四句：宋史尹源傳：「范仲淹、韓琦薦其才，召試學士院。源素不喜賦，請以論易賦，主試者方以賦進，不悦其言，第其文下，除知懷州。」

〔一〇〕「三公」：三公指范仲淹、富弼、韓琦。慶曆四年，夏竦誣富弼使石介撰廢立詔草，范仲淹、富弼懼不自安，請出按邊。六月，范出爲陝西、河東路宣撫使；八月，富出爲河北宣撫使。翌年正月，范罷參政，知邠州，兼陝西四路緣邊安撫使；富罷樞副，爲京東西路安撫使、知鄆州。三月，韓琦上疏論富弼不當罷，亦被罷樞副之職，出知揚州。見長編卷一五〇、一五一、一五四、一五五。

〔一一〕「而師魯」句：慶曆四年十一月，蘇舜欽因進奏院獄事除名爲民，與宴者均遭貶黜。見長編卷一五三。慶曆五年五月，知制誥余靖坐出使契丹時爲番語詩，失使者體，出知吉州。見長編卷一五五。七月，知潞州尹洙因假公使錢爲部將償貸，貶爲崇信節度副使。見長編卷一五六。

〔一二〕「君歎息」七句：蘇舜欽尹子漸哀辭序云：「予昨得罪，子漸數相過，感慰激切，恐予重得罪於朝廷也。其意結括避慎，非昔時子漸也。與之劇飲，則必作薤露長歌，舉意淒斷，坐中不忍聞。已而又有厭苦世故之説。予謂死者人之所惡，子何樂焉？對曰：『吾未嘗死，安知死之不樂也？生理局促不足，樂見之矣！』既別，才百餘日，子漸化去，豈其魂兆歟！」

〔一三〕「其平生」句：陳振孫直齋書録解題卷一七：「尹子漸集六卷，太常博士、知懷州尹源子漸撰。」宋史藝文志別集類書目有「尹源集六卷」。宋史本傳録其文唐説及叙兵。

〔一四〕「嗚呼」三句：本集卷四九祭尹師魯文：「嗟乎師魯，辯足以窮萬物，而不能當一獄吏；志可以狹四海，而無所措其一身。」

【集評】

〔明〕茅坤：主客相形，分合有法。（歐陽文忠公文鈔評語卷二八）

〔清〕方苞：歐公誌諸朋好，悲思激宕，風格最近太史公。（古文約選歐陽永叔文約選評語）

〔清〕劉大櫆：中間天子用韓、范、富三公，繼而罷去，從史記氣脈得來。（引自諸家評點古文辭類纂卷四六）

〔清〕張裕釗：歐公誌銘當以此篇爲最古。感慨深摯，神氣跌蕩，誦之使人心醉。（引自諸家評點古文辭類纂卷四

六）

［清］王元啓：文貴適肖其人，有前一節之描摹，末後二節之感慨，即子漸面目宛然若睹矣。至如戒懷敏輕敵，爲劉渙論直，叙其實事，止此二端，殊不肯多著筆墨，若專在此等處鋪叙，亦何足以傳吾子漸也。（讀歐記疑卷一）

太子中舍梅君墓誌銘〔一〕

故太子中舍致仕梅君諱讓，字克讓，世爲宣城人。常以文學仕進，君獨不肯仕，其弟詢勉之〔二〕，君曰：「士之仕也，進而取榮禄易，欲行其志而無愧於心者難。吾豈不欲仕哉？居其官㊀不得行其志，食其禄㊁而有愧於其心者，吾不爲也。今吾居父母之邦，事長老以恭，接朋友以信，守吾墳墓，安吾里閭，以老死而無恨，此吾志也。」其弟後貴顯〔三〕，必欲官之。君堅不肯，乃奏任君大理評事，致仕于家。有子六人：曰堯臣、曰正臣、曰彦臣、曰禹臣、曰純臣〔四〕，其一早卒，其三子皆仕宦。而堯臣有名當世〔五〕，今爲國子博士〔六〕，累以郊祀恩進君爲太子中舍。

君既老，堯臣來歸，朱服象笏，侍君旁，鄉人不榮其子而榮其父。堯臣等皆以君年高，願留養，君不許，曰：「此非吾意也。」顧其二子曰：「勉爾朝夕，以輔吾老。」顧其三子曰：「勉爾名譽，以爲吾榮。居者養吾體，仕者養吾志，可也。」君享年九十有一㊂，康彊無恙，以皇祐元年正月朔卒于家。其子堯臣泣請於其友廬陵歐陽修曰：「堯臣不肖，仕不顯而無聞，不足以成吾先人之志，退託文字以銘後世，又不敢以自私。」予乃爲之銘曰㊃：

志之充，樂也中㊄。壽以隆，福有終。銘無窮，耀幽宮。

【校記】

㊀其：原校：一無此字。　㊁其：原校：一無此字。　㊂一：原校：一作「二」。　㊃「予乃」句下：原校：一本上四字作「子其爲吾銘之」。　㊄也：原校：一作「乎」。

【箋注】

〔一〕如題下注，皇祐元年（一〇四九）作。梅讓是年正月卒，其子堯臣求銘於歐陽修，文即同年作。

〔二〕詢：梅詢，字昌言，梅讓之弟、堯臣之叔父，生平見本集卷二七翰林侍讀學士給事中梅公墓誌銘。

〔三〕「其弟」句：梅詢官至翰林侍讀學士。

〔四〕正臣：字君平。嘗知廣德軍廣德縣事、宣州南陵縣事、泗州臨淮縣事。見楊傑無爲集卷一三故朝奉郎守殿中丞梅君墓誌銘。

〔五〕「堯臣」句：歸田録卷二：「王副樞疇之夫人，梅鼎臣之女也。景彝初除樞密副使，梅夫人入謝慈壽宮，太后問：『夫人誰家子？』對曰：『梅鼎臣女也。』太后笑曰：『是梅聖俞家乎？』由是始知聖俞名聞於宮禁也……余又聞皇親有以錢數千購梅詩一篇者。其名重於時如此。」歐集詩話：「蘇子瞻學士，蜀人也。嘗於淯井監得西南夷人所賣蠻布弓衣，其文織成梅聖俞春雪詩。此詩在聖俞集中未爲絶唱，蓋其名重天下，一篇一詠，傳落夷狄，而異域之人貴重之如此耳。」

〔六〕「今爲」句：皇祐元年，堯臣在陳州鎮安軍節度判官任上，上一年（慶曆八年）授國子博士。見梅集編年卷一八、一九。

湖州長史蘇君墓誌銘并序〔一〕

故湖州長史蘇君有賢妻杜氏，自君之喪，布衣蔬食，居數歲，提君之孤子，歛其平生文章，走南京，號泣于其父曰〔二〕：「吾夫屈於生，猶可伸於死。」其父太子太師以告於予㊀。予爲集次其文而序之〔三〕，以著君之大節與其所以屈伸得失，以深誚世之君子當爲國家樂育賢材者㊁，且悲君之不幸。其妻卜以嘉祐元年十月某日，葬君于潤州丹徒縣義里鄉檀山里石門村，又號泣于其父曰：「吾夫屈於人間，猶可伸於地下。」於是杜公及君之子泌，皆以書來乞銘以葬。

君諱舜欽，字子美。其上世居蜀，後徙開封㊂，爲開封人。自君之祖諱易簡〔四〕，以文章有名太宗時㊃，承旨翰林爲學士，參知政事，官至禮部侍郎。父諱耆〔五〕，官至工部郎中、直集賢院。君少以父蔭補太廟齋郎，調滎陽尉，非所好也㊄，已而鎖其廳去。舉進士中第，改光禄寺主簿、知蒙城縣〔六〕。丁父憂〔七〕，服除，知長垣縣〔八〕，遷大理評事，監在京樓店務〔九〕。

君狀貌奇偉〔一〇〕，慷慨有大志〔一一〕。少好古，工爲文章，所至皆有善政。官于京師，位雖卑，數上疏論朝廷大事〔一二〕，敢道人之所難言。范文正公薦君，召試，得集賢校理〔一三〕。自元昊反，兵出無功，而天下殆於久安㊅，尤困兵事㊆。天子奮然用三四大臣，欲盡革衆弊以紓民。於是時，范文正公與今富丞相多所設施，而小人不便，顧人主方信用，思有以撼動，未得其根。以君文正公之所薦，而宰相杜公婿也，乃以事中君，坐監進奏院祠神，奏用市故紙錢會客爲自盜除名。君名重天下，所會客皆一時賢俊，悉坐貶逐。然後中君者喜曰：「吾一舉網盡之矣〔一四〕。」其後三四大臣繼罷去㊇〔一五〕，天下事卒不復施爲。

君携妻子居蘇州，買水石作滄浪亭〔一六〕，日益讀書，大涵肆於六經，而時發其憤悶於歌詩，至其所激，往往驚絶〔一七〕。又喜行狎書㊈，皆可愛。故其雖短章醉墨，落筆爭爲人所傳〔一八〕。天下之士聞其名而慕，見其所傳而喜，往揖其貌而竦，聽其論而驚以服，久與其居而不能捨以去也〔一九〕。居數年，復得湖州長史㊉〔二〇〕。慶曆八年十二月某日，以疾卒于蘇州，享年四十有一。君先娶鄭氏〔二一〕，後娶杜氏〔二二〕。三子：長曰泌〔二三〕，將作監主簿；次曰液、曰激〔二四〕。二女，長適前進士陳紘，次尚幼。

初，君得罪時，以奏用錢爲盜，無敢辨其寃者。自君卒後，天子感悟，凡所被逐之臣復召用，皆顯列于朝㊁〔二五〕。而至今無復爲君言者，宜其欲求伸於地下也，宜予述其得罪以死之詳，而使後世知其有以也。既又長言以爲之辭，庶幾并寫予之所以哀君者。其辭曰：

謂爲無力兮，孰擊而去之？謂爲有力兮，胡不反子之歸？豈彼能兮此不爲⑫？善百譽而不進兮，一毀終世以顛擠。荒孰問兮杳難知。嗟子之中兮，有韞而無施。文章發耀兮，星日光輝。雖冥冥以掩恨兮，不昭昭其永垂⑬。

【校記】

①太子太師：卷後原校：此下一有「祁國公」三字。②「者」下：原校：一有「惜」字。③「開封」下：原校：一有「府」字。④文章：卷後原校：一作「文華」。⑤所好：卷後原校：一作「其好」。⑥殆：原校：一作「怠」。卷後編者云：「『天下殆於久安』，二十三卷余襄公神道碑作『怠於久安』。朝佐考公集，『怠』、『迨』、『殆』三字似通用。徐氏墓誌『吾母不以愛殆我』，穀城縣夫子廟記『見者殆焉』，此亦以『怠』爲『殆』也。劉侍讀墓誌『殆今三十年』，祭丁學士文『殆榮華之銷歇』，此則以『迨』爲『殆』也。諸本間有改者，覽者以意讀之。」⑦尤：原校：一作「而」。⑧「繼」上：原校：一有「相」字。⑨狎：原校：一作「草」。⑩復：原校：一作「二年後」。⑪「皆」上：原校：一有「今」字。⑫兮：原校：一作「而」。⑬不：原校：一作「宜」。

【箋注】

〔一〕如題下注，嘉祐元年（一〇五六）作。蘇舜欽葬於是年十月，文當作於此前。慶曆八年舜欽卒時，歐撰祭蘇子美文（本集卷四九），皇祐三年，又撰蘇氏文集序（本集卷四一）。皇祐元年所作與章伯鎮（書簡卷四）云：「某自聞子美之亡，使人無復生意。交朋淪落殆盡，存者不老即病，不然困於世路，愁人愁人。就中子美尤甚，哀哉！」蘇舜欽，宋史有傳。

〔二〕其父：指杜衍。本集卷三一太子太師致仕杜祁公墓誌銘：「女，長適集賢校理蘇舜欽。」

〔三〕「予爲」句：歐皇祐三年得舜欽遺稿，爲之結集，并作序。見蘇氏文集序。

〔四〕易簡：蘇易簡，字太簡，綿州鹽泉人。太平興國五年進士第一，十年遂參大政。才思敏贍，以文章知名。宋史有傳。

〔五〕耆：蘇耆，字國老。歷尚書户部判官、祠部員外郎、知明州、京西轉運使，遷工部郎中。生平見蘇集編年卷七先公墓誌銘。

〔六〕「舉進士」三句：蘇集編年卷七亡妻鄭氏墓誌銘：「甲戌歲，予登第，授光禄主簿，知亳州蒙城。」按：甲戌爲景祐元年。

〔七〕丁父憂：據先公墓誌銘，蘇耆卒於景祐二年正月。

〔八〕「服除」二句：景祐四年，舜欽終喪，回京候選。寶元元年以光禄寺主簿知長垣縣。詳見蘇集編年附録二蘇舜欽年譜。

〔九〕「遷大理」二句：蘇集編年卷七論宣借宅事原注「康定元年十一月二十一日」，據此可知其監在京樓店務約在是年。

〔一〇〕「君狀貌」句：外集卷三答蘇子美離京見寄：「衆奇子美貌，堂堂千人英。」

〔一一〕「慷慨」句：舜欽爲人慷慨激昂，豪放不羈。龔明之中吴紀聞卷二：「子美豪放，飲酒無算，在婦翁杜正獻家，每夕讀書，以一斗爲率。正獻深以爲疑，使子弟密察之。聞讀漢書張子房傳至『良與客狙擊秦皇帝，誤中副車』，遽撫案曰：『惜乎擊之不中！』遂引一大白。又讀至『良曰：始臣起下邳，與上會於留，此天以臣授陛下』，又撫案曰：『君臣相遇，其難如此！』復舉一大白。正獻公知之，大笑曰：『有如此下酒物，一斗誠不爲多也。』」

〔一二〕「數上疏」句：早在天聖七年，舜欽就上投匭疏，論取士之弊；獻火疏，反對重建玉清昭應宮。康定元年，又累上疏議政議軍，有乞用劉石子弟、論西事狀等。

〔一三〕「范文正公」三句：范文正公集政府奏議卷下再奏乞召試前所舉館職王益柔章岷蘇舜欽等：「今所舉人内……大理評事蘇舜欽，亦有王拱辰舉奏。此三人并有清望官舉薦，又見已到京，及待闕未赴任，欲乞降聖旨，便與一試。」按：召試在慶曆三年，試題爲寶奎殿頌。王應麟困學紀聞卷二〇翁元圻注引周必大跋蘇子美寶奎殿頌云：「舜欽此頌，是詔試館職所作。」

〔一四〕「以君」十句：蘇集編年卷九與歐陽公書述及進奏院得罪經過：「自杜丈入相以來，羣公日相攻謗，非一端也。九月末間，嘗與子漸（尹源）、勝之（王益柔）邸中小飲，之翰（孫甫）、君謨（蔡襄）見過，勝之言論之間，時有高處，二諫（孫甫、蔡襄二諫官）因與之辨析，本皆戲謔，又無過言，此亦吾曹常事。不一二日，朝中諠然，以謂謗及時政，吁，可駭也……諸臺益忿，重以穢瀆之語上聞，列章牆進，取必於君。知二相（宰相杜衍、參政陳執中）膽薄畏事，必不敢開口以辨，既而起獄，震動都邑，又使刻薄之吏當之，希望沾激，深致其文，枷掠妓人，無所不至，設有自誣者，則席賓皆遭汙辱矣。且進邸神會，比年皆然，亦嘗上聞，蓋是公宴……原叔（王洙）、濟叔（呂溱）輩，皆當世雅才，朝廷尊用之人，因事燕集，安足爲過？賣故紙錢，舊已奏聞，本院自來支使，判署文記，前後甚明……今以監主自盜定罪，減死一等科斷，使除名爲民，與貪吏掊官物入己者一同……今一旦臺中蓄私憾結黨，繩小過以陷人，審刑持深文以逞志，傷本朝仁厚之風，當塗者得不疾首而歎息也。」（括号中注語係校箋者所加）費衮梁谿漫志卷八蘇子美與歐公書：「蘇子美奏邸之獄，當時小人借此以傾杜祁公范文正。同時被貶者皆名士，姦人至有『一網打盡』之語，獨韓魏公、趙康靖論救之，而不能回也。其得罪在慶曆四年之十一月。」詳見長編卷一五三。

〔一五〕「其後」句：言杜衍、范仲淹、富弼、韓琦等因朋黨之禍相繼罷去朝職。

〔一六〕「買水石」句：詳見蘇集編年卷九滄浪亭記。

〔一七〕「至其」二句：本集卷二水谷夜行寄子美聖俞：「子美氣尤雄，萬竅號一噫。有時肆顛狂，醉墨灑滂沛。譬如千里馬，已發不可殺。盈前盡珠璣，一一難柬汰。」

〔一八〕「又喜」四句：陶宗儀書史會要卷六稱蘇舜欽行草書「用筆沉著不凡，端勁可愛。評書之流謂入妙品。當時殘章片簡傳播天下，美其翰墨者有『花發上林，月滉淮水』之語」。

〔一九〕「往揖」三句：蘇氏文集序謂舜欽「狀貌奇偉，望之昂然，而即之温温，久而愈可愛慕」。

〔二〇〕「復得」句：張耒明道雜志：「蘇舜欽除名，居姑蘇。唐詢彦猷守湖州，蘇與唐善，因挐舟自姑蘇訪之。時湖有報本長老居簡，有異術，善知人，唐因謂居簡使相蘇……簡從容曰：『若得一州縣官，肯起否？』蘇大不悦，因不復言。而舜欽以明年蒙恩牽復，爲湖州別駕，遂不赴官，無幾，物故。」舜欽慶曆八年「復得湖州長史」後，有上執政啓，云：「近者，被中宸之書，叨上佐之命，起於放廢，仍獲便安，是爲異恩，曷勝感惕！」見蘇集編年卷九。

〔二一〕「君先娶」句：蘇集編年卷六屯田郎滎陽鄭公墓誌：「公諱希甫，字源明……天聖五年夏五月十日，終於西伯里之私第……一女歸舜欽。」又，卷七亡妻鄭氏墓誌銘謂鄭氏「父喪，又三年歸於我」。是知舜欽娶鄭氏在天聖八年。

〔二二〕「後娶」句：舜欽寶元元年正月所作上京兆杜公書，始稱杜衍爲「丈人」，而景祐四年十月杜衍徙知并州時，舜欽有送杜密學赴并州詩，尚不見翁婿關係，故舜欽娶杜氏約在景祐四年年底。

〔二三〕泌：蘇泌，字進之。據米芾寶章待訪録，泌後爲湖北運判、承議郎。

〔二四〕液：蘇液。據長編卷二二七、二二八、三〇四、四八七，液歷任秀州崇德縣令、樞密院檢詳文字、國子監直講、權都水監丞、提舉開封府界常平等職。

〔二五〕「自君」四句：如王洙官至翰林侍讀兼侍講學士（見下篇翰林侍讀侍講學士王公墓誌銘），刁約假太常少卿直史館（見京口耆舊傳卷一），江休復官至刑部郎中（見本集卷三三江鄰幾墓誌銘），王益柔官至龍圖閣直學士（見宋史本傳），等等。

【集評】

〔明〕歸有光：淋漓之色，悵惋之致，悲咽之情，種種逼人。（歐陽文忠公文選評語卷九）

〔清〕孫琮：子美以被誣坐貶，莫白其冤，故通篇皆寫得抑鬱憤懣。一起兩寫杜氏之言，寫得有冤莫白。中幅述其被誣，後幅惜其未辨，又寫得有冤莫白。讀之，純是一片抑鬱，一片憤懣。此文之深於情者，故文傳而情亦與之俱傳。（山曉閣選宋大家歐陽廬陵全集評語卷四）

〔清〕何焯：是公極用意之文，精神筆力兩到。（義門讀書記卷三九）

〔清〕沈德潛：子美一身關係君子小人之進退與朝局之盛衰，故於其被誣事，窮其根株言之。後諸君子復進用，而子美屈抑以死。作誌銘者，宜悲憤不自已也。着意處尤在中、後兩段。（唐宋八大家文讀本評語卷一三）

翰林侍讀學士王公墓誌銘并序〔一〕

公諱洙，字原叔。其生始能言，已知爲詩，指物能賦㊀。既長，學問自六經、史記、百氏之書，至於圖緯、陰陽、五行、律吕、星官、算法、訓故、字音㊁，無所不學，學必通達，如其專家。其語言初如不出諸口，已而辨別條理，發其精微，聽者忘倦，決疑請益，人人必得其所欲。故自其少也，一時名臣賢士皆稱慕之，其名聲著天下。

初，舉進士，爲廬州舒城尉。坐事免官〔二〕，歸居南京。故相臨淄晏公爲留守，奇其文章，待以客禮。久之，復調賀州富川主簿，未行，臨淄公薦其才，留居應天府學，教諸生。會詔舉經術士爲學官㊂，京東轉運使舉公應詔，召爲國子監直講〔三〕，遷大理評事、史館檢討、知太常禮院、天章閣侍講、直龍圖閣、同判太常寺〔四〕。慶曆中，小人有不便大臣執政者，欲排去之，未知所發。而杜丞相子婿蘇舜欽爲集賢校理，負時名，所與交遊皆當世賢豪。已而舜欽坐監進奏院祠神會客，爲御史所彈〔五〕，公以坐客貶知濠州㊃〔六〕，徙知襄、徐、亳三州。范文正公、富丞相皆言王某學問經術，多識故事，宜在朝廷。復召爲檢討、同判太常寺、侍講〔七〕，充史館修撰〔八〕，拜知制誥〔九〕，權判吏部流内銓。至和元年九月，爲翰林學士〔一〇〕。三年，以親嫌改侍讀學士兼侍講學士〔一一〕。嘉祐二年九月甲戌朔，以疾卒〔一二〕，享年六十有一。累官至尚書吏部郎中，階朝散大夫㊄，勳輕車都尉，爵開國伯，食邑五百户。

公爲人寬厚樂易，孝於宗族，信於朋友，諸孤不能自立者，皆爲之嫁娶。始舉進士時，與郭稹同保，人有告稹冒母禫者㊅，法當連坐。主司召公，問果保稹否，不然，可易也。公言保之，不可易也。於是與稹俱罷〔一三〕。

公以文儒進用，能因其所學爲上開陳〔一四〕，其言緩而不迫。天子常喜其説，意有所欲，必以問之，無不能對。嘗以塗金龍水箋爲飛白「詞林」二字以褒之。至於朝廷他有司前言故實，皆就以考正。既領太常，吉凶禮典，撰定尤多。嘗修集韻，校定史記、前後漢書，編國朝會要、鄉兵制度、祖宗故事、三朝經武聖略。皇祐中，大享明堂〔一五〕，翰林侍讀學士宋祁言明堂禮廢久，必得通知古今之學者。詔公共草其儀，禮成，撰大享明堂記。又詔修雅樂。晚喜隸書，尤有古法。著易傳十篇㊆〔一六〕，其他文章千有餘篇㊇。

其施於爲政，敏而有方。襄州中廬戍兵驕，前爲守者患之，不能制。公至，因事召之，悉集于庭，告曰：某時爲某事者，非某人邪？取其一二人置於法㊈，餘悉不問，兵始知懼㊉。是時，妖賊反貝州，州縣無遠近皆警動，佐吏勸公毋給州卒教習者真兵，公笑曰：「是欲防亂乎？此所以使人不安也〔一七〕。」在徐州，遭歲大饑，免民舟算緡，使得糴旁郡，而出公私米粟賑民⑪，所活尤多⑫。有司上其最⑬，降詔書褒美⑭〔一八〕。其在朝廷，多所論議。遇人恂恂惟謹。及既歿，而考其言，皆當世要務⑮。公知制誥，夏竦卒，天子以東宮舊恩，賜謚文獻。公曰：「此僖祖皇帝謚也。」封還其目，不爲草辭，因曰：「前有司謚王溥爲文獻，章得象爲文憲，字雖異而音同，皆當改。」於是太常更謚竦文莊，而溥、得象皆易謚〔一九〕。又嘗論宗戚近幸，冒法干恩澤，以亂刑賞。又言天下民田稅不均，而姦民逃亡，有司失其常稅，請用郭諮、孫琳千步開方爲均田法，頒之州縣，使因民訟，稍稍均之，可不擾，而有司得復其常數。近時選諫官、御史，有執政之臣嘗薦舉者，皆以嫌不用。公以謂士飭身勵行，而大臣薦賢以報國，以嫌廢之⑯，是疑大臣而廢賢材，不可。及論河功、邊食，皆可施行。

方公病時，八月，開邇英閣，侍臣並進講讀，而公獨病⑰，天子思之，遣使者問公疾少間否，能起而爲予講邪。既而公病篤以卒，天子震悼，賻恤加等，贈給事中，特賜謚曰文〔二〇〕。即以其年十月辛酉，葬於應天府虞城縣之孟諸鄉土山原⑱。

公應天宋城人也。曾祖諱厚。祖諱化，贈太傅。父諱礪〔二一〕，贈太師、中書令兼尚書令。公初娶董氏，再娶胡氏，皆先公卒。又娶齊氏，封高陽郡君。子男五人：長曰叟臣，早卒；次曰力臣，太常寺太祝；次欽臣〔二二〕，秘書省正字；次陟臣、將作監主簿；次曾臣，某官⑲。一女適太常博士陳安道。銘曰：

惟王氏之先，遠自三代，下迄戰國。商、周、齊、魏，其後之人，皆以王爲氏。故其爲姓，尤多於後世。而太原之王，出周王子〔一三〕。公世可考，實太原人。後家於宋，遂以蕃延。惟其皇考，是生八子。公實其季，其德克嗣。播其休聲，以顯于仕。八支之盛，名譽材賢。公考朝廷，儒學之臣。退食于家，詵詵子孫。豈其不樂，胡奪之年？朝無咨詢，士失益友。送車國門，出涕引首。于茲歸藏，刻銘不朽。

【校記】

①「能賦」上：原校：一有「輒」字。②「訓故、字音」下：原校：一本上四字作「方言、訓詁、篆隸、八分」。③會：原校：一無此字。④以：原校：一作「預」。⑤階朝散大夫：卷後編者云：「諸本皆作『階朝奉大夫』，惟羅氏本作『朝散大夫』。」⑥「母」上：原校：一有「祖」字。⑦著易傳十篇：原校：一無此五字。⑧其他：原校：一作「所爲」。⑨人：原校：一無此字。⑩「兵」上：原校：一有「由是」。⑪「出」上：原校：一有「多」字。⑫尤多：原校：一作「甚衆」。⑬「有司」句下：原校：一有「爲京東第二」五字。⑭褒美：原校：一作「獎諭」。⑮要：原校：一作「大」。⑯廢：原校：一作「置」。⑰獨病：原校：一作「不在」。⑱虞：原校：一作「宋」。⑲某官：原校：一無二字。

【箋注】

〔一〕如題下注，嘉祐二年（一〇五七）作。王洙卒於是年九月，葬於十月，文即作於其間。王洙，宋史有傳。

〔二〕「舉進士」三句：宋史王洙傳：「再舉，中甲科，補舒城縣尉。坐覆縣民鍾元殺妻不實免官。」

〔三〕「召爲」句：王洙傳：「召爲國子監説書，改直講。」長編卷一一四景祐元年四月：「詔直史館宋祁、鄭戩、國子監直講王洙同刊修廣韻韻略。」又，卷一一七景祐二年九月：「秘書丞余靖進言，前漢書官本繆誤，請行刊正。詔靖及國子監王洙進取秘閣古本對校。」

〔四〕「遷大理」句：長編卷一一八景祐三年二月：「大理評事、國子監直講王洙爲史館檢討。」卷一二七康定元年五月：「太常博士、國子監直講林瑀，殿中丞、史館檢討、國子監直講王洙並爲天章閣侍講。」卷一四八慶曆四年四月：「以編修官王洙兼直龍圖閣，賜三品服。」

〔五〕「而杜丞相」五句：詳見上篇。

〔六〕「公以」句：長編卷一五三慶曆四年十一月：「（甲子）劉巽……蘇舜欽並除名勒停。工部員外郎、直龍圖閣兼天章閣侍講、史館檢討王洙落侍講、檢討，知濠州。」

〔七〕「復召」句：長編卷一六八皇祐二年三月：「辛亥，刑部員外郎、直龍圖閣兼天章閣侍講王洙同判太常寺兼禮儀事。」

〔八〕「充史館」句：長編卷一七〇皇祐三年二月：「丙戌，文彦博等上明堂大饗記二十卷、紀要二卷，上爲之序，鏤板以賜近臣。編修官王洙加史館修撰，仍俟知制誥有闕除之。」

〔九〕拜知制誥：長編卷一七一皇祐三年八月庚寅條稱王洙「知制誥兼侍講」。

〔一〇〕「至和」二句：長編卷一七七至和元年九月：「癸亥，起居舍人、知制誥呂溱，工部郎中、知制誥、兼侍講、史館修撰王洙，並爲翰林學士。」

〔一一〕「三年」二句：長編卷一八二嘉祐元年閏三月：「辛卯，翰林學士王洙爲翰林侍讀學士、兼侍講學士。」按：至和三年即嘉祐元年，是年九月改元。

〔一二〕「嘉祐」二句：長編卷一八六嘉祐二年：「翰林侍讀學士、兼侍講學士、吏部郎中王洙，被病逾月，上遣使問病少間否，能起侍經席乎？九月甲戌朔，洙卒。」

〔一三〕「始舉」十一句：長編卷九三天禧三年正月：「諸路貢舉人郭稹等四千三百人見於崇政殿。時稹冒緦喪赴舉，爲同輩所訟，上命典謁詰之。稹即引咎，付御史臺劾問，殿三舉，同保人並贖金殿一舉。時有司欲脱宋城王洙，問洙曰：『果保積否？不然，可易也。』洙曰：『保之，不願易也。』遂與積俱罷。」

〔一四〕「能因」句：長編卷一七九、一八一有至和二年王洙爲仁宗講周禮、左傳的記載。

〔一五〕「皇祐」三句：皇祐二年九月，大享明堂。見長編卷一六九。

〔一六〕「著易傳」二句：王洙傳：「著易傳十卷、雜文千有餘篇。」宋史藝文志一易類著録王洙言象外傳十卷。

〔一七〕「是時」七句：王洙傳：「會貝卒叛，州郡皆恟恟，襄佐史請罷教閲士，不聽。又請毋給真兵，洙曰：『此正使人不安也。』命給庫兵，教閲如常日，人無敢譁者。」

〔一八〕「在徐州」八句：王洙傳：「徙徐州。時京東饑，朝廷議塞商胡，賦楗薪，輸半而罷塞。洙命更其餘爲穀粟，誘願輸者以餔流民，因募其壯者爲兵，得千餘人，盜賊衰息。有司上其最，爲京東第一。」

〔一九〕「公知制誥」十五句：澠水燕談録卷一：「夏竦薨，仁宗賜謚曰文正，劉原父判考功，上疏言：『謚者，有司之事，且竦行不應法，今百司各得守其職，而陛下奈何侵之乎？』疏三上。是時，司馬温公知禮院，上書曰：『謚之美者，極於文正，竦何人，可當？』光書再上，遂改謚文獻。知制誥王原叔曰：『此僖祖皇帝謚也。』封還其目，不爲草詔，於是太常更謚竦文莊。」王溥，字齊物，爲太子太師，封祁國公，卒謚文獻，後改文康。章得象，字希言，官至同平章事，卒謚文憲，後改文簡。二人宋史皆有傳。

〔二〇〕「特賜」句：王洙傳：「及卒，賜謚曰文，御史吴中復言官不應得謚，乃止。」

〔二一〕礪：王礪。宋史隱逸傳上：「王礪事母甚謹，太平興國五年進士，至屯田郎中。」

〔二二〕欽臣：王欽臣，字仲至，清亮有志操，爲歐陽修、文彦博所器重，歷陝西轉運副使、工部員外郎、知和州、饒州、成德軍等職。事迹附王洙傳後。

〔二三〕「而太原」二句：山西通志卷六四：「王，望出太原，周靈王太子晉之後。」

【集評】

〔清〕王元啓：首叙學問，次叙歷官，次叙爲人大略，次及考正、撰著、文章，次叙爲政，次叙論議，次叙病卒時恩眷及其葬日葬地，末叙里居世系。（讀歐記疑卷一）

居士集卷三十二

墓誌七首

尚書户部侍郎參知政事贈右僕射文安王公墓誌銘并序〔一〕

公姓王氏，其先太原祁人。其六世祖某，爲唐輝州刺史，遭世亂，因留家碭山。碭山近宋，其後又徙宋州之虞城，今爲應天虞城人也。

公諱堯臣，字伯庸。天聖五年舉進士第一〔二〕，爲將作監丞、通判湖州〔三〕。召試，以著作佐郎直集賢院〔四〕，知光州〔五〕。歲大饑，羣盜發民倉廩，吏法當死，公曰：「此饑民求食爾，荒政之所恤也。」乃請以減死論。其後遂以著令，至今用之。丁父憂，服除，爲三司度支判官，再遷右司諫。郭皇后廢，居瑶華宮，有疾，上頗哀憐之。方后廢時，宦者閻文應有力，及后疾，文應又主監醫。后且卒，議者疑文應有姦謀〔六〕。公請付其事御史，考按虛實，以釋天下之疑〔七〕。事雖不行，然自文應用事，無敢指言者，後文應卒以恣横斥死〔一八〕。后猶在殯，有司以歲正月，用故事張燈。公言郭氏幸得蒙厚恩，復位號，乃天子后也，張燈可廢。上遽爲之罷〔九〕。

景祐四年，以本官知制誥，賜服金紫，同知通進銀臺司兼門下封駁，提舉諸司庫務，遷翰林學士、知審官院。元昊反，西邊用兵，以公爲陝西體量安撫使〔一〇〕。公視四路山川險易，還言某路宜益兵若干，某路賊所不攻，某路宜急爲備〔一一〕。至於諸將材能長短，盡識之，薦其可用者二十餘人，後皆爲名將〔一二〕。是時，邊兵新敗於好水，任福等戰死。今韓丞相坐主帥失律，奪招討副使，知秦州；范文正公亦以移書元昊不先聞，奪招討副使，知耀州〔一三〕。公因言此兩人天下之選也，其忠義智勇，名動夷狄，不宜以小故置之。且任福由違節度以致敗，尤不可深責主將〔一四〕。由是忤宰相意，并其他議，多格不行。明年，賊入涇原，戰定川，殺大將葛懷敏〔一五〕，乃公指言爲備處，由是始以公言爲可信，而前所格議，悉見施行。因復遣公安撫涇原路〔一六〕，公曰：「陛下復用韓琦、范仲淹，幸甚！然將不中御，兵法也，願許以便宜從事。」上以爲然，因言諸路都部署可罷經略副使，以重將權，而偏將見招討使以軍禮。置德順軍於籠竿城〔一七〕，廢涇原等五州營田，以其地募弓箭手。

其所更置尤多。方公使還，行至涇州，而德勝寨兵迫其將姚貴閉城叛。公止道左，解裝，爲牓射城中以招貴，且發近兵討之。初，吏白曰：「公奉使且還，歸報天子爾。貴叛，非公事也。」公曰：「貴，土豪也，頗得士心，然初非叛者，今不乘其未定速招降，後必生事，爲朝廷患。」貴果出降〔一八〕。

明年四月，以學士權三司使〔一九〕。自朝廷理元昊罪，軍興而用益廣，前爲三司者，皆厚賦暴斂，甚者借内藏，率富人出錢，下至果菜皆加税，而用益不足。公始受命，則曰：「今國與民皆弊矣，在陛下任臣者如何。」由是天子一聽公所爲。公乃推見財利出入盈縮，曰：「此本也，彼末也。」計其緩急先後，而去其蠹弊之有根穴者，斥其妄計小利之害大體者，然後一爲條目，使就法度。罷副使、判官不可用者十五人，更薦用材且賢者〔二〇〕。期年，民不加賦而用足。明年，以其餘償内藏所借者數百萬。又明年，其餘而積於有司者數千萬㊁，而所在流庸稍復其業。公曰：「臣之術止於是矣，且臣母老，願解煩劇。」天子多公功，以爲翰林學士承旨，兼端明殿學士、羣牧使。初，宦者張永和方用事，請收民房錢十之三以佐國事。下三司，永和陰遣人以利動公，公執以爲不可。度支副使林瀍附永和，議不已，公奏罷瀍，乃止〔二一〕。益、利、夔三路轉運使皆請增民鹽井課，歲可爲錢十餘萬，公亦以爲不可〔二二〕。而權倖因緣，多見裁抑。京師數爲飛語，及上之左右，往往譏其短者。

上一切不問，而公爲之亦自若也。及公既罷〔二三〕，上慰勞之，公頓首謝曰：「非臣之能，惟陛下信用臣爾。」

丁母憂，去職，服除，復爲學士、羣牧使，再遷給事中〔二四〕。皇祐三年，以本官爲樞密副使〔二五〕。公持法守正，遂以身任天下事，凡宗室、宦官、醫師、樂工、嬖習之賤，莫不關樞密而濫恩倖，請隨其事，可損損之，可絶絶之，至其大者，則皆著爲定令〔二六〕。由是小人益怨，構爲飛書以害公。公得書，自請曰：「臣恐不能勝衆怨，願得罷去。」上愈知公爲忠，爲下令購爲書者甚急〔二七〕，公益感勵。在位六年，廢職修舉，皆有條理。樞密使狄青以軍功起行伍，居大位〔二八〕，而士卒多屬目，往往造作言語以相扇動，人情以爲疑〔二九〕，而青色頗自得。公嘗以語衆折青，爲陳禍福，言古將帥起微賤至富貴而不能保首領者，可以爲鑒戒，青稍沮畏。

嘉祐元年三月，拜户部侍郎、參知政事〔三〇〕。三年，遷吏部侍郎〔三一〕。八月二十一日，以疾薨于位，享年五十有六。公在政事，論議有所不同，必反復切劘，至於是而後止，不爲獨見。在上前，所陳天下利害甚多，至施行之，亦未嘗自名。其所設施與在樞密時特異，豈政事者丞相府也，其體自宜如是邪？

公爲人純質，雖貴顯不忘儉約。與其弟純臣相友愛〔三二〕，世稱孝悌者言王氏。遇人一以誠意，無所矯飾，善知人，多所稱，薦士爲時名臣者甚衆。有文集五十卷㊂〔三三〕。將終，口授其弟純臣遺奏，以宗廟至重、儲嗣未立爲憂〔三四〕。天子愍然，臨其喪，輟視朝一日，贈左僕射，太常謚曰文安。

曾祖諱化，某官㊃，贈太傅；妣戚氏，封曹國太夫人㊄。祖諱礪，某官；父諱瀆〔三五〕，某官，皆贈太師、中書令兼尚書令。祖妣袁氏，鄆國太夫人㊅。妣仇氏，徐國太夫人。娶丁氏，安康郡夫人。子男三人：同老，大理評事；周老，太常寺太祝，早卒；朋老，大理評事。二女：長適校書郎戚師道〔三六〕，早卒；次未嫁。王氏自遷虞城，由公曾祖而下，或葬雙金，或葬土山，皆在虞城。嘉祐四年八月十日，改葬公之皇考于宋城縣平臺鄉石落原，而以公從葬焉。銘曰：

王爲祁人，遭亂不還。六世之祖，初留碭山。其後再遷，虞、宋之間。遂安其居，葬不遠卜。宋多名家，王實大族。族大而振，自公顯聞。公初奮躬，以學以文。逢國多事，有勞有勤。利歸于邦，怨不避身。帝識其忠，謂堪予弼。俾副樞機，出入惟密。遂參政事，實有謀謨。誰中止之，不俾相予？帝有褒章，愍飾之贈。長于百僚，考德惟稱。維古載功，在其廟器。今亦有銘，幽宮是閟。

【校記】

㈠「後」上：原校：一有「其」字。　㈡「數千萬」上：原校：一有「又」字。　㈢五十：原校：一作「六十」。

㈣某官：原校：一無「某官」二字，下同。　㈤封曹國：卷後原校：一無「封」字。　㈥鄆：原校：一作「鄭」。

【箋注】

〔一〕如題下注，嘉祐四年（一〇五九）作。是年八月，王堯臣父改葬，堯臣從葬，文當作於此前。書簡卷五有歐是年所作與劉侍讀，云：「某兩日爲伯庸（堯臣字）趕了誌文，蓋其葬日實近，恐誤他事。」歐景祐元年爲館閣校勘，參與編纂崇文總目。慶曆元年書成，王堯臣爲領銜編纂者，與歐等均獲加階晉級之賞。劉敞公是集卷五一有宋故推忠佐理功臣光禄大夫行尚書吏部侍郎參知政事柱國太原郡開國公食邑二千三百户食實封四百户贈尚書左僕射王公行狀。堯臣，宋史有傳。

〔二〕「天聖」句：長編卷一〇五天聖五年三月：「乙丑，賜進士王堯臣等一百九十七人及第。」

〔三〕通判湖州：王公行狀：「通判湖州，年二十五矣。」

〔四〕「召試」二句：王公行狀：「天聖八年，召試翰林，改著作佐郎，直集賢院。」

〔五〕知光州：王公行狀：「公考以事左官於蔡，公亦請知光州以便親。」長編卷一一〇天聖九年五月：「己巳，秘書丞、知陳留縣王沖配雷州編管。初，内臣羅崇勳就縣請官田不得，使皇城卒虛告沖市物有剩利事，太后令崇勳劾，沖不能自明。故重謫之。沖弟審刑院詳議官、殿中丞瀆責監蔡州税，從子著作郎、直賢院堯臣出知澤州，皆坐沖故也。」按：澤州遠在河東路（州治今山西晉城），光州屬淮南西路，與蔡州相鄰，方能「便親」，故當從行狀、墓誌銘，以知光州爲是。

〔六〕「郭皇后廢」十句：宋史閻文應傳：「楊、尚二美人方寵，尚美人於仁宗前有語侵后，后不勝忿，批其頰，仁宗自起救之，誤中其頸，仁宗大怒。文應乘隙，遂與謀廢后，且勸以爪痕示執政。夷簡以怨，力主廢事，因奏仁宗出諫官，竟廢后爲淨妃，以所居宫名瑶華，皆文應爲夷簡内應也……既而仁宗復悔廢郭后，有復后之意，文應大懼。會后有小疾，挾太醫診視數日，乃言后暴崩，實文應爲之也。」

〔七〕「公請」三句：王公行狀：「公請獄治侍醫左右無狀者，爲朝廷除謗釋疑，事雖不行，物論多之。」長編卷一一七景祐二年十一月：「戊子，金庭教主、沖靜元師郭氏薨……中外疑文應進毒，然不得其實……右正言、集賢院王堯臣請舉左右侍醫者，不報。」

〔八〕「後文應」句：閻文應傳：「諫官劾其罪，請并其子士良出之……文應後徙相州鈐轄，卒。」

〔九〕「后猶在殯」八句：王公行狀：「后猶在殯，有司張燈合樂，飭供帳，望幸，乘輿臨當出，公又言：『前以詔復郭氏位號，則后禮不可闕。觀燈非禮之急，毋使天下有間言者。』天子從之。」

〔一〇〕「以公」句：長編卷一三〇慶曆元年正月：「壬戌，遣使體量安撫諸路，翰林學士王堯臣、崇儀使果州團練使張士宣陝西路。」

〔一一〕「還言」三句：王公行狀：「還，又言：『陝西兵亡慮二十萬，分屯田路，不足自守。賊嘗三戰三勝者，由以十當一也。臣視地形，涇原最可憂，請益兵萬人屯涇州，二萬屯渭州。渭足以制山外，涇足以控關中，則賊不敢送死矣。不然，臣恐其乘虛復來，潰決必甚。』」

〔一二〕「薦其」二句：王公行狀：「又薦狄青、王信、种世衡、劉昭孫等三十餘人可將帥。」

〔一三〕「是時」九句：事見長編卷一三一。

〔一四〕「公因言」六句，避暑録話卷下：「王文安公堯臣時爲翰林學士，乃以爲陝西體量安撫使。當權者意欲使附己，排（韓、范）二公。公具言二公方爲夷狄所畏，忠勇無比，將禦外敵，非二人不可，具辨任福敗不緣帥，皆請還之……議者謂保全關輔，雖韓、范之功，然非文安亦不能成也。」按：王堯臣言，亦見長編卷一三二。

〔一五〕「明年」四句：慶曆二年九月，涇原副都部署葛懷敏與元昊戰没於定川寨。詳見長編卷一三七。

〔一六〕「因復」句：長編卷一三八慶曆二年十月：「甲寅，以翰林學士兼龍圖閣直學士王堯臣爲涇原路安撫使……始，堯臣還自陝西，請先備涇原，弗聽。及葛懷敏敗，上乃思其言，故復遣堯臣往。於是前所格議，多見施行，復任韓琦、范仲淹爲統帥，實自堯臣發之。」

〔一七〕「置德順軍」句：長編卷一三九慶曆三年正月：「建渭州籠竿城爲德順軍，亦用王堯臣議也。」

〔一八〕「方公」二十二句：王公行狀：「初，曹瑋守渭州，開山外地，置龍竿等四寨，募弓箭手，給田二頃，教以耕戰，使自爲守。其後將帥養視之不善，又稍侵奪之，人人怨怒。有言德勝寨將姚貴材勇，爲衆所伏，遂逼以閉城畔。公適使還，過之，知貴素忠，其畔未能固立，自作書射城中，諭以禍福死生。貴恐懼，畏服，即日將其衆開門出降。公復爲申明約束，使可繼守，如曹瑋之舊而去。」

〔一九〕「明年」二句：長編卷一四〇慶曆三年四月：「己未，翰林學士、兼龍圖閣學士、兵部員外郎王堯臣爲户部郎中，權三司使事。」

〔二〇〕「罷副使」二句：王公行狀：「以張昷之、杜杞等十五六人爲副使、判官，天下稱其材。」

〔二一〕「宦者」九句：王公行狀：「入内都知張永和建言，欲取民間房錢十之三以助軍費，事下三司，公持不許。永和密使人致意曰：『公能行此，則大用矣。』明日入見，具爲上言，因曰：『此衰世之事，非平時可行，且召怨而攜民，唐德宗所以致朱泚之亂也。』上以爲然。而度支副使林濰畏永和勢，助之説甚力。公廷奏黜濰，議乃定。」

〔二二〕「益、利」三句：王公行狀：「川峽轉運司奏，乞增鹽井錢歲十餘萬緡，公固不從。上問其説，對曰：『兩蜀僻遠，恩澤鮮及，而貢入常倍，民力由此困。朝廷既未有以恤之，而又牟厚利焉，是重困也。雖小有益，將必大損矣。』上善其對。」

〔二三〕及公既罷：長編卷一五八慶曆六年正月：「戊子，翰林學士、兼龍圖閣學士、户部郎中、知制誥王堯臣罷三司使，爲翰林學士承旨、兼端明殿學士、羣牧使。」

〔二四〕「服除」三句：王公行狀：「皇祐初，免喪，還翰林，遷諫議大夫。上祀明堂，加給事中。」據長編卷一六七，堯臣爲右諫議大夫在皇祐元年九月。

〔二五〕「皇祐」二句：王公行狀：「三年九月，拜樞密副使。」據長編卷一七一皇祐三年十月辛丑條載，堯臣是月爲樞密副使。

〔二六〕「公持法」九句：王公行狀：「公在位六年，持法守正，以身當天下之務，濫恩倖請，一皆抑損。教坊樂工不得補班行。中人非有功，不以爲三路鈐轄。内侍兩省，非年五十無贓私，不以爲押班。興繕土木之勞，不以官爲賞。班行百司失職之人，其傷財而害民，必再赦乃得用。叙法皆定律令，天子深倚賴焉。」

〔二七〕「上愈知」二句：長編卷一七七至和元年九月：「樞密副使王堯臣務裁抑僥倖，於是有鏤匿名書布京城以搖軍情者，帝不信。丁卯，詔開封府揭牓募告者賞錢二千緡；願入官與大理寺評事或侍禁；已有官及係軍籍者優與遷轉；徒中自告特免罪，亦與酬獎；僧道褐衣者與紫衣，紫衣者與師號，已賜師號者與僧官，如願賜院額及欲度童行者亦聽。」

〔二八〕「樞密使」二句：東軒筆録卷一〇：「天聖五年王文安公堯臣狀元及第，釋褐，將作監丞，通判湖州。是年，狄武襄公青始投拱聖營爲卒。晚年，同入樞密院，武襄爲使，文安副焉。」

〔二九〕「而士卒」三句：歐奏議集卷一三有至和三年所作論狄青劄子，曰：「青之事藝，實過於人，比其輩流，又粗有見識，是以軍士心共服其材能……近日以來，訛言益甚，或言其身應圖讖，或言其宅有火光，道路傳説，以爲常談矣。」

〔三〇〕「嘉祐」二句：據長編卷一八二，樞密副使、給事中王堯臣爲户部侍郎、參知政事，在嘉祐元年閏三月癸未朔。

〔三一〕「三年」二句：據長編卷一八七嘉祐三年六月丙午條，是月，户部侍郎、參知政事王堯臣加吏部侍郎。

〔三二〕純臣：王純臣，皇祐三年爲太常博士、崇文院檢討。（見長編卷一七一）至和元年以祠部員外郎、秘閣校理通判揚州。（長編卷一七六）嘉祐時任宗實（後爲英宗）王府官。（長編卷一八二）

〔三三〕「有文集」句：王公行狀：「公本以文學進，至爲侍從，典詔誥者十有餘年，其文貴體不貴奇也。有集五十卷，藏於家。」按堯臣文集已佚，未見著録。

〔三四〕「將終」三句：堯臣至和時即與文彦博等議仁宗立儲嗣事，見長編卷一八二。蘇轍龍川別志卷下謂「英宗之譽布於諸公，則始於堯臣。」

〔三五〕「祖諱」三句：宋史隱逸傳上：「王礪……太平興國五年進士，至屯田郎中。子渙、瀆……瀆子堯臣。」

〔三六〕戚師道：字元魯。真宗朝名臣戚綸之孫。曾鞏集卷四二有戚元魯墓誌銘。

【集評】

〔明〕唐順之：純雅之文。（歐陽文忠公文鈔評語卷二四）

［清］儲欣：所記撫邊及權三司使，何其賢也！王公蓋方正中之有材識者。（六一居士全集録評語卷四）

資政殿大學士尚書左丞贈吏部尚書正肅吴公墓誌銘〔一〕

嘉祐四年十一月丁未，資政殿大學士、金紫光禄大夫、尚書左丞、知河南府兼西京留守司、上柱國、渤海郡開國公，食邑二千八百户、食實封八百户，贈吏部尚書，謚曰正肅吴公，葬於鄭州新鄭縣崇義鄉朝村之原。吴氏世爲建安人，自高、曾以來皆葬建州之浦城，至公始葬其皇考于新鄭。

公諱育，字春卿。爲人明敏勁果，彊學博辯，能自忖度㊀。不可，守不發；已發莫能屈奪〔二〕。天聖中，與其弟京、方俱舉進士〔三〕，試禮部爲第一，遂中甲科，而京、方皆及第。當是時㊁，吴氏兄弟名聞天下。

公初以大理評事知臨安、諸暨二縣，遷本寺丞知襄城縣。舉才識兼茂明於體用㊂，策入三等。遷著作佐郎、直集賢院，通判蘇州〔四〕，同知太常禮院，三司户部、度支二判官，知諫院，修起居注，知制誥，判太常、大理二寺〔五〕，吏部流内銓，史館修撰。累遷起居舍人，爲翰林學士。久之，遷禮部郎中，以學士知開封府〔六〕。

公爲政簡嚴，所至，民樂其不擾，去雖久，愈思之。初，秦悼王葬汝州界中〔七〕，其後子孫當從葬者，與其歲時上冢者不絶，故宗室、宦官常往來爲州縣患。公在襄城，每裁折之[四]。宗室、宦官怒，或夜半叩縣門，索牛駕車以動之，公輒不應，及旦，徐告曰：「牛不可得也。」由是宗室、宦官曰：「此不可爲也。」凡過其縣者，不敢以鷹犬犯民田，至他境矣，然後敢縱獵。其治開封，尤先豪猾，曰：「吾何有以及斯人？去其爲害者而已。」居數日，發大姦吏一人，流於嶺外，一府股栗。又得巨盜積贓萬九千緡，獄具而輒再變，衆疑以爲寃，天子爲遣他吏按之，卒伏法。由是京師肅清。

方元昊叛河西，契丹亦乘間隳盟[八]，朝廷多故，公數言事，獻計畫。自元昊初遣使上書，有不順語，朝廷亟命將出師，而羣臣爭言豎子即可誅滅[五]。獨公以謂元昊雖名藩臣，而實夷狄，其服叛荒忽不常，宜示以不足責，外置之。且其已僭名號，誇其人，勢必不能自削，以取羞種落，第可因之賜號若國主者，且故事也，彼得其欲，宜不肯妄動。然時方鋭意於必討，故皆以公言爲不然[九]。其後師久無功，而元昊亦歸過自新[六]，天子爲除其罪，卒以爲夏國主[一〇]。由是議者始悔不用公言，而虚弊中國。

公在開封，數以職事辨爭，或有不得，則輒請引去，天子惜之。慶曆五年正月，以爲諫議大夫、樞密副使[一一]。三月，拜參知政事[一二]。與賈丞相爭事上前[一三]，上之左右與殿中人皆恐色變，公論辯不已，既而曰：「臣所爭者，職也。顧力不能勝矣，願罷臣職，不敢爭。」上顧公直㈦，乃復以爲樞密副使〔一四〕。居歲餘，大旱，賈丞相罷去。御史中丞高若訥用洪範言大臣廷爭爲不肅，故雨不時若。因并罷公，以給事中知許州〔一五〕，又知蔡州。州故多盜㈧，公按令，爲民立伍保而簡其法，民便安之，盜賊爲息。京師有告妖賊千人聚確山者，上遣中貴人馳至蔡，以名捕者十人。使者欲得兵，自往取之，公曰：「使者欲藉兵立威？欲得妖人以還報也？」使者曰：「欲得妖人爾。」公曰：「吾在此，雖不敏，然聚千人于境内，安得不知？使信有之，今以兵往，是趣其爲亂也。此不過鄉人相聚爲佛事，以利錢財爾。一弓手召之，可致也。」乃館使者，日與之飲酒，而密遣人召十人者，皆至，送京師，告者果伏辜。拜資政殿學士，徙知河南府兼西京留守㈨〔一六〕，又徙陝府〔一七〕。遷禮部侍郎〔一八〕，徙永興軍。

丁父憂，去官。起復，懇請終喪。服除，加拜翰林侍讀學士，且召之。公辭以疾，上惻然，遣使者存問，賜以名藥，遂以知汝州〔一九〕。居久之，又辭以疾，即以爲集賢院學士、判西京留守司御史臺〔二〇〕。疾少間㈩，復知陝府，加拜資政殿大學士〔二一〕。

自公罷去，上數爲大臣言吴某剛正可用，每召之，輒以疾不至，於是召還，始侍講禁中，判通進銀臺司、尚書都省。明年，拜宣徽南院使、鄜延路經略安撫使、判延州〔二二〕。龐丞相經略河東，與夏人爭麟州界，亟築栅於白草。公以謂約不先定而亟城，必生事，遽以利害牒河東，移書龐公，且奏疏論之㊁，皆不報。已而夏人果犯邊，殺驍將郭恩，而龐丞相與其將校十數人皆以此得罪，麟、府遂警〔二三〕。既而公復以疾辭不任邊事，且求解宣徽使，乃復以爲資政殿大學士、尚書左丞、知河中府〔二四〕，遂徙河南。公前在河南，踰月而去，河南人思之，聞其復來，皆歡呼逆於路，惟恐後。其卒也，皆聚哭。

公享年五十有五，以嘉祐三年四月十五日卒於位㊂，詔輟朝一日㊂。曾祖諱進忠，贈太師；妣陳氏，吴國太夫人。祖諱諒，贈中書令；妣葛氏，越國太夫人。父諱待問，官至禮部侍郎，贈太保〔三五〕；妣李氏，楚國太夫人。娶王氏，太原郡夫人。子男十人：安度、安矩、安素，皆太常寺太祝；安常，大理評事；安正、安本、安序，皆秘書省正字；安厚，太常寺奉禮郎；安憲、安節未仕。女三人：長適集賢校理韓宗彦〔二六〕，次適著作佐郎龐元英〔二七〕，皆早卒；次適光禄寺丞任逸。

公在二府時，太保公以列卿奉朝請，父子在廷，士大夫以爲榮，而公踧踖不安。自言子班父前，非所以示人以法，顧不敢以人子私亂朝廷之制，願得罷去，不聽。天子數推恩羣臣子弟，公每先及宗族疏遠者，至公之卒，子孫未官者七人。有文集五十卷〔二八〕，尤長於論議。銘曰：

顯允吴公，有家於閩。自公皇考㊃，卜茲新原。厚壤深泉，樂其寬閑。今公其從，公志之安。公昔尚少⑮始來京師。挾其二季，名發聲馳。乃賜之策，以承帝問。語驚于廷⑯，有偉其論。乃登侍從，乃任大臣。出入險夷，周旋屈伸。公所策事，先其利害。初有不從，後無不悔。公於臨政，簡以便人。人失而思⑰，愈久彌新。帝曰：「廷臣，汝剛而直。來汝予用，斷余不惑。」公曰：「臣愚，負薪之憂〔二九〕。」帝爲咨嗟，公其少休。優以本邦⑱，寵其秩禄。尚冀公來，公卒不復。史臣考德，作銘幽宅。

【校記】

㈠忖：原校：一作「持」。　㈡是：原作「第」，據備要本改。　㈢才識兼茂明於體用：卷後原校：一作「賢良方正直言極諫」。　㈣折：原校：一作「叩」。天理本校：一作「抑」。　㈤即可：原校：一作「可即」。

㈥而：原校：一無此字。　㈦顧：原校：一作「多」。卷後原校：一作「稱」。　㈧州：卷後原校：一作「蔡」。

㈨留守：卷後原校：一無「守」字。　㈩間：原校：一作「愈」。　⑪「論之」下：原校：一有「朝廷」二字。

⑫十五日：原校：一作「乙卯」。　⑬「詔」上：原校：一有「以聞」二字。　⑭公：原作「我」，據衡本改之。

⑮尚少：原校：一作「少時」。　⑯于：原校：一作「天」。　⑰失：原校：一作「去」。　⑱本邦：卷後原校：一作「大邦」。

【箋注】

〔一〕如題下注，嘉祐四年（一〇五九）作。吴育葬於是年十一月，文當作於此前。上一年，吴育卒時，歐作祭吴尚書文（本集卷五〇）。歐長子發娶育弟吴充之女爲妻，歐、吴爲親家。歐嘉祐六年（一〇六一）致吴充書（見書簡卷二），中有「此交親所共亮」之語，見至遲彼時已成親家。育，宋史有傳。

〔二〕「不可」三句：宋史吴育傳：「育性明果，所至作條教，簡疏易行而不可犯。遇事不妄發，發即人不能撓。」

〔三〕「与其弟」句：琬琰集删存卷二李清臣吴正憲公充墓誌銘：「兄正肅公育及次兄京、方皆科選高等知名。」

〔四〕「舉才識」四句：長編卷一一四景祐元年六月：「己酉，策試……才識兼茂明於體用大理寺丞吴育……於崇政殿。育所對策不及三千字，特擢之。以育爲著作佐郎、直集賢院，通判湖州。」按：本文與吴育傳均云「通判蘇州」，長編作湖州，恐誤。

〔五〕「判太常」句：長編卷一二九康定元年十一月：「（乙丑）判太常禮院知制誥吴育、天章閣待制宋祁並同判太常寺，兼禮儀事。」

〔六〕「以學士」句：長編卷一四三慶曆三年九月：「丙子，翰林學士吴育權知開封府。」

〔七〕秦悼王：秦悼王爲宋太祖趙匡胤之弟廷美，原名光美，字文化。太宗即位，封齊王。從征太原，進封秦王。後降爲涪陵縣公，卒封涪王，謚曰悼。宋史有傳。

〔八〕「方元昊」二句：見本集卷二九翰林侍讀學士右諫議大夫楊公墓誌銘箋注〔四〕。

〔九〕「自元昊」十九句：長編卷一二三寶元二年三月：「初，元昊反書聞，朝廷即議出兵，羣臣爭言小醜可即誅滅，育獨建議：『元昊雖名藩臣，其尺賦斗租不入縣官，窮漠之外，服叛不常，宜外置之，以示不足責。且彼已僭輿服，誇示酋豪，勢必不能自削，宜援國初江南故事，稍易其名，可以順撫而收之。』奏入，宰相張士遜笑曰：『人言吴正言心風，果然。』於是育復上奏，俱不報。」

〔一〇〕「其後」四句：指慶曆三年，元昊請和，宋册其爲夏國主，歲賜絹、茶事。見長編卷一四〇。

〔一一〕「慶曆」二句：長編卷一五四慶曆五年正月：「（丙戌）翰林學士、禮部郎中、權知開封府吴育爲右諫議大夫，龍圖閣直學士、左諫議大夫、知延州龐籍並爲樞密副使。」

〔一二〕「三月」二句：據長編卷一五五，吴育爲參知政事，在慶曆五年四月庚戌。

〔一三〕「與賈丞相」句：吴育、賈昌朝多有爭議，長編卷一五八記載其事，以昌朝爲非。然吴育卒因昌朝故罷參政。

〔一四〕「乃復」句：據長編卷一五九，吴育復爲樞副，在慶曆六年八月癸酉。

〔一五〕「居歲餘」七句：長編卷一六〇慶曆七年三月：「乙未，工部侍郎、平章事賈昌朝罷爲武勝節度使、同平章事、判大名府、兼北京留守司、河北安撫使；樞密副使、右諫議大夫吴育爲給事中，歸班。昌朝與育數爭論帝前，論者多不直昌朝。時方閔雨，昌朝引漢災異免三公故事，上表乞罷，而御史中丞高若訥在經筵，帝問以旱故，若訥因言陰陽不和，責在宰相，洪範『大臣不肅，則雨不時若』。帝用其言，即罷昌朝等，尋復命育知許州。」高若訥，字敏之，并州榆次人。進士及第。官至參知政事、樞密使。宋史有傳。

〔一六〕「拜資政殿」二句：長編卷一六四慶曆八年四月：「癸酉，給事中、知蔡州吴育爲資政殿學士、知河南府。先是御史何郯言：『……竊見吴育去歲罷樞密副使出知許州，不聞顯過，止改給事中一官。況育才業，於時少比，使居學士之列，適其宜也……』從之。」

〔一七〕又徙陝府：長編卷一六五慶曆八年八月條下，稱吴育爲「資政殿學士、知陝州」。

〔一八〕遷禮部侍郎：長編卷一六七皇祐元年七月：「（癸卯）資政殿學士、給事中、知杭州范仲淹，資政殿學士、給事中、新知河南府吴育，並爲禮部侍郎。」

〔一九〕「服除」八句：長編卷一七一皇祐三年十二月：「戊戌，資政殿學士吴育知陝州。始命育兼翰林侍讀學士，育辭以疾，固請便郡。上謂近臣曰：『育剛正可用，但嫉惡太過耳，宜聽其便。』因遣中使賜以禁中良藥。不半歲，又徙汝州。」原注云：「實録作陝州。本傳及歐陽修墓銘並作汝州。按育明年四月乃知汝州，今從實録。又按吴育父待問，卒於皇祐二年十一月丙戌，此時才逾年。歐陽修墓銘云『服除』，誤也。」按：注云甚是，當從。

〔二〇〕「即以爲」句：長編卷一七三皇祐四年八月：「戊子，資政殿學士兼翰林侍讀學士、吏部尚書、知汝州吴育爲集賢院學士、判西京留司御史臺，育固稱疾求居散地故也。」

〔二一〕「復知」二句：長編卷一七五皇祐五年閏七月：「辛卯，以尚書禮部侍郎、集賢院學士、判西京留司御史臺吴育知陝州。」同卷皇祐五年八月：「（壬子）知陝州吴育爲户部侍郎、資政殿大學士。」

〔二二〕「拜宣徽」句：長編卷一八〇至和二年七月：「戊辰，資政殿大學士、兼翰林侍讀學士、户部侍郎吴育爲宣徽南院使、判延州。」

〔二三〕「龐丞相經略」十三句：吴育傳：「夏人既稱臣，而並邊種落數侵耕爲患。龐籍守并州，欲築堡備之。育謂：『要契未明而亟城，則羌人必爭，爭而受患者必麟、府也。』移文河東，又遣籍手書及疏於朝，不報。既而夏人果犯河外，陷驍將郭恩，而太原將佐皆得罪去。」龐籍，字醇之，單州成武人。大中祥符進士。數任邊帥，抵禦西夏。慶曆間，歷任樞密副使、參知政事，皇祐時爲相。後以太子太保致仕，封潁國公。宋史有傳。郭恩，開封人。累歷戰功，爲并代鈐轄、管勾麟府軍馬事。嘉祐二年，與西夏交戰，被執自殺，贈同州觀察使。宋史有傳。

〔二四〕「乃復」句：長編卷一八四嘉祐元年十月：「庚午，宣徽南院使、判河中府吴育復爲資政殿大學士、尚書左丞、知河中府，育以疾自請之。」

〔二五〕「曾祖」十一句：李清臣吴正憲公充墓誌銘：「公之曾祖進忠不仕。唐末，祖諒明儒學，教授鄉里。皇考待問登咸平進士第，官至尚書禮部侍郎。」吴曾能改齋漫録卷一二：「吴侍郎待問，建安人。其父曰長者，平生惟訓童稚以自晦。里人以其長厚，目爲吴觀音。所生四子：參政育，樞密充，又京、方並登進士爲朝臣。諸孫數十皆京秩。侍郎於京師遇鄉人至，必命子孫出見而列侍焉。」吴育傳：「及出帥永興，時待問尚無恙，肩輿迎侍，時人榮之。」

〔二六〕韓宗彦：字欽聖，舉進士甲科，累遷太常博士，召試，爲集賢校理。以尚書兵部員外郎判三司鹽鐵勾院，卒。宋史有傳。

〔二七〕龐元英：字懋賢，龐籍次子。至和二年，賜同進士出身。歷任羣牧判官、主客郎中、知晉州等職。著有文昌雜録。

〔二八〕「有文集」句：吴育傳：「晚年在西臺，與宋庠相唱酬，追裴、白遺事至數百篇……有集五十卷。」查宋史藝文志七有吴正肅制科文集十卷。

〔二九〕負薪之憂：身有疾病之婉稱。禮記曲禮下：「君使士射，不能，則辭以疾。言曰：『某有負薪之憂。』」孔疏：「負，擔；薪，樵……憂，勞也。方己有擔樵之餘勞，不能射也。」

【集評】

〔清〕儲欣：吴公剛直，而涖官臨民有春温之氣。（六一居士全集録評語卷四）

鎮潼軍節度觀察留後李公墓誌銘〔一〕

嘉祐五年八月某日，鎮潼軍節度觀察留後、知澶州軍州事隴西李公得暴疾，薨于州之正寢。其以疾聞也，上方宴禁中，爲止樂，命中貴人馳國醫往視，未及行而以薨聞。詔輟視朝一日，賜其家黄金三百兩，贈公感德軍節度使，已而又贈兼侍中。太常謚曰某〔二〕。即以其年某月某日葬于開封府開封縣褒親鄉先塋之次㊀。

公諱端懿，字元伯，開封人也。右千牛衛將軍、贈太師、尚書令兼中書令、隴西元靖王諱崇矩之曾孫〔三〕，連州刺史、贈太師諱繼昌之孫〔四〕，鎮國軍節度使、駙馬都尉、贈尚書令兼中書令、謚和文公諱遵勗之子㊁〔五〕。母曰齊國獻穆大長公主，太宗之女，真宗之妹，今天子之姑〔六〕。屬親而尊，禮秩崇顯，其淑德美問彰於内外。而和文公好學不倦，折節下士，喜交名公卿〔七〕，一時翕然，號稱賢尉。故李氏之盛，受寵三朝，而天下之士不侈其榮，而樂道其德。

公爲冢子，於其家法習見安行，不待教告。少篤學問，長而孝友。喜爲詩，工書畫，至於陰陽、醫術、星經、地理無所不通。七歲爲如京副使，歷文思副使、供備庫使、洛苑使、新州刺史、康、懷二州團練使、濟州防禦使。坐知冀州失捕妖人，降授單州團練使、知均州〔八〕，未行，改滑州兵馬鈐轄。居歲中，遷汝州防禦使、蔡州觀察使。天子祀明堂，推恩，徙華州觀察使。獻穆大長公主薨〔九〕，起復爲鎮國軍節度觀察留後〔一〇〕，公泣血辭讓，願終喪制。上不許其讓，許其終喪，給以全俸。服除，拜鎮潼軍節度觀察留後。累階金紫光禄大夫，勳上柱國，爵開國公，食邑四千四百户、實封九百户。

公爲兒時，上在東宫，真宗命公侍研席，上尤親愛，嘗解方玉帶賜之。稍長，出入宫禁，禮如家人。雖燕見，語不及私，數爲上陳朝廷闕失，開説古今治亂，多所補益，退而未嘗言。公既薨，得其遺稿之未上者，言宗室事甚詳，其餘不傳。公少自勉勵，見士大夫有失節廢義者，輒歎曰：「士起寒苦，以學行自名，至牽利欲，遂亡其所守，況驕佚易習，而生長富貴間邪？」故常惕然痛自刮磨，思立名節。聞一善士，傾身下之，而賢士大夫亦樂與之遊，以此多得名譽。

方大長公主在時，數欲求外官以自效，不可得。久之，出知冀州，爲政循法度，檢身束下，民以不擾，歲滿召還。初在冀，捕妖人李校〔一一〕，校窮，自經死，驗得實矣。後貝州妖賊王則閉城叛〔一二〕，聲言校在以惑衆，公坐貶官。已而則誅，城開無李校者，乃還公防禦使。又知鄆州〔一三〕，安撫京東之西路。是歲，京東水災，民饑流亡，公爲治室廬，發倉廩，而流人至者如歸，咸賴以全活。置弓手馬，教其馬鬭，皆如精兵。治汶陽堤百餘里，鄆人遂無水患。又知澶州〔一四〕，發軍吏之姦者去之，流其尤者於遠方，然後明軍籍，均其勞逸，軍中稱平，而畏其法。始下令捕盜，有登鄰屋取一杓者，遽置之法，以徇於市，曰：「是固足以信吾令。」由是盜賊屏息。公雖以公主子自少居京師，常領職事，其在三班院，尤爲稱職。三班掌諸使臣功過黜陟，而主者皆顯官自重，或貴家子食俸廩而已，吏得因依爲姦，而職廢久不省。至公，始躬治簿書，考覈虚實，賞罰必當，後人多遵用其法。及出爲三州〔一五〕，又皆有治狀。故雖享年不永，不究其所施，而士君子皆知其非安於富貴者也。及聞其喪也，莫不痛惜焉。公自爲鎮潼留後，十年不遷。上以其久也，以爲寧遠軍節度使，公懇辭不拜。及其薨也，遂贈感德軍節度使。

公享年四十有八。娶郭氏，封仁壽郡君，先公九年卒，贈太原郡夫人，西京左藏庫使、昌州團練使中和之女〔一六〕。子男五人：長曰誂，供備庫副使；次曰譓、曰詢，皆右侍禁；次曰諄、曰訢，尚幼。女四人：長適皇姪、右屯衛大將軍、吉州團練使、建安郡公宗保〔一七〕，早卒；次適秘書丞夏倚〔一八〕；次適皇姪、左領軍衛大將軍宗景〔一九〕；次適皇姪孫、右監門衛將軍世逸〔二〇〕。公平生嘗語其子弟曰：「吾蒙國厚恩，未有以報，吾且死，宜有遺言：毋因以求恩澤。」及其薨也，其家如其言。銘曰：

允矣和文，惟時顯人。蔚有士譽，匪矜帝姻。賚其子孫，列爵啓國。惟公承之，克似其德。士起寒家，驕于滿盈。紛其利欲，敗節隳名。公生盛族，赫奕高明。都尉之子，天子之甥。惟謹惟恭，其色不懈。聞善如貪，在得思戒。間亦宴見，忠言告猷。學而從政，有惠三州。享其多美，獨不遐年。高旌巨節，以賁于泉。曷又贈之？金璫附蟬。寵渥名榮㊂，惟有其實。刻詩同藏，其固其密。

【校記】

㊀其年：天理本作「某年」。　㊁謚：原作「許」，據衡本、宋史李遵勗傳改。　㊂名榮：原校：一作「榮名」。

【箋注】

〔一〕如題下注，嘉祐五年（一〇六〇）作。李端懿卒于是年八月，同年葬，文當作于八月後。端懿，宋史有傳。鎮潼軍，治今陝西華陰。

〔二〕謚曰某：長編卷一九二嘉祐五年八月：「澶州言鎮潼軍留後李端懿卒……謚良定。」

〔三〕崇矩：李崇矩，字守則，潞州上黨人。太祖時爲樞密使，出爲鎮國軍節度，又入爲左衛大將軍。太宗時，出爲邕、貴、潯、賓、横、欽六州都巡檢使，移瓊、崖、儋、萬四州都巡檢使。還，拜右千牛衛上將軍，判右金吾街仗兼六軍司事。卒贈太尉，謚元靖。宋史有傳。

〔四〕繼昌：李繼昌，字世長，崇矩子。歷任登、萊、沂、密七州都巡檢使及青、延、連等州知州，官至左神武軍大將軍。宋史有傳。

〔五〕遵勗：李遵勗，字公武，繼昌子。舉進士。娶真宗妹萬壽長公主，授左龍武將軍、駙馬都尉，歷任均、宏、康州團練使。知澶州時，黄河水溢，督工築堤，七日而成。拜寧國軍節度使，徙鎮國軍、知許州。卒贈中書令，謚和文。宋史有傳。

〔六〕「母曰」四句：端懿母爲宋太宗之女，真宗即位，封萬壽長公主。善筆札，喜圖史，能爲歌詩。卒封齊國大長公主，謚獻穆。宋史有傳。

〔七〕「而和文公」三句：宋史李遵勗傳：「構堂引水，環以佳木，延一時名士大夫與宴樂。師楊億爲文……又與劉筠相友善……有間宴集二十卷、外館芳題七卷。」

〔八〕「坐知」三句：長編卷一六三慶曆八年二月：「（丁丑）濟州防禦使李端懿爲單州團練使、知均州；殿中侍御史韓贄爲太常博士、監江州稅；監察御史梁蒨爲秘書丞、監衡州稅。又降習妖術人李教父屯田郎中曇爲昭州別駕……初，曇居冀州武邑，有告其子教在真定師仲傳妖術者，蒨時通判德州，轉運司檄蒨鞫之，曇匿教不出，及移文捕逐甚急，教遂自縊……端懿前知冀州，贄爲通判，皆失覺察，蒨爲勘官，而獄狀失詳，故皆責及之。」

〔九〕「獻穆」句：據長編卷一七〇，大長公主卒于皇祐三年三月丙子。

〔一〇〕「起復」句：長編卷一七〇皇祐三年四月：「丙戌，以獻穆大長公主子華州觀察使李端懿爲鎮國留後。」

〔一一〕李校：前引長編卷一六三及宋史李端懿傳，皆作李教，當從之。

〔一二〕王則：見本集卷三〇翰林侍讀學士右諫議大夫贈工部侍郎張公墓誌銘箋注〔九〕。

〔一三〕又知鄆州：長編卷一八〇至和二年六月：「乙卯，鎮潼軍留後李端懿知鄆州，帝賜詩以寵之。」

〔一四〕又知澶州：長編卷一九一嘉祐五年二月：「甲戌，鎮潼留後李端懿爲寧遠節度使、知澶州。御史中丞韓絳言端懿無功，不當領旄鉞。乃以留後赴澶州。」原注云：「復爲留後乃三月乙未，今并書。」

〔一五〕三州：指冀州、鄆州、澶州。

〔一六〕中和：郭中和爲郭崇之孫、郭允恭之子。見宋史郭崇傳。

〔一七〕宗保：宋史宗室傳二：「仁宗時，詔以允成子宗保出後昭成太子爲孫。宗保生二歲，母抱以入見章獻后，后留與處。宗保七歲，授左侍禁，帝親爲巾其首。久之，歸本宮，詔朔望出入禁省。累官代州防禦使，襲封燕國公。」按：昭成太子元僖爲太宗次子，允成爲太宗長子元佐之幼子。

〔一八〕夏倚：嘗爲大理寺丞、簽書節度判官廳公事（據安陽集卷四二北嶽謝雪文）及麟州通判（據傳家集卷二六乞復夏倚差遣劄子）等。

〔一九〕宗景：太宗子鎮恭懿王元偓之孫、允弼之子，累遷彰德軍節度、開府儀同三司、檢校司空，封濟陰郡王。見宋史宗室傳二。

〔二〇〕世逸：太祖子秦康惠王德芳之曾孫、惟叙之孫、從煦之庶子。見東都事略世家三。

居士集卷三十三

墓誌四首

尚書工部郎中充天章閣待制許公墓誌銘并序〔一〕

公諱元，字子春，姓許氏，宣州宣城人也。許氏世以孝謹稱鄉里〔二〕。其父亡，一子當官，兄弟相讓，久之，曰：「吾弟材，後必庇吾宗。」乃以公補郊社齋郎〔三〕。徙居海陵〔四〕，力耕以養其母。調明州定海、劍州順昌縣尉，泰州軍事推官。戍兵千人自海上亡歸，州守聞變，不知所爲。公爲詰其所以來，二三人出，前對。公叱左右執之，曰：「惑衆者此爾，其餘何罪？」勞其徒而遣之。遷鎮東軍節度推官、知潤州丹陽縣。縣有練湖，決水一寸，爲漕渠一尺，故法：盜決湖者，罪比殺人。會歲大旱，公請借湖水溉民田，不待報，決之。

州守遣吏按問，公曰：「便民，罪令可也。」竟不能詰。由是溉民田萬餘頃，歲乃大豐。再遷太子中舍、監揚州博鹽和糴倉，知泰州如皋縣。所至民愛思之。

公爲吏，喜修廢壞，其術長於治財〔五〕。自元昊叛河西，兵出久無功，而天下勞弊，三司使言公材，以主榷貨。公言先時賈人入粟塞下，京師錢不足以償，故錢償愈不足，則粟入愈少而價愈高，是謂内外俱困。請高塞粟之價，下南鹽以償之，使東南去滯積，而西北之粟盈，曰：「此輕重之術也。」行之果便。是時京師粟少，而江淮歲漕不給，三司使懼，大臣以爲憂，參知政事范仲淹謂公獨可辦，乃以公爲江、淮、兩浙、荆湖發運判官〔六〕。公曰：「以六路七十二州之粟不能足京師者，吾不信也。」至則治千艘，浮江而上，所過州縣，留三月食，其餘悉發，而州縣之廩，遠近以次相補，由是不數月，京師足食。既而嘆曰：「此可爲於乏之時，然歲漕不給者，有司之職廢也。」乃考故事，明約信令，發斂轉徙，至於風波遠近、遲速賞罰，皆有法。凡江湖數千里外，談笑治之，不擾不勞，而用以足。

公初以殿中丞爲判官，已而爲副〔七〕，爲使〔八〕，每歲終，會計來朝，天子必加恩禮。特賜進士出身〔九〕，官至工部郎中、天章閣待制〔一〇〕，凡在職十有三年。已而曰：「臣憊矣，願乞臣一州。」天子顧代公者難其人，其請至八九，久之，察其實病且老矣，乃以知揚州〔一一〕。居歲餘，徙知越州。公益病，又徙泰州。至州，未視事，以嘉祐二年四月某日卒于家，享年六十有九。

曾祖諱稠〔一二〕，池州録事參軍。祖諱規〔一三〕，贈大理評事。父諱遜〔一四〕，尚書司封員外郎，贈工部侍郎。公娶馮氏，封崇德縣君，先公卒。子男二人：長曰宗旦，真州揚子縣主簿；次曰宗孟，守將作監主簿。女一人，適太常寺太祝滕希雅〔一五〕。

先是江淮歲漕京師者，常六百萬石，其後十餘歲，歲益不充。至公爲之，歲必六百萬，而常餘百萬以備非常。方其去職，有勸公進爲羨餘者，公曰：「吾豈聚斂者哉！敢用此以希寵？〔一六〕」

公爲人善談論，與人交，久而益篤。於其家尤孝悌，所得俸禄分給宗族，無親疏之異。其孤宗旦等以某年某月某日，葬公於真州揚子縣甘露鄉之某原。其所與遊廬陵歐陽修誌於其墓曰：嗚呼！爲天下者，固常養材於無事之時，蓋必有事，然後材臣出。自寶元、慶曆以來，兵動一方，奔走從事於其間者，皆號稱天下豪傑，其智者出謀，材者獻力，訖不得少如其志。而公遭此時，用其所長，且久於其官，故得卒就其業而成此名，此其可以書矣。乃爲之銘曰：

材難矣，有藴而不得其時；時逢矣，有用而不盡其施。功難成而易毁，雖明哲或不能以自知。公材之敏兮，用適其宜。志方甚壯兮，力則先衰。行著于家，而勞施于國。永幽其閟兮，銘以哀之。

【箋注】

〔一〕 如題下注，嘉祐二年（一〇五七）作。許元卒于是年四月，文即作于當年入葬之前。歐與墓主之交往，可參閱本集卷一一招許主客詩、卷四〇海陵許氏南園記、真州東園記。許元，宋史有傳。

〔二〕「許氏」句：臨川集卷七一許氏世譜：「祥符中，天子有事於泰山，加恩羣臣。（許）逖當遷，讓其兄遂，天子以遂試將作監主簿……逖字景山……其事兄如事父，使妻事其長姒如事母。故人無後，爲嫁其女如己子。有子五人：恂，黄州録事參軍；恢，尚書虞部員外郎；怡，今爲太子中舍，簽書淮南節度判官廳公事；元，今爲江淮荆湖兩浙制置發運使；平，泰州海陵主簿。五人者，咸孝友如其先人，故士大夫論孝友者歸許氏。」

〔三〕「其父亡」八句：海陵許氏南園記：「司封（許逖爲尚書司封員外郎）之亡，一子當得官，其兄弟相讓，久之，諸兄卒以讓君（許元），君今遂顯于朝以大其門。」宋史許元傳：「以父蔭爲太廟齋郎。」

〔四〕 徙居海陵：海陵許氏南園記：「高陽許君子春，治其海陵郊區之南爲小園，作某亭某堂於其間。」

〔五〕「其術」句：許元傳：「元爲吏强敏，尤能商財利。」

〔六〕「參知」二句：據長編卷一四一，由范仲淹推薦，慶曆三年五月辛未，許元爲江、淮、兩浙、荆湖制置發運判官。

〔七〕 已而爲副：長編卷一六一慶曆七年七月：「（辛丑）制置發運判官、主客員外郎許元遷制置發運副使。」

〔八〕 爲使：長編卷一六七皇祐元年十月：「乙酉，以淮南、江、浙、荆湖制置發運副使、主客員外郎許元爲制置發運使。」

〔九〕「特賜」句：長編卷一六九皇祐二年十一月：「壬辰，賜淮南、江、浙、荆湖制置發運使、金部員外郎許元進士出身。上嘗謂執政曰：『發運使總領六路八十八州軍之廣，其財貨調用，幣帛穀粟，歲千百萬，宜得其人而久任之。今許元累上章求解，朕思之，不若獎勵以盡其才。』故特有是賜。」

〔一〇〕「官至」句：長編卷一七三皇祐四年十月：「戊戌，淮南、江、浙、荆湖制置發運使、侍御使許元爲刑部員外郎、天章閣待制。」

〔一一〕「乃以」句：長編卷一七七至和元年十一月：「丙寅，徙淮南、江、浙、荆湖制置發運使、工部郎中、天章閣待制許元知揚州。元在淮南十三年，急於進取，多聚珍奇以賂遺京師權貴，尤爲王堯臣所知。治所在真州，衣冠之求官舟者，日數十輩。元視勢家要族，立推巨艦與之，即小官惸獨，伺候歲月，有不能得。人以是憤怒，而元自謂當然，無所愧憚。」按：許元「急於進取」事，熙寧三年御史中丞馮京亦以爲言，謂「元賂遺權要，傾巧百端」（長編卷二一二），類此，本文皆不載，蓋爲墓主諱也。

〔一二〕稠：許氏世譜：「稠沈毅有信，仕江南李氏，參德化王軍事。」

〔一三〕規：許氏世譜：「稠生規，好道家言，不以事自慁，嘗羈宣、歙間，聞旁舍呻呼，就之，曰：『我某郡人也，察君長者，且死，願以骸骨屬君。』因指橐中黄金十斤，曰：『以是交長者。』規許諾，敬負其骨千里，并黄金置死者家。家大驚，愧之，因請獻金如兒言以爲許君壽，規不顧，竟去。於是聞者滋以規爲長者。卒，葬池州。後以子故，贈大理評事。」

〔一四〕逖：許逖，生平見本集卷三八司封員外郎許公行狀。

〔一五〕滕希雅：滕宗亮之子。見范文正集卷一三天章閣待制滕君墓誌銘。

〔一六〕「公曰」三句：長編卷一七二云：「許元欲廣收羨餘，以媚三司，憚諸路不從，請以六路轉運司自隸，皆令具狀申發運司……他轉運使相繼論列於朝，卒罷之。」許元傳亦謂「轉運使多論其罪，事遂寢」。按：本文載許元之語，正見其時頗有「聚斂」、「希寵」之譏，歐蓋欲爲之諱也。然銘語云：「雖明哲或不能以自知。」亦深有感慨焉。

【集評】

［清］儲欣：叙才臣實蹟，而歸功於久任，倘亦惜范、杜諸公之旋用旋舍以不究其業歟！（六一居士全集録評語卷四）

尚書刑部郎中充天章閣待制兼侍讀贈右諫議大夫孫公墓誌銘〔一〕

公諱甫，字之翰，許州陽翟人也。初舉進士，天聖五年得同學究出身，爲蔡州汝陽縣主簿。八年，再舉進士及第，爲華州觀察推官㊀〔二〕。轉運使李紘薦其材〔三〕，遷大理寺丞、知絳州翼城縣。故丞相杜祁公與紘皆以清節自高，尤難於取士，聞公紘所薦也，數招致之，一見大喜。已而祁公自御史中丞拜樞密直學士、知永興軍，辟公司録，凡事之繁猥者，一以委之。公歎曰：「待我以此，可以去矣。」祁公爲謝，顧事非他吏不能者，不敢煩公。公乃從容爲陳當世之務，所以緩急先後施設之宜，又多薦士之賢而在下者，於是祁公自以爲得益友〔四〕。歲滿，知彭州永昌縣，監益州交子務〔五〕，再遷太常博士。祁公爲樞密副使，薦于朝，得秘閣校理〔六〕。

是時，諸將兵討靈、夏，久無功。天下騷動，盜賊數入州縣，殺吏卒，吏多失職而民弊矣〔七〕。天子方鋭意更用二三大臣，乃極選一時知名士，增置諫員，使補闕失，公以右正言居諫院〔八〕。上好納諫諍，未嘗罪言者㊁，而至言宫禁事，他人猶須委曲開諷，而公獨曰：「所謂后者，正嫡也。其餘，皆猶婢爾。貴賤有等，用物不宜過僭。自古寵女色，初不制而後不能制者，其禍不可悔〔九〕。」上曰：「用物在有司，吾恨不知爾。」公曰：「世謂諫臣耳目官，所以達不知也。若所謂前世女禍者，載在書史，陛下可自知也。」上深嘉納之。保州兵變〔一〇〕，前有告者，大臣不時發之。公因力言樞密使、副當得罪，使乃杜祁公也〔一一〕。邊將劉滬城水洛于渭州，部署尹洙以滬違節度，將誅之〔一二〕。大臣稍主洙議，公以謂水洛通秦、渭，於國家利，滬不可罪，由是罷洙而釋滬。洙，公平生所善者也。公在諫院，所言補益尤多。是三者，其一人所難言，其二人所難處者〔一三〕。其後言宰相以某事當去者，上亟爲罷之〔一四〕，因以陳執中爲參知政事，公又言執中不可用，由是上難之，公遂求解職〔一五〕。於是小人不便大臣執政，而朋黨之論起，二三公相繼去位，公亦在論中，而辨諍愈切，不自疑。由是罷諫職，以右司諫知鄧州〔一六〕，徙知安州，歷江南、兩浙轉運使。再遷兵部員外郎，改直史館、知陝府，又徙晉州、河東轉運使〔一七〕。

公素羸，性淡然，寡所好欲，恂恂似不能言，而内勁果，遇事精明。議者謂公道德文學，宜在朝廷備顧問，而錢穀刀筆非其職，然公處之益辦，至臨疑獄滯訟，常立得其情。大賊張海、郭貌山攻劫商、鄧，新破南陽、順陽〔一八〕。公安輯有方，常曰：「教民知戰，古法也。」乃親閲縣弓手，教之擊射坐作，皆爲精兵，盜賊爲息。陝當東西衝，吏苦廚傳，而前爲守者顧毀譽，不能有所損。至公，痛裁節之，過客畏其清，初無所望，而亦莫之毀也。陝人賴以紓，後遂以爲法〔一九〕。其爲轉運使，所至州縣，視其職事修廢，察其民樂否，以此升黜官吏，而不納毀譽。遇下雖嚴而不害。其在兩浙，范文正公守杭州，以大臣或便宜行事。公曰：「范公，貴臣也。吾屈於此，則不得伸於彼矣。」由是一切繩以法，而常以監司自處。范公遇公無倦色，及退而不能無恨；公遇范公不少下，然退而未嘗不稱其賢也。自河東召爲度支副使，勤其職，不以爲勞，已而得疾。嘉祐元年，遷刑部郎中、天章閣待制、河北都轉運使，不行。疾少間，乃留侍讀。

公博學彊記〔二〇〕，尤喜言唐事，能詳其君臣行事本末，以推見當時治亂。每爲人説，如其身履其間，而聽者曉然如目見。故學者以謂終歲讀史，不如一日聞公論也。所著唐史記七十五卷，論議宏贍〔二一〕。書未及成，以嘉祐二年正月戊戌卒于家，享年六十。公既卒，詔取其書，藏于秘府。贈右諫議大夫。又有文集七卷。

公喜接士，務揚人善。所得俸廩，多所施與。撫諸孤兒，教育如己子。曾祖諱昶，博州堂邑主簿。祖諱賁，尚書庫部員外郎。考諱從革，不仕，以公貴，累贈都官郎中。母曰長安縣太君李氏。娶程氏，壽昌縣君。子三人：長曰宜，滑州節度推官；次曰寔、曰寘，皆將作監主簿。女三人，一適將作監主簿程著，餘皆早亡。以五年七月丁酉，葬公于陽翟縣舊學鄉塢頭村之北原。銘曰：

惟學而知方，以行其義；惟簡而無欲〔二二〕，以遂其剛。力雖弱兮志則彊，積之厚兮發也光。仁宜壽兮奄以藏㊂。有深其泉兮有崇其岡，永安其固兮百世無傷。

【校記】

㊀爲：原校：一無此字。　㊁未嘗罪言者：卷後原校：五字上一有「雖」字。　㊂仁：此字原無。卷後原校云「『宜』字上脱『仁』字」，據補。

【箋注】

〔一〕如題下注，嘉祐五年（一〇六〇）作。孫甫葬於是年七月，文即作於其時。書簡卷五有歐是年所作與劉侍讀云：「某爲之翰家遺僕坐門下要誌銘，所以兩日不能至局。大熱如此，又家中小兒女多不安，更爲人家驅逼作文字，何時免此老業？」曾鞏集卷四七有故朝散大夫尚書刑部郎中充天章閣待制兼侍讀上輕車都尉賜紫金魚袋孫公行狀。呂南公灌園集卷一六有孫甫傳。孫甫，慶曆時與歐同爲諫官，支持新政，宋史有傳。

〔二〕「初舉」六句：黄宗羲答張爾公論茅鹿門批評八家書（南雷文案卷四）引此數句曰：「鹿門云：『宋舉進士者再。』按之翰初舉進士不及第，再舉方得及第，未嘗再也。學究出身，非進士之第耳。」

〔三〕「轉運使」句：曾鞏孫公行狀：「華州倉粟惡，吏當負錢數百萬，轉運使李紘以吏屬公，公令取斗粟舂之，可棄者十纔居一二。又試之亦然。吏遂得弛，負錢數十萬而已。紘以此多公，薦之。」李紘字仲綱，宋州楚丘人。進士及第，歷任監察御史、河北轉運使、三司度支副使、刑部郎中等。宋史有傳。

〔四〕「於是」句：長編卷一三七：「（杜）衍與（孫甫）語，必引經以對，言天下賢俊，歷評其才性所長。衍曰：『吾辟屬官，得益友。』」

〔五〕「監益州」句：長編卷一三七：「嘗監益州交子務，轉運使以僞造交子多犯法，廢不用。甫曰：『交子可以僞造，鐵錢可以私鑄，有犯私鑄，錢可廢乎？但嚴治之，不當以小害廢大利。』交子卒不廢。」交子，宋時發行的紙幣，見宋史食貨志下三。

〔六〕「祁公」三句：長編卷一三七慶曆二年九月：「辛丑朔，太常博士孫甫爲秘閣校理，樞密副使杜衍所薦也。」

〔七〕「是時」七句：寶元元年，西夏元昊反宋自立後，宋廷在西部用兵，屢戰屢敗，折損大將劉平、任福、葛懷敏等。至慶曆三年，張海與郭邈山率饑民在商山暴動，轉戰十餘州，江、淮之間動蕩不安。見長編卷一四三、一四五。

〔八〕「公以」句：長編卷一四四慶曆三年十月：「（丙午）太常博士、秘閣校理孫甫爲右正言，諫院供職。」

〔九〕「而至」十二句：指孫甫上書言「張修媛寵恣市恩，禍漸以萌」事。見孫甫上仁宗論赤雪地震之異（宋朝諸臣奏議卷三九）。

〔一〇〕保州兵變：慶曆四年八月，保州雲翼軍士兵殺通判，據城叛，右正言田況受命前往處置。九月，亂平。況坑殺降者數百人。事見長編卷一五一。

〔一一〕「前有」四句：孫公行狀：「保州有兵變，朝廷賞先言者。公以謂有先言者，而樞密院不以時下，不可以無責。天子曰：『某，吾方倚以治也，不可使去位。』公猶固請議其罰。」

〔一二〕「邊將」三句：事見本集卷二八尹師魯墓誌銘箋注〔一六〕。孫甫奏言見長編卷一四八。

〔一三〕「其二」句：宋史孫甫傳：「衍屢薦甫，洙與甫素善者，而甫不少假借，其鯁亮不私如此。」

〔一四〕「其後」二句：指孫甫、蔡襄奏論晏殊事。宋史晏殊傳：「孫甫、蔡襄上言，宸妃生聖躬爲天下主，而殊嘗被詔誌宸妃墓，没而無言。又奏論殊役官兵治僦舍以規利。坐是，降工部尚書，知潁州。」此事亦見長編卷一五二。

〔一五〕「公又言」三句：長編卷一五二慶曆四年九月：「詔執中參知政事。於是諫官蔡襄、孫甫等爭言執中剛愎不學，若任以政，天下不幸。上不聽……諫官上殿，上作色迎，謂之曰：『豈非論陳執中耶？朕已召之矣。』諫官乃不敢復言……十月，知諫院蔡襄以親老乞鄉郡，己酉，授右正言、知福州。襄與孫甫俱論陳執中不可執政，既不從，於是兩人俱求出，而襄先得請，時甫使契丹未還也。」

〔一六〕「於是」八句：長編卷一五四慶曆五年正月：「甲戌，右正言、秘閣校理孫甫爲右司諫，知鄧州。先是，甫言陳執中不效，數請補外，不許。帝嘗問丁度用人以資與才孰先，度對曰：『承平宜用資，邊事未平宜用才。』甫又劾奏度因對求大用，請屬吏。上諭輔臣曰：『度在侍從十五年，數論天下事，顧未嘗及私，甫安從得是語？』度知甫所奏誤，力求與甫辨。宰相杜衍以甫方使契丹，寢其奏。度深銜衍，且指甫爲衍門人。及甫自契丹還，亟命出守。」

〔一七〕「又徙」句：孫公行狀：「徙晉州，近臣過晉，夜半叩城欲入，公曰：『城有法，吾不得獨私。』終不爲開門。」

〔一八〕「大賊」二句：張海爲京西、陝西一帶農民起義首領，郭貌山（長編作郭邈山）爲商山農民起義首領，其活動始末詳見長編卷一四三、一四五。

〔一九〕「陝當」十一句：孫公行狀：「知陝府，簡廚傳之費，陝人安之。鄰州歲時以酒相慶問，公命儲別藏，備官用，一不歸於己，至今遂爲法。」

〔二〇〕「公博學」句：孫公行狀：「公博學强記，其氣溫，其貌如不能自持。及與人言，反覆經史，上下千有餘年，貫穿通洽，不可窺其際。而退視其家，初未嘗蓄書，蓋既讀之，終身多不忘也。」

〔二一〕「所著」二句：孫公行狀：「所著唐史紀七十五篇，以謂己之學治亂得失之説具於此，可以觀公之志也。公殁，有詔求其書。」宋史藝文志著録「孫甫唐史記七十五卷」。司馬光書孫之翰唐史記後云：「孫公昔著此書，甚自重惜。嘗別緘其稿於笥，必盥手然後啓之，謂家人曰：『萬一有水火兵刃之急，它貨財盡棄之，此笥不可失也。』」

〔二二〕「惟簡」句：孫公行狀：「雖貴而衣食薄，無妾媵，不飾玩好，不與酣樂，泊如也。」

【集評】

〔宋〕司馬光：明道中，公（孫甫）在華州，光始以太廟齋郎得謁見。皇祐中，幸與公同在館閣。公於光爲前輩，而光服公才，仰公德，不敢以同舍期也，然粗能孰公之爲人。元豐二年十一月，公弟子崇信令察，示光以歐陽公所譔公墓誌。光讀之，怳然如復見公，得侍坐於旁也。昔蔡伯喈嘗言：「吾爲碑銘多矣，皆有慚德，唯郭有道無愧色耳。」觀歐陽公此文，其言公自初仕，以美才清德爲時所重；在諫院，言宫禁事切直，無所避；在陝，不飾廚傳；凡當官公論，不私其所愛；淡然寡所好，外和而内勁；喜言唐事，學者終歲讀史，不如一日聞公論。此皆光親所睹聞，當時士大夫所共知，可謂實録而無愧矣。公名高於世，歐陽公以文雄天下，固不待光言而後人信之。然歲月益久，識公者益寡，竊懼後之人見歐陽公之文，以爲如世俗之銘誌，但飾虚美以取悦其子孫耳。故冒進越之罪，嗣書其末，譬猶捧土以培泰山，匊水以沃大河，彼豈賴此以爲高深哉？蓋志在有以益之，不自知非其任也。（温國文正司馬公文集卷七九書孫之翰墓誌後）

〔清〕儲欣：在諫院但舉三事，而言職克盡可知矣。史家高手。（六一居士全集録評語卷四）

梅聖俞墓誌銘并序〔一〕

嘉祐五年，京師大疫〔二〕。四月乙亥，聖俞得疾，卧城東汴陽坊〔三〕。明日，朝之賢士大夫往問疾者，騶呼屬路不絶。城東之人，市者廢，行者不得往來，咸驚顧相語曰㊀：「兹坊所居大人誰邪㊁？何致客之多也！」居八日，癸未，聖俞卒。於是賢士大夫又走吊哭如前日益多㊂，而其尤親且舊者，相與聚而謀其後事，自丞相以下，皆有以賻恤其家。粤六月甲申，其孤增載其柩南歸㊃，以明年正月丁丑葬于某所㊄。

聖俞，字也，其名堯臣，姓梅氏，宣州宣城人也㊅。自其家世頗能詩㊆，而從父詢以仕顯㊇〔四〕。至聖俞，遂以詩聞。自武夫、貴戚、童兒、野叟㊈，皆能道其名字〔五〕，雖妄愚人不能知詩義者，直曰：「此世所貴也，吾能得之。」用以自矜。故求者日踵門，而聖俞詩遂行天下。其初喜爲清麗閑肆平淡，久則涵演深遠，間亦琢刻以出怪巧，然氣完力餘，益老以勁〔六〕。其應於人者多，故辭非一體，至於他文章，皆可喜，非如唐諸子號詩人者㊉，僻固而狹陋也。聖俞爲人仁厚樂易，未嘗忤於物，至其窮愁感憤，有所駡譏笑謔，一發於詩⑪，然用以爲歡，而不怨懟，可謂君子者也。

初在河南〔七〕，王文康公見其文㊁〔八〕，歎曰：「二百年無此作矣。」其後大臣屢薦宜在館閣，嘗一召試，賜進士出身，餘輒不報〔九〕。嘉祐元年，翰林學士趙槩等十餘人列言于朝曰：「梅某經行修明，願得留，與國子諸生講論道德，作爲雅頌㊂，以歌詠聖化。」乃得國子監直講〔一〇〕。三年冬，祫于太廟，御史中丞韓絳言天子且親祠〔一一〕，當更制樂章，以薦祖考，惟梅某爲宜。亦不報〔一二〕。

聖俞初以從父蔭〔一三〕，補太廟齋郎，歷桐城、河南、河陽三縣主簿，以德興縣令知建德縣，又知襄城縣，監湖州鹽稅，簽署忠武、鎮安兩軍節度判官，監永濟倉，國子監直講，累官至尚書都官員外郎。嘗奏其所撰唐載二十六卷〔一四〕，多補正舊史闕繆。乃命編修唐書〔一五〕，書成，未奏而卒，享年五十有九。

曾祖諱遠，祖諱邈〔一六〕，皆不仕。父諱讓〔一七〕，太子中舍致仕，贈職方郎中。母曰仙遊縣太君束氏，又曰清河縣太君張氏。初娶謝氏〔一八〕，封南陽縣君；再娶刁氏〔一九〕，封某縣君㊃。子男五人：曰增，曰墀，曰坰，曰龜兒，一早卒。女二人：長適太廟齋郎薛通，次尚幼。

聖俞學長於毛氏詩，爲小傳二十卷，其文集四十卷〔二〇〕，注孫子十三篇〔二一〕。余嘗論其詩曰：「世謂詩人少達而多窮，蓋非詩能窮人，殆窮者而後工也〔二二〕。」聖俞以爲知言。

銘曰：

不戚其窮，不困其鳴。不躓于艱，不履于傾。養其和平，以發厥聲。震越渾鍠，衆聽以驚。以揚其清，以播其英。以成其名，以告諸冥。

【校記】

㊀語：原校：一作「謂」。㊁「茲坊」句：原校：一作「茲坊大人誰也」。㊂走吊：原校：二字一作「共」。㊃孤：原校：一作「子」。增：原校：一無此字。㊄某所：原校：一作「宣州陽城鎮雙歸山」。㊅「其名」三句：原校：一作「姓梅氏，名堯臣，宣州人也」。㊆自：原校：一無此字。「能」上：原校：一有「皆」字。㊇從：原校：一作「叔」。㊈童兒：原校：一作「兒童」。㊉號詩人者：卷後原校：一作「號爲詩人」。⑪「發」下：原校：一有「之」字。⑫「王文康公」上：原校：一有「時」字。⑬雅頌：原校：一作「風雅」。見其文：卷後原校：「文」一作「詩」。⑭某：原校：一作「平恩」。

【箋注】

〔一〕如題下注，嘉祐六年（一〇六一）作。梅堯臣葬於是年正月，文當作於其時。堯臣，宋史有傳。

〔二〕「嘉祐」二句：長編卷一九一嘉祐五年五月：「京師大疫，貧民爲庸醫所誤死者甚衆。」

〔三〕「四月」三句：據下篇江鄰幾墓誌銘，江休復卒於四月乙亥，堯臣得疾即在當日。梅集編年卷三〇：「嘉祐五年四月，刑部郎中江休復病危，堯臣訪之。契丹林牙左驍衛上將軍耶律格……來賀乾元節。四月十八日賜宴，堯臣與宴。宴後回至汴陽坊，是日得病，二十五日逝世。」

〔四〕「自其」二句：堯臣叔父梅詢官至翰林侍讀學士，好學有文，尤喜爲詩。見本集卷二七翰林侍讀學士給事中梅公墓誌銘。

〔五〕「自武夫」二句：堯臣以詩聞名，上至宮廷，下至民間，無不知曉。邵氏聞見録卷一七：「嘉祐中，侍從官列薦國子博士梅堯臣宜在館閣，仁皇帝曰：能賦『一見天顔萬人喜，却回宮路樂聲長』者也。蓋帝幸景靈宮，堯臣有詩或傳入禁中，帝愛此二語。」另見本集卷三一太子中舍梅君墓誌銘箋注〔五〕。

〔六〕「其初」五句：本集卷二水谷夜行寄子美聖俞中「梅翁事清切……真味久愈在」一段對梅詩的評價可參閲。

〔七〕初在河南：據梅集編年，天聖九年，梅堯臣任河南縣主簿。

〔八〕「王文康公」句：王文康公即王曙。據尹洙河南集卷一二贈太保中書令文康王公神道碑銘，明道二年秋王曙「再知河南府，十一月被召，加檢校太傅、充樞密使」，其贊賞梅詩，當在是年秋知河南府時。王曙，宋史有傳。

〔九〕「其後」四句：長編卷一七一皇祐三年九月：「庚申，賜國子博士梅堯臣同進士出身，仍改太常博士……大臣屢薦堯臣宜在館閣，召試學士院，而有是命。」

〔一〇〕「嘉祐」八句：嘉祐元年，趙槩、歐陽修等共推堯臣爲國子監直講。歐奏議集卷一四有舉梅堯臣充直講狀。趙槩字叔平，應天虞城人。天聖進士。累遷知制誥，爲翰林學士，官至參知政事。宋史有傳。

〔一一〕韓絳：見本集卷五奉答子華學士安撫江南見寄之作箋注〔一〕。

〔一二〕亦不報：宋史梅堯臣傳異此，稱「寶元、嘉祐中，仁宗有事郊廟，堯臣預祭，輒獻歌詩」。按：寶元時，堯臣尚在地方爲小官，「預祭」恐不實。

〔一三〕「聖俞」句：梅堯臣傳：「梅堯臣……侍讀學士詢從子也……用詢蔭，爲河南主簿。」

〔一四〕「嘗奏」句：梅堯臣傳：「撰唐載記二十六卷。」

〔一五〕「乃命」句：唐書即新唐書。宋敏求春明退朝録卷下：「將卒業，而梅聖俞入（唐書）局，修方鎮、百官表。」

〔一六〕「曾祖」二句：翰林侍讀學士給事中梅公墓誌銘：「皇曾祖諱超，皇祖諱遠，皆不仕。父諱邈，贈刑部侍郎。」按：梅公，梅詢，堯臣叔父。

〔一七〕讓：梅讓，生平見太子中舍梅君墓誌銘。

〔一八〕謝氏：生平見本集卷三六南陽縣君謝氏墓誌銘。

〔一九〕刁氏：歸田録卷二：「其（堯臣）初受敕修唐書，語其妻刁氏曰：『吾之修書，可謂猢猻入布袋矣。』刁氏對曰：『君於仕宦，亦何異鮎魚上竹竿耶！』聞者皆以爲善對。」梅集編年卷一六：「慶曆六年……至汴後，就婚刁氏，昇州人，西崑派詩人、兵部郎中刁衎孫女，太常博士刁渭之女。」

〔二〇〕「聖俞」三句：梅堯臣傳謂撰毛詩小傳二十卷、宛陵集四十卷。直齋書録解題卷一七、郡齋讀書志卷一九均著録梅宛陵集六十卷、外集十卷。梅集版本情況可參閲梅集編年叙論三。

〔二一〕「注孫子」句：郡齋讀書志著録梅注孫子三卷。

〔二二〕「余嘗論」四句：語出本集卷四二梅聖俞詩集序。

【集評】

〔明〕歸有光：通篇以詩作案，此昌黎貞曜誌體也。（歐陽文忠公文選評語卷九）

〔清〕孫琮：歐公作希文神道碑，其事業多不勝紀，故止記其大者；作聖俞墓誌銘，其事業少無可記，故并記其纖悉。一起述其問疾之衆、吊哭之多，不過至纖悉事，寫來能令文章神采倍增，真是奇筆。（山曉閣選宋大家歐陽廬陵全集評語卷四）

〔清〕何焯：銘詞絶妙，概括書聖俞稿後之意，而尤渾雅，雖韓公不過也。（義門讀書記卷三九）

〔清〕林紓：文精神全聚前半，入後則金石之例應爾。讀者當于前半篇涵泳，始知立言之得體親切處。（古文辭類纂選本評語卷八）

江鄰幾墓誌銘〔一〕

君諱休復，字鄰幾。其爲人，外若簡曠，而内行修飭，不妄動於利欲。其彊學博覽，無所不通，而不以矜人〔一〕，至有問輒應，雖好辯者不能窮也〔二〕。已則默若不能言者。其爲文章淳雅，尤長於詩，淡泊閑遠，往往造人之不至。善隸書，喜琴、弈、飲酒〔三〕。與人交，久而益篤。孝於宗族，事孀姑如母。

天聖中，與尹師魯、蘇子美遊，知名當時。舉進士及第〔四〕，調藍山尉，騎驢赴官，每據鞍讀書，至迷失道，家人求得之，乃覺。歷信、潞二州司法參軍，又舉書判拔萃，改大理寺丞〔五〕，知長葛縣事，通判閬州。以母喪去職，服除，知天長縣事，遷殿中丞。又以父憂終喪。獻其所著書，召試，充集賢校理，判尚書刑部。當慶曆時，小人不便大臣執政者，欲累以事去之。君友蘇子美〔六〕，杜丞相婿也，以祠神會飲得罪，一時知名士皆被逐。君坐落職，監蔡州商税〔七〕。久之，知奉符縣事，改太常博士、通判睦州，徙廬州〔八〕，復得集賢校理〔九〕，判吏部南曹、登聞檢院㊁，爲羣牧判官，出知同州，提點陝西路刑獄〔一〇〕。入判三司鹽鐵勾院〔一一〕，修起居注，累遷刑部郎中。君於治人，則曰：「爲政所以安民也，無擾之而已。」故所至，民樂其簡易。至辨疑折獄，則或權以術，舉無不得，而不常用，亦不自以爲能也。

君所著書，號唐宜鑒十五卷、春秋世論三十卷、文集二十卷〔一二〕。又作神告一篇，言皇嗣事，以謂皇嗣，國大事也，臣子以爲嫌而難言，或言而不見納，故假神告祖宗之意，務爲深切，冀以感悟。又嘗言昭憲太后杜氏子孫宜録用〔一三〕。故翰林學士劉筠無後〔一四〕，而官没其貲，宜爲立後，還其貲，劉氏得不絶㊂。君之論議頗多，凡與其遊者，莫不稱其賢，而在上位者久未之用也。自其修起居注，士大夫始相慶，以爲在上者知將用之矣，而用君者亦方自以爲得，而君亡矣。嗚呼！豈非其命哉！

君以嘉祐五年四月乙亥，以疾終于京師，即以其年六月庚申，葬於某所㊃。君享年五十有六。方其亡恙時，爲理命數百言㊄，已而疾且革，其子問所欲言，曰：「吾已著之矣。」遂不復言。

曾祖諱濬，殿中丞，贈駕部員外郎；妣李氏，始平縣太君㊅。祖諱日新，駕部員外郎，贈太僕少卿；妣孫氏，富陽縣太君。考諱中古，太常博士，贈工部侍郎；妣張氏，仁壽縣太君。夫人夏侯氏，永安縣君，金部郎中彧之女，先君數月卒。子男三人：長曰懋簡，并州司户參軍；次曰懋相〔一五〕，太廟齋郎；次曰懋迪。女三人，長適秘書丞錢兖，餘尚幼。君姓江氏，開封陳留人也。自漢轅陽侯德居於陳留之圉城〔一六〕，其後子孫分散㊆，而君世至今居圉城不去。自高祖而上七世，葬圉南夏岡；由大王父而下三世，乃葬陽夏。銘曰：

彼馳而我後，彼取而我不。豈用力者好先，而知命者不苟。嗟吾鄰幾兮，卒以不偶。舉世之隨兮，君子之守。衆人所亡兮，君子之有。其失一世兮，其存不朽。惟其自以爲得兮，吾將誰咎？

【校記】

㈠而：原校：一無此字。　㈡檢：原校：一作「鼓」。　㈢「得」上：原校：一有「因」字。　㈣某所：原校：一作「陽夏鄉之原」。　㈤理：原校：一作「治」。　㈥始：原校：一作「隆」。　㈦散：原校：一作「居」。

【箋注】

〔一〕題下注「嘉祐六年」，誤，應爲嘉祐五年（一〇六〇）作。是年四月，江休復卒，六月葬，文即作於其間。歐書簡卷五有嘉祐五年所作與劉侍讀，云：「凌晨稍涼，爲江氏作誌。幸語其家勿相煎，茲事安敢奉誤，旦夕當得。」吳曾能改齋漫録卷一〇：「江鄰幾與歐陽公契分不疏，晚著雜誌，詆公尤力。梅聖俞以爲言，而公終不問。鄰幾既死，公吊之，哭之慟，且告其子曰：『先公埋銘，修當任其責矣。』故公敘銘鄰幾，幾無一字貶之。前輩云：『非特見公能有所容，又使天下後世讀公之文，知公與鄰幾始終如一，且將不信其所詆矣。』」按：長編有數處記載均據江鄰幾雜誌。郡齋讀書志卷一三著録此書三卷，謂「休復，歐陽永叔之執友。其所記精博，絶人遠甚」。據直齋書録解題卷一一、宋史藝文志五，此書又稱嘉祐雜誌。其中載有與歐相關之事，如云：「嘉祐二年，歐陽永叔主文，省試豐年有高廩詩，云出大雅，舉子諠譁，爲御史吳中復所彈，各罰金四斤。」又云：「永叔書法最弱，筆濃，磨墨以借其力。」本集另有江鄰幾文集序。江休復，宋史有傳。

〔二〕「其彊學」五句：韓維南陽集卷二八送江鄰幾出守同州序：「（鄰幾）于交游，凡賢不肖一親愛之。間而語古今出處，折衷曲直，正色辭嚴，確有不可奪者。」公是集卷三五送江鄰幾序：「古今爲左氏者衆矣……居今之世，無有禄利之勸而治左氏者，惟獨鄰幾。鄰幾之學，則可謂得乎其性而出乎其心矣。」

〔三〕「尤長」五句：宋朝事實類苑卷四一引劉貢父詩話：「江鄰幾善爲詩，清淡有古風。蘇子美坐進奏院事謫官，後死吳中。江作詩云：『郡邸獄冤誰與辨？皐橋客死世同悲。』用事甚精當。嘗有古詩云：『五十踐衰境，加我在明年。』論者莫不謂用事能令事如己出，天然渾厚，乃可言詩，江得之矣。江天質淳雅，喜飲酒、鼓琴、圍棋。人以酒召之，未嘗不往，飲未嘗不醉，已醉眠，人强起飲之，亦不辭也。或不能歸，即留宿人家，商度風韻，陶靖節之比。」

〔四〕「舉進士」句：江休復登第在天聖二年。（據隆平集卷一五）

〔五〕「又舉」二句：長編卷一一四景祐元年六月：「丙午，以應書判拔萃科、潞州司法參軍江休復爲大理寺丞。」

〔六〕「君友」句：慶曆四年，蘇舜欽在監進奏院任上，有和鄰幾登繁臺塔、夜聞秋聲感而成詠同鄰幾作等詩。

〔七〕「君坐」二句：長編卷一五三慶曆四年十一月：「（甲子）殿中丞、集賢校理江休復監蔡州稅。」梅集編年卷一六慶曆六年詩，有題曰「汝南江鄰幾」云云，知是年江仍在蔡州，蓋蔡州唐時爲汝南郡。

〔八〕徙廬州：劉攽中山詩話：「江（鄰幾）嘗通判廬州，有酒官善琴，以坐局不得出，江日就之，郡中沙門、羽士及里氓能棋者數人，呼與同往。郡人見之習熟，因畫爲圖。」

〔九〕「復得」句：韓維送江鄰幾出守同州序：「皇祐初，予主簿太學，君亦被召還館。」可知鄰幾復爲校理在皇祐初。梅集編年卷二三有詩題爲「依韻和江鄰幾癸巳六月十日同刁吴韓楊飲范景仁家，晚赴館宿，睹吴興太守章伯鎮題壁，記辛卯仲秋初吉九月十一日、十月二十二日、十二月十一日、壬辰二月一日館直，慨然有感」，「館宿」指集賢院值宿，辛卯爲皇祐三年，則是年鄰幾仍爲集賢校理。

〔一〇〕「提點」句：梅集編年卷二六嘉祐元年詩江鄰幾學士寄酥梨云：「興平烹瓊乳，咸陽摘冰枝……適從關中寄。」可知是年休復在提點陝西路刑獄任上。

〔一一〕「入判」句：梅集編年卷二八嘉祐三年詩江鄰幾沈文通二學士見過云：「東城車馬多，巷無蹄與轍，如何二賢豪，侵晨顧衰茶。」是年，堯臣在京師，鄰幾登門拜訪，見已返京任職。

〔一二〕「君所著」二句：宋史本傳所載與此同，隆平集文集作三十卷，宋史藝文志著録江休復集四十卷，今已佚。

〔一三〕「又嘗言」句：長編卷一九四嘉祐六年七月：「戊子，録昭憲皇太后、孝明孝惠孝章淑德皇后家子孫，進秩授官者十有九人。先是，集賢校理、同修起居注江休復言，朝廷初行祫享之禮，而昭憲太后躬育祖宗，其後裔多流落民間，宜思所以推恩者。於是并四后家子孫皆録之。」

〔一四〕劉筠：字子儀，大名人。咸平進士。官至翰林學士承旨兼龍圖閣直學士。真、仁兩朝，屢知制誥及知貢舉。文辭善對偶，尤工爲詩，與楊億齊名，時號「楊劉」。宋史本傳：「一子早卒，田廬没官。」江休復與包拯均有奏請，故得以立筠族子爲後，還所没田廬。

〔一五〕懋相：長編卷三七六元祐元年四月：「新知潁昌府韓縝言：『故集賢校理、同修起居注江休復子懋相才質粹美，能守家法，比因覃霈轉官，會足疾，偶稽朝謝，遂逾百日之限。然實未嘗在假，有司不爲申理，欲望許令朝謝及量其材質，稍加擢用。』詔江懋相特許朝謝。」

〔一六〕「自漢」句：史記建元以來侯者年表有「潦陽侯江德」，漢書景武昭宣元成功臣年表作「轑陽侯江喜」。江氏以圉廄嗇夫捕反者公孫勇而封侯，兩者實爲一人。轑陽戰國時爲趙邑。

【集評】

〔明〕歸有光：其文澹蕩，其思悲慨。（歐陽文忠公文選評語卷九）

〔清〕儲欣：簡潔。公故人誌銘如此等作政，使後人不得襲爲窠臼。（六一居士全集録評語卷四）

居士集卷三十四

墓誌五首

尚書駕部員外郎致仕薛君墓誌銘并序〔一〕

尚書駕部員外郎致仕薛君，諱長孺，字元卿，絳州正平人也。贈太傅諱温瑜之曾孫，殿中丞、贈太師諱化光之孫，右班殿直、贈左驍衛大將軍諱睦之子〔二〕，尚書户部侍郎、贈司空簡肅公兄之子〔三〕。薛爲絳大族，簡肅公爲時名臣，君爲薛氏良子弟，少用簡肅公蔭，補郊社齋郎、將作監主簿、太常寺太祝、大理評事、衛尉、大理寺丞、太子右贊善大夫、殿中丞、國子博士、尚書虞部、比部、駕部三員外郎〔一〕。歷知趙州臨城縣，通判漢、湖、滑三州，知彭州，坐斷獄降監陽武縣税。會簡肅公夫人薨，葬于絳州，即起君知州事以辦葬。歲滿，通判成都府，未行，遂以疾致仕，居于許州之郾城。嘉祐六年七月丙午以卒，享年六十有一。

君在漢州，州兵數百殺其軍校，燒營以爲亂。君挺身徒步，自壞垣入其營中，以禍福語亂卒曰：「叛者立左，脅從者立右。」於是數百人者，皆趨立於右，獨叛者十三人亡去，州遂無事〔四〕。明年，蜀大饑，今韓丞相安撫兩川，獨漢人不甚殍〔五〕，賜詔書獎諭。其在絳也，曰：「絳，吾鄉里也。長老乃吾父師，子弟猶吾子弟也。」爲立學，置學官以教之。爲政有惠愛，絳人大悅。君爲人，謹默淳質，平居似不能言，而其臨事如此。

先娶李氏，早亡；後娶董氏，封范陽縣君。子男二人長曰延，永興軍醴泉縣主簿，次曰通，蔡州司户參軍。孫男曰震，孫女三人。以治平三年二月乙酉，葬于絳州正平縣清原鄉周村原〔二〕。將葬，其女弟之夫歐陽修爲之銘曰：

維聖有言兮，仁勇而壽。壽胡不多兮，勇則信有。爲政鄉州兮〔三〕，稱于長老。匶車來歸兮，鄉人奔走。遺思在人兮，刻銘不朽。

【校記】

〔一〕右：原校：一作「左」。

〔二〕原：原校：一作「源」。

〔三〕鄉州：卷後原校：一作「故州」。

【箋注】

〔一〕　如題下注，治平三年（一〇六六）作。薛長孺葬於是年二月，文當作於此前。長孺爲歐陽修岳父薛奎兄薛睦之長子。

〔二〕　睦：薛睦，生平見本集卷二四龍武將軍薛君墓表。

〔三〕　簡肅公：薛奎卒謚簡肅，生平見本集卷二六資政殿學士户部侍郎簡肅薛公墓誌銘。

〔四〕　「君在」十二句：范鎮東齋記事卷四：「薛長孺爲漢州通判，戍卒閉營門，放火殺人，謀殺知州、兵馬監押。有來告者，知州、監押皆不敢出。長孺挺身叩營，諭之曰：『汝輩皆有父母妻子，何作此事？元不預謀者各作一邊。』於是不敢動，惟首謀者八人突門而出，散於諸縣村野，捕獲。是時，非長孺則一城之人盡遭塗炭矣。」

〔五〕　「今韓丞相」二句：韓丞相指韓琦。據宋史宰輔表二，韓琦嘉祐三年（一〇五八）即爲相，直至治平四年（一〇六七）。長編卷一二四寶元二年八月：「兩川自夏至秋不雨，民大饑。庚辰，命起居舍人、知制誥韓琦爲益利路體量安撫使。」宋史韓琦傳：「益、利歲饑，爲體量安撫使……活饑民百九十萬。」

國子博士薛君墓誌銘并序〔一〕

君諱良孺，字得之，姓薛氏，絳州正平人也。少孤，育於其叔父，是爲簡肅公。以公蔭，爲將作監主簿、太常寺奉禮郎、大理評事、將作監丞、大理寺丞，遷太子右贊善大夫、殿中丞。嘗知秦州清水縣，縣雜蕃夷，君爲簡其政令，示之必信，蕃夷畏愛。歲滿罷去，人甚思之。其後簽書通利軍判官公事，與其軍守爭事，坐停官。久之，復爲殿中丞，遷國子博士，監陳州清酒務。嘉祐八年二月甲午，以疾卒于官舍，享年四十有六。

宋興百年，薛姓五顯，而簡肅公以清德直節聞〔二〕。故其家法嚴，而子弟多賢材。君爲人，開爽明秀，幼爲簡肅公所愛，若己子㊀。長工書，作歌詩。嘗一舉進士，不中，以蔭補，例監庫務，無所施其能。一爲民政，遂有聲。平居喜飲酒談笑，與其親戚朋友歡然，未嘗有怨惡。其在通利，與其軍守所爭皆公事。既廢，無懟色，至卒窮以死，豁如也。嗚呼，可哀也已！

曾祖贈太傅諱温瑜，祖贈太師諱化光，父右班殿直、贈左驍衛大將軍諱睦。君娶張氏，故樞密直學士逸之女〔三〕，封仁壽縣君，先君二歲而卒。子男一人，曰遜。女三人：長適大理評事王正甫，次適太常寺太祝王端甫，次尚幼。治平三年二月乙酉，其孤遜舉其喪，合葬于絳州正平縣清原鄉周村原㊁。將葬，廬陵歐陽修曰：「余，薛氏婿也，與君遊而賢其人，宜有以哀之。」乃爲之銘曰：

維古才子兮，出于名族。嗟吾得之兮，既哲而淑。有能不施兮，不遐以趣。卒困于艱兮，泰乎自足。絳水深長兮，山岡起伏。利我後人兮，安于吉卜。

【校記】

㊀若己：原校：一作「過其」。　㊁原：原校：一作「源」。

【箋注】

〔一〕 如題下注，治平三年（一〇六六）作。薛良孺是年二月葬，文作于「將葬」之時。長編卷二〇九治平四年三月：「朝論以濮王追崇事疾修者衆，欲擊去之，其道無由。有薛良孺者，修妻之從弟也，坐舉官被劾，會赦免，而修乃言不可以臣故徼幸，乞特不原，良孺竟坐免官，怨修切齒。修長子發，娶鹽鐵副使吴充女，良孺因謗修帷薄，事連吴氏。」按：長編謂良孺「謗修帷薄」，誤。良孺係薛奎兄薛睦次子，謗修者實爲宗孺，乃奎弟塾之次子。東齋紀事卷三：「水部郎中薛宗孺，嘗舉崔庠充京官。後庠犯贓，宗孺知淄州，京都轉運司差官取勘。久之，會赦當釋。是時，歐陽永叔參知政事，特奏不與原免。議者以爲永叔避嫌則審矣，自計無乃過乎。使宗孺自爲過惡，雖奏不原可矣；今止坐失舉而不原赦，亦太傷恩。故宗孺銜之特深，以爲一謫爭兩覃恩、兩奏薦。宗孺，簡肅公之姪，强幹人也。」又，歐遭彈劾事在治平四年春，良孺早在嘉祐八年去世，不可能參與其事。宋史歐陽修傳亦云：「修婦弟薛宗孺有憾于修，造帷薄不根之謗摧辱之。」山西通志卷六〇「絳州」條下載：「宋薛簡肅公墓誌銘在周村。今塋内塚平，一小碑獨存，即歐公撰宋國子博士薛良孺墓誌。」

〔二〕 「而簡肅公」句：本集簡肅薛公墓誌銘載有明肅太后欲以衮冕見太廟，「臣下依違不決，公獨爭之」之事。宋史薛奎傳云：「奎性剛不苟合，遇事敢言。真宗時數宴大臣，至有霑醉者。奎諫曰：『陛下即位之初，勵精萬幾而簡宴幸。今天下誠無事，而宴樂無度，大臣數被酒無威儀，非所以重朝廷也。』真宗善其言。及參政事，謀議無所避。」

〔三〕 逸：張逸，字大德，鄭州滎陽人。進士及第，爲試秘書省校書郎。知襄州鄧城縣，累遷尚書兵部郎中，知開封府。後卒於知益州任上。宋史有傳。

徂徠石先生墓誌銘并序〔一〕

徂徠先生姓石氏，名介，字守道，兖州奉符人也。徂徠，魯東山，而先生非隱者也，其仕嘗位於朝矣。魯之人不稱其官而稱其德，以爲徂徠魯之望，先生魯人之所尊，故因其所居山，以配其有德之稱，曰徂徠先生者，魯人之志也。

先生貌厚而氣完，學篤而志大，雖在畎畝，不忘天下之憂。以謂時無不可爲，爲之無不至，不在其位，則行其言。吾言用，功利施於天下，不必出乎己；吾言不用，雖獲禍咎，至死而不悔。其遇事發憤，作爲文章，極陳古今治亂成敗，以指切當世〔二〕，賢愚善惡，是是非非，無所諱忌㊀。世俗頗駭其言，由是謗議喧然，而小人尤嫉惡之，相與出力必擠之死㊁。先生安然，不惑不變，曰：「吾道固如是，吾勇過孟軻矣。」不幸遇疾以卒。既卒，而姦人有欲以奇禍中傷大臣者，猶指先王以起事，謂其詐死而北走契丹矣，請發棺以驗。賴天子仁聖，察其誣，得不發棺，而保全其妻子〔三〕。

先生世爲農家，父諱丙〔四〕，始以仕進，官至太常博士。先生年二十六，舉進士甲科〔五〕，爲鄆州觀察推官、南京留守推官〔六〕。御史臺辟主簿，未至，以上書論赦，罷不召〔七〕。秩滿，遷某軍節度掌書記〔八〕。代其父官于蜀，爲嘉州軍事判官。丁內外艱去官，垢面跣足，躬耕徂徠之下，葬其五世未葬者七十喪〔九〕。服除，召入國子監直講〔一〇〕。是時兵討元昊久無功，海內重困，天子奮然思欲振起威德，而進退二三大臣，增置諫官、御史，所以求治之意甚鋭。先生躍然喜曰：「此盛事也，雅頌吾職，其可已乎！」乃作慶曆聖德詩，以褒貶大臣，分别邪正，累數百言〔一一〕。詩出，太山孫明復曰：「子禍始於此矣。」明復，先生之師友也。其後所謂姦人作奇禍者，乃詩之所斥也〔一二〕。

先生自閑居徂徠，後官于南京，常以經術教授。及在太學，益以師道自居，門人弟子從之者甚衆〔一三〕，太學之興，自先生始。其所爲文章曰某集者若干卷，曰某集者若干卷〔一四〕。其斥佛、老、時文〔一五〕，則有怪説、中國論，曰：「去此三者，然後可以有爲。」其戒姦臣、宦、女〔一六〕，則有唐鑑，曰：「吾非爲一世監也。」其餘喜怒哀樂，必見於文。其辭博辯雄偉，而憂思深遠。其爲言曰：「學者，學爲仁義也㊂。惟忠能忘其身，信篤於自信者，乃可以力行也。」以是行於己，亦以是教於人。所謂堯、舜、禹、湯、文、武、周公、孔子、孟軻、揚雄、韓愈氏者，未嘗一日不誦於口。思與天下之士皆爲周、孔之徒，以致其君爲堯、舜之君，民爲堯、舜之民，亦未嘗一日少忘于心。至其違世驚衆，人或笑之，則曰：「吾非狂癡者也。」是以君子察其行而信其言，推其用心而哀其志。

先生直講歲餘，杜祁公薦之天子，拜太子中允。今丞相韓公又薦之，乃直集賢院〔一七〕。又歲餘，始去太學，通判濮州〔一八〕，方待次于徂徠，以慶曆五年七月某日卒于家，享年四十有一。友人廬陵歐陽修哭之以詩，以謂待彼謗焰熄，然後先生之道明矣〔一九〕。先生既没，妻子凍餒不自勝㊃，今丞相韓公與河陽富公分俸買田以活之。後二十一年㊄，其家始克葬先生于某所。將葬，其子師訥與其門人姜潛、杜默、徐遁等來告曰〔二〇〕：「謗焰熄矣，可以發先生之光矣，敢請銘。」某曰：「吾詩不云乎『子道自能久』也〔一二〕，何必吾銘？」遁等曰：「雖然，魯人之欲也。」乃爲之銘曰：

徂徠之巖巖，與子之德兮，魯人之所瞻；汶水之湯湯，與子之道兮，逾遠而彌長㈥。道之難行兮，孔孟遑遑㈦。一世之屯兮，萬世之光。曰吾不有命兮，安在夫桓魋與臧倉〔一三〕？自古聖賢皆然兮，噫，子雖毀其何傷！

【校記】

㈠諱忌：原校：一作「忌諱」。　㈡「必」下：原校：一有「欲」字。　㈢「學爲」句下：原校：一有「仁急於利物，義果於有爲」十字。　㈣凍：原校：一作「寒」。　㈤一：原校：一無此字。　㈥逾：原校：一作「愈」。㈦「孔孟」下：原校：一有「亦云」二字。

【箋注】

〔一〕如題下注，治平二年（一〇六五）作。石介卒于慶曆五年（一〇四五），葬於此後二十一年，文作於葬時，即治平二年。鮑振方金石訂例卷三題不書官與姓例云：「廬陵撰徂徠先生誌，則以魯人所尊，因即其所居之山稱之，而不書官；書官，辱之也。並不書姓，而僅書『先生』，以誌其有德也。」石介，宋史有傳。

〔二〕「極陳」二句：石介有漢論上中下、中國論等，又有上范中丞書、上杜副樞書等，皆論古議今，指切當世之作。見徂徠石先生文集（陳植鍔點校，中華書局一九八四年出版）。

〔三〕「既卒」九句：長編卷一五七慶曆五年十一月：「辛卯，詔提點京東路刑獄司，體量太子中允、直集賢院石介存亡以聞。先是介受命通判濮州，歸其家待次。是歲七月病卒。夏竦銜介甚，且欲傾富弼，會徐州狂人孔直温謀叛，搜其家得介書，竦因言介實不死，弼陰使入契丹謀起兵，弼爲内應。執政入其言，故有是命，仍羈管介妻子於他州……時亦有詔下兖州，核介死虚實。知州杜衍會官屬語之，衆莫敢對。泰寧節度掌書記龔鼎臣獨曰：『介平生直諒，寧有是耶？願以闔族保其必死。』衍悚然，探懷中奏稿示之，曰：『老夫既保介矣，君年少，見義必爲，安可量哉！』」卷一六〇慶曆七年六月：「先是，夏竦讒言石介實不死，富弼陰使入契丹謀起兵，朝廷疑之……竦在樞府又讒介説敵弗從，更爲弼往登、萊結金坑兇惡數萬人欲作亂，請發棺驗視。朝廷復詔監司體量。中使持詔至奉符，提點刑獄吕居簡曰：『今破冢發棺，而介實死，則將奈何？且喪葬非一家所能辦也，必須衆乃濟，若人人召問之，苟無異説，即令結罪保證，如此亦可應詔矣。』中使曰：『善。』及還奏，上意果釋。介妻子初羈管它州，事既辨明，乃得還。」東軒筆録卷九亦載此事，而吕居簡之語尤詳。

〔四〕「父諱丙」：徂徠石先生文集附録一佚文石氏墓表：「我烈考諱丙……專三家春秋學。大中祥符五年，真宗章聖皇祖御前擢第，仕至太子中舍。」

〔五〕「舉進士」句：石介登進士第在天聖八年。葉夢得避暑録話卷上：「石介守道與歐文忠同年進士，名相連，皆第一甲。」在與石推官第一書（外集卷一六）中，歐自稱「同年弟」。

〔六〕「爲鄆州」句：與石推官第一書：「前歲於洛陽，得在鄆州時所寄書。」按：第一書作於景祐二年（一〇三五），「前歲」應是明道二年（一〇三三），可知是年石介在鄆州觀察推官任上。又，景祐三年五月，歐貶夷陵途中抵南京，于役志載留守推官石介等來，「小飲於河亭」。

〔七〕「御史臺」四句：景祐二年二月，御史中丞杜衍薦石介爲主簿。十一月，仁宗郊祀，有詔大赦天下，録用五代諸國後嗣，石介尚未至御史臺任職，因上書諫阻，觸怒仁宗，而被罷職。歐有上杜中丞論舉官書（本集卷四七），爲石介鳴不平，以爲「介之才，不止爲主簿，直可爲御史」，不應「斥介而它舉」。而杜衍卒不能用其言。見長編卷一一七。

〔八〕「遷某軍」句：據東都事略石介傳，「某軍」爲鎮南軍。

〔九〕「葬其」句：石氏墓表：「今舉曾王父而降爲三十二墳，用康定二年辛巳八月丁丑八日甲申歸於大塋，以附始祖、高祖、曾祖，歲時則與十六院大合祭焉……塋域南北長四百八尺，東西廣三百六十尺，合一十七畝。」又，康定二年，石介有上王狀元書（徂徠石先生文集卷一四）稱：「小子受譴於明，先人抱恨於幽，七十喪之魂無所依歸，是用今年八月，先人之吉歲嘉月也，以圖襄事。」

〔一〇〕「召入」句：田況儒林公議：「自景祐以來，天下州郡漸皆建學，規模立矣。慶曆初，令賈相國昌朝判領國庠，予貳其職。時山東人石介、孫復皆好古醇儒，爲直講，力相贊和。」

〔一一〕「乃作」四句：長編卷一四〇慶曆三年四月：「是月，太子中允、國子監直講石介作慶曆聖德詩。」該詩見徂徠石先生文集卷一，題爲慶曆聖德頌，褒揚范仲淹、杜衍、歐陽修等，貶斥被免去樞密使職務的夏竦，謂「大奸之去，如距斯脱」。

〔一二〕「其後」二句：長編卷一五〇慶曆四年六月：「先是，石介奏記於弼，責以行伊、周之事，夏竦怨介斥己，又欲因是傾弼等，乃使女奴陰習介書，久之習成，遂改伊、周曰伊、霍，而僞作介爲弼撰廢立詔草，飛語上聞。帝雖不信，而仲淹、弼始恐懼，不敢自安於朝，皆請出按西北邊。」

〔一三〕「及在」三句：湘山野録卷中有石介教訓諸生的記載，謂「介康定中主盟上庠」，「時庠序號爲全盛」。

〔一四〕「其所爲」二句：石介有易解五卷、易口義十卷、唐鑑五卷及三朝聖政録，均佚。現存徂徠集二十卷，今中華書局點校本即據以成書。

〔一五〕「其斥」句：徂徠石先生文集卷五怪説下：「夫堯、舜、禹、湯、文王、武王、周、孔之道，萬世常行不可易之道也。佛、老以妖妄怪誕之教壞亂之，楊億以淫巧浮僞之言破碎之，吾以攻乎壞亂破碎我聖人之道者，吾非攻佛、老與楊億也。」

〔一六〕「其戒」句：徂徠石先生文集卷一八唐鑑序：「國家雖承五代之後，實接唐之緒，則國家亦當以唐爲鑑……姦臣不可使專政，女后不可使預事，宦官不可使任權。」

〔一七〕「今丞相」二句：長編卷一四七慶曆四年三月：「壬午，太子中允、國子監直講石介直集賢院兼國子監直講，樞密副使韓琦乞召試，特除之。」

〔一八〕「又歲餘」三句：長編卷一五二慶曆四年十月：「是月，太子中允、直集賢院兼國子監直講石介通判濮州。富弼等出使，讒謗益甚，人多指目介，介不自安，遂求出也。」原注：「介去太學，實録不記其時。今據尹洙與田況書云蔡、石相次補外，因附見十月末，更考之。」按：石介以韓琦薦而直集賢院，在慶曆四年三月，「又歲餘，始去太學」，當在慶曆五年三月之後。

〔一九〕「友人」三句：本集卷三有讀徂徠集、重讀徂徠集二詩，後詩有「待彼謗焰熄，放此光芒懸」之語。

〔二〇〕姜潛：字至之，兗州奉符人。從孫復學春秋。召試學士院，爲明州録事參軍，徙兗州録事參軍，任國子直講。宋史有傳。杜默：字師雄。徂徠石先生文集卷二有三豪詩送杜默師雄，序稱：「近世作者，石曼卿之詩，歐陽永叔之文辭，杜師雄之歌篇，豪於一代矣。」此將杜默與石、歐并列，不爲世所認可。蘇軾評杜默詩（東坡題跋卷三）曰：「默之歌少見於世，初不知之，後聞其篇云：『學海門前老龍，天子門前大蟲。』皆此等語，甚矣，介之無識也！」澠水燕談録卷七：「默久不第，落魄不調，不護名節，屢以私干歐陽公。公稍異之，默怨憤，作桃花詩以諷，由是士大夫薄其爲人。」

〔二一〕「吾詩」句：重讀徂徠集：「子道自能久，吾言豈須鐫。」

〔二二〕桓魋：春秋時爲宋國司馬，孔子適宋，魋欲殺之，孔子曰：「天生德於予，桓魋其如予何？」事見史記孔子世家。臧倉：戰國時魯平公嬖人。平公欲見孟子，倉以孟子後喪逾前喪阻之。孟子曰：「吾之不遇魯侯，天也。臧氏之子焉能使予不遇哉？」事見孟子梁惠王下。

【集評】

〔清〕孫琮：守道秉正嫉邪，其立朝梗概，多勁直果毅，大爲羣奸所忌。永叔不録其官，不表其字，而特以徂徠石先生稱，便有不尊其位而尊其德之義，此命意之高也。既以徂徠立論，所以篇中言躬耕徂徠，言閑居徂徠，言待次於徂徠，處處提掇，回顧有情。至前以魯人之志起手，從以魯人之欲收煞，明尊其德者乃當世之公心，而非一人之私譽。開闔照應，尤極嚴密，而行文清剛疏辣，不愧史才。（山曉閣選宋大家歐陽廬陵全集評語卷四）

〔清〕浦起龍：感慨激發在聖德詩，歸宿在師道，國論人望，具見於此。此誌當與石推官二書合參。（古文眉詮評語卷六一）

〔清〕張裕釗：發端以遠得逸，而以雄直之氣行之，神氣蕭颯而兀岸，乃歐文所罕者。（引自諸家評點古文辭類纂評語卷四六）

〔清〕吴汝綸：此歐文之極有氣勢者。（同上）

故霸州文安縣主簿蘇君墓誌銘并序㊀〔一〕

有蜀君子曰蘇君，諱洵，字明允，眉州眉山人也。君之行義修於家，信於鄉里，聞於蜀之人久矣㊁。當至和、嘉祐之間，與其二子軾、轍偕至京師，翰林學士歐陽修得其所著書二十二篇，獻諸朝〔二〕。書既出，而公卿士大夫爭傳之〔三〕。其二子舉進士，皆在高等，亦以文學稱於時〔四〕。眉山在西南數千里外，一日父子隱然名動京師，而蘇氏文章遂擅天下。君之文，博辯宏偉〔五〕，讀者悚然想見其人。既見，而温温似不能言。及即之，與居愈久而愈可愛，間而出其所有，愈叩而愈無窮。嗚呼，可謂純明篤實之君子也！

曾祖諱祐〔六〕，祖諱杲〔七〕，父諱序〔八〕，贈尚書職方員外郎。三世皆不顯。職方君三子，曰澹、曰渙，皆以文學舉進士。而君少獨不喜學，年已壯，猶不知書。職方君縱而不問，鄉閭親族皆怪之。或問其故，職方君笑而不答，君亦自如也。年二十七，始大發憤，謝其素所往來少年，閉户讀書，爲文辭〔九〕。歲餘，舉進士，再不中。又舉茂材異等，不中。退而歎曰：「此不足爲吾學也。」悉取所爲文數百篇焚之，益閉户讀書，絶筆不爲文辭者五六年，乃大究六經、百家之説，以考質古今治亂成敗、聖賢窮達出處之際，得其粹精㊂，涵畜充溢，抑而不發。久之，慨然曰：「可矣。」由是下筆，頃刻數千言，其縱横上下，出入馳驟，必造於深微而後止。蓋其稟也厚，故發之遲，志也慤㊃，故得之精。自來京師，一時後生學者皆尊其賢，學其文以爲師法。以其父子俱知名，故號老蘇以別之〔一〇〕。

初，修爲上其書，召試紫微閣，辭不至〔一一〕，遂除試秘書省校書郎〔一二〕。會太常修纂建隆以來禮書，乃以爲霸州文安縣主簿，使食其禄〔一三〕，與陳州項城縣令姚闢同修禮書㊄，爲太常因革禮一百卷〔一四〕。書成，方奏未報，而君以疾卒。實治平三年四月戊申也。享年五十有八。天子聞而哀之，特贈光禄寺丞，敕有司具舟載其喪歸于蜀〔一五〕。

君娶程氏，大理寺丞文應之女〔一六〕。生三子：曰景先，早卒；軾，今爲殿中丞、直史館；轍，權大名府推官〔一七〕。三女皆早卒。孫曰邁、曰遲〔一八〕。有文集二十卷、謚法三卷〔一九〕。

君善與人交，急人患難，死則恤養其孤，鄉人多德之。蓋晚而好易，曰：「易之道深矣，汨而不明者，諸儒以附會之説亂之也；去之，則聖人之旨見矣。」作易傳，未成而卒〔二〇〕。治平四年十月壬申，葬于彭山之安鎮鄉可龍里。

君生於遠方，而學又晚成，常歎曰：「知我者，惟吾父與歐陽公也。」然則非余誰宜銘？銘曰：

蘇顯唐世，實欒城人。以宦留眉，蕃蕃子孫〔二一〕。自其高曾，鄉里稱仁。偉歟明允，大發於文。亦既有文，而又有子。其存不朽，其嗣彌昌。嗚呼明允，可謂不亡。

【校記】

㈠蘇君：原校：一作「趙郡蘇明允」。　㈡之人：原校：一無此二字。　㈢粹精：原校：一作「精粹」。

㈣志也慤：卷後原校：一作「其志也慤」。　㈤縣：原校：一無此字。

【箋注】

〔一〕如題下注，治平四年（一〇六七）作。蘇洵是年葬于眉州，文即作於葬前。張方平文安先生墓表（樂全集卷三九）：「（洵）以疾卒，享年五十有八，實治平三年四月……明年八月壬辰，葬於眉州彭山縣安鎮鄉可龍里。」按：本文謂洵「治平四年十月壬申葬」，與墓表有異。或許葬期初定八月，後延至十月。孫汝聽蘇潁濱年表亦載「治平四年十月壬申，葬父」。蘇洵，宋史有傳。

〔二〕「當至和」四句：葉夢得避暑録話卷上：「張安道與歐文忠素不相能。慶曆初，杜祁公、韓、富、范四人在朝，欲有所爲，文忠爲諫官，協佐之，而前日吕申公所用人多不然，于是諸人皆以朋黨罷去。而安道繼爲中丞，頗彈擊以前事，二人遂交怨，蓋趨操各有主也。嘉祐初，安道守成都，文忠爲翰林。蘇明允父子自眉州走成都，將求知安道，安道曰：『吾何足以爲重？其歐陽永叔乎？』不以其隙爲嫌也。乃爲作書辦裝，使人送之京師謁文忠。文忠得明允父子所著書，亦不以安道薦之非其類，大喜曰：『後來文章當在此。』即極力推譽，天下于是高此兩人。」歐奏議集卷一四有作於嘉祐元年的薦布衣蘇洵狀，稱洵「論議精於物理，而善識變權；文章不爲空言，而期於有用」，并隨狀呈進洵文。

〔三〕「書既出」二句：文安先生墓表：「（永叔）獻其書于朝。自是名動天下，士爭傳誦其文，時文爲之一變，稱爲老蘇。」

〔四〕「其二子」三句：蘇轍亡兄子瞻端明墓誌銘（欒城後集卷二二）：「嘉祐二年，歐陽文忠公考試禮部進士，疾時文之詭異，思有以救之。梅聖俞時與其事，得公論刑賞以示文忠。文忠驚喜，以爲異人，欲以冠多士。疑曾子固所爲。子固，文忠門下士也，乃置公第二。」孫汝聽蘇潁濱年表嘉祐二年三月：「丁亥，放章衡榜以下及第出身。轍中第五甲。」

〔五〕「君之文」二句：曾鞏集卷四一蘇明允哀詞：「蓋少或百字，多或千言，其指事析理，引物託喻，侈能盡之約，遠能見之近，大能使之微，小能使之著，煩能不亂，肆能不流。其雄壯俊偉，若決江河而下也；其輝光明白，若引星辰而上也。」

〔六〕祐：或作「祜」。蘇洵族譜後録下篇（嘉祐集卷一三）引父序之言曰：「曾祖娶黄氏……生子五人，而吾祖祜最少最賢，以才幹精敏見稱，生於唐哀帝之天祐二年，而殁於周世宗之顯德五年，蓋與五代相終始。」

〔七〕杲：族譜後録下篇引序之言曰：「吾父杲最好善，事父母極於孝，與兄弟篤於愛，與朋友篤於信，鄉閭之人，無親疏皆愛敬之。」

〔八〕「父諱」六句：族譜後録下篇：「先子諱序，字仲先，生於開寶六年，而殁於慶曆七年。」文安先生墓表：「考序，大理評事，累贈職方員外郎，以節義自重，蜀人貴之。生三子，澹、渙教訓甚至，各成名宦。」

〔九〕「年二十七」五句：文安先生墓表：「年二十七，始讀書，不一二年，出諸老先生之右。一日，因覽舊文作而曰：『吾今之學，乃猶未之學也已。』取舊文稿悉焚之，杜門絶賓友，繙詩書經傳諸子百家之書，貫穿古今，由是著述根柢深矣。」

〔一〇〕「自來」五句：文安先生墓表：「至京師，永叔一見，大稱歎，以爲未始見夫人也，目爲孫卿子。獻其書于朝。自是名動天下，士爭傳誦其文，時文爲之一變，稱爲老蘇。時相韓公琦聞其風而厚待之，嘗與論天下事，亦以爲賈誼不能過也。」曾鞏蘇明允哀詞稱蘇氏父子「三人之文章盛傳於世，得而讀之者皆爲之驚，或嘆不可及，或慕而效之，自京師至於海隅障徼，學士大夫莫不人知其名，家有其書」。

〔一一〕「召試」二句：嘉祐三年，召試舍人院，蘇洵上書仁宗，以病辭。見嘉祐集卷九上皇帝書。紫微閣，指舍人院。

〔一二〕「遂除」句：長編卷一九二嘉祐五年八月：「甲子，眉州進士蘇洵爲試校書郎……翰林學士歐陽修上其所著權書、衡論、幾策二十二篇，宰相韓琦善之。召試舍人院，以疾辭。本路轉運使趙抃等皆薦其行義推於鄉里，而修又言洵不肯就試，乞就除一官，故有是命。」

〔一三〕「會太常」三句：避暑録話卷上：「韓魏公至和中還朝，爲樞密使。時軍政久弛，士卒驕惰，欲稍裁制，恐其忤怨而生變。方陰圖以計爲之，會明允自蜀來，乃探公意，遽爲書，顯載其説，且聲言教公先誅斬。公覽之，大駭，謝不敢再見，微以咎歐文忠。而富鄭公當國，亦不樂之。故明允久之無成而歸，累年始得召，辭不至，而爲書上之，乃除秘書省校書郎。時魏公已爲相，復移書魏公，訴貧且老，不能從州縣待改官，譬豫章橘柚，非老人所種，且言天下官豈以某故冗耶。歐文忠亦爲言，遂以霸州文安縣主簿同姚闢編修太常因革禮云。」

〔一四〕「與陳州」二句：石林燕語卷五：「歐陽文忠公初薦蘇明允，便欲朝廷不次用之。時富公、韓公當國，雖韓公亦以爲當然，獨富公持之不可，曰：『姑少待之。』故止得試銜初等官。明允不甚滿意，再除方得編修因革禮，前輩慎重名器如此。」姚闢字子張，皇祐進士，金壇人。授項城令，爲應天府教授，遷通州通判。生平見京口耆舊傳卷六。宋史禮志一：「景祐四年，賈昌朝撰太常新禮及祀儀，止於慶曆三年。皇祐中，文彦博又撰大享明堂記二十卷。至嘉祐中，歐陽修纂集散失，命官設局，主通禮而記其變，及新禮以類相從，爲一百卷，賜名太常因革禮，異於舊者蓋十三四焉。」

〔一五〕「天子」三句：長編卷二百八治平三年六月：「贈故霸州文安縣主簿、太常禮院編纂禮書蘇洵光禄寺丞。所修書方奏未報而洵卒，賜其家銀絹各百兩匹，其子殿中丞、直史館軾辭所賜求贈官，既從之，又特敕有司具舟載其喪歸蜀。」邵氏聞見後録卷一四：「英宗實録：『蘇洵卒，其子軾辭所賜銀絹，求贈官，故贈洵光禄寺丞。』與歐陽公之誌『天子聞而哀之，特贈光禄寺丞』不同。」

〔一六〕「君娶」二句：程氏，眉山人，生平見温國文正司馬公文集卷七六蘇主簿夫人墓誌銘。

〔一七〕「軾」四句：施宿東坡先生年譜：「治平二年乙巳，二月，至京師，磨勘轉殿中丞除判登聞鼓院，尋詔試館職，除直史館……四年丁未，先生居憂。」孫汝聽蘇潁濱年表：「治平二年乙巳，轍爲大名府留守推官。」

〔一八〕「孫曰」句：亡兄子瞻端明墓誌銘：「子三人，長曰邁，雄州防禦推官，知河間縣事。」蘇潁濱年表：「子遲，字伯充，官至大中大夫、工部侍郎、徽猷閣待制，紹興二十五年卒。」

〔一九〕「有文集」句：宋史藝文志七著録蘇洵集十五卷，又別集五卷。

〔二〇〕「作易傳」二句：亡兄子瞻端明墓誌銘：「先君晚歲讀易，玩其爻象，得其剛柔遠近喜怒逆順之情，以觀其詞，皆迎刃而解。作易傳，未完，疾革，命公述其志。公泣受命，卒以成書，然後千載之微言，焕然可知也。」按：宋史藝文志一著録蘇軾易傳九卷。

〔二一〕「蘇顯」四句：嘉祐集卷一三蘇氏族譜：「蘇氏出於高陽而蔓延于天下。唐神龍初，長史味道刺眉州，卒于官。一子留於眉，眉之有蘇氏，自是始。」

【集評】

〔明〕王鏊：純粹明潔，更自一體。（引自山曉閣選宋大家歐陽廬陵全集評語卷四）

〔清〕儲欣：集中諸名士墓銘，此爲第一。（六一居士全集録評語卷四）

〔清〕沈德潛：聖俞長於詩，故作墓誌獨表其詩；明允長於文，故作墓誌特表其文。中間叙述平生，總以文一線穿去。老蘇不錮於俗學，故成就遲而文乃可久。彼急急於利禄，而以務華絶根爲學者，豈非與腐草同科者乎？歐公獨重此意發揮，能表其生平之大者。（唐宋八大家文讀本評語卷一三）

贈太子太傅胡公墓誌銘〔一〕

太子少師致仕、贈太子太傅胡公，諱宿，字武平〔二〕。其先豫章人也，後徙常州之晉陵，世有隱德，爲晉陵著姓。

公舉進士，中天聖二年乙科，爲真州揚子尉。縣大水，漂溺居民，令不能救，公曰：「拯溺，吾職也。」即率公私舟活數千人。歲滿，調廬州合淝主簿。張丞相士遜稱其文行〔三〕，薦諸朝，召試學士院，爲館閣校勘〔四〕，與修北史。改集賢校理，通判宣州〔五〕。三遷太常博士，判吏部南曹，賜緋衣銀魚。知湖州㈠，爲政有惠愛，築石塘百里，捍水患。大興學校，學者盛於東南，自湖學始〔六〕。公丁母夫人憂去，而州人思之，名其塘曰胡公塘。學者爲公立生祠于學中，至今祠之。公居喪，毁瘠過禮，三年不居于内。服除，爲三司鹽鐵判官，轉尚書祠部員外郎，判度支勾院，知蘇州、兩浙路轉運使㈡。召還，修起居注，以本官知制誥，兼勾當三班院，已而兼判吏部流内銓。入内都知楊懷敏，坐衛士夜盜入禁中驚乘輿，斥出爲和州都監。懷敏用事久，勢動中外，未幾，召復故職。公封還辭頭，不草制〔七〕，論曰：「衛士之變，蹤迹連懷敏，得不窮治誅死，幸矣，豈宜復在左右？」其命遂止。久之，拜公翰林侍讀學士，遷翰林學士，兼史館修撰、判館事，兼端明殿學士。累遷尚書左司郎中，兼知通進銀臺司、審刑院、羣牧使，提舉在京諸司庫務、醴泉宫，判尚書禮部，遂判都省，再知禮部貢舉〔八〕。奉使契丹，館伴北朝人使，亦皆再，而虜人嚴憚之〔九〕。

公爲人，清儉謹默，内剛外和。羣居笑語歡譁，獨正容色，温温不動聲氣。與人言，必思而後對。故其蒞官臨事，慎重不輒發，發亦不可回止，而其趣要歸於仁厚。朝議：在官年七十而不致仕者，有司以時按籍舉行。公以謂養廉恥，厚風俗㈢，宜有漸，而欲一切以吏議從事，殆非所以優老勸功之意，當少緩其事㈣，使人得自言而全其美節。朝廷嘉其言是，至今行之〔一〇〕。皇祐新樂成，議者多異論。有詔：新樂用於常祀朝會，而郊廟仍用舊樂。

公言書稱「同律」，而今舊樂高，新樂下，相去一律，難並用㊄，而新樂未施於郊廟，先用之朝會，非先王薦上帝配祖考之意，皆不可㊅〔一一〕。近制，禮部四歲一貢士，議者患之，請更爲間歲。議已定，公獨以爲不然，曰：「使士子廢業，而奔走無寧歲，不如復用三歲之制也。」衆皆以公言爲非。行之數年，士子果以爲不便，而卒用三歲之制〔一二〕。仁宗久未有皇子，羣臣多以皇嗣爲言，未省。公以學士當作青辭禱嗣于山川㊆，即建言儲位久虚，非所以居安而慮危，願擇宗室之賢者立之，以慰安天下之心。語甚切至。

公學問該博，兼通陰陽五行、天人災異之説㊇。南京鴻慶宫災，公以謂南京聖宋所以受命建號，而大火主於商丘，國家乘火德而王者也，今不領於祠官，而比年數災，宜修火祀。事下太常，歲以長吏奉祠商丘，自公始〔一三〕。慶曆六年夏，河北、河東、京東同時地震，而登、萊尤甚〔一四〕。公以歲推之，曰：「明年丁亥〔一五〕，歲之刑德，皆在北宫〔一六〕。陰生於午㊈，而極於亥〔一七〕。然陰猶彊而未即伏，陽猶微而未即勝，此所以震也。是謂龍戰之會，而其位在乾。今西北二虜，中國之陰也，宜爲之備，不然，必有内盗起於河朔。」明年，王則以貝州叛〔一八〕。公又以爲登、萊視京師爲東北隅，乃少陽之位也㊉〔一九〕，今二州並置金坑，多聚民以鑿山谷，陽氣損泄，故陰乘而動。縣官入金，歲幾何㊁？小利而大害，可即禁止，以寧地道。皇祐五年正月，會靈宫災。是歲冬至，祀天南郊，以三聖並配〔二〇〕。

明年大旱，公曰：「五行，火，禮也。去歲火而今又旱，其應在禮，此殆郊丘並配之失也。」即建言並配非古，宜用迭配如初詔〔二一〕。其後，并州議建軍爲節鎮〔二二〕，公以星土考之，曰：「昔高辛氏之二子，不相能也。堯遷閼伯於商丘，主火，而商爲宋星；遷實沉於臺駘，主水，而參爲晉星〔二三〕。國家受命，始於商丘〔二四〕，王以火德。又京師當宋之分野，而并爲晉地。參、商，仇讎之星，今欲崇晉，非國之利也。自宋興，平僭僞，并最後服，太宗削之〔二五〕，不使列於方鎮八十年矣。」謂宜如舊制〔二六〕。

公在翰林十年，多所補益，大抵不爲苟止而妄隨。故其言或用或不用，或後卒如其言，然天子察公之忠，欲大用者久矣。嘉祐六年八月，拜公諫議大夫、樞密副使〔二七〕。公既慎靜而當大任㊂，尤顧惜大體，而羣臣方建利害，多更張庶事以革弊。公獨厭之，曰：「變法，古人之難㊂，不務守祖宗成法而徒紛紛，無益於治也。」又以謂契丹與中國通好六十餘年，自古未有也，善待夷狄者，謹爲備而已。今三邊武備多弛，牧馬著虚名於籍，可乘而戰者百無一二。又謂滄州宜分爲一路以禦虜㊃，此今急務也。若其界上交侵小故，乃城寨主吏之職，朝廷宜守祖宗之約，不宜爭小利而隳大信，深戒邊臣生事以爲功。在位六年，其論議類皆如此。

英宗即位，拜給事中㊄〔二八〕。治平三年，累上表乞致仕，未允㊅。久之，拜尚書吏部侍郎、觀文殿學士、知杭州〔二九〕。爲政不略細故，或謂大臣不宜自勞，公曰：「此民事也，吾不敢忽。」以是民尤愛之。

明年，今上即位〔三〇〕，遷左丞。五月，公以疾告，遂除太子少師致仕。命未至，而公以六月十一日薨于正寢，享年七十有三⑰。即以其年十一月某日⑱，葬于某州某縣某鄉之某原⑲。

公之曾祖諱持，累贈太傅。曾祖妣歐陽氏，追封晉陵郡太夫人⑳。祖諱徽，累贈太師。祖妣楊氏，追封華陰郡太夫人；余氏，嘉興郡太夫人；余氏，丹陽郡太夫人；龔氏，武陵郡太夫人。父諱寀，累贈太師兼中書令。妣沈氏，追封東陽郡太夫人；貝氏，南陽郡太夫人；李氏，金城郡太夫人。公累階光禄大夫，勳上柱國，開國安定爵公，食邑二千八百户，食實封四百户，賜推誠保德翊戴功臣。初娶吴氏，追封蘭陵郡夫人；再娶何氏，封南康郡夫人。子男五人，長曰宗堯，今爲都官員外郎；次曰遵路，早卒；次曰宗質，國子博士；次曰宗炎〔三一〕，著作佐郎；次曰宗厚，秘書省正字，早卒。女四人，皆適士族。孫：志修，太常寺太祝；行修，守秘書省校書郎；簡修，試秘書省校書郎；世修、德修、安修、奕修、慎修、益修。

公自爲進士㉑，知名于時。楊文公億得其詩〔三二〕，題于秘閣，歎曰：「吾恨未識此人！」其舉進士也，謝陽夏公絳薦公爲第一，公名以此益彰，而謝公亦以此自負。少嘗善一浮圖，其人將死，謂公曰：「我有秘術，能化瓦石爲黄金，子其葬我，我以此報子。」公曰：「爾之後事，吾敢不勉？秘術，非吾欲也。」浮圖歎曰：「子之志，未可量也。」其篤行自勵，至於貴顯，常如布衣時。有文集四十卷㉒〔三三〕。銘曰：

允矣胡公，順外剛中。惟初暨終，一德之恭〔三四〕。公之燕居，其氣温温。舉必可法，思而後言。公在朝廷，正色侃侃。蔚有嘉話㉓，憂深慮遠。不迎利趨，不畏勢反。有或不從，後必如之。久而愈信㉔，孰不公思？侍從之親，樞機之密。名望三朝〔三五〕，清職峻秩。愷悌之仁㉕，宜國黄耇。七十而止，孰云多壽？惟善在人，刻銘不朽㉖。

【校記】

①「知」上：原校：一有「出」字。 ②兩浙路：卷後原校：一無「路」字。 ③俗：卷後原校：一作「化」。 ④事：原校：一作「法」。 ⑤並：原校：一作「遂」。 ⑥皆不可：原校：一作「遂不行」。 ⑦嗣：原校：一作「祠」。 ⑧人：原校：一作「文」。 ⑨午：原作「子」，卷後原校謂「當作『午』」，據改。宋史胡宿傳亦作「陰生於午」。 ⑩乃：原校：一作「易良」。 ⑪入金，歲几何：卷後原校：一作「歲入金几何」。 ⑫大：原校：一作「重」。 ⑬人：原校：一作「今」。 ⑭一：備要本、衡本作「二」。 ⑮拜：原校：一作「遷」。 ⑯未：原校：一作「不」。 ⑰三：原校：一作「二」。按宋史胡宿傳作「年七十二」。 ⑱某日：卷後原校：一作「甲申」。 ⑲某州某縣某鄉之某原：原校：一作「常州晉陵縣萬安鄉之隆亭」。 ⑳追封：卷後原校：一本惟曾祖妣用「追封」二字，祖妣、妣皆削去。 ㉑自：原校：一無此字。 ㉒「四十」下：原校：一有「一」字。 ㉓話：

原校：一作「謀」。㉔久：原校：一作「多」。信：原校：一作「篤」。㉕仁：原校：一作「化」。㉖刻銘：原校：一作「知名」。

【箋注】

〔一〕如題下注，治平四年（一〇六七）作。題中「銘」字原缺，據目録補之。胡宿葬于是年十一月，文即此前作。本集卷五〇有祭胡太傅文。胡宿，宋史有傳。

〔二〕字武平：邵博邵氏聞見後録卷二〇：「或譖胡宿于上曰：『宿名當爲去聲，乃以入聲稱名尚不識，豈堪作詞臣？』上以問宿，宿曰：『臣名歸宿之宿，非星宿之宿。』譖者又曰：『果以歸宿取義，何爲字拱辰也？』故後易字武平。」

〔三〕張丞相士遜：字順之，光化軍乾德縣人。淳化進士。天聖六年、明道元年、寶元元年三度爲相。封鄧國公致仕。宋史有傳。

〔四〕爲館閣校勘：長編卷一一一明道元年十二月：「大理評事石延年趙宗道、上元縣主簿吴嗣復、合肥縣主簿胡宿並加爲館閣校勘。」

〔五〕通判宣州：宋史胡宿傳：「通判宣州，囚有殺人者，將抵死，宿疑而訊之，囚憚箠楚不敢言。辟左右復問，久乃云：『旦將之田，縣吏縛以赴官，莫知其故。』宿取具獄翻閲，探其本辭，蓋婦人與所私者殺夫，而執平民以告也。」

〔六〕「大興」三句：胡宿傳：「知湖州，前守滕宗諒大興學校，費錢數十萬。宗諒去，通判、僚吏皆疑以爲欺，不肯書曆。宿誚之曰：『君輩佐滕侯久矣，苟有過，盍不早正？乃陰拱以觀，俟其去而非之，豈昔人分謗之意乎？』坐者大慚謝。其後湖學爲東南最，宿之力爲多。」

〔七〕「公封」二句：徐度却掃編卷上：「皇祐初胡文恭宿爲知制誥，封還楊懷敏復除副都知詞頭不草。翌日，上謂宰相曰：『前代有此故事否？』文潞公對曰：『唐給事中袁高不草盧杞制書，近年富弼亦曾封還詞頭。』上意乃解，而改命舍人草制。已而臺諫亦論其非，其命遂寢，而舍人封還詞頭者，自爾相繼，蓋起於富成於胡也。」長編卷一六七亦載此事，且引諫官錢彦遠謂宿語曰：「仁者有勇，於公見之矣。」

〔八〕「久之」十一句：據長編，胡宿爲翰林侍讀學士在皇祐四年（卷一七三）；至和元年，已是翰林學士（卷一七六）； 知審刑院在嘉祐元年（卷一八三）； 權知貢舉在嘉祐四年（卷一八九），是年，已提舉在京諸司庫務（卷一九〇）； 嘉祐六年爲策試制科舉人考官（卷一九四）； 爲禮部侍郎在治平元年（卷二〇一）。

〔九〕「奉使」四句：據長編，慶曆八年八月，胡宿爲契丹國母生辰使（卷一六五）； 嘉祐二年十月，爲回謝契丹使（卷一八六）。 宋史胡宗炎傳：「父宿使遼，遼人重之。」

〔一〇〕「朝議」十二句：長編卷一七〇皇祐三年四月：「先是（吴）奎及包拯皆言在官年七十而不致仕者，並令御史臺以時案籍舉行。知制誥胡宿獨以爲：『文吏當養其廉恥，武吏當念其功舊，今欲一切以吏議從事，殆非優老勸功之意。當少緩其法，武吏察其任事與否，勿斷以年； 文吏使得自陳而全其節。』朝廷卒行宿言。」

〔一一〕「公言」九句：據長編卷一七五，胡宿此番進言在皇祐五年八月。

〔一二〕「而卒用」句：宋史選舉志一：「英宗即位，議者以間歲貢士法不便，乃詔禮部三歲一貢舉。」

〔一三〕「南京」十句：事在康定初。見宋史禮志六。

〔一四〕「慶曆」三句：長編卷一五八慶曆六年三月：「庚寅，登州地震，岠嵎山摧，自是震不已。每歲震，即海底有聲如雷……五月甲申，京師雨雹，地震。」

〔一五〕「明年」句：慶曆七年爲丁亥年。

〔一六〕北宫：古天文學所稱四星區之一，包括虚、危等七宿。

〔一七〕「陰生」二句：東坡易傳卷二：「陽生於子，盡於巳； 陰生於午，盡於亥。」

〔一八〕王則：見本集卷三〇翰林侍讀學士右諫議大夫贈工部侍郎張公墓誌銘箋注〔九〕。

〔一九〕少陽：張華博物志卷一：「東方少陽，日月所出。」

〔二〇〕「是歲」三句：宋史禮志二：「皇祐五年郊，詔自今圜丘，三聖並侑。」三聖，太祖、太宗、真宗。

〔二一〕迭配：古時帝王祭天地神祇，輪流以祖宗配享。

〔二二〕「并州」句：長編卷一九〇嘉祐四年十月：「韓琦之在太原也，乞復并州爲節鎮。」

〔二三〕「昔高辛氏」八句：左傳昭公元年：「昔高辛氏有二子：伯曰閼伯，季曰實沈，居於曠林，不相能也。日尋干戈，以相征討。后帝不臧，遷閼伯於商丘，主辰。商人是因，故辰爲商星。遷實沈於大夏，主參。唐人是因，以服事夏商……故參爲晉星。」杜預注：「商丘，宋地。主祀辰星。辰，大火也。」臺駘，相傳嘗疏通汾洮二水，帝顓頊嘉其功，封之于汾川，後世遂以爲汾水之神。亦見左傳昭公元年。

〔二四〕「國家」二句：太祖於周末嘗爲宋州節度使，後以宋稱其所建王朝，故云。景德三年，宋州升爲應天府，大中祥符七年建爲南京。

〔二五〕太宗削之：太平興國四年五月，太宗統兵攻北漢，圍太原，劉繼元降。太宗作平晉詩。見宋史太宗紀一。

〔二六〕「謂宜」句：長編卷一九〇引胡宿「宜如舊制」一段話後稱：「上是宿議。」

〔二七〕「嘉祐」二句：長編卷一九五嘉祐六年閏八月：「（辛丑）翰林學士兼端明殿學士、翰林侍讀學士、左司郎中、知制誥、史館修撰胡宿爲左諫議大夫、樞密副使。」

〔二八〕「英宗」二句：長編卷一九八嘉祐八年四月：「（甲申）樞密副使胡宿、吴奎並加給事中。」

〔二九〕「久之」二句：長編卷二〇八治平三年四月：「樞密副使、禮部侍郎胡宿，累乞致仕。庚戌，罷爲吏部侍郎、觀文殿學士、知杭州。」

〔三〇〕「明年」二句：今上指神宗趙頊。長編卷二〇九治平四年正月：「丁巳，帝（英宗）崩於福寧殿。神宗即位，時年二十。」

〔三一〕宗炎：字彦聖，爲開封府推官、考功吏部郎中，以直龍圖閣知潁昌府，歷密州而卒。其傳附胡宿傳後。

〔三二〕楊文公：楊億，字大年，建州浦城人。官至翰林學士、户部侍郎。喜奬掖後進，工文章，爲著名的「西崑體」詩人。宋史有傳。

〔三三〕「有文集」句：胡宿謚文恭，有文恭集，已佚。清四庫館臣將永樂大典分采入各韻下者，裒而録之，成五十卷。

〔三四〕「惟初」二句：澠水燕談録卷三：「胡文恭公宿，平生守道，不以進退爲意，在文館二十餘年，每語後進曰：『富貴貧賤，莫不有命，士人當修身俟時，無爲造物者所嗤。』世以爲名言。」

〔三五〕三朝：指仁宗、英宗、神宗三朝。

【集評】

［明］茅坤：中多本經術之旨。（歐陽文忠公文鈔評語卷二五）

［清］王元啓：此文官序乃至如是之繁，在他人無可書者不足怪，爲胡公誌不應如此。（讀歐記疑卷一）

居士集卷三十五

墓誌三首碣一首附

永州軍事判官鄭君墓誌銘〔一〕

鄭君諱平，字某，衡州衡陽人也。少倜儻，有大志。舉進士，中天禧三年甲科㊀〔二〕，爲郴州軍事推官、監潭州茶場，坐茶惡免官。久之，試秘書省校書郎，知連州陽山縣，爲道州軍事推官。丁母憂，服除，調永州軍事判官、監衡州茭源銀冶。以疾去官，慶曆三年七月某日，卒于家，享年五十有一。以某年某月某日，葬于某所。曾祖諱某，永州祁陽令。祖諱某，江陵府建寧縣令。父諱某，道州軍事判官。君娶孫氏，贈尚書工部侍郎冕之女〔三〕。子男六人：綯、總、紀、經、維、綬。綯早卒。總舉進士出身，亦早卒。孫七人，皆幼。

君世仕不顯，少孤而貧。母夫人某氏，賢母也，教其三子以學，皆有立。君與其兄本、弟革，皆舉進士及第。君初監茶場，茶實不惡，上官挾他事，以罪中之。君不自辯，竭其貲以償，解官而去，無慍色。及爲陽山，有善政，民甚愛之。其既以疾廢，慨然歎曰：「吾少力學，而不幸廢以疾，吾終不用於時矣，安事空言哉？」即取其平生所爲文稿，悉焚之。

嗚呼，君之志可哀也已！自三代詩、書已來，立言之士多矣，其始無不欲其言之傳也，而散亡磨滅、泯然不復見於後世者，何可勝數！或暫見而終没，或其言雖傳而其人不爲世所貴者有矣，惟君子有諸躬而不可揜者，不待自言而傳也。君之不欲見於空言，其可謂善慮於無窮者矣，其志豈不遠哉！雖然，君之志既不自見於言，而宜有爲之著者，銘所以彰善而著無窮也，乃爲之銘曰：

夫惟自信者不疑，知命者不惑，故能得失不累其心，喜慍不見其色。嗚呼鄭君！學幾於此，斯可謂之君子。

【校記】

㈠三：卷後原校：一作「二」。

【箋注】

〔一〕據題下注，慶曆四年（一〇四四）作。永州，治今湖南零陵。

〔二〕「中天禧」句：長編卷九三天禧三年三月：「丙寅，上御崇政殿，親試禮部奏名貢舉人……得進士王整以下六十三人賜及第。」

〔三〕冕：孫冕。宋詩紀事卷四：「冕字伯純，新淦人，雍熙進士。天禧中尚書禮部郎中，直史館，出守蘇州。」

【集評】

〔清〕王元啓：前叙歷官、世系、行事，分三節，末就焚稿發論，得尺水興波之法。（讀歐記疑卷二）

端明殿學士蔡公墓誌銘〔一〕

公諱襄，字君謨，興化軍仙遊人也。天聖八年，舉進士甲科，爲漳州軍事判官、西京留守推官，改著作佐郎、館閣校勘〔二〕。

慶曆三年，以秘書丞、集賢校理知諫院，兼修起居注〔三〕。是時天下無事，士大夫弛於久安，一日元昊叛，師久無功。天子慨然厭兵，思正百度以修太平，既已排羣議，進退二三大臣㈠〔四〕，又詔增置諫官四員，使拾遺補闕，所以遇之甚寵〔五〕。公以材名在選中，遇事感激，無所回避，權倖畏斂㈡，不敢撓法干政，而上得益與大臣圖議。明年，屢下詔書，勸農桑，興學校，革弊修廢，而天下悚然，知上之求治矣。於此之時，言事之臣無日不進見，而公之補益爲尤多。

四年，以右正言、直史館，出知福州，以便親〔六〕，遂爲福建路轉運使。復古五塘以溉田，民以爲利，爲公立生祠于塘側。又奏減閩人五代時丁口税之半〔七〕。丁父憂，服除，判三司鹽鐵勾院，復修起居注。今參知政事唐公介，時爲御史，以直言忤旨，貶春州別駕，廷臣無敢言者。公獨論其忠，人皆危之，而上悟意解，唐公得改英州，遂復召用〔八〕。皇祐四年，遷起居舍人、知制誥，兼判流内銓。御史吕景初、吴中復、馬遵坐論梁丞相適罷臺職，除他官，公封還辭頭，不草制〔九〕。其後屢有除授非當者，必皆封還之，而上遇公益厚〔一〇〕，曰：「有子如此，其母之賢可知。」命特賜冠帔以寵之。

至和元年，遷龍圖閣直學士、知開封府〔一一〕。三年，以樞密直學士知泉州〔一二〕，徙知福州〔一三〕。未幾，復知泉州〔一四〕。公爲政精明，而世閩人㊂，知其風俗㊃。至則禮其士之賢者，以勸學興善，而變民之故，除其甚害。往時閩人多好學㊄，而專用賦以應科舉。公得先生周希孟〔一五〕，以經術傳授，學者常至數百人。公爲親至學舍，執經講問，爲諸生率。延見處士陳烈〔一六〕，尊以師禮，而陳襄、鄭穆方以德行著稱鄉里〔一七〕，公皆折節下之。閩俗重凶事，其奉浮圖，會賓客，以盡力豐侈爲孝，否則深自愧恨，爲鄉里羞，而姦民、游手、無賴子，幸而貪飲食，利錢財，來者無限極，往往至數百千人。至有親亡秘不舉哭，必破産辦具，而後敢發喪者。有力者乘其急時，賤買其田宅，而貧者立券舉責，終身困不能償。

公曰：「弊有大於此邪！」即下令禁止。至於巫覡主病蠱毒殺人之類〔一八〕，皆痛斷絶之，然後擇民之聰明者教以醫藥，使治疾病。其子弟有不率教令者，條其事，作五戒以教諭之〔一九〕。久之，閩人大便。公既去，閩人相率詣州，請爲公立德政碑，吏以法不許謝，即退而以公善政私刻于石，曰：「俾我民不忘公之德。」

嘉祐五年，召拜翰林學士、權三司使〔二〇〕。三司、開封，世稱省、府，爲難治而易以毁譽，居者不由以遷則由以敗，而敗者十常四五。公居之，皆有能名。其治京師，談笑無留事，尤喜破姦隱㊅，吏不能欺。至商財利，則較天下盈虚出入，量力以制用，必使下完而上給。下暨百司因習蠹弊，切磨剗剔，久之，簿書纖悉紀綱條目皆可法。七年季秋，大享明堂〔二一〕。後數月，仁宗崩〔二二〕，英宗即位，數大賞賚，及作永昭陵，皆猝辦於縣官經費外。公應煩，愈閑暇若有餘，而人不知勞〔二三〕。遂拜三司使，居二歲，以母老，求知杭州，即拜端明殿學士以往〔二四〕。三年，徙南京留守，未行，丁母夫人憂。明年八月某日，以疾卒于家，享年五十有六。

蔡氏之譜，自晉從事中郎克以來〔二五〕，世有顯聞，其後中衰，隱德不仕。公年十八，以農家子舉進士，爲開封第一，名動京師。後官于閩，典方州，領使一路，二親尚皆無恙㊆。閩人瞻望咨嗟，不榮公之貴，而榮其父母。母夫人尤有壽，年九十餘，飲食起居康彊如少者。歲時爲壽，母子鬒髮皆皤然，而命服金紫，煌煌如也。至今閩人之爲子者，必以夫人祝其親；爲父母者，必以公教其子也。

公於朋友重信義，聞其喪則不御酒肉，爲位以哭，盡哀乃止。嘗會飲會靈東園，坐客有射矢誤傷人者㈧，客遽指爲公矢，京師喧然。事既聞，上以問公㈨，公即再拜愧謝，終不自辯，退亦未嘗以語人。

公爲文章，清遒粹美，有文集若干卷〔二六〕。工於書畫〔二七〕，頗自惜，不妄爲人書，故其殘章斷稿，人悉珍藏。而仁宗尤愛稱之，御製元舅隴西王碑文〔二八〕，詔公書之。其後命學士撰温成皇后碑文，又敕公書，則辭不肯書，曰：「此待詔職也〔二九〕。」

公累官至禮部侍郎，既卒，翰林學士王珪等十餘人列言公賢〔三〇〕，其亡可惜。天子新即位，未及識公，而聞其名久也，爲之惻然，特贈吏部侍郎，官其子旻爲秘書省正字，孫傳及弟之子均㈩，皆守將作監主簿，而優以賻恤。以旻尚幼，命守吏助給其喪事。曾祖諱顯皇，不仕。祖諱恭，贈工部員外郎。父諱琇，贈刑部侍郎。母夫人盧氏，長安郡太君。夫人葛氏，永嘉郡君。子男三人：曰匀，將作監主簿；曰旬，大理評事，皆先公卒。幼子，旻也。女三人，一適著作佐郎謝仲規，二尚幼。以某年某月某日，葬公於莆田縣某鄉將軍山。銘曰：

誰謂閩遠，而多奇産。産非物寶，惟士之賢。嶷嶷蔡公，其人傑然。奮躬當朝，讜言正色。出入左右，彌縫補益⑪。間歸于閩，有政在人。食不畏蠱，喪不憂貧。疾者有醫，學者有師。問誰使然，孰不公思？有高其墳，有拱其木。凡閩之人，過者必肅。

【校記】

㊀退：原校：一作「用」。　㊁「權倖」上：原校：一有「於是」二字。　㊂世：原校：一作「於」。㊃「知」上：原校：一有「尤」字。　㊄人：原校：一作「士」。　㊅「隱」上：原校：一有「發」字。　㊆二：原校：一作「而」。　㊇「誤」下：原校：一有「中」。　㊈「上」下：原校：一又有「上」字。　㊉傳：原校：一作「傳」。　⑪益：原校：一作「闕」。

【箋注】

〔一〕據題下注，熙寧元年（一〇六八）作。蔡襄卒于治平四年（一〇六七），歐有祭蔡端明文（見本集卷五〇）。兩人均爲慶曆新政的積極參與者，曾鞏有上歐蔡書，王明清玉照新志有「蔡襄在昭陵朝，與歐公齊名」之語。

〔二〕「爲漳州」二句：宋史蔡襄傳：「爲西京留守推官、館閣校勘。范仲淹以言事去國，余靖論救之，尹洙請與同貶，歐陽修移書責司諫高若訥，由是三人者皆坐譴。襄作四賢一不肖詩，都人士爭相傳寫，鬻書者市之，得厚利。契丹使適至，買以歸，張於幽州館。」

〔三〕「慶曆」三句：長編卷一四〇慶曆三年四月：「著作佐郎、館閣校勘蔡襄爲秘書丞、知諫院。初，王素、余靖、歐陽修除諫官，襄作詩賀之，辭多激勸。三人者以其詩薦於上，尋有是命。」

〔四〕「進退」句：指吕夷簡罷相、范仲淹參知政事、富弼爲樞密副使等。

〔五〕「所以」句：長編卷一四三慶曆三年九月：「賜知諫院王素三品服，余靖、歐陽修、蔡襄五品服，面諭之曰：

『卿等皆朕所自擇，數論事無所避，故有是賜。』」

〔六〕「四年」四句：據長編卷一五二，蔡襄授右正言、知福州在慶曆四年十月己酉，蓋「以親老乞鄉郡」也。

〔七〕「復古」四句：端明集卷二六有乞復五塘劄子、乞減放漳泉州興化軍人户身丁米劄子。

〔八〕「今參知」十句：長編卷一七一皇祐三年十月：「丁酉，殿中侍御史裏行唐介，責授春州別駕……（介）劾宰相文彦博專權任私，挾邪爲黨……上怒甚，却其奏不視，且言將加貶竄……時上怒不可測，羣臣莫敢諫，右正言、直史館、同修起居注蔡襄獨進言，介誠狂直，然容受盡言，帝王盛德也，必望矜貸之……上亦中悔，恐内外驚疑，遂敕朝堂告諭百官，改介英州別駕。」宋史唐介傳：「帝怒益甚。梁適斥介使下殿，修起居注蔡襄趨進救之。貶春州別駕……改置英州……數月，起監郴州税，通判潭州，知復州，召爲殿中侍御史。遣使賜告，趣詣闕下。」

〔九〕「御史」四句：長編卷一七六至和元年七月：「戊辰，禮部侍郎、平章事梁適罷，以本官知鄭州。先是，殿中侍御史馬遵等彈適姦邪貪黷，任情徇私，且弗戢子弟，不宜久居重位……上知清議弗平，乃罷之。己巳，殿中侍御史馬遵知宣州，殿中侍御史吕景初通判江寧府，主客員外郎、殿中侍御史裏行吴中復通判虔州。梁適之得政也，中官有力焉。及遵等於上前極陳其過，上左右或言御史捃拾宰相，自今誰敢擔其任者。適既罷，左右欲並遵等去之。始，遵等彈適多私，又言：『鹽鐵判官李虞卿，嘗推按茶賈李士宗負貼錢十四萬緡，法當倍輸。而士宗與司門員外郎劉宗孟共商販，宗孟與適連親，適遽出虞卿提點陝西刑獄。』下開封府鞫其事，宗孟實未嘗與士宗共商販，且非適親，遵等皆坐是黜，而中復又落裏行。知制誥蔡襄，以三人者無罪，繳還詞頭。改付他舍人，亦莫敢當者，遂用熟狀降敕。」梁適字仲賢，東平人。歷知兖州、延州，爲翰林學士，擢樞密副使，遷參知政事，進同中書門下平章事。以曉暢法令而多挾智數，不爲清議所許。吕景初字沖之，開封酸棗人，官至侍御史。吴中復字仲庶，興國永興人。景祐進士，累遷御史知雜事，進龍圖閣直學士。琬琰集删存卷三有吴給事中復傳。馬遵字仲塗，饒州樂平人，以禮部員外郎兼侍御史知雜事，改吏部，直龍圖閣。四人宋史皆有傳。

〔一〇〕「而上」句：蔡襄傳：「帝遇之益厚，賜其母冠帔以示寵，又親書『君謨』兩字，遣使持詔予之。」

〔一一〕「至和」二句：據長編卷一七六，至和元年七月，權知開封府吕公弼知益州；據卷一七七，同年九月，蔡襄已在知開封府任上。

〔一二〕「三年」二句：長編卷一七九至和二年三月：「癸未，龍圖閣直學士、起居舍人、權知開封府蔡襄爲樞密直學士、知泉州。」按：襄知泉州，任命於至和二年，三年二月始到任，有泉州謝上表（端明集卷二四）。

〔一三〕「徙知」句：蔡襄於至和三年六月徙知福州，八月到任，有福州謝上表（同前）。

〔一四〕「未幾」二句：嘉祐三年七月，蔡襄復知泉州，有移泉州謝上表（同前）。

〔一五〕周希孟：字公闢，與陳烈、陳襄、鄭穆均爲福州侯官人，相爲友，號「四先生」。希孟通經，尤精於易。見閩中理學淵源考卷一〇、宋元學案卷五。

〔一六〕陳烈：字季慈。學行端飭，從學者數百。嘉祐中，以爲本州教授，召爲國子直講，皆不拜。元祐初，詔以爲本州教授，在職不受廩俸。宋史有傳。

〔一七〕陳襄：字述古，慶曆進士。爲侍御史時，論青苗法不便。後以樞密直學士知通進、銀臺司兼侍讀，判尚書都省。卒贈給事中。莅官所至，務興學校。在經筵時，神宗顧之甚厚。宋史有傳。鄭穆：字閎中。醇謹好學，門人千數。居館閣三十年，累官至寶文閣待制、國子祭酒。宋史有傳。

〔一八〕巫覡：荀子正論：「出户而巫覡有事。」楊倞注：「女曰巫，男曰覡。」蠱毒：左傳昭公元年「何謂蠱」孔穎達疏：「以毒藥藥人，令人不自知者，今律謂之蠱毒。」

〔一九〕五戒：即福州五戒文，令百姓去除厚喪、貪侈等陋習。見端明集卷三四。

〔二〇〕嘉祐二句：長編卷一九一嘉祐五年五月：「（戊申）樞密直學士、禮部郎中、知泉州蔡襄爲翰林學士、權知開封府。」

〔二一〕「七年」二句：長編卷一九七嘉祐七年九月：「辛亥，大饗明堂，大赦。」

〔二二〕仁宗崩：據長編卷一九八，嘉祐八年三月辛未，仁宗暴崩於福寧殿。

〔二三〕「公應」三句：長編卷一九八嘉祐八年六月：「戊戌，山陵使韓琦奏，山陵諸頓所調物過多……時三司使蔡襄總應奉山陵事，凡調度供億皆數倍，勞費既廣，已而多不用，議者非之。」本文未載此事，蓋爲賢者諱也。

〔二四〕「以母老」三句：長編卷二〇四治平二年二月：「三司使、給事中蔡襄爲端明殿學士、禮部侍郎、知杭州。」蔡襄出知杭州，其實非「以母老」，乃別有原因。玉照新志卷六：「先是君謨守泉南日，晉江令章拱之在任不法，君謨按以贓罪，坐廢終身。拱之，望之表氏同胞也，至是，既訟寃於朝，又撰造君謨乞不立厚陵爲皇子疏，刊板印售於相籃。中人得之，遂干乙覽，英宗大怒，君謨幾陷不測。魏公力爲營救……君謨終不自安，乞補外，出官杭州。」此事另見歐辨蔡襄異議，載奏事録。

〔二五〕 克：蔡克，字子尼，考城人。官東曹掾、從事中郎等。性公亮守正。晉書蔡謨傳中有其生平記載。

〔二六〕 「有文集」句：晁公武郡齋讀書志著録蔡君謨集十七卷；趙希弁讀書附志卷下著録莆陽居士蔡公文集三十卷；宋史藝文志著録蔡襄集六十卷，又奏議十卷。蓋因編集淵源有異所致也。晁志另著録襄試茶録二卷、荔支譜一卷、荔支故事一卷。

〔二七〕 「工於」句：蔡襄傳：「襄工於書，爲當時第一。」

〔二八〕 隴西王：李用和，字審禮，爲章懿太后之弟，官至同中書門下平章事，卒贈隴西郡王。宋史有傳。

〔二九〕 「其後」五句：洪邁容齋三筆卷一六蔡君謨書碑引此數句後云：「國史傳所載，蓋用其語。比見蔡與歐陽一帖云：『曏者得侍陛下清光，時有天旨，令寫御撰碑文、宫寺題榜。至有勛德之家，干請朝廷出敕令書。襄謂近世書寫碑志，則有資利，若朝廷之命，則有司存焉，待詔其職也。今與待詔爭利，其可乎？力辭乃已。』蓋辭其可辭，其不可辭者不辭也。然後知蔡公之旨意如此。雖勛德之家，請於朝出敕令書者，亦辭之，不止一温成碑而已。其清介有守，後世或未知之，故載於此。」

〔三〇〕 王珪：見本集卷一二答王禹玉見贈詩箋注〔一〕。

【集評】

〔清〕儲欣：端明以讜言有功於國，而惠政尤在閩，故記之如此。末述天倫之盛，至今宛然。（六一居士全集録評語卷四）

集賢院學士劉公墓誌銘〔一〕

公諱敞，字仲原父，姓劉氏，世爲吉州臨江人。自其皇祖以尚書郎有聲太宗時〔二〕，遂爲名家，其後多聞人〔三〕，至公而益顯。

公舉慶曆六年進士，中甲科〔四〕，以大理評事通判蔡州〔五〕。丁外艱，服除〔六〕，召試學士院，遷太子中允、直集賢院，判登聞鼓院、吏部南曹、尚書考功。於是夏英公既薨，天子賜謚曰文正。公曰：「此吾職也。」即上疏言：「謚者，有司之事也，且諫行不應法。今百司各得守其職，而陛下侵臣官。」疏凡三上，天子嘉其守，爲更其謚曰文莊。公曰：「姑可以止矣〔七〕。」權判三司開拆司㊀，又權度支判官，同修起居注。

至和元年九月，召試，遷右正言、知制誥〔八〕。宦者石全彬以勞遷宮苑使，領觀察使，意不滿，退而愠有言。居三日，正除觀察使，公封還辭頭，不草制，其命遂止〔九〕。二年八月，奉使契丹〔一〇〕，公素知虜山川道里，虜人道自古北口回曲千餘里至柳河〔一一〕，公問曰：「自松亭趨柳河㊁，甚直而近，不數日可至中京，何不道彼而道此？」蓋虜人常故迂其路，欲以國地險遠誇使者，且謂莫習其山川，不虞公之問也，相與驚顧羞愧，即吐其實，曰：「誠如公言。」時順州山中有異獸，如馬而食虎豹，虜人不識，以問㊂，公曰：「此所謂駮也。」爲言其形狀聲音，皆是，虜人益歎服。

三年，使還，以親嫌求知揚州〔一二〕。歲餘，遷起居舍人，徙知鄆州，兼京東、西路安撫使〔一三〕。居數月，召還，糾察在京刑獄〔一四〕，修玉牒，知嘉祐四年貢舉，稱爲得人〔一五〕。是歲，天子卜以孟冬祫，既廷告，丞相用故事，率文武官加上天子尊號。公上書言：「尊號，非古也。陛下自寶元之郊，止羣臣毋得以請，迨今二十年無所加，天下皆知甚盛德，奈何一旦受虚名而損實美。」上曰：「我意亦謂當如此。」遂不允羣臣請〔一六〕。而禮官前祫請祔郭皇后於廟，自孝章以下四后在别廟者，請毋合食。事下議，議者紛然。公之議曰：「春秋之義，不薨于寢，不稱夫人，而郭氏以廢薨。按景祐之詔，許復其號而不許其謚與祔，謂宜如詔書。」又曰：「禮於祫，未毁廟之主皆合食，而無帝后之限，且祖宗以來用之。傳曰：『祭從先祖，宜如故。』」於是皆如公言〔一七〕。

公既驟屈廷臣之議，議者已多仄目，既而又論吕溱過輕而責重，與臺諫異，由是言事者亟攻之〔一八〕。公知不容于時矣，會永興闕守，因自請行，即拜翰林侍讀學士，充永興軍路安撫使，兼知永興軍府事〔一九〕。長安多富人右族，豪猾難治，猶習故都時態㈣。公方發大姓范偉事，獄未具而公召，由是獄屢變，連年，吏不能决。至其事聞，制取以付御史臺，乃决，而卒如公所發也〔二〇〕。公爲三州，皆有善政。在揚州，奪發運使冒占雷塘田數百頃予民，民至今以爲德〔二一〕。其治鄆、永興〔二二〕，皆承旱歉，所至必雨雪，蝗輒飛去，歲用豐稔，流亡來歸，令行民信，盗賊禁止，至路不拾遺。

公於學博，自六經、百氏、古今傳記，下至天文、地理、卜醫、數術、浮圖、老莊之説，無所不通〔二三〕。其爲文章，尤敏贍。嘗直紫微閣，一日，追封皇子、公主九人，公方將下直，爲之立馬却坐，一揮九制數千言，文辭典雅，各得其體〔二四〕。

公知制誥七年，當以次遷翰林學士者數矣，久而不遷。及居永興歲餘，遂以疾聞。八年八月召還，判三班院、太常寺。公在朝廷，遇事多所建明，如古渭州可棄〔二五〕，孟陽河不可開，樞密使狄青宜罷以保全之之類〔二六〕，皆其語在士大夫間者。若其規切人主，直言逆耳，至於從容進見，開導聰明，賢否人物，其事不聞于外廷者，其補益尤多。故雖不合於世，而特被人主之知。方嘉祐中，嫉者衆而攻之急，其雖危而得無害者，仁宗深察其忠也。及侍英宗講讀，不專章句解詁，而指事據經，因以諷諫，每見聽納，故尤奇其材〔二七〕。已而復得驚眩疾，告滿百日，求便郡。上曰：「如劉某者，豈易得也㊄！」復賜以告。上每宴見諸學士，時時問公少間否，賜以新橙五十，勞其良苦〔二八〕。疾少間㊅，復求外補，上悵然許之。出知衛州，未行，徙汝州〔二九〕。治平三年，召還，以疾不能朝，改集賢院學士、判南京留司御史臺〔三〇〕。熙寧元年四月八日，卒于官舍，享年五十。

嗚呼！以先帝之知公，使其不病，其所以用之者，豈一翰林學士而止哉！方公以論事忤於時也，又有構爲謗語以怒時相者。及歸自雍〔三一〕，丞相韓公方欲還公學士〔三二〕，未及而公病，遂止於此，豈非其命也夫！公累官至給事中，階朝散大夫，勳上輕車都尉，開國彭城爵公，邑户二千一百，實食者三百。曾祖諱璵，贈大理評事。祖諱式，尚書工部員外郎，贈户部尚書。考諱立之，尚書主客郎中，贈工部尚書⑦〔三三〕。公再娶倫氏⑧，皆侍御史程之女，前夫人先公早卒，後夫人以公貴，累封河南郡君〔三四〕。子男四人：長定國⑨，郊社掌座，早卒；次奉世〔三五〕，大理寺丞；次當時，大理評事；次安上，太常寺太祝。女三人，長適大理評事韓宗直，二尚幼。公既卒，天子推恩，録其兩孫望、旦，一族子安世，皆試將作監主簿。

公爲人磊落明白，推誠自信，不爲防慮，至其屢見侵害，皆置而不較，亦不介于胸中。居家不問有無，喜賙宗族〔三六〕，既卒，家無餘財。與其弟攽友愛尤篤〔三七〕。有文集六十卷。其爲春秋之説，曰傳、曰權衡、曰説例、曰文權⑩、曰意林，合四十一卷⑪。又有七經小傳五卷、弟子記五卷，而七經小傳今盛行於學者〔三八〕。二年十月辛酉，其弟攽與其子奉世等葬公於某所⑫，以來請銘。乃爲之銘曰：

嗚呼！維仲原父，學彊而博，識敏而明。坦其無疑一以誠，見利如畏義必爭。觸機履險危不傾，畜大不施奪其齡。惟其文章粲日星，雖欲有毀知莫能。維古聖賢皆後亨，有如不信考斯銘。

【校記】

㈠拆：原作「坼」，據備要本、衡本改。㈡「自」下：原校：一有「古」字。㈢「以」下：原校：一有「爲」字。㈣時：原校：一無此字。㈤也：卷後原校：一作「耶」。㈥「疾」下：原校：一有「久」字。㈦工：原校：一一作「禮」。㈧倫：原作「論」。劉攽爲敞所撰行狀及備要本、衡本皆作「倫」，據改。㈨定國：卷後原校：一作「充國」。㈩曰文權：原校：一無三字。⑪一：原校：一無此字。⑫葬公於某所：原校：一作「葬公祥符縣魏陵鄉，祔于先墓。」

【箋注】

〔一〕如題下注，熙寧二年（一〇六九）作。劉敞於是年十月葬，此前，其弟劉攽等以狀請銘，文即作於是時。攽爲敞所撰故朝散大夫給事中集賢院學士權判南京留司御史臺劉公行狀見彭城集卷三五。居士集卷五〇有祭劉給事文。避暑録話卷上：「慶曆後，歐陽文忠以文章擅天下，世莫敢有抗衡者。劉原甫雖出其後，以博學通經自許，文忠亦以是推之，作五代史、新唐書凡例，多問春秋於原甫。及書梁入閤事之類，原甫即爲剖析，辭辨風生。文忠論春秋，多取平易，而原甫每深言經旨。文忠有不同，原甫間以謔語酬之，文忠久或不能平。」歐、劉常有詩唱酬，嘉祐後來往書簡甚多。歐好集古，頗得劉之相助。至和二年（一〇五五），歐乞罷宰相陳執中政事，不報，遂請補外，出知蔡州，劉上書乞留之。劉敞，宋史有傳。

〔二〕皇祖：敞祖劉式，官至尚書工部員外郎。見本集卷二九尚書主客郎中劉君墓誌銘。

〔三〕「其後」句：敞父劉立之、弟劉攽、子奉世皆聞名於世。

〔四〕「公舉」二句：石林燕語卷八：「慶曆中，劉原父廷試考第一，會王伯庸以翰林學士爲編排官，原父內兄也，以嫌自列。或言高下定於考試官，編排第受成而甲乙之，無預與奪。伯庸猶力辭，仁宗不得已，以爲第二，而以賈直儒爲魁。」按：王堯臣字伯庸，敞之表兄；賈黯字直孺，「儒」當作「孺」。王銍默記卷中：「劉原父就省試，時父立之爲湖北轉運使，按部至鄂州，與郡守王山民宴於黃鶴樓，數日不發，謂守曰：『吾且止此樓以候殿榜，兒子決須魁天下。』守心不平，且曰：『四海多士，雖令嗣才俊，豈可預料？』立之曰：『縱使程式不得志，亦須作第二人。』來日殿榜到州，原父果第二名。」

〔五〕「以大理」二句：刘攽劉公行狀：「拜大理評事，通判蔡州事。吴正肅公育舊聞公之賢，傾遲之。及罷政事守蔡，得公歡甚，事無大小皆聽公，州以清静。」

〔六〕「丁外艱」二句：劉公行狀：「（慶曆）八年十一月，丁先公憂，去官。皇祐三年二月服除，還爲大理評事。」

〔七〕「於是」十五句：長編卷一七一皇祐三年九月：「乙卯，武寧節度使、兼侍中夏竦卒，贈太師、中書令，賜謚文獻。知制誥王洙當草制，封還其目曰：『臣下不當與僖祖同謚。』遂改曰文正。同知禮院司馬光言，謚之美者極於文正，竦何人，乃得此謚？判考功劉敞言：『謚者，有司之事也。竦姦邪，而陛下謚之以正，不應法，且侵臣官。』光疏再上，敞疏三上，詔爲更謚曰文莊。」

〔八〕「至和」三句：長編卷一七七至和元年九月：「甲子，起居舍人、直集賢院、同修起居注吴奎爲兵部員外郎，太子中允、直集賢院、同修起居注劉敞，並知制誥，仍以敞爲右正言。」

〔九〕「宦者」九句：長編卷一七七至和元年十一月：「壬午，入内押班石全彬爲入内副都知，知制誥劉敞封還詞頭，奏曰：『全彬昨已有制旨除宫苑使、利州觀察使。未及三日，復換此命。朝令夕改，古人所非。若因全彬自陳，探其不滿之意，曲徇所求，以悦其心，便是朝廷恩典本無定制，惟繫宦官臨時徼乞。宣布天下，必以爲惑，傳示後世，必以爲笑。何則？陛下賞罰，當信天下，當教後世。不知全彬功勤，凡有幾何？昨者嶺外之行，已曾受賞，今奉温成皇后葬畢，賞又不薄，不知厭足，愈求遷進；朝廷亦當愛惜事體，無宜輕改成命……』從之。後三月，全彬卒爲入内副都知。」

〔一〇〕「二年」二句：據長編卷一八〇，至和二年八月辛丑，右正言、知制誥劉敞爲契丹生辰使。因契丹主卒，甲寅，改命爲契丹國母生辰使。

〔一一〕虜人：指契丹來迎宋使節者。劉公行狀：「契丹遣其臣馬祐來迓。」

〔一二〕「三年」三句：長編卷一八二嘉祐元年閏三月辛卯：「知制誥劉敞知揚州。敞，王堯臣姑子……堯臣執政……（敞）避親也。」按：至和三年九月改元嘉祐。

〔一三〕「歲餘」四句：劉公行狀：「明年（指嘉祐二年）四月，遷起居舍人、知鄆州、兼京東西路安撫使。」

〔一四〕「居數月」三句：劉公行狀：「居鄆五月，召還朝，糾察在京刑獄。」

〔一五〕「知嘉祐」二句：劉公行狀：「（嘉祐）四年正月，同權知貢舉。是歲始更貢士令，奏名者才二百人。其罷黜者雖多，莫有不服者，至有爲賦以頌得人。上例賜近臣墨字，公得『稽古』二字，時論榮之。」

〔一六〕「丞相」十三句：長編卷一八九嘉祐四年六月：「己巳，宰臣富弼等請加尊號曰『大仁至治』，詔不許。故事，每三歲，躬行大禮畢，輒受羣臣所加尊號，自康定以來罷之，至是執政復舉故事以請……知制誥劉敞言：『尊號非古也，陛下尊號既云「體天法道欽文聰武聖神孝德」，盡善極美矣，復加大仁，不足增光，而曰至治，則有若自矜，且今天下未可謂至治也。陛下不受徽號已二十年，奈何亘增虚名而損實德！』上曰：『朕意亦謂當如此。』故弼等表五上，卒不許。敞時兼領禮部名表，當撰表辭，先勸弼以不宜爾，弼憮然曰：『適已奏聞，乃是上意欲爾，不可止也。』敞不得已爲撰五表，仍密奏三疏罷之。」

〔一七〕「而禮官」二十二句：此事詳見長編卷一九〇。又劉公行狀詳載敞所上疏，且謂「有詔是公，議者乃止」。

〔一八〕「既而」三句：長編卷一九〇嘉祐四年九月：「癸丑，翰林侍讀學士、禮部郎中、知和州呂溱，落職分司南京……執政憐溱以忤監司意抵峻法，卒從輕坐。知制誥劉敞草溱謫辭，有『簡直好節，推誠不疑』等語，臺諫又引胡旦、李昌齡故事，乞加敞罪，不報。」宋史呂溱傳：「徙成德軍……溱豪侈自放，簡忽於事，與都轉運使李參不相能，還判流内銓。參劾其借官麴作酒，以私貨往河東貿易，及違式受餽贐，事下大理議。溱乃未嘗受，而外廷紛然謂溱有死罪。帝知其過輕，但貶秩，知和州。御史以爲未抵罪，分司南京。」溱字濟叔，揚州人。貶分司南京後，起知江寧府，加龍圖閣直學士、知開封府，病，改樞密直學士、提舉醴泉觀，卒贈禮部侍郎。

〔一九〕「公知」六句：長編卷一九二嘉祐五年九月：「（丁亥）起居舍人、知制誥劉敞爲翰林侍讀學士、知永興軍。初，臺諫劾敞行呂溱責官制詞不直，又前議郭后祔廟，嘗云『上之廢后，慮在宗廟社稷，不得不然』，是欲道人主廢后也。章十數上，敞不自安。會永興闕守，遂請行，詔從之。」

〔二〇〕「長安」十二句：宋史劉敞傳：「大姓范偉爲姦利，冒同姓户籍五十年，持府縣短長，數犯法。敞窮治其事，偉伏罪，長安中歡喜。未及受刑，敞召還，判三班院，偉即變前獄，至于四五，卒之付御史決。」

〔二一〕「在揚州」三句：劉敞傳：「揚之雷塘，漢雷陂也，舊爲民田。其後官取瀦水而不償以它田，主皆失業。然塘亦破決不可漕，州復用爲田。敞據唐舊券，悉用還民，發運使爭之，敞卒以予民。」

〔二二二〕「其治」句：劉敞傳：「徙鄆州，鄆比易守，政不治，市邑攘敓公行。敞決獄訟，明賞罰，境内肅然。客行壽張道中，遺一囊錢，人莫敢取，以告里長，里長爲守視，客還，取得之。又有暮遺物市中者，旦往訪之，故在。先是，久旱地多蝗。敞至而雨，蝗出境。」

〔二二三〕「公於」四句：避暑録話卷下：「劉原甫博物多聞，前世實無及者。在長安，有得古鐵刀以獻，製作極巧，下爲大環，以纏龍爲之，而其首類鳥，人莫有識者。原甫曰：『此赫連勃勃所鑄龍雀刀，所謂大夏龍雀者也，鳥首蓋雀云。』問之，乃种世衡築青澗城，掘地所得，正夏故疆也。」默記卷下：「劉原父好雜記事，或古或今，動成卷軸。」蔡條鐵圍山叢談：「原父號博雅，有盛名。曩時出守長安，長安號多古簋敦鏡獻尊彝之屬，因自著一書，號先秦古器記。」劉公行狀：「公學問廣博，無書不通，自浮屠老子，以及山經、地志、陰陽、卜筮、醫藥、天文，略皆究知大略。」

〔二二四〕「一日」七句：劉公行狀：「一日有詔，追封皇子、公主九人，宰相得旨，即日待進，公將上馬，遂不解帶，援筆書之，凡數千言，詞意皆不同，吏謄白不暇。往反才食頃，執政皆驚視，以爲所未嘗見。」澠水燕談録卷六亦載此事，云：「歐陽文忠公聞而歎曰：『昔王勃一日草五王策，此未足尚也。』」

〔二二五〕「如古渭州」句：劉敞傳：「秦州與羌人爭古渭地。仁宗問敞：『棄守孰便？』敞曰：『若新城可以蔽秦州，長無羌人之虞，傾國守焉可也。或地形險利，賊乘之以擾我邊鄙，傾國爭焉可也。今何所重輕，而殫財困民，捐士卒之命以規小利，使曲在中國，非計也。』議者多不同，秦州自是多事矣。」

〔二二六〕「樞密使」句：劉敞傳：「狄青起行伍爲樞密使，每出入，小民輒聚觀，至相與推誦其拳勇，至壅馬足不得行。帝不豫，人心動搖，青益不自安。敞辭赴郡，爲帝言曰：『陛下幸愛青，不如出之，以全其終。』帝頷之，使出諭中書，青乃去位。」

〔二二七〕「及侍」六句：長編卷一九九嘉祐八年十二月：「召侍讀、侍講講論語、讀史記……劉敞讀史記至『堯授舜以天下』，因陳説曰：『舜至側微也，堯越四岳，禪之以位，天地享之，百姓戴之，非有他道，惟其孝友之德，光於上下。何謂孝友？善事父母爲孝，善事兄弟爲友。』辭氣明暢，上竦然改容，知其以諷諫也。」

〔二二八〕「賜以」二句：劉公行狀：「會内苑橙實初熟，上使中貴人以五十枚賜公，面問公起居，所以慰撫甚厚。」

〔二二九〕「出知」三句：據長編卷二〇二，事在治平元年九月。

〔三〇〕「改集賢院」句：劉公行狀載敞改集賢院學士、權判南京留司御史臺，在治平三年十一月。

〔三一〕雍：古雍州，治所在長安。

〔三二〕「丞相」句：劉公行狀：「公與歐陽公永叔相厚，及歐陽參知政事，嘗爲丞相韓公言公所爲，不如謗者之言也。久之，韓公謝曰：『雖失之東隅，可以收之桑榆乎？』歐陽曰：『公能如是，大善。』將還公爲翰林學士，會上不豫，事且寢。」

〔三三〕「曾祖」八句：詳見本集卷二九尚書主客郎中劉君墓誌銘。

〔三四〕「公再娶」五句：劉公行狀：「公兩娶武威倫氏，皆侍御史贈某官程之女。前夫人先公十七年卒。繼以女妹，累封河南郡君。」

〔三五〕奉世：字仲馮，元祐時官至權户部尚書。其生平附劉敞傳後。

〔三六〕「喜賙」句：劉公行狀：「歲時朝廷行禮，得以推恩，輒以旁逮疏族。先人有田在蘇州，公未嘗取一粒，皆以畀内外親屬。」

〔三七〕攽：劉攽，字貢父，號公非，與敞同登慶曆六年進士第，元祐時爲中書舍人。精通史學，助司馬光修資治通鑑。宋史有傳。

〔三八〕「有文集」六句：劉公行狀：「所著春秋傳十五卷、春秋權衡十七卷、春秋説例二卷、春秋文權二卷、春秋意林五卷、弟子記五卷、七經小傳五卷，皆成書。易外傳二十卷、元滋九篇、通古五卷、古風五卷，皆未就。文集若干卷。」郡齋讀書志著録敞春秋權衡十七卷、春秋意林二卷、春秋劉氏傳十五卷、七經小傳五卷、三劉漢書（與弟攽、子奉世合撰）一卷、弟子記一卷、漢官儀采選一卷，公是集七十五卷。全祖望鮚埼亭集外編卷二四公是先生文鈔序：「有宋諸家，廬陵、南豐、臨川，所謂深於經者也，而皆心折於公是先生。蓋先生於書無所不窺，尤篤志經術，多自得於心，所著七經小傳、春秋五書，經苑中莫與抗。故其文雄深雅健，摹春秋公、穀兩家，大、小戴記，皆能神肖。當時先生亦自負，獨步虎視一時，雖歐公尚以不讀書爲所誚，而歐公不敢怨之。世或言先生卒以此忤歐公，今稽之墓志，始知其不然也。」

【集評】

［明］唐順之：首尾分應有力，自班、馬中來。（引自歐陽文忠公文鈔評語卷二五）

［明］茅坤：劉仲原以才而不盡其用，而公之文多累欷。（歐陽文忠公文鈔評語卷二五）

［清］儲欣：奉使契丹一事，有春秋士大夫之遺風。不有君子，其能國乎？此通經博古之士，國家不可一日不畜也。（六一居士全集録評語卷四）

［清］王元啓：通體一直叙下，而因事曲折，波瀾自還，此惟老於文者能之，所謂熟極巧生之候□。書家有意□□（按：當爲「轉絲」二字。）牽之論，觀此文迴旋轉換處，真有意轉絲牽之妙，波瀾態度一本于自然。（讀歐記疑卷二）

零陵縣令贈尚書都官員外郎吴君墓碣銘并序〔一〕

君諱舉〔二〕，字太冲，姓吴氏，興國軍永興人也。曾祖諱瑗，祖諱章，父諱思迴。五代之際，自江以南爲南唐，吴氏亦微不顯。

君當李煜時，以明經爲彭澤主簿〔三〕。太祖皇帝召煜來朝，煜不奉詔，遣曹彬討之，前鋒兵破池陽，遣使招降郡縣。使者至彭澤，其令欲以城降，君以大義責之，且曰：「吾能爲李氏死爾。」乃共殺使者，爲煜守。煜已降，君爲游兵執送軍中，主將責以殺使者，君曰：「固當如是爾。」主將義而釋之〔四〕。當是時，嘗仕煜者皆隨煜至京師，得復補吏，君獨棄去不顧。太平興國二年，詔求李氏時故吏，所在敦遣，君始至京師，以爲鄆州平陰主簿，歷益州成都令，陝州録事參軍，襄州之宜城、洋州之真符、福州之連江、楚州之鹽城、耀州之同官，最後爲零陵令。以祥符九年八月二十六日，道卒于揚州，享年七十有六。

夫人伏氏，能讀書史，有賢行，後君十有四年以卒，享年八十有二。子男二人：長曰晛，早卒；次曰中復，今爲起居舍人。以景祐三年十有一月甲子，合葬君、夫人于南康軍都昌縣之長城。

君學春秋，通三傳。其臨大節，知所守。當五代時，僭竊分裂，喪君亡國不勝數㈠，士之不得守其節與不能守者，世皆習而不怪。君於此時，獨區區志不忘李氏，其義有足動人，然而亦無爲君道者㈡。考君之出處，自重不妄，宜其世莫之知，而潛德晦善，顯於後世，克有賢子，爲時名臣〔五〕。君以子恩，累贈尚書都官員外郎，考於令品，又得碣于其墓，以昭令德而示子孫。於是史官廬陵歐陽修曰：「此余職也。」乃爲之辭曰：

世逢屯兮，廉恥道缺。中國五禮兮，九州分裂。朝存夕亡兮，士莫守節。昧者習安兮，懦夫志奪。偉哉吴君兮，凛矣其烈。世莫我知兮，不妄自伐。有韞必昭兮，後世而發。嗚呼吴君兮，寓銘斯碣。

【校記】

㈠不勝數：卷後原校：一作「不可勝數」。㈡然而：卷後原校：此下一有「人」字。

【箋注】

〔一〕如題下注，嘉祐三年（一〇五八）作。墓主吴舉，其子爲吴中復（見本卷端明殿學士蔡公墓誌銘箋注〔九〕）。書簡卷四有是年所作與吴給事云：「辱命誌文，鄙拙豈足當之？第以欣慕忠義，樂於紀次，因得附名於石末，遂不敢辭爾。」吴給事即吴中復，可知本文乃應吴中復之請而作。同年，又致中復一簡云：「前承要墓碣，久稽應命。近因病目在告，始得牽强。衰朽無意思，僅能成文，不足以發揚令德，慚恐慚恐。」簡中有「計寒凛體氣清康」之語，則本文當完成于是年冬日。零陵，永州治所，今屬湖南。大清一統志卷二四三南康府：「吴舉墓在都昌縣北七十里白鳳鄉。」

〔二〕舉：宋史吴中復傳謂「父仲舉」，多一「仲」字。

〔三〕「君當」二句：吴中復傳載仲舉「仕李煜爲池陽令」，當升遷于爲主簿之後。然後文云曹彬兵破池陽時，吴君尚在彭澤。何以爲池陽令，待考。

〔四〕「君爲」五句：吴中復傳：「城陷，（曹）彬執之，仲舉曰：『世禄李氏，國亡而死，職也。』彬義而不殺。」

〔五〕「克有」二句：吴中復傳：「中復樂易簡約，好周人之急，士大夫稱之。」

居士集卷三十六

墓誌七首 碣一首附

南陽縣君謝氏墓誌銘〔一〕

慶曆四年秋，予友宛陵梅聖俞來自吳興〔二〕，出其哭内之詩而悲曰：「吾妻謝氏亡矣〔三〕。」丐我以銘而葬焉。予未暇作㊀。居一歲中，書七八至，未嘗不以謝氏銘爲言，且曰：

「吾妻故太子賓客諱濤之女、希深之妹也〔四〕。希深父子爲時聞人，而世顯榮。謝氏生於盛族，年二十以歸吾，凡十七年而卒㊁。卒之夕，斂以嫁時之衣，甚矣，吾貧可知也！然謝氏怡然處之㊂〔五〕，治其家，有常法。其飲食器皿，雖不及豐侈㊃，而必精以旨；其衣無故新，而澣濯縫紉，必潔以完；所至官舍雖庳陋，其庭宇灑掃，必肅以嚴；其平居語言容止，必怡以和㈤。吾窮於世久矣㈥，其出而幸與賢士大夫遊而樂，入則見吾妻之怡怡而忘其憂，使吾不以富貴貧賤累其心者，抑吾妻之助也。吾嘗與士大夫語，謝氏多從户屏竊聽之，間則盡能商榷其人才能賢否及時事之得失，皆有條理。吾官吴興〔六〕，或自外醉而歸，必問曰：『今日孰與飲而樂乎？』聞其賢者也則悦，否則歎曰：『君所交，皆一時賢俊，豈其屈己下之耶？惟以道德焉㈦，故合者尤寡㈧。今與是人飲而歡邪？』是歲南方旱，仰見飛蝗而歎曰：『今西兵未解，天下重困，盜賊暴起於江淮，而天旱且蝗如此！我爲婦人，死而得君葬我，幸矣〔七〕。』其所以能安居貧而不困者㈨，其性識明而知道理，多此類㈩。嗚呼！其生也迫吾之貧，而没也又無以厚焉，謂惟文字可以著其不朽。且其平生，尤知文章爲可貴，歿而得此，庶幾以慰其魂，且塞予悲〔八〕。此吾所以請銘於子之勤也。」若此，予忍不銘？

夫人享年三十七，用夫恩封南陽縣君。二男一女。以其年七月七日卒于高郵。梅氏世葬宛陵，以貧不能歸也，某年某月某日，葬于潤州之某縣某原。銘曰：

高崖斷谷兮⑪，京口之原〔九〕。山蒼水深兮，土厚而堅。居之可樂兮，卜者曰然。骨肉雖土兮⑫，魂氣則天⑬。何必故鄉兮，然後爲安。

【校記】

㈠「予」下：原校：一有「諸之」二字。㈡七：原校：一作「八」。㈢怡然處之：原校：一作「處之怡然」。㈣及：原校：一作「至」。㈤怡：原校：一作「從容」。㈥「吾窮」句下：原校：一有「不惟信於聖人以自守」九字。㈦德：原校：一作「得」。㈧「豈其」三句：原校：一無此十七字。㈨居貧：卷後原校：一作「吾貧」。㈩此類：原校：一作「類此」。⑪崖：原校：一作「岸」。⑫雖：原校：一作「歸」。⑬則：原校：一作「升」。

【箋注】

〔一〕如題下注，慶曆五年（一〇四五）作。文云慶曆四年秋謝氏卒，而此「一歲中」，堯臣請銘之書「七八至」，文當爲次年作。

〔二〕「慶曆」二句：梅集編年卷一四：「慶曆四年甲申（一〇四四），堯臣年四十三歲。春間解湖州監稅任，歸宣城，未久，赴汴京。七月七日，舟至高郵三溝，妻謝氏死於舟中。」吴興，湖州舊稱。堯臣已解湖州任，故曰「來自吴興」。

〔三〕「出其」二句：梅集編年卷一四有悼亡三首，其一云：「結髮爲夫婦，於今十七年，相看猶不足，何况是長捐？」

〔四〕濤：謝濤，生平見外集卷一二太子賓客分司西京謝公墓誌銘。希深：謝絳之字。其生平見本集卷二六尚書兵部員外郎知制誥謝公墓誌銘。

〔五〕「甚矣」三句：梅集編年卷一五懷悲：「自爾歸我家，未嘗厭貧窶，夜縫每至子，朝飯輒過午。十日九食齏，一日儻有脯，東西十八年，相與同甘苦。」

〔六〕「吾官」句：據梅集編年，梅堯臣慶曆元年改監湖州鹽稅，二年三月到任，至四年春離任。

〔七〕「是歲」九句：「是歲」，即指慶曆四年。歐奏議集卷八有是年所作論救賑江淮飢民劄子，云：「風聞江、淮以南，今春大旱，至有井泉枯竭、牛畜瘴死、雞犬不存之處……昨江、淮之間，去年王倫蹂踐之後，人户不安生業。倫賊纔滅，瘡痍未復，而繼以飛蝗，自秋至春，三時亢旱。」

〔八〕 予悲：梅集編年卷一四悼亡三首之一云：「終當與同穴，未死淚漣漣。」秋日舟中有感云：「天乎余困甚，失偶淚滂沱。」書哀云：「唯人歸泉下，萬古知已矣。拊膺當問誰，憔悴鑑中鬼。」

〔九〕 京口：故址在今江蘇鎮江，屬潤州，謝氏葬于此。

【集評】

〔明〕歸有光：法度恰好。（歐陽文忠公文選評語卷九）

〔清〕沈德潛：叙治家，叙知人，叙憂世，不必多及瑣屑，足稱賢婦人矣。字裏行間，俱帶淒惋之氣。（唐宋八大家文讀本評語卷一三）

〔清〕王元啓：詳叙來書，正是述其女德。或云：「叙女德簡，叙書辭纖悉。」（按：此爲明唐順之語，見茅坤歐陽文忠公文鈔卷二九）不知言者也。（讀歐記疑卷二）

萬壽縣君徐氏墓誌銘并序〔一〕

河東都轉運使、天章閣待制施君〔二〕，卜以慶曆五年三月某日，葬其夫人萬壽縣君于蘇州吴縣三讓鄉之陸公原，以來請銘。

夫人姓徐氏，世家通州之靜海。七歲喪其母，哀不自勝，泣曰：「母，女所恃以生者也。無母，其復能生？」因欲投水火㊀，其父兄力止之。既長，事其繼母，則以孝聞。年若干，歸于施氏，逮事其姑，紉縫烹飪必以身，蚤暮寒暑飲食必以時。姑亡，哀毁得疾，逾年而後能起。生五男一女。男曰邈，舉進士，某官，知開封府太康縣；曰述、曰造，皆將作監主簿；曰迥、曰遜，尚幼。女曰錦娘。慶曆三年十一月甲子，以疾卒于河東之官舍〔三〕，享年四十有三。

夫人之生也，事其繼母及姑，皆稱曰孝。及其歿也，其夫之稱曰「吾妻助我而賢」，其子之幼者曰「吾母慈我」，其長者之稱曰「吾母不以愛怠我㈡，而以成人勗我，使我至於有立」，凡施氏外內婚姻宗族之稱者曰「夫人遇我有禮而仁」，至于妾媵左右之稱者亦曰「夫人於我仁而均」。嗚呼，夫人之行至矣！其勤而有法，其施之各有宜，可謂賢也已。若夫男子見于外，其善惡功過，可舉而書。至於婦德主内，自非死節徇難非常之事，則其幽閑淑女之行，孰得顯然列而誌之以示後？惟視其所稱與其所思，則其賢可知矣。施君名昌言㈢。夫人曾祖諱某；祖諱某；父諱某，以尚書都官員外郎致仕。夫生而其善可稱，未若没而遺思之深也。悲夫！銘曰：

於惟夫人，東海之華〔四〕。始來施氏，有此室家。爲婦爲母，勤孝勞劬。有女昔褓，今婉其裾。子綬煌煌，弟長相趨。夫爵之高，榮及親疏。厥家已成，而獨不居。千里之遠㈣，歸魂東吴。銘以哀之，已矣嗚呼。

【校記】

㈠水火：原校：一無「火」字。㈡怠：原校：一作「殆」。㈢名昌言：原校：一無此三字，有「以明識敏行、守正敢言達於當世。其稱曰助我，則夫人之賢，又從可知矣」二十八字。㈣千里：卷後原校：一作「萬里」。

【箋注】

〔一〕如題下注，慶曆五年（一〇四五）作。徐氏葬于是年三月，文即作于此前。

〔二〕施君：施昌言，字正臣，通州靜海人。舉進士高第，入爲殿中侍御史、開封府判官。歷三司度支副使、河北都轉運使、河東都轉運使、江淮發運使，知應天府，又知延澶杭滑等州，卒。宋史有傳。據長編卷一四四，昌言爲河東轉運使在慶曆三年十月。

〔三〕「河東」句：河東路治所并州（嘉祐四年升爲太原府），今山西太原。

〔四〕「東海」句：徐氏世家通州靜海（今江蘇南通），通州臨東海，故云。

長沙縣君胡氏墓誌銘 并序〔一〕

故太子中舍張君諱某之夫人〔二〕，曰長沙縣君胡氏㈠。胡氏世爲某人㈡。父諱震〔三〕，官至刺史。夫人年二十七，以歸中舍君。君時爲融州司理參軍，歷潭州寧鄉縣尉、鳳州兩當、福州寧德二縣令以卒㈢。夫人之爲婦也，以勤儉恭肅主張氏之祭饋，而睦其內外之宗姻。生子男二人㈣，女一人。男曰大年、大有，皆舉進士㈤。大年，今爲鄭州原武縣令；大有，秘書丞。女適邵陽縣令錢奕。夫人之爲母也，以禮義慈嚴教育其子，故其男也有立而克嗣其世㈥，女也適於人而宜人之家。爲婦、爲母之道無不備，而成其夫之家，享其子之禄。以某年某月某日以疾卒，享年七十有五。又用其子之恩，追封長沙縣君㈦。嗚呼！可謂榮矣㈧。中舍君先以某年某月日卒㈨，葬于某州某縣某鄉。夫人以某年某月某日㈩，合葬于中舍君之墓。銘曰：

婦德之備，功施也内⑪。銘昭其幽，以法後世。

【校記】

㈠曰：原校：一無此字。「君」上：原校：一有「太」字。「君」下：原校：一有「曰」字。　㈡世爲某：原校：一作「世某郡某縣」。　㈢鳳州：卷後原校：二字上一有「又爲」二字。二：原校：一作「兩」。　㈣子：原校：一無此字。　㈤皆舉進士：原校：一無此四字。　㈥其：原校：一無此字。　㈦「君」上：原校：一有「太」字。　㈧「可謂」上：原校：一有「夫人」二字。　㈨先以：原校：一無此二字。　㈩夫人：原校：一無此二字。而「某日」下一有「奉夫人之喪」。　⑪也：原校：一作「于」。

【箋注】

〔一〕原未繫年，何時作無考。

〔二〕張君：無考。

〔三〕震：胡震，亦無考。後文大年、大有、錢奕均無考。

長壽縣太君李氏墓誌銘〔一〕

太中大夫、尚書屯田郎中、上柱國王公諱利之夫人〔二〕，曰李氏。李氏世家湖南，其父諱昭文，官至國子博士，贈工部侍郎。夫人年二十二，歸于王氏，用夫封隆平縣君〔三〕，後以其子徙封長壽縣太君。

夫人爲李氏女，事後母，以孝聞。及爲王氏婦㊀，逮事其舅姑㊁，其舅姑嘗稱夫人以誡諸婦曰：「事我者當如此。」又以誡其諸女曰：「爲人婦者當如此。」其爲母也，有三男二女㊂〔四〕。及其老也，鼎，爲職方員外郎〔五〕；震，太子中舍〔六〕；復，太常博士〔七〕。三子者皆有才行，而復尤好古有文，聞于當世。女皆有歸〔八〕。孫男六人：曰夷仲，曰虞仲，曰于仲㊃，曰南仲，曰武仲，曰延仲。女五人，一亦歸人矣，餘尚幼。夫人享年八十有六，以慶曆七年七月十日，終于京兆子復之官舍。用明年二月十七日，合葬于河南洛陽大樊原王公之墓。

夫人於王氏，積行累功，其德備矣，不可以遍書㊄。書其舅姑之所嘗稱者，以見其爲婦之道；書其子之賢而有立，以見其爲母之方；書其子孫之衆，壽考之隆，以見其勤于其家至于有成，而終享其福之厚。嗚呼！於夫人無不足矣，而其子若孫皆曰未也，謂必有以示永久而不没㊅，庶幾以慰無窮之哀，乃來請銘以葬。其子之友廬陵歐陽修爲之銘曰：

家成于勤，德隆以壽。歸安其藏，以昌厥後。

【校記】

㊀「及爲」句下：原校：一有「以事父母者」五字。　㊁逮：原校：一無此字。　㊂二女：考異本、備要本、衡本作「三女」。　㊃于仲：卷後原校曰「一作『平仲』」；考異本校曰「家本作『子仲』」。　㊄「其德」二句：原校：一作「夫人之德，可謂備矣」。　㊅「没」下：原校：一有「者」字。

【箋注】

〔一〕　如題下注，慶曆八年（一〇四八）作。李氏葬于是年二月，文當作于此前。李氏之子王復係作者洛陽舊交，文即應王復之請而作，故篇末云「其子之友廬陵歐陽修爲之銘」。

〔二〕　王公：王利，字兼濟，河南人。淳化進士。初授河南尉，遷著作佐郎，爲太常博士，入尚書省爲職方員外郎轉屯田郎中，通判閬、温、滄、定四州，知絳州，以分司南京卒。生平見河南先生文集卷一三故大中大夫尚書屯田郎中分司西京上柱國王公墓誌銘。

〔三〕　「歸于」二句：王公墓誌銘：「娶李氏，封隆平縣君。」

〔四〕　三男二女：王公墓誌銘作「三男三女」。

〔五〕　鼎：王公墓誌銘：「三男：長鼎，進士第，大理寺丞。」按：尹洙爲王利銘墓于明道二年（一〇三三），在歐作本文前十五年。

〔六〕　震：王公墓誌銘：「次震，洛陽主簿。」

〔七〕　復：王公墓誌銘：「次復，舉進士。」復字幾道，見本集初伏日招王幾道小飲詩箋注〔一〕。

〔八〕　女皆有歸：王公墓誌銘：「三女：長適試將作監主簿張師雄，先公而亡；次適耀州華源令楊建用；次適太子中舍孫長卿。」

【集評】

〔明〕茅坤：叙事略，而蘊思數有法。（歐陽文忠公文鈔卷二九）

廣平郡太君張氏墓誌銘并序〔一〕

故右諫議大夫、集賢院學士、贈禮部尚書號略楊公之夫人〔二〕，曰廣平郡太君張氏〔三〕。其先青州人，後徙爲開封人也。楊公諱大雅，以文行知名於時，號有清節〔四〕。夫人佐公以勤儉治其家，教子弟，和宗族，皆有法。公以明道元年四月某日薨。後二十有四年，至和二年六月某日，夫人以疾卒于高郵。以嘉祐元年十二月某日，葬于杭州錢塘縣履泰鄉湖西村靈隱山祖塋之西。

夫人曾祖嗣，當五代之亂，不顯。祖平〔五〕，舉三禮。太宗皇帝爲晉王，署平押衙，爲人剛果有智謀，以此尤見親信，官至三司鹽鐵使。父從古〔六〕，莊宅副使。景德中，以殿直從李繼隆軍擊契丹〔七〕，繼隆戰敗，從古入見，陳繼隆所以敗之狀，其言甚辯，稱旨。會宜州蠻叛，乃以從古爲供奉官，守宜州。從古招降叛蠻，秩滿罷去，以内殿崇班馮勵代之。蠻復叛，攻宜州，斬勵而去，告邊吏曰：「得張侯守宜州，我則聽命。」即復遣從古守宜州，凡七年，蠻無事，徙知澧州。而宜州人陳進反〔八〕，攻嶺南，驛召從古，以爲巡撫副使，與賊戰象州，斬首萬餘級〔九〕。已破進，留宜州，以疾卒，宜人爲立廟于州北韓婆嶺。慶曆中，蠻賊區希範攻宜、桂，轉運使杜杞禱兵于廟下〔一〇〕，更其名曰制勝嶺，至今宜人祠之。

蓋楊氏自漢以來，世有令譽，迨公千餘歲，常有顯人〔二〕。而張氏威烈，信于一方。楊氏以德，張氏以功，合二族之美，而夫人爲淑女，爲賢婦母，享年六十，以壽終。公先娶漳南縣君張氏，生子二人：曰洎，虞部員外郎；曰濬，殿中丞。女三人，長適國子博士袁成師，次大理寺丞李嚴，次殿中丞温嗣良。夫人生子男四人：曰泳，大理寺丞；曰漸，奉禮郎；曰沆，太子中舍；曰渢，衛尉寺丞。有女一人，歸于修〔三〕。女之適李氏者，今封武原縣太君。餘女及濬、泳、漸，皆先夫人而亡。孫男十四人。嗚呼！惟德與功與賢，法皆宜銘。銘曰：

有邑清河，遂開其邦。又徙南陽，皆以夫榮。後用子封，京兆廣平。宜其夫子，有淑其聲。子孫之思，考德有銘。

【箋注】

〔一〕如題下注，嘉祐元年（一〇五六）作。墓主張氏葬于是年十二月，文當作于此前。張氏，楊大雅之妻，歐爲其婿也。

〔二〕楊公：楊大雅，封號略縣男。生平見外集卷一一諫議大夫楊公墓誌銘。

〔三〕廣平郡太君張氏：楊公墓誌銘：「其婦曰漳南縣君張氏；後夫人南陽郡君，亦張氏……漳南縣君先府君二十六年以亡。」按：本篇墓主張氏係「後夫人南陽郡君」，卒于楊大雅之後，南陽郡君爲景祐二年大雅葬時已有之封號，廣平郡太君係後來所封，故篇末銘云：「後用子封，京兆廣平。」

〔四〕號有清節：宋史楊大雅傳：「大雅樸學自信，無所阿附……過金陵境上，遇風覆舟，得傍卒拯之，及岸，冠服盡喪。時丁謂鎮金陵，遣人遺衣一襲，大雅辭不受，謂以爲歉。」

〔五〕平：張平，青州臨朐人。太宗尹京兆，置平于其邸。太宗即位，召補右班殿直，累遷爲鹽鐵使。好史傳，聚書數千卷。宋史有傳。

〔六〕從古：張從古，事迹附宋史張平傳後，然名爲從吉，誤。長編卷四五載：「張從古知宜州，屢破溪蠻。轉運使陳堯叟上其狀，累遷内殿崇班、閤門祗候。在宜州凡八年……從古，平子也。」卷五二載咸平五年八月，「環慶路部署張凝言本路都監、如京副使宋沆與知環州、如京副使張從古，領兵離州，襲殺蕃寇，官軍有傷死者……既而責沆爲供奉官，從古爲内殿崇班。」卷六七又載景德四年十月，以破陳進有功，詔「如京使張從古爲莊宅副使」。宋史中從古事迹，皆源于長編，有些文字完全相同。宋史宋湜傳等所載從古事亦同長編，亦不稱從吉，足見張平傳稱「從吉」，誤也。

〔七〕李繼隆：見本集卷二九少府監分司西京裴公墓誌銘箋注〔四〕。

〔八〕陳進：宜州軍校，景德四年六月發動兵變，殺知州，據城起義，爲曹利用鎮壓，九月被殺。事見長編卷六六。

〔九〕「驛召」四句：長編卷六六載景德四年陳進兵變後，詔張從古爲廣南東西路安撫副使，隨安撫使曹利用合勢攻討，大戰象州，「生擒賊帥六十餘人，斬首級、器械、戰馬甚衆」。

〔一〇〕「慶曆」三句：杜杞受命爲廣南西路轉運按察使兼安撫使，在慶曆四年四月；平區希範，在五年三月。見長編卷一四八、一五五。

〔一一〕「蓋楊氏」四句：外集卷一二楊氏夫人墓誌銘：「楊氏遠有世德，自漢至唐，常出顯人。故其繫譜所傳次序，自震至今不絕。」

〔一二〕「有女」二句：胡譜景祐元年甲戌：「是歲，再娶諫議大夫楊公大雅女。」

渤海縣太君高氏墓碣〔一〕

故尚書兵部員外郎、知制誥、知鄧州軍州事陽夏公之夫人〔二〕，姓高氏，宣州宣城人也。父諱惠連〔三〕，官至兵部郎中。母曰廣陵縣君句氏。陽夏公諱絳，姓謝氏。夫人有子曰景初、景温、景平、景回〔四〕。女一早卒，次適上虞縣令王存〔五〕，次適大理寺丞李處厚，次若干人，未嫁。寶元二年，陽夏公卒于鄧州，以其年八月某日，葬于某所〔六〕。後若干年，夫人隨其子某官于某州，以某年某月某日卒于官舍，遂以某年某月某日合葬于公之墓。夫人初以夫封文安縣君，後以其子封渤海縣太君。

謝氏世爲名族，而陽夏公尤顯聞於時。初，公與予俱官于洛陽，而公之父太子賓客諱濤尚無恙〔七〕。其子景初、景温方爲童兒，景平始生，二三女子皆幼。予日至其家，進拜賓客，見其鬢髮垂白，衣冠肅潔，貌厚而氣清，壽考君子也。退而與陽夏公遊，見其年壯志盛，偉然方爲一時名臣。而諸兒女子戲嬉罇席之間者，皆穎發而秀好。於是時，夫人以孝力事其舅爲賢婦，以柔順事其夫爲賢妻，以恭儉均一教育其子爲賢母。後二三年，賓客薨于京師〔八〕。又五六年，陽夏公卒于鄧〔九〕。又十餘年，景初、景温、景平皆以進士及第，景初爲某官，景温某官，景平某官。夫人於其舅與夫，爲婦之禮備；於其子，立家之道成。享年若干以卒。

嗚呼！予始銘賓客，又銘陽夏公，今又書夫人之事于碣，殆見謝氏更一世矣。其爲之書也，宜得其詳。

【箋注】

〔一〕據題下注，嘉祐元年（一〇五六）作。

〔二〕陽夏公：即謝絳，受封陽夏縣開國男。生平見本集卷二六尚書兵部員外郎知制誥謝公墓誌銘。

〔三〕惠連：高惠連。嘗爲大理寺丞（長編卷四〇）、廣南西路轉運使（同上卷八三）、吉州知州（宋史姜遵傳）。

〔四〕「夫人」句：謝景初字師厚，蔭爲太廟齋郎。中進士甲科，遷大理評事，知越州餘姚縣，九遷至司封郎中。爲成都府路提點刑獄，受誣坐免，復屯田郎中。少即能文，爲歐陽修、梅堯臣所稱賞，尤喜爲詩，有文集五十卷。生平見范忠宣集卷一三朝散大夫謝公墓誌銘。謝景温字師直，中進士第，通判汝、莫二州。遷侍御史知雜事，進陝西都轉運使，召拜禮部侍郎。元祐初，進寶文閣直學士、知開封府，以知河陽卒。生平附宋史謝絳傳後。謝景平字師宰，蔭爲試秘書省校書郎。中進士第，累官至秘書丞。卒年三十三。見臨川集卷九六秘書丞謝師宰墓誌銘、謝絳傳附傳及邵氏聞見録卷一六。謝景回字師復，好學，喜文辭，早卒。見臨川集卷九八謝景回墓誌銘。

〔五〕王存：字正仲，潤州丹陽人。慶曆進士。除密州推官，修潔自重，爲歐陽修、吕公著等所知，歷知開封府、蔡州、揚州，召爲吏部尚書。性寬厚，所守不可奪。生平見名臣碑傳琬琰集中卷三〇王學士存墓誌銘，宋史有傳。

〔六〕葬于某所：據謝公墓誌銘，謝絳葬鄧州西南某山之陽。

〔七〕濤：謝濤，生平見外集卷一二太子賓客分司西京謝公墓誌銘。

〔八〕「後二三年」二句：謝濤卒于景祐元年（一〇三四）。歐天聖九年（一〇三一）至洛陽，時謝絳爲河南府通判，三年後正是景祐元年。

〔九〕「又五六年」二句：謝絳卒于寶元二年（一〇三九），正是景祐元年後五年。

【集評】

〔明〕茅坤：中多摹韓公處。（歐陽文忠公文鈔評語卷二九）

〔清〕王元啓：凡摹倣舊文，切忌準規作員，依方製矩。此作倣昌黎馬少監誌，文雖工，未免太著痕迹。（讀歐記疑卷二）

北海郡君王氏墓誌銘〔一〕

太常丞致仕吴君之夫人〔二〕，曰北海郡君王氏，濰州北海人也。皇考諱汀㊀，舉明經不中，後爲本州助教。夫人年二十三，歸于吴氏。天聖元年六月二日以疾卒，享年三十有七。

夫人爲人，孝順儉勤。自其幼時，凡於女事，其保傅皆曰「教而不勞」；組紃織紝，其諸女皆曰「巧莫可及」。其歸於吴氏也，其母曰「自吾女適人，吾之内事無所助」；而吴氏之姑曰「自吾得此婦，吾之内事不失時」。及其卒也，太常君曰：「舉吾里中有賢女者莫如王氏。」於是娶其女弟以爲繼室。而今夫人戒其家曰：「凡吾吴氏之内事，惟吾女兄之法是守」。至今而不敢失。

夫人有賢子，曰奎〔三〕，字長文，初舉明經，爲殿中丞〔四〕，後舉賢良方正直言極諫㊁〔五〕，今爲翰林學士、尚書兵部員外郎、知制誥〔六〕。夫人初用子恩，追封福壽縣君㊂。其後長文貴顯，以夫人爲請，天子曰：「近臣，吾所寵也，有請其可不從？」乃特追封夫人爲北海郡君。長文號泣頓首曰：「臣奎不幸，竊享厚禄，不得及其母，而天子寵臣以此，俾以報其親㊃，臣奎其何以報！」當是時，朝廷之士大夫，吴氏之鄉黨鄰里，皆咨嗟歎息曰：

「吴氏有子矣」。嘉祐四年冬，長文請告于朝，將以明年正月丁酉，葬夫人于鄆州之魚山㊄。夫人生三男，曰奎、奄、胃。今夫人生一男，曰參。女三人。孫男女九人。曾孫女二人。銘曰：

奎顯矣，奄早亡，胃與參，仕方强。以一子，榮一鄉。生雖不及殁有光，孫曾多有後愈昌㊅。

【校記】

㊀皇考：原校：二字一作「父」。㊁「極諫」下：原校：一有「對策」二字。㊂壽：原校：一作「昌」。㊃「俾以」句下：原校：一有「雖然」二字。㊄「葬夫人」句下：原校：一有「以書來乞銘」五字。㊅多：原校：一作「已」。

【箋注】

〔一〕如題下注，嘉祐五年（一〇六〇）作。文云墓主王氏葬于是年正月丁酉，校語中有「以書來乞銘」五字，知歐應吴奎之請，撰本文于葬前。

〔二〕吴君：吴奎之父。劉敞爲吴奎銘墓云：「考諱某，以公貴，初爲將作監丞，致仕稍遷。及公拜樞密，至太子賓客，耆耋壽終。後公歷二府，累贈金紫光禄大夫、太師。」（彭城集卷三七吴公墓誌銘）

〔三〕奎：吴奎，年十七登進士第。通判陳州，入爲右司諫。强直，敢進言。拜翰林學士，權知開封府，官至樞密副使、參知政事。卒謚文肅。見吴公墓誌銘。宋史有傳。

〔四〕「初舉」二句：宋史吴奎傳：「舉五經，至大理丞……再遷殿中丞。」

〔五〕「後舉」句：據長編卷一六七，吴奎舉賢良方正直言極諫，在皇祐元年八月。

〔六〕「今爲」句：據長編卷一七七，吴奎爲兵部員外郎、知制誥，在至和元年九月。又，長編卷一九〇有「翰林學士歐陽修吴奎」的記載，時爲嘉祐四年八月。

【集評】

〔明〕茅坤：通篇以衆所稱許爲誌，一變調。（歐陽文忠公文鈔評語卷二九）

長安郡太君盧氏墓誌銘〔一〕

長安郡太君盧氏，尚書刑部侍郎蔡公諱琇之夫人〔二〕，端明殿學士、尚書禮部侍郎襄之母也。以治平三年十月某日，卒於杭州之官舍，享年九十有二。嗚呼！可以爲壽矣。夫壽者，洪範所謂「五福」也〔三〕；福者，百順之名也。故離之雖爲五，必合而不闕其一，然後爲福之備也。蓋五者，其一在人曰德，而其四在天，必有其一於己，然後能致其四。而有諸己者，或厚或薄，故其所致，亦有備有不備焉。夫老而貧且病者，是人之所哀，非福也。壽且富康，而無德以將之，謂之賊與不仁，非福也。三者具而又有德，而死非其命者，謂之不幸，非福也。故曰必不闕其一，然後爲福之備者，惟夫人有之。

夫人在父母家，奉其親以孝。其歸于蔡氏也，其舅姑老，事之如其親，其歸寧於父母也，能使其舅姑不見三日必涕泣而思。其事長慈幼，既儉且勤，久而宗族和，鄉黨化。其亡也，靨自餘杭至，里閭、親戚哭之，往往有過乎哀者，問之，皆曰夫人於我有德，而人人各有述焉。嗚呼，可謂賢也已！

夫人生四子，其三皆早卒。而端明君〔四〕，第二子也，獨顯赫爲時名臣，自爲諫官、知制誥、翰林學士、知開封府、三司使，間出知泉、福二州，福建路轉運使，出入清要，光華寵榮，以爲其親之養。而夫人享此者，蓋三十有六年。端明君已顯貴，天子嘉之，曰：「有子如此，其母之賢可知。」於是有冠帔之錫。

夫人平生少疾病，雖老而耳目聰明，食生飲寒如壯者。晚從端明君于杭州〔五〕，極東南富麗海陸之珍奇以爲娛樂之奉，而奄然以其壽終。其於五福，可謂不闕一矣。方夫人之盛時，凡爲人子者，舉觴壽其親，莫不以夫人爲祝；而不幸榮不及養者，必仰天怨吁，謂薄厚不均，以不得如夫人爲恨。蓋不知夫有諸己者厚，故能致其福之備也。

夫人泉州惠安人也。曾祖諱某，祖諱某，父諱某，皆不仕。其三子：早卒者曰丕，不及仕；曰高，太康縣主簿；曰奭，福州司户參軍。女二人，皆適士族。孫六人，曾孫三十餘人。嗚呼，盛矣！蔡氏之後，其又將大興乎！銘者，所以昭德而示後也。於是端明君之友人廬陵歐陽修爲之銘曰：

維治平四年十有一月某日，孤子襄祔其母夫人盧氏于先君之墓。其縣仙遊，其里慈孝，其岡半井。其固其安，其千萬年之永。

【箋注】

〔一〕如題下注，治平四年（一〇六七）作。盧氏係蔡襄之母，是年十月祔葬于亡夫之墓。此前，襄有寄歐陽永叔書（端明集卷二七），云：「適以閣下暫臨近輔，居有閑日，誠能輟一食之頃，紀其平生，以爲哀苦之人罔極之報，則恩德莫加重矣。謹録行狀一本上呈，可否惟命。」本文即應襄之請而作。

〔二〕「長安郡太君」二句：本集卷三五端明殿學士蔡公墓誌銘：「父諱琇，贈刑部侍郎。母夫人盧氏，長安郡太君。」

〔三〕「洪範」句：書洪範：「五福：一曰壽，二曰富，三曰康寧，四曰攸好德，五曰考終命。」

〔四〕端明君：即蔡襄，生平見端明殿學士蔡公墓誌銘。

〔五〕「晚從」句：蔡襄知杭州在治平二年，時盧氏已九十一歲。

【集評】

〔清〕鮑振方：論五福而夫人之履歷具，又一例也。（金石訂例卷四）

居士集卷三十七

墓誌一十七首 宗室

皇從姪衛州防禦使遂國公墓誌銘〔一〕

惟遂昭裕公宗顔，字希聖，太宗皇帝之曾孫，潞恭憲王元佐之孫〔二〕，鎮江軍節度使兼侍中、郇國公允成之長子。〔三〕初除西頭供奉官，歷内殿崇班，禮賓、崇儀副使，六宅使，改左屯衛大將軍、封州刺史，遷左金吾衛大將軍、領復州團練使，左衛大將軍、領郢州防禦使，拜衛州防禦使。〔四〕

公好學，通王氏易，喜爲詩，藏書數萬卷。性聰敏多能，至於琴弈之藝，佛老之説，所學必通。履行修謹，未嘗有過失。每燕見，侍上讀易賦詩，數賜器幣，詔書褒美。嘗召宴太清樓，賦裸玉詩，爲諸皇子第一，上尤嘉賞，賜繒綵二百段。有詩集十卷。至和二年九月壬戌〔五〕，以疾薨，享年四十有八。初其疾也，上遣中貴人押國醫治之。既薨，輟視朝一日，敕有司具駕，將視其喪，以雨不克。遣中貴人厚加賻恤，乃贈昭信軍節度使，太常考行，謚曰昭裕〔六〕，權厝于東法濟寺。夫人太原郡君郭氏，燕王從義之裔孫〔七〕。子男三人：長曰仲連，右千牛衛將軍；次曰仲丹、仲筠，皆太子右内率府副率，早卒。女四人：長適左侍禁潘若旦，今亡；次適内殿承制、閤門祗候郭士遷，次二亡㊀。以嘉祐五年十月乙酉，葬于河南永安縣。銘曰：

學而通，行益修。中充實，外譽優。見於言，帝所褒。雖不克施於事，斯可以銘諸幽。

【校記】

㊀次：原校：一作「其」。「二」下：原校：一有「亦」字。

【箋注】

〔一〕本卷各篇如題下所注，均嘉祐五年（一〇六〇）作。卷後有編者語云：「國朝故事，宗室、宗婦初亡，皆權欑京城之僧寺，遇葬尊屬，乃啓殯從行。嘉祐五年十月三十日，葬皇兄濮安懿王，以向傳式爲護葬使。於是分命近屬宗懿隨護三祖下宗室、宗婦，同時祔于西京及汝州路，例差翰林學士分撰誌銘。」是年四月，歐爲禮部侍郎，九月，兼翰林侍讀學士，故亦承担「分撰誌銘」之使命。遂國公爲趙宗顏。

〔二〕元佐：據宋史本傳，爲宋太宗長子，字惟吉，初名德崇。封衛王，後改名元佐，進封楚王。初，秦王廷美獲罪，元佐獨申救之。及廷美死，遂發狂，以夜縱火焚宮，廢爲庶人。真宗即位，復封楚王，仁宗時改封潞王。卒謚恭憲。

〔三〕允成：元佐幼子。宋史趙元佐傳：「允成，終右神武將軍、濮州防禦使，贈安化軍節度使、郇國公。明道二年，加贈鎮江軍節度使兼侍中。」

〔四〕「拜衛州」句：長編卷一八〇至和二年六月：「辛卯，左衛大將軍、郢州防禦使宗顏爲衛州防禦使。」

〔五〕「至和」句：長編卷一八二載宗顏卒于九月辛酉，比本文所記早一日。

〔六〕「乃贈」三句：長編卷一八二至和二年九月：「右武衛大將軍、郢州防禦使宗顏卒，贈昭信節度使、遂國公，謚昭裕，特給鹵仗殯之，以其母嘗乳上故也。」

〔七〕從義：郭從義，其先沙陀部人。後漢時爲河北都巡檢使、永興軍節度，以功加同平章事。後周時，爲天平軍節度，兼中書令。宋初，爲河中尹，護國軍節度。以太子太師致仕，卒贈中書令。宋史有傳。

皇從姪筠州團練使安陸侯墓誌銘〔一〕

安陸侯宗訥，字行敏，太宗皇帝之曾孫，潞恭憲王元佐之孫，鎮江軍節度使兼侍中、郇國公允成之第二子。初除西頭供奉官，歷内殿崇班承制，改右千牛衛將軍、領茂州刺史。天子祀明堂〔二〕，推恩，遷領筠州團練使。至和元年八月癸卯，以疾卒，享年四十有六。天子哀恤，贈安州觀察使，追封安陸侯，權厝于薦嚴佛寺。嘉祐五年十月乙酉，葬於河南永安縣。夫人長樂郡君賈氏。子男五人，其二早卒，次仲緘右千牛衛將軍，二人尚幼未名。女八人：長適右侍禁蔚世庸㊀，再適右侍禁郭昭簡，今亡；次適左班殿直劉起；次適陳敦，今亡；次適王整；次適董昭遜；次適張經，今亡；次適程翼，皆右班殿直。最幼入太和宮爲道士。惟侯學知爲詩，好義喜施。性端謹，能修容止，進退有法，未嘗少懈。銘曰：

思無邪，容則莊。蔚然有儀人所望，學而不止久愈彰。銘昭厥美示不忘。

【校記】

㊀蔚：衡本作「尉」。

【箋注】

〔一〕嘉祐五年（一〇六〇）作。安陸侯宗訥爲前篇墓主遂國公宗顔之弟。宋史趙元佐傳載允成「子宗顔、宗訥皆爲環衛、刺史」。

〔二〕「天子」句：據長編卷一六九，祀明堂在皇祐二年九月辛亥。

【集評】

〔清〕林紓：昌黎爲鄭君弘之墓志，用「闢」字、「藹」字、「謫」字，不特取其字，亦兼取其聲也。顧但用其聲，其中無波折停蓄之態，則聲亦近楬，讀之索然，故每句須用頓筆。用頓筆則斷，不流利，故有拗字、蹇字、澀字之訣。歐公爲安陸侯墓銘，亦用七字，其文曰：「思無邪……銘昭厥美示不忘。」絲毫不拗與澀，讀之有聲響否？廬陵長於填詞，集古録考訂皆出劉貢父之手，故散文能至，而有聲之銘詞未必至。其不能至者，由少拗筆、蹇筆與澀筆也。（畏廬續集書黄生劄記後）

皇從孫右領軍衛大將軍博平侯墓誌銘㊀〔一〕

惟太祖皇帝之長子曰吴懿王之曾孫〔二〕，右屯衛大將軍、昌州團練使、贈彰化軍節度使、舒國公惟忠之孫〔三〕，萊州防禦使、東萊侯從恪之第二子〔四〕，金紫光禄大夫、檢校國子祭酒、右領軍衛大將軍、兼御史大夫、輕車都尉、天水郡開國侯世融，字仲源。幼好學，不驕富貴，以清節自勵。尊重師友，執經問道無倦色。嘗自銘其器物，起居寢食視之。喜爲詩，工書，亦通浮屠説。平居一室蕭然，終日無所營欲。世咸知其賢。

初爲殿直，歷左、右侍禁，改太子右衛率府率，遷右領軍衛將軍。天子祀明堂，推恩，爲本衛大將軍。當寶元、康定間，趙元昊叛，西邊用兵，侯率宗室七人詣闕，自言願效用，上深嘉獎。至和二年七月癸未，得疾，神色怡然，與諸昆弟談論不輟，是日卒，享年四十。贈博州防禦使，追封博平侯。天子悲思不已，爲飛白字六，曰「世融好學忠孝」以褒之。夫人金城縣君王氏。子男七人，五早亡。在者二人：曰令晏，右千牛衛將軍；令箴，太子右監門率府率。女二人，長適右班殿直王戡，次早卒。以嘉祐五年十月乙酉，葬于某所。

銘曰：

富貴不動其心，生死不渝其色。惟性之安，惟學之力。孰云不壽，永昭厥德。

【校記】

〔一〕孫：原作「姪」，誤。墓主博平侯世融爲「太祖皇帝之長子曰吴懿王之曾孫」，則當爲仁宗之從孫，兹改正。

【箋注】

〔一〕 嘉祐五年（一〇六〇）作。

〔二〕 吴懿王：即趙德昭，字日新，太祖子。因兄德秀早亡，故稱長子。太祖時，授興元尹、山南西道節度使。太宗即位，封武功郡王。從征幽州，軍中以失太宗所在而驚，有謀立德昭者，太宗不悦。後因進言爲太宗所斥，遂自殺。追封魏王，謚懿，後改吴王，又改越王。宋史有傳。

〔三〕 惟忠：趙惟忠，字令德，德昭第四子。太宗時，授右千牛衛將軍。真宗時，進左監門衛大將軍、叙州刺史，又進昌州團練使。卒贈鄂州觀察使。明道時，加贈彰化軍節度使，追封舒國公。生平附宋史趙德昭傳後。

〔四〕 從恪：趙從恪，惟忠長子。趙德昭傳：「從恪，累官西染院使，卒贈磁州刺史、東萊侯。」

皇從姪康州刺史高密侯墓誌銘〔一〕

惟高密侯宗師，字靖之，太宗皇帝之曾孫，潤恭靖王元份之孫〔二〕，濮王允讓之第七子〔三〕。明道元年，爲右侍禁，遷左侍禁，改太子左清道率府副率。累遷金紫光禄大夫、檢校國子祭酒，行太子左清道率府率，兼侍御史，騎都尉，封天水縣開國男，食邑三百户。居三歲，遷右監門衛將軍，兼御史大夫，轉勳上騎都尉，進爵子，加食邑三百户。天子祀明堂，推恩，遷右領軍衛大將軍，轉勳輕車都尉，進爵伯，加食邑三百户。天子有事于南郊，推恩，轉勳上輕車都尉，進爵侯，加户四百。至和元年五月，領康州刺史〔四〕。嘉祐元年十月甲子，暴疾薨于家，享年二十有九。贈密州觀察使，追封高密侯。

惟侯沉靜寡言，寬仁好學，未嘗有過失。夫人濮陽郡君吴氏。生男一人，仲廩，太子右内率府副率。女三人，尚幼。以嘉祐五年十月乙酉，葬于河南永安縣。銘曰：

好仁而靜，敏學而明。雖不永年，而垂令名。卜安于此，其固其寧。

【箋注】

〔一〕嘉祐五年（一〇六〇）作。康州，治今廣東德慶。

〔二〕元份：趙元份，太宗第四子。太平興國時，拜同平章事，封冀王。雍熙時，進封越王。真宗即位，加中書令，改王雍。真宗北征，爲東京留守。卒贈太師、尚書令、鄆王。改陳王，又改潤王。宋史有傳。

〔三〕允讓：趙允讓，字益之，元份第三子。仁宗即位，授汝州防禦使，累拜寧江軍節度使。慶曆時，封汝南郡王，拜同平章事，改判大宗正司。嘉祐四年卒，追封濮王，謚安懿，爲英宗生父。宋史有傳。

〔四〕「至和」二句：據長編卷一七九，汝南郡王允讓子，右領軍衛大將軍宗師爲康州刺史，在至和二年五月戊午朔。本文作元年，恐爲筆誤。

皇從姪右監門衛將軍廣平侯墓誌銘〔一〕

廣平侯宗沔，字上善，太宗皇帝之曾孫，潤恭靖王元份之孫，濮王允讓之第二十子。初授銀青光禄大夫、檢校國子祭酒，行太子左監門率府率，兼監察御史，武騎尉。遷太子左清道率府率，兼侍御史，轉勳上騎都尉。天子祀明堂，推恩，遷左監門衛將軍，轉勳輕車都尉。天子有事于南郊〔二〕，推恩，轉上輕車都尉㊀，天水縣開國男，食邑三百户。明年二月甲辰〔三〕，以疾卒，享年二十。贈洺州防禦使，追封廣平侯，權厝于承天佛寺。

惟侯爲人明敏好學，能爲文辭。娶高氏，封仁壽縣君。子男二人，仲足、仲霄，皆太子右内率府副率，早卒。以嘉祐五年十月乙酉，葬于河南永安縣。銘曰：

性之明，學有方。壽不隆，永以藏。

【校記】

㊀都尉：原缺，原校云「一有『都尉』二字」，據補。

【箋注】

〔一〕嘉祐五年（一〇六〇）作。廣平侯宗沔爲前篇墓主高密侯宗師之弟。英宗趙曙，原名宗實，係濮王允讓第十三子，爲宗師之弟、宗沔之兄。

〔二〕「天子」句：長編卷一七五載「皇祐五年秋七月壬寅，詔以冬至有事於南郊。」

〔三〕「明年」句：「明年」當爲至和元年。王元啓云：「前叙兩次推恩，不書年歲，此當明著紀年之號。若此處但曰『明年』，則前文『明堂』、『南郊』二句『天子』上皆須明著年號。」（讀歐記疑卷二）所言甚是。然王氏謂「此『明年』恐是治平元年」，則大誤，宗沔嘉祐時已葬矣。

皇從孫右監門衛將軍墓誌銘㊀〔一〕

太祖皇帝之長子曰吴懿王德昭之曾孫，彰化軍節度使、舒國公惟忠之孫，萊州防禦使、東萊侯從恪之子，曰右監門衛將軍、贈右武衛大將軍世衡，字夏卿。母曰平原郡夫人米氏㈡。

世衡生早孤，而平原夫人教之以學。性沉敏，自爲童兒，不好弄。既長，好學問，通周易、孟子，喜爲詩，暇則學射法而已。在諸昆弟爲最幼〔二〕，而尤以孝悌見稱。初補殿直，改太子右衛副率。天子祀明堂，推恩，拜右監門衛將軍，累遷至金紫光禄大夫、檢校國子祭酒，兼御史大夫、柱國、天水縣開國伯，食邑九百户。嘉祐四年六月丙寅，以疾卒，享年三十有一。娶王氏，太原縣君。子男二人，令展、令持，皆率府副率，早卒。女一人，尚幼。嘉祐五年十月乙酉，葬于河南永安縣。銘曰：

學問以爲文，孝悌以爲本。其華已榮，而實斯殞。銘以藏之，以昭其韞。

【校記】

㈠孫：原作「姪」，誤。墓主世衡爲「太祖皇帝之長子曰吴懿王德昭之曾孫」，則當爲仁宗之從孫，兹改正。

㈡米氏：原作「來氏」，據後文東萊侯夫人平原郡夫人米氏墓誌銘改。備要本、衡本均作「米氏」。

【箋注】

〔一〕嘉祐五年（一〇六〇）作。

〔二〕最幼：據米氏墓誌銘，世衡年最幼，上有兄世安、世融、世昌、世規、世猷。

【集評】

〔清〕王元啓：諸宗室墓誌中，此首最有法度。（讀歐記疑卷二）

皇從孫右屯衛大將軍武當侯墓誌銘〔一〕

惟武當侯世宣，吴懿王德昭之曾孫，彰國軍節度使、舒國公惟忠之孫，武勝軍節度觀察留後、韓國公從藹之子〔二〕。母曰太寧郡君慕容氏。惟侯生於富貴，而不習爲驕侈。少好學，喜購古書奇字。遇人卑恭，事親孝悌。累官至左屯衛大將軍㊀。嘉祐三年五月己卯，以疾卒，享年三十有六。初娶天水縣君王氏，再娶金城縣君張氏。子男六人：長曰令鐸，左千牛衛將軍；次曰令進、令禱、令愔，皆太子右内率府副率；其二幼，未名。以嘉祐五年十月乙酉，葬于河南永安縣，以天水縣君祔焉。銘曰：

孝行之本，謙德之恭。壽胡不隆？閟此幽宫。

【校記】

㊀左：原校：題目作「右」。

【箋注】

〔一〕嘉祐五年（一〇六〇）作。

〔二〕從藹：惟忠次子。宋史趙德昭傳：「從藹，終左衛大將軍、齊州防禦使，贈武勝軍節度觀察留後，追封韓國公。」

安陸侯夫人長樂郡君賈氏墓誌銘〔一〕

夫人姓賈氏。曾祖廷瓌，累贈左神武大將軍。祖官至四方館使、昭州團練使。父德滋，前左班殿直。夫人以選歸于安陸侯宗訥〔二〕。至和元年五月乙卯，以疾卒，享年三十有六，權厝于薦嚴佛寺。以嘉祐五年十月乙酉，祔安陸侯以葬。銘曰：

配德惟諧，卜藏斯吉。其固其安于此室㊀。

【校記】

㊀「室」上：備要本、衡本有「幽」字。

【箋注】

〔一〕嘉祐五年（一〇六〇）作。

〔二〕宗訥：見前皇從姪筠州團練使安陸侯墓誌銘。

雍國太夫人馮氏墓誌銘〔一〕

雍國太夫人馮氏者，皇兄右千牛衛大將軍、贈永清軍節度觀察留後、臨汝侯惟和之夫人〔二〕，襄州觀察使襄陽侯從誨、寧國軍節度觀察留後宣城公從審之母〔三〕。曾祖暉，靜難軍節度使、衛王〔四〕。祖繼業，定國軍節度使、贈中書令〔五〕。父訥，西上閤門使。馮氏自衛王，仍世守西邊，有功，載國史。夫人生將家，孝謹柔明，動不逾禮，以世族選爲臨汝侯之配㈠。居十有二年，而臨汝侯卒〔六〕，夫人居喪哀毁。真宗嘉其行，特封譚國夫人以褒寵之。夫人益自勵，衣服飲食務爲儉薄，居處嚴潔，未嘗下堂，雖家人亦罕得見。喜誦浮屠書。皇祐五年正月癸亥，以疾卒，享年六十有七，追封雍國太夫人。子男二人，從誨、從審也。女五人：長適東頭供奉官宋宗顏；次早亡；次以疾廢，爲比丘尼；次適供備庫使姚宗望；次適西頭供奉官宋從政。孫男十一人：世遠、世儀，皆大將軍；世英、世堅、世及、世開、世卿、世肱，皆衛將軍；世褘、世總、世仍，皆太子率府率。重孫九人：令駰、令晃㈡，皆率府率；令戈、令甲、令績、令課、令浮、令收、令僉㈢，皆副率。以嘉祐五年十月乙酉，合葬于臨汝侯之墓。銘曰：

世高勳，選賢配。進國爵，褒行懿。加大名，由子貴。壽考隆，銘不墜。

【校記】

㈠「侯」下：原校：諸本有「公」字。　㈡晃：原校：一作「冕」。　㈢績：原校：一作「纘」。

【箋注】

〔一〕嘉祐五年(一〇六〇)作。

〔二〕惟和：趙惟和，字子禮，燕王德昭第五子，于仁宗爲同曾祖之兄。真宗時，領澄州刺史，遷右千牛衛大將軍，卒贈汝州防禦使、臨汝侯。明道二年，加贈永清軍節度觀察留後，追封清源郡公。生平附宋史趙德昭傳後。

〔三〕從誨、從審：二人係趙惟和之子。趙德昭傳：「從審，終復州防禦使，贈寧國軍節度觀察留後、宣城郡公。嘗坐與人姦除名，已而復官。從誨，終左金吾衛大將軍、台州團練使，贈襄州觀察使、襄陽侯。」

〔四〕暉：馮暉，魏州人，五代將領。後梁時隸屬大將王彥章。後唐時累遷夔、興二州刺史。後晉時鎮靜難軍，徙保義軍，領河陽節度使。至靈武，撫綏邊部，恩信大著。歷後漢、後周卒，追封衛王。新五代史有傳。

〔五〕繼業：馮暉子，字嗣宗。以父任補朔方軍節院使，又代其父爲朔方軍留後。入宋，拜靜難軍節度使，改鎮定國軍，封梁國公。宋史有傳。

〔六〕「居十」二句：據趙德昭傳，惟和卒于大中祥符六年(一〇一三)。上溯十二年爲咸平五年(一〇〇二)，時馮氏來歸。

東萊侯夫人平原郡夫人米氏墓誌銘〔一〕

皇從姪故萊州防禦使、東萊侯從恪之夫人〔二〕，曰平原郡夫人米氏，贈太子太師承德之曾孫，橫海軍節度使信之孫〔三〕，內殿崇班、閤門祇候繼豐之女。夫人年十七，選配東萊侯，累封平陽郡君。子男六人：長曰世安，贈左驍衛大將軍㊀；次曰世融〔四〕，贈博州防禦使、追封博平侯；次曰世昌，右屯衛大將軍；次曰世規〔五〕，右監門衛將軍；次曰世猷，太子右監門率府率，早亡；次曰世衡〔六〕，贈左武衛大將軍㊁。女三人：長適左侍禁劉希正，次適内殿承制王説，次適右侍禁陳宗誨。孫男十二人，皆諸衛將軍。夫人將家子，有賢行。東萊之亡，諸孤尚幼，夫人治家訓子，皆有法。皇祐元年二月癸酉，以疾卒，享年五十有一，追封平原郡夫人，權厝于奉先佛寺。以嘉祐五年十月乙酉，合葬于東萊侯之墓。銘曰：

門以勳高，配以賢求。撫孤教善，内德以優。永揚其懿，以閟諸幽。

【校記】

㊀左：原校：一作「右」。

㊁贈左武衛大將軍：前皇從孫右監門衛將軍墓誌銘稱「贈右武衛大將軍世衡」。

【箋注】

〔一〕嘉祐五年（一〇六〇）作。

〔二〕從恪：見前皇從孫右領軍衛大將軍博平侯墓誌銘箋注〔四〕。

〔三〕信：米信，舊名海進，本奚族，少勇悍，以善射聞。太祖總領後周禁兵，以信隸麾下，爲改名。及即位，補殿前指揮使，領郴州刺史。太平興國時征太原有功，擢保順軍節度使。端拱時，爲邢州兵馬都部署，改鎮横海軍。卒贈横海軍節度。宋史有傳。

〔四〕世融：見前皇從孫右領軍衛大將軍博平侯墓誌銘。

〔五〕世規：趙德昭傳：「（從恪）子世規，襲封崇國公。」

〔六〕世衡：見前皇從孫右監門衛將軍墓誌銘。

韓國公夫人太寧郡君慕容氏墓誌銘〔一〕

夫人姓慕容氏，贈太保章之曾孫〔二〕，贈中書令、河南郡王延釗之孫〔三〕，太子率府率德正之女。河南王有功於國，爲時名臣，夫人以賢女選爲韓國公從藹之配〔四〕。韓公，彰化軍節度使舒公之子〔五〕，事其親以孝。而夫人承其夫以順，事其舅姑以禮，下其妾媵以仁，撫其子無嫡庶以均。故其内外宗姻，莫不稱其能。封太寧郡君。至和元年正月戊寅，以疾卒，享年五十有六。子男十人㊀：長曰世豐〔六〕，贈右驍衛大將軍；次曰世宣，贈均州防禦使；次曰世準、世雄、世本、世綱〔七〕，皆諸衛將軍；次曰世岳、世𢘿、世庸㊁，皆太子率府副率。女三人，長適高允懷，次適張承訓，次適鄭偃，皆右侍禁。餘皆幼。以嘉祐五年十月乙酉，舉夫人之喪，合葬于韓公之墓。銘曰：

承夫以順，爲婦以勤。逮下以恩，愛子以均。以成厥家，以播其芬。

【校記】

㊀子男十人：卷後原校：今止書九人，「世庸」注「一作世膺」，恐在十人之數。　㊁庸：原校：一作「膺」。

【箋注】

〔一〕嘉祐五年（一〇六〇）作。

〔二〕章：慕容章。宋史慕容延釗傳：「父章，襄州馬步軍都校、領開州刺使。」

〔三〕延釗：慕容延釗，太原人。周世宗即位，爲殿前散指揮使都校、領溪州刺史。累立戰功，爲殿前副都點檢。宋太祖即位，加殿前都點檢，以戰功加兼侍中，又加檢校太尉。卒贈中書令，追封河南郡王。詳見慕容延釗傳。

〔四〕從藹：趙從藹，生平見前皇從孫右屯衛大將軍武當侯墓誌銘箋注〔二〕。

〔五〕舒公：趙惟忠，見前皇從孫右領軍衛大將軍博平侯墓誌銘箋注〔三〕。

〔六〕世豐：長編卷一二五寶元二年十一月：「辛亥，贈太子右衛率府率世豐爲左領軍衛將軍，仍賜進士及第。世豐少喜學，聚書，率勵兄弟講習，能爲詩，有聲宗室間。因侍燕太清樓，以善書褒賜繒帛。尤慕爲進士學，嘗曰：『吾安得預科舉哉！』既卒，其父從靄（按「靄」當作「藹」）上其詩二百篇，特追賜焉。」

〔七〕世準、世雄：趙德昭傳：「世準，從藹子也。爲人內恕外嚴，無綺羅金玉之好……世雄亦從藹子，少力學知名……世準、世雄并安定郡王。」

右監門衛將軍夫人李氏墓誌銘〔一〕

惟右監門衛將軍世堅之配曰李氏〔二〕，天雄軍節度使、同中書門下平章事、兼侍中、贈中書令、隴西郡王繼勳之曾孫〔三〕，崇儀副使守微之孫〔四〕，東頭供奉官舜舉之女。惟李氏世爲將家，功在國史，餘烈遺德，是生賢女。夫人年十有五，以選配世堅。惟孝與順，以事其親，以佐其夫；惟禮與義，以正其躬，以全其節。歸于世堅也，凡若干年，而世堅卒，無子。夫人自誓不嫁，宗族敦迫，其守益堅，凡七年。當皇祐五年六月庚辰，以疾卒于寢，享年二十有三。以嘉祐五年十月乙酉，合葬于世堅之墓。銘曰：

婦德之休，惟先順柔。及其大節，有不可奪。刻銘幽陰，以永芳烈。

【箋注】

〔一〕嘉祐五年（一〇六〇）作。

〔二〕世堅：趙世堅，燕王德昭之曾孫，永清軍節度觀察留後清源郡公惟和之孫，宣城郡公從審之子。幼性敏悟，長有學，尚筆札，工賦詠。生平見胡宿文恭集卷三八右監門衛率府率世堅墓誌銘。

〔三〕繼勳：李繼勳，大名元城人。後周時，授安國軍節度。宋初，爲昭義軍節度。乾德時，大破契丹及太原軍，加同平章事。開寶時，隨太祖征河東，爲行營前軍都部署。後以太子太師致仕，卒贈中書令。宋史有傳。

〔四〕守徽：宋史李繼勳傳載繼勳子有守恩、守元、守徽，守徽爲崇儀副使。守徽當即守微，不知宋史所載何以有異。

右監門衛將軍夫人金堂縣君錢氏墓誌銘〔一〕

夫人姓錢氏，餘杭人也。曾祖吴越忠懿王俶〔二〕，祖衛州防禦使惟渲〔三〕，父文思副使象輿。錢氏自五代以來，尊中國，效臣順，世稱其忠。子孫蕃昌，至今不衰。夫人生於盛族，孝謹勤儉，性巧慧，喜字書。年十有四，以選爲右監門衛將軍世準之配〔四〕，封金堂縣君。嘉祐二年九月庚子，以疾卒，享年二十有八。子男二人：令糴、令烜，皆太子右内率府副率，早亡。女三人，皆尚幼。以嘉祐五年十月乙酉，葬于永安之原。銘曰：

生宜其室，歿安其藏。銘昭其昧，以永不忘。

右監門衛將軍夫人武昌縣君郭氏墓誌銘并序〔一〕

夫人姓郭氏。曾祖恕，右千牛衛將軍；祖遵式，洛苑使；父昭晦，左侍禁㊀。夫人聰明孝謹，能讀書史，善書畫，喜浮圖之説。以選歸于皇從孫右監門衛將軍世覃〔二〕，封武昌縣君。子男四人，長曰令辟，太子右内率府副率，餘皆幼，未賜名。夫人以嘉祐二年十一月丁亥㊁，以疾卒，享年三十有三，權厝于奉先佛寺。以嘉祐五年十月乙酉，葬于永安之原。銘曰：

行之修，學以明。德施於内，銘告諸冥。

【校記】

㊀晦：原校：一作「誨」。　㊁丁亥：備要本、衡本作「丁未」。

【箋注】

〔一〕嘉祐五年（一〇六〇）作。

〔二〕俶：錢俶，字文德，杭州臨安人。吴越王錢鏐之孫。受後漢、後周封職。入宋，仍封吴越國王，後改封淮海國王等，卒謚忠懿。宋史有傳。

〔三〕惟渲：據宋史錢俶傳，惟渲爲俶第三子，官至韶州團練使。

〔四〕世準：見前韓國公夫人太寧郡君慕容氏墓誌銘箋注〔七〕。

【箋注】

〔一〕嘉祐五年（一〇六〇）作。

〔二〕世覃：據宋史宗室世系表一，世覃曾祖爲燕王德昭，祖爲德昭長子魏王惟正，父爲馮翊侯從讜（本爲德昭第四子惟忠幼子，因惟正無子，而以之爲嗣）。世覃封馮翊侯，爲從讜第三子。

右監門衛將軍夫人東陽縣君鄭氏墓誌銘〔一〕

夫人姓鄭氏。曾祖誠，贈定國軍節度使；祖崇勳，贈左屯衛將軍；父從範，内殿崇班。夫人以選歸于皇從孫右監門衛將軍世智〔二〕，封東陽縣君。生子男三人：長曰令唐，太子右内率府副率，早卒；次未名，卒；次令祈，太子右内率府副率。夫人爲人孝謹節儉，喜誦浮圖書。至和元年八月戊戌，以疾卒，享年十有九。以嘉祐五年十月乙酉，葬于永安之原。銘曰：

儉以行其躬，孝以事其親，以是貽其子孫。

【箋注】

〔一〕嘉祐五年（一〇六〇）作。

〔二〕世智：世覃（見前篇）之兄，爲從讜第二子。長編卷四七四元祐七年六月：「癸酉，桂州觀察使世智卒，贈開府儀同三司，追封申國公，謚恭良。」

右屯衛將軍夫人永安縣君慕容氏墓誌銘〔一〕

永安縣君慕容氏者，皇從孫贈右屯衛大將軍仲賽之配也〔二〕。曾祖隱，贈左千牛衛大將軍；祖興，虢州團練使；父守恩，左班殿直。年十七，選爲屯衛之配。有子二人：長曰士潔，太子右監門衛率府率，早卒；次士䕶，太子右内率府副率。女一人，尚幼。夫人以嘉祐三年三月丙戌以疾卒，享年二十有五。嘉祐五年十月乙酉，合葬于仲賽之墓。銘曰：

選以賢配，封以夫貴，歿而從之安此位。

【箋注】

〔一〕嘉祐五年（一〇六〇）作。

〔二〕仲賽：仁宗從孫。生平不詳。

右監門衛將軍夫人周氏墓誌銘并序〔一〕

皇從孫右監門衛將軍世哲之夫人〔二〕，曰永安縣君周氏。曾祖景，左領軍衛上將軍，累贈尚書令；祖瑩，天平軍節度使，宣徽南院使；父普，西染院使〔三〕。夫人以慶曆五年選爲監門之配，勤孝柔仁，克有婦道。生一男，曰太子右内率府率令儇。女三人，皆幼。夫人以嘉祐二年二月庚午以疾卒，享年二十有九。五年十月乙酉，葬于河南永安之原。銘曰：

山川既佳，日月惟吉。惟永其安，其藏其密。

【箋注】

〔一〕嘉祐五年（一〇六〇）作。

〔二〕世哲：據宋史宗室世系表五，爲燕王德昭之曾孫，舒國公惟忠之孫，博陵侯從質之子，封南康侯。

〔三〕「曾祖」七句：據宋史周瑩傳，瑩父景，家富財，好交結，歷事唐、漢、周，累遷右領軍衛上將軍。瑩，太宗時簽書樞密院諸房公事，真宗時知樞密院事，後知澶州，卒贈侍中。瑩子普，爲内殿崇班，後爲崇儀副使。

居士集卷三十八

行狀二首

尚書户部侍郎贈兵部尚書蔡公行狀〔一〕

公諱齊，字子思。其先洛陽人，皇祖以下，始著籍於膠東〔二〕。公幼依外舅劉氏，能自力爲學，初作詩已有動人語㊀。今相國李公見之大驚〔三〕，謂公之皇考曰：「兒有大志，宜善視之。」州舉進士第一，以書薦其里人史防〔四〕，而居其次。祥符八年，真宗皇帝采賈誼置器之説，試禮部所奏士，讀至公賦，有安天下意，歎曰：「此宰相器也。」凡貢士當賜第者，考定，必召其高第數人並見，又參擇其材質可者，然後賜第一〔五〕。及公召見，衣冠偉然，進對有法，天子爲無能過者，亟以第一賜之〔六〕。

初拜將仕郎、將作監丞，通判兗州。太守王臻治政嚴急㈢〔七〕，喜以察盡爲明㈢。公務爲裁損，濟之以寬，獄訟爲之不冤。逾年，通判濰州。民有告某氏刻僞税印爲姦利者，已逾十年，蹤迹連蔓，至數百人。公歎曰：「盡利於民，民無所逃㈣，此所謂法出而姦生者邪？是爲政者之過也。」爲緩其獄，得減死者十餘人，餘皆釋而不問。濰人皆曰：「公德於我，使我自新爲善人。」由是風化大行。

天禧二年，還京師，當召試。時大臣有用事者，意不悦公。居數月，不得召。久而天子記其姓名，趣使召試，拜著作佐郎，直集賢院〔八〕，階再加爲宣德郎，勳騎都尉，主判三司開拆司㈤，賜緋衣銀魚。遷右正言，階朝奉郎，勳上騎都尉。

今天子即位〔九〕，遷右司諫。真宗新棄天下，天子諒陰不言。丁晉公用事專權〔一〇〕，欲邀致公，許以知制誥，公拒不往，益堅。已而寇萊公、王文康公皆以不附己連黜〔一一〕。公歸歎曰：「吾受先帝之知而至於此，豈宜爲權臣所脅？得罪，非吾懼也。」既而晉公敗，士嘗爲其用者皆恐懼，獨公終無所屈。未幾，同修起居注，又拜尚書禮部員外郎兼侍御史知雜事〔一二〕，判流内銓，賜服金紫。改三司户部、度支二副使，轉勳輕車都尉，借給事中，奉使契丹〔一三〕。天聖八年，拜起居舍人、知制誥、同知審官院、會靈宫判官〔一四〕，充翰林學士〔一五〕，加侍讀學士，賜爵汝南縣開國子，食邑五百户。

太后修景德寺成，詔公爲記〔一六〕。而宦者羅崇勳主營寺事〔一七〕，使人陰謂公曰：「善爲記，當得參知政事。」公故遲之，頗久，使者數趣，終不以進。崇勳怒，譖之太后，遷禮部郎中，改龍圖閣直學士，出爲西京留守〔一八〕。是時魯肅簡公方參知政事㊅〔一九〕，爭之太后前，卒不能留。以親便，求改密州。遭歲旱，除其公田之租數千石㊆，又請悉除京東民租，弛其鹽禁，使民得賈海易食，以救其飢。東人至今賴之，皆曰：「使吾人百萬口活而不飢者，蔡公也。」徙南京留守，進爵侯，增邑户五百爲一千，階朝散大夫。召還，拜右諫議大夫，權御史中丞，判吏部流内銓，遷給事中，勳護軍，增邑五百爲千五百户。

莊獻明肅皇太后崩，議尊楊太妃爲太后，垂簾聽政。議決，召百官賀。公曰：「天子明聖，奉太后十餘年，今始躬親萬事，以慰天下之心，豈宜女后相繼稱制？且自古無有。」固止不追班。太妃卒不預政，止稱太后於宫中〔二〇〕。復爲龍圖閣直學士、權三司使〔二一〕。京師有指荆王爲飛語者〔二二〕，内侍省得三司小吏，鞫之，連及數百人。上聞之大怒，詔公窮治，迹其所來。無端，而上督責愈急，有司不知所爲，京師爲之恐動。公以謂繆妄之説起於小人，不足窮治，且無以慰安荆王危疑之心，奏疏論之，一夕三上。上大悟，乃可其奏，止笞數人而已，中外之情乃安。拜樞密副使〔二三〕，進爵公，增邑户五百爲二千。

南海蠻酋虐其部人，部人款宜州自歸者八百餘人〔二四〕。議者以爲叛蠻不可納，宜還其部。公獨以爲蠻去殘酷而歸有德，且以求生，宜内之荆湖，賜以閑田，使自營。今縱却之，必不復還其部㊇，苟散入山谷，當爲後患。爭之不能得。其後數年，蠻果爲亂，殺將吏十餘人，宜、桂以西皆警，朝廷頗以爲憂。

景祐元年，遷禮部侍郎、參知政事〔二五〕。二年，賜號推忠佐理功臣，進階正奉大夫，勳柱國。郭皇后廢，京師富人陳氏女有色〔二六〕，選入宫爲后。公爭之，以爲不可，自辰至巳，辨論不已。上意稍悟，遂還其家。河決横壠，改而北流，議者以爲當塞。公曰：「水性下，而河北地卑，順其所趣以導之，可無澶、滑壅潰之患，而貝、博數州得在河南，於國家便，但理堤護魏州而已。」從之，澶、滑果無患。契丹祭天於幽州，以兵屯界上，界上驚搔。議者欲發大軍以備邊，公獨料其必不動，後卒無事〔二七〕。

公在大位，臨事不回，無所牽畏，而恭謹謙退，未嘗自伐，天下推之爲正人，搢紳之士倚以爲朝廷重〔二八〕。三年，頻表解職㊈，不許。明年，遂罷，以户部侍郎歸班，改賜推誠保德功臣，勳上柱國。久之，出知潁州。寶元二年四月四日，以疾卒于官。公在潁州，聞西方用兵，惻然有憂國心，自以待罪外邦，不得盡其所懷，使其弟稟言西事甚詳〔二九〕。公之卒，故吏朱寀至潁，潁之吏民見寀，泣於馬前㊉，指公嘗所更歷施爲，曰：「此公之迹也。」其爲政有仁恩，所至如此。平生喜薦士，如楊偕、郭勸、劉隨、龐籍、段少連㊉㊀，比比爲當世名臣〔三〇〕。

公爲人神色明秀〔三一〕，須眉如畫。精學博聞，寬大沈默，一言之出，終身可復。其莅官行己出處始終之大節，可考不誣如此。謹按贈兵部尚書，於令爲三品，其法當謚，敢告有司。謹狀。

【校記】

〔一〕詩已有：卷後原校：一作「已能有」。 〔二〕太守：原校：諸本作「原」。 〔三〕察盡：原校：一作「盡察」。
〔四〕所：原無，據考異本、備要本、衡本補。 〔五〕拆：原作「坼」，據備要本、衡本改。 〔六〕知：原校：一無此字。
〔七〕石：原校：諸本作「碩」，疑「頊」字訛。 〔八〕其：原校：一無此字。 〔九〕「解職」上：原校：一有「求」字。
〔一〇〕「泣」上：原校：一有「號」字。「於」上：原校：一有「拜」字。 〔一一〕「如」上：原校：一有「所薦」二字。

【箋注】

〔一〕如題下注，寶元二年（一〇三九）作。蔡齊是年四月卒，文當作于其時。另，范仲淹爲作墓誌銘（范文正集卷一二），張方平作神道碑銘（樂全集卷三七）。

〔二〕「皇祖」二句：宋史蔡齊傳：「曾祖綰，爲萊州膠州令，因家焉。」

〔三〕李公：李迪，字復古，濮州鄄城人。景德進士。真宗時繼寇準爲相，遭丁謂排斥，出知鄆州。仁宗親政後，復相，與呂夷簡交惡罷出，後以太子太傅致仕。宋史有傳。

〔四〕史防：生平不詳。

〔五〕「祥符」十二句：漢書賈誼傳載「誼數上疏陳政事」，云：「夫天下，大器也。今人之置器，置諸安處則安，置諸危處則危。天下之情與器亡以異，在天子之所置之。」孔平仲談苑卷三：「真宗雖以文詞取士，然必視其器識。每賜進士及第，必召高第三四人並列於庭，更察其形神磊落者，始賜第一人及第。或取其所試文詞有理趣者……蔡齊置器賦云：『安天下於覆盂，其功可大。』遂以爲第一。」

〔六〕「及公」五句：范鎮東齋記事卷一：「蔡文忠公齊狀元及第，真宗視其形貌秀偉，舉止安重，顧謂寇萊公曰：『得人矣。』因召金吾給騶從傳呼。狀元給騶從，始於此也。」王闢之澠水燕談録卷五亦載此事，謂真宗「特詔給金吾衛士七人清道，時以爲榮」。

〔七〕王臻：字及之，潁州汝陰人。進士及第，爲大理評事，以殿中丞知兖州，累遷尚書工部郎中，以右諫議大夫權御史中丞。剛嚴善決事，所至有風迹。宋史有傳。

〔八〕「拜著作」二句：長編卷九二天禧二年十二月：「將作監丞蔡齊爲著作郎、直集賢院。故事，第一人及第，到任一年，即召試。齊自兖州通判徙濰州，獻所爲文，乃得召試。」原注：「據江休復雜誌，當考。」

〔九〕「今天子」句：據長編卷九八，乾興元年二月，真宗卒，仁宗即位。

〔一〇〕丁晉公：丁謂。見本集卷二〇太子太師致仕贈司空兼侍中文惠陳公神道碑銘箋注〔一四〕。

〔一一〕「已而」句：寇準遭丁謂排擊而連黜，以致凡與準善者，盡逐之，事見宋史丁謂傳。王曙，寇準之婿。宋史本傳云：「準罷相且貶，曙亦降知汝州。準再貶，曙亦貶郢州團練副使。」

〔一二〕「又拜」句：乾興元年十一月，錢惟演因附丁謂，逐寇準，謂禍萌，又擠謂以自解，而由樞密使罷爲保大節度使，知河陽。惟演至河陽，嘗曲請賜鎮兵特支錢，太后將許之。時蔡齊爲侍御史知雜事，劾惟演私請偏賞以自爲恩，朝廷遂罷賜錢。事見長編卷九九。

〔一三〕奉使契丹：長編卷一〇二天聖二年九月：「癸卯，以度支副使、禮部員外郎蔡齊爲契丹生辰使。」

〔一四〕「天聖」二句：據長編卷一〇三，度支副使、禮部員外郎蔡齊爲起居舍人，在天聖三年三月。此言八年，誤。

〔一五〕「充翰林」句：長編卷一〇四天聖四年五月：「丁丑，以知制誥蔡齊、章得象並爲翰林學士。」

〔一六〕「太后」二句：據長編卷一〇五，命翰林學士蔡齊撰記，在天聖五年六月癸未。

〔一七〕羅崇勳：莊獻太后内侍，奸詐弄權，爲御史曹修古、楊偕等所論奏，太后乃逐之。見宋史后妃傳上章獻明肅劉皇后。

〔一八〕「改龍圖閣」二句：據長編卷一〇六，蔡齊出爲西京留守在天聖六年七月丙辰。

〔一九〕魯肅簡公：魯宗道，字貫之，亳州譙人。進士及第，天禧初爲右正言，仁宗朝官至參知政事。爲人剛正，疾惡敢言，卒謚肅簡。宋史有傳。

〔二〇〕「莊獻」十五句：長編卷一一二明道二年三月：「甲午，皇太后崩。遺誥尊太妃爲皇太后，皇帝聽政如祖宗舊規，軍國大事與太后内中裁處，賜諸軍緡錢……既宣遺誥，閤門趣百官賀太后於内東門。御史中丞蔡齊正色謂臺吏毋追班，入白執政曰：『上春秋長，習天下情僞，今始親政，豈宜使女后相繼稱制乎？』執政無以奪。夏四月丙申朔，下詔求助，刪去遺誥『皇帝與太后裁處軍國大事』之語。」

〔二一〕「復爲」句：長編卷一一二明道二年四月：「權御史中丞蔡齊爲龍圖閣學士、權三司使。」

〔二二〕荆王：趙元儼，太宗第八子，仁宗即位，拜太尉，明道初，拜太師，又封荆王。嚴毅不可犯，天下崇憚之。宋史有傳。飛語：據蔡齊傳，指謡傳「荆王元儼爲天下兵馬都元帥」。

〔二三〕「拜樞密」句：長編卷一一三明道二年十月：「戊午，龍圖閣學士、給事中、權三司使事蔡齊爲樞密副使。」

〔二四〕「部人」句：據長編卷一一四載，景祐元年六月，廣東轉運司言交州陳公永等六百餘人内附。款，歸順。

〔二五〕「景祐」二句：長編卷一一六景祐二年二月：「戊辰，樞密副使、給事中蔡齊爲禮部侍郎、參知政事。」又，宋史宰輔表二亦載，蔡齊與盛度並除參知政事在景祐二年，本文云「元年」，有誤。

〔二六〕陳氏：據長編卷一一五，陳氏爲壽州茶商。

〔二七〕「契丹」六句：長編卷一一五景祐元年十二月：「或傳契丹聚兵幽、涿間，河北皆警……朝廷欲大發軍爲邊備，輔臣迭議上前，參知政事蔡齊畫三策，料契丹必不渝盟。已而，果契丹祭天幽州，以兵屯境上爾。」

〔二八〕「公在」七句：蔡齊傳：「齊方重有風采，性謙退，不妄言。有善未嘗自伐。丁謂秉政，欲齊附己，齊終不往。少與徐人劉顔善，顔罪廢，齊上其書數十萬言，得復官。顔卒，又以女妻其子庠。」據長編卷一七三，仁宗嘗云：「參知政事多矣，其間忠純可紀者，蔡齊、魯宗道、薛奎而已。」

〔二九〕「公在潁州」六句：樂全集卷三七贈兵部尚書謚文忠蔡公神道碑銘：「寶元初，夏戎叛命。公在潁州，聞之，以爲戚，念時任事者慮害不能深，俾弟稟入言西邊事於朝甚詳。稟因論次其説，條類成書，號通志，時亦多施行者，本公志也。」

〔三〇〕「平生」三句：蔡公神道碑銘：「范仲淹、龐籍、劉隨、楊偕、郭勸，皆公推轂以顯於時。」楊偕，字次公，生平見本集卷二九翰林侍讀學士右諫議大夫楊公墓誌銘。郭勸，字仲褒，鄆州須城人。進士及第。累遷兵部員外郎兼起居舍人、同知諫院，又爲翰林侍讀學士。廉儉而直言無避。劉隨，字仲豫，開封考城人。進士及第。累遷尚書刑部員外郎，入兼侍御史知雜事。以清直聞，臨事明鋭敢行。龐籍，字醇之，單州成武人。進士及第。敢於論事，累遷天章閣待制，以太子太保致仕，封潁國公。段少連，字希逸，開封人。累遷尚書刑部員外郎、直集賢院。剛直，不屈于權勢。上述者宋史皆有傳。

〔三一〕公爲人：范文正集卷一二户部侍郎贈兵部尚書蔡公墓誌銘：「公於中外，以進賢爲樂，以天下爲憂，見佞色則嫉，聞善言必謝。孜孜論道，以致君堯舜爲心。與大臣居，和而不倚，正而不訐，無親疏之間，有方大之量。朝廷爲之重，刑賞爲之平。」

【集評】

〔明〕茅坤：蔡公寬重正直處，摹寫有聲色。（歐陽文忠公文鈔評語卷三一）

〔清〕張謙宜：典贍詳密而不靡曼，當深思其所以然。（絸齋論文卷五）

司封員外郎許公行狀〔一〕

君諱逖，字景山，世家歙州。少仕僞唐，爲監察御史〔二〕。李氏國除，以族北遷。獻其文若干篇，得召試，爲汲縣尉、冠氏主簿。凡主簿二歲，縣民七百人詣京師，願得君爲令。

遷秘書省校書郎、知縣事，數上書論北邊事。是時趙普爲相，四方奏疏不可其意者，悉投二甕中，甕滿輒出而焚之，未嘗有所肯可，獨稱君爲能，曰：「其言與我多合〔三〕。」

又二歲，徙江華令，未行，轉運使樊知古薦其材〔四〕，拜太僕寺丞，磨勘錢帛糧草，監永城和糴，知海陵監。三歲，用鹽最〔一〕，遷大理寺丞，賜緋衣銀魚，監泗州排岸司。遷贊善大夫、監永興軍榷貨務，遷太常丞、知鼎州。州雜蠻蜑，喜以攻劫爲生，少年百餘人私自署爲名號，常伺夜出掠居人，居人惡之，莫敢指。君至而歎曰：「夫政，民之庇也。威不先去其惡，則惠亦不能及人。」君政既行，盜皆亡入他境，約君去乃還。遷國子博士，奉使兩浙、江南，言茶鹽利害，省州縣之役，皆稱旨。

出知興元府，大修山河堰。堰水舊溉民田四萬餘頃，世傳漢蕭何所爲〔五〕。君行壞堰。顧其屬曰：「酇侯方佐漢取天下〔六〕，乃暇爲此以溉其農，古之聖賢，有以利人無不爲也。今吾豈宜憚一時之勞，而廢古人萬世之利？」乃率工徒躬治木石，石墜，傷其左足，君益不懈。堰成，歲穀大豐，得嘉禾十二莖以獻。遷尚書主客員外郎、京西轉運使〔七〕，徙荆湖南路。

荆湖南接溪洞諸蠻〔八〕，歲出爲州縣患。君曰：「鳥獸可馴，況蠻亦人乎！」乃召其酋豪，諭以禍福，諸蠻皆以君言爲可信。訖三歲，不以蠻事聞朝廷。君罷來朝，真宗面稱其能，會有司言荆南久不治，真宗拜君度支員外郎、知府事。荆南鈐轄北路兵馬，於荆湖爲大府，故常用重人，至君特選以材，用員外郎自君而始。

明年，遷司封員外郎，賜金紫，徙知揚州〔九〕。州居南方之會，世之仕宦於南與其死而無歸者，皆寓其家于揚州。故其子弟雜居民間，往往倚權貴，恃法得贖，出入里巷爲不法，至或破亡其家。君捕其甚者笞之，曰：「此非吏法，乃吾代汝父兄教也。」子弟羞愧自悔，稍就學問爲善人，風俗大化。歲滿，在道得疾，卒于高郵。

君少孤，事其母兄，以孝謹聞。常戒其妻事嫂如姑〔一〇〕，而未嘗敢先其兄食，衣雖弊，兄不易衣，不敢易。初，違命侯遣其弟朝京師，君之故友全惟岳當從㊁，以其家屬託君。惟岳果留不返，君善撫其家，爲嫁其女數人。李氏國亡，君載其家北歸京師，以還惟岳〔一一〕。歷官四十年，不問家事。好學，尤喜孫、吴兵法。初在僞唐，數上書言事，得校書郎，遂遷御史。王師圍金陵〔一二〕，李氏大將李雄擁兵數萬，留上江，陰持兩端。李氏患之，以謂非君不能召雄。君走上江，以語動雄，雄即聽命。已而李氏以蠟書止雄於溧水，君曰：「此非柵兵之地，留之必敗。」乃戒雄曰：「兵來，慎無動，待我一夕，吾當入白，可與公兵俱入城。」君去，王師挑之，雄輒出戰，果敗死〔一三〕。君至，收其餘卒千人而去。

君少慷慨，卒能自立於時。其孝謹聞於其族，其信義著於其友，其材能稱於其官，是皆可書以傳。謹狀。

【校記】

㈠鹽：備要本、衡本作「監」。　㈡全：原校：一作「金」，一作「潘」。

【箋注】

〔一〕據題下注，寶元二年（一〇三九）作。許公，許逖，許元之父。

〔二〕「君諱」五句：臨川集卷七一許氏世譜：「逖字景山，嘗上書江南李氏，李氏嘆奇之，以爲崇文館校書郎，歲終，拜監察御史。」

〔三〕「是時」八句：許氏世譜：「（逖）後復上書太宗論邊事，宰相趙普奇其意，以爲與己合。」趙普，字則平。後周時，爲趙匡胤幕僚，策劃陳橋兵變，助其代周。入宋後，多次爲相，有智謀。宋史有傳。

〔四〕樊知古：字仲師。居江南，詣闕上書，太祖令送學士院試，賜本科及第。累遷江南轉運使，後改西川轉運使，明俊有吏幹。宋史有傳。

〔五〕蕭何：漢丞相，嘗佐劉邦創立漢朝。生平見史記蕭相國世家。

〔六〕酇侯：蕭相國世家：「漢五年，既殺項羽，定天下，論功行封。羣臣爭功，歲餘功不決。高祖以蕭何功最盛，封爲酇侯。」

〔七〕京西轉運使：許逖任此職在景德時。宋史食貨志四：「襄、唐二州營田既廢，景德中，轉運使許逖復之。」襄、唐二州屬京西路。

〔八〕溪洞諸蠻：指湖南、廣西一帶少數民族。宋史蠻夷傳一：「西南諸蠻夷，重山複嶺，雜厠荆、楚、巴、黔、巫中，四面皆王土。」

〔九〕徙知揚州：據長編卷七四，大中祥符三年，許逖在知揚州任上。

〔一〇〕「常戒」句：許氏世譜稱許逖「事兄如事父，使妻事其長姒如事母」。

〔一一〕「違命侯」九句：新五代史南唐世家：「開寶四年，煜遣其弟韓王從善朝京師，遂留不遣……九年，煜俘至京師，太祖赦之，封煜違命侯。」蔡襄許迥傳：「金惟岳以文詞名江南，迥與之善。惟岳嘗從後主弟朝京師，俱留不遣。當金陵平，迥舉惟岳之族歸汴。」按惟岳姓氏，原校謂「一作『金』」。據許公行狀，載惟岳一家北歸京師者，許逖也，而蔡襄將此事入許迥傳。宋羅願撰新安志卷六許承旨載有「迥兄弟既載金惟岳之族於京師」云云。

〔一二〕「王師」句：許迥傳：「開寶七年，王師伐金陵，迥仲兄爲光慶殿使，分護北城。迥亦以光慶殿承旨從焉。外攻急，矢雨下，兄被重傷，戒迥曰：『我將死主矣，汝歸慰吾親。』迥以身蔽之，兄罵曰：『君親忠孝，我與汝均有，不可乎？』迥乃去。」按：迥長兄遂，仲兄即逖也。

〔一三〕「雄輒」二句：宋史田欽祚傳：「（欽祚）領兵敗吳軍萬餘于溧水，斬其主帥李雄等五人，擒裨將二人。」

【集評】

〔明〕茅坤：叙事中矩矱。（歐陽文忠公文鈔評語卷三二）

居士集卷三十九

記十首

泗州先春亭記㊀〔一〕

景祐二年秋，清河張侯以殿中丞來守泗上㊁〔二〕。既至，問民之所素病，而治其尤暴者，曰：「暴莫大於淮。」越明年春，作城之外堤，因其舊而廣之，度爲萬有九千二百尺，用人之力八萬五千。泗之民曰：「此吾利也，而大役焉。然人力出於州兵，而石出乎南山，作大役而民不知，是爲政者之私我也。不出一力而享大利，不可。」相與出米一千三百石，以食役者。堤成，高三十三尺，土實石堅，捍暴備災可久而不壞。既曰：「泗，四達之州也，賓客之至者有禮。」於是因前蔣侯堂之亭新之〔三〕，爲勞餞之所，曰思邵亭〔四〕，且推其美於前人，而志邦人之思也。又曰：「泗，天下之水會也，歲漕必廩於此〔五〕。」於是治常豐倉西門二夾室，一以視出納，曰某亭；一以爲舟者之寓舍，曰通漕亭。然後曰：「吾亦有所休乎㊂！」乃築州署之東城上爲先春亭，以臨淮水而望西山。

是歲秋，予貶夷陵，過泗上，於是知張侯之善爲政也。昔周單子聘楚而過陳，見其道穢，而川澤不陂梁，客至不授館，羈旅無所寓，遂知其必亡〔六〕。蓋城郭道路、旅舍寄寓，皆三代爲政之法，而周官尤謹著之，以爲禦備〔七〕。今張侯之作也，先民之備災，而及于賓客往來，然後思自休焉，故曰知爲政也㊃。

先時歲大水，州幾溺，前司封員外郎張侯夏守是州〔八〕，築堤以禦之，今所謂因其舊者是也。是役也，堤爲大，故予記其大者詳焉。

【校記】

㊀題下考異本云：家本無「泗州」字。　㊁泗上：考異本作「泗州」。　㊂「休」下：原校：一有「暇其勞」三字。　㊃知：衡本作「善」。

【箋注】

〔一〕　如題下注，景祐三年（一〇三六）作。是年五月，歐貶夷陵，自京師沿汴河東行。據于役志，六月壬子至泗州（治今江蘇盱眙），此後四日均在該州，文當作於其時。

〔二〕清河張侯：生平不詳。

〔三〕蔣堂：字希魯，常州宜興人。大中祥符進士。以太常博士知泗州，召爲監察御史，歷知杭州、益州，以尚書禮部侍郎致仕。爲人清修純飭，遇事毅然不屈，貧而樂施。宋史有傳。

〔四〕思邵亭：思邵，即思西周時仁而愛民之邵公姬奭也。邵公，又作召公，文王庶子，嘗佐武王滅商。成王親政後任太保，與周公姬旦分陝而治。詳見史記燕召公世家。

〔五〕「歲漕」句：謂每年漕運糧食定藏儲於此。

〔六〕「昔周」六句：國語周語中：「定王使單襄公聘于宋，遂假道於陳，以聘於楚。火朝覿矣，道茀不可行也，候不在疆，司空不視塗，澤不陂，川不梁，野有庾積，場功未畢，道無列樹，墾田若蓺，膳宰不致餼，司里不授館，國無寄寓，縣無施舍……單子歸，告王曰：『陳侯不有大咎國必亡。』」單子，即單襄公，周大夫單朝。

〔七〕「蓋城郭」四句：周禮地官司徒遺人：「凡國野之道，十里有廬，廬有飲食；三十里有宿，宿有路室，路室有委；五十里有市，市有候館，候館有積。」又，遂人：「凡治野，夫間有遂，遂上有徑；十夫有溝，溝上有畛；百夫有洫，洫上有涂；千夫有澮，澮上有道；萬夫有川，川上有路，以達於畿。」周官即周禮。

〔八〕張侯：張夏，字伯起。天聖七年爲太常博士。次年，遷開封府推官。景祐元年知泗州，遷司封員外郎，又以工部郎中出使浙江。長編卷一一四景祐元年閏六月：「甲戌，賜知泗州、都官員外郎張夏敕書獎諭。時雨彌月不止，淮、汴溢，幾没城，夏親帥丁夫捍禦，而城不壞，民賴以安故也。尋遷夏司封員外郎。」此下原注：「明年七月除江西漕。」可知此張夏非歐過泗州所見「今張侯」也。宋史河渠志七：「景祐中，以浙江石塘積久不治，人患墊溺，工部郎中張夏出使，因置捍江兵士五指揮，專採石修塘，隨損隨治，衆賴以安。邦人爲之立祠，朝廷嘉其功，封寧江侯。」張夏事迹又見葉紹翁四朝聞見録張司封廟。

【集評】

〔明〕茅坤：記先春亭却本堤，次之以賓客之館，而後及亭，以周單子之言論爲案，所謂以經餙吏治，歐陽公之文亦然。（歐陽文忠公文鈔評語卷二〇）

〔清〕孫琮：一篇議論只從單子數語脱化出來。第一段説治陂障，二段説禮賓客，三段説待往來，四段説作亭宴息，五段方出議論：前四段是分叙，後一段是總斷。即此數事，便見其善於爲政。將遊戲小事翻作絶大議論，真是文人之筆，何所不可！（山曉閣選宋大家歐陽廬陵全集評語卷三）

〔清〕何焯：有用文章，筆亦峻健。（義門讀書記卷三八）

夷陵縣至喜堂記〔一〕

峽州治夷陵㊀，地濱大江，雖有椒、漆、紙以通商賈㊁〔二〕，而民俗儉陋，常自足，無所仰於四方。販夫所售，不過鱐魚腐鮑，民所嗜而已。富商大賈，皆無爲而至。地僻而貧，故夷陵爲下縣，而峽爲小州〔三〕。州居無郭郛，通衢不能容車馬，市無百貨之列，而鮑魚之肆不可入，雖邦君之過市，必常下乘，掩鼻以疾趨。而民之列處，竈、廩、匽、井無異位，一室之間，上父子而下畜豕。其覆皆用茅竹㊂，故歲常火災，而俗信鬼神〔四〕，其相傳曰作瓦屋者不利㊃。夷陵者，楚之西境，昔春秋書荆以狄之〔五〕，而詩人亦曰蠻荆〔六〕，豈其陋俗自古然歟㊄？

景祐二年，尚書駕部員外郎朱公治是州〔七〕，始樹木，增城柵，甓南北之街，作市門市區。又教民爲瓦屋，别竈廩，異人畜，以變其俗。既又命夷陵令劉光裔治其縣〔八〕，起敕書樓〔九〕，飾廳事，新吏舍。三年夏，縣功畢。某有罪來是邦，朱公於某有舊〔一〇〕，且哀其以罪而來，爲至縣舍，擇其廳事之東以作斯堂，度爲疏絜高明，而日居之以休其心。堂成，又與賓客偕至而落之。夫罪戾之人，宜棄惡地，處窮險，使其憔悴憂思，而知自悔咎。今乃賴朱公而得善地，以偷宴安，頑然使忘其有罪之憂，是皆異其所以來之意。

然夷陵之僻，陸走荆門、襄陽至京師〔一二〕，二十有八驛；水道大江、絶淮抵汴東水門，五千五百有九十里。故爲吏者多不欲遠來，而居者往往不得代，至歲滿，或自罷去。然不知夷陵風俗朴野，少盗爭㈥，而令之日食有稻與魚，又有橘、柚、茶、笋四時之味，江山美秀〔一三〕，而邑居繕完，無不可愛。是非惟有罪者之可以忘其憂，而凡爲吏者，莫不始來而不樂，既至而後喜也。作至喜堂記，藏其壁。

夫令雖卑而有土與民，宜志其風俗變化之善惡，使後來者有考焉爾㈦。

【校記】

㈠「夷陵」下：考異本有「也」字。　㈡雖：原校：一無此字。　㈢用：原校：一作「以」。　㈣作：原校：一無此字。　㈤豈：考異本作「則」。　㈥少盗爭：原校：一作「少盗事靜」。　㈦「使後來」句：原校：一作「使後來有考其歲月云爾」。

【箋注】

〔一〕如題下注，景祐三年（一〇三六）作。外集卷一七與尹師魯第二書：「十月二十六日到（夷陵）縣。」文當作於此後。蘇軾夷陵縣歐陽永叔至喜堂：「夷陵雖小邑，自古控荆吴。形勢今無用，英雄久已無。誰知有文伯，遠謫自王都。」夷陵（今湖北宜昌），爲峽州州治所在。

〔二〕「有椒」句：本集卷一一初至夷陵答蘇子美見寄：「斫骨爭收漆，梯林鬭摘椒。」

〔三〕「故夷陵」二句：宋時州分輔、雄、望、緊、上、中、下七等，縣分赤、畿、緊、望、上、中、下七等。據宋史地理志，峽州爲中州，夷陵爲中縣。此稱「小」、「下」，乃極言其僻陋。

〔四〕「而俗」句：見初至夷陵答蘇子美見寄「擦鬼聚喧囂」與夷陵歲暮書事呈元珍表臣（本集卷一一）「野巫歌舞歲年豐」兩句的自注。

〔五〕「昔春秋」句：春秋中楚、荆混用，皆指楚國。春秋莊公十年：「秋，九月，荆敗蔡師於莘。」杜預注：「荆，楚本號，後改爲楚。」

〔六〕「而詩人」句：詩小雅采芑有「蠻荆來威」句。

〔七〕朱公：朱正基，時爲峽州知州。文瑩玉壺清話卷三：「寶元元年，朱正基駕部知峽州，即江陵内翰之子……歐陽永叔謫授夷陵……（朱）待之特異。將入境，率僚屬遠郊迓之。歐公臨邑，亦以遷謫自處，益事謙謹，每稟白，皆斂板於庭。州將常伺之，俟入門，先抱笏降於階，至滿任，不改前容。」按：江陵内翰指朱昂。昂字舉之，嘗爲翰林學士，拜工部侍郎致仕，歸江陵。宋史有傳，言其子「正基虞部員外郎」。員外郎，疑爲「郎中」之誤。

〔八〕劉光裔：夷陵縣令，爲歐公前任。胡譜景祐三年「降爲峽州夷陵縣令」下附制詞：「可降授守峽州夷陵縣令，替劉光裔。」

〔九〕敕書樓：地方政府供奉皇帝詔書的建築。

〔一〇〕「朱公」句：與尹師魯第二書：「朱公以故人日相勞慰，時時頗有宴集。」

〔一一〕荆門：荆門軍，屬荆湖北路，治今湖北荆門。襄陽：今湖北襄樊。宋史地理志一：「襄陽爲汴南巨鎮。」

〔一二〕「江山」句：本集卷二寄梅聖俞稱贊夷陵：「惟有山川爲勝絶，寄人堪作畫圖詩。」

【集評】

〔明〕唐順之：前段言風不美，而太守能變其俗，後段言仕宦得善地。前後不用照應，是一格。（引自歐陽文忠公文鈔評語卷二一）清王元啓按：「仕宦得善地，即從『賴朱公』三字生來，正見風俗轉移之有自，前後照應極密。唐謂『不用照應』，非也。」（讀歐記疑卷二）

〔清〕何焯：前段極言始來而不樂之由，皆爲下文既至而後喜之地。中間因朱君待公厚，而堂又爲公作也，故插叙能變陋俗，以致歸美之意。末仍以此作收。文字照應處得大體，所記雖止一堂，仍非獨爲吾一人之私也。（義門讀書記卷三八）

峽州至喜亭記〔一〕

蜀於五代爲僭國〔二〕，以險爲虞，以富自足，舟車之迹不通乎中國者，五十有九年。宋受天命，一海内，四方次第平〔三〕。太祖改元之三年〔一四〕，始平蜀㊁。然後蜀之絲枲織文之富〔五〕，衣被於天下，而貢輸商旅之往來者，陸輦秦鳳〔六〕，水道岷江，不絶于萬里之外㊂。

岷江之來，合蜀衆水，出三峽，爲荆江㊃，傾折回直，捍怒鬬激㊄，束之爲湍，觸之爲旋。順流之舟頃刻數百里，不及顧視，一失毫釐與崖石遇，則糜潰漂没不見蹤迹。故凡蜀之可以充内府、供京師而移用乎諸州者㊅，皆陸出，而其羨餘不急之物，乃下于江，若棄之然，其爲險且不測如此。夷陵爲州，當峽口，江出峽始漫爲平流。故舟人至此者㊆，必瀝酒再拜相賀，以爲更生㊇。

尚書虞部郎中朱公再治是州之三月〔七〕，作至喜亭于江津，以爲舟者之停留也㊈。且誌夫天下之大險⑩，至此而始平夷，以爲行人之喜幸⑪。夷陵固爲下州⑫，廩與俸皆薄⑬，而僻且遠，雖有善政⑭，不足爲名譽以資進取。朱公能不以陋而安之⑮，其心又喜夫人之去憂患而就樂易，詩所謂「愷悌君子」者矣〔八〕。自公之來，歲數大豐⑯，因民之餘，然後有作，惠于往來，以館以勞，動不違時，而人有賴，是皆宜書。故凡公之佐吏，因相與謀而屬筆於修焉。

【校記】

①改元：考異本作「中元」，校語云：「吉本作『改元』。今按宋太祖三改元，曰建隆，曰乾德，曰開寶，而以乾德三年平蜀，故曰『中元之三年』，當從家本。」按：宋太祖年號由建隆易爲乾德，稱「改元」亦可。　②始平蜀：卷後原校：石本無「始」字。　③于萬里：卷後原校：「于」，石本作「千」。　④「合蜀」二句：卷後原校：宋文粹云：「合蜀衆水，歷三峽，爲别江，峽山之險與江相傾。」　⑤捍：卷後原校：石本作「悍」。　⑥「蜀」上：原校：一有「西」字。　⑦舟人至此：卷後原校：一作「舟人之至此」。　⑧更生：卷後原校：石本此字下有「朝奉郎」三字。　⑨之停留也：卷後原校：石本作「弭櫂之地」。　⑩誌：卷後原校：石本作「識」。　⑪喜幸：卷後原校：石本此字下有「也」字。　⑫固爲下州：卷後原校：石本無「固」字。又，「固」一作「舊」。　⑬廩與俸：卷後原校：一作「守之廩俸」。　⑭善：考異本校：吉本作「美」。　⑮朱公能：卷後原校：「朱」一作「獨」。　⑯數大豐：卷後原校：一作「頻大登」。

【箋注】

〔一〕如題下注，景祐四年（一〇三七）作。曾敏行獨醒雜志卷一〇：「歐公記至喜亭，以爲道岷江之險者，至亭下而喜。後皆謂入其地者垂於死亡，出境乃免也。」陸游入蜀記卷六：「晚至峽州，泊至喜亭下……至喜亭記，歐陽公撰，黄魯直書。」

〔二〕「蜀於」句：此以蜀割據一方爲非正統。舊五代史以王建之蜀爲僭國，入僭僞傳。

〔三〕「四方」句：宋朝創立後，太祖於乾德元年（九六三）平荆南，三年（九六五）平後蜀，開寶四年（九七一）平南漢，八年（九七五）平南唐，統一天下。見宋史太祖紀。

〔四〕「太祖」句：宋太祖趙匡胤初建元建隆，九六三年改元乾德。

〔五〕枲：麻。織文：有花紋的絲織物。書禹貢：「厥貢漆絲，厥篚織文。」孔傳：「織文，錦綺之屬。」

〔六〕秦鳳：秦鳳路，今陝西西部及甘肅一帶。

〔七〕「尚書」句：朱正基以尚書駕部員外郎知峽州，景祐三年任滿；四年，再知峽州，時爲虞部郎中。

〔八〕「詩所謂」句：詩大雅卷阿：「有馮有翼，有孝有德，以引以翼。豈弟君子，四方爲則。」

【集評】

〔宋〕樓昉：不言蜀之險，則無以見後來之喜；不言險之不測，則無以見人情喜幸之深。此文字布置斡旋之法。（崇古文訣卷一八）

〔清〕孫琮：名亭之意，喜其江行之安流而命之也。今欲寫江行之安流，先寫一段江行之不測，蓋不寫不測，無以見安流之可喜也，此文家襯起之法。因寫江行，先寫蜀地産物之富，並寫蜀地未通之時，此文家原叙之法。歐公之文，信筆書來，無不合法如此。（山曉閣選宋大家歐陽廬陵全集評語卷三）

〔清〕儲欣：形容險處聳然。（六一居士全集録評語卷五）

御書閣記〔一〕

醴陵縣東二十里，有宫曰登真〔二〕，其前有山〔三〕，世傳仙人王喬鍊藥於此〔四〕。唐開元間，神仙道家之説興〔五〕，天子爲書六大字，賜而揭焉。太宗皇帝時，詔求天下前世名山異迹，而尤好書法〔六〕。聞登真有開元時所賜字，甚奇，乃取至京師閲焉，已而還之，又賜御書飛白字使藏焉㊀。其後登真大火，獨飛白書存。康定元年，道士彭知一探其私笈以市工材㊁〔七〕，悉復宫之舊，建樓若干尺以藏賜書。予之故人處士任君爲予言其事〔八〕，來乞文以志，凡十餘請而不懈。予所領職方，悉掌天下圖書，考圖驗之〔九〕，醴陵老、佛之居凡八十〔一〇〕，而所謂登真者，其説皆然，乃爲之記。

夫老與佛之學，皆行於世久矣，爲其徒者常相訾病，若不相容於世。二家之説，皆見斥於吾儒，宜其合勢并力以爲拒守，而乃反自相攻，惟恐不能相弱者，何哉？豈其死生性命所持之説相盭而然邪？故其代爲興衰，各繫於時之好惡，雖善辯者不能合二説而一之。至其好大宫室，以矜世人，則其爲事同焉。然而佛能箝人情而鼓以禍福，人之趣者常衆而熾。老氏獨好言清淨遠去、靈仙飛化之術，其事冥深，不可質究，則其爲常以淡泊無爲爲務㊂。故凡佛氏之動摇興作，爲力甚易，而道家非遭人主之好尚，不能獨興，其間能自力而不廢者，豈不賢於其徒者哉！知一是已。慶曆二年八月八日，廬陵歐陽修記。

【校記】

㈠飛白：原作「飛帛」，據續文章正宗、文編改。　㈡笈：原校：一作「篋」。　㈢「其爲」之「爲」：原校：一無此字。

【箋注】

〔一〕如篇末所示，慶曆二年（一〇四二）作。御書閣在荆湖南路潭州的醴陵縣（今屬湖南）。

〔二〕「有宮」句：卷後語云：「御書閣記『醴陵縣東，有宮曰登真』，朝佐按：『長沙志，登真，觀名，非宮也。公父名觀，故其功德觀亦曰西陽宮，蓋避諱易之。』」

〔三〕「其前」句：醴陵縣東北有王喬山。

〔四〕王喬：即王子喬，傳説中的仙人。

〔五〕「唐開元」二句：唐奉老子爲始祖。見本集卷一四又寄許道人詩箋注〔二〕。唐玄宗好道，嘗召方士入宮。據新唐書玄宗紀，開元二十九年正月，爲老子立玄元皇帝廟。

〔六〕「而尤」句：宋朝事實類苑卷二：「太宗善飛白，其字大者方數尺，善書者皆伏其妙。」

〔七〕彭知一：生平不詳。

〔八〕任君：本集卷一有康定元年所作送任處士歸太原詩，不知任處士與此「處士任君」是否同一人。

〔九〕「予所領」三句：據胡譜，景祐元年爲館閣校勘時，歐即參與崇文總目之編定；康定元年，復充館閣校勘，仍修崇文總目；慶曆元年編成。故歐得以掌天下圖書而盡覽之。職方，指地圖、圖經等。

〔一〇〕老、佛之居：指道觀、佛寺。

【集評】

〔宋〕黄震：爲登真宮作也。善回護，而不主佛、老之説。（黄氏日鈔卷六一）

〔明〕茅坤：叙事類太史。（歐陽文忠公文鈔評語卷二〇）

〔清〕何焯：晦翁以此爲公文第一。開元以老子爲祖，且有道舉。而太宗未始崇信其説，特以前代帝王嘗賜御書，

因而賜之。此可見祖宗好尚之正，而彼得之，尤爲光寵絕盛之事。以此立論，轉到興復上，亦可作一篇文字。（義門讀書記卷三八）

畫舫齋記〔一〕

予至滑之三月〔二〕，即其署東偏之室，治爲燕私之居，而名曰畫舫齋。齋廣一室，其深七室，以户相通，凡入予室者，如入乎舟中。其温室之奥，則穴其上以爲明；其虚室之疏以達，則欄檻其兩旁以爲坐立之倚。凡偃休於吾齋者，又如偃休乎舟中。山石崷崒〔三〕，佳花美木之植列於兩檐之外，又似泛乎中流，而左山右林之相映，皆可愛者。故因以舟名焉。

周易之象，至於履險蹈難，必曰涉川〔四〕。蓋舟之爲物，所以濟險難，而非安居之用也。今予治齋於署，以爲燕安，而反以舟名之㊀，豈不戾哉？矧予又嘗以罪謫走江湖間，自汴絕淮，浮于大江，至于巴峽，轉而以入于漢、沔，計其水行幾萬餘里〔五〕。其羈窮不幸而卒遭風波之恐，往往叫號神明以脱須臾之命者數矣㊁〔六〕。當其恐時，顧視前後，凡舟之人，非爲商賈，則必仕宦，因竊自歎，以謂非冒利與不得已者，孰肯至是哉？賴天之惠，全活其生，今得除去宿負〔七〕，列官于朝，以來是州㊂，飽廩食而安署居。追思曩時山川所歷㈣，舟檝之危，蛟鼉之出沒㈤，波濤之洶歘，宜其寢驚而夢愕。而乃忘其險阻，猶以舟名其齋，豈真樂於舟居者邪！

然予聞古之人，有逃世遠去江湖之上，終身而不肯反者，其必有所樂也。苟非冒利於險，有罪而不得已，使順風恬波，傲然枕席之上㈥，一日而千里㈦，則舟之行，豈不樂哉㈧！顧予誠有所未暇㈨，而舫者宴嬉之舟也，姑以名予齋，奚曰不宜？

予友蔡君謨善大書〔八〕，頗怪偉，將乞其大字以題於楹，懼其疑予之所以名齋者，故具以云。又因以置于壁㊉。壬午十二月十二日書。

【校記】

㈠以舟名之：卷後原校：「之」一作「焉」。㈡往往：原校：二字一作「或」。㈢是州：原校：一無此二字。㈣追：原校：一作「遐」。㈤蛟鼉：原校：一有「白鷺」二字。㈥傲然：原校：一無此二字。㈦而：原校：一無此字。㈧豈不樂哉：原校：一作「誠可樂也」。㈨顧予誠有所未暇而：原校：此八字一作「今舟之制尤多」。㊉以：原校：一無此字。

【箋注】

〔一〕如篇末所示，本文乃壬午年即慶曆二年（一〇四二）作。明一統志卷四大名府：「畫舫齋，在滑縣治。歐陽修爲守日建，以爲燕私之居。有記，蔡襄書扁。」

〔二〕予至滑：胡譜慶曆二年：「九月，通判滑州。」歐實于閏九月到任。書簡卷七有慶曆三年所作與王待制，云：「去年閏月來東郡。」按：慶曆三年閏月爲九月。滑州，古時爲兗州東郡，治今河南滑縣。

〔三〕 嶜崒：崢嶸高峻貌。班固西都賦：「巖峻嶜崒，金石崢嶸。」

〔四〕 「周易」三句：易未濟：「六三，未濟，征凶，利涉大川。」

〔五〕 「矧予」六句：言景祐三年貶夷陵及寶元元年赴乾德任職所經之水路。

〔六〕 「其羈窮」二句：如于役志所記，景祐三年九月「丁丑，次昭化港。夜大風，舟不得泊，禱江神。戊寅，次穿石磯，夜大風擊舟，不得寢」。

〔七〕 「除去」句：景祐三年，歐貶夷陵，被加以「恣陳訕上之言，顯露朋奸之迹」的罪名；康定元年，召還京師，得以「復叙官榮」。（引號内爲制詞之語，均引自胡譜。）宿負，舊欠的債務，此指遭貶的罪愆。

〔八〕 蔡君謨：蔡襄，字君謨，生平見端明殿學士蔡公墓誌銘。又，試筆蘇子美蔡君謨書謂「君謨獨步當世，然謙讓不肯主盟」。

【集評】

〔宋〕黄震：始言爲燕居而作，次反言舟之履險，而終歸舟行之樂，三節照應。（黄氏日鈔卷六一）

〔明〕歸有光：先模出畫舫景趣，中用三層翻跌，後澹澹收轉，極有法度。（歐陽文忠公文選評語卷七）

〔清〕浦起龍：因名寫趣，因名設難，因名作解，亦是飽更世故之言。（古文眉詮評語卷五九）

王彦章畫像記〔一〕

太師王公諱彦章，字子明㊀，鄆州壽張人也。事梁，爲宣義軍節度使〔二〕，以身死國〔三〕，葬於鄭州之管城。晉天福二年，始贈太師〔四〕。公在梁以智勇聞，梁、晉之爭數百戰〔五〕，其爲勇將多矣，而晉人獨畏彦章。自乾化後〔六〕，常與晉戰，屢困莊宗於河上〔七〕。

及梁末年，小人趙巖等用事，梁之大臣老將多以讒不見信㊂〔八〕，皆怒而有怠心，而梁亦盡失河北，事勢已去。諸將多懷顧望，獨公奮然自必，不少屈懈，志雖不就，卒死以忠。公既死，而梁亦亡矣。悲夫！

五代終始纔五十年，而更十有三君，五易國而八姓〔九〕，士之不幸而出乎其時，能不汙其身得全其節者鮮矣。公本武人，不知書，其語質，平生嘗謂人曰：「豹死留皮，人死留名。」蓋其義勇忠信，出於天性而然〔一〇〕。予於五代書，竊有善善惡惡之志，至於公傳，未嘗不感憤歎息，惜乎舊史殘略，不能備公之事。

康定元年，予以節度判官來此〔一一〕，求於滑人，得公之孫睿所録家傳，頗多於舊史，其記德勝之戰尤詳〔一二〕。又言敬翔怒末帝不肯用公，欲自經於帝前〔一三〕。公因用笏畫山川，爲御史彈而見廢〔一四〕。又言公五子，其二同公死節。此皆舊史無之。又云公在滑，以讒自歸於京師；而史云召之〔一五〕。是時梁兵盡屬段凝，京師羸兵不滿數千，公得保鑾五百人之鄆州，以力寡敗於中都〔一六〕；而史云將五千以往者〔一七〕，亦皆非也。

公之攻德勝也，初受命於帝前，期以三日破敵，梁之將相，聞者皆竊笑。及破南城，果三日。是時莊宗在魏，聞公復用，料公必速攻，自魏馳馬來救，已不及矣。莊宗之善料，公之善出奇㊂，何其神哉〔一八〕！今國家罷兵四十年〔一九〕，一旦元昊反，敗軍殺將，連四五年〔二〇〕，而攻守之計至今未決。予嘗獨持用奇取勝之議，而歎邊將屢失其機，時人聞予說者，或笑以爲狂，或忽若不聞，雖予亦惑，不能自信。及讀公家傳，至於德勝之捷，乃知古之名將必出於奇，然後能勝。然非審於爲計者不能出奇，奇在速，速在果，此天下偉男子之所爲，非拘牽常算之士可到也。每讀其傳，未嘗不想見其人。

後二年，予復來通判州事〔二一〕。歲之正月，過俗所謂鐵槍寺者，又得公畫像而拜焉。歲久磨滅，隱隱可見，亟命工完理之，而不敢有加焉，懼失其真也。公善用槍㊃，當時號王鐵槍〔二二〕，公死已百年，至今俗猶以名其寺，童兒牧豎皆知王鐵槍之爲良將也。一槍之勇，同時豈無？而公獨不朽者，豈其忠義之節使然歟？畫已百餘年矣，完之復可百年，然公之不泯者，不繫乎畫之存不存也㊄。而予尤區區如此者，蓋其希慕之至焉耳。讀其書，尚想乎其人〔二三〕，況得拜其像識其面目，不忍見其壞也。畫既完，因書予所得者於後，而歸其人使藏之㊅。

【校記】

㊀子明：舊五代史作「賢明」。　㊁信：原校：一作「用」。　㊂善：原校：一無此字。　㊃「公」下：原校：一有「尤」字。　㊄不存：原校：二字一作「否」。　㊅「之」下：原校：一有「焉」字。

【箋注】

〔一〕如題下注，慶曆三年（一〇四三）作。時歐在滑州（治今河南滑縣）通判任上，過鐵槍寺，謁王彦章畫像，感其「忠義之節」而作本文。歐於彦章，傾慕之至，撰新五代史，特列死節傳以表彰之。彦章，舊五代史亦有傳。

〔二〕「事梁」二句：新五代史王彦章傳：「少爲軍卒，事梁太祖，爲開封府押衙、左親從指揮使、行營先鋒馬軍使。末帝即位，遷濮州刺史，又徙澶州刺史……自梁失魏、博，與晉夾河而軍，彦章常爲先鋒。遷汝鄭二州防禦使、匡國軍節度使、北面行營副招討使，又徙宣義軍節度使。」

〔三〕「以身」句：王彦章傳：「彦章傷重，馬踣，被擒……（唐）莊宗愛其驍勇，欲全活之，使人慰諭彦章，彦章謝曰：『臣與陛下血戰十餘年，今兵敗力窮，不死何待？且臣受梁恩，非死不能報，豈有朝事梁而暮事晉（按：莊宗稱帝前爲晉王），生何面目見天下之人乎！』莊宗又遣明宗往諭之，彦章病創，臥不能起，仰顧明宗，呼其小字曰：『汝非邈佶烈乎？我豈苟活者？』遂見殺，年六十一。」

〔四〕「晉天福」二句：王彦章傳：「晉高祖時，追贈彦章太師。」天福，後晉高祖石敬瑭年號，天福二年爲九三七年。

〔五〕晉：指後唐前身。

〔六〕乾化：後梁太祖朱温年號（九一一至九一二），又爲末帝朱友貞年號（九一三至九一四）。

〔七〕莊宗：後唐莊宗李存勗，李克用長子。少從父征討，並嗣晉王位。滅後梁，創後唐，即帝位。後親宦官，寵伶人，爲部下所殺。新五代史有傳。

〔八〕「及梁」三句：王彦章傳：「梁末帝昏亂，小人趙巖、張漢傑等用事，大臣宿將多被讒間，彦章雖爲招討副使，而謀不見用。」後因趙、張與招討使段凝勾結，傾陷彦章，使處困境，而卒敗于李存勗。

〔九〕「五代」三句：五代自朱温後梁代唐的開平元年（九〇七），至後周恭帝下臺的顯德七年（九六〇），超過半個世紀。此言「五十年」，蓋取其整數也。十三君爲後梁太祖朱温、末帝朱友貞，後唐莊宗李存勗、明宗李嗣源、愍帝李從厚、廢帝李從珂，後晉高祖石敬瑭、出帝石重貴，後漢高祖劉知遠、隱帝劉承祐，後周太祖郭威、世宗柴榮、恭帝郭宗訓。五國八姓爲後梁朱氏；後唐李氏，明宗爲李克用養子，本胡人，無姓氏，廢帝王氏爲明宗養子；後晉石氏；後漢劉氏，後周郭氏，世宗柴氏爲太祖養子。

〔一〇〕「公本」八句：王彦章傳：「彦章武人，不知書，常爲俚語謂人曰：『豹死留皮，人死留名。』其於忠義，蓋天性也。」

〔一一〕「康定」二句：胡譜康定元年壬辰：「是春，赴滑州。」歐時爲武成軍節度判官。

〔一二〕德勝之戰：指後梁龍德三年王彦章與李存勖的軍隊在德勝（今河南濮陽）一帶的激戰。據王彦章傳，時李存勖「已盡有河北，以鐵鎖斷德勝口，築河南、北爲兩城，號『夾寨』」。

〔一三〕「又言」二句：王彦章傳：「龍德三年夏，晉取鄆州，梁人大恐，宰相敬翔顧事急，以繩内靴中，入見末帝，泣曰：『先帝取天下，不以臣爲不肖，所謀無不用。今彊敵未滅，陛下棄忽臣言，臣身不用，不如死！』乃引繩將自經。末帝使人止之，問所欲言。翔曰：『事急矣，非彦章不可！』末帝乃召彦章爲招討使，以段凝爲副。」敬翔，字子振，後梁謀臣，深得太祖朱温信任，官至中書侍郎、同中書門下平章事。梁亡，自經而卒。新舊五代史有傳。

〔一四〕「公因」二句：彦章獲德勝大捷，後失利，遭中傷。王彦章傳：「趙巖等從中日夜毁之，乃罷彦章，以凝爲招討使。彦章馳至京師入見，以笏畫地，自陳勝敗之迹，巖等諷有司劾彦章不恭，勒還第。」

〔一五〕「而史云」句：舊五代史本傳：「彦章軍不利，遂罷彦章兵權，詔令歸闕。」

〔一六〕「是時」四句：王彦章傳：「唐兵攻兖州，末帝召彦章使守捉東路。是時，梁之勝兵皆屬段凝，京師祇有保鑾五百騎，皆新捉募之兵，不可用，乃以屬彦章，而以張漢傑監之。彦章至遞坊，以兵少戰敗，退保中都；又敗，與其牙兵百餘騎死戰。」

〔一七〕「而史云」句：舊五代史本傳：「朝廷聞晉人將自兖州路出師，末帝急遣彦章領保鑾騎士數千於東路守捉。」

〔一八〕「公之」十五句：王彦章傳：「末帝問破敵之期，彦章對曰：『三日。』左右皆失笑。彦章受命而出，馳兩日至滑州，置酒大會，陰遣人具舟於楊村，命甲士六百人皆持巨斧，載冶者，具鞴炭，乘流而下。彦章會飲，酒半，佯起更衣，引精兵數千，沿河以趨德勝，舟兵舉鎖燒斷之，因以巨斧斬浮橋，而彦章引兵急擊南城，浮橋斷，南城遂破，蓋三日矣。是時莊宗在魏，以朱守殷守夾寨，聞彦章爲招討使，驚曰：『彦章驍勇，吾嘗避其鋒，非守殷敵也。然彦章兵少，利於速戰，必急攻我南城。』即馳騎救之，行二十里，而得夾寨報者曰：『彥章兵已至。』比至，而南城破矣。」

〔一九〕「今國家」句：自景德元年（一〇〇四）訂澶淵之盟至撰本文時的慶曆三年（一〇四三），恰爲四十年。

〔二〇〕「一旦」三句：寶元元年（一〇三八）十月，元昊反宋自立，至慶曆三年（一〇四三）正月，已四年有餘。

〔二一〕「後二年」二句：據胡譜，康定元年（一〇四〇），歐抵滑州，爲武成軍節度判官，是年召還京師，後二年，即慶曆二年（一〇四二），自請外調，爲滑州通判，故云「復來」。

〔二二〕王鐵槍：王彥章傳：「彥章爲人驍勇有力，能跣足履棘行百步。持一鐵槍，騎而馳突，奮疾如飛，而他人莫能舉也，軍中號王鐵槍。」

〔二三〕「讀其書」二句：孟子萬章下：「頌其詩，讀其書，不知其人，可乎？」

【集評】

〔宋〕黃震：述其以奇取勝以歎時事，文字展轉不窮。（黃氏日鈔卷六一）

〔明〕唐順之：此文凡五段：一段是總叙其略，二段是言其能全節，三段是辨其事，四段是言其善出奇策，五段是寺中畫像之事。而通篇以忠節善戰分作兩項，然不見痕迹。（引自茅坤歐陽文忠公文鈔評語卷二一）

〔清〕沈德潛：此與昌黎書張中丞傳後同是表章軼事，而各極神妙。作記之意，因德勝之戰與己用奇取勝之見相合，借此發揮，精采倍加，是爲神來之候。（唐宋八大家文讀本評語卷一二）

襄州穀城縣夫子廟記〔一〕

釋奠、釋菜〔二〕，祭之略者也。古者士之見師，以菜爲摯，故始入學者必釋菜以禮其先師。其學官四時之祭，乃皆釋奠。釋奠有樂無尸〔三〕；而釋菜無樂，則其又略也，故其禮亡焉。而今釋奠幸存，然亦無樂，又不遍舉於四時，獨春秋行事而已。記曰：「釋奠必有合，有國故則否〔四〕。」謂凡有國，各自祭其先聖先師，若唐、虞之夔、伯夷〔五〕，周之周公〔六〕，魯之孔子。其國之無焉者，則必合於鄰國而祭之。然自孔子没，後之學者莫不宗焉，故天下皆尊以爲先聖，而後世無以易。

學校廢久矣，學者莫知所師㊀，又取孔子門人之高第曰顔回者而配焉〔七〕，以爲先師。隋、唐之際，天下州縣皆立學，置學官、生員，而釋奠之禮遂以著令。其後州縣學廢，而釋奠之禮，吏以其著令，故得不廢。學廢矣，無所從祭，則皆廟而祭之。荀卿子曰：「仲尼，聖人之不得勢者也〔八〕。」然使其得勢，則爲堯、舜矣。不幸無時而没，特以學者之故，享弟子春秋之禮。而後之人不推所謂釋奠者，徒見官爲立祠而州縣莫不祭之，則以爲夫子之尊，由此爲盛。甚者，乃謂生雖不得位，而没有所享，以爲夫子榮，謂有德之報，雖堯、舜莫若。何其謬論者歟〔九〕！

祭之禮，以迎尸、酌鬯爲盛〔一〇〕。釋奠、薦饌〔一一〕，直奠而已，故曰祭之略者。其事有樂舞、授器之禮〔一二〕，今又廢，則於其略者又不備焉。然古之所謂吉凶、鄉射、賓燕之禮〔一三〕，民得而見焉者，今皆廢失。而州縣幸有社稷、釋奠、風雨雷師之祭〔一四〕，民猶得以識先王之禮器焉。其牲酒器幣之數〔一五〕，升降俯仰之節，吏又多不能習，至其臨事，舉多不中而色不莊，使民無所瞻仰，見者怠焉㊁，因以爲古禮不足復用㊂，可勝歎哉㊃！

大宋之興㊄，於今八十年〔一六〕，天下無事，方修禮樂，崇儒術㊅，以文太平之功㊆。以謂王爵未足以尊夫子，又加至聖之號以褒崇之〔一七〕，講正其禮，下於州縣。而吏或不能諭上意㊇，凡有司簿書之所不責者，謂之不急，非師古好學者莫肯盡心焉。穀城令狄君栗〔一八〕，爲其邑未逾時㊈，修文宣王廟易於縣之左，大其正位，爲學舍於其旁，藏九經書〔一九〕，率其邑之子弟興於學。然後考制度㊉，爲俎豆、籩篚、罇爵、簠簋凡若干⑪〔二〇〕，以與其邑人行事⑫。穀城縣政久廢，狄君居之，期月稱治，又能載國典⑬，修禮興學，急其有司所不責者⑭，諰諰然惟恐不及〔二一〕，可謂有志之士矣⑮。

【校記】

㊀「師」下：原校：一有「則」字。　㊁怠：宋文鑑作「殆」。　㊂因：原校：一無此「因」字。　㊃可勝歎哉：考異本校：諸本無此四字。　㊄大宋之興：卷後原校：一作「宋興」。考異本校：蘇本無「大」與「字」二字。　㊅崇：原校：一作「尊」。　㊆太平之功：卷後原校：一無「之功」二字。　㊇「上」下：原校：一有「之」字。　㊈其：卷後原校：一作「是」。　㊉制度：原校：一作「圖記」。　⑪凡若干：原校：一作「凡百餘事」。　⑫行事：原校：一本「大宋之興」至「謂之不急」一段，載於此下。　⑬載：考異本作「遵」。　⑭責：考異本作「急」。　⑮有志之士矣：卷後原校：此下一有「寶元元年盧陵歐陽修記」十字。

【箋注】

〔一〕如題下注，寶元元年（一〇三八）作。據胡譜，是年三月，歐赴乾德（今湖北老河口西北）任縣令。襄州穀城縣（今屬湖北）與光化軍乾德縣相鄰。慶曆五年，歐撰大理寺丞狄君墓誌銘，謂狄君「修孔子廟，作禮器，與其邑人春秋釋奠而興於學。時予爲乾德令，嘗至其縣」。有感於縣令狄栗勤於修禮興學，寶元初爲作本文。時歐另有回穀城狄令啓（表奏書啓四六集卷六），稱許狄栗能「講事勸功，修舊起廢」。

〔二〕「釋奠」句：釋奠，古時在學校置酒食以奠祭先聖先師之禮儀。禮記文王世子：「凡學，春官釋奠於其先師，秋冬亦如之。凡始立學者，必釋奠於先聖先師。」鄭玄注：「釋奠者，設薦饌酌奠而已。」釋菜，古始入學時以芹藻之屬祭祀先聖先師之禮儀。禮記月令：「（仲春之月）上丁，命樂正習舞，釋菜。」鄭玄注：「將舞，必釋菜於先師以禮之。」

〔三〕有樂無尸：謂有奏樂而無代死者受祭的人。公羊傳宣公八年「祭之明日也」何休注：「祭必有尸者，節神也。禮，天子以卿爲尸，諸侯以大夫爲尸，卿大夫以下以孫爲尸。」

〔四〕「記曰」三句：禮記文王世子：「凡釋奠者，必有合也。有國故則否。」此謂本國如無先聖先師，釋奠則合祭鄰國先聖先師；如本國有，則不必合祭。

〔五〕唐、虞：即唐堯、虞舜。夔：舜時樂官。禮記樂記：「昔者舜作五弦之琴，以歌南風。夔始制樂，以賞諸侯。」伯夷：舜臣。書舜典：「帝曰：『咨！四岳。有能典朕三禮？』僉曰：『伯夷。』」孔傳：「伯夷，臣名，姜姓。」

〔六〕周公：姬旦，周武王之弟。嘗助武王滅商，並於武王去世後攝政，穩定大局，又制禮作樂，建立典章制度，爲後世所推崇。

〔七〕顔回：見本集卷一顔跖詩箋注〔二〕。

〔八〕「荀卿子」三句：荀卿子，即荀子，名況。戰國時思想家，時人尊而號爲「卿」。語出其著作荀子非十二子。

〔九〕「而後」十一句：邵博邵氏聞見後録卷一五：「歐陽公平生尊用韓退之，於其學無少異矣。退之作處州孔子廟碑，以謂『自天子至郡邑守長，通得祀而遍天下者，唯社稷與孔子焉。然而社祭土，稷祭穀，勾龍、棄，乃其佐享，非其專主，又其位所，不屋而壇，豈如孔子用王者事，巍然當座，以門人爲配，自天子而下，北面拜跪薦祭，進退誠敬，禮如親弟子者。勾龍、棄以功，孔子以德，固自有次第哉！自古多有以功德得其位者，不得常祀。勾龍、棄、孔子皆不得位，而得常祀，事皆無如孔子之盛。所謂生民以來，未有如夫子，其賢過於堯、舜遠者，此其效歟？』永叔作穀城縣夫子廟記，乃云：『後之人徒見官爲立祠……何其謬論者歟！』是歐陽公以退之爲謬論矣。」

〔一〇〕迎尸：迎接象徵死者神靈而受祭的人。儀禮士虞禮：「祝迎尸。」鄭玄注：「尸，主也。孝子之祭不見親之形象。心無所繫，立尸而主意焉。」酌鬯：敬酒之禮。鬯，古代宗廟祭祀用的香酒。

〔一一〕薦饌：供獻時物做成的祭品。

〔一二〕「其事」句：謂祭禮中有樂舞，並授舞者之器。周禮夏官司馬下：「凡樂事，正舞位，授舞器。」賈公彦疏：「云凡樂事者，則諸作樂有舞之處，皆使正舞人八八六十四人之位，并授舞者之器。」

〔一三〕鄉射：古時射箭飲酒的禮儀。一爲州長春秋於州之學校以禮會民習射；一爲三年大比貢士之後，鄉大夫、鄉老與鄉人習射。見儀禮鄉射禮。

〔一四〕風雨雷師：神話中主管刮風、下雨、打雷的神。

〔一五〕牲酒器幣：用作祭祀的牛、羊、豬、酒、禮器、玉帛。

〔一六〕「大宋」二句由宋太祖建隆元年（九六〇）至撰本文的仁宗寶元元年（一〇三八）爲七十九年，此取整數言之。

〔一七〕「又加」句：據長編卷七〇，大中祥符元年十一月戊午，宋真宗乘馬至文宣王墓奠拜，加謚曰元聖文宣王。據同書卷七九，大中祥符五年十二月壬申，改謚元聖文宣王爲至聖文宣王。

〔一八〕狄君栗：狄栗，字仲莊，生平見本集卷二八大理寺丞狄君墓誌銘。

〔一九〕九經：名目相傳不一，漢書藝文志指易、書、詩、禮、樂、春秋、論語、孝經及小學。

〔二〇〕「爲俎豆」句：俎豆等皆爲祭祀、宴饗時所用禮器。俎豆盛食物，籩篚盛果脯，罇爵盛酒，簠簋盛黍稷稻粱。禮記樂記：「簠簋俎豆，制度文章，禮之器也。」

〔二一〕諰諰然：恐懼貌。荀子議兵：「諰諰然常恐天下之一合軋己也。」

【集評】

〔明〕茅坤：慨古禮之亡處多韻折。（歐陽文忠公文鈔評語卷二一）

〔明〕唐順之：此文前段辨釋奠、釋菜爲祭之略及其所以立廟之故，後段言古禮之不行爲可惜，而狄君能復古禮爲

可稱也。（引自歐陽文忠公文鈔評語卷二一）

［清］林紓：題爲夫子廟記，若泛論道源，則萬言猶不能盡。文但責禮于有司，言有司亡禮，即不足爲學者之表率，故必望之師古好學者，爲之振懦而起衰。於是入狄君，便鄭重不出于輕苟。蓋其重狄君，非重其能修廟也，修廟即所以存禮，存禮即所以宗聖，宗聖即所以師表人倫。看似有司不急之務，而就中大有關係。文末不即許狄君之能存禮而宗聖，但曰「有志之士」，不責以任道，但許其有志，望之亦實勉之也。（古文辭類纂選本評語卷九）

吉州學記〔一〕

慶曆三年秋，天子開天章閣，召政事之臣八人，問治天下其要有幾，施於今者宜何先，使坐而書以對。八人者皆震恐失位，俯伏頓首，言此非愚臣所能及，惟陛下所欲爲，則天下幸甚。於是詔書屢下，勸農桑，責吏課，舉賢才〔二〕。其明年三月，遂詔天下皆立學〔三〕，置學官之員，然後海隅徼塞四方萬里之外，莫不皆有學。嗚呼，盛矣！

學校，王政之本也。古者致治之盛衰，視其學之興廢。記曰：「國有學，遂有序，黨有庠，家有塾〔四〕。」此三代極盛之時大備之制也。宋興蓋八十有四年〔五〕，而天下之學始克大立，豈非盛美之事，須其久而後至於大備歟？是以詔下之日，臣民喜幸，而奔走就事者以後爲羞。其年十月，吉州之學成。州舊有夫子廟，在城之西北㊀，今知州事李侯寬之至也㊁〔六〕，謀與州人遷而大之，以爲學舍，事方上請而詔已下，學遂以成。李侯治吉，敏而有方。其作學也，吉之士率其私錢一百五十萬以助。用人之力積二萬二千工，而人不以爲勞；其良材堅甓之用凡二十二萬三千五百，而人不以爲多〔三〕；學有堂筵齋講，有藏書之閣〔七〕，有賓客之位，有遊息之亭，嚴嚴翼翼，壯偉閎耀，而人不以爲侈〔四〕。既成，而來學者常三百餘人〔八〕。

予世家于吉，而濫官于朝〔五〕，進不能贊揚天子之盛美〔六〕，退不得與諸生揖讓乎其中。然予聞教學之法本於人性，磨揉遷革，使趨於善，其勉於人者勤，其入於人者漸〔七〕，善教者以不倦之意須遲久之功，至於禮讓興行而風俗純美〔八〕，然後爲學之成。今州縣之吏不得久其職而躬親於教化也，故李侯之績及於學之立，而不及待其成。惟後之人，毋廢慢天子之詔而殆以中止〔九〕。幸予他日，因得歸榮故鄉而謁於學門，將見吉之士皆道德明秀而可爲公卿，問於其俗而婚喪飲食皆中禮節，入於其里而長幼相孝慈於其家〔一〇〕，行於其郊而少者扶其羸老、壯者代其負荷於道路，然後樂學之道成。而得時從先生、耆老，席于衆賓之後，聽鄉樂之歌，飲獻酬之酒，以詩頌天子太平之功。而周覽學舍，思詠李侯之遺愛，不亦美哉！故於其始成也，刻辭于石，而立諸其廡以俟。

【校記】

㈠西北：卷後原校：石本作「西南」。　㈡知州事：卷後原校：石本此字下有「殿中丞」三字。　㈢人不以爲多：卷後原校：石本無「人」字。　㈣人不以爲侈：卷後原校：石本亦無「人」字。　㈤而：原校：一無此字。「朝」下：原校：一有「廷」字。　㈥揚：原校：一作「明」字。　㈦其人：卷後原校：「其」，石本作「而」。者漸：卷後原校：石本此字下有「故」字。　㈧而：原校：一無此字。　㈨殆：原校：一作「怠」。　㈩長幼：卷後原校：石本作「幼長」。

【箋注】

〔一〕 如題下注，慶曆四年（一〇四四）作。是年十月，吉州之學「始成」之時，歐應知州李寬之請，而作本文。書簡卷四有是年冬所作與李吉州云：「人至，辱書爲誨，承臨郡之暇體况甚休。鄉郡多幸，得賢侯爲立學舍。蒙索鄙文，竊喜載名廡下，遂不敢辭。筆語粗惡，幸望與伯鎮學士評改而刻石也。冬冷，千萬加愛。」按：伯鎮，章岷之字。岷，建州浦城人。天聖五年登第，爲平江軍推官（中吴紀聞卷二）。慶曆四年爲江州通判（長編卷一五三），治平元年爲刑部郎中（宋史英宗紀），二年知越州，四年移知福州（北宋經撫年表卷四）。

〔二〕「慶曆」十五句：長編卷一四三慶曆三年九月：「上既擢范仲淹、韓琦、富弼等，每進見，必以太平責之，數令條奏當世務……既又開天章閣，召對賜坐，給筆札使疏於前。仲淹、弼皆皇恐避席，退而列奏曰……上方信嚮仲淹等，悉用其説。當著爲令者，皆以詔書畫一，次第頒下。」歐奏議集卷五論乞主張范仲淹富弼等行事劄子有「見近日特開天章，從容訪問，親寫手詔，督責丁寧」之語。政事之臣八人，范、韓、富外，當爲宰輔章得象、晏殊、杜衍、賈昌朝等。

〔三〕「其明年」二句：長編卷一四七慶曆四年三月：「范仲淹等意欲復古勸學，數言興學校……乙亥，詔曰：……今朕建學興善……其令曰：州若縣皆立學。」

〔四〕「記曰」五句：語出禮記學記。

〔五〕「宋興」句：指從太祖建隆元年（九六〇）至仁宗慶曆四年（一〇四四）。

〔六〕 李侯寬：李寬，字伯强，南昌人。以蔭守將作監主簿監洪州鹽院，歷知袁州宜春縣、通判桂州、知吉州、饒州。安撫使言其治行於江南爲第一。累遷廣西轉運使，治平二年卒，年六十。生平見臨川集卷九七廣西轉運使李君墓誌銘。

〔七〕「有藏書」句：吉安府志卷三四吉州學藏書閣記：「吉有學，學有閣，閣有書，自本朝慶曆三年知州事、殿中丞李侯寬始也。」

〔八〕「而來」句：廣西轉運使李君墓誌銘：「知吉州，請於天子，立學以教，學者常三百人。」

【集評】

〔宋〕吴子良：和平之言難工，感慨之詞易好，近世文人能兼之者，惟歐陽公。如吉州學記之類，和平而工者也；如豐樂亭記之類，感慨而好者也。（荆溪林下偶談卷三）

〔清〕孫琮：一篇文字須要看他前後波瀾寬展處。如一起將天子咨治説來，不急入學校，此一寬展法也。第二段從天下立學説來，又不急入吉州，又一寬展法也。第三段説三代學校之盛，引入宋之立學，亦不急入吉州，又一寬展法也。至第四段方説吉州立學，第五段方寫李侯建學，乃是正文。第六段以學成期後人，又一寬展法也。第七段説己之樂觀其成，又一寬展法也。一篇凡七段，二段是正文，五段是前後波瀾，可悟作文寬展之法。（山曉閣選宋大家歐陽廬陵全集評語卷三）

〔清〕儲欣：是公桑梓學記，贊揚天子立學致治之盛，而以學之大成，勗其鄉之吏與望其鄉之人。董醇賈茂，兼而有之，後有作者，無出其右。（六一居士全集録評語卷五）

豐樂亭記〔一〕

修既治滁之明年夏，始飲滁水而甘，問諸滁人，得於州南百步之近㊀。其上豐山聳然而特立；下則幽谷窈然而深藏，中有清泉，滃然而仰出㊁〔二〕。俯仰左右，顧而樂之。於是疏泉鑿石，闢地以爲亭，而與滁人往遊其間㊂。

滁於五代干戈之際，用武之地也〔三〕。昔太祖皇帝，嘗以周師破李景兵十五萬於清流山下，生擒其將皇甫暉、姚鳳於滁東門之外，遂以平滁〔四〕。修嘗考其山川，按其圖記㊃，升高以望清流之關〔五〕，欲求暉、鳳就擒之所㊄，而故老皆無在者。蓋天下之平久矣。自唐失其政，海内分裂，豪傑並起而爭，所在爲敵國者㊅，何可勝數！及宋受天命，聖人出而四海一。嚮之憑恃險阻，剗削消磨，百年之間，漠然徒見山高而水清。欲問其事，而遺老盡矣。今滁介於江、淮之間，舟車商賈、四方賓客之所不至，民生不見外事，而安於畎畝衣食，以樂生送死，而孰知上之功德，休養生息㊆，涵煦百年之深也？

修之來此，樂其地僻而事簡，又愛其俗之安閑。既得斯泉于山谷之間，乃日與滁人仰而望山㊇，俯而聽泉，掇幽芳而蔭喬木，風霜冰雪，刻露清秀，四時之景無不可愛㊈。又幸其民樂其歲物之豐成，而喜與予遊也。因爲本其山川，道其風俗之美㊉，使民知所以安此豐年之樂者，幸生無事之時也。夫宣上恩德，以與民共樂⑪，刺史之事也，遂書以名其亭焉。

慶曆丙戌六月日⑫，右正言、知制誥、知滁州軍州事歐陽修記。

【校記】

㊀州：原校：一作「城西」。　㊁仰：原校：一無此字。　㊂遊：原校：一作「還」，一有「於」字。

㊃按：原校：一作「按其山水考」。　㊄欲求：卷後原校：一無「欲」字。　㊅所在：原校：上一有「而」字，下一

有「自」字。　⑦休養生息：原校：一作「覆被休養」。　⑧乃：原校：一無此字。　⑨景：原校：一作「美」。　⑩道其：卷後原校：此上一有「而」字。　⑪以與民共樂：卷後原校：「以」一作「而」。　⑫慶曆丙戌六月日：考異本校：家本無此七字。

【箋注】

〔一〕如題下注，慶曆六年（一〇四六）作。歐貶滁州（今屬安徽）在慶曆五年，「既治滁之明年」爲六年，即篇末所書「丙戌」也。書簡卷一有歐是年所作與韓忠獻王，云：「山州窮絶，比乏水泉。昨夏秋之初，偶得一泉於州城之西南豐山之谷中，水味甘冷，因愛其山勢回抱，構小亭於泉側。又理其傍爲教場，時集州兵、弓手，閱其習射，以警饑年之盜，間亦與郡官宴集於其中。方惜此幽致，思得佳木美草植之，忽辱寵示芍藥十種，豈勝欣荷……自此得與郡人共樂，實出厚賜也。」豐樂亭小飲詩箋注〔一〕可參閲。

〔二〕「下則」三句：滁州志卷一之四：「紫薇泉在幽谷，按吕元中記云：慶曆七年（按：當爲五年），歐陽公謫守滁上。明年，得醴泉於醉翁亭東南隅。一日，會僚屬於州廨，有以新茗獻者，公敕吏汲泉，未至，而汲者仆，出水，且慮後期，進酌他泉以進。公已知其非醴泉也，窮問之，乃得它泉於幽谷山下。文忠博學多識，而又好奇，既得是泉，乃作亭以臨泉上，名之曰『豐樂』。」

〔三〕「滁於」二句：滁州五代時爲江淮沖要之地，後周、南唐相爭於此。

〔四〕「昔太祖」四句：資治通鑑後周紀三：「上命太祖皇帝倍道襲清流關，皇甫暉等陳於山下，方與前鋒戰。太祖皇帝引兵出山後，暉等大驚，走入滁州，欲斷橋自守。太祖皇帝躍馬麾兵涉水，直抵城下。暉曰：『人各爲其主，願容成列而戰。』太祖皇帝笑而許之。暉整衆而出，太祖皇帝擁馬頸，突陣而入，大呼曰：『吾止取皇甫暉，它人非吾敵也。』手劍擊暉，中腦，生擒之，並擒姚鳳，遂克滁州。」按：太祖趙匡胤時爲後周殿前都虞侯。李景，原名璟，南唐中主，生性懦弱，寵信佞臣，致國勢日衰，遂去帝號，稱國主，奉後周正朔。見新五代史南唐世家。皇甫暉，後唐陳州刺史，後晉時，以衛將軍居京師，改密州刺史。契丹犯闕，率州人奔于江南，爲南唐歙州刺史。後屯清流關，敗于周師，傷重而死。姚鳳，暉屯清流關時爲都監，被擒後，周世宗召見，拜左屯衛上將軍。見新五代史皇甫暉傳。

〔五〕清流之關：明一統志卷一八滁州：「清流關在州城西南二十里。南唐置關，地極險要。」

【集評】

〔宋〕朱熹：豐樂亭記是六一文之最佳者。（朱子語類卷一三九）

〔明〕何良俊：歐陽公豐樂亭記，中間何等感慨，何等轉换，何等含蓄，何等頓挫！（四友齋叢説卷五）

〔清〕儲欣：唐人喜言開元事，是亂而思治。此「豐樂」二字，直以五代干戈之滁，形今日百年無事之滁，是治不忘亂也。一悲一幸，文情各極。（六一居士全集録評語卷五）

〔清〕陳衍：永叔文以序跋雜記爲最長，雜記尤以豐樂亭爲最完美。起一小段，已簡括全亭風景，乃横插「滁於五代干戈之際」二語，得勢有力，然後説由亂到治與由治回想到亂，一波三折，將實事於虛空中摩蕩盤旋。此歐公平生擅長之技，所謂風神也。（石遺室論文卷五）

〔清〕李剛己：歐公文字，凡言及朋友之死生聚散與五代之治亂興亡，皆精采焕發。蓋公平生於朋友風義最篤，於五代事蹟最熟，故言之特覺親切有味也。此文及送田畫秀才序，皆以五代事蹟爲波瀾。彼以風致跌宕取勝，此則感發深至，措注渾雄，楮墨之外，别有一種遥情遠韻，令讀者詠嘆淫泆，油然不能自止。朱子以此篇爲公文之最佳者，豈虛語哉？（古文辭約編）

醉翁亭記〔一〕

環滁皆山也〔二〕。其西南諸峰，林壑尤美，望之蔚然而深秀者，琅邪也〔三〕。山行六七里，漸聞水聲潺潺，而瀉出于兩峰之間者，讓泉也㊀。峰回路轉，有亭翼然臨于泉上者，醉翁亭也。作亭者誰？山之僧曰智僊也㊁〔四〕。名之者誰？太守自謂也。太守與客來飲于此，飲少輒醉，而年又最高，故自號曰醉翁也。醉翁之意不在酒，在乎山水之間也。山水之樂，得之心而寓之酒也。

若夫日出而林霏開，雲歸而巖穴暝，晦明變化者，山間之朝暮也。野芳發而幽香，佳木秀而繁陰，風霜高潔，水清而石出者㊂，山間之四時也。朝而往，暮而歸，四時之景不同，而樂亦無窮也。

至於負者歌于塗，行者休于樹，前者呼，後者應，傴僂提携，往來而不絶者，滁人遊也。臨溪而漁，溪深而魚肥，釀泉爲酒，泉香而酒洌㊃，山肴野蔌〔五〕，雜然而前陳者，太守宴也。宴酣之樂㊄，非絲非竹，射者中〔六〕，弈者勝，觥籌交錯，起坐而諠譁者，衆賓歡也。蒼顔白髮，頽然乎其間者，太守醉也。

已而夕陽在山，人影散亂，太守歸而賓客從也。樹林陰翳，鳴聲上下，遊人去而禽鳥樂也。然而禽鳥知山林之樂，而不知人之樂；人知從太守遊而樂，不知太守之樂其樂也㊅。醉能同其樂，醒能述以文者，太守也。太守謂誰？廬陵歐陽修也。

【校記】

㊀讓：考異本校：蘇本作「釀」。 ㊁曰：原校：一無此字。 ㊂清：原校：一作「涸」，一作「落」。

㊃「泉香」句：原校：一作「泉洌而酒香」。 ㊄宴酣：卷後原校：一作「宴適」。 ㊅「不知」上：原校：碑有

「而」字。

【箋注】

〔一〕　如題下注，慶曆六年（一〇四六）作。是年，歐有題滁州醉翁亭詩，稱「四十未爲老，醉翁偶題篇」，始以醉翁自號。蘇軾醉翁亭記書後跋：「廬陵先生以慶曆八年三月己未刻石亭上。字畫褊淺，恐不能傳遠，滁人欲改刻大字久矣。元祐六年，軾爲潁州，而開封劉君季孫，自高郵來，過滁。滁守河南王君詔請以滁人之意，求書於軾，軾於先生爲門下士，不可以辭。十一月乙未。」方勺泊宅編卷上：「歐公作醉翁亭記，後四十五年，東坡大書重刻於滁州，改『泉洌而酒香』作『泉香而酒洌』，『水落而石出』作『水清而石出』。」按：東坡大書重刻之前，已有碑，即「慶曆八年三月己未刻石亭上」者，乃陳知明書，蘇唐卿篆額。見外集卷一九答陳知明書箋注〔一〕。朱弁曲洧舊聞卷三：「醉翁亭記初成，天下莫不傳誦，家至户到，當時爲之紙貴。」晦庵先生朱文公文集卷七一考歐陽文忠公事蹟：「醉翁亭在瑯琊山寺側，記成刻石，遠近爭傳，疲於模打。山僧云：寺庫有氊，打碑用盡，至取僧堂卧氊給用。凡商賈來供施者，亦多求其本，僧問作何用，皆云所過關征，以贈監官，可以免稅。」朱子語類卷一三九：「歐公文亦多是修改到妙處。頃有人買得他醉翁亭記稿，初説滁州四面有山，凡數十字，末後改定，只曰『環滁皆山也』五字而已。」

〔二〕　「環滁」句：郎瑛七修類稿卷三：「孟子曰『牛山之木嘗美矣』，歐陽子曰『環滁皆山也』。余親至二地，牛山乃一崗石小山，全無土木，恐當時亦難以養木；滁州四望無際，祇西有瑯琊。不知孟子、歐陽何以云然。」何紹基東州草堂詩鈔卷一八王少鶴白蘭巖招集慈仁寺拜歐陽文忠公生日之六：「野鳥溪雲共往還，醉翁一操落人間。如何陵谷多遷變，今日環滁竟少山？」可見「環滁皆山」之説含誇張之意味。

〔三〕　琅玡：山名，亦作瑯琊。山因先爲琅玡王，後爲東晉元帝的司馬睿而定名。王禹偁琅玡山詩序云：「東晉元帝以琅玡王渡江，常居此山，故溪山皆有琅玡之號，不知晉已前何名也。」

〔四〕　智僊：生平不詳。

〔五〕　蔌：菜蔬總稱。爾雅釋器注：「蔌者，菜茹之總名也。」

〔六〕　射：一般指投壺。或指九射格之戲。外集卷二一九射格後，有編者語：「醉翁亭記云『射者中，弈者勝，觥籌交錯』，恐或謂此。」

【集評】

[宋]樓昉：此文所謂筆端有畫，又如累叠階級，一層高一層，逐旋上去都不覺。（崇古文訣卷一八）

[元]虞集：此篇是記體，歐陽以前無之。或曰賦體，非也。逐篇叙事，無韻不排，只是記體。第三段叙景物，忽然鋪叙，記中多有。（引自評選古文正宗卷九）

[清]孫琮：一起，記山、記泉、記亭、記人，數段極爲散漫，今却于名亭之下自注自解，一反一覆，作一收束。中幅，記朝暮、記四時，又爲散漫，于是將四時朝暮總結一筆，又作一收束。後幅，記遊、記宴、記歡、記醉、記人歸、記鳥樂，數段又極散漫，于是從禽鳥捲到人，從人捲到太守，又作一收束。看他一篇散漫文字，却得三處收束，便是一篇紀律文字，細讀當自得之。（山曉閣選宋大家歐陽廬陵全集評語卷三）

[清]方苞：歐公此篇以賦體爲文，其用「若夫」、「至於」、「已而」等字，則又兼用六朝小賦局段套頭矣。（引自海峰先生精選八家文鈔評語）

[清]吴楚材吴調侯：通篇共用二十個「也」字，逐層脱卸，逐步頓跌，句句是記山水，却句句是記亭，句句是記太守。似散非散，似排非排，文家之創調也。（古文觀止評語卷一〇）

[清]愛新覺羅弘曆：前人每歎此記爲歐陽絶作。閑嘗熟玩其辭，要亦無關理道，而通篇以「也」字斷句，更何足奇！乃前人推重如此者，蓋天機暢則律吕自調，文中亦具有琴焉，故非他作之所可並也。況修之在滁，乃蒙被垢汙而遭謫貶，常人之所不能堪，而君子亦不能無動心者，乃其於文蕭然自遠如此。是其深造自得之功發於心聲，而不可强者也。（唐宋文醇評語卷二六）

居士集卷四十

記八首

菱溪石記〔一〕

菱溪之石有六：其四爲人取去；其一差小而尤奇，亦藏民家；其最大者，偃然僵卧於溪側，以其難徙，故得獨存。每歲寒霜落，水涸而石出〔二〕，溪傍人見其可怪，往往祀以爲神。

菱溪，按圖與經皆不載。唐會昌中〔三〕，刺史李濆爲荇溪記〔四〕，云水出永陽嶺，西經皇道山下㊀〔五〕。以地求之，今無所謂荇溪者，詢於滁州人㊁，曰此溪是也。楊行密有淮南㊂〔六〕，淮人爲諱其嫌名，以荇爲菱，理或然也。

溪傍若有遺址，云故將劉金之宅〔七〕，石即劉氏之物也㊃。金，僞吳時貴將㊄，與行密俱起合淝，號三十六英雄，金其一也。金本武夫悍卒㊅，而乃能知愛賞奇異，爲兒女子之好㊆，豈非遭逢亂世，功成志得，驕於富貴之佚欲而然邪？想其陂池臺榭、奇木異草，與此石稱，亦一時之盛哉！今劉氏之後散爲編民㊇，尚有居溪旁者。

予感夫人物之廢興㊈，惜其可愛而棄也㊉，乃以三牛曳置幽谷，又索其小者，得於白塔民朱氏〔八〕，遂立于亭之南北〔九〕。亭負城而近，以爲滁人歲時嬉遊之好。

夫物之奇者，棄没於幽遠則可惜，置之耳目，則愛者不免取之而去。嗟夫！劉金者雖不足道，然亦可謂雄勇之士⑪，其平生志意豈不偉哉！及其後世，荒堙零落，至於子孫泯没而無聞，況欲長有此石乎？用此可爲富貴者之戒⑫。而好奇之士聞此石者⑬，可以一賞而足，何必取而去也哉？

【校記】

㊀皇：原校：一作「黄」。　㊁滁州人：卷後原校：一無「州」字。　㊂有：原校：一作「據」。　㊃即劉：卷後原校：一作「乃劉」。　㊄僞：原校：一作「爲」。　㊅悍：原校：一作「驍」。　㊆之：原校：一作「所」。　㊇民：原校：一作「氓」。　㊈興：原校：一無此字。　㊉「而」下：原校：一有「反」字。　⑪雄勇：原校：一作「勇悍」。　⑫用此：原校：一無此二字。　⑬聞此石者：原校：一作「聞石而來」。

【箋注】

〔一〕據題下注，慶曆六年（一〇四六）作。可參閱本集卷三同年所作菱溪大石詩箋注〔一〕。

〔二〕「水涸」句：菱溪大石：「新霜夜落秋山淺，有石露出寒溪垠。」

〔三〕會昌：唐武宗年號（八四一至八四六）。

〔四〕李濆：唐滁州刺史。據舊唐書庾敬休傳，濆曾爲巡官，餘不詳。荇溪記：全稱荇溪新亭記，載文苑英華卷八二六。

〔五〕「云水」二句：荇溪新亭記：「詔牧滁民之三月，得古溪郡之東北十里。按地圖志，在皇道山之右。昔始皇途經是山，因以名焉。其下西永陽嶺，迸溪于荇溪，此溪是也。」

〔六〕楊行密：廬州合肥人。唐昭宗時爲淮南節度使，受封吳王，後自立吳國，爲五代十國之一。新唐書、新舊五代史均有傳。

〔七〕劉金：楊行密部將。曾任曲溪屯將，濠、滁二州刺史。見新唐書楊行密傳。

〔八〕白塔：元豐九域志卷五：「（滁）州東北三十五里五鄉白塔一鎮有八石山。」

〔九〕亭：指豐樂亭。

【集評】

〔清〕儲欣：考訂不苟，就中生出感慨議論，最有情。（六一居士全集録評語卷五）

〔清〕浦起龍：閑散收羅，最是小記高手，猶見柳州風格。（古文眉詮評語卷五九）

海陵許氏南園記㈠〔一〕

高陽許君子春〔二〕，治其海陵郊居之南爲小園，作某亭、某堂于其間。許君爲江浙、荆淮制置發運使〔三〕，其所領六路七十六州之廣，凡賦斂之多少，山川之遠近，舟楫之往來，均節轉徙，視江湖數千里之外如運諸其掌㊁，能使人樂爲而事集。當國家用兵之後，修前人久廢之職，補京師匱乏之供，爲之六年，厥績大著，自國子博士遷主客員外郎，由判官爲副使〔四〕。夫理繁而得其要則簡，簡則易行而不違，惟簡與易，然後其力不勞而有餘。夫以制置七十六州之有餘，治數畝之地爲園，誠不足施其智；而於君之事，亦不足書。君之美衆矣，予特書其一節可以示海陵之人者。

君本歙人〔五〕，世自孝德。其先君司封喪其父母，事其兄如父，戒其妻事其嫂如姑。衣雖弊，兄未易衣，不敢易；食雖具，兄未食，不敢先食〔六〕。司封之亡，一子當得官，其兄弟相讓，久之，諸兄卒以讓君，君今遂顯于朝以大其門〔七〕。君撫兄弟諸子猶己子，歲當上計京師，而弟之子病〔八〕，君留不忍去，其子亦不忍捨君而留，遂以俱行。君素清貧，罄其家貲走四方以求醫，而藥必親調，食飲必親視，至其矢溲亦親候其時節顔色所下㊂，如可理則喜，或變動逆節，則憂戚之色不自勝。其子卒，君哭泣悲哀，行路之人皆嗟歎。

嗚呼！予見許氏孝悌著于三世矣㊃。凡海陵之人過其園者，望其竹樹，登其臺榭㊄，思其宗族少長相從愉愉而樂於此也。愛其人，化其善，自一家而形一鄉，由一鄉而推之無遠邇㊅。使許氏之子孫世久而愈篤㊆，則不獨化及其人㊇，將見其園間之草木，有駢枝而連理也〔九〕，禽鳥之翔集于其間者，不爭巢而棲，不擇子而哺也。嗚呼！事患不爲與夫怠而止爾，惟力行而不怠以止，然後知予言之可信也。慶曆八年十二月二十七日，廬陵歐陽修記。

【校記】

㊀南園：原校：一作「園亭」。㊁其：原校：一無此字。㊂下：原校：一作「疾」。㊃「悌」下：原校：一有「者」字。三：原校：一作「四」。㊄登：原校：一作「睹」。㊅邇：原校：一作「近」。㊆而：原校：一無此字。㊇則：原校：一作「焉」。按：如此當屬上讀。

【箋注】

〔一〕如篇末所示，慶曆八年（一〇四八）作。海陵（今江蘇泰州），泰州治所。許氏，許元，字子春，生平見本集卷三三尚書工部郎中天章閣待制許公墓誌銘。

〔二〕高陽：許氏郡望。見凌迪知萬姓統譜卷七六。

〔三〕「許君」句：此指許元爲江浙、荆淮制置發運副使，時慶曆七年七月，見許公墓誌銘箋注〔七〕。爲發運使已是皇祐元年十月之事，見箋注〔八〕。

〔四〕「當國家」七句：見許公墓誌銘「自元昊叛河西……公初以殿中丞爲判官，已而爲副爲使」一節。

〔五〕「君本」句：許公墓誌銘、宋史本傳均稱許元爲宣州宣城人。歙州與宣州相鄰，同屬江南東路。

〔六〕「其先君」九句：先君司封指許逖，官司封員外郎。逖孝德事迹見許公墓誌銘與王安石許氏世譜。

〔七〕「司封」六句：見許公墓誌銘「其父亡……乃以公補郊社齋郎」一節。

〔八〕「而弟」句：據許氏世譜，許逖五子：恂、恢、怡、元、平。弟指許平。

〔九〕「有騈枝」句：班固白虎通義卷下：「德至草木，朱草生，木連理。」

【集評】

〔明〕茅坤：爲南園記，而特本其世孝一節立論，此其文章一地位可法處。（歐陽文忠公文鈔評語卷二〇）

真州東園記〔一〕

真爲州，當東南之水會〔二〕，故爲江淮、兩浙、荆湖發運使之治所。龍圖閣直學士施君正臣、侍御史許君子春之爲使也〔三〕，得監察御史裏行馬君仲塗爲其判官〔四〕。三人者樂其相得之歡，而因其暇日，得州之監軍廢營以作東園㊀〔五〕，而日往遊焉。

歲秋八月，子春以其職事走京師〔六〕，圖其所謂東園者來以示予，曰：「園之廣百畝，而流水横其前，清池浸其右，高臺起其北㊁。臺，吾望以拂雲之亭；池，吾俯以澄虛之閣；水，吾泛以畫舫之舟。敞其中以爲清讌之堂，闢其後以爲射賓之圃。芙蕖芰荷之的歷，幽蘭白芷之芬芳，與夫佳花美木列植而交陰，此前日之蒼煙白露而荆棘也。高甍巨桷，水光日景動摇而下上㊂，其寬閑深靚可以答遠響而生清風，此前日之頹垣斷塹而荒墟也㊃。嘉時令節，州人士女嘯歌而管弦，此前日之晦冥風雨、鼪鼯鳥獸之嗥音也。吾於是信有力焉。凡圖之所載，蓋其一二之略也。若迺升于高以望江山之遠近，嬉于水而逐魚鳥之浮沉，其物象意趣，登臨之樂，覽者各自得焉。凡工之所不能畫者，吾亦不能言也。其爲我書其大概焉。」

又曰：「真，天下之衝也。四方之賓客往來者，吾與之共樂于此，豈獨私吾三人者哉？然而池臺日益以新㈤，草樹日益以茂，四方之士無日而不來，而吾三人者有時而皆去也，豈不眷眷於是哉！不爲之記，則後孰知其自吾三人者始也？」

予以謂三君子之材賢足以相濟，而又協于其職，知所後先，使上下給足，而東南六路之人無辛苦愁怨之聲〔七〕。然後休其餘閑，又與四方之賢士大夫共樂于此。是皆可嘉也，乃爲之書。廬陵歐陽修記。

【校記】

㈠監軍：卷後原校：石本作「鹽軍」。　㈡起其：原校：一作「超而」。　㈢下上：原校：一作「上下」。

㈣墟：原校：一作「塸」。　㈤而：原校：一作「其」。

【箋注】

〔一〕據題下注，皇祐三年（一〇五一）作。真州，治今江蘇儀徵。明一統志卷一二揚州府：「東園，在儀真縣東。宋皇祐間，施昌言、許元爲發運使，作此園。歐陽修爲記，蔡君謨書。」

〔二〕「真爲州」二句：真州位于長江下游北岸，東臨運河，故稱「水會」。

〔三〕施君正臣：施昌言，字正臣。慶曆五年，歐爲其妻撰萬壽縣君徐氏墓誌銘（見本集卷三六）。昌言生平見該篇箋注〔二〕。侍御史許君：據宋史本傳，許元以尚書主客員外郎爲發運使，「進金部，特賜進士出身，遷侍御史」。

〔四〕馬君仲塗：馬遵，字仲塗，饒州樂平人。以監察御史爲江、淮發運判官。累遷禮部員外郎兼侍御史知雜事，改吏部，直龍圖閣。宋史有傳。

〔五〕監軍：漢武帝置監軍使者。唐開元二十年後，以內侍爲監軍使者。據長編卷一、卷六三，宋于若干州郡亦置監軍。

〔六〕「歲秋」二句：據胡譜，時歐知應天府兼南京留守司事。許元由鄭州赴開封，途經南京（今河南商丘），得以訪歐。

〔七〕東南六路：指江淮、兩浙、荆湖。

【集評】

〔清〕過珙：坡公凌虛臺記由盛而逆料其衰，歐公東園記因興而追憶其廢，俯仰之間，同一感慨，而文字變化，意到景新，可謂奇紀。（古文評注評語卷八）

〔清〕劉大櫆：柳州記山水，從實處寫景；歐公記園亭，從虛處生情。柳州山水，以幽冷奇峭勝；歐公園亭，以敷娱都雅勝。此篇鋪叙今日爲園之美，一一倒追未有之荒蕪，更有情韻意態。（引自諸家評點古文辭類纂評語卷五四）

浮槎山水記〔一〕

浮槎山在慎縣南三十五里〔二〕，或曰浮闍山㊀，或曰浮巢山㊁〔三〕。其事出於浮圖、老子之徒荒怪誕幻之説。其上有泉，自前世論水者皆弗道。余嘗讀茶經，愛陸羽善言水〔四〕。後得張又新水記〔五〕，載劉伯芻、李季卿所列水次第，以爲得之於羽〔六〕，然以茶經考之，皆不合〔七〕。又新，妄狂險譎之士，其言難信，頗疑非羽之説。及得浮槎山水，然後益以羽爲知水者。浮槎與龍池山〔八〕，皆在廬州界中〔九〕，較其水味，不及浮槎遠甚。而又新所記，以龍池爲第十，浮槎之水棄而不録，以此知其所失多矣。羽則不然，其論曰：「山水上，江次之，井爲下。山水，浮泉、石池漫流者上〔一〇〕。」其言雖簡，而於論水盡矣。

浮槎之水，發自李侯〔一一〕。嘉祐二年，李侯以鎮東軍留後出守廬州㊂，因遊金陵，登蔣山〔一二〕，飲其水。既又登浮槎，至其山，上有石池，涓涓可愛，蓋羽所謂乳泉漫流者也。飲之而甘，乃考圖記，問於故老㊃，得其事迹。因以其水遺余於京師。予報之曰：李侯可謂賢矣。夫窮天下之物無不得其欲者，富貴者之樂也。至於蔭長松，藉豐草，聽山溜之潺湲，飲石泉之滴瀝，此山林者之樂也。而山林之士視天下之樂，不一動其心。或有欲於心，顧力不可得而止者，乃能退而獲樂於斯。彼富貴者之能致物矣，而其不可兼者，惟山林之樂爾。惟富貴者而不得兼㊄，然後貧賤之士有以自足而高世。其不能兩得，亦其理與勢之然歟！

今李侯生長富貴，厭於耳目，又知山林之爲樂，至於攀緣上下，幽隱窮絶，人所不及者皆能得之，其兼取於物者可謂多矣。李侯折節好學，喜交賢士，敏於爲政，所至有能名。凡物不能自見而待人以彰者有矣，其物未必可貴而因人以重者亦有矣。故予爲志其事，俾世知斯泉發自李侯始也㈥。三年二月二十有四日，廬陵歐陽修記。

【校記】

㈠或曰浮闍山：原校：一無此五字。卷後原校：石本無「山」字。㈡「山」上：原有「二」字，原校云「一無此字」，據刪之。㈢軍：原校：一無此字。㈣問於：卷後原校：石本無「於」字。㈤而不得兼：卷後原校：「而」一作「之」。㈥斯：原校：一作「奇」。

【箋注】

〔一〕如篇末所示，嘉祐三年（一〇五八）作。大清一統志卷八五：「浮槎山在合肥縣東八十里，上有浮槎寺。」是年知廬州李端愿以浮槎山水遺歐。書簡卷四與李留後公謹五通言及此事。其一云：「寄水人至，又辱書，審春寒體況清康。兼惠清泉，亟飲甚甘。」其二云：「前承惠浮槎山水……殊不堪應命。文辭已如此，不欲更自繆書，亮不爲罪。然得子履一揮，尤幸。」其三云：「浮槎拙記托賢弟附去多日……初深欲自書，屢試書數本，皆自嫌不過意，遂已。」其四云：「自附浮槎拙記去後，捧遞中所惠書。」其五云：「所寄浮槎水，味尤佳，然豈減惠山之品！久居京師，絕難得佳山水，頓食此，如飲甘醴，所患遠難多致，不得厭飫爾。」李端愿，字公謹，遵勗子。累進邢州觀察使、鎮東軍留後，知襄、郢二州，移廬州，拜武康軍節度使、知相州，除醴泉觀使。以太子少保致仕。宋史有傳。

〔二〕慎縣：屬廬州，在今安徽合肥東北。

〔三〕「或曰」二句：方輿勝覽卷四八浮槎山條下云：「按隋志云，有浮闍山，俗傳自海上來，昔有梵僧過而指曰：『此耆闍一峰也。』」大清一統志卷八五謂浮槎山「一名浮巢山，俗傳自海上浮來，頂上有一泉，味最甘冽」。

〔四〕陸羽：字鴻漸，唐復州竟陵人。隱居苕溪，以著書爲事。朝廷徵召，不就。嗜飲茶，著茶經三卷，被奉爲茶神。兩唐書有傳。

〔五〕張又新：字孔昭。元和進士。諂附李逢吉，排擊李紳。官至刑部郎中。善文辭，著有煎茶水記，又稱水記。

兩唐書有傳。

〔六〕「載劉伯芻」二句：煎茶水記載劉伯芻「較水之與茶宜者凡七等」，又載李季卿列水之次第，凡二十，謂得之於陸羽。劉伯芻，字素芝，官至刑部侍郎，卒贈工部尚書。新唐書有傳。李季卿，據兩唐書載，嘗以御史大夫宣慰江南，官至吏部侍郎。

〔七〕「然以」二句：四庫全書總目卷一一五煎茶水記提要：「修所記極詆又新之妄，謂與陸羽所説皆不合，今以茶經校之，信然。又唐書羽本傳稱，李季卿宣慰江南，有薦羽者，召之。羽野服挈具而入，季卿不爲禮，羽愧之，更著毁茶論。則羽與季卿大相齟齬，又安有口授水經之理？殆以羽號善茶，當代所重，故又新託名歟？」

〔八〕龍池山：江南通志卷一七：「龍池山在廬江縣西二十五里。」

〔九〕廬州：屬淮南西路，治今安徽合肥。

〔一〇〕「山水」五句：陸羽茶經卷下五茶之煮：「山水上，江水中，井水下。其山水，揀乳泉、石池漫流者上。」

〔一一〕李侯：李端愿，字公謹。父李遵勗，母真宗妹萬壽長公主。七歲授如京副使，累進邢州觀察使、鎮東軍留後，知襄、郢、廬州，拜武康軍節度使、知相州，以太子少保致仕。宋史有傳。

〔一二〕蔣山：元和郡縣志卷二六潤州上元縣：「鍾山在縣東北一十八里，按輿地志，古金陵山也。邑縣之名，皆由此而立。吴大帝時，蔣子文發神異於此，封之爲蔣侯，改山曰蔣山。宋復名鍾山。」

【集評】

〔清〕浦起龍：文情都在「始發」二字，其論水，進陸而斥張，正巧與「始發」拈合。有此談資，不患寂寥。其「山林」、「富貴」一段，又「發」字別波。（古文眉詮評語卷六〇）

〔清〕林紓：富貴之樂與山林比較，本似分道揚鑣，然李公名士風流，却能把富貴山林鎔爲一冶。遠道寄水，是真名士方能如此，歐公亦風流自賞之人，勢在不能不報。此記雖近應酬，然絶世風神竟溢文字之外。（古文辭類纂選本評語卷九）

有美堂記〔一〕

嘉祐二年，龍圖閣直學士、尚書吏部郎中梅公出守于杭〔二〕。於其行也，天子寵之以詩〔三〕，於是始作有美之堂，蓋取賜詩之首章而名之，以爲杭人之榮。然公之甚愛斯堂也，雖去而不忘〔四〕，今年自金陵遣人走京師，命予誌之，其請至六七而不倦㊀。予乃爲之言曰：

夫舉天下之至美與其樂，有不得而兼焉者多矣。故窮山水登臨之美者，必之乎寬閑之野、寂寞之鄉而後得焉；覽人物之盛麗、誇都邑之雄富者，必據乎四達之衝、舟車之會而後足焉。蓋彼放心於物外，而此娱意於繁華，二者各有適焉。然其爲樂，不得而兼也。

今夫所謂羅浮、天台、衡嶽、廬阜、洞庭之廣，三峽之險，號爲東南奇偉秀絶者，乃皆在乎下州小邑、僻陋之邦，此幽潛之士、窮愁放逐之臣之所樂也。若乃四方之所聚，百貨之所交，物盛人衆，爲一都會，而又能兼有山水之美，以資富貴之娱者，惟金陵、錢塘，然二邦皆僭竊於亂世〔五〕。及聖宋受命，海内爲一，金陵以後服見誅〔六〕，今其江山雖在，而頹垣廢址，荒煙野草，過而覽者莫不爲之躊躇而悽愴。獨錢塘自五代時知尊中國，效臣順，及其亡也，頓首請命，不煩干戈〔七〕。今其民幸富完安樂，又其俗習工巧㊁，邑屋華麗，蓋十餘萬家。環以湖山，左右映帶。而閩商海賈，風帆浪舶，出入於江濤浩渺、煙雲杳靄之間，可謂盛矣。

而臨是邦者，必皆朝廷公卿大臣若天子之侍從，又有四方遊士爲之賓客㊂，故喜占形勝，治亭榭㊃，相與極遊覽之娛。然其於所取，有得於此者必有遺於彼。獨所謂有美堂者，山水登臨之美，人物邑居之繁，一寓目而盡得之。蓋錢塘兼有天下之美，而斯堂者又盡得錢塘之美焉，宜乎公之甚愛而難忘也。梅公，清慎好學君子也〔八〕，視其所好，可以知其人焉。四年八月丁亥，廬陵歐陽修記。

【校記】

㊀六七：天理本卷後校：碑作「五六」。　㊁俗習：原校：一作「習俗」。　㊂又有：卷後原校：一作「必有」。　㊃亭：原校：一作「臺」。

【箋注】

〔一〕如篇末所示，嘉祐四年（一〇五九）作。書簡卷六有是年所作與梅聖俞，云：「梅公儀來要杭州一亭記。述遊覽景物，非要務，閒辭長説，已是難工，兼以目所不見，勉彊而成。幸未寄去，試爲看過，有甚俗惡，幸不形迹也。」本集卷一三有送梅龍圖公儀知杭州詩。陳巖肖庚溪詩話卷上：「嘉祐初，龍圖閣直學士、尚書吏部郎中梅摯公儀，出守杭州，上特制詩以寵賜之。其首章曰：『地有吴山美，東南第一州。』梅既到杭，欲侈上之賜，遂建堂山上，名曰『有美』，歐陽修爲記以述之，亦人臣之榮遇也。」乾道臨安志卷二：「有美堂在郡城吴山……歐陽修記，蔡襄書碑。」

〔二〕梅公：梅摯，字公儀。生平見本集卷九答梅公儀歸雁亭長韻箋注〔一〕。

〔三〕「天子」句：宋仁宗賜梅摯知杭州詩，見全宋詩卷三五四。

〔四〕「雖去」句：據宋史本傳，梅摯知杭州後又徙江寧府（治金陵）。

〔五〕「然二邦」句：指五代時南唐（都金陵）、吴越（都錢塘）皆割據一方。

〔六〕「金陵」句：宋師于開寶八年攻克金陵，九年李煜被俘至京師，封違命侯。事見新五代史南唐世家。

〔七〕「獨錢塘」五句：新五代史吴越世家：「錢氏兼有兩浙幾百年，其人比諸國號爲怯弱……當五代時，常貢奉中國不絶，及世宗平淮南，宋興，荆、楚諸國相次歸命，俶勢益孤，始傾其國以事貢獻……太平興國三年，詔俶來朝，俶舉族歸于京師，國除。」

〔八〕「梅公」二句：宋史本傳：「摯性淳静，不爲矯厲之行，政迹如其爲人。」

【集評】

〔宋〕朱熹：梅龍圖摯知杭州，作有美堂，最得登陵佳處。（歐）公爲之作記。人謂公未嘗至杭，而所記如目覽；坐堂上者，使之爲記，未必能如是之詳也。（晦庵先生朱文公文集卷七一考歐陽文忠公事蹟）

〔宋〕樓昉：將他州外郡宛轉假借，比並形容，而錢塘之美自見。此別是一格。（崇古文訣評語卷一九）

〔明〕唐順之：如累九層之臺，一層高一層，真是奇絶。（引自歐陽文忠公文鈔評語卷二〇）

〔清〕儲欣：形容兩地盛衰各極，情景如在目前，篇中勝觀在此。數層脱卸，一氣滚下，又極紆餘嬝娜。（唐宋八大家類選評語卷一一）

〔清〕沈德潛：不侈賜書之榮，不贊梅公之品，獨從都會之繁華、湖山之明麗着意，見他處不能兼者，而此獨兼之。逐層脱卸，累如置丸，筆下亦復煙雲繚繞。（唐宋八大家文讀本評語卷一二）

相州晝錦堂記〔一〕

仕宦而至將相，富貴而歸故鄉〔二〕，此人情之所榮，而今昔之所同也。蓋士方窮時，困阨閭里，庸人孺子，皆得易而侮之，若季子不禮於其嫂〔三〕，買臣見棄於其妻〔四〕。一旦高車駟馬，旗旄導前而騎卒擁後，夾道之人，相與駢肩累迹，瞻望咨嗟，而所謂庸夫愚婦者，奔走駭汗，羞愧俯伏，以自悔罪於車塵馬足之間㊀〔五〕。此一介之士得志當時㊁，而意氣之盛，昔人比之衣錦之榮者也。

惟大丞相衛國公則不然㊂。公，相人也〔六〕。世有令德〔七〕，爲時名卿。自公少時，已擢高科〔八〕，登顯仕，海内之士聞下風而望餘光者，蓋亦有年矣。所謂將相而富貴，皆公所宜素有，非如窮阨之人僥倖得志於一時，出於庸夫愚婦之不意，以驚駭而誇耀之也。然則高牙大纛㊃，不足爲公榮；桓圭衮冕，不足爲公貴。惟德被生民而功施社稷，勒之金石，播之聲詩，以耀後世而垂無窮，此公之志，而士亦以此望於公也，豈止誇一時而榮一鄉哉！

公在至和中，嘗以武康之節來治於相〔九〕，乃作晝錦之堂于後圃。既又刻詩於石，以遺相人。其言以快恩讎、矜名譽爲可薄，蓋不以昔人所誇者爲榮㊄，而以爲戒〔一〇〕。於此見公之視富貴爲如何㊅，而其志豈易量哉！故能出入將相，勤勞王家，而夷險一節〔一一〕。至於臨大事，決大議，垂紳正笏，不動聲氣㊆，而措天下於泰山之安，可謂社稷之臣矣〔一二〕。其豐功盛烈，所以銘彝鼎而被弦歌者，乃邦家之光，非閭里之榮也。

余雖不獲登公之堂，幸嘗竊誦公之詩，樂公之志有成，而喜爲天下道也，於是乎書。尚書吏部侍郎、參知政事歐陽修記。

【校記】

㈠「以自」句下：原校：一有「而莫敢仰視」五字。　㈡「志」下：原校：一有「於」字。　㈢衛：衡本作「魏」。　㈣纛：原校：一作「旆」。　㈤所誇者：天理本卷後校：此上碑有「之」字。　㈥如何：衡本作「何如」。　㈦氣：原校：一作「色」。

【箋注】

〔一〕如題下注，治平二年（一〇六五）作。據胡譜，上年閏五月，歐轉吏部侍郎，故篇末載此官銜。又，書簡卷一治平三年所作與韓忠獻王云：「晝錦書刻精好，但以衰退之文不稱爲慚，而又以得托名於後爲幸也。」相州屬河北西路，治今河南安陽。韓琦至和中建晝錦堂于相州，「晝錦」意出漢書項籍傳：「富貴不歸故鄉，如衣錦夜行。」韓琦安陽集卷二有晝錦堂詩，李塗文章精義云：「永叔晝錦堂記全用韓稚圭晝錦堂詩意。」

〔二〕「仕宦」二句：范公偁過庭録：「韓魏公在相，曾乞晝錦堂記于歐公，云：『仕宦至將相，富貴歸故鄉。』韓公得之愛賞。後數日，歐復遣介別以本至，云：『前有未是，可換此本。』韓再三玩之，無異前者，但於『仕宦』、『富貴』下，各添一『而』字，文義尤暢。」

〔三〕「若季子」句：戰國策秦策一：「（蘇秦）説秦王書十上而説不行……歸至家，妻不下紝，嫂不爲炊，父母不與言。」

〔四〕「買臣」句：漢書朱買臣傳：「家貧，好讀書，不治産業……妻羞之，求去。買臣笑曰：『我年五十當富貴，今已四十餘矣，女苦日久，待我富貴報女功。』妻恚怒曰：『如公等終餓死溝中耳，何能富貴？』買臣不能留，即聽去。」

〔五〕「一旦」九句：戰國策秦策一：「（蘇秦）將説楚王，路過洛陽。父母聞之，清宮除道，張樂設飲，郊迎三十里；妻側目而視，側耳而聽；嫂蛇行匍伏，四跪自拜而謝。蘇秦曰：『嫂何前倨而後卑也？』嫂曰：『以季子位尊而多金。』」漢書朱買臣傳：「買臣衣故衣，懷其印綬，步歸郡邸……坐中驚駭白守丞，相推排陳列中庭，拜謁買臣……會稽聞太守且至，發民除道，縣吏並送迎，車百餘乘，入吴界，見其故妻、妻夫治道。」

〔六〕「惟大丞相」三句：韓琦字稚圭，相州安陽（今屬河南）人。嘉祐三年拜相，治平時封衛國公。宋史有傳。

〔七〕「世有」句：尹洙河南集卷一六故大中大夫右諫議大夫贈太傅韓公墓誌銘：「公諱國華……世衣冠舊族。四代祖人賓……累官檢校太子左庶子兼御史中丞……昌辭，終真定府鼓城令，即公之曾祖也。」按：國華，琦父也，官至右諫議大夫。宋史有傳。

〔八〕「自公」二句：宋史韓琦傳：「弱冠舉進士，名在第二。」

〔九〕「公在」二句：李清臣韓忠獻公琦行狀（名臣碑傳琬琰集中卷四八）：「皇祐年受武康軍節度使、知并州……乞守便郡，命以節度使知相州。」據長編卷一七八，琦以武康軍節度使由并徙相，在至和二年二月。苕溪漁隱叢話後集卷二三引桐江詩話云：「永叔作韓忠獻畫錦堂記，開石了，以碑本寄張安道，安道嗟嘆久之，云：「惜乎不先寄老夫，使此記遂有小纇。『以武康之節，來治於相』，兩句中可去一字。不然，『以武康之節來治相』；又不然，『以武康節來治於相。』」

〔一〇〕「其言」三句：韓琦畫錦堂詩：「古人之富貴，貴歸本郡縣。譬若衣錦遊，白晝自光絢……事累載方册，今復著俚諺。或紆太守章，或擁使者傳。歌樵忘故窮，滌器掩前賤。所得快恩仇，愛惡任驕狷。其志止于此，士固不足羨。」

〔一一〕「故能」三句：韓琦傳：「琦蚤有盛名，識量英偉，臨事喜愠不見于色，論者以重厚比周勃，政事比姚崇。其爲學士臨邊，年甫三十，天下已稱爲韓公。嘉祐、治平間，再決大策，以安社稷。當是時，朝廷多故，琦處危疑之際，知無不爲。或諫曰：『公所爲誠善，萬一蹉跌，豈惟身不自保，恐家無處所。』琦歎曰：『是何言也。人臣盡力事君，死生以之。至於成敗，天也，豈可豫憂其不濟，遂輟不爲哉！』聞者愧服。」

〔一二〕「至於」六句：邵氏聞見録卷九：「治平初，英宗即位，有疾，宰執請光獻太后垂簾同聽政。有入内都知任守忠者，姦邪反復，間諜兩宫。時司馬温公知諫院，吕諫議爲侍御史，凡十數章，請誅之。英宗雖悟，未施行。宰相韓魏公一日出空頭敕一道，參政歐陽公已簽，參政趙槩難之，問歐陽公曰：『何如？』歐陽公曰：『第書之，韓公必自有說。』魏公坐政事堂，以頭子勾任守忠者立庭下，數之曰：『汝罪當死！』責蘄州團練副使，蘄州安置。取空頭敕填之，差使臣即日押行，其意以爲少緩則中變矣。嗚呼！魏公真宰相也。歐陽公言：『吾爲魏公作晝錦堂記，云垂紳正笏，不動聲色，措天下於泰山之安者，正以此也。』」

【集評】

〔宋〕唐庚：凡爲文，上句重，下句輕，則或爲上句壓倒。晝錦堂記云：「仕宦而至將相，富貴而歸故鄉。」下云：「此人情之所榮，而今昔之所同也。」非此兩句，莫能承上句。（唐子西文録）

〔清〕張伯行：以窮阨得志者相形，見公超然出於富貴之上。因「晝錦」二字頗近俗，故爲之出脱如是。文旨淺而詞調敷腴，最爲人所愛好。（唐宋八大家文鈔評語卷六）

〔清〕唐介軒：堂名「晝錦」，似以仕宦富貴爲榮矣，文却隨擒隨縱，寫出魏公心事犖犖，與俗輩不同。可謂手寫題面而神遊題外者。（古文翼評語卷七）

仁宗御飛白記〔一〕

治平四年夏五月，余將赴亳，假道于汝陰〔二〕，因得閲書於子履之室〔三〕。而雲章爛然，輝映日月，爲之正冠肅容，再拜而後敢仰視。蓋仁宗皇帝之御飛白也㊀。曰：「此寶文閣之所藏也〔四〕，胡爲於子之室乎？」子履曰：「曩者，天子宴從臣於羣玉而賜以飛白，余幸得與賜焉〔五〕。予窮於世久矣，少不悦於時人，流離竄斥，十有餘年〔六〕。而得不老死江湖之上者㊁，蓋以遭時清明，天子嚮學，樂育天下之材而不遺一介之賤㊂，使得與羣賢並遊於儒學之館。而天下無事，歲時豐登，民物安樂，天子優遊清閑，不邇聲色，方與羣臣從容於翰墨之娱。而余於斯時，竊獲此賜，非惟一介之臣之榮遇，亦朝廷一時之盛事也。子其爲我志之。」

余曰：「仁宗之德澤涵濡於萬物者四十餘年〔七〕，雖田夫野老之無知，猶能悲歌思慕於壟畝之間，而况儒臣學士，得望清光、蒙恩寵、登金門而上玉堂者乎〔八〕？」於是相與泫然流涕而書之。

夫玉韞石而珠藏淵，其光氣常見於外也。故山輝如白虹、水變而五色者，至寶之所在也。今賜書之藏于子室也，吾知將有望氣者，言榮光起而屬天者，必賜書之所在也。觀文殿學士、刑部尚書歐陽修謹記㊃。

【校記】

㊀白：原校：一作「帛」。　㊁江湖之上：卷後原校：四字上一有「於」字。　㊂賤：原校：一作「善」。

㊃此句原爲所校異文，兹補作正文。

【箋注】

〔一〕　如篇首所示，治平四年（一〇六七）作。胡譜治平四年：「三月壬申，除觀文殿學士，轉刑部尚書、知亳州……閏三月辛巳，宣簽書駐泊公事，陛辭，乞便道過潁少留，許之。五月甲辰，至亳。」本文所記，即是年「過潁少留」

時「閱書」事。飛白，筆劃露白，似枯筆所寫。唐李綽尚書故實：「飛白書始於蔡邕，在鴻門見匠人施堊箒，遂創意焉。」仁宗喜飛白書，常以賜近臣。

〔二〕「治平」三句：書簡卷七有治平四年所作與曾舍人云：「某昨假道於潁者，本以歸休之計初未有涯，故須躬往……昨在潁，無所營爲，所以少留者，蓋避五月上官，未能免俗爾。」汝陰，潁州舊稱。

〔三〕子履：陸經。見本集卷七長句送陸子履學士通判宿州箋注〔一〕。是時，陸經爲潁州知州。

〔四〕寶文閣：宋史地理志一：「即壽昌閣，慶曆元年改。」五禮通考卷二一八：「寶文閣，舊曰壽昌閣，改今名以藏仁宗御集。」

〔五〕「曩者」三句：胡譜嘉祐七年：「十二月丙申，上幸龍圖、天章閣，召輔臣至待制、三司副使以上、臺諫官、皇子、宗室、駙馬都尉、管軍，觀三聖御書。又幸寶文閣，親飛白書，分賜羣臣……又出御製觀書詩一首，令羣臣屬和。遂宴羣玉殿。」原按語云：「公記陸子履家藏飛白字，明言羣玉殿所賜，時子履任集賢校理，與東齋記事合。」按：東齋記事卷一亦云：「嘉祐七年十二月二十三日，召近臣天章閣下觀書，閱瑞物。上親作飛白書，令左右搢笏以觀，又令禹玉跋尾，人賜一紙。既而置酒羣玉殿。」

〔六〕「予窮」四句：陸經嘗因事遭貶，據長編卷一三九，慶曆三年，集賢校理陸經，落職監汝州酒稅。據同書卷一五三，慶曆四年責授袁州別駕。余靖武溪集卷一〇制誥大理寺丞陸經可責授袁州別駕：「爾以詞學見稱，列在臺閣，不能淑慎，賄交於民。白簡奏彈，覆驗明著，宜從左謫，以示常刑。」趙抃清獻集卷六奏劄乞牽復陸經舊職，述陸經遭貶，有「經袁州十年，江淮六次恩赦，子母萬里，今始生還」之語。

〔七〕「仁宗」句：仁宗乾興元年（一〇二二）即位，至嘉祐八年（一〇六三）去世，在位四十二年。

〔八〕登金門而上玉堂：漢書揚雄傳：「與羣賢同行，歷金門，上玉堂有日矣。」金門，金馬門，漢學士待詔之處；玉堂，漢侍中有玉堂署，宋翰林院亦稱玉堂。陸經爲翰林學士。

【集評】

〔清〕孫琮：作御書序，氣格便不得寒儉，規模便不可狹小。如此序，一起一結，何等闊大，何等氣焰！不獨飛白爲

天子御書，氣象不凡，即此文序天子御書，其氣象亦自不凡。古人作文，肖題如此。（山曉閣選宋大家歐陽廬陵全集評語卷三）

［清］儲欣：告者就翰墨説遭逢，答者就遭逢推德澤。揚子雲言「思斁」，若宋仁宗，其没而見思，久而愈不可斁者與？（六一居士全集録評語卷五）

峴山亭記㊀〔一〕

峴山臨漢上〔二〕，望之隱然，蓋諸山之小者。而其名特著於荆州者，豈非以其人哉？其人謂誰？羊祜叔子、杜預元凱是已〔三〕。方晉與吴以兵爭，常倚荆州以爲重，而二子相繼於此，遂以平吴而成晉業，其功烈已蓋於當世矣。至於風流餘韻藹然被於江漢之間者㊁，至今人猶思之〔四〕，而於思叔子也尤深㊂〔五〕。蓋元凱以其功㊃，而叔子以其仁，二子所爲雖不同，然皆足以垂於不朽㊄。余頗疑其反自汲汲於後世之名者何哉㊅？

傳言叔子嘗登兹山，慨然語其屬，以謂此山常在，而前世之士皆已湮滅於無聞，因自顧而悲傷，然獨不知兹山待己而名著也〔六〕。元凱銘功於二石㊆，一置兹山之上，一投漢水之淵〔七〕。是知陵谷有變，而不知石有時而磨滅也。豈皆自喜其名之甚而過爲無窮之慮歟？將自待者厚而所思者遠歟？

山故有亭，世傳以爲叔子之所遊止也。故其屢廢而復興者，由後世慕其名而思其人者多也。熙寧元年，余友人史君中煇以光禄卿來守襄陽〔八〕。明年，因亭之舊，廣而新之，既周以回廊之壯㈧，又大其後軒，使與亭相稱。君知名當世，所至有聲，襄人安其政而樂從其遊也，因以君之官，名其後軒爲光禄堂㈨，又欲紀其事于石，以與叔子、元凱之名並傳于久遠。君皆不能止也，乃來以記屬於余。

余謂君知慕叔子之風而襲其遺迹，則其爲人與其志之所存者可知矣。襄人愛君而安樂之如此，則君之爲政於襄者又可知矣。此襄人之所欲書也。若其左右山川之勝勢，與夫草木雲煙之杳靄，出没於空曠有無之間，而可以備詩人之登高，寫離騷之極目者，宜其覽者自得之。至於亭屢廢興，或自有記，或不必究其詳者，皆不復道㈩。熙寧三年十月二十有二日，六一居士歐陽修記。

【校記】

㈠題下原校：一本題上有「史光禄修」。㈡至於　原作「止於」，據天理本改。㈢而於思叔子也：原校：一作「而於叔子思之」。㈣功：原校：一作「力」。㈤然：原校：一作「謂」。㈥余：原校：一作「而」。㈦二：原作「一」，據天理本改。㈧既：原校：一無此字。㈨爲：原校：一作「曰」。㈩「皆」上：原校：一有「則」字。「道」下：原校：一有「也」字。

【箋注】

〔一〕如篇末所示，熙寧三年（一〇七〇）作。時歐在知蔡州任上，從光禄卿知襄州史炤之請，而作本文。峴山，湖廣通志卷一〇襄陽縣條下載，在「縣南七里」。

〔二〕「峴山」句：李白襄陽曲四首之三：「峴山臨漢江，水淥沙如雪。」按：峴山東臨漢江。

〔三〕羊祜：字叔子。魏末，拜相國從事中郎。司馬炎代魏，遷尚書左僕射，都督荆州諸軍事，出鎮襄陽，墾田積糧。屢請伐吴，因朝議不合而未果。晉書有傳。杜預，字元凱。司馬炎時爲鎮南大將軍，都督荆州諸軍事。繼羊祜後，籌劃滅吴，功成，封當陽縣侯。多謀略，著有春秋左氏經傳集解，人稱杜武庫。晉書有傳。

〔四〕「至於」二句：羊祜開設庠序，綏懷遠近；行吴境，刈谷爲糧，以絹償之；遊獵所得禽獸，若先爲吴人所傷，皆封還之。襄陽百姓建碑立廟於峴山，以祀羊祜。望其碑者，莫不落淚，杜預因名「墮淚碑」。詳見晉書羊祜傳。

〔五〕「而於」句：羊祜傳：「疾漸篤，乃舉杜預自代，尋卒，時年五十八。帝素服，哭之甚哀。是日大寒，帝涕淚霑鬚鬢，皆爲冰焉。南州人征市日，聞祜喪，莫不號慟，罷市巷哭者，聲相接。吴守邊將士亦爲之泣。其人德所感如此。」

〔六〕「傳言」六句：羊祜傳：「祜樂山水，每風景，必造峴山，置酒言詠，終日不倦。嘗慨然嘆息，顧謂從事中郎鄒湛等曰：『自有宇宙，便有此山。由來賢達勝士，登此遠望，如我與卿者多矣，皆湮滅無聞，使人悲傷。如百歲後有知，魂魄猶應登此也。』湛曰：『公德冠四海，道嗣前哲，令聞令望，必與此山俱傳。至若湛輩，乃當如公言耳。』」

〔七〕「元凱」三句：晉書杜預傳：「預好爲後世名，常言：『高岸爲谷，深谷爲陵。』刻石爲二碑，紀其勳績。一沉萬山之下，一立峴山之上，曰：『焉知此後不爲陵谷乎？』」王銍默記卷下：章子厚少年未改官，蒙歐陽公薦館職。熙寧初，歐公作史炤峴山亭記以示子厚。子厚讀至「元凱銘功於二石，一置茲山，一投漢水」。子厚曰：「今飲酒者，令編劄斟酒亦可，穿衫着帶斟酒亦可飲酒，令婦環侍斟酒亦可飲酒，終不若美人斟酒之中節也。『一置茲山，一投漢水』亦可，然終是突兀，此壯士編劄斟酒之禮也。惇欲改曰『一置茲山之上，一投漢水之淵』，此美人斟酒之體，合宜中節故也。」文忠公喜而用之。

〔八〕史君中煇：史中煇即默記所稱史炤，中煇乃其字。范鎮東齋記事卷六亦云：「中暉名炤，爲光禄卿。」按：煇、暉，均爲「輝」之異體。長編卷二二三載：熙寧四年五月，「上謂執政曰：『（史）炤在襄州，於水利甚宜力，宜優獎以勸衆。』」

【集評】

［清］儲欣：山川草木、空曠有無之觀，畢竟不宜太略。然發端九個字已若畫圖。（六一居士全集録評語卷五）

［清］何焯：言外有規史君好名意。蓋叔子是賓，光禄堂却是主也。史君非其人而尤汲汲於名，公蓋心非之，妙在微諷中有引而進之之意，仍歸於敦厚也。（義門讀書記卷三八）

［清］沈德潛：跌宕多姿。史光禄是主意，然只用澹澹着筆，迴繞叔子，别於俗下人文字。（唐宋八大家文讀本評語卷一二）

［清］浦起龍：文字看精神所注，於題全注羊公，就羊以注史君，此作峴山亭文字法，亦重修峴山亭文字法也。元凱只伴説。（古文眉詮評語卷六〇）

［清］姚鼐：歐公此文神韻縹緲，如所謂吸風飲露、蟬蜕塵壒者，絶世之文也。（引自諸家評點古文辭類纂評語卷五四）

居士集卷四十一

序七首

章望之字序〔一〕

校書郎章君㊀，嘗以其名望之來請字㊁，曰：「願有所教，使得以勉焉而自勗者。」予爲之字曰表民，而告之曰：古之君子所以異乎衆人者，言出而爲民信，事行而爲世法，其動作容貌皆可以表於民也㊂。故紘綖冕弁以爲首容㊃〔二〕，佩玉玦環以爲行容，衣裳黼黻以爲身容㊄。手有手容，足有足容，揖讓登降，獻酬俯仰，莫不有容。又見其寬柔温厚、剛嚴果毅之色，以爲仁義之容。服其服，載其車，立乎朝廷而正君臣，出入宗廟而臨大事，儼然人皆望而畏之，曰：「此吾民之所尊也。」非民之知尊君子，而君子者能自修而尊者也。然而行不充于內，德不備於人，雖盛其服，文其容，民不尊也㊅。

名山大川，一方之望也，山川之岳瀆，天下之望也㊆。故君子之賢於一鄉者，一鄉之望也；賢於一國者，一國之望也；名列著于天下者㊇，天下之望也；功德被于後世者，萬世之望也。孝慈友悌達于一鄉㊈，古所謂鄉先生者〔三〕，一鄉之望也。春秋之賢大夫，若隨之季良、鄭之子產者㊉〔四〕，一國之望也。位于中而姦臣賊子不敢竊發于外⑪，如漢之大將軍〔五〕；出入將相⑫，朝廷以爲輕重，天下繫其安危⑬，如唐之裴丞相者⑭〔六〕，天下之望也。其人已沒⑮，其事已久⑯，聞其名，想其人，若不可及者，夔、龍、稷、契是也〔七〕。其功可以及百世⑰，其道可以師百王，雖有賢聖莫敢過之者⑱，周、孔是也〔八〕。此萬世之望，而皆所以爲民之表也⑲。

傳曰：「其在賢者⑳，識其大者遠者㉑〔九〕。」章君儒其衣冠㉒，氣剛色仁，好學而有志㉓。其絜然修乎其外，而煇然充乎其內，以發乎文辭㉔，則又辯博放肆而無涯㉕。是數者皆可以自擇而勉焉者也㉖，是固能識夫遠大者矣㉗。雖予何以易焉㉘，第因其志㉙，廣其說㉚，以塞請。慶曆三年六月日序。

【校記】

㈠君：原校：一作「望之」。　㈡嘗：原校：一無此字。望之：原校：一無二字。　㈢皆可以表於民：原校：一作「皆有以爲民表」。　㈣紘綖：原校：一作「纓旒」。　㈤黼黻：原校：一作「設色」。　㈥民不尊也：原校：一作「民弗尊也已」。　㈦「天下」上：原校：一有「則」字。　㈧著于：卷後原校：一作「著乎」。　㈨于一鄉：原校：一作「於州閭」。　㈩「春秋」二句：原校：一作「春秋諸侯之大夫，若鄭之子産、吴之季札之類」。　⑪竊：原校：一作「輒」。　⑫將相：卷後原校：此下一有「而」字。　⑬繫其：原校：一作「以爲」。　⑭「裴丞相」下：原校：一有「若此」二字。　⑮没：原校：一作「死」。　⑯久：原校：一作「矣」。　⑰及百：原校：一作「被萬」。　⑱賢：原校：一作「後」。莫敢過之：原校：一作「自謂莫及」。　⑲之表：卷後原校：此下一有「者」字。　⑳其在：原校：一作「在其」。　㉑大者遠：原校：三字一作「遠大」。　㉒「章君」句上：原校：一有「若此數者，皆可自擇而勉焉者也，今」十四字。　㉓而有志：原校：三字一作「志於古視」。按：如此，「視」當屬下讀。　㉔乎：原校：一作「爲」。　㉕放：原校：一作「宏」。無涯：原校：一作「不流」。　㉖「是數」句：原校：一無此十三字。　㉗固：原校：一無此字。夫：原校：一作「其」。　㉘何：原校：一作「信可」。　㉙第：原校：一作「敢」。　㉚廣其説：原校：一作「彊爲之説」。

【箋注】

〔一〕慶曆三年（一〇四三）作，蓋篇末所示也。章望之字表民，建州浦城人。由伯父得象蔭爲秘書省校書郎。求舉賢良方正，得象在相位，以嫌扼之。翰林學士歐陽修、韓絳等同薦其才，除官固辭，以光禄寺丞致仕，卒。爲文辯博，長於議論，有歌詩、雜文數百篇，集爲三十卷。宋史有傳。

〔二〕紘綖：古代冠冕上裝飾的繩帶。左傳桓公二年：「衡、紞、紘、綖，昭其度也。」孔穎達疏：「此四物者，皆冠之飾也。」

〔三〕鄉先生：儀禮士冠禮：「遂以摯見於鄉大夫、鄉先生。」鄭玄注：「鄉先生，鄉中老人爲卿大夫致仕者。」

〔四〕季良：又作「季梁」，春秋時隨國大夫。左傳桓公六年「季梁在，何益」，杜預注：「季梁，隨賢臣。」子産：見本集卷二一尚書度支郎中天章閣待制王公神道碑銘箋注〔一九〕。

〔五〕大將軍：指漢武帝時大將軍霍光，漢書有傳。

〔六〕裴丞相：指唐憲宗時宰相裴度，兩唐書有傳。

〔七〕夔、稷、契：見本集卷一七朋黨論箋注〔六〕。龍：與夔同爲舜臣。尚書舜典：「伯拜稽首，讓于夔、龍。」

〔八〕周、孔：周公、孔子。

〔九〕「傳曰」三句：論語子張：「子貢曰：『文武之道，未墜於地，在人。賢者識其大者，不賢者識其小者，莫不有文武之道焉。』」

【集評】

〔明〕茅坤：典實。（歐陽文忠公文鈔評語卷一八）

〔清〕張伯行：以「望」字作骨，見古今有許多人物階級，士當自擇而勉，不可與凡民同泯没於天地之間也。（唐宋八大家文鈔評語卷六）

〔清〕何焯：亦學韓，然太直。（義門讀書記卷三八）

釋秘演詩集序〔一〕

予少以進士遊京師〔二〕，因得盡交當世之賢豪〔三〕。然猶以謂國家臣一四海，休兵革，養息天下，以無事者四十年，而智謀雄偉非常之士，無所用其能者，往往伏而不出，山林屠販，必有老死而世莫見者，欲從而求之不可得。其後得吾亡友石曼卿。曼卿爲人，廓然有大志，時人不能用其材，曼卿亦不屈以求合〔四〕，無所放其意，則往往從布衣野老酣嬉淋漓，顛倒而不厭。予疑所謂伏而不見者，庶幾狎而得之，故嘗喜從曼卿遊，欲因以陰求天下奇士。

浮屠秘演者㈠，與曼卿交最久，亦能遺外世俗，以氣節相高，二人歡然無所間。曼卿隱於酒〔五〕，秘演隱於浮屠㈡，皆奇男子也。然喜爲歌詩以自娱，當其極飲大醉㈢，歌吟笑呼，以適天下之樂，何其壯也！一時賢士皆願從其游㈣，予亦時至其室。十年之間，秘演北渡河，東之濟、鄆，無所合，困而歸。曼卿已死〔六〕，秘演亦老病。嗟夫㈤！二人者，予乃見其盛衰，則余亦將老矣。

夫曼卿詩辭清絶〔七〕，尤稱秘演之作，以爲雅健有詩人之意。秘演狀貌雄傑，其胸中浩然，既習于佛，無所用，獨其詩可行于世，而懶不自惜。已老，胠其橐，尚得三四百篇，皆可喜者。曼卿死，秘演漠然無所向，聞東南多山水，其巔崖崛峍，江濤洶涌㈥，甚可壯也，遂欲往遊焉。足以知其老而志在也。於其將行，爲叙其詩，因道其盛時以悲其衰。慶曆二年十二月二十八日，廬陵歐陽修序。

【校記】

㈠浮屠：原校：二字一作「僧」。㈡秘演隱於浮屠：卷後原校：一無「秘」字，下同。㈢極飲大醉：原校：一作「臨水望月」。㈣其：原校：一作「之」。㈤嗟：原校：一作「若」。㈥江濤：卷後原校：一作「濤江」。

【箋注】

〔一〕慶曆二年（一〇四二）作，蓋篇末所示也。是年，蘇舜欽有贈釋秘演詩，云：「高車大馬闐上京，釋曰演者何聲名？當年余嘗與之語，實亦可喜無俗情。作詩千篇頗振絶，放意吐出吁可驚。不肯低心事鐫鑿，直欲淡泊趨杳冥。落落吾儒坐滿室，共論慤若木陷釘。賣藥得錢輒沽酒，日費數斗同醉醒。傷哉不櫛被佛縛，不爾烜赫爲名卿。數年不見今老矣，自説厭苦居都城。垂頤孤坐若癡虎，眼吻開合猶光精。雄心瞥起忽四顧，便擬擊浪東南行。開春余行可同載，相與曠快觀滄溟。」釋文瑩湘山野録云：「蘇子美有贈秘演詩『垂頤孤坐若癡虎，眼吻開合猶光精』之句，人謂與秘演寫真。演頷額方厚，顧視徐緩，喉中含其聲，常若鼾睡然。其始云『眼吻開合無光精』，演以濃墨塗去『無』字，自改爲『猶』。子美詬之，演曰：『吾尚活，豈可無光精耶？』」尹洙亦有浮圖秘演詩集序，見河南集卷五。秘演，山東詩僧。宋史藝文志七有「僧秘演集二卷」。

〔二〕「予少」句：集古録跋尾後漢樊常侍碑：「余少家漢東，天聖四年舉進士，赴尚書禮部，道出湖陽。」是年，歐二十歲，始游京師。

〔三〕「因得」句：外集卷二三跋觀文王尚書書：「天聖中，公與謝絳希深、黄鑑唐卿修國史，余爲進士，初至京師，因希深始識公，而未接其游。」按：王尚書爲王舉正。

〔四〕「曼卿」四句：本集卷二四石曼卿墓表：「獨慕古人奇節偉行非常之功，視世俗屑屑，無足動其意者，自顧不合於時，乃一混以酒。」

〔五〕隱於酒：見本集卷一哭曼卿詩箋注〔四〕。

〔六〕曼卿已死：據石曼卿墓表，石延年卒于康定二年，即慶曆元年。

〔七〕「夫曼卿」句：歐集詩話：「石曼卿自少以詩酒豪放自得……詩格奇峭。」宋史石延年傳：「爲文勁健，於詩最工。」

【集評】

〔清〕儲欣：「奇」字爲骨，又用「盛」、「衰」二字生情，文亦疏宕有奇氣。（唐宋八大家類選評語卷一二）

〔清〕林雲銘：歐陽公一生闢佛，乃代浮屠作詩序，若言向無交好，則不必作；言有交好，則既斥其學，又友其人，是言與行相違也。於是想出當年與秘演相識之始，由於石曼卿，遂借石曼卿來，從頭至尾做個陪客，以爲演與曼卿皆奇士而隱者，而已以陰求奇士得之，便不礙手，此命意之高處。篇中叙事感慨，無限悲壯，其行文又如雲氣往來，空濛繚繞，得史遷神髓矣。（古文析義評語卷一四）

〔清〕方苞：古之能於文事者必絶依傍。韓子贈浮屠文暢序以儒者之道開之，贈高閑上人序以草書起義，而亦微寓鍼石之意。若更襲之，覽者惟恐卧矣。故歐公别出義意，而以交情離合纓絡其間，所謂各據勝地也。（古文約選歐陽永叔文約選）

〔清〕過珙：序秘演詩集，則秘演是主，曼卿是賓，歐公自己尤賓中之賓也。通篇妙以賓主陪襯夾叙，而以「盛」、「衰」二字爲眼目，映帶收束，其間覺文情花簇，而章法緊嚴矣。（古文評註評語卷八）

釋惟儼文集序〔一〕

惟儼姓魏氏，杭州人。少遊京師三十餘年㊀，雖學于佛，而通儒術，喜爲辭章〔二〕，與吾亡友曼卿交最善。曼卿遇人無所擇，必皆盡其忻歡。惟儼非賢士不交，有不可其意，無貴賤，一切閉拒，絶去不少顧。曼卿之兼愛，惟儼之介，所趣雖異，而交合無所間。曼卿嘗曰：「君子泛愛而親仁〔三〕。」惟儼曰：「不然。吾所以不交妄人，故能得天下士㊁。若賢不肖混，則賢者安肯顧我哉？」以此一時賢士多從其游。

居相國浮圖〔四〕，不出其戶十五年㊂。士嘗遊其室者，禮之惟恐不至，及去爲公卿貴人，未始一往干之〔五〕。然嘗竊怪平生所交皆當世賢傑，未見卓卓著功業如古人可記者㊃。

因謂世所稱賢材，若不答兵走萬里，立功海外，則當佐天子號令賞罰於明堂。苟皆不用，則絶寵辱，遺世俗㈤，自高而不屈，尚安能酣豢於富貴而無爲哉？醉則以此誚其坐人㈥。人亦復之，以謂遺世自守，古人之所易，若奮身逢時，欲必就功業，此雖聖賢難之，周、孔所以窮達異也。今子老於浮圖，不見用於世，而幸不踐窮亨之塗，乃以古事之已然，而責今人之必然邪？雖然，惟儼傲乎退偃於一室㈦。天下之務，當世之利病，聽其言終日不厭，惜其將老也已〔六〕！

曼卿死，惟儼亦買地京城之東以謀其終。乃斂平生所爲文數百篇，示予曰：「曼卿之死，既已表其墓。願爲我序其文，然及我之見也。」嗟夫！惟儼既不用於世，其材莫見於時㈧。若考其筆墨馳騁文章贍逸之能㈨，可以見其志矣。廬陵歐陽永叔序㈩。

【校記】

㈠三：原校：一作「二」。　㈡能得：原校：一作「得待」。　㈢其户：卷後原校：一無「其」字。　㈣見：原校：一作「有」。著：原校：一作「見」。　㈤世俗：卷後原校：一作「世事」。　㈥醉則：原校：一作「嘗或」。

㈦雖然，惟儼：原校：四字一作「儼雖」。　㈧見：原校：一作「顯」。　㈨文章：卷後原校：一作「文辭」。

㈩歐陽永叔：古人自稱名而不稱字，疑「永叔」爲「修」字之誤，或此句爲後人所加。

【箋注】

〔一〕如題下注，慶曆元年（一〇四一）作。是年，石延年卒，歐撰石曼卿墓表。本文載惟儼語云：「曼卿之死，既已表其墓，願爲我序其文，然及我之見也。」本文當作于墓表寫畢之後不久。

〔二〕「少遊」四句：蘇舜欽粹隱堂記：「惟儼者，爲浮屠，往來京師三十年，獨喜吾儒氏之書，當年少時，誦數百千言。」

〔三〕「君子」句：語出論語學而：「子曰：『弟子入則孝，出則弟，謹而信，泛愛衆而親仁。』」

〔四〕相國浮圖：即汴京大相國寺。

〔五〕「不出」五句：粹隱堂記：「嘗欲衣冠儒間，摇撼當世，取高位以開所蘊，知其聱牙不當，遂閉户不踐外庭，謝絶過從。有不樂見者，雖貴勢不肯一接與語，務爲異衆之行，求棄於時。自置其室爲粹隱堂，雖在穰穰大衆之中，一室截然斗清，無纖喧微塵之可入，所與往來相知言笑者不過三二人。」梅堯臣儼上人粹隱堂：「十年不出户，世事皆剗鋤。時無車馬游，焚香坐讀書。」

〔六〕「雖然」六句：粹隱堂記：「觀其議論，使盡用其才，故將有補於世，今乃退縮没没，以訖其身。嗚呼，其可傷也！」

【集評】

〔明〕徐文昭：竟是列傳體，其奇偉歷落亦從太史公游俠傳得來者也。（引自歐陽文忠公文選評語卷六）

〔清〕孫琮：一篇純是憑空幻出文字。公之爲此序也，本是序惟儼文集，通篇却不説文集，只説交游；説惟儼交游，却不序交游實事，只序交游議論；序交游議論，却不只述惟儼之言，前幅幻出曼卿之言，後幅幻出世人之論，皆是無中生有，憑空結撰出來。前幅以曼卿之言與惟儼作對，後幅以世人之誚與惟儼作對，真是憑空對得整齊。（山曉閣選宋大家歐陽廬陵全集評語卷三）

〔清〕沈德潛：同是借曼卿作引，而序秘演詩，以死生聚散作筆；序惟儼文，以其有用世之志者着筆，機局變化。（唐宋八大家文讀本評語卷一一）

詩譜補亡後序㊀〔一〕

歐陽子曰：昔者聖人已没，六經之道幾熄於戰國，而焚棄於秦㊁。自漢已來，收拾亡逸，發明遺義，而正其訛繆，得以粗備，傳于今者豈一人之力哉㊂！後之學者，因迹前世之所傳，而較其得失，或有之矣。若使徒抱焚餘殘脱之經，倀倀於去聖千百年後㊃，不見先儒中間之説，而欲特立一家之學者，果有能哉？吾未之信也。然則先儒之論，苟非詳其終始而牴牾，質於聖人而悖理害經之甚，有不得已而後改易者，何必徒爲異論以相訾也？毛、鄭於詩，其學亦已博矣〔二〕。予嘗依其箋、傳，考之於經而證以序、譜，惜其不合者頗多。蓋詩述商、周，自生民、玄鳥〔三〕，上陳稷、契，下迄陳靈公〔四〕，千五六百歲之間，旁及列國、君臣世次、國地、山川、封域圖牒、鳥獸、草木、魚蟲之名，與其風俗善惡，方言訓故㊄，盛衰治亂美刺之由〔五〕，無所不載，然則孰能無失於其間哉？予疑毛、鄭之失既多，然不敢輕爲改易者，意其爲説不止於箋、傳，而恨己不得盡見二家之書㊅，未能遍通其旨。夫不盡見其書而欲折其是非，猶不盡人之辭而欲斷其訟之曲直㊆，其能果於自決乎？其能使之必服乎？

世言鄭氏詩譜最詳，求之久矣不可得，雖崇文總目秘書所藏亦無之〔六〕。慶曆四年，奉使河東，至于絳州偶得焉。其文有注而不見名氏，然首尾殘缺，自「周公致太平」已上皆亡之。其國譜旁行，尤易爲訛舛，悉皆顛倒錯亂，不可復考。凡詩雅、頌，兼列商、魯。其正變之風，十有四國〔七〕，而其次比㈧，莫詳其義。惟封國、變風之先後，不可以不知。周、召、王、豳同出於周，邶、鄘并於衛，檜、魏無世家〔八〕。其可考者，陳、齊、衛、晉、曹、鄭、秦，此封國之先後也；豳、齊、衛、檜、陳、唐、秦、鄭、魏、曹，此變風之先後也；周南、召南、邶、鄘、衛、王、鄭、齊、豳、秦、魏、唐、陳、曹，此孔子未删詩之前，周大師樂歌之次第也；周、召、邶、鄘、衛、王、檜、鄭、齊、魏、唐、秦、陳、曹、豳，此鄭氏詩譜次第也；黜檜後陳，此今詩次比也。

初，予未見鄭譜，嘗略考春秋，史記本紀、世家、年表而合以毛、鄭之説，爲詩圖十四篇〔九〕。今因取以補鄭譜之亡者，足以見二家所説世次先後甚備，因據而求其得失，較然矣。而仍存其圖，庶幾以見予於鄭氏之學盡心焉耳。夫盡其説而有所不通，然後得以論正，予豈好爲異論者哉？凡補其譜十有五，補其文字二百七㈨，增損塗乙改正者三百八十三㈩，而鄭氏之譜復完矣㈡。

【校記】

㈠「補亡」下：考異本校：蘇本、家本無「補亡」二字。　㈡焚棄：卷後原校：一無「棄」字。　㈢「豈」下：原校：一有「止」字。　㈣去聖：卷後原校：此下一有「人」字。　㈤故：原校：一作「詁」。　㈥恨己：原校：一作「已恨」。　㈦辭：原校：一作「辯」。　㈧次比：卷後原校：一作「次第」。　㈨「補其」句下：原校：一本注云：「譜序自『周公致太平』已上皆其文，予取孔穎達正義所載之文補足，因爲之注。自『周公』已下即用舊注云。」　⑩三：原校：一作「八」。　⑪矣：此字原缺，原校云「一有『矣』字」，據補。

【箋注】

〔一〕據題下注，熙寧三年（一〇七〇）作。是年，歐有與顔直講（書簡卷九）云：「詩義未能精究，第據所得，聊且成書……所以未敢多示人者，更欲與二三君講評其可否爾。」「成書」之「書」，當指詩本義。歐晚年，雖病目體衰，仍多關注經術。詩譜，漢鄭玄作。據本文，慶曆四年，作者奉使河東，得鄭譜殘本于絳州，補其闕，遂成全書。此爲該書後序。

〔二〕「毛、鄭」二句：漢書藝文志著録毛詩二十九卷，毛詩故訓傳三十卷，相傳爲漢初學者毛亨、毛萇所傳。東漢鄭玄有毛詩傳箋。

〔三〕生民：見詩大雅。毛序：「生民，尊祖也。后稷生於姜嫄；文武之功起於后稷，故推以配天焉。」玄鳥：見詩商頌。朱熹詩集傳：「此亦祭祀宗廟之樂，而追叙商人之所由生，以及其有天下之初也。」按：二詩均述及周、商起源之事。

〔四〕陳靈公：春秋時陳國國君，公元前六一三至前五九九年在位。詩譜序：「孔子録懿王、夷王時詩，訖於陳靈公淫亂之事，謂之變風變雅。」

〔五〕「鳥獸」四句：論語陽貨：「子曰：『小子何莫學夫詩？可以興，可以觀，可以羣，可以怨。邇之事父，遠之事君；多識於鳥獸草木之名。』」

〔六〕崇文總目：長編卷一三四慶曆元年：「（十二月）己丑，翰林學士王堯臣等上新修崇文總目六十卷。景祐初，以三館、秘閣所藏書，其間亦有謬濫及不完者，命官定其存廢，因倣開元四部録爲總目，至是上之。所藏書凡三萬六百六十九卷，然或相重，亦有可取而誤棄不録者。」歐參與總目之修撰，書成，爲集賢校理。歐集中存有崇文總目叙釋。

〔七〕「其正」二句：詩大序：「至于王道衰，禮儀廢，政教失，國異政，家殊俗，而變風變雅作矣。」詩周南關雎詁訓傳「毛詩國風」陸德明釋文：「國者，總謂十五國；風者，諸侯之詩。從關雎至騶虞二十五篇，謂之正風。」按：正風即指詩國風中的周南、召南。詩邶風柏舟詁訓傳陸德明題解：「從此訖豳七月，十三國並變風也。」按：文云「十有四國」，乃以周南、召南同爲正風，合二爲一也。

〔八〕「檜、魏」句：謂西周時的檜國、魏國，史記世家無有記載。

〔九〕詩圖：歐詩本義有詩圖總序，云：「康成所作詩譜圖，自共和而後，始得春秋次序，今其圖亡。今略準鄭遺説而依其次第推之，以見前儒之得失。」

【集評】

〔明〕茅坤：公於詩譜補亡，非獨見公之潛心六藝之學，又可并見公之不没鄭氏之善如此。（歐陽文忠公文鈔評語卷一九）

〔清〕王元啓：公嘗言師經必求其意，其答宋咸書則云：「使學者各極其所見，而明者擇焉。」宋史本傳言公于經術治其大旨，不爲章句，不求異于諸儒。觀公詩譜補亡，其盡心于鄭氏之學也如是，可知凡所刊補皆非有意求異諸儒也。宋史亦可謂深知君子之心矣。（讀歐記疑卷二）

集古録目序㊀〔一〕

物常聚於所好，而常得於有力之彊。有力而不好，好之而無力，雖近且易，有不能致之。象犀虎豹，蠻夷山海殺人之獸，然其齒角皮革，可聚而有也。玉出崑崙流沙萬里之外〔二〕，經十餘譯乃至乎中國〔三〕。珠出南海〔四〕，常生深淵，採者腰絙而入水，形色非人，往往不出，則下飽蛟魚。金礦于山，鑿深而穴遠，篝火餱粮而後進，其崖崩窟塞，則遂葬於其中者，率常數十百人。其遠且難而又多死禍，常如此。然而金玉珠璣，世常兼聚而有也。凡物好之而有力，則無不至也。湯盤〔五〕，孔鼎〔六〕，岐陽之鼓〔七〕，岱山、鄒嶧、會稽之刻石〔八〕，與夫漢、魏已來聖君賢士桓碑、彝器、銘詩、序記，下至古文、籀篆、分隸諸家之字書，皆三代以來至寶，怪奇偉麗、工妙可喜之物。其去人不遠，其取之無禍。然而風霜兵火，湮淪磨滅，散棄於山崖墟莽之間未嘗收拾者，由世之好者少也。幸而有好之者，又其力或不足，故僅得其一二，而不能使其聚也。

夫力莫如好，好莫如一。予性顓而嗜古，凡世人之所貪者，皆無欲於其間，故得一其所好於斯。好之已篤，則力雖未足，猶能致之。故上自周穆王以來〔九〕，下更秦、漢、隋、唐、五代，外至四海九州，名山大澤，窮崖絶谷，荒林破塚，神仙鬼物，詭怪所傳，莫不皆有，以爲集古録。以謂轉寫失真〔三〕，故因其石本，軸而藏之。有卷帙次第而無時世之先後，蓋其取多而未已，故隨其所得而録之〔一〇〕。又以謂聚多而終必散，乃撮其大要，別爲録目，因并載夫可與史傳正其闕謬者，以傳後學，庶益於多聞。

或譏予曰：「物多則其勢難聚，聚久而無不散，何必區區於是哉？」予對曰：「足吾所好，玩而老焉可也。象犀金玉之聚，其能果不散乎？予固未能以此而易彼也。」廬陵歐陽修序。

【校記】

㈠宋文鑑題作「集古目録序」。　㈡轉：原校：一作「傳」。

【箋注】

〔一〕如題下注，嘉祐七年（一〇六二）作。歐好集古，用力甚勤。是年夏有與劉侍讀（書簡卷五）云：「兼蒙惠以韓城鼎銘及漢博山盤記，二者實爲奇物。某集録前古遺文，往往得人之難得，自三代以來莫不皆有，然獨無前漢字，每以爲恨。今遽獲斯銘，遂大償其素願，其爲感幸，自宜如何？」秋，又一簡云：「復惠以古器銘文，發書，驚喜失聲。羣兒曹走問乃翁夜獲何物，其喜若斯……自公之西，集古屢獲異文，併來書集入録中，以爲子孫之藏也。」是年，又有與蔡君謨求書集古録序書（外集卷一九）云：「嘗集録前世金石之遺文……蓋自慶曆乙酉逮嘉祐壬寅，十有八年而得千卷。」壬寅，嘉祐七年也。歸田録卷二：「蔡君謨既爲余書集古録目序刻石，其字尤精勁，爲世所珍。」

〔二〕玉出崑崙：尚書胤征「火炎昆岡，玉石俱焚」注：「昆山出玉。」

〔三〕十餘譯：指十餘種語言不同之地區。

〔四〕「珠出」句：初學記引沈懷遠南越志：「海中有大珠、明月珠、水晶珠。」

〔五〕湯盤：禮記大學：「湯之盤銘曰：『苟日新，日日新，又日新。』」孔穎達疏：「湯之盤銘者，湯沐浴之盤而刻銘爲戒。必於沐浴之者，戒之甚也。」

〔六〕孔鼎：左傳昭公七年：「及正考父佐戴、武、宣，三命兹益共，故其鼎銘云：『一命而僂，再命而傴，三命而俯。循牆而走，亦莫余敢侮。饘於是，鬻於是，以餬余口。』其共也如是。」杜預注：「考父廟之鼎。」考父即正考父，爲孔子先祖。李商隱韓碑：「湯盤孔鼎有述作，今無其器存其辭。」

〔七〕岐陽之鼓：唐初在岐山之南（陝西鳳翔）發現的東周初秦國刻石，形略似鼓，共十枚（時見九枚，宋皇祐時又得一枚），上刻籀文。歐集古録跋尾卷一石鼓文：「岐陽石鼓初不見稱於前世，至唐人始盛稱之……余所集録，文之古者，莫先於此。」蘇軾石鼓歌：「舊聞石鼓今見之，文字鬱律蛟蛇走。」

〔八〕「岱山」句：秦始皇巡游岱山（即泰山）、鄒嶧、會稽時，皆刻石記功。見史記秦始皇本紀。

〔九〕「故上」句：集古録跋尾卷一古敦銘：「敦，乃武王時器也。蓋余集録最後得此銘。當作録目序時，但有冏銘『吉日癸巳』字最遠，故叙言『自周穆王以來』。叙已刻石，始得斯銘，乃武王時器也。」按：周穆王爲西周第五代國王姬滿。

〔一〇〕「有卷帙」三句：周必大歐陽文忠公集古録序：「此公述千卷不以世代爲序之意也。」

【集評】

〔宋〕黄震：論犀象珠玉皆難得之物，而好之者無不至；古刻字書非難得而不至者，好之不專也。自序好之專一，終不以彼易此。（黄氏日鈔卷六一）

〔清〕儲欣：不寶象犀金玉，而寶古來文字之傳，公所自喜在此。其寓意轉在客面。（六一居士全集録評語卷五）

〔清〕沈德潛：前説天下無難聚之物，後説天下無不散之物，好古之識與達人之見，并行不悖。蘭亭殉葬殊爲至情，及讀結意，又爽然自失矣。（唐宋八大家文讀本評語卷一一）

蘇氏文集序〔一〕

予友蘇子美之亡後四年，始得其平生文章遺稿於太子太傅杜公之家〔二〕，而集録之以爲十卷〔三〕。子美，杜氏婿也，遂以其集歸之，而告于公曰：「斯文，金玉也，棄擲埋没糞土，不能銷蝕。其見遺于一時，必有收而寶之于後世者。雖其埋没而未出，其精氣光怪已能常自發見，而物亦不能揜也〔四〕。故方其擯斥摧挫、流離窮厄之時㊀，文章已自行于天下，雖其怨家仇人，及嘗能出力而擠之死者，至其文章，則不能少毁而揜蔽之也㊁。凡人之情，忽近而貴遠，子美屈于今世猶若此，其伸於後世宜如何也！公其可無恨。」

予嘗考前世文章政理之盛衰，而怪唐太宗致治幾乎三王之盛，而文章不能革五代之餘習。後百有餘年，韓、李之徒出〔五〕，然後元和之文始復于古。唐衰兵亂，又百餘年而聖宋興，天下一定，晏然無事。又幾百年，而古文始盛于今。自古治時少而亂時多，幸時治矣㊂，文章或不能純粹，或遲久而不相及，何其難之若是歟？豈非難得其人歟？苟一有其人，又幸而及出于治世，世其可不爲之貴重而愛惜之歟？嗟吾子美，以一酒食之過，至廢爲民而流落以死〔六〕。此其可以歎息流涕，而爲當世仁人君子之職位宜與國家樂育賢材者惜也㊃。

子美之齒少於予，而予學古文反在其後。天聖之間，予舉進士于有司，見時學者務以言語聲偶擿裂，號爲時文，以相誇尚。而子美獨與其兄才翁及穆參軍伯長，作爲古歌詩雜文，時人頗共非笑之，而子美不顧也㊄〔七〕。其後天子患時文之弊，下詔書諷勉學者以近古，由是其風漸息，而學者稍趨於古焉。獨子美爲於舉世不爲之時，其始終自守，不牽世俗趨舍，可謂特立之士也。

子美官至大理評事、集賢校理而廢，後爲湖州長史以卒，享年四十有一。其狀貌奇偉，望之昂然，而即之温温〔八〕，久而愈可愛慕。其材雖高，而人亦不甚嫉忌㈥，其擊而去之者，意不在子美也〔九〕。賴天子聰明仁聖㈦，凡當時所指名而排斥，二三大臣而下〔一〇〕，欲以子美爲根而累之者，皆蒙保全，今並列於榮寵〔一一〕。雖與子美同時飲酒得罪之人，多一時之豪俊，亦被收采，進顯于朝廷〔一二〕。而子美獨不幸死矣，豈非其命也？悲夫！廬陵歐陽修序。

【校記】

㈠窮：原校：一本作「困」。㈡蔽：原校：一無此字。㈢治矣：卷後原校：此下一有「其」字。按：「其」當屬下讀。㈣之：原校：一無此字。宜與：卷後原校：一作「宜爲」。㈤而：原校：一無此字。㈥而人：卷後原校：一作「而世」。㈦聰明仁聖：原校：四字一作「聖明」。

【箋注】

〔一〕如題下注，皇祐三年（一〇五一）作。是年爲「蘇子美之亡後四年」。蘇氏卒于慶曆八年（一〇四八），生平見本集卷三一湖州長史蘇君墓誌銘。

〔二〕杜公：杜衍。本集卷三一太子太師致仕杜祁公墓誌銘：「（衍）以太子少師致仕。累遷太子太保、太傅、太師，封祁國公……女，長適集賢校理蘇舜欽。」

〔三〕「而集録」句：郡齋讀書志、直齋書録解題、通志藝文略、文獻通考經籍考等著録滄浪集或蘇子美集均爲十五卷，宋史藝文志著録蘇舜欽集十六卷，四庫全書總目蘇學士集提要謂「此本乃十六卷，則後人又有所續入」。

〔四〕「雖其」三句：用晉書張華傳典。華見斗、牛間有紫氣，命人尋得豐城牢獄地下龍泉、太阿一對寶劍，以爲寶劍之精，上徹于天。

〔五〕韓、李：韓愈、李翺。

〔六〕「嗟吾」三句：見湖州長史蘇君墓誌銘箋注〔一四〕。

〔七〕「天聖」九句：宋史蘇舜欽傳：「當天聖中，學者爲文多病偶對，獨舜欽與河南穆修好爲古文、歌詩，一時豪俊多從之游……兄舜元字才翁，爲人精悍任氣節，爲歌詩亦豪健。」宋史穆修傳：「楊億、劉筠尚聲偶之辭，天下學者靡然從之；修於是時獨以古文稱，蘇舜欽兄弟多從之游。」

〔八〕「望之」二句：論語子張：「子夏曰：『君子有三變：望之儼然，即之也温，聽其言也厲。』」

〔九〕「其擊」二句：東軒筆録卷四：「劉待制元瑜既彈蘇舜欽，而連坐者甚衆，同時俊彦，爲之一空。劉見宰相曰：『聊爲相公一網打盡。』」義門讀書記卷三八：「子美固杜公之婿，然當時借以起事，尤在范文正公，故事甚微而斥逐不少貸。前輩論此文，都不甚分曉。禍作于李定，而張方平、王拱辰之徒，皆承吕許公之風旨者。歐公于序文，緣有所避，不曾盡情説破。」

〔一〇〕二三大臣：指宰相兼樞密使杜衍、參知政事范仲淹、樞密副使富弼。

〔一一〕「欲以」三句：諫官孫甫等遭貶，後皆升遷。甫歷江南、兩浙轉運使，遷兵部員外郎，改直史館，知陝府（據本集卷三三尚書刑部郎中天章閣待制孫公墓誌銘）；蔡襄爲福建路轉運使，判三司鹽鐵勾院，復修起居注（本集卷三五端明殿學士蔡公墓誌銘）；余靖遷光禄少卿，知虔州（本集卷二三贈刑部尚書余襄公神道碑銘）；歐陽修歷知揚州、潁州，改知應天府，兼南京留守司事（胡譜）。

〔一二〕「雖與」四句：如宋敏求慶曆五年爲館閣校勘（長編卷一七五）；王洙皇祐二年同判太常寺（長編卷一六八），三年知制誥（長編卷一七一）；吕溱皇祐二年爲右正言（長編卷一六九）；王益柔爲開封府推官、鹽鐵判官（宋史王曙傳）；江休復知奉符縣事，復得集賢校理（本集江鄰幾墓誌銘）。

【集評】

〔清〕儲欣：子美能文章，而爲小人所排擯。篇中將能文與不遇兩意夾説，流涕唏嘘，此古人情至之作。（唐宋八大家類選卷一一）

〔清〕浦起龍：公作友人集序，多入感慨情文。此序以廢斥之感融入文章，一段論文，一段傷廢，整整相間，恰好于贊服之下，承以痛惜，不經營而布置精能。中間述文章政理，衰盛參會，宜公自當之。（古文眉詮評語卷五九）

〔清〕劉大櫆：沉著痛快，足爲子美舒其憤懣。（引自評校音注古文辭類纂評語卷八）

鄭荀改名序〔一〕

三代之衰，學廢而道不明，然後諸子出。自老子厭周之亂，用其小見，以爲聖人之術止於此，始非仁義而詆聖智〔二〕。諸子因之，益得肆其異説，至於戰國，蕩而不反。然後山淵、齊秦、堅白、異同之論興〔三〕，聖人之學幾乎其息。最後荀卿子獨用詩、書之言〔四〕，貶異扶正，著書以非諸子，尤以勸學爲急〔五〕。荀卿，楚人。嘗以學干諸侯，不用，退老蘭陵，楚人尊之。及戰國平，三代詩、書未盡出，漢諸大儒賈生、司馬遷之徒莫不盡用荀卿子〔六〕，蓋其爲説最近於聖人而然也。

滎陽鄭昊，少爲詩賦。舉進士已中第，遂棄之曰：「此不足學也。」始從先生長者學問，慨然有好古不及之意。鄭君年尚少，而性淳明，輔以彊力之志㊀，得其是者而師焉，無不至也。將更其名，數以請，予使之自擇，遂改曰荀。於是又見其志之果也。夫荀卿者，未嘗親見聖人，徒讀其書而得之。然自子思、孟子已下，意皆輕之〔七〕。使其與游、夏並進於孔子之門〔八〕，吾不知其先後也。世之學者，苟如荀卿，可謂學矣，而又進焉，則孰能禦哉！余既嘉君善自擇而慕焉，因爲之字曰叔希，且以勗其成焉。

【校記】

㊀「輔」下：原校：一有「之」字。

【箋注】

〔一〕作年及鄭荀生平未詳。

〔二〕「自老子」四句：史記老子韓非列傳：「老子修道德，其學以自隱無名爲務。居周久之，見周之衰，乃遂去。」韓愈原道：「老子之小仁義，非毁之也，其見者小也。」道德經云：「故大道廢，案有仁義。知慧出，案有大僞。六親不和，案有孝慈。邦家昏亂，案有貞臣。」又云：「絶聖棄知，而民利百倍。絶仁棄義，而民復孝慈。絶巧棄利，盗賊無有。」

〔三〕「然後」句：荀子不苟：「山淵平，天地比，齊、秦襲，入乎耳，出乎口，鉤有鬚，卵有毛，是説之難持者也，而惠施、登析能之；然而君子不貴者，非禮義之中也。」荀子禮論：「禮之理誠深矣，堅白同異之察，入焉而溺。」按：堅白、同異爲戰國時公孫龍、惠施辯論之專題。

〔四〕荀卿子：即荀子，名況，戰國時思想家，時人尊而號爲「卿」。生平見史記孟子荀卿列傳。

〔五〕「著書」二句：勸學列于荀子諸篇之首。該書有非十二子篇。

〔六〕賈生：賈誼。

〔七〕「然自」二句：荀子非十二子：「略法先王而不知其統，猶然而材劇志大，聞見雜博。案往舊造説，謂之五行，甚僻違而無類，幽隱而無説，閉約而無解。案飾其辭而祇敬之曰：此真先君子之言也。子思唱之，孟軻和之，世俗之溝猶瞀儒嚾嚾然不知其所非也，遂受而傳之，以爲仲尼、子游爲兹厚於後世。是則子思、孟軻之罪也。」子思，名伋，孔子之孫，著有子思二十三篇，已佚。其學説經孟軻發揮，形成思孟學派。

〔八〕游、夏：孔子學生子游（言偃）、子夏（卜商）。論語先進：「文學子游、子夏。」

【集評】

〔宋〕黄震：論諸子獨荀卿好聖人，學荀卿而又進焉，則孰能禦？（黄氏日鈔卷六一）

居士集卷四十二

序九首

韻總序〔一〕

倕工於爲弓而不能射〔二〕，羿與逢蒙，天下之善射者也〔三〕，奚仲工於爲車而不能御〔四〕，王良、造父，天下之善御者也〔五〕。此荀卿子所謂藝之至者不兩能〔六〕，信哉！儒者學乎聖人，聖人之道直以簡。然至其曲而暢之，以通天下之理，以究陰陽、天地、人鬼、事物之變化，君臣、父子、吉凶、生死凡人之大倫㊀，則六經不能盡其説，而七十子與孟軻、荀、揚之徒〔七〕，各極其辯而莫能殫焉。夫以孔子之好學，而其所道者自堯、舜而後則詳之，其前蓋略而弗道，其亦有所不暇者歟？儒之學者，信哉遠且大而用功多，則其有所不暇者宜也。

文字之爲學，儒者之所用也。其爲精也，有聲形曲直毫釐之别，音響清濁相生之類，五方言語風俗之殊。故儒者莫暇精之，其有精者，則往往不能乎其他。是以學者莫肯捨其所事而盡心乎此，所謂不兩能者也，必待乎用心專者而或能之，然後儒者有以取焉。

洛僧鑒聿〔八〕，爲韻總五篇，推子母輕重之法以定四聲，考求前儒之失，辯正五方之訛。顧其用心之精，可謂入於忽微，若櫛之於髮㈡，績之於絲㈢，雖細且多而條理不亂。儒之學者，莫能難也。鑒聿通於易，能知大演之數〔九〕，又學乎陰陽、地理、黄帝、岐伯〔一〇〕之書，其尤盡心者韻總也。

世本儒家子㈣，少爲浮圖，入武當山，往來江、漢之旁十餘年。不妄與人交，有不可其意，雖王公大人亦莫肯顧。聞士有一藝，雖千里必求之，介然有古獨行之節，所謂用心專者也，宜其學必至焉耳。浮圖之書行乎世者數百萬言，其文字雜以夷夏，讀者罕得其真，往往就而正焉㈤。鑒聿之書非獨有取於吾儒㈥，亦欲傳於其徒也。

【校記】

㈠凡人：原校：一作「禍福」。㈡「櫛」下：原校：一有「者」字。㈢「績」下：原校：一有「者」字。

㈣世：原校：一作「聿」。㈤「就」下：原校：一有「聿」字。㈥鑒：原校：一無此字。書：原校：一作「韻」。

【箋注】

〔一〕原未繫年。文云鑒聿「少爲浮圖，入武當山，往來江、漢之旁十餘年」。武當山在均州，近漢水。歐爲光化軍乾德縣令時，可能與鑒聿有接觸，故疑本文作于寶元元年（一〇三八）左右。郡齋讀書志、宋史藝文志等未著録韻總一書。

〔二〕倕：傳説中的古代巧匠。莊子胠篋：「攦工倕之指，而天下始人有其巧矣。」

〔三〕羿與逢蒙：銀雀山漢墓竹簡孫臏兵法勢備：「羿作弓弩，以勢象之。」逢蒙，見本集卷二六簡肅薛公墓誌銘箋注〔一五〕。

〔四〕奚仲：見簡肅薛公墓誌銘箋注〔四〕。又，墨子非儒、荀子解蔽等并謂「奚仲作車」。

〔五〕「王良」二句：孟子滕文公下：「昔者趙簡子使王良與嬖奚乘，終日而不獲一禽，嬖奚反命曰：『天下之賤工也。』或以告王良，良曰：『請復之。』强而後可，一朝而獲十禽，嬖奚反命曰：『天下之良工也。』」造父，古之善御者，趙之先祖，嘗獻八駿而幸于周穆王，王賜造父以趙城。見史記趙世家。

〔六〕「此荀卿子」句：荀子解蔽：「自古及今，未嘗有兩而能精者。」

〔七〕七十子：孟子公孫丑上：「以德服人者，中心悦而誠服也，如七十子之服孔子也。」史記孔子世家：「孔子以詩書禮樂教，弟子蓋三千焉，身通六藝者七十有二人。」孟子云「七十」，蓋舉成數而言。荀、揚：荀卿、揚雄。

〔八〕鑒聿：洛陽僧人，方以智通雅卷首二稱：「景祐中進仁宗御集序之鑒聿爲韻總。」餘不詳。

〔九〕大演之數：易繫辭下：「大衍之數五十。」韓康伯注引王弼曰：「演天地之數所賴者五十也。」

〔一〇〕黄帝、岐伯之書：指醫藥之書。岐伯，古名醫。黄帝内經托名岐伯與黄帝討論醫術。

【集評】

〔明〕茅坤：字學所係甚小，歐陽公立意恰好出脱自家門面。（歐陽文忠公文鈔評語卷一九）

送楊寘序㊀〔一〕

予嘗有幽憂之疾〔二〕，退而閑居，不能治也。既而學琴於友人孫道滋〔三〕，受宮聲數引，久而樂之，不知疾之在其體也㊁。

夫琴之爲技小矣，及其至也，大者爲宮，細者爲羽，操弦驟作，忽然變之，急者淒然以促，緩者舒然以和。如崩崖裂石，高山出泉，而風雨夜至也；如怨夫寡婦之歎息，雌雄雍雍之相鳴也〔四〕。其憂深思遠，則舜與文王、孔子之遺音也〔五〕；悲愁感憤，則伯奇孤子、屈原忠臣之所歎也〔六〕。喜怒哀樂，動人心深。而純古淡泊，與夫堯、舜、三代之言語〔七〕，孔子之文章〔八〕，易之憂患㊂〔九〕，詩之怨刺〔一〇〕，無以異。其能聽之以耳，應之以手，取其和者〔一一〕，道其堙鬱，寫其憂思，則感人之際亦有至者焉㊃。

予友楊君，好學有文，累以進士舉，不得志。反從廕調，爲尉於劍浦，區區在東南數千里外〔一二〕，是其心固有不平者。且少又多疾，而南方少醫藥，風俗飲食異宜。以多疾之體，有不平之心，居異宜之俗，其能鬱鬱以久乎？然欲平其心以養其疾，於琴亦將有得焉。故予作琴説以贈其行，且邀道滋酌酒進琴以爲别㊄。

【校記】

㈠「送楊寘」下：原校：一作「送楊二赴劍浦」。按：天理本「二」作「三」。㈡「不知」句下：原校：一本有「夫疾，生乎憂者也。藥之毒者能攻其疾之聚，不若聲之至者能和其心之所不平。心而平，不和者和，則疾之忘也宜哉」四十五字。㈢患：原校：一作「思」，一作「深」。㈣「則感」句下：原校：一有「是不可以不學也」七字。㈤「爲别」下：原校：一無此二字，而有「説以贈其行。挈道滋之琴而行，曰：是真可樂也，行將學之」二十二字。

【箋注】

〔一〕據題下注，慶曆七年（一〇四七）作。宋史文苑傳有楊寘，字審賢，慶曆二年狀元。本文楊寘「累以進士舉，不得志」，乃同名而非一人。

〔二〕幽憂之疾：莊子讓王：「我適有幽憂之病，方且治之，未暇治天下也。」成玄英疏：「幽，深也。憂，勞也。」

〔三〕孫道滋：歐之友人。于役志記景祐三年五月貶夷陵前，多次與道滋等友人相聚，如癸卯日，有「君貺、公期、道滋先來……道滋鼓琴」的記載。

〔四〕雍雍：與「雝雝」同義。詩邶風匏有苦葉：「雝雝鳴雁。」毛傳：「雝雝，雁聲和也。」

〔五〕「其憂」二句：孔子家語卷八：「舜彈五弦之琴，造南風之詩，其詩曰：『南風之薰兮，可以解吾民之愠兮；南風之時兮，可以阜吾民之財兮。』」太平御覽卷八四引桓譚新論：「文王操者……文王躬被法度，陰行仁義，援琴作操，故其聲紛以擾，駭角震商。」禮記檀弓：「孔子既祥，五日，彈琴而不成聲；十日，而成笙歌。」

〔六〕「悲愁」二句：韓愈琴操序：「尹吉甫子伯奇，無罪，爲後母譖而見逐，自傷，作履霜操。」史記屈原賈生列傳：「屈平疾王聽之不聰也，讒諂之蔽明也，邪曲之害公也，方正之不容也，故憂愁幽思而作離騷。離騷者，猶離憂也。」

〔七〕堯、舜、三代之言語：指尚書。

〔八〕「孔子」句：指春秋，相傳爲孔子所作。

〔九〕「易之」句：易繫辭：「易之興也，其於中古乎？作易者，其有憂患乎？」

〔一〇〕「詩之」句：漢書禮樂志：「周道始缺，怨刺之詩起。王澤既竭，而詩不能作。」

〔一一〕「取其」句：傳玄琴賦序：「神農氏造琴，所以協和天下人性，爲至和之主。」

〔一二〕「爲尉」二句：劍浦爲福建路南劍州劍浦縣（今福建南平），故云。

【集評】

〔明〕徐文昭：送失意人，却以得意處摹寫之，故妙。（引自歐陽文忠公文選評語卷六）

〔清〕何焯：此似學送王秀才序而不如者，不獨筆力簡古爲難，韓乃簡古中旨趣深遠。（義門讀書記卷三八）

〔清〕過珙：楊子心懷鬱鬱，而歐公借琴以解之，故通篇只説琴，而送友意已在其中。文致曲折，古秀雅淡，言有盡而情味無窮。（古文評註評語卷八）

送曾鞏秀才序〔一〕

廣文曾生來自南豐㊀，入太學〔二〕，與其諸生羣進於有司㊁。有司斂羣材，操尺度，概以一法，考其不中者而棄之。雖有魁壘拔出之材〔三〕，其一累黍不中尺度〔四〕，則棄不敢取。幸而得良有司，不過反同衆人歎嗟愛惜㊂，若取捨非己事者，諉曰：「有司有法，奈不中何㊃？」有司固不自任其責，而天下之人亦不以責有司㊄，皆曰：「其不中，法也㊅。」不幸有司尺度一失手㊆，則往往失多而得少㊇。嗚呼㊈！有司所操，果良法邪？何其久而不思革也！

況若曾生之業，其大者固已魁壘，其於小者亦可以中尺度㊉〔五〕，而有司棄之⑪，可怪也。然曾生不非同進，不罪有司，告予以歸，思廣其學而堅其守⑫〔六〕。予初駭其文⑬〔七〕，又壯其志⑭。夫農不咎歲而菑播是勤〔八〕，其水旱則已，使一有穫，則豈不多邪？曾生橐其文數十萬言來京師，京師之人無求曾生者，然曾生亦不以干也⑮。予豈敢求生⑯，而生辱以顧予。是京師之人既不求之⑰，而有司又失之，而獨余得也。於其行也，遂見於文，使知生者可以吊有司⑱，而賀余之獨得也。

【校記】

㈠來自南豐：原校：一作「自南豐來」。南豐：考異本校：家本作「南昌」。㈡與其：卷後原校：一無「其」字。㈢歎嗟：原校：一作「咨嗟而」。㈣奈不中何：原校：一作「奈何其不中也」。㈤人：原校：一作「士」。㈥「其不」二句：原校：一作「其如不中法何」。㈦手：原校：一作「守」。㈧失多而得少：原校：一作「失多於所得」。㈨嗚呼：原校：二字一作「噫」。㈩於：原校：一無此字。中：原校：一作「就」。⑪「棄」上：原校：一有「遽」字。⑫「堅」上：原校：一有「益」字。⑬駭：原校：一作「驚」。⑭「又」上：原校：一有「既」字。⑮「然曾生」句：原校：一作「而生亦不一往干之」。⑯予豈敢：原校：一作「若予者豈能」。⑰之人既不：原校：四字一作「士大夫既莫能」。京師之人：卷後原校：四字一作「士大夫」。⑱「生」上：原校：一有「曾」字。「有司」下：原校：一有「之失」二字。

【箋注】

〔一〕如題下注，慶曆二年（一〇四二）作。是年，曾鞏應進士試落第，歐贈以本文。鞏歸撫州，作上歐陽學士第二書，云：「重念鞏無似，見棄於有司……所深念者，執事每曰：『過吾門者百千人，獨於得生爲喜。』及行之日，又贈序引，不以規而以賞識其愚，又嘆嗟其去。」

〔二〕「廣文」二句。書簡卷四有慶曆元年所作與余襄公云：「廣文曾生，文識可駭。」知是年曾鞏已入國子監廣文館。按：廣文館爲國子監下屬學校之一，收納四方游士至京師求試者，補中廣文館生，得投牒就試國子監。

〔三〕魁壘：高超特出。漢書鮑宣傳：「朝臣亡有大儒骨鯁，白首耆艾，魁壘之士。」

〔四〕累黍：指極微小之量。司空圖成均諷：「探靈測化，但累黍而無差。」

〔五〕「況若」三句：宋史曾鞏傳：「生而警敏，讀書數百言，脱口輒誦。年十二，試作六論，援筆而成，辭甚偉。甫冠，名聞四方。」

〔六〕「然曾生」四句：王明清揮麈後録卷六：「（鞏）與長弟曄應舉，每不利於春官，里人有不相悦者，爲詩以嘲之曰：『三年一度舉場開，落殺曾家兩秀才。有似檐間雙燕子，一雙飛去一雙來。』南豐不以介意，力教諸弟不怠。」

〔七〕「予初」句：慶曆元年，鞏有上歐陽學士第一書，云：「謹獻雜文時務策兩編。」歐所駭者即指此。

〔八〕菑：耕耘。書大誥：「厥父菑，厥子乃弗肯播，矧肯穫？」

【集評】

〔清〕儲欣：極口稱許，重罪有司，結處以知文自喜，政其深獎曾文處。（六一居士全集録評語卷五）

送田畫秀才寧親萬州序〔一〕

五代之初，天下分爲十三四㈠〔二〕。及建隆之際，或滅或微，其在者猶七國㈡，而蜀與江南地最大〔三〕。以周世宗之雄，三至淮上，不能舉李氏〔四〕。而蜀亦恃險爲阻，秦隴、山南皆被侵奪〔五〕，而荆人縮手歸、峽，不敢西窺以爭故地㈢〔六〕。及太祖受天命，用兵不過萬人㈣，舉兩國如一郡縣吏㈤，何其偉歟㈥〔七〕！當此時，文初之祖從諸將西平成都及南攻金陵㈦，功最多，於時語名將者㈧，稱田氏㈨〔八〕。田氏功書史官，禄世于家㈩，至今而不絶。及天下已定⑪，將率無所用其武，士君子爭以文儒進。故文初將家子，反衣白衣⑫，從鄉進士舉於有司。彼此一時〔九〕，亦各遭其勢而然也。

文初辭業通敏⑬，爲人敦潔可喜。歲之仲春，自荆南西拜其親於萬州⑭，維舟夷陵⑮。予與之登高以遠望⑯，遂遊東山，窺緑蘿溪，坐磐石〔一〇〕。文初愛之，數日乃去⑰。夷陵者，其地志云，北有夷山，以爲名⑱〔一一〕；或曰巴峽之險，至此地始平夷。蓋今文初所見，尚未爲山川之勝者。由此而上，泝江湍，入三峽⑲，險怪奇絶，乃可愛也⑳。當王師伐蜀時，兵出兩道，一自鳳州以入，一自歸州以取忠、萬以西㉑〔一二〕。今之所經，皆王師嚮所用武處㉒，覽其山川，可以慨然而賦矣。

【校記】

㈠十三四：卷後原校：一作「十四五」。　㈡其在：卷後原校：一作「其存」。　㈢「故地」下：原校：一本注云：「往時忠、萬、夔、施，皆屬荆南，五代之際，爲蜀所侵。」卷後原校：「爲蜀所侵」四字一作「入於蜀」。　㈣過：原校：一作「及」。　㈤如一郡縣吏：卷後原校：一作「若取一郡縣吏」。　㈥歟：原校：一作「哉」。　㈦攻：原校：一作「破」。　㈧功最多，於時：原校：一作「最有功於時」。　㈨「功最多」三句：卷後原校：一作「最有功，故當時語名將者，稱田氏」。　㈩于家：卷後原校：一作「其家」。　⑪天下已定：原校：一作「天下既平久矣」。

⑫反衣：卷後原校：一作「反以」。　⑬通敏：卷後原校：一作「精敏」。　⑭自荆南西：原校：一作「自荆南而西將」。　⑮維：原校：一作「繫」。　⑯以遠望：原校：一作「望山川」。　⑰「數日」上：原校：一有「留」字。　⑱「爲」下：原校：一有「之」字。　⑲三峽：卷後原校：此下一有「其」字。按「其」當屬下讀。　⑳乃：原校：一作「直」。　㉑以取：卷後原校：一作「而取」。　㉒「今之」二句：原校：一作「今文初所歷，皆嚮時王師用武處」。

【箋注】

〔一〕如題下注，景祐四年（一〇三七）作。是年，歐在峽州夷陵令任上。田畫字文初，外集卷二有歐同年所作代贈田文初詩，又有書春秋繁露後云：「予得罪夷陵，秀才田文初以此本示予。」萬州（今四川萬縣）屬夔州路。

〔二〕「五代」二句：新五代史職方考：「梁初，天下別爲十一國，南有吳、浙、荆、湖、閩、漢，西有岐、蜀，北有燕、晉，而朱氏所有七十八州以爲梁。」高步瀛謂：「此云十三四者，蓋就唐代末年計之，如成德之王鎔，魏博之羅紹威，平盧之王師範等，亦可約數之爲十三四矣。」（唐宋文舉要甲編卷六）

〔三〕「及建隆」四句：後周顯德七年爲宋太祖建隆元年。新五代史職方考：「周末，閩已先亡，而在者七國。自江南以下二十一州爲南唐，自劍以南及山南西道四十六州爲蜀，自湖南北十州爲楚，自浙東西十三州爲吳越，自嶺南北四十七州爲南漢，自太原以北十州爲東漢（按即北漢），而荆、歸、峽三州爲南平。」高步瀛謂：「楚馬氏亡於周廣順元年。職方考及此序，皆言大略耳。」

〔四〕「以周世宗」三句：周世宗柴榮于顯德三年正月率軍渡淮，攻至壽州城下；四年三月又攻至壽州；十一月，攻濠州，至泗州：三至淮上，未能滅南唐。詳見舊五代史周世宗紀。

〔五〕「而蜀」二句：前蜀王建并有兩川之地，又攻興元，并有山南西道。後又攻岐，取其秦、鳳、階、成四州。見新五代史前蜀世家。後蜀孟知祥時，山南西道節度使張虔釗、武定軍節度使孫漢韶，皆以其地附于蜀。孟昶繼位後，雄武軍節度使何建以秦、成、階三州附于蜀。昶又攻下鳳州，悉有王衍故地。見新五代史後蜀世家。

〔六〕「而荆人」二句：前蜀世家：「荆南成汭死，襄州趙匡凝遣其弟匡明襲據之，（王）建乘其間，攻下夔、施、忠、萬四州……(天復)六年，又取歸州，於是并有三峽。」

〔七〕「及太祖」四句：據宋史太祖本紀，乾德二年，太祖命王全斌等伐蜀，用兵五萬；開寶七年，命曹彬伐江南，用兵十萬。此言「用兵不過萬人」，爲誇張之詞，極言取之易耳。

〔八〕「當此」五句：時參與「西平成都及南攻金陵」戰事之田氏將領，有田欽祚、田紹斌等，未知孰爲文初之祖。二田宋史有傳。

〔九〕「彼此」句：孟子公孫丑：「彼一時，此一時也。五百年必有王者興，其間必有名世者。」

〔一〇〕「遂遊」三句：本集卷一一冬至後三日陪丁元珍遊東山寺詩可參閲。

〔一一〕「夷陵」四句：舊唐書地理志二：「夷陵，有夷山在西北，因爲名。」

〔一二〕「當王師」四句：宋史太祖本紀載乾德二年「十一月甲戌，命忠武軍節度使王全斌……將步騎三萬出鳳州道；江寧軍節度使劉光義……將步騎二萬出歸州道以伐蜀。」

【集評】

〔明〕茅坤：風韻跌宕。(歐陽文忠公文鈔評語卷一八)

〔明〕孫鑛：蜀山川是正意，却自同田生游山玩水説來。又以其祖曾與平兩國，遂用兩國發端。小題大做，事順而意則倒，搆法最巧。(引自山曉閣選宋大家歐陽廬陵全集評語卷三)

〔清〕孫琮：田晝本自將家子，今衣白衣，習儒業，忘却祖宗暴霜露，斬荆棘，以武功起家一段辛苦，所以歐公一起述其祖先勳業，不是頌揚先世，正是動其仁孝之思，一結指其王師用武之地，亦不是吊憑往事，正是動其仁孝之思。如此看去，方與寧親有合。中幅因其習儒而惜其遇，因其未見而記其游，都是借來以助其文情，史筆何疑！(同上)

〔清〕愛新覺羅弘曆：此篇與豐樂亭記同義。俯仰百年間，想創業之艱難，識治平之有由，撫安樂之適時，懼危亡之不戒，期全孝於抒忠，畏失義而離道，種種俱流露於意言之表。(唐宋文醇評語卷二五)

〔清〕劉大櫆：歐公序文，惟此篇有蒼古雄邁之氣，不易得也。(引自諸家評點古文辭類纂評語卷三一)

謝氏詩序〔一〕

天聖七年，予始遊京師〔二〕，得吾友謝景山。景山少以進士中甲科〔三〕，以善歌詩知名㈠。其後，予於他所，又得今舍人宋公所爲景山母夫人之墓銘〔四〕，言夫人好學通經，自教其子。乃知景山出於甌閩數千里之外，負其藝於大衆之中㈡，一賈而售，遂以名知於人者㈢，繄其母之賢也。今年，予自夷陵至許昌㈣〔五〕，景山出其女弟希孟所爲詩百餘篇〔六〕。然後又知景山之母不獨成其子之名，而又以其餘遺其女也。

景山嘗學杜甫、杜牧之文〔七〕，以雄健高逸自喜。希孟之言尤隱約深厚㈤，守禮而不自放，有古幽閑淑女之風，非特婦人之能言者也。然景山嘗從今世賢豪者遊，故得聞於當時；而希孟不幸爲女子，莫自章顯於世。昔衛莊姜、許穆夫人，録於仲尼而列之國風〔八〕。今有傑然巨人能輕重時人而取信後世者㈥，一爲希孟重之，其不泯没矣㈦。予固力不足者，復何爲哉，復何爲哉！希孟嫁進士陳安國〔九〕，卒時年二十四㈧。景祐四年八月一日，守峽州夷陵縣令歐陽修序。

【校記】

㈠「以善」句：原校：一作「以好古能文知名於時」。　㈡之：原校：一無此字。　㈢名知：原校：一作「知名」。　㊃至：原校：一作「之」。　㊄厚：原校：一作「切」。　㊅「今」上：原校：一有「使」字。　㊆泯没：卷後原校：此下一有「必」字。　㊇二：原校：一作「三」。

【箋注】

〔一〕如篇末所示，景祐四年（一〇三七）作。是年夏，歐有與謝景山書，見外集卷一八。謝景山，名伯初，晉江人，天聖二年進士。謝氏希孟，景山之妹。歐集詩話：「閩人有謝伯初者，字景山，當天聖、景祐之間，以詩知名。余謫夷陵時，景山方爲許州法曹。」宋文鑑卷二四有謝伯初走筆寄夷陵歐陽永叔詩。

〔二〕「天聖」二句：胡譜天聖七年：「是春，公從胥公在京師。試國子監爲第一，補廣文館生。秋，赴國學解試，又第一。」按：文云「始遊」，「始」字衍。據胡譜，天聖四年冬，歐自隨州薦名禮部，已赴京師矣。

〔三〕「景山」句：據宋詩紀事卷一一，謝伯初爲天聖二年進士。

〔四〕宋公：宋庠，字公序。初名郊，字伯庠。天聖二年進士第一（據長編卷一〇二），皇祐元年拜相，卒謚元憲。宋史有傳。以嘗同修起居注及知制誥，故稱「舍人」。庠與伯初同年，當是應請爲伯初之母銘墓，元憲集未見此文。

〔五〕「今年」二句：胡譜景祐四年：「三月，謁告至許昌，娶薛簡肅公女。」

〔六〕希孟所爲詩：陳振孫直齋書録解題著録女郎謝希孟集二卷。宋史藝文志著録謝希孟詩二卷。

〔七〕「景山」句：歐集詩話：「景山詩頗多，如『自種黄花添野景，旋移高竹聽秋聲』、『園林換葉梅初熟，池館無人燕學飛』之類，皆無愧於唐賢。」

〔八〕「昔衛莊姜」二句：衛莊姜賦燕燕、許穆夫人賦載馳皆録于詩國風中：前者見邶風，後者見鄘風。左傳隱公三年：「衛莊公娶於齊東宫得臣之妹，曰莊姜，美而無子，衛人所爲賦碩人也。又娶於陳，曰厲嬀，生孝伯，早死。其娣戴嬀生桓公，莊姜以爲己子。公子州吁，嬖人之子也，有寵而好兵。公弗禁，莊姜惡之。」莊公薨，桓公立，爲州吁所殺。毛序謂衛莊姜送歸妾而作燕燕，鄭箋謂歸妾即戴嬀。左傳閔公二年：「冬十二月，狄人伐衛……及（衛）敗，宋桓公逆諸河，宵濟。衛之遺民男女七百有三十人，益之以共、滕之民爲五千人，立戴公以廬於曹。許穆夫人賦載馳。」杜預注：「許穆夫人痛衛之亡，思歸，言之不可，故作詩以言志。」許穆夫人，戴公同母之妹、許穆公夫人。

〔九〕陳安國：生平不詳。

【集評】

〔明〕茅坤：爲女氏序，從兄之詩、母之墓銘來，得體。（歐陽文忠公文鈔評語卷一七）

〔清〕王符曾：拈出莊姜、許穆夫人録於仲尼，敍閨閣詩第一妙義，已被永叔占去。前路從景山引出景山母，從景山母引出景山女弟。襯托既絶工，立言尤有體也。（古文小品咀華評語卷四）

送張唐民歸青州序〔一〕

予讀周禮至於教民興學、選賢命士之法，未嘗不輟而歎息㊀，以謂三代之際，士豈皆素賢哉？當其王道備而習俗成，仁義禮樂達於學，孝慈友悌達於家，居有教養之漸，進有爵禄之勸㊁，苟一不勉，則又有屏黜不齒戮辱之羞㊂。然則士生其間，其勢不得不至於爲善也，豈必生知之賢？及後世道缺學廢，苟偷之俗成，而忘其教養之具㊃，至於爵禄黜辱之法，又失其方而不足以勸懼。然則士生其間，能自爲善㊄，卓然而不惑者，非其生知之性、天所賦予，其孰能至哉？則凡所謂賢者，其可貴於三代之士遠矣。故善人尤少。幸而有，則往往飢寒困踣之不暇，其幸者，或艱而後通。

夫賢者豈必困且艱歟㊅？蓋高世則難合，違俗則多窮㊆〔二〕，亦其勢然也。嗚呼！人事修，則天下之人皆可使爲善士㊇；廢則雖天所賦予，其賢亦困於時。夫天非不好善，其不勝於人力者，其勢之然歟！此所謂天人之理，在於周易否泰消長之卦⑨〔三〕。能通其説，則自古賢聖窮達而禍福，皆可知而不足怪。

秀才張生居青州，其母賢而知書，三子喪其二〔四〕，獨生最賢，行義聞於鄉〔五〕，而好學，力爲古文，是謂卓然而不惑者也。今年舉進士，黜於有司，母老而貧無以養，可謂困且艱矣。嗟乎！予力既不能周於生⑩，而生尤好易⑪，常以講於予。若歸而卒其業，則天命之理，人事之勢，窮達禍福，可以不動于其心。雖然，若生者豈必窮也哉⑫？安知其不艱而後通也哉？慶曆二年三月十九日序。

【校記】

①而：考異本校：蘇本作「書」。　②禄：原作「福」，卷後原校云「『福』一作『禄』」，據改。　③不齒：原校：一無二字。　④具：原校：一作「漸」。而忘：天理本卷後校：一作「而亡」。　⑤爲善：原校：二字一作「立」。　⑥豈必：天理本卷後校：一作「豈皆必」。　⑦「窮」下：原校：一有「困」字。　⑧士：原校：一無此字。　⑨「周易」下：原校：一有「爲」字。　⑩「不能」下：原校：一有「以」字。　⑪「好」下：原校：一有「學」字。　⑫必：原校：一作「終」。

【箋注】

〔一〕如篇末所示，慶曆二年（一〇四二）作。是年，張唐民應進士試，落第，歐贈以本文。祖無擇龍學文集卷三有張唐民下第東歸詩。張唐民嘉祐時爲秘書丞（本集卷二六贈尚書度支員外郎張君墓誌銘），熙寧中任西川轉運使、京東路提刑（宋詩紀事卷二六），又任權提點成都府路刑獄（長編卷二三五），元豐三年爲權判都水監（長編卷三〇五）。青州，屬京東東路，今屬山東。

〔二〕「蓋高世」三句：戰國策趙策二：「夫有高世之功者，必負遺俗之累。」

〔三〕否泰：易二卦名。天地不交而萬物不通謂之「否」，天地交而萬物通謂之「泰」。

〔四〕「秀才」三句：贈尚書度支員外郎張君墓誌銘：「君諱思，字希聖，青州人也……景祐四年九月十七日，以疾卒于官……君娶王氏，馮翊縣君，後君二十二年以卒。男三人：唐卿，將作監丞，通判陝府；唐輔，孟州濟源縣尉，皆早卒。唐民，今爲秘書丞。」

〔五〕「獨生」二句：見贈尚書度支員外郎張君墓誌銘箋注〔四〕。

送王陶序㊀〔一〕

六經皆載聖人之道，而易著聖人之用㊁。吉凶、得失、動静、進退，易之事也〔二〕。其所以爲之用者，剛與柔也。乾健坤順，剛柔之大用也〔三〕。至於八卦之變，六爻之錯，剛與柔迭居其位，而吉、亨、利、無咎、凶、厲、悔吝之象生焉〔四〕。蓋剛爲陽、爲德、爲君子，柔爲陰、爲險、爲小人〔五〕。自乾之初九爲姤，而上至於剥，其卦五，皆陰剥陽之卦也〔六〕。小人之道長，君子静以退之時也〔七〕。自坤之初六爲復，而上至於夬，其卦五，皆剛決柔之卦也〔八〕，小人之道消，君子動以進而用事之時也〔九〕。夫剛之爲德，君子之常用也，庇民利物，功莫大焉。其爲卦㊂，過泰之三而四爲大壯㊃，五爲夬㊄〔一〇〕。壯者，壯也〔一一〕；夬者，決也。四陽雖盛而猶有一陰〔一二〕，然陽衆而陰寡，則可用壯以攻之㈥，故其卦爲壯。五陽而一陰㈦〔一三〕，陰不足爲，直可決之而已㈧，故其卦爲夬。然則君子之用其剛也，審其力，視其時，知陰險小人之必可去，然後以壯而決之。夫勇者可犯也，彊者可詘也，聖人於壯、決之用，必有戒焉。故大壯之象辭曰：「大壯利正〔一四〕」。其象辭曰：「君子非禮弗履〔一五〕。」夬之彖辭曰：「健而説，決而和〔一六〕。」其象辭曰：「居德則忌〔一七〕。」以明夫剛之不可獨任也。故復始而亨〔一八〕，臨浸而長〔一九〕，泰交而大壯㈨〔二〇〕，以衆攻其寡，夬乘其衰而決之。夫君子之用其剛也㈩，有漸而不失其時⑪，又不獨任，必以正，以禮，以説，以和而濟之⑫，則功可成，此君子動以進而用事之方也。

太原王陶，字樂道，好剛之士也〔二一〕。常嫉世陰險而小人多⑬，居京師，不妄與人遊，力學好古，以自信自守⑭。今其初仕，於易得君子動以進之象，故予爲剛説以贈之。大壯之初九曰：「壯于趾，征凶〔二二〕。」夬之初九亦曰：「壯于趾，往不勝爲咎〔二三〕。」以此見聖人之戒用剛也⑮，不獨於其彖、象⑯，而又常深戒於其初〔二四〕。嗚呼！世之君子少而小人多。君之力學好剛以蓄其志⑰，未始施之於事也⑱，今其往，尤宜慎乎其初⑲。

【校記】

㈠題下原校：一作「剛説送王先輩之岳陽」。㈡著：原校：一作「尤明」。㈢「卦」下：原校：一有「也」字。㈣「大壯」下：原校：一本畫卦。㈤「夬」下：原校：一本畫卦。㈥用壯以：原校：一作「以壯而」。㈦五陽而一陰：卷後原校：一作「一陰而五陽」。㈧直可決之：卷後原校：一作「則可直決之」。㈨大：卷後原校：一作「泰」。㈩用其剛：卷後原校：一無「其」字。⑪時：原校：一作「宜」。⑫以正，以禮，以説，以和：卷後原校：宋文粹作「以禮，以正，以和，以説」。⑬世陰險：原校：三字一作「夫君子少」。陰險而小人多：卷後原校：「而」一作「之」。⑭以：原校：一無此字。自：原校：一作「篤」。⑮以此見：原校：三字一作「此皆」。⑯於其：原校：一作「著于」。⑰君之力學：卷後原校：四字上一有「若」字。⑱施之於事：卷後原校：一無「之」字。⑲「尤宜」句下：原校：一有「修述」。

【箋注】

〔一〕本文原未繫年，當爲慶曆二年（一〇四二）作。范鎮王尚書陶墓誌銘：「慶曆二年，舉進士甲科，調岳州軍事判官。」本文一作剛説送王先輩之岳陽，即作于是年。岳陽，指岳州（治今湖南岳陽）。王陶字樂道，京兆萬年人。嘉祐四年，爲監察御史裏行（長編卷一九〇）。治平元年，加直史館、潁王府翊善（長編卷二〇二）。熙寧四年，判南京留司御史臺（長編卷二二三）。五年，遷給事中（長編卷二三〇）。卒贈吏部尚書，謚文恪。宋史有傳。

〔二〕「吉凶」二句：易繫辭上傳：「天尊地卑，乾坤定矣。卑高以陳，貴賤位矣。動靜有常，剛柔斷矣。方以類聚，物以羣分，吉凶生矣。……聖人設卦觀象，繫辭焉而明吉凶，剛柔相推而生變化。是故吉凶者，失得之象也。」

〔三〕「其所以」四句：易繫辭上傳：「是故剛柔相摩，八卦相盪。鼓之以雷霆，潤之以風雨；日月運行，一寒一暑。乾道成男，坤道成女。乾知大始，坤作成物。」易文言傳乾：「大矣哉！大哉乾乎！剛健中正，純粹精也。」文言傳坤：「坤至柔而動也剛，至靜而德方。後得主而有常，含萬物而化光。坤道其順乎！承天而時行。」

〔四〕「至於」四句：繫辭下傳：「八卦成列，象在其中矣；因而重之，爻在其中矣；剛柔相推，變在其中矣；繫辭焉而命之，動在其中矣。吉凶悔吝者，生乎動者也；剛柔者，立本者也；變通者，趣時者也。」

〔五〕「蓋剛」二句：易繫辭下「剛柔相推」，孔穎達疏：「剛柔即陰陽也。」

〔六〕「自乾」四句：自乾(䷀)之初九陽爻，變爲姤(䷫)之陰爻，至剥(䷖)之五爻皆爲陰。此中五卦皆呈陰盛于陽之象。

〔七〕「小人」二句：剥卦彖曰：「『剥』，剥也，柔變剛也。不利有攸往，小人長也。順而止之，觀象也；君子尚消息盈虚，天行也。」

〔八〕「自坤」四句：自坤(䷁)之初六陰爻，變爲復(䷗)之陽爻，至夬(䷪)之五爻皆爲陽。此中五卦皆呈陽盛于陰之象。

〔九〕「小人」二句：夬卦彖曰：「『夬』，決也，剛決柔也……『利有攸往』，剛長乃終也。」王弼注：「剛德愈長，柔邪愈消，故『利有攸往』，道乃成也。」

〔一〇〕「過泰」二句：大壯(䷡)第四爻爲陽，夬(䷪)第五爻爲陽，均超過泰(䷊)僅三爻爲陽。

〔一一〕「壯者」二句：大壯卦彖曰：「『大壯』，大者壯也；剛以動，故壯。」

〔一二〕「四陽」句：「⚊」爲陽爻，「⚋」爲陰爻。大壯(䷡)爲四陽二陰。

〔一三〕「五陽」句：夬(䷪)爲五陽一陰。

〔一四〕大壯利正：大壯卦彖曰：「『大壯利貞』，大者正也。正大而天地之情可見矣。」

〔一五〕「君子」句：大壯卦象曰：「君子以非禮弗履。」王弼注：「壯而違禮則凶，凶則失壯也。故君子以大壯而順禮也。」孔穎達疏：「盛極之時，好生驕溢。故於大壯，誡以『非禮勿履』也。」

〔一六〕「健而説」二句：夬卦彖辭此二句下王弼注：「健而説，則決而和矣。」孔穎達疏：「乾健而兑説，健則能決，説則能和。」按：健，指下乾(☰)；説，悦也，指上兑(☱)。

〔一七〕「其象辭」二句：夬卦象曰：「君子以施禄及下，居德則忌。」來知德來瞿唐先生易注：「言澤在于君，當施其澤，不可居其澤也；居澤，則乃人君之所深忌者。」

〔一八〕「故復」句：復(䷗)卦辭云：「復，亨。」李鼎祚周易集解引何妥曰：「復者，歸本之名。羣陰剥陽，至於幾盡；一陽來下，故稱反復。陽氣復反，而得交通，故云：復，亨也。」

〔一九〕「臨浸」句：臨(䷒)卦彖曰：「『臨』，剛浸而長，説而順。」按：剛指初、二兩爻；浸，漸也；説，悦也，指下兑(☱)；順，指上坤(☷)。

〔二〇〕泰交：泰(䷊)卦象曰：「天地交而萬物通也，上下交而其志同也。」

〔二一〕「好剛」句：王尚書陶墓誌銘：「初爲小官時，歐陽文忠公作剛説贈公，且戒以過。韓魏公知公者，韓丞相薦公者，及論事，則彈劾無所回避，世因謂文忠公爲知言云。銘曰：維公氣志，甚勇而毅。岱、嵩在前，雖壓無避。」宋史本傳：「帝(神宗)初臨御，頗不悦執政之專，陶料必易置大臣，欲自規重位，故視(韓)琦如仇，力攻之……呂公著言其反覆不可近……帝終薄其爲人。」墓銘多褒揚之辭，宜結合史書作全面評價。

〔二二〕「壯于趾」二句：來瞿唐先生易注：「初九陽剛處下，當壯之時，壯於進者也，故有『壯趾』之象。以是而往，凶之道也。」

〔二三〕「壯于趾」二句：王弼注：「居健之初，爲決之始，宜審其策，以行其事；壯其前趾，往而不勝，宜其『咎』也。」

〔二四〕初：即指上文「大壯之初九」、「夬之初九」而言。

【集評】

〔宋〕呂祖謙：凡文字用易象，多失之陳，此篇使得疏通不陳，窒塞處能疏通。（古文關鍵評語卷上）

〔明〕歸有光：歐陽永叔送王陶序全用易象默化疏通，而議論亦好。文章似此，方成文章。（古文舉例評語。）

孫子後序㊀〔一〕

世所傳孫武十三篇，多用曹公、杜牧、陳皞注，號三家孫子〔二〕。余頃與撰四庫書目，所見孫子注者尤多㊁〔三〕。武之書本於兵，兵之術非一，而以不窮爲奇，宜其説者之多也。

凡人之用智有短長，其施設各異，故或膠其説於偏見，然無出所謂三家者。

三家之注，皞最後，其説時時攻牧之短〔四〕。牧亦慨然最喜論兵〔五〕，欲試而不得者，其學能道春秋、戰國時事，甚博而詳〔六〕。然前世言善用兵稱曹公，曹公嘗與董、吕、諸袁角其力而勝之〔七〕，遂與吴、蜀分漢而王。傳言魏之諸將出兵千里，公每坐計勝敗㊂，授其成算，諸將用之十不失一，一有違者，兵輒敗北，故魏世用兵，悉以新書從事〔八〕，其精於兵也如此。牧謂曹公於注孫子尤略，蓋惜其所得，自爲一書〔九〕。是曹公悉得武之術也。然武嘗以其書干吴王闔閭，闔閭用之，西破楚，北服齊、晉，而霸諸侯〔一〇〕。夫使武自用其書，止於彊伯。及曹公用之，然亦終不能滅吴、蜀，豈武之術盡於此乎，抑用之不極其能也？後之學者徒見其書，又各牽於己見，是以注者雖多而少當也。

獨吾友聖俞不然〔一一〕，嘗評武之書曰：「此戰國相傾之説也。三代王者之師，司馬九伐之法〔一二〕，武不及也。」然亦愛其文略而意深，其行師用兵、料敵制勝亦皆有法，其言甚有次序。而注者汩之，或失其意。乃自爲注，凡膠於偏見者皆抉去㊃，傳以己意而發之，然後武之説不汩而明。吾知此書當與三家並傳，而後世取其説者，往往於吾聖俞多焉。聖俞爲人謹質温恭㊄，衣冠進趨，眇然儒者也。後世之視其書者，與太史公疑張子房爲壯夫何異〔一三〕？

【校記】

㊀題下原校：一作「書孫子後」。　㊁「尤多」下：原校：一有「至二十餘家」五字。　㊂公：此字原缺，原校云「一有『公』字」，據補。　㊃抉：原校：一作「排」。　㊄「聖俞」句下：原校：一有「仁厚而明」四字。

【箋注】

〔一〕　原未繫年，當作于康定元年（一〇四〇）。郡齋讀書志卷一四兵書類有梅堯臣注孫子三卷。宋史梅堯臣傳：「嘗上書言兵。注孫子十三篇。」歐書簡卷六有寶元二年（一〇三九）夏所作與梅聖俞，云：「孫書注說，日夕渴見，已經奏御，敢借示否？」蓋堯臣注孫子，是年已奏上。梅集編年卷一〇康定元年詩有依韻和李君讀余注孫子。本文云「余頃與撰四庫書目」，據胡譜，康定元年六月「召還，復充館閣校勘，仍修崇文總目」。此即「撰四庫書目」也。是年，與梅聖俞云「八月一日至京師」，則本文當作于秋冬之時。

〔二〕　「世所傳」三句：郡齋讀書志卷一四有魏武注孫子一卷、杜牧注孫子三卷、陳皞注孫子三卷。

〔三〕　「所見」句：宋史藝文志六著録吉天保十家孫子會注十五卷。四庫未收書目提要孫子十家注十三卷提要：「十家者，魏武一、梁孟氏二、唐李筌三、杜牧四、陳皞五、賈林六、宋梅堯臣七、王哲八、何延錫九、張預十也。」

〔四〕　「其説」句：郡齋讀書志陳皞注孫子條下云：「皞以曹公注隱微，杜牧注闊疏，重爲之注云。」

〔五〕　「牧亦」句：杜牧樊川文集有罪言、上李司徒相公論用兵書、上周相公書等慨然論用兵之作。注孫子序云：「及年二十，始讀尚書、毛詩、左傳、國語、十三代史書，見其樹立其國，滅亡其國，未始不由兵也。」

〔六〕　「其學」二句：上周相公書：「雖不能上窮天時，下及人事，然上至周、秦，下至長慶、寶曆之兵，形勢虛實，隨句解析。」

〔七〕　「曹公」句：董，董卓；　呂，呂布；　諸袁，指袁紹、袁術。曹操討董卓，殺呂布，敗袁術，破袁紹，事見後漢書、三國志。

〔八〕　「傳言」八句。杜牧注孫子序：「予尋魏志，見曹自作兵書十餘萬言，諸將征伐皆以新書從事，從令者尅捷，違教者負敗……今新書已亡，不可復知。」按新書即孟德新書，章如愚羣書考索稱「曹操新書」。

〔九〕「牧謂」三句：注孫子序：「武所注書凡十數萬言，曹魏武帝削其繁剩，筆其精切，凡十三篇，成爲一編。曹自爲序，因注解之，曰：『吾讀兵書戰策多矣，孫武深矣。』然其所謂注解十不釋一。」

〔一〇〕「然武」五句：史記孫子吳起列傳：「孫子武者，齊人也。以兵法見於吳王闔廬。闔廬曰：『子之十三篇，吾盡觀之矣，可以小試勒兵乎？』對曰：『可。』」闔廬，一作「闔閭」，春秋「五霸」之一，屢敗楚師，見史記吳太伯世家。

〔一一〕「獨吾」句：梅堯臣依韻和李君讀余注孫子：「我世本儒術，所談聖人篇……唯餘兵家説，自昔罕所論。因暇聊發篋，故讀尚可溫。將爲文者備，豈必握武賁？終資仁義師，焉愧道德藩。揮毫試析理，已厭前輩繁。信有一日長，可壓千載魂。未涉勿言淺，尋流方見源。」

〔一二〕「司馬」句：周禮夏官大司馬：「以九伐之法正邦國：馮弱犯寡則眚之，賊賢害民則伐之，暴内陵外則壇之，野荒民散則削之，負固不服則侵之，賊殺其親則正之，放弒其君則殘之，犯令陵政則杜之，外内亂、鳥獸行則滅之。」

〔一三〕「與太史公」句：史記留侯世家：「太史公曰：……余以爲其人計魁梧奇偉，至見其圖，狀貌如婦人好女。」

【集評】

〔明〕歸有光：其文逸而遠。（歐陽文忠公文選評語卷六）

梅聖俞詩集序〔一〕

予聞世謂詩人少達而多窮〔二〕，夫豈然哉？蓋世所傳詩者，多出於古窮人之辭也〔三〕。凡士之蘊其所有而不得施於世者，多喜自放於山巔水涯㊀。外見蟲魚、草木、風雲、鳥獸之狀類，往往探其奇怪。内有憂思感憤之鬱積，其興於怨刺，以道羈臣、寡婦之所歎，而寫人情之難言，蓋愈窮則愈工。然則非詩之能窮人，殆窮者而後工也。

予友梅聖俞，少以蔭補爲吏〔四〕，累舉進士，輒抑於有司，困於州縣凡十餘年〔五〕。年今五十，猶從辟書，爲人之佐〔六〕，鬱其所畜，不得奮見於事業。其家宛陵〔七〕，幼習於詩，自爲童子，出語已驚其長老。既長，學乎六經仁義之説。其爲文章，簡古純粹，不求苟説於世，世之人徒知其詩而已。然時無賢愚，語詩者必求之聖俞〔八〕，聖俞亦自以其不得志者，樂於詩而發之。故其平生所作，於詩尤多〔二〕。世既知之矣，而未有薦于上者。昔王文康公嘗見而歎曰：「二百年無此作矣〔九〕！」雖知之深，亦不果薦也。若使其幸得用於朝廷，作爲雅頌，以歌詠大宋之功德，薦之清廟，而追商、周、魯頌之作者，豈不偉歟〔一〇〕！奈何使其老不得志，而爲窮者之詩，乃徒發於蟲魚物類、羈愁感歎之言？世徒喜其工，不知其窮之久而將老也，可不惜哉！

聖俞詩既多，不自收拾。其妻之兄子謝景初懼其多而易失也〔一一〕，取其自洛陽至于吴興已來所作〔一二〕，次爲十卷。予嘗嗜聖俞詩，而患不能盡得之，遽喜謝氏之能類次也，輒序而藏之。其後十五年，聖俞以疾卒于京師。余既哭而銘之〔一三〕，因索于其家，得其遺稿千餘篇，并舊所藏，掇其尤者六百七十七篇，爲一十五卷。嗚呼！吾於聖俞詩，論之詳矣，故不復云。廬陵歐陽修序。

【校記】

㈠「水涯」下：原校：一有「之」字。　㈡九：原校：一作「最」。

【箋注】

〔一〕如題下注，慶曆六年（一〇四六）作。文中「其後十五年」一段屬補記，作于梅堯臣逝世的嘉祐五年（一〇六〇）。或謂文云「年今五十，猶從辟書，爲人之佐」，當作于皇祐中，誤也。皇祐三年（一〇五一），堯臣五十歲，服除，由宣城赴京，召試學士院，賜同進士出身，改太常博士，與「猶從」二句不合。且其後十五年爲治平二年（一〇六五），又與「聖俞以疾卒于京師」不合。慶曆六年，堯臣四十五歲。「年今五十」，乃取其整數而言。時應知許州王舉正之辟命，在許昌忠武軍簽書判官任上。

〔二〕「予聞」句：杜甫天末懷李白：「文章憎命達，魑魅喜人過。」白居易序洛詩：「文士多數奇，詩人尤命薄。」

〔三〕「蓋世」二句：韓愈荆潭唱和詩序：「歡愉之辭難工，而窮苦之言易好。」

〔四〕「予友」二句：本集卷三三梅聖俞墓誌銘：「聖俞初以從父蔭，補太廟齋郎。」從父即叔父梅詢。

〔五〕「困於」句：梅聖俞墓誌銘：「歷桐城、河南、河陽三縣主簿，以德興縣令知建德縣，又知襄城縣，監湖州鹽稅。」此段時間，約從天聖五年（一〇二七）至慶曆四年（一〇四四）。

〔六〕「猶從」二句：堯臣先後應王舉正、晏殊之辟，簽判許昌忠武、陳州鎮安二軍。

〔七〕「其家」句：堯臣家鄉在宣州宣城（今屬安徽），宛陵爲宣城舊名。

〔八〕「然時」二句：梅聖俞墓誌銘：「自武夫、貴戚、童兒、野叟，皆能道其名字，雖妄愚人不能知詩義者，直曰：『此世所貴也，吾能得之。』用以自矜。故求者日踵門，而聖俞詩遂行天下。」

〔九〕「昔王文康公」二句：王文康公，王曙。其語已見梅聖俞墓誌銘。

〔一〇〕「若使」六句：梅聖俞墓誌銘：「（嘉祐）三年冬，祫于太廟，御史中丞韓絳言天子且親祠，當更制樂章，以薦祖考，惟梅某爲宜。亦不報。」

〔一一〕「其妻」句：堯臣妻兄爲謝絳。景初，絳之子，生平見本集卷三六渤海縣太君高氏墓碣箋注〔四〕。

〔一二〕吴興：湖州舊稱。堯臣慶曆二年三月至四年春在湖州監税任上，見梅集編年卷一二、一三、一四。

〔一三〕「余既」句：嘉祐五年，梅堯臣卒，歐爲銘墓，亦有祭文，見本集卷五〇。

【集評】

〔清〕儲欣：只「窮」、「工」二字往復議論悲慨，古今絶調。（唐宋八大家類選評語卷一一）

〔清〕吴楚材、吴調侯：「窮而後工」四字，是歐公獨創之言，實爲千古不易之論。通篇寫來，低昂頓折，一往情深。「若使其幸得用於朝廷」一段，尤突兀爭奇。（古文觀止評語卷一〇）

居士集卷四十三

序七首

送秘書丞宋君歸太學序〔一〕

陋巷之士，甘藜藿而修仁義，毁譽不干其守，飢寒不累其心，此衆人以爲難，而君子以爲易。生于高門，世襲軒冕，而躬布衣韋帶之行，其驕榮佚欲之樂，生長于其間而不溺其習，日見于其外而不動乎其中，此雖君子，猶或難之。學行足以立身而進不止，材能足以高人而志愈下，此雖聖人，亦以爲難也。書曰：「不自滿假。」又曰：「汝惟不矜不伐〔二〕。」以舜、禹之明㊀，猶以是爲相戒懼㊁，況其下者哉！此誠可謂難也已。

廣平宋君〔三〕，宣獻公之子〔四〕。公以文章爲當世宗師，顯于朝廷，登于輔弼，清德著于一時，令名垂于後世。君少自立，不以門地驕于人。既長，學問好古爲文章㊂。天下賢士大夫皆稱慕其爲人，而君慊然常若不足于己者。守官太學，甘寂寞以自處，日與寒士往來，而從先生、國子講論道德，以求其益。

夫生而不溺其習，此蓋出其天性㊃。其見焉而不動于中者，由性之明，學之而後至也。學而不止㊄，高而愈下。予自其幼見其長，行而不倦，久而愈篤，可知其將無所不至焉也。孟子所謂「孰能禦之」者歟〔五〕！予陋巷之士也，遭時奮身，竊位于朝，守其貧賤之節，其臨利害禍福之際，常恐其奪也。以予行君子之所易者猶若是，知君行聖賢之所難者爲難能也。

歲之三月，來自京師，拜其舅氏。予得延之南齋，聽其論議，而慕其爲人，雖與之終身久處而不厭也㊅。留之數日而去。於其去也，不能忘言，遂爲之序。廬陵歐陽修述。

【校記】

㊀「以」上：原校：一有「夫」字。㊁「猶」上：原校：一有「且」字。爲相戒懼：卷後原校：一無「爲」字。㊂爲：原校：一無此字。㊃其：原校：一作「於」。㊄學：原校：一作「進」。㊅久處：卷後原校：一作「久遊」。

【箋注】

〔一〕如題下注，皇祐元年（一〇四九）作。據胡譜，是年，歐知潁州，二月至郡。三月，宋敏修自京師來潁探親，歐與之相晤，遂有本文。宋綬有二子：長曰敏求，字次道，官終龍圖閣學士；次曰敏修，字中道，官秘書丞，端明集卷一一有秘書丞宋敏修可太常博士制。宋君，即指宋敏修。或謂當指敏求，誤也。文云宋君「守官太學，甘寂寞以自處」，考范鎮宋諫議敏求墓誌及宋史本傳，敏求未嘗「守官太學」。而其所撰春明退朝録卷下稱，慶曆五年夏刊修唐書，「命編修官六人，曾魯公、趙龍閣周翰、何密直公南、范侍御景仁、邵龍閣不疑與予」，然則敏求參與編修唐書，未嘗「甘寂寞以自處」，此番來潁之宋君，爲宋敏修無疑。

〔二〕「書曰」四句：尚書大禹謨：「克勤於邦，克儉於家，不自滿假，惟汝賢。汝惟不矜，天下莫與汝爭能；汝惟不伐，天下莫與汝爭功。」

〔三〕廣平：林寶元和姓纂卷八「宋」之下云：「楚有宋義、宋昌。廣平：（宋）昌爲漢中尉，始居西河介休。十二代孫晃生恭，徙廣平。」

〔四〕宣獻公：宋綬之謚號。綬字公垂，趙州平棘人。嘗爲知制誥、翰林學士兼侍讀，同修真宗實録、國史，官至參知政事。博通經史百家，文章爲一時所尚，楊億稱其文沈壯淳麗，以爲己所不及。宋史有傳。

〔五〕「孟子」句：語見孟子梁惠王上。

【集評】

〔明〕歸有光：通篇以難易立論，極有深淺。（歐陽文忠公文選評語卷六）

〔清〕張伯行：宋君固賢，而公叙之，尤藹然有情致。（唐宋八大家文鈔評語卷五）

送徐無黨南歸序〔一〕

草木鳥獸之爲物，衆人之爲人，其爲生雖異，而爲死則同，一歸於腐壞，澌盡、泯滅而已。而衆人之中有聖賢者，固亦生且死於其間，而獨異於草木鳥獸衆人者，雖死而不朽，逾遠而彌存也。其所以爲聖賢者，修之於身，施之於事，見之於言，是三者所以能不朽而存也〔二〕。

修於身者，無所不獲；施於事者，有得有不得焉；其見於言者，則又有能有不能也。施於事矣，不見於言可也。自詩、書、史記所傳，其人豈必皆能言之士哉？修於身矣，而不施於事，不見於言，亦可也。孔子弟子有能政事者矣，有能言語者矣。若顔回者，在陋巷，曲肱飢卧而已，其羣居則默然終日如愚人〔三〕。然自當時羣弟子皆推尊之，以爲不敢望而及㊀〔四〕，而後世更百千歲，亦未有能及之者。其不朽而存者，固不待施於事，況於言乎㊁？

予讀班固藝文志、唐四庫書目，見其所列，自三代、秦、漢以來，著書之士多者至百餘篇，少者猶三四十篇，其人不可勝數，而散亡磨滅百不一二存焉。予竊悲其人，文章麗矣，言語工矣，無異草木榮華之飄風，鳥獸好音之過耳也。方其用心與力之勞㊂，亦何異衆人之汲汲營營？而忽焉以死者，雖有遲有速㊃，而卒與三者同歸於泯滅㊄。夫言之不可恃也蓋如此。今之學者，莫不慕古聖賢之不朽，而勤一世以盡心於文字間者㊅，皆可悲也。

東陽徐生〔五〕，少從予學，爲文章，稍稍見稱於人。既去，而與羣士試於禮部，得高第，由是知名。其文辭日進㈦，如水湧而山出。予欲摧其盛氣而勉其思也，故於其歸，告以是言。然予固亦喜爲文辭者，亦因以自警焉。

【校記】

㈠而：原校：一作「以」。㈡於：原校：一作「其」。㈢勞：原校：一作「勤」。㈣「雖有」句：原校：一作「其遲速雖異」。㈤而：原校：一作「然」。㈥間：原校：一無此字。㈦「其」上：原校：一有「而」字。

【箋注】

〔一〕如題下注，至和元年（一〇五四）作。兩浙名賢録卷四六文苑傳：「徐無黨，永康人。從歐陽修學古文辭，修嘗稱其文日進，如水湧山出。注五代史，妙得良史筆意。皇祐中，以南省第一人登進士第。仕止郡教授而卒。」無黨登進士第在皇祐五年，歐是年所作與澠池徐宰（書簡卷七），有「計此書至，已在高第」之語。至和元年，又有一簡（同上）云：「真陽相別，忽以及兹。」真陽在與潁州相鄰的蔡州。本文當爲無黨南歸故里，歐于真陽送別高足之前所作。

〔二〕「其所以」五句：語本左傳襄公二十四年：「大上有立德，其次有立功，其次有立言，雖久不廢，此之謂不朽。」

〔三〕「若顔回」四句：見論語雍也。又，爲政云：「子曰：『與回言終日，不違，如愚。』」

〔四〕「然自」二句：論語公冶長：「子謂子貢曰：『汝與回也孰愈？』對曰：『賜也何敢望回？回也聞一以知十，賜也聞一以知二。』」

〔五〕東陽：無黨家鄉永康屬兩浙路婺州，東陽郡爲婺州舊稱。

【集評】

［宋］吕祖謙：此篇文字像一個階級，自下説上，一級進一級。（古文關鍵評語卷上）

［清］儲欣：本古人「三不朽」，傷立言之不足恃，無限唏嘘感慨。或謂公貶損立言，正是痴人前説不得夢話。（唐宋八大家類選評語卷一二）

［清］沈德潛：先以「三不朽」並提，後説言事爲輕，修身獨重，後更説言爲尤輕，直向文章家下一針砭。文情感喟歔欷，最足動人。（唐宋八大家文讀本評語卷一一）

［清］尚節之：須知此文句句言文之不可恃，實則句句嘆文之難工，而虞傳世之不易，所謂愛之深則言之切，乃歐文之最詼詭者。細細涵詠，自得其意。（引自唐宋文舉要甲編卷六）

廖氏文集序〔一〕

自孔子殁而周衰㊀，接乎戰國，秦遂焚書，六經於是中絶。漢興，蓋久而後出，其散亂磨滅，既失其傳，然後諸儒因得措其異説於其間，如河圖洛書〔二〕，怪妄之尤甚者。余嘗哀夫學者知守經以篤信，而不知僞説之亂經也，屢爲説以黜之〔三〕。而學者溺其久習之傳，反駭然非余以一人之見，決千歲不可考之是非㊁，欲奪衆人之所信㊂，徒自守而世莫之從也。

余以謂自孔子没，至今二千歲之間，有一歐陽修者爲是説矣。又二千歲，焉知無一人焉，與修同其説也？又二千歲，將復有一人焉。然則同者至于三，則後之人不待千歲而有也。同予説者既衆，則衆人之所溺者可勝而奪也㊃。夫六經非一世之書㊄，其將與天地無終極而存也，以無終極視數千歲㊅，於其間頃刻爾。是則余之有待於後者遠矣，非汲汲有求於今世也㈦。

衡山廖倚，與余遊三十年〔四〕。已而出其兄偁之遺文百餘篇號朱陵編者〔五〕，其論洪範，以爲九疇聖人之法爾，非有龜書出洛之事也〔六〕。余乃知不待千歲，而有與余同於今世者㈧。始余之待于後世也，冀有因余言而同者爾，若偁者未嘗聞余言，蓋其意有所合焉。然則舉今之世，固有不相求而同者矣，亦何待於數千歲乎㈨！

廖氏家衡山，世以能詩知名於湖南。而偁尤好古，能文章，其德行聞于鄉里，一時賢士皆與之遊。以其不達而早死，故不顯于世。嗚呼！知所待者㈩，必有時而獲；知所畜者⑪，必有時而施。苟有志焉，不必有求而後合。余嘉與偁不相求而兩得也，於是乎書。

嘉祐六年四月十六日，翰林學士、尚書吏部郎中、知制誥、充史館修撰歐陽修序。

【校記】

㈠而：原校：一無此字。「周」下：原校：一有「益」字。　㈡千歲：卷後原校：一作「數千載」。　㈢信：原校：一作「載」。　㈣勝而：原校：二字一作「以」。　㈤「書」下：原校：一有「也」字。　㈥歲：原校：一作「好」。　㈦今世也：原校：一作「今之世矣」。　㈧「者」下：原校：一有「矣」字。　㈨歲：原校：一作「載」。　㈩「知」下：原校：一有「有」字。　⑪「知」下：原校：一有「有」字。

【箋注】

〔一〕 如篇末所示，嘉祐六年（一〇六一）作。廖氏，廖偁。大清一統志卷二八一衡州府：「廖偁，衡山人。天禧進士。好古能文，手所著有朱陵編。」宋文鑑卷九四收有其所著封建論、洪範論。

〔二〕 河圖洛書：易繫辭上：「河出圖，洛出書，聖人則之。」

〔三〕「屢爲」句：見歐易或問、新唐書五行志論、新五代史前蜀王建世家論等。

〔四〕「衡山」二句：衡山屬荆湖南路，治今湖南衡陽。外集卷一四有明道二年（一〇三三）所作送廖倚歸衡山序，由其時至嘉祐六年（一〇六一）已二十九年，曰「三十年」，乃舉成數言之。據宋會要輯稿選舉三四之四八載，嘉祐「六年五月七日，舍人院試諸州敦遣進士」，「潭州廖倚、太原府崔遠策五等，並爲試秘書省校書郎」。湖廣通志卷五五人物志云，廖偁「弟倚亦以能詩知名於湖南，一時賢士皆與之遊」。

〔五〕 朱陵編：宋史藝文志七著録「廖偁朱陵編一卷。」

〔六〕「其論」三句：廖偁洪範論：「洪範皆人事之常，而前古之達道也。前古之達道，皆出於聖人者也。伏羲而前，偁不可得而知也；伏羲而下，至於堯、舜，觀其事，未有不法天行道，以理天下，使皇王之德，被於兆人，而足以儀法千古。則洪範者，固前賢之所啓也，豈得在禹方受之於天哉？若洪範之書出於洛，而神龜負之，以授於禹，則是洪範者，果非人之所能察也；自禹而上，果未之聞於世也。若果非人之所能察，而世果未之聞……則洛出龜，負以授於禹，得爲可乎？」書洪範：「天乃錫禹洪範九疇，彝倫攸叙。初一曰五行，次二曰敬用五事，次三曰農用八政，次四曰協用五紀，次五曰建用皇極，次六曰乂用三德，次七曰明用稽疑，次八曰念用庶徵，次九曰嚮用五福，威用六極。」孔傳：「天與禹，洛出書，神龜負文而出，列於背，有數至于九。禹遂因而第之，以成九類。」馬融注：「從『五行』以下至『六極』，洛書文也。」

【集評】

〔明〕茅坤：識見韻折，總屬匠心。（歐陽文忠公文鈔評語卷一七）

〔明〕歸有光：俟同千歲後一意，最奇警快人。（歐陽文忠公文選評語卷六）

〔清〕孫琮：本意只自喜廖氏之説與己論相同，寫出一片知己慶幸、喜出望外心事。今看他欲寫望外之喜，先說意中之喜，此是襯起之法。如前説同心之人，本期之二千歲後，不謂即得之於今日；後説同心之人，或因予言而始同，不謂未聞言而脗合。皆是以意中之所期，襯起意外之所喜，而意外之喜，便已寫得十分透露。（山曉閣選宋大家歐陽廬陵全集評語卷三）

外制集序㊀〔一〕

慶曆三年春，丞相吕夷簡病，不能朝。上既更用大臣，鋭意天下事，始用諫官、御史疏，追還夏竦制書。既而召韓琦、范仲淹於陝西，又除富弼樞密副使〔二〕。弼、仲淹、琦皆惶恐頓首，辭讓至五六不已。手詔趣琦等就道甚急，而弼方且入求對以辭，不得見，遣中貴人趣送閤門，使即受命〔三〕。嗚呼！觀琦等之所以讓，上之所以用琦等者，可謂聖賢相遭㊁，萬世一遇，而君臣之際，何其盛也！於是時，天下之士孰不願爲材邪？顧予何人，亦與其選。夏四月，召自滑臺，入諫院〔四〕。冬十二月，拜右正言、知制誥〔五〕。

是時夏人雖數請命，而西師尚未解嚴〔六〕。京東累歲盜賊，最後王倫暴起沂州〔七〕，轉劫江淮之間，而張海、郭貌山等亦起商、鄧，以驚京西〔八〕。州縣之吏多不稱職，而民弊矣。天子方慨然勸農桑，興學校，破去前例以不次用人。哀民之困而欲除其蠹吏，知磨勘法久之弊，而思別材不肖以進賢能。患百職之不修，而申行賞罰之信，蓋欲修法度矣。予時雖掌誥命，猶在諫職㊂，常得奏事殿中，從容盡聞天子所以更張庶事、憂閔元元而勞心求治之意。退得載于制書，以諷曉訓敕在位者。然予方與修祖宗故事，又修起居注，又修編敕〔九〕，日與同舍論議，治文書，所省不一，而除目所下，率不一二時，已迫丞相出。故不得專一思慮，工文字，以盡導天子難諭之意㊃，而復誥命於三代之文。嗟夫！學者文章見用于世鮮矣，況得施於朝廷而又遭人主致治之盛。若修之鄙，使竭其材猶恐不稱，而況不能專一其職，此予所以常遺恨於斯文也。

明年秋，予出爲河北轉運使〔一〇〕。又明年春，權知成德軍事〔一一〕。事少間，發嚮所作制草而閱之，雖不能盡載明天子之意，於其所述百得一二㊄，足以章示後世。蓋王者之訓在焉，豈以予文之鄙而廢也？於是録之爲三卷。予自直閣下，僅直八十始滿。不數日，奉使河東。還，即以來河北。故其所作，纔一百五十餘篇云。三月二十一日序。

【校記】

㊀題下原校：一作「慶曆制草」。㊁遭：原校：一作「逢」。㊂諫職：卷後原校：一作「諫院」。㊃盡導：卷後原校：一作「盡道」。㊄百：原校：一作「而」。

【箋注】

〔一〕如題下注，慶曆五年（一〇四五）作。據胡譜，慶曆四年四月，歐出使河東；八月，除龍圖閣直學士、河北都轉運按察使。篇末云：「奉使河東。還，即以來河北……三月二十一日序。」此「三月」已是「來河北」之翌年，即慶曆五年。

宋時，非翰林學士加知制誥起草制、誥、詔、令等，稱外制。歐慶曆三年以右正言知制誥，故編所擬詔令稱外制集。

〔二〕「慶曆」九句：詳見長編卷一三九、一四〇。

〔三〕「而弼」四句：宋史富弼傳：「（慶曆）三年，拜樞密副使，辭之愈力，改授資政殿學士兼侍讀學士。七月，復拜樞密副使。」

〔四〕「夏四月」三句：胡譜慶曆三年：「三月，召還。癸巳，轉太常丞、知諫院。四月，至京。」

〔五〕「冬十二月」二句：胡譜慶曆三年：「十二月己亥，召試知制誥，公辭。辛丑，有旨不試，直以右正言知制誥，仍供諫職。」

〔六〕「是時」二句：據宋史仁宗紀三，慶曆三年，元昊自名曩霄，遣人來納款，稱夏國。四年，宋歲賜夏銀、絹等，封曩霄爲夏國主，原緊張關係有所緩解。

〔七〕王倫：沂州軍卒。慶曆三年，策動兵變，殺巡檢使，後轉戰數州，兵敗被殺。歐奏議集卷二有論沂州軍賊王倫事宜劄子。

〔八〕「而張海」二句：事見本集卷三三尚書刑部郎中充天章閣待制兼侍讀贈右諫議大夫孫公墓誌銘箋注〔一八〕。

〔九〕「然予」三句：胡譜慶曆三年：「九月……己巳，同詳定國朝勳臣名次。丙戌，同修三朝典故。十月戊申，擢同修起居注。十二月……丁未，同詳定編敕。」按：宋史藝文志三著録「賈昌朝慶曆編敕十二卷」。慶曆時，昌朝位居宰輔，故領銜也。

〔一〇〕「明年」二句：胡譜慶曆四年：「八月……癸卯，除公龍圖閣直學士、河北都轉運按察使。」

〔一一〕「又明年」二句：胡譜慶曆五年：「是春，真定帥田況移秦州，公權府事者三月。」

【集評】

〔明〕歸有光：本遭逢處感慨次序，其憂深，其言遠，其源深而流長。（歐陽文忠公文選評語卷六）

〔清〕儲欣：雍容古雅，西漢文辭，可以冠歐之序。（唐宋八大家類選評語卷一一）

〔清〕何焯：用筆極有頓挫，言外亦感慨無窮。（義門讀書記卷三八）

禮部唱和詩序〔一〕

嘉祐二年春，予幸得從五人者於尚書禮部，考天下所貢士，凡六千五百人〔二〕。蓋絶不通人者五十日〔三〕，乃於其間時相與作爲古律長短歌詩雜言，庶幾所謂羣居燕處言談之文，亦所以宣其底滯而忘其倦怠也。故其爲言易而近，擇而不精。然綢繆反復，若斷若續，而時發於奇怪，雜以詼嘲笑謔，及其至也，往往亦造於精微〔四〕。

夫君子之博取於人者，雖滑稽鄙俚猶或不遺，而況於詩乎！古者詩三百篇，其言無所不有，惟其肆而不放，樂而不流，以卒歸乎正，此所以爲貴也。於是次而録之，得一百七十三篇㊀〔五〕，以傳於六家。

嗚呼，吾六人者，志氣可謂盛矣！然壯者有時而衰，衰者有時而老，其出處離合，參差不齊。則是詩也，足以追惟平昔，握手以爲笑樂。至於慨然掩卷而流涕噓嚱者，亦將有之。雖然，豈徒如此而止也，覽者其必有取焉。廬陵歐陽修序。

【校記】

㊀三篇：卷後原校：一作「二篇」。

【箋注】

〔一〕如題下注，嘉祐二年（一〇五七）作。長編卷一八五嘉祐二年：「春正月癸未，翰林學士歐陽修權知貢舉。」胡譜是年載：「正月癸未，權知禮部貢舉，賜御書『文儒』二字。」歸田録卷二：「嘉祐二年，余與端明韓子華、翰長王禹玉、侍讀范景仁、龍圖梅公儀同知禮部貢舉，辟梅聖俞爲小試官。凡鎖院五十日。六人者相與唱和，爲古律歌詩一百七十餘篇，集爲三卷。」

〔二〕「嘉祐」四句：宋會要輯稿選舉一之一一：「嘉祐二年正月六日，以翰林學士歐陽修知貢舉，翰林學士王珪、龍圖閣直學士梅摯、知制誥韓絳、集賢殿修撰范鎮并權同知貢舉，合格奏名進士李寔已下三百七十三人。」

〔三〕「蓋絶」句：何焯義門讀書記卷三八：「宋時試期之寬如此，故校閲宜精，且有餘力唱和也。」

〔四〕「然綢繆」六句：歸田録卷二：「前此爲南省試官者，多窘束條制，不少放懷。余六人者，歡然相得，羣居終日，長篇險韻，衆製交作，筆吏疲於寫録，僮史奔走往來，間以滑稽嘲謔，形於風刺，更相酬酢，往往烘堂絶倒，自謂一時盛事，前此未之有也。」葉夢得石林詩話卷下：「未引試前，唱酬詩極多。文忠『無譁戰士銜枚勇，下筆春蠶食葉聲』，最爲警策。聖俞有『萬蟻戰時春晝永，五星明處夜堂深』，亦爲諸公所稱。」

〔五〕「於是」二句：宋史藝文志八著録歐陽修禮部唱和詩集三卷。

【集評】

〔清〕孫琮：公之爲此序也，純是一種自愛自惜，滿心得意，滿心矜許。觀其第一段自許，第二段期人之取此，第三段以三百篇詩自況，第四段雖説誌數人離合，然急轉到覽者有取，以見通篇所重，而神韻悠然自遠。（山曉閣選宋大家歐陽廬陵全集評語卷三）

内制集序〔一〕

昔錢思公嘗以謂朝廷之官〔二〕，雖宰相之重，皆可雜以他才處之，惟翰林學士非文章不可。思公自言爲此語，頗取怒於達官㊀，然亦自負以爲至論。今學士所作文書多矣，至於青詞齋文，必用老子、浮圖之説；祈禳秘祝，往往近於家人里巷之事；而制詔取便於宣讀㊁，常拘以世俗所謂四六之文。其類多如此。然則果可謂之文章者歟？

予在翰林六年〔三〕，中間進拜二三大臣，皆適不當直。而天下無事，四夷和好，兵革不用。凡朝廷之文，所以指麾號令，訓戒約束，自非因事，無以發明。矧予中年早衰〔四〕，意思零落，以非工之作，又無所遇以發焉。其屑屑應用，拘牽常格，卑弱不振，宜可羞也。然今文士尤以翰林爲榮選，予既罷職，院吏取予直草以日次之，得四百餘篇，因不忍棄。況其上自朝廷，内及宫禁，下暨蠻夷海外，事無不載。而時政記、日曆與起居郎、舍人有所略而不記，未必不有取於斯焉。

嗚呼！予且老矣，方買田淮、潁之間〔五〕。若夫涼竹簟之暑風，曝茅簷之冬日，睡餘支枕，念昔平生仕宦出處，顧瞻玉堂，如在天上。因覽遺稿，見其所載職官名氏，以較其人盛衰先後，孰在孰亡，足以知榮寵爲虚名，而資笑談之一噱也㊂。亦因以誇於田夫野老而已。嘉祐六年秋八月二日，廬陵歐陽修序。

【校記】

㈠怒：原校：一作「怨」。　㈡詔：原校：一作「誥」。　㈢笑談：原校：一作「談笑」。

【箋注】

〔一〕如篇末所示，嘉祐六年（一〇六一）作。宋翰林學士知制誥，起草制、誥、詔、令等，稱内制。胡譜至和元年：「九月辛酉，遷翰林學士。」嘉祐六年，歐將在翰林六年所擬四百餘篇詔、令等編爲内制集，遂有此序。

〔二〕錢思公：錢惟演。見本集卷二七張子野墓誌銘箋注〔一二〕。

〔三〕「予在」句：歐至和元年（一〇五四）九月爲翰林學士，至嘉祐五年（一〇六〇）十一月拜樞密副使（見胡譜），前後在翰林六年有餘。

〔四〕「矧予」句：歐四十三歲時作潁州謝上表，云：「遽先罹於衰病，神與明而并耗，風乘氣以交攻。睛瞳雖存，白黑纔辨。」按：時歐已患消渴症。

〔五〕「方買」句：本集卷九初食雞頭有感云：「何時遂買潁東田，歸去結茅臨野水？」時爲嘉祐六年六月，尚未買田也。本文作于八月，云「方買田淮、潁間」，則買田必在是年夏秋間。

【集評】

〔清〕沈德潛：翰林無文章，宋代已然。牽於應用常格，不得不然也。抑揚顧盼，絶世文情。（唐宋八大家文讀本評語卷一一）

〔清〕浦起龍：掌制之作，所謂官樣文章也。其按之也，以還體裁；其揚之也，以志遭遇，筆筆迴翔。（古文眉詮評語卷五九）

帝王世次圖序〔一〕

堯、舜、禹、湯、文、武，此六君子者可謂顯人矣。而後世猶失其傳者，豈非以其遠也哉？是故君子之學，不窮遠以爲能，而闕其不知，慎所傳以惑世也。

方孔子時，周衰學廢，先王之道不明，而異端之説並起。孔子患之，乃修正詩、書、史記〔二〕，以止紛亂之説，而欲其傳之信也。故略其遠而詳其近，於書斷自唐、虞以來，著其大事可以爲世法者而已。至於三皇五帝君臣世次皆未嘗道者〔三〕，以其世遠而慎所不知也。

孔子既没，異端之説復興，周室亦益衰亂。接乎戰國，秦遂焚書，先王之道中絶。漢興久之，詩、書稍出而不完〔四〕。當王道中絶之際，奇書異説方充斥而盛行，其言往往反自託於孔子之徒，以取信於時。學者既不備見詩、書之詳，而習傳盛行之異説，世無聖人以爲質，而不自知其取捨真僞。至有博學好奇之士，務多聞以爲勝者，於是盡集諸説，而論次初無所擇，而惟恐遺之也，如司馬遷之史記是矣〔五〕。

以孔子之學，上述前世，止於堯、舜，著其大略，而不道其前。遷遠出孔子之後，而乃上述黄帝以來，又詳悉其世次，其不量力而務勝，宜其失之多也。遷所作本紀，出於大戴禮、世本諸書〔六〕，今依其説，圖而考之，堯、舜、夏、商、周，皆同出於黄帝〔七〕。堯之崩也，下傳其四世孫舜〔八〕，舜之崩也，復上傳其四世祖禹〔九〕，而舜、禹皆壽百歲。稷、契於高辛爲子，乃同父異母之兄弟〔一〇〕，今以其世次而下之，湯與王季同世〔一一〕。湯下傳十六世而爲紂〔一二〕，王季下傳一世而爲文王，二世而爲武王〔一三〕。是文王以十五世祖臣事十五世孫紂，而武王以十四世祖伐十四世孫而代之王㊀，何其繆哉！

嗚呼！堯、舜、禹、湯、文、武之道，百王之取法也。其盛德大業見於行事，而後世所欲知者，孔子皆已論著之矣。其久遠難明之事後世不必知，不知不害爲君子者，孔子皆不道也。夫孔子所以爲聖人者，其智知所取捨，皆如此。

【校記】

㊀十四世：卷後原校：「『四』當作『六』，後序可證。」

【箋注】

〔一〕原未繫年，置嘉祐治平間，何時作不詳。

〔二〕「乃修正」句：史記孔子世家云：「古者詩三千餘篇，及至孔子，去其重，取可施禮義，上采契后稷，中述殷周之盛，至幽厲之缺，始於衽席。」又云：「（孔子）追迹三代之禮，序書傳，上紀唐虞之際，下至秦繆。」又云：「乃因史記作春秋，上至隱公，下訖哀公十四年，十二公。」

〔三〕三皇、五帝：説法不一，多以伏羲、神農、黄帝爲三皇，以黄帝、顓頊、帝嚳、唐堯、虞舜爲五帝。見莊子天運成玄英疏及史記五帝本紀張守節正義等。

〔四〕「漢興」三句：史記儒林列傳：「及今上即位，趙綰、王臧之屬明儒學，而上亦鄉之，於是招方正賢良文學之士。自是之後，言詩於魯則申培公，於齊則轅固生，於燕則韓太傅。言尚書自濟南伏生……秦時焚書，伏生壁藏之。其後兵大起，流亡，漢定，伏生求其書，亡數十篇，獨得二十九篇。」

〔五〕「至有」六句：漢書司馬遷傳：「司馬遷據左氏、國語，采世本、戰國策，述楚漢春秋，接其後事，訖于天漢。其言秦漢詳矣。至于采經摭傳，分散數家之事，甚多疏略，或有抵梧。亦其所涉獵者廣博，貫穿經傳，馳騁古今上下數千載間，斯已勤矣。」

〔六〕大戴禮：即大戴禮記。郡齋讀書志卷二大戴禮記十三卷：「右漢戴德纂。亦河間王所獻百三十一篇，劉向校定……德删其煩重，爲八十五篇。今書止四十篇。」按：戴德爲漢哀帝時信都王太傅，爲司馬遷之後的人，歐謂遷作本紀「出於大戴禮」，誤也。世本：劉向云：「古史官明於古事者之所記也。録黄帝已來帝王諸侯及卿大夫系謚名號，凡十五篇也。」見史記集解序司馬貞索隱。

〔七〕「堯、舜」二句：見史記五帝本紀、夏本紀、殷本紀、周本紀的有關記載。

〔八〕「堯之崩」二句：史記五帝本紀：「帝嚳高辛者，黄帝之曾孫也。」又：「帝嚳娶陳鋒氏女，生放勳……是爲帝堯。」然則堯爲黄帝之玄孫即四世孫也。五帝本紀：「虞舜者，名曰重華。重華父曰瞽叟，瞽叟父曰橋牛，橋牛父曰句望，句望父曰敬康，敬康父曰窮蟬，窮蟬父曰帝顓頊，顓頊父曰昌意。」又：「（黄帝）生二子……其二曰昌意。」然則舜爲黄帝之八世孫，堯之四世族孫也。

〔九〕「舜之崩」二句：史記夏本紀：「夏禹，名曰文命。禹之父曰鯀，鯀之父曰帝顓頊，顓頊之父曰昌意，昌意之父曰黄帝。禹者，黄帝之玄孫而帝顓頊之孫也。」因舜爲黄帝之八世孫，故歐云黄帝之四世孫禹，爲舜之「四世祖」也。

〔一〇〕「稷、契」二句：史記殷本紀：「殷契，母曰簡狄，有娀氏之女，爲帝嚳次妃。」周本紀：「周后稷，名弃。其母有邰氏女，曰姜原。姜原爲帝嚳元妃。」可知稷與契爲同父異母兄弟。高辛，帝嚳也。五帝本紀：「帝嚳高辛者，黄帝之曾孫也。」

〔一一〕「湯與」句：史記殷本紀：「契卒，子昭明立。昭明卒，子相土立。相土卒，子昌若立。昌若卒，子曹圉立。曹圉卒，子冥立。冥卒，子振立。振卒，子微立。微卒，子報丁立。報丁卒，子報乙立。報乙卒，子報丙立。報丙卒，子主壬立。主壬卒，子主癸立。主癸卒，子天乙立，是爲成湯。」可知湯爲契的十三世孫。又據周本紀，王季爲契的十三世孫。故歐云「湯與王季同世。」

〔一二〕「湯下傳」句：詳見史記殷本紀。

〔一三〕「王季」二句：詳見史記周本紀。

【集評】

〔宋〕黄震：闢太史公本紀之失。凡帝王事可法於後世者，孔子蓋論著之矣。久遠難明，不知不害爲君子者，不道也。（黄氏日鈔卷六一）

〔清〕何焯：更簡勁，尤佳。（義門讀書記卷三八）

後序〔一〕

余既略論帝王世次而見本紀之失，猶謂文、武與紂相去十五六世，其繆較然不疑。而堯、舜、禹之世相去不遠，尚冀其理有可通，乃復以尚書、孟子、孔安國、皇甫謐諸書〔二〕，參考其壽數長短，而尤乖戾不能合也。

據書及諸説云：堯壽一百一十六歲，舜壽一百一十二歲，禹壽百歲〔三〕。堯年十六即位，在位七十年，年八十六始得舜而試之，二年乃使攝政〔四〕。時舜年三十，居試、攝通三十年而堯崩〔五〕。舜服堯喪三年畢，乃即位〔六〕，在位五十年而崩〔七〕。方舜在位三十三年命禹攝政，凡十七年而舜崩〔八〕。禹服舜喪三年畢，乃即位，在位十年而崩〔九〕。由是言之，當堯得舜之時，堯年八十六，舜年三十。以此推而上之，是堯年五十七已見四世之玄孫生一歲矣。舜居試、攝及在位通八十二年，而禹壽百歲。以禹百年之間推而上之，禹即位及居舜喪通十三年，又在舜朝八十二年，通九十五年，則當舜攝、試之初年，禹纔六歲。是舜爲玄孫年三十時，見四世之高祖方生六歲矣。至於舜娶堯二女〔一〇〕，據圖爲曾祖姑。雖古遠世異，與今容有不同，然人倫之理乃萬世之常道，必不錯亂顛倒之如此。然則諸家世次、壽數長短之説，聖經之所不著者，皆不足信也決矣。

【箋注】

〔一〕原未繫年，當與前篇同時而作。

〔二〕孔安國：西漢魯人，孔子後裔，武帝時爲諫大夫。史記孔子世家云「安國爲今皇帝博士，至臨淮太守」。爲尚書古文學派開創者。前漢書儒林傳：「孔氏有古文尚書，孔安國以今文字讀之，因以起其家……而司馬遷亦從安國問，故遷書載堯典、禹貢、洪範、微子、金縢諸篇，多古文説。」皇甫謐：字士安，晉安定朝那人。博通典籍百家之言，沉靜寡欲，以著述爲務。累受徵命，力拒不赴。撰有帝王世紀年歷、高士傳等。晉書有傳。

〔三〕「據書」四句：史記五帝本紀集解引皇甫謐曰：「（堯）年百一十八，在位九十八年。」夏僎尚書詳解卷二：「堯壽實一百一十六歲。」史浩尚書講義卷二：「舜壽一百一十二歲。」黄倫尚書精義卷四：「舜壽凡百一十二歲也。」陳經尚書詳解：「舜壽其一百一十二歲也。」石介憂勤非損壽論：「堯壽一百二十歲矣……舜壽一百一十歲矣……禹壽百歲。」

〔四〕「在位」三句：史記五帝本紀：「堯立七十年得舜。二十年而老，令舜攝行天子之政。」歐云「二年乃使攝政」，此云「二十年」，相差十八年。

〔五〕「居試」句：史記五帝本紀：「堯辟位凡二十八年而崩。」

〔六〕「舜服」二句：史記五帝本紀：「堯崩，三年之喪畢，舜讓辟丹朱於南河之南。諸侯朝覲者不之丹朱而之舜，獄訟者不之丹朱而之舜，謳歌者不謳歌丹朱而謳歌舜。舜曰『天也』，夫而後之中國踐天子位焉，是爲帝舜。」按：丹朱，堯之子也。

〔七〕「在位」句：史記五帝本紀：「（舜）年六十一代堯踐帝位。踐帝位三十九年，南巡狩，崩於蒼梧之野。」此與歐云舜「在位五十年」亦異。

〔八〕「方舜」二句：史記夏本紀：「帝舜薦禹於天，爲嗣。十七年而帝舜崩。」

〔九〕「禹服」三句：史記夏本紀：「三年喪畢，禹辭辟舜之子商均於陽城。天下諸侯皆去商均而朝禹。禹於是遂即天子位……十年，帝禹東巡狩，至于會稽而崩。」

〔一〇〕「至於」句：史記五帝本紀：「堯乃以二女妻舜以觀其内。」

【集評】

〔清〕沈德潛：補前序所未言，讀至後幅，令人啞然失笑。（唐宋八大家文讀本評語卷一一）

〔清〕愛新覺羅弘曆：修平生於古人書不輕訾議，至其灼見刺謬，則反覆申明，以詔後世，又不憚覼縷，間嘗論之。馬遷上下千百年以成史記……特所編次多據戰國、秦、漢間處士遊談不經之説，雜入孔子論定之六經，使金鍮莫辨，涇渭不分，則其所蔽耳。（唐宋文醇評語卷二四）

居士集卷四十四

序六首傳一首附

思潁詩後序〔一〕

皇祐元年春，予自廣陵得請來潁〔二〕，愛其民淳訟簡而物産美，土厚水甘而風氣和，於時慨然已有終焉之意也。爾來俯仰二十年間㊀〔三〕，歷事三朝〔四〕，竊位二府〔五〕，寵榮已至而憂患隨之〔六〕，心志索然而筋骸憊矣。其思潁之念未嘗少忘于心㊁，而意之所存亦時時見於文字也㊂。

今者幸蒙寬恩，獲解重任，使得待罪于亳〔七〕，既釋危機之慮，而就閑曠之優，其進退出處，顧無所繫於事矣。謂可以償夙志者，此其時哉！因假道于潁，蓋將謀決歸休之計也㊃〔八〕。乃發舊稿，得自南京以後詩十餘篇，皆思潁之作〔九〕，以見予拳拳於潁者非一日也。不類倦飛之鳥然後知還〔一〇〕，惟恐勒移之靈却回俗駕爾〔一一〕。治平四年五月三日，廬陵歐陽修序。

【校記】

㊀間：原校：一無此字。　㊁「未嘗」下：原校：一有「一日」二字。　于心：原校：一無此二字。　㊂意：原校：一作「心」。而意之所存：天理本卷後原校：碑作「而志之所存」。　㊃「謀」下：原校：一有「葺弊廬以」四字。

【箋注】

〔一〕如篇末所示，治平四年（一〇六七）作。

〔二〕「皇祐」二句：胡譜皇祐元年：「正月丙午，移知潁州。二月丙子，至郡。」

〔三〕「爾來」句：由皇祐元年（一〇四九）至作本文的治平四年（一〇六七），近二十年。

〔四〕三朝：指仁宗、英宗、神宗朝。

〔五〕二府：樞府、政府。據胡譜，歐嘉祐五年拜樞密副使，六年爲參知政事。

〔六〕寵榮已至：胡譜治平四年：「正月丁巳，神宗即位。戊辰，覃恩轉尚書左丞，進階特進，加食邑五百户、食實封二百户，仍賜推忠協謀同德佐理功臣。」

〔七〕「今者」三句：胡譜治平四年：「二月……御史彭思永、蔣之奇以飛語污公。上察其誣，斥之。公力求去。三月壬申，除觀文殿學士，轉刑部尚書、知亳州。」

〔八〕「因假道」二句：胡譜治平四年：「閏三月辛巳，宣簽書駐泊公事，陛辭，乞便道過潁少留，許之。」書簡卷七有是年所作與曾舍人云：「某昨假道於潁者，本以歸休之計初未有涯，故須躬往。及至，則敝廬地勢，喧靜得中，仍不至狹隘，但易故而新，稍增廣之，可以自足矣。」

〔九〕「得自」二句：據胡譜，歐皇祐二年七月，由潁州改知應天府兼南京留守司事，同月到任。自是眷戀潁州，思潁詩不絶。

〔一〇〕「不類」句：陶潛歸去來兮辭：「鳥倦飛而知還。」

〔一一〕「惟恐」二句：孔稚圭北山移文：「鍾山之英，草堂之靈。馳煙驛路，勒移山庭……請回俗士駕，爲君謝逋客。」楊時南康值雨：「未須勒移却俗駕，會應一洗塵寰空。」

【集評】

〔明〕孫鑛：自小文字真率寫來，自有佳趣。（引自山曉閣選宋大家歐陽廬陵全集評語卷三）

〔清〕孫琮：篇中詳記思潁，作三段看。第一、第三段是實寫思潁，第二段是虛寫思潁，兩番實寫間一番虛寫，便令文字不板重。（同上）

歸田録序〔一〕

歸田録者，朝廷之遺事，史官之所不記，與夫士大夫笑談之餘而可録者，録之以備閑居之覽也。

有聞而誚余者曰：「何其迂哉！子之所學者，修仁義以爲業，誦六經以爲言，其自待者宜如何？而幸蒙人主之知，備位朝廷，與聞國論者，蓋八年于兹矣〔二〕。既不能因時奮身，遇事發憤，有所建明，以爲補益；又不能依阿取容，以徇世俗，使怨嫉謗怒叢于一身㈠，以受侮于羣小〔三〕。當其驚風駭浪，卒然起於不測之淵，而蛟鱷黿鼉之怪，方駢首而闖伺㈡，乃措身其間，以蹈必死之禍〔四〕。賴天子仁聖，惻然哀憐，脱於垂涎之口而活之，以賜其餘生之命〔五〕。曾不聞吐珠銜環〔六〕，效蛇雀之報。蓋方其壯也，猶無所爲㈢，今既老且病矣，是終負人主之恩，而徒久費大農之錢〔七〕，爲太倉之鼠也〔八〕。爲子計者，謂宜乞身于朝，遠引疾去，以深戒前日之禍㈣，而優游田畝，盡其天年，猶足竊知止之賢名。而乃裴回俯仰，久之不決。此而不思，尚何歸田之録乎！」

余起而謝曰：「凡子之責我者，皆是也。吾其歸哉，子姑待。」治平四年九月乙未，歐陽修序。

【校記】

㈠怨嫉：卷後原校：一作「怨恨」。　㈡闖：衡本作「闚」。　㈢無所：卷後原校：一作「無可」。　㈣「遠引」二句：原校：十一字一作「退避榮寵」。

【箋注】

〔一〕如篇末所示，治平四年（一〇六七）作。朱弁曲洧舊聞卷九：「歐陽公歸田録初成未出，而序先傳。神宗見之，遽命中使宣取。時公已致仕在潁州，以其間記述有未欲廣者，因盡删去之。又惡其太少，則雜記戲笑不急之事，以充滿其卷帙。既繕寫進入，而舊本亦不敢存。今世之所有，皆進本，而元書蓋未嘗出之於世，至今子孫猶謹守之。」王明清揮麈三録亦有相同記載。陳振孫直齋書録解題卷一一：「或言公爲此録未傳，而序先出，裕陵索之，其中本載時事及所經歷見聞，不敢以進，旋爲此本，而初本竟不復出。未知信否。公自爲序。」四庫全書總目卷一四〇：「周煇清波雜志所記，與明清之説同，惟云『原本亦嘗出』，與明清説又不合。大抵初稿爲一本，宣進者又一本，實有此事；其旋爲之説，與删除之説，則傳聞異詞耳。」

〔二〕「而幸蒙」四句：嘉祐五年（一〇六〇），歐拜樞密副使，至治平四年（一〇六七），首尾八年。

〔三〕「既不能」八句：熙寧元年春，歐上亳州乞致仕第一表（表奏書啓四六集卷四），云：「竊與機政之司，逮更二府之繁，蓋亦八年之久。既不能遇事發憤，慨然有所建明，又不能與世浮沉，默爾以爲阿徇。每多言而取怨，積衆怒以難當。」

〔四〕「當其」六句：歐嘗遭怨謗，而貶夷陵，謫滁州，然遭蔣之奇之誣陷，確屬奇耻大辱，莫此爲甚。歐乃因濮議而犯衆怒，被誣以與長媳吴氏有染，且事發就在當年，故滿腹憤怨宣泄于此。

〔五〕「賴天子」四句：胡譜治平四年：「二月……御史彭思永、蔣之奇以飛語汚公。上察其誣，斥之。」表奏書啓四六集卷四收有四年三月四日差中使朱可道賜予之神宗御札，云：「數日來，以言者汚卿以大惡，朕曉夕在懷，未嘗舒釋……今日已令降黜，仍出榜朝堂，使中外知其虚妄。事理既明，人疑亦釋，卿宜起視事如初。」同日，歐有謝賜手詔劄子，云：「陛下神聖聰明，無幽不燭。察臣孤危，辨臣寃枉，使臣不陷大惡，得爲完人……則臣餘生之命，是陛下所延之命；今日之身，是陛下再造之身。」

〔六〕吐珠：搜神記卷二〇：「隋侯出行，見大蛇被傷中斷，疑其靈異，使人以藥封之，蛇乃能走，因號其處斷蛇丘。歲餘，蛇銜明珠以報之。」銜環：後漢書楊震傳注引續齊諧記：「（楊）寶年九歲時，至華陰山北，見一黄雀爲鴟梟所搏，墜於樹下，爲螻蟻所困。寶取之以歸，置巾箱中，唯食黄花，百餘日，毛羽成，乃飛去。其夜有黄衣童子嚮寶再拜曰：『我西王母使者，君仁愛救拯，實感成濟。』以白環四枚與寶：『令君子孫潔白，位登三事，當如此環矣。』」

〔七〕大農：大司農。史記平準書：「桑弘羊爲治粟都尉，領大農。」此指國庫。

〔八〕太倉之鼠：史記李斯列傳：「斯入倉，觀倉中鼠，食積粟，居大廡之下。」曹鄴官倉鼠：「官倉老鼠大如牛，見人開倉亦不走。健兒無糧百姓饑，誰遣朝朝入君口？」

仲氏文集序〔一〕

嗚呼！語稱君子知命〔二〕。所謂命，其果可知乎？貴賤窮亨，用捨進退，得失成敗，其有幸有不幸，或當然而不然，而皆不知其所以然者，則推之於天，曰「有命」。夫君子所謂知命者，知此而已。蓋小人知在我，故常無所不爲；君子知有命，故能無所屈。凡士之有材而不用於世，有善而不知於人，至於老死困窮而不悔者，皆推之有命，而不求苟合者也。

余讀仲君之文，而想見其人也。君諱訥，字樸翁〔三〕。其氣剛，其學古，其材敏。其爲文抑揚感激，勁正豪邁，似其爲人〔四〕。少舉進士〔五〕，官至尚書屯田員外郎而止。君生於有宋百年全盛之際，儒學文章之士得用之時，宜其馳騁上下，發揮其所畜，振耀於當世。而獨韜藏抑鬱，久伏而不顯者，蓋其不苟屈以合世，故世亦莫之知也〔六〕，豈非知命之君子歟！余謂君非徒知命而不苟屈，亦自負其所有者，謂雖抑於一時，必將伸於後世而不可揜也。

君之既歿，富春孫莘老狀其行以告于史〔七〕，臨川王介甫銘之石以藏諸幽，而余又序其集以行於世。然則君之不苟屈於一時，而有待於後世者，其不在吾三人者邪！噫！

余雖老且病，而言不文，其可不勉！觀文殿學士、刑部尚書、知亳州廬陵歐陽修序。

【箋注】

〔一〕如題下注，熙寧元年（一〇六八）作。仲氏，仲訥。臨川集卷九四尚書屯田員外郎仲君墓誌銘謂其卒于皇祐五年十二月，葬于熙寧元年十一月。據歐辭免青州第一劄子（表奏書啓四六集卷五），是年八月八日歐轉兵部尚書，改知青州。篇末稱「知亳州」，則本文當作于八月八日前。

〔二〕「語稱」句：論語堯曰：「孔子曰：『不知命，無以爲君子也。』」

〔三〕「君諱訥」二句：王安石仲君墓誌銘：「君仲氏，諱訥，字樸翁，廣濟軍定陶人。」

〔四〕「其氣剛」六句：仲君墓誌銘：「君厚重有大志，不妄言笑，喜讀書爲古文章，晚而尤好爲詩，詩尤稱於世。」關于「其材敏」，墓誌銘云：「年少初官，然上下無敢易者。時傳契丹且大擾邊，朝廷使中貴人來問，知州張崇俊未知所對，公策契丹無他，爲具奏論之。崇俊喜曰：『朝廷必知非吾能爲此，然亦當善我能聽用君也。』」又云：「復權明州節度推官，縣送海賊數十人，獄具矣，君獨疑而辨之，數十人者皆得雪。」宋史藝文志七有「仲訥集十二卷」。宋文鑑收有仲訥詩送唐御史、負暄閑眠及文議禦戎。

〔五〕少舉進士：仲君墓誌銘：「君景祐元年進士。」

〔六〕「蓋其」二句：仲君墓誌銘：「所在有聲績，然直道自信，於權貴人不肯有所屈，故好者少，然亦多知其非常人也。」

〔七〕孫莘老：孫覺，字莘老，高郵人。少學于胡瑗。舉進士，調合肥主簿。歷館閣校勘、知諫院、知應天府等。哲宗時，進吏部侍郎，拜御史中丞。宋史有傳。

【集評】

〔明〕茅坤：言近而旨遠。（歐陽文忠公文鈔評語卷一七）

〔清〕何焯：此文殊少佳處，後半亦不謹嚴。（義門讀書記卷三八）

續思潁詩序〔一〕

皇祐二年，余方留守南都，已約梅聖俞買田于潁上。其詩曰：「優游琴酒逐漁釣，上下林壑相攀躋。及身彊健始爲樂，莫待衰病須扶携〔二〕。」此蓋余之本志也。時年四十有四。其後丁家艱〔三〕，服除還朝〔四〕，遂入翰林爲學士〔五〕。忽忽七八年間，歸潁之志雖未遑也，然未嘗一日少忘焉。故其詩曰「乞身當及彊健時，顧我蹉跎已衰老〔六〕」，蓋歎前言之未踐也。時年五十有二。自是誤被選擢，叨塵二府，遂歷三朝。蓋自嘉祐、治平之間，國家多事〔七〕，固非臣子敢自言其私時也。而非才竊位，謗咎已盈，賴天子仁聖聰明，辨察誣罔，始終保全〔八〕。其出處俯仰，十有二年〔九〕。今其年六十有四，蓋自有蹉跎之歎又復一紀矣〔一〇〕。中間在亳，幸遇朝廷無事，中外晏然，而身又不當責任，以謂臣子可退無嫌之時，遂敢以其私言〔一一〕。天子惻然，閔其年猶未也，謂尚可以勉。故奏封十上，而六被詔諭，未賜允俞〔一二〕。今者蒙上哀憐，察其實病且衰矣，既不責其避事，又曲從其便私，免并得蔡〔一三〕，俾以偷安。此君父廓大度之寬仁，遂萬物之所欲，覆載含容養育之恩也。而復蔡、潁連疆，因得以爲歸老之漸，冀少償其夙願，茲又莫大之幸焉。

初陸子履以余自南都至在中書所作十有三篇爲思潁詩，以刻于石，今又得在亳及青十有七篇以附之。蓋自南都至在中書十有八年而得十三篇〔一四〕，在亳及青三年而得十有七篇，以見余之年益加老，病益加衰，其日漸短，其心漸迫，故其言愈多也。庶幾覽者知余有志於彊健之時，而未償於衰老之後㊀，幸不譏其踐言之晚也。熙寧三年九月七日，六一居士序。

【校記】

㊀未償：衡本作「獲償」。

【箋注】

〔一〕如篇末所示，熙寧三年（一〇七〇）作。皇祐二年起，歐作思潁詩，治平四年刻于石，作思潁詩後序。知亳州、青州期間，又有思潁之作，謂續思潁詩，此爲序也。熙寧四年，歐與長子發書（書簡卷一〇與大寺丞）云：「續思潁詩何爲却不刻石？問得言來。」足見關注之情。

〔二〕「其詩曰」五句：此爲本集卷五寄聖俞詩。「莫待衰病須扶携」後，爲全詩之結句：「行當買田清潁上，與子相伴把鋤犁。」本文開頭「已約梅聖俞買田于潁上」，即指此而言。寄聖俞詩當爲皇祐三年作，見該詩箋注〔一〕。歐云二年，恐誤。

〔三〕「其後」句：胡譜皇祐四年：「三月壬戌，丁母夫人憂，歸潁州。」

〔四〕服除還朝：胡譜至和元年：「五月，服闋，除舊官職，赴闕。」

〔五〕「遂入」句：胡譜至和元年：「九月辛酉，遷翰林學士。」

〔六〕「故其」二句：詩語出自本集卷八歸田四時樂春夏二首之二。

〔七〕「蓋自」二句：嘉祐八年，仁宗卒，英宗立。英宗疾甚，舉措或改常度，宦者共爲讒間，遂與皇太后成隙。韓琦歐陽修等竭力彌縫母子，鎮安内外。至治平元年，曹太后還政，英宗親政。見長編卷一九九、二〇一。

〔八〕「而非才」五句：指歷夷陵、滁州之貶，治平四年又遭蔣之奇誣陷，而神宗終察其誣事。見本卷歸田録序箋注〔四〕、〔五〕。

〔九〕「其出處」二句：此承前「時年五十有二」而言。

〔一〇〕「蓋自有」句：「蹉跎之嘆」，即指有「顧我蹉跎已衰老」句的歸田四時樂春夏二首詩，作于嘉祐三年（一〇五八）。由其時至撰本文的熙寧三年（一〇七〇）爲十二年，正好「一紀」。

〔一一〕「遂敢」句：指熙寧元年春，在亳州乞請致仕。見歐亳州乞致仕第一表。

〔一二〕「故奏封」三句：歐有亳州乞致仕五表、五劄子。見表奏書啓四六集卷四。

〔一三〕「免并」句：胡譜熙寧三年：「四月壬申，除檢校太保、宣徽南院使、判太原府，河東路經略安撫監牧使，兼并代澤潞麟府嵐石路兵馬都總管。公堅辭不受。七月辛卯，改知蔡州。」

〔一四〕「蓋自」句：指皇祐二年（一〇五〇）在南京至治平四年（一〇六七）在政府而尚未出知亳州之十八年間所作詩。

【集評】

〔清〕孫琮：歐公一面勤勤詳寫思潁，便一面勤勤詳記歲年，故前幅每段以歲年作結，後幅叙詩，亦以歲年作記，此最是通篇眼目。蓋歸潁之思，純爲娱老之地，今年日愈邁，則潁日愈思，勤勤記年，正是勤勤思潁，不得徒作年譜觀也。序爲詩而作，故前幅二段皆以其詩點綴，不惟寫得風雅，又點照得眼目。（山曉閣選宋大家歐陽廬陵全集評語卷三）

〔清〕浦起龍：只作二十年年譜爲「續思」二字，縷縷白描，不著一分濃豔，最足摧陷俗坌。（古文眉詮評語卷五九）

江鄰幾文集序〔一〕

余竊不自揆，少習爲銘章，因得論次當世賢士大夫功行。自明道、景祐以來，名卿鉅公往往見於余文矣〔二〕。至於朋友故舊，平居握手言笑，意氣偉然，可謂一時之盛。而方從其遊，遽哭其死，遂銘其藏者，是可歎也。

蓋自尹師魯之亡，逮今二十五年之間〔三〕，相繼而殁，爲之銘者至二十人，又有余不及銘與雖銘而非交且舊者，皆不與焉。嗚呼，何其多也！不獨善人君子難得易失，而交游零落如此，反顧身世死生盛衰之際，又可悲夫！而其間又有不幸罹憂患、觸網羅，至困阨流離以死，與夫仕宦連蹇、志不獲伸而殁，獨其文章尚見於世者，則又可哀也歟！然則雖其殘篇斷稿，猶爲可惜，況其可以垂世而行遠也？故余於聖俞、子美之殁，既已銘其壙，又類集其文而序之〔四〕，其言尤感切而殷勤者，以此也。

陳留江君鄰幾，常與聖俞、子美遊，而又與聖俞同時以卒〔五〕。余既誌而銘之，後十有五年，來守淮西〔六〕，又於其家得其文集而序之。鄰幾，毅然仁厚君子也。雖知名於時，仕宦久而不進，晚而朝廷方將用之，未及而卒。其學問通博，文辭雅正深粹，而論議多所發明，詩尤清淡閑肆可喜〔七〕。然其文已自行於世矣，固不待余言以爲輕重，而余特區區於是者，蓋發於有感而云然。熙寧四年三月日，六一居士序。

【箋注】

〔一〕如篇末所示，熙寧四年（一〇七一）作。江鄰幾名休復，生平見本集卷三三江鄰幾墓誌銘。

〔二〕「名卿」句：居士集及外集收文五十四卷，其中碑誌文二十卷，近四成之多。王旦、晏殊、范仲淹等高官名臣，歐皆爲銘墓。其筆下墓主，宋史有傳者，亦近四成。

〔三〕「蓋自」二句：尹洙卒于慶曆七年（一〇四七），至熙寧四年（一〇七一）爲二十五年。

〔四〕「故余」三句：歐爲堯臣、舜欽所作墓誌及詩文集序，均見本集。

〔五〕「而又」句：嘉祐五年，京師大疫。堯臣、休復皆染疾，卒于是年四月，見本集卷三三梅、江二人之墓誌銘。

〔六〕「後十」二句：歐嘉祐六年（一〇六一）爲江休復銘墓，熙寧三年（一〇七〇）改知蔡州（舊稱淮西），前後恰爲十年。文云「十有五年」，誤。

〔七〕「詩尤」句：見江鄰幾墓誌銘箋注〔三〕。

【集評】

〔明〕孫鑛：只是悼亡意，作感慨調，抑揚頓挫，便有無限風致。此文佳處蓋在字句外。（引自山曉閣選宋大家歐陽廬陵全集評語卷三）

〔清〕儲欣：一意累折而下，紆餘慘愴，言有窮而情不可終。此是廬陵獨步。（唐宋八大家類選評語卷一一）

〔清〕何焯：既銘其墓，又序其文，公于故交亦止三人耳，故此文以蘇、梅陪説。（義門讀書記卷三八）

〔清〕劉大櫆：情韻之美，歐公獨擅千古，而此篇尤勝。（引自諸家評點古文辭類纂評語卷八）

薛簡肅公文集序〔一〕

君子之學，或施之事業，或見於文章，而常患於難兼也。蓋遭時之士，功烈顯於朝廷，名譽光於竹帛，故其常視文章爲末事，而又有不暇與不能者焉。至於失志之人，窮居隱約，苦心危慮而極於精思，與其有所感激發憤惟無所施於世者，皆一寓於文辭。故曰窮者之言易工也。如唐之劉、柳無稱於事業，而姚、宋不見於文章〔二〕。彼四人者猶不能於兩得㈠，況其下者乎！

惟簡肅公在真宗時，以材能爲名臣；仁宗母后時，以剛毅正直爲賢輔〔三〕。其決大事，定大議，嘉謀讜論，著在國史，而遺風餘烈，至今稱於士大夫。公，絳州正平人也。自少以文行推於鄉里，既舉進士，獻其文百軸於有司，由是名動京師。其平生所爲文至八百餘篇〔四〕，何其盛哉！可謂兼於兩得也。公之事業顯矣，其於文章，氣質純深而勁正，蓋發於其志，故如其爲人〔五〕。

公有子直孺〔六〕，早卒。無後，以其弟之子仲孺公期爲後〔七〕。公之文既多，而往往流散於人間，公期能力收拾。蓋自公薨後三十年，始克類次而集之爲四十卷，公期可謂能世其家者也。嗚呼！公爲有後矣。熙寧四年五月日序。

【校記】

㈠於：原校：一無此字。

【箋注】

〔一〕如篇末所示，熙寧四年（一〇七一）作。薛簡肅公，薛奎，生平見本集卷二六資政殿學士户部侍郎簡肅薛公墓誌銘。

〔二〕「如唐」二句：劉、柳，指劉禹錫、柳宗元；姚、宋指姚崇、宋璟。

〔三〕「仁宗」二句：事見薛公墓誌銘「明道二年，莊獻明肅太后欲以天子衮冕見太廟」一段。

〔四〕「其平生」句：薛公墓誌銘謂「平生所爲文章四十卷」。

〔五〕「其於」四句：薛公墓誌銘謂薛文「直而有氣，如其爲人」。

〔六〕直孺：字質夫，寶元二年卒，年僅二十四，無子。見本集卷二八薛質夫墓誌銘。

〔七〕仲孺：字公期，薛奎弟塾之子。書簡卷九有與薛少卿二十通。仲孺生平見本集卷七送公期得假歸絳詩箋注〔一〕〔二〕。

【集評】

〔明〕茅坤：大約本韓昌黎詩序中來。（歐陽文忠公文鈔評語卷一七）

〔清〕張伯行：公曾跋蔡君謨荔支譜云：「牡丹花之絶，而無嘉實；荔支果之絶，而非名花。」物之不能兼擅其美也，而况於人乎？亦即此文發端之意。（唐宋八大家文鈔評語卷六）

傳

六一居士傳〔一〕

六一居士初謫滁山，自號醉翁〔二〕。既老而衰且病，將退休於潁水之上，則又更號六一居士。

客有問曰：「『六一』，何謂也？」居士曰：「吾家藏書一萬卷㊀，集録三代以來金石遺文一千卷，有琴一張，有棋一局，而常置酒一壺。」客曰：「是爲五一爾，奈何？」居士曰：「以吾一翁，老於此五物之間㊁，是豈不爲『六一』乎？」〔三〕客笑曰：「子欲逃名者乎，而屢易其號，此莊生所誚畏影而走乎日中者也㊂〔四〕。余將見子疾走大喘渴死，而名不得逃也。」居士曰：「吾固知名之不可逃，然亦知夫不必逃也。吾爲此名，聊以志吾之樂爾㊃。」客曰：「其樂如何？」居士曰：「吾之樂可勝道哉！方其得意於五物也，太山在前而不見，疾雷破柱而不驚〔五〕。雖響九奏於洞庭之野〔六〕，閲大戰於涿鹿之原〔七〕，未足喻其樂且適也。然常患不得極吾樂於其間者，世事之爲吾累者衆也。其大者有二焉，軒裳珪組勞吾形于外，憂患思慮勞吾心於内，使吾形不病而已悴，心未老而先衰，尚何暇於五物哉〔八〕？雖然，吾自乞其身於朝者三年矣㊄〔九〕。一日天子惻然哀之，賜其骸骨，使得與此五物偕返於田廬，庶幾償其夙願焉。此吾之所以志也。」客復笑曰：「子知軒裳珪組之累其形，而不知五物之累其心乎？」居士曰：「不然。累於彼者已勞矣，又多憂；累於此者既佚矣，幸無患。吾其何擇哉？」於是與客俱起，握手大笑曰：「置之，區區不足較也。」

已而歎曰：「夫士少而仕，老而休，蓋有不待七十者矣。吾素慕之㊅，宜去一也。吾嘗用於時矣，而訖無稱焉㊆〔一〇〕，宜去二也。壯猶如此，今既老且病矣，乃以難彊之筋骸貪過分之榮禄，是將違其素志而自食其言〔一一〕，宜去三也。吾負三宜去，雖無五物，其去宜矣，復何道哉！」熙寧三年九月七日，六一居士自傳。

【校記】

㊀曰：吾家：卷後原校：三字上一有「對」字。　㊁翁，老：原校：一作「老翁」。按：上下句當連讀。　㊂所誚：卷後原校：一作「所謂」。　㊃聊以：卷後原校：一作「所以」。　㊄自：原校：一作「方」。　㊅慕之：原校：二字一作「志」。　㊆無稱：卷後原校：一作「無補」。

【箋注】

〔一〕如篇末所示，熙寧三年（一〇七〇）作。東軒筆録卷四：「歐陽修致仕居潁，蔡承禧經由潁上，謁於私第，從容言曰：『公德望隆重，朝廷所倚，未及引年，而遽此高退，豈天下所望也？』歐陽公曰：『吾與世多忤，晚年不幸爲小人誣衊，止有進退之節，不可復令有言而俟逐也，今日乞身已爲晚矣。』小人蓋指蔣之奇也。歐陽公在潁，唯衣道服，稱六一居士，又爲傳以自序。」

〔二〕「六一居士」二句：本集卷六贈沈遵：「我時四十猶彊力，自號醉翁聊戲客。」又，卷七贈沈博士歌：「我昔被謫居滁山，名雖爲翁實少年。」

〔三〕「以吾」三句：孫緒沙溪集卷十二雜著：「歐陽公號『六一』，以酒一壺、琴一張、石刻一千卷、書一千卷、圖蹟一千幅，并己爲六一，後世皆羨其立意新奇，然亦有所本。南楚馬希範即僞位，作九龍殿，以沉香爲八龍，抱柱相向，希範自爲一龍，偃然坐于中。人品雖不可與歐公同日語，然其事則『六一』之俑也。」

〔四〕「此莊生」句：莊子漁父：「人有畏影惡迹而去之走者，舉足愈數而迹愈多，走愈疾而影不離身，自以爲尚遲，疾走不休，絕力而死。不知處陰以休影，處靜以息迹，愚亦甚矣！」

〔五〕「太山」二句：鶡冠子天則：「一葉蔽目，不見太山；兩耳塞豆，不聞雷霆。」

〔六〕「雖響」句：莊子至樂：「咸池九韶之樂，張之洞庭之野。」九奏，古代行禮奏樂九曲。書益稷：「簫韶九成，鳳凰來儀。」孔傳：「備樂九奏而致鳳凰。」孔穎達疏：「成，謂樂曲成也。鄭云：『成猶終也。每曲一終，必變更奏。』故經言九成，傳言九奏，周禮謂之九變，其實一也。」

〔七〕「閱大戰」句：史記五帝本紀：「蚩尤作亂，不用帝命。於是黄帝乃徵師諸侯，與蚩尤戰於涿鹿之野，遂禽殺蚩尤。」

〔八〕「其大者」六句：本集卷一五秋聲賦：「人爲動物，惟物之靈，百憂感其心，萬事勞其形，有動於中，必搖其精。而況思其力之所不及，憂其智之所不能，宜其渥然丹者爲槁木，黟然黑者爲星星。」

〔九〕「吾自」句：熙寧元年知亳州後，歐累上表乞致仕，至此已三年。

〔一〇〕「而訖」句：宋史本傳：「修用矣，亦弗克究其所爲，可爲世道惜也哉！」

〔一一〕「是將」句：外集卷七寄韓子華詩之序云：「余與韓子華、長文、禹玉同直玉堂，嘗約五十八歲致仕，子華書於柱上。其後薦蒙恩寵，世故多艱，歷仕三朝，備位二府，已過限七年，方能乞身歸老。」

【集評】

〔宋〕蘇軾：今居士自謂六一，是其身均與五物爲一也，不知其有物邪，物有之也。居士與物均爲不能有，其孰能置得喪於其間？故曰居士可謂有道者也。雖然，自一觀五，居士猶可見也；與五爲六，居士不可見也，居士殆將隱矣。（經進東坡文集事略書六一居士傳後）

〔明〕茅坤：文旨曠達，歐陽公所自解脱在此。（歐陽文忠公文鈔評語卷一九）

〔清〕孫琮：此傳自述其退休之志，不是耽玩此五物，觀末幅可見。故篇中詳辨既非逃名，亦非玩物，只是畏軒裳珪組之勞其形，憂患思慮之勞其心，所以決志退休，借此五物以自適其樂。入後又欲撤去五物，尤見脱然高寄。（山曉閣選宋大家歐陽廬陵全集評語卷四）

〔清〕儲欣：傳只是決計歸田意。（六一居士全集録評語卷五）

居士集卷四十五

上書一首

通進司上書〔一〕

十二月二十四日，宣德郎、守太子中允、充館閣校勘臣歐陽修謹昧死再拜上書于皇帝闕下。臣伏見國家自元昊叛逆、關西用兵以來，爲國言事者衆矣。臣初竊爲三策，以料賊情。然臣迂儒，不識兵之大計，始猶遲疑，未敢自信。今兵興既久，賊形已露，如臣素料，頗不甚遠。故竊自謂有可以助萬一而塵聽覽者，謹條以聞。惟陛下仁聖，寬其狂妄之誅，幸甚！

夫關西弛備而民不見兵者，二三十年矣〔二〕。使賊萌亂之初〔三〕，藏形隱計，卒然而來。

當是時，吾之邊屯寡弱，城堡未完，民習久安而易驚，將非素選而敗怯。使其羊驅豕突，可以奮然而深入。然國威未挫，民力未疲，彼得城而居，不能久守，虜掠而去，可邀擊其歸。此下策也，故賊知而不爲之。戎狄侵邊，自古爲患，其攻城掠野，敗則走而勝則來，蓋其常事。此中策也，故賊兼而用之。若夫假僭名號以威其衆，先擊吾之易取者一二以悦其心，然後訓養精鋭爲長久之謀。故其來也，雖勝而不前，不敗而自退，所以誘吾兵而勞之也。或擊吾東，或擊吾西，乍出乍入，所以使吾兵分備多而不得減息也〔四〕。吾欲速攻，賊方新鋭；坐而待戰，彼則不來。如此相持，不三四歲，吾兵已老，民力已疲，不幸又遇水旱之災，調斂不勝而盜賊羣起，彼方奮其全鋭，擊吾困弊，可也。使吾不堪其困，忿而出攻，決於一戰，彼以逸而待吾勞，亦可也。幸吾苦兵，計未知出，遂求通聘，以邀歲時之賂，度吾困急，不得不從，亦可也。是吾力一困，則賊謀無施而不可。此兵法所謂不戰而疲人兵者，上策也，而賊今方用之。今三十萬之兵食於西者二歲矣，又有十四五萬之鄉兵〔五〕，不耕而自食其民。自古未有四五十萬之兵連年仰食而國力不困者也。臣聞元昊之爲賊，威能畏其下，恩能死其人。自初僭叛，嫚書已上〔六〕，逾年而不出，一出則鋒不可當。執劫蕃官，獲吾將帥〔七〕，多禮而不殺。此其兇謀所畜，皆非倉卒者也。奈何彼能以上策而疲吾，吾不自知其已困；彼爲久計以撓我，我無長策而制之哉！夫訓兵養士，伺隙乘便，用間出奇，此將帥之職也，所謂閫外之事而君不御者〔八〕，可也。至於外料賊謀之心，内察國家之勢，知彼知此，因謀制敵，此朝廷之大計也，所謂廟算而勝者也，不可以不思。今賊謀可知，以久而疲我耳；吾勢可察，西人已困也。誠能豐財積粟，以紓西人而完國壯兵，則賊謀沮而廟算得矣。

夫兵，攻守而已，然皆以財用爲彊弱也。守非財用而不久，此不待言，請試言攻。昔秦席六世之彊〔九〕，資以事胡，卒困天下而不得志〔一〇〕。漢因文、景之富力，三舉而纔得河南〔一一〕。隋唐突厥、吐蕃常與中國相勝敗〔一二〕，擊而勝之有矣，未有舉而滅者。秦、漢尤彊者，其所攻，今元昊之地是也。況自劉平陷没〔一三〕，賊鋒熾鋭，未嘗挫衄。攻守之計，非臣所知。天威所加，雖終期於掃盡，然臨邊之將尚未聞得賊釁隙，挫其兇鋒。是攻守皆未有休息之期，而財用不爲長久之計，臣未見其可也。四五十萬之人坐而仰食，然關西之地，物不加多，關東所有，莫能運致。掊克細碎〔一四〕，既以無益而罷之矣。至於鬻官入粟〔一五〕，下無應者，改法權貨㊀，而商旅不行。是四五十萬之人，惟取足於西人而已，西人何爲而不困？困而不起爲盜者，須水旱爾。外爲賊謀之所疲，内遭水旱而多故，天下之患，可勝道哉？夫關西之物不能加多，則必通其漕運而致之〔一六〕。漕運已通，而關東之物不充，則無得而西矣。故臣以謂通漕運、盡地利、權商賈，三術並施，則財用足而西人紓㈡，國力完而兵可久，以守以攻，惟上所使。夫小瑣目前之利，既不足爲長久之謀，非旦夕而可效。故爲長久而計者，初若迂愚而可笑，在必而行之，則其利博矣。故臣區區不敢避迂愚之責，請上便宜三事，惟陛下裁擇。

其一曰通漕運。臣聞今爲西計者，皆患漕運之不通，臣以謂但未求之耳。今京師在汴，漕運不西，而人之習見者遂以爲不能西。不知秦、漢、隋、唐，其都在雍〔一七〕，則天下之物，皆可致之西也。山川地形，非有變易於古，其路皆在，昔人可行，今人胡爲而不可㈢？漢初，歲漕山東粟數十萬石〔一八〕，是時運路未修，其漕尚少。其後，武帝益修渭渠〔一九〕，至漕百餘萬石。隋文帝時，沿水爲倉，轉相運置，而關東、汾、晉之粟皆至渭南，運物最多〔二〇〕。其遺倉之迹，往往皆在。然皆尚有三門之險〔二一〕。自唐裴耀卿又尋隋迹，於三門東、西置倉，開山十八里，爲陸運以避其險，卒泝河而入渭〔二二〕。當時歲運，不減二三百萬石。其後劉晏遵耀卿之路〔二三〕，悉漕江、淮之米以實關西。後世言能經財利而善漕運者，耀卿與晏爲首。今江、淮之米，歲入于汴者六百萬石，誠能分給關西，得一二百萬石足矣。今兵之食汴漕者，出戍甚衆，有司不惜百萬之粟，分而及之，其患者，三門阻其中爾。今宜浚治汴渠，使歲運不阻，然後按求耀卿之迹，不憚十許里陸運之勞，則河漕通而物可致，且紓關西之困。使古無法，今有可爲，尚當爲之，況昔人行之而未遠，今人行之而豈難哉？耀卿與晏初理漕時，其得尚少，至其末年，所入十倍，是可久行之法明矣。此水運之利也。臣聞漢高祖之入秦，不由東關而道南陽，過酈、析而入武關〔二四〕。曹操等起兵誅董卓，亦欲自南陽道丹、析而入長安〔二五〕。是時張濟又自長安出武關，奔南陽〔二六〕。則自古用兵往來之徑也。臣嘗至南陽，問其遺老，云自鄧西北至永興六七百里，今小商賈往往行之。初，漢高入關，其兵十萬。夫能容十萬兵之路，宜不甚狹而險也。但自雒陽爲都，行者皆趨東關，其路久而遂廢〔二七〕。今能按求而通之，則武昌、漢陽、郢、復、襄陽、梁、洋金、商、均、房、光化沿漢之地，十一二州之物，皆可漕而頓之南陽。自南陽爲輕車，人輦而遞之，募置遞兵，爲十五六鋪，則十餘州之物，日日入關而不絶。沿漢之地，山多美木，近漢之民仰足而有餘，以造舟車，甚不難也。前日陛下深恤有司之勤，内賜禁錢數十萬以供西用，而道路艱遠，輦運逾年，不能畢至。至於軍裝輸送，多苦秋霖，邊州已寒，冬服尚滯於路。其艱如此。夫使州縣綱吏遠輸京師〔二八〕，轉冒艱滯，然後得西，豈若較南陽之旁郡，度其道里，入于武關？與至京師遠近等者，與其尤近者，皆使直輸于關西。京師之用有不足，則以禁帑出賜有司者代而充用。其迂曲簡直，利害較然矣。此陸運之利也。

其二曰盡地利。臣聞昔之畫財利者易爲工，今之言財利者難爲術。昔者之民，賦税而已，故其不足，則鑄山煮海〔二九〕，榷酒與茶，征關市而算舟車〔三〇〕，尚有可爲之法，以苟一時之用。自漢、魏迄今，其法日增，其取益細，今取民之法盡矣。昔者賦外之征，以備有事之用。今盡取民之法，用於無事之時，悉以冗費而糜之矣，至卒然有事，則無法可增。然獨猶有可爲者。民作而輸官者已勞，而游手之人方逸；地之産物者耕不得代，而不墾之土尚多。是民有遺力，地有遺利，此可爲也。況歷視前世，用兵者未嘗不先營田。漢武帝時，兵興用乏，趙過爲畎田人犁之法以足用〔三一〕。趙充國攻西羌〔三二〕，議者爭欲出擊，而充國深思全勝之策，能忍而待其弊。至違詔罷兵而治屯田，田於極邊，以遊兵而防鈔寇，則其理田不爲易也，猶勉爲之。後漢之時，曹操屯兵許下〔三三〕，彊敵四面，以今視之，疑其旦夕戰爭而不暇。然用棗祗、韓浩之計〔三四〕，建置田官，募民而田近許之地，歲得穀百萬石，其後郡國皆田，積穀無數。隋、唐田制尤廣，不可勝舉。其勢艱而難田，莫若充國；迫急而不暇田，莫如曹操，然皆勉焉。不以迂緩而不田者，知地利之博而可以紓民勞也。今天下之土，不耕者多矣，臣未能悉言，謹舉其近者。自京以西，土之不闢者，不知其數。非土之瘠而棄也，蓋人不勤農，與夫役重而逃爾。久廢之地，其利數倍於營田，今若督之使勤，與免其役，則願耕者衆矣。臣聞鄉兵之不便於民，議者方論之矣。充兵之人，遂棄農業，託云教習，聚而飲博，取資其家〔四〕，不顧無有，官吏不加禁，父兄不敢詰，家家自以爲患也。河東、河北、關西之鄉兵，此猶有用。若京東、西者，平居不足以備盜，而水旱適足以爲盜。其尤可患者，京西素貧之地，非有山澤之饒，民惟力農是仰。而今三夫之家一人、五夫之家三人爲游手，凡十八九州，以少言之，尚可四五萬人不耕而食，是自相糜耗而重困也。今誠能盡驅之使耕于棄地，官貸其種，歲田之入，與中分之，如民之法，募吏之習田者爲田官，優其課最而誘之，則民願田者衆矣。太宗皇帝時，嘗貸陳、蔡民錢，使市牛而耕。真宗皇帝時，亦用耿望之言，買牛湖南而治屯田〔三五〕。今湖南之牛歲賈于北者，皆出京西，若官爲買之，不難得也。又宜重爲法以困所謂私牛之客者，使不客於民而樂爲官耕，凡民之已有牛者使自耕，則牛不足而官市者不多㊄。且鄉兵本農也，籍而爲兵，遂棄其業。今幸其去農未久，尚可復驅還之田畝，使不得羣游而飲博，以爲父兄之患，此民所願也。一夫之力，以逸而言，任耕緩田一頃〔三六〕，使四五萬人皆耕，而久廢之田利又數倍，則歲穀不可勝數矣。京西之分，北有大河，南至漢而西接關，若又通其水陸之運，所在積穀，惟陛下詔有司而移用之耳。

其三曰權商賈。臣聞秦廢王法，啓兼并，其上侵公利，下刻細民，爲國之患久矣。自漢以來，嘗欲爲法而抑奪之，然不能也。蓋爲國者興利日繁，兼并者趨利日巧，至其甚也，商賈坐而權國利。其故非他，由興利廣也。夫興利廣則上難專，必與下而共之，然後通流而不滯。然爲今議者，方欲奪商之利，一歸於公上而專之。故奪商之謀益深，則爲國之利益損。前日有司屢變其法，法每一變，則一歲之間所損數百萬。議者不知利不可專，欲專而反損，但云變法之未當，變而不已，其損愈多。夫欲十分之利皆歸于公，至其虧少，十不得三，不若與商共之，常得其五也。今爲國之利多者，茶與鹽耳。茶自變法已來，商賈不復，一歲之失，數年莫補，所在積朽，棄而焚之。前日議者屢言三説之法爲便〔三七〕，有司既以詳之矣，今誠能復之，使商賈有利而通行，則上下濟矣。解池之鹽〔三八〕，積若山阜，今宜暫下其價，誘羣商而散之，先爲令曰三年將復舊價，則貪利之商爭先而湊矣。夫茶者生於山而無窮，鹽者出於水而不竭，賤而散之三年，十未減其一二。夫二物之所以貴者，以能爲國資錢幣爾。今不散而積之，是惜朽壤也，夫何用哉？夫大商之能蓄其貨者，豈其錙銖躬自鬻於市哉？必有販夫小賈，就而分之。販夫小賈無利則不爲，故大商不妬販夫之分其利者，恃其貨博，雖取利少，貨行流速，則積少而爲多也。今爲大國者，有無窮不竭之貨，反妬大商之分其利，寧使無用而積爲朽壤，何哉？故大商之善爲術者，不惜其利而誘販夫；大國之善爲術者，不惜其利而誘大商。此與商賈共利，取少而致多之術也。又今商賈之難以術制者，以其積貨多而不急故也。利厚則來，利薄則止，不可以號令召也。故每有司變法，下利既薄，小商以無利而不能行，則大商方幸小商之不行，適得獨賣其貨，尚安肯勉趨薄利而來哉？故變法而刻利者，適足使小商不來，而爲大商賈積貨也。今必以術制商，宜盡括其居積之物，官爲賣而還之，使其貨盡而後變法。夫大商以利爲生，一歲不營利，則有惶惶之憂，彼必不能守積錢而閑居，得利雖薄，猶將勉而來。此變法制商之術也。夫欲誘商而通貨，莫若與之共利，此術之上也。欲制商，使其不得不從，則莫若痛裁之，使無積貨。此術之下也。然此可制茶商耳，若鹽者，禁益密，則冒法愈多而刑繁㈥。若乃縣官自爲鬻市之事，此大商之不爲㈦，臣謂行之難久者也。誠能不較錙銖而思遠大，則積朽之物散而錢幣通，可不勞而用足矣。

臣愚不足以知時事。若夫堅守以扞賊，利則出而擾之，凡小便宜，願且委之邊將。至於積穀與錢，通其漕運，不二三歲而國力漸豐，邊兵漸習，賊鋭漸挫，而有隙可乘，然後一舉而滅之，此萬全之策也。願陛下以其小者責將帥，謀其大計而行之，則天下幸甚。臣修昧死再拜。

【校記】

㈠權：長編作「榷」。考異本校：家本作「榷」。　㈡財用足：卷後原校：一作「財足用」。　㈢胡：原校：一作「何」。　㈣「資」下：原校：一有「於」字。　㈤「又宜」至「不多」凡四十四字，原爲小字夾注之異文，宋朝諸臣奏議卷一三二上仁宗論廟算三事作正文，茲據補。　㈥「又今」至「刑繁」凡二百三十八字，原爲小字夾注之異文，上仁宗論廟算三事作正文，茲據補。　㈦大商之不爲：卷後原校：一作「不自爲」。

【箋注】

〔一〕 如題下注，康定元年（一〇四〇）作。 長編卷一二九是年十二月乙巳條「太子中允、館閣校勘歐陽修上言曰」之下，徵引了本篇全文。 趙汝愚編宋朝諸臣奏議卷一三二以上仁宗論廟算三事爲題收録本篇，并于篇末注：「康定元年十二月上，時爲太子中允、館閣校勘。」通進司，北宋初所置官署，在垂拱殿門内。 掌受銀臺司收接之天下章奏、公案、文牘，閤門所受在京百司奏牘，與文武侍從近臣表、疏，以進奏皇帝批閱，然後分發有司，頒布于外。 見宋會要輯稿職官二之二六。

〔二〕「夫關西」二句： 據宋史夏國傳上，自景德元年（一〇〇四），西夏趙德明執政，奉表歸順，後又進誓表于宋，被封爲西平王，宋、夏關係趨和緩，至天聖九年（一〇三一），趙德明去世，二十八年間，西夏一直臣屬于宋，故有「關西弛備」的情况出現。

〔三〕 萌亂之初： 趙德明卒，元昊繼位，景祐元年，即發兵攻宋環慶路，其時尚未稱帝，見夏國傳上。

〔四〕 減息： 減少停止。 宋書庾悦傳：「今江右區區，户不盈數十萬，地不逾數千里，而統司鱗次，未獲減息。」

〔五〕 鄉兵： 宋史兵志一：「宋之兵制，大概有三： 天子之衛兵，以守京師，備征戍，曰禁軍； 諸州之鎮兵，以分給役使，曰廂軍； 選於户籍或應募，使之團結訓練，以爲在所防守，則曰鄉兵。」

〔六〕「嫚書」句： 夏國傳上載，寶元二年，元昊遣使上表云：「國稱大夏，年號天授禮法延祚。 伏望皇帝陛下，睿哲成人，寬慈及物，許以西郊之地，册爲南面之君。 敢竭愚庸，常敦歡好。」

〔七〕「執劫」二句： 康定元年正月，西夏攻金明寨，都監李士彬嚴兵以待之，夜分不至，士彬釋甲而寢，翌日奄至，士彬父子俱被擒。 鄜延、環慶副都部署劉平、鄜延副都部署石元孫馳援士彬，亦遭合擊，兵敗被執。 詳見長編卷一二六。 李士彬之父李繼周，延州金明人，歸順效忠宋室，屢立戰功。 繼周卒後，士彬管勾部族事，官至巡檢，故稱「蕃官」。見宋史李繼周傳。

〔八〕「所謂」句： 史記張釋之馮唐列傳載馮唐答漢文帝曰：「臣聞上古王者之遣將也，跪而推轂，曰閫以内者，寡人制之； 閫以外者，將軍制之。」韋昭注：「此郭門之閫也。 門中橛曰閫。」

〔九〕 六世： 據史記秦本紀，秦始皇以上六世爲秦孝公、惠文王、武王、昭襄王、孝文王、莊襄王。

〔一〇〕「資以」二句：史記匈奴列傳：「秦滅六國，而始皇帝使蒙恬將十萬之衆北擊胡，悉收河南地。因河爲塞，築四十四縣城臨河，徙適戍以充之。而通直道，自九原至雲陽，因邊山險塹溪谷可繕者治之，起臨洮至遼東萬餘里……十餘年而蒙恬死，諸侯畔秦，中國擾亂，諸秦所徙適戍邊者皆復去，於是匈奴得寬，復稍度河南與中國界於故塞。」

〔一一〕「漢因」二句：漢武帝憑藉文景之治所積累的雄厚實力，在匈奴于元光六年、元朔元年、元朔二年三次入侵上谷、漁陽時，派兵擊敗之，遂收河南地，置朔方、五原郡。見漢書武帝紀。

〔一二〕突厥：隋書北狄傳突厥：「突厥之先，平凉雜胡也，姓阿史那氏。」周書異域傳下突厥謂「突厥者，蓋匈奴之別種」。突厥與隋唐屢有交鋒，如隋開皇二年，突厥攻入長城。三年，突厥又寇北邊，隋軍破突厥于白道。見隋書高祖紀。唐武德五年，突厥頡利寇雁門，又寇朔州，唐軍大敗之。見舊唐書高祖紀。吐蕃：新唐書吐蕃傳：「吐蕃，本西羌屬，蓋百有五十種，散處河湟江岷間，有發羌、唐旄等，然未始與中國通。居析支水西，祖曰鶻提勃悉野，健武多智，稍并諸羌，據其地。蕃、發聲近，故其子孫曰吐蕃，而姓勃窣野。」唐與吐蕃長期兵戎相見，詳見吐蕃傳。

〔一三〕劉平陷没：見本集卷二九翰林侍讀學士右諫議大夫楊公墓誌銘箋注〔七〕。

〔一四〕掊克：聚斂。詩大雅蕩：「曾是彊禦，曾是掊克。」朱熹集傳：「掊克，聚斂之臣也。」

〔一五〕官入粟：指常平倉之粟。常平倉，用以平準糧價的糧倉。宋史食貨志上：「常平、義倉，漢、隋利民之良法，常平以平穀價，義倉以備凶災。」

〔一六〕漕運：從水路運輸糧食，供應京城或軍需。桓寬鹽鐵論刺復：「涇淮造渠，以通漕運。」

〔一七〕雍：古九州之一，今陝西、甘肅、青海一帶。秦定都咸陽（今陝西咸陽東北），漢、隋、唐定都長安（今陝西西安地區），均屬古雍州。

〔一八〕「漢初」二句：漢書食貨志：「漢興……漕轉關東粟以給中都官，歲不過數十萬石。」顔師古注：「中都官，京都諸官府也。」

〔一九〕「武帝」句：水經注渭水：「漕渠，漢大司農鄭當時所開也。以渭難漕，命齊水工徐伯，發卒穿渠引渭。其渠自昆明池，南傍山原，東至于河。且田且漕，大以爲便。」

〔二一〇〕「隋文帝」五句：隋書食貨志：「開皇三年，朝廷以京師倉廩尚虛，議爲水旱之備，於是詔於蒲、陝、虢、熊、伊、洛、鄭、懷、邵、衛、汴、許、汝等水次十三州，置募運米丁，又於衛州置黎陽倉，洛州置河陽倉，陝州置常平倉，華州置廣通倉，轉相灌注，漕關東及汾、晉之粟，以給京師……命宇文愷率水工鑿渠引渭水，自大興城東至潼關三百餘里，名曰廣通渠，轉運通利，關内賴之。」

〔二一一〕三門之險：三門，即三門山，又稱底柱，在陝州（今河南陝縣）東，伸入黄河中，造成驚險的水道。見水經注河水。

〔二一二〕「自唐」五句：新唐書裴耀卿傳：「耀卿曰：『……度三門東西各築敖倉，自東至者，東倉受之。三門迫險，則旁河鑿山，以開車道，運數十里，西倉受之。度宜徐運，抵太原倉，趨河入渭，更無留阻，可減費鉅萬。』天子然其計，拜黄門侍郎、同中書門下平章事，充轉運使。於是置河陰、集津、三門倉，引天下租，繇盟津泝河而西。三年積七百萬石，省運費三十萬緡。」裴耀卿，字焕之，數歲即能屬文，擢童子舉，遷秘書省正字。卒贈太子太傅。舊唐書亦有傳。

〔二一三〕劉晏：字士安，曹州南華人。唐肅宗、代宗時理財達二十年，實行改革，整頓鹽税，穩定物價。致力于疏浚汴水，采用分段轉運方法，歲運江淮糧數十萬石，以濟關中。兩唐書有傳。

〔二一四〕「臣聞」三句：史記高祖本紀：「沛公乃北攻平陰，絶河津……與南陽守齮戰犨東，破之。略南陽郡……引兵西，無不下者。至丹水，高武侯鰓、襄侯王陵降西陵。還攻胡陽，遇番君別將梅鋗，與皆，降析、酈……因襲攻武關，破之。」

〔二一五〕「曹操」二句：三國志武帝紀載討伐董卓之諸軍會集時，曹操曰：「使勃海引河内之衆臨孟津，酸棗諸將守成皋，據敖倉，塞轘轅、太谷，全制其險，……使袁將軍率南陽之軍軍丹、析，入武關……以順誅逆，可立定也。」

〔二一六〕「是時」二句：張濟爲董卓部下，與李傕、郭汜皆爲校尉。董卓死後，傕、汜挾持漢獻帝至長安。局勢混亂，張濟時爲驃騎將軍、平陽侯，居中調和之。後濟因饑餓至南陽寇略，爲人所殺。見三國志董卓傳。

〔二一七〕「行者」二句：言行人皆趨函谷關，則武關之路遂廢。

〔二一八〕綱吏：主管綱運的官員。宋時官府水陸運輸，以一定數額的同類物資，組成一綱運送，稱「綱運」。

〔二一九〕鑄山煮海：史記吴王濞列傳：「吴有豫章郡銅山，濞則招致天下亡命者盜鑄錢，煮海水爲鹽，以故無賦，國用富饒。」

〔三〇〕　算：征税。荀悦漢紀武帝紀六：「算至船車，租及六畜。」

〔三一〕「趙過」句：漢書食貨志四：「武帝末年……以趙過爲搜粟都尉。過能爲代田，一晦三甽。」顔師古注：「甽，壟也。音工犬反，字或作畎。」按：一晦三甽，即一畝三畎，將一畝田分爲三壟，輪耕以養地力。

〔三二〕　趙充國：字翁孫，隴西上邽人。善騎射，有謀略。武帝時，以擊匈奴有功，拜中郎將。後以定册尊立宣帝，封營平侯。與羌人作戰時，年逾七十，以全師保勝安邊爲務，屯田西北，促進當地發展。見漢書趙充國傳。

〔三三〕「曹操」句：據三國志魏志武帝紀，曹操以洛陽殘破，聽從董昭等人的建議，屯兵許縣，迎獻帝都此。事在東漢建安元年。

〔三四〕「然用」句：武帝紀載建安元年「用棗祗、韓浩等議，始興屯田」。蕭氏續後漢書卷四三：「棗祗者，潁川人。本姓棘，其先避仇改焉。仕至陳留太守。」韓浩，字元嗣，河内人。漢末聚徒衆爲縣藩衛，將兵拒董卓，爲袁術騎都尉。夏侯惇使領兵從征伐，曹操善之，遷護軍。破柳城，討張魯，甚得曹操器重。見三國志魏志夏侯惇傳末注。

〔三五〕「亦用」二句：宋史食貨志上四：「知襄州耿望請於舊地兼括荒田，置營田上、中、下三務，調夫五百，築堤堰，仍集鄰州兵每務二百人，荆湖市牛七百分給之。」

〔三六〕　縵田：不作壟溝耕作的田地。漢書食貨志上：「一歲之收，常過縵田晦一斛以上。」顔師古注：「縵田，謂不爲甽者也。」甽，同畎，田溝。

〔三七〕　三説之法：宋史食貨志下五：「乾興以來，西北兵費不足，募商人入中芻粟如雍熙法給券，以茶償之。後又益以東南緡錢、香藥、犀齒，謂之三説。」

〔三八〕　解池：在永興軍路解州境内（今山西運城東南），以産鹽著名。吕祖謙歷代制度詳説卷五：「河東鹽出於池，如解池，鹽之尤著者。」

【集評】

〔明〕茅坤：覽此書，反覆利害，洞悉事機，歐陽公少時已具宰相之略如此，不可不知。（歐陽文忠公文鈔評語卷一）

〔清〕孫琮：此篇大旨，只在豐財以爲遲久之計，而豐財大旨，又只在通漕運、盡地利、權商賈三事而已。今相其行文，千迴百折，皆是一意生來。如第一層説料敵情三段，第二層説應敵無策一段，見得敵情如此，而我之應敵却如彼，是應敵從料敵生來。第二層説應敵無策，第三層便説應敵之策在於豐財，見得世人無策而我有策，是豐財之策從應敵無策生來。既出豐財，一篇大旨已虚虚籠起，然後再生一層財之宜豐，一層豐財無道，反覆明之，於是方將豐財大旨排列三大段，三大段中又條列七小段，皆是逐漸生出，使成委委曲曲之文。末幅以邊事責將帥，收繳篇中閫外之事一段；以豐財責人主，收繳篇中廟算而勝一段。結構完密，自是經濟大文。（山曉閣選宋大家歐陽廬陵全集評語卷一）

居士集卷四十六

上書一首

準詔言事上書(一)〔一〕

月日，臣修謹昧死再拜上書于皇帝陛下。臣近準詔書，許臣上書言事(二)。臣學識愚淺(三)，不能廣引深遠，以明治亂之原，謹採當今急務，條爲三弊五事，以應詔書所求，伏惟陛下裁擇。

臣聞自古王者之治天下，雖有憂勤之心，而不知致治之要，則心愈勞而事愈乖；雖有納諫之明，而無力行之果斷，則言愈多而聽愈惑。故爲人君者，以細務而責人，專大事而獨斷，此致治之要術也(四)；納一言而可用，雖衆說不得以沮之(五)，此力行之果斷也。知此二者，天下無難治矣[六]。

伏見國家自大兵一動[七]，中外騷然[八]。陛下思社稷之安危，念兵民之疲弊[九]，四五年來，聖心憂勞[一〇]，可謂至矣。然而兵日益老，賊日益彊，併九州之力，討一西戎小者[一一]，尚無一人敢前〔二〕，今又北戎大者違盟而動[一二]〔三〕，其將何以禦之？從來所患者夷狄，今夷狄叛矣；所惡者盜賊，今盜賊起矣〔四〕；所憂者水旱，今水旱作矣；所賴者民力[一三]，今民力困矣；所須者財用[一四]，今財用乏矣。陛下之心，日憂於一日；天下之勢，歲危於一歲。此臣所謂用心雖勞，不知求致治之要者也。近年朝廷開發言路[一五]，獻計之士不下數千，然而事緒轉多，枝梧不暇。從前所採[一六]，衆議紛紜，至於臨事，誰策可用？此臣所謂聽言雖多，不如力行之果斷者也。

伏思聖心所甚憂而當今所尚闕者[一七]，不過曰無兵也，無將也，無財用也，無禦戎之策也，無可任之臣也。此五者，陛下憂其未有，而臣謂今皆有之。然陛下未得而用者，未思其術也。國家創業之初，四方割據，中國地狹，兵民不多，然尚能南取荆楚、收僞唐、定閩嶺，西平兩蜀，東下并、潞，北窺幽燕〔五〕。當時所用兵、財、將、吏，其數幾何？惟善用之[一八]，故不覺其少[一九]。何況今日[二〇]，承百年祖宗之業，盡有天下之富彊，人衆物盛，十倍國初！故臣敢言有兵、有將、有財用、有禦戎之策、有可任之臣[二一]。然陛下皆不得而用者，其故何哉？由朝廷有三大弊故也。

何謂三弊㉒？一曰不慎號令，二曰不明賞罰，三曰不責功實。此三弊因循於上，則萬事弛慢廢壞於下。臣聞號令者，天子之威也〔六〕；賞罰者，天子之權也〔七〕。若號令不信㉓，賞罰不當㉔，則天下不服。故又須責臣下以功實，然後號令不虛出，而賞罰不濫行。是以慎號令，明賞罰，責功實，此三者，帝王之奇術也。自古人君，英雄如漢武帝，聰明如唐太宗，皆知用此三術㉕，而自執威權之柄，故所求無不得㉖，所欲皆如意。漢武好用兵㉗，則誅滅四夷，立功萬里㉘，以快其心〔八〕。欲求將，則有衛、霍之材以供其指使〔九〕，欲得賢士，則有公孫、董、汲之徒以稱其意〔一〇〕。唐太宗好用兵，則誅突厥，服遼東㉙，威振夷狄㉚，以逞其志〔一一〕。欲求將，則有李靖、李勣之徒入其駕馭㉛〔一二〕，欲得賢士，則有房、杜之徒在其左右㉜〔一三〕。此二帝者㉝，可謂所求無不得，所欲皆如意。無他術也，惟能自執威權之柄耳。

伏惟陛下以聖明之姿，超出二帝㉞，又盡有漢、唐之天下。然而欲禦邊，則常患無兵；欲破賊，則常患無將；欲贍軍，則常患無財用㉟；欲威服四夷，則常患無策；欲任使賢材，則常患無人。是所求皆不得，所欲皆不如意。其故無他，由不用威權之術也。自古帝王，或爲强臣所制，或爲小人所惑，則威權不得出於己。今朝無强臣之患㊱，旁無小人偏任之溺[37]，内外臣庶，尊陛下如天，愛陛下如父，傾耳延首，願聽陛下之所爲[38]，然何所憚而不爲乎[39]？若一日赫然執威權以臨之[40]，則萬事皆辦[41]，何患五者之無。奈何爲三弊之因循，一事之不集[42]。

臣請言三弊。夫言多變則不信[43]，令頻改則難從[44]。今出令之初，不加詳審，行之未久，尋又更張。以不信之言行難從之令，故每有處置之事，州縣知朝廷未是一定之命[45]，則官吏或相謂曰「且未要行[46]，不久必須更改」，或曰「備禮行下，略與應破指揮」。旦夕之間，果然又變。至於將吏更易[47]，道路疲於送迎；符牒縱横[48]，上下莫能遵守[49]。中外臣庶[50]，或聞而歎息，或聞而竊笑，歎息者有憂天下之心，竊笑者有輕朝廷之意。號令如此，欲威天下，其可得乎？此不慎號令之弊也[51]。

用人之術，不過賞罰[52]。然賞及無功，則恩不足勸，罰失有罪，則威無所懼，雖有人，不可用矣[53]。太祖時[54]，王全斌破蜀而歸，功不細矣，犯法一貶，十年不問[55]〔一四〕。是時方討江南，故黜全斌，與諸將立法[56]。太祖神武英斷，所以能平定天下者，其賞罰之法皆如此也[57]。昨關西用兵[58]，四五年矣[59]〔一五〕，大將以無功罷者依舊居官〔一六〕，軍中見無功者不妨得好官，則諸將誰肯立功矣。裨將畏懦逗留者皆當斬罪[60]，或暫貶而尋遷，或不貶而依舊，軍中見有罪者不誅，則諸將誰肯用命矣？所謂賞不足勸[61]，威無所懼[62]，賞罰如此，而欲用人，其可得乎？此不明賞罰之弊也(六三)。

自兵動以來，處置之事不少，然多有名而無實。臣請略言其一二(六四)，則其他可知。數年以來，點兵不絕，諸路之民半爲兵矣，其間老弱病患、短小怯懦者，不可勝數(六五)，是有點兵之虛名，而無得兵之實數也(六六)。新集之兵，所在教習，追呼上下，民不安居。主教者非將領之材，所教者無旗鼓之節(六七)〔一七〕，往來州縣，愁嘆嗷嗷(六八)。既多是老病小怯之人(六九)，又無訓齊精練之法(七〇)。此有教兵之虛名，而無訓兵之實藝也(七一)。諸路州軍，分造器械(七二)，工作之際，已勞民力，輦運般送，又苦道塗(七三)。然而鐵刃不剛(七四)，筋膠不固，長短大小，多不中度。造作之所但務充數而速了(七五)，不計所用之不堪，經歷官司又無檢責。此有器械之虛名，而無器械之實用也。以草草之法(七六)，教老怯之兵(七七)，執鈍折不堪之器械，百戰百敗，理在不疑，臨事而悟，何可及乎！故事無大小，悉皆鹵莽，則不責功實之弊也(七八)。臣故曰三弊因循於上，則萬事弛慢廢壞於下。

萬事不可盡言，臣請言大者五事(七九)。其一曰兵。臣聞攻人以謀不以力，用兵鬬智不鬬多。前代用兵之人，多者常敗，少者常勝。漢王尋等以百萬之兵遇光武九千人而敗(八〇)〔一八〕，是多者敗而少者勝也；苻堅以百萬之兵遇東晉二三萬人而敗(八一)〔一九〕，是多者敗而少者勝也；曹操以三十萬青州兵大敗於呂布，退而歸許，復以二萬人破袁紹十四五萬(八二)〔二〇〕，是用兵多則敗、少則勝之明驗也。況於夷狄，尤難以力爭，只可以計取。李靖破突厥於定襄，只用三千人(八三)，其後破頡利於陰山，亦不過一萬(八四)〔二一〕。蓋兵不在多，能以計取爾(八五)。故善用兵者，以少爲多(八六)；不善用者，雖多而愈少也(八七)。爲今計者(八八)，添兵則耗國，減兵則破賊(八九)。今沿邊之兵不下七八十萬，可謂多矣。然訓練不精，又有老弱虛數，則十人不當一人，是七八十萬之兵，不當七八萬人之用(九〇)。加又軍無統制(九一)，分散支離。分多爲寡，兵法所忌。此所謂不善用兵者雖多而愈少，故常戰而常敗也。臣願陛下赫然奮威，敕勵諸將(九二)，精加訓練，去其老弱，七八十萬中可得四五十萬數(九三)。古人用兵，以一當百，今既未能，但得以一當十，則五十萬精兵可當五百萬兵之用(九四)。此所謂善用兵者以少而爲多，古人所以少而常勝者，以此也。今不思實效，但務添多，耗國耗民，積以年歲(九五)，賊雖不至，天下已困矣。此一事也。

其二曰將。臣又聞古語曰「將相無種〔二二〕」，故或出於奴僕，或出於軍卒(九六)，或出於盜賊，惟能不次而用之，乃爲名將耳。國家求將之意雖勞(九七)，選將之路太狹。今詔近臣舉將而限以資品〔二三〕，則英豪之士在下位者不可得矣；試將材者限以弓馬一夫之勇〔二四〕，則智略萬人之敵皆遺之矣；山林奇傑之士召而至者，以其貧賤而薄之，不過與一主簿、借職〔二五〕，使其怏怏而去(九八)，則古之屠釣飯牛之傑皆激怒而失之矣〔二六〕。至於無人可用(九九)，則寧用龍鍾跛躄、庸懦暗劣之徒，皆授之兵柄⑳，天下三尺童子，皆爲朝廷危之。前日澶淵之卒，幾爲國家生事〔二七〕，此可見也。議者不知取將之無術，但云當今之無將。臣願陛下革去舊弊，奮然精求。有賢豪之士㉑，不須限以下位；有智略之人，不必試以弓馬；有山林之傑，不可薄其貧賤。惟陛下能以非常之禮待人，人臣亦將以非常之效報國㉒，此二事也。

其三曰財用。臣又聞善治病者，必醫其受病之處；善救弊者，必尋其起弊之源㉓。今天下財用困乏，其弊安在？起於用兵而費大故也㉔。漢武好窮兵㉕，用盡累世之財，當時勤兵單于臺㉖，不過十八萬㉗，尚能困其國力㉘〔二八〕。況未若今日七八十萬㉙，連四五年而不罷㉚，所以罄天地之所生，竭萬民之膏血，而用不足也。今雖有智者，物不能增，而計無所出矣。惟有減冗卒之虛費，練精兵而速戰，功成兵罷，自然足矣。今兵有可減之理，無人敢當其事㉛；賊有速擊之便，無將敢奮其勇㉜。後時敗事，徒耗國而耗民㉝。此三事也。

其四曰禦戎之策。臣又聞兵法曰：「上兵伐謀，其次伐交〔二九〕。」北虜與朝廷通好僅四十年〔三〇〕，不敢妄動，今一旦發其狂謀者，其意何在〔三一〕？蓋見中國頻爲元昊所敗，故敢啓其貪心，伺隙而動爾。今若敕勵諸將㉞，選兵秣馬，疾入西界，但能痛敗昊賊一陣，則吾軍威大振，而虜計沮矣。此所謂「上兵伐謀」者也。今詗事者㉕，皆知北虜與西賊通謀，欲併二國之力，窺我河北、陝西㉖。今若我能先擊敗其一國，則虜勢減半，不能獨舉。此兵法所謂「伐交」者也。元昊地狹，賊兵不多，向來攻我，傳聞北虜常有助兵。今若虜中自有點集之謀，而元昊驟然被擊，必求助於北虜。北虜分兵助昊，則可牽其南寇之力；若不助昊，則二國有隙，自相疑貳。此亦「伐交」之策也。假令二國剋期分路來寇，我能先期大舉，則元昊蒼皇自救不暇，豈能與北虜相爲表裏？是破其素定之約，乖其剋日之期。此兵法所謂「親而離之」者，亦「伐交」之策也。元昊叛逆以來，幸而屢勝，常有輕視諸將之心，今又見朝廷北憂戎虜，方經營於河朔，必謂我師不能西出。今乘其驕怠，正是疾驅急擊之時。此兵法所謂「出其不意」者，此取勝之上策也㉗。前年西將有請出攻者，當時賊氣力方盛㉘，我兵未練，朝廷尚許其出師〔三二〕，況今元昊有可攻之勢，此不可失之時。彼方幸吾憂河北，而不虞我能西征，出其不意，此可攻之勢也。自四路分帥〔三三〕，今已半年，訓練恩信，兵已可用，故近日屢奏小捷。是我師漸振，賊氣漸衄，此可攻之勢也。苟失此時，而使二虜先來，則吾無策矣。臣願陛下詔執事之臣㉙，熟議而行之㉚。此四事也。

其五曰可任之臣。臣又聞仲尼曰㉛：「十室之邑，必有忠信〔三四〕。」況今文武列職遍於天下㉜，其間豈無材智之臣㉝？而陛下總治萬機之大，既不暇盡識其人，故不能躬自進賢而退不肖㉔； 執政大臣動拘舊例㉕，又不敢進賢而退不肖； 審官、吏部、三班之職，但掌文簿差除而已，又不敢越次進賢而退不肖〔三五〕。是上自天子，下至有司，無一人得進賢而退不肖者。所以賢愚混雜，僥倖相容，三載一遷，更無旌別。平居無事，惟患太多，而差遣不行㉖，一旦臨事要人，常患乏人使用。自古任官之法，無如今日之繆也。今議者或謂舉主轉官爲進賢㉗〔三六〕，犯罪黜責爲退不肖，此不知其弊之深也。大凡善惡之人，各以類聚。故守廉慎者各舉清幹之人㉘，有贓汙者各舉貪濁之人，好徇私者各舉請求之人㉙，性庸暗者各舉不材之人㉚。朝廷不問是非，但見舉主數足，便與改官，則清幹者進矣㉛，貪濁者亦進矣，請求者亦進矣㉜，不材者亦進矣。混淆如此，便可爲進賢之法乎？方今黜責官吏，豈有澄清糾舉之術哉㉝？惟犯贓之人因民論訴者，乃能黜之耳。夫能舞弄文法而求財賂者，亦强黠之吏，政事必由己出，故雖誅剥豪民，尚或不及貧弱。至於不材之人，不能主事，衆胥羣吏，共爲姦欺，則民無貧富，一時受弊。以此而言，則贓吏與不材之人爲害等耳。今贓吏因自敗者，乃加黜責，十不去其一二。至於不材之人，上下共知而不問，寬緩容姦㉞。其弊如此，便可爲退不肖之法乎？賢不肖既無別，則宜乎設官雖多而無人可用也。臣願陛下明賞罰，責功實，則材皆列於陛下之前矣㉟。臣故曰五者皆有，然陛下不得而用者，爲有弊也。

三弊五事，臣既已詳言之矣，惟陛下擇之。天下之務，不過此也。方今天文變於上[36]，地理逆於下，人心怨於内，四夷攻於外[37]，事勢如此矣[38]，非是陛下遲疑寬緩之時，惟願爲社稷生民留意[39]。臣修昧死再拜。

【校記】

[1]上：原校：一作「上封事」。[2]許臣上書：原校：一作「許以封章」。[3]淺：原校：一作「昧」。[4]術：原校：一無此字。[5]説：原校：一作「議」。沮：原校：一作「汨」。[6]治：原校：一本作「致理」。[7]伏見：卷後原校：一作「臣伏見」。此卷後有編者語云：「右言事書凡一，作者皆江鈿文海本，疑是初稿，不若集本之善，故難盡從，姑擿其大概如此，後人亦可推公改定之意矣。」[8]中外：原校：一作「天下」。[9]疲：原校：一作「困」。[10]勞：原校：一作「勤」。[11]討：原校：一作「平」。[12]動：原校：一作「安作」。[13]賴：原校：一作「仰」。[14]須：原校：一作「急」。[15]開發：原校：一作「雖廣」。[16]所採：卷後原校：一作「年來」。[17]伏思：卷後原校：一作「臣伏思」。尚：一作「最」。[18]惟善：卷後原校：一作「蓋善」。[19]其少：卷後原校：此下一有「也」字。[20]何況：原校：一作「豈如」。[21]「任」下：原校：一有「用」字。[22]「三」下：原校：一有「大」字。[23]「令」下：原校：一有「煩而」二字。[24]「罰」下：原校：一有「行而」二字。[25]皆知用：原校：一作「皆能知」。[26]「故」下：原校：一有「二帝」二字。[27]漢武好用兵：卷後原校：一作「漢武帝」。[28]立功：卷後原校：一作「收功」。[29]服遼：卷後原校：一作「破遼」。[30]威振夷狄：卷後原校：一作「威加四海」。[31]徒：原校：一作「儔」。[32]房、杜：卷後原校：一作「王、魏、房、杜」。徒：原校：一作「輩」。[33]「此二」句下：原校：一有「凡有所爲，後世莫及」八字。[34]出：原校：一作「越」。[35]「欲贍」二句：卷後原校：一作「欲贍軍富國，則常患無財」。[36]今朝：卷後原校：一作「方今外」。[37]「旁無」句：原校：一作「又無小人獨任之惑」。[38]聽：此字原脱，據原校補。[39]何所憚而不爲乎：原校：一作「何憚而久不爲」。

爲哉」。〔四〇〕執：原校：一作「奮」。〔四一〕則：原校：一作「可使」。〔四二〕一事之不集：卷後原校：此上一有「而」字。〔四三〕「則」下：原校：一有「俗」字。〔四四〕「則」下：原校：一有「下」字。從：原校：一作「入」。〔四五〕州縣：原校：一作「天下」。〔四六〕或：原校：一作「咸」。要：原校：一作「可」。〔四七〕將：原校：一作「官」。〔四八〕符：原校：一作「文」。〔四九〕守：原校：一作「稟」。〔五〇〕中外臣庶：原校：一作「官吏軍民」。〔五一〕「弊」下：原校：一有「一」字。〔五二〕「用人」二句：原校：一作「古今用人之法，不過賞罰而已」，「用人」一作「人君」。〔五三〕矣：原校：一作「也」。〔五四〕太祖時：原校：一作「臣嘗聞太祖皇帝時」。〔五五〕十年不問：卷後原校：此下一有「蓋」字。按：當屬下讀。〔五六〕「與諸將」句下：原校：一有「及江南已下，乃復其官」九字。〔五七〕之法：原校：一作「分明」。〔五八〕昨：原校：一作「自」。〔五九〕「四五」句下：原校：一有「賞罰之際，是非莫分」八字。〔六〇〕皆當斬罪：卷後原校：一作「法皆當斬」。〔六一〕所謂賞：卷後原校：「所」一作「是」。〔六二〕威：原校：一作「罰」。〔六三〕「弊」下：原校：一有「二」字。〔六四〕言其一二：卷後原校：「言」一作「舉」。〔六五〕「不可」句下：原校：一有「兵額空多，所用者少」八字。〔六六〕數：原校：一作「效」。〔六七〕節：原校：一作「法」。〔六八〕愁：原校：一作「怨」。〔六九〕病小怯：原校：一作「弱小懦」。〔七〇〕法：原校：一作「術」。〔七一〕藝：原校：一作「效」。〔七二〕「諸路」二句：原校：一作「諸州所造器械，數不少矣」。〔七三〕塗：原校：一作「路」。〔七四〕剛：原校：一作「鋼」。〔七五〕造作：卷後原校：二字上一有「蓋」字。〔七六〕草草：原校：一作「無實」。〔七七〕老：原校：一作「小」。〔七八〕「弊」下：原校：一有「三」字。〔七九〕「請」下：原校：一有「直」字。「言」下：原校：一有「其」字。〔八〇〕王尋等以百萬之兵：卷後原校：「兵」一作「師」。九千人：卷後原校：「九」一作「六」。〔八一〕苻堅以百萬之兵：卷後原校：「兵」一作「衆」。〔八二〕十四五萬：原校：一作「四十萬人」。〔八三〕只用三千人：卷後原校：「用」字下一有「兵」字。〔八四〕一萬：原校：一作「萬人」，下有「其他以三五千人立功塞外者，不可悉數」十六字。〔八五〕能以計取：原校：一作「能用計」。〔八六〕「少」下：原校：一有「而」字。〔八七〕愈少：卷後原校：一作「爲少」。也：一無此字。〔八八〕爲今計者：原校：一作「臣謂方今」。〔八九〕破賊：卷後原校：一作「破虜」。〔九〇〕不當七八萬：卷後原校：「當」一作「得」。〔九一〕又：原校：一作「之」。〔九二〕敕勵：卷後原校：「敕」一作「飭」。〔九三〕「五」上：原校缺「四」字，原校云「一有『四』字」，據補。〔九四〕精兵：原校：二字一作「數」。〔九五〕積以年歲：原校：一作「遷延日月」。〔九六〕或出於奴僕，或出於軍卒：原校：一作「或出於士，或出於卒伍，或出於奴僕」。(九七)勞：原校：一作「切」。(九八)其：原校：一作「之」。(九九)至於無人可用：卷後原校：「至於」一作「以至」。(一〇〇)「皆」下：原校：一有「委之要地」四字。授之：卷後原校：一作「授以」。(一〇一)賢豪：卷後原校：一作「英豪」。(一〇二)報國：原校：一作「爲報」，又下有「又何患於無將哉」一句。(一〇三)尋：原校：一作「塞」。(一〇四)用兵：原校：一作「兵興」。(一〇五)漢武好：卷後原校：一作「昔漢武帝好」。(一〇六)勒兵：卷後原校：一作「耀兵」。(一〇七)十八萬：原校：一作「十萬人」。(一〇八)其：原校：一無「其」字。(一〇九)未若：原校：一無二字。(一一〇)罷：原校：一作「解」。(一一一)「無」上：原校：一有「而」字。(一一二)「無」上：原校：一有「而」字。將：原校：一作「人」。(一一三)「徒耗」句下：原校：一有「惟陛下以威權督責之，乃有期耳」二句。(一一四)敕勵：原校：「敕」一作「督」。(一一五)詗：原校：一作「論」。(一一六)「欲併」句下：原校：一有「若使二虜並寇，則難以力支」十一字。(一一七)此：原校：一無此字。勝：原誤作「則」，據天理本改。(一一八)力：原校：一無「力」字。(一一九)「陛下」下：原校：一有「不以臣言爲狂，密」七字。(一二〇)詔執事之臣，熟：原校：一作「詔四路之帥協」。(一二一)仲尼曰：卷後原校：一作「語曰」。(一二二)文武列職：原校：一作「文武常選之官，盈於朝廷」。(一二三)豈無材智之臣：卷後原校：一作「非無材智之人」。(一二四)自：原誤作「目」，據天理本改。(一二五)動拘舊例：卷後原校：「拘」一作「循」。(一二六)遺：原校：一作「除」。(一二七)「謂」下：原校：一有「以」字。(一二八)守廉慎者各舉清幹之人：原校：一無上十字。(一二九)好徇私者各舉請：原校：一作「好財利者各舉誅」。(一三〇)「性庸」句下：原校：一有「守廉節者乃舉公幹之人」十字。(一三一)清：原校：一作「公」。(一三二)請：原校：一作「誅」。(一三三)糾舉之術：卷後原校：一作「糾案之法」。(一三四)寬緩容姦：卷後原校：「緩」一作「縱」。(一三五)「材」下：原校：一有「不材」二字。(一三六)天文變：卷後原校：一作「天災見」。(一三七)於外：卷後原校：一作「其外」。(一三八)事勢：卷後原校：一作「事理」。(一三九)「惟願」句：原校：一作「惟陛下留計，狂直甘俟誅夷」。

【箋注】

〔一〕如題下注，慶曆二年（一〇四二）作。上年二月，宋與西夏戰，大敗于好水川，大將任福陣亡。八月，西夏陷豐州。是年三月，契丹趁宋西綫吃緊之機，遺蕭英、劉六符來索瓦橋以南十縣地。長編卷一三六在是年五月「甲寅，仁宗詔三館臣僚上封事及聽請對。集賢校理歐陽修上疏曰」之下收録了本文。

〔二〕「併九州」三句：自寶元元年元昊稱帝、反宋自立後，宋軍屢敗于西夏，連折劉平、任福等大將，西綫不寧，朝野不安。

〔三〕「今又」句：宋史仁宗紀載慶曆二年五月，「契丹集兵幽州，聲言來侵，河北、京東皆爲邊備」。

〔四〕「今盗賊」句：長編卷一三五慶曆二年四月：「丁酉，詔：『如聞京東、西盗賊充斥，其令轉運司委通判或幕職官與逐縣令佐擇鄉民之武勇者，增置弓手兩倍。仍令流内銓選歷任無贓罪、年未六十者爲縣尉，督捕之。』」翌年，歐有再論置兵禦賊劄子（奏議集卷四）云：「臣伏見去年朝廷於諸道州府招宣毅兵士，及添置鄉兵弓手……今盗賊一年多如一年，一火强如一火。天下禍患，豈可不憂？」

〔五〕「然尚能」四句：乾德元年正月，宋太祖遣慕容延釗進兵，二月入荆南，高繼冲降；　三月，慕容延釗克復朗州，湖南平。見宋史太祖紀一。僞唐，指南唐。開寶八年，曹彬克金陵，李煜降，南唐亡。見太祖紀三。閩嶺，指原閩國地域，後晉時已被南唐所據。見新五代史閩世家。平南唐後，閩地亦平。兩蜀，即前、後蜀，此指蜀地。乾德三年，王全斌平蜀，蜀主孟昶降。見宋史太祖紀二。并、潞，指北漢所據區域。太平興國四年，宋太宗滅北漢。見宋史太宗紀一。幽、燕，指燕雲十六州，爲契丹所據。太平興國四年、雍熙三年，太宗兩度出兵伐契丹，欲收復其地。見太宗紀一、二。

〔六〕「臣聞」三句：太平御覽卷六三八引六韜：「太公曰：『不法則令不行，令不行則主威傷。』」

〔七〕「賞罰」二句：韓非子二柄：「明主之所導制其臣者，二柄而已矣。二柄者，刑、德也。何謂刑、德？曰：殺戮之謂刑，慶賞之謂德。」

〔八〕「漢武」四句：漢武帝在位時，通西域，滅南越，北擊匈奴，平西南夷，武功顯赫。見漢書武帝紀。

〔九〕衛、霍：衛青、霍去病，武帝時名將，事迹見史記衛將軍驃騎列傳。

〔一〇〕公孫、董、汲：公孫弘、董仲舒、汲黯，武帝時名臣，事迹見史記平津侯主父列傳、儒林列傳與汲鄭列傳。

〔一一〕「唐太宗」五句：　唐太宗李世民于貞觀四年擊滅東突厥，十九年破遼東。見兩唐書太宗紀。

〔一二〕李靖、李勣：唐初大將，兩唐書有傳。

〔一三〕房、杜：房玄齡、杜如晦，唐初大臣，兩唐書有傳。

〔一四〕「王全斌」四句：王全斌，并州太原人。五代時歷仕唐、晉、周。宋初以功拜安國軍節度使。乾德二年，率兵伐後蜀，連戰皆捷。三年，蜀主孟昶降。全斌入成都，晝夜宴飲，縱部下搶掠。詔發蜀兵赴汴，人給錢十千，全斌不即奉命，激成蜀軍兵變。坐降崇義軍節度觀察留後。開寶末，遷武寧軍節度使，時已黜居山郡十餘年。宋史有傳。

〔一五〕「昨關西」二句：自寶元元年（一〇三八）元昊稱帝至慶曆二年（一〇四二）有四五年時間，宋西境不寧，戰事不斷。

〔一六〕「大將」句：大將指延州知州范雍。康定元年，元昊圍延州，于三川口大敗宋軍，劉平、石元孫被俘。范雍昏庸怯懦，失職當罷，然而僅改官安州知州。見長編卷一二六。

〔一七〕旗鼓之節：左傳成公二年：「師之耳目，在吾旗鼓，進退從之。」

〔一八〕「漢王尋」句：王莽地皇四年，劉秀、王鳳等攻克昆陽、定陵等縣。王莽遣王邑、王尋率兵百萬，進圍昆陽，劉秀將數千兵與戰，大破莽軍，殺王尋。見後漢書光武紀。

〔一九〕「苻堅」句：晉太元八年，前秦苻堅率兵百萬南下攻晉，晉命謝石、謝玄率八萬人拒敵。兩軍夾淝水而陣，謝玄率精兵渡水決戰，前秦軍大潰，苻堅棄甲而逃，史稱「淝水之戰」。見晉書謝玄傳。歐稱「東晉二三萬人」，誤。

〔二〇〕「曹操」三句：曹操鎮壓黄巾起義，受降卒三十餘萬，稱青州兵。興平元年，曹操率青州兵與吕布戰于濮陽，大敗，還鄄城。歐謂「歸許」，誤。建安五年，袁紹大軍與曹操戰于官渡，大敗，史稱「官渡之戰」。見三國志武帝紀。

〔二一〕「李靖」四句：貞觀四年，唐太宗派李靖擊突厥，靖率軍三千夜襲定襄，頡利可汗敗逃，靖又率萬騎擊而生擒之。見兩唐書李靖傳。

〔二二〕將相無種：史記陳涉世家：「王侯將相，寧有種乎？」

〔二三〕「今詔」句：長編卷一三五慶曆二年三月：「詔殿前都指揮使高化、馬軍副都指揮使李用和、步軍副都指揮使曹琮舉諸軍指揮使以上有膽勇方略堪任將領者各二人。」慶曆三年，歐有論軍中選將劄子（奏議集卷二）云：「伏望陛下特詔兩府大臣别議求將之法，盡去尋常之格，以求非常之人。苟非不以次用人，難弭當今之大患。」

〔二四〕「試將」句：宋史選舉志三：「天聖八年，親試武舉十二人，先閲其騎射而試之，以策爲去留，弓馬爲高下。」長編卷一二六康定元年二月：「甲辰，詔兵部自今試武舉人，以策論定去留，弓馬定高下。」

〔二五〕 借職：即三班借職，爲武階官名。據長編卷三二載，太宗淳化二年，改借職承旨爲三班借職，爲宋前期入品武階最低一階。石延年絶句有「無才且作三班借」以自嘲。

〔二六〕 屠釣飯牛：指賢才屈身于卑賤之事。韓詩外傳卷八：「太公望少爲人婿，老而見去，屠牛朝歌，賃於棘津，釣於磻溪。」曹植陳審舉表：「吕尚之處屠釣，至陋也。」管子小問：「百里徯，秦國之飯牛者也，穆公舉而相之，遂霸諸侯。」又吕氏春秋舉難：「甯戚飯牛居車下，望桓公而悲，擊牛角疾歌。桓公聞之，撫其僕之手曰：『異哉！之歌者非常人也！』命後車載之。」

〔二七〕 「前日」二句：此事未詳。

〔二八〕 「漢武」五句：漢書武帝紀：「元封元年冬十月，詔曰：『……朕將巡邊垂，擇兵振旅，躬秉武節，置十二部將軍，親帥師焉。』行自雲陽，北歷上郡、西河、五原，出長城，北登單于臺，至朔方，臨北河，勒兵十八萬騎，旌旗徑千餘里，威振匈奴。」據食貨志載，漢興至武帝，「京師之錢累百鉅萬，貫朽而不可校。太倉之粟陳陳相因，充溢露積於外，腐敗不可食……是後外事四夷，內興功利，役費并興，而民去本……天下虛耗，人復相食」。

〔二九〕 「上兵」二句：孫子兵法謀攻：「故上兵伐謀，其次伐交，其次伐兵。」

〔三〇〕 「北虜」句：景德元年（一〇〇四）宋遼訂澶淵之盟，至慶曆二年（一〇四二），已近四十年。

〔三一〕 「今一旦」二句：指慶曆二年三月契丹索要瓦橋以南十縣地，五月聚兵幽州欲南侵事。見宋史仁宗紀三。

〔三二〕 「前年」四句：康定元年，環慶路鈐轄、洛苑使高繼隆，知慶州、禮賓使張崇俊，柔遠寨主、左侍禁、閤門祗候武英等，入西夏界，破後橋寨及討蕩吴家等族帳，朝廷賞之。見長編卷一二六。

〔三三〕 四路分帥：慶曆元年十月，分陜西緣邊爲秦鳳、涇原、環慶、鄜延四路，任命韓琦、范仲淹等爲各路經略安撫招討使。見長編卷一三四。

〔三四〕 「十室」二句：語出論語公冶長。

〔三五〕 「審官」三句：宋史選舉志四：「吏部銓惟注擬州縣官、幕職，兩京諸司六品以下官皆無選；文臣少卿、監以上中書主之，京朝官則審官院主之；武臣刺史、副率以上內職，樞密院主之，使臣則三班院主之。」

〔三六〕 舉主：推薦或保舉他人做官的官員。宋史選舉志六：「凡被舉擢官，於誥命署舉主姓名，他日不如舉狀，則連坐之。」

【集評】

〔明〕茅坤：歐公經略，已具見其概矣。（歐陽文忠公文鈔評語卷一）

〔清〕愛新覺羅弘曆：唐順之曰：「仁宗之爲治天下事，一付之公論而已，若無所與焉，自是千古一聖哉！而其迹有似於不振者，故歐公以自執威權之説進，蓋應病之藥也。」夫有權不操，而付之天下之公且不可，況未必公乎？（唐宋文醇評語卷二八）

居士集卷四十七

書八首

答陝西安撫使范龍圖辭辟命書〔一〕

修頓首再拜啓：急脚至㈠〔二〕，得七月十九日華州所發書，伏審即日尊體動止萬福㈡，戎狄侵邊，自古常事，邊吏無狀，至煩大賢。伏惟執事忠義之節信於天下，天下之士得一識面者，退誇於人，以爲榮耀。至於游談、布衣之賤，往往竊託門下之名。矧今以大謀小，以順取逆〔三〕，濟以明哲之才，有必成功之勢。則士之好功名者，於此爲時，孰不願出所長少助萬一，得託附以成其名哉？況聞狂虜猖蹶，屢有斥指之詞〔四〕，加之輕侮購募之辱〔五〕，至於執戮將吏，殺害邊民。凡此數事，在於修輩，尤爲憤恥，每一思之，中夜三起。

不幸修無所能，徒以少喜文字，過爲世俗見許，此豈足以當大君子之舉哉？若夫參決軍謀、經畫財利、料敵制勝，在於幕府，苟不乏人，則軍書奏記一末事耳㊂，有不待修而堪者矣。由此始敢以親爲辭。況今世人所謂四六者，非修所好，少爲進士時，不免作之，自及第，遂棄不復作〔六〕。在西京佐三相幕府〔七〕，於職當作，亦不爲作，此師魯所見。今廢已久，懼無好辭，以辱嘉命。此一端也㊃。

伏見自至關西，辟士甚衆。古人所與成事者，必有國士共之〔八〕。非惟在上者以知人爲難，士雖貧賤，以身許人，固亦未易。欲其盡死，必深相知，知之不盡，士不爲用。今奇怪豪俊之士，往往蒙見收擇，顧用之如何爾㊄。然尚慮山林草莽㊅，有挺特知義、慷慨自重之士㊆，未得出於門下也，宜少思焉㊇〔九〕。

若修者，恨無他才以當長者之用，非敢效庸人苟且樂安佚也㊈。幸察㊉。

【校記】

㊀腳：原校：一作「步」。　㊁「伏審」句下：原校：一有「卑情不任欣慰之至」八字。　㊂「奏記」下：原校：一有「之工拙」三字。　㊃此一端也：原校：一本此下云：「某雖儒生，不知兵事，竊惟兵法有勇有怯，必較彼我之利否，事之如何，要在成功，不限遲速。某近至京師，屢於諸公間，略聞緒言攻守之計，此實當時之宜，非深思遠見者孰能至此？顧不爲浮議所移。」　㊄「顧用」句下：原校：一有「此在明哲，豈須獻言」。　㊅尚：原校：一作「但」。　㊆知義：卷後原校：此下一有「可用」二字。　㊇宜少：原校：一作「亦宜」。　㊈樂安佚也：原校：一本此下云

「伏蒙示書，夏公又以見舉。某孤賤，素未嘗登其門，非執事過見褒稱，何以及此？愧畏！然某已以親老爲辭，更無可往之理，惟」。⑩「察」下：原校：一有「焉」字。

【箋注】

〔一〕如題下注，康定元年（一〇四〇）作。是年三月，吏部員外郎、知越州范仲淹復天章閣待制、知永興軍。（長編卷一二六）未至永興，四月，改爲陝西都轉運使。五月，爲龍圖閣直學士，與韓琦並爲陝西經略安撫副使，同管勾都部署司事。（長編卷一二七）仲淹遂舉歐陽修充經略掌書記（舉狀見范文正公集卷一八），歐辭不應命，答以此書。自歐陽發等編事迹至宋史本傳，皆稱歐辭辟命爲「同其退，不同其進」。此非實情。本文云：「軍書奏記一末事耳，有不待修而堪者矣。」同年，所作與梅聖俞（書簡卷六）云：「安撫見辟不行，非惟奉親避嫌而已，從軍常事，何害奉親？朋黨，蓋當世俗見指，吾徒寧有黨邪？直以見召掌箋奏，遂不去矣。」清人王元啓謂：「當此邊隅多事之時，別無委重，獨以書記一事爲屬，其知公也淺矣。」（讀歐記疑卷二）

〔二〕急脚：夢溪筆談卷一一：「驛傳舊有三等，曰步遞、馬遞、急脚遞。急脚遞最遽，日行四百里，唯軍興則用之。」

〔三〕「矧今」三句：含蔑視西夏元昊之意。以宋爲大爲順，西夏爲小爲逆。

〔四〕「況聞」二句：寶元元年十月甲戌，元昊築壇受册，號大夏皇帝。（長編卷一二二）上表云：「衣冠既就，文字既行，禮樂既張，器用既備，吐蕃、達靼、張掖、交河，莫不服從……伏望陛下許以西郊之地，册爲南面之君。」（長編卷一二三）

〔五〕「加之」句：長編卷一二四寶元二年九月條下，載太子中允、直集賢院富弼上疏曰：「近於七月中，伏聞中書、樞密院同進購募元昊科格，遂告示天下者。夫購者起於亂秦，用於末世，三代已往，不聞有此，豈我太平之世，天下一統，偶有小醜，輒滋背畔，稽之典策，自存討禦，而執事者不爲良畫，遽勸陛下行亂秦末世之事乎？」按：此前張方平作御戎十策（樂全集卷一九），購募一策云：「竊聞元昊勇而好殺，安忍無親，背面之間，必有讎敵，可重行購賞，以動其人。有能得其首級者，舉元昊之爵位土疆授之。」

〔六〕「況今」六句：參閱本卷與荆南樂秀才書「僕少孤貧，貪禄仕以養親……始大改其爲，庶幾有立」一段。

〔七〕「在西京」句：歐在西京任留守推官時，錢惟演、王曙、王曾相繼爲西京留守，且均有宰相銜。

〔八〕「古人」三句：史記刺客列傳載豫讓謂趙襄子曰：「至於智伯，國士遇我，我故國士報之。」

〔九〕「然尚慮」四句：此爲堯臣而發也。堯臣好談兵，注孫子，欲赴西部效力，然未獲仲淹汲引，故歐于翌年所作聖俞會飲（見本集卷一）中有「遺編最愛孫武説」、「關西幕府不能辟」、「嗟余身賤不敢薦」等語。

【集評】

〔清〕何焯：其自負既隱然有在，而求士之道亦宜然。公文之最近韓者。言外多諷切，亦忠告之遺意。（義門讀書記卷三八）

〔清〕浦起龍：會得此公自許者大，然後識得此文藴意者遠，却於脱本身處露本情。泛泛作辭辟命觀，無有是處。（古文眉詮評語卷五七）

答李詡第一書〔一〕

修白：人至，辱書及性詮三篇，曰以質其果是㊀。夫自信篤者，無所待於人；有質於人者，自疑者也。今吾子自謂「夫子與孟、荀、揚、韓復生〔二〕，不能奪吾言」，其可謂自信不疑者矣。而返以質於修，使修有過於夫子者，乃可爲吾子辯㊁，況修未及孟、荀、揚、韓之一二也。修非知道者，好學而未至者也。世無師久矣，尚賴朋友切磋之益，苟不自滿而中止，庶幾終身而有成。固常樂與學者論議往來，非敢以益於人，蓋求益於人者也。況如吾子之文章論議，豈易得哉？固樂爲吾子辯也㊂。苟尚有所疑，敢不盡其所學以告，既吾子之自信如是，雖夫子不能奪，使修何所説焉？人還索書，未知所答，慚惕慚惕。修再拜。

【校記】

㊀「是」下：原校：一有「非」字。㊁爲：原校：一作「與」。㊂爲：原校：一作「與」。

【箋注】

〔一〕原未繫年。本集卷三〇有至和二年所作尚書比部員外郎陳君墓誌銘，言陳君「素所知秘書丞李詡與其孤安期，謀將乞銘於廬陵歐陽修。安期曰『吾不敢』，詡曰『我能得之』……詡節義可信之士，以詡能報君，而君能知詡，則君之爲人可知也已」。據此，知至和二年詡爲秘書丞，且與歐相識有年，爲歐所信賴。觀本文及下篇，似答初識而未有深交者，則此二書當作于至和二年前若干年。本集置二書于景祐、康定作品間，諒此即爲撰著二書之時間段。

〔二〕孟、荀、揚、韓：孟軻、荀況、揚雄、韓愈。

【集評】

〔明〕張自烈：僕聞李詡著性詮質足下，詡自謂「孔子與孟、荀、揚、韓復生，不能奪吾言」。足下答詡第一書未嘗少有是正。僕意足下苟深明性學，宜直舉所欲言以告之，顧獨不評答，何哉？（與古人書卷上與歐陽永叔論性書）

答李詡第二書〔一〕

修白：前辱示書及性詮三篇，見吾子好學善辯，而文能盡其意之詳。今世之言性者多矣，有所不及也，故思與吾子卒其説。

修患世之學者多言性，故常爲説曰：夫性，非學者之所急，而聖人之所罕言也〔二〕。易六十四卦不言性，其言者動静得失吉凶之常理也；春秋二百四十二年不言性〔三〕，其言者善惡是非之實録也；詩三百五篇不言性，其言者政教興衰之美刺也；書五十九篇不言性〔四〕，其言者堯、舜、三代之治亂也；禮、樂之書雖不完〔五〕，而雜出於諸儒之記，然其大要，治國修身之法也〔六〕。六經之所載，皆人事之切於世者，是以言之甚詳。至於性也，百不一二言之，或因言而及焉，非爲性而言也，故雖言而不究〔一〕。

予之所謂不言者，非謂絶而無言，蓋其言者鮮，而又不主於性而言也。論語所載七十二子之問於孔子者，問孝、問忠、問仁義、問禮樂、問修身、問爲政、問朋友、問鬼神者有矣，未嘗有問性者。孔子之告其弟子者，凡數千言，其及於性者一言而已〔七〕。予故曰：非學者之所急，而聖人之罕言也。

書曰「習與性成」〔八〕，語曰「性相近習相遠」者，戒人慎所習而言也。中庸曰「天命之謂性，率性之謂道」者〔九〕，明性無常，必有以率之也。樂記亦曰「感物而動，性之欲」者，明物之感人無不至也〔一〇〕。然終不言性果善果惡，但戒人慎所習與所感，而勤其所以率之者爾。予故曰：因言以及之，而不究也。

修少好學，知學之難。凡所謂六經之所載，七十二子之所問者，學之終身，有不能達者矣；於其所達，行之終身，有不能至者矣。以予之汲汲於此而不暇乎其他，因以知七十二子亦以是汲汲而不暇也，又以知聖人所以教人垂世，亦皇皇而不暇也。今之學者，於古聖賢所皇皇汲汲者學之行之，或未至其一二，而好爲性說，以窮聖賢之所罕言而不究者，執後儒之偏說，事無用之空言㈡〔一一〕。此予之所不暇也。

或有問曰㈢：「性果不足學乎？」予曰：性者，與身俱生而人之所皆有也。爲君子者，修身治人而已，性之善惡不必究也。使性果善邪㈣，身不可以不修，人不可以不治；使性果惡邪㈤，身不可以不修，人不可以不治。不修其身，雖君子而爲小人，書曰「惟聖罔念作狂」是也；能修其身，雖小人而爲君子，書曰「惟狂克念作聖」是也〔一二〕。治道備，人斯爲善矣，書曰「黎民於變時雍」是也〔一三〕；治道失，人斯爲惡矣，書曰「殷頑民」、又曰「舊染汙俗」是也〔一四〕。故爲君子者，以修身治人爲急，而不窮性以爲言。夫七十二子之不問，六經之不主言，或雖言而不究，豈略之哉，蓋有意也。

或又問曰：「然則三子言性，過歟？」曰：不過也。「其不同何也？」曰：始異而終同也。使孟子曰人性善矣〔一五〕，遂怠而不教，則是過也；使荀子曰人性惡矣〔一六〕，遂棄而不教，則是過也；使揚子曰人性混矣㈥〔一七〕，遂肆而不教，則是過也。然三子者，或身奔走諸侯以行其道，或著書累千萬言以告于後世，未嘗不區區以仁義禮樂爲急。蓋其意以謂善者一日不教，則失而入于惡；惡者勤而教之㈦，則可使至于善；混者驅而率之，則可使去惡而就善也。其説與書之「習與性成」，語之「性近習遠」，中庸之「有以率之」，樂記之「慎物所感」皆合。凡論三子者，以予言而一之，則譊譊者可以息矣。夫三子者，推其言則殊，察其用心則一，故予以爲推其言不過始異而終同也㈧。

予之所説如此，吾子其擇焉。

【校記】

㈠而不究：卷後原校：此下一有「凡」字。按：當屬下讀。㈡言：原校：一作「文」。㈢有：原校：一作「者」。㈣果善邪：卷後原校：「邪」一本作「而」。按：當屬下讀。㈤果惡邪：卷後原校：「邪」一本作「而」。按：當屬下讀。㈥人性混矣：卷後原校：「混」字上一有「善惡」二字。㈦勤而教之：卷後原校：「勤」一作「勸」。㈧推：原校：一無此字。

【箋注】

〔一〕同上篇，約作于景祐、康定間。

〔二〕「而聖人」句：論語公冶長：「子貢曰：『夫子之文章，可得而聞也；夫子之言性與天道，不可得而聞也。』」

〔三〕「春秋」句：春秋始自魯隱公元年（前七二二），終于魯哀公十四年（前四八一），計二百四十二年。

〔四〕書五十九篇：孔安國尚書序言尚書「并序凡五十九篇，爲四十六卷」。

〔五〕「禮、樂」句：禮包括周禮、儀禮、禮記。樂已佚，後儒纂集樂記一篇，收于禮記中。

〔六〕「然其」二句：禮記大學：「古之欲明明德於天下者，先治其國；欲治其國者，先齊其家；欲齊其家者，先修其身；欲修其身者，先正其心；欲正其心者，先誠其意；欲誠其意者，先致其知。致知在格物。」

〔七〕「其及」句：論語陽貨：「子曰：『性相近也，習相遠也。』」

〔八〕習與性成：書太甲上：「茲乃不義，習與性成。」孔穎達疏：「言爲之不已，將以不義爲性也。」

〔九〕「天命」二句：語見禮記中庸，鄭玄注：「天命，謂天所命生人者，是謂性命……率，循也，循性行之，是謂道。」

〔一〇〕「樂記」三句：禮記樂記：「人生而靜，天之性也。感於物而動，性之欲也。物至知知，然後好惡形焉。」

〔一一〕「執後儒」二句：劉壎隱居通議卷二歐公言道不言性：「蓋公之意，以仁義禮樂爲道之實，而不欲説性者，懼其淪於虛，亦其生平惡佛而恐其涉於禪也，故曰：『執後儒之偏説，事無用之空言。』當是時，道學之説未盛也，公固已有憂矣。蓋自五代極亂之後而入於宋，混一諸國，中外太平，此時世運猶如天地重開。咸平、景德以來，真元會合一番，其人物往往篤實渾厚，山立河行，竭誠盡心，惟務修實德，行實政。至慶曆、嘉祐，若少殺而猶未衰，一主於實，故不爲無用之空言也。」

〔一二〕「不修」六句：書多方：「惟聖罔念作狂，惟狂克念作聖。」孔安國傳：「惟聖人無念於善，則爲狂人；惟狂人能念於善，則爲聖人。」

〔一三〕「書曰」句：書堯典：「黎民於變時雍」，孔安國傳：「言天下衆民皆變化從上，是以風俗大和。」

〔一四〕「書曰」句：書多士：「成周既成，遷殷頑民。」書胤征：「舊染汙俗，咸與維新。」

〔一五〕「使孟子」句：孟子滕文公上：「孟子道性善，言必稱堯舜。」

〔一六〕「使荀子」句：荀子性惡：「人之性惡，其善者僞也。」

〔一七〕「使揚子」句：揚雄法言卷二：「人之性也善惡混，修其善則爲善人，修其惡則爲惡人。」

【集評】

〔明〕張自烈：足下謂性之善惡不必究，君子以修身治人爲急，不必窮性以爲言。僕則以知性然後能深明修治之事，然後修與治各得其序。故易曰：「窮理盡性，以至于命。」孟子曰：「盡其心者知其性。」苟不知性，何以能修且治？然則足下謂不必窮性以爲言，非也。（與古人書卷上與歐陽永叔論性書）

〔清〕魏象樞：歐陽子云：「聖人教人，性非所先。」「先」字有病，世儒疑而議之是也。孔門日日言性，何云非先？「性非所先」一語，蓋謂性非渾然先言也，次第言之耳，如言仁而仁，言義而義，言禮而禮，言智信而智信也。此聖人教人極誠實、極切近、極周詳處也，歐陽子之言所由來矣。若大賢以下，雖有渾然言性者，其於父子、君臣、夫婦、昆弟、朋友，未嘗不析言之……歐陽子之言似有病而非過也。（寒松堂文集卷九歐陽子性非所先解）

與荆南樂秀才書〔一〕

修頓首白秀才足下：前者舟行往來，屢辱見過。又辱以所業一編，先之啓事，及門而贄〔二〕。田秀才西來〔三〕，辱書；其後予家奴自府還縣，比又辱書。僕有罪之人，人所共棄，而足下見禮如此，何以當之？當之未暇答㊀，宜遂絶，而再辱書；再而未答，益宜絶㊁，而又辱之。何其勤之甚也！如修者，天下窮賤之人爾，安能使足下之切切如是邪㊂？蓋足下力學好問，急於自爲謀而然也。然蒙索僕所爲文字者，此似有所過聽也。

僕少從進士舉於有司，學爲詩賦，以備程試，凡三舉而得第〔四〕。與士君子相識者多，故往往能道僕名字；而又以游從相愛之私，或過稱其文字。故使足下聞僕虛名，而欲見其所爲者，由此也。僕少孤貧，貪祿仕以養親，不暇就師窮經，以學聖人之遺業㊃〔五〕。而涉獵書史，姑隨世俗作所謂時文者，皆穿蠹經傳，移此儷彼，以爲浮薄㊄〔六〕，惟恐不悦于時人，非有卓然自立之言如古人者。然有司過採，屢以先多士〔七〕。及得第已來，自以前所爲不足以稱有司之舉而當長者之知〔八〕，始大改其爲，庶幾有立。然言出而罪至，學成而身辱，爲彼則獲譽㊅，爲此則受禍㊆，此明效也。夫時文雖曰浮巧，然其爲功，亦不易也㊇。僕天姿不好而彊爲之，故比時人之爲者尤不工，然已足以取禄仕而竊名譽者㊈，順時故也。先輩少年志盛⑩，方欲取榮譽於世⑪，則莫若順時〔九〕。天聖中，天子下詔書，敕學者去浮華〔一〇〕，其後風俗大變。今時之士大夫所爲，彬彬有兩漢之風矣。先輩往學之，非徒足以順時取譽而已，如其至之，是直齊肩於兩漢之士也⑫。若僕者，其前所爲既不足學，其後所爲慎不可學⑬，是以徘徊不敢出其所爲者，爲此也。

在易之困曰：「有言不信〔一一〕。」謂夫人方困時，其言不爲人所信也。今可謂困矣⑭，安足爲足下所取信哉⑮？辱書既多且切，不敢不答。幸察。

【校記】

㊀當之未暇答：卷後原校：「之」或作「時」。一無「當之」二字。　㊁益：此字原缺，卷後原校云「『宜絶』二字上一有『益』字」，據補。　㊂切切：卷後原校：二字一作「勤」。　㊃遺業：卷後原校：二字一作「道」。　㊄浮薄：卷後原校：一作「浮巧」。　㊅爲彼：卷後原校：二字上一有「蓋」字。　㊆受禍：卷後原校：一作「獲罪」。

⑧不易：卷後原校：一作「未易」。⑨譽者：卷後原校：一無「者」字。⑩先輩少年：卷後原校：一作「今先輩年少」。⑪方欲：卷後原校：一作「方將」。⑫「如其」二句：卷後原校：一作「如其器焉，直可齊於兩漢之士也」。⑬慎不可學：原校：一作「又不宜學」。⑭今可謂困：卷後原校：「今」字下一有「子」字。⑮「安足」句：卷後原校：一作「雖有言，安能取信於先輩哉」。

【箋注】

〔一〕據題下注，景祐四年（一〇三七）作。是年春，歐有與樂秀才第一書，見外集卷一九。由本文云「再而未答」，知該書實未發出，後又作此書。荆南爲江陵府治所江陵（今屬湖北）之舊稱。樂秀才，生平未詳。宋時讀書應舉者皆稱秀才。

〔二〕「前者」五句：景祐三年，歐貶夷陵。于役志後有編者語，謂歐公「沿汴、絶淮、泛大江，凡五千里，用一百一十程，纔至荆南……既以十月二十六日到官，則留荆約旬餘，正庭參轉運時也」。樂秀才數次過訪求教，皆在歐留荆期間。

〔三〕「田秀才」句：田畫自荆南西行，路過夷陵。見本集卷四二送田畫秀才寧親萬州序。

〔四〕「凡三」句：天聖元年，應舉隨州，坐賦逸官韻，黜；五年，試禮部，不中；八年，及第。見胡譜。

〔五〕「僕少」四句：外集卷二三記舊本韓文後：「以謂方從進士干禄以養親，苟得禄矣，當盡力于斯文，以償其素志。」

〔六〕「皆穿」三句：石介怪説中：「今楊億窮妍極態，綴風月，弄花草，淫巧侈麗，浮華纂組，刓鎪聖人之經，破碎聖人之言，離析聖人之意，蠹傷聖人之道。」

〔七〕「屢以」句：歐天聖七年試國子監爲第一，赴國學解試又第一，八年試禮部復爲第一。見胡譜。

〔八〕「及得第」二句：歐奏議集卷八論更改貢舉事件劄子：「今貢舉之失者，患在有司取人先詩賦而後策論，使學者不根經術，不本道理，但能誦詩賦，節抄六帖、初學記之類者，便可剽盜偶儷，以應試格。而童年新學全不曉事之人，往往幸而中選。此舉子之弊也。」

〔九〕「先輩」三句：茅坤歐陽文忠公文鈔卷一一：「樂秀才所問，問舉子業之文，而歐陽公不屑論之。又恐誤樂秀才所以問舉業之意，故挈出『順時』兩字告之。」

〔一〇〕「天聖」三句：長編卷一〇八天聖七年五月：「庚申，詔曰：『朕試天下之士，以言觀其趣向，而比來流風之敝，至於會萃小説，磔裂前言，競爲浮誇靡曼之文，無益治道，非所以望於諸生也。禮部其申飭學者，務明先聖之道，以稱朕意焉。』」

〔一一〕「在易」二句：「有言不信」王弼注：「處困而言，不見信之時也；非行言之時，而欲用言以免，必窮者也。」

【集評】

〔清〕王元啓：此書與柳子答杜温夫一律，但歐公措辭微婉，不作伉直語，較爲可味，而讀者竟至無可捉摸，率意妄評，則亦良可憫矣。歐公告樂秀才以順時，猶柳子特舉助辭律令爲杜温夫告也。前此屢書不答，蓋孟子所謂不屑之教誨耳。不然，何至索觀其文字而吝不一與若是哉？評者或以爲恐誤秀才問業之意，或又悲公少時立脚不定，至近時，評者更極言宋世順時之可以至于兩漢，獨今世爲不可，皆不免有聞鐘揣籥之疑。莊子云：「聾者無以與于鐘鼓之聲。」其信然歟！（讀歐記疑卷二）

答吴充秀才書〔一〕

修頓首白先輩吴君足下〔二〕：前辱示書及文三篇，發而讀之，浩乎若千萬言之多，及少定而視焉，纔數百言爾。非夫辭豐意雄，霈然有不可禦之勢，何以至此㊀？然猶自患倀倀莫有開之使前者〔三〕，此好學之謙言也。修材不足用於時，仕不足榮於世〔四〕，其毀譽不足輕重，氣力不足動人。世之欲假譽以爲重，借力而後進者，奚取於修焉？先輩學精文雄[二]，其施於時，又非待修譽而爲重、力而後進者也。然而惠然見臨[三]，若有所責[四]，得非急於謀道[五]，不擇其人而問焉者歟？

夫學者未始不爲道〔五〕，而至者鮮焉[六]。非道之於人遠也，學者有所溺焉爾。蓋文之爲言，難工而可喜，易悦而自足。世之學者往往溺之，一有工焉，則曰：「吾學足矣。」甚者至棄百事不關于心，曰：「吾文士也，職於文而已。」此其所以至之鮮也。

昔孔子老而歸魯，六經之作，數年之頃爾〔六〕。然讀易者如無春秋[七]，讀書者如無詩[八]，何其用功少而至於至也[九]〔七〕！聖人之文雖不可及，然大抵道勝者，文不難而自至也[一〇]。故孟子皇皇不暇著書，荀卿蓋亦晚而有作〔八〕。若子雲、仲淹，方勉焉以模言語[一一]，此道未足而彊言者也[一二]〔九〕。後之惑者，徒見前世之文傳，以爲學者文而已[一三]，故愈力愈勤而愈不至[一四]。此足下所謂終日不出於軒序[一五]，不能縱横高下皆如意者，道未足也[一六]。若道之充焉，雖行乎天地[一七]，入于淵泉，無不之也[一八]。

先輩之文浩乎霈然[一九]〔一〇〕，可謂善矣。而又志於爲道，猶自以爲未廣，若不止焉，孟、荀可至而不難也。修學道而不至者，然幸不甘於所悦而溺於所止，因吾子之能不自止，又以勵修之少進焉。幸甚幸甚。修白。

【校記】

㈠何以：卷後原校：一作「孰能」。㈡先輩學精：卷後原校：一作「矧也足下」。天理本卷後校：「先輩」二字一作「矧如足下」。㈢然而惠然見臨：原校：六字一作「惠然而見及」。㈣責：原校：一作「求」。㈤得：原校：一無此字。㈥鮮焉：「焉」原誤作「爲」，據天理本改。卷後原校：一作「鮮矣」。㈦讀易者：卷後原校：三字上一有「使」字。㈧「讀書」句：原校：一作「讀春秋者如無詩書」。㈨前一「至」字：原校：此字一作「自然」。㈩「者」下：原校：一有「於」字。⑪焉以模：原校：三字一作「彊區區力作」。⑫此：原校：一無此字，有「而宏博不及孟荀之雄者」十字。彊：原校：一作「勉」。⑬「以爲」句：原校：此句一作「又溺其悦也」。⑭愈力：原校：一無此二字。⑮「序」下：原校：一無「此足下」以下一句。⑯未：原校：一作「不」。⑰地：原校：一作「下」。⑱「無不」句下：原校：一有「何患不至」四字。⑲先輩：原校：一作「足下」。

【箋注】

〔一〕題注「康定元年」，誤。題稱吴充「秀才」，文稱「先輩」，知此時尚未及第，則文當作于充寶元及第之前，疑即景祐四年（一〇三七），時吴充年僅十七歲。吴充字冲卿，建州浦城人。寶元元年（一〇三八）進士（據宋詩紀事卷一四，乾隆福建通志卷四七同）。熙寧中，進檢校太傅、樞密使，代王安石爲相。元豐時，罷爲觀文殿大學士、西太一宮使，卒謚正獻。宋史有傳。

〔二〕先輩：見本集卷四獲麟贈姚闢先輩詩箋注〔一〕。又，宋時亦爲對文人的敬稱。王偁東都事略穆修傳：「修老而益貧，家有唐韓、柳集，鏤板鬻於京師，有儒生數輩輒取閱，修謂曰：『先輩能讀得一篇，當以一帙爲贈。』」

〔三〕倀倀：荀子修身：「人無法則倀倀然。」楊倞注：「倀倀，無所適貌，言不知所措履。」

〔四〕「仕不足」句：景祐四年，歐爲夷陵縣令，十二月徙光化軍乾德縣令。見胡譜。

〔五〕「夫學者」句：韓愈送陳秀才彤序：「蓋學所以爲道，文所以爲理耳。」

〔六〕「昔孔子」三句：史記孔子世家：「孔子之去魯凡十四歲而反乎魯……然魯終不能用孔子，孔子亦不求仕。」按：據孔子世家前文，定公十四年，孔子年五十六，彼時去魯，則歸魯時已六十九歲矣。據後文，孔子卒年七十三，則歸魯至逝世，「數年之頃爾」。

〔七〕「然讀易」三句：李翱答朱載言書：「創意造言，皆不相師。故其讀春秋也，如未嘗有詩也；其讀詩也，如未嘗有易也；其讀易也，如未嘗有書也；其讀屈原、莊周也，如未嘗有六經也。」

〔八〕「故孟子」二句：史記孟子荀卿列傳：「孟軻……游事齊宣王，宣王不能用。適梁，梁惠王不果所言，則見以爲迂遠而闊於事情……所如者不合。退而與萬章之徒序詩書，述仲尼之意，作孟子七篇……荀卿，趙人。年五十始來游學於齊……齊人或讒荀卿，荀卿乃適楚，而春申君以爲蘭陵令。春申君死而荀卿廢，因家蘭陵……於是推儒、墨、道德之行事興壞，序列著數萬言而卒。」

〔九〕「若子雲」三句：揚雄字子雲；王通字仲淹，隋末大儒。雄擬易作太玄，擬論語作法言等；通擬論語作中説等。見漢書揚雄傳、新唐書王績傳（績，通弟也）。

〔一〇〕浩乎霈然：韓愈答李翊書：「如是者亦有年，然後浩乎其沛然矣。」

【集評】

〔清〕沈德潛：道不足則溺於文，引孔、孟以證，見足於道者不求文而文自至也。夫道不足而强言且不可，况裂文與道而二之乎？讀「難工可喜」、「易悦自足」二語，爲之爽然。韓子曰：「約六經之旨而成文。」柳子云：「文以行爲本，在先誠其中。」夫六經之旨，道也；先誠其中者，道也；合之此書，學者不當從事於語言之末矣。（唐宋八大家文讀本評語卷一一）

上杜中丞論舉官書〔一〕

具官修謹齋沐拜書中丞執事：修前伏見舉南京留守推官石介爲主簿，近者聞介以上書論赦被罷，而臺中因舉他吏代介者。主簿於臺職最卑〔二〕，介一賤士也，用不用，當否，未足害政，然可惜者，中丞之舉動也。

介爲人剛果有氣節，力學喜辯是非，真好義之士也〔三〕。始執事舉其材，議者咸曰知人之明。今聞其罷，皆謂赦乃天子已行之令，非疏賤當有説，以此罪介，曰當罷。修獨以爲不然。然不知介果指何事而言也？傳者皆云：「介之所論，謂朱梁、劉漢不當求其後裔爾〔四〕。」若止此一事，則介不爲過也㈠。然又不知執事以介爲是爲非也㈡。若隨以爲非，是大不可也。且主簿於臺中，非言事之官，然大抵居臺中者，必以正直、剛明、不畏避爲稱職。今介足未履臺門之閾〔五〕，而已用言事見罷，真可謂正直、剛明、不畏避矣。度介之才，不止爲主簿，直可任御史也。是執事有知人之明，而介不負執事之知矣。

修嘗聞長老説，趙中令相太祖皇帝也，嘗爲某事擇官，中令列二臣姓名以進，太祖不肯用。它日又問，復以進，又不用。它日又問，復以進，太祖大怒，裂其奏，擲殿階上㈢。中令色不動，插笏帶間，徐拾碎紙，袖歸中書。它日又問，則補綴之，復以進。太祖大悟，終用二臣者㈣〔六〕。彼之敢爾者，蓋先審知其人之可用，然後果而不可易也。今執事之舉介也，亦先審知其可舉邪，是偶舉之也㈤？若知而舉，則不可遽止；若偶舉之，猶宜一請介之所言，辯其是非而後已。若介雖忤上，而言是也，當助以辯；若其言非也，猶宜曰所舉者爲主簿爾，非言事也，待爲主簿不任職，則可罷，請以此辭焉可也㈥。

且中丞爲天子司直之臣〔七〕，上雖好之，其人不肖，則當彈而去之；上雖惡之，其人賢，則當舉而申之，非謂隨時好惡而高下者也。今備位之臣百十㈦，邪者正者，其糾舉一信於臺臣。而執事始舉介曰能，朝廷信而將用之，及以爲不能，則亦曰不能，是執事自信猶不果，若遂言它事，何敢望天子之取信於執事哉？故曰主簿雖卑，介雖賤士，其可惜者，中丞之舉動也。

況今斥介而它舉，必亦擇賢而舉也。夫賢者固好辯〔八〕，若舉而入臺，又有言，則又斥而它舉乎？如此，則必得愚闇懦默者而後止也。伏惟執事如欲舉愚者，則豈敢復云；若將舉賢也，願無易介而它取也。

今世之官，兼御史者例不與臺事，故敢布狂言，竊獻門下，伏惟幸察焉㈧〔九〕。

【校記】

㈠不爲過也：卷後原校：「也」一作「矣」。㈡又不知執事：卷後原校：「不」一作「未」。㈢階：原校：一作「陛」。殿階上：卷後原校：一作「陛下」。㈣終用二臣者：卷後原校：一無「者」字。㈤也：原校：一作「邪」。㈥請：原校：一作「請罷」。㈦百十：卷後原校：一作「百千」。㈧幸察焉：卷後原校：一作「幸賜察焉」。

【箋注】

〔一〕如題下注，景祐二年（一〇三五）作。長編卷一一七景祐二年十二月：「癸酉，詔翰林學士承旨章得象、御史中丞杜衍、知制誥李淑，編次赦書所訪唐、五代諸國及本朝臣僚子孫以名聞。先是御史臺辟南京留守推官石介爲主簿，介上疏論赦書不當求五代及諸僞國後，不合意，罷不召。館閣校勘歐陽修貽書責中丞杜衍曰（略），衍卒不能用。」衍爲御史中丞在景祐二年二月。（長編卷一一六）按：仁宗罷不召石介，恐與介之直言無忌有關。長編卷一一五景祐元年八月庚午條，載介貽同平章事、樞密使王曾書曰：「正月以來，聞既廢郭皇后，寵信尚美人，宫廷傳言，道路流布。或説聖人好近女室，漸有失德。自七、八月來，所聞又甚，或言倡優日戲上前，婦人朋淫宫内，飲酒無時節，鐘鼓連晝夜。近有人説聖體因是嘗有不豫。」如此放膽，口無遮攔，招怨在所難免。

〔二〕「主簿」句：據宋史職官志四，御史臺有御史中丞、侍御史、殿中侍御史、監察御史等，另有檢法、主簿。主簿「掌受事發辰，勾稽簿書」，官最卑。

〔三〕「介爲人」三句：宋史石介傳：「篤學有志尚，樂善疾惡，喜聲名，遇事奮然敢爲。」

〔四〕「介之」二句：長編卷一一七有景祐二年十一月乙未「録唐、梁、後唐、晉、漢、周及諸僞國後」的記載。梁爲朱温創建，故稱朱梁；漢爲劉知遠創建，故稱劉漢。

〔五〕閾：儀禮士冠禮：「布席于門中，闑西閾外，西面。」鄭玄注：「閾，閫也。」賈公彦疏：「閫，門限，與閾爲一也。」

〔六〕「趙中令」二十一句：事亦見宋朝事實類苑、宋史趙普傳。趙中令即趙普，太祖、太宗時爲相。嘗爲西京留守，兼中書令。（長編卷三一）

〔七〕「且中丞」句：宋史職官志四：「御史臺掌糾察官邪，肅正綱紀。」御史中丞爲臺長，故稱「司直之臣」。

〔八〕「夫賢者」句：意出孟子滕文公下：「孟子曰：『予豈好辯哉！予不得已也。』」

〔九〕「今世」五句：據胡譜，歐景祐元年爲宣德郎、試大理評事、兼監察御史，充鎮南軍節度掌書記、館閣校勘。兼監察御史非實際職務，僅爲官資遷叙之名義，不得干預御史臺事務，故云「敢布狂言」。

【集評】

〔宋〕黄震：論舉石介爲主簿，尋被罷而不爭。議論婉切，極可觀。（黄氏日鈔卷六一）

〔明〕茅坤：議論明切，歸之正直，而後先中彀率。（歐陽文忠公文鈔評語卷一〇）

〔清〕儲欣：關切大體，似不獨爲石介言。（六一居士全集録評語卷五）

與曾鞏論氏族書〔一〕

修白㊀：貶所僻遠㊁，不與人通，辱遣專人惠書甚勤〔二〕，豈勝愧也！示及見託撰次碑文事〔三〕，修於人事多故，不近文字久矣，大懼不能稱述世德之萬一，以滿足下之意。

然近世士大夫於氏族尤不明㊂，其遷徙世次多失其序，至於始封得姓，亦或不真。如足下所示，云曾元之曾孫樂〔四〕，爲漢都鄉侯，至四世孫據，遭王莽亂〔五〕，始去都鄉而家豫章。考於史記，皆不合。蓋曾元去漢近二百年，自元至樂，似非曾孫，然亦當仕漢初㊃。則據遭莽世，失侯而徙，蓋又二百年，疑亦非四世。以諸侯年表推之〔六〕，雖大功德之侯，亦未有終前漢而國不絶者㊄，亦無自高祖之世至平帝時，侯纔四傳者〔七〕。宣帝時，分宗室趙頃王之子景，封爲都鄉侯〔八〕。則據之去國，亦不在莽世，而都鄉已先别封宗室矣。又樂據姓名，皆不見於年表，蓋世次久遠而難詳如此。若曾氏出於鄫者，蓋其支庶自别有爲曾氏者爾，非鄫子之後皆姓曾也，蓋今所謂鄫氏者是也㊅〔九〕。

楊允恭據國史所書，嘗以西京作坊使爲江浙發運、制置、茶鹽使㈦，乃至道之間耳〔一〇〕，今云洛苑使者〔一一〕，雖且從所述，皆宜更加考正。山州無文字尋究㈧，幸察。

【校記】

㈠「修」下：原校：一有「拜」字。「白」下：一有「曾君先輩足下」六字。㈡僻遠：卷後原校：一作「僻絶」。㈢氏族：原校：一作「族氏」。㈣當仕：卷後原校：一作「當在」。㈤亦未有：卷後原校：一作「亦少得」。㈥鄱氏：卷後原校：「鄱」一作「鄫」。㈦茶鹽使：卷後原校：此下一有「時」字。㈧「山州」句下：原校：一有「不能周悉」四字。

【箋注】

〔一〕如題下注，慶曆六年（一〇四六）作。是年，歐爲曾致堯作尚書户部郎中贈右諫議大夫曾公神道碑銘（本集卷二一），云：「慶曆六年夏，其孫鞏稱其父命以來請曰：『願有述。』遂爲之述。」文中敍及曾氏世系，當據曾鞏所作「先祖述文一卷」（見曾鞏集卷一五上歐陽舍人書），然以「遷徙世次多失其序」，神道碑中只能略加闡述，歐遂詳論已見于本文。

〔二〕「貶所」三句：書簡卷七有慶曆六年所作與曾舍人：「雖久不相見，而屢辱書及示新文，甚慰瞻企……山州少朋友之游，日逾昏塞。」是年，又有送章生東歸詩（本集卷二），云「窮山荒僻人罕顧」。

〔三〕碑文：即前所云曾公神道碑銘。

〔四〕曾元：見尚書户部郎中贈右諫議大夫曾公神道碑銘箋注〔一三〕。

〔五〕王莽亂：王莽篡漢，建立新朝，在公元九至二十三年。

〔六〕諸侯年表：指漢書卷一三異姓諸侯王表及卷一四諸侯王表。

〔七〕「亦無」二句：自漢高祖劉邦登基的前二〇六年至平帝劉衎元始元年亦即公元元年，計二百又七年。而侯僅傳四代，足見其非。

〔八〕「宣帝」三句：漢書卷一五王子侯表：「都鄉孝侯景，趙頃王子，甘露二年七月辛未封，侯溱嗣，免。」溱爲劉景之子，都鄉孝侯傳至二世即遭免矣。

〔九〕「若曾氏」四句：見曾公神道碑銘箋注〔二二〕。鄫子即曾子，曾參。

〔一〇〕「楊允恭」三句：楊允恭，漢州綿竹人。咸平時，卒于荆湖、江、浙都巡檢使任。國史，疑指真宗實録。宋史楊允恭傳：「淳化五年，轉西京作坊使……至道初……即命允恭爲發運使，始改『擘畫』爲『制置』。」

〔一一〕「今云」句：參閲曾公神道碑銘中「洛苑使楊允恭以言事見幸」等語。

【集評】

〔清〕儲欣：南豐博覽古書，於此等不自檢點，倘亦家世習傳未忍擬議故與？看公辨論，何等明確。（六一居士全集録評語卷五）

答宋咸書〔一〕

修頓首白：州人至㊀，蒙惠書及補注周易〔二〕，甚善。世無孔子久矣，六經之旨失其傳，其有不可得而正者，自非孔子復出，無以得其真也〔三〕。儒者之於學博矣㊁，而又苦心勞神於殘編朽簡之中㊂，以求千歲失傳之繆㊃，茫乎前望已遠之聖人而不可見，杳乎後顧無窮之來者，欲爲未悟決難解之惑，是真所謂勞而少功者哉！然而經非一世之書也㊄〔四〕，其傳之繆非一日之失也，其所以刊正補緝亦非一人之能也。使學者各極其所見，而明者擇焉，十取其一，百取其十，雖未能復六經於無失，而卓如日月之明。然聚衆人之善以補緝之，庶幾不至於大繆，可以俟聖人之復生也。然則學者之於經㈥，其可已乎〔五〕？

足下於經勤矣㈦，凡其所失，無所不欲正之，其刊正補緝者衆，則其所得亦已多矣。修學不敏明㈧，而又無彊力以自濟，恐終不能少出所見，以補六經之萬一㈨，得足下所爲，故尤區區而不能忘也。屬奉使出疆㈩，忽忽不具⑪。惟自愛⑫。廬陵歐陽修再拜。

【校記】

㈠人：原校：一作「吏」。　㈡儒者之於學：卷後原校：一作「學者之爲工」。　㈢勞神：原校：一作「疲精」。　㈣求：原校：一作「考」。　㈤「經」上：原校：一有「六」字。　㈥之於經：原校：一無三字。　㈦於經：原校：一本二字作「之於學」。「足下」句下：原校：一有「其於經至矣」字。　㈧學：原校：一作「性」。　㈨六經：原校：一作「失傳」。　㈩出疆：原校：一本二字作「行有日」。　⑪具：原校：一本「具」字作「得盡所懷」。　⑫「惟」下：原校：一有「以時」字。

【箋注】

〔一〕　如題下注，至和二年（一〇五五）作。據胡譜，是年八月，歐爲賀契丹國母生辰使，會契丹興宗卒，改充賀登位國信使。本文云「屬奉使出疆，忽忽不具」，即作于出使之際。宋咸字貫之，福建建陽人。天聖二年進士，累官知邵武軍。慶曆元年除太常博士、知瓊州，奏請設學，集諸生讀經，親爲講授。又知韶州。皇祐中，狄青經制廣西，薦爲轉運判官，以功轉職方員外郎，遷轉運使。仕終都官郎中。性耿介，莅官所至有聲。陸心源編宋史翼有傳。長編卷一八九載嘉祐四年二月「丁亥，廣南西路轉運使、屯田郎中宋咸上所注揚子及孔叢子，賜三品服」。查宋史藝文志，宋咸有易訓三卷、易補注十卷、劉牧王弼易辨二卷、毛詩正紀三卷、外義二卷、論語增注十卷。另，郡齋讀書志著録宋咸注孔叢子七卷。

〔二〕「蒙惠書」句：文獻通考經籍考卷二宋咸易補注下引陳振孫曰：「咸嘗撰易明，凡一百九十三條，以正亡誤。及得郭京舉正於歐陽公，遂參驗爲補注十卷，皇祐五年表上之。」

〔三〕「世無」五句：本集卷四獲麟贈姚闢先輩：「世已無孔子，獲麟意誰知……一從聖人没，學者自爲師。崢嶸衆家説，平地生險巇。」本集卷一八春秋或問：「經不待傳而通者十七八，因傳而惑者十五六。」

〔四〕「然而」句：本集卷四三廖氏文集序：「夫六經非一世之書，其將與天地無終極而存也。」

〔五〕「使學者」十一句：參閲外集卷一九至和三年作答宋咸書「天日之高，以其下臨於人者不遠……此所以學者不可以止也」一段。

【集評】

〔清〕王元啓：宋公於舊注疏繆處悉加刊補，自謂此書一出，幾可盡廢從前作者。歐公答書，語語褒嘉，却語語斟酌，含吐不肯極口，讀之使人躁氣俱平，真有德者之言也。讀經必求其意，尤貴平心易氣求之，勿有意爭勝前人，庶能得其一二于百十之中。宋公補注周易，想必翻駁舊注太多，公書故有隱諷。曰「無所不欲正之」，則未免于過躁；曰「所得已多」，則其所失亦復不少。病在有意求勝前人，而弗虚心以求其意也。（讀歐記疑卷二）

居士集卷四十八

策問十二道

武成王廟問進士策二首〔一〕

問：學者言「三統」之義備矣〔二〕。然自孔子删修六經〔三〕，與其弟子論辯堯、舜、三代之際甚詳，而於正朔獨無明文見於經者〔四〕。「三正」，王者所以正一統，蓋大法也〔五〕。豈宜略而不言歟？抑隱其義以寓見諸書歟？或者經籍散缺而失之歟？自漢以來學者多增「三統」之説，以附六經之文〔六〕。今所見者，特因漢儒之説爾。當漢承秦焚書，聖經未備，而百家異説不合于理者衆，則其言果可信歟？夫衆辭淆亂質諸聖〔七〕，今考於六經，孔子所筆，何説可以驗其信然歟？不然，商、周未嘗有改歟？豈其不足爲法，聖人非之而不言歟？請稽三王之舊典，考六經之明文，以祛厥疑。敢俟來對。

問：禮樂，治民之具也〔八〕。王者之愛養斯民，其於教導之方，甚勤而備。故禮，防民之欲也周；樂，成民之俗也厚〔九〕。苟不由焉，則賞不足勸善，刑不足禁非，而政不成。大宋之興八十餘歲〔一〇〕，明天子仁聖，思致民於太平久矣。而天下之廣，元元之衆，州縣之吏奉法守職，不暇其他，使愚民目不識俎豆〔一一〕，耳不聞弦匏〔一二〕，民俗頑鄙，刑獄不衰，而吏無任責。夫先王之遺文具在，凡歲時吉凶聚會，考古禮樂可施民間者，其別有幾？順民便事可行於今者有幾？行之固有次第，其所當先者又有幾？禮樂興而後臻於富庶歟？將既富而後教之歟？夫政緩而迂，鮮近事實；教不以漸，則或戾民。欲其不迂而政易成，有漸而民不戾者，其術何云？儒者之於禮樂，不徒誦其文，必能通其用；不獨學於古，必可施於今。願悉陳之，無讓。

【箋注】

〔一〕如題下注，慶曆二年（一〇四二）作。據胡譜，是年正月，考試別頭舉人。宋會要輯稿選舉一九之二謂「時以直集賢院知諫院張方平、集賢校理歐陽修考試知舉官親戚舉人」。別頭試，始于真宗時。宋史選舉志一：「國子監、開封府所貢士，與舉送官爲姻戚，則兩司更互考試。始命遣官別試。」據顔中其蘇頌年表，慶曆二年參加別頭試，蘇頌以第一名中舉。歸田録卷二記嘉祐二年（一〇五七）禮部貢舉：「禹玉，余爲校理時，武成王廟所解進士也。至此新入翰林，與余同院，又同知貢舉，故禹玉贈余云：『十五年前出門下，最榮今日預東堂。』」十五年前，恰爲慶曆二年。蔡寬夫詩話：「慶曆二年，歐陽文忠公爲別頭試官，王文恭公預薦。」王珪字禹玉，卒謚文恭。王偁東都事略田錫傳有「貢院就武成王廟」之語。王溥唐會要武成王廟載唐玄宗開元十九年于西京及各州設太公廟，肅宗上元元年又追封太公望爲武成王，太公廟改武成王廟。呂祖謙歷代制度詳説卷二：「建隆二年，建武成王廟……慶曆三年五月，置武學於武成王廟。」

〔二〕「學者」句：三統，指夏、商、周三代之正朔。漢書劉向傳：「王者必通三統，明天命所受者博，非獨一性也。」顏師古注引張晏曰：「一曰天統，爲周十一月建子爲正，天始施之端也。二曰地統，謂殷以十二月建丑爲正，地始化之端也。三曰人統，謂夏以十三月建寅爲正，人始成立之端也。」

〔三〕「然自」句：此説詳見史記孔子世家「孔子之時，周室微而禮樂廢，詩書缺」之後之記載。

〔四〕正朔：帝王新頒的曆法。史記曆書：「王者易姓受命，必慎始初，改正朔，易服色，推本天元。」

〔五〕「三正」三句：三正即三統。史記周本紀：「今殷王紂乃用其婦人之言，自絶于天，毀壞其三正。」張守節正義：「三正，三統也。周以建子爲天統，殷以建丑爲地統，夏以建寅爲人統也。」

〔六〕「自漢」二句：漢以後學者言「三統」處甚多，如易漢學卷一云：「後漢陳寵所謂三微成著，以通三統也。康成謂：十日爲微，一月爲著。三微成著，一爻也；三著成體，乃泰卦也。」

〔七〕「夫衆辭」句：揚雄法言吾子：「萬物紛錯則懸諸天，衆言淆亂則折諸聖。」

〔八〕「禮樂」二句：禮記樂記：「樂也者，情之不可變者也；禮也者，理之不可易者也。樂統同，禮辨異。禮樂之説，管乎人情矣。」孔穎達疏：「樂主和同，則遠近皆合；禮主恭敬，則貴賤有序。」

〔九〕「故禮」四句：周禮地官大司徒：「以五禮防萬民之僞而教之中，以六樂防萬民之情而教之和。」鄭玄注：「禮所以節止民之侈僞，使其行得中。樂所以蕩正民之情思，使其心應和也。」

〔一〇〕「大宋」句：由太祖建隆元年（九六〇）至仁宗慶曆二年（一〇四二），計八十三年。

〔一一〕俎豆：指祭祀、奉祀之事。論語衛靈公：「俎豆之事則嘗聞之矣，軍旅之事未之學也。」

〔一二〕弦匏：指弦歌之聲。史記樂書引子夏曰：「弦匏笙簧合守拊鼓。」鄭玄注：「弦，琴也。匏，瓠屬也，四十六簧。」陸龜蒙奉和襲美新秋言懷三十韻次韻：「山衣輕斧藻，天籟逸弦匏。」

問進士策三首〔一〕

問：六經者〔二〕，先王之治具，而後世之取法也。書載上古，春秋紀事〔三〕，詩以微言感刺〔四〕，易道隱而深矣〔五〕，其切於世者禮與樂也〔六〕。自秦之焚書，六經盡矣。至漢而出者，皆其殘脱顛倒，或傳之老師昏耄之説，或取之冢墓屋壁之間，是以學者不明，異説紛起〔七〕。況乎周禮，其出最後〔八〕，然其爲書備矣。其天地萬物之統，制禮作樂，建國君民，養生事死，禁非道善，所以爲治之法，皆有條理。三代之政美矣，而周之治迹所以比二代而尤詳見於後世者，周禮著之故也。然漢武以爲瀆亂不驗之書，何休亦云六國陰謀之説〔九〕，何也？然今考之，實有可疑者。夫内設公卿、大夫、士，下至府史、胥徒，以相副貳；外分九服〔一〇〕，建五等〔一一〕，差尊卑以相統理，此周禮之大略也。而六官之屬略見於經者五萬餘人〔一二〕，而里閭縣都之長、軍師卒伍之徒不與焉。王畿千里之地，爲田幾井，容民幾家？王官、王族之國邑幾數？民之貢賦幾何？而又容五萬人者於其間，其人耕而賦乎？如其不耕而賦，則何以給之？夫爲治者，故若是之煩乎？此其一可疑者也。秦既誹古，盡去古制〔一三〕。自漢以後，帝王稱號、官府制度，皆襲秦故，以至於今，雖有因有革，然大抵皆秦制也。未嘗有意於周禮者，豈其體大而難行乎，其果不可行乎？

脱有行者，亦莫能興，或因以取亂，王莽、後周是也〔一四〕，則其不可用決矣。此又可疑也。然其祭祀、衣服、車旗似有可采者，豈所謂郁郁之文乎〔一五〕？三代之治，其要如何？周禮之經，其失安在？宜於今者，其理安從？其悉陳無隱。

問：古者爲治有繁簡，其施於民也有淺深，各適其宜而已。三代之盛，時地方萬里，而王所自治者千里而已〔一六〕，其餘以建諸侯。至於禮樂刑政，頒其大法而使守之，則其大體蓋簡如此。諸侯大小國蓋數千，必各立都邑，建宗廟㈠。卿士大夫朝聘祭祀，訓農練卒㈡，居民度土，自一夫以上皆有法制，則其於衆務，何其繁也！今自京師至於海隅徼障，一尉卒之職必命於朝，政之大小皆自朝出，州縣之吏奉行而已㈢。是舉天下皆所自治，其於大體，則爲繁矣㈣。其州縣大小，邑閭田井，訓農練卒，一夫以上略無制度，其於衆務，何其忽而簡也！夫禮以治民，而樂以和之〔一七〕，德義仁恩，長養涵澤，此三代之所以深於民者也。政以一民㈤，刑以防之㈥，此其淺者爾㈦。今自宰相至于州縣有司㈧，莫不行文書、治吏事，其急在於督賦斂、斷獄訟而已，此特淺者爾。禮樂仁義，吏不知所以爲，而欲望民之被其教，其可得乎㈨？夫治大以簡則力有餘，治小以繁則事不遺，制民以淺則防其僻，漸民以深則化可成，此三代之所以治也。今一切悖古，簡其當繁而繁其可簡㈩，務其淺而忽其深。故爲國百年，而仁政未成、生民未厚者，以此也。然若欲使國體大小適繁簡之宜，法政弛張盡淺深之術，諸侯井田，不可卒復，施於今者何宜？禮樂刑政㊁，不可卒成，用於今者何便？悖古之失，其原何自？修復之方，其術何始？迹治亂，通古今，子大夫之職也，其悉心以陳焉。

問：禮樂之書散亡，而雜出於諸儒之記，獨中庸出於子思。子思，聖人之後也〔一八〕。其所傳宜得其真，而其説有異乎聖人者，何也㊂？論語云：「吾十有五而志于學，三十而立，四十而不惑，五十而知天命〔一九〕。」蓋孔子自年十五而學，學十五年而後有立，其道又須十年而一進。孔子之聖，必學而後至，久而後成。而中庸曰：「自誠明謂之性，自明誠謂之教〔二〇〕。」自誠明，生而知之也；自明誠，學而知之也。若孔子者，可謂學而知之者，孔子必須學，則中庸所謂自誠而明、不學而知之者，誰可以當之歟？堯用四凶〔二一〕，其初非不思也，蓋思之不能無失耳，故曰「惟帝其難之」〔二二〕。舜之於事，必問於人而擇焉，故曰「舜好問」〔二三〕。禹之於事，己所不決，人有告之言，則拜而從之，故曰「禹拜昌言」〔二四〕。湯之有過，後知而必改㊃，故曰「改過不吝」〔二五〕。孔子亦嘗有過，故曰「幸，苟有過，人必知之」〔二六〕。而中庸曰「誠者不勉而中，不思而得」〔二七〕。夫堯之思慮常有失，舜、禹常待人之助，湯與孔子常有過。此五君子者，皆上古聖人之明者，其勉而思之，猶有不及，則中庸之所謂「不勉而中、不思而得」者，誰可以當之歟？ 此五君子者不足當之，則自有天地已來，無其人矣，豈所謂虛言高論而無益者歟？ 夫孔子必學而後至，堯之思慮或失，舜、禹必資於人，湯、孔不能無過，此皆勉人力行不怠，有益之言也。 若中庸之誠明不可及，則怠人而中止，無用之空言也。 故予疑其傳之謬也，吾子以爲如何？

【校記】

㊀「諸侯」三句：卷後原校：一作「諸侯之國小大數十，皆建□邑，立宗廟」。 ㊁訓農練卒：原校：一作「訓練武士」。 ㊂縣：原校：一作「郡」。 ㊃「繁」下：原校：一有「且勞」二字。 ㊄一：原校：一作「均」。 ㊅之：原校：一作「姦」。 ㊆「此其」句下：原校：一有「蓋不可專用也」六字。 ㊇「州縣」下：原校：一有「之」字。 一作「至內外凡百」。 ㊈「其可」句下：原校：一有「況民之泯泯乎！ 此專務其淺而忘其所以教民之深之弊也久矣」二十五字。 ㊉「簡其」句：原校：一作「大者煩而勞，細者簡而忽」。 〔一一〕刑政：原校：一作「仁義」。 〔一二〕異：原校：一作「戾」。 〔一三〕後知而：原校：三字一作「人告」。

【箋注】

〔一〕 同前，慶曆二年（一〇四二）作。

〔二〕 六經：莊子天運：「孔子謂老聃曰：『丘治詩、書、禮、樂、易、春秋六經，自以爲久矣，孰知其故矣。』」

〔三〕 「書載」二句：尚書正義尚書序：「以其上古之書，謂之尚書。」漢書藝文志：「左史記言，右史記事；事爲春秋，言爲尚書。」

〔四〕 「詩以」句：漢書禮樂志：「周道始缺，怨刺之詩起。」

〔五〕 「易道」句：漢書藝文志：「易曰：『宓戲氏仰觀象於天，俯觀法於地，觀鳥獸之文，與地之宜，近取諸身，遠取諸物，於是始作八卦，以通神明之德，以類萬物之情。』至于殷、周之際，紂在上位，逆天暴物，文王以諸侯順命而行道，天人之占可得而效。於是重易六爻，作上下篇，孔氏爲之彖、象、繫辭、文言、序卦之屬十篇。故曰易道深矣。」

〔六〕「其切」句：史記滑稽列傳引孔子曰：「禮以節人，樂以發和。」張守節正義：「禮節樂和，導民立政。」

〔七〕「自秦」八句：歐詩本義卷一二：「自秦焚書之後，漢初，伏生口傳尚書先出，而泰誓三篇得於河内女子，其書有白魚赤烏之事。其後，魯恭王壞孔子宅，得真尚書，自有泰誓三篇，初無怪異之説。由是河内女子泰誓，世知非真，棄而不用。」

〔八〕「況乎」二句：賈公彦序周禮廢興：「周禮後出者，以其始皇特惡之故也。是以馬融傳云：『秦自孝公已下，用商君之法，其政酷烈，與周官相反，故始皇禁挾書特疾惡，欲絶滅之，搜求焚燒之。』」

〔九〕「然漢武」二句：賈公彦序周禮廢興：「林孝存以爲武帝知周官末世瀆亂不驗之書，故作十論七難以排棄之。何休亦以爲六國陰謀之書。」

〔一〇〕九服：王畿以外的九等地區。周禮夏官職方氏：「乃辨九服之邦國：方千里曰王畿，其外方五百里曰侯服，又其外方五百里曰甸服，又其外方五百里曰男服，又其外方五百里曰采服，又其外方五百里曰衛服，又其外方五百里曰蠻服，又其外方五百里曰夷服，又其外方五百里曰鎮服，又其外方五百里曰藩服。」

〔一一〕五等：禮記王制：「王者之制禄爵，公、侯、伯、子、男五等。」

〔一二〕六官：即周六卿，爲天官冢宰、地官司徒、春官宗伯、夏官司馬、秋官司寇、冬官司空，分掌邦國之政。見周禮。

〔一三〕「秦既」二句：史記秦始皇本紀載始皇「分天下以爲三十六郡，郡置守、尉、監」。又載李斯「『請史官非秦記皆燒之。非博士官所職，天下敢有藏詩、書、百家語者，悉詣守、尉雜燒之。有敢偶語詩書者棄市。以古非今者族……』制曰：『可。』」

〔一四〕「或因」二句：初始元年，王莽代漢稱帝，進行復古改制：更名天下田曰王田，奴婢曰私屬，均不得買賣；欲行古之井田制；更官名，復古之五等爵等。倒行逆施引發赤眉、緑林起義，新朝滅亡，王莽被殺。詳見漢書王莽傳。載初元年，武則天廢唐睿宗，自稱聖神皇帝，改國號爲周，即文中所稱後周。則天屢興大獄，晚年頗多弊政。神龍元年，中宗復位，復國號爲唐。見兩唐書則天皇后紀。

〔一五〕郁郁之文：論語八佾：「周監於二代，郁郁乎文哉！」邢昺疏：「郁郁，文章貌。」

〔一六〕「而王」句：左傳襄公二十五年：「且昔天子之地一圻。」杜預注：「方千里。」

〔一七〕「夫禮」二句：論語陽貨：「子曰：『禮云禮云，玉帛云乎哉？樂云樂云，鐘鼓云乎哉？』」鄭玄注：「言禮非但崇此玉帛而已，所貴者，乃貴其安上治民也。」馬融注：「樂之所貴者，移風易俗也，非謂鐘鼓而已也。」

〔一八〕「獨中庸」三句：禮記注疏原目中庸下，鄭玄注云：「孔子之孫子思作之，以昭明聖祖之德也。」又，該書載陸德明三禮注解傳述人云：「禮記者，本孔子門徒共撰所聞，以爲此記，後人通儒各有損益，故中庸是子思伋所作。」

〔一九〕「吾十」四句：語出論語爲政。

〔二〇〕「自誠明」二句：禮記注疏中庸引鄭玄注云：「自，由也。由至誠而有明德，是聖人之性者也；由明德而有至誠，是賢人學以成之也。」

〔二一〕「堯用」句：左傳文公十八年載「舜臣堯，賓於四門，流四凶族渾敦、窮奇、檮杌、饕餮，投諸四裔，以禦螭魅」，而此前「堯不能去」之。

〔二二〕「故曰」句：語出書臯陶謨：「吁！咸若時，惟帝其難之。」

〔二三〕舜好問：禮記中庸：「子曰：『舜其大知也與？舜好問而好察邇言。』」

〔二四〕禹拜昌言：語出書大虞謨。

〔二五〕改過不吝：書仲虺之誥：「用人惟己，改過不吝。」

〔二六〕「故曰」三句：語出論語述而。

〔二七〕「而中庸」二句：禮記中庸：「誠者，天之道也。誠之者，人之道也。誠者不勉而中，不思而得，從容中道，聖人也。誠之者，擇善而固執之者也。」

【集評】

〔清〕王元啓：以「繁」、「簡」、「淺」、「深」四字爲綱。（讀歐記疑卷二評三首之二）

南省試進士策問三首〔一〕

問：昔者禹治洪水，奠山川，而堯稱之曰萬世之功也〔二〕。蓋遭大水，莫如堯；致力以捍大患〔一〕，莫如禹；別四海、九州、山川地形，盡水之性，知其利害而治之有法，莫如禹貢之爲書也〔二〕〔三〕。故後世之言知水者，必本於禹；求所以治之之法與其迹者，必於禹貢。然則學者所宜盡心也。國家天下廣矣，其爲水害者，特一河耳，非有堯之大患也。自橫壠、商胡再決，三十餘年，天下無一人能興水利者〔四〕，豈有其人而弗求歟，求而弗至歟？抑不知水性而乖其導泄之方，由禹貢之學久廢而然歟？此當今之務，學者之所留意也。且堯之九州，孰高孰下？禹所治水，孰後孰先？考其治之之迹，導其大水所從來而順其歸，其小水則或附而行，或止而有所畜，然後百川皆得其宜。夫致力於其大而小者從之，此豈非其法歟？然所導大水，其名有幾？夫欲治水，而不知地形高下，所治後先，致力之多少及其名與數，則何以知水之利害？故願有所聞焉。夫禹所以通治水之法如此者，必又得其要。願悉陳之無隱。

問：三王之治，損益不同，而制度文章，惟周爲大備。周禮之制，設六官以治萬民，而百事理，夫公卿之任重矣。若乃祭祀天地、日月、宗廟、社稷、四郊、明堂之類〔五〕，天子、大臣所躬親者，一歲之間有幾？又有巡狩、朝會、師田、射耕、燕饗〔六〕，凡大事之舉，一歲之間又有幾？而爲其民者，亦有畋獵、學校、射鄉、飲酒〔七〕，凡大聚會㊂，一歲之間有幾？又有州黨、族官、歲時、月朔、春秋、酺禜、詢事、讀法㊃〔八〕，一歲之間又有幾？其齋戒供給，期召奔走，廢日幾何？由是而言，疑其官不得安其府，民不得安其居，亦何暇修政事、治生業乎？何其煩之若是也？然說者謂周用此以致太平。豈朝廷禮樂文物，萬民富庶豈弟，必如是之勤且詳，然後可以致之歟？後世苟簡，不能備舉，故其未能及於三代之盛歟？然爲治者果若是之勞乎？用之於今，果安焉而不倦乎？抑其設施有法，而第弗深考之歟？諸君子爲言之。

問：六十四卦所謂易者，聖人之書也〔九〕。今謂之繫辭，昔謂之大傳者，亦皆曰聖人之作也〔一〇〕。其言曰：「兩儀生四象，四象生八卦〔一一〕。」又曰：「河出圖，聖人則之〔一二〕。」又曰：「庖犧氏之王天下也，仰觀于天，俯察于地，觀鳥獸之文，近取身㊄，遠取物，始作八卦〔一三〕。」又曰：「昔者聖人之作易也，幽贊於神明而生蓍，參天兩地而倚數，觀變於陰陽而立卦〔一四〕。」一書而四說，則八卦者果何從而有乎？若曰河圖之說信然乎，則是天生神馬負八卦出于水中，乃天地自然之文爾，何假庖犧始自作之也？如幽贊生蓍之說，又似八卦直因蓍數而生爾。至於兩儀四象，相生而成，則又無待於三說而有卦也。故一説苟勝，則三説可以廢也。然孰從而爲是乎？卜筮，自堯、舜、三代以來用之，蓋古聖人之法也，不必窮其始於古遠茫昧之前。然繫辭，聖人之作也，必有深旨，幸決其疑。

【校記】

㊀致力以捍：原校：四字一作「能弭」。㊁莫：原校：一作「未有」。書：原校：一作「詳」。㊂聚：原校：一作「事期」。㊃酺禜：原校：一作「蜡祭」。㊄「取」下：原校：一有「諸」字，下同。

【箋注】

〔一〕如題下注，嘉祐二年（一〇五七）作。南省即尚書省。宋史職官志一：「今尚書亦南省長官。」玉海卷一二一唐門下省：「時謂尚書省爲南省。」禮部爲尚書省六部之一。是年，歐知禮部貢舉，此即試進士策問。

〔二〕「昔者」三句：書堯典：「帝（舜）曰：『俞，咨！禹，汝平水土，惟時懋哉！』禹拜稽首，讓于稷、契暨皋陶。帝曰：『俞，汝往哉！』」史記五帝本紀謂皋陶等「二十二人咸成厥功」，而「唯禹之功爲大」。按：據尚書、史記，命禹治水者舜，文云「堯稱之」，誤也。

〔三〕禹貢：尚書篇名。記禹治九州山水之事。説文：「貢，獻功也。」「貢」冠以「禹」，贊禹之功也。

〔四〕「自橫壠」三句：宋史河渠志一：「景祐元年七月，河決澶州橫壠埽。慶曆元年，詔權停修決河……八年六月癸酉，河決商胡埽，決口廣五百五十七步，乃命使行視河隄……嘉祐元年四月壬子朔，塞商胡北流，入六塔河，不能容，是夕復決，溺兵夫、漂芻藁不可勝計。」按：歐十分關心治河問題，至和、嘉祐間，論修河有三狀呈進朝中（見奏議集卷一二、一三），反對塞商胡，開故道，朝廷未予采納，終釀六塔河決口大禍，故有「天下無一人能興水利者」如此憤慨之語。

〔五〕明堂：帝王宣明政教之處所。凡朝會、祭祀等大典，均在此。孟子梁惠王下：「夫明堂者，王者之堂也。」

〔六〕師田：周禮地官州長：「若國作民而師田行役之事，則帥而致之，掌其戒令，與其賞罰。」賈公彦疏：「師謂征伐，田謂田獵。」

〔七〕射鄉：禮記仲尼燕居：「射鄉之禮，所以仁鄉黨也。」孔穎達疏：「射，謂鄉射也；鄉謂鄉飲酒也……然射在鄉上者，欲明鄉射與鄉飲酒別也。」

〔八〕酺禜：古時禳災之祭。周禮地官族師：「春秋祭酺亦如之。」鄭玄注：「酺者，爲人物烖害之神也。」周禮地官黨正：「春秋祭禜，亦如之。」鄭玄注：「禜，謂雩禜水旱之神。」讀法：周禮地官州長：「正月之吉，各屬其州之民而讀法，以考其德行道藝而勸之，以糾其過惡而戒之。」賈公彦疏：「而『讀法』者，謂對衆讀一年政令及十二教之法。」

〔九〕「六十四卦」二句：司馬遷報任少卿書：「文王拘而演周易。」史記周本紀：「西伯……囚羑里，蓋益易之八卦爲六十四卦。」史記孔子世家：「孔子晚而喜易，序彖、繫、象、説卦、文言。」

〔一〇〕「今謂」三句：歐易童子問卷三：「童子問曰：『繫辭非聖人之作乎？』曰：『何獨繫辭焉？文言、説卦而下，皆非聖人之作。』」大傳，周易中解釋卦辭、爻辭之傳，凡七種，即彖、象、文言、繫辭、説卦、序卦與雜卦。

〔一一〕「兩儀」二句：語出易繫辭上。周易乾鑿度：「孔子曰：易始於太極，太極分而爲二，故生天地；天地有春、夏、秋、冬之節，故生四時；四時各有陰陽剛柔之分，故生八卦。」

〔一二〕「河出」二句：繫辭上：「河出圖，洛出書，聖人則之。」周易集解引孔安國曰：「河圖則八卦也，洛書則九疇也。」書顧命：「大玉、夷玉、天球、河圖，在東序。」孔安國傳：「伏犧王天下，龍馬出河，遂則其文以畫八卦，謂之『河圖』。」

〔一三〕「庖犧氏」七句：繫辭下：「古者庖犧氏之王天下也，仰則觀象於天，俯則觀法於地，觀鳥獸之文，與地之宜，近取諸身，遠取諸物，於是始作八卦，以通神明之德，以類萬物之情。」庖犧氏，古書多作伏羲，或作宓犧，神話中人類始祖。

〔一四〕「昔者」四句：語出易説卦。生蓍，集解引干寶注：「生用蓍之法。」參天兩地，謂取天「三」地「二」之數，即奇耦之數。倚，集解引虞翻曰：「立也。」倚數，謂創代表陰陽老少的七、八、九、六之數。觀變於陰陽而立卦，孔穎達正義：「言作易聖人本觀察變化之道，象於天地陰陽而立乾、坤等卦。」

問進士策四首〔一〕

問：孟子以謂井田不均則穀禄不平，經界既正，而分田、制禄可坐而定也，故曰「仁政必自經界始〔二〕」。蓋三代井田之法也〔三〕。自周衰迄今，田制廢而不復者，千有餘歲。凡爲天下國家者，其善治之迹雖不同，而其文章、制度、禮樂、刑政未嘗不法三代，而於井田之制獨廢而不取，豈其不可用乎，豈憚其難而不爲乎？然亦不害其爲治也。仁政果始於經界乎？不可用與難爲者，果萬世之通法乎？王莽嘗依古制更名田矣㊀〔四〕，而天下之人愁苦怨叛，卒共起而亡之。莽之惡加于人者雖非一，而更田之制，當時民特爲不便也〔五〕。嗚呼！孟子之所先者，後世皆不用而治，用之而民特愁苦怨叛以爲不便，則孟子謂之仁政，可乎？記曰：「異世殊時，不相沿襲〔六〕。」書又曰：「事不師古，匪說攸聞〔七〕。」書、傳之言㊁，其戾如此，而孰從乎㊂？孟子，世之所師也。豈其泥於古而不通於後世乎？豈其所謂迂闊者乎？不然，將有説也。自三代之後，有天下莫盛漢唐。漢唐之治，視三代何如？其民田之制、税賦之差又何如㊃？其可施於今者又何如？皆願聞其詳也㊄。

問：子不語怪〔八〕，著之前説，以其無益於事而有惑於人也。然書載鳳凰之來舜〔九〕，詩録乙鳥之生商〔一〇〕，易稱河、洛出圖書〔一一〕，禮著龜龍游宫沼〔一二〕。春秋明是非而正王道，「六鷁」、「鸜鵒」，於人事而何干〔一三〕？二南本功德於后妃，「麟」暨「騶虞」，豈婦人而來應〔一四〕？昔孔子見作俑者，歎其不仁，以謂開端於用殉也〔一五〕。況六經萬世之法，而容異説，自啓其源。自秦漢已來，諸儒所述，荒虚怪誕，無所不有。推其所自，抑有漸乎？夫無焉而書之，聖人不爲也。雖實有焉，書之無益而有害，不書可也。然書之亦有意乎，抑非聖人之所書乎？予皆不能諭也，惟博辯明識者詳之。

問：爲政者徇名乎〔一六〕，襲迹乎〔一七〕？三代之名，正名也；其迹，治迹也。所謂名者，萬世之法也；迹者，萬世之制也。正名立制，言順事成，然後因名迹以考實，而其文章事物，粲然無不備矣，可謂盛哉！董仲舒以謂三代質文有改制之名而無變通之實者是也〔一八〕。自秦肆其虐，滅棄古典，然後三代之名與迹皆變易而喪其實，豈所謂變其道者邪？然自秦迄今，千有餘歲，或治或亂，其廢興長短之勢，各由其人爲之而已。其襲秦之名不可改也，三代之迹不可復也，豈其理之自然歟？豈三代之制止於三代，而不可施於後世歟？王莽求其迹而復井田，宇文求其名而復六官〔一九〕，二者固昏亂敗亡之國也。然則孔子言「爲政必也正名」〔二〇〕，孟子言「爲政必始經界」，豈虚言哉？然自秦以來，治世之主幾乎三代者，唐太宗而已。其名迹固未嘗復三代之一二，而其治則幾乎三王，豈所謂名迹者非此之謂歟？豈遺名與迹而直考其實歟？豈孔、孟之所謂者有旨，而學者弗深考之歟？其酌古今之宜與其異同者以對。

問：古之取士者，上下交相待以成其美。今之取士者，上下交相害，欲濟於事，可乎？古之士，教養有素而進取有漸。上之禮其下者厚，故下之自守者重。上非厚禮不能以得士，士非自重不能以見禮於上。故有國者，設爵禄、車服、禮樂于朝，以待其下；爲士者，修仁義、忠信、孝悌於家，以待其上。設于朝者，知下之能副其待，則愈厚；居下者，知上之不薄于己，故愈重。此豈不交相成其美歟！後世之士則反是。上之待其下也，以謂干利而進爾，雖有爵禄之設而日爲之防，以革進之濫者。下之視其上也，以謂雖自重，上孰我知㊅，不自進則不能以達。由是上之待其下也益薄，下之自守者益不重而輕。嗚呼！居上者欲得其人，在下者欲行其道，其可得邪？原夫三代取士之制如何？漢、魏迨今，其變制又如何〔二二〕？宜歷道其詳也。制失其本，致其反古㊆，當自何始？今之士皆學古通經，稍知自重矣；而上之所以禮之者，未加厚也。噫！由上之厚，然後致下之自重歟？必下之自重，然後上禮之厚歟？二者兩不爲之先，其勢亦奚由而合也？宜具陳其本末與其可施於今者以對。

【校記】

㈠「田」上：原校：一有「民」字。㈡書、傳之言：卷後原校：「言」一作「説」。㈢而：原校：一作「於」。㈣「税賦之」下：原校：一有「法、穀禄之」四字。㈤聞其詳也：卷後原校：一作「聞其説」。㈥上孰我知：卷後原校：一作「上或不我知」。㈦「致其」句下：原校：一有「復自何時？欲就今制，稍復於古」十二字。

【箋注】

〔一〕同前，嘉祐二年（一〇五七）作。

〔二〕「孟子」四句：孟子滕文公上：「夫仁政，必自經界始。經界不正，井地不均，穀禄不平，是故暴君汙吏必慢其經界。經界既正，分田制禄，可坐而定也。」經界，土地、疆域之分界。

〔三〕井田：穀梁傳宣公十五年：「古者三百步爲里，名曰井田。井田者，九百畝，公田居一。」

〔四〕「王莽」句：漢書王莽傳：「莽曰：『古者設廬井八家，一夫一婦田百畝，什一而税，則國給民富而頌聲作。此唐虞之道，三代所遵行也……今更名天下田曰王田，奴婢曰私屬，皆不得賣買。』」

〔五〕「而更田」二句：王莽傳載，改制後，「農商失業，食貨俱廢，民人至涕泣於市道」。時中郎區博諫莽曰：「井田雖聖，王法其廢久矣。周道既衰，而民不從。秦知順民之心可以獲大利也，故滅廬井而置阡陌，遂王諸夏，迄今海内未厭其敝。今欲違民心，追復千載絶迹，雖堯舜復起，而無百年之漸，弗能行也。」

〔六〕「記曰」三句：禮記樂記：「五帝殊時，不相沿樂；三王異世，不相襲禮。」

〔七〕「書又曰」三句：書説命下：「事不師古，以克永世，匪説攸聞。」

〔八〕「子不」句：論語述而：「子不語怪、力、亂、神。」

〔九〕「然書載」句：書益稷：「簫韶九成，鳳凰來儀。」孔安國傳：「韶，舜樂名。言簫見細器之備。雄曰鳳，雌曰凰，靈鳥也。儀，有容儀。備樂九奏而致鳳凰，則餘鳥獸不待九而率舞。」風俗通義聲音簫：「謹按尚書：舜作，『簫韶九成，鳳凰來儀』，其形參差，像鳳之翼，十管，長一尺。」

〔一〇〕「詩録」句：詩商頌玄鳥：「天命玄鳥，降而生商。」玄鳥、乙鳥，均燕之别名。蔡卞毛詩名物解卷六釋鳥：「燕就陽而畏陰，南北往來……玄鳥西北，乙鳥東南。自所歸而言，故謂之玄鳥；自所生而言，故謂之乙鳥。」

〔一一〕「易稱」句：見前篇箋注〔一二〕。

〔一二〕「禮著」句：禮記禮運：「龜龍在宮沼。」

〔一三〕「春秋」三句：春秋僖公十六年：「六鷁退飛過宋都。」杜預注：「鷁，水鳥。高飛遇風而退。宋人以爲災，告於諸侯，故書。」春秋昭公二十五年：「有鸜鵒來巢。」杜預注：「此鳥穴居，不在魯界。故曰『來巢』，非常，故書。」

〔一四〕「二南」三句：詩周南有麟之趾，召南有騶虞，而古來學者以爲二南乃頌揚「文王之化」、「后妃之德」。

〔一五〕「昔孔子」三句：孟子梁惠王上：「仲尼曰：『始作俑者，其無後乎！』爲其象人而用之也。」

〔一六〕徇名：捨身以求名。賈誼鵩鳥賦：「貪夫徇財兮，烈士徇名。」

〔一七〕襲迹：取法。孔子家語觀周：「人主不務襲迹於其所以安存，而忽怠所以危亡，是猶未有以異於却走而欲求及前人也，豈不惑哉！」

〔一八〕「董仲舒」句：詳見春秋繁露卷七三代改制質文。

〔一九〕「宇文」句：北史周帝紀上：「周太祖文皇帝，姓宇文氏，諱泰……初行周禮，建六官。」按：宇文泰爲西魏大臣，後毒死魏孝武帝，另立元寶矩爲帝，以丞相、尚書令、大冢宰專擅朝政，依周禮，復六官。卒後，子覺代魏，國號周，追尊泰爲文帝。

〔二〇〕「然則」句：論語子路：「子路曰：『衛君待子而爲政，子將奚先？』子曰：『必也正名乎！』」

〔二一〕「原夫」三句：古今事文類聚前集卷二六有周取士制、漢取士制、唐取士制等，可參閱。

居士集卷四十九

祭文二十首

求雨祭文㊀〔一〕

年月日，乾德縣令歐陽修謹以清酌庶羞之奠，祭于五龍之神曰〔二〕：百里之地一時而不雨，則民被其災者數千家。然則水旱重事也㊁，天之庇生斯民者，豈欲輕爲之乎！不幸而遭焉，則歸其説於二者。一曰吏之貪戾，不能平民，而使怨吁之氣干於陰陽之和而然也。一曰凡山川能出雲爲雨者，皆有神以主之，以節豐凶，而爲民之司命也。故水旱之災，不以責吏，則以告神。嗚呼！民不幸而罹其災，修與神又不幸而當其事者㊂，以吏食其禄而神享其祀也。今歲旱矣，令雖愚㊃，尚知恐懼而奔走；神至靈也，得不動於心乎！

尚饗！

【校記】

㈠求雨祭：原校：一作「五龍祈雨」。㈡「旱」下：原校：一有「之」字。也：原校：一無此字。㈢修：原校：一作「吏」。㈣令：原校：一作「吏」。

【箋注】

〔一〕如題下注，寶元元年（一〇三八）作。時歐在光化軍乾德縣令任上。

〔二〕五龍之神：司馬貞史記索隱卷三〇：「自人皇已後，有五龍氏。」注：「五龍氏，兄弟五人，並乘龍上下，故曰五龍氏也。」文獻通考卷九〇載宋大觀四年「八月，詔天下五龍神皆封王爵」。

求雨祭漢景帝文〔一〕

維年月日，具官修告于漢孝景帝之神：縣有州帖，祈雨諸祠。縣令至愚，以謂雨澤頗時，民不至於不足，不敢以煩神之視聽。癸丑〔二〕，出于近郊，見民稼之苗者荒在草間，問之，曰：「待雨而後耘耔。」又行見老父，曰：「此月無雨，歲將不成。」然後乃知前所謂雨澤頗時者，徒見於城郭之近，而縣境數百里山陂田畝之間，蓋未及也。修以有罪，爲令於此，宜勤民事神以塞其責。令既治民獄訟之不明㈠，又不求民之所急，至去縣十餘里外，凡民之事皆不能知，頑然慢於事神，此修爲罪又甚於所以來爲令之罪。惟神爲漢明帝，生能惠澤其民，布義行剛，威靈之名，照臨後世，而尤信於此土之人。神其降休，以答此土之民之信。尚饗！

【校記】

㊀令：考異本作「今」。

【箋注】

〔一〕如題下注，寶元元年（一〇三八）作。陸游入蜀記卷六叙其抵夷陵後云：「又至漢景帝廟及東山寺，景帝不知何以有廟于此。歐陽公爲令時，有祈雨文，在集中。」夷陵州志卷六：「漢景帝廟在大南門外。漢昭烈征吴，奉景帝神主，駐蹕于此，因立廟祀之。」寶元元年三月，歐赴乾德，此前尚在夷陵。文稱「修以有罪，爲令於此」，乃言獲罪貶夷陵也，此文應爲夷陵作。景帝劉啓，文帝中子，爲漢明君，史多稱頌「文景之治。」

〔二〕癸丑：據長編卷一二一，寶元元年「二月戊辰朔」，癸丑在正月。

祭桓侯文〔一〕

謹以堯肩卮酒之奠，告于桓侯張將軍之靈：農之爲事亦勞矣，盡筋力，勤歲時，數年之耕，不遇一歲之稔。稔，則租賦科斂之不暇，有餘而食，其得幾何？不幸則水旱，相枕爲餓殍。夫豐歲常少，而凶歲常多。今夏麥已登。粟與稻之早者，民皆食之矣。秋又大熟，則庶幾可以支一二歲之凶荒。歲功將成，曷忍敗之？今晚田秋稼將實而少雨，雨之降者，頻在近郊，山田僻遠，欲雨之方㊀，皆未及也。惟神降休，宜均其惠，而終成歲功。神生以忠勇事人，威名震於荆楚〔二〕；没食其土，民之所宜告也。尚饗！

【校記】

㊀欲雨：原校：一作「高阜」。

【箋注】

〔一〕如題下注，景祐四年（一〇三七）作。據三國志張飛傳，飛卒，謚桓侯。大清一統志卷二六九荆州府：「張桓侯祠，在宜都縣西，祀漢張飛。」

〔二〕「威名」句：據張飛傳，飛嘗于當陽長阪擊退曹軍，又爲宜都太守。當陽在夷陵之東偏北，宜都在夷陵東南。

北嶽廟賽雨祭文〔一〕

古者諸侯之國，水旱豐凶，山川所禱，各即其封。祀薄秩卑，止於一國，而神所降休，亦不過其國中。豈如巨岳，四方之鎮，天下之雄，天子命祀，公王之崇。而修之職，既非一邦之守，凡河北千里，上給下足，皆責于厥躬。故修之禱，非鎮一州而止，自河以北，冀厥惠之咸蒙〔二〕。況神之主，又非河北而已，利澤之廣，宜及於無窮。既獲賜矣，而又敢黷，幸神聽之惟聰。尚饗！

【箋注】

〔一〕如題下注，慶曆五年（一〇四五）作。據胡譜，歐于上年八月任河北都轉運按察使，是年八月罷職，降知滁州。本文當作于是年春權知真定府事時。北嶽，恒山，宋因避諱改稱常山，在真定府與定州交界處。宋朝事實類苑卷八韓魏公：「北嶽祠在州之陽曲縣。」按：州指定州。賽雨，因雨而祭祀酬神。

〔二〕「故修」四句：歐以河北都轉運按察使，赴北嶽廟酬神，故云。

修城祈晴祭五龍文〔一〕滁州

雨澤於物，博哉其利。及其過差，患亦不細。民勞於農，將熟而敗。吏勤於職㊀，已成而壞㊁〔二〕。龍於吏民，何怒何戾？山湫有祠，樂可潛戲。宜安爾居㊂，靜以養智。冬雪春雨，其多已太。浸潤收畜，足支一歲。旱則來告㊃，否當且待㊄。

【校記】

㊀於職：原校：一作「于城」。　㊁壞：原作「圮」。原校云「一作『壞』」，押韻，據改。　㊂居：原校：一作「藏」。　㊃告：原校：一作「救」。　㊄且待：原校：一作「有待」。

【箋注】

〔一〕據題下注，此文及後五篇，皆慶曆七年（一〇四七）作。時歐在知滁州任上。五龍，已見本卷首篇箋注〔二〕。

〔二〕「吏勤」二句：滁州修城，因大雨而功不成，詳見下篇。

又祭城隍神文〔一〕 滁州

雨之害物多矣，而城者神之所職㊀，不敢及他，請言城役。用民之力，六萬九千工；食民之米，一千三百石。衆力方作，雨則止之。城功既成㊁，雨又壞之。敢問雨者，於神誰尸〔二〕？吏能知人㊂，不能知雨㊃。惟神有靈，可與雨語㊄。吏竭其力，神祐以靈。各供其職㊅，無愧斯民。

【校記】

㊀而：原校：一作「惟」。㊁既：原校：一作「已」。㊂知人：原校：一作「成城」。㊃知：原校：一作「爲」字。㊄與雨：原校：一作「以與」。㊅其：原校：一作「厥」。

【箋注】

〔一〕慶曆七年（一〇四七）作。以雨之不止，繼前篇後，又作此文及下文祈晴。城隍，守護城池之神。禮記郊特牲：「天子大蜡八。」鄭玄注：「所祭有八神也。」孔穎達疏：「水庸之屬，在地益其稼穡。」水（隍）庸（城）遂衍化而成護城之神。

〔二〕尸：承擔。新唐書魏玄同傳：「又尸厥任者，間非其選。」

【集評】

〔清〕陳天定：運筆玲瓏，詞婉而毅。（古今小品卷六）

祈晴祭城隍神文〔一〕

昨者王倫爲盜〔二〕，攻劫城市，州民被虐，餘毒未瘳，非待修言，乃神所見。近蒙朝旨，許理城隍，所以戒往弊，防未然。惟神愛福此州，必有陰助。今興役有期，而大雪不止，沮民害事，咎必有歸。惟修不能事神治民，當有明罰。而城之成否，自繫神民。惟神之靈，敢以誠告。數日之内，豁然陽開，尚不失時，在神而已！尚饗！

【箋注】

〔一〕慶曆七年（一〇四七）作。本篇當作于上篇之前。何以言之？上篇題有「又祭」二字，且本篇云「大雪不止」，與祭五龍文「冬雪春雨」相承也。

〔二〕「昨者」句：見本集卷四三外制集序箋注〔七〕。

又祭漢高祖文㊀〔一〕 滁州

民常患不勤於農，農勤矣而雨敗其稼；吏常患不修其職，職修矣而雨害其功。吏與民慢㊁，則懼神罰。妨民沮吏，豈又神聰！今麥雖已失，猶有望於穀。城尚可補，敢不勞厥躬？咎難追於已往，神幸惠於其終。

【校記】

㊀漢高祖：原校：一作「城隍廟」。　㊁與民：原校：一作「民急」。

【箋注】

〔一〕慶曆七年（一〇四七）作。大清一統志卷九〇滁州：「漢高帝廟有二：一在州西南五里豐山；一在來安縣西南一里餘，南唐保大中建。」

祈雨祭漢高皇帝文〔一〕 滁州

維年月日，具官歐陽修謹以清酌庶羞之奠，致祭于漢高皇帝之靈而言曰㊀：吏有常職，來官于滁者㊁，不三四歲而易也㊂。神食于此，無窮已也。神與吏，於滁人孰親且久㊃？孰宜愛其人之深也㊄？滁人敢慢其吏而犯吏法者有矣，未聞有敢慢神而犯威靈也㊅。其畏信勤事於吏，孰若畏信勤事於神也？吏於凡小事，猶皆動有法令約束㊆，違則有罰，孰若神之變化不測，而能與民轉災爲福也？吏朝夕拜禱，彌旬越月而無所感動㊇；神之召呼風雲，開闔陰陽而役使鬼物，頃刻之間也㊈。今民田待雨急矣，吏知人力不能爲，猶竭其力而不得已，況神之易爲也。況滁人畏信勤事之久而親㊉，神宜愛之⑪，而又有可以轉災爲福，變化不測之能也。吏誰敢與神較，而修輒以此爲黷者⑫〔二〕，蓋哀民之急辭也。其政不善而召災旱⑬，又以爲黷，神宜降殃於修，而賜民以雨，使賞罰並行而兩得也。民之幸也，修之願也〔一四〕。尚饗！

【校記】

〔一〕靈：原校：一作「神」。〔二〕滁：原校：一作「此」。〔三〕不三四歲而易：卷後原校：一作「不過三四歲」。〔四〕「久」下：原校：一有「也」字。〔五〕其：原校：一作「滁」。〔六〕威靈也：卷後原校：一作「威靈者也」。〔七〕皆：原校：一無此字。〔八〕無所感動：卷後原校：一作「雨不可得」。〔九〕「頃刻之間」下：原校：一有「爾孰難而孰易」六字。〔一〇〕人：原校：一作「民」。〔一一〕神宜愛之：原校：一作「神宜愛之深也」。〔一二〕「而又有」至「與神較，而」：原校：一無此二十三字。輒：原校：一作「敢」。〔一三〕其政：原校：一作「某政之」。〔一四〕願：原校：一作「幸」。

【箋注】

〔一〕慶曆七年（一〇四七）作。滁州是年先雨後旱，如後篇所稱「一月不雨，使民惶惶」，故又有此祈雨漢高祖廟之文。

〔二〕黷：輕慢不敬。公羊傳桓公八年：「亟則黷，黷則不敬。」

漢高祖廟賽雨文〔一〕

謹以清酌庶羞之奠，致祭于漢高皇帝之神。古之爲政者，率人甚勤，備災甚謹，而自勉甚篤。故勸農節用，均豐補敗，雖有水旱之歲，而無饑殍之民。一遇天災，則厚自貶責，務修人事之闕，而復陰陽之和。今乃不然。當無事之時，不能勤民於農，而亡備災之具。

一月不雨，使民惶惶，又不自責以修其闕，而動輒干神。賴神聰明，知厥過之在吏，閔斯民之可哀，賜之豐年，遍及遠邇。神之大惠，如何可報？吏之大過，如何可逃？惟與民永永事神，無敢懈。尚饗！

【箋注】

〔一〕慶曆七年（一〇四七）作。賽雨，因雨而祭祀酬神。文中有「賴神聰明」、「賜之豐年」等語，知祈神而得雨，是承上篇之作。

祈雨祭張龍公文〔一〕 潁州

維年月日，具官修謹以清酌庶羞之奠，致祭于張龍公之神曰：刺史不能爲政而使民失所，其咎安歸！而又頑傲愚冥，無誠慤忠信之心可以動於物者。是皆無以進説於神，雖其有請，宜不聽也〔一〕。然而明天子閔閔憂勞於上，而生民嗷嗷困苦于下，公私並乏，道路流亡。於此之時，以一日之雨，救一方之旱，用力至少，其功至多。此非人力之所能爲，而神之所甚易也。苟以此説神，其有不動於心者乎？幸無以刺史不堪而止也。刺史有職守，不獲躬走祠下，謹遣管界巡檢田甫〔二〕，布兹懇迫。尚饗！

【校記】

㊀不：原校：一作「無」。

【箋注】

〔一〕如題下注，皇祐二年（一〇五〇）作。據胡譜，是年七月，歐改知應天府兼南京留守司事，同月到任。本文爲七月前在潁州時作。江南通志卷四二潁州府：「張龍公祠在府城東三十里，祈雨則應。」歐集古録跋尾卷一〇張龍公碑引趙耕撰張龍公碑：「君諱路斯，潁上百社人也。隋初明經登第，景龍中爲宣城令。夫人關州石氏，生九子。公罷令歸，每夕出，自戌至丑歸，常體冷且濕。石氏異而詢之，公曰：『吾龍也。蓼人鄭祥遠亦龍也，騎白牛，據吾池，自謂鄭公池。吾屢與戰，未勝。明日取決，可令吾子挾弓矢射之，繫鬣以青綃者鄭也，絳綃者吾也。』子遂射中青綃，鄭怒，東北去，投合肥西山死，今龍穴山是也。由是公與九子俱復爲龍，亦可謂怪矣。」歐跋云：「余嘗以事至百社村，過其祠下，見其林樹陰蔚，池水窈然，誠異物之所托。歲時禱雨，屢獲其應，汝陰人尤以爲神也。」

〔二〕田甫：生平不詳。

祭薛尚書文㊀〔一〕

維年月日，具官歐陽修謹以清酌庶羞之奠，恭祭于故資政殿學士、贈兵部尚書薛公之靈。

景祐之元，公初解政〔二〕。雖告于家，而疾未病。若修之鄙，敢辱公知？公於此時，欲以女歸。公德方隆，謂當再起。齊大之婚〔三〕，敢辭以禮？天不憖遺，公薨忽然。其後二年㊁，卒追前言〔四〕。生死之間㊂，以成公志。掛劍于墓〔五〕，古人之義。

公敏於材，剛毅自勵。不顧不隨，以直而遂〔六〕。命也在天，往則難期。惟其行己，敢言是師㊃。

有罪之身，竄逐囚拘。生不及門，葬不送車。致誠薄奠，因道終初。尚饗！

【校記】

㊀薛尚書：原校：一作「簡肅公」。　㊁二：原校：一作「三」。　㊂生死：原校：一作「死生」。　㊃是：原校：一作「自」。

【箋注】

〔一〕　如題下注，寶元元年（一〇三八）作。薛尚書，歐之岳父薛奎，葬于是年，歐爲銘墓（在本集卷二六），又作本文。

〔二〕　「景祐」三句：明道二年，薛奎即以疾告歸，居歲中，數以告，乃得還第，已是景祐元年。見資政殿學士尚書户部侍郎簡肅薛公墓誌銘。

〔三〕　齊大之婚：左傳桓公六年：「齊侯欲以文姜妻鄭大子忽，大子忽辭。人問其故，大子曰：『人各有耦，齊大，非吾耦也。』」

〔四〕　「若修」十二句：欒城集歐陽文忠公夫人薛氏墓誌銘：「初，簡肅公見文忠公，願以夫人歸焉，未及而薨。及文忠公貶夷陵令，金城（奎妻封金城夫人）以簡肅之志嫁夫人于許州，不數日從公南遷。」薛奎景祐元年八月卒，歐景祐四年三月娶其女（胡譜），相隔兩年多。憖遺，願意留下。詩小雅十月之交：「不憖遺一老，俾守我王。」

〔五〕　「掛劍」句：古今事文類聚前集卷五八掛劍於墓：「季札初使過徐，徐君好季札佩劍，口不言而色欲之。季札以有上國之事未獻，心已許之。季子還而徐君死矣，遂掛劍於墓樹。」

〔六〕「剛毅」三句：簡肅薛公墓誌銘：「素剛毅守節，不苟合。既與政，尤挺立，無所牽隨。然遂欲繩天下，無細大，一入於規矩。」

祭謝希深文㊀〔一〕

維年月日，具官修將以明日祗役于滑，謹用清酌庶羞之奠，致祭于故副閣舍人謝公之靈。

嗚呼謝公㊁！性明於誠，履蹈其方。其於死生，固已自達，而天下之士所以歎息而不已者，惜時之良。況於吾徒，師友之分，情親義篤，其何可忘〔二〕？

景祐之初㊂，修走于峽，而公在江東〔三〕，寓書真州〔四〕，哀其親老㊃，而勉以自彊。其後二年，再遷漢上，風波霧毒，凡萬二千里，而會公南陽〔五〕。初來謁公，迎我而笑，與我別久，憐其貌若故而氣揚。清風之館，覽秀之涼。坐竹林之修蔭，泛水芰之清香〔六〕。及告還邑㊄，得官靈昌〔七〕。走書來報，喜詠于章。罷縣無歸，來客公邦。歡言未幾，遽問于床。不見五日，而入哭其堂〔八〕。

嗚呼謝公！年不得中壽，而位止于郎〔九〕。惟其殁也，哭者爲之哀，不識者爲之相吊，或賻其家，或力其喪。嗟夫！爲善之效，得此而已，庸何傷！富貴偶也，壽夭數也，奚較其少多而短長㈥！若公之有，言著于文〔一〇〕，行著于事，材著于用，既久而愈彰。此吾徒可以無大恨，而君子謂公爲不亡。

滑人來迎，修馬當北〔一一〕，而不即去者，以公而彷徨。始修將行，期公餞我，今其去也，來奠公觴。茲言悲矣，公其聞乎？抑不聞也？徒有淚而浪浪。尚饗！

【校記】

㈠希深：原校：一作「舍人」。　㈡謝公：原校：一作「公乎」。　㈢景祐之初：卷後原校：「初」一作「間」。

㈣親老：原校：一作「甚困」。　㈤還：原校：一作「歸」。　㈥奚：原校：一作「何」。

【箋注】

〔一〕如題下注，康定元年（一〇四〇）作。謝絳，字希深。據胡譜，是年春，歐赴滑州。文云「具官修將以明日祇役于滑」，則文當作于其時。上年十一月，謝絳卒，歐赴鄧州吊喪。

〔二〕「況於」四句：天聖明道間，歐爲西京留守推官。謝絳爲通判，官居留守錢惟演之下、衆人之上。謝與衆人登臨山水，吟詩作文，關係親密，爲歐等所敬重，以師友之禮待之。

〔三〕公在江東：本集卷二六尚書兵部員外郎知制誥謝公墓誌銘：「景祐元年，丁父憂。」下有校語：「以喪南歸三年。」絳，杭州富陽人，居喪在彼，故云「在江東」。

〔四〕寓書真州：據于役志，歐景祐三年七月「丙戌，至於真州」，作短暫停留。獲絳慰勉之書，即在其時。

〔五〕「其後」五句：寶元元年，歐由夷陵赴乾德爲縣令。乾德，漢水流經其處，故稱「漢上」。胡譜寶元二年：「二月，知制誥謝希深出守鄧州。梅聖俞將宰襄城，與希深偕行，五月，公謁告往會，留旬日而還。」鄧州舊稱南陽郡。

〔六〕「清風」四句：書簡卷六有歐寶元二年所作與梅聖俞，云：「昨夏中，雖喜會於清風，然猶未盡區區之懷。」

卷七同年所作與謝舍人云：「某昨走鈴下，久溷賓館，旱暑交作，晏陰方興，當君子定心靜事休息之時，暑夕屢煩長者。其如乘餘閑，奉尊俎，泛覽水竹，登臨高明，歡然之適無異京洛之舊。」外集卷三答梅聖俞寺丞見寄：「幸陪主人賢，更值芳州漲。菱荷亂浮泛，水竹涵虛曠。清風滿談席，明月臨歌舫。已見洛陽人，重聞畫樓唱。」

〔七〕「及告」二句：歐返乾德時，獲新的任命，權武成軍節度判官廳公事（胡譜）。據元豐九域志卷一，武成軍節度在京西北路滑州靈河郡。靈昌，滑州舊稱。

〔八〕「罷縣」六句：外集卷一八有寶元二年所作與刁景純學士書，云：「近自罷乾德，遂居南陽，始見謝舍人。」據謝公墓誌銘，謝絳卒于是年十一月。王安石尚書兵部員外郎知制誥謝公行狀：「卒之日，歐陽公入哭其堂。」

〔九〕「年不得」二句：中壽五十，謝絳卒時年僅四十六，官止于兵部員外郎。

〔一〇〕言著于文：宋史謝絳傳：「絳以文學知名一時……有文集五十卷。」絳參與編修真宗國史，見長編卷一〇九。

〔一一〕「滑人」二句：據胡譜，寶元二年冬，歐北往襄城，以赴滑州之職。

【集評】

〔明〕茅坤：韻語中長短錯綜，而寫情可涕。（歐陽文忠公文鈔評語卷三一）

祭薛質夫文〔一〕　大理寺丞薛直孺

嗟吾質夫！行豐而腴，乃享其癯〔二〕。莖華雖敷，不葯而枯〔三〕。善惡賢愚，非有契符。報或一差，咎誰歸辜！孔智通天，曰命矣夫〔四〕。在聖猶疑，況於吾徒。嗟吾質夫！母不勝縗，慕無孺孤〔五〕。奠觴爲訣，已矣嗚呼！尚饗！

【箋注】

〔一〕原未繫年。薛質夫，名直孺，薛奎之子。本集卷二八有寶元二年（一〇三九）所作薛質夫墓誌銘，直孺卒于是年，祭文亦當是年作。

〔二〕「行豐」二句：墓志銘謂直孺「純儉謹飭，好學自立」，然「少多病」，「享年二十有四」。

〔三〕不菂而枯：墓志銘謂直孺「再娶皆無子」。菂，蓮子；不菂，未結蓮子。

〔四〕「孔智」二句：論語雍也：「伯牛有疾，子問之，自牖執其手，曰：『亡之，命矣夫！斯人也而有斯疾也！斯人也而有斯疾也！』」

〔五〕「母不」二句：墓志銘云：「閔金城夫人（直孺母）之老而孤。」禮記檀弓上：「其往也如慕，其反也如疑。」鄭玄注：「慕，謂小兒隨父母啼呼。」慕無孺孤，意謂無後。

祭叔父文〔一〕

維年月日，具官姪修謹以清酌庶羞之奠，致祭于十四叔都官之靈曰：

昔官夷陵，有罪之罰；今位於朝，而參諫列〔二〕。榮辱雖異，實皆羈紲，使修哭不及喪，而葬不臨穴。孩童孤艱，哺養提挈〔三〕。昊天之報，於義何闕？惟其報者，庶幾大節。尚饗！

【箋注】

〔一〕如題下注，慶曆四年（一〇四四）作。叔父，歐陽曄。本集卷二七都官員外郎歐陽公墓誌銘：「公諱曄，字日華……以慶曆四年三月十日葬。」本文即作于其時。

〔二〕「今位」二句：胡譜慶曆三年：「三月，召還。癸巳，轉太常丞、知諫院……十二月己亥，召試知制誥，公辭。辛丑，有旨不試，直以右正言知制誥，仍供諫職。」

〔三〕「孩童」二句：歐陽公墓誌銘：「修不幸幼孤，依于叔父而長焉。」

祭尹子漸文〔一〕　太常博士知懷州尹源

年月日，具官歐陽修謹遣人自鎮陽至懷州，以清酌庶羞之奠，致祭于亡友尹君子漸十一兄博士之靈。

嗚呼！天於萬物與吾人㊀，孰愛憎而薄厚？其生未始以一齊，其死宜其有夭壽。苟百年者亦死㊁，則短長之何較！惟善人之可喜，謂宜在世而常存㊂。曰仁者壽兮〔二〕，是亦愛之者之説；謂善必福兮，得非以己而推天？禍福吉凶㊃，至其難通，雖聖人亦曰命而罕言兮〔三〕，豈其至此而辭窮？壽夭置之，吾不能問。

嗟乎子漸，吾獨有恨！我不見子，於今幾時？自子得懷，始有見期〔四〕。子不能來，我欲亟往。子今安歸，我往何訪㊄？昔我在朝，諫官侍從〔五〕，職當薦賢，知子不貢〔六〕。朋黨之誣，苟避讒諷。兩相知而以心，謂尺書之不用。遂聲音之永隔，哭不聞而徒慟。嗟此奠之一觴，冀歡言之可共。往莫及兮難追㊅，哀以辭而永送。尚饗！

【校記】

㈠於：原校：一作「生」。　㈡年者：卷後原校：一作「年之」。　㈢常存：卷後原校：一作「長存」。　㈣吉凶：原校：一作「壽夭」。　㈤何：原校：一作「誰」。　㈥莫及：卷後原校：一作「莫返」。

【箋注】

〔一〕如題下注，慶曆五年（一〇四五）作。據胡譜，是年春，歐因知成德軍田況移知秦州，權知成德軍三月。成德軍治所在鎮陽（今河北正定）。尹源字子漸，本集卷三一太常博士尹君墓誌銘記其卒于慶曆五年三月十四日，本文當即其時作于鎮陽。

〔二〕仁者壽：論語雍也：「子曰：『知者樂水，仁者樂山。知者動，仁者靜。知者樂，仁者壽。』」

〔三〕聖人亦曰命：見本卷祭薛質夫文箋注〔四〕。

〔四〕「自子」二句：懷州（治今河南沁陽）與鎮陽同屬河北西路，故云。

〔五〕「昔我」二句：據胡譜，歐自慶曆三年三月至四年八月爲河北都轉運按察使前，在朝爲諫官。

〔六〕賁：薦舉。

祭尹師魯文〔一〕

維年月日，具官歐陽修謹以清酌庶羞之奠，祭于亡友師魯十二兄之靈曰：

嗟乎師魯！辯足以窮萬物，而不能當一獄吏；志可以狹四海，而無所措其一身〔二〕。窮山之崖，野水之濱，猿猱之窟，麋鹿之羣，猶不容於其間兮，遂即萬鬼而爲鄰。

嗟乎師魯！世之惡子之多，未必若愛子者之衆。何其窮而至此兮，得非命在乎天而不在乎人！方其奔顛斥逐，困厄艱屯。舉世皆冤，而語言未嘗以自及；以窮至死，而妻子不見其悲忻〔三〕。用捨進退，屈伸語默㊀。夫何能然？乃學之力。至其握手爲訣，隱几待終，顔色不變，笑言從容〔四〕。死生之間，既已能通於性命；憂患之至，宜其不累於心胸。自子云逝，善人宜哀；子能自達，予又何悲？惟其師友之益、平生之舊，情之難忘，言不可究。

嗟乎師魯！自古有死，皆歸無物。惟聖與賢，雖埋不没。尤於文章，焯若星日〔五〕。子之所爲，後世師法。雖嗣子尚幼〔六〕，未足以付予；而世人藏之，庶可無於墜失。子於衆人，最愛予文〔七〕。寓辭千里〔八〕，侑此一樽。冀以慰子，聞乎不聞？尚饗！

【校記】

㊀屈伸：原校：一作「出處」。

【箋注】

〔一〕　如題下注，慶曆八年（一〇四八）作。見本集卷二八尹師魯墓誌銘箋注〔一〕。

〔二〕　「辯足以」四句：書簡卷六與梅聖俞（明道元年）：「師魯之辯，亦仲尼、孟子之功也。」本集卷八哭聖俞：「師魯卷舌藏戈矛。」外集卷一七交七首尹書記：「談笑帝王略，驅馳古今論。」尹師魯墓誌銘：「初，師魯在渭州，將吏有違其節度者，欲按軍法斬之而不果。其後吏至京師，上書訟師魯以公使錢貸部將，貶崇信軍節度副使，徙監均州酒稅。得疾，無醫藥，舁至南陽求醫。」

〔三〕「方其」六句：見墓誌銘「師魯凡十年間三貶官……客其喪於南陽不能歸」及「疾革……終不及其私」兩段。

〔四〕「至其」四句：見墓誌銘箋注〔一三〕。

〔五〕「自古」六句：參閱本集卷一五雜説三首之二。

〔六〕嗣子尚幼：墓誌銘：「一子三歲。」指尹構。歐奏議集卷一六有嘉祐四年（一〇五九）所作乞與尹構一官狀，云：「洙止一男構，年方十餘歲。」按：慶曆八年（一〇四八）洙卒時，構三歲；嘉祐四年，構十四歲。洙長子朴，字處厚，已卒。

〔七〕「子於」三句：外集卷二三論尹師魯墓誌：「平生作文，惟師魯一見，展卷疾讀，五行俱下，便曉人深處。」

〔八〕寓辭千里：尹洙卒于慶曆七年，葬于八年，墓銘、祭文皆八年作。（見墓誌銘箋注〔一〕）時歐在揚州，距尹洙葬地洛陽有千里之遥。

【集評】

〔明〕歸有光：「哀以憤。」（歐陽文忠公文選評語卷一〇）

〔清〕張伯行：師魯與公始倡爲古文詞，相知最厚，擯斥而死，故公特寫其磊落之致、悲愴之思，抑揚跌宕，綽有情致。（唐宋八大家文鈔評語卷六）

〔清〕汪份：叙事全用議論駕過，筆筆凌空，不是呆疏。（引自唐宋文舉要甲編卷六）

祭蘇子美文〔一〕

維年月日，具官歐陽修謹以清酌庶羞之奠，致祭于亡友湖州長史蘇君子美之靈曰：

哀哀子美，命止斯邪？小人之幸，君子之嗟。子之心胸，蟠屈龍蛇，風雲變化，雨雹交加，忽然揮斧，霹靂轟車。人有遭之，心驚膽落，震仆如麻。須臾霽止，而回顧百里㊀，山川草木，開發萌芽。子於文章，雄豪放肆，有如此者，吁可怪邪〔二〕！

嗟乎世人，知此而已，貪悅其外，不窺其內。欲知子心，窮達之際。金石雖堅，尚可破壞㊁，子於窮達，始終仁義。惟人不知，乃窮至此。蘊而不見，遂以没地㊂，獨留文章，照耀後世〔三〕。嗟世之愚，掩抑毁傷；譬如磨鑑，不滅愈光。一世之短，萬世之長，其間得失，不待較量。哀哀子美，來舉予觴。尚饗！

【校記】

㊀回：原校：一作「四」。 ㊁壞：原校：一作「碎」。 ㊂遂：原校：一作「遽」。

【箋注】

〔一〕如題下注，慶曆八年（一〇四八）作。據本集卷三一湖州長史蘇君墓誌銘，是年十二月，蘇舜欽卒于蘇州。舜欽字子美。

〔二〕「子之心胸」十七句：陳善捫蝨新語上集卷二：「世人但知誦公此文，而不知實有來處。公作黄夢升墓銘，稱夢升哭其兄之子庠之辭曰：『子之文章，電激雷震，雨雹忽止，闃然滅泯。』公嘗喜誦之，祭文蓋用此爾。夢升所作，雖不多見，然觀其詞句，奇倔可喜，正得所謂千兵萬馬之意。及公增以數語，而變態如此！此固非蹈襲者。」

〔三〕「獨留」二句：本集卷四一蘇氏文集序：「斯文，金玉也，棄擲埋没糞土，不能銷蝕。」

【集評】

〔宋〕樓昉：卓犖俊邁。（崇古文訣卷一八）

〔清〕孫琮：通幅不作凄凉憔悴語，純作豪傑自命語。一起寫其文章變幻，真有蛟龍盤舞紙上，隱躍而出。後幅寫其文章傳世，真如日月昭垂，亘古不相磨滅。筆力之神，一至於此。（山曉閣選宋大家歐陽廬陵全集評語卷四）

〔清〕儲欣：擬議子美文頗肖。（六一居士全集録評語卷五）

祭鄭宣徽文〔一〕

謹以清酌庶羞之奠，致祭于宣徽太尉鄭公之靈曰：

修曩在場屋，公爲先進〔二〕，既登館閣，遂獲並遊〔三〕。平生笑言，俯仰今昔。至於勤勞中外，啓沃謀猷，紀德揚功，已著朝廷之論；臨風隕涕，但伸朋舊之私。永訣之情，一觴而已。尚饗！

【箋注】

〔一〕原未繫年。長編卷一六七皇祐元年（一〇四九）：「十一月……壬寅，并州言宣徽北院使、奉國節度使鄭戩卒。」本文應作于是年。鄭戩字天休，蘇州吴縣人。舉進士，擢甲科，簽書寧國軍節度判官。歷集賢校理、越州通判，權知開封府、三司使，爲樞密副使。出知杭州，徙永興軍，爲陝西四路都總管兼經略、安撫、招討使。遷吏部侍郎，改宣徽北院使，拜奉國軍節度使。卒，贈太尉，謚文肅。胡宿文恭集卷三六有宋故宣徽北院使贈太尉文肅鄭公墓誌銘。鄭戩，宋史有傳。

〔二〕「修曩」二句：鄭公墓誌銘：「上肇位二年，始延見方聞之士，擢公甲科。」按：仁宗即位在乾興元年，次年改年號爲天聖。「肇位二年」指天聖二年，是歲戩擢甲科（據外集卷一七與高司諫書），而歐登第在天聖八年，故云。

〔三〕「既登」二句：鄭戩早任館職。據長編卷一一一，明道元年時，鄭戩已是集賢校理。又據卷一一四，景祐元

年四月鄭戩已在直史館任上。歐是年閏六月爲館閣校勘。（胡譜）

皇考焚黄祭文〔一〕

男修謹以清酌庶羞之奠，告于皇考郎中之靈：

修不肖，不能紹熏先訓，尚賴餘德遺休，不隕其世，得階仕進〔二〕，荷國寵靈。欲報之恩，不知其所。幸天子以孝治天下，凡列位于朝者，皆有追榮之典，俾其知所以有此爵禄者，皆有自來，而退得伸其私志。故自上三見于郊〔三〕，一開明堂以大享，其所推恩，自太子中允、尚書工部兵部員外郎、兵部郎中告于第者四，今謹以告。惟是褒榮之意，則具載于訓辭。尚饗！

【箋注】

〔一〕原未繫年。文有「自上三見于郊，一開明堂以大享，其所推恩」云云，疑即作于皇祐二年（一〇五〇）九月仁宗「大享天地於明堂」（長編卷一六九）、十月明堂覃恩之後。皇考，修父歐陽觀。古時品官新受恩典，祭告家廟祖墓，告文以黄紙書寫，祭畢即焚去，謂之焚黄。

〔二〕得階仕進：胡譜皇祐二年：「明堂覃恩，轉吏部郎中，加輕車都尉。」

〔三〕上三見于郊：據長編卷一三四、一五三、一六一及胡譜，仁宗于慶曆元年、四年、七年三祀南郊。

居士集卷五十

祭文十七首

祭程相公文〔一〕

維至和三年歲次丙申月日，具官歐陽修謹以清酌庶羞之奠，致祭于故太師相國程公之靈。

嗚呼！公於時人，氣剛難合。予實後進，晚而相接〔二〕。一笑之樂，淋漓酒卮。十年再見〔三〕，公老予衰。公遽如此。予存幾時？人生富貴，朝露之光〔四〕。及其零落，止益悲傷㊀。惟可喜者，令名不忘。士窮閭巷，念不逢時；公位將相，韜能不施㊁？公居廟堂，有言諤諤〔五〕。白首于外，愉愉其樂。酒酣氣振，猶見鋒鍔〔六〕。惜也雖老，神清志完。手書未復〔七〕，訃已在門。昔者罇酒，歌歡笑謔〔八〕，今而一觴，涕淚霑落。死生忽焉，自古常然。撫棺爲訣，夫復何言！尚享！

【校記】

㈠止：原校：一作「秖」。㈡韜：卷後原校：一作「韞」。

【箋注】

〔一〕如題下注，嘉祐元年（一〇五六）作。是年九月，改元嘉祐，此前如篇首稱「至和三年」。程相公，程琳。本集卷二一鎮安軍節度使同中書門下平章事贈太師中書令程公神道碑銘謂琳「以至和三年閏三月七日己丑，薨于陳州之正殿」。本文即作于此後。

〔二〕晚而相接：程公神道碑銘：「留守北京，凡四年，遷兵部尚書、資政殿大學士、河北安撫使。慶曆六年，拜武昌軍節度使、陝西安撫使、知永興軍府事。」歐慶曆四年八月爲河北都轉運按察使，亦至北京（即大名府），此時方與程琳「相接」。

〔三〕十年再見：慶曆四年（一〇四四）之後十年，即至和元年（一〇五四）。據胡譜，是年五月，歐除喪服，由潁州赴京都。途經陳州，與程琳重逢。書簡卷二與程文簡公（至和元年）：「大暑中特煩眷接，累日連夕，不見倦色，私懷威著，非一二所可陳。」

〔四〕「人生」二句：漢書蘇武傳「人生如朝露」，顏師古注：「朝露見日則晞，人命短促亦如之。」

〔五〕諤諤：直言爭辯貌。韓詩外傳卷一〇：「有諤諤爭臣者，其國昌。」

〔六〕「酒酣」二句：彭乘墨客揮犀卷八：「程丞相性嚴毅，無所推下。出鎮大名，每晨起據案決事，左右皆惴恐，無敢喘息。及開宴招僚佐飲酒，則笑歌歡謔，釋然無間。於是人畏其剛果，而樂其曠達。」

〔七〕手書未復：歐、程有書信往來，歐與程文簡公七首，見書簡卷二，多寫于至和年間。

〔八〕「昔者」二句：本集卷三〇鎮安軍節度使同中書門下平章事贈中書令謚文簡程公墓誌銘：「喜飲酒引滿，然人罕得其歡，而與余尤相好也。」

【集評】

〔明〕茅坤：韻味自佳。（歐陽文忠公文鈔評語卷三一）

祭資政范公文〔一〕

月日，廬陵歐陽修謹以清酌庶羞之奠，致祭于故資政殿學士、尚書户部侍郎范文正公之靈曰：

嗚呼公乎！學古居今，持方入圓〔二〕。丘、軻之艱〔三〕，其道則然。公曰彼惡，公爲好訐〔四〕；公曰彼善，公爲樹朋。公所勇爲，公則躁進；公有退讓，公爲近名〔五〕。讒人之言，其何可聽！先事而斥〔六〕，羣譏衆排。有事而思，雖仇謂材。毁不吾傷，譽不吾喜。進退有儀㊀，夷行險止。

嗚呼公乎！舉世之善，誰非公徒？讒人豈多，公志不舒。善不勝惡，豈其然乎？成難毁易，理又然歟？

嗚呼公乎！欲壞其棟，先摧桷榱；傾巢破鷇，披折傍枝。害一損百，人誰不罹〔七〕？

誰爲黨論，是不仁哉！

嗚呼公乎！易名謚行〔八〕，君子之榮。生也何毀，没也何稱？好死惡生，殆非人情，豈其生有所嫉，而死無所爭？自公云亡，謗不待辨。愈久愈明，由今可見。始屈終伸，公其無恨。寫懷平生，寓此薄奠。

【校記】

㊀儀：原校：一作「度」。

【箋注】

〔一〕如題下注，皇祐四年（一〇五二）作。據本集卷二〇資政殿學士户部侍郎文正范公神道碑銘，是年五月，范仲淹卒于徐州，文即此後作。

〔二〕持方入圓：謂持身方正，與世格格不入。宋玉九辯：「圓鑿而方枘兮，吾固知其鉏鋙而難入。」

〔三〕丘、軻：孔丘、孟軻。

〔四〕訐：論語陽貨：「惡訐以爲直者。」何晏集解引包咸曰：「訐，謂攻發人之陰私。」

〔五〕近名：莊子養生主：「爲善無近名。」

〔六〕先事：猶事前。漢書張湯傳：「老臣耳妄聞，言之爲先事，不言情不達。」顔師古注：「事未施行而遽言之，故曰先事也。」

〔七〕「欲壞」六句：指敵對勢力興進奏院之獄，以摧垮慶曆新政班子，達到一網打盡的目的。桷榱，屋椽。急就篇卷三：「榱椽欂櫨瓦屋梁。」顔師古注：「榱即椽也，亦名爲桷。」鷇，由母哺食的幼鳥。

〔八〕易名：指帝王、大臣死後朝廷爲之立謚號。禮記檀弓下：「公叔文子卒，其子戍請謚於君，曰：『日月有時，將葬矣，請所以易其名者。』」

【集評】

［明］茅坤：范公與公同治同難，故痛獨深。（歐陽文忠公文鈔評語卷三一）

［清］浦起龍：全爲罹黨論抒憤，言之不足，長言之也。輹方而輪圜，祭文中正體逸調。（古文眉詮評語卷六二）

祭杜祁公文〔一〕

維嘉祐二年三月日，具官歐陽修謹遣驅使官趙日宣〔二〕，以清酌庶羞之奠，致祭于故太子太師、贈司徒、侍中杜公之靈曰：

士之進顯於榮禄者，莫不欲安享於豐腴。公爲輔弼，飲食起居，如陋巷之士，環堵之儒。他人不堪，公處愉愉〔三〕。士之退老而歸休者，所以思自放於閑適。公居于家，心在于國。思慮精深，言辭感激。或達旦不寐，或憂形于色，如在朝廷，而有官責〔四〕。

嗚呼！進不知富貴之爲樂，退不忘天下以爲心。故行於己者老益篤，而信於人者久愈深。人之愛公，寧有厭已？壽胡不多，八十而止？自公之喪，道路嗟咨。況於愚鄙，久辱公知〔五〕！繫官在朝，心往神馳。送不臨穴，哭不望帷。銜辭寫恨，有涕漣洏〔六〕。尚饗！

【箋注】

〔一〕如篇首所示，嘉祐二年（一〇五七）作。據本集卷三一太子太師致仕杜祁公墓誌銘，杜衍卒于是年二月。

〔二〕驅使官：吏名。宋史職官志十「贊引」下云：「淳化四年，令東宫三少、尚書丞郎入朝，以緋衣吏前導，並通官呵止。二品以上用朝堂驅使官，餘用本司驅使官。」又，據宋會要輯稿職官五五之二，驅使官隸御史臺前司，賫牒追取與所勘公事有關人或文字、物事等。此當指下屬人員。趙日宣，不詳。

〔三〕「公爲」六句：見杜祁公墓誌銘箋注〔八〕〔三四〕〔三五〕。又，宋人軼事彙編卷七引蒙齋筆談：「杜祁公謝事不造宅，假館迴車院，居之十年。余守宋時常往觀，湫隘與編民不遠，耆老猶指廢物三間，爲公讀書之室。公未嘗出，亦不甚飲酒。客至，粟飯一盂，雜以餅餌，他品不過兩種。」

〔四〕「公居」八句：杜祁公墓誌銘：「居家見賓客，必問時事，聞有善，喜若己出；至有所不可，憂見於色。或夜不能寐，如任其責者。」

〔五〕「况於」二句：詳見外集卷二三跋杜祁公書。

〔六〕漣洏：淚流貌。王粲贈蔡子篤詩：「中心孔悼，涕淚漣洏。」

祭吴尚書文〔一〕

維嘉祐三年五月庚午朔，具官歐陽修謹遣驅使官田安之至于西京〔二〕，以清酌庶羞之奠，致祭于故留守、資政左丞、贈吏部尚書吴公之靈曰：

嗚呼公乎！余將老也，閲世久也。見時之事〔一〕，可喜者少，而可悲者多也。士少勤其身，以干禄仕，取名聲，初若可愛慕者衆也。既而得其所欲而怠，與迫於利害而遷，求全其節以保其終者，十不一二也。其人康彊飲食，平居笑言，以相歡樂，察其志意，可謂偉然。

而或離或合，不見幾時，遂至於衰病，與其俯仰旦暮之間忽焉以死者，十常八九也。

嗚呼公乎！所謂善人君子者，其難得既如彼，而易失又如此也。故每失一人，未嘗不咨嗟殞泣，至於失聲而長號也。公材謀足以居大臣㊁，文學足以名後世〔三〕，宜在朝廷以講國論，而久留于外〔四〕。宜享壽考以爲人望〔五〕，而遽云長逝㊂。此搢紳大夫所以聚吊于家，而交朋故舊莫不走哭于位㊃，豈惟老病之人獨易感而多涕也！尚饗！

【校記】

㊀見：原校：一作「念」。　㊁「公」上：原校：一有「惟」字。　㊂逝：原校：一作「往」。　㊃位：原校：一作「次」。

【箋注】

〔一〕如篇首所示，嘉祐三年（一〇五八）作。據本集卷三二資政殿大學士尚書左丞贈吏部尚書正肅吴公墓誌銘，吴育卒于是年四月。

〔二〕田安之：不詳。

〔三〕「文學」句：宋史吴育傳：「晚年在西臺，與宋庠相唱酬，追裴、白遺事至數百篇……有集五十卷。」

〔四〕「而久」句：吴育爲參知政事，改樞密副使。後出知許州，徙蔡州，知河南府，徙陝州，知永興軍，知汝州，判西京留司御史臺，復知陝州。召還，判尚書都省，帝欲大用，又爲諫官誣奏，出爲鄜延路經略安撫使，後知河中府，徙河南，卒。在朝時間甚短。見宋史本傳。

〔五〕「宜享」句：據墓誌銘，育享年五十有五。

【集評】

［明］茅坤：交似疏而感獨深。「也」字爲韻，貫到篇末。（歐陽文忠公文鈔評語卷三一）

祭梅聖俞文〔一〕

維嘉祐五年歲次庚子七月丁亥朔九日乙未，具官歐陽修謹率具官吕某、劉某，以清酌庶羞之奠，致祭于亡友聖俞之靈而言曰：

昔始見子，伊川之上〔二〕，余仕方初，子年亦壯。讀書飲酒，握手相歡，談辯鋒出，賢豪滿前〔三〕。謂言仕宦，所至皆然，但當行樂，何有憂患？子去河南㊀，余貶山峽〔四〕，三十年間，乖離會合。晚被選擢，濫官朝廷，薦子學舍，吟哦六經〔五〕。余才過分，可愧非榮；子雖窮厄，日有聲名。余狷而剛，中遭多難，氣血先耗，髮鬚早變。子心寬易，在險如夷，年實加我，其顔不衰。謂子仁人，自宜多壽；余譬膏火，煎熬豈久？事今反此，理固難知，況於富貴，又可必期？念昔河南，同時一輩，零落之餘，惟予子在〔六〕。子又去我，余存兀然㊁，凡今之遊，皆莫余先。紀行琢辭，子宜余責；送終恤孤〔七〕，則有衆力。惟聲與淚，獨出余臆。尚饗！

【校記】

㈠去：原校：一作「出」。　㈡兀然：原校：衡本作「無幾」。

【箋注】

〔一〕如篇首所示，嘉祐五年（一〇六〇）七月作。據本集卷三三梅聖俞墓誌銘，是年四月，梅堯臣卒于京師。

〔二〕「昔始」二句：外集卷二書懷感事寄梅聖俞：「逢君伊水畔，一見已開顔。不暇謁大尹，相携步香山。」

〔三〕「余仕」六句：歐天聖九年初仕西京，梅堯臣時年三十（據梅集編年）。外集卷三答梅聖俞寺丞見寄：「憶昔識君初，我少君方壯。風期一相許，意氣曾誰讓。交游盛京洛，樽俎陪丞相。騄驥日相追，鸞凰志高揚。詞章盡崔蔡，論議皆歆向。」

〔四〕「子去」二句：外集卷一四送梅聖俞歸河陽序：「初爲河南主簿，以親嫌移佐河陽。」親，指堯臣妻兄謝絳。堯臣天聖九年爲避親嫌調河陽縣主簿，時絳爲河南府通判。據胡譜，歐景祐三年貶峽州夷陵。

〔五〕「薦子」二句：嘉祐元年，歐與趙槩等共薦堯臣，補爲國子監直講。奏議集卷一四有是年所作舉梅堯臣充直講狀。

〔六〕「念昔」四句：歐、梅西京之交游者張汝士、謝絳、張先、尹洙、張谷、尹源等，皆已先後去世。

〔七〕送終恤孤：歐陽發等述事迹（歐集附録卷五）：「先公篤於交友，恤人之孤。梅聖俞家素貧，既卒，公醵於諸公，得錢數百千，置義田，以恤其家，且乞録其子增。」

【集評】

〔明〕王鏊：理直氣清，一脈流串，大類聖俞之詩。（引自山曉閣選宋大家歐陽盧陵全集評語卷四）

曾祖曾祖母祖祖母焚黄祭文〔一〕

維嘉祐七年歲次壬寅某月朔日，曾孫具官修謹以清酌庶羞之奠，及太子少保、太保、延安郡、榮國太夫人之告四通〔二〕，告于曾祖太保、曾祖母太夫人之靈曰：

修以不肖之質，獲蒙祖考之餘休，享有爵禄。材薄任重，繆膺獎擢，踐更二府〔三〕。國有常典，命及其先。非惟優異丞弼之臣，蓋所以彰積善垂慶，其來有自，而欲潛光閟德，發耀有時。俾爲臣子者，退得伸孝於家，而進以盡忠於國。是謂一施而兩得。此朝廷所以推仁廣恩，而爲小子之幸也。敢不夙夜祗畏，竭其思慮，勉其不逮，俾有樹立。冀不顛墜其家聲，以對揚天子之寵靈〔四〕，以永賴祖考之遺德。

官有職位㊀，繫身于朝，不得瞻望松楸，親執籩豆，謹遣兄之子廬陵縣尉嗣立以告〔五〕。祖、祖母同詞。

【校記】

㊀位：衡本作「任」。

【箋注】

〔一〕　如篇首所示，嘉祐七年（一〇六二）作。是年九月，大饗明堂，歐進階正奉大夫、加柱國，仍贈推忠佐理功臣。（胡譜）三代亦獲追贈。故本文云「國有常典，命及其先」。臨川集卷五四有參知政事歐陽修三代制六道，前四道追贈曾祖、曾祖母、祖、祖母。

〔二〕　「及太子少保」句：參知政事歐陽修三代制六道一、二道爲曾祖郴贈太子少保可贈太子太保與曾祖母追封延安郡太夫人劉氏可追封榮國太夫人。

〔三〕　踐更二府：據胡譜，歐嘉祐五年爲樞密副使，六年爲參知政事。二府，指樞府、政府。
〔四〕　對揚：書説命下：「敢對揚天子之休命。」孔安國傳：「對，答也，答受美命而稱揚之。」
〔五〕　兄：疑指同父異母之兄歐陽昞。

皇考太師祭文〔一〕

嗣子具官修謹以清酌庶羞之奠，及太常少卿、給事中、太子少師、太師告身四通，告于皇考太師之靈曰：

修獲罪于天，幼罹孤苦，蒙賴積德積善之慶，不殞其躬，得從士大夫之列。天子哀其禄不獲養，而寵及其親，曰非以爲榮，俾以伸汝志，亦以示國家推仁廣惠，不忘人之先也。有慶賜之恩，而又有官秩之寵。粤元年季秋，天子恭謝天地于大慶〔二〕，則有太常少卿之命。四年孟冬，祫享于廟〔三〕，則有給事中之贈。五年冬十有一月，修忝貳樞密〔四〕，則有少師之錫。明年閏八月，承乏東府〔五〕，則有太師之告。而修官職有守，不得以時躬親即事。留君之命于家，不恭；不勉力於其親，不孝，罪莫大焉。是以涕泣憂懼，不能自安，謹遣兄之子廬陵縣尉嗣立以告。尚饗！

【箋注】

〔一〕 同前，嘉祐七年（一〇六二）作。臨川集參知政事歐陽修三代制六道，第五道追贈父歐陽觀，稱「東宫一品，人臣高位，追以命汝，用嘉有子」。
〔二〕 「粤元年」二句：胡譜嘉祐元年：「九月辛卯，大慶殿行恭謝禮，爲贊引太常卿。」
〔三〕 「四年」二句：胡譜嘉祐四年：「十月壬申，車駕朝饗景靈宫，癸酉，祫饗太廟，並攝侍中行事。」
〔四〕 「五年」二句：胡譜嘉祐五年：「十一月辛丑，拜樞密副使。」
〔五〕 「明年」二句：胡譜嘉祐六年：「閏八月辛丑，轉户部侍郎、參知政事。」東府，指中書門下，即政事堂。宋前期，中書在東，樞密院在西，故稱。

皇妣太夫人祭文〔一〕

嗣子具官修謹以清酌庶羞之奠，及平昌、滎陽郡太君、安定郡、永國太夫人告身四通，告于皇妣太夫人之靈曰：

修有不孝之罪，不得躬親省視松柏者㊀，于兹十年〔二〕。無歲不請于朝，而訖不獲報〔三〕。遂以貪冒榮禄，留連歲時。獨幸天子仁恩，教人以孝，俾得寵及其親。故自嘉祐之元殆今，凡四被追封之告，亦足以少慰烏烏之心〔四〕。而備官東府，任責至重，不得退徇其私。有司所下告第之制，所以誕揚休命，寵褒幽顯者，不能躬自臨事，則又以永負至慈罔極不報之恩。不勝悲慕哀愴之情，謹遣兄之子嗣立以告。尚饗！

【校記】

㊀柏：衡本作「楸」。

【箋注】

〔一〕同前，嘉祐七年（一〇六二）作。參知政事歐陽修三代制六道第六道追贈母，稱「啓封大邦，於禮爲稱」。

〔二〕「不得」二句：胡譜皇祐五年（一〇五三）：「八月，自潁州護母喪歸，葬吉州之瀧岡。」自彼時至嘉祐七年九月，前後已十年。

〔三〕「無歲」二句：歐表奏書啓四六集有嘉祐二年作乞洪州劄子、三年作辭開封府劄子、四年作乞洪州第二劄子、乞洪州第三狀、乞洪州第四劄子、五年作乞洪州第五劄子、乞洪州第六狀、乞洪州第七狀，屢乞外任差遣，尤盼知洪州以便歸掃父母墳墓，均未獲准。

〔四〕烏鳥之心：文選李密陳情事表：「烏鳥私情，願乞終養。」李周翰注：「烏鳥反哺其母，言我有此烏鳥之私情，乞畢祖母之養也。」

祭宋侍中文〔一〕

惟靈明誠敏識，清方粹直〔二〕。由初考終，不變一德。忽然云亡，天子之惻。富於文章〔三〕，玉質天葩。施之朝廟，炳耀光華。自茲而絶，學者之嗟。既文且賢㊀，周達善問。惟此不朽，有司之信。輤車其行〔四〕，禮備哀榮。奠觴爲訣，修等之誠。尚饗！

【校記】

㊀文：原校：一作「智」。

【箋注】

〔一〕題下注「治平□年」，當爲治平三年（一〇六六）作。宋侍中，宋庠，生平見本集卷一四宋司空挽辭箋注〔一〕。

〔二〕「惟靈」二句：宋史本傳：「郭皇后廢，庠與御史伏閤爭論，坐罰金。」長編卷二〇八治平三年：「（庠）尤畏法，在揚州使工甓堂塗，取卮酒與之，後知誤取公使，立償之，而取予者皆被罰。其爲相，儒雅練故事，自初執政，遇事則分別是非可否，用是斥退。」

〔三〕富於文章：長編卷二〇八治平三年：「庠自應舉時，即與弟祁以文學名擅天下，尤工詩賦，一時進士共學之。」宋庠見於郡齋讀書志的著述有緹巾集二十卷、掖垣叢志二卷、紀年通譜十二卷、國語補音三卷等。四庫全書輯有宋元憲集四十卷。

〔四〕輤車：柩車。孫樵祭高諫議文：「輤車其東，歸骨洛川。」

【集評】

〔清〕王元啓：劈分天子、學者、有司、修等爲四目，文最樸老而勁。（讀歐記疑卷二）

英宗皇帝靈駕發引祭文〔一〕

維治平四年歲次丁未八月丁未朔八日甲寅，具官臣歐陽修伏睹大行皇帝靈駕發引〔二〕。臣以官守有職，不得攀號於道左，謹擇順天門外〔三〕，恭陳薄奠，瞻望靈輿。臣修西望泣血頓首死罪言曰〔四〕：

伏惟大行皇帝至仁至孝，本堯、舜之心； 克儉克寬，躬禹、湯之聖。德澤被物，威靈在天。今者因山爲陵，卜萬世而叶吉〔五〕，同軌畢至，無一人之後期。而臣受恩最深，報國無狀，不能秉翣持紼〔六〕，以供賤事。而古人可慕，有愧三良之殉身〔七〕； 罔極銜哀，但同百姓之喪考。尚知豺獺之薦〔八〕，冀伸犬馬之誠。臣無任號天摧絶哀慕感切之至。臣修西望泣血頓首死罪。謹言。

【箋注】

〔一〕如篇首所示，治平四年（一〇六七）作。宋史英宗紀載是年正月「丁巳，帝崩于福寧殿，壽三十六」。神宗紀載是年八月「癸酉，葬英宗于永厚陵」。

〔二〕大行：後漢書安帝紀：「孝和皇帝懿德巍巍，光于四海； 大行皇帝不永天年。」李賢注引韋昭曰：「大行者，不反之辭也。天子崩，未有謚，故稱大行也。」

〔三〕順天門：宋史地理志一東京：「新城周迴五十里百六十五步……西二門：南曰順天，北曰金耀。」

〔四〕西望： 靈車西去，北宋皇陵在開封西面之鞏縣，故云。

〔五〕叶吉：和協吉祥。舊唐書憲宗紀上：「（李）藩與（李）吉甫不叶吉。」

〔六〕翣：古出殯時的棺飾，狀如掌扇。禮記禮器：「天子崩，七月而葬，五重八翣。」紼：牽引棺木之大繩。禮記曲禮上：「助葬必執紼。」

〔七〕三良：詩秦風黃鳥序：「黃鳥，哀三良也。國人刺穆公以人從死，而作是詩也。」毛傳：「三良，三善臣也。謂奄息、仲行、鍼虎也。」

〔八〕豺獺之薦： 指豺祭與獺祭。禮記王制：「獺祭魚，然後虞人入澤梁； 豺祭獸，然後田獵。」

祭石曼卿文㈠〔一〕

維治平四年七月日，具官歐陽修謹遣尚書都省令史李敭至于太清〔二〕，以清酌庶羞之奠，致祭于亡友曼卿之墓下，而吊之以文曰：

嗚呼曼卿！生而爲英〔三〕，死而爲靈。其同乎萬物生死而復歸於無物者，暫聚之形；不與萬物共盡而卓然其不朽者，後世之名〔四〕。此自古聖賢，莫不皆然，而著在簡册者，昭如日星。

嗚呼曼卿！吾不見子久矣，猶能仿佛子之平生。其軒昂磊落，突兀崢嶸，而埋藏於地下者，意其不化爲朽壤㈡，而爲金玉之精。不然生長松之千尺，産靈芝而九莖㈢〔五〕。奈何荒煙野蔓，荆棘縱横，風淒露下，走燐飛螢。但見牧童樵叟，歌吟而上下，與夫驚禽駭獸，悲鳴躑躅而咿嚶〔六〕。今固如此，更千秋而萬歲兮，安知其不穴藏狐貉與鼯鼪〔七〕？此自古聖賢亦皆然兮，獨不見夫纍纍乎曠野與荒城？

嗚呼曼卿！盛衰之理，吾固知其如此，而感念疇昔，悲涼悽愴，不覺臨風而隕涕者，有愧乎太上之忘情〔八〕。尚饗！

【校記】

㊀祭：原校：一作「吊」。　㊁「意」上：原校：一有「吾」字。　㊂而：原校：一作「之」。

【箋注】

〔一〕如篇首所示，治平四年（一〇六七）作。石延年字曼卿。據本集卷二四石曼卿墓表，延年卒于慶曆元年（一〇四一），葬于亳州永城縣太清鄉。二十六年後之治平四年，歐「除觀文殿學士，轉刑部尚書、知亳州」（胡譜），遣人至墓地，祭吊亡友，遂有此作。

〔二〕李敭：不詳。

〔三〕英：文子上禮：「智過萬人者謂之英。」

〔四〕「其同」四句：本集卷一五雜説三首之二：「人之死，骨肉臭腐，螻蟻之食爾。其貴乎萬物者，亦精氣也。其精氣不奪于物，則蘊而爲思慮，發而爲事業，著而爲文章，昭乎百世之上而仰乎百世之下，非如星之精氣，隨其斃而滅也，可不貴哉！」

〔五〕「産靈芝」句：史記孝武本紀：「甘泉防生芝九莖。」

〔六〕咿嚶：鳥獸啼叫聲。樓鑰巾山詩：「山鳥相和聲咿嚶。」

〔七〕鼯鼪：即鼯鼬，泛指小動物。

〔八〕太上之忘情：晉書王衍傳：「聖人忘情。」

【集評】

〔明〕茅坤：淒清逸韻。（歐陽文忠公文鈔評語卷三一）

〔清〕金聖嘆：胸中自有透頂解脱，意中却是透骨相思，於是一筆已自透頂寫出去，不覺一筆又自透骨寫入來。不知者乃驚其文字一何跌蕩，不知非跌蕩也。（評注才子古文卷一二）

〔清〕孫琮：此文三提曼卿，分三段看。第一段許其名垂後世，寫得卓然不磨；第二段悲其生死，寫得淒涼滿目；

第三段自述感傷，寫得唏噓欲絶，可稱筆筆傳神。（山曉閣選宋大家歐陽盧陵全集評語卷四）

〔清〕儲欣：運長短句，一氣旋轉。（唐宋八大家類選評語卷一四）

〔清〕張伯行：似騷似賦，亦愴亦達。（唐宋八大家文鈔評語卷六）

祭胡太傅文〔一〕

維治平四年歲次丁未十一月乙亥朔某日，具官修謹以清酌庶羞之奠，致祭于故太子太傅致仕胡公之靈。

自昔並遊儒館〔二〕，當世英豪，譬如花卉，先後零凋。惟公松柏，凜凜寒標〔三〕。他人磨礲，爭出圭角，公獨渾然，不見其璞〔四〕，廊廟之器，誰能測度？晚登大用，蔚有嘉言〔五〕，予文之鄙，懼不能傳。三十年間〔六〕，既親且舊。哭不及喪，行不送柩，寫恨臨風，有懷莫究。尚饗！

【箋注】

〔一〕　如篇首所示，治平四年（一〇六七）作。據本集卷三四贈太子太傅胡公墓誌銘，是年六月，胡宿卒，贈太子太傅。

〔二〕　「自昔」句：景祐時，歐與胡宿均在京爲館閣校勘，故云「並遊儒館」。參閱本集卷一送胡學士知湖州箋注〔二〕。

〔三〕　「惟公」二句：胡公墓誌銘：「享年七十有三。」論語子罕：「子曰：『歲寒，然後知松柏之後凋也。』」

〔四〕「公獨」二句：胡公墓誌銘：「公爲人清儉謹默，内剛外和，羣居笑語歡譁，獨正容色，温温不動聲氣。」

〔五〕「晚登」二句：胡宿嘉祐六年爲樞密副使，時已六十六歲，在位六年，顧惜大體，頗多建言。見胡公墓誌銘。

〔六〕三十年間：由景祐初（一〇三四）至治平末（一〇六七），胡、歐交往有三十餘年。

祭劉給事文〔一〕

惟熙寧元年歲次戊申四月壬寅朔十五日丙辰，具官修謹遣通引官行首龐簡〔二〕，以清酌庶羞之奠，致祭于亡友留臺給事原甫之靈曰〔三〕：

嗚呼！金百鍊以爲鑑，而萬物不能遁其形。及爲物蝕而蔽其光，頑然無異乎瓦甓〔四〕。然而一遇良工之藥，磨而瑩之，則可以見肝膽而數毛髮。蓋其可昏者光，不可昏者性。其或廢而或用，由有幸與不幸。

若吾原甫者，敏學通於今古，精識造乎幽微〔五〕，乃百鍊之英，而萬事之鑑也。一爲末疾昏之，至使良醫不能措其術，百藥無所施其功。遂埋至寶，銜恨無窮！此所以士夫驚呼，莫不爲朝廷而痛惜。至於不知命者，皆有疑於造物之工，況相知於道義，而久接於遊從〔六〕。念以身而莫贖，徒有淚而沾胸。尚饗！

【箋注】

〔一〕如篇首所示，熙寧元年（一〇六八）作。據本集卷三五集賢院學士劉公墓誌銘，劉敞卒于是年四月八日，「累官至給事中」，故稱劉給事。

〔二〕龐簡：不詳。

〔三〕留臺給事原甫：劉公墓誌銘：「治平三年召還，以疾不能朝，改集賢院學士，判南京留司御史臺。」

〔四〕瓦甓：泛稱磚瓦。莊子知北游：「東郭子問於莊子曰：『所謂道，惡乎在？』莊子曰：『無所不在。』東郭子曰：『期而後可。』莊子曰：『在螻蟻。』曰：『何其下邪？』曰：『在稊稗。』曰：『何其愈下邪？』曰：『在瓦甓。』曰：『何其愈甚邪？』曰：『在屎溺。』東郭子不應。」

〔五〕「敏學」二句：劉敞學問淵博，見墓誌銘箋注〔一〕。又，宋史本傳云：「朝廷每有禮樂之事，必就其家以取決焉……歐陽修每於書有疑，折簡來問，對其使揮筆，答之不停手，修服其博。」

〔六〕「而久」句：歐皇祐元年（一〇四九）知潁州（胡譜），劉敞與弟攽慶曆八年（一〇四八）丁父憂（見本集卷二九尚書主客郎中劉君墓誌銘），即居潁州，翌年遂從歐游。至熙寧元年（一〇六八），交往二十年矣。

祭丁學士文〔一〕

嗚呼元珍！善惡之殊，如火與水，不能相容，其勢然爾。是故鄉人皆好，孔子不然，惡於不善，然後爲賢〔二〕。子之美才，懿行純德，誰稱諸朝，當世有識。子之憔悴，遂以湮淪，問孰惡子，可知其人。

毁善之言，譬若蠅矢，點彼白玉，濯之而已。小人得志，暫快一時，要其得失，後世方知。受侮被謗，無如仲尼〔三〕，巍然袞冕，不祀桓魋〔四〕。孟軻之道，愈久彌光，名尊四子〔五〕，不數臧倉〔六〕。是以君子，修身而俟。擾擾姦愚，經營一世，迨榮華之銷歇，嗟泯没其誰記？是皆生則狐鼠，死爲狗彘。

惟一賢之不幸，歷千載而猶傷，自古孰不有死？至今獨吊乎沅、湘。彼靈均之事業，初未見於南邦，使不遭罹於放斥，未必功顯而名彰〔七〕。然則彼讒人之致力，乃借譽而揄揚。

嗚呼元珍！道之通塞，有命在天，其如予何，孔、孟亦然。何以慰子，聊爲此言，寄哀一奠，有涕漣漣。尚饗！

【箋注】

〔一〕如題下注，治平四年（一〇六七）作。據本集卷二五集賢校理丁君墓表，丁寶臣卒于是年四月。以其任職館閣，爲集賢校理，故稱丁學士。夢溪筆談卷一：「今三館職事皆稱『學士』。」

〔二〕「是故」四句：論語子路：「子貢問曰：『鄉人皆好之，何如？』子曰：『未可也。』『鄉人皆惡之，何如？』子曰：『未可也。不如鄉人之善者好之，其不善者惡之。』」

〔三〕「受侮」二句：孔子一生周游列國，四處碰壁，累遭譏謗。史記孔子世家有孔子「去魯，斥乎齊，逐乎宋、衛，困於陳、蔡之間，於是反魯」及「適鄭，與弟子相失，孔子獨立郭東門」，鄭人以「累累若喪家之狗」譏之等記載。

〔四〕「不祀」句：孔子世家：「孔子去曹適宋，與弟子習禮大樹下。宋司馬桓魋欲殺孔子，拔其樹。孔子去。弟子曰：『可以速矣。』孔子曰：『天生德於予，桓魋其如予何！』」桓魋嘗得寵于宋景公，後欲作亂，遭討伐，乃入于曹以叛。而民遂叛之。魋奔衛。見左傳哀公十四年。

〔五〕四子：指孔子、曾子、子思、孟子。

〔六〕臧倉：魯平公嬖人。平公將見孟子，爲臧倉所阻。見孟子梁惠王下。

〔七〕「惟一賢」八句：以屈原之不幸喻元珍之遭遇。屈原離騷：「名余曰正則兮，字余曰靈均。」又有「濟沅、湘以南征兮」等語。

【集評】

〔清〕孫琮：不説元珍被毀可惜，反惜元珍被毀可樂；不説元珍因毀喪名，反説元珍因毀得名。議論雄辨豪放，通篇一意到底。（山曉閣選宋大家歐陽廬陵全集評語卷四）

〔清〕何焯：施之元珍亦過情。（義門讀書記卷三九）

祭吴大資文㊀〔一〕

維年月日，具官修謹遣某人，以清酌庶羞之奠，致祭于資政侍郎吴公之靈曰〔二〕：

惟公以孔、孟之學，晁、董之文〔三〕，佐佑三朝〔四〕，始終一節。顧惟庸繆，敢企光塵？而金門玉堂㊁，早接俊遊之末〔五〕；紫樞黄閣，晚陪國論之餘〔六〕。雖出處之略同，在進退而則異。余實衰病，久思返於田疇㊂〔七〕；公方盛年，宜復還於廊廟。豈期白首，來哭素帷〔八〕？飲釂百分，尚想平生之意氣；寫哀一奠，不知涕淚之縱横。尚饗！

【校記】

㈠大資：原校：一作「長文」。㈡金門：卷後原校：一作「金馬」。㈢疇：原校：一作「廬」。

【箋注】

〔一〕題下注「嘉祐四年」，天理本注「嘉祐三年」（此乃吴育之卒年），皆誤，當爲熙寧元年（一〇六八）作。據彭城集卷三七吴公墓誌銘，是年七月吴奎卒。宋史本傳：「出知青州。明年薨，年五十八。」奎罷參政，出知青州，在治平四年。明年爲熙寧元年。大資爲資政殿大學士之簡稱。避暑録話卷上：「觀文、資政殿皆有大學士，觀文稱『大觀文』，而資政稱『大資』。」

〔二〕資政侍郎：吴公墓誌銘：「英宗即位，公遷給事中，再遷禮部侍郎……除參知政事，又月餘，改資政殿大學士。」

〔三〕晁、董：晁錯、董仲舒，漢書有傳。

〔四〕佐佑三朝：據墓誌銘，吴奎歷仕仁、英、神宗三朝。

〔五〕「而金門」二句：歐至和元年爲翰林學士（胡譜），吴奎嘉祐元年亦拜翰林學士（宋史本傳）。外集寄韓子華序云：「余與韓子華、長文、禹玉同直玉堂。」金門，金馬門之省稱，漢代宫門名，與玉堂同爲學士待詔之處，後因以稱學士院或翰林學士。

〔六〕「紫樞」二句：吴奎爲樞密副使、參知政事，歷踐二府。紫樞指樞府，攻媿集卷三八知樞密院事趙汝愚初除封贈祖太子少傅：「紫樞元臣，方隆于同姓。」黄閣指宰相官署，即政府。衛宏漢舊儀卷上：「（丞相）聽事閣曰黄閣。」

〔七〕「久思」句：本集卷四四續思潁詩序：「皇祐二年，余方留守南都，已約梅聖俞買田於潁上。」

〔八〕「公方」四句：奎卒年五十有八，時歐六十二歲。

祭蔡端明文〔一〕

維年月日，具官修謹遣三班奉職指使李歇，以清酌庶羞之奠，致祭于故端明殿學士、尚書吏部侍郎蔡公君謨之靈曰〔二〕：

嗚呼！盛必有衰而生必有死，物之常理也；生爲可樂而死爲可哀，人之常情也。而又有不幸於其間者，宜其爲恨於無窮也。

自公之奮起徒步而名動京師〔三〕，遂登朝廷，列侍從。其年壯志鋭而意氣横出，材宏業茂而譽望偉然。方公之輝華顯赫之時，而其親享壽考康寧之福〔四〕。夫得禄及親，人以爲幸也，而公以榮名顯仕爲之養；綵衣而戲，昔以爲孝也〔五〕，而公以金章紫綬悦其顔。使天下爲子者，莫不欲其親如公之親；爲父母者，莫不欲其子如公之爲子也。其榮且樂，可謂盛哉！

及其衰也，母夫人喪猶在殯，而公已卧病於苫塊之間〔六〕，而愛子長而賢者遽又卒於其前，遂以奄然而瞑目。一孤藐然，以爲二喪之主〔七〕。嗚呼，又何其不幸也！此行路之人聞之，皆爲之出涕，況於親戚朋友乎！況如修者，與公之遊最久，而相知之最深者乎〔八〕！

夫世之舉遠以爲言者，不過曰四海。而閩負南海，齊臨東海，使修不得躬一觴之奠，寫長慟之哀。此其爲恨，又可涯哉？尚饗！

【箋注】

〔一〕題下注「治平四年」，誤。本集卷三五端明殿學士蔡公墓誌銘記蔡襄卒于治平四年八月，祭文似應作于當年，然本文云：「閩負南海，齊臨東海，使修不得躬一觴之奠，寫長慟之哀。」青州舊屬齊地，據胡譜，歐熙寧元年（一〇六八）八月改知青州，九月到任，此文當作于是年。

〔二〕「致祭」句：蔡公墓誌銘載襄「求知杭州，即拜端明殿學士以往」。又載襄卒，「特贈吏部侍郎」。

〔三〕「自公」句：蔡公墓誌銘：「公年十八，以農家子舉進士，爲開封第一，名動京師。」

〔四〕「方公」二句：蔡公墓誌銘：「後官於閩，典方州，領使一路，二親尚皆無恙。閩人瞻望咨嗟，不榮公之貴而榮其父母。母夫人尤有壽，年九十餘，飲食起居，康彊如少者。歲時爲壽，母子鬢髮皆皤然，而命服金紫，煌煌如也。」

〔五〕「綵衣」二句：傳春秋時楚國老萊子事親至孝，年七十，常著五色斑斕衣，作嬰兒戲，博父母一笑。見藝文類聚引列女傳。曾敏行獨醒雜志卷一：「蔡端明事母至孝。嘗步行，遇一嫗，貌甚龍鍾，問其年，曰：『百單二矣。』端明再拜曰：『願吾母之壽如嫗。』後果符其言。」按：據本集卷三六長安郡太君盧氏墓誌銘，襄母享年九十有二。

〔六〕「母夫人」二句：蔡公墓誌銘：「（治平）三年，徙南京留守，未行，丁母夫人憂。明年八月某日，以疾卒于家。」苫塊，謂居父母之喪，孝子以草薦爲席，土塊爲枕。儀禮喪服：「居倚廬，寢苫枕塊。」

〔七〕「而愛子」四句：蔡公墓誌銘：「男三人：曰匀，將作監主簿，曰旬，大理評事，皆先公卒；幼子，旻也。」

〔八〕「況如」三句：歐、蔡皆天聖八年登第。景祐三年，范仲淹貶知饒州，歐貶夷陵，襄作四賢一不肖詩，頌范、歐等而斥高若訥。慶曆時，歐、蔡同爲諫官，支持新政。晚年，歐爲蔡母銘墓，蔡爲歐書集古録目序。可謂交游久而相知深矣。

青州求晴祭文㊀〔一〕

維年月日，具官修謹以清酌之奠，致告于東嶽天齊仁聖帝而言曰〔二〕：

夫麥之爲物，歷四時而後實，凡所以生育長養成就之功，或謂至矣。以四時之功而成之，以數日之雨而壞之，此殆非天之意也，非神之欲也。

農服耒耜，有勞筋苦骨之勤，而水旱之災，螟蝗之孽，豐歲常少而凶歲常多，所得常不補其所失。天之至仁，憫斯民之苦若此也㈡，故於其間，時賜一大豐之歲以償之。夫豐歲，可謂難得也，既賜與之，又遽奪之，此非天之意也，非神之欲也。

今在田者垂穗而蔽野，在場者其積而如坻〔三〕，民徬徨而視之，穗者不得施其手，積者不得入于廩，使皆化爲羽翼而飛揚之，豈不可惜也哉！此非天之意也，非神之欲也。

惟神之惠，假以十日之不雨，以成天之大賜，使收穫得以時，而民足食，公足用，是則賴神之靈，假之旬浹之頃〔四〕，而九州數千里之地，公私皆受其賜矣。蓋所假者少而所利者多，故敢以爲請。尚饗！

【校記】

㈠求晴：原校：一作「祈晴」。　㈡斯民之苦若此也：「苦」字原缺，天理本卷後校：「一：『之』字下有『苦』字。」據補。

【箋注】

〔一〕　據題下注，熙寧二年（一〇六九）作。

〔二〕 東嶽天齊仁聖帝：舊唐書禮儀志三載開元十三年「封泰山神爲天齊王」。長編卷七〇大中祥符元年十月條下，載真宗東封泰山「天齊王加號仁聖」。

〔三〕 坻：左傳昭公十二年：「有酒如淮，有肉如坻。」杜預注：「坻，山名。」

〔四〕 旬浹：資治通鑑唐昭宗光化三年：「旬浹之間，二豎之首傳於天下。」胡三省注：「旬浹，謂一日、二日至于十日。」

歐陽修詩文集校箋

下

〔宋〕歐陽修　著
洪本健　校箋

上海古籍出版社

外集卷一

樂　府

擬玉臺體七首〔一〕

欲　眠

行人夜已斷，明河南陌頭〔二〕。雙璫不擬解，更欲要君留。

携手曲

落日堤上行，獨歌携手曲。却憶携手人，處處春華緑。

雨中歸

朝看樓上雲，日暮城南雨。路遠香車遲，迢迢向何所？

別後

連環結連帶，贈君情不忘。暫別莫言易，一夕九回腸〔三〕。

夜夜曲

浮雲吐明月，流影玉階陰。千里雖共照，安知夜夜心？

落日窗中坐

朝聞驚禽去，日暮見禽歸。瑶琴坐不理〔四〕，含情復爲誰㊀？

領邊繡

雙鴛刺繡領，粲爛五文章〔五〕。暫近已復遠，猶持歌扇障。

【校記】

㊀爲：原校：一作「與」。

【箋注】

〔一〕本卷詩注：「西京作。起天聖九年，盡明道二年。」據題下注，本詩明道元年（一〇三二）作。時在西京錢惟演幕府。梅集編年卷二明道元年詩亦有擬玉臺體七首，各首題目與歐皆同。嚴羽滄浪詩話詩體：「玉臺體：玉臺集乃徐陵所序，漢魏六朝詩皆有之。或者但謂纖豔者爲玉臺體，其實則不然。」

〔二〕明河：銀河。宋之問明河篇：「明河可望不可親，願得乘槎一問津。」

〔三〕九回腸：司馬遷報任少卿書：「是以腸一日而九迴，居則忽忽若有所亡，出則不知其所往。」

〔四〕 瑤琴：何薳春渚紀聞古琴品説：「秦漢之間所製琴品，多飾以犀玉金彩，故有瑤琴、緑綺之號。」

〔五〕 五文章：古今事文類聚後集卷一二引梁武帝河中之水歌：「河中之水向津流，洛陽有女名莫愁……頭上金釵十二行，足下絲履五文章。」五文章指錯雜的色彩或花紋。

古詩一

七交七首〔一〕

河南府張推官〔二〕

堯夫大雅哲，稟德實温粹。霜筠秀含潤〔三〕，玉海湛無際〔四〕。平明坐大府，官事盈案几。高談遺放紛〔五〕，外物不能累。非惟席上珍〔六〕，乃是青雲器〔七〕。

尹書記〔八〕

師魯天下才〔九〕，神鋒凜豪俊。逸驥卧秋櫪〔一〇〕，意在騤騤迅〔一一〕。平居弄翰墨，揮灑不停瞬。談笑帝王略〔一二〕，驅馳古今論〔一三〕。良工正求玉，片石胡爲韞〔一四〕？

楊户曹〔一五〕

子聰江山稟〔一六〕，弱歲擅奇譽。盱衡恣文辯〔一七〕，落筆妙言語。胡爲冉冉趨，三十滯公府？美璞思善價，浮雲有夷路。大雅惡速成，俟命宜希古。

梅主簿〔一八〕

聖俞翹楚才，乃是東南秀〔一九〕。玉山高岑岑〔二〇〕，映我覺形陋。離騷喻草香，詩人識鳥獸。城中爭擁鼻〔二一〕，欲學不能就。平日禮文賢，寧久滯奔走。

張判官〔二二〕

洛城車隆隆，曉門爭道入。連袂紛如帷，文者豈無十？壯矣張太素，拂羽擇其集。遠慕鄴才子〔二三〕，一笑歡相挹。雖有軒與冕，攀翔莫能及。人將孰君子，盍視其游執？

王秀才〔二四〕

幾道顏之徒〔二五〕，沉深務覃聖〔二六〕。采藻薦良璧，文潤相輝映。入市羊駕車〔二七〕，談道犀爲柄〔二八〕。時時一文出，往往紙價盛。無爲戀丘樊，遂滯蒲輪聘〔二九〕。

自敘

余本漫浪者，兹亦漫爲官〔三〇〕。胡然類鴟夷〔三一〕，託載隨車轅。時士不俯眉，默默誰與言？賴有洛中俊，日許相躋攀。飲德醉醇酎〔三二〕，襲馨佩春蘭〔三三〕。平時罷軍檄，文酒聊相歡。

【箋注】

〔一〕據題下注，天聖九年（一〇三一）作。胡譜載，是年「三月，公至西京。錢文僖公爲留守，幕府多名士，與尹師魯、梅聖俞尤善，日爲古文歌詩，遂以文章名冠天下」。

〔二〕張推官：張汝士，字堯夫，開封襄邑人。居士集卷二四河南府司録張君墓表：「天聖、明道之間，錢文僖公守河南……幕府號爲天下之盛，君其一人也……初以辟爲其府推官，既罷，又辟司録。」

〔三〕霜筠：指竹。賈島竹詩：「子猷没後知音少，粉節霜筠漫歲寒。」

〔四〕玉海：喻弘深之氣度。南史朱異傳：「（異）器宇弘深，神表鋒峻。金山萬丈，緣陟未登；玉海千尋，窺映不測。」

〔五〕遣：排除。放紛：左傳昭公十六年：「子産怒曰：『發命之不衷，出令之不信，刑之頗類，獄之放紛……僑之恥也。』」杜預注：「放，縱也。紛，亂也。」

〔六〕席上珍：喻儒者美善之才學。禮記儒行：「儒有席上之珍以待聘。」

〔七〕青雲器：文選顏延之五君詠阮始平：「仲容青雲器，實秉生民秀。」李善注：「青雲，言高遠也。」李周翰注：「青雲器，高大者也。」

〔八〕尹書記：尹洙。嘗任山南東道掌書記。

〔九〕「師魯」句：韓琦故崇信軍節度副使檢校尚書工部員外郎尹公墓表：「公文武之才，犖犖然震暴天下。」

〔一〇〕逸驥：善奔之駿馬。潘尼贈河陽詩：「逸驥騰夷路，潛龍躍洪波。」

〔一一〕騤騤：馬行雄壯貌。詩小雅采薇：「駕彼四牡，四牡騤騤。」

〔一二〕「談笑」句：尹公墓表：「知河南府伊陽縣，時天下無事，政闕不講，以兵言者爲妄人，公乃著叙燕、息戍等十數篇以斥時弊，時人服其有經世之才。」

〔一三〕「驅馳」句：尹公墓表：「（洙）喜學，無所不通，尤長於春秋。善議論，參質古今，開判凝滯，聞者欣服之。」

〔一四〕韞：論語子罕：「有美玉於斯，韞匵而藏諸？」朱熹集注：「韞，藏也。」

〔一五〕楊户曹：字子聰，名不詳。南人，時爲河南府户曹參軍。（見本集卷一四送楊子聰户曹序）梅集編年卷一天聖九年詩和楊子聰會董尉家，朱東潤補注云：「卷二十三有送楊子充愈知資陽縣一首云：『家近古臨邛，聞多木蘭樹。』又云：『成名三十年，始見列鴛鷺。』又云：『當時同洛陽，過半作丘墓，屈指今所存，無如君最故。』此詩作於皇祐五年（一〇五三）。疑子充即子聰，自天聖九年至皇祐五年，前後二十三年，子充先此成名，故有『成名三十年』之句。」集古録跋尾唐韓覃幽林思：「余爲西京留守推官時，因游嵩山得此詩，愛其辭翰皆不俗。後十餘年，始集古金石之文，發篋得之，不勝其喜……當發篋見此詩以入集時，謝希深、楊子聰已死。」據此，楊子聰當卒于慶曆間，而非皇祐時，子充、子聰非一人也。

〔一六〕「子聰」句：謂其稟受江山之靈氣。歐明道元年有與梅聖俞（書簡卷六）云：「子聰之『俊』，詩所謂『譽髦之士』乎！」

〔一七〕盱衡：漢書王莽傳上：「當此之時，公運獨見之明，奮亡前之威，盱衡厲色，振揚武怒。」顔師古注引孟康曰：「眉上曰衡。盱衡，舉眉揚目也。」

〔一八〕梅主簿：梅堯臣。是年爲河南縣主簿，秋後調河陽縣主簿。（梅集編年卷一）

〔一九〕「聖俞」二句：居士集卷四二梅聖俞詩集序：「其家宛陵，幼習於詩，自爲童子，出語已驚其長老……時無賢愚，語詩者必求之聖俞。」

〔二〇〕玉山：晉書裴楷傳：「楷風神高邁，容儀俊爽，博涉羣書，特精理義，時人謂之『玉人』，又稱『見裴叔則（裴楷字）如近玉山，映照人也。』」後因以玉山喻俊美之儀容。

〔二一〕擁鼻：見居士集卷八哭聖俞箋注〔五〕。

〔二二〕張判官：名不詳，字太素，時爲河南府判官。梅集編年卷一天聖九年詩有張太素之邠幕。

〔二三〕鄴才子：指鄴中七子，即建安七子。

〔二四〕王秀才：王復，字幾道。宋時稱應舉者爲秀才。歐景祐元年有與王幾道（書簡卷七），下注「復」字。蘇舜欽有寄王幾道同年詩，知其與舜欽同于景祐元年進士及第。慶曆八年，歐爲王復之母銘墓（見居士集卷三六長壽縣太君李氏墓誌銘）。梅集編年卷二七有嘉祐二年詩哭王幾道職方三首。

〔二五〕「幾道」句：歐明道元年作與梅聖俞（書簡卷六）云：「幾道之『循』，有顔子之中庸。」

〔二六〕覃聖：深入聖域。

〔二七〕「入市」句：晉書衛玠傳：「總角乘羊車入市，見者皆以爲玉人，觀之者傾都。」

〔二八〕犀爲柄：麈尾以犀角爲柄。陸龜蒙村夜詩之一：「遇敵無蛇矛，逢談捉犀柄。」

〔二九〕蒲輪：指蒲草裹輪之車，多用以迎接高齡賢士。漢書武帝紀：「遣使者安車蒲輪，束帛加璧，徵魯申公。」顔師古注：「以蒲裹輪取其安也。」

〔三〇〕「余本」二句：歐在洛陽時放任自在，散漫不羈，友朋以「逸老」稱之。明道元年作與梅聖俞云：「前承以『逸』名之，自量素行少岸檢，直欲使當此稱。然伏内思，平日脱冠散髮，傲卧笑談，乃是交情已照外遺形骸而然爾。」

〔三一〕鴟夷：革囊。戰國策燕策二：「昔者五子胥説聽乎闔閭，故吴王遠迹至於郢。夫差弗是也，賜之鴟夷而浮之江。」

〔三二〕飲德：蒙受德澤。漢書游俠傳：「魯人皆以儒教，而朱家用俠聞，所臧活豪士以百數，其餘庸人不可勝言，然終不伐其能，飲其德。」孟康注：「有德於人而不自美也。」顔師古注：「飲，没也。謂不稱顯。」

〔三三〕襲馨：薰染香氣。喻受到好的影響。佩春蘭：喻志趣高潔。楚辭離騷：「紉秋蘭以爲佩。」

答楊闢喜雨長句㊀〔一〕

吾聞陰陽在天地，升降上下無時窮。環回不得不差失，所以歲時無常豐〔二〕。古之爲政知若此，均節收斂勤人功。三年必有一年食，九歲常備三歲凶㊁。縱令水旱或時遇㊂，以多補少能相通〔三〕。今者吏愚不善政，民亦遊惰離於農〔四〕。軍國賦斂急星火〔五〕。兼并奉養過王公。終年之耕幸一熟，聚而耗者多於蜂。是以比歲屢登稔㊃，然而民室常虚空。遂令一時暫不雨㊄，輒以困急號天翁㊅〔六〕。賴天閔民不責吏，甘澤流布何其濃㊆！農當勉力吏當愧，敢不酌酒澆神龍〔七〕！

【校記】

㊀闢：原校：一作「子静」。喜：原校：一作「祈」。㊁兩「歲」字：原校：一作「年」。㊂或：原校：一作「忽」。㊃屢：原校：一作「累」。㊄暫：原校：一作「遭」。㊅翁：原校：一作「公」。㊆澤：原校：一作「澍」。

【箋注】

〔一〕此詩原未繫年，置天聖、明道詩間。慶曆三年，歐作送楊闢秀才詩云：「吾奇曾生者，始得之太學。初謂獨軒然，百鳥而一鶚。既又得楊生，羣獸出麟角。」可知「得楊生」在識曾鞏之後。歐識曾鞏在慶曆元年鞏入太學時，慶曆二年（一〇四二）楊闢來京應試，歐當於此時識之而作此詩。康定元年，歐作原弊（本集卷九），强調以農爲本，應節用愛農，與本詩思想完全一致。

〔二〕「吾聞」四句：原弊：「夫陰陽在天地間，騰降而相推，不能無愆伏，如人身之有血氣，不能無疾病也。故善醫者不能使人無疾病，療之而已；善爲政者不能使歲無凶荒，備之而已。」

〔三〕「古之」六句：原弊：「堯、湯大聖，不能使無水旱，而能備之者也。古者豐年補救之術，三年耕必留一年之蓄，是凡三歲，期一歲以必災也。此古之善知天者也。」禮記王制：「三年耕必有一年之食，九年耕必有三年之食。」

〔四〕「民亦」句：原弊：「今坐華屋享美食而無事者，曰浮圖之民；仰衣食而養妻子者，曰兵戎之民……然民盡力乎南畝者，或不免乎狗彘之食，而一去爲僧、兵，則終身安佚而享豐腴，則南畝之民不得不日減也。」

〔五〕「軍國」句：原弊：「今不先制乎國用，而一切臨民而取之。故有支移之賦，有和糴之粟，有入中之粟，有和買之絹，有雜料之物，茶鹽山澤之利有榷有征。制而不足，則有司屢變其法，以爭毫末之利。」

〔六〕「終年」六句：原弊：「今乃不然，耕者不復督其力，用者不復計其出入，一歲之耕，供公僅足，而民食不過數月。甚者，埸功甫畢，簸糠麧而食秕稗，或採橡實、畜菜根以延冬春。夫糠覈橡實，孟子所謂狗彘之食也，而卒歲之民不免食之。不幸一水旱，則相枕爲餓殍。此甚可歎也！」

〔七〕酌酒澆神龍：言祭龍神祈雨。居士集卷一〇被牒行縣因書所見呈僚友：「土龍朝祀雨，田火夜驅蝗。」

嵩山十二首〔一〕

公路澗〔二〕

驅馬渡寒流，斷澗横荒堡〔三〕。槎危欲欹岸，花落多依草。擊汰翫游鯈，倒影看飛鳥。留連愛芳杜，漸下四峰照。

拜馬澗〔四〕

昔聞王子晉，把袂浮丘仙。金駿於此墮，吹笙不復還〔五〕。玉蹄無迹久，澗草但荒煙。

二室道〔六〕

二室對岧嶤〔七〕，羣峰聳嶒直〔八〕。雲隨高下起，路轉參差碧。春晚桂叢深，日下山煙白。芝英已可茹〔九〕，悠然想泉石〔一〇〕。

自峻極中院步登太室中峰〔一一〕

繫馬青松陰，躡屣蒼崖路。驚鳥動林花，空山荅人語。雲霞不可攬，直入冥冥霧。

玉女窗〔一二〕

玉女不可邀，蒼崖鬱岩直〔一三〕。石乳滴空竇，仰見泬寥碧〔一四〕。徙倚難久留，桂樹含春色。

玉女擣衣石〔一五〕

玉女擣仙衣，夜下青松嶺。山深風露寒，月杵遥相應〔一六〕。靈蹤杳可尋，片石秋光瑩。

天　門

石徑方盤紆，雙峰忽中斷。呀豁青冥間〔一七〕，畜泄煙雲亂。杉蘿試舉手，自可階天漢。

天門泉　舊號救命泉，惡其名鄙，因取美名，書爲續命泉，人書一字，立於泉側。

煙霞天門深，靈泉吐巖側。雲濕顥氣寒，石老林腴碧。長松暫休坐，一酌煩心滌。

天　池

高步登天池，靈源湛然吐〔一八〕。俯窺不可見，淵默神龍護。靜夜天籟寒㊀，宿客疑風雨。

三醉石　三醉石在八仙壇上，南臨巨崖，峰岫迤邐，蒼煙白雲，鬱鬱在下。物外之適，相與酣酌，坐石欹醉，似非人間。因索筆，目梅聖俞書三醉字於石上，而三人者又各題其姓名而刻之。

拂石登古壇，曠懷聊共醉。雲霞伴酣樂，忽在千峰外。坐久還自醒，日落松聲起。

峻極寺〔一九〕

路入石門見，蒼蒼深靄間。雲生石砌潤，木老天風寒。客來依返照，徙倚聽山蟬。

中　峰〔二〇〕

望望不可到，行行何屈盤。一逕林杪出，千巖雲下看。煙嵐半明滅，落照在峰端。

【校記】

〔一〕天：原校：一作「松」。

【箋注】

〔一〕如題下注，明道元年（一〇三二）作。胡譜是年載：「是春及秋，兩遊嵩嶽。」此爲春遊所作，同遊者梅堯臣、楊子聰。本集卷二書懷感事寄梅聖俞：「尋盡水與竹，忽去嵩峰巔……君吟倚樹立，我醉欹雲眠。子聰疑日近，謂若手可攀。」梅集編年卷二有同永叔子聰遊嵩山賦十二題。范文正公集卷二有和人遊嵩山十二題，爲唱和之作。嵩山，在河南府登封縣（今屬河南）北，又名嵩高山、中嶽。

〔二〕公路澗：范詩原注：「曹公與袁紹常爭據此地。」

〔三〕「驅馬」二句：梅詩：「我來袁公溪，斷岸猶殘壘。」

〔四〕拜馬澗：范詩原注：「子晉登仙，遺馬於此，鄉人見之皆拜。」

〔五〕「昔聞」四句：見居士集卷一四又寄許道人箋注〔二〕。

〔六〕二室道：太室、少室兩山間的道路。戴祚西征記：「嵩高山，東太室，西少室，相去七十里。」

〔七〕二室：范詩：「太室何森聳，少室欲飛動。」岧嶢：見居士集卷一一初至夷陵答蘇子美見寄箋注〔二〕。

〔八〕「羣峰」句：據河南通志卷七載，太室山在登封縣北五里，有二十四峰。少室山在登封縣西一十七里，有三十六峰。崷直，峻峭。

〔九〕 芝英：靈芝。司馬相如大人賦：「呼吸沆瀣兮餐朝霞，咀嚼芝英兮嘰瓊華。」

〔一〇〕 泉石：山水，指隱居。南史陶弘景傳：「有時獨遊泉石，望見者以爲仙人。」

〔一一〕 峻極中院：册府元龜卷五二崇釋氏載後晉高祖天福五年「立峻極院於嵩嶽」。謝絳遊嵩山寄梅殿丞書：「入登封，出北門……謁新治宮，拜真宗御容。稍即山麓，至峻極中院。」

〔一二〕 玉女窗：嵩高志：「玉女窗在太室，石洞幽潔，上通日月，朗然如窗。」

〔一三〕 峇直：高峻陡峭。

〔一四〕 泬寥：晴朗之天空。江淹學梁王兔園賦：「仰望泬寥兮數千尺。」

〔一五〕 玉女擣衣石：謝絳遊嵩山寄梅殿丞書：「窺玉女窗、擣衣石，石誠異，窗則亡有。」

〔一六〕 月杵：傳説月宮中搗藥之杵。亦借指月亮。王初送陳校勘入宿詩：「銀臺級級連青漢，桂子香濃月杵低。」

〔一七〕 呀豁：遼闊貌。高適東征賦：「眺淮源之呀豁，倚楚關之雄壯。」

〔一八〕 「高步」二句：梅堯臣天池：「安知最高頂，清淺水池開。」

〔一九〕 峻極寺：河南通志卷五〇：「峻極寺在登封縣城西，五代晉時創建。初名天成，天福間更賜今額。」

〔二〇〕 中峰：嵩高志：「太室中峰，即嵩頂，端正而中居，四面諸峰環擁。上有天池、玉井，下有石室。」

初秋普明寺竹林小飲餞梅聖俞分韻得亭皐木葉下五首〔一〕

臨水復欹石〔二〕，陶然同醉醒。山霞坐未斂，池月來亭亭。

洛城風日美，秋色滿蘅皋㊀〔三〕。誰同茂林下，掃葉酌松醪〔四〕。

野水竹間清，秋山酒中緑。送子此酣歌，淮南應落木。

勸客芙蓉杯，欲搴芙蓉葉。垂楊礙行舟，演漾回輕檝。

山水日已佳，登臨同上下。衰蘭尚可採，欲贈離居者。

【校記】

㊀蘅：卷後原校：一作「衡」。

【箋注】

〔一〕如題下注，明道元年（一〇三二）作。梅集編年卷二有明道元年作新秋普明院竹林小飲詩序：「余將北歸河陽，友人歐陽永叔與二三君具觴豆，選勝絶，欲極一日之歡以爲别。於是得普明精廬，釃酒竹林間，少長環席，去獻酬之禮，而上不失容，下不及亂，和然嘯歌，趣逸天外。酒既酣，永叔曰：『今日之樂，無愧於古昔，乘美景，遠塵俗，開口道心胸間，達則達矣，於文則未也。』命取紙寫普明佳句，置坐上，各探一句，字字爲韻，以誌兹會之美。咸曰：『永叔言是。不爾，後人將以我輩爲酒肉狂人乎！』頃刻，衆詩皆就，乃索大白，盡醉而去，明日第其篇請余爲叙云。」普明寺，見居士集卷一〇春晚同應之偶至普明寺小飲作箋注〔一〕。

〔二〕欹：通「倚」。斜靠。杜甫重題鄭氏東亭詩：「崩石欹山樹，清漣曳水衣。」

〔三〕蘅皋：文選曹植洛神賦：「爾迺税駕乎蘅皋，秣駟乎芝田。」劉良注：「蘅皋，香草之澤也。」

〔四〕松醪：松肪或松花所釀之酒。戎昱送張秀才之長沙詩：「松醪能醉客，慎勿滯湘潭。」

和謝學士泛伊川浩然無歸意因詠劉長卿佳句作欲留篇之什〔一〕

久不見南山，依然已秋色。悠哉川上行，復邀城中客。木落山半空，川明潦尤積〔二〕。

飛鳥鑑中看，行雲舟中白〔三〕。夷猶白蘋裏，笑傲清風側。極浦追所遠㊀〔四〕，回峰高易夕。觴詠共留連，高懷追昔賢〔五〕。惟應謝公興，不減向臨川〔六〕。

【校記】

㊀「所」下：天理本注「疑」字。

【箋注】

〔一〕如題下注，明道元年（一〇三二）作。謝學士，謝絳。絳嘗以祠部員外郎直集賢院，集賢院爲三館之一。夢溪筆談卷一：「今三館職事皆稱學士。」絳之原唱，今已不存。梅集編年卷二明道元年詩有和希深晚泛伊川。是年九月，歐與謝絳等往遊嵩山，返洛時泛舟伊川。謝絳遊嵩山寄梅殿丞書：「十七日宿彭婆鎮，遂緣伊流，陟香山，上上方，飲於八節灘上。」佳句指劉長卿詩龍門八詠。

〔二〕「木落」二句：劉長卿龍門八詠下山：「木落羣峰出，龍宫蒼翠間。」

〔三〕「飛鳥」二句：龍門八詠水西渡：「伊水摇鏡光，纖鱗如不隔。」

〔四〕極浦：楚辭九歌湘君：「望涔陽兮極浦，横大江兮揚靈。」王逸注：「極，遠也；浦，水涯也。」

〔五〕昔賢：指劉長卿等。

〔六〕「惟應」二句：謝公原指南朝宋謝靈運，嘗爲臨川内史，此借比謝絳。

戲書拜呈學士三丈〔一〕

淵明本嗜酒，一錢常不持。人邀輒就飲，酩酊籃輿歸〔二〕。歸來步三徑〔三〕，索寞繞東籬〔四〕。詠句把黃菊，望門逢白衣〔五〕。欣然復坐酌，獨醉卧斜暉。

【箋注】

〔一〕原未繫年，置明道元年與二年詩間，當即此二年間作。學士三丈，指謝絳。歐有與謝舍人二書（書簡卷七），均稱謝絳「三丈」。

〔二〕「淵明」二句：陶潛五柳先生傳：「性嗜酒，家貧不能常得，親舊知其如此，或置酒而招之。造飲輒盡，期在必醉；既醉而退，曾不吝情去留。」

〔三〕「歸來」句：陶潛歸去來兮辭：「三徑就荒，松菊猶存。」

〔四〕東籬：語出陶潛飲酒「採菊東籬下」。

〔五〕「詠句」二句：太平御覽卷三二引續晉陽秋：「陶潛九月九日無酒，宅邊東籬下菊叢中摘盈把，坐其側。未幾，望見白衣人至，乃王弘送酒也，即便就酌而後歸。」

和楊子聰答聖俞月夜見寄〔一〕

秋露藹已繁〔二〕，迢迢星漢回。皎潔庭際月，流光依井苔。有客愛涼景，幽軒爲君開。所思不可極，但慰清風來。

【箋注】

〔一〕原未繫年，當爲明道時作。

〔二〕藹：盛多貌。

謝人寄雙桂樹子〔一〕

有客賞芳叢，移根自幽谷。爲懷山中趣，愛此巖下緑。曉露秋暉浮，清陰藥欄曲。更待繁花白，邀君弄芳馥。

【箋注】

〔一〕據題下注，明道二年（一〇三三）作。梅集編年卷二明道元年詩有奉和永叔得辛判官伊陽所寄山桂數本封殖之後遂成雅韻以見貺，云「團團緑桂叢，本自幽巖得」，與本詩「有客賞芳叢，移根自幽谷」意合，所和應爲本詩。可知「謝人」之人即伊陽辛判官。然二詩繫年不一，梅作和詩反在前，姑存疑待考。

雨中獨酌二首〔一〕

老大世情薄，掩關外郊原。英英少年子，誰肯過我門？宿雲屯朝陰，暑雨清北軒。逍遥一罇酒，此意誰與論？酒味正薰烈㊀，吾心方浩然。鳴禽時一弄，如與古人言。

幽居草木深，蒙籠蔽窗户。鳥語知天陰〔二〕，蛙鳴識天雨〔三〕。亦復命罇酒，欣茲却煩暑。人情貴自適，獨樂非鐘鼓。出門何所之，閉門誰我顧？

【校記】

〔一〕列：卷後原校：一作「冽」。

【箋注】

〔一〕原未繫年，置明道二年（一〇三三）詩間，疑即彼時作。

〔二〕「鳥語」句：見居士集卷二班班林間鳩寄内詩箋注〔一〕。

〔三〕「蛙鳴」句：曾豐三山寺戲堂頭僧二首詩之二：「强聒蛙鳴雨，譸張鳥噪晴。」

庭前兩好樹〔一〕

庭前兩好樹，日夕欣相對。風霜歲苦晚，枝葉常葱翠。午眠背清陰，露坐蔭高蓋。東城桃李月，車馬傾闤闠〔二〕。而我不出門，依然伴憔悴。榮華不隨時，寂寞幸相慰。君子固有常，小人多變態。

【箋注】

〔一〕疑亦明道二年（一〇三三）作。

〔二〕闤闠：街市。文選左思魏都賦：「班列肆以兼羅，設闤闠以襟帶。」吕向注：「闤闠，市中巷繞市，如衣之襟帶然。」

緑竹堂獨飲〔一〕

夏篁解籜陰加樛〔二〕，卧齋公退無喧囂。清和況復值佳月，翠樹好鳥鳴咬咬〔三〕。芳罇有酒美可酌，胡爲欲飲先長謡？人生暫别客秦楚，尚欲泣淚相攀邀；況兹一訣乃永已，獨使幽夢恨蓬蒿。憶予驅馬别家去，去時柳陌東風高〔四〕。楚鄉留滯一千里，歸來落盡李與桃〔五〕。殘花不共一日看，東風送哭聲嗷嗷。洛池不見青春色，白楊但有風蕭蕭〔六〕。姚黄魏紫開次第，不覺成恨俱零凋。榴花最晚今又拆〔七〕，紅緑點綴如裙腰。年芳轉新物轉好，逝者日與生期遥。予生本是少年氣，瑳磨牙角爭雄豪。馬遷班固洎歆向〔八〕，下筆點竄皆嘲嘈。客來共坐説今古，紛紛落盡玉塵毛〔九〕。彎弓或擬射石虎〔一〇〕，又欲醉斬荆江蛟〔一一〕。自言剛氣貯心腹，何爾柔軟爲脂膏？吾聞莊生善齊物，平日吐論奇牙聱。憂從中來不自遣，强叩瓦缶何譊譊〔一二〕。伊人達者尚乃爾，情之所鍾況吾曹！愁填胸中若山積，雖欲强飲如沃焦〔一三〕。乃判自古英壯氣㊀，不有此恨如何消？又聞浮屠説生死，滅没謂若夢幻泡〔一四〕。前有萬古後萬世，其中一世獨蚼蟧〔一五〕。安得獨洒一榻淚，欲助河水增滔滔〔一六〕。古來此事無可奈，不如飲此罇中醪。

【校記】

㊀「判」下：原注「疑」字。

【箋注】

〔一〕　如題下注，明道二年（一〇三三）作。胡譜載是年「三月，還洛，夫人胥氏卒，時生子未逾月」。此爲四月所作悼亡詩。詩云「清和況復值佳日」，清和爲農曆四月別稱。

〔二〕　解籜：謂竹筍脱殼。鮑照詠采桑詩：「早蒲時結陰，晚篁初解籜。」　樛：竹木下垂。詩周南樛木：「南有樛木，葛藟纍之。」鄭玄箋：「木下曲曰樛。」

〔三〕　咬咬：文選禰衡鸚鵡賦：「采采麗容，咬咬好音。」李善注引韻略：「咬咬，鳥鳴也。音交。」

〔四〕　「憶予」二句：胡譜明道二年：「正月，以吏事如京師，因省叔父於漢東。」

〔五〕　「歸來」二句：謂在隨州耽擱，返家時胥夫人已去世。楚鄉，隨州古屬楚地，故稱。

〔六〕　「白楊」句：古詩十九首驅車上東門：「白楊何蕭蕭。」去者日以疏：「白楊多悲風，蕭蕭愁殺人。」

〔七〕　拆：綻開。李紳杜鵑樓詩：「杜鵑如火千房拆，丹檻低看晚景中。」

〔八〕　馬遷：司馬遷。歆、向：劉歆、劉向，皆爲西漢著名經學家、目録學家。

〔九〕　「客來」二句：世説新語文學：「孫安國往殷中軍許共論，往反精苦，客主無間。左右進食，冷而復暖者數四。彼我奮擲麈尾，悉脱落滿餐飯中，賓主遂至莫忘食。」

〔一〇〕　「彎弓」句：史記李將軍列傳：「廣出獵，見草中石，以爲虎，射之，中石没鏃。」

〔一一〕　醉斬荆江蛟：晉周處斬義興水中蛟，事見世説新語自新。義興（今江蘇宜興）古屬楚地，故稱荆江。

〔一二〕　「吾聞」四句：莊子至樂：「莊子妻死，惠子吊之，莊子方箕踞鼓盆而歌。」成玄英疏：「盆，瓦缶也。莊子知生死之不二，達哀樂之爲一，是以妻亡不哭，鼓盆而歌。」

〔一三〕　沃焦：史記田敬仲完世家：「且救趙之務，宜若奉漏甕沃焦釜也。」又，文選郭璞江賦：「出信陽而長邁，淙大壑與沃焦。」李善注引玄中記：「天下之大者，東海之沃焦焉，水灌之而不已。沃焦，山名也，在東海南方三萬里。」

〔一四〕　「又聞」二句：金剛般若波羅蜜經應化非真分：「一切有爲法，如夢、幻、泡、影，如露，亦如電，應作如是觀。」

〔一五〕　蚼蟧：蟪蛄，蟬之一種。莊子逍遥遊：「蟪蛄不知春秋。」

〔一六〕　「安得」二句：太平御覽卷四八八引孔叢子：「費子陽謂子思曰：『吾念周室將滅，涕泣不可禁也。』子思曰：『然今以一人之身憂世之不治，而涕泣不禁，是憂河水濁而以泣清之也。』」

暇日雨後緑竹堂獨居兼簡府中諸僚〔一〕

新晴竹林茂，日夕愛此君。佳禽哢翠樹，若與幽人親。掃徑緑苔靜，引流清派分。開軒見遠岫，欹枕送歸雲。桐槿漸秋意，琴觴懷友文。浩然滄州思〔二〕，日厭京洛塵〔三〕。車騎方開府，梁王多上賓〔四〕。平時罷飛檄，行樂喜從軍。騎省悼亡後〔五〕，漳濱多病身〔六〕。南窗若可傲〔七〕，方事陶潛巾。

【箋注】

〔一〕原未繫年，當爲明道二年（一〇三三）作。題云「獨居」，詩云「騎省悼亡後」，知作於胥夫人卒後。又云「桐槿漸秋意」，知爲初秋時作。

〔二〕滄州：濱水之地。常用以稱隱士居處。阮籍爲鄭冲勸晉王箋：「然後臨滄州而謝支伯，登箕山以揖許由。」

〔三〕京洛塵：喻功名利禄等塵俗之事。司空圖下方詩：「三十年來往，中間京洛塵。」

〔四〕「車騎」二句：長編卷一一二明道二年四月：「癸丑，以景靈宫使、泰寧節度使、同平章事錢惟演判河南府。」按：錢惟演於天聖九年正月判河南府（長編卷一一〇），後改泰寧軍節度使，此爲復判河南府，故云「方開府」。梁王，指漢梁孝王劉武。武喜賓客，招延方士，鄒陽、枚乘等均至麾下，梁之文學，一時稱盛。此以梁王借指錢惟演。

〔五〕「騎省」句：騎省指潘岳。語本其所作秋興賦序：「寓直于散騎之省。」錢起閑居酬張起居見贈：「向夕野人思，難忘騎省文。」潘岳於愛妻楊氏卒後作悼亡詩、悼亡賦，寄托哀思。

〔六〕漳濱：漳水邊。劉楨贈五官中郎將詩之二：「余嬰沉痼疾，竄身清漳濱。」後因用爲卧病之典實。

〔七〕「南窗」句：陶潛歸去來兮辭：「倚南窗以寄傲，審容膝之易安。」

江上彈琴〔一〕

江水深無聲，江雲夜不明。抱琴舟上彈，棲鳥林中驚。游魚爲跳躍，山風助清泠。境寂聽愈真，弦舒心已平。用茲有道器〔二〕，寄此無景情。經緯文章合，諧和雌雄鳴㊀。颯颯驟風雨，隆隆隱雷霆。無射變凜冽，黃鍾催發生〔三〕。詠歌文王雅〔四〕，怨刺離騷經。二典意澹薄〔五〕，三盤語丁寧〔六〕。琴聲雖可狀，琴意誰可聽？

【校記】

㊀諧：原校：一作「調」。

【箋注】

〔一〕原未繫年，作年不詳。

〔二〕有道器：才藝之器，指琴。

〔三〕「無射」二句：寫琴聲之變化。無射、黃鍾皆爲古樂律十二月律之一。史記律書：「十一月也，律中黃鍾。黃鍾者，陽氣踵黃泉而出也。其於十二子爲子。子者，滋也；滋者，言萬物滋於下也……九月也，律中無射。無射者，陰氣盛用事，陽氣無餘也。」

〔四〕文王雅：指詩大雅文王。毛序：「文王受命作周也。」鄭箋：「受天命而王天下，制立周邦。」

〔五〕二典：尚書序：「少昊、顓頊、高辛、唐、虞之書，謂五典。」孔穎達疏：「今堯典、舜典，是二帝二典。」

〔六〕 三盤：尚書今古文注疏卷三〇書序：「盤庚五遷，將治亳、殷，民咨胥怨，作盤庚三篇。」

送白秀才西歸〔一〕

白子來自西，投我文與書。升階揖讓席，言氣温且舒。萬轍走聲利，獨趨仁義塗。仁義荒已久，斤鋤費耕除。吾常患力寡，欣子好古徒。終當竭其力，剗治爲通衢。旗旄侍天子，安駕五輅車〔二〕。盡驅天子民㊀，垂白歌其隅〔三〕。子其從我游，有志知何如？

【校記】

㊀「子」下：原注「疑」字。

【箋注】

〔一〕 原未繫年，置明道二年（一〇三三）詩間，疑即彼時作。白秀才名字、事迹無考。

〔二〕 五輅車：帝王所乘五種車子。五輅，亦作「五路」。文選潘岳藉田賦：「五輅鳴鑾，九旗揚旆。」李善注：「周禮曰：王之五路，一曰玉路，二曰金路，三曰象路，四曰革路，五曰木路。」

〔三〕 垂白：謂年老。漢書杜業傳：「誠哀老姊垂白，隨無狀子出關。」顔師古注：「垂白者，言白髮下垂也。」

鞏縣初見黄河〔一〕

河決三門合四水〔二〕，逕流萬里東輸海。鞏洛之山夾而峙，河來齧山作沙觜〔三〕。山形迤邐若奔避，河益洶洶怒而詈。舟師弭檝不以帆，頃刻奔過不及視。舞波淵旋投沙渚，聚沫倏忽爲平地。下窺莫測濁且深，癡龍怪魚肆憑恃。我生居南不識河，但見禹貢書之記。其言河狀鉅且猛，驗河質書信皆是。昔者帝堯與帝舜，有子朱商不堪嗣〔四〕。皇天意欲開禹聖，以水病堯民以潰。堯愁下人瘦若腊，衆臣薦鯀帝曰試。試之九載功不效，遂殛羽山慚而斃〔五〕。禹羞父罪哀且勤，天始以書畀於姒〔六〕。書曰五行水潤下〔七〕，禹得其術因而治。鑿山疏流浚畎澮，分擘枝派有條理。萬邦入貢九州宅，生人始免生鱗尾㊀〔八〕。功深德大夏以家，施及三代蒙其利。江海淮濟洎漢沔，豈不浩渺汪而大？收波卷怒畏威德，萬古不敢肆凶厲。惟兹濁流不可律，歷自秦漢尤爲害。崩堅決壅勢益横，斜跳旁出惟其意。制之以力不以德，驅民就溺財隨弊。蓋聞河源出崑崙，其山上高大無際。自高瀉下若激箭，一直一曲一千里〔九〕。湍雄衝急乃迸溢，其勢不得不然爾。前歲河怒驚滑民，浸漱洋洋淫不止㊁。滑人奔走若鋒駭，河伯視之以爲戲。呀呀怒口缺若門，日啖薪石萬萬計〔一〇〕。明堂天子聖且神，悼河不仁嗟曰喟。河伯素頑不可令，至誠一感惶且畏。引流辟易趨故道〔一一〕，閉口不敢煩官吏。遵塗率職直東下，咫尺莫可離其次。爾來歲星行一周，民牛飽芻邦羨費〔一二〕。滑人居河飲河流，耕河之壖浸河漬〔一三〕。嗟河改凶作民福，嗚呼明堂聖天子！

【校記】

㈠生人：卷後原校：一作「人生」。　㈡淫：原校：一作「注」。

【箋注】

〔一〕如題下注，明道二年（一〇三三）作。胡譜是年載：「九月，莊獻劉后、莊懿李后祔葬定陵，公至鞏縣陪祭。」按：長編卷一一三載二后祔葬永定陵在十月丁酉，與宋史仁宗紀同，當以十月爲是。鞏縣（今屬河南）北靠黄河，歐至此而有是作。

〔二〕三門：史記河渠水：「故道河自積石歷龍門，南到華陰，東下砥柱。」張守節正義：「底柱山俗名三門山，在峽石縣東北五十里，在河之中也。」四水：史記夏本紀「伊、雒、瀍、澗既入於河」孔安國注：「伊出陸渾山，洛出上洛山，澗出澠池山，瀍出河南北山，四水合流而入河。」

〔三〕沙觜：亦作「沙嘴」。一端連陸地、一端突出水中的帶狀沙灘。宋史河渠志七：「自春徂夏不雨，令官吏發卒開淘沙觜及濬港汊。」

〔四〕「昔者」二句：史記五帝本紀：「堯曰：『誰可順此事？』放齊曰：『嗣子丹朱開明。』堯曰：『吁，頑凶，不用。』……舜子商均亦不肖，舜乃豫薦禹於天。」

〔五〕「皇天」六句：史記夏本紀：「當帝堯之時，鴻水滔天，浩浩懷山襄陵，下民其憂。堯求能治水者，羣臣四嶽皆曰鯀可。堯曰：『鯀爲人負命毀族，不可。』四嶽曰：『等之未有賢於鯀者，願帝試之。』於是堯聽四嶽，用鯀治水。九年而水不息，功用不成。於是帝堯乃求人，更得舜。舜登用，攝行天子之政，巡狩。行視鯀之治水無狀，乃殛鯀於羽山以死。天下皆以舜之誅爲是。於是舜舉鯀子禹，而使續鯀之業。」

〔六〕「禹羞」二句：書洪範：「箕子乃言曰：『我聞在昔，鯀陻洪水，汩陳其五行。帝乃震怒，不畀洪範九疇，彝倫攸斁。鯀則殛死，禹乃嗣興，天乃錫禹洪範九疇，彝倫攸叙。』」姒，姓也。史記夏本紀：「禹爲姒姓。」

〔七〕「書曰」句：書洪範：「五行：一曰水，二曰火，三曰木，四曰金，五曰土。水曰潤下。」

〔八〕「鑿山」四句：史記五帝本紀：「唯禹之功爲大，披九山，通九澤，決九河，定九州，各以其職來貢，不失厥宜。

方五千里，至於荒服。」

〔九〕「蓋聞」四句：爾雅釋水：「河出崑崙虛，色白。所渠並千七百，一川色黃。百里一小曲，千里一曲一直。」

〔一〇〕「前歲」六句：宋史河渠志一：「仁宗天聖元年，以滑州決河未塞，詔募京東、河北、陝西、淮南民輸薪芻，調兵伐瀕河榆柳，賙溺死之家。二年，遣使詣滑、衛行視河勢。五年，發丁夫三萬八千，卒二萬一千，緡錢五十萬，塞決河，轉運使五日一奏河事。」前歲，前幾年。若鋒駭，如駭鋒刃。

〔一一〕辟易：退避。史記項羽本紀：「是時，赤泉侯爲騎將，追項王，項王瞋目而叱之，赤泉侯人馬俱驚，辟易數里。」

〔一二〕羨費：盈餘之費。詩小雅十月之交：「四方有羨。」毛傳：「羨，餘也。」

〔一三〕壖：邊緣餘地。史記河渠書：「五千頃故盡河壖棄地，民茭牧其中耳。」裴駰集解引韋昭曰：「謂緣河邊地也。」

代書寄尹十一兄楊十六王三〔一〕

並轡登北原，分首昭陵道〔二〕。秋風吹行衣，落日下霜草。昔日憩鞏縣，信馬行苦早。行行過任村，遂歷黃河隩。登高望河流，洶洶若怒鬧。予生平居南，但聞河浩渺。停鞍暫遊目，茫洋肆驚眺。並河行數曲，山坡亦縈繞。罌子與山口，呀險乃天竈。秤鈎真如鈎，上下欲顛倒〔三〕。虎牢吏當關〔四〕，譏問名已告〔五〕。滎陽夜聞雨〔六〕，故人留我笑。明朝已高塵，輤車引旌纛〔七〕。傳云送主喪〔八〕，窀穸詣墳兆〔九〕。後乘皆輜軿〔一〇〕，輪轂相輝照。辟易未及避，廬兒已呵嗷〔一一〕。午出鄭東門，下馬僕射廟〔一二〕。中牟去鄭遠，記里十餘堠〔一三〕。抵牟日已暮，僕馬困米稿〔一四〕。漸望閶闔門〔一五〕，崛若中天表。趨門爭道入，羈鞅不及掉〔一六〕。浪墥遊九衢〔一七〕，風埃嘆何浩！京師天下聚，奔走紛擾擾。但聞街鼓喧〔一八〕，忽忽夜復曉。追懷洛中俊，已動思歸操〔一九〕。爲別未期月，音塵一何杳。因書寫行役，聊以爲君導。

【箋注】

〔一〕原未繫年，當爲明道二年（一〇三三）作。是年十月，歐至鞏縣陪祭後赴京師，本詩記述此行之經過。尹十一兄、楊十六、王三分别爲尹源（尹洙兄。洙排行十二）、楊子聰、王復。

〔二〕昭陵：宋仁宗陵，亦稱永昭陵。

〔三〕「並河」六句：寫黄河沿岸曲折險峻之山勢。罌子，與秤鉤皆爲山谷名，在鞏縣境内。大清一統志卷一六二河南府：「罌子谷在鞏縣東二十里，接開封府汜水縣界。」天竈，吴子治兵謂爲「大谷之口」。

〔四〕虎牢：虎牢關。輿地廣記卷九：「汜水縣本東虢國，鄭滅之，爲制邑，所謂『制，巖邑』，即此。有故虎牢城。周穆王獵於鄭圃，獲虎，命畜之，因名曰虎牢。」

〔五〕譏問：稽查盤問。禮記王制：「市廛而不税，關譏而不征。」鄭玄注：「譏異物，識異言。」孔穎達疏：「譏謂呵察。公家但呵察非違，不税行人之物。」

〔六〕滎陽：屬鄭州。與後文中鄭（即州治鄭州）及中牟（屬開封府），均在返回開封之途中。

〔七〕輤車：柩車。孫樵祭高諫議文：「輤車其東，歸骨洛川。」

〔八〕「傳云」句：漢書東方朔傳：「午（陳午）死，主（館陶公主）寡居。」長編卷一一二載明道二年七月「戊寅，楚國大長公主卒」。主，公主之簡稱。

〔九〕窀穸：埋葬。左傳襄公十三年：「若以大夫之靈，獲保首領以殁於地，惟是春秋窀穸之事，所以從先君於禰廟者，請爲『靈』若『厲』，大夫擇焉。」杜預注：「窀，厚也；穸，夜也。厚夜猶長夜。春秋謂祭祀，長夜謂葬埋。」

〔一〇〕輜軿：輜車與軿車之並稱，後泛指有屏蔽之車。漢書張敞傳：「禮，君母出門則乘輜軿。」顏師古注：「輜軿，衣車也。」

〔一一〕廬兒：漢書鮑宣傳：「蒼頭廬兒，皆用致富。」顏師古注引孟康曰：「漢名奴爲蒼頭。諸給殿中者所居爲廬，蒼頭侍從，因呼爲廬兒。」呵嗷：高聲呼叫。

〔一二〕僕射廟：曲洧舊聞卷四：「鄭州東僕射陂，蓋後魏孝文遷洛時賜僕射李沖之陂也。後人立祠，遠近皆呼爲僕射廟。章聖皇帝西祀過之，遣官致祭，有祭文，刻石在焉。近世遂傳爲李衛公僕射廟。」

〔一三〕堠：古時記里程或分界之土壇，每五里築單堠，十里築雙堠。韓愈路傍堠：「堆堆路傍堠，一雙復一隻。」

〔一四〕稿：禾稈。用作飼料。

〔一五〕閶闔：楚辭離騷：「吾令帝閽開關兮，倚閶闔而望予。」王逸注：「閶闔，天門也。」此指宫門。

〔一六〕「羈鞅」句：以駕車難以從容言入城之擁擠。掉鞅，本謂入敵營挑戰時，下車整理套馬上之皮帶，以示御術高超，從容有餘。語出左傳宣公十二年：「吾聞致師者，左射以菆，代御執轡，御下兩馬，掉鞅而還。」杜預注：「掉，正也；示閑暇。」

〔一七〕浪墥：漫步，墥同「疃」。

〔一八〕街鼓：更鼓。劉肅大唐新語厘革：「舊制，京城内金吾曉暝傳呼，以戒行者。馬周獻封章，始置街鼓，俗號鼕鼕，公私便焉。」

〔一九〕思歸操：鄭樵通志卷四九「思歸引亦曰離拘操」下云：「舊説衛賢女之所作也。邵王聞其賢而聘之，未至而王死，太子留之，不聽，拘於深宫，思歸不得，援琴而歌，曲終乃縊。」

別聖俞〔一〕

車馬古城隅，喧喧分曉色。行人念歸塗，居者徒慘惻。薄宦共羈旅〔二〕，論交喜金石。

薦以朋酒歡，寧知歲月適。人事坐云變，出處俄乖隔。關山自兹始，揮袂舉輕策。歲暮寒雲多，野曠陰風積。征蹄踐嚴霜，别酒臨長陌。應念同時人，獨爲未歸客。

【箋注】

〔一〕原未繫年，當爲明道二年（一〇三三）作。梅堯臣赴汴京應試，與歐相别，在是年臘月，故詩云「歲暮寒雲多」。本集卷二書懷感事寄梅聖俞亦云：「臘月相公去，君隨赴春官。」梅集編年卷三云：「明道二年……九月，錢惟演奉命還隨州本鎮，十二月離洛陽。堯臣不久亦赴汴京應試。」

〔二〕薄宦：陶潛尚長禽慶贊：「尚子昔薄宦，妻孥共早晚。」逯欽立注：「薄宦，作下吏。」

送劉秀才歸河内〔一〕

落日古京門，車馬動行色。河上多悲風，山陽有歸客〔二〕。朽篋蠹蟲篆，遺文摹鳥迹〔三〕。言干有司知，豈顧時人誠？山陂歲始寒，霰雪密已積。還家寧久留，方言事征軛〔四〕。

【箋注】

〔一〕原未繫年，當爲明道二年（一〇三三）作。是年，梅堯臣有劉秀才歸河内詩（梅集編年卷三）。河内屬懷州（今河南沁陽），在太行山南，故梅詩云「君家太行下」。劉秀才名字、事迹無考。

〔二〕山陽：此似指太行山之南。

〔三〕「朽篋」二句：見劉秀才頗喜篆體。鳥迹，指鳥篆，即篆體古文字，以其形似鳥之爪迹，故稱。蔡邕隸勢：「鳥迹之變，乃惟佐隸。蠲彼繁文，崇此簡易。」

〔四〕征軝：遠行之車。軝，代車。文選潘岳藉田賦：「纖牿服于縹軝兮，紺轅綴於黛耜。」李善注：「鄭玄周禮注曰：『轅端壓牛領曰軝。』」

外集卷二

古詩二

數詩〔一〕

一室曾何掃〔二〕，居閑俗慮平。二毛經節變〔三〕，青鑑不須驚。三復磨圭戒，深防悔吝生〔四〕。四愁寧敢擬〔五〕，高詠且陶情。五鼎期君禄，無思死必烹〔六〕。六奇還自秘〔七〕，海寓正休兵。七日南山霧，彪文幸有成〔八〕。八門當鼓翼〔九〕，凌厲指霄程。九德方居位〔一〇〕，皇猷日月明〔一一〕。十朋如可問，從此卜嘉亨〔一二〕。

【箋注】

〔一〕本卷詩注：「自西京至夷陵作。起明道□年，盡景祐四年。」本詩原未繫年，列卷首，當爲明道年間作。

〔二〕「一室」句：後漢書陳蕃傳：「蕃曰：『大丈夫處世，當掃除天下，安事一室乎？』」

〔三〕二毛：左傳僖公二十二年：「君子不重傷，不禽二毛。」杜預注：「二毛，頭白有二色。」

〔四〕「三復」二句：論語先進：「南容三復白圭，孔子以其兄之子妻之。」何晏集解引孔安國曰：「詩云：『白圭之玷，尚可磨也；斯言之玷，不可爲也。』南容讀詩至此，三反覆之，是其心慎言也。」

〔五〕四愁：「四愁詩」之省稱。吴兢樂府古題要解四愁七哀：「四愁，漢張衡所作，傷時之文也。」

〔六〕「五鼎」二句：史記平津侯主父列傳：「且丈夫生不五鼎食，死即五鼎烹耳。」

〔七〕六奇：史記太史公自序：「六奇既用，諸侯賓從於漢。」此指陳平爲劉邦六次出奇謀。史記陳丞相世家：「凡六出奇計，輒益邑，凡六益封。奇計或頗密，世莫能聞也。」

〔八〕「七日」二句：劉向列女傳陶答子妻：「妾聞南山有玄豹，霧雨七日而不下食者，何也？欲以澤其毛而成文章也。故藏而遠害。」

〔九〕八門：術數家語，謂休、生、傷、杜、死、景、驚、開爲八門。

〔一〇〕九德：説法不一。書皋陶謨：「皋陶曰：『都，亦行有九德，亦言其人有德，乃言曰：載采采。』禹曰：『何？』皋陶曰：『寬而栗，柔而立，愿而恭，亂而敬，擾而毅，直而温，簡而廉，剛而塞，彊而義，彰厥有常，吉哉！』」左傳昭公二十八年：「心能制義曰度，德正應和曰莫，照臨四方曰明，勤施無私曰類，教誨不倦曰長，賞慶刑威曰君，慈和遍服曰順，擇善而從之曰比，經緯天地曰文。九德不愆，作事無悔。」逸周書常訓：「九德：忠、信、敬、剛、柔、和、固、貞、順。」

〔一一〕皇猷：帝王之教化。北史牛弘傳：「今皇猷遐闡，化覃海外。」

〔一二〕「十朋」二句：易損：「十朋之龜，弗克違。」王弼注：「朋，黨也。龜者，決疑之物也。」孔穎達疏：「朋、黨也者，馬、鄭皆案爾雅云：十朋之龜者，一曰神龜，二曰靈龜，三曰攝龜，四曰寶龜，五曰文龜，六曰筮龜，七曰山龜，八曰澤龜，九曰水龜，十曰火龜。」易乾：「亨者，嘉之會也。」孔穎達疏：「言天能通暢萬物，使物嘉美之會聚。」

答錢寺丞憶伊川〔一〕

之子問伊川〔二〕，伊川已春色。緑芷雜芳浦，青溪含白石。山阿昔留賞，屐齒無遺迹〔三〕。惟有巖桂花，留芳待歸客。

【箋注】

〔一〕原未繫年，當爲景祐元年（一〇三四）作。錢寺丞，暄，字載陽，錢惟演之子，生平附宋史錢惟演傳後。梅集編年卷二明道元年詩有依韻和載陽登廣福寺閣、依韻和載陽郊外。明道二年，錢惟演離洛陽赴隨州本鎮，載陽隨行。翌年，歐作此詩答錢暄。

〔二〕之子：指錢暄。

〔三〕「山阿」二句：謂昔日之遊今已不再。屐齒，指登山事，典出謝靈運。宋書本傳載靈運好山水，嘗著大屐，上山則去前齒，下山則去後齒。

書懷感事寄梅聖俞〔一〕

相别始一歲，幽憂有百端〔二〕。乃知一世中，少樂多悲患。平聲每憶少年日，未知人事艱。顛狂無所閡〔三〕，落魄去羈牽。三月入洛陽，春深花未殘。龍門翠鬱鬱，伊水清潺潺。逢君伊水畔，一見已開顔。不暇謁大尹〔四〕，相携步香山。自兹愜所適，便若投山猿。幕府足文士，相公方好賢。希深好風骨，迥出風塵間〔五〕。師魯心磊落，高談羲與軒。子漸口若訥，誦書坐千言〔六〕。彦國善飲酒〔七〕，百盞顔未丹。幾道事閑遠，風流如謝安〔八〕。子聰作參軍，常跨破虎韉〔九〕。子野乃秃翁〔一〇〕，戲弄時脱冠。次公才曠奇，王霸馳筆端〔一一〕。聖俞善吟哦，共嘲爲閬仙〔一二〕。惟予號達老〔一三〕，醉必如張顛〔一四〕。洛陽古郡邑，萬户美風煙。荒涼見宫闕，表裏壯河山。相將日無事，上馬若鴻翩〔一五〕。出門盡垂柳，信步即名園。嫩籜筠粉暗，渌池萍錦翻。殘花落酒面，飛絮拂歸鞍。尋盡水與竹，忽去嵩峰巔。青蒼緣萬仞，杳藹望三川。花草窺澗竇，崎嶇尋石泉。君吟倚樹立，我醉欹雲眠。子聰疑日近，謂若手可攀。共題三醉石，留在八仙壇〔一六〕。水雲心已倦，歸坐正杯盤。飛瓊始十八〔一七〕，妖妙猶雙環㊀〔一八〕。寒篁暖鳳觜〔一九〕，銀甲調雁弦〔二〇〕。自製白雲曲〔二一〕，始送黄金船〔二二〕。珠簾捲明月〔二三〕，夜氣如春煙。燈花弄粉色，酒紅生臉蓮。東堂榴花好，點綴裙腰鮮。插花雲髻上，展簟緑陰前。樂事不可極，酣歌變爲歎。平聲詔書走東下，丞相忽南遷〔二四〕。送之伊水頭，相顧淚潸潸。臘月相公去，君隨赴春官〔二五〕。送君白馬寺〔二六〕，獨入東上門〔二七〕。故府誰同在，新年獨未還。當時作此語，聞者已依然。

【校記】

㈡「環」下：原注「疑」字。衡本云「當作『鬟』」。

【箋注】

〔一〕如題下注，景祐元年（一〇三四）作。梅堯臣明道二年離開洛陽，本詩起句謂「相別始一歲」，知爲翌年作。

〔二〕「幽憂」句：指洛陽交游天各一方及甚爲關照幕府文士的錢惟演病逝隨州等。

〔三〕閟：藏、塞。漢書律曆志上：「應鐘，言陰氣應亡射，該臧萬物而雜陽閡種也。」顔師古注引孟康曰：「閡，臧塞也。」

〔四〕大尹：錢惟演，時以平章事判河南府兼西京留守，故後文又稱其「相公」。

〔五〕「希深」二句：居士集卷二六尚書兵部員外郎知制誥謝公墓誌銘：「三代已來，文章盛者稱西漢，公於制誥，尤得其體，世所謂常、楊、元、白，不足多也。」宋史本傳謂謝絳「以文學知名一時」。

〔六〕「師魯」四句：居士集卷三一太常博士尹君墓誌銘：「師魯好辯，果於有爲。子漸爲人剛簡，不矜飾，能自晦藏，與人居，久而莫知，至其一有所發，則人必驚服。」羲，伏羲氏。軒，軒轅氏。

〔七〕彦國：富弼字彦國，官至宰相。宋史有傳。弼時爲簽書河陽判官。

〔八〕「幾道」二句：王復字幾道。見本集卷一七交七首王秀才。

〔九〕「子聰」二句：楊子聰，時爲河南府户曹參軍。見七交七首楊户曹。韀，馬鞍下的墊子。

〔一〇〕子野：張先字子野，時爲河南府法曹參軍。見居士集卷二七張子野墓誌銘。

〔一一〕「次公」二句：孫長卿字次公，時通判河南府。宋史本傳稱其「長於政事，爲能臣」。

〔一二〕閬仙：賈島字閬仙，苦吟詩人。新唐書有傳。

〔一三〕「惟予」句：明道元年，歐有與梅聖俞（書簡卷六）云：「前承以『逸』名之，自量素行少岸檢，直欲使當此稱。然伏内思平日脱冠散髮，傲卧笑談，乃是交情已照外遺形骸而然爾。諸君便以輕逸待我，故不能無言。今若以才辯不窘爲『逸』，又不足以當之也……必欲不遺『達』字，敢不聞命？然宜盡焚往來問答之簡，使後之人以諸君自以『達』名我，而非苦求而得也。」

〔一四〕張顛：唐書法家張旭，善草書，與懷素有「顛張狂素」之稱。事迹見新唐書文藝傳。

〔一五〕若鴻翩：曹植洛神賦：「翩若驚鴻。」

〔一六〕「尋盡」十二句：叙明道元年春與梅堯臣、楊子聰同游嵩山之情景。見嵩山十二首及箋注。三川，伊水、洛水、黄河，指洛陽地區。

〔一七〕飛瓊：仙女名。漢武帝内傳：「王母乃命諸侍女……許飛瓊鼓震靈之簧。」此借指官妓。

〔一八〕雙環：當作「雙鬟」。爲古代年輕女子的兩個環形髮髻。白居易續古詩之五：「窈窕雙鬟女，容德俱如玉。」

〔一九〕「寒篁」句：謂吹奏管樂。篁，竹管樂器。文心雕龍樂府：「志感絲篁，氣變金石。」

〔二〇〕「銀甲」句：謂彈奏弦樂。銀甲，用以彈奏的銀製指套。杜甫陪鄭廣文游何將軍山林詩之五：「銀甲彈箏用，金魚换酒來。」

〔二一〕白雲曲：即白雲謡。穆天子傳卷三：「西王母爲天子謡曰：『白雲在天，山陵自出。道里悠遠，山川間之。將子無死，尚能復來。』」

〔二二〕黄金船：亦稱「金船」，酒杯名。庾信北園新齋成應趙王教「金船代酒巵」注引海録碎事：「金船，酒器中大者呼爲船。」

〔二三〕「珠簾」句：王嘉拾遺記卷三：「越謀滅吴……有美女二人，一名夷光，一名修明，以貢於吴。吴處以椒華之房，貫細珠爲簾幌，朝下以蔽景，夕捲以待月。」

〔二四〕「詔書」二句：判河南府錢惟演落平章事，赴本鎮隨州，在明道二年九月。見長編卷一一三。

〔二五〕赴春官：赴禮部試。春官，見於周禮。唐時嘗改禮部爲春官，因以借指禮部。

〔二六〕白馬寺：明一統志卷二九河南府：「白馬寺在府城東。漢明帝時，摩騰、竺法蘭始自西域以白馬馱經來，初止鴻臚寺，遂取寺爲名，創白馬寺，即僧寺之始也。」

〔二七〕東上門：即上東門。文選阮籍詠懷「步出上東門」注引河南郡圖經云，洛陽「東有三門，最北頭曰上東門。」

雜言答聖俞見寄兼簡東京諸友〔一〕

昔君居洛陽，樂事無時有。竇府富文章〔二〕，謝墅從親友〔三〕。豐年政頗簡，命駕時爲偶。不問竹林主，仍携步兵酒〔四〕。芬芳弄嘉月㈠，翠緑相森茂。

【校記】

㈠芳：原校：作「菲」。

【箋注】

〔一〕原未繫年，當爲景祐元年（一〇三四）作。明道二年十二月，梅堯臣赴京應試，抵京後，有憶洛中舊居寄永叔兼簡師魯彦國（梅集編年卷三）。歐作此詩答之，已是次年。

〔二〕竇府：指丞相府。竇嬰，漢竇太后侄，武帝時爲相。此以竇府言錢府，惟演亦外戚也。

〔三〕「謝墅」句：謝墅，晉謝安在會稽東山及建康所建别墅。此借謝安言謝絳。絳爲堯臣妻兄，故云「從親友」。

〔四〕「不問」二句：步兵，阮籍之别稱。籍嘗官步兵校尉。三國志魏志嵇康傳謂籍與嵇康等「相與友善，游於竹林，號爲七賢」。

聞梅二授德興令戲書㈠〔一〕

君家小謝城〔二〕，爲客洛陽裏。緑髮方少年，青衫喜爲吏。重湖亂山緑，歸夢寄千里。

洛浦見秋鴻，江南老芳芷。自言北地禽，能感南人耳。京國本繁華，馳逐多英軌〔三〕。爭歌白雪曲〔四〕，取酒西城市。朝逢油壁車〔五〕，暮結青驄尾。歲月倏可忘，行樂方未已。忽爾畏簡書，翻然浩歸思。江山故國近〔六〕，風物饒陽美〔七〕。楚柚煙中黄，吴蓴波上紫。還鄉問井邑，上堂多慶喜。離别古所難，更畏秋風起〔八〕。

【校記】

㈠「令」字原缺，據目録補。

【箋注】

〔一〕原未繫年，當爲景祐元年（一〇三四）作。梅二，梅堯臣。據梅集編年卷四載，是年堯臣以德興縣令知建德縣事。德興縣、建德縣均在江南東路，分屬饒州、池州。

〔二〕「君家」句：堯臣宣城人，小謝即謝朓，南朝齊詩人，嘗任宣城太守。

〔三〕英軌：優良之法則。謝朓游後園賦：「仰微塵兮美無度，奉英軌兮式如璋。」

〔四〕白雪：古琴曲名。傳爲春秋晉師曠所作。宋玉諷賦：「中有鳴琴焉，臣援而鼓之，爲幽蘭、白雪之曲。」

〔五〕油壁車：古人所乘車，以油塗飾車壁，故名。南齊書鄱陽王鏘傳：「制局監謝粲説鏘及隨王子隆曰：『殿下但乘油壁車入宫，出天子置朝堂。』」

〔六〕「江山」句：堯臣知建德縣事，建德屬池州，與故鄉宣州毗鄰。

〔七〕饒陽：此指饒州。章孝標送饒州張蒙使君赴任：「饒陽因富得州名，不獨農桑别有營。」

〔八〕秋風起：用張翰見秋風起，乃思吴中菰菜蓴羹、鱸魚膾之典。見晉書張翰傳。

戲贈〔一〕

莫愁家住洛川傍〔二〕，十五纖腰聞四方。堂上金罇邀上客，門前白馬繫垂楊。春風滿城花滿樹，落日花光爭粉光。城頭行人莫駐馬，一曲能令君斷腸。

【箋注】

〔一〕原未繫年，約爲景祐元年（一〇三四）作，時在洛陽。

〔二〕「莫愁」句：莫愁，古樂府中傳説之女子。梁武帝河中之水歌：「河中之水向東流，洛陽女兒名莫愁。」

寄左軍巡劉判官〔一〕

遥聽洛城鐘，獨渡伊川水。緑樹鬱參差，行人去無已。因高望京邑，驅馬沿山趾。落日亂峰多，龍門何處是？

【箋注】

〔一〕原未繫年，約爲景祐元年於洛陽作。宋初置軍巡使，軍巡判官爲軍巡使副貳，分掌京師爭鬭及審訊刑獄事，設左右各一人。見宋史職官志六。劉判官名字、事迹無考。

罷官後初還襄城弊居述懷十韻回寄洛中舊僚〔一〕

路盡見家山，欣然望吾廬。陋巷叩柴扉，迎候遥驚呼。兒童戲竹馬，田里邀籃輿〔二〕。春桑鬱已緑，歲事催農夫。朝日飛雉雊，東皋新雨餘。植杖望遠林，行歌登故墟。夙志在一壑，兹焉將荷鋤。言謝洛社友〔三〕，因招洛中愚。馬卿已倦客〔四〕，嚴安猶獻書〔五〕。行矣方于役，豈能遂歸歟！

【箋注】

〔一〕原未繫年，當爲景祐元年（一〇三四）作。胡譜載，是年「三月，西京秩滿，歸襄城」。詩題曰「罷官後初還襄城」，詩曰「春桑鬱已緑」，當即是年三月作。襄城（今屬河南），轄於京西路汝州。

〔二〕籃輿：竹轎。

〔三〕洛社：指歐與堯臣等在洛陽組織的詩社。

〔四〕馬卿：司馬相如字長卿，後人遂以馬卿稱之。劉知幾史通載言：「馬卿之書封禪，賈誼之論過秦，諸如此文，皆施紀傳。」漢書司馬相如傳稱相如「常稱疾閑居，不慕官爵」。

〔五〕嚴安：西漢人。嘗以故丞相史上書，陳擊匈奴之非利。武帝召見，拜郎中。見漢書本傳。

和聖俞聚蚊〔一〕

潁陽照窮巷，暑退涼風生。夫子卧環堵，振衣步前楹。愁煙四鄰起，鳥雀喧空庭。餘景藹欲昏，衆蚊復薨薨㊀〔二〕。羣飛豈能數，但厭聲營營。抱琴不暇撫，揮麈無由停。散帙復歸卧〔三〕，詠言聊寫情。覆載無巨細，善惡皆生成。朽木出衆蠹，腐草爲飛螢。書魚長陰濕，醯雞由鬱蒸〔四〕。豕鬣固多虱，牛閑常聚虻。元氣或壹鬱，播之爲孽腥。卑臭乃其類，清虚非所經。華堂敞高棟，綺疏仍藻扃〔五〕。金釭瑩椒壁〔六〕，玉壺含夜冰。終朝事薰祓〔七〕，豈敢近簷甍？富貴非苟得，抱節居茅衡。陰牆百蟲聚，下偃衆穢盈。何嘗曲肱樂〔八〕，但苦聚雷聲。江南美山水，水木正秋明。自古佳麗國，能助詩人情。喧囂不可久，片席何時征〔九〕？

【校記】

㊀復：原校：一作「聚」。

【箋注】

〔一〕原未繫年，亦景祐元年（一〇三四）作。是年，堯臣有聚蚊詩（梅集編年卷四）。本詩云：「江南美山水……片席何時征？」可知歐已獲堯臣選官江南之消息，詩當作於八月堯臣赴建德縣任前。

〔二〕薨薨：衆蟲齊飛聲。詩周南螽斯：「螽斯羽，薨薨兮。」

〔三〕散帙：文選謝靈運酬從弟惠連：「淩澗尋我室，散帙問所知。」劉良注：「散帙，謂開書帙也。」

〔四〕醯雞：即蠛蠓。古人以爲是酒醋上的白霉變成。列子天瑞：「醯雞生乎酒。」

〔五〕綺疏：後漢書梁冀傳：「窗牖皆有綺疏青瑣。」李賢注：「綺疏謂鏤爲綺文。」藻扃：裝飾華美之門户。

〔六〕金釭：宫殿壁間横木上的飾物。班固西都賦：「金釭銜壁，是爲列錢。」椒壁：以椒和泥所塗的牆壁，多指后妃居室，亦泛指宫庭。江淹奏記詣南徐州新安王：「伏惟明公殿下，列譽椒壁，蜚聲沖漢。」

〔七〕薰祓：薰蒸除蟲使潔浄。

〔八〕曲肱樂：論語述而：「飯疏食飲水，曲肱而枕之，樂在其中矣。」

〔九〕片席：片帆、孤舟。許渾九日登樟亭驛樓：「鱸鱠與蓴羹，西風片席輕。」

送劉學士知衡州〔一〕

楊子懶屬書，平居惟嗜酒〔二〕。一沐或彌旬，解醒須五斗〔三〕。淡爾輕榮利，何常問無有㊀。忍憶四馬歸㊁，行爲一麾守。湘酎自古醇，醽水聞名久〔四〕。簿領但盈几〔五〕，聖經不離口。湖田賦稻蟹，民訟爭壠畝。兀爾即沉冥，安能知可否？聊爲寄情樂，豈與素懷偶？藏器思適時，投刃寧煩手。行當考官績，勿復困罌缶。

【校記】

㊀常：卷後原校：疑是「嘗」。　㊁四：原校：一作「回」。

【箋注】

〔一〕原未繫年，亦景祐元年（一〇三四）作。梅堯臣是年有賦秋鴻送劉衡州詩（梅集編年卷四）。劉學士，劉沆。沆字沖之，吉州永新人。天聖八年進士第二，爲大理評事，通判舒州。再遷太常丞、直集賢院，出知衡州。皇祐時爲參知政事，至和初，官同中書門下平章事。宋史有傳。衡州，治所在衡陽（今屬湖南）。

〔二〕「楊子」二句：楊子指揚雄。此借揚雄寫劉沆。漢書揚雄傳：「家素貧，耆酒，人希至其門，時有好事者，載酒肴從游學。」

〔三〕「解醒」句：世説新語任誕：「天生劉伶，以酒爲名。一飲一斛，五斗解醒。」劉孝標注：「毛公注曰：『酒病曰醒。』」

〔四〕「湘酎」二句：文選左思吳都賦：「飛輕軒而酌緑酃。」劉逵注引湘州記：「湘州臨水縣有酃湖，取水爲酒，名曰酃酒。」按：酃湖在衡陽東。醽，美酒。

〔五〕簿領：官府記事之簿册或文書。後漢書南匈奴傳：「當決輕重，口白單于，無文書簿領焉。」

送張屯田歸洛歌〔一〕

昔年洛浦見花落，曾作悲歌歌落花〔二〕。愁來欲遣何可奈，時向金河尋杜家〔三〕。杜家花雖非絶品，猶可開顔爲之飲。少年意氣易成歡，醉不還家伴花寢。一來京國兩傷春〔四〕，憔悴窮愁九陌塵。紅房紫萼處處有〔五〕，騎馬欲尋無故人。黄河三月入隋河，河水多時悵望多。爲憐此水來何處㊀，中有伊流與洛波。忽聞君至自西京，洗眼相看眼暫明。心衰面老畏人問，驚我瘦骨清如冰。今年七月妹喪夫，稚兒孀女啼呱呱。季秋九月予喪婦〔六〕，十月厭厭成病軀。端居移病新城下，日不出門無過者。獨行時欲强高歌，一曲未終雙涕灑。可憐明月與春風，歲歲年年事不同。暫别已嗟非舊態，再來應是作衰翁。感時惜别情無已，無酒送君空有淚。西歸必有問君人，爲道别來今若此。

【校記】

㊀何處：原校：二字一作「處遠」。

【箋注】

〔一〕 如題下注，景祐二年（一〇三五）作。胡譜載是年七月「公同産妹之夫張龜正死于襄城」。詩云「今年七月妹喪夫」，知「今年」即景祐二年。張屯田即居士集卷一〇離彭婆值雨投臨汝驛回寄張九屯田司録之張九。或謂張屯田即張谷，誤。據居士集卷二四尚書屯田員外郎張君墓表，張谷時爲河南主簿，累遷屯田員外郎是後來之事，歐不可能在景祐時即稱其爲張屯田。

〔二〕「昔年」三句：前卷有明道二年所作緑竹堂獨飲，傷胥夫人之逝也。詩云：「去時柳陌東風高……歸來落盡李與桃。殘花不共一日看，東風送哭聲嗷嗷。」此與本詩「見花落」之意同。

〔三〕 杜家：疑爲洛陽一私家園林。

〔四〕「一來」句：胥夫人明道二年去世，景祐元年，歐入京任職，至是已兩過春天。

〔五〕 萏：同「菡」。菡萏，蓮花之别稱。

〔六〕「季秋」句：胡譜景祐二年：「九月，夫人楊氏卒。」

述懷送張惣之〔一〕

鬱鬱河堤緑樹平，送君因得到東城。落花已盡鶯猶囀，垂柳初長蟬欲鳴。去年送客亦曾到，正值楊花亂芳草。人心不復故時歡，景物自隨時節好。感今懷昔復傷離㊀，一别相逢知幾時？莫辭今日一罇酒，明日思君難重持。東吴山水天下秀，羨君輕舟片帆逗。

江城月下夜聞歌，淮浦山前朝放溜〔二〕。樂哉此行時未晚，萬壑千巖不知遠。可憐病客厭京塵，寂寞淹留已再春。扁舟待得東南下，猶更河橋送幾人！

【校記】

㊀復：卷後原校：一作「更」。

【箋注】

〔一〕 原未繫年，亦景祐二年（一〇三五）作。詩曰「可憐病客厭京塵，寂寞淹留已再春」，如上篇所云「一來京國兩傷春」，知同爲是年作。張愡之，生平不詳。

〔二〕 放溜：任船順流自行。梁元帝早發龍巢：「征人喜放溜，曉發晨陽限。」

【集評】

〔元〕劉壎：述懷送張總之有云：「鬱鬱河堤緑樹平……明日思君難重持。」此皆流麗有情致，可吟諷也。（隱居通議卷七）

送子野〔一〕

四時慘舒不可調〔二〕，冬夏寒暑易鬱陶〔三〕。春陽著物大軟媚，獨有秋節最勁豪。金方堅剛屏炎瘴〔四〕，兑氣高爽清風飆〔五〕。煙霞破散灝氣豁，山河震發地脉摇。天開寶鑑露寒月，海拍積雪卷怒潮。光輝通透奪星耀，蟠潛驚奮鬬蜃蛟〔六〕。高樓精爽毛髮竦，壯懷直恐衡斗杓。欲飛輕衣上拂漢〔七〕，擬乘王氣戲鷺濤〔八〕。念時文法密於織，羈縻束縛不自聊。豈無策議獻人主，扼持舌在口已膠〔九〕。當秋且幸際軒豁，誰能兒女聽螗蜩〔一〇〕？君方壯歲襟宇快，名聲樂與家聲高〔一一〕。輕舟從遊山川底，詩酒合興皆翹翹。堪嗟宋玉自悲攬〔一二〕，可並張翰同逍遥〔一三〕。功名富貴有時到，忍把壯節良辰消。

【箋注】

〔一〕原未繫年，當爲景祐二年（一〇三五）作。張先字子野，是年河南法曹參軍任滿，赴京聽候調遣，經王曙、錢惟演、謝絳等推薦，改著作佐郎、監鄭州酒税。（據居士集卷二七張子野墓誌銘）赴任前，歐贈以此詩。梅集編年卷四有張子野赴官鄭州詩。

〔二〕四時慘舒：文選張衡西京賦：「夫人在陽時則舒，在陰時則慘，此牽乎天者也。」薛綜注：「陽謂春夏，陰謂秋冬。」

〔三〕鬱陶：書五子之歌：「鬱陶乎予心，顔厚有忸怩。」孔傳：「鬱陶，言哀思也。」陸德明釋文：「鬱陶，憂思也。」

〔四〕金方：古以五行與四方、四時相配，四方西爲金，四時秋爲金。

〔五〕兑氣：秋氣。兑，秋也。易説卦：「兑，正秋也，萬物之所説也。」孔穎達疏：「兑是象澤之卦，説萬物者莫説乎澤。又位是西方之卦，斗柄指西，是正秋八月也。立秋而萬物皆説成也。」

〔六〕蟠潛：指隱伏海底之龍。蜃蛟：李時珍本草綱目鱗部：「蛟之屬有蜃，其狀似蛇而大，有角，能呼氣成樓臺城郭之狀，將雨即現，名蜃樓，亦名海市。」

〔七〕輕衣：指五銖衣，傳爲神仙之衣，輕而薄。谷神子博異志岑文本：「（文本）又問：『衣服皆輕細，何土所出？』對曰：『此是上清五銖服。』」李商隱聖女祠：「無質易迷三里霧，不寒長著五銖衣。」

〔八〕　鷺濤：指波濤。枚乘七發：「衍溢漂疾，波涌而濤起，其始起也，洪淋淋焉，若白鷺之下翔。」

〔九〕　舌在：史記張儀列傳載張儀游説諸侯，受辱于楚，「其妻曰：『嘻！子毋讀書游説，安得此辱乎？』張儀謂其妻曰：『視吾舌尚在不？』其妻笑曰：『舌在也。』儀曰：『足矣。』」

〔一〇〕　螗蜩：詩大雅蕩：「如蜩如螗，如沸如羹。」馬瑞辰毛詩傳箋通釋：「詩意蓋謂時人悲歎之聲如蜩螗之鳴，憂亂之心如沸羹之熟。」

〔一一〕　家聲高：張子野墓誌銘：「子野之世，曰贈太子太師諱某，曾祖也；宣徽北院使、樞密副使、累贈尚書令諱遜，皇祖也；尚書比部郎中諱敏中，皇考也。曾祖妣李氏，隴西郡夫人；祖妣宋氏，昭應郡夫人，孝章皇后之妹也。」

〔一二〕　「堪嗟」句：宋玉九辯：「悲哉秋之爲氣也！蕭瑟兮草木摇落而變衰。」

〔一三〕　「可並」句：張翰見秋風起，思蒓鱸，辭官歸吴，足見逍遥之情，故云。

送劉十三南遊〔一〕

泱泱汴河流〔二〕，櫓聲過晚浦。行客問吴山，舟人多楚語。春深紫蘭澤，夏早黄梅雨。時應賦登眺，聊以忘羈旅。

【箋注】

〔一〕　原未繫年，置景祐二年至四年詩間。觀詩意，作者在汴京，則當作於景祐三年五月貶夷陵之前。劉十三名字、事迹不詳。

〔二〕　泱泱：水流貌。廣雅釋訓：「涓涓、泱泱……流也。」

與李獻臣宋子京春集東園得節字〔一〕

緑野秀可飡，遊驂喜初結。芸局苦寂寥〔二〕，禁署隔清切。歡言得幽尋，況此及嘉節〔三〕。鳥哢已關關，泉流初決決。紫萼繁若綴，翠苕柔可擷。屢期無後時，芳物畏鶗鴂〔四〕。

【箋注】

〔一〕原未繫年，置景祐二年至四年詩間，誤，當爲慶曆元年（一〇四一）作。景文集卷五有春集東園詩，序云：「春集東園詩者，端明學士獻臣李君，翰林伯中王君，天章侍講原叔王君，館閣校勘景純刁君、永叔歐陽君、子莊楊君暨予……康定紀元之次年序。」按：以上七人爲李淑、王舉正、王洙、刁約、歐陽修、楊儀與宋祁。序左附有七人詩章。

〔二〕芸局：當作「芸扃」，爲藏書處。陳子昂臨邛縣令封君遺愛碑：「芸扃睹奥，見天下之圖。」

〔三〕「況此」句：宋祁序稱「仲月既望之宴」，知作于二月十六日。此爲月圓之時。鮑照玩月城西門廨中：「三五二八時，千里與君同。」

〔四〕「芳物」句：文選張衡思玄賦：「恃己知而華予兮，鶗鴂鳴而不芳。」李善注：「臨海異物志曰：『鶗鴂，一名杜鵑，至三月鳴，晝夜不止，夏末乃止。』」

晚泊岳陽〔一〕

卧聞岳陽城裏鐘，繫舟岳陽城下樹。正見空江明月來，雲水蒼茫失江路。夜深江月弄清輝，水上人歌月下歸。一闋聲長聽不盡，輕舟短楫去如飛。〔二〕。

【箋注】

〔一〕　原未繫年，當爲景祐三年（一〇三六）作。歐于役志載是年九月「己卯，至岳州，夷陵縣吏來接。泊城外」。岳陽（今屬湖南）爲岳州治所。

〔二〕　「一闋」二句：化用李白早發白帝城「兩岸猿聲啼不住，輕舟已過萬重山」之意。

新開棋軒呈元珍表臣〔一〕

竹樹日已滋，軒窗漸幽興。人閑與世遠，鳥語知境靜。春光藹欲布，山色寒尚映。獨收萬慮心，於此一枰競。

【箋注】

〔一〕　原未繫年，當作於景祐四年（一〇三七）。詩之頸聯爲初春之景，歐景祐三年冬抵夷陵，本詩爲次年作。元珍，丁寶臣。表臣，朱處仁。見居士集卷二龍興寺小飲呈表臣元珍箋注〔一〕。

代贈田文初〔一〕

感君一顧重千金〔二〕，贈君白璧爲妾心。舟中繡被薰香夜，春雪江頭三尺深。西陵長官頭已白〔三〕，憔悴窮愁愧相識㊀。手持玉斝唱陽春〔四〕，江上梅花落如積。津亭送別君未悲，夢闌酒解始相思。須知巫峽聞猿處〔五〕，不似荆江夜雪時。

【校記】

㊀愁：原校：一作「顔」。

【箋注】

〔一〕據題下注，景祐四年（一〇三七）作。田畫字文初，見居士集卷四二送田畫秀才寧親萬州序。高步瀛謂：「此詩題爲代贈，蓋託於舟中所眷者之辭。」（唐宋詩舉要卷三）

〔二〕一顧重千金：文選謝朓和王主簿怨情詩：「生平一顧重，宿昔千金賤。」李善注引曹植詩：「一顧千金重，何必珠玉錢？」

〔三〕西陵長官：即夷陵縣令，歐公自謂也。三國志吴志吴主傳載黄武元年「改夷陵爲西陵」。

〔四〕玉斝：玉製之酒器。文選劉孝標廣絶交論：「分雁鶩之稻粱，霑玉斝之餘瀝。」李善注引説文：「斝，玉爵也。」陽春：宋玉對楚王問：「其爲陽春、白雪，國中屬而和者不過數十人而已。」李周翰注：「陽春、白雪，高曲名也。」

〔五〕「須知」句：水經注江水：「每至晴初霜旦，林寒澗肅，常有高猿長嘯，屬引淒異，空谷傳響，哀轉久絶。故漁者歌曰：『巴東三峽巫峽長，猿鳴三聲淚沾裳。』」

【集評】

〔清〕方東樹：此詩令人腸斷，情韻真是唐人。加入中間一層，更闊大。收四句深折，唐人絶句法也。（昭昧詹言卷一二）

惠泉亭㊀〔一〕

翠壁刻孱顔〔二〕，煙霞跬步間。使君能愛客，朝夕弄山泉。春巖雨過春流長，置酒來聽山溜響。鑑中樓閣俯清池，雪裏峰巒開曉幌。須知清興無時已，酒美賓嘉自相對。席間誰伴謝公吟，日暮多逢山簡醉〔三〕。淹留桂樹幾經春，野鳥巖花識使君。使君今是罇前客，誰與山泉作主人？

【校記】

㊀題下原校：一本序云：「某啓。伏睹知軍學士丈丈新理惠泉，謹爲拙詩十六句，伏惟采覽。」

【箋注】

〔一〕原未繫年，當爲景祐四年（一〇三七）作。集古録跋尾卷九唐王蕊詩（題下注：沈傳師、李德裕唱和）：「惠泉在今荆門軍。余貶夷陵，道荆門，裴回泉上，得二子之詩，佳其詞翰，遂録之。」按王蕊疑當作玉蕊。據宋史彭乘傳，彭乘字利建，益州華陽人，嘗知荆門軍。輿地紀勝卷七八載景祐三年彭乘知荆門軍。然則一本序所云「知軍學士丈丈」即彭乘也。據胡譜，歐景祐四年三月，謁告至許昌，娶薛奎女。時途經荆門，乃作本詩。

〔二〕孱顔：險峻高聳貌。

〔三〕「席間」二句：此處謝公、山簡借指主賓。

過張至秘校莊〔一〕

田家何所樂，籉笠日相親〔二〕。桑條起蠶事，菖葉候耕辰。望歲占風色〔三〕，寬徭知政仁。樵漁逐晚浦，雞犬隔前村。泉溜塍間動，山田樹杪分。鳥聲梅店雨，野色柳橋春。有客問行路，呼童驚候門。焚魚酌白醴，但坐且歡忻。

【箋注】

〔一〕原未繫年，疑亦景祐四年（一〇三七）作。本集卷五另有天聖、明道間詩寄張至秘校，見歐、張已交往多年。張至生平不詳。秘校，秘書省校書郎之簡稱。

〔二〕簑笠：蓑衣與笠帽。文選謝朓在郡卧病呈沈尚書：「連陰盛農節，簑笠聚東菑。」李善注：「毛詩曰：『彼都人士，簑笠緇撮。』毛萇曰：『簑，所以御雨。』」

〔三〕望歲：盼望豐收。左傳昭公三十二年：「閔閔焉如農夫之望歲，懼以待時。」

【集評】

〔宋〕胡仔：儲光羲詩云：「蒲葉日已長，杏花日已滋，老農要看此，貴不違天時。」永叔詩云：「田家何所樂，簑笠日相親。桑條起蠶事，菖葉候耕辰。」用前詩之意而益工也。（苕溪漁隱叢話前集卷三六）

〔明〕朱承爵：温庭筠商山早行詩，有「雞聲茅店月，人迹板橋霜」。歐陽公甚嘉其語，故自作「鳥聲梅店雨，野色柳橋春」以擬之，終覺其在範圍之内。（存餘堂詩話）

行次葉縣〔一〕

朝渡汝河流，暮宿楚山曲。城陰日下寒，野氣春深緑。征車倦長道，故國有喬木。行行漸欒郊〔二〕，東風滿平陸。

【箋注】

〔一〕原未繫年，當爲景祐四年（一〇三七）作。據胡譜，是年三月，歐赴許州。途中當經汝州葉縣。時值暮春，故有「野氣春深緑」之句。

〔二〕樂郊：猶樂土。詩魏風碩鼠：「逝將去女，適彼樂郊。」

將至淮安馬上早行學謝靈運體六韻〔一〕

晴霞煦東浦，驚鳥動煙林。曙河兼斗没〔二〕，沓嶂隱雲深㊀〔三〕。寒雞隔樹起，曲塢留風吟。征夫倦行役，秋興感登臨。衡皋積涂迴㊁〔四〕，江蘺香露沉。行矣歲華晚，歸歟勞歎音。

【校記】

㊀沓：原校：一作「沓」。　㊁衡：原校：一作「蘅」。涂：原校：一作「滁」。

【箋注】

〔一〕原未繫年，當爲景祐四年（一〇三七）作。是年九月，歐自許州還夷陵，將至唐州，而有是作。時值初秋，故云「秋興感登臨」。舊唐書地理志二謂唐州「天寶元年改爲淮安郡」。

〔二〕曙河：拂曉的銀河。陳後主有所思詩之三：「團團落日樹，耿耿曙河天。」

〔三〕沓嶂：亦作「沓障」。重重疊疊的山峰。丘遲旦發魚浦潭：「櫂歌發中流，鳴鞞響沓障。」

〔四〕衡皋：一作「蘅皋」。文選曹植洛神賦：「爾迺税駕乎蘅皋，秣駟乎芝田。」劉良注：「蘅皋，香草之澤也。」

自枝江山行至平陸驛五言二十四韻㊀〔一〕

枝江望平陸，百里千餘嶺。蕭條斷煙火，莽蒼無人境。峰巒互前後，南北失壬丙〔二〕。天秋雲愈高，木落歲方冷。水涉愁蜮射〔三〕，含沙也。林行憂虎猛。萬仞懸巖崖，一彴履枯梗〔四〕。緣危類猨猱，陷淖若鼉黽〔五〕。腰輿懼傾樸〔六〕，煩馬倦鞭警。攀躋誠畏塗，習俗羨蠻獷。度隘足雖踠〔七〕，因高目還騁。九野畫荆衡，羣山亂巫郢。煙嵐互明滅，點綴成圖屏㊁。時時度深谷，往往得佳景。翠樹鬱如蓋，飛泉溜垂綆。幽花亂黄紫，蒨粲弄光影〔八〕。山鳥囀成歌，寒蜩嘒如哽〔九〕。登臨雖云勞㊂，巨細得周省。晨裝趁徒旅，夕宿訪閭井。村暗水茫茫，雞鳴星耿耿。登高近佳節，歸思時引領。溪菊薦山罇，田鴛佑烹鼎〔一〇〕。家近夢先歸，夜寒衾屢整。崎嶇念行役，昔宿已爲永。豈如江上舟，棹歌方酩酊。初泛舟荆江，棋酒甚歡，故有此句。

【校記】

㊀枝：原作「岐」，原校云「一作『枝』」，據改。首句「枝江」原作「岐江」，亦改之。㊁成：原校：一作「若」。

㊂勞：原校：一作「廣」。

【箋注】

〔一〕原未繫年，當爲景祐四年（一〇三七）作，亦作於自許州還夷陵途中。詩云「登高近佳節」，當作于重陽節前夕。枝江屬江陵府，平陸驛在峽州。

〔二〕壬丙：許慎説文解字：「壬，位北方也。」又：「丙，位南方。」

〔三〕蜮：詩小雅何人斯：「爲鬼爲蜮。」毛傳：「蜮，短狐也。」陸德明釋文：「蜮，狀如鼈，三足。一名射工，俗呼之水弩。在水中含沙射人。」

〔四〕彴：獨木橋。初學記卷七引廣志：「獨木之橋曰榷，亦曰彴。」

〔五〕鼃黽：蛙類動物。周禮秋官蟈氏：「蟈氏掌去鼃黽。」

〔六〕腰輿：高僅及腰的手挽便輿。南史張寶積傳：「乘腰輿詣潁胄，舉動自若。」

〔七〕踠：扭屈致傷。後漢書李南傳：「向度宛陵浦里斻，馬踠足，是以不得速。」李賢注：「踠，屈損也。」

〔八〕蒨粲：一作「蒨璨」。鮮明貌。李商隱戊辰會靜中出貽同志詩：「蒨璨玉琳華，翱翔九真君。」

〔九〕嘒：蟬鳴聲。張祜秋霽詩：「何妨一蟬嘒，自抱木蘭叢。」

〔一〇〕鴽：鵪鶉之類的小鳥。儀禮公食大夫禮：「上大夫，庶羞二十，加於下大夫以雉兔鶉鴽。」賈公彥疏：「然則鴽、鶉一物也。」

春日西湖寄謝法曹歌〔一〕

西湖春色歸，春水緑於染。羣芳爛不收，東風落如糝〔二〕。西湖者，許昌勝地也。參軍春思亂如雲，白髮題詩愁送春。謝君有「多情未老已白髮，野思到春如亂雲」之句。遥知湖上一罇酒，能憶天涯萬里人〔三〕。萬里思春尚有情㊀，忽逢春至客心驚。雪消門外千山緑，花發江邊二月晴。少年把酒逢春色，今日逢春頭已白。異鄉物態與人殊，惟有東風舊相識。

【校記】

㈠思春：卷後原校：一作「思君」。

【箋注】

〔一〕　原未繫年，當爲景祐四年（一〇三七）作。謝法曹，謝伯初，時爲許州法曹參軍，有走筆寄夷陵歐陽永叔（宋文鑑卷二四），歐答以本詩。歐集詩話：「閩人有謝伯初者，字景山，當天聖、景祐之間，以詩知名。余謫夷陵時，景山方爲許州法曹，以長韻見寄，頗多佳句。有云：『長官衫色江波緑，學士文華蜀錦張。』余答云：『參軍春思亂如雲，白髮題詩愁送春。』蓋景山詩有『多情未老已白髮，野思到春如亂雲』之句，故余以此戲之也。」大清一統志卷一七二許州：「西湖在州城西北七里。」

〔二〕　「東風」句：謂春風勁吹，花瓣飛散。糁，散粒。韓愈送無本師歸范陽：「始見洛陽春，桃枝綴紅糁。」

〔三〕　天涯萬里人：作者自謂，以遠貶夷陵故也。

答謝景山遺古瓦硯歌〔一〕

火數四百炎靈銷〔二〕，誰其代者當塗高〔三〕。窮姦極酷不易取，始知文景基扃牢〔四〕。力彊者勝怯者敗，豈較才德爲功勞？然猶到手不敢取，而使螟蝗生蝮蜪〔七〕。子丕當初不自耻，坐揮長喙啄天下，豪傑競起如蝟毛。董吕傕汜相繼死〔五〕，紹術權備爭咆咻〔六〕。敢謂舜禹傳之堯〔八〕。得之以此失亦此，誰知三馬食一槽〔九〕？當其盛時爭意氣，叱咤雷雹生風飆。干戈戰罷數功閥，周蔑方召堯無皋〔一〇〕。英雄致酒奉高會㈠，巍然銅雀高岧岧〔一一〕。圓歌宛轉激清徵，妙舞左右回纖腰。一朝西陵看拱木㈡，寂寞繐帳空蕭蕭〔一二〕。當時淒涼已可歎，而況後世悲前朝！高臺已傾漸平地，此瓦一墜埋蓬蒿。苔文半滅荒土蝕，戰血曾經野火燒。敗皮弊網各有用，誰使鐫鑱成凸凹？景山筆力若牛弩，句遒語老能揮毫。嗟予奪得何所用，簿領朱墨徒紛淆。走官南北未嘗捨，緹襲三四勤緘包〔一三〕。有時屬思欲飛灑，意緒軋軋難抽繅〔一四〕。舟行屢備水神奪㈢，往往冥晦遭風濤。質頑物久有精怪，常恐變化成靈妖。名都所至必傳玩，愛之不換魯寶刀。長歌送我怪且偉，欲報慚愧無瓊瑶〔一五〕。

【校記】

㈠致酒：卷後原校：疑是「置酒」。　㈡西陵：原校：一作「西朝」，或作「兩朝」。　㈢備：原校：一作「被」。

【箋注】

〔一〕原未繫年，當爲景祐四年（一〇三七）作。是年夏，謝伯初贈以古瓦硯歌，歐答以此及後一首詩。又有與謝景山書（本集卷一八）云：「昨送馬人還，得所示書并古瓦硯歌一軸、近著詩文又三軸，不勝欣喜……夏熱，千萬自愛。」何薳春渚紀聞卷九：「魏武都鄴，築三臺以居，銅雀其一也，最爲壯麗。後世耕者，得其瓦於地中，好事者斫以爲研，號爲奇古。歐陽文忠公嘗得於謝景山，作歌以酬之者是也。」

〔二〕火數：指漢朝統治的曆數。因漢以火德王，故稱。炎靈：指以火德而王的漢王朝。文選謝朓和伏武昌登孫權故城：「炎靈遺劍璽，當塗駭龍戰。」李善注：「炎靈，謂漢也。」

〔三〕當塗高：漢讖書中之隱語，指三國魏。後漢書袁術傳：「（術）又少見讖書，言『代漢者當塗高』，自云名字應之。」李賢注：「當塗高者，『魏』也。」又，「當塗駭龍戰」李善注引獻帝紀：「太史丞許芝奏故白馬令李雲上事曰：『許昌氣見於當塗高者，魏也。』象魏者，兩觀闕是也。當道而高大者，魏也，當代漢。」

〔四〕文景：漢文帝劉恒、景帝劉啓。

〔五〕董呂傕汜：董卓、吕布、李傕、郭汜。

〔六〕紹術權備：袁紹、袁術、孫權、劉備。

〔七〕蝮蜪：爾雅釋蟲：「蝝，蝮蜪。」郭璞注：「蝗子未有翅者。」

〔八〕「子丕」二句：三國志魏志文帝紀載，延康元年十月，曹丕代漢。漢帝禪位詔書中有「咨爾魏王：昔者帝堯禪位於虞舜，舜亦以命禹」等語。

〔九〕三馬食一槽：晉書宣帝紀：「（曹操）又嘗夢三馬同食一槽，甚惡焉。因謂太子丕曰：『司馬懿非人臣也，必預汝家事。』」三馬，指司馬懿、司馬師、司馬昭；一槽，指曹氏。後因以之爲外姓謀位之典故。

〔一〇〕方召：方叔、召虎。方叔，周宣王時大臣，曾率兵攻楚得勝，又曾進攻玁狁。見詩小雅采芑。召虎，即召穆公，厲王死後，擁立太子繼位，曾率軍戰勝淮夷。見詩大雅江漢。皋：皋陶。相傳被舜任爲掌刑法之官。史記五帝本紀：「禹、皋陶……自堯時而皆舉用，未有分職。」

〔一一〕銅雀：即銅雀臺，亦作銅爵臺。三國志魏志武帝紀載，建安十五年「冬，作銅雀臺」。晉陸翽鄴中記：「銅爵臺高一十丈，有屋一百二十間。」按：銅雀臺故址在今河北臨漳西南古鄴城之西北隅。

〔一二〕「一朝」二句：郭茂倩樂府詩集相和歌辭六銅雀臺題解引鄴都故事：「魏武帝遺命諸子曰：『吾死之後，葬於鄴之西崗上……妾與伎人，皆著銅雀臺，臺上施六尺牀，下繐帳，朝晡上酒脯粻糒之屬。每月朝十五，輒向帳前作伎，汝等時登臺，望吾西陵墓田。』」繐帳，靈帳，以細而疏之麻布製成。

〔一三〕緹襲：用赤色繒把物品重重包裹起來。後漢書應劭傳「宋愚夫亦寶燕石」李賢注引闕子：「宋之愚人得燕石梧臺之東，歸而藏之，以爲大寶。周客聞而觀之，主人父齋七日，端冕之衣，釁之以特牲，革匱十重，緹巾十襲。客見之，俛而掩口盧胡而笑曰：『此燕石也，與瓦甓不殊。』」後因謂緹襲爲鄭重珍藏。

〔一四〕 抽繰：抽繭出絲。

〔一五〕 「欲報」句：詩衛風木瓜：「投我以木桃，報之以瓊瑤。」

【集評】

〔清〕方東樹：文無定準。小題恢之使大，則大篇矣，隨興會所之爲之。起段從源頭説起，夾叙夾議，學韓而老，但少其兀傲。「高臺」二句逆入。「舟行」四句學韓之奇。凡此皆從赤藤杖來。（昭昧詹言卷一二）

古瓦硯〔一〕

磚瓦賤微物，得厠筆墨間。於物用有宜，不計醜與妍。金非不爲寶，玉豈不爲堅？用之以發墨，不及瓦礫頑。乃知物雖賤㊀，當用價難攀。豈惟瓦礫爾，用人從古難㊁！

【校記】

㊀雖：原校：一作「微」。 ㊁難：原校：一作「然」。

【箋注】

〔一〕 原未繫年，當爲景祐四年（一〇三七）作，説見前篇。

新營小齋鑿地爐輒成五言三十七韻〔一〕

霜降百工休〔二〕，居者皆入室。墐户畏初寒，開爐代温律〔三〕。規模不盈丈，廣狹足容膝〔四〕。軒窗共幽窳〔五〕，竹柏助蒙密。辛勤慚巧官，窮賤守卑秩。無術政奚爲，有年秋屢實。文書少期會，租訟省鞭抶。地僻與世疏，官閑得身佚。荆蠻苦卑陋，氣候常壹鬱。天日每陰翳，風飆多凛溧。衰顔慘時晚，病骨知寒疾。蠻牀倦晨興，籃轝厭朝出〔六〕。南山近樵採，僮僕免呵叱。禦歲畜蹲鴟〔七〕，饋客薦包橘〔八〕。霜薪吹晶熒〔九〕，石鼎沸啾唧。披方養丹砂，候節煎去聲秋术〔一〇〕。西鄰有高士〔一一〕，轗軻卧蓬蓽〔一二〕。鶴髮善高談，鮐背便平聲炙熨〔一三〕。披裘屢相就，束緼亦時乞〔一四〕。傳經伏生老，愛酒揚雄吃〔一五〕。晨灰暖餘杯，夜火爆山栗。無言兩忘形〔一六〕，相對或終日。微生慕剛毅，勁强去聲早難屈。自從世俗牽，常恐天性失。仰兹微官禄，養此多病質。省躬由一言〔一七〕，無枉慕三黜〔一八〕。因知吏隱樂〔一九〕，漸使欲心窒。面壁或僧禪〔二〇〕，倒冠聊酒逸〔二一〕。螟蠕輕一豪〔二二〕，一馬齊萬物〔二三〕。啓期爲樂三〔二四〕，叔夜不堪七〔二五〕。負薪幸有瘳㊀〔二六〕，舊學頗思述〔二七〕。興亡閲今古㊁，圖籍羅甲乙。魯册謹會盟〔二八〕，周公象凶吉〔二九〕。詳明左丘辯㊂〔三〇〕，馳騁馬遷筆〔三一〕。金石互鏗鍧，風雲生倏忽。豁爾一開卷，慨然時揜帙。浮沉恣其間，適若遂聱耴㈣〔三二〕。吾居誰云陋〔三三〕，所得乃非一。五斗豈須慚，優游歲將畢〔三四〕。

【校記】

㈠有：原校：一作「自」。　㈡今古：原校：一作「古今」。　㈢詳：原校：或作「鮮」。詳明：卷後原校云：「衆本皆作『鮮明』，唯薛齊誼編年引此詩作『詳明』。」　㈣聱耴：原校：一作「迷佚」。

【箋注】

〔一〕原未繫年，當爲景祐四年（一〇三七）作。詩云「墐户畏初寒」，知作于初冬。

〔二〕「霜降」句：淮南子時則：「季秋之月，霜始降，百工休。」

〔三〕温律：太平御覽卷五四引劉向別録：「方士傳言：『鄒衍在燕，有谷，地美而寒，不生五穀。鄒子居之，吹律而温氣至，而生黍穀，今名黍谷。』」後因以温律指能生暖氣之器物。

〔四〕容膝：陶潛歸去來兮辭：「審容膝之易安。」

〔五〕幽窳：幽暗低下。

〔六〕籃轝：竹轎。

〔七〕「禦歲」句：詩邶風谷風：「我有旨蓄，亦以御冬。」蹲鴟，大芋。狀如蹲伏之鴟，故稱。史記貨殖列傳：「吾聞汶山之下，沃野，下有蹲鴟，至死不飢。」張守節正義：「蹲鴟，芋也。」

〔八〕包橘：韓彦直橘録包橘：「包橘取其纍然若包聚之義。是橘外薄内盈，隔皮脈瓣可數，有一枝而生五、六顆者，懸之可愛。」

〔九〕晶熒：言火苗旺盛。

〔一〇〕秋朮：即蒼朮。李時珍本草綱目卷十二下謂蒼朮「服之，令人長生辟穀致神仙，故有山精仙朮之號」。

〔一一〕「西鄰」句：居士集卷一一夷陵歲暮書事呈元珍表臣「不辭携酒問鄰翁」注：「處士何參，居縣舍西，好學，多知荆楚故事。」

〔一二〕 轗軻：亦作「輡軻」。楚辭東方朔七諫怨世：「年既已過太半兮，然埳軻而留滯。」王逸注：「輡軻，不遇也。」古詩十九首今日良宴會：「無爲守窮賤，轗軻長苦辛。」

〔一三〕 鮐背：老人背上生斑如鮐魚之紋。爾雅釋詁上：「鮐背、耇老，壽也。」郭璞注：「鮐背，背皮如鮐魚。」炙熨：烤火。

〔一四〕 束緼：意即束緼請火，謂求助于人。束緼，捆扎亂麻爲火把。漢書蒯通傳：「臣之里婦，與里之諸母相善也。里婦夜亡肉，姑以爲盜，怒而逐之。婦晨去，過所善諸母，語以事而謝之。里母曰：『女安行，我今令而家追女矣。』即束緼請火於亡肉家，曰：『昨暮夜，犬得肉，爭鬭相殺，請火治之。』亡肉家遽追呼其婦。」

〔一五〕 「傳經」二句：言西鄰高士博學嗜酒。史記儒林列傳：「伏生者，濟南人也。故爲秦博士。孝文帝時，欲求能治尚書者，天下無有，乃聞伏生能治，欲召之。是時伏生年九十餘，老，不能行，於是乃詔太常使掌故朝錯往受之。秦時焚書，伏生壁藏之。其後兵大起，流亡，漢定，伏生求其書，亡數十篇，獨得二十九篇，即以教于齊魯之間。學者由是頗能言尚書，諸山東大師無不涉尚書以教矣。」漢書揚雄傳：「少而好學，不爲章句，訓詁通而已，博覽無所不見。爲人簡易佚蕩，口吃不能劇談。」又：「家素貧，嗜酒，人希至其門，時有好事者，載酒肴從游學。」

〔一六〕 忘形：莊子讓王：「養志者忘形。」

〔一七〕 一言：論語衛靈公：「子貢問曰：『有一言而可以終身行之者乎？』子曰：『其恕乎！己所不欲，勿施於人。』」

〔一八〕 三黜：論語微子：「柳下惠爲士師，三黜。人曰：『子未可以去乎？』曰：『直道而事人，焉往而不三黜？枉道而事人，何必去父母之邦？』」

〔一九〕 吏隱：謂不以利禄縈心，雖居官而猶如隱者。宋之問藍田山莊：「宦游非吏隱，心事好幽偏。」

〔二〇〕 面壁：五燈會元東土祖師菩提達磨大師：「當魏孝明帝正光元年也，寓止于嵩山少林寺，面壁而坐，終日默然。人莫之測，謂之壁觀婆羅門。」

〔二一〕 倒冠：晉書山簡傳：「簡每出游嬉，多之池上，置酒輒醉，名之曰高陽池。時有童兒歌曰：『山公出何許，往至高陽池。日夕倒載歸，酩酊無所知。時時能騎馬，倒著白接䍦。』」白接䍦，以白鷺羽爲飾之冠。

〔二二〕「螟蠕」句：劉伶酒德頌：「二豪侍側焉，如蜾蠃之與螟蛉。」二豪指「貴介公子、縉紳處士」。

〔二三〕「一馬」句：莊子齊物論：「天地一指也，萬物一馬也。」

〔二四〕「啓期」句：列子天瑞：「孔子游於太山，見榮啓期行乎郕之野，鹿裘帶索，鼓琴而歌。孔子問曰：『先生所以樂，何也？』對曰：『吾樂甚多。天生萬物，唯人爲貴，我得爲人，是一樂也；男女之別，男尊女卑，故以男爲貴，吾既得爲男矣，是二樂也；人生有不見日月、不免襁褓者，吾既已行年九十矣，是三樂也。』」

〔二五〕「叔夜」句：嵇康字叔夜，「竹林七賢」之一，言「有必不堪者七，甚不可者二」，詳見與山巨源絶交書。

〔二六〕負薪：士人自稱疾病之謙辭。禮記曲禮上：「君使士射，不能，則辭以疾，言曰：『某有負薪之憂。』」

〔二七〕述：禮記樂記：「作者之謂聖，述者之謂明，明聖者述作之謂也。」

〔二八〕「魯册」句：文心雕龍祝盟：「周衰屢盟，以及要契，始之以曹沫，終之以毛遂。」魯册，指春秋，其中多有諸侯盟會之記載。

〔二九〕「周公」句：太平御覽卷六〇九引周易正義：「伏犧重卦，周公作爻辭。」易繫辭上：「聖人設卦觀象，繫辭焉而明吉凶。」

〔三〇〕左丘：左丘明。

〔三一〕馬遷：司馬遷。

〔三二〕聱耴：魚鳥羣處貌。廣韻平幽：「聱耴，魚鳥狀。」

〔三三〕「吾居」句：用劉禹錫陋室銘「何陋之有」之意。

〔三四〕「五斗」二句：反用陶潛「吾豈能爲五斗米折腰」之意。

外集卷三

古詩三

南獠〔一〕

洪宋區夏廣〔二〕，恢張際四維。狂孽久不聳，民物含春熙㊀。耆稚適所尚，游泳光華時〔三〕。遽然攝提歲〔四〕，南獠掠邊陲。予因叩村叟，此事曷如斯？初似却人問，未語先涕垂。收涕謝客問，爲客陳始基：撫水有上源，水淺山嶮巇。生民三千室，聚此天一涯。狠勇復輕脱，性若鹿與麋。男夫不耕鑿，刀兵動相隨。宜融兩境上〔五〕，殺人取其貲。因斯久久來，此寇易爲覊。鼠竊及蟻聚，近裹焉敢窺？勢亦不久住，官軍來即馳。景德祥符後，時移事亦移〔六〕。四輔哲且善〔七〕，天子仁又慈。將軍稱招安，兵非羽林兒。龍江一牧拙，邏騎材亦非。威惠不兼深，徒以官力欺。智略仍復短，從此難羈縻〔八〕。引兵卸甲嶺，部陣自參差。鋒鏑殊未接，士卒心先離。奔走六吏死〔九〕，初在懷遠軍卸甲嶺殺傷范禮賓、王崇班等，六人落陣死。明知國挫威。自玆賊聲震，直寇融州湄。縣宇及民廬，燬蕩無孑遺。利鏃淬諸毒，中膚無藥醫。長刀斷人股，横屍滿通逵。婦人及孳産，驅負足始歸。堂堂過城戍，何人敢正窺！外計削奏疏，一一聞宸闈。赫爾天斯怒，選將興王師。精甲二萬餘，猛毅如虎貔。劍戟凜秋霜，旌棨閃朝曦。八營與七萃，豈得多于兹？外統三路進，小敵胡能爲〔一〇〕。前驅已壓境，後軍猶未知。逶迤至蠻域，但見空稻畦。搜羅一月餘，不戰師自罷。荷戈莫言苦，負糧深可悲。哀哉都督郵，無辜遭屠糜。昭州都曹皇甫僅三人部糧入洞，遭蠻賊掩殺，及害夫力千餘。嘵咋計不出，還出招安辭。半降半來拒，蠻意猶狐疑。厚以繒錦贈，狙心詐爲卑。戎帳草草起，賊戈躡背揮〔一一〕。我聆老叟言，不覺顰雙眉。吮毫兼疊簡，占作南獠詩。願值采詩官，一敷于彤墀。

【校記】

含：原校：一作「涵」。

【箋注】

〔一〕 本卷詩注：「自乾德至滁州作。起寶元元年，盡慶曆八年。」如題下注，本詩寶元元年（一〇三八）作。是年，歐在光化軍乾德縣令任上，聞安化蠻寇邊事，有感而書。長編卷一二二載，寶元元年二月「甲申，廣南西路鈐轄司言安化蠻寇宜州」。卷一二二載寶元元年七月「辛丑，賜討安化州蠻土軍緡錢」。宋史杜杞傳：「安化蠻寇邊，殺知宜州王世寧，出兵討之。」南獠，指分布在廣南西路一帶的少數民族。周去非嶺外代答蠻俗：「獠在右江溪峒之外，俗謂之山獠，依山林而居，無酋長、版籍。」

〔二〕 區夏：指華夏。書康誥：「用肇造我區夏。」孔傳：「始爲政於我區域諸夏。」

〔三〕 游泳：涵濡。柳宗元爲長安等縣耆壽乞奏復尊號狀：「某等伏以生長明時，游泳皇澤，鼓腹且知於帝力，食毛敢忘於君恩。」

〔四〕 攝提歲：爾雅釋天：「太陰在寅曰攝提格。」寶元元年戊寅，故云。

〔五〕 宜融：廣南西路内相鄰之兩州。宜州治所龍水（今廣西宜州），融州治所融州（今廣西融水）。

〔六〕 「景德」二句：宋史蠻夷傳三：「景德三年，蠻酋蒙填詣宜州自陳，願朝貢謝罪，詔守臣諭以盡還所掠民貲畜，乃從其請。大中祥符六年，首領指揮使蒙但挈族來歸，徙於桂州。九年，數寇宜、融州界。」

〔七〕 四輔：相傳古代天子身邊的四位輔佐。書洛誥有此稱謂。此指宰輔大臣。

〔八〕 「龍江」六句：龍江流經宜州，龍江一牧指宜州知州。長編卷八六大中祥符九年四月：「戊戌，廣西轉運使俞獻可言：『撫水蠻數寇邊，知宜州董元已不善綏撫。先是，曹永吉知州，蠻人饑，來質餱糧者，永吉優其概量，皆忻愜而去。元已未嘗饒假，又縱主者尅削，蠻人請赴闕貢奉，元已驟沮其意，遂使忿圭爲亂。』」

〔九〕 「奔走」句：長編卷一二二寶元元年十一月：「詔廣南西路鈐轄司趣宜、融州進兵討安化蠻。初，官軍與蠻戰，爲蠻所敗，鈐轄張懷志等六人皆死。」

〔一〇〕 「赫爾」十句：長編卷一二二寶元元年十一月：「時朝廷已命洛苑使、榮州刺史馮伸己知桂州、兼廣西鈐轄。伸己道江陵，未至，上遣中使諭伸己速行。伸己日夜疾馳至宜州，繕器甲，訓隊伍，募民發丁壯轉糧餉，由三路以進。」

〔一一〕 「嘵咋」八句：長編卷一二二承前載云：「伸己臨軍，單騎出陣，語酋豪曰：『朝廷撫汝曹甚厚，何乃自取滅亡！天子使我來問汝，汝聽吾言則生。不然無噍類矣。』衆蠻仰泣……明日，蠻渠蒙頂投兵械萬計，率衆降軍門。」

按：以詩驗之，此次征討并不順利，「衆蠻」并未誠心歸降。

寄聖俞〔一〕

西陵山水天下佳〔二〕，我昔謫官君所嗟〔三〕。官閑憔悴一病叟〔四〕，縣古瀟灑如山家。雪消深林自斸筍㊀，人響空山隨摘茶。有時携酒探幽絶，往往上下窮煙霞。巖蓀緑縟軟可藉〔五〕，野卉青紅春自華。風餘落蘂飛面旋，日暖山鳥鳴交加。貪追時俗翫歲月，不覺萬里留天涯。今來寂寞西岡口，秋盡不見東籬花。市亭插旗鬭新酒，十千得斗不可賒。材非世用自當去，一舸聱牙揮釣車〔六〕。君能先往勿自滯，行矣春洲生荻芽。

【校記】

㊀斸：原校：一作「斵」。

【箋注】

〔一〕原未繫年，置寶元元年與二年詩間。詩云：「今來寂寞西岡口，秋盡不見東籬花。」大清一統志卷二七〇襄陽府：「西岡山在均州西五里。」均州與乾德皆在漢水邊，相距頗近，可證作者時在乾德。據胡譜，歐寶元元年三月赴乾德，二年六月離去，云「秋盡」，則本詩應爲寶元元年（一〇三八）作。

〔二〕西陵：夷陵舊稱。歐嘗自稱「西陵老令」，見居士集卷一和丁寶臣游甘泉寺箋注〔四〕。

〔三〕「我昔」句：梅集編年卷六景祐三年詩聞歐陽永叔謫夷陵：「謫向蠻荆去，行當霧雨繁，黄牛三峽近，切莫聽愁猿。」

〔四〕「官閑」句：書簡卷九與薛少卿（景祐四年）：「某久處窮僻，習成枯淡，頓無曩時情悰，惟覺病態慚侵爾。」

〔五〕蓀：楚辭九章抽思：「數惟蓀之多怒兮，傷余心之懮懮。」王逸注：「蓀，香草也。」

〔六〕釣車：釣魚車之省稱，一種釣具。上有輪子纏絡釣絲，可放遠，亦可收回。韓愈獨釣詩之二：「坐厭親刑柄，偷來傍釣車。」

【集評】

〔清〕方東樹：起筆勢，跌宕有深韻。兩句相背起。「官閑」以下全發第一句，「今來」一段虛應第二句，兩段相背，此章法也，客襯法也。妙絶。「巖蓀」四句，以西陵形此地更不如，却先言西陵已爲所嗟，此爲深曲。（昭昧詹言卷一二）

答梅聖俞寺丞見寄〔一〕

憶昔識君初，我少君方壯〔二〕。風期一相許，意氣曾誰讓。交遊盛京洛，罇俎陪丞相〔三〕。騄驥日相追，鸞凰志高颺。詞章盡崔蔡〔四〕，論議皆歆向〔五〕。文會忝予盟，詩壇推子將。談精鋒愈出，飲劇歡無量。賈勇爲無前，餘光誰敢望！茲來五六歲㊀，人事堪悽愴。南北頓睽乖，相離獨飄蕩。失杯由畫足〔六〕，傷手因代匠〔七〕。移書雖激切，拙語非欺誑〔八〕。安知乃心愚，而使所言妄。權豪不自避，斧質誠爲當〔九〕。蒼皇得一邑〔一〇〕，奔走逾千嶂。楚峽聽猿鳴，荆江畏蛟浪。蠻方異時俗，景物殊氣象。緑髮變風霜，丹顏侵疾痒。常憂鵩鳥窺〔一一〕，幸免江魚葬。今茲荷寬宥，遷徙來漢上〔一二〕。憔悴戴囚冠，驅馳嗟俗狀。王事多倥傯，學業差遺忘。未能解綬去，所戀寸禄養。舉足畏逢仇，低頭惟避謗。忻聞故人近，豈憚驅車訪〔一三〕？一别各衰翁，相見問無恙。交情宛如舊，歡意獨能强。幸陪主人賢，更值芳洲漲。菱荷亂浮泛，水竹涵虛曠。清風滿談席，明月臨歌舫。已見洛陽人，重聞畫樓唱。怡然壹鬱寫，暫爾累囚放〔一四〕。自從還邑來，會此驕陽亢。神靈多請禱，租訟煩笞搒。猶須新秋涼，漢水臨清漾㊁。野稼蕩浮雲，晴山開叠障。聊以助吟詠，亦可資酣暢。北轅如未駕，幸子能來貺〔一五〕。

【校記】

㊀來：原作「年」，卷後原校云「『茲年』疑是『茲來』」，據改。　㊁臨：原校：一作「瀉」。

【箋注】

〔一〕據題下注，寶元二年（一〇三九）作。是年，梅堯臣有代書寄歐陽永叔四十韻（梅集編年卷九），歐作本詩答之。

〔二〕「憶昔」二句：歐景德四年（一〇〇七）生（胡譜），梅咸平五年（一〇〇二）生（梅集編年），天聖九年（一〇三一）相識時，歐二十五歲，梅三十歲。

〔三〕丞相：指錢惟演。據長編卷一一二，惟演以同平章事判河南府。

〔四〕崔蔡：東漢崔駰、蔡邕之並稱，二者皆以文章聞名。

〔五〕歆向：西漢劉歆及其父劉向之合稱。

〔六〕「失杯」句：用畫蛇添足典，見戰國策齊策二。

〔七〕「傷手」句：老子：「夫代大匠斲者，希有不傷其手矣。」

〔八〕「移書」二句：指作與高司諫書（見本集卷一七）。

〔九〕「斧質」句：本集卷一七與尹師魯書：「往時砧斧鼎鑊皆是烹斬人之物，然士有死不失義，則趨而就之，與几席枕藉之無異。」

〔一〇〕「蒼皇」句：指貶官夷陵。

〔一一〕鵩鳥：賈誼有鵩鳥賦，序云：「誼爲長沙王傅，三年，有鵩鳥飛入誼舍，止於坐隅。鵩似鴞，不祥鳥也。誼既以謫居長沙，長沙卑濕，誼自傷悼，以爲壽不得長。」

〔一二〕「今兹」二句：胡譜景祐四年：「十二月壬辰，移光化軍乾德縣令。」

〔一三〕「忻聞」二句：胡譜寶元二年：「二月，知制誥謝希深絳出守鄧州，梅聖俞將宰襄城，與希深偕行。五月，公謁告往會，留旬日而還。」

〔一四〕「一別」十四句：書簡卷七與謝舍人（寶元二年）：「暑夕屢煩長者，其如乘餘閑，奉樽俎，泛覽水竹，登臨高明，歡然之適，無異京洛之舊。其小別者，聖俞差老而修爲窮人，主人腰雖金魚而鬢亦白矣。其清興，則皆未減也。臨別之際，感戀何勝！」

〔一五〕「北轅」二句：本詩作于清風相會歸乾德後，言聖俞如未北上襄城，望能光臨乾德。

酬聖俞朔風見寄〔一〕

因君朔風句，令我苦寒吟〔一〕。離別時未幾，崢嶸歲再陰。驚飆擊曠野，餘響入空林。

客路行役遠，馬蹄冰雪深。瞻言洛中舊，期我高陽吟〔二〕。故館哭知己〔三〕，新年傷客心。

相逢豈能飲，惟有涕沾襟。

【校記】

㊀卷後原校：此詩押兩「吟」字。一本第一韻作「吟寒」，乃別韻。

【箋注】

〔一〕原未繫年，當爲寶元二年（一〇三九）作。是年，梅堯臣有朔風寄永叔詩（梅集編年卷九）。

〔二〕高陽吟：酣飲作詩。高陽，高陽酒徒。

〔三〕「故館」句：是年十一月，謝絳卒，歐往弔喪。見居士集卷二六尚書兵部員外郎知制誥謝公墓誌銘。

送琴僧知白〔一〕

吾聞夷中琴已久〔二〕，常恐老死無其傳。夷中未識不得見，豈謂今逢知白彈。遺音髣髴尚可愛，何況之子傳其全。孤禽曉警秋野露，空澗夜落春巖泉。二年遷謫寓三峽，江流無底山侵天。登臨探賞久不厭，每欲圖畫存於前。豈知山高水深意，久以寫此朱絲弦。酒酣耳熱神氣王，聽之爲子心肅然。嵩陽山高雪三尺，有客擁鼻吟苦寒〔三〕。負琴北走乞其贈，持我此句爲之先。

【箋注】

〔一〕據題下注，寶元二年（一〇三九）作。是年，梅堯臣亦有贈琴僧知白詩（梅集編年卷九）。陳耆卿嘉定赤城志卷三五：「知白，居永慶院。郎侍郎簡記行業云：『天台僧獨知白可紀。白嘗謂釋書不少，觀者若臨海求濟，茫乎不知其涯。必有維楫之助，然後旁行不難。』」

〔二〕　夷中：夢溪筆談補筆談卷一：「興國中，琴待詔朱文濟鼓琴爲天下第一。京師僧慧日大師夷中盡得其法，以授越僧義海。海盡夷中之藝，乃入越州法華山習之，謝絶過從，積十年不下山，晝夜不釋弦，遂窮其妙。」

〔三〕　擁鼻吟：見居士集卷八哭聖俞詩箋注〔五〕。

【集評】

〔清〕方東樹：此從杜公孫大娘來，亦是逆捲法門，俗士不知。「豈謂」句逆捲人，「久以」句逆捲琴。（昭昧詹言卷一二）

聽平戎操〔一〕

西戎負固稽天誅〔二〕，勇夫戰死智士謨。上人知白何爲者，年少力壯逃浮屠。自言平戎有古操〔三〕，抱琴欲進爲我娱。我材不足置廊廟，力弱又不堪戈殳。遭時有事獨無用，偷安飽食與汝俱。爾知平戎竟何事㊀，自古無不由吾儒。周宣六月伐獫狁〔四〕，漢武五道征匈奴〔五〕。方叔召虎乃真將〔六〕，衛青去病誠區區。建功立業當盛日，後世稱詠於詩書。平生又欲慕賈誼〔七〕，長纓直請繫單于〔八〕。當衢理檢四面啓〔九〕，有策不獻空踟躕。慚君爲我奏此曲，聽之空使壯士吁。推琴置酒恍若失㊁，誰謂子琴能起予！

【校記】

㊀競：卷後原校：疑是「竟」。　㊁置：原校：一作「耽」。

【箋注】

〔一〕原未繫年。詩云「上人知白何爲者……抱琴欲進爲我娱」，可知亦爲知白而作，當與前篇同作於寶元二年（一〇三九）。

〔二〕「西戎」二句：據宋史仁宗紀二，寶元元年十二月，「鄜延路言趙元昊反」；二年春正月，「趙元昊表請稱帝改元」。

〔三〕平戎有古操：説郛卷一〇〇載「古琴弄名」，有平戎操。

〔四〕「周宣」句：漢書韋玄成傳載劉歆曰：「周室既衰，四夷並侵，獫狁最强，於今匈奴是也。至宣王而伐之，詩人美而頌之曰：『薄伐獫狁，至于太原。』」

〔五〕「漢武」句：漢武帝多次發兵擊匈奴。元狩四年，令大將軍衛青、驃騎將軍霍去病率大軍多路出擊。青度漠，破單于兵；去病亦告捷，封狼居胥山。然而漢士卒傷亡甚衆，前將軍李廣因迷失道，責令受審，憤而自殺。故詩又云「衛青去病誠區區」。見史記衛將軍驃騎列傳。

〔六〕方叔召虎：見前卷答謝景山遺古瓦硯歌箋注〔一〇〕。

〔七〕賈誼：西漢大臣。見史記屈原賈生列傳。

〔八〕長纓：漢書終軍傳：「軍自請：『願受長纓，必羈南越王而致之闕下。』」

〔九〕理檢：據宋史太宗紀二，淳化三年五月置理檢司。宋史錢若水傳有「置理檢院於乾元門外」的記載。長編卷一〇七載，天聖七年閏二月「癸丑，置理檢使，以御史中丞爲之，其登聞檢院匭函改爲檢匣，如指陳軍國大事、時政得失，並投檢匣」。

書宜城修木渠記後奉呈朱寺丞㊀〔一〕

因民之利無難爲，使民以説民忘疲。樂哉朱君障靈堤，導鄢及蠻興衆陂〔二〕。古渠廢久人莫知，朱君三月而復之〔三〕。沃土如膏瘠土肥，百里歲歲無凶菑㈢。鄢蠻之水流不止，襄人思君無時已〔四〕。

【校記】

㈠卷後原校：朱名紘，字儀甫，治平中爲宜城令，修木渠有功。熙寧二年冬，吴充薦改大理寺丞，鄭獬爲作渠記。公詩當在三年，合入外集第四卷，誤置第三。　㈢菑：原校：一作「災」。

【箋注】

〔一〕　原未繫年，據卷後校，當爲熙寧三年（一〇七〇）作。宜城屬京西南路襄州，今屬湖北。宋史河渠志五：「（熙寧）二年十月，權三司使吴充言：『前宜城令朱紘，治平間修復木渠，不費公家束薪斗粟，而民樂趨之。渠成，溉田六千餘頃，數邑蒙其利。』詔遷紘大理寺丞，知比陽縣。或云紘之木渠，繞山度溪以行水，數勤民而終無功。」

〔二〕「樂哉」二句：鄭獬襄州宜城縣木渠記（鄖溪集卷一五）：「其功蓋起於靈堤之北，築巨堰障渠而東行，蠻、鄢二水循循而並來，南貫于長渠東徹清泥間，附渠之兩涘通舊陂四十九，渺然相屬如聯鑒。」

〔三〕「古渠」二句：襄州宜城縣木渠記：「木渠，襄沔舊記所謂木里溝者也。出於中廬之西山，擁鄢水走東南四十五里，徑宜城之東北而入于沔。後漢王寵守南郡，復鑿蠻水與之合，於是溉田六千餘頃……其後渠益廢，老農輟耒而不得耕。治平二年，淝川朱君爲宜城令。治邑之明年，按渠之故道欲再鑿之……不三月，而數百歲已壞之迹，俄而復完矣。」

〔四〕「沃土」四句：襄州宜城縣木渠記：「高畜下泄，其所治田與王寵時數相若也。餘澤之所及，浸淫中廬、南漳二邑之遠。異時之耕者窮力而耨之，不得槁苗，則得稗穗。今見其苕然嶷然皆秀而並實也……至於歲大旱，赤地焚裂而如赬，則木渠之田猶豐年也。於是民始知朱君之惠爲深也。」

谷正至始得先所寄書及詩不勝喜慰因書數韻奉酬聖俞〔一〕

寒日照深巷，柴門朝尚閉。有客自江來，尺書千里至。啓書復何云，但言南北異。南方地常暖，風物稱佳麗。梅蘤入新年，蘭皋動芳氣。樂哉登臨興，豈厭江湖滯？伊予方寂寞，刻苦窮文字。萬國會王州，羣英馳俊軌。方朔常苦餓〔二〕，子雲非官意〔三〕。歲暮慘風塵，官閑倦朝市。出處一云別，所思寧可冀？春江有歸雁，但使音書繼。

【箋注】

〔一〕題下注「康定元年」，誤。當爲慶曆元年（一〇四一）作。詩云「有客自江來」、「但言南北異」，時歐在京，梅在湖州也。而康定元年堯臣不在江南。詩又云「歲暮慘風塵」，則時值隆冬。據梅集編年卷一，慶曆元年，堯臣改監湖州鹽税，秋後離京南下，至千里寄書來時，已是歲末，與詩意契合。谷正，不詳。

〔二〕「方朔」句：漢書東方朔傳：「上知朔多端，召問……對曰：『臣朔生亦言，死亦言：朱儒長三尺餘，奉一囊粟，錢二百四十；臣朔長九尺餘，亦奉一囊粟，錢二百四十。朱儒飽欲死，臣朔飢欲死。』」

〔三〕「子雲」句：漢書揚雄傳：「（雄）不汲汲於富貴，不戚戚於貧賤，不修廉隅以徼名當世。家産不過十金，乏無儋石之儲，晏如也。自有大度，非聖哲之書不好也；非其意，雖富貴不事也。」

答梅聖俞㊀〔一〕

寒日照窮巷，荆扉晨未開。驚聞遠方信，有客渡江來。開緘復何喜，宛若見瓊瑰。一爾乖出處，未嘗持酒杯。官閑隱朝市〔二〕，歲暮慘風埃。音書日可待，春雁暖應回。

【校記】

㊀卷後原校：奉酬聖俞、答梅聖俞，二詩多同而韻異，故兩存之。

【箋注】

〔一〕原未繫年。據卷後校，與前詩奉酬聖俞當同爲慶曆元年（一〇四一）作。

〔二〕「官閑」句：文選卷二二王康琚反招隱詩：「小隱隱陵藪，大隱隱朝市。」

病中聞梅二南歸〔一〕

聞君解舟去，秋水正沄沄〔二〕。野岸曠歸思，都門辭世紛。稍逐商帆伴，初隨征雁羣。山多淮甸出〔三〕，柳盡汴河分。楚色蕪尚緑㊀，江煙日半曛㊁。客意浩已遠，離懷寧復云。宣城好風月，歸信幾時聞？

【校記】

㊀尚：原校：一作「上」。　㊁半：原校：一作「畔」。

【箋注】

〔一〕原未繫年，當爲慶曆元年（一〇四一）作。梅二，梅堯臣，是年秋，南下赴湖州任。堯臣家鄉宣城毗鄰湖州，故詩云：「宣城好風月，歸信幾時聞？」

〔二〕 沄沄：水流洶湧貌。董仲舒春秋繁露山川頌：「水則源泉混混沄沄，晝夜不竭。」

〔三〕 淮甸：淮水流域。

送智蟾上人遊天台㊀〔一〕

昔年在伊洛，林壑每相從。對掃竹下榻，坐思湖上峰。自言伊洛波，每起滄洲憶〔二〕。今茲道行遊，千里東南國。都門汴河上，柳色入青煙。流水向淮浦，歸人隨越船。東南遍林巘，萬壑新流滿。小桂緑應芳，江春行已晚。藹藹赤城陰〔三〕，依依識古岑。一去誰復見，石橋雲霧深。

【校記】

㊀「智」字原缺，據目録補。

【箋注】

〔一〕 原未繫年，置康定元年與慶曆元年詩間，當爲慶曆元年（一〇四一）作。由「今茲」四句，知作者乃於汴京送智蟾游東南，時值春季。據胡譜，康定元年春，歐尚在滑州武成軍節度判官任上，故本詩應作於慶曆元年春。由首二句，知智蟾爲作者洛陽舊交。天聖九年，歐已有智蟾上人游南嶽詩，見居士集卷一〇。天台（今屬浙江）在台州，有天台山。

〔二〕 滄洲：濱水之地，常用以稱隱士居處。阮籍爲鄭冲勸晉王箋：「然後臨滄州而謝支伯，登箕山以揖許由。」

〔三〕赤城：在天台縣北，爲天台山南門。文選孫綽游天台山賦：「赤城霞舉而建標。」李善注：「支遁天台山銘序曰：『往天台，當由赤城山爲道徑。』孔靈符會稽記曰：『赤城，山名，色皆赤，狀似雲霞。』」

送徐生秀州法曹〔一〕

一笑暫相從，結交方恨晚。猶茲簿領困〔二〕，況爾東南遠。落帆淮口暮，採石江洲暖。黄鵠可寄書，惟嗟雙翅短。

【箋注】

〔一〕原未繫年，置康定、慶曆詩間。由「落帆淮口」、「採石江洲」觀之，歐當在汴京爲徐生送行，則詩當作于康定元年（一〇四〇）八月至京任職後。書簡卷六與梅聖俞（康定元年）：「八月一日至京師。」秀州，治今浙江嘉興。法曹，法曹參軍。徐生，不詳。

〔二〕簿領：官府記事之簿册或文書。後漢書南匈奴傳：「當決輕重，口白單于，無文書簿領焉。」

讀山海經圖〔一〕

夏鼎象九州，山經有遺載〔二〕。空濛大荒中，杳靄羣山會。炎海積歊蒸，陰幽異明晦。奔趨各異種，倏忽俄萬態。羣倫固殊稟，至理寧一概。駭者自云驚，生兮孰知怪？未能識造化，但爾披圖繪。不有萬物殊，豈知方輿大？

【箋注】

〔一〕原未繫年，當作於康定元年（一〇四〇）八月至京復充館閣校勘後。

〔二〕「夏鼎」二句：相傳夏禹鑄九鼎以象九州。左傳宣公三年：「昔夏之方有德也，遠方圖物，貢金九牧，鑄鼎象物，百物而爲之備，使民知神奸。」左思吴都賦：「名載於山經，形鏤於夏鼎。」

依韻和聖俞見寄〔一〕

與君結交深〔二〕，相濟同水火。文章發春葩，節行凜筠笴〔三〕。吾才已愧君，子齒又先我。君惡予所非，我許子云可。厥趣共乖時，畏塗難轉輠〔四〕。道肥家所窮，身老志彌果。每嗟游從異，有甚樊籠鎖。天匠染青紅，花腰呈裊娜〔五〕。苟能杯酌同，直待冠巾墮。無欺校讎貧，鹽米尚餘顆。

【箋注】

〔一〕原未繫年，詩云「無欺校讎貧」，當作於康定元年（一〇四〇），即至京復充館閣校勘後。是年堯臣有依韻和永叔子履冬夕小齋聯句見寄（梅集編年卷一〇），歐作本詩和之，知時爲冬季。

〔二〕「與君」句：梅詩：「談極唯思我。」

〔三〕筠笴：竹杆。

〔四〕轉輠：轉動車輪。禮記雜記下：「叔孫武叔朝，見輪人以其杖關轂而輠輪者。」孔穎達疏：「關，穿也；輠，迴也。謂作輪之人，以扶病之杖關穿轂中，而迴轉其輪。」

〔五〕「天匠」二句：梅詩：「到時春怡怡，萬柳枝娜娜。」天匠，天工神匠。

晏太尉西園賀雪歌〔一〕

陰陽乖錯亂五行，窮冬山谷暖不冰。一陽且出在地上，地下誰發萬物萌？太陰當用不用事〔二〕，蓋由姦將不斬虧國刑〔三〕。遂令邪風伺間隙，潛中瘟疫於疲氓。神哉陛下至仁聖，憂勤懇禱通精誠。聖人與天同一體，意未發口天已聽。忽收寒威還水官〔四〕，正時肅物凜以清。寒風得勢獵獵走，瓦乾霰急落不停。恍然天地半夜白，羣雞失曉不及鳴。清晨拜表東上閤，鬱鬱瑞氣盈宫庭。退朝騎馬下銀闕，馬滑不慣行瑶瓊〔五〕。晚趨賓館賀太尉，坐覺滿路流歡聲。便開西園掃徑步，正見玉樹花凋零。小軒却坐對山石，拂拂酒面紅煙生。主人與國共休戚，不惟喜悦將豐登。須憐鐵甲冷徹骨，四十餘萬屯邊兵〔六〕！

【箋注】

〔一〕據題下注，慶曆元年（一〇四一）作。魏泰東軒筆録卷一一：「慶曆中，西師未解，晏元獻公殊爲樞密使。會大雪，歐陽文忠公與陸學士經同往候之，遂置酒於西園。歐陽公即席賦晏太尉西園賀雪歌，其斷章曰：『主人與國共休戚，不惟喜悦將豐登。須憐鐵甲冷徹骨，四十餘萬屯邊兵。』晏深不平之，嘗語人曰：『昔日韓愈亦能作詩詞，每赴裴度會，但云：園林窮勝事，鐘鼓樂清時。却不曾如此作鬧。』」又，該書佚文（載永樂大典卷一八二二二）云：「歐陽文忠素與晏公無它，但自即席賦雪詩後，稍稍相失。晏一日指韓愈畫像語坐客曰：『此貌大類歐陽修，安知修非愈之後也。吾重修文章，不重它爲人。』歐陽亦每謂人曰：『晏公小詞最佳，詩次之，文又次於詩，其爲人又次於文也。』豈文人相輕而然耶？」按：此未知屬實否，姑存之。又，潘錞潘子真詩話晏殊答歐陽永叔書：「永叔頗聞晏因賦雪詩有語。其後歐守青社，晏亦出殿宛丘，歐乃作啓叙生平出處，以致謝悃，其略曰：『伏念曩者相公始掌貢舉，修以進士而被選掄，及當鈞衡，又以諫官而蒙獎擢，出門館不爲不舊，受恩知不爲不深。』晏得書，即於書尾作數語，授掌記謄本答之，甚滅裂。坐客怪而問焉，晏徐曰：『作答知舉時一門生書也。』意終不平。」據宋史宰輔表，慶曆元年，晏爲樞密使，故稱「太尉」。

〔二〕「太陰」句：易緯稽覽圖卷上：「太平之時太陰用事。」

〔三〕姦將：當指反宋自立的元昊。慶曆元年，西夏軍于好水川大敗宋軍，宋大將任福戰死，邊境不寧，朝野震動。

〔四〕「忽收」句：禮記月令「（孟冬之月）其帝顓頊，其神玄冥」，鄭玄注：「玄冥，少皞氏之子，曰修，曰熙，爲水官。」蘇軾京師哭任遵聖詩「嚼齒對姦將」，言唐張巡守睢陽，面對安史叛軍，齧齒皆碎。

〔五〕瑶瓊：瑶林瓊樹，形容雪後京城猶如玉界、仙境。

〔六〕「四十」句：宋史兵志四：「康定初，詔河北、河東添籍彊壯，河北凡二十九萬三千，河東十四萬四千，皆以時訓練。自西師屢衄，正兵不足，乃籍陝西之民，三丁選一以爲鄉弓手。」

送吴照鄰還江南〔一〕

霜前江水磨碧銅，岸背菱葉翹青蟲。吴郎鬢絲生幾縷，不羞月上扶桑東〔二〕。羞見清波照人景，去時黑髮吹春風。五年歸來婦應喜，從此不問西飛鴻。

【箋注】

〔一〕原未繫年，置慶曆元年、二年詩間。梅集編年卷二二皇祐四年詩有送吴照鄰都官還江南，與本詩相同，唯「青」作「赤」，「生」作「蒼」。明李蓘編宋藝圃集收本詩于歐之名下，康熙時編御選宋金元明四朝詩御選宋詩，則於梅堯臣名下録此詩。究竟何人所作，未詳，待考。

〔二〕扶桑：太平御覽卷九五五引舊題郭璞玄中記：「天下之高者，扶桑無枝木焉，上至天，盤蜿而下屈，通三泉。」

【集評】〔清〕方東樹：數句耳，而往復逆折，深變如此，非深於古文不知。寫江南時令景起，倒入今白髮，却憶先年來時未老，逆捲法也。「不羞」句用意迂，不快人意；然或余未能解之耶？「羞見」句逆捲。「五年」二句又順布，言不再出。不如杜公秋風。（昭昧詹言卷一二）

答朱寀捕蝗詩〔一〕

捕蝗之術世所非，欲究此語興於誰。或云豐凶歲有數，天孽未可人力支。或言蝗多不易捕，驅民入野踐其畦。因之姦吏恣貪擾，户到頭斂無一遺〔二〕。蝗災食苗民自苦，吏虐民苗皆被之。吾嗟此語秖知一，不究其本論其皮。驅雖不盡勝養患，昔人固已決不疑。秉蝨投火況舊法〔三〕，古之去惡猶如斯。既多而捕誠未易，其失安在常由遲。詵詵最説子孫衆，爲腹所孕多蝝蚳〔四〕。始生朝畝暮已頃，化一爲百無根涯。口含鋒刃疾風雨，毒腸不滿疑常飢㊀。高原下濕不知數，進退整若隨金鼙。嗟兹羽孽物共惡，不知造化其誰尸？大凡萬事悉如此，禍當早絶防其微。蠅頭出土不急捕，羽翼已就功難施。只驚羣飛自天下，不究生子由山陂。官書立法空太峻，吏愚畏罰反自欺。蓋藏十不敢申一，上心雖惻何由知〔五〕？不如寬法擇良令，告蝗不隱捕以時。今苗因捕雖踐死，明歲猶免爲蝝菑〔六〕。

吾嘗捕蝗見其事，較以利害曾深思。官錢二十買一斗，示以明信民爭馳㊁。斂微成衆在人力，頃刻露積如京坻〔七〕。乃知孽蟲雖甚衆，嫉惡苟鋭無難爲。往時姚崇用此議，誠哉賢相得所宜〔八〕。因吟君贈廣其説，爲我持之告採詩。

【校記】

㊀常飢：天理本卷後校：文藪作「長飢」。　㊁示：原校：一作「亦」。

【箋注】

〔一〕據題下注，慶曆二年（一〇四二）作。長編卷一四四載，慶曆三年十月「乙卯，詔修兵書……集賢校理曾公亮、朱寀爲檢閲官」。注云：「朱寀九月丙寅以佐著作、直講爲集賢校理，尋卒，范仲淹集有奏狀乞録其弟。」范文正集卷一九進故朱寀所撰春秋文字及乞推恩與弟寘狀，云寀著有春秋指歸。據居士集卷三八尚書户部侍郎贈兵部尚書蔡公行狀，朱寀爲蔡齊故吏。長編卷一一四載景祐元年謝絳言：「蝗亘田野，坌入郛郭，跳擲官寺，井堰皆滿」；卷一一六載「明道末，京西旱蝗」；卷一二三載寶元二年「曹、濮、單三州言蝗」；卷一二九載康定元年「詔天下諸縣，凡擫飛蝗遺子一升者，官給以米荳三升」，足見蝗災嚴重。

〔二〕頭斂：即頭會箕斂。史記張耳陳餘列傳：「外内騷動，百姓罷敝，頭會箕斂，以供軍費。」裴駰集解引漢書音義：「家家人頭數出穀，以箕斂之。」

〔三〕秉蟊投火：詩小雅大田：「去其螟螣，及其蟊賊，無害我田穉。田祖有神，秉畀炎火。」毛傳：「食心曰螟，食葉曰螣，食根曰蟊，食節曰賊。」鄭箋：「持之付與炎火，使自消亡。」

〔四〕「爲腹」句：言蝗腹之卵甚多。蜫蚳，泛指蟲子。

〔五〕「上心」句：本集卷一五有景祐三年作送王聖紀赴扶風主簿序，云：「前二三歲，旱蝗相連，朝廷歲歲隨其災之厚薄，繫其賦之多少，至兵食不足，則歲糴或入粟以爵而充之。是在上者之愛人，而仁人之心易惻也。」

〔六〕蝝蝻：蝗災。文選張衡西京賦：「擭胎拾卵，蚳蝝盡取。」李周翰注：「蝝，蝗子。」

〔七〕京坻：詩小雅甫田：「曾孫之庾，如坻如京。」坻，水中高地；京，高丘。

〔八〕「往時」三句：鄭綮開天傳信記：「開元初，山東大蝗，姚元崇請分遣使捕蝗埋之……曰：臣聞大田詩曰『秉畀炎火』者，捕蝗之術也……時中外咸以爲不可，上謂左右曰：『吾與賢相討論已定，捕蝗之事敢議者死。』是歲所司結奏捕蝗蟲凡□百□餘萬石，時無饑饉，天下賴焉。」按：姚崇，本名元崇，改名元之，後避開元年號，又改名崇。歷任武則天、睿宗、玄宗朝宰相，後引宋璟自代，史稱「姚宋」。

答蘇子美離京見寄〔一〕

衆奇子美貌，堂堂千人英〔二〕。我獨疑其胸，浩浩包滄溟。滄溟産龍蜃，百怪不可名。是以子美辭，吐出人輒驚。其於詩最豪，奔放何縱横〔三〕！衆弦排律吕，金石次第鳴。間以險絶句，非時震雷霆。兩耳不及掩，百痾爲之醒。語言既可駭，筆墨尤其精。少雖嘗力學，老乃若天成。濡毫弄點畫，信手不自停。端莊雜醜怪，羣星見欃槍。爛然溢紙幅，視久無定形。使我終老學，得一已足矜〔四〕。而君兼衆美，磊落猶自輕。高冠出人上，誰敢揖其膺？羣臣列丹陛，幾位缺公卿。使之束帶立，可以重朝廷。況令參國議，高論吐崢嶸。惜哉三十五，白髮今已生。近者去江淮，作詩寄離情。口誦不及寫，一日傳都城。退之序百物，其鳴由不平〔五〕。天方苦君心，欲使發其聲。嗟我非鸑鷟〔六〕，徒思和嚶嚶。因風幸數寄，聱我聾與盲。

【校記】

㈠子美：卷後原校：慶曆文粹作「倩仲」，蓋舜欽舊字，後篇同。

【箋注】

〔一〕原未繫年，當爲慶曆二年（一〇四二）作。是年，蘇舜欽離京旅居山陽（今江蘇淮安），守母喪，有出京後舟中有作寄仲文韓二兄弟永叔歐陽九和叔杜二詩（蘇集編年卷二），歐答以本詩。詩云：「惜哉三十五，白髮今已生。」舜欽生於大中祥符元年（一〇〇八），三十五歲正是慶曆二年。山陽屬淮南東路楚州，在江淮間，故詩云：「近者去江淮，作詩寄離情。」

〔二〕「衆奇」二句：居士集卷三一湖州長史蘇君墓誌銘：「君狀貌奇偉，慷慨有大志。」

〔三〕「其於」二句：歐集詩話：「蘇豪以氣轢，舉世徒驚駭。」

〔四〕「語言」十二句：見湖州長史蘇君墓誌銘箋注〔一八〕。欃槍，爾雅釋天：「彗星爲欃槍。」郭璞注：「亦謂之孛，言其形孛，孛似掃彗。」

〔五〕「退之」二句：韓愈送孟東野序：「大凡物不得其平則鳴。」

〔六〕鸑鷟：國語周語上：「周之興也，鸑鷟鳴於岐山。」韋昭注：「三君云：鸑鷟，鳳之别名也。詩云：『鳳皇鳴矣，于彼高岡。』其在岐山之脊乎？」

立秋有感寄蘇子美〔一〕

庭樹忽改色，秋風動其枝。物情未必爾，我意先已悽。雖恐芳節謝〔二〕，猶忻早涼歸。

起步雲月暗，顧瞻星斗移。四時有大信，萬物誰與期〔三〕？故人在千里，歲月令我悲。所嗟事業晚，豈惜顏色衰？廟謀今謂何，胡馬日以肥！

【箋注】

〔一〕原未繫年，當爲慶曆二年（一〇四二）作。是年，舜欽於山陽守母喪，立秋時歐作本詩寄之。上年，西夏大敗宋軍于好水川。是年，遼遣使來索晉陽及瓦橋關以南十縣地。宋遼達成協議，宋增歲幣銀、絹各十萬。（見長編卷一三七）故詩末云：「廟謀今謂何，胡馬日以肥。」

〔二〕芳節謝：言草木凋殘。于濆戍卒傷春：「連年戍邊塞，過却芳菲節。」

〔三〕「四時」二句：潘岳秋興賦：「四時忽其代序兮，萬物紛以迴薄。覽花蒔之時育兮，察盛衰之所托。感冬索而春敷兮，嗟夏茂而秋落。」禮記學記：「大德不官，大道不器，大信不約，大時不齊。」孔穎達疏：「大信不約者，大信，謂聖人之信也；約，謂期要也。大信，不言而信。」

喜雪示徐生〔一〕

清穹凜冬威〔一〕，旱野渴天澤。經旬三尺雪，萬物變顏色。愁雲噓不開，慘慘連日夕。寒風借天勢，豪忽肆陵轢。空枝凍鳥雀，癡不避彈弋。長河寂無聲，厚地若龜坼〔二〕。陰階夜自照，缺瓦晨復積。貯潔瑩冰壺，量深埋玉尺。凝陰反窮剝，陽九兆初畫〔三〕。春回百草心，氣動黃泉脉。堅冰雖未破，土潤已潛釋。常聞老農語，一臘見三白〔四〕。是爲豐年候，占驗勝蓍策。天兵血西陲〔五〕，萬轍走供億〔六〕。嗟予愧疲俗，奚術肥爾瘠？惟幸歲之穰，茲惠豈人力？非徒給租調，且可銷盜賊。從今潔䴵𪌭〔七〕，期共飽粹麥。

【校記】

㊀穹：原校：一作「空」。

【箋注】

〔一〕原未繫年，當爲慶曆二年（一〇四二）作。徐生，徐無黨。據胡譜，是年九月，歐通判滑州。徐無黨隨後亦往滑州從學。慶曆三年，歐有答徐無黨第二書云：「尤愛吾子辭意甚質徑，知吾子之有成，不負其千里所以去父母而來之之意。修亦粗塞責，不愧於吾子之父母與親戚鄰里鄉黨之人。」又有歸雁亭詩，云「荒蹊臘雪春尚埋，我初獨與徐生來」，知二年冬雪之時，歐已與徐無黨出游。

〔二〕龜坼：凍裂。

〔三〕「凝陰」二句：謂陰極則陽生。程頤易傳卷二：「物無剥盡之理，故剥極則復來，陰極則陽生。」按：復卦（䷗），一陽生五陰之下，陰極而陽復也。

〔四〕三白：苕溪漁隱叢話卷二三：「三白事古人不曾用，自永叔始，遂爲故實。如鮑欽止雪霽云：『三白歲可期，一飽分已定。』吕居仁雪詩云：『看取一年三白，喜歡共入新年。』皆本此也。」按：三白謂三度下雪，唐人已用，非自歐始。全唐詩卷八八八占年：「正月三白，田公笑赫赫。」

〔五〕「天兵」句：慶曆二年閏九月，大將葛懷敏等與西夏軍戰，敗殁于定川寨。見長編一三七。

〔六〕供億：按需要而供給。劉禹錫謝貸錢物表：「經費所資，數盈鉅萬；餽餉時久，供億力殫。」

〔七〕䴵：漢書五行志中之下：「燕王宫永巷中豕出圂，壞都竈，銜其鬴六七枚置殿前。」顔師古注引晉灼曰：「鬴，古文釜字。」

賦竹上甘露〔一〕

梢梢兩竹枝，甘露葉間垂。草木有靈液，陰陽凝以時。深山與窮谷，往往嘗有之㊀。幸當君子軒，得爲衆人知。物生隨所託，晦顯各有宜。聊以助歌詠，兼堪飲童兒。

【校記】

㊀嘗：原校：一作「常」。

【箋注】

〔一〕原未繫年，置慶曆二年（一〇四二）詩間，約爲是年作。

和對雪憶梅花〔一〕

昔官西陵江峽間，野花紅紫多斕斑。惟有寒梅舊所識，異鄉每見心依然㊀〔二〕。爲憐花自洛中看，花上蜀鳥啼綿蠻。當時作詩誰唱和，粉蘂自折清香繁。今來把酒對殘雪，却憶江上高樓山。羣花四時媚者衆，何獨此樹令人攀？窮冬萬木立枯死，玉豔獨發陵清寒。鮮妍皎如鏡裏面，綽約對若風中仙。惜哉北地無此樹，霰雪漫漫平沙川。徐生隨我客此郡，冰霜旅舍逢新年。憶花對雪晨起坐，清詩寶鐵裁琅玕〔三〕。長河風色暖將動，即看緑柳含春煙。寒齋寂寞何以慰，卯杯且醉酣午眠〔四〕。

【校記】

㊀心：原校：一作「必」。

【箋注】

〔一〕原未繫年，當與喜雪示徐生同爲慶曆二年（一〇四二）作。是冬，歐在滑州，故詩有「惜哉北地無此樹」之語。時徐無黨隨客滑州，故詩云：「徐生隨我客此郡，冰霜旅舍逢新年。」

〔二〕「昔官」四句：居士集卷一一戲贈丁判官詩有「西陵江口折寒梅」之句。

〔三〕寶鐵裁琅玕：張耒琉璃瓶歌贈晁二：「昆吾寶鐵雕春冰。」又，寄答參寥五首之三：「精工造奧妙，寶鐵鏤瑶瓊。」據蔡元定律吕新書卷二，寶鐵爲「梁寶鐵尺」；據張耒詩則爲刀劍。琅玕，喻冰凌。周邦彦紅林檎近詞：「風雪驚初霽，水鄉增暮寒。樹杪墮飛羽，簷牙挂琅玕。」依此，本詩中寶鐵當爲鐵尺。

〔四〕卯杯：晨杯。

【集評】

〔清〕方東樹：不解古文，不能作古詩，放翁所以不可人意也。此詩細縷密針，粗才豈識？余最不喜放翁，以其猶粗才也。此論前未有人見者，亦且不知古文也。昔在西陵，見梅憶洛，今在北地，對雪無梅，憶西陵再入題。和詩從昔時見梅説，即逆捲法也。用意深，情韻深，句逸而清。先叙後點，叙處夾議夾寫，此定法也。正題在後，却將虚者實之於後。「當時」三句，接「風中仙」下。「今來」四句删。此不及坡元韻三首，而情韻幽折可愛。（昭昧詹言卷一二）

歸雁亭〔一〕

荒蹊臘雪春尚埋，我初獨與徐生來〔二〕。城高樹古禽鳥野，聲響格磔寒磑磑〔三〕。頹垣敗屋巍然在㊀，略可遠眺臨傾臺〔四〕。高株唯有柳數十，夾路對立初誰栽㊁？漸誅榛莽辨草樹，頗有桃李當牆隈㊂。欣然便擬趁時節㊃，斤鋤日夕勞耘培。新年風色日漸好，晴天仰見雁已回。枯根老脉凍不發，繞之百匝空徘徊。頑姿野態煩造化，勾芒不肯先煦吹〔五〕。酒酣幾欲撾大鼓〔六〕，驚起龍蟄驅春雷。偶然不到才數日，顔色一變由誰催？翠芽紅粒迸條出，纖趺嫩萼如剪裁。卧槎燒枿亦强發〔七〕，老朽不避衆豔咍。姹然山杏開最早，其餘紅白各自媒㊄。初開盛發與零落，皆有意思牽人懷。衆芳勿使一時發㊅，當令一落續一開。畢春應須酒萬斛，與子共醉三千杯。

【校記】

㊀巍然：天理本卷後續校：碑作「巋然」。㊁夾路：天理本卷後續校：碑作「夾道」。㊂當牆隈：天理本卷後續校：碑作「空牆隈」。㊃便擬：天理本卷後續校：碑作「便欲」。㊄自媒：天理本卷後續校：碑作「有媒」。後有編者語云：「士大夫校前輩文集，每得元碑，欣然以爲正，不知一時下筆，後多自改。今觀歸雁亭詩，皆以印本爲勝，疑公晚年所自定者。」㊅時發：卷後原校：慶曆文粹作「時歇」。

【箋注】

〔一〕如題下注，慶曆三年（一〇四三）作。歸雁亭在滑州（治今河南滑縣東），見居士集卷九答梅公儀歸雁亭長韻箋注〔一〕。詩云「新年風色日漸好」，當作於初春。據胡譜，是春，歐仍在滑州，四月方回京。

〔二〕徐生：徐無黨。

〔三〕格磔：鳥鳴聲。錢起江行無題詩之二六：「祇知秦塞遠，格磔鷓鴣啼。」毿毿：鳥羽張開貌。儲光羲射雉詞：「冪㔩疏蒿下，毿毿深叢裏。」
〔四〕傾臺：廢圮之臺，指北魏時所建滑臺宫。魏書高祖紀下：「（太和十七年）大赦天下，起滑臺宫。」
〔五〕勾芒：春神。禮記月令：「（孟春之月）其帝大皞，其神句芒。」按：「句」同「勾」。
〔六〕掏：敲擊。
〔七〕「卧槎」句：言被砍倒燒過的樹木也强發出新枝。

【集評】
〔清〕方東樹：情韻好。字密。細讀數過，乃見情韻之妙，不似俗手作重復不通之言也。（昭昧詹言卷一二）

送韓子華〔一〕

嗟我久不見韓子，如讀古書思古人。忽然相逢又數日，笑語反不共一罇。諫垣尸居職業廢，朝事汲汲勞精神〔二〕。子華筆力天馬足〔三〕，駑駘千百誰可羣？嗟予老鈍不自笑，尚欲疾走追其塵。子華有時高談駭我聽，榮枯萬物移秋春。所以不見令我思，見之如飲玉醴醇。叩門下馬忽來别，高帆得風披飛雲。離懷有酒不及寫，别後慰我寓於文。

【箋注】
〔一〕原未繫年，當爲慶曆三年（一〇四三）作。韓絳字子華，生平見居士集卷五奉答子華學士安撫江南見寄之作箋注〔一〕。詩云「諫垣尸居職業廢」，知歐時居諫職。據胡譜，歐慶曆三年四月至京，知諫院。據宋會要輯稿選舉志二之八，韓絳慶曆二年登第。翌年，絳以太子中允通判陳州，歐作本詩送之。

〔二〕「朝事」句：本集卷一八慶曆三年所作答徐無黨第二書云：「今歲還京師，職在言責，值天下多事，常日夕汲汲，爲明天子求人間利病，無小大，皆躬自訪問於人。」

〔三〕「子華」句：李清臣韓獻肅公絳忠弼之碑（琬琰集删存卷一）：「試進士，唱名第三，文章聲動一時。」

送李太傅知冀州〔一〕端懿

吾慕李漢超，爲將勇無儔。養士三千人，人人百貔貅。關南三十年，天子不北憂〔二〕。吾愛李允則，善覘多計籌。虜動靜寢食，皎如在雙眸。出入若變化，談笑摧敵謀。恩信浹南北，聲名落燕幽〔三〕。二公材各異，戰守兩堪尤。天下不用兵，爾來三十秋〔四〕。今其繼者誰？守冀得李侯。李侯年尚少，文武學彬彪〔五〕。河朔一尺雪，北風暖貂裘。上馬擘長弓㊀，白羽飛金鍭〔六〕。臨行問我言，我慚本儒鯫〔七〕。漢超雖已久，故來尚歌謳。允則事最近，猶能想風流。將此聊爲贈，勉哉行無留。

【校記】

㊀擘：原校：一作「臂」。

【箋注】

〔一〕原未繫年，當爲慶曆三年（一〇四三）作。是年，李端懿知冀州。長編卷一四四載，慶曆三年十月「壬戌，樞密使杜衍建議擇外戚子弟試外官。癸亥，以舒州團練使李端懿知冀州」，遂有本詩。蘇舜欽亦有送李冀州詩（蘇集編年卷二）。冀州，治今河北冀縣。端懿生平見居士集卷三二鎮潼軍節度觀察留後李公墓誌銘。

〔二〕「吾慕」六句：李漢超，字顯忠，雲州雲中人。後周時補殿前指揮使，遷殿前都虞候。宋初，任散指揮都指揮使，遷齊州防禦使兼關南兵馬都監。關南素苦契丹侵暴，賴漢超鎮撫而得安寧。善撫士卒，與之同甘苦，死之日，軍中皆流涕。宋史有傳。貔貅，古籍中的兩種猛獸，用以喻勇猛之戰士。張說王氏神道碑：「赳赳將軍，貔貅絶羣。」

〔三〕「吾愛」八句：李允則，字垂範，并州盂縣人。少以才略聞，歷知潭、滄、雄、鎮、潞諸州，機警有膽識，治城壘，作溝塹，詳察敵情，預知契丹動静，善撫士卒。在河北二十餘年，事功最多，極有聲望。宋史有傳。

〔四〕「天下」二句：由景德元年（一〇〇四）宋遼訂澶淵之盟而罷兵，至慶曆三年，爲四十年。詩云「三十」，疑誤記。

〔五〕彬彪：光彩煥發貌。

〔六〕鍭：箭鏃。陳琳武軍賦：「焦銅毒鐵，簳鏃鳴鍭。」

〔七〕儒鯫：學識淺陋之儒生。

石篆詩〔一〕并序

某啓：近蒙朝恩守此州，州之西南有瑯琊山唐李幼卿庶子泉者〔二〕。某在館閣時，方國家詔天下，求古碑石之文，集于閣下，因得見李陽冰篆庶子泉銘〔三〕。學篆者云：「陽冰之迹多矣，無如此銘者。」常欲求其本而不得，于今十年矣。及此來，已獲焉。而銘石之側，又陽冰别篆十餘字，尤奇於銘文，世罕傳焉。山僧惠覺指以示予〔四〕，予徘徊其下，久之不能去。山之奇迹，古今紀述詳矣，而獨遺此字。予甚惜之，欲有所述，而患文辭之不稱。思予嘗愛其文而不及者㊀，梅聖俞、蘇子美也。因爲詩一首，并封題墨本以寄二君，乞詩刻于石。

寒巖飛流落青苔㊁，旁斲石篆何奇哉！其人已死骨已朽，此字不滅留山隈。山中老僧憂石泐，印之以紙磨松煤〔五〕。欲令留傳在人世，持以贈客比瓊瑰。我疑此字非筆畫，又疑人力非能爲。始從天地胚渾判〔六〕，元氣結此高崔嵬。當時野鳥踏山石〔七〕，萬古遺迹於蒼崖。山祇不欲人屢見〔八〕，每吐雲霧深藏埋。羣仙飛空欲下讀，常借海月清光來。嗟我豈能識字法，見之但覺心眼開。辭慳語鄙不足記，封題遠寄蘇與梅。

【校記】

㊀予嘗：卷後原校：一作「予常」。　㊁流：原校：一作「溜」。

【箋注】

〔一〕如題下注，慶曆五年（一〇四五）作。歐是年十月至滁（胡譜），本詩即作于冬日。集古録跋尾卷七唐李陽冰庶子泉銘：「右庶子泉銘，李陽冰撰并書。慶曆五年，余自河北都轉運使貶滁陽，屢至陽冰刻石處，未嘗不裴回其下。庶子泉昔爲流溪，今爲山僧填爲平地，起屋於其上。問其泉，則指一大井示余曰：『此庶子泉也。』可不惜哉！」梅集編年卷一六慶曆六年詩有歐陽永叔寄琅琊山李陽冰篆十八字并永叔詩一首欲予繼作因成十四韻奉答，蘇集編年卷三亦有慶曆六年作和永叔瑯琊山庶子泉陽冰石篆詩，公是集卷二三有永叔附寄滁州庶子泉李監題十二字詩。書簡卷六與梅聖俞（慶曆六年）：「瑯琊泉石篆詩，衹候子美詩來，已招子美自來書而刻之。」

〔二〕李幼卿庶子泉：泉之由來載獨孤及瑯琊溪述，見居士集卷三瑯琊山六題箋注〔七〕。

〔三〕李陽冰：唐書法家。字仲温，趙郡人，工篆書。李白從叔。新唐書李白傳載陽冰爲當塗令，白往依之。

〔四〕惠覺：生平不詳。

〔五〕「山中」二句：言山僧作石篆拓文。周禮考工記序：「石有時以泐。」鄭玄注引鄭司農曰：「泐，謂石解散也，夏時盛暑大熱則然。」松煤，指墨。陶宗儀輟耕録墨：「至魏晉時，始有墨丸，乃漆煙松煤夾和爲之。」

〔六〕胚渾：亦作「肧渾」。文選郭璞江賦：「類肧渾之未凝，象太極之構天。」李善注：「言雲氣杳冥，似肧胎渾混，尚未凝結。」

〔七〕「當時」句：説文解字篆韻譜序：「倉頡模鳥迹而文字之形立矣。」

〔八〕山祇：山神。顔延之車駕幸京口侍游曲阿後湖作：「山祗蹕嶠路，水若警滄流。」

【集評】

〔清〕方東樹：起叙，以下却起棱。此與題畫同。「當時」二句偷退之。（昭昧詹言卷一二）按：韓愈有桃源圖詩云：「當時萬事皆眼見，不知幾許猶流傳。」

題滁州醉翁亭〔一〕

四十未爲老〔二〕，醉翁偶題篇。醉中遺萬物，豈復記吾年！但愛亭下水，來從亂峰間。聲如自空落，瀉向兩簷前。流入巖下溪，幽泉助涓涓。響不亂人語，其清非管弦。豈不美絲竹，絲竹不勝繁〔三〕。所以屢携酒，遠步就潺湲。野鳥窺我醉，溪雲留我眠。山花徒能笑，不解與我言。惟有巖風來，吹我還醒然。

【箋注】

〔一〕如題下注，慶曆六年（一〇四六）作。是年，僧智仙造醉翁亭，歐有記，見居士集卷三九；又作本詩。

〔二〕「四十」句：慶曆六年，歐四十歲。居士集卷六贈沈遵：「我時四十猶强力，自號醉翁聊戲客。」

〔三〕「絲竹」句：醉翁亭記：「宴酣之樂，非絲非竹。」

【集評】

〔清〕宋長白：歐陽公題醉翁亭曰：「野鳥窺我醉……吹我還醒然。」有行雲流水，自得其樂之意。（柳亭詩話卷三〇）

贈學者〔一〕

人禀天地氣，乃物中最靈。性雖有五常〔二〕，不學無由明。輪曲揉而就，木直在中繩。堅金礪所利，玉琢器乃成〔三〕。仁義不遠躬，勤勤入至誠。學既積於心，猶木之敷榮〔四〕。根本既堅好，蓊鬱其幹莖。爾曹宜勉勉，無以吾言輕。

【箋注】

〔一〕原未繫年，當作於慶曆六年（一〇四六）至八年間。

〔二〕五常：書泰誓下：「今商王受，狎侮五常。」孔穎達疏：「五常即五典，謂父義、母慈、兄友、弟恭、子孝，五者人之常行。」又，董仲舒謂仁、義、禮、智、信爲五常。見賢良策一。

〔三〕「輪曲」四句：荀子勸學：「木直中繩，輮以爲輪，其曲中規；雖有槁暴不復挺者，輮使之然也。故木受繩則直，金就礪則利，君子博學而日參省乎己，則知明而行無過矣。」禮記學記：「玉不琢，不成器；人不學，不知道。」

〔四〕敷榮：開花。嵇康琴賦：「迫而察之，若衆葩敷榮曜春風，既豐贍以多姿，又善始而令終。」

春寒效李長吉體〔一〕

東風吹雲海天黑，飢龍凍雲雨不滴。嗔雷隱隱愁煙白，宿露無光瑶草寂。東皇染花滿春國〔二〕，天爲花迷借春色。呼雲鎖日恐紅蔫㊀，幾日春陰養花魄。悠悠遠絮縈空擲，愁思織春挽不得㊁。高樓去天無幾尺〔三〕，遠岫參差亂屏碧。

【校記】

㊀日：一作「月」。　㊁思：一作「絲」。

【箋注】

〔一〕原未繫年，當作於慶曆六年（一〇四六）至八年間。李賀，字長吉。新唐書文藝傳下：「（賀）辭尚奇詭，所得皆警邁，絶去翰墨畦徑，當時無能效者。」

〔二〕東皇：司春之神。戴叔倫暮春感懷：「東皇去後韶華在，老圃寒香别有秋。」

〔三〕「高樓」句：李白蜀道難：「連峰去天不盈尺。」

幽谷晚飲㊀〔一〕

一徑入蒙密，已聞流水聲。行穿翠篠盡，忽見青山横。山勢抱幽谷，谷泉含石泓。旁生嘉樹林，上有好鳥鳴。鳥語谷中静，樹涼泉影清。露蟬已嘒嘒，風溜時泠泠。渴心不待飲，醉耳傾還醒。嘉我二三友，偶同丘壑情。環流席高蔭，置酒當崢嶸。是時新雨餘，日落山更明。山色已可愛，泉聲難久聽。安得白玉琴，寫以朱絲繩㊂〔二〕。

【校記】

㊀幽谷：原校：一作「豐樂亭」。　㊁以：原校：一作「之」。

【箋注】

〔一〕原未繫年，當爲慶曆六年（一〇四六）或七年作。據胡譜，八年，「露蟬已嘒嘒」之時，歐已在揚州矣。幽谷，見居士集卷三幽谷泉詩箋注〔一〕。本詩開頭四句，與慶曆七年作與梅聖俞（書簡卷六）所述「去年夏中……穿入竹篠蒙密中，豁然路盡，遂得幽谷」毫無二致。又，曾鞏與王介甫第一書述慶曆七年八月侍父至金陵後，自宣化渡江至滁，見歐公，住且二十日，乃去。曾鞏在滁時作奉和滁州九詠九首，所和者有瑯琊山六題、石篆詩、遊瑯琊山與本詩。書簡卷六慶曆六年作與梅聖俞云：「遊山六詠等，即欲更立一石。」足見本詩作于六年的可能性極大。

〔二〕朱絲繩：指琴上的絲弦。鮑照代白頭吟：「直如朱絲繩，清如玉壺冰。」

外集卷四

古詩四

桐　花〔一〕

猗猗井上桐〔二〕，花葉何蓑蓑〔三〕。下蔭百尺泉，上聳陵雲材。翠色洗朝露，清陰午當階。幽蟬自嘒嘒，鳴鳥何喈喈。日出花照耀㊀，飛香動浮埃。今朝一雨過，狼籍黏青苔。斯桐乃誰樹？意若銘吾齋。常聞漢道隆，上下相和諧。選吏擇孝廉〔四〕，視民嬰與孩。政聲如九韶〔五〕，百物絶妖災。優優潁川守，能致鳳凰來〔六〕。到此幾千載，丹山自崔嵬〔七〕。聖君勤治理，百郡列賢才。嗟爾不自勉，鳳凰其來哉！

【校記】

㊀花照：卷後原校：一作「光照」。

【箋注】

〔一〕本卷詩注：「自知潁州至歸潁州作。起皇祐元年，盡熙寧五年。」據題下注，本詩皇祐元年（一〇四九）作。梅集編年卷二三送余中舍知漢州德陽：「桐花鳳何似？歸日爲將行。」桐花鳳，鳥名，乃因暮春時棲集于桐花而得名。

〔二〕猗猗：詩衛風淇奧：「瞻彼淇奧，緑竹猗猗。」毛傳：「猗猗，美盛貌。」

〔三〕蓑蓑：茂盛貌。韓愈南山有高樹行贈李宗閔：「南山有高樹，花葉何衰衰。」「衰」同「蓑」，錢仲聯曰：「從古字，不必加草也。」

〔四〕「選吏」句：漢代察舉科目甚多，但要求「皆有孝弟廉公之行」（後漢書百官志一注）。察舉的主要科目爲孝廉。漢書武帝紀：「元光元年冬十一月，初令郡國舉孝廉各一人。」

〔五〕九韶：莊子至樂：「奏九韶以爲樂，具太牢以爲膳。」成玄英疏：「九韶，舜樂名也。」

〔六〕「優優」二句：王鏊姑蘇志卷四四：「陸閎字子春，吴縣人，暢之子也。篤行好學，聰明有令德。選尚寧平公主，辭疾不應，爲潁川太守，致鳳凰甘露之瑞。建武中爲尚書令。」

〔七〕丹山：傳説中的山名。江淹水上神女賦：「非丹山之赫曦，聞琴瑟之空音。」山海經南山經：「丹穴之山……有鳥焉，其狀如雞，五彩而文，名曰鳳皇。」

思二亭送光禄謝寺丞歸滁陽〔一〕

吾嘗思醉翁㊀，醉翁名自我。山林本我性，章服偶包裹。君恩未知報，進退奚爲可？自非因讒逐，決去焉能果㊁？前時永陽謫，誰與脱韁鎖？山氣無四時，幽花常婀娜。石泉咽然鳴，野豔笑而傞〔二〕。賓歡正諠譁，翁醉已岌峩〔三〕。我樂世所悲，衆馳予坎軻。惟兹三二子，嗜好其同頗㊂。因歸謝巖石，爲我刻其左。

吾嘗思豐樂㊃，魂夢不在身。三年永陽謫，幽谷最來頻。谷口兩三家，山泉爲四鄰。但聞山泉聲，豈識山意春？春至换羣物，花開思故人。故人今何在，憔悴潁之濱。人去山自緑，春歸花更新。空令谷中叟，笑我種花勤。

【校記】

㊀嘗：原校：一作「常」。　㊁焉：原校：一作「詎」。　㊂好其：原校：二字一作「學甚」。　㊃嘗：原校：一作「常」。

【箋注】

〔一〕原未繫年，當爲皇祐元年（一〇四九）作。居士集卷一二有是年所作送謝中舍二首，天理本卷後校云：「掇英集作『送謝縝知餘姚。』」可知謝中舍即謝縝，幽谷種花之謝判官也。宋史職官志九：「諸寺、監丞有出身轉著作佐郎，無出身轉大理寺丞……大理寺丞有出身轉殿中丞，無出身轉太子中舍。」然則謝縝以光禄寺丞爲滁州判官在前，而以太子中舍知餘姚在後也。其人同年内兩次來潁訪歐，此爲首次。二亭指醉翁亭、豐樂亭。

〔二〕傞：舞不止貌。

〔三〕岌峩：傾頹貌。

堂中畫像探題得杜子美〔一〕

風雅久寂寞，吾思見其人。杜君詩之豪，來者孰比倫〔二〕？生爲一身窮，死也萬世珍。言苟可垂後，士無羞賤貧。

【箋注】

〔一〕原未繫年，當爲皇祐二年（一〇五〇）作。是年正月，歐於聚星堂會客，嘗賦壁間畫像，見居士集卷四人日聚星堂燕集探韻得豐字詩箋注〔一〕。

〔二〕「杜君」二句：歐集筆説李白杜甫詩優劣説於李杜評價甚高，云：「杜甫於白得其一節，而精强過之。至於天才自放，非甫可到也。」

和徐生假山〔一〕

匠智無遺巧〔二〕，天形極幽探。謂我愛山者，爲山列前簷。頹垣不數尺，萬嶮由心潛。或開如斷裂，或吐似谺緘〔三〕。或長隨靡迤〔四〕，或瘦露崆嵌〔五〕。陰穴覰杳杳〔六〕，高屏立巉巉。後出忽孤聳，羣奔沓相參。靉若氣融結〔六〕，突如鬼鐫鑱。昔歲貶荆楚，扁舟極東南。孤山馬當夾〔七〕，兩岸臨江潭。常恨江水惡，輕風不留帆。峰巒千萬狀，可愛不可談。但欲借粉繪，圖之掛紈縑。豈如几席間，百態生濃纖。暮雲點新翠，孤煙起朝嵐。況此窮冬節，陰飈積凝嚴。幽齋喜深處，遠目生遐瞻。晝卧不移枕，晨興自開簾。吾聞君子居，出處無常占。卷道或獨善，施物仁貴兼〔八〕。於時苟無益，懷禄古所慚。嵩山幸不遠，薇蕨豈不甘？自可結幽侶，披雲老溪巖。胡爲不即往，一室安且恬？辱子贈可愧，因詩以自讒㊁。

【校記】

㊀陰：原校：一作「險」。　㊁自讒：卷後原校：「讒」字疑。

【箋注】

〔一〕原未繫年，當爲皇祐元年（一〇四九）作。詩云「况此窮冬節」，知作于是年隆冬。明年七月，歐已改知應天府兼南京留守司事。（胡譜）徐生，徐無黨之弟無逸，時從歐游於潁州。

〔二〕「匠智」句：莊子徐無鬼：「郢人堊慢其鼻端，若蠅翼，使匠石斲之。匠石運斤成風，聽而斲之，盡堊而鼻不傷，郢人立不失容。」

〔三〕谺豃：中空貌。

〔四〕靡迤：連續不絕貌。張衡西京賦：「高陵平原，據渭踞涇，澶漫靡迤，作鎮于近。」

〔五〕崆嵌：凹陷。司馬光和不疑聞鄰幾聖俞長逝作詩哭之：「逮於易簀辰，皮骨餘崆嵌。」

〔六〕靉：雲氣濃盛貌。

〔七〕「孤山」句：馬當山在江州東北。歐貶夷陵，舟行入江州境，即見馬當山，而前方又有小孤山，故云。太平寰宇記卷一一一載江州彭澤縣有「馬當山，在古城北一百二十里。其山橫枕大江，山象馬形……小孤山高三十丈，周迴一里，在古城西北九十里。孤峰聳峻，半入大江。」

〔八〕「卷道」二句：即孟子盡心上「窮則獨善其身，達則兼善天下」之意。卷道，猶言挾道。

送楊員外〔一〕

予昔走南宮㊀，江湖浩然涉〔二〕。今來厭塵土，常懷把輕楫〔三〕。聞君東南行，山水恣登躡。秋江湛已清，樹色映丹葉。羨君舟插樻，去若魚鼓鬣。君家兄弟才，門族當世甲。行期薦賢書，疾驛來上閤。

【校記】

㊀南宮：卷後原校：疑是「南宫」。

【箋注】

〔一〕原未繫年，當亦皇祐元年（一〇四九）作。楊員外，不詳。

〔二〕「予昔」二句：言昔赴禮部試而奔走江湖。南宫，尚書省之别稱，後又專指禮部。宋史歐陽修傳：「舉進士，試南宫第一。」

〔三〕「今來」二句：言思退隱。國語越語下：「（范蠡）遂乘輕舟以浮于五湖。」

讀梅氏詩有感示徐生〔一〕

子美忽已死，聖俞舍吾南。嗟吾譬馳車，而失左右驂。勍敵嘗壓壘，羸兵當戒嚴。凡人貴勉强，惰逸易安恬。吾既苦多病，交朋復凋殲。篇章久不作，意思如膠粘。良田失時耕，草莽廢鋤芟。美井不日汲，何由發清甘？偶開梅氏篇，不覺日掛簷。乃知文字樂，愈久益無厭。吾嘗哀世人㊀，聲利競爭貪。哇咬聾兩耳〔二〕，死不享韶咸〔三〕。而幸知此樂，又常深討探〔四〕。今官得閑散，舍此欲奚耽？頑庸須警策，賴子發其箝。

【校記】

㊀嘗：原校：一作「常」。

【箋注】

〔一〕原未繫年，當爲皇祐元年（一〇四九）作。是年，梅堯臣父梅讓歿于宣城，堯臣奔喪，由陳州歸鄉守制（據梅集編年卷一九），而蘇舜欽以疾卒于上年，故詩云：「子美忽已死，聖俞舍吾南。」徐生，徐無逸。

〔二〕哇咬：俚俗的音樂。傅毅舞賦：「眄般鼓則騰清眸，吐哇咬則發皓齒。」

〔三〕韶咸：書益稷：「簫韶九成，鳳皇來儀。」孔傳：「韶，舜樂名。」咸，咸池。禮記樂記：「咸池，備矣。」鄭玄注：「黃帝所作樂名也，堯增修而用之。」

〔四〕「又常」句：歐集詩話中多「討探」詩歌創作的内容，涉及梅詩尤多，可參閲。

和人三橋〔一〕

笳鼓下層臺，旌旗轉長嶼。橋響鶩歸軒，溪明望行炬。
北臨白雲澗，南望清風閣。出樹見人行，隔溪聞魚躍。
斷虹跨曲岸，倒影涵清波。爲愛斜陽好，迴舟特特過〔二〕。

【箋注】

〔一〕原未繫年，當爲皇祐元年（一〇四九）作。居士集卷一一有三橋詩，注云：「皇祐元年新作三橋而名之，既而又爲之詩。」本詩當爲同年作。

〔二〕特特：特地、特意。

初夏劉氏竹林小飲〔一〕

春榮忽已衰，夏葉换初秀。披荒得深蹊，掃緑蔭清晝。萬竿交已聳，千畝蔚何富。驚雷迸狂鞭〔二〕，霧籜舒文繡〔三〕。虚心高自擢，勁節晚愈瘦。雖慚桃李妖，豈愧松柏後？川源湛新霽，林麓洗昏霿〔四〕。猗猗色可餐〔五〕，滴滴翠欲溜。況兹夏首月，景物得嘉候。晚蝶舞新黄，孤禽弄清咮。窺深入窗蒙，玩密愛林茂。依依帶幽澗，隱隱見孤岫。林蓀縟堪眠，野汲冷可漱。鳴琴瀉山風，高籟發仙奏。暑却自蠲渴，心閑疑愈疢〔六〕。杯盤雜芬芳，圖籍羅左右。怡然忘簪組，釋若出羈廐。矧予懷一丘〔七〕，未得解黄綬。官事偶多閑，郊扉須屢叩。新篁漸添林，晚笋堪薦豆〔八〕。誰邀接籬公〔九〕，有酒幸相就。

【箋注】

〔一〕原未繫年，約爲皇祐元年（一〇四九）作。劉氏竹林無考。

〔二〕狂鞭：指迅猛生長的鞭笋。楊億毛竹洞：「石迸狂鞭怒，霜封密葉青。」

〔三〕籜：竹笋皮。文選謝靈運於南山往北山經湖中瞻眺：「初篁包緑籜，新蒲含紫茸。」

〔四〕昏霿：天色晦暗。

〔五〕猗猗：美盛貌。詩衛風淇奥：「瞻彼淇奥，緑竹猗猗。」毛傳：「猗猗，美盛貌。」

〔六〕疢：久病。韓愈祭郴州李使君文：「辱問訊之綢繆，恒飽飢而愈疢。」

〔七〕一丘：指隱居之地。漢書叙傳上：「若夫嚴子者……漁釣於一壑，則萬物不奸其志；栖遲於一丘，則天下不易其樂。」

〔八〕薦豆：進獻于祭器。公羊傳桓公四年：「一曰乾豆。」何休注：「豆，祭器名，狀如鐙。」

〔九〕接籬公：指山簡。簡字季倫。晉永嘉中，累遷至尚書左僕射，尋出爲鎮南將軍，鎮襄陽。晉書有傳。世説新語任誕：「山季倫爲荆州時，出游酣暢。人爲之歌曰：山公時一醉，逕造高陽池……復能乘駿馬，倒著白接籬。」接籬，帽名。

眼有黑花戲書自遣〔一〕

洛陽三見牡丹月〔二〕，春醉往往眠人家。揚州一遇芍藥時〔三〕，夜飲不覺生朝霞。天下名花惟有此，罇前樂事更無加。如今白首春風裏，病眼何須厭黑花？

【箋注】

〔一〕原未繫年，約爲皇祐元年（一〇四九）作。歐慶曆八年在揚州始染眼疾（見書簡卷四與王文恪公），皇祐元年三月作潁州謝上表云：「睛瞳雖存，白黑纔辨……所冀療治有驗，瞻視復完。」故詩以「眼有黑花」自戲。

〔二〕「洛陽」句：據胡譜，歐天聖九年、明道元年、二年在洛陽，故云。

〔三〕「揚州」句：據胡譜，歐慶曆八年知揚州，次年移知潁州。

送朱生〔一〕

萬物各有役，無心獨浮雲〔二〕。遂令幽居客，日與山雲親。植桂比芳操，佩蘭思潔身〔三〕。何必濯於水，本無纓上塵〔四〕。

【箋注】

〔一〕原未繫年，約爲皇祐元年（一〇四九）作。朱生，不詳。

〔二〕「無心」句：陶潛歸去來兮辭：「雲無心以出岫。」

〔三〕佩蘭：以蘭草爲佩飾，表志趣高潔。語出楚辭離騷：「扈江離與辟芷兮，紉秋蘭以爲佩。」

〔四〕「何必」二句：孟子離婁上：「有孺子歌曰：『滄浪之水清兮，可以濯吾纓。』」此反用其意。

雪〔一〕

時在潁州作。玉、月、梨、梅、練、絮、白、舞、鵝、鶴、銀等事，皆請勿用。

新陽力微初破萼〔二〕，客陰用壯猶相薄〔三〕。朝寒稜稜鋒莫犯㊀，暮雪緌緌止還作〔四〕。驅馳風雲初慘淡，炫晃山川漸開廓。光芒可愛初日照，潤澤終爲和氣爍。美人高堂晨起驚，幽士虛窗靜聞落。酒壚成徑集瓶甖，獵騎尋蹤得狐貉。龍蛇掃處斷復續，猊虎團成呀且攫〔五〕。共貪終歲飽麰麥，豈恤空林飢鳥雀？沙墀朝賀迷象笏〔六〕，桑野行歌没芒屩〔七〕。乃知一雪萬人喜，顧我不飲胡爲樂？坐看天地絶氛埃，使我胸襟如洗瀹。脱遺前言笑塵雜，搜索萬象窺冥漠。潁雖陋邦文士衆，巨筆人人把矛槊。自非我爲發其端，凍口何由開一噱？

【校記】

㊀鋒：原作「風」，下注「疑」字。天理本卷後續校云：「鋒，衆本作『風』，誤。」據改。

【箋注】

〔一〕如題下注，皇祐二年（一〇五〇）作。是年有聚星堂燕集，本詩爲聚星堂詠雪，即是年作。朱弁風月堂詩話卷上：「聚星堂詠雪，約云：玉、月、梨、梅、練、絮、白、舞、鵝、鶴等事，皆請勿用。杜祁公覽之嗟賞，作詩贈歐公云：『嘗聞作者善評議，詠雪言白非精思。及窺古人今人詩，未能一一去其類。不將柳絮比輕揚，即把梅花作形似。或誇瓊樹鬭玲瓏，或取瑶臺造嘉致。散鹽舞鶴實有徒，吮墨含毫不能既。深悼無人可踐言，一旦見君何卓異。』」蘇軾聚星堂雪并引引云：「元祐六年十一月一日，禱雨張龍公，得小雪，與客會飲聚星堂。忽憶歐陽文忠公作守時，雪中約客賦詩，禁體物語，於艱難中特出奇麗。爾來四十餘年，莫有繼者。僕以老門生繼公後，雖不足追配先生，而賓客之美，殆不減當時，公之二子，又適在郡，故輒舉前令，各賦一篇。」

〔二〕新陽：初春。破萼：猶破蕾。梅堯臣歲日旅泊家人相與爲壽：「岸梅欲破萼，野水微生瀾。」

〔三〕客陰用壯：已是新陽，仍是大雪紛飛，故云。用壯，謂逞其强力。

〔四〕綏綏：物下垂貌。杜牧杜秋娘詩：「燕禖得皇子，壯髮緑綏綏。」

〔五〕猊：狻猊之省稱，即獅子。

〔六〕沙墀：即丹墀，宫殿用丹砂塗飾的臺階。

〔七〕芒屩：芒鞋，用芒莖外皮編織成的鞋。

雪晴〔一〕

悠悠野水來，灔灔西溪闊〔二〕。曉日披宿雲，荒臺照殘雪〔三〕。風光變窮臘，歲律新陽月。凍卉意初回，緑醅浮可撥。人閑樂朋友，鳥哢知時節。豈止探芳菲，耕桑行可閲。

【箋注】

〔一〕原未繫年。詩云「歲律新陽月」，乃爲正月，據胡譜，皇祐元年二月，歐方抵潁州，故當爲皇祐二年（一〇五〇）作。

〔二〕西溪：居士集卷一二答杜相公寵示去思堂詩「北渚」句下注：「去思堂在北渚之北，臨西溪。溪，晏公所開也。」

〔三〕荒臺：疑指女郎臺。見居士集卷一一三橋詩箋注〔二〕。

琴高魚〔一〕

琴高一去不復見〔二〕，神仙雖有亦何爲？溪鱗佳味自可愛，何必虚名務好奇！

【箋注】

〔一〕題下注「嘉祐三年」，誤，當爲嘉祐二年（一〇五七）作。梅集編年卷二七有是年禮部唱和詩琴高魚和公儀。趙與時賓退録卷五：「梅聖俞、王禹玉、歐陽文忠公皆有和梅公儀摯琴高魚詩。」

〔二〕「琴高」二句：賓退録卷五：「列仙傳：『琴高趙人也。以鼓琴爲宋康王舍人，行涓彭之術，浮游冀州涿郡間二百餘年，後辭入涿水中，取龍子。弟子潔齋候於水傍，且設祠屋，果乘赤鯉出祠中，留一月餘，復入水去。』今寧國府涇縣東北二十里，有琴溪。溪之側，石臺高一丈，曰琴高臺，俗傳琴高隱所，有廟存焉。溪中别有一種小魚，他處所無，俗謂琴高投藥滓所化，號琴高魚。」

竹間亭㊀〔一〕

高亭照初日，竹影涼蕭森。新篁漸解籜，翠色日已深。雨多苔莓青㊁，幽徑無人尋。靜趣久逾得，暫來聊解襟。清風颯然生，鳴鳥送好音。佳時不易得，濁酒聊自斟。興盡即言返，重來期抱琴。

【校記】

㊀題下原校：二首，其一已見居士集。㊁「莓」下：原注「疑」字。

【箋注】

〔一〕原未繫年。居士集卷四竹間亭詩題下注「皇祐二年」，此當亦同時作。

箕　山〔一〕

朝下黄蘆坂，夕望箕山雲。緬懷巢上客〔二〕，想彼巖中人〔三〕。弱歲慕高節，壯年嬰世紛。漱流羨潁水〔四〕，振衣嗟洛塵。空祠亂驚鳥，山木含餘曛。聊茲謝芝桂，歸月及新春。

【箋注】

〔一〕原未繫年，作年不詳。箕山，在河南府登封縣東南。史記伯夷列傳：「太史公曰：余登箕山，其上蓋有許由冢云。」呂氏春秋求人：「昔堯朝許由於沛澤之中，曰：『……請屬天下於夫子。』許由辭曰：『爲天下之不治與？而既已治矣。自爲與？啁噍巢於林，不過一枝；偃鼠飲於河，不過滿腹。歸已君乎！惡用天下？』遂之箕山之下，潁水之陽，耕而食，終身無經天下之色。」

〔二〕巢上客：指巢父。皇甫謐高士傳巢父：「巢父者，堯時隱人也，山居不營世利，年老以樹爲巢而寢其上，故時人號曰巢父。」

〔三〕巖中人：當指潁陽嵩山石室隱者。謝絳游嵩山寄梅殿丞書：「又尋韓文公所謂石室者，因詣，盡東峰頂。既而與諸君議，欲見誦法華經汪僧……法華者棲石室中，形貌，土木也；飲食，猿鳥也。叩厥真旨，則軟語善答，神色睟正，法道諦實，至論多矣，不可具道。」

〔四〕漱流：以流水漱口，形容隱居生活。三國志蜀志彭羕傳：「伏見處士綿竹秦宓，膺山甫之德，履雋生之直，枕石漱流，吟詠緼袍，偃息於仁義之途，恬惔於浩然之域。」

西園〔一〕

落日叩溪門，西溪復何所？人侵樹裏耕，花落田中雨。平野見南山，荒臺起寒霧〔二〕。歌舞昔云誰，今人但懷古。

【箋注】

〔一〕原未繫年，當爲皇祐元年（一〇四九）或二年知潁州時作。西園在潁州，觀詩意，西溪即在其處。

〔二〕荒臺：疑指女郎臺。

白兔〔一〕

天冥冥，雲濛濛，白兔擣藥姮娥宫〔二〕。玉關金鎖夜不閉，竄入滁山千萬重。滁泉清甘瀉大壑，滁草軟翠摇輕風。渴飲泉，困棲草，滁人遇之豐山道。網羅百計偶得之，千里持爲翰林寶〔三〕。翰林酬酢委金璧，珠箔花籠玉爲食。朝隨孔翠伴，暮綴鸞皇翼。主人邀客醉籠下，京洛風埃不霑席。羣詩名貌極豪縱，爾兔有意果誰識？天資潔白已爲累，物性拘囚盡無益。上林榮落幾時休〔四〕，回首峰巒斷消息。

【箋注】

〔一〕據題下注，至和二年（一〇五五）作。梅堯臣、蘇洵、韓維、劉敞、劉攽、王安石均有賦「永叔白兔」之作，見梅集編年卷二六、嘉祐集卷一五、南陽集卷四、公是集卷一七、彭城集卷八、臨川集卷一〇。居士集有嘉祐四年作答聖俞白鸚鵡雜言，云：「憶昨滁山之人贈我玉兔子，粤明年春玉兔死。」又，書簡卷六與梅聖俞（嘉祐三年）：「前承惠白兔詩，偶尋不見，欲别求一本。兼爲諸君所作，皆以常娥月宫爲説，頗願吾兄以他意别作一篇，庶幾高出羣類，然非老筆不可。」

〔二〕「白兔」句：傅玄擬天問：「月中何有？白兔擣藥。」

〔三〕翰林：據胡譜，至和元年，歐遷翰林學士，二年，改翰林侍讀學士。

〔四〕上林：三輔黄圖苑囿：「漢上林苑，即秦之舊苑也。漢書云：『武帝建元三年，開上林苑……周袤三百里。』離宫七十所，皆容千乘萬騎。」

偶　書〔一〕

吾見陶靖節〔二〕，愛酒又愛閑。二者人所欲，不問愚與賢。奈何古今人，遂此樂尤難？飲酒或時有，得閑何鮮焉。浮屠老子流，營營盈市廛。二物尚如此，仕宦不待言。官高責愈重，禄厚足憂患。暫息不可得，況欲閑長年。少壯務貪得，鋭意力爭前。老來難勉强，思此但長歎。決計不宜晚，歸耕潁尾田。

【箋注】

〔一〕原未繫年。詩云：「官高責愈重，禄厚足憂患。」則本詩當作於嘉祐五年（一〇六〇）拜樞密副使之後。

〔二〕陶靖節：陶潛。顔延之陶徵士誄：「詢諸友好，宜謚曰靖節徵士。」

日本刀歌〔一〕

昆夷道遠不復通㊀〔二〕，世傳切玉誰能窮〔三〕？寶刀近出日本國，越賈得之滄海東。魚皮裝貼香木鞘，黄白間雜鍮與銅㊁〔四〕。真鍮似金，真銅似銀。百金傳入好事手，佩服可以禳妖凶。傳聞其國居大島，土壤沃饒風俗好。其先徐福詐秦民，採藥淹留丱童老㊂〔五〕。百工五種與之居㊃〔六〕，至今器玩皆精巧㊄。前朝貢獻屢往來，士人往往工詞藻。徐福行時書未焚，逸書百篇今尚存〔七〕。令嚴不許傳中國，舉世無人識古文。先王大典藏夷貊㊅〔八〕，蒼波浩蕩無通津。令人感激坐流涕㊆，鏽澀短刀何足云！

【校記】

㊀昆夷：司馬光和君倚日本刀歌（全宋詩卷四九九）作「昆吾」。按：司馬光詩與本詩同，僅若干詞句略有出入。下簡稱光詩。㊁「鍮與銅」下：光詩自注「真鍮」上有「賈人云」三字。㊂丱童：光詩作「童丱」。㊃與之居：光詩作「與之俱」。㊄器玩：光詩作「器用」。㊅「先王」句：光詩作「嗟予乘桴欲往學」。㊆感激：光詩作「感嘆」。

【箋注】

〔一〕本詩非歐陽修作，爲居士外集編者所誤收。現存司馬光詩文集，如傳家集、温國文正司馬公文集等，均收有此詩。社會科學戰綫一九八一年第二期載譚彼岸先生日本刀歌新考，首次否認此詩爲歐作，是頗有見地的。然該文謂作者亦非司馬光，「實爲錢公輔」，因「寫日本刀歌的人必然是貿易港的一位地方長官」，「只有任過明州知州的錢公輔才能寫得出」。司馬光詩題作君倚日本刀歌，又作和錢君倚學士日本刀歌，他與錢公輔交誼深厚，幾度同官，父輩又爲同科進士，故就日本刀作唱和之詩不足爲奇，所詠之事屬錢氏所見而自身所聞，亦不悖理。梅集編年卷二十八亦有錢君倚學士日本刀詩，云：「會稽上吏新得名，始將傳玩恨不早，歸來天禄示朋游。」可知錢公輔自越州還京，爲集賢院校理，嘗以日本刀示諸友朋，故梅堯臣、司馬光均詠之以詩。錢公輔原詩已佚。歐陽修與錢氏無何交往，歐集中僅有居士集卷二五尚書屯田員外郎贈兵部員外郎錢君墓表乃爲公輔之父而作，此外未見反映私交的詩文，本詩當非歐作。梅詩朱東潤先生編入嘉祐三年（一〇五八），是年，堯臣又有次韻和司馬君實同錢君倚二學士見過及次韻錢君倚同司馬君實二學士見過詩，然則司馬光作本詩當亦在是年。王水照先生在一九九八年出版的半肖居筆記中有日本刀歌與漢籍回流一文，論之甚是，可詳閱。

〔二〕昆夷：殷、周時我國西北部族名，此指西北邊遠地區。詩小雅采薇序：「文王之時，西有昆夷之患，北有玁狁之難。」鄭玄注：「昆夷，西戎也。」

〔三〕切玉：形容刀劍鋒利。列子湯問：「周穆王大征西戎，西戎獻錕鋙之劍，火浣之布。其劍長尺有咫，練鋼赤刃，用之切玉如切泥焉。」

〔四〕鍮：黄銅。

〔五〕「其先」二句：史記秦始皇本紀：「齊人徐市等上書，言海中有三神山，名曰蓬萊、方丈、瀛洲，仙人居之。請得齋戒，與童男女求之。於是遣徐市發童男女數千人，入海求仙人。」徐市即徐福，市，讀同「福」。

〔六〕五種：周禮夏官職方氏：「河南曰豫州……其穀宜五種。」鄭玄注：「五種，黍、稷、菽、麥、稻。」

〔七〕「徐福」二句：言徐福行時，秦始皇尚未焚書，故携往日本的逸書得以保存。焚書事見秦始皇本紀。

〔八〕夷貊：古時以之稱東方與北方民族。亦泛指各少數民族。史記日者列傳：「盜賊發不能禁，夷貊不服不能攝。」

【集評】

〔清〕方東樹：起平。先叙過本題，再入議，亦一定法。但此題平，俗人皆解之，而文法高妙，乃可爲此題。（昭昧詹言卷一二）

會峰亭〔一〕

山勢百里見，新亭壓其巔。羣峰漸靡迤〔二〕，高下相綿聯。下窺疑無地〔三〕，杳藹但蒼煙。是時新雨餘，衆壑鳴春泉。林籟靜更響，山光晚逾鮮。巖花爲誰開，春去夏猶妍。野鳥窺我醉，溪雲留我眠。日暮山風來，吹我還醒然。醉醒各任物，雲鳥徒留連。

【箋注】

〔一〕原未繫年，置至和、嘉祐詩間，誤。應爲慶曆六年（一〇四六）作。輿地紀勝卷四二記滁州有會峰亭。又，詩中「野鳥窺我醉」四句，與慶曆六年詩題滁州醉翁亭末六句意思相同，當爲一時之作。

〔二〕靡迤：見本卷和徐生假山箋注〔四〕。

〔三〕無地：王勃滕王閣序：「飛閣流丹，下臨無地。」

【集評】

〔清〕宋長白：結語四句，全同白香山閑居詩：「深閉竹間扉，靜掃松下地。獨嘯晚風前，何人知此意。」二公胸次，固非寒瘦者可比。（柳亭詩話卷三〇）

晚步緑陰園遂登凝翠亭〔一〕

餘春去已遠，緑水涵新塘。漸愛樹陰密，初迎蕙風涼。高亭可四望，繞郭青山長。野色晚更好，嵐曛共微茫〔二〕。幽懷不可寫，雅詠同誰觴？明月如慰我，開軒送清光。

【箋注】

〔一〕原未繫年，當爲慶曆六年（一〇四六）作。凝翠亭在滁州。見居士集卷三秋晚凝翠亭詩箋注〔一〕。該詩作於慶曆六年，本詩當亦是年作。

〔二〕嵐曛：山間霧氣與夕陽餘暉。

聖俞惠宣州筆戲書〔一〕

聖俞宣城人，能使紫毫筆。宣人諸葛高〔二〕，世業守不失。緊心縛長毫，三副頗精密。硬軟適人手，百管不差一〔三〕。京師諸筆工，牌榜自稱述。纍纍相國東〔四〕，比若衣縫蝨。或柔多虚尖，或硬不可屈。但能裝管榻，有表曾無實。價高仍費錢，用不過數日。豈如宣城毫，耐久仍可乞。

【箋注】

〔一〕原未繫年，梅集編年卷二九嘉祐四年（一〇五九）詩有次韻永叔試諸葛高筆戲書，本詩亦當作於是年。宣州屬江南東路，治今安徽宣城。

〔二〕諸葛高：宣城事函：「諸葛高世工製筆，最稱頌於薦紳間，每獲一束，輒什襲藏之。聖俞有次韻永叔諸葛高筆詩云：『筆工諸葛高，海内稱第一。』蘇子瞻謂諸葛氏筆，譬如内法酒、北苑茶，他處縱有佳者，尚難得其髣髴。林和靖言余頃得宛陵葛生筆，如揮百勝之師，横行紙墨，所向如意。久且敝，因作詩録其功云：『神工雖缺力終存，架琢珊瑚久策勳，日暮閑窗何所似，灞陵憔悴故將軍。』」

〔三〕「緊心」四句：山谷别集卷六筆説：「宣城諸葛高繫散卓筆，大概筆長寸半，藏一寸於管中，出其半，削管洪纖與半寸相當。其撚心用栗鼠尾，不過三株耳，但要副毛得所，則剛柔隨人意，則最善筆也。栗尾，江南人所謂蛣蛉鼠者。」

〔四〕相國：指汴京大相國寺。

贈潘景温叟〔一〕

秦盧不世出〔二〕，俗子相矜誇。治疾不知源㊀，横死紛如麻。番陽奇男子，衣冠本儒家。學本得心訣，照底窮根厓。泠然鑒五藏，曾靡毫釐差。公卿掃榻迎，黄金載盈車。語言無羽翰，飛入萬齒牙。相逢京洛下，使我驚且嗟。七年慈母病〔三〕，庸工口咿啞。恨不早見君，以乞壺中砂〔四〕。通宵耳高論，飲恨知何涯。瞥然别我去，征途指煙霞。孤雲不可留，淚線風中斜。

【校記】

㊀知：原校：一作「求」。

【箋注】

〔一〕原未繫年，約爲至和年間作。由詩中「七年慈母病」四句知作於母病逝後。詩云「相逢京洛下」，京洛泛指國都，則詩當作於至和元年（一〇五四）歐赴京任職後。潘景温，據本詩，鄱陽（今屬江西，番通「鄱」）人，爲名醫。

〔二〕秦盧：指戰國時名醫扁鵲。扁鵲原名秦越人，家於盧國，故稱秦盧，又稱盧醫。生平見史記扁鵲倉公列傳。

〔三〕「七年」句：書簡卷六與梅聖俞（慶曆六年）云「親老一二年多病」，則慶曆五年（一〇四五）已染疾，至皇祐四年（一〇五二）鄭氏病故，正爲七年。

〔四〕壺中砂：指藥。行醫賣藥稱「懸壺」，故云。

學書二首〔一〕

蘇子歸黃泉，筆法遂中絕。賴有蔡君謨，名聲馳晚節〔二〕。醉翁不量力，每欲追其轍。人生浪自苦，以取兒女悅。豈止學書然，自悔從今決。

學書不覺夜，但怪西窗暗。病目故已昏，墨不分濃淡。人生不自知，勞苦殊無憾。所得乃虛名，榮華俄頃暫。豈止學書然，作銘聊自鑒。

【箋注】

〔一〕原未繫年，當作於嘉祐時。嘉祐元年，歐作鳴蟬賦，跋云：「予因學書，起作賦草。」二年十一月冬至日，作學書自成家說。（見歐集筆說）五年作李邕書（見歐集試筆）。嘉祐年間，歐頗熱衷于學書論書明矣。

〔二〕「蘇子」四句：蘇子，蘇舜欽，卒于慶曆八年。居士集卷三一湖州長史蘇君墓誌銘稱舜欽「又喜行狎書，皆可愛。故其雖短章醉墨，落筆爭爲人所傳」。試筆蘇子美蔡君謨書云：「自蘇子美死後，遂覺筆法中絕。近年，君謨獨步當世。」

奉使道中作三首〔一〕

執手意遲遲，出門還草草。無嫌去時速，但願歸時早。

北風吹雪犯征裘，夾路花開回馬頭。若無二月還家樂，爭奈千山遠客愁？

爲客莫思家，客行方遠道。還家自有時，空使朱顏老。禁城春色暖融怡，花倚春風待客歸。勸君還家須飲酒，記取思歸未得時。客夢方在家，角聲已催曉。匆匆行人起，共怨角聲早。馬蹄終日踐冰霜，未到思回空斷腸。少貪夢裏還家樂，早起前山路正長㊀。

【校記】

㊀前山：原校：一作「山前」。

【箋注】

〔一〕原未繫年，當爲至和二年（一〇五五）作。據胡譜，是年歐出使契丹。詳見居士集卷六奉使契丹道中答劉原父桑乾河見寄之作箋注〔一〕。詩云「若無二月還家樂，爭奈千山遠客愁」，又云「馬蹄終日踐冰霜，未到思回空斷腸」，知尚在北行途中。

奉使道中寄坦師〔一〕

道人少賈海上遊，海舶破散身沉浮。黄金滿篋人所寄，吹簸偶得還中州〔二〕。羸身歸金不受報，秖取斗酒相獻酬。歡娱慈母終一世，脱棄妻子藏巖幽。蒼煙寥寥池水漫，白玉菡萏吹高秋。夜燃柏子煮山藥，憶此東望無時休。塞垣春枯積雪溜，沙礫威怒黄雲愁。

五更匹馬隨雁起，想見鄮郭花今稠。百年誇奪終一丘〔三〕，世上滿眼真悠悠。寄聲萬里心綢繆〔四〕，莫道異趣無相求。

【箋注】

〔一〕原未繫年，爲奉使道中作，如屬歐詩，當作於至和二年（一〇五五）。坦師，常坦長老。詩云「想見鄮郭花今稠」，鄮，古縣名，在今浙江鄞縣東，坦師當居明州鄞縣一帶。臨川集卷六、王文公文集卷四三亦收本詩，題一作奉使道中寄育王山長老常坦，一無「奉使道中」四字。詩中「黄金」作「抱金」，「威怒」作「盛怒」。本詩收歸歐、王兩家名下，究竟誰屬？以安石嘗知鄞縣，熟悉其地其人言之，亦難斷定本詩爲誤收其集之中。待考。

〔二〕吹簸：上下簸動，謂沉浮于海上。

〔三〕誇奪：謂爭名奪利。

〔四〕綢繆：情意殷切。李陵與蘇武詩之二：「獨有盈觴酒，與子結綢繆。」

勉劉申〔一〕

有司精考覈，中第爲公卿。本基在積習，優學登榮名。吾子齒尚少，加勤無自輕。努力圖樹立，庶幾終有成。

【箋注】

〔一〕原未繫年，疑嘉祐時作。劉申，生平不詳，當爲應舉士子，落第，歐作詩勉之。

壽樓〔一〕

碧瓦照日生青煙，誰家高樓當道邊？昨日丁丁斤且斲，今朝朱欄横翠幕。主人起樓何太高？欲誇富力壓羣豪。樓中女兒十五六，紅膏畫眉雙鬢緑。日暮春風吹管弦，過者仰首皆留連。應笑樓前騎馬客，腰垂金章頭已白。苦貪名利損形骸，爭若庸愚恣聲色？朝見騎馬過，暮見騎馬歸。經年無補朝廷事，何用區區來往爲！

【箋注】

〔一〕原未繫年，疑嘉祐時作。書簡卷四與王文恪公（嘉祐四年）：「某衰病，處此數月，不爲住計，遇事在目前者，遣之以自免過，如在郵傳也。」書簡卷三與王懿恪公（嘉祐六年）：「某以衰病，碌碌無稱，莫塞咎責，徒自爲勞。」詩云「經年無補朝廷事，何用區區來往爲」，與嘉祐時以衰病無所作爲屢乞補外的心境頗相契合。

試院聞奚琴作〔一〕

奚琴本出奚人樂〔二〕，奚虜彈之雙淚落。抱琴置酒試一彈，曲罷依然不能作。黄河之水向東流，鳧飛雁下白雲秋。岸上行人舟上客，朝來暮去無今昔。哀弦一奏池上風，忽聞如在河舟中。弦聲千古聽不改，可憐纖手今何在。誰知着意弄新音，斷我罇前今日心。

當時應有曾聞者，若使重聽須淚下。

【箋注】

〔一〕 原未繫年，置嘉祐五年詩前，疑即嘉祐四年（一〇五九）作。據胡譜，是年二月，歐充御試進士詳定官，故有是詩。文獻通考樂考卷一〇：「奚琴，胡中奚部所好之樂，出於奚鞀而形亦類焉。其制，兩弦間以竹片軋之，民間或用。」

〔二〕 奚人：奚族分布在饒樂水（今內蒙古自治區西拉木倫河）流域。南北朝時稱庫莫奚。隋唐時稱奚。以游牧爲生，後漸與契丹人同化。

乞藥有感呈梅聖俞〔一〕

宣州紫沙合，圓若截郫筒〔二〕。偶得今十載，走宦南北東㊀。持之聖俞家，乞藥戒羸僮。聖俞見之喜，遽以手磨礱。謂此吾家物，問誰持贈公？因嗟與君交，事事無不同。憶昔初識面，青衫游洛中〔三〕。高標不可揖，杳若雲間鴻。不獨體輕健，目明仍耳聰。爾來三十年〔四〕，多難百憂攻。君晚得奇藥，靈根斸離宮㊁〔五〕。其狀若狗蹄，其香比芎藭〔六〕。愛君方食貧，面色悅以豐。不憚乞餘劑，庶幾助衰癃〔七〕。平時一笑歡，飲酒各爭雄。向老百病出，區區論藥功。衰盛物常理㊂，循環勢無窮。寄語少年兒，慎勿笑兩翁。

【校記】

㊀宦：原校：一作「官」。㊁斸：卷後原校：一作「斲」。㊂物常：卷後原校：一作「有常」。

【箋注】

〔一〕如題下注，嘉祐五年（一〇六〇）作。梅集編年卷三〇是年詩有次韻永叔乞藥有感。

〔二〕郫筒：竹製盛酒器。郫人截大竹二尺以上，留一節爲底，刻其外爲花紋，或朱或黑或不漆，用以盛酒。李商隱因書詩：「海石分棋子，郫筒當酒缸。」

〔三〕「憶昔」二句：歐天聖九年至西京，與梅堯臣相識。本集卷二書懷感事寄梅聖俞：「三月入洛陽，春深花未殘……逢君伊水畔，一見已開顔。」

〔四〕「爾來」句：由天聖九年（一〇三一）至嘉祐五年（一〇六〇）恰爲三十年。

〔五〕靈根：植物根苗之美稱。柳宗元種朮詩：「戒徒斸靈根，封植閟天和。」

〔六〕芎藭：多年生草本植物，根莖皆可入藥。山海經西山經：「又北百八十里，曰號山……其草多藥、虈、芎藭。」

〔七〕衰癃：衰弱多病。劉弇癸酉歲暮壽春道中五首之二：「客邪中饑亂心曲，短裘垢襪催衰癃。」

擬剥啄行寄趙少師〔一〕

剥剥復啄啄，柴門驚鳥雀。故人千里駕〔二〕，信士百金諾〔三〕。搢紳相趨動顔色，閭巷歡呼共嗟愕。顧我非惟慰寂寥，於時自可警偷薄。事國十年憂患同〔四〕，酣歌幾日暫相從。酒醒初不戒徒馭，歸思瞥起如飛鴻。車馬闃然人已去，荷鋤却向野田中。

【箋注】

〔一〕 如題下注，熙寧五年（一〇七二）作。剥啄行詩，韓愈作，起句云：「剥剥啄啄，有客至門。」趙少師，趙槩，字叔平，應天虞城（今屬河南）人。天聖進士，官至參政，以太子少師致仕。宋史有傳。書簡卷二與吴正獻公（熙寧五年）：「近叔平自南都惠然見訪，此事古人所重，近世絶稀，始知風月屬閑人也。」欒城集卷四趙少師自南都訪歐陽少師于潁留西湖久之作詩獻歐陽公：「遨游西湖中，仲夏草木榮。」可知趙槩來訪在五月。蘇軾詩集卷八有和歐陽少師寄趙少師次韻。

〔二〕 故人：涑水紀聞卷三引原叔語云：「趙槩與歐陽修同直館及同修起居注。」據胡譜，歐復充館閣校勘在康定元年，同修起居注在慶曆三年。至作本詩時，歐趙交往已有三十多年。

〔三〕 「信士」句：史記季布欒布列傳：「楚人諺曰：『得黄金百斤，不如得季布一諾。』」

〔四〕 「事國」句：嘉祐五年（一〇六〇），歐、趙并爲樞密副使，六年、七年先後爲參知政事。治平四年，歐出知亳州；熙寧元年（一〇六八），趙出知徐州。兩人在朝中共事多年。

絶　句〔一〕臨薨作。

冷雨漲焦陂〔二〕，人去陂寂寞。惟有霜前花，鮮鮮對高閣。

【箋注】

〔一〕 如題下注，熙寧五年（一〇七二）作，爲歐臨終之絶筆。

〔二〕 焦陂：亦稱椒陂。正德潁州志：「椒陂塘在州南六十里，廣十餘頃，溉田萬畝。唐刺史柳寶積教民置陂潤河，引水入塘，灌溉倍之。」

聯句三首

冬夕小齋聯句寄梅聖俞〔一〕 陸經

寒窗明夜月㊀，歐 散帙耿燈火。破硯裂冰澌，陸 敗席薦霜笴〔二〕。廢書浩長吟，歐 想子實勞我。清篇追曹劉〔三〕，陸 苦語侔島可〔四〕。酣飲每頹山㊁〔五〕，歐 談笑工炙輠㊂〔六〕。駕言當有期，陸 歲晚何未果？幽夢亂如雲，歐 別愁牢若鎖。雪水漸漣漪，陸 春枝將婀娜。客心莫遲留，歐 苑葩即紛墮㊃。何當迎笑前，陸 相逢嘲飯顆〔七〕。歐

【校記】

㊀明夜月：原校：一作「夜自明」。 ㊁酣飲：天理本卷後校：一作「醺酣」。 ㊂談笑：卷後原校：一作「笑談」。 ㊃苑：原校：一作「花」。 葩：卷後原校：一作「蘤」。

【箋注】

〔一〕 如題下注，康定元年（一〇四〇）作。梅集編年卷一〇康定元年詩有依韻和永叔子履冬夕小齋聯句見寄。書簡卷六與梅聖俞（康定元年）：「昨夕子履偶來會宿，聯句數十韻奉寄，且以爲謔。」據長編卷一三四，時陸經與歐同爲館閣校勘，修崇文總目，歐爲太子中允，陸爲大理評事。

〔二〕薦：墊。笴：杆。

〔三〕曹劉：曹植、劉楨之並稱。

〔四〕島：賈島。

〔五〕頹山：倒塌之山，形容醉酒狀。世説新語容止：「嵇叔夜之爲人也，巖巖若孤松之獨立；其醉也，傀俄若玉山之將崩。」

〔六〕炙輠：史記孟子荀卿列傳：「談天衍，雕龍奭，炙轂過髡。」司馬貞索隱：「劉向别録『過』字作『輠』。輠，車之盛膏器也。炙之雖盡，猶有餘津，言髡智不盡如炙輠也。」

〔七〕飯顆：飯顆山。孟棨本事詩高逸：「白（李白）才逸氣高，與陳拾遺齊名……嘗言：『興寄深微，五言不如四言，七言又其靡也，況使束於聲調俳優哉！』故戲杜曰：『飯顆山頭逢杜甫，頭戴笠子日卓午。借問何來太瘦生，總爲從前作詩苦。』蓋譏其拘束也。」

劍聯句〔一〕　范仲淹、滕宗諒

聖人作神兵，以定天下厄。范　蚩尤發靈機〔二〕，干將構雄績。歐　橐籥天地開，鑪冶陰陽闢〔三〕。滕　南帝輸火精〔四〕，西皇降金液〔五〕。歐　炎炎崑岡焚〔六〕，洶洶洪河擘〔七〕。范　雷霆助意氣，日月淪精魄〔八〕。滕　神氣不在大，錯落就三尺〔九〕。直淬靈溪泉〔一〇〕，橫磨太行石。歐　雄雌威並立〔一一〕，晝夜光相射。范　提携風雲生，指顧煙霞寂。滕　堅剛正人心，耿介志士迹。歐　初疑成夏鼎，魑魅世所適〔一二〕。滕　又若引吴刀〔一三〕，犀象謂無隔㊀。范　截波虬尾滑，脱浪鯨牙直。頑冰挂陰霤〔一四〕，皎月乘孤隙。歐　河角起彗氣〔一五〕，雲鏄露秋碧。曉鐔星斗爛〔一六〕，夜匣飛龍宅〔一七〕。范　舞酣霰雪回，彈俊球琳擊〔一八〕。鮮搖雪水光，膩刮湘山色。滕　青蛟渴雨瘦〔一九〕，素虺蟠霜瘠。歐　清音鏘以鳴，寒姿堅且澤。范　鬼類喪影響，佞黨摧肝膈。歐　一旦會神武〔二〇〕，四海屠兇逆。范　周王奉天討，商郊千里赤〔二一〕。歐　楚子揚軍聲，秦師萬首白。祥輝冠吳楚，殺氣橫燕易。范　與君斬鼇足，八極停震虩〔二二〕。歐　與君刜鵬翼，三辰增煥赫〔二三〕。莫使化猿翁，辱我爲幻惑〔二四〕。范　莫使暴虎人〔二五〕，屈我執仇敵。滕　尊嚴俟冠冕，左右舞干戚。歐　功成不可留，延平空霹靂〔二六〕。范

【校記】

〔一〕「謂」下：原注「疑」字。

【箋注】

〔一〕本詩與後一首題下均著「慶曆三年」。是年三月，歐由滑州召還，知諫院。（胡譜）四月，范仲淹自陝西召回，爲樞密副使。（長編卷一四〇）而滕宗諒尚在陝西前綫。據長編卷一四三，是年九月，以在涇州枉費公用錢，徙知慶州。滕宗諒權知鳳翔府，則宗諒不在京師也，何以相會並聯句耶！又，書簡卷四與滕待制（慶曆五年）：「自夷陵之貶，獲見於江陵，逮今十年。而執事謫守湖濱，某亦再逐淮上，音塵靡接，會遇無期。」然則慶曆三年京師聯句大有疑問，姑存疑以待考。

〔二〕蚩尤：神話中東方九黎族首領。相傳以金作兵器。史記五帝本紀：「蚩尤作亂，不用帝命。於是黃帝乃徵

師諸侯，與蚩尤戰於涿鹿之野，遂禽殺蚩尤。」

〔三〕「干將」三句：相傳春秋吴有干將、莫邪夫婦善鑄劍，爲闔閭鑄陰陽劍，陽曰「干將」，陰曰「莫邪」。干將藏陽劍，獻陰劍，吴王視爲重寶。事見趙曄吴越春秋闔閭内傳。橐籥，猶今之風箱。老子：「天地之間，其猶橐籥乎？虚而不屈，動而愈出。」吴澄注：「橐籥，冶鑄所以吹風熾火之器也。爲函以周罩於外者，橐也；爲轄以鼓扇於内者，籥也。」

〔四〕南帝：古神話中五位天帝之一，即南方赤帝，名赤熛怒。雲笈七籤卷五二：「北帝激電，南帝火陳，東蒼啓燭，赫赫雷震。」

〔五〕西皇：楚辭遠游：「鳳皇翼其承旂兮，遇蓐收乎西皇。」姜亮夫校注：「西皇，西方天神也。西方庚辛，其帝少皞，少皞即西皇。」

〔六〕崑岡：亦作「崐岡」。即昆侖山。書胤征：「火炎崐岡，玉石俱焚。」

〔七〕洪河：指黄河。班固西都賦：「右界褒、斜、隴首之險，帶以洪河、涇、渭之川，衆流之隈，汧涌其西。」

〔八〕「日月」句：傳晉時，斗、牛二星間常有紫氣照射，爲寶劍之精上徹于天，遂于豐城地下掘出太阿、龍泉一對寶劍。見晉書張華傳。

〔九〕「錯落」句：謂三尺寶劍閃耀光華。錯落，閃爍、閃耀。李賀春歸昌谷：「宫臺光錯落。」

〔一〇〕靈溪：陳耆卿赤城志卷二四：「靈溪在(天台)縣西北一十五里福聖觀前。」孫綽游天台山賦：「過靈溪而一濯，疏煩想於心胸。」

〔一一〕雄雌：太平御覽卷三四三引列士傳：「干將、莫耶爲晉君作劍，三年而成。劍有雄雌，天下名器也。」

〔一二〕「初疑」二句：謂禹鑄九鼎，上鏤山精水怪之形，使人以知神奸，則世人遇魑魅而有備也。適，遇。

〔一三〕吴刀：傳説舜殛鯀所用之刀。吕氏春秋行論：「舜於是殛之於羽山，副之以吴刀。」亦泛指寶刀。

〔一四〕陰霤：陰涼之地。王讜唐語林豪爽：「陰霤沉吟，仰不見日。」

〔一五〕彗氣：彗星之光，喻殺氣。

〔一六〕鐔：指劍柄與劍身連接處的兩旁突出部分。陸龜蒙京口與友生話別：「碧玉雕琴薦，黄金飾劍鐔。」梅堯臣讀裴如晦萬里集書其後：「誰將飾以玉，鐔上光熠熠。」

〔一七〕龍宅：龍宮。

〔一八〕球琳：淮南子墬形訓：「西北方之美者，有昆侖之球琳琅玕焉。」高誘注：「球琳琅玕，皆美玉也。」

〔一九〕青蛟：喻虬屈的藤蔓。劉淮茶蘼詩：「青蛟蜕骨萬條長，玉架盤雲護曉霜。」

〔二〇〕神武：唐時北衙軍所屬禁軍名。

〔二一〕「周王」二句：周武王率兵伐紂，大敗紂師於牧野。見史記殷本紀。

〔二二〕「與君斬」二句：淮南子覽冥訓：「於是女媧煉五色石以補蒼天，斷鼇足以立四極。」高誘注：「鼇，大龜。天廢頓以鼇足柱之。」淮南子原道訓：「廓四方，柝八極。」高誘注：「八極，八方之極也，言其遠。」震虩，指巨大的震響。柳宗元招海賈文：「巨鼇頷首丘山頹，猖狂震虩翻九垓。」

〔二三〕「與君制」二句：謂鵬翼垂天，砍去則日、月、星更光亮顯赫。

〔二四〕「莫使」二句：曾慥類説卷一三四叟俱化猿：「王縉少在嵩陽觀肄業，一日，有四叟携榼來訪……高談雄飲，既醉，俱化爲猿，升木而去。」

〔二五〕暴虎：詩鄭風大叔于田：「襢裼暴虎，獻于公所。」毛傳：「暴虎，空手以搏之。」

〔二六〕「延平」句：晉書張華傳：「焕（雷焕）卒，子華爲州從事，持劍行經延平津，劍忽於腰間躍出墮水。使人没水取之，不見劍，但見兩龍各長數丈……須臾，光彩照水，波浪驚沸，於是失劍。」

鶴聯句〔一〕　范仲淹、滕宗諒

上霄降靈氣，鍾此千年禽。范　幽閑靖節性〔二〕，孤高伯夷心〔三〕。歐　頡頏紫霄垠，飄飖滄浪潯。歐　岳湛有仙姿〔四〕，鈞韶無俗音〔五〕。范　毛滋月華淡，頂粹霞光深。歐　目流泉客淚〔六〕，翅垂羽人襟〔七〕。滕　騰漢雪千丈，點溪霜半尋。范　纖喙礪青鐵，修脛雕碧琳。

歐　巖棲干溪樹，澤飲卑朱泠〔八〕。滕　鸞皇自塤箎〔九〕，燕雀徒商參〔一〇〕。范　獨翅聳瓊枝，羣舞傾瑤林。歐　病餘霞雲段〔一一〕，夢回松吹吟。滕　靜嫌鸚鵡言，高笑鴛鴦淫。范　金清泠澄澈〔一二〕，玉格寒蕭森〔一三〕。歐　潔白不我恃，腥羶非所任。滕　稻粱不得已，蟣虱胡爲侵？范　天池憶鵬遊〔一四〕，雲羅傷鳳沉〔一五〕。滕　風流超縞素㊀，雅淡絕規箴。歐　相親長道情，偶見銷煩襟㊁。范　西漢惜馮唐〔一六〕，華皓欲投簪。歐　南朝仰衛玠，清羸疑不禁〔一七〕。滕　端如方直臣，處羣良足欽。范　介如廉退士，驚秋猶在陰。范　幾誚鷹隼鷙，羈韝俄見臨。歐　還嗤梟鷺貪，弋繳終就擒。歐　乘軒乃一芥〔一八〕，空籠仍萬金〔一九〕。滕　片雲伴遥影，冥冥越煙岑。范　長飈送逸響，亭亭出霜砧㊂。歐　蓬瀛忽往來〔二〇〕，桑田成古今。歐　願下八佾庭〔二一〕，鼓舞薰風琴〔二二〕。滕

【校記】

㊀超縞：原校：一作「起績」。　㊁煩襟：卷後原校：此詩重押「襟」字，其上（指「羽人襟」之「襟」）疑作「衿」。

㊂「亭亭」下：原注「疑」字。出：原校：一作「幽」。

【箋注】

〔一〕　作年不詳。

〔二〕　靖節：陶潛。見本卷偶書箋注〔二〕。

〔三〕伯夷：商末人，不食周粟，餓死首陽山。見史記伯夷列傳。

〔四〕岳湛：晉潘岳與夏侯湛的並稱。晉書夏侯湛傳：「湛幼有盛才，文章宏富，善構新詞，而美容觀，與潘岳友善，每行止同輿接茵，京都謂之『連璧』。」

〔五〕鈞韶：鈞天廣樂與韶樂。

〔六〕泉客淚：泉客即鮫人。張華博物志卷九：「南海外有鮫人，水居如魚，不廢織績，其眼能泣珠。從水出，寓人家，積日賣絹。將去，從主人索一器，泣而成珠滿盤，以與主人。」

〔七〕羽人：楚辭遠游：「仍羽人於丹丘兮，留不死之舊鄉。」洪興祖補注：「羽人，飛仙也。」

〔八〕朱：木名。説文木部：「朱，赤心木也。」

〔九〕塤篪：亦作「壎篪」。詩小雅何人斯：「伯氏吹壎，仲氏吹篪。」毛傳：「土曰壎，竹曰篪。」鄭玄箋：「伯仲，喻兄弟也。我與女恩如兄弟，其相應和如壎篪。」

〔一〇〕商參：二十八宿的商星與參星，商在東，參在西，此出彼没，永不相見。曹植種葛篇：「昔爲同池魚，今爲商與參。」

〔一一〕霞雲段：形容鶴羽之美麗。段，即緞。

〔一二〕金清：五行之説謂秋天爲金，秋時天高氣清，故云。

〔一三〕玉格：玉做的筆架。

〔一四〕「天池」句：莊子逍遥遊：「鵬之背，不知其幾千里也；怒而飛，其翼若垂天之雲。是鳥也，海運則將徙於南冥。南冥者，天池也。」

〔一五〕「雲羅」句：文選鮑照舞鶴賦：「厭江海而游澤，掩雲羅而見羈。」吕延濟注：「雲羅，言羅高及雲。」羅，網羅。

〔一六〕馮唐：西漢人。身歷三朝，至武帝時，舉爲賢良，然已年逾九十，不能爲官，故滕王閣序有「馮唐易老，李廣難封」之嘆。馮唐，史記有傳。

〔一七〕「南朝」二句：衛玠，西晉人，字叔寶，年五歲，風神秀異，其後多病體羸，卒年二十七。玠姿容甚美，觀者如堵。屢辭辟命，久之爲太傅，拜太子洗馬。晉書有傳。世説新語文學：「衛玠始度江，見王大將軍，因夜坐，大將軍命謝幼輿。玠見謝，甚説之，都不復顧王，遂達旦微言，王永夕不得豫。玠體素羸，恒爲母所禁，爾夕忽極，於此病篤，遂不起。」

〔一八〕乘軒：左傳閔公二年：「衛懿公好鶴，鶴有乘軒者。」

〔一九〕「空籠」句：史記滑稽列傳：「昔者，齊王使淳于髡獻鵠於楚。出邑門，道飛其鵠，徒揭空籠，造詐成辭，往見楚王曰：『齊王使淳于髡來獻鵠，過於水上，不忍鵠之渴，出而飲之，去我飛亡。吾欲刺腹絞頸而死，恐人之議吾王以鳥獸之故令士自傷殺也。鵠，毛物，多相類者，吾欲買而代之，是不信而欺吾王也。欲赴他國奔亡，痛吾兩主使不通。故來服過，叩頭受罪大王。』楚王曰：『善，齊王有信士若此哉！』厚賜之，財倍鵠在也。」鵠，同鶴。

〔二〇〕蓬瀛：蓬萊與瀛洲。神山，相傳爲仙人所居，泛指仙境。葛洪抱朴子對俗：「或委華駟而轡蛟龍，或棄神州而宅蓬瀛。」

〔二一〕八佾：論語八佾：「孔子謂季氏，八佾舞於庭，是可忍，孰不可忍也！」朱熹集注：「佾，舞列也；天子八，諸侯六，大夫四，士二。」

〔二二〕薰風：相傳舜唱南風歌，有「南風之薰兮」句，見孔子家語辯樂。後因以「薰風」指南風歌。

【集評】

〔明〕胡應麟：范文正詩，世所傳二絶句，似非留意聲律者。而與滕宗諒、歐陽永叔作劍、鶴聯句，精鍊奇警，殊不在退之、東野下，信古人未易窺也……前篇用鬬雞體，後篇用石鼎體，豪勁偉麗，幾欲亂真，惜不入詩家正果。然工力斲模，固已至矣。歐古詩如此甚少。文正品格之高，其詩亡論工拙，皆當改觀，況若此耶！滕蓋巴陵守，亦俊快士也。（詩藪外編卷五）

來燕堂與趙叔平王禹玉王原叔韓子華聯句〔一〕

賢侯謝郡歸〔二〕，從游樂吾黨。林泉富餘地，卜築疏陳莽。是時春正中，來燕音下上。

若賀大厦成，喜留衆賓賞。|槩 得名因談笑，揮墨粲題榜。所誇賢豪盛，豈止池榭廣？人心樂且閑，鳥意頡而頏〔三〕。|修 輕雲薄藻棟，初日麗珠網〔四〕。紅袂生暗香，清弦泛餘響。林深隱飛蓋〔五〕，岸曲遲去槳。波光欄檻明，竹飛衣巾爽。|珪 虚容涼樾入〔六〕，影與文漣蕩。晨飈轉緑蕙，夕雨滋膏壤。嘉辰喜盍朋〔七〕，命駕期屢往。觴詠陶淑真〔八〕，世俗豈吾倣？|洙 得以爲勝游，蕭然散煩想。公子固好士，世德復可象。今此大基構，不圖專奉養。美哉風流存，來葉足師仰。|絳 賢侯謂鎮東軍節度觀察留後李端愿。

【校記】

〔一〕題下原校：「嘉祐三年見華陽集。」後注「續添」二字。

【箋注】

〔一〕 題下注「嘉祐三年」，誤，當爲嘉祐二年（一〇五七）作。詩云「是時春正中」，知作於二月。據居士集卷三一翰林侍讀侍講學士王公墓誌銘，王洙（字原叔）卒於嘉祐二年九月，豈有三年聯句之事？ 陳鵠耆舊續聞卷五：「趙子崧中外應事云：『嘉祐丁酉，李駙馬都尉和文之子少師端愿作來燕堂，會翰林趙叔平槩、歐陽永叔修、王禹玉珪、侍讀王原叔洙、舍人韓子華絳，永叔命名，原叔題榜，聯句刻之石，可以想見一時人物之盛。』」李端愿字公謹，生平見居士集卷四〇浮槎山水記箋注〔一〕。

〔二〕 「賢侯」句：宋史李端愿傳：「知襄、郢二州……移廬州。」浮槎山水記言端愿嘉祐二年出守廬州。此處云「謝郡歸」，當是由郢州返京。時值仲春，尚未出守廬州也。

〔三〕 頡而頏：頡頏，鳥飛上下貌。語本詩邶風燕燕：「燕燕于飛，頡之頏之。」

〔四〕 珠網：綴珠爲網狀的帳幃。文選王中頭陀寺碑文：「夕露爲珠網，朝霞爲丹雘。」吕延濟注：「珠網，以珠爲網，施於殿屋者。」

〔五〕 飛蓋：馳車。曹植公宴詩：「清夜游西園，飛蓋相追隨。」

〔六〕 樾：樹蔭。韓愈送文暢師北游：「三年竄荒嶺，守縣坐深樾。」

〔七〕 盍朋：謂朋友聚會。盍，合也。

〔八〕 陶淑：陶冶使之美好。

外集卷五

律詩一

漢　宮〔一〕

桂館神君去〔二〕，甘泉輦道平〔三〕。翠華飛蓋下，豹尾屬車迎。曉露寒浮掌，光風細轉旌。廊回偏費步，珮遠尚聞聲。玉樹人間老，珊瑚海底生〔四〕。金波夜夜意〔五〕，偏照影娥清〔六〕。

【箋注】

〔一〕本卷詩注：「未第時及西京作。天聖、明道間。」本詩原未繫年，作年不詳。

〔二〕桂館：漢宮館名，在長安。漢武帝造以迎神。見漢書郊祀志下。

〔三〕甘泉：本秦宮，故址在今陝西淳化西北甘泉山。三輔黄圖甘泉宮：「始皇二十七年作甘泉宮及前殿，築甬道自咸陽屬之。漢武帝建元中增廣之。周迴一十九里，中有牛首山，望見長安城。」

〔四〕「玉樹」二句：漢武故事：「上（漢武帝）於是於宮外起神明殿九間……前庭植玉樹。植玉樹之法，葺珊瑚爲枝，以碧玉爲葉，花子或青或赤，悉以珠玉爲之。」

〔五〕金波：月光。漢書禮樂志：「月穆穆以金波，日華燿以宣明。」顔師古注：「言月光穆穆，若金之波流也。」

〔六〕影娥：指影娥池。三輔黄圖未央宮：「影娥池，武帝鑿以玩月。其旁起望鵠臺，以眺月影入池中，亦曰眺蟾臺。」

送劉半千平陽簿〔一〕假道歸故里

嶺梅歸驛路迢迢〔二〕，越鳥巢傾木半喬〔三〕。松徑就荒聊應召〔四〕，桂叢留隱定相招〔五〕。家庭噪鵲爭喧樹，夜帳驚猿自擁條〔六〕。何處秋風催客鬢，青絲恐逐物華凋㊀。

【校記】

㊀凋：一作「銷」。

【箋注】

〔一〕原未繫年，作年不詳。據題，劉半千赴平陽主簿任時，假道歸故里。餘無考。平陽（今屬浙江），在温州。

〔二〕「嶺梅」句：劉半千故里當在嶺南，故歸路迢迢。嶺梅，指大庾嶺上的梅花。

〔三〕半喬：半高。書禹貢：「厥草惟夭，厥木惟喬。」孔傳：「喬，高也。」

〔四〕松徑就荒：陶潛歸去來兮辭：「三徑就荒，松菊猶存。」

〔五〕桂叢：桂樹林，多指隱居之地。庾肩吾芝草詩：「蜘蟵玩芝草，淹留攀桂叢。」

〔六〕「夜帳」句：孔稚珪北山移文：「蕙帳空兮夜鵠怨，山人去兮曉猿驚。」

樓　頭〔一〕

百尺樓頭萬疊山，楚江南望隔晴煙。雲藏白道天垂幕〔二〕，簾捲黄昏月上弦。桑落蒲城催熟酒〔三〕，柳衰章陌感凋年〔四〕。鬢光如葆寧禁恨，不待爲郎已颯然〔五〕。

【箋注】

〔一〕原未繫年。詩云「楚江南望隔晴煙」，春秋時，楚國疆域向北擴展至南陽（今屬河南），隨州（今屬湖北）爲楚地，故疑本詩即天聖間在隨州作。

〔二〕白道：月亮運行的軌道。漢書天文志六：「月有九行者……白道二，出黄道西。」

〔三〕「桑落」句：酈道元水經注河水四載河東郡「民有姓劉名墮者，宿擅工釀，採挹河流，釀成芳酎，懸食同枯枝之年，排於桑落之辰，故酒得其名矣」。庾信就蒲州使君乞酒：「蒲城桑葉落，灞岸菊花秋。」倪璠注：「桑落、菊花，謂酒也。」

〔四〕「柳衰」句：用「章臺柳」典。唐韓翃有姬柳氏，頗豔麗。韓、柳離別，柳居長安，安史亂起，出家爲尼。後韓使人寄柳詩云：「章臺柳，章臺柳，昔日青青今在否？縱使長條似舊垂，亦應攀折他人手。」柳爲蕃將所劫，後歸韓。見許堯佐柳氏傳。

〔五〕颯然：衰頹貌。盧綸早春游樊川野居却寄李端校書兼呈崔峒補闕司空曙主簿耿湋拾遺：「颯然成一叟，誰更慕騫騰。」

夕　照〔一〕

夕照留歌扇，餘輝上桂叢。霞光晴散錦，雨氣晚成虹。燕下翻池草，烏驚傍井桐。無憀照湘水，丹色映秋風。

【箋注】

〔一〕原未繫年，作年不詳。

送張學士知郢州〔一〕

漢郎清曉赤墀趨〔二〕，楚老西來望隼旟〔三〕。侍史護衣薰蕙草，轆轤要劍從驪駒〔四〕。陽春繞雪歌低扇，油幕連雲水泛渠。千里修門對涔浦〔五〕，好尋遺玦吊三閭〔六〕。

【箋注】

〔一〕原未繫年，作年不詳。張學士，無考。郢州（治今湖北鍾祥），屬京西南路。

〔二〕赤墀：皇宮中的臺階，借指朝廷。

〔三〕「楚老」句：張學士自京師赴郢州，郢州在汴京西南，故云。郢州，古屬楚地，楚老，謂彼地父老。隼旟，古州郡長官所建畫有隼鳥的旗幟。周禮春官司常：「鳥隼爲旟，龜蛇爲旐……州里建旟，縣鄙建旐。」

〔四〕「轆轤」句：樂府詩集相和歌辭三陌上桑：「何用識夫婿，白馬從驪駒……腰中鹿盧劍，可直千萬餘。」

〔五〕 修門：楚辭招魂：「魂兮歸來！入修門些！」王逸注：「修門，郢城門也。」涔：史記夏本紀：「九江甚中，沱涔已道，雲土、夢爲治。」裴駰集解：「孔安國曰：『沱，江别名。涔，水名。』鄭玄曰：『水出江爲沱，漢爲涔。』」

〔六〕 三閭：屈原。後漢書孔融傳：「忠非三閭，智非鼂錯，竊位爲過，免罪爲幸。」李賢注：「即屈原也，掌王族三姓，曰昭、屈、景，故曰『三閭』。」

曉詠〔一〕

簾外星辰逐斗移，紫河聲轉下雲西〔二〕。九雛烏起城將曙〔三〕，百尺樓高月易低。露裛蘭苕惟有淚，秋荒桃李不成蹊。西堂吟思無人助，草滿池塘夢自迷。

【箋注】

〔一〕 原未繫年，作年不詳。

〔二〕 紫河：太平御覽卷一九六引洞冥記曰：「北及玄坂，去空同七十萬里，日月不至，其地自明，有紫河萬里，流沫千丈。」

〔三〕 九雛烏：宋朝事實類苑卷三七錢惟演劉筠警句引閣宿云：「三讓月臨承露掌，九雛烏繞守宮槐。」此聯「烏」與「月」相對。傳説日中有三足烏（見王充論衡説日），因以烏指代日。此九雛烏指九日也。九烏當爲其省稱，淮南子俶真訓：「雖有羿之知，而無所用之。」高誘注：「是堯時羿善射，能一日落九烏。」烏，日也。

禁火〔一〕

火禁開何晚，春芳半已凋。柳風兼絮墜，榆雨帶錢飄〔二〕。淚翦蘭膏盡〔三〕，弦虧桂魄消〔四〕。祓蘭流水曲，游禊一相招〔五〕。

【箋注】

〔一〕原未繫年，作年不詳。宗懔荆楚歲時記：「去冬節一百五日，即有疾風甚雨，謂之寒食，禁火三日。」

〔二〕「榆雨」句：施肩吾戲詠榆莢：「風吹榆錢落如雨，繞林繞屋來不住。」榆莢形似小銅錢，故稱榆錢。

〔三〕蘭膏：古時以澤蘭子煉製的油脂，可以點燈。楚辭招魂：「蘭膏明燭，華容備些。」王逸注：「蘭膏，以蘭香煉膏也。」

〔四〕弦：釋名釋天：「弦，月半之名也，其形一旁曲，一旁直，若張弓施弦也。」桂魄：指月。

〔五〕「祓蘭」二句：古人于三月上巳嬉水採蘭，祓除不祥。永和九年，王羲之與當時名士謝安等修禊于會稽蘭亭，曲水流觴，賦詩爲樂，極一時之盛。見羲之蘭亭集序。

送趙山人歸舊山〔一〕

屈賈江山思不休〔二〕，霜飛翠葆忽驚秋〔三〕。吟抛楚畹蘭苕老〔四〕，歸有淮山桂樹留〔五〕。聒耳春池蛙兩部〔六〕，比封秋塢橘千頭〔七〕。嗔條怒穎真堪愧〔八〕，莫染衣塵更遠游。

【箋注】

〔一〕原未繫年，作年不詳。趙山人無考。舊山，按詩意，當爲淮山。

〔二〕屈賈：屈原、賈誼。屈原，楚臣。賈誼，嘗爲長沙王太傅。此暗示趙山人所思所歸之處乃楚地。

〔三〕翠葆：形容草木青翠茂盛。杜牧華清宫三十韻：「嫩嵐滋翠葆，清渭照紅妝。」

〔四〕楚畹：指蘭圃。楚辭離騷：「余既滋蘭之九畹兮，又樹蕙之百畝。」

〔五〕「歸有」句：淮南小山招隱士：「桂樹叢生兮山之幽。」王逸注：「遠去朝廷而隱藏也。」

〔六〕蛙兩部：南齊書孔稚珪傳：「（珪）門庭之内，草萊不剪，中有蛙鳴。或問之曰：『欲爲陳蕃乎？』稚珪笑曰：『我以此當兩部鼓吹，何必期效仲舉？』」

〔七〕橘千頭：漢末李衡爲官清廉，晚年遣人於武陵龍陽汎州種柑橘千株。臨終，敕兒曰：「汝母惡吾治家，故窮如是。然吾州里有千頭木奴，不責汝衣食，歲上一匹絹，亦可足用耳。」見三國志吴志孫休傳裴松之注引襄陽記。

〔八〕嗔條怒穎：孔稚珪北山移文：「叢條嗔膽，疊穎怒魄。或飛柯以折輪，乍低枝而掃迹。請回俗士駕，爲君謝逋客。」

閑居即事〔一〕

巷有容車陋〔二〕，門無載酒過。池喧蛙怒雨，客去雀驚羅〔三〕。握臂如枝骨，哀弦繫筋歌㊀〔四〕。無憀漳浦卧〔五〕，還似詠中阿〔六〕。

【校記】

㊀繫：原校：一作「擊」。

【箋注】

〔一〕原未繫年。詩云「無憀漳浦卧」，漳水流經隨州南境，此詩當作於隨州，時在天聖年間。

〔二〕「巷有」句：史記陳丞相世家：「（陳平）家乃負郭窮巷，以弊席爲門，然門外多有長者車轍。」

〔三〕「客去」句：史記汲鄭列傳：「始翟公爲廷尉，賓客闐門；及廢，門外可設雀羅。」

〔四〕 繫節歌：據校記，繫，一作「擊」。海録碎事卷七上載李德裕丁妻詩：「誰家幼女敲節歌，何處丁妻點燈織。」

〔五〕 漳浦卧：昭明太子集卷三錦帶書十二月啓蕤賓五月：「某沉痾漳浦，卧病泉山。」

〔六〕 中阿：詩小雅菁菁者莪：「菁菁者莪，在彼中阿。」毛傳：「中阿，阿中也。大陵曰阿。」

傷　春〔一〕

蕙蘭蹊徑失芳期，風雨春深怯減衣。卷箔高樓驚燕入〔二〕，揮弦遠目送鴻歸〔三〕。蜂催釀蜜愁花盡，絮撲暄條妬雪飛。欲識傷春多少恨，試量衣帶忖要圍〔四〕。

【箋注】

〔一〕 原未繫年，作年不詳。

〔二〕 箔：簾子。唐才子傳卷七引李洞贈司空圖詩曰：「卷箔清溪月，敲松紫閣書。」

〔三〕 「揮弦」句：嵇康兄秀才公穆入軍贈詩十九首之一四：「目送歸鴻，手揮五弦。」

〔四〕 「試量」句：用「沈腰」典。南朝梁沈約老病，百餘日中，腰帶數移孔。見梁書沈約傳。

公　子〔一〕

黄山開苑獵初回〔二〕，絳樹分行舞遞來〔三〕。下馬春場雞鬭距〔四〕，鳴弦初日雉驚媒〔五〕。犀投博齒呼成白〔六〕，橋隔車音聽似雷。不問春蠶眠未起，更尋桑陌到秦臺〔七〕。

【箋注】

〔一〕原未繫年，作年不詳。

〔二〕黄山：漢宮名。漢惠帝所建，在今陝西興平西南。文選揚雄羽獵賦序：「北繞黄山，濱渭而東，周袤數百里。」李善注：「漢書曰：『槐里有黄山之宮。』」

〔三〕絳樹：古歌女名，亦借指美女。曹丕答繁欽書：「今之妙舞莫巧於絳樹，清歌莫善於宋臈。」

〔四〕距：雄雞腿後突出像脚趾的部分，雞相鬬時用以擊刺。左傳昭公二十五年：「季郈之雞鬬。季氏介其雞，郈氏爲之金距。」

〔五〕媒：鳥媒。文選潘岳射雉賦：「眄箱籠以揭驕，睨驍媒之戀態。」徐爰注：「媒者，少養雉子，至長狎人，能招引野雉，因名曰媒。」

〔六〕「犀投」句：楚辭招魂：「成梟而牟，呼五白些。」王逸注：「五白，簙齒也。言己棋已梟，當成牟勝；射張食棋，下逃於窟，故呼五白以助投也。」

〔七〕「更尋」句：古樂府陌上桑：「秦氏有好女，自名爲羅敷。羅敷喜蠶桑，採桑城南隅。」

夜意〔一〕

蕙炷爐薰斷〔二〕，蘭膏燭豔煎〔三〕。夜風多起籟，曉月漸虧弦。鵲去星低漢〔四〕，烏啼樹暝煙。惟應牆外柳，三起復三眠〔五〕。

【箋注】

〔一〕原未繫年，作年不詳。

〔二〕蕙炷：香。陸龜蒙鄴宮詞：「魏武平生不好香，楓膠蕙炷潔宮房。」

〔三〕蘭膏：古時以澤蘭子煉製的油脂，可以點燈。楚辭招魂：「蘭膏明燭，華容備些。」王逸注：「蘭膏，以蘭香煉膏也。」

〔四〕「鵲去」句：天中記卷五引風俗記：「織女七夕渡河，使鵲爲橋。」

〔五〕「惟應」二句：説郛卷八二下：「李義山賦云：『豈如河畔牛星，隔年衹聞一過。不及苑中人柳，終朝剩得三眠。』注：『漢苑中有人形柳，一日三起三倒。』」

寄張至秘校〔一〕

關山一里一重愁，念遠傷離兩未休。南陌望窮雲似帳，西樓吟斷月如鈎〔二〕。柳綿飛後春應減㊀，蘭徑荒時客倦遊。擬寄東流問溝水，亦應溝水更東流〔三〕。

【校記】

㊀後：原校：一作「處」。

【箋注】

〔一〕原未繫年，作年不詳。張至，生平無考。秘校，秘書省校書郎。據詩意，詩人與張至在關山遠隔的兩地「念遠傷離」。

〔二〕「西樓」句：李煜相見歡詞：「無言獨上西樓，月如鈎。」

〔三〕「擬寄」二句：古今事文類聚後集卷一四詩話引卓文君白頭吟：「今日斗酒間，明日溝水頭。躞蹀向溝上，溝水東西流。」

寄徐巽秀才〔一〕

瑶花飛雪蕩離愁，鶗鴂驚風下緑疇〔二〕。睢苑樹荒誰共客〔三〕，楚江楓老獨悲秋。千重錦浪翻如箭，萬叠春山翠入樓。章陌柳條今在否〔四〕，定臨溝水拂東流。

【箋注】

〔一〕原未繫年，作年不詳。徐巽秀才，生平無考。

〔二〕鶗鴂：亦作「鶗鳺」，即杜鵑。漢書揚雄傳上：「徒恐鶗鳺之將鳴兮，顧先百草爲不芳！」顔師古注：「鳺，鴂字也。鶗鴂鳥，一名買䳄，一名子規，一名杜鵑，常以立夏鳴，鳴則衆芳皆歇。」

〔三〕睢苑：漢梁孝王劉武所造園林，在睢陽（今河南商丘東），故稱。梁孝王好賓客，睢園遂爲文士宴集之地。

〔四〕章陌柳條：指章臺柳。章臺，漢長安街名。

寄劉昉秀才〔一〕

絲路縈回細入雲，離懷南陌草初薰。茂林修竹誰同禊〔二〕，明月春蘿定勒文〔三〕。燕憶銅鞮來不定〔四〕，鴻歸碣石信難分〔五〕。東風鶯友應相望〔六〕，懊惱孤飛不及羣。

【箋注】

〔一〕原未繫年，作年不詳。據「離懷南陌」之語，似作於隨州。劉昉秀才，生平無考，疑爲作者天聖五年（一〇二七）赴京應試時認識的友人，則本詩當作於是年或稍後。

〔二〕「茂林」句：王羲之蘭亭集序：「暮春之初，會于會稽山陰之蘭亭，修禊事也。羣賢畢至，少長咸集。此地有崇山峻嶺，茂林修竹……亦足以暢叙幽情。」

〔三〕勒：編纂。南史孔休源傳：「聚書盈七千卷，手自校練。凡奏議彈文勒成十五卷。」

〔四〕銅鞮：左傳襄公三十一年：「今銅鞮之宫數里，而諸侯舍于隸人。」杜預注：「銅鞮，晉離宫。」楊伯峻注：「銅鞮宫在山西沁縣南二十五里。」

〔五〕碣石：史記孟子荀卿列傳載騶衍「如燕，昭王擁彗先驅，請列弟子之座而受業，築碣石宫，身親往師之」。按：宫以地近碣石（今河北昌黎北）而名。

〔六〕鶯友：好友。意出詩小雅伐木「伐木丁丁，鳥鳴嚶嚶……嚶其鳴矣，求其友聲」。

送客回馬上作〔一〕

南浦空波緑，西陂夕照寒。瑶華傷遠道〔二〕，芳草送歸鞍。翠斂遥山叠，氛收古澤寬。衰容畏秋色，不及楚楓丹。

【箋注】

〔一〕原未繫年，作年不詳。由末二句觀之，似秋季作於隨州。

〔二〕瑶華：玉白色的花。楚辭九歌大司命：「折疏麻兮瑶華，將以遺兮離居。」王逸注：「瑶華，玉華也。」

西征道中送陳舅秀才北歸〔一〕

棋墅風流謝舅賢〔二〕，髮光如葆惜窮年。人隨黄鵠飛千里，酒滿棲烏送一弦。望驛早梅迎遠使〔三〕，拂鞍衰柳拗歸鞭。越禽胡馬相逢地，南北思歸各黯然〔四〕。

【箋注】

〔一〕原未繫年，作年不詳。陳舅秀才，無考。

〔二〕「棋墅」句：晉謝安在金陵城東築別墅，即「棋墅」，又稱「謝墅」。安嘗在此對客圍棋，獲淝水之戰捷報。見晉書謝安傳。

〔三〕「望驛」句：太平御覽卷九七〇引南朝宋盛弘之荆州記：「陸凱與范曄相善，自江南寄梅花一枝，詣長安與曄，并贈詩曰：『折花逢驛使，寄與隴頭人。江南無所有，聊贈一枝春。』」

〔四〕「越禽」二句：文選古詩行行重行行：「胡馬依北風，越鳥巢南枝。」李善注引韓詩外傳：「詩曰：『代馬依北風，飛鳥棲故巢。』皆不忘本之謂也。」

送目〔一〕

送目衡皋望不休㊀〔二〕，江蘋高下遍汀洲。長堤柳曲妨回首，小苑花深礙倚樓。楚徑蕙風消病渴〔三〕，洛城花雪蕩春愁。流杯三日佳期過〔四〕，擲度蘭波負勝遊〔五〕。

【校記】

㊀衡：一作「蘅」。

【箋注】

〔一〕原未繫年，作年不詳。

〔二〕衡皋：多作「蘅皋」。衡，通「蘅」。文選曹植洛神賦：「爾迺稅駕乎蘅皋，秣駟乎芝田。」劉良注：「蘅皋，香草之澤也。」

〔三〕病渴：指消渴疾。

〔四〕流杯三日：宗懔荆楚歲時記：「三月三日，士民並出江渚池沼間，爲流杯曲水之飲。」

〔五〕擲度：棄度。吴均古意：「應歸遂不歸，芳春空擲度。」

春曉〔一〕

小閣回殘夢，開簾轉曉暉。露寒風不定，花落鳥驚飛。病渴偏思柘㈠〔二〕，朝寒怯減衣。沈錢將謝雪〔三〕，持底送春歸？

【校記】

㈠柘：原校：一作「蔗」。楚詞、漢志作「柘」，晉書、杜詩作「蔗」。

【箋注】

〔一〕原未繫年，作年不詳。

〔二〕「病渴」句：謂悖于常理。柘，通「蔗」。患消渴症（糖尿病）者不宜食甜蔗。

〔三〕沈錢：又稱沈郎錢，指榆莢。榆未生葉時，枝條間先生榆莢，形似晉沈充所製之錢。謝雪：晉謝安雪天與子弟論文賦詩，曰：「白雪紛紛何所似？」侄謝朗曰：「撒鹽空中差可擬。」侄女謝道蘊曰：「未若柳絮因風起。」安大笑樂。事見世説新語言語。李商隱江東詩：「今日春光太飄蕩，謝家輕絮沈郎錢。」

劉秀才宅對弈〔一〕昉

烏巷招邀謝墅中〔二〕，紫囊香珮更臨風。塵驚野火遥知獵㊀，目送雲羅但聽鴻〔三〕。六着比犀鳴博勝〔四〕，百嬌柘矢捧壺空㊁〔五〕。解衣對子歡何極，玉井移陰下翠桐〔六〕。

【校記】

㊀野：原校：一作「烽」。　㊁百嬌：卷後原校：疑用西京雜記百驍事。

【箋注】

〔一〕原未繫年，作年不詳。劉秀才，劉昉，見本卷寄劉昉秀才箋注〔一〕。

〔二〕烏巷：烏衣巷。東晉王謝等大族居此，因著聞。劉禹錫有烏衣巷詩。謝墅：謝安別墅。見前西征道中送陳舅秀才北歸箋注〔二〕。

〔三〕雲羅：見前卷鶴聯句箋注〔一五〕。

〔四〕「六着」句：周祈名義考卷八博弈：「弈，圍棋也。博，局戲也……今名骰子，自幺至六曰六着。」楚辭招魂「晉制犀比」王逸注：「犀比，博著。比集犀角以爲飾也。」馬茂元楚辭選稱王逸「意謂晉國工人所製的一種籌碼，比集犀角以爲裝飾」。按：比犀，當即犀比。

〔五〕「百嬌」句：百嬌，亦作「百驍」。古時投壺，矢從壺中躍出復還，謂之驍。西京雜記：「古之投壺，取中而不求還……郭舍人則激矢令還，一矢百餘反，謂之爲驍。」柘矢，以柘木爲矢。

〔六〕玉井：晉書天文志上：「玉井四星在參左足下，主水漿以給厨。」

送李寔〔一〕

幾幅歸帆不暫停，吴天遥望斗牛横。香薰翠被乘青翰〔二〕，波暖屏風詠紫莖。江水自隨潮上下，月輪閑與蚌虧盈〔三〕。河橋折柳傷離後〔四〕，更作南雲萬里行。

【箋注】

〔一〕原未繫年，作年不詳。李寔無考。

〔二〕青翰：文選顔延之三月三日曲水詩序：「龍文飾轡，青翰侍御。」吕延濟注：「青翰，船名。」按：舟刻飾鳥形，塗以青色，故稱。

〔三〕「月輪」句：舊説蚌孕珠與月之盈虧有關。文選揚雄羽獵賦：「方椎夜光之流離，剖明月之珠胎。」李善注：「明月珠，蚌子珠，爲蚌所懷，故曰胎。」左思吴都賦：「蚌蛤珠胎，與月虧全。」

〔四〕折柳：三輔黄圖橋：「霸橋在長安東，跨水作橋。漢人送客至此橋，折柳贈别。」

早夏鄭工部園池〔一〕

夜雨殘芳盡，朝暉宿霧收。蘭香纔馥徑，柳暗欲翻溝。夏木繁堪結，春蹊翠已稠㈠。披襟楚風快〔二〕，伏檻更臨流。

【校記】

㊀蹊：原校：一作「畦」。

【箋注】

〔一〕原未繫年，作年不詳。

〔二〕「披襟」句：宋玉風賦：「楚襄王遊於蘭臺之宫，宋玉、景差侍。有風颯然而至，王迺披襟而當之，曰：『快哉此風！寡人所與庶人共者邪？』」

舟中寄劉昉秀才〔一〕

東南天闊漾歸流，西北雲高斷寸眸。明月隨人來遠浦，青山笞鼓送行舟〔二〕。歸心逐夢成魚鳥，夜漢看星識斗牛。釃酒開樽誰共醉㊀，清江聊且玩游鯈㊁〔三〕。

【校記】

㊀釃：原校：一作「駃」。衡本作「釀」。　㊁游鯈：原校：一作「鯈游」。

【箋注】

〔一〕原未繫年，當爲天聖五年（一〇二七）作。據胡譜，是年春，歐試禮部，不中。南歸舟行途中，作此詩。劉昉秀才，參閲本卷寄劉昉秀才與劉秀才宅對弈詩。

〔二〕笞鼓：段安節樂府雜録鼓架部：「笞鼓，即腰鼓也。」腰鼓爲古時打擊樂器，兩頭大，中腰細，以手掌拍擊。

〔三〕游鯈：莊子秋水：「鯈魚出游從容，是魚之樂也。」

月夕〔一〕

月氣初升海，屏光半隱扉。寒消覺春盡，漏永送籌稀〔二〕。蘭燭風驚燼，煙簾霧濕衣。清羸急寬帶，頻減故時圍〔三〕。

【箋注】

〔一〕原未繫年，作年不詳。

〔二〕送籌：伏知道從軍五更轉：「五更催送籌，曉色映山頭。」諸葛穎奉和御製月夜觀星示百僚：「時聞送籌柝，屢見繞枝禽。」籌當爲報時計數之用具。

〔三〕「清羸」二句：見本卷傷春箋注〔四〕。

奉送叔父都官知永州〔一〕

虎頭盤綬貴垂紳〔二〕，青組名郎領郡頻〔三〕。畫鷁千艘隨下瀨〔四〕，聽雞五鼓送行人。楚波漾楫萍如日，淮月開舲蚌有津〔五〕。千里壺漿民詠溢〔六〕，檣烏旟隼下汀蘋〔七〕。

【箋注】

〔一〕原未繫年，當爲天聖間作。叔父，歐陽曄，時爲都官員外郎。居士集卷二七尚書都官員外郎歐陽公墓誌銘：「（以）博士知端州桂陽監，屯田員外郎知黃州，遷都官知永州。皆有能政。坐舉人奪官，復以屯田通判歙州，以本官分司西京，許家於隨，復還都官於家。」據胡譜，明道二年，歐「省叔父於漢東」，漢東即隨州，此爲歐陽曄「以本官分司西京，許家於隨」之時。可知曄知永州當在明道二年之前。康熙永州志卷四：「王羽，天禧二年任。歐陽煜（曄），廬陵人。許瑊，景祐四年任。」可見歐陽曄知永州當在天聖年間。永州（今屬湖南）在荆湖南路。

〔二〕「虎頭」句：言在外爲官貴於在朝爲臣。虎頭，頭部畫有虎形的艦船。此謂官員乘坐以赴外任。垂紳，指在朝爲臣。禮記玉藻：「凡侍於君，紳垂。」居士集卷四〇相州晝錦堂記：「垂紳正笏，不動聲氣，而措天下於泰山之安。」

〔三〕青組：青色絲帶，古時官員用以繫冠、服、印。新唐書車服志：「紐約，貴賤皆用青組，博三寸。」

〔四〕晝鷁：見居士集卷一〇送餘姚陳寺丞詩箋注〔三〕。

〔五〕開舲：打開船窗。庾信舟中望月：「舟子夜離家，開舲望月華」。

〔六〕壺漿：用孟子梁惠王下「簞食壺漿以迎王師」之意。

〔七〕檣烏：桅杆上的烏形風向儀。杜甫登舟將適漢陽：「塞雁與時集，檣烏終歲飛。」旟隼，見本卷送張學士知郢州箋注〔三〕。

柳〔一〕

緑樹低昂不自持，河橋風雨弄春絲。殘黄淺約眉雙斂，欲舞先誇手小垂〔二〕。快馬折鞭催遠道，落梅横笛共餘悲〔三〕。長亭送客兼迎雨，費盡春條贈別離〔四〕。

【箋注】

〔一〕原未繫年，作年不詳。

〔二〕「欲舞」句：陳暘樂書卷一八二軟舞：「舞容有大垂手，有小垂手。」按郭茂倩樂府詩集卷七六雜曲歌辭有大垂手、小垂手。

〔三〕落梅横笛：落梅即梅花落，古笛曲名。李白司馬將軍歌：「羌笛横吹阿嚲回，向月樓中吹落梅。」

〔四〕「費盡」句：見本卷送李寔詩箋注〔四〕。

舟中望京邑〔一〕

東北歸川決決流〔二〕，泛艎青渚暫夷猶〔三〕。遥登灞岸空回首，不見長安但舉頭〔四〕。揮手嵇琴空墮睫〔五〕，開樽魯酒不忘憂〔六〕。青門柳色春應遍〔七〕，猶自留連杜若洲〔八〕。

【箋注】

〔一〕原未繫年，當爲天聖五年（一〇二七）作。據胡譜，是年春，歐試禮部不中。乘舟南歸，遂有此詩。京邑，指汴京。

〔二〕決決：水流貌。廣雅釋訓：「涓涓、決決……流也。」王僧孺從子永寧令謙誄：「悠悠越障，決決閩海。」

〔三〕夷猶：楚辭九歌湘君：「君不行兮夷猶。」王逸注：「夷猶，猶豫也。」

〔四〕「遥登」二句：以漢言宋，謂離京師而遥望之。灞，灞水，渭河支流，關中八川之一，流經長安（今陝西西安西北）東。

〔五〕嵇琴：高承事物紀原樂舞聲歌嵇琴：「或曰嵇琴，嵇康所製，故名嵇琴，雖出於傳誦，而理或然也。」嵇康，字叔夜，「竹林七賢」之一，爲司馬昭所殺。晉書有傳。墮睫：落淚。

〔六〕魯酒：魯國産的酒，味淡薄。庾信哀江南賦序：「楚歌非取樂之方，魯酒無忘憂之用。」

〔七〕青門：三輔黄圖都城十二門：「長安城東，出南頭第一門曰霸城門。民見門色青，名曰青城門，或曰青門。」

〔八〕　杜若洲：楚辭九歌湘君：「采芳洲兮杜若，將以遺兮下女。」杜若，香草。

小　圃〔一〕

桂樹鴛鴦起，蘭苕翡翠翔〔二〕。風高絲引絮，雨罷葉生光。蝶粉花霑紫，蜂茸露濕黄。愁酲與消渴，容易爲春傷。

【箋注】

〔一〕　原未繫年，作年不詳。

〔二〕　蘭苕：蘭花。郭璞游仙詩：「翡翠戲蘭苕，容色更相鮮。」翡翠：楚辭招魂：「翡翠珠被，爛齊光些。」王逸注：「雄曰翡，雌曰翠。」洪興祖補注：「翡，赤羽雀；翠，青羽雀。異物志云：翠鳥形如燕，赤而雄曰翡，青而雌曰翠。」

即　目〔一〕

李徑陰森接翠疇，押簾風日澹清秋。晚烏藏柳棲殘照，遠燕傷風失故樓。星漢經年雖可望，雲波千疊不緘愁。平居革帶頻移孔，誰問無憀沈隱侯〔二〕？

【箋注】

〔一〕　原未繫年，作年不詳。

〔二〕「平居」二句：沈約卒謚隱，故稱沈隱侯。此處用「沈腰」典，見本卷傷春詩箋注〔四〕。

南征道寄相送者〔一〕

楚天風雪犯征裘，誤拂京塵事遠遊。謝墅人歸應作詠〔二〕，灞陵岸遠尚回頭〔三〕。雲含江樹看迷所，目逐歸鴻送不休。欲借高樓望西北，亦應西北有高樓〔四〕。

【箋注】

〔一〕原未繫年，當爲天聖五年（一〇二七）作。是年春，歐應試不中而南歸，故有此詩。「誤拂京塵」之慨即因落第而發也。

〔二〕「謝墅」句：言南歸。謝墅，見本卷西征道中送陳舅秀才北歸箋注〔二〕。

〔三〕「灞陵」句：見本卷舟中望京邑箋注〔四〕。灞陵，故址在今陝西西安東。漢文帝葬于此，故稱。

〔四〕「亦應」句：古詩十九首：「西北有高樓，上與浮雲齊。」

楚　澤〔一〕

宿莽湘纍怨〔二〕，幽蘭楚俗謡〔三〕。紫屏空自老，翠被豈能招〔四〕？欲就蒼梧訴〔五〕，愁迷澧浦遥〔六〕。哀猿羌晝晦〔七〕，悲鴂衆芳凋〔八〕。紅壁丹砂板〔九〕，瓊鈎翡翠翹〔一〇〕。如何搴香杜㊀〔一一〕，江上獨無憀。

【校記】

㊀香杜：原校：一作「杜若」。

【箋注】

〔一〕原未繫年，作年不詳。古楚地有雲夢等七澤，此泛指楚地。

〔二〕「宿莽」句：楚辭離騷：「朝搴阰之木蘭兮，夕攬洲之宿莽。」王逸注：「草冬生不死者，楚人名曰宿莽。」漢書揚雄傳上：「因江潭而淮記兮，欽吊楚之湘纍。」顔師古注引李奇曰：「諸不以罪死曰纍，荀息、仇牧皆是也。屈原赴湘死，故曰湘纍也。」

〔三〕「幽蘭」句：宋玉諷賦：「臣援琴而鼓之，爲幽蘭、白雪之曲。」

〔四〕翠被：楚辭招魂：「翡翠珠被，爛齊光些。」蔣驥注：「以珠翠飾被，光色爛然，相齊也。」

〔五〕蒼梧：楚辭離騷「朝發軔於蒼梧兮」王逸注：「蒼梧，舜之所葬也。」

〔六〕澧浦：楚辭湘夫人：「捐余袂兮江中，遺余褋兮澧浦。」

〔七〕羌晝晦：楚辭九歌山鬼：「杳冥冥兮羌晝晦。」洪興祖補注引五臣云：「杳，深也；晦，暗也；羌，語詞也。言雲氣深厚冥冥，使晝日昏暗。」

〔八〕鴂：通稱杜鵑。杜鵑常晝夜啼鳴，其聲悲切。衆芳凋：楚辭離騷：「雖萎絶其亦何傷兮，哀衆芳之蕪穢。」

〔九〕「紅壁」句：楚辭招魂：「紅壁沙版，玄玉梁些。」蔣驥注：「紅，赤白色也；沙版，以丹砂飾木版也……此盛言塗繪之華。」

〔一〇〕「瓊鈎」句：楚辭招魂：「砥室翠翹，挂曲瓊些。」蔣驥注：「室以砥石磨之，極其滑澤也。翠，翠鳥尾毛。翹，高出之貌，疑飾於床榻者也。曲瓊，玉鈎也。言砥室之中，其床施翠翹，然高出而挂玉鈎以懸幬帳也。」

〔一一〕搴香杜：楚辭九歌湘夫人：「搴汀州兮杜若，將以遺兮遠者。」

題金山寺〔一〕

地接龍宫漲浪賒〔二〕，鷲峰岑絶倚雲斜〔三〕。巖披宿霧三竿日〔四〕，路引迷人四照花〔五〕。海國盜牙爭起塔〔六〕，河童施鉢但驚沙。春蘿攀倚難成去，山谷疏鐘落暮霞。

【箋注】

〔一〕原未繫年，當爲天聖五年（一〇二七）作。是年，歐應試不中，由汴京南歸，途經潤州，（治今江蘇鎮江），游金山寺，遂有本詩。太平寰宇記卷八九潤州：「金山澤心寺，在城東南揚子江。按圖經云：『本名浮玉山，因頭陀開山得金，故名金山寺。』」

〔二〕賒：空闊。楊炯送李庶子致仕還洛：「原野烟氛匝，關河游望賒。」

〔三〕鷲峰：即鷲山，靈鷲山。傳釋迦牟尼在此居住和説法多年。此代指佛寺。

〔四〕三竿日：南齊書天文志上：「日出高三竿。」

〔五〕四照花：傳説中的花名。山海經南山經：「南山經之首曰䧿山，其首曰招摇之山……有木焉，其狀如穀而黑理，其華四照。」

〔六〕「海國」句：釋法顯佛國記載竭義國「有佛一齒，國人爲佛齒起塔，有千餘。」

送竇秀才〔一〕

晴原高下細如鱗，樹轉城回路欲分。望月西樓人共遠，躍鞍南陌草初薰〔二〕。短亭山翠偏多疊，送目鴻驚不及羣。一驛賦成應援筆，好憑飛翼寄歸雲。

【箋注】

〔一〕原未繫年，作年不詳。竇秀才無考。

〔二〕薰：發出香氣。文選江淹別賦：「閨中風暖，陌上草薰。」李善注：「薰，香氣也。」

旅　思〔一〕

調苦歌非樂，歧多淚始零〔二〕。羞彈長鋏劍〔三〕，終戀五侯鯖〔四〕。陌草薰沙緑，江楓照岸青。南陔動歸思〔五〕，蘭葉向春馨。

【箋注】

〔一〕原未繫年，作年不詳。

〔二〕「歧多」句：吕氏春秋疑似：「故墨子見歧道而哭之。」

〔三〕彈長鋏劍：戰國策齊策四載齊人馮諼貧乏不能自存，寄居孟嘗君門下，因食無魚、出無車、無以爲家，三彈其劍鋏，歌曰：「長鋏歸來乎！」

〔四〕五侯鯖：西京雜記卷二：「五侯不相能，賓客不得來往。婁護、豐辯，傳食五侯間，各得其歡心，競致奇膳，護乃合以爲鯖，世稱五侯鯖，以爲奇味焉。」

〔五〕南陔：文選束晳補亡詩：「循彼南陔，言采其蘭。」李善注引聲類：「陔，隴也。」又，詩小雅南陔序：「南陔，孝子相戒以養也。」

仙意〔一〕

孤桐百尺拂非煙〔二〕，鳳去鸞歸夜悄然〔三〕。滄海風高愁燕遠，扶桑春老記蠶眠〔四〕。槎流千里纔成曲〔五〕，桂魄經旬始下弦。獨有金人寄遺恨，曉盤雲淚冷涓涓〔六〕。

【箋注】

〔一〕原未繫年，作年不詳。

〔二〕孤桐百尺：謝朓游東堂詠桐：「孤桐北窗外，高枝百尺餘。」非煙：史記天官書：「若煙非煙，若雲非雲，郁郁紛紛，蕭索輪囷，是謂卿雲。卿雲，喜氣也。」

〔三〕鳳去鸞歸：仙巢之所在。令狐楚游義興寺上李逢吉相公：「鳳鸞飛去仙巢在，龍象潛來講席空。」

〔四〕扶桑：傳説中的樹名。山海經海外東經：「湯谷上有扶桑，十日所浴，在黑齒北。」郭璞注：「扶桑，木也。」

〔五〕槎流千里：張華博物志卷三：「年年八月，有浮槎去來不失期。」庾信楊柳歌：「流槎一去上天池。」

〔六〕「獨有」二句：李賀金銅仙人辭漢歌序：「魏明帝青龍元年八月，詔宮官牽車西取漢孝武捧露盤仙人，欲立置前殿。宮官既拆盤，仙人臨載乃潸然淚下」。

聞朱祠部罷潯州歸闕〔一〕

漢柱題名墨未乾〔二〕，南州坐布政條寬〔三〕。嶺雲路隔梅欹驛，使馹秋歸柳拂鞍〔四〕。

建禮侵晨趨冉冉〔五〕，明光賜對佩珊珊〔六〕。潁川此召行聞拜〔七〕，冠頍凝塵俟一彈〔八〕。

【箋注】

〔一〕原未繫年，作年不詳。潯州，治今廣西桂平。宋庠元憲集卷一〇贈潯州朱祠部云：「粉署郎潛已十年，囊毫奏議委千篇。」粉署，尚書省之别稱，可知朱祠部尚書省爲郎已多年，此番罷知潯州，返回朝廷。其名及生平不詳。

〔二〕題名：當指紀念科場登録之壁柱題名。

〔三〕南州：指潯州。

〔四〕使馹：左傳襄公二十七年：「子木使馹謁諸王。」杜預注：「馹，傳也。」傳，驛車。此指驛馬。

〔五〕建禮：漢宮門名。文選沈約和謝宣城詩：「晨趨朝建禮，晚沐卧郊園。」李善注引漢書典職：「尚書郎晝夜更直於建禮門内。」

〔六〕明光：漢宮殿名。三輔黄圖漢宮：「未央宮漸臺西有桂宮，中有明光殿，皆金玉珠璣爲簾箔，處處明月珠，金陛玉階，晝夜光明。」

〔七〕潁川：漢黄霸嘗任潁川太守，有政績。後常以潁川稱頌有政績的官吏。

〔八〕頍：古時用以束髮固冠的髮飾。後漢書輿服志下：「古者有冠無幘，其戴也，加首有頍，所以安物。」

倦征〔一〕

沈約傷春思〔二〕，嵇含倦久游〔三〕。帆歸黄鶴浦㊀〔四〕，人滯白蘋洲〔五〕。乳燕差池遠〔六〕，江禽格磔浮〔七〕。物華真可玩，黑鬢恐逢秋。

【校記】

㊀鶴：原校：一作「鞾」。

【箋注】

〔一〕原未繫年，疑作於天聖五年（一〇二七）春由京師南歸時。

〔二〕「沈約」句：沈約有傷春詩，見初學記卷三。

〔三〕嵇含：晉嵇紹從子，字君道，好學能文。家在鞏縣亳丘，自號亳丘子。舉秀才，除郎中。惠帝朝爲中書侍郎，累官至平越中郎將、廣州刺史。晉書有傳。

〔四〕「帆歸」句：庾信哀江南賦：「落帆黄鶴之浦，藏船鸚鵡之洲。」

〔五〕白蘋洲：據太平寰宇記卷九四，白蘋洲在霅溪東南。此泛指長滿白色蘋花的沙洲。李益柳楊送客：「青楓江畔白蘋洲，楚客傷離不待秋。」

〔六〕差池：詩邶風燕燕：「燕燕于飛，差池其羽。」馬瑞辰通釋：「差池，義與參差同，皆不齊貌。」

〔七〕格磔：見居士集卷六和梅龍圖公儀謝鵰詩箋注〔三〕。

鄭駕部射圃〔一〕

夢草西堂射圃連〔二〕，蘭苕初日露華鮮。暈含畫的弦開月〔三〕，牙算行籌酒滿船〔四〕。鏤管思催吟韻劇〔五〕，妓簾陰薄舞衣翩〔六〕。當筵獨愧探牛炙〔七〕，儉府芙蓉客盡賢〔八〕。

【箋注】

〔一〕原未繫年，作年不詳。鄭駕部，當爲駕部郎中或員外郎，生平無考。

〔二〕夢草西堂：南史謝惠連傳：「（謝靈運）嘗於永嘉西堂思詩，竟日不就，忽夢見惠連，即得『池塘生春草』，大以爲工。」

〔三〕「暈含」句：宋史兵志九：「畫的爲五暈，去的二十步，引滿即發。射中者視暈數給錢爲賞。」暈，指靶心。庾信三月三日華林園馬射賦：「棚雲五色，的暈重圓。」倪璠注：「的暈謂射侯之中如月暈。」畫的，彩繪箭靶。張説玄武門侍射：「雕弧月半上，畫的暈重圓。」

〔四〕船：指酒杯。李濬松窗雜録：「上因聯飲三銀船，盡一巨餡。」

〔五〕鏤管：樂器，刻花竹管。王嘉拾遺記周穆王：「器則有岑華鏤管……岑華，山名也，在西海上，有象竹，截爲管吹之，爲羣鳳之鳴。」

〔六〕「妓簾」句：梁書夏侯亶傳：「（亶）晚年頗好音樂，有妓妾十數人，並無被服姿容。每有客，常隔簾奏之，時謂簾爲夏侯妓衣也。」

〔七〕牛炙：烤牛肉。禮記内則：「膳，膷、臐、膮、醢、牛炙。」孔穎達疏：「牛炙四，炙牛肉也。」

〔八〕「儉府」句：南朝齊王儉於高帝時爲衛將軍，領朝政，用才名之士爲幕僚。「儉府」於後世遂爲幕府之美稱，謂其主客皆才俊。南齊書庾杲之傳：「（杲之）出爲王儉衛軍長史，時人呼入儉府爲芙蓉池。」

甘露寺〔一〕

雲樹千尋隔翠微，給園金地敞仁祠〔二〕。講花飄雨諸天近〔三〕，春漏欹蓮白日遲〔四〕。
引鉢當空時取露，殘灰經劫自成池〔五〕。危欄徙倚吟忘下，九子鈴寒塔影移〔六〕。

【箋注】

〔一〕原未繫年，當爲天聖五年（一〇二七）作。是年，歐自汴京南歸，途經潤州，游甘露寺，而有是詩。元豐九域志卷五：「甘露寺前對北固山，後枕大江。唐寶曆中李德裕建，時甘露降於此，因以爲名。」

〔二〕給園：泛指佛寺。柳河東集卷三七爲王京兆賀嘉蓮表：「焕開宫沼，旁映給園。」注曰：「謂給孤獨園，指言神龍寺也。」金地：釋氏要覽上：「金地或云金田，即舍衛國給孤長者，側布黄金，買祇太子園，建精舍，請之居之。」此謂菩薩所居以黄金鋪地。

〔三〕「講花」句：據法華經序品，佛祖講經，感動天神，諸天各色香花，紛紛下墜。

〔四〕春漏：春日更漏，指春夜。韋應物聽鶯曲：「還棲碧樹鎖千門，春漏方殘一聲曉。」

〔五〕殘灰經劫：太平廣記卷八七竺法蘭引自高僧傳，云：「昔漢武穿昆明池底，得黑灰，問東方朔。朔云：『可問西域梵人。』後法蘭既至，衆人追問之。蘭云：『世界終盡，劫火洞燒，此灰是也。』」

〔六〕九子鈴：寺觀風檐前掛的裝飾鈴。南史齊廢帝東昏侯紀：「莊嚴寺有玉九子鈴。」

送友人南下〔一〕

河橋别柳減春條，隔浦拏音聽已遥〔二〕。千里羹蓴誇畝酪〔三〕，滿池滮稻欲鳴蜩〔四〕。東風楚岸神靈雨，殘月吴波上下潮。如吊湘纍搴香若㊀〔五〕，秋江斜日駐蘭橈。

【校記】

㊀香：原校：一作「杜」。

【箋注】

〔一〕原未繫年。由頸聯觀之，本詩送友人南赴吴地，疑爲天聖年間作於隨州。

〔二〕拏音：槳聲。拏，通「橈」。莊子漁父：「顔淵還車，子路授綏，孔子不顧，待水波定，不聞拏音，而後敢乘。」

〔三〕羹蓴：鱸魚羹與蒓菜。產自吳地。
〔四〕滿池滮稻：詩小雅白華：「滮池北流，浸彼稻田。」滮稻，水稻。
〔五〕湘纍：見本卷楚澤詩箋注〔二〕。

高　樓〔一〕

六曲雕欄百尺樓，簾波不定瓦如流。浮雲已映樓西北，更向雲西待月鉤。

【箋注】
〔一〕原未繫年，作年不詳。

榴　花〔一〕

絮亂絲繁不自持，蜂黄蝶紫燕參差。榴花最恨來時晚，惆悵春期獨後期。

【箋注】
〔一〕原未繫年，作年不詳。榴花，石榴花。李時珍本草綱目果二安石榴：「榴五月開花，有紅、黄、白三色。」

宿雲夢館〔一〕

北雁來時歲欲昏，私書歸夢杳難分。井桐葉落池荷盡，一夜西窗雨不聞。

【箋注】

〔一〕原未繫年。雲夢（今屬湖北），在隨州東南。本詩當爲天聖間自隨州出游雲夢時作。據起句，本詩作於秋季。

鸜　鳺㊀〔一〕

花殘如霰落紛紛，紫陌空遺翠幰塵〔二〕。鸜鳺枉緣催節物，年華不信有傷春。

【校記】

㊀鳺：原校：一作「鴂」。

【箋注】

〔一〕原未繫年，作年不詳。鸜鳺，亦作「鸜鴂」，即杜鵑。見本卷寄徐巽秀才箋注〔二〕。

〔二〕翠幰：飾以翠羽的車帷。盧照鄰長安古意：「隱隱朱城臨玉道，遥遥翠幰没金堤。」

簾〔一〕

銀蒜鉤簾宛地垂〔二〕，桂叢烏起上朝暉。枉將玳瑁雕爲押〔三〕，遮掩春堂礙燕歸。

【箋注】

〔一〕原未繫年，作年不詳。

〔二〕銀蒜：銀質蒜條形簾鈎。庾信夢入堂内：「幔繩金麥穗，簾鈎銀蒜條。」倪璠注：「銀鈎若蒜條，象其形也。」

〔三〕押：壓簾之具。徐陵玉臺新詠序：「玉樹以珊瑚作枝，珠簾以瑇瑁爲押。」

行　雲〔一〕

疊疊煙波隔夢思，離愁幾日減要圍〔二〕。行雲自亦傷無定，莫就行雲託信歸〔三〕。

【箋注】

〔一〕原未繫年，作年不詳。

〔二〕要：「腰」之古字。

〔三〕「莫就」句：陶弘景詔問山中何所有賦詩以答：「山中何所有？嶺上多白雲。只可自怡悦，不堪持寄君。」

琵琶亭上作〔一〕

九江煙水一登臨，風月清含古恨深。濕盡青衫司馬淚〔二〕，琵琶還似雍門琴〔三〕。

【箋注】

〔一〕原未繫年。天聖五年（一〇二七），歐由汴京南歸，途經九江，本詩當爲是時作。方輿勝覽卷二二江州：「琵琶亭，在西門之外，其下臨大江。」

〔二〕「濕盡」句：白居易琵琶行：「座中泣下誰最多，江州司馬青衫濕。」

〔三〕雍門琴：雍門子周，古之善琴者。據劉向說苑善說，子周鼓琴，孟嘗君流涕曰：「先生之鼓琴，令文立若破國亡邑之人也。」後因以雍門琴指哀傷之曲調。

柳〔一〕

雨闊堤長走畫轅，絮兼梨雪墮春煙。東風苑外千絲老，猶伴吴蠶盡日眠〔二〕。

【箋注】

〔一〕原未繫年，作年不詳。

〔二〕吴蠶盡日眠：李白寄東魯二稚子：「吴地桑葉緑，吴蠶已三眠。」按：吴地盛養蠶，故稱良蠶爲吴蠶。

井桐〔一〕

簷欹碧瓦拂傾梧，玉井聲高轉轆轤。腸斷西樓驚穩夢，半留殘月照啼烏。

【箋注】

〔一〕原未繫年，作年不詳。

雪中寄友人〔一〕

楚岸梅香半入衣，凍雲銀鑠曉光飛。遥應便面逢人處，走馬章街失路歸〔二〕。

【箋注】

〔一〕原未繫年，作年不詳。

〔二〕「遥應」二句：漢書張敞傳：「然敞無威儀，時罷朝會，過走馬章臺街，使御史驅，自以便面拊馬。」顔師古注：「便面，所以障面，蓋扇之類也。不欲見人，以此自障面則得其便，故曰便面，亦曰屏面。」

與謝三學士絳唱和八首〔一〕

和國庠勸講之什〔二〕

春盡沂風暖〔三〕，芹生泮水清〔四〕。雙旌榮照路〔五〕，博帶儼盈庭。函丈師臨席〔六〕，鏘金壁有經〔七〕。諸生拜玉衮㊀，欣識象丘形〔八〕。

和遊午橋莊〔九〕

曉壇初畢祀，弭蓋共尋幽〔一〇〕。鳥哢林中出，泉聲冰下流。攀條驚雪盡，翻袂愛風柔。好駐城南馬，春桑遍陌頭㊁。

和龍門曉望

水霧濛濛曉望平，悠然驅馬獨吟行。煙嵐明滅川霞上，凌亂空山百鳥驚。

除夜偶成拜上學士三丈

萬瓦青煙夕靄生，斗杓迎歲轉東城〔一一〕。隋宮守夜沉香燎〔一二〕，楚俗驅神爆竹聲。

玉樹羅階家宴盛〔一三〕，羽觴稱壽綵衣榮〔一四〕。九門朝客思公甚，向曉天風舞雪霙〔一五〕。

陪飲上林院後亭見櫻桃花悉已披謝因成七言四韻〔一六〕

尋芳長恨見花遲，豈意看花獨後期。試藉落英聊共醉，爲憐殘蕚更攀枝。清香肯以無人減，幽豔惟應有蝶知。開謝兩堪成悵望，傷春不到柳絲時。

昨日偶陪後騎同適近郊謹成七言四韻兼呈聖俞

堤柳纔黃已落梅，尋芳弭蓋共徘徊。桑城日暖蠶催浴〔一七〕，麥壠風和雉應媒〔一八〕。別浦人嬉遺翠羽〔一九〕，弋林春廢鎖歌臺〔二〇〕。歸鞍暮逼宮街鼓〔二一〕，府吏應驚便面回〔二二〕。

和八月十五日齋宮對月

皓月三川靜〔二三〕，晴氛萬里銷。靈光望日滿〔二四〕，寒色入波搖。灝氣成山霧，浮雲蔽壠苗。廟荒陰燐出，苑廢露螢飄。齋館心方寂，秋城夜已遥。清談對元亮〔二五〕，瓊彩映蕭蕭〔二六〕。

送學士三丈㊂〔二七〕

供帳洛城邊㊃，征轅去莫攀㊄。人醒風外酒，馬度雪中關。故府誰同在㊅，新年獨未還。遥應行路者，偏識綵衣斑㊆。

【校記】

㊀玉：原校：一作「王」。　㊁春：原校：一作「秦」。　㊂送學士三丈：原校：一作「送謝學士歸闕」。㊃洛城邊：原校：一作「拂雲煙」。　㊄轅：原校：一作「鞍」。　㊅故：原校：一作「舊」。　㊆此詩後有編者語云：「已上八篇，居士集只載後一篇，其不同者五字，而題云『送謝希深』（按即送謝學士歸闕）。今諸本皆作『送王學士』，疑希深第『三』，訛爲『王』耳。」

【箋注】

〔一〕據題下注，明道元年（一〇三二）作。稱「謝三學士」，以謝絳排行第三故也。絳之原唱已佚。八首中第五、六首，梅集編年卷二有和詩，即和永叔同遊上林院後亭見櫻桃花悉已披謝、依韻和歐陽永叔同遊近郊。

〔二〕國庠：國家開設的學校。

〔三〕「春盡」句：論語先進：「暮春者，春服既成，冠者五六人，童子六七人，浴乎沂，風乎舞雩，詠而歸。」

〔四〕「芹生」句：詩魯頌泮水：「思樂泮水，薄采其芹。」毛傳：「泮水，泮宮之水也。」泮，學宮。

〔五〕雙旌：新唐書百官志四下：「節度使掌總軍旅，顓誅殺。初授，具帑抹兵仗詣兵部辭見，觀察使亦如之。辭日，賜雙旌雙節。」此爲節度領刺史者之儀仗，後泛指高官之儀仗。

〔六〕函丈：禮記曲禮上：「若非飲食之客，則布席，席間函丈。」鄭玄注：「謂講問之客也。函，猶容也，講問宜相對容丈，足以指畫也。」後用以指講學的座席。

〔七〕鏘金：喻音節響亮，詞句優美。黄滔魏侍中諫獵賦：「蓋以詩也中律鏘金，成章璨綺。」

〔八〕丘：孔丘。

〔九〕午橋莊：河南通志卷五二河南府：「午橋莊，在府城南十里，唐裴晉公莊内。有小兒坡，茂草盈圍，公使人驅羣羊，散牧其上，曰：『芳草多情，賴此點綴。』後爲張忠定公所得。」按：「忠」爲「文」字之誤，齊賢卒謚文定。東都事略張齊賢傳：「（齊賢）致仕歸洛，得唐裴度午橋莊，有池榭松竹之勝。」

〔一〇〕弭蓋：謂控馭車駕徐行。蓋，車蓋，借指車。文選謝莊月賦：「騰吹寒山，弭蓋秋坂，臨濬壑而怨遥，登崇岫而傷遠。」李善注：「王逸楚辭注曰：『弭，按也。』」

〔一一〕「斗杓」句：胡瑗周易口義説卦：「斗杓指東爲春。」斗杓即斗柄。淮南子天文訓：「斗杓爲小歲。」高誘注：「斗，第五至第七爲杓。」

〔一二〕隋宫：隋煬帝定都於洛陽，故云。

〔一三〕玉樹羅階：喻多美佳子弟。世説新語言語：「謝太傅問諸子姪：『子弟亦何預人事，而正欲使其佳？』諸人莫有言者。車騎答曰：『譬如芝蘭玉樹，欲使其生於階庭耳。』」

〔一四〕「羽觴」句：據本集卷一二太子賓客分司西京謝公墓誌銘，絳父濤景祐元年十月卒，年七十四。歐作本詩時，濤已七十二歲。綵衣榮，見居士集卷一〇送謝學士歸闕箋注〔三〕及卷五〇祭蔡端明文箋注〔五〕。

〔一五〕雪霙：雪花。藝文類聚卷二引韓詩外傳：「雪花曰霙。」

〔一六〕上林院：見居士集卷一〇春日獨游上林院後亭見櫻桃花奉寄希深聖俞仍酬遞中見寄之什箋注〔一〕。

〔一七〕蠶催浴：即催浴蠶。浴蠶，浸洗蠶子，古時育蠶選種的方法。劉孝威妾薄命：「浴蠶思漆水，條桑憶鄭坰。」

〔一八〕雉應媒：謂野雉被獵人馴養的鳥媒所招引。文選潘岳射雉賦：「盼箱籠以揭驕，睨驍媒之變態。」徐爰注：「媒者，少養雉子，至長狎人，能招引野雉，因名曰媒。」

〔一九〕別浦：指河流入江海處或大水有小口別通處。謝莊山夜憂詩：「凌別浦兮值泉躍。」

〔二〇〕弋林：供弋射飛禽的樹林。鮑照蕪城賦：「弋林釣渚之館，吴蔡齊秦之聲，魚龍爵馬之玩，皆薰歇燼滅，光沉響絶。」

〔二一〕街鼓：設置于京城街道的警夜鼓。宵禁起始、終止之時擊鼓通報。劉肅大唐新語釐革：「舊制，京城内金吾曉暝傳呼，以戒行者。馬周獻封章，始置街鼓，俗號鼕鼕，公私便焉。」宋敏求春明退朝録卷上：「京師街衢，置鼓於小樓之上，以警昏曉。太宗時，命張公洎製坊名，列牌於樓上。按唐馬周始建議置鼕鼕鼓，惟兩京有之，後北都亦有鼕鼕鼓，是則京都之制也。」

〔二二〕便面：見前雪中寄友人詩箋注〔二〕。

〔二三〕 三川：指洛陽。顏延之北使洛陽：「前登陽城路，日夕望三川。」

〔二四〕 靈光：喻帝王之德澤。漢書鼂錯傳：「五帝神聖……德澤滿天下，靈光施四海。」

〔二五〕 元亮：陶潛之字。

〔二六〕 「瓊彩」句：謂月光映照，一片清寂。

〔二七〕 如校記㊀編者語所云，本詩已載居士集，見卷一〇，已作箋注。

外集卷六

律詩二

雙桂樓〔一〕

嘉樹叢生秀，茲樓層漢傍〔二〕。飛甍臨萬井，伏檻出垂楊。卷幕晴雲度，披襟夕籟涼。山河瞻帝里〔三〕，風月坐胡牀。愛客東阿宴〔四〕清歡北海觴〔五〕。淮南多雅詠〔六〕，歲晚翫幽芳。

【箋注】

〔一〕　本卷詩注：「自西京至京師作。起明道元年，盡至和二年。」據題下注，本詩明道元年（一〇三二）作。梅集編年卷二有是年詩留守相公新創雙桂樓。邵氏聞見録卷八：「（錢相）因府第起雙桂樓，西城建臨園驛，命永叔、師魯作記。永叔文先成，凡千餘言。師魯曰：『某止用五百字可記。』及成，永叔服其簡古。永叔自此始爲古文。」

〔二〕「兹樓」句：謂此樓高聳，似傍天河。層，高。酈道元水經注沔水二：「清暑臺，秀宇層明，通望周博。」漢，星漢，即天河。

〔三〕帝里：洛陽爲古都，故稱。

〔四〕東阿：指三國魏曹植。植嘗封東阿王，富于文才，此借喻錢惟演。

〔五〕北海：漢末孔融嘗爲北海相，人稱孔北海，亦稱北海。孔融好士，賓客日盈其門，常嘆曰：「坐上客恒滿，尊中酒不空。吾無憂矣。」見後漢書本傳。

〔六〕「淮南」句：王逸招隱士序：「昔淮南王安，博雅好古，招懷天下俊偉之士……各竭才智，著作篇章，分造辭賦，以類相從。」淮南，指漢淮南王劉安。

題張應之縣齋〔一〕

小官歎簿領，夫子卧高齋㊀。五斗未能去〔二〕，一丘真所懷。緑苔長秋雨㊁，黄葉堆空階。縣古仍無柳，池清尚有蛙。琴觴開月幌〔三〕，窗户對雲崖。嵩少亦堪老，行當與子偕㊂。

【校記】

㊀夫子：天理本校：一作「丈人」。　㊁苔：原校：一作「蘚」。　㊂與子：原校：一作「子與」。

【箋注】

〔一〕原未繫年，置明道元年（一〇三二）詩後，當亦是年作。張應之名谷，時爲河南縣主簿。生平見居士集卷二四尚書屯田員外郎張君墓表。

〔二〕「五斗」句：用陶潛「不能爲五斗米折腰」典，見宋書隱逸傳。

〔三〕月幌：月光照耀的帷薄。語本謝惠連雪賦：「月承幌而通暉。」

和梅聖俞杏花

誰道梅花早，殘年豈是春？何如豔風日，獨自占芳辰。

【箋注】

〔一〕原未繫年，當爲明道元年（一〇三二）作。梅集編年卷二是年詩有初見杏花。

錢相中伏日池亭宴會分韻㊀〔一〕

罇俎逢佳節，簪纓奉宴居。林光拂衣冷，雲影入池虚。酒色風前緑，蓮香水上疏。飛談交玉麈，聽曲躍文魚〔二〕。粉籜春苞解，紅榴夏實初。睢園多美物，能賦謝相如〔三〕。

【校記】

㊀中伏：卷後原校：集本皆作「中秋」，而詩無秋意，又梅聖俞同賦此題，亦云「中伏」，且有「徂暑」之句。今改正。

【箋注】

〔一〕明道元年（一〇三二）作。梅集編年卷二是年詩有太尉相公中伏日池亭宴會。錢相，錢惟演。初學記卷四引陰陽書：「從夏至後第三庚爲初伏，第四庚爲中伏，立秋後初庚爲後伏。」

〔二〕文魚：有斑彩的魚。山海經中山經：「荆山之首曰景山……睢水出焉，東南流注于江，其中多丹粟，多文魚。」郭璞注：「有斑采也。」

〔三〕「睢園」二句：漢梁孝王劉武所造園林，在睢陽，故稱睢園。史記司馬相如列傳：「是時梁孝王來朝，從游說之士齊人鄒陽、淮陰枚乘、吴莊忌夫子之徒，相如見而說之，因病免，客游梁。梁孝王令與諸生同舍，相如得與諸生游士居數歲，乃著子虚之賦。」

送辛判官〔一〕

被薦方趨召，還鄉仍綵衣〔二〕。看山向家近，上路逐鴻飛。結綬同爲客，登高獨送歸。都門足行者，莫訝柳條稀。

【箋注】

〔一〕明道元年（一〇三二）作。梅集編年卷二是年詩有奉和永叔得辛判官伊陽所寄山桂數本封殖之後遂成雅韻以見貺。辛判官不詳。

〔二〕綵衣：謂孝養父母。黄滔潁川陳先生集序：「早孤，事太夫人彌孝，熙熙愉愉，承顔侍膳，雖隆雲路之望，終確綵衣之戀。」

叢翠亭〔一〕

柳色滿重城，岧岧出翠甍〔二〕。春雲依檻暖，夕照落山明。走馬章街曉〔三〕，翻鴻洛浦晴。清鐏但留客，桴鼓晝無驚〔四〕。

【箋注】

〔一〕明道元年（一〇三二）作。本集卷一三有是年所作叢翠亭記，稱亭在洛陽巡檢署内。

〔二〕岧岧：文選張衡西京賦：「干雲霧而上達，狀亭亭以岧岧。」薛綜注：「亭亭、岧岧，高貌也。」

〔三〕章街：章臺街簡稱。

〔四〕「桴鼓」句：崔日用餞唐永昌詩：「洛陽桴鼓今不鳴，朝野咸推重太平。」桴鼓，警鼓。

賀九龍廟祈雪有應〔一〕

真宰調神化，幽靈應不言。朝雲九淵闇，暮霰六花繁。朔吹縈歸旆，賓裾載後軒。睢園有客賦〔二〕，郢曲幾人翻〔三〕。槐座方虛位，鋒車佇改轅〔四〕。願移盈尺瑞，爲雨遍羣元。

【箋注】

〔一〕原未繫年，置明道二年（一〇三三）詩前，當爲是年作。說見箋注〔四〕。居士集卷一〇有上年作詩留守相公禱雨九龍祠應時獲澍呈府中同僚。

〔二〕「睢園」句：見前錢相中伏日池亭宴會分韻箋注〔三〕。

〔三〕「郢曲」句：宋玉對楚王問：「客有歌於郢中者，其始曰下里巴人，國中屬而和者數千人……其爲陽春白雪，國中屬而和者不過數十人；引商刻羽，雜以流徵，而和者數人而已。」郢曲，此指高雅的詩作。

〔四〕「槐座」二句：據長編卷一一三，明道二年九月，判河南府錢惟演落平章事赴本鎮，故云「槐座方虛位」。槐座，即槐位，爲三公之位，此指平章事。十二月，惟演離洛陽赴隨州，本集卷二書懷感事寄梅聖俞詩云：「臘月相公去。」「鋒車佇改轅」，即謂此也。鋒車，即追鋒車。晉書輿服志：「追鋒車，去小平蓋，加通幰，如軺車，駕二。追鋒之名，蓋取其迅速也。」按：錢惟演離洛陽前嘗赴九龍廟祈雪，且「有應」，故歐有此賀詩。

早春南征寄洛中諸友〔一〕

楚色窮千里，行人何苦賒〔二〕。芳林逢旅雁，候館噪山鴉。春入河邊草，花開水上槎。東風一罇酒，新歲獨思家。

【箋注】

〔一〕據題下注，明道二年（一〇三三）作。胡譜載是年「正月，以吏事如京師，因省叔父于漢東」。「早春南征」即謂此也。

〔二〕賒：距離遠。葛洪抱朴子至理：「豈能棄交修賒，抑遺嗜好，割目下之近欲，修難成之遠功哉！」

花山寒食〔一〕

客路逢寒食，花山不見花。歸心隨北雁，先向洛陽家。

【箋注】

〔一〕明道二年（一〇三三）作。據胡譜，是年春，歐南下漢東，三月還洛。歸途中逢寒食節，作於花山。元豐九域志卷一唐州：「湖陽，州南六十里……一鎮花山。」按：歐由隨州北上，經唐州、汝州，抵河南府。寒食，節日名，在清明前一日或二日。

寒食值雨〔一〕

禁火仍風雨〔二〕，客心愁復悽。陰雲花更重，春日水平堤㊀。油壁逢南陌〔三〕，鞦韆出緑蹊。尋芳無厭遠，自有錦障泥〔四〕。

【校記】

㊀平堤：原校：一作「還西」。

【箋注】

〔一〕明道二年（一〇三三）作。同上篇，作於花山鎮。

〔二〕「禁火」句：宗懔荆楚歲時記：「去冬節一百五日，即有疾風甚雨，謂之寒食。禁火三日，造餳大麥粥。」

〔三〕油壁：指油壁車。見本集卷二聞梅二授德興令戲書箋注〔五〕。

〔四〕障泥：垂於馬腹兩側以遮擋塵土之物。李白紫騮馬：「臨流不肯渡，似惜錦障泥。」

寄謝晏尚書二絶〔一〕

送盡殘春始到家，主人愛客不須嗟。紅泥煮酒嘗青杏〔二〕，猶向臨流藉落花。

爛漫殘芳不可收，歸來惆悵失春遊〔三〕。緑陰深處聞啼鳥，猶得追閑果下騮〔四〕。

【箋注】

〔一〕明道二年（一〇三三）作。詩云「送盡殘春始到家」，又云「歸來惆悵失春遊」，知作於是年南征返洛後。晏尚書，晏殊。長編卷一一二載是年四月己未「尚書右丞、參知政事晏殊罷爲禮部尚書、知江寧府，尋改亳州」。由「主人」三句觀之，正月因吏事至京時，當得到晏殊的熱情款待。

〔二〕「紅泥」句：晏殊浣溪沙詞有「青杏園林煮酒香」之句，見元獻遺文詩餘。紅泥，指紅泥抹以供温酒的小火爐。白居易問劉十九：「緑螘新醅酒，紅泥小火爐。」

〔三〕「歸來」句：言歸洛時胥氏夫人已故。

〔四〕果下騮：苕溪漁隱叢話前集卷三九引歐陽修「猶得追閑果下騮」、王安石「呼童羈我果下騮」等句後云：「漢書霍光傳：『皇太后御小馬車。』張晏曰：『漢廄有果下馬，高三尺，以駕輦。』顔師古曰：『小馬於果樹下乘之，故號果下馬。』」

留守相公移鎮漢東〔一〕

周郊徹楚坰〔二〕，舊相擁新旌。路識青山在，人今白首行。相公舊有方城題句。問農穿稻野，候節見梅英。腰組人稀識，偏應邸吏驚。

【箋注】

〔一〕明道二年（一〇三三）作，長編卷一一三載是年九月「丙寅，崇信節度使、同平章事、判河南府錢惟演落平章事，赴本鎮」。元豐九域志卷一：「隨州漢東郡，崇信軍節度，治隨縣。」

〔二〕「周郊」句：謂由洛陽到隨州。周成王時周公營雒邑，東周平王至敬王及赧王時均都於此。戰國時改稱雒陽（即洛陽）。隨州爲西周隨國之所在，春秋後期，隨爲楚之附庸，後歸入楚之疆域。徹，達。

寄聖俞〔一〕

平沙漫去聲飛雪，行旅斷浮橋。坐覺山陂阻，空嗟音信遥。窮陰變寒律〔二〕，急節慘驚飈〔三〕。野霽雲猶積，河長冰未銷。山陽人半在〔四〕，洛社客無聊㊀。寄問陶彭澤，籃輿誰見邀？

【校記】

㊀聊：卷後原校：一作「寥」。

【箋注】

〔一〕明道二年（一〇三三）作。時梅堯臣赴京應試，已是隆冬。梅集編年卷二明道元年詩有依韻和永叔雪後見寄兼云自尹家兄弟及幾道散後子聰下縣久不得歸頗有離索之嘆，所和即本詩，編入明道元年，誤。明道二年十月，莊獻劉后、莊懿李后祔葬定陵。（長編一一三）歐至鞏縣陪祭。隨即有開封之行，作代書寄尹十一兄楊十六王三，云：「追懷洛中俊，已動思歸操。」由此知其時尹源、楊子聰、王復尚皆在洛陽，並未離散，聖俞和詩當作於明道二年十月以後，而不可能在此前。明道二年，歐有送楊子聰户曹序，謂子聰「今秩滿，調於吏部，必吏於南也」。而梅之和詩云「人憶剡溪遥」，夏敬觀注「『剡溪』句指楊子聰吏於南也」，亦可證和詩不可能作於明道元年。

〔二〕寒律：指冬令。翁洮冬詩：「寂寂棲心向杳冥，苦吟寒律句偏清。」

〔三〕急節：急變的時令。顔延之祭屈原文：「曰若先生，逢辰之缺，温風殆時，飛霜急節。」

〔四〕山陽：漢置縣名，故城在今河南修武縣境。魏晉時嵇康、向秀等嘗居此爲竹林之游。後因以代指高雅人士聚會之地。陸厥奉答内兄希叔：「愧兹山陽讌，空此河陽别。」

柴舍人金霞閣〔一〕

簷前洛陽道，下聽走轅聲。樹蔭春城緑，山明雪野晴。雲藏天外闕，日落柳間鶯。緩步應多樂，壺歌詠太平〔二〕。

【箋注】

〔一〕約明道二年（一〇三三）作。梅集編年卷四景祐元年詩有金霞閣。柴舍人，不詳。

〔二〕壺歌：世説新語豪爽：「王處仲每酒後，輒詠『老驥伏櫪，志在千里。烈士暮年，壯心不已。』以如意打唾壺，壺口盡缺。」

送王公慥判官〔一〕

久客倦京國，言歸歲已冬。獨過伊水渡，猶聽洛城鐘。山色經寒緑，雲陰入暮重。臘梅孤館路，疲馬有誰逢？

【箋注】

〔一〕　明道二年（一〇三三）冬作。梅集編年卷四景祐元年詩有王公慥東歸。王公慥名顧，時爲河南府判官。見居士集卷四永州萬石亭詩箋注〔一〕。

伊川獨遊〔一〕

緑樹繞伊川，人行亂石間。寒雲依晚日，白鳥向青山。路轉香林出，僧歸野渡閑。巖阿誰可訪，興盡復空還〔二〕。

【箋注】

〔一〕　據題下注，景祐元年（一〇三四）作。居士集卷一有是年所作同名詩，可參閱。

〔二〕　「興盡」句：世説新語任誕：「王子猷居山陰，夜大雪，眠覺，開室命酌酒，四望皎然。因起仿偟，詠左思招隱詩，忽憶戴安道。時戴在剡，即便夜乘小船就之。經宿方至，造門不前而返。人問其故，王曰：『吾本乘興而行，興盡而返，何必見戴！』」

遊彭城公白蓮莊〔一〕

謝墅多幽賞〔二〕，華軒曾共尋。人閑聊載酒，臺迥獨披襟〔三〕。水落陂光淡，城當山氣陰。惟餘桃李樹，日覺翠蹊深〔四〕。

【箋注】

〔一〕約景祐元年（一〇三四）作。彭城公，錢惟演。周必大二老堂詩話辨歐陽公釋奠詩：「彭城，惟演所封郡。」居士集卷二有過錢文僖公白蓮莊詩，可參閱。

〔二〕謝墅：此以東晉謝安別墅喻白蓮莊。

〔三〕「臺迴」句：宋玉風賦：「楚襄王遊於蘭臺之宮，宋玉、景差侍。有風颯然而至，王乃披襟而當之，曰：『快哉此風！』」

〔四〕「惟餘」句：史記李將軍列傳：「諺曰：桃李不言，下自成蹊。」此用其意。

普明院避暑〔一〕

選勝避炎鬱，林泉清可佳。拂琴驚水鳥，代麈折山花。就簡刻筠粉〔二〕，浮甌烹露芽。歸鞍微帶雨，不惜角巾斜。

【箋注】

〔一〕原未繫年，置景祐元年詩後，誤，當爲天聖九年（一〇三一）作。本集卷一三有是年所作游大字院記，云：「六月之庚，金伏火見……非有清勝，不可以消煩炎，故與諸君子有普明後園之游……與諸君子有避暑之詠。」本詩即彼時作。景祐元年三月，歐西京秩滿歸襄城，是夏已不在洛陽，何來普明院避暑之詠？梅集編年卷一天聖九年詩有與諸友普明院亭納涼分題，當與本詩作於同時。張耒明道雜志有云：「余游洛陽大字院，見歐公、謝希深、尹師魯、梅聖俞等避暑唱和詩牌。」亦可爲證。

〔二〕「就簡」句：言歐等題寫詩牌。筠粉，竹節上附着的白粉。歐等當就地取材，以竹爲板，書詩于其上。

送高君先輩還家〔一〕

閑居寂寞面重城，過我時欣倒屣迎〔二〕。入洛機雲推俊譽〔三〕，遊梁枚馬得英聲〔四〕。風晴秀野春光變，梅發家林鳥哢輕。祇待登高成麗賦，漢庭推轂有公卿〔五〕。

【箋注】

〔一〕約景祐元年（一〇三四）作，高君，未詳。

〔二〕倒屣迎：三國志魏志王粲傳：「時（蔡）邕才學顯著，貴重朝廷，常車騎填巷，賓客盈坐。聞粲在門，倒屣迎之。」

〔三〕「入洛」句：晉書陸機傳：「陸機字士衡……少有異才，文章冠世……至太康末，與弟雲俱入洛，造太常張華。華素重其名，如舊相識……薦之諸公。」晉書陸雲傳：「雲字士龍，六歲能屬文……少與兄機齊名……入洛……刺史周浚召爲從事，謂人曰：『陸士龍，當今之顏子也。』」

〔四〕「遊梁」句：漢枚乘、司馬相如等文學之士嘗赴梁，從孝王遊，作辭賦，頗有聲名。見漢書枚乘傳、史記司馬相如列傳。

〔五〕「祇待」二句：史記司馬相如列傳：「蜀人楊得意爲狗監，侍上。上讀子虛賦而善之，曰：『朕獨不得與此人同時哉！』得意曰：『臣邑人司馬相如自言爲此賦。』上驚，乃召問相如……賦奏，天子以爲郎。」推轂，薦舉，史記魏其武安侯列傳：「魏其、武安俱好儒術，推轂趙綰爲御史大夫。」

憶龍門〔一〕

楚客有歸心，因聲道故岑〔二〕。依依動春色，藹藹望香林。山日巖邊下，溪雲水上黔〔三〕。遥知懷洛社，應復動鄉吟。

【箋注】

〔一〕景祐元年（一〇三四）作。詩云「楚客有歸心」，又云「依依動春色」，與胡譜載是春歐「西京秩滿，歸襄城」之意相合。

〔二〕因聲：寄語。杜甫纜船苦風戲題四韻：「因聲置驛外，爲覓酒家壚。」仇兆鰲注：「因聲，猶云寄語。」

〔三〕黔：同「陰」。

贈梅聖俞時聞敗舉。〔一〕

黄鵠刷金衣〔二〕，自言能遠飛。擇侶異棲息，終年修羽儀。朝下玉池飲，暮宿霜桐枝。徘徊且垂翼〔三〕，會有秋風時。

【箋注】

〔一〕景祐元年（一〇三四）作。是年，梅堯臣應舉落第。書簡卷七與謝舍人云：「省榜至，獨遺聖俞，豈勝嗟惋。」原題實元元年，爲景祐元年之誤。詳見梅集編年卷四任適尉烏程夏敬觀注與朱東潤補注。

〔二〕黄鵠：「文選屈原卜居：「寧與黄鵠比翼乎？將與雞鶩爭食乎？」劉良注：「黄鵠，喻逸士也。」漢武帝黄鵠歌：「金爲衣兮菊爲裳。」

〔三〕垂翼：易明夷：「明夷于飛，垂其翼。」王弼注：「懷懼而行，行不敢顯，故曰垂其翼。」後以「垂翼」喻人受挫折，止息不前。

郡人獻花〔一〕

蝶繞蜂遊露滿盤，芳條可惜折來殘。我緣多病經春卧，砌下花開不暇看。

【箋注】

〔一〕原未繫年，置景祐元年與二年詩間，誤。疑當爲慶曆五年（一〇四五）權知成德軍事在鎮陽時作。其一，題爲「郡人獻花」，不似居洛陽，似爲郡守，當爲守鎮陽時作；其二，詩云「我緣多病經春卧」，然景祐元年春未見「多病」的記載，二年春已在京師，而慶曆五年則經春病卧，鎮陽殘杏云「北潭跬步病不到」，暮春有感云「我獨不知春，久病卧空堂」，病中代書奉寄聖俞二十五兄云「病過鎮陽桃李月」，足以爲證。

龍門泛舟晚向香山〔一〕

暫解塵中紱，來尋物外遊。褰蘭流水曲，弄桂倚山幽。波影巖前綠，灘聲石上流。忘機下鷗鳥〔二〕，至樂翫遊鯈〔三〕。梵響雲間出，殘陽樹杪收。溪窮興不盡，繫榜且淹留。

【箋注】

〔一〕景祐元年（一〇三四）作。居士集卷一〇有是年詩獨至香山憶謝學士，皆春季作。

〔二〕「忘機」句：見居士集卷一四狎鷗亭詩箋注〔二〕。

〔三〕「至樂」句：見居士集卷一四觀魚軒詩箋注〔四〕。

荷　葉與梅二分題。〔一〕

採掇本芳陂，移根向玉池。晴香滋白露，翠色弄清漪。雨歇涼飈起，煙明夕照移。如何江上思，偏動越人悲〔二〕。

【箋注】

〔一〕約景祐元年（一〇三四）作。

〔二〕越人悲：戰國時越人莊舄仕楚，爵至執珪，雖富貴，不忘故國，病中吟越歌以寄鄉思。見史記張儀列傳。

早赴府學釋奠〔一〕

羽籥興東序〔二〕，春秋紀上丁〔三〕。行祠漢丞相〔四〕，學禮魯諸生。俎豆兼三代，罇罍奠兩楹。霧中槐市暗〔五〕，日出杏壇明〔六〕。昔齒公卿胄，嘗聞弦誦聲〔七〕。何須向闕里〔八〕，首善本西京。

【箋注】

〔一〕原未繫年，置景祐元年與二年詩間，誤。周必大二老堂詩話辨歐陽公釋奠詩云：「歐陽文忠公外集有早赴府學釋奠詩，蓋任留守推官，陪錢惟演行禮時也。」明道二年（一〇三三）九月，錢惟演落平章事，詔命赴隨州，本詩當作於此前。釋奠，見居士集卷三九襄州穀城縣夫子廟記箋注〔二〕。

〔二〕「羽籥」句：禮記王制：「夏后氏養國老於東序。」鄭玄注：「東序、東膠亦大學，在國中王宮之東。」孔穎達疏：「文王世子云：學干戈羽籥於東序。以此約之，故知皆學名也。」

〔三〕「春秋」句：禮記樂令載仲春之月「上丁，命樂正習舞，釋菜」，又載季秋之月「上丁，命樂正入學習吹」。鄭玄注：「爲將饗帝也。春夏重舞，秋冬重吹也。」孔穎達疏：「其習舞吹必用丁者，取其丁壯成就之義，欲使學者藝業成故也。」上丁，農曆每月上旬的丁日。

〔四〕漢丞相：借指錢惟演。

〔五〕槐市：漢長安讀書人聚會、貿易之市。藝文類聚卷三八引三輔黄圖：「倉之北，爲槐市，列槐樹數百行爲隊，無牆屋，諸生朔望會此市，各持其郡所出貨物及經傳書記、笙磬樂器相與買賣。」

〔六〕杏壇：相傳爲孔子聚徒授業講學處。莊子漁父：「孔子遊乎緇帷之林，休坐乎杏壇之上。弟子讀書，孔子弦歌鼓琴。」

〔七〕「昔齒」二句：謂昔日嘗與高官顯貴的子弟同在國子監下屬學校學習。隋書高祖紀下：「而國學胄子，垂將千數，州縣諸生，咸亦不少。」胡譜天聖七年：「試國子監爲第一，補廣文館生。」

〔八〕闕里：孔子故里。顧炎武日知録闕里：「史記魯世家：『煬公，築茅闕門。』蓋闕門之下，其里即名闕里，而夫子之宅在焉。」

和晏尚書夏日偶至郊亭〔一〕

闕闕啼鳥樹交陰，雨過西城野色侵。避暑誰能陪劇飲，清歌自可滌煩襟。稻花欲秀蟬初嘒，菱蔓初長水正深。知有江湖杳然意，扁舟應許共追尋。

【箋注】

〔一〕景祐元年（一〇三四）作。晏尚書，晏殊，時在亳州。長編卷一一二載明道二年四月己未，「尚書右丞、參知政事晏殊罷爲禮部尚書、知江寧府，尋改亳州」。晏殊原詩已佚。

和晏尚書自嘲〔一〕

未歸歸即秉鴻鈞〔二〕，偷醉闔亭醉幾春？與物有情寧易得，莫嗔花解久留人。

【箋注】

〔一〕景祐元年（一〇三四）作。晏殊原詩已佚。

〔二〕秉鴻鈞：執掌國柄。唐大詔令集卷五三崔鉉淮南節度平章事制：「於戲！居則秉鴻鈞，紹阿衡之業；動則駕長轂，圖方叔之勳。」

題薦嚴院〔一〕

那堪多難百憂攻，三十衰容一病翁。却把西都看花眼，斷腸來此哭東風〔二〕。

【箋注】

〔一〕原未繫年，置景祐二年（一〇三五）詩前，當爲是年作。是冬，歐有送張屯田歸洛歌（見本集卷二），云：「今年七月妹喪夫，稚兒孀女啼呱呱。季秋九月予喪婦，十月厭厭成病軀。」本集卷一二楊氏夫人墓誌銘云：「（楊氏）以疾卒，享年十有八，實景祐二年九月也。」上引詩文與本詩一、二句之意相合，歐時年二十有九。薦嚴院即京師薦嚴佛寺，見居士集卷三七皇從姪筠州團練使安陸侯墓誌銘。

〔二〕「却把」二句：明道二年三月，胥氏夫人生子未逾月，卒于洛陽（胡譜），故云。

寄題嵩巫亭〔一〕

平地煙霄向此分，繡楣丹檻照清芬㊀。風簾暮捲秋空碧，剩見西山數嶺雲。

【校記】

㊀芬：原校：一作「汾」。

【箋注】

〔一〕據題下注，景祐二年（一〇三五）作。時富弼在通判絳州任上，歐有送陳子履赴絳州翼城序（本集卷一四）云：「今彥國在絳。」嵩巫亭在絳州。本詩又收入全宋詩卷二六五富弼名下，「向此分」作「此半分」。見居士集卷二登絳州富公嵩巫亭示同行者箋注〔一〕。

題淨慧大師禪齋景德寺普光院〔一〕

巾屨諸方遍，莓苔一室前。萎花吟次落㊀，孤月定中圓〔二〕。齋鉢都人施，談機海外傳。時應暮鐘響，來度禁城煙。

【校記】

㈠次：原校：一作「處」。

【箋注】

〔一〕約景祐二年（一〇三五）作。李濂汴京遺蹟志卷一〇：「景德寺，在麗景門外……俗呼東相國寺。顯德六年，賜額天壽寺。宋真宗景德二年，改名景德寺。」淨慧大師，不詳。

〔二〕定：入定。謂佛教徒閉目靜坐，使心定于一處。玄奘大唐西域記曲女城：「時仙人居殑伽河側，棲神入定，經數萬歲，形如枯木。」

琵琶亭〔一〕

樂天曾謫此江邊，已嘆天涯涕泫然〔二〕。今日始知予罪大，夷陵此去更三千。

【箋注】

〔一〕如題下注，景祐三年（一〇三六）作。是年，歐貶夷陵。于役志：「（八月）丙辰，禱小姑山神，至江州。」白居易貶官江州司馬，嘗送客江邊，作琵琶行詩。方輿勝覽卷二二江州：「琵琶亭，在西門外，其下臨大江。」

〔二〕「樂天」二句：白居易琵琶行有「同是天涯淪落人」、「江州司馬青衫濕」之句。

初至虎牙灘見江山類龍門〔一〕

曉鼓潭潭客夢驚，虎牙灘上作船行。山形酷似龍門秀，江色不如伊水清。平日兩京人少壯，今年三峽歲崢嶸。卧聞乳石淙流響，疑是香林八節聲〔二〕。

【箋注】

〔一〕景祐三年(一〇三六)作。時貶官至夷陵。蜀鑑卷一：「荆州記云：『南荆門、北虎牙二山臨江，楚之西塞。』酈道元注水經云：『公孫述依二山作浮橋，拒漢師，下有急灘，名虎牙灘。』……寰宇記云：『虎牙山有石壁，其色黄，間有白文，亦有牙齒形。』夷陵志云：『上有城，下有十二碚，有灘甚惡，在今峽州。』」

〔二〕香林八節：古琴名。蘇軾十二琴銘香林八節：「河渭之水多土，其聲厚以沉。江漢之水多石，其聲激而清。香林八節，是謂天地之中，山水之陰。」

題張損之學士蘭皋亭〔一〕

碕岸接芳蹊〔二〕，琴觴此自怡。林花朝落砌，山月夜臨池。雨積蛙鳴亂，春歸鳥哢移。惟應乘興客，不待主人知。

【箋注】

〔一〕景祐三年(一〇三六)作。于役志：「(六月)庚戌，過宿州……晚次靈壁，獨遊損之園。」墨莊漫録卷一載有「宿州靈壁縣張氏蘭皋園」，蘭皋亭當在園内。張損之，生平未詳，宋文鑑卷八五有劉牧送張損之赴任定府幕職序，疑是同一人。

〔二〕碕岸：曲折的河岸。左思吴都賦：「碕岸爲之不枯，林木爲之潤黷。」

霽後看雪走筆呈元珍判官二首〔一〕

江上寒山秖對門，野花巖草共嶙峋㊀〔二〕。獨吟羣玉峰前景〔三〕，閑憶紅蓮幕下人〔四〕。

嘉景無人把酒看㊁，縣樓終日獨凭欄。山城歲暮驚時節，已作春風料峭寒。

【校記】

㊀野：原校：一作「山」。卷後原校：一作「春」。　㊁看：原校：一作「尊」。

【箋注】

〔一〕景祐三年（一〇三六）作。詩云「山城歲暮」，知作於年末。

〔二〕嶙峋：重疊幽深。

〔三〕羣玉峰：傳説西王母所居處，有羣玉之山，見穆天子傳卷二。此借言夷陵山之美。

〔四〕紅蓮幕：幕府之美稱。南史庾杲之傳：「（王儉）用杲之爲衛將軍長史。安陸侯蕭緬與儉書曰：『盛府元僚，實難其選。庾景行泛渌水，依芙蓉，何其麗也。』時人以入儉府爲蓮花池，故緬書美之。」

送致政朱郎中〔一〕

平生不省問田園，白首忘懷道更尊。已上印書辭北闕，稍留冠蓋餞東門。馮唐老有爲郎戀〔二〕，疏廣終無任子恩〔三〕。今日榮歸人所羡，兩兒腰綬擁高軒。

【箋注】

〔一〕原未繫年，置景祐三年與寶元二年詩間，疑寶元元年（一〇三八）作。朱郎中，指峽州知州、虞部郎中朱正基。見居士集卷三九峽州至喜亭記箋注〔七〕。朱正基景祐四年再治峽州，而後致仕。歐寶元元年三月離峽州赴乾德，詩當作於此前。

〔二〕「馮唐」句：史記張釋之馮唐列傳：「唐以孝著，爲中郎署長，事文帝。文帝輦過，問唐曰：『父老何自爲郎？家安在？』」司馬貞索隱引小顏云：「年老矣，乃自爲郎，怪之也。」

〔三〕「疏廣」句：疏廣，西漢人。少好學，善春秋，後官至太子太傅，功成身退，稱病還鄉。廣欲子孫自食其力，與凡人齊。事見漢書疏廣傳。漢書王吉傳：「今使俗吏得任子弟，率多驕驁，不通古今……宜明選求賢，除任子之令。」顏師古注引張晏曰：「子弟以父兄任爲郎。」

留題安州朱氏草堂〔一〕

俯檻臨流蕙徑深，平泉花木繞陰森。蛙鳴鼓吹春喧耳，草暖池塘夢費吟。賭墅乞甥賓對弈〔二〕，驚鴻送目手揮琴〔三〕。嗟予遠捧從軍檄，不得披裘五月尋〔四〕。

【箋注】

〔一〕原未繫年，置寶元二年詩前，疑爲康定元年（一〇四〇）作。是年五月，韓琦、范仲淹並爲陝西經略安撫副使。（長編卷一二七）仲淹辟歐爲幕府掌書記，歐辭不就。居士集有答陝西安撫使范龍圖辭辟命書。本詩云「嗟予遠捧從軍檄」，當爲獲仲淹辟命書之時也。安州（治今湖北安陸）屬荆湖北路。疑歐時有隨州之行，嘗赴安州，而有是詩。

〔二〕賭墅乞甥：晉書謝安傳載，苻堅率衆百萬，次於淮淝，京師震恐。晉孝武帝加謝安爲征討大都督。「安遂命駕出山墅，親朋畢集，方與玄圍棋賭別墅。安常棋劣於玄，是日玄懼，便爲敵手，而又不勝。安顧謂其甥羊曇曰：『以墅乞汝。』安遂遊涉，至夜乃還，指授將帥，各當其任。」

〔三〕「驚鴻」句：見本集卷五傷春詩箋注〔三〕。

〔四〕披裘五月：王充論衡書虛：「傳言延陵季子出游，見路有遺金。當夏五月，有披裘而薪者。季子呼薪者曰：『取彼地金來！』薪者投鐮於地，瞋目拂手而言曰：『何子居之高，視之下，儀貌之壯，語言之野也？吾當夏五月，披裘而薪，豈取金者哉！』」後遂以此爲高士清廉、隱逸貧居之典。

題光化張氏園亭〔一〕

君家花幾種，來自洛之濱。惟我曾遊洛，看花若故人。芳菲不改色，開落幾經春。陶令來常醉，山公到最頻〔二〕。曲池涵草樹，啼鳥悦松筠〔三〕。相德今方賴，思歸未有因。

【箋注】

〔一〕原未繫年，置寶元二年（一〇三九）詩前，即是年作。據胡譜，寶元元年三月，歐赴光化軍乾德縣令任。四月初途經江陵，會兄昞。（見本集卷一三遊儵亭記）抵乾德已在此後。詩述張氏園亭内看花，由首二句知爲牡丹花。本集卷二二洛陽牡丹記云：「天聖九年三月，始至洛，其至也晚，見其晚者。明年，會與友人梅聖俞游嵩山……既還，不及見。」胡譜載，明道元年「春及秋，兩遊嵩嶽。」此爲春游，歸來已「不及見」牡丹。據此，歐寶元元年夏抵乾德時已過牡丹花期，而於張氏園亭觀賞牡丹當在寶元二年，本詩亦是年作。張氏，張士遜，光化人。據宋史宰輔表，張士遜於天聖六年、十年、寶元元年三度爲相，至康定元年五月，始罷相，進封鄧國公，則寶元二年尚居相位，故詩云：「相德今方賴，思歸未有因。」

〔二〕「陶令」二句：詩人以陶令、山公自喻，謂常至張氏園亭。陶令，陶潛。山公，山簡。見居士集卷一四七言二首答黎教授箋注〔三〕。

〔三〕松筠：松竹。禮記禮器：「其在人也，如竹箭之有筠也，如松柏之有心也。二者居天下之大端矣，故貫四時而不改柯易葉。」

和聖俞百花洲二首〔一〕

野岸溪幾曲，松蹊穿翠陰㊀。不知芳渚遠，但愛緑荷深。

荷深水風闊，雨過清香發。暮角起城頭，歸橈帶明月。

【校記】

㊀松：原校：一作「沿」。

【箋注】

〔一〕據題下注，寶元二年（一〇三九）作。是年，歐有與梅聖俞（書簡卷六）云：「百花洲唱和必多，欲一讀以祛俗累之病。」大清一統志卷二一一南陽府志：「百花洲在鄧州城東南。」據胡譜，寶元二年謝絳出守鄧州。五月，歐由乾德赴鄧州，與謝絳、梅堯臣相會。梅集編年卷九有是年詩泛舟城隅呈永叔，此即歐之和詩。

魚〔一〕

秋水澄清見髮毛，錦鱗行處水紋摇㊀。岸邊人影驚還去，時向緑荷深處跳。

【校記】

㊀處：原校：一作「慢」。

【箋注】

〔一〕　原未繫年，置寶元二年與慶曆元年詩間。前詩云「荷深水風闊」，此云「時向緑荷深處跳」，疑亦寶元二年（一〇三九）游百花洲而作。

月〔一〕

天高月影浸長江，江闊風微水面涼。天水相連爲一色，更無纖靄隔清光。

【箋注】

〔一〕　原未繫年，疑寶元元年（一〇三八）作。是年三月，歐由夷陵赴乾德（胡譜），四月，舟行至江陵。本詩前二句寫長江夜色，當爲途中所作。後經襄州，往乾德（據集古録跋尾唐獨孤府君碑），至康定元年春，赴滑州（胡譜），均遠離長江，無緣作此詩。

棖　子〔一〕

嘉樹團團俯可攀，壓枝秋實漸斕斑。朱欄碧瓦清霜曉，粲粲繁星緑葉間。

【箋注】

〔一〕　原未繫年，疑爲景祐、寶元間作。棖子即橙子。本草綱目果二橙謂「橙産南土」。夷陵「有稻與魚，又有橘、柚、茶、筍四時之味」（居士集卷三九夷陵縣至喜堂記），故本詩當爲在夷陵時作。

初冬歸襄城弊居㊀〔一〕

日落原野晦，天寒閭市閑。牛羊遠陂去，鳥雀空簷間。憑高植藜杖，曠目瞻前山。壠麥風際緑，霜鴉村外還。禾黍日已熟，杯酒聊開顔。酣歌歲云暮，寂寞向柴關。

【校記】

㊀卷後原校：古詩，誤入律詩中。

【箋注】

〔一〕寶元二年（一〇三九）作。胡譜載是年「冬，暫如襄城」。

和晏尚書對雪招飲〔一〕

瑶林瓊樹影交加，誰伴山翁醉帽斜〔二〕？自把金船浮白蟻〔三〕，應須紅粉唱梅花〔四〕。

【箋注】

〔一〕如題下注，慶曆元年（一〇四一）作。晏殊原唱已佚。本集卷三有是冬所作晏太尉西園賀雪歌。

〔二〕山翁醉帽斜：世説新語任誕：「山季倫（簡）爲荆州，時出酣暢，人爲之歌曰：『山公時一醉，徑造高陽池，日莫倒載歸……倒著白接䍦。』」接䍦，帽也。

〔三〕金船：指酒杯。見本集卷二書懷感事寄梅聖俞箋注〔二二〕。白蟻：酒面漂浮的白色泡沫，借指酒。彭汝礪和君時語農者：「酒蓊白蟻須盈面，花插黄金聽滿頭。」

〔四〕紅粉：指美女。梅花：梅花落曲之省稱。李白觀胡人吹笛：「十月吴山曉，梅花落敬亭。」

滑州歸雁亭〔一〕

長河終歲足悲風，亭古臺荒半倚空。惟有雁歸時最早，柳含微緑杏粘紅。

【箋注】

〔一〕如題下注，慶曆三年（一〇四三）作。時值初春，歐在滑州。參閱本集卷三歸雁亭詩箋注〔一〕。

送黄通之郾鄉〔一〕

君子貴從俗，小官能養賢。無慚折腰吏〔二〕，勉食落頭鮮。均人相尚食腐魚，故俗傳爲落頭鮮。困有亨之理〔三〕，窮當志益堅。惟宜少近禍，親髮況皤然〔四〕。

【箋注】

〔一〕慶曆三年（一〇四三）作。長編卷一四五載，是年十一月「辛未，以試方略人黄通爲試大理評事。」黄通赴郾鄉任當在此後。范文正集卷二有送郾鄉尉黄通，安陽集卷五有黄通尉郾鄉。黄通字介夫，邵武（今屬福建）人。嘉祐二年進士，韓琦、范仲淹薦其才，除大理寺丞。見福建通志卷五一。郾鄉（今湖北郾縣）屬均州。

〔二〕折腰吏：語出陶潛之嘆：「我豈能爲五斗米折腰向鄉里小兒！」見蕭統陶淵明傳。

〔三〕「困有」句：易困：「困：亨；貞，大人吉，无咎；有言不信。彖曰：困，剛揜也。險以說，困而不失其所亨，其唯君子乎！」王弼注：「處險而不改其說，困而不失其所亨也。」

〔四〕「惟宜」二句：韓琦黄通尉鄖鄉：「高堂方待養，寸禄豈宜輕。」

秋日與諸君馬頭山登高〔一〕

晴原霜後若榴紅，佳節登臨興未窮。日泛花光摇露際，酒浮山色入罇中。金壺恣灑毫端墨，玉麈交揮席上風。惟有淵明偏好飲，籃輿酩酊一衰翁〔二〕。

【箋注】

〔一〕原未繫年，置慶曆三年與五年詩間。或疑爲慶曆四年所作，謂是年四月，歐出使河東，七月還京師。本詩作于秋日，正是返京之時。馬頭山在澠池縣西南（大清一統志卷一六二河南府），途中或經此山，而有此篇。然而題云「秋日」「登高」，詩云「佳節登臨」，當指重陽，應爲九月，而非七月。考太平寰宇記卷一四五在「光化軍領縣一，乾德」下載曰：「馬窟山，在縣東南六十里，下有窟。按南雍州記：漢時有馬百匹從此窟出。舊名馬頭山，敕改爲『馬窟』」。據此，本詩當爲寶元元年（一〇三八）在乾德所作。

〔二〕衰翁：與上句中「淵明」皆歐自指。

送楊君歸漢上〔一〕

我昔謫窮縣，相逢清漢陰〔二〕。拂塵時解榻〔三〕，置酒屢横琴。介節温如玉，嘉辭擲若金。趣當鄉士薦，無滯計車音〔四〕。

【箋注】

〔一〕原未繫年，置慶曆五年詩前，疑慶曆三、四年（一〇四三—一〇四四）在京時作。楊君，乾德人，生平不詳。漢，漢水。漢上，指乾德。

〔二〕「我昔」二句：言寶元時爲乾德縣令，與楊君相識。

〔三〕「拂塵」句：見居士集卷一四蘇主簿挽歌箋注〔七〕。

〔四〕計車：計吏所乘之車。贊寧宋高僧傳習禪五慧恭：「年十七，舉進士，名隨計車。將到京闕，因遊終南山奉日寺。」

後潭遊船見岸上看者有感

河朔之俗，不知嬉遊。大名與真定以三月十八日爲行樂之日，其俗頗盛。〔一〕

喧喧誰暇聽歌謳，浪繞春潭逐綵舟。爭得心如汝無事，明年今日更來遊。

【箋注】

〔一〕如題下注，慶曆五年（一〇四五）作。是春，歐權真定府事。後潭即潭園。見居士集卷二病中代書奉寄聖俞二十五兄詩箋注〔四〕。

春日獨居〔一〕

衆喧爭去逐春遊，獨靜誰知味最優。雨霽日長花爛漫，春深睡美夢飄浮。常憂任重才難了，偶得身閑樂暫偷。因此益知爲郡趣，乞州仍擬乞山州〔二〕。

【箋注】

〔一〕原未繫年，置慶曆五年（一〇四五）詩後，當爲是年作。時在真定府，故詩云「因此益知爲郡趣。」

〔二〕山州：明一統志卷三真定府「形勝壯哉一都會」下引圖經云：「面臨滹水，北倚恒山，左接瀛海，右抵太行。」真定可謂表山帶河，雄於河朔。

得滕岳陽書大誇湖山之美郡署懷物甚野其意有戀著之趣作詩一百四十言爲寄且警激之㊀〔一〕

峭巘孤城倚〔二〕，平湖遠浪來。萬尋迷島嶼，百仞起樓臺〔三〕。太守凭軒處，羣賓奉笏陪。清霜薦丹橘，積雨過黃梅。逸思歌湘曲，遒文繼楚材〔四〕。魚貪河岫樂〔五〕，雲忘帝鄉回〔六〕。遥信雙鴻下，新緘尺素裁〔七〕。因聞誇野景㊁，自笑擁邊埃〔八〕。龍漠方多孽〔九〕，旄頭久示災〔一〇〕。旌旗時映日，鼙鼓或驚雷。有志皆嘗膽〔一一〕，何人可鑿坏〔一二〕？儒生半投筆〔一三〕，牧豎亦輸財。沮澤辭猶慢〔一四〕，蒲萄館未開〔一五〕。支離莫攘臂〔一六〕，天子正求才。

【校記】

㈠「懷」下：原注「疑」字。　㈡景：原校：一作「境」。

【箋注】

〔一〕原未繫年，亦慶曆五年（一〇四五）作。滕岳陽，滕宗諒，字子京，河南府人。大中祥符進士。歷任殿中丞、左司諫，後出知信州，通判江寧府，徙知湖州。西夏攻宋，調知涇州，爲范仲淹所薦，擢天章閣待制，徙慶州。旋以在涇州時用公使錢逾制被劾，降知虢州，徙岳州。宋史有傳。書簡卷四有慶曆五年作與滕待制，云：「急步忽來，惠音見及……示及新堤，俾之紀次其事。」此言「惠音見及」，即「得滕岳陽書」。翌年，歐又爲滕作偃虹堤記，載本集卷一三。湖山，指洞庭湖及湖中之君山、艑山。

〔二〕峭巘：險峻的山峰。余靖和王子元過大庾嶺：「峭巘倚雲漢，推輪日傾害。」

〔三〕樓臺：指湖邊的岳陽樓。

〔四〕楚材：指屈原、宋玉等。岳州古屬楚地。

〔五〕河岫樂：文選陸機擬行行重行行：「王鮪懷河岫，晨風思北林。」劉良注：「王鮪，魚名。晨風，鷂屬。言魚鳥猶思所居，而君何不思歸。」

〔六〕帝鄉回：莊子天地：「乘彼白雲，至於帝鄉。」

〔七〕「遥信」二句：謂雁足傳書，典出漢書蘇武傳。文選古樂府飲馬長城窟行：「客從遠方來，遺我雙鯉魚。呼兒烹鯉魚，中有尺素書。」呂向注：「尺素，絹也。古人爲書，多書於絹。」王僧孺詠擣衣：「尺素在魚腸，寸心憑雁足。」

〔八〕擁邊埃：意爲守衛邊境。時歐在河北都轉運按察使任上。河北與契丹接壤。

〔九〕「龍漠」句：指西北邊荒之地西夏與契丹爲患多時。龍漠，白龍堆沙漠之略稱。謝朓三日侍華光殿曲水宴代人應詔：「願馳龍漠，飲馬縣旌。」

〔一〇〕「旄頭」句：漢書天文志：「昴曰旄頭，胡星也。」馮復京六家詩名物疏卷七昴：「昴星大而數盡動者，胡兵大起。」

〔一一〕 嘗膽：越王勾踐卧薪嘗膽，終滅吴國。事見史記越王勾踐世家。

〔一二〕 鑿坏：謂隱居不仕。揚雄解嘲：「故士或自盛以橐，或鑿坏以遁。」應劭注：「魯君聞顔闔賢，欲以爲相，使者往聘，因鑿後垣而亡。坏，壁也。」

〔一三〕 投筆：用東漢班超投筆從戎典。見後漢書班超傳。

〔一四〕「沮澤」句：言契丹、西夏尚桀驁不遜。禮記王制：「司空執度度地，居民山川沮澤，時四時。」鄭玄注：「沮，謂萊沛。」孔穎達疏引何胤曰：「沮澤，下濕地也，草所生爲萊，水所生爲沛。言沮地是有水草之處。」詩中「沮澤」借指契丹、西夏，以其衆遊牧，居水草之處也。

〔一五〕「蒲萄」句：言西域之路尚未打通。漢張騫出使西域後，葡萄（即蒲萄）始引入國内。蒲萄館指長安外國使者居所。史記大宛列傳：「漢使取其實來，於是天子始種苜蓿、蒲陶肥饒地。及天馬多，外國使來衆，則離宫别觀旁盡種蒲萄、苜蓿極望。」

〔一六〕「支離」句：莊子人間世：「上徵武士，則支離攘臂而游於其間。」成玄英疏：「邊蕃有事，徵求勇夫，殘病之人，不堪征討，自得無懼，攘臂遨游，恃其無用，故不竄匿。」按：支離即支離疏，莊子中寓言人物，肢體畸形。

幽谷種花洗山〔一〕

洗出峰巒看臘雪，栽成花木趁新年。史君功行今將滿，誰肯同來作地仙？

【箋注】

〔一〕 原未繫年，置慶曆五年與八年詩間，當爲慶曆七年（一〇四七）作。詩云「史君功行今將滿」，史君，通「使君」，州郡長官，歐自指也。知州一般三年爲一任，慶曆五年，歐至滁州，至七年已是第三年，故有「功行今將滿」之慨。

鷺　鷥〔一〕

激石灘聲如戰鼓，翻天浪色似銀山。灘驚浪打風兼雨，獨立亭亭意愈閑。

【箋注】

〔一〕原未繫年，當爲慶曆間作於滁州。

贈歌者〔一〕

病客多年掩緑罇，今宵爲爾一顔醺。可憐玉樹庭花後〔二〕，又向江都月下聞。

【箋注】

〔一〕據題下注，慶曆八年（一〇四八）作。是年閏正月，歐「轉起居舍人，依舊知制誥，徙知揚州。」（胡譜）此當爲離滁州前宴集時所作，故有「又向江都」之語。江都，揚州舊稱。

〔二〕玉樹庭花：即玉樹後庭花，南朝亡國之君陳後主所作歌曲。陳後主叔寶生活奢靡，日與妃嬪、文臣游宴，作豔詞。見陳書皇后傳後主張貴妃。

初　春〔一〕

新年變物華，春意日堪嘉。霽色初含柳，餘寒尚勒花〔二〕。風絲飛蕩漾，林鳥哢交加。

獨有無悰者〔三〕，誰知老可嗟！

【箋注】

〔一〕原未繫年，當爲慶曆八年（一〇四八）正月作。時歐尚在滁州。

〔二〕勒花：抑止花開。

〔三〕悰：歡樂。漢書廣陵王劉胥傳：「何用爲樂心所喜，出入無悰爲樂亟。」顏師古注引韋昭曰：「悰亦樂也。」

送田處士〔一〕

秦士多豪俠，夫君久遁名。青山對高卧，白首喜論兵。氣古時難合，詩精格入評㊀。公車不久召，歸袖夕風生。

【校記】

㊀精：原校：一作「清」。

【箋注】

〔一〕原未繫年，置慶曆八年（一〇四八）詩後，疑即是年作。據首句，知田處士爲秦地人，生平不詳。

行次壽州寄内〔一〕

紫金山下水長流〔二〕，嘗記當年此共遊〔三〕。今夜南風吹客夢，清淮明月照孤舟。

【箋注】

〔一〕原未繫年，置皇祐元年（一〇四九）詩前，當爲是年作。是春，歐由揚州徙知潁州，途經壽州（治今安徽鳳臺），而有此詩。內，指薛夫人。

〔二〕紫金山：明一統志卷七：「紫金山在壽州東北一十里……周世宗大破南唐軍於紫金山，即此。」淮水流經紫金山下。

〔三〕「嘗記」句：當指慶曆五年貶滁時，由河北南下，經壽州赴貶所。

答吕太傅賞雙蓮〔一〕

年來因病不飲酒〔二〕，老去無悰懶作詩。我已負花常自愧，君須屢醉及芳時。漢宫姊妹爭新寵〔三〕，湘浦皇英望所思〔四〕。天下從來無定色，况將鉛黛比天姿。

【箋注】

〔一〕如題下注，皇祐元年（一〇四九）作。吕太傅，吕公著，時以太常博士通判潁州。見居士集卷四答吕公著見贈箋注〔一〕。

〔二〕「年來」句：皇祐元年，歐致書章伯鎮云：「某昨以目病爲梗，求潁自便。」又一書云：「自病來，絕不飲酒。」均見書簡卷四。

〔三〕「漢宫」句：漢書外戚傳下孝成趙皇后：「孝成趙皇后，本長安宫人……學歌舞，號曰飛燕……上（成帝）見飛燕而説之，召入宫，大幸。有女弟，復召入，俱爲倢伃，貴傾後宫……姊弟顓寵十餘年。」

〔四〕「湘浦」句：劉向列女傳有虞二妃：「有虞二妃者，帝堯之二女也，長娥皇，次女英。」相傳舜巡視南方，二妃未同行，追至洞庭，聞舜死於蒼梧，遂投湘水而死。楚辭九歌湘夫人「思公子兮未敢言」王逸注：「若舜之遇二女，二女雖死，猶思其神。」

酬孫延仲龍圖〔一〕

洛社當年盛莫加，洛陽耆老至今誇。梅聖俞、張堯夫、張子野、延仲與予皆在洛中。死生零落餘無幾〔二〕，齒髮衰殘各可嗟。北庫酒醪君舊物，延仲前守汝陰。西湖煙水我如家。已將二美交相勝，仍枉新篇麗彩霞。

【箋注】

〔一〕原未繫年，置皇祐元年（一〇四九）詩後，當爲是年作。孫延仲名祖德，濰州北海人，以尚書屯田員外郎通判西京留守司，遷侍御史，爲龍圖閣直學士，知梓州。累遷右諫議大夫、知河中府，後知潁州，以吏部侍郎致仕。宋史有傳。

〔二〕「死生」句：至皇祐時洛陽友人已有張汝士、张先、谢絳、尹洙等先後去世。

常州張卿養素堂〔一〕

江左衣冠世有名，幾人今復振家聲？朝廷獨立清冰節，閭里歸來白首卿〔二〕。志在言談猶慷慨，身閑耳目益聰明。長松野水誰爲伴，顧我堪羞戀寵榮。

【箋注】

〔一〕原未繫年，約爲皇祐元年（一〇四九）作。張卿，疑即張鑄。公是集卷三〇制誥有太常少卿張鑄可光禄卿致仕。古今事文類聚卷三二叔姪同歸：「張鑄希顔祥符中登進士甲科，歷四郡守，五任漕憲，嘗帥南陽。王介甫乃其門人也。與姪顯，並以光禄卿致仕。」據明一統志卷一〇常州府人物載，張鑄爲晉陵人，其姪爲張昷之。

〔二〕「閭里」句：全宋詩卷一四四有杜衍餞光禄兩張卿退居詩（原載宋史能之咸淳毗陵志卷二三），云：「七十引年遵禮經，居家何事最爲榮。清朝叔姪同辭禄，歸去田園盡列卿。」

西湖泛舟呈運使學士張掞〔一〕

波光柳色碧溟濛，曲渚斜橋畫舸通。更遠更佳唯恐盡，漸深漸密似無窮。綺羅香裏留佳客，弦管聲來颺晚風。半醉迴舟迷向背㊀，樓臺高下夕陽中。

【校記】

㊀迴：原校：一作「還」。

【箋注】

〔一〕原未繫年，約爲皇祐元年（一〇四九）作。張掞字文裕，齊州歷城人。舉進士，知益都縣。明道中，知萊州掖縣。通判永興軍，遷龍圖閣直學士、知成德軍。累官户部侍郎致仕。宋史有傳。張掞時爲益州路轉運使，丹淵集卷三九太子中舍王君墓誌銘：「授漢州德陽縣主簿。轉運使張公掞明毅端肅，少所推薦，獨稱君才而數任之。」按：漢州屬益州路。居士集卷二九尚書主客郎中劉君墓誌銘：「慶曆八年五月，遷主客郎中、益州路轉運使。其年十一月七日卒於官。」張掞爲劉君立之之繼任者。詩云「綺羅香裏留佳客」，知張掞時作客潁州。

去思堂會飲得春字甲午四月，潁州張唐公座上。〔一〕

世事紛然百態新，西岡一醉十三春〔二〕。自慚白髮隨年少，猶把金鍾勸主人。黄鳥亂飛深夏木，紅榴初發豔清晨。佳時易失閑難得，有酒重來莫厭頻。

【箋注】

〔一〕原未繫年，置皇祐元年與二年詩間，誤。當爲至和元年（一〇五四）作。題下注：「甲午四月，潁州張唐公座上。」甲午爲至和元年，時歐居母喪于潁州。張瓌字唐公，歷知洪、潁、揚、黄等州，進左諫議大夫、翰林侍讀學士，復出濠州。當官遇事輒言，不懼觸忤勢要。宋史有傳。據長編卷一七〇，皇祐三年五月，張瓌知潁州。去思堂見居士集卷一一三橋詩「清漣」句下原注。

〔二〕「西岡」句：疑指十三年前的慶曆元年（一〇四一），歐赴晏殊府上宴飲事（本集卷三有晏太尉西園賀雪歌）。曾慥類説卷五七引王直方詩話植紅梅：「紅梅獨盛於姑蘇，晏元獻始移植西岡第中。一日，貴游賂園吏，得枝分接，由是都下有二本。」可知晏殊府邸在西岡。書簡卷七與焦殿丞（嘉祐元年）提及西岡，時歐在汴京。又，張耒有詩題曰「予向集賢殿試罷，寓居京師，嘗遊西岡」云云，亦知西岡在汴京。

太傅相公入陪大祀以疾不行聖恩優賢詔書俞允發於感遇紀以嘉篇小子不揆輒亦課成拙惡詩一首〔一〕

驛騎頻來急詔隨，都人相與竊嗟咨。自非峻節終無改，安得清衷久益思〔二〕？前席蓋將求讜議〔三〕，在庭非爲乏陪祠。尊賢優老朝家美〔四〕，他日安車召未遲〔五〕。

【箋注】

〔一〕　如題下注，皇祐二年（一〇五〇）作。是年七月，歐改知應天府兼南京留守司事。（胡譜）長編卷一六九載是年九月「丙申，詔太子太保杜衍、太子少傅致仕任布陪祀明堂，令應天府以禮敦遣，仍於都亭驛、錫慶院優備供帳、几仗待其至。衍手疏以疾辭，布將就道，始辭以疾。並遣中使齎賜醫藥」。

〔二〕　清衷：純潔的内心。任昉王文憲集序：「若乃金版玉匱之書，海上名山之旨……莫不摠制清衷，遞爲心極。」

〔三〕　前席：謂欲更接近而移坐向前。漢書賈誼傳：「文帝思賈誼，徵之。至，入見，上方受釐，坐宣室，上因感鬼神事而問鬼神之本。誼具道所以然之故。至夜半，文帝前席。」

〔四〕　朝家：國家。後漢書應劭傳：「鮮卑隔在漠北……苟欲中國珍貨，非爲畏威懷德。計獲事足，旋踵爲害。是以朝家外而不内，蓋爲此也。」李賢注：「朝家猶國家也。」

〔五〕　安車：安穩舒適之車乘。供高官之年老者或貴婦人乘用。漢書張禹傳：「爲相六歲，鴻嘉元年，以老病乞骸骨，上加優再三乃聽許。賜安車駟馬，黄金百斤，罷就第。」

寄子春發運待制〔一〕

廣陵花月嘗同醉〔二〕，睢苑風霜暫破顔〔三〕。但喜交情久彌重，休嗟人事老多艱。壯心未忍悲華髮，强飲猶能倒玉山〔四〕。留滯江湖應不久㊀，多爲春酒待君還。

【校記】

㊀江：原校：一作「五」。

【箋注】

〔一〕原未繫年，置皇祐二年與至和元年詩間，當爲至和元年（一〇五四）作。許元字子春，生平見居士集卷三三尚書工部郎中天章閣待制許公墓誌銘。皇祐二年，許元爲淮南江浙荆湖制置發運使。（長編卷一六九）四年十月，爲天章閣待制。（同上卷一七三）題稱「發運待制」，當爲此後作。至和元年，歐居喪期滿返京師。詩曰：「留滯江湖應不久，多爲春酒待君還。」純然在京之口吻，應爲是年作。

〔二〕「廣陵」句：慶曆八年中秋，歐在揚州招梅堯臣、許元、王琪與宴，有招許主客、中秋不見月問客等詩。廣陵，揚州舊稱。

〔三〕「睢苑」句：謂與許元嘗在南京相逢。據居士集卷四〇真州東園記載，皇祐三年，許元由真州「以其職事走京師，圖其所謂東園者來」，時爲八月，故稱南京之會晤爲「睢苑風霜」。睢苑，漢梁孝王劉武在睢陽所造園林。睢陽，南京（即應天府）舊稱。

〔四〕倒玉山：世説新語容止：「嵇叔夜之爲人也，巖巖若孤松之獨立；其醉也，傀俄若玉山之將崩。」

答許發運見寄許詩云「芍藥瓊花應有恨，維揚新什獨無名」。〔一〕

瓊花芍藥世無倫，偶不題詩便怨人。曾向無雙亭下醉，自知不負廣陵春〔二〕。

【箋注】

〔一〕原未繫年，亦至和元年（一〇五四）作。據長編卷一七七，是年十一月，許元知揚州。由題下附注，知許詩當作於知揚州後。

〔二〕「曾向」二句：歐嘗爲揚州知州，故云。明一統志卷一二揚州府：「無雙亭，在府治東蕃釐觀前，以瓊花天下無雙故也。宋歐陽修建，前賢題詠甚多。」

贈廬山僧居訥〔一〕

方瞳如水衲披肩〔二〕，邂逅相逢爲洒然。五百僧中得一士，始知林下有遺賢〔三〕。

【箋注】

〔一〕原未繫年，置皇祐二年詩後，作年不詳。居訥，梓州中江（今屬四川）人。年十一，於漢州什邡竹林寺出家。十七歲試法華，得度受具，遂以講學冠兩川。出蜀，放浪荆楚。復西至襄州洞山，棲止十年。後游廬山，住圓通寺，道價日增。仁宗皇帝聞其名，皇祐初詔住淨因禪院，堅辭不赴，於是賜號祖印禪師。熙寧四年卒。生平見曹學佺蜀中廣記高僧記第九。

〔二〕方瞳：方形瞳孔。古人以爲長壽之相。王嘉拾遺志周靈王：「老聃在周之末，居反景日室之山，與世隔絶，有黄髮老叟五人……瞳子皆方，面色玉潔，手握青筠之杖，與聃共談天地之數。」

〔三〕「五百」二句：高僧記第九稱歐於居訥「獨加尊敬，每問南來士人曾見訥禪師否」。

過塞二首㊀〔一〕

身驅漢馬踏胡霜，每嘆勞生祇自傷。氣候愈寒人愈北，不如征雁解隨陽。

【校記】

㊀題下原注：一首已見居士集。

【箋注】

〔一〕題注「至和元年」，誤。歐至和二年（一〇五五）方奉使出疆，本詩當爲二年作。另一首過塞，題一作奉使契丹初至雄州，載居士集卷一二。

晏元獻公挽辭三首〔一〕

接物襟懷曠，推賢品藻精。謀猷存二府，臺閣遍諸生〔二〕。帝念宮臣舊，恩隆衮服榮。春風緑野迥，千兩送銘旌。

四鎮名藩忽十春，歸來白首兩朝臣〔三〕。上心方喜親耆德，物論猶期秉國鈞。退食圖書盈一室，開罇談笑列嘉賓。昔人風采今人少，慟哭何由贖以身。

富貴優游五十年〔四〕，始終明哲保身全。一時聞望朝廷重，餘事文章海外傳〔五〕。舊館池臺閑水石，悲笳風日慘山川。解官制服門生禮，慚負君恩隔九泉。

【箋注】

〔一〕如題下注，至和二年（一〇五五）作。晏元獻公，晏殊，卒於是年正月丁亥。（據居士集卷二二晏公神道碑銘）

〔二〕「接物」四句：宋史晏殊傳：「殊平居好賢，當世知名之士，如范仲淹、孔道輔，皆出其門。及爲相，益務進賢材，而仲淹與韓琦、富弼皆進用，至於臺閣，多一時之賢……善知人，富弼、楊察，皆其婿也。」晏殊官至宰相兼樞密使，故云「謀猷存二府」。二府，政府與樞府，即中書省與樞密院。

〔三〕「四鎮」二句：據晏公神道碑銘，慶曆四年起，晏殊歷知潁、陳、許州及河南府。兩朝，指真宗與仁宗朝。

〔四〕「富貴」句：晏公神道碑銘：「公世家江西之臨川。年始十四，一日起田里，進見天子……由王官、宫臣，卒登宰相……自始至卒，五十餘年。」

〔五〕餘事文章：晏公神道碑銘：「有文集二百四十卷。」

酬滑州公儀龍圖見寄㊀〔一〕

畫舫齋前舊菊叢，十年開落任秋風〔二〕。知君爲我留紅旆，猶記栽花白髮翁。

【校記】

㊀天理本卷後又附此詩石本，「秋風」作「狂風」。詩後云：「至和元年仲冬七日記。」下注：「此方石本見存。」

【箋注】

〔一〕原未繫年，置至和二年詩後，誤，當如天理本卷後附石本所云，爲至和元年（一〇五四）作。長編卷一七六載是年七月「甲戌，知滑州、端明殿學士、兼龍圖閣學士、禮部侍郎張方平爲户部侍郎、知益州」。張方平調知益州後，梅摯（字公儀）繼任滑州知州。畢沅中州金石記卷四：「梅、歐唱和詩：至和元年十月立，隸書，在滑縣。此詩當是梅摯知滑州事時所作也，並書歐陽修和詩。」

〔二〕「畫舫齋」二句：畫舫齋在滑縣，慶曆二年十二月歐所命名。見居士集卷三九畫舫齋記。由彼時至至和元年，已超過十年，言「十年」，取整數也。

外集卷七

律詩三

贈王介甫〔一〕

翰林風月三千首，吏部文章二百年〔二〕。老去自憐心尚在，後來誰與子爭先〔三〕！朱門歌舞爭新態，緑綺塵埃試拂弦〔四〕。常恨聞名不相識，相逢樽酒盍留連？

【箋注】

〔一〕 本卷詩注：「自京師至歸潁作。起嘉祐元年，盡熙寧五年。」據題下注，本詩爲嘉祐元年（一〇五六）作。葉夢得避暑録話卷上：「王荆公初未識歐文忠公，曾子固力薦之，公願得游其門，而荆公終不肯自通。至和初，爲羣牧判官，文忠還朝，始見知，遂有『翰林風月三千首，吏部文章二百年』之句。」長編卷一七七載至和元年九月，「殿中丞王安石爲羣牧判官。安石力辭召試，有詔與在京差遣。及除羣牧判官，安石猶力辭，歐陽修諭之，乃就職」。王安石上歐陽永叔書之一有「今日造門，幸得接餘論……某所以不願試職者」云云，可知至和初，歐、王已相會。然本詩非是時作，乃作於嘉祐元年。上歐陽永叔書之二云：「某以不肖，願趨走於先生長者之門久矣。初以疵賤，不能自通。閣下親屈勢位之尊，忘名德之可以加人，而樂與之爲善……過蒙奬引，追賜詩書（按：指本詩），言高旨遠，足以爲學者師法。惟褒被過分，非先進大人所宜施於後進之不肖，豈所謂『誘之欲其至於是』乎？雖然，懼終不能以上副也，輒勉强所乏，以酬盛德之貺（指作奉酬永叔見贈詩），非敢言詩也，惟赦其僭越，幸甚。」此書作於「蒙恩出守一州（揚州）」的嘉祐二年，乃追述元年之事也。

〔二〕「翰林」二句：蘇軾六一居士集叙：「歐陽子論大道似韓愈……詩賦似李白。」本詩亦借韓、李勉勵安石。翰林即李白，玄宗時白嘗供奉翰林。蔡上翔王荆公年譜考略卷五：「唐鄭谷讀太白集詩曰：『高吟大醉三千首』，此首句所由來也。」吴曾能改齋漫録卷三辨誤引韓子蒼言：「吏部，蓋謂南史：『謝朓於宋明帝朝，爲尚書吏部郎，長五言詩。沈約嘗云「二百年來無此詩」也』。文忠之意，直使謝朓事。而荆公答之曰：『他日若能窺孟子，終身安敢望韓公？』則荆公之意，竟指吏部爲退之矣。」按：歐本意即指韓愈。歐論文，每言及韓，欽佩之至，未嘗言謝也。記舊本韓文後云：「韓氏之文，没而不見者二百年，而後大施於今。」朱翌猗覺寮雜記卷上：「以余考之，歐公必不以謝比介甫，介甫不應誤以謝爲韓也。孫樵與高錫望書曰：『唐朝以文索士，二百年間，作者數十輩，獨高韓吏部。』歐公用此爾，介甫未嘗誤認事也。見樵集。」

〔三〕「老去」二句：王荆公年譜考略卷五：「歐陽公詩好李白，文宗韓昌黎，故云『老去自憐心尚在』。三句作一氣讀，蓋公所以自道也。『後來誰與子爭先』，則始及介甫矣。」

〔四〕緑綺：古琴名。晉傅玄琴賦序云：「齊桓公有鳴琴曰號鍾，楚莊有鳴琴曰繞梁，中世司馬相如有緑綺，蔡邕有焦尾，皆名器也。」

蘇才翁挽詩二首〔一〕

握手接歡言，相知二十年〔二〕。文章家世事〔三〕，名譽弟兄賢。可惜英魂掩，惟餘醉墨傳。秋風衰柳岸，撫柩送歸船。

雄心壯志兩崢嶸，誰謂中年志不成〔四〕！ 零落篇章爲世寶〔五〕，平生風義見交情。 青松月下泉臺路，白草原頭薤露聲〔六〕。 自古英豪皆若此，哭君徒有淚沾纓。

【箋注】

〔一〕 原未繫年，置嘉祐元年（一〇五六）詩後，當爲是年作。梅集編年卷二六是年詩有度支蘇才翁挽詞三首。才翁名舜元，蘇舜欽之兄。蔡襄蘇才翁墓誌銘：「（才翁）充三司度支判官。至和元年五月初二日，終於京師之祖第，年四十九……才翁之殁，汴無資産以爲生，諸孤就養江南，居潤州，待柩以行。某年某月某日，葬於丹陽某鄉。」按：丹陽爲丹徒之誤。陸友仁硯北雜志：「京西轉運使蘇舜元葬在丹徒五老山，蘇子美墓在石門村。」據居士集卷三一湖州長史蘇君墓誌銘，舜欽嘉祐元年十月葬於潤州丹徒縣義里鄉檀山里石門村。舜元與舜欽當葬於同年。

〔二〕 「握手」二句：居士集卷四一蘇氏文集序：「天聖之間，予舉進士於有司，見時學者務以言語聲偶擿裂，號爲時文，以相誇尚。而子美獨與其兄才翁及穆參軍伯長，作爲古歌詩雜文。」按：歐天聖六年冬隨胥偃至京，七年（一〇二九）春試國子監，秋赴國學解試，皆第一，與才翁相識當在此時。由此至至和元年（一〇五四）才翁殁，已二十五年。「二十年」，取整數言之。

〔三〕 「文章」句：蘇舜元、舜欽兄弟爲後周大行臺度支尚書蘇綽之後、宋太宗朝參知政事蘇易簡之孫。易簡以文章知名，才思敏贍，著有續翰林志及文集二十卷等。宋史有傳。

〔四〕 「雄心」二句：兩崢嶸指立言、立功。蔡襄蘇才翁墓誌銘：「初，才翁少年，欲以文詞進，願還官就科試，思與天下英豪角逐於筆研間，以力決勝，不得如其意。逮邊隅兵興，夙夜講畫謀策，要以術數翦屈夷虜，書屢上，不見省用。大臣如前丞相賈公、丞相文公、故參知政事范公，皆持國秉，力推薦之，終以序進，志不得騁。」

〔五〕 「零落」句：蘇才翁墓誌銘：「爲文不迹故陳，自爲高古，雖所不與者亦不能掩也……撰述奏御集十卷、塞垣近事二卷、奏議三卷、文集十卷。」

〔六〕 薤露：古挽歌。宋玉對楚王問：「其爲陽阿、薤露，國中屬而和者數百人。」崔豹古今注卷中：「薤露、蒿里，並喪歌也。」

送石揚休還蜀〔一〕

長愛謫仙誇蜀道，送君西望重吟哦〔二〕。路高黄鵠飛不到〔三〕，花發杜鵑啼更多〔四〕。清禁寒生鳳池水〔五〕，繡衣榮照錦江波。昔年同舍青衿子，夾道歡迎鬢已皤〔六〕。

【箋注】

〔一〕 原未繫年，置嘉祐元年、二年詩間，當爲嘉祐二年（一〇五七）作。石揚休，字昌言，眉山人。少孤力學，進士高第。嘉祐二年，官遷工部郎中，未及謝，卒。宋史有傳。長編卷一八三載嘉祐元年八月「丙寅，刑部員外郎、知制誥石揚休爲契丹國母生辰使」。范鎮石工部揚休墓誌（名臣碑傳琬琰之集中卷一六）：「因使契丹，道感寒毒，得風痺。既還，小愈，即拜疏，謁告請歸，別墳墓。」其時已是嘉祐二年。梅集編年卷二七是年詩有送石昌言舍人還蜀拜掃，可爲佐證。韓維有送石昌言歸蜀，見南陽集卷八。司馬光有送昌言舍人得告還蜀三首，見温國文正司馬公文集卷九。

〔二〕 「長愛」二句：宋史石揚休傳：「七代祖藏用……乃去依其親眉州刺史李滈，遂爲眉州人。」首句指李白作蜀道難詩。

〔三〕 「路高」句：蜀道難有「黄鶴之飛尚不得過」之句。黄鵠，即黄鶴。

〔四〕 「花發」句：蜀道難：「又聞子規啼夜月，愁空山。」子規即杜鵑，蜀中所産之鳥。

〔五〕 「清禁」句：揚休嘗以刑部員外郎知制誥，知制誥掌中書舍人之職。鳳池即鳳凰池，指中書省。

〔六〕 「昔年」二句：宋史石揚休傳：「後以從官還鄉里，嚋昔同貧窶之人尚在。」

和景仁試明經大義多不通有感〔一〕

庠序制猶闕，鄉閭教不行。古於經學政，今也藝虛名。來者益可鄙，待之因愈輕。無徒誚其陋，講勸在公卿。

【箋注】

〔一〕 如題下注，嘉祐二年（一〇五七）作。梅集編年卷二七是年詩有明經試大義多不通有感依韻和范景仁舍人。景仁，范鎮之字。試明經，指以經義論策試進士。

和公儀試進士終場有作〔一〕

朝家意在取遺才，樂育推仁亦至哉。本欲勵賢敦古學，可嗟趨利競朋來。昔人自重身難進〔二〕，薄俗多端路久開。何異鱣魴爭尺水〔三〕，巨魚先已化風雷。

【箋注】

〔一〕 原未繫年，置嘉祐二年（一〇五七）詩間，即是年作。公儀，梅摯之字。

〔二〕 「昔人」句：禮記儒行：「儒有衣冠中，動作慎；其大讓如慢，小讓如僞；大則如威，小則如愧；其難進而易退也，粥粥若無能也。」孫希旦集解引呂大臨曰：「非義不就，所以難進；色斯舉矣，所以易退。」

〔三〕 鱣魴：鱘鰉魚與鯿魚，喻難與「巨魚」相比，乃「趨利競朋來」的等閑之輩。

久在病告近方赴直偶成拙詩二首〔一〕

經時移病久端居，玉署新秋獨直廬。夜静樓臺落銀漢，人閑鈴索少文書〔二〕。江湖未去年華晚〔三〕，燈火微涼暑雨初。敢向聖朝辭寵禄，多慚禁籞養慵疏㈠〔四〕。

清晨下直大明宫〔五〕，馳馬悠然宿露中㈡。金闕雲開滄海日，天街雨後緑槐風。歲華忽忽雙流矢〔六〕，鬢髪蕭蕭一病翁。名在玉堂歸未得，西山晝閣興何窮！

【校記】

㈠籞：一作「闞」。　㈡宿露：卷後校：一作「宿霧」。

【箋注】

〔一〕 原置嘉祐二年（一〇五七）詩間，即是年作。梅集編年卷二七是年詩有依韻和永叔久在病告近方赴直道懷見寄二章。書簡卷二有是年所作與吴正肅公云：「酷暑中，承氣體清適。某自初旬内嘗冒熱赴宿，爲暑毒所傷，絶然飲不得，加以腹疾時時作，遂在告。」此云暑天「冒熱赴宿」，以致得病在告，與詩之發端云病後「玉署新秋獨直廬」，季節正相合。

〔二〕 鈴索：楊慎藝林伐山鈴索：「李德裕云：『翰林院有懸鈴，以備警急文字，引之以代傳呼也。』唐制禁署嚴密，非本院人，雖有公事，不敢遽入於内。夫人宣事，亦先引鈴。每有文書即，内臣立於門外，鈴聲達，本院小判官出，受訖，授院使，院使授學士。」

〔三〕 「江湖」句：書簡卷四有是年所作與李留後云：「某自過年，如陡添十數歲人，但覺心意衰耗，世味都無可樂，百事强勉而已。請外決在今春，惟不知相見何時爾。」

〔四〕「敢向」二句：書簡卷八有是年所作與王發運云：「寶臣治漕南方，雖久淹於外，然振綱革弊，公私所賴者不細，比於碌碌於此無所云補者，所得多矣。某再請洪井未得，屢罄所懷，期於必得也。」按：王發運名鼎，字寶臣。「碌碌於此無所云補者」，歐之自謂也。

〔五〕大明宫：見居士集卷一二奉使道中五言長韻箋注〔二〕。

〔六〕雙流矢：謂時光飛逝，年歲陡增。

送潤州通判屯田〔一〕

船頭初轉兩旗開，清曉津亭疊鼓催。自古江山最佳處，况君談笑有餘才。雲愁海闊鷩濤漲，木落霜清畫角哀。善政已成多雅思，寄詩宜逐驛筒來。

【箋注】

〔一〕原置嘉祐二年（一〇五七）詩間，即是年作。梅集編年卷二七是年詩有送潤州通判李屯田。潤州（治今江蘇鎮江），屬兩浙路。據梅詩，通判姓李，餘不詳。

和劉原甫平山堂見寄〔一〕

督府繁華久已闌〔二〕，至今形勝可躋攀。山横天地蒼茫外，花發池臺草莽間。萬井笙歌遺俗在，一罇風月屬君閑。遥知爲我留真賞〔三〕，恨不相隨暫解顔。

【箋注】

〔一〕據題下注，嘉祐二年（一〇五七）作。同年，有和原父揚州六題詩，見居士集卷一三。公是集卷二五有遊平山堂寄歐陽永叔内翰，劉敞時在知揚州任上。梅集編年卷二六有和永叔答劉原甫遊平山堂寄，編在嘉祐元年，疑當編入二年。平山堂，歐慶曆八年知揚州時建。書簡卷一與韓忠獻王（皇祐元年）云：「平山堂占勝蜀岡，江南諸山，一目千里。」

〔二〕督府：明一統志卷一二揚州府：「唐初，復爲南兖州，改邗州，尋復爲揚州，治江都，置大都督府。」

〔三〕「遥知」句：劉敞遊平山堂寄歐陽永叔内翰：「水氣横浮飛鳥外，嵐光平墮酒杯間。主人寄賞來何暮，遊子銷憂醉不還。」真賞，值得欣賞的景物。蔡文恭奉和夏日遊山應制：「悠然動睿思，息駕尋真賞。」

送張吉老赴浙憲〔一〕

吴越東南富百城，路人應羡繡衣榮㊀。昔時結客曾遊處，今見焚香夾道迎。治世用刑期止殺，仁心聽獄務求生〔二〕。時豐訟息多餘暇，無惜新篇屢寄聲。

【校記】

㊀繡：原校：一作「錦」。

【箋注】

〔一〕原置嘉祐二年至四年詩間，當爲嘉祐二年（一〇五七）作。是年，歐有舉宋敏求同知太常禮院劄子（奏議集卷一八）云：「同知太常禮院張師中近被朝命，差充兩浙提點刑獄。」梅集編年卷二七有嘉祐二年詩送吉老學士兩浙提刑。南陽集卷五有席上探得游字餞兩浙提刑張吉老。温國文正司馬公文集卷九有送張學士兩浙提點刑獄，「張學士」

下注：「師中，字吉老。」「刑獄」下注：「賦得『清』字。」沈遘西溪集卷一有送張吉老兩浙提刑。錢大昕廿二史考異宋史五職官志七謂宋人稱「提點刑獄爲憲司」。

〔二〕「仁心」句：居士集卷二五瀧岡阡表中歐引母鄭氏語曰：「汝父爲吏，嘗夜燭治官書，屢廢而歎。吾問之，則曰：『此死獄也，我求其生不得爾。』吾曰：『生可求乎？』曰：『求其生而不得，則死者與我皆無恨也，矧求而有得邪？』」

春日詞五首〔一〕

宮壇青陌賽牛回〔二〕玉琯東風逗曉來㊀〔三〕。不待嶺梅傳遠信〔四〕，剪刀先放綵花開〔五〕。

試粉東窗待曉迴，共尋春柳傍香臺〔六〕。不驚樹裏禽初變，共喜釵頭燕已來。

紅霧初開上曉霞，共驚風色變年華。香車遥認春雷響，庭雪先開玉樹花。

玉琯吹灰夜色殘〔七〕，雞鳴紅日上仙盤。初驚百舌綿蠻語〔八〕，已覺東風料峭寒。

待曉銅荷剪蠟煤〔九〕，繡簾春色犯寒來。畫眉不待張京兆〔一〇〕，自有新妝試落梅〔一一〕。

【校記】

㊀琯：原校：一作「管」。

【箋注】

〔一〕 原置嘉祐二年至四年詩間，不詳何年所作。歐集内制集卷一有至和元年十二月二十九日所作春帖子詞二十首，其中皇帝閣六首之四云：「玉琯氣來灰已動，東郊風至曉先迎。乾坤有信如符契，草木無知但發生。」内容與本組詩之四相似。疑春日詞即屬春貼子詞之類。周煇清波雜志卷一〇云：「翰林書待詔請春詞，以立春日翦貼於禁中門帳。」徐師曾文體明辨序説：「貼子詞者，宫中黏貼之詞也。古無此體，不知起於何時。第見宋時每遇令節，則命詞臣撰詞以進，而黏諸閣之户壁，以迎吉祥。觀其詞，乃五七言絶句詩。」歐至和元年九月遷翰林學士，始作貼子詞。

〔二〕 宫壇：指帝王在國都之郊與羣臣聚會時的臨時建築物。魏書高宗紀：「（和平四年）秋七月壬午，詔曰：『朕每歲秋日閑月，命羣官講武平壤。所幸之處，必立宫壇，糜費之功，勞損非一。宜仍舊貫，何必改作也。』」

〔三〕 玉琯：亦作「玉管」。玉製古樂器，用以定律。漢書律曆志上「竹曰管」顔師古注引三國魏孟康曰：「禮樂器記：『管，漆竹，長一尺，六孔。』……古以玉作，不但竹也。」後亦泛指管樂器。庾信賦得鸞臺詩：「九成吹玉琯，百尺上瑶臺。」

〔四〕 嶺梅：指大庾嶺上的梅花。嶺南北氣候有異，梅花南枝已落，北枝方開，古來有名。

〔五〕 「剪刀」句：高承事物紀原歲時風俗綵花：「實録曰：『晉惠帝令宫人插五色通草花。』……晉新野君傳：『家以翦花爲業，染絹爲芙蓉，捻蠟爲菱藕，翦梅若生』……按此則是花朵起於漢，翦綵起於晉矣。歲時記則云：『今新花，謝靈運所制，疑綵花也。』唐中宗景龍中，立春日出翦綵花。又四年正月八日立春令侍臣迎春，内出綵花，人賜一枝。」綵花，彩絹製作之花。

〔六〕 香臺：佛殿之别稱。盧照鄰遊昌化山精舍：「寶地乘峰出，香臺接漢高。」

〔七〕 玉琯吹灰：古時將葭灰置於律管内測定節氣。新節氣至，灰則自行由相應律管内飛出。見後漢書律曆志上。

〔八〕 綿蠻：鳥鳴聲。吴均和蕭洗馬子顯古意之六：「春機鳴窈窕，夏鳥思綿蠻。」

〔九〕 銅荷：銅製荷葉狀之燭臺。庾信對燭賦：「銅荷承淚蠟，鐵鋏染浮煙。」蠟煤：蠟燭的炱煤。

〔一〇〕 「畫眉」句：漢書張敞傳：「敞無威儀……又爲婦畫眉，長安中傳張京兆眉憮。有司以奏敞。上問之，對曰：『臣聞閨房之内，夫婦之私，有過於畫眉者。』」

〔一二〕「自有」句：太平御覽卷九七〇引宋書：「武帝女壽陽公主人日卧於含章檐下，梅花落公主額上，成五出之華，拂之不去，皇后留之。自後有梅花妝，後人多效之。」

走筆答原甫提刑學士㊀〔一〕

歲暮山城喜少留，西亭尚欲挽行輈。一罇莫惜臨岐别，十載相逢各白頭。

【校記】

㊀題下原注：「慶曆五年。詳見卷末。」卷後原校：「慶曆五年冬，公守滁州，而前政趙良規帶秘閣校理移京西提刑，即其人也。合入第六卷。」

【箋注】

〔一〕據校記，慶曆五年（一〇四五）作。趙良規，字元甫。召試，賜進士及第，知泰、滁二州，歷京西、陝西路提點刑獄及荆湖南路轉運使等職，遷尚書工部侍郎、判本部、知濠州，卒。宋史有傳。

酬淨照大師説〔一〕

佛説吾不學，勞師忽款關〔二〕。吾方仁義急，君且水雲閑。意淡宜松鶴，詩清叩珮環。林泉苟有趣，何必市廛間！

【箋注】

〔一〕原置嘉祐二年至四年詩間，確切年份不詳。淨照大師，不詳。

〔二〕款關：叩門。元稹春日詩：「款關一問訊，爲我披衣裳。」

和劉原父從幸後苑觀稻呈講筵諸公〔一〕

禁籞皇居接，香畦鏤檻邊。分渠自靈沼〔二〕，種稻滿滮田〔三〕。六穀名居首〔四〕，三農政所先〔五〕。擢莖蒙德茂，養實以時堅。曉謁龍墀罷〔六〕，行瞻鳳蓋翩。粹容知喜色㊀，嘉瑞奏豐年。衰病慚經學，陪遊與俊賢。安知帝力及，但樂歲功全。拜賜秋風裏，分行黼座前〔七〕。自憐臺笠叟〔八〕，來綴侍臣篇。

【校記】

㊀知：原校：一作「和」。

【箋注】

〔一〕原置嘉祐二年至四年間，誤，當爲嘉祐五年（一〇六〇）作。原唱九月二十五日召赴後苑觀稻，載公是集卷二六，題下注：「時惟兩府及講筵諸學士得預，時方講春秋。」長編卷一九二載嘉祐五年「九月丁亥朔，翰林學士歐陽修兼侍讀學士，起居舍人、知制誥劉敞爲翰林侍讀學士、知永興軍」。是時，劉敞尚在京師，未赴永興軍，當與歐皆以翰林侍讀學士身份，預後苑觀稻事。

〔二〕靈沼：池沼之美稱。文選班固西都賦：「神池靈沼，往往而在。」吕延濟注：「稱神、靈，美之。」

〔三〕滮田：見居士集卷一〇初出真州泛大江作詩箋注〔三〕。

〔四〕六穀：周禮天官膳夫：「凡王之饋，食用六穀。」鄭玄注引鄭司農曰：「六穀，稌（稻）、黍、稷、粱、麥、苽。」

〔五〕三農：原指春、夏、秋三農時。此泛指農事，民以食爲天也。

〔六〕龍墀：借指皇帝。敦煌曲子詞望江南：「數年路隔失朝儀，目斷望龍墀。」

〔七〕黼座：帝座。亦借指皇帝。林逋送范希文寺丞詩：「黼座垂精正求治，何時條對召公車。」

〔八〕臺笠：蓑衣與笠帽。詩小雅都人士：「彼都人士，臺笠緇撮。」陳奂傳疏：「南山有臺傳：『臺，夫須。臺皮可以爲衰（蓑）。』因之御雨之物即謂之臺……臺與笠明是二物。」

送薛水部通判并州〔一〕

胸懷磊落逢知己，氣略縱横負壯心。玉麈生風賓滿坐，金鱗照甲士如林。牛羊日暖山田美，雨雪春寒土屋深。自古幽并重豪俠〔二〕，祇應行樂費黄金。

【箋注】

〔一〕原置嘉祐二年至四年詩間，當爲嘉祐三年（一〇五八）作。梅集編年卷二八是年詩有送薛十水部通判并州，蘇魏公文集卷七有送薛宗孺通理并州。歐岳父薛奎之弟薛塾，有長子仲孺，字公期，行九（書簡卷九有康定元年所作與薛少卿公期，稱「公期九哥足下」）；次子宗孺，行十，即薛水部，范鎮東齋紀事卷三所稱「水部郎中薛宗孺」、「强幹人」，宋史歐陽修傳所稱治平時「有憾於修，造帷薄不根之謗」者。宗孺嘗任清源令（據山西通志卷七六職官四）、代州通判（據本集卷一一內殿崇班薛君墓誌銘）。

〔二〕「自古」句：幽并爲幽州、并州之並稱，該處習俗尚氣任俠。曹植白馬篇：「借問誰家子，幽并遊俠兒。」鮑照擬古詩之三：「幽并重騎射，少年好馳逐。」

鶴〔一〕

樊籠毛羽日低摧，野水長松眼暫開。萬里秋風天外意，日斜閑啄岸邊苔。

【箋注】

〔一〕 本詩與後二首原置嘉祐二年至四年詩間，何年所作無考。

【集評】

〔清〕賀裳：（林逋）鶴詩「春靜棋邊窺野客，雨寒廊底夢滄洲」，妙矣。歐陽永叔絶句曰（引本詩，略）便覺與趣更遠。（載酒園詩話宋）

雁〔一〕

來時沙磧已冰霜，飛過江南木葉黄。水闊天低雲暗澹，朔風吹起自成行。

【箋注】

〔一〕 作年無考。

鶻〔一〕

依倚秋風氣象豪，似欺黄雀在蓬蒿〔二〕。不知羽翼青冥上，腐鼠相隨勢亦高〔三〕。

【箋注】

〔一〕作年無考。本草綱目禽四鴟：「鵂，小於鴟而最猛捷，能擊鳩、鴿，亦名鷂子，一名籠脱。」

〔二〕黄雀在蓬蒿：莊子逍遥遊：「斥鴳笑之曰：『彼且奚適也！我騰躍而上，不過數仞而下，翱翔蓬蒿之間，此亦飛之至也。而彼且奚適也！』」陸德明釋文引司馬彪曰：「斥，小澤也。本亦作『尺』。鴳，鴳雀也。」成玄英疏：「鴳雀，小鳥。」

〔三〕腐鼠相隨：莊子秋水有「鴟得腐鼠，鵷鶵過之，仰而視之」，極其不屑的記述。

原甫致齋集禧余亦攝事後廟謹呈拙句兼簡聖俞〔一〕

受命分行攝上公〔二〕，紫微人在玉華宫〔三〕。樓臺碧瓦輝雲日，蓮芰清香帶水風。每接少年嗟老病，尚能聯句惱詩翁〔四〕。凌晨已事追佳賞㊀，緑李甘瓜興未窮。

【校記】

㊀凌：原校：一作「臨」。

【箋注】

〔一〕如題下注，嘉祐四年（一〇五九）作。胡譜載是年四月「癸酉孟夏薦饗，並攝太尉行事」。公是集卷二三有齋宿集禧觀戲酬永叔見寄時永叔在後廟攝事。梅集編年卷二九是年詩有次韻和永叔原甫致齋集禧。

〔二〕上公：指高官顯爵。時歐「攝太尉行事」。

〔三〕紫微人：即紫微舍人，指劉敞，時爲起居舍人。見居士集卷八奉答原甫見過寵示之作箋注〔七〕。玉華宫：原指仙境。蘇舜欽中秋松江新橋對月和柳令之作：「仙家多住玉華宫。」此指齋宫。

〔四〕詩翁：指梅堯臣。居士集卷八有同年所作會飲聖俞家有作兼呈原父景仁聖從，稱堯臣「詩翁文字發天葩」。

同年秘書丞陳動之挽詞二首㈠〔一〕

場屋當年氣最雄，交游罇酒弟兄同〔二〕。文章落筆傳都下，議論生鋒服座中。自古聖賢誰不死㈡，况君門户有清風。凋零三十年朋舊，在者多爲白髮翁。

富貴聲名豈足論，死生榮辱等埃塵。青衫照日誇春榜〔三〕，白首餘年哭故人。盛德不忘存誌刻，話言能記有朋親。吴江草木春風動，瀝酒誰瞻壠樹新？

【校記】

㈠動：卷後原校：或作「洞」，非，登科記可據。　㈡誰：原校：一作「猶」。

【箋注】

〔一〕原置嘉祐四年（一〇五九）詩後，當即是年作。題稱「同年」，則歐與動之皆於天聖八年及第。福建通志卷三三「天聖八年王拱辰榜」下，載莆田縣陳説之、陳動之之名，稱動之爲「説之兄，秘書丞，贈銀青光禄大夫」。詩云「凋零三十年朋舊」，由天聖八年（一〇三〇）至嘉祐四年，首尾三十年整。臨川集卷三五有陳動之秘丞挽辭二首，其一云：「年高漢賈誼，官過楚荀卿。望古君無憾，論今我未平。」其二云：「人間三十六，追逐孔鸞飛。似欲來爲瑞，如何去不歸？」李壁注：「三十六謂動之所得之年。」按：若然，天聖八年及第時，動之方七歲，姑存疑。

〔二〕弟兄：指陳説之、陳動之弟兄。

〔三〕　春榜：指天聖八年春試中式。

奉和劉舍人初雪〔一〕

夜雪填空曉更飄，龍墀風冷珮聲高〔二〕。瓊花落處縈仙仗，玉殿光中認赭袍〔三〕。下直笑談多樂事，平時罇酒屬吾曹。羡君年少才無敵〔四〕，顧我雖衰飲尚豪。

【箋注】

〔一〕　原置嘉祐四年至五年（後有劉丞相挽詞二首，當作於劉沆去世的嘉祐五年）詩間，劉敞嘉祐五年九月知永興軍（據長編一九二），十二月方到任（據劉攽劉公行狀），唱和詩作於歐、劉皆在朝時，故當爲嘉祐四年（一〇五九）或五年作。敞詩初雪朝退與諸公至西閣載公是集卷二三。

〔二〕　龍墀：猶丹墀，即宫殿的赤色臺階或地面。

〔三〕　赭袍：即赭黄袍，天子所穿袍服。

〔四〕　「羡君」句：是年歐五十三歲（據胡譜），劉敞方四十一歲。（據歐集賢院學士劉公墓誌銘，劉敞熙寧元年卒，享年五十，前九年爲嘉祐四年。）

暮春書事呈四舍人〔一〕

樹陰初合苔生暈，花蘂新成蜜滿脾〔二〕。鶯燕各歸巢哺子，蛙魚共樂雨添池。少年春物今如此，老病衰翁了不知。飽食杜門何所事，日長偏與睡相宜。

【箋注】

〔一〕 原未繫年，置嘉祐四年與五年詩間，疑即嘉祐四、五年間作。本卷後有客舍暇日書懷奉呈子華内翰長文原父景仁舍人聖俞博士詩，疑「呈四舍人」中有吴奎（長文）、劉敞（原父）、范鎮（景仁），歐與之多有唱和之作。

〔二〕 蜜滿脾：陸佃埤雅卷一〇蜂：「採取百芳釀蜜，其房如脾，今謂之蜜脾。」

荷　葉〔一〕

池面風來波瀲瀲，波間露下葉田田〔二〕。誰於水上張青蓋，罩却紅妝唱採蓮。

【箋注】

〔一〕 同前首，約嘉祐四、五年間作，後四首同。

〔二〕 田田：蓮葉盛密貌。樂府詩集相和歌辭一江南：「江南可採蓮，蓮葉何田田。」末句「唱採蓮」，即指此曲。

小　池〔一〕

深院無人鎖曲池，莓苔繞岸雨生衣〔二〕。緑萍合處蜻蜓立，紅蓼開時蛺蝶飛〔三〕。

【箋注】

〔一〕 約嘉祐四、五年間作。

〔二〕衣：水衣。文選張協雜詩：「階下伏泉湧，堂上水衣生。」李善注引淮南子高誘注曰：「蒼苔，水衣也。」

〔三〕紅蓼：蓼的一種。多生水邊，花呈淡紅色。杜牧歙州盧中丞見惠名醞詩：「猶念悲秋更分賜，夾溪紅蓼映風蒲。」

釣者〔一〕

風牽釣線裊長竿㈠，短笠輕蓑細草間。春雨濛濛看不見㈡，水煙埋却面前山。

【校記】

㈠釣線：卷後原校：一作「鈎線」。　㈡見：原校：一作「足」。

【箋注】

〔一〕約嘉祐四、五年間作。

霜〔一〕

一夜新霜著瓦輕，芭蕉心折敗荷傾。奈寒惟有東籬菊〔二〕，金蘂繁開曉更清。

【箋注】

〔一〕約嘉祐四、五年間作。

〔二〕東籬菊：用陶潛飲酒二十首之五「採菊東籬下」之意。

牛〔一〕

日出東籬黃雀驚，雪銷春動草芽生。土坡平慢陂田闊〔二〕，橫載童兒帶犢行。

【箋注】

〔一〕約嘉祐四、五年間作。

〔二〕平慢：同「平漫」，平坦廣遠。宋書禮志五：「地域平漫，迷於東西，造立此車，使常知南北。」

送劉虛白二首〔一〕

秘訣誰傳妙若神，能將題品遍朝紳〔二〕。因言禍福兼忠孝，吾愛君平善誨人〔三〕。

我嗟韁鎖若牽拘，久羨南山去結廬〔四〕。自顧豈勞君借譽，偶然章服裹猿狙〔五〕。

【箋注】

〔一〕原未繫年，疑亦嘉祐四、五年間作。劉虛白，金陵人，善相者也。孫公談圃卷上：「陳執中爲撫州通判，使者將劾之。虛白曰：『無患，公當作宰相。』使者果被召，半道而去。」宋史藝文志五著録「劉虛白三輔學堂正訣一卷」。

〔二〕「能將」句：孫公談圃卷上載劉虛白嘗「相兩府」，相曾鞏、王益。

〔三〕君平：嚴遵之字。遵，漢時成都人。常璩華陽國志卷一〇：「（遵）雅性澹泊，學業加妙，專精大易，耽於老莊。常卜筮於市，假蓍龜以教。與人子卜，教以孝；與人弟卜，教以悌；與人臣卜，教以忠。於是風移俗易，上下慈和。日閱得百錢，則閉肆下簾，授老莊，著指歸，爲道書之宗。揚雄少師之，稱其德。」

〔四〕「久羨」句：陶潛飲酒詩：「採菊東籬下，悠然見南山。」

〔五〕章服裹猿狙：莊子天運：「今取猿狙而衣以周公之服，彼必齕齧挽裂，盡去而後慊。」

劉丞相挽詞二首〔一〕

南國鄰鄉邑〔二〕，東都並俊遊〔三〕。賜袍聯唱第〔四〕，命相見封侯。念昔趨黄閣〔五〕，相看笑白頭。盛衰同俯仰，旌旐送山丘。

連章相府辭榮寵，擁旆名都出鎮臨〔六〕。年少已推能宰社〔七〕，鄉人終不見揮金〔八〕。長蛟息浪歸帆穩，喬木生煙蔽日深。平昔家庭敦友愛，可憐松檟亦連陰〔九〕。

【箋注】

〔一〕原未繫年，當爲嘉祐五年（一〇六〇）作。劉丞相，劉沆，字沖之，吉州永新人。天聖八年登第。累遷知衡州。歷三司度支、户部判官、知制誥等，出知潭州。皇祐三年，參知政事。至和元年，同中書門下平章事。嘉祐初，罷相，出知應天府，徙陳州，卒。宋史有傳。據長編卷一九一，劉沆卒於嘉祐五年三月，挽詞當作於是年。

〔二〕「南國」句：歐家鄉永豐與劉沆家鄉永新均屬吉州，故云。

〔三〕俊遊：良友。

〔四〕「賜袍」句：歐、劉同年及第。

〔五〕黄閣：指宰相官署。衛宏漢舊儀卷上：「（丞相）聽事閣曰黄閣。」

〔六〕「連章」二句：據宋史本傳，沆罷相職後，爲觀文殿大學士、工部尚書，知應天府。又遷刑部尚書，徙陳州。

〔七〕「年少」句：史記陳丞相世家：「里中社，平爲宰，分肉食甚均。父老曰：『善，陳孺子之爲宰！』平曰：『嗟乎，使平得天下，亦如是肉矣。』」

〔八〕「鄉人」句：漢疏廣告老還鄉，未將金錢散給子孫，恐其怠惰，不思進取。事載漢書疏廣傳。詳見居士集卷五感春雜言箋注〔四〕。

〔九〕松櫝：松櫝二樹因常植墓前而成墓地之代稱。北史隋紀上文帝紀論：「墳土未乾，子孫繼踵爲戮；松櫝纔列，天下已非隋有。」

寄大名程資政琳〔一〕

龍門長恨晚方登，便以忘年接後生〔二〕。談劇每容陪玉麈，飲豪常憶困金觥。冰開御水春應緑，雲破淮天月自明。醉倒離筵聽别曲，醒來猶尚記餘聲。

【箋注】

〔一〕原未繫年，置嘉祐四年至七年詩間，誤。據居士集卷二一贈太師中書令程公神道碑銘，程琳卒於嘉祐元年，此後斷無寄詩死者之事。歐慶曆四年八月爲河北都轉運按察使，至大名，時程琳以資政殿學士知大名府兼北京留守司，兩人頗爲相得。五年八月歐降知滁州，遂有寄大名程資政之作。六年二月，程琳改知永興軍。（據長編卷一五八）本詩當作於慶曆五年歐離大名府之後、六年程琳赴永興軍之前。自「冰開」二句觀之，應爲貶官南行後作於滁州，時慶曆六年（一〇四六）春。

〔二〕「便以」句：據程公神道碑銘，程琳嘉祐元年卒，享年六十有九，則慶曆五年時，已五十八歲，時歐方三十九歲。

東齋對雪有懷〔一〕

東齋坐客飲方豪，誰報風簾雪已飄。貪聽罇前歌裊裊，不聞窗外響蕭蕭。已憐殘臘催梅蘂，更約新春探柳條。共憶瀛洲人獨直〔二〕，神仙清景正寥寥。

【箋注】

〔一〕原置嘉祐四年至七年詩間，疑爲嘉祐六年（一〇六一）冬作。據胡譜，上年十一月，歐爲樞密副使，結束學士院任職，至此已過一年。本詩作於「殘臘」之際，「共憶瀛洲人獨直」之時，知值學士院已成往事。又，是年歐作内制集序，有「予既罷職……顧瞻玉堂，如在天上」之語，意與本詩相似。

〔二〕瀛洲：指學士院。唐太宗置文學館，以杜如晦、房玄齡等十八人爲學士，輪流宿於館中，時人慕之，謂登瀛洲。見新唐書褚亮傳。

雪後玉堂夜直〔一〕

雪壓宫牆鎖禁城，沉沉樓殿景尤清。玉堂影亂燈交晃，銀闕光寒夜自明。塵暗圖書愁獨直，人閑鈴索久無聲〔二〕。鑾坡地峻誰能到〔三〕，莫惜宫壺酒屢傾。

【箋注】

〔一〕原置嘉祐四年至七年詩間，記「玉堂夜直」，當在嘉祐五年十一月爲樞密副使前，故本詩應作於嘉祐四、五年間。

〔二〕鈴索：見本卷久在病告近方赴直偶成拙詩二首箋注〔二〕。

〔三〕鑾坡：學士院之别稱。葉夢得石林燕語卷五：「俗稱翰林學士爲『坡』，蓋唐德宗時，嘗移學士院於金鑾坡上，故亦稱鑾坡。」

官舍暇日書懷奉呈子華内翰長文原甫景仁舍人聖俞博士㊀〔一〕

鎖印春風雪入簾〔二〕，天寒鳥雀聚空簷。青幡受歲兒童喜〔三〕，白髮催人老病添。豔舞回腰飛玉盞，清吟擁鼻對冰蟾〔四〕。相從一笑兩莫得，簿領區區嘆米鹽。

【校記】

㊀假日：目録作「暇日」。

【箋注】

〔一〕原置嘉祐四年至七年詩間，當爲嘉祐四年（一〇五九）作。梅集編年卷二九是年詩有次韻和永叔新歲書事見寄。公是集卷二三有次韻和永叔歲旦對雪見寄時某於上源驛典護契丹朝正使人日當歸前一日始得此詩。

〔二〕鎖印：古時謂歲終封印停止辦公。賈島寄武功姚主簿：「卷簾黄葉落，鎖印子規啼。」

〔三〕青幡：亦作「青旛」。古時春令作勸耕、護花等用的青旗。桓寬鹽鐵論授時：「發春而後，懸青旛而策土牛，殆非明主勸耕稼之意，而春令之所謂也。」

〔四〕擁鼻：見居士集卷八哭聖俞詩箋注〔五〕。冰蟾：指月亮。

酬王君玉中秋席上待月值雨〔一〕

池上雖然無皓魄〔二〕，罇前殊未減清歡。緑醅自有寒中力，紅粉尤宜燭下看。羅綺塵隨歌扇動，管弦聲雜雨荷乾。客舟閑卧王夫子，詩陣教誰主將壇？

【箋注】

〔一〕 原置嘉祐四年至七年詩間，誤。當爲慶曆八年（一〇四八）作。梅集編年卷一八是年詩有和永叔中秋夜會不見月酬王舍人。是年，梅堯臣由宣城赴陳州，途經揚州。時歐知揚州，中秋夜邀許元、王琪作陪，盛宴款待堯臣，遂有此作。王琪字君玉，成都華陽人。歷開封府推官，修起居注、知制誥，以龍圖閣待制知潤州，後以禮部侍郎致仕。琪爲王珪從兄，生平宋史附王珪傳。

〔二〕 皓魄：明月。權德輿奉酬從兄南仲見示十九韻：「清光杳無際，皓魄流霜空。」

【集評】

〔元〕方回：聖俞和云「自有嬋娟侍賓榻」，謂人足以代月也。永叔答王君玉云「紅粉尤宜燭下看」。謂燭下見美人勝於月下。固一時滑稽之言，然亦近人情而奇。上一句亦佳。（瀛奎律髓卷二二諸月）

〔清〕紀昀：格力未高。「雨荷乾」三字自相矛盾，結亦散漫。（瀛奎律髓刊誤卷二二月類）

中秋不見月問客〔一〕

試問玉蟾寒皎皎〔二〕，何如銀燭亂熒熒？不知桂魄今何在，應在吾家紫石屏〔三〕。

【箋注】

〔一〕原置嘉祐四年至七年詩間，誤。同前首，當爲慶曆八年（一〇四八）作。梅集編年卷一八是年詩有中秋不見月答永叔。宋文鑑卷二七有王琪詩答永叔問客。

〔二〕玉蟾：月之別名。劉孝綽林下映月：「攢柯半玉蟾，裛葉彰金兔。」

〔三〕「不知」二句：參閱居士集卷四紫石屏歌。

張仲通示墨竹嗣以嘉篇豈勝欽玩聊以四韻仰酬厚貺㈠〔一〕

數竿蒼翠寫生綃，寄我公齋伴寂寥。不待雪霜常凜凜㈡，雖無風雨自蕭蕭。嗟予心志俱憔悴，羨子文章騁富饒㈢〔二〕。嗣以嘉篇誠厚貺㈣，遠慚爲報乏瓊瑤〔三〕。

【校記】

㈠嘉：原校：一作「佳」。　㈡常：原校：一作「長」。　㈢騁：原校：一作「足」。　㈣嘉：原校：一作「佳」。

【箋注】

〔一〕原置嘉祐四年至七年詩間，詩云「嗟予心志俱憔悴」，與此數年之心境相合，而確切作年無考。張洞字仲通，生平見居士集卷五送張洞推官赴永興經略司箋注〔一〕。

〔二〕「羨子」句：宋史本傳稱張洞自幼開悟，爲文甚敏，未冠，嘩然有聲。又云，高若訥、吳育嘗薦其文學宜爲館職。

〔三〕「遠慚」句：詩衛風木瓜：「投我以木桃，報之以瓊瑤。」此化用其意。

奉寄襄陽張學士兄〔一〕

東津渌水南山色〔二〕，夢寐襄陽二十年。予昔遊漢上，嘗愛其山川，迨今十六七年矣。顧我百憂今白首，羡君千騎若登仙。花開漢女游堤上，人看仙翁擁道邊。況有玉鍾應不負，夜槽春酒響如泉。

【箋注】

〔一〕原置嘉祐四年至七年詩間，誤。詩中注云：「予昔遊漢上……迨今十六七年矣。」歐爲乾德縣令，居漢上，乃寶元元年（一〇三八）、二年間事，過十六七年，爲至和年間（一〇五四至一〇五五）。歐奏議集卷一四有至和三年所作再論水災狀，云：「祠部員外郎、直史館、知襄州張瓌，靜默端直，外柔内剛，學問通達，似不能言者。至其見義必爲，可謂仁者之勇。此朝廷之臣，非州郡之才也。」至和三年九月改元嘉祐，可知此前張瓌仍在知襄州任上。本詩當爲至和年間作。襄陽（今湖北襄樊）爲襄州治所。張瓌直史館，故稱學士。

〔二〕渌水：清澈之水。張衡東京賦：「於東則洪池清籞，渌水澹澹。」

奉答聖俞宿直見寄之作〔一〕

寒夜分曹直，嚴城隔幾層〔二〕。予慚批鳳詔㊀〔三〕，君歎守螢燈。病骨羸漳浦〔四〕，官書蠹羽陵〔五〕。無嫌學舍冷〔六〕，文字比清冰。

【校記】

㊀詔：原校：一作「諸」。

【箋注】

〔一〕原置嘉祐四年至七年詩間，誤，當爲嘉祐二年（一〇五七）作。梅集編年卷二七是年詩收入堯臣原唱八月十夜廣文直聞永叔内當。可知堯臣乃宿直廣文館。

〔二〕「寒夜」二句：梅詩云：「聞向蓬萊宿，鼇峰第幾層。」

〔三〕「予慚」句：歐爲翰林學士，掌起草制、誥、詔、令，故云。鳳詔，即詔書。

〔四〕「病骨」句：此歐自謂。見本集卷五閑居即事詩箋注〔五〕。

〔五〕羽陵：古地名，借指貯藏古秘籍之處。穆天子傳卷五：「仲秋甲戌，天子東游，次于雀梁，□蠹書于羽陵。」郭璞注：「謂暴書中蠹蟲，因云蠹書也。」

〔六〕學舍：廣文館爲國子監下屬學校之一，故云。

和原甫舍人閣下午寢歸有作〔一〕

遥知好睡紫微郎〔二〕，枕簟清薰緑蕙芳〔三〕。五色詔成人不到〔四〕，萬年風動閣生涼。
平時下直歸宜早，陋巷相過意未忘。揚子不煩多載酒〔五〕，主人猶可具黄粱㊀〔六〕。

【校記】

㊀具：原校：一作「共」。

【箋注】

〔一〕原置嘉祐四年至七年詩間，當爲嘉祐四年（一〇五九）作。梅集編年卷二九是年詩有次韻和原甫閣下午寢晚歸見示。劉敞原唱閣下午寢晚歸見公是集卷二五。

〔二〕紫微郎：唐中書舍人别稱。劉敞時爲中書省起居舍人。

〔三〕緑蕙：史記司馬相如列傳：「掩以緑蕙，被以江離。」張守節正義：「緑，王芻也。蕙，薰草也。」王芻即菉草。

〔四〕五色詔：陸翽鄴中記：「石季龍與皇后在觀上，爲詔書，五色紙，著鳳口中。鳳既銜詔，侍人放數百丈緋繩，轆轤回轉，鳳凰飛下，謂之鳳詔。鳳凰以木作之，五色漆畫，脚皆用金。」後因以「五色詔」指詔書。

〔五〕「揚子」句：漢書揚雄傳下：「雄以病免，復召爲大夫。家素貧，耆酒，人希至其門。時有好事者載酒肴從游學。」

〔六〕黄粱：用唐沈既濟枕中記所載「一枕黄粱」典。

聞原甫久在病告有感〔一〕

東城移疾久離居〔二〕，安得疑蛇意盡祛〔三〕？諸老何爲讒賈誼〔四〕，君王猶未識相如〔五〕。浮沉俗喜隨時態〔六〕，磊落材多與世疏。誰謂文章金馬客〔七〕，翻同憔悴楚三閭〔八〕。

【箋注】

〔一〕原置嘉祐四年至七年詩間，當爲嘉祐五年（一〇六〇）作。長編卷一九二載嘉祐五年九月丁亥，「起居舍人、知制誥劉敞爲翰林侍讀學士、知永興軍。初臺諫劾敞行呂溱責官制詞不直，又前議郭后祔廟，嘗云『上之廢后，慮在宗廟社稷，不得不然』，是欲道人主廢后也。章十數上，敞不自安。會永興闕守，遂請行，詔從之」。按：據長編卷一九〇，敞行呂溱制在嘉祐四年九月，議郭后祔廟事在同年八月。據卷一九一，嘉祐五年三月敞又上書議弛茶禁事。直至此時，敞仍履行官責。然則「敞不自安」、「久在病告」，當在此後，即五年三月至九月間，本詩即作於其時。

〔二〕移疾：即移病，上書稱病。多爲居官者求退之婉辭。漢書公孫弘傳：「使匈奴，還報，不合意。上怒，以爲不能，弘乃移病免歸。」

〔三〕疑蛇：謂因疑慮而引起的誤解。風俗通怪神世間多有見怪驚怖以自傷者載，漢時，杜宣飲於上司應郴家，「時北壁上有懸赤弩，照於杯中，其形如蛇。宣畏惡之，然不敢不飲」。回家即病，久治不愈。應知之，即招杜「於故處設酒，杯中故復有蛇，因謂宣：『此壁上弩影耳，非有他怪。』宣意遂解，甚夷懌，由是瘳平」。

〔四〕「諸老」句：史記屈原賈生列傳：「是時賈生年二十餘，最爲少。每詔令議下，諸老先生不能言，賈生盡爲之對……於是天子議以爲賈生任公卿之位。絳、灌、東陽侯、馮敬之屬盡害之，乃短賈生曰：『雒陽之人，年少初學，專欲擅權，紛亂諸事。』於是天子後亦疏之，不用其議，乃以賈生爲長沙王太傅。」此爲劉敞遭臺諫攻擊而發。居士集卷三五集賢院學士劉公墓誌銘：「方嘉祐中，嫉者衆而攻之急。」

〔五〕「君王」句：見居士集卷一四蘇主簿挽歌箋注〔四〕。

〔六〕「浮沉」句：言人多喜隨同時俗，與世浮沉。

〔七〕金馬客：指翰林學士。見居士集卷一〇弔黄學士三首箋注〔七〕。

〔八〕三閭：指楚三閭大夫屈原。見史記屈原賈生列傳。

試筆〔一〕

試筆消長日，耽書遣百憂。餘生得如此，萬事復何求？黄犬可爲戒〔二〕，白雲當自由〔三〕。無將一抔土，欲塞九河流〔四〕。

【箋注】

〔一〕原置嘉祐四年至七年詩間，詩云「黄犬可爲戒，白雲當自由」，引李斯事以自警，與夜宿中書東閣詩同見憂讒畏禍之心理，疑作於嘉祐八年（一〇六三）。是年，仁宗駕崩，英宗以疾未親政，皇太后垂簾，左右交構，兩宫幾成嫌隙。

〔二〕「黄犬」句：史記李斯列傳：「二世二年七月，具斯五刑，論腰斬咸陽市。斯出獄，與其中子俱執，顧謂其中子曰：『吾欲與若復牽黄犬，俱出上蔡東門逐狡兔，豈可得乎！』遂父子相哭，而夷三族。」

〔三〕白雲：喻歸隱。左思招隱詩之一：「白雲停陰岡，丹葩曜陽林。」

〔四〕九河：禹時黄河的九條支流。後泛指黄河。書禹貢：「九河既道。」楚辭九歌河伯：「與女游兮九河，衝風起兮水揚波。」

齋宫感事寄原甫學士〔一〕

曾向齋宫詠麥秋〔二〕，緑陰佳樹覆牆頭。重來滿地新霜葉，却憶初聞黄栗留。

【箋注】

〔一〕原置嘉祐四年至七年詩間，當作於嘉祐七年（一〇六二）。詩云「曾向齋宫詠麥秋」，指嘉祐四年作夏享太廟攝事齋宫聞鶯寄原甫。詩有「何處飛來黄栗留」之句。嘉祐五年九月，劉敞知永興軍，西行抵任所，已過「滿地新霜葉」之時，且胡譜是年及六年秋，均未有歐攝事齋宫之記述，而七年九月朝享太廟，歐並攝司徒。故本詩當作於七年秋。

〔二〕麥秋：指農曆四、五月。禮記樂令：「（孟夏之月）靡草死，麥秋至。」陳澔集説：「秋者，百穀成熟之期。此於時雖夏，於麥則秋，故云麥秋。」

戲答仲儀口號〔一〕

弊居回看如蛙穴，華宇來棲若燕身〔二〕。寄宿人家。敢望笙歌行樂事，只憂無米過來春。

今年遠近大水，稼穡何望？

【箋注】

〔一〕原置嘉祐四年至七年詩間，疑有誤。詩末注：「今年遠近大水，稼穡何望？」詩中記水漫住所，無奈「寄宿人家」。考嘉祐年間大面積水患，似以二年、六年爲嚴重。據長編卷一九四載，嘉祐六年七月，「泗州言淮水溢」；「淮南、兩浙，江南東西路水災」；「河北、京西、淮南、兩浙東西並言雨水爲災」；八月，「淮水壞泗州城」。宋史五行志一上水上僅載是年「七月乙酉，泗州淮水溢」。至于開封府，兩書均未言及。而嘉祐二年水患，五行志一上水上載之甚詳：「六月，開封府界及京東西、河北水潦害民田。自五月大雨不止，水冒安上門，門關折，壞官私廬舍數萬區，城中繫栰渡人。七月，京東西、荆湖北路水災。淮水自夏秋暴漲，環浸泗州城。是歲，諸路江河決溢，河北尤甚，民多流亡。」以上描述與本詩所叙災情相合。居士集卷八有嘉祐二年所作答梅聖俞大雨見寄詩可爲佐證。而嘉祐六年開封並無遭遇大水的記載，足見本詩當爲嘉祐二年（一〇五七）作。仲儀，王素之字，生平見居士集卷三汝癭答仲儀箋注〔一〕。

〔二〕「弊居」二句：書簡卷二與吳正肅公（嘉祐二年）：「雨勢不減去年，弊居上漏下浸，壓溺是憂，更三數日如此，當須奔避，皇皇不知何適爲可。居京師，其況如此，奈何奈何！」

觀龍圖閣三聖御書應制〔一〕

層構嚴清禁〔二〕，披圖爛寶文。虹蜺光照物，龍鳳勢騰雲〔三〕。妙極功歸一，真隨體自分〔四〕。孝思遵寶訓，聖業廣惟勤。

【箋注】

〔一〕如題下注，嘉祐七年（一〇六二）作。胡譜載是年「十二月丙申，上幸龍圖、天章閣，召輔臣至待制、三司副使以上、臺諫官、皇子、宗室、駙馬都尉、管軍，觀三聖御書」。三聖，太祖、太宗、真宗。

〔二〕層構：高聳而多重的建築物。枚乘七發：「連廊四注，臺城層構。」

〔三〕龍鳳：形容三聖筆勢雄奇，如龍飛鳳翔。

〔四〕真：漢書楊王孫傳：「欲羸葬，以反吾真。」顏師古注：「真者，自然之道也。」

題東閣後集㊀〔一〕

東閣三朝多大事〔二〕，營丘二載足閑辭㊁〔三〕。近詩留作歸榮集，何日歸田自集詩？

【校記】

㊀題下原校：一作「題營丘集後」。　㊁二載足：原校：三字一作「兩郡半」。

【箋注】

〔一〕如題下注，熙寧二年（一〇六九）作。時在青州。歐於上年至青，見胡譜。東閣，指中書東閣，爲宰執辦公處。

〔二〕三朝：指所經歷的仁、英、神宗三朝。

〔三〕營丘：指青州。史記齊太公世家：「武王已平商而王天下，封師尚父于齊營丘。」張守節正義引括地志：

「營丘，在青州臨淄北百步外城中。」

日長偶書〔一〕

日長漸覺逍遥樂，何況終朝無事人。安得遂爲無事者，人間萬慮不關身。

【箋注】

〔一〕原未繫年，置熙寧二年（一〇六九）詩後，觀詩意，當亦是年作。由「日長」知作於夏日。同年，在青州有讀易詩（載居士集卷一四），云：「飲酒横琴銷永日，焚香讀易過殘春。」心境一如本詩。

寄答王仲儀太尉素〔一〕

豐樂山前一醉翁，餘齡有幾百憂攻。平生自恃心無愧㊀，直道誠知世不容。換骨莫求丹九轉〔二〕，榮名豈在禄千鍾？明年今日如尋我，潁水東西問老農。

【校記】

㊀恃：原校：一作「是」。

【箋注】

〔一〕據題下注，熙寧三年（一〇七〇）作。王素嘗於皇祐及治平時兩知渭州（見長編卷一七一及王珪王懿敏公墓誌銘），爲邊帥，文人統兵，亦以太尉稱之。

〔二〕 換骨：道家謂服食金丹等可化骨升仙。資治通鑑卷二四八唐武宗會昌五年：「上餌方士金丹……自秋冬以來，覺有疾，而道士以爲換骨。上秘其事。」 丹九轉：道教謂金丹須反復燒煉，服之方能成仙，且以九轉之丹爲貴。呂温同恭夏日題尋真觀李寬中秀才書院：「願君此地攻文字，如煉仙家九轉丹。」

解官後答韓魏公見寄〔一〕

報國勤勞已蔑聞，終身榮遇最無倫。老爲南畝一夫去，猶是東宮二品臣〔二〕。侍從籍通清切禁〔三〕，笑歌行作太平民。欲知念舊君恩厚，二者難兼始兩人。新制，推恩致仕許依舊兼職，自王仲儀始，今某仍出特恩。

【箋注】

〔一〕 如題下注，熙寧四年（一〇七一）作。胡譜載，是年六月甲子，歐以觀文殿學士、太子少師致仕。徐度却掃編卷上：「凡侍從官以上乞致仕者，雖優進官資，而不許帶職。熙寧中，始許致仕仍帶舊職。於是王懿敏公素，首以端明殿學士致仕。未幾，歐陽文忠公又以觀文殿學士、太子少師致仕。會韓魏公寄詩賀之，公和篇曰（下引本詩，略），蓋謂是也。」韓琦詩寄致政歐陽少師載安陽集卷一六，贊歐云：「獨步文章世孰先，直聲孤節亦無前。」

〔二〕 「猶是」句：歐爲太子少師，係執政官致仕所帶官銜。據通考職官考二〇官品及宋史職官志八，太子少師爲從二品。

〔三〕 「侍從」句：謂觀文殿學士爲侍從官，名在宮中簿籍，親貴而切近皇帝。劉楨贈徐幹詩：「誰謂相去遠，隔此西掖垣。拘限清切禁，中情無由宣。」

余昔留守南都得與杜祁公唱和詩有答公見贈二十韻之卒章云報國如乖願歸耕寧買田期無辱知己肯逐利名遷逮今二十有二年祁公捐館亦十有五年矣而余始蒙恩得遂退休之請追懷平昔不勝感涕輒爲短句置公祠堂〔一〕

掩涕發陳編，追思二十年。門生今白首，墓木已蒼煙。報國如乖願，歸耕寧買田。此言今始踐，知不愧黃泉。

【箋注】

〔一〕原置熙寧四年（一〇七一）詩後，題云「余始蒙恩得遂退休之請」，當亦是年作。歐皇祐三年（一〇五一）在南京留守任上與杜衍唱和詩答太傅相公見贈長韻有「報國如乖願」等語，至是已有二十一年（題云「二十有二年」，小有差誤）。據居士集卷三一太子太師致仕杜祁公墓誌銘，杜衍卒於嘉祐二年（一〇五七），至是已十有五年，與題語契合。

答端明王尚書見寄兼簡景仁文裕二侍郎二首〔一〕

日久都城車馬喧，豈知風月屬三賢〔二〕？唱高誰敢投詩社，行處人爭看地仙〔三〕。酒面撥醅浮大白〔四〕，舞腰催拍趁繁弦。與公等是休官者，方把鋤犁學事田。

多病新還太守章，歸來白首興何長。琴書自是千金產，日月閑銷百刻香〔五〕。尚有俸錢酤美酒，自栽花圃趁新陽。醉翁生計今如此，一笑何時共一觴！

【箋注】

〔一〕原置熙寧四年至五年詩間，詩云「多病新還太守章」，見已告老歸潁。又云「自栽花圃趁新陽」，新陽謂初春，歐致仕於熙寧四年六月，可知本詩當作於熙寧五年（一〇七二）春。王尚書，王素。長編卷二二〇載，熙寧四年二月，「端明殿學士、尚書左丞王素爲工部尚書、端明殿學士致仕」。景仁，范鎮之字。長編卷二一六載，熙寧三年十月，「翰林學士、户部侍郎兼侍讀、集賢殿修撰范鎮落翰林學士、依前户部侍郎致仕」。文裕，張掞之字。長編卷二一四載，熙寧三年八月，「龍圖閣直學士、工部郎中張掞爲户部侍郎致仕」。

〔二〕三賢：指王素、范鎮與張掞。

〔三〕地仙：喻閑散享樂之人。李涉秋日過員太祝林園：「望水尋山二里餘，竹林斜到地仙居。」

〔四〕醅：泛於酒面的浮沫。大白：大酒杯。劉向説苑善説：「魏文侯與大夫飲酒，使公乘不仁爲觴政，曰：『飲不釂者，浮以大白。』」

〔五〕百刻：指晝夜。古代刻漏計時，一晝夜分百刻。李德裕懷山居邀松陽子同作：「晝夜百刻中，愁腸幾回絶。」

寄題景純學士藏春塢新居〔一〕

清才四紀擅時名〔二〕，晚卜丘林遂解纓。欲借青春藏向此，須知白首尚多情。水浮花出人間去，山近雲從席上生。漫説市朝堪大隱㈠〔三〕，仙家誰信在重城〔四〕？

【校記】

㊀漫：原校：一作「謾」。

【箋注】

〔一〕原置熙寧四年至五年詩間，約爲熙寧四年（一〇七一）作。刁約字景純，潤州丹徒人。天聖八年進士。寶元中入爲館閣校勘，慶曆初爲集賢校理，坐進奏院祠神飲酒事，出通判海州。歷任京西提點刑獄、兩浙轉運使、判三司鹽鐵院、知揚州宣州等職，熙寧初判太常寺。與范仲淹、歐陽修、王安石、蘇軾等友善。見京口耆舊傳卷一刁約傳。傳云：「約家世簪纓，故所居頗有園池之勝。至約，更葺園曰藏春塢。塢西臨流爲屋，曰逸老堂；又西有山阜，植松其上，曰萬松岡。凡當世名能文者皆有詩，故藏春塢之名聞天下。」明一統志卷一一鎮江府云：「藏春塢在府城内，清風橋東，本南唐潤州節度使林仁肇故宅。」王安石有藏春塢詩獻刁十四丈學士，見臨川集卷二五，司馬光、蘇軾均有寄題刁景純藏春塢詩，見傳家集卷六、蘇軾詩集卷一四。

〔二〕「清才」句：刁約傳：「（約）未嘗一登權要之門，故同時輩流躐進驟遷，而約獨四十年周旋館學，天下皆稱之曰刁學士。」

〔三〕「漫説」句：王康琚反招隱詩：「小隱隱陵藪，大隱隱朝市。」

〔四〕重城：文選左思吴都賦：「郛郭周匝，重城結隅。」劉逵注：「大城中有小城，周十二里。」亦泛指城市。

會老堂〔一〕

古來交道愧難終，此會今時豈易逢？出處三朝俱白首〔二〕，凋零萬木見青松。公能不遠來千里，我病猶堪釂一鍾。已勝山陰空興盡〔三〕，且留歸駕爲從容。

【箋注】

〔一〕如題下注，熙寧五年（一〇七二）作。歐與趙槩相會事，見本集卷四擬剥啄行寄趙少師箋注〔一〕。澠水燕談録卷四：「初，歐陽文忠公與趙少師槩同在中書，嘗約還政後再相會。及告老，趙自南京訪文忠於潁上。文忠公所居之西堂曰『會老』，仍賦詩以志一時盛事。」蘇頌有和歐陽永叔少師會老唱和詩三首，見蘇魏公文集卷八。蘇軾有和歐陽少師會老堂次韻，見蘇軾詩集卷八。

〔二〕「出處」句：歐、趙俱爲歷仁、英、神三朝之元老。

〔三〕山陰空興盡：世説新語任誕：「王子猷居山陰，夜大雪……忽憶戴安道，時戴在剡，即便夜乘小船就之，經宿方至，造門不前而返。人問其故，王曰：『吾本乘興而行，興盡而返，何必見戴？』」

叔平少師去後會老堂獨坐偶成〔一〕

積雨荒庭遍緑苔，西堂瀟灑爲誰開？愛酒少師花落去〔二〕，彈琴道士月明來〔三〕。雞啼日午衡門静，鶴唳風清晝夢回。野老但欣南畝伴，豈知名籍在蓬萊㊀〔四〕？

【校記】

㊀豈知：原校：一作「峰高」。

【箋注】

〔一〕原置熙寧五年（一〇七二）詩後，即是年作。趙槩，字叔平。

〔二〕「愛酒」句：謂趙槩於花落時節離去。據蘇轍「遨游西湖中，仲夏草木榮」之詩句（見本集卷四擬剥啄行寄趙少師箋注〔一〕），時已五月。

〔三〕彈琴道士：指潘道士。見贈潘道士詩，在本卷。

〔四〕蓬萊：蓬萊山。傳説中的神山，泛指仙境。

退居述懷寄北京韓侍中二首〔一〕

悠悠身世比浮雲，白首歸來潁水濆㊀。曾看元臣調鼎鼐㊁〔二〕，却尋田叟問耕耘。一生勤苦書千卷，萬事銷磨酒百分。放浪豈無方外士〔三〕，尚思親友念離羣。

書殿宫臣寵並叨㊂〔四〕，不同憔悴返漁樵。無窮興味閑中得，强半光陰醉裏銷。静愛竹時來野寺，獨尋春偶過溪橋。猶須五物稱居士〔五〕，不及顔回飲一瓢〔六〕。

【校記】

㊀濆：卷後原校：衆本皆作「濆」，不特別韻，韓文公集載和篇亦作「濆」，今從之。㊁曾看：天理本卷後校：詩選作「曾見」。㊂宫臣：天理本卷後校：詩選作「宫官」。

【箋注】

〔一〕原置熙寧五年（一〇七二）詩後，即是年作。韓侍中，韓琦。宋史韓琦傳：「神宗立，拜司空兼侍中。」韓琦時爲河北安撫使、判大名府（璩琬琰集删存卷二李清臣韓忠獻公琦行狀）。宋史地理志二：「大名府，魏郡。慶曆二年，建爲北京。」

〔二〕調鼎鼐：調和鼎鼐，喻處理國政。書商書説命下：「王曰：『來汝説……若作和羹，爾惟鹽梅。』」孔氏傳：「鹽，鹹；梅，醋。羹須鹹、醋以和之爾。」此記商武丁問傅説治國之方，傅以調和鼎中之味喻説之。韋莊和薛先輩見寄初秋寓懷即事之作二十韻：「期君調鼎鼐，他日俟羊斟。」

〔三〕 方外士：不涉塵世或不拘世俗禮法之人。文子精誠：「老子曰：『若夫聖人之游也，即動乎至虛，游心乎太無，馳於方外……不拘於世，不繫於俗。』」世説新語任誕：「阮（阮籍）方外之人，故不崇禮制。」

〔四〕 書殿宮臣：歐以觀文殿學士、太子少師致仕，故云。表奏書啓四六集卷五謝致仕表：「道愧師儒，乃忝春宮之峻秩；身居畎畝，而兼書殿之清名。」

〔五〕「猶須」句：歐云：「以吾一翁，老於此五物之間，是豈不爲六一乎？」見居士集卷四四六一居士傳。五物指書、金石遺文、琴、棋、酒。

〔六〕 飲一瓢：見論語雍也子曰「賢哉，回也」云云。

贈潘道士〔一〕

門無車轍紫苔侵，雞犬蕭條陋巷深。寄語彈琴潘道士，雨中尋得越江吟〔二〕。

【箋注】

〔一〕 原置熙寧五年（一〇七二）詩後，即是年作。潘道士，當即叔平少師去後會老堂獨坐偶成詩中之「彈琴道士」，餘不詳。劉敞有潘道士詩（見公是集卷一七），稱潘爲「上清宮中老道士」，不知是否其人。

〔二〕 越江吟：文瑩續湘山野録：「太宗嘗酷愛宮詞中十小調子，乃隋賀若弼所撰，其聲與意及用指取聲之法，古今無能加者。十調者……五曰越江吟……命近臣十人各探一調撰一辭，蘇翰林易簡探得越江吟。」按：朱翌猗覺寮雜記卷上琴曲，謂越江吟撰者「蓋賀若夷也」，「文瑩不深考，遂以爲弼」。

答樞密吴給事見寄〔一〕

老得閑來興味長，問將何事送餘光。春寒擁被三竿日，宴坐忘言一炷香。報國愧無功尺寸，歸田仍值歲豐穰。樞庭任重才餘暇，猶有新篇寄草堂。

【箋注】

〔一〕原置熙寧五年（一〇七二）詩後，即是年作。樞密吴給事，吴充。長編卷二一五載，熙寧三年九月辛丑，「翰林學士、右司郎中、權三司使吴充爲右諫議大夫、樞密副使」。至熙寧五年，吴充階官已由右諫議大夫遷轉爲給事中。吴充原唱已佚。詩云「猶有新篇寄草堂」，知吴詩有慶新居落成之意。歐嘗邀吕公著蒞臨慶典，書簡卷二與吕正獻公（熙寧五年）：「前日四望，一賞羣芳之盛，已而遂雨。古人謂四樂難並，信矣。十三日欲枉軒騎顧訪，蓋以草堂僅成，幸一光飾之爾。」然則本詩約作於三月十三日新居落成之時，表謝意也。

答判班孫待制見寄〔一〕

三朝竊寵幸逢辰，晚節恩深許乞身。無用物中仍老病，太平時得作閑人。鳴琴酌酒留嘉客，引水栽花過一春。惟恨江淹才已盡〔二〕，難酬開府句清新〔三〕。

【箋注】

〔一〕原置熙寧五年（一〇七二）詩後，即是年作。孫待制，孫洙，字巨源，廣陵人。皇祐進士。爲集賢校理、知太常禮院，兼史館檢討、同知諫院，出知海州，尋幹當三班院，進知制誥，擢翰林學士，卒。宋史有傳。洙知海州時，免役法行，時爲熙寧四年，返京已是五年。以幹當三班院，故稱判班。

〔二〕江淹才已盡：江淹，字文通，南朝梁人，官至金紫光禄大夫。少有才名，世稱江郎。晚年創作不如前期，人謂「才盡」。鍾嶸詩品卷中：「初，淹罷宣城郡，遂宿冶亭，夢一美丈夫，自稱郭璞，謂淹曰：『我有筆在卿處多年矣，可以見還。』淹探懷中，得五色筆以授之。爾後爲詩，不復成語，故世傳『江淹才盡』。」此以江淹自喻。

〔三〕開府句清新：杜甫春日憶李白：「清新庾開府，俊逸鮑參軍。」庾開府，庾信，字子山。歷仕西魏、北周，官至驃騎大將軍、開府儀同三司。善詩賦、駢文。此借庾信稱贊孫洙。宋史本傳謂洙「道古今事甚有條理，出語皆成章」，「文詞典麗，有西漢之風」。

初夏西湖〔一〕

積雨新晴漲碧溪，偶尋行處獨依依。緑陰黄鳥春歸後，紅蘤青苔人迹稀〔二〕。萍匝汀洲魚自躍〔三〕，日長欄檻燕交飛。林僧不用相迎送，吾欲臺頭坐釣磯。

【箋注】

〔一〕原置熙寧五年（一〇七二）詩後，即是年作。時爲四月。

〔二〕蘤：古「花」字，同「花」。廣雅釋草：「蘤……華也。」

〔三〕匝：環繞。文心雕龍物色：「山沓水繞，樹匝雲合。」

寄河陽王宣徽〔一〕

誰謂蕭條潁水邊，能令嘉客少留連。肥魚美酒偏宜老，明月清風不用錢〔二〕。況值湖園方首夏，正當櫻笋似三川〔三〕。自知不及南都會〔四〕，勉彊猶須託短篇。

【箋注】

〔一〕原置熙寧五年（一〇七二）詩後，即是年作。詩云「況值湖園方首夏」，知作於四月。公是集卷五一王開府行狀：「（熙寧）四年判河陽。五年，再判河南府。」本詩當作於熙寧五年改判河南府前。王宣徽，王拱辰，時爲檢校太傅、宣徽北院使，生平見居士集卷二六資政殿學士尚書户部侍郎簡肅薛公墓誌銘箋注〔二四〕。

〔二〕「明月」句：李白襄陽歌：「清風明月不用一錢買，玉山自倒非人推。」

〔三〕三川：指洛陽。見居士集卷一〇留守相公禱雨九龍祠應時獲澍呈府中同僚箋注〔八〕。

〔四〕南都會：據王開府行狀，王拱辰熙寧四年判河陽前，嘗留守南京。南都會，不詳。

寄韓子華〔一〕并序

余與韓子華、長文、禹玉同直玉堂〔二〕，嘗約五十八歲致仕，子華書於柱上。其後薦蒙恩寵，世故多艱，歷仕三朝，備位二府，已過限七年，方能乞身歸老。俗諺云：「也賣弄得過裏。」

人事從來無處定，世途多故踐言難〔三〕。誰如潁水閑居士，十頃西湖一釣竿。

【箋注】

〔一〕如題下注，熙寧四年（一〇七一）作。據胡譜，歐於是年六月致仕，七月歸潁，時六十五歲，與詩序言「約五十八歲致仕」，「已過限七年」相合。韓子華，韓絳。長編卷二二一載，是年三月，「吏部侍郎、平章事、昭文館大學士韓絳罷相，以本官知鄧州」。

〔二〕「余與」句：歸田録卷二記嘉祐二年與王珪同知貢舉，稱其「新入翰林」。是年有子華學士儤直未滿遽出館伴病夫遂當輪宿輒成拙句奉呈詩。宋史吴奎傳：「至和三年，大水，詔中外言得失。奎上疏曰……帝感其言，拜翰林學士，權開封府。」可知歐與韓絳、吴奎、王珪同爲翰林學士，「同直玉堂」，當在嘉祐元年之後。

〔三〕「世塗」句：據劉攽吴公墓誌銘載，熙寧元年，吴奎「薨於位，年五十八」；據宋史宰輔表二，熙寧四年，韓絳已六十歲，尚在相位。唯王珪五十三歲，未至踐約之齡。

戲劉原甫㊀〔一〕

平生志業有誰先，落筆文章海内傳〔二〕。昨日都城應紙貴〔三〕，開簾却扇見新篇〔四〕。

仙家千載一何長，浮世空驚日月忙。洞裏新花莫相笑，劉郎今是老劉郎。

【校記】

㊀題下原注：見蔡絛西清詩話。

【箋注】

〔一〕原附熙寧四年詩後，權且置之也。劉敞卒於熙寧元年（據居士集卷三五劉公墓誌銘），詩當作於此前。趙令畤侯鯖録卷七於「劉原父再娶，歐公戲作二詩」後引此二詩，文字略有出入。劉攽故朝散大夫給事中集賢院學士權判南京留司御史臺劉公行狀：「前夫人先公十七年卒，繼以女妹，累封河南郡君。」歐劉公墓誌銘：「公再娶倫氏，皆侍御史程之女。」按：劉敞享年五十，三十三歲時前夫人卒，由熙寧元年（一〇六八）逆推之，時爲皇祐三年（一〇五一）。如當時即繼娶倫氏，歐劉遠非深交，不會貿然出此戲語。且劉敞慶曆六年方登第，其時文名尚未彰顯，何曾「落筆文章海内傳」？詩題曰「戲劉原甫」，又稱「老劉郎」，疑是爲劉氏晚年納妾而作。古今事文類聚後集卷一三亦載此事，冠以「戲老再娶」之題，則戲詩作於敞之晚年明矣。

〔二〕「落筆」句：劉公墓誌銘：「其爲文章，尤敏贍。嘗直紫微閣，一日，追封皇子、公主九人，公方將下直，爲之立馬却坐，一揮九制數千言，文辭典雅，各得其體。」

〔三〕紙貴：左思作三都賦，豪富之家爭相傳寫，一時洛陽紙貴。見晉書左思傳。

〔四〕却扇：古行婚禮時，新婦以扇遮面，交拜後去之。後用以指完婚。封演封氏聞見記花燭：「近代婚嫁有障車、下婿、却扇及觀花燭之事。」

和子履遊泗上雍家園㊀〔一〕

長橋南走羣山間，中有雍子之名園〔二〕。蒼雲蔽天竹色淨，暖日撲地花氣繁㊁。飛泉來從遠嶺背，林下曲折寒波翻。珍禽不可見毛羽㊂，數聲清絶如哀彈。我來據石弄瑟瑟㊃，惟恐日暮登歸軒。塵紛解剥耳目異㊄，祇疑夢入神仙村㊅。知君襟尚我同好㊆，作詩閎放莫可攀〔三〕。高篇絶景兩不及〔四〕，久之想像空冥煩〔五〕。

【校記】

㊀本詩後有編者語云：「右雍家園詩，吉、綿、閩本皆入公外集，而王荆公四家詩選亦有之。今乃載蘇子美滄浪集，後人安得不疑？或謂公親作滄浪集序，不應誤雜己詩，可以無疑。姑附見於此。按王荆公取公詩凡一百二十五首，内一百三首載居士集，二十一首載外集，又一篇即此詩。其它或全改一聯，或增減一聯，甚者至增四聯，或移兩聯之類，已

注『一作』於逐篇，豈當時傳本不同，抑荆公自加潤色也。」又注云：「京本，子履姓陳。」按：四部叢刊本蘇學士文集卷三亦載此詩，題作和子履雍家園。㊁日：蘇學士文集作「香」。㊂羽：蘇學士文集作「質」。㊃據：蘇學士文集作「踞」。瑟瑟：卷後原校：衆本並作「弄琴瑟」，惟蜀本作「瑟瑟」。蘇學士文集作「琴瑟」。㊄解剥：蘇學士文集作「剥落」。㊅神仙：蘇學士文集作「仙家」。㊆知君：蘇學士文集作「君之」。

【箋注】

〔一〕原未繫年，附於卷末。據校記㊀，本詩又見於蘇舜欽滄浪集，似非歐作，姑存疑。卷後注「子履姓陳」，衡本題稱「陳子履」，蓋以其母再嫁陳見素而冒姓也。子履名經，後由陳經改稱陸經也。本集卷一四有明道初所作送陳經秀才序，又有皇祐二年所作送陳子履赴絳州翼城序。梅集編年慶曆元年有醉中留别永叔子履，稱經「陳子」；慶曆五年有陳經秘校之信州幕。可見，景祐二年「見素卒，經服喪既除，乃還本姓」（長編卷一三四）後，旁人仍有相當長時間以陳姓稱之。歐至和二年作和陸子履再遊城西李園，嘉祐二年作長句送陸子履學士通判宿州（均見居士集），見以陸姓稱之，在至和之後矣。故本詩若爲蘇作，當如蘇集編年卷三所考，作於慶曆五年（一〇四五）南下蘇州途中；如屬歐詩，當作於至和二年（一〇五五）之前。泗上，指泗水北岸，雍家園當在泗水之濱，詳情無考。

〔二〕雍子：其人不詳。

〔三〕閎放：豪放。曾鞏故翰林侍讀學士錢公墓誌銘：「其見於文辭，閎放雋偉。」

〔四〕高篇：指陸經原唱，今已佚。絕景：指雍家園。

〔五〕冥煩：無限煩惱。范仲淹謝賜鳳茶表：「濯五神之精爽，祛百疾之冥煩。」

外集卷八

古　賦雜文五首附

紅鸚鵡賦〔一〕并序

聖俞作紅鸚鵡賦，以謂禽鳥之性，宜適於山林，今兹鸚徒事言語文章以招累，見囚樊中，曾烏鳶雞雛之不若也〔二〕。謝公學士復多鸚之才，故能去昆夷之賤，有金閨玉堂之安，飲泉啄實，自足爲樂，作賦以反之〔三〕。夫適物理，窮天真，則聖俞之説勝。負才賢以取貴於世㊀，而能自將，所適皆安，不知籠檻之於山林，則謝公之説勝。某始得二賦，讀之釋然，知世之賢愚出處各有理也。然猶疑夫兹禽之腹中或有未盡者㊁，因拾二賦之餘棄也，以代鸚畢其説。

后皇之載兮〔四〕，殊方異類。肖翹蠢息兮〔五〕，厥生咸遂。鎔埏賦予兮〔六〕，有物司之。泊然後化兮〔七〕，默運其機。陶形播氣兮，小大取足。紛不可狀兮，千名萬族。異物珍怪兮，託産遐陬〔八〕。來海裔兮貴中州。邈丹山於荒極，越鳳皇之所宅〔九〕，稟南方之正氣〔一〇〕，孕赤精於火德〔一一〕。蓋以氣而召類兮，故感生而同域。播爲我形，特殊其質，不綠以文，而丹其色。物既賤多而貴少兮，世亦安常而駭異。豈負美以有求兮，適遭時之我貴。客方黜我以文采，吊我於籠樊，謂夫飛鳴而飲啄，不若雞鶩與烏鳶〔一二〕。噫！不知物有貴賤，殊乎所得。天初造我㊂，甚難而嗇，千毛億羽，曾無其一。忽然成形，可異而珍，慧言美質，俾貴於人。籠軒寶翫，翔集安馴。彼衆禽之擾擾兮，蓋迹殊而趣乖。既心昏而質陋兮，乃自穢而安卑。樂以鐘鼓，宜其眩悲。蓋貴我之異稟，何概我於羣飛〔一三〕？若夫生以才夭，養以性違。客之所悼，我亦悼之。我視乎世，猶有甚兮：郊犧牢豕，龜文象齒，蚌蛤之胎，犛牛之尾，既殘厥形，又奪其生。是猶天爲，非以自營。人又不然，謂爲最靈，淳和質靜，本湛而寧〔一四〕。不守爾初，自爲巧智，鑿竅泄和，漓淳雜僞。衣羔染夏〔一五〕，强華其體；鞭扑走趨，自相械繫。天不汝文而自文之，天不汝勞而自勞之。役聰與明，反爲物使，用精既多，速老招累。侵生盭性，豈毛之罪〔一六〕？又聞古初，人禽雜處。機萌乃心，物則遁去〔一七〕。深兮則網，高兮則弋〔一八〕。爲之職誰，而反予是責！

【校記】

㊀才賢：原校：一作「賢才」。　㊁腹：原校：一作「賦」。　㊂天：原作「工」，原校云「一作『天』」，據改。

【箋注】

〔一〕據題下注，明道元年（一〇三二）作。

〔二〕「聖俞」六句：聖俞賦見梅集編年卷二，云：「在鳥能言，有曰鸚鵡。產乎西隴之層巒，巢于喬木之危端，其性惠，其貌安，與禽獸異，爲籠檻觀……雖使飲瓊乳啄彫胡以充饑渴，鑄南金飾明珠以爲關閉，又奚得於烏鳶之與雞雛。」

〔三〕「謝公」六句：謝公，謝絳，其所作賦，已佚。昆夷，殷周時西北部族名。詩小雅采薇序：「文王之時，西有昆夷之患，北有玁狁之難。」鄭玄箋：「昆夷，西戎也。」

〔四〕后皇：楚辭九章橘頌：「后皇嘉樹，橘徠服兮。」王逸注：「后，后土；皇，皇天也。」

〔五〕肖翹：莊子胠篋：「惴耎之蟲，肖翹之物，莫不失其性。」成玄英疏：「附地之徒曰惴耎，飛空之類曰肖翹，皆輕小物也。」蠢：蟲類蠕動。説文解字：「蠢，蟲動也。」

〔六〕鎔埏：培育。亦作「埏鎔」，歐謝校勘啓：「圓方有範，大陶冶以埏鎔；高下不欺，正權衡而輕重。」曾鞏亳州到任謝兩府啓：「慰倚門之望，已出於埏鎔；謝推轂之言，敢忘于策勵。」

〔七〕泊然：恬淡無欲貌。嵇康養生論：「愛憎不棲於情，憂喜不留於意，泊然無感，而體氣和平。」

〔八〕遐陬：邊遠一隅。宋書謝靈運傳：「内匡寰表，外清遐陬。」

〔九〕「邈丹山」二句：丹山，古謂產鳳之山。吕氏春秋本味：「流沙之西，丹山之南，有鳳之丸，沃民所食。」

〔一〇〕正氣：指夏由南方直出不偏之氣。藝文類聚卷三引易通卦驗：「離，南方也。主夏，日中赤氣出，直離，此正氣。」

〔一一〕「孕赤精」句：禮記月令：「（季夏之月）其帝炎帝，其神祝融」，鄭玄注：「此赤精之君，火官之臣。」按：赤精爲南方之神。

〔一二〕「客方」四句：即指梅堯臣作紅鸚鵡賦。

〔一三〕概：拒阻。史記老子韓非列傳：「彼自多其力，則無以其難概之。」司馬貞索隱：「概猶格也。劉氏云：『秦昭王決欲攻趙，白起苦説其難，遂己之心，拒格君上。』」

〔一四〕湛：安。方言第十三：「湛，安也。」

〔一五〕染夏：周禮天官染人：「凡染，春暴練，夏纁玄，秋染夏，冬獻功。」鄭玄注：「染夏者，染五色。謂之夏者，其色以夏狄爲飾。」

〔一六〕「侵生」二句：謂人自戕生害性，豈禽之過。

〔一七〕「又聞」四句：列子黄帝：「海上之人有好漚鳥者，每旦之海上，從漚鳥游，漚鳥之至者百住而不止。其父曰：『吾聞漚鳥皆從汝游，汝取來，吾玩之。』明日之海上，漚鳥舞而不下也。」按：漚同「鷗」。

〔一八〕「深兮」二句：謂人之於禽，深藏則網捕之，高飛則弋獲之。

【集評】

〔清〕愛新覺羅弘曆：修之意，謂物必見用於人，斯爲盡其物之性。觧角不捨正，是貴於凡牛處。莊子犧牛之喻未盡物理，但物之爲物，非言求於人之用也，轉有似乎君子之實至而名自歸焉者。若夫漓淳雜僞，自炫自媒，以希世用，則曾物之不如，其何以爲萬物之靈乎？（唐宋文醇評語卷二二）

述夢賦〔一〕

夫君去我而何之乎？時節逝兮如波。昔共處兮堂上，忽獨棄兮山阿〔二〕。嗚呼！人羡久生，生不可久，死其奈何！死不可復，惟可以哭。病予喉使不得哭兮，況欲施乎其他？憤既不得與聲而俱發兮，獨飲恨而悲歌。歌不成兮斷絶，淚疾下兮滂沱。行求兮不可過㈠，坐思兮不知處。可見惟夢兮，奈寐少而寤多。或十寐而一見兮，又若有而若無，乍若去而若來，忽若親而若疏。杳兮倏兮，猶勝於不見兮，願此夢之須臾。尺蠖憐予兮爲之不動〔三〕，飛蠅閔予兮爲之無聲。冀駐君兮可久，恍予夢之先驚〔四〕。夢一斷兮魂立斷，空堂耿耿兮華燈〔五〕。世之言曰：死者澌也〔六〕。今之來兮，是也非也？又曰：覺之所得者爲實，夢之所得者爲想。苟一慰乎予心，又何較乎真妄㈡？緑髮兮思君而白，豐肌兮以君而瘠。君之意兮不可忘，何憔悴而云惜。願日之疾兮，願月之遲，夜長於晝兮，無有四時。雖音容之遠矣，於恍惚以求之。

【校記】

㈠過：原校：疑是「遇」字。　㈡何：原校：一作「可」。

【箋注】

〔一〕如題下注，明道二年（一〇三三）作。胡譜載是年「正月，以吏事如京師，因省叔父於漢東。三月，還洛，夫人胥氏卒」。此賦即作於歐還洛而知夫人已逝之後。

〔二〕「忽獨」句：陶潛挽歌詩三首之三：「死去何所道，托體同山阿。」

〔三〕尺蠖：郝懿行爾雅義疏釋蟲：「其行先屈後伸，如人布手知尺之狀，故名『尺蠖』。」

〔四〕恍：忽然。劉伶酒德頌：「兀然而醉，恍爾而醒。」

〔五〕耿耿：明亮貌。文選謝朓暫使下都夜發新林至京邑贈西府同僚：「秋河曙耿耿，寒渚夜蒼蒼。」李善注：

「耿耿，光也。」

〔六〕「世之言」二句：禮記曲禮下「庶人曰死」鄭玄注：「死之言澌也。」孔穎達疏：「今俗呼盡爲澌。」

【集評】

〔宋〕周必大：六一居士集共五賦，山谷寫其三，黄楊疑少作，憎蒼蠅嫌譏刺耳。外集别有四賦，惟取述夢，蓋因悼亡，辭意俱妙，類李太白耶！（廬陵周益國文忠公集平園續稿卷一一山谷書六一先生古賦）

〔元〕劉壎：述夢賦其辭哀以思，似爲悼亡而作者。（隱居通議卷五）。

荷花賦〔一〕

步蘭塘以清暑兮，颯蘋風以中人。擷杜若之春榮兮，搴芙蓉於水濱。嘉丹葩之耀質，出淥水而含新。蔭曲池之清泚，漾波紋之濟淪〔二〕。披紅衣而耀彩，寄清流以託根㈠。挺無華之淺豔，靡競麗乎先春。抱生意以自得兮，及薰時之嘉辰。若夫夏晚蘭衰㈡，夢池草密，慘羣芳之已銷，獨斯蓮之迥出㈢。可以嗅清香以析酲〔三〕，可以玩芳華而自逸。況其晚浦煙霞，水亭風日。投文竿而餌垂，冰萍莖而波溢。絲縈藕以全折，杯卷荷而半側。墜紫菂以歛煙〔四〕，斂紅芳而向夕。可憐影兮相顧，列金葩而返植〔五〕。清風遏以似起，碧露合而乍失〔六〕。或兩兩以相扶，漸亭亭而獨出。發燕脂於此土㈣〔七〕，生異香於西域。匪江妃之小腰〔八〕，即廣陵之清骨㈤〔九〕。爾乃曲沼微陽，横塘細雨。逐橋上之歸鞍，笑堤邊之遊女。墮虹梁而窺影〔一〇〕，倚風臺而欲舞〔一一〕。覆翠被以薰香，然犀燈而照浦。雙心並根，千株泣露。湛月白而風清，杳池平而樹古。送艇子於西州，聞棹謳於北渚。迎桃根而待檝〔一二〕，逢宓妃而未渡〔一三〕。迫而視之，靚若星妃臨水〔一四〕，而脉脉盈盈㈥，遠而望之，杳如峽女行雲，而朝朝暮暮㈦〔一五〕。其妖麗也，其閑麗也，香荃橈兮木蘭舟，澹容與兮悵夷猶〔一六〕。東西隨葉隱，上下逐波浮。已見雙魚能比目〔一七〕，應笑鴛鴦會白頭。昔聞妃子貴東鄰〔一八〕，池上金花不染塵。空留此日田田葉〔一九〕，不見當時步步人〔二〇〕。

【校記】

㈠以：原校：一作「而」。　㈡夏：原校：一作「下」。　㈢之：原校：一作「而」。　㈣此土：卷後原校：疑是「北土」。　㈤清：原校：一作「青」。　㈥而：卷後原校：一無此字。　㈦而：卷後原校：一無此字。

【箋注】

〔一〕原未繫年，當爲早期之作。

〔二〕奫淪：柳宗元招海賈文：「其外大泊泙奫淪，終古迴薄旋天垠。」集注引張敦頤曰：「奫淪，水深廣貌。」

〔三〕析醒：醒酒。文選宋玉風賦：「清清泠泠，愈病析醒。」呂延濟注：「言風之清涼，可以差病而解酒醒。」

〔四〕紫菂：紫色蓮子。王延壽魯靈光殿賦：「緑房紫菂，窋咤垂珠。」

〔五〕「列金葩」句：言荷花盛開，謝後形成蓮蓬。金葩，金花，指荷花。

〔六〕「清風」二句：言風吹荷葉，其上水珠於瞬間消失。

〔七〕 燕脂：泛稱紅色，指荷花。

〔八〕 江妃：傳説中的神女。劉向列仙傳江妃二女：「江妃二女者，不知何所人也，出游於江漢之湄，逢鄭交甫，見而悦之，不知其神人也。」

〔九〕 清骨：一作「青骨」。干寶搜神記卷五：「蔣子文者，廣陵人也。嗜酒好色，挑達無度，常自謂己骨清，死當爲神。」後因以「青骨」指仙骨。

〔一〇〕 虹梁：拱橋。何光遠鑒戒録高僧諭：「雙飛碧水頭，對語虹梁畔。」

〔一一〕 風臺：敞露透風的臺榭。韓愈和崔舍人詠月二十韻：「風臺觀滉瀁，冰砌步青熒。」

〔一二〕 桃根：張敦頤六朝事跡桃葉渡：「桃葉者，王獻之愛妾名也；其妹曰桃根。」

〔一三〕 宓妃：楚辭離騷：「吾令豐隆乘雲兮，求宓妃之所在。」王逸注：「宓妃，神女。」

〔一四〕 星妃：神話中的織女。李商隱燕臺詩夏：「直教銀漢墮懷中，未遣星妃鎮來去。」

〔一五〕 「杳如」二句：宋玉高唐賦稱巫山神女「旦爲朝雲，暮爲行雨」。

〔一六〕 「澹容與」句：宋玉九辯：「澹容與而獨倚兮，蟋蟀鳴此西堂。」屈原九章抽思：「悲夷猶而冀進兮，心怛傷之憺憺。」容與、夷猶，徘徊猶豫、躊躇不前貌。

〔一七〕 「已見」句：舊説比目魚一目，須兩兩相并始能游行。梅堯臣八月二十二日回過三溝詩：「不見沙上雙飛鳥，莫取波中比目魚。」

〔一八〕 東鄰：宋玉登徒子好色賦序云：「天下之佳人，莫若楚國；楚國之麗者，莫若臣里；臣里之美者，莫若臣東家之子。東家之子，增之一分則太長，減之一分則太短，著粉則太白，施朱則太赤。」

〔一九〕 田田葉：樂府詩集相和歌辭一江南：「江南可采蓮，蓮葉何田田。」

〔二〇〕 步步人：指南齊東昏侯蕭寶卷之寵妃潘玉兒。南史齊紀下廢帝東昏侯：「（東昏侯）又鑿金爲蓮華以帖地，令潘妃行其上，曰：『此步步生蓮華也。』」

螟蠕賦〔一〕并序

詩曰「螟蠕有子，蜾蠃負之〔二〕」，言非其類也，及揚子法言又稱焉〔三〕。嗟夫！螟蠕一蟲爾，非有心於孝義也，能以非類繼之爲子，羽毛形性不相異也。今夫爲人，父母生之，養育劬勞，非爲異類也。乃有不能繼其父之業者，儒家之子卒爲商，世家之子卒爲皁隸。嗚呼，所謂螟蠕之不若也！作螟蠕賦，詞曰：

爰有桑蟲，實曰螟蠕。與夫蜾蠃，異類殊形。負以爲子，祝之以聲。其子感之，朝夕而成。嗟夫人子，父母所生。父祝之言，子莫之聽；父傳之業，子莫克承。父没母死，身覆位傾。嗚呼爲人，孰與蟲靈？人不如蟲，曷以人稱！

【箋注】

〔一〕原未繫年，作年無考。

〔二〕「詩曰」二句：見詩小雅小宛。螟蠕，亦作「螟蛉」，螟蛾的幼蟲。蜾蠃常捕螟蠕以喂其幼蟲，舊説誤稱蜾蠃養螟蠕爲己子。後因以螟蛉爲養子的代稱。

〔三〕「及揚子」句：揚雄法言學行：「螟蠕之子殪而逢蜾蠃，祝之曰『類我類我』，久則肖之矣。」

啄木辭〔一〕

木皇司春兮〔二〕，物熙以春。芽者斯勾兮，甲者斯萌。物賴皇兮榮以欣，翳有蟲兮甚不仁。穴皇木兮羣以聚，穴不已兮又加咀。皇木病兮竅將深，皇心惻兮傷爾蝎〔三〕。彼鴷鳥兮善啄吾〔四〕，利汝喙兮飢汝腹。飛以鳴兮啄且食，蟲不盡兮啄莫息。山之麓兮水之濱，皮堅節癭兮龍甲蛇鱗〔五〕。節流膏兮吻流血，百不一兮徒飢渴。蠹日滋兮鴷日苦，京謁皇兮披雲路。雲之深兮不可見，託歸風兮仰訴。古初之皇兮甚仁惠，憐民愛物使兩遂。穴民處兮鮮民食，穴不棟梁兮鮮不薪米，其求甚少兮給之孔易。野鬱鬱兮山蒼蒼，土有毛髮兮山有衣裳。金不鞴治兮器不刃銛〔六〕，木至老朽兮不見菑殃。聖萌機兮五財利㊀〔七〕，贍有足兮生不匱。蔽風避濕兮修容威，廟祭室寢兮猶無異爲。帝何思之不熟兮，忽生般而與倕〔八〕？丹髹之不已兮，又以彫幾。斜鈎曲鬬兮〔九〕，華照欄梯。高構嶮兮目精眩。地秃而赭兮山裸而寒〔一〇〕，材者傷死兮生者力殫。一躬之庇兮一林夷族，寓龍木馬兮重闠陰屋〔一二〕，皇民暴嗇兮驅之以扑。噫，智巧兮誰爲是，既紛紛而不止！工蠹則大兮蟲蠹則小，捕小縱大兮將何謂？皇惜木兮雖甚恩，蟲利食兮啄徒勤，蠹未入口兮刃至其根。與其啄蠹能盡死，不如得啄匠手，使不堪於斧斤。

【校記】

〔一〕五財：卷後原校：一作「五材」。

【箋注】

〔一〕原未繫年，作年無考。

〔二〕木皇：王嘉拾遺記春皇庖犧：「（庖犧）以木德稱王，故曰春皇……位居東方，以含蠢化，叶於木德，其音附角，號曰『木皇』。」

〔三〕蝎：木中蛀蟲。王充論衡商蟲：「桂有蠹，桑有蝎。」

〔四〕鴷鳥：啄木鳥。張鷟朝野僉載卷一：「凱廳前樹上有鴷窠。鴷，啄木也。」

〔五〕「皮堅」句：言樹皮粗硬隆起，似龍蛇鱗甲。

〔六〕韛冶：熔煉。韛，鼓風吹火的皮囊，俗稱風箱。刃鋌：鋒利。

〔七〕五財：一作「五材」。左傳襄公二十七年：「天生五材，民並用之，廢一不可。」杜預注：「五材，金、木、水、火、土也。」

〔八〕般：公輸般，即魯班。文選王褒洞簫賦：「於是般匠施巧，夔襄准法。」張銑注：「般匠，古之巧匠。」倕：楚辭九章懷沙：「巧倕不斲兮，孰察其揆正。」王逸注：「倕，堯巧工也。」

〔九〕斜鈎曲鬬：猶鈎心鬬角，謂建築物結構精巧工致。

〔一〇〕山褋：形容樹被砍伐而山禿。褋，單衣。楚辭九章湘夫人：「捐余袂兮江中，遺余褋兮澧浦。」

〔一一〕寓龍木馬：明器，即冥器。祭祀或喪葬時所焚燒的紙龍紙馬。趙彥衛雲麓漫鈔卷五：「寓龍馬即古之明器，自周亡至元嘉，而祭禮稍如古。」陰屋：紙屋，亦明器。

哭女師〔一〕

暮入門兮迎我笑，朝出門兮牽我衣。戲我懷兮走而馳，旦不覺夜兮不知四時。忽然不見兮一日千思，日難度兮何長，夜不寐兮何遲！暮入門兮何望，朝出門兮何之？怳疑在兮杳難追，髧兩毛兮秀雙眉㊀〔二〕。不可見兮如酒醒睡覺，追惟夢醉之時。八年幾日兮百歲難期，於汝有頃刻之愛兮，使我有終身之悲。

【校記】

㊀兩毛：卷後原校：「毛」字疑。

【箋注】

〔一〕如題下注，慶曆五年（一〇四五）作。是年，長女師夭折。居士集卷二有同年所作白髮喪女師作詩。

〔二〕髧兩毛：詩鄘風柏舟：「髧彼兩髦，實維我儀。」髧，髮垂貌。

【集評】

〔元〕劉壎：悲哀繾綣，殆骨肉之情不能忘邪？（隱居通議卷五）

頌

會聖宮頌〔一〕并序

西京留守推官、將仕郎、試秘書省校書郎臣歐陽修，謹齋心滌慮頓首再拜言：臣伏見國家采漢書原廟之制〔二〕，作宮于永安，以備園寢〔三〕。欲以盛陵邑之充奉〔四〕，昭祖宗之光靈，以耀示于千萬世，甚盛德也。修永惟古先王者，將有受命之符〔五〕，必先興業造功，以警動覺悟於元元，然後有其位。而繼體守文之君〔六〕，又從而顯明丕大，以纂修乎舊物。故其兢兢勤勤，不忘前人。是以根深而葉茂，德厚而流光，子子孫孫，承之無疆。伏惟皇帝陛下以神聖至德㊀，傳有大器〔七〕，乾健而正，離繼而明〔八〕。即位以來，于兹十年〔九〕，勤邦儉家，以修太平。日朝東宫〔一〇〕，示天下孝。親執籩豆，三見於郊〔一一〕。日星軌道，光明清潤，河不怒溢，東南而流。四夷承命，歡和以賓，奔走萬里，顧非有干戈告讓之命，文移發召之期，而犀珠、象牙、文馬、瑴玉〔一二〕，旅于闕庭，納于廐府，如司馬令，無一後先。至德之及，上格于天，下極于地，中浹於人，而外冒於四表。昆蟲有命之物，無不仰戴神威聖功。效見如此。太祖創造基始，克成厥家，當天受命之功；太宗征服綏來〔一三〕，遂一海内，睿武英文之業；真宗禮樂文物，以隆天聲，升平告功之典〔一四〕；陛下夙夜虔共，嗣固鴻業，纂服守成之勤〔一五〕。基構累積，顯顯昌昌，益大而光，稱于三后之意〔一六〕，可謂至孝。況春秋歲時，以禘以祫〔一七〕，則有廟祧之嚴；配天昭孝，以享以告，則有郊廟明堂之位；篆金刻石，則有史氏之官。歌功之詩㈡，流于樂府；象德之舞，見乎羽毛㈢〔一八〕。惟是邦家之光，祖宗之爲，有以示民而垂無窮者，罔不宣著。陛下承先烈，昭孝思，所以奉之以嚴，罔不勤備，聖人之德謂無以加。而猶以爲未也，乃復因陵園，起宫室，以望神游。土木之功，嚴而不華，地爽而潔，宇敞而邃，神靈杳冥，如來如宅，合於禮經孝子謦欬思親之義〔一九〕。愚以謂宫且成，非天子自臨享，則不能以來三后之靈。然郡國不見治道，太僕不先整駕，恬然未聞有司之詔，豈難於動民而遲其來耶㈣？特以龜筮所考須吉而後行耶㈤？不然，何獨留意於屋墻構築，而至於薦見孝享，未之思耶？況是宫之制，夷山爲平，外取客土，鍜石伐木，發兵胥靡〔二〇〕，調旁近郡。如此數年，而道路之民徒見興爲之功，恐愚無以識上意。是宜不惜屬車之費，無諱數日之勞，沛然幸臨，因展陵墓，退而諭民以孝思之誠，遂見守土之臣，采風俗以問高年，亦堯舜之事也。古者天子之出，必有采詩之官，而道路、童兒之言，皆得以聞。臣是以不勝惓惓之心，謹采西人望幸意，作爲頌詩，以獻闕下。詞曰：

巍峨穹崇，奠京之東〔二一〕，有山而嵩〔二二〕。𥨊淪道源〔二三〕，匯流而淵，有洛之川〔二四〕。川靈山秀，回環左右，有高而阜。其阜何名？太祖、太宗、真宗之陵。惟陵之制，因山而起，隱隱隆隆。惟陵之氣，常王而喜〔二五〕，鬱鬱葱葱。帝懷穹旻，受命我宋，造初于屯〔二六〕。帝念先烈，用顧余家，宣力以勤。赫赫三后，重基累構，既豐而茂。燕翼貽謀〔二七〕，是惟永圖，其傳在予。曰祖曰宗，有德有功，予實嗣之。克勤克紹，以孝以報，予敢不思？惟此園陵，先后之宅〔二八〕，既宅且安。后來游止，弗宫弗室，神何以歡？迺相川原，乃得善地，地高惟丘。迺以荆灼，迺訊寶龜，龜告曰猷〔二九〕。帝命家臣，而職我事，而往惟寅〔三〇〕。一毫一絲，給以縣官，無取於民。伐洛之薪，陶洛之土，瓦不病窳〔三一〕。柯我之斧，登我之山，木好且堅。家臣之來，役夫萬名，三年有成。宫成翼翼〔三二〕，在陵之側〔三三〕，須后來格〔三四〕。有門有宇，有廊有廡，有庭有序。殿兮耽耽〔三五〕，黼帷襜襜〔三六〕，天威可瞻。庭兮殖殖〔三七〕，鈎盾虎戟，容衛以飭。太祖維祖，太宗維弟，真宗維子。三聖嶷嶷〔三八〕，有以正位，于此而會。聖兮在天，風馬雲車，其來僊僊〔三九〕。聖會于此，靈威神馭，其宫肅然。聖既降矣，其誰格之，惟孝天子。聖降當享，其誰來薦，亦孝天子。孝既克祇，而來胡遲？其下臣修，作頌風之。

【校記】

㈠至：原缺，據衡本補。㈡歌功之詩：原校：一作「歌詩之詠」。㈢見乎羽毛：卷後原校：一作「見于羽毛」。㈣來：原作「咎」，下注「疑」字。天理本作「來」，據改。㈤「特」下：原注「疑」字，天理本無之。

【箋注】

〔一〕如題下注，天聖九年（一〇三一）作。長編卷一〇九載天聖八年正月「辛巳，作會聖宫於永安縣訾王山，仍更山名曰鳳臺」。卷一一〇載天聖九年三月「甲寅，奉安太祖、太宗、真宗御容於西京鳳臺山會聖宫」。

〔二〕漢書原廟之制：漢書禮樂志二：「至孝惠時，以沛宫爲原廟，皆令歌兒習吹以相和，常以百二十人爲員。」按：先已立廟，即正廟，後再立者爲原廟。

〔三〕園寢：後漢書祭祀志宗廟：「古不墓祭，漢諸陵皆有園寢，承秦所爲也。說者以爲古宗廟，前制廟，後制寢，以象人之居，前有朝，後有寢也。」

〔四〕盛陵邑之充奉：謂祖宗陵墓之奉侍極爲隆盛。陵邑，漢代爲守護帝王陵園所置的邑地，借指帝王陵墓所在地。

〔五〕受命之符：上天預示帝王受命的符兆。受命，謂受天之命。書召誥：「惟王受命，無疆惟休，亦無疆惟恤。」

〔六〕繼體守文之君：史記外戚世家：「自古受命帝王及繼體守文之君，非獨内德茂也，蓋亦有外戚之助焉。」司馬貞索隱：「繼體謂非創業之主，而是嫡子繼先帝之正體而立者也。守文猶守法也，謂非受命創制之君，但守先帝法度爲之主耳。」

〔七〕大器：喻國家、帝位。莊子讓王：「故天下，大器也。」成玄英疏：「夫帝王之位，重大之器也。」

〔八〕「乾健」二句：易説卦：「乾，健也。」又云：「離也者，明也。」

〔九〕「即位」二句：仁宗乾興元年（一〇二二）即位，至天聖九年（一〇三一），已十年。

〔一〇〕東宮：漢太后所居長樂宮在未央宮東，故稱。此借指劉太后。真宗崩，劉太后稱制凡十一年，史稱「章獻垂簾」。

〔一一〕「親執」二句：據宋史仁宗紀，仁宗分别於天聖二年、五年、八年的十一月，祀天地於圜丘。

〔一二〕文馬：顧炎武左傳杜解補正卷中「文馬百駟」引丘光庭曰：「文馬，馬之毛色有文采者。」轂玉：文選張衡南都賦：「太一餘糧，中黄轂玉。」吕向注：「轂玉，玉名。」

〔一三〕綏來：亦作「綏徠」。安撫招致。晉書庾翼傳：「翼綏來荒遠，務盡招納之宜。」

〔一四〕「真宗」三句：指真宗東封泰山，西祀汾陰，粉飾太平，告功于天地之事。見宋史真宗紀。

〔一五〕纂服：繼承職務。劉禹錫唐故相國贈司空令狐公集紀：「文宗纂服，三年冬，上表以大臣未識天子，願朝正月。制曰：『可。』」

〔一六〕三后：指太祖、太宗、真宗。古時國君稱后。書湯誓：「我后不恤我衆。」孫星衍疏：「后者，釋詁云：君也。」

〔一七〕以禘以祫：禘祫爲古代帝王祭祀宗廟的隆重儀禮。後漢書章帝紀：「其四時禘祫於光武之堂。」李賢注引續漢書：「五年再殷祭，三年一祫，五年一禘。」

〔一八〕「象德」二句：史記樂書：「樂者，所以象德也。」又引子夏語曰：「然後聖人作爲鞉鼓椌楬壎篪，此六者，德音之音也。然後鐘磬竽瑟以和之，干戚旄狄以舞之。此所以祭先王之廟也。」旄狄，文舞時所執舞具，即旄尾雉羽。

〔一九〕「合於」句：禮記曲禮上：「不登高，不臨深，不苟訾，不苟笑，孝子不服闇，不登危，懼辱親也。」「不服闇」陸德明釋曰：「不於闇冥之中從事，爲卒有非常，且嫌失禮也。」

〔二〇〕胥靡：莊子庚桑楚：「胥靡登高而不懼，遺死生也。」成玄英疏：「胥靡，徒役之人也。」

〔二一〕奠京之東：會聖宮在西京洛陽之東永安。

〔二二〕崧：詩大雅崧高：「崧高維嶽，駿極于天。」毛傳：「崧，高貌。山大而高曰崧。」

〔二三〕瀹淪：見前荷花賦箋注〔二〕。

〔二四〕「匯流」二句：謂伊水、洛水在洛陽之東匯合奔流。

〔二五〕常王而喜：謂王氣興盛。喜，通「熙」。

〔二六〕屯：艱難。

〔二七〕燕翼貽謀：詩經大雅文王有聲：「武王豈不仕，詒厥孫謀，以燕翼子。」毛傳：「燕，安；翼，敬也。」孔穎達疏：「思得澤及後人，故遺傳其所以順天下之謀，以安敬事之子孫。」

〔二八〕先后之宅：謂奉安祖先有正廟，又有原廟。

〔二九〕「迺以」三句：史記龜策列傳：「灼龜觀兆，變化無窮。」此謂灼龜觀兆，兆曰可行。

〔三〇〕而往惟寅：謂奉安三后祭典以寅日爲宜。據箋注〔一〕，時爲三月甲寅。

〔三一〕窳：粗劣。史記五帝本紀「（舜）陶河濱，河濱器皆不苦窳。」裴駰集解：「窳，病也。」

〔三二〕翼翼：莊嚴雄偉貌。詩大雅綿：「縮板以載，作廟翼翼。」

〔三三〕陵：指真宗的永定陵。陵在永安縣東北六里，見宋史禮志凶禮一。

〔三四〕后：指三后。格：儀禮士冠禮：「孝友時格，永乃保之。」鄭玄注：「格，至也。」

〔三五〕耽耽：文選張衡西京賦：「大夏耽耽，九户開闢。」薛綜注：「耽耽，深邃之貌也。」

〔三六〕襜襜：摇動貌。司馬相如長門賦：「飄風迴而起閨兮，舉帷幄之襜襜。」

〔三七〕殖殖：詩小雅斯干：「殖殖其庭。」毛傳：「言平正也。」

〔三八〕嶷嶷：史記五帝本紀：「其色郁郁，其德嶷嶷。」司馬貞索隱：「嶷嶷，德高也。」

〔三九〕僊僊：詩小雅賓之初筵：「舍其坐遷，屢舞僊僊。」孔穎達疏：「僊僊，舞貌也。」

【集評】

〔明〕茅坤：借頌以感諷天子臨享，此公持大體處。（歐陽文忠公文鈔評語卷三二）

贊

有宋右諫議大夫贈開府儀同三司太師中書令兼尚書令魏國韓公國華真贊〔一〕

氣剛而毅，望之可畏〔二〕。色粹而仁，近之可親〔三〕。有韞于中，必見于外。庶幾髣髴，寫之圖繪。惟其盛德，不可形容。公德之豐，後世之隆。誰爲公子？丞相衛公〔四〕。

【箋注】

〔一〕據題下注，治平元年（一〇六四）作。韓國華，字光弼，韓琦之父。太平興國進士。官至右諫議大夫。李清臣韓忠獻公琦行狀：「皇考國華，諫議大夫，卒建州，累贈太師中書令兼尚書令、魏國公。」河南集卷一六有尹洙撰贈太傅韓公墓誌銘。韓國華，宋史有傳。

〔二〕「氣剛」二句：韓公墓誌銘：「進止威嚴，目不妄視。」宋史本傳：「國華偉儀觀，性純直，有時譽。」

〔三〕「色粹」二句：韓公墓誌銘：「公既没，泉人之有知者，相與趨建陽拜奠，朝夕哭詣浮圖，營齋以報公德。其寬愛感人至此。公閑達，有肚量，與人語言，盡誠無隱。」

〔四〕「誰爲」二句：韓琦爲國華子，治平時封衛國公。

章

州名急就章〔一〕并序

叙曰：古者史掌文書，以識天地四方、古今事物、名言字訓，而教學之法始於童子，謂之小學，君子重焉。急就章者，漢世有之，其源蓋出於小學之流，昔顔籀爲史游序之詳矣〔二〕。余爲學士，兼職史官，官不坐曹，居多暇日，每自娱於文字筆墨之間，因戲集州名，作急就章一篇，以示兒女曹，庶幾賢於博塞爾〔三〕。章曰：

別州自禹郡於秦〔四〕，廢置經革難具陳。皇家垂統天下定，疆理萬方承政令。近征遠貢各有宜，或畀吏治或羈縻〔五〕，九域披圖指可知。分音比類慎訛疑，文差字析極精微。若夫錦居遐裔，孤音無比。隰、集、梓、泗，劍、陜，涪、幽，駢聲相附，可如類求。則有夔、綏、隨，果、賀、播、滑、達、越，和、河、羅，連三前叶。其四謂何？乃有瓜、沙、嘉、巴，鳳、隴、雍、宋，歙、峽、合、疊，淄、資、思、師、化、雅、華、夏，密、吉、蔚、悉，永、郢、鼎、潁，不宜吃訥〔六〕。又如保、邵、道、趙、耀、鄆、信、潤、晉、慎，凡五聲而一韻。柳、壽、茂、賓、宥、湊，憲、兖、漢、簡、萬、演，海、岱、解、蔡、泰、愛，欽、潯、金、深、郴、黔，蜀、濮、福、睦、復、陸，乃六律而同音。七言惟一：白、澤、虢、石、益、德、壁。八音相望：廣、象、相、閬，句絳、獎、黨、宕；句開、萊、台、懷，句階、崖、雷、梅；句澧、棣、冀、利，句濟、薊、費、智；句鄭、鄧、定、孟，句慶、應、靜、勝；句廉、潭、儋、南，句嵐、鹽、甘、巖。句至於許、汝、婺、處，句楚、普、潞、敘、古；句魏、惠、桂、貴，句遂、貝、瑞、嶲、會，句言過乎九，難宣於口。於是有岳、鄂、亳、薄、洛，句莫、涿、朔、鄜、拓；句眉、黎、齊、池、蘄，句施、伊、西、夷、溪；句濠、曹、饒、昭、韶，句潮、遼、交、洮、牢。句，右皆十。邛、通、龍、洪、蓬、蒙，句邕、同、戎、忠、松、籠。句，右十二。連、綿、澶、安、延、丹、端，句宣、檀、驩、蘭、潘、田、巒；句湖、蘇、舒、滁、廬、渝、瀘，句梧、蒲、徐、鄜、扶、儒、禹。句，右皆十四。秦、邠、麟、汾，句均、陳、温、春，句筠、辰、文、循，句銀、雲、勤、岷；句杭、揚、江、黃，句常、漳、康、襄，句房、坊、商、滄，句洋、昌、瀼、長。句，右皆十六。并、青、瀛、登、成、明，句衡、彭、英、瓊、邢、洺，句涇、寧、昇、榮、橫、藤，句汀、興、營、平、庭、澄。句，右二十四。聯章斷句，不能遽數。真定、河源，以諱不舉。若乃物有疑似，同音異字，則有陵、靈、原、袁、府、撫、乾、虔、濱、賓、融、容，渭、衛，全、泉，繡、秀，易、翼，渠、衢，歸、嬀，龔、恭，汴、辨，涼、梁，祁、岐，鄯、單，宿、肅，磁、慈，濰、維。峰、封暨豐，沂、宜及儀，乃一號而三之。音或不同，相近者亦借以足之。劍、環、恩、順、鎮、霸、真、雄，又音文之兩同。至於太平、鬱林，萬安、平琴，武安、洮陽，新定、建康，二名雖美，遠小不彰。若監若軍，四十有六：保定、信安，廣信、安肅，鎮戎、保安，岢嵐、火山，順安、寧化，實控三邊。其餘瑣瑣，皆不足言。其後因檢九域圖，有高、富、隴、當四州偶遺不録，以文句難移，不復增入也。

【箋注】

〔一〕據題下注，至和元年（一〇五四）作。胡譜載，是年「九月辛酉，遷翰林學士。壬戌，兼史館修撰」。如序中所言：「余爲學士，兼職史官。」

〔二〕「急就章」四句：漢書藝文志：「元帝時，黄門令史游作急就篇。」顔籀，字師古，唐訓詁學家。史游急就篇有師古之序，云：「急就篇者，其源出於小學家。」

〔三〕博塞：即六博、格五等博戲。莊子駢拇：「問穀奚事，則博塞以游。」成玄英疏：「行五道而投瓊（即骰子）曰博，不投瓊曰塞。」

〔四〕「别州」句：史記夏本紀謂禹「開九州」，秦本紀謂「秦王政立二十六年，初并天下爲三十六郡」。

〔五〕羈縻：古時在邊遠少數民族區域，置羈縻州，因其俗以爲治，有别於一般州縣。宋趙昇朝野類要羈縻：「荆廣川峽、溪洞諸蠻，及部落蕃夷受本朝官封而時有進貢者，本朝悉制爲羈縻州，蓋如漢唐置都護之類也。」

〔六〕吃訥：指文字佶屈聱牙。

【集評】

〔宋〕黄震：以州名叶韻，自一字至二十四字，惟高、富、瀧、當四州偶遺。（黄氏日鈔卷六一）

外集卷九

論時論三首附

本論㊀〔一〕

天下之事有本末，其爲治者有先後。堯、舜之書略矣〔二〕，後世之治天下，未嘗不取法於三代者，以其推本末而知所先後也。三王之爲治也〔三〕，以理數均天下〔四〕，以爵地等邦國，以井田域民，以職事任官。天下有定數，邦國有定制，民有定業，官有定職。使下之共上勤而不困，上之治下簡而不勞。財足於用而可以備天災也，兵足以禦患而不至於爲患也。凡此具矣，然後飾禮樂、興仁義以教道之㊁。是以其政易行，其民易使，風俗淳厚，而王道成矣。雖有荒子孱孫繼之〔五〕，猶七八百歲而後已。

夫三王之爲治，豈有異於人哉？財必取於民，官必養於禄，禁暴必以兵，防民必以刑，與後世之治者大抵同也。然後世常多亂敗，而三王獨能安全者，何也？三王善推本末，知所先後，而爲之有條理。後之有天下者，孰不欲安且治乎？用心益勞而政益不就，諰諰然常恐亂敗及之〔六〕，而輒以至焉者，何也？以其不推本末，不知先後而已㊂。

今之務衆矣，所當先者五也。其二者有司之所知，其三者則未之思也。足天下之用，莫先乎財，繫天下之安危，莫先乎兵，此有司之所知也。然財豐矣，取之無限而用之無度，則下益屈而上益勞。兵强矣，而不知所以用之，則兵驕而生禍。所以節財、用兵者，莫先乎立制。制已具備，兵已可使，財已足用，所以共守之者，莫先乎任人。是故均財而節兵，立法以制之㊃，任賢以守法，尊名以厲賢，此五者相爲用，有天下者之常務，當今之世所先，而執事者之所忽也。今四海之内非有亂也㊄，上之政令非有暴也，天時水旱非有大故也，君臣上下非不和也。以晏然至廣之天下，無一間隙之端，而南夷敢殺天子之命吏〔七〕，西夷敢有崛彊之王〔八〕，北夷敢有抗禮之帝者〔九〕，何也？生齒之數日益衆，土地之産日益廣，公家之用日益急，四夷不服，中國不尊，天下不實者，何也？以五者之不備故也。

請試言其一二。方今農之趣耕，可謂勞矣；工商取利乎山澤，可謂勤矣；上之征賦榷易商利之臣，可謂纖悉而無遺矣。然一遇水旱如明道、景祐之間，則天下公私乏絶〔一〇〕。是無事之世，民無一歲之備，而國無數年之儲也。以此知財之不足也。古之善用兵者，可使之赴水火。今廂禁之軍〔一一〕，有司不敢役，必不得已而暫用之，則謂之借倩。彼兵相謂曰官倩我，而官之文符亦曰倩。夫賞者所以酬勞也，今以大禮之故，不勞之賞三年而一遍，所費八九百萬，有司不敢緩月日之期。兵之得賞，不以無功知愧，乃稱多量少，比好嫌惡，小不如意，則羣聚而呼，持梃欲擊天子之大吏。無事之時，其猶若此，以此知兵驕也。

夫財用悉出而猶不足者，以無定數也。兵之敢驕者㈥，以用之未得其術。以此知制之不立也。夫財匱兵驕，法制未一，而莫有奮然忘身許國者，以此知不任人也。不任人者，非無人也。彼或挾材藴知，特以時方惡人之好名，各藏畜收斂，不敢奮露，惟恐近於名以犯時人所惡。是以人人變賢爲愚，愚者無所責，賢者被譏疾，遂使天下之事將弛廢，而莫敢出力以爲之。此不尚名之弊者，天下之最大患也。故曰五者之皆廢也。

前日五代之亂可謂極矣，五十三年之間，易五姓十三君，而亡國被弑者八，長者不過十餘歲，甚者三四歲而亡〔一二〕。夫五代之主豈皆愚者邪？其心豈樂禍亂而不欲爲久安之計乎？顧其力有不能爲者，時也。當是時也，東有汾晉〔一三〕，西有岐蜀〔一四〕，北有强胡〔一五〕，南有江淮、閩廣、吴越、荆潭〔一六〕，天下分爲十三四，四面環之。以至狹之中國，又有叛將强臣割而據之，其君天下者，類皆爲國日淺，威德未洽，强君武主力而爲之，僅以自守，不幸孱子懦孫，不過一再傳而復亂敗。是以養兵如兒子之啖虎狼，猶恐不爲用，尚何敢制？以殘弊之民人，贍無貲之征賦，頭會箕斂〔一七〕，猶恐不足，尚何曰節財以富民？天下之勢方若弊廬，補其奥則隅壞，整其桷則棟傾，枝撑扶持，苟存而已，尚何暇法象〔一八〕，規圜矩方而爲制度乎？是以兵無制，用無節，國家無法度，一切苟且而已。

今宋之爲宋，八十年矣〔一九〕。外平僭亂，無抗敵之國；内削方鎮，無强叛之臣。天下爲一，海内晏然。爲國不爲不久，天下不爲不廣也。語曰：「長袖善舞，多錢善賈〔二〇〕。」言有資者其爲易也。方今承三聖之基業，據萬乘之尊名，以有四海一家之天下，盡大禹貢賦之地莫不内輸〔二一〕，惟上之所取，不可謂乏財。六尺之卒，荷戈勝甲，力彀五石之弩、彎二石之弓者數百萬〔二二〕，惟上制而令之，不可謂乏兵。中外之官居職者數千員，官三班吏部常積者又數百〔二三〕，三歲一詔布衣〔二四〕，而應詔者萬餘人，試禮部者七八千，惟上之擇，不可謂乏賢。民不見兵革者幾四十年矣，外振兵武，攘夷狄，内修法度，興德化，惟上之所爲，不可謂無暇。以天子之慈聖仁儉，得一二明智之臣相與而謀之，天下積聚，可如文、景之富；制禮作樂，可如成周之盛；奮發威烈以耀名譽，可如漢武帝、唐太宗之顯赫；論道德，可興堯、舜之治。然而財不足用於上而下已弊，兵不足威於外而敢驕於内，制度不可爲萬世法而日益叢雜，一切苟且，不異五代之時，此甚可嘆也。是所謂居得致之位，當可致之時，又有能致之資，然誰憚而久不爲乎？

【校記】

㈠題下原注：本論三篇，中、下篇已載居士集第十七卷，此乃公晚年所删上篇。㈡道：卷後原校：一作「導」。㈢已：原作「於」，卷後原校云「而於，一作『而已』」，據改。㈣之：卷後原校：一作「財」。㈤今：卷後原校：上有一「方」字。㈥兵：上原有「以」字，注「疑」字。衡本無「以」，據删。敢驕：卷後原校：一作「又驕」。

【箋注】

〔一〕如題下注，慶曆二年（一〇四二）作。是年，歐應詔上書，論三弊五事，見居士集卷四六準詔言事上書。本文當作於此後，而晚年又加删定也。

〔二〕堯、舜之書：指書之堯典、舜典。

〔三〕三王：一般指夏禹、商湯、周文王或周武王。

〔四〕理數：治國財用之數。

〔五〕荒子孱孫：不成材的子孫。

〔六〕諰諰然：憂懼貌。荀子强國：「諰諰然常恐天下之一合而軋己也。」

〔七〕「而南夷」句：長編卷一一六載景祐二年五月「甲午，廣南東、西路並言妖獠寇邊，高、竇、雷、化等州巡檢許政死之」。卷一一八載景祐三年二月「壬申，廣西轉運使言，邕州甲峒蠻掠思陵州憑詳峒生口及殺登琬鎮將。」卷一二二載寶元元年十一月甲辰，「詔廣南西路鈐轄司趣宜、融州，進兵討安化蠻。初，官軍與蠻戰，爲蠻所敗，鈐轄張懷志等六人皆死。」

〔八〕「西夷」句：寶元元年，西夏元昊反宋自立，見長編卷一二二。

〔九〕「北夷」句：早在五代後梁貞明二年（九一六），契丹耶律阿保機即已稱帝，建元神册，是爲太祖。

〔一〇〕「然一遇」三句：長編卷一一二載明道二年二月「庚子，詔淮南、江南民被災傷而死者，官爲瘞埋，仍祭酹之。先是，南方大旱，種餉皆絶，人多流亡，困飢成疫氣，相傳死者十二三，官雖作粥糜以飼之，然得食輒死，村聚墟里幾爲之空」。卷一一三載明道二年九月「辛卯，詔梓州路仍歲旱疫，令轉運使親按所部民，蠲其租」。又，卷一一四載景祐元年閏六月「甲子，泗州言淮、汴溢」。卷一一五載景祐元年七月「澶州言河決橫隴埽」。

〔一一〕廂禁之軍：宋史兵志一：「天子之衛兵，以守京師，備征戍，曰禁軍；諸州之鎮兵，以分給役使，曰廂軍。」

〔一二〕「前日」六句：五代有十三國君，凡五十三年。亡國被弒者八人：後梁太祖朱温、末帝朱友貞，後唐莊宗李存勗、愍帝李從厚、末帝李從珂，後晉出帝石重貴，後漢隱帝劉承祐，後周恭帝柴成訓。國祚長者如後梁，有十七年；短者如後漢，僅有四年。

〔一三〕汾晉：指劉旻所建北漢，定都太原。

〔一四〕岐蜀：岐指割據鳳翔、自稱岐王的李茂貞。蜀指王建所建前蜀與孟知祥所建後蜀，均定都成都。

〔一五〕强胡：指契丹。

〔一六〕「南有」句：江淮指楊行密所建吳（都揚州）與李昪所建南唐（都金陵，今南京），閩廣指王審知所建閩（都長樂，今福州）與劉龑所建南漢（都廣州），吳越（都杭州）錢鏐所建，荆潭指高季興所建荆南（都荆州，今湖北江陵）與馬殷所建楚（都長沙）。

〔一七〕頭會箕斂：史記張耳陳餘列傳：「外内騷動，百姓罷敝，頭會箕斂，以供軍費。」裴駰集解引漢書音義：「家家人頭數出穀，以箕斂之。」

〔一八〕法象：效法。漢書禮樂志：「今幸有前聖遺制之威儀，誠可法象而補備之，經紀可因緣而存著也。」

〔一九〕「今宋」二句：宋自建隆元年（九六〇）建國，至慶曆二年（一〇四二），已八十二年。

〔二〇〕「語曰」三句：韓非子五蠹：「鄙諺曰：『長袖善舞，多財善賈。』此言多資之易爲工也。」

〔二一〕大禹貢賦之地：指九州之地。書有禹貢篇，載九州地産、貢物等。

〔二二〕 彀：張滿弓弩。孟子告子上：「羿之教人射，必志於彀。」

〔二三〕 官三班吏部常積者：指三班院與吏部所積聚的尚未安排職務的官員。

〔二四〕 「三歲」句：宋制，每三年舉行一次貢舉。

【集評】

〔明〕茅坤：歐公異日相略亦概見於此矣，當與王荆公萬言書參看。（歐陽文忠公文鈔評語卷一三）

〔清〕孫琮：「先後」、「本末」四字是此篇之綱，豐財、治兵、立制、任人、尊名五者是此篇之目，蓋豐財治兵五者即是本之所在而當先者，故前幅只論先後本末，中幅只論五者，其實仍是一意貫注也。前幅論先後本末，大段有三：一起提出推本末，知先後，是一段；下一段是言三王之世能知本末先後；一段是言後世不能知本末先後。中、後論五者，大段有五：一段提出五者，二段言宋不能備此五者，三段言五代之難備以相較宋之易爲，四段正言宋今日之易備，五段怪嘆其易爲而不爲。低徊扼腕，何啻長沙治安之書！中間寫五者處，有蟬聯貫串之妙。（山曉閣選宋大家歐陽廬陵全集評語卷二）

正統論七首㊀〔一〕

原正統論

傳曰：「君子大居正。」又曰：「王者大一統。」正者，所以正天下之不正也；統者，所以合天下之不一也。由不正與不一，然後正統之論作㊁。堯、舜之相傳，三代之相代，或以至公，或以大義，皆得天下之正，合天下於一，是以君子不論也，其帝王之理得而始終之分明故也。及後世之亂，僭僞興而盜竊作，由是有居其正而不能合天下於一者，周平王之有吳、徐是也；有合天下於一而不得居其正者，前世謂秦爲閏是也。由是正統之論興焉。

自漢而下，至於西晉，又推而下之，爲宋、齊、梁、陳。自唐而上，至於後魏，又推而上之，則爲夷狄。其帝王之理舛，而始終之際不明，由是學者疑焉，而是非不公。非其不公㊂，蓋其是非之難也。自周之亡迄于顯德，實千有二百一十二年之間㊃，或理或亂，或取或傳，或分或合，其理不能一概，是以論者於此而難也。大抵其可疑之際有四，其不同之說有三，此論者之所病也。

何謂可疑之際？周、秦之際也，漢、魏之際也，東晉、後魏之際也，朱梁、後唐之際也。秦親得周而一天下，其迹無異禹、湯，而論者黜之，其可疑一也。王莽得漢而天下一，莽不自終其身而漢復興，論者曰僞，宜也。魏得漢而天下三分，論者曰正統，其可疑二也。以東晉承西晉則無終，以周、隋承元魏則無始，其可疑三也。梁之取唐，無異魏、晉，而梁爲僞。劉備，漢之後裔，以不能一天下而自別稱蜀，不得正統，可也。後唐非李氏，未嘗一天下，而正統得之，其可疑四也。

何謂不同之說三？有昧者之論，有自私之論，有因人之論。

正統之說肇於誰乎？始於春秋之作也。當東周之遷，王室微弱，吳、徐並僭，天下三王，而天子號令不能加於諸侯，其詩下同於列國㊄〔二〕，天下之人莫知正統。仲尼以爲周平雖始衰之王，而正統在周也。乃作春秋，自平王以下，常以推尊周室，明正統之所在。故書王以加正月而繩諸侯㊅。王人雖微，必加於上，諸侯雖大，不與專封，以天加王，而别吴、楚。刺譏褒貶，一以周法。凡其用意，無不在於尊周。而後之學者不曉其旨，遂曰黜周而王魯。或曰起魯隱之不正㊆，或曰起讓國之賢君，泥其説於私魯，殊不知聖人之意在於尊周，以周之正而統諸侯也。至秦之帝，既非至公大義，因悖棄先王之道，而自爲五勝之説。漢興，諸儒既不明春秋正統之旨，又習秦世不經之説，乃欲尊漢而黜秦，無所據依，遂爲三統五運之論〔三〕，詆秦爲閏而黜之。夫漢所以有天下者，以至公大義而起也。而説者直曰以火德當天統而已〔四〕。甚者，至引蛇龍之妖，以爲左驗㊇〔五〕。至於王莽、魏、晉，直用五行相勝而已〔六〕。故曰昧者之論也。

自西晉之滅，而南爲東晉、宋、齊、梁、陳，北爲後魏、後周、隋。私東晉者曰：隋得陳，然後天下一。則推其統曰：晉、宋、齊、梁、陳、隋。私後魏者曰：統必有所授。則正其統曰：唐授之隋㊈，隋授之後周，後周授之後魏。至其甚相戾也㊉，則爲南史者，詆北曰虜；爲北史者，詆南曰夷。故曰自私之論也。

夫梁之取唐，無異魏、晉之取也，魏、晉得爲正，則梁亦正矣。而獨曰僞，何哉？以有後唐故也。彼後唐者，初與梁爲世仇。及唐之滅，欲借唐爲名，託大義以窺天下，則不得不指梁爲僞，而爲唐討賊也。而晉、漢承之，遂因而不改。故曰因人之論也。

以不同之論於可疑之際，是以是非相攻，而罕得其當也。易曰：「天下之動，正夫一〔七〕。」夫帝王之統，不容有二。而論者如此，然搢紳先生未嘗有是正之者，豈其興廢之際，治亂之本難言歟？自春秋之後，述者多焉，其通古今、明統類者希矣。司馬子長列序帝王，而項羽亦爲本紀，此豈可法邪？文中子作元經，欲斷南北之疑也，絶宋於元徽五年〔八〕，進魏於太和元年〔九〕。是絶宋不得其終，進魏不得其始。夫以子長之博通，王氏之好學，而有不至之論，是果難言歟！若夫推天下之至公，據天下之大義，究其興廢，迹其本末，辨其可疑之際，則不同之論息，而正統明矣。

【校記】

〔一〕「七首」下：原注：「此七論，公後删爲三篇，已載居士集第十六卷，今所載蓋初本也。」〔二〕作：卷後原校：一作「興焉」。〔三〕其不：卷後原校：一無「其」字。〔四〕「千有二」之「二」：原作「一」，據正統論上改之。「一十二」誤，當如正統論上作「一十六」。〔五〕「其詩」句：卷後原校：一作「周之太師亦自黜其詩同列國」。〔六〕「仲尼以爲」至「以加正月」四十五字：卷後原校：一作「仲尼以周平雖始衰之王，而正統在周也，乃作春秋自平王始，欲去（注「疑」字）推尊周室，明王統之所在。內借魯史以託文，又因隱公失正之君，遂起元而明法，故書王以加正月」。〔七〕魯隱：卷後原校：此下一有「公」字。〔八〕左驗：卷後原校：一作「其驗」。〔九〕授：卷後原校：一作「受」，下同。

㊉至其：卷後原校：「至」字下一有「於」字。

【箋注】

〔一〕據題下注，康定元年（一〇四〇）作。此七論後删爲三篇，載居士集卷一六，凡已有箋注，此七篇均不重出。

〔二〕「其詩」句：詩經將出自周的周南、召南與列國之詩並列，稱「十五國風」。左傳襄公二十九年「爲之歌王」杜預注：「王，黍離也。幽王遇西戎之禍，平王東遷，王政不行於天下，風俗下與諸侯同，故不爲雅。」

〔三〕三統：漢書劉向傳：「王者必通三統。」顔師古注引張晏曰：「一曰天統，爲周十一月建子爲正，天始施之端也。二曰地統，謂殷以十二月建丑爲正，地始化之端也。三曰人統，謂夏以十三月建寅爲正，人始成立之端也。」五運：即五行之運。

〔四〕「而説者」句：文選袁宏三國名臣序贊：「火德既微，運纏大過。」李善注：「火德，謂漢也。班固漢書高紀贊曰：『旗幟尚赤，協于火德。』」

〔五〕「至引」二句：史記高祖本紀載劉邦嘗酒醉而「拔劍擊斬蛇」，「後人來至蛇所，有一老嫗夜哭。人問何哭，嫗曰：『人殺吾子，故哭之。』人曰：『嫗子何爲見殺？』嫗曰：『吾子，白帝子也，化爲蛇，當道，今爲赤帝子斬之，故哭。』」

〔六〕「至於」二句：漢書王莽傳：「遣五威將王奇等十二人班符命四十二篇於天下……大歸言莽當代漢有天下……平帝末年，火德銷盡，土德當代，皇天眷然去漢與新。」三國志文類卷一漢獻帝變雒爲洛詔云：「詔以漢火行也，火忌水，故洛去水而加隹。魏於行次爲土，土，水之牡也。水得土而乃流，土得水而柔，故除隹加水，變雒爲洛。」魏書卷一〇八禮志一：「魏承漢，火生土，故魏爲土德。晉承魏，土生金，故晉爲金德。」

〔七〕「易曰」三句：易繫辭下：「天下之動，貞夫一者也。」孔穎達正義：「天下萬事之動，皆正乎純一也。」

〔八〕「絶宋」句：見元經卷八。

〔九〕「進魏」句：見元經卷五。

明正統論

凡爲正統之論者，皆欲相承而不絕，至其斷而不接，則猥以假人而續之，是以其論曲而不通也。夫居天下之正，合天下於一，斯正統矣。堯、舜、三代、秦、漢、晉、唐。天下雖不一，而居得其正，猶曰天下當正於吾而一，斯謂之正統可矣。東周、魏、五代。始雖不得其正，卒能合天下於一，夫一天下而居其上㈠，則是天下之君矣，斯謂之正統可矣㈡。如隋是也。天下大亂，其上無君，僭竊並興，正統無屬。當是之時，奮然而起，並爭乎天下，東晉、後魏。有功者强，有德者王，威澤皆被于生民㈢，號令皆加乎當世。幸而以大并小，以强兼弱，遂合天下於一，則大且强者謂之正統，猶有說焉。不幸而兩立不能相兼㈣，考其迹則皆正，較其義則均焉，則正統者將安與乎㈤？其或終始不得其正，又不能合天下於一，則可謂之正統乎㈥？不可也。然則有不幸而丁其時，則正統有時而絕也。

夫所謂正統者，萬世大公之器也，有得之者，有不得之者。而論者欲其不絕而猥以假人，故曰曲而不通也。或曰：可絕，則王者之史何以繫其年乎？曰：欲其不絕而猥以假人者，由史之過也。夫居今而知古，書今世以信乎後世者，史也。天下有統，則爲有統書之；天下無統，則爲無統書之。然後史可法也。昔周厲王之亂，天下無君，周公、邵公共行其政十四年，而後宣王立。是周之統，嘗絶十四年而復續。然爲周史者，記周、邵之年，謂之「共和」，而太史公亦列之於年表〔一〕。漢之中衰，王莽篡位⑦，十有五年而敗。是漢之統，嘗絶十五年而復續。然爲漢史者，載其行事，作王莽傳〔二〕。是則統之絶，何害於記事乎？正統⑧，萬世大公之器也；史者，一有司之職也。以萬世大公之器假人，而就一有司之記事，惑亦甚矣。

夫正與統之爲名，甚尊而重也。堯、舜、三代之得此名者，或以至公，或以大義而得之也。自秦、漢而下，喪亂相尋。其興廢之迹，治亂之本，或不由至公大義而起，或由焉而功不克就，是以正統屢絶，而得之者少也⑨。正統之説⑩曰：堯、舜、夏、商、周、秦、漢、魏、晉而絶。由此而後，天下大亂。自東晉太建之元年〔三〕，止陳正明之三年，凡二百餘年〔四〕。其始也，有力者並起而爭，因時者苟偷而假冒，奮攘敗亂，不可勝紀，其略可紀次者，十六七家。既而以大并小，以强兼弱，久而稍相并合，天下猶分爲四：東晉、宋、齊、梁、陳，又自分爲後梁而爲二；後魏、後周、隋，又自分爲東魏、北齊而爲二。是四者，皆不得其統。其後，後周并北齊而授之隋。隋始并後梁，又并陳，然後天下合爲一，而復得其統。故自隋開皇九年，復正其統⑪，曰隋、唐、梁、後唐、晉、漢、周。

夫秦，自漢而下皆以爲閏也〔五〕。今乃進而正之，作秦論。魏與吴、蜀爲三國，陳壽不以魏統二方，而並爲三志。今乃黜二國，進魏而統之，作魏論。東晉、後魏，議者各以爲正也。今皆黜之，作東晉論、後魏論。朱梁，四代之所黜也。今進而正之，作梁論。此所謂辨其可疑之際，則不同之論息，而正統明者也。

【校記】

㊀其上：卷後原校：一作「其正」。㊁矣：卷後原校：一作「也」。㊂威：原校：一作「盛」。㊃相兼：卷後原校：一作「相并」。㊄將安與乎：卷後原校：此下注文，一有「東魏後魏是也」六字。㊅可謂之正統乎：卷後原校：此下注文，一有「魏及五代是也」六字。㊆篡位：卷後原校：一作「篡立」。㊇「正統」字下：卷後原校：一有「者」字。㊈少也：卷後原校：一無「也」字。㊉正統之説：卷後原校：四字之上，一（有）「以其得之者少，所以其爲名甚尊而重也。至乎不得已，則推其迹而進之」二十八字。⑪復正：卷後原校：一作「後正」。

【箋注】

〔一〕「而太史公」句：見史記三代世表。

〔二〕「漢之中衰」八句：王莽篡位立新朝，由建國元年（公元九年）至地皇四年（公元二三年），凡十有五年而敗。見漢書王莽傳。

〔三〕太建：南朝陳宣帝年號。此爲筆誤。據上下文，當改作東晉元帝之年號建武。

〔四〕「止陳」二句：正明，應作禎明，爲陳後主年號，因避宋仁宗趙禎諱而改。由東晉建武元年（三一七）至南朝陳禎明三年（五八九），凡二百七十三年。

〔五〕閏：僞，與「正」相對。故閏位爲非正統的帝位。漢書王莽傳贊：「紫色鼃聲，餘分閏位。」顔師古注引服虔曰：「言莽不得正王之命，如歲月之餘分爲閏也。」

秦論

謂秦爲閏者誰乎？是不原本末之論也，此漢儒之私説也。其説有三：不過曰滅棄禮樂，用法嚴苛，與其興也不當五德之運而已。五德之説，非聖人之言，曰昧者之論詳之矣。其二者，特始皇帝之事爾，然未原秦之本末也。

昔者堯、舜、夏、商、周、秦，皆出於黄帝之苗裔〔一〕，其子孫相代而王。堯傳於舜，舜傳於禹。夏之衰也，湯代之王；商之衰也，周代之王；周之衰也，秦代之王。其興也，或以德，或以功，大抵皆乘其弊而代之。初，夏世衰而桀爲昏暴，湯救其亂而起，稍治諸侯而誅之，其書曰「湯征自葛」是也。其後卒以放桀而滅夏。及商世衰而紂爲昏暴，周之文、武救其亂而起，亦治諸侯而誅之，其詩所謂昆、崇、共、密是也〔二〕。其後卒攻紂而滅商。推秦之興，其德固有優劣㊀，而其迹豈有異乎？秦之紀曰：其先大業，出於顓頊之苗裔。至孫伯翳，佐禹治水有功，唐、虞之間，賜姓嬴氏。及非子爲周養馬有功，秦仲始爲命大夫。而襄公與立平王，遂受岐、豐之賜。當是之時，周衰固已久矣，亂始於穆王，而繼以厲、幽之禍，平王東遷，遂同列國。而齊、晉大侯，魯、衛同姓，擅相攻伐，共起而弱周，非獨秦之暴也。秦於是時，既平犬夷，因取周所賜岐、豐之地。而繆公以來，始東侵晉，地至于河，盡滅諸戎，拓國千里。其後關東諸侯，强僭者日益多，周之國地日益蹙，至無復天子之制，特其號在爾。秦昭襄五十三年㊁，周之君臣稽首自歸於秦。至其後世，遂滅諸侯而一天下㊂。此本末之迹也。其德雖不足，而其功力尚不優於魏、晉乎？始秦之興，務以力勝。至於始皇，遂悖棄先王之典禮，又自推水德，益任法而少恩，其制度文爲，皆非古而自是，此其所以見黜也。夫始皇之不德，不過如桀、紂，桀、紂不能廢夏、商之統，則始皇未可廢秦也㊃。

【校記】

㊀其德：卷後原校：一作「其功德」。㊁五十三年：居士集正統論下作「五十二年」。㊂一：原校：一作「有」。㊃「夫始皇」至「廢秦也」二十八字：卷後原校：一作「然自漢而下，爲正統者多矣，其用德之薄厚、施政之寬猛，雖有不同，而其大體，往往不能改秦也。故自天子百官之稱號，下至郡縣阡陌之制，皆因秦舊而用之。然則秦之改作，若以德而附之，何害於正統也？夫始皇之不德，不過如桀、紂耳，桀、紂不能廢夏、商之統，則始皇未可廢秦也。三代之相傳而亡也，飾之禮樂文章而稱道其功德，使後世炳然悦慕其所爲。秦獨不然，然又特惡儒生學士，是以漢興學者尤醜詆之，此豈大公之論耶？漢之興也，起於亡徒而至皇帝，非有三代漸積之德，非甚醜秦，則不能見其興起之功。昔周人道紂之罪多，孔子尚疑其不至於是，矧漢儒之私説乎？然後遂惑其説而雷同者也」。

【箋注】

〔一〕「昔者」句：據史記五帝本紀，帝堯放勳之父爲帝嚳高辛；而帝嚳高辛爲黄帝之曾孫。帝舜重華之六世祖爲昌意，而昌意之父爲黄帝。史記夏本紀：「禹者，黄帝之玄孫而帝顓頊之孫也。」據史記殷本紀，殷始祖契之母爲帝嚳次妃。史記周本紀：「周后稷，名弃。其母有邰氏女，曰姜原。姜原爲帝嚳元妃。」

〔二〕昆、崇、共、密：崇、密、共，見居士集卷一六正統論下箋注〔四〕。共亦殷商時諸侯國。昆，疑指昆夷。昆夷、犬戎，爲古代西北少數民族，並稱昆、戎。共、密亦在西北地區。

魏論

新與魏皆取漢者，新輒敗亡，魏遂傳數世而爲晉。不幸東漢無賢子孫，而魏爲不討之讎。今方黜新而進魏，疑者以謂與姦而進惡，此不可以不論也。

昔三代之興也，皆以功德，或積數世而後王。其亡也，衰亂之迹亦積數世而至於大壞，不可復支，然後有起而代之者。其興也，皆以至公大義爲心。然成湯尚有慚德，伯夷、叔齊至恥食周粟而餓死〔一〕，況其後世乎？自秦以來，興者以力，故直較其迹之逆順、功之成敗而已。彼漢之德，自安、和而始衰〔二〕，至桓、靈而大壞〔三〕，其衰亂之迹，積之數世，無異三代之亡也。故豪傑並起而爭，而强者得之。此直較其迹爾。故魏之取漢，無異漢之取秦、而秦之取周也。夫得正統者，漢也；得漢者，魏也；得魏者，晉也。晉嘗統天下矣。推其本末而言之，則魏進而正之，不疑。

【箋注】

〔一〕「然成湯」二句：書仲虺之誥：「成湯放桀於南巢，惟有慚德，曰：『予恐來世以台爲口實。』」伯夷、叔齊事見史記伯夷列傳。

〔二〕安、和：漢安帝劉祜、和帝劉肇。

〔三〕桓、靈：漢桓帝劉志、靈帝劉宏。

東晉論

周遷而東，天下遂不能一。然仲尼作春秋，區區於尊周而明正統之所在。晉遷而東，與周無異，而今黜之，何哉？是有説焉，較其德與迹而然爾。

周之始興，其來也遠。當其盛也，瓜分天下爲大小之國㊀，衆建諸侯，以維王室，定其名分，使傳子孫而守之，以爲萬世之計。及厲王之亂，周室無君者十四年，而天下諸侯不敢僥倖而窺周。於此然後見周德之深，而文、武、周公之作，真聖人之業。故雖天下無君，而正統猶在，不得而改。況平王之遷㊁，國地雖蹙，然周德之在人者未厭，而法制之臨人者未移。平王以子繼父，自西而東，不出王畿之内。西周之地八百里，東周六百里，以井田之法計之，通爲千里之方。則正統之在周也，推其德與迹可以不疑。

夫晉之爲晉，與夫周之爲周也異矣㊂。其德法之維天下者，非有萬世之計、聖人之業也，直以其受魏之禪而合天下於一，推較其迹，可以曰正而統爾。自惠帝之亂，晉政已亡，愍、懷之間，晉如綫爾，惟嗣君繼世，推其迹曰正焉可也。建興之亡，晉於是而絶矣〔一〕。

夫周之東也，以周而東。晉之南也，豈復以晉而南乎？自愍帝死賊庭，琅邪起江表，位非嗣君，正非繼世，徒以晉之臣子，有不忘晉之心，發於忠義而功不就，可爲傷已！若因而遂竊萬世大公之名，其可得乎？春秋之法，「君弑而賊不討」，則以爲無臣子也。使晉之臣子遭乎聖人，適當春秋之責，況欲以失國共立之君干天下之統哉？夫道德不足語矣，直推其迹之如何爾。若乃國已滅矣，以宗室子自立於一方，卒不能復天下於一，則晉之琅邪，與夫後漢之劉備、五代漢之劉崇何異？備與崇未嘗爲正統，則東晉可知焉爾。

【校記】

〔一〕瓜分：原校：一作「規方」。

〔二〕「況」下：原校：一有「乎」字。

〔三〕夫：原校：一作「乎」。

後魏論

魏之興也，自成帝毛至于聖武，凡十二世〔一〕。而可紀於文字，又十一世。至于昭成而建國改元，略具君臣之法，幸遭衰亂之極，得奮其力，並爭乎中國。又七世至于孝文，而去夷即華，易姓建都，遂定天下之亂，然後修禮樂、興制度而文之。考其漸積之基，其道德雖不及於三代，而其爲功何異王者之興？今特以其不能并晉、宋之一方，以小不備而黜其大功，不得承百王之統，而不疑焉者，質諸聖人而可也。

今爲魏説者，不過曰功多而國强爾。此聖人有所不與也。何以知之？以春秋而知也。春秋之時，齊桓、晉文可謂有功矣。吴、楚之僭，迭强於諸侯㊀。聖人於書齊、晉，實與而文不與之，以爲功雖可褒，而道不可以與也。至書楚與吴，或屢進之，然不得過乎子爵。則功與强，聖人有所不取也㊁。

或者以謂秦起夷狄，以能滅周而一天下，遂進之。魏亦夷狄，以不能滅晉、宋而見黜。是則因其成敗而毁譽之，豈至公之篤論乎？曰：是不然也，各於其黨而已。周之興也，與秦之興，其説固已詳之矣。當魏之興也，劉淵以匈奴，慕容以鮮卑，苻生以氐，弋仲以羌，赫連、禿髮、石勒、季龍之徒，皆四夷之雄。其力不足者弱，有餘者强。其最强者苻堅之時㊂，自晉而外，天下莫不爲秦，休兵革，興學校，庶幾刑政之方。不幸未幾而敗亂。其後强者曰魏㊃，自江而北，天下皆爲魏矣。幸而傳數世而後亂。以是而言，魏者纔優於苻堅而已。就使魏興世遠，不可猶格之夷狄，則不過爲東晉比也。是皆有志乎天下而功不就者，前所謂不幸兩立而不能相并者。故皆不得而進之者，不得已也。

【校記】

㈠迭强於諸侯：卷後原校：此下一有「矣」字。㈡聖人有所不取也：卷後原校：此下一（有）「天地之生萬物也，人以聰明而爲貴。人之分四夷也，中國以有禮義而爲貴。故以其貴者治賤者爲順，以賤者干貴者爲逆。聖人之推與善之誠，夷狄而慕中國，則進之。夫進夷狄於中國，幸矣，遂以干帝王之統，其可乎」八十八字。㈢苻堅：卷後原校：此下脱「當堅」二字。㈣後：原校：一作「又」。

【箋注】

〔一〕「魏之興」三句：見魏書帝紀第一。

梁論

黜梁爲僞者，其説有三：一曰後唐之爲唐，猶後漢之爲漢，梁蓋新比也。一曰梁雖改元即位，而唐之正朔在李氏而不絶，是梁於唐未能絶，而李氏復興。一曰因後唐而不改。因後唐者，是謂因人之論，固已辨矣。其二者宜有説也。

夫後唐之自爲唐也，緣其賜姓而已。唐之時，賜姓李者多矣，或同臣子之異心，或懷四夷而縻之，忠臣、茂正、思忠、克用是也〔一〕。當唐之衰，克用與梁並起而爭之，梁以强而先得。克用恥爭之不勝，難忍臣敵之慚㈠，不得不借唐以自託也。後之議者，胡謂而從之哉㈡？其所以得爲正統者，以其得梁而然也。使梁且不滅，同光之號不過於河南〔二〕，則其爲唐，與昪、璟等耳〔三〕。夫正朔者何？王者所以加天下而同之於一之號也〔四〕。昔周之東，其政雖弱，而周猶在也。故仲尼以王加正而繩諸侯者，幸周在也〔五〕。當唐之亡，天祐虚名與唐俱絶，尚安所寓於天下哉？使幸而有忠唐之臣，不忍去唐而自守，雖不中於事理，或可善其誠心。若李氏者，果忠唐而不忍棄乎？況於唐亡，託虚名者，不獨李氏也。王建稱之於蜀，楊行密稱之於吳、李茂正亦稱之於岐〔六〕，大抵不爲梁屈者，皆自託於虚名也。初，梁祖奪昭宗於岐，遂劫而東，改天復四年爲天祐。而克用與王建怒曰：「唐爲朱氏奪矣。天祐非唐號也。」遂不奉之，但稱天復〔七〕。至八年，自以爲非，復稱天祐〔八〕。此尤可笑者，安得曰正朔在李氏乎？夫論者何？爲疑者設也。堯、舜、三代之終始，較然著乎萬世而不疑，固不待論而明也。後世之有天下者，帝王之理或舛，而始終之際不明，則不可以不疑。故曰由不正與不一，然後正統之論興者也。其德不足以道矣。推其迹而論之，庶幾不爲無據云。

【校記】

㈠敵：原校：一作「服」。㈡胡謂而從之：卷後原校：五字一作「胡以從之」。

【箋注】

〔一〕忠臣：李忠臣，即董秦，幽州薊人。嘗屢立戰功，詔賜姓氏。禦安史，平東都，歷官至同中書門下平章事。德宗時助朱泚，遂爲叛臣。兩唐書有傳。茂正：即李茂貞。本姓宋，名文通，深州博野人。因鎮壓黃巢起義，拜武定軍節度使，賜以姓名。後率部入長安，控制朝廷，封岐王。朱温入關，圍長安，勢衰求和。後唐李存勗即位，上表稱臣，封秦王。後病死。新、舊五代史有傳。思忠：李思忠。舊唐書武宗紀載會昌二年，「迴紇降將嗢没斯將吏二千六百餘人至京師，制以嗢没斯檢校工部尚書，充歸義軍使，封懷化郡王，仍賜姓名曰李思忠」。克用：李克用，姓氏亦唐所賜。朱邪赤心之子，别號李鴉兒，沙陀部人。引軍入關中，迫黃巢撤出長安，以功授河東節度使。後割據跋扈，封晉王。長期與朱温交戰。其子存勗建後唐，尊其爲太祖。生平見新唐書沙陀傳。

〔二〕同光：後唐莊宗李存勗年號（九二三至九二五）。

〔三〕昪、璟：李昪、李璟，五代十國時南唐的創建者及中主。生平見新五代史南唐世家。

〔四〕「夫正朔」二句：禮記大傳：「改正朔，易服色。」孔穎達疏：「改正朔者，正，謂年始；朔謂月初，言王者得政示從我始，改故用新。」

〔五〕「故仲尼」二句：相傳春秋爲孔子據魯史修訂而成。春秋隱公元年：「元年春，王正月。」杜預注：「隱公之始年，周王之正月也。」

〔六〕「王建」二句：後梁開平元年，王建稱帝於成都，楊行密此前已受唐封爲吴王，李茂正（即李茂貞）雖地盤縮小，仍自稱岐王。見新五代史前蜀世家、吴世家及李茂貞傳。

〔七〕「梁祖」八句：詳見新五代史唐本紀四：「（天復）四年，梁遷唐都於洛陽，改元曰天祐。克用以謂劫天子以遷都者梁也，天祐非唐號，不可稱，乃仍稱天復。」新五代史前蜀世家：「（天復）四年，唐遷都洛陽，改元天祐，建與唐隔絶而不知，故仍稱天復。」

〔八〕「至八年」三句：新五代史唐本紀四載天復七年「梁滅唐，克用復稱天祐四年」。

正統辨上〔一〕

正統曰：「統天下而得其正，故繫正焉；統而不得其正者，猶弗統乎爾。繼周而後，帝王自高其功德，自代統而得其正者，難乎其人哉！必不得已而加諸人，漢、唐之主乎？」曰：「甚哉，吾子之説其隘也！以漢、唐之盛烈，猶曰不得已而加之焉㊀，爲魏、晉之主，則將奈何乎？」曰：「不然。是烏得苟加諸人？『一簞食，一瓢飲』，其義弗直而取諸人，君子且從而惡之。以天下之廣，而被乎太公之實〔二〕，苟非其人，則闕之可已。必若曰應天而順人，則繼周之後，桀、紂之惡常多，而湯、武之仁義未嘗等也。若是，其苟加諸人，何哉？予以謂正統之不常在人，率與言神聖者相類，必待擇人而後加焉。是仁王義主不足貴，而姦雄篡弑之臣得以濟也。」

【校記】

㊀猶：原作「由」，據衡本改。

【箋注】

〔一〕原置康定元年（一〇四〇）文後，當亦是年作。

〔二〕太公：即大公。太，極大。

正統辨下〔一〕

秦之畜罪暴於桀〔二〕，莽、煬方於紂〔三〕，漢、唐之主仗義而誅變以取天下，其可謂之正統歟，猶未離乎憾也！德不及湯、武。秦之得天下也，以力不以德。秦之亡仁義，驅其人民以爭敵。其任賢得人，孰若漢、唐之始也。晉之承魏也，以篡繼篡。隋亦若是，而徒禪云爾。晉、隋，盜也。或者以爲正統，茲非誤歟！魏以吴存，至于晉而吴始滅，或者又以魏爲正統，愈誤矣！自後魏、東晉至于周、陳、五代，或以義，或以不義，皆不能并天下。聖人不生，而暴僞代興，名與實自重久矣，必待後世之明者斷焉。斷而不以其勢，捨漢、唐、我宋，非正統也。

【箋注】

〔一〕當亦康定元年（一〇四〇）作。

〔二〕秦之裔：指秦始皇。桀：夏桀。紂：商紂。

〔三〕莽、煬：王莽、隋煬帝。

時　論

原　弊〔一〕

孟子曰：養生送死，王道之本〔二〕。管子曰：「倉廩實而知禮節〔三〕。」故農者，天下之本也，而王政所由起也，古之爲國者未嘗敢忽〔四〕。而今之爲吏者不然，簿書聽斷而已矣，聞有道農之事，則相與笑之曰鄙。夫知賦斂移用之爲急㊀，不知務農爲先者，是未原爲政之本末也。知務農而不知節用以愛農，是未盡務農之方也。

古之爲政者，上下相移用以濟。下之用力者甚勤，上之用物者有節，民無遺力，國不過費，上愛其下，下給其上，使不相困。三代之法皆如此，而最備於周。周之法曰：井牧其田，十而一之〔五〕。一夫之力，督之必盡其所任；一日之用，節之必量其所入；一歲之耕，供公與民食皆出其間，而常有餘，故三年而餘一年之備〔六〕。今乃不然，耕者不復督其力，用者不復計其出入，一歲之耕，供公僅足，而民食不過數月。甚者，場功甫畢，簸糠麩而食秕稗，或採橡實、畜菜根以延冬春。夫糠覈橡實，孟子所謂狗彘之食也，而卒歲之民不免食之。不幸一水旱，則相枕爲餓殍〔七〕。此甚可歎也！

夫三代之爲國，公卿士庶之禄廩，兵甲車牛之材用，山川宗廟鬼神之供給，未嘗闕也。是皆出於農，而民之所耕，不過今九州之地也。歲之凶荒，亦時時而有，與今無以異。今固盡有嚮時之地，而制度無過於三代者。昔者用常有餘，而今常不足，何也？其爲術相反而然也。昔者知務農又知節用，今以不勤之農贍無節之用故也㊁。非徒不勤農，又爲衆弊以耗之；非徒不量民力以爲節㊂，又直不量天力之所任也。

何謂衆弊？有誘民之弊，有兼并之弊，有力役之弊，請詳言之。今坐華屋享美食而無事者㈣，曰浮圖之民；仰衣食而養妻子者，曰兵戎之民。此在三代時，南畝之民也。今之議者，以浮圖並周、孔之事曰三教，不可以去；兵戎曰國備，不可以去。浮圖不可並周、孔，不言而易知，請試言之㈤。國家自景德罷兵，三十三歲矣，兵嘗經用者老死今盡，而後來者未嘗聞金鼓、識戰陣也。生於無事而飽於衣食也，其勢不得不驕惰。今衛兵入宿，不自持被而使人持之；禁兵給糧，不自荷而雇人荷之。其驕如此，況肯冒辛苦以戰鬭乎！前日西邊之吏，如高化軍齊宗舉㈥，兩用兵而輒敗㈦〔八〕，此其效也。夫就使兵耐辛苦而能鬭戰，惟耗農民爲之可也㈧。奈何有爲兵之虚名，而其實驕惰無用之人也？古之凡民長大壯健者，皆在南畝，農隙則教之以戰。今乃大異。一遇凶歲，則州郡吏以尺度量民之長大而試其壯健者，招之去爲禁兵，其次不及尺度而稍怯弱者，籍之以爲廂兵㈨。吏招人多者有賞，而民方窮時爭投之，故一經凶荒，則所留在南畝者，惟老弱也。而吏方曰：「不收爲兵，則恐爲盜。」噫！苟知一時之不爲盜，而不知其終身驕惰而竊食也。古之長大壯健者任耕，而老弱者游惰；今之長大壯健者游惰，而老弱者留耕也。何相反之甚邪！然民盡力乎南畝者，或不免乎狗彘之食，而一去爲僧、兵，則終身安佚而享豐腴，則南畝之民不得不日減也。故曰有誘民之弊者，謂此也。其耗之一端也。

古者計口而受田，家給而人足。井田既壞〔九〕，而兼并乃興。今大率一戶之田及百頃者，養客數十家。其間用主牛而出己力者、用己牛而事主田以分利者，不過十餘户。其餘皆出産租而僑居者，曰浮客，而有畬田〔一〇〕。夫此數十家者，素非富而畜積之家也，其春秋神社、婚姻死葬之具，又不幸遇凶荒與公家之事，當其乏時，嘗舉責於主人㊀，而後償之㊁，息不兩倍則三倍。及其成也，出種與税而後分之，償三倍之息，盡其所得或不能足。其場功朝畢而暮乏食，則又舉之。故冬春舉食則指麥於夏而償，麥償盡矣㊂，夏秋則指禾於冬而償也。似此數十家者，常食三倍之物，而一户常盡取百頃之利也。夫主百頃而出税賦者一户，盡力而輸一户者數十家也。就使國家有寬征薄賦之恩，是徒益一家之幸，而數十家者困苦常自如也㊂。故曰有兼并之弊者，謂此也。此亦耗之一端也。

民有幸而不役於人，能有田而自耕者，下自二頃至一頃，皆以等書於籍。而公役之多者爲大役，少者爲小役，至不勝，則賤賣其田，或逃而去。故曰有力役之弊者，謂此也。此亦耗之一端也。

夫此三弊，是其大端。又有奇衺之民去爲浮巧之工〔一一〕，與夫兼并商賈之人爲僭侈之費，又有貪吏之誅求，賦斂之無名，其弊不可以盡舉也。既不勸之使勤，又爲衆弊以耗之。大抵天下中民之士富且貴者㊃，化粗糲爲精善，是一人常食五人之食也。爲兵者，養父母妻子，而計其餽運之費㊄，是一兵常食五農之食也。爲僧者，養子弟而自豐食，是一僧常食五農之食也。貧民舉倍息而食者，是一人常食二人三人之食也。天下幾何其不乏也！

何謂不量民力以爲節？方今量國用而取之民，未嘗量民力而制國用也。古者冢宰制國用〔一二〕，量入以爲出，一歲之物三分之，一以給公上，一以給民食，一以備凶荒。今不先制乎國用，而一切臨民而取之。故有支移之賦⑯〔一三〕，有和糴之粟〔一四〕，有入中之粟〔一五〕，有和買之絹〔一六〕，有雜料之物〔一七〕，茶鹽山澤之利有榷有征〔一八〕。制而不足，則有司屢變其法，以爭毫末之利。用心益勞而益不足者，何也？制不先定，而取之無量也。

何謂不量天力之所任？此不知水旱之謂也。夫陰陽在天地間，騰降而相推，不能無愆伏〔一九〕，如人身之有血氣，不能無疾病也。故善醫者不能使人無疾病，療之而已；善爲政者不能使歲無凶荒，備之而已。堯、湯大聖，不能使無水旱，而能備之者也。古者豐年補救之術，三年耕必留一年之蓄，是凡三歲，期一歲以必災也。此古之善知天者也。今有司之調度，用足一歲而已⑰，是期天歲歲不水旱也。故曰不量天力之所任。是以前二三歲，連遭旱蝗而公私乏食，是期天之無水旱，卒而遇之，無備故也。

夫井田什一之法，不可復用於今。爲計者莫若就民而爲之制，要在下者盡力而無耗弊，上者量民而用有節，則民與國庶幾乎俱富矣！今士大夫方共修太平之基，頗推務本以興農，故輒原其弊而列之，以俟興利除害者採於有司也。

【校記】

㈠移：原校：一作「財」。㈡贍：卷後原校：一作「賙」。㈢節：原校：一作「已」。㈣今坐華屋：卷後原校：「今」字下脱一「夫」字。㈤請試言之：卷後原校：一作「請試言兵戎之事」。㈥高化軍：卷後原校：下注「疑」字。按：宋史地理志無高化軍，疑有誤。㈦「而」下：原校：一有「兩」字。㈧惟：卷後原校：一作「雖」。㈨兵：原校：一作「軍」。㈩責：原校：一作「債」。⑪償：原校：一作「責」。⑫麥償盡矣：原校：一無四字。⑬如：原校：一作「乏」。⑭士：原校：一作「事」。且：原校：一作「與」。⑮而：原校：一作「爲」。⑯有支移之賦：卷後原校：一作「有賦有征」。⑰用：原校：一作「歲」。

【箋注】

〔一〕題注「康定元年」，誤，當爲景祐三年（一〇三六）作。文云：「國家自景德罷兵，三十三歲矣。」景祐三年上距景德元年（一〇〇四）訂澶淵之盟正爲三十三年。文又云：「前二三歲，連遭旱蝗而公私乏食。」查長編卷一一二載明道二年（一〇三三）七月「戊子，詔以旱蝗作沴，去尊號中『睿聖文武』四字，告於天地宗廟，令中外直言闕政」。原注云：「李皐十朝綱要：京東西、河東、陝西蝗，食草木殆盡。」正與文意合。而康定元年前二三年，爲景祐、寶元時，未聞「連遭旱蝗」事。

〔二〕「孟子曰」三句：孟子梁惠王上：「穀與魚鱉不可勝食，材木不可勝用，是使民養生喪死無憾也，養生喪死無憾，王道之始也。」

〔三〕「管子曰」二句：管子牧民：「倉廩實而知禮節，衣食足而知榮辱。」

〔四〕「故農者」四句：漢書文帝紀：「夫農，天下之本也。」孟子梁惠王下：「王曰：王政可得聞與？對曰：昔者文王之治岐也，耕者九一，仕者世禄，關市譏而不征，澤梁無禁，罪人不孥。」

〔五〕「周之法」三句：周禮地官小司徒：「乃經土地而井牧其田。」周法十一而稅，謂之徹。孟子滕文公上：「夏后氏五十而貢，殷人七十而助，周人百畝而徹，其實皆什一也。」

〔六〕「故三年」句：禮記王制：「三年耕必有一年之食。」

〔七〕「夫糠覈」五句：孟子梁惠王上：「狗彘食人食而不知檢，塗有餓莩而不知發。」此化用其意。

〔八〕「前日」三句：長編卷一一五載景祐元年七月，「趙元昊率萬餘衆來寇，稱報讎。緣邊都巡檢楊遵、柔遠寨監押盧訓，以騎七百戰於龍馬嶺，敗績。環慶路都監齊宗矩、走馬承受趙德宣、寧州都監王文援之，次節義烽，通事蕃官言敵多伏兵，不可過壕。宗矩不聽。伏兵發，宗矩被執。久之，以宗矩還。詔永興軍劾宗矩等敗軍狀以聞」。同卷又載是年十月，「前環慶都監、内殿承制、閤門祗候齊宗矩奪兩官，廬州編管。治龍馬嶺及節義烽敗兵之罪也」。高化軍，宋史無載，疑爲慶州安化郡之誤。齊宗舉當爲齊宗矩之誤。

〔九〕井田：古井田制。見居士集卷一七本論上箋注〔四〕。

〔一〇〕畬田：火耕之地。杜甫戲作俳諧體遣悶詩之二：「瓦卜傳神語，畬田費火耕。」

〔一一〕奇衺：亦作「奇邪」。周禮天官宮正：「去其淫怠與其奇衺之民。」鄭玄注：「奇邪，譎觚非常。」浮巧：虚浮奇巧。後漢書安帝紀：「禁奢侈，無作浮巧之物，殫財厚葬。」

〔一二〕冢宰：周禮天官冢宰：「乃立天官冢宰，使帥其屬而掌邦治，以佐王均邦國。」

〔一三〕支移：宋賦稅的輸納方式。宋史食貨志上二：「歲賦之物……其輸有常處。而以有餘補不足，則移此輸彼，移近輸遠，謂之『支移』。」

〔一四〕和糴：指官府以議價交易爲名，向民間强制征購糧食。宋初，特指現錢收糴，後泛指各種形式的市糴。見宋史食貨志上三和糴。

〔一五〕入中：募商人入納糧草于規定的沿邊地點，給予鈔引，使至京師或他處領取現錢等。夢溪筆談官政一：「商人先入中糧草，乃詣京師算請慢便錢、慢茶鈔及雜貨。」

〔一六〕和買：貸錢預買紬絹，往往成爲低價派購。澠水燕談録雜録：「祥符初，王旭知潁州，因歲饑，出庫錢貸民，約蠶熟一千輸一縑。其後李士衡行之陝西，民以爲便。今行於天下，於歲首給之，謂之和買絹，或曰預買，始於旭也。」

〔一七〕雜料：宫廷、官府所需各種物品。宋史職官志五太府寺：「雜買務掌和市百物，凡宫禁、官府所需，以時供納。」

〔一八〕「茶鹽」句：宋官府對茶鹽産銷有專賣和課税制度。宋史職官志七提舉茶鹽司：「掌摘山煮海之利，以佐國用。」

〔一九〕愆伏：左傳昭公四年：「冬無愆陽，夏無伏陰。」杜預注：「愆，過也，謂冬温。伏陰，謂夏寒。」

【集評】

〔明〕顧錫疇：指陳情弊，淋漓痛快。有志甦吾民者，不可不置之坐隅，反覆展玩。（引自歐陽文忠公文選評語卷四）

兵　儲㊀〔一〕

惟王建官，各司其局，雖有細大，俾專董其權，責其成功，斯古制也。被堅執鋭，乃裨校之事，若屯田積穀，在委辦吏爾。而漢末有田禾將軍，屯田北邊〔二〕。魏興，建典農中郎將〔三〕。唐建營田使、副、判官〔四〕。雖晉、魏、南北，職未嘗闕。

國家弭獯、戎之患〔五〕，包漢、唐之境，然而塞垣儲偫〔六〕，罔遵古憲，俾仰給他州饋餉㊁，此外固無築室、反耕、典農、營田之利。儻遇凶荒，未免艱食。雖有轉運，未免營田。何嘗建明利害，稍致倉廩羡餘，但守空名，曾無實效。

當今之議，要在乎河北、河東、陝西戍兵之地，各特置營田使、副、判官，仍在不兼職。若遇水潦行流之處，廣植秔稻；雖荒隙原田，亦當墾闢，播以五穀。今河北保塞，河東并、汾，關中涇陽，悉有水地基址，惟有鄴中西門豹溉田之迹未見興起〔七〕，得非後人務於因循，而無昔賢識邪？不然，何歷朝而下，涇陂如是？

或曰：「亦嘗有人建議，良以溉導之時，瀕水之地，恐害及民田，由是而止。」斯乃腐儒之見爾，非經遠之士也。夫利害相隨，古猶未免。若利害相半，憚於改作猶可，苟利七害三，當須擇地而行，豈可以小害而妨大利哉？

夫如是，鄴中溉田之法若行，關畎水衝民田〔三〕，祇百户妨閡〔八〕，而能溉灌千萬頃。瘠土所收，獲利益大，豈止利七而害三？亦嘗訪於彼州人士，僉曰溉田之迹湮廢兹久，土斷力田者不諳其事。殊不知官中他日就功，但於涇陽鄭白渠和雇水工，及彼中負罪百姓，悉可分配此地，俾之開導。民既見之，必倣傚矣，又豈成功之難？然後特置營田使、副、判官，專董其役。西北二邊不問水陸，並放此分職，何假飛芻輓粟、率鍾至石，坐困民力以供軍實哉！

【校記】

㈠題下原注「疑」字。卷後原校云：「江鈿文海多以他人文爲公所作，其彰彰者：筠州學記，曾鞏文也（綿本亦誤收）；察言論，唐庚文也。甚至元豐以後暨徽宗朝所下制詔，亦有托公名者，自當删去。惟京本英辭類稿似少僞妄，而代曾參答弟子書不知何人之文，與此卷兵儲、塞垣兩論，皆可疑。」　㈡餉：原校：一作「餫」。　㈢「關」下：原注「疑」字。

【箋注】

〔一〕據題下注，本篇及下篇，皆慶曆四年（一〇四四）作。天理本兩題下均有陰文「疑」字，卷後校又謂「兩論，皆可疑」，恐非歐作。

〔二〕「而漢末」二句：後漢書趙孝傳：「父普，王莽時爲田禾將軍。」李賢注：「王莽時置田禾將軍，屯田北邊。」

〔三〕「魏興」二句：三國志魏志任峻傳：「太祖以峻爲典農中郎將，數年中所在積粟倉廩皆滿。」

〔四〕「唐建」句：新唐書百官志：「（節度使）兼支度營田招討經略使，則有副使、判官各一人。」

〔五〕獯：即獯鬻，古代北方少數民族。陳書高祖紀下：「沈泰反覆無行……無故猖狂，自投獯醜。」

〔六〕儲偫：儲備。揚雄羽獵賦：「然至羽獵，甲車、戎馬、器械儲偫，禁禦所營，尚泰奢麗誇詡。」

〔七〕西門豹：戰國魏文侯時鄴令。嘗破除當地「河伯娶婦」之迷信，開鑿水渠，引漳水灌溉田地，發展農業生產。事見史記滑稽列傳。

〔八〕妨閡：即妨礙。世説新語規箴：「夷甫晨起，見錢閡行，呼婢曰：『舉却阿堵物。』」余嘉錫箋疏：「廣雅釋言：『礙，閡也。』玉篇：『閡，止也。與礙同。』」

塞垣㈠〔一〕

先王肇分九州，制定五服〔二〕，必内諸侯而外夷狄，姑務息民，弗勤遠略。其來也，調戍兵以禦之；其去也，備戰具以守之。修利隄防，申嚴斥堠㈡。或來獻貢，得以羈縻。蓋聖人制禦戎之常道，嚴尤所謂得其中策〔三〕，古今大概，在乎謹邊防、守要害而已。古之制塞垣也，與今尤異。漢、唐之世，東自遼海、碣石、榆關、漁陽、盧龍、飛狐、雁門、雲中、馬邑、定襄，西抵五原、朔方諸郡，每歲匈奴高秋膠折〔四〕，塞上草衰，控弦南牧，陵犯漢境。於是守邊之臣，防秋之士，據險而出奇兵，持重而待外寇。

近世晉高祖建義并門，得戎王爲援，既已，乃以幽、薊山後諸郡爲邪律之壽〔五〕。故今劃塞垣也，自滄海、乾寧、雄、霸、順安、廣信，由中山拒并、代，自茲關東無復關險。故契丹奄有幽陵，遂絶古北之隘㈢，往來全師入寇，徑度常山，陵獵全魏，澶淵之役以至飲馬於河〔六〕，烝民不聊生矣。非北虜雄盛如此㈣，失於險固然也。

今既無山阜設險，所可恃者，惟夾峙壘，道引河流，固其復水，爲險濬之勢，就其要害，屯以鋭兵，茲亦護塞垣之一策也。今廣信之西有鮑河，中山之北有唐河，盡可開決水勢，修利陂塘。或導自長河之下、金山之北，派于廣信、安肅，達于保塞。或包舉蒲陰，入于陽城。然後積水瀰漫，横絶紫塞〔七〕，亦可謂險矣。蒲陰、陽城，度其地勢，今塞上之要衝。先是，胡馬將入寇，于茲城駐牙帳數日㈤，伺漢兵之輕重。或我師禦扞㈥，乃長驅南下，我師既出，即戎人爲全師歸重之地。此所謂藉城險而資寇兵㈦，非中國之利。今若修復雉堞，完聚兵穀，與諸城栅，刁斗相聞。鮑、唐二水，交流其下。虜騎縱至，無復投足之地，又焉有擾擾之患？

今之議者，方南北修好，恐邊庭生事。然而戎狄之心，桀驁難信，貪我珍弊，蓄養鋭兵，伺吾人之顑頷，乘邊境之間隙，出乎不意，因肆猖獗。兹乃不圖預備疆埸，而偷取安逸，弟弟相付，貽後世深患，復如何哉！

【校記】

㈠題下天理本注「疑」字。　㈡斥堠：卷後原校：一作「斥候」。　㈢古：原校：一作「虎」。　㈣北：原校：一作「索」。　㈤牙帳：卷後原校：一作「可汗帳」。　㈥我師禦扞：卷後原校：此句疑有脱誤。　㈦城：卷後原校：一作「賊」。

【箋注】

〔一〕　同上篇，慶曆四年（一〇四四）作。塞垣，指北方邊境地帶。韋莊送人游并汾詩：「風雨蕭蕭欲暮秋，獨携孤劍塞垣游。」

〔二〕　五服：古代王畿外圍。書益稷：「弼成五服，至于五千。」孔傳：「五服，侯、甸、綏、要、荒服也。服，五百里。四方相距爲方五千里。」又周稱侯、甸、男、采、衛爲五服。見書康誥。

〔三〕　「嚴尤」句：荀悦前漢紀卷三〇：「嚴尤諫曰：『匈奴爲害久矣，周、秦、漢皆征之，然皆未得上策者。周得中策，漢得下策，秦無策焉。當周宣王之時，玁狁内侵，命將驅之，盡境而反。其視夷狄之侵，譬猶蚊蚋之害，驅之而已，故天下稱明，是爲中策。漢武帝選將練兵，齎糧深入，雖有克獲之功，胡輒報之，兵連禍結，四十餘年，中國罷耗，匈奴亦創艾，而天下稱武，是爲下策。」嚴尤，西漢人，以才智施之王莽，任將軍、大司馬等職。見漢書王莽傳。吕祖謙左氏博議卷三曰：「嚴尤匈奴之策，奇策也。然君子不謂之奇，以其所告者王莽耳。」

〔四〕膠折：語本漢書鼂錯傳：「欲立威者，始於折膠。」顏師古注引蘇林曰：「秋氣至，膠可折，弓弩可用，匈奴常以爲候而出軍。」

〔五〕「近世」四句：新五代史晉本紀：「天福元年五月，徙鎮天平，敬瑭果不受命，謂其屬曰：『先帝授吾太原使老焉，今無故而遷，是疑吾反也。且太原地險而粟多，吾當内檄諸鎮，外求援於契丹，可乎？』桑維翰、劉知遠等共以爲然。乃上表論廢帝不當立，請立許王從益爲明宗嗣。廢帝下詔削奪敬瑭官爵，命張敬達等討之，敬瑭求援於契丹。九月，契丹耶律德光入自雁門，與唐兵戰，敬達大敗。敬瑭夜出北門見耶律德光，約爲父子。十一月丁酉，皇帝即位，國號晉。以幽、涿、薊、檀、順、瀛、莫、蔚、朔、雲、應、新、嬀、儒、武、寰州入於契丹。」

〔六〕「澶淵」句：宋史真宗紀二有「契丹兵至澶州北，直犯前軍西陣……帝次澶州。渡河，幸北砦」等記載。

〔七〕紫塞：北方邊塞。崔豹古今注都邑：「秦築長城，土色皆紫，漢塞亦然，故稱紫塞焉。」

代曾參答弟子書〔一〕

參白諸足下。聞吾黨之士思夫子而莫得見也，以有子之貌似夫子，欲假設其位以夫子師之〔二〕，諸足下必其然乎否耶？吾試爲諸足下陳夫子之道以爲斷。

諸足下知天之有四時乎？春能生物而不能長也，夏能長之而不能成也，秋能有成而不能斂也，斂之者其在冬矣。自生民以來，有大聖德，居大聖位，而作法以濟世者，類不過八九。三皇經始之，五帝纘明之，禹、湯、文、武該洽之，周公祖述之。經始之者春也，纘明之、該洽之者夏也，祖述之者秋也。天恐斯文之中未有以折衷，乃生吾夫子於衰亂之世。前聖之所未立者，俾夫子立之；前聖之所未作者，俾夫子作之。上規聖明，下救淪壞，垂之百王而不變，稽之千古而不疑。雖百周公、百堯舜復出於世，亦無以過夫子也。是夫子於列聖有成歲之功也〔三〕，是列聖不能斂而夫子斂之也〔四〕。

吾以謂夫子之道，江漢以濯之，秋陽以暴之，皜皜乎不可尚已！吾與諸足下奚所識知？幸而生於時，得以登其門，望其堂，而傳其道，以光榮其身。吾與諸足下猶衆無名之星也，夫子猶日月之明也，以無名之星代日月之明，雖積累萬數，吾未見其可，況一焉而已乎！諸足下奈何乃不察於是也？天則有一冬，而諸足下有二冬乎？苟有子升夫子之席，而吾與諸足下趨進於左右，斂衣而立，負牆而請，當是時，有子能勿愧乎？吾有以知彼之必愧也。吾儕有所問而不能答，有所辨而不能斷，譁然而往，默然而來，鏗然而叩，寂然而應，當是時，有子能勿慚乎〔五〕？吾又知彼之必慚也。昔者吾友子淵，實有聖人之德，不幸短命，前夫子而死〔六〕。使子淵尚在，而設之於夫子之席，吾猶恐天下之不吾信也。足下以有子之道義，孰與子淵？德明而仁備，孰與子淵？夫子稱而嘆之，孰與子淵？羣弟子服其爲人，孰與子淵？達夫子之道而鄰夫子之性，孰與子淵？是數者皆無一可，而獨以其容貌之似，而欲升師之席，竊師之位，不亦難乎！

夫容貌之似者，非獨有子也，陽虎亦似矣〔七〕。如欲其大似，則當以陽虎爲先，奚先於有子哉？諸足下果欲何耶？復欲睹夫子之容乎？復欲聞夫子之道乎？如止欲睹夫子之容，則圖之可也，木之可也，何必取弟子之似者，以僭其稱而悖其位？如必欲聞夫子之道，不可以苟而已也。

且吾聞之：師其道，不必師其人；師其人，不必師其形。如欲師其道，則有夫子之六經在，詩可以見夫子之心，書可以知夫子之斷，禮可以明夫子之法，樂可以達夫子之德，易可以察夫子之性，春秋可以存夫子之志。是之弗務，而假設以爲尚，此吾所以悼痛而不敢知也。且昔夫子果何師哉？師堯、舜者也，師文王者也，師周公者也。惟曰師其道而已，未聞其假設而師之，則似堯、舜者，似文王者，似周公者，終身而不得見矣。苟不見其人，則亦弗師其道乎？夫麟之於獸也，鳳之於鳥也，出乎其類而處乎長者也。不幸而麟以死，鳳以亡，則亦假設而爲之乎？諸足下盍姑止，不然吾恐萬世之後，完口者寡矣。死而無知則已，如其有知，則子淵、子路輩將瞋目流涕而有責於足下也〔八〕。諸足下其思之！不宣。參白。

【箋注】

〔一〕 據天理本文前提示，本文爲「續添」之作。又據卷後校語（見兵儲校記㊀），本文不知何人所寫，恐亦非歐作。曾參，又稱曾子，字子輿，春秋末魯國南武城人，孔子弟子。相傳著有大學，孔子之道賴以傳，後世尊之爲宗聖。其言「吾日三省吾身」，又言士應有「臨大節而不可奪」之氣節等，均見論語。

〔二〕 「聞吾黨」三句：史記仲尼弟子列傳：「有若少孔子四十三歲。有若曰：『禮之用，和爲貴，先王之道斯爲美。小大由之，有所不行；知和而和，不以禮節之，亦不可行也。』『信近於義，言可復也；恭近於禮，遠耻辱也；因不失其親，亦可宗也。』孔子既没，弟子思慕，有若狀似孔子，弟子相與共立爲師，師之如夫子時也。」按：有若，春秋時魯國人，字子有，亦稱有子。

〔三〕 成歲：豐年。隋書禮儀志一：「但帝之爲名，本主生育，成歲之功，實爲顯著。」

〔四〕 斂：收獲。孟子梁惠王下：「春省耕而補不足，秋省斂而助不給。」孫奭疏：「秋則省察民之收，而有力不足者則助之。」

〔五〕 「吾儕」八句：史記仲尼弟子列傳載，有弟子進問有若曰：「昔夫子當行，使弟子持雨具，已而果雨。弟子問曰：『夫子何以知之？』夫子曰：『詩不云乎？「月離于畢，俾滂沱矣」。昨暮月不宿畢乎？』他日，月宿畢，竟不雨。商瞿年長無子，其母爲取室。孔子使之齊，瞿母請之。孔子曰：『無憂，瞿年四十後當有五丈夫子。』已而果然。敢問夫子何以知此？」「有若默然無以應。弟子起曰：『有子避之，此非子之座也！』」

〔六〕 「昔者」四句：史記仲尼弟子列傳：「顏回者，魯人也，字子淵。少孔子三十歲……回年二十九，髮盡白，蚤死。孔子哭之慟，曰：『自吾有回，門人益親。』魯哀公問：『弟子孰爲好學？』孔子對曰：『有顏回者好學，不遷怒，不貳過。不幸短命死矣，今也則亡。』」

〔七〕 陽虎：一作陽貨，或説字貨。春秋後期魯國季孫氏之家臣。嘗掌國政，敗而出奔，至晉爲趙鞅家臣。詳見左傳定公五年至九年之記載。太平御覽卷四八六引琴操曰：「孔子貌似陽虎。」

〔八〕 子路：春秋末卞人，姓仲名由，孔子弟子。生平見史記仲尼弟子列傳。

外集卷十

經旨

石鷁論〔一〕

夫據天道，仍人事，筆則筆而削則削，此春秋之所作也〔二〕。援他説，攻異端，是所是而非所非，此三傳之所殊也〔三〕。若乃上揆之天意，下質諸人情，推至隱以探萬事之元，垂將來以立一王之法者，莫近於春秋矣。故杜預以謂經者不刊之書〔四〕，范寧亦云義以必當爲理〔五〕。然至一經之指，三傳殊説，是彼非此，學者疑焉。

魯僖之十六年：「隕石于宋五。六鷁退飛，過宋都。」左氏傳之曰：「石隕于宋，星也。六鷁退飛，風也。」公羊又曰：「聞其磌然，視之則石，察之則五，故先言石而後言五。視之則鷁，徐而視之則退飛，故先言六而後言鷁。」穀梁之意，又謂先後之數者，聚散之辭也。石、鷁猶盡其辭，而況於人乎〔六〕？左氏則辨其物，公、穀則鑿其意。噫！豈聖人之旨不一邪？將後之學者偏見邪？何紛紛而若是也。

且春秋載二百年之行事，陰陽之所變見，災異之所著聞，究其所終，各有條理。且左氏以石爲星者，莊公七年「星隕如雨」，若以所隕者是星，則當星隕而爲石，何得不言星而直曰隕石乎？夫大水、大雪，爲異必書。若以小風而鷁自退，非由風之力也。若大風而退之，則衆鳥皆退，豈獨退鷁乎？成王之風有拔木之力〔七〕，亦未聞退飛鳥也。若風能退鷁，則是過成王之風矣，而獨經不書曰大風退鷁乎㊀？以公羊之意，謂數石、視鷁而次其言。且孔子生定、哀之間〔八〕，去僖公五世矣〔九〕，當石隕、鷁飛之際，是宋人次於舊史，則又非仲尼之善志也。且仲尼隔數世修經，又焉及親數石而視鷁乎？穀梁以謂石後言五、鷁先言六者，石、鷁微物，聖人尚不差先後，以謹記其數，則於人之褒貶可知矣。若乃「西狩獲麟」不書幾麟〔一〇〕，「鸜鵒來巢」不書幾鸜鵒〔一一〕，豈獨謹記於石、鷁，而忽於麟、鸜鵒乎？如此，則仲尼之志荒矣。殊不知聖人紀災異，著勸戒而已矣，又何區區於謹數乎？必曰謹物察數，人皆能之，非獨仲尼而後可也。

噫！三者之説，一無是矣。而周内史叔興又以謂陰陽之事，非吉凶所生〔一二〕。且天裂陽，地動陰，有陰陵陽則日蝕〔一三〕，陽勝陰則歲旱〔一四〕。陰陽之變，出爲災祥，國之興亡，由是而作。既曰陰陽之事，孰謂非吉凶所生哉？其不亦又甚乎！

【校記】

㈠獨經：卷後原校：一作「經獨」。

【箋注】

〔一〕原未繫年，與本卷後幾篇作品當作於景祐、寶元間，其中多數似應作於貶官夷陵期間，即景祐四年（一〇三七）左右。歐以疑古精神研經，以義理之學取代注疏之學，實開風氣之先。本集與尹師魯第二書言及修五代史記云：「吾等棄於時，聊欲因此粗伸其心，少希後世之名。」歐一系列研探經旨之文，當皆在此種心境中寫就。居士集卷一八收景祐四年之作，有易或問三首、明用、春秋論三首、春秋或問二首和泰誓論。本卷易或問題下也注明作年爲景祐四年。梅集編年卷九寶元二年詩代書寄歐陽永叔四十韻云：「聊咨別後著，大出篋中篇。問傳輕何學，言詩詆鄭箋。飄流信窮厄，探討愈精專。」「飄流」二句明顯針對夷陵之貶而言。景祐四年十二月，歐由夷陵移光化軍乾德縣令。胡譜載王堯臣行制詞，謂歐遠貶夷陵「亦既逾年，宜遷通邑之良，且寄字人之劇」。可見寶元元年抵乾德時，歐的處境已有較大的改善。寶元二年五月，歐由乾德赴清風鎮與謝絳、梅堯臣相會（見書簡卷六是年所作與梅聖俞），將研經作品帶去，堯臣閱後，才有代書寄歐陽永叔四十韻一詩。可見，本卷疑古研經之作，確作於「飄流」夷陵的「窮厄」之時。當然，不排除寶元間歐有新作或對舊作作進一步的修改。

〔二〕「夫據」四句：史記太史公自序：「夫春秋，上明三王之道，下辨人事之紀，別嫌疑，明是非，定猶豫，善善惡惡，賢賢賤不肖，存亡國，繼絕世，補敝起廢，王道之大者也。」

〔三〕三傳：春秋三傳，爲左傳、公羊傳、穀梁傳。

〔四〕「故杜預」句：杜預春秋左傳序：「左丘明受經於仲尼，以爲經者不刊之書也。」

〔五〕「范寧」句：范寧春秋穀梁傳序：「凡傳以通經爲主，經以必當爲理。」

〔六〕「穀梁」五句：穀梁傳卷八：「『六鷁退飛，過宋都』，先數聚辭也，目治也……君子之於物，無所苟而已。石、鷁且猶盡其辭，而况於人乎！」

〔七〕「成王」句：書金縢載成王時「天大雷電以風。禾盡偃，大木斯拔，邦人大恐」。

〔八〕「且孔子」句：誤，孔子非生於魯定公、哀公之間，而生於魯襄公二十二年（前五五一），見史記孔子世家。

〔九〕「去僖公」句：由魯僖公至魯定公，歷文、宣、成、襄、昭公五世。

〔一〇〕西狩獲麟：左傳哀公十四年：「春，西狩獲麟。」孔子作春秋，至此而絶筆。

〔一一〕鸜鵒來巢：春秋昭公二十五年：「有鸜鵒來巢。」

〔一二〕「而周」二句：左傳僖公十六年：「春，隕石于宋五，隕星也。六鷁退飛過宋都，風也。周内史叔興聘于宋。宋襄公問焉，曰：『是何祥也？吉凶焉在？』對曰：『今兹魯多大喪，明年齊有亂，君將得諸侯而不終。』退而告人曰：『君失問。是陰陽之事，非吉凶所在也。吉凶由人，吾不敢逆君故也。』」

〔一三〕「有陰」句：後漢書丁鴻傳：「日食者，臣乘君，陰陵陽。」

〔一四〕「陽勝」句：王與之周禮訂義卷三九「凡舞有帗舞……有人舞」下引鄭鍔曰：「旱則陽勝陰。」

【集評】

〔宋〕黄震：謂左氏以石隕爲星，鷁退爲風；公羊言視石數鷁而次其言；穀梁言微物而謹記其數，皆非也。（黄氏日鈔卷六一）

〔明〕何孟春：歐陽子石鷁論，致辨乎公、穀石後言五，鷁先言六，而爲謹物察數之非者詳矣。而不言聖人書「隕石於宋五，六鷁退飛過宋都」所以先後之故。隕石五，六鷁退飛，是書殆迅雷風烈，吉日辰良，蕙肴蒸，奠桂酒，春與猿吟、秋鶴與飛之類耳。（餘冬叙録卷三）

辨左氏〔一〕

左丘明作春秋外傳〔二〕，以記諸國之語，其記柯陵之會曰〔三〕：「單襄公見晉厲公視遠而步高，且告魯成公以晉必有禍亂。成公問之曰：『天道乎？人事也㊀？』單子曰：『吾非瞽瞍㊁，焉知天道？吾見晉侯之容矣。』又曰：『觀其容，知其心。』後卒如單子之言〔四〕。」甚矣，丘明之好奇，而欲不信其書以傳後世也！若單子之言然，則夫單子者，未得爲篤論君子也，幸其言與事會而已。不然，丘明從後書之，就其言以合其事者乎？

何以論之？觀其容，雖聖人不能知人之心，知其必禍福也。夫禮之爲物也，聖人之所以飾人之情而閑其邪僻之具也。其文爲制度，皆因民以爲節，而爲之大防而已。人目好五色，爲制文物采章以昭之；耳樂和聲，爲制金石絲竹以道之；體安尊嚴，爲制冕弁衣裳以服之。又懼其佚而過制也，因爲之節。其登車也，有和鑾之節；其行步也，有佩玉之節；其環拜也，有鐘鼓之節。其升降周旋，莫不有節。是故有其服，必有其容。故曰「正其衣冠，尊其瞻視，儼然人望而畏之〔五〕」，則外閑其邪，而使非僻之心不入而已。衣冠之不正，瞻視之不尊，升降周旋之不節，不過不中禮而已，天之禍福於人也，豈由是哉？人之心又能以是而知之乎？夫喜怒哀樂之動乎中，必見乎外，推是而言猶近之。單子則不然，乃以絶義棄德因其視瞻行步以觀之，又以謂不必天道止於是，而禍福於是皆可以必。此故所謂非篤論君子，而其言幸與事會者也。

書曰：「象恭滔天〔六〕。」又曰：「巧言令色孔壬〔七〕。」夫容之與心，其異如此。故曰觀其容，雖聖人不能知其心。堯、舜之無後，顔回之短命，雖聖人不可必。夫君子之修身也，内正其心，外正其容而已。若曰因容以知心，遂又知其禍敗，則其可乎？

【校記】

㊀也：卷後原校：一作「乎」。　㊁瞍：卷後原校：一作「史」。

【箋注】

〔一〕約景祐四年（一〇三七）作。

〔二〕春秋外傳：即國語。四庫全書總目卷三〇「春秋五傳平文四十一卷」條下云：「國語亦稱春秋外傳。」

〔三〕柯陵之會：指周簡王十二年（前五七四）諸侯在柯陵的盟會。春秋成公十七年：「夏，公會尹子、單子、晉侯、齊侯、宋公、衛侯、曹伯、邾人伐鄭。六月乙酉，同盟于柯陵。」杜預注：「柯陵，鄭西地。」

〔四〕「單襄公」十三句：此爲歐之概述，詳見國語卷三周語下。該處韋昭注：「襄公，王卿士單朝之謚也。」又注：「厲公，晉成公之孫，景公之子厲公州蒲也。」又注：「成公，魯宣公之子成公黑肱也。」

〔五〕「故曰」三句：語出論語堯曰。

〔六〕「書曰」二句：語出書堯典：「帝曰：吁！静言庸違，象恭滔天。」蘇軾書傳卷一注云：「貌象恭敬，而實滅其天理。滔，滅也。」

〔七〕「又曰」二句：語出書皋陶謨：「能哲而惠，何憂乎驩兜？何遷乎有苗？何畏乎巧言令色孔壬？」

三年無改問〔一〕

或問：「傳曰『三年無改於父之道，可謂孝矣〔二〕』，信乎？」曰：「是有孝子之志焉，蹈道則未也。凡子之事其親，莫不盡其心焉爾。君子之心正，正則公。盡正心而事其親，大舜之孝是也，蓋嘗不告而娶矣，豈曰不孝乎〔三〕？至公之道也。惟至公，不敢私其所私，私則不正。以不正之心事其親者，孝乎？非孝也。故事親有三年無改者，有終身而不可改者，有不俟三年而改者，不敢私其所私也。衰麻之服，祭祀之禮，哭泣之節，哀思之心，所謂三年而無改也。世其世，奉其遺體，守其宗廟，遵其教詔，雖終身不可改也。國家之利，社稷之大計，有不俟三年而改者矣。禹承堯、舜之業，啓嗣之〔四〕，無改焉可也。武王繼文之業，成王嗣之，無改焉可也。使舜行瞽之不善〔五〕，禹行鯀之惡〔六〕，曰俟三年而後改，可乎？不可也。凡爲人子者，幸而伯禹、武王爲其父〔七〕，無改也，雖過三年，忍改之乎？不幸而瞽、鯀爲其父者，雖生焉猶將正之，死可以遂而不改乎？文王生而事紂，其死也，武王不待畢喪而伐之〔八〕，敢曰不孝乎？至公之道也。魯隱讓桓，欲成父志，身終以弒，春秋譏之〔九〕，可曰孝乎？私其私者也。故曰凡子之事其親者，盡其心焉爾。心貴正，正則不敢私，其所私者，大孝之道也。」

曰：「然則言者非乎？」曰：「夫子死，門弟子記其言〔一〇〕，門弟子死，而書寫出乎人家之壁中者〔一一〕，果盡夫子之云乎哉？」

【箋注】

〔一〕約景祐四年（一〇三七）作。

〔二〕「三年」三句：語出論語學而。

〔三〕「盡正心」四句：孟子離婁上：「孟子曰：不孝有三，無後爲大。舜不告而娶，爲無後也。君子以爲猶告也。」趙岐注：「舜懼無後，故不告而娶。君子知舜告焉不得而娶。娶而告父母，禮也；舜不以告，權也。故曰猶告與告同也。」

〔四〕「禹承」二句：史記夏本紀：「帝禹東巡狩，至于會稽而崩……禹子啓賢，天下屬意焉……於是啓遂即天子之位，是爲夏后帝啓。」

〔五〕瞽：舜之父。孟子萬章上：「父母使舜完廩，捐階，瞽瞍焚廩。使浚井，出，從而揜之。」詳見史記五帝本紀「舜父瞽叟盲」一段。

〔六〕鯀：禹之父。史記夏本紀：「當帝堯之時，鴻水滔天，浩浩懷山襄陵，下民其憂。堯求能治水者，羣臣四嶽皆曰鯀可。堯曰：『鯀爲人負命毁族，不可。』四嶽曰：『等之未有賢於鯀者，願帝試之。』於是堯聽四嶽，用鯀治水。九年而水不息，功用不成。於是帝堯乃求人，更得舜。舜登用，攝行天子之政，巡狩。行視鯀之治水無狀，乃殛鯀於羽山以死。天下皆以舜之誅爲是。」

〔七〕伯禹：即禹。史記夏本紀：「帝舜問四嶽曰：『有能成美堯之事者使居官？』皆曰：『伯禹爲司空，可成美堯之功。』舜曰：『嗟，然！』命禹：『女平水土，維是勉之。』」

〔八〕「文王」三句：史記周本紀有武王「爲文王木主，載以車……言奉文王以伐（紂）」的記載。

〔九〕「魯隱」四句：參閱居士集春秋論中「故息姑之攝與不攝……亦何望於春秋乎」一段及相關箋注。魯隱公，名息姑。

〔一〇〕「夫子死」二句：漢書藝文志：「論語者，孔子應答弟子、時人及弟子相與言而接聞於夫子之語也。當時弟子各有所記。夫子既卒，門人相與輯而論纂，故稱之論語。」

〔一一〕「而書寫」句：漢書藝文志：「武帝末，魯恭王壞孔子宅，欲以廣其宮，而得古文尚書及禮記、論語、孝經凡數十篇，皆古字也。」

【集評】

〔宋〕黄震：謂蹈道則未愚。按夫子之言甚明，無可辨者，今以其喪服言，恐非本旨。（黄氏日鈔卷六一）

易或問〈一〉〔一〕

或問曰：「王弼所用卦、爻、彖、象〔二〕，其説善乎？」曰：「善矣，而未盡也。夫卦者，時也〔三〕。時有治亂，卦有善惡。然以彖、象而求卦義，則雖惡卦，聖人君子無不可爲之時。至其爻辭，則艱厲悔吝凶咎，雖善卦亦嘗不免。是一卦之體而異用也。卦、彖、象辭常易而明，爻辭嘗怪而隱。是一卦之言而異體也。知此，然後知易矣。夫卦者，時也；爻者，各居其一位者也。聖人君子道大而智周，故時無不可爲。凡卦及彖、象，統言一卦之義，爲中人以上而設也。爻之爲位有得失，而居之者逆順六位，君子小人之雜居也。君子之失位，小人之得位，皆凶也。居其位而順其理者吉，逆其理者亦凶也。六爻所以言得失逆順，而告人以吉凶也〔四〕。爻辭兼爲中人以下而設也㈢。是以論卦多言吉，考爻多凶者，由此也。卦、彖、象辭，大義也。大義簡而要，故其辭易而明。爻辭，占辭也。占有剛柔進退之理，逆順失得吉凶之象，而變動之不可常者也，必究人物之狀以爲言，所以告人之詳也。是故窮極萬物以取象，至于臀腓鼠豕，皆不遺〔五〕。其及于怪者，窮物而取象者也。其多隱者，究物之深情也。所以盡萬物之理，而爲之萬事之占也。」

或曰：「易曰：『君子順天休命〔六〕。』又曰：『自天祐之，吉無不利〔七〕。』其繫辭曰：『天垂象，見吉凶，聖人象之〔八〕。』易之爲説一本於天乎？其兼於人事乎？」曰：「止於人事而已矣，天不與也，在諸否、泰。」「然則天地鬼神之理可以無乎？」曰有而不異也，在諸謙。知此，然後知易矣。泰之彖曰：『君子道長，小人道消〔九〕。』否之彖曰：『小人道長，君子道消〔一〇〕。』夫君子進，小人不得不退；小人進，君子不得不退。其勢然也。君子盛而小人衰，天下治於泰矣㈢；小人盛而君子衰，天下亂於否矣㈣。否、泰，君子小人進退之間爾，天何與焉？」問者曰：「君子小人所以進退者，其不本於天乎？」曰：「不也。上下交而其志同，故君子進以道；上下不交而其志不通，則小人進以巧。此人事也，天何與焉？」又曰：「泰之彖不云乎『天地交而萬物通』，否之彖不云乎『天地不交而萬物不通』

乎？」曰：「所以云者，言天地也。其曰上下之交不交者，言人事也。嗚呼！聖人之於易也，其意深，其言謹。謙之象曰：『天道虧盈而益謙，地道變盈而流謙，鬼神害盈而福謙，人道惡盈而好謙〔一一〕。』聖人之於事，知之爲知之，不知爲不知，所以言出而萬世信也。夫日中則昃之，月缺則盈之，天吾不知其心，吾見其虧盈於物者矣。物之盛者變而衰落之，下者順而流行之，地吾不知其心，吾見其變流於物者矣。貪滿者多損，謙卑者多福，鬼神吾不知其心，吾見其禍福之被人者矣。若人則可知其情者也。故天地鬼神不可知其心，而見其迹之在物者，則據其迹曰虧盈，曰變流，曰害福。若人則可知者，故直言其情曰好惡。故曰其意深而言謹也。然會而通之，天地神人無以異也。使其不與於人乎，修吾人事而已；使其有與於人乎，與人之情無以異也，亦修吾人事而已。夫專人事，則天地鬼神之道廢；參焉，則人事惑。使人事修則不廢天地鬼神之道者，謙之象詳矣。治亂在人而天不與者，否、泰之象詳矣。推是而之焉，易之道盡矣。」

或問曰：「今之所謂繫辭者，果非聖人之書乎？」曰：「是講師之傳，謂之大傳，其源蓋出於孔子，而相傳於易師也。其來也遠，其傳也多，其間轉失而增加者，不足怪也。故有聖人之言焉，有非聖人之言焉。其曰：『易之興也，其於中古乎？作易者其有憂患乎〔一二〕？』其『文王與紂之事歟？殷之末世周之盛德歟〔一三〕？』若此者，聖人之言也，由之可以見易者也。『河出圖，洛出書〔一四〕』，『聖人幽贊神明而生蓍〔一五〕』，『兩儀生四象〔一六〕』，若此者，非聖人之言，凡學之不通者，惑此者也。知此，然後知易矣。」

【校記】

㊀題下卷後原校：文海作「答問卦爻彖象」。㊁爲：原作「以」，下注「疑」字。衡本亦作「以」，下注「一作『爲』」，據改。㊂於泰：卷後原校：文海作「而泰」。㊃於否：卷後原校：文海作「而否」。

【箋注】

〔一〕據題下注，景祐四年（一〇三七）作。同年，歐有易或問三首，載居士集卷一八。

〔二〕王弼：見易或問三首箋注〔三五〕。

〔三〕「夫卦者」二句：語出王弼周易略例明卦適變通爻，其下注曰：「卦者統一時之大義。」

〔四〕「爻之」十句：胡瑗周易口義繫辭下：「爻也者，效天下之動者也。」義曰：「爻有變動，位有得失。變而合於道者爲得，動而乖於理者爲失。人事之情僞、物理之是非，皆在六爻之中。」李鼎祚周易集解卷一六「剛柔雜居而吉凶可見矣」下引崔憬曰：「言文王以六爻剛柔相推而物雜居，得理則吉，失理則凶，故吉凶可見也。」

〔五〕「至于」二句：易夬卦：「九四，臀無膚，其行次且。」咸卦：「六二，咸其腓，凶；居吉。」晉卦：「九四，晉如鼫鼠，貞厲。」大畜卦：「六五，豶豕之牙，吉。」

〔六〕「易曰」二句：易大有卦：「象曰：火在天上，『大有』；君子以遏惡揚善，順天休命。」

〔七〕「又曰」三句：易大有卦：「上九，自天祐之，吉無不利。」

〔八〕「其繫辭」四句：語出易繫辭上。

〔九〕「泰之象」三句：易泰卦：「象曰：『泰，小往大來，吉，亨。』則是天地交而萬物通也，上下交而其志同也。內陽而外陰，內健而外順，內君子而外小人；君子道長，小人道消也。」

〔一〇〕「否之象」三句：易否卦：「象曰：『否之匪人，不利，君子貞；大往小來。』則是天地不交而萬物不通也，上下不交而天下無邦也。內陰而外陽，內柔而外剛，內小人而外君子：小人道長，君子道消也。」

〔一一〕「天道」四句：周易集解引崔憬曰：「若日中則昃，月滿虧，損有餘以補不足，天之道也。高岸爲谷，深谷爲陵，是變盈而流謙，地之道也。朱門之家，鬼闞其室；黍稷非馨，明德惟馨：是其義也。滿招損，謙受益，人之道也。」

〔一二〕「易之興」三句：語出易繫辭下。

〔一三〕「文王」二句：易繫辭下：「易之興也，其當殷之末世，周之盛德邪？當文王與紂之事邪？」

〔一四〕「河出圖」二句：語出易繫辭上。

〔一五〕「聖人」句：語出易説卦傳。來知德周易集注：「言蓍草乃神明幽助方生。」

〔一六〕「兩儀」句：易繫辭上：「是故易有太極，是生兩儀，兩儀生四象。」「兩儀生四象」，諸家各有説法。周易集解引虞翻曰：「四象，四時也。兩儀，謂乾坤也。」

【集評】

〔宋〕黄震：謂繫辭非聖人之言。（黄氏日鈔卷六一）

〔清〕王元啓：此篇論謙卦彖辭之義出公獨見，公爲五代史司天考，亦嘗採用其語。（讀歐記疑卷三）

詩解統序〔一〕〔二〕

五經之書，世人號爲難通者，易與春秋。夫豈然乎？經皆聖人之言，固無難易，繫人之所得有深淺。今考于詩，其難亦不讓二經，然世人反不難而易之，用是通者亦罕。使其存心一，則人人皆明，而經無不通矣。

大抵謂詩爲不足通者有三：曰章句之書也，曰淫繁之辭也，曰猥細之記也。若然，孔子爲泛儒矣。非唯今人易而不習之，考于先儒亦無幾人。是果不足通歟？唐韓文公最爲知道之篤者，然亦不過議其序之是否〔二〕，豈足明聖人本意乎！易、書、禮、樂、春秋，道所存也。詩關此五者，而明聖人之用焉。習其道不知其用之與奪，猶不辨其物之曲直而欲制其方圓，是果於其成乎！故二南牽於聖賢〔三〕，國風惑於先後〔四〕，豳居變風之末，惑者溺於私見而謂之兼上下〔五〕，二雅混於小、大而不明〔六〕，三頌昧於商、魯而無辨〔七〕，此一經大概之體，皆所未正者。先儒既無所取捨，後人因不得其詳，由是難易之説興焉。毛、鄭二學〔八〕，其説熾辭辯固已廣博，然不合于經者亦不爲少，或失於疏略，或失於謬妄。蓋詩載關睢，上兼商世，下及武、成、平、桓之間，君臣得失、風俗善惡之事闊廣邃邈㊂，有不失者鮮矣〔九〕，是亦可疑也。予欲志鄭學之妄，益毛氏疏略而不至者，合之於經，故先明其統要十篇，庶不爲之蕪泥云爾。

【校記】

㊀題下原注：「蜀中詩本義有此九篇，他本無之，故附於此。」卷後又有編者語云：「按公墓誌等皆云詩本義十四卷，江、浙、閩本亦然，仍以詩圖總序、詩譜補亡附卷末。惟蜀本增詩解統序並詩解凡九篇，共爲一卷，又移詩圖總序、詩譜補亡自爲一卷，總十六卷。故綿州於集本收此九篇，他本則無之。今附此卷中。」㊁風：原校：一作「土」。

【箋注】

〔一〕約景祐四年（一〇三七）作。

〔二〕「韓文公」三句：韓愈有上宰相書，議及詩序：「詩之序曰：『菁菁者莪，樂育材也。君子能長育人材，則天下喜樂之矣。』其詩曰：『菁菁者莪，在彼中阿。既見君子，樂且有儀。』説者曰：菁菁者，盛也；莪，微草也；阿，大陵也。言君子之長育人材，若大陵之長育微草，能使之菁菁然盛也。」

〔三〕「故二南」句：歷來治詩者，多認爲二南歌頌「文王之化」、「后妃之德」。如周南關雎，詩序謂爲詠「后妃之德」。召南騶虞，毛詩正義謂爲贊「文王之化」。

〔四〕「國風」句：毛詩正義卷一毛詩序：「故詩有六義焉，一曰風。」孔穎達疏：「周南爲王者之風，召南爲諸侯之風。」另見箋注〔六〕。

〔五〕「豳居」二句：周禮籥章：「掌土鼓豳籥。中春，晝擊土鼓，歈豳詩以逆暑……凡國祈年于田祖，歈豳雅，擊土鼓以樂田畯。國祭蜡，則歈豳頌，擊土鼓以息老物。」鄭玄注：「豳詩，豳風七月也。豳雅，亦七月也。豳頌，亦七月也。」

〔六〕「二雅」句：關於二雅，衆説紛紜。毛詩序：「雅者，正也。言王政之所由廢興也。政有小大，故有小雅焉，有大雅焉。」孔穎達疏：「風見優劣之差，故周南先於召南；雅見積漸之義，故小雅先於大雅，此其所以異也。」

〔七〕「三頌」句：毛詩序：「頌者，美盛德之形容，以其成功告於神明者也。」孔穎達疏：「商頌雖是祭祀之歌，祭其先王之廟，述其生時之功，正是死後頌德，非以成功告神，其體異於周頌也。魯頌主詠僖公功德，纔如變風之美者耳，又與商頌異也。」

〔八〕「毛、鄭」句：指毛詩鄭箋。毛，毛亨、毛萇；鄭，鄭玄。

〔九〕「蓋詩」五句：謂詩中作品時間跨度大、內容範圍廣。關雎，詩序謂詠「后妃之德」。后妃，文王之妃大姒也。文王，商紂時人，故曰「上兼商世」。至于述及「武、成、平、桓之間」事者，屢見於詩：大雅大明記武王伐商功成，曰「涼彼武王，肆伐大商，會朝清明」；周頌烈文叙成王祭祀祖先時戒勉諸侯，毛序曰「成王即政，諸侯助祭也」；召南何彼襛矣寫王姬出嫁，稱其乃「平王之孫，齊侯之子」；至于王風兔爰，毛序謂「閔周也。桓王失信，諸侯背叛，構怨連禍，王師傷敗，君子不樂其生焉」。

二南爲正風解〔一〕

天子諸侯當大治之世，不得有風，風之生，天下無王矣〔二〕。故曰諸侯無正風〔三〕。然則周、召可爲正乎？曰：可與不可㊀，非聖人不能斷其疑〔四〕。當文王與紂之時，可疑也。二南之詩，正變之間可疑也。可疑之際，天下雖惡紂而主文王，然文王不得全有天下爾，亦曰服事於紂焉。則二南之詩作於事紂之時，號令征伐不止於受命之後爾，豈所謂周室衰而關雎始作乎〔五〕？史氏之失也。推而別之，二十五篇之詩，在商不得爲正，在周不得爲變焉。上無明天子，號令由己出，其可謂之正乎？二南起王業，文王正天下，其可謂之變乎？此不得不疑而輕其與奪也。學詩者多推於周而不辨於商，故正、變不分焉。以治亂本之二南之詩，在商爲變㊁，而在周爲正乎？或曰：未諭。曰：推治亂而迹之，當不誣矣。

【校記】

㊀與：卷後原校：一作「亦」。

㊁「在」上：原校：一有「而」字。

【箋注】

〔一〕約景祐四年（一〇三七）作。二南，即詩國風之周南、召南。成伯璵毛詩指説解説：「自關雎至騶虞二十五篇爲正風。」

〔二〕「風之生」二句：漢書禮樂志：「周道始缺，怨刺之詩起。」鄭玄詩譜序：「厲也，幽也，政教尤衰，周室大壞。十月之交、民勞、板、蕩勃爾俱作，衆國紛然，刺怨相尋。」

〔三〕「故曰」句：鄭玄詩譜序：「五霸之末，上無天子，下無方伯，善者誰賞？惡者誰罰？紀綱絶矣！故孔子録懿王、夷王時詩，訖於陳靈公淫亂之事，謂之變風、變雅。」

〔四〕「然則」四句：論語陽貨：「子謂伯魚曰：『女爲周南、召南矣乎？人而不爲周南、召南，其猶正牆面而立也與？』」

〔五〕「豈所謂」句：史記儒林列傳：「太史公曰……嗟乎！夫周室衰而關雎作。」

周召分聖賢解〔一〕

聖人之治無異也，一也。統天下而言之，有異焉者，非聖人之治然矣，由其民之所得有淺深焉。文王之化，出乎其心，施乎其民，豈異乎？然孔子以周、召爲別者，蓋上下不得兼〔二〕，而民之所化有淺深爾。文王之心則一也，無異也。而説者以爲由周、召聖賢之異而分之，何哉？大抵周南之民得之者深，故因周公之治而繫之，豈謂周公能行聖人之化乎？召南之民得之者淺，故因召公之治而繫之，豈謂召公能行聖人之化乎？殆不然矣。

或曰：「不繫於雅、頌，何也？」曰：「謂其本諸侯之詩也。」又曰：「不統於變風何也？」曰：「謂其周迹之始也。列於雅、頌，則終始之道混矣；雜於變風，則文王之迹殆矣㊀。雅、頌焉不可混周迹之始，其將略而不具乎，聖人所以慮之也，由是假周、召而分焉〔三〕，非因周、召聖賢之異而別其稱號爾。蓋民之得者深，故其心厚；心之感者厚，故其詩切。感之薄者亦猶其深，故其心淺；心之淺者，故其詩略。是以有異焉。非聖人私於天下，而淺深厚薄殊矣。二南之作，當紂之中世而文王之初，是文王受命之前也。世人多謂受命之前則太姒不得有后妃之號。夫后妃之號非詩人之言，先儒序之云爾〔四〕。考於其詩，惑於其序，是以異同之論爭起，而聖人之意不明矣。」

【校記】

㊀殆：原校：一作「始」。

【箋注】

〔一〕約景祐四年（一〇三七）作。周，召，周公、召公，即姬旦、姬奭，爲文王之子，皆輔佐武王滅商。成王時二人分陝而治。其言論分別見書之大誥康誥多士無逸立政及召誥等篇。其事迹見史記魯周公世家與燕召公世家。

〔二〕「蓋上下」句：武王死時，成王年幼，周公攝政，故與召公有上下之别。

〔三〕「由是」句：朱熹詩集傳卷一周南序：「周公爲政於國中，而召公宣布於諸侯。於是德化大成於内，而南方諸侯之國，江、沱、汝、漢之間，莫不從化……蓋其得之國中者，雜以南國之詩，而謂之周南……其得之南國者，則直謂之召南。」王夫之詩經稗疏卷一：「蓋周公、召公分陝而治，各以其治登其國風；則周南者，周公所治之南國，召南者，召公所治之南國也。北界河、洛，南逾楚塞，以陝州爲中綫而南分之。」

〔四〕「世人」三句：陳耀文經典稽疑卷下：「尚書大傳：『古者，后夫人將侍君前。』周官：『上春，詔王后。』禮記：『天子之妃曰后。』率皆漢人語。則謂太姒爲后妃，爲序者追稱之，蓋亦依違遷就之詞。」

王國風解〔一〕

六經之法，所以法不法，正不正。由不法與不正，然後聖人者出，而六經之書作焉。周之衰也，始之以夷、懿，終之以平、桓，平、桓而後，不復支矣〔二〕。故書止文侯之命而不復録〔三〕，春秋起周平之年而治其事〔四〕，詩自黍離之什而降於風〔五〕。絶於文侯之命，謂教令不足行也；起於周平之年，謂正朔不足加也；降於黍離之什，謂雅、頌不足興也。教令不行，天下無王矣；正朔不加，禮樂遍出矣；雅、頌不興，王者之迹息矣。詩、書貶其失，春秋憫其微，無異焉爾。然則詩處於衛後而不次於二南〔六〕，惡其近於正而不明也；其體不加周姓而存王號，嫌其混於諸侯而無王也。近正則貶之不著矣，無王則絶之太遽矣。不著云者，周、召二南至正之詩也，次於至正之詩，是不得貶其微弱而無異二南之詩爾。若然，豈降之乎！太遽云者，春秋之法書王以加正月，言王人雖微必尊於上，周室雖弱不絶其王。苟絶而不與，豈尊周乎！故曰：王號之存，黜諸侯也；次衛之下，別正、變也。桓王而後，雖欲其正風，不可得也。詩不降於厲、幽之年〔七〕，亦猶春秋之作不在惠公之世爾〔八〕。春秋之作，傷典、誥之絶也；黍離之降，憫雅、頌之不復也〔九〕。幽、平而後，有如宣王者出〔一〇〕，則禮樂征伐不自諸侯㊀，而雅、頌未可知矣，奈何推波助瀾，縱風止燎乎！

【校記】

㊀自：原校：一作「在」。

【箋注】

〔一〕約景祐四年（一〇三七）作。

〔二〕「周之衰」五句：史記周本紀：「共王崩，子懿王囏立。懿王之時，王室遂衰，詩人作刺。懿王崩，共王弟辟方立，是爲孝王。孝王崩，諸侯復立懿王太子燮，是爲夷王。」又載：「平王立，東遷于雒邑，辟戎寇。平王之時，周室衰微，諸侯强并弱，齊、楚、秦、晉始大，政由方伯。四十九年，魯隱公即位。五十一年，平王崩，太子洩父蚤死，立其子林，是爲桓王。桓王，平王孫也。桓王三年，鄭莊公朝，桓王不禮。五年，鄭怨，與魯易許田。許田，天子之用事太山田也。八年，魯殺隱公，立桓公。十三年，伐鄭，鄭射傷桓王。桓王去歸。二十三年，桓王崩，子莊王佗立。莊王四年，周公黑肩欲殺莊王而立王子克。辛伯告王，王殺周公。王子克犇燕。十五年，莊王崩，子釐王胡齊立。釐王三年，齊桓公始霸。」

〔三〕「故書」句：書置周書之文侯之命、費誓、秦誓于全書之末。

〔四〕「春秋」句：春秋始於魯隱公元年，時爲周平王四十九年。

〔五〕「詩自」句：嚴虞惇讀詩質疑卷首四引「孟子曰：王者之迹熄而詩亡」，按曰：「先儒謂周轍東而迹熄，黍離降而詩亡。愚竊以爲不然。黍離降爲國風，是雅亡，非詩亡也。」卷六引黃氏（庭堅）曰：「黍離之爲國風，以其詩之體爲風也。周室未遷，其聲，天下之正聲也。平王遷而東之，則其音乃東土之音耳，故曰王國風。」又引蘇氏（轍）曰：「自平王東遷，而變風遂作。其風及於境内，而不能被天下，與諸侯比。然其王號未替也，故不曰周而曰王。」

〔六〕「然則」句：詩王風在衛風之後，而衛風在二南、邶風、鄘風之後。

〔七〕厲、幽：周厲王、周幽王，西周暴君、昏君。幽王爲西周末代君主，其子平王後東遷洛邑立國，史稱東周。見史記周本紀。

〔八〕惠公：魯惠公，隱公之父，在位四十六年，與周平王當政同時。見史記魯周公世家。

〔九〕「黍離」二句：詩王風黍離毛序：「黍離閔宗周也。」鄭箋：「平王東遷，政遂微弱，下列於諸侯，其詩不能復雅，而同於國風焉。」

〔一〇〕宣王：周宣王。爲周厲王之子、幽王之父、平王之祖。宣王即位，修政，法文、武、成、康之遺風，諸侯復宗周。見史記周本紀。

十五國次解〔一〕

國風之號起周終豳，皆有所次，聖人豈徒云哉！　而明詩者，多泥於疏説而不通。或者又以爲聖人之意，不在於先後之次。是皆不足爲訓法者。

大抵國風之次以兩而合之，分其次以爲比，則賢善者著而醜惡者明矣。或曰：「何如其謂之比乎？」曰：周、召以淺深比也，衛、王以世爵比也，鄭、齊以族氏比也，魏、唐以土地比也，陳、秦以祖裔比也，鄶、曹以美惡比也。豳能終之以正，故居末焉〔二〕。淺深云者，周得之深，故先於召〔三〕。世爵云者，衛爲紂都〔四〕，而紂不能有之。周幽東遷〔五〕，無異是也。加衛於先，明幽、紂之惡同，而不得近於正焉。姓族云者，周怯尊其同姓，而異姓者爲後。鄭先於齊〔六〕，其理然也。土地云者，魏本舜地〔七〕，唐爲堯封〔八〕。以舜先堯，明晉之亂非魏褊儉之等也。祖裔云者，陳不能興舜〔九〕，而襄公能大於秦〔一〇〕，子孫之功，陳不如矣。

穆姜卜而遇艮之隨㊀，乃引文言之辭以爲卦説〔一一〕。夫穆姜始筮時，去孔子之生尚十四年爾〔一二〕，是文言先於孔子而有乎。不然，左氏不爲誕妄也！推此以迹其怪，則季札觀樂之次〔一三〕，明白可驗而不足爲疑矣。夫黍離已下，皆平王東遷、桓王失信之詩〔一四〕，是以列於國風，言其不足正也。借使周天子至甚無道，則周之樂工敢以周王之詩降同諸侯乎？是皆不近人情不可爲法者。昔孔子大聖人，其作春秋也，既微其辭，然猶不公傳於人，第口受而已〔一五〕，況一樂工而敢明白彰顯其君之惡哉？此又可驗孔子分定爲信也〔一六〕。本其事而推之以著其妄，庶不爲無據云。

【校記】

㊀「穆姜」上：原校：一有「聖」字。

【箋注】

〔一〕約景祐四年（一〇三七）作。十五國，指十五國風，包括二南（周南召南）、邶風、鄘風、衛風、王風、鄭風、齊風、魏風、唐風、秦風、陳風、檜風、曹風和豳風。

〔二〕「豳能」二句：詩集傳卷八末「豳國七篇二十七章二百三句」下載：「程元問於文中子曰：『敢問豳風何風也？』曰：『變風也。』元曰：『周公之際亦有變風乎？』曰：『君臣相誚，其能正乎？成王終疑周公，則風遂變矣。非周公至誠，其孰正之哉？』元曰：『居變風之末，何也？』曰：『夷王以下，變風不復正矣。夫子蓋傷之也，故終之以豳風，言變之可正也，惟周公能之，故係之以正。變而克正，危而克扶，始終不失其本，其惟周公乎！』」

〔三〕「淺深」三句：鄭玄詩譜周南召南譜：「武王伐紂，定天下，巡守述職，陳誦諸國之詩……其得聖人之化者，謂之周南；得賢人之化者，謂之召南。」按：此謂就所受之教化而言，周深而召淺也。

〔四〕衛爲紂都：元和郡縣志卷二〇衛州：「禹貢冀州之域，後爲殷都，在今州東北七十三里衛縣北界朝歌故城是也。今州理即殷牧野之地。周武王滅殷，分其畿内爲三國，詩國風邶、鄘、衛是也。」

〔五〕周幽東遷：有誤。據史記周本紀，犬戎破鎬京，殺幽王，平王立，始東遷于雒邑。

〔六〕鄭先於齊：鄭爲周之同姓。史記鄭世家：「鄭桓公友者，周厲王少子而宣王庶弟也。」齊，姜姓。見史記齊太公世家。

〔七〕魏本舜地：史記魏世家「以魏封畢萬」張守節正義：「魏城在陝州芮城縣北五里。」史記五帝本紀：「舜，冀州之人也。舜耕歷山。」張守節正義：「蒲州河東縣本屬冀州。宋永初山川記云：『蒲坂城中有舜廟，城外有舜宅及二妃壇。』」又引括地志云：「蒲州河東縣雷首山，一名中條山，亦名歷山……歷山南有舜井。」芮城縣（今屬山西）、河東縣（治今山西永濟蒲州鎮）均在該省西南部，相距甚近。

〔八〕唐爲堯封：史記五帝本紀：「堯辟位凡二十八年而崩。」裴駰集解引皇甫謐曰：「堯都平陽，於詩爲唐國。」

〔九〕「陳不能」句：史記陳杞世家：「陳胡公滿者，虞帝舜之後也。昔舜爲庶人時，堯妻之二女……舜已崩，傳禹天下，而舜子商均爲封國。夏后之時，或失或續。至于周武王克殷紂，乃復求舜後，得嬀滿，封之於陳，以奉帝舜祀，是爲胡公。」陳後衰弱，爲楚所滅，故云「不能興舜」。

〔一〇〕「而襄公」句：史記秦本紀：「西戎犬戎與申侯伐周，殺幽王酈山下。而秦襄公將兵救周，戰甚力，有功。周避犬戎難，東徙雒邑，襄公以兵送周平王。平王封襄公爲諸侯，賜之岐以西之地。曰：『戎無道，侵奪我岐、豐之地，秦能攻逐戎，即有其地。』與誓，封爵之。襄公於是始國……十二年，伐戎而至岐，卒。」

〔一一〕「穆姜」二句：左傳襄公九年：「穆姜薨于東宮。始往而筮之，遇艮之八䷳。史曰：『是謂艮之隨䷐。隨其出也。君必速出。』姜曰：『亡。是於周易曰：「隨，元亨，利貞，無咎。」元，體之長也。亨，嘉之會也。利，義之和也。貞，事之幹也。體仁足以長人，嘉德足以合禮，利物足以和義，貞固足以幹事，然故不可誣也，是以雖隨無咎……』」其中，「元，體之長也……貞固足以幹事」即引文言之辭。

〔一二〕「夫穆姜」二句：史記孔子世家：「魯襄公二十二年而孔子生。」然則穆姜始筮時爲魯襄公八年（前五六五）也。

〔一三〕季札觀樂：左傳襄公二十九年有吴季札在魯觀周樂的記載。

〔一四〕「夫黍離」二句：詩序：「黍離，閔宗周也。周大夫行役至于宗周，過故宗廟宮室，盡爲禾黍。閔周室之顛覆，彷徨不忍去，而作是詩也。」又：「君子于役，刺平王也。君子于役無期度，大夫思其危難以風焉。」又：「兔爰，閔周也。桓王失信，諸侯背叛，構怨連禍，王師傷敗，君子不樂其生焉。」

〔一五〕「昔孔子」五句：史記孔子世家：「乃因史記作春秋……約其文辭而指博。故吴楚之君自稱王，而春秋貶之曰『子』；踐土之會實召周天子，而春秋諱之曰『天王狩於河陽』：推此類以繩當世……筆則筆，削則削，子夏之徒不能贊一辭。弟子受春秋。」

〔一六〕分定：本分所定。孟子盡心下：「君子所性，雖大行不加焉，雖窮居不損焉，分定故也。」

定風雅頌解〔一〕

詩之息久矣，天子諸侯莫得而自正也。古詩之作，有天下焉〔二〕，有一國焉〔三〕，有神明焉〔四〕。觀天下而成者，人不得而私也；體一國而成者，衆不得而違也；會神明而成者，物不得而欺也。不私焉，雅著矣；不違焉，風一矣；不欺焉，頌明矣。然則風生於文王〔五〕，而雅、頌雜於武王之間〔六〕。風之變，自夷、懿始；雅之變，自厲、幽始〔七〕。霸者興，變風息焉〔八〕；王道廢，詩不作焉。秦、漢而後，何其滅然也㈠！王通謂「諸侯不貢詩，天子不採風，樂官不達雅、頌，國史不明變，非民之不作也。詩出於民之情性，情性其能無哉？職詩者之罪也〔九〕」。通之言，其幾於聖人之心矣。或問：成王、周公之際，風有變乎？曰：豳是矣。幸而成王悟也，不然，則變而不能復乎！豳之去雅，一息焉，蓋周公之心也，故能終之以正〔一〇〕。

【校記】

㈠滅然：卷後原校：「滅」字疑。

【箋注】

〔一〕約景祐四年（一〇三七）作。

〔二〕有天下焉：詩大序：「言天下之事，形四方之風，謂之雅。」

〔三〕有一國焉：詩大序：「是以一國之事，繫一人之本，謂之風。」

〔四〕有神明焉：詩大序：「頌者，美盛德之形容，以其成功告於神明者也。」

〔五〕「然則」句：舊説以爲國風與文王關係密切。如詩序曰：「漢廣，德廣所及也。文王之道被于南國，美化行乎江、漢之域，無思犯禮，求而不可得也。」又曰：「汝墳，道化行也。文王之化行乎汝墳之國，婦人能閔其君子，猶勉之以正也。」

〔六〕「而雅、頌」句：雅、頌皆有歌頌武王之作。如小雅魚藻，詩序以爲刺幽王，言萬物失其性，「故君子思古之武王焉」。大雅文王有聲，詩序謂「武王能廣文王之聲，卒其伐功也」。周頌載見，詩序謂「諸侯始見乎武王廟也」。周頌武，詩序謂「奏大武也」，詩集傳曰：「周公象武王之功，爲大武之樂。」毛詩正義卷九鄭玄小大雅譜：「小雅、大雅者，周室居西都豐鎬之時詩也。」鄭玄詩譜序：「及成王、周公，致太平，制禮作樂，而有頌聲興焉，盛之至也。」然則雅、頌之興當在西周時也。

〔七〕「風之變」四句：詩大序：「至于王道衰，禮義廢，政教失，國異政，家殊俗，而變風、變雅作矣。」鄭玄詩譜序：「孔子録懿王、夷王時詩，訖於陳靈公淫亂之事，謂之變風、變雅。」孔穎達疏：「懿王時詩，齊風是也。夷王時詩，邶風是也。陳靈公，魯宣公十年爲其臣夏徵舒所弑。變風，齊、邶爲先，陳在最後，變雅則處其間，故鄭舉其終始也。」鄭玄詩譜小大雅譜：「大雅民勞、小雅六月之後，皆謂之變雅。」陸德明經典釋文以爲自邶風以下十三國風皆屬變風，小雅自六月至何草不黄五十八篇爲「變小雅」，大雅自民勞至召旻十三篇爲「變大雅」。

〔八〕「霸者興」二句：王應麟困學紀聞卷三：「歐陽公曰：『霸者興，變風息焉。』然詩止於陳靈，在桓、文之後。」何焯義門讀書記卷六：「歐陽公云：『霸者興，變風息焉。』謂詩盡亡者，獨公一人之論如此。」

〔九〕「王通」八句：語出中説卷五。

〔一〇〕「豳是矣」八句：鄭玄詩譜豳譜：「成王之時，周公避流言之難，出居東都二年……後成王迎而反之，攝政致太平。其出入也，一德不回，純似於公劉、太王之所爲。太師大述其志，主意於豳公之事，故别其詩以爲豳國變風焉。」

魯頌解〔一〕

或問：「諸侯無正風，而魯有頌，何也〔二〕？」曰：「非頌也，不得已而名之也。四篇之體，不免變風之例爾，何頌乎？頌惟一章，而魯頌章句不等〔三〕；頌無頌字之號，而今四篇皆有。其序曰『季孫行父請命于周而史克作之〔四〕』，亦未離乎强也。頌之本，一人是之，未可作焉。訪於衆人，衆人可之，猶曰天下有非之者。又訪於天下，天下之人亦曰可，然後作之無疑矣。僖公之政，國人猶未全其惠，而春秋之貶尚不能逃〔五〕，未知其頌何從而興乎！頌之美者不過文、武，文、武之頌，非當其存而作者也，皆追述也〔六〕。僖公之德孰與文、武，而曰有頌乎！先儒謂名生於不足〔七〕，宜矣。然聖人所以列爲頌者，其説有二：貶魯之强，一也；勸諸侯之不及，二也。請於天子，其非强乎？特取於魯，其非勸乎？」或曰：「何謂勸？」曰：「僖公之善，不過復土宇、修宫室、大牧養之法爾〔八〕，聖人猶不敢遺之，使當時諸侯有過於僖公之善者，聖人忍絶去而不存之乎？故曰勸爾。而鄭氏謂之備三頌〔九〕，何哉？大抵不列於風而與其爲者，所謂憫周之失、貶魯之强是矣，豈鄭氏之云乎？」

【箋注】

〔一〕約景祐四年（一〇三七）作。

〔二〕「而魯」二句：鄭玄詩譜魯頌譜：「臣頌君功，樂周室之聞，是以行父請焉。」孔穎達疏：「魯人請周，不作風而作頌者，以頌者美盛德之形容，是詠歌之善稱。王者有成功盛德，然後頌聲作焉。今魯詩稱『穆穆魯侯，敬明其德』，是美盛德也；『既克淮夷，孔淑不逆』，是成功也。既有盛德，復有成功，雖不可上比聖王，足得臣子追慕，故借其嘉稱以美其人。言其所美有形容之狀，故稱頌也。以作頌非常，故特請天子，以魯是周公之後，僖公又實賢君，故特許之。不然，亦不得轉借其名而作頌也。」

〔三〕「四篇」五句：詩序謂魯頌駉「頌僖公也」，孔穎達疏：「此雖僭名爲頌，而體實國風，非告神之歌，故有章句也。」四篇，即駉、有駜、泮水與閟宮。

〔四〕「其序」句：魯頌譜：「國人美其功，季孫行父請命於周而作其頌。」孔穎達疏：「此行父適周，自以羣臣之心，請王作頌。雖復告君，乃行不稱君命以使，非史策所得書也。駉頌序云：『史克作是頌。』廣言作頌，不指駉篇，則四篇皆史克所作。閟宮云：『新廟奕奕，奚斯所作。』自言奚斯作新廟耳。而漢世文人班固、王延壽等，自謂魯頌是奚斯作之，謬矣。」

〔五〕「僖公」三句：僖公，魯僖公，名申，莊公之子，閔公之庶兄，爲莊公之妾成風所生。閔公被慶父謀殺後，僖公繼位。事見史記魯周公世家。左傳僖公元年：「春，不稱即位，公出故也。」杜預注：「國亂，身出復入，故即位之禮有闕。」公羊傳僖公元年：「春，王正月。公何以不言即位？繼弑君，子不言即位。此非子也，其稱子何？臣子一例也。」何休解詁：「兄弟以臣之繼君，猶子之繼父也。」

〔六〕「文武之頌」三句：周頌之清廟、維天之命、維清等爲祭祀文王之詩，武、酌、桓等爲頌揚武王之詩，皆作於文、武逝世之後。

〔七〕「先儒」句：朱鶴齡詩經通義卷一二魯頌引舒瑗云：「魯不合作頌，故每篇言頌，名生于不足也。」按：孔穎達毛詩正義序謂「近代爲義疏者，有全緩、何胤、舒瑗」等人。

〔八〕「僖公之善」二句：詩序謂閟宮「頌僖公能復周公之宇也」，謂「泮水頌僖公能修泮宫也」，又謂「駉頌僖公也。僖公能遵伯禽之法，儉以足用，寬以愛民，務農重穀，牧於坰野，魯人尊之。」

〔九〕「而鄭氏」句：歐詩本義詩圖總序：「鄭康成以爲魯得用天子之禮樂，故有頌；而商頌至孔子之時，存者五篇；而夏頌已亡，故録魯詩以備三頌，著爲後王之法。」

商頌解〔一〕

古詩三百始終於周〔二〕，而仲尼兼以商頌，豈多記而廣録者哉？聖人之意，存一頌而有三益。大商祖之德，其益一也；予紂之不憾，其益二也；明武王、周公之心，其益三也。曷謂大商祖之德？曰：頌具矣。曷謂予紂之不憾？曰：憫廢矣。曷謂明武王、周公之心？曰：存商矣。按周本紀稱武王伐紂，下車而封武庚於宋，以爲商後〔三〕。及武庚叛，周公又以微子繼之〔四〕。是聖人之意，雖惡紂之暴，而不忘湯之德，故始終不絕其爲後焉。或曰：商頌之存，豈異是乎？曰：其然也，而人莫之知矣㊀。非仲尼、武王、周公之心殆，而成湯之德微，毒紂之惡有不得其著矣。向所謂存一頌而有三益焉者，豈妄云哉！

【校記】

㊀之知矣：原校：三字一作「知之」。

【箋注】

〔一〕約景祐四年（一〇三七）作。

〔二〕「古詩」句：王通中説卷一：「薛收曰：『敢問續詩之備六代，何也？』子曰：『其以仲尼三百始終於周乎？』」阮逸注：「三百篇，周一代。」

〔三〕「按周本紀」三句：史記周本紀：「封商紂子禄父殷之餘民。武王爲殷初定未集，乃使其弟管叔鮮、蔡叔度相禄父治殷。」張守節正義：「地理志云河内，殷之舊都。周既滅殷，分其畿内爲三國，詩邶、鄘、衛是。邶以封紂子武庚；鄘，管叔尹之；衛，蔡叔尹之：以監殷民，謂之三監。」按：武庚、禄父，皆紂子。

〔四〕「及武庚」二句：史記宋微子世家：「武王崩，成王少，周公旦代行政當國。管、蔡疑之，乃與武庚作亂，欲襲成王、周公。周公既承成王命誅武庚，殺管叔，放蔡叔，乃命微子開代殷後，奉其先祀，作微子之命以申之，國于宋。」

十月之交解〔一〕

小雅無厲王之詩，著其惡之甚也。而鄭氏自十月之交已下，分其篇，以爲當刺厲王，又妄指毛公爲詁訓時移其篇第，因引前後之詩以爲據〔二〕。其説有三：一曰節刺師尹不平〔三〕，此不當譏皇父擅恣〔四〕。予謂非大亂之世者必不容二人之專，不然李斯、趙高不同生於秦也〔五〕。其二曰正月惡褒姒滅周〔六〕，此不當疾。豔妻之説出於鄭氏，非史傳所聞。況褒姒之惡，天下萬世皆同疾而共醜者，二篇譏之，殆豈過哉？其三曰幽王時司徒乃鄭桓公友，此不當云「番惟司徒」。予謂史記所載，鄭桓公在幽王八年方爲司徒爾〔七〕，豈止桓公哉？是三説皆不合於經，不可按法。爲鄭氏者獨不能自信㊀，而欲指他人之非，斯亦惑矣。今考雨無正已下三篇之詩，又其亂説歸向㊁，皆無刺厲王之文〔八〕，不知鄭氏之説何從而爲據也？孟子曰：「説詩者不以文害辭，不以辭害意〔九〕。」非如是，其能通詩乎？

【校記】

㊀獨：原校：一作「又」。　㊁亂說歸向：卷後原校：下注「疑」字。

【箋注】

〔一〕約景祐四年（一〇三七）作。十月之交，小雅之篇名。

〔二〕「而鄭氏」五句：詩序：「十月之交，大夫刺幽王也。」鄭玄箋：「當爲刺厲王。作詁訓傳時，移其篇第，因改之耳。節彼刺師尹不平，亂靡有定，此篇譏皇父擅恣，『日月告凶』。正月惡褒姒滅周，此篇疾『豔妻煽方處』。又幽王時司徒乃鄭桓公友，非此篇之所云番也。」

〔三〕節刺師尹不平：詩小雅節南山：「赫赫師尹，不平謂何？」鄭玄箋：「責三公之不均平。」

〔四〕皇父：人名。周幽王時的卿士，寵臣。陳奐據國語鄭語，疑即周大臣虢石父。

〔五〕李斯：楚上蔡人，被秦始皇任爲客卿。秦統一六國後，任丞相。秦始皇死，遂追隨趙高，合謀僞造遺詔，立胡亥爲二世皇帝。後爲趙高所殺。史記有傳。趙高：秦宦官。始皇時爲中車府令，二世時爲郎中令。後殺李斯，任中丞相；又殺二世，立子嬰爲秦王。旋爲子嬰所殺。見史記秦始皇本紀。

〔六〕正月惡褒姒滅周：詩小雅正月：「赫赫宗周，褒姒滅之！」朱熹集傳：「赫赫然之宗周，而一褒姒足以滅之，蓋傷之也。時宗周未滅，以褒姒淫妬讒諂而王惑之，知其必滅周也。」

〔七〕「予謂」二句：史記鄭世家：「鄭桓公友者，周厲王少子而宣王庶弟也。宣王立二十二年，友初封于鄭。封三十三歲，百姓皆便愛之。幽王以爲司徒。」裴駰集解引韋昭曰：「幽王八年爲司徒。」

〔八〕「今考」三句：小雅雨無正以下三篇爲小旻、小宛、小弁。小旻，詩序謂「刺幽王也」。小宛，詩集傳曰：「此詩之辭最爲明白，而意極懇至。說者必欲爲刺王之言，故其說穿鑿破碎，無理尤甚。」小弁，詩序謂「刺幽王也。太子之傳作焉」。孟子告子下：「小弁之怨，親親也。親親仁也。」班固漢書馮奉世傳贊：「讒邪交亂，貞良被害，自古而然。故伯奇放流，屈原赴湘，小弁之詩作，離騷之辭興。」

〔九〕「孟子曰」三句：語出孟子萬章上，「害意」作「害志」。

外集卷十一

碑銘

衛尉卿祁公神道碑銘〔一〕

惟太原祁氏，其先出於黄帝之子二十五人，一食於祁，遂爲氏。太原晉公盛於春秋之際，祁氏亦盛於晉〔二〕。其後世遠而衰，子孫散亡之他國㊀，有居譙者，即爲譙人。後幾世，生公，諱某。公由曾祖以來㊁，畜德藴明，世不大顯。公生幾歲，始有賢子革〔三〕。革，咸平三年以鄉貢進士中第㊂，始以禄榮其親。後幾歲，公卒。卒之歲，實景德四年正月二十七日㊃，享年六十有一。革既棄官服喪于家。日月訖㊄，如禮起復，就仕。仕又某年，始爲尚書郎。然後又以爵榮之，一命贈大理評事，累升衛尉卿。夫人楚氏，某人女，其賢爲公之配，後公以卒。天聖八年，始以公、夫人之喪，合葬譙縣湯陰鄉。將葬，乃考其世德，刻石藏墓中，又圖刻於墓隧之外，以暴露顯揚，孝子之心也。

初，公閑居，常命革曰：「祁氏世有仕族〔六〕，名聲可稱聞者，比比出於時。自國家建隆以來，天子每歲下書四方〔七〕，舉賢能之士以官之，而四方之人摩肩爭出，獨祁氏無一人之迹至譙刺史廷下稱應書者，豈吾門遂廢乎？抑大廢而後興也？或後遂興，興由汝也？」於是盡出其家之有，益市羣書，日釀酒爲具以待四方之賓，使與之遊。每鄉里大儒先生講説授學校〔八〕，子即隨酒具以往，勤勤盡其歡，歲時未嘗懈怠。不顧資産之有無者〔九〕，惟奉其家祭祀及以禮士君子爾，由是浸漸以成人。及享子禄，不數歲乃終，人謂力勞而報約，何也？既而享名爵，登九卿〔四〕，然後鄉里榮之。夫享子養人之常，殁而榮不朽，顧天之報予，孰云無厚薄哉！惟公以純篤敦實，履其身，行其家，以大其門。教其子，卒成其志，志成矣而身殁，身殁而名益榮矣。今又得顯書其行，揭之金石，以彰爲善之效，而以其餘勸於後人，得爲賢也。

噫！今有人負材與能昂立人上〔一〇〕，與時爭高下，不肯分寸屈其心，而卒困厄顛踣，快快不得志，欲一縣佐不可得，以至窮且老殁無聞者；幸而得志，處富貴，極崇高，即死而身名俱滅，子孫至爲僕隸轉死溝壑者，亦不可數。用彼較此，得失孰多乎？豈負材與畜德，所享固不同耶？碑具，使來乞辭。辭具，又爲之詩，以貽譙里之童子使歌之，以永公之無窮也。

衣車赫赫馳者誰？生世不聞死莫知。卿居里門乃褐衣，歿榮之存令名垂。人有不信考斯碑，卿之有碑由子爲，後之父者宜所思。

【校記】

㊀散亡：原校：一作「亡散」。㊁「曾祖」下：原校：一有「考」字。㊂中：原校：一作「及」。㊃景德：原校：原作「景祐」。卷後原校：「碑云景祐四年卒，天聖八年葬。按天聖在景祐之前，疑『景祐』當作『景德』。」據改。上文載革於咸平三年中第，「後幾歲」，正是景德年間。㊄日月：原校：二字一作「既」。㊅族：原校：一作「官」。㊆每：原校：一作「歲」。㊇校：原校：一作「徒」。㊈「不」下：原校：一有「敢」字。㊉有人：原校：一作「人有」。

【箋注】

〔一〕據題下注，天聖八年（一〇三〇）作。

〔二〕「惟太原」六句：史記五帝本紀：「黄帝二十五子，其得姓者十四人。」司馬貞索隱引國語胥臣云：「得姓者十四人，爲十二姓，姬、酉、祁……是也。」鄭樵通志卷二七氏族略第三：「祁氏，姬姓。晉獻侯四世孫奚爲晉大夫，食邑于祁，遂以爲氏，其地即今太原祁縣是也。猶有祁奚墓。或云，隰叔之後與士氏同族。又，祁亦姓也，出黄帝後所謂伊祁是也。」

〔三〕革：祁革。據李之亮宋代郡守通考所引泰州志，祁革天聖三年知泰州。

〔四〕九卿：宋黄履翁古今源流至論別集卷三本朝官制上：「九寺：太常、宗正、光禄、衛尉、太僕、大理、鴻臚、司農、太府，有卿、少卿、丞、簿。」

諫議大夫楊公墓誌銘〔一〕

府君，杭州錢塘人。其譜曰漢太尉震之後〔二〕，世出弘農，其後微遠，不能譜録㈠。府君之九代祖隱朝，始復得次序，曰隱朝生燕客，燕客生堪〔三〕，而猶爲弘農人。堪生承休，是謂皇高祖，唐天祐元年，爲刑部員外郎，副給事中鄭祁使吴越，册錢鏐爲王，楊行密亂江、淮，道阻不克歸，遂留杭州，始分弘農之籍，籍錢塘〔四〕。初，承休之行也，挈其子巖以俱。巖仕吴越國，位至丞相，是謂皇曾祖。生尚書職方員外郎諱郾，是謂皇祖。生贈禮部尚書諱蠙，是謂皇考。

府君幼失其父，有志節，不羣諸兒，母元夫人獨愛之。夫人之喪尚書也〔五〕，内外之姻未嘗有見其笑者，府君生十歲，作雪賦一篇，始爲之笑。及長，尤好學，日必誦書數萬言，或晝夜不息，臨食至失匕筯。已而病其目，元夫人奪藏其書，府君盜之，亡鄰家以讀。

大宋受命，太宗皇帝即位之三年，吴越忠懿王朝京師，以其地納籍有司，吴越國除〔六〕。隨其皇祖以族行，寓宋州。三舉進士，端拱二年中乙科，歷蔡州新昌縣令〔七〕，遷著作佐郎、知德州。爲政有治迹，詔書褒之。咸平三年，交趾獻馴犀〔八〕，府君以秘書丞監在京商稅院，因奏犀賦。真宗嘉之，召試學士院，遷太常博士。賦，一時文士爭相傳誦不及。明年，又上書自薦，獻所爲文二十餘萬言，乃直集賢院，知袁、筠二州，提點開封府界諸縣。入爲三司鹽鐵判官，知越州，提點淮南刑獄〔九〕。爲宰相王文穆公不悦〔一〇〕，以事罷之，卒坐考試國子監生，貶監陳州榷酒〔一一〕。逾年，得知常州，復入三司，判磨勘司。

丁元夫人憂，服除，判户部勾院。比自薦及是，二十七年矣〔一二〕。然少孤，能自立，力勤苦爲文章，履其身以儉約，不妄自爲進取。其官業行己之方，一皆自信於聖人之道，不肯少顧時之人所爲，而時之人亦以有德君子名之。故其直集賢院者二十七年，不遷官〔一三〕，由太常博士纔至刑部郎中，有出其後者，往往至榮顯。或有笑其違世自守以質朴，諷使少改其爲者。府君歎曰：「吾不學乎世，學乎聖人㊁，由是以至此。吾之所有，不敢以薦於人，而嘗自獻于天子矣。今欲孰附以進邪？」其信道深篤不可屈曲如此。天聖四年，以久次，遷集賢修撰，出知應天府，同糾察在京刑獄，轉兵部郎中。六年，年六十五，老矣，始召以知制誥〔一四〕。

府君與潁川陳從易〔一五〕，皆以好古有文行知名。然二人者，皆久不用，遂以老，既而一日並用之。是時學者稍相習，務媮窳爲文章，在位稍以爲患，皆以謂天子用耆老將有意矣。而又下詔書，敕學者禁浮華，使近古道〔一六〕，然後以謂用二人皆不無意矣，而皆恨其晚也。

居二歲，拜右諫議大夫、集賢院學士、出知亳州。於州封號略縣男，食邑三百户。明道二年四月十日，以疾卒於州之正寢，年六十有九。其病將卒，猶不廢學。有文三十卷，曰隱居集㊂；又五卷，曰西垣集〔一七〕。嗚呼！畜其學以老，不克用，獨見於文章，然其文卒待一施於朝廷，遂位榮顯。既貴，贈其皇考禮部尚書，母太原郡太君。其婦曰漳南縣君張氏㊃，後夫人南陽郡君，亦張氏。蔭其男，長曰洎，明州觀察支使；次曰濬，江陰軍司理參軍；次曰泳、漸、沆、渢，皆將作監主簿。既終，又蔭二孫某官。其餘慶之及者三世㊄，則夫守道者，未必果不遇也。

噫！楊氏嘗以族顯於漢，爲三公者四世〔一八〕。漢之亂，更魏涉晉，戕賊於夷胡㊅，而漢之大人苗裔盡矣。比數百歲，下而及唐，然楊氏之後獨在。太和、開成之間，曰汝士者與虞卿、魯士、漢公〔一九〕，又以名顯於唐，居靖恭坊楊氏者，大以其族著〔二〇〕。唐之亂，極於懿、僖、昭三宗，下更五姓，天下瘡裂，焚蕩翦薙，而唐之名臣之後盡矣。又幾百年至于今，然楊氏之後獨在，及府君又大顯。始震嘗有德於漢而死以無辜〔二一〕，君子悼震曰不幸，然孰知夫世不昌且久歟？而府君又畜其德，則孰知其後世又不然歟？於其葬也，是宜銘。銘，蓋所以使後世之有考也。

府君卒後若干年，以景祐二年某月某日，葬杭州某縣某鄉。漳南縣君先府君二十六年以亡，及是合葬，自有誌〔二二〕。府君初名侃，後避真宗皇帝舊名，改曰大雅，字子正。銘曰：

楊氏之先，自震有聞。有盛有衰，世惟厥人。由漢迄今，更難冒亂。歷時千年，而世三顯〔二三〕。府君之顯，不彰于初。其久不渝，卒克以敷。弘農之分，遂播南土〔二四〕。嗚呼！德則承其先，而葬也塋于祖㈦。

【校記】

㈠録：卷後原校：一作「抵」。按：當屬下句。㈡學乎聖人：卷後原校：四字上一有「而」字。㈢居：此字原脱，據衡本校「一作『居』」補。㈣其婦：天理本卷後校：二字上一有「封」字。㈤慶：此字原脱，據衡本補。㈥賊：原校：一作「斲」。㈦于：原校：一作「於」。

【箋注】

〔一〕據題下注，景祐二年（一〇三五）作。楊公，楊大雅，宋史有傳。本集卷一二楊氏夫人墓誌銘：「楊公已歿，修始娶其女，雖不及識公，然嘗獲銘公之德，究見其終始。」歐娶大雅之女，在景祐元年。（據胡譜）

〔二〕震：楊震。見居士集卷二九翰林侍讀學士右諫議大夫楊公墓誌銘箋注〔一六〕。

〔三〕「曰隱朝」二句：此謂堪父燕客，祖隱朝，而宋史楊大雅傳謂堪父爲虞卿，與新唐書楊虞卿傳所記同。楊虞卿傳言父寧，亦非隱朝。蕭東海楊萬里年譜楊萬里家世「世系源流」一節，引解縉泰和楊氏族譜序：「余嘗讀先賢楊文節公自序其譜……序又稱歐陽文公誌大雅墓，曰九世祖隱朝生燕客，燕客生堪，堪生承休，而唐書世系表則曰朝生燕客，燕客生寧，寧生虞卿，虞卿生堪，何其自相異也？ 及考之宋文景公作虞卿傳，虞卿父寧子堪，乃與表合。 蓋誌誤也。」蕭氏謂「由『隱朝』而下的世系次序，則應該是『隱朝生燕客，燕客生寧，寧生虞卿，虞卿生堪』」，所言甚是。

〔四〕「堪生」十一句：宋史楊大雅傳：「虞卿孫承休，唐天祐初，以尚書刑部員外郎爲吴越國册禮副使，楊行密據江、淮，道阻不克歸，遂家錢塘。」楊行密，見居士集卷四〇菱溪石記箋注〔六〕。 其「亂江、淮」事，在天祐元年、二年，見舊五代史僭僞列傳第一、新五代史吴世家第一。

〔五〕 尚書：指大雅之父，贈禮部尚書楊蠙。

〔六〕「太宗皇帝」四句：新五代史吴越世家：「太平興國三年，詔俶來朝，俶舉族歸於京師，國除。」錢俶，錢鏐孫，卒謚忠懿。

〔七〕「端拱」二句：此處有誤。 新昌縣屬越州，而非蔡州。 蔡州有新息縣。 楊大雅傳：「進士及第，歷新息、鄢陵縣主簿改光禄寺丞、知新昌縣。」

〔八〕「咸平」二句：事在咸平四年，見長編卷四八、宋史真宗紀一及外國傳四，「三年」爲歐誤記。

〔九〕「提點」句：據長編卷一〇六，楊大雅提點淮南刑獄在天禧初。

〔一〇〕 王文穆公：即王欽若。 欽若字定國，臨江軍新喻人。 淳化進士。 天禧元年拜相，卒謚文穆。 宋史有傳。

〔一一〕「卒坐」二句：楊大雅傳：「考試國子監生，坐失薦，迭降監陳州酒。」長編卷九二載天禧二年十一月「丁亥，命翰林學士承旨晁迥、知制誥陳堯咨於秘閣再考國子監及太常寺別試進士文卷，上其名……開封府、國子監、太常寺發解官皆坐薦舉不實，責監諸州酒稅……度支判官、太子中允、直集賢院楊侃（按：大雅初名侃，避真宗藩邸諱，詔改之。），汝州。」容齋四筆卷一〇「責降考試官」條，言楊侃責監江州稅，則大雅當先降江州、汝州，後迭降至陳州也。

〔一二〕「比自薦」二句：據上文，大雅上書自薦當在「咸平三年」作犀賦的「明年」，即咸平四年（一〇〇一），二十七年後判户部勾院，爲天聖五年（一〇二七）。 此説有誤。

〔一三〕「故其」二句：楊大雅傳謂「直集賢院二十五年不遷」，則判户部勾院在天聖三年（一〇二五），與後文「天聖四年，以久次，遷集賢修撰」相接無誤。

〔一四〕「六年」四句：長編卷一〇六載天聖六年九月「丙午，太常少卿、直昭文館陳從易爲左司郎中，兵部郎中、集賢院修撰楊大雅，並知制誥。自景德後，文字以雕靡相尚，一時學者鄉之，而從易獨自守不變，與大雅特相厚，皆好古篤行，無所阿附……朝廷欲矯文章之弊，故並進從易及大雅，以風天下。」

〔一五〕陳從易：字簡夫，泉州晉江（本文稱潁川，乃因陳氏先祖軫戰國時仕楚，封潁川侯，因從潁川稱陳氏）人。進士及第，歷知虔、福、廣州，入爲左司郎中、知制誥，兼史館修撰，遷左諫議大夫。進龍圖閣直學士、知杭州，卒。宋史有傳。

〔一六〕「而又」三句：長編卷一〇八載天聖七年「五月己未朔，詔禮部貢舉。庚申，詔曰：『朕試天下之士，以言觀其趣向。而比來流風之敝，至於薈萃小説，磔裂前言，競爲浮誇靡曼之文，無益治道，非所以望於諸生也。禮部其申飭學者，務明先聖之道，以稱朕意焉。』」

〔一七〕「有文」四句：楊大雅傳：「所著大隱集三十卷，西垣集五卷，職林二十卷，兩漢博聞十二卷。」

〔一八〕「楊氏」三句：紺珠集卷一〇：「（楊）震生秉，秉生賜，賜生彪：四世三公，天下莫比。」

〔一九〕「曰汝士」句：楊汝士字慕巢，虞卿從兄，官至刑部尚書。虞卿字師皋，官至工部侍郎、京兆尹。漢公字用乂，虞卿弟，官至天平節度使。生平均見新唐書楊虞卿傳。魯士字宗尹，汝士弟，登制科。見舊唐書楊虞卿傳。

〔二〇〕「居靖恭坊」二句：新唐書楊虞卿傳：「楊氏自汝士後，貴赫爲冠族，所居靖恭里，兄弟並列門戟。咸通後，在臺省方鎮率十餘人。」

〔二一〕「始震」句：楊震歷任荆州刺史、涿郡太守、司徒、太尉等職，功在社稷。安帝乳母王聖及中常侍樊豐等貪侈不法，震數上疏切諫，爲樊豐所誣罷官，自盡。見後漢書楊震傳。

〔二二〕自有誌：見下卷漳南縣君張氏墓誌銘。

〔二三〕「歷時」二句：謂楊氏自漢之楊震，歷唐之承休，至宋之大雅，三顯於世。

〔二四〕「弘農」二句：指承休「遂留杭州，始分弘農之籍，籍錢塘。」

【集評】

〔明〕茅坤：本世系以次累欷悲慨之旨。（歐陽文忠公文鈔評語卷二六）

尚書職方郎中分司南京歐陽公墓誌銘〔一〕

公諱潁，字孝叔。咸平三年，舉進士中第，初任峽州軍事判官，有能名，即州拜秘書省著作佐郎、知建寧縣。未半歲，峽路轉運使薛顔巡部至萬州〔二〕，逐其守之不治者，以謂繼不治非尤善治者不能，因奏自建寧縣往代之，以治聞。由萬州相次九領州而治之。一再至曰鄂州。二辭不行：初彭州，以母夫人老，不果行；最後嘉州，以老告，不行。實治七州，州大者繁廣，小者俗惡而姦，皆世指爲難治者。其尤甚曰歙州〔三〕，民習律令，性喜訟，家家自爲簿書，凡聞人之陰私毫髮、坐起語言，日時皆記之，有訟則取以證。其視入狴牢就桎梏，猶冠帶偃簀，恬如也。盜有殺其民董氏於市，三年捕不獲，府君至，則得之以抵法。又富家有盜夜入啓其藏者，有司百計捕之甚急，且又大購之，皆不獲，有司苦之。公曰勿捕與購，獨召富家二子，械付獄，鞫之。州之吏民皆曰「是素良子也」，大怪之，更疑互諫。公堅不回，鞫愈急，二子服。然吏民猶疑其不勝而自誣，及取其所盜某物於某所，皆是，然後歡曰㊀：「公，神明也。」其治尤難者若是，其易可知也。

公剛果有氣，外嚴内明，不可犯，以是施於政，亦以是持其身。初，皇考侍郎爲許田令〔四〕，時丁晉公尚少〔五〕，客其縣。皇考識之，曰貴人也，使與之遊，待之極厚。及公佐峽州，晉公薦之，遂拜著作。其後晉公居大位〔六〕，用事，天下之士往往因而登榮顯，而公屏不與之接。故其仕也，自著作佐郎、秘書丞、太常博士、尚書屯田、都官、職方三員外郎、郎中，皆以歲月考課，次第陞，知萬、峽、鄂、歙、彭、鄂、閬、饒、嘉州，皆所當得。及晉公敗〔七〕，士多不免，惟公不及。明道二年，以老乞分司，有田荆南，遂歸焉。以景祐元年正月二十六日終于家，年七十有三。

考諱某㊁，贈某官㊂。皇妣李氏，贈某縣君。夫人魯氏，某縣君〔八〕，先亡。

公平生彊力，少疾病。居家，忽晨起作遺戒數紙，以示其嗣子景昱曰〔九〕：「吾將終矣。」後三日，乃終。而嗣子景昱能守其家，如其戒。

歐氏出於禹，禹之後有越王勾踐〔一〇〕。勾踐之後有無疆者，爲楚威王所滅，無疆之子皆受楚封〔一一〕，封之烏程歐陽亭者，爲歐陽氏〔一二〕。漢世有仕爲涿郡守者，子孫遂北，有居冀州之渤海，有居青州之千乘。而歐陽仕漢，世爲博士，所謂歐陽尚書者也〔一三〕。渤海之歐陽有仕晉者曰建，所謂渤海赫赫歐陽堅石者也〔一四〕。建遇趙王倫之亂〔一五〕，其兄子質南奔長沙。自質十二世生詢〔一六〕，詢生通〔一七〕，仕於唐，皆爲長沙之歐陽，而猶以渤海爲封。通又三世而生琮，琮爲吉州刺史，子孫家焉〔一八〕。自琮八世生萬，萬生雅㊃〔一九〕，雅生高祖諱效〔二〇〕，高祖生曾祖諱託〔二一〕，曾祖生皇祖武昌令諱郴〔二二〕，皇祖生公之父贈户部侍郎諱倣，皆家吉州，又爲吉州之歐陽。及公，遂遷荆南，且葬焉，又爲荆南之歐陽。嗚呼！公於修，叔父也〔一三〕。銘其叔父，宜於其世尤詳。銘曰：

壽孰與之，七十而老。禄則自取，於取猶少。扶身以方，亦以從公。不變其初，以及其終。

【校記】

㊀歡：原校：一作「嘆」。㊁考：原作「祖」，誤，據衡本改。㊂「贈某官」下：原注「疑」字。㊃萬生雅：衡本作「萬生和，和生雅」，與歐陽氏譜圖序及譜圖所載「萬生某，某生雅」相合，「某」當爲「和」也。

【箋注】

〔一〕據題下注，景祐元年（一〇三四）作。歐陽公，歐陽潁。

〔二〕峽路：亦稱峽西路。宋開寶六年分西川路置，治夔州。咸平四年，分置夔州、梓州二路。薛顔：字彦回，河中萬泉人。舉三禮中第。以秘書省著作佐郎使夔、峽，疏決刑獄。後爲峽路、河東轉運使，知河南府、應天府，以光禄卿分司西京，卒。宋史有傳。

〔三〕「其尤」句：新安志卷九：「歐陽潁……大中祥符末，以朝散大夫行太常博士，知歙州。」

〔四〕皇考侍郎：指歐陽潁之父倣。本集卷二一歐陽氏譜圖序（石本，下同）：「工部府君諱倣，仕皇朝，爲許田令，葬奉新，累贈工部侍郎。」

〔五〕丁晉公：丁謂。見居士集卷二〇太子太師致仕贈司空兼侍中文惠陳公神道碑銘箋注〔一四〕。

〔六〕「其後」句：據宋史宰輔表一，丁謂天禧四年加同平章事。

〔七〕「及晉公敗」：丁謂在真宗朝僞造祥異，排擊寇準。仁宗即位，謂以前後欺罔及與宦官雷允恭交通而遭貶。

宋史宰輔表一載乾興元年「六月癸亥，丁謂自左僕射、太子少師、同平章事以太子少保分司西京。七月辛卯，貶崖州司户。」

〔八〕「夫人」二句：歐陽氏譜圖序：「職方府君諱潁……夫人廣陵縣君曾氏。」

〔九〕嗣子景昱：據歐陽氏譜圖，歐陽潁生二子，曰景曰昱，而此將景、昱合二爲一，當屬筆誤。

〔一〇〕「歐氏」二句：史記越王勾踐世家：「越王勾踐，其先禹之苗裔，而夏后帝少康之庶子也。封於會稽，以奉守禹之祠……後二十餘世，至於允常……允常卒，子勾踐立，是爲越王。」

〔一一〕「勾踐之後」三句：無疆爲勾踐之六世孫。史記越王勾踐世家：「王無彊時，越興師北伐齊，西伐楚，與中國爭彊。當楚威王之時，越北伐齊，齊威王使人説越王曰：越不伐楚，大不王，小不伯……於是越遂釋齊而伐楚。楚威王興兵而伐之，大敗越，殺王無彊，盡取故吴地至浙江，北破齊於徐州。而越以此散，諸族子爭立，或爲王，或爲君，濱於江南海上，服朝於楚。」按：史記、新唐書無疆作無彊，蓋「疆」與「彊」通。

〔一二〕「封之」二句：新唐書宰相世系表：「無彊子蹄更封於烏程歐餘山之陽，爲歐陽亭侯，遂以爲氏。」

〔一三〕「而歐陽」三句：漢書儒林傳：「歐陽生字和伯，千乘人也。事伏生，授兒寬……寬授歐陽生子，世世相傳，至曾孫高子陽，爲博士。高孫地餘長賓以太子中庶子授太子，後爲博士，論石渠……地餘少子政爲王莽講學大夫。由是尚書世有歐陽氏學。」

〔一四〕「渤海」二句：晉書歐陽建傳：「歐陽建字堅石，世爲冀方右族。雅有理思，才藻美贍，擅名北州。時人爲之語曰：『渤海赫赫，歐陽堅石。』」

〔一五〕「建遇」句：歐陽建爲石崇外甥，與趙王倫有隙。崇有妓緑珠，美而豔。倫索緑珠于崇，遭拒，遂矯詔誅石崇、歐陽建等。見晉書石苞傳。趙王倫，司馬倫，字子彝，司馬懿第九子。因惠帝自立，引起内亂，後被囚殺。晉書有傳。

〔一六〕詢：歐陽詢，字信本，潭州臨湘人。唐代著名書法家。累擢給事中，貞觀初歷太子率更令、弘文館學士，封渤海男。兩唐書有傳。

〔一七〕通：歐陽通，詢子，亦書法家。與父齊名，號「大小歐陽體」。生平附詢傳後。

〔一八〕「琮爲」二句：歐陽氏譜圖序：「吉州府君諱琮，葬袁州之萍鄉，而子孫始家于吉州。當唐之末，黄巢攻陷州縣，府君率州人扞賊，鄉里賴以保全，至今人稱其德。」

〔一九〕雅：歐陽雅。歐陽氏譜圖序：「處士諱雅，字正言。高年不仕，德行稱於鄉里。」

〔二〇〕效：歐陽效。歐陽氏譜圖序：「韶陽府君諱效，字德用，爲韶州韶陽主簿。」

〔二一〕託：歐陽託。歐陽氏譜圖序：「處士諱託，字達明，隱德不仕，鄉里稱之。凡民有爭，決之官府者，後多復訴訟；有從處士平其曲直者，遂不復爭。」

〔二二〕郴：歐陽郴。歐陽氏譜圖序：「令公府君諱郴，字可封。仕南唐，爲武昌令、吉州軍事衙推，官至檢校右散騎常侍兼御史大夫。性至孝，兄弟相友愛……享年九十有四。」

〔二三〕「公於修」二句：據譜圖，歐陽修父觀與歐陽潁爲同祖（郴）之兄弟。潁父倣爲觀父偃之弟。

【集評】

〔清〕儲欣：三千年世系如珠貫。（六一居士外集録評語卷一）

〔清〕鮑振方：序末詳書世系，以兄子銘叔文，故尤詳其家世也。（金石訂例卷四）

〔清〕張裕釗：此篇從退之出。（諸家評點古文辭類纂評語卷四六）

都官郎中王公墓誌銘〔一〕

明道元年五月二十四日，尚書都官郎中王公，以疾終于許州私第。明年十月，其孤宗彭、宗古奉公之喪及公之先君、先夫人，俱葬于許州長社縣白兔原。

公諱世昌，字次仲。少屬文，舉進士，端拱元年登科第，補鳳翔郿縣主簿，再調開封士曹參軍，知杭州鹽官縣，又改蘇州常熟縣。轉運使張式以治狀奏充秀州判官〔二〕，遷著作佐郎，知彭州九隴縣，轉太常丞。會鹽鐵上言建安茶税不充，請擇材臣幹其任，公膺是選，歲增四千萬。三年歸朝，優詔嘉奬，擢知饒州，連典蜀、福二州〔三〕。歷太常博士，屯田、都官、職方三員外郎，權三司判官，出知鄧州，轉屯田郎中，徙東川。賜三品服，移成州，權莅西京留守司御史臺，又知澤州，轉都官郎中，知絳州。老疾上章，得分司西京。享年七十有八。

公性明察，凡爲郡，獄訟無細大，皆呼前，面質其罪，有冤者立辨出之，獄官俯伏受教，僚佐充員而已。故所至稱有治聲，亦用此爲人所擠，成州之遷是也。好接士類，不以年耆自處，候門者雖晚進，皆與均禮，論者多之。

初娶李氏。再娶水丘氏〔一〕，封歸安縣君，柔婉有婦道，早亡。生子三人：長宗説，終杭州臨安主簿；次宗古，前連州陽山令；次宗彭，前孟州汜水主簿。女四人：長適涇州支使宋齊古，次早夭，次適侍御史楊偕〔四〕，次適光禄寺丞吕昌齡。臨安有子一人師温，郊社齋郎。陽山子師良、師儉，皆郊社齋郎，二女俱幼。銘曰：

八十其齡，三品其服。有子有孫，以才以淑。吁嗟令人兮，嚮用兹福。

【校記】

〔一〕水丘氏：卷後原校：集本多作「巫氏」。

【箋注】

〔一〕如題下注，明道二年（一〇三三）作。王公，王世昌。

〔二〕張式：生平不詳。王安石司封郎中張君墓誌銘墓主張式，天禧二年方釋褐，而其時王世昌知福州，可見文中「轉運使張式」非其人。

〔三〕「連典」句：王世昌大中祥符九年（一〇一六）在知蜀州任上，宋史五行志二上載是年「十二月，晉原縣民李彦滔家竹一本，雙莖對節，知州王世昌圖以獻」。按：晉原縣當爲晉源縣，屬蜀州。三山志卷二二守臣題名載天禧元年（一〇一七）十二月「王世昌以都官員外郎知（福州）……三年十二月，王世昌罷」。

〔四〕次適侍御史楊偕：居士集卷二九翰林侍讀學士右諫議大夫楊公墓誌銘：「公嘗爲御史。初娶張氏……又娶王氏，太原郡君。」

左班殿直胥君墓誌銘〔一〕

胥姓出晉大夫童〔二〕，世久徙遷，失其譜。君諱某，字致堯。有子曰沆，能略言其世，曰：「吾家爲燕人，十三代祖儀〔三〕，爲唐御史中丞，坐言武后事，貶臨川，後世因家焉。胥氏義聞鄉閭，門有旌表。由吾先君而上，祖諱某，仕僞唐袁州宜春令〔四〕。父諱某，當周世宗取淮南，李氏日益衰亂，因徙家合肥。及吾先君，始禄于朝，然卒於不得志。今其葬，敢再拜以請。」予爲考次君之行曰：

君少力學爲文辭，端拱、咸平之間，再舉進士，嘗中選矣。時天子諒闇〔五〕，不能廷試進士，疑有司選太多，削其奏籍之半，乃罷去。其冬，契丹犯邊，天子幸魏，又將幸真定〔六〕。君以草澤應詔，上書理檢，言兵事，且曰：「臣言有不可書者，非人主不得聞。」天子召見，爲屏左右，聽其説，矍然而悟，將拜某官。既出，大臣詰其事，不肯對。大臣皆不悦，曰：「且可以職縻之。」以爲三班借職，君辭不就。天子還京師〔七〕，又固辭，願從進士試禮部，皆不許，以監温州天富鹽監。君歎曰：「吾親老，敢擇禄邪！凡世所謂材者，惟施無不利乃可謂能，吾將有爲也。」已乃受命，凡治鹽三歲，增其舊二百餘萬斛。罷歸，以能被薦，未暇録。初，契丹陷黎陽，滑州守張秉請君將戍兵擊河凌以斷賊〔八〕，契丹去，張公以君爲材，留君護漁池、迎陽二埽。朱博代守滑〔九〕，乃曰：「河恐滑人者，趨西埽爾，請君兼護之。」君疏河爲别流以殺其勢。明年，河棄西埽去，滑人無水恐，歲省工材百餘萬。秩滿，有司上君鹽最、護河之功，遷奉職，君意不滿，辭不拜。丁母夫人某氏憂，終喪，不許，以監黄州商税，餘年課爲最。召還，在道，用祀汾陰恩〔一〇〕，卒遷奉職，監杭州排岸司，浚浙江、龍山二閘，廢清河堰以通漕，杭人至今便之。爲端州兵馬監押，就遷右班殿直。給事中樂黄目舉君材任閤門祗候〔一一〕，有司限例不行，得温州兵馬監押，期還遷職。在温州聞黄目死，前舉狀格不用，君歎曰：「豈吾命邪！」今天子即位〔一二〕，遷左班殿直，以疾求監壽州酒稅。逾年請告，就醫京師。天聖元年十月某日，卒于建平坊，享年五十有九。初娶宋氏，生三男，曰沆、澄、泳，澄早卒。二女，長亦早卒，次適某氏。再娶沈氏，後君卒。初，君之喪寓葬朝陽門外。慶曆二年某月某日，葬于某縣某鄉某原。銘曰：

余悲胥君，始以儒者自進，而仕也非其志。方其以一布衣，飛箝人主之意〔一三〕，其志壯哉，豈止於此！自古賢材明智之士，困於失職多矣，豈天所不相邪？豈其力不足邪？蓋苟者多得，偷者易安，守義而窮，乃理或然。嗟乎胥君，永矣兹阡。

【箋注】

〔一〕如題下注，慶曆二年（一〇四二）作。胥君，胥致堯。

〔二〕「胥姓」句：元和姓纂卷二：「晉大夫胥臣之後，有胥克、胥梁、胥帶、胥午、胥童。」

〔三〕儀：胥儀。生平無考。

〔四〕僞唐：指五代十國時的南唐。

〔五〕時天子諒闇：長編卷四一載至道三年三月「癸巳，帝（太宗）崩於萬歲殿……真宗即位於柩前」。

〔六〕「其冬」四句：據長編卷四五，咸平二年十月，契丹寇定州。十二月，真宗車駕發京師，駐蹕澶州，旋次大名。契丹攻威虜軍，宋軍擊敗之。按：大名，北周時屬魏州。

〔七〕天子還京師：據長編卷四六，咸平三年正月，真宗車駕自大名府返京師。

〔八〕「滑州」句：據長編卷五八，景德元年十月，徙張秉知滑州。十一月，詔張秉等往來河上，部丁夫鑿冰，以防戎馬之度。張秉，字孟節，歙州新安人。歷監察御史、知審官院、糾察在京刑獄、知并州等職。宋史有傳。

〔九〕朱博代守滑：長編卷六五載景德四年五月乙丑，「祠部員外郎、知滑州朱博責授湘陰令」。據此，朱博繼張秉守滑，當在景德三、四年間。

〔一〇〕祀汾陰：據長編卷七五，宋真宗于大中祥符四年春祀汾陰。

〔一一〕樂黄目：字公禮，撫州宜黄人。淳化進士。大中祥符中，爲廣南西路轉運使，改陝西轉運使。天禧時，遷右諫議大夫、權知開封府。仁宗升儲，拜給事中兼左庶子。後出知亳州，卒。宋史有傳。

〔一二〕「今天子」句：宋仁宗乾興元年（一〇二二）即位。

〔一三〕飛箝：亦作「飛鉗」。周禮春官典同「微聲韽」賈公彦疏：「云韽讀爲飛鉗涅闇之闇者，謂鬼谷子有飛鉗、揣摩之篇，皆言從横辨説之術。飛鉗者，言察是非語，飛而鉗持之。」

内殿崇班薛君墓誌銘〔一〕

公諱塾，字宗道，絳州正平人，資政殿學士、兵部尚書河東簡肅公之弟〔二〕。於惟簡肅，爲時顯人，天聖、明道間，實參大政，以道德剛直外正於朝，孝友敦睦内仁其家。其爵命之榮上逮三世，旁禄其族子，官者三十人。公於太保諱景之廟爲曾孫㊀，太傅諱温瑜之廟爲孫，太師諱化光之廟爲第五子。少以簡肅蔭補三班借職，九遷内殿崇班，享年六十五以終。

公爲人果毅質直，喜以氣節自高。少好學，嘗爲文詞。仕雖不章，官能其職。初監曲沃縣酒税，民素苦伐薪給官炊，公始更用石炭，民得不苦，至今賴之。又監龍門縣清澗木税、絳州鹽酒税、河中府浮橋㊁，凡所施設皆有法，後人雖欲輒更，莫能也。蜀民易揺，喜倡事以相驚呼，遂緣爲亂。公爲兵馬監押，旁郡呼曰「盜將大至」，公能以重鎮之，州卒無事，民恃以安。歲滿，州乞留，不克。知河池縣，賦役刑罰示民以信，使民知政，而吏無所措其姦。始建孔子廟，春秋飭其牲器，以與邑人行事，民初識學校之禮。當時名臣，若今樞密副使杜公〔三〕，多薦其材，以兄嫌避不升用。奉使走馬承受滄州路公事，數對便殿，言利害，皆可施行。歷監通利軍，陝、蜀二州兵。康定二年六月十五日壬辰，以疾卒于蜀州之廨。其長子曰大理寺丞、通判陵州仲孺〔四〕，扶其柩歸于絳州。道出河池，河池之民泣遮于路曰：「此吾民之所思也。」公卒之六日，夫人吴氏卒于代州。其次子曰大理寺丞、通判代州宗孺〔五〕，以其喪歸，遂合葬于正平縣清源鄉周村原，用慶曆元年十二月二十一日丙申之吉。二子皆以材賢，克承其家。女一人，適將作監主簿鄭宗賢。銘曰：

薛絳大族，興自簡肅。簡肅之哲，其剛烈烈。公躬直清，官以材稱。惟賢是似，不愧其兄。薛有世次，簡肅之碑。公墓南原，銘以識之。

【校記】

㈠於：原校：一作「于」。　㈡又監：卷後原校：一作「後監」。

【箋注】

〔一〕 題下注「治平三年」，誤，當爲慶曆元年（一〇四一）作。居士集卷二四内殿崇班薛君墓表云：「予幸嘗紀次簡肅公之德，而又得銘公。」墓表作於慶曆元年，墓誌銘當亦是年作。文云「今樞密副使杜公」，查宋史宰輔表，治平三年，無杜氏爲樞密副使者，而慶曆元年杜衍任此職。薛君，薛塾。

〔二〕 簡肅公：薛奎。見居士集卷二六資政殿學士尚書户部侍郎簡肅薛公墓誌銘。

〔三〕 杜公：杜衍。

〔四〕 仲孺：字公期。見居士集卷七送公期得假歸絳箋注〔一〕、〔二〕。

〔五〕 宗孺：歷任清源尹（山西通志卷七六）、代州通判、并州通判（蘇魏公文集卷七送薛宗孺通理并州詩有「去監州」之語）、淄州知州（東齋記事卷三）。治平四年，嘗因免官而怨歐，遂誣以「帷薄不修」，致歐遭御史彈劾。見歐集附録葉濤重修實録本傳。

長安縣太君盧氏墓誌銘〔一〕

夫人盧氏。其父諱之翰〔二〕，單父人〔三〕。好學，通五行律曆，善籌策。中進士第〔四〕。至道中，用兵河西，以爲陝西轉運使〔五〕，屢爲太宗言靈武事，不合意，輒貶〔六〕。既而事驗，思之，輒復召用，由是卒爲名臣，官至太常少卿、知廣州。

夫人歸楊公〔七〕，時年始十七。公前夫人張氏生三男：文友、文舉、文本，皆尚幼。夫人亦生三男：一早卒，次文敏、文通。四女：長適大理寺丞王中孚，次適崑山縣尉刁綬，次適將作監主簿朱銑㊀，次早卒。楊公以文行著名當時，治身廉清〔八〕，好施宗族。大中祥符四年〔九〕，以右諫議大夫蒞廣州。家無貲，夫人居喪於淮上，諸子怡怡，知其母之慈撫其己，不知家之有無也。後二十有五年，文友爲虞部員外郎、知建昌軍；文舉，國子博士、通判蔡州；文本、文通，早卒；文敏由大理寺丞應進士中第，爲太子中允、知蘇州常熟縣。夫人在建昌，感疾，卒官舍，享年五十七。將卒，戒其子曰：「吾幸見汝輩立而死，吾無以教，爲人能如汝父，足矣。」遂歸葬壽州之西原，祔舊塋，禮也。夫人初用公封范陽縣君，後用其子封仁壽縣太君，又進封長安縣太君。及卒也，張夫人二子居喪，哀如所生。嗚呼，賢母也哉！是宜銘。粤景祐三年二月庚戌，葬之，銘曰：

從者其姑，祔者其夫，安此室乎！

【校記】

㈠適：此字原脱，卷後原校云「『將作』二字上疑脱『適』字」，據補。

【箋注】

〔一〕如題下注，景祐三年（一〇三六）作。盧氏，楊覃之妻。

〔二〕之翰：盧之翰，字維周，祁州人。太平興國進士。歷任陜西、京西、廣西南路轉運使等職。宋史有傳。

〔三〕單父人：宋史本傳謂之翰「祁州人」，云：「之翰少篤學，家貧，客游單州，防禦使劉乙館於門下。」可知之翰原籍祁州，後客居單父（單州治所）。

〔四〕中進士第：宋史本傳謂之翰「太平興國四年，舉進士，不得解，詣登聞自陳，詔聽附京兆府解試。明年登第」。

〔五〕「至道中」三句：宋史本傳：「（之翰）又改陝西轉運使，遷吏部員外郎。至道初，李順亂蜀，命兼西川安撫轉運使。賊平，還任。」

〔六〕「屢爲」三句：至道二年五月，西夏李繼遷率萬餘衆寇靈州。事見長編卷三九。宋史本傳：「會調發芻糧輸靈州，詔分三道護送，命洛苑使白守榮、馬紹忠領其事。之翰違旨擅併爲一，爲李繼遷邀擊于浦洛河，大失輜重。詔國子博士王用和乘傳逮捕，繫獄鞫問。之翰坐除名，貶許州司馬。」

〔七〕楊公：楊覃。覃字申錫，太平興國進士，授徐州觀察推官，改著作佐郎、知戎州。轉屯田員外郎，同判壽州。咸平間入判三司磨勘、憑由、理欠司，出爲陝西轉運使。後歷知隨州、唐州、潭州、廣州。宋史有傳。

〔八〕「楊公以」二句：宋史楊覃傳：「嘗獻時務策五篇：一曰禦戎，二曰用兵，三曰爲政，四曰選賢，五曰刑罰……覃勤於吏事，所至以幹濟稱。南海有蕃舶之利，前後牧守或致謗議，惟覃以廉著，遠人便之。」

〔九〕「大中祥符」句：據長編卷七六，楊覃卒于大中祥符四年八月丙午。

外集卷十二

碑銘

漳南縣君張氏墓誌銘㈠〔一〕

右諫議大夫、集賢院學士楊公諱大雅之夫人〔二〕，曰漳南縣君張氏。父諱保衡，官至太僕寺丞〔三〕。其先荆門大族㈡，劉守光亂幽州〔四〕，曾祖敏徙其家濟南之歷城而益盛㈢。夫人生二十有二歲歸楊氏。十有五年，生二男三女。景德三年十月十四日，終于袁州之廨。其子洎、濬尚幼〔五〕，能記其母。及長，聞其家與其外内宗姻之稱夫人者曰：夫人生于富族，而柔明孝謹。楊氏嘗世家㈣，公少孤貧，始爲開封縣尉。夫人入其門，若素小家子。事其姑，視日時早暮、氣節之寒暑、飲食起居之當進與否者㈤，不少懈，如此十五年，如始歸。凡楊氏之内宗與其外姻賓客之至者，如豐家，退視其褚，空如，惟恐人之知也。教其子，不略弛其色，有問之，則曰：「慈或失之教不嚴，不足以訓。」雖家人，亦未嘗見其跛墜㊅。自開封及其爲秘書丞而得封㊆，又見其夫爲太常博士知袁州乃卒。其後楊公登朝廷，掌書命，爲諫議大夫，居榮顯，皆莫見也㊇。嗚呼，可哀也已！天聖某年，楊公薨〔六〕。景祐二年某月日，子洎舉而合葬之。於其葬也，洎爲某官，濬爲某官。女三人，皆適人，其幼早亡，二女皆有子，娶矣。銘曰：

嗚呼㊈！生而淑，没也何思！夫安於此，其從斯。

【校記】

㊀漳：原校：一作「鄣」。　㊁其先：卷後原校：恕本作「張氏」。荆：卷後原校：作「薊」。　㊂家：卷後原校：一作「居」。「益」上：卷後原校：有「族」字。　㊃嘗世家：卷後原校：「嘗」作「當」，「家」上有「名」字。㊄節之：卷後原校：無「之」字。　㊅跛墜：卷後原校：作「跛墮」。　㊆及其：卷後原校：作「及見其夫」。㊇見：卷後原校：作「及」。　㊈嗚呼：原校：一無二字。

【箋注】

〔一〕如題下注，景祐二年（一〇三五）作。

〔二〕楊公：楊大雅。生平見上卷諫議大夫楊公墓誌銘。

〔三〕保衡：張保衡。景文集卷三一有廣濟縣令張保衡並可大理寺丞制。

〔四〕劉守光：五代藩鎮。因估父劉仁恭之妾，被仁恭逐走，乃自稱盧龍節度使，將兵攻幽州，因父殺兄，挾諸鎮推己爲尚書令、尚父。梁乾化元年，自號大燕皇帝，改元應天。後爲李存勖所敗，死于太原。新五代史有傳。

〔五〕洎、濬：據諫議大夫楊公墓誌銘，長子洎，爲明州觀察支使；次子濬，爲江陰軍司理參軍。

〔六〕「天聖」二句：據墓誌銘，楊大雅卒于明道二年，此云「天聖某年」，誤。

太子賓客分司西京謝公墓誌銘〔一〕

惟景祐元年十月之晦，太子賓客、分司西京謝公薨。明年三月，嗣子絳自京師舉其柩南歸，用八月某吉，葬杭州富陽縣某鄉某原，合以夫人晉陵郡君許氏，而從王父户部侍郎府君之墓次〔二〕。

公世居富春。生十一歲時已如成人，嘗與客談論，侍郎竊從聽之，往往能奪其客議。十四歲詣州學，學左氏春秋，略授其説，即爲諸生委曲講論，如其師。稍長，居蘇州。時天子平劉繼元〔三〕，露布至，守臣當上賀，命吴中文士作表章，更數人，皆不可意。公私作於家，客有持去者，吴士見之大驚，遂有名於南方。

淳化三年，以進士及第，爲梓州榷鹽院判官。會兩川盗起，攻劫州縣〔四〕，公乘賊未至，盡伐近郊林木内城中，且曰：「除賊隱蔽以修閉守之具，有餘可給薪蒸，爲久圍之備。」身與士卒守塹壁，凡圍百日，不能破。賊平，知州事尚書左丞張雍、轉運使馬襄狀言其能〔五〕，就除觀察判官，賜以器幣。明年，知益州華陽縣。縣人苦兵劫，皆逃失業，朝廷下令，許民能倍租入官者皆得占其田，既而良田盡爲大豪所奪，而逃人歸者不復得。公至，則手判訟牒，以謂恤亂撫人，不宜利倍租，而使貧人失業，盡奪之，格其詔書不用。由華陽召改著作佐郎〔六〕，通判壽州、筠州，知興國軍，三遷至太常博士。真宗方考責能吏，一日，自内出中外賢吏有治狀者二十四人付中書，以名召〔七〕。公由興國召見于長春殿，賜緋魚袋㊀，即日試於學士院〔八〕。明日，邊臣有急奏，天子詔且親征〔九〕。是時，大賊王長壽又劫曹、濮〔一〇〕，真宗面語宰相，委公曹州，遂改屯田員外郎以往〔一一〕。至則縛凶人趙諫、趙諤，斬於京師㊁，曹人以寧〔一二〕。自曹歸朝，是歲，大星見西南方，占曰在蜀。奉使巡檢益、利兩路，蜀卒無事。又議大鐵錢，平其法，至今行之〔一三〕。使還，舉州縣吏三十餘人，宰相疑其多，公願署連坐以取信，朝廷從之，所舉後皆爲能吏〔一四〕。奉使舉人連坐，自公始。既而爲三司度支判官，知泰州、歙州〔一五〕，再遷司封員外郎，坐三司舉吏奪官，復爲度支，通判河南府。侍中始平公自洛來朝，薦之〔一六〕，召試授兵部員外郎，直史館，判三司理欠憑由司，出爲兩浙轉運使，賜金紫，遷禮部郎中，判司農寺。朝廷方議以知制誥，將試，忽得疾，踰旬不能興，遂寢。天禧五年，以户部郎中兼侍御史知雜事，同判吏部流内銓。真宗葬永定陵，詔山陵使：道路所經，拆民廬舍及城門，以過車輿象物。公上言先帝封祀、行幸，儀物全盛，不聞所過壞民居。今少府治塗車明器，侈大非禮，且違遺詔務儉薄之意，請裁損之。書奏不聽，以疾求去職，遷吏部郎中，直昭文館，知越州。還，遷太常少卿〔一七〕，判太府寺登聞檢院，復以疾求西京留司御史臺。踰年，就臺拜秘書監，遂求分司。明道元年，轉太子賓客。

公少以文行有名於時，自言吾於天下無一嫌怨㊂〔一八〕。待士君子，必盡其心，雖人出其下，亦未嘗敢懈怠〔一九〕。家居有法度，撫養孤幼，極恩愛。常時温和謙厚，真長者。及在官臨事，見義喜爲，過於勇夫。故所至必有能稱，不幸中廢以疾，不得盡其所爲。及居西京，不關人事〔二〇〕，惟理醫藥，與方術士語，終日不休。歲時，河南官屬詣門請見，慘然肅潔㊃，有威儀，不若老且病者。享年七十有四，以壽終。嗚呼！可謂君子者已。

公諱濤，字濟之。高祖希圖，仕至衛州刺史〔二一〕。曾祖延徽，處州麗水縣主簿。祖懿文，杭州鹽官令。父崇禮，泰寧軍節度掌書記，以公贈户部侍郎。母崔氏，博陵郡太君。弟四人，炎最有文行，知名於時，見國史〔二二〕。子三人：長曰絳；次將作監主簿約；次太廟齋郎綺，亦有文，皆早亡。

謝氏自曾、高不顯，由公始昌其家，而子絳又以文行繼之。初，公之葬其先君也，爲兵部員外郎；今公之葬，絳亦世其官度支判官、河南府通判，並踐世職判太府寺，實父子相代。書府之任，昭文、史館、集賢院、秘閣，父子同時爲之，見于衣冠盛事録。謝氏其不衰又將大也歟！銘曰：

謝之遠世，河南緱氏。四代之祖，因仕過江。卒葬嘉興，始留南方。曾祖在南，佐麗水縣。卒又葬焉，世亦未顯。祖令鹽官，始葬富陽。凡三徙遷，遂家於杭㊄。世久當隆，其昌自公。富陽之原，三世有墓。父大於祖，子大於父。後有賢嗣，又有令孫。公其安居，有祀有承。

【校記】

㊀魚袋：卷後原校：無「袋」字。　㊁於京師：原校：三字一作「于市」。　㊂於：原校：一作「在」。

㊃「慘」下：原注「疑」字。　㊄於：原校：一作「于」。

【箋注】

〔一〕如題下注，景祐二年（一〇三五）作。謝公，謝濤。河南集有謝公行狀，范文正集有謝公神道碑銘。

〔二〕「而從」句：王父，祖父。謝絳祖父崇禮，户部侍郎乃其卒後之封贈，見後文。

〔三〕「時天子」句：宋史太宗紀一：太平興國四年五月「甲申，繼元降，北漢平」。

〔四〕「會兩川」二句：宋史太宗紀二：淳化五年正月「戊午，李順陷漢州，己未，陷彭州……己巳，李順陷成都，知府郭載奔梓州，順入據之，賊兵四出攻刼州縣」。

〔五〕張雍：德州安德縣人，開寶進士。淳化三年，出知梓州。五年，李順攻圍梓州，雍守城八十餘日有功，擢給事中。歷知永興軍、度支使、鹽鐵使，官至兵部侍郎。宋史有傳。馬襄：據本文，淳化五年「賊平」時，襄在西川路轉運使任上。據長編卷四七，咸平三年在知鄆州任上。

〔六〕「由華陽」句：尹洙謝公行狀：「至道二年，召歸，授著作佐郎。」

〔七〕「真宗」四句：長編卷五六載景德元年六月，「上密采羣臣之有聞望者，得刑部郎中邊肅……太常博士馬景、何亮、周絳、謝濤……凡二十四人，内出其姓名，令閤門祇候崇政殿再坐引對，外任者乘驛赴闕。每對必往復紬繹其詞氣，或試文藝」。

〔八〕「公由」三句：范仲淹謝公神道碑銘：「公在召中，得對于長春殿，上悦，賜五品服，即呼通事舍人送學士院。」

〔九〕「明日」三句：景德元年九月，真宗召宰相議親征。閏九月，契丹大舉攻宋。十一月，真宗親征，次澶州。見宋史真宗紀二。

〔一〇〕「大賊」句：宋史許均傳：「王長壽者，本亡命卒，有勇力，多計慮，聚徒百餘。是（按指景德元年）春，抵陳留剽刼，縣民捕之不獲，朝廷遣使益兵，逐之澶、濮間。會契丹南侵，夾河民庶驚擾，長壽結黨愈衆，人皆患之。（許）均至胙城，長壽與其徒五千餘人入縣鈔掠，均部下徒兵裼袒與鬭。均以方略誘之，生擒長壽，斬獲惡黨皆盡。」

〔一一〕「委公」二句：長編卷五八景德元年十月庚寅條載：「時曹、濮多盜，曹又闕守，詔以屯田員外郎謝濤知州事。」

〔一二〕「至則」三句：長編卷六〇景德二年六月載，「曹州民趙諫與其弟諤，皆凶狡無賴，恐喝取材，交結權右，長吏多與抗禮，率干預郡政……上即遣中使就訪京東轉運使施護、知曹州謝濤，並及皆條疏兄弟醜迹，乃逮繫御史獄……己丑，並斬於西市」。

〔一三〕「又議」三句：謝公行狀：「又別受詔，與益州張公詠同議鑄大鐵錢利害，於是考鐵價與舊錢更相均准，故下不得盜用，而物價長平，蜀人至今便之。」

〔一四〕「所舉」句：謝公行狀：「後所舉多踐臺省，不調者猶爲郡守。」

〔一五〕「既而」二句：謝公行狀：「（景德）四年，授三司度支判官。大中祥符初，出知泰州，又知歙州。」

〔一六〕「侍中」二句：謝公行狀：「馮魏公罷居守，薦公于朝。」按：馮魏公、始平公皆指馮拯。拯字道濟，太平興國進士，歷同知樞密院事、參知政事，拜同平章事，進封魏國公，遷司空兼侍中。宋史有傳。

〔一七〕「還」二句：謝公行狀：「天聖中代還，遷太常少卿。」

〔一八〕「公少」二句：謝公行狀：「凡治郡部吏，有一善必孜孜稱薦。或犯法，雖甚惡之，直其罪而已，未嘗有過刑，故終身無一嫌怨者。雅善品藻文章，江夏黄叔才嘗作楊允恭墓銘，甚負其文，顧公曰：『能損一字者，我當辨之。』公削去二十一字，叔才嘆服不已。」

〔一九〕「待士君子」四句：范仲淹謝公神道碑銘：「公姿格竦異，不事修飾，天然有雅遠之範，未嘗阿於貴勢，見賤士必温禮接之。知人之善，稱道弗舍；聞人之過，懼弗克掩。」

〔二〇〕「及居」二句：澠水燕談録卷二：「太子賓客謝濤，生平清慎，恬于榮利。晚節乞知西臺，尋分務洛中，不接賓客，屏去外事，日覽舊史一編，以代賓話。」

〔二一〕「高祖」二句：謝公神道碑銘：「五世祖希圖，卒于衢州刺史。」謝公行狀亦云「終衢州刺史」。而此云「衛州刺史」，恐誤。

〔二二〕「炎最有」三句：謝公神道碑銘：「炎有文於時，與盧稹齊名，時人謂之盧謝，國史有傳，終于公安令。」

檢校司農少卿致仕張公墓誌銘〔一〕

君諱九思，鄆州陽谷縣人。張氏世以明經仕宦，君少習春秋三傳，太平興國五年，以舉中高第，凡仕若干年而致之。又若干年而考終命〔二〕。初任雅州軍事推官，轉大理評事，光禄、大理二寺丞，太子中舍，殿中丞，國子博士，尚書虞部、比部、駕部三員外、郎中，凡居官一十有三，歷知黄、蘄、道三州〔三〕。既老，又加檢校司農少卿於其家，年八十有五。其終也，實天聖某年某月某日。其葬也，以明道二年某月某日。其葬之地，汝州襄城縣某村某山之下。

父諱清，累贈某官。母崔氏，追封某縣太君。初娶朱氏，某縣君，生子龜正、龜文，龜文先亡。女二人。後娶王氏，某縣君，生子龜誠。於其葬也，龜正爲鄆州支使，知鄂州崇陽縣；龜誠，襄城縣尉。

君爲人沉朴謹儉，官能其職，爲政以慈仁厚下爲先。人有鬬訟，常兩諭之，初强不屈化，必以禮義柔之，卒相服從，願改自爲善㊀。故所至，人愛思之。其爲黄州也，飛蝗越州不下，州人歌之以爲異。凡居官所得俸廩，計身衣食足而已，秩滿還家，輒以所餘分親族。噫，其賢厚而敏，亦經之效歟！銘曰：

張世鄆居舉明經，朴儉勤孝家所承。公壯而仕老康寧，八十其壽位則卿。始終以全爲家榮，去鄆而汝從新塋，後之世者考此銘。

【校記】

㊀「自」下：原注「疑」字。

【箋注】

〔一〕如題下注，明道二年（一〇三三）作。張公，張九思。據本文，張九思葬汝州襄城，龜正爲其子。胡譜景祐二年：「是歲七月，公同産妹之夫張龜正死于襄城，謁告視之。」龜正爲歐之妹夫，本文當是歐應妹夫之請而作。

〔二〕考終命：享盡天年。書洪範：「五曰考終命。」孔傳：「各成其長短之命以自終，不橫夭。」

〔三〕「歷知」句：道州志：「張九思，天聖元年任。」

河南府司録張君墓誌銘㈠〔一〕

吾友張堯夫，以今年七月癸酉，葬其先君於北邙山。既葬二十有九日壬寅，晨起感疾，復就寢，弗寤若醉狀。醫視其脉，曰：「疾勢，風甚盛，脉宜洪；今細麗，殆不可爲。」晝未盡數刻，啓手足於官署。翌日，殮于正寢。戊申，葬先君墓次，實明道二年八月也。

堯夫内淳固，外曠簡，不妄與人交。初爲河南府推官，後爲司録。予與之遊幾五年〔二〕，出處多共之。其飭身臨事，予嘗愧堯夫，堯夫不予愧也。嗚呼，安能盡識吾友之善哉！堯夫名汝士，年三十七，歷官至大理寺丞。先君諱某，終虞部員外郎。母李氏，隴西縣君。娶崔氏，生二男三女，皆幼。渤海歐陽修爲之銘曰〔三〕：

噫嘻哉！上者蒼蒼也。宜壽而夭，宜福而禍，有戶者邪〔四〕？其無也？豐其躬者鮮其仁，予之賢者嗇其位，豈其不可兼邪㈡？斯可怪也！其有莫施，其爲不伐〔五〕，充而不光，遂以昧滅，後孰知也！吊賓盈位，哭皆有涕，夫嗟於道，婦咄於竈，夫能使人之若此也！噫嘻哉！君子吾不得見而見善人，善人今復不得而見也。

【校記】

㈠題下原注：「山東道節度掌書記、知伊陽縣事、天水尹洙撰。」卷後原校：「山」下有「南」字。㈡可：卷後原校：作「得」。

【箋注】

〔一〕如題下注，明道二年（一〇三三）作。題下注云「尹洙撰」，知此文誌爲尹撰，銘爲歐撰。張君，張汝士，字堯夫。嘉祐二年，汝士改葬時，歐撰河南府司録張君墓表，見居士集卷二四。韓琦張汝士寺丞挽辭二首之一：「平生歐尹友，嘗嘆善人亡。」

〔二〕「予與之」句：居士集卷二八尹師魯墓誌銘：「師魯少舉進士及第，爲絳州正平縣主簿、河南府户曹參軍、邵武軍判官。舉書判拔萃，遷山南東道掌書記、知伊陽縣。」尹師魯舉書判拔萃在天聖八年六月（見墓誌銘箋注〔九〕），爲河南府户曹參軍則更早，彼時當與張汝士交游，至明道二年汝士去世，「幾五年」。

〔三〕渤海：據本集兩篇歐陽氏譜圖序記載，歐陽氏南奔之前，有居渤海之顯者曰建，字堅石，所謂渤海赫赫歐陽堅石者是也。而率族南奔者，爲建兄之子質。故歐陽修早年在姓名前冠以渤海，後均稱廬陵。

〔四〕尸者：祭祀時代死者受祭之人。儀禮士虞禮：「祝迎尸，一人衰絰奉篚哭從尸。」鄭玄注：「尸，主也。孝子之祭，不見親之形象，心無所繫，立尸而主意焉。」

〔五〕不伐：不自誇耀。易繫辭上：「勞而不伐，有功而不德，厚之至也。」

先君墓表㈠〔一〕

修不幸，生四歲而孤。太夫人守節自誓，居貧，自力於衣食，以長以教，俾至于成人。

而嘗告之曰：「汝父爲吏，廉而好施，以其俸祿事賓客，常不使有餘，曰：『無以是爲我累。』故其亡也，無一瓦之覆以庇其生。然吾何恃而能自守以至此耶？吾於汝父，知其一二而已也，此吾之所恃也。吾之始歸也，汝父免於母喪方逾年，歲時祭祀，則必泣涕曰：『祭而豐不如養之薄也。』間居而御酒食，盛饌則又涕泣曰：『昔不足而今有餘，其何及也！』吾始一二見之，以爲新免於喪而適然耳。既而其後常然，至於終身未嘗不然，此吾知汝父之能養也。汝父爲吏，嘗夜燭治官書，屢廢而歎。吾問之，則曰：『此死獄也，我求其生不得也。』吾曰：『生可求乎？』曰：『求其生而不得，則死者與我皆無恨㊁，矧求而有得耶？以其嘗有得，知其不求而死者恨也。夫常求其生猶失之死，而況世常求其死也。』回顧乳者抱汝而立于旁㊂，指而歎曰：『歲行在戌，我將死，不及見兒之立也，後當以我語告之。』其平居教他子弟，亦皆用此語，吾耳熟焉，故能詳也。其施於外事，接於賓客，或有矜飾，吾不能知；其居于家，無所事，而其爲如此，是其發於中者也。其心誠厚於仁者也，此吾之知汝父之得有後也㊃。汝其勉之！夫士有用捨，志之得施與否不在己，而爲仁與孝不取於人也。」修泣而誌之，不敢忘。

先君少孤力學，咸平三年，進士及第，爲通州判官㊄，泗、綿二州推官，又爲泰州判官。正身懷道，不及其施，享年五十有九。初贈太子中允，今贈某官。太夫人姓鄭氏，世爲江南名族。太夫人恭儉仁愛而有禮，初封縣太君，累封樂安、安康、彭城三郡太君。自其子少賤時，治其家以儉約，其後常不使過之，曰：「吾兒多不合于世，儉薄所以安患難也。」修初貶夷陵，太夫人言笑自若，曰：「汝家故貧賤也。」修察其志久而安，故其後立于朝，得不苟容于時。

蓋自先君之亡二十年，修始得禄而養。又二十有三年，修爲龍圖閣直學士、尚書吏部郎中、留守南京，太夫人以疾卒于官舍，享年七十有二。修竊自念，爲人子而不能識其父，幸而得聞吾母之言，其忍廢爲？乃泣血而記之。歐陽氏自爲吉州吉水人〔二〕，至予修十有五世矣，沙溪吾世之家〔三〕，且葬也，故又刻其所記者表於其阡，以告其宗族及鄉之人。曰：

而耕而田，歲取百千㊅。而耘而學，久而不獲。田何取之？囷倉峨峨。學而取之，簪笏盈家。量功較收，所得孰多？先君之學，獲不及時。匪于其躬，而利其後。疾遲幾何，善無不報。先君之貽，子修不肖。矧有才子，于何不有？矧我歐陽，世家惟舊。自始氏封，烏程之亭〔四〕。在北有聞，或冀或青〔五〕。中顯彌長，或吉或衡〔六〕。勢大必分，枝葉婆娑。惟吉舊居，子孫今多。木久而林，有喬其秀。矧我歐陽，扶疏並茂。先君之德，吾母知隆。子修不肖，以俟其宗。以勉同鄉，敢及他人！

【校記】

㈠題下原注：此乃瀧岡表初稿，其後刪潤頗多，題曰瀧岡阡表，在居士集第二十五卷。㈡皆無根：卷後原校：一作「皆無有根」。㈢抱汝：卷後原校：文纂作「劍汝」。㈣「得」下：原注「疑」字。㈤通州：卷後原校：石本瀧岡阡表作「道州」。㈥百：卷後原校：一作「十」。

【箋注】

〔一〕據校記㈠，此爲瀧岡阡表初稿。題注「皇祐□年」。文云：「太夫人以疾卒于官舍……沙溪吾世之家，且葬也，故又刻其所記者表於其阡。」按：後篇母鄭夫人石槨銘爲皇祐五年（一〇五三）作，本文亦當作于是年。凡内容與瀧岡阡表同，且阡表已作箋注者，本文不再重出。

〔二〕「歐陽氏」句：本集歐陽氏譜圖序（集本）：「自通三世生琮，琮爲吉州刺史，子孫因家焉，今爲吉州吉水人也。」

〔三〕「沙溪」句：本集歐陽氏譜圖序（石本）：「自琮八世生萬，又爲吉州安福令。其後世，或居安福，或居廬陵，或居吉水。而修之皇祖始居沙溪。至和元年，分吉水置永豐縣，而沙溪分屬永豐。」

〔四〕「自始」二句：歐陽氏譜圖序（石本）：「而無疆之子蹄，封於烏程歐餘山之陽，爲歐陽亭侯。」

〔五〕「在北」二句：歐陽氏譜圖序（石本）：「當漢之初，有仕爲涿郡太守者，子孫遂居於北，或居青州之千乘，或居冀州之渤海。」

〔六〕「中顯」二句：歐陽氏譜圖序（石本）：「建遇趙王倫之亂，見殺。其兄子質，以其族南奔，居於長沙。其七世孫曰景達，仕於齊，不顯，至其孫頠。頠子紇，仕於陳。紇子詢，詢子通，仕於唐，四世有聞，遂顯。自通三世生琮，爲吉州刺史，子孫因家於吉州。」長沙爲潭州治所，而衡山在潭州境内，故以衡借指長沙。

母鄭夫人石槨銘〔一〕

維皇祐五年癸巳六月庚午，匠作石槨。粤七月己亥，既成，銘曰：於乎！有宋歐陽修母鄭夫人槨，既密既堅，惟億萬年，其固其安。

【箋注】

〔一〕如題下注，皇祐五年（一〇五三）作。書簡卷四有是年七月十六日所作與臨池院主，云：「某今謀奉太君神柩南歸。」時間與文云「六月庚午，匠作石槨。粤七月己亥，既成」相合。

【集評】

〔清〕鮑振方：石槨有銘，創例也。（金石訂例卷四金石推例歐陽公）

胥氏夫人墓誌銘㊀〔一〕

廬陵歐陽先生語其學者徐無黨曰：修年二十餘，以其所爲文見胥公于漢陽，公一見而奇之，曰：「子當有名于世。」因留置門下，與之偕至京師，爲之稱譽於諸公之間〔二〕。明年，當天聖八年，修以廣文館生舉〔三〕，中甲科〔四〕。又明年，胥公遂妻以女〔五〕。

公諱偃，世爲潭州人，官至工部郎中、翰林學士。公以文章取高第，以清節爲時名臣。

爲人沉厚周密。其居家，雖燕必嚴，不少懈，每端坐堂上，四顧終日，如無人，雖其嬰兒女子，無一敢妄舉足發聲。其飲食衣服，少長貴賤，皆有常數。

胥氏女既賢，又習安其所見。故去其父母而歸其夫，不知其家之貧；去其姆傅而事其姑，不知爲婦之勞。後二年三月〔六〕，胥氏女生子。未逾月，以疾卒，享年十有七。後五年〔七〕，其所生子亦卒。後二十年〔八〕，從其姑葬于吉州吉水縣沙溪之山。

修既感胥公之知己，又哀其妻之不幸短命，顧二十年間存亡憂患無不可悲者，欲書其事以銘，而哀不能文。因命無黨序其意，又代爲哀辭一篇，以吊胥氏，因并刻而藏于墓。當胥氏之卒也，先生時爲西京留守推官，實明道二年也。其哀辭曰：

清泠兮將絶之語言猶可記，髣髴兮平生之音容不可求。謂不見爲纔幾時兮，忽二紀其行周。豈無子兮久先于下土，昔事姑兮今從于此丘。同時之人兮藐獨予留，顧生餘幾兮一身而百憂。惟其不忘兮下志諸幽，松風草露兮閟此千秋。

【校記】

〔一〕題下原注：公在憂制，舉祔葬之禮，故命門人秉筆。

【箋注】

〔一〕如題下注，皇祐五年（一〇五三）作。

〔二〕「廬陵」九句：徐無黨，見居士集卷四三送徐無黨南歸序箋注〔一〕。胡譜天聖六年：「是歲，公携文謁胥學士偃於漢陽。胥公大奇之，留置門下。冬，携公泛江，如京師。」書簡卷二與杜正獻公：「憶爲進士時，從故胥公自南還（京）……時天聖六年冬也。」是年，歐二十二歲。歐表奏書啓四六集卷六有上胥學士啓、胥學士答啓與謝胥學士啓。

〔三〕廣文館生：胡譜天聖七年：「公在京師，試國子監爲第一，補廣文館生。」

〔四〕中甲科：胡譜天聖八年：「三月，御試崇政殿，公甲科第十四名。」

〔五〕「又明年」二句：胡譜天聖九年：「初，胥公許以女妻公，是歲，親迎于東武。」胥公，胥偃，字安道，潭州長沙人。少力學，柳開見其所爲文曰：「異日必得名天下。」舉進士甲科，歷知開封縣、漢陽軍，累遷尚書刑部員外郎，知制誥，爲工部郎中，入翰林爲學士。宋史有傳。

〔六〕後二年：天聖九年（一〇三一）之後二年爲明道二年（一〇三三）。

〔七〕後五年：明道二年之後五年爲寶元元年（一〇三八）。本集卷一七有慶曆四年（一〇四四）所作與尹師魯第四書，云：「修嘗失一五歲小兒，已七八年。」即言胥氏子夭折事。由寶元元年至慶曆四年，首尾七年。

〔八〕後二十年：指胥氏卒年（即明道二年）之後二十年，爲皇祐五年。

【集評】

〔清〕王元啓：此文雖云「藏于墓」，其實是哀辭，與後篇楊夫人誌銘殊體，當改題胥夫人哀辭并序。（讀歐記疑卷三）

楊氏夫人墓誌銘㊀〔一〕

廬陵歐陽先生之繼室曰楊氏者，故右諫議大夫、集賢院學士楊公之女也〔二〕。楊氏遠有世德，自漢至唐，常出顯人，故其繫譜所傳次序，自震至今不絶〔三〕。公諱大雅，以文學篤行居清顯，號爲古君子。先生嘗謂其學者焦千之曰〔四〕：楊公已歿，修始娶其女，雖不及識公，然嘗獲銘公之德，究見其終始，其行于己、立于朝廷、發于文章者，皆得考次。及楊氏之歸，又得見公之退施于其家者，皆可法也。

楊氏事其姑以孝而勤，友其夫以義而順，接其内外宗族以禮而和。方其歸也，修爲鎮南軍掌書記、館閣校勘〔五〕，家至貧。見其夫讀書著文章，則曰「此吾先君之所以樂而終身也」。見其夫食糲而衣弊，則曰「此吾先君雖顯而不過是也」。間因其夫之俸廩食其月而有餘，則必市酒具肴果于堂上，曰「吾姑老矣，惟此不可不勉」。歸之十月，以疾卒，享年十有八，實景祐二年九月也。後十有九年，從其姑葬于吉州吉水縣沙溪之山〔六〕。乃命千之序而銘其壙曰：

其居忽兮而逝也遽，其殁久矣而悲如新㊁。一言以誌兮，千萬歲之存。

【校記】

㊀題下原注：同前。　㊁矣：原校：一作「兮」。

【箋注】

〔一〕 如題下注，皇祐五年（一〇五三）作。

〔二〕 楊公：楊大雅。見本集卷二諫議大夫楊公墓誌銘。

〔三〕「楊氏遠有」五句：見諫議大夫楊公墓誌銘「噫！楊氏嘗以族顯於漢」一段。

〔四〕 焦千之：見居士集卷四送焦千之秀才詩箋注〔一〕。

〔五〕「方其」二句：胡譜景祐元年：「閏六月乙酉，授宣德郎、試大理評事兼監察御史，充鎮南軍節度掌書記、館閣校勘。」後文云：「歸之十月，以疾卒，享年十有八，實景祐二年九月也。」逆推之，楊氏之歸，當在景祐元年十二月。

〔六〕「後十有九年」二句：楊氏從其姑葬於沙溪在皇祐五年，當爲景祐二年（一〇三五）之後十八年，此云「十有九年」，有誤。

外集卷十三

記

河南府重修使院記〔一〕

郡府統理民務，調發賦税，稽功會事，事無不舉，代君理物，政教繫之。漢承秦餘，精意牧民之官，置部刺史以督察，出御史以監掌之。太守二千石，莫不盡誠率下奉上。李唐酌用舊典，使天下以大權小。故有州、有府，刺史專守理所，大鎮觀察旁郡，後增置胥吏、史以總治諸州，繩寬刺善，理務詳焉。府之有使院也，厥惟尚矣。

皇朝政教清明，制度適中，雖鎮守自占，總領委于均輸，惟使幕置吏，用而不革。洛都天下之儀表，提封萬井，隸縣十九〔二〕，王事浩穰，百倍他邑，而典史之局甚陋不稱。彭城相居守之明年〔三〕，若曰：「政教之廢興出于是，官吏之緩猛繫于是，義不可忽。」始謀新之。乃度地於府之西偏，斥大其舊居，列司存整按牒，以圖經久之制。夏某月，工徒告成。制作雖壯，不踰矩；官司雖冗，執其方。君子謂是舉也，得爲政之本焉。烏有端其本而末不正者哉！宜乎書厥旨以示方來，且誌歲月也。

【箋注】

〔一〕如題下注，明道元年（一〇三二）作。時歐爲西京留守推官。唐節度留後治事之官署，稱使院。此指判河南府、西京留守錢惟演治事之官署。錢惟演嘗以武勝軍節度使、同平章事判許州（長編卷一〇九），天聖九年（一〇三一）改判河南府（同上卷一一〇），文作于其「居守之明年」，即明道元年。

〔二〕隸縣十九：宋史地理志一載河南府有河南、洛陽、永安、偃師、潁陽、鞏、密、新安、福昌、伊陽、澠池、永寧、長水、壽安、河清、登封凡十六縣。此外，尚有三縣：熙寧八年，緱氏縣廢爲鎮，屬偃師縣；熙寧五年，伊闕縣廢爲鎮，入河南縣，六年，改隸伊陽縣；另一縣不詳。

〔三〕彭城相：錢惟演天聖時爲武勝軍節度使、同平章事，稱「使相」。彭城，錢氏所封郡。

河南府重修淨垢院記〔一〕

河南自古天子之都〔二〕，王公戚里、富商大姓處其地㊀，喜於事佛者，往往割脂田、沐邑、貨布之贏，奉祠宇爲莊嚴。故浮圖氏之居與侯家主第之樓臺屋瓦，高下相望於洛水之南北，若弈棋然。及汴建廟社，稱京師〔三〕，河南空而不都，貴人、大賈廢散，浮圖之奉養亦衰。歲壞月隳，其居多不克完，與夫遊臺、釣池並爲榛蕪者，十有八九㊁。淨垢院在洛北，廢最甚，無刻識㊂，不知誰氏之爲，獨榜其梁曰「長興四年建〔四〕」。丞相彭城錢公來鎮洛之明年，禱雨九龍祠下。過之，歎其空闊㊃，且呼主藏者給緡錢二十萬。洛陽知縣李宋卿幹而輯焉㊄〔五〕，於是規其廣而小之，即其舊而新之。即舊焉，所以速於集工；損小焉㊅，所以易於完修㊆。易壞補闕三十六間㊇。工既畢㊈，宋卿願刻於石以紀。夫修舊起廢，由彭城公賜也，且誌其復興之歲月云㊉。從事歐陽修遂爲記⑪。

【校記】

㊀「處」上：卷後原校：有「聚」字。　㊁十有八：卷後原校：無「有」字。　㊂識：原校：一作「若」。天理本校：一作「石」。　㊃「空」下：卷後原校：「元缺一字，恕本作『空且茀』。」今據衡本，作「空闊」。　㊄「洛」上：卷後原校：有「命」字。　㊅損小：卷後原校：無「損」字。　㊆修：原校：一作「守」。　㊇「三」上：卷後原校：有「凡」字。　㊈畢：卷後原校：作「訖」。　㊉「歲」上原另有一「之」字，原校云「一無此字」，據删。⑪遂爲：原校：一無二字。

【箋注】

〔一〕如題下注，明道元年（一〇三二）作。文云「丞相彭城錢公來鎮洛之明年」，即是年也。

〔二〕「河南」句：洛陽在河南府。東周、東漢、曹魏、西晉、北魏、隋、後梁、後唐、後晉先後建都此地。

〔三〕「及汴」二句：建隆元年（九六〇），趙匡胤創立宋朝，定都開封。宋史地理志一：「東京，汴之開封也……宋因周之舊爲都。」

〔四〕長興四年：公元九三三年。長興爲後唐明宗李嗣源年號。

〔五〕李宋卿：景祐四年，以通判權管勾蘇州州事（姑蘇志）。慶曆元年時，在知耀州任上（長編卷一三〇）。

陳氏榮鄉亭記〔一〕

什邡㊀，漢某縣〔二〕，户若干，可征役者家若干，任里胥給吏事又若干，其豪又若干。縣大以饒，吏與民尤驁惡猾驕，善貨法，爲蠹孽〔三〕。中州之人凡仕宦之蜀者，皆遠客孤寓思歸，以苟滿歲脱過失得去爲幸㊁。居官既不久，又不究知其俗，常不暇剋剔，已輒易去。而縣之大吏，皆宿老其事，根堅穴深。爲其長者，非甚明鋭，難卒攻破。故一縣之政，吏常把持而上下之，然其特不喜秀才儒者，以能接見官府、知己短長以譏之爲己病也。每儒服持謁嚮縣門者，吏輒坐門下，嘲咻踞駡辱之，俾慚以去。甚則陰用里人無賴苦之，羅中以法，期必破壞之而後已。民既素饒，樂鄉里，不急禄仕，又苦吏之所爲，故未嘗有儒其業與服以游者㊂。甚好學者，不過專一經，工歌詩，優游自養，爲鄉丈人而已。比年，蜀之士人以進士舉試有司者稍稍增多，而什邡獨絶少。

陳君，什邡之鄉丈人，有賢子曰巖夫。巖夫幼喜讀書爲進士，力學，甚有志。然亦未嘗敢儒其衣冠以謁縣門，出入閭閈必鄉其服〔四〕，鄉人莫知其所爲也。已而州下天子詔書，索鄉舉秀才，巖夫始改衣，詣門應詔㊃。吏方相驚，然莫能爲也。既州試之，送禮部。將行，陳君戒且約曰：「嘻！吾知惡進士之病已，而不知可以爲榮。若行幸得選於有司㊄，吾將有以旌志之，使榮吾鄉以勸也。」於是呼工理材，若將構築者。明年，巖夫中丙科以歸。陳君成是亭，與鄉人宴其下。縣之吏悔且歎曰：「陳氏有善子，而吾鄉有才進士，豈不榮邪！」

巖夫初爲伊闕縣主簿，時予爲西京留守推官，嘗語予如此，欲予之志之也。巖夫爲縣吏材而有内行，不求聞知於上官，而上官薦用下吏之能者歲無員數，然卒亦不及。噫！巖夫爲鄉進士，而鄉人始不知之，卒能榮之。爲下吏，有可進之勢，而不肯一鬻所長以干其上，其守道自修可知矣㊅。陳君有子如此，亦賢丈人也。

予既友巖夫，恨不一登是亭，往拜陳君之下㊆，且以識彼邦之長者也。又嘉巖夫之果能榮是鄉也，因以命名其亭，且志之也。某年月歐陽修記。

【校記】

㊀什邡：卷後原校：縣隸漢州，諸本皆以「邡」爲「方」，非。㊁「歲」下：天理本卷後校：一有「月」字。

㊂未嘗：天理本卷後校：此下一有「敢」字。㊃詔：原校：一作「書」。㊄若行幸：原作「君行達」，卷後原校云恕本作「若行幸」，據改。㊅矣：卷後原校：一作「已」。㊆之下：卷後原校：一作「其下」。

【箋注】

〔一〕原未繫年，置明道、景祐文間。文云：「巖夫初爲伊闕縣主簿，時予爲西京留守推官，嘗語予如此。」「時予爲」之「時」，言「當時」；「嘗語予」之「嘗」，表示「曾經」：均屬「過去時」。由行文語氣觀之，爲文時歐已不在西京留守推官任上。景祐元年（一〇三四）三月，歐西京任滿，離開洛陽。文應作於是年離任之後，不可能作於明道時。

〔二〕「什邡」二句：據宋史地理志五，什邡在成都府路漢州，今屬四川。

〔三〕蠹孽：禍害。傅察忠肅集卷下唐宰相蕭嵩會百官賦詩叙：「至於睿考，掃除蠹孽，輯寧邦家，巍巍乎中興之功矣。」

〔四〕閭閈：街坊、里巷。鮑照河清頌：「閭閈有盈，歌吹無絶。」

【集評】

〔明〕吴寬：予嘗讀歐陽文忠公什邡陳氏榮鄉亭記，竊歎其文則美矣，然陳氏徒以預進士之選，遂築亭以爲其鄉之榮而誇之，其意則陋也。（匏翁家藏集卷三五榮感堂記）

明因大師塔記〔一〕

明因大師道詮，姓衛氏，并州文水縣民家子。生於太平興國辛巳之歲〔二〕，終於明道癸酉之正月，壽五十有三年。始爲童子，辭家人，入洛陽妙覺禪院〔三〕，依真行大師惠璿〔四〕，學浮圖法。咸平五年，始去氏，削髮入僧籍。後二十四年〔五〕，賜紫衣，遂主其衆。又四年〔六〕，賜號明因，兼領右街教門事〔七〕。凡爲僧三十有一年。卒之明年，其徒以骨葬城南龍門山下。

始道詮未死時，予過其廬，問其年幾何，曰五十有二矣。問其何許人也，曰本太原農家也。因與語曰：「詩唐風言晉本唐之俗，其民被堯之德化，且詩多以儉刺〔八〕，然其勤生以儉嗇，朴厚而純固，最得古之遺風。今能言其土風乎？其民俗何若？信若詩之所謂乎？詩去今餘千歲矣，猶若詩之時乎？其亦隨世而遷變也？」曰：「樹麻而衣，陶瓦而食，築土而室，甘辛苦，薄滋味。歲耕日積，有餘則窖而藏之，率千百年不輒發㊀。其勤且儉誠有古之遺風，至今而不變也。」又言：「爲兒時聞長老語，晉自春秋爲盛國〔九〕。至唐基并以興，世爲北京〔一〇〕。及朱氏有中土，後唐倚并爲雄，亦卒以王，既而晉祖又以王，漢又以王〔一一〕。遭時之故，相次出三天子〔一二〕。劉崇父子又自爲國〔一三〕。故民熟兵鬬，饟軍死戰，勞苦幾百年不得息。既而聖人出〔一四〕，四方次第平，一日兵臨城門，係繼元以歸〔一五〕。并民然後被政教，棄兵專農，休息勞苦，爲太平之幸人。并平後二歲，我始生，幼又依浮圖，生不見干戈，長不執耒耜，衣不麻，食不瓦，室不土，力不穡而休，乃并人之又幸者也。今老矣，且病，即死無恨。」

予愛其語朴而詳。他日，復過其廬，莫見也。訪之，曰死矣，爲之惻然。及其葬，其徒有求予誌其始終者，因并書其常語予者，志歲月云爾㊁。

【校記】

㈠千：卷後原校：作「十」。　㈡「爾」下：卷後原校：恕本有「明道二年七月十四日記」。

【箋注】

〔一〕如題下注，景祐元年（一〇三四）作。文云道詮「終於明道癸酉之正月」，癸酉乃明道二年。文又云「卒之明年，其徒以骨葬城南龍門山下……及其葬，其徒有求予誌其始終者」，可知道詮葬於景祐元年，文亦是年作。莊季裕雞肋編卷上：「京師僧諱和尚，稱曰大師。」

〔二〕太平興國辛巳：太平興國六年。

〔三〕妙覺禪院：夏竦大安塔碑銘載尼廣慧大師妙善嘗「依洛陽天女寺剃髮受具，往來兩京，高行著聞……大姓袁溥捨第起刹，太宗皇帝賜額妙覺禪院，令妙善主之」。

〔四〕惠璿：生平不詳。

〔五〕後二十四年：咸平五年（一〇〇二）之後二十四年，爲天聖四年（一〇二六）。

〔六〕又四年：爲天聖八年（一〇三〇）。

〔七〕右街教門：指右街僧録司。宋史職官志五鴻臚寺：「左、右街僧録司掌寺院僧尼帳籍及僧官補授之事。」

〔八〕「詩唐風」三句：漢書地理志八下：「（周）成王滅唐而封叔虞，唐有晉水，及叔虞子燮爲晉侯。」詩唐風蟋蟀序云：「此晉也，而謂之唐，本其風俗，憂深思遠，儉而用禮，乃有堯之遺風焉。」

〔九〕「晉自」句：晉文公爲春秋五霸之一，故云。

〔一〇〕「至唐」二句：唐高祖李淵嘗任隋太原留守，後自太原起兵反隋，攻取長安，建立唐朝，并以太原爲北京。見兩唐書高祖紀。太原，宋時稱并州。

〔一一〕「及朱氏」五句：五代時，後梁朱温建都汴京。李存勖據太原，與後梁連年混戰並滅之，建後唐，定都洛陽。石敬瑭鎮守太原，又滅後唐，受契丹册封爲帝，建都汴，國號晉，即後晉。劉知遠亦守太原，滅後晉而建後漢，定都汴。見新舊五代史。

〔一二〕「相次」句：李存勖、石敬瑭、劉知遠均據太原稱帝。

〔一三〕「劉崇」句：劉崇，劉知遠弟。郭威建後周，崇於太原自立爲帝，改名劉旻，國號漢，即北漢。子劉承鈞繼位。北漢後爲宋所滅。見新五代史東漢世家。

〔一四〕聖人：指宋太祖趙匡胤。

〔一五〕「一日」二句：北漢劉承鈞卒，養子繼恩嗣，遇刺死，弟繼元立。太平興國四年，宋太宗征北漢，繼元降。見新五代史東漢世家。

【集評】

〔明〕茅坤：記明因塔，以因無他戒行及有禪慧，故特本其所言以感慨今古云。（歐陽文忠公文鈔評語卷二一）

〔清〕何焯：亦學圬者傳。（義門讀書記卷三九）

〔清〕鮑振方：無一語及浮屠法，正例也。書生年，別於爲僧之年也。（金石訂例卷四）

叢翠亭記〔一〕

九州皆有名山以爲鎮，而洛陽天下中，周營、漢都㊀〔二〕，自古常以王者制度臨四方㊁，宜其山川之勢雄深偉麗，以壯萬邦之所瞻。由都城而南以東，山之近者闕塞、萬安、轘轅、緱氏，以連嵩室㊂〔三〕，首尾盤屈踰百里。從城中因高以望之，衆山靡迤，或見或否，惟嵩最遠最獨出㊃。其巘巖聳秀，拔立諸峰上，而不可掩蔽。蓋其名在祀典，與四嶽俱備天子巡狩望祭〔四〕，其秩甚尊，則其高大殊傑當然。城中可以望而見者，若巡檢署之居洛北者爲尤高。

巡檢使、内殿崇班李君〔五〕，始入其署，即相其西南隅而增築之，治亭於上㊄，敞其南北嚮以望焉。見山之連者、峰者、岫者㊅，駱驛聯亘㊆，卑相附，高相摩，亭然起，崒然止〔六〕，來而向，去而背，頹崖怪壑，若奔若蹲，若鬭若倚，世所傳嵩陽三十六峰者，皆可以坐而數之。因取其蒼翠叢列之狀，遂以叢翠名其亭。亭成，李君與賓客以酒食登而落之〔七〕，其古所謂居高明而遠眺望者歟！既而欲紀其始造之歲月，因求修辭而刻之云。

【校記】

㊀營：原校：一作「宫」。㊁常：原校：一作「皆」。㊂室：原校：一作「少」。㊃「遠」下之「最」：原校：一作「而」。卷後原校云，無此「最」字。㊄治：原校：一作「爲」。㊅連者：卷後原校：一作「節者」。㊆駱驛：原校：二字或從「糸」。

【箋注】

〔一〕據題下注，明道元年（一〇三二）作。

〔二〕周營：史記周本紀：「成王在豐，使召公復營洛邑，如武王之意。周公復卜申視，卒營築，居九鼎焉。曰：『此天下之中，四方入貢道里均。』」後平王東遷，以洛邑（即洛陽）爲都。漢都：東漢都洛陽。

〔三〕「山之近」二句：闕塞，即伊闕山，亦名龍門山，在洛陽南。萬安、轘轅、緱氏諸山皆在洛陽東南。嵩室，即嵩山。徐堅初學記卷五引戴延之西征記云：「其山東爲太室，西謂少室，相去十七里。嵩，其總名也。謂之室者，以其下各有石室焉。」

〔四〕「蓋其」二句：禮記王制：「天子祭天下名山大川，五嶽視三公。」嵩山爲中嶽，與東嶽泰山、南嶽衡山、西嶽華山、北嶽恒山合稱五嶽，同受崇祀。望祭，遥望而祭。書舜典「望于山川，遍于羣神」孔傳：「九州名山、大川、五嶽、四瀆之屬，皆一時望祭之。」

〔五〕李君：名字、事迹不詳。

〔六〕崪然：亦作「崒然」。突兀，高聳貌。柳宗元邕州柳中丞作馬退山茅亭記：「是山崒然起於莽蒼之中，馳奔雲矗，亘數十百里。」

〔七〕落之：左傳昭公七年：「楚子成章華之臺，願與諸侯落之。」杜預注：「宫室始成，祭之爲落。」

【集評】

〔清〕何焯：早歲學唐之文，似柳。「見山之連者」至「若鬬若倚」，寫出「叢」字。（義門讀書記卷三八）

非非堂記〔一〕

權衡之平物，動則輕重差，其於静也，錙銖不失。水之鑒物，動則不能有睹，其於静也，毫髮可辨。在乎人，耳司聽，目司視，動則亂於聰明，其於静也，聞見必審。處身者不爲外物眩晃而動，則其心静，心静則智識明，是是非非，無所施而不中。夫是是近乎諂，非非近乎訕，不幸而過，寧訕無諂。是者，君子之常，是之何加！一以觀之，未若非非之爲正也。

予居洛之明年，既新廳事，有文紀于壁末〔二〕。營其西偏作堂，户北嚮，植叢竹，闢户於其南，納日月之光。設一几一榻，架書數百卷，朝夕居其中。以其靜也，閉目澄心，覽今照古，思慮無所不至焉。故其堂以非非爲名云。

【箋注】

〔一〕如題下注，明道元年（一〇三二）作。文云「予居洛之明年」，歐天聖九年至洛，「明年」爲明道元年。

〔二〕「既新」二句：指重修河南府暨西京留守司之官署，見本卷河南府重修使院記。

【集評】

〔明〕楊慎：歐陽公非非堂記云：「是是近乎諂，非非近乎訕，與其諂也，寧訕。」此非君子之言也。孔子曰：「惡居下流而訕上者。」子貢曰：「惡訐以爲直者。」如歐之言，是以聖賢所惡者自居也，而可乎？（升庵集卷五二歐陽公非非堂記）

〔清〕林景亮：首段説權衡與水之靜，是爲虚籠；中段説靜之由來與靜之效果，是爲實寫；末段説惟堂靜乃心靜，是爲本題之結穴。（評注古文讀本評語）

遊大字院記〔一〕

六月之庚〔二〕，金伏火見，往往暑虹晝明，驚雷破柱，鬱雲蒸雨，斜風酷熱，非有清勝不可以消煩炎，故與諸君子有普明後園之遊〔三〕。春筍解籜，夏潦漲渠，引流穿林，命席當水，紅薇始開，影照波上，折花弄流，銜觴對弈。非有清吟嘯歌，不足以開歡情，故與諸君子有避暑之詠。

太素最少飲〔四〕，詩獨先成，坐者欣然繼之。日斜酒歡，不能遍以詩寫，獨留名於壁而去。他日語且道之，拂塵視壁，某人題也㊀。同共索舊句，揭之于版，以致一時之勝，而爲後會之尋云。

【校記】

㊀某人：卷後原校：作「乃」。

【箋注】

〔一〕據題下注，天聖九年（一〇三一）作。張耒明道雜志：「余游洛陽大字院，見歐公、謝希深、尹師魯、聖俞等避暑唱和詩牌。」

〔二〕庚：伏天之代稱。故三伏稱庚伏，三伏暑天稱庚暑。

〔三〕諸君子：即明道雜志所記謝絳、尹洙、梅堯臣等人。普明：普明寺。見居士集卷一〇春晚同應之偶至普明寺小飲作箋注〔一〕。

〔四〕太素：張太素。見本集卷一七交七首張判官。

【集評】

〔清〕林景亮：通篇章法全在「游」字，前後布置，層次井然，一絲不亂，一結尤去路悠然。（評注古文讀本評語）

李秀才東園亭記〔一〕

修友李公佐有亭㈠，在其居之東園。今年春，以書抵洛，命修志之。

李氏世家隨。隨，春秋時稱漢東大國。魯桓之後，楚始盛，隨近之，常與爲鬭，國相勝敗〔二〕。然怪其山川土地既無高深壯厚之勢，封域之廣與鄖、蓼相介〔三〕，纔一二百里，非有古彊諸侯制度，而爲大國㈡，何也？其春秋世，未嘗通中國盟會朝聘。僖二十年㈢，方見於經，以伐見書〔四〕。哀之元年，始約列諸侯㈣，一會而罷〔五〕。其後乃希見㈤，僻居荆夷，蓋於蒲騷、鄖、蓼小國之間〔六〕，特大而已。故於今雖名藩鎮，而實下州，山澤之産無美材，土地之貢無上物〔七〕。朝廷達官大人自閩陬嶺徼出而顯者，往往皆是，而隨近在天子千里内〔八〕，幾一百年間未出一士㈥，豈其庫貧薄陋自古然也？

予少以江南就食居之㈦〔九〕，能道其風土㈧，地既瘠枯，民給生不舒愉㈨，雖豐年㈩，大族厚聚之家，未嘗有樹林池沼之樂，以爲歲時休暇之嬉。獨城南李氏爲著姓，家多藏書，訓子孫以學。予爲童子，與李氏諸兒戲其家〔一〇〕，見李氏方治東園，往求美草⑪，一一手植，周視封樹，日日去來園間甚勤。李氏壽終，公佐嗣家，又構亭其間，益修先人之所爲。予亦壯，不復至其家⑫。已而去客漢沔，遊京師〔一一〕。久而乃歸〔一二〕，復行城南，公佐引予登亭上，周尋童子時所見，則樹之孽者抱，昔之抱者枿，草之茁者叢，荄之甲者今果矣〔一三〕。問其遊兒，則有子，如予童子之歲矣。相與逆數昔時，則於今七閏矣〔一四〕，然忽忽如前日事，因歎嗟徘徊不能去。

噫！予方仕宦奔走，不知再至城南登此亭復幾閏⑬，幸而再至，則東園之物又幾變也。計亭之梁木其蠹，瓦甓其溜⑭，石物其泐乎⑮〔一五〕！隨雖陋，非予鄉，然予之長也，豈能忘情於隨哉？

公佐好學有行，鄉里推之。與予友，蓋明道二年十月十二日也⑯。

【校記】

㊀修：卷後原校：作「予」。㊁爲：卷後原校：作「云」。㊂十：此字原脱，卷後原校云「『二』下有『十』字」，據補。㊃約：卷後原校：作「得」。㊄乃：卷後原校：作「出」。㊅幾一：卷後原校：無「一」字。未出：卷後原校：作「未聞出」。㊆以：卷後原校：作「從」。㊇風土：卷後原校：一作「土風」。㊈給：原校：一作「急」。㊉年：卷後原校：作「居」。⑪往求：卷後原校：作「佳木」。⑫不復：卷後原校：「復」下原缺一字，恕本作「不復游」。⑬「閏」下：卷後原校：有「也」字。⑭其：原校：一作「之」。⑮石物：卷後原校：無「物」字。⑯蓋：卷後原校：作「善」字。按：當屬上讀。二年：卷後原校：文纂作「三年」。也：卷後原校：作「記」。

【箋注】

〔一〕　題下注「景祐元年」與篇末所示「明道二年」不合，當爲明道二年（一〇三三）作。胡譜載是年「正月，以吏事如京師，因省叔父於漢東」，故歐有李氏東園之重游。文云「今年春，（李秀才）以書抵洛，命修志之」，則作於是年無疑。李秀才名堯輔，字公佐。歐爲兒童時，常遊其家。見本集卷二三記舊本韓文後。

〔二〕「魯桓」五句：魯桓，魯桓公。左傳桓公八年載「楚子伐隨」，「戰于速杞，隨師敗績」。莊公四年載楚武王荆伐隨，卒于途中，而楚「軍臨隨。隨人懼，行成」。僖公二十年載「隨以漢東諸侯叛楚。冬，楚鬥穀於菟帥師伐隨，取成而還」。

〔三〕鄖、蓼：春秋時國名。鄖在今湖北安陸，一説在湖北鄖縣；蓼（己姓，即飂國）在今河南唐河。隨介兩國之間。另有蓼（姬姓）在今河南固始，離隨甚遠，非本文所指。

〔四〕「僖二十年」三句：春秋僖公二十年（前六四〇）：「冬，楚人伐隨。」據箋注〔二〕，左傳桓公八年（前七〇四）已有「楚子伐隨」的記載，然歐信經而不信傳，故云。

〔五〕「哀之元年」三句：春秋哀公元年：「楚子、陳侯、隨侯、許男圍蔡。」杜預注：「隨世服於楚，不通中國。吴之入楚，昭王奔隨，隨人免之，卒復楚國。楚人德之，使列於諸侯，故得見經。」

〔六〕蒲騷：古邑名，在今湖北應城西北。左傳桓公十一年：「鄖人軍於蒲騷。」杜預注：「蒲騷，鄖邑。」文將其與鄖、蓼並稱「小國」，當屬筆誤。

〔七〕「故於今」四句：宋史地理志一：「隨州，上，漢東郡，崇信軍節度。乾德五年，升爲崇義軍節度。太平興國元年，改今名。崇寧户三萬八百四，口六萬七千二十一。貢絹、綾、葛、覆盆子。縣三：隨、唐城、棗陽。」

〔八〕「而隨」句：隨州屬京西南路。周禮地官司徒：「制其畿方千里而封樹之。」賈公彦疏：「制其畿方千里者，王畿千里。」

〔九〕「予少」句：胡譜大中祥符三年：「是歲，鄭公（歐陽觀）終於泰州軍事判官。公叔父曄時任隨州推官，因卜居焉。公母夫人鄭氏，年方二十九，携公往依之，遂家于隨。」

〔一〇〕「獨城南」五句：本集記舊本韓文後：「予少家漢東，漢東僻陋無學者，吾家又貧無藏書。州南有大姓李氏者，其子堯輔頗好學。予爲兒童時，多游其家，見有弊筐貯故書在壁間，發而視之，得唐昌黎先生文集六卷。」

〔一一〕「已而」二句：漢陽在漢水邊，古時通稱漢水爲沔水。據胡譜，歐於天聖六年離開隨州，赴漢陽謁胥偃，並隨胥公赴京師。

〔一二〕久而乃歸：指明道二年回到隨州。胡譜載歐是年「正月，以吏事如京師，因省叔父於漢東。三月，還洛」。

〔一三〕荄之甲：指果樹初生時萌芽所帶的表皮。荄，草根，此指始破土的樹芽。

〔一四〕「相與」二句：蔡邕獨斷卷上：「三年一閏，五年再閏。」十九年置七閏。由明道二年上溯十九年，爲大中祥符七年，時歐八歲。

〔一五〕泐：石因風化而開裂。考工記總序：「石有時以泐。」

【集評】

〔明〕唐順之：此文直説下去，入題處不用收拾。爲人作一園記，直從郡國説起，是何等布置。（引自歐陽文忠公文鈔評語卷二〇）

〔清〕何焯：本不足記，故但書其不能忘情於園亭者。（義門讀書記卷三八）

樊侯廟災記〔一〕

鄭之盜〔二〕，有入樊侯廟刳神象之腹者。既而大風雨雹，近鄭之田麥苗皆死。人咸駭曰：「侯怒而爲之也。」

余謂樊侯本以屠狗立軍功，佐沛公至成皇帝，位爲列侯，邑食舞陽〔三〕，剖符傳封，與漢長久，禮所謂有功德於民則祀之者歟〔四〕！舞陽距鄭既不遠，又漢、楚常苦戰滎陽、京、索問〔五〕，亦侯平生提戈斬級所立功處，故廟而食之㊀，宜矣。方侯之參乘沛公，事危鴻門，振目一顧，使羽失氣，其勇力足有過人者〔六〕，故後世言雄武稱樊將軍，宜其聰明正直，有遺靈矣。然當盜之傳刃腹中〔七〕，獨不能保其心腹腎腸哉㊁？而反貽怒於無罪之民㊂，以騁其恣睢㊃，何哉？豈生能萬人敵，而死不能庇一躬邪！豈其靈不神於禦盜，而反神於平民以駭其耳目邪！風霆雨雹，天之所以震耀威罰有司者㊄，而侯又得以濫用之邪？

蓋聞陰陽之氣，怒則薄而爲風霆，其不和之甚者凝結而爲雹。方今歲且久旱，伏陰不興㊅，壯陽剛燥㊆，疑有不和而凝結者，豈其適會民之自災也邪？不然，則喑嗚叱吒〔八〕，使風馳霆擊㊇，則侯之威靈暴矣哉！

【校記】

㊀「廟」上：卷後原校：有「亦」字。㊁腎腸哉：卷後原校：無「哉」字。㊂貽怒：卷後原校：一作「移怒」。㊃以騁其恣睢：卷後原校：無此五字。㊄「有」上：卷後原校：有「宜」字。㊅不：卷後原校：作「始」。㊆壯陽剛燥：卷後原校：四字作「以干陽氣」。㊇「使」上：卷後原校：有「能」字。

【箋注】

〔一〕原未繫年，置明道、景祐文間，當爲明道二年（一〇三三）歐在西京幕府任職時作。文云「方今歲且久旱，伏陰不興，壯陽剛燥」。查長編卷一一二，載明道二年京東西等地旱蝗成災事，見本集卷九原弊箋注〔一〕。同卷又載是年三月「丁亥，祈雨於會靈觀、上清宮、景德開寶寺」；七月「庚辰，詔開封府界、京東西、河北、河東、陝西蝗，其除民田租，仍免差官檢覆，亟令改之」。可見「歲且久旱」當指明道二年，文即是年作。而是年前後未聞樊侯廟所在的鄭州（屬京西路）有久旱之災。歐所在河南府與鄭州接壤，故得聞其事。大清一統志卷一五〇開封府二：「樊侯廟在滎陽縣東南三十里，祀漢樊噲。」袁褧楓窗小牘卷下：「歐陽文忠公樊侯廟災記真稿舊存余家，其中改竄數處，如『立軍功』三字，稿但曰『起家』；『平生』曰『生平』；『振目』曰『瞋目』；『勇力』曰『威武』；『雄武』曰『英勇』；『生能萬人敵，死不能庇一躬』，曰『生能讋喑啞叱咤之主，死不能保束草附土之形』；『有司』曰『殘暴』；後『喑啞叱咤』四字無，第曰『使風馳電擊，憑此咆哮』。凡定二十三字，書亦遒勁。時余家從祖倅鄭，故得其稿，今竟失去，不得與蘇公手書並存，惜哉！」樊侯，樊噲，以屠狗爲業，後隨劉邦起兵反秦，以軍功封舞陽侯。見史記樊酈滕灌列傳。

〔二〕 鄭：指鄭州（治今河南鄭州）。

〔三〕 邑食舞陽：史記樊酈滕灌列傳「舞陽侯樊噲」張守節正義：「舞陽在許州葉縣東十里。」按：鄭與許爲南北相鄰之州。

〔四〕「禮所謂」句：禮記王制：「有功德於民者，加地進律。」鄭玄注：「律，法也。」禮記祭法：「夫聖王之制祭祀也，法施於民則祀之，以死勤事則祀之，以勞定國則祀之，能禦大菑則祀之，能捍大患則祀之。」

〔五〕 滎陽、京、索：指滎陽（今屬河南）一帶。滎陽，宋時屬鄭州。京，春秋鄭邑，故址在今滎陽東南。索，古城，故址在今滎陽。

〔六〕「方侯」五句：史記樊酈滕灌列傳記樊噲闖入鴻門宴，「立帳下。項羽目之，問爲誰。張良曰：『沛公參乘樊噲。』項羽曰：『壯士。』賜之卮酒彘肩，噲既飲酒，拔劍切肉食，盡之。項羽曰：『能復飲乎？』噲曰：『臣死且不辭，豈特卮酒乎！且沛公先入定咸陽，暴師霸上，以待大王。大王今日至，聽小人之言，與沛公有隙，臣恐天下解，心疑大王也。』項羽默然。……是日微樊噲奔入營譙讓項羽，沛公事幾殆」。史記項羽本紀有「噲即帶劍擁盾入軍門……披帷西嚮立，瞋目視項王，頭髮上指，目眥盡裂」等描寫，可參閱。

〔七〕 傳刃：以刀刺入。史記張耳陳餘列傳：「秦法重，足下爲范陽令十年矣，殺人之父，孤人之子，斷人之足，黥人之首，不可勝數。然而慈父孝子莫敢傳刃公之腹中者，畏秦法耳。」

〔八〕 喑嗚叱吒：「嗚」亦作「噁」。史記淮陰侯列傳：「項王喑噁叱咤，千人皆廢。」司馬貞索隱：「喑噁，懷怒氣。

『咤』字或作『吒』。叱咤，發怒聲。」

【集評】

〔明〕唐順之：文不過三百字，而十餘轉折，愈出愈奇，文之最妙者也。（歐陽文忠公文鈔評語卷二一）

〔清〕孫琮：此篇大段有二：一段辨禾稼災傷必非樊侯遷怒，此是明於人道；一段辨風霆雨雹亦非樊侯所能驅使，此是明於天道。大儒立言有本，能使羣疑盡釋。（山曉閣選宋大家歐陽廬陵全集評語卷三）

〔清〕浦起龍：廟災在像，鄭災在苗，本兩事也。人駭，揑作一事。擊侯，正以曉衆也，勿黏死句。（古文眉詮評語卷六〇）

東齋記〔一〕

官署之東有閣以燕休㊀，或曰齋，謂夫閑居平心以養思慮，若於此而齋戒也，故曰齋。河南主簿張應之居縣署〔二〕，亦理小齋㊁。河南雖赤縣〔三〕，然征賦之民户纔七八千㊂，田利之入率無一鍾之畝。人稀，土不膏腴，則少爭訟。幸而歲不大凶，亦無逋租。凡主簿之所職者甚簡少，故未嘗憂吏責，而得優游以嬉。應之又素病羸，宜其有以閑居而平心者也。

應之雖病，然力自爲學，常曰：「我之疾，氣留而不行，血滯而流逆，故其病咳血。然每體之不康，則或取六經、百氏，若古人述作之文章誦之㊃，愛其深博閎達、雄富偉麗之說㊄，則必茫乎以思，暢乎以平，釋然不知疾之在體㊅。」因多取古書文字貯齋中，少休，則探以覽焉。

夫世之善醫者，必多畜金石百草之物以毒其疾，須其瞑眩而後瘳。應之獨能安居是齋以養思慮，又以聖人之道和平其心而忘厥疾，真古之樂善者歟㈦！傍有小池㈧，竹樹環之，應之時時引客坐其間，飲酒言笑，終日不倦㈨。而某嘗從應之於此㈩，因書於其壁⑪。

【校記】

㈠東：卷後原校：作「視」字。以：卷後原校：作「其」。㈡理：原校：一作「治」。㈢民：原校：一作「名」。㈣若：原校：一作「與」。「誦」上：卷後原校：有「以」字。㈤雄：原校：一作「奇」。㈥知：原校：一作「覺」。在體：卷後原校：宋文粹此下有「也」字。㈦真古之：原校：三字一作「可謂」。㈧傍有小池：卷後原校：宋文粹「傍」字上有「齋」字。㈨終日：原校：一作「終日言笑」。㈩而某：卷後原校：二字作「予」。⑪於其壁：原校：三字一作「于壁而記云」。

【箋注】

〔一〕據題下注，明道二年（一〇三三）作。居士集卷一〇有張主簿東齋詩。

〔二〕張應之：張谷，字應之，時爲河南縣主簿。生平見居士集卷二四尚書屯田員外郎張君墓表。

〔三〕河南雖赤縣：宋承唐制，縣有赤、畿、望、緊、上、中、下七等之差。京都所治爲赤縣。河南縣屬西京管轄，故爲赤縣。京之旁邑爲畿縣，其餘則以户口多少、資地美惡爲差。

伐樹記〔一〕

署之東園〔二〕，久茀不治。修至，始闢之，糞瘠溉枯，爲蔬圃十數畦，又植花果桐竹凡百本。春陽既浮，萌者將動。園之守啓曰：「園有樗焉〔三〕，其根壯而葉大。根壯則梗地脉，耗陽氣，而新植者不得滋；葉大則陰翳蒙礙，而新植者不得暢以茂。又其材拳曲臃腫，疏輕而不堅，不足養，是宜伐。」因盡薪之。明日，圃之守又曰：「圃之南有杏焉，凡其根庇之廣可六七尺㊀，其下之地最壤腴，以杏故，特不得蔬，是亦宜薪。」修曰：「噫！今杏方春且華，將待其實，若獨不能損數畦之廣爲杏地邪？」因勿伐。

既而悟且歎曰：「吁！莊周之説曰：樗、櫟以不材終其天年，桂、漆以有用而見傷夭〔四〕。今樗誠不材矣，然一旦悉翦棄，杏之體最堅密㊁，美澤可用，反見存。豈才不才各遭其時之可否邪？」

他日，客有過修者，僕夫曳薪過堂下，因指而語客以所疑。客曰：「是何怪邪？夫以無用處無用，莊周之貴也。以無用而賊有用，烏能免哉！彼杏之有華實也，以有生之具而庇其根，幸矣。若桂、漆之不能逃乎斤斧者，蓋有利之者在死㊂，勢不得以生也，與乎杏實異矣。今樗之臃腫不材，而以壯大害物，其見伐，誠宜爾，與夫才者死、不才者生之説又異矣。凡物幸之與不幸，視其處之而已。」客既去，修然其言而記之。

【校記】

㊀「凡其」句：卷後原校：「其」作「三」。「庇」上有「奇」字。「尺」作「弓」。　㊁體：此字原缺，據衡本補。卷後原校：恕本作「木」。　㊂「死」上：卷後原校：有「其」字。

【箋注】

〔一〕 據題下注，天聖九年（一〇三一）作。

〔二〕 署：當指河南府官署。

〔三〕 樗：臭椿。爲落葉喬木。莊子逍遥遊：「吾有大樹，人謂之樗，其大本臃腫而不中繩墨，其小枝卷曲而不中規矩，立之塗，匠者不顧。」

〔四〕「莊周」三句：莊子人間世：「匠石之齊，至於曲轅，見櫟社樹。其大蔽數千牛，絜之百圍……是不材之木也，無所可用，故能若是之壽。」又：「山木自寇也，膏火自煎也。桂可食，故伐之；漆可用，故割之。人皆知有用之用，而莫知無用之用也。」

【集評】

〔明〕歸有光：胸中先有末後一段議論，借客對以發其感慨。（歐陽文忠公文選評語卷七）

戕竹記㊀〔一〕

洛最多竹，樊圃棋錯〔二〕。包籜榯笋之贏，歲尚十數萬緡，坐安侯利㊁，寧肯爲渭川下〔三〕？然其治水庸〔四〕，任土物〔五〕，簡歷芟養〔六〕，率須謹嚴。家必有小齋閑館在虧蔽間，賓欲賞，輒腰輿以入〔七〕，不問辟彊〔八〕，恬無怪讓也。以是名其俗爲好事。

壬申之秋，人吏率持鎌斧，亡公私誰何，且戕且桴〔九〕，不竭不止。守都出令〔一〇〕：有敢隱一毫爲私，不與公上急病，服王官爲慢，齒王民爲悖。如是累日，地榛園秃，下亡有嗇色少見於顔間者，由是知其民之急上。

噫！古者伐山林，納材葦，惟是地物之美，必登王府，以經于用，不供謂之畔廢，不時謂之暴殄〔一一〕。今土宇廣斥〔一二〕，賦入委疊，上益篤儉，非有廣居盛囿之侈。縣官材用〔一三〕，顧不衍溢朽蠹，而一有非常，斂取無藝〔一四〕。意者營飾像廟過差乎〔一五〕！書不云「不作無益害有益〔一六〕」，又曰「君子節用而愛人〔一七〕」。天子有司所當朝夕謀慮，守官與道，不可以忽也。推類而廣之，則竹事猶末。

【校記】

㊀記：卷後原校：恕本作「誌」。　㊁侯：原校：一作「厚」。

【箋注】

〔一〕　原未繫年，文中言及「壬申之秋」，壬申爲明道元年（一〇三二），文即是年作。長編卷一一一載明道元年八月「壬戌，修文德殿成。是夜，大内火，延燔崇德、長春、滋福、會慶、崇徽、天和、承明、延慶八殿……甲子，放朝，近臣詣宫門問起居。以宰相吕夷簡爲修葺大内使……令京東西、淮南、江東、河北諸路並發工匠，赴京師」。正因修大内之急需，洛陽竹林慘遭浩劫，歐有感而作本文。

〔二〕　樊圃：有籬的園圃。宋之問温泉莊卧病寄楊七炯詩：「秉願守樊圃，歸閑欣藝牧。」此指竹園。

〔三〕「包籜」四句：謂洛陽竹園所入，每年有十數萬緡，相當于千户侯的收益，豈在渭川之下。史記貨殖列傳：「渭川千畝竹……此其人皆與千户侯等。」包籜，笋殼。榯笋，立竹。榯，直竪貌。

〔四〕水庸：水溝。禮記郊特牲：「祭坊與水庸，事也。」鄭玄注：「水庸，溝也。」孔穎達疏：「水庸者，所以受水，亦以泄水。」

〔五〕任：利用。商君書算地：「故爲國任地者，山林居什一。」高亨注：「任，利用。」

〔六〕簡歷：選擇。書冏命：「慎簡乃僚。」楚辭離騷：「歷吉日乎吾將行。」

〔七〕腰輿：便轎。此指坐轎。

〔八〕辟彊：唐詩紀事陸鴻漸：「吴門有辟彊園，地多怪石。鴻漸玩月詩云：辟彊舊林閒，怪石紛相向。」此意謂誰家園林。

〔九〕桴：小竹筏。此謂編爲竹筏由水路運走。

〔一〇〕守都：指西京留守。

〔一一〕「不供」二句：周禮地官司徒：「山虞掌山林之政令……令萬民時斬材，有期日……林衡掌巡林麓之禁令……以時計林麓而賞罰之……澤虞掌國澤之政令，爲之厲禁，使其地之人守其財物，以時入之于玉府。」畔廢，指不遵守貢物之制。

〔一二〕廣斥：書禹貢：「厥土白墳，海濱廣斥。」孔穎達疏：「海畔迥闊，地皆斥鹵，故云廣斥。」此即廣大意。

〔一三〕縣官：朝廷，官府。史記孝景本紀：「令內史郡不得食馬粟，没入縣官。」

〔一四〕無藝：没有極限或限度。國語晉語八：「桓子驕泰奢侈，貪慾無藝。」韋昭注：「藝，極也。」

〔一五〕過差：過分，失度。書胤征「羲和湎淫，廢時亂日」孔傳：「沉湎於酒，過差非度。」

〔一六〕「書不云」句：語出書旅獒：「不作無益害有益，功乃成；不貴異物賤用物，民乃足。」

〔一七〕「又曰」句：語出論語學而：「道千乘之國，敬事而信，節用愛人，使民以時。」

養魚記〔一〕

折簷之前有隙地〔二〕，方四五丈，直對非非堂，修竹環繞蔭映，未嘗植物，因洿以爲池〔三〕。不方不圓，任其地形；不甃不築〔四〕，全其自然。縱鍤以濬之〔五〕，汲井以盈之。湛乎汪洋，晶乎清明，微風而波，無波而平，若星若月，精彩下入。予偃息其上，潛形於毫芒〔六〕；循漪沿岸，渺然有江湖千里之想。斯足以舒憂隘而娛窮獨也。

乃求漁者之罟，市數十魚，童子養之乎其中。童子以爲斗斛之水不能廣其容，蓋活其小者而棄其大者。怪而問之，且以是對。嗟乎！其童子無乃嚚昏而無識矣乎〔七〕！予觀巨魚枯涸在旁不得其所，而羣小魚游戲乎淺狹之間，有若自足焉，感之而作養魚記。

【箋注】

〔一〕原未繫年，文云魚池「直對非非堂」，非非堂建於明道元年（一〇三二），本文疑亦是年作。

〔二〕折簷：即步檐，同「步櫩」，爲檐下走廊。漢書司馬相如傳上：「步櫩周流，長途中宿。」顔師古注：「步櫩，言其下可行步，即今之步廊也。」

〔三〕洿：挖掘。禮記檀弓下：「殺其人，壞其室，洿其宮而豬焉。」孔穎達疏：「謂掘洿其宮，使水之聚積焉。」

〔四〕甃：以磚砌。

〔五〕鍤：鐵鍬。

〔六〕「潛形」句：應貞臨丹賦：「清波引鏡，形無遁影。」

〔七〕 嚚昏：冥頑不靈。柳宗元貞符：「後之妖淫嚚昏好怪之徒，乃始陳大電、大虹、玄鳥、巨跡、白狼、白魚、流火之鳥以爲符。」

【集評】

〔清〕林景亮：首段非泛寫「池」字，其「舒憂隘而娱窮獨」句，已將抑塞磊落之概盡流露於吞吐間，故此句實爲束上起下之關鍵，而其妙處則在絶不露痕迹。故後段借養魚作興比體，以「童子」比當時大臣之肥己瘠人者，以「小魚」比當時之羣小，其「大魚」則自況也，而語意亦在吞吐間。故形式上雖寫養魚，而精神上實爲前段末句之承筆。寫影文字，大抵如斯。（評注古文讀本）

游鯈亭記〔一〕

禹之所治大水七，岷山導江，其一也〔二〕。江出荆州，合沅、湘，合漢、沔，以輸之海。其爲汪洋誕漫，蛟龍水物之所憑，風濤晦冥之變怪，壯哉！是爲勇者之觀也㊀。吾兄晦叔爲人慷慨喜義〔三〕，勇而有大志。能讀前史，識其盛衰之迹，聽其言，豁如也。困於位卑，無所用以老，然其胸中亦已壯矣。夫壯者之樂，非登崇高之丘，臨萬里之流，不足以爲適。

今吾兄家荆州，臨大江，捨汪洋誕漫壯哉勇者之所觀，而方規地爲池，方不數丈，治亭其上，反以爲樂，何哉？蓋其擊壺而歌〔四〕，解衣而飲，陶乎不以汪洋爲大，不以方丈爲局，則其心豈不浩然哉！

夫視富貴而不動，處卑困而浩然其心者㈡，真勇者也。然則水波之漣漪，游魚之上下，其爲適也，與夫莊周所謂惠施游於濠梁之樂何以異〔五〕？烏用蛟魚變怪之爲壯哉？故名其亭曰游儵亭。景祐五年四月二日，舟中記。

【校記】

㈠壯哉是爲：原校：四字一作「是爲壯哉」。　㈡者：原校：一無此字。

【箋注】

〔一〕如篇末所示，景祐五年（一〇三八）作。是年十一月，改元寶元。據胡譜，是年三月，歐由夷陵赴乾德。途中，過荆州，訪兄昞，名其家中之亭爲游儵亭。

〔二〕「禹之」三句：史記夏本紀稱禹「道九川」，司馬貞索隱：「弱、黑、河、瀁、江、沇、淮、渭、洛爲九川。」書禹貢同此，瀁作漾。其中云：「岷山導江，東別爲沱；又東至于澧；過九江，至於東陵；東迆北會于匯；東爲中江，入于海。」本文謂「禹之所治大水七」，此七水當在「九川」中。

〔三〕晦叔：名昞，歐同父異母之兄。本集歐陽氏譜圖「觀生二子」下，列昞與修之名。歐于役志記景祐三年貶夷陵途中與兄昞過往的情況：「（八月）辛未，遣人之黄陂，召家兄。大風雨，不克渡江而還。壬申，小飲修己家，遂留宿。明日，家兄來見余於修己家。始中酒，睡兄家。甲戌，飲於兄家。乙亥，飲令狐家，夜過兄家會宿。」

〔四〕擊壺而歌：晉書王敦傳：「（敦）每酒後輒詠魏武帝樂府歌曰：『老驥伏櫪，志在千里。烈士暮年，壯心不已。』以如意打唾壺爲節，壺邊盡缺。」

〔五〕「與夫」句：莊子秋水：「莊子與惠子游於濠梁之上。莊子曰：『儵魚出游從容，是魚之樂也。』惠子曰：

『子非魚，安知魚之樂？』莊子曰：『子非我，安知我不知魚之樂？』惠子曰：『我非子，固不知子矣；子固非魚也，子之不知魚之樂，全矣。』莊子曰：『請循其本。子曰汝安知魚樂云者，既已知吾知之而問我，我知之濠上也。』」

【集評】

〔明〕茅坤：奇文。（歐陽文忠公文鈔評語卷二〇）

淅川縣興化寺廊記〔一〕

興化寺新修行廊四行，總六十四間。匠者某人，用工之力凡若干，土木圬墁陶瓦鐵石之費、匠工傭食之資凡若干。營而主其事者僧延遇〔二〕。

延遇自言餘杭人，少棄父母，稱出家子。之鄆州，拜浮圖人，師其説。年十九，尚書祠部給牒稱僧，遂行四方。淳化三年，止此寺，得維摩院廢基築室，自爲師，教弟子以居。居二十有三年〔三〕，授弟子惠聰而老焉〔四〕。又十八年〔五〕，年七十有一矣，乃斂其衣盂之具所餘㊀，示惠聰而歎曰：「吾生乾德之癸亥，明年而甲子一復㊁，而又將甲焉〔六〕。棄杭即淅四十有三歲，去墳墓不哭其郊，聞吴歈不懷其土〔七〕，吾豈無鄉閭親戚之仁與愛而樂此土耶？吾惟浮圖之説，畏且信以忘其生，不知久乎此也。今老矣，凡吾之有衣食之餘，生無鄉閭宗族之賙，没不待歲時烝嘗之具〔八〕，盍就吾之素信者而用焉？畢，吾無恨也。」於是庀工度材，營此廊。廊成，明道二年之某月也。

寺始建於隋仁壽四年，號法相寺。太平興國中，改曰興化，屋垣甚壯廣。由仁壽至明道，實四百四十有四年之間〔九〕，凡幾壞幾易，未嘗有志刻，雖其始造之因，亦莫詳焉。至延遇爲此役，始求志之。予因嘉延遇之能果其學也。惠聰自少師之㊂，雖老㊃，益堅不壞。又竭其所有，期與俱就所信而盡焉。夫世之學者知患不至，不知患不能果。此果於自信者也。年月日記。

【校記】

㊀所：原校：一作「之」。　㊁「子」下：卷後原校：再有「今甲子」三字。　㊂惠聰自：卷後原校：無此三字。　㊃雖老：卷後原校：無「雖」字。

【箋注】

〔一〕如題下注，明道二年（一〇三三）作。文云「廊成，明道二年之某月也」，文作於廊成之後。淅川縣（今屬河南）在京西路鄧州。

〔二〕延遇：生平未見其他記載。

〔三〕居二十有三年：由淳化三年（九九二）算起，二十三年爲大中祥符七年（一〇一四）。

〔四〕惠聰：生平不詳。

〔五〕又十八年：大中祥符七年之又十八年爲明道元年（一〇三二）。

〔六〕「吾生」三句：乾德癸亥即乾德元年（九六三）。「明年」，指作本文時之明年，即景祐元年（一〇三四），爲甲戌年。故云「甲子一復，而又將甲焉」。

〔七〕吴歈：吴地之歌。楚辭招魂：「吴歈蔡謳，奏大吕些。」王逸注：「吴蔡，國名也。歈、謳，皆歌也。」

〔八〕烝嘗：本指秋冬二祭，後亦泛稱祭祀。詩小雅楚茨：「絜爾牛羊，以往烝嘗。」鄭玄箋：「冬祭曰烝，秋祭曰嘗。」

〔九〕「由仁壽」二句：此處計算有誤。由隋仁壽四年（六〇四）至宋明道二年（一〇三三），僅有四百二十九年。

湘潭縣修藥師院佛殿記〔一〕

湘潭縣藥師院新修佛殿者，縣民李遷之所爲也。遷之賈江湖㊀，歲一賈，其入數千萬。遷之謀曰：夫民，力役以生者也㊁，用力勞者其得厚，用力媮者其得薄〔二〕。以其得之豐約㊂，必視其用力之多少而必當，然後各食其力而無慚焉。士非我匹，若工農則吾等也。夫瑑磨煎鍊㊃〔三〕，調筋柔革〔四〕，此工之盡力也；斤斸鉏夷〔五〕，畎畝樹藝〔六〕，此農之盡力也，然後所食皆不過其勞㊄。今我則不然，徒幸物之廢興而上下其價，權時輕重而操其奇嬴〔七〕，游嬉以浮於江湖，用力至逸以安，而得則過之，我有慚於彼焉。凡誠我契而不我欺，平我斗斛權衡而不我踰，出入關市而不我虞，我何能焉？是皆在上而爲政者以庇我也㊅。何以報焉？聞浮屠之爲善㊆，其法曰：「有能捨己之有以崇飾尊嚴，我則能陰相之〔八〕，凡有所欲，皆如志。」乃曰：盍用我之有所得㊇，於此施以報焉，且爲善也。於是得此寺廢殿而新之，又如其法，作釋迦佛、十六羅漢塑像皆備。凡用錢二十萬，自景祐二年十二月癸酉訖三年二月甲寅以成。

其秋，會予赴夷陵，自真州假其舟行。次潯陽〔九〕，見買一石，礱而載于舟〔一〇〕，問其所欲用之㊈，因具言其所爲㊉，且曰欲歸而記其始造歲月也㊀。視其色，若欲得予記而不敢言也。因善其以賈爲生，而能知夫力少而得厚以爲幸，又知在上者庇己而思有以報，顧其所爲之心又趨爲善，皆可喜也㊁，乃爲之作記。問其寺始造之由及其歲月，皆不能道也。九月十六日記㊂。

【校記】

㊀之：卷後原校：作「世」。　㊁「以」下：卷後原校：有「爲」字。　㊂以其：卷後原校：無「以」字。

㊃琢磨：原校：一作「磨琢」。　㊄後：卷後原校：作「其」。　㊅「以」上：卷後原校：有「有」字。　㊆「之」下：卷後原校：有「人能教人」四字。　㊇我之有：卷後原校：無「有」字。　㊈之：卷後原校：作「遷」。按：當屬下讀。　㊉「因」下：卷後原校：有「得」字。　㊀始造歲月：卷後原校：文藪作「始造之歲月」。　㊁可喜：卷後原校：文藪作「可嘉」。　㊂十六日：卷後原校：無「十」字，有「夷陵令歐陽某」七字。按：「七」爲「六」字之誤。

【箋注】

〔一〕　如題下注，景祐三年（一〇三六）作。湘潭縣屬荆湖南路潭州。藥師，菩薩名，全稱藥師琉璃光如來。

〔二〕媮：苟且，怠惰。楚辭九辯：「食不媮而爲飽兮，衣不苟而爲温。」

〔三〕琢磨煎鍊：雕琢玉石，煮鹽鍊鐵。

〔四〕調筋柔革：謂製作弓箭甲冑之類。

〔五〕斤斸鉏夷：農具。此指鋤草翻地之類。國語齊語：「惡金以鑄鉏、夷、斤、斸，試諸壤土。」

〔六〕樹藝：亦作「樹蓺」。種植、栽培。周禮地官大司徒：「辨十有二壤之物，而知其種，以教稼穡樹蓺。」賈公彦疏：「教民春稼秋穡，以樹其木，以蓺黍稷也。」

〔七〕奇贏：漢書食貨志上：「商賈大者積貯倍息，小者坐列販賣，操其奇贏，日游都市，乘上之急，所賣必倍。」顔師古注：「奇贏，謂有餘財而畜聚奇異之物也。一説，奇謂殘餘物也。」

〔八〕陰相：暗中佑助。書盤庚下：「予其懋簡相爾，念敬我衆。」孔傳：「簡，大；相，助也。勉大助汝。」

〔九〕「其秋」四句：于役志載貶官夷陵之旅途：「（七月）丙戌，至於真州……戊戌，入客舟……丙辰……至江州。」潯陽，江州舊稱。此所云「客舟」，當即李遷經商所乘之舟。

〔一〇〕礱：磨。國語晉語八：「趙文子爲室，斲其椽而礱之。」韋昭注：「礱，磨也。」

偃虹隄記㊀〔一〕

有自岳陽至者，以滕侯之書、洞庭之圖來告曰〔二〕：「願有所記㊁。」予發書按圖，自岳陽門西距金雞之右㊂〔三〕，其外隱然隆高以長者，曰偃虹隄。問其作而名者，曰：「吾滕侯之所爲也。」問其所以作之利害，曰：「洞庭天下之至險，而岳陽，荆、潭、黔、蜀四會之衝也〔四〕。昔舟之往來湖中者，至無所寓，則皆泊南津〔五〕，其有事于州者遠且勞，而又常有風波之恐、覆溺之虞。今舟之至者皆泊隄下，有事于州者，近而且無患。」問其大小之制，用人之力，曰：「長一千尺，高三十尺㊃，厚加二尺而殺，其上得厚三分之二〔六〕，用民力萬有五千五百工㊄，而不踰時以成。」問其始作之謀，曰：「州以事上轉運使，轉運使擇其吏之能者行視可否，凡三反復，而又上于朝廷，决之三司，然後曰可，而皆不能易吾侯之議也。」曰：「此君子之作也，可以書矣。」

蓋慮於民也深，則謀其始也精，故能用力少而爲功多。夫以百步之隄㊅，禦天下至險不測之虞，惠其民而及于荆、潭、黔、蜀，凡往來湖中，無遠邇之人皆蒙其利焉㊆。且岳陽四會之衝，舟之來而止者，日凡有幾！使隄土石幸久不朽，則滕侯之惠利於人物，可以數計哉？夫事不患於不成，而患於易壞。蓋作者未始不欲其久存，而繼者常至於殆廢。自古賢智之士，爲其民捍患興利，其遺迹往往而在。使其繼者皆如始作之心，則民到于今受其賜〔七〕，天下豈有遺利乎？此滕侯之所以慮，而欲有紀於後也。

滕侯志大材高，名聞當世。方朝廷用兵急人之時，常顯用之。而功未及就，退守一州〔八〕，無所用心，略施其餘，以利及物。夫慮熟謀審，力不勞而功倍，作事可以爲後法，一宜書；不苟一時之譽，思爲利於無窮，而告來者不以廢㊇，二宜書；岳之民人與湖中之往來者，皆欲爲滕侯紀，三宜書。以三宜書不可以不書，乃爲之書。慶曆六年月日記。

【校記】

㈠偃虹：卷後原校：「恕本作『卧虹』。按文忠公祖諱偃，今家集以『偃』作『卧』，疑避諱也。」㈡記：卷後原校：作「紀」。㈢右：卷後原校：作「石」。㈣「長一」二句：卷後原校：恕本作「長三百尺，高十有三尺」。㈤萬有五千五百工：卷後原校：作「四千有五百工」。㈥百：卷後原校：作「五十」。㈦皆蒙其利：卷後原校：無此四字。㈧不以廢：卷後原校：作「以不廢」。

【箋注】

〔一〕如篇末所示，慶曆六年（一〇四六）作。王得臣麈史卷中：「岳陽西瀕大江，夏秋，洞庭水平，望與天際，而州步無艤舟之所，人甚病之。慶曆間，滕子京謫守是邦，嘗欲起巨隄以捍怒濤，使爲弭楫之便，先名曰『偃虹隄』，求文於歐陽永叔。故述隄之利，詳且博矣。碑刻傳於世甚多。治平末，予宰巴陵，首訪是隄，郡人曰：『滕侯未及作而去。』」

〔二〕岳陽：岳州治所，今屬湖南。滕侯：滕宗諒，字子京，河南府人。大中祥符進士。初在泰州協助范仲淹主持築捍海堰，累遷殿中丞、左司諫。出知信州、湖州，調知涇州。防禦西夏有方，擢天章閣待制，徙慶州。以在涇州時用公使錢逾制被劾，降知虢州，徙岳州，遷蘇州卒。宋史有傳。

〔三〕金雞：金雞石。岳州府記：「在府西湖濱船場埠，舊傳金雞翔焉，後爲雷敗。」

〔四〕荆、潭、黔、蜀：荆，荆州（治今湖北江陵）；潭，潭州（治今湖南長沙）；黔，黔州（治今四川彭水）；蜀，指今四川一帶。

〔五〕南津：南津港。大清一統志卷二七九岳州府：「南津港，在巴陵縣南五里，西通洞庭，爲泊舟之所。」巴陵縣即岳陽。

〔六〕「厚加」二句：謂堤底寬三十二尺，往上逐步縮減，堤面寬度爲堤底的三分之二。

〔七〕「則民」句：語出論語憲問：「管仲相桓公，霸諸侯，一匡天下，民到于今受其賜。」

〔八〕「方朝廷」四句：宋史滕宗諒傳：「元昊反，（宗諒）除刑部員外郎、直集賢院、知涇州。葛懷敏軍敗於定川，諸郡震恐，宗諒顧城中兵少，乃集農民數千戎服乘城，又募勇敢，諜知寇遠近及其形勢，檄報旁郡使爲備。會范仲淹自環慶引蕃漢兵來援，時天陰晦十餘日，人情憂沮，宗諒乃大設牛酒迎犒士卒；又籍定川戰没者於佛寺祭酹之，厚撫其孥，使各得所，於是邊民稍安。仲淹薦以自代，擢天章閣待制，徙慶州……御史梁堅劾奏宗諒前在涇州費公錢十六萬貫，及遣中使檢視，乃始至部日，以故事犒賚諸部屬羌，又間以饋遺游士故人。宗諒恐連逮者衆，因焚其籍以滅姓名。仲淹時參知政事，力救之，止降一官，知虢州。御史中丞王拱辰論奏不已，復徙岳州。」

【集評】

［清］孫琮：一篇分作三幅看：前幅詳記其作堤之緣由，中幅贊美其作堤之利濟，後幅冀望其作堤之久存而不壞。前幅詳其命名，悉其利害，考其規制工力與其謀議，妙在皆從使者口中問答而出。末幅結作記之故，妙在叠説。三段皆是絶妙篇法。（山曉閣選宋大家歐陽廬陵全集評語卷三）

［清］沈德潛：叙次簡老，波瀾動宕，通體無一平直之筆，是爲高文。（唐宋八大家文讀本評語卷一二）

大明水記〔一〕

世傳陸羽茶經〔二〕，其論水云：「山水上，江水次，井水下。」又云：「山水，乳泉、石池漫流者上。瀑湧湍漱勿食，食久，令人有頸疾。江水取去人遠者，井取汲多者。」其説止於此，而未嘗品第天下之水味也。至張又新爲煎茶水記，始云劉伯芻謂水之宜茶者有七等，又載羽爲李季卿論水次第有二十種㈠〔三〕。

今考二説，與羽茶經皆不合。謂山水上㈡，乳泉、石池又上㈢，江水次而井水下。伯芻以揚子江爲第一〔四〕，惠山石泉爲第二〔五〕，虎丘石井第三㊃〔六〕，丹陽寺井第四〔七〕，揚州大明寺井第五，而松江第六〔八〕，淮水第七，與羽説皆相反。季卿所説二十水：廬山康王谷水第一〔九〕，無錫惠山石泉第二，蘄州蘭溪石下水第三〔一〇〕，扇子峽蝦蟆口水第四〔一一〕，虎丘寺井水第五，廬山招賢寺下方橋潭水第六㊄，揚子江南零水第七〔一二〕，洪州西山瀑布第八〔一三〕，桐柏淮源第九〔一四〕，廬山龍池山頂水第十〔一五〕，丹陽寺井第十一〔一六〕，揚州大明寺井第十二，漢江中零水第十三〔一七〕，玉虚洞香溪水第十四㊅〔一八〕，武關西水第十五〔一九〕，松江水第十六〔二〇〕，天台千丈瀑布水第十七〔二一〕，郴州圓泉第十八〔二二〕，嚴陵灘水第十九〔二三〕，雪水第二十。如蝦蟆口水、西山瀑布、天台千丈瀑布，皆戒人勿食㊆，食之生疾㊇，其餘江水居山水上，井水居江水上，皆與羽經相反。疑羽不當二説以自異。使誠羽説，何足信也？得非又新妄附益之邪？其述羽辨南零岸時㊈，怪誕甚妄也。

水味有美惡而已，欲求天下之水一二而次第之者，妄説也。故其爲説，前後不同如此。然此井，爲水之美者也㊉。羽之論水，惡渟浸而喜泉源，故井取汲者，江雖長，然衆水雜聚，故次山水。惟此説近物理云。

【校記】

㊀季：原作「秀」，誤。浮槎山水記稱「李季卿」，卷後原校亦云「『秀』作『季』」，據改。下文「秀卿」亦改作「季卿」。㊁「謂」上：卷後原校：有「羽」字。㊂「乳」上：卷後原校：文纂有「而」字。㊃井：卷後原校：作「泉」。㊄招：卷後原校：下注「疑」字。㊅玉虛：卷後原校：二字作「壺」。㊆「皆」下：卷後原校：有「羽」字。㊇之：卷後原校：作「而」。㊈時：卷後原校：下注「疑」字。㊉爲：卷後原校：作「於」。

【箋注】

〔一〕如題下注，慶曆八年（一〇四八）作。據胡譜，是年閏正月，歐由滁州徙知揚州。大明水，指揚州大明寺井水。嘉祐三年，歐録此文送李端愿，見書簡卷四與李留後。

〔二〕陸羽茶經：見居士集卷四〇浮槎山水記箋注〔四〕。

〔三〕「至張又新」三句：見浮槎山水記箋注〔五〕、〔六〕。

〔四〕揚子江：長江真州、揚州一段古時之稱。

〔五〕惠山：在無錫，隸屬常州（今屬江蘇）。

〔六〕虎丘：在蘇州（今屬江蘇）。

〔七〕丹陽：屬潤州（治今江蘇鎮江）。

〔八〕松江：流經秀州（治今浙江嘉興）。

〔九〕康王谷：陳舜俞廬山記卷三叙山南篇：「由圓通二十里至康王谷景德觀……入谷中泝澗行五里，至龍泉院。又二十里，有水簾飛泉破巖而下者二三十派，其高不可計，其廣七十餘尺。陸鴻漸茶經嘗第其水爲天下第一。舊傳楚康王爲秦將王翦所窘，匿於谷中，因隱焉，故號康王谷。」

〔一〇〕蘭溪：大清一統志卷二六三：「蘭溪，在蘄水縣東。寰宇記：『蘭溪水出箬竹山，其側多蘭。』」蘄水縣屬淮南西路蘄州。

〔一一〕扇子峽蝦蟆口：在峽州。陸游入蜀記：「過扇子峽，重山相掩，正如屏風扇，疑以此得名。登蝦蟆碚，水品所載第四泉是也。蝦蟆在山麓，臨江，頭鼻吻頷絶類，而背脊皰處尤逼真，造物之巧有如此者。自背上深入，得一洞穴，石色綠潤，泉泠泠有聲，自洞出，垂蝦蟆口鼻間，成水簾入江。」

〔一二〕「揚子江」句：無錫縣志卷四中宋聶厚載惠山泉記引陸羽品水二十味云「揚州揚子江中泠水第一」。

〔一三〕西山：明一統志卷四九南昌府：「西山在府城西大江之外三十里。」

〔一四〕「桐柏」句：惠山泉記引陸羽云：「唐州桐柏縣淮水源第九。」河南通志卷七南陽府：「桐柏山在桐柏縣東一里……淮水出焉。禹貢謂『導淮自桐柏』，即此。」

〔一五〕「廬山」句：惠山泉記引陸羽云：「江州廬山頂龍池水第十。」

〔一六〕「丹陽」句：惠山泉記引陸羽云：「潤州丹陽縣觀音寺水第十一。」

〔一七〕「漢江」句：惠山泉記引陸羽云：「漢江金州上流中泠水第十三」。金州（治今陜西安康），屬京西南路。

〔一八〕「玉虚洞」句：惠山泉記引陸羽云：「歸州玉虚洞香溪水第十四。」歸州（治今湖北秭歸）屬荆湖北路。

〔一九〕「武關」句：惠山泉記引陸羽云：「商州武關西谷水第十五。」商州（今屬陜西）屬永興軍路。明一統志卷三二：「武關在商州東一百八十里。」

〔二〇〕「松江」句：惠山泉記引陸羽云：「蘇州吴松江水第十六。」

〔二一〕「天台」句：惠山泉記引陸羽云：「台州天台西南峰瀑布水第十七。」

〔二二〕郴州：治今湖南郴州，屬荆湖南路。方輿勝覽卷二五郴州：「圓泉，郡志：在州南二十里。張浮休永慶寺記云：『世傳陸羽著茶經，定水品，張又新益水品爲二十，而圓泉第十八。』」

〔二三〕「嚴陵灘」句：惠山泉記引陸羽云：「嚴州桐廬江嚴陵瀨水第十九。」嚴州（治今浙江建德東北），原稱睦州，宣和三年改，屬兩浙路。

孫氏碑陰記〔一〕

皇祐三年夏，元規以龍圖閣直學士、尚書吏部郎中爲陜西都轉運使〔二〕，道出南京，遇疾，留河上。予時往問之〔三〕。元規疾少間，出其皇祖少師之銘〔四〕，而謂予曰：「此太子太傅杜公所書也〔五〕。吾家世德，杜公之父榮公實銘之〔六〕。惟吾二家，皆爲當世盛族，五代之亂，播于吴越而不顯〔七〕，然其同禄仕，通婚姻，子孫之好至今而不絶也。自吴越國除，衣冠之族皆北。予以不幸少孤，既壯而從禄養〔八〕。其爲御史諫官，以言事謫守處州，始得過故鄉〔九〕，識其耆老，而求杜氏之銘不可得也。今十有五年而始獲于斯。自榮公之銘孫氏，三世百年，至于小子，幸成祖考忠義之訓，今得進被榮顯于朝廷而列于侍從〔一〇〕。杜公以道德名望相明天子，荷天之福，眉壽于家〔一一〕。惟吾二家之盛衰，與時治亂而上下，故屈于彼而伸于此。其世德遺文，由後有人，克保不墜，故晦於昔而顯於今，將刻銘於碑，表之墓隧，以昭示來世子孫㈠，其以爲如何？」

予曰：嗚呼！爲善之效無不報，然其遲速不必問也㈡。故不在身者則在其子孫，或晦於當時者必顯于後世，其孫氏、杜氏之謂乎！刻之金石以遺家之子孫而勸天下之爲善者㈢，不亦宜哉㈣！

【校記】

㈠子孫：卷後原校：無「孫」字。　㈡問：原校：一作「同」。　㈢遺家：卷後原校：作「遺二家」。

㈣「哉」下：卷後原校：復有「廬陵歐陽某記」五字。按：當爲六字。

【箋注】

〔一〕 如篇首所示，皇祐三年（一〇五一）作。

〔二〕 元規：孫沔之字。沔，越州山陰人。天禧進士。嘗三知慶州，邊人服其能。爲湖南、江西路安撫使，兼廣南東、西路安撫使，平儂智高有功，召爲樞密副使。後以淫縱不法罷廢。英宗即位，起知河中府。生平見畢仲游代范純禮作孫威敏公沔神道碑，載琬琰集删存卷一。宋史有傳。

〔三〕 「予時」句：歐與孫沔頗有交往，書簡卷二有皇祐四年作與沔書二通。沔居官以才力聞，然以污敗。治平二年，歐上乞獎用孫沔劄子（奏議集卷一七）云：「沔今年雖七十，聞其心力不衰，飛鷹走馬，尚如平日。況所用者，取其智謀，藉其威信。前世老將彊起成功者多，沔雖中間曾以罪廢，棄瑕使過，正是用人之術。臣今欲乞朝廷更加察訪，如沔實未衰羸，伏望聖慈特賜獎用。」此爲英宗所采納，孫沔重新被任用。

〔四〕 「出其」句：孫沔祖父事迹已不可考。據孫威敏公沔神道碑，王珪嘗爲沔銘墓，述及「三代封爵贈謚」，然此文已佚，未收入華陽集。

〔五〕 杜公：指杜衍。

〔六〕 榮公：據居士集卷三一太子太師致仕杜祁公墓誌銘，杜衍之父諱遂良，追封韓國公。何以稱榮公，不詳。

〔七〕 播于吴越：孫沔、杜衍皆爲越州山陰人。

〔八〕 「予以」二句：孫威敏公沔神道碑：「少孤，隨其母家許下，以孝聞。天禧間舉進士，得官，爲趙州司理參軍。」

〔九〕 「其爲」三句：宋史孫沔傳：「以秘書丞爲監察御史裏行……同安縣尉李安世上書指切朝政，被劾，沔奏：『加罪安世，恐杜天下言者，請勿治。』黜知衡山縣。道上書言時事，再貶永州監酒。移通判潭州、知處州。」處州與孫沔家鄉越州同屬兩浙路，相距甚近。

〔一〇〕 「今得」句：如篇首所言，時孫沔以龍圖閣直學士、尚書吏部郎中爲陝西都轉運使。

〔一一〕 「杜公」三句：杜衍慶曆三年爲樞密使，次年拜相，七年致仕，至皇祐三年已七十四歲。

三琴記〔一〕

吾家三琴，其一傳爲張越琴〔二〕，其一傳爲樓則琴〔三〕，其一傳爲雷氏琴〔四〕，其製作皆精而有法，然皆不知是否㊀。要在其聲如何，不問其古今何人作也。琴面皆有橫文如蛇腹，世之識琴者以此爲古琴，蓋其漆過百年始有斷文，用以爲驗爾。

其一金暉，其一石暉，其一玉暉。金暉者，張越琴也；石暉者，樓則琴也；玉暉者，雷氏琴也。金暉其聲暢而遠，石暉其聲清實而緩，玉暉其聲和而有餘。今人有其一已足爲寶，而余兼有之，然惟石暉者，老人之所宜也。世人多用金玉蚌瑟暉，此數物者，夜置之燭下，炫燿有光，老人目昏，視暉難準，惟石無光，置之燭下，黑白分明，故爲老者之所宜也〔五〕。

余自少不喜鄭衛〔六〕，獨愛琴聲，尤愛小流水曲〔七〕。平生患難，南北奔馳，琴曲率皆廢忘，獨流水一曲夢寢不忘，今老矣，猶時時能作之。其他不過數小調弄，足以自娱。琴曲不必多學，要於自適；琴亦不必多藏，然業已有之，亦不必以患多而棄也。嘉祐七年上巳後一日〔八〕，以疾在告，學書，信筆作歐陽氏三琴記。

【校記】

㊀皆：卷後原校：作「要」。

【箋注】

〔一〕如篇末所示，嘉祐七年（一〇六二）作。

〔二〕張越琴：夢溪筆談卷五：「嘗見越人陶道真畜一張越琴，傳云古塚中敗棺杉木也，聲極勁挺。」

〔三〕樓則琴：據後文，樓則琴爲石暉琴。歐集試筆琴枕說：「余家石暉琴，得之二十年。」

〔四〕雷氏琴：歐集詩話：「余家舊蓄琴一張，乃寶歷三年雷會所斲，今二百五十年矣。其聲清越，如擊金石。」雷氏琴疑即雷會所製。張越琴、樓則琴疑亦以製琴者姓名稱之。

〔五〕「然惟」十二句：琴枕說：「余謂夜彈琴唯石暉爲佳。蓋金蚌瑟瑟之類皆有光色，燈燭照之，則炫燿，非老翁夜視所宜。白石照之無光，唯目昏者爲便。」

〔六〕鄭衛：與儒家所提倡的雅樂相背的音樂。南史蕭惠基傳：「自宋大明以來，聲伎所尚，多鄭衛，而雅樂正聲鮮有好者。」

〔七〕小流水曲：即下文所云流水曲。古琴曲名。

〔八〕上巳後一日：上巳爲農曆三月三日，後一日即三月四日。

吉州學記㊀〔一〕

慶曆三年，天子開天章閣，召政事之臣八人，賜之坐，問治天下其要有幾，施於今者宜何先，使書于紙以對。八人者皆震恐失措，俯伏頓首，言此事大，非愚臣所能及，惟陛下幸詔臣等，於是退而具述爲條列。明年正月，始詔州郡吏以賞罰勸桑農。三月，又詔天下皆立學。惟三代仁政之本，始於井田而成於學校。記曰：「國有學，遂有序，黨有庠，家有塾。」其極盛之時大備之制也。凡學，本於人性，磨揉遷革使趍於善，至於風俗成而頌聲興，蓋其功法施之各有次第，其教於人者勤，而入於人者漸，勤則不倦，漸則遲久而深。夫以不倦之意待遲久而成功者，三王之用心也。故其爲法必久而後至太平，而爲國皆至六七百年而未已，此其效也。三代學制甚詳，而後世罕克以舉，舉或不知，而本末不備又欲於速，不待其成而怠，故學之道常廢而僅存。惟天子明聖，深原三代致治之本，要在富而教之。故先之農桑，而繼以學校，將以衣食飢寒之民而皆知孝慈禮讓。是以詔書再下，吏民感悦，奔走執事者以後爲羞。

其年十月，吉州之學成。州即先夫子廟爲學舍於城西而未備，今知州事、殿中丞李侯寬之至也，謀與州人遷而大之，事方上請而詔下，學遂以成。李侯治吉，敏而有方。其作學也，吉之士率其私錢一百五十萬以助。用人之力積二萬一千工而人不以爲勞；其良材堅甓之用凡二十二萬三千五百，而人不以爲多；學有堂筵齋講，有藏書之閣，有賓客之位，有游息之亭，嚴嚴翼翼，壯偉閎耀，而人不以爲侈。既成，而來學者常三百餘人。

予世家於吉，濫官于朝廷，進不能贊明天子之盛美，退不能與諸生揖讓乎其中。惟幸吉之學教者，知學本於勤漸，遲久而不倦以治，毋廢慢天子之詔。使予他日，因得歸榮故鄉而謁於學門，將見吉之士皆道德明秀可爲公卿，過其市而賈者不鬻其淫，適其野而耕者不爭壠畝，入其里閭而長幼和、孝慈於其家〔二〕，行其道塗而少者扶羸老、壯者代其負荷於路，然後樂學之道成。而得從鄉先生席于衆賓之後，聽鄉樂之歌，飲射壺之酒，以詩頌天子太平之功。而周覽學舍，思詠李侯之遺愛，不亦美哉！故於其始成也，刻辭于石，以立諸其廡。

【校記】

〔一〕題下原注「續添」二字。文後有校語云：「右吉州學記，乃承平時印本，與石本異。其説在居士集第三十九卷後。」居士集卷三九後有編者語：「又吉州學記，以校承平時閩本，往往異辭。疑是初稿，先已傳布，今録全篇，附外集十三卷之後，使學者有考焉。」〔二〕和：衡本作「相」。

【箋注】

〔一〕原未繫年，據校記〔一〕，此係初稿，定稿在居士集卷三九，皆慶曆四年（一〇四四）作。詳見居士集定稿箋注。

外集卷十四

序一

仁宗御集序〔一〕英宗皇帝密旨代作。

在昔君臣聖賢，自相戒敕，都俞吁嘆於朝廷之上〔二〕，而天下治者，二帝之言語也〔三〕。號令征伐，丁寧約束，而其辭彬彬篤厚純雅者，三代之文章也。堯、舜、夏、商、周之盛，邈乎遠出千載之上，而昭然著見百世之下者，以其書存焉。此典謨訓誥之文，所以爲歷代之寶也。

惟我仁考神文聖武明孝皇帝之作〔四〕，二帝之言語而三代之文章也，是宜刊之六經而不朽，示之萬世而取法。矧余小子，獲承統業，其所以繼大而顯揚之者，方思勉焉，其敢失墜！乃詔尚書刑部郎中、知制誥邵必〔五〕，右諫議大夫、天章閣待制呂公著〔六〕，悉發寶文之舊藏而類次之〔七〕，以爲百卷。而必、公著勉朕以叙述之，曰：「是不可闕也。」

予惟聖考在位四十有二載〔八〕，承三聖之鴻業〔九〕，享百年之盛隆，而不敢暇逸。慎重祭祀以事天而饗親，齊莊潔精，必以誠信。故親郊而見上帝者九，恭謝于天地、大享于明堂者皆再㊀，耕于籍田、袷于太廟者皆一，而不爲勞〔一〇〕。若夫游娱射獵，前世賢王明主之所不能免者，則皆非所欲。歲時臨幸，燕飫臣下，必問祖宗之故常，闃然非時不聞輿馬之音。後苑歲春一賞，亦故事也，中廢者二十餘年。而時畋于近郊、曲宴于便坐者，廑纔一二而已。故叙禋祀〔一一〕，享升歌〔一二〕，樂章藏于有司，薦于郊廟者多矣；而登臨游賞之適，割鮮獻獲之樂，前世之所誇者，未始一及焉。至於萬機之暇，泊然凝神，不見所好。惟躬閱寶訓，陳經邇英〔一三〕，究鍾律之本元，訓師兵之武略，披圖以鑒古，銘物以自戒，其從事於清閑宴息之餘者，不過此類。嗚呼！大禹之勤儉也。

夫惟一人勞於上，則天下安其逸，約于己，則天下享其豐。此禹之所以聖，勤儉之功也。惟我聖考之在御也，澤被生民，恩加夷狄。寬刑罰，息兵革，容納諫諍，信任賢材，措民逸於治安，躋俗豐於富庶。使海内蒙德受賜，涵濡鼓舞，而不知所以然者，由勤與儉久而馴致之也。是以功成業茂，立廟建號，爲宋仁宗。噫！仁之爲言，堯、舜之盛德，而甚美之稱也，固已巍乎與天地而亡極矣。永惟聖作，刻之玉版，藏之金匱，以耀後嗣而垂無窮，庶俾知我聖考仁宗之所以爲仁者，自勤儉始〔一四〕。嗚呼！亦惟予小子是訓。

【校記】

㊀恭：原作「菴」，誤。天理本作「恭」，據改。

【箋注】

〔一〕如題下注，治平二年（一〇六五）作。

〔二〕都俞吁嘆：亦作「都俞吁咈」。形容君臣論政問答，融洽雍睦。書益稷：「禹曰：『都！帝，慎乃在位。』帝曰：『俞！』」又堯典：「帝曰：『吁，咈哉！』」都、俞、吁、咈均爲歎詞。以爲可，則曰都、俞；以爲否，則曰吁、咈。

〔三〕二帝：指唐堯、虞舜。書大禹謨：「文命敷于四海，祗承于帝。」孔穎達疏：「此禹能以文德教命布陳於四海，又能敬承堯舜，外布四海，內承二帝，言其道周備。」

〔四〕仁考：仁宗。宋史仁宗紀：「仁宗體天法道極功全德神文聖武睿哲明孝皇帝，諱禎，初名受益，真宗第六子。」

〔五〕邵必：字不疑。舉進士，爲上元主簿，召充國子監直講。進集賢校理、同知太常禮院。出知常州、高郵軍，爲京西轉運使。入修起居注、知制誥。編仁宗御集成，遷寶文閣直學士、權三司使，加龍圖閣學士、知成都，卒于道。宋史有傳。

〔六〕吕公著：字晦叔，夷簡子。慶曆進士。仁宗朝官至天章閣待制兼侍讀。治平中，諫英宗勿追崇濮王，出知蔡州。神宗朝爲翰林學士兼侍讀、御史中丞，因反對推行青苗法，罷知潁州。後起知河陽，拜同知樞密院事。哲宗時，與司馬光同爲相，卒贈申國公。宋史有傳。

〔七〕寶文：寶文閣。李濂汴京遺蹟志卷二「寶文閣」下注：「即壽昌閣，慶曆元年改。」長編卷一九九載嘉祐八年十二月，「以仁宗御書藏寶文閣，命翰林學士王珪撰記立石」。

〔八〕「予惟」句：仁宗乾興元年（一〇二二）即位，嘉祐八年（一〇六三）去世，在位四十二年。

〔九〕三聖：指太祖、太宗、真宗。

〔一〇〕「故親郊」四句：據宋史仁宗紀，天聖二年、五年、八年、景祐二年、寶元元年、慶曆元年、四年、七年、皇祐五年，仁宗祀天地于圜丘，凡九次；明道元年、嘉祐元年兩次恭謝天地，皇祐二年、嘉祐七年兩次大饗天地於明堂。澠水燕談録卷一：「明道二年二月十一日，仁宗行籍田禮。就耕位，侍中奉耒進御，上搢圭秉耒三推，禮儀使奏禮成，上曰：『朕既躬耕，不必泥古，願終畝以勸天下。』禮儀使復奏，上遂耕十有二畦。翌日，作籍田禮畢詩賜宰臣以下和進，尋詔呂文靖公編爲籍田記。」宋史禮志十：「嘉祐四年十月，仁宗親詣太廟行祫享禮。」

〔一一〕禋祀：原爲古代祭天的禮儀。先燔柴升煙，再加牲體或玉帛于柴上焚燒。此泛指祭祀。左傳桓公六年：「故務其三時，修其五教，親其九族，以致其禋祀。」杜預注：「禋，絜敬也。」孔穎達疏：「釋詁云：『禋，敬也。』故以禋爲絜敬。」

〔一二〕升歌：謂祭祀、宴會登堂時演奏樂歌。儀禮燕禮：「升歌鹿鳴，下管新宫，笙入三成。」

〔一三〕邇英：邇英閣。義取親近英才，故名。長編卷一一六載，景祐二年正月「癸丑，置邇英、延義二閣，寫尚書無逸篇於屏」。

〔一四〕「庶俾」二句：歸田録卷一：「仁宗聖性恭儉。至和二年春，不豫，兩府大臣日至寢閤問聖體，見上器服簡質，用素漆唾壺盂子，素甆盞進藥，御榻上衾褥皆黄絁，色已故暗，宫人遽取新衾覆其上，亦黄絁也。然外人無知者，惟兩府侍疾，因見之爾。」

送方希則序〔一〕

蒙莊以紳笏爲柴栅〔二〕，班伯以名聲爲韁鎖〔三〕。夫軒裳、輝華，人之所甚欲，彼豈惡之邪？蓋將有激云爾㊀。是以君子輕去就，隨卷舒，富貴不可誘。故其氣浩然，勇過乎賁、育〔四〕，毁譽不以屑，其量恬然不見於喜愠。能及是者，達人之節而大方之家乎！

希則茂才入官，三舉進士不利，命乎數奇。時不見用，宜其夷然拂衣㊁，師心自往，推否、泰以消息〔五〕，輕寄物之去來，淵乎其大雅之君子，而幾類於昔賢者乎！

余自來上都，寓謁舍，化衣京塵、穿履金門者〔六〕，再見春矣。會天子方嚮儒學，招徠俊良，開賢科，命鄉舉〔七〕，而四方之傑齎貢函詣公車者，十百千數。余雖後進晚出，而掎裳摩趺，攘臂以遊其間，交者固已多矣。晚方得君，傾蓋道塗，一笑相樂，形忘乎外，心照乎内，雖濠梁之遊不若是也〔八〕。未幾，君召試中臺〔九〕，以枉於有司，奪席見罷。搢紳議者咸傷寃之㊂，君方澹乎沖襟，竟於使人不能窺也。後數日，齎裝具舟，泛然東下。以余辱交者，索言以爲贈。

夫恢識宇以見乎遠，窮倚伏以至于命，此非可爲淺見寡聞者道也。希則，達人爾，可一言之。昔公孫常退歸〔一〇〕，鄉人再推，射策遂第一；更生書數十上〔一一〕，每聞報罷，而終爲漢名臣。以希則之資材識業而沉冥鬱堙者，豈非天將張之而固翕之邪？不然，何遭迴而若此也〔一二〕？夫良工晚成者器之大，後發先至者驥之良。異日垂光虹蜺，濯髮雲漢，使諸儒後生企仰而不暇，此固希則褚囊中所畜爾㊃，豈假予詳言之哉？觴行酒半，坐者皆欲去，操觚率然，辭不逮意。同年景山、欽之、識之亦賦詩以爲別〔一三〕，則祖離道舊之情備之矣，此不復云。

【校記】

㊀將有：卷後原校：無「將」字。㊁宜其：原作「而且」，據五百家播芳大全文粹改。㊂揞：原校：一作「薦」。㊃囊：原校：一作「橐」。

【箋注】

〔一〕如題下注，天聖八年（一〇三〇）作。文云：「余自來上都……再見春矣。」歐天聖六年冬隨胥偃至京師，七年、八年春皆在京，故云「再見春」。方希則名楷，爲歐在京所結交的友人。至天聖八年，已「三舉進士」，仍落第，離京返鄉之際，歐贈以本序。方楷後于景祐元年登第。周應合景定建康志卷二七：「方楷，景祐初釋褐，歷三任，以考課遷衛尉寺丞、知江寧府上元縣。嘗親獲羣盜，不干賞，曰：『吾縣令，爲天子舉職爾，功何有哉？』歐陽文忠公有送方希則序，期待甚厚，蓋贈公也。」

〔二〕「蒙莊」句：莊周，戰國時宋國蒙人，嘗爲蒙漆園吏，故稱蒙莊。莊子天地：「且夫趣舍聲色以柴其內，皮弁鷸冠揞笏紳修以約其外，內支盈於柴柵，外重纆繳，睆睆然在纆繳之中而自以爲得，則是罪人交臂歷指而虎豹在於囊檻，亦可以爲得矣。」成玄英疏：「夫以取舍塞滿於內府，故方柴柵；紳揞約束於外形，取譬繳繩。既外內困弊如斯，而自以爲得者，則何異有罪之人，交臂歷指，以繩反縛也！」

〔三〕「班伯」句：班伯，指漢書作者班固。漢書叙傳上有「貫仁誼之羈絆，繫名聲之韁鎖」之語。

〔四〕賁、育：戰國時勇士孟賁、夏育的并稱。韓非子守道：「戰士出死，而願爲賁、育。」

〔五〕否、泰：易的兩個卦名。天地交，萬物通謂之「泰」，不交閉塞謂之「否」。消息：消長，增減。易豐：「天地盈虛，與時消息。」

〔六〕化衣：謂衣着變色，形容仕途奔波之苦。李嶠田假限疾不獲還莊載想田園兼思親友詩：「游宦勞牽網，風塵久化衣。」

〔七〕「會天子」四句：長編卷一〇七載，天聖七年閏二月，「壬子，詔曰：『朕開數路以詳延天下之士，而制舉獨久置不設，意吾豪傑或以故見遺也，其後復置此科。』於是，稍增損舊名，曰：賢良方正、能直言極諫科，博通墳典、明於教化科，才識兼茂、明於體用科，詳明吏理、可使從政科，識洞韜略、運籌決勝科，軍謀宏遠、材任邊寄科，凡六，以待京朝官之被舉及應選者。又置書判拔萃科，以待選人之應書者。又置高蹈丘園科、沉淪草澤科、茂才異等科，以待布衣之被舉及應書者。」

〔八〕濠梁之遊：莊子與惠子游于濠梁之上，見鯈魚出游從容，因辯論魚知樂否。見莊子秋水。

〔九〕中臺：尚書省別稱，擬唐官稱也。唐六典卷一尚書都省：「龍朔二年，改爲中臺，咸亨元年復舊。」

〔一〇〕公孫：公孫弘。漢書本傳：「公孫弘，菑川薛人也。少時爲獄吏，有罪，免。家貧，牧豕海上。年四十餘，乃學春秋雜説。武帝初即位，招賢良文學士，是時弘年六十，以賢良徵爲博士。使匈奴，還報，不合意，上怒，以爲不能，弘乃移病免歸。元光五年，復徵賢良文學，菑川國復推上弘。弘謝曰：『前已嘗西，用不能罷，願更選。』國人固推弘，弘至太常。上策詔諸儒……時對者百餘人，太常奏弘第居下。策奏，天子擢弘對爲第一……數年至宰相封侯。」

〔一一〕更生：劉向，本名更生，字子政，漢楚元王四世孫。嘗獻賦頌凡數十篇上，後官至中壘校尉。著有烈女傳、新序、説苑等。漢書有傳。

〔一二〕邅迴：亦作「邅回」。難行不進貌。淮南子原道訓：「邅迴川谷之間，而滔騰大荒之野。」高誘注：「邅回，猶委曲也。」

〔一三〕景山、欽之、識之：姓氏、生平皆不詳。

送陳經秀才序〔一〕

伊出陸渾〔二〕，略國南〔三〕，絶山而下㊀〔四〕，東以會河。山夾水東西，北直國門，當雙闕。隋煬帝初營宮洛陽，登邙山南望，曰：「此豈非龍門邪〔五〕！」世因謂之龍門，非禹貢所謂導河自積石而號龍門者也〔六〕。然山形中斷，巖崖缺呀，若斷若鑱㊁。當禹之治水九州，披山斬木，徧行天下，凡水之破山而出之者，皆禹鑿之，豈必龍門？然伊之流最清淺，水濺濺鳴石間。刺舟隨波，可爲浮泛；釣魴擉鼈㊂〔七〕，可供膳羞。山兩麓浸流，中無巖嶄頽怪盤絶之險，而可以登高顧望。自長夏而往，纔十八里，可以朝遊而暮歸。故人之遊此者，欣然得山水之樂，而未嘗有筋骸之勞，雖數至不厭也。

然洛陽西都，來此者多達官尊重，不可輒輕出。幸時一往，則騶奴從騎〔八〕，吏屬遮道，唱呵後先，前儐旁扶，登覽未周㊃，意已怠矣。故非有激流上下，與魚鳥相傲然徙倚之適也㊄〔九〕。然能得此者，惟卑且閑者宜之。修爲從事〔一〇〕，子聰參軍〔一一〕，應之主縣簿〔一二〕，秀才陳生旅游㊅〔一三〕，皆卑且閑者，因相與期於玆。夜宿西峰〔一四〕，步月松林間，登山上方〔一五〕，路窮而返。明日，上香山石樓，聽八節灘〔一六〕，晚泛舟，傍山足夷猶而下，賦詩飲酒，暮已歸㊆。後三日㊇，陳生告予且西。予方得生，喜與之遊也，又遽去，因書其所以遊以贈其行。

【校記】

㊀下：卷後原校：作「北」。　㊁斷：卷後原校：作「斲」。　㊂擉：卷後原校：作「籍」。　㊃登覽：原校：一作「覽登」。　㊄「相」下：卷後原校：有「羣爲」二字。　㊅旅游：卷後原校：無「游」字。　㊆已：卷後原校：作「以」。　㊇日：卷後原校：作「月」。

【箋注】

〔一〕如題下注，明道元年（一〇三二）作。是年，歐有遊龍門分題十五首（居士集卷一），記與友朋暢遊龍門情景。陳經，見居士集卷七長句送陸子履學士通判宿州箋注〔二〕。唐、宋間，凡應舉者皆稱秀才。

〔二〕伊：伊水。陸渾：縣名。在今河南嵩縣北，爲伊水發源地。

〔三〕略國南：流經洛陽之南。國，都城。洛陽爲九朝故都，宋時稱西京。

〔四〕山：指龍門之山，又稱伊闕，在洛陽南，以有兩山隔伊水夾峙如門，故名。西爲龍門山，東爲香山。

〔五〕「隋煬帝」三句：毛晃禹貢指南卷三：「龍門山有二名，隋煬帝營宫洛陽，登邙山，望伊闕，曰：『此豈非龍門邪！』因謂之龍門，非禹貢之龍門也。」邙山，即北邙山。

〔六〕禹貢：尚書篇名，中云：「導河積石，至于龍門。」積石，山名，在今青海西寧西南。龍門，此山在今山西稷山縣西北，非洛陽南之龍門。

〔七〕擉：戳，刺。莊子則陽：「冬則擉鼈於江。」

〔八〕騶奴：駕馭車馬的奴僕。漢書五行志：「時王賀狂悖，聞天子不豫，弋獵馳騁如故，與騶奴宰人游居娛戲，驕嫚不敬。」

〔九〕慠：同「傲」。

〔一〇〕從事：州府佐吏，指西京留守推官。

〔一一〕子聰：楊子聰。見本集卷一七交七首箋注〔一五〕。

〔一二〕應之：張谷字應之。見居士集卷二四尚書屯田員外郎張君墓表。

〔一三〕陳生：即陳經。

〔一四〕「夜宿」句：時同遊者夜宿龍門山上廣化寺，歐有宿廣化寺詩。見遊龍門分題十五首。西峰，指龍門山。

〔一五〕上方：指上方閣。歐有上方閣詩，見遊龍門分題十五首。

〔一六〕「上香山」二句：遊龍門分題十五首有賦石樓、八節灘二詩，兩處爲白居易所構所鬬。

【集評】

〔清〕孫琮：通幅讀去，竟似一篇游記，讀至尾一行，纔是送人文字。看他閑閑然似不欲作送人文字者，然已寫盡送人文字之妙。如一起寫山水形勝之足游，無論矣。中幅説出貴顯者不能得游之樂，惟卑且閑者得之。只此二段，便見得自己與陳生朝夕覽勝，實爲慶幸，今一旦遠去，能不贈言？將兩人情緒曲曲寫出，却無一筆落相，真是古人中高手。（山曉閣選宋大家歐陽廬陵全集評語卷三）

送楊子聰户曹序〔一〕

士之仕於州郡者，必視其地大小高下之望以爲輕重。河南，大府也〔二〕，參軍雖卑，以望而高下之，固與他州郡異矣〔三〕。然地大望高，居者皆將相、名臣、達官，居又不久，率一二歲，而甚者半歲而易。故河南吏民間坐而偶語，道某相、某將、某官者，常名斥而一二數之〔四〕。至於郎官、御史、方鎮、牧守、使人、貴客由河南出者，入不候於疆，去不餞于郊，途逢而不避，市坐者不起，豈素慢哉？蓋其見之習也。彼視公卿、大臣、要官其易如此，矧所謂參軍者邪！其不羣嘲而隨侮之，幸也。參軍每上府，望門而趨，吏摩以肩，過不揖。反就焉，持刺執版，求通姓名。雖心負其所有，欲進自達，不可得。其勢鬱鬱，卑且賤，反甚於它州郡，故爲之者未嘗樂也。然其間能自以頭角頎然而出者鮮矣，其才能之美非有異乎衆，莫能也。

户曹參軍楊子聰居府中，常衣青衫，騎破虎韉，出入府門下，人固輩視而概易之㊁。居一歲，相國彭城公薦之〔四〕，集賢學士謝公又薦之〔五〕，士之有文而賢者盡交之，其能出其頭角矣㊂。若去而之他州郡，不特頎然而出矣，遂特傑然以獨立也㊃。子聰南人，樂其土風，今秩滿調於吏部，必吏於南也。吾見南之州郡有傑然而獨出者，必楊子聰也。

【校記】

㊀歲數之：卷後原校：無「數」字。㊁輩：原校：一作「背」。㊂「其能」句：卷後原校：此下一有「河南爲望，天下州郡無先者，物之盛之衆而能出其頭角矣」二十三字。㊃「特」下：原注「疑」字。卷後原校：恕本作「將」。

【箋注】

〔一〕據題下注，明道二年（一〇三三）作。楊子聰時爲河南府户曹參軍。宋史職官志七：「户曹參軍掌户籍賦税、倉庫受納。」

〔二〕「河南」二句：宋史地理志一：「河南府，宋爲西京，山陵在焉。」

〔三〕「參軍」三句：孫逢吉職官分紀卷四〇總州牧：「宋初，上州録事參軍從七品上，中、下州正八品上。」

〔四〕彭城公：錢惟演。

〔五〕謝公：謝絳。

送廖倚歸衡山序〔一〕

元氣之融結爲山川，山川之秀麗稱衡湘，其蒸爲雲霓，其生爲杞梓〔二〕，人居其間得之爲俊傑。秀才生於衡山之陽，而秀麗之精英者得之尤多，故其文則雲霓，其材則杞梓。始以鄉進士舉於有司，不中，遂遊公卿間，所至無不虛館設席，爭以禮下之。今永興太原公雅識沈正〔三〕，器君尤深。初其鎮秦川也〔四〕，請君與俱行，遂趨函關以覽秦都，則西方士君子得以承望乎風采矣。

凡居秦幾歲而東，將過京師以歸。予嘗以上計吏客都中〔五〕，識君於交逵〔六〕，辱之以友益。當君之西也，獲餞於國門。及夫斯來，又相見於洛，道語故舊，數日乃行。夫山川固能産異物，而不能畜之者，誠有利其用者爾。今君之行也，予疑夫不能久畜於衡山之阿也。

【箋注】

〔一〕據題下注，明道二年（一〇三三）作。廖倚，衡山人，見居士集卷四三廖氏文集序箋注〔四〕。

〔二〕杞梓：杞、梓皆良木，喻優秀人材。左傳襄公二十六年：「晉卿不如楚，其大夫則賢，皆卿材也。如杞梓、皮革，自楚往也。雖楚有材，晉實用之。」

〔三〕永興太原公：指范雍。雍字伯純，世家太原，故稱之爲太原公。長編卷一一二載，明道二年七月丙戌，「徙知陝州范雍知永興軍」。雍官至禮部尚書，卒贈太子太師，謚忠獻。宋史范雍傳：「頗知人，喜薦士，後多至公卿者。狄青爲小校時，坐法當斬，雍貸之。」

〔四〕「初其」句：范雍乾興元年爲陝西轉運使。華嶽志卷四謁華嶽題名：「陝西轉運使、尚書兵部員外郎、賜紫金魚袋范雍，乾興壬戌歲四月七日恭謁嶽祠。」至天聖二年，雍仍在陝西任上。宋會要輯稿兵四之一：「天聖二年九月，陝府西路轉運使范雍言事。」

〔五〕「予嘗」句：此言歐爲河南府事往京都。胡譜明道二年：「正月，以吏事如京師。」上計吏，佐理州郡上計事務的官吏。上計，謂年終將境内户口、賦税、盜賊、獄訟等項編造計簿，逐級上報。

〔六〕交逵：四通八達的道路。左傳隱公十一年：「潁考叔挾輈以走，子都拔棘以逐之，及大逵。」

【集評】

〔明〕歸有光：宛似昌黎公筆，非歐陽公本色。（歐陽文忠公文選評語卷六）

〔清〕汪琬：古人爲文，未有一無所本者……文忠公所作送廖倚序，即退之送廖道士序也。（堯峰文鈔卷三九題歐陽公集）

送梅聖俞歸河陽序〔一〕

至寶潛乎山川之幽，而能先羣物以貴於世者，負其有異而已。故珠潛于泥，玉潛于璞，不與夫蜃蛤、珉石混而棄者〔二〕，其先膺美澤之氣，輝然特見于外也㊀。士固有潛乎卑位，而與夫庸庸之流俯仰上下，然卒不混者，其文章才美之光氣，亦有輝然而特見者矣。然求珠者必之乎海，求玉者必之乎藍田〔三〕，求賢士者必之乎通邑大都，據其會，就其名，而擇其精焉爾。

洛陽，天子之西都，距京師不數驛〔四〕，搢紳仕宦雜然而處，其亦珠玉之淵海歟！予方據是而擇之，獨得於梅君聖俞，其所謂輝然特見而精者邪㊁！聖俞志高而行潔㊂，氣秀而色和，嶄然獨出於衆人中。初爲河南主簿，以親嫌移佐河陽〔五〕，常喜與洛之士遊，故因吏事而至於此。余嘗與之徜徉於嵩洛之下，每得絶崖倒壑、深林古宇，則必相與吟哦其間，始而歡然以相得，終則暢然覺乎薰蒸浸漬之爲益也㊃，故久而不厭。既而以吏事訖㊄，言歸。余且惜其去，又悲夫潛乎下邑，混於庸庸。然所謂能先羣物而貴於世者，特其異而已㊅，則光氣之輝然者，豈能掩之哉！

【校記】

㊀先膺：卷後原校：二字作「光英」。于：原校：一作「於」。㊁「而」下：卷後原校：有「其」字。㊂志：卷後原校：作「文」。潔：卷後原校：作「能」。㊃則：原校：一作「而」。㊄「訖」下：卷後原校：有「役」字。㊅特：卷後原校：作「恃」。

【箋注】

〔一〕如題下注，明道元年（一〇三二）作。是年，梅堯臣在河陽縣（治今河南孟州）主簿任上，常因事來往河陽、洛陽之間。初秋，堯臣由洛陽北歸河陽，歐偕友朋于普明寺竹林爲之餞行，有詩（見本集卷一），又作此序以贈之。

〔二〕蜃蛤：左傳昭公三年：「山木如市，弗加於山；魚鹽蜃蛤，弗加於海。」楊伯峻注：「蜃，大蛤；蛤，蛤蜊。」珉石：似玉的美石。李咸用覽友生古風：「荆璞且深藏，珉石方如雪。」

〔三〕藍田：秦置縣，今屬陝西，以産美玉聞名。班固西都賦：「陸海珍藏，藍田美玉。」

〔四〕「洛陽」三句：本集卷二二洛陽牡丹記風俗記第三：「洛陽至東京，六驛。」

〔五〕「初爲」二句：天聖九年，梅堯臣由桐城縣主簿調任河南縣主簿，後妻兄謝絳亦調任河南府通判，爲避嫌，遂于是年秋調爲河陽縣主簿。事見梅集編年卷一。

【集評】

〔明〕茅坤：有逸趣。（歐陽文忠公文鈔評語卷一八）

張應之字序〔一〕

傳曰名以制義，謂乎名之必可言也〔二〕。世之士君子，名而無所言，言則不能稱述以見乎遠㊀。余友河南主簿張君名谷，字仲容。谷之爲義，窪而不盈，動而能應，湛然而深㊁，有似乎賢人君子之德，其所謂名而可言者也。然嘗竊謂仲容之字，不足以表其所以名之之義。大凡物以至虚而爲用者有三㊂，其體殊焉。有虚其形而能受者，器之圓方是也，然受則有量，故多盈溢敗覆之過；有虚其中而能鳴乎外者，鐘鼓是也，然鳴必假物，故須簴考擊之設〔三〕；有虚其體而能應物者，空谷是也，然應必有待，故常自然，以至靜接物而無窮。士之以是爲其名，則君之道從可知也，宜易其字曰應之。蓋容以言其虚之狀，不若應以體乎容之德也。

君早以孝廉文藝考行於鄉里，薦之於有司，而又試其用於春官者之選〔四〕。深中隱厚〔五〕，學優道充，其有以應乎物矣。然今方爲小官，主簿書〔六〕，其所應者近而小，誠未能有以發乎其聲也。

余知夫虛以待之，則物之來者益廣，響之應者益遠，可涯也哉？余與君同以進士登于科〔七〕，又同爲吏于此，羣居肩隨，宴閑相語〔八〕，得以字而相呼。故於是不能讓而默也，敢爲序以易之。

【校記】

㈠言則：卷後原校：無「言」字。述：原校：一作「著」。　㈡而深：卷後原校：作「深靜」。　㈢爲用：卷後原校：無「爲」字。

【箋注】

〔一〕原未繫年。張谷，字應之，河南縣主簿。文云：「余與君同以進士登于科，又同爲吏于此。」河南縣官署與河南府官署同在洛陽地區。天聖九年（一〇三一）三月至景祐元年（一〇三四）三月，歐在西京留守推官任上，本文即作於此期間內。

〔二〕「傳曰」二句：左傳桓公二年：「夫名以制義，義以出禮，禮以體政。」杜預注：「名之必可言也，禮從義出，政以禮成。」

〔三〕簨簴：亦作「簨虡」。禮記明堂位：「夏后氏之龍簨虡。」鄭玄注：「簨虡，所以懸鐘鼓也。横曰簨，飾之以鱗屬；植曰虡，飾之以羸屬、羽屬。」

〔四〕春官：禮部之别稱，唐光宅年間嘗改禮部爲春官。皎然兵後送姚太祝赴選：「名動春官籍，翩翩才少儔。」

〔五〕深中隱厚：内心廉正忠厚。史記韓長孺列傳：「太史公曰：余與壺遂定律曆，觀韓長孺之義，壺遂之深中隱厚。」裴駰集解引徐廣曰：「一云『廉正忠厚。』」

〔六〕「然今」二句：本集卷六題張應之縣齋：「小官歎薄領，夫子卧高齋。五斗未能去，一丘真所懷。」

〔七〕「余與君」句：居士集卷一〇有和應之同年兄秋日雨中登廣愛寺閣寄梅聖俞詩。

〔八〕「羣居」二句：居士集卷一〇張主簿東齋：「賓主高談勝，心冥外物齊。」本集卷一三東齋記：「傍有小池，竹樹環之，應之時時引客坐其間，飲酒言笑，終日不倦。」

【集評】

〔明〕茅坤：思入細。（歐陽文忠公文鈔評語卷一八）

〔清〕王元啓：中言物以至虚爲用者有三，議論最精，析理最密。（讀歐記疑卷三）

尹源字子漸序〔一〕

奉禮尹君之將西也，稱古仁者送人之義㈠，責言於其交之所常厚者。其友人渤海歐陽修在餞中〔二〕，率然曰：余無似，雖不能竊仁者之號，奈嘗辱君之道義切劘爲最深，是以不能無言㈡。然君之文行，余既友慕欽揖之不暇，顧豈有遺忽乏少之可以進於言邪！因姑請更君之字，以塞其求云。

君之名源，而字子淵㈢。夫源發於淵，深且止也㈣，於詁訓既不類，又無所表發其名之美，甚非稱。據禮家之説曰：三王之祭川也，先河而後海，或源也，或委也〔三〕。蓋謂其源發而漸進於廣大，委其注積也。揚子曰：「百川學海，而至於海〔四〕。」今君之學也，皆古文字聖賢之事業，至其尤深而鉅者，又烏止淵之譬邪？然亦欲君之漸進不已，而至深遠博大之無際也，請字之曰子漸。

古者男子之生，舉以禮而名之。年既長，見廟筮賓而加元服〔五〕，服加而後字，示尊其名以隆成人也。夫君子所以自厚重其名字㊄，如此之甚也，誠以其賢否醜美，必常與名字相上下而始終。邾婁一小國君，片善可稱，春秋褒之曰儀甫〔六〕。解者謂國不如名，名不如字，以爲極美之談是也。子漸行矣，勉之。

【校記】

㊀仁者：卷後原校：一作「之人」。　㊁以：原校：一作「既」。　㊂子淵：卷後原校：文藪作「以淵」。

㊃且：原校：一作「其」。　㊄名：原校：一作「所」。

【箋注】

〔一〕原未繫年。文云「奉禮尹君之將西也」，當即作於其時。居士集卷三一太常博士尹君墓誌銘：「天聖八年舉進士及第，爲奉禮郎，累遷太常博士，歷知芮城、河陽二縣。」芮城縣在陝西路陝州，「將西」，言將西赴芮城任。而尹源知河陽已是景祐元年，居士外集卷二是年詩書懷感事寄梅聖俞言及交游有尹源，然則明道時尹當在芮城任上，疑赴任在天聖九年（一〇三一）左右，本文爲是時作。

〔二〕渤海：見本集卷一二河南府司録張君墓誌銘箋注〔三〕。

〔三〕「據禮家」五句：禮記學記：「三王之祭川也，皆先河而後海，或源也，或委也，此之謂務本。」

〔四〕「百川」二句：語出揚雄法言學行。

〔五〕廟筮賓：儀禮士冠禮：「士冠禮，筮于廟門。」又云：「前期三日筮賓。」鄭玄注：「筮賓，筮其可使冠子者。」元服：玄服。

〔六〕「邾婁」三句：左傳隱公元年：「三月，公及邾儀父盟于蔑，邾子克也。未王命，故不書爵。曰儀父，貴之也。」邾婁，即邾國。公羊傳隱公元年：「三月，公及邾婁儀父盟于眜。」何休注：「邾人語聲後曰婁，故曰邾婁。」儀甫，即儀父。甫，通「父」。

胡寅字序㊀〔一〕

寅之爲言，恭且畏之辭㊁。虞書「寅賓出日」、「寅餞納日」云者，堯命其臣羲和者修其官，而史美之之文㊂〔二〕。又曰「夙夜惟寅」云者，舜敕其臣伯夷之辭也〔三〕。又曰「同寅協恭，和衷哉」云者，皋陶戒禹之言㊃〔四〕。言堯、舜、禹之事㊄，載於書者，爲萬世之法。而其君臣之際，相言語者如是，是知恭恪畏慎。以思其事，雖聖人猶然。

尉氏胡君名寅，以問於余，且將字之。余以謂名者，古之人生而有別之稱爾。若太甲、盤庚、仲壬者〔五〕，又直識其次第而已㊅。至於左丘明者載魯大夫之語㊆，始謂命名必有義，而學者又以文王、武王、伯魚之類附其説者〔六〕，尤非也。文王之世爲商諸侯㊇，偶商不幸而紂爲淫虐。然猶身服事之㊈，豈其生也已有滅商自大之心而名昌㊉？其子始生又期使殺君而發其功業哉？孔子之生子，適有饋鯉者，遂名之。若史魚、孔鮒〔七〕，又有饋者乎？則是直爲識別之稱，未嘗有義也。然考古人之命字者⑪，則似若有義，蓋將釋其名，曰其字若此而已。

胡君曰：「我所以問其字者，將知其寅者何謂？」然因考于古，取堯、舜、禹之書常所道告之⑫，而字曰子畏，作字説⑬。

【校記】

㊀字序：原校：一作「字説」。㊁「辭」下：卷後原校：有「也」字。㊂「文」下：卷後原校：有「也」字。㊃「言」下：卷後原校：有「也」字。㊄言堯、舜：卷後原校：無「言」字。㊅又：原校：一無此字。卷後原校：作「此」。㊆於：原校：一無此字。㊇文王之世：卷後原校：宋文粹無「之」字。㊈身：原校：一作「生」。㊉「名」下：卷後原校：有「曰」字。⑪古人之命字：卷後原校：一作「古之人命字」。⑫「道」下：卷後原校：有「者」字。⑬作字説：原校：三字一作「云」。

【箋注】

〔一〕原未繫年。疑與張應之字序、尹源字子漸序同爲歐在洛陽時作。文云「尉氏胡君名寅」，尉氏，開封府屬下之縣也。胡寅生平不詳。

〔二〕「虞書」三句：書虞夏書堯典：「分命羲仲，宅嵎夷曰暘谷，寅賓出日。」孔傳：「寅，敬。賓，導。」孔穎達疏：「令此羲仲恭敬導引將出之日。」又：「分命和仲，宅西曰昧谷，寅餞納日。」孔傳：「餞，送也。日出言導，日入言送。」孔穎達疏：「日入在於西方，令此和仲恭敬從送既入之日。」

〔三〕「又曰」二句：堯典：「帝曰：『咨，四岳！有能典朕三禮？』僉曰：『伯夷。』帝曰：『俞，咨，伯！汝作秩宗。夙夜惟寅，直哉惟清。』伯拜稽首，讓于夔、龍。帝曰：『俞，往欽哉！』」

〔四〕「又曰」二句：書虞夏書皋陶謨：「百僚師師，百工惟時……同寅協恭，和衷哉！」孔傳：「使同敬合恭而和善。」

〔五〕太甲、盤庚、仲壬：皆爲殷商國君。見史紀殷本紀。

〔六〕「至於」三句：左傳桓公六年：「公問名於申繻。對曰：『名有五：有信，有義，有象，有假，有類。以名生爲信，以德命爲義，以類命爲象，取於物爲假，取於父爲類。』」「申繻」杜預注：「魯大夫。」「以德命爲義」杜注：「若文王名昌，武王名發。」「取於物爲假」杜注：「若伯魚生，人有饋之魚，因名之曰鯉。」

〔七〕史魚：春秋末衛國史官。名鰌，字子魚。以正直著稱，孔子感嘆道：「直哉，史魚！」（論語衛靈公）其事迹見大戴禮記卷三「衛靈公之時」以下記載。孔鮒：字甲。孔子八世孫。入秦爲博士，傳儒者之業。憤秦焚書坑儒，陳涉起兵後，往歸之，後與涉俱死于陳。文獻通考卷二〇九有記載。

送陳子履赴絳州翼城序㊀〔一〕

予昔過鄭，遇子履於管城〔二〕。其後二歲〔三〕，子履西自馮翊〔四〕，會予於洛陽而去。又明年〔五〕，復來，遂與鄉進士㊁，自河南貢於京師。又明年，予方解官洛陽以來，則子履中甲科，爲校書郎〔六〕。其冬，得翼城於絳。又明年春〔七〕，西拜其親於洛而後行。自鄭之遇及茲行，凡六歲而四見之焉〔八〕。其始也，純然氣和而貌野。再見之，則道所學問，出其文辭，煒然有出於衆人矣㊂。又見之，則挾其藝以較於羣士，而以其能勝之。今之行也，又曰我將試其爲政於絳，而且力廣其學，當盡落其華而成其實，直取古人之所以尚㊃，以距今之爲者㊄，其修己力行之道屢見而屢進，進且不已㊅，而志又大焉，孔子曰「未見其止」、孟子曰「孰能禦之」者歟〔九〕！

夫年少者心銳，氣盛者好剛，苟有志焉，無不至也。然君子之於臨政也，欲果其行，必審其思，審而後果，則不可易而後悔㊆。而學者亦在一明其所趨㊇，而後博其聞㊈，其致思必精㊉，其發辭必易⑪，待其足於中，而後見於外。予友河南富彥國常與予語於此，今彥國在絳〔一〇〕，而子履往焉，又從而辨之。後之復見子履，豈特若前之見者乎，將有駭然者矣。

【校記】

㊀陳：卷後原校：恕本作「陸」。按子履乃陳經也，後歸本姓爲陸，故公之集或曰陳曰陸。㊁與：原校：一作「預」。㊂煒：原校：一作「卓」。㊃所以尚：卷後原校：無「以」字。㊄尚以：原校：一無二字。按：「尚」字原屬上句。㊅「且」下：原校：一有「又」字。㊆後：卷後原校：作「無」。㊇明：原作「朝」，下注「疑」字，據衡本改。㊈聞：卷後原校：作「文」。㊉「思」下：卷後原校：有「也」字。⑪「辭」下：卷後原校：有「也」字。

【箋注】

〔一〕題下注「皇祐二年」，乃景祐二年（一〇三五）之誤。陳子履，陳經，即陸經。文云：「予方解官洛陽以來，則子履中甲科，爲校書郎。其冬，得翼城於絳。又明年春，西拜其親於洛而後行。」歐解官洛陽在景祐元年，時陸經登第，翌年赴絳，歐以本序贈之。翼城（今屬山西），在河東路絳州（治今新絳）。

〔二〕「予昔」二句：管城（今河南鄭州）爲鄭州治所，歐、陸管城相遇在天聖八年（一〇三〇）。

〔三〕其後二歲：指明道元年（一〇三二）。

〔四〕馮翊：今陝西大荔，時爲陝西路同州治所。洛陽在其東，故云「西自馮翊」。

〔五〕又明年：指明道二年（一〇三三）。

〔六〕「又明年」四句：景祐元年（一〇三四）三月，歐西京任滿，時陸經及第。

〔七〕又明年春：此指景祐二年（一〇三五）。

〔八〕凡六歲：由天聖八年至景祐二年，恰爲六年。

〔九〕未見其止：論語子罕：「子謂顔淵曰：『惜乎！吾見其進也，未見其止也。』」孰能禦之：孟子梁惠王上：「王知夫苗乎？七八月之間，旱則苗槁矣。天油然作雲，沛然下雨，則苗浡然興之矣。其如是，孰能禦之？」

〔一〇〕「予友」二句：富彦國，富弼，字彦國，河南人。天聖八年，舉茂才異等，授將作監丞、簽書河陽判官。范仲淹坐爭廢后事貶，弼上書請召還之，不聽，遂通判絳州。見南陽集富文忠公墓誌銘。弼爲河陽判官時，即與歐有交往。

送孫屯田序〔一〕字延仲。

良金美玉，藏乎礦石，而追師冶工，莫不孜孜攻且鍊焉〔二〕，吾誠有以利其用也。况材臣賢士，世不衆出，而物官者得不貪以爲利乎！故今兹屯田孫公，始以尚書郎來貳洛政。未踰歲，則復乘兩馬之傳東上，將冠惠文以肅臺憲〔三〕。居不皇暖席，行不及具駕，蓋被知者之用，且祇君命之速也〔四〕。

御史本爲秦官〔五〕，出入殿中，督察監視，事無大小皆得以法繩之。至按章舉劾，發姦治獄，以清風軌，則朝廷之得失，御史繫焉。然過者爲之，至有伺求以爲察，剛訐以爲直，驚愚激俗以速名譽，至於紀綱大政則蔑乎無聞也。故於是選，必要以文儒，沉正閎達大體，然後謇謇王廷，爲天子司直之臣。況乎白筆霜簡，吾家舊物〔六〕，握蘭卧錦〔七〕，爲世名郎，緣飾以儒雅，濟之以文敏。余知夫振頹綱，舉舊典，嗣先聲，揚休聞，在此行也。而洛之士君子，故相與翹足企聳，東向而望，俟聞凜然之餘風矣。盍各賦棫樸以歌能官〔八〕，且賀舉者之得人也。犯軷長道〔九〕，摻袪爲别㊀〔一〇〕，又烏足效兒女之悲哉！

【校記】

㊀爲：原校：一作「而」。

【箋注】

〔一〕原未繫年，當爲天聖九年（一〇三一）作。據宋史本傳，孫祖德，字延仲，濰州北海人。進士及第，歷濠州推官、知榆次縣，以尚書屯田員外郎通判西京留守司，故稱孫屯田。入爲殿中侍御史，擢尚書兵部員外郎兼起居舍人，出知兖、徐、蔡等州，累官至吏部侍郎致仕。有論事七卷。本文云孫屯田「來貳洛政。未踰歲則復乘兩馬之傳東上，將冠惠文以肅臺憲」，梅集編年卷一天聖九年詩有孫屯田召爲御史，本文亦是年作。

〔二〕追師：雕匠。追，通「雕」。歐陽詹石韞玉賦：「荆山之石兮，玉在其中；和氏未異兮，追師不攻。」

〔三〕冠惠文：即冠惠文冠。此冠相傳爲趙惠文王創製。漢書昌邑王劉賀傳：「王年二十六七，爲人青黑色，小目……衣短衣大絝，冠惠文冠。」顔師古注引蘇林曰：「治獄法冠也。」下文云「以肅臺憲」，臺憲，御史臺，指孫延仲所任職也。

〔四〕祗：敬。晉書顧和傳：「若不祗王命，應加貶黜。」

〔五〕「御史」句：秦設御史大夫，職副丞相，位甚尊。且以御史監郡，遂有糾察彈劾之權。漢書百官公卿表：「監御史，秦官，掌監郡，漢省。」

〔六〕「況乎」二句：白筆，特指御史所用之筆。太平御覽卷六八八引三國魏魚豢魏略：「明帝時，嘗大會，殿中御史簪白筆，側階而坐。上問左右：『此何官？』侍中辛毗對曰：『此謂御史，舊簪筆以奏不法，今但備官耳。』」霜簡，御史彈劾大臣的奏章。江總詒孔中丞奂詩：「故人名宦高，霜簡肅權豪。」孫祖德父航，嘗爲監察御史，故下文有「嗣先聲，揚休聞」之語。

〔七〕握蘭：應劭漢官儀卷上謂尚書郎「握蘭含香，趨走丹墀奏事」。後以握蘭指皇帝左右處理政務的近臣。

〔八〕棫樸：詩大雅之篇名。毛序曰：「棫樸，文王能官人也。」篇中云：「周王于邁，六師及之。」又云「髦士攸宜」，「遐不作人」。汪龍毛詩異義云：「國之大事在祀與戎，舉此二者以明賢才之用。」

〔九〕犯軷：古時出行前祭路神的儀式。周禮夏官大馭：「掌馭玉路，以祀及犯軷，王自左馭，馭下祝，登，受轡，犯軷，遂驅之。」鄭玄注：「行山曰軷，犯之者封土爲山象，以菩芻棘柏爲神主，既祭之以車轢之而去，喻無險難也。」

〔一〇〕摻袪：執袖，猶握别。詩鄭風遵大路：「遵大路兮，摻執子之袪兮。」毛傳：「袪，袂也。」

【集評】

〔清〕王元啓：此公在洛日作。時公初棄時文，與尹師魯輩學作古文，雖力求矯異，終未能脱去時蹊，大概似晚唐人所爲。公之所以能卓然自立，似不在乎此等之文。（讀歐記疑卷二）

張令注周易序〔一〕

易之爲書無所不備，故爲其説者，亦無所不之。蓋滯者執於象數以爲用〔二〕，通者流於變化而無窮，語精微者務極於幽深，喜誇誕者不勝其廣大，苟非其正，則失而皆入於賊。若其推天地之理以明人事之始終，而不失其正，則王氏超然遠出於前人，惜乎不幸短命，而不得卒其業也〔三〕。

張子之學，其勤至矣，而其説亦詳焉。其爲自序，尤所發明。昔漢儒白首於一經，雖孔子亦晚而學易〔四〕。今子年方壯，所得已多，而學且不止，其有不至者乎！廬陵歐陽修序。

【箋注】

〔一〕原未繫年。張令，生平不詳。歐貶夷陵期間，頗潛心于易學，景祐四年（一〇三七），撰有易或問、明用，見居士集及本集。本文是否其時作，無考。

〔二〕象數：左傳僖公十五年：「龜，象也；筮，數也。物生而後有象，象而後有滋，滋而後有數。」杜預注：「言龜以象示，筮以數告，象數相因而生，然後有占，占所以知吉凶。」易言天日山澤之類爲象，言初上九六之類爲數。象數并稱，即指龜筮。

〔三〕「則王氏」三句：王氏，王弼，字輔嗣，三國魏山陽人。三國志魏志卷二八：「（王）弼好論儒道，辭才逸辯，注易及老子。爲尚書郎，年二十餘，卒。」下注曰：「亡時年二十四。」王弼注周易十卷，晁公武收爲郡齋讀書志第一卷易類第一部書。孔穎達周易正義序云：「唯魏世王輔嗣之注，獨冠古今。」歐作易童子問，依王弼之說，主張六十四卦皆言人事。

〔四〕「雖孔子」句：史記孔子世家：「孔子晚而喜易，序彖、繫、象、説卦、文言。讀易，韋編三絶。曰：『假我數年，若是，我於易則彬彬矣。』」

外集卷十五

序　二

删正黄庭經序〔一〕

無仙子者，不知爲何人也。無姓名，無爵里，世莫得而名之。其自號爲無仙子者，以警世人之學仙者也。

其爲言曰：「自古有道無仙，而後世之人知有道而不得其道，不知無仙而妄學仙㊀，此我之所哀也。道者，自然之道也，生而必死，亦自然之理也。以自然之道養自然之生，不自戕賊夭閼而盡其天年〔二〕，此自古聖智之所同也。禹走天下，乘四載〔三〕，治百川，可謂勞其形矣，而壽百年。顏子蕭然臥於陋巷，簞食瓢飲，外不誘於物，内不動於心，可謂至樂矣，而年不及三十。斯二人者，皆古之仁人也，勞其形者長年，安其樂者短命，蓋命有長短㊁，禀之於天，非人力之所能爲也。惟不自戕賊而各盡其天年，則二人之所同也。此所謂以自然之道養自然之生。後世貪生之徒，爲養生之術者，無所不至，至茹草木，服金石，吸日月之精光。又有以謂此外物不足恃，而反求諸内者，於是息慮絶欲，鍊精氣，勤吐納，專於内守，以養其神。其術雖本於貪生，及其至也，尚或可以全形而却疾，猶愈於肆欲稱情以害其生者㊂，是謂養内之術。故上智任之自然，其次養内以却疾，最下妄意而貪生。」

世傳黄庭經者，魏、晉間道士養生之書也。其説專於養内，多奇怪，故其傳之久則易爲訛舛，今家家異本，莫可考正。無仙子既甚好古，家多集録古書文字，以爲玩好之娱。有黄庭經石本者，迺永和十三年晉人所書〔四〕，其文頗簡，以較今世俗所傳者獨爲有理，疑得其真。於是喟然嘆曰：「吾欲曉世以無仙而止人之學者，吾力顧未能也。吾視世人執奇怪訛舛之書，欲求生而反害其生者，可不哀哉！矧以我玩好之餘拯世人之謬惑，何惜而不爲？」乃爲删正諸家之異，一以永和石本爲定，其難曉之言略爲注解，庶幾不爲訛謬之説惑世以害生。是亦不爲無益，若大雅君子，則豈取於此！

【校記】

㈠學：原校：一作「求」。　㈡有：原校：一作「之」。　㈢「者」下：卷後原校：有「也」字。

【箋注】

〔一〕原未繫年，作年不詳。黄庭經，道教經典著作，述道家之養身修煉。歐嘗爲之作注。集古録跋尾卷一〇有黄庭經跋四篇，其一云：「右黄庭經一篇，晉永和中刻石，世傳王羲之書。書雖可喜，而筆法非羲之所爲。黄庭經者，魏、晉時道士養生之書也。今道藏别有三十六章者，名曰内景，而謂此一篇爲外景，又分上、中、下三部者，皆非也。蓋内景者，乃此一篇之義疏爾。流俗又有一篇名曰中景者，尤爲繁雜，鄙俚之所傳也。余嘗患世人不識其真，多以内景三十六章爲本經，因取永和刻石一篇爲之注解。余非學異説者，哀世人之惑於繆妄爾。」郡齋讀書志卷一六録黄庭内景經一卷，云：「右題大帝内書，藏暘谷陰，三十六章，皆七言韻語。梁丘子叙云：『扶桑大帝命暘谷神王傳魏夫人，一名東華玉篇。黄者，中央之色；庭者，四方之中。外指事，即天、人、地中；内指事，即腦、心、脾中，故曰黄庭。』」又録黄庭外景經三卷，云：「右叙謂老子所作。」文獻通考經籍考卷五一録無仙子删正黄庭經（即本文），云：「歐陽文忠公序之，意必公所自爲而隱其名耳。」

〔二〕夭閼：摧折，遏止。莊子逍遥遊：「（鵬）背負青天而莫之夭閼者，而後乃今將圖南。」陸德明釋文引司馬彪云：「夭，折也；閼，止也。」

〔三〕乘四載：書益稷：「予乘四載，隨山刊木，暨益奏庶鮮食。」孔穎達疏：「我乘舟車輴樏等四種之載。」

〔四〕永和十三年：公元三五七年。永和，東晉穆帝司馬聃年號。

【集評】

〔明〕鍾惺：此文不自立論，而全述無仙子之言，末止以一語見意，又是一格。乃其有揚必有抑，有信必有屈，所謂大機軸也。篇中以「自然」字禀於天，大意已定，而貪生害生之論，則一勉一戒，錯綜諄復，讀者津津有味。（引自山曉閣選宋大家歐陽廬陵全集評語卷三）

〔清〕孫琮：通篇議論皆是無仙之説，今所序又是求仙之書，此處最難措筆。若説求仙有術，則與我儒信道之言不合；若説學仙無術，則此序又何爲而作？今歐公於通篇純作無仙之論，特於末幅就其書而校正之。蓋無仙之論，就我儒而言；校正其訛，就其書而論説，固並行不悖也。（同上）

［清］沈德潛：黄庭正旨，乃談内養而稍近於理，不惑於神怪者。處處以道之自然説入，而以妄意貪生者反襯。見雖非道之本旨，而立説不乖於正，則彼術中猶有可取也。末一語仍歸入道之自然，并將養生撇去，則學仙之妄不待言矣。（唐宋八大家文讀本評語卷一一）

［清］浦起龍：以學仙、養生區作兩術，生則有形，仙者謬妄，故以無仙抉破世妄，而以養内修全養生，統冒之以「自然之道」四字。持論卓卓，與韓子排佛同功。（古文眉詮評語卷五九）

送王聖紀赴扶風主簿序〔一〕

前年五月㊀，大霖雨殺麥，河溢東畿〔二〕，浸下田。已而不雨，至于八月㊁，菽粟死高田。三司有言：「前時溢博州，民冒河爲言〔三〕，得免租者蓋萬計。今歲秋當租，懼民幸水旱，因緣得妄免，以虧兵食，慎敕有司謹之。」朝廷因舉田令，約束州縣吏。吏無遠近㊂，皆望風惡民言水旱㊃，一以農田敕限，甚者笞而絶之。畿之民訴其縣，不聽；則訴於開封，又不聽；則相與聚立宣德門外㊄〔四〕，訴於宰相㊅。於是遣吏四出視諸縣㊆。視者還，而或言災，或言否，然言否者十七八。最後視者還，言民實災，而吏徒畏約束以苟自免爾。天子聞之惻然，盡蠲畿民之租㊇。

余嘗竊歎曰：民生幸而爲畿民，有緩急㊈，近而易知也。雨降於天，河溢於地，與赤日之出，是三者物之易見也。前二三歲，旱蝗相連〔五〕，朝廷歲歲隨其災之厚薄，蠲其賦之多少，至兵食不足，則歲糴或入粟以爵而充之〔六〕。是在上者之愛人，而仁人之心易惻也。以易知之近，言易見之事，告易惻之仁，然吏一壅之，幾不得達〔一〇〕。況四海之大，幾萬里而遠，事之難知，不若霖潦赤日之易見者何數〔一一〕！使上有惻之之心不得達于下，下有思告之苦不得通於上者〔一二〕，吏居其間而壅之爾〔一三〕，可勝歎哉！

扶風爲縣，限關之西〔七〕，距京師在千里外，民之不幸而事有隱微者何限，其能生死曲直之者〔一四〕，令與主簿、尉三人。而民之志得不壅而聞于州〔一五〕，州不壅而聞于上〔一六〕，縣不壅而民志通者〔一七〕，令與主簿、尉達之而已。王君聖紀主簿於其縣〔一八〕。聖紀好學有文，佐是縣也〔一九〕，始試其爲政焉，故以夫素所歎者告之〔二〇〕。景祐三年二月二十四日〔二一〕，廬陵歐陽修序。

【校記】

〔一〕前：卷後原校：作「二」。 〔二〕于：原校：一作「於」。 〔三〕吏無：卷後原校：無「吏」字。 〔四〕「旱」下：卷後原校：有「事」字。 〔五〕立：原校：一作「於」。 〔六〕訴於宰相：卷後原校：四字作「叫宰相以訴」。 〔七〕四：卷後原校：作「分」。 〔八〕畿民之：卷後原校：三字作「其」。 〔九〕有：原校：一作「且」。 〔一〇〕幾：卷後原校：一作「畿」。 〔一一〕霖潦：卷後原校：二字作「水旱」。「見」下：卷後原校：又有「也易」二字。 〔一二〕於：卷後原校：作「于」。 〔一三〕居：卷後原校：作「隔」。 〔一四〕生死曲直：卷後原校：作「曲直生死」。 〔一五〕而民：卷後原校：「而」下有「已凡」二字。聞于：卷後原校：作「達乎」。 〔一六〕于上：卷後原校：作「乎天子者」。 〔一七〕「縣不壅」句：卷後原校：已上八字，恕本作「令與主簿、尉先之而已，天子仁恩下而降于州，州不壅而達於縣，縣不壅而得及於民，亦」凡三十三字，接下文「令與主簿、尉」云云。　⑱主簿：卷後原校：作「爲尉」。　⑲佐是縣：卷後原校：作「其爲尉」。　⑳以夫：卷後原校：二字作「予因其行而以予」。　㉑二十四日：卷後原校：作「十日」，無「二」、「四」及下六字。

【箋注】

〔一〕如篇末所示，景祐三年（一〇三六）作。王聖紀，生平不詳。扶風（今屬陝西），在陝西路鳳翔府。

〔二〕河溢東畿：長編卷一一五載景祐元年七月，「澶州言河決橫隴埽」。澶州（治今河南濮陽）屬河北路，在開封府東北。

〔三〕冒河爲言：假借河災提出減免賦税要求。

〔四〕宣德門：宋史地理志一載東京「宮城周迴五里。南三門：中曰乾元」，下注「明道二年改宣德」。

〔五〕「前二三歲」二句：如長編卷一一四載景祐元年三月，開封府判官謝絳言：「蝗亘田野，坌入郛郭，跳擲官寺，井堰皆滿，而使者數出，府縣監、捕驅逐，蹂踐田舍，民不聊生。」同卷又載六月，「開封府、淄州言蝗」。

〔六〕入粟以爵：富人向朝廷納糧以取官爵。

〔七〕限關之西：遠隔於潼關之西。

【集評】

〔清〕王元啓：畿民被災蒙恤有三易焉，然且幾壅于上聞。自畿而外，民隱之不得通于上者何限？中幅借畿民發慨，此節文足使人掉頭嗟諷，終日而不厭。時公爲館閣校勘，視在洛時作，高下蓋懸絕矣。（讀歐記疑卷三）

送太原秀才序〔一〕

仲尼之徒子思伋記中庸事〔二〕，列于曲臺學〔三〕。欲服圓冠習矩步者，皆造次必於中庸。聞太原生得之矣，生之履行無改是也。月旅析木〔四〕，地居軫斿〔五〕，霜風動天，萬竅號怒，摇鞭長跋㊀，强飯自重。時寶元二年十月初七日，乾德令尹歐陽修序㊁。

【校記】

㊀跋：原校：一作「歧」。　㊁「時寶元」二句：卷後原注：按是年六月，公改武成判官，明年二月當上。此猶繫舊階，疑未受命時作。

【箋注】

〔一〕　如篇末所示，寶元二年（一〇三九）作。太原秀才，不詳。

〔二〕　子思：孔伋。孔子嫡孫，戰國魯人，相傳受業於曾子。漢書藝文志著録子思二十三篇，已佚。禮記中庸，相傳爲其所作。

〔三〕　曲臺：文選司馬相如長門賦：「覽曲臺之央央。」李善注：「三輔黄圖曰：未央東有曲臺殿。」按：漢時此作天子射宫，又立爲署，置太常博士弟子。爲著記校書之處。

〔四〕　析木：十二星次之一。時爲十月，屬孟冬。馮復京六家詩名物疏卷一一引月令注云：「孟冬日月會于析木之津。」

〔五〕　軫：古國名。左傳桓公十一年：「楚屈瑕將盟貳軫。」杜預注：「貳軫，二國名。」楊伯峻注：「春秋傳説彙纂：以爲貳在今湖北省應山縣境，軫在今應城縣西。」　斿：游。漢書禮樂志：「泛泛滇滇從高斿，殷勤此路臚所求。」

傳易圖序〔一〕

孟子曰：「盡信書，不如無書〔二〕。」夫孟子好學者，豈獨忽於書哉？蓋其自傷不得親見聖人之作，而傳者失其真，莫可考正而云也。然豈獨無書之如此，余讀經解〔三〕，至其引易曰「差若毫氂，謬以千里」之説〔四〕，又讀今周易有「何謂」、「子曰」者，至其繫辭則又曰「聖人設卦」、「繫辭焉」㊀〔五〕，欲考其真而莫可得，然後知孟子之嘆，蓋有激云爾㊁。

説者言當秦焚書時，易以卜筮得獨不焚〔六〕。其後漢興，他書雖出，皆多殘缺，而易經以故獨完。然如經解所引，考於今易亡之，豈今易亦有亡者耶？是亦不得爲完書也。昔孔子門人追記其言作論語㊂，書其首必以「子曰」者，所以別夫子與弟子之言。又其言非一事，其事非一時㊃，文聯屬而言難次第，故每更一事必以「子曰」以起之㊄。若文言者，夫子自作㊅，不應自稱「子曰」〔七〕。又其作於一時，文有次第，何假「子曰」以發之？乃知今周易所載，非孔子文言之全篇也。蓋漢之易師，擇取其文以解卦體，至其有所不取，則文斷而不屬，故以「子曰」起之也。其先言「何謂」而後言「子曰」者，乃講師自爲答問之言爾，取卦體以爲答也㊆，亦如公羊、穀梁傳春秋，先言「何」、「曷」，而後道其師之所傳以爲傳也㊇。今上繫凡有「子曰」者，亦皆講師之説也。然則今易皆出乎講師臨時之説矣，幸而講師所引者，得載於篇，不幸其不及引者，其亡豈不多邪？嗚呼！歷弟子之相傳，經講師之去取，不徒存者不完，而其僞謬之失其可究邪㊈！

夫繫者，有所繫之謂也。故曰「繫辭」焉，以斷其吉凶。是故謂之爻，言其爲辭各聯屬其一爻者也⑩。是則孔子專指爻辭爲「繫辭」。而今乃以孔子贊易之文爲上、下繫辭者，何其謬也！卦爻之辭，或以爲文王作，或以爲周公作〔八〕。孔子言聖人設卦繫辭焉⑪，是斥文王、周公之作爲繫辭，不必復自名其所作又爲繫辭也⑫。況其文乃概言易之大體，雜論易之諸卦，其辭非有所繫，不得謂之繫辭也必⑬。然自漢諸儒已有此名，不知從何而失之也？漢去周最近，不應有失。然漢之所爲繫辭者，得非不爲今之繫辭乎？

易需之辭曰：「需于血，出自穴〔九〕。」艮之辭曰：「艮其限，列其夤〔一〇〕。」睽之辭曰：「見豕負塗，載鬼一車〔一一〕。」是皆險怪奇絶，非世常言，無爲有訓故、考證⑭，而學者出其臆見，隨事爲解，果得聖人之旨邪？文言、繫辭有可考者，其證如此⑮，而其非世常言無可考者，又可知矣⑯。今徒從夫臆出之説，果可盡信之邪？此孟子所歎其不如亡者也。

易之傳注比他經爲尤多，然止於王弼〔一二〕。其後雖有述者⑰，不必皆其授受，但其傳之而已。大抵易至漢分爲三：有田何之易〔一三〕，焦贛之易⑱〔一四〕，費直之易⑲〔一五〕。田何之易傳自孔子，有上、下二篇，又有彖、象、繫辭、文言、説卦等，自爲十篇，而有章句。凡學有章句者，皆祖之田氏。焦贛之易無所傳授，自得乎隱者之學⑳，專於陰陽占察之術。凡學陰陽占察者，皆祖之焦氏。費直之易亦無所授，又無章句，惟以彖、象、文言等十篇解上、下經。凡以彖、象、文言等參入卦中者，皆祖之費氏。田、焦之學，廢於漢末。費氏獨興㉒，遞傳至鄭康成〔一六〕。而王弼所注，或用康成之説，比卦六四之類。是弼即鄭本而爲注。今行世者，惟有王弼易，其源出於費氏也，孔子之古經亡矣。

【校記】

㈠至其：卷後原校：無「其」字。　㈡有激云爾：卷後原校：作「有激而云也」。　㈢「子」下：卷後原校：有「殁」字。　㈣其事：卷後原校：無「其」字。　㈤必以：卷後原校：「以」作「書」。　㈥「子」下：卷後原校：有「所」字。　㈦體：卷後原校：作「辭」。其下有「以爲問引文言」六字。　㈧道：原校：一作「導」。　㈨僞：卷後原校：作「譌」。　㈩屬：卷後原校：作「繫」。　⑪「孔」上：卷後原校：有「故」字。　⑫不必：卷後原校：作「必不」。　⑬也必：卷後原校：作「必也」。　⑭故：原校：一作「詁」。　⑮證：卷後原校：作「謬」。　⑯矣：卷後原校：作「也」。　⑰「者」下：卷後原校：有「不得列于學官，故上自孔子，至於王弼，迹其所自來以作斯圖。自漢學者漸不師授而各自名家，今圖之所傳者」凡四十五字。　⑱焦贛：卷後原校：二字上有「有」字。　⑲費直：卷後原校：二字上有「有」字。　⑳乎：原校：一作「之」。自得：卷後原校：作「自言得之」。之學：卷後原校：無「之」字。　㉒「費」上：卷後原校：有「而」字。

【箋注】

〔一〕原未繫年，作年不詳。

〔二〕「孟子曰」三句：孟子盡心下：「盡信書則不如無書。吾於武成，取二三策而已矣。」

〔三〕經解：禮記篇名。孔穎達禮記正義云：「案鄭目録云：名曰經解者，以其記六義政教之得失也。」

〔四〕「至其引易」句：禮記經解：「易曰：『君子慎始。差若毫釐，繆以千里。』此之謂也。」

〔五〕「至其繫辭」句：繫辭，易傳篇名，分上繫、下繫，爲「十翼」之兩篇。其辭繫于易經之下，故名。易繫辭上：「聖人設卦觀象，繫辭焉而明吉凶。」

〔六〕「説者」二句：漢書藝文志：「及秦燔書，而易爲筮卜之事，傳者不絶。」

〔七〕「若文言」三句：文言，易傳篇名，「十翼」之一，即文飾乾、坤兩卦之言。篇中記孔子答問，係後儒之假托。

〔八〕「卦爻」三句：據周易正義卷首之語，卦爻之辭誰作，凡有二説：一説二者皆文王所作；一説卦辭爲文王作，爻辭爲周公作。

〔九〕「需于血」二句：此爲需卦六四之辭。朱熹周易本義：「血者，殺傷之地；穴者，險陷之所。四交坎體，入乎險矣，故爲『需于血』之象；然柔得其正，需而不進，故又爲『出自穴』之象。占者如是，則雖在傷地而終得出也。」

〔一〇〕「艮其限」二句：易艮：「九三，艮其限，列其夤，厲薰心。」王弼注：「限，身之中也，三當兩象之中，故曰『艮其限』；夤，當中脊之肉也，止加其限，中體而分，故『列其夤』而憂危薰心也。」

〔一一〕「見豕」二句：此爲睽卦上九之辭。周易程氏傳：「上之與三，雖爲互應，然居『睽』極，無所不疑，其見三如豕之污穢，又背負泥土，見其可惡之甚也。既惡之甚，則猜成其罪惡，如見載鬼滿一車也；鬼本無形，見載之一車，言其以無爲有，妄之極也。」

〔一二〕王弼：見本集卷一四張令注周易序箋注〔三〕。

〔一三〕田何：字子莊，漢初淄川人。專治周易，西漢今文易學出自他的傳授。

〔一四〕焦贛：字延壽，西漢梁郡人。昭帝時爲郡史，察補小黄令。著有焦氏易林。

〔一五〕費直：字長翁，西漢東萊人。官單父令。長於卦筮。隋書經籍志載其「注周易四卷，亡」。

〔一六〕鄭康成：鄭玄，字康成，東漢北海高密人。入太學受業。後師事古文經學家馬融等。遍注羣經，集漢代經學之大成。後漢書有傳。

【集評】

〔清〕王元啓：此等文世所不讀，然足以見公治經之學，當與詩譜補亡一序並録存之。（讀歐記疑卷三）

月石硯屏歌序〔一〕

張景山在虢州時〔二〕，命治石橋。小版一石，中有月形，石色紫而月白，月中有樹森森然，其文黑而枝葉老勁，雖世之工畫者不能爲，蓋奇物也。景山南謫〔三〕，留以遺予。予念此石古所未有，欲但書事則懼不爲信，因令善畫工來松寫以爲圖㊀〔四〕。子美見之，當愛歎也。其月滿，西旁微有不滿處，正如十三四時，其樹横生，一枝外出。皆其實如此，不敢增損，貴可信也。

【校記】

㊀松：原校：一作「謨」。

【箋注】

〔一〕 如題下注，慶曆八年（一〇四八）作。時在知揚州任上。居士集卷四有紫石屏歌，題下注「一本作月石硯屏歌寄蘇子美」，本文即該詩之序。

〔二〕「張景山」句：張昷之字景山，大中祥符進士。歷知温州、提點淮南路刑獄、廣南東路轉運按察使、知虢州、湖州等職，以光禄卿致仕。生平見蔡襄光禄卿致仕張公墓誌銘。宋史有傳。據長編卷一五二，張昷之知虢州，在慶曆四年九月；據張公墓誌銘，昷之在虢州，「居三年」。

〔三〕 景山南謫：宋史本傳：「王則反貝州，有言昷之在河北捕得妖人李教不殺，使得逸去，今乃爲則主謀，事平，無其人。會冀州人段得政詣闕，自言『嘗爲叔父屯田郎中曇賕免緣坐』，且言『曇以書屬昷之』，乃下御史按劾，雖不得書，猶奪三官，監鄂州稅。」

〔四〕 來松：見紫石屏歌箋注〔一〕。

七賢畫序㊀〔一〕

某不幸，少孤。先人爲綿州軍事推官時，某始生〔二〕，生四歲，而先人捐館〔三〕。某爲兒童時，先妣嘗謂某曰：「吾歸汝家時，極貧。汝父爲吏至廉，又於物無所嗜，惟喜賓客，不計其家有無以具酒食。在綿州三年，他人皆多買蜀物以歸，汝父不營一物，而俸禄待賓客，亦無餘已。罷官，有絹一匹，畫爲七賢圖六幅。此七君子，吾所愛也。此外無蜀物㊁。」後先人調泰州軍事判官，卒於任。比某十許歲時㊂，家益貧。每歲時設席祭祀，則張此圖于壁，先妣必指某曰：「吾家故物也。」後三十餘年，圖亦故闇。某忝立朝〔四〕，懼其久而益朽損，遂取七賢，命工裝軸之，更可傳百餘年。以爲歐陽氏舊物，且使子孫不忘先世之清風，而示吾先君所好尚。又以見吾母少寡而子幼，能克成其家，不失舊物。蓋自先君有事後二十年，某始及第〔五〕。今又二十三年矣，事迹如此，始爲作贊并序㊃。

【校記】

㊀七賢畫序：卷後原校：文纂作「銘七賢畫事示焦生」。汪遠云：「此篇文體似非序，但文纂作『銘』字，可疑。王

深甫長樂集有信都公請作七賢圖詩，其序云：『伏蒙出示先大夫所作七賢圖事。』又云：『咨求學文之士爲之頌贊，將以刻石，永告來裔。而回也不肖，亦辱於此數。』則公所請作詩者不一也。」恕本作「求七賢畫贊與焦伯强書」。㊁無蜀物：卷後原校：文纂作「無一蜀物」。㊂許：原校：一作「餘」。㊃始：卷後原校：文纂作「試」。

【箋注】

〔一〕如題下注，皇祐五年（一〇五三）作。篇末謂本文作于及第後二十三年，歐天聖八年（一〇三〇）登第，後二十三年正是皇祐五年。七賢爲誰，是否嵇康等竹林七賢，不詳。

〔二〕「先人」二句：胡譜景德四年：「是歲，皇考鄭國公爲綿州軍事推官。六月二十一日寅時，公生。」曲洧舊聞卷三：「歐公父爲綿州司户參軍，公生於司户之官舍。後人於官舍蓋六一堂。」

〔三〕「生四歲」二句：揮麈後録卷六於「文忠自識其父墓云」下載：歐陽觀「官至泰州軍州判官，卒年五十九」。注：「大中祥符三年三月二十四日終於官。」是年，歐陽修四歲。

〔四〕「後三十」三句：據胡譜，歐康定元年（一〇四〇）召還京都，復充館閣校勘。慶曆二年，通判滑州。慶曆三年（一〇四三），又召回京都，知諫院，時距歐陽觀去世的大中祥符三年（一〇一〇）已有三十三年。

〔五〕「蓋自」二句：歐陽觀卒後二十年，即天聖八年，歐陽修及第。

【集評】

〔清〕林景亮：是篇章法，大致序七賢畫之已往與現在及將來。首四句，追叙前事作起。次段自「某爲兒童時」至「此外無蜀物」，皆係述母訓，兼及父言，爲出題張本，實是題之前一層。自「後先人」至「故物」爲第三段，引起故物，亦尚係前一層。至「後三十餘年」以下一段，方是正文。末尾用年代總結，不勝今昔之感，順勢點明作序，以見饒有深意，亦情之不容已也。（評注古文讀本評語）

龍茶録後序㊀〔一〕

茶爲物之至精，而小團又其精者〔二〕，録叙所謂上品龍茶者是也。蓋自君謨始造而歲貢焉㊁，仁宗尤所珍惜，雖輔相之臣未嘗輒賜。惟南郊大禮致齋之夕，中書、樞密院各四人共賜一餅，宫人翦金爲龍鳳花草貼其上。兩府八家分割以歸，不敢碾試，相家藏以爲寶㊂，時有佳客㊃，出而傳玩爾。至嘉祐七年，親享明堂〔三〕，齋夕㊄，始人賜一餅，余亦忝預，至今藏之。

余自以諫官供奉仗内，至登二府，二十餘年，纔一獲賜〔四〕，而丹成龍駕〔五〕，舐鼎莫及〔六〕，每一捧玩，清血交零而已。因君謨著録，輒附于後，庶知小團自君謨始，而可貴如此㊅。治平甲辰七月丁丑㊆，廬陵歐陽修書還公期書室〔七〕。

【校記】

㊀題下卷後原校：熙寧時文作「題龍茶録後」。汪逵云：「此篇似非序。」恕本作「茶録跋尾又一首贈薛少卿」。

㊁焉：原校：一無此字。　㊂相：原校：一作「但」。　㊃佳客：卷後原校：時文作「嘉客」。　㊄「齋」上：原校：一有「致」字。　㊅自君謨始而可貴如此：原校：九字一作「可貴而創自君謨也」。　㊆「治平」句：卷後原校：時文作「治平元年七月十四日」。

【箋注】

〔一〕 如篇末所示，治平元年甲辰（一〇六四）作。 龍茶録，或作茶録，見端明集卷三五，由序、上篇論茶、下篇論茶器、後序四部分組成。序云：「臣前因奏事，伏蒙陛下諭，臣先任福建轉運使日，所進上品龍茶，最爲精好……臣輒條數事，簡而易明，勒成二篇，名曰茶録。」後序末云作于治平元年五月二十六日。

〔二〕 「茶爲物」二句：澠水燕談録卷八：「建茶盛於江南，近歲製作尤精，龍、鳳團茶最爲上品，一斤八餅。慶曆中，蔡君謨爲福建運使，始造小團以充歲貢，一斤二十餅，所謂上品龍茶者也。仁宗尤所珍惜，雖宰臣未嘗輒賜，惟郊禮致齋之夕，兩府各四人，共賜一餅。宮人翦金爲龍、鳳花，貼其上，八人分蓄之，以爲奇玩，不敢自試，有嘉客，出而傳玩。歐陽文忠公云：『茶爲物之至精，而小團又其精者也。』」

〔三〕 「至嘉祐」二句：長編卷一九七載嘉祐七年九月「辛亥，大饗明堂，大赦。文武升朝官父母妻並與官封」。

〔四〕 「余自」四句：歐慶曆三年（一〇四三）爲諫官，嘉祐五年爲樞密副使，六年爲參知政事，七年（一〇六二）大饗明堂獲賜，恰爲二十年。二府，指樞府與政府。

〔五〕 丹成龍駕：指嘉祐八年仁宗辭世。

〔六〕 舐鼎：太平廣記卷八引葛洪神仙傳劉安：「八公使安登山大祭，埋金地中，即白日昇天……時人傳八公、安臨去時，餘藥器置在中庭。雞犬舐啄之，盡得昇天。」後因以「舐鼎」喻攀龍附鳳。鼎，指煉丹藥之器。

〔七〕 書還公期書室：王元啓讀歐記疑卷三龍茶録後序：「公期姓薛氏，公之妻兄弟。十二卷題薛公期畫，其末亦云『題還薛公期畫室』，則此所云君謨茶録，疑亦公期書室所藏，公爲書其後而還之，故曰『書還』。」

桑懌傳〔一〕

桑懌，開封雍丘人。其兄慥〔二〕，本舉進士有名㊀。懌亦舉進士，再不中。去遊汝、潁間，得龍城廢田數頃，退而力耕。歲凶，汝旁諸縣多盜，懌白令，願爲耆長㊁〔三〕，往來里中察姦民㊂。因召里中少年，戒曰：「盜不可爲也㊃，吾在此，不汝容也。」少年皆諾。里老父子死未斂，盜夜脱其衣，里老父怯，無他子，不敢告縣，羸其屍不能葬。懌聞而悲之，然疑少年王生者，夜入其家㊄，探其篋㊅，不使之知覺。明日遇之，問曰：「爾諾我不爲盜矣，今又盜里父子屍者，非爾邪？」少年色動。即推仆地㊆，縛之，詰共盜者。王生指某少年。懌呼壯丁守王生，又自馳取少年者，送縣，皆伏法。

又嘗之郟城，遇尉方出捕盜，招懌飲酒，遂與俱行。至賊所藏，尉怯，陽爲不知以過。懌曰：「賊在此，何之乎？」下馬獨格殺數人，因盡縛之。又聞襄城有盜十許人，獨提一劍以往，殺數人，縛其餘。汝旁縣爲之無盜。京西轉運使奏其事㊇，授郟城尉〔四〕。

天聖中，河南諸縣多盜，轉運奏移澠池尉。崤⑨〔五〕，古險地，多涂山⑩，而青灰山尤阻險，爲盜所恃。惡盜王伯者，藏此山，時出爲近縣害。當此時，王伯名聞朝廷，爲巡檢者皆授名以捕之⑪。既懌至，巡檢者僞爲宣頭以示懌⑫〔六〕，將謀招出之。懌信之，不疑其僞也，因諜知伯所在，挺身入賊中招之，與伯同卧起十餘日。信之，乃出。巡檢者反以兵邀於山口，懌幾不自免。懌曰：「巡檢授名⑬，懼無功爾。」即以伯與巡檢，使自爲功，不復自言。巡檢俘獻京師，朝廷知其實，罪黜巡檢⑭。

懌爲尉歲餘，改授右班殿直、永安縣巡檢。明道、景祐之交〔七〕，天下旱蝗，盜賊稍稍起其間⑮，有惡賊二十三人不能捕。樞密院以傳召懌至京⑯，授二十三人名，使往捕。懌謀曰：「盜畏吾名，必已潰⑰，潰則難得矣，宜先示之以怯。」至則閉柵，戒軍吏，無一人得輒出⑱。居數日⑲，軍吏不知所爲，數請出自效，輒不許。既而夜與數卒變爲盜服以出，迹盜所嘗行處。入民家，民皆走⑳，獨有一媪留㉑，爲作飲食饋之如盜。乃歸，復閉柵。三日又往㉒，則携其具就媪饌㉓，而以其餘遺媪，媪待以爲真盜矣。乃稍就媪，與語及羣盜輩，媪曰：「彼聞桑懌來，始畏之，皆遁矣。又聞懌閉營不出，知其不足畏，今皆還也。某在某處㉔，某在某所矣。」懌盡鉤得之。復三日，又往厚遺之，遂以實告曰：「我，桑懌也。煩媪爲察其實而慎勿泄㉕，後三日，我復來矣。」後又三日往，媪察其實審矣。明旦，部分軍士，用甲若干人於某所取某盜，卒若干人於某處取某盜[26]。其尤彊者在某所，則自馳馬以往，士卒不及從，惟四騎追之，遂與賊遇，手殺三人。凡二十三人者，一日皆獲。二十八日，復命京師[27]。

樞密吏謂曰：「與我銀，爲君致閤職〔八〕。」懌曰：「用賂得官，非我欲[28]，況貧無銀；有，固不可也。」吏怒，匿其閥，以免短使送三班[29]〔九〕。三班用例，與兵馬監押[30]，未行，會交趾獠叛，殺海上巡檢，昭化諸州皆警，往者數輩不能定，因命懌往〔一〇〕，盡手殺之[31]。還，乃授閤門祗候〔一一〕。懌曰：「是行也，非獨吾功，位有居吾上者，吾乃其佐也。今彼留而我還，我賞厚而彼輕，得不疑我蓋其功而自伐乎[32]？受之，徒慚吾心。」將讓其賞歸己上者，以奏稿示予。予謂曰：「讓之，必不聽，徒以好名與詐取譏也[33]。」懌歎曰：「亦思之，然士顧其心何如爾[34]，當自信其心以行，譏何累也！若欲避名，則善皆不可爲也已。」余慚其言。卒讓之，不聽。懌雖舉進士而不甚知書，然其所爲皆合道理，多此類。始居雍丘，遭大水，有粟二廩[35]，將以舟載之，見民走避溺者[36]，遂棄其粟，以舟載之。見民荒歲，聚其里人飼之，粟盡乃止。懌善劍及鐵簡[37]，力過數人，而有謀略。遇人常畏[38]，若不自足。其爲人不甚長大，亦自修爲威儀，言語如不出其口，卒然遇人[39]，不知其健且勇也。

廬陵歐陽修曰：勇力人所有，而能知用其勇者少矣。若懌可謂義勇之士，其學問不深而能者㊵，蓋天性也。余固喜傳人事，尤愛司馬遷善傳，而其所書皆偉烈奇節㊶，士喜讀之。欲學其作，而怪今人如遷所書者何少也，乃疑遷特雄文，善壯其説，而古人未必然也。及得桑懌事，乃知古之人有然焉㊷，遷書不誣也㊸，知今人固有而但不盡知也㊹。懌所爲壯矣㊺，而不知予文能如遷書使人讀而喜否？姑次第之㊻。

【校記】

㊀本舉：卷後原校：無「本」字。　㊁白令願：原校：三字一作「曰願令」。　㊂往來：卷後原校：文藪作「得往來」。往來里中：卷後原校：四字作「得」字。　㊃也：卷後原校：作「矣」。　㊄夜入：卷後原校：作「夜潛入」。　㊅「篋」下：卷後原校：有「中衣馳問里父是否，里父言是，即復馳還王生篋中」凡二十字。　㊆推仆：卷後原校：文藪作「椎仆」。　㊇轉運使：卷後原校：文藪無「使」字。　㊈「嶠」下：卷後原校：有「澠」字。㊉涂：卷後原校：作「深」。　⑪捕之：卷後原校：無「之」字。　⑫宣頭：卷後原校：無「頭」字。　⑬「名」下：卷後原校：有「捕賊」二字。　⑭「檢」下：卷後原校：有「者」字。　⑮其間：卷後原校：二字作「冀」。⑯京：卷後原校：此下脱一「師」字。　⑰已：原校：一作「以」。　⑱「出」下：卷後原校：有「者」字。⑲數日：卷後原校：作「十餘日」。　⑳民：卷後原校：作「居」字。　㉑獨有：卷後原校：無「有」字。㉒「三」上：卷後原校：有「後」字。　㉓則攜：卷後原校：文藪作「則自攜」。　㉔處：卷後原校：作「所」。㉕察其實：卷後原校：作「察得其實」。　㉖卒若干：卷後原校：作「乙若干」，按「乙」字乃對上「甲」字，刊本作「卒」，疑誤。　㉗「復」上：卷後原校：有「而」字。　㉘我：卷後原校：作「吾」。　㉙送三班：卷後原校：「送」下有名字。　㉚「與」下：卷後原校：有「嶺下」一字。按：「一」爲「二」之誤。　㉛手殺：卷後原校：二字作「平」。　㉜而：卷後原校：作「以」。　㉝與詐取譏也：卷後原校：無「與詐」、「也」三字。　㉞亦思之然：卷後原校：無此四字。以行：卷後原校：無二字。　㉟二廩：卷後原校：作「囤」。　㊱「見」上：卷後原校：有

「又嘗」二字。　㊲「善」下：卷後原校：有「用」字。　㊳常畏：卷後原校：作「常謙畏」。　㊴遇人：卷後原校：文藪作「遇之」。　㊵者：卷後原校：作「然」。　㊶偉：卷後原校：作「義」。　㊷焉：卷後原校：文藪作「而」。　㊸誣：卷後原校：作「過」。　㊹知今人：卷後原校：「知」上有「又」字　㊺「懌」上：卷後原校：有「然」字。　㊻「之」下：原校：有「焉」字。

【箋注】

〔一〕據題下注，皇祐二年（一〇五〇）作。宋史桑懌傳即據本文而撰。桑懌，景祐二年十二月由左侍禁爲閤門祇候，以賞平蠻獠之功。（長編卷一〇七）慶曆元年以涇原駐泊都監身份爲先鋒，隨大將任福抗擊西夏。（同上卷一三一）宋史本傳：「（懌）寶元初，遷西頭供奉官、廣西駐泊都監。元昊反，參知政事宋庠薦其有勇略，遷内殿崇班、鄜延路兵馬都監。踰月，徙涇原路，屯鎮戎軍，與任福遇敵于好水川，力戰而死。贈解州防禦使。」

〔二〕慥：桑慥，懌之兄。嘗知南雄州。南雄府志：「桑慥，著作佐郎。天禧三年十一月到任，天禧四年四月丁憂。」長編卷一〇四天聖四年五月：「太常丞桑慥授監察御史。慥有至行，朝廷聞之，中旨特有此授。」

〔三〕耆長：職役名。由鄉里三家大户輪流担任，與鄉手壯丁等逐捕盜賊，維持治安。通鑑總類卷一〇下記後周世宗留心農事云：「詔諸州併鄉村率以百户爲團，團置耆長三人。」

〔四〕授郟城尉：長編卷一〇五載天聖五年十月「戊寅，以開封府進士桑懌爲衛南尉」。後有注云：「國史桑懌傳並用歐陽修所爲文。據實録，天聖五年十月，懌初得衛南尉，非郟城也。今但從實録。」

〔五〕崤：山名。左傳僖公三十二年「蹇叔哭師」一節中，蹇叔謂「晉人禦師必於殽」，又謂秦兵「必死是間」。杜預注：「殽在弘農澠池縣西。」按：殽，又作崤。

〔六〕宣頭：唐、宋時皇帝有旨，付中書省曰「宣」，小事如給驛馬之類曰「宣頭」或「頭子」。見夢溪筆談卷一。

〔七〕明道、景祐之交：長編卷一一六即據本文而載桑懌盡擒諸盜事，言時在「明道末」。

〔八〕閤職：東西上閤門使、閤門宣贊舍人、閤門祇候等官總稱。見宋史職官志六。

〔九〕免短使：宋時考選武官，試弓馬藝業，列第一、二等者稱免短使。見宋史選舉志三。三班，即三班院，主管武官三班使臣之注擬、升移、酬賞等事。見宋史選舉志四。

〔一〇〕「會交趾」五句：長編卷一一六載景祐二年五月「甲午，廣南東、西路並言妖獠寇邊，高、竇、雷、化等州巡檢許政死之。遣左侍禁桑懌會廣、桂二州都監討捕」。

〔一一〕「乃授」句：長編卷一一七載景祐二年十二月「甲子，左侍禁桑懌爲閤門祗候，賞平蠻獠之功也。懌辭不受，請推其賞以歸己上者，不許」。

【集評】

〔明〕茅坤：此本摹擬史遷，惜也懌之行事，僅捕盜耳。假令傳史記所載古名賢，豈止此耶？（歐陽文忠公文鈔評語卷一九）

外集卷十六

書一

上范司諫書〔一〕

月日，具官謹齋沐拜書司諫學士執事：前月中得進奏吏報，云自陳州召至闕拜司諫，即欲爲一書以賀，多事怱卒未能也㊀。

司諫，七品官爾〔二〕，於執事得之不爲喜，而獨區區欲一賀者，誠以諫官者，天下之得失、一時之公議繫焉。今世之官，自九卿、百執事，外至一郡縣吏，非無貴官大職可以行其道也。然縣越其封，郡逾其境，雖賢守長不得行，以其有守也。吏部之官不得理兵部，鴻臚之卿不得理光禄〔三〕，以其有司也。若天下之失得、生民之利害、社稷之大計，惟所見聞而不繫職司者，獨宰相可行之，諫官可言之爾。故士學古懷道者仕於時㊁，不得爲宰相，必爲諫官，諫官雖卑，與宰相等。天子曰不可，宰相曰可，天子曰然，宰相曰不然，坐乎廟堂之上，與天子相可否者，宰相也。天子曰是，諫官曰非，天子曰必行，諫官曰必不可行，立殿陛之前與天子爭是非者，諫官也。宰相尊，行其道，諫官卑，行其言。言行，道亦行也。九卿、百司、郡縣之吏守一職者，任一職之責，宰相、諫官繫天下之事，亦任天下之責。然宰相、九卿而下失職者，受責於有司；諫官之失職也，取譏於君子。有司之法行乎一時，君子之譏著之簡册而昭明㊂，垂之百世而不泯，甚可懼也。夫七品之官，任天下之責，懼百世之譏，豈不重邪㊃！非材且賢者，不能爲也。

近執事始被召於陳州，洛之士大夫相與語曰：「我識范君，知其材也。其來不爲御史，必爲諫官。」及命下，果然，則又相與語曰：「我識范君，知其賢也。他日聞有立天子陛下，直辭正色面爭庭論者，非他人，必范君也。」拜命以來，翹首企足，竚乎有聞，而卒未也，竊惑之。豈洛之士大夫能料於前而不能料於後也，將執事有待而爲也？

昔韓退之作爭臣論，以譏陽城不能極諫，卒以諫顯〔四〕。人皆謂城之不諫蓋有待而然，退之不識其意而妄譏，修獨以謂不然。當退之作論時，城爲諫議大夫已五年，後又二年，始庭論陸贄，及沮裴延齡作相，欲裂其麻〔五〕，纔兩事爾。當德宗時，可謂多事矣，授受失宜，叛將强臣羅列天下，又多猜忌，進任小人〔六〕。於此之時，豈無一事可言，而須七年耶？當時之事，豈無急於沮延齡、論陸贄兩事也？謂宜朝拜官而夕奏疏也。幸而城爲諫官七年，適遇延齡、陸贄事，一諫而罷，以塞其責。向使止五年六年，而遂遷司業，是終無一言而去也，何所取哉！

今之居官者，率三歲而一遷，或一二歲，甚者半歲而遷也，此又非可以待乎七年也㈤。今天子躬親庶政，化理清明，雖爲無事，然自千里詔執事而拜是官者，豈不欲聞正議而樂讜言乎？然今未聞有所言説，使天下知朝廷有正士，而彰吾君有納諫之明也。

夫布衣韋帶之士，窮居草茅，坐誦書史，常恨不見用。及用也，又曰彼非我職，不敢言；或曰我位猶卑，不得言矣；得言矣㈥，又曰我有待，是終無一人言也，可不惜哉！伏惟執事思天子所以見用之意，懼君子百世之譏，一陳昌言，以塞重望，且解洛之士大夫之惑，則幸甚幸甚。

【校記】

㈠忽：原校：一作「卒」。　㈡「故」下：原校：一有「謂」字。　㈢簡册：原校：一作「册書」。　㈣邪：原校：一作「歟」。　㈤「非」下：原有「一」字，天理本無，據删之。　㈥得言矣：三字原缺，據衡本補。

【箋注】

〔一〕　如題下注，明道二年（一〇三三）作。長編卷一一二載是年四月「召知應天府龍圖閣學士刑部侍郎宋綬、通判陳州太常博士秘閣校理范仲淹赴闕」。下注：「宋朝要録云，以綬與仲淹在天聖中嘗請損垂簾儀制故也。」又載同月「太常博士、秘閣校理范仲淹爲右司諫」。宋史范仲淹傳：「上疏請太后還政，不報。尋通判河中府，徙陳州……太后崩，召爲右司諫。」長編卷二九端拱元年：「上以補闕、拾遺任當獻納，時多循默，失建官本意，欲立新名，使各修其職業。二月乙未，改左右補闕爲左右司諫，左右拾遺爲左右正言。」本文云「前月中得進奏院吏報」，知范拜司諫，則本文當作於五月。

〔二〕「司諫」二句：據宋史職官志八，左右司諫爲正七品。

〔三〕「鴻臚」句：據宋史職官志五，鴻臚寺掌四夷朝貢、宴勞、給賜、送迎之事等。據職官志四，光禄寺掌祭祀、朝會、宴饗酒醴膳羞之事等。

〔四〕「昔韓退之」三句：陽城，字亢宗，世爲官族。進士及第，遠近慕其行。李泌爲相，召拜右諫議大夫。他諫官苛細論事，帝厭苦，而城未有所言。韓愈即據此作爭臣論。後陽城諫阻權奸裴延齡爲相，下遷國子司業，又被誣以有黨，貶爲道州刺史。至朝命召還之日，城已卒。陽城，兩唐書有傳。

〔五〕「當退之」六句：新唐書陽城傳：「（陽城）居位八年，人不能窺其際。及裴延齡誣逐陸贄、張滂、李充等，帝怒甚，無敢言。城聞，曰：『吾諫官，不可令天子殺無罪大臣。』乃約拾遺王仲舒守延英閣，上疏極論延齡罪，慷慨引誼，申直贄等，累日不止。聞者寒懼，城愈勵。帝大怒，召宰相抵城罪。順宗方爲皇太子，爲開救，良久得免。敕宰相論遣，然帝意不已，欲遂相延齡，城顯語曰：『延齡爲相，吾當取白麻壞之。』哭於廷。帝不相延齡，城力也。」

〔六〕「當德宗」六句：唐德宗，李适。性猜忌，重用奸佞盧杞等。在位時，涇原兵變，長安被朱泚佔領，德宗一度逃往奉天。自此姑息遷就，藩鎮紛紛割據。又用宦官統率禁兵，致其權勢日盛。見兩唐書德宗紀。

【集評】

［宋］吕祖謙：大率平正，有眼目筋骨，須看他前後貫穿錯綜抑揚處。（古文關鍵卷上評語）

〔清〕儲欣：前半極言諫官之重，後半塞其有待而言。節節生，節節引，絲聯珠貫，絶似昌黎與于襄陽書。（唐宋八大家類選評語卷九）

〔清〕林雲銘：上半寫諫官責任極重，下半寫建言不可待時，然其中步步啣接，却是一滚説話。韓論之雄，此書之婉，可稱雙絶。其實，陽城作用乃千古一諫官……讀者勿執韓、歐之説而輕訾之也。（古文析義評語卷一四）

〔清〕朱宗洛：前有總冒，後有總束，中有過脈，是其紀律森嚴處。前借九卿、宰相作陪，中借洛之士大夫作反跌，後借陽城立論，將「有待」二字連作翻駁，故一線聯絡中自具千迴百折之勢。（古文一隅評語卷下）

與郭秀才書〔一〕

僕昨以吏事至漢東，秀才見僕於叔父家〔二〕，以啓事二篇偕門刺先進。自賓階拜起旋辟〔三〕，甚有儀。坐而語諾甚謹。讀其辭，温密華富，甚可愛。視秀才待僕之意，甚勤而禮也。

古人之相見，必有歡欣交接之誠而不能達，乃取羔羊雉鶩之類致其意爲贄〔一〕。而先既致其意，又恥其無文，則以虎豹之皮、繢畫之布以飾之，然後意達情接〔四〕。客既贄，而主人必禮以答之，爲陳酒殽、幣篚、壺矢、燕樂之具將其意〔五〕，又爲賦詩以陳其情。

今秀才好學甚精，博記書史，務爲文辭，不以羔禽皮布爲飾，獨以言文其身，而其贄既美，其意既勤矣，宜秀才責僕之答厚也。僕既無主人之具以爲禮，獨爲秀才賦詩女曰雞鳴之卒章曰：「知子之來之，雜佩以贈之〔六〕。」取其知客之來，豫儲珩璜琚瑀之美以送客，雖無此物，猶言之以致其意厚也。僕誠無此物，可謂空言之爾。

秀才年且少㊁，貌厚色揚，志鋭學敏，因進其業，修其辭，暴練緝織之不已〔七〕，使其文采五色，潤澤炳鬱。若贄以見當世公卿大人，非惟若僕空言以贈也，必有分庭而禮，加籩豆〔八〕，實幣篚，延爲上賓者。惟勉之不已！

【校記】

㊀羔羊：卷後原校：一作「羔雁」。　㊁且少：卷後原校：一作「甚少」。

【箋注】

〔一〕如題下注，明道二年（一〇三三）作。胡譜載是年「正月，以吏事如京師，因省叔父於漢東。三月，還洛」。本文云：「僕昨以吏事至漢東，秀才見僕於叔父家。」據此，歐與郭秀才相見，約在是年二月。本文當作於歐還洛之後。郭秀才名字及生平不詳。

〔二〕叔父：歐陽曄。見居士集卷二七都官員外郎歐陽公墓誌銘。

〔三〕「自賓階」句：儀禮鄉飲酒禮：「主人與賓三揖，至於階，三讓，主人升，賓升。主人阼階上，當楣北面再拜；賓西階上，當楣北面答拜。」

〔四〕「古人」七句：儀禮士相見禮：「士相見之禮，摯，冬用雉，夏用腒……下大夫相見以雁，飾之以布，維之以索，如執雉。上大夫相見以羔，飾之以布，四維之結于面，左頭如麛執之。」

〔五〕幣篚：以竹器盛束帛。書禹貢：「厥貢漆絲，厥篚織文。」孔穎達疏：「篚是入貢之時盛在於篚。」儀禮聘禮：「幣美則没禮。」鄭玄注：「幣謂束帛也。」

〔六〕「賦詩」三句：女曰雞鳴出自詩鄭風。「雜佩以贈之」毛傳：「雜佩者，珩、璜、琚、瑀、衝牙之類。」陳奂傳疏：「集諸玉石以爲佩，謂之雜佩。」陸德明釋文：「珩音衡，佩上玉也；璜音黃，半壁曰璜。」賈誼新書容經：「鳴玉者，佩玉也，上有雙珩，下有雙璜，衝蠙珠，以納其間，琚瑀以雜之。」

〔七〕 暴練緝織：此處喻勤學苦練。周禮天官染人：「凡染，春暴練，夏纁玄。」賈公彥疏：「以春陽時陽氣燥達，故暴曬其練。」緝織，猶紡織。

〔八〕 籩豆：古祭祀、宴會時常用之禮器。竹製爲籩，木製爲豆。禮記禮器：「籩豆之薦，四時之和氣也。」

【集評】

〔明〕唐順之：通篇情叙，此小文字之極工者。（歐陽文忠公文鈔評語卷一〇）

〔明〕茅坤：以贄與文稱秀才，而以禮與賦詩，次己之所以答處，議論甚曲而采。（歐陽文忠公文鈔評語卷一〇）

〔清〕何焯：雖勉其進而不已，然未嘗示以所當進者何業，異於韓之直道也。（義門讀書記卷三八）

與張秀才第一書〔一〕棐

修頓首致書秀才足下：前日辱以詩、賦、雜文、啓事爲贄，披讀三四，不能輒休。

足下家籍河中，爲鄉進士，精學勵行，嘗已選於里、升於府、而試於有司矣〔二〕，誠可謂彼邦之秀者歟！然士之居也，遊必有友，學必有師。其鄉必有先生長者，府縣必有賢守長、佐吏，彼能爲足下稱才而述美者，宜不少矣。今乃越數百里〔三〕，犯風霜，干大國㊀〔四〕，望官府，下首於閽謁者以道姓名㊁，趨走拜伏於人之階廡間，何其勤勞乎㊂！豈由心負其所有，而思以一發之邪？將顧視其鄉之狹陋不足自廣，而謂夫大國多賢士君子，可以奮揚而光遠之邪？則足下之來也，其志豈近而求豈小邪？得非磨光濯色，計之熟，卜之吉，而後勇決以來邪？

今市之門旦而啓，商者趨焉，賈者坐焉，持寶而欲價者之焉，賫金而求寶者亦之焉，閑民無資攘臂以遊者亦之焉。洛陽，天下之大市也，來而欲價者有矣，坐而爲之輕重者有矣。予居其間，其官位學行無動人也〔五〕，是非可否不足取信也，其亦無資而攘臂以遊者也。今足下之來，試其價，既就於可以輕重者矣，而反以及予。夫以無資者當求價之責，雖知貪於所得，而不知有以爲價也。故辱賜以來，且慚且喜，既不能塞所求以報厚意，姑道此以爲謝。

【校記】

㈠干：原校：一作「奸」。　㈡道：原校：一作「通」。　㈢勤勞：卷後原校：一作「勤且勞」。

【箋注】

〔一〕據題下注，明道二年（一〇三三）作。文云「足下家籍河中」，知張棐爲河中府人。河中府屬陝西路，治所在河東（今山西永濟蒲州鎮）。張棐，生平不詳。

〔二〕試於有司：宋史選舉志一：「諸州判官試進士，録事參軍試諸科。」

〔三〕「今乃」句：明道二年，歐在洛陽，張棐自河中府來謁，行程數百里。

〔四〕大國：指西京洛陽。

〔五〕官位：時歐爲西京留守推官。推官爲州、府屬官，據宋史職官志，爲從八品。

【集評】

〔明〕茅坤：所見不甚深，而自托「攘臂以遊」處，婉而逸。（歐陽文忠公文鈔評語卷一一）

與張秀才第二書〔一〕

修頓首白秀才足下：前日去後，復取前所貺古今雜文十數篇，反復讀之，若大節賦、樂古、太古曲等篇㊀，言尤高而志極大。尋足下之意，豈非閔世病俗，究古明道，欲拔今以復之古，而翦剥齊整凡今之紛殽駁冗者歟㊁？然後益知足下之好學，甚有志者也。然而述三皇太古之道〔二〕，捨近取遠，務高言而鮮事實，此少過也。

君子之於學也務爲道，爲道必求知古㊂，知古明道，而後履之以身，施之於事，而又見於文章而發之㊃，以信後世。其道，周公、孔子、孟軻之徒常履而行之者是也；其文章，則六經所載，至今而取信者是也。其道易知而可法，其言易明而可行。及誕者言之，乃以混蒙虚無爲道，洪荒廣略爲古，其道難法，其言難行。孔子之言道，曰「道不遠人」〔三〕；言中庸者，曰「率性之謂道」，又曰「可離非道也」〔四〕。春秋之爲書也，以成隱讓而不正之，傳者曰「春秋信道不信邪」，謂隱未能蹈道〔五〕。齊侯遷衛，書「城楚丘」，與其仁不與其專封，傳者曰「仁不勝道」〔六〕。凡此所謂道者，乃聖人之道也，此履之於身、施之於事而可得者也㊄，豈如誕者之言者耶！堯、禹之書皆曰「若稽古」㊅。傅説曰「事不師古」，「匪説攸聞」〔七〕。仲尼曰「吾好古，敏以求之者」〔八〕。凡此所謂古者，其事乃君臣、上下、禮樂、刑法之事，又豈如誕者之言者邪！此君子之所學也。

夫所謂捨近而取遠云者，孔子昔生周之世㊆，去堯、舜遠，孰與今去堯、舜遠也？孔子删書，斷自堯典，而弗道其前，其所謂學，則曰「祖述堯、舜」〔九〕。如孔子之聖且勤，而弗道其前者，豈不能邪？蓋以其漸遠而難彰，不可以信後世也。今生於孔子之絶後，而反欲求堯、舜之已前，世所謂務高言而鮮事實者也㊇。唐、虞之道爲百王首，仲尼之歎曰「蕩蕩乎」〔一〇〕，謂高深閎大而不可名也。及夫二典〔一一〕，述之炳然㊈，使後世尊崇仰望不可及。其嚴若天，然則書之言豈不高邪？然其事不過於親九族，平百姓，憂水患，問臣下誰可任，以女妻舜，及祀山川，見諸侯，齊律度，謹權衡㊉，使臣下誅放四罪而已〔一二〕。孔子之後，惟孟軻最知道，然其言不過於教人樹桑麻，畜雞豚，以謂養生送死爲王道之本〔一三〕。夫二典之文，豈不爲文？孟軻之言道㊀，豈不爲道？而其事乃世人之甚易知而近者，蓋切於事實而已。

今學者不深本之，乃樂誕者之言，思混沌於古初，以無形爲至道者，無有高下遠近〔一四〕。使賢者能之，愚者可勉而至，無過不及，而一本乎大中〔一五〕，故能亘萬世，可行而不變也。今以謂不足爲，而務高遠之爲勝，以廣誕者無用之説，是非學者之所盡心也。宜少下其高而近其遠，以及乎中，則庶乎至矣。

凡僕之所論者，皆陳言淺語，如足下之多聞博學⑫，不宜爲足下道之也。然某之所以云者，本欲損足下高遠而俯就之⑬，則安敢務爲奇言以自高邪⑭？幸足下少思焉。

【校記】

㊀曲：原校：一作「典」。㊁翦剥：卷後原校：一作「翦剔」。㊂必求知古：天理本卷後校：文纂作「必求之古」。㊃發之：卷後原校：一作「發明之」。㊄而可得者也：天理本卷後校：文纂作「而可行者也」。㊅堯、禹：卷後原校：一作「堯、舜、禹」。㊆昔：原作「曰」，下注「疑」字，據茅坤唐宋八大家文鈔改。㊇者也：原校：二字一作「云者」。㊈然：原校：一作「如」。㊉「權衡」下：原校：一有「斗斛飭」字。按：「飭」字當屬下讀。⑪輌：卷後原校：一作「子」。⑫「如」上：天理本卷後校：文纂有「非」字。⑬本：原校：一作「卒」。⑭安：原校：一作「又」。

【箋注】

〔一〕據題下注，與前書同爲明道二年（一〇三三）作。前書就張棐之投獻詩文作禮節上之回應，本篇則予張棐之觀點以坦率之批評。

〔二〕三皇：見居士集卷四三帝王世次圖序箋注〔三〕。

〔三〕「孔子」二句：禮記中庸：「子曰：『道不遠人。人之爲道而遠人，不可以爲道。』」

〔四〕「言中庸」三句：禮記中庸：「天命之謂性，率性之謂道，修道之謂教。」又云：「道也者，不可須臾離也，可離非道也。」

〔五〕「春秋之」四句：隱，魯隱公，名息姑，其事見居士集卷一八春秋論中箋注〔一〕。春秋隱公元年書「春，王正月」，不書隱公「即位」。春秋三傳於此各有表述。左傳：「不書即位，攝也。」公羊傳：「公何以不言即位？成公意也。何成乎公之意？公將平國而反之桓。曷爲反之桓？桓幼而貴，隱長而卑。」穀梁傳：「公何以不言即位？成公志也……讓桓正乎？曰不正。春秋成人之美，不成人之惡，隱不正而成之，何也？將以惡桓也。其惡桓，何也？隱將讓而桓弒之，則桓惡矣。桓弒而隱讓，則隱善矣。善則其不正焉，何也？春秋貴義而不貴惠，信道而不信邪。孝子揚父之美，不揚父之惡，先君之欲與桓，非正也，邪也……若隱者，可謂輕千乘之國，蹈道則未也。」

〔六〕「齊侯」四句：春秋僖公二年：「春，王正月，城楚丘。」左傳：「春，諸侯城楚丘而封衛焉，不書所會，後也。」穀梁傳：「其言城之者，專辭也。故非天子不得專封諸侯，諸侯不得專封諸侯。雖通其仁，以義而不與也，故曰仁不勝道。」此言春秋僅書「城楚丘」，乃贊許齊桓公救衛之仁德，而不認可其專擅封衛之舉。

〔七〕「堯、禹」三句：書堯典「若稽古帝堯」、舜典「若稽古帝舜」、大禹謨「若稽古大禹」等句皆云「若稽古」。書説命載傳説曰：「事不師古，以克永世，匪説攸聞。」

〔八〕「仲尼」句：論語述而：「子曰：『我非生而知之者，好古，敏以求之者也。』」

〔九〕「孔子刪書」五句：史記孔子世家：「孔子之時，周室微而禮樂廢，詩、書缺。追迹三代之禮，序書傳，上記唐虞之際，下至秦繆，編次其事。」漢書藝文志：「書之所起遠矣。至孔子纂焉。上斷於堯，下訖於秦，凡百篇，而爲之序，言其作意。」禮記中庸：「仲尼祖述堯、舜，憲章文、武。」

〔一〇〕「唐、虞」二句：唐、虞，陶唐氏、有虞氏，即指堯、舜。論語泰伯：「大哉，堯之爲君也！巍巍乎，唯天爲大，唯堯則之。蕩蕩乎，民無能名焉。巍巍乎，其有成功也。焕乎其有文章。」

〔一一〕二典：指書堯典及舜典。

〔一二〕「然其事」十句：概述二典之内容。誅放四罪，舜典：「流共工於幽州，放驩兜於崇山，竄三苗於三危，殛鯀於羽山，四罪而天下咸服。」

〔一三〕「然其言」三句：孟子梁惠王上：「不違農時，穀不可勝食也；數罟不入洿池，魚鱉不可勝食也；斧斤以時入山林，林木不可勝用也。穀與魚鱉不可勝食，材木不可勝用，是使民養生喪死無憾也。養生喪死無憾，王道之始也。五畝之宅，樹之以桑，五十者可以衣帛矣。鷄豚狗彘之畜，無失其時，七十者可以食肉矣。百畝之田，勿奪其時，數口之家可以無饑矣……七十者衣帛食肉，黎民不饑不寒，然而不王者，未之有也。」

〔一四〕「以無形」三句：老子：「有物混成，先天地生。寂兮寥兮，獨立而不改，周行而不殆，可以爲天下母。吾不知其名，字之曰道。」王弼注：「寂寥，無形體也。」莊子大宗師：「夫道，有情有信，無爲無形；可傳而不可受，可得而不可見；自本自根，未有天地，自古以固存。」按：歐辟佛老，老、莊之語被視爲「誕者之言」。

〔一五〕大中：易大有：「大有，柔得尊位大中，而上下應之，曰大有。」王弼注：「處尊以柔，居中以大。」後以「大中」指無過與不及的中正之道。

【集評】

〔明〕茅坤：折衷之於道處，纔是歐公實地位。（歐陽文忠公文鈔評語卷一一）

〔清〕儲欣：高虚者之藥石。（六一居士外集録評語卷一）

〔清〕沈德潛：文境少平，然論道切近，足以鍼砭騖高遠而入虚無者。（唐宋八大家文讀本評語卷一一）

與石推官第一書〔一〕

修頓首再拜白公操足下：前歲於洛陽，得在鄆州時所寄書〔二〕，卒然不能即報，遂以及今，然其勤心未必若書之怠，而獨不知公操察不察也。

修來京師已一歲也，宋州臨汴水〔三〕，公操之譽日與南方之舟至京師。修少與時人相接尤寡，而譽者無日不聞，若幸使盡識舟上人，則公操之美可勝道哉㈠！凡人之相親者，居則握手共席，道歡欣，既别則問疾病起居，以相爲憂者，常人之情爾。若聞如足下之譽者，何必問其他乎？聞之欣然，亦不減握手之樂也。夫不以相見爲歡樂，不以疾病爲憂問，是豈無情者乎？得非相期者在於道爾。其或有過而不至於道者，乃可爲憂也。

近於京師頻得足下所爲文，讀之甚善，其好古閔世之意，皆公操自得於古人，不待修之贊也。然有自許太高，詆時太過，其論若未深究其源者㈡。此事有本末，不可卒然語㈢，須相見乃能盡。然有一事，今詳而説，此計公操可朝聞而暮改者，試先陳之㈣。

君貺家有足下手作書一通〔四〕，及有二像記石本〔五〕，始見之，駭然不可識，徐而視定，辨其點畫，乃可漸通。吁，何怪之甚也！既而持以問人，曰：「是不能乎書者邪？」曰：「非不能也。」「書之法當爾邪？」曰：「非也。」「古有之乎？」曰：「無。」「今有之乎？」亦曰：「無也。」「然則何謂而若是？」曰：「特欲與世異而已。」

修聞君子之於學，是而已，不聞爲異也。好學莫如揚雄，亦曰如此〔六〕。然古之人或有稱獨行而高世者，考其行，亦不過乎君子，但與世之庸人不合爾。行非異世，蓋人不及而反棄之，舉世斥以爲異者歟。及其過，聖人猶欲就之於中庸〔七〕，況今書前不師乎古，後不足以爲來者法。雖天下皆好之，猶不可爲，況天下皆非之，乃獨爲之，何也？是果好異以取高歟？然鄕謂公操能使人譽者，豈其履中道、秉常德而然歟〔八〕，抑亦昂然自異以驚世人而得之歟？

古之教童子者，立必正，聽不傾，常視之毋誑，勤謹乎其始，惟恐其見異而惑也〔九〕。今足下端然居乎學舍，以教人爲師〔一〇〕，而反率然以自異，顧學者何所法哉？不幸學者皆從而效之，足下又果爲獨異乎！今不急止，則懼他日有責後生之好怪者，推其事，罪以奉歸，此修所以爲憂而敢告也，惟幸察之。不宣。同年弟歐陽某頓首。

【校記】

㈠可：原校：一作「何」。㈡源：原校：一作「原」。㈢然：原校：一作「卒」。㈣試：原作「誠」，下注「疑」字。卷後原校云「『誠』一作『試』」，據改。

【箋注】

〔一〕如題下注，景祐二年（一〇三五）作。文云「修來京師已一歲」，來京時景祐元年，則此書爲二年作。又，第二書謂作前書「時僕有妹居襄城，喪其夫，匍匐將往視之」。據胡譜，歐喪妹夫，在景祐二年七月，此書即作於其時。石介，字守道，一字公操，時爲南京留守推官，生平見居士集卷三四徂徠石先生墓誌銘。

〔二〕「前歲」二句：前歲指景祐元年。是春，歐尚在洛陽，時石介爲鄆州觀察推官。

〔三〕「宋州」句：宋州，屬京東西路，景德三年升爲應天府，大中祥符七年建爲南京，南臨汴水。

〔四〕君貺：王拱辰字君貺，與歐陽修、石介爲同榜進士。生平見居士集卷二六資政殿學士尚書户部侍郎簡肅薛公墓誌銘箋注〔二四〕。

〔五〕二像記：疑指去二畫本記，見徂徠集卷一九。二像，當指老氏與佛氏畫像。

〔六〕「修聞」五句：揚雄法言學行：「一閧之市，不勝異意焉；一卷之書，不勝異説焉。一閧之市，必立之平；一卷之書，必立之師。習乎習，以習非之勝是也，況習是之勝非乎！於戲，審其是而已矣。」

〔七〕「及其過」二句：論語先進：「子貢問：『師與商也孰賢？』子曰：『師也過，商也不及。』曰：『然則師愈與？』子曰：『過猶不及。』」

〔八〕中道：孟子盡心下：「孔子豈不欲中道哉？」趙岐注：「中正之大道也。」

〔九〕「古之教」六句：語本禮記曲禮上：「幼子常視毋誑，童子不衣裘裳，立必正方，不傾聽。長者與之提攜，則兩手奉長者之手。」

〔一〇〕「今足下」二句：徂徠石先生墓誌銘：「先生自閑居徂徠，後官於南京，常以經術教授。」

【集評】

〔清〕儲欣：即字學之異，而極言好異之害之可憂。公於朋友，忠告如此。（六一居士外集録評語卷一）

〔清〕張謙宜：似不欲傷之者，其刺入更深。（絸齋論文卷五）

〔清〕浦起龍：徂徠爲一時師望，此其少年歷仕未久，名譽始著之時也。公誌有云：「違世驚衆，人或笑之。」蓋其行己好異，本性然也。公特假書藝一事規之，古人愛人以德如此。（古文眉詮評語卷五八）

與石推官第二書〔一〕

修頓首白公操足下：前同年徐君行，因得寓書論足下書之怪〔二〕。時僕有妹居襄城，喪其夫，匍匐將往視之〔三〕，故不能盡其所以云者，而略陳焉。足下雖不以僕爲狂愚而絶之，復之以書，然果未能諭僕之意。非足下之不諭，由僕聽之不審而論之之略之過也。

僕見足下書久矣，不即有云，而今乃云者，何邪？始見之，疑乎不能書，又疑乎忽而不學。夫書，一藝爾，人或不能，與忽不學時，不必論，是以默默然。及來京師，見二像石本，及聞説者云足下不欲同俗而力爲之，如前所陳者〔四〕，是誠可諍矣，然後一進其説。及得足下書，自謂不能，與前所聞者異，然後知所聽之不審也。然足下於僕之言，亦似未審者。

足下謂世之善書者，能鍾、王、虞、柳，不過一藝〔五〕，己之所學乃堯、舜、周、孔之道，不必善書，又云因僕之言欲勉學之者〔六〕，此皆非也。夫所謂鍾、王、虞、柳之書者〔七〕，非獨足下薄之，僕固亦薄之矣。世之有好學其書而悦之者，與嗜飲茗、閲畫圖無異，但其性之一僻爾，豈君子之所務乎？然至於書，則不可無法。古之始有文字也，務乎記事，而因物取類爲其象。故周禮六藝有六書之學，其點畫曲直皆有其説〔八〕。揚子曰「斷木爲棋，梡革爲鞠，亦皆有法焉」〔九〕，而况書乎？今雖隸字已變於古，而變古爲隸者非聖人，不足師法，然其點畫曲直猶有準則，如母毋、彳亻之相近，易之則亂而不可讀矣。今足下以其直者爲斜，以其方者爲圓，而曰我第行堯、舜、周、孔之道，此甚不可也。譬如設饌於案，加帽於首，正襟而坐然後食者，此世人常爾。若其納足於帽，反衣而衣，坐乎案上，以飯實酒卮而食，曰我行堯、舜、周、孔之道者，以此之於世可乎？不可也。則書雖末事，而當從常法，不可以爲怪，亦猶是矣。然足下了不省僕之意，凡僕之所陳者，非論書之善不，但患乎近怪自異以惑後生也。若果不能，又何必學，僕豈區區勸足下以學書者乎！

足下又云「我實有獨異於世者，以疾釋、老，斥文章之雕刻者」〔一〇〕，此又大不可也。夫釋、老，惑者之所爲；雕刻文章，薄者之所爲。足下安知世無明誠質厚君子之不爲乎？足下自以爲異，是待天下無君子之與己同也。仲尼曰：「後生可畏，安知來者之不如今也」〔一一〕？是則仲尼一言，不敢遺天下之後生；足下一言，待天下以無君子。此故所謂大不可也。夫士之不爲釋、老與不雕刻文章者，譬如爲吏而不受貨財㊀，蓋道當爾，不足恃以爲賢也。屬久苦小疾，無意思。不宣。某頓首。

【校記】

㊀貨：原校：一作「禄」。

【箋注】

〔一〕如題下注，與前書同作於景祐二年（一〇三五）。石介得歐第一書後，即作答歐陽永叔書（徂徠集卷一五），拒不接受規勸，謂「永叔待我淺，不知我深」。闕名南窗紀談：「歐陽文集載與石公操推官書，言嘗見其二石刻書字之怪，譏其欲爲異以自高。公操即守道，今徂徠集中猶見其答書，大略皆讕辭自解，至謂書乃六藝之一，雖善如鍾、王、虞、柳，不過一藝而已；吾之所學，堯、舜、周、孔之道，不必善書也。歐公復之曰：『周禮六藝有六書之學……可乎不可乎？』此言誠中其病。守道字畫，世不復見。既嘗被之金石，必非率爾而爲者。即答書之辭觀之，其强項不服下，又設爲高論以文過拒人之態，猶可想見也。」

〔二〕「前同年」二句：石介答歐陽永叔書（徂徠集卷一五）：「獻臣過，駐舟上岸見訪，以永叔書爲貺。」獻臣當即徐君之字，其與歐、石爲同年，餘不詳。

〔三〕「時僕」三句：據胡譜，時爲景祐二年七月。詩邶風谷風：「凡民有喪，匍匐救之。」

〔四〕「及聞」三句：參閱前書「既而持以問人……曰：『特欲與世異而已。』」一段。

〔五〕「足下」三句：答歐陽永叔書：「書乃六藝之一耳，善如鍾、王，妙如虞、柳，在人君左右供奉圖寫而已，近乎執伎以事上者。」

〔六〕「又云」句：答歐陽永叔書：「僕之書實不能也，因永叔言，僕更學之。」

〔七〕鍾、王、虞、柳：三國魏鍾繇、晉王羲之、唐虞世南、柳公權，皆爲書法名家，傳見三國志魏志、晉書及兩唐書。

〔八〕「故周禮」二句：周禮地官保氏：「保氏掌諫王惡，而養國子以道，乃教之六藝：一曰五禮，二曰六樂，三曰五射，四曰五馭，五曰六書，六曰九數。」鄭玄注引鄭司農曰：「六書，象形、會意、轉注、處事、假借、諧聲也。」許慎説文解字謂六書爲指事、象形、形聲、會意、轉注、假借，各有解説。

〔九〕「揚子曰」三句：語出揚雄法言吾子，宋咸注：「梡，刮摩也。」鞠，球。

〔一〇〕「足下」三句：答歐陽永叔書：「僕誠亦有自異於衆者，則非永叔之所謂也。今天下爲佛、老，其徒嚚嚚乎聲，附合響應，僕獨挺然自持吾聖人之道；今天下爲楊億，其衆嘵嘵乎口，一倡百和，僕獨確然自守聖人之經。」

〔一一〕「仲尼曰」二句：論語子罕：「後生可畏，焉知來者之不如今也？四十、五十而無聞焉，斯亦不足畏也已。」

【集評】

〔清〕儲欣：較第一書尤切直。（六一居士外集録評語卷一）

〔清〕浦起龍：此因石公不自認手書之怪，未便直斥，故委蛇其説曰「未審」而詳辯之。辯書正是辯怪也。書之技，

無預於學術；而怪之弊，寖淫爲俗尚。小中見大之言。（古文眉詮評語卷五八）

答西京王相公書〔一〕

月日，某謹齋沐頓首，復書于相公閣下：所遣使二十一日至許州，獲賜書一通，伏讀周復㊀，且慚且悸。修幸得備下吏，承寵光，日趨走于前，竊慕古人堂下一言之獻，思有所陳，而恨愚無識，不足自效，徒抱區區之心者有日矣。昨以初去府，輒因奏記，陳已疏淺㊁〔二〕，得蒙大君子休德之幸，以爲離去眷戀之辭既有次第，臨治以來施政之善者，顧僚吏宜有助，而闒懦獨無能之過以爲謝；因又妄思一言之獻，以畢曩時區區之心，以爲忠懇；又輒贊德美，願廣功業、益休問以爲禱。其誠雖勤，其言狂惑，猶即蓍龜之神而再三黷㊂〔三〕，宜其拒以不應。伏蒙相公不即棄絶，猶辱以書，條陳曉諭以爲寵，若其爲賜也厚矣㊃。然伏讀求繹，似有未察其誠者，敢一終其説，以逃責焉。

其聞古之爲政者，必視年之豐凶。年凶則節國用，振民窮，姦盜生、爭訟多，而其政繁。年豐民樂？然後休息而簡安之，以復其常。此善爲政者之術，而禮典之所載也。凡某前所陳者，亦不過如是而已。其意謂夫乘凶年之後，災沴消息㊄，風雨既時，耕種既得，常平之粟既出而民有食〔四〕，關西之運既重至而軍不乏，不旱不蝗，下民樂利，天子不憂慮。能如是，然後務大體，簡細事而已，豈有直以鎮俗救民愁、無爲置軍食之説邪㈥？伏惟詳而察之。

昔者孔子嘗爲委吏，必曰稱其職而已〔五〕。蓋苟守其官，不敢慢其事而思其他。伏惟相公所賜之書，有居官不出位之言，有以見君子用心也。然某之所陳，非謂略一邦之小而不爲，須四海之廣而後施，以棄職而越思也。蓋願乎進德廣業，思以致君而及天下，不以一邦而止，既禱且勸之辭也。

噫！士之至賤，敢以言干其上者，有三焉：不量輕重之勢，不度貴賤之位，必爭以理而後止者，此直士也；蒙德思報，不計善否，務罄其誠而言者，此知義之士也；其言乖謬，不合道理，問不及而自僭者，此狂士也㈦。然直士之言雖逆意，宜思而擇；報德之言雖善，原其心之所來，宜容而納；狂者之言既狂矣，宜不足與之辨。某，士之賤者，敢有干而云者，於斯三者，有其二焉〔六〕。伏惟相公擇之納之，不足與之辨而絶之，惟所賜焉。

【校記】

㈠伏讀：卷後原校：一作「捧讀」。㈡淺：原校：一作「賤」。㈢猶即：卷後原校：一作「猶叩」。

㈣若：卷後原校：一作「答」。按：當屬上句讀。㈤消息：卷後原校：一作「稍息」。㈥俗：原校：一作「雅」。愁：卷後原校：一作「樂」。按：當與下連讀。㈦此狂士：原校：三字一作「狂者」。

【箋注】

〔一〕 如題下注，景祐元年（一〇三四）作。王相公，指西京留守王曾。長編卷一一三載明道二年十一月「己卯，徙判天雄軍王曾判河南府」。王曾，字孝先，青州益都人。咸平進士。累官吏部侍郎，兩拜參知政事。劉太后聽政，拜爲宰相，以裁抑太后姻親，罷知青州。後判河南府。景祐元年爲樞密使，二年復拜相，封沂國公。卒謚文正。宋史有傳。據胡譜，歐景祐元年三月西京秩滿，歸襄城，五月如京師。文云「所遣使二十一日至許州，獲賜書一通」，可知答書作於五月歐赴京師行至許州之時。據長編卷一一五，是年八月，王曾亦由洛陽調至京師，任樞密使。

〔二〕「昨以」三句：指秩滿離西京後，嘗上書王曾，陳述爲政之淺見，以爲「一言之獻」。王曾爲此「賜書一通」作答。

〔三〕「猶即」句：意謂再三瀆擾對方。易蒙：「初筮告，再三瀆，瀆則不告。」蓍龜之神，喻德高望重者。

〔四〕 常平之粟：宋史食貨志上：「淳化三年，京畿大穰，分遣使臣於四城門置場，增價以糴，虚近倉貯之，命曰常平，歲饑即下其直予民。」

〔五〕「昔者」二句：史記孔子世家：「孔子貧且賤。及長，嘗爲季氏史。」司馬貞索隱：「有本作『委吏』。」按：趙岐曰：『委吏，主委積倉庫之吏。』」孟子萬章下：「孔子嘗爲委吏矣，曰：『會計當而已矣。』」

〔六〕 其二：指直士、狂士。

投時相書〔一〕

某不佞，疲軟不能强筋骨，與工人、田夫坐市區、服畎畝，爲力役之勞，獨好取古書文字，考尋前世以來聖賢君子之所爲，與古之車旗、服器、名色等數，以求國家之治、賢愚之任。至其炳然而精者〔二〕，時亦穿蠹盜取，飾爲文辭，以自欣喜。然其爲道閎深肆大，非愚且迂能所究及。用功益精，力益不足，其勞反甚於市區畎畝，而其所得，較之誠有不及焉。豈勞力而役業者成功易，勤心而爲道者至之難歟？欲悔其所難而反就其易，則復慚聖人爲山一簣止焉之言〔二〕，不敢叛棄。故退失其小人之事，進不及君子之文，茫然其心，罔識所嚮，若棄車川遊，漫於中流，不克攸濟，回視陸者，顧瞻徨徨。

然復思之，人之有材能、抱道德、懷智慮，而可自肆於世者，雖聖與賢未嘗不無不幸焉。禹之偏枯〔三〕，郤克之跛〔四〕，丘明之盲〔五〕，有不幸其身者矣。抱關擊柝〔六〕，恓惶奔走〔七〕，孟子之戰國〔八〕，揚雄之新室〔九〕，有不幸其時者矣。少焉而材，學焉而不回，賈誼之毁〔一〇〕，仲舒之禁錮〔一一〕，雖有其時，有不幸其偶者矣。今以六尺可用之軀，生太平有道之世，無進身毁罪之懼，是其身、時、偶三者，皆幸於古人之所有者。獨不至焉，豈天之所予不兩足歟，亦勉之未臻歟？

伏惟明公履道懷正，以相天下，上以承天子社稷之大計，下以理公卿百職之宜，賢者任之以能，不賢者任之以力，由士大夫下至於工商賤技㊁，皆適其分而收其長。如修之愚，既不足任之能，亦不堪任以力，徒以常有志於學也。今幸以文字試於有司，因自顧其身、時、偶三者之幸也，不能默然以自羞，謹以所業雜文五軸贄闇人，以俟進退之命焉。

【校記】

㈠炳然而精：卷後原校：四字一作「粲然而文，粹然而精」。　㈡賤技：卷後原校：一作「賤役」。

【箋注】

〔一〕如題下注，景祐元年（一〇三四）作。據宋史宰輔表二，是年宰相爲李迪、呂夷簡。胡譜載是年「五月，如京師，會前留守王文康公入樞府，薦，召試學士院」。召試之前，歐以「雜文五軸」爲贄，投書時相，以求獲得對方瞭解。據長編卷一一四及胡譜，召試後，閏六月乙酉，授宣德郎、試大理評事兼監察御史，充鎮南軍節度掌書記、館閣校勘。

〔二〕「則復慚」句：聖人，指孔子。論語子罕：「子曰：『譬如爲山，未成一簣，止，吾止也。』」

〔三〕禹之偏枯：莊子盜跖：「禹偏枯。」成玄英疏：「治水勤勞，風櫛雨沐，致偏枯之疾，半身不遂也。」

〔四〕郤克之跛：郤克，春秋時晉國大夫，嘗徵會於齊。齊頃公帷婦人，使觀之。克跛足登階，婦人笑之。後代士會爲政，敗齊師於鞌，卒謚獻子。見左傳宣公十七年、成公二年。

〔五〕丘明之盲：史記十二諸侯年表序：「魯君子左丘明……成左氏春秋。」又，太史公自序：「左丘失明，厥有國語。」

〔六〕抱關擊柝：荀子榮辱：「故或禄天下而不自以爲多，或監門御旅，抱關擊柝，而不以爲寡。」楊倞注：「抱關，門卒也；擊柝，擊木所以警夜者。」

〔七〕恓惶：葛洪抱朴子塞難謂孔子「恓恓惶惶，務在匡時」。

〔八〕「孟子」句：孟子，戰國鄒人。見趙岐孟子題辭。

〔九〕「揚雄」句：揚雄，王莽新朝時校書天禄閣，官爲大夫。見漢書揚雄傳。

〔一〇〕賈誼之毀：史記屈原賈生列傳：「於是天子議以爲賈生任公卿之位。絳、灌、東陽侯、馮敬之屬盡害之，乃短賈生曰：『雒陽之人，年少初學，專欲擅權，紛亂諸事。』於是天子後亦疏之。」

〔一一〕仲舒之禁錮：漢書董仲舒傳：「先是遼東高廟、長陵高園殿災，仲舒居家推説其意，草稿未上，主父偃候仲舒，私見，嫉之，竊其書而奏焉。上召視諸儒，仲舒弟子呂步舒不知其師書，以爲大愚。於是下仲舒吏，當死，詔赦之。」

【集評】

［明］歸有光：非以自謙，實以自譽。（歐陽文忠公文選評語卷三）

外集卷十七

書　二

與范希文書〔一〕

修頓首再拜知郡學士希文足下〔二〕：自去歲在洛陽，聞以言事出睦州〔三〕，及來京師，又知移常州，尋復得蘇州〔四〕，遷延南方，歲且終矣。南方美江山，水國富魚與稻，世之仕宦者舉善地，稱東南。然竊惟希文登朝廷，與國論，每顧事是非，不顧自身安危，則雖有東南之樂，豈能爲有憂天下之心者樂哉！若夫登高以望遠，飲旨而食嘉，所以宣輔神明，亦君子起居寢食之宜也。

爲别久矣，所懷如何？自古言事而得罪，解當復用。遠方久處㊀，省思慮，節動作，此非希文自重，亦以爲天下士君子重也。謝希深學士丁家艱，將謀南歸〔五〕。有少私事須託營辦，因通區區之誠以問左右。

【校記】

㈠方：原作「力」，據天理本改。

【箋注】

〔一〕如題下注，景祐元年（一〇三四）作。時歐在京爲館閣校勘。希文，范仲淹之字。

〔二〕知郡學士：仲淹嘗任館職，爲秘閣校理，故稱學士，時知蘇州。

〔三〕「自去歲」二句：去歲爲明道二年。據長編卷一一三，是年十二月，右司諫范仲淹與權御史中丞孔道輔等因諫阻仁宗廢郭皇后而被貶，仲淹出知睦州。

〔四〕「及來」三句：景祐元年五月，歐赴京師。長編卷一一五載是年九月「范仲淹知睦州，不半歲，徙蘇州」。

〔五〕「謝希深」二句：居士集卷二六尚書兵部員外郎知制誥謝公墓誌銘：「景祐元年，丁父憂。」下注：「一本：以喪南歸三年。」

代人上王樞密求先集序書〔一〕

某月日，具位某謹齋沐獻書樞密相公閣下：某聞傳曰：「言之無文，行而不遠〔二〕。」君子之所學也，言以載事，而文以飾言，事信言文，乃能表見於後世。詩、書、易、春秋，皆善載事而尤文者，故其傳尤遠。荀卿、孟軻之徒亦善爲言，然其道有至有不至，故其書或傳或不傳，猶繫於時之好惡而興廢之。其次楚有大夫者，善文其謳歌以傳〔三〕。漢之盛時，有賈誼、董仲舒、司馬相如、揚雄，能文其文辭以傳。由此以來，去聖益遠，世益薄或衰，下迄周、隋，其間亦時時有善文其言以傳者，然皆紛雜滅裂不純信，故百不傳一。幸而一傳，傳亦不顯，不能若前數家之焯然暴見而大行也。

甚矣，言之難行也！事信矣，須文；文至矣，又繫其所恃之大小，以見其行遠不遠也。書載堯、舜〔四〕，詩載商、周〔五〕，易載九聖〔六〕，春秋載文、武之法〔七〕，荀、孟二家載詩、書、易、春秋者，楚之辭載風、雅〔八〕，漢之徒各載其時主聲名、文物之盛以爲辭㊀〔九〕。後之學者蕩然無所載，則其言之不純信，其傳之不久遠，勢使然也。至唐之興，若太宗之政、開元之治、憲宗之功〔一〇〕，其臣下又爭載之以文，其詞或播樂歌，或刻金石。故其間鉅人碩德閎言高論流鑠前後者㊁，恃其所載之在文也。故其言之所載者大且文，則其傳也章；言之所載者不文而又小，則其傳也不章。

某不佞，守先人之緒餘。先人在太宗時，以文辭爲名進士，以對策爲賢良方正，既而守道純正，爲賢待制，逢時太平，奮身揚名，宜其言之所載，文之所行，大而可恃以傳也。然未能甚行於世者，豈其嗣續不肖，不能繼守而泯没之，抑有由也。

夫文之行雖繫其所載，猶有待焉。詩、書、易、春秋，待仲尼之删正〔一一〕。荀、孟、屈原無所待，猶待其弟子而傳焉〔一二〕。漢之徒，亦得其史臣之書。其始出也，或待其時之有名者而後發；其既殁也，或待其後之紀次者而傳。其爲之紀次也，非其門人故吏，則其親戚朋友，如夢得之序子厚，李漢之序退之也〔一三〕。

伏惟閣下學老文鉅，爲時雄人，出入三朝，其能望光輝、接步武者，惟先君爲舊，則亦先君之所待也，豈小子之敢有請焉。謹以家集若干卷數，寫獻門下，惟哀其誠而幸賜之。

【校記】

㈠主：原校：一作「王」。　㈡德：原校：一作「士」。

【箋注】

〔一〕如題下注，景祐元年（一〇三四）作。時王樞密有二，一爲王曙，見居士集卷二七張子野墓誌銘箋注〔二〕。據長編卷一一三，上年十月，曙召爲樞密使，又據同書卷一一五，是年七月拜同中書門下平章事，逾月即卒。本文稱「樞密相公」，則王曙得此稱呼者僅一個月。另一王樞密爲王曾，見前答西京王相公書箋注〔一〕。亦據長編卷一一五，曾於景祐元年八月，王曙卒後七日，爲同平章事、樞密使，故歐所稱王樞密，指王曾可能性最大。本文代何人而作，不詳。

〔二〕「某聞」句：左傳襄公二十五年引仲尼曰：「志有之：『言以足志，文以足言。』不言，誰知其志。言之不文，行而不遠。」

〔三〕「其次」二句：指屈原作離騷等。

〔四〕「書載」句：書有堯典、舜典。

〔五〕「詩載」句：詩之十五國風有西周後期之作品，大雅小雅亦多西周作品，頌有商頌、周頌。

〔六〕「易載」句：九聖，指伏羲、神農、黄帝、堯、舜、禹、文王、周公、孔子。葛洪抱朴子釋滯：「九聖共成易經，足以彌綸陰陽。」

〔七〕「春秋」句：禮記中庸：「仲尼祖述堯、舜，憲章文、武。」鄭玄注：「孔子所述堯、舜之道，而制春秋而斷以文王、武王之法度。」

〔八〕「楚之辭」句：史記屈原賈生列傳：「國風好色而不淫，小雅怨誹而不亂。若離騷者，可謂兼之矣。」

〔九〕「漢之徒」句：司馬相如有子虛賦、上林賦，揚雄有長楊賦、羽獵賦。

〔一〇〕憲宗之功：唐憲宗李純即位初平定劉闢、李錡叛變，後整頓江、淮財賦，消滅淮西節度使吴元濟，其他藩鎮表示歸附，形式上獲得全國統一。見兩唐書憲宗紀。

〔一一〕「詩、書」二句：史記孔子世家：「孔子之時，周室微而禮樂廢，詩書缺。追迹三代之禮，序書傳，上紀唐虞之際，下至秦繆，編次其事……古有詩三千餘篇，及至孔子，去其重，取可施於禮義，上采契后稷，中述殷周之盛，至幽厲之缺，始於衽席……三百五篇孔子皆弦歌之……孔子晚而喜易，序彖、繫、象、説卦、文言……乃因史記作春秋，上至隱公，下訖哀公十四年，十二公。」

〔一二〕「荀、孟」二句：荀子弟子甚多，以韓非、李斯和漢初傳授詩經之浮丘伯最著名。孟子與弟子萬章等著書立説。屈原之後，楚有宋玉、唐勒、景差等慕而學之。

〔一三〕「如夢得」二句：柳宗元逝世後，劉禹錫將其遺作編成柳河東集，并作河東先生集序。韓愈則有門人李漢爲之編集，並作昌黎先生集序。

【集評】

〔清〕金聖嘆：此即昌黎送孟東野序藍本所出也。雖遜其逸宕，然起伏整散之法，乃全似矣。（評注才子古文卷一二大家歐文評語）

〔清〕孫琮：此文分作三幅看，前幅説文之能傳，在於事信言文，歷叙諸證而總結束之；中幅説文之能傳，又在所載之大小，亦歷叙諸證而總結束之；後幅説文之能傳，尤在所待有人，亦歷叙諸證，卸入王樞密身上，以見求序之意。

一篇雖作三幅看，妙在三幅皆以五經諸儒作證，則三幅仍是一意。（山曉閣選宋大家歐陽廬陵全集評語卷一）

〔清〕儲欣：意换而所稱引古作者不换，相抱相生，窮極文家往復之妙。（六一居士外集録評語卷一）

代楊推官洎上吕相公求見書〔一〕

某聞古者堯、舜、禹之爲君也，有皋、夔、益、稷之徒者爲其臣㊀〔二〕。而湯之王也，亦有仲虺、伊尹者㊁〔三〕。周之始興也，有周公、召公〔四〕；其復興也㊂，有方叔、邵虎、申甫之徒㊃〔五〕。下而至漢，其初也功臣尤多，而稱善相者曰蕭、曹〔六〕，其後曰丙、魏〔七〕。唐之始則曰房、杜〔八〕，既而曰姚、宋者〔九〕，是皆能以功德佐其君，而卓然特以名出衆而見於世者。

夫詩、書之所美，莫大乎堯、舜、三代，其後世之盛者，莫盛乎漢與唐。而其興也必有賢哲之臣出其際，而能使其君之功業名譽赫然光顯於萬世而不泯。故每一讀其書，考其事，量其功，而想乎其人，疑其瓌傑奇怪若神人，然非如今世之人可得而識也。夫其人已亡，其事已久，去數千百歲之後，徒得其書而一讀之，猶灼然如在人耳目之際，使人希慕稱述之不暇。況得身出於其時㊄，親見其所爲，而一識其人，則雖奔走俯伏，從妾圉，執鞭扑，猶爲幸歟〔一〇〕！某嘗誦於此而私自爲恨者有日矣㊅。

國家之興七十有五年矣㊆，禮樂文章，可謂太平，而傑然稱王公大人於世者，往往而出，凡士之得身出於斯時者，宜爲幸矣，又何必忽近以慕遠，違目而信耳，且安知後之望今不若今之望昔者邪！ 然其實有若不幸者。 某生也少，賤而愚，賤則不接乎朝廷之聞，愚故不能與於事，則雖有王公大人者並出，而欲一往識之，乃無一事可因而進焉。 噫！ 古之君子在上，不幸而不得出其間；今之君子在上，幸而親見矣，又以愚賤見隔，而莫可望焉，是真可閔歎也已。 然嘗獨念昔有聞於先君大夫者㈧，似有可以藉而爲説以干進於左右者，試一陳之。

先君之生也，好學勤力，以孤直不自進於時。 其晚也，始登朝廷，享榮禄〔一一〕。 使終不困其志而少伸者，蓋實出於大君子之門，則相公之於楊氏㈨，不爲無恩矣。 某不肖，其能繼大先君之世㈩，而又苟欲藉之以有緒於闇人〔一二〕，誠宜獲罪於下執事者矣。 然而不詢於長者，不謀於耆龜，而決然用是以自進者，蓋冀萬一得償其素所願焉，雖及門而獲罪，不猶愈於望古而自爲恨者邪！ 言狂計愚，伏惟聰明幸賜察焉。

【校記】

㈠益、稷之徒者：原校：一作「稷、契者之徒」。 ㈡伊尹者：卷後原校：一無「者」字。 ㈢復：原校一作「後」。 ㈣申：原校：一作「山」。 ㈤身出：原校：二字一作「生」。 ㈥私自：卷後原校：一作「私以」。 ㈦「興」下：原校：一有「也」字。 ㈧嘗獨念昔有聞於先君大夫者：卷後原校：一作「獨念昔者有聞於先君大夫」。

〔九〕「相公」下：原校：一有「閣下」二字。 〔一〇〕其：原校：一作「莫」。繼：原校：一作「光」。

【箋注】

〔一〕 如題下注，景祐元年（一〇三四）作。文云：「國家之興七十有五年矣。」由太祖建隆元年（九六〇）北宋立國至是，爲七十五年。楊推官，楊洎，楊大雅之子，歐陽修夫人楊氏之長兄。本集卷二一諫議大夫楊公墓誌銘：「蔭其男，長曰洎，明州觀察支使。」倪濤六藝之一録卷二〇西湖志碑碣載飛來峰頂李公謹等題名云：「李公謹、唐卿、楊洎、損之慶曆六年七月十二日來摩崖。」餘不詳。吕相公，吕夷簡，時爲同中書門下平章事。

〔二〕 皋、夔、益、稷：見居士集卷一七朋黨論箋注〔六〕〔七〕。

〔三〕 仲虺：商湯左相。書有仲虺之誥。伊尹：見居士集卷一八春秋論中箋注〔二〕。

〔四〕 周公、召公：姬旦、姬奭。見春秋論中箋注〔二〕。

〔五〕 方叔：周宣王時大臣。嘗攻楚獲勝，又嘗攻玁狁。見詩小雅采芑。邵虎：又作召虎、召伯虎，爲召公奭後裔。擁立周宣王，嘗率軍戰勝淮夷。見詩大雅江漢。申甫：又作山甫、仲山甫，周宣王時大臣。嘗勸諫宣王。見國語周語上。

〔六〕 蕭、曹：蕭何、曹參。皆西漢初大臣，漢書有傳。

〔七〕 丙、魏：丙吉、魏相。見本集卷二〇問進士策題五道箋注〔六〕。

〔八〕 房、杜：房玄齡、杜如晦。皆唐初大臣，兩唐書有傳。

〔九〕 姚、宋：姚崇、宋璟。同爲唐開元名相，兩唐書有傳。

〔一〇〕 「執鞭扑」二句：史記管晏列傳：「假令晏子而在，余雖爲之執鞭，所忻慕焉。」

〔一一〕 「先君」六句：本集卷二一諫議大夫楊公墓誌銘：「少孤，能自立，力勤苦爲文章，履其身以儉約，不妄自爲進取。其官業行己之方，一皆自信於聖人之道……年六十五，老矣，始召以知制誥。」

〔一二〕 有緒於闇人：居於闇人之列。緒，行列。文選鮑照舞鶴賦：「離綱別赴，合緒相依。」李善注：「綱、緒，謂舞之行列也。」

【集評】

［明］歸有光：援上之文，仍不放倒自家地步，故佳。（歐陽文忠公文選評語卷三）

與黄校書論文章書〔一〕

修頓首啓：蒙問及丘舍人所示雜文十篇〔二〕，竊嘗覽之，驚歎不已。其毁譽等數短篇尤爲篤論，然觀其用意在於策論，此古人之所難工，是以不能無小闕。其救弊之説甚詳，而革弊未之能至。見其弊而識其所以革之者，才識兼通，然後其文博辯而深切，中於時病而不爲空言。蓋見其弊，必見其所以弊之因，若賈生論秦之失，而推古養太子之禮〔三〕，此可謂知其本矣。然近世應科目文辭，求若此者蓋寡，必欲其極致㊀，則宜少加意，然後焕乎其不可禦矣。文章繫乎治亂之説〔四〕，未易談，況乎愚昧，惡能當此？愧畏愧畏！修謹白。

【校記】

㊀欲其：原校：一作「至於」。

【箋注】

〔一〕原未繫年，置景祐元年與三年文間，當爲此三年間任職館閣時作。黄校書，其人不詳。校書，崇文院屬官，掌校勘典籍。

〔二〕丘舍人：不詳。舍人，中書舍人、起居舍人等簡稱。

〔三〕「若賈生」二句：賈誼新書卷五保傅謂「秦爲天子，二世而亡」，因稱「古之王者，太子初生，固舉以禮……故孩提有識。三公、三少固明孝仁禮義，以道習之，逐去邪人，不使見惡行」云云。

〔四〕「文章」句：詩大序倡此説，云：「情發於聲，聲成文，謂之音。治世之音安以樂，其政和；亂世之音怨以怒，其政乖；亡國之音哀以思，其民困。」

【集評】

〔明〕茅坤：文雖短，而所措言革弊一節，非有深識不及。此今之策士當熟思之。（歐陽文忠公文鈔評語卷一〇）

與高司諫書〔一〕

修頓首再拜白司諫足下㊀：某年十七時，家隨州，見天聖二年進士及第榜，始識足下姓名〔二〕。是時予年少，未與人接，又居遠方，但聞今宋舍人兄弟與葉道卿、鄭天休數人者㊁〔三〕，以文學大有名㊂，號稱得人。而足下廁其間，獨無卓卓可道説者，予固疑足下不知何如人也。

其後更十一年，予再至京師〔四〕，足下已爲御史裏行〔五〕，然猶未暇一識足下之面，但時時於予友尹師魯問足下之賢否㊃，而師魯説足下正直有學問，君子人也，予猶疑之。夫正直者不可屈曲，有學問者必能辨是非，以不可屈之節⑤，有能辨是非之明，又爲言事之官，而俯仰默默，無異衆人，是果賢者耶？此不得使予之不疑也⑥。

自足下爲諫官來，始得相識，侃然正色，論前世事，歷歷可聽，褒貶是非，無一謬說。噫！持此辯以示人，孰不愛之？雖予亦疑足下真君子也。是予自聞足下之名及相識，凡十有四年，而三疑之。今者推其實迹而較之，然後決知足下非君子也。

前日范希文貶官後〔六〕，與足下相見於安道家〔七〕，足下詆誚希文爲人。予始聞之，疑是戲言⑦，及見師魯⑧，亦說足下深非希文所爲，然後其疑遂決。希文平生剛正，好學通古今，其立朝有本末，天下所共知⑨。今又以言事觸宰相得罪⑩，足下既不能爲辨其非辜，又畏有識者之責己，遂隨而詆之，以爲當黜，是可怪也。

夫人之性，剛果懦軟，禀之於天，不可勉强，雖聖人亦不以不能責人之必能⑪。今足下家有老母〔八〕，身惜官位，懼飢寒而顧利禄⑫，不敢一忤宰相以近刑禍，此乃庸人之常情，不過作一不才諫官爾。雖朝廷君子⑬，亦將閔足下之不能，而不責以必能也。今乃不然，反昂然自得，了無愧畏，便毁其賢，以爲當黜，庶乎飾己不言之過。夫力所不敢爲，乃愚者之不逮；以智文其過，此君子之賊也。

且希文果不賢邪？自三四年來，從大理寺丞至前行員外郎〔九〕，作待制日〔一〇〕，日備顧問，今班行中無與比者。是天子驟用不賢之人？夫使天子待不賢以爲賢，是聰明有所未盡。足下身爲司諫，乃耳目之官，當其驟用時，何不一爲天子辨其不賢，反默默無一語[四]，待其自敗，然後隨而非之？若果賢邪，則今日天子與宰相以忤意逐賢人[五]，足下不得不言。是則足下以希文爲賢，亦不免責，以爲不賢，亦不免責，大抵罪在默默爾。

昔漢殺蕭望之與王章〔一一〕，計其當時之議，必不肯明言殺賢者也，必以石顯、王鳳爲忠臣〔一二〕，望之與章爲不賢而被罪也。今足下視石顯、王鳳果忠邪，望之與章果不賢邪？當時亦有諫臣，必不肯自言畏禍而不諫，亦必曰當誅而不足諫也。今足下視之，果當誅邪？是直可欺當時之人，而不可欺後世也。今足下又欲欺今人[六]，而不懼後世之不可欺邪？況今之人未可欺也。

伏以今皇帝即位已來[七]，進用諫臣[八]，容納言論，如曹修古、劉越，雖歿猶被褒稱〔一三〕。今希文與孔道輔，皆自諫諍擢用〔一四〕。足下幸生此時，遇納諫之聖主如此，猶不敢一言，何也？前日又聞御史臺榜朝堂，戒百官不得越職言事〔一五〕，是可言者惟諫臣爾[九]。若足下又遂不言，是天下無得言者也。足下在其位而不言[一〇]，便當去之，無妨他人之堪其任者也[一一]。昨日安道貶官〔一六〕，師魯待罪〔一七〕，足下猶能以面目見士大夫，出入朝中稱諫官，是足下不復知人間有羞恥事爾！所可惜者，聖朝有事，諫官不言[一二]，而使他人言之[一三]，書在史册，他日爲朝廷羞者，足下也。

春秋之法，責賢者備〔一八〕。今某區區猶望足下之能一言者，不忍便絶足下，而不以賢者責也㉔。若猶以謂希文不賢而當逐，則予今所言如此，乃是朋邪之人爾，願足下直携此書于朝，使正予罪而誅之，使天下皆釋然知希文之當逐，亦諫臣之一效也。

前日足下在安道家，召予往論希文之事㉕，時坐有他客㉖，不能盡所懷㉗，故輒布區區，伏惟幸察。不宣。修再拜。

【校記】

㈠「諫」下：天理本卷後續校：一有「高君」二字　㈡與葉道卿：天理本卷後續校：一無「與」字。㈢大有：天理本卷後續校：一作「有大」。㈣但時時：天理本卷後續校：不疊「時」字。於予友尹師魯問足下：卷後原校：一作「問予友尹師魯以足下」。㈤「屈」下：卷後原校：一有「曲」字。㈥之不疑：原校：三字一作「不疑之」。㈦疑是：天理本卷後續校：一作「疑其」。㈧「及」下：天理本卷後續校：一有「又」字。㈨「所」上：天理本卷後續校：一有「之」字。㈩「今」下：天理本卷後續校：一無「又」字。⑪不以不能：天理本卷後續校：一無「不以」二字。⑫利禄：原校：一作「禄利」。⑬「君」上：天理本卷後續校：一有「之」字。⑭默默：原校：一作「默然」。⑮則今日：天理本卷後續校：一無「今日」二字。⑯又欲：天理本卷後續校：一無「又」字。⑰伏以：天理本卷後續校：一作「伏惟」。⑱諫臣：天理本卷後續校：一作「諫官」。⑲諫臣：天理本卷後續校：一作「諫官」。⑳位：天理本卷後續校：一作「職任」。㉑任者也：天理本卷後續校：一無「也」字。㉒諫官：天理本卷後續校：一作「諫臣」。㉓「而」下：天理本卷後續校：一無「使」字。㉔不以賢者：卷後原校：一作「以不賢者」。㉕之事：天理本卷後續校：一無「之」字。㉖坐有：天理本卷後續校：一無「坐」字。　㉗不能：天理本卷後續校：一無「能」字。

【箋注】

〔一〕如題下注，景祐三年（一〇三六）作。胡譜是年載「天章閣待制、權知開封府范仲淹言事忤宰相，落職，知饒州。公切責司諫高若訥，若訥以其書聞。五月戊戌，降爲峽州夷陵縣令」。田況儒林公議卷下：「若訥得書，怒甚，乃繳其書，奏之曰：『伏睹敕榜，御史范仲淹言事惑衆，離間君臣，自結朋黨，妄自薦引。及知開封府以來，區斷任情，免勘落天章閣待制，知饒州，及諭中外臣僚執事。臣以位備諫列，自仲淹落職之後，諸處察訪端由，參驗所聞，略與敕榜中事符合。臣風聞本人謀事疏闊，及躁情狂肆，陷於險薄，遂有離間君臣之罪。臣既見朝廷行遣未至過當，固不敢妄有救解也。十六日，有館閣校理歐陽修，令人持書詆臣，言仲淹平生剛直，好學通古今，班行中無與比者。謂臣爲御史裏行日，俯仰默默，無異衆人。責臣今來不能辯仲淹非辜，乃庸人常情，作不才諫官，乃昂然自得，了無愧畏，不敢一言，在其任而不言，便當去之，無妨他人之堪其任者。言臣猶有面目見士大夫，出入朝中稱諫官，及謂臣不復知人間有羞恥事……臣與歐陽修交結素疏，未嘗失色，非意淩犯，固不可校。然本人謂范仲淹班行無比，稱其非辜，仍言今日天子、宰相以迕意逐賢人，責臣不言。臣謂賢臣者，國家恃以爲治也。若陛下以迕意逐之，臣合諫諍；宰臣以迕意逐之，臣合論列。以臣愚見，范仲淹頃以論事切直，比來亟加進用，知人之失，堯、舜病諸，忽茲狂言，自取譴辱。寬大之典，固亦有常。修乃謂之非辜，稱其無比，仍謂天子以迕意逐賢人。誠恐中外聞之，所損不細，臣所以徘徊切慮而不敢自隱也。』事下中書，夷簡乃貶修爲峽州夷陵令。」高若訥，字敏之，并州榆次人。歷任監察御史裏行、右司諫、河東路都轉運使、權御史中丞、樞密副使、參知政事等職，官至樞密使。卒謚文莊。宋史有傳。

〔二〕「見天聖」二句：長編卷一〇二載天聖二年三月「乙巳，御崇政殿，賜宋郊、葉清臣、鄭戩等一百五十四人及第，四十六人同出身」。高若訥亦在榜上，爲第四名。（據景文集卷六〇高觀文墓誌銘）

〔三〕宋舍人兄弟：宋庠、宋祁。二宋皆嘗同修起居注，故稱舍人。長編卷一〇二載天聖二年三月「郊（庠之初名）與其弟祁俱以辭賦得名，禮部奏祁名第三，太后不欲弟先兄，乃推郊第一，而置祁第十」。庠字公序，官至同中書門下平章事，卒謚元獻；祁字子京，官至三司使，宋史皆有傳。葉道卿：名清臣，蘇州長洲人。舉進士，以對策擢高第，官至權三司使。宋史有傳。鄭天休，名戩，蘇州吳縣人。歷通判越州、權知開封府、樞密副使，爲陝西四路都總管兼經略安撫招討使，卒謚文肅。宋史有傳。

〔四〕「其後」二句：天聖二年（一〇二四）後十一年，指景祐元年（一〇三四），時歐至京師任館閣校勘。

〔五〕「足下」句：宋史高若訥傳：「御史知雜楊偕薦爲監察御史裏行。」

〔六〕「前日」句：歐集于役志：「景祐三年丙子歲五月九日丙戌，希文出知饒州。」

〔七〕安道：余靖，字安道，生平見居士集卷二三贈刑部尚書余襄公神道碑銘。

〔八〕家有老母：若訥有老母。宋史本傳載：「丁母憂，始許行服，給實奉終喪。」又載：「因母病，遂兼通醫書，雖國醫皆屈伏。」

〔九〕「自三四年」二句：歐作文正范公神道碑銘，謂仲淹「以大理寺丞爲秘閣校理，以言事忤章獻太后旨，通判河中府」。據長編卷一〇八，仲淹出判河中府在天聖七年（一〇二九）冬，而爲前行員外郎在景祐二年（一〇三五）冬，相隔已不止三四年。長編卷一一七載景祐二年十二月癸亥，「禮部員外郎、天章閣待制范仲淹爲吏部員外郎、權知開封府」。按：宋六部分三行，吏部、兵部爲前行，户部、刑部爲中行，禮部、工部爲後行。

〔一〇〕作待制：據長編卷一一六，范仲淹爲禮部員外郎、天章閣待制在景祐二年三月。

〔一一〕蕭望之：字長倩，漢宣帝時，嘗以儒家經典教授太子。元帝即位後，甚受尊重。後因反對宦官弘恭、石顯爲中書令，遭誣陷，被迫自殺。漢書有傳。王章：字仲卿，以直言出名。漢元帝時爲左曹中郎將，因抨擊石顯被罷官。成帝時任京兆尹，不滿外戚大將軍王鳳專權，奏請罷之，遭忌恨，下獄而死。漢書有傳。

〔一二〕石顯：字君房，宦官。宣帝時爲僕射，弘恭死，代爲中書令。元帝時擅朝中大權。蕭望之等大臣遭陷害。成帝時被免官，徙歸故郡，死于道中。事見漢書佞幸傳。王鳳：字孝卿，漢成帝元舅，爲大司馬、大將軍、領尚書事，權傾一時。事見漢書元后傳。

〔一三〕「如曹修古」二句：曹修古，字述之，嘗任監察御史等職，劉太后臨朝時，遇事敢言，無所畏忌。劉越，字子長，嘗爲秘書丞，與滕宗諒上書，請劉太后還政。仁宗親政時，二人已故，分别贈以右諫議大夫、右司諫以褒揚之。事見宋史曹修古傳及滕宗諒傳。

〔一四〕「今希文」二句：范仲淹與孔道輔嘗因諫廢郭后被貶。據長編卷一一七載，景祐二年，仲淹擢爲吏部員外郎、權知開封府，孔道輔爲龍圖閣直學士。孔道輔，見居士集卷二二贈司空兼侍中晏公神道碑銘箋注〔二九〕。

〔一五〕「前日」三句：長編卷一一八載景祐三年五月，范仲淹「爲四論以獻」，抨擊吕夷簡。「夷簡大怒，以仲淹語辨於帝前，且訴仲淹越職言事，薦引朋黨，離間君臣。仲淹亦交章對訴，辭愈切，由是降黜。侍御史韓瀆希夷簡意，請以仲淹朋黨榜朝堂，戒百官越職言事，從之」。

〔一六〕「昨日」句：據長編卷一一八，余靖時爲秘書丞、集賢校理，因諫阻貶斥仲淹，落職，監筠州酒稅。

〔一七〕「師魯」句：長編卷一一八載尹洙上言：「臣常以范仲淹直諒不回，義兼師友，自其被罪，朝中多云臣亦被薦論，仲淹既以朋黨得罪，臣固當從坐……況余靖素與仲淹分疏，猶以朋黨得罪，臣不可幸於苟免。乞從降黜，以明典憲。」遂亦貶監郢州酒稅。

〔一八〕「春秋」二句：新唐書太宗紀贊云：「春秋之法，常責備於賢者。」

【集評】

〔清〕儲欣：直詆希文以自飾其不諫，公所以義激於中，髮上指冠也。怒罵之文，辭氣砢磊不平，而文章仍有法度。（六一居士外集録評語卷一）

〔清〕方苞：歐公苦心韓文，得其意趣，而門徑則異。韓雄直，歐變而紆餘；韓古朴，歐變而美秀。惟此篇骨法形貌，皆與韓爲近。（古文約選歐陽永叔文約選評語）

〔清〕沈德潛：此石守道四賢一不肖之詩所由作也。稜角峭厲，略無委曲，憤激於中，有不能遏抑者耶！而歐公亦貶斥矣。公是年只三十歲，氣盛，故言言憤激，不暇含蓄。（唐宋八大家文讀本評語卷一）

與尹師魯第一書〔一〕

某頓首師魯十二兄書記〔二〕：前在京師相别時〔三〕，約使人如河上〔四〕，既受命，便遣白頭奴出城，而還言不見舟矣。其夕，及得師魯手簡〔一〕，乃知留船以待，怪不如約，方悟此奴懶去而見紿。

臨行，臺吏催苛百端，不比催師魯人長者有禮，使人惶迫不知所爲。是以又不留下書在京師，但深託君貺因書道修意以西〔五〕。始謀陸赴夷陵，以大暑，又無馬，乃作此行。沿汴絶淮，泛大江，凡五千里，用一百一十程，纔至荆南〔六〕。在路無附書處，不知君貺曾作書道修意否？

及來此，問荆人，云去郢止兩程〔七〕，方喜得作書以奉問。又見家兄〔八〕，言有人見師魯過襄州，計今在郢久矣。師魯歡戚不問可知，所渴欲問者，别後安否？及家人處之如何，莫苦相尤否？六郎舊疾平否〔九〕？

修行雖久，然江湖皆昔所游，往往有親舊留連〔一〇〕，又不遇惡風水，老母用術者言，果以此行爲幸。又聞夷陵有米、麪、魚，如京洛，又有梨、栗、橘、柚、大筍、茶荈，皆可飲食，益相喜賀〔一一〕。昨日因參轉運〔一二〕，作庭趨，始覺身是縣令矣，其餘皆如昔時。

師魯簡中言，疑修有自疑之意者，非他，蓋懼責人太深以取直爾，今而思之，自決不復疑也。然師魯又云闇於朋友，此似未知修心。當與高書時，蓋已知其非君子，發於極憤而切責之，非以朋友待之也，其所爲何足驚駭？路中來，頗有人以罪出不測見吊者，此皆不知修心也。師魯又云非忘親，此又非也。得罪雖死，不爲忘親，此事須相見，可盡其説也。

五六十年來，天生此輩，沉默畏慎，布在世間，相師成風。忽見吾輩作此事，下至竈門老婢㈡，亦相驚怪，交口議之。不知此事古人日日有也，但問所言當否而已。又有深相賞歎者，此亦是不慣見事人也。可嗟世人不見如往時事久矣！往時砧斧鼎鑊，皆是烹斬人之物，然士有死不失義，則趨而就之，與几席枕藉之無異。有義君子在傍，見有就死㈢，知其當然，亦不甚歎賞也。史册所以書之者，蓋特欲警後世愚懦者，使知事有當然而不得避爾，非以爲奇事而詫人也。幸今世用刑至仁慈，無此物，使有而一人就之㈣，不知作何等怪駭也。然吾輩亦自當絶口，不可及前事也。居閑僻處，日知進道而已，此事不須言，然師魯以修有自疑之言，要知修處之如何，故略道也。

安道與予在楚州〔一三〕，談禍福事甚詳，安道亦以爲然。俟到夷陵寫去，然後得知修所以處之之心也。又常與安道言㈤，每見前世有名人，當論事時，感激不避誅死，真若知義者，及到貶所，則慼慼怨嗟，有不堪之窮愁形於文字，其心歡戚無異庸人，雖韓文公不免此累〔一四〕，用此戒安道，慎勿作慼慼之文。師魯察修此語，則處之之心又可知矣。近世人因言事亦有被貶者，然或傲逸狂醉，自言我爲大不爲小。故師魯相别，自言益慎職，無飲酒，此事修今亦遵此語。咽喉自出京愈矣，至今不曾飲酒，到縣後勤官，以懲洛中時懶慢矣。

夷陵有一路，祇數日可至郢，白頭奴足以往來。秋寒矣，千萬保重。不宣。修頓首。

【校記】

㊀及：原校：一作「又」。㊁門：原校：一作「間」。㊂有：卷後原校：一作「其」。㊃「使」上：天理本卷後續校：一有「若」字。㊄常與：天理本卷後續校：一作「嘗與」。

【箋注】

〔一〕如題下注，景祐三年（一〇三六）作。

〔二〕書記：掌書記之簡稱。據長編卷一一八，尹洙被貶爲崇信軍節度掌書記、監郢州酒税。

〔三〕「前在」句：歐于役志載景祐三年五月「丁酉，與損之送師魯於固子橋西興教寺，余留宿。明日，道卿、損之……皆來會飲，晚乃歸」。

〔四〕河：指汴河。

〔五〕君貺：王拱辰之字。其生平見居士集卷二六簡肅薛公墓誌銘箋注〔二四〕。時歐、王過從甚密，于役志有「夜飲君貺家」、「與君貺弈」等記載。

〔六〕「纔至」句：荆南即江陵府（治今湖北荆沙）。于役志載九月「丁亥，次石首……壬辰，次公安渡」。按：石首已在江陵府境内，公安渡離府治江陵甚近。

〔七〕「云去」句：荆湖北路江陵與京西南路郢州（治今湖北鍾祥）相距不及二百里。

〔八〕家兄：歐陽昞。見本集卷一三游儵亭紀箋注〔三〕。

〔九〕六郎：當指尹洙長子尹朴。朴字處厚，其生平見安陽集卷四七故河南尹君墓誌銘。

〔一〇〕「然江湖」三句：書簡卷九與薛少卿（景祐三年）：「祇是沿路多故舊相識，所至牽率。」沿途相迎送陪伴者，有石介、田況、許元、歐陽昞等。見于役志。

〔一一〕「又聞」五句：與薛少卿（景祐三年）：「又聞（夷陵）好水土，出粳米、大魚、梨、栗、甘橘、茶、笋，而縣民一二千户，絶無事。罪人至此，爲至幸矣。」

〔一二〕「昨日」句：荆湖北路轉運使治江陵，夷陵縣屬荆湖北路峽州管轄，故歐當參拜轉運使。

〔一三〕「安道」句：余靖字安道。歐、余楚州（今江蘇淮安）之相處，見于役志六月所載：「（己未）至楚州，泊舟西倉，始見安道於舟中。安道會飲於倉亭，始食瓜。出倉北門看雨，與安道弈。庚申，小飲舟中，會者元均、春卿、安道。」

〔一四〕「雖韓文公」句：韓文公，韓愈。愈因諫迎佛骨，貶至潮州，作潮州刺史謝上表云：「臣以狂妄戇愚，不識禮度，上表陳佛骨事，言涉不敬，正名定罪，萬死猶輕……臣少多病，年纔五十，髮白齒落，理不久長。加以罪犯至重，所處又極遠惡，憂惶慚悸，死亡無日。單立一身，朝無親黨，居蠻夷之地，與魑魅爲羣……戚戚嗟嗟，日與死迫。」胡仔苕溪漁隱叢話前集卷四一：「凡人能處憂患，蓋在其平日胸中所養。韓退之，唐之文士也，正色立朝，抗疏諫佛骨，疑若殺身成仁者；一經竄謫，則憂愁無聊，概見於詩詞。」

與尹師魯第二書〔一〕

某頓首：自荆州得吾兄書後，尋便西上，十月二十六日到縣。倏兹新年，已三月矣，所幸者，老幼無恙。老母舊不飲酒，到此來，日能飲五七杯〔一〕，隨時甘脆足以盡歡。修之舊疾，漸以失去，亦能飲酒矣。不知師魯爲況如何？至此便欲遣任進去〔二〕，又爲少事，且遣伊入京師，於今未回。前者於朱駕部處見手書〔三〕，略知動静。

夷陵雖小縣，然諍訟甚多，而田契不明。僻遠之地，縣吏朴鱖，官書無簿籍，吏曹不識文字，凡百制度，非如官府一一自新齊整，無不躬親〔四〕。又朱公以故人日相勞慰，時時頗有宴集。加以乍到，閨門内事，亦須自營。開正以來，始似無事，治舊史。

前歲所作十國志〔五〕，蓋是進本，務要卷多。今若便爲正史，盡宜删削，存其大要，至如細小之事，雖有可紀，非干大體，自可存之小説，不足以累正史。數日檢舊本，因盡删去矣，十亦去其三四。師魯所撰〔六〕，在京師時不曾細看，路中昨來細讀，乃大好。師魯素以史筆自負，果然。河東一傳大妙，修本所取法此傳，爲此外亦有繁簡未中，願師魯亦删之，則盡妙也。正史更不分五史，而通爲紀傳，今欲將梁紀并漢、周，修且試撰次，唐、晉師魯爲之，如前歲之議。其他列傳約略，且將逐代功臣隨紀各自撰傳，待續次盡，將五代列傳姓名寫出，分而爲二，分手作傳〔七〕，不知如此於師魯意如何？吾等棄於時，聊欲因此粗伸其心，少希後世之名。如修者幸與師魯相依，若成此書，亦是榮事。今特告朱公□介，馳此奉咨，且希一報，如可以，便各下手。只候任進歸，便令齎國志草本去次。春寒，保重。

【校記】

〔一〕五七杯：卷後原校：一作「七五杯」。

【箋注】

〔一〕　題下注：「同前」，即景祐三年，誤，當爲景祐四年（一〇三七）作。文云：「十月二十六日到縣（夷陵）。倏兹新年，已三月矣。」新年即景祐四年，文作於正月。

〔二〕　任進：當是下屬差吏。

〔三〕　朱駕部：朱正基。時知峽州。見居士集卷三九夷陵縣至喜堂記箋注〔七〕。

〔四〕　「夷陵」十句：能改齋漫録卷一三歐陽公多談吏事記歐公語曰：「吾昔貶官夷陵，彼非人境也。方壯年，未厭學，欲求史、漢一觀，公私無有也。無以遣日，因取架閣陳年公案反覆觀之，見其枉直乖錯不可勝數，以無爲有，以枉爲直，違法徇情，滅親害義，無所不有。」

〔五〕　十國志：疑爲新五代史十國世家初稿。

〔六〕　師魯所撰：疑指師魯爲十國志所撰文字。後文云「河東一傳大妙」，河東當指在太原稱帝的北漢劉氏政權。此「一傳」即師魯所著。尹洙所撰五代春秋，由梁太祖開平元年至周顯德七年，記大事，極簡略。見河南先生文集卷二六、二七。

〔七〕　「分而」三句：新五代史後由歐獨撰，尹洙僅有五代春秋，分手撰著事未成。邵氏聞見録卷一五引歐此書并云：「其後師魯死，無子。今歐陽公五代史頒之學官，盛行於世，內果有師魯之文乎，抑歐陽公盡爲之也？」按：邵伯温有疑於歐之獨撰，但無可靠依據。歐之文才史筆均勝於尹，且光明磊落，此事似不必多疑。

與尹師魯第三書〔一〕

某頓首啓：兩路地壤相接〔二〕，幸時文字往還，然闕附狀，蓋書生責以錢穀，强其所不能，自然公私不濟，況其素懶於作書也。然時聞師魯動止。蘇子美事深欲論叙〔三〕，但避猶豫，聞有極言〔四〕，乃知自信爲是，甚善甚善。子美雖未亟復，其如排沮羣議，爲益不少。

晉、潞，師魯少所樂遊，其況如何〔五〕？春寒，千萬保愛。

列傳人名，便請師魯録取一本，分定寄來。不必以人死年月斷於一代，但著功一代多者，隨代分之，所貴作傳與紀相應，千萬遞中却告一信，要知尊意。

【箋注】

〔一〕題注「慶曆五年春」，此當爲第四書。後文作於慶曆四年，乃第三書也。

〔二〕「兩路」句：慶曆五年春，歐權真定府事（胡譜）；尹洙在知潞州任上（據長編卷一五一）。真定府屬河北西路，潞州屬河東路，兩路接壤。

〔三〕蘇子美事：指慶曆四年九月的進奏院祀神事件。見居士集卷三一湖州長史蘇君墓誌銘。

〔四〕「聞有」句：王元啓讀歐記疑卷三此下釋曰：「子美得罪，意其時必有力排羣議爲之論救者，故公書所言如此。」

〔五〕「晉、潞」三句：據長編卷一五〇、一五一，尹洙慶曆四年六月知晉州，八月改知潞州，故有此問。

與尹師魯第四書〔一〕

某頓首啓：始聞師魯徙晉，乃駭然〔二〕，本初與郭推官計㊀〔三〕，師魯必離渭而受晉命〔四〕，中道無所淹留，徑之晉㊁，則謂於晉得相見〔五〕。既聞待闕〔六〕，至九月，又計當入洛，則謂於洛得相見〔七〕。又聞方留邠州〔八〕，有所陳，來期未可知，則謂遂不相見而東也。及陝㊂，乃知直趨絳州〔九〕。修在絳阻雨數日，苟更少留，猶得道中相遇，奈何前後相失如此！尚欲留陝，走人至解〔一〇〕，期一爲會。而大暑懼煩〔一一〕，往復亦須三四日，又不欲久在陝，使郡人有館待之勞。顧此勢不得留慶、晉〔一二〕，不足屑屑於胸中。但向聞師魯有失子之苦㊃〔一三〕，時方走河東界，道遠多事，不暇奉慰。修嘗失一五歲小兒，已七八年〔一四〕，至今思之，痛若初失時。修素謂諸君自爲寡情而善忽世事者㊄，尚如此，況師魯素自謂有情而子長又賢哉！語及此，雖修忽自不堪，又欲進何説以解師魯心邪！

自西事已來，師魯之髮無黑者，其不如意事多矣。人生白首矣，外物之能攻人者，其類甚多，安能尚甘於自苦邪！得失不足計，然雖歡戚勢既極，亦當自有否泰，惟不動心於憂喜，非勇者莫能焉。咫尺不相見，又無以奉慰，惟自寬自愛乃佳㊅。

【校記】

㊀本：天理本卷後續校：一作「然」。㊁「徑」上，天理本卷後續校：一有「當」字。㊂及陝：卷後原校：一作「及至陝」。㊃之苦：天理本卷後續校：一作「之悲」。㊄謂：天理本卷後續校：一作「爲」。自：天理本卷後續校：一作「目」。㊅乃佳：天理本卷後續校：一無此二字。

【箋注】

〔一〕題注「慶曆四年」，當爲第三書。

〔二〕「始聞」二句：慶曆四年五月，尹洙新知慶州（長編卷一四九），六月即徙晉州（長編卷一五〇），故歐駭然不解。

〔三〕郭推官：不詳。

〔四〕「師魯」句：慶曆三年七月，尹洙知渭州兼管勾涇原路安撫都部署司事。（長編卷一四二）四年徙慶州，旋改知晉州。尹洙尚未離渭赴慶，即獲改知晉州之任命，故云。參見箋注〔六〕。

〔五〕「則謂」句：慶曆四年四月，歐出使河東，七月方還京師。（胡譜）晉州在河東路，故云。

〔六〕「既聞」句：長編卷一五一載慶曆四年八月癸卯，「右正言、直集賢院、知晉州尹洙爲起居舍人、直龍圖閣、知潞州。舊制，諫官、御史補外無待闕者，洙自慶移晉，會前守未滿歲，有旨令洙待闕。」

〔七〕「至九月」三句：尹洙八月受命知潞州（治今山西長治），潞州屬河東路，在洛陽北面，故歐估計尹洙由渭州（治今甘肅平涼）赴潞州，九月將經過洛陽。

〔八〕邠州：屬陝西路，治今陝西彬縣。

〔九〕「及陝」二句：歐出使河東，回京，路過陝州（治今河南陝縣），而此時尹洙已赴絳州（治今山西新絳）

〔一〇〕「尚欲」二句：由陝州赴絳州，當經解州（治今山西運城西南）。

〔一一〕大暑：歐四月出使河東，七月還京師，過陝州時當在六月，正值「大暑」。

〔一二〕慶、晉：慶州（治今甘肅慶陽）、晉州（治今山西臨汾）。

〔一三〕「但向聞」句：韓琦故崇信軍節度副使檢校尚書工部員外郎尹公墓表：「子男四人：長曰朴，奇雋博學，有父風；其二未名，俱早世；其幼曰構，今方十歲。」按：尹師魯墓誌銘云尹洙「有子四人，連喪其三」，則所在者，唯構也。洙長子朴，博學能文，通春秋。洙嘗寄以厚望，不幸年二十五而亡，從洙之喪葬於緱氏。（據韓琦故河南尹君墓誌銘）可知「向聞師魯有失子之苦」，所指爲尹朴，即後文所謂「子長又賢」者也。

〔一四〕「修嘗失」二句：歐自寶元元年（一〇三八）喪胥氏所生子（胡譜），至慶曆四年（一〇四四），前後已有七年。

與尹師魯第五書〔一〕

某頓首：今春子漸兄云亡〔二〕，修在鎮陽，半月後方知，時又卧病，草率走介，託趙秉致奠〔三〕，云已之洛中矣，苦事苦事。修一春在外，四月中還家〔四〕，則母、病妻皆卧在牀㊀，又值沈四替去本司〔五〕，獨力出治公事，入營醫藥。纔得清卿來〔六〕，即往德、博視河功〔七〕，比還，馬墜傷足，至今行履未得。以故久不及拜書爲慰，一寫朋友號呼之痛。

子漸平生所爲，世謂吉人君子者。然人生固不可以善惡較壽夭，吾徒所爲，天下之人嫉之者半，故人相知不比他人易得，失一人如他人之失百人也。修往時意鋭，性本真率。近年經人事多，於世俗間，漸似耐煩，惟於故人書問，尚有逭慢之僻在㊁。因子漸亡，追思數年不以一字往還，遂至幽明永隔，因此欲勉彊於書尺，益知交游之難得爲可惜也。子漸爲人，不待縷述㊂，修自知之。然其所爲文章及在官有可記事，相别多年，不知子細，望録示一本。修於子漸不可無文字，墓誌或師魯自作則已，若不自作，則須修與君謨當作〔八〕，蓋他平生相知深者，吾二人與李之才爾〔九〕。縱不作墓誌，則行狀或他文字須作一篇也。愁人愁人。

師魯知爲士廉所訟〔一〇〕，仇家報怨不意，亦聽而行，此更不須較曲直，他不足道也。夏君來日，詢他潞州事，得動静甚詳㊃〔一一〕，差慰㊄。夏熱，千萬保重。

【校記】

㊀「妻」下：天理本卷後續校：一有「病」字。　㊁逭慢：天理本卷後續校：一作「簡慢」。　㊂縷述：天理本卷後續校：一作「行狀」。　㊃「得」：下：天理本卷後續校：一有「聞」字。　㊄「差慰」下：天理本卷後續校：疊「差慰」二字。

【箋注】

〔一〕題注「慶曆五年夏」，即是時作。

〔二〕「今春」句：尹源，字子漸，洙之兄，是年三月十四日卒。見居士集卷三一太常博士尹君墓誌銘。

〔三〕「托趙秉」句：尹源卒於知懷州任上，致奠當至彼處。安徽通志卷二一五載：趙秉，豐城人，元豐元年知宿州。不知是否其人。

〔四〕「修一春」二句：是春，歐權知真定府事三月（胡譜），四月返回大名府。歐爲河北都轉運按察使，官邸在該處。

〔五〕沈四：沈邈。邈字子山，慶曆初，爲侍御史，時由河北轉運使徙陝西。宋史本傳：「徙河北轉運使。又徙陝西，歲中，加刑部郎中、知延州。」長編卷一五七慶曆五年十二月甲戌條注：「沈邈以五年十一月自陝西都漕知延州。」

〔六〕清卿：夏安期，字清卿，夏竦之子，生平附宋史夏竦傳後。宋會要輯稿選舉三三之七：「慶曆五年四月三日，河東轉運使、司封員外郎夏安期直史館、充河北轉運使。」

〔七〕德、博：德州（治今山東陵縣）、博州（治今山東聊城），黄河流經其境。

〔八〕「則須」句：歐爲尹源銘墓。蔡襄與尹氏兄弟交情亦深，嘗爲其父仲宣撰墓表，見蔡襄全集卷三三。

〔九〕李之才：字挺之，青社人。天聖八年同進士出身。歷衛州獲嘉主簿、孟州司法參軍、澤州簽署判官，轉殿中丞，卒。宋史本傳稱其器大，得石延年、尹洙舉薦。又云：「（之才）丁母憂，甫除喪，暴卒於懷州官舍，慶曆五年二月也。時尹洙兄漸守懷，哭之才過哀，感疾，不逾月亦卒。」

〔一〇〕「師魯」句：尹洙因劉滬、董士廉城水洛而不聽勸阻，諭狄青械滬、士廉下吏。鄭戩，遣滬、士廉城水洛者也，乃論奏不已，卒徙洙慶州而城水洛。士廉又詣闕上書訟洙，詔遣御史劉湜就鞫，遂以洙假部將公使錢償貸事文致之，洙坐貶崇信軍節度副使，徙監均州酒稅。見宋史尹洙傳。

〔一二〕「夏君」三句：夏君即夏安期，原爲河東路轉運使，潞州屬河東路，故「得動靜甚詳」。

回丁判官書〔一〕

九月十四日，宣德郎、守峽州夷陵縣令歐陽修，謹頓首復書于判官秘校足下〔二〕：修之得夷陵也，天子以有罪而不忍即誅，與之一邑，而告以訓曰：「往字吾民，而無重前悔〔三〕」。故其受命也，始懼而後喜，自謂曰幸，而謂夷陵之不幸也。

夫有罪而猶得邑，又撫安之曰「無重前悔」，是以自幸也。昔春秋時鄭詹自齊逃來，傳者曰：「甚佞人來，佞人來矣！」〔四〕此不欲佞人入其邦，而惡其來甚之之辭也㊀。修之是行也，以謂夷陵之官相與語於府，吏相與語於家，民相與語於道，皆曰罪人來矣。凡夷陵之人莫不惡之，而不欲入其邦，若魯國之惡鄭詹來者，故曰夷陵不幸也。及舟次江陵之建寧縣，人來自夷陵，首蒙示書一通，言文意勤，不徒不惡之，而又加以厚禮，出其意料之外，不勝甚喜，而且有不自遂之心焉。夫人有厚己而自如者㊁，恃其中有所以當之而不愧也。如修之愚，少無師傳，而學出己見，未一發其藴，忽發焉，果輒得罪，是其學不本實，而其中空虛無有而然也。今猶未獲一見君子，而先辱以書待之厚意，以空虛之質當甚厚之意，竊懼既見而不若所待，徒重愧爾！

且爲政者之懲有罪也，若不鞭膚刑肉以痛切其身，則必擇惡地而斥之，使其奔走顛躓窘苦，左山右壑，前虺虎而後蒺藜，動不逢偶吉而輒奇凶，其狀可爲閔笑。所以深困辱之者，欲其知自悔而改爲善也，此亦爲政者之仁也。故修得罪也，與之一邑，使載其老母寡妹，浮五千五百之江湖，冒大熱而履深險，一有風波之危，則叫號神明，以乞須臾之命〔五〕。幸至其所，則折身下首以事上官，吏人連呼姓名，喝出使拜，起則趨而走。設有大會，則坐之壁下，使與州校役人爲等伍，得一食，未徹俎而先走出。上官遇之，喜怒訶詰，常斂手慄股以伺顏色，冀一語之温和不可得。所以困辱之如此者，亦欲其能自悔咎而改爲善也。

故修之來也，惟困辱之是期。今乃不然㊂，獨蒙加以厚禮，而不以有罪困辱之，使不窮厄而得其所爲，以無重悔如前訓，可謂幸矣。然懼其頑心而不知自改也。夫士窮莫不欲人之閔己，然非有深仁厚義君子之閔己㊃，則又懼且慚焉。謹因弓手還，敢布所懷，不勝區區，伏惟幸察。

【校記】

㊀甚之：原校：一作「之甚」。　㊁自如：卷後原校：一作「自恕」。　㊂今乃：卷後原校：一作「乃今」。

㊃己：原作「矣」，下注「疑」字，據衡本改。

【箋注】

〔一〕 如題下注，景祐三年（一〇三六）作。文云：「及舟次江陵之建寧縣，人來自夷陵，首蒙示書一通。」可知得書於貶夷陵之途中。本文爲抵夷陵後之答書。丁判官，即丁寶臣，字元珍，時爲峽州軍事判官。景祐元年歐與寶臣即有交往，見後卷答孫正之第一書。

〔二〕 秘校：秘書省校書郎之簡稱。

〔三〕「而告」三句：「往字吾民，無重前悔」，爲歐貶夷陵時柳植所作制詞之語，見胡譜。

〔四〕「昔春秋」四句：春秋莊公十七年：「十有七年春，齊人執鄭瞻……秋，鄭瞻自齊逃來。」公羊傳：「鄭瞻者何？鄭之微者也。此鄭之微者，何言乎齊人執之？書其佞也……何以書？書甚佞也，曰：『佞人來矣！佞人來矣！』」

〔五〕「一有」三句：參閲居士集卷三九畫舫齋記箋注〔六〕。

外集卷十八

書　三

與謝景山書〔一〕

修頓首再拜景山十二兄法曹〔二〕：昨送馬人還，得所示書并古瓦硯歌一軸、近著詩文又三軸〔三〕，不勝欣喜。景山留滯州縣〔四〕，行年四十，獨能異其少時俊逸之氣，就於法度，根蒂前古㊀，作爲文章，一下其筆，遂高於人。乃知駔駿之馬奔星覆駕〔五〕，及節之鑾和以駕五輅〔六〕，而行於大道，則非常馬之所及也。

古人久困不得其志，則多躁憤佯狂，失其常節，接輿、屈原之輩是也〔七〕。景山愈困愈刻意，又能恬然習於聖人之道㊁，賢於古人遠矣。某嘗自負平生不妄許人之交，而所交必得天下之賢才，今景山若此，於吾之交有光，所以某益得自負也，幸甚幸甚。

與君謨往還書〔八〕，不如此何以發明？然何必懼人之多見也〔九〕？若欲衒長而恥短，則是有爭心於其中，有爭心則意不在於謀道也。荀卿曰「有爭氣者，不可與辯」〔一〇〕，此之謂也。然君謨既規景山之短，不當以示人；彼以示人，景山不當責之而欲自蔽也，願試思之。此縣常有人入京，頻得書信往還，今者兹人入京，作書多，未能子細。夏熱，千萬自愛。

【校記】

㊀蔕：原校：一作「柢」。㊁恬：原校：一作「安」。

【箋注】

〔一〕如題下注，景祐四年（一〇三七）作。謝景山，名伯初。居士集卷四二有是年所作謝氏詩序，云：「今年，予自夷陵至許昌，景山出其女弟希孟所爲詩百餘篇。」歐之北上，爲完婚。胡譜載歐是年三月「謁告至許昌，娶薛簡肅公女。」歐、謝早於天聖七年即相識（見謝氏詩序），在歐迎娶薛氏時又得相聚，時景山爲許州法曹（見歐集詩話）。本文云「此縣常有人入京」，又云「夏熱」，知當是夏日作於夷陵。胡譜云「是夏，叔父都官卒。九月，還夷陵」，未載是夏歐嘗在夷陵，乃疏漏也。

〔二〕法曹：擬古官稱，即司法參軍。通典職官一五總論郡佐：「司法參軍：兩漢有決曹、賊曹掾……或爲法曹，或爲墨曹。」

〔三〕近著詩文：歐集詩話云：「余謫夷陵，時景山方爲許州法曹，以長韻見寄，頗多佳句。」并録此詩曰：「江流無險似瞿唐，滿峽猿聲斷旅腸。萬里可堪人謫宦，經年應合鬢成霜。長官衫色江波緑，學士文章蜀錦張。異域化爲儒雅俗，遠民爭識校讎郎。才如夢得多爲累，情似安仁久悼亡。下國難留金馬客，新詩傳與竹枝娘。典辭懸待修青史，諫草當來集皂囊。莫爲明時暫遷謫，便將纓足濯滄浪。」又引景山詩「多情未老已白髮，野思到春如亂雲」；「自種黄花添野景，旋移高竹聽秋聲」；「園林换葉梅初熟，池館無人燕學飛」，謂「皆無愧於唐賢」。

〔四〕「景山留滯」句：謝伯初天聖二年登進士第，至是已有十三年，猶爲法曹參軍。

〔五〕騏駿：馬健壯貌。左思魏都賦：「燕弧盈庫而委勁，冀馬填廄而騏駿。」奔星：漢書司馬相如傳：「奔星更於閨闥，宛虹拖於楯軒。」顏師古注：「奔星，流星也。」此喻馬之疾馳。覆駕：漢書武帝紀：「夫泛駕之馬，跅弛之士，亦在御之而已。」顏師古注：「泛，覆也……覆駕者，言馬有逸氣而不循軌轍也。」

〔六〕鑾和：同「和鸞」，指古代車上的鈴鐺。漢書五行志上：「故行步有佩玉之度，登車有和鸞之節。」五輅：亦作「五路」，帝王所乘的五種車子，即玉路、金路、象路、革路、木路。見周禮春官巾車。

〔七〕接輿：論語微子：「楚狂接輿，歌而過孔子。」邢昺疏：「接輿，楚人，姓陸名通，字接輿也。昭王時，政令無常，乃被髮佯狂不仕，時人謂之『楚狂』也。」史記屈原賈生列傳載屈原痛心于君王之昏聵、國家之衰亡，「至於江濱，被髮行吟澤畔。顔色憔悴，形容枯槁」，終自投汨羅而死。

〔八〕「與君謨」句：蔡襄有答謝景山書、再答謝景山書，載蔡襄全集卷二四。前書云：「道爲文之本，文爲道之用。與其誘人於文，孰若誘人於道之先也？景山前書主文辭而言，故有是云。襄豈敢鄙文詞哉？顧事有先後耳。」後書云：「學者先於學道，而後於學文耳。而景山謂六經之道皆由文而後明，未聞先由文而失道者。」

〔九〕「然何必」句：蔡襄再答謝景山書：「景山又云：某前所論書傳示於人，恐醇識君子以襄爲取友之短、售己之長而取名也。誠得世人人皆醇識君子，宜不以是過襄也……若夫論義曲直，必章章然大辨以傳於世，豈比家人温寒勞苦語言，務相承取而已哉！」

〔一〇〕「荀卿曰」二句：荀子勸學：「有爭氣者，勿與辯也。」

【集評】

〔清〕儲欣：朋友文章學問進長，喜躍如此，此所謂道義之交也。後幅尤見針砭處。（六一居士外集録評語卷一）

〔清〕王元啓：此書諷景山有炫長爭短之意，主意全在後一節，然觀前節稱美處，言辭極其委婉。至云「異其少時雋逸之氣，就於法度」，又嘉其「能恬然習於聖人之道」，其實皆爲後一節作引。歐公書牘，惟與高若訥自云發於極憤，其他無一峻厲之辭，真得古人忠告善導之方。（讀歐記疑卷三）

答李淑内翰書〔一〕

修啓：修違去門館，今三年矣，罪棄之迹不敢自齒於人，是以雖有誠心饑渴之勤，而奏記、通問，彌時曠闕，惟恃憐憫，寬而置之。今月六日，郵中蒙賜手書，加以存恤憔悴之意，感悦何勝，幸甚幸甚。

問及五代紀傳，修曩在京師，不能自閑，輒欲妄作〔二〕，幸因餘論，發於教誘，假以文字，力欲奬成。不幸中間自罹咎責〔三〕。爾來三年，陸走三千，水行萬里，勤職補過，營私養親，偷其暇時，不敢自廢，收拾綴緝，粗若有成。然其銓次去取，須有義例；論議褒貶，此豈易當？故雖編摭甫就，而首尾顛倒，未有卷第，當更資指授，終而成之，庶幾可就也。蕞爾之質，列於囚拘㊀，瞻望門牆，豈任私恨。

【校記】

㊀列：原校：一作「限」。

【箋注】

〔一〕據題下注，寶元元年（一〇三八）作，時爲乾德縣令。文云「違去門館，今三年矣」，蓋歐景祐三年（一〇三六）貶夷陵前爲館閣校勘，時李淑知制誥（長編卷一一八），至是已三年矣。李淑，字獻臣，徐州豐人。年十二，獻文真宗，賜童子出身。歷館閣校勘、史館修撰等，爲翰林學士。知許州、鄭州、河中府，卒贈尚書右丞。宋史有傳。内翰，即翰林學士，景祐四年時，李淑已任該職。

〔二〕「問及」四句：歐在京時，即已着手修史，撰十國志。見上卷與尹師魯第二書。

〔三〕「不幸」二句：指致書高若訥而遭貶事。

【集評】

〔清〕王元啓：前此紀傳之作，則云「幸因餘論」，今成此書，又欲「更資指授」，一味謙和，深得讓美歸善之法。（讀歐記疑卷三）

答孫正之第一書〔一〕倅

修白孫生足下：丁元珍書至，辱所示書及雜文二篇，辭博義高而不違於道，甚喜甚喜。元珍言足下好古自守，不妄接人，雖居鄉閭，罕識其面。其特立如此，而乃越千里以書見及〔二〕，若某者何以當之！豈足下好忽近而慕遠邪？得非以道見謀，不爲遠近親疏然者也？僕愚學不足以自立，而氣力不足以動人，而言不見信於世，不知足下何爲而見及？豈足下所取信者丁元珍愛我而過譽邪㊀？

學者不謀道久矣，然道固不茀廢〔三〕，而聖人之書如日月，卓乎其可求，苟不爲刑禍禄利動其心者，則勉之皆可至也。惟足下力焉而不止，則不必相見以目而後可知其心，相語以言而後可盡其説也。以所示文求足下之志，苟不惑而止，則僕將見足下大發于文，著于行，而質于行事，以要其成焉。

【校記】

〔一〕「豈」上：原有「今又」二字，卷後原校云「二字疑衍」，據删。

【箋注】

〔一〕據題下注，景祐二年（一〇三五）作，時在館閣校勘任上。孫侔，字正之，一字少述，吴興人。幼孤，從其母胡氏家揚州。與王安石、曾鞏游，名傾一時。劉敞、沈遘等薦之，侔辭，終身不仕，客居江、淮間，士大夫敬畏之。慶曆二年，王安石作送孫正之序，謂其「行古之道，又善爲古文」；四年，又作同學一首别子固，稱曾鞏、孫侔爲江南「二賢人」。侔，生平詳見宋文鑑卷一五〇林希孙少述傳。宋史亦有傳。

〔二〕「而乃」句：揚州與開封相距千里之遥。

〔三〕茀：國語周語中：「道茀不可行。」韋昭注：「草穢塞路爲茀。」

答孫正之第二書〔一〕

某再拜：人至，辱書甚勤。前年丁元珍得所示書〔二〕，喜吾子之好學自立，然未深相知，及得今書，乃知吾子用心如此。僕與吾子生而未相識面，徒以一言相往來，而吾子遽有愛我之意，欲戒其過，使不陷於小人。此非惟朋友之義，乃吾父兄訓我者不過如此也㊀。僕自知何足愛，而吾子所愛者道也。世之知道者少，幸而有焉，又自爲過失以取累，不得爲完人，此吾子之所悉也。

僕知道晚，三十以前尚好文華㊁〔三〕，嗜酒歌呼，知以爲樂而不知其非也。及後少識聖人之道，而悔其往咎，則已布出而不可追矣。聖人曰「勿謂小惡爲無傷」〔四〕，言之可慎也如此。爲僕計者，已無奈何，惟有力爲善以自贖爾。書曰：「改過不吝。」〔五〕書不譏成湯之過，而稱其能改，則所以容後世之能自新者。聖人尚爾，則僕之改過而自贖，其不晚也。吾子以謂如此可乎？尚爲未可，則願有可進可贖之說見教。

吾子待我者厚，愛我者深，惜乎未得相見，以規吾子之所未至者，以報大惠，蓋其他不足以爲報也。值多事，不子細。

【校記】

㊀乃：原校：一作「而」。　㊁以：原作「年」，原校云「一作『以』」，據改。

【箋注】

〔一〕　據題下注，寶元二年（一〇三九）作。
〔二〕「前年」句：此即第一書中「丁元珍書至，辱所示書」之意。前年，猶往時，即景祐二年。
〔三〕三十：景祐三年（一〇三六）歐年三十。
〔四〕「聖人曰」句：易繫辭下引孔子曰：「善不積不足以成名，惡不積不足以滅身。小人以小善爲無益而弗爲也，以小惡爲無傷而弗去也，故惡積而不可掩，罪大而不可解。」
〔五〕「書曰」二句：語見書仲虺之誥：「用人惟己，改過不吝。」孔傳：「有過則改，無所吝惜。」

【集評】

〔清〕王元啓：公得孫侔中節之義，至謂父兄訓我不過此，猶慮改過不勇，更期有可進可贖之説見教，蓋其切於謀道樂於聞過也如是。古來以文名世之士，專務辭華，孰克具此懇惻之誠乎？（讀歐記疑卷三）

與王源叔問古碑字書㊀〔一〕

修頓首白源叔學士〔二〕：秋涼，體候無恙。修以罪廢㊁，不從先生長者之游久矣。今春蒙恩得徙茲邑〔三〕，然地僻而陋，罕有學者，幸而有之，亦不足與講論。或事有凝滯㊂，無所考正，則思見君子，北首瞻望而已〔四〕。

縣有古碑一片㊃，在近郊數大冢之間㊄，圖經以爲儒翟先生碑㊅。其文云：「先生諱壽，字元考，南陽隆人也。」大略述其有道不仕，以教學爲業㊆。然不著其姓氏，其題額乃云「吉孺⿱𦥯豕先生碑」㊇。「⿱𦥯豕」字疑非「翟」字，而莫有識者，許慎説文亦不載，外方無他書可考正⑨。其文辭簡質，皆隸書。書亦古樸，隱隱猶可讀，乃云熹平三年所立⑩，去今蓋八百五十六年矣⑪〔五〕。漢之金石之文存於今者蓋寡，惜其將遂磨滅，而圖記所載訛謬若斯，遂使漢道草莽之賢湮没而不見⑫。

源叔好古博學，知名今世⑬，必識此字，或能究見其人本末事迹，悉以條示，幸甚幸甚。源叔居京師，事多，不當以此煩聽覽⑭。漸寒，千萬保重。不宣⑮。

【校記】

①源：天理本卷後續校：一作「原」，後同。　②修以罪廢：天理本卷後續校：一作「生以罪廢」。　③凝滯：天理本卷後續校：一作「疑滯」。　④片：原校：一作「斫」。　⑤之間：天理本卷後續校：一無「之」字。　⑥以爲：天理本卷後續校：一作「云」。　⑦敦學：天理本卷後續校：一作「教學」。　⑧吉孺學：原校：一作「玄儒學」。　⑨考正：天理本卷後續校：一作「以正」。　⑩所立：天理本卷後續校：一作「所作」。　⑪蓋：天理本卷後續校：一作「實」。　⑫漢道：天理本卷後續校：一作「懷道」。　⑬今世：天理本卷後續校：一作「當世」。　⑭以此：天理本卷後續校：一無「此」字。　⑮「千萬」二句：天理本卷後校：一作「千萬自愛。某頓首」。

【箋注】

〔一〕據題下注，寶元元年（一〇三八）作。時在光化軍乾德縣令任上。王洙字原叔（或作源叔），應天宋城人。天聖進士。歷任史館修撰、知制誥，官至翰林侍讀侍講學士。博覽多聞，通圖緯、方技、陰陽、五行、算數、音律、詁訓、篆隸之學，校定史記、漢書，預修崇文總目、國朝會要等。宋史有傳。居士集卷三一有翰林侍讀侍講學士王公墓誌銘。

〔二〕源叔學士：王洙時爲史館檢討。史館與昭文館、集賢館並稱三館，三館職事皆稱學士。

〔三〕「今春」句：胡譜景祐四年：「十二月壬辰，移光化軍乾德縣令。」寶元元年：「三月，赴乾德。」

〔四〕「北首」句：乾德（今湖北老河口附近）在開封西南，故云。

〔五〕「縣有」二十一句：集古録跋尾卷三後漢玄儒婁先生碑：「右漢玄儒婁先生碑，云『先生諱壽，字九考，南陽隆人也。祖太常博士，父安貧守賤，不可榮以禄。先生童孩多奇，岐嶷有志，好學不厭，不飭小行，善與人交，久而能敬。榮沮、溺之耦耕，甘山林之杳藹』。又曰『有朋自遠，冕紳莘莘，講習不倦。年七十有八，熹平三年二月甲子不禄』。今光化軍乾德縣圖經載此碑，景祐中，余自夷陵貶所再遷乾德令，按圖求碑，而壽有墓在穀城界中。余率縣學生親拜其墓，見此碑在墓側，遂據圖經遷碑還縣，立於敕書樓下，至今在焉。治平元年六月十三日書。」

與刁景純學士書〔一〕

修頓首啓：近自罷乾德，遂居南陽，始見謝舍人，知丈丈内翰凶訃〔二〕，聞問驚怛，不能已已。丈丈位望並隆，然平生亦嘗坎軻，數年以來，方履亨塗，任要劇〔三〕，其去大用尺寸間爾，豈富與貴不可力爲，而天之賦予多少有限邪？凡天之賦予人者，又量何事而爲之節也？前既不可詰，但痛惜感悼而已。

某自束髮爲學，初未有一人知者。及首登門，便被憐奬，開端誘道，勤勤不已〔四〕，至其粗若有成而後止。雖其後遊於諸公而獲齒多士，雖有知者，皆莫之先也。然亦自念不欲效世俗子，一遭人之顧己，不以至公相期，反趨走門下，脅肩諂笑，甚者獻讒諛而備使令，以卑昵自親，名曰報德，非惟自私，直亦待所知以不厚。是故懼此，惟欲少勵名節，庶不泯然無聞，用以不負所知爾。某之愚誠，所守如此，然雖胥公，亦未必諒某此心也〔五〕。

自前歲得罪夷陵，奔走萬里，身日益窮，迹日益疏，不及再聞語言之音，而遂爲幽明之隔。嗟夫！世俗之態既不欲爲，愚誠所守又未克果，惟有望門長號，臨柩一奠，亦又不及，此之爲恨，何可道也！徒能惜不永年與未大用，遂與道路之人同歎爾。

知歸葬廣陵，遂謀京居，議者多云不便，而聞理命若斯，必有以也。若須春水下汴，某歲盡春初，當過京師〔六〕，尚可一拜見，以盡區區。身賤力微，於此之時當有可致，而無毫髮之助，慚愧慚愧。不宣。某再拜㊀。

【校記】

㊀原本篇末有編者按云：「内翰胥偃以寶元二年八月卒，此書乃當時所作，既與刁君，不應稱丈丈，若與胥氏子，又不應稱胥公。當考。」

【箋注】

〔一〕題下注「寶元三年」，誤。文云「近自罷乾德，遂居南陽」，胡譜載寶元二年（一〇三九）六月「公自乾德奉母夫人待次於南陽」，文當作於是年。文又云「始見謝舍人」，謝舍人，謝絳，是年十一月已卒（居士集卷二六尚書兵部員外郎知制誥謝公墓誌銘），故文絶不可能作於寶元三年（即康定元年）。刁景純，歐岳父胥偃之妻兄，見本集卷七寄題景純學士藏春塢新居詩箋注〔一〕。

〔二〕「知丈丈」句：丈丈内翰即胥偃，見本集卷一二胥氏夫人墓誌銘箋注〔五〕。胥偃卒於寶元二年八月（見校記〔一〕），年五十七（隆平集卷一四侍從）。

〔三〕「方履」二句：指胥偃入翰林爲學士、權知開封府。長編卷一二三載寶元二年六月「鄭戩權發遣開封府事，胥偃在病告也」。

〔四〕「及首」四句：胥氏夫人墓誌銘：「修年二十餘，以其所爲文，見胥公於漢陽。公一見而奇之，曰：『子當有名於世。』因留置門下，與之偕至京師，爲之稱譽於諸公之間。」天聖間，歐有上胥學士啓、謝胥學士啓，胥有答啓，均見表奏書啓四六集卷六。

〔五〕「然雖」二句：長編卷一八八載景祐三年正月，「糾察刑獄胥偃言，權知開封府范仲淹判異，阿朱刑名不當，乞下法寺詳定。詔仲淹自今似此情輕者，毋得改斷，並奏裁。初偃愛歐陽修有文名，置門下，妻以女。及偃數糾仲淹立異不循法，修乃善仲淹，因與偃有隙」。

〔六〕「某歲盡」二句：歐於寶元二年六月獲權武成軍節度判官廳公事的任命，據胡譜是年所附制詞，將接替「來年二月滿闕」的「節度推官趙咸寧」。太平興國初，滑州改武成軍節度。（宋史地理志一）滑州在開封北，歐赴滑州任，必經京師，故云。

【集評】

〔明〕徐文昭：情致依依，隔千里如面談。（引自歐陽文忠公文選評語卷三）

〔清〕儲欣：説世俗之態，可玩可警。（六一居士外集録評語卷一）

與陳員外書〔一〕

陳君足下無恙。近縣幹上府，得書一角，屬有少吏事，不皇作報，既而私有惑者。修本愚無似，固不足以希執友之遊。然而羣居平日，幸得肩從齒序，跪拜起居，竊兄弟行，寓書存勞，謂宜有所款曲以親之之意，奈何一幅之紙，前名後書，且狀且牒，如上公府。退以尋度，非謙即疏。此乃世之浮道之交〔二〕，外陽相尊者之爲，非宜足下之所以賜修也。

古之書具，惟有鉛刀、竹木。而削札爲刺，止於達名姓；寓書於簡，止於舒心意、爲問好。惟官府吏曹，凡公之事，上而下者則曰符、曰檄；問訊列對，下而上者則曰狀；位等相以往來，曰移、曰牒。非公之事，長吏或自以意曉其下以戒以飭者，則曰教；下吏以私自達於其屬長而有所候問請謝者，則曰箋記、書啓。故非有狀牒之儀，施於非公之事，相參如今所行者。其原蓋出唐世大臣，或貴且尊，或有權於時，縉紳湊其門以傳。嚮者謂舊禮不足爲重，務稍增之，然始於刺謁，有參候起居，因爲之狀。及五代，始復以候問請謝加狀牒之儀，如公之事，然止施於官之尊貴及吏之長者。其僞繆所從來既遠，世不根古，以爲當然。居今之世，無不知此，而莫以易者，蓋常俗所爲積習已牢㊀，而不得以更之也。

然士或同師友、締交游、以道誼相期者，尚有手書勤勤之意，猶爲近古。噫！候問請謝，非公之事，有狀牒之儀以施于尊貴長吏，猶曰非古之宜用，況又用之於肩從齒序、跪拜起居如兄弟者乎！豈足下不以道義交游期我，而惜手書之勤邪？將待以牽俗積習者，而姑用世禮以遇我之勤邪？不然，是爲浮道以陽相尊也。是以不勝拳拳之心，謹布左右。屬以公檄赴滑臺，行視驛傳，迫於促裝。楊秀才旦詣縣㊁〔三〕，府中事可悉數。

【校記】

㊀已：原作「以」，原校云「一作『已』」，據改。　㊁旦：原校：一作「且」。

【箋注】

〔一〕如題下注，康定元年（一〇四〇）作。篇末云「屬以公檄赴滑臺，行視驛傳，迫於促裝」，胡譜載康定元年「春赴滑州」，本文即作於將赴滑州而尚在襄城之時。陳員外，不詳。

〔二〕浮道：世俗之道。

〔三〕楊秀才：不詳。

【集評】

〔清〕何焯：太辭費。（義門讀書記卷三八）

〔清〕浦起龍：當公之時，已有去古益遠之慨。存此以維古誼，而文更如武夷六曲，曲曲移人。（古文眉詮評語卷五八）

答祖擇之書〔一〕

修啓秀才：人至，蒙示書一通，并詩、賦、雜文、兩策㊀，諭之曰：「一覽以爲如何？」某既陋，不足以辱好學者之問，又其少賤而長窮，其素所爲，未有足稱以取信於人。亦嘗有人問者，以不足問之愚，而未嘗答人之問。足下卒然及之，是以愧懼不知所言。雖然，不遠數百里走使者以及門〔二〕，意厚禮勤，何敢不報！

某聞古之學者必嚴其師，師嚴然後道尊，道尊然後篤敬〔三〕，篤敬然後能自守，能自守然後果於用，果於用然後不畏而不遷。三代之衰，學校廢〔四〕。至兩漢，師道尚存，故其學者各守其經以自用。是以漢之政理文章與其當時之事，後世莫及者，其所從來深矣。後世師法漸壞，而今世無師，則學者不尊嚴，故自輕其道。輕之則不能至，不至則不能篤信，信不篤則不知所守，守不固則有所畏而物可移。是故學者惟俯仰徇時，以希禄利爲急，至於忘本趨末，流而不返〔五〕。夫以不信不固之心，守不至之學，雖欲果於自用，莫知其所以用之之道，又況有禄利之誘、刑禍之懼以遷之哉！此足下所謂志古知道之士世所鮮而未有合者，由此也。

足下所爲文，用意甚高，卓然有不顧世俗之心，直欲自到於古人。今世之人，用心如足下者有幾？是則鄉曲之中㈡，能爲足下之師者謂誰？交游之間，能發足下之議論者謂誰？學不師則守不一，議論不博則無所發明而究其深㈢。足下之言高趣遠，甚善，然所守未一而議論未精，此其病也。竊惟足下之交游，能爲足下稱才譽美者不少，今皆捨之，遠而見及，乃知足下是欲求其不至，此古君子之用心也，是以言之不敢隱。

夫世無師矣，學者當師經。師經必先求其意，意得則心定，心定則道純，道純則充於中者實，中充實則發爲文者輝光，施於世者果敢㈣。三代、兩漢之學，不過此也。足下患世未有合者，而不棄其愚，將某以爲合，故敢道此，未知足下之意合否。

【校記】

㈠兩策：卷後原校：一作「兩册」。　㈡是：原校：一作「士」。　㈢究其深：天理本卷後續校：一作「究不深」。　㈣果敢：原作「果致」，下注「疑」字，天理本卷後續校云「一作『果敢』」，據改。

【箋注】

〔一〕原未繫年，當爲景祐四年（一〇三七）作。篇首云「修啓秀才」，則祖無擇尚未及第。據宋會要輯稿選舉二之七，無擇登第於景祐五年。龍學文集卷一二附有歐陽文忠公回答龍學手書，即本文，注云：「龍學未第時發書求教……次年龍學第三名及第。」可知本文作於景祐四年。祖無擇，字擇之，見居士集卷二七孫明復先生墓誌銘箋注〔一二〕。

〔二〕「不遠」句：祖無擇，上蔡（今屬河南）人，由彼處至夷陵（今湖北宜昌），有數百里。

〔三〕「某聞」三句：禮記學記：「凡學之道，嚴師爲難。師嚴，然後道尊；道尊，然後民知敬學。」

〔四〕學校：孟子滕文公上：「設爲庠序學校以教之。庠者，養也；校者，教也；序者，射也。夏曰校，殷曰序，周曰庠，學則三代共之，皆所以明人倫也。」

〔五〕流而不返：孟子梁惠王下：「從流下而忘反，謂之流。」

【集評】

［清］沈德潛：經在即聖人在，故當師經。然第墨守而不求其意蘊，終於拘執迂闊而不知所用，與無經略相同也。公一一指點，不翅傾倉倒囷而出之，倘所謂歸而求之有餘師者耶？（唐宋八大家文讀本評語卷一一）

［清］王元啓：中有實得，故稱心而言，真切樸至而義藴甚宏，足擬盛漢之文。（讀歐記疑卷三）

與田元均論財計書〔一〕

修啓：承有國計之命〔二〕，朝野忻然。引首西望〔三〕。近審已至闕下。道路勞止，寢味多休。弊乏之餘，諒煩精慮。建利害、更法制甚易，若欲其必行而無沮改，則實難；裁冗長、塞僥倖非難，然欲其能久，而無怨謗，則不易。爲大計，既遲久而莫待；收細碎，又無益而徒勞。凡相知爲元均慮者，多如此說，不審以爲如何？但日冀公私蒙福爾。春暄，千萬爲國自厚㊀。不宣。修再拜。

【校記】

㊀厚：原校：一作「重」。

【箋注】

〔一〕據題下注，皇祐三年（一〇五一）作，時在知應天府兼南京留守司事任上。田況，字元均，開封人。天聖進士。詳見居士集卷一一寄秦州田元均詩箋注〔一〕。財計，指理財之事。

〔二〕「承有」句：國計，國家經濟。荀子富國：「如是，則上下俱富，交無所藏之，是知國計之極也。」此指三司使之職。長編卷一六九載皇祐二年十一月戊戌，「召樞密直學士、給事中、知益州田況權御史中丞」。又載閏十一月己未，「改命田況爲樞密直學士、權三司使」。

〔三〕「引首」句：是時，歐在南京（今河南商丘），田況在益州（今四川成都），故云。

【集評】

〔清〕王元啓：杜、韓、范、富之不終其業，大抵困於沮改謗怨者多，公實親見其敗，故以此進元均，囑其更加精慮耳。（讀歐記疑卷三）

答徐無黨第一書〔一〕

修白：人還，惠書及始隱書論等〔二〕，并前所寄獲麟論㊀，文辭馳騁之際，豈常人筆力可到？於辨論經旨㊁，則不敢以爲是〔三〕。蓋吾子自信甚鋭，又嘗取信於某，苟以爲然，誰能奉奪？凡今治經者，莫不患聖人之意不明，而爲諸儒以自出之説汩之也。今於經外又自爲説，則是患沙渾水而投土益之也，不若沙土盡去，則水清而明矣。

魯隱公南面治其國，臣其吏民者十餘年，死而入廟，立謚稱公，則當時魯人孰謂息姑不爲君也〔四〕？孔子修春秋，凡與諸侯盟會、行師、命將，一以公書之，於其卒也，書曰「公薨」，則聖人何嘗異隱於他公也？據經，隱公立十一年而薨，則左氏何從而知其攝〔五〕，公羊、穀梁何從而見其有讓桓之迹〔六〕，吾子亦何從而云云也？仲尼曰「吾其爲東周乎」〔七〕，與吾子起於平王之説，何相反之甚邪〔八〕！故某常告學者慎於述作，誠以是也。秋初許相訪，此不子細，略開其端，吾子必能自思而得之。不宣。某書白。

【校記】

㈠寄：原作「記」，卷後原校云一作「寄」，據改。　㈡「於」上：卷後原校：一有「至」字。

【箋注】

〔一〕原未繫年，爲慶曆二年（一〇四二）作。據胡譜，歐是年八月請外，九月通判滑州。徐無黨亦往滑州從學。（見本集卷三喜雪示徐生箋注〔一〕）本文當作於此前。歐在京時早有「外補」的打算（見書簡卷六康定元年作與梅聖俞），故有「秋初許相訪」之約。

〔二〕始隱書論：此與下所云獲麟論，當是徐無黨論春秋起訖之文。居士集卷一八春秋或問：「或問：『春秋何爲始於隱公而終於「獲麟」？』……曰：『春秋起止，吾所知也……昔者，孔子仕於魯。不用，去之諸侯。又不用，困而歸。且老，始著書……得魯史記自隱公至于獲麟，遂删修之。』」

〔三〕「於辨論」三句：春秋或問：「曰：『然則始終無義乎？』曰：『義在春秋，不在起止。春秋謹一言而信萬世者也。予厭衆説之亂春秋者也。』」歐對徐無黨之説亦不敢苟同。

〔四〕「魯隱公」五句：見居士集卷一八春秋論上箋注〔三〕、〔四〕。

〔五〕「則左氏」句：左傳隱公元年：「不書即位，攝也。」史記魯周公世家：「惠公卒，長庶子息（索隱：系本隱公名息姑）攝當國，行君事，是爲隱公。初惠公適夫人無子，公賤妾聲子生子息。息長，爲娶於宋。宋女至而好。惠公奪而自妻之，生子允。登宋女爲夫人，以允爲太子。及惠公卒，爲允少故，魯人共令息攝政，不言即位。」

〔六〕「公羊、穀梁」句：公羊傳隱公元年：「公何以不言即位？成公意也。何成乎公之意？公將平國而反之桓。」穀梁傳同年所載同。

年。

〔七〕「仲尼曰」句：論語陽貨：「如有用我者，吾其爲東周乎！」

〔八〕「與吾子」三句：徐無黨書當謂春秋始於平王，歐持異議。按：魯隱公元年（前七二二）爲周平王四十九年。

答徐無黨第二書〔一〕

修再拜白：前夜自外歸，燈下得吾子書，言陳烈事〔二〕。亟讀之，未暇求陳君之所爲，尤愛吾子辭意甚質，徑知吾子之有成，不負其千里所以去父母而來之之意〔三〕。修亦粗塞責，不愧于吾子之父母與親戚鄰里鄉黨之人。甚善甚善。

修今歲還京師，職在言責，值天下多事，常日夕汲汲，爲明天子求人間利病，無小大，皆躬自訪問於人〔四〕。又夏大暑，老母病，故不得從今學者以遊，得少如前歲之樂。自入京來，便聞陳君之名，數以問於人，多不識，今得吾子所言，如見其面矣。幸母病今已愈，望時過，且謀共見陳君。

【箋注】

〔一〕如題下注，慶曆三年（一〇四三）作。長編卷一四〇載是年三月，太子中允、集賢校理歐陽修爲太常丞，並知諫院。文云「修今歲還京師，職在言責」，又云「夏大暑，老母病」「幸母病今已愈」，知此書作於是年盛夏或稍後。

〔二〕陳烈：字季慈，福州侯官人。篤於孝友，從學者衆。嘗以鄉薦試京師，不利，即罷舉，仁宗屢詔不起。嘉祐中，以爲本州教授，又召爲國子直講，皆不受。元祐時，教授本州，在職不受廩奉。宋史有傳。嘉祐元年，歐有舉布衣陳烈充學官劄子，二年有再乞召陳烈劄子，均見奏議集卷一四。

〔三〕千里：徐無黨家鄉婺州永康（今屬浙江），距開封有千里之遥。

〔四〕「值天下」五句：慶曆三年三月，歐爲諫官，極盡言責，僅是年所上奏書即多至六十餘篇。見奏議集卷一至七及卷一〇。

與陳之方書〔一〕

某白陳君足下：某憂患早衰之人也，廢學不講久矣。而幸士子不見棄，日有來吾門者，至於粹然仁義之言，蹱然閎博之辯，蔚然組麗之文，閲於吾目多矣。若吾子之文，辨明而曲暢，峻潔而舒遲，變動往來，有馳有止，而皆中於節，使人喜慕而不厭者，誠難得也。某固不能悉得天下之士，然盡某所見，如吾子之文，豈一二而可數哉？爲而不止，行而必至，畜厚而發益遠。吾雖不能悉得天下之士，然天下之士如吾子者，可一二而數也。某老矣，心耗力憊，有所不能，徒喜後生之奮於斯也，恨不得鳴躍於其間而從之。姑奉此爲謝。

【箋注】

〔一〕原未繫年，當作於嘉祐前期。陳之方，吴縣人。范成大吴郡志卷二八進士題名嘉祐四年劉煇榜下，列陳之方之名。之方嘗爲秘書丞，欒城集卷九有元豐時所作次韻答陳之方秘丞詩。元豐八年以奉議郎爲貢院官。長編卷三五一載，是年二月辛巳夜四鼓，開寶寺寓禮部貢院火，貢院官翟曼、陳之方、馬希孟等皆焚死。之方有文名，無錫縣志卷三上有宋人沈初小傳，云「元祐間尚詞賦」，朝廷以陳之方恤民深者嚮其樂等「賦五篇頒天下爲格」。郡齋讀書志附志總集類有宋賢體要集十三卷，收入歐陽修、曾鞏、王安石、蘇軾、蘇轍及陳之方等十八人作品。宋史藝文志四著録陳之方致君堯舜論一卷。本文稱「陳君足下」，云「幸士子不見棄，日有來吾門者」，見歐作爲文壇宗師，聲譽日隆，而之方時尚未入仕，故文當作於其嘉祐四年登第前。時歐年逾五十，謂「某老矣，心耗力憊」，正相合。文謂「如吾子之文，豈一二而可數哉」，後日之方著述之影響足可印證此語矣。

外集卷十九

書　四

答宋咸書〔一〕

某啓：去年冬承惠問〔二〕，時以奉使契丹，不皇爲答。兹者人至，辱書㊀，豈勝感愧！某區區于此，無補當時，徒於京師大衆中，汩汩人事，舊學都廢，耳不聞仁義之言久矣。惟君子不以甘榮禄、走聲利之徒見待，時有所教，幸甚幸甚。

天日之高，以其下臨於人者不遠，而自古至今，積千萬人之智測驗之，得其如此。故時亦有差者，由不得其真也。聖人之言，在人情不遠，然自戰國及今，述者多矣，所以吾儕猶不能默者，以前人未得其真也。然亦當積千萬人之見，庶幾得者多而近是，此所以學者不可以止也。足下以爲如何？尚或不然，當賜教。向熱，爲政外自重，以副所懷。不宣。某再拜。

【校記】

㊀「辱」上：卷後原校：一有「又」字。

【箋注】

〔一〕如題注（已略）所示，至和三年（一〇五六）作。文云「去年冬……奉使契丹」，歐出使契丹在至和二年，則本文當作於三年（是年九月，改元嘉祐）。文云「向熱」，當爲初夏作。宋咸，見居士集卷四七答宋咸書箋注〔一〕。

〔二〕「去年」句：此即居士集答宋咸書所云「蒙惠書及補注周易」也。

與集賢杜相公書〔一〕

修皇恐頓首。三兩日，不審尊體動止何似。某被催赴任〔二〕，不得躬造門下，豈勝戀戀之誠！保州叛卒，必欲招之，而外不退兵〔三〕，雖使忠臣孝子，不免疑惑。今又聞有築城之請，雖知朝廷不以爲是，而便宜之旨已下軍前〔四〕，萬一他事盡如築城之繆，遂不請而便宜從事，脱有敗誤，則一方之事繫天下安危。伏惟聰明，何以裁處？

某才薄力劣，不足以備急緩之用㊀，若止於調發輸餉，此俗吏之所能爲，故自請願與田、李共議兵事〔五〕，至今寢而不報。內竊自度，不報誠宜。然朝廷既已力排言事者，而託以用才於外，今反疑之而不任以事，何以解言者之惑哉？此某之不可諭也。秋暑尚繁，伏惟爲國自重。

【校記】

㈠急緩：原校：一作「緩急」。

【箋注】

〔一〕如題下注，慶曆四年（一〇四四）作。胡譜載，是年「八月甲午，保州軍叛……癸卯，除公龍圖閣直學士、河北都轉運按使」。歐勇於任責，欲參議兵事，爲國分憂，上乞許同商量保州事劄子（河北奉使奏草卷上），未獲允許，胸中鬱悶，遂作此書。集賢杜相公，杜衍。據長編卷一五二及宋史本傳，衍時爲同平章事、集賢殿大學士兼樞密使。

〔二〕赴任：即赴河北都轉運按察使之任。

〔三〕「保州」三句：宋史田況傳：「保州雲翼軍殺州吏據城叛，詔況處置之……況督諸將攻，以敕榜招降叛卒二千餘人，阬其構逆者四百二十九人。」

〔四〕「而便宜」句：長編卷一五一載慶曆四年八月「庚子，命知制誥田況往保州城下相度處置叛軍，仍聽便宜從事」。

〔五〕「故自請」句：乞許同商量保州事劄子：「臣準敕差充河北轉運按察使，伏見河北驕兵作過，見據保州，招之未肯開門，擊之未能速破。諸將集於城下，而進退攻取未有定計。臣今偶被獎擢，俾當繁使。至於應副糧草軍需之類，皆有司之常事，臣雖竭力供職，未足以稱陛下用臣之意。臣今欲乞每遇軍馬攻討招撫應干保州事宜，許臣與田況、李昭亮等同共商量施行，庶幾愚慮，有裨萬一。」李昭亮，字晦之，潞州上黨人。太宗李皇后侄，幼補東頭供奉官，累遷并代州路副都總管，徙真定路都總管。誘降鎮壓保州兵變者。後官至同中書門下平章事。宋史有傳。

答李大臨學士書〔一〕

修再拜。人至，辱書，甚慰。永陽窮僻而多山林之景〔二〕，又嘗得賢士君子居焉。修在滁之三年〔三〕，得博士杜君與處〔四〕，甚樂，每登臨覽泉石之際，惟恐其去也。其後徙官廣陵，忽忽不逾歲而求潁㊀。在潁逾年，差自適，然滁之山林泉石與杜君共樂者，未嘗輒一日忘于心也。

今足下在滁〔五〕，而事陳君與居〔六〕。足下知道之明者，固能達于進退窮通之理，能達於此而無累於心，然後山林泉石可以樂，必與賢者共，然後登臨之際有以樂也。足下所得與修之得者同，而有小異者。修不足以知道，獨其遭世憂患多，齒髮衰，因得閑處而爲宜爾，此爲與足下異也。不知足下之樂，惟恐其去，能與修同否？況足下學至文高，宜有所施於當世，不得若某之戀戀，此其與某異也。

得陳君所寄二圖，覽其景物之宛然，復思二賢相與之樂〔七〕，恨不得追逐于其間。因人還，草率。

【校記】

㈠求：原校：一作「來」。

【箋注】

〔一〕如題下注，皇祐二年（一〇五〇）作。文云：「徙官廣陵，忽忽不逾歲而求潁。在潁逾年，差自適。」歐由揚州移知潁州，在皇祐元年正月（胡譜），逾年即爲皇祐二年。李大臨，字才元，成都華陽人。登第爲絳州推官，歷任國子監直講、秘閣校理，責監滁州税。神宗時，擢修起居注，進知制誥、糾察在京刑獄。後出知汝州，徙知梓州。宋史有傳。大臨嘗爲秘閣校理，屬三館職事，故稱學士。

〔二〕永陽：滁州舊稱。

〔三〕「修在滁」句：據胡譜，歐慶曆五年八月謫知滁州，慶曆八年正月徙知揚州，在滁三年。

〔四〕杜君：滁州通判杜彬。避暑録話卷上：「歐文忠在滁州，通判杜彬善彈琵琶，公每飲酒，必使彬爲之。」

〔五〕「今足下」句：據宋史本傳，李大臨因考試舉人，誤收失韻者，責監滁州税。

〔六〕陳君：疑即後書所答者陳知明。該書云：「客之來自滁者，皆能道足下之事。」可見知明於滁爲知名之士。

〔七〕二賢：指李大臨與陳知明。

【集評】

〔明〕顧錫疇：語不煩，而思甚曲，意甚遠。（引自歐陽文忠公文選評語卷三）

答陳知明書〔一〕

修再拜啓：人至，辱書，有秦燕玉馬之説〔二〕，何其謙之甚邪！某昨在廣陵，一相見於衆人中，未有相知之意，及食，將徹案，方接足下以言，而始知其非衆人也。然尚不暇少留，以盡修之所欲得者，後常以爲恨也〔三〕。去年辱書于潁，又客之來自滁者皆能道足下之事〔四〕，於是判然以爲士之相知，或相望於千里，或相追於異世，知其道而已，不必接其迹也，則廣陵之不留，無足以爲恨。此前書所道，勤勤備矣。某於足下，不必見其文章之自述，然後以爲知也明矣。蓋嘗辱示詩及書，讀而愛之不已，以謂閎博高深，必有放縱奔馳而可喜者，雖得之多，宜不厭也。因復輒有求於足下者，譬之垂涎已啖一臠之味，而思快意於五鼎之間也，何足怪哉！幸足下無惜。

【箋注】

〔一〕據題下注，皇祐二年（一〇五〇）作。陳知明，字退蒙，首刻醉翁亭記碑於滁州者。光緒二十二年版費縣志卷一四上：「醉翁亭記之作，係慶曆八年石刻在滁州者，先有陳知明書，後有蘇長公書。碑陰詩云『退蒙從此謝輝光』，退蒙即知明字也。」按：「退蒙」一句謂知明首刻碑爲蘇軾書碑所取代也。查廣東通志卷二六職官志，在陳從易、胡枚後，有陳知明者知韶州。時間約在嘉祐時（此據李之亮宋兩廣大郡守臣易替考）。未知是否同一人。

〔二〕秦燕玉馬：葛洪抱朴子用刑：「金舟不能凌陽侯之波，玉馬不任騁千里之迹也。」疑陳知明來書以玉馬作自謙之喻，謂秦燕相距千里，玉馬不任馳騁也。

〔三〕「某昨」十句：管笛醉翁亭記研究碑文考據此謂歐離滁後，尚不知陳知明書碑刻石於滁，所見甚是。

〔四〕足下之事：指書碑刻石等事。

與王深甫論世譜帖〔一〕

修啓：惠借顔氏譜〔二〕，得見一二，大幸。前世常多喪亂㊀，而士大夫之世譜未嘗絶也。自五代迄今，家家亡之，由士不自重，禮俗苟簡之使然。雖使人人自求其家，猶不可得，況一人之力㊁，兼考於繆亂亡失之餘，能如所示者，非深甫之好學深思莫能也。顔譜且留，愚有未達，須因見過得請。集古録未始委僮奴，昨日大熱，艱於檢尋，今送，不次。修再拜。

【校記】

㊀「世」下：卷後原校：真蹟有「固」字。　㊁「況」下：卷後原校：真蹟有「以」字。

【箋注】

〔一〕原未繫年，置皇祐二年文後，疑爲是年七月改知應天府兼南京留守司事前作。文云「愚有未達，須因見過得請」，可知與深甫同處一地。文又云「昨日大熱」，知作於暑天。長編卷二二二熙寧四年四月甲戌條附注引林希野史：「皇祐中，歐陽修爲州，劉敞、王回在郡，日與之游。」王回字深甫，福州侯官人。嘉祐二年進士，爲亳州衛真簿，稱病不赴。退居潁州，不仕。宋史有傳。

〔二〕顔氏譜：新唐書、宋史之藝文志均著録唐顔氏家譜一卷，疑即此譜。

與王深甫論裴公碣㊀〔一〕

修啓：辱示，承旦莫體佳。高陽説如此〔二〕，爲得之矣。載初元年正月，乃永昌年之十一月爾，當與永昌同年〔三〕。天授庚寅，載初己丑爾〔四〕。然自天授至長安四年甲辰，凡十五年〔五〕，使自武德不除周年，則乾元己亥乃一百四十二年，除周年，則大曆乙卯爲一百四十年〔六〕。乙卯，大曆十年也，哥舒晃事在八年〔七〕。又江西出兵，不當越數千里出於明州，此又可疑。前日奉答後再將校勘㊁，却未敢書，更俟面議也。蓋江西出嶺，路絶近，次則出湖南，已爲稍遠，就令出明州，非江西可節制也。病嗽無悰㊂，姑此爲報。修頓首。

【校記】

㊀題原作「同前」，天理本作「與王深甫論裴公碣」，據改。　㊁答：原校：一作「啓」。　㊂病：原校：一作「疾」。

【箋注】

〔一〕　如題下注，嘉祐八年（一〇六三）作。集古録跋尾卷七唐裴公紀德碣銘之二末云「嘉祐八年十月三十日書」，與題下注相合。王元啓讀歐記疑卷三：「明州刺史裴儆記德碣銘有『皇唐御神器一百四十二年』之語，又言『海隅小寇作亂，明州當出兵之衝』。公疑紀年失實。又廣州哥舒晃作亂，唐命江西路嗣恭討平之，不當自明州出兵，因此有問于深甫。」集古録跋尾唐裴公紀德碣銘：「唐越州刺史王密撰，國子監丞、集賢院學士李陽冰篆。裴公儆爲明州刺史，密代之，爲作此文。其文云：『皇唐御神器一百四十二年，天下大康。海隅小寇，結亂甌越。因言明州當出兵之衝，民物殘敝，儆撫綏有惠愛，而人思之爾。』按唐自戊寅武德元年受命，至己亥乾元二年，乃一百四十二年。是時肅宗新起靈武，上皇自蜀初還，史思明僭號於河北。是歲，洛陽、汝、鄭等州皆陷於賊，不得云『天下大康』而『海隅小寇』也。考於史傳，又不見其事。惟台州賊袁晁攻陷浙東州郡，乃寶應元年，當云一百四十五年。又據密代儆爲明州刺史，至大曆十四年移湖州，則儆、密相繼爲刺史，宜在代宗時。然密當時人，推次唐年，不應有失。余友王回深父曰：『唐自武德至大曆八年，實一百五十六年，中間除則天稱周十四年，則正得一百四十二年。是時天下初定，文人著辭以爲大康，理亦可通。是歲廣州哥舒晃作亂，「海隅小寇」豈謂此歟！』余以謂晃之亂，唐命江西路嗣恭討平之，不當自明州出兵。深父曰：『然兵家出奇，明州海道，去廣不遠，亦或然也。』故并著之。」裴公，裴儆。據羅濬寶慶四明志卷一郡守載，裴儆，河東人，大曆六年刺史，八年罷。治明州（治今浙江寧波），適海寇侵略，一年而驚逋復，田疇闢，茨塾興；三年而風俗丕變，長幼各得其宜。

〔二〕 高陽：後篇謂爲「高陽門徒」、「高陽人」。

〔三〕「載初」三句：唐永昌元年（六八九）改用周正，以十一月爲載初元年正月。

〔四〕「天授」二句：己丑年（六八九）原爲唐永昌元年，因改用周正，十一月爲載初元年正月，十二月爲臘月，明年即庚寅年（六九〇）正月爲一月，仍續用則天后載初年號。至九月，又改爲武周天授元年，故云。

〔五〕「然自」二句：武周天授元年庚寅（六九〇）至長安四年甲辰（七〇四），共十五年。

〔六〕「使自」四句：自唐高祖武德元年戊寅（六一八），不除周年，至肅宗乾元二年己亥（七五九），爲一百四十二年；除周年（十五年），至代宗大曆十年乙卯（七七五），爲一百四十三年，文云「一百四十年」，有誤。

〔七〕「哥舒晃」句：讀歐記疑卷三：「按史，大曆八年九月，循州刺史哥舒晃反，殺嶺南節度使吕崇賁。自武德戊寅至此一百五十六年，除去周年，正與王密所云『皇唐御神器百四十二年』之語合。」哥舒晃反叛及被鎮壓事，見兩唐書路嗣恭傳。

再與王深甫論裴公碣㊀〔一〕

修啓：蒙疏示，開益已多，感服何已！唐除周歲，誠如所諭，兼密罷明州在建中二年，則大暦八、九年後，儆爲明守而密代之，以年數推之，與乾元之説不較可知〔二〕。但恐除周之年，前人未必如此，難以臆斷爲定，當兩載之，使來者自擇也。高陽門徒之説，恐便是高陽人，未知何如㊁？郭子儀家傳等先送〔三〕，碑當續馳。修再拜。

所推誠好，然更深思唐人除周之説，恐未必然也。則天是天授中改周，惟復是載初，相較亦只一年爾。

【校記】

㊀題原作「同前」，因繼前書而作，故改爲今題。

㊁何如：原校：一作「如何」。

【箋注】

〔一〕　如題下注，嘉祐八年（一〇六三）作。前書得深甫回復後，歐仍有疑，又作此書問之。

〔二〕　「兼密罷」五句：建中二年（七八〇）離大暦十年乙卯（七七五）甚近，「以年數推之」，儆由密代頗合理。而乾元二年己亥（七五九）則相距甚遥，故「不較可知」。

〔三〕　郭子儀家傳：記載唐名將郭子儀事迹，玉海、古今事文類聚、山堂肆考等均有摘引，著者不詳。

與王深甫論五代張憲帖〔一〕

修啓：辱教甚詳，蒙益不淺。所疑所論，皆與修所考驗者同。今既疑之，則欲著一小論于傳後，以哀其忠〔二〕，如此得否？修之所書，只是變賜死爲見殺〔三〕，於憲無所損益。憲初節甚明〔四〕，但棄城而走不若守位而死，已失此節，則見殺與賜死同爾。其心則可喜，但舉措不中爾。更爲不見張昭傳中所載〔五〕，或爲録示，尤幸。目痛，草草不次。修再拜。

莊宗月一日遇弑〔六〕，存霸在河中聞變，走太原見殺〔七〕，而憲亦走忻州。明宗初三日入洛，十日監國，二十日即位〔八〕，憲二十四日死，初以此疑之。又本傳言明宗郊天，憲得昭雪〔九〕，則似非明宗殺之。更爲思之，如何？

【箋注】

〔一〕題下注「皇祐□年」。據胡譜，歐皇祐時先於元年二月至潁，二年七月離潁；後丁母憂，於四年三月歸潁守制。書簡卷六皇祐五年所作與梅聖俞云：「謀葬事未得……閑中不曾作文字，祗整頓了五代史，成七十四卷。」此書乃與深甫論五代事，疑當作於皇祐四、五年間。張憲，字允中，五代唐臣，新、舊五代史有傳。

〔二〕「則欲」二句：新五代史張憲傳後論曰：「嗚呼！予於死節之士……既已哀之。至於張憲之事，尤爲之痛惜也……憲之志誠可謂忠矣。當其不顧其家，絶在禮而斬其使，涕泣以拒昭遠之說，其志甚明。至其欲與存霸俱死，及存霸被殺，反棄太原而出奔，然猶不知其心果欲何爲也。而舊史書憲坐棄城而賜死，予亦以爲不然。予之於憲固欲成其美志，而要在憲失其官守而其死不明，故不得列於死節也。」舊五代史符彦超傳謂存霸奔太原，彦超與張憲謀未决，部下大譟，州兵畢集，張憲出奔。是夕，存霸爲軍士所殺。

〔三〕「修之」二句：張憲傳：「憲出奔沂州，亦見殺。」按：舊五代史本傳云：「憲初聞有變，出奔沂州，而有司糾其委城之罪，四月二十四日賜死於晉陽之千佛院。」

〔四〕「憲初節」句：張憲傳：「趙在禮作亂，憲家在魏州，在禮善待其家，遣人以書招憲，憲斬其使，不發其書而上之。莊宗遇弒……憲曰：『吾本書生，無尺寸之功，而人主遇我甚厚，豈有懷二心以幸變……』」

〔五〕張昭傳：不知此出于何書。宋史有張昭傳，云：「張昭字潛夫，本名昭遠，避漢祖諱，止稱昭……後唐莊宗入魏，河朔游士，多自效軍門，昭因至魏，携文數十軸謁興唐尹張憲。憲家富文籍，每與昭燕語，講論經史要事，恨相見之晚，即署府推官。同光初，奏授真秩，加監察御史裏行。憲爲北京留守，昭亦從至晉陽。莊宗及難，聞鄴中兵士推戴明宗，憲部將符彦超合戍兵將應之。昭謂憲曰：『得無奉表勸進爲自安之計乎？』憲曰：『我本書生，見知主上，位至保釐，乃布衣之極。苟靦顔求生，何面目見主於地下？』昭曰：『此古人之志也，公能行之，死且不朽矣。』相泣而去，憲遂死之，時論重昭能成憲之節。」

〔六〕「莊宗」句：新五代史唐莊宗紀下載同光四年「夏四月丁亥朔，皇帝崩」。

〔七〕「存霸」二句：新五代史李存霸傳：「莊宗中流矢崩……存霸聞京師亂，亦自河中奔太原，比至，麾下皆散走，惟使下康從弁不去。存霸乃剪髮、衣僧衣，謁符彦超曰：『願爲山僧，冀公庇護。』彦超欲留之，爲軍衆所殺。」按：存霸爲莊宗之弟，歷任昭義、天平、河中三軍節度使。符彦超先爲後唐汾州刺史，後爲北京巡檢。

〔八〕「明宗」三句：新五代史唐明宗紀：「四月丁亥，莊宗崩。己丑，入洛陽。甲午，監國，朝羣臣于興聖宮……丙午，始奠于西宮，皇帝即位於柩前。」

〔九〕「又本傳」二句：舊五代史本傳載憲死後，「明宗郊禮大赦，有司請昭雪，從之」。

再與王深甫論五代張憲帖㈠〔一〕

修啓：辱教，益詳盡，多荷多荷。存霸奔太原，人言其馬鞦斷，疑其戰敗而來〔二〕，存霸乃以情告，仍自髠，衣僧衣，見符彦超曰：「願爲山僧，望公庇護。」彦超亦欲留之俟朝命，爲軍衆所殺〔三〕。若此，則憲似知莊宗已崩，據張昭勸憲奉表〔四〕，則知新君立明矣。但不知其走忻州何故也。此意可喜，而死不得其所爾。食後見過，更盡高議，可乎？修再拜。

【校記】

㈠題原作「同前」，因繼前書而作，故改爲今題。

【箋注】

〔一〕題下注「皇祐□年」，疑當與前篇同爲皇祐四、五年間作。

〔二〕「存霸」三句：新五代史張憲傳：「莊宗遇弒，明宗入京師，太原猶未知，而永王存霸奔于太原。左右告憲曰：『今魏兵南嚮，主上存亡未可知，存霸之來無詔書，而所乘馬斷其鞦，豈非戰敗者乎！宜拘之以俟命。』」

〔三〕「仍自髠」七句：見前篇箋注〔七〕。

〔四〕張昭勸憲奉表：見前篇箋注〔五〕。

問王深甫五月一日會朝帖〔一〕

修啓：信宿爲況清佳。前日貪奉笑言，有一事數日欲咨問，偶忘之。唐時有五月一日會朝之禮，略記其始本出於道家〔二〕，是日君臣集會，其儀甚盛。而其説不經，不知起自何帝，亦記得是開元已後方有〔三〕，略與批示其時爲幸。修再拜。

中間嘗罷，後又復行，復行恐是憲宗朝，亦不記子細。

【箋注】

〔一〕原未繫年。問會朝事，亦修史明典章故實之需，疑亦皇祐四、五年間作。會朝，諸侯或羣臣朝會盟主或天子。左傳襄公二十一年：「會朝，禮之經也。」孔穎達疏：「會以訓上下之則，朝以正班爵之義，是會朝爲禮之常法也。」新唐書董晉傳：「五月朔，天子會朝，公卿在廷。侍中贊，羣臣賀。」此當據韓愈贈太傅董公行狀：「初，公爲宰相時，五月朔會朝，天子在位，公卿百執事在廷。侍中贊，百僚賀。」

〔二〕「唐時」二句：王偁東都事略吕公著傳：「公著言：『五月會朝，始於唐德宗，取術數厭勝之説，憲宗以不經罷之。』」

〔三〕「亦記得」句：據董晉傳，晉爲宰相在德宗貞元五年，而有五月朔會朝事。貞元在開元後，相距四十多年。

與杜訢論祁公墓誌書〔一〕

修啓：專人至，辱書，伏承暑熱，孝履支福，深慰企想。所要文字，終不曾得的實葬日〔二〕，以謂卜日尚遠，遂未曾銓次，忽辱見索，亦莫知葬期遠近。爲一兒子患傷寒，三次勞發，已一月在牀㊀，虚乏可憂〔三〕。日夕憂迫，心緒紛亂，不能清思於文辭，縱使强爲之，辭亦不工，有玷清德。如葬期逼，乞且令韓舍人將行狀添改作誌文〔四〕。修雖遲緩，當自作文一篇紀述。

平生知己，先相公最深，别無報答，只有文字是本職，固不辭，雖足下不見命，亦自當作。然須慎重，要傳久遠，不鬭速也。苟粗能傳述於後，亦不必行㊁，況治命不用邪？若葬期未有日，可待，即尤好也，然亦只月十日可了〔五〕。若以愚見，誌文不若且用韓公行狀爲便，緣修文字簡略，止記大節，期於久遠，恐難滿孝子意。但自報知己，盡心於紀録則可耳，更乞裁擇。

范公家神刻，爲其子擅自增損，不免更作文字發明〔六〕，欲後世以家集爲信，續得録呈。尹氏子卒請韓太尉别爲墓表〔七〕。以此見朋友、門生、故吏，與孝子用心常異，修豈負知己者！范、尹二家，亦可爲鑒，更思之。然能有意於傳久，則須紀大而略小，此可與通識之士語，足下必深曉此。但因葬期速，恐倉卒不及，遂及斯言也，幸察。京師區區中，日爲病患憂煎，不時遣人致問。夏熱，節哀自愛。

【校記】

㈠發，已：原校：二字一作「復」。　㈡「行」下：原注「疑」字。

【箋注】

〔一〕　如題下注，嘉祐二年（一〇五七）作。是年二月，杜衍卒于南京，歐爲銘墓，載居士集卷三一。此書作于銘墓之前，時爲盛夏。杜訢爲杜衍次子，時爲太常博士。

〔二〕　實葬日：據太子太師致仕杜祁公墓誌銘，杜衍葬于嘉祐二年十月十八日。

〔三〕　「爲二」四句：書簡卷六有嘉祐二年作與梅聖俞云：「以小兒子傷寒已較，因勞復發，今日錫慶齋會，亦去不得。」可知病兒當爲歐陽辯。

〔四〕　韓舍人：韓絳。絳爲知制誥，實掌中書舍人之職，故稱舍人。居士集至和二年詩有內直對月寄子華舍人持國廷評。按：絳字子華，其弟維字持國。

〔五〕　「然亦」句：書簡卷六有嘉祐二年又作與梅聖俞云：「兩日不出，方爲杜公作銘……漸凉，思奉言笑，何可得。」據「漸凉」之語，作銘時已是初秋。

〔六〕　「范公」三句：邵博邵氏聞見後録卷二一：「范文正公尹天府，坐論吕申公降饒州。歐陽公爲館職，以書責諫官不言，亦貶夷陵。未幾，申公亦罷。後歐陽公作文正神道碑云：『吕公復相，公亦再起被用，于是二公驩然相約，共力國事。天下之人，皆以此多之。』文正之子堯夫以爲不然，從歐陽公辯，不可，則自削去『驩然』、『共力』等語。歐陽公殊不樂，爲蘇明允云：『范公碑爲其子弟擅于石本改動文字，令人恨之。』」葉夢得避暑録話卷上亦載此事，謂范純仁「刊去二十餘字，乃入石。既以碑獻文忠，文忠却之曰：『非吾文也。』」

〔七〕　「尹氏」句：韓太尉，韓琦，時爲樞密使。其所作尹公墓表，見安陽集卷四七。王元啓讀歐記疑卷三：「師魯卒慶曆七年丁亥，至嘉祐四年己亥越十二年，公奏乞廕洙子一官，言洙止一子，年方十餘歲，則師魯卒時纔數齡耳。此云『別請韓太尉爲墓表者』，當係其兄子漸之子。」按：尹公墓表云「沂、材舉公、夫人之喪葬于緱氏縣某鄉之某原」，沂爲尹洙之弟，稱「尹氏子」，當指材也。材爲尹源長子，見居士集卷三一太常博士尹君墓誌銘。

再與杜訢論祁公墓誌書㊀〔一〕

修啓：秋涼，不審孝履何似？前於遞中辱書，所示誌文今已撰了，爲無得力人，遂託李學士送達〔二〕。

修愚鄙，辱正獻公知遇〔三〕，不比他人。公之知人推奬，未有若修之勤者；修遇知己，未有若公知之深也。其論報之分，他事皆云非公所欲，惟紀述盛德，可以盡門生故吏之分。然以衰病，文字不工，不能次序萬分之一，此尤爲愧恨也。然所紀事，皆録實，有稽據，皆大節與人之所難者。其他常人所能者，在他人更無巨美，不可不書，於公爲可略者，皆不暇書。如作提刑斷獄之類。然又不知尊意以爲何如？苟見信，甚幸，或擇一真楷書而字畫不怪者書之，亦所以傳世易曉之意也。刻石了，多乞數本，爲人來求者多。葬事知定十月，不知何人篆蓋？早了爲善，昨禮院定謚曰正獻。清白守節曰「正」，「正」避御名，音同所改也〔四〕。文賢有成曰「獻」，義兼文節、文正矣。

知己今不可得，每臨公事，但知感涕爾。漸寒，侍親千萬節哀自愛。不宣。修再拜。

【校記】

㊀題原作「同前」，因繼前書而作，故改爲今題。

【箋注】

〔一〕如題下注，嘉祐二年（一〇五七）作。此作於撰誌之後，時爲秋天。

〔二〕李學士：不詳。

〔三〕「辱正獻公」句：見本集卷二三跋杜祁公書。杜衍，卒謚正獻。

〔四〕「清白」三句：正，原作「貞」，仁宗名禎，爲避諱，改作「正」。

問劉原甫侍讀入閤儀帖〔一〕

入閤之禮，起自何年〔二〕，閤是何殿？開延英，亦起何年〔三〕？五日一起居，遂廢正衙不坐，起何年〔四〕？三者，孤陋所不詳，乞示其本末。

修啓：辱示，甚煩尊用。然得以開釋未悟，其幸尤多，感刻感刻。問此一事，本爲明宗置内殿起居，又復入閤，當時緣昭宗朝誤繆，不合故事也。朔望宣政一事，尤失紫宸入閤本制也。然不見初起年代。今乃入閤却御前殿，此自昭宗失之。延英之對與入閤合儀，亦自昭宗失之。起居而廢正衙，自明宗失之，至今遂爾。含元大殿，大朝會。宣政常朝，謂之正衙。本爲玄宗朔望以陵寢薦食，不復御正殿，始於便殿召入宰臣已下，此入閤之漸。今云朔望御宣政殿，大失之矣。延英便殿，亦謂入閤，乃五日一開，與宰臣議事。宣政立而奏事訖，賜坐茶湯。延英賜坐而論事，蓋漸密而漸親也。昭宗始一日中九度開延英入閤，仍於一度開延英，一日行之。前殿入閤，唐末，即於朔望日前殿正衙殿行入閤，自後唐至國朝，並於文明殿行入閤，皆非便殿。或指朔望宣政爲入閤，尤誤説也。修於史已不熟，於制度又不熟，乞爲參詳之。

【箋注】

〔一〕原未繫年，置嘉祐二年與七年文間，當爲嘉祐五年（一〇六〇）作。長編卷一九二載嘉祐五年九月丁亥，「起居舍人劉敞爲翰林侍讀學士、知永興軍」。據劉攽劉公行狀，敞于十二月至永興軍任上，本篇當作于九月丁亥後、離京赴任之前。此時方可稱劉敞爲侍讀。潘永因宋稗類鈔卷五：「劉原父在詞掖，歐陽文忠公嘗折簡問：『入閤起於何年，閤是何殿？開延英起何年？五日一起居，遂廢正衙不坐，起何年？三者，孤陋所不詳，乞示本末。』原父方與客對食，曰：『明日當爲答。』已而復追回，令立俟報。原父就座中疏入閤事，詳盡無遺。原父私謂所親曰：『好個歐九！極有文章，可惜不甚讀書。』東坡後聞此言，笑曰：『軾輩將如之何？』」按：詞掖爲詞臣之官署，指學士院。

〔二〕「入閤」二句：唐代皇帝朔望日于便殿接見羣臣，稱「入閤」。新五代史李琪傳：「天子日御便殿見羣臣，曰『常參』。朔望薦食諸陵寢，有思慕之心，不能臨前殿，則御便殿見羣臣，曰『入閤』」。宋敏求春明退朝録卷中：「唐日御宣政，設殿中細仗兵部旗旛等於廷，朝官退，皆賜食。自開元後，朔望，宗廟上牙槃食。明皇意欲避正殿，遂御紫宸殿，喚仗入閤門，遂有入閤之名。」

〔三〕「開延英」二句：延英，唐之延英殿。唐六典尚書工部：「宣政之左曰東上閤，右曰西上閤，次西曰延英門，其内之左曰延英殿。」延英之置，乃肅宗以宰相苗晉卿年老難步，特設之耳。于延英殿召對，以示優禮。見高承事物紀原朝廷注措延英。

〔四〕「五日」句：指每五日羣臣隨宰相入見皇帝。其制始于後唐明宗。新五代史李琪傳：「明宗初即位，乃詔羣臣，五日一隨宰相入見内殿，謂之起居。」

與蔡君謨求書集古録序書〔一〕

修啓：𢁿在河朔㈠〔二〕，不能自閑，嘗集録前世金石之遺文，自三代以來古文奇字㈡，莫不皆有。中間雖罪戾擯斥，水陸奔走㈢，顛危困踣，兼之人事吉凶，憂患悲愁，無聊倉卒〔三〕，未嘗一日忘也。蓋自慶曆乙酉〔四〕，逮嘉祐壬寅〔五〕，十有八年，而得千卷，顧其勤至矣，然亦可謂富哉！

竊復自念，好嗜與俗異馳，乃獨區區收拾世人之所棄者，惟恐不及，是又可笑也。因輒自叙其事，庶以見其志焉。然顧其文鄙意陋，不足以示人㈣。既則自視前所集録㈤，雖浮屠、老子詭妄之説，常見貶絶於吾儒者，往往取之而不忍遽廢者〔六〕，何哉？豈非特以其字畫之工邪？然則字書之法雖爲學者之餘事，亦有助於金石之傳也。若浮屠、老子之説當棄而獲存者，乃直以字畫而傳，是其幸而得所託爾，豈特有助而已哉？

僕之文陋矣，顧不能以自傳㈥，其或幸而得所託，則未必不傳也。由是言之，爲僕不朽之託者，在君謨一揮毫之頃爾。竊惟君子樂善欲成人之美者，或聞斯説，謂宜有不能却也，故輒持其説以進而不疑。伏惟幸察。

【校記】

㈠曏：原校：一作「曩」。　㈡自三代：卷後原校：此下一有「秦漢」二字。　㈢奔走：卷後原校：此下一有「山川險阻」四字。　㈣「不」上：卷後原校：一有「恐」字。　㈤則：原校：一作「而」。　㈥自傳：卷後原校：此下一有「也」字。

【箋注】

〔一〕如題下注，嘉祐七年（一〇六二）作。次年，蔡襄有答歐陽永叔書（端明集卷二七）：「蒙書以集古録序見托書之於石。集古之勤且十八載，而得千卷，并包夷夏數千里，行歷周、秦、漢、魏以來數千百年。賢聖功業，賊亂事迹，往往史傳之外，證明僞謬。其于所得之多，雖勞有益，豈特比于犀珠金玉世人之所欲者。以永叔之文章與所趣尚，舉而行之，極于不泯，豈假書字之功而後傳哉……如公之文與所尚，誠得附名篇末，以永其傳，兹其幸也，其敢辭焉？」

〔二〕曏在河朔：指慶曆四至五年爲河北都轉運按察使。

〔三〕「中間」六句：指貶滁、徙揚、知潁及丁母憂等。

〔四〕慶曆乙酉：慶曆五年（一〇四五）。

〔五〕嘉祐壬寅：嘉祐七年（一〇六二）。

〔六〕「雖浮屠」三句：如集古録跋尾中收有後漢老子銘（卷二）、陳浮屠智永書千字文（卷四）、北齊石浮屠記（卷四）隋老子廟碑（卷五）等。

【集評】

〔明〕茅坤：風韻佳。（歐陽文忠公文鈔評語卷一〇）

〔清〕儲欣：以公之文猶待字而傳哉？此固引重君謨之極致，而即就所録引入處最巧。（六一居士外集録評語卷一）

與樂秀才第一書㊀〔一〕

某白秀才樂君足下：昨者舟行往來，皆辱見過，又蒙以所業一册，先之啓事，宛然如後進之見先達之儀。某年始三十矣，其不從鄉進士之後者於今纔七年〔二〕，而官僅得一縣令，又爲有罪之人，其德、爵、齒三者〔三〕，皆不足以稱足下之所待，此其所以爲慚。自冬涉春，陰洩不止，夷陵水土之氣，比頻作疾，又苦多事，是以闕然。

聞古人之於學也，講之深而信之篤，其充於中者足，而後發乎外者大以光。譬夫金玉之有英華，非由磨飾染濯之所爲，而由其質性堅實，而光輝之發自然也。易之大畜曰：「剛健篤實，輝光日新〔四〕。」謂夫畜於其内者實，而後發爲光輝者日益新而不竭也。故其文曰「君子多識前言往行，以畜其德〔五〕」，此之謂也。古人之學者非一家，其爲道雖同，言語文章未嘗相似。孔子之繫易〔六〕，周公之作書〔七〕，奚斯之作頌〔八〕，其辭皆不同，而各自以爲經。子游、子夏、子張與顔回同一師〔九〕，其爲人皆不同，各由其性而就於道耳。今之學者或不然，不務深講而篤信之，徒巧其詞以爲華，張其言以爲大。夫强爲則用力艱，用力艱則有限，有限則易竭。又其爲辭不規模於前人，則必屈曲變態以隨時俗之所好，鮮克自立。此其充於中者不足，而莫自知其所守也。

竊讀足下之所爲高健，志甚壯而力有餘。譬夫良駿之馬，有其質矣，使駕大輅而王良馭之〔一〇〕，節以和鑾而行大道〔一一〕，不難也。夫欲充其中，由講之深，至其深，然後知自守。能如是矣，言出其口而皆文。修見惡於時，棄身此邑，不敢自齒於人。人所共棄而足下過禮之，以賢明巧正見待，雖不敢當，是以盡所懷爲報，以塞其慚。某頓首。

【校記】

㊀題下原注「續添」二字。篇末有編者語云：「京本英辭類稿有答樂秀才二書，首尾意頗相類，其一居士集所無，今録如右，其二雖載居士集，而用字不同，併列于左。」按：載居士集者見卷四七。

【箋注】

〔一〕題注「景祐三年」（已略），誤。書云：「自冬涉春，陰洩不止，夷陵水土之氣，比頻作疾，又苦多事，是以闕然。」歐於景祐三年冬至夷陵，「自冬涉春」，已是景祐四年（一〇三七），此書即是年作。同年，歐又有與荆南樂秀才書，載居士集卷四七，發端數句與本書幾乎相同，又云「再辱書，再而未答」，可知本書寫於前而實未發出，發出者爲後改定之書，即載居士集者也。樂秀才，無考。

〔二〕「其不從」句：猶言及第纔七年。

〔三〕德、爵、齒：孟子公孫丑下：「天下有達尊三：爵一，齒一，德一。朝廷莫如爵，鄉黨莫如齒，輔世長民莫如德。」

〔四〕「易之」三句：易大畜：「彖曰：大畜，剛健篤實，輝光日新其德。」王弼注：「凡物能厭而退者，弱也；既榮而隕者，薄也。夫能『輝光日新其德』者，唯『剛健篤實』也。」程頤傳：「乾體剛健，艮體篤實，人之才剛健篤實，則所畜能大，充實而有輝光；畜之不已，則其德日新也。」

〔五〕「故其」二句：易大畜：「象曰：天在山中，大畜；君子以多識前言往行，以畜其德。」程頤傳：「天爲至大而在山之中，所畜至大之象。人之蘊畜，由學而大，在多聞前古聖賢之言與行，考迹以觀其用，察言以求其心，識而得之，以畜成其德。」

〔六〕「孔子」句：見居士集卷一八易或問三首箋注〔一一〕。

〔七〕「周公」句：尚書今古文注疏書序謂周公作金縢、大誥、嘉禾、多士、無逸、君奭等篇。

〔八〕「奚斯」句：詩魯頌閟宮末章云「奚斯所作」，謂僖公作新廟，奚斯作頌。文選班固兩都賦序：「奚斯頌魯。」李善注引韓詩薛君章句云：「是詩公子奚斯所作也。」奚斯見於左傳閔公二年，與僖公爲同時人，官大夫，亦名公子魚。

〔九〕子游、子夏、子張、顔回：皆孔子弟子。游、夏見居士集卷四一鄭荀改名序箋注〔八〕。子張，顓孫氏，名師，字子張。嘗隨孔子周游列國，倡「見危致命，見得思義」（論語子張）。顔回，見居士集卷一顔跖詩箋注〔二〕。

〔一〇〕王良：春秋時善馭馬者。淮南子覽冥訓：「昔者王良、造父之御也，上車攝轡，馬爲整齊而斂諧，投足調均，勞逸若一。」

〔一一〕和鑾：同「和鸞」。古時車上之鈴鐺。詩小雅蓼蕭：「和鸞雝雝，萬福攸同。」毛傳：「在軾曰和，在鑣曰鸞。」漢書五行志上：「故行步有佩玉之度，登車有和鸞之節。」

外集卷二十

策　問

問進士策題五道〔一〕

問：古之人作詩，亦因時之得失，鬱其情於中，而發之於詠歌而已。一人之爲詠歌，歡樂悲瘁宜若所繫者，未爲重矣。然子夏序詩，以謂「動天地、感鬼神，莫近於詩」者〔二〕。詩之言，果足以動天地、感鬼神乎？

問：古之爲聖人者莫如舜，賢而與聖人近者莫如顏回。仲尼稱虞舜不可及〔三〕，而顏氏其殆庶幾。至其稱舜之所爲，則曰「好問而好察邇言」而已〔四〕，稱顏氏之好學，則曰「不遷怒，不貳過」而已〔五〕。然則如是者，是爲不可及與庶幾乎？

問：漢宣中興，丙、魏爲相〔六〕，後之人言爲相之賢者必稽焉，宜其有興樹之業顯於世也。及觀其紀傳，亦無他功德，相獨有明堂月令一章，吉之事大概而已。不識丙、魏之所以得賢於後世者，可得見乎？

問：子、丑、寅，三代之正也〔七〕，孔子何獨行夏之時〔八〕？說者曰：「夏時質也〔九〕。」忠、質、文，三代之政也〔一〇〕，孔子何獨曰從周之文〔一一〕？使夏之時爲正，則商、周之時不正乎？周之政尚文，則夏、商之政無文乎？夫周以子，則今之冬十一月乃春正也；商以丑，則今之冬十二月乃春正也。夫以冬十有一月、十有二月頒春正於天下，而教民之事，無乃與天時相戾歟？夫君臣之相和、父子之相愛、兄弟夫婦之相爲悌順，是文之本也；仁以守之、義以制之、禮樂以和節之，是文之成也。使夏、商而無文，則夏、商之世，無君臣、父子、兄弟、夫婦之制歟？說者曰：「三代之正，皆同也。子、丑、寅，出於後儒之妄也，忠、質、文，亦出於後儒之妄也。」使夫誠出於後儒之妄，則孔子安有行時、從文之說？

問：周天子之田方千里〔一二〕，號稱萬乘〔一三〕，萬乘之馬皆具，又有十二閑之馬〔一四〕，而六卿三百六十官〔一五〕，必皆各有車馬，車馬豈不多乎哉？千里之地，爲田幾何？其牧養之地又幾何？而能容馬若是之多乎哉？千里之地，爲田幾何？馬之法又如何？今天下廣矣，常患無馬，豈古之善養馬而今不善乎？宜有説以對也。

【箋注】

〔一〕原未繫年，作年不詳。

〔二〕「然子夏」三句：詩大序：「風，風也，教也；風以動之，教以化之……故正得失，動天地，感鬼神，莫近於詩。」鄭玄詩譜謂大序爲子夏作。

〔三〕「仲尼」句：禮記表記：「子言之曰：『後世雖有作者，虞帝弗可及也已矣。』」

〔四〕「至其」二句：禮記中庸：「子曰：『舜其大知也與！舜好問而好察邇言。』」

〔五〕「稱顏氏」二句：論語雍也：「哀公問：『弟子孰爲好學？』孔子對曰：『有顏回者好學，不遷怒，不貳過。不幸短命死矣。』」

〔六〕丙、魏：丙吉、魏相，西漢人。丙吉字少卿，累遷廷尉監，嘗救護皇曾孫（即宣帝）。後任大將軍霍光長史，建議迎立宣帝。封博陽侯，任丞相。魏相字弱翁，茂陵令，遷河南太守，抑制豪强勢力。宣帝即位，爲大司農，遷御史大夫，官至丞相，封高平侯。漢書魏相丙吉傳載相「數表采易陰陽及明堂月令奏之」。

〔七〕「子、丑、寅」二句：正，正月。夏曆以建寅之月爲正月，殷曆以建丑之月爲正月，周曆以建子之月爲正月。

〔八〕「孔子」句：論語衛靈公：「顏淵問爲邦，子曰『行夏之時』」朱熹集注：「夏時，謂以斗柄初昏建寅之月爲歲首也。」

〔九〕夏時質也：陳祥道論語全解卷八：「禮貴質儉，故以夏時。」

〔一〇〕「忠、質、文」二句：册府元龜卷一五九帝王部革弊：「夏之忠、商之質、周之文，若循環然，迭舉以救其弊。」

〔一一〕從周之文：論語八佾：「子曰：『周監於二代，郁郁乎文哉！吾從周。』」

〔一二〕「周天子」句：周禮地官司徒：「制其畿方千里而封樹之。」

〔一三〕 萬乘：孟子梁惠王上：「萬乘之國，弑其君者，必千乘之家。」趙岐注：「萬乘，兵車萬乘，謂天子也。」

〔一四〕 「又有」句：周禮夏官校人：「天子十有二閑，馬六種。」鄭玄注：「每廄爲一閑。」廄，同「廐」。

〔一五〕 「而六卿」句：周禮以天官冢宰、地官司徒、春官宗伯、夏官司馬、秋官司寇、冬官司空分掌邦國之政，總稱六官或六卿。六卿其屬各六十，故有三百六十官。

謚議

贈太尉夏守贇謚議〔一〕

議曰：謹按謚法：世篤勤勞曰忠，小心恭慎曰僖。今考公之行狀，言其父以軍校歿戰陣，遂獲賞延〔二〕；子以君命死道塗，得謚莊恪〔三〕。公自束髮，已能孝謹。遭遇先帝，給事左右〔四〕，材敏自力，愈久益勤。至於典掌師旅，宿衛王宮，出領節旄，入登樞輔，安享榮寵，六十餘年〔五〕。方真宗時，繼遷叛命，用兵朔方；契丹未和，再駕河北。多事之際，其勤最著〔六〕。或奔走自效，不暇過於私家；親暱雖至，未嘗敢請恩澤。歷小大之職，無纖毫之過。先朝用此，尤加獎擢。昨者西師始出，父子迭行，北顧之憂，選任居首〔七〕。迫於奄忽，厥用未彰〔八〕；較其始終，其迹可見。所謂勤勞著於奕世，恭慎見於小心。考之不誣，宜以節惠，謹合二灋，謚曰忠僖。謹議。

【校記】

㊀莊：原校：一作「壯」。

【箋注】

〔一〕原未繫年，當爲慶曆二年（一〇四二）作。長編卷一三七載是年六月「丙子，瀛州言宣徽南院使、天平節度使夏守贇卒。贈太尉，謚忠僖，遣使護其喪事」。守贇字子美，傳附宋史夏守恩傳後。

〔二〕「言其父」二句：夏守恩傳：「父遇，爲武騎軍校，與契丹戰，歿。時守恩纔六歲。補下班殿侍，給事襄王宮。」夏守贇傳：「守恩給事襄王邸，王問其兄弟，守恩言守贇四歲而孤，日侍王邸，不得時撫養，心輒念之。王爲動容，即日召入宮，而憐其幼，聽就外舍。後二年，復召入，王乳母齊國夫人使傅婢拊視之。」

〔三〕「子以」二句：守贇子夏隨，字君正。以父蔭爲茶酒班殿侍，遷右班殿直。歷任天雄軍兵馬鈐轄、秦州防禦使、鄜延路副都總管、陝西副都總管兼緣邊招討副使。次陝州，卒，贈昭信軍節度使，謚莊恪。其傳附夏守贇傳後。

〔四〕「遭遇」二句：夏守贇傳：「王爲太子，守贇典工作事。及即位，授右侍禁。」按：據宋史真宗紀一，真宗趙恒端拱時封襄王，至道時立爲太子。

〔五〕「至於」六句：據夏守贇傳，守贇累遷殿前都指揮使，徙定國軍節度使，召知樞密院事，又爲陝西馬步軍都總管兼經略、安撫、緣邊招討使等。

〔六〕「方真宗」七句：夏守贇傳：「李繼遷叛，命使綏、夏伺邊釁，還西頭供奉官、寄班祗候。帝幸大名，爲駕前走馬承受。康保裔與賊戰，没，部曲畏誅，聲言保裔降賊，密詔守贇往察之。守贇變服入營中，廉問得狀，還奏稱旨。詔恤保裔家，以守贇爲真定路走馬承受公事。帝幸澶淵及祀汾陰，皆爲駕前巡檢。」

〔七〕「昨者」四句：長編卷一二六康定元年二月：「劉平、石元孫敗，黄德和誣奏兩人降賊，知樞密院事夏守贇頗辨其枉，引康保裔事爲質，自請將兵擊賊。丁亥，夏守贇換宣徽南院使、陝西都部署兼經略安撫等使……壬辰，命夏守贇兼緣邊招討使。」宋史夏隨傳：「劉平、石元孫敗，以隨知河中府。守贇經略安撫陝西，留領會靈觀事。守贇還，復爲陝西副都總管兼緣邊招討副使。帝曰：『朝廷方以邊事委卿，卿毋以父在機密爲嫌。』」

〔八〕「迫於」二句：長編卷一二七康定元年五月：「戊寅，罷陝西都部署、經略安撫使、兼緣邊招討使夏守贇，都鈐轄王守忠，都大管勾、走馬承受黎用信張德明，並赴闕。守贇性庸怯，寡方略，不爲士卒所附，自河中徙屯鄜州，未及行，亟罷歸。」

齋　文

順祖惠元睿明皇帝忌辰齋文〔一〕

伏以積仁累德，王業始於艱難；追遠奉先，孝治刑於遐邇〔二〕。式臨諱日，祗率舊章。順祖惠元睿明皇帝肇啓慶基〔三〕，克光前烈，昭聖謨而貽厥〔四〕，隆廟德而可觀。今皇帝嗣繼大明〔五〕，克昌盛業，屬諱辰而增感，因佛事以薦嚴〔六〕。順祖皇帝伏願如在之威，亘百年而可畏；無疆之祚，佑億世以垂休。今皇帝伏願聖壽延鴻，丕圖永固〔七〕。然後願鈞衡舊德，宗室羣英，下洎臣民，咸均福祐。

【箋注】

〔一〕原未繫年，作年不詳。宋史太祖紀一載：「高祖脁，是爲僖祖……脁生珽，是爲順祖，歷藩鎮從事，累官兼御史中丞。」又載：建隆元年九月「丙午，奉玉册謚高祖曰文獻皇帝，廟號僖祖……曾祖曰惠元皇帝，廟號順祖」。李攸宋朝事實卷一祖宗世次：「順祖諱珽……正月二十五日崩，葬康陵。建隆元年，追尊惠元皇帝。大中祥符五年，加上惠元睿明皇帝。」

〔二〕刑於：謂以禮法對待。詩大雅思齊：「刑于寡妻，至于兄弟，以御于家邦。」鄭玄箋：「文王以禮法接待其妻。」

〔三〕慶基：幸福之根基。後漢書荀淑韓韶等傳贊：「慶基既啓，有蔚潁濱。」

〔四〕貽厥：語出書五子之歌：「明明我祖，萬邦之君，有典有則，貽厥子孫。」孔傳：「貽，遺也。言仁及後世。」

〔五〕今皇帝：疑指仁宗。

〔六〕薦嚴：恭表敬重之情。詩商頌殷武：「天命降監，下民有嚴。」毛傳：「嚴，敬也。」

〔七〕丕圖：大業。白居易答黄裳請上尊號表制：「朕以薄德，嗣守丕圖，不敢荒寧，以弘理道。」

祭　文

祭沙山太守祈晴文〔一〕

修謹告祭于沙山太守之神：修扶護母喪，歸祔先域，大事有日，陰雲屢興。修不孝罪逆，賴天地鬼神哀憐，行四千里之江，得無風波之恐。今即事矣，幸神寬之，假三日之不雨，則始終之賜，報德何窮！尚饗！

【箋注】

〔一〕如題下注，皇祐五年（一〇五三）作。胡譜載，是年「八月，自潁州護母喪歸，葬吉州之瀧岡」。曾敏行獨行雜志卷五：「歐陽公自南京留守奉母喪歸葬于瀧岡，將興役，忽陰雨彌月。公念襄事愆期，日夕憂懼。里之父老，往告公曰：『鄉有沙山之神，乃吾郡太守也。廟祀于此，里人遇水旱，禱之必應，盍以告焉？』公乃爲文，齋潔而謁于神曰：『修扶護母喪，歸祔先域，大事有日，陰雲屢興。今即事矣，幸神寬之，假三日之不雨，則終始之賜，報德何窮！』翌日，天宇開霽，始克舉事。」大清一統志卷二四九吉安府：「沙山，在永豐縣南一百六十里，峰巒聳秀，上多沙石，故名。」

祭五龍祈雨文㊀〔一〕

伏以去秋之潦，豐不補凶，飢民食糟麥爲命，而天久不雨，苗將槁焉。旱非人力之能移，徒知奔走；雨者龍神之所作，其忍不爲！薄奠拙辭，致誠而已。尚饗！

【校記】

㊀題下：原校：一作「祭五龍神」。

【箋注】

〔一〕如題下注，寶元元年（一〇三八）作。時在光化軍乾德縣令任上，同年有求雨祭文（一作五龍祈雨文）、求雨祭漢景帝文，載居士集卷四九。五龍，見求雨祭文箋注〔二〕。

祈晴文〔一〕

吏之所以食民之賦而神之所以享民之祭祀者，吏以刑政庇民，而神能以禍福加之也。寃枉之無訴，刑罰之不明，此人力能爲，而吏不舉之，其過宜在吏。水旱而不時，饑饉而疾疫，此人力所不能及，而皆職神之由。今自冬涉春，雨雪不止，居人無食，市肆不開，人皆食糟以延旦夕之命，至於無食有自殺者。此縣吏不能治民，以致神禍之過。此宜罰縣令之身，使爲病恙災殃以塞其責，不宜使數千户人皆受其災。雨雪雖久，及今而止，民猶有望焉。惟神閔之！

【箋注】

〔一〕原未繫年，置寶元元年文後。文云「此宜罰縣令之身」，考歐爲縣令，僅在夷陵、乾德兩處。景祐四年，歐於夷陵作祭桓侯文求雨，寶元元年於乾德亦求雨，此云「自冬涉春，雨雪不止」，指自寶元元年冬至二年春，乾德多雨雪，故求晴。文當爲寶元二年（一〇三九）作。

祭東嶽文〔一〕

某比者獲解郡章，許還里閈〔二〕，方巾車而即路，屬暑雨之時行。輒以愚誠，仰干大造〔三〕，蒙神之惠，賜以不違，吹清飈而散陰，暴秋陽以涸轍，遂無道路之阻，得返草茅之居。荷德之深，不知爲報，一觴之潔，謹用薦衷。尚饗！

【箋注】

〔一〕如題下注，熙寧四年（一〇七一）作。據謝致仕表（表奏書啓四六集卷五），是年六月十七日，歐於蔡州獲進奏院敕告，以觀文殿學士、太子少師致仕。文云「獲解郡章，許還里閈，方巾車而即路，屬暑雨之時行」，即蔡州退老時作。蔡州治所在汝陽（今河南汝南）。大清一統志卷四八汝寧府：「東嶽廟，在府治北關外。」按：元至元三十年升蔡州爲汝寧府，治所亦汝陽。

〔二〕里閈：里門。後漢書成武孝侯順傳：「順與光武同里閈，少相厚。」李賢注：「閈，里門也。」

〔三〕大造：天地。謝靈運宋武帝誄：「業盛曩代，惠侔大造，澤及四海，功格八表。」

祭金城夫人文〔一〕

修謹遣表弟鄭興宗〔二〕，以清酌庶羞之奠，致祭于金城夫人之靈。修遭罹酷罰，方在哀疚，護喪歸葬，千里之外。忽承凶訃，情禮莫伸，聊陳薄奠，致誠而已。尚饗！

【箋注】

〔一〕如題下注，皇祐五年（一〇五三）作。文云「護喪歸葬，千里之外」，知爲是年作於吉州。金城夫人，薛奎夫人趙氏，歐之岳母。居士集卷二六簡肅薛公墓誌銘：「公先娶潘氏，早卒。後娶趙氏，今封金城郡夫人。」

〔二〕鄭興宗：歐母鄭氏，興宗當爲鄭氏兄或弟之子，歐與之爲表兄弟。

祭王深甫文〔一〕

嗟吾深甫！孝悌行於鄉黨，信義施於友朋〔二〕。貧與賤不爲之恥，富與貴不爲之榮。雖得於内者無待於外物，而不可掩者蓋由其至誠。故方身窮於陋巷，而名已重於朝廷〔三〕。若夫利害不動其心，富貴不更其守。處於衆而不隨，臨於得而不苟。惟吾知子於初，世徒信子於久。念昔居潁，我壯而子方少年〔四〕。今我老矣，來歸而送子于泉。古人所居，必有是邦之友，況如子者，豈止一邦之賢？舉觴永訣，夫復何言！

【箋注】

〔一〕如題下注，治平二年（一〇六五）作。是年七月，王回卒于潁州，年四十三。見王安石王深父墓誌銘。

〔二〕「信義」句：王回與曾鞏、王安石、常秩等友善。曾鞏嘗以王回文示歐公（見其與王介甫第一書），回卒，又序其文集。安石與回交誼深厚，盛贊其道德學問，與王深父書慨然云：「近世朋友豈有如足下者乎？」祭王回深甫文更是悲號：「嗚呼天乎！既喪吾母，又奪吾友，雖不即死，吾何能久！」宋史本傳稱回「與處士常秩友善。熙寧中，秩上其文集，補回子汾爲郊社齋郎」。

〔三〕「故方」二句：王回進士及第，爲亳州衛真簿，稱病未赴，王深父墓誌銘謂「世皆稱其學問文章行治」。歐有舉章望之曾鞏王回等充館職狀（奏議集卷一六），稱「王回學行純固，論議精明，尤通史傳姓氏之書，可備顧問」。

〔四〕「念昔」二句：皇祐元年，歐知潁州，時年四十有三，常與王回等友朋聚會，王回時僅二十七歲。

外集卷二十一

譜　圖

〔石本〕歐陽氏譜圖序〔一〕

歐陽氏之先，本出於夏禹之苗裔。自帝少康封其庶子於會稽，使守禹祀，歷夏、商、周，以世相傳。至于允常，子曰勾踐，是爲越王。越王勾踐傳五世，至王無疆，爲楚威王所滅。其諸族子分散爭立，皆受封於楚。而無疆之子蹄，封於烏程歐餘山之陽，爲歐陽亭侯，其後子孫，遂以爲氏〔二〕。

當漢之初，有仕爲涿郡太守者，子孫遂居于北，或居青州之千乘，或居冀州之渤海。千乘之顯者曰生，字和伯，爲漢博士，以經名家，所謂歐陽尚書者是也〔三〕。渤海之顯者曰建，字堅石，所謂渤海赫赫歐陽堅石者是也。建遇趙王倫之亂見殺〔四〕，其兄子質，以其族南奔，居于長沙。其七世孫曰景達，仕于齊，不顯；至其孫頠，頠子紇〔五〕，仕于陳，紇子詢，詢子通〔六〕，仕于唐，四世有聞，遂顯。

自通三世生琮，爲吉州刺史，子孫因家于吉州。自琮八世生萬，又爲吉州安福令。其後世，或居安福，或居廬陵，或居吉水。而修之皇祖始居沙溪。至和二年，分吉水置永豐縣，而沙溪分屬永豐，今譜雖著廬陵，而實爲吉州永豐人也。

蓋自亭侯蹄因封命氏，自别於越，其後子孫散亡，不可悉紀。其可紀者，千乘、渤海而已。千乘之族，自生傳八世至歆，子復無後，世絶，經不傳家。其他子孫，亦皆微弱，遂不復見。而渤海之後獨見于今，然中間失其世次者再。蓋自質奔長沙，至于景達，七世而始見。自琮至于安福府君〔七〕，又八世而始見。其後遂不絶。

安福府君之九世孫曰修，當皇祐、至和之間，以其家之舊譜問于族人，各得其所藏諸本，以考正其同異，列其世次，爲譜圖一篇，自景達以後，始得其次叙。

譜圖

景達生一子	僧寶生三子	頠生二子	紇生四子	詢
				亮
				德
				器
			約生一子	胤
		盛闕		
		邃闕		
詢生四子	長卿闕			
	肅生一子			
	倫闕			
	通生二子	幼明生一子	昶生二子	璟
				琮
		幼讓闕		
自琮已下譜亡，至其八世孫曰萬，始復見于譜。				
萬生一子，名亡	某生一子	雅生二子	效生三子	謨
				託

				遠
			楚生三子，二名亡	某
				某
				戌
託生三子	鄂闕			
	郴生八子	俊生一子	翱生一子	葛三
		伸生一子	宏生二子	至
				起
		儀生四子	猛生二子	麗
				綏
			谷生二子	焕
				炳
			寬生五子	曦
				暐
				晃
				曉
				煦

			載生一子	鑒
		伾生一子	素生三子	霈
				曉
				藹
		信生一子	端無子	
		偃生三子	觀生二子	昞
				修
			旦生二子	宗古
				宗道
			曄生三子	宗顏
				宗閔
				宗孟
		佺生二子	翦生三子	遲
				凱
				勳
			羽無子	
		倣生三子	潁生二子	景

				昱
			顗生一子，名亡	
			頊生一子，名亡	
	邦闕			

惟歐陽氏自得姓以來，子孫衆多，而譜隨親疏，宜有詳略。其上世遠而支分疏者，事或具於史，或各見其家譜。今自吉州府君而下，具列如左：

吉州府君諱琮，葬袁州之萍鄉，而子孫始家于吉州。當唐之末，黄巢攻陷州縣，府君率州人扞賊〔八〕，鄉里賴以保全，至今人稱其德。

安福府君諱萬，事迹闕。

處士諱雅，字正言，高年不仕，德行稱於鄉里。夫人龍氏。

韶陽府君諱效，字德用，爲韶州韶陽主簿。夫人周氏。

處士諱託，字達明，隱德不仕，鄉里稱之。凡民有爭，決之官府者，後多復訴訟；有從處士平其曲直者，遂不復爭。夫人王氏。

令公府君諱郴，字可封。仕南唐，爲武昌令、吉州軍事衙推，官至檢校右散騎常侍兼御史大夫。性至孝，兄弟相友愛。有紫芝，一莖兩葩，生於楹。鄉人以爲孝德所感，爲著賦頌。享年九十有四，葬歐桂里橫溪保之鵞湖。夫人劉氏。府君累贈金紫光禄大夫、太師、中書令，夫人累封楚國太夫人。

屯田府君諱俊，第三十六仕南唐，爲洪州屯田院判官，享年五十七，葬栗源。夫人李氏。

處士諱伸，第三十七守道不仕，享年七十有三，葬滁陂。夫人蕭氏。

屯田府君諱儀，第三十八字象之。仕南唐，舉進士及第，官至屯田郎中。府君之登進士第也，父母皆在，鄉里榮之，乃改廬陵之文霸鄉安德里爲儒林鄉歐桂里，其所居履順坊爲具慶坊。享年五十有五，葬官山。夫人王氏。

處士諱伾，第三十九守道不仕。夫人王氏、張氏。

靜江府君諱信，第四十仕南唐，爲靜江軍團練使，據宋奭所撰安福太君墓志，列序八子官封云：「信爲靜江軍團練使兼憲秩。」南唐官品疑與今異。享年二十有五，葬曾家莊。夫人郭氏。

令公府君諱偃，第四十一少以文學著稱南唐，恥從進士舉，乃詣文理院上書，獻其所爲文十餘萬言。召試，爲南京街院判官。享年三十八，葬吉水之回陂。夫人李氏。府君累贈金紫光禄大夫、太師、中書令兼尚書令，夫人累封吳國太夫人。

處士諱佺，第四十二晦迹不仕，享年四十有七，葬東田。夫人陸氏。

工部府君諱倣，第四十三仕皇朝，爲許田令，葬奉新，累贈工部侍郎。夫人李氏。

處士諱翱，事迹闕。

處士諱宏，事迹闕。

處士諱猛，葬馬家坑。夫人鄭氏。

水部府君諱谷，爲筠州團練副使，官至檢校水部員外郎，葬傅家坑。夫人王氏。

封州府君諱寬，爲封州司理參軍，葬早禾坑。夫人邊氏。

工部府君諱載〔九〕，字則之，淳化三年進士及第。歐陽氏自江南歸朝，以進士登科者自府君始。爲人方重寡言，真宗皇帝嘗自擇御史，府君以秘書丞拜監察御史。後知泗州，毁龜山佛寺，誅妖僧數十人。爲政清廉簡靜，所至官舍不窺園圃，至果爛墮地，家人無敢拾者。官至尚書工部郎中，享年六十有八。夫人金壇縣君米氏。

處士諱素，事迹闕。

處士諱端，事迹闕。

崇公諱觀，字仲賓。事具瀧岡阡表，享年五十有九，葬吉水沙溪之瀧岡，累贈金紫光禄大夫、太師、中書令兼尚書令，追封崇國公。夫人彭城郡太君鄭氏，累封魏國太夫人，享年七十有二，祔葬瀧岡。

處士諱旦，隱德不仕，事母以孝，爲鄉里所稱，葬烏龜塘。夫人彭氏。

兵部府君諱曄〔一〇〕，字日華，咸平三年進士及第，官至都官員外郎。歷知桂陽監，端、黄、永三州。所至有能稱，尤長於決疑獄。所得俸禄，分養孤遺。其兄之子修少孤，教之如己子。享年七十有九，葬安州應城之彭樂村。夫人福昌縣君范氏。其後兄子修者以參知政事遇今上登極恩，賜府君兵部員外郎。

處士諱翦，事迹闕。

處士諱羽，事迹闕。

職方府君諱潁〔一一〕，字孝叔。咸平三年進士及第，官至尚書職方郎中，歷知萬、峽、鄂、歙、彭、岳、閬、饒八州，爲政務嚴明，有威惠。以本官分司，享年七十有三，家于荆南，遂葬焉。夫人廣陵縣君曾氏。

奉職府君諱顗，爲三班奉職。

殿直府君諱頊，爲右班殿直。

譜例曰：姓氏之出，其來也遠，故其上世多亡不見。譜圖之法，斷自可見之世，即爲高祖，下至五世玄孫，而别自爲世。如此，世久子孫多，則官爵功行載於譜者不勝其繁。宜以遠近親疏爲别，凡遠者、疏者略之，近者、親者詳之，此人情之常也。玄孫既别自爲世，則各詳其親，各繫其所出。是詳者不繁，而略者不遺也。凡諸房子孫，各紀其當紀者，使譜諜互見，親疏有倫，宜視此例而審求之。諸房譜皆以此圖爲首。

【箋注】

〔一〕據題下注，熙寧二年（一〇六九）作。石本、集本序皆云：「安福府君之九世孫曰修，當皇祐、至和之間，以其家之舊譜問于族人……爲譜圖一篇。」集古録跋尾卷七唐歐陽琟碑亦云：「余自皇祐、至和以來，頗求歐陽氏之遺文，以續家譜之闕。既得顔魯公歐陽琟碑，又得鄭真義歐陽諶墓誌，以與家所傳舊譜及陳書、元和姓纂諸書參較，又問於呂學士夏卿。夏卿世稱博學，精於史傳，因爲余考正訛舛，而家譜遂爲定本……治平元年夏至日書。」可知歐陽氏譜圖之編纂始于皇祐、至和間，而成于治平元年，序當是熙寧二年最終定稿時作。

〔二〕「歐陽氏」十九句：見本集卷一一尚書職方郎中分司南京歐陽公墓誌銘箋注〔一〇〕、〔一一〕、〔一二〕。

〔三〕「千乘」五句：見本集卷一一歐陽公墓誌銘箋注〔一三〕。

〔四〕「渤海」四句：見本集卷一一歐陽公墓誌銘箋注〔一四〕、〔一五〕。

〔五〕頠：歐陽頠，字靖世，長沙臨湘人。南朝陳武帝時，授安南將軍、衡州刺史，封始興縣侯。文帝即位，改封陽山郡公。卒謚穆。陳書有傳。紇：歐陽紇，字奉聖。爲廣州刺史。宣帝時，舉兵反，敗誅。生平附頠傳後。

〔六〕詢：歐陽詢。見本集卷一一歐陽公墓誌銘箋注〔一六〕。通：歐陽通。見歐陽公墓誌銘箋注〔一七〕。

〔七〕安福府君：即前文所載「爲吉州安福令」之歐陽萬。

〔八〕「當唐」三句：楊士奇蜀江歐陽氏族譜序：「琮率州人捍黄巢事，據史傳，蓋文忠一時傳聞之誤。然余考文忠集，其石本所載如此，而集本無之，豈非集本後出，已審其誤而去之歟？」

〔九〕載：歐陽載。見居士集卷二九尚書工部郎中歐陽公墓誌銘。

〔一〇〕曄：歐陽曄。見居士集卷二七尚書都官員外郎歐陽公墓誌銘。

〔一一〕潁：歐陽潁。見本集卷一一歐陽公墓誌銘。

【集評】

［宋］王得臣：歐陽文忠公、蘇洵明允各爲世譜，文忠依漢年表，明允放禮，以大宗、小宗爲次。雖列不同，皆足以考究其世次也。（麈史卷下）

［宋］周密：歐公著族譜，號爲精密。其言詢生通，自通三世生琮，爲吉州刺史，當唐末，黄巢陷州縣，率州民捍賊，鄉里賴以保全。琮以下譜亡。自琮八世生萬，爲安福令，公爲安福九世孫。以是考之，詢在唐初，至黄巢時，幾三百年，僅得五世；琮在唐末，至宋仁宗，纔百四十五年，乃爲十六世，恐無是理。後世譜牒散亡，其難考如此。歐陽氏無他族，其源流甚明，尚爾，矧他姓邪？（齊東野語卷五譜牒難考）

［集本］歐陽氏譜圖序［一］

吉州　廬陵縣　儒林鄉　歐陽里

歐陽氏之先本出於夏禹之苗裔。自帝少康封其庶子於會稽㊀，使守禹祀，傳二十餘世至於允常㊁。允常之子曰勾踐，是爲越王。越王勾踐卒，子王鼫與立。自鼫與傳五世，至王無疆［二］，爲楚威王所滅。其諸族子分散爭立，濱於江南海上，皆受封於楚。有封於歐陽亭者，爲歐陽亭侯。歐陽亭在今湖州烏程歐餘山之陽㊂。其後子孫遂以爲氏。

漢高祖滅秦，得無疆之七世孫摇㊃，復以爲越王，使奉越後［三］。而歐陽亭侯之後有仕漢爲涿郡太守者㊄，子孫遂居于北。一居冀州之渤海，一居青州之千乘㊅。其居千乘者曰和伯㈦，仕于漢世爲博士，以經名家，所謂歐陽尚書者是也。其居渤海者㈧，仕于晉，最顯㈨，曰建，字堅石，所謂渤海赫赫歐陽堅石者是也。建遇趙王倫之亂見殺。其兄子質以其族奔于長沙，由是子孫復于南。仕于陳者曰頠，威名著于南海。頠之孫曰詢，詢之子通，仕于唐尤顯，皆爲名臣，其世居長沙，猶以渤海爲封望。

自通三世生琮，琮爲吉州刺史，子孫因家爲，今爲吉州吉水人也。自琮八世生萬，萬爲安福縣令。萬生某，某生雅，雅生效，效生託，託生皇高祖府君〔四〕。府君生子八人，於世次爲曾祖。今圖所列子孫，皆出于八祖〔五〕。自安福府君以來，遭唐末五代之亂，江南陷于僭僞，歐陽氏遂不顯，然世爲廬陵大族。而皇祖府君以儒學知名當世㈩〔六〕，至今名其所居鄉曰儒林云。及宋興，天下一，八祖之子孫稍復出而仕宦。然自宋興三十年，而吾先君、伯父、叔父始以進士登于科者四人〔七〕。後又三十年，某與其兄之子乾、曜又登于科。今又殆將三十年矣，以進士仕者又纔二人。蓋自八祖以來，傳六世百年，或絶或微，分散扶疏，而其達於仕進者，何其遲而又少也！

今某獲承祖考之餘休，列官于朝，叨竊榮寵，過其涯分，而才卑能薄，泯然遂將老死於無聞。夫無德而禄辱也，適足以爲身之愧，尚敢以爲親之顯哉！嗚呼！自通而上，其行事見於史，自安福府君而下，遭世故而無所施焉。某不幸幼孤，不得備聞祖考之遺德，然傳於其家者，以忠事君，以孝事親，以廉爲吏，以學立身。吾先君諸父之所以行于其躬，教于其子弟者，獲承其一二矣。某又嘗聞長老言，當黄巢攻破江西州縣時，吉州尤被其毒，歐陽氏率鄉人扞賊，賴而保全者千餘家。子孫宜有被其陰德者，顧某不肖，何足以當之？傳曰：「積善之家，必有餘慶〔八〕。」今八祖之子孫甚衆，苟吾先君諸父之行于其躬、教于其子孫者守而不失，其必有當之者矣。故圖其世次，傳于族人，又志于其石以待。自八祖以來，遷徙婚嫁，官封名謚，與其行事，則具于譜〔二〕。

譜圖

景達生一子	僧寶生三子	頎生二子	紇生四子	詗
				亮
				德
				器
			約生一子	胤
		盛闕		
		邃闕		
詢生四子	長卿闕			

	肅生一子	頵闕		
	倫闕	·		
	通生二子	幼明生一子	袒生二子	璟
				琮
		幼讓闕		

自琮以下七世，其譜亡。琮之八世孫曰彪，彪弟曰萬，萬生某，某生雅。自萬以下世次具如左：

萬生一子，名亡	某生一子	雅生二子	效生三子	謨
				託
				遠
			楚生三子	長子名亡
				第二子名亡
				戍
託生二子	鄂闕			
	郴生八子	俊生一子	翺生一子	葛
		仲生一子	顒生二子	至
				起
		儀生四子	猛生二子	綬

			麗
		谷生二子	煥
			炳
		寬生四子	曦
			暐
			晃
			煦
		載生一子	鑒
	伾生一子	素生一子	霈
	信生一子	端無子	
	偃生三子	觀生二子	昞
			修
		旦生二子	宗古
			宗道
		曄生三子	宗顏
			宗閔
			宗孟

		佺生一子	翦生二子	凱
				勳
		儆生三子	潁生二子	景
				昱
			顗生一子	
			頊生一子	

右自亭侯蹄因封命氏，自別於越，其後子孫散亡，不可悉紀。其不可紀者，千乘渤海之後。蓋其後亡在乎人，有其人，雖歷千載不絕；其人無所稱，其世輒没不見，可不勉哉！千乘之族以尚書顯于漢，自生傳歆八世，歆子復無後，世絕，經不傳家，其他子孫亦遂微弱不復見。而渤海之後獨見于今，然或微或絕，中間失其世次者再。蓋自質奔長沙，至于景達，七世而始見。自琮至于安福府君，又八世而始見，其後遂不絕。安福府君之九世孫曰修，當皇祐、至和之間，以其家之舊譜問于族人，各得其所藏諸本，以考正其同異，大抵文字殘闕，其言又不純雅。然取其所同多者，并列其世次，爲譜圖一篇，而略存其舊譜所載。

舊譜前列魏司空清河崔林、宋太保王弘、齊太尉王儉、梁御史中丞王僧孺、尚書兵部馬將臣賈贇等上〔九〕。又列唐吏部尚書高士廉、中書舍人徐令言等重定〔一〇〕。其譜多載千乘之族，至歙而止，魏、晉已後，無復次序，疑其脱亂不真。其尤可疑者：漢書曰「生子和」，而譜自涿郡太守而下列其十世而無生。太守亡其名字，有其夫人曰楚春申君之女也〔一一〕，生子曰睦，字公安。睦夫人陳氏，生子曰欽，字子敬。欽夫人張氏，生三子，曰容、曰述、曰興，皆不著其字，而云同受業於濟南伏生〔一二〕。容爲博士，其夫人夏侯氏，生子曰巨，字孝仁。巨夫人戴德之女〔一三〕，生子曰遠，字叔遊。遠夫人倪寬之女〔一四〕，生子曰高，字彦士。高夫人孔安國之女〔一五〕，生子而亡其名，有其字曰仲仁。仲仁夫人趙氏，生子曰地餘，字長賓。地餘夫人戴氏，生二子，曰崇、曰政。政字少翁，夫人孫氏，生子曰歙，字正思。漢氏以歙爲和伯八世孫。然今譜無生而有容，又云容受尚書於伏生，自容至歙八世。疑漢所謂歐陽生者以其經師謂之生，如伏生之類，而其實名容。容字和伯，於義爲通。此其可疑者也。漢書曰「高字陽」，而譜字彦士㊂，小不同，此不足怪。其夫人世家無可考證，莫知其是非，故存之。至於他説可知其繆者，皆不録。

渤海之族自景達以下至于通，事見于史記，譜尤詳。自幼明以下至于今，或見于譜，或得于家，而多闕，謹録乎左，以俟乎將來。自此後歷序譜中名字、官爵、壽數、喪葬及夫人名氏，有事迹可紀者，各隨其人紀之。

譜例曰：姓氏之出，其來也遠，故其上世多亡不見。譜圖之法，斷自可見之世，玄孫而別自爲世。如此，世久子孫多，則官爵、功行載於譜者，不勝其繁。宜有遠近親疏之限，凡遠者、疏者略之，近者、親者詳之。此人情之常也。玄孫既別自爲世，則各詳其親，各承其所出。是詳者不繁，而略者不遺也。凡諸房子孫，各紀其當紀者，使譜諜互見，親疏有倫，宜視此譜爲例而審求之〔一二〕。

【校記】

〔一〕於：原校：一作「于」。 〔二〕傳二十餘世：原校：五字一作「歷夏商周以世相傳」。 〔三〕「有封」三句：原校：二十六字一作「而無疆之子蹄封於烏程歐餘山之陽，爲歐陽亭侯」。 〔四〕「孫」下：原校：一有「閩君」字。 〔五〕「侯」下：原校：一有「蹄」字。 〔六〕「一居」二句：原校：十四字一作「或居青州之千乘，或居冀州之渤海」。 〔七〕其居千乘：原校：四字一作「千乘之顯」。「曰」下：原校：一有「生字」二字。 〔八〕其居渤海：原校：四字一作「渤海之顯」。 〔九〕仕于晉，最顯：原校：一無五字。 〔一〇〕「祖」下：原校：一有「少卿」二字。 〔一一〕自「以其族奔于長沙」至「其行事則具于譜」五百五十七字：原校：一本改云「以其族南奔。已而晉室大亂，歐陽氏之諸族曰舉、曰迹、曰純，亦以其族隨晉渡江，散居丹陽、吳郡、豫章，然皆不顯。而質之族居于長沙，其七世孫曰景達，仕于齊，無所稱。至其孫頠，頠子紇，紇子詢，詢子通，仕于唐，四世有聞，遂顯。自通三世生琮，爲吉州刺史，子孫因家于吉州。自琮八世生萬，萬又爲吉州安福縣令。其後世或居安福，或居廬陵，或居吉水，而譜著廬陵縣儒林鄉歐陽里爲定者，因其舊也。初，景達家于長沙之臨湘，故自頠至通，史皆以爲臨湘人。而詢之舊譜，則以渤海之重合縣都昌鄉仁貴里爲著定者，亦因其舊矣。自修皇祖始居吉水之沙溪，至和二年，分吉水，置永豐縣，而沙溪屬永豐。今譜雖著廬陵，而修之世實爲吉州永豐人也。自唐末之亂，士族亡其家譜，今雖顯族名家，多失其世次，譜學由是廢絶。而唐之遺族，往往有藏其舊譜者，時得見之。而譜皆無圖，豈其亡之，抑前世簡而未備歟？因采太史公史記表，鄭玄詩譜，略依其上下、旁行，作爲譜圖。上自高祖，下止玄孫，而別自爲世。使別爲世者，上承其祖爲玄孫，下繫其孫爲高祖。凡世再別，而九族之親備，推而上下之，則知源流之所自，旁行而列之，則見子孫之多少。夫惟多與久，其勢必分。此物之常理也。凡玄孫別而自爲世者，各繫其子孫，則上同其出祖，而下別其親疏。如此，則子孫雖多而不亂，世傳雖遠而無窮。此譜圖之法也」。㊂士：卷後原校：一作「世」，又作「事」。㊂原篇後編者云：「前賢遺文，往往集本異於石本。按公集古録跋盤谷詩序云：『以集本校濟源石刻，或小不同，疑刻石誤。』竊謂非誤也，後或改定爾。故此譜不敢專以碑爲正，而存集本於後。」又云：「譜圖二本，其甚不同者，如集本載寬四子、素一子皆不名曉，而石本則謂寬之第四子、素之第二子皆名曉，豈曉嘗出繼耶？又集本肅生二子顗，唐書世系表亦同，而石本無之。其間世次與表又多差殊。二書皆經公手，不應異同如此。當考。」

謹附録衡本歐陽衡按語于左：

謹按：公譜圖前用横圖，後用直紀，可詳者詳之，不可詳者略之，闕疑傳信，至今皆遵以爲法。顧公之文成於其手，而書刻於身後，有以乙事隸於甲行，且或脱漏者，遂致舛訛，爲後人所疑。如景定元年，巽齋公爲永和譜序，有曰：公譜未廣，又頗有誤，如曰「自通三世生琮，爲吉州刺史」；「唐末黄巢攻陷州縣，府君率州人捍賊，鄉人賴以保全」；「琮八世生萬，爲安福令」；「萬之下五世曰郴，仕南唐，爲州軍事衙推官」。如此，則十有七世之内，仕於吉矣。然刺史爲率更四世孫，率更仕唐初，而四世孫乃捍黄巢之亂，是當僖宗之世，唐有天下至此已二百六十餘年，唐帝且十有六傳，乃吾家纔四世也。推官爲刺史十四世孫，既曰刺史捍賊，而推官乃仕南唐，南唐有國，始終不過四五十年，上去廣明之亂近爾，何四五十年之近，而吾家已十四世也。又曰：按唐歐陽琟碑，顔魯公撰并書，其書上世名諱與率更以前同，又名從玉，比之刺史諱琮相類。琟似是刺史從兄弟，然其人在大曆中，則刺史亦必是此時人，若吾家有捍賊事，當是刺史以後六七世孫，不可繫此於刺史事迹内也。巽齋公之辨，可謂深切著明矣。今考邑志寓賢傳，歐陽琮，率更令詢之四世孫，本湖南長沙人。唐天寶間任吉州刺史，有惠政，民愛戴如其私親。唐末之亂，刺史之後率衆捍賊，賴保全者千餘家，邑人德之。而府志職官表：萬公爲安福令，係於唐會昌中。夫刺史當唐天寶間，自不應及黄巢之亂，況傳明云「刺史之後率衆捍賊」，其不得混於刺史明甚，而會昌下距廣明僅三十餘年，其時事正相應。且公序云：「自安福府君以來，遭唐末五代之亂，江南陷於僭僞，歐陽氏遂不顯。」是明以遭亂屬安福府君。夫遭亂既屬安福府君，則捍賊亦必是安福府君。乃譜以「當唐之末，黄巢攻陷州縣，府君率州人捍賊，鄉里賴以保全，至今人稱其德」二十九字，繫於吉州府君諱琮之下，而於安福府君諱萬，則書曰「事迹闕」，是譜與序自相牴牾矣。蓋吉州府君事迹，止「葬袁州之萍鄉，而子孫始家於吉州」二句。「當唐之末」以下二十九字，當繫安福府君之下。而「事迹闕」三字，當屬安福府君之子和。譜係後人抄謄，漏書處士諱和一代，遂將「事迹闕」三字誤繫於安福府君。既以「事迹闕」繫安福府君，則捍賊事遂不得不上屬之吉州府君，而不知與序顯相牴牾。此巽齋公之駁所由來，而言捍賊事，當是刺史以後六七世孫之爲，信而有徵也。衡幼讀公譜，每疑其必有訛脱，而苦無左驗。今因巽齋公之言參互尋繹，復證之郡邑志，而知譜原不誤，誤由後人，爰推明而謹識其説，後之讀公集者，庶不以公爲口實也。夫或又以處士和，公第見於圖，不見於紀，遽欲以「事迹闕」三字屬之，未免武斷。按：公譜例，凡事迹闕者皆書其名，皆註「事迹闕」三字，如其後處士諱翺、處士諱宏、處士諱素、處士諱端、處士諱翦、處士諱羽，皆各書其名而註曰「事迹闕」，豈有和爲安福府君之子，序内業已明言，而譜轉不書者，其爲脱誤無疑。且不獨譜有誤也，新唐書宰相世系表亦出公手，而汲古閣本以楚與雅平列爲兄弟，與譜圖楚與效並列俱爲雅之子者不符，蓋亦抄胥未校勘之過也。因附辨之。道光甲午，裔孫衡謹識。

【箋注】

〔一〕熙寧二年（一〇六九）作。由内容觀之，當爲石本之修改本，故集本應作于石本之後。

〔二〕「越王」四句：史記越王勾踐世家：「勾踐卒，子王鼫與立。王鼫與卒，子王不壽立。王不壽卒，子王翁立。王翁卒，子王翳立。王翳卒，子王之侯立。王之侯卒，子王無彊立。」

〔三〕「漢高祖」四句：史記越王勾踐世家：「（楚）大敗越，殺王無彊……後七世，至閩君摇，佐諸侯平秦。漢高帝復以摇爲越王，以奉越後。」

〔四〕皇高祖府君：即歐陽郴。

〔五〕八祖：即歐陽萬。

〔六〕皇祖府君：指歐陽儀。

〔七〕四人：指父歐陽觀、伯父歐陽載、叔父歐陽曄與歐陽潁。

〔八〕「積善」二句：語出易坤文言。

〔九〕崔林：字德儒，清河東武城人，官至司空。三國志魏志有傳。王弘：字休元，琅玡臨沂人，進位太保、領中書監。宋書有傳。王儉：字仲寶，琅玡臨沂人，卒贈太尉。南齊書有傳。王僧孺：字僧孺，東海郯人，嘗官御史中丞。梁書有傳。賈贇：不詳。

〔一〇〕高士廉：高儉字士廉，以字顯，嘗官吏部尚書。兩唐書有傳。徐令言：嘗爲睦州刺史、尚書右丞等，著有玉璽正録。舊唐書禮儀志、新唐書藝文志等有記載。

〔一一〕春申君：黄歇。戰國時楚國貴族。史記有傳。

〔一二〕伏生：西漢濟南人。秦博士，治尚書。秦焚書時，壁藏其書而流亡。漢定天下，歸尋其書，以之教于齊、魯間。生平見史記儒林列傳。

〔一三〕戴德：西漢梁人，字延君。嘗爲信都王劉囂太傅。編有大戴禮記。漢書儒林傳有記載。

〔一四〕倪寬：未詳。

〔一五〕孔安國：孔子後裔。漢武帝時爲諫大夫。尚書古文學派開創者。見漢書儒林傳。

九射格〔一〕

九射之格，其物九，爲一大侯，而寓以八侯。熊當中，虎居上，鹿居下，雕、雉、猿居右，雁、兔、魚居左。而物各有籌，射中其物，則視籌所在而飲之。射者，所以爲羣居之樂也。而古之君子以爭九射之格，以爲酒禍起於爭，爭而爲歡，不若不爭而樂也。故無勝負、無賞罰。中者不爲功，則無好勝之矜；不中者無所罰，則無不能之誚。探籌而飲，飲非觥也，無所耻，故射而自中者，有不得免飲，而屢及者亦不得辭，所以息爭也。終日爲樂而不耻不爭，君子之樂也。探籌之法，一物必爲三籌，蓋射賓之數多少不常，故多爲之籌以備也。凡今賓主之數九人，則人探其一，八人則置其熊籌，不及八人而又少，則人探其一而置其餘籌可也。益之以籌，而人探其一或二，皆可也。惟主人臨時之約，然皆置其熊籌。中則在席皆飲，若一物而再中，則視執籌者飲量之多少。而飲器之大小，亦惟主人之命。若兩籌而一物者，亦然。凡射者一周，既飲釂，則斂籌而復探之。籌新而屢變，矢中而無情，或適當之，或幸而免，此所以歡然爲樂而不厭也㈠。

【校記】

㈠原篇後有編者語云：「醉翁亭記云：『射者中，弈者勝，觥籌交錯。』恐或謂此。」

【箋注】

〔一〕原未繫年，作年不詳。醉翁亭記之「射者中」若確指九射格之戲，疑本文即作於慶曆貶滁時。趙與時賓退録卷四：「本朝歐陽文忠公作九射格，獨不别勝負，飲酒者皆出於適然。」程敏政篁墩文集卷五三）：「明仲先生足下：昨於史館談及歐公九射格義，足下以區區之説爲新意，而謂己説得歐之心，當時未有以應也。歸而思之，於鄙意有未詳者。區區之説，以謂置侯於此，覆籌於彼，探籌而射於侯上，啓而視之，中者飲，不中者無所罰。足下之説，以謂人各當侯之一物，而後探其籌，值所當者飲，不值者無所罰。蓋鄙意以侯與籌必相須而不相離。足

九射格

下之意，判侯、籌於兩途，而置侯於無用之地。由此意推之，則人當一物，而侯可廢。此足下之説區區未詳者一也。歐公此圖，題其名曰『九射格』。格者，局也。而今之爲格與局者，有摴蒱，有彩選，有手談，有象戲。此之所謂格者，猶彩選之格，摴蒱、手談、象戲之局也；此之所謂籌者，猶摴蒱、彩選之骰，手談、象戲之子也。擲骰於格之中，行子於局之間，蓋必然之理。使如足下之説，則是捨格而擲骰，外局而行子也。矧投壺與此格皆祖射之義以立法，探籌以射侯，亦猶引鏃以貫革，操矢以注壺，豈可置侯於無用之地哉！此足下之説區區未詳者二也。足下以歐所謂九侯虎居上，熊居中，鹿在下，雁、兔、魚居左，鵰、雉、猿居右者，正射賓相當之次序。此尤不可通者。蓋物必有則，所謂上下左右者，乃造物創始之制云爾，豈射賓相當之次序哉！夫長筵廣席之上，則令從者奉格而前，以就賓之探射；小飲團坐之際，則安此格於席心。而奉之之時，不可傾倒，安之之處，必有定向，則上下左右者，實立法之當爾。此足下之説區區未詳者三也。歐所謂皆置其熊籌者，蓋懼賓之易酣也，故曰中則在席皆飲，苟或用之，則亦有射中與否之時。審如足下之説，盡探其籌而總較其飲，則二十七人在坐，必有三人得熊籌，而在坐者既有射中之飲，又有三中熊之飲，一探之間飲三爵者皆是，而飲四爵者過半，吾恐古人不如此之酗也。此足下之説區區未詳者四也。凡足下以區區之説爲新意者，考之於歐爲頗合，故以書告於執事者，夫格物致知，學者之首務，惟足下舍己從人，以求歸一之論，則他日尚有大於此者就正於有道也。」

外集卷二十二

譜牡丹記附

硯　譜〔一〕

端石出端溪〔二〕，色理瑩潤，本以子石爲上。子石者，在大石中生，蓋精石也。而流俗傳訛，遂以紫石爲上。又以貯水不耗爲佳，有鸜鵒眼爲貴〔三〕。眼，石病也，然惟此巖石則有之㊀。端石非徒重於流俗，官司歲以爲貢，亦在他硯上。然十無一二發墨者，但充翫好而已。

歙石出於龍尾溪〔四〕，其石堅勁，大抵多發墨，故前世多用之。以金星爲貴，其石理微粗，以手摩之，索索有鋒鋩者尤佳。余少時又得金坑礦石，尤堅而發墨，然世亦罕有。

端溪以北巖爲上，龍尾以深溪爲上。較其優劣，龍尾遠出端溪上，而端溪以後出見貴爾。

絳州角石者，其色如白牛角，其文有花浪，與牛角無異。然頑滑不發墨，世人但以研丹爾。

歸州大沱石〔五〕，其色青黑斑斑，其文理微粗，亦頗發墨。歸、峽人謂江水爲沱㊁，蓋江水中石也。硯止用於川峽，人世未嘗有。余爲夷陵縣令時，嘗得一枚，聊記以廣聞爾。

青州紫金石，文理粗，亦不發墨，惟京東人用之。又有鐵硯，製作頗精，然患其不發墨，往往凾端石於其中，人亦罕用。惟研筒便於提携，官曹往往持之以自從爾。

紅絲石硯者〔六〕，君謨贈余，云此青州石也，得之唐彦猷〔七〕。云須飲以水使足，乃可用，不然渴燥。彦猷甚奇此硯，以爲發墨不減端石。君謨又言，端石瑩潤，惟有鋩者尤發墨；歙石多鋩，惟膩理者特佳。蓋物之奇者必異其類也。此言與余特異，故并記之。

青州、濰州石末研，皆瓦硯也。其善發墨非石硯之比，然稍粗者損筆鋒。石末本用濰水石，前世已記之，故唐人惟稱濰州。今二州所作皆佳，而青州尤擅名於世矣〔八〕。

相州古瓦誠佳，然少真者，蓋真瓦朽腐不可用，世俗尚其名爾〔九〕。今人乃以澄泥如古瓦狀作瓦埋土中，久而斲以爲硯。然不必真古瓦，自是凡瓦皆發墨，優於石爾。今見官府典吏以破盆甕片研墨，作文書尤快也。虢州澄泥，唐人品硯以爲第一，而今人罕用矣。文房四譜有造瓦硯法〔一〇〕，人罕知其妙。嚮時有著作佐郎劉羲叟者〔一一〕，嘗如其法造之，絶佳。硯作未多，士大夫家未甚有，而羲叟物故，獨余嘗得其二：一以贈劉原父，一余置中書閣中，尤以爲寶也。今士大夫不學書，故罕事筆硯，硯之見於時者惟此爾。

【校記】

㈠此：卷後原校：一作「比」。　㈡歸、峽：卷後原校：此下一有「間」字。

【箋注】

〔一〕原未繫年。文云劉羲叟嘗造瓦硯，「絶佳」，「而羲叟物故，獨余嘗得其二：一以贈劉原父，一余置中書閣中」。考劉羲叟卒於嘉祐五年（據名臣碑傳琬琰之集中卷范鎮劉檢討羲叟墓誌銘），歐爲參知政事，入中書，在嘉祐六年（一〇六一），文當作於此後至治平四年（一〇六七）離開中書之前。又，文云：「紅絲石硯者，君謨贈余，云此青州石也，得之唐彦猷。」唐詢字彦猷，宋史本傳言其嘗「出知蘇州，徙杭、青二州」，乾道臨安志載其嘉祐三年始知杭州，知青州當在五或六年，而澠水燕談録事誌載彦猷「嘉祐中守青社，得紅絲石於黑山，琢以爲硯」，可見蔡襄得此硯，轉贈歐陽修，時間最早在嘉祐後期，與前述嘉祐六年至治平四年亦相合。

〔二〕端溪：在端州（治今廣東高要），其所産石造硯，稱端硯。

〔三〕鸜鵒眼：端石上的圓形斑點。李之彦硯譜：「李賀有端州青花石硯詩云：『暗灑萇弘冷血痕』，則謂鸜鵒眼，知端石爲硯久矣。」蘇易簡硯譜：「唐彦猷云：端石有眼者最貴，謂之鸜鵒眼，石文精美，如木有節。」

〔四〕「歙石」句：蘇易簡文房四譜卷三：「今歙州之山有石，俗謂之龍尾石。匠鑄之硯，其石黑，亞於端。」杜綰雲林石譜卷中婺源石：「徽州婺源石産水中者皆爲硯材，品色頗多。一種石理有星點爲之龍尾，蓋出於龍尾溪，其質堅勁，大抵多發墨。」宋史地理志四：「宣和三年改歙州爲徽州。」

〔五〕歸州：治今湖北秭歸。米芾硯史，記有「歸州緑石硯」。

〔六〕紅絲石：米芾硯史記有「青州蘊玉石紅絲石青石」。

〔七〕唐彦猷：名詢，字彦猷，杭州錢塘人。天聖中應詔獻文章，賜進士及第。歷知歸、廬、湖州，爲江西、福建、江東轉運使，任翰林侍讀學士，累遷右諫議大夫，進給事中，卒，贈禮部侍郎。好畜硯，客至則出而玩之，有硯録三卷。宋史有傳。

〔八〕「而青州」句：高似孫硯箋卷三青州石末硯：「青州石末第一，磨墨易冷。」又，同卷濰硯引唐録：「濰州石末硯，公權謂青州石末硯。濰乃青北海縣。」

〔九〕「相州」四句：黄伯思東觀餘論卷上古瓦辨：「近有長安民獻秦武公羽陽宫瓦十餘枚，若今人筩瓦然，首有『羽陽千歲萬歲』字，其瓦猶今舊瓦，殊不朽腐，其比相州瓦又增古矣，則知相州瓦未必朽腐，蓋傳聞之誤爾。」

〔一〇〕「文房四譜」句：蘇易簡文房四譜卷三二之造：「魏銅雀臺遺址，人多發其古瓦，琢之爲硯，甚工而貯水，數日不燥。世傳云：昔人製此臺，其瓦俾陶人澄泥以絺濾過，加胡桃油，方埏埴之，故與衆瓦有異焉。」

〔一一〕劉羲叟：字仲更，澤州晉城人。歐使河東，薦其學術。試大理評事，權趙州軍事判官。爲唐史編修官，書成，擢崇文院檢討，卒。强記多識，尤長於星曆、術數。宋史有傳。據劉檢討羲叟墓誌銘，羲叟爲唐史編修官，遷澤州軍事推官、昭德軍節度推官，改著作佐郎。

洛陽牡丹記〔一〕

花品序第一

牡丹出丹州、延州，東出青州，南亦出越州，而出洛陽者今爲天下第一。洛陽所謂丹州花、延州紅、青州紅者，皆彼土之尤傑者，然來洛陽纔得備衆花之一種，列第不出三已下㈠，不能獨立與洛花敵。而越之花以遠罕識，不見齒，然雖越人，亦不敢自譽，以與洛陽爭高下。是洛陽者，果天下之第一也。洛陽亦有黄芍藥、緋桃、瑞蓮、千葉李、紅郁李之類㈡，皆不減它出者，而洛陽人不甚惜，謂之果子花，曰某花、某花。至牡丹，則不名，直曰花，其意謂天下真花獨牡丹，其名之著，不假曰牡丹而可知也㈢。其愛重之如此。

説者多言洛陽於三河間㈣〔二〕，古善地㈤。昔周公以尺寸考日出没，測知寒暑風雨乖與順於此，此蓋天地之中，草木之華得中氣之和者多，故獨與它方異〔三〕。予甚以爲不然。夫洛陽於周所有之土，四方入貢，道里均㈥，乃九州之中；在天地崐崘旁薄之間㈦，未必中也。又況天地之和氣，宜遍被四方上下，不宜限其中以自私㊇。夫中與和者，有常之氣，其推於物也，亦宜爲有常之形，物之常者，不甚美亦不甚惡。及元氣之病也，美惡鬲并而不相和入㊈，故物有極美與極惡者㊉，皆得於氣之偏也。花之鍾其美，與夫癭木擁腫之鍾其惡，醜好雖異，而得分氣之偏病則均。洛陽城圓數十里㊁，而諸縣之花莫及城中者，出其境則不可植焉，豈又偏氣之美者獨聚此數十里之地乎㊂？此又天地之大，不可考也已。凡物不常有而爲害乎人者曰災，不常有而徒可怪駭不爲害者曰妖，語曰：「天反時爲災，地反物爲妖〔四〕。」此亦草木之妖而萬物之一怪也㊂。然比夫癭木擁腫者，竊獨鍾其美而見幸於人焉。

余在洛陽，四見春。天聖九年三月，始至洛，其至也晚，見其晚者。明年，會與友人梅聖俞游嵩山少室、緱氏嶺、石唐山、紫雲洞〔五〕，既還，不及見。又明年，有悼亡之戚〔六〕，不暇見。又明年，以留守推官歲滿解去〔七〕，只見其蚤者㊃。是未嘗見其極盛時，然目之所矚，已不勝其麗焉。

余居府中時，嘗謁錢思公於雙桂樓下〔八〕，見一小屏立坐後，細書字滿其上。思公指之曰：「欲作花品，此是牡丹名，凡九十餘種。」余時不暇讀之，然余所經見而今人多稱者纔三十許種，不知思公何從而得之多也。計其餘，雖有名而不著，未必佳也。故今所録，但取其特著者而次第之：

姚黄　魏花

細葉壽安　鞓紅亦曰青州紅

牛家黄　潛溪緋

左花　獻來紅

葉底紫　鶴翎紅

添色紅　倒暈檀心

朱砂紅　九蘂真珠〔一五〕

延州紅　多葉紫

粗葉壽安　丹州紅

蓮花萼　一百五

鹿胎花　甘草黄

一擫紅　玉板白

【校記】

㊀列第不出三已下：原校：七字一作「終列第三」。　㊁「緋桃」下：原校：一有「碧桃」二字。　㊂「而」下：原校：一有「自」字。　㊃於：原校：一作「居」。　㊄「古」上：原校：一有「最」字。　㊅「道里」下：原校：一有「遠近」二字。　㊆崐崘：原校：一作「混淪」。　㊇「私」下：卷後原校：一有「也」字。　㊈鬲：原校：一作「隔」。　⑩與：原校：一作「有」。　⑪圓：原校：一作「圜」。　⑫偏氣之美：卷後原校：一作「偏病之氣」。　⑬一怪：卷後原校：或無「一」字。　⑭只：原校：一作「止」。　⑮九蘂真珠：天理本卷後續校：此下一有「紅」字，下同。

【箋注】

〔一〕題下注「景祐元年」，誤，本文三篇當爲景祐二年（一〇三五）作。風俗記第三云「自今徐州李相迪爲留守時」，可知其時李迪已知徐州。景文集卷四六重修彭祖燕子二樓記：「景祐二年，丞相隴西公以大司寇殿徐方。」（按：李迪封隴西郡開國公。）長編卷一一七景祐二年：「十二月辛亥朔，復知密州、太常卿李迪爲刑部尚書、知徐州。」文如作於景祐元年，豈能稱「今徐州李相迪」？居士集卷二洛陽牡丹圖詩云：「我昔所記數十種，於今十年半忘之。」該詩原題下注「慶曆二年」，誤，當作於慶曆五年（一〇四五）。（詳見該詩箋注〔一〕）十年前正是景祐二年（一〇三五）。

〔二〕三河：指洛水、澗水、瀍水。

〔三〕「昔周公」五句：洛陽爲西周時周公所營建。周禮地官司徒：「以土圭之法測土深，正日景以求地中。日南則景短多暑，日北則景長多寒，日東則景夕多風，日西則景朝多陰。日至之景，尺有五寸，謂之地中。天地之所合也，四時之所交也，風雨之所會也，陰陽之所和也。然則百物阜安，乃建王國焉。」

〔四〕「語曰」三句：左傳宣公十五年：「天反時爲災，地反物爲妖。」杜預注：「寒暑易節，羣物失性。」

〔五〕「明年」二句：明道元年，歐於春、秋兩游嵩山，此指春季之游。詳見本集卷一嵩山十二首詩。緱氏嶺，在少室山西北。石唐山紫雲洞見居士集卷九贈許道人詩箋注〔一〕。此游可參閱歐集附録卷五謝絳游嵩山寄梅殿丞書所記秋游嵩山行程。

〔六〕「又明年」二句：明道二年三月，夫人胥氏卒。見本集卷一二胥氏夫人墓誌銘。

〔七〕「以留守」句：胡譜景祐元年：「三月，西京秩滿，歸襄城。」

〔八〕「余居」三句：邵氏聞見録卷八載錢惟演「因府第起雙桂樓，西城建臨園驛，命永叔、師魯作記」。

【集評】

〔宋〕朱弁：歐公作花品目，所經見者纔二十四種，後於錢思公屏上得牡丹凡九十餘種，然思公花品無聞於世。宋次道河南志於歐公花品後又增二十餘名。張峋或云爲留臺，字子堅撰譜三卷，凡一百一十九品，皆叙其顔色、容狀及所以得名之因，又訪于老圃，得種接養護之法，各載于圖後，最爲詳備。（曲洧舊聞卷四）

〔清〕浦起龍：此花譜、花月令之屬也。他手爲之，多作貴游氣，否則兒女子氣，高者亦山林間氣止耳，皆大家所不出也。議論破荒，不意此題有此。然近案之，只在「洛陽花第一」五字分際，詑者曰「奇文」，解者曰「合作」。（古文眉詮評語卷六〇）

花釋名第二

牡丹之名，或以氏㊀，或以州，或以地，或以色，或旌其所異者而志之。姚黄、牛黄、左花、魏花以姓著，青州、丹州、延州紅以州著，細葉、粗葉壽安、潛溪緋以地著，一擫紅、鶴翎紅、朱砂紅、玉板白，多葉紫、甘草黄以色著，獻來紅、添色紅、九蘂真珠、鹿胎花、倒暈檀心、蓮花萼、一百五、葉底紫皆志其異者㊁。

姚黄者，千葉黄花，出於民姚氏家。此花之出，於今未十年。姚氏居白司馬坡㊂，其地屬河陽，然花不傳河陽，傳洛陽，洛陽亦不甚多，一歲不過數朵。牛黄亦千葉，出於民牛氏家，比姚黄差小。真宗祀汾陰〔一〕，還過洛陽，留宴淑景亭〔二〕，牛氏獻此花，名遂著。甘草黄，單葉，色如甘草。洛人善别花，見其樹知爲某花云。獨姚黄易識，其葉嚼之不腥。

魏家花者，千葉肉紅花，出於魏相仁溥家〔三〕。始樵者於壽安山中見之〔四〕，斲以賣魏氏。魏氏池館甚大，傳者云：此花初出時，人有欲閲者，人税十數錢，乃得登舟渡池至花所，魏氏日收十數緡。其後破亡，鬻其園㊃，今普明寺後林池乃其地〔五〕，寺僧耕之以植桑麥㊄。花傳民家甚多，人有數其葉者，云至七百葉。錢思公嘗曰：「人謂牡丹花王，今姚黄真可爲王，而魏花乃后也。」

鞓紅者，單葉深紅花，出青州，亦曰青州紅。故張僕射齊賢有第西京賢相坊〔六〕，自青州以馲駝馱其種，遂傳洛中。其色類腰帶鞓，故謂之鞓紅。

獻來紅者，大，多葉，淺紅花。張僕射罷相居洛陽，人有獻此花者，因曰獻來紅㊅。

添色紅者，多葉花，始開而白，經日漸紅，至其落乃類深紅。此造化之尤巧者。

鶴翎紅者，多葉花，其末白而本肉紅㊆，如鴻鵠羽色。

細葉、粗葉壽安者，皆千葉肉紅花，出壽安縣錦屏山中，細葉者尤佳。

倒暈檀心者，多葉紅花。凡花近蕚色深，至其末漸淺。此花自外深色，近蕚反淺白，而深檀點其心，此尤可愛。

一擫紅者，多葉，淺紅花，葉杪深紅一點，如人以手指擫之。

九蘂真珠紅者，千葉紅花，葉上有一白點如珠，而葉密蹙⑧，其蘂爲九叢。

一百五者，多葉白花。洛花以穀雨爲開候，而此花常至一百五日開〔七〕，最先。

丹州、延州花⑨，皆千葉紅花，不知其至洛之因。

蓮花萼者，多葉紅花，青趺三重如蓮花萼〔八〕。

左花者，千葉紫花，出民左氏家⑩。葉密而齊如截，亦謂之平頭紫。

朱砂紅者，多葉紅花，不知其所出。有民門氏子者，善接花以爲生〔九〕，買地於崇德寺前治花圃⑪〔一〇〕，有此花。洛陽豪家尚未有，故其名未甚著。花葉甚鮮，向日視之如猩血。

葉底紫者，千葉紫花，其色如墨，亦謂之墨紫花。在叢中，旁必生一大枝，引葉覆其上，其開也，比它花可延十日之久。噫，造物者亦惜之耶！此花之出，比它花最遠，傳云唐末有中官爲觀軍容使者〔一一〕，花出其家，亦謂之軍容紫，歲久失其姓氏矣。

玉板白者，單葉白花，葉細長如拍板⑫，其色如玉而深檀心。洛陽人家亦少有，余嘗從思公至福嚴院見之〔一二〕，問寺僧而得其名，其後未嘗見也。

潛溪緋者，千葉緋花，出於潛溪寺。寺在龍門山後，本唐相李藩別墅〔一三〕，今寺中已無此花，而人家或有之。本是紫花，忽於叢中特出緋者，不過一二朵⑬，明年移在他枝，洛人謂之轉音篆枝花，故其接頭尤難得。

鹿胎花者，多葉紫花，有白點如鹿胎之紋。故蘇相禹珪宅今有之〔一四〕。

多葉紫，不知其所出。

初，姚黃未出時，牛黃爲第一；牛黃未出時，魏花爲第一；魏花未出時，左花爲第一。左花之前，唯有蘇家紅、賀家紅、林家紅之類，皆單葉花，當時爲第一，自多葉、千葉花出後，此花黜矣㊃，今人不復種也。

牡丹初不載文字，唯以藥載本草〔一五〕。然於花中不爲高第，大抵丹、延已西及褒斜道中尤多㊄，與荊棘無異，土人皆取以爲薪。自唐則天已後，洛陽牡丹始盛〔一六〕，然未聞有以名著者。如沈、宋、元、白之流，皆善詠花草，計有若今之異者㊅，彼必形於篇詠㊆，而寂無傳焉。唯劉夢得有詠魚朝恩宅牡丹詩，但云「一叢千萬朵」而已，亦不云其美且異也〔一七〕。謝靈運言永嘉竹間水際多牡丹〔一八〕，今越花不及洛陽甚遠，是洛花自古未有若今之盛也。

【校記】

㊀「以」下：卷後原校：一有「姓」字。　㊁九蘂真珠：卷後原校：此下一有「紅」字，下同。　㊂坡：卷後原校：一作「坂」。　㊃「園」下：卷後原校：一有「宅」字。　㊄麥：原校：一作「棗」。　㊅因曰：卷後原校：一作「因名曰」。　㊆而：原校：一作「其」。　㊇有一白點如珠，而葉密：卷後原校：一作「點白如珠其葉密」，或作「密其葉」。　㊈「花」下：卷後原校：脱一「者」字。　〔一〇〕出民左氏家：五字原脱，以待校異文出現，據補。

〔一一〕崇德寺：卷後原校：一作「崇真寺」。　〔一二〕「板」下：卷後原校：一有「之狀」二字。　〔一三〕二：卷後原校：一作

「兩」。 ㊃此：卷後原校：一作「其」。 ㊄已：卷後原校：一作「巴」。 ㊅草，計有若今：原校：五字一作「當時有一花」。 ㊆詠：原校：一作「什」。

【箋注】

〔一〕「真宗」句：大中祥符四年二月，宋真宗抵汾陰祀后土神。見長編卷七五。

〔二〕淑景亭：宋史地理志一記西京「內園有長春殿、淑景亭、十字亭、九江池、砌臺、娑羅亭」。

〔三〕魏相：魏仁溥，宋史本傳作魏仁浦，字道濟，衛州汲人。後周時，官至樞密使、宰相。入宋，進位右僕射。

〔四〕壽安：河南府屬縣，在洛陽西南，即今河南宜陽。

〔五〕普明寺：見居士集卷一〇春晚同應之偶至普明寺小飲作箋注〔一〕。

〔六〕張僕射：張齊賢，字師亮，曹州宛句人，幼時徙家洛陽。太平興國進士。累官至兵部尚書、同中書門下平章事，後出判河陽，進位左僕射，以司空致仕。歸洛，得裴度午橋莊，有池榭松竹之盛。宋史有傳。

〔七〕一百五日，指冬至後一百五日，在清明前後。

〔八〕趺：同「跗」，指花萼。束皙補亡詩之二：「白華絳趺，在陵之陬。」

〔九〕門氏子：即門園子。見下篇風俗記。

〔一〇〕崇德寺：宋史石守信傳：「守信累任節鎮，專務聚斂，積財鉅萬。尤信奉釋氏，在西京建崇德寺。」

〔一一〕「傳云」句：唐代宗時任命宦官魚朝恩爲觀軍容宣慰處置使，觀軍容使名自此始。見舊唐書魚朝恩傳。

〔一二〕福嚴院：洛陽寺院。司馬光和任開叔觀福嚴院舊題名詩云：「洛陽不改舊時春。」

〔一三〕李藩：字叔翰，唐憲宗時爲相。兩唐書有傳。

〔一四〕蘇相：蘇禹珪，字元錫，後漢、後周時爲相。舊五代史有傳。

〔一五〕本草：神農本草經之簡稱，古代著名藥書。太平御覽卷九九二引本草經：「牡丹一名鹿韭，一名鼠姑，葉辛寒，生山谷，治寒熱癥傷中風驚邪，安五臟，出巴郡。」

〔一六〕「自唐」三句：胡仔苕溪漁隱叢話前集卷三〇：「歐公此言信然。余今因以開元時牡丹二事驗之，蓋開元正是則天已後也。其一事，即李翰林集後序云：『開元中，禁中初重木芍藥，即今牡丹也，得四本，紅、紫、淺紅、通白者，上因移植於興慶池東沉香亭前……遽命李龜年持金花箋賜翰林供奉李白，立進清平調辭三章……』其一事，即松窗雜録云：『明皇内殿賞牡丹，問侍臣曰：牡丹詩誰爲首？奏云李正封……』」

〔一七〕「如沈、宋」八句：胡仔苕溪漁隱叢話前集卷三〇：「余謂歐公此言非是，觀劉夢得、元微之、白樂天三人，其以牡丹形於篇什者甚衆，烏得謂之『寂無傳焉』？劉夢得乃是詠渾侍中牡丹，非詠魚朝恩宅者，此亦歐公誤記耳。其詩云：『徑尺千餘朵，人間有此花。今朝見顔色，更不向諸家。』又，賞牡丹詩云：『庭前芍藥妖無格，池上芙蕖淨少情。唯有牡丹真國色，花開時節動京城。』又云：『有此傾城好顔色，天教晚發賽諸花。』其詩若是，非獨但云一叢千朵而已。」沈、宋、元、白，指沈佺期、宋之問、元稹、白居易。

〔一八〕「謝靈運」句：御定淵鑑類函卷四〇五引酉陽雜俎曰：「牡丹前史中無説，惟謝康樂集中云『水際竹間多牡丹』。」李石續博物志卷六：「謝靈運言永嘉竹間多牡丹。今越花不及洛花遠甚。或曰，靈運之所謂牡丹，今之芍藥，特盛於吴越。」

風俗記第三

洛陽之俗，大抵好花。春時，城中無貴賤，皆插花，雖負擔者亦然。花開時，士庶競爲游遨，往往於古寺廢宅有池臺處，爲市井，張幄帟，笙歌之聲相聞〔一〕，最盛於月陂堤、張家園、棠棣坊、長壽寺東街與郭令宅〔二〕，至花落乃罷。

洛陽至東京六驛，舊不進花，自今徐州李相迪爲留守時始進御〔三〕，歲遣衙校一員，乘驛馬，一日一夕至京師。所進不過姚黄、魏花三數朵，以菜葉實竹籠子藉覆之〔四〕，使馬上不動摇，以蠟封花蒂，乃數日不落。

大抵洛人家家有花而少大樹者，蓋其不接則不佳。春初時，洛人於壽安山中斲小栽子賣城中，謂之山篦子。人家治地爲畦塍種之，至秋乃接。接花工尤著者㈡，謂之門園子，蓋本姓東門氏，或是西門，俗但云門園子，亦由今俗呼皇甫氏多只云皇家也。豪家無不邀之。姚黄一接頭直錢五千，秋時立契買之，至春見花乃歸其直。洛人甚惜此花，不欲傳，有權貴求其接頭者，或以湯中蘸殺與之。魏花初出時，接頭亦直錢五千，今尚直一千。

接時須用社後重陽前〔四〕，過此不堪矣㈢。花之木去地五七寸許截之，乃接，以泥封裹，用軟土擁之，以蒻葉作庵子罩之〔五〕，不令見風日，惟南向留一小户以達氣，至春乃去其覆。此接花之法也。用瓦亦可。

種花必擇善地，盡去舊土，以細土用白斂末一斤和之，蓋牡丹根甜，多引蟲食，白斂能殺蟲〔六〕。此種花之法也。

澆花亦自有時，或用日未出，或日西時。九月旬日一澆，十月、十一月，三日、二日一澆，正月隔日一澆，二月一日一澆㈣。此澆花之法也。

一本發數朵者，擇其小者去之，只留一二朵，謂之打剥，懼分其脉也。花纔落，便剪其枝，勿令結子，懼其易老也。春初既去蒻庵，便以棘數枝置花叢上，棘氣暖，可以辟霜，不損花芽，他大樹亦然。此養花之法也。

花開漸小於舊者，蓋有蠹蟲損之，必尋其穴，以硫黄簪之。其旁又有小穴如鍼孔，乃蟲所藏處，花工謂之氣窗，以大鍼點硫黄末鍼之，蟲乃死，蟲死花復盛。此醫花之法也。烏賊魚骨以鍼花樹㈤，入其膚㈥，花輒死㈦。此花之忌也〔七〕。

【校記】

㈠以：卷後原校：一作「用」。　㈡「者」下：卷後原校：或有「一人」兩字。　㈢不堪矣：天理本卷後原校：一作「不佳也」。　㈣「或用」七句：卷後原校：一作「或用日西，或用日未出。秋時旬日乃澆，十月、十一月，三、二日一澆，正月隔日一澆」。　㈤以鍼花：卷後原校：三字上一有「用」字。　㈥膚：卷後原校：一作「皮」。　㈦輒：卷後原校：一作「必」。

【箋注】

〔一〕「花開」六句：李格非洛陽名園記天王院花園子：「洛中花甚多種，而獨名牡丹曰花王。凡園皆植牡丹，而獨名此曰花園子，蓋無他池亭，獨有牡丹數十萬本，凡城中賴花以生者畢家於此。至花時，張幕幄，列市肆，管弦其中，城中士女絶烟火游之；過花時，則復爲丘墟，破垣遺竈相望矣。」

〔二〕月陂堤：册府元龜卷四九七河渠：後唐莊宗同光三年「二月，雒京奏朱守殷修築月陂堤畢功」。郭令宅：唐郭子儀舊宅。子儀嘗官中書令，稱郭令公。

〔三〕李相：李迪。見居士集卷二七孫明復先生墓誌銘箋注〔三〕。迪天聖七年九月知河南府，即爲西京留守。見長編卷一〇八。

〔四〕社：社日，此指秋社，在立秋後第五個戊日。

〔五〕蒻葉：嫩蒲葉。詩大雅韓奕「維筍及蒲」陸璣疏：「蒲始生，取其中心入地，蒻大如匕柄，正白，生噉之甘脆。」庵子：圓形覆蓋物。

〔六〕白斂：即白蘞。塊根入藥，可殺菌治病。見李時珍本草綱目草七白蘞。

〔七〕「花開」十五句：澠水燕談録事誌有相同記載，而語稍簡，當取自本文。

牡丹記跋尾〔一〕

右蔡君謨之書㊀，八分、散隸、正楷、行狎、大小草衆體皆精。其平生手書小簡、殘篇斷稿，時人得者甚多，惟不肯與人書石㊁，而獨喜書余文也㊂。若陳文惠公神道碑銘、薛將軍碣、真州東園記、杭州有美堂記、相州晝錦堂記，余家集古録目序，皆公之所書㊃。最後又書此記，刻而自藏于其家。方走人於亳㊄，以模本遺予，使者未復於閩㊅，而凶訃已至于亳矣㊆〔二〕，蓋其絶筆於斯文也。於戲！君謨之筆既不可復得，而予亦老病不能文者久矣㊇，於是可不惜哉！故書以傳兩家子孫㊈。

【校記】

㊀「右」下：天理本卷後續校：一有「牡丹記蔡君謨書」七字，方云「君謨之書」。㊁與：天理本卷後續校：一作「爲」。㊂獨喜：天理本卷後續校：一作「特喜」。㊃公之所書：天理本卷後續校：一無「之」字。㊄於：天理本卷後續校：一作「于」。㊅於：天理本卷後續校：一作「于」。㊆已至于亳：天理本卷後續校：一無「于」字。㊇予：天理本卷後續校：一作「余」，案印本上文並作「余」。㊈「故書」句：天理本卷後續校：後有「熙寧三年二月一日書」九字。

【箋注】

〔一〕 原未繫年。文云蔡襄「書此記……蓋其絶筆於斯文也」，則當作於蔡襄卒後，即治平四年八月之後。據校記⑨天理本卷後續校，文爲熙寧三年（一〇七〇）作。

〔二〕 「而凶訃」句：據胡譜，歐治平四年三月除觀文殿學士，轉刑部尚書、知亳州，五月至亳，八月蔡襄卒，故云。

外集卷二十三

雜題跋

書李翺集後〔一〕

予爲西京留守推官，得此書於魏君〔二〕，書五十篇〔三〕。予嘗讀韓文，所作哀歐陽詹文云：「詹之事，既有李翺作傳〔四〕。」而此書亡之〔五〕，惜其遺闕者多矣。

【箋注】

〔一〕　題下注「天聖□年」，文云「予爲西京留守推官」，當爲天聖九年（一〇三一）作。據胡譜，是年三月，歐至西京，任留守推官之職。李翺，字習之，隴西成紀人。貞元進士，官至山南東道節度使，卒謚文。嘗從韓愈爲文，有李翺集（一稱李文公集）傳世。兩唐書有傳。

〔二〕　魏君：不詳。

〔三〕書五十篇：今所見李翺文遠不止于此數。毛晉跋李文公集云：「總集凡十有八卷，共一百三首，皆雜著，無歌詩。」

〔四〕「所作」三句：韓愈歐陽生哀辭：「詹之事業文章，李翺既爲之傳，故作哀辭，以舒余哀。」

〔五〕「而此書」句：言李翺集中未見歐陽詹傳。

書梅聖俞稿後〔一〕

凡樂，達天地之和而與人之氣相接，故其疾徐奮動可以感於心，歡欣惻愴可以察於聲〔二〕。五聲單出於金石〔三〕，不能自和也，而工者和之。然抱其器，知其聲，節其廉肉而調其律吕〔四〕，如此者，工之善也。

今指其器以問於工曰：彼簨者，簴者〔五〕，堵而編、執而列者〔六〕，何也？彼必曰：鼗鼓、鍾磬、絲管、干戚也〔七〕。又語其聲以問之曰：彼清者，濁者，剛而奮、柔而曼衍者，或在郊、或在廟堂之下而羅者，何也？彼必曰：八音五聲〔八〕，六代之曲〔九〕，上者歌而下者舞也。其聲器名物，皆可以數而對也。然至乎動盪血脉，流通精神〔一〇〕，使人可以喜，可以悲，或歌或泣，不知手足鼓舞之所然〔一一〕，問其何以感之者，則雖有善工，猶不知其所以然焉，蓋不可得而言也。

樂之道深矣，故工之善者，必得於心，應於手，而不可述之言也。聽之善，亦必得於心而會以意，不可得而言也。堯、舜之時，夔得之，以和人神、舞百獸〔一二〕。三代、春秋之際，師襄、師曠、州鳩之徒得之〔一三〕，爲樂官，理國家，知興亡。周衰官失，樂器淪亡，散之河海〔一四〕，逾千百歲間，未聞有得之者。其天地人之和氣相接者，既不得泄於金石，疑其遂獨鍾於人。故其人之得者，雖不可和於樂，尚能歌之爲詩。

古者登歌清廟，大師掌之〔一五〕，而諸侯之國亦各有詩，以道其風土性情〔一六〕。至於投壺、饗射〔一七〕，必使工歌以達其意，而爲賓樂。蓋詩者，樂之苗裔與！漢之蘇、李〔一八〕，魏之曹、劉〔一九〕，得其正始。宋、齊而下，得其浮淫流佚。唐之時，子昂，李、杜、沈、宋、王維之徒〔二〇〕，或得其淳古淡泊之聲，或得其舒和高暢之節，而孟郊、賈島之徒，又得其悲愁鬱堙之氣。由是而下，得者時有，而不純焉。

今聖俞亦得之。然其體長於本人情，狀風物，英華雅正，變態百出，哆兮其似春〔二一〕，淒兮其似秋，使人讀之可以喜，可以悲，陶暢酣適，不知手足之將鼓舞也。斯固得深者邪！其感人之至，所謂與樂同其苗裔者邪！余嘗問詩於聖俞，其聲律之高下，文語之疵病，可以指而告余也，至其心之得者㊀，不可以言而告也〔二二〕。余亦將以心得意會，而未能至之者也。

聖俞久在洛中，其詩亦往往人皆有之，今將告歸，余因求其稿而寫之。然夫前所謂心之所得者，如伯牙鼓琴，子期聽之，不相語而意相知也〔二三〕。余今得聖俞之稿，猶伯牙之琴弦乎！

【校記】

㊀者：原校：一作「直」。按：當連下讀。

【箋注】

〔一〕據題下注，明道元年（一〇三二）作。是年，梅堯臣在河陽縣主簿任上，因事常往來於河陽、洛陽之間。

〔二〕「凡樂」四句：史記樂書：「樂者，天地之和也。」又云：「凡音之起，由人心生也。人心之動，物使之然也。感於物而動，故形於聲；聲相應，故生變；變成方，謂之音；比音而樂之，及干戚羽旄，謂之樂也。樂者，音之所由生也，其本在人心感於物也。是故其哀心感者，其聲噍以殺；其樂心感者，其聲嘽以緩；其喜心感者，其聲發以散；其怒心感者，其聲粗以厲；其敬心感者，其聲直以廉；其愛心感者，其聲和以柔。」

〔三〕五聲：宮、商、角、徵、羽。金石：國語楚語上：「而以金石匏竹之昌大、囂庶爲樂。」韋昭注：「金，鍾也；石，磬也。」

〔四〕廉肉：指樂聲的高亢激越與婉轉圓潤。礼記樂記：「使其曲直、繁瘠、廉肉、節奏足以感動人之善心而已矣。」孔穎達疏：「廉謂廉棱，肉謂肥滿。」律吕：古時樂律。古人按音階高低分爲六律和六吕。書舜典：「聲依永，律和聲。」孔傳：「律謂六律六吕。」

〔五〕「彼簨者」二句：簨、簴，古時懸掛鐘磬的横杆、立柱。見本集卷一四張應之字序箋注〔三〕。

〔六〕堵而編：周禮春官小胥：「凡縣鍾磬，半爲堵，全爲肆。」鄭玄注：「鍾磬者，編縣之，二八十六枚而在一虡，謂之堵。鍾一堵，磬一堵，謂之肆。」賈公彦疏：「堵者，若牆之一堵。」執而列者：指干戚。禮記樂記：「比音而樂之，及干戚羽毛，謂之樂。」孔穎達疏：「干，盾也；戚，斧也。武舞所執之具。」

〔七〕　鼗鼓：俗稱撥浪鼓。周禮春官小師：「掌教鼓、鼗、柷、敔、塤、簫、管、弦、歌。」鄭玄注：「鼗如鼓而小，持其柄搖之，旁耳還自擊。」

〔八〕　八音：周禮春官大師：「皆播之以八音：金、石、土、革、絲、木、匏、竹。」鄭玄注：「金，鐘鎛也；石，磬也；土，塤也；革，鼓鼗也；絲，琴瑟也；木，柷敔也；匏，笙也；竹，管簫也。」

〔九〕　六代之曲：晉書樂志上：「周始二南，風兼六代。昔黄帝作雲門，堯作咸池，舜作大韶，禹作大夏，殷作大濩，周作大武，所謂因前王之禮，設俯仰之容，和順積中，英華發外。」

〔一〇〕「然至乎」二句：史記樂書：「故音樂者，所以動盪血脈，通流精神而和正心也。」

〔一一〕「不知」句：孟子離婁：「樂則生矣，生則惡可已也，惡可已，則不知足之蹈之手之舞之。」

〔一二〕「夔得之」二句：書堯典：「夔曰：於！予擊石拊石，百獸率舞。」史記夏本紀：「於是夔行樂……百獸率舞，百官信諧。」

〔一三〕「師襄」句：史記孔子世家：「孔子學鼓琴師襄子。」司馬貞索隱引家語：「師襄子曰：『吾雖以擊磬爲官，然能於琴。』蓋師襄子魯人，論語謂之『擊磬襄』是也。」左傳襄公十四年：「師曠侍於晉侯。」杜預注：「師曠，晉樂大師子野。」下文「晉侯曰：『衛人出其君，不亦甚乎？』」後，載有師曠大段議政之語。左傳昭公二十一年「春，天王將鑄無射。泠州鳩曰」下杜預注：「泠，樂官，州鳩其名也。」

〔一四〕「周衰」三句：論語微子記周衰時樂師四散之情景：「大師摯適齊，亞飯干適楚，三飯繚適蔡，四飯缺適秦，鼓方叔入於河，播鼗武入於漢，少師陽、擊磬襄入於海。」邢昺疏：「天子、諸侯每食奏樂，樂章各異，各有樂師。次飯樂師名干，往楚。」

〔一五〕「古者」二句：周禮春官大師：「大祭祀，帥瞽登歌，令奏擊拊。」賈公彦疏：「謂下神合樂，皆升歌清廟，故將作樂時，大師帥取瞽人登堂於西階之東，北面坐而歌者，與瑟以歌詩也。」

〔一六〕「而諸侯」二句：言詩之十五國風。

〔一七〕　投壺：古時宴樂，賓主依次以矢投酒壺之口，投中多者勝，負者飲酒。見禮記投壺。饗射：周禮春官司服：「享先公、饗射，則鷩冕。」鄭玄注：「饗射，饗食賓客與諸侯射也。」

〔一八〕蘇、李：蘇武、李陵。

〔一九〕曹、劉：曹操、劉楨。

〔二〇〕子昂：陳子昂。李、杜、沈、宋：李白、杜甫、沈佺期、宋之問。

〔二一〕哆：寬大，包容。

〔二二〕「余嘗」六句：歐集詩話引聖俞之語曰：「詩家雖率意，而造語亦難。若意新語工，得前人所未道者，斯爲善也。必能狀難寫之景，如在目前，含不盡之意，見於言外，然後爲至矣。」又曰：「作者得於心，覽者會以意，殆難指陳以言也。」

〔二三〕「如伯牙」三句：列子湯問：「伯牙善鼓琴，鍾子期善聽。伯牙鼓琴，志在高山，鍾子期曰：『善哉！峨峨兮若泰山。』志在流水，曰：『善哉！洋洋乎若江河。』伯牙所念，子期得之。」

【集評】

〔清〕吕留良：摹韓送孟東野序，而春容雅濬，一倡三嘆處，亦歐之所獨擅。又云：詩、樂截然分作兩段，上下照應鉤連，其法殊整。（唐宋八家古文精選歐陽文評語）

〔清〕孫琮：一篇文字，前幅妙在層層脱卸，後幅妙在層層挽合。前幅從樂之可知不可知脱卸到善工能知之，從善工能知脱卸到有善詩人，從有善詩人脱卸到聖俞，所謂層層脱卸也。後幅説詩之感人，應轉手舞足蹈；説詩之得深，應樂之苗裔；説自己問答，應轉可知不可言，所謂層層挽合也。至篇中以得之不得之作眼目，猶如秋雨芭蕉，雜拉可聽。（山曉閣選宋大家歐陽廬陵全集評語卷四）

讀李翺文〔一〕

予始讀翺復性書三篇〔二〕，曰此中庸之義疏爾。智者誠其性㈠，當讀中庸㈡。愚者雖讀此，不曉也，不作可焉。又讀與韓侍郎薦賢書，以謂翺特窮時，憤世無薦己者，故丁寧如此，使其得志，亦未必然。以韓爲秦漢間好俠行義之一豪儁㊂，亦善論人者也㊃〔三〕。最後讀幽懷賦〔四〕，然後置書而歎，歎已復讀，不自休。恨翺不生於今，不得與之交，又恨予不得生翺時，與翺上下其論也。

凡昔翺一時人㊄，有道而能文者，莫若韓愈。愈嘗有賦矣，不過羨二鳥之光榮，歎一飽之無時爾㊅〔五〕。此其心使光榮而飽㊆，則不復云矣。若翺獨不然，其賦曰：「衆囂囂而雜處兮，咸歎老而嗟卑。視予心之不然兮，慮行道之猶非。」又怪神堯以一旅取天下，後世子孫不能以天下取河北，以爲憂〔六〕。嗚呼！使當時君子皆易其歎老嗟卑之心，爲翺所憂之心，則唐之天下豈有亂與亡哉！

然翺幸不生今時，見今之事，則其憂又甚矣。奈何今之人不憂也？余行天下，見人多矣，脱有一人能如翺憂者㊇，又皆賤遠㊈，與翺無異。其餘光榮而飽者，一聞憂世之言，不以爲狂人，則以爲病癡子，不怒則笑之矣。嗚呼！在位而不肯自憂，又禁他人使皆不得憂，可歎也夫！景祐三年十月十七日㊉，歐陽修書。

【校記】

㈠誠：原校：一作「識」。　㈡讀：原校：一作「復」。　㈢俠：原校：一作「事」。　㈣論：原校：一作「諭」。　㈤凡昔：原校：一作「況乃」。　㈥之：原校：一作「而」。　㈦此其：原校：一作「推是」。　㈧如：原校：一作「知」。　㈨賤：原校：一作「疏」。　㈩景：原校：一作「皇」。

【箋注】

〔一〕如篇末所示，景祐三年（一〇三六）作。是年十月十七日，歐已抵江陵，尚未至夷陵。于役志卷後編者語云：「既以十月二十六日到官，則留荆（按即江陵）約旬餘，正庭參轉運時也。」故知本文作於初到江陵時也。

〔二〕復性書：李翺李文公集卷二有復性書上、中、下三篇。

〔三〕「又讀」八句：與韓侍郎薦賢書，李文公集載卷六，作答韓侍郎書，云：「如鄙人無位於朝，阨摧於時，恓恓惶惶奔走，恥辱求食不暇，自一千年來，賢士屈厄，未見有如此者，尚汲汲孜孜引薦賢俊，如朝饑求殝，如久曠思通，如見妖麗而不得親然。若使之有位於朝，或如兄儕得志於時，則天下當無屈人矣。如或萬一有之，若陸歙州、韋簡州之比，猶奔走在泥土，則當引罪在己，若狂若顛，朝雖饑不敢求殝，曠雖久不敢思通，見妖麗閑暇而不覩，視遷榮如鞭笞宮割之在躬，夫又何榮樂而得安然也！不知此心自古以來曾有人如是者否，不知代有聖人排肩而生，曾有一賢用心近於此者乎。」又云：「如兄者頗亦好賢，必須甚有文辭，兼能附己，順我之欲，則汲汲孜孜，無所憂惜，引拔之矣。如或力不足，則分食以食之，無不至矣。若有一賢人或不能然，則將乞丐不暇，安肯孜孜汲汲爲之先後？此秦、漢間尚俠行義之一豪儁耳，與鄙人似同而其實不同也。」

〔四〕幽懷賦：載李文公集卷一。

〔五〕「愈嘗」三句：韓愈未仕時，於貞元十一年五月作感二鳥賦，云：「感二鳥之無知，方蒙恩而入幸。惟進退之殊異，增余懷之耿耿。彼中心之何嘉，徒外飾焉是逞。余生命之湮阨，曾二鳥之不如。汩東西與南北，恒十年而不居。辱飽食其有數，況策名於薦書。時所好之爲賢，庸有謂余之非愚。」

〔六〕「又怪」三句：幽懷賦：「當高祖之初起兮，提一旅之羸師。能順天而用衆兮，竟掃寇而戡隋。況天子之神明兮，有列祖之前規。剗弊政而還本兮，如反掌之易爲。苟廟堂之治得兮，何下邑之能違？」神堯指唐高祖，其廟號爲神堯大聖大光孝皇帝。

【集評】

〔宋〕樓昉：文有離合，收拾在後面數語上，亦有感之言也。（崇古文訣卷一九）

〔明〕歸有光：感慨悲憤，其深情都在時事上。（歐陽文忠公文選評語卷一〇）

〔清〕孫琮：廬陵觸目時艱，寄語李君，妙在前幅將復性書、薦賢書二段陪出幽懷賦，中幅又將韓昌黎陪出李翺，皆是文章絶妙波瀾。後幅譏刺時人，真覺肉食者鄙，不可與謀，而哀音淒惻，騷情雅致，殆能兼之。（山曉閣選宋大家歐陽廬陵全集評語卷四）

〔清〕林雲銘：是篇雖贊李翺，却是借李翺作個引子，把自己一片憂時熱腸血淚，向古人剖露揮灑耳。文之曲折感愴，能令古來誤國庸臣無地生活。（古文析義評語卷一四）

〔清〕唐介軒：公非左韓而右李，但借「歎老嗟悲」數語，發出胸中不可一世之意。情詞悲壯，寄慨無窮。（古文翼評語卷七）

書春秋繁露後〔一〕

漢書董仲舒傳載仲舒所著書百餘篇，第云清明、竹林、玉杯、繁露之書，蓋略舉其篇名〔二〕。今其書纔四十篇，又總名春秋繁露者，失其真也。予在館中校勘羣書〔三〕，見有八十餘篇，然多錯亂重複。又有民間應募獻書者，獻三十餘篇㊀，其間數篇，在八十篇外。乃知董生之書流散而不全矣。方俟校勘，而予得罪夷陵，秀才田文初以此本示予〔四〕，不暇讀。明年春，得假之許州〔五〕，以舟下南郡〔六〕，獨卧閲此，遂誌之。董生儒者，其論深極春秋之旨。然惑於改正朔而云王者大一元者〔七〕，牽於其師之説，不能高其論以明聖人之道，惜哉！惜哉！景祐四年四月四日書。

【校記】

〔一〕三：原校：一作「二」。

【箋注】

〔一〕如篇末所示，景祐四年（一〇三七）作。郡齋讀書志卷三著録春秋繁露十七卷，云：「漢董仲舒撰。史稱仲舒説春秋事得失，聞舉、玉杯、繁露、清明、竹林之屬數十篇，十餘萬言，傳於後世。今溢而爲八十二篇，又通名繁露，皆未詳。」四庫全書總目卷三〇著録春秋繁露十七卷，云：「中興館閣書目謂繁露冕之所垂，有聯貫之象。春秋比事屬辭，立名或取諸此，亦以意爲説也。其書發揮春秋之旨，多主公羊，而往往及陰陽五行。」

〔二〕「漢書」三句：漢書董仲舒傳：「仲舒所著，皆明經術之意及上疏條教，凡百二十三篇，而説春秋事得失，聞舉、玉杯、蕃露、清明、竹林之屬，復數十篇，十餘萬言，皆傳於後世。」

〔三〕「予在」句：據胡譜，歐爲館閣校勘在景祐元年閏六月。

〔四〕田文初：田畫，字文初。見居士集卷四二送田畫秀才寧親萬州序。

〔五〕「明年」二句：承前「予得罪夷陵」而言，指景祐四年三月，謁告至許昌，娶薛簡肅公女。見胡譜。

〔六〕南郡：江陵舊稱。

〔七〕王者大一元：春秋繁露玉英：「謂一元者，大始也。知元年志者，大人之所重，小人之所輕。是故治國之端在正名。」漢書董仲舒傳載董仲舒語曰：「春秋謂一元之意，一者萬物之所從始也，元者辭之所謂大也。謂一爲元者，視大始而欲正本也。」

書韋應物西澗詩後〔一〕

右唐韋應物滁州西澗詩。今州城之西乃是豐山，無所謂西澗者。獨城之北有一澗，水極淺，遇夏潦漲溢，但爲州人之患㊀，其水亦不勝舟，又江潮不至。此豈詩家務作佳句，而實無此耶〔二〕？然當時偶不以圖經考正，恐在州界中也。聞左司郭員外新授滁陽，欲以此事問之。

【校記】

㊀但：衡本作「恒」。

【箋注】

〔一〕題下注「慶曆□年」，誤，當爲嘉祐三年（一〇五八）作。文云「聞左司郭員外新授滁陽」，郭員外乃郭申錫，長編卷一八七載嘉祐三年五月乙酉，「降申錫知滁州」。宋會要輯稿職官六五之一七載是年五月「十三日，三司鹽鐵副使、右司郎中郭申錫降知滁州」。郭員外即郭申錫，其時已爲郎中。據長編卷一八六，嘉祐二年八月郭申錫爲契丹國母生辰使時，身份是鹽鐵副使、刑部員外郎，歐當據此稱郭員外。而據劉摯天章閣待制郭公墓誌銘，嘉祐二年申錫已遷右司，刑部屬右司，稱左司恐係歐筆誤。韋應物，兩唐書無傳。據陝西新出土的丘丹撰唐故尚書左司郎中蘇州刺史京兆韋君墓誌銘并序，韋氏字義博，京兆杜陵人。歷任滁州、江州、蘇州刺史，所著詩賦、議論、銘頌、記序凡六百餘篇。滁州西澗詩係韋氏守滁時作。

〔二〕「今州城」十句：高棅編唐詩品彙卷四九引謝疊山云：「『幽草』、『黄鸝』比君子在野，小人在位。『春潮帶雨晚來急』乃季世危難多，如日之已晚，不復光明也。末句謂寬閑寂寞之濱必有賢人，如孤舟之横渡者，特君不能用耳。此詩人感時多故而作，又何必滁之果如是也？」按：謝氏解詩，純屬臆測。王銍默記卷上載西澗「在滁城之西」。又記宋太祖平滁事，稱其「下令誓師，夜出小路亟行，三軍跨馬浮西澗以迫城」。明一統志卷一八滁州載「西澗在州城西，俗名烏土河」，後即引韋氏之詩。江南通志卷一八滁州亦載「西澗在州西」，並引揮麈録云：「宋太祖入滁，以兵浮西澗，即此。」

論尹師魯墓誌〔一〕

誌言天下之人識與不識，皆知師魯文學、議論、材能。則文學之長，議論之高，材能之美，不言可知。又恐太略，故條析其事㊀，再述于後。

述其文，則曰簡而有法。此一句，在孔子六經惟春秋可當之㊁，其他經非孔子自作文章〔二〕，故雖有法而不簡也㊂。修於師魯之文不薄矣，而世之無識者，不考文之輕重，但責言之多少，云師魯文章不合祗著一句道了。既述其文，則又述其學曰通知古今。此語若必求其可當者㊃，惟孔、孟也。既述其學，則又述其論議，云是是非非，務盡其道理㊄，不苟止而妄隨。亦非孟子不可當此語。既述其論議，則又述其材能，備言師魯歷貶㊅，自兵興便在陝西，尤深知西事，未及施爲而元昊臣，師魯得罪。使天下之人盡知師魯材能㊆。

此三者，皆君子之極美，然在師魯猶爲末事。其大節乃篤於仁義㊇，窮達禍福，不愧古人。其事不可遍舉，故舉其要者一兩事以取信。如上書論范公而自請同貶，臨死而語不及私，則平生忠義可知也，其臨窮達禍福不愧古人又可知也。

既已具言其文、其學、其論議、其材能、其忠義⑨，遂又言其爲仇人挾情論告以貶死，又言其死後妻子困窮之狀。欲使後世知有如此人，以如此事廢死，至於妻子如此困窮，所以深痛死者，而切責當世君子致斯人之及此也。

春秋之義，痛之益至則其辭益深，「子般卒」是也〔三〕。詩人之意，責之愈切則其言愈緩，「君子偕老」是也〔四〕。不必號天叫屈⑩，然後爲師魯稱冤也⑪。故於其銘文⑫，但云「藏之深，固之密，石可朽，銘不滅」，意謂舉世無可告語，但深藏牢埋此銘，使其不朽，則後世必有知師魯者。其語愈緩，其意愈切，詩人之義也。而世之無識者，乃云銘文不合不講德⑬，不辯師魯以非罪⑭。蓋爲前言其窮達禍福無愧古人，則必不犯法，況是仇人所告，故不必區區曲辯也。今止直言所坐，自然知非罪矣，添之無害〔五〕，故勉徇議者添之。

若作古文自師魯始，則前有穆修、鄭條輩及有大宋先達甚多〔六〕，不敢斷自師魯始也。偶儷之文，苟合于理，未必爲非⑮，故不是此而非彼也⑯。若謂近年古文自師魯始⑰，則范公祭文已言之矣〔七〕，可以互見，不必重出也。皇甫湜韓文公墓誌、李翱行狀不必同⑱〔八〕，亦互見之也。

誌云師魯喜論兵[一九]。論兵儒者末事，言喜無害。喜非嬉戲之戲[二〇]，喜者，好也，君子固有所好矣。孔子言回也好學[二一]〔九〕，豈是薄顏回乎？後生小子，未經師友，苟恣所見，豈足聽哉！

修見韓退之與孟郊聯句〔一〇〕，便似孟郊詩；與樊宗師作誌，便似樊文〔一一〕。慕其如此，故師魯之誌用意特深而語簡[二二]，蓋爲師魯文簡而意深。又思平生作文，惟師魯一見，展卷疾讀，五行俱下，便曉人深處。因謂死者有知，必受此文，所以慰吾亡友爾，豈恤小子輩哉[二三]！

【校記】

[一]故條析：卷後原校：石本作「故又條悉」。　[二]可當之：卷後原校：石本作「可以當之」。　[三]而不簡：卷後原校：類稿作「而或不簡」。　[四]求其可當：卷後原校：石本無「其」字。　[五]盡其道理：卷後原校：石本無「其」字。　[六]歷貶：卷後原校：石本作「歷官屢貶」。　[七]「盡知」上：卷後原校：石本有「不」字。　[八]仁義：卷後原校：石本作「忠義」。　[九]其學：卷後原校：石本無「其」字。　[一〇]叫屈：卷後原校：類稿作「叫地」。

[一一]寃：原校：一作「怨」。　[一二]於其：卷後原校：石本無「其」字。　[一三]銘文：卷後原校：石本無「文」字。

[一四]以非罪：卷後原校：石本無「以」字。　[一五]未必爲非：卷後原校：石本作「皆非」。　[一六]故不：卷後原校：此下一有「必」字。　[一七]若謂：卷後原校：石本作「若爲」。　[一八]皇甫湜韓文公墓誌李翱行狀：卷後原校：類稿作「皇甫湜作韓文公誌與李翱行狀」。　[一九]誌云：卷後原校：石本作「誌言」。　[二〇]之戲：卷後原校：石本作「之喜」。

[二一]孔子：卷後原校：石本作「仲尼」。　[二二]「故」下：卷後原校：一有「於」字。　[二三]「恤」下：卷後原校：石本有

「彼」字。

【箋注】

〔一〕據題下注，皇祐元年（一〇四九）作。慶曆八年，歐爲尹洙銘墓，因文字簡略引起尹氏家屬弟子的不滿（見居士集卷二八尹師魯墓誌銘箋注〔一〕），次年遂作此文自辯以釋人之疑。

〔二〕「在孔子」二句：相傳六經即詩、書、易、禮、樂、春秋中，春秋爲孔子所作，孟子滕文公下云：「世衰道微，邪説暴行有作，臣弑其君者有之，子弑其父者有之。孔子懼，作春秋。」史記太史公自序亦云：「孔子戹陳、蔡，作春秋。」其餘五經，孔子加以整理，非孔子所作。

〔三〕子般卒：子般爲魯莊公太子，即位不久，遭慶父殺害。春秋三十二年：「冬十月己未，子般卒。」杜預注：「子般，莊公大子。先君未葬，故不稱爵。不書殺，諱之也。」

〔四〕君子偕老：此爲詩鄘風君子偕老之首句。毛序：「君子偕老，刺衛夫人也。夫人淫亂，失事君子之道。」夫妻本應相偕至老，而衛宣姜淫亂，通篇均嘆美之詞，止「子之不淑，云如之何」二句譏刺之，故曰「責之愈切則其言愈緩」。

〔五〕添之：指尹師魯墓誌銘中添了「初，師魯在渭州，將吏有違其節度者，欲按軍法斬之而未果」數語。

〔六〕穆修：字伯長，鄆州人。大中祥符進士。歷任泰州司理參軍，潁州、蔡州文學參軍。倡導學習韓愈，反對宋初華靡文風。宋史有傳。鄭條：王應麟困學紀聞卷一五：「館閣書目有鄭條集一卷。條，蜀人，自號金斗先生，名其文金斗集。」

〔七〕「若謂」二句：范仲淹祭尹師魯舍人文：「爲學之初，時文方麗，子師何人，獨有古意。韓、柳宗經，班、馬序事，衆莫子知，子特弗移。是非乃定，英俊乃隨，聖朝之文，與唐等夷。」

〔八〕「皇甫湜」句：皇甫湜韓文公墓誌銘載皇甫持正集卷六，李翺故正議大夫行尚書吏部侍郎上柱國賜紫金魚袋贈禮部尚書韓公行狀載李文公集卷二。皇甫湜，字持正，元和進士。官工部郎中。從韓愈學古文。新唐書有傳。

〔九〕回也好學：論語雍也：「哀公問：『弟子孰爲好學？』孔子對曰：『有顏回者好學，不遷怒，不貳過。』」

〔一〇〕孟郊：字東野，中唐詩人，韓、孟詩派首領。舊唐書有傳。韓、孟詩風相近，有遠游、納涼、城南等聯句。

〔一一〕「與樊宗師」二句：韓愈作南陽樊紹述墓誌銘，有意模倣樊之文風。樊宗師，字紹述，爲文怪僻生澀，新唐書藝文志載其著述多種。

【集評】

〔清〕金之俊：非大哉博學之孔子，不能爲春秋之簡；非博聞强記、通知今古之師魯，亦不能爲師魯之簡；非博極羣書、集古千卷、藏書萬卷之歐陽氏，亦不能爲歐陽氏之簡。而能以「簡而有法」一句遂盡師魯之爲文也，此簡之所以有足貴，而能爲簡者之匪易言歟！考之韓忠獻云：「天聖初，公獨與穆伯長矯時所尚，力以古文爲主。」范文正亦云：「師魯深于春秋，辭約而理精，得歐陽永叔，從而振之，天下之文一變而古。」尤延之亦云：「我朝古文之盛，倡自師魯。」則又非獨歐陽氏之説也。由是言之，文之學爲古者，必能爲簡；而能爲簡者，方可以語古。（河南先生文集卷二八附録讀尹河南文集）

書沖厚居士墓銘後〔一〕

東南固多學者，而徐氏尤爲大族，其子弟從予學者，往往有聞于時。視其子弟，則可知其父兄之賢也。廬陵歐陽修書。

【箋注】

〔一〕原未繫年，作年不詳。徐無黨、無逸兄弟爲婺州永康（今屬浙江）人，嘗從歐學古文，與文中所云「東南固多學者，而徐氏尤爲大族，其子弟從予學者」相合。沖厚居士疑即徐氏家族長輩。劉弇龍雲集卷三二有沖厚居士劉君墓誌銘，墓主爲劉弇伯父。弇，吉州安福人，其伯父卒于元豐四年，足見與本文篇名中的沖厚居士並非一人。據浙江通志卷一一三，徐無黨登第于皇祐五年（一〇五三）鄭獬榜。是年，歐有與澠池徐宰（書簡卷七）云：「自聞省試，日望一信。

人至，忽得所示，大慰鄙懷……程試賦詩極工矣，策贍博而辯論偉然，皆當在高等……計此書至，已在高第。」據文獻通考選舉考五，是科省元爲徐無黨。由文中「往往有聞于時」觀之，本文當作於皇祐五年登第後。

讀裴寂傳〔一〕

予嘗與尹師魯論自魏、晉而下佐命功臣，皆可貶絶，以其貳心舊朝，叶成大謀㊀，雖曰忠於所事，而非人臣之正也。及讀裴寂傳，迹其終始，良有以哉！始寂爲晉陽宫監，私以宫人饋高祖，因見親暱，可謂貳隋矣。及太宗以博弈啗之，遂開義師之謀，卒成唐室〔二〕。武周爲寇，請行自敗〔三〕，不即就誅者，非特佐命有功，豈非曩時私狎之恩哉？坐交沙門，法雖免官見放，復有所陳。太宗數之曰：「計公勳庸，不至於此。」數以武德時政之繆㊁，皆歸其人〔四〕。又聞妖言不自明，乃欲殺人緘口㊂，遂被流放。列其四罪，貸不致理〔五〕。蓋由進身之私恩衰即敗也。韓、彭之功猶終不保〔六〕，況寂也哉！

【校記】

㊀大謀：原校：一作「謀主」。　㊁時：原校：一作「官」。　㊂緘：原校：一作「滅」。

【箋注】

〔一〕題下注「皇祐□年」，何年不詳。裴寂傳載舊唐書卷五七。新唐書至嘉祐五年方修成（胡譜），皇祐時歐之所讀，必舊唐書。裴寂，字玄真，蒲州桑泉人。隋末爲晉陽宫副監，支援李淵起兵。攻入長安後，勸李淵稱帝，任尚書左僕射等職。貞觀時被太宗罷職，放歸故鄉。後流放靜州，卒。

〔二〕「始寂」七句：舊唐書裴寂傳：「高祖留守太原，與寂有舊，時加親禮，每延之宴語，間以博弈，至於通宵連日，情忘厭倦。時太宗將舉義師，而不敢發言，見寂爲高祖所厚，乃出私錢數百萬，陰結龍山令高斌廉，與寂博戲，漸以輸之。寂得錢既多，大喜，每日從太宗遊。見其歡甚，遂以情告之，寂即許諾。寂又以晉陽宫人私侍高祖，高祖從寂飲，酒酣，寂白狀曰：『二郎密纘兵馬，欲舉義旗，正爲寂以宫人奉公，恐事發及誅，急爲此耳。今天下大亂，城門之外，皆是盜賊，若守小節，旦夕死亡；若舉義兵，必得天位。衆情已協，公意如何？』高祖曰：『我兒誠有此計，既已定矣，可從之。』」

〔三〕「武周」二句：裴寂傳：「武德二年，劉武周將黄子英、宋金剛頻寇太原，行軍總管姜寶誼、李仲文相次陷没，高祖患之。寂自請行，因爲晉州道行軍總管，得以便宜從事。師次介休，而金剛據城以抗寂。寂保於度索原。營中乏水，賊斷其澗路，由是危迫，欲移營就水，賊因犯之，師遂大潰，死散略盡。寂一日一夜馳至晉州，晉州以東城鎮俱没。」

〔四〕「坐交」八句：裴寂傳：「（貞觀）三年，有沙門法雅初以恩倖出入兩宫，至是禁絶之。法雅怨望，出妖言，伏法。兵部尚書杜如晦鞫其獄，法雅乃稱寂知其言。寂對曰：『法雅惟云時候方行疾疫，初不聞妖言。』法雅證之，坐是免官，削食邑之半，放歸本邑。寂請住京師，太宗數之曰：『計公勳庸，不至於此，徒以恩澤特居第一。武德之時，政刑紕繆，官方弛紊，職公之由，但以舊情，不能極法，歸掃墳墓，何得復辭？』寂遂歸蒲州。」

〔五〕「又聞」五句：裴寂傳：「有狂人自稱信行，寓居汾陰，言多妖妄，常謂寂家僮曰：『裴公有天分，于時信行已死。』寂監奴恭命以其言白寂，寂惶懼不敢聞奏，陰呼恭命殺所言者。恭命縱令亡匿，寂不知之。寂遣恭命收納封邑得錢百餘萬，因用而盡。寂怒，將遣人捕之，恭命懼而上變。太宗大怒，謂侍臣曰：『寂有死罪者四：位爲三公，而與妖人法雅親密，罪一也；事發之後，乃負氣憤怒，稱國家有天下，是我所謀，罪二也；妖人言其有天分，匿而不奏，罪三也；陰行殺戮以滅口，罪四也。我殺之非無辭矣。議者多言流配，朕其從衆乎？』於是徙交州，竟流靜州。」

〔六〕韓、彭：韓信、彭越。皆爲漢初諸侯王，爲劉邦擊敗項羽立下赫赫戰功。漢朝建立後，均因被告發謀反遭誅。詳見史記淮陰侯列傳及魏豹彭越列傳。

書梅聖俞河豚魚詩後〔一〕

予友梅聖俞於范饒州席上賦此河豚魚詩〔二〕，余每體中不康，誦之數過輒佳，亦屢書以示人爲奇贈。翰林東閣書。

【箋注】

〔一〕題下注「至和□年」。文末云「翰林東閣書」，歐至和元年九月遷翰林學士（胡譜），故文當作於此後，即是年秋冬或至和二年（一〇五五）。梅堯臣河豚魚詩全稱爲范饒州坐中客語食河豚魚，寶元元年作，見梅集編年卷八。

〔二〕范饒州：范仲淹。景祐三年仲淹貶知饒州，故稱。

書三絶句詩後〔一〕

前一篇梅聖俞詠泥滑滑〔二〕，次一篇蘇子美詠黄鶯〔三〕，後一篇余詠畫眉鳥〔四〕。三人者之作也出於偶然，初未始相知，及其至也，意輒同歸㊀，豈非其精神會通，遂暗合耶？自二子死，余殆絶筆於斯矣。翰林東閣書。

【校記】

㈠輒：原校：一作「趣」。

【箋注】

〔一〕題下注「至和□年」，誤，當爲嘉祐五年（一〇六〇）作。文云「二子死」，二子謂蘇、梅。堯臣卒於嘉祐五年四月（梅聖俞墓誌銘），文當作於此後。文末云「翰林東閣書」，知歐作爲翰林學士，仍在學士院内供職。據胡譜，是年十一月，歐爲樞密副使。然則本文當作於是年四月堯臣卒後、十一月就職樞密院之前。

〔二〕前一篇：指梅堯臣禽言四首竹雞，載梅集編年卷七。詩云：「泥滑滑，苦竹岡。雨蕭蕭，馬上郎。馬啼凌兢雨又急，此鳥爲君應斷腸。」

〔三〕次一篇：指蘇舜欽雨中聞鶯，載蘇集編年校注卷四。詩云：「驕騃人家小女兒，半啼半語隔花枝。黄昏雨密東風急，向此漂零欲泥誰？」

〔四〕後一篇：即畫眉鳥，見居士集卷二。

跋晏元獻公書〔一〕

右觀文殿大學士、兵部尚書晏元獻公二帖。公爲人真率，其詞翰亦如其性，是可佳也。

【箋注】

〔一〕題下注「至和□年」。晏殊卒於至和二年正月（據居士集卷二二晏公神道碑銘），謚元獻。文稱晏元獻公，不可能作於至和元年，當爲二年（一〇五五）作。

跋李西臺書〔一〕

嘉祐三年三月晦日，和叔攜以過余〔二〕，因得覽之，不能釋手。嗟今之人清尚如西臺君者，何少也！遂書其後而還之。廬陵歐陽修。

【箋注】

〔一〕題下注「嘉祐二年」，誤，當作於三年（一〇五八）。此文及後篇均寫明「嘉祐三年三月晦日」，即其時作。李西臺，李建中，字得中。太平興國進士。累官工部郎中，判太府寺。恬於榮利，前後三求掌西京留司御史臺，故人稱李西臺。性簡靜，風神雅秀。善書札，多構新體，人多摹習之。宋史有傳。

〔二〕和叔：陳繹，字和叔。慶曆進士，爲館閣校勘、集賢校理，刊定前漢書。英宗朝，參與修撰仁宗實録。神宗時，官翰林學士。宋史有傳。

又跋李西臺書㊀〔一〕

李公爲人端重清方，爲當時所重，不徒愛其筆蹟也。嘉祐三年三月晦日，修題。

【校記】

㊀題原作「同前」，參照前篇改之。

【箋注】

〔一〕嘉祐三年（一〇五八）作。

跋李翰林昌武書〔一〕

昌武筆畫遒峻，蓋欲自成一家，宜其見稱於當時也〔二〕。修覽其書，知此道寂寞久矣㊀。嚮時蘇、梅二子〔三〕，以天下兩窮人主張斯道，一時士人傾想其風采㊁，奔走不暇，自其淪亡，遂無復繼者。豈孟子所謂折枝之易，第不爲邪〔四〕？覽李翰林詩筆，見故時朝廷儒學侍從之臣，未嘗不以篇章翰墨爲樂也。

【校記】

㊀修覽其書，知此道：原校：七字一作「風雅」。　㊁士人：原校：一作「人士」。

【箋注】

〔一〕題下注「嘉祐□年」，何年未詳。李宗諤，字昌武，李昉子。端拱進士。歷集賢校理、起居舍人、知制誥，爲翰林學士。曉音律，工隸書，風流儒雅，藏書萬卷。著有翰苑雜記、大中祥符封禪汾陰記、談録等。宋史有傳。

〔二〕「宜其」句：董更書録卷中李昌武宗諤條下引青箱雜記云：「篇什筆札，兩皆精妙。」又引書史云：「李宗諤主文既久，士子始皆學其書。」

〔三〕蘇、梅：蘇舜欽、梅堯臣。

〔四〕「豈孟子」二句：孟子梁惠王上：「爲長者折枝，語人曰：『我不能。』是不爲也，非不能也。」

記舊本韓文後〔一〕

予少家漢東〔二〕，漢東僻陋無學者，吾家又貧無藏書。州南有大姓李氏者，其子堯輔頗好學〔一〕〔三〕。予爲兒童時，多游其家，見有弊筐貯故書在壁間，發而視之，得唐昌黎先生文集六卷〔四〕，脱落顛倒無次序〔二〕，因乞李氏以歸。讀之，見其言深厚而雄博，然予猶少，未能悉究其義，徒見其浩然無涯，若可愛。

是時天下學者楊、劉之作，號爲時文〔五〕，能者取科第，擅名聲，以誇榮當世，未嘗有道韓文者。予亦方舉進士，以禮部詩賦爲事。年十有七試于州，爲有司所黜〔六〕。因取所藏韓氏之文復閲之，則喟然嘆曰〔三〕：「學者當至於是而止爾。」因怪時人之不道，而顧己亦未暇學，徒時時獨念于予心，以謂方從進士干禄以養親，苟得禄矣，當盡力于斯文，以償其素志。

後七年〔七〕，舉進士及第，官於洛陽。而尹師魯之徒皆在，遂相與作爲古文。因出所藏昌黎集而補綴之，求人家所有舊本而校定之。其後天下學者亦漸趨於古，而韓文遂行於世，至於今蓋三十餘年矣，學者非韓不學也，可謂盛矣。

嗚呼！道固有行於遠而止於近，有忽於往而貴于今者，非惟世俗好惡之使然，亦其理有當然者。而孔、孟惶惶於一時，而師法於千萬世。韓氏之文没而不見者二百年〔八〕，而後大施於今，此又非特好惡之所上下，蓋其久而愈明，不可磨滅，雖蔽于暫而終耀于無窮者，其道當然也㊃。

予之始得於韓也，當其沉没棄廢之時，予固知其不足以追時好而取勢利，於是就而學之，則予之所爲者，豈所以急名譽而干勢利之用哉？亦志乎久而已矣。故予之仕，於進不爲喜，退不爲懼者，蓋其志先定而所學者宜然也。

集本出於蜀，文字刻畫頗精於今世俗本，而脱繆尤多。凡三十年間，聞人有善本者〔九〕，必求而改正之。其最後卷帙不足，今不復補者，重增其故也。予家藏書萬卷，獨昌黎先生集爲舊物也。嗚呼！韓氏之文、之道，萬世所共尊，天下所共傳而有也。予於此本，特以其舊物而尤惜之。

【校記】

㊀堯：原校：一作「彦」。　㊁序：原校：一作「第」。　㊂「然」下：原校：一有「而」字。　㊃「道」下：原校：一有「皆」字。

【箋注】

〔一〕 題下注「嘉祐□年」，當爲嘉祐六年（一〇六一）或稍後作。文云「舉進士及第……至于今蓋三十餘年矣」，歐登第于天聖八年（一〇三〇），過「三十餘年」，已是嘉祐五年（一〇六〇）之後。文又云：「集本出於蜀……凡三十年間，聞人有善本者，必求而改正之。」改正工作始於洛陽，時「尹師魯之徒皆在，遂相與作爲古文」，爲天聖九年（一〇三一）。「三十年」後爲嘉祐六年。當然，古人有時不計餘數，好用整數表示時間，尤其在賦詩之時，但本文「三十年」與「三十餘年」互有關聯的表述，含有較具體而準確的計算。「餘」字在此表示整數後餘計的零頭尾數，時間應是很有限的。故當爲六年或稍後作。

〔二〕漢東：隨州古屬漢東郡，故云。歐少依叔父歐陽曄，居隨州。

〔三〕堯輔：一作彦輔，字公佐。見居士集卷一三送襄陵令李君箋注〔一〕。

〔四〕昌黎先生文集：韓愈著，李漢編。晁公武郡齋讀書志著録昌黎先生文集四十卷、外集三卷。魏仲舉編五百家注音辨昌黎先生文集亦四十卷。

〔五〕「是時」二句：田況儒林公議：「楊億在兩禁變文章之體，劉筠、錢惟演輩皆從而崇之，時號楊劉。」宋史穆修傳：「自五代文敝，國初，柳開始爲古文。其後，楊億、劉筠尚聲偶之辭，天下學者靡然從之。」

〔六〕「年十有七」二句：胡譜天聖元年：「是歲，公應舉隨州。試左氏失之誣論，其略云：『石言于晉，神降于莘。内蛇鬭而外蛇傷，新鬼大而故鬼小。』人已傳誦，坐賦逸官韻，黜。」魏泰東軒筆録卷一二：「歐陽文忠公年十七，隨州取解，以落官韻而不收。天聖已後，文章多尚四六，是時隨州試左氏失之誣論，文忠論之，條列左氏之誣甚悉，其句有……雖被黜落，而奇警之句，大傳於時。今集中無此論，頃見連庠誦之耳。」

〔七〕後七年：指天聖八年。

〔八〕「韓氏」句：由嘉祐末上溯二百年，爲唐咸通時，距韓愈逝世已有四十年。

〔九〕善本：穆修嘗校訂韓文，撰唐柳先生集後序云：「韓則雖目其全，至所缺墜，亡字失句，獨於集家爲甚。志欲補其正而傳之，多從好事訪善本，前後累數十，得所長，輒加注竄。遇行四方遠道，或他書不暇持，獨賫韓以自隨，幸會人所寶有，就假取正。凡用力於斯已蹈二紀外，文始幾定。」

【集評】

〔清〕孫琮：廬陵之學本出昌黎，故篇中雖記叙韓文，實自明學問得力。第一段叙得文之由，便寫出一見可愛神情來；第二段叙未學其文，又寫出一種深知愛慕來；第三段述已學其爲文；第四段信其文之必傳；第五段明己學之有素：處處叙韓文，處處寫自己得力。此可見古人自信處，亦可見古人不忘所本處。（山曉閣選宋大家歐陽廬陵全集評語卷四）

〔清〕儲欣：韓之文得公而顯，公亦學韓以自成一家而傳於無窮，交相需者也。此篇記本末甚悉。（六一居士外集録評語卷一）

題薛公期畫〔一〕

善言畫者多云鬼神易爲工，以謂畫以形似爲難，鬼神人不見也〔二〕。然至其陰威慘淡，變化超騰，而窮奇極怪，使人見輒驚絶，及徐而定視，則千狀萬態，筆簡而意足，是不亦爲難哉？此畫雖傳自妙本，然其筆力精勁，亦自有嘉處。嘉祐八年仲春旬休日，竊覽而嘉之，題還薛公期書室。廬陵歐陽修題㊀。

【校記】

㊀文後原校：一作「俗言見畫鬼神者易爲工，以其人不常見也。然而隱見出没於有無之際，千狀萬態，筆簡而意足，難矣。及其變化飛騰，窮奇極怪，使人見輒驚絶，豈不又難哉！此畫雖所傳好本，然其筆力精勁，亦自有佳處。廬陵歐陽修竊覽而嘉之，遂題其後以還公期書室。嘉祐八年仲春休日」。

【箋注】

〔一〕　如篇末所示，嘉祐八年（一〇六三）作。薛公期，名仲孺，薛奎嗣子。見居士集卷七送公期得假歸絳詩箋注〔一〕〔二〕。

〔二〕「善言」三句：張彦遠歷代名畫記卷一論畫六法：「顧愷之曰：『畫人最難，次山水，次狗馬，其臺閣一定器耳，差易爲也。』斯言得之……故韓子曰：『狗馬難，鬼神易。狗馬乃凡俗所見，鬼神乃譎怪之狀。』斯言得之。」

跋杜祁公書〔一〕

右杜祁公墨蹟。公當景祐中，爲御史中丞，時余以鎮南軍掌書記爲館閣校勘〔二〕，始登公門，遂見知獎。後十五年，余以尚書禮部郎中、龍圖閣直學士留守南都〔三〕，公已罷相，致仕于家者數年矣〔四〕。余歲時率僚屬候問起居，見公福壽康寧，言笑不倦。歲餘，予遭内艱去，居于潁〔五〕。服除，來京師，蒙恩召入翰林爲學士〔六〕，與公書問往還，無虚月。又二歲，公以疾薨于家。予既泣而論次公之功德而銘之〔七〕，又集在南都時唱和詩爲一卷，以傳二家之子孫。又發篋，得公手書簡尺、歌詩，類爲十卷而藏之〔八〕。余與時寡合，辱公之知，久而愈篤，宜於公有不能忘。矧公筆法爲世楷模，人人皆寶而藏之〔九〕，然世人莫若余得之多也。嘉祐八年六月晦日。

【箋注】

〔一〕　如篇末所示，嘉祐八年（一〇六三）作。杜祁公，杜衍。

〔二〕「公當」三句：長編卷一一六景祐二年二月：「樞密直學士、右諫議大夫、知天雄軍杜衍爲御史中丞。」胡譜景祐元年：「閏六月乙酉，授宣德郎、試大理評事、兼監察御史，充鎮南軍節度掌書記、館閣校勘。」據胡譜，歐任職至景祐三年五月罷而貶夷陵。

〔三〕「後十五年」二句：胡譜皇祐二年：「七月丙戌，改知應天府兼南京留守司事。」由皇祐二年（一〇五〇）上溯至景祐二年（一〇三五），恰爲十五年。

〔四〕「公已」二句：宋史杜衍傳：「慶曆七年，衍甫七十，上表請還印綬，乃以太子少師致仕。」由慶曆七年（一〇四七）至皇祐二年（一〇五〇），杜衍致仕已有三年。

〔五〕「歲餘」三句：據胡譜，歐丁母憂，歸潁州守制，在皇祐四年三月。

〔六〕「服除」三句：據胡譜，歐服除赴京，召入翰林，在至和元年。

〔七〕「公以」二句：據居士集卷三一杜祁公墓誌銘，杜衍卒於嘉祐二年，銘墓亦在是年。

〔八〕「類爲」句：宋史藝文志著録杜衍四時祭享儀一卷、杜衍詩一卷。

〔九〕「矧公」二句：董更書録卷中杜衍名下曰：「山谷云：『杜祁公七十老人書自能如此，亦自難得。』有草書法帖一卷，刻石清江，諸公題跋甚詳。庚申春，没於金兵。」

跋永城縣學記〔一〕

唐世執筆之士，工書者十八九，蓋自魏、晉以來風流相承，家傳少習，故易爲能也。下逮懿、僖、昭、哀〔二〕，衰亡之亂㊀，宜不暇矣。接乎五代，四海分裂，士大夫生長干戈於積屍白刃之間，時時猶有以揮翰馳名於當世者，豈又唐之餘習乎？如王文秉之小篆〔三〕，李鄂、郭忠恕之楷法〔四〕，楊凝式之行草〔五〕。至於羅紹威、錢俶〔六〕，皆武夫驕將之子，酣樂於狗馬聲色者，其於字畫，亦有以過人。

及宋一天下，於今百年〔七〕，儒學稱盛矣，唯以翰墨之妙㊁，中間寂寥者久之，豈其忽而不爲乎？將俗尚苟簡，廢而不振乎㊂？抑亦難能而罕至也。蓋久而得三人焉，嚮時蘇子美兄弟以行草稱〔八〕，自二子亡，而君謨書特出於世〔九〕。

君謨筆有師法，真草惟意所爲，動造精絶，世人多藏以爲寶㊃，而予得之尤多，若荔枝譜、永城縣學記，筆畫尤精而有法者。故聊誌之，俾世藏之，知余所好而吾家之有此物也。

廬陵歐陽某書。嘉祐八年，歲在癸卯中元日。

【校記】

㊀亡：原校：一作「世」。　㊁唯以：卷後原校：真蹟作「唯於」。　㊂廢而：卷後原校：真蹟「廢」字上有「遂」字。　㊃世人：卷後原校：真蹟無「人」字。

【箋注】

〔一〕如篇末所示，嘉祐八年（一〇六三）作。永城縣在亳州。蔡襄亳州永城縣廟學記見蔡襄全集卷二五。

〔二〕懿、僖、昭、哀：唐懿宗李漼、僖宗李儇、昭宗李曄、哀帝李柷爲唐末四國君，在位時間由咸通元年（八六〇）至天祐四年（九〇七），凡四十八年。

〔三〕王文秉：徐鉉稽神録卷一金蠶：「右千牛撫曹王文秉，丹陽人，世善刻石。」朱長文墨池編卷三：「江南有王文秉者，篆體精勁，遺迹可寶。」吴任臣十國春秋卷三一南唐：「又有王文秉者，善小篆，字畫遠過徐鉉。」

〔四〕李鄂：陳思寶刻叢編卷二〇引金石録：「後唐汾陽王真堂記，李棁撰，李鄂正書，末帝清泰三年八月立。鄂五代時仕至國子丞，九經印板多其所書，前輩頗貴重之。余後得此記，其筆法蓋出于歐陽率更，然窘于法度而韻不能高，非名書也。」郭忠恕：字恕先，河南洛陽人。舉童子及第，尤工篆籀。宋太宗時，授國子監主簿，館於太學，刊定歷代字書。善畫，所圖屋室重復之狀，頗極精妙。生平見宋史文苑傳四。

〔五〕楊凝式：字景度，華陰人。唐昭宗時登進士第。歷仕五代。善文詞，工顛草，洛中往往有題記，筆札豪放傑出。舊五代史有傳。

〔六〕羅紹威：字端己，唐昭宗時魏博節度使羅弘信之子。弘信卒，紹威立，後仕梁，累拜太師兼中書令。好學工書，頗知屬文，聚書數萬卷，開館以延四方之士。新舊五代史有傳。錢俶：字文德，吴越王錢鏐之孫。嗣位後，受後漢、後周封職。太平興國時，獻兩浙十三州地歸宋。頗知書，雅好吟詠，善草書。宋史有傳。

〔七〕「及宋」二句：宋朝創立于建隆元年（九六〇），至嘉祐八年（一〇六三）已百年有餘，此以整數言之。

〔八〕「嚮時」句：蘇子美兄弟即蘇舜元、蘇舜欽。宋史蘇舜欽傳：「（舜欽）善草書，每酣酒落筆，爭爲人所傳……兄舜元字才翁，爲人精悍任氣節，爲歌詩亦豪健，尤善草書，舜欽不能及。」

〔九〕「而君謨」句：宋史蔡襄傳：「襄工於書，爲當時第一，仁宗尤愛之。」

書荔枝譜後〔一〕

善爲物理之論者曰：天地任物之自然，物生有常理，斯之謂至神。圓方刻畫，不以智造而力給。然千狀萬態，各極其巧以成其形，可謂任之自然矣㊀，而其醜好精粗、壽夭多少㊁，皆有常分，不有尸之，孰爲之限數？由是言之，又若有爲之者㊂。是皆不可詰於有無之間，故謂之神也。

牡丹花之絶，而無甘實；荔枝果之絶，而非名花。昔樂天有感於二物矣㈣〔二〕，是孰尸其賦予邪？然斯二者惟一不兼萬物之美㈤，故各得極其精㈥，此於造化不可知，而推之至理，宜如此也。余少遊洛陽，花之盛處也，因爲牡丹作記〔三〕。君謨，閩人也，故能識荔枝而譜之〔四〕。因念昔人嘗有感於二物，而吾二人者適各得其一之詳，故聊書其所以然，而以附君謨譜之末。嘉祐八年七月十九日，廬陵歐陽修題。

【校記】

㈠「不以」四句：原校：二十七字一作「千態萬狀，維不以智造而力給，一任之自然，故能各極其巧」。㈡其：原校：一無此字。㈢「由是」二句：原校：一無此十字。㈣樂天：原校：二字一作「人」。㈤一：原校：一無此字。萬：原校：一無此字。㈥各得：原校：一作「得各」。

【箋注】

〔一〕如篇末所示，嘉祐八年（一〇六三）作。荔枝譜，嘉祐四年作，載端明集卷三五。

〔二〕「昔樂天」句：白居易有荔枝圖序及甚多詠牡丹詩。

〔三〕「因爲」句：指景祐時撰洛陽牡丹記。

〔四〕「故能」句：蔡襄荔枝譜詳述荔枝之産地、品種、運銷、功用、栽培及乾品焙製等。

跋學士院題名〔一〕

余嚮在翰林七年〔二〕，嘗以謂宰輔有任責之憂，神仙無爵禄之寵。既都榮顯，又享清閑，而兼有人天之樂者，惟學士也。自頃以來，叨被恩私，俾參政論〔三〕，力疲矣而勤勞不得少息，心衰矣而憂患浩乎無涯。却思玉堂〔四〕，如在天上。偶因發篋，閑覽題名，不覺慨然，遂書於此。嘉祐八年中秋日。

熙寧四年正月二十九日，載覽至「却思玉堂，如在天上」之語，因思余作内制集序，亦爲此語，英宗皇帝嘗加稱賞，爲之泫然感涕，不能止也。六一居士書。

【箋注】

〔一〕如篇末所示，嘉祐八年（一〇六三）作。葉夢得石林燕語卷七：「唐翰林院在銀臺之北。乾封以後，劉禕之、元萬頃之徒時宣召草制其間，因名『北門學士』。今學士院在樞密之後，腹背相倚，不可南向，故以其西廊西向爲院之正門，而後門北向，與集英相直，因榜曰北門。兩省、樞密院皆無後門，惟學士院有之。學士朝退入院與禁中宣命往來，皆行此門，而正門行者無幾，不特取其便事，亦以存故事也。」

〔二〕「余嚮在」句：居士集卷四三内制集序云「予在翰林六年」。據胡譜，歐至和元年（一〇五四）九月遷翰林學士，嘉祐五年（一〇六〇）十一月，拜樞密副使，前後在翰林六年有餘。

〔三〕「自頃」三句：據胡譜：歐嘉祐五年拜樞密副使，六年任參知政事，皆爲高官，故云。

〔四〕玉堂：學士院之稱。見居士集卷五述懷詩箋注〔六〕。

跋茶録〔一〕

善爲書者以真楷爲難，而真楷又以小字爲難。羲、獻以來遺迹見於今者多矣〔二〕，小楷維樂毅論一篇而已。今世俗所傳，出故高紳學士家最爲真本，而斷裂之餘，僅存者百餘字爾〔三〕。此外吾家率更所書温彦博墓銘〔四〕，亦爲絶筆。率更書世固不少，而小字亦止此而已，以此見前人於小楷難工，而傳於世者少而難得也。

君謨小字新出而傳者二，集古録目序横逸飄發，而茶録勁實端嚴，爲體雖殊，而各極其妙。蓋學之至者，意之所到必造其精。予非知書者，以接君謨之論久，故亦粗識其一二焉。治平甲辰。

古之善書者必先楷法，漸而至於行草，亦不離乎楷正。張芝與旭變怪不常〔五〕，出乎筆墨蹊徑之外，神逸有餘而與羲、獻異矣。襄近年粗知其意，而力已不及，烏足道哉！此蔡忠惠公所題。

【箋注】

〔一〕如篇末所示，治平甲辰即元年（一〇六四）作。茶録上篇論茶，下篇論茶器，載端明集卷三五。

〔二〕羲獻：王羲之、王獻之。

〔三〕「小楷」五句：集古録跋尾卷四晉樂毅論：「右晉樂毅論，石在故高紳學士家。紳死，家人初不知惜，好事者往往就閲，或摹傳其本，其家遂秘藏之，漸爲難得。後其子弟以其石質錢於富人，而富人家失火，遂焚其石，今無復有本矣，益爲可惜也。後有『甚妙』二字，吾亡友聖俞書也。論與文選所載時時不同，考其文理，此本爲是，惜其不完也。」據陶宗儀書史會要卷六，宋高紳江東人，爲侍書，善篆。趙明誠金石録卷二〇謂集古録云「失火，遂焚其石者，非也。元祐間，余侍親官徐州時，故郎官趙竦被旨開吕梁洪，挈此石隨行，已斷裂，用木爲匣貯之。竦尤珍惜，親舊有求墨本者，必手模以遺之。竦殁，今遂不知所在」。

〔四〕「此外」句：趙明誠金石録卷三「第五百七十八唐温彦博碑」，下注「岑文本撰，歐陽詢正書」。率更指歐陽詢。見本集卷一一尚書職方郎中分司南京歐陽公墓誌銘箋注〔一六〕。

〔五〕張芝與旭：張芝，字伯英，東漢書法家。勤學，尤善草書，臨池學書，池水盡黑，世稱「草聖」。庾肩吾書品將張芝、鍾繇、王羲之列爲「上之上」。張旭，字伯高，唐代書法家。嘗爲常熟尉。草書最知名。每大醉，呼叫狂走而下筆，逸勢奇狀，世呼「張顛」。新唐書文藝傳中載「文宗時，詔以（李）白歌詩，裴旻劍舞、張旭草書爲『三絶』」。

跋觀文王尚書書〔一〕舉正

右觀文學士、尚書王公，字伯中，清德之老也。余晚接公遊，愛其爲人。未幾，公以病卒〔二〕，因録其遺迹而藏之，實思其人，不獨玩其筆也。天聖中，公與謝絳希深、黄鑑唐卿修國史〔三〕。余爲進士，初至京師〔四〕，因希深始識公，而未接其游。後三十年，余爲翰林學士〔五〕，公以書殿兼職經筵〔六〕，始得竊從公後。故得公手筆不多。嗚呼！天聖之間，三人者皆一時之選，今皆亡矣，其遺迹尤可惜，矧公素以書名當世也。治平元年清明前一日書。

【箋注】

〔一〕如篇末所示，治平元年（一〇六四）作。王舉正，字伯中。進士及第，歷任館閣校勘、集賢校理、國史編修官。

同修起居注，擢知制誥，爲翰林學士，拜參知政事。後任御史中丞，除觀文殿學士、禮部尚書、知河南府，入兼翰林侍讀學士。以太子少傅致仕，卒謚安簡。宋史有傳，字作伯仲。曾鞏隆平集亦有傳，字作伯中，與本文同，當以此爲是。

〔二〕公以病卒：長編卷一九一載嘉祐五年二月「癸亥，太子少傅致仕王舉正卒」。

〔三〕「天聖中」三句：長編卷一〇九載天聖八年六月癸巳，修真宗史成；甲午，修國史夏竦，同修國史宋綬、馮元，編修官王舉正、謝絳、李淑、黃鑑等，並遷官職。黃鑑，字唐卿。舉進士，爲國子監直講，累遷太常博士，爲國史院編修官。國史成，擢直集賢院。出通判蘇州，卒。生平載宋史文苑傳。

〔四〕「余爲」二句：胡譜天聖四年：「公年二十，自隨州薦名禮部。」

〔五〕「後三十」二句：據胡譜，歐爲翰林學士在至和元年（一〇五四），距天聖四年（一〇二六）初至京師，已近三十年。

〔六〕「公以」句：指王舉正以觀文殿學士兼翰林侍讀學士。

跋學士院御詩〔一〕

列聖御製刻石龕，在玉堂北壁，扃鎖甚嚴。至和元年秋，余初蒙恩召爲學士〔二〕，嘗因事獨對便殿。先帝密諭將幸玉堂，及欲如祖宗時夜召學士，因問唐朝故事〔三〕。余奏曰：「唐世學士以獻替爲職業，至於進退大臣，常參密議，故當時號爲内相〔四〕。又謂之天子私人，其職在禁近，故唐制學士不與外人交通。比來選用非精，致上恩禮亦薄，漸見疏外，無異百司。若聖君有意崇奬，則當漸修故事。」予遂退而建言，不許私謁執政。時人喧然，共以爲非。蓋流俗習見近事，不知學士爲禁職，舊制不通外人也。

真宗時，劉子儀當直，既不爲丁晉公草制。明日，晏元獻公入直，劉見晏來，遽趨以出㊀，相遇不揖，掩面而過，蓋當時學士猶交直也〔五〕。近時當直者多不宿，宿者暮入晨出，玉堂終日闃然，吏人共守空院而已。職隳事廢已久，自朝廷近臣皆不知故事，流俗不足怪也。因覽刻石，遂并記之于後。治平元年清明日。

院中名畫，舊有董羽水〔六〕，僧巨然山〔七〕，在玉堂後壁。其後又有燕肅山水〔八〕，今又有易元吉猿及狟〔九〕，皆在屏風。其諸司官舍，皆莫之有，亦禁林之奇玩也。余自出翰苑，夢寐思之。今中書、樞密院惟內宴更衣，則借學士院解歇。每至，裴回畫下，不忍去也。

【校記】

㊀趨：天理本校：一作「移」。

【箋注】

〔一〕如篇末所示，治平元年（一〇六四）作。

〔二〕「至和」二句：胡譜至和元年：「九月辛酉，還翰林學士。」歐表奏書啓四六集卷二有辭翰林學士奏，題下注「至和元年九月」，後有謝宣召入翰林狀。

〔三〕唐朝故事：資治通鑑卷二四七載唐會昌三年五月「壬寅，以翰林學士承旨崔鉉爲中書侍郎、同平章事……上（武宗）夜召學士韋琮，以鉉名授之，令草制，宰相、樞密皆不之知」。

〔四〕「唐世」四句：舊唐書陸贄傳：「贄初入翰林，特承德宗異顧，歌詩戲狎，朝夕陪游。及出居，艱阻之中，雖有宰臣，而謀猷參決多出於贄，故當時目爲内相。」

〔五〕「真宗時」十句：真宗時，劉筠嘗草丁謂與李迪罷相制，既而謂復留，令别草制，筠不奉詔。長編卷九六天禧四年十一月：「謂始傳詔，召劉筠草復相制，筠不奉詔，乃更召晏殊。筠既自院出，遇殊樞密院南門，殊側面而過，不敢揖，蓋内有所愧也。」劉筠字子儀。丁謂嘗封晉國公，故稱丁晉公。

〔六〕董羽：夏文彦圖繪寶鑑卷三：「董羽，字仲翔，毘陵人。善畫魚龍海水，其洶湧瀾翻，咫尺汗漫，莫知其涯涘也。事南唐，爲待詔，後歸宋，爲圖畫院藝學。」

〔七〕巨然：郭若虚圖畫見聞誌卷四：「鍾陵僧巨然，工畫山水，筆墨秀潤，善爲烟嵐氣象、山川高曠之景，但林木非其所長。隨李主至闕下，學士院有畫壁，兼有圖軸傳於世。」

〔八〕燕肅：字穆之，青州益都人。歷任諸州長吏及監察御史、提點廣南西路刑獄、同糾察在京刑獄等職，官至禮部侍郎致仕。善畫山水，意象微遠，尤善爲古木折竹。宋史有傳。

〔九〕易元吉：字慶之，長沙人。初工花鳥，後游荆湖，搜奇訪古，幾與猿狖獐鹿同游，伺其動静游息之態，以資畫筆之妙。有獐猿孔雀、四時花鳥、寫生蔬果等傳於世。圖畫見聞誌卷四有傳。

跋薛簡肅公書〔一〕 奎

右薛簡肅公詩并書，其背乃天聖四年司農卿李湘門狀〔二〕。是歲丙寅，至今丁未，實四十二年矣〔三〕。偶得於家人篋中，因標軸而藏之。公之清節直道，余既銘之，而有傳在國史，此不復書。治平四年閏月十八日。

【箋注】

〔一〕 如篇末所示，治平四年（一〇六七）作。薛奎，生平見居士集卷二六簡肅薛公墓誌銘。

〔二〕 李湘：大中祥符時爲京東路轉運副使（宋會要輯稿食貨志四九之一二）、轉運使（長編卷八三），並由司封員外郎升爲祠部郎中（長編卷八七），任三司度支副使（文莊集卷一）。門狀：猶拜帖。孫光憲北夢瑣言卷九：「古之製字卷紙題名姓，號曰名紙。大中年，薛保遜爲舉場頭角，人皆體傚，方作門狀。」

〔三〕 「是歲」三句：天聖四年丙寅（一〇二六）至治平四年丁未（一〇六七），凡四十二年。

跋醉翁吟〔一〕

余以至和二年奉使契丹。明年，改元嘉祐，與聖俞作此詩。後五年，聖俞卒〔二〕。作詩殆今十有五年矣〔三〕，而聖俞之亡亦十年也。閱其辭翰，一爲泫然，遂軸而藏之。熙寧三年五月十三日。

【箋注】

〔一〕 如篇末所示，熙寧三年（一〇七〇）作。醉翁吟，原注：「此琴曲也，二字至七字增減。」見梅集編年卷二六。

〔二〕 「後五年」二句：後五年指嘉祐五年（一〇六〇）。是年，梅堯臣卒。見居士集卷三三梅聖俞墓誌銘。

〔三〕 「作詩」句：由嘉祐元年（一〇五六）至熙寧三年，凡十有五年。

題青州山齋〔一〕

吾常喜誦常建詩云：「竹逕通幽處，禪房花木深〔二〕。」欲效其語作一聯，久不可得，迺知造意者爲難工也。晚來青州，始得山齋宴息，因謂不意平生想見而不能道以言者乃爲己有，於是益欲希其髣髴，竟爾莫獲一言。夫前人爲開其端，而物景又在其目，然不得自稱其懷，豈人才有限而不可彊？將吾老矣，文思之衰邪？兹爲終身之恨爾。熙寧庚戌仲夏月望日題。

【箋注】

〔一〕如篇末所示，熙寧庚戌即三年（一〇七〇）作。歐時知青州（今屬山東）。

〔二〕「吾常」三句：詩爲題破山寺後禪院。常建，開元進士，天寶中官盱眙尉，後隱居鄂州武昌西山。新唐書藝文志、郡齋讀書志等均著録常建詩一卷。

跋三絶帖〔一〕

南唐澄心堂紙爲世所珍〔二〕，今人家不復有。曼卿詩與筆稱雄於一時，今亦未有繼者。謂之三絶，不爲過矣〔三〕。余家藏此，蓋三十餘年。熙宁壬子正月雨中記，六一居士。

【箋注】

〔一〕如篇末所示，熙寧壬子即五年（一〇七二）作。

〔二〕澄心堂紙：南唐李後主所造，紙質細薄光潤，以南唐烈祖李昪所居室澄心堂得名。見居士集卷五和劉原父澄心紙箋注〔一〕。

〔三〕「曼卿」四句：歐集詩話：「石曼卿自少以詩酒豪放自得，其氣貌偉然，詩格奇峭，又工於書，筆畫遒勁，體兼顏、柳，爲世所珍。余家嘗得南唐後主澄心堂紙，曼卿爲余以此紙書其籌筆驛詩。詩，曼卿平生所自愛者。至今藏之，號爲『三絶』，真余家寶也。」

外集卷二十四

近體賦詩附

進擬御試應天以實不以文賦〔一〕并引狀

臣伏睹今月十三日御試應天以實不以文賦，題目初出，中外羣臣皆歡然，以謂至明至聖，有小心翼翼事天之意。蓋自四年來㈠，天災頻見，故陛下欲修應天以實之事。時謂出題以詢多士，而求其直言。外議皆稱，自來科場只是考試進士文辭，但取空言，無益時事。亦有人君能上思天戒㈡，廣求規諫以爲試題者。此乃自有殿試以來，數百年間最美之事，獨見於陛下。然臣竊慮遠方貢士乍對天威，又迫三題，不能盡其説以副陛下之意。臣忝列書林，粗知文字，學淺文陋，不自揆度，謹擬御題撰成賦一首。不敢廣列前事，但直言當今要務，皆陛下所欲聞者。臣聞古者聖帝明王，皆不免天降災異，惟能修德修政，則變災爲福，永享無窮之休。臣不勝大願。其賦一首，謹隨狀上進。

賦

推誠應天，豈尚文飾。

天災之示人也，若響應聲；君心之奉天也，惟德與誠。固當務實以推本，不假浮文而治情。彼雖不言，謫見以時而下告〔二〕；吾其修德，禍患可銷於未萌。臣聞天所助兮，惟善則降祥；德苟至兮，雖妖而不勝。皆由人事之告召，然後天心之上應。若國家有闕失之政，則當頻見於衆災，欲人主知戒懼之心，所以保安於萬乘〔三〕。

臣請述當今之所爲，引近事而爲證。至如陽能和陰則雨降，若歲大旱，則陽不和陰而可推；去年大旱。陰不侵陽則地靜，若地頻動，則陰干於陽而可知。去年河東地頻動。又如黑者陰之色，晦者陰之時，或暴風慘黑而大至，白晝晦冥而四垂。康定元年三月，黑風起，白日晦。日食正旦，雨冰木枝。今春二月。如此之類，皆陰之爲。蓋陰爲小人與婦人〔四〕，又爲大兵與蠻夷。若四者之爲患，則羣陰之失宜。故天象以此告吾君，不謂不至；陛下所宜奉天戒，不可不思。是謂應以實者，臣敢列而言之。

若夫慎擇左右而察小人，則視聽之不惑；肅清宮闈而減冗列，則恭儉而成式。況乎遠佞人者，孔宣父之明訓〔五〕；放宫女者，唐太宗之盛德〔六〕。又若西師久不利〔七〕，宜究兵弊而改作；叛羌久未服〔八〕，宜講廟謀之失得。在陛下之至聖，行此事而不忒〔九〕，庶天意之可回，雖有災而自息。

方今民疲賦斂之苦，又值饑荒之年，貲財盡於私室，苗稼盡於農田。劫掠居人，盗賊並起；流離道路，老幼相連。陛下視民如子，覆民如天〔一〇〕，在於仁聖，非不矜憐。故德音除刻削之令，赦書行賑濟之權。然而詔令雖嚴，州縣之吏多慢；人死相半，朝廷之惠未宣。夫天至高遠也，惟可動以精誠；民之休戚也，皆繫君之好尚。惟善政之能惠，則休符之並貺〔一一〕。而況富有四海之大，獨制萬民之上。一言之出兮，誰敢不從？百事責實兮，自然無曠。發號施令，在聖意之必行；變災爲祥，則太平之可望。

今漢史有五行之志〔一二〕，尚書有洪範之文，願詔侍臣之講説，許陳古事於聽聞〔一三〕。可以見自召妖災，雖由於時政；能招福應，亦自於明君。故禾偃於風，表周王之覺悟〔一三〕；雉鳴于鼎，成商帝之功勳〔一四〕。蓋恐懼修省者實也，在乎不倦；祈禳消伏者文也，皆不足云。臣生逢納諫之聖明，不間直言之狂斐〔一五〕，惟冀愚衷之可採〔一四〕，苟避誅夷而則豈！蓋賦者古人規諫之文，臣故敢上干於旒扆〔一六〕。

【校記】

㊀「四」下：卷後原校：有「五」字。　㊁亦：原校：一作「未」。　㊂聽：原校：一作「聰」。　㊃衷：原校：一作「忠」。

【箋注】

〔一〕如題下注，慶曆二年（一〇四二）作。胡譜載是年「三月丙辰，御試進士應天以實不以文賦，公擬進一首，賜敕書獎諭」。按：據長編卷一三五，是月甲辰朔，丙辰爲十三日。漢書卷四五息夫躬傳載丞相王嘉語云：「動民以行不以言，應天以實不以文。」

〔二〕譴見：古時以異常天象爲上天之譴責，謂災變之徵候爲「譴見」。後漢書光武帝紀下：「吾德薄致災，譴見日月，戰慄恐懼，夫何言哉！」李賢注：「譴，責也。」

〔三〕萬乘：萬乘之國，大國。亦泛指國家。韓非子孤憤：「萬乘之患，大臣太重；千乘之患，左右太信：此人主之所公患也。」

〔四〕陰爲小人：揚雄太玄進：「日飛懸陰，萬物融融。」范望注：「陰，小人也。」

〔五〕「況乎」二句：論語衛靈公：「放鄭聲，遠佞人。」孔宣父，孔子。新唐書禮樂志五：「（貞觀）十一年詔尊孔子爲宣父，作廟於兗州。」

〔六〕「放宮女」二句：新唐書太宗紀載武德九年八月太宗即位，「癸酉，放宮女三千餘人」。

〔七〕西師久不利：寶元元年西夏元昊反宋自立，此後遣兵入侵，宋軍屢戰不利，大將劉平、任福等被俘或陣亡。見宋史仁宗紀之二、三。

〔八〕叛羌：指西夏元昊。羌，古時西北少數民族之稱。

〔九〕不忒：不疑。詩曹風鳲鳩：「淑人君子，其儀不忒。」孔穎達疏：「執義如一，無疑貳之心。」

〔一〇〕覆：庇護。後漢書東平憲王蒼傳：「臣蒼疲駑，特爲陛下慈恩覆護，在家備教導之仁，升朝蒙爵命之首。」

〔一一〕休符：吉祥之徵兆。東觀漢記丁鴻傳：「柴祭之日，白氣上升，與燎煙合，黃鵠羣翔，所謂神人以和答響之休符也。」

〔一二〕 漢史：即班固漢書，内有五行志。

〔一三〕「故禾」二句：周武王卒，成王即位，周公攝政，流言謂周公將不利於成王。周公東征平亂，成王未明周公之志，疑之。後成王得周公以自身爲質請代武王之祝辭，方知周公之忠誠，乃親迎之。書金縢曰：「秋，大熟，未穫，天大雷電以風，禾盡偃，大木斯拔，邦人大恐。王與大夫盡弁以啓金縢之書，乃得周公自以爲功代武王之説。二公及王乃問諸史與百執事。對曰：『信。噫！公命我勿敢言。』王執書以泣，曰：『其勿穆卜！昔公勤勞王家，惟予冲人弗及知。今天動威以彰周公之德，惟朕小子其新逆，我國家禮亦宜之。』王出郊，天乃雨，反風，禾則盡起。二公命邦人凡大木所偃，盡起而築之。歲則大熟。」

〔一四〕「雉鳴」二句：書高宗肜日序：「高宗祭成湯，有飛雉升鼎耳而雊。」孔穎達疏：「雉乃野鳥，不應入室，今乃入宗廟之内，升鼎耳而鳴……漢書五行志劉歆以爲鼎三足，三公象也，而以耳行，野鳥居鼎耳，是小人將居公位，敗宗廟之祀也。」後因以「雉雊」爲變異之兆。劉向説苑辨物：「昔者高宗成王感於雊雉、暴風之變，修身自改，而享豐昌之福也。」

〔一五〕 狂斐：指狂妄無知，肆言無忌。范文正集卷八上執政書：「狂斐之人，誅赦惟命。」

〔一六〕 旒扆：借帝王冕旒與座後之屏風以稱帝王。姚崇于知微碑：「朝廷稱歎，聲聞旒扆。」

監試玉不琢不成器賦〔一〕 良玉非琢，安得成器。

至寶雖美，因人乃彰，欲成器而斯尚，由載琢以爲良。瑕玷弗施，始中含於温潤；切磋有則，取應用於圓方。披大禮之遺言，洞先儒之所録。以謂玉不因琢，器莫得以自貴；人不因學，道無由而内勗。故我誘之於人，諭之以玉〔二〕。内含其美，雖禀質而可嘉；外飾其形，假載雕而後足。然以寶有可尚，世誠所希，價連城而有待〔三〕，氣如虹而上揮〔四〕。禮神之用斯在，磨玷之言則非〔五〕。稟爾天真，包十德而成質〔六〕；制由工巧，參六瑞以凝輝〔七〕。

然則攻自它山〔八〕，列乎良璞。雖曰寶也，不能效於自用；雖曰堅也，未有成於不琢。美在中矣，徒內抱於英華；礲而錯諸〔九〕，始外成於圭角。豈不以玉者華於國而可重，器者用於人而克安。規矩殊形於圭璧，短長具制於躬桓〔一〇〕。亦猶在鎔者金，必資乎鍛礪之設〔一一〕；從繩者木〔一二〕，遂分乎曲直之端。

且夫人務其師，玉貴其德，性雖本善，不學則弗至於道；質雖至美，不琢則弗成其飾。稽匪刻匪雕之説，理實異斯〔一三〕；嘉如切如磋之言〔一四〕，義誠有得。彼大圭貴乎尚質，鳴珮取乎揚聲，雖效珍而並用，在設諭以非精。曷若彰教誨而有漸，譬琢雕而可成㈠。是故西琥東圭〔一五〕，捨規模而安創〔一六〕；半璋全璧，非制度以難明㈡。向若追琢不加，刻畫非備，雖縝密以含彩，在文華而曷視？故揚子以謂玉不雕，則璠璵不作器〔一七〕。

【校記】

㈠可成：卷後原校：一作「可名」。

㈡難成：卷後原校：一作「難明」。

【箋注】

〔一〕如題下注，天聖七年（一〇二九）作。胡譜載「是春，公從胥公在京師。試國子監爲第一，補廣文館生」。禮記學記：「玉不琢，不成器；人不學，不知道。」

〔二〕「故我」二句：禮記玉藻：「君子於玉比德焉。」

〔三〕價連城：史記廉頗藺相如列傳：「趙惠文王時，得楚和氏璧。秦昭王聞之，使人遺趙王書，願以十五城請易璧。」

〔四〕氣如虹：藝文類聚卷八三玉引郭璞瑾瑜玉贊曰：「鍾山之寶，爰有玉華。光采流映，氣如虹霞。君子是佩，象德閑邪。」

〔五〕「磨玷」句：詩大雅抑：「白圭之玷，尚可磨也；斯言之玷，不可爲也。」

〔六〕十德：禮記聘義：「君子比德於玉焉：温潤而澤，仁也；縝密以栗，知也；廉而不劌，義也；垂之如隊，禮也；叩之其聲清越以長，其終詘然，樂也；瑕不揜瑜，瑜不揜瑕，忠也；孚尹旁達，信也；氣如白虹，天也；精神見於山川，地也；圭璋特達，德也。天下莫不貴者，道也。」

〔七〕六瑞：周禮春官大宗伯：「以玉作六瑞，以等邦國：王執鎮圭，公執桓圭，侯執信圭，伯執躬圭，子執穀璧，男執蒲璧。」又，秋官小行人：「成六瑞。」鄭玄注：「瑞，信也。皆朝見所執，以爲信。」

〔八〕攻自它山：詩小雅鶴鳴：「它山之石，可以攻玉。」

〔九〕礲而錯諸：揚雄法言學行：「夫有刀者礲諸，有玉者錯諸。不礲不錯焉攸用？礲而錯諸，質在其中矣。」李軌注：「礲、錯，治之名。」

〔一〇〕「規矩」二句：箋注〔七〕大宗伯「以玉作六瑞」八句，鄭玄注：「鎮，安也，所以安四方；鎮圭蓋以四鎮之山爲瑑飾，圭長尺有二寸。公，二王之後，及王之上公。雙植謂之桓；桓，宮室之象，所以安其上也；桓圭蓋亦以桓爲瑑飾，圭長九寸。信當爲身，聲之誤也；身圭、躬圭蓋皆象以人形爲瑑飾，文有粗縟耳，欲其慎行以保身；圭皆長七寸。穀所以養人，蒲爲席所以安人；二玉蓋或以穀爲瑑飾，或以蒲爲瑑飾；璧皆徑五寸。不執圭者，未成國也。」

〔一一〕「亦猶」二句：漢書董仲舒傳：「猶泥之在鈞，唯甄者之所爲；猶金之在鎔，唯冶者之所鑄。」

〔一二〕從繩者木：荀子勸學：「故木受繩則直。」

〔一三〕「稽匪刻」二句：文苑英華卷一一九王損通犀賦：「匪刻匪雕，既含章而無隱；如追如琢，亦通理於未然。」

〔一四〕如切如磋：詩衛風淇奧：「如切如磋，如琢如磨。」

〔一五〕西琥東圭：周禮春官大宗伯：「以玉作六器，以禮天地四方。以蒼璧禮天，以黄琮禮地，以青圭禮東方，以赤璋禮南方，以白琥禮西方，以玄璜禮北方。」

〔一六〕規模：制度。魏書地形志上：「夏書禹貢，周氏職方，中畫九州，外薄四海，析其物土，制其疆域，此蓋王者之規模也。」

〔一七〕「故揚子」二句：揚雄法言問明：「玉不彫，璵璠不作器。」吴秘注：「璵、璠，寶玉也。器，圭、璧。」

國學試人主之尊如堂賦〔一〕　堂陛隆峻，人主尊矣。

位既異等，君宜有常。惟居尊而體國，爰取諭於如堂。望而畏之，使下民之咸仰；高爲貴者，譬遠地以同彰。稽往諜之遺文〔二〕，懿嘉言之洞啓，謂立制於君上，諭相承於堂陛。蓋以貴賤殊品，尊卑異禮。下臨於物，必也尊嚴而有儀；上譬於堂，所以崇高乎正體。誠以赫赫化被，巍巍道隆，儼正寧以居極，統羣黎於宅中。蓋取乎馭民之貴，非資於構厦之功。位正當陽〔三〕，若盛九筵之制〔四〕；民欣戴后〔五〕，如瞻七尺之崇。然則堂非高則偪下而易陵，君弗尊則保位而難慎。卑高必貴乎不瀆，上下於焉而克順。邇臣内附，類榱棟之相依㊀〔六〕；列辟下陳〔七〕，由陛廉而比峻〔八〕。豈不以富有函夏〔九〕，躬臨兆民；

示臣庶之弗越，表等威之有倫〔一〇〕。將使制爾萬國，宗予一人。下絶僭王，非歷階之可及；世惟與子，彰肯構以相因〔一一〕。是知制衆室者莫先乎堂，奄九有者必尊其主〔一二〕。蓋兼統於邦國，匪專稱於棟宇。化有於下，奉穆穆以深居〔一三〕；仰之彌高，若耽耽之可睹〔一四〕。蓋由堂不可以卑而亂制，君不可以黷而不尊，喻穹隆於九仞，用總制於羣元。且異夫蓋之如天，但述居高之旨；就之如日，惟明照下之言。大哉！陛峻而堂高者勢之然，臣貴而君尊者國之理，伊制度之有别，俾崇高而是視。所以建公卿大夫而天子加焉，其尊也於斯見矣。

【校記】

㊀依：原校：一作「高」。

【箋注】

〔一〕如題下注，天聖七年（一〇二九）作。胡譜載是年「秋，赴國學解試，又第一」。賈誼治安策（見漢書賈誼傳）：「人主之尊譬如堂，羣臣如陛，衆庶如地。」

〔二〕往牒之遺文：當指賈誼之文。往牒，往昔之典籍。顔延之赭白馬賦：「訪國美於舊史，考方載於往牒。」

〔三〕當陽：謂天子南面向陽而治。左傳文公四年：「昔諸侯朝正於王，王宴樂之，於是乎賦湛露，則天子當陽，諸侯用命也。」杜預注：「言露見日而乾，猶諸侯禀天子命而行。」孔穎達疏：「陽，謂日也。言天子當日，諸侯當露也。」

〔四〕九筵：周禮考工記匠人：「周人明堂，度九尺之筵，東西九筵，南北七筵。」筵，竹席，長九尺。九筵，八十一尺。

〔五〕戴后：書大禹謨：「衆非元后何戴，后非衆罔與守邦。」孔傳：「言衆戴君以自存，君恃衆以守國，相須而立。」戴，擁戴。

〔六〕榱：屋椽。左傳襄公三十一年：「棟折榱崩。」

〔七〕列辟：百官。王維京兆尹張公德政碑：「天子猶日省三揖列辟，日聽萬方輿頌。」趙殿成箋注：「班固典引：『德臣列辟，功君百王。』李周翰注：『列辟，百官也。』」

〔八〕「由陛廉」句：語本賈誼治安策：「人主之尊譬如堂……故陛九級上，廉遠地，則堂高；陛無級，廉近地，則堂卑。」顔師古注：「廉，側隅也。」

〔九〕函夏：指全國。漢書揚雄傳上：「以函夏之大漢兮，彼曾何足與比功？」顔師古注引服虔曰：「函夏，函諸夏也。」

〔一〇〕等威：左傳文公十五年：「伐鼓于朝，以昭事神，訓民事君，示有等威，古之道也。」杜預注：「等威，威儀之等差。」

〔一一〕肯構：書大誥：「若考作室，既底法，厥子乃弗肯堂，矧肯構？」孔傳：「以作室喻政治也，父已致法，子乃不肯爲堂基，况肯構立屋乎？」後因以「肯堂肯構」或「肯構」喻子能繼父業。

〔一二〕九有：九州。詩商頌玄鳥：「方命厥后，奄有九有。」毛傳：「九有，九州也。」

〔一三〕穆穆：儀容或言語和美。詩大雅文王：「穆穆文王，於緝熙敬止。」毛傳：「穆穆，美也。」

〔一四〕耽耽：文選張衡西京賦：「大夏耽耽，九户開闢。」薛綜注：「耽耽，深邃之貌也。」

詔重修太學詩〔一〕

漢詔崇儒術〔二〕，虞庠講帝猷〔三〕。叢楹新寶構，萬杵逐歡謳〔四〕。照爛雲甍麗〔五〕，回環璧水流〔六〕。冠童儀盛魯〔七〕，蒿柱德同周〔八〕。舞翟彌文郁〔九〕，横經盛禮修。徵生聽昕鼓〔一〇〕，願齒夏弦游〔一一〕。

【箋注】

〔一〕如題下注，天聖七年（一〇二九）作，爲國學試詩。

〔二〕「漢詔」句：漢書武帝紀：「孝武初立，罷黜百家，表章六經。」

〔三〕虞庠：禮記王制：「虞庠在國之西郊。」鄭玄注：「虞庠亦小學也。西序在西郊，周立小學於西郊……周之小學爲有虞氏之庠制，是以名庠云。其立鄉學亦如之。」帝猷：帝王治國之道。後漢書蔡邕傳：「皇道惟融，帝猷顯丕；泜泜庶類，含甘吮滋。」

〔四〕「叢楹」二句：寫重修太學之盛況。張籍築城詞：「千人萬人齊把杵。」

〔五〕雲甍：高聳入雲的屋脊。借指高大的房屋。謝朓三日侍華光殿曲水宴代人應詔詩之七：「雕梁虹拖，雲甍鳥跂。」

〔六〕璧水：指太學。何遜七召治化：「璧水道庠序之風，石渠啓珪璋之盛。」

〔七〕冠童儀：未成年人舉行的加冠之禮。禮記冠義：「古者冠禮，筮日筮賓，所以敬冠事。」

〔八〕蒿柱：周宫以蒿爲柱，故云。大戴禮記明堂：「周時德澤洽和，蒿茂大，以爲宫柱，名蒿宫也，此天子之路寢也。」

〔九〕舞翟：手執雉羽的樂舞。詩邶風簡兮：「左手執籥，右手秉翟。」毛傳：「翟，翟羽。」孔穎達疏：「翟，翟羽，謂雉之羽也。」

〔一〇〕昕鼓：禮記文王世子：「天子視學，大昕鼓徵，所以警衆也。」鄭玄注：「早昧爽擊鼓以召衆也。」

〔一一〕夏弦：禮記文王世子：「春誦，夏弦。」鄭玄注：「弦，謂以絲播詩。」孔穎達疏：「云絃謂以絲播詩者，謂以琴瑟播彼詩之音節，詩音則樂章也。」揚雄法言修身：「人有倚孔子之墻，弦鄭衛之聲，誦韓莊之書，則引諸門乎？」

省試司空掌輿地圖賦〔一〕　平土之職，圖掌輿地。

率土雖廣，披圖可明。命乃司空之職，掌夫輿地之名。奉水土以勤修，慎司無曠；覽山川而盡載，按諜惟精。所以專一官而克謹，辨九區而底平者也〔二〕。伊昔令王，尊臨下土。以謂綿宇非一，不可以周覽；衆職異守，俾從於各主。故我因地理之察㊀，宜建冬官而法古〔三〕。將使如指諸掌，括乎地以無遺；皆聚此書，著之圖而可睹。險固咸在，方隅異宜，分形勝以昭若，庶指陳而辨之。度地居民，既修官而有舊；辨方正位，俾披文而可知。其或作屏建親，命侯封國，小大有民社之制〔四〕，遠邇異封圻之式〔五〕。非圖無以辨乎數，非官無以奉其職。主於空土，既險阻之盡明；別爾分疆，誌廣輪而可識〔六〕。誠由據函夏之至要〔七〕，贊大君之永圖〔八〕。上以體國而經野〔九〕，下以建邦而設都。參古號於周官，各司其局；辨羣方於禹跡〔一〇〕，無得而踰。是何標區域以並分，限華夷而靡爽，域中所以張乎大，天下無以逾其廣。亦猶五土異物〔一一〕，必辨於司徒之官〔一二〕；九州有宜，乃命乎職方之掌〔一三〕。用能三壤咸則〔一四〕，四民奠居，窮人跡於遐域，包坤載於方輿〔一五〕。且異夫充國論兵，但模方略之狀〔一六〕；酇侯創業，惟收圖籍之餘〔一七〕。彼夏貢紀乎州名〔一八〕，漢史標乎地志〔一九〕。雖前策之並載，在設官而未備，曷若我謹三公於漢儀〔二〇〕，專掌圖於輿地。

【校記】

㈠地理：原校：二字一作「輿地」。

【箋注】

〔一〕 如題下注，天聖八年（一〇三〇）作。胡譜天聖八年：「正月，試禮部，翰林學士晏公殊知貢舉，公復爲第一。」宋會要輯稿選舉一之一〇：「天聖八年正月十二日，以資政殿學士晏殊權知貢舉，御史中丞王隨、知制誥徐奭、張觀權同知貢舉，合格奏名進士歐陽修已下四百一人。」王銍默記卷中：晏元獻以前兩府作御史中丞，知貢舉，出司空掌輿地之圖賦。既而舉人上請者，皆不契元獻之意。最後一目眊瘦弱少年獨至簾前，上請云：「據賦題，出周禮司空，鄭康成注云：『如今之司空，掌輿地圖也』；若周司空，不止掌輿地之圖而已。』若如鄭說『今司空掌輿地之圖也』，漢司空也。不知做周司空與漢司空也？」元獻微應曰：「今一場中，惟賢一人識題，正謂漢司空也。」蓋意欲舉人自理會得寓意于此。少年舉人，乃歐陽公也，是榜爲省元。夏承燾二晏年譜云：「案周禮以考工記補司空，無『掌輿地圖』之文。惟夏官司馬職方氏：『掌天下之圖，以掌天下之地。』鄭注：『天下之圖，如今司空輿地圖也。』此文『據賦題』云云，殆王銍誤記。」文瑩湘山野録卷下載僧秘演語歐公曰：「公豈不記作省元時，庸人競摹新賦，叫於通衢，復更召呼云，兩文來買歐陽省元賦。」司空，相傳少昊時所置，周爲六卿之一，即冬官大司空，掌管工程。

〔二〕 九區：即九州、九域。陸雲晉故豫章內史夏府君誄：「熙光聖代，邁勳九區。」

〔三〕 「宜建」句：據周禮，周代設六官，司空稱冬官，見箋注〔一〕。

〔四〕 民社：指州縣等地方。景文集卷二五奏疏本風俗篇：「臣以爲當今之宜，莫如按舊章，定新制，悉取朝著，使典民社，厚其禄以責其廉，醲其賞以規其效。」

〔五〕 封圻：封畿。漢書文帝紀：「封圻之內，勤勞不處。」顏師古注：「圻亦畿字。王畿千里。」

〔六〕 廣輪：廣袤。周禮地官大司徒：「以天下土地之圖，周知九州之地域廣輪之數。」賈公彥疏引馬融曰：「東西爲廣，南北爲輪。」

〔七〕 函夏：全國。見前國學試人主之尊如堂賦箋注〔九〕。

〔八〕 永圖：長久之計。書太甲上：「慎乃儉德，惟懷永圖。」孔傳：「言當以儉爲德，思長世之謀。」

〔九〕 體國而經野：周禮天官序官：「惟王建國，辨方正位，體國經野，設官分職，以爲民極。」鄭玄注：「體猶分也，經謂爲之里數。鄭司農云：『營國方九里，國中九經九緯，左祖右社，面朝後市，野則九夫爲井，四井爲邑之屬是也。』」

〔一〇〕 禹迹：相傳夏禹治水，足迹遍九州，後因以稱中國之疆域。左傳襄公四年：「芒芒禹迹，畫爲九州。」

〔一一〕 五土：孔子家語相魯：「乃別五土之性，而物各得其所生之宜。」王肅注：「五土，一曰山林，二曰川澤，三曰丘陵，四曰墳衍，五曰原隰。」

〔一二〕 司徒：相傳少昊始置，唐、虞因之。周時爲六卿之一，曰地官大司徒。周禮地官司徒：「大司徒之職，掌建邦之土地之圖與其人民之數，以佐王安擾邦國。」

〔一三〕 職方：即職方氏。周禮夏官職方氏：「職方氏掌天下之圖，以掌天下之地，辨其邦國、都鄙、四夷、八蠻、七閩、九貉、五戎、六狄之人民與其財用、九穀、六畜之數要，周知其利害。」

〔一四〕 三壤咸則：書禹貢：「咸則三壤，成賦中邦。」孔穎達疏：「土壤各有肥瘠，貢賦從地而出，故分土壤爲上、中、下。計其肥瘠，等級甚多，但齊其大較，定爲三品。」則，劃分。

〔一五〕 坤載：謂大地能負載萬物。易坤：「坤厚載物，德合無疆。」孔穎達疏：「以其廣厚，故能載物。」方輿：大地。文選束晳補亡詩之五：「漫漫方輿，迴迴洪覆。」李周翰注：「方輿，地也。」

〔一六〕 「且異夫」二句：充國，趙充國，字翁孫。西漢大將。善騎射，有謀略。擊匈奴，擢升爲後將軍。與大將軍霍光定册尊立宣帝，封營平侯。後與羌人作戰，屯田西北，促進當地農業發展。漢書本傳載充國年七十餘，宣帝遣使問誰可爲將，以攻諸羌，充國曰：「臣願馳至金城，圖上方略。」

〔一七〕 「鄭侯」三句：蕭何，漢初大臣。佐劉邦起義，楚、漢相爭中，留守關中，輸送士卒粮餉。漢朝建立，劉邦以其功最盛，封酇侯。協助劉邦平定韓信等叛亂，拜爲相國。史記蕭相國世家載「沛公至咸陽，諸將皆爭走金帛財物之府分之，何獨先入收秦丞相御史律令圖書藏之……漢王所以具知天下阸塞，户口多少，彊弱之處，民所疾苦者，以何具得秦圖書也」。

〔一八〕「彼夏貢」句：書虞夏書禹貢述禹治九州之功。

〔一九〕「漢史」句：漢書有地理志。

〔二〇〕三公：東漢以太尉、司徒、司空爲三公，見通典職官一。

翠旌詩〔一〕

盛禮郊儀肅，純音帝樂清。葳蕤飄翠羽，赫奕展華旌。鳳邸光交覆〔二〕，鸞旗色共明〔三〕。繽紛拂葩蓋〔四〕，輝映雜緌纓〔五〕。且異文竿飾〔六〕，非同翿舞名〔七〕。竹宮歌毖祀〔八〕，雅曲播遺聲。

【箋注】

〔一〕如題下注，天聖八年（一〇三〇）作，爲省試詩。翠旌，亦作「翠旍」。楚辭九歌少司命：「孔蓋兮翠旍，登九天兮撫彗星。」王逸注：「言司命以孔雀之翅爲車蓋，翡翠之羽爲旗旍。」

〔二〕鳳邸：帝王即位前所居之府第。徐陵與王僧辯書：「未有膺龍圖以建國，御鳳邸以承家。」

〔三〕鸞旗：天子儀仗中的旗子，上繡鸞鳥。漢書賈捐之傳：「鸞旗在前，屬車在後。」顏師古注：「鸞旗，編以羽毛，列繫橦旁，載於車上，大駕出，則陳於道而先行。」

〔四〕葩蓋：車蓋。張衡西京賦：「驪駕四鹿，芝蓋九葩。」薛綜注：「以芝爲蓋，蓋有九葩之采也。」

〔五〕 綏纓：冠帶下垂的纓子。禮記内則：「冠綏纓」。孔穎達疏：「結纓頷下以固冠，結之餘者，散而下垂，謂之綏。」

〔六〕 文竿：文選班固西都賦：「揄文竿，出比目。」李善注：「文竿，竿以翠羽爲文飾也。」

〔七〕 翿舞：詩王風君子陽陽：「君子陶陶，左執翿。」毛傳：「翿，纛也，翳也。」鄭玄箋：「翳，舞者所持，謂羽舞也。」翿，頂上以羽毛爲飾之旗。

〔八〕 竹宮：漢書禮樂志：「以正月上辛用事甘泉圜丘，使童男女七十人俱歌，昏祠至明，夜常有神光如流星止集於祠壇，天子自竹宮而望拜。」三輔黄圖甘泉宮：「竹宮，甘泉祠宮也，以竹爲宮，天子居中。」竹宮後爲祠壇之泛稱。毖祀：謹慎祭祀。書洛誥：「予冲子夙夜毖祀。」孔傳：「言政化由公而立，我童子徒早起夜寐，慎其祭祀而已。」

殿試藏珠於淵賦〔一〕

君子非貴難得之物。

稽治古之敦化〔二〕，仰聖人之作君，務藏珠而弗寶，俾在淵而可分。效乎至珍，雖希世而弗産〔三〕；棄於無用，媲還浦以攸聞〔四〕。得外篇之寓言〔五〕，述臨民之致理。將革紛華於偷俗〔六〕，復芚愚於赤子〔七〕。謂非欲以自化〔八〕，則爭心之不起。蓋賤貨者爲貴德之義，敦本者由抑末而始〔九〕。示不復用，雖乎寶而奚爲；捨之則藏，秘諸淵而有以。誠由窒民情者在杜其漸，防世欲者必藏其機，使嗜欲不得以外誘，則淳朴於焉而可歸。將抵璧以同議〔一〇〕，諒彈雀而誠非〔一一〕。照乘無庸〔一二〕，盡遺碕岸之側〔一三〕；連城奚取〔一四〕，皆沉媚水之輝〔一五〕。用能崇儉德以外昭，復淳風而有謂，民心朴以歸本，物産全而靡費。珍雖無脛〔一六〕，俾臨淵而盡除；事異暗投〔一七〕，永沉川而不貴。然而道既散則民薄，風一澆而朴殘，玩好既紛乎外役，質素無由而內安。故我斥乃珍奇之用，絶乎侈靡之端。將令物遂乎生，老蚌蔑剖胎之患〔一八〕；民知非尚，驪龍無探頷之難〔一九〕。是則恢至治之風，揚淳古之式。不寶於遠，則知用物之足；不見其欲，則無亂心之惑。上苟賤於所好，下豈求於難得？是雖寶也，將去泰而去奢〔二〇〕；從而屏之，使不知而不識。彼捐金者由是類矣〔二一〕，摘玉者可同言之，諒率歸於至理，實大化於無爲〔二二〕。致爾漢皋之濱〔二三〕，各全其本；雖有淮蠙之産〔二四〕，無得而窺。自然道著不貪，時無異物，民用遵乎至儉，地寶蓄而不屈。所以虞舜垂衣〔二五〕，亦由斯而弗咈〔二六〕。

【箋注】

〔一〕如題下注，天聖八年（一〇三〇）作。宋會要輯稿選舉七之一五：「（天聖）八年三月十一日，帝御崇政殿試禮部奏名進士。內出藏珠於淵賦、博愛無私詩、儒者可與守成論題。進士歐陽修等以聖題淵奧，上請帝宣諭。久之，乃録所出經疏示之。」莊子天地：「藏金於山，藏珠於淵，不利貨財，不近富貴。」郭象注：「不貴難得之物，乃能忘我，况貨財乎！自來寄耳，心常去之遠也。」

〔二〕「稽治古」句：禮記中庸：「小德川流，大德敦化，此天地之所以爲大也。」鄭玄注：「小德川流，浸潤萌芽，喻諸侯也；大德敦化，厚生萬物，喻天子也。」孔穎達疏：「孔子所作春秋，若以諸侯小德言之，如川水之流，浸潤萌芽；若以天子大德言之，則仁愛敦厚，化生萬物也。」治古，指古代升平社会。荀子正論：「世俗之爲説者曰：『治古無肉刑，而有象刑。』」楊倞注：「治古，古之治世也。」

〔三〕希世：世所罕有。王延壽魯靈光殿賦：「邈希世而特出，羌瓌譎而鴻紛。」

〔四〕還浦：東漢時，合浦盛産蚌珠，前太守貪索不已，致使蚌珠移徙，百姓困苦。孟嘗到官，革易前敝，未逾歲，而去珠復還，百姓安居樂業。事見後漢書循吏傳孟嘗。

〔五〕外篇：天地屬莊子外篇。

〔六〕偷俗：澆薄的人情風俗。

〔七〕芚愚：意同「愚芚」，無知貌。莊子齊物論：「衆人役役，聖人愚芚。」郭象注：「役役，馳騖於是非之境也。愚芚，芚然無知而直往之貌。」成玄英疏：「凡俗之人，馳逐前境，勞役而不息，體道之士，忘知廢照，芚然而若愚也。」

〔八〕自化：自然化育。老子：「法令滋彰，盜賊多有，故聖人云：我無爲而民自化。」

〔九〕抑末：抑制商賈。王符潛夫論務本：「凡爲治之大體，莫善於抑末而務本。」

〔一〇〕抵璧：擲璧。謂不以財寶爲重。葛洪抱朴子安貧：「上智不貴難得之財，故唐虞捐金而抵璧。」

〔一一〕彈雀：莊子讓王：「今且有人於此，以隨侯之珠，彈千仞之雀，世必笑之。是何也？則其所用者重，而所要者輕也。」此喻輕重倒置，得不償失之舉。

〔一二〕照乘：照乘珠。光亮能照明車輛的寶珠。獨孤良器賦得沉珠于泉：「皎潔沉泉水，熒煌照乘珠。」

〔一三〕碕岸：曲折的河岸。左思吴都賦：「碕岸爲之不枯，林木爲之潤黷。」

〔一四〕連城：連城璧。見前監試玉不琢不成器賦箋注〔三〕。

〔一五〕媚水：陸機文賦：「石韞玉而山輝，水懷珠而川媚。」

〔一六〕無脛：孔融論盛孝章書：「珠玉無脛而自至者，以人好之也。」

〔一七〕暗投：指明珠暗投。語出史記魯仲連鄒陽列傳：「臣聞明月之珠，夜光之璧，以闇投人於道路，人無不按劍相眄者。何則？無因而至前者。」

〔一八〕「老蚌」句：化用老蚌生珠之典。孔融與韋端書：「前日元將來，淵才亮茂，雅度弘毅，偉世之器也；昨日仲將復來，懿性貞實，文敏篤誠，保家之主也。不意雙珠，近出老蚌。」元將、仲將，韋端二子康、誕之字。

〔一九〕「驪龍」句：化用探驪得珠之典。莊子列禦寇：「夫千金之珠，必在九重之淵而驪龍頷下，子能得珠者，必遭其睡也。使驪龍而寤，子尚奚微之有哉！」

〔二〇〕泰：奢侈。國語晉語八：「夫郤昭子，其富半公室，其家半三軍，恃其富寵，以泰於國。」韋昭注：「奢泰於國。」

〔二一〕捐金：棄金。班固東都賦：「賤奇麗而弗珍，捐金於山，沉珠於淵。」

〔二二〕大化：化育萬物。荀子天論：「列星隨旋，日月遞炤，四時代御，陰陽大化。」

〔二三〕漢皋：山名。在湖北襄陽西北。文選張衡南都賦：「耕父揚光於清泠之淵，游女弄珠於漢皋之曲。」李善注引韓詩外傳：「鄭交甫將南適楚，遵彼漢皋臺下，乃遇二女，佩兩珠，大如荆雞之卵。」

〔二四〕淮蠙：書禹貢：「淮夷蠙珠暨魚。」孔穎達疏：「蠙是蚌之別名。此蚌出珠，遂以蠙爲珠名。」

〔二五〕虞舜垂衣：易繫辭下：「黄帝、堯、舜垂衣裳而天下治，蓋取諸乾坤。」韓康伯注：「垂衣裳以辨貴賤，乾尊坤卑之義也。」謂定衣服之制，示天下以禮。後用以稱頌帝王無爲而治。

〔二六〕弗咈：不違。書伊訓：「先生肇修人紀，從諫弗咈。」

【集評】

〔清〕李調元：乃殿試作也。其佳句云：「將令物遂乎生，老蚌蔑剖胎之患；民知非尚，驪龍無探頷之難。」又：「上苟賦于所好，下豈求于難得？」疏暢之中，時露剴切，他日立朝謇諤，斯篇已見一斑。（賦話卷五）

博愛無私詩〔一〕

【箋注】

〔一〕題下注「闕」字。此天聖八年（一〇三〇）殿試詩，詩佚，存目。

賞以春夏賦〔一〕 天子行賞，欽順時令。

賞出於國，時行在天，紀勳庸而有序〔二〕，順春夏以昭宣。無忘爾勞，法蠢生而布惠〔三〕；用嘉乃績，因長養以旌賢。原夫執政者君，爲民之紀〔四〕，懼賞罰之一失，則恩威之兩弛。受焉不以其私，賜之非爲其喜。蓋夫欲固其國者，必謹國之常；能奉乎天者，是謂天之子。將出令以無僭〔五〕，必順持而后軌㊀〔六〕。顯庸制爵〔七〕，爰占星鳥之中〔八〕；茂德建官，當侯薰風之始〔九〕。且夫春居東以首歲〔一〇〕，夏司南而執衡〔一一〕，在氣爲燠，於時主生。東動也，以之起〔一二〕，南任也，以之成㊁〔一三〕。我所以推本萬事之理，欽象四時之行。政刑由是以有度，寒暑於焉而不爭。須以土田，順木行而養育㊂〔一四〕；昭其服物，助火德之光明〔一五〕。故曰天之大端在陰陽〔一六〕，君之大柄在刑賞，操其柄以歸己，求其端而取象。法太簇贊陽之月，行慶有常㊃〔一七〕；體林鍾種物之時，勸功無爽㊄〔一八〕。誠以賞當則民協，澤流而德深，但慮過時之失，敢懷虛受之心。故月令有布德之文〔一九〕，前規具在㊅；景風爲賜爵之候〔二〇〕，往牒攸欽㊆〔二一〕。嗚呼！王者畏天以臨民，天道在人而可信。事與時合，則爲和而爲福；時與事逆㊇，則有災而有饉㊈。在乎察動靜以爲本，布仁恩而克慎。亦由獮田主教㊉，非仲秋而不行⑪〔二二〕；議獄斷刑，須大冬而乃順〔二三〕。故能光昭國體㉒，欽奉邦彝〔二四〕，用豈有於踰德，舉無聞於振時。且異夫賜以鞶纓㉓〔二五〕，示假人而取誚，贈其袞冕㉔，譏錫命以非宜。大哉！君之舉者必書，上之出者爲令。苟違時而不度，懼招尤而失正。故左氏載聲子之言〔二六〕，以戒後王之立政。

【校記】

㊀必順：卷後原校：一作「先順」。　㊁「東動」四句：卷後原校：一作「東動也，事之以發，，南任也，物之以成」。　㊂養育：卷後原校：一作「長育」。　㊃有常：卷後原校：一作「無差」。　㊄無爽：卷後原校：一作「不爽」。　㊅具在：卷後原校：一作「其載」。　㊆往牒攸欽：卷後原校：一作「往諜攸箴」。　㊇事逆：卷後原校：一作「事戾」。　㊈有災而有饉：卷後原校：一作「或災而或饉」。　㊉主教：卷後原校：一作「主殺」。　㉑不：卷後原校：一作「後」。　㉒故能：卷後原校：一作「蓋某」。　㉓「且異」句：卷後原校：一作「豈比夫賜以繁纓」。　㉔其：卷後原校：一作「夫」。

【箋注】

〔一〕原未繫年，作年不詳。易乾文言「與四時合其序」，孔穎達正義：「若賞以春夏、刑以秋冬之類也。」

〔二〕動庸：功勳。後漢書荀彧傳：「曹公本興義兵，以匡振漢朝，雖動庸崇著，猶秉忠貞之節。」

〔三〕蠢生：萌生。杜篤論都賦：「濱據南山，帶以涇渭，號曰陸海，蠢生萬類。」

〔四〕紀：起綱紀作用的人。南史劉顯傳：「善人國之紀也，而出之，無乃不可乎。」

〔五〕僭：差失。書湯誥：「天命弗僭，賁若草木，兆民允殖。」孔傳：「僭，差。」

〔六〕順持而后軌：謂平順持守而後遵循之。

〔七〕顯庸：顯明。國語周語中：「更姓改物，以創制天下，自顯庸。」俞樾羣經平議春秋外傳國語一：「顯，明也，庸，讀爲融。鄭語『命之曰祝融』，韋解曰：『融，明也。』」

〔八〕 星鳥：二十八宿中南方七宿總稱朱鳥，史記天官書：「南宫朱鳥。」南方七宿之第四宿爲星，此星鳥即指朱鳥。藝文類聚卷一引晉成公綏天地賦：「玄龜匿首於女、虚，朱鳥奮翼於星張。」古時有朱鳥幡，用以表識官號。

〔九〕 熏風：東南和暖之風。吕氏春秋有始：「東南曰薰風。」相傳舜唱南風歌，有「南風之薰兮」句，見孔子家語辯樂。

〔一〇〕「且夫」句：尚書大傳卷一上「春，出也，故謂東方春也。」公羊傳隱公元年「歲之始也」，何休注：「昏，斗指東方曰春。」

〔一一〕「夏司南」句：董仲舒春秋繁露五行之義：「火居南方而主夏氣。」周禮以司馬爲夏官，掌軍政、軍賦。執衡，謂掌權柄。曹冏六代論：「至於桓靈，奄豎執衡。」

〔一二〕「東動」二句：東動也，乃聲訓。動即起，與静止相對。

〔一三〕「南任」二句：周禮春官鞮鞻氏「掌四夷之樂，與其聲歌」，鄭玄注：「四夷之樂：東方曰韎，南方曰任，西方曰株，北方曰禁。」任，能也，故「以之成」。

〔一四〕「頒以」二句：南齊書五行志：「木者，春生氣之始，農之本也。」禮記月令：「某日立春，盛德在木。」孔穎達疏：「盛德在木者，天以覆蓋生民爲德，四時各有盛時，春則爲生，天之生育盛德，在於木位。」

〔一五〕「昭其」二句：漢書高帝紀贊：「旗幟上赤，協于火德。」北史隋紀上文帝：「（開皇元年）詔以初受命，赤雀降祥，推五德相生，爲火色……而朝會之服，旗幟，犧牲盡尚赤。」

〔一六〕「故曰」句：孫子計：「天者，陰陽、寒暑、時制也。」

〔一七〕「法太簇」二句：太簇，亦作「太蔟」，十二律中陽律的第二律。古時將十二律與十二月相配，吕氏春秋音律：「太蔟之月，陽氣始生，草木繁動。」高誘注：「太蔟，正月」。行慶，見箋注〔一九〕。

〔一八〕「體林鍾」二句：吕氏春秋音律：「林鍾之月，草木盛滿，陰將始刑。」高誘注：「林鍾，六月。」六月，萬物成熟，收獲之後，又將種物。禮記月令：「（季夏之月）命四監大合百縣之秩芻，以養犧牲。令民無不咸出其力，以共皇天上帝、名山大川、四方之神，以祠宗廟社稷之靈，以爲民祈福。」

〔一九〕「故月令」句：禮記月令：「（孟春之月）命相布德和令，行慶施惠，下及兆民。慶賜遂行，無有不當。」

〔二〇〕「景風」句：後漢書和帝紀：「可遣使者以中牢祠大鴻臚，求近親宜爲嗣者，須景風紹封，以章厥功。」下引續漢志曰：「景風至，則封有功也。」景風，南風。史記律書：「景風居南方。景者，言陽氣道竟，故曰景風。」曹丕與朝歌令吴質書：「方今蕤賓紀時，景風扇物，天氣和暖，衆果具繁。」蕤賓，樂律名，配陰曆五月。

〔二一〕往牒攸欽：謂已見往昔之典籍。欽，通「廞」，陳也。

〔二二〕「獮田」二句：周禮夏官大司馬：「中秋，教以兵……遂以獮田。」獮田，秋季打獵。

〔二三〕「議獄」二句：董仲舒春秋繁露四時之副：「慶爲春，賞爲夏，罰爲秋，刑爲冬。」

〔二四〕邦彝：國法。宋庠賜參知政事程琳讓轉官不允批答：「卿夙藴賢猷，參知宰政，尚講邦彝之要，俾增臺轄之崇。」

〔二五〕鞶纓：古天子諸侯或顯貴者挽馬的帶飾。元稹送侍御之嶺南二十韻：「鞶纓驄赳赳，綏珮繡縿縿。」

〔二六〕「故左氏」句：左傳襄公二十六年載聲子語曰：「歸生聞之：『善爲國者，賞不僭而刑不濫。』賞僭，則懼及淫人；刑濫，則懼及善人。若不幸而過，寧僭無濫。」聲子，公孫歸生之號。公孫歸生字子家，蔡太師子朝之子，蔡大夫，嘗與晉、楚、魯、衛等國大夫盟於宋。

畏天者保其國賦〔一〕　祗畏天道，能守其國。

聖人以凝命恭默〔二〕，膺圖肅祗〔三〕。爰務畏天之義，但彰保國之規。惟帝難之，翼翼固欽於乾道〔四〕；爲人上者，兢兢慎守於邦基。用能御寶位而惟永，隆昌運以咸熙者也。探齊王之式陳，懿子輿之所謂，將設治民之術，先本爲君之貴〔五〕。且曰天惟簡在〔六〕，誠由乎不敢荒寧〔七〕；國乃洽平，是宜乎克自抑畏〔八〕。惠此方國〔九〕，欽若昊天〔一〇〕。實克遵於慄慄，示無爽於乾乾〔一一〕。慮威宣咫尺之間，所以嚴恭罔怠；致疆啓幅員之內，所以底定無愆〔一二〕。蓋由仰高明以惟勤，遂邦家而永保。「又新」之戒斯在〔一三〕，無逸之篇可考〔一四〕。順帝之則，始敦危懼之誡；俾民不迷，終得阜安之道。豈不以天者本降鑒而是顯〔一五〕，國者在緝綏而以興〔一六〕。畏乎天，表降鑒之甚邇；保乎國，示緝綏而可憑。審雖休勿休之理〔一七〕，遵日慎一日之稱。是故懼無災以爲懷，見楚莊之勿伐〔一八〕；不敢康而在念，識周成之有能〔一九〕。夫如是，則垂拱是圖〔二〇〕，持盈可久〔二一〕。不遑啓居兮〔二二〕，以圓靈之是奉〔二三〕；無敢暇豫兮，以中區而自守〔二四〕。昭事而宜乎宗社〔二五〕，咸寧之旨攸同；欽承而惠彼民人，設險之功何有〔二六〕。不然，又安得惟寅謹爾，匪懈昭其？蓋足憚於覆燾〔二七〕，必克固於蕃維〔二八〕。周詩垂陟降之文〔二九〕，亦足畏也；洊雷著修省之説〔三〇〕，于時保之。至哉！闡繹聖猷〔三一〕，鋪昭皇極〔三二〕，眷懋悚以爲本〔三三〕，在撫綏而作式。有以見惟天爲大，而君則之〔三四〕，故定于萬國。

【箋注】

〔一〕原未繫年，作年不詳。孟子梁惠王下：「以大事小者，樂天者也；以小事大者，畏天者也。樂天者保天下，畏天者保其國。」

〔二〕凝命：易鼎：「象曰，木上有火，鼎，君子以正位凝命。」王弼注：「凝者，嚴整之貌也……凝命者，以成教命之嚴也。」　恭默：書説命上：「恭默思道。」夏僎解：「恭敬淵默，沉思治道。」

〔三〕　膺圖：承受瑞應之圖。指帝王得國或嗣位。潘岳爲賈謐作贈陸機詩：「子嬰面櫬，漢祖膺圖。」肅祗：猶恭敬。司馬相如封禪文：「是以湯武至尊嚴，不失肅祗。」

〔四〕　乾道：天道。易説卦：「乾，天也。」

〔五〕　「探齊王」四句：孟子見齊宣王，勸行王道，曰：「保民而王，莫之能禦也。」勸王與民同樂，曰：「樂民之樂者，民亦樂其樂；憂民之憂者，民亦憂其憂。樂以天下，憂以天下，然而不王者，未之有也。」見孟子梁惠王上下篇。子輿，孟軻之字。

〔六〕　簡在：存在。論語堯曰：「帝臣不蔽，簡在帝心。」

〔七〕　不敢荒寧：語出書無逸：「治民祇懼，不敢荒寧。」

〔八〕　克自抑畏：語出書無逸：「厥亦惟我周太王、王季，克自抑畏。」

〔九〕　方國：泛指天下。韓愈順宗實録五：「惟皇天祐命烈祖，誕受方國。」

〔一〇〕　「欽若」句：語出書堯典：「乃命羲和，欽若昊天，曆象日月星辰，敬授民時。」欽若，敬順。

〔一一〕　乾乾：敬慎貌。文選張衡東都賦：「勤屢省，懋乾乾。」薛綜注：「乾乾，敬也。」

〔一二〕　底定：達到平定。書禹貢：「三江既入，震澤底定。」蔡沈集傳：「底定者，言底於定而不震蕩也。」

〔一三〕　又新：禮記大學：「湯之盤銘曰：『苟日新，日日新，又日新。』」

〔一四〕　無逸：書之篇名。書無逸序：「周公作無逸。」孔傳：「中人之性好逸豫，故戒以無逸。」

〔一五〕　降鑒：俯察。詩王風黍離「悠悠蒼天」毛傳：「自上降鑒，則稱上天；據遠視之蒼蒼然，則稱蒼天。」

〔一六〕　緝綏：整治綏靖。韓愈論淮西事宜狀：「朕亦本拟與元濟，恐其年少未能理事，所以未便處置，待其稍能緝綏，然擬許其承繼。」

〔一七〕　休：休息。詩大雅民勞：「民亦勞止，汔可小休。」

〔一八〕　「見楚莊」句：史記周本紀：「定王元年，楚莊王伐陸渾之戎，次洛，使人問九鼎。王使王孫滿應設以辭，楚兵乃去。」

〔一九〕「識周成」句：周成王姬誦爲文王之孫、武王之子，年幼即位，由周公旦攝政。親政後，加强宗法統治，制禮作樂，規劃典章，民和睦而頌聲興。見史記周本紀。

〔二〇〕垂拱：稱頌帝王無爲而治。書武成：「惇信明義，崇德報功，垂拱而天下治。」孔穎達疏：「謂所任得人，人皆稱職，手無所營，下垂其拱。」

〔二一〕持盈：保守成業。語出老子：「持而盈之，不如其已。」國語越語下：「夫國家之事，有持盈，有定傾，有節事。」韋昭注：「持，守也。盈，滿也。」

〔二二〕不遑啓居：詩小雅四牡：「王事靡盬，不遑啓處。」

〔二三〕圓靈：天。文選謝莊月賦：「柔祇雪凝，圓靈水鏡。」李善注：「圓靈，天也。」

〔二四〕中區：區中，人世間。文選陸機文賦：「佇中區以玄覽，頤情志於典墳。」李善注：「中區，區中也。」

〔二五〕昭事：祭祀。顏延之皇太子釋奠會作詩：「昭事是肅，俎實非馨。」

〔二六〕設險：易坎：「王公設險，以守其國。」

〔二七〕覆燾：亦作「覆幬」。猶覆被。謂施恩。禮記中庸：「辟如天地之無不持載，無不覆幬。」

〔二八〕蕃維：指藩國。蕃，通「藩」。沈約封授臨川等五王詔：「藩維廣樹，經朔攸屬。」

〔二九〕「周詩」句：詩大雅文王：「文王陟降，在帝左右。」歐陽修本義：「謂其俯仰之間，常如在帝左右，言爲天所親輔也。」朱熹集傳：「蓋以文王之神在天，一升一降，無時不在上帝之左右，是以子孫蒙其福澤，而君有天下也。」

〔三〇〕「洊雷」句：易震：「洊雷震。君子以恐懼修省。」孔穎達疏：「洊者，重也，因仍也。雷相因仍，乃爲威震也。」

〔三一〕聖猷：皇帝之謀略。晉書庾冰傳：「上不能光贊聖猷，下不能緝熙政道。」

〔三二〕皇極：大中至正之道。書洪範：「五，皇極，皇建其有極。」孔穎達疏：「皇，大也；極，中也。施政教，治下民，當使大得其中，無有邪僻。」

〔三三〕戁悚：恐懼。詩商頌長發：「不戁不竦，百禄是總。」毛傳：「戁，恐；悚，懼也。」

〔三四〕則：仿效。易繫辭上：「河出圖，洛出書，聖人則之。」

【集評】

［清］李調元：宋歐陽修畏天者保其國賦，雖前人推許，然終是制誥體，未敢爲法。（賦話卷五）

斲雕爲樸賦〔一〕　除去文飾，歸彼淳樸。

德以儉而爲本，器有文而可除。爰斲載雕之飾，將全至樸之餘。篆刻未銷，見背僞歸真之始；鏤章咸滅，知去華務實之初。稽史牒之前聞，述政風而遐舉。懿淳儉之攸尚，斥浮華而可沮。謂乎防世僞者在塞其源，全物性者必反其所。素以爲貴，將抱樸而是思〔二〕；焕乎有文，俾運斤而悉去。誠由淳自澆散〔三〕，器隨樸分，騁匠巧而傷本〔四〕，掩天真而蔑聞。故我反淳風而矯正，杜末作之紛紜。剖刻桷之形，復采椽而不琢；滅鏤簋之僭，反木器於無文。則知工巧盡捐，浮淫是抑，道尚取乎反本，理何求於外飾！圭磨嶽鎮〔五〕，歸璞玉以全真；罍去山雲，表瓦罇而務德〔六〕。是則遵乎樸者，將反始而臻極；斲乎雕者，惡亂真而飾非。約澆風於一變〔七〕，矯治古以同歸。礲而錯諸〔八〕，盡滅彫蟲之巧；質爲貴者，寧慚朽木之譏？用能杜文彩之焕然，返淳和而遵彼。雕雖著，則尚可磨也；樸其復，則在其中矣。棄末反本，小巧之工盡捐；革故取新，見素之風可美。彼琢玉然後成器，命工列乎彫人〔九〕，務以文而勝質，徒散朴以還淳。曷若剞劂之功靡施〔一〇〕，大巧若拙〔一一〕；刻鏤之華盡滅，其德乃真。懿之隆者，非假飾以爲資；儉之至者，匪奇淫而是覺〔一二〕。但期乎去泰去甚〔一三〕，寧患乎匪雕匪斲？有以知一變至道之風〔一四〕，由是而復歸乎樸。

【箋注】

〔一〕 原未繫年，作年不詳。史記酷吏列傳：「漢興，破觚爲圜，斲雕而爲朴。」司馬貞索隱：「應劭云：『削雕爲樸也。』晉灼云：『凋，弊也。斲理凋弊之俗，使反質樸也。』」漢書酷吏傳序作「斲琱而爲樸」。

〔二〕 「素以」二句：老子：「見素抱樸，少私寡欲。」

〔三〕 淳自澆散：漢書循吏傳黄霸：「澆淳散樸，並行僞貌。」顔師古注：「不雜爲淳，以水澆之，則味漓薄。樸，大質也，割之，散也。」

〔四〕 「騁匠巧」句：三國志魏志楊阜傳：「百工不敦其器，而競作奇巧，以合上欲，此傷本之甚者也。」

〔五〕 「圭磨」句：鎮圭以四鎮之山爲雕飾，取安定四方之義。此云磨去雕飾。嶽鎮，指四嶽等名山。新唐書禮樂志一：「中祀社稷、日月、星辰、嶽鎮、海瀆、帝社、先蠶。」

〔六〕 「罍去」二句：詩周南卷耳：「我姑酌彼金罍，維以不永懷。」朱熹集傳：「罍，酒器，刻爲雲雷之象，以黄金飾之。」此亦云除去外飾。罍，或爲陶製，去飾，故云「表瓦罇」。罇亦盛酒器。

〔七〕 約澆風：檢束浮薄之風。李白古風詩之二五：「世道日交喪，澆風散淳源。」

〔八〕 礲而錯諸：磨治。語出揚雄法言學行：「夫有刀者礲諸，有玉者錯諸。不礲不錯焉攸用？礲而錯諸，質在其中矣。」

〔九〕 彫人：亦作「雕人」。周禮考工記雕人「雕人」孫詒讓正義：「雕琢之事，蓋亦玉石骨角木所通有……但此刮摩五工，已有玉人、楖人、磬氏等，則此雕人當爲治骨角之工。」

〔一〇〕剞劂：雕琢刻鏤。魏書藝術傳論：「蔣少遊以剞劂見知，没其學思，藝成爲下，其近是乎？」

〔一一〕大巧若拙：老子第四十五章：「大直若屈，大巧若拙。」

〔一二〕奇淫：非常奢華。禮記王制：「司徒修六禮以節民性，明七教以與民德，齊八政以防淫，一道德以同俗。」孔穎達疏：「淫謂過奢侈。」

〔一三〕去泰去甚：去其過甚。謂事宜適中。語本老子：「天下神器不可爲也。爲者敗之，執者失之……是以聖人去甚、去奢、去泰。」左思魏都賦：「匪樸匪斲，去泰去甚。」

〔一四〕至道：禮記學記：「雖有嘉肴，弗食，不知其旨也；雖有至道，弗學，不知其善也。」

祭先河而後海賦〔一〕 王者行祭，先務其本。

在祭者必有常典，務本者貴乎不忘，既先河而告備，乃後海以爲常。幣玉始陳〔二〕，恭視諸侯之瀆〔三〕；牲牢繼列，方祠百谷之王〔四〕。探國典之舊文，撫禮經之大旨。以謂河導其派，本一勺而始矣；海納其會，實百川之委也〔五〕。祀容肅設，必先有事於靈長〔六〕；望秩並修〔七〕，然後功歸於善下。誠以決九川而分導〔八〕，括衆流而混并，一則窮本而有自，一則兼容而積成。是用分禮章而異數〔九〕，昭祭典以推行。命祀首陳〔一〇〕，始則出圖之所〔一一〕；禱辭以設，方祈紀地之名〔一二〕。用能縟乃令儀〔一三〕，昭夫重祭〔一四〕，利萬物以斯善，用五材而並濟〔一五〕。無文既秩〔一六〕，禜經瀆以領祠〔一七〕；羣望繼行〔一八〕，禱朝宗而用幣〔一九〕。外則盡物，中惟告虔，既義取於源委，乃禮分於後先。一禱致誠，必告榮光之涘〔二〇〕；大川並走，嗣臨重潤之淵〔二一〕。得非衆嶽肇乎一拳〔二二〕，椎輪生乎五輅〔二三〕，考厥初之攸在，彰返始而爲務。亦猶文王之祀雖貴，不踰后稷之尊〔二四〕；齊人之事將行，敢越配林之故〔二五〕。是知河必居首，取發源而肇兹；海不自大，由積衆以成其。導洪流而並注，散靈潤以旁滋〔二六〕。顧乃濫觴之因，必有先也；視爾委輸之廣，然後從之。異哉！祭尚潔誠〔二七〕，禮惟思反，將展報以爲義，必討源而自遠。故夫三王之祭川，必務其本。

【箋注】

〔一〕原未繫年，作年不詳。禮記學記：「三王之祭川也，皆先河而後海，或源也，或委也，此之謂務本。」

〔二〕幣玉：帛與玉，祭祀用禮品。禮記曾子問：「設奠，卒，斂幣玉，藏諸兩階之間，乃出。」

〔三〕瀆：江河大川。韓非子五蠹：「中古之世，天下大水，而鯀、禹決瀆。」釋名釋水：「天下大水四，謂之四瀆，江、河、淮、濟是也。」

〔四〕百谷之王：江海。文中指海。老子：「江海所以能爲百谷王者，以其善下之，故能爲百谷王。」此謂百谷之水必趨江海。

〔五〕委：箋注〔一〕「或委也」鄭玄注：「委，流所聚也。」

〔六〕靈長：廣遠綿長。袁宏後漢紀獻帝紀一：「夫天地靈長，不能無否泰之變。」

〔七〕望秩：謂按等級望祭山川。書舜典：「歲二月，東巡守，至於岱宗，柴，望秩于山川。」孔傳：「東嶽諸侯竟內名山大川，如其秩次望祭之。謂五嶽牲禮視三公，四瀆視諸侯，其餘視伯子男。」

〔八〕決九川：書益稷：「予決九川，距四海。」孔傳：「決九州名川，通之四海。」

〔九〕　異數：等次不同。左傳莊公十八年：「王命諸侯，名位不同，禮亦異數。」

〔一〇〕　命祀：遵天子命而行之祭祀。左傳僖公三十一年：「相之不享於此久矣，非衛之罪也，不可以閑成王周公之命祀，請改祀命。」楊伯峻注：「蓋諸侯之國所當祀者，由周王室命之；　衛國之所當祀者，爲成王周公所命，今祀相，在命祀之外者，故云犯成王周公之命祀也。」

〔一一〕　「始則」句：易繫辭上：「河出圖，洛出書，聖人則之。」

〔一二〕　紀地：晉書地理志上：「星象麗天，出河紀地。」

〔一三〕　縟：繁復。令儀：盛美的典禮。樂府詩集燕射歌辭三周朝饗樂章：「衣冠濟濟，鍾磬洋洋，令儀克盛，嘉會有章。」

〔一四〕　重祭：隆重的祭祀。禮記祭統：「周公既没，成王、康王追念周公之所以勳勞者，而欲尊魯，故賜之以重祭。」

〔一五〕　五材：左傳襄公二十七年：「天生五材，民并用之，廢一不可。」杜預注：「五材，金、木、水、火、土也。」

〔一六〕　無文既秩：書洛誥：「周公曰：『王肇稱殷禮，祀于新邑，咸秩無文。』」孔傳：「言王當始舉殷家祭祀，以禮典祀于新邑，皆次秩不在禮文者而祀之。」

〔一七〕　禜經瀆：祭河以禳災。周禮地官黨正：「春秋祭禜，亦如之。」鄭玄注：「禜，謂雩禜水旱之神。蓋亦爲壇位，如祭社壇云。」漢書溝洫志：「河，中國之經瀆。」

〔一八〕　羣望：受祭于天子、諸侯的山川星辰。左傳昭公十三年：「初共王無冢適，有寵子五人，無適立焉，乃大有事于羣望。」杜預注：「羣望，星辰山川。」

〔一九〕　朝宗：喻小水流注大水。書禹貢：「江漢朝宗于海。」孔穎達疏：「朝宗是人事之名，水無性識，非有此義。以海水大而江漢小，以小就大，似諸侯歸於天子，假人事而言之也。」

〔二〇〕　榮光：五色雲氣。古時以爲吉祥之兆。初學記卷六引尚書中候：「榮光出河，休氣四塞。」涘：水邊。此指河岸。

〔二一〕　重潤：指海。崔豹古今注卷中載漢明帝作歌詩四章，「其一曰日重光，其二曰月重輪，其三曰星重輝，其四曰海重潤」。

〔二二〕「衆嶽」句：禮記中庸：「今夫山，一卷石之多。」卷，通「拳」。白居易太湖石記：「三山五岳，百洞千壑，覼縷簇縮，盡在其中，百仞一拳，千里一瞬，坐而得之。」

〔二三〕「椎輪」句：蕭統文選序：「若夫椎輪爲大輅之始。大輅寧有椎輪之質？」吕向注：「椎輪，古棧車。」此謂大輅由椎輪逐步演變而成，由簡到繁，由粗至精。大輅爲五輅之一，即玉輅，天子所乘之車。書顧命：「大輅在賓階面。」孔傳：「大輅，玉。」孔穎達疏：「周禮巾車掌王之五輅：玉輅、金輅、象輅、革輅、木輅，是爲五輅也……大輅，輅之最大，故知大輅玉輅也。」

〔二四〕「亦猶」二句：后稷爲周之先祖，故云。詩大雅生民：「厥初生民，時維姜嫄……載生載育，時維后稷。」

〔二五〕「齊人」二句：禮記禮器：「齊人將有事泰山，必先有事於配林。」鄭玄注：「配林，林名。」孔穎達疏：「謂祭泰山也，先告配林，配林是泰山從祀者也。故先告從祀，然後祭泰山，此皆積漸從小至大之義也。」

〔二六〕靈潤：雨露之美稱。郭璞江賦：「播靈潤於千里，越岱宗之觸石。」

〔二七〕祭尚潔誠：戴德大戴禮記五帝德：「潔誠以祭祀。」

大匠誨人以規矩賦〔一〕　良匠之誨人以規矩。

工善其事，器無不良〔二〕。用準繩而相誨，由規矩以爲常。度木隨形，俾不欺於曲直；運斤取法，必先正於圓方。載考前文，爰稽哲匠，伊作器以祖善，必誨人而攸尚。有模有範〔三〕，俾從教之克精；中矩中規，貴任材而必當。誠以人於道也，非學而弗至；匠之能也，在器而攸施。既諄諄而誨爾，俾拳拳而服之〔四〕。默受以全，曲則輪而直則軫〔五〕；動皆有法，梡爲鞠而斷爲棋〔一六〕。然則道不可以弗知，人不可以無誨。苟審材之義失，則教人之理昧。規矩有取，爲圭爲璧以異宜〔七〕；制度可詢，象地象天以是配〔八〕。匠之心也，本乎大巧；工之事也，作于聖人。因從繩而取諭，彰治材而有倫〔九〕。學在其中，辨蓋輿之異狀〔一〇〕；藝成而下，明鑿枘之殊陳〔一一〕。義不徒云，道皆有以，將博我而斯在，寧小巧而專美〔一二〕？殊玉工之作器，惟求磨琢之精；異扁人之斲輪，但述苦甘之旨〔一三〕。是知直在其中者謂之矩，曲盡其妙者本乎規。然工藝以斯下，俾後來之可師。道或相營，引圓生方生而作諭；言如未達，譬周旋折旋而可知。是何樸斲爲工〔一四〕，剞劂斯主〔一五〕，翫其役以雖未，聽乃言而可取。故孟子謂學者之誨人，亦必由於規矩。

【校記】

㈠梡：原作「完」，卷後原校云「當作『梡』」，據改。

【箋注】

〔一〕原未繫年，作年不詳。孟子告子上：「大匠誨人，必以規矩，學者亦必以規矩。」

〔二〕「工善」二句：論語衛靈公：「子曰：『工欲善其事，必先利其器。』」

〔三〕有模有範：模範原指製造器物的模型，此爲榜樣、表率之意。揚雄法言學行：「師者，人之模範也。」

〔四〕拳拳：誠摯貌。司馬遷報任安書：「拳拳之忠，終不能自列。」

〔五〕軫：周禮考工記序：「車軫四尺。」鄭玄注：「軫，輿後横木。」

〔六〕「動皆」二句：揚雄法言吾子：「斷木爲棋，梡革爲鞠，亦皆有法焉。」宋咸注：「梡，刮摩也。」

〔七〕「爲圭」句：圭、璧皆爲玉製禮器。圭長方形，上尖下方；璧扁圓，中心有孔。段成式酉陽雜俎禮異：「凡節……古者安平用璧，興事用圭，成功用璋。」

〔八〕「制度」二句：周禮以天官冢宰、地官司徒等六官分掌邦國之政。

〔九〕「因從繩」二句：荀子勸學：「木受繩則直，金就礪則利，君子博學日參省乎己，則知明而行無過矣。」

〔一〇〕「辨蓋輿」句：周禮冬官考工記：「輪人爲蓋，達常圍三寸……輿人爲車，輪崇、車廣、衡長，參如一。」

〔一一〕「明鑿枘」句：鑿、枘爲卯眼與榫頭，必須相應；「殊陳」，則不相投合。楚辭九辯：「圜鑿而方枘兮，吾固知其鉏鋙而難入。」

〔一二〕「將博我」二句：謂器之作，非爲「專美」，而爲「博我」，令我博知事理。

〔一三〕「異扁人」二句：莊子天道：「桓公讀書於堂上，輪扁斲輪於堂下……輪扁曰：『臣也以臣之事觀之。斲輪，徐則甘而不固，疾則苦而不入。不徐不疾，得之於手而應於心，口不能言，有數存焉於其間。』」成玄英疏：「甘，緩也。苦，急也。數，術也。」

〔一四〕樸斲：砍斫、削治。書梓材：「若作梓材，既勤樸斲，惟其塗丹雘。」孔傳：「爲政之術，如梓人治材爲器，已勞力樸治斲削，惟其當塗以漆、丹以朱而後成。」

〔一五〕剞劂：見前斲雕爲樸賦箋注〔一〇〕。

魯秉周禮所以本賦〔一〕

魯公之後，其本周禮㊀。

侯國修度，時王著彝〔二〕。惟東魯之大本〔三〕，秉西周之舊儀。曲阜襲封，率奉先規之盛〔四〕；鎬京遺法〔五〕，限爲至治之基。說者謂惟王建邦，裂疆分土，稟正朔者歸於元后〔六〕，尊制度者合於前古。惟周之典，世爲大則；惟魯之盛，法爲常矩。及夫姬道衰逸，邦侯侵侮〔七〕。雖周公之才之美，不行於時；文王之德之純，盡在於魯。述夫禮與時至，教由治隆，翊奉孺子，位爲上公〔八〕。千乘之國〔九〕，仰有遺法，數世之後，敢棄元功〔一〇〕！雖治邦治刑，尚可宏宣於祖業；而教典教法，猶能固本於民風㊁。大德純純兮世不敢忘〔一一〕，至文微微兮流而自遠〔一二〕。守茂典之惟永〔一三〕，遵飛休而可損㊂〔一四〕。一變于道，聖人之後所以昌；百世可知，先王之法以爲本。且夫德固則邦化，法行則教流。治而久，於諸侯則莫若魯〔一五〕；教而正，於三代則莫如周〔一六〕。在隱、桓之世〔一七〕，力行純軌〔一八〕；至定、哀之後〔一九〕，不棄芳猷〔二〇〕。蓋固蔕以惟至〔二一〕，以治人而可求。彼雖發歎於詩人，改王室而作離黍㊃〔二二〕；何侯興言於聲子〔二三〕，見易象之與春秋。蓋夫與治同道罔不興〔二四〕，安上治民莫如禮〔二五〕。禮與邦化，則莫窺其枝葉；法因時至，則深蟠其根柢。亦如齊有太公之遺制〔二六〕，定作民彝；杞觀夏道之可知〔二七〕，式成邦體。嗚呼！聖之所治，人不可追。移茂實以參用，著通規而有宜。遂使化民之議有所經，理之大者；治國之君無亂紀，則而行之。大哉！周世所行，魯邦慎守，秉其法爲治之極，則其文延付而後。故仲孫知魯而不可取者，禮爲本焉〔二八〕，致邦儀之含厚。

【校記】

㊀其：原作「某」，據衡本改。題下原注：見振奇集，已下續添。㊁猶：此字原脱，據衡本補。㊂「飛」下：原注「疑」字。㊃離黍：據詩王風，題作「黍離」。

【箋注】

〔一〕原未繫年，作年不詳。劉蕡春秋釋例序：「始於平王東遷，謂魯秉周禮，尚可興之乎；終於哀公西狩，謂叔孫專政，魯其不可爲矣。」

〔二〕「侯國」二句：謂諸侯國據周天子著於常典者修其制度。著彝，具著彝章。

〔三〕東魯：指春秋魯國。

〔四〕「曲阜」二句：周武王弟周公旦輔翼武王，滅商後，武王封周公旦於曲阜，是爲魯公，世襲之。見史記魯周公世家。

〔五〕鎬京：西周國都。詩大雅文王有聲：「考卜維王，宅是鎬京。」

〔六〕元后：天子。書大禹謨：「天之歷數在汝躬，汝終陟元后。」孔傳：「言天道在汝身，汝終當升爲天子。」

〔七〕「及夫」二句：謂周衰而諸侯侵侮之。姬，指周朝，天子，姬姓也。

〔八〕「翊奉」二句：武王崩，成王少，周公輔佐之，攝政七年後還政成王。周公功高蓋世，魯有天子禮樂者，以褒周公之德也。見史記魯周公世家。

〔九〕千乘之國：指魯國。

〔一〇〕元功：首功。史記太史公自序：「維高祖元功，輔臣股肱，剖符而爵，澤流苗裔，忘其昭穆，或殺身隕國。」

〔一一〕純純：誠摯貌。莊子山木：「純純常常，乃比於狂。」成玄英疏：「純純者材素，常常者混物。」

〔一二〕至文：最好的文章，此指周禮。微微：隱約。沈約劉真人東山還詩：「連峰竟無已，積翠遠微微。」

〔一三〕茂典：盛美的典章、法則。文選顏延之三月三日曲水詩序：「選賢建戚，則擇之於茂典；施命發號，必酌之於故實。」張銑注：「茂，美；典，則也。」

〔一四〕飛休：意不明。

〔一五〕「治而久」二句：春秋列國中，魯雖國勢弱而國祚長。戰國時，魯成爲小國，直至前二五六年方爲楚所滅。

〔一六〕「教而正」二句：論語八佾：「子曰：『周監於二代，郁郁乎文哉！吾從周。』」

〔一七〕隱、桓：魯隱公、魯桓公。

〔一八〕軌：法則、規矩。管子君臣上：「是故別交正分之謂理，順理而不失之謂道。道德定而民有軌矣。」

〔一九〕定、哀：魯定公、魯哀公。

〔二〇〕芳猷：美德。白居易祭咸安公主文：「承渥澤於三朝，播芳猷於九姓。」

〔二一〕固蔕：根基深固，不可動摇。蔕，同「蒂」。老子：「有國之母，可以長久，是謂深根固蔕、長生久視之道。」

〔二二〕離黍：當作黍離。詩王風黍離毛序：「黍離，閔宗周也。周大夫行役至於宗周，過故宗廟宮室，盡爲禾黍。閔周室之顛覆，彷徨不忍去，而作是詩也。」

〔二三〕聲子：見前賞以春夏賦箋注〔二六〕。

〔二四〕「蓋夫」句：書太甲下：「與治同道罔不興，與亂同事罔不亡。」

〔二五〕「安上」句：論語陽貨：「禮云禮云，玉帛云乎哉？」鄭玄曰：「玉，璋珪之屬也；帛，束帛之屬也。言禮非但崇此玉帛而已，所貴者，乃貴其安上治民也。」又，前漢書禮樂志二：「故孔子曰：『安上治民，莫善於禮；移風易俗，莫善於樂。』顏師古注：『此孝經載孔子之言也。』」

〔二六〕太公：吕尚，周代齊國的始祖，俗稱姜太公。輔佐武王滅商有功，封于齊。史記齊太公世家：「太公至國，修政，因其俗，簡其禮，通商工之業，便魚鹽之利，而人民多歸齊，齊爲大國。」

〔二七〕「杞觀」句：杜預春秋釋例卷九：「杞國，姒姓，夏禹之苗裔。武王克紂，求禹後，得東樓公而封之於杞。」

〔二八〕「故仲孫」二句：左傳閔公元年：「冬，齊仲孫湫來省難，書曰『仲孫』，亦嘉之也。仲孫歸曰：『不去慶父，魯難未已。』公曰：『若之何而去之？』對曰：『難不已，將自斃，君其待之。』公曰：『魯可取乎？』對曰：『不可，猶秉周禮。周禮，所以本也。臣聞之，國將亡，本必先顛而後枝葉從之。魯不棄周禮，未可動也。君其務寧魯難而親之，親有禮，因重固，間携貳，覆昏亂，霸王之器也。』」

【集評】

〔清〕李調元：宋歐陽修魯秉周禮所以本賦云：「雖周公之才之美，不行于時；而文王之德之純，盡在于魯。」此聯屬對，傳謂當時。然「周公之才之美，申伯于蕃于宣」，張燕公宋廣平遺愛碑頌已開之于前矣。范仲淹自誠而明謂之性賦云：「文王之德之純既由天啓，周公之才之美亦自生知。」施之此題，更爲親切有味，似勝歐公。（賦話卷五）

秋獮詩〔一〕見古省題詩。

豳籥迎寒至〔二〕，商飈應節流〔三〕。戎容修大獮，殺氣順行秋〔四〕。多稼登方茂，三農隙始休〔五〕。飲歸軍實獻，誓衆黻爲裘〔六〕。索享儀非蜡〔七〕，圍田禮異蒐〔八〕。國威思遠播，神武暢皇猷〔九〕。

【箋注】

〔一〕原未繫年，據題下注，乃見古省試之詩而作，作年不詳。秋獮，國君秋季狩獵之稱。左傳隱公五年：「春蒐、夏苗、秋獮、冬狩，皆於農隙以講事也。」

〔二〕豳籥：周禮春官籥章：「籥章：掌土鼓豳籥。」鄭玄注：「鄭司農云：『豳籥，豳國之地竹，豳詩亦如之。』玄謂豳籥，豳人吹籥之聲章。」

〔三〕商飈：文選陸機演連珠之四一：「是以商飈漂山，不興盈尺之雲。」劉良注：「商飈，秋風也。」

〔四〕「殺氣」句：秋有肅殺之氣，故云。

〔五〕三農：指春、夏、秋三農時。張衡東京賦：「三農之隙，曜威中原。」

〔六〕 黻爲袠：意爲著黻袠。黻袠，古代禮服。

〔七〕 索享：亦作「索饗」。禮記郊特牲：「伊耆氏始爲蜡。蜡也者，索也。歲十二月，合聚萬物而索饗之也。」鄭玄注：「索，謂求索也。」陳澔集説：「索，求索其神也。」 蜡：年終大祭。禮記雜記下：「子貢觀於蜡。」

〔八〕 蒐：即春蒐，春獵。史記楚世家：「周武王有盟津之誓，成王有岐陽之蒐。」

〔九〕 神武：英明威武，此用以稱頌帝王。漢書叙傳下：「皇矣漢祖，纂堯之緒，實天生德，聰明神武。」 皇猷：帝王的謀略或教化。沈約齊太尉文憲王公墓銘：「帝圖必舉，皇猷諧煥。」

外集卷二十五

論

殿試儒者可與守成論㊀〔一〕

【校記】

㊀題下原注「闕」字。

【箋注】

〔一〕天聖八年（一〇三〇）殿試時作。見前卷殿試藏珠於淵賦箋注〔一〕。本篇題存文佚。孔叢子答問載陳王涉「告人曰：『儒者可與守成，難與進取，信哉！』」

三皇設言民不違論〔一〕

論曰：夫至治之極也，塗耳目以愚民之識，暢希夷以合道之極〔二〕，化被而物不知，功成而迹無眹〔三〕。古有臻於是者，其大道之行乎！聖人之興也，捐仁義以爲德之細，放約束以取民之信，德及而物自化，言行而人必從。古有盛於此者，其三皇之世歟！故孔子有三皇設言而民不違之説，敢試論之。

若乃暢上古之至道，張億世之遠御〔四〕。結繩所以爲信也，而懼信之未孚，我則有書契之易〔五〕，於是乎畫八卦以由數起。茹毛所以養生也，而憚生之未具，我則有烹飪之利，於是乎嘗百穀以粒烝民〔六〕。網罟利人以爲用〔七〕，使以畋而以漁，牛馬異性而必馴，使可乘而可服。壯棟宇以易古者之居，垂衣裳以興天下之治。凡所以使民不倦者，皆伏犧、神農、黄帝之爲也㈠〔八〕。然而治既行矣，民既賴矣，守之以至靜，化之以無爲，上有淡泊清淨之風，下無薄惡叛離之俗。故言爲教詔㈡〔九〕，非誥誓而自聽；言爲號令，不鞭扑而自隨。且夫歃血以涖盟約〔一〇〕，要之於信者，由不信而然也；爲刑以殘肌骨，威之使從者，由不從而設也。不若御至質之民，行大道之化。悦不以愛，故不待賞而勸；畏不以威，故不待罰而責；政不罔民，故不待約而信；事不申令，故不待誥而從。一言以行，萬民稟命，賴其德者百年而利，服其化者百年而移。非三皇之德，其孰能與於此乎？

噫！商人作誓，欲民之從也〔一一〕，而人始疑；周人會盟，欲信之固也〔一二〕，而諸侯叛。由是而言，則詛民於神明〔一三〕，狃民於賞罰〔一四〕，而違之者，末世之爲也；服民以道德，漸民以教化，而人自從之者，三皇之盛也。夫設言而不違者，其在兹乎！

【校記】

㊀也：原作「世」，下注「疑」字，據衡本改。　㊁詔：此字原脱，據衡本補。

【箋注】

〔一〕原未繫年，作年不詳。公羊傳襄公二十九年「闔弑吴子餘祭」何休注引孔子曰：「三皇設言民不違，五帝畫象世順機，三王肉刑揆漸加，應世黠巧姦僞多。」

〔二〕希夷：老子第十四章：「視之不見名曰夷，聽之不聞名曰希。」河上公注：「無色曰夷，無聲曰希。」後因以希夷指虚寂玄妙。

〔三〕眹：通「朕」，徵兆。

〔四〕遠御：統治遠方。

〔五〕「結繩」三句：易繫辭下：「上古結繩而治，後世聖人易之以書契。」孔穎達疏：「結繩者，鄭康成注云，事大大結其繩，事小小結其繩，義或然也。」

〔六〕粒烝民：書益稷：「烝民乃粒。」孔傳：「米食曰粒。」烝民，百姓。

〔七〕網罟：捕魚及捕鳥獸之工具。管子勢：「獸厭走而有伏網罟。」

〔八〕伏羲：莊子繕性：「逮德下衰，及燧人、伏羲始爲天下，是故順而不一。」相傳伏羲爲古代三皇之一，其始畫八卦，又教民漁獵，取犧牲以供庖廚，故又稱庖犧。神農：易繫辭下：「包羲氏没，神農氏作，斲木爲耜，揉木爲耒，耒耨之利，以教天下。」神農亦傳説中三皇之一，教民務農及治病。黄帝：易繫辭下：「神農氏没，黄帝、堯、舜氏作，通其變，使民不倦。」黄帝相傳爲中原各族之共同祖先，亦三皇之一。

〔九〕教詔：教誨。戰國策燕策一：「齊趙，强國也，今主君幸教詔之，合從以安燕，敬以國從。」

〔一〇〕 歃血：古時盟會之儀式，參與者微吸殺牲之血，以示誠意。穀梁傳莊公二十七年：「信其信，仁其仁，衣裳之會十有一，未嘗有歃血之盟也。」

〔一一〕「商人」二句：書湯誓：「爾尚輔予一人，致天之罰，予其大賚汝！爾無不信，朕不食言。爾不從誓言，予則孥戮汝，罔有攸赦。」

〔一二〕「周人」二句：春秋隱公元年：「三月，公及邾儀父盟于蔑。」孔穎達疏：「天子不信諸侯，諸侯自不相信，則盟以要之。凡盟禮，殺牲歃血，告誓神明，若有違背，欲令神加殃咎，使如此牲也。」

〔一三〕詛：盟誓。周禮春官詛祝：「詛祝，掌盟、詛、類、造、攻、説、禬、禜之祝號。」鄭玄注：「盟、詛主於要誓，大事曰盟，小事曰詛。」

〔一四〕「狃民」句：謂使民習於賞罰。狃，習慣。詩鄭風大叔于田：「將叔無狃，戒其傷女。」毛傳：「狃，習也。」朱熹集傳：「國人戒之曰：請叔無習此事，恐其或傷汝也。」

【集評】

〔宋〕黄震：破題即云：「夫至治之極也，塗耳目以愚民之識，暢希夷以合道之極。」然則歐公初年，其學亦自黄老來也。（黄氏日鈔卷六一）

賈誼不至公卿論〔一〕

論曰：漢興，本恭儉、革弊末、移風俗之厚者，以孝文爲稱首〔二〕；議禮樂、興制度、切當世之務者，惟賈生爲美談〔三〕。天子方忻然説之，倚以爲用，而卒遭周勃、東陽之毁，以謂儒學之生紛亂諸事，由是斥去，竟以憂死〔四〕。班史贊之以「誼天年早終，雖不至公卿，未爲不遇」〔五〕。

予切惑之，嘗試論之曰：孝文之興，漢三世矣〔六〕。孤秦之弊未救，諸呂之危繼作〔七〕，南北興兩軍之誅，京師新蹀血之變〔八〕。而文帝由代邸嗣漢位〔九〕，天下初定，人心未集，方且破觚斲雕，衣綈履革〔一〇〕，務率敦朴，推行恭儉。故改作之議謙於未遑，制度之風闕然不講者，二十餘年矣。而誼因痛哭以憫世，太息而著論〔一一〕。況是時方隅未寧，表裏未輯。匈奴桀黠，朝那、上郡蕭然苦兵〔一二〕；侯王僭擬，淮南、濟北繼以見戮〔一三〕。誼指陳當世之宜，規畫億載之策，願試屬國以繫單于之頸〔一四〕，請分諸子以弱侯王之勢〔一五〕。上徒善其言，而不克用。

又若鑒秦俗之薄惡，指漢風之奢侈，嘆屋壁之被帝服，憤優倡之爲后飾〔一六〕。請設庠序，述宗周之長久；深戒刑罰，明孤秦之速亡〔一七〕。譬人主之如堂，所以優臣子之禮〔一八〕；置天下於大器，所以見安危之幾〔一九〕。諸「所以」日不可勝㊀，而文帝卒能拱默化理，推行恭儉，緩除刑罰，善養臣下者，誼之所言，略施行矣〔二〇〕。故天下以謂可任公卿，而劉向亦稱遠過伊、管〔二一〕。然卒以不用者，得非孝文之初立日淺，而宿將老臣方握其事，或艾旗斬級矢石之勇，或鼓刀販繒賈豎之人，朴而少文〔二二〕，昧於大體，相與非斥，至於謫去。則誼之不遇，可勝歎哉！

且以誼之所陳，孝文略施其術，猶能比德於成康〔二三〕。況用於朝廷之間，坐於廊廟之上，則舉大漢之風，登三皇之首，猶決壅稗墜耳〔二四〕。奈何俯抑佐王之略，遠致諸侯之間〔二五〕！故誼過長沙，作賦以吊汨羅，而太史公傳於屈原之後〔二六〕，明其若屈原之忠而遭棄逐也。而班固不譏文帝之遠賢，痛賈生之不用，但謂其天年早終。且誼以失志憂傷而橫夭，豈曰天年乎！則固之善志，逮與春秋褒貶萬一矣㈢。謹論。

【校記】

㈠「日」下：原注「疑」字。　㈡逮：原校：疑作「殆」。

【箋注】

〔一〕原未繫年，當爲歐早年應試期間所作。賈誼，見居士集卷一五憎蒼蠅賦箋注〔一四〕。

〔二〕「漢興」三句：史記孝文本紀：「孝文帝從代來，即位二十三年，宮室苑囿狗馬服御無所增益，有不便，輒弛以利民。嘗欲作露臺，召匠計之，直百金。上曰：『百金中民十家之産，吾奉先帝宮室，常恐羞之，何以臺爲！』上常衣綈衣，所幸慎夫人，令衣不得曳地，幃帳不得文繡，以示敦朴，爲天下先。治霸陵皆以瓦器，不得以金銀銅錫爲飾，不治墳，欲爲省，毋煩民……專務以德化民，是以海內殷富，興於禮義。」孝文帝劉恒爲漢高祖中子。

〔三〕「議禮樂」二句：史記屈原賈生列傳：「賈生以爲漢興至孝文二十餘年，天下和洽，而固當改正朔，易服色，法制度，定官名，興禮樂，乃悉草具其事儀法，色尚黃，數用五，爲官名，悉更秦之法。孝文帝初即位，謙讓未遑也。諸律令所更定，及列侯悉就國，其説皆自賈生發之。」

〔四〕「天子」六句：史記屈原賈生列傳：「於是天子議以爲賈生任公卿之位。絳、灌、東陽侯、馮敬之屬盡害之，乃短賈生曰：『雒陽之人，年少初學，專欲擅權，紛亂諸事。』於是天子後亦疏之，不用其議，乃以賈生爲長沙王太傅。……居頃之，拜賈生爲梁懷王太傅。梁懷王，文帝之少子，愛，而好書，故令賈生傅之。……居數年，懷王騎，墮馬而死，無後。賈生自傷爲傅無狀，哭泣歲餘，亦死。」絳，絳侯周勃，史記有傳；東陽，東陽侯張相如，事迹散見史記一〇二、一一〇等卷。

〔五〕班史：班固漢書。引語見該書賈誼傳贊。

〔六〕「孝文」二句：文帝之前，漢歷高祖、惠帝、高后（呂后）三世。

〔七〕「孤秦」二句：謂秦行暴政教訓猶在，呂后家族又謀篡權。漢書文帝紀：「高后崩，諸呂謀爲亂，欲危劉氏。」

〔八〕「南北」二句：時長安有南軍警衛宮廷，北軍守護京城，軍權皆控於諸呂。周勃騙得符信，入北軍，軍中皆爲劉氏左袒；又遣朱虚侯劉章入宮，奪得皇帝節信，盡殺諸呂。見漢書高后紀。

〔九〕「而文帝」句：誅諸呂後，周勃等迎代王入京即位，是爲文帝。見漢書文帝紀。

〔一〇〕「方且」二句：謂文帝摒棄奢侈，生活儉樸。觚，飲酒器。綈，粗厚的絲織品。管子輕重戊：「魯梁之民俗爲綈。」尹知章注：「繒之厚者謂之綈。」

〔一一〕「而誼」二句：漢書賈誼傳載誼爲梁懷王太傅時，「數上疏陳政事，多所欲匡建。其大略曰：『臣竊惟事勢，可爲痛哭者一，可爲流涕者二，可爲長太息者六……』」

〔一二〕「匈奴」二句：文帝前三年，匈奴右賢王入居河南地，攻擾上郡邊地；前十四年，匈奴單于十四萬騎入朝那、蕭關，殺北地都尉卬，虜人民畜産甚多。見漢書匈奴傳上。

〔一三〕「侯王」二句：文帝前三年，濟北王劉興居反，敗死。前六年，淮南王劉長謀反，遷蜀，死於道中。見漢書文帝紀。

〔一四〕「願試」句：賈誼治安策：「陛下何不試以臣爲屬國之官以主匈奴？行臣之計，請必繫單于之頸而制其命。」

〔一五〕「請分」句：賈誼治安策：「欲天下之治安，莫若衆建諸侯而少其力。」

〔一六〕「又若」四句：治安策：「商君遺禮義，棄仁恩，并心於進取，行之二歲，秦俗日敗。故秦人家富子壯則出分，家貧子壯則出贅。借父耰鉏，慮有德色；母取箕帚，立而誶語。抱哺其子，與公併倨；婦姑不相説，則反脣而相稽。其慈子耆利，不同禽獸者亡幾耳。」又：「古者以奉一帝一后而節適，今庶人屋壁得爲帝服，倡優下賤得爲后飾，然而天下不屈者，殆未有也。」

〔一七〕「請設」四句：治安策：「周爲天子，三十餘世，而秦受之。秦爲天子，二世而亡。」又：「夫三代之所以長久者，以其輔翼太子有此具也。及秦而不然，其俗固非貴辭讓也，所上者告訐也；固非貴禮義也，所上者刑罰也。」按：「輔翼太子有此具」，指「太子少長，知妃色，則入於學」等。

〔一八〕「譬人主」二句：見前卷國學試人主之尊如堂賦箋注〔一〕。

〔一九〕「置天下」二句：治安策：「夫天下，大器也。今人之置器，置諸安處則安，置諸危處則危。天下之情與器亡以異，在天子所置之。」

〔二〇〕「諸『所以』」四句：治安策中「所以」用之甚多，如云「所以明有敬也」、「所以明有孝也」、「所以明有度也」等。漢書賈誼傳：「追觀孝文玄默躬行以移風俗，誼之所陳，略施行矣。」

〔二一〕「而劉向」句：漢書賈誼傳贊引劉向曰：「賈誼言三代與秦治亂之意，其論甚美，通達國體，雖古之伊、管未能遠過也。使時見用，功化必盛，而爲庸臣所害，甚可悼痛。」伊、管，伊尹、管仲，分別輔佐商湯與齊桓公。

〔二二〕「或鼓刀」二句：時宿將老臣多朴而少文，如周勃嘗爲吹鼓手，灌嬰嘗販繒。史記絳侯周勃世家：「勃不好文學，每召諸生説士，東鄉坐而責之：『趣爲我語。』其椎少文如此。」

〔二三〕成、康：周成王、周康王。成、康在位時西周處於鼎盛期，史記周本紀謂「成、康之際，天下安寧，刑錯四十餘年不用」。

〔二四〕決壅稗墜：以除去壅塞而水流下瀉、稗草成熟而子粒脱落喻輕而易舉。

〔二五〕「奈何」二句：謂賈誼不得輔佐文帝，被貶爲長沙王太傅。

〔二六〕「故誼」三句：史記屈原賈生列傳置賈誼於屈原之後，成合傳，且全録賈誼弔屈原賦於傳中。

夫子罕言利命仁論〔一〕

論曰：昔明王不興而宗周衰〔二〕，斯文未喪而仲尼出，修敗起廢而變于道，扶衰救弊而反於正。至如探造化之本，賾幾深之慮〔三〕，以窮乎天下之至精，立道德之防，張禮樂之致，以達乎人情之大竇〔四〕。故易言天地之變，吾得以辭而繫〔五〕；詩厚風化之本，吾得以擇而删〔六〕；禮、樂備三代之英，吾得以定而正〔七〕；春秋立一王之法，吾得以約而修〔八〕。其爲教也，所以該明帝王之大猷，推見天人之至隱。道有機而不得秘，神有密而不得藏，曉乎人倫，明乎耳目，如此而詳備也。然獨以利、命、仁而罕言，其旨何哉？請試言之。

夫利、命、仁之爲道也，淵深而難明，廣博而難詳。若乃誘生民以至教，周萬物而不遺。草木賁殖而無知〔九〕，所以遂其生；跂喙行息而不知〔一〇〕，所以達其樂。物性莫不欲茂，則薰之以太和〔一一〕；人情莫不欲壽，則濟之以不夭。滯者導之使達，蒙者開之使明。衣被羣生，贍足萬類。此上之利下及於物，聖人達之以和於義也。則利之爲道，豈不大哉！函五行之秀氣，兼二儀之肖貌〔一二〕，禀爾至命，得之自天。厥生而靜謂之性，觸物而動感其欲，派而爲賢愚，誘而爲善惡，賢愚所以異貴賤，善惡所以定吉凶。貧富窮達，死生夭壽，賦分而有定，循環而無端。聖人達之，内照乎神明；小人逆之，外滅於天理。則命之爲義，豈不達哉！又若兼百行以全美，居五常而稱首〔一三〕，愛人而及物，力行而能近。守而行之，一日由乎復禮〔一四〕；推而引之，天下稱乎達道。則仁之爲理，豈不盛哉！噫，三者之説，誠皆聖人之深達，非難言之也。

易曰「乾以美利利乎天下」〔一五〕，又曰「利者義之和」〔一六〕。中庸曰「天命之謂性」〔一七〕，又曰「君子居易以俟命」〔一八〕。繫辭曰「樂天知命，故不憂」〔一九〕。禮記曰「仁者天下之表」〔二〇〕，又曰「仁者右也，道者左也」〔二一〕。酌是而論之，則非不言也。然罕言及者，得非以利、命、仁之爲道，微而奥，博而遠，賢者誠而明之，不假言之道也。愚者鮮能及之，雖言之，弗可曉也。故曰「中人已上可以語上，中人已下不可以語上」〔二二〕，又曰「仁則吾不知」者〔二三〕，舉一可知也。子貢以謂「夫子之言性與天道，不可得而聞」者〔二四〕，誠在是乎！然則利、命、仁之罕言，由此而見矣。謹論。

【箋注】

〔一〕原未繫年，當爲早年與應試有關之作。論語子罕：「子罕言利與命與仁。」

〔二〕宗周：周爲所封諸侯國之宗主國，故稱。詩小雅正月：「赫赫宗周，褒姒烕之。」烕，古「滅」字。

〔三〕賾：探求。蔣防至人無夢詩：「已賾希微理，知將静默鄰。」幾深：精微。隋書禮儀志一：「辨幽賾而洞幾深。」

〔四〕「以達乎」句：禮記禮運：「(禮義)所以達天道，順人情之大竇也。」鄭玄注：「竇，孔穴也。」孔穎達疏：「孔穴開通，人之出入，禮義者亦人之所出入。」

〔五〕「故易」三句：史記孔子世家：「孔子晚而喜易，序彖、繫、象、説卦、文言。」按：實際上，歐以爲繫辭非聖人之作。易童子問卷三：「童子問曰：『繫辭非聖人之作乎？』曰：『何獨繫辭焉，文言、説卦而下，皆非聖人之作。』」又：「余之所以知繫辭而下非聖人之作者，以其言繁衍叢脞而乖戾也。」

〔六〕「詩厚」三句：史記孔子世家：「古者詩三千餘篇，及至孔子，去其重，取可施於禮義，上采契后稷，中述殷周之盛，至幽厲之缺……禮樂至此可得而述，以備王道，成六藝。」

〔七〕「禮、樂」三句：莊子天運：「孔子謂老聃曰：『丘治詩、書、禮、樂、易、春秋六經。』」應劭風俗通窮通孔子：「(孔子)自衛反魯，删詩、書，定禮、樂，制春秋之義，著素王之法。」

〔八〕「春秋」三句：漢書司馬遷傳贊：「孔子因魯史記而作春秋。」

〔九〕賁：書湯誥：「天命弗僭，賁若草木。」孔傳：「賁，飾也。」

〔一〇〕跂喙行息：即「跂行喙息」。借指用脚爬行用嘴呼吸的虫豸。史記匈奴列傳：「元元萬民，下及魚鼈，上及飛鳥，跂行喙息蠕動之類，莫不就安利而辟危殆。」司馬貞索隱：「言蟲豸之類。」

〔一一〕太和：易乾：「保合太和，乃利貞。」朱熹本義：「太和，陰陽會合沖和之氣也。」

〔一二〕二儀：天地。曹植惟漢行：「太極定二儀，清濁始以形。」

〔一三〕「居五常」句：董仲舒賢良策一：「夫仁、義、禮、智、信五常之道，王者所當修飭也。」仁居五常之首。

〔一四〕「一日」句：論語顔淵：「克己復禮爲仁。」

〔一五〕「易曰」句：易乾：「乾始能以美利利天下。」李鼎祚集解引虞翻曰：「美利，爲『雲行雨施，品物流形』，故利天下也。」

〔一六〕「又曰」句：易乾「文言曰」下有云：「利者，義之和也。」義，宜也。朱熹本義：「利者，生物之遂，物各得宜，不相妨害，故於時爲秋，於人則爲義，而得其分之和。」

〔一七〕天命之謂性：語出禮記中庸。鄭玄注：「天命謂天所命生人者也，是謂性命。」

〔一八〕「又曰」句：禮記中庸：「故君子居易以俟命，小人行險以徼幸。」鄭玄注：「易，猶平安也。俟命，聽天任命也。險，謂傾危之道。」

〔一九〕「繫辭」二句：語出易繫辭上。韓康伯注：「順天之化故曰樂也。」

〔二〇〕「禮記」句：禮記表記：「子言之，仁者天下之表也。」孔穎達疏：「表謂儀表。言仁恩是行之盛極，故爲天下之儀表也。」

〔二一〕「又曰」二句：禮記表記：「仁者右也，道者左也；仁者人也，道者義也。」鄭玄注：「右也左也，言相須而成也；人也，謂施以人恩也；義也，謂斷以事宜也。」

〔二二〕「故曰」二句：論語雍也：「子曰：『中人以上，可以語上也；中人以下，不可以語上也。』」何晏集解引王肅曰：「上，謂上智之人所知也。兩舉中人，以其可上可下也。」

〔二三〕仁則吾不知：論語憲問：「憲問恥。子曰：『邦有道，穀；邦無道，穀，恥也。』『克、伐、怨、欲，不行焉，可以爲仁矣？』子曰：『可以爲難矣，仁則吾不知也。』」何晏集解引馬融曰：「克，好勝人也。伐，自伐其功也。怨，忌小怨也。貪，貪欲也。」又引苞氏曰：「此四者，行之難者，未足以爲仁也。」

〔二四〕「子貢」二句：論語公冶長：「子貢曰：『夫子之文章，可得而聞也；夫子之言性與天道，不可得而聞也。』」

策

南省試策五道并問目〔一〕

問：管夷吾之書曰〔二〕：聖人之治天下也，四民勿使雜處，雜處則其言哤㈠，其事易。

士就閑燕，工就官府，商就市井，農就田野。羣萃而州處，少而習焉，其志安焉，不見異物而遷焉〔三〕。且曰士農之子常爲士農，工商之子常爲工商〔四〕。若乃士講學以居位，農力穡以阜生，安而不遷，斯則嘉矣。其或百工居肆，萬商成淵，奇技淫巧之蕩心〔五〕，鬻良雜苦之牟利〔六〕，安於所習，未足敦風，見善而遷，茲亦何害？又如端木之貨殖〔七〕，膠鬲之魚鹽〔八〕，倪寬之帶經〔九〕，王猛之賣畚〔一〇〕，乘時萬變，安可限其定居？黄憲之牛醫〔一一〕，胡廣之田畝〔一二〕，桑羊之賈豎〔一三〕，叔敖之負薪〔一四〕，肯構百端〔一五〕，安可責其承世？今茲貢士之制，亦有異類之防，雖條禁之久行，諒甄明之不暇。衆君子優於博古，長於辨宜，以爲如何？無惜辭費。

對：講天人之精祲〔一六〕，責草茅之愚言，古之求治者莫急於此；興愚民之休利，傳經術而條對，士之射策者以盡其才。自漢而還，於唐爲盛。然以公孫之對，置第本下，天子自擢於第一〔一七〕；劉蕡之言，指時甚直，有司不敢以入第〔一八〕。蓋言至切者顧後害，論至甚者爲難行。故事欲述者，枉於有司，而議不得申；言欲顯者，牽於文辭，而談不得騁。爲弊之甚，由古而然，夫能革之，誠在今日。皇上垂衣御圖，側席延士，詔郡國以充賦〔一九〕，命公卿而署奏。而末學庸妄，亦預試言。開陳其端，周爰而問〔二〇〕，上所以講求至治之本，下所以展盡思慮之秋也。策以謂古之四民，罔敢雜處之義，而今取士，故有異類之防。端木、膠鬲、倪寬、王猛之徒，謂不可限以定居；黄憲、胡廣、桑羊、叔敖之賢，謂不可責其世職。以古之鑒，求今之宜，此誠當世之所急也。且夫至治之世，四民異居。士處閑燕，談仁義，禮樂於是乎興；農服力穡，限井田，衣食於是乎足。工述巧以備器用，商達貨以遷有無。少而習之，各有常分。故命射以觀其德〔二一〕，命御以論其行〔二二〕，如是，則可以官賢材，而不肖者有所勸。不耕則祭無盛，不蠶則衣無帛，如是，則可以禁遊手，而趨末者著於本〔二三〕。器奇者殺，以杜工之僞；關譏弗征〔二四〕，以檢商之猾。此聖王所以治天下之本，明不得以異物遷也㈡。及周之晚，漢繼而興，救時之宜，猶有可取。士雖不選於里，而有孝廉之舉〔二五〕；農欲勸之使勤，故有力田之秩〔二六〕。有市籍則不得仕，禁乘車之抑其豪〔二七〕。行之當時，猶爲近古㈢；降及弊末，適於權宜。有入貲以爲郎，有入粟而拜爵〔二八〕，農商雜進，黑白混然。今國家監太清以爲治〔二九〕，求王道之大端，務思真賢，以登庶位。故於貢士之制，亦有異類之防，此誠法古爲政之要也。然自井田一墮，四民失業，士不本鄉里，舉不明真僞，後世之取賢者，宜條禁之。故有行限年之制〔三〇〕，有復鄉舉之請〔三一〕，有立秀才之科〔三二〕，有立中正以品功伐之高下〔三三〕，有從土斷以禁人士之流移〔三四〕。科條益嚴，變更非一，賢否之辨，未睹其真，豈非制其末而失其要歟？方今詔郡國歲貢，謹土著以占數，先鄉議而覈實〔三五〕。然患條禁久行，甄明不暇者，誠由制之未得其術爾。必若取人以才，考行以實，舉賢者上賞以旌功，不肖者黜地以明罰，自然無冒舉之過，有得人之盛，又何患工商雜以並進，士類混而無別乎？彼作奇巧以蕩心，雜良苦而射利，謂其偷俗，未足敦風，在乎禁之，以絶其僞而已。若乃端木殖財，膠鬲擅利，倪寬爲御史而稱職，王猛與諸葛而並功〔三六〕，黄憲有三公之量，胡廣明萬事之理，桑羊之心計〔三七〕，叔敖之善相，如此數賢者，皆遭遇其時，以立勳業，故不限以定居，責其世職，烏得同條而語哉？謹對。

【校記】

㊀雜處：二字原脱，據管子小匡補。　㊁明：原作「罪」，下注「疑」字，據衡本改。　㊂近古：原作「進士」，下注「疑」字，據衡本改。

【箋注】

〔一〕據題下注，試策五道皆天聖八年（一〇三〇）作。南省，尚書省的别稱，又特指隷屬尚書省的禮部。是年，歐試禮部爲第一。

〔二〕管夷吾：管仲，名夷吾，字仲。春秋齊國名相，輔佐齊桓公爲霸主。史記有管仲與晏嬰的合傳管晏列傳。書：指管子，托名管仲所作，多爲戰國齊稷下學者採拾管仲言行推其旨意而成。

〔三〕「聖人」十二句：管子小匡：「桓公曰：『定民之居，成民之事，奈何？』管子對曰：『士農工商四民者，國之石民也，不可使雜處，雜處則其言哤，其事亂。是故聖王之處士必於閑燕，處農必就田壄，處工必就官府，處商必就市井。今夫士羣萃而州處閑燕，則父與父言義，子與子言孝，其事君者言敬，長者言愛，幼者言弟，旦昔從事於此，以教其子弟，少而習焉，其心安焉，不見異物而遷焉。』」房玄齡注：「哤，亂也。處士閑燕則謀議審。每州之士羣萃，共處閑燕，謂學校之處。」閑燕，猶清淨也。

〔四〕「且曰」二句：管子小匡謂「士之子常爲士」、「農之子常爲農」、「工之子常爲工」、「商之子常爲商」。

〔五〕奇技淫巧：書泰誓下：「（商王）作奇技淫巧，以悦婦人。」孔穎達疏：「奇技謂奇異技能，淫巧謂過度工巧。二者大同，但技據人身，巧指器物爲異耳。」

〔六〕鬻良雜苦：文選張衡西京賦：「爾乃商賈百族，裨販夫婦，鬻良雜苦，蚩眩邊鄙。」薛綜注：「良，善也，先見良物，價定，而雜與惡物，以欺惑下土之人。」

〔七〕端木：孔子的學生端木賜，字子貢，衛人。史記仲尼弟子列傳稱其「常相魯衛，家累千金」。云：「子貢好廢舉，與時轉貨貲。」裴駰集解：「廢舉謂停貯也。與時謂逐時也。夫物賤則買而停貯，值貴即逐時轉易，貨賣取資利也。」

〔八〕膠鬲：商周時人，紂時遭亂，鬻販魚鹽，文王舉之。孟子告子下：「膠鬲舉於魚鹽之中。」

〔九〕倪寬：即兒寬。西漢人，官至御史大夫，重視水利建設，與司馬遷共制定太初曆。史記儒林列傳：「伏生教濟南張生及歐陽生，歐陽生教千乘兒寬。兒寬既通尚書，以文學應郡舉，詣博士受業，受業孔安國。兒寬貧無資用，常爲弟子都養，及時時間行傭賃，以給衣食。行常帶經，止息則誦習之。」

〔一〇〕王猛：十六國時前秦大臣，字景略。少貧賤，以鬻畚爲業。後爲苻堅謀士，官至丞相。其傳附晉書苻堅載記後。

〔一一〕黄憲：東漢人，字叔度。世貧賤，父爲牛醫。憲初舉孝廉，又辟公府，然無所就。有聲於當時。陳蕃爲三公，臨朝歎曰：「叔度若在，吾不敢先佩印綬矣。」後漢書有傳。

〔一二〕胡廣：東漢人，字伯始。少孤貧。安帝時舉孝廉，後任司空、司徒、太尉，官至太傅。京師諺曰：萬事不理問伯始，天下中庸有胡公。廣，後漢書有傳。

〔一三〕桑羊：桑弘羊之簡稱。史記平準書：「弘羊，雒陽賈人子。」漢武帝時，任治粟都尉、領大司農。昭帝年幼即位，弘羊與霍光等輔政，爲御史大夫。堅持鹽鐵官營政策。後與霍光爭權，失敗被殺。見漢書昭帝紀及食貨志等。

〔一四〕叔敖：孫叔敖。集古録跋尾卷二後漢孫叔敖碑云：「名饒，字叔敖。」或曰蔿氏，名敖，字孫叔。春秋時楚令尹。史記循吏列傳：「孫叔敖者，楚之處士也……三月爲楚相，施教導民，上下和合，世俗盛美，政緩禁止，吏無姦邪，盜賊不起。」負薪：後漢書班固傳上：「採擇狂夫之言，不逆負薪之議。」李賢注：「負薪，賤人也。」

〔一五〕肯構：見前卷國學試人主之尊如堂賦箋注〔一一〕。

〔一六〕精祲：陰陽災害之氣。漢書匡衡傳：「天人之際，精祲有以相盪。」顔師古注：「李奇曰：『祲，氣也。言天人精氣相動也。』祲謂陰陽氣相浸漸以成災祥者也。」

〔一七〕「然以」三句：史記平津侯主父列傳：「元光五年，有詔徵文學，菑川國復推上公孫弘。弘讓謝國人曰：『臣已嘗西應命，以不能罷歸，願更推選。』國人固推弘，弘至太常。太常令所徵儒士各對策，百餘人，弘第居下。策奏，天子擢弘對爲第一。」公孫弘，西漢人，官至丞相，封平津侯。

〔一八〕「劉蕡」三句：劉蕡，字去華，唐昌平人。文宗大和二年，應賢良對策，極言宦官擅政之害。考官馮宿等畏宦官，不敢録取，輿論嘩然。舊唐書文苑傳載同考者李郃曰：「劉蕡不第，我輩登科，實厚顔矣。」郃上疏論奏，不允，蕡遂終生不得仕於朝。蕡，新唐書亦有傳。

〔一九〕充賦：湊數。漢書晁錯傳：「今臣窋等乃以臣錯充賦，甚不稱明詔求賢之意。」顔師古注：「如淳曰：『猶言備數也。』臣瓚曰：『充賦，此錯之謙也，云如賦調也。』」

〔二〇〕周爰：詩小雅四牡：「載馳載驅，周爰咨諏。」周爰，廣泛、普遍之意。

〔二一〕「故命射」句：禮記射義：「天子以射選諸侯。」孔穎達疏：「天子以射禮簡選諸侯以下德行能否。」

〔二二〕「命御」句：周禮地官保氏：「乃教之六藝……四曰五馭。」鄭玄注：「五馭：鳴和鸞，逐水曲，過君表，舞交衢，逐禽左。」過君表謂經過天子的表位有禮儀，逐禽左謂行獵時追逐禽獸從左面射獲。馭，同「御」。

〔二三〕「而趨末」句：謂務工商者歸重於農。漢書東方朔傳：「時天下侈靡趨末，百姓多離農畝。」顔師古注：「末謂工商之業。」

〔二四〕關譏弗征：禮記王制：「市廛而不稅，關譏而不征。」鄭玄注：「譏異物，識異言。」孔穎達疏：「譏謂呵察。公家但呵察非違，不稅行人之物。」

〔二五〕「士雖」二句：漢書武帝紀：「元光元年冬十一月，初令郡國舉孝廉各一人。」顔師古注：「孝爲善事父母者，廉謂清潔有廉隅者。」

〔二六〕「故有」句：力田，漢置鄉官名。漢書文帝紀：「以户口率置三老、孝悌、力田常員，令各率其意以導民焉。」

〔二七〕「有市籍」二句：市籍，商賈之户籍。漢書景帝紀：「有市籍不得宦。」漢書食貨志四：「天下已平，高祖乃令賈人不得衣絲乘車，重税租以困辱之。」

〔二八〕「有入貲」二句：孫何上真宗請復設制科（宋朝諸臣奏議卷八二）：「漢懲戰國、亡秦之弊，追用周制，旌表孝悌，簡拔茂異，或待之不次，或歸之常調，苟不以納粟拜爵、入貲爲郎，凜然古風，庶幾而復。」納粟拜爵始于秦。史記秦始皇本紀：「四年……百姓内粟千石，拜爵一級。」

〔二九〕太清：莊子天運：「行之以禮義，建之以太清。」成玄英疏：「太清，天道也。」

〔三〇〕限年：對考試或任用官吏的年齡加以限制。崔瑗上言察舉孝廉：「臣聞孝廉，皆限年三十乃得察舉，恐失賢才之士也。」

〔三一〕鄉舉：由鄉里選拔人才。管子八觀：「論賢不鄉舉，則士不及行。」

〔三二〕「有立秀才」句：秀才，漢時始與孝廉並爲舉士之科名，東漢時避光武帝諱改稱「茂才」。後漢書左雄周舉等傳論：「漢初詔舉賢良、方正，州郡察孝廉、秀才，斯亦貢士之方也。」

〔三三〕「有立中正」句：魏文帝曹丕黄初元年採納吏部尚書陳羣建議，各州、郡設立中正官，將各地士人按才能分别評爲九等，供朝廷按等選用，謂之「九品官人法」。見三國志魏志陳羣傳。

〔三四〕「有從」句：東晉、南朝廢除僑置郡縣，使僑寓户口編入所在郡縣，此爲土斷法，由桓温在東晉哀帝興寧二年推行。宋書武帝紀中：「及至大司馬桓温，以民無定本，傷治爲深，庚戌土斷，以一其業。於時財阜國豐，實由於此。」

〔三五〕「方今」三句：宋史選舉志一：「凡諸州長吏舉送，必先稽其版籍，察其行爲；鄉里所推，每十人相保，内有缺行，則連坐不得舉。」

〔三六〕「王猛」句：王猛卒謚武侯（見太平御覽卷一二二前秦苻堅），故云。

〔三七〕「桑羊」句：漢書叙傳上：「研、桑心計於無垠。」顏師古注引孟康曰：「研，古之善計也。桑，桑弘羊也。」

第二道

問：古者糾邦禁以叙六典〔一〕，因天討而作五刑〔二〕，所以申嚴國章〔三〕，明慎時憲〔四〕，協大中之法，助教化之治，定三尺以著令〔五〕，明一成而不變〔六〕。又赦過宥罪，議獄緩死，法天地之茂育，象雷雨之作解〔七〕，式顯好生之化，茂宣去殺之仁。且肆眚之恩尚廢而不用〔八〕，則時無滌穢之澤；若數以爲利，則人有委轡之歎〔九〕。折衷之理，願聞嘉言。

對：夫民弊於末〔一〇〕，心作乎爭，德不可以獨輔也，輔之者其刑法乎！猛而則殘，虐以爲暴，刑不可以獨任也，濟之者其仁恩乎！先王由是扶衰世以救溢〔一一〕，即民心而有作。謂天有震耀殺戮〔一二〕，我則嚴之以威虐刑罰；謂天有生殖長養，我則中之以温慈惠和。大爲之防，曲爲之制〔一三〕。以商、周之盛德，有九刑之典〔一四〕，亦知獄與刑之不可去也如此。然而議獄緩死，羲易之明文〔一五〕，眚災肆赦，帝典之奥訓〔一六〕。周官有三宥〔一七〕，新國用輕典〔一八〕，皆所以寬民之謂也。故肆眚苟廢，則時無滌穢之澤，是傷乎無恩也；數以爲利，則人有委轡之歎，是因而起弊也。折衷之理，何以辨之？蓋周家之政至忠厚也，須成、康而刑乃錯〔一九〕；漢世之德至寬仁也，至文、景而獄乃平。夫所以致刑之錯、獄之平，其要非他，在削苛刻之深文，執議論之平讞〔二〇〕。無罹民之不遠〔二一〕，無縱誅以快怒，使愚民知所避，姦吏無所弄，則獄雖不赦，刑將自平。且投簞者不能救饑，持轡者不能御騎〔二二〕，又何必申小惠，推私恩，啓民心之姦，弛古刑之典者哉！故謂不赦者良醫之針石，赦者奔馬之委轡，質斯言也，不其然乎！謹對。

【箋注】

〔一〕「古者」句：周禮天官大宰：「大宰之職，掌建邦之六典，以佐王治邦國，一曰治典，以經邦國，以治官府，以紀萬民；二曰教典，以安邦國，以教官府，以擾萬民；三曰禮典，以和邦國，以統百官，以諧萬民；四曰政典，以平邦國，以正百官，以均萬民；五曰刑典，以詰邦國，以刑百官，以糾萬民；六曰事典，以富邦國，以任百官，以生萬民。」糾邦禁，督察國家的法禁。

〔二〕「因天討」句：書皋陶謨：「天討有罪，五刑五用哉。」孔穎達疏：「天又討治有罪，使之絕惡，當承天意爲五等之刑，使五者輕重用法哉。」書舜典：「五刑有服。」孔傳：「五刑：墨、劓、剕、宮、大辟。」

〔三〕國章：國法。南齊書謝超宗傳：「（超宗）恣囂毒於京輔之門，揚凶悖於卿守之席。此而不翦，國章何寄？」

〔四〕時憲：書説命中：「惟天聰明，惟聖時憲。」孔傳：「憲，法也。言聖王法天以立教。」後稱當時的教令爲時憲。

〔五〕三尺：指法律。史記酷吏列傳：「周曰：『三尺安出哉？』」裴駰集解引漢書音義：「以三尺竹簡書法律也。」

〔六〕　一成而不變：禮記王制：「刑者，侀也。侀者，成也。一成而不可變，故君子盡心焉。」孔穎達疏：「容貌一成之後，若以刀鋸鑿之，斷者不可續，死者不可生，故云不可變。」後以「一成不變」謂刑法一經制定，不容變更。

〔七〕「象雷雨」句：易解：「雷雨作解。君子以赦過宥罪。」

〔八〕　肆眚：春秋莊公二十二年：「春王正月，肆大眚。」杜預注：「赦有罪也。」

〔九〕　委轡：管子法法：「凡赦者，小利而大害者也，故久而不勝其禍；毋赦者，小害而大利者也，故久而不勝其福。故赦者，奔馬之委轡；毋赦者，痤雎之礦石也。」房玄齡注：「『奔馬之委轡』，必致覆佚也。『痤雎之礦石』，疾可瘳也。痤，癤也。」劉績補注：「雎，恐疽或癰字。」

〔一〇〕　末：指末俗、末習。

〔一一〕　溢：水泛濫。此喻危難。

〔一二〕　震耀：亦作「震曜」。左傳昭公二十五年：「爲刑罰威獄，使民畏忌，以類其震曜殺戮。」杜預注：「雷震電曜，天之威也。聖人作刑獄，以象類之。」

〔一三〕「大爲」三句：本集卷一〇辨左氏：「夫禮之爲物也，聖人之所以飾人之情，而閑其邪僻之具也。其文爲制度，皆因民以爲節，而爲之大防而已。」管子七發：「若夫曲制時舉，不失天時。」孫子計：「法者，曲制、官道、主用也。」曹操注：「曲制者，部曲旛幟、金鼓之制也。」部曲，軍隊的編制單位。後漢書百官志一：「大將軍營五部……部下有曲。」

〔一四〕　九刑：左傳昭公六年：「周有亂政而作九刑。」杜預注：「周之衰。亦爲刑書，謂之九刑。」

〔一五〕「然而」二句：易中孚：「君子以議獄緩死。」

〔一六〕「眚災」二句：書舜典：「眚災肆赦，怙終賊刑。」孔傳：「眚，過；災，害……過而有害，當緩赦之。」

〔一七〕「周官」句：「周禮秋官司刺：「司刺掌三刺、三宥、三赦之法，以贊司寇聽獄訟……一宥曰不識，再宥曰過失，三宥曰遺忘。」

〔一八〕「新國」句：周禮秋官大司冠：「刑新國，用輕典。」鄭玄注：「新國者，新辟地立君之國。」

〔一九〕　錯：通措。施、推行。易序卦下：「有君臣，然後有上下；有上下，然後禮義有所錯。」李鼎祚集解引干寶曰：「錯，施也。」

〔二〇〕 平讞：公正審定罪案。

〔二一〕 罹：憂。詩王風兔爰：「我生之初，逢此百罹。」毛傳：「罹，憂也。」

〔二二〕 「持鞿」句：漢書刑法志：「是猶以鞿而御馯突，違救時之宜矣。」鞿，馬嚼子。馯突，凶悍的馬。

第三道

問：天駟、先牧列於祭經〔一〕，圉人、圉師實有官局〔二〕，然則國馬之政，其來尚矣。皇朝累盛，函夏大同〔三〕。華陽之歸，偃息既久〔四〕；坰野之頌〔五〕，孳生益蕃。而又河隴、朔方，歲行互市〔六〕，頗積縻於金帛，亦罕辨於良駑。誠由騎兵不可以闕供，夷落仰資於善價〔七〕，寖爲經制，著在有司。議者或云承平日深，冗費宜革，思欲減邊關之條禁，遂氓庶之貿遷〔八〕，儻緩急於戎容，可借資於民畜。恭惟聖治，務廣蒭言，靡倦極談，以光俊域。

對：養馬有夏庌之制，掌於周官〔九〕；春秋紀日中之候，著於左傳〔一〇〕。遠郊任平牧事，祭祖標於月令〔一一〕，作延廄〔一二〕，禁原蠶〔一三〕，著爲國經，並載方策。則國馬之政，其可廢乎？國家接千歲之大統，承五代之末流，畫牡荊以指麾〔一四〕，包虎皮而載戢〔一五〕，聞有日矣㊀。而猶弗敢忘戰，備於不虞，內有七校禁衛之屯〔一六〕，外有三邊防秋之戍〔一七〕。而兵騎之衆，畜牧且蕃，資河朔以仰足，用金帛而交易，爲日滋久，其費日深。然欲減邊防之條禁，遂泯庶之貿遷，施之于今，未見其得。何則？探寶貨以懷利者，此夷落之民所甚欲也；商功利以惜費，則主計之臣所遍明也㊁〔一八〕。若乃捐有餘之寶，獲爲兵之備，以其所有，易其所無，斯誠利害可明，而經久弗變之制也。非互市不能以足用，歸泯庶則懼乎起姦，顓蒙所見，故在於此。謹對。

【校記】

㊀聞：原校：一作「間」。　㊁遍明：卷後原校：一作「偏明」。

【箋注】

〔一〕天駟：房星（天駟星）。周禮夏官校人：「春祭馬祖，執駒。」鄭玄注：「馬祖，天駟也。孝經説曰：『房爲龍馬。』」又：「夏祭先牧。」鄭玄注：「先牧，始養馬者。」

〔二〕「圉人」句：周禮夏官圉人：「圉人掌養馬芻牧之事。」又，圉師：「圉師掌教圉人養馬。」

〔三〕函夏：全國。見本集卷二四國學試人主之尊如堂賦箋注〔九〕。

〔四〕「華陽」二句：乾德三年（九六五），宋兵入成都，後蜀後主孟昶降。見長編卷六。元和郡縣志卷三二：「華陽本蜀國之號，因以爲名。」

〔五〕坰野之頌：詩魯頌駉稱頌魯僖公養馬衆多，利國利民。毛序：「駉，頌僖公也。僖公能遵伯禽之法，儉以足用，寬以愛民，務農重穀，牧於坰野，魯人尊之。」坰野，遠郊。

〔六〕「而又」二句：河隴，即河西與隴右，在宋西北部，指党項羌政權，後爲西夏。朔方，北方，指契丹。長編卷一八太平興國二年：「契丹在太祖朝雖聽沿邊互市，而未有官司，是月（三月）始令鎮、易、雄、霸、滄州各置榷務，命常參官與內侍同掌鬻香藥、犀象及茶與相貿易。」同書卷一〇九天聖八年：「（三月）己卯，鹽鐵副使、兵部郎中張若谷爲右諫議大夫、知并州。先是麟、府歲以繒錦市蕃部馬，前守輒罷之，若谷以謂互市所以利戎落而通變情，且中國得戰馬，亟罷之，則猜阻不安，奏復市如故，而馬入歲增。」

〔七〕 夷落：古稱少數民族聚居之地，亦借指少數民族。文選左思魏都賦：「蠻陬夷落，譯導而通，鳥獸之氓也。」劉逵注：「陬、落，蠻夷之居處名也。」

〔八〕 氓庶：百姓。沈約齊故安陸昭王碑文：「雖春申之大啓封疆，鄧攸之緝熙氓庶，不能尚也。」貿遷：販運買賣。荀悦申鑑時事：「貿遷有無，周而通之。」

〔九〕「養馬」二句：周禮夏官圉師：「夏庌馬。」鄭玄注：「庌，廡也。廡所以庇馬涼也。」

〔一〇〕「春秋」二句：左傳莊公二十九年：「凡馬，日中而出，日中而入。」杜預注：「日中，春、秋分也。」孔穎達疏：「中者，謂日之長短與夜中分，故春秋二節謂之春分、秋分也。釋例曰：春秋分而晝夜等，謂之日中。」

〔一一〕「祭祖」句：禮記月令有天子「先薦寢廟」的記載。

〔一二〕 延廄：春秋魯君之馬廄。春秋莊公二十九年：「春，新延廄。」孔穎達疏：「延是廄之名。名之曰延，其義不可知也。」穀梁傳莊公二十九年：「延廄者，法廄也。」范寧注：「周禮：天子十二閑，馬六種；邦國六閑，馬四種。每廄一閑。言法廄者，六閑之舊制也。」

〔一三〕 禁原蠶：周禮夏官馬質：「若有馬訟，則聽之，禁原蠶者。」鄭玄注：「原，再也。天文辰爲馬，蠶書蠶爲龍精，月值大火則浴其種，是蠶與馬同氣。物莫能兩大，禁再蠶者，爲傷馬與。」

〔一四〕 牡荆：史記孝武本紀：「其秋，爲伐南越，告禱泰一，以牡荆畫幡日月北斗登龍。」

〔一五〕「包虎皮」句：謂整軍經武爲息戰。左傳僖公二十八年：「胥臣蒙馬以虎皮，先犯陳、蔡。」詩周頌時邁：「載戢干戈，載櫜弓矢。」毛傳：「戢，聚也。」引申爲息戰。

〔一六〕 七校：漢書刑法志：「至武帝平百粤，内增七校。」顔師古注引晉灼曰：「百官表中壘、屯騎、步兵、越騎、長水、胡騎、射聲、虎賁，凡八校尉。胡騎不常置，故此言七也。」

〔一七〕 三邊：東、西、北邊陲。後漢書楊震傳：「羌虜鈔掠，三邊震擾。」防秋：因古西北遊牧部落往往趁秋高馬肥時南侵而加防備。舊唐書陸贄傳：「又以河隴陷蕃已來，西北邊常以重兵守備，謂之防秋。」

〔一八〕　主計：主管國家財賦。史記張丞相列傳：「（張蒼）遷爲計相，一月，更以列侯爲主計四歲。」司馬貞索隱：「謂改計相之名，更名主計也。」

第四道

問：粤若姬氏，肇自邰封，佐堯而爲農師，居豳成於王業〔一〕。綿綿之瓞〔二〕，本仁積功；膴膴之原，聿來胥宇〔三〕。逮文、武之景化〔四〕，被岐、鎬之故區〔五〕，繼聖嗣興，定命攸厚。相兹河洛之宅，求乎天地之中〔六〕，澗、瀍之間〔七〕，風雨所會，在禮也載土圭之法〔八〕，於書也兆龜墨之祥〔九〕。逖觀獻卜之文，顯著徙都之事。何乃丘明作傳，康王有酆宫之朝；杜預垂言，平王爲東周之始〔一〇〕？豈先後之殊致，將方策之失傳？矧又奉春始謀，極談秦地之固〔一一〕；孟堅能賦，頗折西賓之問㊀〔一二〕。建邦之利，析理奚長㊁？諒兹俊髦，精於經傳，敷言條對，勿尚猥并〔一三〕。

對：肇祖乎后稷，以至乎赧王〔一四〕，流德而深厚者，莫大乎西周；始封乎邰土，卒終於洛都，因世而相宅者，逮歷乎七百〔一五〕。方策之所並載，詩頌之所歌舞，可略而談也。若乃武王在鎬，繼文而有聲；周公踐祚，相成而負扆〔一六〕。即神皋以開壤〔一七〕，據澗、瀍之上游，是爲洛都，以徙周邑。然而丘明作傳，康王有酆宫之朝；杜預垂言，平王爲東周之始。此策所以疑而問者。得非洛之初營，周都既定，但遷九鼎，以居其中，及周德之下衰，始平王之東徙？迹先後之可見，非方策之失傳也。夫守金城之府〔一八〕，據繞霤之固〔一九〕，扼關中之形勢者，彊秦之興也，此奉春以是建策而爲高皇説也。因土圭之影㊂，迹宗周之舊，當天下而宅中者，東漢之盛也，此孟堅之所以因賦而陳光武之業也〔二〇〕。夫圮耿徙亳，成湯非一邦而理〔二一〕，在岐居鎬，姬氏不共邑而興。世之盛衰，顧德薄厚而已，又烏稱建邦之利哉？故東西二都，皆兩漢由之而興廢也。謹對。

【校記】

㈠折：原作「析」，卷後原校云「『頗析』疑是『頗折』」，據改。　㈡析：原作「折」，卷後原校云「『折理』疑是『析理』」，據改。　㈢影：卷後原校：合作「景」。

【箋注】

〔一〕「粤若」四句：史記周本紀：「周后稷，名弃。其母有邰氏女……弃爲兒時，屹如巨人之志。其遊戲，好種樹麻、菽，麻、菽美。及爲成人，遂好耕農，相地之宜，宜穀者稼穡焉，民皆法則之。帝堯聞之，舉弃爲農師，天下得其利，有功。帝舜曰：『弃，黎民始飢，爾后稷播時百穀。』封弃於邰，號曰后稷，别姓姬氏……后稷卒，子不窋立……不窋卒，子鞠立。鞠卒，子公劉立……公劉卒，子慶節立，國於豳。」

〔二〕綿綿之瓞：喻子孫蕃衍不絶。詩大雅緜：「緜緜瓜瓞。」孔穎達疏：「瓜之族類本有二種，大者曰瓜，小者曰瓞……瓜蔓近本之瓜必小於先歲之大瓜，以其小如瓝，故謂之瓞。瓞是瓝之别名。」

〔三〕「膴膴」二句：詩大雅緜：「周原膴膴，堇荼如飴。」毛傳：「膴膴，美也。」按：指肥沃。又：「爰及姜女，聿來胥宇。」毛傳：「胥，相；宇，居也。」孔穎達疏：「自來相土地之可居者。」

〔四〕景化：敬仰。後漢書劉愷傳：「景化前修。」

〔五〕岐：岐邑。因在岐山下，又稱岐下。周古公亶父所建。史記周本紀：「古公亶父復修后稷、公劉之業……乃與私屬遂去豳……止於岐下。」鎬：鎬京。西周國都。周武王既滅商，自酆徙都于鎬京。詩小雅魚藻：「王在在鎬，豈樂飲酒。」朱熹集傳：「王何在乎？在乎鎬京也。」

〔六〕「相兹」二句：史記周本紀載武王「營周居於雒邑而後去」。河洛即洛陽。文選班固西都賦：「蓋聞皇漢之初經營也，嘗有意乎都河洛矣。」李善注：「東都有河南洛陽，故曰河洛也。」周本紀又載「周公復卜申視，卒營築（洛邑），居九鼎焉。曰：『此天下之中，四方入貢道里均。』」

〔七〕澗、瀍：澗水、瀍水。均流經雒陽。書洛誥：「我乃卜澗水東，瀍水西。」

〔八〕「在禮」句：周禮地官大司徒：「以土圭之法，測土深，正日景，以求地中。」賈公彦疏：「土圭尺有五寸，周公攝政四年，欲求土中而營五城，故以土圭度日景之法測度也。度土之深，深謂日景長短之深也。」

〔九〕「於書」句：書召誥：「越三日戊申，太保朝至於洛，卜宅。」周禮春官大卜：「國大遷，大師則貞龜。」禮記玉藻：「卜人定龜，史定墨。」孫希旦集解：「凡卜以火灼龜，視其裂紋，以占吉凶。其巨紋謂之墨，其細紋旁出者謂之坼。謂墨者，卜以墨畫龜腹而灼之，其從墨而裂者吉，不從墨而裂者凶。」

〔一〇〕「何乃」四句：左傳昭公四年：「康有酆宮之朝。」杜預注：「酆在始平鄠縣東，有靈臺，康王於是朝諸侯。」杜預春秋左傳序：「周平王，東周之始王也。」

〔一一〕「矧又」二句：史記劉敬叔孫通列傳：「婁敬説（高帝）曰：『陛下都洛陽，豈欲與周室比隆哉？』上曰：『然。』婁敬曰：『陛下取天下與周室異……而欲比隆於成康之時，臣竊以爲不侔也。且夫秦地被山帶河，四塞以爲固，卒然有急，百萬之衆可具也。因秦之故，資甚美膏腴之地，此所謂天府者也。陛下入關而都之，山東雖亂，秦之故地可全而有也。夫與人鬭，不搤其亢，拊其背，未能全其勝也。今陛下入關而都，案秦之故地，此亦搤天下之亢而拊其背也。』高帝問羣臣，羣臣皆山東人，爭言周王數百年，秦二世即亡，不如都周。上疑未能決。及留侯明言入關便，即日車駕西都關中。於是上曰：『本言都秦地者婁敬，「婁」者乃「劉」也。』賜姓劉氏，拜爲郎中，號爲奉春君。」

〔一二〕「孟堅」二句：班固，字孟堅，有兩都賦。西都賦云：「有西都賓問於東都主人曰：『蓋聞皇漢之初經營也，嘗有意乎都河洛矣，輟而弗康，實用西遷，作我上都。主人聞其故而睹其制乎？』」東都賦則叙述東都之仁德禮儀，「東都主人喟然而嘆曰」的一番言辭，令「西都賓矍然失容，逡巡降階，惵然意下」。

〔一三〕猥并：混聚合并。漢書董仲舒傳：「科別其條，勿猥勿并。」顔師古注：「猥，積也；并，合也。欲其一一疏理而言之。」

〔一四〕赧王：周赧王姬延，前三一四年至前二五六年在位。史記周本紀：「王赧時東西周分治。王赧徙都西周。」據周本紀周赧王卒後七歲，東西周皆入於秦，周祚盡滅。

〔一五〕「逮歷」句：史記周本紀：「周既不祀。」裴駰集解引皇甫謐曰：「周凡三十七王，八百六十七年。」

〔一六〕「周公」二句：淮南子氾論訓：「周公繼文王之業，履天子之籍，聽天下之政，平夷狄之亂，誅管蔡之罪，負扆而朝諸侯。」高誘注：「負，背也。扆，户牖之間。言南面也。」

〔一七〕神皋：神明所聚之地。文選張衡西京賦：「爾乃廣衍沃野，厥田上上，寔爲地之奧區神皋。」李善注：「謂神明之界局也。」

〔一八〕金城：堅固之城。管子度地：「城外爲之郭，郭外爲之閬。地高則溝之，下則隄之，命之曰金城，樹以荆棘，上相穡著者，所以爲固也。」

〔一九〕繞霤：古地名。在今陝西。漢書王莽傳中：「繞霤之固，南當荆楚。」顔師古注：「謂之繞霤者，言四面塞陒，其道屈曲，谿谷之水，回繞而霤也。」

〔二〇〕「此孟堅」句：兩都賦着意頌揚東漢光武帝之偉業。東都賦盛贊光武「勳兼乎在昔，事勤乎三五」，「仁聖之事既該，而帝王之道備矣。」

〔二一〕「夫圮耿」二句：史記殷本紀：「自契至湯八遷。湯始居亳，從先王居。」裴駰集解引孔安國曰：「契父帝嚳都亳，湯自商丘遷焉，故曰『從先王居』。」此言湯乃自商丘遷亳也。書咸有一德：「祖乙圮於耿。」史記殷本紀：「祖乙遷於邢。」司馬貞索隱：「邢音耿，近代本亦作耿。」祖乙爲湯之六代孫。此言遷於耿者爲祖乙，實與湯無涉，且遷亳事在前，而遷耿事在後也。然則「圮耿徙亳，成湯非一邦而理，」意難曉，姑存疑。如以成湯指代商朝，意始通。

第五道

問：聽德惟聰，前王之至訓〔一〕；嘉言罔伏，舉善之令猷〔二〕。國家守承平之基〔三〕，御中區之廣〔四〕，地利無極，齒籍益蕃。各有爭心，必虞彊詐之患；或非良吏，慮興枉濫之尤〔五〕。故立肺石以達窮民〔六〕，設匭函以開言路〔七〕。而又俾之轉對〔八〕，復彼制科〔九〕，思廣所聞，遂延多士，屬茲舉首，將列仕塗。以何道致民之暴者興仁，智者無訟；以何術使吏之酷者存恕，貪者守廉？試舉所長，用觀精識。

對：帝堯之德非不聖也，必乘九功而興〔一〇〕；虞舜之明非不智也，必開四聰之聽〔一一〕。大禹之勤求賢士，乃至乎王；漢家之並建豪英，以翼乎治。誠以一人之聖，據羣元之尊，王道之寖微寖昌，生民之或仁或鄙，理有未燭，思求其端。是以垂精留神，廣覽兼聽，居以側遲賢之席，行則馳裹輪之車，施及於方外而弗遺，退託於不明而求輔。其勤若此，猶懼乎弗及也。故今國家所以覽照前古，講求舊規，下明詔以開不諱之門〔一二〕，設匭函以廣言者之路，復轉對以採搢紳之議，立制策以待俊良之言者，意在茲乎！猥惟檮昧之微〔一三〕，舉皆管淺之説〔一四〕。夫欲民之暴者興仁，智者無訟，在乎設庠序以明教化〔一〕；欲吏之酷者存恕，貪者守廉，在乎嚴督責而明科條。爲治之方，不過乎足而已。

謹對。

【校記】

㊀設：此字原脱，衡本校云「當有『設』字」，據補。

【箋注】

〔一〕「聽德」二句：書太甲中：「視遠惟明，聽德惟聰。」聽德，聽用有德之言。

〔二〕「嘉言」二句：書大禹謨：「嘉言罔攸伏，野無遺賢，萬邦咸寧。」孔傳：「善言無所伏，言必用。」令猷，好的規章、制度。

〔三〕承平：治平相承、太平。

〔四〕中區：指中原地區。

〔五〕枉濫：枉錯淫濫，使無辜受害。魏書高恭之傳：「竊見御史出使，悉受風聞，雖時獲罪人，亦不無枉濫。」

〔六〕肺石：古時設於朝廷門外之赤石。民有不平，得擊石鳴冤。石形如肺，故名。周禮秋官大司寇：「以肺石達窮民，凡遠近惸獨老幼之欲有復於上，而其長弗達者，立於肺石，三日，士聽其辭，以告於上而罪其長。」

〔七〕匭函：朝廷接受臣民投書之匣子。始置於唐。韓愈贈唐衢詩：「當今天子急賢良，匭函朝出開明光。」

〔八〕轉對：宋代臣僚每隔數日，輪流上殿，指陳時政得失。高承事物紀原公式姓諱轉對：「唐會要曰：正元中，詔每御延英，令諸司長官二人奏本，司事常參官每日二人引見，訪以政事，謂之巡對。宋朝因之，曰轉對。」

〔九〕制科：宋承唐制，由皇帝詔試才識優異士人，稱「制科」。如乾德二年，設賢良方正能直言極諫、經學優深可爲相法、詳閑吏理達於教化等三科。見長編卷五。

〔一〇〕九功：左傳文公七年：「六府、三事，謂之九功。水、火、金、木、土、穀，謂之六府。正德、利用、厚生，謂之三事。」

〔一一〕四聰：書舜典：「明四目，達四聰。」孔穎達疏：「達四方之聰，使爲己遠聽四方也。」

〔一二〕不諱之門：猶不諱之路。劉向説苑君道：「凡處尊位者必以敬下順德，規諫必開不諱之門。」

〔一三〕檮昧：愚昧。郭璞爾雅序：「璞不揆檮昧，少而習焉。」

〔一四〕管淺：謂所見狹隘淺陋。

國學試策三道并問目〔一〕

問：詩删風、雅，有一國四方之殊〔二〕；書載典、謨，實二帝三王之道〔三〕。君臣之制有别，小大之政不侔。然而關雎王者之風，反繫於周公之化〔四〕；秦誓諸侯之事，乃附於訓誥之餘〔五〕。究其閎綱，必有微旨。且巧言者丘明爲耻，傳春秋蒙誣黷之譏〔六〕；惠人者子産用心，作丘賦被蠆尾之謗〔七〕。謂之誣黷，非巧言乎；目之蠆尾，豈惠人也？夫子又何謂之同耻，歎其遺愛者哉〔八〕？子大夫博識洽聞，彊學待問，請談大義，用釋深疑。

對：舉賢而問，炎漢之得人；射策程材，有唐之明詔〔九〕。晁錯明國家之大體〔一〇〕，仲舒究春秋之一元〔一一〕，皆條對於篇章，備天子之親覽；劉蕡述兵農之大略〔一二〕，微之以才識而中科〔一三〕，然品覈其言詞，由有司而考第。皇上思講勛、華之閎道〔一四〕，欲舉漢、唐之茂規，已詔公卿之流，博選賢良之士。而又申周官辨論之法，以考於賢能〔一五〕；較成均上游之徒，並升於歲貢〔一六〕。退愧拘儒〔一七〕，亦當奥問。夫近世取士之弊，策試爲先，談無用之空文，角不急之常論。知井田之不能復，妄設沿革之辭；知榷酤之不可除，虚開利害之説。或策之者鈎探微細，殆皆遊談；而對之者歔欷曲辭〔一八〕，僅能塞問。棄本求末，捨實得華。若乃詩、書之可疑，聖賢之異行，樂所以導和而率俗，官所以共治而建中，此皆聖師之所談，明問之至要。敢陳臆見，用備詢求。策曰詩刪風、雅，有一國四方之殊；書載典、謨，是二帝三王之道。關雎王者之風，反繫於周公之化；秦誓諸侯之事，乃附於訓誥之餘。考其本因，可爲梗概。夫述四始之要〔一九〕，明五際之變〔二〇〕，始之以風，終之以頌，以厚風俗，以察盛衰，此詩之所以作也。而變風、變雅，有六義之殊焉〔二一〕。關雎王化之基，三百五篇推其首，而周南之作亦繫其列者㊀，蓋姬旦分陝而居，天子與之共治，故其政化之美得繫於王者之風也〔二二〕。述百篇爲歷代之寶，斷之自唐，迄之以周，以陳典、謨，以爲約束，此書之所以設也〔二三〕。作誥、作誓，皆三王之事焉〔二四〕。成湯有罪己之言〔二五〕，五十九篇載其義〔二六〕，而秦侯之誓亦參其末者，蓋穆公伐晉之辭，夫子善之於改過，故其誡令之説，亦附訓誥之餘〔二七〕。不然，夫仲尼述堯、舜，刪詩、書，著爲不刊，以示來葉，豈容其失乎？且巧言者丘明所恥，惠人者子産用心，著於前經，此可明矣。先儒稱仲尼立一王之法，始修春秋，而親授丘明，使之作傳〔二八〕。及范甯欲專穀梁一家，故蒙以誣豔之譏〔二九〕。前志稱子産猶衆人之母，善其養民，而臨治鄭國，能行其惠。及國人怨其丘賦之重斂，故被以蠆尾之謗。夫傳一經之義，非曲而暢之，蓋不能詳也。救一時之弊，蓋權而行之㊁，非爲毒也。學者偏見，妄云誣黷，豈丘明之失歟？國人無知，謗以蠆尾，非子産之過矣。况以仲尼之聖，作經親授，豈有繆舉乎？國僑既死，國人皆罷〔三〇〕，不曰惠乎！宜其同巧言之爲恥，以遺愛而見稱也。荒孱之説，敢以此聞。謹對。

【校記】

㊀作：原校：一作「化」。　㊁權：原作「推」，原校云「一作『權』」，據改。

【箋注】

〔一〕據題下注，天聖七年（一〇二九）作。胡譜載是年「秋，赴國學解試，又第一」。

〔二〕「詩删」二句：詩大序：「是以一國之事，繫一人之本，謂之『風』；言天下之事，形四方之風，謂之『雅』。」

〔三〕「書載」二句：典、謨爲書堯典、舜典與大禹謨、皋陶謨等篇之并稱。文選揚雄羽獵賦：「昔在二帝三王，宫館臺榭……財足以奉郊廟，御賓客，充庖廚而已。」李善注引應劭曰：「堯、舜、夏、殷、周也。」指唐堯、虞舜、夏禹、商湯、周文王（或周武王）。

〔四〕「然而」二句：關雎屬國風周南之詩。詩序周南序：「關雎、麟趾之化，王者之風，故繫之周公。南，言化自北而南也。」

〔五〕「秦誓」二句：秦誓爲尚書周書之篇目。書序：「秦穆公伐鄭，晉襄公帥師敗諸崤，還歸，作秦誓。」

〔六〕「且巧言」二句：陸淳春秋集傳纂例卷一趙氏損益義：「今覩左氏解經，淺於公穀，誣謬實繁。」同卷三傳得失義：「（左氏）叙事雖多，釋意殊少，是非交錯，混然難證。」

〔七〕「惠人」二句：論語憲問：「或問子産，子曰：『惠人也。』」左傳昭公四年：「鄭子産作丘賦。國人謗之，曰：『其父死於路，已爲蠆尾，以令於國，國將若之何？』」杜預注：「謂子產重賦，毒害百姓。」蠆尾，蠆之尾部，其末端有毒鈎，故用以喻毒之所在。

〔八〕「夫子」二句：論語公治長：「巧言、令色、足恭，左丘明恥之，丘亦恥之。匿怨而友其人，左丘明恥之，丘亦恥之。」劉知幾史通鑒識：「丘明躬爲魯史，受經仲尼，語世則並生，論才則同恥。」史記鄭世家：「子產者，鄭成公少子也。爲人仁愛人，事君忠厚。孔子嘗過鄭，與子產如兄弟云。及聞子產死，孔子爲泣曰：『古之遺愛也。』」杜預注：「子產見愛，有古人遺風也。」

〔九〕「射策」二句：唐大詔令集貢舉有條流明經進士詔，斥責「明經射策，不讀正經，抄撮義條，才有所解」之荒謬，謂「學者立身之本，文者經國之資，豈可假以虛名，必須徵其實效」。

〔一〇〕「晁錯」句：農事爲國本，晁錯有上漢文帝的論貴粟疏。

〔一一〕「仲舒」句：董仲舒少治春秋，漢書本傳載武帝時仲舒以賢良對策曰：「春秋謂一元之意，一者萬物之所從始也，元者辭之所謂大也。謂一爲元者，視大始而欲正本也。」

〔一二〕「劉蕡」句：唐文宗太和二年，劉蕡應賢良對策，曰：「兵農一致而文武同方，可以保乂邦家，式遏禍亂。」見舊唐書劉蕡傳。

〔一三〕「微之」句：元稹，字微之，與白居易常相唱和，世稱元白。官至同中書門下平章事。舊唐書本傳：「稹九歲能屬文，十五兩經擢第，二十四調判入第四等，授秘書省校書郎，二十八應制舉才識兼茂明於體用科，登第者十八人，稹爲第一。」

〔一四〕勛、華：堯、舜的并稱。勛，放勛，堯名；華，重華，舜名。馬融忠經序：「皇上含庖軒之姿，韞勛、華之德。」

〔一五〕「而又」二句：禮記王制：「司馬辨論官材，論進士之賢者以告於王，而定其論。」鄭玄注：「辨其論，官其材，觀其所長。」孔穎達疏：「大樂正論造士之秀者以告於王，王必以樂正所論之狀授與司馬，司馬得此所論之狀乃更論辨之，觀其材能高下，知其堪任何官。」

〔一六〕「較成均」二句：周禮春官大司樂：「大司樂掌成均之法，以治建國之學政，而合國之子弟焉。」禮記文王世子：「三而一有焉，乃進其等，以其序，謂之郊人，遠之，於成均，以及取爵於上尊也。」鄭玄注：「董仲舒曰：五帝名大學曰成均。」

〔一七〕拘儒：固執守舊、目光短淺之儒生。桓寬鹽鐵論毀學：「而拘儒布褐不完，糟糠不飽，非甘菽藿而卑廣廈，亦不能得已。」

〔一八〕骫骳：文筆紆曲或委靡無風骨。漢書枚皋傳：「其文骫骳，曲隨其事，皆得其意。」

〔一九〕四始：詩有四始，説法不一。詩大序：「一國之事，繫一人之本，謂之『風』；言天下之事，形四方之風，謂之『雅』；雅者，正也，言王政之所由廢興也，政有小大，故有『小雅』焉，有『大雅』焉；『頌』者，美盛德之形容，以其成功告於神明者也。是謂四始，詩之至也。」孔穎達疏引鄭玄答張逸云：「四始，『風』也，『小雅』也，『大雅』也，『頌』也。此四者，人君行之則爲興，廢之則爲衰。」或指「風」、「小雅」、「大雅」、「頌」之首篇爲「四始」，見史記孔子世家「關雎之亂以爲『風』始」云云。

〔二〇〕五際：漢書翼奉傳：「易有陰陽，詩有五際。」顔師古注引孟康曰：「詩内傳曰：『五際，卯、酉、午、戌、亥也。陰陽終始際會之歲，於此則有變改之政也。』」按：漢初詩有齊、魯、韓三家，翼奉爲齊詩學者。

〔二一〕「而變風」二句：詩大序云：「至於王道衰，禮義廢，政教失，國異政，家殊俗，而變風、變雅作矣。」蓋指風、雅中周政衰亂時之作，以與「正風」、「正雅」相對。又云：「詩有六義焉：一曰風，二曰賦，三曰比，四曰興，五曰雅，六曰頌。」孔穎達疏：「風、雅、頌者，詩篇之異體；賦、比、興者，詩文之異辭耳。大小不同而得並爲六義者，賦、比、興是詩之所用，風、雅、頌是詩之成形，用彼三事，成此三事，是故同稱爲義，非别有篇卷也。」

〔二二〕「蓋姬旦」三句：周成王時周公旦與召公奭共同輔政，分陝而治，周公治陝以東，召公治陝以西。詩集傳卷一周南序云：「周公爲政於國中，而召公宣布於諸侯。」

〔二三〕「述百篇」六句：漢書藝文志：「易曰：『河出圖，雒出書，聖人則之。』故書之所起遠矣。至孔子纂焉。上斷於堯，下訖於秦，凡百篇，而爲之序，言其作意。」唐，唐堯。

〔二四〕「作誥」二句：尚書虞夏書有甘誓，商書有湯誓，周書有牧誓、費誓、秦誓、大誥、康誥、酒誥、召誥、洛誥等。

〔二五〕「成湯」句：書湯誥：「爾有善，朕弗敢蔽。罪當朕躬，弗敢自赦，惟簡在上帝之心。其爾萬方有罪，在予一人；予一人有罪，無以爾萬方。」

〔二六〕五十九篇：尚書正義尚書序謂書并序「凡五十九篇，爲四十卷……承詔爲五十九篇作傳。」

〔二七〕「蓋穆公」四句：史記秦本紀：「三十六年，繆公復益厚孟明等，使將兵伐晉，渡河焚船，大敗晉人，取王官及鄗，以報殽之役。晉人皆城守不敢出。於是繆公乃自茅津渡河，封殽中尸，爲發喪，哭之三日。乃誓於軍曰：『嗟士卒！聽無譁，余誓告汝。古之人謀黄髮番番，則無所過。』以申思不用蹇叔、百里傒之謀，故作此誓，令後世以記余過。」書序：「秦穆公伐鄭，晉襄公帥師敗諸崤，還歸，作秦誓。」書秦誓：「惟古之謀人，則曰未就予忌；惟今之謀人，姑將以爲親。雖則云然，尚猷詢兹黄髮，則罔所愆。番番良士，旅力既愆，我尚有之。」

〔二八〕「先儒」四句：漢書儒林傳序：「（孔子）綴周之禮，因魯春秋，舉十二公行事，繩之以文武之道，成一王法，至獲麟而止。」史記十二諸侯年表序：「魯君子左丘明懼弟子人人異端，各安其意，失其事，故因孔子史記，具論其語，成左氏春秋。」杜預春秋經傳集解序：「左丘明受經於仲尼。」

〔二九〕「及范甯」二句：范甯撰春秋穀梁傳序云：「左氏豔而富，其失也巫。」甯字武子，官中書侍郎，求補豫章太守，後免職。晉書本傳云：「甯以春秋穀梁氏未有善釋，遂沉思積年，爲之集解，其義精審，爲世所重。」

〔三〇〕「國僑」二句：子産，字也，名僑，爲鄭穆公之孫，公子發（字子國）之子。故稱公孫僑，又稱國僑，蓋以父字爲氏也。史記鄭世家：「聲公五年，鄭相子産卒，鄭人皆哭泣，悲之如亡親戚。」繹史卷七四子産相鄭載：「（子産）死，丁壯號哭，老人兒啼曰：『子産去我死乎，民將安歸？』」罷，離散。墨子非攻中：及若此，則吴有離罷之心。」子産死後，國人離散，足見子産之凝聚力。

第二道

問：樂由中出，音以心生〔一〕，自金石畢陳，咸、韶間作〔二〕，莫不協和律吕〔三〕，感暢神靈。雖嗜欲之變萬殊，思慮之端百致，敦和飾喜，何莫由斯。是以哀樂和睽〔四〕，則噍殺嘽緩之音應其外〔五〕；禮信殊衍，則大雅、小雅之歌異其宜〔六〕㈠。鍾期改聽於流水〔七〕，伯喈回車於欲殺〔八〕。戚憂未弭，子夏不能成聲〔九〕；感慨形言，孟嘗所以抆泣〔一〇〕。斯則樂由志革，音以情遷，蓋心術定其慘舒〔一一〕，鏗鏘發之影響〔一二〕。是以亡陳遺曲，唐人不以爲悲〔一三〕；文皇劇談，杜生於斯結舌〔一四〕。謂致樂可以導志，將此音不足移人。先王立樂之方，君子審音之旨，請論詳悉㈡，傾竚洽聞。

對：人肖天地之貌〔一五〕，故有血氣仁智之靈，生稟陰陽之和〔一六〕，故形喜怒哀樂之變。物所以感乎目，情所以動乎心，合之爲大中〔一七〕，發之爲至和〔一八〕。誘以非物，則邪僻之將入；感以非理，則流蕩而忘歸。蓋七情不能自節，待樂而節之；至性不能自和，待樂而和之。聖人由是照天命以窮根，哀生民之多欲，順導其性，大爲之防。爲播金石之音以暢其律，爲制羽毛之采以飾其容，發焉爲德華〔一九〕，聽焉達天理。此六樂之所以作〔二〇〕，三王之所由用。人物以是感暢，心術於焉慘舒也。故樂記之文，噍殺嘽緩之音以隨哀樂而應乎外；師乙之說，以小雅、大雅之異禮信而各安於宜〔二一〕。夫姦聲正聲應感而至〔二二〕，好禮好信由性則然，此則禮信之常也。若夫流水一奏而子期賞音，殺聲外形則伯喈興歎，子夏戚憂而不能成聲，孟嘗聽曲而爲之墮睫，亡陳之曲唐人不悲，文皇劇談杜生靡對，斯瑣瑣之濫音，曾非聖人之至樂。語其悲，適足以蹙匹夫之意；謂其和，而不能暢天下之樂。且黃鍾六律之音，尚賤於末節〔二三〕；大武三王之事〔二四〕，猶譏於未善。況鼓琴之末技，亡國之遺音，又烏足道哉！必欲明教之導志，音之移人，粗舉一端，請陳其説。夫順天地，調陰陽，感人以和，適物之性，則樂之導志，將由是乎！本治亂，形哀樂，歌政之本，動民之心，則音之移人，其在兹矣。帝堯之大章〔二五〕，成湯之大濩，乃是先王立樂之方；延陵之聘魯〔二六〕，夫子之聞韶〔二七〕，則見君子審音之旨。謹對。

【校記】

㈠則：原校：一作「雖」。　㈡論：原校：一作「爲」。

【箋注】

〔一〕「樂由」二句：禮記樂記：「樂者，心之動也；聲者，樂之象也。」

〔二〕咸、韶：堯樂大咸與舜樂大韶之并稱。泛指古樂。黃滔省試人文化天下賦：「然後鏗作咸、韶，散爲風、雅」

〔三〕律呂：古校正樂律之器具，亦用以指樂律或音律。馬融長笛賦：「律呂既和，哀聲五降。」

〔四〕哀樂和睽：或哀或樂，或和或睽。睽，乖離。

〔五〕噍殺：聲音急促，不舒緩。禮記樂記：「是故志微噍殺之音作，而民思憂；嘽諧慢易繁文簡節之音作，而民康樂。」孔穎達疏：「志微，謂人君志意微細；噍殺，謂樂聲噍蹙殺小。」嘽緩：柔和舒緩。文選王褒四子講德論：「有二人焉，乘輅而歌……嘽緩舒繹，曲折不失節。」呂延濟注：「嘽緩舒繹，柔和之聲也。」

〔六〕「禮信」二句：禮記樂記：「子贛見師乙而問焉，曰：『賜聞聲歌各有宜也，如賜者宜何歌也？』師乙曰：『乙，賤工也，何足以問所宜。請誦其所聞，而吾子自執焉……廣大而靜，疏達而信者，宜歌大雅；恭儉而好禮者，宜歌小雅。』」鄭玄注：「子贛，孔子弟子。師，樂官也；乙，名。」

〔七〕「鍾期」句：鍾期，鍾子期。伯牙鼓琴，意在高山流水，鍾子期聽而知之。見吕氏春秋本味。

〔八〕「伯喈」句：蔡邕，字伯喈。後漢書蔡邕傳：「邕在陳留也，其鄰人有以酒食召邕者。比往，而主以酣焉。客有彈琴於屏，邕至門，試潛聽之，曰：『憘！以樂召我，而有殺心，何也？』遂反。將命者告主人曰：『蔡君向來，至門而去。』邕素爲邦鄉所宗，主人遽自追而問其故，邕具以告，莫不憮然。彈琴者曰：『我向鼓弦，見螳蜋方向鳴蟬，蟬將去而未飛，螳蜋爲之一前一却，吾心聳然，惟恐螳蜋之失之也，此豈爲殺心而形於聲者乎？』邕莞然而笑曰：『此足以當之矣。』」

〔九〕「戚憂」二句：禮記檀弓上：「子夏既除喪而見，予之琴，和之而不和，彈之而不成聲，作而曰：『哀未忘也。先王制禮，而弗敢過也。』」

〔一〇〕「感慨」二句：後漢書孟嘗傳：「孟嘗，字伯周，會稽上虞人也……仕郡爲户曹史。上虞有寡婦至孝，養姑，姑年老壽終。夫女弟先懷嫌忌，乃誣婦厭苦供養，加鴆其母。列訟縣庭，郡不加尋察，遂結竟其罪。嘗先知枉狀，備言之於太守，太守不爲理。嘗哀泣外門，因謝病去。婦竟寃死。」

〔一一〕慘舒：此指憂樂。張衡西京賦：「夫人在陽時則舒，在陰時則慘，此牽乎天者也。」

〔一二〕影響：形容感應迅捷。書大禹謨：「惠迪吉，從逆凶，惟影響。」孔傳：「吉凶之報，若影之隨形，響之應聲，言不虚。」

〔一三〕「是以」二句：杜牧泊秦淮詩：「商女不知亡國恨，隔江猶唱後庭花。」後庭花，即玉樹後庭花，南朝陳後主作。其辭輕蕩，而其音甚哀，故後多用以稱亡國之音。

〔一四〕「文皇」二句：陳暘樂書卷二八：「文皇有興禮樂之問，而房、杜不能對。」文皇即唐太宗，因謚文武大聖皇帝，故稱。杜即文所稱杜生，杜如晦也，與房玄齡並稱良相。

〔一五〕「人肖」句：漢書刑法志：「夫人宵天地之貌。」顏師古注：「宵，義與『肖』同。貌，古『貌』字。」

〔一六〕「生稟」句：玉管照神局卷上：「神傳氣授，精合形生，稟陰陽鍾秀之源，受水火智心之本，纔成相貌，鑒識權衡。」

〔一七〕大中：易大有：「大有，柔得尊位大中，而上下應之，曰大有。」王弼注：「處尊以柔，居中以大。」後以大中指無過不及的中正之道。

〔一八〕至和：天地間祥和之氣。宋書樂志二：「體至和，感陰陽，德無不柔，繁休祥。」

〔一九〕德華：仁德之光輝。禮記樂記：「德者，性之端也；樂者，德之華也。」

〔二〇〕六樂：謂黃帝、堯、舜、禹、湯、周武王六代古樂。周禮地官大司徒：「以六樂防萬民之情，而教之和。」鄭玄注引鄭司農曰：「六樂，謂雲門、咸池、大韶、大夏、大濩、大武。」

〔二一〕「師乙」二句：見箋注〔六〕。

〔二二〕奸聲正聲：禮記樂記：「凡奸聲感人，而逆氣應之。逆氣成象，而淫樂興焉。正聲感人，而順氣應之。順氣成象，而和樂興焉。」

〔二三〕「且黃鍾」二句：禮記樂記：「樂者，非謂黃鐘大呂弦歌干揚也，樂之末節也，故童者舞之；布筵席，陳樽俎，列籩豆，以升降爲禮者，禮之末節也，故有司掌之。」

〔二四〕大武：周禮春官大司樂：「以樂舞教國子，舞雲門……大濩、大武。」鄭玄注：「大武，武王樂也。」呂氏春秋古樂：「武王即位，以六師伐殷……克之於牧野。歸，乃薦俘馘於京太室，乃命周公爲作大武。」論語八佾：「子謂韶盡美矣，又盡善也。謂武盡美矣，未盡善也。」大濩，湯之樂也。

〔二五〕大章：禮記樂記：「大章，章之也。」鄭玄注：「堯樂名也。言堯德章明也。」

〔二六〕「延陵」句：延陵，春秋吴王諸樊之弟季札，多次推讓君位。封於延陵，稱延陵季子。嘗出使魯國，觀周樂，有精到的評説，見史記吴太伯世家。

〔二七〕聞韶：論語述而：「子在齊聞韶，三月不知肉味，曰：『不圖爲樂之至於斯也！』」孔子推舜樂韶爲盡善盡美。

第三道

問：建官惟百，帝堯之闕規〔一〕；涖事惟能，武成之令典〔二〕。然則簡易之理斯得，爵禄之馭有經。自卜洛俾圖，述天定位〔三〕，别九服廣輪之數〔四〕，辨一圻國邑之宜〔五〕。乃六卿在郊〔六〕，五家爲比〔七〕，咸用蒙士〔八〕，尸於厥官。教以和親，禁其愛惡，惟列爵之既衆，豈取士之盡賢？匪徒百里比肩〔九〕，尚艱於充選；抑亦一命授職，咸仰於代耕〔一〇〕。以夫至寡治衆之言，清心省事之論，會其歸趣，不乃異乎？是以秦、漢已還，抑而不舉，得非折衷，難用相治乎？象魏舊章〔一一〕，人倫彝訓〔一二〕，遲聞清論，用折深疑。

對：天生民而樹之牧〔一三〕，執政以馭邦；王建國以辨其方〔一四〕，設官而分理。列職乎庶位〔一五〕，立民之大中，以登至平，皆由此道。帝堯以巍巍之功臻乎静治，故建官惟百，緝熙於大猷〔一六〕；姬周以郁郁之風縟乎至化〔一七〕，故涖事惟能，丕揚於景鑠〔一八〕。逮夫上洛開基㊀，述天定位，别九服而有等，建六官而分職。至于六卿在郊，五家爲比，並列官叙，教於民人。嬴政并諸侯之疆㊁，姍古以自是〔一九〕，其制不經，搢紳者罕道。炎漢承孤秦之弊，日給不暇，相沿末流，貴因循而不比。堯民被乎無爲之化㊂，故官雖至簡，亦可以治平。姬周承二代之弊〔二〇〕，意在救時之失，故官必衆建，乃能爲共治。此世之異，時之然也。雖曰六卿五家，爲職甚細，然由計以會要〔二〕，行之誅賞，賢者旌之以勸善，不賢者罰之以去惡，則列職雖云至衆，取人安不盡賢，禄何由而濫尸？官誠難於充選，此宗周所以治安而長久，後世所宜法則而未行也。自秦歷漢，積弊相沿，權宜適時，放去古法，居位者莫分善惡之真，考課者未見誅賞之當，故列職彌衆，涖事益煩。故政立而治不能進，官衆而人不必賢。夫清心省事之論，所以爲此弊而設，非爲宗周而談也。今欲捨姬周之往軌，談秦、漢之末規，濁源清流，未見其可。夫惟簡易之深旨，賢哲之異能，求禮樂之深源，述官師之大義，此誠遠大之閎體，非陋儒之能具也。管窺之微，既難於殫見；蒭蕘之鄙，聊備於周詢。謹對。

【校記】

〔一〕上：衡本作「卜」。　〔二〕疆：原作「彊」，據備要本改。　〔三〕堯：原作「崇」，下注「疑」字，據衡本改。

【箋注】

〔一〕「建官」二句：書周官：「唐、虞稽古，建官惟百。」

〔二〕「涖事」二句：書武成：「位事惟能。」孔傳：「居位理事，必任能事。」

〔三〕「自卜洛」二句：書洛誥：「予惟乙卯，朝至於洛師。我卜河朔黎水，我乃卜澗水東、瀍水西，惟洛食；我又卜瀍水東，亦惟洛食。伻來以圖及獻卜。」史記周本紀：「成王在豐，使召公復營洛邑，如武王之意。周公復卜申視，卒營築，居九鼎焉。曰：『此天下之中，四方入貢道里均。』作召誥、洛誥。」

〔四〕九服：王畿以外九等地區，爲侯服、甸服、男服、采服、衛服、蠻服、夷服、鎮服、藩服。見周禮夏官職方氏。廣輪：廣袤。指土地面積。周禮地官大司徒：「以天下土地之圖，周知九州之地域廣輪之數。」賈公彦疏引馬融曰：「東西爲廣，南北爲輪。」

〔五〕圻：左傳昭公六年：「今土數圻，而郢是城，不亦難乎！」杜預注：「方千里爲圻。」

〔六〕六卿在郊：禮記文王世子：「凡語于郊者，必取賢斂才焉。」書周官：「六卿分職，各率其屬。」漢書百官公卿表上：「夏、殷亡聞焉，周官則備矣。天官冢宰，地官司徒，春官宗伯，夏官司馬，秋官司寇，冬官司空，是爲六卿，各有徒屬職分，用於百事。」

〔七〕五家爲比：周禮地官大司徒：「令五家爲比，使之相保。」

〔八〕蒙士：淺學無知之士。書伊訓：「臣下不匡，其刑墨，具訓於蒙士。」孔傳：「蒙士，例謂下士。」

〔九〕比肩：形容衆多。荀子非相：「棄其親家而欲奔之者，比肩并起。」

〔一〇〕代耕：古稱爲官食禄爲代耕，以其不耕而食也。語本禮記王制：「諸侯之下士，視上農夫，禄足以代其耕也。」

〔一一〕象魏：天子、諸侯宫門外的高建築，亦稱「闕」或「觀」，爲懸示教令之處。周禮天官太宰：「正月之吉，始和，布治於邦國都鄙，乃縣治象之法于象魏，使萬民觀治象，挾日而斂之。」

〔一二〕彝訓：日常之訓戒。書酒誥：「聰聽祖考之彝訓。」孔傳：「言子孫皆聰聽父祖之常教。」

〔一三〕牧：治民者。指國君或州郡長官。左傳文公十三年：「天生民而樹之君，以利之也。」

〔一四〕「王建國」句：周禮天官序官：「惟王建國，辨方正位。」鄭玄注：「辨，别也。鄭司農云：『别四方，正君臣之位。』」

〔一五〕「列職」句：書説命下：「惟説式克欽承，旁招俊乂，列於庶位。」孔傳：「廣招俊乂，使列衆官。」

〔一六〕緝熙：詩大雅文王：「穆穆文王，於緝熙敬止。」毛傳：「緝熙，光明也。」大猷：謂治國大道。詩小雅巧言：「奕奕寢廟，君子作之；秩秩大猷，聖人莫之。」鄭玄注：「猷，道也；大道，治國之禮法。」

〔一七〕「姬周」句：論語八佾：「周監於二代，郁郁乎文哉！吾從周。」

〔一八〕 景鑠：盛美。文選班固東都賦：「鋪鴻藻，信景鑠，揚世廟，正雅樂。」張銑注：「景，大也。鑠，美也。謂中大美於光武廟也。」

〔一九〕「嬴政」二句：漢書諸侯王表：「（秦）姍笑三代，盪滅古法。」顔師古注：「姍，古訕字也。訕，誹也。」

〔二〇〕 二代：指夏、商。

〔二一〕 計以會要：從綱領上考慮。會要，綱領、樞紐之謂。王弼周易略例明象：「故處璇璣以觀大運，則天地之動未足怪也；據會要以觀方來，則六合輻輳未足多也。」

圖書在版編目(CIP)數據

歐陽修詩文集校箋/(宋)歐陽修著；洪本健校箋．—上海：上海古籍出版社，2009.8（2024.4 重印）
（中國古典文學叢書）
ISBN 978-7-5325-5276-4

Ⅰ.①歐… Ⅱ.①歐… ②洪… Ⅲ.①古典詩歌—作品集—中國—北宋 ②古典散文—作品集—中國—北宋 Ⅳ.①I214.412

中國版本圖書館CIP數據核字 (2008) 第 153703 號

責任編輯　蓋國梁

中國古典文學叢書

歐陽修詩文集校箋

(全三册)

[宋] 歐陽修　著

洪本健　校箋

上海古籍出版社出版發行

（上海市閔行區號景路159弄1-5號A座5F　郵政編碼201101）

(1) 網址：www.guji.com.cn

(2) E-mail：gujil@guji.com.cn

(3) 易文網網址：www.ewen.co

上海展强印刷有限公司印刷

開本 850×1168　1/32　印張 66.75　插頁 16　字數 1,800,000

2009 年 8 月第 1 版　2024 年 4 月第 9 次印刷

印數：7,651-8,450

ISBN 978-7-5325-5276-4

I·2060　平裝定價：228.00 元

如發生質量問題，請與承印公司聯系

電話：021-66366565

蕭繹集校注	[南朝梁]蕭繹著　陳志平、熊清元校注
玉臺新咏彙校	吴冠文、談蓓芳、章培恒彙校
王績集會校	[唐]王績著　韓理洲校點
王梵志詩校注(增訂本)	[唐]王梵志著　項楚校注
盧照鄰集箋注	[唐]盧照鄰著　祝尚書箋注
駱臨海集箋注	[唐]駱賓王著　[清]陳熙晉箋注
王子安集注	[唐]王勃著　[清]蔣清翊注
陳子昂集(修訂本)	[唐]陳子昂撰　徐鵬校點
孟浩然詩集箋注(增訂本)	[唐]孟浩然著　佟培基箋注
王右丞集箋注	[唐]王維著　[清]趙殿成箋注
李白集校注	[唐]李白著　瞿蜕園、朱金城校注
高適集校注(修訂本)	[唐]高適著　孫欽善校注
杜詩趙次公先後解輯校	[唐]杜甫著　[宋]趙次公注　林繼中輯校
新刊校定集注杜詩	[唐]杜甫著　[宋]郭知達輯注　聶巧平點校
新定杜工部草堂詩箋斠證	[唐]杜甫著　[宋]魯訔編　[宋]蔡夢弼會箋　曾祥波新定斠證
杜詩鏡銓	[唐]杜甫著　[清]楊倫箋注
錢注杜詩	[唐]杜甫著　[清]錢謙益箋注
杜甫集校注	[唐]杜甫著　謝思煒校注
岑參集校注	[唐]岑參著　陳鐵民、侯忠義校注
戴叔倫詩集校注	[唐]戴叔倫著　蔣寅校注
韋應物集校注(增訂本)	[唐]韋應物著　陶敏、王友勝校注
權德輿詩文集	[唐]權德輿撰　郭廣偉校點
王建詩集校注	[唐]王建著　尹占華校注
韓昌黎詩繫年集釋	[唐]韓愈著　錢仲聯集釋

韓昌黎文集校注	[唐]韓愈著　馬其昶校注 馬茂元整理
劉禹錫集箋證	[唐]劉禹錫著　瞿蜕園箋證
白居易集箋校	[唐]白居易著　朱金城箋校
柳宗元詩箋釋	[唐]柳宗元著　王國安箋釋
柳河東集	[唐]柳宗元著　[宋]廖瑩中輯注
元稹集校注	[唐]元稹著　周相録校注
長江集新校	[唐]賈島著　李嘉言新校
張祜詩集校注	[唐]張祜著　尹占華校注
三家評注李長吉歌詩	[唐]李賀著　[清]王琦等評注 蔣凡校點
樊川文集	[唐]杜牧著　陳允吉校點
樊川詩集注	[唐]杜牧著　[清]馮集梧注
温飛卿詩集箋注	[唐]温庭筠著　[清]曾益等箋注
玉谿生詩集箋注	[唐]李商隱著　[清]馮浩箋注 蔣凡校點
樊南文集	[唐]李商隱著　[清]馮浩詳注 錢振倫、錢振常箋注
皮子文藪	[唐]皮日休著　蕭滌非、鄭慶篤整理
鄭谷詩集箋注	[唐]鄭谷著 嚴壽澂、黄明、趙昌平箋注
韋莊集箋注	[五代]韋莊著　聶安福箋注
李璟李煜詞校注	[南唐]李璟、李煜著　詹安泰校注
張先集編年校注	[宋]張先著　吴熊和、沈松勤校注
二晏詞箋注	[宋]晏殊、晏幾道著　張草紉箋注
樂章集校箋	[宋]柳永著　陶然、姚逸超校箋
梅堯臣集編年校注	[宋]梅堯臣著　朱東潤編年校注
歐陽修詩文集校箋	[宋]歐陽修著　洪本健校箋

歐陽修詞校注	[宋]歐陽修著　胡可先、徐邁校注
蘇舜欽集	[宋]蘇舜欽著　沈文倬校點
嘉祐集箋注	[宋]蘇洵著　曾棗莊、金成禮箋注
王荆文公詩箋注(修訂版)	[宋]王安石著　[宋]李壁箋注　高克勤點校
王令集	[宋]王令著　沈文倬校點
蘇軾詩集合注	[宋]蘇軾著　[清]馮應榴注　黄任軻、朱懷春校點
東坡樂府箋	[宋]蘇軾著　[清]朱孝臧編年　龍榆生校箋
東坡詞傅幹注校證	[宋]蘇軾著　[宋]傅幹注　劉尚榮校證
欒城集	[宋]蘇轍著　曾棗莊、馬德富校點
山谷詩集注	[宋]黄庭堅著　[宋]任淵、史容、史季温注　黄寶華點校
山谷詩注續補	[宋]黄庭堅著　陳永正、何澤棠注
山谷詞校注	[宋]黄庭堅著　馬興榮、祝振玉校注
淮海集箋注	[宋]秦觀撰　徐培均箋注
淮海居士長短句箋注	[宋]秦觀著　徐培均箋注
清真集箋注	[宋]周邦彦著　羅忼烈箋注
石門文字禪校注	[宋]釋惠洪撰　周裕鍇校注
石林詞箋注	[宋]葉夢得著　蔣哲倫箋注
樵歌校注	[宋]朱敦儒著　鄧子勉校注
李清照集箋注(修訂本)	[宋]李清照著　徐培均箋注
吕本中詩集箋注	[宋]吕本中著　祝尚書箋注
陳與義集校箋	[宋]陳與義著　白敦仁校箋
蘆川詞箋注	[宋]張元幹著　曹濟平箋注
劍南詩稿校注	[宋]陸游著　錢仲聯校注

放翁詞編年箋注(增訂本)	[宋]陸游著　夏承燾、吴熊和箋注 陶然訂補
渭南文集箋校	[宋]陸游著　朱迎平箋校
范石湖集	[宋]范成大撰　富壽蓀標校
范成大集校箋	[宋]范成大撰　吴企明校箋
于湖居士文集	[宋]張孝祥著　徐鵬校點
稼軒詞編年箋注(定本)	[宋]辛棄疾撰　鄧廣銘箋注
辛棄疾詞校箋	[宋]辛棄疾著　吴企明校箋
姜白石詞編年箋校	[宋]姜夔著　夏承燾箋校
後村詞箋注	[宋]劉克莊著　錢仲聯箋注
瀛奎律髓彙評	[元]方回選評　李慶甲集評校點
雁門集	[元]薩都拉著 殷孟倫、朱廣祁校點
揭傒斯全集	[元]揭傒斯著　李夢生標校
高青丘集	[明]高啓著　[清]金檀注 徐澄宇、沈北宗校點
唐寅集	[明]唐寅著　周道振、張月尊輯校
文徵明集(增訂本)	[明]文徵明著　周道振輯校
震川先生集	[明]歸有光著　周本淳校點
海浮山堂詞稿	[明]馮惟敏著 凌景埏、謝伯陽標校
滄溟先生集	[明]李攀龍著　包敬第標校
梁辰魚集	[明]梁辰魚著　吴書蔭編集校點
沈璟集	[明]沈璟著　徐朔方輯校
湯顯祖詩文集	[明]湯顯祖著　徐朔方箋校
湯顯祖戲曲集	[明]湯顯祖著　錢南揚校點
白蘇齋類集	[明]袁宗道著　錢伯城校點

袁宏道集箋校	[明]袁宏道著　錢伯城箋校
珂雪齋集	[明]袁中道著　錢伯城點校
隱秀軒集	[明]鍾惺著　李先耕、崔重慶標校
譚元春集	[明]譚元春著　陳杏珍標校
張岱詩文集(增訂本)	[明]張岱著　夏咸淳輯校
陳子龍詩集	[明]陳子龍著 施蟄存、馬祖熙標校
夏完淳集箋校(修訂本)	[明]夏完淳著　白堅箋校
牧齋初學集	[清]錢謙益著　[清]錢曾箋注 錢仲聯標校
牧齋有學集	[清]錢謙益著　[清]錢曾箋注 錢仲聯標校
牧齋雜著	[清]錢謙益著　[清]錢曾箋注 錢仲聯標校
牧齋初學集詩注彙校	[清]錢謙益著　[清]錢曾箋注 卿朝暉輯校
李玉戲曲集	[清]李玉著 陳古虞、陳多、馬聖貴點校
吴梅村全集	[清]吴偉業著　李學穎集評標校
歸莊集	[清]歸莊著
顧亭林詩集彙注	[清]顧炎武著　王蘧常輯注 吴丕績標校
安雅堂全集	[清]宋琬著　馬祖熙標校
吴嘉紀詩箋校	[清]吴嘉紀著　楊積慶箋校
陳維崧集	[清]陳維崧著　陳振鵬標點 李學穎校補
屈大均詩詞編年校箋	[清]屈大均著　陳永正等校箋

秋笳集	[清]吴兆騫撰　麻守中校點
漁洋精華録集釋	[清]王士禛著 李毓芙、牟通、李茂肅整理
聊齋志異會校會注會評本	[清]蒲松齡著　張友鶴輯校
敬業堂詩集	[清]查慎行著　周劭標點
納蘭詞箋注	[清]納蘭性德著　張草紉箋注
方苞集	[清]方苞著　劉季高校點
樊榭山房集	[清]厲鶚著　[清]董兆熊注 陳九思標校
劉大櫆集	[清]劉大櫆著　吴孟復標點
儒林外史彙校彙評(增訂版)	[清]吴敬梓著　李漢秋輯校
小倉山房詩文集	[清]袁枚著　周本淳標校
忠雅堂集校箋	[清]蔣士銓著　邵海清校 李夢生箋
甌北集	[清]趙翼著　李學穎、曹光甫校點
惜抱軒詩文集	[清]姚鼐著　劉季高標校
兩當軒集	[清]黄景仁著　李國章校點
惲敬集	[清]惲敬著　萬陸、謝珊珊、林振岳 標校　林振岳集評
茗柯文編	[清]張惠言著　黄立新校點
瓶水齋詩集	[清]舒位著　曹光甫點校
龔自珍全集	[清]龔自珍著　王佩諍校點
龔自珍詩集編年校注	[清]龔自珍著　劉逸生、周錫䪖校注
水雲樓詩詞箋注	[清]蔣春霖著　劉勇剛箋注
人境廬詩草箋注	[清]黄遵憲著　錢仲聯箋注
嶺雲海日樓詩鈔	[清]丘逢甲著　丘鑄昌標點

索　引

二　畫

一

丿

乛

三　畫

一

丨

四　畫

一

五　畫

六畫

一

丨

丿

丶

七　畫

一

丨

丿

丶

乛

八　畫

一

丨

九　畫

一

丨

丿

、

一

十　畫

一

丨

丿

丶

乛

十一畫

一

丨

丿

丶

一

十二畫

一

十二畫

十三畫

一

十三畫

乛

十四畫

一

丨

丿

丶

十五畫

一

十六畫

一

十七畫

一

十九畫

廿　畫

廿一畫

廿二畫

廿三畫

廿四畫

廿八畫